读客

读客科幻文库

跟着读客读科幻，经典科幻全看遍。

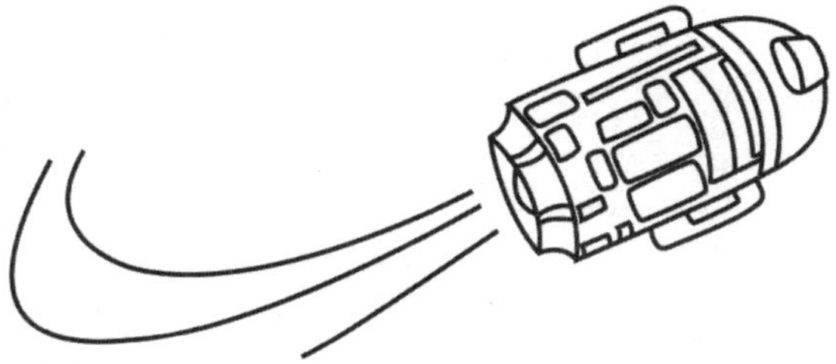

FOUNDATION

银河帝国

❶ 基地

[美]艾萨克·阿西莫夫 著
叶李华 译

江苏凤凰文艺出版社
JIANGSU PHOENIX LITERATURE AND ART PUBLISHING

目　录

第一篇

心理史学家

哈里·谢顿：……生于银河纪元11988年，卒于12069年。他的生卒年份通常以目前的基地纪元记载，即生于基地纪元前81年，卒于基地元年。谢顿的故乡为大角星区的赫利肯星，父母为中产阶级的平民。（根据不太可靠的传说，谢顿的父亲是该行星水耕区的烟草农夫。）他自幼即显露惊人的数学天分，关于这些天分的传闻轶事不胜枚举，有些甚至互相矛盾。据说他才两岁的时候，就会……

谢顿一生最大的贡献，无疑是心理史学的开拓。在他刚接触这门学问的时候，心理史学只是一组含糊的公设。而在谢顿手中，它成为一门深奥的统计科学……

关于谢顿生平的详细记载，目前保有最权威的资料是盖尔·多尼克所写的传记。在这位伟大的数学家去世之前两年，当时仍是年轻人的多尼克才与他结识。关于他们相遇的故事……

——《银河百科全书》★

★ 本书所引用的《银河百科全书》数据，皆取自基地纪元1020年的第116版。发行者为“端点星银河百科全书出版公司”，作者承蒙发行者授权引用。

01

他名叫盖尔·多尼克，只是一个乡下孩子，以前从未到过川陀。或者应该说，他并没有真正来过。因为盖尔早已通过超波电视熟悉了这座城市；偶尔也会在巨大的三维新闻幕中，观赏皇帝加冕或银河议会揭幕的盛况。因此，虽然他一直住在“蓝移区”边缘的辛纳克斯行星，却完全没有脱离银河的文明。在那个时代，银河中没有任何角落是与世隔绝的。

当时整个银河系中，有将近二千五百万颗住人行星，这些世界全部效忠定都于川陀的银河帝国。不过这个事实只能再维持半个世纪。

对年轻的盖尔而言，这趟旅程无疑是他学术生涯的第一个高峰。他曾经到过太空，因此旅行本身的意义不算太大。事实上，他以前的太空旅行只是前往辛纳克斯唯一的卫星，去搜集陨石漂移的力学数据，用来作为博士论文的材料。话说回来，太空旅行就是太空旅行，近至五十万英里，远至许多光年之外，其实都没有什么差别。

即将跃迁进入超空间的时候，他已做好心理准备，这将是“行星际旅行”所没有的经验。到目前为止，或许直到永远，“超空间跃迁”是往来恒星间唯一可行的办法。普通空间中的运动，物体的速率永远无法超过光速。（这个科学小常识，在人类历史的黎明期便已被发现。）这就代表，即使在两个最接近的住人星系间来回一趟，也得花上好几年的时间。可是匪夷所思的超空间完全不同，它既非空间又非时间，既非物质又非能量，既非实有又非虚无；经由超空间，人类能在一刹那间穿越银河。

在等待第一次跃迁时，盖尔心中有些恐惧，腹部有轻微打结的感觉。结果在他尚未确定之前，跃迁所带来的一阵轻微震动，以及体内被轻踢一下的感觉便已消失。就是如此而已。

然后在盖尔意识中，就只剩下这艘闪闪发光的硕大星船，它是帝国整整一万二千年的科技结晶。此外他想到的就是自己，他刚刚获得数学博士学位，带着伟大的谢顿寄来的邀请函，准备前往川陀加入庞大而略带神秘的“谢顿计划”。

跃迁的体验令他失望后，盖尔期待的便是川陀的第一眼。他不时跑到观景室，那里的钢质窗盖在特定时段会卷起来。这些时候他都会待在那里，观看繁星闪耀的光辉，欣赏星团展现出难以置信的朦胧，好像一大群萤火虫永远禁锢在一处。有一阵子，星船周遭五光年范围内布满寒冷、蓝白色的气体星云，像牛奶一般散布在玻璃窗上，为观景室带来一丝寒意。两小时后，星船又做了一次跃迁，那些云气立时消失无踪。

川陀的太阳首次出现的时候，看起来只是一个明亮的白点，若不是星船上的向导指点，根本无法从无数类似的星体中分辨出来。这里接近银河的核心，恒星分布得特别稠密。星船每跃迁一次，那颗恒星就显得更明亮一点，从众恒星中脱颖而出，而其他恒星则愈来愈黯淡稀薄。

一位高级船员走进来，对乘客说：“我们即将着陆，观景室必须关闭了。”

盖尔尾随着那位船员，拉了拉船员白色制服的袖子——制服上绣着帝国“星舰与太阳”的国徽。

盖尔说：“能不能让我留下来？我想看看川陀。”

船员对他微微一笑。盖尔有些脸红，他忽然想到自己说话带有乡下口音。

船员说：“我们准备早上在川陀降落。”

“我是说，我想从太空中看看川陀。”

“喔，抱歉，孩子。如果这是一艘太空游艇，我们就能帮你安排。但是我们将从‘日照面’盘旋而下，你总不希望被太阳灼伤、弄瞎，而且被放射线烧得体无完肤吧？”

盖尔只好乖乖走开。

那位船员却在后面叫住他。“别失望，反正从这里看下去，川陀只是灰蒙蒙的一团。等你抵达川陀后，再去参加太空旅行团吧，很便宜的。”

盖尔转过头来。“非常感谢您。”

为这种事感到失望实在有点孩子气，但孩子气一样会出现在成人身上，盖尔感到喉咙有些哽咽。他从未看过整个川陀的壮丽景观，没想到还要多等一些时间才能如愿。

02

星船在闹哄哄的噪音中降落。金属船身切入大气层擦出嘶嘶声；舱内冷气努力对抗摩擦产生的高热，发出稳定而单调的嗡嗡声；在星船减速时，发动机则传出慢节奏的隆隆声。此外还有登陆室中鼎沸的人声，以及起重机吊运行李、邮件、货物所发出的嘎嘎声。所有的物件都集中在船身中轴，准备等一下传送到卸货月台上。

盖尔感到一下轻微的震荡，这代表星船关掉了自身的动力，舱内的人工重力也逐渐被行星的重力所取代。刚才的降落过程中，登陆室在人工力场作用下轻轻摇摆，以便在变化的重力间调整方向，数千名旅客都耐心地坐在摇篮般的登陆室中。现在，他们终于能够沿着弯曲的坡道，缓缓挤进一个敞开的巨大气闸了。

盖尔没有太多的行李。他来到入关处，海关将他的行李迅速而熟练地拆开又装好，然后检查签证并盖章。盖尔有些心不在焉，并未留意这些过程。

这就是川陀！跟他的家乡辛纳克斯行星比起来，空气似乎浓稠些，重力好像也大了点，但他很快就会习惯的。不过他却怀疑，自己能否习惯川陀的磅礴硕大。

入境大厦就是一座硕大无比的建筑物，屋顶简直就在视线之外。盖尔几乎能想象它高耸入云的样子。他甚至看不到对面的墙壁；放眼望去只见汹涌的人潮、无数的办公桌，而地板则在眼前不断延伸，交汇点消失在远方。

海关再度开口，显得有点不耐烦。他说："走吧，多尼克先生。"他必须打开签证再看一眼，才能叫出盖尔的名字。

盖尔问道："哪里……往哪里走？"

海关用大拇指比画了一下。"搭计程飞车就往右走，在第三个通道左转。"

盖尔走了几步，便看见高处凭空出现几个闪亮的大字："通往各地的计程飞车"。

盖尔离开海关后，立刻有一个人走过来。海关抬头看了看，便向那人轻轻点了点头。那人也向海关点头示意，便跟着盖尔这位年轻旅客走了。

他及时听见了盖尔的目的地。

盖尔站在栏杆前不知所措。

旁边有个写着"管理员"的标志牌。应该是管理员的那个人并未抬头，只是问道："去哪里？"

盖尔不确定，但就在他犹豫的这几秒钟，后面就排了一条长龙。

管理员终于抬起头来。"去哪里？"

盖尔没带多少旅费，但是只要熬过今晚，明天他就有工作了。他试着以平静的口吻说："请帮我找一家高级旅馆。"

管理员却不吃这一套。"都是高级旅馆，你要指明一家。"

盖尔无可奈何地说："请给我最近的一家吧。"

管理员按了一个按钮。地板上出现一条细长光束，加入由各种色彩、明暗各异的光线织成的光网。他又将一张票塞进盖尔手里，这张票竟然也微微发光。

管理员说："票价1.12信用点。"

盖尔一面摸着零钱，一面问："我该往哪里走？"

"沿着这条光线走。只要你的方向正确，票就会一直发亮。"

盖尔抬头看了看，便开步向前走。大厅中至少有数百人，全都沿着自己的光线小心翼翼地前进。每次遇到两条光线的交叉口，人人都要辛苦地精挑细选一番，才能摸索到各自的目的地。

盖尔走到自己这条路的尽头，面前出现一名穿着蓝黄相间制服的司机，他的制服是用永不污损的塑料制成，看来笔挺如新、色泽鲜艳。司机一把抓起盖尔的两件行李。

"直达豪华旅馆。"司机说。

跟踪盖尔的人刚好听到这句话，还听到盖尔回答的那声"好"，并且目击盖尔钻进扁圆的计程飞车。

计程飞车垂直升起。盖尔从弧形的透明玻璃窗往外看，在封闭结构中飞行的感觉令他惊叹不已，他不自觉地抓住驾驶座的椅背。巨大的景物很快就缩小了，人们变成零乱分布的小蚂蚁。景物继续缩小，随即迅速向后方挪动。

不久前方出现了一堵巨墙，它飘浮在半空中，顶端延伸到目力远不可及的天空。墙上有无数小孔，每个小孔都是一条隧道的入口。他们的飞车向其中一个小孔接近，然后一头钻了进去。盖尔万分不解，想不通司机是怎么选择正确入口的。

隧道内一片漆黑，只有一个越退越远的彩色交通标志，勉强驱走幽暗的气氛。周遭则充满了飞车划破空气的噪音。

当飞车减速时，盖尔不自主向前倾。接着飞车便钻出隧道，重新回到地面。

“豪华旅馆到了。”司机多此一举地说，然后很有效率地帮盖尔取出行李，并收了0.1信用点的小费，马上载着另一位客人升空了。

从登陆到现在，盖尔还没有瞥见天空。

川陀：……在银河帝国第十三个仟年之初，这个趋势达到顶峰。它是帝国政府的中心，数百代未曾间断。川陀位于银河的核心区域，周围都是人口最稠密、工业最发达的世界，因此自然而然变成人类历史上最密集、最富庶的社群。

都会化的过程不断地稳定发展，最后终于达到极限。川陀表面的陆地面积总共七千五百万平方英里，发展成了一个单一的城市。人口最多的时候，超过四百亿之众。这么庞大的人口，几乎都是为了应付帝国行政上的需要，即使如此，仍不足以应付帝国的庞杂行政工作。（别忘了，末期几位平庸的皇帝无法有效管理银河帝国，正是帝国覆亡的一大原因。）为了供应川陀居民口腹之需，每天都有数以万计的太空船队，负责载送来自二十个农业世界的粮食……

由于川陀依靠其他世界供应粮食，甚至所有的民生用品，它越来越容易以包围的手段征服之。在帝国的最后仟年，从未止歇的叛乱使每位皇帝都警觉到这个危机，保护川陀纤弱的颈动脉遂成了帝国的首要政策……

——《银河百科全书》

03

盖尔不确定现在有没有太阳，甚至不晓得现在是白天还是黑夜，他却羞于启齿问人。整颗行星就像包了一层金属外皮。他刚用过的一餐，上面标明是“午膳”，但如今有许多行星都不管日夜颠倒之类的不便，一律使用银河标准时间。每颗行星的自转速率不尽相同，而他还不知道川陀的正确速率。

刚才他还兴致勃勃地循着路标，找到那间所谓的“太阳室”，却发现那里只提供人工辐射日光浴。他只在里面逗留了一会儿，便回到旅馆的大厅。

他问旅馆的职员说：“我在哪里可以参加环球游览？”

“就在这里。”

“什么时候出发？”

“您刚错过一班，不过明天还有。如果现在买票，就会帮您保留一个位子。”

“喔。”明天来不及了，因为明天他必须到川陀大学报到。他又问：“这里有没有观景塔什么的？我的意思是，那种露天建筑物。”

“当然有！如果您想去，这里也可以买票。最好让我先看看上面有没有下雨。”职员按下手肘旁的一个开关，毛玻璃屏幕上便出现流动的字体。盖尔和他一起盯着看。

职员说：“好天气。我想起来了，现在应该正是干季。”他又滔滔不绝地说：“我自己懒得到外面去，上次到户外还是三年前的事。你只要看一次，明白那是怎么回事就够了——这是您的票，专用电梯在后面。电梯上写着‘直达高塔’，搭上就没错。”

那部电梯是最新型的，借着反重力装置推动。盖尔走了进去，其他乘客也鱼贯而入。操作员按下一个开关，电梯内的重力就完全消失，有那么一会儿，盖尔感觉自己浮在空中。等到电梯开始加速，他才又感觉到一点重量。可是电梯减速的时候，他真的从地板上飘了起来，令他忍不住哇哇大叫起来。

操作员吼道：“把脚塞进栏条底下，你看不懂指示标志吗？”

其他人都没有犯这个错误。当盖尔拼命想爬回来，却又做不到的时候，众人对他露出同情的笑容。原来电梯地板上装有许多平行的金属管，每根相隔两英尺，其他乘客都用脚顶在这些镀铬的栏条上。进电梯的时候，他其实看到了这些栏条，只是完全没有放在心上。

还好有一只手伸出来，及时把他拉回地板。

当电梯停下时，盖尔一面喘气一面道谢。

走出电梯便是一个露天平台，白晃晃的光线令他的眼睛很不舒服。在电梯中向他伸出援手的那个人，此时正紧跟在他后面。

那人以亲切的口吻说：“这里座位很多。”

一直大口喘气的盖尔赶紧合上嘴巴，然后说：“当然，看来没错。”他下意识地要找个座位，却忽然停下来。

“你不介意的话，我想在栏杆这里站一下。我……我想多看点风景。”他说。

那人和蔼地对他挥挥手，盖尔便靠在齐肩高的栏杆上，尽情饱览四处的风光。

但是他无法看到地面，地面早已被越来越复杂的人工建筑吞没。他也看不见地平线，眼前只有一大片灰蒙蒙的金属与天际接壤，而他知道这颗行星表面处处是同样的景观。放眼望去，几乎是一幅静止的画面——只有几艘旅游飞船懒洋洋地飘浮在天空。盖尔当然晓得，这个世界有着上百亿熙来攘往的忙碌众生，只是他们都生活在巨大的金属外层之下。

极目眺望也没有任何绿色的景致，没有植物，没有土壤，也没有人类之外的生物。他依稀记得，皇宫就在这个世界的某个角落，周围有一百平方英里的自然土壤，那里绿意盎然，花团锦簇。那是钢铁之洋中唯一的孤岛，可惜从这里看不见。也许远在万里之外吧，他也不确定。

不久之后，他一定要做一次环球旅行！

他大声叹了一口气，终于意识到自己已经抵达川陀。这颗行星是银河的中枢、人类的中心。他还完全看不到川陀的弱点：他没看到载运食物的船只起落；他不知道有个纤弱的颈动脉，联系着川陀四百亿人口与其他世界。他只能体会到人类最伟大的功业，那就是完完全全、近乎傲慢地征服了整个行星。

他离开栏杆，心中有几分迷惘。刚才结识的那个人指了指旁边的椅子，盖尔坐了下去。

那人微微一笑。“我叫杰瑞尔。你第一次来川陀吗？”

“是的，杰瑞尔先生。”

“我想也是。杰瑞尔是我的名字，不是姓。如果你具有诗人气质，川陀会令你着迷的。不过，川陀人从不会到这里来。他们不喜欢这种地方，会令他们神经过敏。”

“神经过敏！喔，我叫盖尔。为什么这里会让他们神经过敏？这里简直壮丽无比。”

“盖尔，这都是主观的想法。假如你在斗室中出生，在回廊中长大，又整天在密不通风的房间里工作，假日只会去人挤人的太阳室，那么一旦来到这个开阔的空间，头上除了天空什么也没有，你就很可能神经衰弱。本地人在子女满五岁之后，每年都会带他们上来一次，我不知道这样做有没有好处，不过我认为真的不够。小孩子前几次来，每次都会尖叫到歇斯底里。他们应该早在断奶后就来，而且每星期来一次。”

他继续说：“当然啦，这并不重要。他们一辈子不出来又怎样？他们喜欢躲在里面，高高兴兴管理着帝国。你猜这里有多高？”

盖尔答道：“半英里吧？”他担心猜得太离谱。

想必真的很离谱，因为杰瑞尔轻笑了一下。他说：“不，只有五百英尺。”

“什么？但是电梯走了有……”

“我知道，不过时间大多花在升到地表的过程。川陀这个城市已经向下发展到一英里深。它就像冰山一样，十分之九都看不见。海岸线附近的海底，甚至向下挖了好几英里。事实上，这种深度足以让我们利用地表和地底的温差，提供我们所需的一切能源。这你知道吗？”

“不知道，我以为你们都用核能发电。”

“以前用过，但是这种能源比较便宜。”

“我也这么想。”

“你对川陀的整体印象如何？”一时之间，杰瑞尔的和蔼转为精明，看起来几乎还有点狡猾。

盖尔搜索枯肠，最后还是再说了一遍：“壮丽无比。”

“你来这儿度假？还是观光旅行？”

“都不算——我一直很想来川陀看看，不过我这次来，主要是为了一份工作。”

“哦？”

盖尔觉得应该解释得更清楚些。“我是来川陀大学，加入谢顿博士的研究计划。”

“乌鸦嘴谢顿？”

“啊，不，我是说哈里·谢顿——那位著名的心理史学家。我不认识你说的那位谢顿。”

“我说的就是哈里·谢顿，大家都叫他乌鸦嘴。那是他的绰号，知道吧，因为他一直在预测灾难。”

“是吗？”盖尔十分震惊。

“你不可能不知道。”杰瑞尔并未露出丝毫笑容，“你不是来跟他工作的吗？”

“喔，没错，我是一个数学家。他为什么要预测灾难呢？什么样的灾难？”

“你猜是什么样的灾难？”

“只怕我一点概念也没有。我读过谢顿博士以及他的同僚发表的论文，内容都是数学理论。”

“没错，你指的是他们发表的那些。”

盖尔有点烦了，他说：“非常高兴认识你，我想回房间去了。”

杰瑞尔随便挥了挥手，算是与盖尔道别。

盖尔发现自己的房间里竟然有一个人。一时之间，他由于太过惊讶，一句“你在这里干什么？”到了嘴边却说不出口。

那人缓缓起身。他的年纪很大，头顶几乎全秃，还跛着一只脚。然而他双眼湛蓝、炯炯有神。

他说："我是哈里·谢顿。"盖尔充满困惑的大脑，这时也刚好将面前这个人，与记忆中那个熟悉的影像摆在一起。

心理史学：……盖尔·多尼克使用非数学的普通概念，将心理史学定义成数学的一支，它专门处理人类群体对特定的社会与经济刺激所产生的反应……

在各个定义中都隐含一个假设，亦即作为研究对象的人类，总数必须大到足以用统计方法来处理。群体数目的下限，可由“谢顿第一定理”决定……此外还有一个必要的假设，就是群体中无人知晓本身已是心理史学的分析样本，如此才能确保一切反应皆为真正随机……

心理史学成功的基础，在于“谢顿函数”的发展与应用。这些函数表现的性质，全等于社会与经济力量的……

——《银河百科全书》

04

“午安，博士。”盖尔说，“我……我……”

“你没想到我们今天就会见面吧？在正常情况下，我们不必急着碰头。但是现在，假如我们想雇用你，就必须尽快行动。如今找人可是越来越不容易了。”

“博士，我不明白。”

“你刚才在观景塔上跟一个人聊天，对不对？”

“没错，他叫杰瑞尔。除此之外我对他一无所知。”

“他的名字没有任何意义。他是公共安全委员会的人，从太空航站一路跟踪你到这里。”

“但是为什么呢？只怕我越来越糊涂了。”

“那人没有对你提到我吗？”

盖尔有些犹豫。“他管您叫乌鸦嘴谢顿。”

“他有没有说为什么？”

“他说您总是预测灾难。”

“我的确如此——川陀对你有什么意义？”

好像每个人都会问他对川陀的感想。盖尔实在想不出其他的形容词，于是又说一遍：“壮丽无比。”

“那是你的直觉印象。如果改用心理史学呢？”

“我从来没想过用它来分析这种问题。”

“年轻人，在我们的合作结束之前，你就会学到用心理史学来分析所有的问题，而且会视为理所当然。注意看——”谢顿从挂在腰带上的随身囊中取出一台电算笔记板。传说他在枕头底下也摆了一台，以便突然醒来时随手取用。现在他手中这一台，原本灰色光亮的外表已稍有磨损。谢顿的手指已经起了老人斑，却仍然能在密集的按键间敏捷地舞动。位于电算板上方的显示屏，立刻出现许多红色的符号。

谢顿说：“这代表帝国目前的状况。”

然后他开始等待。

盖尔终于说：“但这当然不是一个完整的表现。”

“没错，并不完整。”谢顿说，“我很高兴你没有盲目接受我的话。然而，这个近似表现足以示范我的命题。这点你接受吗？”

“接受，但我等会儿还得验证函数的推导过程。”盖尔很小心地避免可能的陷阱。

“很好。让我们把其他因素的已知几率都加进去，包括皇帝遇刺、总督叛变、当代经济萧条的周期性循环、行星开发率的滑落……”

谢顿进行着计算。他每提到一个因素，就会有新的符号出现在显示屏上，然后融入原先的函数，使得函数不断地扩充与改变。

盖尔只打断他一次。“我不懂这个‘集合变换’为什么成立？”

谢顿以更慢的速度示范了一遍。

盖尔又说："但是这种做法，是理论所禁止的'社会运算'。"

"很好。你的反应很快，可是仍然不够快。在这种情况下，可以允许这样做。让我用展开式再做一遍。"

这回过程变得很长，等到算完之后，盖尔谦逊地说："对，我现在懂了。"

谢顿终于停下来。"这是三个世纪以后的川陀。你要如何解释？啊？"他侧过头去，等着盖尔回答。

盖尔感到不可置信。"完全毁灭！但是……但是这绝不可能。川陀从来没有……"

谢顿突然既激动又兴奋，一点也不像个老态龙钟的老人。"说啊，说啊。你已经看到了导致这个结果的过程。现在用口语说出来，暂且忘掉数学符号。"

盖尔说："当川陀变得越来越专门化，也就变得越来越脆弱，越来越无法自卫。此外，它越发是帝国的行政中心，也就成了首要的觊觎之地。随着帝位的继承越来越不确定，以及大世族间的摩擦越来越剧烈，社会责任感也就消失了。"

"够了。川陀在三个世纪内完全毁灭的几率是多少？"

"我看不出来。"

"你一定会做'场微分'吧？"

盖尔感受到明显的压力，但是谢顿并未将电算板递给他，他的眼睛离电算板有一英尺之遥。他只好拼命心算，不一会儿前额就冒汗了。

最后他说："大约85%？"

"不坏，"谢顿努着下唇，"但也不能算好。正确的数值是92.5%。"

盖尔说："这就是他们叫您乌鸦嘴的原因？在学术期刊中，我从来没读到过这些。”

“你当然读不到，这是不能发表的。你想，帝国怎么可能让这种动摇的倾向，如此轻易地曝光呢？这只是心理史学一个非常简单的示范。不过，我们一部分的结果，还是泄露到了贵族手中。”

“那可糟了。”

“也不尽然，一切都在我们考虑之中。”

“可是，他们是不是为了这个原因调查我？”

“对。只要和我的计划有关，都会成为调查的对象。”

“博士，您有危险吗？”

“喔，没错。我会被处决的几率有1.7%，但即使如此，我的计划也绝对不会终止。我们也已经将这点纳入考虑。好了，不谈这些。明天你会到川陀大学来见我，对吗？”

“我一定会去。”盖尔说。

公共安全委员会：……自从恩腾皇朝最后一位皇帝克里昂一世遇刺后，贵族派便掌握实权。大体说来，在皇权不稳定亦不确定的数个世纪中，他们形成维持秩序的主体。大多数时期，这个委员会由陈氏与狄伐特氏两大世族把持，最后则变质为维持现状的工具……直到帝国最后一位强势皇帝克里昂二世即位，才将委员会的大权尽数释除。首任的主任委员……

就某个角度而言，委员会之所以没落，可追溯到基地纪元前2年，它对谢顿所进行的一次审判。在多尼克所著的谢顿传记中，对那场审判有详细记载……

——《银河百科全书》

05

结果盖尔并没有赴约。第二天早上，他被微弱的蜂鸣器吵醒，那是旅馆职员打来的电话。那位职员以尽可能细声、礼貌、并且带有一点恳求的口吻，告诉盖尔公共安全委员会已经下令限制他的行动。

盖尔立刻跳到门边，发现房门果然打不开了。他唯一能做的，只有穿好衣服耐心等待。

不久委员会便派人将他带走，带到一间拘留所中。他们以最客气的口吻询问他，一切过程都非常文明。盖尔解释自己是从辛纳克斯来的，又详细罗列了他读过的学校，以及获得数学博士学位的年月日。又说了自己如何向谢顿博士申请工作，如何获得录用。他不厌其烦地一遍又一遍重复着详情，他们却一遍又一遍回到他参加“谢顿计划”这个问题上。他当初如何知道有这个计划？他负责的工作？他接受过哪些秘密指示？以及所有的来龙去脉。

盖尔回答说完全不知情，他根本没有接受过任何秘密指示。他只是一名学者，一位数学家而已，他对政治毫无兴趣。

最后，那位很有风度的审讯官问道：“川陀什么时候会毁灭？”

盖尔支吾地说："我自己并不知道。"

"你能不能说说别人的意见？"

"我怎么能帮别人说话呢？"他感觉全身发热，非常地热。

审讯官又问："有没有人跟你讲过这类的毁灭？它什么时候会发生？"当盖尔还在犹豫的时候，他继续说："博士，我们一直在跟踪你。你抵达太空航站的时候，还有你昨天在观景塔上的时候，旁边都有我们的人。此外，我们当然有办法窃听你和谢顿博士的谈话。"

盖尔说："那么，你应该知道他对这个问题的看法。"

"也许吧，但是我们想听你亲自说一遍。"

"他认为川陀会在三个世纪内毁灭。"

"他证明出来了？用什么……数学吗？"

"是的，他做到了。"盖尔义正辞严地说。

"我想，你认为那个什么数学是可靠的。"

"只要谢顿博士这么说，它就一定可靠。"

"我们会再来找你。"

"慢点。我知道我有权利请律师，我要求行使帝国公民权。"

"你会有律师的。"

后来律师果然来了。

终于出现的那位律师又高又瘦，一张瘦脸似乎全是直线条，而且令人怀疑是否能容纳任何笑容。

盖尔抬起头，觉得自己看起来一定很落魄。他来到川陀还不满三十个小时，竟然就发生了这么多事情。

那位律师说："我名叫楼斯·艾法金，谢顿博士命我担任你的法律代表。"

“是吗？好，那么听我说，我要求立刻向皇帝陛下上诉。我无缘无故被抓到这里来，我完全是无辜的，完全无辜。”他猛然伸出双手，手掌朝下。“你一定要帮我安排皇帝陛下主持的听证会，立刻就要。”

艾法金自顾自地将一个夹子里的东西仔细摊在桌上。若不是盖尔心情恶劣，他应该认得出那是一些印在金属带上的法律文件，这种文件最适于塞到小小的随身囊中。此外，他也该认得出旁边那台口袋型录音机。

艾法金没有理会盖尔的发作，直到一切就绪才抬起头来。他说：“委员会当然会利用间谍波束刺探我们的谈话。这样做虽然违法，但他们才不管呢。”

盖尔咬牙切齿。

“然而，”艾法金从容地坐下来，“我带来的这台录音机——怎么看都是百分之百的普通录音机，功能也一点都不差——具有一项特殊功能，就是能将间谍波束完全屏蔽。他们不会马上发现我动了手脚。”

“那么我可以说话了。”

“当然。”

“那么我希望皇帝陛下主持我的听证会。”

艾法金冷冷地笑了笑。他脸上竟然还装得下笑容，原来全靠两颊皱纹上多出来的空间。他说：“你是从外地来的。”

“我仍然是帝国公民。我跟你，还有这个公共安全委员会的任何成员完全一样。”

“没错，没错。只不过你们住在外地的人，并不了解川陀目前的情况。事实上，早就没有皇帝陛下主持的听证会了。”

“那么我在这里，应该向什么人上诉呢？有没有其他的途径？”

“没有，实际上没有任何途径。根据法律，你可以向皇帝陛下上诉，但是不会有任何听证会。你可知道，当今的皇帝可不比恩腾皇朝的皇帝。川陀恐怕已经落在贵族门第手中，换句话说，已被公共安全委员会的成员掌握。心理史学早已准确预测到这种发展。”

盖尔说：“真的吗？如果真是这样，既然谢顿博士能预测川陀未来三百年的……”

“他最远能预测到未来一千五百年。”

“就算他能预测未来一万五千年，昨天为什么不能预测今天早上这些事，也好早点警告我……喔，抱歉。”盖尔坐下来，用冒汗的手掌撑着头。“我很了解心理史学是一门统计科学，预测个人的未来不会有任何准确性。我现在心乱如麻，才会胡言乱语。”

“可是你错了，谢顿博士早已料到今天早上你会被捕。”

“什么！”

“十分遗憾，但这是实情。对于他所主导的活动，委员会的敌意越来越浓，千方百计地阻挠我们招募新人。数据显示，假如现在就让冲突升到最高点，会对我方最为有利。可是委员会的步调似乎慢了一点，所以谢顿博士昨天去找你，迫使他们采取进一步的行动。没有其他的原因。”

盖尔吓得喘不过气。“你们欺人太甚……”

“拜托，这是不得已的。我们选择你，绝对没有私人的理由。你必须了解，谢顿博士的计划是他十八年的心血结晶；任何几率够大的偶发性事件，全都会涵盖在里面，现在这件事就是其中之一。我被派来这里，唯一的目的就是安慰你，要你绝对不用害怕。这件事会有圆满的结局；对我们的计划而言，这点几乎能确定；对你个人而言，几率也相当高。”

“几率到底是多少？”盖尔追问。

“对于本计划，几率大于99.9%。”

“那我呢？”

“我被告知的数值是77.2%。”

“那么，我被判刑或处决的几率超过五分之一？”

“后者的几率不到1%。”

“算了吧，心理史学对个人的几率计算根本没有意义。你叫谢顿博士来见我。”

“很抱歉，我做不到，谢顿博士自己也被捕了。”

盖尔震惊得站起来，才刚刚叫出半声，房门就被推开了。一名警卫冲进来，一把抓起桌上的录音机，上下左右仔细检查了一遍，然后放进自己的口袋。

艾法金沉着地说：“我需要那个装置。”

“律师先生，我们会拿一个不发射静电场的给你。”

“既然如此，我的访谈结束了。”

盖尔眼巴巴望着他离去，又变得孤独无助了。

06

审判并未进行得太久（盖尔认为那就是审判，虽然它与盖尔从书上读到的那些精细的审判过程几乎没有类似之处），如今才进入第三天。不过，盖尔的记忆却已无法回溯审判开始的情形。

盖尔自己只被审问了几句，主要火力都集中在谢顿博士身上。然而，哈里·谢顿始终泰然自若地坐在那里。对盖尔而言，全世界只剩下他是唯一稳定的支点了。

旁听人士并不多，全是从贵族中精挑细选出来的。新闻界与一般民众一律被拒于门外，因此外界几乎不知道谢顿大审已经开始。法庭内气氛凝重，充满对被告的敌意。

公共安全委员会的五位委员坐在高高的长桌后方，他们身穿鲜红与金黄相间的制服，头戴闪亮且紧合的塑质官帽，充分代表他们在法庭上扮演的角色。坐在中央的是主任委员凌吉·陈，盖尔不曾见过这么尊贵的贵族，不禁出神地望着他。整个审判从头到尾，陈主委几乎没有说半句话。多言有失贵族身份，他就是最好的典范。

这时委员会的检察长看了看笔记，准备继续审讯，而谢顿仍端坐在证人席上。

问：我们想知道，谢顿博士，你所主持的这个计划，目前总共有多少人参与？

答：五十位数学家。

问：包括盖尔·多尼克博士吗？

答：多尼克博士是第五十一位。

问：喔，那么总共应该有五十一位。请好好想一想，谢顿博士，也许还有第五十二、五十三位？或者更多？

答：多尼克博士尚未正式加入我的组织，他加入之后，总人数就是五十一。正如我刚才所说，现在只有五十名。

问：有没有可能接近十万人？

答：数学家吗？当然没有。

问：我并未强调数学家，我是问总人数有没有十万？

答：总人数，那您的数目可能正确。

问：可能？我认为千真万确。我认为在你的计划之下，总共有九万八千五百七十二人。

答：我想您是把妇女和小孩都算进去了。

问：（提高音量）我的陈述只说有九万八千五百七十二人，你不用顾左右而言他。

答：我接受这个数字。

问：（看了一下笔记）那么，让我们暂且搁下这个问题，回到原先已讨论到某个程度的那件事。谢顿博士，能否请你再说一遍对川陀未来的看法？

答：我已经说过了，现在我再说一遍，三个世纪之内，川陀将变成一团废墟。

问：你不认为这种说法代表不忠吗？

答：不会的，大人，科学的真理无所谓忠不忠。

问：你确定你的说法代表科学的真理吗？

答：我确定。

问：有什么根据？

答：根据心理史学的数学架构。

问：你能证明这种数学真的成立吗？

答：只能证明给数学家看。

问：（带着微笑）你是说，你的真理太过玄奥，超出普通人的理解能力？我却觉得真理应该足够清楚、不带神秘色彩，而且不难让人了解。

答：对某些人而言，它当然不困难。让我举个例子，研究能量转移的物理学，也就是通称的热力学，人类从神话时代开始，就已经明了其中的真理。然而今天在场诸位，并非人人都能设计一台发动机，即使聪明绝顶也没办法。不知道博学的委员大人们……

此时，一位委员倾身对检察长耳语。他将声音压得很低，却仍然听得出严苛的口气。检察长立刻满脸通红，马上打断谢顿的陈述。

问：谢顿博士，我们不是来听你演讲的，姑且假设你已经讲清楚了。让我告诉你，我认为你预测灾难的真正动机，也许是意图摧毁公众对帝国政府的信心，以遂你个人的目的！

答：没有这种事。

问：我还认为，你意图宣扬在所谓的“川陀毁灭”之前，会有一段充满各种动荡的时期。

答：这倒是没错。

问：单凭这项预测，你就想朝那个方向努力，并为此召集十万大军？

答：首先，我想声明事实并非如此。即使真有那么多人，只要调查一下，就会发现役龄男子还不到一万，而且没有任何一人受过军事训练。

问：你是否替什么组织或个人工作？

答：检察长大人，我绝对没有受雇于任何人。

问：所以你公正无私，只为科学献身？

答：我的确如此。

问：那么，让我们看看你如何献身科学。谢顿博士，请问未来可以改变吗？

答：当然可以。这间法庭也许会在几小时后爆炸，但也可能不会。如果它爆炸了，未来一定会产生些微变化。

问：谢顿博士，你在诡辩。那么，人类整体历史也能改变吗？

答：是的。

问：容易吗？

答：不，极为困难。

问：为什么？

答：光就一颗行星上的人口而言，“心理史学趋势”就有很大的惯性。想要改变这个趋势，就必须用相当于这股惯性的力量来抵消它。这需要很多人的集体力量，倘若人数太少，想要有所改变就得花费很长的时间。您能了解吗？

问：我想我能了解。只要许多人都决定采取行动，川陀就不一定会毁灭。

答：这样说很正确。

问：比如说十万人？

答：不，大人，差太远了。

问：你确定吗？

答：请想想看，川陀的总人口数超过四百亿。请再想想，毁灭的倾向并非川陀所独有，而是遍布整个帝国，而银河帝国包含将近千兆的人口。

问：我懂了。不过十万人仍有可能改变这种倾向，只要他们和子子孙孙不断努力经营三百年。

答：恐怕还是不行，三百年的时间太短了。

问：啊！这么说来，谢顿博士，根据你的陈述，我们只剩下一个合理的推论。你用你的计划召集了十万人，却不足以在三百年内改变川陀未来的历史。换句话说，不论他们做什么，都无法阻止川陀的毁灭。

答：您不幸言中了。

问：话说回来，你那十万人并没有任何不法意图？

答：完全正确。

问：（缓慢而带着满意的口气）既然如此，谢顿博士——现在请注意，全神贯注地听我说，因为我们要一个经过深思熟虑的答案。那十万人到底是用来做什么的？

检察长的声音变得越来越尖锐。他冷不防地布下这个圈套，将谢顿逼到死角，并狡猾地斩断所有的退路。

旁听席上的贵族因此掀起一阵骚动，甚至传染到坐在前排的委员们。除了主任委员不动如山之外，其他四位衣着鲜艳的委员都在忙着交头接耳。

哈里·谢顿却不为所动，静静地等着骚动消退。

答：为了将毁灭所带来的影响减到最小程度。

问：你这句话究竟是什么意思？

答：答案非常简单。川陀将要面临的毁灭，并非人类发展过程中的孤立事件，而是一出大戏的最高潮。这出戏在几世纪前便已开演，今后还会继续加速进行。各位大人，我指的是整个银河帝国的衰亡。

原先的骚动此时变成模糊的咆哮。检察长也立刻吼道："你公然宣传……"然后就打住了，因为旁听席上传来阵阵"叛国"的怒吼，显示这项罪名不必拍板便能定案。

主任委员将法槌缓缓拿起，重重敲下，法庭内便响起一阵柔美的铜锣声。等到回音消逝，旁听席上的聒噪同时停止。检察长做了一次深呼吸……

问：（夸张地）谢顿博士，你可明白，你提到的这个帝国已经屹立一万两千年，历经无数代的起起伏伏，受到千兆子民的祝福和爱戴。

答：我对帝国的现状和历史都很清楚。请恕我直言，但我必须强调，我在这方面的知识要比在座每一位都多得多。

问：可是你却预测它的毁灭？

答：这是数学所作的预测，我并未加入丝毫的道德判断。对于这样的展望，我个人也感到遗憾。即使承认帝国是一种不好的政体——我自己可没这么说——帝国覆亡后的无政府状态会更糟。我的计划所誓言对抗的，正是那个无政府状态。然而各位大人，帝国的覆亡是一件牵连甚广的大事，可没有那么容易对付。它的原因包括官僚的兴起、阶级流动的停滞、进取心的衰退、好奇心的锐减，以及其他上百种因素。正如我刚才所说，它早已悄悄进行了数个世纪，而这种趋势已经病入膏肓、无可救药了。

问：帝国仍如往昔般强盛，这难道不是很明显吗？

答：我们见到的只是表面的强盛，仿佛帝国会延续千秋万世。然而检察长大人，腐朽的树干在被暴风吹成两截之前，看起来也仍旧保有昔日的坚稳。此时此刻，暴风已在帝国的枝干呼啸。我们利用心理史学来倾听，就能听见树枝间的叽嘎声。

问：（心虚地）谢顿博士，我们不是来这里听……

答：（坚定地）帝国注定将连同它所有的成就一起消逝。它累积的知识将会散佚，它建立的秩序也将瓦解。星际战争将永无休止，星际贸易也必然衰退；人口会急剧减少，而各个世界将和银河主体失去联系。如此的情况会一直持续下去。

问：（在一片静寂中小声问）永远吗？

答：心理史学不但可以预测帝国的覆亡，还能描述接踵而来的黑暗时代。各位大人，如同检察长所强调的，帝国已经屹立了一万两千年。其后的黑暗时代将不止十二个仟年，它会持续三万年。然后“第二帝国”终将兴起，但在这两个文明之间，将有一千代的人类要受苦受难。我们必须对抗这种厄运。

问：（稍微恢复一点）你自相矛盾。你刚才说无法阻止川陀的毁灭，因此，想必你对所谓的帝国覆亡同样束手无策。

答：我并没有说可以阻止帝国的覆亡，但是现在还来得及将过渡期缩短。各位大人，只要允许我的人立刻行动，便有可能把无政府时期缩短到一个仟年。我们正在历史的临界点上，必须让那些突如其来的重大事件稍加偏折——只要偏一点就好，也不可能改变太多。但这就足以从人类未来的历史中，消除两万九千年的悲惨时代。

问：你准备如何进行？

答：善加保存人类所有的知识。人类知识的总和，不是一个人甚至一千人所能概括的。当我们的社会组织毁败之后，科学也将分裂成上百万的碎片。到时候，每个人学到的都仅仅是极零碎的片断知识，无用又无益。知识的碎片起不了作用，也不可能再传递下去，它们将遗失在世代交替的过程中。但是，假如我们现在着手将所有知识集中起来，它们就永远不会再遗失。未来的世代可以从这些知识出发，不必自己再重新来过。这样，一个仟年就能完成三万年的功业。

问：你说的这些……

答：我的整个计划，我手下的三万人和他们的妻小，都将献身于《银河百科全书》的准备工作。他们一生都无法完成这个庞大的计划，我甚至见不到这个工作正式展开。但是在川陀覆灭前它一定会完成，到时银河各大图书馆都能保有一套。

主任委员举起法槌敲了一下。哈里·谢顿走下证人席，默默走回盖尔身边的座位。

他微笑着说："你对这场戏有什么看法？"

盖尔答道："您先发制人。但是接下来会怎么样呢？"

"他们会休庭，试着和我达成私下协议。"

"您怎么知道？"

谢顿说："老实讲，我并不知道。一切决定都操在这位主委手上。我花了几年时间研究这个人，试图分析他的行为和手段。可是你也了解，将个人无常的行径引进'心理史学方程式'有多么不可靠。但我仍然抱着希望。"

07

艾法金走过来，向盖尔点了点头，然后弯下腰和谢顿耳语。休庭的铃声忽然响起，法警马上走来将他们分开。盖尔立刻被带走了。

第二天的情况完全不同。除了哈里·谢顿与盖尔·多尼克之外，就只有委员会的成员出席。他们一起坐在会议桌前，五位法官与两位被告之间几乎没有隔阂。法官甚至还招待他们两人抽雪茄。塑质雪茄盒表面散发着晕彩，像是一团不停流转的液体；虽然它的确由坚硬干燥的固体制成，却会令眼睛产生运动感的错觉。

谢顿拿了一支雪茄，盖尔则婉谢了。

谢顿说："我的律师并不在场。"

一位委员答道："谢顿博士，审判已经结束了。我们今天是来和你讨论国家安全问题。"

凌吉·陈突然说："我来发言。"其他委员立刻正襟危坐，静待主委的高见。室内变得分外宁静，只等陈主委开口了。

盖尔则屏息等待。事实上，精瘦结实、外表超过实际年龄的陈主委才是银河帝国真正的皇帝。目前那个具有皇帝头衔的小孩子，只不过是他所制造的傀儡，而且还不是第一个。

陈主委说："谢顿博士，你骚扰了京畿的安宁。生活在银河各地的千兆子民，没有任何人能再活上一百年。那么，我们为何要关心三个世纪以后的事？"

"我自己还剩不到五年的寿命，"谢顿说："可是我对未来关心至极。你可以说这是一种理想主义，也可以说我个人认同了'人类'这个神秘而抽象的概念。"

"我不想浪费精力去了解什么神秘主义。请你直截了当告诉我，为何不能今晚就将你处决，顺便将我自己见不到、既没用又烦人的三世纪后的未来，跟你的尸体一起抛在脑后？"

"一个星期之前，"谢顿轻描淡写地说，"您这样做，也许还有十分之一的几率活到年底。到了今天，这个几率已经降为万分之一。"

此时喘息声四起，众人变得骚动不安。盖尔甚至感到后颈的汗毛直竖起来，陈主委则微微垂下了眼皮。

"怎么会呢？"他问。

"川陀的覆灭，"谢顿说，"是任何努力都无法阻止的。然而，要使它加速却非常容易。这场审判半途终止的消息很快会传遍整个银河，人们会知道这个试图减轻浩劫的计划横遭破坏，因而对未来失去信心。现代人已经对祖父辈的生活充满羡忌，今后还会目睹政治革命的升温和经济萧条的恶化。整个银河会蔓延着一种情绪，认为到了那个时候，自己能抢到些什么才是最重要的。野心家一刻都不会等待，亡命之徒更不可能放弃这个机会。他们将采取的行动，每一步都会加速各个世界的倾颓。假如将我杀掉，川陀覆灭的时刻将提前到未来五十年；而您自己的生命，则会在一年之内结束。"

陈主委说："这些话只能吓唬小孩子，不过将你处死并非我们唯一的选择。”

他将压在一叠文件上的细瘦手掌抬起来，只剩两根指头按在顶端那张纸上。

“告诉我，”他继续说，“你将采取的唯一行动，真的只是准备出版那套百科全书？”

“是的。”

“需要在川陀进行吗？”

“大人，川陀是帝国图书馆的所在地，还有川陀大学丰富的学术资源。”

“可是如果让你们到别处去，比方说到另外一颗行星，以免都会的繁华喧扰打扰你们的学术研究，好让你的手下都能专心一志地投入工作——这样不是也很好吗？”

“也许稍微有点好处。”

“那么，地方已经为你们选好了。博士，你如果有空，也可以跟手下的十万人一起工作。我会让整个银河的子民都知道，你们正在为对抗帝国的覆亡而奋斗。我甚至还会透露，你们的工作能够阻止它的覆亡。”他微微一笑，“由于我个人并不相信这些事，也就根本不相信你所谓的覆亡，所以我绝对认为自己在对人民说实话。博士，这样一来，你就不会给川陀带来麻烦，也就不会再搅扰皇帝陛下的安宁。

“除此之外，只剩下将你处决这一条路，还有你的手下，需要处死的也绝不留情。我才不理会你刚才的威胁。从现在开始，我给你整整五分钟的时间，让你选择要接受死刑或是流放。”

“大人，您选定的是哪个世界？”谢顿问。

“我想它叫做端点星。”陈主委说完，随手将桌上的文件转向谢顿的位置。“现在没有住人，不过相当适宜居住，还能改造得符合学者们的需要。它可算是与世隔绝……”

谢顿突然插嘴道：“大人，它位于银河的边缘。”

“我说过了，可算是与世隔绝。它正好适合你的需要，在那里一定能专心工作。赶快，只剩两分钟了。”

谢顿说：“我们需要时间来安排这趟大迁移，算来总共有两万多户人家。”

“你会有足够的时间。”

谢顿又思考了一下，在进入倒数最后一分钟的时候，他终于说：“我接受流放。”

谢顿这句话让盖尔的心跳停了一拍。他最主要的情绪，是为自己能逃过鬼门关而庆幸不已。但在大大松了一口气的同时，他竟然也因为谢顿被击败而稍感遗憾。

08

在计程飞车呼啸着穿过几百英里蛀孔般的隧道，向川陀大学前进途中，他们有好长一段时间只是默默坐着。最后盖尔忍不住了，问道：“您告诉主委的话当真吗？假使您被处决，真的会加速川陀的覆灭？”

谢顿说：“关于心理史学的研究结果，我从来不曾说谎。何况这次说谎根本没有好处。陈主委知道我说的都是实情，他是一位非常精明的政治人物。由于工作的本质，政治人物对心理史学的真理必须有很好的直觉。”

“那么您需要接受流放吗？”盖尔表示不解，但是谢顿并未回答。

抵达川陀大学的时候，盖尔的肌肉已经完全不听使唤，他几乎是被拖出飞车的。

整个校园笼罩在一片光海中，盖尔这才想起川陀世界也应该有太阳。

校园的建筑与川陀其他地方很不一样。这里没有钢铁的青灰色，而是到处充满银色，那是一种类似象牙的金属光泽。

谢顿说：“好像有军人。”

“什么？”盖尔向广场望去，果真看到前方有一名哨兵。

当两人走到哨兵面前时，门口又出现一名口气温和的陆军上尉。

他说：“谢顿博士吗？”

“是的。”

“我们正在等你。从现在开始，你和你的手下都将接受戒严令的监管。我奉命通知你，你们有六个月的时间可以准备迁移到端点星。”

“六个月！”盖尔想发作，谢顿却轻轻按住他的手肘。

“这是我所奉的命令。”军官重复道。

那位军官走开后，盖尔转身对谢顿说：“哈，六个月能干什么？这简直是变相谋杀。”

“安静点，安静点，到我的办公室再说。”

谢顿的办公室并不算大，但是有相当完善、也相当能欺敌的防谍设备。如果有间谍波束射到这里，反射回去的并非令人起疑的静哑，也不是更明显的静电场。对方只会接收到很普通的对话，那是由包含各种声音与腔调的语音库随机产生的。

“其实，”谢顿从容地说，“六个月足够了。”

“我不明白。”

“孩子，因为在我们这种计划中，他人的行动全都能为我所用。我不是告诉过你，陈主委是有史以来思维模式被分析得最彻底的一个人。若不是时机和状况已经成熟，确定我们将得到预期的结果，我们根本不会引发这场审判。”

“但是您能够安排——”

“——被流放到端点星？有何困难？”谢顿在书桌某个角落按了一下，背后的墙壁立刻滑开一小部分。这个按钮设有扫描装置，只会对他的指纹有所反应。

“里面有几卷微缩胶片，”谢顿说，“你把标着‘端’的那卷取出来。”

盖尔依言取出那卷胶片，谢顿将它装到投影机上，并且递过来一副接目镜。盖尔将接目镜调整好，眼底就展现出微缩胶片的内容。

他说：“可是这……”

谢顿问道：“你为何吃惊？”

“您已经花了两年时间准备迁移吗？”

“两年半。当然，我们原来无法确定他会选择端点星，但我们希望他会如此决定，所以我们根据这个假设来行动……”

“谢顿博士，可是为什么呢？您为什么要作这样的安排？如果留在川陀，不是一切都能掌握得好得多吗？”

“啊，这里头有好几个原因。我们去端点星工作，会得到帝国的支持，不会再引发危及帝国安全的疑惧。”

盖尔说：“可是当初您引起那些疑惧，正是为了要他们判您流放，这我还是不懂。”

“要让两万多户人家，心甘情愿地移民到银河的尽头，似乎是不太可能的事。”

“但是何必强迫他们去呢？”盖尔顿了顿，“不能告诉我原因吗？”

“时辰未到。目前能让你知道的，是我们将在端点星建立一个科学避难所。而另一个则会建在银河的另一端，或者可以说，”他微微一笑，“在‘群星的尽头’。至于其他的事，我很快就要死了，你将比我看到得更多——别这样，别这样子。不要吃惊，也不必安慰我。我的医生都说，我顶多只能再活一两年。可是在此之前，我将完成一生中最大的心愿，这也就死而无憾了。”

“您离世后，又该如何呢？”

“啊，自然会有后继者——或许你自己也是其中之一。这些人将为我的计划踢出临门一脚，也就是在适当的时机，以适当的方式煽动安纳克里昂叛变。从此之后，一切就会自行运作。”

“我还是不了解。”

“你会了解的。”谢顿布满皱纹的脸孔，同时显现出安详与疲惫。“大多数人将会去端点星，但少数人要留下来。这些都不难安排——至于我自己，”他最后一句话非常小声，盖尔只能勉强听见他说的是：“吾事已毕。”

第二篇

百科全书编者

端点星：……它的位置偏远（请参考星图），与其在银河历史中扮演的角色形成强烈对比。但正如许多作家一再不厌其烦所指出的，这乃是历史的必然结果。端点星位于银河旋臂的最前缘，是伴随该处一颗孤独恒星的唯一行星。它自然资源贫乏，也几乎毫无经济价值，被发现了五个世纪，仍然没有移民迁入，直到百科全书编者登陆……

……下一代长大后，端点星的角色不可避免地起了变化，不再只是川陀心理史学家们的附属品。随着安纳克里昂的叛变，以及首任市长塞佛·哈定的势力逐渐崛起……

——《银河百科全书》

01

在办公室明亮的一角，路易·皮翰纳正在书桌前埋头苦干。许多工作需要他协调，许多人力需要他规划，千头万绪必须理得井井有条。

五十年过去了，他们花了五十年的时间，将这个“百科全书第一号基地”建立成一个完善的机构。这五十年的光阴，全都花在搜集资料以及准备工作上。

如今准备工作终于告一段落。五年之后，银河有史以来最伟大的巨著即将出版第一册。此后每隔十年会再出一册，时程定得像机械装置一般准确。同时还将出版许多附册，刊载重要时事的相关专文，直到……

当书桌上的蜂鸣器低声呜呜作响时，皮翰纳不安地挪动了一下。他几乎忘了还有一个约会。他赶紧按下开门的掣钮，便从眼角瞥见塞佛·哈定魁梧的身材出现在门口。不过，皮翰纳并没有抬起头来。

哈定自我解嘲地微微一笑。他的确有急事，但是并未表现出任何不悦，因为他很了解，皮翰纳对于打扰他工作的任何人或任何事，一律采取这种不闻不问的傲慢态度。哈定只是坐到书桌另一侧的椅子上，耐心地等待着。

现在，只有皮翰纳的铁笔划在纸上所发出的沙沙声，除此之外没有任何的声音或动作。哈定从背心口袋掏出一枚两信用点的硬币，顺手弹到空中。硬币在空中飞快翻滚，不锈钢的表面光芒闪动。然后哈定伸手抓住硬币，再将它弹出去，懒洋洋地盯着闪烁的反光。在这颗一切金属仰赖进口的行星上，不锈钢还真是货币的适当材料。

皮翰纳终于抬起头，眨了眨眼睛。“停下来！”他的语气充满不悦。

“啊？”

“别再丢那可恶的硬币了。”

“喔。”哈定将硬币放回口袋，“你忙完的时候，请告诉我一声好吗？我已经答应他们，在新下水道的计划付诸表决之前，一定赶回市议会去。”

皮翰纳叹了一口气，起身离开书桌。“我有空了，但是希望你别拿市政府的公事来烦我。拜托，你自己处理就好了，百科全书已经占了我全部的时间。”

“你听到新闻了吗？”哈定以冷静的口气问道。

“什么新闻？”

“就是端点市超波接收站两小时前收到的新闻，安纳克里昂星郡的皇家总督已经自立为王了。”

“哦？那又怎么样？”

“那就意味着，”哈定答道，“我们和帝国内域的联系被切断了。我们早已预料到这件事，可是这于事无补。安纳克里昂刚好横跨我们和川陀、圣塔尼，以及织女星系的最后一条贸易路线之上。以后我们的金属要从哪里进口呢？过去六个月，我们未能弄到任何的钢和铝，现在更是一点办法也没有了，除非安纳克里昂的国王大发慈悲。”

皮翰纳不耐烦地“啧”了好几声。“那就从他那里进口好了。”

“但是我们能这样做吗？皮翰纳，听我说，根据设立这个基地的特许状，百科全书委员会之下的理事会拥有完全的行政权。我这个端点市的市长，仅有的权力大概只能在一旁擤鼻涕，如果想要打个喷嚏，还得先请你签一张行政许可令。好吧，就让你和理事会来作决定。我现在以本市的名义请求你，赶快召开一个紧急会议，我们的繁荣全赖于和整个银河的畅通贸易。”

“好了！别把竞选演说搬到这里来。哈定，给我听好，理事会并没有禁止在端点星上成立市政府。我们了解这是确有必要的，因为自从基地建立以来，五十年间人口已有大幅的增加，而且和百科全书无关的居民越来越多。但是这并不意味着，我们这个基地首要的、也是唯一的目的——出版网罗人类全体知识的百科全书——已经不复存在。哈定，我们是一个国立的科学机构。我们不能、不可以，也绝不会介入任何的地方性政治。”

“地方性政治？皮翰纳，看在皇帝陛下脚趾的份上，这是攸关生死存亡的大事。端点星自身并不能维持一个机械化文明。这里极端缺乏金属，这点你应该很明白。在这颗行星的表壳岩石里，完全找不到一丁点的铁矿、铜矿或铝矿，其他的金属也几乎都没有。假如那个所谓的安纳克里昂国王吃定我们，你想想看，你的百科全书命运又会如何？”

“吃定我们？你难道忘了，我们是直属于皇帝陛下的机构，不是安纳克里昂星郡或者其他任何行政区的一部分。这点给我牢牢记住！我们这里是皇帝陛下直辖的区域，没有任何人敢碰我们，帝国会好好保护端点星的。”

“那么，现在安纳克里昂的皇家总督自立门户，帝国为什么不阻止呢？而且何止安纳克里昂，帝国最外围至少有二十个星郡，事实上就是整个的‘银河外缘’，全都已经各自为政了。我告诉你，我对帝国根本不敢抱什么指望，更不相信它有能力保护我们。”

“胡扯！皇家总督和国王——又有什么两样？帝国里面一向有各式各样的政治主张，不同的人有不同的治国理念。过去也曾经有总督叛变，也有皇帝因而被罢黜或遇刺，但是这些可曾动摇帝国的根本？哈定，忘掉这个消息吧，这不关你我的事。我们是彻头彻尾的——科学家，我们的志业就是银河百科全书。喔，对了，我差点忘了。哈定！”

“什么事？”

“管管你的那份报纸吧！”皮翰纳的声音带着愤怒。

“你是指《端点市日报》吗？那不是我的，它是一家私人企业。它哪里惹到你了？”

“这几个星期，它一直在鼓吹要扩大庆祝基地建立五十周年纪念。建议把这一天定为公定假日，还倡导一些极不合宜的庆祝活动。”

“这有什么不好呢？三个月之后，电脑钟就会开启‘穹窿’。我认为穹窿首度开启是一件大事，你不这么认为吗？”

“哈定，这并不适合举办愚蠢的庆典。穹窿的开启只是理事会的事。如果我们获得任何重要的讯息，一定会立刻向大众宣布。就这么敲定，请务必向日报解释清楚。”

“皮翰纳，很抱歉，但是端点市宪章上保证了一点小事，叫做新闻自由。”

“或许吧，但是理事会却不吃这一套。哈定，我可是皇帝陛下派驻端点星的钦命代表，在这方面我有绝对的权力。”

从哈定的表情，看得出他在尽最大的努力强忍怒意。他绷着脸说：“我还有最后一个消息，正是要对你这位钦命代表报告的。”

“跟安纳克里昂有关吗？”皮翰纳紧绷着嘴唇，感到厌烦透了。

“对。两个星期后，安纳克里昂将派遣一名特使到这里来。”

“特使？到这里来？安纳克里昂派来的？”皮翰纳沉思许久，“来干什么？”

哈定站起来，将椅子推回书桌旁边。“我让你猜猜看。”

他随即离去——连个招呼都没有打。

02

安瑟姆・浩・若缀克是安纳克里昂国王派到端点星来的特使，他是普洛玛的副提督，此外还拥有五六项其他头衔。他的名字中间那个“浩”，代表的正是贵族血统。当他抵达端点星时，哈定亲自到太空航站迎接，并且安排了隆重的外交礼节。

这位副提督带着僵硬的微笑，微微弯下腰，将手铳从皮套中取出来，铳柄朝前递给哈定。哈定也还以相同的礼数，他递过去的手铳还是特地借来的。完成这个仪式后，就代表双方从此建立起友谊与善意。即使哈定注意到若缀克肩处的突起，也谨慎地视而不见。

在迎接特使的地面车周围，前后左右都簇拥着一群职位较低的官员。整个车队以游行般缓慢的速度开向“全书广场”，沿途都有许多热情民众夹道欢迎。

副提督一直以军人与贵族应有的矜持，接受着群众的欢呼。

他对哈定说：“这座城市就是你们整个的世界？”

哈定努力提高音量，才能压过鼎沸的人声。“阁下，这里是个新的世界。在我们这颗不起眼的行星短得可怜的历史中，很少有像您这么尊贵的贵族莅临巡视。因此，群众才会这般如痴如狂。”

当然，这位“尊贵的贵族”并没有听出话中的讽刺之意。

他若有所思地说：“五十年前建立的。嗯——嗯！市长，你们一定还有很多未开发的土地，难道从来没有想到划分成领地？”

“目前为止，还没有这个需要。我们的人口相当集中，我们必须如此，这全是为了那套百科全书。也许有一天，当我们的人口增长到……”

“真是一个奇怪的世界！你们没有农民吗？”

哈定感到这位大人不断在套他的话，不过技巧相当拙劣，不必多少敏锐度便能察觉出来。哈定只是随口答道：“没有——也没有贵族。”

若缀克大人扬起眉毛。“那你们的领导者……等一下我要跟他碰面的那位？”

“您是指皮翰纳博士？对！他是理事会的主席——还是皇帝陛下的钦命代表。”

“博士？没有别的头衔吗？一名学者？地位竟然比市长还要高？”

“啊，当然啦。”哈定亲切地答道，“这里的人多少都算是学者。毕竟这里是皇帝陛下直辖的科学基地，而不是一个普通的世界。”

哈定故意将“皇帝陛下直辖”稍微加重了语气，这似乎令副提督有点不知所措。在车队抵达“全书广场”之前，他一直维持着若有所思的沉默。

即使哈定对下午与晚间的活动感到万分无聊，至少有一件事令他满意。那就是他注意到皮翰纳与若缀克这两个人，虽然在见面时表现得非常热络而且相互尊重——骨子里彼此却极为厌恶。

若缀克大人到百科全书大楼进行“视察”的时候，一直带着茫然的神情聆听皮翰纳的解说。他们经过巨大的数据影片储藏室以及无数间放映室，从头到尾他都不失礼貌地带着空洞的微笑，耐心听着皮翰纳急促的介绍。

走下一层又一层，经过了写作部、编辑部、出版部、影视部，他才终于说出他的第一句感想。

“这一切都非常有趣，”他说，“但是对成年人而言，却似乎是个奇怪的职业。这种工作有什么用处？”

哈定注意到，对于这个评语皮翰纳无言以对，但是从他脸上的表情，却看得出他绝对不同意。

晚餐时的情形却几乎与下午完全相反，自始至终都是若缀克大人在说话。他不厌其烦地叙述最近安纳克里昂与新近独立的邻邦司密尔诺王国开战时，自己担任营长所立下的彪炳战功。他滔滔不绝，越说越兴奋，连技术性细节也巨细靡遗。

这位副提督的故事讲到晚餐结束还意犹未尽，职位较低的官员一个个趁机告退。皮翰纳与哈定则陪着他走到阳台，在夏日黄昏的温暖空气中偷闲片刻。直到这时，他才总算将大败敌军星舰的光荣战果报告完毕。

“现在，”他兴致勃勃地说，“该言归正传了。”

“洗耳恭听。”哈定喃喃答道，他仰靠在椅子上，撑起两条椅腿来回地摇晃，同时点燃一根长雪茄——那是织女星系进口的，他突然想到所剩不多了。

银河高高悬在天空，透镜状的朦胧从地平线一端延伸到另一端。此处位于银河的边缘，天际仅有少数几颗寒星，与壮丽的银河根本无法相比。

“当然，”副提督说，“所有的正式会谈，包括签署文件等等无聊的技术性细节，都要在你们……你们管你们的议会叫什么？”

“理事会。”皮翰纳冷淡地答道。

“真是古怪的名字！反正，那些都是明天的事。不过我想，现在最好先来解决一些可能的障碍，大家开诚布公，好不好？”

“这话的意思是——”哈定立刻追问。

“很简单。在银河外缘这一带，如今局势已经有些改变，你们这颗行星的现状也变得有点暧昧不明。如果我们能对目前的状况达成共识，对双方都会非常方便。对了，市长，这种雪茄还有没有？”

哈定万分不愿地拿了一根给他。

若缀克大人将雪茄放在鼻端闻了闻，发出高兴的“咯咯”笑声。“织女烟草！你从哪里弄来的？”

“这是上次的船货，不过现在没剩几根了。天晓得我们何时能再补货——或许没有机会了。”

皮翰纳皱起眉头，他不会抽烟，因此很讨厌烟味。“阁下，我想了解一下，您的任务就只是来厘清现状吗？”

若缀克大人一面点头，一面使劲喷出第一口烟。

“既然如此，一句话就能说清现状。百科全书基地的地位仍如往昔一样。”

“啊！那么所谓往昔的地位又是什么？”

“是一个国立科学机构，是神圣威严的皇帝陛下直辖的领域。”

这位副提督似乎不为所动，只顾吐着烟圈。“皮翰纳博士，很好的理论。我能想象你还拥有盖了国玺的特许状——但是当今实际的局势又是如何？面对司密尔诺，你们要如何自处？你要知道，他们的首都离你们很近，可不是五十‘秒差距’那么遥不可及。此外，别忘了还有高努姆和洛瑞斯。”

皮翰纳说：“我们和任何星郡都没有瓜葛，我们是皇帝陛下的……”

“它们不是星郡，”若缀克大人提醒他，“它们已经是王国了。”

“就算是王国吧，我们仍然和他们没有任何瓜葛。身为一个科学机构……”

“科学个屁！”对方突然开骂，“我们就要眼睁睁看着端点星被司密尔诺拿下，你这些鬼名目有个屁用？”

“可是皇帝陛下呢？他怎么可能坐视不顾？”

若缀克大人冷静下来，继续说：“好吧，皮翰纳博士，你尊重皇帝陛下的御产，安纳克里昂其实也一样，问题是司密尔诺可不这么想。请记住一件事，我们刚跟皇帝陛下签订一项条约——明天我会呈一份副本给你们的理事会。根据这项条约，我们有义务代表皇帝陛下维持‘前安纳克里昂星郡’境内的秩序。我们的责任至为明确，对不对？”

“当然，但是端点星并不属于安纳克里昂星郡。”

“可是司密尔诺……”

“我们也不属于司密尔诺星郡，我们不属于任何一个星郡。”

“司密尔诺知道这件事吗？”

“我才不管他们知不知道。”

“可是我们得管。我们两国的战争刚刚结束，他们至今还占领我们的两个星系。端点星位于我们两国之间，占有极重要的战略地位。”

哈定听得厌了，插口道：“阁下，请问您究竟有什么提议？”

这位副提督似乎早已不想再拐弯抹角，他立刻单刀直入、简单明了地说：“情况好像非常明显，因为端点星无法自卫，安纳克里昂为了自身的安全，必须负起保卫端点星的责任。你们应该了解，我们绝对无意干涉内政——”

“哼，哼。”哈定发出几声干笑。

“——但是我们相信，就各方面来说，让安纳克里昂在这颗行星建立一座军事基地，都会是一项最佳的措施。”

“这就是你们想要的——在端点星广大无人的土地上建立军事基地——就这样而已吗？”

“嗯，当然啦，还有这个防卫部队的补给问题。”

哈定让椅子恢复四脚着地，双肘搭在膝盖上。“现在我们谈到问题的症结了，让我们就明说吧。端点星今后要接受你们的保护，并且要向你们进贡。”

“不是进贡，是纳税。我们保护你们，你们付出合理的代价。”

皮翰纳在椅子上猛力一拍，发出一声巨响。“哈定，让我来说。阁下，我绝不会付半个信用点给安纳克里昂或司密尔诺，也不会为你们的地方性政治或小小战争出任何经费。我告诉你，这里是免税的国立机构。”

“国立？皮翰纳博士，但我们才是这里的‘国’，而我们不要再‘立’了。”

皮翰纳气冲冲地站起来。“阁下，我是神圣威严……”

“……皇帝陛下的钦命代表。”若缀克以尖酸的语气唱和，“我却是安纳克里昂国王的钦命代表。皮翰纳博士，安纳克里昂离这里近多了。”

“让我们谈正经事吧。”哈定劝道，“阁下，你们要如何征收所谓的税金？愿意接受现物吗，例如麦子、马铃薯、蔬菜、牲畜？”

副提督瞪大眼睛。“搞什么鬼？我们要那些东西做什么？我们自己都生产过剩了。我指的当然是黄金。若是你们刚好盛产铬或钒，那就更好了。”

哈定哈哈大笑。“盛产？我们甚至连铁都不产。黄金！来，看看我们的钱币。”他将一枚硬币扔过去。

若缀克大人掂掂那枚硬币，又仔细看了看。“什么做的？钢吗？”

“没错。”

“我不懂。”

“端点星几乎不产任何金属，所有的金属都靠进口。因此，我们没有任何黄金，除了能够付你们几千袋马铃薯，其他什么都拿不出来。”

“那么——工业制品呢？”

“既然缺乏金属，我们又怎么制造机器？”

沉默一阵子之后，皮翰纳再度试图说服对方。“这整个的讨论都太离谱了。端点星并不能算一个世界，只是一座科学基地，专门负责编纂一部伟大的百科全书。太空啊，老兄，你难道一点都不尊重科学吗？”

“百科全书又不能让我打胜仗。”若缀克大人皱起眉头，“所以说，这是个完全不事生产的世界——而且十之八九无人居住。好吧，你们可以用土地来抵付。”

“你这话是什么意思？”皮翰纳问。

“你们这个世界根本没有什么人，那些无人居住的土地也许很肥沃。安纳克里昂的许多贵族都希望能扩充他们的领地。”

“你难道想提议说……”

“皮翰纳博士，不必表现得那么惊慌，这里的土地足够我们分的。如果一切都能按照计划进行，而你们又充分合作，我们也许还能安排一下，让两位不但没有损失，还能荣获贵族头衔，并且获赐领地。我想，两位了解我的意思吧。”

皮翰纳冷笑一声。“谢谢你的好意！”

这时哈定以直率的口吻说：“安纳克里昂能不能提供我们足够的钚元素？我们的核电厂只剩几年的存量了。”

皮翰纳倒抽一口凉气，接下来是好几分钟的死寂。当若缀克大人再度开口时，语气竟然变得与先前完全不一样了。

“你们有核能？”

“当然啦，这有什么不寻常吗？我相信核能的历史至少有两万年了，我们为什么不能用呢？唯一的问题就是钚的取得有些困难。”

“是啊……是啊。”特使大人停了一下，然后心虚地说：“好吧，两位先生，我们明天再讨论这个议题。我要告辞了……”

皮翰纳望着他的背影，咬牙切齿地说：“这只超级大笨驴！简直令人无法忍受……”

哈定插嘴道：“也不尽然，他只是那个环境的产物罢了。他只懂得一件事，‘我有枪，你没有’。”

皮翰纳气急败坏地转身面向哈定。“你跟他大谈军事基地和贡品，到底是什么意思？难道你疯了？”

“不，我只是顺水推舟，让他把心里的话通通说出来。你也该注意到，他已经不小心说溜了嘴，向我们透露了安纳克里昂真正的企图——那就是，将端点星划分成他们的封地。当然，我可不想让这种事发生。”

“你不想，你不想！你以为自己是谁？我还要问你，你对他大吹我们的核电厂又是什么意思？唉，你这样说，唯一的结果是让我们变成攻击目标。”

“不对，”哈定咧嘴一笑，“是变成‘绝对不能攻击的目标’。我提出这个问题，难道原因不明显吗？这样便证实了我原来强烈怀疑的一件事。”

“那是什么事？”

“安纳克里昂已经不再拥有核能。倘若他们还有，这位大人一定会知道核能发电老早不用钚元素作原料了。从这一点我们就可以推论，银河外缘的其他世界也都没有核能了。至少司密尔诺绝对没有，否则在他们最近的战争中，安纳克里昂不可能赢得大多数的战役。这点很有趣，你说对不对？”

“哼！”皮翰纳带着怒气离去，哈定却很有修养地微笑着。

哈定丢掉抽完的雪茄，抬头仰望伸展在天际的银河。“他们回归到了石油和煤炭的时代，是吗？”他喃喃自语。至于他还想到些什么，这时都还藏在心里。

03

前些日子，哈定否认他拥有《端点市日报》，表面上是说实话，事实上却没有那么单纯。当初，在倡导建立端点星自治市的运动中，哈定始终是运动的领导人物；而在端点市政府成立之后，他又当选为首任市长。因此，虽然哈定名下没有半点日报的股份，他却以间接的手段，控制着其中的百分之六十。

这不足为奇，方法多的是。

因此之故，一旦哈定向皮翰纳建议，也应该让他出席百科全书理事会的会议，日报便不约而同地开始鼓吹同样的主张。后来，还因此召开基地有史以来首度的群众大会，一致要求市政府应该在“国家级”政府中占有一席之地。

最后的结果，是皮翰纳不得不勉强接受。

这时，哈定在理事会中敬陪末座，穷极无聊地想着，为什么科学家都是九流的行政人员。或许只因为他们惯于处理弹性较少的自然现象，而不懂得如何应付善变的人心。

坐在哈定左边的是汤玛兹·瑟特与裘德·法拉，右边的则是卢定·克瑞斯特与叶特·富汉，而主席就是皮翰纳本人。哈定与所有的理事当然都相熟，但是他们在这个场合中，好像都故意端起一点特别的架子。

在会议开头的例行程序中，哈定一直都在假寐。直到皮翰纳举起杯子喝了一口水，准备进入正题时，哈定才及时恢复清醒。皮翰纳发言道："我非常荣幸有这个机会，向理事会报告下列事项：上次会议后，我接到一个重要的通知——帝国的总理大臣道尔文大人，将在两星期后莅临端点星。毫无疑问，只要他向皇帝陛下禀报这里的情况，我们和安纳克里昂的紧张关系就会有完全令人满意的改善。"

他微微一笑，对着坐在另一头的哈定说："这项消息的详细内容已经转交日报。"

哈定暗自感到好笑。这似乎很明显，皮翰纳所以会允许他参加这个"圣会"，原因之一就是要在他面前夸耀这个消息。

哈定故作镇静地说："请各位不要言不及义，你们认为道尔文大人是来做什么的？"

汤玛兹·瑟特首先发言。他在发表正式谈话时有个坏习惯，就是喜欢用第三人称来称呼对方。

"显然，"他陈述道，"哈定市长是一位精明的政治人物。他不可能不知道，皇帝陛下绝对不会允许直接的权益受到侵害。"

"为什么？如果真的发生这种事，皇帝陛下又会如何处置？"

这句话引起其他人的反感。皮翰纳说："你不遵守议事规则。"然后，他又加上一句："此外，还发出几近叛国的言论。"

"这算是对我的答复吗？"

"是的！如果你没有别的话要说……"

"别急着下结论，我还想问一个问题。除了这个外交手段——

它究竟有没有用还很难说——我们面对安纳克里昂的威胁，到底有没有采取任何具体的因应措施？”

叶特·富汉抚摸着他深红的八字胡。“你看到了威胁，是吗？”

“你看不到吗？”

“几乎没有。”他露出虔敬的神态，“皇帝陛下……”

“太空啊！”哈定感到烦透了，“这算是哪门子？每隔一会儿就会有人提起‘皇帝陛下’或是‘帝国’，好像是念什么咒语一样。皇帝陛下远在几千秒差距之外，我很怀疑他会对我们有一丁点的关心。即使真的关心，他又能如何？过去这个星域的确有皇家舰队巡弋，不过现在却是那四个王国的势力范围，而安纳克里昂正是四王国之一。听好，打仗要靠枪炮，不是靠嘴皮子。

“现在听我说。我们原本有两个月的缓冲期，主要是因为我制造了假象，让安纳克里昂以为我们拥有核武器。不过，大家都知道这是我胡诌的。我们虽然拥有核能，却只能做商业用途，而且他妈的少得可怜。他们很快就会发现真相，如果以为他们开得起这个玩笑，你就大错特错了。”

“亲爱的市长……”

“且慢，我还没有说完。”哈定已经进入状况，他就喜欢这种感觉，“把总理大臣拖下水是非常不错的主意，但是弄来几枚超级核弹才真的妙。各位理事，我们已经浪费了两个月，不太可能有另外两个月再让我们浪费了。你们打算怎么做？”

这回轮到卢定·克瑞斯特发言，他的长鼻子气得起了皱纹。“假如你想提议将基地武装起来，我可是一个字也不要听。因为那就代表我们一脚跨进了政治圈。市长先生，我们这里是一个纯粹的科学基地。”

瑟特又补充一句："此外，他根本不了解，建立武力就需要动员，就得抽调百科全书的重要工作人员。无论如何，这种事都不能发生。"

"非常正确。"皮翰纳表示同意，"百科全书第一——永远如此。"

哈定不禁在心中呻吟。这些理事的脑袋，似乎都被百科全书搞坏了。

他以冰冷的语气说："本理事会有没有想过，端点星除了负责编纂百科全书之外，是否可能有其他的意义？"

皮翰纳回答说："哈定，我无法想象除了百科全书，基地还能有什么其他目标。"

"我不是指基地，我是说'端点星'。恐怕你们还搞不清楚状况。端点星上共有百万居民，直接参与百科全书工作的顶多只有十五万人。对我们其他人而言，这里是家园。我们生在这里，长在这里。和我们的家园、农庄或工厂比起来，百科全书对我们没什么了不起的意义。我们要起来保卫……"

他的话被众人的呼喊声打断了。

"百科全书第一。"克瑞斯特义正辞严地说，"我们必须完成这项任务。"

"去你的鬼任务。"哈定吼道，"五十年前或许如此，现在已经是新的一代了。"

"这没有什么关系，"皮翰纳回嘴道，"我们仍是科学家。"

哈定逮到大做文章的机会了。"是吗，你们是吗？那只是美丽的幻觉吧？你们这班人，正好是整个银河数千年错误的缩影。你们准备在这里待几个世纪，只是为了整理上个仟年科学家的工作，这算是哪门子科学？你们有没有想过继续研究发展，改良并延伸既有的知识？根本没有！你们以抱残守缺为满足。整个银河都是如此，天晓得这种现象已经多久了。银河外缘为什么会发生叛乱，各方的联系为什么会中断，小型战争为什么永无休止，整个星域为什么都失去核能而回到原始的化学能科技，这就是真正的原因。”

“倘若你们问我有什么看法，”哈定咆哮道，“我会说银河帝国就要亡啦！”

他就此打住，坐下来调匀呼吸。有两三个人同时抢着回应，他却没有注意听。

克瑞斯特站起来。“市长先生，你发表这些疯疯癫癫的言论，我实在不知道你居心何在。你根本没有提出任何建设性的意见。主席，我提出动议，市长的发言不要列入记录，让我们从被他打断的地方继续讨论。”

这时裘德·法拉准备做第一次发言。在此之前，即使讨论进行到最热烈的时候，他也完全没有插嘴。但是一旦开口，他低沉的声音就重重敲击每个人的耳膜，重得可以媲美他三百磅的身躯。

“各位，我们是不是忘了一桩事？”

“什么事？”皮翰纳不悦地问。

“一个月之后，我们将要庆祝基地五十周年纪念。”法拉一贯的说话技巧，就是能将最普通的事也说得深奥无比。

“那又怎么样？”

“到了周年庆那一天，”法拉不急不徐地继续说，“哈里·谢顿的穹窿将会开启。你们有没有想过里面是什么？”

“我不知道，大概是应景的东西吧。也许是一段发表贺词的影像。我认为，我们完全不必强调穹窿的重要性，虽然日报——”他瞪了哈定一眼，哈定则咧嘴一笑。“——的确试图在这方面大做文章。我已经叫他们闭嘴了。”

"啊，"法拉说，"但是也许你猜错了呢。你有没有想到过——"他顿了一下，将一根手指放在又小又圆的鼻头上，"——穹窿可能开启得正是时候。"

"你的意思是说，正好不是时候？"富汉低声抱怨，"我们需要烦心的事已经够多了。"

"还有比哈里·谢顿的讯息更重要的事吗？我可不相信。"法拉显得越来越庄严神圣，哈定若有所思地看着他。他葫芦里到底卖的是什么药？

"事实上，"法拉高高兴兴地说，"你们似乎都忘记了，谢顿是当代最伟大的心理学家，也是我们这个基地的创始人。我们可以合理地假设，谢顿曾经运用他所创立的科学，推算出不久之后可能的历史轨迹。果真如此，我再强调一遍，这很有可能，那么他一定想出了警告我们的方法，或许还会指出解决之道。他极为重视百科全书这项计划，想必大家都知道吧。"

会议桌上弥漫着一股困惑的气氛。皮翰纳干咳了一声，"好吧，我不予置评。心理学是一门伟大的科学，可是——我想，现在并没有心理学家在场。我们似乎无法作出任何确定的结论。"

法拉转头问哈定说："你不是曾在艾鲁云门下攻读心理学吗？"

哈定以十分向往的口气答道："是的，不过我没有读完，后来我对理论感到厌倦了。我原本想要成为一名心理工程师，但是此地缺乏足够的设备。所以我退而求其次——进入政治圈。事实上，两者可说殊途同归。"

"那么，你认为穹窿里面藏着什么？"

哈定谨慎地回答："我不知道。"

接下来的会议，哈定没有再发一言——即使议题又回到帝国总理大臣身上。

事实上，他根本没有再听下去。他发现了一个重要的新方向，所有的事都在朝这个方向发展。纵使目前线索不多，但是也足够了。

心理学就是其中的关键，这点他十分肯定。

他尽力回忆曾经学过的心理学理论——从那些残存的知识中，他一开始就捕捉到一个想法。

像谢顿这样伟大的心理学家，他对人类的情感与本能反应之洞悉，已足以让他广泛地预测未来历史的大趋势。

而这代表着什么呢？

04

道尔文大人嗜吸鼻烟。他留着长发，不过从精巧的鬈曲发式看来，那显然并不是自然卷，他还喜欢不时抚弄两侧金黄色的蓬松鬓须。此外，这位大人说话过于装腔作势，并且在许多字眼后面加上“儿”音。

哈定对这位尊贵大臣的第一印象就是反感，一时之间自己也想不出什么好理由。喔，对了，他发表意见之际，总是喜欢摆出优雅的手势，还有每次表示肯定的时候，他都会刻意表现出纡尊降贵的姿态。

但是这些都不重要，现在唯一的问题是把他找出来。半小时之前，道尔文大人与皮翰纳双双失踪——连半个人影都不见了，真该死。

哈定相当确定皮翰纳一定很得意——因为自己未能参加他们的初步讨论。

不过，刚才有人在这一层楼的这个侧翼看见皮翰纳，所以只要一扇一扇门查看就行了。查过半数的房间后，哈定突然叫道：

“啊！”然后立刻跑进那间漆黑的放映室。里面的屏幕上，正清楚地映出道尔文大人精巧发式的轮廓。

道尔文大人抬起头来说：“啊！哈定。你正在寻觅我们，对不？”他掏出鼻烟盒——哈定注意到上面有过多的装饰，而且手工也不高明。由于哈定礼貌地婉谢，大人自己吸了一撮，并露出优雅的微笑。

皮翰纳皱着眉头，哈定却故意视而不见。

直到道尔文大人盖上鼻烟盒，发出了“咔嗒”一声，才打破了这段短短的沉默。他将鼻烟盒放好，对哈定说：“哈定，你们的这套百科全书，乃是杰出的成果儿。的确很了不起，称得上有史以来最壮伟的成就儿之一。”

“阁下，我们也大多这么想。然而这项成就至今尚未全部完成。”

“由小看大，我已经看出你们这个基地效率非凡，我一点儿也不担心。”他对皮翰纳点了点头，后者高兴万分地鞠躬还礼。

皮翰纳真会逢迎，哈定心里这么想。“阁下，我并非抱怨这里工作效率太低，可是安纳克里昂的效率绝对更高——不过却是用在毁灭的途径上。”

“啊，是的，安纳克里昂儿。”大人不以为然地挥挥手，“我刚打那儿来，万分原始的行星。真是无法想象，人类怎能住在银河外缘这儿。文明人士最基本的生活所需，这儿几乎全都没有，也不能提供舒适便利的最基本条件，还完全废弃了……”

哈定冷不妨插嘴道：“不幸的是，安纳克里昂人却有开启战端的基本所需，以及毁灭敌方的基本条件。”

“没错儿，没错儿。”道尔文大人似乎有点不高兴，或许是因为他的话半途被打断。“但是我们还不准备谈公事儿。真的，现在我还在忙别的。皮翰纳博士，你不是还要给我看第二册吗？请吧。”

灯光立刻关闭，接下来的半小时中，根本没有人理会哈定，仿佛他这个人已经跑到安纳克里昂去了。屏幕上所投射的百科全书内容，对哈定而言没有什么意义，他也懒得浪费这个精神。反倒是道尔文大人，竟不时表现出相当真诚的兴奋。哈定还注意到，当这位大人在兴奋的时候，他话中的“儿”音就全跑出来了。

灯光再度开启时，道尔文大人说：“精彩至极，真正精彩至极！哈定，你会不会刚好对考古学有兴趣儿？”

“啊？”哈定从神游状态中清醒过来，“不敢，阁下，我不敢说有兴趣。我原本想成为心理学家，最后决定献身政治。”

“啊！那是确确实实有趣儿的学问。本大人，我自个儿，你知道吗——”他掐了一大撮鼻烟，猛吸了几下，“对考古学也稍有涉猎。”

“真的吗？”

皮翰纳打岔道：“大人对这个领域极为精通。”

“嗯，也许吧，也许吧。”大人得意洋洋地说，“我在这门科学上花了无数苦功。事实上，可说是饱览群书儿。你可知道，我读遍了久当、欧必贾西、克罗姆威尔等等大考古学家的所有著作。”

“我当然听说过这些考古学家，”哈定说，“但是从来没有读过他们的著作。”

“亲爱的朋友，改天你真该读一读，保证受益无穷。啊，我认为这趟儿来到银河外缘真不虚此行，因为让我看到了拉玛斯的绝版书儿。你们可相信，在我们的图书馆一本儿都找不着。对啦，皮翰纳博士，你答应过要复制一本儿给我带回去，可没忘记吧？”

“这是我的荣幸。”

“你们一定知道，”道尔文大人开始说教，“对于‘起源问题’，拉玛斯提出过一个崭新而且万分有趣儿的说法，我原本都还不晓得。”

“什么问题？”哈定追问。

“我是说‘起源问题’。你该知道吧，就是人类发源于何处儿这个大谜儿。你们一定知道，一般的理论都认为人类最初发源于一个行星系统儿。”

“喔，对，我知道。”

“当然啦，没人儿知道到底在哪儿——已经淹没在远古遗迹儿中。然而，有不少人儿提出过各种理论。有人儿认为是天狼星，也有人儿坚持是南门二，或是金乌，或是天鹅座六十一号儿——你们可注意到，这些恒星都在天狼星区。”

“拉玛斯又是怎么说的？”

“嗯，他完完全全另辟蹊径儿。他试图用大角星系的第三颗行星上那些考古遗迹儿，证明在没有任何太空旅行迹象之前，那儿已经有人类存在。”

“这就表示那里是人类的故乡吗？”

“也许吧。我得先仔细读读他的书儿，估量他所提出的证据，然后才能下定论。我总得看看他的观察有多可靠儿。”

哈定沉默了一会儿，然后说：“拉玛斯的书是什么时候写的？”

“喔——我想差不多八百年前吧。当然啦，大部分的内容儿，都是根据葛林先前的研究结果儿。”

“那您为什么要依赖他的数据？为何不亲自到大角星系去研究那些遗迹？”

道尔文大人扬了扬眉，匆匆吸了一撮鼻烟。“亲爱的朋友，为啥儿去，去干啥儿呢？”

“当然是去找第一手数据。”

“但是有这个必要吗？为了找数据到处乱跑乱窜，实在是舍近求远，没啥儿成功的指望。听我说，我搜集了过去最伟大的考古学家所有的研究记录儿。我拿它们互相比较——然后存异求同——分析彼此的矛盾——再决定哪一种说法最可靠——如此就能取得结论儿。这就是科学方法。起码——”他故意表现得苦口婆心，“这是我的看法。反之亲自跑到天狼星，或者金乌，乃是万分轻举妄动的做法。因为能找着的，考古大师们早就作了完整的研究儿，我们即使到了那儿，也没有希望得到啥新的结果儿。”

哈定礼貌地喃喃道：“我明白了。”

“来吧，阁下，”皮翰纳说，“我想我们该回去了。”

“啊，对，也许真该走啦。”

当他们离开放映室之后，哈定突然说：“阁下，我能请问您一个问题吗？”

道尔文大人露出和气的微笑，还优雅地挥着手来强调他的语气。“当然可以，亲爱的朋友。只要本大人粗浅的学问帮得上忙，都万分乐意效劳儿。”

“阁下，这个问题严格说来不是考古学。”

“不是吗？”

“不是。我的问题如下：去年我们端点星收到一则消息，是关于仙女座三号的第五颗行星上核电厂炉心融解那件事。关于这个意外，我们只得到最简单的报道——详细情形完全不详。不知道大人能否告诉我整件事的来龙去脉。”

皮翰纳噘起嘴。“你怎么拿这种完全无关的问题来打扰大人。”

“皮翰纳博士，一点儿也不会。”总理大臣帮哈定解围，“真的没关系，反正这件事儿也没啥儿好说的。那儿的核电厂的确发生炉心融解，真是一场大灾难，你知道吧。我想那是放射性污染。其实，政府正在认真考虑颁布几条限令，今后要杜绝核能的滥用——不过这种事儿不适合公开，你知道吧。”

“我了解，”哈定说，“但是那个电厂到底出了什么问题？”

“唉，其实，”道尔文大人轻描淡写地说，“谁又知道呢？几年前那儿的核电厂就出过毛病，据说修理和更新的工作做得太差。这年头儿，想要找着真正了解电力系统详细结构的工人儿，真是难喔。”他以沉重的心情又吸了一撮鼻烟。

“您可知道，”哈定说，“银河外缘的那些独立王国，全都已经没有核能了。”

“是吗？我一点儿也不惊讶，个个都是原始的世界——喔，亲爱的朋友，千万别再用‘独立’这个词儿。他们可没有独立，你知道吧。我们和他们签订的条约能够证明这点儿，他们全都承认帝国的宗主权。当然啦，他们必须承认，否则我们根本不会和他们谈判。”

“或许如此，可是他们有太多的行动自由。”

“是的，我想你说得对，可还真不少呢。不过这倒没啥儿关系。这样一来，银河外缘如今得依赖自个儿的资源，对帝国而言多少有点好处。你知道吧，他们对我们没啥儿用。最最原始的世界，几乎没有文明儿。”

“他们过去倒很文明。安纳克里昂曾经是外围星域最富庶的地区之一，我知道它当年几乎和织女星系一样富有。”

“喔，可是，哈定，那是好几世纪前的事儿。你不能从那儿妄下断语。在古老的伟大时代，一切都大不相同。我们没法儿再像古人那样儿，你知道吧。不过，哈定，得了吧，你是我见过最滑头、最顽固的小伙子儿。我不是告诉过你，今天绝对不谈公事儿。皮翰纳博士刚才还特别警告我，说你会想尽法子缠着我，但是应付这种事儿我太有经验。咱们明天再谈吧。”

他们的谈话便到此结束。

05

倘若不算理事会成员与道尔文大人所作的非正式会谈，今天是哈定第二次参加理事会的会议。不过哈定市长心知肚明，在此之前他们还举行过少则一次、多则两三次的理事会，但他就是没有接到开会通知。

哈定还猜得到，若非因为那份最后通牒，这次的会议仍旧没他的份。

那份储存在显像装置中的文件，表面上看起来，好像是两位领导者之间友善的问候函件。然而至少在实质上，它是一份不折不扣的最后通牒。

哈定用手指轻抚着那份文件。它的开头是华丽的问候语："神圣权威的安纳克里昂国王陛下，致他的好友与兄弟——百科全书第一号基地理事会主席路易·皮翰纳博士。"结尾处则更是夸张，盖了一个巨大的、五颜六色的国玺，繁复的符号几乎让人眼花缭乱。

但无论如何，这仍然是一份最后通牒。

哈定说："事实证明，我们的时间原本就不多——只有三个月而已。但即使只是这么一点时间，还是被我们浪费掉了。这份文件只给我们一周的期限，我们要怎么办？”

皮翰纳显得愁眉苦脸。“这里头一定有什么不对劲。道尔文大人向我们保证过皇帝陛下和帝国对此事的态度，这点他们明明知道，竟然还会采取这种极端的手段，简直令人难以相信。”

哈定立刻跳起来。“我明白了。你把所谓的‘皇帝陛下和帝国的态度’知会了安纳克里昂的国王，对不对？”

“我是这么做了——但是在此之前，我曾经把这个提议交付理事会表决，结果大家一致赞成。”

“表决是什么时候举行的？”

皮翰纳恢复了主席的尊严。“哈定市长，我想我并没有义务回答你这个问题。”

“没关系，反正我也没有太大的兴趣。我只是认为，你那份传达道尔文大人珍贵意见的外交信函，”他咧开嘴角，做出皮笑肉不笑的表情，“是我们收到这个‘善意回应’的直接原因。否则他们可能还会拖得更久一点——不过根据本理事会一贯的态度，我想即使还有时间，对端点星仍然不会有什么帮助。”

叶特·富汉发言：“市长先生，你又是如何得出这个惊人的结论？”

“方法其实相当简单，只是用到一点普遍遭到忽视的东西——常识。你们可知道，人类知识中有一门学问称为符号逻辑，能将普通的语言文字中混淆语意的所有障碍物一一排除。”

“那又怎么样？”富汉追问。

“我利用了这个工具。我在百忙之中，抽空以符号逻辑分析了这份文件。其实对我自己而言，根本不用这么麻烦，因为我很清楚它的真正意义。可是我想对于你们五位科学家，利用符号解释要比我直说来得更容易。”

哈定将原先压在手肘下面的几张纸摊开来。“顺便说一声，这不是我自己做的。”他说，“你们可以看到，在这份分析下面签名的，是逻辑部的穆勒·侯克。”

皮翰纳靠着桌子倾身向前，以便看得清楚一点。哈定继续说：“安纳克里昂的这封信所透露的真正讯息，其实非常容易分析，因为写信的人不是摇笔杆而是拿枪杆的。所以它很容易蒸馏，让赤裸裸的陈述显露出来。若用符号表现，就是你们现在所看到的；倘若翻译成普通语言，大意就是：‘一周之内将我们所要的全数奉上，否则我们就要诉诸武力。’”

五位理事开始逐行研究这些符号，维持了好一阵子的沉默。然后皮翰纳坐下来，忧心忡忡地干咳。

哈定说：“皮翰纳博士，没有什么不对劲吧？”

“似乎没有。”

“好的。”哈定将那几张纸收起来，“现在放在你们面前的，是帝国和安纳克里昂所签定的条约副本——代表皇帝陛下签署这份条约的，正巧就是上周莅临本星的道尔文大人——旁边这张是它的逻辑分析。”

那份条约用细小字体印了满满五页，分析却只有将近半页龙飞凤舞的手稿。

“各位理事，你们看到了，经过分析之后，这份条约的百分之九十都被蒸馏掉，因为那些全都没有意义。而剩下来的内容，可以用很有意思的两句话来总括：

“安纳克里昂对帝国应尽的义务：无！

“帝国对安纳克里昂可行使的权力：无！”

五位理事再度焦急地研读着分析，还拿着条约原文对照检查。

当他们忙完后，皮翰纳以惴惴不安的语气说：“这似乎也很正确。”

“那么你承认，这份条约不折不扣就是安纳克里昂的独立宣言，并且还附有帝国的正式承认？”

“似乎就是如此。”

“难道安纳克里昂不明白这一点吗？他们现在一定急着强调独立的地位，因此对于任何来自帝国方面的威胁，自然都会感到如芒刺在背。何况目前的态势很明显，帝国根本无力对他们构成威胁，否则也绝对不会默许他们独立。”

“可是，”瑟特插嘴道，“道尔文大人保证帝国会支持我们，这点哈定市长又要如何解释？这些保证似乎——”他耸耸肩，“嗯，似乎令人满意。”

哈定坐回椅子里。“你可知道，这就是整个事件最有意思的一个环节。我承认刚刚见到那位大人的时候，曾经认为他是全银河最蠢的笨驴——后来事实证明，他其实是一位老练的外交家，而且再聪明不过。我自作主张，将他说的话都录了下来。”

会场中立刻一阵慌乱，皮翰纳吓得连嘴巴都合不拢。

“这有什么了不起？”哈定反问，“我了解这样做非常有违待客之道，也是正人君子所不为的。而且万一当场被大人抓到，还会发生很不愉快的后果。不过他终究没有发现，所以说我成功了，事实就是如此。我将录音复制了一份，一并送到逻辑部，请侯克帮我分析。”

卢定·克瑞斯特问：“分析报告呢？”

哈定答道：“结果可是非常有趣。毫无疑问，这个录音是三份文件中最难分析的。侯克不眠不休工作了两天，终于成功地除去所有无用的废话和修词，以及没有实质意义的言论。简单地说，就是抽丝剥茧。结果他发现没有任何东西剩下来，所有的命题都互相抵消了。

“各位理事，在整整五天的讨论中，道尔文大人等于一个屁也没放。他却说得天花乱坠，把你们全部唬得一愣一愣的。这就是你们从伟大的帝国所得到的保证。”

哈定讲完这番话之后，立刻爆发极大的骚动，即使他在会议桌上再摆一枚臭弹，也不会让场面变得更加混乱。他耐心地等待骚动消退，越等越不耐烦。

他终于开始下结论：“你们向安纳克里昂传达道尔文大人的讯息，也就是说，你们故意拿帝国来威胁他们，唯一的结果，就是激怒了那位更了解现况的国王。他当然只好立即采取行动，马上送来这份最后通牒——这就兜回到我原来的问题。只有一周的时间，我们要怎么办？”

瑟特说：“我们似乎别无选择，只好答应安纳克里昂在这里建立军事基地。”

“这点我同意，”哈定答道，“但是一旦时机来临，我们要如何把他们踢走？”

叶特·富汉的八字胡抽动着。“听来好像你已经下定决心，一定要用武力对付他们。”

“武力，”哈定反驳道，“是无能者最后的手段。可是我也绝不打算为他们铺上红地毯，把他们迎为上宾。”

“我还是不喜欢你这种说法，”富汉很坚持，“这是一种很危险的态度，而且我们近来还注意到，有大批群众似乎在盲从你的提议，所以这就更加危险了。哈定市长，我可以告诉你，本理事会对于你最近的活动，可不是完全一无所知。”

他顿了一顿，其他理事都表示同意。哈定的反应只是耸耸肩膀。

富汉继续说：“假如你要煽动全市采取武力手段，那就等于自取灭亡——我们不会让你这样做的。我们的政策只有一项根本原则，就是一切以百科全书为重。我们作出的任何决定，不论是采取或是放弃某项行动，出发点都是为了保护百科全书的安全。”

“那么，”哈定说，“你的结论是，我们要继续贯彻以不变应万变的政策？”

皮翰纳无可奈何地说：“你自己刚才已经证明帝国无法帮助我们，虽然细节部分我还不了解。假如必须妥协……”

哈定觉得自己好像在做一场恶梦，拼命奔跑却哪里也到不了。“根本没有妥协！军事基地这种蠢话只是极其拙劣的借口，你们难道看不出来吗？若缀克已经告诉我们安纳克里昂真正想要的是什么——是彻底兼并端点星，把他们的贵族封地制度和小农经济体系，强行加在我们头上。我虚张声势说我们有核能，只能让他们投鼠忌器，但他们迟早会行动的。”

哈定早已愤愤不平地坐不住了，其他人也跟着他站了起来——只有裘德·法拉例外。

这时法拉终于开口。“请各位都坐下来好吗？我想我们已经离题太远了。哈定市长，别这样，生这么大的气根本没用；我们这些人都没有要背叛端点星。”

“这点，你可得好好说服我！”

法拉露出温和的笑容。“你自己也知道这是气话。请让我发言吧！”

他那双机灵的小眼睛眯起一半，宽圆的下巴冒出油油的汗水。“本理事会已达成一项决议，现在似乎没有任何隐瞒的必要。那就是关于安纳克里昂这个问题，等到六天后穹窿开启的时候，我们应该就能发现解决之道。”

“这就是你的高见吗？”

“是的。”

“所以我们什么也不用做，对不对？只要充满信心地静静等待，穹窿中就会跳出意想不到的救星？”

“把你那些情绪化的措词滤掉，就是我的想法。”

“明显的逃避主义！法拉博士，你真是个大愚若智的天才。不是像你这么聪明的人，还真想不出这么高明的建议。”

法拉不以为意地微微一笑。“哈定，你的尖酸刻薄可真有趣，不过这回用错了地方。事实上，我想你应该还记得，三个星期前开会的时候，我对穹窿所做的推论吧。”

“是的，我记得。我并不否认，单就逻辑推理而言，那不能算是愚蠢的想法。你上次说——我若说错了，请随时纠正——哈里·谢顿是这个星系最伟大的心理学家，因此他能预见我们如今所遭遇的各种困难；也因此他建立了穹窿，目的是为了告诉我们如何趋吉避凶。”

“你领会了这个想法的精髓。”

“如果我告诉你，过去几周以来，我都在仔细思考你这番话，你会不会感到惊讶？”

“非常荣幸，结果如何？”

“结果我发现光是推理并不够，还需要用到一点点常识。”

“比如说？”

“比如说，假使他预见了安纳克里昂将带来的麻烦，当初为什么不把我们安置在离银河核心近一点的地方？我们现在都知道，当时是谢顿精心操纵了川陀的公共安全委员，基地才会设在端点星的。可是他为什么这样做呢？假如他预先推算出银河中的联系会中断，我们因此会跟银河主体隔绝，又为强邻环伺——而且端点星缺乏金属，使我们无法自给自足，他为什么还要把我们带到这里来？这是最重要的一点！话又说回来，倘若他算得出来这些，又为什么不事先警告最初的移民，好让他们可以有时间准备？他绝不会等到我们一只脚已经踏出悬崖，才跳出来告诉我们如何勒马。

“还有别忘了，就算他当年能够预见这个问题，我们如今也能看得一样清楚。因此，假如他当时就能想出解决之道，我们现在也应该有办法做得到。毕竟谢顿不是什么魔法师，我们解不开的难局，他也不会有什么好办法。”

“可是，哈定，”法拉提醒道，“我们真的做不到！”

“但是你们还没有试过，连一次都没有试过。刚开始的时候，你们根本拒绝承认威胁的存在！然后又死守着对皇帝陛下的盲目信赖！现在又将希望转移到哈里·谢顿身上。从头到尾，你们不是依赖权威就是仰仗古人——从来没有自立自强。”

哈定的拳头不自主地越捏越紧。“这无异于一种病态——一种条件反射，遇到需要向权威挑战时，自己独立思考的能力就完全关闭。在你们心目中，皇帝陛下无疑比自己更有力量，谢顿博士一定比自己更有智慧。这是不对的，你们难道不觉得吗？”

不知道为什么，没有人想要回答这个问题。

哈定继续说：“不只是你们，整个银河都一样。皮翰纳听过道尔文大人对科学研究的看法，他认为要做一位优秀的考古学家，唯一的工作就是读完所有的相关书籍——死了几百年的人写的那些书。他还认为解决考古之谜的办法，就是衡量比较各家权威的理论。皮翰纳那天都听到了，却没有表示反对。你们难道不觉得这里头有问题吗？”

哈定的语气仍然带着恳求。

可是仍然没有人回答。他只好再说下去：“你们这些人，还有端点星一半的居民也一样糟糕。你们坐在这里，将百科全书视为一切的一切。你们认为最伟大的科学终极目标，就是整理过去的知识。这很重要没错，但是难道不应该继续研究发展吗？我们正在开倒车，你们当真看不出来吗？在银河外缘这里，到处都已经不会使用核能。在仙女座三号恒星系，一座核电厂因为维修不良而炉心融解，堂堂的帝国总理大臣只会抱怨缺乏核能技工。可是因应之道是什么？多训练一些新手吗？连想都没想！他们采取的唯一措施，就是限制核能的使用。”

哈定第三次重申：“你们难道不觉得吗？这是一种泛银河的现象。这是食古不化，这是堕落——是一潭死水！”

哈定向每位理事一一望去，对方都目不转睛地瞪着他。

法拉是第一个恢复正常的。“好了，这些玄奥的大道理对我们没有用。我们应该实际一点。难道你否认哈里·谢顿能用心理学的技术，轻易算出未来的历史趋势？”

“不，当然不否认。”哈定吼道，“但是我们不能指望他为我们提供解决之道。他顶多只能指出问题的症结，但若是真有解决的办法，我们必须自己设法找出来。他无法为我们代劳。”

富汉突然说：“你所谓的‘指出问题的症结’是什么意思？我们都知道问题是什么。”

哈定猛然转向他。“你以为你知道吗？你认为安纳克里昂就是哈里·谢顿唯一担心的问题。我可不这么想！各位理事，告诉你们，直到目前为止，你们对整个状况一点概念都没有。”

“你有吗？”皮翰纳以充满敌意的口气反问。

“我是这么想！”哈定跳起来，将椅子推到一旁，他的目光凌厉而冷酷，“若说目前有什么可以确定的事，那就是有个古怪事件和整个情况都有关联，它比我们讨论过的任何事都更为重大。请你们问自己一个问题：为什么当年来到基地的第一批人员，只有玻尔·艾鲁云一位一流的心理学家？而他却小心翼翼，只是教授基本课程，从不将这门学问的真髓传给学生。”

一阵短暂的沉默后，法拉道：“好吧，你说为什么？”

“也许因为心理学家能够看透背后的一切——会太早识破哈里·谢顿的安排。如今我们只能四处摸索，模糊地窥见一小部分真相。这就是哈里·谢顿真正的用意。”

哈定纵声哈哈大笑。“各位理事，告辞了！”

他大步走出会议室。

06

哈定市长嘴里咬着雪茄。其实雪茄早已熄灭，他却没有注意到。他昨夜通宵未眠，也很肯定今晚同样无法睡觉。这一切，都能从他眼中看出来。

他以疲倦的声音说：“这就可以了吗？”

“我想没问题，”约翰·李一只手摸着下巴，“你认为如何？”

“不坏。非这样厚脸皮不可，你明白吧。也就是说不能有任何犹豫，不能给他们一点掌握情势的空当。一旦我们能够发号施令，哈，就要以最熟练的方式下达命令，他们一定会习惯性地服从，这就是政变的基本原则。”

“若是理事会犹豫不决……”

“理事会？忘了他们吧。过了明天，他们对端点星的影响力比不上半个信用点。”

约翰缓缓点了点头。“但是很奇怪，他们到现在还没有试图阻止我们。你说过，他们不是完全蒙在鼓里。”

“法拉摸到了一点边，有时候他会让我有点担心。而皮翰纳在我当选的时候，就已经对我起疑了。但是，你可知道，他们从来没有本事了解我的真正意图。他们所受的都是皇权至上的训练。他们确信皇帝陛下是全能的，只因为他是皇帝；他们确信理事会不可能被架空，只因为理事会奉皇帝陛下之名行事。没有人看得出政变的可能性，这帮了我们一个大忙。”

哈定猛然起身，走到饮水机前面。“约翰，他们并不坏，我是指当他们全心投入百科全书的时候——我们要让这件事成为他们未来唯一的工作。可是统治端点星，他们却毫无能力。现在走吧，把一切都发动。我想单独静一静。”

哈定坐上办公桌的一角，瞪着手中那杯水。

太空啊！自己真有装出的那般自信就好了！安纳克里昂人两天后就要登陆，而他现在所准备进行的，只是基于自己对谢顿五十年前的安排所做的揣摩与猜测。自己甚至不能算正牌的心理学家，只是一个受过几天训练的半调子，竟然妄图看穿近代最伟大的心灵。

假如法拉猜得没错，假如安纳克里昂就是谢顿所预见的唯一问题，假如谢顿想保护的只是百科全书——那么发动军事政变又有什么用?

他耸耸肩，开始喝那杯水。

07

穹窿中准备的椅子远超过六张，仿佛准备迎接许多人。哈定注意到这一点，便找了一个尽可能远离五位理事的座位，慵懒地坐下来。

理事们对这个安排似乎不在意。他们先是彼此低声交谈，然后话讲得越来越少，变成每次只吐一两个字，最后终于通通闭上嘴。在他们五个人当中，只有裘德·法拉似乎比较镇定。他掏出表来，表情严肃地看着时间。

哈定也瞄了瞄自己的表，然后望了望那个占据室内一半面积的玻璃室——里面空无一物。这个玻璃室是穹窿中唯一不寻常的物件，除此之外，看不出哪里还能受电脑控制。等到某个预定的准确时刻，缈子流就会触发电脑接通开关，然后……

灯光暗了下来！

电灯并没有完全熄灭，只是突然变得昏黄，却让哈定吓得跳了起来。他吃惊地抬头望着天花板的电灯，等到他的目光回到玻璃室，里面已经不再空虚。

玻璃室中出现一个人形——一个坐在轮椅上的人！

人形起初没有说话，只是将放在膝上的书合起来，随手把玩了一会儿。然后它微微一笑，面孔看起来栩栩如生。

它说："我是哈里·谢顿。"声音苍老而低弱。

哈定差点要起身向他致意，还好及时拦住自己。

声音继续不断传来："你们看到了，我被禁锢在这张椅子上，无法起身向各位打招呼。在你们祖父辈抵达端点星几个月后，我就不幸瘫痪了。当然，我看不见你们，所以不能正式欢迎你们。我甚至不知道今天到场的有多少人，所以一切都不必太拘泥。如果有任何人站着，请都坐下来；如果有人想抽烟，那我也不反对。"接着是一阵轻笑，"我何必反对呢？我又不是真的在这里。"

哈定自然而然想要掏一根雪茄，随即又改变心意。

哈里·谢顿将手上的书放到一旁，好像是搁到身旁的书桌上。当他的手指移开后，那本书就消失了。

他继续说："基地建立至今已有五十年——五十年来，基地的成员都不清楚他们的真正目标。过去必须瞒着他们，现在却没有这个必要了。

"首先我要说，'百科全书基地'根本就是个幌子，而且一直都是如此！"

哈定身后传来一阵喧哗，还有一两声刻意压低的惊叹，但他没有回过头去。

哈里·谢顿当然不为所动，他继续说："我说基地是个幌子，意思是我和同僚们根本不在意百科全书能否出版。百科全书的计划自有它的目的，因为借着这个计划，我们从皇帝那里弄来一纸特许状，并且吸收了真正计划所需的十万人，同时还利用编纂百科全书的工作，让这些人在时机成熟前有事可忙，直到任何人都无法抽身为止。

“这五十年来，你们为了这个幌子而努力工作——现在我可以直言不讳——你们的退路已被切断了。你们已经别无选择，只有继续投入另一个重要无数倍的计划，也就是我们真正的计划。

“为了这个真正的计划，我们设法在选定的时刻，将你们带到这颗选定的行星上。当时就安排好了，五十年之后，你们的行动会变得没有选择的自由。从现在开始，直到未来许多世纪，你们的未来都将是必然的历史路径。你们会面临一连串的危机，如今的危机就是第一个。今后每次面临危机之际，你们所能采取的行动，也会被限制到只有唯一的一条路。

“这条路是我们用心理史学推算出来的——理由如下：

“数个世纪以来，银河文明不断地僵化和衰颓，却只有少数人注意到这个趋势。可是如今，银河外缘终于四分五裂，帝国的大一统局面已被粉碎。未来世代的历史学家，会在过去五十年间选取一个时刻，将之标志为：‘银河帝国覆亡的起点’。

“他们当然是对的，不过在未来几个世纪，大概还不会有人意识到覆亡即将来临。

“帝国覆亡之后，接踵而来的将是不可避免的蛮荒时期。根据心理史学的推算，在正常情况下，这段时期会持续三万年。我们无法阻止帝国的覆亡，也无意这么做，因为帝国的文化已经丧失原有的活力和价值。但是我们能将必然出现的蛮荒时期缩短——短到仅剩一千年。

“至于要如何缩短，详细情形我现在还不能透露；正如我在五十年前，不能将基地的实情说出来一样。万一你们发现了其中的细节，我们的计划便可能失败。就好像百科全书的幌子倘若太早揭穿，你们的行动自由就会增加，这样便会引进太多新的变量，而心理史学也就无能为力了。

“可是你们不会发现，因为在端点星，除了我们的自己人艾鲁云之外，始终没有其他的心理学家。

“但是我能告诉你们一件事：端点星基地，以及位于银河另一端的兄弟基地，都是银河文明复兴的种籽，也都是‘第二银河帝国’的创建者。而如今这个危机，正好触发端点星朝这个大业迈开第一步。

“顺便提一下，这次的危机其实很单纯，比起横亘于未来的诸多危机，实在简单得太多了。化约到最基本的架构，那就是：你们这颗行星和仍旧保有文明的银河核心，相互间的联系突然被切断，同时还受到强邻的威胁。你们是由科学家所组成的小型世界，而周围庞大的蛮荒势力正在迅速扩张。在不断膨胀的原始能源之洋中，你们是唯一的核能之岛；但是由于缺乏金属，你们仍然无法自给自足。

“所以知道了吧，你们面对冷酷的现实，迫于形势必须采取行动。至于如何行动——也就是如何化解难局——其实再明显不过！”

哈里·谢顿向空中伸出手，那本书立刻又在他手中出现。他将书翻开来，又说：“无论你们未来的路途多么曲折，总要让后代子孙牢记一件事，那就是该走的路早已标明，它的终点将是一个崭新的、而且更伟大的帝国！”

当谢顿的目光转回书本，他的影像瞬间消失无踪，室内则重新大放光明。

哈定抬起头，看到皮翰纳面对着他，眼神充满哀戚，嘴唇不停颤抖。

这位理事会主席以坚定却平板的声音说：“似乎是你对了。请你今晚六点钟过来，理事会将和你研商下一步的行动。”

他们一一与哈定握手，然后陆续离去。哈定发出会心的微笑。

他们基本上都还能接受这个事实，因为终究是科学家，总有承认错误的雅量——可是对他们而言，却已经太迟了。

他看看表。这个时候，一切应该都结束了。约翰的人马已经掌握全局，理事会再也无法发号施令。

明天，安纳克里昂的第一批星舰就要登陆，不过这也没关系。六个月之内，他们就不能再向端点星发号施令。

事实上，正如哈里·谢顿所说的，也正如塞佛·哈定所猜测的——若缀克大人透露他们没有核能的那天，哈定心里就已经有数——第一次危机的解决之道，其实极为明显。

真他妈的明显极了！

第三篇

市 长

四王国：在“基地纪元”早期，安纳克里昂星省自“第一帝国”脱离，形成这四个寿命甚短的独立王国。其中幅员最广、势力最强的，就是安纳克里昂王国，其版图为……

四王国的历史中最有趣的局面，无疑是塞佛·哈定执政期间，强行加诸其上的奇异社会形式……

——《银河百科全书》

01

代表团要来了！

塞佛·哈定早就知道他们会来，这却于事无补。反之，他还感到这种等待十分恼人。

约翰·李主张采取极端手段。“哈定，我认为不该浪费这个时间。”他说，“下次选举之前，他们还不可能有什么作为——我是指合法的作为——所以我们还有一年的缓冲期。现在大可对他们置之不理。”

哈定努起嘴。“约翰，你从来学不会。你认识我已经有四十年，从来没有学会迂回路线的艺术。”

“那可不是我的战略。”约翰发起牢骚。

“是啊，我知道。我想正因为如此，我才会这么信任你。”说到这里他停了一下，取出一根雪茄，“约翰，自从我们发动政变，罢黜了编纂百科全书的学者，至今已经有好长一段时间。我已经老了，六十二岁了。你有没有想过，这三十年过得有多快？”

约翰哼了一声。“我倒不觉得自己老，而我六十六岁了。”

“是吗？我可没有像你那么高昂的斗志。”哈定懒洋洋地抽着雪茄——他已经很久未曾妄想来自织女星系的烟草。端点星与银河帝国各处保持贸易的黄金时期，早已成为尘封的记忆，就连银河帝国本身也快要被人遗忘。他不知道帝国现任的皇帝是谁，以及现在究竟还有没有皇帝——甚至，帝国是否还存在呢？太空啊！自从银河系这个角落与其他地区通讯中断，至今已有三十年了，端点星的整个世界，仅仅剩下本身与周围的四个王国而已。

帝国的没落太戏剧化了！什么四王国！这些所谓的“王国”，当年只是同一个星省的星郡而已。星省上面还有星区，星区又只是象限的一部分，而各象限集合起来，才是无所不包、无所不容的银河帝国。如今，帝国的统治已经无法到达银河系最外围，这些零落稀疏的行星便组成王国——还产生了滑稽可笑的王公贵族，发生了许多毫无意义的小小战争，造成了废墟中的无数悲惨岁月。

文明不断衰退，核能已被遗忘，科学变质为神话——直到基地步入这个历史舞台。这个基地，正是哈里·谢顿为了那个长远的目标，而在端点星所建立的“基地”。

约翰站在窗口，他的声音打断哈定的沉思。“他们来了，”他说，“驾着新式的地面车来的，这些乳臭未干的小子。”他以犹豫的步伐向门口走了几步，又回头望了望哈定。

哈定微微一笑，挥手要他回来。“我已下令把他们带到这里来。”

“这里！为什么？你这样做太抬举他们了。”

“何必要他们循官方礼仪，正式拜见市长呢？我太老了，吃不消那些繁文缛节。此外，和年轻人打交道，多捧捧他们还是有好处的——尤其是惠而不费的时候。”他眨眨眼，“约翰，坐下来，给我一点精神上的支持。应付瑟麦克这个年轻人的时候，我还真需要呢。”

“瑟麦克那家伙非常危险，”约翰以沉重的语气说，“哈定，他有一批追随者，你千万别小看他。”

“我什么时候小看过任何人？”

“好，那就把他逮捕。你可以事后再找罪名控告他。”

哈定并未理会最后这句劝告。“约翰，他们来了。”此时叩门的讯号响起，哈定踩下书桌底下的踏板，办公室的门便向一侧滑开。

代表团总共四个人，他们鱼贯走了进来。哈定亲切地挥手，示意他们坐在书桌前排成半圆形的扶手椅上。四位代表鞠躬后就坐，等着市长先开口。

哈定却先打开雪茄盒的银质盖子。这个雪茄盒原本属于当年“百科全书时代”的理事会成员裘德·法拉所有，它是圣塔尼出品的道地帝国货，盖子上面还有精致的雕刻，不过现在里面的雪茄当然是本地产品。四位代表一个个庄重地接过雪茄，并以仪式化的动作点着火。

赛夫·瑟麦克坐在右首第二个位置，他是这批年轻人中年纪最轻，也是看起来最有意思的一位。他蓄着修剪得整整齐齐的金黄色八字胡，深陷的眼珠色泽并不明显。哈定几乎立刻忽略另外三人，由他们的神情看来，就知道他们只是跟班而已。哈定将注意力集中在瑟麦克身上——他是一位新科市议员，却不只一次将严肃的市议会搞得鸡飞狗跳。哈定对着瑟麦克说：“议员先生，自从上个月你发表了那场精彩演说，我就非常希望见见你。你对于政府对外政策所作的攻击，可真是强而有力。”

瑟麦克的眼神显得很不满。“能引起你的注意，令我感到很荣幸。姑且不论我作的攻击是否精辟，无论如何它十分正确。”

“或许吧！当然，那只是你的个人意见，你还太年轻了。”

对方冷淡地答道：“年轻若是缺点，那么这个缺点，大多数人一生中难免都会经历一阵子。而你比我现在还小两岁的时候，就已经当上市长了。”

哈定在心里暗笑，这个年轻人的确厉害。他又说：“我想你要见我的目的，仍然是为了你在市议厅拼命反对的对外政策吧。你要代表其余三位同仁呢？还是我得听你们一个个分别发言？”

四个年轻人互相望了望，迅速交换了几个眼神。

瑟麦克以严肃的口吻说：“我代表端点星的人民发言——如今所谓的议会不能真正代表人民，它只是政府的橡皮图章。”

“我知道了。好，继续说下去！”

“市长先生，事情是这样的，我们并不满意……”

“你所谓的‘我们’是指‘人民’，对不对？”

瑟麦克感到这句话中有陷阱，遂满怀敌意地瞪着对方，然后冷静地答道：“我相信我的意见，反映了端点星大多数选民的心声。这样说你满意吗？”

“嗯，这种说法最好能有真凭实据，但你还是说下去吧。你说你们并不满意？”

“是的，面对必将降临的外来攻击，三十年来，端点星却一直处于不设防的状态，我们就是对这种政策不满。”

“我懂了。因此怎么样？继续，继续。”

“感谢你愿意继续听我说。因此，我们决定组成一个新的政党。这个政党是为了应付端点星眼前的需要，而不是为那个未来帝国神秘的‘自明命运’服务。我们要把你以及支持你的姑息人士赶出市政厅——并会速战速决。”

“除非？凡事都要附带一句‘除非’，你知道吧。”

“在这件事里面没什么分别：‘除非’你立刻辞职。我不是来要求你改变政策的——我并没有那么信任你。你的保证一文不值，我们只接受你的无条件辞职。”

“我懂了。”哈定翘起二郎腿，还翘起椅子的两只脚前后摇晃，“这就是你的最后通牒。谢谢你好心来警告我。但是，你知道吗，我决定不加理会。”

“市长先生，别将它当成警告。这是一项有关原则和行动的宣告。新的政党已经成立，明天就要开始正式活动。我们已经没有妥协的余地和兴趣了，而且坦白说，由于我们体认到你对这个城市的贡献，才特地来向你提出这个简单的解决方案。我也知道你不会接受，但这样我就问心无愧了。下次选举之后，我们所形成的强大压力，就会逼得你非辞职不可。”

他站了起来，并示意其他人一起行动。

哈定马上举起手。“等一等！坐下来！”

瑟麦克重新坐下，但是动作似乎太急切了些。哈定板着脸，心中却不禁暗笑。他虽然说得那么坚决，其实仍在等待妥协的条件。

哈定说：“你们究竟希望我们的对外政策如何改变？要我们攻击各王国吗？立刻同时攻击这四个王国吗？”

“市长先生，我并没有那个意思。我们只是主张立刻停止姑息政策，就这么简单。在你执政这段时期，你一直在进行科援诸王国的政策。你提供他们核能，协助他们在域内重建发电厂。此外，你还替他们成立医疗诊所、化学实验室和工厂。”

“怎样？你反对什么呢？”

“你这么做，是为了防止他们攻击我们。在这个大规模的勒索把戏中，你一直扮演着傻子的角色，只知道不断贿赂他们。你默许端点星被他们吃干抹净——结果，那些蛮子现在视我们为囊中物。”

“这话怎么说？”

“因为你给他们能源、给他们武器，实际上等于协助他们维修星际舰队，让他们比三十年前强大得太多了。他们的胃口也越来越大，最后他们一定会用新式武器吞并端点星，一口气满足所有的需索。勒索行动的结局大都如此，对不对？”

“那么你们的补救办法呢？”

“趁着还来得及的时候，立刻停止贿赂。将你的心力用在强化端点星的武装上，然后主动出击！”

哈定用近乎诡异的目光，看着这个年轻人的金黄八字胡。瑟麦克很有自信，否则不会这么滔滔不绝。而他所提出的主张，无疑反映了相当多人的想法——一定相当多。

哈定的思绪稍微有些混乱，但他仍然装得若无其事，声音听来满不在乎。“你说完了吗？”

“暂时告一段落。”

“那么，你可看到我后面的墙上框着的那句话？劳驾你念一下！”

瑟麦克撇着嘴念道：“那上面写着：‘武力是无能者最后的手段’。市长先生，这是老年人的信条。”

“议员先生，我在年轻时就奉行这个信条——而且非常成功。那时你正忙着从妈妈肚子里爬出来，但或许你在学校里读过这段历史吧。”

哈定紧盯着瑟麦克，以慎重的语气继续说：“当年哈里·谢顿在这里建立基地，表面上的目的是编纂一套伟大的百科全书，我们为这个影子目标努力了五十年，然后才发现他真正的目的。那时，几乎已经太迟了。当我们和帝国核心区域失去联络之后，我们成了由科学家聚集的单一城市所构成的世界，完全没有任何工业。我们周围是新兴的野蛮王国，个个对我们充满敌意。我们是蛮荒汪洋中的核能小岛，当然成了邻邦觊觎的珍贵目标。

“在四王国中，安纳克里昂始终是最强大的。当年他们曾经要求在端点星建立军事基地，不久也的确实现了。当时统治端点市的那些百科全书编者，完全明白那只是他们占领整个行星的第一步。就是在这种情况下，我……嗯……实际接管了政府。换成你会怎么做呢？”

瑟麦克耸耸肩。“这纯粹是个理论上的问题，我当然知道你是怎么做的。”

“让我再说一遍，也许你还不了解其中的关键。当时谁都不禁会想到，最好集结所有的力量和敌人作殊死战。这是最简单的，也是最能满足自尊的做法——但是，也必然是最愚笨的。换成你，很可能就会这么做，正如你刚才所谓的‘主动出击’。但是我的做法，却是轮流拜访其他三个王国，向他们指出，如果让核能的机密落入安纳克里昂手中，无疑等于割断他们自己的喉咙。然后，我又委婉地建议他们采取一个明显的措施，如此而已。结果在安纳克里昂的军队登陆端点星一个月之后，他们的国王就接到其他三国的联合最后通牒。七天内，安纳克里昂人就全部撤离了端点星。

“请你告诉我，又何尝需要用到武力？”

年轻议员若有所思地盯着雪茄头，然后将它丢进焚化槽。“我不觉得这两件事能相提并论。糖尿病患可以用胰岛素治疗，根本不用开刀，阑尾炎却一定需要动手术。这是谁都无法改变的。当其他办法通通失效时，最后剩下的一条路，不就是你所谓的‘最后的手段’？都是由于你的错误，才把我们逼上这条路。”

“我？喔，又是指我的姑息政策。你似乎仍不了解我们当时的情况和基本需要。安纳克里昂人离去后，我们的问题并未结束，而是刚刚开始。从此，四王国变得比以前更具敌意，因为每个王国都想夺取核能——由于害怕其他三国，才不敢对我们下手。我们在利刃的尖端保持平衡，倘若有丝毫偏差——例如某王国变得太强，或有两个王国结盟——你懂我的意思吗？”

“当然懂。那时就应该全力准备应战。”

“正好相反，那时应该全力防止开启战端。我让他们互相对立，并且分别协助他们，提供他们科学、贸易、教育、正统医疗等等。我使他们感到，让端点星成为一个繁荣的世界，要比作为一个战利品更有价值。这个政策维持了三十年的和平。”

“是的，但你被迫用最可耻的形式来包装那些科援。你把它弄成宗教和鬼话的混合体，你还扶植了教士阶级，并且发明繁琐而毫无意义的仪典。”

哈定皱皱眉。“那又怎么样？我看不出它跟这个问题有什么关系。我最初那样做，是因为那些蛮子把我们的科学视为魔法，所以那种形式最容易让他们接受。教士阶级是自然形成的，若说我们出过力，也只是因势利导而已。这实在是微不足道的小事。”

“但是由那些教士来掌管发电厂，就不是小事了。”

“没错，可是仍由我们来训练。他们对于各种机器的知识全是经验法则，对于包在机器外面的宗教外衣深信不疑。”

“万一有人识破了宗教的外衣，并且超越了经验法则呢，你又如何制止他学习到真正的科技，再兜售给出价最高的一方？那时候，我们对各王国还有什么价值呢？”

“瑟麦克，几乎没有这个可能。你只看到了表面。四王国每年都选派最优秀的人员，来端点星接受教士培训教育，成绩最佳的还会留在这里继续深造。假如你以为那些留下来的教士——他们不但连一点科学基础都没有，更糟的是，所学到的还是刻意扭曲的知识——居然能参透核能工程、电子学和超曲速的理论，那么你对科学的看法就太浪漫、太愚蠢了。要达到这种境界，必须接受一辈子的训练，再加上一个聪明的脑袋才行。”

当哈定滔滔不绝时，约翰·李曾经突然站起来走出去，现在才又回来。哈定刚说完话，约翰便凑到这位上司耳边，说了一句耳语，并交给哈定一根铅筒。然后，约翰狠狠地瞪了代表团一眼，才坐回他的原位。

哈定双手来回转弄那根圆筒，又眯着眼看了看代表团的成员。然后他突然用力一扭，将圆筒打开来。只有瑟麦克一个人忍住好奇心，没有向滚出的纸卷瞄上一眼。

“各位，总而言之，”哈定说，“政府自认了解自己在做什么。”

他一面说一面读着。纸卷上写满许多行复杂而无意义的符号，但只有在一角用铅笔写的三个字，才传递了真正的讯息。哈定只瞄了一眼，就随手将它丢进焚化槽。

“只怕会面该结束了。”哈定说，“很高兴见到各位，谢谢你们的光临。”他敷衍地跟四个人一一握手，他们便鱼贯而出。

哈定几乎忍不住又要哈哈大笑，但直到瑟麦克与三名年轻伙伴走远之后，他才放纵地“咯咯”干笑几声，并对约翰露出愉快的笑容。

“约翰，你喜欢刚才那场吹牛比赛吗？”

约翰不高兴地哼了一声。“我可不认为他在吹牛。你得小心对付他，下次选举他很可能会胜利，正如他所声称的那样。”

“嗯，很可能，很可能——如果在此之前，什么也没发生的话。”

“哈定，这次要小心别弄巧成拙。我说过，这个瑟麦克拥有一批追随者。万一他在下次选举之前就采取行动呢？你我也曾使用武力达到目的，虽然你口口声声反对武力。”

哈定扬起一边的眉毛。“约翰，你今天非常悲观。而且也非常矛盾，否则你不会提到武力。还记得吧，当年我们的小小政变，没有令任何人丧命。那是在适当时机所采取的必要手段，过程平和、毫无痛苦，几乎不费吹灰之力。至于瑟麦克，他反对的和我们当年完全不同。你我可不是百科全书编者，我们有万全准备。老战友，派你的部下好好盯着他们。别让他们知道自己受到监视——但眼睛放亮点，明白吗？”

约翰苦笑几声。“哈定，我如果事事要等你下令，那也太差劲了，对不对？瑟麦克和他的手下，已经被监视一个月了。”

市长咯咯笑了起来。“你先下手为强啊？很好。对了，”他又轻声补充道，“维瑞索夫大使即将回到端点星，我希望他只是暂时停留。”

约翰沉默了一下子，似乎有点担心，然后才问：“刚才收到的讯息就是这件事吗？事情已经爆发了吗？”

“我不知道。在没见到维瑞索夫之前，我什么都不清楚。不过，也许真的爆发了吧。毕竟，那些事必须在选举之前发生。你怎么脸色那么难看？”

“因为我不知道事情会有什么结果。哈定，你太深沉了，什么事都藏在心底。”

“连你也这么说？”哈定喃喃道，接着又提高音量说：“这是否代表你也要参加瑟麦克的新政党？”

约翰只好勉强挤出笑容。“好吧，好吧，算你赢了。我们去吃午餐如何？”

02

哈定被公认是一位出口成章的人，不少格言警语据说都出自其口，不过有许多可能是伪托的。无论如何，据说他曾在某个场合，说过下面这句话：

“光明磊落总有好处，尤其对那些以卖弄玄虚著称的人。”

波利·维瑞索夫曾经多次遵照这句忠告行事，因为他已经以双重身份在安纳克里昂待了十四年——维持那种双重身份就好像是赤脚在灼热的金属上跳舞。

对于安纳克里昂人民而言，他是一位教长，是基地派来的代表。在他们那些“蛮子”心目中，基地是一切神秘的根源，也是他们的宗教圣地——这个宗教是借着哈定的助力，在过去三十年间所建立的。由于这个身份，维瑞索夫自然受到极度的尊敬。他却觉得无聊得可怕，因为他打心底讨厌那些以他自己为中心的宗教仪典。

但是安纳克里昂的国王——不论是已去世的老国王或是他目前在位的孙子，他们都将维瑞索夫视为基地这个强权派来的大使，对他的态度是又迎又惧。

整体而言，这是一份吃力不讨好的工作。今天是三年来第一次回基地，他是抱着度假的心情回来的，虽然那些麻烦的意外也非要他回来一趟不可。

由于并非首次必须在绝对机密的情况下旅行，他又采取了哈定“光明磊落”的策略。

他脱下神职人员的法衣，换上了便服——这样做已经算是度假。然后他搭乘定期太空客船回到基地，还故意坐二等舱。刚抵达端点星的太空航站，他就赶紧穿过拥挤的人潮，走到公共影像电话亭，打电话到市政厅去。

他说：“我名叫简·史迈，今天下午和市长有约。”

接电话的是一位声调平板无力、办事效率却很高的年轻女子。她立即打了另一通电话请示，然后用干涩、单调的声音告诉维瑞索夫说：“先生，哈定市长将在半小时后见您。”然后荧光屏上的画面便消失了。

挂上电话后，这位驻安纳克里昂大使买了一份最新的《端点市日报》，悠闲地踱到市政厅公园，坐在他找到的第一张长椅上，阅读报上的新闻评论、体育版与漫画来打发时间。半小时后，他把报纸挟在腋下，走进了市政厅的会客室。

在此期间，根本没有任何人认出他来。因为他的一切行动光明磊落，谁也没有想要多看他一眼。

哈定抬起头，咧嘴一笑。“请抽根雪茄吧！旅途愉快吗？”

维瑞索夫取了一根雪茄。“很有趣。我的邻舱有位教士，他要来基地接受放射性合成物质使用的特别训练——你知道吧，那是用来治疗癌症的。”

“想必他不会称之为‘放射性合成物质’吧？”

“我想一定不会！对他来说，那是一种‘圣粮’。”

市长微微一笑。“请继续。”

“他诱使我跟他讨论灵学问题，并且想尽办法，要使我从卑鄙龌龊的唯物主义中得救。”

“而他一直没有发觉你是他的教长？”

“我没穿深红色法衣，他怎么认得出来？何况，他是司密尔诺人。不过，那是一次有趣的经历。哈定，这实在太神奇了，科学性宗教已经牢固地深植人心。我写过一篇文章讨论这个现象——纯粹是自己写着好玩，并不适合发表。我以社会学的眼光来研究这个问题，当旧帝国在银河外缘开始瓦解时，就科学本身而言，它似乎也开始在这些世界消失。为了使科学再度为人接受，它就必须以另一种面貌出现——这正是我们的做法，它的确很成功。”

“真有意思！”市长把两手交叉放在颈后，突然说：“谈谈安纳克里昂的情况吧！”

大使皱起眉头，把雪茄从口中取出来，不以为然地看了看，再放到一旁。“嗯，情况很不好。”

“否则，你也不会赶回来。”

“差不多。情况是这样的：安纳克里昂的关键人物是摄政王温尼斯，他是列普德国王的叔父。”

“我知道。但列普德不是明年就成年了吗？我记得他明年二月就满十六岁了。”

“没错。”维瑞索夫顿了顿，再以挖苦的语气补充：“前提是他能活到那时候。他父亲的死因极为可疑，是在狩猎时被针弹射穿胸部，官方的说法是意外丧生。”

“唔。我在安纳克里昂的时候，好像也见过温尼斯。那时我们刚把安纳克里昂人赶出端点星，而你还没有上任。让我想一想，如果我记得没错，他是个皮肤黝黑的小伙子，黑发，右眼斜视，还有一个滑稽的鹰勾鼻。”

“就是他。鹰勾鼻和斜眼都还在，但是头发如今灰白了。他行事卑鄙无耻，但好在他是那颗行星上的头号大笨蛋。他同样自以为聪明机灵，却使得他的愚蠢更加透明。”

“通常都是这样。”

“他的信念是杀鸡也得用核炮。最明显的例子是两年前老国王刚死的时候，他试图对灵殿的财产课税。你还记得吗？”

哈定感慨万千地点点头，然后露出微笑。“教士们曾经反弹。”

“他们的反弹声浪，在银河另一端都听得见。自从那次事件之后，他就对教士更加提防，不过还是不改他的强硬作风。就某方面来说，这对我们不利，他实在是无限度地自信。”

“也许是一种过度补偿的自卑情结吧。王储的弟弟往往有这种倾向，你知道的。”

“但两者殊途同归。他就像只疯狗，极力主张进攻基地，自己从不掩饰这个企图。从军备观点而言，他也的确有这个能力。老国王生前建立了强大的星际舰队，温尼斯这两年也没闲着。事实上，他当初想对灵殿的财产课税，也是为了扩充军备。这个企图失败之后，他竟然把所得税提高了一倍。”

“有没有人抱怨呢？”

“并没有任何激烈的抗议。服从圣灵所属意的威权，是王国内每场布道必有的讲题。但是温尼斯并不领情。”

“好，我知道背景了。现在告诉我，究竟发生了什么事？”

“两星期之前，安纳克里昂商船发现了一艘帝国星际舰队弃置的巡弋舰，它在太空里至少飘荡了三个世纪。”

哈定眼中闪耀出兴致勃勃的光芒，他立刻坐直身子。“对，我也听说了。宇航局曾经向我提出申请，希望能得到那艘星舰作研究之用。它的情况良好，我很清楚。”

“完全处于最佳状况。”维瑞索夫冷冷地应道，“上星期，你写信建议他把那艘巡弋舰交给基地，温尼斯收信后，简直要气炸了。”

“他还没有答复呢。”

“他不会答复的——除非用枪炮答复你。你可知道，在我离开安纳克里昂那一天，他曾经来找我，要求基地把那艘巡弋舰整修至战备状态，再交还安纳克里昂星际舰队。他厚颜无耻地说，你上星期送去的信，代表基地有攻击安纳克里昂的企图。他还说假如我们拒绝修理巡弋舰，就证明他的怀疑是事实。为了安纳克里昂的安全，他将被迫采取自卫行动。他就是这么说的——被迫采取自卫行动！所以我只好赶回来了。”

哈定轻轻笑了几声。

维瑞索夫也微微一笑，继续说：“当然，他在等待我们拒绝。在他看来，那是立即进军的最佳借口。”

“维瑞索夫，我了解了。好吧，我们至少还有六个月的时间，所以不妨把巡弋舰修理好，再恭敬地送还给他们。为了表示我们的敬意和友善，把它重新命名为‘温尼斯号’吧。”

哈定又笑了几声。

维瑞索夫仍然以一丝笑意回应。“哈定，我相信这是合理的做法——但我有些担心。”

“担心什么？”

“那是一艘星舰！是帝国当年才能建造的星际巡弋舰。它的容量相当于安纳克里昂舰队总容量的1.5倍；它配备有足以摧毁整个行星的核炮，还有能抵抗Q能束、完全不产生辐射的防护罩。哈定，那艘星舰实在太好了……”

“维瑞索夫，那只是表面上，表面上如此。你我都知道，以他现有的兵力，想要攻击端点星是轻而易举，我们根本来不及修好那艘巡弋舰当防御武器。那么，把它送给温尼斯又有什么关系呢？而且你也知道，根本不会发生真正的战争。”

“没错，我也这么想。”大使抬起头，“可是，哈定……”

“怎样？为什么停下来？继续说啊。”

“好的，虽然这不是我的份内之事。但是我从报纸上看到……”他把日报放在桌上，指着第一版说：“这到底是怎么回事？”

哈定随便瞄了一眼。“一群市议员准备组建一个新的政党。”

“上面是这么写的。”维瑞索夫坐立不安，“我知道内政方面你比我清楚，但是除了尚未诉诸武力，他们用尽一切方法在攻击你。他们的势力究竟多大？”

“还真他妈的强。下次选举之后，他们可能就会控制议会。”

“不是选举之前？”维瑞索夫斜眼望着市长，“除了选举之外，还有不少夺取政权的办法。”

“你把我看成温尼斯了？”

“当然没有。可是修理星舰需要好几个月，而且修好后攻击必然随之而来。我们的让步会被当成一种极度懦弱的迹象，何况一旦拥有帝国巡弋舰，温尼斯的舰队会增强一倍实力。到时候他一定会发动攻击，这就跟我的教长头衔一样确凿。我们何必冒险呢？你现在只有两个选择，一是把我们的计划告知议会，二是现在就逼安纳克里昂摊牌！”

哈定皱起眉头。“现在就逼他们摊牌？在危机来临之前？我绝不会那样做。你别忘了哈里·谢顿和他的计划。”

维瑞索夫犹豫了一下，然后喃喃道："这么说，你绝对相信有那个计划的存在？"

"这几乎是不容怀疑的。"哈定断然地回答，"当年'时光穹窿'开启时我也在场，而谢顿的录像透露了这个秘密。"

"哈定，我不是指那个。我只是不懂，他怎么可能预测往后一千年的历史。也许只是谢顿过于自信吧。"看到哈定露出讥讽的微笑，维瑞索夫有点心虚，补充了一句："好吧，我又不是心理学家。"

"没错，我们都不是。但我在年轻的时候，的确受过一些基本训练——足以让我了解心理学的能耐，即使我自己无法善加利用。哈里·谢顿的确做到了他所宣称的事，这点无庸置疑。正如他所说，基地的建立是为科学提供一个避难所——在新兴的蛮荒世纪中，用以保存逝去帝国的科学和文化，以待重新发扬光大，建立第二帝国。"

维瑞索夫点点头，但还是有点怀疑。"每个人都知道事情应该会演变成那样，但是我们能冒这个险吗？为了虚无飘渺的未来，我们能拿现在当赌注吗？"

"我们必须这么做——因为未来并非虚无飘渺。谢顿已经计算并描述得很清楚。他已经预先设定未来将连续不断发生的危机；每一次危机，多少都取决于上一个危机的圆满解决。目前的危机只是第二个，天晓得倘若稍有偏差，最后会造成什么结果。"

"这算是空洞的臆测。"

"不！是哈里·谢顿在时光穹窿中这么说的。每次遇到危机时，我们的行动自由便会受限，只剩下唯一的一条路可走。"

"为了使我们维持在这条窄路上？"

"或者说，为了避免我们走到岔路上。反之，假如行动方案不止一个，就表示危机尚未来临。我们必须尽可能让事情自然发展，太空在上，这正是我打算要做的事。”

维瑞索夫并没有回答。他只是咬着下唇，不情愿地沉默不语。去年，哈定才头一次跟他讨论这个问题——这个实际的问题：如何化解安纳克里昂进攻基地的意图。因为那个时候，连维瑞索夫也开始主张停止姑息政策。

哈定似乎能猜到这位大使的想法。“我倒宁愿从来没有告诉过你这些事。”

“你为何这么说？”维瑞索夫吃惊地吼道。

“因为现在总共有六个人——你、我、另外三位大使以及约翰·李——对于将要发生的事有了相当的概念，我真担心谢顿其实希望瞒着每个人。”

“为什么？”

“因为谢顿的心理学虽然先进，却有先天的限制。它不能处理太多的独立变量。它也无法用在个人身上，不论想要预测的时间是长是短，就像‘气体运动论’不适用于个别分子一样。谢顿的研究对象是群众，是整个行星上的居民。这些群众还必须不知情；对于行动将产生什么结果，他们完全没有任何预知。”

“我听不太懂。”

“我也没办法。我并不是真正的心理学家，不能用科学的语言来详细说明。可是你也知道，端点星上没有训练有素的心理学家，也没有这方面的数学参考书。显然，谢顿不要让端点星上的人具有任何预测未来的能力。他希望我们盲目发展——因而也就能正确地根据群众心理学的原则来发展。正如我曾经告诉过你的，当初我赶走安纳克里昂人的时候，根本不知道我们应该何去何从。当时我的想法只是保持势力均衡，如此而已。直到后来我才发觉，各个事件之间有个微妙的模式；但是我采取行动时，尽量不考虑这一点。因为一旦被先见之明所干扰，整个计划就会被破坏了。”

维瑞索夫若有所悟地点点头。“我在安纳克里昂的灵殿中，也曾听过同样复杂的理论。然而，你要如何判断正确的行动时机？”

“时机早已决定了。你也承认，一旦我们修复了巡弋舰，温尼斯势必会对我们发动攻击。这件事绝无任何回旋余地。”

“没错。”

“好，所以外在因素已经确定了。另一方面你也承认，下次选举后，会产生一个由反对党主控的新议会，它会迫使我们对安纳克里昂采取行动。这也没有任何回旋余地。”

“没错。”

“当所有余地都消失时，危机就来临了。话说回来，我有点担心。”

哈定停了下来，维瑞索夫耐心地等着。哈定却慢慢吞吞、几乎很勉强地继续说：“我有一个想法——只能算是个人见解——根据谢顿的计划，内外的压力应该在同时升到顶点。如今看来，却有几个月的出入。温尼斯可能在春天之前就打过来，而距离选举却还有一年的时间。”

“这好像并不重要。”

“我不知道。也许只是不可避免的计算误差，或者由于我知道得太多使然。我尽量避免让自己的预感左右自己的行动，但我又如何确定呢？那一点点时间上的差异，会带来什么样的影响？无论如何，”他抬起头来，“至少有一件事我已经决定了。”

“什么事？”

“当危机爆发时，我要到安纳克里昂去。我要亲自到现场去……喔，维瑞索夫，我们谈得够多了。时候不早了，我们出去喝杯酒，我想轻松轻松。”

“那就在这里喝吧，”维瑞索夫说，“我可不想被认出来。否则你也知道，那些伟大的议员新组的政党会怎么说。叫人送些白兰地来吧。”

哈定接受了他的建议——但没有叫得太多。

03

古时候，当银河帝国统治着整个银河系，而安纳克里昂是银河外缘最富裕的星郡时，曾有不少皇帝正式访问过安纳克里昂的总督官邸。而且，每一位莅临的皇帝都曾经一试身手，也就是驾着高速空中飞车，用针枪猎杀如同空中堡垒般的巨鸟。

如今，安纳克里昂的声望已随着光荣时代一起走入历史。现在那座总督官邸，除了由基地工人修复的一侧之外，其余全是一片断垣残壁的废墟。而最近两百年间，也从来没有皇帝驾临此地了。

不过，猎杀巨鸟仍是此间王室钟爱的狩猎活动，而身为安纳克里昂国王的首要条件，就是要善用猎射巨鸟的针枪。

列普德一世是当今的安纳克里昂国王，并且照例冠上“银河外围之主”这个名不副实的封号。虽然他还不满十六岁，已经是猎杀巨鸟的高手。他在不到十三岁时就首开纪录，即位刚满一周，就打下生平第十只巨鸟。今天他猎杀到第四十六只，正高高兴兴踏上归途。

“在我成年之前，要射下五十只。”他欢欣鼓舞地说，“谁敢跟我打赌？”

朝臣们都不敢跟国王打赌，因为赢了反倒有杀身之祸，所以没有人敢做声。于是国王得意洋洋地准备回房换衣服。

“列普德！”

听到这声强有力的叫唤，国王停下迈出一半的脚步，闷闷不乐地转过头来。

温尼斯站在自己的书房门口，以严厉的目光瞪着年轻的侄子。

“让他们退下，”温尼斯做着不耐烦的手势，“快让他们退下。”

国王生硬地点点头，两名侍从便赶紧鞠躬并退到楼下去。列普德自己则走进叔父的书房。

温尼斯忧心忡忡地瞪着国王的猎装。“要不了多久，你就得把心思放在比猎鸟更要紧的事情上。”

他转身蹒跚地走向书桌。温尼斯自从上了年纪，受不了气流的冲击，也无法冒险俯冲到巨鸟的翼下，更不能以单脚操纵空中飞车翻滚爬升，他就对这项运动产生了反感。

列普德深知叔父的酸葡萄心理，却不怀好意，故意兴冲冲地说：“叔叔，你今天真该跟我一起去。我们在沙米亚草原赶起一只巨鸟，简直大得像个妖怪，于是游戏便开始了。我们追赶了它两个小时，至少横跨七十平方英里。然后，我到了向阳高原。”

国王一面说，一面比手划脚，好像他还在高速空中飞车上。“我开始盘旋俯冲。趁它往上飞的时候，我射击它的左翼下方。结果将它激怒了，打横翻滚出去。我勇敢迎战，向左急转，等着它笔直落下。果然不出我所料，它真的下来了。可是我还来不及行动，它已经冲到翅膀打得到我……”

“列普德！”

“喔——我就射中它了。”

“我不怀疑这一点，现在你注意听我说好吗？”

国王耸耸肩，随即被桌上的食物吸引，拿起一颗莉菈坚果咬了几口。他露出国王不该有的愠怒，也不敢正视叔父的眼睛。

温尼斯先说了一句开场白：“我今天上了那艘星舰。”

“什么星舰？”

“星舰只有一艘，只有那一艘！就是基地正在替我们舰队修复的那艘，它是当年帝国的巡弋舰。我这样说够清楚了吗？”

“就是那艘吗？你瞧，我早就告诉你，只要我们叫基地帮忙修理，他们绝不敢抗命。你说什么他们想攻击我们，你瞧，那只是你神经过敏。假使他们有那个意思，又怎么会替我们修理星舰呢？你瞧，这根本说不通。”

“列普德，你是个笨蛋！”

国王刚把坚果壳扔掉，正拿起另一颗准备塞进嘴里，听了这句话，他满脸涨得通红。

“好啊，请你注意，”国王的声音虽然不悦，但是仍然跟撒娇差不多，“我想你不应该那样骂我，你忘了自己是什么身份。你瞧，我再过两个月就成年了。”

“对，你就要当一国之主，承担起国王的重责大任。假如你把打鸟的时间分一半来处理公务，我马上心安理得地辞去摄政的职位。”

“我不在乎。你瞧，这根本是毫不相干的两码事。事实是，即使你是摄政王，又是我的叔叔，但我仍是国王，而你仍是我的臣民。无论如何，你不应该骂我笨蛋，也不应该在我面前坐下；你还没有请求我的恩准。我认为你该小心点，否则我会有所反应——很快就会。”

温尼斯以冷峻的目光望着国王。“我应该尊称你‘陛下’

吗？”

“是的。”

“很好！陛下，你是个笨蛋！”

在斑白的眉毛下，温尼斯的黑眼珠冒出怒火，吓得年轻的国王慢慢坐下来。

一时之间，温尼斯脸上浮现出得意的嘲讽神色，但只是一闪而过。他很快咧开厚厚的嘴唇笑了笑，并伸出一只手搭着国王的肩膀。

“列普德，别介意。我不该对你那么凶。但是压力那么大的时候，有时很难让言行合乎礼数——你懂吗？”他的语气虽然温和，目光却没有软化。

列普德犹豫不决地说：“是啊。你瞧，国家大事相当艰难。”他开始有点担心，会不会又得听叔父提起无聊的对司密尔诺本年贸易细节，或是红廊区各零星世界间的长期纠纷等等问题。

温尼斯继续说：“孩子，我早就想跟你谈这件事，也许我早该跟你谈谈。但是我知道你太年轻，不耐烦听这些繁琐的政务。”

列普德点点头。“嗯，没关系……”

这位叔父断然地抢着说：“然而，再过两个月你就成年了。更重要的是，面对将来的挑战，你必须扮演一个积极主动的角色。列普德，你即将成为一位真正的国王了。”

列普德又点点头，表情却相当茫然。

“列普德，战争很快就要来临。”

“战争！但我们已经和司密尔诺休战……”

“不是司密尔诺，而是跟基地作战。”

“但是，叔叔，他们已经同意为我们修理星舰。你说……”

看见叔父的嘴唇一撇，他赶紧把下面的话硬生生咽回去。

“列普德，”温尼斯的语气不再那么友善，“我把你当大人在跟你讨论问题。不管基地愿不愿意修理星舰，我们都要和他们作战；事实上，既然修理正在进行，战争反而爆发得更快。基地是一切有形和无形力量的根源。安纳克里昂的一切伟大成就，包括船舰、城市、百姓、贸易等等，样样都仰赖基地的鼻息，而基地施舍给我们的，只不过是它的九牛一毛，一些不要的残渣剩菜。我自己还记得当年，安纳克里昂的城市都只能靠油和煤来取暖。但不提这些了，你不会有任何概念的。”

“我们似乎，”国王战战兢兢地说，“应该感激……”

“感激？”温尼斯吼道，“他们只肯施舍一点渣滓给我们，天晓得他们自己藏了多少宝贝——他们藏起来是在打什么主意？哈，他们想要有朝一日统治整个银河。”

他将手移到侄子的膝盖上，眯起了眼睛。“列普德，你是安纳克里昂的国王。你的儿子或儿子的儿子，有可能成为宇宙之王——只要你能得到基地隐藏起来的力量！”

“你说得有些道理。”列普德的眼睛亮了起来，脊背也挺直了，“毕竟，他们有什么权利独占呢？你瞧，这不公平。安纳克里昂也该有一份。”

“看，你开始了解了。那么，孩子，万一司密尔诺决定抢先攻占基地，夺取所有的力量，那该怎么办？我们逃得过成为藩属的命运吗？你自己还能当多久的国王呢？”

列普德变得激动起来。“太空啊，有道理。你瞧，你说得完全正确。我们必须先发制人，这只是自卫罢了。”

温尼斯的笑容扩大了一点。“此外，在你的祖父称王之初，安纳克里昂的确曾在基地所在的端点星上，建立过一个军事基地——它对我们的国防极为重要。但是，由于基地领导者的阴谋诡计，逼得我们被迫撤离。那人是个狡猾的无赖，只是一名学者，全身上下没有一滴贵族血液。列普德，你懂吗？你的祖父被那个平民羞辱过。我还记得他！他差不多跟我同年，当年他带着恶魔似的微笑和恶魔似的头脑来到安纳克里昂——拿着另外三个王国当后盾，他们组成了反抗安纳克里昂伟业的懦夫联盟。”

列普德满脸通红，眼睛也更亮了。“我向谢顿发誓，假使我是祖父，无论如何我都决心一战。”

“不，列普德。我们当时决定等待——等待更恰当的时机再雪耻。在你父亲没有猝然辞世之前，他曾经希望自己就是……唉！唉！”温尼斯把脸转开一会儿，再用似乎很伤痛的口吻说：“他是我的兄长，假如他的孩子……”

“对，叔叔，我不会辜负他。我已经下定决心，安纳克里昂一定要扫荡那个制造麻烦的祸源，而且要马上。”

“不，不能马上。首先，我们必须等巡弋舰修好。他们接下修理的工作，唯一的原因是害怕我们。那些傻瓜想讨好我们，但我们并不会改变心意，对不对？”

列普德一手握拳，猛捶另一只手的掌心。“只要我还是安纳克里昂王，绝对不会。”

温尼斯的嘴唇扯出一个嘲讽的神情。“此外，我们必须等塞佛·哈定来到这里。”

“塞佛·哈定！”国王突然睁大眼睛，光洁稚嫩的脸上原本堆满的凶悍线条消失无踪。

“对，列普德，基地的领导人要亲自到安纳克里昂来祝贺你的生日——或许是想来巴结我们。但是他这样做毫无用处。”

“塞佛·哈定！”国王只是喃喃低语。

温尼斯皱起眉头。“你怕这个名字吗？就是这个塞佛·哈定，他上次来的时候，简直就是踩在我们头上。王室曾经遭到这种奇耻大辱，你不会忘记吧？而且他只是一个平民，是贫民窟里的垃圾。”

“我想我不会忘记，不会忘记的，绝对不会忘记！我们要以牙还牙……但是……但是……我有点……有点害怕……”

摄政王站了起来。“害怕？怕什么，你怕什么？你这个小王……”他及时把下面的话吞回去。

“那会是……呃……一种亵渎，你瞧，竟然去攻击基地。我的意思是……”他停了下来。

“说下去。”

列普德以困惑的口吻说：“我的意思是，假如真有‘银河圣灵’，它……呃……它可能会不高兴的。你不觉得吗？”

“不，我可不那么想。”温尼斯答得非常冷酷。说完他再度坐下，嘴唇扭曲成一个诡异的笑容。“你的脑袋真的为银河圣灵这么担心吗？所以你才会这么胡思乱想，优柔寡断。我认为，你是听多了维瑞索夫的鬼话。”

“他对我解释了很多……”

“有关银河圣灵的事吗？”

“是啊。”

“哎呀，你这个乳臭未干的娃儿。他对于自己所说的那一套惑众妖言，比我更不相信千百倍，而我呢，则是一点也不相信。那些都是无稽之谈，我告诉过你多少次了？”

“嗯，我知道。但是维瑞索夫说……”

“别听维瑞索夫的，那都是胡说八道。”

接着是短短一段抗议性的沉默，然后列普德才说：“反正大家都相信。我是说关于先知哈里·谢顿，以及他如何指定基地完成他的圣训——在未来的某一天，‘银河乐园’将重返人间；不服从圣训的人将永远形神俱灭。老百姓都相信这个说法，我主持过庆典，所以我知道他们都相信。”

“没错，他们相信，但是我们不相信。其实你应当感激这件事实，由于这套愚民政策，你才能根据神的旨意当上国王——让你自己变成半人半神。这简直轻而易举。这套说法也消除了所有叛变的可能，保证老百姓绝对服从每一件事。所以说，列普德，你必须主动对基地宣战。我只是摄政王，是个凡人。而你是国王，对老百姓而言，是半个神。”

“但我自己觉得不是。”国王深思熟虑地说。

“对，其实不是。”温尼斯以挖苦的语气答道，“但在别人眼中你就是，只有基地的人例外。懂了吗？基地以外的人都认为你是半个神。假如把他们除去，就再也没有人否认你的神性。你想想清楚！”

“到那个时候，我们就能自己控制灵殿的发电机、无人太空船、治癌的圣粮和其他一切？维瑞索夫说，只有银河圣灵祝福过的人才能……”

“对，维瑞索夫那么说！除了哈定，维瑞索夫就是你最大的敌人。列普德，你和我站在一起，不用担心他们。让我们叔侄联手，共同重建一个帝国——不只是安纳克里昂王国，而是包括整个银河系上千亿颗恒星的帝国。这样总比口头上的‘银河乐园’更好吧？”

“是……是的。”

“维瑞索夫能保证更多吗？”

“不能。”

“好极了。”温尼斯的语气变得更加蛮横，“我想，这个问题可以算解决了。”他不等国王回答，又说：“你走吧，我等会儿再下去。列普德，还有一件事。”

年轻的国王刚走到门槛，又回过头来。

温尼斯面露微笑，眼里却没有一丝笑意。“孩子，你打巨鸟的时候要小心。自从你父亲不幸意外身亡，有些时候，我对你的安危有很奇怪的预感。针枪射出的针弹在空中乱飞时，混乱之中，谁也说不准会发生什么事。我希望你要多加小心。有关基地的问题，你会照我说的去做，对吧？”

列普德睁大眼睛，却避开叔父的视线。“对……当然。”

“很好！”他面无表情地瞪着侄子的背影，然后走回自己的书桌。

而列普德离开时，内心却充满忧虑与恐惧。攻击基地、取得温尼斯所说的力量，或许的确是最好的策略。但是他又有一种强烈的感觉——当战争结束，自己的王权巩固之后，温尼斯与他那两个高傲的儿子就会等着继承王位。

但他是国王，国王能下令处死任何子民。

即使叔父或堂兄也不例外。

04

除了瑟麦克本人，路易斯·玻特是反对阵营中最活跃的一员。他一直积极地召集异议分子，进而促成如今声势浩大的“行动党”。但他并未参加大约半年前去拜见塞佛·哈定的代表团。这并不表示他的努力未被认可，事实上正好相反。他不能参加是因为另有重要任务，当时他正在安纳克里昂的首都世界。

那次他是以私人身份去的。他没有拜会任何达官贵人，也没有其他什么大动作。他只是去观察那个忙碌世界的各个幽暗角落，并且透过各种管道刺探情报。

他回到端点星时已是冬季，那个短暂的白昼始于乌云而终于瑞雪。玻特是在傍晚抵达的，不到一小时后，他已经坐在瑟麦克家中的八角桌旁。

薄暮中厚厚的积雪，像压在所有人的心头，令气氛相当凝重。玻特却没有委婉的开场白，一开口就开门见山。

“恐怕，”他说，“我们目前的处境，套用夸张的说法，就是‘徒劳一场空’。”

“你真的这么想吗？”瑟麦克沮丧地问。

“瑟麦克，这还用说吗，没有别的可能了。”

“关于军备……”托卡·渥图有些急切地说，却马上被玻特阻止。

“忘了它吧。这是个司空见惯的老把戏，”玻特环顾四周每一个人，“我指的是如何控制安纳克里昂的人民。我承认最初是我提出那个构想，由我们来资助一场宫廷革命，扶植一个亲基地的人为王。这是很好的想法，至今仍是如此。它唯一的缺点就是无法实现，伟大的塞佛·哈定早就防到了。”

瑟麦克不悦地说：“玻特，你能不能告诉我们详情？”

“详情！没有详情！事情可没那么单纯。安纳克里昂的整个情势，都他妈的牵扯在内。都是因为基地在那里所设立的宗教，它还真有效！”

“喔！”

“必须亲眼见到，你才会相信效果有多好。你在这里能看到的，只有我们为了训练教士所设立的大型学校，或是为了让朝圣者开开眼界，而在市内不起眼的角落偶尔举办的特别表演——如此而已。整件事对我们几乎没有什么影响，但是在安纳克里昂……”

兰姆·塔基用一根指头摸摸自己古怪的短髯，又清了清喉咙。“那是什么样的宗教？哈定不断强调，说那是为了使他们全盘接受我们的科学，而随便弄出来唬人的幌子。瑟麦克，你还记得吧，当天他告诉我们……”

“哈定的解释，”瑟麦克提醒众人，“表面的意义通常并不大。玻特，但那到底是什么样的宗教呢？”

玻特想了一想。“就伦理学而言，并没有什么问题。和帝国时代的各种哲学没有太大不同，不外是崇高的道德标准之类的。从那个角度来看，没有什么值得批评的。历史上，宗教一直有很大的教化力量，就这一点而言，它的确达成了……”

“这些我们都知道，”瑟麦克不耐烦地打断他的话，“只说重点就好了。”

“重点如下，”玻特感到有点窘，不过并未表现出来，“这个宗教——请各位注意，它是由基地所创立和提倡的——是建立在绝对威权的体制上。我们供给安纳克里昂的科学设备，只能由神职人员控制，但他们只学会了按部就班地操作。他们全心全意信仰这个宗教，也相信……嗯……他们所操纵的这些力量的形而上价值。举个例子来说，两个月以前，有个傻瓜搞坏了第沙雷克灵殿的发电厂——那是几座大型发电厂之一，当然整个城市都被污染了。结果每个人都认为那是神灵的惩罚，包括那些教士在内。”

“我记得，当时报上曾经登过一点二手报道。我还是不明白你到底想说什么。”

“那么请听着，”玻特以严肃的口吻说，“教士形成了一个特殊阶级，而国王位于这个阶级的顶峰，他被视为某种神祇。根据神的旨意，他成为具有绝对威权的君主；这种君权神授的思想，人民都深信不疑，连教士们也一样。这样的国王是无法推翻的，现在你懂了吗？”

“且慢，”渥图道，“你说这些都是哈定安排的，这是什么意思？他是怎么插上一脚的？”

玻特以苦涩的目光瞥了瞥渥图。“基地千方百计创造了这个幻象，又将所有的科援都藏在这个幌子后面。国王每回主持重要庆典，放射性灵光一定笼罩全身，并在他头上形成王冠似的光环。此时若有人碰触国王，就会遭到严重灼伤。在典礼的关键时刻，国王还会在空中飞来飞去，表示他已经和神灵发生感应。而他做一个手势，就能使整座灵殿发出珍珠般的光芒。我们为国王设计的这些小把戏不胜枚举，那些教士参与实际工作，自己却也相信这一套。”

“糟糕！”瑟麦克气得紧咬嘴唇。

“每当想到我们错过大好时机，我真想号啕大哭，媲美市政厅公园的喷水池。”玻特认真地说，“想想三十年前的情况，哈定刚把基地从安纳克里昂手中解救出来——当时，安纳克里昂人还不清楚帝国已经开始衰落。自从宙昂人叛乱以来，他们一直自顾不暇，甚至当银河外缘和帝国断绝通讯，列普德的盗贼祖父自立为王时，他们仍然不晓得帝国已经分崩离析。

“假如那时的皇帝有胆量，他只要派出两艘星际巡弋舰，配合安纳克里昂本身必然爆发的内乱，就能轻而易举将它收复。而我们，我们当时同样能够征服他们；哈定却没有这么做，反而为他们建立了君主崇拜制度。我个人真不了解，为什么？为什么？为什么？”

杰姆·欧西突然问道：“维瑞索夫如今在干什么？他曾经比今日的行动党员还要激进，现在他在那里做什么？难道他也瞎了吗？”

“我不知道。”玻特生硬地说，“他现在是那里的教长。但据我所知，他只是担任教士的技术顾问而已。傀儡领袖，该死的家伙，傀儡！”

在座的人都沉默下来，大家不约而同望向瑟麦克。年轻的党魁神经质地咬了一阵指甲，然后高声说：“不好了，有问题！”

他环顾四周，以更有力的口吻说：“哈定会是这种笨蛋吗？”

“似乎如此。”玻特耸耸肩。

“不可能！事情有点不对劲。让人如此任意宰割我们，这种事只有超级大笨蛋才做得出来。哈定即使是笨蛋，也不至于笨到那种程度，更何况我不承认他是笨蛋。他一方面创立宗教，为他们消除一切内乱的可能。另一方面，他又用各种武器把安纳克里昂武装起来。我不相信有这种事。”

“我也承认，事情的确有些蹊跷。”玻特说，“但是事实如此，我们还能怎么想呢？”

渥图万分激动地说：“这是公然叛变，他被收买了。”

瑟麦克却不耐烦地摇摇头。“这我也不相信。一切都显得既疯狂又没有意义。玻特，告诉我，你有没有听说有关那艘巡弋舰的任何消息，就是基地替安纳克里昂舰队修理的那艘星舰。”

“巡弋舰？”

“一艘帝国时代的巡弋舰。”

“没有，我没听说，但这并不能代表什么。舰队船坞是一般人绝对不准进入的宗教圣地。星际舰队的事，外人是不可能听说的。”

“嗯，还是有谣言流传出来。本党成员在议会里提起过这件事，你可知道，哈定从来没有否认。他的发言人曾经公开谴责造谣者，然后就不再过问了。这似乎饶有深意。”

“这是整个事件的环节之一，”玻特说，“倘若是真的，就疯狂得离谱了。可是，这件事不会比其他情况更糟。”

“我想，”欧西说，“哈定绝不会另外藏有什么秘密武器。也许……”

“是啊，”瑟麦克刻毒地说，“他不会藏有什么神灯魔盒，能在紧要关头跳出一个妖魔，把温尼斯那个老家伙吓得屁滚尿流。假如基地必须仰仗任何秘密武器，倒不如我们自己炸掉端点星，从提心吊胆的痛苦中解脱算了。”

“嗯，”欧西赶紧转变话题，“问题归结到一点：我们还有多少时间？啊，玻特？”

“好吧，问题就在这里。但是别看我，我也不知道答案。安纳克里昂所有的传播媒体始终没有提到基地；最近则通通在报道庆典即将来临的消息，其他什么都没有。列普德下星期就成年了，你知道吧。”

“那么我们还有几个月，”渥图露出今晚的第一个笑容，“这让我们还有时间……”

“还有时间，得了吧。”玻特咬牙切齿，显得很不耐烦，“我告诉你，那个国王是神。你以为他得利用宣传的手段，才能激起人民的斗志？你以为他必须指控我们侵略，还得放任人民敌视基地一阵子？只要时候到了，列普德一声令下，全民动员，就这么简单。这就是那种体制最要命的地方，因为你不能质疑神的决定。谁知道他会不会明天就下令，然后马上大军压境。”

大家抢着发言，正当瑟麦克敲着桌子要大家安静，前门突然打开，李维·诺拉斯特大步走了进来。他跳上楼梯，大衣都没来得及脱，因而洒下一路雪花。

“看看这个！”他一面大喊，一面把沾着雪花的报纸扔到桌上，“新闻幕上也全都是这个消息。”

报纸立刻被翻开来，五个头一起凑过去看。

瑟麦克以沙哑的声音说：“太空啊，他要去安纳克里昂！去安纳克里昂！”

“果然是叛国。”塔基突然激动地尖叫，“若是渥图说得不对，我甘愿自杀。他把我们出卖给敌人，现在要去领赏了。”

瑟麦克站了起来。“我们现在已经别无选择。明天在议会中，我将提议弹劾哈定。万一此举失败的话……”

05

雪已经停了，但是仍在地面凝成厚厚的一层。一辆光洁的地面车，在杳无人迹的街道上艰辛地前进。黎明时分，朦胧的曦光分外寒冷——这不只是诗意的描述，更是千真万确的事实。因此，即使如今基地的政治处于动荡状态，但无论行动党或亲哈定派，都没有任何人有足够的热诚与斗志，能这么早就开始进行街头活动。

约翰·李很不喜欢这种状况，他提高音量咕哝着。“哈定，这样很不好。他们会说你是溜走的。”

“想说就让他们说吧。我必须到安纳克里昂去，而且我要走得顺利。约翰，现在什么也别说了。”

哈定仰靠在有衬垫的座椅上，身子有些发抖。车里装有暖气，其实并不冷，但是车外白雪覆盖的世界，虽是透过车窗看去，依然为他带来寒意。

哈定若有所思地说：“等到我们把这件事解决之后，应该设法控制端点星的气候。这并不是什么难事。”

“我倒想先做几件其他的事。”约翰答道，“比如说，替瑟麦克控制气候如何？一间精致干爽的单人牢房，常年调节到摄氏二十五度，应该很适合他。”

“这样一来，我可真的需要保镖了，”哈定说，“而不是只有这两位。”他指指那两名坐在司机旁边的约翰私人保镖，他们严峻的目光投射到空旷的街道，一手按在随身的核铳上。“你显然打算挑起内战。”

“我吗？我可以告诉你，火堆里早就有好多木柴，根本不用怎么拨动。”他扳着肥短的手指，“第一，瑟麦克昨天在市议会中高叫弹劾。”

“他完全有这个权利，”哈定冷静地说，“不过，他的动议以206票对184票被否决了。”

“是的。只差22票而已，我们本来估计至少能赢60票。你别否认，你当初明明也这样想。”

“的确很接近。”哈定承认。

“好的。第二，投票之后，59名行动党员愤而退席，浩浩荡荡步出市议厅。”

哈定默然不语，约翰继续说：“第三，瑟麦克在退席之前，曾经高喊你是叛徒，说你到安纳克里昂是去领赏，又说拒绝弹劾你的多数派议员都等于加入了叛变行动，还说‘行动党’不是虚有其名。这些话听起来如何？”

“听起来像麻烦吧。”

“而现在你却像个逃犯，一大清早就急着开溜。哈定，你应该面对他们——太空啊，若有必要，就发布戒严令！”

“武力是——”

“——无能者最后的手段。得了吧！”

“算了，等着看吧。约翰，现在注意听我说。三十年前，在基地创立五十周年纪念日那一天，时光穹窿开启，出现了哈里·谢顿的录像，首度告诉我们部分的事实真相。”

“我记得，”约翰忆起往事，似笑非笑地点点头，“就是我们接管政府的那一天。”

“没错，那是我们遭遇初次危机的时候。现在这个则是第二次——三个星期后，便是基地创立八十周年纪念日。你不觉得这里头有深意吗？”

“你是说他还会出现？”

“我还没有说完。谢顿从未提过他是否还会出现，你了解的，但那也是他整个计划的一部分。他总是尽量不让我们预知任何细节。我们根本无法知道电脑何时会令影像再度出现，除非我们将穹窿拆开——可是如果那么做，说不定电脑会自动销毁。自从谢顿上次出现后，每年的纪念日，我都会去那里碰碰运气。他从来没有再现身，话说回来，自从那次之后，如今才再度发生真正的危机。”

“那么他会再出现。”

“可能吧，我也不知道。然而，这正是重点。你今天在市议会中，先宣布我到安纳克里昂去的消息，然后紧接着，再正式宣布谢顿的录像将在三月十四日再度出现。对于最近这个圆满解决的危机，这段录像将会传达最重要的讯息。约翰，这点非常重要。但是不管别人怎么追问，你都别再多说什么。”

约翰瞪着哈定。“他们会相信吗？”

“那倒没有关系。这样做会令他们困惑，这就是我的目的。他们会怀疑这件事的真实性，还会猜测万一是假的，我的真正意图究竟又是什么——举棋不定之下，他们会决定将行动延到三月十四日之后。那时候，我早已经回来了。”

约翰看来仍然犹豫不决。“但你所谓的‘已经圆满解决的危机’，根本是唬人嘛！”

“足以唬得他们一愣一愣的。飞航站到了！”

太空船的庞大身躯在微光中若隐若现。哈定踏着积雪走向太空船，到达气闸时又转过头来，伸出手对约翰挥了挥。

“约翰，再见。我很不想留你在油锅里受煎熬，但是除了你，我再也没有可以信赖的人。记住，千万别玩火。”

“别担心，油锅已经够热了。我会服从命令的。”约翰向后退去，气闸也关上了。

06

塞佛·哈定并未直接来到安纳克里昂星——安纳克里昂王国就是根据这颗行星命名的。直到加冕的前一天，他才抵达这个首都世界。在此之前，他飞到这个王国八个较大的恒星系，每一站都只作极短暂的停留，时间刚好足够让他会晤基地驻当地的代表。

这一趟旅行，使他深深体会到这个王国幅员的辽阔。这里曾经是银河帝国极具特色的一部分，可是与昔日帝国不可思议的广大版图相比，它只不过是一个小碎片、一颗毫不起眼的苍蝇屎。然而哈定的思考模式，一向只习惯于单一的行星，而且还是一颗人口稀疏的行星，因此安纳克里昂的幅员与人口，已经足以令他吃惊不已。

如今安纳克里昂王国的国境，与当年的安纳克里昂星郡极为接近，境内包括二十五个恒星系，其中六个拥有不只一颗住人行星。目前它的总人口数为一百九十亿，虽然与它在帝国全盛时期的数目无法相比，但由于基地的科援促进了科学发展，总人口正在急速增长中。

哈定直到现在，才真正体认到这项科援工作的艰巨。虽然花了三十年的时间，却只在首都世界建立了核电系统，王国外围仍有广大区域尚未恢复核能发电。甚至这样的小小成绩，都还是利用帝国残留下的设备拼凑而成，否则连这一点进展都不可能有。

当哈定终于抵达这个首都世界的时候，发现一切商业活动完全停摆。在外围区域，庆祝活动已经持续若干时日；而在安纳克里昂星上，处处都是预祝国王列普德成年的狂热宗教庆典，人人都热情万分地全心投入。

哈定设法找到他们的大使维瑞索夫，后者由于过分忙碌而显得愁眉苦脸、形容憔悴。他们只交谈了半个小时，维瑞索夫就被迫匆匆告退，去监督另一座灵殿的庆典。但是这半小时让哈定获益匪浅，他已经胸有成竹，准备参加当天晚上的烟火盛会。

这次哈定完全是以游客的身份出现，因为万一他的身份曝光，将必然得主导宗教性活动，而他毫无心情做那些无聊的事情。因此，当王宫大厅挤满珠光宝气的王公贵族时，他夹在其中一点也不起眼，几乎没有人注意到他，更没有人跟他打招呼。

哈定站在长串的参谒者中，在安全距离之外被引见给列普德国王，国王则独自威严地站在放射性灵光的眩目光芒中。不到一小时之后，国王将要坐在镶着宝石、装饰着黄金浮雕、由铑铱合金制成的厚重王座上，与王座一起庄严地升到半空中，再缓缓贴地飞掠到窗口，然后在王宫的窗前翱翔，让外面成千上万的百姓瞻仰，接受百姓近乎疯狂的热情欢呼。当然，若不是内部暗藏核能发动机，王座也不可能那么沉重。

这时已经十一点多了。哈定开始坐立不安，于是踮起脚尖想看得清楚一点。他甚至想站到椅子上，不过总算忍住这个冲动。终于，他看见温尼斯穿过人群向他走来，心情顿时轻松了。

温尼斯走得很慢。他几乎每走一步，就得跟一些尊贵的贵族亲切寒暄。那些贵族的祖辈都曾协助列普德的祖父僭取王位，从此子孙便永远承袭爵位。

温尼斯终于摆脱最后一位贵族，来到哈定面前。他勉强挤出几丝笑容，斑白眉毛下的黑色眼珠射出得意的光芒。

“亲爱的哈定，”他低声说，“你不肯表露自己的身份，想必一定会很无聊。”

“殿下，我并不觉得无聊。这一切都太有趣了，您也知道，端点星可没有这么隆重的庆典。”

“毋庸置疑。愿不愿意到我的书房坐坐，我们可以无拘无束地畅谈一番。”

“当然好。”

于是两人臂挽着臂上楼去了。几位公爵夫人惊讶地盯着他们的背影，怎么也想不通哈定的身份。这个衣着平凡、外表毫不起眼的陌生人，竟然受到摄政王这般的礼遇，他究竟是什么人？

进了温尼斯的书房，哈定十分轻松地坐了下来。他接过摄政王亲自斟的一杯酒，并低声表示谢意。

“哈定，这是卢奎斯酒，”温尼斯说，“是王室酒窖中的真品——珍藏了两个世纪，是宙昂叛乱之前十年所酿制的。”

“真正的王室佳酿。”哈定礼貌地附和着，“敬列普德一世，安纳克里昂之王。”

两人干杯后，温尼斯轻声补充道：“他很快就会成为银河外缘的皇帝，而接下来，又有谁能预料呢？银河总该有再统一的一天。”

“毫无疑问。是由安纳克里昂统一吗？”

“有何不可？在基地的协助下，我们的科技优于银河外缘其他世界，这是毫无疑问的。”

哈定放下空酒杯，然后说：“嗯，没错，只是，基地理当协助任何一个需要科援的国家。基于我们政府的高度理想主义，以及基地缔造者哈里·谢顿崇高的道德目标，我们绝不能偏袒任何国家。殿下，这是无法改变的原则。”

温尼斯笑得更加灿烂。“套一句当今的俗话：‘灵助自助者’。我相当了解，基地若不是受到压力，绝不可能这么合作。”

“这点我可不敢苟同。至少基地为你们修理了那艘帝国巡弋舰，虽然我们的宇航局一直希望拿来作研究之用。”

摄政王以讽刺的口吻，重复着哈定所说的话。“研究之用！是啊！若非我威胁要开战，你们是绝不肯修理的。”

哈定做了一个不以为然的手势。“这我就不知道了。”

“我知道，而且知道这种威胁永远有效。”

“现在也有效吗？”

“现在谈威胁有点太迟了。”温尼斯瞥了一眼书桌上的时钟，“哈定，听好，你以前来过安纳克里昂。当年你还年轻，你我都很年轻。即使那个时候，我们的行事方法已经迥然不同。你是所谓的和平主义者，对吧？”

“我想大概是吧。至少，我认为以武力达到目的，是一种很不划算的手段。总会有更好的替代方案，虽然有时比较不那么直接。”

“是啊，我听过你的名言：‘武力是无能者最后的手段’。但是，”摄政王故意像是不经意地抓抓耳朵，“我并不认为自己是个无能者。”

哈定礼貌地点点头，却一言不发。

“除此之外，”温尼斯继续说，“我一直信赖直接路线。我相信应该对准目标笔直地开拓道路，再沿着这条直路不偏不倚地前进。我曾经用这个方法取得许多成就，今后还打算完成更多的功业。”

“我都知道。”哈定插嘴道，“我相信您现在开拓的道路，是为了要让您和令公子直达王位。想想国王的父亲——就是您的兄长——所遭遇的不幸意外，以及当今国王欠佳的健康状况。他的确健康欠佳，对不对？”

温尼斯皱起眉头，声音变得更加严厉。“哈定，为了你自己好，我劝你最好避免某些话题。或许你以为自己是端点星的市长，就有特权可以说……唔……这种不负责任的话；假如你真的这么想，还请你及早醒悟。我可不是会被空口白话吓倒的人。我的人生哲学是只要勇敢面对难题，难题便会消失，而我从来没有逃避过任何难题。”

“这点我并不怀疑。请问此时您拒绝逃避的难题究竟是什么？”

“哈定，就是说服基地合作。你可知道，你的和平政策使你犯了几个非常严重的错误，只因为你低估了对手的勇气。并不是每个人都像你一样害怕直接行动。”

“比如说？”哈定问道。

“比如说，你单独来到安纳克里昂，并且单独跟我进入我的书房。”

哈定环顾四周。“那又有什么不对？”

“没什么，”摄政王说，“只不过屋外有五名警卫，他们全副武装，手握核铳。哈定，我不相信你走得出去。”

市长扬了扬眉。“我一时还不想走呢。您真的那么怕我？”

“我一点也不怕你。但是，这样能让你体认到我的决心。我们称之为一种姿态，如何？”

“您爱怎么称呼随便您，”哈定不在乎地说，“您怎么称呼都一样，反正我不会放在心上。”

“我确定你这种态度迟早会改变。哈定，但你还犯了另一个错误，一个更为严重的错误。端点星好像是几乎完全不设防的。”

“当然，我们需要怕谁？我们没有威胁到任何人的利益，并且一视同仁地提供科援。”

“虽然保持无武装的状态，但是另一方面，”温尼斯说，“你又慷慨地帮我们建军，特别是协助我们建立自己的舰队，一个庞大的星际舰队。事实上，自从你们将修好的帝国巡弋舰献给我们，这个舰队已经所向无敌。”

“殿下，您这是在浪费时间。”哈定作势要站起来，“假如您意图向我们宣战，而且正在知会我这个事实，请您允许我立即和我的政府联络。”

“哈定，坐下来。我并不是向你们宣战，你也根本别想通知你的政府。一度曾是帝国舰队巡弋舰的温尼斯号，现在是我国远征舰队的旗舰。这个远征舰队，由我儿子在旗舰上亲自指挥，一旦开战——哈定，是开战而不是宣战——他们立刻会对基地发动核武攻击，那时基地自然就会知道了。”

哈定皱起眉头。“什么时候会开战？”

“既然你有兴趣知道，舰队在五十分钟前，十一点整的时候，刚刚离开安纳克里昂。当他们能目视端点星的时候，就会发动第一波攻击，那应该是明天中午的事。你可以把自己当做一名战俘了。”

“殿下，我自己正是这么想的。”哈定仍然皱着眉头，“但是我很失望。”

温尼斯轻蔑地咯咯大笑。“如此而已？”

“是的。我曾经想过，在加冕典礼开始的同时——也就是午夜零时——才是舰队行动最合理的时刻。因为很明显，您希望在您摄政王任内开战。倘若这样做，应该更具戏剧性。”

摄政王瞪着对方。“太空啊，你到底在说什么？”

“您没听懂吗？”哈定轻描淡写地说道，“我把反击时刻定在午夜零时。”

温尼斯从椅子上跳起来。“你别想虚张声势吓唬我，你们不可能会反击。如果你指望其他王国的协助，死了这条心吧。他们的舰队全部加起来，也不是我们的对手。”

“这我知道，但我并不打算发射一枪一弹。我只是一周前就让人放出风声，说在今晚午夜，安纳克里昂星将实施‘教禁’。”

“教禁？”

“是的，假如您还不懂，我可以解释一下：除非我收回成命，安纳克里昂所有的教士都会开始罢工。可是如今我遭到软禁，不能跟外界联络；不过即使没被软禁，我也不打算这么做。”他上身向前倾，语气忽然变得生动起来，“殿下，您可了解，攻击基地等于是罪大恶极的亵渎行为？”

温尼斯显然在勉力恢复镇定。“哈定，别对我来这一套。这些话留着对群众说吧。”

“亲爱的温尼斯，除了群众，您认为我还会把这番话留给谁呢？我可以想象，在过去半小时中，安纳克里昂所有的灵殿都已经聚满群众，在聆听教士对这个事件的训诫。如今安纳克里昂的男女老幼，每个人都已经知道，自己的政府正在对他们的信仰中心发动邪恶而不义的攻击。现在，还差四分钟就到午夜了，您最好下楼到大厅去看看吧。既然有五名警卫在门外，不必担心我会溜走。”他又靠回椅背，并帮自己再倒了一杯卢奎斯酒，然后无动于衷地盯着天花板。

温尼斯突然怒不可遏，飞快地冲出书房。

在大厅中，所有的名士淑女都鸦雀无声，让出一条通向王座的宽敞通道。列普德坐在王座上，两手紧抓着扶手，头抬得很高，表情却僵凝着。中央的大吊灯渐渐暗下来，拱型天花板上镶嵌的无数核灯泡散发出彩色的闪光。就在此时，国王周围的绚丽灵光开始闪耀，并且上升到他的头顶，凝聚成一顶耀眼的王冠。

温尼斯停在楼梯半途。没有人看到他，所有的眼睛都注视着王座。温尼斯在那里站定，双手紧握着拳；哈定的虚言恫吓不至于让他贸然行事。

这时王座开始颤动，然后无声无息地垂直上升，接着开始飘移。王座离开了座台，缓缓飘下阶梯，在离地五公分处停下，再水平地滑向巨大的窗口。

深沉的钟声响起，代表午夜的降临。王座刚好停在窗前——国王头上的灵光消失了。

在那一瞬间，国王毫无动作，脸孔却因惊惧而扭曲；一旦失去灵光，他就变得与常人无异。接着王座摇晃了几下，便重重落在地板上，发出一声巨响，宫中所有的灯光也同时暗下来。

在嘈杂的尖叫声与一片混乱中，传来温尼斯的吼叫："拿火把来！拿火把来！"

温尼斯在拥挤的人群中左冲右撞，拼命挤到了门口。此时，宫中卫士也从外面冲进黑暗的大厅。

然后火把终于拿到大厅来了。那是原先准备在加冕典礼后，在大街小巷举行盛大的火炬游行用的。

卫士们举着火把，蜂拥进入大厅——蓝色、绿色、红色的光芒，照在一张张恐惧惶惑的脸上。

"没有大碍，"温尼斯大声喊道，"大家留在原地别动，电力马上会恢复。"

温尼斯转身，向立正站好的卫士长问道："队长，怎么回事？"

“殿下，”卫士长立即回答，“宫殿被城里的百姓包围了。”

“他们要什么？”温尼斯咆哮道。

“他们由一名教士带头，有人认出他就是教长波利·维瑞索夫。他要求立刻释放塞佛·哈定市长，并且停止对基地的战争。”卫士长以军人特有的冰冷语气回答，但他的目光却游移不定。

温尼斯叫道：“若有任何暴民妄图越过宫门，一律格杀勿论。暂时就是这样。让他们去吼吧！明天再跟他们算账。”

火把已经分发下去，大厅又重放光明。温尼斯赶紧冲向仍在窗口的王座，把惊吓得面无人色的列普德拉起来。

“跟我来。”他向窗外看了一眼，整个城市一片漆黑，下面传来群众沙哑嘈杂的吼声。放眼望去，只有右方的艾哥里德灵殿灯火辉煌。他一面暴跳如雷地咒骂，一面把国王拖走。

温尼斯一路冲回自己的书房，门口五名警卫立刻跟进来。列普德走在最后面，他瞪大眼睛，吓得一句话也说不出来。

“哈定，”温尼斯用沙哑的声音说，“你这是在玩火自焚。”

哈定市长身旁有一个手提式核灯泡，发出珍珠般的光芒。他根本不理会温尼斯，只是静静地坐着，脸上挂着一丝嘲弄的微笑。

“陛下，早安。”哈定对列普德说，“恭喜您顺利加冕。”

“哈定，”温尼斯再度吼道，“命令你的教士回去工作。”

哈定冷静地抬起头来。“温尼斯，你自己下令吧，看看我们两人到底谁在玩火。现在整个安纳克里昂，除了灵殿之外，没有任何机械在运转；除了灵殿之外，没有任何灯泡发光；除了灵殿之外，没有一滴自来水；处于冬季的半球，除了灵殿之外，连一卡的热量都没有。医院无法再接受病患，发电厂也将被迫关闭，所有的太空船都被困在地面。温尼斯，如果你不喜欢这种情况，大可自己命令教士回去工作，我可不想管。”

“哈定，我对太空发誓，我一定会下令。倘若非得摊牌不可，那就来吧。看看你的教士能不能挡住我的军队。今天晚上，这颗行星上所有的灵殿都会被军方接管。”

“很好，但是你要怎样下令呢？这颗行星上所有的通讯线路都已中断，你将发现无论电波或超波都失灵了。事实上，这个房间里的影像电话，是这颗行星上唯一还有效的通讯器材——当然，我是指灵殿以外的地方——但我已经将它设定成只能接收讯号。”

温尼斯似乎喘不过气来，哈定继续说：“如果你想试试，可以派遣军队到宫殿附近的艾哥里德灵殿，利用那里的超波通讯器和本星的其他区域联络。但如果你真那样做，派出去的军队恐怕会被暴民分尸。温尼斯，那时谁来保护这座宫殿呢？谁又来保护你们的性命呢？”

温尼斯嘶喊道：“你这魔鬼，我们能撑下去，我们一定撑得过今天。让暴民去吼吧，让电力中断吧，但我们会撑过去。等到基地被攻陷的消息传来，你那些伟大的群众就会发觉他们的宗教如何虚幻；他们将会背弃你的那些教士，并且反过来对付他们。哈定，我向你保证，你顶多得意到明天中午。你只能切断安纳克里昂的能源，却无法阻挡我的舰队。”他扯着沙哑的喉咙，耀武扬威地说：“哈定，舰队正朝着目标前进，由你下令修复的那艘巡弋舰率领。”

哈定轻松地答道：“没错，那艘巡弋舰是我下令修复的——却是照着我的意思修的。温尼斯，告诉我，你有没有听过超波中继器？喔，我看得出你没听过。好吧，大约两分钟内，你就能知道那个装置的妙用。”

此时影像电话突然亮起来，于是他改口道：“不，两秒钟内。温尼斯，坐下来好好听着。”

07

泰欧·艾波拉特是一名地位极高的安纳克里昂教士。单就辈分的考虑，他就被任命为旗舰温尼斯号上的首席随军教士。

但是除了地位与辈分的考虑之外，另一个重要原因是他十分熟悉这艘星舰。在它的修复过程中，他曾在基地圣者的直接指导下工作。根据他们的指挥，他调整发动机、重新连接影像电话的线路、翻修整个通讯系统、修补百孔千疮的舰身、补强舰体的结构。甚至当安装一个极为神圣的设备时，他也获准在旁帮忙。由于这个设备如此神圣，过去从来没有安装在任何一艘星舰上，它是专门保留给这艘伟大的星际战舰的——那就是“超波中继器”。

如今这艘神圣的星舰将用做不义之举，难怪他会感到极度痛心。维瑞索夫早已告诉过他，这艘星舰将要犯下骇人的邪恶罪行；它的炮口会转向伟大的基地，但他一直不愿意相信。基地，他年轻时就是在那里接受教士培训，而且所有的福泽都是源自基地。

可是听完舰队司令的一番话之后，他发觉事实已经不容置疑。

神圣的国王怎能允许这种邪恶的行动呢？真是国王的意思吗？

倘若不是，或许就是可恶的摄政王温尼斯假传圣旨，国王如今还被蒙在鼓里。而且，这个舰队的司令官正是温尼斯的儿子，就是他，在五分钟前告诉自己说："教士，你只要负责看顾灵魂和认真祷告，我会照顾我的星舰。"

艾波拉特露出诡异的笑容。他会看顾灵魂并且认真祷告，但他也要认真诅咒，而雷夫金王子很快就会痛哭流涕。

现在他正走进总通讯室，由手下的助理教士在前面开道。执勤的两名军官并没有拦阻他们，因为首席随军教士有权进入星舰的任何角落。

"把门关上。"艾波拉特命令道，然后看了看精密计时器。十二点差五分，他将时间算得很准。

他以迅速而熟练的动作，打开舰上所有的通讯系统。于是在这艘全长二英里的星舰上，任何一个角落都能听到他的声音、看到他的影像。

"温尼斯号旗舰上全体官兵，请注意！这是你们的首席随军教士讲话！"他知道，自己的声音会立刻在星舰各处回响——从舰尾的核炮台，到舰首的领航台。

"你们的星舰，"他喊道，"正在进行冒渎圣灵的罪行。在你们不知情的状况下，它的行动足以令你们的灵魂永远流放在冰冷的太空中！注意听！你们的指挥官，由于他心中罪恶的邪念，打算将这艘星舰驶往基地，轰炸并征服我们的万福之源。因为他的意图明显，我奉银河圣灵之名，现在解除他的指挥权。因为没有银河圣灵的庇佑，就没有指挥权的存在。甚至神圣的国王，若没有圣灵的认可，也将无法维持王位。"

他的声音越来越低沉，助理教士以虔诚的心情恭敬聆听，一旁的两名军官则越听越恐惧。"由于这艘星舰进行如此邪恶的勾当，银河圣灵的庇佑也已经消失了。”

他庄严地举起双手，在舰上近千架影像电话前，官兵们怀着畏惧的心情，紧盯着首席随军教士威严的影像。

“奉银河圣灵之名，奉先知哈里·谢顿之名，奉圣灵的仆人基地圣者之名，我诅咒这艘星舰。让它的眼睛——影像电话——全部瞎掉；让它的手臂——钩爪——通通瘫痪；让它的拳头——核炮——尽数失效；让它的心脏——发动机——停止搏动；让它的声音——通讯装置——喑哑无声；让它的呼吸器官——通风设备——奄奄一息；让它的灵魂——灯光——完全熄灭。奉银河圣灵之名，我如此诅咒这艘星舰。”

当他说完的时候，恰好是午夜十二点。在几光年外的艾哥里德灵殿，正有一只手打开超波中继器的开关。在同一瞬间，它送出的超波开启了温尼斯号旗舰上的另一个中继器。

整艘星舰完全停摆!

这就是科学性宗教最主要的特征，一切真的能够应验，艾波拉特对这艘星舰的诅咒也不例外。

艾波拉特看到一片漆黑笼罩着这艘星舰，听到远方超核能发动机柔和的转动声突然停止。他感到非常高兴，便从法衣内取出自备电源的核灯泡，使室内充满珍珠般的光芒。

他低头望向那两名军官，他们无疑是勇敢的军人，但是出于精神上的极度恐惧，两人竟然不由自主地跪下来。“上师，救救我们的灵魂吧。我们都是无辜的可怜人，对指挥官犯下的罪行毫不知情。”其中一个呜咽着说。

“跟我来！”艾波拉特以严厉的口吻说，“你的灵魂尚未沉沦。”

整艘星舰在黑暗中陷入一片混乱，恐惧感就像是摸得着也闻得到的浓浓毒气。在艾波拉特与他的光圈经过之处，随时都有官兵蜂拥而上，拉着他的法衣边缘，请求他施舍一丝一毫的慈悲。

而他的答案始终如一：“跟我来！”

艾波拉特终于找到雷夫金王子，他正穿过军官寝室摸索过来，同时破口咒骂着黑暗。此时，这位司令官正恶狠狠地瞪着这位首席随军教士。

“你终于出现了！”王子的蓝眼睛来自母亲的遗传，但鹰勾鼻与斜眼标志着他是温尼斯的儿子。“你这种叛变的行为，究竟是什么意思？赶快恢复舰上的动力，我才是这里的指挥官。”

“你不再是了。”艾波拉特寒着脸说。

雷夫金狂乱地四下张望。“抓住这个人，逮捕他。不然我向太空发誓，我会把你们这些抗命者通通抓起来，剥光衣服，从气闸丢到外太空去。”他顿了顿，又尖叫道：“这是你们的司令官在下令，快抓住他。”

最后，他完全丧失了理智。“你们愿意上这个骗子、这个小丑的当吗？你们何必害怕这种胡诌出来的宗教？这人是个冒牌货，他所说的银河圣灵，根本就是虚构的幌子，目的是要……”

艾波拉特愤怒地打断他的话。“拿下这个亵渎圣灵的人。听他说话，也会危及你们的灵魂。”

好几名官兵立刻一拥而上，紧紧抓住这位尊贵的司令官。

“抓好他，跟我来。”

艾波拉特转身就走，雷夫金被押在后面紧跟着，走廊里黑压压地挤满了官兵。艾波拉特回到总通讯室，立即命令将“前任指挥官”带到一台未失灵的影像电话前。

“命令舰队停止前进，准备返回安纳克里昂。”

雷夫金被打得头破血流，衣衫褴褛，也吓得有些神志不清，当然只好遵命。

“现在，”艾波拉特继续厉声道，“我们和安纳克里昂取得了超波联系，你照我的话来说。”

雷夫金做了一个不愿意的手势，立刻引来周围所有官兵一阵可怖的怒吼。

“跟着我说！”艾波拉特道，“开始：安纳克里昂舰队……”

雷夫金便开始了。

08

当雷夫金王子的影像出现在电话中时，温尼斯的书房进入绝对的沉默。摄政王看见儿子憔悴的面容与撕烂的制服，惊吓得倒抽一口气，整个人瘫在椅子上。由于惊恐与焦虑，他的脸孔整个扭曲了。

哈定双手轻握，搁在膝头，面无表情地听着影像电话传来的声音。刚刚加冕的列普德国王则蜷缩在最阴暗的角落，紧张兮兮地咬着镶金边的袖子。就连警卫也都不再板起职业军人的脸孔，他们在门边排成一列，手中握着核铳，眼睛却偷瞄着电话中的影像。

雷夫金开始讲话，疲倦的声音听来万分不情愿。他讲得断断续续，好像有人不断在提词，而且对他很不客气。

“安纳克里昂舰队……了解到这次任务的本质……拒绝成为冒渎圣地的共犯……正在返回安纳克里昂途中……对那些胆敢向万福之源的……基地和……银河圣灵……使用暴力的……冒渎神圣的罪人……发出下面的最后通牒。马上停止对信仰之源……的一切攻击……并且以我们的舰队……由首席随军教士艾波拉特代表……可以接受的方式……保证永不再有……这样的战事发生，同时……”在此有好长时间的停顿，然后才继续下去，“同时保证将曾任摄政王的温尼斯……下狱……将他所犯的罪行……交由宗教法庭审判。否则王国舰队……回到安纳克里昂之后……会将宫殿夷为平地……并会采取其他一切……必要的措施……摧毁那些威胁人民灵魂的罪人……的巢穴……”

这段话以半声哭泣作为结束，荧幕上的影像就此消失。

哈定迅速按了一下核灯泡，光线逐渐暗下来，前摄政王、国王与警卫们都变成了朦胧的黑影。直到这时，才看得出哈定周身也有灵光围绕。

它不像国王特有的灵光那样闪耀夺目，也没有那么壮观与显著，却更有效更实用。

一小时之前，温尼斯还得意洋洋地宣称哈定成了战俘，端点星则是即将被摧毁的目标。现在他却整个人瘫成一团，心灰意冷，默然不语。冲着这位温尼斯，哈定以稍带讽刺的语气说：“有一个非常古老的寓言故事，它可能和人类历史同样久远，因为已知最古老的记载，仍是抄自更为古老的版本。你可能会感兴趣，它是这么说的：

“从前有一匹马，它有一个危险而凶猛的敌人——狼，所以每天战战兢兢度日。在绝望之余，马突然想到要找一个强壮的盟友。于是它找到了人，它对人说狼也是人的大敌，提出和人结盟的建议。人毫不犹豫接受了，并说只要马能跟他合作，将快腿交给他指挥，他们可以立刻去杀掉狼。马答应了这个条件，允许人将马缰和马鞍装在它身上。于是人就骑着马去猎狼，把狼给杀死了。

“马高兴地松了一口气，它向人道谢，并说：‘现在我们的敌人死了，请你解开马缰和马鞍，还我自由吧。’

“人却纵声大笑，回答这匹马说：‘你休想！’还用马刺狠狠踢了它一下。”

室内仍是一片静寂。温尼斯的身影一动也没动。

哈定继续轻声说：“我希望你听得懂这个比喻。为了巩固政权，以便永远统治人民，四王国的国王接受了神化自己的科学性宗教。这个宗教便成了他们的马缰和马鞍，因为它把核能的源头交到教士手中——请注意，那些教士听命于我们，而不是你们。你们杀死了狼，却再也无法摆脱……”

温尼斯突然从阴影中一跃而起，双眼像是两个狰狞的深洞。他声音混浊，说话语无伦次。“反正我要干掉你，你逃不掉的，你会死在这里。让他们把这里炸平吧，让他们炸毁一切吧。你会死在这里！我要干掉你！”

“卫兵！”他神经质地狂喝道，“替我把这个恶魔射死。射死他！射死他！”

坐在椅子上的哈定转过头去，微笑着面对那些警卫。其中一人举起核铳要瞄准，却随即放下，其他人根本一动不动。在柔和的灵光中，端点星市长塞佛·哈定胸有成竹地微笑着。在他面前，安纳克里昂的一切力量都粉碎了。警卫们受不了这种莫名的压迫感，不再理会温尼斯疯狂嘶喊出的命令。

温尼斯一面语无伦次地吼叫，一面蹒跚走向身旁一名警卫。他一把夺走警卫手中的核铳，立即瞄准泰然自若的哈定，然后重重扣下扳机。

朦胧的连续光束射向哈定市长，却在碰到他周围的力场后全被吸收中和。温尼斯发出疯狂的大笑，更加用力地扣下扳机。

哈定依然面带微笑，力场吸收了核铳的能量之后，只是微微发出一点光芒。列普德仍旧畏缩在角落里，捂着眼睛不停呻吟。

接着，温尼斯发出一声绝望的喊叫，将铳口转向，再度扣下扳机——他立时倒在地上，头部被轰得一点不剩。

哈定心中一凛，喃喃地说：“他真是个贯彻始终的直接路线派，这就是他最后的手段！”

09

时光穹窿中挤满了人潮；除了座无虚席之外，后面还满满站了三排。

塞佛·哈定看到这么多人，不禁想起哈里·谢顿第一次出现时的冷清场面。那是三十年前的事，当时只有六个人在场；其中五位是年老的百科全书编者——现在都作古了，另一个人就是他自己，一位年轻的傀儡市长。也就是那一天，他在约翰·李的协助下发动政变，摘除了“傀儡”这个耻辱的头衔。

如今情况完全不同了，一切都不一样了。市议会中每位成员都在等待谢顿的出现。哈定自己仍是市长，但是早已大权在握；自从令安纳克里昂溃不成军之后，他更是深得民心。当他从安纳克里昂带回温尼斯的死讯，以及跟吓坏了的列普德新签的条约时，在欢声雷动中，他赢得市议会一致通过的信任投票。接着他又一鼓作气，迅速跟另外三个王国签订了类似的条约——基地据此所获得的权力，足以永久预防类似安纳克里昂这次的侵略企图。当这些条约签订时，端点星大街小巷都挤满了参加火炬游行的人群。就连哈里·

谢顿的名字，也从来没有被人欢呼得如此响亮。

哈定撇了撇嘴。当年第一次危机过后，自己也是这么有声望。

在穹窿的另一个角落，赛夫·瑟麦克与路易斯·玻特正在进行热烈讨论，最近这些事似乎一点也没有令他们气馁。他们照样参加信任投票，并且发表演说公开承认自己的错误，还漂亮地为以前的若干不当言词致歉。他们油腔滑调地为自己辩解，说他们的行为只是遵循判断与良知——然后行动党立刻展开了新的活动。

约翰·李碰了碰哈定的袖子，若有深意地指指手表。

哈定抬起头来。“嗨，约翰。你怎么还是这么忧心忡忡？又有什么问题？”

“五分钟后他就应该出现了，对不对？”

“想必没错，上次他就是正午出现的。”

“万一他不出现怎么办？”

“你一辈子都要用自己担心的事来烦我吗？他不出现就算了。”

约翰皱着眉，缓缓摇了摇头。“万一他不出现，我们又会有麻烦。没有谢顿为我们所做的事背书，瑟麦克会毫无顾忌地卷土重来。他想要彻底兼并四王国，立即扩张基地的版图——必要时不惜采取武力。他已经开始为这个主张活动了。”

“我知道。玩火者即使会因而自焚，也非得玩火不可。而你，约翰，却一定要千方百计自寻烦恼，牺牲生命在所不惜。”

约翰正准备回答，却突然喘不过气来，因为灯光在一瞬间开始转暗。他伸出手臂，指了指占穹窿一半面积的玻璃室，随即瘫坐在椅子上，并发出一声轻叹。

看见玻璃室中出现了影像，哈定不禁把身子挺直——那是一个坐在轮椅上的人！今天来到现场的众人，只有他知道几十年前，这个影像第一次出现时的情景。那时他还年轻，影像则是个老人。如今三十年过去了，这个影像毫无变化，哈定自己却垂垂老矣。

影像凝望着正前方，双手抚弄着膝上的一本书。

它开始说话："我是哈里·谢顿！"声音苍老而柔和。

穹窿中静得听不到呼吸声，哈里·谢顿继续流畅地说下去。"这是我第二次在此出现。当然，我不知道你们当中，是否有人第一次也在场。事实上，光凭感觉，我也无法判断现在有没有人在这里，不过这都没有关系。假如第二次危机已经安然度过，你们就一定会来这里，不可能有例外。倘若你们没有来，那就代表第二次危机不是你们所能应付的。"

他露出动人的笑容。"然而我想不至于，因为我的计算显示，在最初八十年间，本计划不产生重大偏差的几率是98.4％。

"根据我们的计算，你们现在已能控制紧邻基地的几个野蛮王国。第一次危机时，你们是利用'势力均衡'来防止他们入侵；而第二次，你们则是利用'形而上的力量'击败'形而下的力量'。

"然而，我要在这里警告各位，不要过于自信。在这些录像中，我并不想让你们预知任何未来的发展，但我不妨指出，你们现在所获得的只是一个新的平衡——不过你们的处境已经比以前好得多了。'形而上的力量'虽然足以抵挡'形而下的力量'所发动的攻击，却不足以反过来主动出击。由于地方主义或国家主义等等阻力必然不断成长，'形而上的力量'无法永远保持优势。我相信，我所说的只是老生常谈。

"对了，你们一定要原谅我说得这么含糊。我现在所用的语汇，顶多只是近似的叙述。但是各位都不了解心理史学的术语和符号，所以我只能尽量用普通的语言解释。

"目前，基地只是来到通往'第二银河帝国'之路的起点。邻近的诸王国，在人力及资源方面，仍旧胜过你们无数倍。在这些王国外面，是蔓延整个银河的浑沌蛮荒丛林。而在银河的内圈，还有银河帝国的残躯——虽然不断地衰败，势力仍然强大无匹。”

说到这里，哈里·谢顿捧起书本打开来，面容转趋庄严。“你们也绝对不能忘记，八十年前，我们还建立了另一个基地；它在银河的另一端，在‘群星的尽头’。你们一刻都不能忽视它的存在。各位，在你们面前展开的，是为期九百二十年的计划。端看各位如何面对了！”

他将目光垂到书本上，随即消失无踪，室内立刻恢复原来的光亮。在随之而来的一阵嘈杂声中，约翰附在哈定耳旁说：“他没有说什么时候再回来。”

哈定答道：“我知道——但是我相信，在你我寿终正寝之前，他绝不会再回来了！”

第四篇

行 商

行商：……长久以来，行商一直是基地政治霸权的先锋部队，在银河外缘辽阔的星域间，他们不断向外扩张，通常数个月甚至数年才往返端点星一次。行商驾驶的太空船，大多是自己用旧货拼凑、修理或改装而成。他们德行不算高尚，而且个个胆大包天……

他们利用这些资源所建立的势力，比四王国的假宗教专制体制还要巩固……

这些坚强而又孤独的行商，流传下来的传说轶事不可计数。他们都半认真、半戏谑地，以哈定的一句警语当座右铭："不要让道德观阻止你做正确的事！"有关行商的传说，到底何者为真、何者为伪，如今已经难以分辨。可以确定的是，难免有夸大不实之处……

——《银河百科全书》

01

利玛·彭耶慈接到呼叫讯号的时候，全身正沾满肥皂泡沫。这证明即使在黑暗荒凉的银河外缘太空，“长距离通讯与淋浴总有不解之缘”的老生常谈一样成立。

幸好这种个体户太空商船并未被商品占满，浴室部分还算非常宽敞舒适；在二英尺乘四英尺的小空间里，备有热水淋浴设备。这里离驾驶座的控制台大约十英尺，所以彭耶慈能清楚听见收讯器“咔嗒咔嗒”的声响。

他带着肥皂泡沫和一声咆哮，快步走出来调整通话仪。三小时后，另一艘太空商船驶近并横靠在旁边。然后，一个面带微笑的年轻人，从两船之间的空气甬道中走了过来。

彭耶慈连忙把最好的一张椅子推过去，自己则坐在驾驶座的转椅上。

“戈姆，你在干什么？”他不高兴地问，“难道你从基地一路追我追到这里？”

列斯·戈姆拿出一支香烟，坚定地摇了摇头。“我？绝不可能。我只是倒霉，刚好在这个邮件寄到葛里普特四号的次日，降落到那颗行星。所以他们派我追上来，把邮件交给你。”

戈姆递给彭耶慈一个发亮的小球体，然后又说：“这是机密文件，超级机密。我想就是这个缘故，所以不能用次乙太或其他方法传递。至少，这是一个私人信囊，除了你自己，谁都打不开。”

彭耶慈望着这个小球，露出不悦的表情。“我看得出来。我也知道，这种邮件向来报忧不报喜。”

小球在他手中开启，然后薄薄的透明胶带硬邦邦地展开。彭耶慈的眼睛迅速扫过上面的文字，因为等到最后一部分出现时，前面的胶带已经变色变皱了。而在一分半钟之内，胶带全部变成黑色，并分解成无数的分子散落一地。

彭耶慈故意喃喃抱怨：“唉，银河啊！”

列斯·戈姆轻声问道：“我能帮什么忙吗？还是真的那么机密，不能告诉我？”

“告诉你也无妨，反正你是公会的一分子。我必须去阿斯康一趟。”

“去那个地方？为什么？”

“那里有一名行商遭到逮捕，可是这件事不能对别人说。”

戈姆的神情转趋愤怒。“遭到逮捕！那是违反公约的。”

“干涉内政同样违反公约。”

“哦，那家伙犯了这条罪吗？”戈姆想了想又说：“那名行商是谁？我认识他吗？”

“不！”彭耶慈以严厉的口吻回答，戈姆知道其中另有隐情，便识趣地不再追问。

彭耶慈站起来，以忧郁的眼光盯着显像板。对着形成银河主体的朦胧透镜状部分，他低声而坚定地说了几句话，随即又提高嗓门说:“真他妈的一团糟!我的销售业绩已经落后了。”

戈姆像是忽然想到什么。“嘿,老友,阿斯康是个贸易闭锁区域。”

“是啊,在阿斯康,你连一支削铅笔刀都卖不出去,他们不会购买任何核能装置。我还有那么多存货,派我去那里简直就是谋杀。”

“无法推卸吗?”

彭耶慈心不在焉地摇了摇头。“我认识那个被捕的家伙,对朋友总不能见死不救。不然怎么办?我活在银河圣灵的怀抱中,它指示我去任何地方,我都得欣然接受。”

戈姆茫然地说:“啊?”

彭耶慈望着他,干笑了一声。“我忘了。你从来没有读过《圣灵全书》吧?”

“我连听都没听过。”戈姆简单地回答。

“如果你受过宗教训练,就一定会了解。”

“宗教训练?你是说教士培训吗?”戈姆大为吃惊。

“恐怕就是如此,这是我绝不愿公开的秘密和耻辱。当初师父们认为我太难管教,就将我逐出教门,我这才有机会接受基地的普通教育。喔,我得赶紧出发了,你今年的销售业绩如何?”

戈姆捻熄香烟,再把帽子戴正。“现在只剩最后一批货,我一定能卖完。”

“幸运的家伙。”彭耶慈以沮丧的语气说。而在列斯·戈姆离去后,彭耶慈继续陷入沉思,一动不动达数分钟之久。

原来艾斯克·哥罗夫在阿斯康——而且关在牢里!

那可真糟糕!事实上,比表面的情况还糟得多。刚才,为了打发戈姆这个好奇心强烈的年轻人,彭耶慈只告诉他一点含糊的梗概，并且故意说得很轻松。可是即将面对的真实情况，却完全不是那么回事。

因为行商长艾斯克·哥罗夫其实根本不是行商，他真正的身份是基地的间谍。这件事只有少数几人知晓内情，而利玛·彭耶慈刚好是其中之一。

02

两个星期过去了，也白白浪费了！

航行到阿斯康就花了一个星期。当他抵达阿斯康最外围的边界时，警戒战舰就出现了，并且一起涌过来拦截他的太空船。不论他们用的是什么侦察系统，反正十分有效。

那些战舰缓缓挨近彭耶慈的太空船，却不发任何讯号，只是保持着安全距离，并且强迫他转向，朝阿斯康的中心太阳飞去。

其实彭耶慈轻易就能解决那些小战舰，因为它们都是当年银河帝国的陈旧遗物——而且根本不是战舰，只是高速太空游艇，并没有配备核武器，外形则是十分华丽却不堪一击的椭圆体。然而艾斯克·哥罗夫落在他们手中，他是绝对不能牺牲的重要人物。这一点，阿斯康人一定很明白。

然后又过了一个星期——在这一周内，彭耶慈花了很大的力气，拜会了许许多多的官员。这些多如牛毛的大小官吏，是阿斯康大公与外界的屏障。彭耶慈必须逐个巴结、奉承、疏通，让每一位都得到些令人想到就作呕的甜头，然后他们才肯施舍龙飞凤舞的签名，让他能接洽到更高一级的官员。

彭耶慈第一次发觉，他的行商证明文件毫无用处。

如今，终于来到最后一关，只要再跨过警卫森严的镀金滑门，他就可以见到那位大公了——而这已经是两个星期以后的事。

此时，哥罗夫仍旧是阶下囚，而彭耶慈的货物还堆在船舱里，就快开始生锈了。

大公个子矮小，头发稀疏，脸上布满皱纹。由于颈际围着巨大光润的毛皮领，身子好像被压得不能动弹。

大公向两侧做个手势，成队的武装卫士立刻退开几步，让出一条路来。彭耶慈就顺着那条通道，大步朝这位统治者走去。

“别说话。”大公先声夺人，彭耶慈只好把刚张开的嘴闭起来。

“这就对了。”这位阿斯康的统治者显得轻松了许多，“我受不了无用的废话，威胁和奉承对我也都没用，这里也不准备让任何受委屈的人喊冤。我不知道警告过你们这些浪人多少次，阿斯康任何一个角落都不需要你们那些邪门的机器。”

“大公，”彭耶慈轻声地说，“我并不打算替那位行商辩解。对于不欢迎行商的地方，我们绝对不会硬闯。只是银河实在太大了，稍有疏忽就会误入边境，这种事以前也发生过。这次的事件，只是一场令人遗憾的误会。”

“令人遗憾？的确如此。”大公尖声道，“至于是不是误会呢？在那个亵渎圣灵的恶棍被捕两小时后，你们在葛里普特四号上的人就不断请求，希望能和我交涉。他们多次提醒我，说会有人亲自前来。这似乎是个相当有计划的救援行动，很像是你们早就有预谋——这实在不像单纯的误会，姑且不论是否令人遗憾。”

阿斯康大公露出轻蔑的眼神，又急速说下去：“你们这些行商，总是像疯狂的小蝴蝶那样，从一个世界飞到另一个世界。甚至疯狂到以为能任意降落在这个星系的中心、阿斯康的最大世界，还狡辩说是不小心误入边境。得了吧，当然不是那么回事。”

彭耶慈心头一凛，但是并没表现出来。他仍旧顽固地说：“如果他故意试图在此进行贸易，大公，那他就太不聪明了，而且也违反了我们公会的严格规定。”

“不聪明，没错。”阿斯康大公随口说道，“所以，你的同伴极可能付出生命作为代价。”

彭耶慈感到胃部抽搐了一下，看来对方绝非优柔寡断之辈。他只好说：“大公，死亡是绝对无法挽回的憾事，一定有别的替代方案吧？”

停顿一会儿之后，大公才慎重地答道：“听说基地很富裕。”

“富裕？的确如此。但我们的财富都是你们不要的，我们的核能货品价值……”

“你们的货品没有祖先的祝福，根本一文不值。那些货品都是我们祖先所禁止的，所以不但邪恶，而且受到诅咒。”这句话充满抑扬顿挫，分明是打过腹稿的。

大公垂下眼睑，又意味深长地问：“你们就没有别的值钱东西？”

这位行商却会不过意来。“我不明白，您到底想要什么？”

阿斯康大公摊开双手说：“你是在要求我和你主客易位，自己告诉你我想要什么，我可不打算这么做。你的伙伴，照阿斯康的法规，似乎要以冒渎神圣罪来惩治，也就是以毒气处死。我们绝对公正，任何人犯了这条罪，处罚都是一样的。不会由于他是穷困的农夫而加重，也不会因为我是大公而减轻。”

彭耶慈无奈地轻声问：“大公，您能允许我和犯人见一面吗？”

大公冷冷地回答道："根据阿斯康的律法，死刑犯不准和他人有所接触。"

彭耶慈心中紧张到了极点。"大公，我请求您，当他的肉体面临死亡之际，对他的灵魂施舍一点慈悲吧。在他的生命受到威胁这段期间，从来没有得到精神上的慰藉。如今，他甚至要在毫无心理准备的情况下，就要回到主宰一切的圣灵怀中。"

大公以怀疑的语气缓缓问道："你是个'灵魂守护者'吗？"

彭耶慈谦卑地低下头去。"我的确受过这样的训练。在浩淼虚空的太空中流浪的行商们，他们将一生投注于商业和世俗的追求，所以需要有我们这种人，来照顾他们的性灵生活。"

阿斯康的统治者咬着下唇沉思了一会儿。"在灵魂归于祖灵怀抱之前，人人都应该做好准备。只是我怎么也想不到，你们这些行商居然也这么虔诚。"

03

当利玛·彭耶慈从厚重的牢门进来时，躺在床上的艾斯克·哥罗夫立刻惊醒，并睁开一只眼睛。接着牢门重新关上，发出一声轰然巨响，此时哥罗夫已经站了起来。

“彭耶慈！是他们派你来的？”

“纯粹是偶然，”彭耶慈以苦涩的口吻说，“或者是我自己身上的恶魔在作祟。第一，你在阿斯康惹了麻烦；第二，贸易局知道我的经商路线，而你出事的时候，我正在离此地五十秒差距的星系；第三，贸易局也知道我们以前曾经共事。光是这一点，我就无法推卸责任，对不对？由这几点看来，答案就呼之欲出了。”

“小心点，”哥罗夫紧张地说，“隔墙有耳。你有没有带电磁场扭曲器？”

彭耶慈指了指戴在腕上的手镯，哥罗夫这才放心。

然后彭耶慈环顾四周。这个单人牢房虽然没有什么家具，但是非常宽敞，而且照明设备充足，也没有令人不快的气味。所以他说：“不错嘛，他们对你相当友善。”

哥罗夫不理会，只是问道："听着，你是怎么进来的？我被关禁闭快有两个星期了。"

"那就是自从我来到这里以后，嗯？这没什么，我只是摸到了大公那个老家伙的弱点，他听得进去虔诚的言语。我试着从这方面下手，结果就成功了。所以，我现在的身份是你的灵魂守护者。像他这种所谓虔诚的人都有一个共同点：为了自己的利益，他会毫不犹豫地割断你的喉咙，但是，他却不敢危害你那不切实际、虚无飘渺的灵魂。这不过是经验心理学的常识罢了。身为一名行商，无论什么学问都得懂一点。"

哥罗夫露出挖苦的微笑。"此外，你还在灵学院待过。你实在不错，彭耶慈，我很高兴他们派你来。可是那个大公绝对不会单单关心我的灵魂，他提到赎金问题没有？"

彭耶慈眯起了双眼。"他暗示过——不过很技巧，他还威胁说要用毒气处死你。我小心翼翼避开这个问题，因为很可能是个陷阱。所以你认为这是勒索吗？他到底要什么？"

"黄金。"

"黄金！"彭耶慈皱起眉头，"他要这种金属？为什么？"

"那是他们的交易媒介。"

"是吗？我要到哪里去找黄金呢？"

"到你能去的任何地方。注意听我说，这点最要紧，只要让大公闻到黄金的味道，我就一定能毫发无伤。不管他要多少，都请你答应他。必要的话，请你回基地去拿。在我获释之后，他们会护送我们离开这个星系，然后我们就分手。"

彭耶慈不以为然地盯着对方。"然后你要回来再试一次？"

"我的任务就是要把核能用品推销给阿斯康人。"

"你折返不到一个秒差距，就会再度被捕，我想你应该心里有数。”

“我没有数。”哥罗夫说，“即使我真的心里有数，也不会有任何不同。”

“第二次你就死定了。”

哥罗夫只是耸耸肩。

彭耶慈又轻声说：“如果我得跟那个大公再度谈判，我要了解整件事的来龙去脉。目前为止，我好像瞎子摸象一样。只说了几句温和委婉的话，就令大公大为光火。”

“事情很简单，”哥罗夫说，“为了增进基地在银河外缘的安全，唯一的办法就是建立由宗教控制的商业帝国。我们仍然无力强制实施政治控制。也只有仰赖这个办法，我们才能控制四王国。”

彭耶慈点点头。“这点我了解。同时我也知道，不肯接受核能装置的星系，就绝不会在我们的宗教控制之下……”

“对，因此会成为引发独立和敌对的焦点。”

“好吧，那我知道了。”彭耶慈说，“理论上的讨论到此为止。现在请告诉我，究竟是什么在阻挡我们的买卖？是宗教吗？大公也曾经稍加暗示。”

“那是一种祖先崇拜。根据他们的传说，在过去有个邪恶的世代，是一群良善而德行崇高的英雄祖先救了他们。这种传说是对上个世纪无政府状态的曲解，而帝国的军队就是那时被赶走的，独立的政府也是那时所建立的。因此他们总是将先进的科学，尤其是核能，和记忆中恐怖的帝政混为一谈。”

“是这样的吗？可是他们有精良的小型太空船，我在两秒差距之外，就被他们轻而易举盯上了。我觉得那些太空船好像有核动力。”

哥罗夫耸耸肩。“那些太空船无疑是帝国时代的遗物，的确可能具有核能发动机。原有的东西，他们都乐于接收。问题是他们不想革新，因而内部的经济体系是完全非核的。那正是我们需要改变的状况。”

“你打算怎么办？”

“在关键点上一举突破。简单举个例子，假如我能把配备力场刀锋的削铅笔刀卖给一位贵族，他就会试图修改法律，让他自己能够合法使用。说得露骨一点，也许听来很蠢，但在心理学上是合理的：只要在战略性的地点，实施战略性的销售，就能在宫廷里建立起拥核的派系。”

“他们派你来，原来是为了这个目的。我是专程来这里赎你的，等我离开后，难道你还要继续一试再试？这样不是本末倒置吗？”

“怎么说呢？”哥罗夫谨慎地问。

“我告诉你，”彭耶慈突然生起气来，“你是一名外交官，并不是行商，你假扮行商也一点都不像。这件任务该由货真价实的行商来进行——我的船上还满载着快要生锈的货物，而且看起来，我的销售业绩将无法达成。”

“你的意思是说，你愿意为一件与你无关的事冒生命危险？”哥罗夫笑了笑。

彭耶慈答道：“而你的意思是说，行商都没有爱国心，不会有这种爱国行为？”

“行商是出了名的不爱国，所有的拓荒者都一样。”

“好吧，我承认这一点。我并不是为了拯救基地或类似目的，才在太空中忙碌奔波。我跑码头只是为了赚钱，而这个机会十分难得。如果同时又能帮基地一个忙，那岂不是一举两得？即使是一点点的机会，我都曾经用生命下过注。”

彭耶慈站了起来。哥罗夫也跟着站起来，问道：“你打算怎么办？”

彭耶慈微微一笑。“哥罗夫，其实我也不知道——现在还不知道。不过既然问题的关键是做生意，那么我就是最佳人选。我一向不喜欢自夸，但有件事我可以大言不惭，那就是我每次都能把存货卖完。”

他敲敲门，厚重的牢门立时打开，两名警卫随即走到他身边。

04

“一场表演！”大公绷着脸说。他整个身子藏在毛裘中，枯瘦的手抓着一根充作拐杖的铁棒。

“并呈献黄金，大公。”

“并呈献黄金。”大公漫不经心地附和。

彭耶慈将带来的箱子放下并打开，尽可能表现得信心十足。由于周围充满敌意，令他感到孤独无助，就像他第一年闯荡太空的那种感觉。蓄着胡子的顾问官们围坐成半圆形，都以不友善的眼光瞪着他。其中最显眼的一位，是坐在大公身旁、深受宠信的法尔，他的脸庞瘦削，脸上露出强烈的敌意。彭耶慈曾经见过他一次，当时就把他列为首要敌人，也因此是头号猎物。

大厅外面，则有一小队军队正在待命。如今，彭耶慈与自己的太空船完全隔离，除了计划好的行贿之外，他什么武器也没有，而哥罗夫仍然是他们的人质。

他带来的这个既简陋又怪异的装置，是他花了一周心血做成的。现在他正在作最后的调整，然后他再度祷告，祈望里面的铅衬石英耐得住形变。

“这是什么？”大公问。

彭耶慈一面后退一面说：“这是我自己制造的一个小装置。”

“这点显而易见，但我想知道的不是这个。我是问你，这是不是你们那个世界的妖术道具之一？”

“它的确使用核能，”彭耶慈以严肃的口吻承认，“不过你们任何人都不必接触它，也不必跟它产生任何瓜葛。全程都由我操作，若有什么不祥，就让我一个人自作自受。”

大公如临大敌般挥舞着手上的铁棒，嘴里还念念有词，好像在念诵着祛除不祥的咒语。右边那位瘦削的顾问官法尔探身靠向大公，他的红髭险些刺到大公的耳朵。大公露出厌恶的表情，耸耸肩将他甩开。

“这个邪恶的东西，和能解救你们那位同胞的黄金有什么关系？”

“利用这台机器，”彭耶慈开始解释，同时将手轻轻放在箱子上，抚摸着圆形的侧壁，“我能将您扔进来的铁块，变为成色最好的黄金。人世间只有这种装置，能够让铁——卑贱的铁，大公，就像支撑大公椅子的椅脚，或支撑这座建筑的铁柱——放进去之后，变成闪闪发光、沉甸甸、黄澄澄的纯金。”

彭耶慈觉得自己简直词不达意。平常推销商品，他一向口齿伶俐、能言善道，此刻却笨嘴笨舌，好像中弹的太空货船一样摇摇欲坠。幸亏大公关心的不是他说话的方式，而只是他所说的内容。

“哦？那么这是点金术吗？从前有些愚人自称有这种能力，但是因为冒渎神圣，结果自取其咎。”

“他们有没有成功？”

“没有。”大公显得很幸灾乐祸，“人力制造黄金是一种罪过，本身就带着失败的种籽。这种尝试加上不可避免的失败，就会召来杀身之祸。好，就用我这根试试吧。”他用那根铁棒敲敲地面。

“大公请原谅，我做的这个装置是小型的，您的铁棒实在太长了。”

大公闪烁的小眼睛巡视了一下便停下来。“蓝达，把你的皮带扣给我。快点，如果弄坏了，我会加倍补偿你。”

皮带扣从众人手中传了过来，交给了大公，大公细心地掂了掂它的重量。

“拿去。”说完他就把皮带扣扔到地板上。

彭耶慈捡起皮带扣，用力拉开圆筒，眯起眼睛，仔细将皮带扣放在阳极屏的正中央。以后操作起来一定会更容易，但是第一次绝对不能失败。

那台机器随即发出“噼里啪啦”的刺耳声响，足足持续了十分钟之久，并且飘出少许难闻的臭味。群臣赶紧向后退去，大家都在喃喃抱怨，法尔则又在大公耳旁拼命嘀咕。大公却一直面无表情，而且一动不动。

不久，皮带扣的质地由铁变成了黄金。

彭耶慈把金质皮带扣捧到大公面前，低声说：“大公请看！”但是大公犹豫了一下，然后做手势要他拿开，目光则一直停留在那个转化装置上。

彭耶慈迅速说道：“各位，这是纯金，百分之百的黄金。如果各位想要证明，可以用任何一种物理或化学方法来检验。从每个角度来看，它都和天然黄金无法区分。所有的铁都能如法炮制，即使生锈也没有关系，掺杂了少量其他金属也无妨……”

彭耶慈说这一串话，只是为了打破沉默。他一直摊开手掌展示着皮带扣，只有这个金皮带扣能证明一切。

当大公终于缓缓伸出手时，瘦脸的法尔气急败坏地进言：“大公，这金块的来源不干净。”

彭耶慈立刻反驳道：“大公，烂泥巴里也能长出美丽的玫瑰。您从邻邦买来各式各样的物品，也从来不会过问它们的来源——到底是由列祖列宗祝福过的传统机器生产的，还是什么邪异古怪的仪器制造的。别怕，我并非要将机器送给您，只是献上这块黄金。”

“大公，”法尔说，“对于没有得到您的允许、背着您制造罪恶的异邦人，您不必为他们的罪行负责。可是，这个邪异的冒牌金块是经过您的同意、当着您的面用铁做出来的，假如大公接受了，就是对祖先圣灵的大不敬。”

“但黄金就是黄金，”大公以犹疑的口吻说，“同时，这是用来交换一个犯了重罪的异教徒。法尔，你太吹毛求疵了。”然而大公还是把手缩了回来。

彭耶慈说：“大公是聪明人，请您好好考虑——放走一个异教徒，对祖先不会造成任何损失，另一方面，换来的黄金可以好好装饰祭祀圣灵的宗祠。而且，即使黄金本身真是邪恶的，但是用在这么虔敬的用途上，它的邪恶也就自然而然消失了。”

“奉我祖父遗骨之名，”大公显然相当热衷，发出了尖锐的哈哈笑声，“法尔，你觉得这个年轻人怎么样？他的话很有道理，和我的祖先所说的一样有道理。”

法尔以沮丧的声音答道：“似乎是这样，只要这个道理不为‘邪灵’利用就好。”

“我有办法让你们更安心。”彭耶慈突然说，“请把这块黄金拿去，当作祭品供在你们祖先的圣坛上，同时把我扣留三十天。如果三十天之后，没有任何不祥——没有任何灾厄发生，当然，那就表示祭品被接纳了，还有什么比这更好的办法呢？”

大公站起来，想看看有没有不赞成的人，结果群臣当然一致同意。就连法尔也咬着凌乱的髭角，勉强点了点头。

彭耶慈微微一笑，心中感谢着宗教教育的妙用。

05

又等了一个星期，彭耶慈才获得法尔的接见。他虽然觉得紧张，但已经习惯了这种孤独无助的感觉。而从离开城市开始，直到进入法尔的郊区别墅，一路上都有警卫监视。他根本无法抗议或拒绝，只有顺其自然接受如此的安排。

当法尔不在“元老”群中的时候，反而显得更高大、更年轻。而且由于穿着便服，他今天根本不像一名元老。

法尔突然开口说：“你是一个怪人。”他那一对靠得很近的眼睛，这时似乎正在颤抖。“过去一个星期，特别是这两个小时，你什么都没做，只在暗示说我需要黄金。这简直是多此一举，谁不需要呢？你为何不进一步表明来意？”

“不只黄金而已。”彭耶慈慎重地说，“不单单只是黄金，也不是一两个金币，应该说是黄金背后的一切比较恰当。”

“黄金背后还有什么呢？”法尔追问，还露出一个诡异的笑容，“显然，你并非准备再作一场笨拙的示范。”

“笨拙？”彭耶慈微微皱起眉头。

“嗯，当然。”法尔用下巴轻触着交握的双手，“我不是在挑剔，我能肯定笨拙也是你故意的。那天我如果确定你的用意，可能就会向大公提出警告。假使换成我，我会在太空船上制造黄金，然后直接拿黄金来奉献。这样，就不会因为那场表演而引起敌意。”

“你说得对，”彭耶慈承认，“但我有我的做法。我是为了引起你的注意，才甘冒招惹敌意的危险。”

“真的吗？就这么简单？”法尔毫不掩饰他的幸灾乐祸，“我认为你提议的三十天观察期，大概是为了争取时间，好将我的注意转化为更实在一点的东西。可是，假如有人发现黄金不纯，你要怎么办？”

彭耶慈忍不住耍了个黑色幽默：“最希望黄金纯正的人，会给出这个判断吗？”

法尔抬起头，眯起眼睛看着这个行商，似乎显得又惊又喜。

“说得有道理。现在请告诉我，你为什么要引起我的注意。”

“遵命。我到此地不久之后，就发现几件与你有关，而且对我有利的事。比如说你很年轻——尤其是身为顾问官的一员，你甚至出身于一个新兴的家族。”

“你在批评我的家族？”

“绝对没有，你的祖先既伟大又神圣，任何人都不会否认。但是，却有人说你并不属于‘五大部族’。”

法尔仰靠在椅背上。“关于这些问题，”他并未掩饰心中的恨意，“五大部族已经没落了，就像一个风烛残年、油尽灯枯的老人。如今五大部族的后裔，总共还不到五十人。”

“话虽如此，还是有人说不喜欢让五大部族以外的人担任大公。你那么年轻，又是最受大公宠信的新贵，一定会招来许多强有力的敌人——这也是我听来的。大公已经老了，他一旦去世，就不能再保护你。等到那天来临，必定是你的政敌之一来解释他的‘灵言’。”

法尔露出不悦的神色。“你这个异邦人听到的太多了，这种耳朵应该割掉。”

“这点可以稍后再决定。”

“让我猜猜看，”法尔坐立不安，显得很没有耐心，“你想建议我，利用你的太空船上那些邪恶的小机器，为我自己带来财富和权力，对不对？”

“就算是吧。你为什么要反对？只是根据你的善恶标准吗？”

法尔摇摇头。“绝对不是。听好，异邦人，根据你们异教徒的不可知论，你们对我们的看法或许如此——但是，我并非完全受制于我们的传统神话，虽然表面上或许如此。我是受过教育的人，我的眼睛是雪亮的，至少我希望是这样。我们的一切宗教习俗和仪典，都是形式胜于实质的，因为那是大众的宗教。”

“那么，你反对的是什么呢？”彭耶慈以温和的口气追问。

“就是这一点，就是群众的态度。我个人倒是很愿意和你打交道，但是你那些小机器必须能用才行，否则我又怎能致富呢？如果我——你到底要卖给我什么——比如说剃刀吧，如果我只能偷偷摸摸、战战兢兢地使用，即使我刮胡子能够更便利、更干净，我又怎么能借此发大财？此外，如果被人发现我使用这种剃刀，又如何能避免被抓进毒气室，或是被暴民吓死？”

彭耶慈耸耸肩。“你说得不错。我认为解决之道，就是要重新教育你们的人民，让大家都习惯使用核能用品；这是为了他们自身的方便，也是为了你的实际利益。虽然这是一项艰巨的任务，这点我不否认，但是利润相当大。而且这和你现在有切身关系，却不干我什么事，因为我要卖给你的，可不是剃刀或水果刀，也不是垃圾处理器。”

“那你要卖给我什么？”

“黄金，直接卖给你黄金。我可以将上周展示的那台机器卖给你。”

法尔立时全身僵硬，前额的皮肤抽动起来。“那个金属转化装置？”

“没错。有了它，你有多少铁，就能有多少黄金。有了这些黄金，我相信足够应付一切的需要。当然也包括大公的地位，什么年轻、什么政敌，都不再是问题了。而且，这非常安全。”

“怎么做呢？”

“当然要绝对秘密地使用，正如你刚才说的，绝对秘密才是使用核能用品的唯一安全策略。你得到那台机器之后，最好把它埋在你最远的领地上、最牢固的城堡中、最深的地牢里，这样你很快就能变成大富翁。请记住，你现在要买的不是机器，而是黄金。而且，这些黄金绝对看不出是制造出来的，因为它们和天然黄金毫无两样。”

“那么谁来操作机器呢？”

“你自己，只需要五分钟，你就能学会如何操作。等你决定之后，我随时可以替你安装。”

“你要什么代价呢？”

“嗯，”彭耶慈变得谨慎起来，“我会狮子大开口，因为我是靠这个吃饭的。那台机器相当贵重，所以我想——我要一立方英尺的黄金，用等值的锻铁来支付。”

法尔哈哈大笑，彭耶慈则涨红了脸。“大人，我再提醒你一次，”他以平板的声音补充道，“你在两小时之内，就能将本钱捞回来。”

“你说得对。但是一小时内，你就可能消失无踪，而我的机器也许就突然失灵，我需要一点保证。”

“我向你保证。”

“很好，”法尔嘲弄似地弯腰一鞠躬，“但是如果你留下来，那就是更好的保证了。我也向你保证，如果一周后，机器运转仍然正常，我一定马上付钱。”

“不可能。”

“不可能？你向我推销任何东西，都足以使你被判死刑。如果你不答应，唯一的下场，就是明天便被送进毒气室。”

彭耶慈面无表情，眼睛却似乎闪烁着兴奋的光芒。他说：“这样会让你占尽便宜，太不公平了。你至少要写个书面保证给我。”

“好让我也有机会被判死刑？不，你休想！”法尔露出十分满意的微笑，“你休想！我们两人之中只有一个笨蛋而已。”

行商彭耶慈低声说：“那么，只好这样了。”

06

哥罗夫终于在第三十天被释放了，赎金是五百磅成色最纯的黄金。遭扣押的太空船与他同时获释，由于阿斯康人认为它是邪恶的，所以始终没有碰它。

然后，与彭耶慈之前进入阿斯康星系一样，众多小型战舰编成整齐的圆筒状队形，引领彭耶慈与哥罗夫离开这个星系。

当哥罗夫清晰而微弱的声音经由高传真乙太波束传来时，彭耶慈正望着哥罗夫的太空船，它在阳光照耀下形成一个模糊的小亮点。

哥罗夫说："彭耶慈，但这并不是我们想要的，一台金属转化装置不可能达成目标。不过，那台机器是从哪里弄来的？"

"不是弄来的，"彭耶慈耐心地答道，"是我用船上的辐射烹饪炉改装的。其实，它并没有实用价值。由于耗费的能量太大，它不能用于大量生产。否则基地不会为了寻找重金属，而派人在银河中到处奔波。这是每个行商都会玩的把戏，不过我相信，点铁成金这一招还是我首创的。这能使对方留下深刻的印象，而且非常成功——虽然只是非常暂时性的。"

“好吧，可是那种把戏并不太高明。”

“至少把你从那个鬼地方救出来了。”

“问题根本不在这里。尤其是，一旦摆脱了这些强行护送的战舰，我一定还要回去。”

“为什么？”

“你曾经向那个政客解释过。”哥罗夫的声音听来有些不安，“你的整个推销重点，是基于转化装置只是一种手段，它本身并没有任何价值。他买的其实是黄金，而不是机器。以心理学的观点来看，这一招很不错，因为它成功了，但是——”

“但是什么？”彭耶慈故作不解，以温和的口气追问。

收讯器中的声音转趋尖锐。“但是我们要卖的机器，应该是本身就有价值，而且是他们想要公开使用的。这才能迫使他们为了自身的利益，而不得不引进核能科技。”

“这点我完全了解，”彭耶慈轻声答道，“你以前向我解释过。但是，请你想想我所销售的东西将造成的结果。只要法尔拥有转化装置，他就可以不断制造黄金，维持到足以让他赢得下次的选举。现任的大公已经来日无多了。”

“你指望他会感激吗？”哥罗夫冷淡地问。

“不——我指望的，是他为自己所作的高明打算。转化装置能帮他赢得选举，然后别的机器就……”

“不，不！你把前提弄拧了。他信赖的不是转化装置——而是黄金，亘古不变的黄金，我要你搞清楚的是这一点。”

彭耶慈咧嘴一笑，并换了一个比较舒服的姿势。好了，他想，哥罗夫这个可怜的家伙，已经被逗弄得差不多了。看来再不告诉他真相，他可就要发狂了。

于是行商彭耶慈说：“别着急，哥罗夫，我的话还没说完。其实，这次我还动用了一些其他的装置。”

沉默了一会儿之后，哥罗夫小心翼翼地问：“什么其他的装置？”

彭耶慈不自觉地打着徒劳无功的手势。“你看到那些护送我们的战舰了吗？”

“看到了，”哥罗夫不耐烦地说，“你还是直截了当告诉我吧。”

“我会的——你别插嘴。现在护送我们的，是法尔的私人舰队。这是大公给他的殊荣，法尔花了很大力气才争取到的。”

“所以呢？”

“你以为他要带我们到哪里去？我们要去的地方，是他在阿斯康外围的私人矿区。你听我说！”彭耶慈突然变得急躁起来，“我告诉过你，我这么做只是为了赚钱，并不是想要拯救银河系各个世界。没错，我把转化装置卖给他，除了被送进毒气室的危险，其他什么也没得到，而且这东西还不能算是我的业绩。”

“彭耶慈，你再说说那个私人矿区吧，那跟这件事又有什么关系？”

“那就是我们的报酬。哥罗夫，我们要去那里采锡。我要把我的太空船里每一立方英尺都填满，然后你的太空船也要尽量装。我和法尔下去采集，老朋友，你就在上面利用所有的武器替我掩护——这是为了防范法尔突然食言。那些锡就是他给我的报酬。”

“用来交换那个转化装置？”

“用来交换我的太空船中所有的核能用品，每一样都以双倍价钱卖给他，再加上红利。”他耸了耸肩，像是在为自己辩解，“我承认狠狠敲了他一笔，但是我必须达成销售业绩，对不对？”

哥罗夫显然摸不着头脑，他有气无力地说：“能不能解释给我听？”

“哪里还需要解释？这是件很明显的事。哥罗夫，听好，那家伙自作聪明，以为他可以高枕无忧吃定我，因为大公很听他的话，却绝对不会相信我。他收下转化装置，这在阿斯康是要处以极刑的。但是他随时可以辩称，他那样做是出于爱国的动机，是故意要诱我入瓮，准备借此指控我销售违禁物品。”

“这点的确很明显。”

“当然，但是空口总是无凭。你可知道，法尔从来不晓得有微缩影片记录仪这种东西。”

哥罗夫突然忍不住笑了起来。

“你想到了。”彭耶慈说，“看起来他占尽上风，我吃了大亏。但是我低声下气帮他安装转化装置时，偷偷在里面藏了一台记录仪，第二天来做检查时才取走。记录仪把他在那个最秘密的场所，所有的一举一动都详细录了下来。可怜的法尔，他使尽吃奶的力气，好像要把那台机器榨干才满意。当他看见第一块黄金时，就像生了金蛋的老母鸡一样，高兴得咯咯乱叫。”

“你把录像放给他看了吗？”

“那是两天以后的事。那个可怜的蠢蛋从未见过立体彩色有声影像，他说他不迷信，但是我这一辈子，还从来没见过一个成年人那么害怕。我又告诉他，说我已经在市中心广场安装了一台记录仪，准备让阿斯康的百万群众在大白天欣赏这一幕，然后他一定会被碎尸万段。他听了我的话，半秒钟内就吓得双膝落地，抱着我的脚拼命求饶，说他愿意答应我的任何要求。”

“你真的那么做了吗？”哥罗夫努力忍住笑意，“我是说，在市中心广场安装记录仪？”

“没有，但这并不重要。他已经和我成交了，用锡交换你我所带来的一切货物，只要我们装得下，爱拿他多少锡就拿多少。那个时候，他简直相信我无所不能。我们的协议写成了书面合约，在我和他下去之前，我会传给你一份，这也是预防万一的做法。”

“但是你已经伤了他的自尊心。”哥罗夫说，“他还会使用那些装置吗？”

“他有不用的道理吗？那是他弥补损失的唯一办法，而且如果能够赚一笔钱，自尊心也能得到补偿。此外，他还会因此成为下一届的大公——对我们而言，他是最恰当的人选。”

“没错，”哥罗夫说，“的确是笔好买卖。但不管怎么说，你的推销术都有点邪门。难怪你会被踢出灵学院，你难道没有一点道德观念吗？”

“那又怎样？”彭耶慈满不在乎地说，“你总该知道塞佛·哈定对道德的评价吧。”

第五篇

商业王侯

行商：……基于心理史学的必然性，基地的经济支配力量越来越强。行商越来越富有，权力亦随之而来……

人们有时不太记得侯伯·马洛原本只是一位平凡的行商，却永远忘不了他后来成为第一位商业王侯……

——《银河百科全书》

01

乔兰·瑟特把修剪得整齐漂亮的指尖并在一起，然后说："这可以说是一个谜。事实上——这是绝对机密——它有可能是另一个谢顿危机。"

坐在瑟特对面那个人，从司密尔诺式短上衣的口袋掏出一根香烟。"这我就不知道了，瑟特。每次市长选举时，政客们都会大声疾呼'谢顿危机'，这几乎已经是惯例了。"

瑟特露出一丝微笑。"马洛，我不是在竞选。我们现在面临核武器的威胁，却不知道那些武器来自何方。"

司密尔诺出身的行商长侯伯·马洛静静抽着烟，几乎漠不关心。"继续啊，如果你还有话要说，就一吐为快吧。"马洛对基地人一向不会过分客气。纵然他是个异邦人，却从不认为自己比道地的基地公民矮了一截。

瑟特指指桌上的三维星图，调整了一下控制钮，就有一团红色光芒出现，它们代表六七个恒星系。

"那里，"他轻声说，"就是科瑞尔共和国。"

行商马洛点点头。“我去过那里，简直是个臭老鼠窝！你虽然可以称之为共和国，但是每次当选‘领袖’的，都是艾哥家族的人。任何人如果有异议，就会惹祸上身。”他又撇着嘴再度强调：“我去过那里。”

“但是你回来了，并不是每个人都能那样幸运。去年有三艘太空商船，虽然受到公约的保护，却在那个共和国境内无缘无故失踪。而且那些太空船上，都照例配备有核弹和力场防护罩。”

“那些太空商船在最后一次通讯中，有没有说些什么？”

“只是例行报告，没有什么别的。”

“科瑞尔怎么说？”

瑟特的眼睛闪现出嘲弄的神色。“这是没法问的，基地立足银河外缘的最大资本就是威名。你以为我们丢了三艘船之后，还能向对方打听它们的下落吗？”

“好吧，那么你告诉我，你到底要我做什么呢？”

瑟特从来不会为了无谓的麻烦浪费时间。身为市长的机要秘书，无论是反对党的议员、求职者、改革家，或自称完全解出谢顿计划中未来历史轨迹的狂人，他都一一应付过。有了这些实战经验，他很难再碰到手足无措的情况。

因此，他有条不紊地说：“我马上就会告诉你。要知道，一年内，有三艘太空船在同一个星区失踪，这绝不可能是意外。而且，想要打败核武船舰，只有更强大的核能武器才做得到。于是问题来了，如果科瑞尔拥有核武，它究竟是从哪里弄来的？”

“从哪里？”

“这有两种可能。第一，是科瑞尔人自己制造的……”

“太不可能了！”

“没错！但是，另一个可能就是我们内部出了叛徒。”

“你真的这么想吗？”马洛的声音很冷漠。

市长机要秘书平静地说：“这个可能性绝对存在。自从四王国接受‘基地公约’之后，我们就面临四王国内众多异议人士的威胁。在这些解体的王国中，原本有许多觊觎王位的人，以及既得利益的贵族阶级，他们不可能心甘情愿效忠基地，也许其中有些人已经开始活动。”

马洛有点不高兴。“我知道了。你到底要告诉我什么？请注意我是司密尔诺人。”

“我知道你是司密尔诺人——你生于司密尔诺，它是当年的四王国之一。你只是在基地受教育而已，以你的出身来说，你是一个异邦人。在你们和安纳克里昂以及洛瑞斯王国交战之际，你的祖父还是一位男爵；而当赛夫·瑟麦克实施土地改革时，你们的家族领地就全被没收了。”

“不对，太空啊，大错特错！我的祖父出身卑微，他是‘太空族’的后裔，是一个赤贫的矿工，一生仅靠挖煤糊口。在基地接管司密尔诺之前他早已去世，我并未受到以前那个政权的任何荫庇。但我的确生于司密尔诺，银河在上，我并不会因此自卑。你狡猾地暗示我是叛徒，这可吓不倒我，我不会因此对基地卑躬屈膝地讨饶。现在你可以命令我，也可以指控我，反正我都不在乎。”

“我的好行商长，你的祖父究竟是司密尔诺国王，还是那颗行星上的头号乞丐，我连半点也不关心。我之所以不厌其烦地提到你的出身和祖先，只是向你表示我对这些毫无兴趣。显然你是会错意了，让我们从头再来一次吧。你是司密尔诺人，你了解异邦人的情形，同时你是一名行商，而且是其中的佼佼者。你到过科瑞尔，也了解科瑞尔人，所以你要再跑一趟。”

马洛深深吸了一口气。“要我去当间谍？”

“绝对不是。你仍然以行商身份前去——只是眼睛要放亮一点，希望你能找到他们的核能来源。既然你是司密尔诺人，我也许应该提醒你，在失踪的三艘商船中，其中两艘都有司密尔诺船员。”

“我什么时候出发？”

“你的太空船什么时候能准备好？”

“六天内。”

“那么你就六天之后出发，一切详细数据可以找舰队总部要。”

“好！”行商长马洛站起来，与瑟特用力握了握手，便大步走出去。

瑟特将右手的五根手指松开，慢慢搓掉刚才握手带来的压力，然后他耸耸肩，走进了市长室。

市长关上显像板，上身向后靠。“瑟特，你认为怎么样？”

“他会是个好演员。”瑟特若有所思地瞪着前方。

02

同一天傍晚，在哈定大厦二十一楼，乔兰·瑟特的单身公寓里，帕布利斯·曼里欧正在慢条斯理呷着酒。

曼里欧虽然瘦弱矮小又老态龙钟，却身兼基地两项重要职位。他既是市长内阁的外长，又是基地之外各恒星系的“首席教长”，并且拥有“圣粮供给者”、“灵殿主持”等莫测高深却声势惊人的头衔。

这时，他说：“可是市长已经同意你派那个行商去，这才是重点。”

“但这个重点太小，”瑟特说，“不能立刻见效。整个计划还只是最粗浅的谋略而已，因为我们无法预见最后的结果。我们现在这样做，只是以最小的代价等待愿者上钩。”

“的确如此。不过，这位马洛是个相当精明的人。我们拿他做饵，万一瞒不过他怎么办？”

“我们非得冒这个险不可。假如真有叛变阴谋，一定跟某些精明的人有牵连。但如果不是内奸干的事，我们仍然需要一个精明的人来查明真相。我会派人好好监视马洛，你的杯子空了。”

“谢谢，我不喝了。”

瑟特自己又倒了一杯，耐心地等着对方从焦虑的沉思中回过神来。

不过，无论这位首席教长在沉思什么，他显然并没有得到结论，因为他突然拼命大叫：“瑟特，你到底在打什么主意？”

“曼里欧，是这样的，”瑟特张开薄薄的嘴唇说，“我们正处于另一个谢顿危机中。”

曼里欧张大眼睛瞪着瑟特，然后轻声问：“你怎么知道？难道谢顿又在时光穹窿中出现了？”

“老朋友，这完全不需要谢顿现身。你仔细想想看，理由其实呼之欲出。自从帝国放弃银河外缘，任由我们自生自灭之后，我们从未遇到任何拥有核能的对手。直到如今，才算是头一次碰上，单单这件事就可说意义重大。但是无独有偶，我们如今还面临七十多年来首度的国内重大政治危机。我认为内外两种危机同时发生，就足以证明谢顿危机又来临了。”

曼里欧眯起眼睛。“假如只是这样，其实还不能算。目前为止，基地总共经历两次谢顿危机，两次都令基地险遭覆亡的命运。如果没有出现这种致命的威胁，其他的情况都不能算第三次危机。”

瑟特始终表现得极有耐心。“威胁已经迫近了。当危机降临后，再笨的人也看得出来。我们对国家能作的真正贡献，是在危机酝酿之际便趁早侦测到。听好，曼里欧，我们正在根据一个计划好的历史在前进。我们知道哈里·谢顿已将未来的历史几率算了出来；也知道有朝一日我们将要重建银河帝国；还知道这个伟业需要大约一千年的时间；而且我们更知道，其间我们必然会面临许多危机。

“第一次的危机，发生在基地成立后第五十年，而三十年之后，又发生了第二次危机。如今又过了差不多七十五年，是时候了，曼里欧，是时候了。”

曼里欧不安地摸摸鼻子。“那么，你已经拟定好应付这个危机的计划了？”

瑟特点了点头。

“而我，”曼里欧继续说，“也要在这个计划中扮演一角？”

瑟特又点点头。“在应付外来的核武威胁之前，我们必须先整顿自己的国家。那些行商……”

“哈！”首席教长态度转趋强硬，目光也变得更锐利。

“没错，那些行商。他们虽然很有用，但是他们的势力太强了——而且也太难驾驭。他们都是异邦人，没有受过宗教教育。我们一方面将知识交到他们手中，另一方面，却又放弃了对他们最有效的控制手段。”

“假如我们能证明他们叛变？”

“假如我们能够证明，那么直接采取行动就够了。但这样说一点意义也没有，即使行商全都无意叛变，仍然是我们这个社会的不安因素。他们不会因为爱国心或宗族的缘故而受我们约束，甚至宗教的威慑也无济于事。自从哈定时代以来，银河外围就尊称基地为‘神圣行星’，可是在行商的世俗式领导下，他们可能很快就会脱离掌控。”

“这点我知道，但有什么补救办法……”

“必须及时补救才来得及，在谢顿危机升到顶点前就要赶快行动。否则一旦外有核能武器的威胁，内部又有叛乱发生，那时胜算就太小了。”瑟特放下把弄许久的空酒杯，“这显然是你的责任。”

“我？”

“我没有办法。我的职位是市长委派的，没有民意基础。”

“市长……”

“不可能指望他。他的性格非常消极，最积极的动作就是推卸责任。假如有某个独立政党兴起，威胁到他的连任，他很可能会甘愿被牵着鼻子走。”

“可是，瑟特，我缺乏实际的从政经验。”

“全包在我身上。曼里欧，这种事谁说得准？自塞佛·哈定之后，从来没有人兼任首席教长和市长。但说不定现在就要重演了——如果你好好干的话。”

03

在端点市的另一端，一个普普通通的房间里，侯伯·马洛正在赴当天的第二个约会。他已经听对方说了很久，现在才小心翼翼地问道：“是的，我听说过你正在筹划，想要送一名行商进市议会，作为我们大家的代表。但是，杜尔，为什么选我呢？”

詹姆·杜尔微微一笑。他这个人总爱主动提醒人家——不管对方有没有问他——他是第一批在基地接受普通教育的异邦人。

“我知道自己在做什么，”杜尔说，“还记得去年我第一次见到你的场合吗？”

“是在行商大会上。”

“对，你是大会的主办人。从头到尾你盯牢了那些极端分子，让他们枯坐干等、有口难言，简直吃定了他们。而且你和基地人民关系良好。你魅力四射——或者说，你的冒险家作风深得人心，这其实是一回事儿。”

“说得好。”马洛冷淡地接口道，“但是为什么选在这个时候？”

“因为现在我们的机会来了。你知不知道教育部长已经递出辞呈？这件事尚未正式公布，不过也快了。”

“你又是怎么知道的？”

“这——你就不用管了——”他不耐烦地摇摇手，“反正情形就是这样。行动党已经严重分裂，我们只要正面提出行商的平权问题，也就是为民主请命，不论他们赞成或反对，都会受到致命的一击。”

马洛懒洋洋地半躺在椅子里，瞪着自己粗壮的手指。“唔——杜尔，很抱歉。下星期我就要去出差，恐怕你得找别人了。”

杜尔瞪大眼睛。“出差？出哪门子差？”

“这是超级的最高机密，而且绝对第一优先，这种情形你了解吧。我已经跟市长的机要秘书谈好了。”

“毒蛇瑟特吗？”杜尔激动起来，“那是诡计。那个太空族的杂种想把你支开，马洛……”

“等一等！”马洛按住对方捏紧的拳头，“别那么激动。如果这是诡计，改天我自然会回来找他算账；但如果不是，那条毒蛇反而会被我们玩弄于股掌之上。听好，谢顿危机又要来了。”

马洛期待对方会有所反应。杜尔却不为所动，只是瞪大眼睛。“什么是谢顿危机？”

“银河啊！”对于这种意想不到的反高潮，马洛简直气炸了，“你上学的时候究竟在做些什么？你问这种幼稚的问题，到底是什么意思？”

比马洛年长的杜尔皱皱眉。“能否请你解释……”

沉默了好一阵子，马洛才说：“好，我来解释。”他双眉深锁，一句句说得很慢。“自从银河帝国从外围开始分崩离析，银河外缘回到蛮荒时代，哈里·谢顿和他手下的一批心理学家，在这片蛮荒的中心建立了一个自治殖民市，也就是我们这个基地。目的是要我们继续培育艺术、科学和科技，使它成为第二帝国的种籽。”

“喔，对，对……”

“我还没有说完，”马洛冷冷道，“基地未来的历史轨迹，是根据心理史学所规划的。心理史学这门科学，到了谢顿手中已经登峰造极。谢顿在我们未来的历史中，安排了一连串的危机，这些危机会迫使我们以最迅速的步伐，朝未来的帝国前进。每一次的危机，每一次的‘谢顿危机’，都会在我们的历史上标出一个新纪元。现在我们又接近另一个危机——第三次的危机。”

杜尔耸耸肩。“当年在学校，我一定也听老师讲过。不过，我已经毕业好久了——至少比你久。”

“我也这么想。算了，现在的重点是，我被派了出去，而且刚好被派到这个危机的漩涡中心。等到我回来，不知道会变成什么样子，何况每年都有市议员选举。”

杜尔抬起头。“你找到了什么线索吗？”

“没有。”

“有没有什么具体计划？”

“半点概念也没有。”

“那么……”

“那么，没有关系。哈定说过：‘想要成功，单凭计划绝对不够，还得时时随机应变。’我就是打算随机应变。”

杜尔不放心地摇摇头，然后两人同时站起来，互相望着对方。

马洛忽然以相当实事求是的口吻说：“我有个主意，你跟我一起去好不好？别瞪我，老兄。我听说你原来也是一名行商，后来才发现搞政治更刺激更有趣。”

“你要到哪里去？请你先告诉我。”

“现在只能说是向瓦沙尔裂隙飞去。上了太空之后，我才能进一步告诉你详情。怎么样？”

“万一瑟特要我待在他看得见的地方呢？”

“不太可能。如果他急着想把我赶走，难道不想连你也眼不见为净？此外，行商如果不能挑选到自己中意的人手，绝对不会愿意升空的，我当然也不例外。”

杜尔眼中忽然闪出一丝奇异的光采。“好，我去。”他伸出右手，“这将是我三年来的第一次旅行。”

马洛和对方握了握手。“好，好极了！现在我还要赶去召集船员，你知道远星号停在哪里吧？明天自己来报到，再见。”

04

科瑞尔的政体是历史上常见的一种现象：虽有共和国之名，统治者却比专制君主有过之而无不及。因此，他们不但能行独裁专政之实，又能避免像正统君主那样，处处要考虑王室的荣誉，还得受到宫廷规范的束缚。

显然，这个国家的经济并不繁荣。银河帝国统治的时代早已结束，只剩下无言的纪念碑与残破的建筑物，勉强证明这段时期的存在。然而，由于领袖阿斯培·艾哥的铁腕政策，科瑞尔严格限制行商的活动，更严禁传教士入境，因此“基地时代”的来临遥遥无期。

现在，远星号停在科瑞尔境内一座陈旧的太空航站中，船员都感到一股阴森之意。破烂的船库内充满腐朽的气氛，而随行的詹姆·杜尔正在起劲地玩着单人牌戏。

侯伯·马洛静静地由眺望窗往外望，若有深意地说：“这里有很好的物资，可以做些好买卖。”目前为止，科瑞尔这个地方简直乏善可陈。旅途一路平安无事，当天升空拦截远星号的星舰中队，是由一些小型的旧时战舰组成，不是显得有气无力就是外表百孔千疮。那些星舰始终小心翼翼地与远星号保持一段距离，直到现在仍旧如此，双方已经僵持了整整一个星期。马洛早已提出与当地政府官员会面的要求，却至今尚未得到答复。

马洛重复道："这里可以做些好买卖，简直可以称为贸易处女地。"

杜尔不耐烦地抬起头来，把扑克牌丢到一边。"马洛，你到底在搞什么鬼？现在船员已经开始发牢骚，军官已经在担心，而我也开始纳闷……"

"纳闷？纳闷什么？"

"这里的情势，还有你。我们究竟在干什么？"

"在等待。"

这位老行商闷哼几声，涨红了脸。他咆哮道："马洛，你简直瞎了眼。太空航站已经被警卫包围，我们头上又有星舰盘旋。他们也许就快准备好了，随时能把我们炸到地底去。"

"过去一周他们都能这么做。"

"说不定他们在等待增援。"杜尔的目光既锐利又冷峻。

马洛忽然坐下来。"是啊，我也考虑到这点。你可知道，这里面有很大的问题。第一，我们很顺利地抵达这里。然而，这点也许没有什么意义，去年有超过三百艘船舰经过此地，却只有三艘被击毁，这个比例算是低的。但是，这也可能意味着他们只有少数星舰具有核动力，在数量增加之前，他们不敢让这些星舰轻易曝光。

"可是另一方面，这也可能意味着他们根本没有核能。或者他们虽然拥有，却绝不轻易示人，生怕让我们发现什么。无论如何，打劫轻武装的太空商船，和骚扰基地正式派遣的特使，是完全不同的两件事。基地会派遣特使前来此地，就表示已经起了疑心。

"综合以上几点……"

“等等，马洛，等一等。”杜尔举起双手，“我都快被你的口水淹死了。你究竟想说什么？请省略分析的过程好吗？”

“杜尔，你一定得听我的分析，否则你不会了解。其实我们双方都在等待；他们不知道我来这里要做什么，我也不晓得他们的企图何在。但是我方实力较弱，因为我就一个人，而他们背后有整个世界——可能还拥有核能。即使如此，我绝对不能示弱。这样当然会很危险，当然随时可能被轰到地底去。但是我们一开始就晓得会有这种状况。现在除了等待还能做什么呢？”

“这我就不……咦，什么人？”

马洛抬起头，迅速调整着收讯器，显像板很快便出现值班中士有棱有角的脸孔。

“中士，说吧。”

那名中士说：“报告船长，船员将一名基地传教士放了进来。”

“一名什么？”马洛变得面如土色。

“报告船长，一名传教士。船长，他需要医生……”

“中士，你们干的这件好事，会使许多人都要找医生。立刻叫大家进入战备状态！”

船员休闲室几乎已经空无一人。命令发布五分钟后，连轮休人员也都拿起武器各就各位。在银河外缘群星间的无政府地带，速度是最重要的生存条件。而行商长手下的人，更是以所向披靡的速度著称。

马洛缓缓走进休闲室，上下左右仔细打量着这名传教士。然后他向汀特中尉瞄了一眼，中尉不安地挪到一旁；接着他又看了看值班的第门中士，这位中士面无表情地呆站在中尉身边。

马洛转向杜尔，若有所思地顿了顿。“好吧，杜尔，除了导航官和弹道官之外，把其他军官都悄悄带到这里来，船员则一律留在岗位上待命。”

杜尔离开后，马洛将每个洗手间的门都踢开，并且探头向吧台后面瞧了瞧，再把厚实的窗帘通通拉上。然后他离开了半分钟，又若无其事地哼着歌走回来。

五分钟过后，军官们鱼贯进入休闲室。杜尔跟在最后面，顺手将门轻轻关上。

马洛平静地问道：“首先，是谁没有得到我的准许，就让这个人进来的？”

值班中士向前走了几步，所有的目光都集中在他身上。“报告船长，这不是哪一个人的意思，而是大家一致同意让他进来的。这个人可说是我们的同胞，而这里的异邦人……”

马洛打断他的话。“中士，你们这种同胞爱，我很同情，也很了解。那些船员是你的手下吗？”

“报告船长，是的。”

“这件事结束后，让他们在自己的寝室中禁足一周。这期间你的指挥权也暂时解除，明白吗？”

中士脸色不变，双肩却微微下垂。他简洁有力地答道：“报告船长，明白了。”

“你们可以离开了，赶紧回到你们的炮位去。”

关上门之后，外面就响起一阵嘈杂声。

杜尔忍不住质问：“马洛，为什么要处罚他们？你明明知道，科瑞尔人逮到传教士就会处死。”

“任何行动无论有什么好理由，只要是违背我的命令，本身就是不可饶恕的错误。没有我的批准，任何人都不能上下这艘太空船。”

汀特中尉不服气地喃喃道：“七天不准行动。你不能用这种方式来维持军纪。”

马洛却冷冷地说：“我能。在理想状况下，看不出军纪的价值。唯有在生死关头，才显得出它的重要性，否则这种军纪根本没用。那位传教士呢？把他带到我面前来。”

马洛刚刚坐下，身穿红色斗篷的传教士就被小心地扶了过来。

“上师，请问大名？”

“啊？”传教士像陀螺一样转了过来，面向着马洛。他双眼茫然地睁得老大，一侧太阳穴上带着擦伤。他一直没有开口，马洛还注意到，他几乎一动也不动。

“上师，您的大名？”

传教士像是忽然活过来。他将双手向前伸，作拥抱状。“孩子——我的孩子，愿银河圣灵永远保护你。”

杜尔向前走几步，带着忧虑的眼神，以沙哑的声音说：“这个人受伤了，谁带他去休息。马洛，下令送他去休息，再找个人照顾他，他伤得很重。”

马洛用结实的手臂将杜尔推开。“杜尔，这件事你别插手，否则我就把你赶出去。上师，您的大名？”

传教士突然双手合十作哀求状。“你们既然是受过教化的文明人，请救我离开这个异教之邦吧。”他慌慌张张地说，“救救我吧，那些蒙昧的畜牲要捕杀我，要以他们的罪恶亵渎银河圣灵。我叫裘德·帕尔玛，来自安纳克里昂，曾经在基地接受教育。是基地本土，我的孩子。我修习到无上的教义，成为一名灵的使者。我来到这里，是由于内心的召唤。”他喘得上气不接下气，“我落在那些无明的野蛮人手中。你们既是圣灵之子，奉圣灵之名，请你们保护我吧。”

紧急警报盒突然发出响亮而尖厉的声音，其中夹杂着一句话：

“发现敌方部队，请示命令！请示命令！”

所有的眼睛都不自觉地盯着上方的扩音器。

马洛大声咒骂，同时按下通讯器的回答键，大声喊道：“继续监视！没有别的指示了！”然后就切断了通话开关。

他走到厚厚的窗帘前，“唰”的一声拉开窗帘，用冷峻的目光注视着外面。

敌方部队！不，其实是数千名科瑞尔民众；这些乌合之众以排山倒海之势席卷而来。在冷冽的镁光照耀下，最前面的人潮已经零零星星逼近了。

“汀特！”马洛并未回头，可是颈部涨红了，“打开外面的扩音器，问他们究竟要什么。再问问这些人里面有没有法定代表。不要答应任何事，也不要恐吓他们，否则我先枪毙你。”

汀特中尉转身走了出去。

马洛感到一只手掌按在自己的肩膀，想也不想就把它推开。那当然是杜尔，他在马洛的耳旁叱道：“马洛，你有义务收容这个人，否则我们无法维持正义和光荣的名声。他来自基地，毕竟，他是一名教士。外面那些野蛮人……你听见我说的话没有？”

“杜尔，我在听。”马洛的声音很尖刻，“我不是来护教的，我来这里有更重要的事。杜尔先生，我将照着自己的意思行事，而且我向谢顿和银河发誓，如果你想阻止我，我会把你的喉管捏碎。杜尔，别挡我的路，不然你就死定了。”

马洛转身向那位传教士走去。“你，帕尔玛上师！你知不知道，根据公约，基地的传教士绝对不能进入科瑞尔境内？”

传教士浑身发抖。“孩子，我只遵照灵的指引前进。如果那些蒙昧的人拒绝接受教化，岂不是更证明了他们真的需要？”

“上师，这话离题了。既然你来到这里，就是违反科瑞尔和基地双方的法律，依法我不能保护你。”

传教士又举起双手，先前的狼狈模样已经消失无踪。此时，太空船外面的通讯装置正发出刺耳的喊话，而激愤的群众所作的回应，传到舱内则变成微弱的、此起彼落的叽喳声。这些声音令那名传教士发狂。

“你听到没有？为什么要跟我谈法律？法律是凡人定的，天地之间还有更高的‘法’。银河圣灵不是说过：汝等不可坐视同胞蒙受伤害；它还说过：今日尔等如何对待卑微无助之人，明日他人亦将如何待之。

“你没有枪炮吗？你没有太空船吗？基地难道不是你的后盾吗？在你头上和你的四面八方，难道不存在主宰宇宙万物的圣灵吗？”他停下来喘了一口气。

这时，远星号外面的喧嚣停止了，汀特中尉一脸为难地走回来。

“讲吧！”马洛不耐烦地说。

“报告船长，他们要求把裘德·帕尔玛这个人交给他们。”

“如果不交呢？”

“报告船长，他们作出各种威胁，但是都没有什么具体内容。他们人数太多了——而且似乎相当疯狂。有个人说自己是这个地区的负责人，控制着警力，但是他很显然只是傀儡。”

“不管是不是傀儡，”马洛耸耸肩，“无论如何他都代表法律。告诉外面那些群众，让那个人，不管他是总督还是警察局长，还是其他什么官，只要他单独到太空船这边来，就能把裘德·帕尔玛教士带走。”

马洛手上突然多出一把核铳，他补充道：“我不懂什么叫做抗命，我自己从来没有这种经验。但是如果这里有谁认为他能教我如何抗命，我会马上教他如何化解。”

铳口慢慢转向，最后对准杜尔。这位老行商勉力克制住脸部肌肉，紧握着的拳头也松开放下，呼吸却仍然急促而粗重。

汀特中尉再度离开，不到五分钟，一个小小的人影离开了人群。那个人影缓慢而迟疑地往前走，显得极为惶恐不安。他两度想向后转，都被群众的威胁与怒吼赶了回来。

“好，”马洛用手中核铳比划着，“葛朗、乌普舒，把他带出去。”

传教士发出骇人的尖叫。他举起双手，结实的手指朝天张开；宽敞的袖子滑下来，露出细瘦且血管凸起的手臂。与此同时，还有一道微弱的光芒一闪即逝。马洛轻蔑地眨眨眼睛，又做了一下手势。

传教士被两人夹在中间，他不断挣扎，同时喊道：“将同胞推进邪恶和死亡的叛徒不得好死。不理会无助者求救的耳朵都要变聋。无视冤屈者的眼睛通通瞎掉。跟邪灵打交道的灵魂永远堕入黑暗地狱……”

杜尔用双手紧紧捂住耳朵。

马洛将核铳插回皮套。“现在解散，”他以平静的口吻说，“回到各自的岗位。等群众散去后，继续严密监视六个小时。然后维持四十八小时的双倍戒备，之后我会另行指示。杜尔，你跟我来。”

两人来到马洛的寝室。马洛向一张椅子指了指，杜尔便坐下来，矮胖的身子显得有些畏缩。

马洛低着头，以嘲讽的目光瞪着他。“杜尔，”他说，“我很失望。你从政三年，似乎忘记了行商的一切。请你记住，我在基地的时候，也许是个民主人士，但是现在我指挥这艘太空商船，就不得不独裁专制。我以前从来不必用手铳指着我的手下，刚才要不是你太过分，我也用不着破例。

“杜尔，你是我请来的，没有正式的职务，私底下我会对你尽量礼遇——但只限于私下。然而从现在开始，在我的军官和船员面前，我就是‘船长’，不可以喊我‘马洛’。如果我再下任何命令，你的动作最好比三等船员还要快，否则我会以更快速度将你铐在底舱。明白了吗？”

这位政党领袖只好忍气吞声，用很勉强的口气说：“我向你道歉。”

“我接受！我们握个手好吗？”

杜尔柔弱的手指，被马洛粗壮的手掌包住。然后杜尔说：“我劝你是出于好意，我不忍心看你将传教士送到暴民手中受私刑。来提人的那个胆小鬼，不管他是总督还是什么官，他救不了那名传教士的。这简直就是谋杀。”

“我也没办法。坦白说，这件事太不对劲。你难道没有注意到吗？”

“注意到什么？”

“这座太空航站位于荒郊野外，却突然有一位传教士逃到这里。他是从哪里来的？他来到这里是巧合吗？然后又有大批群众追来，他们又是从哪里来的？离这里最近的任何城市，都至少在一百英里之外。他们却在半小时内就到了，这又是怎么做到的？”

“怎么做到的？”杜尔重复道。

“嗯，有可能这位传教士是个诱饵，被人故意带到这附近来。我们这位同胞，帕尔玛大师，看起来根本神志不清，他的精神好像始终没有正常过。”

“这种做法太过分了……”杜尔悲愤地喃喃道。

“也许吧！也许他们这么做，是故意诱骗我们见义勇为，不顾一切地保护这个人。他来这里，便是触犯了科瑞尔和基地的法律。假使我将他留下，等于是向科瑞尔宣战，基地也没有任何权利保护我们。”

“这——这种说法太牵强。”

马洛还没有回答，扩音器就响了起来。“报告船长，刚收到一份官方信函。”

“马上送过来！”

“啪”的一声，一个发光的圆筒从传送槽中跳出来。马洛将圆筒打开，倒出一张镶银的纸卷。他玩味似的用手指揉了揉，然后说：“从首都直接遥传过来的，是领袖的专用信笺。”

他对信笺瞄了一眼，干笑了一声：“我的想法太牵强吗？”

他将信笺扔给杜尔，又补充道：“我们把传教士交出去半小时后，总算接到这封十分客气的邀请函，请我们去谒见领袖——之前却苦苦等了七天。我想，我们已经通过了一项测验。”

05

领袖阿斯培自诩为“人民之子”。他的头发稀疏，只剩后脑的一撮灰发松软地垂在肩上。他的衬衣显然需要烫洗了，而他说话时带着浓重的鼻音。

“马洛行商，我们这里民风纯朴。”他说，“你不要做任何不实宣传。在你面前的人，只是这个国家的第一公民。所谓的领袖正是这个意思，而这也是我唯一的头衔。”

他似乎非常喜欢这个话题。“事实上，我认为这一点，是科瑞尔和贵国的密切关联之一。我了解贵国人民和我们一样，也在享受着共和制度的福祉。”

“领袖，正是如此，”马洛郑重其事地说，心中却绝对不敢苟同，“我深信就是这个原因，维持了两国政府的和平与邦谊。”

“和平！啊！”领袖稀疏的灰白胡子抽动着，表情显得感慨万千，“我认为在银河外缘各个世界，没有人比我更有和平的理想了。不瞒你说，自从我继家父成为这个国家的统治者之后，就一直在实行和平统治，从来也没有间断过。也许我不该这么说——”他轻轻咳嗽一声，“但是有人告诉我，我的人民，不，应该说我的同胞，他们都称我为‘万民拥戴的阿斯培’。”

马洛环顾富丽堂皇的庭院。他看到好些身材高大的人部署在偏僻的角落，他们佩戴着奇形怪状但显然威力强大的武器，也许是在防备自己。他想，这是可以理解的。然而，这里四周都围着高耸的钢筋混凝土墙，而且显然最近又加强过——对于“万民拥戴的阿斯培”而言，这并不能算是很合适的居所。

马洛说：“领袖，我很庆幸自己能与您交涉。邻近世界那些不肯实施开明统治的专制君主，大多欠缺王者风范，因而无法成为万民拥戴的统治者。”

“比方说？”领袖以谨慎的口气问。

“比方说，他们就不懂得关心人民最大的福祉。而您不同，您最了解这一点。”

两人一面说，一面在庭院里悠闲地漫步。领袖的眼睛凝注在碎石子路上，两只手放在背后互相揉搓。

马洛继续流畅地说：“直到目前为止，贵我两国的贸易仍然无法展开，这是因为贵国政府对我国的行商做出重重限制。当然，我想您一定早就很清楚，不设限的贸易……”

“自由贸易！”领袖咕哝着。

“好吧，自由贸易。您一定了解，那会使我们双方受惠。你们拥有一些我们需要的物资，我们也有不少你们想要的货品。只要能够互通有无，就能增进彼此的繁荣。像您这么开明的统治者，人民之友——或者我斗胆说，您就是人民的一分子——根本用不着我在这个题目上大做文章，我绝不会侮辱您的智慧。”

“确实如此！这些我都了解，但是你打算怎么办？”领袖故意以哀求的口吻说，“你们的人一直很不讲理。只要我们的经济体制许可，任何贸易我都赞成，但是绝不能根据你们的条件。我并不是这个国家唯一的主人——”他提高了嗓门，“我只不过是民意的公仆。附带着强迫性宗教的贸易，我的人民可不会接受。”

马洛挺起胸膛。“强迫性宗教？”

“你们一向如此，想必你还记得二十年前的‘阿斯康事件’吧。你们一开始先推销商品，接着就要求绝对的传教自由，以便教导对方妥善使用那些商品，以及建立‘健康灵殿’。然后又设立了宗教学校，并为神职人员争取到自治权。最后的结果如何呢？阿斯康如今已经成为基地体系的一分子，他们的大公连一点实权也没有了。喔！不行，不行！有尊严的独立邦国绝对不能忍受这些。”

“我想建议的通商方式，和您所说的完全不同。”马洛插嘴道。

“不同？”

“没错，我是一名行商长，金钱才是我的宗教。我最讨厌传教士那些神秘兮兮的秘法，还有那些叽里呱啦的咒语，所以我很高兴您拒绝接受这些。这样我们就更加意气相投了。”

领袖发出尖锐而颤抖的笑声。“说得好！基地早就该派你这种能干的人来。”

他亲热地将手放在马洛厚实的肩膀上。“但是老兄，你只说了一半。你刚才只告诉我不会有什么坏处。现在，说说究竟又会有什么好处？”

“领袖，唯一的好处，就是您将获得数不清的财富。”

“是吗？”领袖嗤之以鼻，“我要财富做什么？真正的财富就是人民的爱戴，而我已经有了。”

“两者并不冲突啊，您可以腾出一只手捞黄金，另一只手仍旧拥抱人民。”

“年轻人，果真有此可能，那就太有意思了。你要我怎么做呢？”

“喔，方法实在很多，困难在于如何选择。让我想想看，嗯，比如说奢侈品，我带来的这个样品……”

马洛从衣袋里慢慢掏出一条扁扁的金属链子。“比如这个。”

“这是什么？”

“必须示范才能明白。您能找个女子来吗？任何年轻女性都行，此外还要一面照全身的大镜子。”

“嗯，那么我们进去吧。”

领袖称自己的住处为“一间房子”，但是民众必定称之为一座宫殿。在马洛这个外人眼中，它简直就像一座堡垒。这座大宅建在一处俯瞰首都的丘陵上，城墙十分厚实坚固。各个通道都有警卫站岗，整个建筑的结构都着眼于易守难攻。马洛在心中暗笑，“万民拥戴的阿斯培”住在这里再适当不过了。

一位年轻少女来到他们面前，对领袖鞠躬行礼。领袖对马洛说：“这是领袖夫人的侍女，她可以吗？”

“好极了！”

马洛将金属链子环绕在少女的腰际，扣好后再退开几步。从头到尾，领袖一直目不转睛仔细看着。

然后领袖哼了两声。“喔，就这样吗？”

“领袖，请您把窗帘拉上。小姐，钮扣旁边有个小圆钮，请你拉一下好吗？放心，不会有事的。”

少女依言照做，随即大吃一惊，望着自己的双手惊呼：“哎呀！”

自腰际以上，她整个人都被朦胧而流转的冷光所笼罩。这股色彩变幻不定的光芒一直延伸到她的头顶，形成一顶绚丽夺目的冠冕。就像是有人从天上摘下北极光，替她铸成一件无形的披风。

少女走到镜子前面，出神地望着镜中的自己。

“来，拿着这个，”马洛又取出一串由黯淡无光的珠子串成的项链，“把它带在颈上。”

少女戴上之后，每颗珠子在冷光范围内，也都散发出深红与金黄色的光焰。

“你喜欢吗？”马洛问那少女。她虽然没有回答，眼中却充满艳羡之意。直到领袖做了一个手势，少女才依依不舍地推下那颗圆钮开关，眩目的光彩立时消失。她随即退下，但一定永难忘记这段经历。

“领袖，这就送给领袖夫人，”马洛说，“算是基地的一点心意。”

“嗯——”领袖将两件饰物拿在手中来回拨弄，像是在估量它们的重量，“这是怎么做到的？”

马洛耸耸肩。“这种问题只有我们的技术专家可以回答。不过我想特别强调，重要的是它不需要——不需要教士的指导就能使用。”

“嗯，这只不过是女人的饰物罢了。你能拿它做什么？又怎么能靠它赚钱？”

“你们这里可有舞会、欢迎会、宴会等等的社交活动？”

“喔，当然有。”

“您知道妇女肯花多少钱买这种珠宝吗？至少一万信用点。”

领袖似乎大吃一惊。“啊！”

“而且由于它的能源顶多只能维持六个月，所以必须经常换新。我们愿意以一千信用点一个的价钱无限量供应，请您以等值的锻铁支付。您的利润是百分之九百。”

领袖拼命扯着胡子，似乎正在进行复杂的心算。“银河啊，她们一定会打破头来抢购。我故意只供应极少的数量，让她们来竞标。当然，不能让任何人知道是我自己……”

马洛又说：“如果您有兴趣，我能为您说明我们暗中合作的方式——然后，再从我们全套的家庭用品中，随缘挑选一些合作项目。例如折叠式烤炉，可以在两分钟内，把最硬的肉烤成您喜欢的熟度；还有不必磨的利刀；还有整套袖珍型的全自动洗衣机，整个可以放进小柜子里；此外还有同类型的洗碗机、同类型的地板清洁机、家具清拭机，尘埃收集机、照明装置等等——喔，您想要的，应有尽有。请想想看，如果您让大众都能买到这些商品，您的声望会再增加多少。请再想想看，以百分之九百的利润，采取政府专卖的方式，您可以借此迅速累积……喔，累积多少财富。对于民众而言，这些装置仍然价廉物美，他们也绝对不会晓得您进货的价格。我还要再提醒您一次，这些家庭用品都不需要教士的监督指导，这岂不是皆大欢喜。”

“似乎只有你例外。你图的是什么呢？”

“我所能得到的，就是根据基地的法律，一个行商应得的利润。我和我的手下，可以得到整个利润的一半。您只要将我想卖给您的东西照单全收，我们双方就都是赢家，都是赢家。”

领袖已经陶醉在想象中。“你说希望我们用什么付账？铁吗？”

“是的，或者是煤、铁铝氧石。烟草、胡椒、镁或硬木也行，这些都是你们盛产的东西。”

“条件还算合理。”

“我也这么想。喔，还有一点也是随缘，领袖，我能替你们改良工厂的设备。”

“啊？那是什么意思？”

“嗯，以炼钢厂为例吧。我有一些小机器，能够轻易地处理钢铁加工，可以使成本降低到原来的百分之一。您只要将售价减半，还是能和制造业者分享巨大的利润。我跟您说，如果您允许我作一次示范，我就能证明我说的话。城里头有没有炼钢厂？不会花太多时间的。”

“马洛行商，这不难安排。不过那是明天的事，明天再说。今晚和我共进晚餐如何？”

“我的手下……”马洛一开口就被打断了。

“让他们一起来，”领袖大方地说，“这是我们两国亲善的象征，能让我们有机会多作一些友好的会谈。不过，我只想提醒你一件事——”他拉长了脸，表情严肃，“绝对别提你们的宗教，别以为这些能当传教士的敲门砖。”

“领袖，”马洛淡淡地说道，“我向您保证，宗教只会令我的利润折损。”

“那么目前为止，我还觉得满意。我会派人护送你回太空船去。”

06

领袖夫人比她的丈夫年轻很多。她的脸色苍白，面容冷峻，乌黑的长发在脑后梳成一个光润紧致的髻。

她的声音听来很泼辣。“我仁慈高贵的夫君，你事儿都办了吗？全部，全部办完了吗？现在，我想如果我有这个愿望，应该可以到花园走走了。”

“莉西雅，亲爱的，别这么夸张。”领袖好言好语地说，“那个年轻人今晚会出席晚宴，你可以跟他自由交谈，你如果有兴趣，甚至可以听听我说些什么。此外，我们还要为他的手下安排地方，众星保佑他们不会来太多人。”

“他们一定个个都是馋鬼，大块吃肉，大碗喝酒。等到算出这一顿的开销，保证你会心疼得呻吟两个晚上。”

“嗯，也许这次不会。不管你怎么说，我还是要筹备一场最丰盛的晚宴。”

“喔，我知道了。”她轻蔑地瞪着他，“你对那些蛮子倒很热络嘛。也许就是因为这样，才不准我参加刚才的会谈。也许你的小心眼里，正计划着如何背叛我的父亲。”

“绝对没有。”

“一定是这样，难道我应该相信你啊？我是个可怜的女人，为了政治而牺牲，陷身不幸福的婚姻当中。我从自己国家的大街小巷，甚至贫民窟里头，都能随便挑一个更适合我的丈夫。”

“好吧，听着，夫人，我来告诉你怎么办。也许你真的应该高高兴兴回娘家去，不过，得留下身体的一部分给我当纪念品，就留下我最熟悉的部分吧。我要先割掉你的舌头，然后，”他把脑袋倚在椅背上，像是在精打细算，“为了使你变得更美丽，耳朵和鼻头也得割下来。”

“你不敢，你这只哈巴狗，我父亲会把你这个小小国家轰成一片星尘。事实上，只要我告诉他说你正在和那些蛮子打交道，他就一定会这么做。”

“哼，哼。好啦，你用不着威胁我。今天晚上你可以自己问那个人。现在，夫人，把你的三寸不烂之舌收起来。”

“这是你的命令吗？”

“这个，拿去吧，给我保持安静。”

领袖将金属链子缠到她的腰际，又拿项链给她戴上。他亲自按下按钮，再后退几步。

领袖夫人倒抽了一口气，僵硬地伸出双手。她小心翼翼地抚摸着项链，然后又开始喘气。

领袖满意地搓搓手，说：“今晚你就可以戴着出席——将来我还会弄更多给你。现在，保持安静。”

领袖夫人果然安静下来。

07

詹姆·杜尔慌慌张张踱着步走过来，对马洛说："你为什么臭着一张脸？"

侯伯·马洛从沉思中抬起头来。"我臭着脸吗？我不是故意的。"

"昨天一定发生了什么事——我的意思是，除了晚宴以外。"然后，杜尔改以肯定的口气说："马洛，有麻烦了，对不对？"

"麻烦？没有，而且正好相反。事实是，我正准备用全身的重量去撞门，却发现那扇门及时开了一条缝。我们即将到炼钢厂去，这似乎太容易了。"

"你怀疑是陷阱吗？"

"喔，看在谢顿的份上，别那么悲观好吗？"马洛压抑着不耐烦的情绪，以平常的口吻补充道："只是，太容易去的地方，代表什么也看不到。"

"你是指核能，嗯？"杜尔若有所思，"让我告诉你，我们在科瑞尔，是不会看到任何核能迹象的。像核能这种对国计民生有深远影响的科技，如果有的话，一定随处可见，很难百分之百遮掩起来。”

“杜尔，但如果是刚刚起步，而且应用在军事方面，那就另当别论。果真这样，就只能在太空船坞和炼钢厂看到。”

“如果我们在那里还找不到，那么……”

“那就表示他们还没有核能——或是故意藏起来。让我们猜猜看，或者掷硬币卜一卦。”

杜尔摇摇头。“假使昨天我和你在一起就好了。”

“我也希望如此。”马洛面无表情地说，“我不反对你给我精神上的支持。可惜决定会谈条件的人是领袖，而不是我自己。现在来的车子，似乎就是领袖派来的专车，准备接我们到炼钢厂去。东西带好了吗？”

“都齐了。”

08

炼钢厂的规模相当大，空气中弥漫着腐朽的气息，除非彻底翻修，否则不可能除去这种怪味道。为了接待领袖与随行官员的大驾，闲杂人等全被赶走，因此显得异常冷清。

马洛已经顺手举起一块钢板，放在两具支架上，并且握住了杜尔递给他的工具。此时他将手伸进铅套中，紧紧抓着里面的皮质把手。

“这个工具很危险，”他说，“不过普通的圆锯一样危险。无论如何，手指头都得避开。”

马洛一面说，一面用刃口迅速将钢板齐中划开，钢板立时悄无声息地裂为两半。

众人都吓了一跳。马洛则哈哈大笑，拾起其中一块撑在膝盖上。“这个机器的切割精度能微调到百分之一英寸，一块两英寸厚的钢板也能像这样轻易地一剖为二。只要厚度量得准确，就可以把钢板放在木桌上切割，却一点都不会伤到桌面。”

他每说一句，就用这个核能钢剪把钢板切下一块，顿时室内满是钢板的碎片。

“这是，”他说，“真正的削钢如泥。”

他将钢剪递还给杜尔。“此外还有钢刨。你们想不想让钢板变薄一点，或者将凹凸不平或锈蚀的地方刨平？请看！”

随着马洛的舞动，一片片透明的钢箔飘落下来。钢板的表面被刨了六英寸宽、八英寸宽……十二英寸宽。

“想不想要核能钢钻？都是应用相同的原理。”

在场人士通通围了上来。这像是为了推销商品而进行的一场魔术或杂耍，而马洛就是今天的街头魔术师。领袖用手指抚摸着刨下来的钢屑。而当马洛用钢钻轻易在一英寸厚的钢板上，打出一个个完美无暇的圆洞时，高级官员们全都踮起脚尖来看，还不时低声交换意见。

“现在我准备进行最后一个表演，谁能帮我拿两根短的钢管来。”

此时众人看得如痴如狂，还好总算有某某高官听到这句话，赶紧依言找来钢管，却把两手弄得满是油污。

马洛将两根钢管竖起来，用钢剪将上端都削去一小节，然后让削开的两端相对，把两根钢管接在一起。

结果两根钢管变成了一根！接合处连原子尺度的瑕疵都没有，根本看不出任何接痕。

马洛抬起头望着他的观众，正想要说话，喉咙却突然哽住，发不出任何声音。他的胸口感到强烈的悸动，胃部却发冷而刺痛。

因为他终于和领袖的贴身保镖面对面了。在混乱中，他们全都挤到最前排来保护领袖，让马洛第一次看清楚他们的随身武器。

那是核能武器！绝对错不了。使用火药的手铳，铳管绝不可能像那个样子。然而这不是重点，绝对不是。

重点是在那些武器的把手上，都有着镀金的薄片，上面镂刻着

“星舰与太阳”的标志！

在基地陆续出版的百科全书每一巨册的封面上，全都盖着同样的标志。数千年来，这个“星舰与太阳”的标志，也纹绣在银河帝国每一面旗帜上。

马洛心中一瞬间兴起无数的念头，但他还是勉力镇定地说：“请试试这根钢管！简直就是一根。当然，它还不算完美，因为我是用手工接合的。”

一切已经结束，不需要再变任何戏法了。马洛的目的已经达到，他想找的东西已经找到了。现在他脑海中只有一个画面：一个金球，周围有着象徽性的光芒，上面叠着一艘倾斜的雪茄状星舰。

那就是帝国的国徽，“星舰与太阳”的标志！

帝国！这两个字在马洛心中不断回荡。一个半世纪过去了，帝国仍旧存在于银河深处。如今它又出现了，势力再度触及银河外缘。

马洛露出了微笑！

09

远星号已经在太空中飞行了两天。侯伯·马洛将卓特上尉叫到自己的寝室来，交给他一个信封、一卷微缩胶片以及一个银色的小球。

“上尉，一小时后，你就是远星号的代理船长，直到我回来为止——或是永远代理下去。”

卓特刚要站起来，马洛立刻挥手示意他别动。

“别说话，仔细听着。信封里是某颗行星的准确坐标，你率领远星号飞到那颗行星，在那里等我两个月。如果在这两个月间，基地的人找到你们，那卷微缩胶片就是我给基地的报告。”

“然而，”马洛的声音变得有些忧郁，“假如两个月后我没有回来，而基地的船舰也没有发现你，就立刻回端点星去，将那个定时信囊交给基地政府，作为这次任务的报告。明白了吗？”

“报告船长，明白了。”

“不论在任何时候，你自己或其他船员，都不得将我的报告内容泄漏一丝一毫。”

“报告船长，如果有人问我们呢？”

“就说你们什么也不知道。”

“报告船长，记住了。”

他们的会谈到此结束，五十分钟之后，一架救生艇便从远星号的腹侧轻轻弹开。

10

欧南·巴尔是一位老人，已经老得无所畏惧。自从上次动乱之后，他就独自一人住在这个偏僻的地方，陪伴着他的，只有他从废墟中抢救出来的书籍。他从不担心会丢失任何东西，尤其是这条苟延残喘的老命。所以，他毫无惧色地面对闯进家里的陌生人。

“您家的门开着。”陌生人解释道。

他的腔调听来很陌生，巴尔也注意到他的腰际挂着精钢制成的随身武器。在这个相当昏暗的小房间里，巴尔还看得出陌生人周围闪耀着力场防护罩的光芒。

巴尔以疲倦的声音说：“我没有需要关门的理由。你希望我帮什么忙吗？”

“是的。”陌生人继续站在房间中央，他的体形很高很壮。他又说：“这附近只有您一户人家。”

“这里是很偏僻的地方。”巴尔说，“不过东边有座城镇，我可以告诉你怎么走。”

“等会儿吧。我可以坐下来吗？”

“只要椅子支撑得住你。”老人严肃地说。那些家具也都老了，早就该报废了。

陌生人说：“我名叫侯伯·马洛，来自一个遥远的地方。”

巴尔点了点头，微微一笑。“你的舌头早就泄露了这个秘密。我是西维纳人欧南·巴尔——曾经是帝国的贵族。”

“那么这里的确是西维纳。我不确定，是因为我只有一些旧星图作参考。”

“那些星图一定很旧了，连恒星的位置都不对。”

巴尔一直静静坐着，马洛则将目光转到一侧，好像在想什么心事。巴尔注意到他周围的核能力场已经消失，明白这代表马洛——不论是敌是友——已经不再像刚才那样提防自己。

巴尔又说：“我的房子很破旧，物资也极为贫乏。如果你咽得下黑面包和干玉米，欢迎你和我分享一切。”

马洛摇摇头。“谢谢您，我已经吃饱了。我也不能久留，只想请您指点去政府中枢的方向。”

“虽然我穷得一无所有，但是这个忙对我而言还是很简单。你指的是这颗行星的首邑，还是本星区的首府？”

马洛眯起眼睛。“这两个地方不同吗？这里难道不是西维纳？”

老贵族缓缓点了点头。“这里是西维纳没错。但是西维纳已经不是诺曼星区的首府，你被那些旧星图误导了。星辰也许几个世纪都不会改变，可是政治疆界却始终变幻无常。”

“那就太糟了。事实上，简直是糟透了。诺曼星区的新首府离这里很远吗？”

“在奥夏二号行星上，离此地二十秒差距，你的星图上应该有。这星图有多旧了？”

“一百五十年。”

“那么旧了？”老人叹了一口气，“这段时间的历史非常热闹。你可略知一二？”

马洛缓缓摇了摇头。

巴尔说：“你很幸运。过去一百多年，这里经历一段邪恶的时代，唯有斯达涅尔六世在位时例外，而他崩逝也有五十年了。从那时候开始，就不断发生叛乱谋反、烧杀掳掠；烧杀掳掠、叛乱谋反。”巴尔担心自己是不是太啰唆，但是这里的生活孤单寂寞，这个说话的机会太难得了。

马洛突然尖声问道：“烧杀掳掠，啊？听您的口气，好像这个星省已经一片荒芜。”

“也许还没有那么严重。想要耗尽二十五颗一级行星的资源，得花上很长一段时间。不过，和上个世纪的富庶相比，我们已经走了好长的下坡路——而且，至今没有任何好转的迹象。年轻人，你对这一切为何那么有兴趣？看你全身充满活力，目光也神采奕奕！”

这些话令马洛几乎面红耳赤。老人虽然双眼失去光采，却仍然能看透对方的内心，仿佛正在发出会心微笑。

马洛说：“让我告诉您吧。我是一名行商，来自——来自银河的边缘。我发现了一批旧星图，来到这里打算开发新市场。所以一提到荒芜的地区，我自然就浑身不舒服。在一个没有钱的世界，我怎么可能赚到钱呢？西维纳这个地方，目前的情况究竟如何？”

老人身体微微向前倾。“我也说不准。也许，还算过得去吧。但你居然是一名行商？你看起来更像一名战士。你的手一直紧挨着佩枪，下颚还有一道疤痕。”

马洛猛然抬起头来。“我们那个地方法律不张，打斗和挂彩都是行商成本的一部分。不过只有在有利可图的时候，打斗才算有意义；假如不用动武就能赚到钱，那岂不是更妙。我能否在此地找到值得一战的财富呢？我想打斗的机会倒是很容易找。”

“太容易了。”巴尔表示同意，“你可以加入红星地带的威斯卡余党，不过我不知道，你会管他们的勾当叫打斗还是打劫。或者你也可以投效我们的现任总督，他很仁慈——在幼年皇帝的默许下，他可以随意杀人、尽情劫掠，不过那位皇帝当然也被暗杀了。”

老贵族瘦削的双颊转红，他将眼睛闭上再张开，目光变得如鹰隼般锐利。

“巴尔贵族，听来您对总督似乎并不很友善。”马洛说，“万一我是他的间谍怎么办？”

“你果真是间谍又如何？”巴尔挖苦道，“你能从我这里得到什么？”他用枯瘦的手，指了指残破而几乎空无一物的屋子。

“您的性命。”

“生命随时会离我而去，我已经多活了五个年头。但是你绝非总督的人，否则，也许只是出于本能的自保心理，就会让我闭上嘴巴。”

“您又怎么知道？”

老人哈哈大笑。“你好像很多疑。我敢打赌，你以为我试图引诱你诽谤政府。不，不，我早已脱离政治了。”

“脱离政治？人脱离得了政治吗？您用来形容总督的那些话——是怎么说的？随意杀人、尽情劫掠等等，听来并不客观，至少不完全客观，不像是您已经脱离政治。”

老人耸耸肩。“过去的记忆突然浮现，总是令人感到痛苦。听好！然后你自己判断！当西维纳仍是星区首府的时候，我是一名贵族，并且是星省的议员。我的家族拥有光荣悠久的历史，曾祖那一辈曾经出过……不，别提了，昔日的光荣如今于事无补。”

“我想您的意思是，”马洛说，“这里曾经发生过内战，或是一场革命？”

巴尔脸色阴沉。“在如今这个人心不古的世代，内战可说是家常便饭，不过西维纳仍能侥幸避免。斯达涅尔六世在位期间，这里几乎恢复了昔日的繁荣。但是后继的皇帝都是懦弱无能之辈，使得总督一个个坐大。而我们上一任的总督——就是刚才提到的那个威斯卡，他仍然率领余党盘踞在红星地带，时常出没抢劫路过的商人——当年曾经觊觎帝国的帝位。他并不是第一个具有如此野心的人，即使他当初成功了，也不会是第一个篡位的总督。

“但他最后失败了。因为当帝国的远征舰队兵临城下之际，西维纳人民也开始反抗这位反叛的总督。”说到这里，他悲伤地停了下来。

马洛发觉自己紧张得快要从椅子上滑下来，于是慢慢放松些。“老贵族，请继续说下去。”

“谢谢你，”巴尔有气无力地说，“你真好，愿意让一个老人开心。他们开始反抗，或者我应该说，是我们开始反抗，因为我也是领导者之一。结果威斯卡逃离了西维纳，只差一点就被我们抓到。然后，我们立刻开放这颗行星，以及整个星省，欢迎远征舰队的司令官驾临，以此充分表现我们对皇帝陛下的忠心。至于我们为何这么做，我自己也不确定，也许，我们即使不认同那位皇帝——他是个既残忍又邪恶的小鬼，仍然想对皇帝这个象征效忠。不过也有可能，是我们害怕被帝国军队攻下。”

“后来呢？”马洛轻声追问。

“后来啊，”老人感伤地回答，“我们这么做，仍然不能让那位舰队司令满意。他此行的目的，就是要立下征服叛乱星省的彪炳战功，而他的部下都在等着征服之后大肆劫掠战利品。因此当许多民众仍然聚集在各大城市中，为皇帝和司令高声欢呼之际，那位司令竟然占领所有的武装据点，然后下令用核炮对付那些平民。”

“用什么名义？”

“名义就是他们反抗原来的总督，因为他仍是钦命的官员。接着，这位司令借着一个月的屠杀、劫掠和恐怖统治，使他自己成为新任总督。我原来有六个儿子，其中五个死了——死法各异。我还有一个女儿，我宁可她现在也死了。我能安全逃离，只是因为我太老了。我来到这里，新总督完全不把我放在心上。”满头白发的他垂下头来，“但是他们将我的一切全部没收了，因为我曾经出力赶走那个叛变的总督，损及了舰队司令的战功。”

马洛坐着默然不语，等了好一阵子，然后才轻声问：“您的最后一个儿子现在如何？”

“啊？”巴尔露出苦笑，“他很安全，他用化名投到司令麾下，如今是总督私人舰队的一名炮手。喔，不，我从你眼中看出来了。不，他并不是一个不肖的儿子。他只要有时间就会来看我，并且带来他能找到的各种物资，我如今是靠他养活的。将来若有一天，我们这位伟大而仁慈的总督一命呜呼，一定就是我儿子下的手。”

“而您将这种事告诉一个陌生人？这样会危及令公子的性命。”

“不，我是在帮助他，我正在为总督制造一个新的敌人。假使我并非总督的敌人，而是他的朋友，我会劝他在外太空用星舰筑成长城，一直部署到银河边缘。”

“你们的外太空没有星舰巡弋吗？”

“你看到了吗？你来的时候，遭到任何警戒舰队的拦截吗？由于星舰不足，边境的星省又为自家的叛变和犯罪问题所困扰，没有一个星省能分派出星舰来警戒外围的蛮荒星空。银河边缘的残破世界从来不曾威胁过我们——直到如今，你来了。”

“我？我一点也不危险。”

“你来过之后，就会有更多人陆续来到。”

马洛缓缓摇了摇头。“我不确定是否明白您的话。”

“听好！”老人的声音突然充满激动，“你一进来，我就知道你的来历了。我注意到你的身边围绕着力场防护罩，虽然现在没有了。”

迟疑地沉默了好一会儿，马洛才说：“是的……我的确有。”

“很好，这就让你露出马脚，可是你自己还不晓得。我知道不少事情。在这种衰败的世代，已经不流行做学者了。各种突如其来的变化，来得急去得也快，不能用手中的核铳保护自己的人，很快就会被潮流吞噬，我就是现成的例子。

“但我曾经是一名学者，我知道在核能装置的发展历史中，从来没有出现过这种随身防护罩。我们的确拥有力场防护罩，但是非常庞大，耗用大量的能源，可以保护一座城市，或是一艘星舰，却无法用在个人身上。”

“啊？”马洛努起嘴，“所以您推出什么结论？”

“在浩淼的太空中流传着许多故事。这些故事经由各种奇异的管道扩散，每前进一秒差距就会扭曲一次。不过当我年轻的时候，曾经遇到一群异邦人，他们驾驶一艘小型太空船前来。那些人不了解我们的风俗习惯，也说不出自己从何处来。他们曾经提到银河边缘的魔术师，说那些魔术师能在黑暗中发出光芒，还能徒手在空气中飞行，而且任何武器也无法损伤他们。

“当时我们忍不住捧腹大笑，我也跟着大家一起笑。我早就忘记这件事，直到今天才想起来。你的确能在黑暗中放光，假使现在我握有核铳，我想也不可能伤到你。告诉我，你是不是随时能飞起来？”

马洛镇定地说：“这些我全都做不到。”

巴尔微微一笑。“我接受你的答案，我不会搜客人的身。不过，如果那些魔术师真的存在，又如果你是其中一分子，那么他们，或者应该说你们，有朝一日也许会蜂拥而至。这样可能也有好处，或许我们需要一些新血。”

巴尔无声地喃喃自语了几句，然后再慢慢说：“但是这也会带来另一方面的影响。我们的新总督也有一个梦想——正如前总督威斯卡的梦想一样。”

“他也在觊觎帝位？”

巴尔点点头。“我的儿子听到许多传言。他既然在总督身边，自然不想听也不可能，而他把听到的事都告诉我了。我们的新总督打着如意算盘，若能顺利取得帝位当然最好，不过他也安排了退路。假如篡位失败，有人说他打算在蛮荒地区建立一个新的帝国。还有一项传言，但我不能保证，是说总督已经将他的一个女儿，下嫁给外缘一个不知名小国的君主。”

“如果这些传言都能采信……”

“我知道，传言还有很多很多。我老了，喋喋不休地净说些废话。你的看法又如何呢？”老人锐利的目光似乎能直视马洛的心底。

行商马洛考虑了一下。“我什么都说不上来，但是我还想再问一件事。西维纳究竟有没有核能？不，等一等，我知道你们会制造核能用品。我的意思是说，这里有没有完好的核能发电机？还是最近的劫掠把它们也摧毁了？”

“摧毁？喔，当然没有。即使这颗行星有一半被夷为平地，最小的发电厂也都不会受到影响。它们的重要性无可取代，而且是舰队的动力来源。”他又近乎骄傲地说：“从川陀一路算过来，我们这里的发电厂是最大、最好的。”

“那么，如果我想看看这些发电机，第一步该怎么做呢？”

“做什么都没用！”巴尔斩钉截铁地答道，“一旦接近任何军事据点，你立刻会被击毙。任何人都不可能，西维纳仍旧是个没有公民权的地方。”

“您的意思是，所有的发电厂都由军方监管吗？”

“不一定。有些小规模的市内发电厂就不是，它们负责供应家用照明和暖气的能源，以及交通工具的动力等等。不过这些发电厂同样门禁森严，由一群‘技官’负责管理。”

“那又是什么人？”

“一群监督和管理发电厂的专业技术人员。这种光荣的职业是世袭的，他们的学徒就是自己的子弟，从小就接受专职训练，灌输强烈的责任感、荣誉心等等。除了技官之外，没有人能进入那些发电厂。”

“我明白了。”

“不过，”巴尔补充道，“我可没有说每一位技官都是清廉的。过去五十年间，一连换了九个皇帝，其中有七个是遇刺身亡——这种年头，每艘星舰的舰长都想当上总督，每位总督又都想篡夺帝位，我猜即使是技官也一定能用钱买通。可是这要很多很多钱，我自己一文不名，你呢？”

“钱？我也没有，难道行贿一定要用钱吗？”

“在这个金钱万能的时代，还能有什么替代品？”

“金钱买不到的东西多着呢。请您告诉我，拥有这种发电厂的城市哪个最近，还有怎样才能最快到达那里，我会很感激您的。”

“等一等！”巴尔伸出枯瘦的双手，“你急什么？你到这里来，但我什么都没问。然而，城里的居民仍被驻军视为叛徒，你一旦进了城，任何一名军人或警卫只要听出你的口音、看到你的服饰，就会马上把你拦下。”

老人站起来，从一个老旧柜子的角落掏出一个小本子。“这是我的护照——伪造的，我就是靠它逃出来的。”

他把护照放到马洛手上，将马洛的手指合起来。“照片和数据当然和你不符，不过如果虚晃一下，过关的机会还是很大的。”

“但是您呢，您自己就没有了。”

老人耸耸肩，显得毫不在乎。“我要它有什么用？我再警告你一件事，最好少开尊口。你的腔调很不文雅，用语又很古怪，还不时会吐出惊人的古文。你说得越少，就越不容易让别人怀疑你。现在我来告诉你怎么去那座城市……”

五分钟之后，马洛离开了。

但是不久之后他又回来了，这次只在老贵族的门口逗留片刻。

第二天早上，当欧南·巴尔走进小小的庭院时，发现脚下有一个盒子。盒子里装的是食物，好像是太空船携带的浓缩口粮，不论口味或烹调方式都很陌生。

但是这些食物既营养又好吃，而且能保存很久。

11

这位技官个子矮胖，皮肤透着一层养尊处优的油光。他的头发只剩边缘的一圈，中间的头皮泛着粉红色的光芒。他戴的戒指每一枚都又粗又重，他的衣服还洒了香水。马洛在这颗行星上已经遇到不少人，目前为止只有他并未面露饥色。

技官不高兴地撇着嘴。“喂，你，快一点。我还有许多非常重要的事有待处理，你像是外地来的……”他似乎在打量马洛那一身绝非西维纳传统服饰的衣着，而他的眼睑现出浓厚的怀疑。

“我的确不住在附近，”马洛镇定地说，“但是这点并不重要。我感到很荣幸，昨天有机会送你一件小礼物……”

技官翘起鼻子。“我收到了，挺有意思的廉价品，哪一天我或许用得着。”

“我还有许多更有趣的礼物，而且绝对不是廉价品。”

“哦？”技官持续发出这个声音，沉思了良久，“我想，我已经了解你来见我的目的，这种事情以前也发生过。你想要送点什么给我，比如说一些信用点，或是一件披风，或是二流的珠宝。你们这种没见识的人，以为这些东西就能让一位技官腐化。”他凶巴巴地鼓起嘴，“我也知道你想要交换什么，以前也有人打过同样的如意算盘。你希望我们能收容你，希望学习核能装置的秘密和维修核电厂的技术。你们打这个主意，是因为你们这些西维纳奴才，还因为当年的叛变而天天受到惩罚——也许你根本就是西维纳人，故意扮成异邦人以求自保。你以为投靠技官公会，就能享有我们的特权和保护，就能逃掉应受的惩罚吗？”

马洛正想说话，技官却突然提高音量吼道：“现在赶快滚吧，否则我马上向本城的护民官告发你。你以为我会辜负所托吗？在我之前的西维纳叛徒也许会——可能会！但是你现在面对的是另一个典型。唉，银河啊，我怎么还没有赤手取你的性命，连我自己也很惊讶。”

马洛心里暗笑。技官所说的这番话，无论语调或内容都明显地矫揉造作。因此他口中义正辞严的愤慨，在马洛耳中却成了蹩脚的独白。

马洛带着笑意瞥了瞥那两只柔软无力、却据称能掐死他的手掌，然后说：“睿智的阁下，你总共误会了三件事。第一，我不是总督派来试探你忠诚与否的走狗；第二，我要送你的礼物，即使显赫如皇帝陛下也一辈子见不到；第三，我要求的回报非常小，微不足道，不费吹灰之力。”

“这可是你说的！”技官的口气变得充满讥讽，“好，你到底有什么奇珍异宝要献给我？竟然连皇帝陛下也没有，啊？”他忍不住拼命哈哈大笑。

马洛站起来，将椅子推到一旁。“睿智的阁下，我足足等了三天才见到你，但是我的展示只需要三秒钟。我注意到你的手一直放在核铳附近，请拔出来吧。”

“啊？”

“然后劳驾你对准我射击。”

“什么？”

“假使我被打死了，你可以告诉警察，说我试图贿赂你出卖公会的秘密。这样你就会得到很高的赞誉。假如我没有死，我就把身上的防护罩送给你。”

直到这时，技官才注意到这位访客周身笼罩着一层黯淡的白光，好像被一团珍珠粉末包围着。于是他举起核铳，以充满疑惧的心情瞄准马洛，然后扣下扳机。

巨大的能量在一瞬间释放，令周围的空气分子立刻受热燃烧，进而被撕裂成白热的离子。核铳的能束划出一条眩目的直线，一端正中马洛的心脏——随即迸溅开来！

马洛耐心的表情没有丝毫改变。至于被那团黯淡的珍珠般光芒所挡住的能束，则尽数反弹而消失在半空中。

技官手中的核铳掉到地上，他却浑然不觉。

马洛说：“皇帝陛下有个人力场防护罩吗？你可以有一个。”

技官结结巴巴地说：“你也是一名技官？”

“不是。”

“那么——那么你是从哪里弄来的？”

“你又何必管呢？”马洛的口吻变得轻蔑而不客气，“你到底想不想要？”桌上突然出现一条细小的链子，上面有许多圆形凸起。“就在这里。”

技官一把将链子抓起来，疑神疑鬼地抚摸着。“这是完整的套件？”

“完整。”

“能源在哪里呢？”

马洛指着链子上最大的圆形凸起，那是个毫不起眼的铅质容器。

技官抬起头来，满脸涨得通红。“先生，我是一名技官，一名资深技官。我曾经在川陀大学，受业于伟大的布勒教授，而我担任主管也有二十年的历史。如果你想用这种下三烂的伎俩骗我，要我相信这么一个……一个胡桃大小的容器中，他妈的，里面竟然有一个核能发电机，我在三秒钟之内，就送你到护民官那里去。”

“你如果不相信，就自己找出来。我说这是一组完整的套件。”

技官开始将链子系在腰际，脸色逐渐恢复正常。然后他依照马洛的指示，按下其中一个凸起，全身立刻被一团不太明显的光辉所笼罩。他拾起核铳，却犹豫不决。终于，他慢慢地将核铳调到几乎无害的程度。

然后，他用颤抖的手按下扳机。核铳的光焰喷到他另一只手上，他却一点感觉也没有。

技官猛然转身。“假如我现在向你射击，把这个防护罩据为己有，你又能怎么办？”

“试试看啊！”马洛说，“你以为我给你的，是我唯一的样品吗？”他的四周又泛起一团光芒。

技官心虚地吃吃笑着，并将手中的核铳扔到桌上。“你刚才说的那个微不足道、几乎不费吹灰之力的回报是什么？”

“我要看看你们的发电机。”

“你明明晓得这是严格禁止的事。搞不好，我们两个都会被投射到太空去……”

“我并不想碰触或操作那些机器。我只是想看看——远远地看一看就行。”

“万一我不答应呢？”

“万一你不答应，你还是可以留下防护罩，但我身边还有其他的玩意。比如说，专门用来射穿那种防护罩的特制核铳。”

“嗯——”技官的眼珠左右游移，“跟我来吧。”

12

他们离开了技官的家，那是位于发电厂外围，一幢小型的双层楼房。而发电厂占据着这个城市的中心地带，是一个庞大、方形、没有任何窗户的建筑物。马洛尾随技官穿过一条又一条的地下通道，终于来到静寂且充满臭氧气味的发电室。

其后的十五分钟，马洛一言不发地跟着技官到处参观。他的眼睛没有遗漏任何一处，手指却没有碰触任何地方。然后，技官压低声音说：“你看够了没有？这件事，我可信不过我的那些手下。”

“你何时信得过他们了？”马洛讽刺地问道，“我看够了。”

他们回到技官的办公室，马洛又若有所思地问：“所有的发电机都在你的管理下？”

“每一台都归我管。”技官以分外骄傲的口气说。

“你负责维护它们正常运转？”

“没错！”

“若是发生故障怎么办？”

技官很不高兴地摇摇头。“这些机器不会故障，它们绝不会发生故障，能够永远运作下去。”

“永远可是很长的时间。我只是说假设……”

“假设不可能的情况，是不科学的。”

“好吧，那么假设我用核铳将某个重要零件轰掉，我想这些机器还抵挡不了核铳吧？又假设我将某个重要的接点烧熔，或是打爆一根石英D型管？”

“哼，这样的话，”技官怒气冲冲地吼道，“你会被处决。”

“是的，这我知道。”马洛也开始咆哮，“但发电机会怎么样？你能修理吗？”

“先生，”技官继续狂嗥，“你已经得到回报，看到你想看的东西。现在给我滚蛋！我再也不欠你什么了！”

马洛嘲弄似的向他一鞠躬，便离开了。

两天后，马洛来到远星号停泊之处，准备回到端点星。

与此同时，技官的防护罩失灵了。不论他如何苦思，不论他怎样咒骂，那种光芒却再也不曾出现。

13

六个月以来，马洛几乎直到今天才得空偷闲。他躺在新居的太阳室中，一丝不挂地享受着日光浴。他还不时张开两只壮硕棕黑的手臂，来回伸着懒腰，结实的肌肉也随着一收一张。

站在一旁的安可·杰尔将一根雪茄塞进马洛嘴里，并为他点上火。他自己也含了一根，然后对马洛说：“你一定累坏了，也许应该好好休息一段日子。”

“也许吧，杰尔，但我宁愿进市议会去休息。我要取得市议员的席位，而你要帮助我。”

杰尔扬扬眉毛：“怎么把我也牵扯进去？”

“这是理所当然的事。第一，你是个经验老到的政治人物；第二，你曾被乔兰·瑟特踢出内阁，而那家伙宁愿失去一只眼睛，也不愿意见到我当上市议员。你认为我没有什么机会，是吗？”

“机会当然不大。”这位前教育部长表示同意，“因为你是司密尔诺人。”

“根据法律，这不成问题，我接受过基地的普通教育。”

“这个，你想想看，根深蒂固的成见何时尊重过法律？不过，你们自己人——那个詹姆·杜尔怎么说？他的看法如何？”

“差不多一年前，他就说要帮我竞选市议员。”马洛流畅地答道，“但我现在的实力已经比他还强，他无论如何帮不了我的忙。这个人没有什么深度，声音太大，手段太强——这样做只会惹人反感。我要赢得漂漂亮亮，所以我需要您。”

“乔兰·瑟特是这颗行星上最精明的政客，而他必定会跟你唱反调。论智谋，我不敢说能胜过他。还有，别以为他不会使出各种卑鄙狠毒的手段。”

“我有钱。”

“这倒很有帮助。但是想要消除偏见，需要的可不是一笔小数目——你这丑陋的司密尔诺人。”

“我会砸下很多钱。”

“好吧，我会好好考虑一下。不过丑话说在前头，到时候可别反咬我一口，说是我怂恿你蹚这滩浑水的。是谁来了？”

马洛嘴角下扯：“我想就是乔兰·瑟特，他来早了，这点我可以理解。我跟他玩捉迷藏，已经足足玩了一个月。听好，杰尔，你到隔壁房间去，把扬声器的声音调低。我要你也听听我们的谈话。”

马洛赤脚踢了这位市议员一下，将他赶到隔壁房间。然后他才爬起来，穿上丝质睡袍，并将人工日光调到普通的强度。

市长机要秘书板着脸走进来，表情严肃的管家蹑手蹑脚在他后面将门关上。

马洛一面系腰带，一面说：“瑟特，请随便坐。”

瑟特勉强咧开嘴角笑了笑。他选了一张很舒服的椅子，可是只坐在椅子边缘，全身仍然紧绷。他说：“如果你开门见山提出条件，我们就立刻进入正题。”

“什么条件？”

“你希望慢慢磨吗？好吧，那我从头说起，比如说，你在科瑞尔到底做了些什么？你的报告并不完整。”

“我几个月前就交给你了，当时你很满意。”

“是的，”瑟特若有所思地用一根手指搓着额头，“但是从那时开始，你的一切行动都饶有深义。马洛，我们对你正在进行的事知道不少。我们知道你正在兴建多少座工厂，你为什么急着做这件事，还有你总共花了多少钱。而你现在住的这座宫殿——”他环顾四周，却没有带着任何欣赏的目光。“你在这座建筑上的花费，是我年薪的许许多多倍。此外，你摆的那些排场——你耗费巨资所摆的排场，是为了打进基地的上流社会。”

“所以呢？除了证明你雇了许多高明的侦探，这还能说明什么？”

“这说明你在一年之间，财富暴增了许多。而这个事实又意味着很多可能——比如说，你在科瑞尔的时候，发生了很多我们不知道的事。那些钱你究竟是从哪里弄来的？”

“亲爱的瑟特，你不会真的指望我告诉你吧。”

“不会。”

“我就知道你不会，所以我偏要告诉你。那些钱，是直接来自科瑞尔领袖的金库。”

瑟特不禁猛眨眼睛。

马洛微笑着继续说：“你一定会很遗憾，那些钱都是完全合法的。我是一名行商长，我和那位领袖做成一笔交易，卖给他一大批饰物，收取锻铁和铬铁矿作为代价。根据我和基地签订的苛刻契约，利润的百分之五十归我所有。等到年底，好公民都要缴所得税的时候，我会将另外一半缴交政府。”

“在你的报告中，并没有提到任何的贸易协议。”

“但是也没有提到那天我的早餐吃了什么，或是我现在的情妇叫什么名字，或者其他任何不相干的细节。”马洛的微笑化作冷嘲，“我被派到那里去——引用你自己的话——是要我把眼睛放亮一点，而我保证从未闭起来。你要我去调查失踪的基地太空商船，我从来没有看到过它们。也从来没有听说过。你要我查出科瑞尔有没有核能，我在报告中已经提到，领袖的贴身保镖佩有核铳，除此之外我没有看到其他迹象。据我所知，我看到的核铳是帝国的遗物，也许已经失效了，只是一种装饰而已。

“前面提到的这些，我都是奉命行事，但是除此之外，我始终保有自由之身。根据基地的法律，行商长可以尽量开发新市场，从中取得一半的利润。你到底在反对什么呢？我实在不明白。”

瑟特谨慎地将目光转移到墙壁上，勉强压抑着怒意说：“根据一般性的惯例，行商在推展贸易时还要宣教。”

“我遵奉的是法律，而不是惯例。”

“有些时候，惯例的力量超过法律。”

“那你去法院告我好了。”

瑟特扬起深陷在眼窝中的忧郁眼珠。“你毕竟是司密尔诺人，归化基地并且接受基地教育似乎并不能让你脱胎换骨。注意听，并且试着搞清楚。

“这件事和金钱或市场无关，伟大的哈里·谢顿所发扬光大的那门科学，证明了未来的银河帝国要靠我们来建立，对这项神圣的使命我们义无反顾。

“而我们所拥有的宗教，是达成这个目标不可或缺的工具。利用这个宗教，当四王国有力量粉碎基地的时候，我们就能令他们臣服。这个宗教是控制其他世界最强而有力的手段，找不到比它更有效的办法了。

“我们发展贸易和奖励行商的主要原因，就是为了能更迅速有效地宣教，以便保证我们输出的新科技体系，都能在我们彻底而直接的控制之下。”

瑟特停下来缓一口气，马洛趁机轻声插嘴：“我知道这个理论，我完全了解。”

“你了解？这可出乎我意料之外。那么，你当然应该明白你所做的事，像是试图将贸易独立；大量生产没有价值、不能动摇经济体系的小东西；将我们的星际政策交到财神手中；让核能和控制它的宗教脱离——你的这些行为，等于全盘否定并终将推翻基地成功实施了一个世纪的政策。”

“也是该推翻的时候了，”马洛轻描淡写地说，“因为这个政策已经过时，变得危险又不可行。纵使你的宗教成功控制了四王国，银河外缘却鲜有其他世界接受它。当我们取得四王国的控制权时，曾有为数不少的人士流亡到其他世界，银河在上，谁晓得他们会如何宣传这段历史，指控塞佛·哈定利用教士制度和人民的迷信，推翻了君主的地位、剥夺了君主的威权。倘若这还不足以说明，二十年前的‘阿斯康事件’是个更明显的例子。如今，银河外缘每一位统治者，都宁死也不愿意让基地的教士入境。

“我认为不应该强迫科瑞尔，或是其他任何世界，接受我自己明知道他们不想要的东西。瑟特，这是不对的。如果他们因为拥有核能而变得危险，那么我们靠贸易关系和他们建立亲密邦谊，要比借助不可靠的宗教宰制他们好得多。因为后者依靠的是外来的神秘力量，无异于一种令人憎恨的霸权，一旦稍微呈现疲弱的趋势，它就会全面崩溃。最后除了无止尽的畏惧和恨意，其他什么都不会剩下来。”

瑟特以讥讽的口吻说：“说得非常好。那么，回到我们原来的题目，你的条件是什么？你要得到什么好处，才会放弃自己的观点而接受我的想法？”

“你以为我会出卖自己的信仰？”

“有何不可？”瑟特冷冷地答道，“你的本行不就是做买卖吗？”

“只在有利可图的情况下。”马洛一点也不动气，“你难道有什么办法，能让我赚得比现在更多吗？”

“你可以保留利润的七成半，而不是如今的五成。”

马洛干笑了几声。“的确是很优惠的条件。可是依照你的做法，贸易额会降到远低于我如今的十分之一。你得提出更好的条件。”

“你还能在市议会中获得一个席位。”

“无论如何我都会当选的，你不帮忙或帮倒忙都一样。”

瑟特陡然捏紧了拳头。“此外，你还能免除一场牢狱之灾。否则，我可以让你坐二十年的牢。把这项利益也考虑进去。”

“这不算利益，但你能拿什么罪名威胁我？”

“谋杀罪如何？”

“谋杀什么人？”马洛轻蔑地问道。

瑟特的声音变得尖厉，不过音量并未提高。“谋杀一名为基地工作的安纳克里昂教士。”

“真的吗？你又有什么证据？”

市长机要秘书将上身向前倾。“马洛，我不是在虚张声势。搜证工作已经完成，我只要签署最后一份文件，基地控告行商长侯伯·马洛的案件就能成立。你曾经遗弃一名基地公民，令他落在异邦暴民手中遭受酷刑致死。马洛，你只有五秒钟的时间决定是否妥协。对我个人而言，我倒宁愿你不加理会。与其将你变成一名可疑的盟友，不如毁掉你这个敌人来得安全。”

马洛一本正经地说：“那我让你如愿吧。”

“好极了！”瑟特露出狰狞的笑容，“是市长要我试着和你先礼后兵，而不是我自己的意思。你也看得出来，我并未努力试图说服你。”

说完，他便转身开门离去。

安可·杰尔又走进来，马洛随即抬起头。

“他说的话你都听到了吗？”马洛问。

杰尔来回踱步。“自从我认识这条毒蛇以来，从未见过他发这么大的脾气。”

“好，你的看法如何？”

“嗯，我来告诉你吧。利用宗教取得支配权的对外政策，是他脑袋中的顽固教条，可是我却认为，他最终的目的并不在于宗教。我被赶出内阁，也是因为驳斥这一点，这就不用我再多说了。”

“不用了。那么根据你的想法，那些非宗教的目的又是什么呢？”

杰尔转趋严肃。“嗯，他并不笨，所以一定也看得出我们的宗教政策已经破产。在过去七十年间，这个宗教几乎没有帮我们征服过任何世界。他显然是想利用宗教，达成自己的目的。

“任何宗教，出发点都是诉诸信仰和感情。如果将宗教当成武器，那是非常危险的一件事——因为谁也不敢保证这种武器不会反过来伤到自己。

“过去一百年来，我们所发展的这些仪典和神话，已经变得越来越神圣、越来越传统——而且越来越深植人心。就某方面而言，它已经不在我们的控制之下。”

“这怎么说呢？”马洛追问，“别停下来，我想知道你的想法。”

“嗯，假设有一个人，一个野心勃勃的人，想要利用宗教来对付我们，而不是帮助我们。”

“你是指瑟特……”

“你猜对了，我说的就是他。听好，老兄，如果他能假借正统之名，动员基地所属诸行星上各级神职人员反抗基地，我们是否应付得了？他让自己成为那些虔诚信徒的领袖，就能发动一场战争来声讨异教徒，例如以你作为代表，而最后他就有可能称王。总之，正如哈定说的：‘核铳是很好的武器，可惜无法分辨敌我。’”

马洛使劲一拍赤裸的大腿。“好吧，杰尔，把我送进市议会，我再好好跟他斗。”

杰尔好一会儿不做声，然后若有深意地说：“也许不行了。他刚才说一名教士被人以私刑处决，这究竟是怎么回事？不可能是真的吧？”

“可以说是真的。”马洛毫不在意地回答。

杰尔吹了一声口哨。“他有真凭实据吗？”

“他应该有。”马洛犹豫了一下，然后补充道：“詹姆·杜尔从头到尾都在为他工作，不过他俩都不知道我早已察觉。那件事情，杜尔就是现场目击者。”

杰尔摇摇头。“喔，这就糟糕了。”

“糟糕？有什么好糟糕的？根据基地的法律，那教士去那颗行星是非法的行为，他显然是被科瑞尔政府拿来当做诱饵，不论他是否出于自愿。基于常识，我别无选择，只能采取一种行动——而这个行动是百分之百合法的。假如他真要控告我，只会在众人面前丢人现眼。”

杰尔再度摇了摇头。“不对，马洛，你忽略了一点。我告诉过你，什么卑鄙手段他都使得出来。他并不是要将你定罪，他也知道没办法做到。但是他真正的企图，是要破坏你在群众心目中的地位。你听到他刚才说的，有些时候，惯例的力量超过法律。你自然可以大摇大摆走出法庭，但是如果让群众知道，你将一名教士丢给野蛮的暴民，那你的声望就泡汤了。

“群众会承认你所做的完全合法，甚至是合理的。但是在他们心目中，你却变成一个懦弱的家伙、一个没有感情的野兽、一个铁石心肠的怪物。这样你就永远不可能选得上市议员。

“更糟的是，他们还能用公民投票的方式取消你的公民权，这样你的行商长资格也会丢了。你记得吧，你不是基地土生土长的。想想看，这样能不能让瑟特满意？”

马洛紧紧皱着眉。“原来如此！”

“小老弟，”杰尔说，“我会站在你这边，但我帮不了什么忙。你已是他们的头号眼中钉——必欲除之而后快。”

14

行商长马洛的公审进行到第四天，市议厅可说是名副其实的“爆满”。唯一缺席的一名市议员是因为头骨挫伤卧病在床，为此他还一直长吁短叹。旁听席上则挤满群众，甚至快要挤爆走道和天花板。这些人都是借着过人的影响力、财力、体力或耐力，才有幸挤进来的。其他民众则挤在外面的广场上，在每个三维电视幕周围形成一群群的人潮。

安可·杰尔靠着警方的帮助，费了九牛二虎之力钻进市议厅。然后他又努力穿过里面几乎同样拥挤的人群，才终于来到马洛的座位旁。

马洛转过头，松了一口气。“谢顿保佑，你总算及时赶到。东西带来了吗？”

“在这里，拿去。”杰尔说，“正是你要的东西。”

“太好了，外面情形如何？”

“他们简直疯狂透顶了，”杰尔不安地挪动着，“你根本不该答应接受公审，你本来可以阻止他们的。”

“我并不想这么做。”

“有人提到要对你动私刑，而曼里欧在其他行星的手下……”

“杰尔，我正想问你这件事。他想要煽动教士阶级对付我，是吗？”

“是吗？保证那是你所见过最厉害的诡计。他一方面以外长的身份，用星际法起诉这件案子；另一方面，他又以首席教长和灵殿主持的身份，挑起狂热信徒们的……”

“好了，别管这些。还记不记得上个月你对我引述的哈定警语？我们会让他们明白，核铳其实可以瞄准任何一方。”

此时市长准备就坐，议员们都起立致意。

马洛压低声音对杰尔说：“今天轮到我表演了，你坐在这里等着看好戏吧。”

当天的流程随即展开，十五分钟后，侯伯·马洛穿过发出轻声咒骂的人群，走到市长席前面的空位。一束灯光立时聚焦在他身上，于是在市内各个公共电视幕，以及端点星每个家庭的私人电视幕，都能看到一个孤单魁梧的男子正不屈不挠地凝视前方。

他开始以平静温和的语气说：“为了节省时间，我承认检方对我所指控的每一点。他们所陈述的有关教士和暴民的故事，所有的细节也都是千真万确的。”

大厅中立刻起了一阵骚动，旁听席上则爆出得意的吼叫。马洛耐心地等待众人静下来。

“然而，他们所展现的记录并不完整，我请求允许我用自己的方式提供完整的版本。我要叙述的故事，乍听之下似乎和本案无关，请各位多多包涵。”

马洛并未翻看面前的笔记本，径自说下去：

“检方的陈述是从我和乔兰·瑟特以及詹姆·杜尔会面的那天

开始，我也准备从那里讲起。这两次会面的详细经过，各位都已经知道了。证人们已经描述过那些对话，我没有任何需要补充的——只想补充一些我个人的想法。

“我的想法是感到疑惑，因为那天发生的事十分古怪。请各位想想看，两位先生和我都只是点头之交，却在同一天对我提出极其古怪、甚至有点不可思议的提议。首先，市长的机要秘书请求我，要我为政府从事极机密的情报工作，至于这项工作的性质和重要性，之前已经解释得很清楚了。随后，那位自封的政党领袖，又鼓励我去竞选市议员。

“我当然分析过他们的真正动机。瑟特的动机似乎很明显，他根本不信任我，也许他以为我在把核能卖给敌人，并且想要谋反。他这么做，可能是想逼我露出马脚，或者他自以为如此。这样的话，他就需要在我替他执行任务之际，在我身边安插一个自己人，作为他的眼线。然而最后这一点，我是后来才想到的，那就是詹姆·杜尔出场的时候。

“请各位再想想：杜尔以一位转入政界的退休行商身份出现，我却完全不清楚他的行商生涯，偏偏我对这一行所知甚详。此外，虽然杜尔总爱夸耀他受的是普通教育，他却从未听过‘谢顿危机’。”

侯伯·马洛停了下来，好让言外之意渗入每个人的思绪。旁听席上人人屏气凝神，这是马洛发言以来全场第一次鸦雀无声。不过只有端点星上的居民，才能听到他所说的最后几句话。其他行星上的电视幕只能接收到经过剪接、适合宗教尺度的版本。那些世界的居民都不会听到谢顿危机，但是他们并不会错过后面的精彩表演。

马洛继续说下去：

“在座各位有谁敢说，一个受过普通教育的人，竟然会不晓得什么是谢顿危机？在基地，只有一种教育完全避免提到谢顿所规划的历史，只是将他描述为接近神话的传奇人物。

“我当时就立刻明白，詹姆·杜尔根本没有做过行商。我也想到他一定是神职人员，也许还是一位合格的教士。所以这三年来，他假装领导一个由行商组成的政党，无疑是另有目的。因为打从一开始，他就被乔兰·瑟特收买了。

“这个时候，我像是在黑暗中摸索。我不知道瑟特对我有什么图谋，但既然他似乎是在跟我故弄玄虚，我也决定礼尚往来。我的想法是，杜尔应该会设法与我同行，替乔兰·瑟特暗中监视我。反之，假如杜尔没有如此要求，我知道一定还会有别的诡计——可是我一时可能无法识破。曝光的敌人其实不危险，我就主动邀请杜尔同行，而他一口就答应了。

“各位议员先生，这解释了两件事。第一，它说明了杜尔并不是我的朋友，他出庭作证，并非像检方要各位相信的那样，是出于良知才勉强站出来。他其实是一名间谍，收钱之后奉命行事。第二点，它解释了当那名教士——就是检方指控我所谋杀的那个人——首度出现的时候，我自己的一些行动。这些行动目前尚未提及，因为检方并不知道。”

此时市议厅内又传来一阵窃窃私语。马洛夸张地清了清喉咙，再继续说下去：

“听说有个逃难的传教士上了太空船，我当时的感受，我不想描述，甚至不想再回忆。简单地说，我完全不知所措。起初我以为这是瑟特玩的把戏，可是这一招并不在我的算计和了解之内。我失去了方向——完全失去了方向。

“我至少还能做一件事。我故意将杜尔支开五分钟，叫他帮我把军官都找来。当他离开后，我趁机在隐密处架设起影像记录器，以便无论发生什么事，都能记录下来以供日后研究。虽然没有把握，我却抱着很大的希望，希望当时令我困惑不解的情况，事后会有可能真相大白。

“这段影像记录我总共看过五十遍。现在我把它带来了，准备在各位面前再放映一遍。”

这时大厅内出现阵阵骚动，旁听席上则响起嘈杂的吆喝，市长只好使劲一下一下敲着议事槌。端点星上的五百万户家庭，全都挤在自家的电视幕前激动不已。乔兰·瑟特坐在检察席上，向紧张兮兮的首席教长冷静地摇摇头，后者充满愤怒的目光则紧盯在马洛脸上。

市议厅的中央已清理出来，灯光也已经调暗。安可·杰尔坐在左方的座椅上负责调整放映装置，“咔嗒”一声之后，就映出一个彩色的、三维的全息影像，所有的一切都栩栩如生。

影像中包括那名传教士，他站在中尉与中士之间，显得神情惶惑，身上还有不少伤痕。马洛的影像则在沉默地等待着，然后军官鱼贯而入，而杜尔是最后一位。

全息影像中的人物开始一句一句说话。马洛先把中士训诫一顿，然后再询问传教士。接着外面出现大批暴民，他们的吼声也都听得见，裘德·帕尔玛教士开始尖声苦苦哀求。然后马洛拔出核铳。传教士被拖走的时候，他举起手臂疯狂地诅咒众人，而附近有一点光芒一闪即逝。

放映到此告一段落。军官们目瞪口呆的身形在那一刻凝结，杜尔双手紧紧捂住耳朵，马洛则冷静地收起核铳。

市议厅重新大放光明，刚才出现在中央的全息影像立时消失无踪。马洛——真的马洛——又继续开始他的陈述：

“各位看得出来，这件事的经过和检方描述的完全一样——但只是表面上如此。我很快就会再加以说明。顺便提一下，詹姆·杜尔从头到尾的情绪化反应，明白显示他曾经受过教士培训教育。

“当天稍后，我曾向杜尔指出这个突发事件的不合理之处。我问他，我们停在这个几乎荒芜的空旷地带，那名传教士是怎么找上这艘太空船的？我还问他，既然稍具规模的城镇离此地至少有一百英里，大批的暴民又是从哪里来的？检方却完全没有注意到这方面的问题。

“此外还有其他的疑点，比如说，裘德·帕尔玛为什么穿着那么显眼而华丽的法衣？他冒着生命的危险，甘犯基地和科瑞尔双方的法律，偷偷跑到科瑞尔传教，却穿着新颖又极其显眼的法衣到处招摇。这里头绝对有问题。当时，我曾怀疑他是在不知不觉间被科瑞尔领袖利用，迫使我们在慌乱中做出违法的侵略行为。这样一来，那领袖立刻就有借口，马上就能合法地摧毁我们的船舰和人员。

“检方就是期待我会对我的行动这样答辩。他们希望我会辩称，由于我的太空船、我的手下，以及我的任务都遭到威胁，我不能为一个人而牺牲一切。因为不论我们是否保护那名传教士，他都是死定了。而检方又声称，唯有维护基地的‘光荣’与‘尊严’，才有可能维持基地既有的霸权。

“然而，由于某种不明的原因，检方忽略了裘德·帕尔玛的背景——他的个人背景。他们没有详细说明他的个人资料，例如出生地、所受的教育，或是过去的经历。其中真正的原因，正好能解释我刚才指出的影像记录中的疑点。这两者之间是有关联的。

“检方没有进一步提出裘德·帕尔玛的个人资料，是因为他们根本做不到。各位刚才所看到的影像记录，内容好像大有问题，那是因为裘德·帕尔玛这个人大有问题。其实，根本就没有裘德·帕尔玛这号人物。这场审判是根据子虚乌有的事件来炮制的，本身就是一场最大的闹剧。”

马洛又得停下来，等待喧哗声渐渐消失。然后他再慢慢说：

“让我将一幅静止的影像记录放大，给各位看清楚，真相就会大白。杰尔，灯光再熄掉。”

市议厅再度暗下来，半空中又凭空出现许多朦胧苍白的静止身形。远星号上的军官都摆出固定不动的姿势，马洛粗壮的手握着一把核铳。裘德·帕尔玛教士站在马洛左方，正尖叫到一半，他的十指朝天，袖子滑下半截。

这位传教士手背上有个亮点，显然就是刚才那道一闪即逝的光芒，如今被冻结成固定的光点。

“请各位注意看他手背上的亮点，”马洛在暗处叫道，“杰尔，将这一部分放大！”

于是那部分开始迅速膨胀。传教士的身形逐渐变成一个巨人，并且向中央移动，其他的全息影像则逐渐消失。很快就只剩下一只巨大的手臂，到最后则只有一只手。这只巨手占满整个空间，由朦胧而紧绷的光线所组成。

原先那个亮点，此时变成一组模糊而闪烁的字母：ＫＳＰ。

“各位，”马洛的声音震耳欲聋，“那是一种特殊的刺青。它在普通光线之下是隐形的，但在紫外线照射下，它就会变得鲜明而显著。而我为了拍摄这个影像记录，刚好开启了那个房间的紫外线。这种秘密身份的识别法虽然十分原始，但是在科瑞尔还行得通，因为那里并非到处都有紫外线灯。即使在我们的太空船上，这个发现也纯粹要靠运气。

“也许有人已经猜到ＫＳＰ代表什么。裘德·帕尔玛对于教士的用语相当熟悉，他的演技也非常高明。至于他是如何，又是从哪里学来这一套的，这我也不清楚，重要的是ＫＳＰ代表‘科瑞尔秘密警察’。”

马洛继续用力吼着，试图盖过全场嘈杂的噪音。“我这里还有从科瑞尔带回来的文件，能够作为辅助证物。若有需要，我可以呈给议会参考。

“现在，检方公诉的这件案子究竟有什么意义？他们一而再、再而三地大声疾呼，认为我应该不顾任何法律，为那名传教士而战；应该为了基地的‘光荣’而牺牲我的任务、我的船舰，甚至我自己！

“可是值得为一个骗子那么做吗？

“那名科瑞尔秘密警察，也许是从安纳克里昂的流亡者那里借到法衣，并学会那些传教士用语，当时我应该为他而战吗？乔兰·瑟特和帕布利斯·曼里欧两人，希望我掉进这么一个愚蠢而卑鄙的陷阱……”

马洛嘶哑的声音被群众杂乱的吼叫声所掩盖。他被许多人扛在肩膀上，抬到了市长席。由大厅的窗户，他能看到外面广场上聚集了数千名群众，而疯狂的人潮仍然不断地继续涌进广场。

马洛四下张望，想要寻找杰尔，但是在这种极度混乱的场面中，他不可能看清楚任何一个人。而在嘈杂的喧哗中，他渐渐听到一种规律的吼叫声。这声音不断重复，由小而大，最后变成疯狂的呐喊：

“马洛万岁——马洛万岁——马洛万岁——”

15

安可·杰尔看来形容憔悴，他无精打采地向马洛眨眨眼。过去两天他始终处于亢奋状态，一直没有阖过眼。

“马洛，你做了一场精彩的表演，但是千万要见好就收。你说要竞选市长，该不是认真的吧？群众的热情的确是一股很大的力量，却也是出了名的反复无常。”

“一点都不错！”马洛绷着脸说，“所以我们一定要尽力维持，而最好的办法，就是把这出戏唱下去。”

“现在该做什么呢？”

“现在你该想办法，将曼里欧和瑟特下狱……”

“什么！”

“你没有听错，现在就去叫市长逮捕他们两人！我不在乎你用什么威胁手段。群众控制在我手上——至少今天如此，市长绝对不敢跟群众唱反调。”

“可是老兄，用什么罪名呢？”

“就挑最明显的一项，他们煽动其他世界的教士介入基地的党争。谢顿在上，那可是不法的举动。你就告发他们犯了‘危害国家安全罪’。他们控告我是另有所谋，我同样不在乎他们会不会被定罪。只要让他们暂时无法行动，直到我当上市长为止。”

“可是，离选举还有半年啊。”

“没多久了！”马洛站起来，使劲抓住杰尔的手臂。“听好，假如真有必要，我会以武力夺取政权——就像一百年前塞佛·哈定那样。另一个谢顿危机已经逼近，当危机来到时，我一定要成为市长兼首席教长。缺一不可！”

杰尔皱起眉头，轻声问道：“会有什么事情发生？科瑞尔还会惹麻烦吗？”

马洛点点头。“当然。他们终究会对基地宣战，不过我在赌他们还会再等两年。”

“他们会用核武星舰吗？”

“你想呢？我们有三艘太空商船在他们的星区失踪，不可能是被气枪击毁的。杰尔，科瑞尔直接从帝国取得星舰。别像傻瓜一样把嘴巴张那么大。没错，我说的就是那个银河帝国！你知道吗，它还存在。虽然银河外缘不再是帝国的势力范围，可是在银河的核心区域，帝国依然十分巩固。我们只要走错一步，帝国就可能直接打过来。所以我必须成为市长兼首席教长，只有我才知道如何应付这次的危机。”

杰尔硬邦邦地吞了一下口水。“怎么应付？你准备怎么做？”

“什么都不做。”

杰尔露出疑惑的笑容。“真的？就是这样？”

但是马洛回答得斩钉截铁。“等到我能够替基地当家做主，我什么都不要做，百分之百地无为而治，这正是渡过这次危机的秘诀。”

16

阿斯培·艾哥，万民拥戴的科瑞尔共和国领袖，正皱起稀疏的眉毛，露出卑微的表情迎接他的夫人。在这个国家，他自封的名号至少对一个人不适用，这点连他自己都很明白。

她说："我亲爱的主公，我知道，你终于对基地那些暴发户的命运有所决定。"她的声音与她的头发一般光润，与她的眼睛一样冷冽。

"是吗？"领袖不悦地说，"你的消息可真灵通，你究竟还知道些什么？"

"够多了，我尊贵无比的夫君。你如往常一样优柔寡断，又找了那些顾问官，开了一次咨商会议。真是了不起的顾问。"她以轻蔑至极的口吻说："一群口歪眼斜的白痴，把一点蝇头小利紧紧抱在皮包骨的怀里，竟然不怕令我父亲震怒。"

"亲爱的，"领袖故意以温和的口气回应，"到底是谁那么有本事，让你变得无所不知、无所不晓？"

领袖夫人干笑了一声。"假如我告诉你是谁，他自己的小命就保不住了。”

“好吧，你总是有你的办法。”领袖耸耸肩，别过头去。“至于会令你父亲不高兴，我倒十分害怕，怕他因此小气得不再提供星舰。”

“你还要星舰！”她激动得拼命吼道，“你不是已经有五艘了吗？别否认，我知道你已经有五艘，他还允诺要再给你一艘。”

“他去年就一直这么说。”

“但是任何一艘——只要一艘——就能将基地轰成一团碎石子。只要一艘！一艘，就能把他们的侏儒船舰一扫而光。”

“即使我有一打星舰，也不能去攻击他们的行星。”

“但是如果他们的贸易被摧毁，所有那些玩具、那些破烂都被毁掉，他们的世界还能再撑多久？”

“那些玩具和那些破烂都可以换钱，”他叹了一口气，“很多很多的钱。”

“可是如果你拿下基地，不就能拥有那里的一切吗？而你若能赢得我父亲的敬重和感激，难道不会得到比整个基地更多的东西吗？已经三年了——其实还不止——自从那个蛮子来这里表演魔术，到现在已经很久很久了。”

“亲爱的！”领袖又转过身来面对着她，“我年纪越来越大，身体越来越虚弱，没有精力忍受你的喋喋不休。你说知道我已经有了决定，好吧，我的确决定了。科瑞尔和基地的关系已经结束，两国马上就要开战了。”

“好！”领袖夫人眉开眼笑，神情振奋，“你活了这么一大把年纪，如今总算开窍了。一旦你成为一方之主，在帝国中就能取得重要的一席之地，会受到充分的敬重。而我们就有可能离开这个蛮荒世界，到总督府去谋个职位。我们真的做得到。”

她翩然离去，脸上带着微笑，一手叉着腰，黑发显得熠熠生光。

领袖静待她走远，才关上门破口大骂，声音充满恶毒与恨意。“当我真的成为你所谓的一方之主，就一定能得到足够的敬重，不必再忍受你父亲的傲慢自大，还有他女儿的伶牙俐齿。完全——不必！”

17

黑暗星云号的一位上尉，正万分恐惧地盯着显像板。

“我的银河啊！”这本来应该是一声狂啸，但他却是压低声音说的，“那是什么东西？”

那是一艘星际战舰，但是黑暗星云号与之相比，简直就像小虾米对大鲸鱼。在那艘巨型星舰的两侧，还能看到帝国的国徽“星舰与太阳”。黑暗星云号的每一个警报器，都发出疯狂的呜呜。

命令很快下达，黑暗星云号能逃就逃，逃不掉就奋力应战。与此同时，它的超波通讯室射出一束超波讯息，经由超空间向基地奔去。

这道讯息发射了一遍又一遍！虽然也有求救的成分，但主要还是在向基地示警。

18

侯伯·马洛一面不耐烦地踱步，一面翻阅手中许多份报告。当了两年市长，他变得比较能待在室内，比较温和圆滑，也比较有耐心。然而，他却始终没有培养出对政府公文的兴趣，一看到这些官样文章就头痛。

杰尔问：“我们损失多少艘星舰？”

“四艘困在地面，两艘目前下落不明，其余的据报都还平安。”马洛喃喃道，“我们应该做得更好，但这只不过是一点轻伤。”

没有听到对方答话，马洛抬起头来。“你在担心什么事吗？”

“我希望瑟特会过来。”杰尔几乎是答非所问。

“喔，对啊，我们可以让他再为我们上一堂内政课。”

“不，不要。”杰尔吼道，“马洛，你也太固执了。对外事务你事必躬亲，巨细靡遗，可是对于母星上发生的事，你却从来没有关心过。”

“嗯，那是你的差事吧？我任命你当教育兼宣传部长是干什么的？”

“照你这种合作态度，你的这项任命显然是想让我早日惨死。去年一整年，我在你耳边不停唠叨，提醒你注意瑟特和他的基本教义派，他们变得越来越危险。如果瑟特强行要求举行特别投票将你罢免，你的因应对策是什么？”

“我承认，根本没有对策。”

“而你昨晚的演说，等于是把这个选举恭敬地交到瑟特手上。你有必要做得那么直率吗？”

“难道我不是在抢瑟特的风头吗？”

“不，”杰尔激动地说，“你这样做不是在抢风头。你宣称预见了一切，却从未解释为何在过去三年间，你对科瑞尔实施的贸易政策让他们占尽便宜。你对这场战争的唯一战略，就是不战而退。你放弃了科瑞尔附近星区每一个贸易机会；你公开宣布战争进入胶着状态；你承诺不会主动出击，甚至将来也不会。银河啊，马洛，你要我怎么收拾残局？”

“这样做缺乏魅力吗？”

“缺乏对群众情绪的煽动力。”

“一回事嘛。”

“马洛，醒醒吧。你现在只有两条路，一是立刻公布一个强势的对外政策，姑且不论你私下如何盘算；另一条路，就是和瑟特达成某种程度的妥协。”

马洛回答说：“好吧，就当我做不到第一点，让我们试试第二个办法吧。瑟特也刚好到了。”

自从两年前那场审判结束后，瑟特与马洛就没有再碰过面。今天再度相遇，彼此察觉不出对方有任何改变，只是这次会面的微妙气氛，让人很清楚地感到情势早已主客易位。

瑟特没有跟马洛握手，直接坐下来。

马洛递给他一根雪茄，然后说：“不介意杰尔也留下吧？他十分渴望达成妥协。万一我俩过于激动，他还可以做个调停者。”

瑟特耸耸肩。“你的确很需要一个妥协方案。上次我曾经要求你提出自己的条件，我想如今情势刚好相反。”

“你想得很正确。”

“那么以下就是我的条件。你必须放弃那些愚蠢幼稚的对外政策，诸如经济贿赂、小型器具的贸易等，回归父老所制定并通过考验的传统政策。”

“你是说以宣教手段征服其他世界？”

“正是如此。”

“否则就没有妥协的余地？”

“绝对没有。”

“嗯——”马洛以极缓慢的动作点着雪茄，吸了一口，雪茄头立刻发出红光，“在哈定的时代，靠宣教来征服其他世界是个崭新且激进的手段，像你们这种人全都反对。如今，这个政策通过了考验，进而被神圣化——像你瑟特这样的人，就认为它每一方面都是好的。可是，请告诉我，你如何让我们脱出目前的困境？”

“你目前的困境，和我完全没有关系。”

“就照你的意思修正这个问题吧。”

“我们需要以强大的力量主动出击。你似乎对目前的胶着状态很满意，其实它有致命的危险。这样等于我们对外缘的所有世界示弱，然而在银河外缘这个星际丛林，最重要的生存之道就是展现实力。否则其他世界都会像秃鹰一样攻击我们，每个世界都希望能分一杯羹。你应该明白这点。你来自司密尔诺，对不对？”

马洛却故意忽略最后一句话的言外之意，他说：“即使你能击败科瑞尔，又要如何对付帝国？那才是我们真正的敌人。”

瑟特的嘴角用力扯出一丝笑容。“喔，不，你在访问西维纳的报告中写得很完整。诺曼星区的总督在外缘制造纠纷，纯粹是为了个人的考虑，但这只是枝节问题。当他周围有五十个虎视眈眈的强邻，又要筹划如何叛变帝国的时候，他绝对不会贸然派遣远征军到银河的边缘。这些都是摘录自你的报告。”

“喔，瑟特，你错了。如果他觉得我们强大到足以构成威胁，他就可能那么做。假使我们以主力做正面攻击，一举击溃科瑞尔，就会令他有这种感受。我们必须更迂回、更微妙才行。”

“比如说——”

马洛上身靠向椅背。“瑟特，我会给你机会。我不需要你，但能让你派上用场。所以我会告诉你一切的来龙去脉，然后由你自己决定是否和我合作，成为联合内阁的一员；不然你也可以扮演烈士，在监牢里度过余生。”

“以前你也用过这一套。”

“瑟特，当时我并没有尽全力，适当的时机才刚刚来临。现在听好。”马洛眯起双眼。

“那次我奉命到科瑞尔去，”马洛开始说，“我拿一些饰品和器具贿赂那位领袖，那些都是货舱中最普通的东西。我的本意，只是想藉此获得进入炼钢厂的机会。除此之外我并没有进一步的计划。但一切进行得很顺利，我看到了想看的东西。可是，直到我去帝国的一角探访过之后，才终于想到如何利用贸易作为一种武器。

“瑟特，目前我们正面临另一个谢顿危机。而谢顿危机绝不能靠个人来解决，必须仰赖历史的力量才行。当哈里·谢顿为我们规划未来的历史轨迹时，并未考虑到什么英雄豪杰，他寄望的是经济和社会的历史巨流。所以每一个不同的危机，都有不同的解决之道，端视当时我们手中有什么力量。

“而这一次——是贸易！”

瑟特狐疑地扬起眉毛，趁着马洛停顿的机会插嘴道：“我希望不是自己过于低能，但是你的演说实在有点含混不清。”

“你很快就会清楚的。”马洛答道，“想想看，直到目前为止，贸易的力量始终被人低估。过去，大家都以为必须有个受我们控制的教士阶级，才能使贸易成为威力强大的武器。事实却不然，这个发现可说是我对整个银河的贡献。没有教士的贸易！纯粹的贸易！它本身就威力无穷。让我们来讨论一个很简单而具体的例子。科瑞尔现在和我们交战，因此双方的贸易完全中断。然而——请注意，我把这个情况简化成一项个案来讨论——在过去三年间，科瑞尔的经济体系变得越来越仰赖核能科技，而这些科技都是我们引进的，也只有我们能提供维修服务。现在我们来假设一下，当那些微型核能发电机停摆了，而各种小器具也一个接一个失效时，究竟会发生些什么事？

“首先发生问题的是小型的家用核能装置。经过半年你所谓的胶着状态之后，主妇的核能削刀就失灵了。核能烤炉、洗衣机也停摆了。在炎热的夏天，温湿度调节器也罢工了。这会导致什么结果？”

马洛停下来等待对方回答。瑟特以平静的口吻说：“什么都不会。战争期间，人民会表现出充分的韧性和耐力。”

“说得很对。人民在战时会共体时艰，还会将自己的子弟一个个送去从军，忍心让他们惨死在被击毁的星舰中。他们不会屈服于敌人的空袭轰炸，即使必须躲藏在半英里深的掩体中，靠发霉的面包和馊水度日。话又说回来，假如没有什么迫在眉睫的危险，人民的爱国心就不会激发出来，小小的问题就会令人难以忍受。这会酿成一种胶着状态。没有任何的死伤、没有空袭，也没有真正的战争。

"会发生的变化，只是刀子再也切不动食物、炉子再也不能烹饪，而到了冬天，房间里就冷得要死。面对种种不便，人民势必发出怨言。"

瑟特以怀疑的口气慢慢说："老兄啊，这就是你所抱的希望吗？你究竟在指望什么？家庭主妇革命？农民暴动？卖肉和卖食品的小贩突然叛乱，拿着他们切肉和切面包的刀子，走上街头高喊：'还我自动超净核能洗衣机！'"

"不，瑟特兄。"马洛用不耐烦的口吻说，"我不是指这些。然而，我真正期待的，是这种普遍不满的情绪，会渐渐传染给更具影响力的人士。"

"谁又是更具影响力的人士？"

"例如科瑞尔境内的制造业者、工厂厂主、实业家等等。等到这种胶着状态持续两年，工厂里的机器就会一个接一个停摆。那些经过我们利用核能装置彻头彻尾改良过的工业，将在短期之内全部瘫痪。而重工业的大老板，会发现他们的机器一下子全部变成废铁。"

"马洛，在你去那里之前，他们的工厂也营运得很好。"

"没错，瑟特，当时的确如此——不过利润大约只有现在的十二分之一。即使忽略掉转换回非核能体系的成本，仍将是十二倍的衰退。当实业家、资本家，还有大多数的人民都对领袖极度不满时，那位领袖还能做多久？"

"他要再做多久都行，只要他能想到向帝国索取新的核能发电机。"

马洛开心地哈哈大笑。"瑟特，你搞错了，错得和领袖本人一样严重。你将所有的事都弄拧了，完全搞不清楚状况。请注意，老兄，帝国帮不上任何忙。因为帝国一直是个庞然大物，拥有几乎无穷无尽的资源。他们所考虑的每一个问题，都是以行星、星系、星区为单位；他们所制造的发电机也庞大无比，因为他们习惯了这样的思考模式。

“然而我们——我们，我们这个小小的基地，我们这个没有金属资源的单一世界——必须建立完全不同的体系。我们的发电机只有拇指大小，因为我们只有那么一点金属。我们不得不发展新的科技和新的方法——而这些都是帝国望尘莫及的，因为帝国整体的创造力已经消退，无法作出任何重大的科技进展。

“他们虽然有巨大的核能防护罩，足以保护一艘星舰、一座城市，甚至整个世界，却无论如何造不出个人用的防护罩。为了供给一座城市的光和热，他们使用六层楼高的发电机——我亲眼看到过——而我们的却能放在这个房间里。当我告诉一位帝国训练出的核能专家，说发电机能装进一个胡桃大小的铅盒中，他几乎气得当场窒息。

“没错，他们自己也不再了解那些庞大的怪物。一代又一代，所有的机器都全自动运作，连维修人员也是世袭的特权阶级。即使只是一根D型管烧坏了，那些人同样束手无策。

“这一场战争，其实是两种不同体系之战。基地体系对抗帝国体系，毫微体系对抗巨型体系。帝国控制一个世界的办法，是提供巨型星舰作为贿赂，它们是战场上的利器，却对国计民生没有任何意义。而我们刚好相反，我们专门以小玩意收买人心，这些东西在战场上当然没用，却是经济繁荣、工商发展所不可或缺的。

“对国王或领袖而言，他们宁愿选择星舰，甚至因而发动战争。在历史上，每一个独裁专制的统治者，都会以人民的福祉换取他们心目中的光荣和胜利。可是和广大民众有切身关系的，仍然只是那些小东西——因此两三年内，经济萧条会横扫科瑞尔共和国，而阿斯培·艾哥将无法再撑下去。”

瑟特此时来到窗前，背对着马洛与杰尔。现在已经是黄昏时分，在这个银河边缘的上空，有几颗星星吃力地眨着眼睛。在这些星光背后，则是朦胧的透镜状银河主体，帝国的残躯仍然蛰居其中，依旧势力强大，与基地隐隐遥相对峙。

瑟特说：“不，不该由你担任这个角色。”

“你不相信我的话？”

“我的意思是我不信任你，你是个油嘴滑舌的家伙。当初我派你去科瑞尔，以为将一切安排得天衣无缝，到头来还是被你耍了。在公审时，我以为你已是瓮中之鳖，你仍然有办法脱困，还利用群众的力量谋得市长的位子。你一点也不坦诚，你的每一项动机都另有用意，你的每一句话都有三重含义。

“假如你是叛徒，假如你去帝国时被金钱和权力收买了，你目前也正好会采取这些行动。你会把敌人养肥了再开战，你会迫使基地坐以待毙。你对每件事都会提出花言巧语的解释，每个人都会被你唬住。”

“你的意思是，没有妥协的余地了？”马洛温和地问。

“我的意思是你必须下台，不论是辞职还是被赶走。”

“不跟我合作的唯一下场，我刚才已经警告过你。”

瑟特突然万分激动，满脸涨得通红。“司密尔诺来的侯伯·马洛，我也警告你，如果你逮捕我，就等于自掘坟墓。我的人立刻会到处宣扬你的底细，基地民众则会团结起来反抗你这个外来统治者。我们对基地的命运有一种自觉，绝非你们司密尔诺人所能了解——这种自觉足以将你摧毁。”

侯伯·马洛对走进来的两名警卫轻声道：“把他带走，他被捕了。”

瑟特说："这是你最后的机会。"

马洛并没有抬起头来，只是自顾自将雪茄捻熄。

五分钟之后，杰尔才忧心忡忡、有气无力地说："好了，你已经制造了一名烈士，接下来怎么办？"

马洛这才停止拨弄烟灰缸，抬起头来。"这不是我所认识的瑟特，他简直像一头被刺瞎的蛮牛。银河啊，他可真恨我呢。"

"这会使得他更危险。"

"更危险？胡说八道！他已经完全失去判断力。"

杰尔绷着脸说："马洛，你实在过度自信了。你忽略了群众造反的可能性。"

马洛抬起头，也绷起了脸。"杰尔，我只说一次，绝对不可能有群众造反。"

"你实在太过自信！"

"我是对谢顿危机，以及解决之道的历史合理性——内在和外在皆然——具有充分的信心。有些事我刚才并没有告诉瑟特。他试图仿照他控制其他世界的方法，用宗教的力量控制基地本身，结果失败了——这就明确表示在谢顿计划中，宗教已经功成身退。

"经济的力量却完全不同。套用塞佛·哈定著名的警语，它对敌我双方一视同仁。假如科瑞尔由于和我们贸易而变得繁荣，我们自己的经济也会一并受惠。反之，假如因为和我们贸易中断而使科瑞尔的工厂倒闭，其他世界又因为贸易孤立而萧条，我们的工厂同样会关门，基地也会因而陷入不景气。

"如今所有的工厂、贸易中心、运输航线等等，无一不在我的管辖之下，倘若瑟特试图进行革命宣传，我绝对不能缩头不管。假使他的宣传手段成功了，哪怕只是看起来似乎会成功，我保证会让这里的繁荣毁掉。反之如果他失败了，我的工厂就能保持全线开工，繁荣就能持续下去。

“我既然相信科瑞尔的人民会为了追求繁荣而爆发革命，基于同样的理由，我相信我们的人民绝不想把繁荣毁掉。这出戏的结局大致就是这个样子。”

“照你这么说，”杰尔道，“你正在建立一种财阀政治。你要把我们这里变成行商和商业王侯的乐园。这样下去，将来会变成什么局面？”

马洛扬起板着的脸孔，厉声吼道：“未来关我什么事？谢顿必定早已预见，也早就准备好锦囊妙计。当金钱的力量像如今的宗教一样过气时，自然还会有其他危机出现。我已经解决了当前的难题，再有新的问题，就留给那些继任者吧。”

科瑞尔：……经过三年有史以来战事最少的战争，科瑞尔共和国终于无条件投降。侯伯·马洛因此成为继哈里·谢顿与塞佛·哈定之后，基地人民心目中的第三位英雄。

——《银河百科全书》

阿西莫夫
银河帝国系列

基地系列

银河帝国：基地（Foundation）

银河帝国2：基地与帝国（Foundation and Empire）

银河帝国3：第二基地（Second Foundation）

银河帝国4：基地前奏（Prelude to Foundation）

银河帝国5：迈向基地（Forward the Foundation）

银河帝国6：基地边缘（Foundation's Edge）

银河帝国7：基地与地球（Foundation and Earth）

机器人系列

银河帝国8：我，机器人（I, Robot）

银河帝国9：钢穴（The Caves of Steel）

银河帝国10：裸阳（The Naked Sun）

银河帝国11：曙光中的机器人（The Robots of Dawn）

银河帝国12：机器人与帝国（Robots and Empire）

帝国系列

银河帝国13：繁星若尘（The Stars, Like Dust）

银河帝国14：星空暗流（The Currents of Space）

银河帝国15：苍穹一粟（Pebble in the Sky）

图书在版编目（CIP）数据

基地 /（美）阿西莫夫 (Asimov,I.) 著；叶李华译
.—— 南京：江苏凤凰文艺出版社，2015（2025.9 重印）
（银河帝国 . 基地七部曲）
书名原文：Foundation
ISBN 978-7-5399-8335-6

Ⅰ . ①基… Ⅱ . ①阿… ②叶… Ⅲ . ①长篇小说 – 美国 – 现代 Ⅳ . ① I712.45

中国版本图书馆 CIP 数据核字 (2015) 第 097194 号

基地

［美］艾萨克 · 阿西莫夫 著　　叶李华 译

责任编辑	丁小卉
特约编辑	朱亦红　许姗姗
封面设计	李子琪
责任印制	刘　巍
出版发行	江苏凤凰文艺出版社
	南京市中央路 165 号，邮编：210009
网　　址	http://www.jswenyi.com
印　　刷	三河市龙大印装有限公司
开　　本	890 毫米 ×1270 毫米 1/32
印　　张	9
字　　数	208 千字
版　　次	2015 年 9 月第 1 版
印　　次	2025 年 9 月第 16 次印刷
标准书号	ISBN 978 – 7 – 5399 – 8335 – 6
定　　价	378.00 元（全 7 册）

江苏凤凰文艺版图书凡印刷、装订错误，可向出版社调换，联系电话：010-87681002。

读客科幻文库

跟着读客读科幻，经典科幻全看遍。

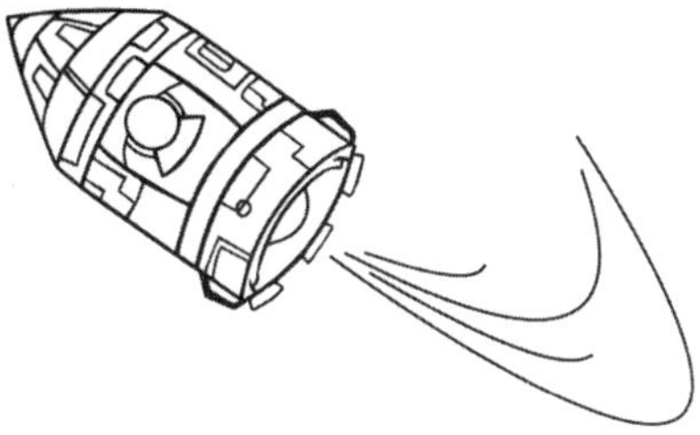

FOUNDATION AND EARTH

银河帝国

7 基地与地球

[美]艾萨克·阿西莫夫 著
叶李华 译

江苏凤凰文艺出版社
JIANGSU PHOENIX LITERATURE AND ART PUBLISHING

目　录

“基地”背后的故事

1941年8月1日，我还是个二十一岁的小伙子，正在哥伦比亚大学化学研究所准备攻读博士，同时已经正式当了三年的科幻作家。那天，我赶着去见《惊奇故事》的主编约翰·坎贝尔，当时该刊已经登过我的五篇小说。我急着见他，是因为我有了一个崭新的科幻点子。

这个点子，是撰写一部发生于未来的历史小说，描述银河帝国衰落的始末。想必我的兴奋有感染力，因为坎贝尔很快变得和我一样兴奋。他告诉我，别把这个题材写成短篇，应该写成系列故事，把第一银河帝国衰亡和第二银河帝国兴起之间的一千年动荡期，作一个概括性的完整叙述。坎贝尔还和我共同发明出“心理史学”这门虚构的科学，作为这段黑暗时期唯一的明灯。

这个系列的第一个故事，发表于《惊奇故事》1942年5月号，第二个故事则于次月刊出，立刻变得很受欢迎。于是在坎贝尔的监督鼓励之下，我在1940年代总共为这个系列写了八个故事。而且故事愈写愈长，第一篇只有一万二千（英文）字，倒数第三篇以及最后一篇则各有五万字。

到了1950年代，我对这个系列逐渐厌倦，于是将它搁下来，开始创作其他的题材。然而，就在那个时候，许多出版社不约而同开始出版精装本的科幻小说。其中，一家小型且业余色彩颇浓的“格言出版社”（Gnome Press）以三本书的方式，出版了上述的基地系列，分别是《基地》（1951年）、《基地与帝国》（1952年）以及《第二基地》（1953年）。后来，这三本书便合称为“基地三部曲”。

这套书并未卖得太好，因为格言出版社欠缺宣传和行销的资金，所以我从未拿到任何版税或对账单。

后来，由于我和“双日出版社”合作愉快，1961年初，双日的编辑提摩太·谢德斯告诉我，国外有一家出版社，找他们接洽基地系列的翻译授权。但是这套书并不属于双日出版社所有，所以他将那封信转给我。我耸了耸肩，答道:“我没兴趣，这套书从没为我赚过任何版税。”

谢德斯吓坏了，马上着手向（当时已经奄奄一息的）格言出版社购买这套书的版权。同年八月份，基地三部曲（加上《我，机器人》）就变成了双日出版社的财产。

从那时候开始，基地系列才终于扬眉吐气，为我带来愈来愈多的版税。双日出版社将这套三部曲合订成一大册，透过“科幻书俱乐部”这个管道销售。这样一来，基地系列很快就变得家喻户晓。

1966年，一年一度的“世界科幻大会”于克利夫兰举行。会中，科幻迷要投票选出“历年最佳系列小说”，当作雨果奖的奖项之一。那是雨果奖有史以来第一次（也是至今最后一次）包含这样一个奖项。最后，基地三部曲赢得这项殊荣，使它的知名度更加锦上添花。

过去许多年来，有愈来愈多的书迷要求我续写这个系列，但是我都婉拒了。话说回来，我仍然十分高兴知道，那些比基地系列年龄还小的读者，竟然也会迷上这套书。

然而，面对这些声浪，双日出版社的态度远比我严肃得多。虽然有整整二十年的时间，双日一直尊重我的意愿，可是随着千呼万唤与日俱增，他们终于丧失了耐心。1981年，双日直截了当告诉我，无论如何要再写出一部基地小说。为了让这个要求更具吸引力，合约上所注明的预付金，十倍于我通常的价码。

我提心吊胆地答应下来。当时，距离我完成上一个基地故事，已经过了三十二个年头。而我这次奉命要写十四万字，两倍于三部曲的任何一部——即使其中最长的单篇故事，字数也只有这本书的三分之一。于是，我重读了一遍基地三部曲，深深吸了一口气，便一头钻进这个写作计划里。

1982年10月，基地系列的第四本书《基地边缘》终于出版，随即发生一件非常奇怪的事，它立刻登上《纽约时报》畅销书排行榜。事实上，这本书在该排行榜停留了二十五周，令我万分惊讶。在此之前，这种事从未发生在我身上。

双日出版社立即找我再签下几本小说的合约，不久，我就为另一个系列（机器人长篇）再多写了两本书。然后，是该重回基地怀抱的时候了。

因此，我写成了你手中这本《基地与地球》，它的故事紧接着《基地边缘》。读者诸君若能先复习一下《基地边缘》，对于阅读本书或许有些帮助，但其实也大可不必，因为《基地与地球》是个独立的故事。最后我要说，希望你会喜欢这本书。

艾萨克·阿西莫夫

1986年于纽约市

第一篇

盖娅

第一章
寻找开始

01

“我为什么这样做？”葛兰·崔维兹喃喃自问。

这是个老问题了，自从来到盖娅后，他就时常这样问自己。在凉爽的夜晚，他有时会从甜美的睡梦中惊醒，感到这个问题像个小鼓似的，在他心中无声地敲着：我为什么这样做？我为什么这样做？

不过直到现在，他才终于下定决心来问杜姆——盖娅上的一位老者。

杜姆很清楚崔维兹的焦虑，因为他能感知这位议员的心灵结构。但他未曾作出任何回应，因为盖娅绝对不能触碰崔维兹的心灵，而抵抗这个诱惑最好的办法，就是狠下心来漠视自己所感知的一切。

“你指的是什么，崔？”杜姆问道。他在交谈时很难不用简称，不过没关系，反正崔维兹也逐渐习惯了。

“我所作的那个决定，”崔维兹答道，“选择盖娅当作未来的蓝图。”

“你这么做是正确的。”杜姆坐在那里，一面说一面抬起头来，一双深陷的老眼凝视着这位站在面前的基地客人。

“你是说我做对了？”崔维兹不耐烦地说。

“我／们／盖娅知道你不会犯错，这正是我们重视你的原因。你具有一项特殊的本领，能在资料不全的情况下作出正确决定，而你也已经作出决定，选择了盖娅！你否决了植基于第一基地科技的银河帝国，也否决了以第二基地的精神力学所建立的银河帝国，因为两者皆无异于无政府状态，你判断它们无法长治久安，所以你选择了盖娅。”

“没错，”崔维兹说，“正是如此！我选择了盖娅，一个超级生命体，整个行星共享同一个心灵以及共同的个性，所以必须发明‘我／们／盖娅’这种代名词，来表达一种根本无法表达的概念。”他一面说，一面不停地来回踱步，“而最后它会发展成盖娅星系，一个涵盖整个银河的超特级生命体。”

他突然停下脚步，近乎无礼地猛然转向杜姆，继续说道：“我跟你一样，也觉得自己是对的。但你是一心盼望盖娅星系的来临，所以对这个决定十分满意。然而，我并非全心全意欢迎它，因此无法轻易相信这是个正确决定。我想知道自己为何作出这个抉择，想要好好衡量和鉴定一下它的正确性，然后我才会满意。对我而言，光凭感觉认定是不够的。我又怎么知道自己是对的？究竟是什么机制使我作出正确的选择？”

“我／们／盖娅也不了解你是如何作出正确决定的。既然已经有了决定，难道一定要知道原因吗？”

“你代表整个行星发言吗？你代表了每一滴露珠、每一颗小石子，甚至这颗行星的液态核心所构成的共同意识？”

“没错。而且不仅是我，在这颗行星上，凡是共同意识够强的部分，都能像我这样做。”

“那么，是否整个共同意识都乐意把我当黑盒子？只要这个黑盒子能起作用，就不需要再去细究内部？我可不接受这一套，我绝不喜欢当黑盒子。我想知道这里面有何玄机，想知道自己究竟是如何以及为何选择盖娅和盖娅星系当作人类的发展方向，唯有这样我才能心安理得。”

“可是你为何这么不喜欢，或者说不信赖自己所作的决定呢？”

崔维兹深深吸了一口气，以低沉有力的声音缓缓说道：“因为这个超级生命体为了整体的利益，随时可能将我抛弃，我不想变成这样可有可无的一分子。”

杜姆若有所思地望着崔维兹。“那么，你想改变自己的决定吗，崔？你知道的，你可以这么做。”

“我十分希望能改变这个决定，但我不能仅凭个人好恶行事。在有所行动之前，我必须知道这个决定是对是错，单凭感觉判断是不够的。”

“如果你觉得正确，那就错不了。”杜姆缓慢而温和的声音一直没有任何变化，与崔维兹内心的激动恰成强烈对比，令崔维兹更加心乱如麻。

在直觉与理智间摆荡多时之后，崔维兹终于挣脱这个无解的困局，以微弱的声音说：“我一定要找到地球。”

“因为它和你迫切想要知道的答案有关？”

“因为它是另一个令我寝食难安的问题，而且我觉得两者之间一定有关联。我不是一个黑盒子吗？既然我觉得这两者有关，难道还不足以说服你接受这个事实？”

“或许吧。”杜姆以平静的口吻说。

“就算已经有数千年——甚至可能长达两万年——银河中不再有人关心地球，但我们怎么可能完全忘却这颗起源行星呢？”

“两万年的时间太久了，不是你所能理解的。关于帝国早期，我们所知极其有限，很多几乎可以肯定是虚构的传说，我们却一而再、再而三地传诵，甚至完全采信，因为实在找不到其他资料。而地球的历史要比帝国更为久远。”

“可是一定有些记录流传下来。我的好友裴洛拉特专门搜集有关早期地球的神话传说，任何可能的资料来源都不放过。那是他的工作，更是他的兴趣。不过有关地球的资料，却也只有神话和传说流传下来，如今已找不到任何确实的记载或文献。”

“两万年前的文献？任何东西都会由于保存不当或是战祸，因而腐朽、变坏和损毁。”

“可是总该有些相关的记录，例如副本、副本的誊本、副本的誊本的拷贝，这类资料没有那么陈旧，但一样有用，却也全都被清光了。川陀的银河图书馆理应保有地球的相关文献，事实上，这些文献在其他可考的史料里也曾提及，可是在银河图书馆中却找不到了。提到这些文献的资料也许还在，但所有的引文全部失踪。”

“你应该还记得，川陀在几世纪前经历过一次浩劫。”

“银河图书馆却安然无恙，第二基地人员将它保护得很好。不久以前，正是第二基地的成员发现地球的相关资料不翼而飞，那些资料是最近才被刻意移走的。为什么呢？”崔维兹停下脚步，目不转睛地瞪着杜姆。“如果我能找到地球，就能找出它在隐藏什么——”

“隐藏？”

“隐藏也好，被隐藏也罢。我有一种感觉，一旦让我解开这个谜，我就能知道当初为何舍弃个体的独立性，选择盖娅和盖娅星系。届时，我想，我会真正明白自己的抉择为何正确，不再只是感觉而已。而如果我是对的——”他无奈地耸起肩膀，“就让它继续吧。”

“如果你真有这种感觉，”杜姆说，“而且觉得必须寻觅地球，那么，我们当然会尽全力帮助你。不过，我们能提供的协助实在有限。譬如说，我／们／盖娅并不知道，在由数不清的世界所构成的浩渺银河中，地球到底位于哪个角落。”

“纵使如此，”崔维兹说，“我也一定要去寻找——就算无尽的星辰令我的探寻希望渺茫，就算我必须单枪匹马。”

02

崔维兹置身盖娅宜人的环境中。这里的温度总是令人感到舒畅，快活流动的空气清爽而无寒意。天空飘浮着几朵云彩，偶尔会将阳光遮蔽一下。如果户外某处的水汽密度下降太多，立刻会有一场及时雨来适时补充。

此地树木生长得十分整齐，好像一座果树园，而整个盖娅想必都是如此。无论陆地上或海洋里的动植物，都维持着适当的数量与种类，以保持良好的生态平衡。当然，各类生物的数量只会在“最适度”附近小幅摆荡，甚至人类的繁衍也不例外。

崔维兹目力所及，唯一显得与周遭物件无法协调的，就是他那艘名为远星号的太空艇。

盖娅的数名人类成员已将远星号清理得干干净净，并完成了各项保养，工作做得又快又好。太空艇添置了充足的食物与饮料，该换的陈设一律更新，机件的功能也重新检验过，崔维兹还亲自将电脑仔细检查了一遍。

这艘太空艇是基地少数几艘重力驱动的航具之一，它从银河各处的重力场抽取能源，因此不必添加任何燃料。银河重力场蕴含的能量简直无穷无尽，即使所有的舰队全靠它驱动，直到人类不再存在的那一天，重力场的强度也几乎不会减少。

三个月前，崔维兹还是端点星的议员。换句话说，他曾经是基地立法机构的一员，就职权而论，可算是银河中一位重要人物。这只是三个月前的事吗？他感觉好像是十六年前，也就是他半辈子之前的经历。那时，他唯一关心的就是伟大的“谢顿计划”是否真有其事；是否真有个预先规划好的蓝图，可以让基地从一个星球村，慢慢攀升为银河中最大的势力。

就某些方面而言，变化其实不算大。他仍旧具有议员的身份，原来的地位与特权依然不变。不过他相信，自己绝不会再回到端点星，去重拾往日的地位与特权。虽然他与盖娅的小规模秩序格格不入，但同样无法适应基地庞大的混乱局面。银河虽大，却没有他立足之处，不论走到哪里，他都像个孤儿。

崔维兹紧缩下颚，愤怒地将手指插进一头黑发中。现在不是长吁短叹的时候，当务之急是要找到地球。假如寻找有了结果之后，自己尚能全身而退，还有的是时间坐下来慢慢哭泣。或许，那时会有更好的理由这样做。

毅然硬起了心肠后，他的思绪开始飘回过去——

三个月前，他与那位博学而天真的学者詹诺夫·裴洛拉特从端点星出发。裴洛拉特受到满腔怀古幽情的驱使，一心一意想要发掘失落已久的地球遗址。崔维兹则利用裴洛拉特的探索当作掩饰，以便寻找自己心中的目标。结果他们并未找到地球，却意外地发现了盖娅，崔维兹还懵懵懂懂地被迫作出一个重大决定。

现在，情况有了一百八十度的改变——换成崔维兹决心要寻找地球。

至于裴洛拉特，他也有意外收获。他遇到了宝绮思，一位黑头发、黑眼珠的年轻女子。宝绮思就是盖娅，其实杜姆也是——甚至身边的一粒沙、一根草，也全都等同于盖娅。即将迈入晚年的裴洛拉特，怀着这个年纪所特有的激情，和年纪小他一半有余的宝绮思坠入情网。说来也真奇怪，宝绮思这个年轻女郎，对年龄的差距似乎毫不在意。

奇怪归奇怪，但裴洛拉特的确很快乐，令崔维兹不得不承认，每个人有每个人找寻快乐的方式，这也正是独立个体的特点之一。但在崔维兹所选择的银河中，个体的独立性（若干时日之后）将遭到摒弃。

想到这里，莫名的痛楚再度浮现。当初自己出于无奈所作的抉择，无时无刻不是心头的重担，而且……

“葛兰！”

一声叫唤闯入崔维兹的思绪，他抬起头，朝着阳光射来的方向望去，眼睛不停眨动。

“啊，詹诺夫。”他用热诚的声音答道——热诚得有些过分，因为他不想让裴洛拉特猜到自己的苦闷，甚至还努力装出高兴的样子。“看得出你费了好大的劲，才勉强离开了宝绮思。”

裴洛拉特摇了摇头，摇乱了他那头丝一般的白发，而他那又长又严肃的面容，或许再也没有比现在更长、更严肃的时候了。“事实上，老弟，是她建议我来找你的……来……来讨论一件我想讨论的事情。当然，这并不代表我自己不想找你，而是她似乎比我先想到这件事。”

崔维兹微微一笑。“没关系，詹诺夫。我想，你是来跟我道别的。”

“喔，不，并不尽然。事实上，几乎可说刚好相反。葛兰，当我们，你和我，刚离开端点星的时候，我的目的是要寻找地球。我成年之后，几乎把所有的时间都花在这个工作上。”

“我会继续的，詹诺夫，这个工作现在是我的了。”

“没错，但也是我的，仍然还是我的工作。”

“可是——”崔维兹举起手臂比了比，好像指着周遭的一切。

裴洛拉特猛然吸了一口气。“我要跟你一道去。”

崔维兹着实吓了一跳。“你这话不可能当真吧，詹诺夫，你现在已拥有盖娅。”

“将来我还会回到盖娅的怀抱，可是我不能让你一个人去。”

“当然可以，我能照顾自己。”

“你别生气，葛兰，但是你知道得不够多。而我却知道很多神话和传说，我可以指导你。”

“你要离开宝绮思？别开玩笑了。”

裴洛拉特突然双颊泛红。“我并不想那样做，老弟，可是她说……”

崔维兹皱起了眉头。“是不是她想甩掉你，詹诺夫？她答应过我……”

“不是，你不了解，请听我说下去，葛兰。你实在有个坏毛病，事情没弄清楚就急着下结论。我知道，这是你的特长，而我又好像总是无法把自己的意思表达清楚。可是……”

“好吧，”崔维兹的口气缓和下来，“请告诉我宝绮思她心里究竟想些什么，随便你用什么方式说，我保证会非常有耐心。”

“谢谢你，只要你有耐心，我想我马上就能讲清楚。你可知道，宝绮思也要去。”

“宝绮思也要去？”崔维兹说，“不行，我又要爆发了。好，我不发作，告诉我，詹诺夫，为什么宝绮思想要一起去？我是用很冷静的口气在问你。”

“她没说，只说她想跟你谈谈。”

“那她为什么没来，啊？”

裴洛拉特答道：“我想，我是说我猜想，她多少有点认为你不喜欢她，葛兰，所以有些不愿接近你。老友，我已经尽力向她保证，说你对她完全没有敌意。我相信任何人见到她，都只会对她产生无比的好感。然而，这么说吧，她还是要我来跟你提这档子事。我能不能告诉她，说你愿意见她，葛兰？”

“当然可以，我现在马上去见她。”

“你会讲理吧？你是知道的，老友，她多少有点紧张。她说这件事很要紧，她一定要跟你去。”

“她没有告诉你原因吗？”

“没有，但如果她认为非去不可，盖娅也一定非去不可。”

“这就代表我无法拒绝，对不对，詹诺夫？”

“没错，我想你无法拒绝，葛兰。”

03

在崔维兹暂住盖娅的短暂时日中，这是他第一次造访宝绮思的住处——现在这里也是裴洛拉特的窝。

崔维兹四处浏览了一下。在盖娅上，房舍的结构都显得很简单。既然几乎没有任何不良气候，既然这个特殊纬度的气温常年适中，既然连地壳板块在必须滑动时，也都晓得平稳地慢慢滑，因此并没有必要给房舍添加过多的保护功能，也不必刻意营造一个舒适的环境，将不舒适的大环境隔绝在外。换句话说，整个行星就像一幢大屋子，容纳着其上所有的居民。

在这座星球屋中，宝绮思的房子是一栋不起眼的小建筑，窗户上只有纱窗而没有玻璃，家具也相当少，但优雅而实用。四周墙上挂着一些全息像，有不少都是裴洛拉特的，其中一张表情显得既惊愕又害羞。崔维兹看了忍不住咧开嘴，但他尽量不让笑意显现，索性低下头来仔细调整宽腰带。

宝绮思凝视着他。她不像平常那样面带微笑，而是显得有些严肃，一双美丽的眼睛张得很大，微鬈的黑发披在肩上，像是一道黑色的波浪。只有涂着淡淡口红的丰唇，为她的脸庞带来一丝血色。

“谢谢你来见我，崔。”

“詹诺夫显得很着急，宝绮思奴比雅蕊拉。”

宝绮思浅浅一笑。“答得妙。如果你愿意叫我宝绮思，这是个很不错的简称，那么我也愿意试着以全名称呼你，崔维兹。”最后两个字她说得有点结巴，但几乎听不出来。

崔维兹举起右手。“这是个好主意。我知道盖娅人平常在交换讯息时，习惯用简称来称呼对方，所以你如果偶尔称呼我‘崔’，我并不会介意。不过，我更喜欢你尽可能试着叫我崔维兹，而我会称呼你宝绮思。”

如同以往每次碰面一样，崔维兹又仔细打量她。就个体而言，她是个二十出头的妙龄女郎，然而身为盖娅的一部分，她已经有好几千岁。这点从外表虽然看不出来，但有时她说话的方式，以及环绕在她身边的气氛，还是多少会显现出差异。他希望一切众生都变成这样吗？不，当然不！可是——

宝绮思说：“让我开门见山，你曾强调想要找到地球——”

“我只跟杜姆提过。”崔维兹决定为自己的观点力争到底，绝不轻易向盖娅让步。

“我知道，但是你跟杜姆说话的时候，同时也在跟盖娅以及其中每一部分说话，譬如说，就等于在跟我说话。”

“我说的话你都听到了？”

“没有，因为我并未仔细倾听。不过事后我如果集中注意力，有办法记起你说的每句话。请你相信这点，以便我们回到原来的话题——你曾强调想要找到地球，并且坚持这件事极为重要。虽然我看不出其中的重要性，可是既然你天赋异禀，能够作出正确判断，我／们／盖娅就必须接受你的说法。如果这项任务和你选择盖娅有着重大关联，那么盖娅也会认为它是件极重要的任务，因此盖娅必须跟你一道去，即使只是为了试图保护你。”

“你说盖娅必须跟我一道去，意思就是你自己必须跟我去，我说得对不对？”

“我就是盖娅。”宝绮思干脆地答道。

“在这颗行星上的一切，每样东西都是盖娅，那么为何是你呢？为何不是盖娅的其他部分？”

“因为裴希望跟你去，如果他去了，他不会喜欢盖娅的其他部分同行，只有我跟去，他才会开心。”

裴洛拉特原本一言不发坐在角落的椅子上（崔维兹注意到，他刚好背对着墙上自己的相片），此时他轻声说道：“这是实话，葛兰，我的盖娅就是宝绮思。”

宝绮思突然露出微笑。“你这么想可真令我兴奋。当然，这种说法相当新奇。”

“嗯，让我想一想。”崔维兹双手放在后脑勺，将椅子向后倾，细瘦的椅腿随即嘎嘎作响。他立刻发觉这张椅子没那么坚固，不能让他玩这种游戏，赶紧让四只椅腿回复原位。“如果你离开盖娅，你还会不会是它的一部分？”

“不一定需要。举例来说，假如我有受重伤的危险，或是有其他特殊理由，我可以把自己孤立起来，这样一来，我受到的伤害就不会连累盖娅。但这仅限于紧急状况，通常我都是盖娅的一部分。”

“即使在我们进行超空间跃迁的时候？”

“即使是那时候，只不过情形比较复杂。”

“我总觉得有点不太对劲。”

“为什么？”

崔维兹皱起鼻子，仿佛闻到什么怪味。“这就代表说，在太空艇中的一言一行，只要给你听到看到，就等于被所有的盖娅听到看到。”

“我就是盖娅，因此我所看到、听到、感觉到的一切，盖娅都看得到、听得到、感觉得到。”

“一点也没错，连那道墙也看得到、听得到、感觉得到。”

宝绮思望了望他所指的那堵墙，耸了耸肩。“对，那道墙也可以。它只具有极微小的意识，所以只有极微小的感觉和理解力。可是我想，比如我们现在说的这些话，也会导致它产生某种次原子尺度的移位，让它更能和盖娅融为一体，而更加造福这个大我。”

“可是如果我希望保有隐私呢？我也许不想让这道墙知晓我在说什么或做什么。”

宝绮思显得很恼火，裴洛拉特赶紧插嘴道：“你知道的，葛兰，我本来不想多嘴，因为我对盖娅的了解显然有限。不过，这阵子我都和宝绮思在一起，多少能作些推断。这么说吧，如果你走在端点星的人群中，你会看到和听到很多事情，也会记得其中一部分。事后，在适当的大脑刺激下，你甚至可能全部记起来，可是这些事你大多不会注意，会随看随忘。即使某个感性的场面吸引了你的目光，即使你觉得有趣，然而如果素昧平生，如果事不关己，你会看过就算，你会很快忘掉。盖娅的情形也一定如此，即使整个盖娅都对你的举动了若指掌，却不代表盖娅一定在乎——这样说对不对，宝绮思吾爱？”

“我从未这样想过，裴，但你的说法的确有些道理。然而，崔——我是说崔维兹——所说的隐私，在我们眼中一点价值也没有。事实上，我／们／盖娅感到难以理解——不想成为整体的一部分，不让自己的声音被人听到，不让自己的行动曝光，不让自己的思想被他人感知——”宝绮思使劲摇了摇头，“我刚才说，在紧急状况下，我们可以让自己和盖娅隔绝，可是谁会想要那样活着，哪怕只有一个钟头？”

“我就想要，”崔维兹说，“这就是我必须找到地球的原因。

我想知道究竟是什么特殊理由——如果真有的话——促使我为人类的未来选择了这么可怕的命运。”

“这并不是可怕的命运，不过我们别再争论这个问题了。我跟你一起去，不是要去监视你，而是以朋友的身份帮助你；盖娅跟你同行，也不是要监视你，而是以朋友的身份帮助你。”

崔维兹以阴郁的口吻说：“盖娅如果想帮我，最好的办法就是领我到地球去。”

宝绮思缓缓摇了摇头。“盖娅并不知道地球的位置，这点杜姆已经告诉过你。”

“这点我可不大相信。无论如何，你们一定有些记录，但我来到盖娅之后，为什么从未看到任何记录？即使盖娅真的不知道地球的位置，我也有可能从那些记录中，找到一些蛛丝马迹。我对银河相当熟悉，绝对要比盖娅在这方面的知识更丰富，我可能有办法从你们的记录中，解读出或许连盖娅也不完全了解的线索。”

“你指的是什么样的记录，崔维兹？”

“任何记录，书籍、影片、录音、全息相片、工艺制品等等，只要你们有的都好。自从来到盖娅，直到目前为止，我还没发现什么可称之为记录的东西——你呢，詹诺夫？”

“没有，”裴洛拉特以迟疑的口气说，“但我并未认真找过。”

“我找过了，暗地里找的。”崔维兹说，“而我什么都没看到，什么都没有！我唯一能想到的答案，是有人故意将那些记录藏了起来。我很纳闷，这是为什么呢？你能不能告诉我？”

宝绮思皱起细嫩光滑的前额，显出很讶异的样子。“你以前怎么不问呢？我／们／盖娅不会隐藏什么，我们也从来不说谎。一个孤立体——孤立的个体——可能会说谎，因为他是有限的，所以他会感到恐惧。然而，盖娅是个具有强大心灵力量的行星级生命体，根本就没什么好怕的，因此盖娅完全不需要说谎，或是杜撰一些与事实不符的陈述。”

崔维兹嗤之以鼻。“那么为何刻意不让我见到任何记录？给我一个说得通的理由。”

“当然可以，”她伸出双手并摊开手掌，“因为我们根本没有任何记录。”

04

裴洛拉特首先回过神来，他似乎没有崔维兹那么吃惊。

“亲爱的，”他温柔地说，“这实在不大可能，任何像样的文明都不会没有任何记录。”

宝绮思扬起一对柳眉。“这点我了解，我只是说我们没有崔——崔维兹所说的或想找的那些记录。我／们／盖娅没有任何种类的手稿、印刷品、影片或电脑资料库，完全没有。我们甚至没有石刻文物。既然这些东西通通不存在，崔维兹自然什么也找不到。”

崔维兹问道：“如果你们没有任何我所谓的记录，请问你们到底有些什么？”

宝绮思一个字一个字说得很仔细，仿佛跟小孩子说话一样。“我／们／盖娅有一组记忆，我都记得。”

"你都记得些什么？"崔维兹问。

"每一件事。"

"你记得所有的参考资料？"

"当然。"

"前后多长时间？能延伸到多少年前？"

"能延伸到无限久远。"

"你是说包括了历史、传记、地理以及科学的资料？甚至地方上的里巷之谈？"

"包括任何资料。"

"通通装在这个小脑袋里？"崔维兹以嘲讽的动作，指着宝绮思右侧的太阳穴。

"并不尽然，"她答道，"盖娅的记忆并不仅限于我头颅中的成分。听着——"此时她的神情变得十分庄重，甚至有些严肃；现在的她不只是宝绮思，同时也是盖娅其他单位的混合体，"在有历史记载之前，人类一定有过一段原始时期，当时的人类虽然也有记忆，可是根本不会说话。后来人类发明了语言，作为表达记忆的工具，记忆才能在人与人之间流传。为了记录各种记忆，并将它们一代一代传下去，文字终于应运而生。从此以后，科技发展都是为了创造更多传递和储存记忆的空间，并且尽量简化取得某项资料的手续。然而，当所有的个体都融合成盖娅之后，那些发展就全部过时了。我们可以重新回归最原始的记忆，也就是最基本的记录保存系统，你明白了吗？"

崔维兹说："你的意思是，盖娅上所有头脑的总和，能比单一头脑记得更多的资料？"

"当然。"

"假如盖娅把所有的记录散布在行星级记忆中，这对身为盖娅一部分的你，又有什么好处呢？”

“好处应有尽有。我想知道的任何资料，都一定储存在某人或某些人心灵中。如果是非常基本的资料，例如‘椅子’这两个字的意思，那么每个心灵中都会有。但即使是一些十分奥秘的事物，仅存在于盖娅心灵中某个小小角落，如果我有需要，也随时可以叫出来，只不过会比取得普通的记忆多花一点时间。听好，崔维兹，如果你要查一项原本不知道的资料，你会去查阅相关的影视书，或是查询电脑资料库，而我的做法则是扫描盖娅的全心灵。”

崔维兹说：“你怎样防止大量资讯涌入你的心灵，以免把你的颅腔撑爆？”

“你讽刺成瘾了吗，崔维兹？”

裴洛拉特赶紧说：“拜托，葛兰，别讨人厌。”

崔维兹轮流瞪视他们两人，显然在一番努力之后，才终于放松了脸上绷紧的肌肉。“很抱歉。我被一个强行加在身上的重担压得喘不过气，又不知道该如何解脱。或许由于这个缘故，我的口气听来不大好，但这绝非我的本意。宝绮思，我真的很想知道答案。你如何能取用他人脑中的记忆，却不会很快塞满自己的脑袋？”

宝绮思回答说：“我也不知道，崔维兹，正如你不了解自己头脑运作的细节。我想，你应该知道你们的太阳和最近一颗恒星的距离，可是你未必一直放在心上。你把这个数字储存在某处，不论何时被人问起，你随时都能想起来。如果你没有机会用到，久而久之也许就会忘记，但你总能在某个电脑资料库中查到。你可将盖娅的头脑视为一座大型电脑资料库，我随时能使用它，却不需要刻意记住曾经用过的资料。用完某一项资料或记忆之后，我就可以让它从自己的记忆中消失，换句话说，可以专程把它放回原处。”

“盖娅上有多少人，宝绮思？有多少人类？”

“大约有十亿，你要知道目前确实的数字吗？”

崔维兹露出一抹苦笑。“我很明白，只要你愿意，就能把正确的数字叫出来，但我知道大概数目就够了。”

“事实上，”宝绮思接着说，“人口数目一直很稳定，总是在比十亿多一点的地方上下起伏。我可以延伸我的意识——嗯——到达盖娅的边缘，查出目前人口数比平均值多了或少了多少。对于没有类似经验的人，我实在无法解释得更清楚。”

“可是我以为，十亿人口的心灵，其中还有不少是儿童，当然容纳不下一个复杂社会所需要的一切资料。”

“可是人类并非盖娅上唯一的生物，崔。”

“你的意思是动物也能记忆？”

“动物脑部储存记忆的密度没有人脑那么高，而且不论人脑或其他动物的头脑，大部分空间都用来储存个体的记忆，那些记忆对行星级意识几乎没什么用处。尽管如此，仍有许多高等资料可储存在动物大脑、植物组织以及矿物结构中，事实上也的确如此。”

“矿物结构？你是指岩石和山脉？”

“还有几类资料储存于海洋和大气层，它们通通都是盖娅。”

“无生物系统能容纳些什么呢？”

“太多了。比如说，岩石的记忆能力虽然低，但是由于体积庞大，所以盖娅的全记忆有一大部分存在那里。由于岩石记忆的存取时间较长，所以最适合储存一些‘死资料’，也就是平常极少用到的资料。”

“假设一个脑部存有十分重要资料的人死了，那又会怎么样？”

“里面的资料并不会遗失。人死了之后，随着大脑组织解体，资料会慢慢挤出脑部，这些记忆有充分的时间分散到盖娅其他部分。每个新生儿都有一个新的大脑，这些大脑随着年龄逐渐发育，不但会发展出个体的记忆和思想，还会从其他来源吸收适当的知识。你们所谓的教育，对我／们／盖娅而言，完全是自动自发的过程。”

裴洛拉特说：“坦白讲，葛兰，我觉得这种活生生的世界，是个具有许多优点的概念。”

崔维兹瞟了这位基地同胞一眼。“这点我也同意，詹诺夫，可是我不怎么感兴趣。这颗行星不论多大，不论如何多样化，仍然等于只有一个头脑，只有一个！新生的头脑个个都和整体融合为一，怎么会有反对意见出现的机会？如果回顾人类的历史，你将会发现，某些人的想法虽然一时无法见容于社会，却能赢得最后的胜利，进而改变整个世界。可是在盖娅上，有什么机会出现创造历史的伟大叛逆？”

“盖娅也会有内部冲突。”宝绮思说，“并非盖娅每一部分都会接受共同的观点。”

“但是一定有限。”崔维兹说，“在单一生物体内，不可能容许过多的骚动，否则就无法正常运作。在这种情况下，整体的进步和发展纵使没有完全停滞，步调也一定相当缓慢。我们能冒险将这种情形强行加诸整个银河吗？加在全体人类身上吗？”

宝绮思毫不动容地答道：“你是在质疑自己的决定吗？难道你已经改变主意，认为盖娅不适合做人类未来的典范？”

崔维兹紧抿着嘴唇，迟疑了一下，然后缓缓说道：“我很想这样做，不过，还不到时候。我所作的决定是有根据的——某种潜意识的根据——除非我找出它的真面目，我还不能决定要不要变卦。所以说，我们还是回到地球这个题目吧。”

“你觉得在地球上，能领悟到促使你作出那个决定的根据，对不对，崔维兹？”

“我的感觉正是这样。杜姆说盖娅不知道地球的位置，我相信你一定同意他的说法。”

“我当然同意，我和他同是盖娅。”

“你有没有什么事瞒着我？我是指刻意瞒着我？”

“当然没有。即使盖娅能说谎，也不会对你这么做。无论如何，我们得仰赖你所作的决断，而我们希望它正确无误，这就需要一切皆以事实为基础。”

“既然如此，”崔维兹说，“咱们来利用你们的世界级记忆吧。往前回溯，告诉我你能记得多久以前的事。”

宝绮思茫然地望着崔维兹，迟疑了好一会儿，仿佛处于一种精神恍惚的境界。然后她说：“一万五千年。”

“你为什么犹豫了一下？”

“这需要些时间。陈旧的记忆，尤其是那些实在陈旧的，几乎都藏在群山根部，要花点时间才能挖出来。”

“一万五千年前？是不是盖娅刚创建的时候？”

“不，据我们所知，那还要再往前回溯约三千年。”

“你为什么不能肯定？你，或者盖娅，难道不记得吗？”

宝绮思说：“当时盖娅尚未发展出全球性记忆。”

“可是在你们仰赖集体记忆之前，盖娅一定保有些记录，宝绮思。一般性的记录，录下来的、写下来的、拍下来的等等。”

“我想应该有吧，可是过了那么久，这些东西不可能还存在。”

“也许会有副本，或者，当全球性记忆发展成功之后，它们就被转移到那里去，果真如此就更好了。”

宝绮思皱了一下眉头，接下来又是一阵犹豫，这次持续的时间更久。“你说的那些早期记录，我找不到任何踪迹。”

“怎么会这样？”

“我也不知道，崔维兹，我猜是因为它们看起来不太重要。我想，当这些早期的非记忆性记录开始腐坏时，就被认定已经过时和没有用了。”

“但你并不知道，你只是猜测和想象罢了。你不知道，盖娅也不知道。”

宝绮思垂下眼睑。“一定就是这样。”

“一定是这样？我可不是盖娅的一部分，因此我不需要同意盖娅的看法。这是个很好的例子，让你知道独立性有多重要。我，身为一个孤立体，我有不同的看法。”

“你的看法如何？”

“首先，有一点我相当肯定，一个现存的文明不太可能毁掉早期的记录。他们非但不会判定那些资料陈旧无用，还很有可能珍重过了头，因而努力设法保存。如果盖娅在全球性记忆出现之前的记录被毁坏殆尽，宝绮思，那不太可能是自发性的行为。”

“那么你要如何解释呢？”

“在川陀那座图书馆中，有关地球的参考资料全被移走，主事者不知是何方神圣，反正不是川陀的第二基地分子。所以说，盖娅上有关地球的参考资料，会不会也是被外力清除的？”

“你又怎么知道早期记录提到了地球？”

“根据你的说法，盖娅至少是在一万八千年前建立的。那是银河帝国尚未兴起的时代，当时人类正在大举殖民银河，而殖民者的主要来源正是地球。裴洛拉特可以证实这一点。”

突然听到被人点名，裴洛拉特有点惊讶，赶紧清了清喉咙。“根据传说的确如此，亲爱的。我对这些传说相当认真，而且我和葛兰·崔维兹都认为，人类这个物种原本局限在一颗行星上，那颗行星就是地球。最初的殖民者全部来自地球。”

“因此，”崔维兹接口道，“盖娅若是在超空间旅行初期建立的，就非常可能是地球人的殖民世界；即使那些殖民者不是地球人，也该来自某个由地球人所建立的新兴世界。因此，盖娅的开拓史，以及其后数千年的记录，一定提到了有关地球和地球人的史实，可是这些记录通通不见了。似乎有什么神秘力量，不让地球在银河的任何记录中曝光。果真如此，其中一定有重大的隐情。”

宝绮思气呼呼地说：“这只是臆测罢了，崔维兹，你没有任何证据。”

“可是盖娅坚称我有特殊的天分，在证据不足的情况下，我也能作出正确的结论。所以，在我作出一个确切的结论之后，请别再说我缺乏证据。”

宝绮思沉默不语。

崔维兹继续说道：“正因为如此，我们更应该找到地球。我打算在远星号准备就绪后马上出发，你们两位还是要去吗？”

“要去。”宝绮思不假思索立刻回答。

“要去。”裴洛拉特也这么说。

第二章
首途康普隆

05

现在正下着细雨，崔维兹抬头一看，天空是浓密的灰白一片。

他戴的那顶雨帽不但能阻止雨水落到身上，还能将雨滴向四面八方弹开老远。裴洛拉特站在崔维兹雨滴飞溅的范围外，并未穿戴任何防雨装备。

崔维兹说："我不懂你为何要让自己淋湿，詹诺夫。"

"我一点也不在意，我亲爱的兄弟。"裴洛拉特的神情如往常般肃穆，"雨势很小，而且相当温暖，又完全没有风。此外，套句古老谚语：在安纳克里昂行，如安纳克里昂人。"他指了指站在远星号附近默默围观的几个盖娅人。他们分散得很均匀，仿佛是盖娅树丛中的几株树木，没有任何一人戴着雨帽。

"我想，"崔维兹说，"他们不怕被淋湿，是因为盖娅其他部分都湿了。所有的树木——青草——泥土——现在都是湿答答的，而盖娅的其他成员也一样，当然包括所有的盖娅人。”

“我想这话有理。”裴洛拉特说，“太阳马上会出来，到时每样东西都将很快被晒干。衣物不会起皱或缩水，不会让人觉得寒冷，而此地又没有不必要的病原性微生物，不必担心会伤风、感冒或染上肺炎。所以说，一点点潮湿又有什么关系？”

崔维兹当然明白这个道理，可是他不愿就此罢休，于是又说：“尽管如此，也没必要专挑我们离开时下雨。毕竟雨水是随意降下的，盖娅若不想要，就一定不会有雨。它现在下这场雨，简直像是故意表示对我们的轻蔑。”

“或许，”裴洛拉特微微抿了一下嘴唇，“是盖娅舍不得我们离开，正在伤心哭泣呢。”

崔维兹说：“也许吧，但我可没有这种感觉。”

“事实上，”裴洛拉特继续说：“我想可能是因为这一带的泥土过于干燥，需要雨水滋润，而这个因素比你盼望见到阳光更重要。”

崔维兹微微一笑。“我怀疑你真的爱上这个世界了，对不对？我的意思是，即使不为了宝绮思。”

“是的，的确如此。”裴洛拉特带着一点自我辩护的味道说，“过去许多年来，我一向过着平静而规律的生活，你应该想象得到，我多么适应这个地方——整个世界都在努力维护生活的平静和规律。无论如何，葛兰，我们建造一栋房子，或是那艘太空艇，目的正是希望有个理想的栖身之所。我们在里面装配了所需的一切，并且设法控制和调节内部各种环境因素，例如温度、空气品质、照明采光等等，让我们能在这个栖身之所住得舒舒服服。盖娅则是将这种对于舒适和安全的追求，延伸到了整个行星，这又有什么不对呢？”

"问题是，"崔维兹说，"我的房子或太空艇，是为了符合我的需求而设计建造的，我不必去适应它们。倘若我成了盖娅的一部分，不论这颗行星设计得多么理想、多么符合我的需要，我也还得设法适应它，这个事实令我极为不安。"

裴洛拉特撅了撅嘴。"我们可以这样说，每个社会都会根据自己的需求塑造它的成员。所谓的风俗习惯，就是社会为了自身需要所发展出来的塑造工具，因此唯有在那个社会中合情合理的风俗习惯，才有机会自然而然发展出来。"

"在我所知的众多社会中，成员也可以反其道而行，因此总会有些怪人，甚至是罪犯。"

"你希望有怪人和罪犯吗？"

"有何不可？事实上你我就是怪人，我们当然不能算是端点星的典型居民。至于罪犯嘛，定义其实见仁见智。假如罪犯是产生叛逆、异端和天才所必须付出的代价，我也愿意接受，我坚持一定要付这个代价。"

"难道罪犯是唯一可能的代价吗？我们为何不能只要天才，而不要罪犯呢？"

"如果没有一群异于凡夫俗子的人，就不可能出现天才和圣者，而我不信异于常人的人都集中在好的一端，我认为一定有某种对称存在。总之，盖娅光是一个行星级的舒适住宅还不够，我还要一个更好的理由，来解释我为何选择盖娅当作人类未来的典范。"

"喔，我亲爱的伙伴，我不是在试图说服你接受自己的抉择。我只是提出我的观……"

说到这里他突然打住，因为宝绮思正朝他们大步走来。她一头黑发全淋湿了，外袍紧紧贴在身上，凸显出相当丰满的臀部。她一面走，一面向他们点头打招呼。

“很抱歉耽误你们的时间。”她有点气喘吁吁，“我没料到和杜姆讨论要这么久。”

“当然会，”崔维兹说，“他知道的事你全都知道。”

“但我们对事情的诠释往往各有不同，我们毕竟不是相同的个体，所以必须经常沟通。听我说，”她的语气变得有点不客气，“你有两只手，每一只都是你的一部分，除了互为镜像，它们没有任何不同。可是你不会对两只手一视同仁，对不对？有些事你大多用右手做，有些事则惯用左手，这也可以说是不同的诠释。”

“她让你无话可说。”裴洛拉特显然十分满意。

崔维兹点了点头。“这是个很生动的类比，至于是否真正贴切，我可不敢肯定。闲话少说，我们现在是否可以登上太空艇了？正在下雨呢。”

“可以，可以。我们的工作人员都离开了，远星号一切已准备就绪。”然后，她突然好奇地望着崔维兹。“你全身都是干的，雨点没有淋到你身上。”

“的确没错，”崔维兹说，“我故意不让自己淋湿。”

“偶尔淋湿一下的感觉不是很好吗？”

“这话完全正确，可是得由我来选择时机，而不是让雨点决定。”

宝绮思耸了耸肩。“好吧，随你的便。我们的行李都装载好了，我们也上去吧。”

于是三人便向远星号走去。此时雨势变得更小，不过草地已经相当潮湿。崔维兹小心翼翼地一步步走着，宝绮思却踢掉凉鞋拎在手上，光着双脚大剌剌地踏过草地。

“感觉真过瘾。”她这么说，算是回应崔维兹投向她脚下的目光。

"很好。"他随口应道，然后又有点不高兴地说，"其他那些盖娅人，他们站在那里，到底在干什么？"

宝绮思答道："他们在记录这件事，因为盖娅认为这是个重大事件。你对我们十分重要，崔维兹。想想看，万一这趟探索的结果，竟是使你改变初衷，转而决定否决我们，我们就永远无法发展成盖娅星系，甚至连盖娅本身也保不住。"

"如此说来，我掌握着盖娅整个世界的生死。"

"我们相信就是这样。"

这时蓝天在乌云的隙缝中出现，崔维兹突然停步，伸手摘掉雨帽，然后说："可是此时此刻我仍然支持你们，如果你们当下杀了我，我就再也无法变卦。"

"葛兰，"裴洛拉特吓了一大跳，低声道，"这么说实在太可怕了。"

"这是孤立体的典型想法。"宝绮思以平静的口吻说，"你必须了解，崔维兹，我们所重视的，并非你这个人或是你的支持，而是真理和事实。你的重要性在于能引导我们寻获真理，而你的支持就是真理的指标，这才是我们需要你的真正原因。如果为了防止你变卦而杀死你，那我们只是自欺罢了。"

"如果我告诉你盖娅并非真理，你们是否全都会欣然就义？"

"或许不是绝对欣然，但最后并没有什么两样。"

崔维兹摇了摇头。"如果有一天，我终于认定盖娅是个可怕的怪物，不该存在于世上，很可能就是你这番陈述带给我的启示。"说到这里，他的目光又回到那些耐心围观（想必也在耐心倾听）的盖娅人，"他们为何这样散开来？为何需要这么多人？即使只有一个人旁观，然后储存在他的记忆中，这颗行星上的每一个人不也都能取用吗？只要你们喜欢的话，不是可以把它储存在百万个不同的地方吗？”

宝绮思答道：“他们从不同的角度来观察这件事，将它储存在各人不尽相同的大脑中。如果仔细研究这些观察记录，不难发现众人观察所得的综合结果，要比单一的观察结果更为详实易懂。”

“换句话说，整体大于部分的总和。”

“完全正确，你领悟了盖娅之所以存在的基本理由。你，一个人类个体，大约是由五十兆个细胞所组成，但是身为一个多细胞个体，你要比这五十兆个细胞的总和更为重要，这点你当然应该同意。”

“没错，”崔维兹说，“这点我同意。”

他走进太空艇，又回头看了盖娅一眼。短暂的阵雨带给大气一股清新的气息，眼前呈现的是一个葱绿、丰饶、静谧且祥和的世界；仿佛是一座与世无争的公园，坐落在纷扰不堪的银河中。

——崔维兹却衷心期望永远不要再见到它。

06

气闸在他们身后关上的时候，崔维兹感到挡住的不仅是一场恶梦，更是某个恐怖至极、令他连呼吸也无法顺畅的异形怪胎。

他心中很明白，这个怪物的一部分化身为宝绮思，仍然紧跟在自己身边。不论她到何处，盖娅也等于到了那里——但他也深信她是不可或缺的一员。这又是黑盒子在起作用，崔维兹却诚心希望自己别再对黑盒子太有信心。

他四处浏览了一下，感觉一切都太好了。当初，是基地的赫拉·布拉诺市长强迫他登上太空艇，将他送到银河群星之间——当一根活生生的避雷针，以吸引她心目中的敌人所放出的电花。如今这项任务已告一段落，但太空艇仍旧属于他，他也根本没有打算归还。

他拥有这艘太空艇不过几个月，已经对它有了一种家的感觉。至于端点星上那个家，他却只剩下一些模糊的记忆。

端点星！这个位于银河边陲的基地中枢。根据谢顿计划，基地注定要在未来五世纪内，形成另一个更伟大的帝国。然而他，崔维兹，竟让这个计划出了轨。根据自己的抉择，他将基地的角色完全否定，取而代之的是一种新型社会，一个新的生命宏图，一场惊天动地的革命。自从多细胞生命出现后，再也没有任何演化能与之媲美。

此刻，他即将踏上一个关键性的旅程，准备向自己证明（或反证）当初的抉择正确无误。

崔维兹发现自己想得出了神，已经呆立良久，遂满肚子不高兴地甩了甩头。然后他快步走到驾驶舱，见到他的电脑仍在原处。

电脑闪闪发光，驾驶舱各处都闪闪发光，一看就知道经过极仔细的清拭。他随手按下几个开关，反应都是完美无缺，而且显然比以前更得心应手。通风系统一点噪音也没有，他不得不将手掌放在通风口旁，以确定气流的确顺畅无阻。

电脑上的光圈发出动人的灿烂光芒，崔维兹碰了一下，光线立刻扩散，洒遍整个桌面，上面现出左右两只手的轮廓。他深深吸了一口气，才发现自己已屏息了一会儿。盖娅人对基地科技完全不懂，很有可能出于无心之失弄坏这台电脑。还好直到目前为止，尚未发现损坏的迹象，两个手掌轮廓还在那里。

接下来，应该是进行关键的测试，也就是将自己的双手摆上去。不过他迟疑了一下，因为若有任何问题，他几乎立刻就能发觉——可是万一真有什么问题，他又该怎么办？若想要修理，就必须返回端点星，而如果回去了，他相信布拉诺市长一定不会再让他走。但如果不回去……

他可以感到心脏怦怦乱跳，没道理再让这种不安的情绪持续下去。

他猛然伸出双手，一左一右按在桌面的轮廓上。在同一瞬间，他感到像是有另一双手抓住自己。他的感官开始向外延伸，已经能从各个方向观看盖娅。外面依然是一片葱绿与湿润，那些盖娅人还在原地围观。他动念令自己向上望，见到了覆盖着大片云层的天空；他继续驱动意念，云层立时消失无踪，呈现出万里无云的蔚蓝晴空，以及又大又圆的盖娅之阳。

他再次运用意志力，蓝天随即碎裂，群星显现眼前。

拨开群星之后，他又动了一个念头，就见到了整个银河，形状像是望远镜中看到的纸风车。他测试电脑化的影像，调整相对方位，并且改变时间的速度，让风车开始缓缓旋转，不久再转向反方向。他找到了赛协尔的太阳，那是距离盖娅最近的一颗重要恒星。接着，他又依序找到端点星的太阳，以及川陀的太阳。从一颗恒星跳到另一颗，他在电脑内部的地图中畅游整个银河。

然后他缩回手来，再度置身现实世界，这才发觉自己一直站着，在电脑前半弯着腰，双手按在桌面上。他觉得全身僵硬，必须舒展一下背部肌肉才能坐下来。

他凝视着电脑，有如释重负之感。电脑一切运作正常，若硬要说有何不同，就是它的反应变得更灵敏。崔维兹对它的感觉，只有“爱”这个字可以形容。毕竟，当他握着它的双手时（其实他早已认定那是“她”的双手，只是坚决不肯承认），感觉彼此已经成了浑然一体；他的意志指挥、控制、体验，并且参与着一个更大的自我。刚才，他与它必定体会到一种小规模的“盖娅感”（他突然有了这种令自己不安的想法）。

他摇了摇头。不对！电脑与他的融合，是由他——崔维兹——完全掌控，电脑只是个绝对驯服的器具。

他起身走出驾驶舱，来到了狭窄的厨舱与用餐区。那里满是各式各样的食物，还有合宜的冷藏库与简便加热设备。他刚才已经注意到，自己舱房里的影视书都有条不紊，而且他相当肯定——不，应该说完全肯定——裴洛拉特的个人藏书也保存得很妥当，否则一定早就听到他的抱怨。

裴洛拉特！他好像突然想到什么，立刻走到裴洛拉特的舱房。“宝绮思在这里挤得下吗，詹诺夫？”

“喔，当然没问题。”

“我可以把公用舱改装成她的寝舱。”

宝绮思抬起头来，双眼睁得老大。“我不想要一间单独的寝舱，我很喜欢跟裴住在一起。不过我想，有必要的时候，我会借用其他舱房，譬如健身舱。”

“当然可以，只有我的舱房例外。”

“很好。如果由我决定，我也会作这样的安排。不用说，你也不能踏进我们的舱房。”

“不在话下。”崔维兹说完，低头一看，发现自己的鞋子已经越界。他赶紧退后半步，正色道：“这可不是蜜月套房，宝绮思。”

“照这间舱房的拥挤程度，我看就算盖娅将它的宽度扩增一半，它仍是个十足的蜜月套房。”

崔维兹努力克制住笑意。“你们彼此得非常和睦才行。”

“我们的确如此，”裴洛拉特显然对这个话题感到很不自在，

“不过说真的，老弟，你就让我们自己安排一切吧。”

“恐怕不行。”崔维兹缓缓说道，“我还是要把话说清楚，这艘太空艇可不是蜜月旅行的交通工具。你们双方同意做的事，我绝不会反对，可是你们必须明白，你们无法享有隐私。我希望你了解这一点，宝绮思。”

“这个舱房有道门，”宝绮思说，“门一旦锁起来，我想你就一定不会打扰我们——除非有什么紧急状况。”

“我当然不会，然而，这里并没有隔音设备。”

“崔维兹，我想你的意思是说，”宝绮思道，“我们之间的任何谈话，以及从事性行为时发出的任何声音，你都会听得一清二楚。”

“没错，我正是这个意思。既然你明白这点，我希望你能自我约束一下。这样也许会让你感到不方便，但我只能说声抱歉，因为情况就是如此。”

裴洛拉特清了清喉咙，温和地说：“事实上，葛兰，我自己早就必须面对这种问题。你该了解，我和宝绮思在一起的时候，无论她有任何感觉，整个盖娅都体验得到。”

“这点我想到过，詹诺夫。”崔维兹像是压抑着不以为然的表情，“我原本无意提起，只是怕你们自己没想到。”

“只怕你多虑了。”裴洛拉特说。

宝绮思又说：“别小题大做，崔维兹。在盖娅上，随时都可能有数千人在享受性爱，有数百万人在吃喝玩乐，这些活动合成一片愉悦的氛围，盖娅每一部分都能感同身受。而较低等的动物，以及植物和矿物，同样能产生一些比较轻度的欢乐，这些情绪也会加入整体的喜悦意识。盖娅所有的部分总是能分享这个意识，这样的经验在其他世界是感受不到的。”

“我们有我们自己的喜悦，”崔维兹说，“如果我们愿意，也能以某种形式和他人分享；如果不愿意，则大可独自品尝。”

“如果你能感受到我们的喜悦，你将明白在这方面，你们孤立体有多么贫乏。”

“你怎能知道我们的感受？”

“我虽然不知道你们的感受，仍然能作出合理的推论：一个全体同乐的世界，感受到的乐趣一定比孤立个体更为强烈。”

“大概是吧，可是，即使我的乐趣贫乏得可怜，我仍希望保有个人的悲喜。虽然这些感觉那么薄弱，我却心满意足。我宁可保持孤立，也不愿和身旁的岩石称兄道弟。”

“别嘲笑我们。”宝绮思说，“你身上的骨骼和牙齿，里面每个矿物晶体所具备的意识，虽然并未超过相同大小的普通岩石晶体，你仍然非常珍惜这些矿物，不想让它们受到任何伤害。”

“你说得很对，”崔维兹不大情愿地说，“可是好像有点离题了。我不介意盖娅全体分享你们的喜悦，宝绮思，但我自己可不想加入。我们的舱房相距很近，我不希望被迫参与你们的活动，哪怕只是间接参与。”

裴洛拉特说：“这实在是无谓的争论，我亲爱的兄弟。我同样不希望侵犯到你的隐私，同理，我也不想丧失自己的隐私权。宝绮思和我会很谨慎，对不对，宝绮思？”

“一定会让你满意，裴。”

“毕竟，”裴洛拉特说，“想必我们待在各个行星上的时间，会比在太空中多得多。而在行星上，拥有真正隐私的机会……”

“我不管你们在行星上做些什么，”崔维兹打断他的话，“可是在这艘太空艇上，凡事都得由我做主。”

“那当然。”裴洛拉特说。

“既然这件事已经说清楚，该是升空的时候了。”

“等一等，”裴洛拉特伸手拉住崔维兹的袖子，“要飞到哪里去？你不晓得地球在哪里，我和宝绮思也不清楚，甚至你的电脑也不知道。我记得很久以前，你曾经告诉我，电脑没有任何有关地球的资料。那么，你究竟打算怎么做？总不能在太空中胡乱游荡吧，我亲爱的兄弟。”

崔维兹的反应只是微微一笑，好像很开心的样子。自从落入盖娅掌握之后，他首度感到又能为自己的命运做主。

“我向你保证，”他说，“我无意在太空中游荡，詹诺夫，我万分清楚该到哪里去。”

07

裴洛拉特轻轻敲了敲门，在门外等了许久，却一直没有听到任何回应。他终于悄悄走进驾驶舱，这才发现崔维兹正盯着星像场出神。

裴洛拉特唤了一声：“葛兰——”便静静等着他的回答。

崔维兹抬起头来。“詹诺夫！请坐。宝绮思呢？”

“在睡觉——原来我们已经进入太空了。”

“完全正确。”对于裴洛拉特轻微的诧异，崔维兹一点也不觉得奇怪。身处这种新型重力太空艇中，根本无法察觉起飞的过程。从头到尾，没有惯性效应，没有加速推力，没有任何噪音，也没有一点震动。

远星号能将外界的重力场全部隔绝，或隔绝任意比例，因此当它从行星表面升空时，仿佛漂浮在宇宙之洋中。在此期间，说来也真奇怪，太空艇内的重力效应却始终维持正常。

太空艇尚未脱离大气层之际，自然没必要加速，因此并没有气流急速通过所引起的呼啸与振动。然而，在离开大气层后，太空艇便能迅速加速，同样不会令乘客有任何感觉。

这已经是舒适的极限，崔维兹无法想象还有什么能改进的地方。除非将来人类发现某种方法，能让人直接在超空间中倏忽来去，无需借助任何航具，也不必担心附近的重力场可能太强。而如今，远星号必须花上几天的时间，尽快驶离盖娅之阳，直到重力强度减低到适当的程度，才能开始进行超空间跃迁。

“葛兰，我亲爱的伙伴，”裴洛拉特说，“我可不可以跟你说一会儿话？你不会很忙吧？”

“根本不忙，我一旦下达了正确指令，电脑就能处理一切。有些时候，它似乎能预先猜到我的指令，几乎在我未曾好好想一遍之前，它就抢先完成了。”崔维兹爱怜地轻拂着电脑桌面。

于是裴洛拉特说：“葛兰，我们认识没有多久，就成了非常要好的朋友。虽然我必须承认，我觉得这段时间可不算短，其间发生了太多的事情。说来真是难以置信，当我静下心来，回顾我这不算短的一生，竟然发现我一辈子的经历，有一半都集中在过去几个月，或说好像是这样子。我几乎可以认定……”

崔维兹举起一只手。“詹诺夫，我确定你是愈扯愈远了。你原来说的，是我们在很短的时间内成为非常要好的朋友，没错，的确如此，现在也没有任何改变。话说回来，你认识宝绮思的时间更短，而你们现在却更亲密。”

“这当然是两回事。”裴洛拉特清了清喉咙，显得有点尴尬。

“当然，”崔维兹说，“可是从我们不久却弥坚的友谊，你要引申出什么来？”

“我亲爱的伙伴，倘若正如你刚才所说，我们依旧是朋友，我就必须将话题转到宝绮思身上。而也正如你刚才所说，我对她特别珍爱。”

“我了解，所以呢？”

“我知道，葛兰，你不喜欢宝绮思。可是，看在我的份上，我希望……”

崔维兹又举起手来。“慢着，詹诺夫。我虽然没有拜倒在宝绮思裙下，却也不憎恨她。事实上，我对她并没有任何敌意。她是个迷人的年轻女性，就算不是，看在你的份上，我也愿意认为她很迷人。我不喜欢的是盖娅。”

“但宝绮思就是盖娅。”

“我知道，詹诺夫，这就是事情变得复杂的原因。只要我把宝绮思当普通人，一切都没问题，但我若是把她想成盖娅，问题马上就来了。”

“可是你并没有给盖娅任何机会，葛兰。听着，老弟，我要向你坦白一件事。宝绮思和我亲热的时候，有时会让我分享她的心灵，时间顶多一分钟，不能再久了，因为她说我的年纪太大，已经无法适应——喔，别咧嘴，葛兰，你同样早就超龄了。如果一个孤立体，譬如你或我，和盖娅融合的时间超过一两分钟，就有可能导致脑部的损伤；如果长达五到十分钟，则会造成无法复原的伤害。我希望你有机会体验一下，葛兰。”

“体验什么？无法复原的脑部伤害？不，谢了。”

“葛兰，你故意曲解我的话，我指的是短暂的结合。你不晓得自己错过了什么，那简直无法形容，宝绮思说那是一种愉悦的快感。就像你快要渴死的时候，终于喝到一点水的那种感觉，我甚至不知道该怎样向你描述。想想看，你能分享十亿人所有的喜乐。那并不是一成不变的快感，否则你很快就会麻木。它不断在颤动，在闪烁，具有一种奇特的脉动节奏，紧紧抓住你不放。它比你单独所能体验的快乐更多——不，不是更多，而是更美好。当她关上心扉的时候，我几乎要哭出来……”

崔维兹摇了摇头。“你的口才实在惊人，好朋友，但你很像是在形容‘假脑内啡’的毒瘾，或是其他迷幻药的瘾头。你可以从它们那里得到短暂的快感，代价却是长久活在痛苦的深渊。我可不愿意！我绝不要出卖我的独立性，以换取某种短暂的快感。”

“我还是拥有我的独立性啊，葛兰。”

“如果继续耽溺下去，你还能坚持多久，詹诺夫？你对剂量的要求会愈来愈高，直到大脑损坏为止。詹诺夫，你不能让宝绮思对你这样做——也许我该跟她谈谈。”

“不！别去！你自己也知道，你说话不够婉转，我不愿让她受到伤害。我向你保证，在这方面她对我的保护超乎你的想象，她比我更担心脑部受损的危险，这点你大可放心。”

“好吧，那么我跟你说就好了。詹诺夫，千万别再这样做。在你五十二年的生命中，你的大脑一向承受惯有的快乐和喜悦，别再染上新奇的不良嗜好，否则你一定得付出代价。即使不是近在眼前，最后还是逃不掉的。”

“好吧，葛兰。”裴洛拉特一面低声回答，一面低头望着自己的鞋尖。然后他又说：“也许你可以这么想，假如你是个单细胞生物……”

“我知道你要说什么，詹诺夫。算了吧，宝绮思和我已经谈论过这个类比。”

“我知道，可是值得再想一想。让我们假设一群单细胞生物，它们拥有人类般的意识，以及思考判断的能力，再假设它们遇到难得的机会，可以组成一个多细胞生物。这些单细胞会不会惋惜丧失了独立性，会不会因为将被迫组成单一生物体而感到厌恶？它们这样做有没有错？单细胞能够想象人脑的威力吗？”

崔维兹猛力摇了摇头。“不对，詹诺夫，这是个错误类比。单细胞生物并没有意识和思考能力——即使有，也极其微小，根本可以忽略。对这种生物而言，组合之后虽然会失去独立性，其实等于毫无损失。然而，人类却有意识，也的确具有思考能力，人类将丧失的是真正的意识和独立的心智，所以你的类比并不成立。”

两人好一会儿不再说话，这种沉默几乎令人窒息。最后裴洛拉特决定改变话题，于是说：“你为什么盯着显像屏幕？”

“习惯成自然。”崔维兹带着苦笑答道，“电脑告诉我，并未发现盖娅的太空船跟踪我们，也没有赛协尔的舰队等在前面，但我仍然不安地盯着屏幕。唯有我自己的眼睛看不见任何船舰，我才能真正放心，虽说电脑感测器比我的肉眼更敏锐、更有力数百倍。此外，电脑能够非常灵敏地侦测出太空的许多性质，那些都是我自己的感官无论如何察觉不到的——虽然这些我都明白，我却仍盯着它。”

裴洛拉特说：“葛兰，如果我们真是朋友……”

“我答应你，不会做出任何让宝绮思为难的事，至少在我能力范围之内。”

“我现在讲的是另一件事。你还没把你的目的地告诉我，好像不信任我似的。我们到底要去哪里？你认为自己知道地球在何处吗？”

崔维兹抬起头，同时扬起了眉毛。“抱歉，我一直紧抱着这个秘密不放，对不对？”

“对，可是为什么呢？”

崔维兹说：“是啊，老友，我也在想，是不是因为宝绮思的关系。”

“宝绮思？你不想让她知道吗？真的，老伙伴，你可以完全信任她。”

“并不是这个问题，我不信任她又有什么用？如果她真想知道，我猜她能从我心中揪出任何秘密来。我想，我自己有个更幼稚的理由，我觉得你现在的注意力都摆在她身上，好像我这个人不存在了。”

裴洛拉特看来吓了一大跳。“可是这并非事实，葛兰。”

“我知道，我只是试图分析自己的感受。你来找我，是担心我们的友谊生变，现在我想想，感到自己好像也有同样的疑惧。我尚未真正对自己承认，但我想我自认为被宝绮思取代了。也许我故意赌气瞒着你一些事，想要以此作为‘报复’。我想，这真是幼稚。”

“葛兰！”

“我说这实在幼稚，对不对？可是谁不曾偶尔做些孩子气的事？不过，既然我们仍是朋友，这点我们已经达成共识，我不会再玩这种游戏了。我们要去康普隆。”

“康普隆？”一时之间，裴洛拉特想不起来有这么一个地方。

“你一定还记得我的朋友，那个出卖我的曼恩·李·康普，我们曾在赛协尔碰到他。”

裴洛拉特露出恍然大悟的表情。“我当然记得，康普隆是他祖先的母星。”

“或许是，我并不完全相信康普说的话。但康普隆是个众所周知的世界，而康普说过其上居民知道地球的下落。嗯，所以嘛，我们要去那里调查一下。这样做也许根本徒劳无功，却是我们目前唯一的起点。”

裴洛拉特又清了清喉咙，显得半信半疑。“喔，我亲爱的伙伴，你能肯定吗？”

“这件事无所谓肯不肯定。我们只有这一个起点，不论机会多么渺茫，我们都没有其他选择。”

“没错，但我们若要根据康普的说法行动，或许就该把他说的每一点都纳入考量。我好像记得他告诉过我们，而且是以相当肯定的口气说，地球不再是个活生生的行星，它的表面充满放射性，上面完全失去生机。果真如此的话，我们去康普隆注定只是白忙一场。”

08

他们三人正在用餐区吃午餐，几乎将小小的空间塞满了。

“真好吃，”裴洛拉特的口气听来相当满意，“这是我们从端点星带来的食物吗？”

“不，全都不是，”崔维兹说，“那些早就吃完了。这是我们航向盖娅之前，在赛协尔采购的食物。很特别，是不是？这是一种海鲜，不过挺脆的。至于这个，我当初买的时候以为是甘蓝菜，现在吃起来却觉得根本不像。”

宝绮思静静听着，但什么话也没说，只是仔细地在餐盘中挑挑拣拣。

斐洛拉特柔声道：“你必须吃一点，亲爱的。”

“我知道，裴，我正在吃呢。”

崔维兹说：“我们也有盖娅食物，宝绮思。”他的口气透着些许不耐烦，但他实在无法完全掩饰。

“我知道，”宝绮思说，“但我宁愿把它先留下来。我们不知道要在太空待多久，我终究还是得适应孤立体的食物。”

“这些东西难以下咽吗？还是盖娅非吃盖娅不可？”

宝绮思叹了一口气。“事实上，我们有句谚语：‘盖娅食盖娅，无失亦无得。’只不过是意识在不同层级上下移动而已。在盖娅上，我吃的东西都属于盖娅，当食物经过消化吸收，大多变成我的一部分之后，它们仍然属于盖娅。事实上，通过我进食的过程，食物的某些部分才有机会参与较高级的意识。当然，其他部分则变成各式各样的废物，因此在意识层级中下降不少。”

她坚决地咬下一口食物，用力嚼了一会儿才吞下去，又说：“这算是个巨大的循环，植物长成之后被动物吃掉，而动物既是猎食者也是猎物。任何生物死亡之后，都会变成霉菌细胞或细菌细胞的一部分——依旧属于盖娅。在这个巨大的意识循环里，甚至无机物质也参与其中，而组成循环的每个成分，都有机会周期性地参与较高级的意识。”

“你说的这些，”崔维兹道，“可以适用于任何世界。我身上每个原子都有一段久远的历史，它过去或许曾是许多生物的一部分，当然也包括人类；它也可能曾有很长一段时间身为海洋的一员，或者曾经构成一团煤炭、一块岩石，乃至吹拂到我们身上的风。”

“然而在盖娅上，”宝绮思答道，“所有的原子也始终属于一个更高的行星级意识，而你对这个意识一无所知。”

“嗯，这么说的话，”崔维兹道，“你现在吃的这些赛协尔蔬菜会起什么变化呢？它们会变成盖娅的一部分吗？”

“会的，只是过程相当缓慢。而从我身上排泄出去的废物，则会慢慢脱离盖娅。由于我具有高层级的意识，所以能和盖娅维持比较间接的超空间接触，但是任何东西一旦离开我，就会和盖娅完全失去联系。这种超空间接触，可以——慢慢地——将我吃下的非盖娅食物转变成盖娅的一部分。”

“我们储藏的盖娅食物又会有什么变化？会不会慢慢变成非盖娅物质？若是这样，你最好趁早吃掉。”

“这倒不必担心。”宝绮思说，“我们的盖娅食物都经过特殊处理，可以长时间保持为盖娅的一部分。”

裴洛拉特突然说：“但我们倘若食用盖娅食物，那又会怎么样？还有，我们在盖娅时吃了不少盖娅食物，本身究竟发生了什么变化？我们自己也会慢慢转变成盖娅吗？”

宝绮思摇了摇头，脸上掠过一丝莫名的愁容。“不会的，你们吃下的食物是我们的损失。至少，经过消化吸收后，成为你们身体组织的那部分，我们永远要不回来了。不过，你们的排泄物仍然属于盖娅，会慢慢变成盖娅的一部分，因此最后又会回到平衡点。但是无论如何，你们的造访仍使众多的原子脱离盖娅。”

“为什么会这样呢？”崔维兹好奇地问道。

“因为你们无法承受转换的过程，甚至极小部分也受不了。你们是我们的客人，可说是被迫来到我们的世界，所以我们必须保护你们，即使损失盖娅的一小部分也在所不惜。这是我们愿意付出的代价，虽然不能算是欣然付出。”

“这点我们很遗憾。”崔维兹说，“反之，你确定每一种非盖娅食物都对你无害吗？”

“是的，”宝绮思说，“你们能吃的食物，我全都能吃。只不过我多了一道麻烦，除了要将这些食物消化吸收，成为我的身体组织，还得将它们转换成盖娅。这就形成一种心理上的障碍，让我多少有些倒胃口，所以我才吃得这么慢，但我会慢慢克服的。”

“传染病呢？”裴洛拉特问道，高亢的声音充满了惊慌，“我怎么一直没想到这个问题，宝绮思！我们要降落的每个地方，都可能有许多微生物，而你对它们毫无抵抗力，随便一种轻微的传染病就会要你的命。崔维兹，我们必须掉头回去。”

“别慌，亲爱的裴。”宝绮思带着微笑说，“当微生物通过食物，或是其他任何方式进入我体内，也会全部同化为盖娅。如果它们有伤害我的倾向，同化的速度就会更快。一旦成为盖娅的一部分，它们就不会再伤害我了。”

此时正餐已经用完，裴洛拉特正呷着一杯温热的调味综合果汁。“亲爱的，”他一面说，一面舔着嘴唇，“我想现在又该换个话题了。我实在有种感觉，我在这艘太空艇上，唯一的工作就是改变话题。为什么会这样呢？”

崔维兹以严肃的口吻说：“因为我和宝绮思总是抓着一个话题不放，至死方休。我们得仰仗你，詹诺夫，帮助我们保持清醒。你想换个什么话题，老朋友？”

“我查遍了有关康普隆的参考资料，康普隆所在的那个星区，每个世界都拥有许多古老的传说。根据这些传说，那些世界都是很久以前建立的，是在超空间旅行出现后的第一个仟年。在康普隆的传说中，甚至还提到一位名叫班伯利的缔造者，不过并未提到他来自何处。他们流传着一种说法，康普隆这颗行星原来叫做‘班伯利世界’。”

“詹诺夫，依你看，这些记载有多少真实性？”

“也许只有核心部分吧，可是谁猜得出核心在哪里呢。”

“在正史记载中，我从来没见过班伯利这个名字。你呢？”

“我也没听说过。不过你该知道，在帝政末期，帝国之前的历史曾经遭到刻意打压。帝国的最后数个世纪，时局始终纷扰不安，皇帝们都忙着压制本土意识，因为他们有充分的理由，相信本土意识是导致分裂的原因。因此，几乎银河中每个星区的正史，包括完整的记录和确切的年表，都变成从川陀兴起的年代开始写起，当时那些星区不是已和帝国结盟，就是已经被帝国并吞。”

“我很难相信历史会如此轻易就被销毁。”崔维兹说。

“很多方面并非如此，”裴洛拉特答道，“但是一个有决心的强势政府，却能大大削弱历史的影响力。这样一来，早期历史就只剩下零散的资料，很容易沦为民间传说。这类民间传说一律充满夸大不实的记述，多半将自己的星区说得比实际上更古老、更强盛。可是不论某个传说多么愚蠢，或者多么不切实际，仍会成为本土意识的一部分，该区居民一定全部深信不疑。我可以证明，银河各个角落都有一些传说，提到最早的星际殖民是从地球开始的，虽然他们对这颗母星可能有不同的称呼。”

“还有什么别的称呼？”

“名称可多了，有时管它叫‘独一世界’，有时称之为‘最古世界’。也有人用‘有卫的世界’，根据某些权威的解释，这个名称源自地球有个巨大的卫星。可是也有人坚持它的意思是‘失落的世界’，而‘有卫’则是‘久违’的转音，那是个流行于银河标准语之前的词汇，意思是‘失落’或‘不见踪影’。”

崔维兹温和地插嘴道：“詹诺夫，暂停！你的权威和反权威理论会说个没完没了。这种传说到处都有，你是这个意思吗？”

“喔，是的，我亲爱的伙伴，几乎俯拾即是。你得通通看过之后，才能体会人类这种共通的习性——一旦有了某个事实当种子，便会在上面加上一层又一层美丽的谎言，就像芮普拉星牡蛎那样，可以由一粒沙慢慢生成一颗珍珠。这个极佳的比喻是我在……”

“詹诺夫！别再说啦！告诉我，在康普隆的传说中，有没有跟其他世界不同之处？”

“喔！”裴洛拉特木然地凝视着崔维兹，一会儿之后才说，“不同？嗯，他们声称地球就在附近，这点颇不寻常。其他的世界如果提到地球，不管选用哪个名称，大多都有一种倾向，就是将它的位置讲得暧昧不明——不是说不知道有多远，就是说位于虚无缥缈之处。”

崔维兹说：“是呀，就像在赛协尔上，有人告诉我们盖娅位于超空间中。”

宝绮思突然哈哈大笑。

崔维兹立刻瞥了她一眼。“这是真的，我们亲耳听到的。”

“我不是不相信，只是觉得很有意思。当然啦，这正是我们希望他们相信的事。如今我们只希望不被打扰，难道还有比超空间更安全、更隐密的地方吗？如果大家都以为我们在那里，即使事实并非如此，也跟我们藏在超空间中没有两样。”

“没错，”崔维兹冷冷地说，“同理，大家会相信地球不存在，或者位于很远的地方，或者它的地壳具有放射性，也一定是有原因的。”

“只不过，”裴洛拉特说，“康普隆人相信地球和他们相距不远。”

“却说它的地壳有放射性。凡是拥有地球传说的民族，不论说法如何，都一致认为地球无法接近。”

“差不多就是这样。”裴洛拉特说。

崔维兹又说：“赛协尔上有许多人相信盖娅就在附近，有些人甚至还能正确指出它的恒星，偏偏一致公认盖娅是个去不得的地方。而在康普隆上，或许有人能指认出地球的恒星，虽然他们会坚持地球具有放射性，而且早已失去生机。即使他们这样说，我们仍然要向地球进发，我们要拿当初进军盖娅的行动做榜样。”

宝绮思说：“当初是盖娅愿意接纳你，崔维兹。你在我们的掌握中一筹莫展，但我们根本无意伤害你。如果地球也是一样威力强大，却对我们并不友善，那该怎么办？”

“我不计一切后果，无论如何都要试图接近它。然而，这是我个人的任务，等我找出地球的下落，准备前进时，你们再离开仍不算太迟。我会把你们留在最近的基地世界，如果你们坚持的话，我也可以带你们回盖娅去。然后，我再一个人前往地球。”

“我亲爱的兄弟，”裴洛拉特显然很难过，“别说这种话，我做梦也不会想丢下你。”

“而我做梦也不会想丢下裴。”宝绮思一面说，一面伸出手来摸摸裴洛拉特的脸颊。

“那就太好了。我们很快就能进行跃迁，直奔康普隆，然后嘛，希望下一站——就是地球。”

第二篇

康普隆

第三章
入境太空站

09

宝绮思一面走进舱房，一面说道：“崔维兹有没有跟你说，我们随时可能跃迁到超空间？”

正埋首盯着显像盘的裴洛拉特抬起头来说：“事实上，他刚才顺便来打个招呼，告诉我说‘半小时之内’。”

“我不喜欢想到这种事，裴。我向来不喜欢跃迁，它让我有一种内脏要跑出来的古怪感觉。”

裴洛拉特显得有些惊讶。“我从来没想到你也经常旅游太空，宝绮思吾爱。”

“我并非这方面的专才，我也不是专指我个人的这一部分。盖娅本身并没有机会经常作太空旅行，基于我／们／盖娅的天性，我／们／盖娅并不从事探索、贸易或太空游历。话说回来，还是需要有人驻守入境太空站……”

“所以我们才有幸遇到你。”

“是呀，裴。”她对他投以深情的一笑，“基于种种理由，我们也需要派人到赛协尔或其他星域探访——通常都是在暗中进行。但不论是明是暗，总是需要经历跃迁。当然，不论盖娅哪一部分进行跃迁，所有的盖娅都感觉得到。”

“那实在很糟。”裴洛拉特说。

“还有更糟的事。因为盖娅绝大部分并未经历跃迁，所以效应被大量稀释，可是，我好像比大部分的盖娅感觉更为强烈。这正是我一直试图告诉崔维兹的事，虽然所有的盖娅都是盖娅，各个成分却并非完全相同，我们彼此也有个体差异。由于某种原因，我的身体构造对跃迁特别敏感。”

“等一等！”裴洛拉特好像突然想到什么，“崔维兹跟我解释过，只有在普通船舰中，你才会有那种糟透了的感觉。普通船舰进入超空间之际，一定会离开银河重力场，而在重返普通空间时，又会重新回到重力场中，那种感觉便是一去一来所产生的。但远星号却是一艘重力太空艇，它丝毫不受重力场的作用，在进行跃迁时，并未真正离开和重返重力场。因此，我们不会有任何感觉，亲爱的，这点我能以个人经验向你保证。”

“那实在太好了，我真希望早就想到跟你讨论这件事，那样我就不必穷操心了。”

“此外还有个好处。”难得有机会担任太空航行解说员，裴洛拉特感到精神大振，“一般的船舰必须在普通空间中远离巨大物体，例如恒星，然后才能进行跃迁。原因之一，愈接近恒星重力场愈强，跃迁引起的感觉就愈剧烈。此外，重力场愈强，想要进行一次安全的跃迁，抵达预期的普通空间目的地，需要解的方程式就愈复杂。

“然而，在重力太空艇中，根本不会引起‘跃迁感’。况且，这艘太空艇有一台新型电脑，比普通的电脑先进许多倍，能以非凡的功能和速度处理复杂的方程式。所以说，远星号不必为了找一个安全舒适的跃迁地点，花上几周的时间来避开一颗恒星，它只需要飞两三天就够了。尤其是我们不受制于重力场，也就不受惯性效应的影响，这个优势就更为明显——我承认自己并不了解这些理论，但这些都是崔维兹告诉我的。”

宝绮思说：“很好啊，这都要归功于崔有办法驾驭这艘非凡的太空艇。”

裴洛拉特微微皱了一下眉头。“拜托，宝绮思，请说‘崔维兹’。”

“我会的，我会的。不过当他不在的时候，我想轻松一下。”

“别这样，你丝毫不该纵容这种习惯，亲爱的，他对这点相当敏感。”

“他敏感的不是这个，他是对我敏感，他不喜欢我。”

“不是这样的。”裴洛拉特一本正经地说，“我跟他讨论过这件事——哎，哎，别皱眉头，我讲得万分委婉，小宝贝。他向我保证，他不是不喜欢你，而是对盖娅仍有疑虑。他不得不选择盖娅作为人类未来的蓝图，这点令他闷闷不乐，我们一定要体谅他。等他慢慢了解到盖娅的优点，他就会没事了。”

“我也希望这样，但问题不只是盖娅。不论他跟你说什么，裴——记住，他对你很有好感，不希望让你伤心——但他就是不喜欢我这个人。”

“不，宝绮思，这是不可能的。”

“不能因为你喜欢我，就得人人都喜欢我，裴。让我解释给你听，崔——好吧，崔维兹——认为我是个机器人。”

一向面无表情的裴洛拉特，此时脸上布满讶异之色。他说：“他绝不可能认为你是个人造人。”

“这有什么好大惊小怪的？盖娅就是靠机器人协助而创建的，这是众所皆知的事实。”

“机器人或许有些帮助，就像机械装置一样，但是创建盖娅的是人类，是来自地球的人类。崔维兹的想法是这样的，我知道他是这样想的。”

“我告诉过你和崔维兹，盖娅的记忆并未包含任何有关地球的资料。不过，机器人的确存在于我们最古老的记忆中，即使在盖娅建立了三千年之后，机器人仍旧存在，它们的工作是将盖娅转变成适宜住人的世界。与此同时，我们也致力发展盖娅的行星级意识，这项工作花了很长时间，亲爱的裴。我们的早期记忆之所以模糊不清，这是原因之一，也许并非如崔维兹所想象的，是来自地球的力量将它们抹除……”

“好的，宝绮思，”裴洛拉特以焦急的口吻说，“可是那些机器人呢？”

“嗯，盖娅形成之后，机器人就全部离开了。我们不希望盖娅之中包含机器人，因为我们始终深信，不论是孤立体的社会或行星级生命体，只要含有机器人这种成分，终究会对人类有害。我不知道我们是如何得到这种结论的，有可能是根据银河早期历史中的一些事件，因此盖娅的记忆无法延伸到那里。”

“既然机器人离开了……”

“没错，可是假如有些留下来了呢？假如我就是其中之一，也许我已经有一万五千岁，崔维兹就是怀疑这一点。”

裴洛拉特缓缓摇了摇头。“但你不是啊。”

“你确定自己真的相信吗？”

“我当然相信，你绝不是机器人。”

“你怎么知道？”

“宝绮思，我知道，你身上没有一处是人工的。要是连我都不知道，就没有人知道了。”

“有没有可能是我的设计太过精妙，因此不论哪一方面，从最大到最小，我都和自然生成的一模一样？果真如此的话，你如何能看出我和真人的差别？”

裴洛拉特说：“我不相信你会是个设计精妙的假人。”

“暂且不管你怎么想，万一真有这个可能呢？”

“我就是不相信。”

“那么，让我们把它当作一个假设的案例。假设我是个几可乱真的机器人，你会作何感想？”

“这个，我……我……”

“说得具体一点，你对于跟一个机器人做爱有什么感想？”

裴洛拉特突然右手拇指与中指相扣，发出清脆的一声响。“你可知道，银河中流传着一些女性爱上男性人造人，或是男性爱上女性人造人的传说。我一直认为那只能算寓言，从未想到它们会是千真万确的事实。当然啦，在我们降落赛协尔之前，我和葛兰从来没听说过机器人，可是我现在想想，那些男女人造人一定就是机器人。在银河历史早期，这种机器人显然曾经存在，这就表示必须重新考量那些传说……”

裴洛拉特陷入沉思，宝绮思等了一会儿，突然用力拍了拍手，吓得他跳了起来。

“亲爱的裴，”宝绮思说，“你在用你搜集的神话来回避问题。我的问题是：你对于跟一个机器人做爱有什么感想？”

他不安地凝视着她。“一个完全足以乱真的机器人？一个和真人无法区分的机器人？”

“是的。”

“我认为，和真人无法区分的机器人就是人类。如果你是这样一个机器人，对我而言，你就是不折不扣的人类。”

“我想听的正是这句话，裴。”

裴洛拉特顿了一下，然后说：“嗯，既然你听到了我的回答，亲爱的，现在你是不是该告诉我，你是自然的人类，好让我不必再跟假设的情境奋战？”

“不，我不会那样做。你将自然的人类，定义成具有一切自然人类特质的物件，而你如果认为我具备所有这些特质，那我们的讨论可以就此结束。我们已经得到一个操作性定义，不需要再加油添醋。毕竟，我又怎么知道你并不是一个以假乱真的机器人？”

“因为我跟你说我不是。”

“啊，但如果你是个足以乱真的机器人，也许你本身的设计，会让你跟我说你是个自然人类，你甚至可能被设定成相信自己是个真人。操作性定义是我们仅有的依据，我们也只能推论出这样的定义。”

她将手臂揽在裴洛拉特脖子上，开始亲吻他。她愈吻愈热情，几乎欲罢不能，裴洛拉特好不容易才挤出一点声音，像是被蒙住嘴巴似的说：“可是我们答应过崔维兹，不会把这艘太空艇变成蜜月小屋，以免令他尴尬。”

宝绮思哄诱他说：“让我们达到忘我的境界，就不会有时间去想什么承诺。”

裴洛拉特感到很为难。“可是我做不到，亲爱的。我知道这一定会让你不高兴，宝绮思，但我无时无刻不在思考，我天生不愿意让自己被感情冲昏头。这是我一辈子的习惯，也许会让别人感到非常讨厌。凡是曾经和我共同生活的女人，迟早会对这点表示不满。我的第一任妻子——不过我想现在不适合讨论这……”

“是的，的确不太适合，不过没有那么严重，你也不是我的第一个爱人。”

“喔！”裴洛拉特有点不知所措，但随即注意到宝绮思浅浅的笑意，连忙道，“我的意思是，这理所当然，我从来就没有奢望自己是。总之，我的第一任妻子不喜欢我这个习惯。”

“可是我喜欢，我觉得你不断陷入沉思的习惯很迷人。”

“我真不敢相信，但我的确有了另一个想法。我们已经同意，机器人和真人没有什么差别，然而，我是个孤立体，这点你是知道的，我并不是盖娅的一部分。我们在亲热的时候，即使你让我偶尔参与盖娅，你仍是在分享盖娅之外的情感，而这种情感的强度，也许比不上盖娅和盖娅的爱情。”

宝绮思说：“爱上你，裴，自有一种特别的喜悦，我已心满意足。”

“但这不仅仅是你爱上我这么简单，你不只是你个人而已。假如盖娅认为这是一种堕落呢？”

“如果它那么想，我一定会知道，因为我就是盖娅。既然我能从你这里得到快乐，盖娅一样可以。当我们做爱时，所有的盖娅多少都会分享到快感。当我说我爱你，就等于说盖娅爱你，虽然只是由我这部分担任直接的角色——你好像很困惑。”

“身为一个孤立体，宝绮思，我真的不太了解。”

“我们总是可以拿孤立体的身体来作类比。当你吹口哨的时候，是你整个身体，你这个生物，想要吹出一个调子，可是直接担任这项工作的，却只有你的嘴唇、舌头和肺部，你的右脚拇指什么也没做。”

“它也许会打拍子。”

“但那并非吹口哨的必要动作，用大脚趾打拍子不是动作的本身，而是对动作的回应。事实上，盖娅每一部分多少都会对我的情感产生些反应，正如我对其他成员的情感也会有所回应一样。”

裴洛拉特说：“我想，实在没有必要对这种事感到脸红。”

“完全不必。”

“可是这为我带来一种古怪的责任感。当我努力使你快乐的时候，我觉得必须尽力使盖娅所有的生物都感到快乐。”

“应该说所有的原子——但你做到了。我让你短暂分享的那个共有喜悦，你的确对它作出了贡献。我想由于你的贡献太小，所以很难察觉，但是贡献的确存在，而你知道了它的存在，就会使你更加快乐。”

裴洛拉特说：“我希望能够确定葛兰正忙着驾驶太空艇穿越超空间，有好一阵子无法离开驾驶舱。”

“你想度蜜月吗？”

“是的。”

“那么拿一张纸来，写上‘蜜月小屋’，然后贴在门外。如果他硬要进来，就是他自己的问题。”

裴洛拉特依言照做。在他们接下来的云雨之欢中，远星号终于进行了跃迁。裴洛拉特与宝绮思都未曾察觉，即使两人特别留意，也不可能会有任何感觉。

10

其实，裴洛拉特遇见崔维兹，以及离开端点星，进行生平首度的星际之旅，只不过是几个月前的事情。在此之前，他的大半生完全在端点星上度过，前后已超过半个世纪（根据银河标准时间）。

在他心目中，自己在这几个月间已成了太空老兵。他曾经从外太空看过三颗行星：端点星、赛协尔以及盖娅。如今，他又从显像屏幕上看到另外一颗，不过这回是借着电脑控制的望远装置，而这颗行星就是康普隆。

然而，这是他第四度感到莫名的失望。不知道什么原因，他始终认为从太空俯瞰一个适宜住人的世界，应该可以看到镶在海洋中的大陆轮廓，而若是一个干燥的世界，也该看得到镶在陆地中的众多湖泊。

可是他从来没有看到过。

倘若一个世界适宜住人，就该同时拥有大气层与水圈；既然又有空气又有水分，表面一定会有云气；而只要有云，外表看起来便相当朦胧。这次也不例外，裴洛拉特发现底下又是无数白色漩涡，偶尔还能瞥见一些苍蓝或锈褐色的斑点。

他闷闷不乐地想到，如果某颗距离遥远的行星，比方说位于三十万公里之外，它的影像投射到屏幕后，是否有人能分辨出它是哪个世界？谁又能分辨两团涡状云的异同？

宝绮思以关怀的眼神望着裴洛拉特。“怎么啦，裴？你似乎不大高兴。”

“我发现所有的行星从太空看来都差不多。”

崔维兹说：“那又怎样，詹诺夫？假如你在端点星的海洋中航行，那么出现在地平线的每道海岸线，也都是大同小异。除非你知道要找的是什么——一座特别的山峰，或是一个形状特殊的离岛。”

“我想这话没错，”裴洛拉特说，但他显然并不满意，“可是在一大片移动的云朵中，你又想找些什么呢？即使你试着去找，在你确定之前，可能已经进入行星的暗面了。”

“再看仔细点，詹诺夫。假如你好好观察云朵的形态，将会发现它们都趋向同一个模式，那就是以某一点为中心，环绕着行星打转，而那个中心差不多就是南极或北极。”

“是哪一极呢？”宝绮思显得很感兴趣。

“相对于我们而言，这颗行星以顺时针方向旋转，因此根据定义，我们俯瞰的这端是南极。由于这个中心和昼夜界线，也就是行星的阴影线，距离大约十五度，而行星自转轴和公转轴的夹角是二十一度，所以现在的季节应该是仲春或仲夏，至于何者正确，要看南极目前正在远离还是接近昼夜界线。电脑可以计算出这颗行星的轨道，如果我问它，就能立刻得到答案。这个世界的首府在赤道北边，因此那里的季节是仲秋或仲冬。”

裴洛拉特皱起眉头。“这些你全都能看出来？”他望着云层，仿佛认为它现在会（或者应该）开口跟他说话，但这当然是不可能的。

“还不只这些呢，”崔维兹说，“如果你仔细观察两极地区，将会发现那里的云层没有裂缝，这点跟其他地区很不一样。事实上裂缝还是有的，不过裂缝下面都是冰层，所以你看到的是白茫茫一片。”

“啊，”裴洛拉特说，“我想两极的确应该有这种现象。”

“任何适宜住人的行星当然都有。至于毫无生机的行星，上面也许根本没有空气或水分，或者，有可能具有某些征状，显示其上的云气并非‘水云’，或是冰层并非‘水冰’。这颗行星完全没有那些征状，因此我们可以知道，眼前的确是水云和水冰。

“接下来，我们应该注意日面这一大片白昼区，有经验的人一看就知道，它的面积大于平均值。此外，你可以从反射光中，观察到一种相当昏暗的橙色光芒。这表示康普隆之阳比端点星之阳温度低，虽然相较于端点星，康普隆和它的太阳距离较近，但由于这颗恒星温度偏低，因此就适宜住人的世界而言，康普隆算是寒冷的世界。”

“你像是在阅读影视书一样，老弟。”裴洛拉特以敬佩的口吻说。

“别太崇拜我。”崔维兹露出诚挚的笑容，“电脑将有关这个世界的统计资料都给了我，包括它稍微偏低的平均温度。既然知道了结果，就不难反过来找些理由推论一番。事实上，康普隆正濒临冰河期，若非陆地形态的条件不合，它早已进入冰河期。”

宝绮思咬了咬下唇。“我不喜欢寒冷的世界。”

“我们有保暖的衣物。”崔维兹说。

“话不是这么说，人类天生就不适应寒冷的气候，我们没有厚实的毛皮或羽毛，也没有足以御寒的皮下脂肪。一个具有寒冷气候的世界，似乎多少有些漠视各个成员的福祉。”

崔维兹说:“盖娅是不是处处气候都很温和？”

“大部分区域都是，我们也提供一些寒带地区给寒带动植物，以及一些热带地区给热带动植物。不过大多数地区都保留给其他生物，当然包括人类在内，所以一律四季如春，从来不会太冷或太热。”

“当然包括人类在内。就这方面而言，盖娅所有的部分一律平等，不过有些成员，例如人类，显然比其他成员更加平等。”

“别作不智的挖苦。”宝绮思显得有点恼怒，“意识的层级和程度是很重要的因素，一个人类成员和同样重量的岩石相比，自然是人类对盖娅比较有用。整体而言，盖娅的性质和功能必须以人类为标准来衡量——然而，并不像孤立体世界那般看重人类。此外有些时候，盖娅这个大我如有需要，也会以其他标准自我衡量，甚至也许每隔很长一段时间，需要以岩石内部的标准来衡量。这点也绝对不可忽视，否则盖娅每一部分都会受连累。我们可不希望来一场没有必要的火山爆发，对不对？”

“当然不希望，”崔维兹说，“如果没有必要的话。”

“你不以为然，是吗？”

“听我说，”崔维兹道，“我们有气温低于或高于平均值的世界，有热带森林占了很大面积的世界，还有遍布大草原的世界。没有哪两个世界一模一样，对适应某个世界的生物而言，那个世界就是家园。我个人习惯端点星相当温和的气候——事实上，我们将它控制得几乎和盖娅一样适中——可是我也喜欢到别处去，至少暂时换个环境。相较之下，宝绮思，盖娅欠缺的是变化。倘若盖娅扩展成盖娅星系，每个世界是否都会被迫接受改造？这种千篇一律的单调将令人无法忍受。”

宝绮思说：“如果真的无法忍受，如果真的希望有些变化，仍然可以保留多样性。”

“这算是中央委员会的赏赐吗？”崔维兹讽刺道，“在它能容忍的范围内，拨出一点点的自由？我宁可留给大自然来决定。”

“但你们并未真正留给大自然来决定，银河中每个适宜住人的世界，全都受到过改造。那些世界刚被发现的时候，自然环境都无法让人类舒适地生活，因此每个世界都被尽可能改造得宜人。如果眼前这个世界过于寒冷，我确定是因为它的居民无法做得更好。即使如此，他们真正居住的地方，也一定用人工方法加热到适宜的温度。所以你不必自命清高，说什么留给大自然来决定。”

崔维兹说：“我想，你是在替盖娅发言吧。”

“我总是替盖娅发言，我就是盖娅。”

“如果盖娅对自己的优越性那么有信心，你们为什么还需要我的决定？为什么不自己向前冲呢？”

宝绮思顿了一下，仿佛在集中思绪。然后她说：“因为太过自信是不智的。我们对于本身的优点，自然看得比缺点更清楚。我们渴望做正确的事，它不一定是我们自认为正确的，但是必须具有客观正确性——如果所谓的客观正确性真正存在。我们经过多方的找寻，发现你似乎是通向客观正确性的最佳捷径，所以我们请你来当我们的向导。”

“好一个客观正确性，”崔维兹悲伤地说，“我甚至不了解自己所作的决定，因而必须千方百计寻求佐证。”

“你会找到的。”宝绮思说。

“我也这么希望。”崔维兹应道。

“说句老实话，老弟，”裴洛拉特道，“我觉得这次的对话，宝绮思轻而易举占了上风。你怎么还看不出来，她的论证已经足以说明，你决定以盖娅作为人类未来的蓝图是正确的？”

“因为，”崔维兹厉声道，“我在作决定的时候，还没有听到这些论证，当时我对盖娅这些细节一概不知。是另一个因素影响了我，至少是潜意识的影响。那是个和盖娅的细节并无关联的因素，可是一定更为基本，我必须找出的正是这个因素。”

裴洛拉特伸出手来拍拍崔维兹，安慰他说：“别生气，葛兰。”

“我不是生气，只是觉得压力大得几乎无法承受，我不想成为全银河的焦点。”

宝绮思说：“这点我不怪你，崔维兹。由于你天赋异禀，才不得不接受这个角色，我实在感到抱歉。我们什么时候登陆康普隆？”

“三天以后，”崔维兹说，“我们得在轨道上某个入境站先停一下。”

裴洛拉特说：“应该没什么问题吧？”

崔维兹耸了耸肩。“这要由许多因素来决定，包括前来这个世界的太空船有多少、入境站有多少，还有更重要的一点，就是核准或拒绝入境的特殊法规，这种法规随时都有可能改变。”

裴洛拉特愤慨地说：“你说拒绝入境是什么意思？他们怎么可以拒绝基地公民入境？康普隆难道不是基地领域的一部分？”

“嗯，可以说是，也可以说不是，这是个微妙的法政问题，我不确定康普隆会如何诠释。我想，我们有可能被拒绝，但我相信可能性并不太大。”

“如果遭到拒绝，我们该怎么办？”

“我也不知道。”崔维兹说，“让我们静观其变，别把精神耗在假想的状况上。”

11

现在他们已经相当接近康普隆，即使不借助望远设备，呈现眼前的也是个可观的球状天体。如果经由望远镜放大，那就连入境太空站都看得见了。这些入境站比轨道上大多数的人造天体更深入太空，而且个个灯火通明。

远星号由南极这端慢慢接近这颗行星，能看到行星表面的一半始终沐浴在阳光下。位于夜面的入境站是一个个的光点，自然显得特别清楚，全都均匀排列在一个弧圈上。有六个入境站清晰可见（在日面上无疑还有六个），全部以相同的固定速度环绕着这颗行星。

裴洛拉特面对这个景象，敬畏之情油然而生。他说：“那些距离行星较近的灯光，都是些什么东西？”

崔维兹说：“我对这颗行星不太了解，所以答不上来。有些可能是轨道上的工厂、实验室或观测站，甚至是住人的太空城镇。有些行星喜欢让人造天体外表看起来一片漆黑，只有入境站例外，例如端点星就是如此。就这点而言，康普隆显然比较开放。”

“我们要去哪个入境站，葛兰？”

“这得由他们决定，我已经送出登陆康普隆的请求，早晚会收到回复，指示我们该向哪个入境站飞去，以及何时该去报到。这主要取决于目前有多少太空船等候入境，如果每个入境站都有成打的太空船排队，我们除了耐心等待，根本没有其他选择。”

宝绮思说："在此之前，我只有两次超空间旅行的经验，两次都是去赛协尔或附近的星空，我从来没到过这么远的地方。"

崔维兹以锐利的目光盯着她。"这有关系吗？你依然是盖娅，对不对？"

宝绮思一时之间显得有些恼怒，但不久就软化为带点尴尬的笑声。"我必须承认这次被你抓到语病，崔维兹。'盖娅'这个名称有双重含意，它可以代表太空中一个球状的固体、一颗具有实体的行星，也可以代表包括这颗行星在内的生命体。严格说来，对于这两种不同的概念，我们应该使用两个不同的名词，不过盖娅人总能从上下文的意思，了解对方指的是哪一个。我承认，孤立体有时可能会被搞糊涂。"

"好吧，那么，"崔维兹说，"目前你距离盖娅这颗星球有数千秒差距，你仍是盖娅这个生命体的一部分吗？"

"就生命体的定义而言，我仍是盖娅。"

"没有任何衰减？"

"本质上并没有。我确定自己曾经告诉你，跨越超空间而想继续身为盖娅，的确有些困难存在，但我做到了。"

崔维兹说："你是否想到过，可将盖娅视为一个银河级的魁肯——传说中充满触须的怪兽，那些触须无孔不入。你们只要派几个盖娅人到每个住人世界，就等于建立了盖娅星系。事实上，你们也许已经这样做了。那些盖娅人都在哪里？我想至少有一个在端点星上，也至少有一个在川陀。这项行动进行到什么程度了？"

宝绮思看来相当不高兴。"我说过我不会对你说谎，崔维兹，但并不表示我有义务告诉你全部真相。有些事情你不需要知道，盖娅独立成员的位置和身份便是其中之一。"

"就算我不需要知道他们的下落，宝绮思，我是否有必要知道这些触须存在的原因？”

“盖娅认为你也不需要知道。”

“不过，我想我可以猜猜，你们相信自己是银河的守护者。”

“我们渴望有个安全、稳固、和平且繁荣的银河，而谢顿计划，至少是哈里·谢顿当年拟定的那个计划，则是准备发展出比第一银河帝国更稳定、更可行的第二帝国。后来，谢顿计划经过第二基地的不断修正和改良，直到目前为止，似乎都进行得很顺利。”

“盖娅却不希望谢顿计划中的第二帝国付诸实现，对不对？你们期盼的是盖娅星系——一个活生生的银河系。”

“既然已经得到你的准许，我们便希望盖娅星系终能出现。假使你不准，我们便会努力经营谢顿的第二帝国，尽可能使它变得安全稳固。”

“可是第二帝国到底……”

崔维兹耳际突然响起一阵轻柔的隆隆声，于是他说：“电脑对我发出讯号，我想它收到了有关入境站的指示，我去去就来。”

他走进驾驶舱，将双手放在桌面的手掌轮廓上，便得到了该前往哪个入境站的指示——包括那个入境站相对于康普隆自转轴（从中心指向北极）的坐标，以及指定的前进航线。

崔维兹发出同意的讯号，然后仰靠在椅子上休息了一会儿。

谢顿计划！他已经很久没想到了。第一银河帝国早已土崩瓦解，而基地起初与帝国争霸，后来在帝国的废墟中崛起，至今已有五百年——一切都在按照谢顿计划进行。

其间也曾经由于“骡乱”而中断，骡一度对谢顿计划形成致命威胁，差一点粉碎了整个计划，但基地终究渡过了难关。或许是一直隐身幕后的第二基地伸出援手，不过援手也可能来自行踪更为隐密的盖娅。

如今谢顿计划所受到的威胁，却远比骡乱更为严重。原定浴火重生的帝国遭到淘汰，取而代之的是一种史无前例的组织——盖娅星系。而他自己，竟然同意了这样做！

可是为什么呢？是谢顿计划有什么瑕疵？有根本的缺陷吗？

一刹那间，崔维兹似乎觉得缺陷的确存在，也知晓这个缺陷究竟是什么，而且当初在作出决定之际，他就已经明白了一切。可是这个乍现的灵光……如果的确是真的……却来得急去得快，没有在他心中留下任何印象。

也许当初作出决定的那一刻，以及刚才的灵光一闪，两次顿悟都只是一种幻觉。毕竟，除了心理史学所倚仗的基本假设之外，他对谢顿计划一窍不通。此外，对于其中的细节，尤其是数学理论，他根本没有丝毫概念。

他闭起眼睛，开始沉思……

结果是一片空白。

他是不是需要电脑提供额外的力量？他将双手放在桌面上，立时感到被电脑的温暖双手紧紧握住。他阖上双眼，再度凝神沉思……

依旧是一片空白。

12

登上远星号的康普隆海关人员，佩戴着一张全息识别卡，上面映出他圆圆胖胖、留着稀疏胡须的脸孔，看来简直维妙维肖。全息像下面则是他的名字：艾·肯德瑞。

他个子不高，身材和脸孔一样浑圆，表情与态度都显得既随和又有精神。此时，他正带着明显的讶异神情，打量着这艘太空艇。

他说："你们怎么来得这么快？我们以为至少要等两个钟头。"

"这是新型的太空艇。"崔维兹以不亢不卑的口气回答。

不过，肯德瑞显然没有看起来那么嫩，他刚走进驾驶舱，立刻问道："重力驱动的？"

崔维兹认为没必要否认那么明显的事实，于是以平淡的口吻答道："是的。"

"真有意思，我们听说过，可是从来没见过。发动机在艇体中吗？"

"没错。"

肯德瑞看了电脑一眼。"电脑线路也一样？"

"没错，至少就我所知是这样，我自己从来没看过。"

"好吧。我需要的是这艘太空艇的相关文件，包括引擎编号、制造地点、识别码，以及一切相关资料。我确定这些都在电脑中，它也许只要半秒钟，就能吐出一份正式资料卡。"

资料果然很快就印出来，肯德瑞又四处张望了一下。“太空艇上只有你们三个人吗？”

崔维兹答道：“是的。”

“有没有活的动物？植物呢？你们健康状况如何？”

“没有动物、没有植物、健康状况良好。”崔维兹答得很干脆。

“嗯！”肯德瑞一面做着笔记，一面说，“可不可以请你将手放进这里？只是例行检查——请伸出右手。”

崔维兹向那个仪器随便瞥了一眼。这种检查仪器愈来愈普遍，而且很快就改良得愈来愈精巧。只要看看一个世界使用的“微侦器”多么落后，几乎就能知道那个世界本身的落后程度。然而，如今不论多么落后的世界，也鲜有完全不用这种仪器的。微侦器是随着帝国崩溃而出现的产物，由于银河中分崩离析的各个世界，变得愈来愈惧怕其他世界的疾病与异种微生物，因此无不全力加强防范。

“这是什么？”宝绮思低声问，似乎很感兴趣。然后她伸长脖子，看了看仪器的左右两侧。

裴洛拉特说：“微侦器，我相信他们是这么叫的。”

崔维兹补充道：“并不是什么神奇的东西。这种仪器可以自动检查你身体的某一部分，从里到外，看看有没有会传染疾病的微生物。”

“这台还能将微生物分类呢，”肯德瑞以稍嫌夸大的骄傲口气说，“是康普隆本地研发出来的——对不起，你还没把右手伸出来。”

崔维兹将右手插进去，看到一串小红点沿着一组水平线不停舞动。肯德瑞按下一个开关，彩色画面立刻转到一张纸上。“请在这上面签名，先生。”他说。

崔维兹签了名，接着问道：“我的健康情况多糟？我不会有什么大危险吧？”

肯德瑞说：“我不是医生，所以无法说明细节，不过这些症状都没什么大不了，不至于让你被赶回去或隔离起来。我关心的只是这点。”

“我多么幸运啊。”崔维兹一面自嘲，一面甩了甩右手，想要甩掉轻微的刺痛感。

“换你了，先生。”肯德瑞说。

裴洛拉特带着几分犹豫，将手伸进仪器中。检验完毕后，他也在彩色报表上签了名。

“接下来是你，女士。”

过了一会儿，肯德瑞看着检查报告说：“我从来没见过像这样的结果。”他抬起头来望着宝绮思，脸上露出敬畏的表情，“你没有任何症状，完全没有。”

宝绮思露出迷人的笑容。“真好。”

“是啊，女士，我真羡慕你。”他又翻回第一张报表，“你的身份证件，崔维兹先生。”

崔维兹掏出证件，肯德瑞看了一眼，又露出惊讶的表情，抬起头来说：“端点星的议员？”

“没错。”

“基地的高级官员？”

崔维兹以淡淡的口气说：“完全正确。所以请让我们尽快通关，好吗？”

“您是船长？”

“是的。”

“来访的目的？”

“有关基地安全事宜，这就是我能告诉你的一切，明白了吗？”

“明白了，阁下。你们预计停留多久？”

“我不知道，大概一个星期吧。”

“没问题，阁下。这位先生呢？”

“他是詹诺夫·裴洛拉特博士。”崔维兹说，“你已经有了他的签名，我可以替他担保。他是端点星的学者，我这次的访问任务，由他担任我的助理。”

“我了解，阁下，但我必须查看他的身份证件。规定就是规定，我只能这么说。希望您能谅解，阁下。”

于是裴洛拉特掏出他的证件。

肯德瑞点了点头。“你的呢，小姐？”

崔维兹冷静地说：“没有必要麻烦这位小姐，我也替她担保。”

“我知道，阁下，但我还是要看她的身份证件。”

宝绮思说：“只怕我身边没有任何证件，先生。”

肯德瑞皱起眉头。“请问你说什么？”

崔维兹说：“这位小姐没带任何证件。她是一时疏忽，不过一点也没关系，我可以负完全责任。”

肯德瑞说：“我希望能让您负责，可是我爱莫能助，要负责任的人是我。这种情况没什么大不了，取得一份副本应该不难。这位年轻女士，我想也是来自端点星吧。”

“不，她不是。”

“那么，是从基地领域的某个世界来的？”

“其实也不是。”

肯德瑞以锐利的目光望了望宝绮思，又望了望崔维兹。“这就有些麻烦了，议员先生。要从非基地的世界取得证件副本，可能就得多花点时间。由于你不是基地公民，宝绮思小姐，我需要知道你出生的世界，以及你是哪个世界的公民。然后，你得等证件副本来了再说。”

崔维兹又说：“听着，肯德瑞先生，我看不出有任何理由浪费这个时间。我是基地政府的高级官员，我来此地执行一项重大任务，绝不能让一些无聊的手续耽误我的行程。”

“我无权决定，议员先生。如果我能做主，现在就会让你们降落康普隆，可是我有一本厚厚的规章手册，规范了我的每一项行动。我必须依照规章办事，否则规章会反过来办我——当然，我想此刻一定有康普隆的政府官员在等候您，如果您能告诉我他是谁，我马上跟他联络，如果他命令我让您通关，那我一定照办。”

崔维兹犹豫了一会儿，然后说：“这样做不太高明，肯德瑞先生。我可不可以跟你的顶头上司谈谈？”

“当然可以，可是您不能说见他就见他……”

“只要他知道想见他的是一名基地官员，我确定他立刻会来……”

“老实说，”肯德瑞道，“这话别传出去，但那样只会把事情愈弄愈糟。我们并非基地的直辖领域，这您是知道的。我们是所谓的‘联合势力’，这点我们十分在意。民众绝不希望政府表现得像基地的傀儡——我只是在说明大众的意见，希望您能了解——因此，他们会竭尽全力展示独立的地位。如果我的上司拒绝一名基地官员的要求，他很可能因此获得特殊的嘉奖。”

崔维兹的表情转趋阴郁。“你也会吗？”

肯德瑞摇了摇头。“我的工作和政治还沾不上边，阁下。不论我做了什么，都不会有人给我嘉奖，他们只要肯付我薪水，我就谢天谢地了。我非但得不到任何嘉奖，而且动辄得咎，很容易受到各种处分，我可不希望因此受到连累。”

“以我的地位，你该知道，我可以照顾你。”

“不行的，阁下。对不起，这样说或许很失礼，但我可不认为您有办法。此外，阁下，这句话很难出口，但请您千万别送什么贵重东西给我。最近抓得很紧，接受这些东西的官员会被他们拿来杀一儆百，而且他们抓贿很有一套。”

“我不是想贿赂你。我只是在想，如果你耽误了我的任务，端点市长能怎样对付你。”

“议员先生，只要我拿规章手册当挡箭牌，我就百分之百安全。万一康普隆主席团的成员受到基地责难，那是他们的事，跟我可没关系。但如果有必要的话，阁下，我可以让您和裴洛拉特博士通关，驾着你们的太空艇先行着陆。只要您将宝绮思小姐留在入境站，我们会负责收容她，等到她的证件副本送来之后，我们立刻送她下去。倘若由于特殊原因，无法取得她的证件，我们会以商用交通工具送她回到她的世界。不过这样一来，只怕有人就得支付她的交通费用。”

崔维兹注意到裴洛拉特的表情变化，于是说：“肯德瑞先生，我们能不能到驾驶舱私下谈谈？”

“当然可以，但我不能在这里停留太久，否则会令人起疑。”

“不会太久的。”崔维兹说。

进了驾驶舱后，崔维兹故意把舱门紧紧关上，然后低声道：“我到过很多地方，肯德瑞先生，却从来没见过像你们这样，如此刻板地强调各种琐碎的入境法规，尤其是面对基地公民和基地官员的时候。”

“但那个年轻女子不是基地来的。”

“即使这样也不应该。”

肯德瑞说：“这种事情时松时紧，前些时候发生了一些丑闻，所以目前凡事都很严格。如果你们明年再来，也许根本不会有任何麻烦，可是现在我一点办法也没有。”

“试试看，肯德瑞先生。”崔维兹的语气愈来愈柔和，“我全仰赖你开恩了，我把你当成哥儿们来拜托。裴洛拉特和我从事这项任务已有一段日子，他和我，就只有他和我两个人。我们是好朋友没错，可是旅途中仍旧难免寂寞，相信你懂得我的意思。不久前，裴洛拉特遇到这个小姑娘，我不必告诉你事情的经过，反正我们最后决定带她一块上路。偶尔用用她，可以让我们保持身心健康。

“问题是裴洛拉特在端点星已有家室。我自己无所谓，这你应该了解，但裴洛拉特年纪比我大，他已经到了那种有点——不顾一切的年龄。这种年纪的男人，都会想尽办法重拾青春，所以他无法放弃她。然而，如果她出现在正式文件中，等到老裴洛拉特回到端点星，就要吃不了兜着走，可有受不完的罪了。

“我们没有做什么坏事，你应该了解。宝绮思小姐——她说那就是她的名字，想想她是干哪行的，这个名字实在贴切——她不算个精明的孩子，我们也不需要她多精明。你非登记她不可吗？能不能说太空艇上只有我和裴洛拉特？我们离开端点星的时候，记录上只有我们两人。其实根本不必登记这个女子，反正她完全不带任何疾病，这点你自己也注意到了。”

肯德瑞露出一副愁眉苦脸。“我真不想为难你们。我了解这种情况，而且请您相信，我也十分同情。听我说，如果你们认为在入境站一次值班好几个月，是一件很有意思的事，那就大错特错了。而且入境站中没有任何女性，康普隆不允许这种事情。”他摇了摇头，“我也有老婆，所以我能了解。可是，请听我说，即使我让你们通关，一旦他们发现那个——呃——小姐没有证件，她马上会入狱；您和裴洛拉特先生也将惹上大麻烦，消息很快就会传回端点星。而我自己，则注定会丢掉这份差事。”

“肯德瑞先生，”崔维兹说，“请相信我，我只要踏上康普隆就安全了。我可以向适当人士透露我的任务，等我讲清楚后，就不会再有任何麻烦。对于现在这件事，万一有人追究，我会负完全责任——但我想这不大可能。更重要的一点，是我会举荐你升官，而且一定能成功，因为若是有人迟疑，我保证会让端点星对他全力施压。至于裴洛拉特，你就放他一马吧。”

肯德瑞犹豫了一下，然后说：“好吧，我让你们通关。可是我得警告你们，为了预防事迹败露，我这就要开始设法自保，而我绝不会为你们着想。更何况我很了解康普隆处理这种案子的方式，你们却完全没有概念。不守规矩的人，在康普隆是没有好日子过的。”

“谢谢你，肯德瑞先生。”崔维兹说，“不会有任何麻烦的，我向你保证。”

第四章
康普隆

13

崔维兹一行三人终于通关。回头望去，入境站正迅速缩成黯淡的小光点。再过几个小时，他们便要穿越云层。

像远星号这样的重力太空航具，不必借着逐渐缩小的螺旋路径慢慢减速，却也不能高速俯冲而下。虽然它丝毫不受重力影响，并不代表空气阻力对它也没有作用。即使能以直线下降，仍然必须相当谨慎，降落的速度绝不能太快。

“我们准备去哪里？”裴洛拉特满脸困惑地问道。“在重重云层中，我根本分不清这里和那里，老伙伴。”

“我一样不知道，”崔维兹说，“但我们有一份康普隆官方发行的全息地图，其中录有每个陆块的形状，还特别突显陆地的高度和海洋的深度，此外还包括政治领域的划分。地图就在电脑里面，电脑会自动处理，能将行星表面的海陆结构和地图资料对比，借此将太空艇正确定位，然后循着一条‘摆线’的路径将我们带到首府。”

裴洛拉特说：“我们若到首府去，会一头栽进政治漩涡中心。如果正如那个海关人员暗示的，这是个反基地的世界，那我们就是自找麻烦。”

“但另一方面，首府也必定是这颗行星的学术中心，假如我们要找的资料果真存在，就一定会在那里。至于反基地的心态，我不信他们会表现得太明目张胆。市长对我也许没什么好感，却也不能坐视一名议员受辱，她绝不会允许这种先例出现。”

此时宝绮思从厕所走出来，刚洗完的双手还湿淋淋的。她一面旁若无人地整理内衣，一面说：“对了，我相信排泄物完全被回收了。”

“没有其他选择。”崔维兹说，“若不回收排泄物，你想我们的清水能维持多久？我们除了冷藏的主食之外，还能吃到风味独特的酵母蛋糕，你以为是用什么培养出来的？我希望这样说不会令你倒胃口，效率至上的宝绮思。”

“怎么会呢？你以为盖娅、端点星，还有下面这个世界的食物和清水是怎么来的？”

“在盖娅上，”崔维兹说，“排泄物想必和你一样是活生生的。”

“不是活生生，而是具有意识，这两者是有差别的。不过，排泄物的意识层级自然很低。”

崔维兹轻蔑地哼了一声，不过没有搭腔。他只是说：“我要到驾驶舱去陪陪电脑，虽然它现在并不需要我。”

裴洛拉特说：“我们能不能跟你一块去陪它？我还是很难接受让电脑处理一切，包括自动控制太空艇降落、感测其他船舰或风暴，或是别的什么东西。”

崔维兹露出灿烂的微笑。“你一定得想办法适应，拜托。将这艘太空艇交给电脑控制，比由我控制要安全得多。不过当然欢迎，来吧，看看这些过程对你只有好处。”

此时他们正在日照面上方，因为正如崔维兹所说，在日光下将电脑地图与实景进行比对，要比在黑暗中来得简单。

“这个道理显而易见。”裴洛拉特说。

“并非全然显而易见，即使在黑暗中，电脑也能借着地表所辐射的红外线，进行同样迅速的判读。然而，波长较长的红外线无法像可见光那样，提供电脑充分的解析度。也就是说，在红外线之下，电脑无法看得那么清晰细腻。除非有必要，我希望尽量让电脑处理最简单的状况。”

“假如首府在黑夜那边呢？”

“机会是一半一半，”崔维兹说，“就算真是那样，一旦在白昼区完成地图比对，虽然首府在黑夜中，我们仍能准确无误地飞去那里。在距离首府还很远的时候，我们就会截收到许多微波波束，还会收到那里发出的讯息，引导我们到最合适的太空航站。根本没什么好担心的。”

“你确定吗？”宝绮思说，“你们将带我一起下去，但我没有任何证件，也说不出一个他们晓得的星籍——而且我已下定决心，无论如何不会对他们提到盖娅。所以说，我们降落之后，万一有人要查我的证件，我们该怎么办？”

崔维兹说：“这种事不太可能发生，谁都会以为在入境站已经检查过了。”

“但如果他们真的问起呢？”

“那么，等事到临头的时候，我们再来面对问题。此时此刻，我们不要凭空制造问题。”

“等到我们面对问题的时候，很可能就来不及解决了。”

“我会用我的智慧及时解决，不会来不及的。”

“提到智慧，你是怎么让我们顺利通关的？”

崔维兹望着宝绮思，嘴角慢慢扯出一个笑容，看起来像个顽皮的少年。“只是用点头脑罢了。”

裴洛拉特说：“你到底是怎么做的，老友？”

崔维兹说：“只不过找到了求他帮忙的正确法门罢了。我先试着用威胁和不着痕迹的利诱，然后又诉诸他的理智，以及他对基地的忠诚，结果都没有成功。所以我不得不使出最后一招，说你对你的妻子不忠，裴洛拉特。”

“我的妻子？可是，我亲爱的伙伴，我目前并没有妻子啊。”

“这点我知道，但是他不晓得。”

宝绮思说：“我猜你们所谓的‘妻子’，是指男性的固定女性伴侣。”

崔维兹说：“要比你说的还复杂些，宝绮思。应该说是法定的女性伴侣，由于这种伴侣关系，对方依法获得了某些权利。”

裴洛拉特紧张兮兮地说：“宝绮思，我现在没有妻子，过去有些时候有过，不过都是很久以前的事。如果你希望举行一个法定的仪式……”

“喔，裴，”宝绮思装模作样地挥了挥手，“我何必在意这种事？我拥有数不清的亲密伴侣，亲密的程度有如你的左臂和右臂。只有充满疏离感的孤立体，因为找不到真正的伴侣，才必须以人为方式约定一个薄弱的代用品。”

“但我就是个孤立体，宝绮思吾爱。”

“你迟早会变得不那么孤立，裴。你或许无法成为真正的盖娅，可是不会再像以前那么孤立，而且将会拥有许许多多的伴侣。”

“我只要你，宝绮思。”裴洛拉特说。

“那是因为你根本不了解，你慢慢就能体会了。”

这段对话进行的同时，崔维兹一直紧盯着显像屏幕，尽量不流露出不耐烦的神情。云层早已近在眼前，不久之后，四面八方全是灰蒙蒙的雾气。

微波影像，他动念一想，电脑立刻开始侦测雷达回波。层层云雾随即消失不见，屏幕上出现了经过电脑着色的康普隆地表，不同结构的地形彼此的分界有点模糊不清且摇摆不定。

“是不是一直都会像这样子？”宝绮思问，声音中带着几分惊讶。

“等飘到云层下方就不会了，到时会再换回可见光。”他还没说完，阳光已经重新出现，正常的能见度也恢复了。

“我懂了。”宝绮思道。然后她转身面对崔维兹，又说：“但我不懂的是，裴有没有欺骗他的妻子，对那个入境站的海关人员来说，又有什么差别呢？”

“我跟那个叫肯德瑞的家伙说，如果他将你扣下，消息可能就会传回端点星，然后再传到裴洛拉特妻子的耳朵，那么裴洛拉特就有麻烦了。我没说他会有哪种麻烦，但我故意说得好像会很糟。男人彼此之间，都有一种同舟共济的默契，”崔维兹咧嘴笑了笑，“男人不会出卖朋友，如果受人之托，还会拔刀相助。我想其中的道理，是因为助人者人恒助之。我猜想——”他以较严肃的口吻补充道，“女性之间应该也有这种默契，但我不是女性，所以从来没机会仔细观察。”

宝绮思的脸孔立刻浮现一重阴霾。“这是个笑话吗？”她追问。

“不，我是说真的。”崔维兹答道，“我没说肯德瑞那家伙之所以放我们走，只是因为想要帮詹诺夫的忙，以免他的妻子生气。我对他说的其他理由都起了作用，男性默契只不过是最后一股推波助澜的力量。”

“但是这太可怕了。社会需要靠法规来维系，才能结合成一个整体。为了微不足道的原因，竟然就能漠视法规，这难道不算严重吗？”

“这个嘛，”崔维兹立刻自我辩护，“有些法规本身就是小题大作。在和平而经济繁荣的时代，例如现在——这都要归功于基地——没有几个世界会对进出太空规定得太严。而康普隆由于某种原因，却跟不上时代，也许是因为内政方面有外人不得而知的问题。我们又何必蒙受其害呢？”

“话不能这么说。如果我们只遵循自己认为公正合理的法规，就不会有任何法规还能成立，因为不论哪条法规，都会有人认为是不公正或不合理的。假如我们想要追求个人心目中的利益，对于那些碍事的法规，我们永远有办法找到理由，认定它们不公正和不合理。这原本可能只是精明的投机伎俩，结果却会导致失序和灾难。即使是那些精明的投机分子，也不会得到任何好处，因为一旦社会崩溃，是没有任何人能幸存的。”

崔维兹说：“任何一个社会都不会轻易崩溃。你是以盖娅的身份说话，而盖娅不可能了解自由个体的结合方式。建立在公理和正义之上的法规，随着环境的变迁，虽然已经不再适用，但是由于社会的惯性，却很可能继续存在。这时候，我们借着打破这些法规来宣告它们已经过时——甚至实际上是有害的，要算是一种既正确又有用的作为。”

“这么说的话，每个窃贼和杀人犯都可以辩称是为人类服务。”

“你太走极端了。在盖娅这个超级生命体中，对于社会准则有一种自发的共识，因此没有任何成员想要违背。其实我们还不如说，盖娅是一滩陈腐僵化的死水。在自由个体结合而成的社会中，不可否认存在着脱序的因素，但若想要诱发创新和变化，这却是不可避免的代价——就整体而言，这是个合理的代价。”

宝绮思将音量提高一成：“如果你认为盖娅陈腐僵化，那就是大错特错。我们的一举一动、我们的行事方法、我们的各种观点，都在不断接受自我检验。它们绝不会仅仅由于惯性而流传下来。盖娅借着经验和思考来学习，因此在有需要的时候，便会进行调适和改变。”

“尽管你说的都对，自我检验和学习的过程却一定很慢，因为盖娅上除了盖娅还是盖娅。然而，在自由社会中，即使大多数成员同意某件事，一定还会有少数人反对。某些情况下，那些少数也许才是对的，而只要他们够聪明、够积极，而且观点真的够正确，就会获得最后胜利，而被后人奉为英雄。例如使心理史学臻于完美境界的哈里·谢顿，他有勇气以自己的学说对抗整个银河帝国，结果最后的胜利果然属于他。”

“他的胜利到此为止，崔维兹。他所计划的第二帝国不会实现，盖娅星系将取而代之。”

“会吗？”崔维兹绷着脸说。

“这是你自己的决定。不论你在跟我辩论时多么偏袒孤立体，甚至赞成他们有做蠢事和犯罪的自由，可是在你内心深处某个暗角，仍然隐藏着一点灵光，驱使你在作抉择的时候，同意我／们／盖娅的看法。”

“我内心深处所隐藏的，”崔维兹的脸色更加难看，“正是我要寻找的东西。而那里，就是我的第一站。”他指着显像屏幕，上面映着展开在地平线上的一座大城市。在一群低矮的建筑物中，偶尔有一两栋较为高耸，四周则环绕着点缀有薄霜的褐色田野。

裴洛拉特摇了摇头。“太糟了，我本想在降落时欣赏一下风景，结果只顾听你们的争论。”

崔维兹说：“不要紧，詹诺夫。我们离开的时候，你还有一次机会。我答应你到时一定闭上嘴巴，只要你能说服宝绮思也别张嘴。”

接着远星号便缓缓下降，循着导航微波束，降落在某个太空航站中。

14

当肯德瑞回到入境站，目送远星号离去的时候，他的表情相当凝重。直到快要交班时，他显然还十分沮丧。

此时他坐在餐桌前，正在吃今天的最后一餐。一位同事在他身边坐下，那人身材瘦长，两眼生得很开，稀疏的头发颜色相当淡，金色的眉毛不仔细看根本看不出来。

“肯，有什么不对劲？”那位同事问。

肯德瑞撅了撅嘴，然后说：“盖堤思，刚刚通过的是一艘重力太空艇。”

“样子古怪，零放射性的那艘？”

“那正是它没有放射性的原因，根本不用燃料，全靠重力推动。”

盖堤思点了点头。“就是我们奉命注意的那艘，是吗？”

“是的。”

“结果给你碰到了，让你成为那个幸运儿。”

“没那么幸运。上面有个女的没带身份证件，我却没告发她。”

“什么？喂，千万别跟我讲，我可不要知道，一个字也不要再听。你或许是个好兄弟，但我可不想在事后成为共犯。”

“我并不担心这一点，并不十分担心，因为我必须将那艘太空艇送下去。他们想要那艘重力太空艇，或者任何一艘重力航具，这你是知道的。”

“当然，但你至少可以告发那个女的。”

“我不想这么做。她没结婚，她只是被拿来——拿来用用而已。”

“上面有多少男的？”

“两个。”

“而他们只拿她一个来——来做那件事，他们一定是端点星来的。”

“没错。”

“端点星的人，行为都不检点。”

“没错。”

“真恶心，他们竟然还安然无事。”

“其中一个已经结婚，他不想让他老婆知道。如果我告发她，他老婆就会发现这件事。”

“他老婆不是在端点星吗？”

“当然啦，可是她总有办法知道。”

“如果让他老婆发现了，那是他活该。”

“我同意，可是我不愿做那个恶人。”

“你没告发这件事，他们一定会好好修理你。不想给一个家伙惹麻烦，不是什么正当理由。”

“换成你，你会告发吗？”

“我想，我必须这么做。”

“不，你也不会。政府希望得到那艘太空艇，假如我坚持要告发那个女的，那两个男的便会改变着陆计划，直接飞往其他行星，政府不会希望看到这种结果。”

“可是他们会相信你吗？”

“我想应该会。她还是个很可爱的女人，想想看，像这样一个女人，竟然愿意陪两个男人同行，而已婚男人又有胆量利用这种机会。你可知道，这实在很诱惑人。”

“我想你不会希望尊夫人听到你这番话，甚至只是知道你有这种想法。”

肯德瑞气冲冲地说：“谁会去告诉她？你？”

“得了吧，你自己心里明白。”盖堤思的愤慨很快就消退，他又说，“这样做对那些家伙没有好处，我是说，你就这样让他们通关。”

“我知道。”

“下面的人很快便会发现，就算你侥幸不受处罚，他们可不会那么幸运。”

“我知道，”肯德瑞说，“我替他们感到遗憾。不管那个女的会带给他们多少麻烦，跟那艘太空艇比起来都不算什么了。那个船长还说了些……”

肯德瑞突然住口，盖堤思急忙问道：“说了些什么？”

“算了。”肯德瑞说，“如果传出去，倒霉的是我。”

“我不会告诉任何人。”

“我也不会。不过，我还是替那两位端点星来的感到遗憾。”

15

任何一个经历过太空旅行，体验过那种单调的人，都知道太空飞行真正令人兴奋的时刻，就是即将降落另一颗行星之前。此时向下望去，地表景观迅疾后退，可以不时瞥见陆地、湖海，以及像是几何图形的田野与道路。这个时候，肉眼已能分辨各种色彩，包括绿色的植物、灰色的混凝土、褐色的旷野、白色的积雪等等。而最令人感到兴奋的，莫过于看到人群聚集之处。在每个世界上，各个城镇都各有各的几何构图与建筑特色。

假如乘坐的是普通太空船，还能体会到着陆以及在跑道上滑行的兴奋。远星号的情况则不同，它缓缓飘浮在空中，很技巧地平衡了重力与空气阻力，最后静止在太空航站正上方。由于此刻风速很高，使得着陆因而更加困难。如果将远星号的“重力响应”调得很低，不单它的重量会减到不可思议的程度，连质量亦将同时变小。倘若质量太接近零，它很快会被强风吹跑，因此现在必须增加重力响应，并且巧妙地利用喷射推进器，以抵抗行星的引力与强风的推力，而后者需要密切配合风力强度的变化。若是没有一台称职的电脑，绝不可能顺利做到这一点。

远星号不断往下降，其间难免需要小幅修正方向，最后终于落在航站标示出的指定地点。

当远星号降落时，天空是一片苍蓝，还掺杂着些许惨白的色彩。即使已到达地面，风速丝毫不减，虽然不再有飞航安全的威胁，强风带来的寒意仍令崔维兹退避三舍。他立刻明白，他们的备用衣物完全不适于康普隆的气候。

反之，裴洛拉特却在四处观望，露出一副十分欣赏的神情，还津津有味地深深吸了一口气，好像陶醉在刺骨寒风中，至少暂时如此。他甚至故意拉开大衣，让风吹进他的胸膛。他知道，不久就得再把大衣拉起来，并将围巾裹紧，不过现在他要感受大气的存在，这是在太空艇中所无法体验的。

宝绮思用大衣紧紧裹住自己，还用带着手套的双手把帽子拉低，盖住两只耳朵。她的五官皱成一团，显出一副可怜相，眼泪似乎都快要掉下来。

她喃喃抱怨道："这是个邪恶的世界，它憎恨并虐待我们。"

"并不尽然，宝绮思吾爱。"裴洛拉特态度认真地答道，"我确定此地居民都喜欢这个世界，而这个世界——呃，如果照你的说法来说——也喜欢他们。我们很快就要进入室内，里面一定很暖和。"

他突然想起该怎么做，赶紧敞开大衣将她围住，她则依偎在他胸前。

崔维兹尽量不理会寒冷的温度。他从航站管理局取得一张磁卡，并用口袋型电脑检查了一下资料是否齐备——包括停泊处的位址、太空艇番号与引擎号码等等。他再一次四下查看，以确定太空艇绝对安全，然后买了最高额的意外险（其实并没有必要，因为就康普隆的科技水准而言，看来还无法对远星号构成威胁。万一并非如此，那么即使再多的赔偿也无法弥补了）。

崔维兹在预期的地点找到了计程车站。（一般说来，太空航站的许多设施，不论是位置、外观或使用方法，都已经全部标准化。由于旅客来自各个世界，这当然是有必要的。）

他送出召唤计程车的讯号，但只按下“市区”作为目的地。

一辆计程车借着反磁滑板滑到他们面前，车身被风吹得轻微飘荡，同时还不停发颤，那是被声音不小的引擎所带动的。这辆计程车外表是深灰色，后门贴着白色的计程车徽，司机穿着深色外套，头上戴着一顶白色毛皮帽。

裴洛拉特若有所感，轻声道：“这行星似乎偏爱黑白两色。”

崔维兹说：“到了市区，也许就会比较多彩多姿。”

司机对着一个小型麦克风讲话，可能是为了省去开关车窗的麻烦。“三位，到市区去吗？”

他讲的银河方言音韵平板，但相当动听，而且不难懂。在一个陌生的世界，这总是能令人松一口气。

崔维兹答道：“是的。”后车门便立刻滑开。

宝绮思先坐进去，接着是裴洛拉特，最后才是崔维兹。车门关上之后，一股暖气向上涌来。

宝绮思搓了搓手，长长吁了一口气。

车子慢慢开出航站，司机问道：“你们驾驶的是重力太空艇，对吗？”

崔维兹冷冷地说：“照它降落的方式看来，你还会怀疑吗？”

司机说：“那么，它是端点星出厂的喽？”

崔维兹说：“你还知道哪个世界会造这种太空艇吗？”

司机一面将计程车加速，一面似乎在咀嚼对方的回答。然后他说："你总是用问句来回答问题吗？"

崔维兹忍不住说："有何不可？"

"这样的话，假如我问你，你的名字是不是葛兰·崔维兹，你会怎么回答？"

"我会回答：你为何要问？"

计程车在航站外停了下来，那司机说："好奇！我再问一遍：你是不是葛兰·崔维兹？"

"关你什么事？"崔维兹的声音变得严厉且充满敌意。

"朋友，"司机说，"我们就停在这里，直到你回答这个问题为止。如果你在两秒钟内，不肯明确地回答是或不是，我便将乘客隔间的暖气关掉，我们就这样一直耗下去。我再问一遍，你是不是葛兰·崔维兹，端点星的议员？假如你的回答是否定的，你必须拿出身份证件让我看看。"

崔维兹说："没错，我是葛兰·崔维兹。身为基地的议员，我希望受到和这个身份相符的礼遇。你不这么做，将会吃不了兜着走，老兄，怎么说？"

"现在我们可以带着比较轻松的心情上路。"计程车继续向前开去，"我很仔细地选择乘客，我该接的只有两位男士，没料到竟然还有个女的，所以我有可能弄错了。不过也无妨，只要我接到你，等我们到达目的地之后，就由你负责把这个女的交代清楚。"

"你不知道我的目的地。"

"我恰巧知道，你要去运输部。"

"我不是要去那里。"

"这丝毫不重要，议员先生。假如我真是计程车司机，自然会载你到你要去的地方；既然我不是，我就要载你到我要你去的地方。"

“对不起，”裴洛拉特俯身向前，“你当然应该是计程车司机，你开的是计程车。”

“谁都可能开计程车，但不是每个人都有执照，也不是每辆看起来像计程车的都是计程车。”

崔维兹说：“别再玩游戏了。你是谁？你到底在做什么？别忘了你的所作所为都得向基地负责。”

“我不必负什么责，”那司机说，“但我的上级或许吧。我是康普隆安全局的人，奉上级的命令，以完全合乎你身份地位的方式接待你，但是你必须跟我走。请你凡事三思而后行，因为这辆车备有武装，而我奉命遇到攻击必须自卫。”

16

计程车加速到巡航速度之后，车身变得绝对平稳而安静。崔维兹坐在那里一动不动，似乎全身都僵住了。他虽然没有望着裴洛拉特，也晓得他不时瞥向自己，脸上带着不安的表情，仿佛在说：“我们现在该怎么办？请告诉我。”

至于宝绮思，崔维兹只是很快瞄了一眼，就知道她冷静地端坐着，显然根本不在乎。当然，她本身就是整个世界，虽然与盖娅有着天文数字的距离，整个盖娅仍然裹在她的皮囊中。在真正紧急的情况下，她还有一个稳当的靠山。

可是，到底发生了什么事？

显然，入境站的那个海关人员循例将报告送了下来，只不过没提到宝绮思。这份报告引起安全人员的兴趣，甚至连运输部也插上一脚。但是为什么呢？

现在是承平时期，据他所知，康普隆与基地之间并没有特殊的紧张关系。而自己又是基地的重要官员……

慢着，他曾经告诉那个海关人员肯德瑞，自己有重要公事要与康普隆政府交涉。为了顺利通关，他特别强调这一点。肯德瑞的报告中一定也提到这件事，这当然会引起各方面的注意。

他未曾预料到会有这个结果，他早该想到的。

那么，他那所谓正确无比的判断力呢？难道他也开始相信自己是个黑盒子，就像盖娅所认为（或声称所认为）的那样。是否由于建立在迷信上的过度自信不断膨胀，使自己陷入泥沼而无法自拔？

他怎么会突然变得那么蠢？他一生之中难道没犯过错吗？他能预知明日的天气吗？他在赌运气的游戏中大赢过吗？答案都是否定的，否定的，否定的。

那么，是否只有尚在酝酿中的大事，他的想法才会永远正确？他又怎能分辨呢？

算了吧！反正当初他只不过提到，自己身负重要的公务——不，他用的字眼是“基地安全事宜”……

那么，光是他为基地安全事宜而来这一点——而且是秘密行动，事先未曾知会对方——就足以引起他们的注意。可是，他们在弄清楚究竟之前，行动一定会万分谨慎，应该对自己相当礼遇，将自己奉为上宾。他们不该使用绑架的手法，也不该对自己威胁恫吓。

但他们正是这样做的，为什么呢？

是什么因素，让他们感到已有足够强大的力量，胆敢采取这种方式对待端点星的议员？

会不会是地球？会不会是那个将起源世界成功隐藏起来的力量？甚至第二基地那些伟大的精神学家，都不是那个力量的对手。如今，是不是他刚踏上寻找地球的第一站，那个力量就先发制人？地球难道无所不知、无所不能吗？

崔维兹摇了摇头，这样会导致妄想的。难道要将每件事都记到地球账上？难道他遇到的每一个古怪行动、每一条歧路、每一项情势的逆转，都是地球秘密策划的结果？一旦开始有这样的想法，他就已经不战而败了。

这时，他觉得车子开始减速，思绪一下子被拉回现实。

他突然想到，在通过市区的时候，他连一眼也没有向外望去。现在他才匆匆四下望了望，发现建筑物都相当矮。但这是一颗寒冷的行星，想必建筑结构大部分在地底。

他看不到任何一丝色彩，这似乎跟人类的天性不合。

他偶尔才会看到一个行人，一律全身紧紧裹着。不过，人群或许也跟建筑物一样，大多数都在地底。

计程车在一座低矮、宽阔、位于洼地的建筑物前停下，崔维兹看不到那建筑物的底层。过了一阵子，车子仍旧停在该处，司机自己也纹风不动，他的高筒白帽几乎碰到车顶。

崔维兹突然冒出一个疑问，这司机要怎样进出车子，才不会将帽子碰掉？然后他说："好啦，司机，现在怎么样？"他压抑着怒气，和任何一位受辱的高傲官员无异。

康普隆人用来隔开司机与乘客的力场隔板绝不落后，声波完全能够通过这个闪烁的无形力场。不过崔维兹相当肯定，有形物质若非带有巨大能量，是绝对不可能穿透的。

司机说："有人会上来接你们，现在好好坐着，放轻松点。"

他的话还没说完，就有三个人头从建筑物所在的洼地缓缓且稳稳地冒出来。接着，三人身体的其他部分才逐一出现，显然他们是乘坐类似自动扶梯的装置上来的。不过从崔维兹现在的位置，还无法看清楚那个装置。

当那三个人走近时，计程车的客用车门打了开，大量的冷空气立刻刮进去。

崔维兹走出来，顺手将大衣一路拉到领口。另外两人也跟着他下了车，宝绮思显得很不情愿。

那三个康普隆人完全看不出身材，因为他们穿的衣服像气球般鼓胀，里面或许还有电暖设备。崔维兹对这种服装很不以为然，它们在端点星几乎派不上用场。有一年冬天，他从邻近的安纳克里昂借来一件电暖大衣，结果发现它会一直慢慢加温，当他觉得太热的时候，已经出了一身大汗，令他浑身不舒服。

三名康普隆人走近时，崔维兹注意到他们都带着武器，心中不禁十分恼怒。他们非但无意掩饰，而且恰恰相反，每个人的外衣都大剌剌挂着一个皮套，里面装着一支惹眼的手铳。

其中一名康普隆人走到崔维兹面前，粗声道："失礼了，议员先生。"随即以粗鲁的动作拉开他的大衣，双手伸进去，很快将崔维兹的上下左右、前胸后背，以及两条大腿都摸索了一遍。接着，他还将崔维兹的大衣甩了甩、摸了摸。崔维兹被这突如其来的举动吓得不知所措，直到一切完毕，才明白已被迅速又有效率地搜了身。

裴洛拉特则扭曲著脸孔，任由另一个康普隆人对他进行类似的羞辱。

第三个康普隆人正走向宝绮思，但她早有心理准备，不等对方伸出手来，便将大衣猛然褪下，身上只剩一层单薄的衣裳，就这样站在呼啸的寒风中。

她说："你看得出来我没有任何武装。"她冰冷的声音恰似四周的低温。

的确，任何人都看得出来。那个康普隆人抖了抖她的大衣，仿佛从它的重量就能判断是否藏有武器（或许他真有这个本事），然后退了开来。

宝绮思匆匆将大衣裹在身上，一时之间，崔维兹对她的行动不禁肃然起敬。他知道她有多怕冷，但她刚才穿着宽松而单薄的上衣长裤站在那里，却一点也没有发抖或打战。（但他又不禁怀疑，是否在紧急情况下，她能从盖娅的其他部分吸取一些温暖。）

其中一个康普隆人做了个手势，三位外星人士便尾随着他，另外两个康普隆人则走在他们后面。此时街上有一两个行人，根本懒得向这里多望一眼。也许他们对这种事司空见惯，更可能是因为他们心中只有一个念头，那就是尽快走到室内某个目的地。

崔维兹现在终于知道，那三个康普隆人刚才是用滑动坡道上来的，此时他们一行六人则顺着坡道下滑。不久，他们通过一道闸门——看来简直跟太空船的闸门一样复杂，不过显然并非为了锁住空气，而是避免热量外逸。

然后，他们立刻置身一座巨大的建筑物中。

第五章
太空艇争夺战

17

崔维兹的第一个观感，是身处于一个超波戏剧的场景，尤其像是以帝国为时代背景的历史传奇剧。那种戏剧有个特定的场景，几乎千篇一律，没有什么变化（据他所知，或许每个超波戏剧制作人都是沿用同一个布景）。那个场景模拟的是全盛时期的川陀，一个伟大的环球大都会。

场景中有庞大的空间，有来去匆匆的行人，还有些小型交通工具，沿着它们的专用道路急驰而去。

崔维兹抬起头来，几乎以为会看到计程飞车爬升到幽暗的穹顶洞口，但至少这点只是他的想象。事实上，他惊魂甫定之后，注意到这座建筑显然比川陀上的小得多。这只是一座单一建筑物，并非向四面八方绵延数千英里的建筑群。

此外，色调也完全不同。在超波戏剧中，川陀的绚丽色彩被夸张到不可能的程度，而人物的服饰若认真考究起来，则完全不实际又不实用。不过，那些五颜六色与褶边穗带都只具有象征性意义，是用来影射帝国——尤其是川陀这座城市——的颓废与堕落（如今，这种观点有绝对的必要）。

然而，这样说来，康普隆与颓废堕落可说完全背道而驰。裴洛拉特在太空航站对色调所作的评语，在此地可以找到充分佐证。

墙壁几乎是一片灰色，天花板则是白色的，人们身上的衣服也只有黑、灰、白三色。偶尔可以看到一套全黑的服装，全灰的则更常见，不过崔维兹一直没看到全白的。然而衣服的式样却各有不同，仿佛人们虽然被剥夺了色彩，仍坚持要设法塑造个人的风格。

每个人不是面无表情，便是紧绷着一张脸。女性一律留短发，男性的头发则比较长，不过都往后梳成短辫。路人擦肩而过时，彼此都不会多望一眼。此地见不到悠然或茫然的人，仿佛人人心中都有正事，找不到空位装别的事情。男女的穿着没什么不同，唯一的分别在于头发的长度、胸部的轻微隆起以及臀部的宽度。

他们三人被带进一座电梯，一口气下了五层。从电梯出来后，又被带到一扇门前，灰色的门上有一行不显眼的白色小字，写的是“运长：蜜特札·李札乐”。

带头的康普隆人在那行字上按了一下，不久之后整行字都亮起来。房门随即打开，一行人便鱼贯而入。

那是个很大的房间，而且相当空荡，没有什么陈设。如此设计或许是故意的，用来突显空间使用的奢侈程度，以展现主人的权威与气派。

远处的墙边站着两名警卫，他们脸上毫无表情，眼睛紧盯着进来的每一个人。房间中央摆着一张大办公桌，位置比正中仅略偏后方。坐在办公桌后面的，想必就是蜜特札·李札乐。此人身材壮硕，黑眼珠，脸上毫无皱纹，强有力的双手放在桌上，手指很长，指尖接近正方形。

这位运长（崔维兹假定应该是指“运输部长”）一身暗灰色的服装，只有外套的翻领是显眼的白色，并有两道白色线条从翻领向下延伸，在胸前正中交叉，然后继续向下走。崔维兹看得出来，虽然这套服装的剪裁刻意淡化女性胸部曲线，那个白色交叉却具有凸显的作用。

这位部长无疑是女性。即使从她的胸部看不出来，她的短发也是明显的标志；她脸上虽然没有化妆，五官也足以显出她的性别。

她的声音也是不折不扣的女性化，仿佛是浑厚的女低音。

她说：“午安，我们难得有这个荣幸，接待来自基地的男性访客，再加上一位报告中未曾提到的女子。”她的目光扫过每一个人，最后停在崔维兹身上。崔维兹则眉头深锁，僵直地站在那里。“其中一位男性还是议员。”她补充道。

“是基地的议员。”崔维兹试图使自己的声音听来很有派头，“葛兰·崔维兹议员，正在执行基地的任务。”

“执行任务？”部长扬起眉毛。

“执行任务。”崔维兹重复了一遍，“所以，为何把我们当成重犯一样对待？我们为何会被武装人员逮捕，然后像犯人一样被带到这里？我希望你能了解，基地议会绝不会喜欢听到这种事。”

“姑且不论这些，”宝绮思说，她的声音跟那位较成熟的女性比起来，似乎尖锐了一点，“我们得永远这样站着吗？”

部长神态自若地盯着宝绮思，好一会儿之后，才举起一只手臂。“三张椅子！快！”

一道门打开来，出现了三名穿着康普隆典型朴素服装的男子，动作敏捷地搬来三张椅子，原本站在办公桌前的三个人立即坐下。

“好，”部长带着冰冷的笑容说，“大家舒服些了吗？”

崔维兹可不那么想，这些椅子都没有衬垫，坐起来冷冰冰的，而且椅面与椅背都是平面，完全没有考虑到人体曲线。他说：“我们为什么会在这里？”

部长看了看摆在桌上的文件。“我会解释的，但我首先要确定一下，你的太空艇是端点星出厂的远星号。这点是否正确，议员先生？”

“正确。”

部长抬起头来。“议员先生，我对你说话都加上了头衔。为了礼貌起见，你也能这样做吗？”

“部长阁下成不成？或是有别的尊称？”

“没有别的尊称，阁下，而且你不必多费唇舌，‘部长’就足够了。如果你不喜欢一直重复，偶尔用‘阁下’也行。”

“那么对于你的问题，我的回答是：正确，部长。”

“这艘太空艇的艇长是葛兰·崔维兹，基地的公民，端点星议会的一员——事实上，还是新科议员——而你就是崔维兹。我说的这些是否完全正确，议员先生？”

“你说的都没错，部长。既然我是基地的公民……”

“我还没说完，议员先生，等我说完你再抗议不迟。与你同行的是詹诺夫·裴洛拉特，学者，历史学家，也是基地的公民。那就是你，对不对，裴洛拉特博士？”

当部长锐利的目光转向他时，裴洛拉特不禁有点吃惊。“是的，没错，我亲……”他突然住口，又重说一遍，“是的，没错，部长。”

部长生硬地拍了一下手。“送到我这里来的报告，并未提到有一名女子。这女子是太空艇的固定成员吗？”

“是的，部长。”崔维兹说。

“那么我自己跟这名女子谈谈，你的名字是？”

“大家都叫我宝绮思，”宝绮思坐得笔直，以冷静而清晰的口吻说，“不过我的全名很长，阁下，你需要全知道吗？”

“我暂时不需要。你是基地的公民吗，宝绮思？”

“我不是，阁下。”

“你是哪个世界的公民，宝绮思？”

“我没有任何文件，能证明我是哪个世界的公民，阁下。”

“没有证件，宝绮思？”她在面前的文件上做了一个注记，“这点我记下了。你在这艘太空艇上做什么？”

“我是一名乘客，阁下。”

“你登上太空艇之前，崔维兹议员或裴洛拉特博士有没有要求查阅你的证件，宝绮思？”

“没有，阁下。”

“你曾经主动告诉他们，你没有身份证件吗，宝绮思？”

“没有，阁下。”

“你在太空艇上的职务是什么，宝绮思？你的名字和你的职务相符吗？”

宝绮思以傲然的口气说：“我只是乘客，没有其他的职务。”

崔维兹插嘴道：“你为什么要为难这女子，部长？她触犯了哪条法律？”

李札乐部长将目光从宝绮思转到崔维兹身上。“你是一位外星人士，议员先生，你不清楚我们的法律。然而，如果你决定来我们的世界访问，就得接受这些法律的管辖。你不能随身带着你们的法律，我相信这是银河法的通则。”

“这点我同意，部长。可是光这么说，我还是不知道她犯了你们哪条法律。”

“议员先生，银河中有一条通则，任何人造访另一个世界，只要这个世界和他的母星属于不同政治领域，他就必须随身携带身份证件。许多世界在这方面睁一只眼闭一只眼，也许是因为重视观光业，或者根本就是漠视法律规章。我们康普隆则不同，我们是个法治的世界，而且严格执行各项法令。她是个没有星籍的人，这就违反了我们的法律。”

崔维兹说：“这件事她根本没有选择。太空艇由我驾驶，我把太空艇降落到康普隆，她只好跟我们一起来。部长，难道你认为她该请求我将她抛到太空中吗？”

“这只表示你也触犯了我们的法律，议员先生。”

“不，事实并非如此，部长。我可不是外星人士，我是基地的公民，而康普隆和它的藩属世界都是基地的联合势力。身为基地公民，我可以在此地自由旅行。”

“当然可以，议员先生，只要你有证明文件，证明你的确是基地的公民。”

“我的确有，部长。”

“但即使身为基地公民，你也没有权利触犯我们的法律，而你带着一名无星籍人士同行，便已经触犯我们的法律。”

崔维兹迟疑了一下。显然那位海关人员肯德瑞并未信守承诺，所以自己也没有必要再保护他。于是崔维兹说：“我们在入境站没被拦下来，我认为，这就等于默许我可以带这名女子同行，部长。”

“你们的确没遭到拦阻，议员先生。入境当局的确未将这名女子报上来，反而让她一起通关。然而据我猜想，入境站的官员判断——相当正确地判断——让你的太空艇登陆，要比追究一个无星籍人士更重要。严格说来，他们这样做是违法的，这件事我们自然会作适当处置。但我可以肯定，他们的违法行为将获判无罪。我们是个绝对法治的世界，议员先生，但并未严苛到不讲理的程度。”

崔维兹立即接口：“那么，我现在要以子之矛攻子之盾，部长。如果你真的没有从入境站得到太空艇上有个无星籍人士的消息，那么当我们降落时，你还不知道我们是否触犯了任何法律。但很明显的是，在我们降落的那一刻，你已经准备逮捕我们，事实上，你也的确这么做了。在不可能知道我们犯法的情况下，你为什么会采取这种行动？”

部长微微一笑。“我能了解你的疑惑，议员先生。我可以向你保证，你们遭到逮捕这件事，和我们当初知不知道你的乘客没有星籍无关。我们如今是在替基地办事，正如你指出的，我们是基地的联合势力。”

崔维兹瞪着她说：“但这是不可能的事，部长。简直比不可能更糟，根本就是荒谬。”

部长发出咯咯的笑声，听起来好像一串缓缓流动的蜜汁。“我觉得你这种说法真有意思——比不可能更糟，根本就是荒谬。议员先生，我同意这个说法。然而不幸的是，这两者对你都不适用。你为什么会这样想呢？”

“因为我是基地政府的官员，正在为基地执行任务。他们绝不可能想逮捕我，他们也根本没这个权力，因为我拥有立法者豁免权。”

“啊，你漏掉了我的头衔，但你实在太激动了，也许情有可原。话说回来，我受托之事并非直接将你逮捕，我这样做只是为了完成我的真正任务，议员先生。”

“什么任务，部长？”崔维兹说。面对这个难缠的女人，他努力控制着自己的情绪。

“就是扣押你的太空艇，议员先生，然后把它送还基地。”

“什么？”

“你又漏掉了我的头衔，议员先生。你实在太过懒散，这样对你自己没好处。我想，这艘太空艇并不是你私人的。难道它是你设计的，你建造的？还是你自己出钱买的？”

“当然都不是，部长，它是基地政府拨给我使用的。”

“那么，基地政府想必有权将它收回，议员先生。我猜，这是一艘很有价值的太空艇。”

崔维兹没有回答。

部长又说：“这是一艘重力太空艇，议员先生。这种太空艇不可能太多，即使基地也只拥有少数几艘，他们一定后悔拨了一艘给你。也许你能说服他们，拨给你另一艘不那么珍贵的，但仍足以应付你的任务需要。不过，我们必须将你驾来的这艘扣下。”

“不行，部长，我不能放弃这艘太空艇，我也不相信基地要求你这么做。”

部长微微一笑。“不是专门要求我，议员先生，也不是特别找上康普隆。我们有理由相信，在基地管辖范围内，以及跟基地结为联合势力的各个世界和星域，全都收到了这项请托。从这一点，我可以推论基地不知道你的行踪，正在气急败坏地到处找你。我还可以更进一步推论，你来到康普隆，根本不是来执行基地的任务——那样的话，他们就应该知道你在哪里，直接找我们帮忙即可。总而言之，议员先生，你一直在对我说谎。”

崔维兹有些心虚地说：“我想看看基地政府给你的那份公函，部长。我想，我应该有这个权利。”

“如果一切诉诸法律，当然可以。我们对于法律程序极端重视，议员先生，你的权益能够获得完全的保障，我向你保证。然而，如果我们能在这里达成一项协议，不必对外张扬，不让法律行动耽误时间，那将会更理想、更简单。我们比较喜欢这样做，我确信基地也是一样，它绝不愿让全银河都知道有个立法者逃亡，否则基地将处于‘荒谬’的难堪情境，据你我的估计，那要比‘不可能’更糟。”

崔维兹再度保持沉默。

部长等了一下，又继续以一贯的沉着口气说：“好啦，议员先生，不管走哪条路，非正式的协议或是法律行动，反正那艘太空艇我们要定了。你带来一个没有星籍的乘客，这究竟会使你受到什么惩罚，将取决于我们所采取的途径。若是诉诸法律，她将使你罪加一等，你们都会被判最重的徒刑。我向你保证，刑罚绝对不轻。假如能达成一项协议，我们将以商用太空船，送这位女乘客到她想去的任何目的地，如果你们希望的话，你们两位也可以跟她一起去。或者，假如基地同意，我们可以提供一艘我们自己的太空船给你，绝对足敷你的需要。当然，前提是基地必须偿还我们一艘同型号的太空船。此外，如果由于任何原因，你不希望回到基地控制的疆域，我们或许会愿意提供你政治庇护，最后你还有可能成为康普隆公民。你看，倘若你和我们达成一项友善的协议，将会有很多有利的选择；假使坚持自己的合法权益，你将落得一无所有。”

崔维兹说：“部长，你太过热心了，你答应了一些自己无法做到的事。基地既然要求你们将我遣返，你就不能为我提供政治庇护。”

部长说：“议员先生，我从来不做无法实现的承诺。基地的要求只是收回那艘太空艇，并未提到要你这个人，或是其上任何人，他们唯一想要的只有那艘航具。”

崔维兹很快瞥了宝绮思一眼，又说：“部长，能否请你允许我跟裴洛拉特博士，以及宝绮思小姐商量一下？”

“当然可以，议员先生，你们有十五分钟时间。”

“私下商量，部长。”

“议员先生，会有人带你们到另一个房间，十五分钟之后，再将你们带回来。在那个房间里，不会有人打扰你们，我们也不会监听你们的谈话。我可以对你们作出承诺，而我一向信守诺言。然而，外面会有足够严密的警卫，所以请别愚蠢得妄想逃走。”

“我们了解，部长。”

“而当你们回来的时候，我们希望你能主动同意放弃那艘太空艇。否则，法律程序将随即展开，那样你们的下场会很惨。议员先生，明白了吗？”

“明白了，部长。”崔维兹极力控制住怒火，因为此时表露怒意对他根本没有好处。

18

这是个小房间，但光线很充足。里面有一张长椅，外加两把椅子，还能听见通风扇的轻微声响。整体而言，比起那个又大又空的部长办公室，这里显然使人觉得更为舒适自在。

他们由一名警卫带领，来到这个房间。那名警卫身材高大，表情严肃，一只手始终摆在铳柄附近。三个人走进房间后，警卫并未跟进来，他站在门口，以严肃的声音说：“你们有十五分钟。”

他的话还没说完，房门就“砰”的一声拉上了。

崔维兹说：“我只能希望他们不至于窃听我们的谈话。”

裴洛拉特说：“她的确对我们作过承诺，葛兰。”

“你总是以自己的标准判断别人，詹诺夫。她所谓的‘承诺’并不算什么，只要她高兴，她会毫不犹豫地变卦。”

“没关系，”宝绮思说，“我可以把这个地方屏蔽起来。”

“你身上有屏蔽装置？”裴洛拉特问。

宝绮思微微一笑，雪白的牙齿一闪即逝。“盖娅的心灵就是一种屏蔽装置，裴，那可是个硕大的心灵。”

“我们会落到这个地步，”崔维兹气呼呼地说，“就是因为那个硕大的心灵有先天性限制。”

“你是什么意思？”宝绮思说。

“三边聚会结束之后，你们将关于我的记忆，从市长和第二基地的坚迪柏两人心中抽除。他们再也不会特别想起我，顶多有些模糊而毫不重要的印象，我应该可以从此无忧无虑。”

“我们必须这么做，”宝绮思说，“你是我们最重要的资源。”

“是啊，我是永远正确的葛兰·崔维兹。但你们并未从他们的记忆中，将我的太空艇也除掉，对不对？布拉诺市长没有要我这个人，她对我一点兴趣也没有，可是她却想把太空艇要回去，她没有忘记那艘太空艇。”

宝绮思皱起眉头。

崔维兹说：“你想想看，盖娅理所当然假设太空艇是我的一部分，我们两者是一体的，只要布拉诺不再想起我，她就不会想到太空艇。问题是盖娅不了解什么叫个体性，它把太空艇和我想成了一个单一生命体，这却是一种错误的想法。”

宝绮思柔声说：“这的确有可能。”

“好了，所以说，”崔维兹断然道，“现在应该由你来纠正这个错误。我一定要保有我的太空艇，还有那台电脑，没有任何东西能取代它们。因此，宝绮思，请确保我不会失去太空艇，反正你可以控制心灵。”

“没错，崔维兹，可是我们不会轻易控制任何人。为了促成三边聚会，我们的确动用了这种力量，但你可知道那次聚会花了多少时间筹划、计算、衡量吗？花了许多年，这绝不夸张。我不能为了提供某人方便，就这样走到一个女人面前，开始调整她的心灵。”

“现在难道不是……”

宝绮思继续有力地说：“一旦开始这样的行动，我要做到什么程度为止？当初在入境站，我就可以影响那人的心灵，那我们便能立即通关；困在计程车里的时候，我也可以影响那人的心灵，那么他就会让我们离去。”

“嗯，既然你提起这件事，当时你为什么没那样做？”

“因为我们不知道会导致什么结果，也不知道会有什么后遗症，情况很可能会变得更糟。如果我现在调整那个部长的心灵，将会影响到她今后待人处事的方式。由于她是政府的高级官员，这就有可能影响到星际关系。除非把这些问题完全厘清，否则我们根本不敢碰触她的心灵。”

“那你为什么还要跟着我们？”

“因为你的生命可能遭到威胁，我必须不计一切代价保护你，甚至牺牲我的裴或我自己也在所不惜。在入境站，你的生命并未受到威胁，而现在也没有。你必须自己设法解决问题，至少，在盖娅估量出某种行动的后果，并真正采取行动之前，你一切都要靠自己。”

崔维兹陷入沉思好一阵子，然后说：“这样的话，我必须作些尝试，但也许不会成功。”

此时房门突然打开，“啪”的一声滑进门槽，声音和刚才关门时一样响。

那警卫说了一句：“出来。”

他们走出来的时候，裴洛拉特悄声问道：“你准备怎么做，葛兰？”

崔维兹摇了摇头，也悄声答道：“我还不完全确定，必须见机行事。”

19

他们回到部长办公室，李札乐部长仍坐在办公桌后面。看到他们走进来，她脸上立刻现出狞笑。

她说：“我相信，崔维兹议员，你现在准备告诉我，你已经决定放弃这艘基地太空艇。”

“部长，”崔维兹冷静地说，“我是来跟你谈条件的。”

“没什么条件可谈，议员先生。如果你坚持，我们很快就能安排一场审判，还能更快地审理终结。我向你保证，即使在一场绝对公正的审判中，你也一定会被定罪，因为你带了一位无星籍的人士入境，这点证据确凿，毫无辩白的余地。将你定罪后，我们就能合法扣押那艘太空艇，而你们三人将受到严厉的惩处。不要只为了拖延一天的时间，而将重刑揽到自己身上。”

“然而，部长，还是有些条件可谈，因为不论你多快将我们定罪，也无法未经我的同意就扣押那艘太空艇。没有我的帮助，无论你用什么方法强行进入，都会令太空艇炸毁，而太空航站和其中每一个人也会跟着陪葬。如此一来必将激怒基地，这是你没有胆量做的事情。要是你为了强迫我打开太空艇，而以威胁或凌虐的手法对付我们，当然就违反了你们的法律。但如果你不顾一切，不惜违法也要让我们受酷刑，甚至将我们关进最不人道的黑牢中，那么基地一定会发现这件事，而且会更加气愤。不管他们多么想把太空艇要回去，也绝不会容许虐待基地公民的先例出现。我们是不是能谈谈条件了？”

“真是一派胡言，”部长的脸色变得很阴沉，“如果有必要，我们会向基地求援，他们一定知道如何打开自家制造的太空艇，不然他们也会逼你打开。”

崔维兹说：“你漏掉了我的头衔，部长，但你的情绪实在太激动了，所以也许情有可原。你自己明明知道，向基地求援是你最不愿做的一件事，因为你根本不想将太空艇交还他们。”

部长脸上的笑容消失了。“你在胡说八道什么，议员先生？”

“我的胡说八道，部长，也许不宜让第三者听到。请把我的朋友和这位小姐送到一间舒适的套房，他们需要好好休息一下。让你的警卫也离开，他们可以留在门外，你还可以让他们留下一柄手铳。你不是个娇小女子，再握着一柄手铳，你就根本不用怕我，我并未携带任何武器。”

部长隔着办公桌倾身面对崔维兹。“不论在任何情况下，我都不会怕你。”

她头也不回，就向一名警卫做了个手势。那名警卫立刻趋前，在她身边“啪”的一声站定。她说：“警卫，把那个人，还有那个人，带到五号套房，让他们待在那里，好好招待并严加看管。如果他们受到任何不良待遇，或者安全上有什么闪失，你要负全责。”

接着她便站了起来。崔维兹虽然决心保持绝对镇定，仍免不了感到有点胆怯。她个子相当高，至少和一米八五的崔维兹一样高，或许还高出一厘米左右。不过她的腰肢很细，交叉在胸前的两道白条向下延伸，在她的腰际围了一圈，使得原本的纤腰看起来更细。虽然她如此高大，举止却另有一种优雅。崔维兹沮丧地想到，她刚才说根本不怕他，看来八成没错，假如两人扭打起来，他想，她一定能毫不费力地将自己按倒在地。

她说：“跟我来吧，议员先生。如果你准备胡说八道一番，那么为了你的面子着想，愈少人听到愈好。”

她以轻快的步伐走在前面带路，崔维兹跟在她后面。她的巨大身影带来一种无形压迫感，令他感到整个人缩小一号，以前他跟任何女性在一起，都从来没有这种感觉。

他们走进一座电梯，当电梯门关上的时候，她说：“现在只剩下我们两个人，议员先生。但如果你有个错觉，以为用武力对付我，就能达到某种幻想中的目的，请赶快打消这个念头。”她又用愈来愈平板的声调，以及明显的调侃语气说，“看来你是个相当强壮的人种，但我向你保证，若有必要，我轻而易举便能折断你的手臂，或是你的脊背。我身上有武器，但我根本不必动用。”

崔维兹搔着脸颊，目光忽下忽上打量着她。“部长，在摔跤比赛中，我不会输给同量级的任何男人。但我已经决定放弃这一战，因为我明知打不过你。”

“很好。”部长说。她看起来十分高兴。

崔维兹说：“我们要到哪儿去，部长？”

“下面！很下面！不过你不必惊慌。我想，在超波戏剧中，这是把你带去地牢的第一步。但我们康普隆并没有地牢，只有合乎人道的监狱。我们要去我的私人寓所，虽然比不上帝国黑暗时期的地牢那么刺激，但想必较为舒适。”

当电梯门向一侧滑开，两人踏出电梯的时候，崔维兹估计他们至少距离行星表面五十米。

20

崔维兹四下打量这间寓所，显然相当惊讶。

部长绷着脸说：“你对我的住处不以为然吗，议员先生？”

“不，我没理由那么想，部长，我只是感到讶异，实在出乎我意料之外。自从我来到你们的世界，根据眼见耳闻所得到的一点点印象，我以为它是个——是个很有节制的世界，戒除了一切无谓的奢侈。”

“的确如此，议员先生。我们的资源有限，因此生活必定和此地气候一样不理想。”

“部长，可是这些。”崔维兹伸出双手，仿佛要拥抱整个房间。自从来到这个世界，他现在才真正见到了色彩。这里的长椅铺着厚实的衬垫，墙壁发出柔和的壁光，地板则铺着力场毯，走在上面既有弹性又安静无声。“这些无疑是奢侈的享受。”

“正如你刚才所说，议员先生，我们戒除无谓的奢侈、浮夸的奢侈、过度浪费的奢侈。然而这些，则是私人的奢侈，而且自有用处。我的工作繁忙，责任又重，我需要一个地方，能让我暂时忘掉工作上的烦恼。”

崔维兹说：“在他人背后，是不是所有的康普隆人都过着这样的生活，部长？”

“这取决于工作的性质和责任的轻重。这种生活很少有人过得起，或是有资格享受，但多亏我们的伦理规范，也很少有人会有这种欲望。”

“可是你，部长，却过得起、有这个资格，而且想要过这种生活。”

部长说：“随着地位而来的，除了责任还有特权。现在请坐下，议员先生，然后告诉我，你到底有什么疯狂的想法。”她已经坐在一张长椅上，衬垫承受着她扎实的重量，缓缓沉了下去。她指着不远处一张同样柔软的椅子，示意崔维兹坐在那里，以便他能面对着她。

崔维兹坐了下来。“疯狂，部长？”

部长显然放松许多，将右手肘倚在一个枕头上。“私下谈话时，我们无需太过拘泥正式晤谈的规范。你可以叫我李札乐，而我叫你崔维兹。告诉我，崔维兹，你到底在打什么主意，我们一起来研究一下。”

崔维兹双腿交叉，往椅背上一靠。“听我说，李札乐，你给我两个选择，一是自愿放弃那艘太空艇，二是接受一场正式审判，两者都会使你得到那艘太空艇。但你又想尽办法说服我接受第一种选择，还愿意拿另一艘太空船来交换，让我和朋友们得以继续我们的旅程。如果我们愿意，甚至能留在康普隆，并归化为公民。而在一些小事上，你愿意给我十五分钟的时间，让我和我的朋友商量对策。你甚至愿意把我带到你的私人寓所，而我的朋友，此刻想必正在舒适的套房中休息。总而言之，李札乐，你拼命想收买我，希望我会自动将太空艇交给你，而不必动用审判。”

“得了吧，崔维兹，难道你一点也不觉得我是基于人道？”

“绝不。”

“或是我认为让你主动屈服，会比一场审判更迅速、更方便？”

“不！我认为另有原因。”

“什么原因？”

“审判有个很大的缺点，它是个公开事件。你曾经好几次提到，这个世界拥有严格的司法体系，所以我猜想，你很难安排一场不留记录的审判。而只要有记录，基地就会知道这件事，一旦审判结束，你就必须将太空艇交还基地。”

“当然如此，”李札乐面无表情地说，“太空艇是属于基地的。”

“可是，”崔维兹说，“如果和我私下达成协议，就不必在正式记录中提到这件事。你可以从我手中接过那艘太空艇，而由于基地根本不知情——甚至不知道我们在这个世界——康普隆就能将太空艇留下。我很肯定，这才是你们真正的意图。”

“我们为什么要这样做？”她脸上依然没有任何表情，“难道我们不是基地邦联的一部分？”

“不完全是，你们的身份是联合势力。在银河地图中，基地的成员世界如果以红色表示，康普隆和它的藩属世界则是一片淡粉红色。”

“即使如此，身为联合势力，我们当然会跟基地合作。”

“你们会吗？康普隆难道不曾梦想完全独立的地位，甚至领导权？你们是个古老的世界，几乎所有的世界都故意拉长自己的历史，但康普隆的确是个古老的世界。”

李札乐部长脸上闪过一丝冷笑。“甚至是最古老的，若是我们相信某些狂热分子的主张。”

“有没有可能曾有一段时期，康普隆的确是一小群世界的领导者？你们难道不会梦想重拾失落的权柄吗？”

“你认为我们有这么不切实际的梦想吗？在我知道你的想法之前，我将你的怀疑称为疯狂；现在我知道了，证明我的说法一点都没错。”

“梦想或许不可能实现，却仍然有人怀抱着梦想。端点星坐落于银河极外缘，仅仅拥有五个世纪的历史，比任何世界的历史都要短，如今却统领整个银河。康普隆难道没有这种梦想吗？嗯？”崔维兹露出微笑。

李札乐仍然保持严肃的神情。“据我们了解，端点星能达到今天的地位，是哈里·谢顿的计划付诸实现的结果。”

“那是一种心理支柱，让大家相信端点星是无敌的。它恐怕只存在于人们的信仰中，而康普隆政府可能就不相信。话说回来，端点星还拥有一根科技支柱，它能称霸银河，无疑是靠先进的科技做后盾——你们急于得到的重力太空艇，就是个很好的例子。除了端点星，没有任何世界会制造重力太空艇，康普隆若能得到一艘，并从中学到详尽的运作原理，你们的科技一定会向前跨出一大步。我并不相信这就足以使你们赶上端点星，但你们的政府可能就是这么想。”

李札乐说：“你这话是在说笑。既然基地希望收回那艘太空艇，任何政府若想保有它，都注定会触怒基地。而历史告诉我们，触怒基地绝对不是好玩的事。”

崔维兹说：“除非基地发现了值得发怒的事，否则怎么可能被触怒呢？”

“这样的话，崔维兹——让我们假设，你对这个状况的分析并非全然疯狂——如果你将太空艇交给我们，趁机敲我们一笔竹杠，不是对你很有利吗？根据你的论点，若有可能神不知鬼不觉地得到太空艇，我们会愿意付出极高的代价。”

“你们指望我在事后不会向基地报告？”

“当然。假如你要报告，自己也会受牵连。”

“我可以辩称当时受到威胁。”

“是啊，不过你的常识告诉你，你们的市长绝不会相信你的说法。来吧，咱们做个交易。”

崔维兹摇了摇头。“我不要，李札乐部长，那艘太空艇是我的，我绝不会让给别人。我已经跟你讲过，如果你们试图硬闯进去，会引发威力强大的爆炸。我向你保证我说的是实话，别指望这只是虚声恫吓。”

“可以由你将它打开，重新设定电脑。”

“这点毋庸置疑，但我不会那样做。”

李札乐深深吸了一口气。“你知道的，我们有办法令你改变心意。如果不是直接对付你，也能对你的朋友裴洛拉特博士，或是那个年轻女子下手。”

“严刑拷打吗，部长？这就是你们的法律？”

“不，议员先生。但我们也许不必那么残酷，心灵探测器总是屡试不爽。”

进了部长的寓所之后，崔维兹首度感到一阵心寒。

“你同样不能那么做。将心灵探测器用在非医疗用途上，不论在银河哪个角落，都是一种非法行为。”

“但我们如果逼不得已——”

“我愿意赌一赌，”崔维兹冷静地说，“因为那样做对你们没好处。我的护艇决心如此坚定，在心灵探测器扭转我的意志之前，我的大脑就会受到严重损伤。”这只是在唬人，他想，同时内心的寒意更甚，“即使你们技术高超，能够令我回心转意，而不伤及我的大脑，我又真的打开了太空艇，并解除它的武装，将它双手奉上，你们仍然得不到任何好处。那上面的电脑甚至比太空艇本身更先进，它设计得——我也不知道如何做到的——唯有跟我配合才能充分发挥潜能，它是我所谓的‘私人电脑’。”

“那么，假如让你保有那艘太空艇，由你继续担任驾驶员，你愿考虑为我们驾驶吗？你将成为康普隆的荣誉公民，领取巨额薪资，享受极豪奢的生活，而你的朋友也一样。”

“不行。”

“那么你有什么建议？我们就这样看着你和你的朋友驾驶太空艇升空，飞回银河中？我要警告你，在被迫放弃之前，我们也许会索性通知基地，说你和你的太空艇都在这里，将一切交给他们处理。”

“让你们自己也得不到？”

“如果一定得不到，或许我们宁愿将它交还基地，也不愿让一个傲慢无耻的外星人士捡便宜。”

“那么我来建议一个我自己的折中方案。”

“折中方案？好，我洗耳恭听，说吧。”

于是崔维兹谨慎地说：“我正在执行一项重要任务，这项任务最初由基地资助。如今资助似乎暂时中止，但任务的重要性并未消失。希望康普隆能继续资助我，我若顺利完成任务，康普隆将因此受惠。”

李札乐现出半信半疑的表情。“事后你不打算把太空艇还给基地？”

“我从未计划那样做。假如基地认为我还有可能想到归还这件事，就不会那么拼命寻找这艘太空艇。”

“但这并不表示你会把太空艇交给我们。”

“一旦我完成任务，太空艇可能对我就没用了。在那种情况下，我不会反对由康普隆接收。”

两人默默对望了好一阵子。

然后李札乐说：“你用的是条件句，太空艇‘可能’怎样怎样，这种话对我们没什么意义。”

“我大可信口开河，但那样做对你们又有什么意义？我的承诺既谨慎又有限，至少显示我是诚心诚意的。”

“真聪明，”李札乐点了点头，“我喜欢你这番话。好吧，说说你的任务是什么，又如何能使康普隆受惠？”

崔维兹说：“不，不，该轮到你表态了。我若能证明这项任务对康普隆很重要，你可愿意支持我？”

李札乐部长从长椅中站起来，又变成一个气势迫人的高大身躯。“我饿了，崔维兹议员，空着肚子我没法再谈下去。我要招待你一些吃的喝的，但不会太丰盛。吃完之后，我们再来谈出个结果。”

此时，崔维兹觉得她脸上露出一种饥渴的期待，因此他紧闭嘴巴，心里多少有点不自在。

21

这一餐或许相当营养，但并不怎么可口。主菜包括一客炖牛肉，上面浇着芥末酱，下面铺了一层青叶蔬菜。崔维兹认不出那是什么蔬菜，也不喜欢那种又苦又咸的味道，后来他才弄明白，原来那是一种海草。

主菜之后是一道水果，吃起来像是带点桃子味的苹果（味道还真不错），此外还有一杯深色的热饮，但由于实在太苦了，崔维兹只喝了一半，就询问能否换杯冷开水。每样食物的分量都很少，不过此时此刻，崔维兹也不会在意。

这一餐完全自理，没有任何仆佣服务，部长亲自下厨，亲自上菜，饭后还亲自将碗盘刀叉收拾干净。

“我希望你吃得愉快。”他们离开餐厅时，李札乐这么说。

“相当愉快。”崔维兹并不热络地答道。

部长又在长椅上坐下来。“我们回到原先的话题吧，”她说，“你刚才提到，康普隆可能憎恶基地在科技上的领导地位，以及在银河中的政治霸权。就某方面而言，这的确是事实，可是相较之下，只有少数热衷星际政治的人，才对这方面的问题感兴趣。更贴切的说法是，一般康普隆人对基地的道德沦丧相当反感。虽然许多世界都有道德沦丧的情形，但端点星似乎最为恶名昭彰。我敢说，这个世界的反端点星敌意即根源于此，而不是那些更抽象的问题。”

“道德沦丧？”崔维兹不解地问道，“不管基地有什么缺失，你都必须承认，在它管辖的那一部分银河，行政相当有效率，财政也很清廉。一般说来，民权普遍受到尊重，而且……”

“崔维兹议员，我是指两性间的道德。”

“这样的话，我就更不了解你的意思了。就这方面而言，我们是个绝对道德的社会，不论在社会哪个层面，都有许多女性成员。我们的市长就是女性，而且议会里将近半数……”

部长脸上闪过一丝怒容。“议员先生，你在逗我吗？你当然知道两性间的道德是指什么，在端点星上，婚姻究竟算不算一件神圣的事？”

“你所谓的神圣是什么意思？”

“有没有正式的结婚仪式，将一男一女结合在一起？”

“当然有，只要当事人希望这样做。这种仪式有助于简化税务和继承的问题。”

“但离婚也是允许的？”

“当然可以。如果硬要将两个人永远绑在一起，那才是不道德呢。当夫妻两人……”

“难道没有宗教上的约束吗？”

“宗教？的确有人根据古代祭仪创出一套哲学，可是这和婚姻又有什么关系？”

“议员先生，在康普隆上，凡是和性有关的事物，都会受到严格控制。非但绝对不能有婚外性行为，即使夫妻之间，性的体现也受到重重限制。我们感到极其震惊，有些世界——尤其是端点星——似乎把性当作无伤大雅的单纯社交娱乐，不论什么时间、什么方式、什么对象，只要高兴即可放纵一番，一点也不顾及宗教上的意义。”

崔维兹耸了耸肩。“我很遗憾，但我无法着手改造银河，甚至对端点星也无能为力。可是，这又和我的太空艇有何相干？”

“我是在讲公众对太空艇这个事件的意见，以及舆论如何限制了我的妥协程度。假如康普隆民众发现，你在太空艇上藏了一个年轻迷人的女子，用来供你和你的伙伴发泄性欲，将会引起他们强烈的反感。我考虑到你们三人的安全，才力劝你接受和平的妥协方案，以免受到公开审判。”

崔维兹说：“我想你是利用刚才的用餐时间，想出这个新的威胁劝诱方式。我现在是不是应该害怕暴民对我动用私刑？”

“我只是指出潜在的危险。难道你能否认，那名同行的女子并非专供发泄性欲之用？”

“我当然否认。宝绮思是我的朋友裴洛拉特博士的伴侣，没有别人跟他分享。你也许不会将他们的关系定义为婚姻，但我相信在裴洛拉特心目中，以及在那女子心目中，他俩的确有着婚姻关系。”

“你是在告诉我，你自己没有介入其中？”

“当然没有，”崔维兹说，“你把我当成什么了？”

“我无法判断，我不了解你的道德观。”

“那么让我来解释一下，我的道德观告诉我，自己不该觊觎朋友的财产，或是玩弄他的伴侣。”

“你甚至不受诱惑？”

“我无法控制诱惑的浮现，可是想要我屈服，却绝无可能。”

“绝无可能？或许是你对女人没兴趣。”

“你可别那么想，我当然有兴趣。”

“距离你上次跟女人发生性关系，已经多久了？”

“几个月吧，我离开端点星之后，就从来没有过。”

“你一定不喜欢这样。”

“当然不喜欢，”崔维兹的情绪十分激动，“可是情非得已，我毫无选择余地。”

“你的朋友裴洛拉特看到你这么苦，一定愿意把他的女人和你分享。”

“我没有在他面前表现出来，但我即使让他知道，他也不会愿意和我分享宝绮思。我想那女子也不会同意，况且我对她并没有吸引力。”

“你这么说，是因为你曾经尝试过？”

“我没有尝试过，我觉得不需要尝试就能下这个判断。总之，我并不特别喜欢她。”

“真是难以置信！男人应该公认她是迷人的女性。”

“就肉体而言，她确实迷人，然而她并不合我的口味。原因之一是她太年轻，有些地方太孩子气。”

“那么，你比较喜欢成熟的女人？”

崔维兹顿了一下，这是个陷阱吗？他小心翼翼地答道：“我的年纪够大了，足以欣赏一些成熟的女人。这跟我的太空艇又有什么关系？”

李札乐说：“暂且忘掉你的太空艇。我今年四十六岁，一直单身；我太忙了，始终没有时间结婚。”

“这样说来，照你们的社会规范，你必定一直过着禁欲的生活。你问我多久没有性生活了，难道就是这个原因吗？你是不是要我提供这方面的意见？如果真是这样，我会说这种事不像饮食，没有性生活的确令人不舒服，但是不会活不下去。”

部长微微一笑，再度露出饥渴的眼神。“别误会我，崔维兹。地位自然会带来特权，而且我可以小心行事，所以我并非全然的禁欲者。然而，康普隆的男性无法令我满足。我承认道德是绝对的美德，但它确实令这个世界的男性产生了罪恶感。他们失去了冒险犯难、勇往直前的精神，来得慢，去得快，而且普遍缺乏技巧。”

崔维兹非常谨慎地说：“这点我也帮不上任何忙。”

“你在暗示这可能是我的错？我无法挑起他们的欲望？”

崔维兹举起一只手。“我完全没有这个意思。”

“这样说来，如果给你机会，你将如何反应？你，一个来自荒淫世界的男人，一定有过各式各样的性经验。而且你已经被迫禁欲好几个月，却有个年轻迷人的女子不断出现在你面前。面对着一个像我这样的女人，她正是你自称喜欢的那种成熟典型，你会有什么样的反应？”

崔维兹说：“我会循规蹈矩，对你敬爱有加，这才配得上你的地位和尊贵。”

“别傻了！”部长说。她一只手挪到右侧腰际，解开了束腰的白色带子，再将那条带子从胸前与颈部扯下，这时，她的黑色上装明显地松开了。

崔维兹僵坐在那里。她这个念头，是从——什么时候开始的？或者，这是她在各种威胁都失败之后，另一种收买自己的手段？

她的上装已经连同坚硬的束胸一起落下。这位部长就这样坐着，腰部以上完全赤裸，脸上带着骄傲无比的神情。她的胸部可说是她本人的缩影——硕大，坚挺，散发出令人无法抗拒的魅力。

“怎么样？”她说。

崔维兹老老实实地答道：“太壮观了！”

“那你打算怎么做？”

“根据康普隆的道德观，我该怎么做，李札乐女士？”

“那对端点星的男人有什么意义？你们的道德观又会叫你怎么做？开始吧，我的胸部很冷，渴望得到温暖。”

崔维兹站起来，随即开始宽衣。

第六章
地球的真面目

22

崔维兹觉得像是吃了迷幻药，不知道时间过了多久。

他身旁躺着运输部长蜜特札·李札乐。她趴在床上，头转向一侧，张着嘴巴，不时发出清晰的鼾声。知道她睡着了，崔维兹才放心一点。他希望她醒来之后，清清楚楚记得自己曾经睡了一觉。

崔维兹其实也困极欲眠，但他感到自己必须保持清醒，不能让她醒来的时候，发现他正在呼呼大睡。这点相当重要，必须让她了解，当她筋疲力尽、不省人事之际，他仍然精神饱满。她会希望“基地浪子”一直保持生龙活虎的状态，而此时此刻，最好不要令她失望。

就某方面而言，他做得很好。他猜对了，虽然李札乐魁梧强健、拥有极大权力、轻视她碰到过的所有康普隆男性，并且对于有关基地浪子性技巧的传说（她从哪里听来的？崔维兹感到纳闷）交杂着恐惧与神往，不过，她却乐于被男人征服。这甚至可能是她长久以来的愿望，只是她一直没机会表达这种欲望与期待。

崔维兹的行动便是以这个猜测为指导原则，结果很幸运，他发现自己猜对了（永远正确的崔维兹，他自嘲地想）。如此不但取悦了这个女人，也让崔维兹取得了主导权，将她的精力完全榨干，自己却没有花太多气力。

不过这也不容易，她拥有令人赞叹的胴体（她说自己四十六岁，却丝毫不比二十五岁的运动员逊色），以及无穷无尽的精力——只有她那狂野的欲望才能将它挥霍殆尽。

事实上，若能将她驯服，教她懂得如何节制，并且在不断的练习中（可是他撑得过来吗？）让她对自己的能力更有自知之明，而更重要的是，对他的能力也更加了解，那么，这也许会是一件愉快……

鼾声突然停止，她微微动了一下。他将右手放在她肩膀上轻轻抚摩，她的眼睛就张开了。崔维兹用手肘撑着身子，尽量使自己看起来毫无倦容且精力充沛。

“我很高兴你睡着了，亲爱的。”他说，“你实在需要休息。”

她睡眼惺忪地对他微微一笑，崔维兹突然有点不安，以为她会提议再来云雨一番。但她只是努力翻了个身，变得仰躺在床上，然后用柔和而满足的口吻说：“我一开始就没看错，你的确是个性爱高手。”

崔维兹尽量表现出谦逊的态度。“我应该更节制一点。”

“胡说，你做得恰到好处。我本来还在担心，怕你一直保有性生活，精力都给那个年轻女子耗尽了。但你的表现使我相信事实并非如此，你说的都是实话，对不对？”

“我刚开始就表现得像个半饱的样子吗？”

“不，你一点都不像。”说完她就爆笑出来。

“你还想要用心灵探测器吗？”

她又哈哈大笑。“你疯啦？我现在还愿意失去你吗？”

“但你最好能暂时失去一下。”

“什么？！”她皱起眉头。

“如果我永远待在这里，亲……亲爱的，是不是要不了多久，就会有人窃窃私语，指指点点？然而，如果我能离去，继续执行我的任务，我自然会经常回来向你报到，而我们自然会关起门来叙旧一番——况且我的任务极为重要。”

她一面考虑，一面随手搔了搔右臀。然后她说：“我想你说得对，我不喜欢这个提议，但是——我想你说得对。”

“你不用担心我不会回来。”崔维兹说，“我不会那么傻，忘记这里有什么在等我。”

她对他笑了笑，轻轻碰了碰他的脸颊，又望着他的眼眸说：“你觉得快乐吗，吾爱？”

“快乐得难以形容，亲爱的。”

“但你是基地人，你正处于人生的黄金岁月，又刚好来自端点星，你一定惯于和具有各种技巧的各种女人……”

“我从未遇到任何一个——任何一个——有一分像你的女人。”崔维兹毫不费力就说得理直气壮，毕竟这是百分之百的实话。

李札乐以得意的口吻道：“好吧，既然你这么说。话说回来，你知道的，有道是积习难改，我想我不能没有任何保证就轻易相信一个男人。你和你的朋友裴洛拉特，在我了解并批准你们的任务后，应该就能上路，继续执行这项任务，但我要将那年轻女子留在这里。她会受到很好的款待，你不用怕，但我相信裴洛拉特博士会想念她，所以他一定会要你经常返回康普隆，即使你对这项任务的狂热，可能让你想在外面逗留很久。”

“可是，李札乐，这是不可能的。”

“是吗？”她的双眼立刻透出怀疑的目光，“为什么不可能？你需要那个女的做什么？”

“我跟你讲过，不是为了性，而我讲的都是实话。她是裴洛拉特的，我对她没兴趣。何况，如果她想学你刚才得意洋洋地摆出的那些招式，我确定她会立刻断成两截。”

李札乐差点笑起来，但她克制住笑意，以严厉的口吻说：“那么，如果她留在康普隆，对你又有什么影响？”

“因为她对我们的任务极为重要，这就是我们必须要她同行的原因。”

“好吧，那么，你们的任务到底是什么？现在是你告诉我的时候了。”

崔维兹只迟疑了非常短的时间。如今必须实话实说，他根本编不出那么有说服力的谎言。

“听我说，”他道，“康普隆也许是个古老的世界，甚至是最古老的世界之一，但它绝不可能是最最古老的。人类这种生物并非发源此地，最早在这里生存的人类，是从别的世界迁徙来的；但人类可能也不是从那里发源，而是来自另一个更古老的世界。不过，这种回溯的过程终究有个尽头，我们一定会回溯到最初的世界，也就是人类的发祥地。我要寻找的正是地球。”

蜜特札·李札乐突如其来的强烈反应令他吓了一大跳。

躺在床上的她，双眼睁得老大，呼吸突然变得急促，身上每条肌肉似乎全都僵住，两只手臂硬邦邦地向上举起，双手食、中两指交叉在一起。

“你说出了它的名字。”她嘶哑地悄声道。

23

她没有再说什么，也没有再望他一眼。她的双臂慢慢垂下，两腿移到床沿，然后背对着他坐起来。崔维兹仍旧躺在那里，一动也不动。

曼恩·李·康普所说的一番话，此时在他脑际响起，当时，他们是在那个空洞的赛协尔旅游中心里面。他现在还记得很清楚，当康普提到自己的祖星，也就是崔维兹如今立足之处，他是这么说的："他们对地球有着迷信式的恐惧，每当提到这个名字，他们都会举起双手，食指和中指交叉，借此祛除霉运。"

事后才想起这些话有什么用！

"我应该怎么说呢，蜜特札？"他喃喃问道。

她轻轻摇了摇头，站起身来，朝一扇门大步走过去。她穿过之后，那扇门随即关上，不一会儿，便有水声从里面传出来。

现在的他全身赤裸，模样狼狈，除了等待别无良策。他也想到是否应该跟她一起淋浴，却很肯定最好别这样做。但由于他觉得似乎被排拒在浴室之外，想洗澡的冲动反而立刻剧涨。

她终于走出来，开始默默挑选衣服。

他说："你介不介意我——"

她什么也没说，崔维兹便将沉默解释为默许。他本想昂首阔步走进浴室，表现得像个健壮的男子汉，却又觉得很别扭，就好像小时候，他不守规矩惹母亲生了气，母亲并不处罚他，只是不再跟他说话，令他感到极为难过而沮丧。

进了那间四壁光滑的小浴室之后，他四下望了望，发现里面空空如也，什么东西都没有。他又更加仔细地检查了一遍，仍旧什么也找不到。

他把门打开，伸出头来说：“我问你，怎样才能开启淋浴？”

她把体香剂（至少，崔维兹猜想它具有类似功效）放在一旁，大步走进浴室，依旧看也不看他一眼，只是举起手来指了指。崔维兹的目光顺着她的手指望去，这才看到墙上有个淡粉红色的圆点，颜色极浅，仿佛设计师不愿为了标示一个小小的功能，而破坏那种纯白的美感。

崔维兹轻轻耸了耸肩，向那面墙凑过去，伸手碰触那个圆点。想必那就是他该做的动作，因为下一瞬间，大蓬细碎的水花便从四面八方袭来。他大口喘着气，赶紧再碰一下那个圆点，水花立即停止。

他又打开门，知道自己看起来一定更加狼狈，因为他全身抖得十分厉害，几乎连话都说不清楚。他以嘶哑的声音问道：“热水怎么开？”

现在她终于正眼瞧他，他滑稽的模样显然使她忘了愤怒（或是恐惧，或是任何困扰着她的情绪），因为她先是吃吃窃笑，随即又毫无预警地冲着他哈哈大笑。

“什么热水？”她说，“你以为我们会把能源浪费在洗澡水上？你刚才开的是暖和的温水，已经除掉了寒气，你还想要什么？你这个温室养大的端点星人！给我进去洗！”

崔维兹犹豫了一下子，不过只是一下子而已，因为他显然没有其他选择。

他心不甘情不愿地又碰了一下那个粉红圆点，这次他已有心理准备，咬紧牙关忍受着冰冷的水花。温水？他发现身上开始冒起肥皂泡沫，判断现在是“洗涤周期”，想必不会持续太久，于是赶紧这里搓搓，那里搓搓，全身上下到处都搓了搓。

接下来是“冲洗周期”，啊，真暖和！嗯，也许并非真正暖和，只不过没有先前那么冷，但是对完全冻僵的身体而言，当然要算相当暖和。不久水花突然停了，当时他正想将水关掉，并纳闷李札乐刚才如何全身干爽地走出来，因为这里绝对没有毛巾或其他代用品。此时，突然出现一阵急速的气流，若非各个方向风力相当，他一定马上被吹得东倒西歪。

这是一股热气，几乎可说太热了。崔维兹想，那是因为与热水比较之下，加热空气所消耗的能源要少得多。热气很快将他身上的水珠蒸干，几分钟后，他已经能干爽地走出浴室，就像一辈子从未碰过水一样。

李札乐似乎完全恢复了。“你觉得还好吗？”

“相当好。”事实上，崔维兹觉得全身舒畅异常，“我唯一要做的就是洗冷水的心理准备，你没告诉我……”

“温室里的花朵。”李札乐略带轻蔑地说。

他借用了她的体香剂，然后开始穿衣服，这才发觉只有她有干净的内衣可换，自己却没有。他说：“我应该怎样称呼——那个世界？”

她说：“我们管它叫‘最古世界’。”

他说：“我又怎么知道刚才说的那个名字是禁忌？你告诉过我吗？”

“你问过吗？”

“我怎么知道该问？”

“你现在知道了。”

“我一定会忘记。”

“你最好别忘。”

“这有什么差别呢？”崔维兹觉得火气来了，“只是一个名字，一些声音罢了。”

李札乐以阴郁的语气说：“有些字眼是不能随便说的，你会随时随地说出你知道的每个字眼吗？”

“有些字眼的确很粗俗，有些不适于说出口，有些在特殊场合会伤人。我刚才用的那个字眼，属于哪一类？”

李札乐答道：“它是个可悲的字眼，是个严肃的字眼。它代表我们的祖先世界，而这个世界已不复存在。它很悲壮，我们感觉得到，因为它距离我们很近。我们尽量不谈到它，如果不得不提及，也不会提到它的名字。”

“手指交叉对着我又是什么意思呢？这样怎能抚慰痛苦和悲伤？”

李札乐涨红了脸。“那是一种反射动作，我是给你逼的。有些人相信那个字眼会带来不幸，甚至光是想想都会倒霉，他们就是用那个动作祛除霉运。”

“你是否也相信交叉手指真能祛除霉运？”

“不相信——嗯，也可以说相信。我要是不那么做，心中就会感到不安。”她在说话的时候，目光一直避开他。然后，她仿佛急于改变话题，马上又说：“你们那位黑发姑娘，对于你们寻找——你所说的那个世界，究竟有什么重要性？”

“说最古世界吧，或是你连这个称呼都不愿意用？”

“我宁可完全不讨论这件事，但还是请你回答我的问题。”

“我相信，她的祖先就是从最古世界移民到现在那颗行星的。”

“跟我们一样。”李札乐骄傲地说。

“可是她的族人拥有一些口传历史，她说那是了解最古世界的关键线索。但我们必须先找到它，才能利用那个线索，研究上面的记录。”

“她在说谎。”

“或许吧，但是我们必须查清楚。”

“既然你有了这个女子，以及她那些不可靠的知识，你又已经准备和她一起去寻找最古世界，为什么还要来康普隆呢？”

“因为想要找出最古世界的位置。我以前有个朋友，他跟我一样是基地人，不过他的祖先来自康普隆。他曾经肯定地告诉我，许多有关最古世界的历史在康普隆是家喻户晓的。”

“他真这么说？他有没有告诉你任何有关它的历史？”

“有的。”崔维兹再次实话实说，“他说最古世界已经死了，上面充满放射性。他也不清楚为什么，但他认为可能是核爆的结果，也许是在一场战争中发生的。”

“不对！”李札乐高声吼道。

“不对？是不曾有战争，还是最古世界没有放射性？”

“它有放射性，但并非由于战争的缘故。”

“那么它是如何变得具有放射性呢？它不可能一开始就有放射性，否则根本不会有任何生命存在，但人类这种生物正是起源于最古世界。”

李札乐似乎在犹豫，她站得笔直，呼吸沉重，几乎是在喘气。她说：“那是一种惩罚。它是使用机器人的世界之一，你知道什么是机器人吗？”

“知道。”

“他们使用机器人，因此受到惩罚。每个拥有机器人的世界都受到了惩罚，全都不存在了。”

“李札乐，是谁惩罚他们？”

“是‘惩罚者’，是历史的力量，我也不确定。”她的目光又避开他，眼神有些不安。然后，她压低声音说：“去问别人吧。”

“我愿意问别人，但我该找谁问呢？康普隆上有人研究过太古历史吗？”

“有的，他们不受我们欢迎，我是指不受一般康普隆人的欢迎。可是基地，你们的基地，却坚持他们所谓的学术自由。”

“我认为这个坚持很好。”崔维兹说。

“凡是被外力强迫的，都是不好的。”李札乐回嘴道。

崔维兹耸了耸肩。辩论这种题目好像没有任何意义，于是他说：“我的朋友裴洛拉特博士，可以算是一位太古历史学家。我相信他一定希望见见康普隆的同道，你能帮忙安排吗，李札乐？”

她点了点头。“有个名叫瓦希尔·丹尼亚多的历史学家，寄身在本市的大学里。他没有开课，不过你们想知道的事，他也许都能告诉你们。”

“他为什么没开课？”

“不是政府不准，只是学生都不选他的课。”

“我想，”崔维兹尽量避免透出讥讽的口气，“是政府鼓励学生不去选他的课。”

“学生怎么会想上他的课？他是个怀疑论者，到处都有这样的人，你知道的。总有些人喜欢跟一般的思想模式唱反调，而且这种人都十分高傲自大，以为只有自己的看法才正确，其他大多数人都是错的。”

“难道许多时候不正是这样吗？”

“从来没有！”李札乐怒吼道，她的语气万分坚定，表示显然没有必要就这个问题再讨论下去，“纵然他死守着他的怀疑论，他告诉你的答案，也注定和任何康普隆人说的一模一样。”

“什么答案？”

“如果要寻找最古世界，你一定会无功而返。”

24

在指定给他们的套房里，裴洛拉特仔细听完崔维兹的叙述，又长又严肃的面容始终毫无表情。然后他说：“瓦希尔·丹尼亚多？我不记得听过这个名字，但若是在太空艇上，我或许能从我的图书馆中找到他的论文。”

“你确定没听过这个人？好好想一想！”崔维兹说。

“此时此刻，我实在想不起来听过这个名字。”裴洛拉特十分谨慎地说，“但无论如何，我亲爱的兄弟，银河中稍有名望的学者，我没听说过或记不起来的，少说也有好几百个。”

“话说回来，他不可能是第一流的学者，否则你一定听过。”

“研究地球……”

“练习说最古世界，詹诺夫，否则会让事情变得更复杂。”

“研究最古世界，”裴洛拉特又说，“在学术界并不吃香，因此第一流的学者，即使是钻研太古历史的一流学者，都不愿意涉足其间。或者，让我们换个说法，那些已经钻入这个领域的学者，不可能借着一个大家都没兴趣的世界，使自己在学术界扬名立万，成为公认的一流学者，即使他们当之无愧。比方说，就没有任何人认为我是一流的，这点我相当肯定。”

宝绮思温柔地说：“在我心目中就是，裴。”

“对啊，在你心目中当然不一样，亲爱的，”裴洛拉特淡淡一笑，“但你的评断并非根据我的学术成就。”

根据钟表所指的时间，现在几乎入夜了。崔维兹又开始感到有点不耐烦，每当宝绮思与裴洛拉特打情骂俏之际，他总会有这种感觉。

他说：“我会试着安排明天一起去见这位丹尼亚多，但如果他知道的和那位部长一样少，我们就等于白跑一趟。”

裴洛拉特说：“他也许能带我们去找对我们更有帮助的人。”

“我可不信。这个世界对地球的态度——但我最好也练习改用拐弯抹角的称呼——这个世界对最古世界的态度是愚昧且迷信的。”他背过脸去，又说，“不过这实在是辛苦的一天，我们应该准备吃晚餐了——只要我们能够接受他们那种平平的烹饪术——然后再准备睡上一觉。你们两位学会怎样用淋浴了吗？”

“我亲爱的伙伴，”裴洛拉特说，“我们受到非常殷勤的款待，学到了所有设备的使用方法，大部分我们都用不着。”

宝绮思说：“我问你，崔维兹，太空艇的事怎么样了？”

“什么怎么样？”

“康普隆政府要没收它吗？”

“不，我想他们不会。”

“啊，真令人高兴。他们为什么不会？”

“因为我说服了部长改变心意。”

裴洛拉特说：“真是难以置信，我认为她不像是特别容易被说服的人。”

宝绮思说：“这点我不清楚，不过从她的心灵纹理看来，她显然被崔维兹吸引了。”

崔维兹突然气呼呼地瞪着宝绮思。“你那么做了吗，宝绮思？”

“你这话什么意思，崔维兹？”

“我是说影响她的……”

“我并没有影响她。不过，当我注意到她被你吸引的时候，我忍不住扯断她一两道心灵禁制。这是微不足道的一件小事，那些禁制自己也可能挣断，然而确保她对你充满善意，则似乎是件很重要的事。”

“善意？不只如此而已！没错，她的确软化了，却是在我们上床之后。”

裴洛拉特说：“你显然是在开玩笑，老友……”

“我为什么开玩笑？”崔维兹气冲冲地说，“她也许不再年轻，但她精通此道。我向你保证，她可不是生手。我不会装出一副道貌岸然的样子，也不会为她掩饰什么。那是她的主意——这都要感谢宝绮思拉断了她的心灵禁制——在那种情况下我根本无法拒绝，即使想到应该拒绝，我也不会那么做，何况我并没有拒绝的念头。得了吧，詹诺夫，别表现得像个清教徒，我已经好几个月没这种机会了，而你却有——”他朝宝绮思的方向随手挥了挥。

“相信我，葛兰，”裴洛拉特尴尬地说，“如果你将我的表情解释为清教徒的反应，那就是误会我了，我一点都不反对。”

宝绮思说：“她却是个标准的清教徒。我本来只想让她对你热络点，并没有想要利用性冲动。”

崔维兹说：“但你引发的正是这种结果，爱管闲事的小宝绮思。在公开场合，那位部长也许必须扮演清教徒，但这样一来，似乎只会使她的欲火更炽烈。”

“而你只要搔到她的痒处，她就会背叛基地……”

“她无论如何都会那么做，她想要那艘太空艇……”崔维兹突然住口，又压低声音说，“我们有没有被窃听？”

宝绮思说：“没有！”

“你确定吗？”

“确定。以任何未经允许的方式侵入盖娅的心灵，都不可能不让盖娅发觉。”

“这样就好。康普隆自己想要这艘珍贵的太空艇，用以充实他们的舰队。”

“基地一定不会允许的。”

“康普隆不打算让基地知道。”

宝绮思叹了一口气。“这又是你们孤立体演出的闹剧。部长为了康普隆，本来准备背叛基地，结果为了回报一场鱼水之欢，立刻又准备背叛康普隆。至于崔维兹嘛，他很乐意出卖自己的肉体，来引诱部长叛国。你们的银河简直处于无政府状态，根本就是一团混沌。”

崔维兹冷冷地说：“你错了，小姐……”

“我刚才说话的时候，可不是什么小姐，我是盖娅，我是所有的盖娅。”

“那么你错了，盖娅。我并没有出卖肉体，而是心甘情愿地付出，我乐在其中，没有伤害到任何人。至于结果，就我的观点而言，其实是圆满收场，我愿意接受这一切。康普隆若是出于私心而想要那艘太空艇，这又能说是谁对谁错呢？它虽然是一艘基地的太空艇，可是基地已经拨给我，作为寻找地球之用，在我完成这项任务之前，它都是属于我的，我想基地没有权利违背这项协议。至于康普隆，它不喜欢受基地支配，因此梦想着独立。站在它的立场，追求独立和欺骗基地都是正当的，因为这并非叛变的行动，而是爱国的表现。谁能说得清呢？”

“正是如此，谁能说得清呢？在一个无政府状态的银河中，该如何分辨合理和不合理的行为？该如何判断是与非、善与恶、正义与不法、有用与无用？部长背叛她自己的政府，让你保留太空艇，这个行动你要如何解释？难道是因为她对这个令人窒息的世界不满，而渴望个人的独立？她究竟是个叛徒，还是个忠于自己、追求自主的女人？”

“老实说，”崔维兹道，“她愿意让我保有太空艇，我不敢说只是为了感谢我带给她的快乐。我相信，是在我提到正在寻找最古世界之后，她才作出这个决定的。对她而言，那是个充满恶兆的世界，而我们三人，以及载运我们的太空艇，由于从事这项探索，也都变成了恶兆。我有一种想法，她认为夺取那艘太空艇的行动，已经为她自己以及她的世界招来噩运，现在她心中可能充满恐惧。或许她感到，如果让我们和太空艇一起离开，继续执行我们的任务，就能使噩运远离康普隆，而这可算是一桩爱国之举。”

“虽然我很怀疑，崔维兹，但如果真如你所说的，那么迷信就成了行动的原动力。你认为这是好现象吗？”

“我既不称赞也不谴责这种事。在知识不足的情况下，迷信总是会指导人们的行动。基地上上下下都相信谢顿计划，虽然我们之中没有谁能了解它、没有谁能解释它的细节，或是能用它来进行预测。我们出于无知和信念，盲目奉行这个计划，难道不也是一种迷信吗？”

“没错，可能就是。”

“而盖娅也一样，你们相信我作了正确的抉择：盖娅应该将整个银河并成一个超大型生命体，但你们不知道我的选择为何正确，以及遵循我的决定有多保险。你们甘愿在无知和信念上展开行动，而我试图寻找证据，想帮助你们突破这个窘境，你们竟然还不高兴。这难道不也是迷信吗？”

“我认为这回他把你驳倒了，宝绮思。”裴洛拉特说。

宝绮思说：“没有。这次的寻找只会有两个结果，不是一无所获，便是找到足以支持他那个决定的佐证。”

崔维兹又说：“而你这个信心，也只是靠无知和信念来支持。换句话说，就是迷信！”

25

瓦希尔·丹尼亚多是个小个子，又生得一副小鼻子小眼睛，但他看人的时候并不抬头，只是将眼珠向上翻转。这副尊容，再加上他脸上经常闪现的短暂笑容，使他看来像是一直在默默嘲笑这个世界。

他的研究室相当狭长，里面堆满磁带，看来凌乱不堪。倒不是因为真有多乱，而是由于磁带在架子上排列很不整齐，像是好几排参差不齐的牙齿。他请三位访客坐的椅子并不属于一套，而且看得出最近才掸过灰，却没有清理得很干净。

他说：“詹诺夫·裴洛拉特，葛兰·崔维兹，以及宝绮思。我还不知道你的姓氏，女士。”

她答道：“通常大家就叫我宝绮思。”说完便坐下来。

“反正这样也够了，”丹尼亚多一面说，一面对她眨眼睛，

“你这么迷人，即使根本没有名字，也不会有人见怪。”

大家坐定之后，丹尼亚多又说：“虽然我们从来没通过信，但我久仰你的大名，裴洛拉特博士。你是基地人，对不对？从端点星来的？”

“是的，丹尼亚多博士。”

“而你，崔维兹议员，我好像听说你最近被议会除名，并且遭到放逐，但我一直不了解究竟是为什么。”

“我没有被除名，博士，我仍是议会的一员，虽然我不知道何时会再重拾权责。我也不算真的遭到放逐，而是接受了一项任务。我们希望向你请教的问题，就和这项任务有关。”

“乐于提供协助。”丹尼亚多说，“这位引人绮思的小姐呢？她也是从端点星来的吗？”

崔维兹立刻插嘴道：“她是从别处来的，博士。”

“啊，这个‘别处’，真是个奇怪的世界，最不平凡的人类都是那里土生土长的。不过，既然你们两位来自基地的首都端点星，这位又是个年轻迷人的女郎，而蜜特札·李札乐对这两种人向来没有好感，她怎么会如此热心地把我推荐给你们呢？”

“我想，”崔维兹说，“是为了要摆脱我们。你愈快协助我们，你该知道，我们就会愈快离开康普隆。”

丹尼亚多看了崔维兹一眼，显得很感兴趣（又露出一闪即逝的微笑），然后说：“当然啦，像你这样生龙活虎的年轻人，不论是打哪儿来的，都很容易吸引住她。她把冷冰冰的圣女这个角色演得不赖，可是并非十全十美。”

“这点我完全不清楚。”崔维兹硬邦邦地说。

“你最好别清楚，至少在公开场合。但我是个怀疑论者，我的职业病使我不会轻易相信表面的事物。说吧，议员先生，你的任务是什么？我来看看自己是否帮得上忙。”

崔维兹说：“这方面，裴洛拉特博士是我们的发言人。”

“我没有任何异议。”丹尼亚多说，“裴洛拉特博士？”

裴洛拉特开口道：“用最简单的方式来说，亲爱的博士，我把成年后的所有岁月，全部花在钻研一个特殊的世界上，试图洞视一切相关知识的基本核心，而这个世界就是人类这个物种的发源地。后来我和我的好友葛兰·崔维兹一同被送到太空，不过实际上，我原来根本不认识他。我们的任务是要寻找，尽可能寻找那个——呃——最古世界，我相信你们是这么叫的。”

“最古世界？”丹尼亚多说，“我想你的意思是指地球。”

裴洛拉特突然张口结舌，然后有点结巴地说：“在我的印象中……我是说，有人告诉我说，你们都不……”

他望向崔维兹，显然不知如何是好。

于是崔维兹接口道：“李札乐部长曾经告诉我，那个名字在康普隆不能使用。”

“你是说她这样做？”丹尼亚多嘴角下垂，鼻子皱成一团，然后使劲向前伸出双臂，双手的食中两指互相交叉。

“对，”崔维兹说，“我正是那个意思。”

丹尼亚多收回双手，大笑了几声。“愚不可及，两位先生。我们做这个动作只是一种习惯，偏远地区的人也许很认真，但一般人都不把它当一回事。康普隆人在生气或受惊的时候，都会随口喊上一声‘地球’，我还从来没见过一个例外，那是我们这里最普通的一句粗话。”

“粗话？”裴洛拉特细声道。

“或者说感叹词，随你喜欢。”

“然而，”崔维兹说，“当我使用这个字眼时，部长似乎相当慌乱。”

“喔，对了，她是个山地女人。”

“那是什么意思，博士？”

“就是字面的意思。蜜特札·李札乐来自中央山脉，那里的孩子是由所谓优良旧式传统培养出来的。也就是说，不论他们后来接受多好的教育，也永远无法戒除交叉手指的习惯。”

“那么‘地球’两字对你完全不会造成困扰，是吗，博士？”宝绮思问。

“完全不会，亲爱的小姐，我是个怀疑论者。”

崔维兹说：“我知道‘怀疑论者’在银河标准语中的意思，但你们是怎么个用法？”

“跟你们的用法一模一样，议员先生。除非有合理可靠的证据使我不得不接受，否则我不轻易接受任何观念，但我仍然保持存疑，以等待更进一步的证据。这种态度使我们不受欢迎。”

“为什么？”崔维兹说。

“我们在任何地方都不会受欢迎。哪个世界的人不喜欢轻轻松松、平易近人又老掉牙的信仰——不论多么不合逻辑——反倒偏爱令人心寒的不确定感呢？想想看，你们又是如何相信缺乏证据的谢顿计划。”

“没错。”崔维兹一面说，一面审视自己的指尖，“我昨天也举过这个例子。”

裴洛拉特说：“我可不可以回到原来的题目，老兄？有关地球的种种说法，哪些是一名怀疑论者可以接受的？”

丹尼亚多说：“非常少。我们可以假设，人类这个物种的确发源于单一行星。若说这些相近到了能够偶配的物种，竟然发源自数个世界，那是极端不可能的。人类甚至不会是在两颗行星上独立发展的，我们可以姑且将这个起源世界称为地球。在我们这里，一般人都相信地球就在附近的星空，因为这里的世界都特别古老，而最初的殖民世界想必都比较接近地球。”

“地球除了是起源行星之外，还有没有其他独一无二的特色？”裴洛拉特急切地问道。

“你心里有什么特定的答案吗？”丹尼亚多说，脸上掠过一闪即逝的笑容。

“我想到了地球的卫星，有些人称之为月球。它应该颇不寻常，对不对？”

“这是个诱导性的问题，裴洛拉特博士，你可能正在将一些想法灌输给我。”

“我没说月球哪方面不寻常。”

“当然是它的大小，我说对了吗？没错，我想我说对了。所有关于地球的传说，都提到它拥有一大堆物种，以及一颗巨大的卫星，直径约在三千到三千五百公里之间。一大堆的生命形态不难理解，因为生物的演化自然会导致这种结果，除非我们所了解的演化过程并不正确。一颗巨大的卫星却较难令人接受，银河中其他住人世界都没有这样的卫星，大型卫星总是环绕着不可住人也无人居住的气态巨星。因此，身为一名怀疑论者，我不愿接受月球的存在。”

裴洛拉特说：“如果拥有几百万种物种，是地球独一无二的特色，它为何不能也是唯一拥有巨大卫星的可住人行星呢？一个唯一性有可能导致另一个唯一性。”

丹尼亚多微微一笑。“地球上的数百万物种，如何能够无中生有地创造一颗巨大的卫星，这我可真不明白。”

“但是将因果颠倒过来就有可能，也许一颗巨大的卫星有助于创造几百万种物种。”

“我也看不出有这个可能。”

崔维兹说：“有关地球具有放射性的故事，又是怎么一回事？”

“那是个普遍的说法，大家也都普遍相信。”

“可是，”崔维兹说，“地球生养万物已有数十亿年的历史，当初它不可能有那么强的放射性，否则根本不会有生命出现。它是如何变得带有放射性的？一场核战吗？”

“那是最常见的解释，崔维兹议员。”

“从你说这句话的态度，我猜你自己并不相信。”

“没有证据显示发生过这样的战争。常见的说法，甚至普遍为人接受的说法，本身并不等于证据。”

“还有可能发生什么其他变故吗？”

“没有证据显示发生过任何事，放射性也许和巨大的卫星一样，纯粹只是杜撰出来的传说。”

裴洛拉特说：“有关地球的历史，哪些故事是一般人所接受的？在我的职业生涯中，我搜集了大量有关人类起源的传说，其中许多都提到一个叫做地球的世界，或者是非常接近的名称。但我没有搜集到康普隆上的传说，只发现有些资料中，模糊地提到班伯利这个名字。不过，即使康普隆许多传说中都有这号人物，他仍有可能是凭空杜撰的。”

“这没什么好奇怪的。我们通常并不对外宣扬我们的传说，你能找到有关班伯利的参考资料，已经令我十分惊讶——这也是一种迷信。”

“可是你不迷信，谈一谈应该没什么顾忌吧？”

“说得对。”这位矮小的历史学家将眼珠向上扬，看了裴洛拉特一眼，“我要是这么做，一定会使我讨人厌的程度暴增，甚至可能带来危险。不过你们三人很快就会离开康普隆，而我相信你们绝不会指名道姓引用我的话。”

“我们以人格向你担保。”裴洛拉特立刻说。

“那么以下就是整个历史的摘要，其中超自然理论和教化的成分皆已剔除——过去曾有一段无限久远的时间，地球是唯一拥有人类的世界，然后，大约在两万到两万五千年前，人类发明了超空间跃迁，进而发展出星际旅行，开始向其他行星殖民。

“那些行星上的殖民者大量使用机器人。早在超空间旅行出现之前，地球上就发明了机器人，而……对了，你们知不知道机器人是什么？”

“知道。”崔维兹说，“我们被问过不只一次，我们知道机器人是什么。”

“在完全机器人化的社会中，那些殖民者发展出高等科技和超凡的寿命，因而开始鄙视他们的祖星。根据更戏剧性的说法，他们开始支配并压迫地球。

“最后，地球送出另一批殖民者，这些人都将机器人视为禁忌。康普隆是这些新殖民者最早建立的世界之一，此地的爱国分子坚持它是最早建立的世界，却找不到任何足以说服怀疑论者的证据。后来，第一批殖民者灭绝了，接着……”

崔维兹插嘴道：“第一批殖民者为什么会灭绝呢，丹尼亚多博士？”

“为什么？在我们的浪漫主义者想象之中，通常都认为由于他们罪孽深重，因而遭到惩罚者的惩罚。至于他为何等那么久才出手，则无人追究。但我们不必求助于这些神话，也很容易解释这件事。一个完全倚赖机器人的社会，由于极度单调无趣，或者说得更玄一点，由于失去了生存的意志，终究会变得孱弱、衰颓、没落且奄奄一息。

“而舍弃机器人的第二波殖民者，则渐渐站稳脚跟，进而接掌整个银河。可是地球却变得带有放射性，因此渐渐退出银河舞台。对于这一点，通常的解释是地球上也有机器人，因为第一波星际殖民促进了机器人的发展。”

宝绮思听到这里，显得有点不耐烦了。“好吧，丹尼亚多博士，不论地球有没有放射性，也不论有过多少波星际殖民，关键问题其实很简单：地球究竟在哪里？它的坐标是什么？”

丹尼亚多说：“这个问题的答案是——我不知道。不过嘛，该吃中饭了，我可以叫人将午餐送来这里，我们就能一面用餐，一面讨论地球，随便你们想讨论多久都行。”

“你不知道？”崔维兹说，他的声调与音量同时提高。

“事实上，据我所知，没有任何人知道。”

“但那是不可能的事。”

“议员先生，”丹尼亚多轻叹了一声，“如果你硬要说事实是不可能的，那是你的权利，可是这样对你毫无帮助。”

第七章
告别康普隆

26

叫来的午餐是许多松软的丸子，有很多种不同颜色，面皮里面包着各式各样的馅。

丹尼亚多首先拿起一样东西，摊开之后原来是一双透明的薄手套。他戴上手套，客人们也都有样学样。

宝绮思说："请问这里面包了些什么？"

丹尼亚多说："粉红色的里面包着辛辣鱼浆，那可是康普隆的一大美食；这些黄色的，里面的馅是清淡的干酪；绿色的则是什锦蔬菜。你们一定要趁热吃，待会儿还有热杏仁派以及饮料，我推荐你们喝热苹果汁。这里气候寒冷，我们习惯将食物加热，甚至甜点也不例外。"

"你吃得不错嘛。"裴洛拉特说。

"并不尽然，"丹尼亚多答道，"现在我是在招待客人。我自己一个人的时候，吃得非常简单。我身上没有多少肉需要养，你们也许已经注意到了。”

崔维兹咬了一口粉红色丸子，发觉的确有很重的鱼腥味，鱼浆外面包的佐料也相当可口。不过他也想到，这个味道再加上鱼腥味，将会整天挥之不去，或许还得带着这些味道入梦。

咬了一口之后，他发现面皮立即合上，把里面的馅重新包起来，不会有任何汁液溅漏。他突然起了一个疑问，不知道那副手套有什么作用。即使不戴手套，也不必担心双手会弄湿或变粘，因此他断定那是一种卫生习惯。在不方便洗手的时候，可以用手套代替，演变到现在，即使已经洗过手，或许习惯上还是必须戴上手套。（昨天，他与李札乐一同进餐时，她并未使用这种手套，可能由于她是山地女人的缘故。）

他说：“午餐时间谈正事会不会不礼貌？”

“依照康普隆的规范，的确不礼貌，议员先生。但你们是客人，我们就遵循你们的规范吧。如果你们想谈正经事，而不认为或不介意会破坏你们的食欲，那就请便吧，我愿意奉陪。”

崔维兹说：“谢谢你。李札乐部长曾经暗示——不，她很不客气地明说——怀疑论者在这个世界并不受欢迎，这是真的吗？”

丹尼亚多的好心情似乎更上一层楼。“当然啦，如果不是这样，我们不知会多伤心呢。你瞧，康普隆是个充满挫折感的世界。尽管过去的历史谁也不清楚，一般人却有一种空幻的信仰，认为在许多仟年以前，当住人银河的规模还很小的时候，康普隆曾经是领袖群伦的世界，这点我们一直念念不忘。但在可考的历史中，我们却从未居于领导地位，这个事实令我们很不舒服，让我们——我是说一般民众——心中有一种愤愤不平的感觉。

“可是我们能怎么办？政府曾经被迫效忠帝国的皇帝，如今则是基地的忠诚附庸。我们愈是明了自己的次等地位，就愈相信传说中那段伟大的岁月。

“那么，康普隆人能做些什么呢？过去他们无法和帝国抗争，如今又不能公开向基地挑衅。于是他们攻击我们、憎恨我们，用这种方式来寻求慰藉，因为我们不相信那些传说，并且对那些迷信嗤之以鼻。

“然而，我们不必担心受到更大的迫害。我们控制了科技，而在大学担任教职的也是我们这些人。其中有些人特别敢说话，因而难以公开授课。比如说，我自己就有这个麻烦，不过我还是有学生，我们定期在校外悄悄聚会。但是，如果真的禁止我们公开活动，那么科技便要停摆，每一所大学都会失去全银河的认可。事实上，这种学术自杀的严重后果，也许还无法令他们收敛仇恨的心态，想必这就是人类的愚昧，幸好还有基地支持我们。所以说，虽然我们不断受到谩骂、讥嘲和公开抨击，却仍旧能安然无事。”

崔维兹说：“是不是由于大众的反对，使你不愿告诉我们地球在哪里？虽然你刚才那么说，但你是否害怕如果做得太过分，反怀疑论者的情绪会升高到危险的程度？”

丹尼亚多摇了摇头。“不是这样，地球的位置的确无人知晓。我并非由于恐惧，或是其他任何原因，而对你们有所隐瞒。”

“可是你听我说，”崔维兹急切道，“在银河这个星区中，自然条件适宜住人的行星数量有限，而且，大多数的可住人行星必定都已有人居住，因此你们应该相当熟悉。想要在这个星区寻找一颗特殊的行星，它除了带有放射性，具有其他一切适宜住人的条件，这究竟有多么困难呢？此外，你还有另一个线索，就是那颗行星有一颗巨大的卫星相伴。既然有了放射性和巨大卫星两个特征，地球绝不会被误认，甚至随便找一找，也应该找得到。或许需要花点时间，但那却是唯一的麻烦。”

丹尼亚多说：“就怀疑论者的观点而言，地球的放射性和旁边那颗巨大卫星，当然都只是传说而已。如果我们去寻找这些特征，就跟寻找麻雀奶和兔子羽毛一样荒唐。”

“或许吧，可是那还不至于使康普隆人完全放弃。如果他们能找到一个充满放射性的世界，大小刚好适宜住人，旁边还有一颗巨大的卫星，那么康普隆民间传说的可信度不知会提高多少。”

丹尼亚多大笑几声。“也许正是由于这个原因，康普隆从未进行这类探索。假如我们失败，或是找到一个跟传说显然不符的地球，便会产生适得其反的效果。康普隆的民间传说马上会垮台，变成大家的笑柄。康普隆不会冒这个险。”

崔维兹顿了一下，再用非常认真的口气说：“好吧，即使我们不强调放射性和巨大卫星这两个‘唯一点’——姑且假设银河标准语有这种说法——根据定义，一定还有第三个唯一点，它和任何传说都毫无瓜葛。那就是如今在地球上，即使没有众多生机盎然、多彩多姿的生命形态，也总会有一些留存下来，不然至少也该保有化石记录。”

丹尼亚多说：“议员先生，虽然康普隆未曾有组织地找寻过地球，我们有时还是得作些太空旅行。偶尔会有船舰由于种种原因而迷途，它们照例要将经过作成报告。跃迁并非每次都完美无缺，这点或许你也知道。然而，在所有的报告中，从未出现跟传说中的地球性质相似的世界，或是挤满各种生命形态的行星。船舰又不可能只为了搜集化石，而在一颗看似无人居住的行星登陆。如果说，过去数千年来，从来没有疑似地球的报告出现，我就绝对愿意相信找寻地球是不可能的事，因为地球根本不在这里，又怎么找得到呢？”

崔维兹以充满挫折感的语调说：“可是地球一定在某个地方。在银河某个角落，存在着一颗行星，人类以及人类熟悉的其他生命形态，都是从那里演化出来的。如果地球不在银河这一区，就一定在其他星区。”

“或许如此吧，”丹尼亚多冷冷地说，“但是直到目前为止，它还没在任何一处出现过。”

“大家未曾真正仔细找过。”

“嗯，显然你们就会。我祝你们好运，但我绝不会赌你们成功。”

崔维兹说：“有没有人试图以间接的方法，就是除了直接寻找之外的其他方法，来判定地球可能的位置？”

“有！”两个声音同时响起。丹尼亚多是其中之一，他对裴洛拉特说：“你是否想到了亚瑞夫计划？”

“是的。”裴洛拉特答道。

“那么可否请你跟议员先生解释一下？我想他比较容易相信你。”

于是裴洛拉特说：“你可知道，葛兰，在帝国末期，所谓的‘起源寻找’曾经风靡一时，许多人把它当作一种消遣，也许是为了逃避令人不快的现实。当时帝国已渐渐土崩瓦解，这你是知道的。

“李维星的一位历史学家韩波·亚瑞夫，就想到了一个间接的方法。他的依据是，不论起源行星是哪一颗，一定会先在附近的行星建立殖民世界。一般说来，一个世界距离那个原点愈远，殖民者抵达的时间就愈晚。

“那么，假使将银河所有住人行星的创建日期整理出来，然后以仟年为单位，把历史同样久远的行星连成网络。比如说，具有一万年历史的行星构成一个网络，具有一万两千年历史的行星构成另一个网络，具有一万五千年历史的行星又构成另一个网络。理论上来说，每个网络都会近似一个球面，而且差不多是同心球。较古老的行星所构成的网络，半径应该小于较年轻的行星网络。如果把每个网络的球心都找出来，它们在太空中的分布范围应该相当小，而那个范围就应该包含起源行星——地球。”

裴洛拉特用握成杯状的双手画出一个个球面，脸上的表情非常认真。“你明白我的意思吗，葛兰？”

崔维兹点了点头。“明白，但我猜没有成功。”

“理论上应该办得到，老伙伴。麻烦的是创建年代都不正确，每个世界多少都会将本身的历史夸大拉长，可是除了传说，又没有其他简单的方法能够断定历史的长短。”

宝绮思说：“古老树木中的碳十四衰变。”

“当然可以，亲爱的，”裴洛拉特说，“但你必须得到那些世界的合作才行。事实上从来没有人愿意那么做，每个世界都不希望夸大的历史遭到推翻。帝国当时又不能为了这么小的事，强行压制各地的反对声浪，它有更重要的事需要操心。

“因此亚瑞夫所能做的，只是善加利用那些顶多只有两千年历史，而且创建过程拥有详实可靠记录的世界。那些世界为数不多，虽然它们的分布大致符合球对称，球心却相当接近川陀，也就是昔日帝国的首都。因为那些并不算多的新世界，最初的殖民者全部来自川陀。

“那当然是另一个问题。地球并非星际殖民的唯一起点，一段时日之后，较古老的殖民世界便会送出自己的殖民队伍，而在帝国全盛时期，川陀成了殖民者的主要出产地。说来真不公平，亚瑞夫因此成为众人的笑柄，他的学术声誉也因而断送。”

崔维兹说：“来龙去脉我听懂了，詹诺夫。丹尼亚多博士，这样说来，你甚至连一丝渺茫的希望都不能给我？请问在其他世界上，有没有可能找到关于地球的线索呢？”

丹尼亚多陷入迟疑的沉思，好一会儿之后才终于开口。“嗯——嗯，”他先发出一声犹豫的感叹，接着才说，“身为一名怀疑论者，我必须告诉你，我不确定地球如今是否存在，或者是否曾经存在过。然而——”他再度沉默不语。

最后终于由宝绮思接口：“我猜，博士，你想到一件可能很重要的事。”

“重要吗？我很怀疑。”丹尼亚多轻声说，“不过也许很有意思。地球不是唯一行踪成谜的行星，第一波殖民者——在我们的传说中，称他们为‘太空族’——他们的世界如今也不知所踪。有些人管那些世界叫‘太空世界’，也有人称之为‘禁忌世界’，后者现在较为通用。

“传说是这么说的，在他们的黄金时代，太空族使寿命延长到数个世纪，并且拒绝让我们的短寿命祖先登陆他们的世界。在我们击败他们之后，情势有了一百八十度的逆转，我们不屑和他们来往，禁止我们的船舰和行商跟他们接触，要让他们自生自灭。因此那些行星变成了禁忌世界。根据传说的记述，我们确定根本无需插手，惩罚者便会毁灭他们，而他显然做到了。至少，据我们所知，已经有许多仟年，不曾见到太空族在银河出现。”

“你认为太空族会知道地球的下落吗？”崔维兹问。

“想必如此，他们的世界比我们任何一个世界都要古老。但前提是必须还有太空族存在，而这是极端不可能的事。”

“即使他们早就不存在了，他们的世界总该还在，或许会保有一些记录。”

“前提是你能找到这些世界。”

崔维兹看来冒火了。“你的意思是，想要寻找下落不明的地球，应该能在太空世界上找到线索，可是那些世界同样下落不明？”

丹尼亚多耸了耸肩。“我们已经有两万年未跟它们来往，连想都没有想到它们。而它们也像地球一样，隐藏到了历史的迷雾中。”

“太空族分布在多少个世界上？”

“传说中有五十个这样的世界——一个可疑的整数，实际上可能少得多。”

“你却不知道其中任何一个的位置？”

“嗯，这个，我想——”

“你想些什么？”

丹尼亚多说：“由于太古历史是我的业余嗜好，我和裴洛拉特博士一样，有时会翻查些古老的文件，找找看有没有任何提到太古时期的记载，我是指比传说更可靠的记载。去年，我发现了藏在一艘古代太空船中的记录，那些记录几乎已经无法解读。它的年代非常久远，当时我们的世界还不叫康普隆，而是使用‘贝莱世界’这个名称。我认为，我们传说中的‘班伯利世界’，可能就是从那个名字演变而来的。”

裴洛拉特兴奋地问：“你发表了吗？”

“没有。”丹尼亚多说，“正如一句古老格言所云：在我确定泳池有水没水之前，我可不愿往下跳。你可知道，那个记录中提到一件事，那艘太空船的船长造访过某个太空世界，还带了一名太空族女子离去。”

宝绮思道：“可是你刚才说，太空族不允许他人造访。”

“没错，这正是我未将记录发表的原因，它听来实在难以置信。有些暧昧不明的传说事迹，可以解释为太空族的故事，包括他们和我们的祖先‘银河殖民者’之间的冲突。这类传说事迹并不是康普隆的特产，许多世界上都有大同小异的故事，但有一点完全一致——太空族和银河殖民者绝不会在一起，双方没有社交接触，更别提两性间的接触。可是那个记录中的殖民者船长和太空族女子，却显然因爱情而结合，这实在太不可思议。我不相信这个故事有可能被人接受，顶多只会被视为一篇浪漫的历史小说。”

崔维兹显得很失望。“就这样吗？”

“不只这样，议员先生，还有另外一件事。我在太空船残存的航行日志中，发现了一些数据，可能代表几组空间坐标，但也可能不是。假如真是的话——我再重复一遍，怀疑论者的荣誉心使我必须这样说，也有可能并不是——那么，内在证据使我得到一个结论，它们是三个太空世界的空间坐标。其中一个，或许就是那名船长曾经登陆的世界，他就是从那个世界带走了他的太空族爱人。”

崔维兹说：“就算这个故事纯属杜撰，有没有可能坐标仍是真实的？”

“有这个可能。”丹尼亚多说，“我会把那些数字给你，你喜欢怎样利用都可以，不过你可能一无所获——但我有个很有趣的想法。”他又展现了短暂的笑容。

“什么想法？”崔维兹问。

“万一其中一组坐标代表地球的位置呢？”

27

康普隆的太阳射出纯正的橙色光芒，看来比端点星的太阳还要大，但由于它相当接近地平线，只能送来微弱的热量。好在风并不强，不过吹在崔维兹脸颊上，仍然令他感到冰冷刺痛。

他的身子瑟缩在电暖大衣里发抖，那件衣服是蜜特札·李札乐送给他的，她现在就站在他身旁。他说："总该有暖和的时候吧，蜜特札。"

她很快瞥了太阳一眼。站在这个空旷的太空航站里，她并未显出任何不适。高大的她身上穿的大衣比崔维兹的还薄，即使她并非一点也不怕冷，至少表现得毫不在乎。

她说："我们有个美丽的夏季，虽然为时不长，但农作物都能适应。作物品种全部经过精挑细选，能在阳光下迅速生长，而且不容易受霜害。本地的动物都生有厚实的毛皮，举世公认全银河最佳的羊毛即产自康普隆。此外，康普隆的轨道上还有许多太空农场，上面种植各种热带水果，我们还外销风味绝佳的凤梨罐头。大多数的人都不知道这些，只知道我们是个寒冷的世界。"

崔维兹说："我很感谢你来为我们送行，蜜特札，并感谢你愿意跟我们合作，让我们能继续完成任务。然而，为了让我自己心安理得，我必须问一句，你会不会为自己惹上大麻烦？"

"不会！"她骄傲地摇了摇头，"不会有任何麻烦。首先，不会有人来质问我，一切运输系统皆由我控制，也就是说，这座太空航站和其他航站的法规，以及有关入境站、船舰来去的所有法规，通通由我一个人制定。我全权处理这些事情，总理乐得不必为任何细节烦心。就算我受到诘问，也只要据实相告即可。政府一定会称赞我未将太空艇交给基地，如果不妨让民众也知道，他们的反应想必也一样。而基地根本不会晓得这件事。”

崔维兹说：“政府或许愿意见到基地未能如愿，但是你放走了我们，他们会赞成你的决定吗？”

李札乐微微一笑。“你是个高尚的君子，崔维兹。你为了保住太空艇，不屈不挠奋战到底，现在你成功了，又开始为我的安危操心。”

她试着向他靠近，仿佛忍不住想做个亲昵的动作。不过，显然在经过一番挣扎后，她终于克制住这个冲动。

她又恢复了率直的口气，说道：“即使他们质疑我的决定，我只消告诉他们，你一直都在寻找最古世界，他们就一定会说我做得对，的确应该尽快摆脱你们，连太空艇一块赶走。然后他们会进行一些赎罪仪式，以弥补当初准许你登陆的错误，虽然我们原先无法猜到你在做什么。”

“你当真担心由于我的出现，而为你自己和这个世界带来不幸吗？”

“的确如此。”李札乐生硬地答道，再改用较缓和的语气说，“你已经为我带来不幸，我认识你之后，康普隆的男人会显得更加索然无味。我的渴求从此再也无法满足，惩罚者已经决定让我万劫不复。”

崔维兹迟疑了一下，然后说：“我并非希望你改变自己的想法，但我也不希望你被无谓的忧虑困扰。你必须知道，所谓我会带来不幸这种说法，只不过是迷信罢了。”

“我想，是那个怀疑论者告诉你的。”

“他不必告诉我，我也一样知道。”

李札乐伸手抹了抹脸，因为她突出的双眉上积了一道细霜。“我知道有些人认为这是迷信，可是最古世界会带来噩运，却是千真万确的事。过去已经有许多实例，不管怀疑论者如何巧言善辩，也无法否定既有的事实。”

她突然伸出右手。“再会了，葛兰。进太空艇跟你的伙伴会合吧，免得你那娇弱的端点星身子，在我们寒冷的和风里冻僵了。”

“告辞了，蜜特札，希望我回来的时候能再见到你。”

“是啊，你答应过会回来，我也试着让自己相信。我甚至告诉自己，到时我将飞到太空，在你的太空艇中和你相会，这样噩运就只会降临在我身上，不至于殃及我的世界——可是你不会再回来了。”

“不！我会回来！你曾带给我这样的快乐，我不会那么轻易放弃。”此时此刻，崔维兹坚决相信自己是认真的。

“我不怀疑你的浪漫冲动，可爱的基地人，可是那些冒险寻找最古世界的人，全都永远回不来了——回不到任何地方，我自己心里很清楚。”

崔维兹尽力不让牙齿打战，虽然只是因为天气寒冷，他的牙齿才不受控制，但他不愿让她以为那是由于自己胆怯。他说：“那也是迷信。”

“不过，”她说，“那也是事实。”

28

回到远星号驾驶舱的感觉真好。它或许只是无尽星空中的一个小囚笼，当成房间实在太挤了些，然而，它却令人感到那么熟悉、那么友善而温暖。

宝绮思说:“我很高兴你终于上来了，我正在想，不知道你还要跟那位部长厮磨多久。”

“没有多久，”崔维兹说，“天气冷得很。”

“我有一种感觉，”宝绮思说，“你曾经考虑留下来陪她，而将寻找地球的行程延后。我不愿探触你的心灵，哪怕只是轻轻一碰，可是我关心你，而你受到的诱惑似乎传到我身上了。”

崔维兹说:“你说得相当正确，至少有那么片刻，我的确感受到了诱惑。部长是个不同凡响的女人，我从未遇到过第二个。你加强了我的抵抗力吗，宝绮思？”

她答道:“我告诉你多少次了，我不能也不会以任何方式影响你的心灵，崔维兹。我猜，你是借着强烈的责任感，自己战胜了这个诱惑。”

“不，我倒不那么想。”他苦笑了一下，“不可能那么崇高、那么戏剧性。我的抵抗力的确被强化了，一来是由于天气太冷，二来是我有个不祥的预感，假如我继续跟她在一起，不出几回合就会要我的命，我永远无法跟上她的步调。”

裴洛拉特道："嗯，不管怎么说，你毕竟安全返回太空艇了。下一步我们要做什么？"

"眼前要做的，是以轻快的速度离开这个行星系，直到距离康普隆的太阳够远了，我们再来进行跃迁。"

"你想我们会被拦截或跟踪吗？"

"不，我真心相信部长渴望我们尽快离去，而且永远不会回来，以免惩罚者的报复降临这颗行星。其实——"

"什么？"

"她相信报复一定会降在我们身上，她坚决相信我们再也不会回来。我得说明一下，并不是她料到我可能会背信，她没有机会估量我的信用。她的意思是，地球是个可怕的不祥之物，任何人试图寻找它，都一定会死在半途。"

宝绮思说："康普隆有多少人寻找过地球，才使得她这么肯定？"

"我怀疑没有任何康普隆人尝试过。我曾告诉她，她的恐惧只不过是迷信。"

"你确定自己相信这一点吗，还是你也被她动摇了？"

"我知道她所表现的恐惧纯属迷信，但是她的恐惧仍然可能有根有据。"

"你的意思是说，如果我们试图登陆地球，放射性会要我们的命？"

"我不相信地球具有放射性，但我的确相信地球会保护自己。还记得吗，川陀那座图书馆中有关地球的资料全被移走了。此外，盖娅虽然拥有惊人的记忆，行星的每个部分都参与其中，甚至包括地表的岩层和地心的熔融金属，却也无法回溯到够远的过去，以致不能告诉我们任何有关地球的事。

"显然，假如地球果真那么有力量，或许也能调整人类的心灵，迫使大家都相信它具有放射性，这样便能吓阻任何寻找它的念头。可能是因为康普隆和地球极为接近，对地球形成特别的威胁，所以又被加上一重诡异的茫然。丹尼亚多是个怀疑论者，也是一位科学家，他百分之百相信寻找地球是白费力气，认为地球不可能找得到——这就是部长的迷信也许有根据的原因。地球这么希望隐藏自己，难道不会将我们杀害，或是将我们引入歧途，而会任由我们找到它吗？"

宝绮思皱着眉头说："盖娅……"

崔维兹立刻打断她的话。"别说盖娅会保护我们，既然地球有办法消除盖娅最早的记忆，那么在双方的任何冲突中，地球显然都会是赢家。"

宝绮思冷冷地说："你怎么知道那些记忆是被消除的？也许只是因为盖娅需要一段时间来发展行星级记忆，才无法回溯到那个记忆尚未完成的时代。不过，即使在此之前的记忆的确遭到外力消除，你又怎能确定是地球干的？"

崔维兹说："我不知道，我只是提出我的臆测罢了。"

裴洛拉特突然插嘴，怯生生地说："假如地球那么有力量，又如此坚持保留隐私——姑且这么说——我们的努力又有什么用？你似乎认为地球不会让我们找到，而且若有必要，它还会将我们全部杀害。在这种情况下，难道我们不该放弃整个计划吗？"

"我们似乎应该放弃，这点我承认，但我如此强烈地坚信地球存在，就一定要也一定会把它找到。盖娅不断在提醒我，当我有这么强烈的信念时，我的想法总是正确的。"

"可是我们发现地球之后，如何才能全身而退，老弟？"

"有一个可能，"崔维兹尽力以轻松的口吻说，"由于我具有这种非比寻常的正确判断力，地球或许也会体认到我的价值，而不会对我下手。可是——这就是我想要指出的——我无法确定你们两位是否也能生还，而我担心的正是这件事。我一直有个念头，如今这个念头更强了，那就是我应该带你们两位回到盖娅，然后由我自己继续进行探索。首先断定我必须寻找地球的人，是我而不是你们；看出其中重要性的人，也是我而不是你们；不得不这么做的人，更是我自己而不是你们。所以说，让我来冒这个险吧，你们没有这个必要。让我一个人继续好吗，詹诺夫？”

裴洛拉特将下巴埋在颈际，使他的长脸显得更长。“我不否认自己感到嫉妒，葛兰，可是如果弃你不顾，我会万分羞愧，会无地自容。”

“宝绮思？”

“盖娅绝不会弃你不顾，崔维兹，不论你做什么都一样。假如地球真是个危险的地方，盖娅会尽全力保护你。而扮演宝绮思这个角色的我，无论如何也不能舍弃裴，如果他决定紧跟着你，那我当然要紧跟着他。”

崔维兹绷着脸说：“很好，我已经给过你们机会了，让我们一起上路吧。”

“一起走。”宝绮思说。

裴洛拉特轻轻一笑，伸手抓住崔维兹的肩头。“永远走在一起。”

29

宝绮思说："你看这里，裴。"

她刚才以手动方式操纵着太空艇的望远镜，但是并没有什么特定目标，只不过想换换脑筋，以免终日沉溺在裴洛拉特的地球传说图书馆中。

裴洛拉特走过来，一只手臂搭在她的肩膀，双眼则向显像屏幕望去。康普隆行星系的气态巨星之一已经出现，经过多次放大后，画面看来就像实物一般庞大。

在彩色的显像中，它的表面呈淡橙色，并带有一些较暗的条纹。由于这颗行星比远星号距离太阳更远，又是从行星轨道面上向它望去，因此看来几乎是个完美的光圈。

"真美丽。"裴洛拉特说。

"中央的条纹延伸到了行星之外，裴。"

裴洛拉特紧皱着眉头说："你知道吗，宝绮思，我相信真是这样。"

"你想这是一种'光幻视'吗？"

裴洛拉特说："我不敢肯定，宝绮思，我跟你一样是太空新兵——葛兰！"

崔维兹对这声叫唤的回应是一句相当微弱的"什么事？"他随着这声回答走进驾驶舱，衣服显得有点皱，好像刚才在床上和衣打过时——事实也正是如此。

他带着几分不悦说："拜托！别动那些装置。"

"只不过是望远镜罢了。"裴洛拉特说，"你看那个。"

崔维兹依言看了一眼。"那是一颗气态巨星，根据我获得的资料，他们管它叫葛里亚。"

"只是这样看看，你怎么知道就是那颗？"

"理由之一，"崔维兹说，"根据我们现在和太阳的距离，再考虑各行星的大小以及它们在轨道上的位置——拟定航道时，我已经把这些资料研究得很透彻——此时此刻，它是你唯一能放大到这种程度的行星。另一个理由，是它有个行星环。"

"行星环？"宝绮思困惑不已。

"你们现在能看到的，只是个又细又暗的条纹，因为我们几乎是从正侧面取景。我们可以急速拉升，离开行星轨道面，让你们有个较佳的视野。你们想不想这么做？"

裴洛拉特说："我不想让你重新计算位置和航道，葛兰。"

"喔，放心，电脑会帮我处理，不怎么麻烦。"他一面说，一面坐到电脑前，将双手放在那两个手掌轮廓上。接下来，与他的心灵精密调谐的电脑，便开始负责所有的操作。

没有燃料问题也毫无惯性效应的远星号立即加速。对于作出如此回应的电脑与太空艇，崔维兹再度感到一股强烈的爱意。仿佛他的思想化成了动力与指令，又仿佛它就是自己意志的延伸，不但强而有力，而且温驯服从。

难怪基地想把它要回去，也难怪康普隆想将它据为己有。唯一令人讶异的事，是迷信的力量竟然如此之大，令康普隆自动放弃了这个野心。

若有适当的武装，远星号能追击或打败银河中任何一艘船舰，甚至任何一支舰队，只要别碰到另一艘同型号太空艇就好。

当然，它现在没有任何武装。布拉诺市长将太空艇拨给他的时候，至少还有足够的警觉性，没让它配备任何武器。

裴洛拉特与宝绮思注视着显像屏幕，葛里亚星正缓缓地、缓缓地朝他们倾斜。上方的那一极（姑且不论是南极或北极）已经出现，周围有一大圈湍流，下方那一极则被球体的鼓胀部分所遮掩。

在行星顶端，暗面不断侵入橙色部分，使这个美丽的圆盘变得愈来愈不对称。

但更令人兴奋的，或许是中央那道暗纹不再是直线，而渐渐变成一个弧形，就像其他偏北或偏南的条纹一样，只是弧度更为显著。

现在能够看得非常清楚了，中央暗纹的确延伸出行星的边缘，在两侧形成狭窄的弧形。这绝对不是幻象，其本质十分明显。那是由物质所构成的环状天体，沿着行星周围绕一圈，另一侧则隐藏在行星背后。

“我想，这便足以给你们一个概念。”崔维兹说，“假如我们飞到这颗行星的正上方，你们将会看到一个圆形的环，它和这颗行星是同心圆，不过两者完全没有接触。你们还有可能发现，它其实并非单一的环，而是由数个同心环组成。”

“我认为简直不可能，”裴洛拉特愣愣地说，“是什么让它停留在太空的？”

“跟卫星能停留在太空的道理相同。”崔维兹说，“行星环由许多细微的粒子组成，每个粒子都环绕着行星运转。由于这些环距离行星太近，‘潮汐效应’使它们无法聚结成一个球体。”

裴洛拉特摇了摇头。“想想实在太令人难过了，老友。我当了一辈子学者，怎么可能对天文学知道得那么少？”

“而我则对人类的传奇一无所知，没有人能够拥抱所有的知识。事实上，这些行星环没什么稀奇，几乎每颗气态巨星都有，即使有时只是一圈稀薄的尘埃。端点星的太阳所领导的行星家族，碰巧没有真正的气态巨星，因此端点星上的居民，除非是个星际旅行者，或者在大学里修过天文学课程，否则很可能不知道行星环是什么。如果行星环十分宽广，因而明亮且显眼，像现在这个这样，那才是不寻常的现象。它实在壮丽，一定至少有几百公里宽。”

此时，裴洛拉特突然弹响一下手指。“正是这个意思。”

宝绮思吓了一跳。“什么意思，裴？”

裴洛拉特说：“我曾经读过某一首诗的片段，那是一首非常古老的诗，用一种古体的银河标准语写成，很不容易读懂，正好证明它的年代十分久远。不过，我不该抱怨古文体难懂，老弟。由于工作的关系，我精通好几种古银河语文，即使在工作领域之外对我没什么用处，仍然让我很有成就感——我刚才说什么来着？”

宝绮思说：“一首古诗的片段，亲爱的裴。”

“谢谢你，宝绮思。”然后，裴洛拉特又对崔维兹说，“她总是很注意我在说什么，以便我一旦离题——这是常有的事——她随时能把我拉回来。”

“这是你的魅力之一，裴。”宝绮思微笑着说。

“总之，那个片段主要是在描述地球所在的行星系，至于为何要做这个描述，我并不清楚，因为完整的诗句已经散佚，至少我从来没办法找到。流传下来的只有这一部分，或许是由于其中的天文学内容。总之，它提到第六颗行星拥有光辉灿烂的三重行星环。‘既宽且大，与之相较，世界相形见绌。’你看，我现在还能吟诵呢。以前我不明了行星环是什么东西，我记得曾经设想，也许该行星的一侧有三个圆圈排成一列，但这似乎十分无稽，所以我懒得收在我的图书馆中。我当初没有追根究底，现在想来十分遗憾。”他摇了摇头，又说，“在今日银河中，神话学家是个很孤独的行业，使人忘了追根究底的好处。”

崔维兹安慰他说：“你当初没理会它，也许是正确的态度，詹诺夫，对诗意的文字不可过分认真。”

“但那正是它的意思，”裴洛拉特指着显像屏幕说，“那首诗所提到的景象，正是三个宽阔的同心环，宽度超过了行星本身。”

崔维兹说：“我从来没听过这种事，我认为行星环不可能那么宽，相较于它们所环绕的行星，行星环总是非常狭长。”

裴洛拉特说：“我们也从未听说哪个可住人行星拥有一颗巨大的卫星，或是它的地壳具有放射性，现在这个则是它的第三项唯一性。我们若能找到一颗除了放射性之外，具有一切适宜住人条件的行星，它拥有一颗巨大的卫星，而且在那个行星系中，另一颗行星拥有宽阔的行星环，那就毫无疑问，代表我们发现地球了。”

崔维兹微微一笑。“我同意，詹诺夫，假如我们找到这三项特征，我们就一定找到了地球。”

“假如！”宝绮思叹了一口气。

30

他们已经飞越这个行星系各主要世界，此刻正在最远的两颗行星之间继续往外冲，因此在十五亿公里内，并没有任何稍具规模的天体。前方只有一大团彗星云，不会产生多大的重力效应。

远星号已加速到光速的十分之一。崔维兹很清楚，理论上来说，这艘太空艇可加速到接近光速，不过他也明白，实际上，十分之一光速已是合理的极限。

以这个速度飞行，能够避开任何稍具质量的物体，却无法闪避太空中无数的尘埃粒子，而为数更多的原子与分子更不在话下。在极高速航行时，即使那么微小的物体也会磨损或刮伤艇体，造成十分严重的损害。假如以接近光速的速度飞行，每个撞向艇体的原子都具有宇宙线的性质。而曝露在无孔不入的宇宙线辐射下，太空艇中每一个人都无法幸免。

在显像屏幕上，远方的恒星看不出任何动静。虽然太空艇以每秒三万公里的速度运动，各方面看起来，它都显得像是静止在太空中。

电脑正在进行长距离扫描，以侦测任何可能与太空艇相撞的物体，它们即使体积有限，仍会构成严重的威胁。在可能性极低的必要情况下，太空艇会稍微转向闪避。但由于可能来袭的物体都很小，相对速度也不太大，而且太空艇改变航向时又不会产生惯性效应，因此根本无法知道是否出现过堪称“千钧一发”的状况。

因此崔维兹一点都不担心这种事，甚至连想都不想。他把所有的注意力，全都集中在丹尼亚多交给他的三组坐标上，而他特别注意的，则是与目前位置最接近的那组坐标。

“坐标有什么问题吗？”裴洛拉特紧张兮兮地问。

“我现在还不能确定。”崔维兹说，“坐标本身并没有用，你还得知道零点在哪里，以及设定坐标的规约——比如说订定距离所依据的方向，用什么当作本初子午线等等。”

“你怎么找得出这些东西？”裴洛拉特茫然问道。

“我取得了端点星以及其他几个已知点相对于康普隆的坐标，只要我将它们输进电脑，电脑便会算出究竟该用哪种规约，这些坐标才能对应端点星以及其他几个点的正确位置。我只是想将这些事在脑中整理一下，这样我就能对电脑发出适当的指令。一旦确定了规约，我们手中的三组禁忌世界坐标值就可能有意义了。”

“只是可能而已？”宝绮思问。

“恐怕只是可能而已。”崔维兹说，“那些毕竟是相当古老的坐标，想必用的是康普隆规约，但无法绝对肯定。万一它们是根据其他规约呢？”

“万一真是这样呢？”

“万一真是这样，我们得到的就只是一堆毫无意义的数字。可是，我们好歹也要确定一下。”

他双手在微微发亮的按键上轻快滑动，将必要的资料输进电脑，然后将双手放在桌面的手掌轮廓上，静待电脑确定这些已知坐标所用的规约。答案出来之后，他顿了一下，随即命令电脑使用相同的规约，算出最近一个禁忌世界的位置，最后终于在电脑记忆库的银河地图中，找出了这组坐标对应的地点。

屏幕上出现一个星像场，并且自动迅速移动，在达到停滞状态后又开始不断扩大，将周围各个方向的星辰都挤出屏幕，直到几乎所剩无几。肉眼完全跟不上这种迅疾的变化，以致画面看来只是一团模糊的斑点。最后硕果仅存的，只有边长十分之一秒差距的一个正方范围（根据屏幕下方标示的数值）。然后就一直没有进一步的变化，在漆黑的屏幕上，只剩下六个黯淡的光芒点缀其间。

“哪个才是禁忌世界？”裴洛拉特轻声问道。

“全都不是。”崔维兹说，“其中四颗是红矮星，一颗是准红矮星，另一颗是白矮星。在这些恒星的轨道上，都不可能有可住人世界。”

“单凭这样看一眼，你怎么就知道那些是红矮星？”

崔维兹说：“我们现在看到的并不是真实的恒星，而是电脑记忆库中银河地图的一小部分，其中每颗恒星都标有简介，只不过你无法看到，通常我同样也看不到。可是一旦我的双手和电脑进行接触，像现在这样，那么当我注视某颗恒星时，我就能知道不少的相关资料。”

裴洛拉特以悲伤的语调说：“那么，这些坐标毫无用处了。”

崔维兹抬起头望着他。“不，詹诺夫，我的话还没说完。我们还要考虑时间因素，这组坐标是两万年前的，在这段时间中，那个禁忌世界和康普隆都绕着银河中心公转，两者的公转速度、轨道倾角和离心率都很可能并不相同。因此，随着时光的流逝，这两个世界不是渐渐接近，就是愈来愈远。过了两万年之后，那个禁忌世界如今的位置，和坐标值的偏差可能在半个到五个秒差距之间，当然不会在这个边长十分之一秒差距的方格内。”

“那么，我们该怎么办？”

“我们以康普隆为原点，让电脑将银河的时间往前推两万年。”

“它能这样做吗？”宝绮思的声音听来有点肃然起敬。

“嗯，它无法使银河本身回到过去，但能让记忆库中的地图时光倒流。”

宝绮思说：“我们能看到任何变化吗？”

“看！”崔维兹说。

屏幕上原有的六颗恒星开始缓缓挪动，此外另有一颗恒星出现在屏幕左侧，并且渐渐向中央漂移。裴洛拉特兴奋地指着它说：“来了！来了！”

崔维兹说：“抱歉，又是一颗红矮星。它们非常普遍，银河中的恒星至少有四分之三是红矮星。”

屏幕上的画面停下来，不再继续移动。

“然后呢？”宝绮思说。

崔维兹答道：“这就是了，这就是银河那一小部分在两万年前的样子。如果那个禁忌世界以平均速度进行星移，就应该出现在屏幕正中央。”

“应该出现，可是没有啊。”宝绮思尖声道。

“的确没有。”崔维兹表示同意，声音几乎不带任何情绪。

裴洛拉特长长叹了一口气。“啊，太糟了，葛兰。”

崔维兹说：“且慢，不要绝望，我原本就并未指望看到那颗恒星。”

“并未指望？”裴洛拉特显得极为讶异。

“是的。我跟你说过，这并不是真实的银河，而是电脑中的银河地图。某颗恒星若没收录在地图中，我们就看不到。如果一颗行星被称为‘禁忌’，而且这个名称沿用了两万年，它就八成不会被收在地图里。事实上果真如此，因为我们看不到它。”

宝绮思说：“或许因为它不存在，所以我们才看不到。康普隆的传说可能是杜撰的，也可能这些坐标并不正确。”

“说得很对。不过，电脑既然找出了那个世界在两万年前的可能位置，就能估计出它如今的坐标。根据做过时间修正的坐标——唯有利用星图我才能作出这个修正——现在我们可以切换到真实的银河星像场。”

宝绮思说：“但你只是假设禁忌世界一直以平均速度进行星移，万一它的速度有异于平均速度呢？这样的话，你得到的坐标就不正确了。”

“说得没错，但是相较于未作时间修正的结果，我们几乎可以肯定，根据平均速度的假设作了修正之后，得到的结果将更接近真实的位置。”

“你想得真美！”宝绮思以怀疑的口吻说。

“我正是这么想。”崔维兹说，“但愿不出我所料，现在就让我们看看真实的银河。”

两位旁观者聚精会神地盯着屏幕，崔维兹则以轻松的语调慢慢解释（或许是为了缓和自己的紧张情绪，并且延后揭晓谜底的时刻），好像在发表一场演讲。

“观测真实的银河比较困难。”他说，“电脑中的地图是人工产物，不相干的东西都能除去。比如说，如果有个星云遮蔽视线，我可以将它消除；如果视角和我的预期不合，我可以调整到更方便的角度。然而观测真实银河的时候，我必须照单全收，毫无选择的余地。假使我想有所改变，必须在太空中实际变换位置，花的时间会比调整地图多得多。”

当他说到这里的时候，屏幕上出现了一团恒星云，里面挤满一颗又一颗的星辰，看来像是一堆散乱的粉末。

崔维兹说：“那是银河某个区段的大角度画面，当然，我想要的是前景。如果我把前景扩大，相较之下背景就会变得朦胧。这个坐标点和康普隆足够接近，所以我应该能将它扩大到和地图中的画面一致。我只消输入必要的指令，但愿我的清醒能撑得足够久。开始！”

星像场陡然扩大，成千上万的恒星被急速推出屏幕。三个人突然觉得向屏幕冲过去，由于感觉过于逼真，他们都不由自主向后一仰，仿佛是对一股推力所产生的自然反应。

先前的画面又出现了，虽然不似地图那般暗，但是六颗恒星都在原先的位置上。此外，在接近中央的部分，还出现了另一颗恒星，它的光芒比其他恒星都明亮许多。

“它在那里。”裴洛拉特悄声道，声音中充满了敬畏。

“可能就是它，我会让电脑摄取它的光谱，然后详加分析。”沉默相当一段时间之后，崔维兹又说：“光谱型为G4，因此它比端点星的太阳小一点并且暗一点，不过要比康普隆的太阳明亮些。电脑的银河地图不该漏掉任何G型恒星，既然这颗遭到遗漏，很可能表示它就是那个禁忌世界所环绕的太阳。”

宝绮思说：“有没有可能到头来却发现，这颗恒星周围根本没有可住人行星？”

“我想，有这个可能。倘若真是那样，我们再设法寻找另外两个禁忌世界。”

宝绮思固执地说：“万一另外两个世界也是空欢喜一场呢？”

“那我们再尝试别的办法。”

“比如说？”

“但愿我知道。”崔维兹绷着脸说。

第三篇

奥罗拉

第八章
禁忌世界

31

“葛兰，”裴洛拉特说，“我在一旁看看，会不会打扰你？”

“一点都不会，詹诺夫。”崔维兹说。

“如果问些问题呢？”

“问吧。”

于是裴洛拉特问道：“你到底在做什么？”

崔维兹将视线从显像屏幕移开。“凡是屏幕上看起来很接近那个禁忌世界的恒星，每一颗的距离我都得测量出来，这样才能断定它们真正有多近。我必须知道它们的重力场，而这就需要质量和距离的数据。如果缺乏这些资料，便无法保证一次成功的跃迁。”

“你怎么做呢？”

“嗯，我看到的每一颗恒星，电脑记忆库中都有它的坐标，不难转换成康普隆的坐标系统。接下来，根据远星号在太空中相对于康普隆之阳的位置，作小幅度的修正，就能得到每颗恒星和我们的距离。屏幕上看来，那些红矮星都很接近那个禁忌世界，但事实上有些可能更近，有些其实更远。我们需要知道它们的三维位置，你懂了吧。”

裴洛拉特点了点头。“你已经有了那个禁忌世界的坐标……”

“没错，但那还不够，我还需要知道其他恒星的距离，误差可在百分之一左右。在那个禁忌世界附近，那些恒星的重力场一律很弱，些许误差不会造成明显的差别。而那个禁忌世界所环绕的太阳，在禁忌世界附近产生的重力场则很强，我必须知道它的精确距离，精确度至少是其他恒星的一千倍，单有坐标无法做到这一点。”

“那你怎么办呢？”

“我测量出那个禁忌世界——或者应该说它的恒星——和附近三颗恒星的视距离。那三颗恒星都很暗，需要放大许多倍才看得清楚，因此，它们的距离想必非常非常远。然后，我们将其中一颗摆在屏幕中央，再向一侧跃迁十分之一秒差距，跃迁的方向垂直于我们对禁忌世界的视线。由于附近没有其他恒星，即使我们不知道远方星体的距离，这样的跃迁仍然很安全。

“跃迁之后，位于中央的那颗参考恒星仍会留在原处。如果三颗恒星距离我们真的都非常远，其他两颗暗星的位置也不会有什么变化。然而，那个禁忌世界的恒星由于距离较近，因此会有视差移位。从移位的大小，便能决定它和我们之间的距离。假如我想做个验证，可以另选三颗恒星，重新再试一遍。”

裴洛拉特说：“总共要花多久时间？”

“不会太久，繁重的工作都由电脑负责，我只要发号施令就行了。真正花时间的工作，是我必须研究测量的结果，确定它们都没问题，还有我的指令也没有任何失误。如果我是那种蛮勇之徒，对自己和电脑具有完全的信心，那么几分钟内就能完成。”

裴洛拉特说：“真是太奇妙了，想想电脑能帮我们做多少事。”

“这点我一向心里有数。”

“假如没有电脑，你要怎么办？”

“假如没有重力太空艇，我要怎么办？假如我未曾受过太空航行训练，我要怎么办？假如没有两万年的超空间科技做我的后盾，我又要怎么办？事实上我就是此时此地这个我。倘若我们想象自己身处两万年后的未来，我们又将赞叹什么样的科技奇迹？或者有没有可能，两万年后人类早已不复存在？”

“几乎不可能，”裴洛拉特说，“不可能不复存在。即使我们没有成为盖娅星系的一部分，我们仍有心理史学指导我们。”

崔维兹双手松开电脑，在椅子上转过身来。“让它计算距离吧，”他说，“让它重复检查几遍，反正我们不急。”

他用怪异的目光望着裴洛拉特，又说：“心理史学！你知道的，詹诺夫，在康普隆上，这个话题出现了两次，每次都被斥为迷信。我自己说过一次，后来丹尼亚多也提到了。毕竟，除了说它是基地的迷信，你又能怎样定义心理史学？它难道不是一种没有证明和证据的信仰吗？你怎么想，詹诺夫？这个问题应该比较接近你的领域。”

裴洛拉特说：“你为什么要说没有证据呢，葛兰？哈里·谢顿的拟像曾在时光穹窿中出现许多次，每当有重大事件发生，他就会针对时势侃侃而谈。当年，他若无法利用心理史学作出预测，就不可能知道未来才会发生的事件。”

崔维兹点了点头。“听起来的确不简单，他虽然没有预测到骡，即便如此还是很不简单。话说回来，它还是令人感到邪门，有点像魔术，任何术士都会玩这种把戏。”

“没有任何术士能预测几世纪后的事。”

“也没有任何术士能创造奇迹，他们只是让你信以为真罢了。”

“拜托，葛兰，我想不出有什么伎俩，能让我预测五世纪后会发生什么事。”

“你也无法想象有什么伎俩，能让一个术士读取藏在无人卫星中的讯息。然而，我曾目睹一个术士做到这一点。你有没有想到过，定时信囊以及哈里·谢顿的拟像，或许都是政府自导自演的？”

裴洛拉特对这种说法显得相当反感。“他们不会那么做。”

崔维兹发出一下轻蔑的嘘声。

裴洛拉特说：“假如他们企图那么做，一定会被逮到的。”

“这点我不敢肯定。不过，问题是我们不知道心理史学如何运作。”

“我也不知道那台电脑如何运作，可是我知道它的确有用。”

“那是因为还有别人知道它如何运作，如果没有任何人知道，又会是什么样的情况？那样的话，要是它由于某种原因停摆，我们都会一筹莫展。如果心理史学突然失灵……”

“第二基地分子知道心理史学的运作方式。”

“你又怎么晓得，詹诺夫？”

“大家都这么说。”

“大家什么事都可以说——啊，那个禁忌世界的恒星和我们之间的距离算出来了，我希望算得非常精确。我们来推敲一下这组数字。”

他盯着那组数字良久，嘴唇还不时嚅动，仿佛在心中进行一些概略的计算。最后，他终于开口，不过眼睛并未扬起来。“宝绮思在做什么？”

“在睡觉，老弟。”然后，裴洛拉特又为她辩护道，“她很需要睡眠，葛兰。跨越超空间而维持身为盖娅的一部分，是很消耗精力的一件事。”

“我也这么想。”崔维兹说完，又转身面对电脑。他将双手放在桌面上，喃喃说道：“我要让它分成几次来跃迁，每次都要重新检查。”然后他将双手又收回来，“我是说真的，詹诺夫，你对心理史学知道多少？”

裴洛拉特好像有点意外。“一窍不通。身为历史学家，例如我自己，和身为心理史学家简直有天壤之别。当然啦，我知道心理史学的两大基石，但是每个人也都知道。”

“连我都知道。第一个条件是涉及的人口数目必须足够庞大，才能使用统计方式处理。可是多大才算‘足够庞大’呢？”

裴洛拉特说：“银河人口的最新估计值是一万兆左右，也许还低估了。当然啦，这绝对够大了。”

“你怎么知道？”

“因为心理史学的确有效，葛兰。不论你如何强词夺理，它的确有效啊。”

“而第二个条件，”崔维兹又说，“是人类并不知晓心理史学，否则他们的反应就会产生偏差——可是大家都晓得有心理史学啊。”

“只是知道它的存在罢了，老弟，那不能算数。第二个条件其实是说，人类并不知晓心理史学所作的预测，这点大家的确不知道。唯有第二基地分子才应该晓得，但他们是特例。”

“仅仅以这两个条件为基础，就能建立起心理史学这门科学，实在令人难以置信。”

“并非仅仅根据这两个条件，”裴洛拉特说，“其中还牵涉到高等数学和精密的统计方法。据说——如果你想听听口述历史——哈里·谢顿当初开创心理史学，是以气体运动论为蓝本。气体中的每个原子或分子都在做随机运动，因此我们无法知道其中任何一个的位置或速度。然而，利用统计学，我们能导出描述它们整体行为的精确规律。根据这个原则，谢顿企图解出人类社会的整体行为，虽然他的解不适用于人类个体。”

“或许如此，但人类并不是原子。”

“没错。”裴洛拉特说，“人类具有意识，行为复杂到足以显现自由意志。谢顿究竟如何处理这个问题，我完全没概念，即使有懂得的人设法向我解释，我也确定自己无法了解。可是无论如何，他的确成功了。”

崔维兹说：“因此这个理论想要成立，必须有为数众多而且不明就里的一群人。你难道不觉得，这么巨大的一个数学架构，是建立在松软的基础上吗？如果这两个条件无法真正满足，那么一切都会垮台。”

“可是既然谢顿计划没垮……”

“或者，假如这两个条件并非完全不合或不足，只是弱了一点，心理史学或许也能有效运作好几世纪，然后，在遇到某个特殊危机时，便会在一夕之间垮掉——就像当初骡出现时，它暂时垮掉那样。此外，如果还应该有第三个条件呢？”

“什么第三个条件？”裴洛拉特微微皱起眉头。

“我也不知道。”崔维兹说，“一个论述也许表面上完全合乎逻辑，而且绝妙无比，却隐含了某些未曾言明的假设。或许这第三个条件，是大家视为理所当然的假设，所以从来没有人想到过。”

“如果一个假设被视为这么理所当然，通常都相当正确，否则，就不可能被视为这么理所当然。”

崔维兹嗤之以鼻。“如果你对科学史和你对传说历史一样了解，詹诺夫，你就会知道这种说法错得有多严重。不过我想，我们已经来到那个禁忌世界的太阳附近。”

的确，屏幕正中央出现了一颗明亮的恒星。由于太过明亮，屏幕自动将它的光芒滤掉大部分，其他恒星因而尽数从屏幕上消失。

32

远星号上的盥洗与个人卫生设备十分精简，用水量永远维持在合理的最小值，以免回收系统超过负荷。这一点，崔维兹曾板着脸提醒裴洛拉特与宝绮思。

尽管如此，宝绮思总有办法随时保持清爽光鲜，乌黑的长发永远有着亮丽的光泽，她的指甲也始终明亮耀眼。

此时，她走进驾驶舱，说道：“你们在这儿啊！”

崔维兹抬起头来。“用不着惊讶。我们几乎不可能离开太空艇，即使你无法用心灵侦测到我们的行踪，只要花上三十秒，也一定能在太空艇中找到我们。”

宝绮思说：“这句话纯然是一种问候，不该照字面解释，你自己其实很清楚。现在我们在哪里？可别说‘在驾驶舱中’。”

“宝绮思吾爱，”裴洛拉特一面说，一面伸出手臂，“我们现在，是在那个禁忌世界所属的行星系外围。”

她走到裴洛拉特身旁，将一只手轻放在他肩上，他的手臂则搂住她的腰。然后她说：“它不会有什么真正的禁忌，我们并未受到任何阻拦。”

崔维兹说：“它之所以成为禁忌，是因为康普隆和其他第二波殖民者所建立的世界，刻意和第一波殖民者‘太空族’所建立的世界隔离。如果我们自己没感受到这种刻意的限制，又有什么能阻止我们呢？”

“那些太空族，如果还有任何人存留下来，或许也会刻意和第二波殖民世界隔离。虽然我们不介意侵入他们的领域，绝不代表他们也不介意。”

“说得很对。”崔维兹道，“如果他们还在，的确会是这样。但直到现在，我们甚至还不知道他们的行星是否存在。目前为止，我们所看到的只有普通的气态巨星，总共有两颗，而且不是特别大。”

裴洛拉特连忙说：“但这并不代表太空世界并不存在。可住人世界一律很接近太阳，体积又比气态巨星小很多，此外在这个距离，太阳闪焰也使我们极难侦测到它们。我们得通过微跃到达内围，以便侦测这些行星。”能像个老练的太空旅人般说得头头是道，似乎令他相当骄傲。

“这样的话，”宝绮思说，“我们现在为何不向内围前进？”

“时辰未到。”崔维兹说，“我正在叫电脑尽量侦察人工天体的迹象，我们要分几个阶段向内挺进——如果有必要，分成十几个阶段都行——每次都要停下来侦察一番。我不希望这次又中了圈套，就像我们首度接近盖娅那样。还记得吧，詹诺夫？”

“我们每天都有可能落入那种圈套，唯有盖娅的圈套为我带来宝绮思。”裴洛拉特以爱怜的目光凝视着她。

崔维兹咧嘴笑了笑。“你希望每天都有个新的宝绮思吗？”

裴洛拉特一脸委屈，宝绮思带着微嗔说：“我的好兄弟，我的好——不管裴坚持叫你什么，你最好快些向内围前进。只要有我跟你在一起，你就不会落入圈套。”

“靠盖娅的力量？”

“侦测其他心灵的存在？当然没问题。”

“你确定自己的力量够强吗，宝绮思？你为了和盖娅主体维持联系而消耗的体力，我猜一定得睡很久才能补回来。你现在和力量的源头距离那么远，能力也许大大受限，我又能仰仗你多少呢？”

宝绮思涨红了脸。“联系的力量足够强大。”

崔维兹说：“别生气，我只不过问问而已。你难道看不出来，这就是身为盖娅的缺点之一吗？我不是盖娅，我是个完整的、独立的个体，这表示我能随心所欲到处旅行，不论离开我的世界、我的同胞多远都行，我始终还是葛兰·崔维兹。我拥有的各种能力，我都会继续保有，无论到哪里都不会有任何变化。假如我孤独地在太空中，几秒差距之内没有任何人类，又由于某种原因，我无法以任何方式跟任何人联络，甚至连天上的星星都看不见一颗，我依旧是葛兰·崔维兹。我也许无法生还，我可能因此死去，但我至死仍是葛兰·崔维兹。”

宝绮思说：“孤独一人在太空中，远离所有的人，你就无法向你的同胞求助，也无法仰赖他们的各种才能和知识。独自一人，身为一个孤立的个体，相较于身为整体社会的一分子，你会变得渺小得可怜。”

崔维兹说：“然而，那种渺小和你如今的情况不同。你和盖娅之间有个键结，它比我和社会之间的联系强得多，而且这个键结可以一直延伸，甚至能跨越超空间，可是它需要靠能量来维持。因此你一定会累得气喘吁吁，我是指心灵上的，并且感到自己的能力被大大削弱，这种感觉会比我强烈许多。”

宝绮思年轻的脸庞突然显得分外凝重，一时之间，她似乎不再年轻，或说根本看不出年龄。她已经不只是宝绮思，而变得更像盖娅，仿佛借此反驳崔维兹的论点。她说：“即使你说的每件事都对，葛兰·崔维兹——无论过去、现在、未来，你都是你，或许不会减少一分，但也一定不会增加丝毫——即使你说的每件事都对，你以为天下有白吃的午餐吗？比方说，做个像你这样的温血动物，难道不比一条鱼，或是其他的冷血动物要好吗？”

裴洛拉特说：“陆龟就是冷血动物，端点星上没有，但某些世界上看得到。它们是有壳的动物，动作缓慢而寿命极长。”

“很好，那么，身为人类难道不比做陆龟好吗？不论在任何温度下，人类都能维持快速行动，不会变得慢吞吞的。人类能够支持高能量的活动，以及迅速收缩的肌肉、迅速运作的神经纤维，还有旺盛而持久的思考——这难道不比爬行缓慢、感觉迟钝、对周遭一切仅有模糊意识的陆龟好得多吗？对不对？”

“我同意。”崔维兹说，“的确是这样，但这又怎么样？”

“嗯，难道你不知道，做个温血动物是要付出代价的？为了使你的体温高于环境温度，你消耗的能量必须比陆龟奢侈许多，你得几乎不停地进食，急速补充从你身上流失的能量。你会比陆龟更容易感到饥饿，也会死得更快。请问你可愿意当一只陆龟，过着迟缓而长寿的生活吗？或是你宁可付出代价，做一个行动迅速、感觉敏锐而且具有思考能力的生物？”

“这是个正确的类比吗，宝绮思？”

“不尽然，崔维兹，因为盖娅的情况还要好得多。当我们紧紧连在一起的时候，我们不会耗费太多能量。唯有一部分的盖娅和其他部分相隔超空间距离时，能量的消耗才会升高。别忘了，你所选择的并非只是大型的盖娅，并非较大的单一世界；你所选择的是盖娅星系，一个由众多世界构成的庞大复合体。不论身在银河哪个角落，你都会是盖娅星系的一部分，都会被它某些部分紧紧包围，因为它的范围从每个星际原子一直延伸到中心黑洞。到那个时候，维系整体只需要少许的能量，因为没有任何部分和其他各部分距离太远。你的决定将导致所有这些结果，崔维兹，你怎能怀疑自己的抉择不好？”

崔维兹低头沉思良久，最后终于抬起头来说：“我的抉择也许很好，可是我必须找到切实的证据。我作的决定是人类历史上最重要的事，光说它好还不够，我得知道它的确好才行。”

“我已经跟你讲了这么多，你还需要什么？”

“我也不知道，但我会在地球上找到答案。”他说得斩钉截铁。

裴洛拉特说：“葛兰，那颗恒星成了一个圆盘。”

的确如此。电脑一直忙着自己的工作，丝毫不理会周围的任何争论。它指挥太空艇逐步接近那颗恒星，如今已来到崔维兹所设定的距离。

此时，他们仍旧远离行星轨道面。电脑将屏幕划分成三部分，以便显示三颗小型的内行星。

位于最内围那颗，表面温度在液态水范围内，并且具有含氧大气层。崔维兹静候电脑计算出它的轨道，初步的粗估似乎很有希望。他让计算继续做下去，因为对行星的运动观测得愈久，各项轨道参数的计算就能做得愈精确。

崔维兹以相当平静的口吻说：“我们看到了一颗可住人行星，极可能可以住人。”

"啊！"在裴洛拉特一贯严肃的脸上，显露出最接近喜悦的神色。

"不过，"崔维兹说，"只怕没有巨型的卫星。事实上，直到目前为止，还没侦测到任何类型的卫星。所以它不是地球，至少和传说中的地球不合。"

"别担心这点，葛兰。"裴洛拉特说，"当我看到气态巨星都没有不寻常的行星环时，就料到不太可能会在这里发现地球。"

"很好。"崔维兹说，"下一步是看看上面有什么样的生命。根据它具有含氧大气层这个事实，我们绝对可以肯定上面有植物生命，不过……"

"也有动物生命，"宝绮思突然说，"而且数量很多。"

"什么？"崔维兹转头望向她。

"我能感测到。虽然在这个距离只有模糊的感觉，但我肯定这颗行星不只可以住人，而且无疑已有居民存在。"

33

远星号目前在这个禁忌世界的绕极轨道上，由于距离地表相当远，轨道周期维持在六天多一点。崔维兹似乎不急着离开这个轨道。

"既然这颗行星已有人居住，"他解释道，"而且根据丹尼亚多的说法，上面的居民一度曾是科技先进的人类，也就是第一波殖民者，所谓的太空族，如今他们仍旧可能拥有先进的科技，对于我们这些取而代之的第二波殖民者，他们大概不会有什么好感。我希望他们会自动现身，这样的话，在我们冒险登陆之前，可以先对他们做点了解。”

“他们也许不知道我们在这里。”裴洛拉特说。

“换成我们的话，我们就会知道。因此我必须假设，如果他们真正存在，很可能会试图跟我们接触，甚至想出动来抓我们。”

“但如果他们真的出来追捕我们，而且他们科技先进，我们也许会束手无策……”

“我可不相信。”崔维兹说，“科技的进步不一定能面面俱到，他们可能在某些方面超越我们许多，但他们对星际旅行显然并不热衷。因为开拓整个银河的是我们而不是他们，而且在帝国历史中，我从未见过任何记录提到他们离开自己的世界，出现在我们眼前。如果他们一直未曾进行太空旅行，怎么可能在太空航行学上取得重大进展？我们或许毫无武装，但即使他们出动战舰，大张旗鼓追猎我们，我们也不可能被抓到——不会的，我们不会束手无策。”

“他们的进步也许是在精神力学方面，可能骡就是个太空族……”

崔维兹耸了耸肩，显然很不高兴。“骡不可能什么都是。盖娅人说他是他们的畸变种，也有人认为他是偶发的突变异种。”

裴洛拉特说：“事实上，还有些其他的臆测——当然，没有人非常当真——说他是个人造的机械。换句话说，就是个机器人，只不过没有用那个名称。”

“假如真有什么东西，具有危险的精神力量，我们就得靠宝绮思来化解。她可以……对了，她正在睡觉吗？”

“她睡了好一阵子，”裴洛拉特说，“但我出来的时候，看到她动了一下。”

“动了一下，是吗？嗯，若有任何事故发生，她必须一叫就醒。这件事你要负责，詹诺夫。”

“好的，葛兰。”裴洛拉特以平静的口吻答道。

崔维兹又将注意力转向电脑。“有件事困扰着我，就是那些入境站。一般说来，它们是一种确切的迹象，代表行星上住着拥有高科技的人类。可是这些——”

“有什么不对劲吗？”

“有几个问题。第一，它们的式样古老，可能已有几千年的历史。第二，除了热辐射，没有其他任何辐射。”

“什么是热辐射？”

“温度高于周遭环境的任何物体，都会发射热辐射。每样东西都能产生这种熟悉的讯号，它具有宽广的频带，由温度决定能量的分布模式，而那些入境站射出的就是这种辐射。如果上面有运转中的人工设备，必定会漏出其他一些非随机的辐射。既然现在只有热辐射，我们可以假设入境站是空的，也许已经空置了几千年；反之，上面若是有人，他们在这方面的科技就极其先进，有办法不让其他辐射外泄。”

“也有可能，”裴洛拉特说，“这颗行星拥有高度文明，但入境站遭到空置，因为我们这些银河殖民者让这颗行星遗世独立太久，他们早已不再担心会有任何外人接近。”

“可能吧。或者，也可能是某种诱饵。”

此时宝绮思走进来，崔维兹从眼角瞥见她，没好气地说：“没错，我们在这里。”

“我知道，”宝绮思说，“而且仍在原来的轨道上，这点我还看得出来。”

裴洛拉特连忙解释："亲爱的，葛兰十分谨慎。那些入境站似乎没有人，我们还不确定这代表什么。"

"这点根本不必操心。"宝绮思以毫不在乎的口气说，"我们如今环绕的这颗行星，上面没有可侦测的智慧生命迹象。"

崔维兹低头瞪着她，显得惊讶万分。"你在说些什么？你说过……"

"我说过这颗行星上有动物生命，这点的确没错，可是银河中究竟哪个人告诉过你，动物一定就是指人类？"

"你当初侦测到动物生命的时候，为什么不说清楚？"

"因为在那么远的距离，我还没办法判别。我只能确定侦测到了动物神经活动的脉动，可是在那种强度下，我无法分辨蝴蝶和人类。"

"现在呢？"

"现在我们近多了。你也许以为我刚才在睡觉，事实上我没有——或者说，顶多睡了一下子。我刚才，用个不太恰当的说法，正在竭尽全力倾听，想要听到足够复杂而能代表智慧生命的精神活动迹象。"

"结果什么都没有？"

"我敢说，"宝绮思的口气突然变得谨慎，"如果我在这个距离还侦测不到什么，那么在这颗行星上，人类的数目顶多不过几千。如果我们再靠近点，我就能判断得更精确。"

"嗯，这就使得情况大不相同。"崔维兹说，声音中带着几许困惑。

"我认为，"宝绮思看来很困，因此脾气十分暴躁，"你可以中止那些什么辐射分析啦，推理啦，演绎啦，还有天晓得你在做些什么别的。我的盖娅知觉能做得更准确且更有效率。也许你现在可以明白，为什么我说当盖娅人要比孤立体好。”

崔维兹没有立刻答话，显然是在努力克制自己的火气。当他再度开口时，竟然是用很客气，而且几乎正式的口吻。“我很感谢您提供这些消息，然而，您必须知道一件事。打个比方吧，即使我想让嗅觉变得更灵敏，因为这样有很多好处，这个动机却不足以令我放弃人身，甘心变成一只猎犬。”

34

当太空艇来到云层下方，在大气层中飘移之际，那个禁忌世界终于呈现他们眼前，看起来出奇老旧。

极地是一片冰雪，跟他们预料的一样，不过范围不太大。山区都是不毛之地，偶尔还能看到冰河，但冰河的范围同样不大。此外还有些小规模的沙漠地带，在各处散布得相当均匀。

如果忽略这些事实，这颗行星其实可说十分美丽。它的陆地面积相当广大，不过形状歪歪扭扭，因此具有极长的海岸线，以及非常辽阔的沿岸平原。它还拥有苍翠茂盛的热带与温带森林，周围环绕着草原。纵然如此，它的老旧面貌仍极其明显。

森林中有许多半秃的区域，部分的草原也显得稀疏干瘦。

“某种植物病虫害吗？”裴洛拉特感到很奇怪。

“不是的，”宝绮思缓缓道，“比那更糟，而且更不容易复原。”

“我见过许多世界，”崔维兹说，“可是从未目睹像这样的。”

“我见过的世界非常少，”宝绮思说，“不过我以盖娅的思想来思考，这个世界的人类想必已经绝迹。”

“为什么？”崔维兹说。

“想想看吧，”宝绮思的口气相当锋利，“没有一个住人世界拥有真正的生态平衡。地球最初必定有过这种平衡，因为它若正是演化出人类的那个世界，就一定曾有很长一段时期，上面没有任何人类，也没有其他能发展出先进科技、有能力改造环境的物种。在那种情况下，一定会有一种自然平衡——当然，它会不断变化。然而，在其他的住人世界上，人类皆曾仔细改造他们的新环境，并且引进各种动植物，但他们创造的生态系统却注定失衡。它只会保有种类有限的物种，不是人类想要的，就是不得不引进的……”

裴洛拉特说：“你知道这让我想起什么吗？对不起，宝绮思，我插个嘴，但这实在太吻合了，我忍不住现在就要告诉你们，免得待会儿忘了。我曾经读过一则古老的创世神话，根据这则神话，生命是在某颗行星上形成的，那里的物种类别有限，都是对人类有用的，或是人类喜欢的那些。后来，最早一批人类做了一件蠢事——别管那是什么，老伙伴，因为那些古老神话通常都是象征性的，如果对其中的内容太过认真，只会把你搞得更糊涂——结果，那颗行星的土壤受到了诅咒。‘必给你长出荆棘和蒺藜来’，那个诅咒是这么说的。不过这段话是以古银河文写成，如果照原文念会更有味道。然而，问题是它真是诅咒吗？人类不喜欢或不想要的东西，例如荆棘和蒺藜，或许是维持生态平衡所必需的。”

宝绮思微微一笑。“实在不可思议，裴，怎么每件事都会让你想起一则传说，而它们有时又那么有启发性。人类在改造一个世界时，总是排除了荆棘和蒺藜，姑且不管那是什么东西，然后人类得努力维持这个世界正常发展。它不像盖娅是个自给自足的生命体，而是一群混杂的孤立体所构成的集合，但这个集合又混杂得不够，因此无法使生态平衡永远维持下去。假如人类消失了，就如同指导者的双手不见了，整个世界的生命形态注定会开始崩溃，而行星将‘反改造’成原本的面貌。”

崔维兹以怀疑的口吻说：“假如真会发生这种事，那也不会很快发生。这个世界也许已经两万年毫无人迹，但大部分似乎仍旧‘照常营业’。”

“当然啦，”宝绮思说，“这要看当初的生态平衡建立得多完善。如果原本是个相当良好的平衡，在失去人类之后，仍然可能维持长久的时间。毕竟，两万年对人类而言虽然极长，跟行星的寿命比较起来，只是一夕之间的事。”

“我想，”裴洛拉特一面说，一面专心凝视行星的景观，“如果这颗行星的环境正在恶化，我们就能确定人类都走光了。”

宝绮思说：“我仍然侦测不到人类层次的精神活动，所以我猜这颗行星确实没有任何人类。不过，一直有些较低层意识所产生的嗡嗡声，层次的高度足以代表鸟类和哺乳动物。可是我仍然无法确定，反改造的程度是否足以显示人类已经绝迹。即使一颗行星有人类居住，如果那个社会不正常，不了解环境保护的重要性，生态环境还是有可能恶化。”

“不用说，”裴洛拉特道，“这样的社会很快就会遭到毁灭。我不相信人类不了解保护自己赖以维生的资源有多重要。”

宝绮思说：“我没有你那种对人类理性的乐观信心，裴。我觉得，如果一个行星社会完全由孤立体组成，那么可想而知，为了局部的利益，甚至为了个人的利益，很容易使人忘却行星整体的安危。”

“我并不认为它可想而知，”崔维兹说，“我站在裴洛拉特这一边。事实上，既然有人居住的世界数以千万计，却没一个因为反改造而环境恶化，你对孤立态的恐惧可能夸大了，宝绮思。”

太空艇此时驶出昼半球，进入黑夜的范围。感觉上像是暮色迅疾加深，然后外面就成了一片黑暗，只有在经过晴朗的天空时，还能看到一些星光。

借着精确监看气压与重力强度，远星号得以维持固定的高度。他们目前保持的这个高度，绝对不会撞到隆起的群山，因为这颗行星已经许久未有造山运动。不过为了预防万一，电脑仍然利用“微波指尖”在前面探路。

崔维兹一面凝视着天鹅绒般的黑夜，一面若有所思地说：“我总是认为，要确定一颗行星毫无人迹，最可靠的征状就是暗面毫无可见光。任何拥有科技的文明，都无法忍受黑暗的环境。一旦进入日面，我们就要降低高度。”

“那样做有什么用？”裴洛拉特说，“下面什么都没有。”

“谁说什么都没有？”

“宝绮思说的，你也这么说过。”

“不是的，詹诺夫。我是说没有源自科技的辐射，宝绮思是说没有人类精神活动的迹象，但这并不代表下面什么也没有。即使这颗行星上没有人类，也一定会有某些遗迹。我要寻找的是线索，詹诺夫，就这点而言，科技文明的残留物就可能有用。”

“经过两万年之后？”裴洛拉特的音调逐渐提高，“你认为有什么东西能维持两万年？这里不会有任何胶卷、纸张、印刷品。金属会生锈，木材会腐烂，塑料会碎成颗粒，甚至石头都会粉碎或遭到侵蚀。”

“也许没有两万年那么久。”崔维兹耐心地说，“我所谓的两万年，是说这颗行星上如果没有人类，最长也不会超过这个时间。因为根据康普隆的传说，这个世界两万年前极为繁荣。可是，或许在一千年前，最后一批人类才死亡或消失，或者逃到别处去了。”

他们来到夜面的另一头，曙光随即降临，然后几乎在同一瞬间，出现了灿烂夺目的阳光。

远星号一面降低高度，一面慢慢减速，直到地表的一切都清晰可见。大陆沿岸点缀着许多小岛，现在每个都能看得相当清楚，大多数布满了绿油油的植被。

崔维兹说：“照我看来，我们该去研究那些败损特别严重的地区。我认为人类最集中的区域，便是生态最失衡的地方，反改造有可能以那些地方为源头，不断向外扩散。你的意见如何，宝绮思？”

“的确有此可能。总之，我们对此地缺乏了解，还是从最容易的地方下手比较好。草原和森林会吞噬人类活动的迹象，搜寻那些地方可能只是浪费时间。”

“我突然想到，”裴洛拉特说，“一个世界不论有些什么东西，最终都应该达到一种平衡，而且可能会发展出新的物种，使恶劣的环境重新改头换面。”

“是有这个可能，裴，”宝绮思说，“这要看当初那个世界的失衡有多严重。至于说一个世界会自我治疗，经由演化达到新的平衡，所需的时间可要比两万年多得多，恐怕得几百万年才行。”

此时远星号不再环绕这个世界飞行，它缓缓滑翔了五百公里，这一带长满了石楠树与刺金雀花，其间还穿插着一些小树丛。

“你们认为那是什么？”崔维兹突然说，同时伸手向前指去。此时太空艇不再飘移，停留在半空中。重力引擎调到了最高挡，将行星重力场几乎完全中和，因而传来一种轻微但持续不断的嗡嗡声。

崔维兹所指的地方，其实没什么值得一看的。放眼望去，只有一些乱七八糟的土堆，上面长着稀稀疏疏的杂草。

“我看不出什么名堂。”裴洛拉特说。

“那堆破烂中有个四四方方的结构，还有几条平行线，你还能看到一些互相垂直的模糊线条，看到没有？看到没有？那不可能是天然形成的，一定是人工建筑物，看得出原本是地基和围墙，清楚得好像它们依旧耸立在那里。”

“即使真的是，”裴洛拉特说，“也只不过是个废墟。如果我们要做考古研究，我们就得拼命地挖呀挖，专业人士要花上好几年才能妥善……”

“没错，但我们没时间妥善处理。那也许是一座古城的外围，某些部分可能尚未倾倒。我们跟着那些线条走，看看会把我们带到哪里。”

在那个区域某一端，树木丛聚较密之处，他们发现几堵耸立的墙垣。或者应该说，只有部分仍旧屹立。

崔维兹说：“这是个不错的开始，我们要着陆了。”

第九章
面对野狗群

35

远星号停在一个小山丘的山麓，山丘周围是一片平坦的开阔地。这是因为当初崔维兹几乎想也没想，就认为最好能降落在数英里范围内都没有曝光之虞的地方，因此这里是理所当然的最佳选择。

他说：“外面温度是摄氏二十四度，多云，西风，风速大约每小时十一公里。电脑对大气循环模式知道得不够多，所以无法预测气候。不过，湿度差不多只有百分之四十，所以几乎不可能下雨。整体而言，我们似乎选了一个舒适的纬度，或者说选对了季节，去过康普隆之后，来到这里令人感到分外愉快。”

“我猜想，”裴洛拉特说，“如果这颗行星继续反改造下去，天气会变得更加极端。”

“我肯定这一点。”宝绮思说。

“随便你怎样肯定，”崔维兹说，“我们还得等上几千几万年，才能知道正确答案。此时此刻，它仍是个宜人的行星，在我们有生之年，以及其后许久许久，它都会一直保持这样。”

他一面说话，一面在腰际扣上一条宽大的皮带。宝绮思尖声道：“那是什么，崔维兹？”

“当初在舰队所受的训练，我还没忘记。”崔维兹说，“我不会赤手空拳闯进一个未知的世界。”

“你当真要携带武器？”

“正是如此。在我的右侧，”他用力一拍右边的皮套，里面是个很有分量的大口径武器，“挂的是我的手铳，而左侧，”那是一柄较小的武器，口径很小而且没有开口，“是我的神经鞭。”

“两种杀人方式。”宝绮思以厌恶的口气说。

“只有一种，只有手铳能杀人。神经鞭却不会，只会刺激痛觉神经，不过我听说，它会令你痛不欲生。我很幸运，从未吃过这种苦头。”

“你为什么要带这些东西？”

“我告诉过你，这个世界可能有敌人。”

“崔维兹，这个世界根本没有人。”

“是吗？它可能没有科技发达的人类社会，但是若有‘后科技时代’的原始人呢？他们或许顶多只有棍棒和石块，可是那些东西也能杀人。”

宝绮思看来被激怒了，但她勉力压低声音，试图表现得足够理智。“我侦测不到人类的神经活动，崔维兹。这就剔除了各种原始人的可能性，不论是后科技时代还是其他时代的原始人。”

“那我就没必要使用我的武器。”崔维兹说，“话说回来，带着它们又有什么害处呢？它们只会让我的重量增加少许，既然地表重力大约只有端点星的百分之九十一，我还承受得了这点重量。听我说，太空艇本身也许毫无武装，但装载了不少手提式武器，我建议你们两位也……”

“不要。”宝绮思立刻答道，“我不要作大开杀戒或散播痛苦的任何准备。”

“这不是大开杀戒，而是避免自己遭到杀害，希望你懂得我的意思。”

“我能用自己的方法保护自己。”

“詹诺夫？”

裴洛拉特犹豫了一下。“在康普隆的时候，我们并未携带任何武器。”

“得了吧，詹诺夫。康普隆是个已知数，是个和基地结盟的世界。何况我们刚着陆便遭到逮捕，即使我们带了武器，也会马上被缴械。你到底要不要拿一柄手铳？”

裴洛拉特摇了摇头。“我从未在舰队待过，老弟。我不知道怎样使用这些家伙，而且，遇到紧急情况，我绝对来不及想到开火。我只会向后跑，然后——然后就被杀掉。”

“你不会被杀掉的，裴。”宝绮思中气十足地说，“盖娅将你置于我/们/它的保护之下，那个装腔作势的舰队英雄也一样。”

崔维兹说：“很好，我不反对受到保护，但我可没有装腔作势，我只是要做到百分之两百的谨慎。如果我永远不必掏这些家伙，我会感到万分高兴，我向你保证。话说回来，我必须把它们带在身上。”

他珍爱地拍了拍那两件武器，又说：“现在让我们走向这个世界吧，它的地表可能有数千年未曾感受人类的重量了。”

36

“我有一种感觉，”裴洛拉特说，“现在一定相当晚了，只是太阳还高高挂在天上，所以好像是近午时分。”

“我猜想，”崔维兹一面浏览静谧的景观，一面说，“你的感觉源自这个太阳的橙色色调，它带来一种日落的感觉。当真正的日落来临时，假如我们仍在此地，而云层结构又正常的话，我们应该会发现夕阳比平常所见的更红。我不知道你会感到美丽还是阴郁。这种差异在康普隆也许更极端，不过我们在那里的时候，从头到尾都待在室内。”

他缓缓转身，检视着四周的环境。除了光线令人几乎下意识地感到奇怪，这个世界——或是这个地区——还有一种特殊的气味。似乎带有一点霉味，但绝不至于令人恶心。

附近的树木不高不矮，看来全是些老树，树皮上长了不少树瘤。树干都不算很直，不过他无从判断究竟是因为强风，或是由于土质不佳。是否就是这些树木，为这个世界平添了某种威胁感，抑或是其他什么东西——更无形的东西？

宝绮思说：“你打算做些什么，崔维兹？我们大老远来到此地，当然不是来欣赏风景的。”

崔维兹说：“其实，我现在该做的也许就是欣赏风景。我想建议詹诺夫探查一下这个地方，那个方向有些废墟，如果发现任何记录，只有他才能判断有没有价值。我猜他看得懂古银河文的手稿或影片，而我很清楚自己没办法。而且我认为，宝绮思，你想跟他一起去，以便就近保护他。至于我自己，我会留在这里，在废墟外围为你们站岗。”

“为什么要站岗？防备拿着棍棒和石块的原始人？”

“也许吧。”他挂在嘴角的微笑突然敛去，又说：“真奇怪，宝绮思，我觉得这个地方有点不对劲，我也说不上来为什么。”

裴洛拉特说：“来吧，宝绮思，我这辈子一直蹲在家里搜集古代传说，从未真正摸过古老的文件。想想看，如果我们能发现……”

崔维兹目送着他们两人。裴洛拉特急切地朝废墟走去，声音渐行渐远，宝绮思则轻快地走在他旁边。

崔维兹心不在焉地听了一会儿，然后转过身来，继续研究周遭的环境。究竟是什么引起他的忧虑呢？

他从未真正涉足任何毫无人迹的世界，倒是从太空中观察过许多个。它们通常都是小型世界，小得无法留住水分与空气，不过它们还是有些用处，例如在舰队演习时，用来标示一个会师点（在他一生中，以及他出生前整整一个世纪内，一直没有战争发生，但军事演习从未中断过），或是作为紧急修护模拟的训练场地。他当初服役的那些船舰，曾多次进入这种世界的轨道，有时也会降落其上，可是他从来没机会走到外面去。

这种感觉，是不是由于他现在真正立足于一个无人世界？假使在服役那段日子里，他曾踏上某个没有空气的小型世界，是否也会有同样的感觉？

他摇了摇头，那并不会对他造成任何困扰，他相当肯定。他会穿上太空衣走出去，如同他做过无数次的太空漫步一样。那是一种熟悉的情况，而仅仅与一大块“岩石”接触，并不会改变这种熟悉的感觉。绝对不会！

当然，这次他并没有穿太空衣。

他正站在一个适宜住人的世界上，感觉就像在端点星一样舒服——比康普隆舒服得多。他感到微风拂过面颊，温暖的阳光照在背上，植物摩擦的沙沙声传入耳中。每样东西都那么熟悉，除了没有人类——至少，人类如今已不复存在。

是不是这个原因？是不是因为这样，才使这个世界显得阴森森的？是否因为它不仅是个无人的世界，更是个遭到废弃的世界？

他以前从未到过任何废弃的世界，也没听说过有什么废弃的世界，甚至根本没想到过有哪个世界会遭到废弃。直到目前为止，他所知道的每一个世界，人类一旦移民其上，子子孙孙就会永远住下去。

他抬头望向天空，其他生物都没有遗弃这个世界。有只鸟儿刚好飞过他的视线，似乎比橙色云朵间的青灰色天空更为自然。（崔维兹十分肯定，只要在这颗行星上多住几天，他就会习惯这些奇异的色调，到那个时候，天空与云朵也会显得正常了。）

他听到树上有鸟儿在歌唱，还有昆虫在轻声呢喃。宝绮思早先提到的蝴蝶，现在他果然看见了——数量多得惊人，而且有好几种不同花色。

树旁草丛中也不时传来沙沙声，但他无法确定是什么东西引起的。

令他感到心神不宁的，并非附近这些放眼可见的生命。正如宝绮思所说，人类对一个世界进行改造时，一开始就不会引进危险的动物。他幼年读的童话，以及少年时期看的奇幻故事，一律发生在一个传说中的世界（那一定脱胎于含糊的地球神话）。在超波戏剧的全息屏幕中，则充满各式各样的怪兽——狮子、独角兽、巨龙、鲸类、雷龙、狗熊等等，总共有几十种，大多数的名字他都不记得了。其中有些当然是神话的产物，或许通通都是也说不定。此外，还有些会咬人或螫人的小动物，甚至某些植物都是碰不得的，不过仅限于虚构故事中。他也曾听说原始蜜蜂会螫人，但真实世界的蜜蜂绝对不会伤害人类。

他慢慢向右方走去，绕过山丘的边缘。那里的草丛又高又密，但一丛丛分布得很零散。他走在树林间，其中的树木也是一丛丛地生长。

他打了个呵欠。不用说，并没有发生任何刺激的状况，他不知道该不该回太空艇打个盹。不，绝不能有那种念头，他现在显然得好好站岗。

也许他该演习一下步哨勤务。齐步走，一、二、一、二，来个迅速的转身，手中拿着一支阅兵用的电棒，操演着复杂的花式动作。（战士已有三世纪未曾使用这种武器，但在训练的时候，它却是绝对必要的项目，没有人说得出这是什么道理。）

这种突如其来的想法不禁令他笑了笑，然后他又想到，自己是不是该走到废墟，加入裴洛拉特与宝绮思的行列。为什么呢？他帮得上什么忙吗？

或许他能看到裴洛拉特刚好忽略的某样东西？嗯，等裴洛拉特回来后，还有的是时间那样做。如果有什么不难发现的东西，一定要留给裴洛拉特才对。

他们两人可能遇到麻烦吗？真傻！能有什么样的麻烦？

万一出了什么问题，他们一定会呼救。

他开始仔细倾听，结果什么都没听到。

然后，步哨勤务的念头又在他心中浮现，挥也挥不去。他发现自己开始齐步走，双脚此起彼落，踏出有力的节奏。一支想象中的电棒从肩头甩出去，打了几个转，然后被他笔直地举在正前方；接着电棒又开始打转，再回到另一侧的肩头。而在一个利落的向后转之后，他再度面对着太空艇（不过现在距离相当远了）。

向前望去的时候，他突然从角色扮演回到了现实，僵立在原地。

这里不只他一个人。

在此之前，除了植物、昆虫，以及一只小鸟，他没看到任何其他生物。他也未曾见到或听到有任何东西接近——现在却有一头动物站在他与太空艇之间。

这个意料之外的状况令他吓呆了，一时之间，他丧失了解释视觉讯号的能力。过了相当长的时间，他才明白自己正在望着什么。

那只不过是一只狗。

崔维兹不算是爱狗人士，他从未养过狗，碰到狗的时候也不会有什么特别的亲切感，当然这次也不例外。他不耐烦地想，无论在哪个世界上，都一定会有这种动物伴着人类。它们的品种数也数不尽，而崔维兹一直有个烦厌的印象，每个世界至少有一种特有的品种。然而，所有的品种都有一个共同点：不论它们是养来消遣、表演，或是做其他有用的工作，都被教得对人类充满敬爱与信任。

崔维兹向来无法消受这种敬爱与信任。他曾跟某位养了一只狗的女子同居一段时间，看在女主人的份上，崔维兹对那只狗百般容忍，它却对他产生了根深蒂固的爱慕之情，总是跟着他到处跑，休息的时候则依偎他身旁（五十磅的体重全靠过来），出其不意就会让他身上沾满唾液与狗毛。每当他和女主人想要享受性爱，它就会蹲在门外不断呻吟。

从那段经验中，崔维兹建立了一项坚定的信念：自己是狗儿们一贯挚爱的对象。至于原因为何，只有犬科的心灵与它们分辨气味的能力能够解释。

因此，一旦从最初的惊讶中恢复，他开始放心地打量这只狗。

它体型很大，身形瘦削，四肢细长。它正在瞪着他，却看不出有什么爱慕之情。它的嘴巴张着，也许可以解释为欢迎的笑容，但绽现的牙齿却又大又锋利。崔维兹相信，如果这只狗不在视线内，自己想必会觉得自在些。

突然间他又想到，这只狗从未见过人类，它的祖先也一定有无数代不知人类为何物。现在面前忽然出现一个人，它也许跟崔维兹看到它的反应一样，感到相当惊讶而不安。崔维兹至少很快就认出它是一只狗，那只狗却没有这个优势。它仍然不知如何是好，可能已经提高了警觉。

让一只体型那么庞大、牙齿如此锋利的动物一直处于警戒状态，显然不是一件安全的事。崔维兹心里很明白，双方需要赶紧建立友谊。

他以非常缓慢的动作，向那只狗慢慢接近（当然不能有突兀的行动）。然后他伸出一只手，准备让它来嗅一嗅，同时发出轻柔的、具有安抚作用的声音，还不时夹杂着“乖乖狗儿”这类的话，令他自己都感到十分难为情。

那只狗双眼紧盯着崔维兹，向后退了一两步，仿佛并不信任对方。然后它掀起上唇，龇牙咧嘴，口中还发出一声刺耳的吠叫。虽然崔维兹从未见过任何狗儿有这种表现，可是除了威吓，这些动作根本不能作别的解释。

因此崔维兹停止前进，僵立在原处。此时，他从眼角瞥见旁边有东西在动，于是慢慢转过头去，竟然发现又有两只狗从那个方向走来，看起来跟原先那只一样要命。

——要命？他现在才想到这个形容词，却是贴切得可怕，这点绝对错不了。

他的心脏突然怦怦乱跳。回太空艇的路被堵住了，他却不能漫无目的地乱跑，因为那些长腿狗儿在几码内就会追上他。但他若是站在原地，用手铳对付它们，那么刚杀死一只，另外两只便会扑向他。而在较远的地方，他可以看到有更多的狗向这里走来。难道它们彼此有什么办法联络？它们总是成群出猎吗？

他慢慢向左侧移动，那个方向没有任何狗——目前还没有。慢慢地，慢慢地移动。

那三只狗跟着他一起移动。他心里有数，自己之所以没有受到立即攻击，是因为这些狗从未见过或闻过像他这样的东西。对于他这个猎物，它们尚未建立起可供遵循的行为模式。

假如他拔腿飞奔，这个动作当然会让它们感到熟悉。碰到类似崔维兹这般大小的猎物因恐惧而逃跑，这些狗知道该如何行动。它们会跟着跑，而且跑得更快。

崔维兹继续侧着身，朝一株树木移动。他实在太想爬到树上，这样至少能暂时摆脱它们。它们却跟着他一起移动脚步，轻声咆哮着，而且愈走愈近，三只狗的眼睛都眨也不眨地盯着他。此时又多了两只狗加入它们的行列，而在更远的地方，崔维兹还能看到有更多的狗走过来。当他跟那棵树接近到某个程度时，他就必须开始冲刺。他不能等待太久，也不能起跑太早，这两种行动都会令他丧命。

就是现在！

他可能打破了自己瞬间加速的纪录，即使如此，却仍是千钧一发。他感到一只脚的后跟被狗嘴猛然咬住，一时之间动弹不得，直到坚固的陶质鞋面滑脱尖锐的狗牙，他才将腿抽了回来。

他不擅长爬树，十岁之后就没再爬过，而且他还记得，小时候爬树的技巧相当拙劣。不过这回情况还算好，树干并不太垂直，树皮上又有许多节瘤可供攀抓。更何况现在情非得已，在不得已的情况下，一个人能做出许多惊人的事。

崔维兹终于坐在一个树枝分岔处，离地大概有十米。他一只手刮破了，正渗出血来，但一时之间他完全没有察觉。在树底下，有五只狗蹲坐在那里，每只都抬头盯着树上，还吐出了舌头，看来全都在耐心期待。

现在该怎么办？

37

崔维兹无法有条不紊地思考目前的处境，他的思绪成了许多一闪即逝的片段，顺序古怪而扭曲。如果事后他能厘清思路，大致应该是这个样子——

宝绮思先前曾极力主张，人类将一颗行星改造之后，注定会建立一个非平衡的自然界，唯有借着不断的努力，才有可能勉强维系。比如说，银河殖民者从来不带大型猎食动物随行，小型的则无可避免，例如昆虫或寄生物，甚至小型的鹰隼和尖鼠等等。

至于在传说中，以及含意模糊的文学作品里出现的猛兽，老虎、灰熊、海怪、鳄鱼，谁会将它们从一个世界带到另一个世界——即使那样做真有意义？而又会有什么意义呢？

这意味着人类是唯一的大型猎食动物，可以随心所欲摄取各种动物与植物。若是没有人类介入，那些动植物将会由于繁衍过剩，导致生存受到威胁。

假如人类由于某种原因而消失，其他猎食动物必将取而代之。

会是哪种猎食动物呢？人类能够容忍的最大猎食动物是猫和狗，它们早已被人类驯服，生活在人类的荫庇下。

万一不再有人饲养它们呢？那时它们必须自己寻找食物才能活下去，而且事实上，那些猎物也因此得以存活。后者的数量必须维持一个定值，否则过度繁殖所带来的灾害，将百倍于遭到猎捕的损失。

因此狗类会继续增殖，各类品种应有尽有，其中大型狗只会攻击大型的、无人照料的草食动物，小型的则会猎捕鸟类与啮齿类。猫在夜间捕食，狗在白昼行动；前者单打独斗，后者则成群结队。

或许通过演化，最后会产生更多不同的品种，来填补生态席位多余的空缺。会不会有些狗类最后发展出水中活动的本领，而能靠鱼类维生？而有些猫类则发展出滑翔能力，得以攫获空中与地表那些行动笨拙的鸟类？

正当崔维兹绞尽脑汁，想要有条理地考虑一下该如何行动时，这些意识的片段却一股脑涌现出来。

此时野狗的数目不断增加，他数了一下，现在总共有二十三只围绕着这棵树，此外还有好些在渐渐迫近。这群野狗的数量究竟有多少？那又有什么关系？现在已经够多了。

他从皮套中掏出手铳，可是手中握着坚实铳柄的感觉，并未给他带来希望中的安全感。他上次填充能量丸是什么时候？他总共能发射几次？当然不到二十三次。

裴洛拉特与宝绮思又该怎么办呢？如果他们出现，那些野狗会不会转而攻击他们？即使他们不现身，难道就一定安然无事吗？假使狗群嗅到废墟中还有两个人，有什么能阻止它们跑到那里去攻击他们？绝对没有什么门或栏杆可供阻挡一阵。

宝绮思能不能抵御它们的进攻，甚至将它们驱走？她能否将超空间那头的力量集中，提升到需要的强度？她又能维持那些力量多久？

那么，他应不应该呼救？如果他高声喊叫，他们会不会立刻跑过来？而在宝绮思瞪视之下，那些野狗会不会四下逃窜？（真需要瞪视吗？或者只是一种精神活动，不具那种能力的旁观者根本无法侦知？）或者，他们若是出现，会不会在他面前被撕成碎片，而他只能相当安全地高坐树上，眼睁睁看着这幕惨剧，一点办法也没有？

不，他一定得使用手铳。只要他能杀死一只，把其他的野狗暂时吓退，他就可以爬下树来，呼叫裴洛拉特与宝绮思。假如那些野狗显出折返的意图，他会再杀一只，然后他们三人便能冲进太空艇中。

他将微波束的强度调到四分之三，那足以令一只野狗毙命，同时带来巨大的响声。巨响可将其他野狗吓跑，这样就能替他节省一些能量。

他仔细瞄准狗群中央的某一只，它似乎（至少，在崔维兹自己的想象中）比其他狗散发出更浓的敌意。或许只是因为它显得特别安静，因而好像对它的猎物有更残酷的企图。现在，那只狗直直盯着他手中的武器，仿佛表示崔维兹的手段再凶，它也不放在眼里。

崔维兹突然想到，自己从未对任何人动用过手铳，也从来没有目睹别人使用过。在受训的时候，他曾经射击过人形靶。那个人形由皮革与塑料制成外皮，内部装满纯水，被射中之后，里面的水几乎瞬间到达沸点，随即猛然爆开，将整个外皮炸得稀烂。

可是，在没有任何战事的年代，谁会射击一个活生生的人呢？又有什么人敢在手铳之下反抗，令自己死在铳下？只有在这里，在这个由于人类消失而变得病态的世界……

人脑有一种奇特的能力，会注意到一些全然无关紧要的事物。崔维兹现在就是这样，他突然发觉有一团云遮住阳光，与此同时，他按下了扳机。

从铳口延伸到那只狗的直线上，凭空出现一道奇异的闪光，若非云团刚好遮住太阳，那道模糊的光芒可能根本看不到。

那只狗一定突然感到全身发热，身子稍微动了一下，好像准备跳起来。而在下一刹那，它的身体就爆炸了，部分的血液与细胞组织也随即气化。

不过爆炸声却小得令人失望，这是因为狗皮不如人形靶的外皮那般坚韧。然而那只野狗的肌肉、毛皮、鲜血与骨胳仍是四散纷飞，令崔维兹胃部一阵翻腾。

其他的野狗马上后退，有些被高温的碎肉打到，滋味想必不好受。不过，它们只迟疑了片刻，突然又挤成一团，争相吞食那些血肉，使崔维兹感到更加恶心。他没有把它们吓跑，反而为它们提供了食物，它们无论如何是不会离开了。事实上，鲜血与熟肉的气味将引来更多野狗，或许，还会有其他小型猎食动物闻风而至。

此时，突然响起一声叫喊："崔维兹，怎么……"

崔维兹向远处望去，宝绮思与裴洛拉特正从废墟中走出来。宝绮思陡然停下脚步，伸出双臂将裴洛拉特挡在后面，双眼则紧盯着那些野狗。情势既清楚又明显，她根本不需要再问什么。

崔维兹高声喊道："我试图把它们赶走，不想惊动你和詹诺夫。你能制住它们吗？"

"很困难。"宝绮思答道。虽然狗群的嗥叫静了下来，像是被一大张吸音毯罩住一样，不过她并未用力喊叫，因此崔维兹听得不太清楚。

宝绮思又说："它们数量太多了，我又不熟悉它们的神经活动模式，盖娅上没有这种凶残的东西。"

"端点星也没有，任何一个文明世界都没有。"崔维兹吼道，"我尽可能杀多少算多少，你试着对付其他的，数量少了你比较好办。"

“不行，崔维兹，射杀它们只会引来其他野狗——待在我后面，裴，你根本无法保护我——崔维兹，你另外那件武器。”

“神经鞭？”

“对，它能激发痛觉。低功率，低功率！”

“你担心它们受伤吗？”崔维兹气冲冲地叫道，“现在是顾虑生命神圣的时候吗？”

“我顾虑的是裴的生命，还有我的生命。低功率，并且对准一只发射，我无法再压制它们多久。”

那些野狗早已离开树下，将宝绮思与裴洛拉特团团围住，他们两人则紧靠着一堵断垣残壁。几只最接近他们的野狗，迟疑地试图更为凑近，同时发出几下哼声，仿佛想弄懂是什么阻挡了它们，因为它们感觉不到任何障碍。另外还有几只想爬上那堵危墙，改从后方进攻，但显然是白费力气。

崔维兹用颤抖的手将神经鞭调到低功率。神经鞭使用的能量比手铳少得多，一个电源匣能产生好几百下无形的鞭击。可是现在想想，他也不记得上次充电是什么时候。

发射神经鞭不需要怎么瞄准，因为不必太过顾虑能量的消耗，他可以一下子扫过一大群野狗。那是使用神经鞭的传统方式，专门用来对付现出危险征兆的群众。

不过，他还是照宝绮思的建议去做，瞄准某只野狗射出一鞭。那只狗立刻倒在地上，四肢不停抽搐，同时发出响亮而尖锐的悲鸣。

其他的野狗纷纷向后退去，离那只受伤的狗愈来愈远，每一只的耳朵都向下压。然后，那些野狗也都发出悲鸣，一个个转身离去，起初是慢慢走，然后速度开始加快，最后变成全速飞奔。那只被神经鞭击中的野狗，此时痛苦万分地爬起来，一面发出哀嚎，一面一跛一跛地走开，脚步落后其他野狗甚多。

狗吠声终于在远方消失，宝绮思这才说：“我们最好赶快进太空艇去，它们还会再回来，其他狗群也可能会来。”

崔维兹不记得曾如此迅速地操作过闸门机制，以后也可能永远破不了这个纪录。

38

当夜晚降临时，崔维兹仍然觉得尚未完全恢复正常。他手上刮伤的地方贴了一片合成皮肤，消除了肉体上的疼痛，可是精神上的创伤，并非那么容易就能抚平。

这不仅是暴露于危险中而已，如果只是那样，他的反应会跟任何普通勇者无异。问题是危险来自一个全然未曾预料的方向，带来一种荒谬可笑的感觉。如果有人发现他被一群猛狗逼得上树，那将是什么局面？就算他被一群发怒的金丝雀吓得逃之夭夭，也不比刚才的情况更糟。

有好几小时的时间，他一直在倾听外面的动静：那些野狗是否发动了新的攻势，是否有狂吠声，是否有狗爪搔抓艇体的声音。

相较之下，裴洛拉特似乎颇为冷静。“我心中从来没有怀疑，老弟，从未怀疑宝绮思能应付这一切。可是我必须承认，你那一击相当精彩。”

崔维兹耸了耸肩，他没有心情讨论这件事。

裴洛拉特手中拿着他的“图书馆”，那是一片光碟，上面储存着他毕生研究神话传说的成果。他拿着它钻进寝舱，他的小型阅读机就放在那里。

裴洛拉特的心情似乎相当好，崔维兹注意到了，不过并未追根究底。等到自己的心思不再被野狗完全占据时，还有得是时间弄个明白。

当宝绮思与他独处的时候，她以试探性的口气说：“我想你是受惊了。”

“的确如此。”崔维兹以沮丧的口吻答道，“谁会想到看见一条狗——一条狗——就该赶紧逃命。”

“此地有两万年不见人迹，它已经不算一只普通的狗。如今在这个世界，这些野兽必定是称王的大型猎食动物。”

崔维兹点了点头。“当我坐在树枝上，成了一个臣服的猎物时，我就想到了这一点。你所提到的非平衡生态，实在万分正确。”

“就人类的观点而言，当然是非平衡。但是想想看，那些野狗在进行捕猎时，表现得多么有效率。我想裴也许说对了，生态的确能够自我平衡，从当初被引进这个世界的少数物种，会演化出许多变种，来填补各种的生态席位。”

“可真奇怪，”崔维兹说，“我也有同样的想法。”

“当然啦，前提是非平衡状态不太严重，否则自我修正的过程需要很长的时间，在成功之前，那颗行星早已回天乏术。”

崔维兹咕哝了一声。

宝绮思若有所思地望着他。“你怎么会想到携带武器？”

崔维兹说：“结果也没什么好处，是你的能力……”

“并不尽然，我也需要你的武器。那是毫无预警的情况，我和盖娅又只有超空间式接触，要对付那么多我不熟悉的心灵，若是没有你的神经鞭，我根本无计可施。”

“手铳毫无用处，我曾经试过。”

“动用手铳，崔维兹，只能让一只狗消失，其他的狗也许会感到惊讶，可是不会害怕。”

“其实更糟。”崔维兹说，“它们将残骸都吃掉了，我等于贿赂它们留下来。”

“没错，我可以想象那种效果。神经鞭则不同，它会带来痛楚，一只狗痛极了便会嚎叫，而别的狗都能了解其中的意义。即使不为其他原因，它们也会由于条件反射而感到恐惧。等所有的野狗都陷入恐惧之后，我只消轻轻推触它们的心灵，它们便自动离开了。”

“没错，可是你了解在这种情况下，神经鞭是更有威力的武器，我却不知道。”

“我习惯和心灵打交道，你并没有这方面的经验。我坚持要你使用低功率，并且瞄准一只狗，原因就在这里。我不希望过度的痛楚令那只狗死亡，那样它就发不出声音。我也不希望痛觉太分散，那样只会引起几声低鸣。我要剧烈的痛楚集中在一点上。”

“果然如你所愿，宝绮思。”崔维兹说，“结果完全成功，我该好好感谢你。”

“你吝于表达感激，”宝绮思语重心长地说，“因为你觉得自己扮演了一个滑稽的角色。然而，我再重复一遍，没有你的武器，我根本无计可施。令我不解的是，你对携带武器这件事怎么解释？因为我已经向你保证，这个世界上并没有任何人类，这点我至今仍旧肯定。难道你预见了那些野狗吗？”

“没有，”崔维兹说，“我当然没有，至少意识层面如此。而且我通常也没有武装的习惯，在康普隆的时候，我根本没想到带武器。但是，我也不能让自己轻易相信那是魔法，不可能是那样的。我猜想，当我们刚开始讨论非平衡生态时，我就有了一种潜意识的警觉，想到在一个没有人类的世界上，动物可能会变得危险。这一点，事后想来十分明显，但我可能确有一丝先见之明，只不过是这样罢了。”

宝绮思说：“别这么随便就敷衍过去。我同样参加了有关非平衡生态的讨论，却没有同样的先见之明。盖娅所珍视的，正是你这种特殊的预感。我也看得出来，你一定很气恼，因为你拥有一种隐性的预感，却无法侦知它的本质；你根据自己的决定而行动，却没有任何明确的理由。”

“在端点星，我们通常的说法是‘凭预感行事’。”

“在盖娅，我们则说‘知其然不知所以然’。你不喜欢不知所以然的感觉，对不对？”

“是的，的确令我苦恼不已，我并不喜欢被预感驱策。我猜预感背后必有原因，但由于不知道这个原因，使我感到自己无法掌握自己的心灵，好像一种轻度的疯狂。”

“当你决定赞同盖娅和盖娅星系的时候，你就是凭预感行事，现在你却要找出原因。”

“这点我至少说过十几遍了。”

“我却拒绝把你的声明当真，我为这件事感到抱歉。这方面我不会再跟你唱反调，不过我希望，我可以继续指出盖娅的各项优点。”

“随时请便，”崔维兹说，“可是希望你了解，我也许不会接受那些说法。”

“那么，你是否曾经想到，这个不知名的世界正在返归蛮荒状态，最终也许会变得荒芜而不可住人，而这只是因为一种具有足够智慧、能指导整个世界的物种消失了？假如这个世界是盖娅——若是盖娅星系的一部分则更理想——这种事就不会发生。指导的智慧将化身为银河整体，继续留存在这里，不论生态何时偏离平衡，也不论由于什么原因，都终究会再度趋于平衡。”

“这意味着那些野狗不再需要食物吗？”

“它们当然需要食物，正如人类一样。然而，它们进食会是一种有目的的行为，是在刻意的指导之下维持生态平衡，而不是随机条件所造成的结果。”

崔维兹说：“对狗类而言，失去个体的自由也许不算什么，可是这对人类一定会有重大影响。如果所有的人类全部消失，到处都没有了，而并非只是在某个或数个世界上绝迹，那又会怎么样？如果完全没有人类，盖娅星系将变成什么样子？那时还会有指导的智慧吗？其他的生命形态和无生命物质，难道有办法共组一个共同的智慧，足以担负起这个使命吗？”

宝绮思犹豫了一下。“这种情况，”她又说，“以前从未发生过，而在未来，似乎也没有任何可能。”

崔维兹说：“人类的心灵和宇宙万物性质迥异，万一它消失了，其他所有的意识加起来也无法取代，你难道不认为这很明显吗？所以说，人类是个特例，必须享有特别待遇，这难道不对吗？人类甚至不该彼此融合，更遑论和非人生物或无生物融在一起。”

“可是你已经决定支持盖娅星系。”

“那是为了一个凌驾一切的理由，我自己也不清楚它是什么。”

“或许那个凌驾一切的理由，是你隐约瞥见了非平衡生态的效应？你的推论有没有可能是这样的：银河中每个世界都好像立在刀刃上，两侧皆为不稳定的状态，只有盖娅星系能够预防各种灾祸降临在这些世界上。至于连年战祸和腐败政治所带来的苦难，就更不在话下。”

“不，当我作出决定时，心中并未想到非平衡生态。”

“你怎能确定？”

“我所预见的事物，自己当初也许不知道，但事后若有人对我提起，我却能正确无误地认出来。就好像我感觉得到，我当初也许料到了这个世界会有危险的动物。”

“嗯，”宝绮思以严肃而平静的口吻说，“若不是我们两人通力合作，你的先见之明加上我的精神力场，那些危险的动物可能已经要了我们的命。来吧，我们做个朋友。”

崔维兹点了点头。“随你的便。”

他的声音透着几许冷淡，宝绮思不禁扬起眉毛。但就在这个时候，裴洛拉特突然闯进来，使劲猛点着头，仿佛准备将脑袋从脖子上摇下来。

“我想，”他说，“我们找到了。”

39

崔维兹通常并不相信天上掉下来的胜利，然而，偶尔舍弃自己的明智判断也是人之常情。他现在觉得胸部与喉头的肌肉紧绷，但仍勉强开口问道：“地球的位置吗？你找到了，詹诺夫？”

裴洛拉特瞪了崔维兹一会儿，然后像是泄了气一样。“这个嘛，不是的。”他的脸涨得通红，“不完全是——事实上完全不是，葛兰，我刚才根本忘了那回事。我在废墟中发现的是别的东西，我想它并没有什么重要性。”

崔维兹深深吸了一口气。“不要紧，詹诺夫。每一项发现都很重要，你跑来是要说什么？”

“嗯，”裴洛拉特说，“你也了解，这里几乎没有什么东西遗留下来。经过两万年的风吹雨打，能留到现在的东西实在不多。此外，植物生命会渐渐破坏遗迹，而动物生命——不过别管这些了，重点是‘几乎没有’并不等于‘完全没有’。

“这个废墟一定包括一座公共建筑物，因为有些掉落的石块，也有可能是混凝土，上面刻着一些文字。那些字肉眼简直看不出来，你应该了解，老弟，但我拍了许多相片，用太空艇上的相机拍的，就是有内置电脑的那种相机——我从来没机会征得你的同意，葛兰，可是真的很重要，所以我……”

崔维兹不耐烦地挥了挥手。“说下去！”

“那些文字我看得懂一些，是非常古老的文字。即使照相机有电脑辅助，再加上我阅读古代文字的功力不差，却也无法认出太多，而真正看懂的就只有一个词。那几个字的字体比较大，也比其他字清楚一点，或许是故意刻得比较深，因为它们代表的正是这个世界。那个词就是‘奥罗拉行星’，所以我猜想，我们立足的这个世界叫奥罗拉，或者说当初叫奥罗拉。”

“它总该有个名字。”崔维兹说。

“没错，可是名字很少会随便乱取。我刚才用我的图书馆仔细搜寻了一下，结果发现两则传说，来源刚好是两个相隔甚远的世界，根据这个事实，我们可以作出一个合理的假设，那就是两者的来源完全无关——不过别管这个了，在那两则传说中，奥罗拉当

‘曙光’解释，因此我们可以假设，在银河标准语出现之前的某个语言中，奥罗拉的意思正是曙光。

“巧的是，同一类型的太空站或其他人造天体，其中第一个便常用曙光或黎明这类名字命名。如果这个世界在某种语言中称为曙光，它也许就是同类世界的第一个。”

崔维兹问道：“你是不是准备告诉我们，这颗行星就是地球，而奥罗拉是它的别名，因为这个名字代表了生命和人类的黎明？”

裴洛拉特说：“我不敢延伸那么远，葛兰。”

崔维兹带着点挖苦的口气说：“毕竟我们没发现放射性地表，没发现巨大卫星，也没发现具有大型行星环的气态巨星。”

“一点都没错。可是康普隆的那个丹尼亚多，他似乎认为这个世界曾是第一波殖民者——太空族定居的众多世界之一。果真如此的话，那么它既然叫奥罗拉，也许就表示它是第一个太空世界。此时此刻我们踏着的这颗行星，很可能是除了地球之外，银河中最古老的人类世界。这难道不令人兴奋吗？”

“不管怎么说，的确很有意思，詹诺夫。可是仅由奥罗拉一个名字，就推出这些结论，会不会嫌太多了？”

“还不止呢。”裴洛拉特兴奋地说，“我找遍了我所搜集的记录，结果发现当今银河中，没有一个世界叫奥罗拉，我确定你的电脑能证实这一点。正如我刚才所说，许多世界和人造天体都以曙光这一类名字命名，可是没有一个真正使用奥罗拉。”

“何必要用呢？如果它是在银河标准语之前的词汇，如今就不大可能流行。”

“可是名字会保留下来，即使它们已经毫无意义。如果这里真是第一个殖民世界，它应该很有名气，甚至可能一度曾是银河的主宰。所以说，一定会有其他世界自称‘新奥罗拉’或‘小奥罗拉’，或者诸如此类的名称。而其他的……”

崔维兹突然插嘴道：“也许它并非第一个殖民世界，也许它从来没有什么重要性。”

“依我看有个更好的解释，我亲爱的兄弟。”

“什么样的解释，詹诺夫？”

“假如第二波殖民者后来居上，因此当今银河各个世界都是他们的天下，正如丹尼亚多所说，那么就很有可能，两波殖民者之间曾经出现敌对状态，所以第二波殖民者，也就是如今这些世界的建立者，不会使用第一波殖民世界的名字。如此说来，我们即可根据奥罗拉这个名字从未重复的事实，推论出总共有两波殖民者，而此地是第一波殖民者所建立的世界。”

崔维兹微微一笑。“我稍微弄懂了你们神话学家如何做学问，詹诺夫。你们总是建立一个美丽的理论体系，但它也许只是空中楼阁。传说告诉我们，第一波殖民者带了许多机器人随行，而这想必就是他们覆灭的原因。假使我们能在这个世界上找到一个机器人，我就愿意接受所有关于第一波殖民者的推测，可是我们不能指望经过两万……”

裴洛拉特的嘴巴嚅动了好久，才终于发出声音来。“可是，葛兰，我没告诉你吗？没有，当然没有，我太兴奋了，没法子把事情说得有条有理——这里的确有个机器人。”

40

崔维兹搓了搓额头，仿佛正为头痛所苦。“一个机器人？这里有个机器人？”

“对。”裴洛拉特使劲点头。

“你怎么知道？”

“哎呀，它当然是机器人。我亲眼看到的，怎么可能认不出来？”

“你以前见过机器人吗？”

“没有，但它是个看来很像人类的金属物体，有脑袋、双手、双脚和躯干。当然啦，我所谓的金属，其实几乎是一堆铁锈。当我向它走近时，想必是脚步的震动使它进一步受损，所以当我伸手摸它……”

“你为什么要摸它？”

“这个嘛，我想是因为我无法完全相信自己的眼睛，那是一种自然而然的反应。我才刚碰到它，它就散了开来，可是——”

“怎样？”

“在它真正散开来之前，它的眼睛似乎放出非常微弱的光芒，同时发出一个声音，像是试图说些什么。”

“你的意思是它还在运作？”

“非常勉强，葛兰，然后它就崩溃了。”

崔维兹转向宝绮思。“你能证实这一切吗，宝绮思？”

“那是个机器人，我俩都看到了。”宝绮思说。

“而它仍在运作？”

宝绮思以平板的语调说：“当它散开来的时候，我捕捉到一丝微弱的神经活动讯息。”

“怎么可能有神经活动？机器人并没有细胞所组成的有机大脑。”

“我猜想，它具有电脑化的类似结构，”宝绮思说，“而我侦测得到。”

“你侦测到的是机器人的精神作用，不是人类的？”

宝绮思撅了撅嘴。“它太微弱了，我只知道它的确存在，无法作出其他判断。”

崔维兹先望着宝绮思，然后望向裴洛拉特，以激昂的口气说：“这就足以改变一切。”

第四篇

索拉利

第十章
机器人

41

晚餐时，崔维兹似乎陷入沉思，宝绮思则将注意力集中在食物上。

只有裴洛拉特看来很想说话，他指出，这个世界如果真是奥罗拉，而且的确是第一个殖民世界，它就应该与地球相当接近。

“也许值得在附近星空做一次地毯式搜索。”他说，“顶多是往返几百颗恒星而已。”

崔维兹低声答道，漫无目标的寻找是下下之策，即使找到了地球的位置，他也要先尽量搜集相关资料，然后才会试图接近。他的回答仅止于此，裴洛拉特显然被泼了一盆冷水，只好渐渐闭上嘴巴。

晚餐后，崔维兹仍不主动说一句话。裴洛拉特试探性地问：“我们要留在这里吗，葛兰？”

“总得过一夜。”崔维兹说，“我需要多考虑一下。”

“这样安全吗？”

“除非附近还有比野狗更凶的东西，”崔维兹说，“否则我们在太空艇中相当安全。”

裴洛拉特说：“如果附近真有比野狗更凶的东西，最快需要多少时间才能起飞？”

崔维兹说：“目前电脑处于发射警戒的状态，我想我们在两三分钟内即可起飞。而且若有任何意外事故发生，电脑会很有效率地警告我们，所以我建议大家都睡一觉。明天早上，我会决定下一步该怎么做。”

说得倒容易，崔维兹在黑暗中张大眼睛时，心里这么想。他现在蜷缩成一团，只脱下了外套，就这么躺在电脑室的地板上。这样实在很不舒服，但他可以肯定，此时他的床铺也无法助他入眠。而待在这里，万一电脑发出警告讯号，他至少能立即采取行动。

然后他听到一阵脚步声，便自然而然坐了起来，脑袋一不小心撞到了桌缘。虽然不至于受伤，却足以令他愁眉苦脸，忍不住揉了半天。

“詹诺夫？”他以含糊的声音问道，同时眼泪夺眶而出。

“不，是宝绮思。”

崔维兹一只手伸出桌缘，与电脑稍微接触了一下，室内随即充满柔和的光芒。他立刻看到宝绮思站在面前，穿着一件淡粉红色的缠身袍。

崔维兹说：“什么事？”

“我到你的寝舱找你，你不在那儿。然而，我绝不会认错你的神经活动，于是一直跟到这里，而你显然还没睡着，所以我就走进来了。”

“好吧，但你要做什么呢？”

她靠着舱壁坐下，双膝并拢，将下巴搁在膝头上。“别担心，我并非企图夺走你所剩无几的童贞。”

“我没有这种幻想。”崔维兹反唇相讥，“你怎么没睡觉？你比我们更需要睡眠。”

“相信我，”她用一种低沉而真诚的语调说，“野狗带来的这段插曲，实在令人筋疲力尽。”

“这点我相信。”

“可是我得趁裴睡觉的时候，来跟你谈一谈。”

“谈什么？”

宝绮思说：“他跟你提到机器人的时候，你说那就足以改变一切，这句话是什么意思？”

崔维兹说：“你自己难道看不出来吗？我们总共有三组坐标，代表三个禁忌世界。我打算三个都探访一番，以便对地球尽量多作了解，然后才准备向地球进军。”

他侧身向她稍微靠过去，以便将声音压得更低，却又猛然退回来。“听着，我不希望詹诺夫进来这里找我们，我不知道他心里会怎么想。”

“不大可能。他正在睡觉，我又将他的睡意加强了一点，如果他睡不稳当，我会知道的。继续吧，三个世界你都打算探访，所以什么改变了呢？”

“我并未计划在任何世界浪费不必要的时间，如果这个世界，奥罗拉，已经两万年没有人类居住，就很难令人相信会有什么有价值的资料留下来。我不想花上几周甚至几个月，趴在行星表面徒劳无功地摸索，还得击退野狗、野猫、野牛，或者任何变得狂野危险的动物，只因为可能在尘土、铁锈、腐物中找到一片残存的参考资料。也许在另外一两个禁忌世界上，会有活生生的人类和完好如初的图书馆，所以我本来打算立刻离开这个世界。假使我那样做了，我们现在已经置身太空，正在安稳地呼呼大睡。”

“可是？”

“可是，如果这个世界上还有运作中的机器人，它们就可能拥有我们所需要的重要资料。和人类比起来，跟它们打交道会比较安全，因为我听说，它们必须服从命令，而且不能伤害人类。”

“所以你改变计划，你准备花时间在这个世界上寻找机器人？”

“我并不想这么做，宝绮思。我总以为在缺乏维修的状况下，机器人无法维持两万年的寿命。不过，既然你们碰到了一个仍有些微活动迹象的机器人，显然代表我以常识对它们所做的猜测并不可靠。我不能懵懵懂懂地领导大家行动。机器人也许比我想象中更耐用，或者具有某种自我维修的能力。”

宝绮思道：“听我说，崔维兹，并且请你务必保密。”

“保密？”崔维兹相当惊讶，连音量都提高了，“对谁保密？”

“嘘！当然是对裴。听好，你不必改变计划，你原先的想法是对的。在这个世界上，根本没有仍在运作的机器人，我什么也没侦测到。”

“你侦测到了那个机器人啊，有一个就等于……”

“我没侦测到什么，它没有在运作，早就不再运作了。”

“可是你说……”

“我知道我说过什么。裴认为他看到了动作，听到了声音。裴是个天真浪漫的人，他一辈子的工作就是搜集资料。可是想在学术界扬名立万，那种做法是难上加难，所以他深切渴望有个属于自己的重大成就。奥罗拉这个名字确实是他发现的，你难以想象他因此有多快乐，所以他拼命想要作出更多的发现。”

崔维兹说：“你是在告诉我，他太希望能有所发现，因此自以为遇到一个运作中的机器人，事实上根本没这回事？”

“他遇到的只是一块铁锈，它所拥有的意识，不会比它下面那块岩石更多。”

“可是你支持他的说法。”

“我不忍心夺走他的幻象，他对我是那么重要。”

崔维兹盯着她足有一分钟之久，然后才说：“你能不能解释一下，为什么他对你那么重要？我想知道，我真的很想知道。对你来说，他一定像个糟老头子，毫无浪漫气息可言。他又是个孤立体，而你一向鄙视孤立体。你既年轻又漂亮，而盖娅一定有些部分是生龙活虎、英俊潇洒的年轻男性胴体，你若是跟他们在一起，肉体关系能借着盖娅的共鸣而达到欢乐的顶峰。所以说，你究竟看上詹诺夫哪一点？”

宝绮思一本正经地望着崔维兹。“你难道不爱他吗？”

崔维兹耸了耸肩，答道：“我对他很有好感，我想你可以说我爱他，以一种和性爱无关的方式。”

“你认识他没多久，崔维兹，为什么会以一种和性爱无关的方式爱他？”

崔维兹发现自己不知不觉露出微笑。“他是这么一个古怪的家伙，我真心相信在他一生之中，从来没有为自己着想过。他奉命和我同行，于是他来了，没有一点异议。他本来要我到川陀去，可是当我说要去盖娅，他也没有和我争论。而现在，他又跟着我进行寻找地球的任务，虽然他明知十分危险。我绝对可以相信，万一他必须为我——或者为别人——牺牲自己的生命，他也会愿意的，而且不会有任何怨言。”

“你会愿意为他牺牲性命吗，崔维兹？”

“假如没有时间多作考虑，可能就会。倘若能有时间考虑，我便会犹豫，结果或许就会逃避，我并没有他那么‘善良’。正是因为这样，我才有一种强烈的冲动，想要尽力保护他，让他保有一颗善良的心。我不希望这个银河把他教坏了，你了解吗？而我特别要提防你——天晓得你看中他哪一点，一旦那点不再吸引你，你很可能就会把他甩掉，我一想到这件事便难以忍受。”

“没错，我就知道你会有这种想法。难道你未曾想到，裴在我眼中和在你眼中是一样的——甚至我看得更透彻，因为我能直接接触他的心灵？我表现得像是想伤害他吗？若非我不忍心伤害他，当他以为看到一个运作中的机器人时，我会支持他的幻想吗？崔维兹，你所谓的‘善良’我相当熟悉，因为盖娅每一部分都随时愿意为整体牺牲，除此之外，我们不知道也不了解任何其他的行事原则。但我们那样做并没有放弃什么，因为每一部分都等于整体，虽然我并不指望你了解这一点。而裴却不同——”

宝绮思不再望着崔维兹，仿佛在自言自语。“他是个孤立体。他之所以没有私心私欲，并非由于他是某个大我的一部分，他没有就是没有。你明白我的意思吗？他可能失去所有的一切，却不会得到任何好处，但他就是有那种胸襟。他令我感到惭愧，我是不怕有任何损失才会如此大方，而他并未希望获得任何利益，却仍能保有那样的胸襟。”

她又抬起头来望着崔维兹，神情显得极为严肃。“你可知道你我相较之下，我对他的了解胜过你多少吗？你认为我会以任何方式伤害他吗？”

崔维兹说：“宝绮思，今天稍早的时候，你曾说：‘来吧，我们做个朋友。’我的回答则是：‘随你的便。’当时我的反应很勉强，因为我想到你可能会伤害詹诺夫。现在，轮到我说了，来吧，宝绮思，我们做个朋友。你可以继续指出盖娅星系的优点，而我或许仍会拒绝接受，不过即使如此，纵然这样，还是让我们做个朋友吧。”说完他就伸出手来。

“没问题，崔维兹。”她答道，两人紧紧握住了对方的手。

42

崔维兹冲着自己默默一笑，那只是个内心的微笑，因为他的嘴角没有丝毫动作。

当初，他用电脑搜寻第一组坐标所标示的恒星（并不肯定有没有），裴洛拉特与宝绮思两人专心地旁观，并且提出许多问题。现在，他们却待在寝舱里睡大觉，或者至少是在休息，而将所有的工作留给崔维兹负责。

就某个角度而言，这点令他相当得意，因为崔维兹觉得他们接受了一项事实，那就是他完全知道自己在做什么，不需要任何监督或鼓励。这方面，崔维兹从第一站获得了足够的经验，知道应该更加信赖电脑，并且感到即使它需要监督，自己也不必盯得那么紧。

另一颗恒星出现了——明亮耀眼，银河地图中却没有记录。相较于奥罗拉所环绕的恒星，这颗星要更为明亮，而它在电脑中竟然没有记录，也就更加耐人寻味。

崔维兹不禁惊叹古代传说的奇奥之处。在人类意识中，几世纪也许会缩成一点点，甚至全然消失无踪，许多文明则可能完全遭到遗忘。但在无数逝去的世纪、数不清的文明之中，仍然有一两件事物完好流传下来，例如那几组坐标便是。

不久之前，他曾对裴洛拉特提到这点。裴洛拉特立刻告诉他，这正是研究神话传说如此迷人的原因。“诀窍在于，”裴洛拉特说，“找出或判定传说中哪些成分代表史实和真相。这件事并不容易，不同的神话学家很可能会选取不同的成分，通常取决于何者刚好符合他们自己的诠释。”

无论如何，丹尼亚多提供的三组坐标之一，经过时间修正后，正好就是如今这颗恒星的位置。现在，崔维兹愿意下极大的赌注，赌第三颗恒星同样位于坐标点上。果真如此的话，他愿意进一步考虑禁忌世界共有五十个的传说也是正确的（虽然那是个可疑的整数），而且，还会开始研究其他四十七个世界的位置。

不久，他发现了一个可住人世界——禁忌世界——围绕着这颗恒星。这回，它的出现并未在崔维兹心中激起一丝涟漪，他本来就绝对肯定它会在那里。他立刻驾驶远星号进入它的低速轨道。

云层还算稀疏，从太空中便能将地表看得足够清楚。几乎跟所有的可住人世界一样，这也是个多水的世界，包括一个无间断的热带海洋，以及两个完整的极地冰洋。在上半球的中纬度地带，有一块长条状的大陆，弯弯曲曲地环绕整个世界，其两侧有些海湾，造成几个狭窄的地峡。在另一个半球的中纬度地带，陆地分裂成三大部分，每一部分的南北宽度都超过了上半球的大陆。

崔维兹遗憾自己对气候学所知不多，否则根据见到的景象，应该就能预测温度与季节大致如何。一时之间，他起了一个顽皮的念头，想要让电脑解决这个疑问，问题在于气候根本是无关紧要的一件事。

比这更重要许多倍的是，电脑又没有侦测到源自科技的辐射。他透过望远镜看下去，发现这颗行星并不显得老旧，也没有荒芜的迹象。不断后退的地表都是色调不一的绿地，不过日面并没有都会区的迹象，夜面则见不到任何灯光。

这会不会是另一颗充满各种生命、唯独欠缺人类的行星？

于是，他敲了敲另一间寝舱的门。

“宝绮思？”他轻声喊道，接着又敲了一下。

寝舱里传来一阵沙沙声，以及宝绮思的声音：“什么事？”

“你能不能出来一下？我需要你帮忙。”

“请等一会儿，我现在的样子不太方便见人。”

当她终于现身的时候，看起来绝不比过去任何一次逊色。崔维兹却感到一阵恼怒，因为他根本没必要等这一会儿，她看起来像什么样子，对他而言毫无差别。不过他们既然已经是朋友了，他只好将恼怒的情绪压抑下来。

她面带微笑，以十分愉快的语调说：“我能帮你做些什么，崔维兹？”

崔维兹向显像屏幕挥了挥手。“你可以看到，从我们正在通过的地表看来，这个世界百分之百健康，陆上布满相当厚实的植被。然而，黑夜地区没有灯光，也没有任何科技性辐射。请你仔细倾听，然后告诉我是否有任何动物生命。在某个地点，我想我看得到一群吃草的动物，但我不敢肯定。或许是我拼命想要看到什么，因而产生一种幻觉。”

于是宝绮思开始“倾听”，至少，她脸上出现了一种特殊的专注神情。“喔，没错，动物生命很丰富。”

“哺乳动物吗？”

“一定是。”

“人类吗？”

现在她似乎更加集中注意力，整整一分钟过去了，然后又过了一分钟，她才终于松弛下来。“我无法分辨得很清楚，每隔一阵子，我似乎就侦测到一丝飘忽的智慧，强度足以代表人类。但它实在太微弱，而且忽隐忽现，或许因为我也拼命想要感测到什么，因而产生一种幻觉。你知道吗……”

她突然陷入沉思，崔维兹催促道：“怎么样？”

她又说：“事实上，我好像侦测到了别的东西。那并非我所熟悉的任何事物，但我不相信它会不是……”

她开始更聚精会神地“倾听”，整张脸再度绷紧。

“怎么样？”崔维兹又问。

她松了一口气。“除了机器人，我不相信有其他的可能。”

“机器人！”

“是的，而我既然侦测到它们，当然应该也能侦测到人类，可是没有。”

“机器人！”崔维兹皱着眉头重复了一遍。

“是的，”宝绮思说，“而且我还能断定，数量相当庞大。”

43

裴洛拉特听到后，也说了一声“机器人！”而且跟崔维兹刚才的声调几乎一模一样。然后他淡淡一笑，又说：“你对了，葛兰，我不该怀疑你。”

“我不记得你何时怀疑过我，詹诺夫。”

“喔，老友，当时我认为不该表现出来。我只是在想，在我心里想，离开奥罗拉是个错误，因为在那里，我们有机会遇见一些存活的机器人。可是显然你早就知道，这里有更多的机器人。”

“根本不是这么回事，詹诺夫，我当初完全不知道，我只是想碰碰运气。宝绮思告诉我，根据这些机器人的精神场判断，它们似乎处于正常运作状态，而我则觉得，倘若没有人类照顾和维修，它们不可能处于良好的运作状态。然而，她无法侦察到任何人类迹象，所以我们仍在继续寻找。”

裴洛拉特若有所思地检视着显像屏幕。“似乎都是森林，对不对？”

“大部分都是森林，但有几块显然是草原。问题是我看不到城市，黑夜地区也不见任何灯光，而且除了热辐射，一直没有其他辐射出现。”

“所以根本没有人类？”

“我不敢说。宝绮思正在厨舱内设法集中精神。我已经替这颗行星定出一条本初子午线，这也就是说，电脑已经为这颗行星画出了经纬度。宝绮思手中握着一个小装置，每当发觉机器人的精神活动似乎特别密集——我想对机器人不能用‘神经活动’——或者任何人类思想的微弱讯息，她就会按一下钮。那个装置联到了电脑，电脑可以根据经纬度定出位置，然后我们就让它从那些位置中，选取一个适宜的着陆地点。”

裴洛拉特显得有些不安。“让电脑作选择，是明智的做法吗？”

“有何不可，詹诺夫？它是一台功能很强的电脑。此外，当你自己无从决定的时候，至少考虑一下电脑的选择，又有什么害处呢？”

裴洛拉特又快活起来。“这话有点道理，葛兰。某些最古老的传说，就提到了古人将立方体丢到地上来作决定。”

“哦？是怎么做的？”

“立方体每一面刻有不同的决定：做、不做、或许、延后等等。立方体落地后，恰巧朝上的那一面所刻的字，就被视为应当遵循的决定。有时他们也会用另一种方式，让一个小球在有著许多凹槽的圆板上旋转，每个槽内写有不同的决定。小球最后停在哪个槽，就要遵循那个槽内所写的决定。有些神话学家则认为，这类活动其实是一种几率游戏，并非用来决定命运，但是在我看来，两者几乎是同一回事。”

“就某方面而言，”崔维兹说，“我们这样选择着陆地点，就是在玩一种几率游戏。”

宝绮思从厨舱中走了出来，刚好听到最后一句话。她说：“并不是几率游戏。我按了几次‘可能’，还有一次绝对的‘确定’，而我们要去的，就是那个‘确定’地点。”

“为什么如此确定呢？”崔维兹问。

“我捕捉到一丝人类的思想，万分肯定，绝对错不了。”

44

此地刚才一定下过雨，因为草地很湿。天上的乌云迅速掠过，显出即将放晴的迹象。

远星号在一座小树林旁轻轻着陆（为了预防野狗，崔维兹半开玩笑地想），四周看来像是一片牧地。刚才，在视野较佳且较宽广的高空，崔维兹好像看到一些果园与田地，而现在，眼前则出现了许多如假包换的草食动物。

不过，附近没有任何建筑物，也没有任何物件是人工的。只有果园中排列整齐的果树，以及将田地划分得整整齐齐的界线，看来好像微波发电站一般人工化。

然而，这种程度的人工化，难道是机器人完成的？没有任何人类参与吗？

崔维兹默默系上承装武器的皮套，这一次，他确定两种武器都在待发状态，而且都充足了电。突然间，他接触到宝绮思的目光，动作便暂停了。

她说："请继续。我认为你绝对用不到，但我上次也是这么认为，不是吗？"

崔维兹说："你要不要带武器，詹诺夫？"

裴洛拉特打了一个寒战。"不，谢了。夹在你和宝绮思之间，你的有形防卫力量加上她的精神防卫力量，使我觉得根本没有危险。我也知道躲在你们的庇护下很孬种，可是想到自己不需要使用武力，我感激都还来不及，也就不觉得羞愧了。”

崔维兹说：“我可以了解，但千万别单独行动。如果我和宝绮思分开，你得跟着我们其中一个，不可以由于好奇心作祟，自己跑到别处去。”

“你不必担心，崔维兹，”宝绮思说，“我会好好留意。”

崔维兹第一个走出太空艇，外面正吹着轻快的风。雨后的气温带着些微凉意，崔维兹却感到十分宜人。相较之下，雨前的空气有可能又湿又热，令人很不舒服。

他吸了几口气，觉得十分讶异，这颗行星的气味很不错。他明白每颗行星都具有独特的味道，总是使人感到陌生，而且通常都不好闻——也许正是因为陌生的关系。陌生的气味就不能令人愉快吗？或是他们刚好赶对了季节，又正巧下过一场雨？不论原因为何……

“出来吧，”他叫道，“外面相当舒适。”

裴洛拉特走出来，然后说：“嗯，舒适这个形容词再恰当不过。你认为这里常年都有这种气味吗？”

“没什么差别，不到一小时，我们就会习惯这种香气。鼻中的感受器饱和之后，就什么也闻不到了。”

“真可惜。”裴洛拉特说。

“草地是湿的。”宝绮思似乎有点不以为然。

“这有什么不对？毕竟，盖娅上也会下雨啊！”崔维兹说。此时，一道黄色阳光自云缝洒下，想必不久之后，阳光会愈来愈强。

“没错，”宝绮思说，“但我们知道何时会下雨，我们有心理准备。”

“太糟了，”崔维兹说，“你们丧失了许多意外的惊奇。”

宝绮思答道："你说得对，我会尽量不再那么偏狭。"

裴洛拉特四下望了望，以失望的语气说："附近似乎什么都没有。"

"只是似乎而已，"宝绮思说，"它们正从小丘另一侧走来。"然后她望向崔维兹，"你认为我们该迎上去吗？"

崔维兹摇了摇头。"不，我们为了跟它们见面，已经飞越许多秒差距，剩下的路程让它们来走完，我们就在这里等着。"

那组机器人的动向只有宝绮思能感知。在她所指的那个方向，小丘顶上突然出现一个人形，然后是第二个、第三个。

"我相信目前只有这几个。"宝绮思说。

崔维兹好奇地凝视着，虽然他从未见过机器人，却丝毫不怀疑它们的身份。它们拥有粗略的人形，像是印象派的雕塑，但外表看来并非明显的金属材质。这些机器人表面毫无光泽，给人一种柔软的错觉，仿佛包覆着一层丝绒。

但他又怎么知道柔软只是错觉呢？看着这些以迟钝的步伐慢慢接近的人形，崔维兹突然起了摸摸它们的冲动。假如此地果真是个禁忌世界，从来没有船舰接近——这一定是事实，因为它的太阳不在银河地图中——那么远星号与其上成员，就是这些机器人经验之外的事物。可是它们的反应相当笃定，仿佛正在进行一桩例行公事。

崔维兹低声说："在这里，我们也许能得到银河其他各处得不到的情报。我们可以问它们地球相对这个世界的位置，假如它们知道，就会告诉我们。天晓得这些东西运作有多久了？它们也许会根据自身的记忆回答，想想看有多难得。"

"反之，"宝绮思说，"它们也可能最近才出厂，因此一无所知。"

"或者也有可能，"裴洛拉特说，"它们虽然知道，但拒绝告诉我们。”

崔维兹说：“我猜它们不能拒绝，除非它们奉命不准告诉我们。可是在这颗行星上，绝不可能有人料到我们会来，谁又会下这种命令呢？”

到了距离他们大约三米的地方，三个机器人停了下来。它们没说什么，也没有进一步的行动。

崔维兹右手按在手铳上，目不转睛地盯着机器人，并对宝绮思说：“你能不能判断它们是否怀有敌意？”

“你应该考虑到一件事实，我对它们的精神运作一点也不熟悉，崔维兹，但我并未侦测到类似敌意的情绪。”

崔维兹的右手离开了铳柄，但仍然摆在附近。他举起左手，掌心朝向机器人，希望它们认得出这是代表和平的手势。他缓缓说道：“我向你们致意，我们以朋友的身份造访这个世界。”

中间那个机器人迅速低下头，像是勉强鞠了一躬。在一个乐观者眼中，或许也会将它视为代表和平的动作，接着它便开始答话。

崔维兹突然拉长了脸，显得极为惊讶。在沟通无碍的银河系中，不会有人想到这么基本的需要也可能出问题。然而，这个机器人说的并非银河标准语，也不是任何相近的语言。事实上，崔维兹连一个字也听不懂。

45

裴洛拉特的讶异与崔维兹不相上下，但他显然还带着一分惊喜。

“听起来是不是很奇怪？”他说。

崔维兹转头望向他，用相当不客气的口吻说：“不是奇怪，根本就是叽哩呱啦。”

裴洛拉特说：“绝不是叽哩呱啦，这也是银河标准语，只不过非常古老。我能听懂几个字，如果写出来的话，我也许可以轻易看懂，真正难解的是发音。”

“那么，它说些什么？”

“我想它在告诉你，它不了解你说什么。”

宝绮思说：“我听不懂它说什么，但我感知的情绪是迷惑，这点刚好吻合。前提是，我要能信任自己对机器人情绪的分析——或者说，要真有机器人情绪这回事。”

裴洛拉特说了一些话，他说得非常慢，而且相当吃力。三个机器人动作一致地迅速点了点头。

“那是什么意思？”崔维兹问。

裴洛拉特说：“我说我讲得不好，但我愿意尝试，请它们多给我一点时间。天哪，老弟，这真是有趣得吓人。”

“真是失望得吓人。”崔维兹喃喃说道。

“你可知道，”裴洛拉特说，“银河中每一颗住人行星，都会发展出别具一格的语文，所以银河中总共有千万种方言，有时相互之间几乎无法沟通，但它们都统一在银河标准语之下。假定这个世界已经孤立了两万年，它的语言应该和银河其他各处愈离愈远，逐渐演变成一种完全不同的语言。但事实并非如此，或许是因为这是个仰赖机器人的社会，而机器人听得懂的语言，就是设定其程序所用的语言。长久以来，这个世界一直没有重新设定机器人的程序，反倒是中止了语言的演化，所以我们现在听到的，只是一种非常古老的银河标准语罢了。”

“这是个很好的例子，”崔维兹道，“说明机器人化社会如何被迫停滞不前，因而开始衰退。”

“可是，我亲爱的伙伴，”裴洛拉特抗议道，“保持一种语言几乎长久不变，并不一定是衰退的征候。这样做其实有不少优点，能让历史文件在数世纪、数千年后仍然保有意义，历史记录的寿命和权威性便会相对增加。在银河其他各处，哈里·谢顿时代的敕令所使用的语文，现在已经显得颇有古风了。”

“你懂这种古银河语吗？”

“谈不上懂，葛兰。只是在研究古代神话传说的过程中，我领略到了一点窍门。字汇并非全然不同，但是词性变化却不一样，而且有些惯用语我们早已不再使用。此外，正如我刚才所说，如今发音已经完全变了。我可以充当翻译，可是无法做得很好。”

崔维兹心虚地吁了一口气。“一点点好运，总算聊胜于无。继续吧，詹诺夫。”

裴洛拉特转向机器人，愣了一会儿，又转过头来望着崔维兹。“我该说些什么？”

“我们单刀直入吧，问它们地球在哪里。”

裴洛拉特一个字一个字慢慢说，同时夸张地比手画脚。

那些机器人互相望了望，发出一些声音来，然后中间那个对裴洛拉特说了几句话。裴洛拉特一面回答，一面双手向两侧伸展，像是在拉扯一条橡皮筋。那个机器人再度回答，它像裴洛拉特一样谨慎，每个字都说得又慢又仔细。

裴洛拉特对崔维兹说：“我不确定有没有把‘地球’的意思表达清楚。我猜它们认为我指的是这颗行星上的某个地区，它们说不知道有这样一个地区。”

“它们有没有提到这颗行星的名字，詹诺夫？”

“它们提到的那个名字，我的最佳猜测是‘索拉利’三个字。”

“在你搜集到的传说中，你听说过吗？”

“没有，就和我从未听过奥罗拉一样。”

“好，问问它们在天上，在群星之间，有没有任何地方叫地球，你向上指一指。”

经过一番交谈之后，裴洛拉特终于转过身来说：“我唯一能从它们口中套出来的，葛兰，就是天上没有任何地方。”

宝绮思说：“问问那些机器人有多大年纪，或者应该说，它们已经运作多久了。”

“我不知道‘运作’该怎么说。”裴洛拉特摇了摇头，“事实上，我也不确定会不会说‘多大年纪’，我不是个很好的翻译。”

“尽力而为吧，亲爱的裴。”宝绮思说。

又经过一番交谈后，裴洛拉特说：“它们已经运作了二十六年。”

“二十六年。”崔维兹不以为然地喃喃说道，“它们比你大不了多少，宝绮思。”

宝绮思突然以高傲的语气说：“事实上……”

“我知道，你是盖娅，已经几千几万岁了。无论如何，这些机器人自身经验中并没有地球，而且在它们的记忆库中，显然没有任何对它们无用的资料，所以它们才会对天文学一无所知。”

裴洛拉特说：“在这颗行星的其他地方，或许还有最早期的机器人。”

“我很怀疑，”崔维兹说，“不过还是问问它们吧，詹诺夫，只要你想得出该怎么问。”

这次的问答是一段相当长的对话，最后裴洛拉特终于打住，他的脸涨得通红，一副明显受挫的神情。

“葛兰，”他说，“它们想表达的，我有一部分听不懂，但是根据我的猜测，较老的机器人都被用来当作劳工，所以什么事也不知道。假使这个机器人是真人，我会说它在提到那些老机器人时，用的是轻蔑的口气。这三个是管家机器人，它们自己这么说的，而且在被其他机器人取代之前，它们是不会变老的。它们才是真正有知识的一群——这是它们的说法，不是我说的。”

“它们知道得也不多，”崔维兹咆哮道，“至少不知道我们想知道的事。”

“我现在后悔了，”裴洛拉特说，“我们不该那么匆忙地离开奥罗拉。我们若能在那里发现一个存活的机器人，它本身记忆中就会含有地球的资料。而我们一定会发现的，因为我遇见的第一个就一息尚存。”

“只要它们的记忆完好无缺，詹诺夫，”崔维兹说，“我们随时可以回到那里。倘若我们必须回去，不论有没有野狗群，我们都一定会那么做。可是，假如这些机器人只有二十几岁，它们的制造者必定在附近，而那些制造者必定是人类，我这么想。”他又转向宝绮思，“你确定感测到……”

她却举起一只手，制止他再说下去，脸上则露出紧张而专注的表情。“来了。”她低声说。

崔维兹转头向小丘望去。从小丘背后出现、大步朝他们走来的，是个如假包换的人类身形。那人肤色苍白，头发很长但颜色不深，头部两侧微微鼓起。他面容严肃，但看来相当年轻，裸露在外的手臂与腿部都没有什么肌肉。

三个机器人让出一条路，他走到它们之间，停下了脚步。

他以清晰而愉悦的声音开始说话，用词虽然古老，仍然算是银河标准语，而且不难听懂。

“欢迎，太空来的浪者。”他说，“你们跟我的机器人什么？”

46

崔维兹并未露出欣喜之色，他傻傻地问道：“你会说银河标准语？”

那索拉利人带着冷笑说：“我又不是哑巴，为何不会？”

“可是这些呢？”崔维兹朝机器人指了指。

“这些是机器人，它们跟我一样，使用我们的语言。但我是索拉利人，我常收听远方世界的超空间通讯，因此学会了你们说话的方式，而我的先人也一样。先人留下了描述这种语言的资料，可是我不断听到新的字汇和语法，每年都有些变化。你们银河殖民者虽能定居各个世界，却似乎无法将语文固定下来。我能了解你们的语言，为何令你感到惊讶？”

“我不应该有这样的反应，”崔维兹说，“我向你道歉。只是刚才跟这些机器人几乎说不通，我没想到在这个世界上还能听到银河标准语。”

崔维兹开始打量这个索拉利人。他身上是一件轻薄的白袍，松垮地披在肩上，双臂处有宽阔的开口。那白袍正面敞开，露出赤裸的胸膛与下方的缠腰布。他双脚踩着一双轻便的凉鞋，除此之外没有其他装束。

崔维兹突然想到，自己居然看不出这个索拉利人是男是女。此人的胸部无疑属于男性，可是胸膛没有胸毛，薄薄的腰布下也没有任何隆起。

他转过头去，低声对宝绮思说：“这个可能还是机器人，不过看起来非常像真人……”

“这是个人类心灵，并非属于机器人。”宝绮思答道，嘴唇几乎没有动作。

那索拉利人说：“但你尚未回答我原先的问题，我愿原谅你的疏失，将它诿诸你的惊讶。现在我再问一遍，你绝不能再不回答，你们跟我的机器人什么？”

崔维兹说：“我们是旅人，想要打听如何前往我们的目的地。我们请求你的机器人提供有用的资料，可是它们缺乏这方面的知识。”

“你们在寻找什么资料？也许我可以帮忙。”

“我们在寻找地球的位置，你能不能告诉我们？”

那索拉利人扬起眉毛。“我本来还以为，你们最感好奇的是我这个人。虽然你们没有要求，我还是会提供这方面的资料。我是萨腾·班德，你们如今站在班德属地上。向四面八方望去，极目所见都是我的属地，而且一直延伸到你们目力不及的远方。我不能说欢迎你们，因为你们来到这里，等于违反了一项承诺。两万年来，你们是第一批踏上索拉利的银河殖民者。结果，你们来到此地的目的，只是为了询问前往另一个世界的捷径。在古老的时代，三位银河殖民者，你们和你们的太空船一出现就会被摧毁。”

“以这种方式对待既无恶意又没威胁的客人，实在太野蛮了。”崔维兹小心翼翼地说。

“我同意，不过一个扩张性社会的成员，一旦来到一个不具侵略性，而且维持静止状态的社会，就算只有初步的接触，也充满潜在的威胁。当我们畏惧这种威胁时，外人一到这里，我们立即摧毁他们。既然我们已不再有畏惧的理由，你看得出来，我们现在愿意谈一谈。”

崔维兹说：“我感谢你毫无保留地提供这些讯息，但你尚未回答我原先的问题。我再重复一遍，你能不能告诉我们地球的位置？”

“所谓的地球，我想你是指人类以及各式各样动植物的发源地吧。”他优雅地挥动一只手，仿佛指着周围的万事万物。

“没错，我正是这个意思，班德先生。”

一个古怪的厌恶神情，突然掠过那索拉利人的脸孔。他说：“如果你必须使用称谓，请别用任何含有性别的字眼，直接称呼我班德吧。我既非男性亦非女性，我是全性。”

崔维兹点了点头（他猜对了）。“就依你的意思，班德。那么，我们大家的发源地，地球，究竟在哪里？”

班德说：“我不知道，也不想知道。就算我知道，或者我找得出来，对你们也没有用处，因为地球已经不能算是一个世界。啊，”他伸展开双臂，“阳光的感觉真好。我不常到地面上来，太阳若不露脸，我是绝不会上来的。刚才太阳还藏在云里的时候，我先派机器人迎接你们，等到云朵飘走，我自己才跟了出来。”

“为什么地球已经不能算是一个世界？”崔维兹锲而不舍地追问。他已经有心理准备，打算再听一次有关放射性的传说。

然而，班德却不理会这个问题，或说随随便便丢在一旁。“说来话长。”他道，“你刚才告诉我，你们到此地来并无任何恶意。”

“完全正确。”

“那么你为何武装前来？”

“只是防患未然，我不知道会遇到些什么。”

“没关系，你的小小武器对我毫无威胁，我只是好奇罢了。有关你们的武器，以及似乎全然依赖武器所建立的野蛮历史，我当然早就耳熟能详。即便如此，我从未真正见过任何武器，我可以看看吗？”

崔维兹往后退了一步。“恐怕不行，班德。”

班德似乎被逗乐了。“我问你只是出于礼貌，其实我根本不必问。”

他伸出一只手来，与此同时，从崔维兹右侧的皮套中，跳出了那柄手铳，而从他左侧的皮套中，神经鞭也向上蹿起。崔维兹想抓住那两件武器，却感到双臂无法动弹，仿佛被极具韧性的绳索缚住。裴洛拉特与宝绮思也都企图向前冲，可是显然两人同样被制住了。

班德说：“别白费力气，你们办不到。”两件武器飞到他手中，他翻来覆去仔细检视了一番。“这一件，”他指着手铳说，“似乎是能产生高热的微波束发射器，能使任何含有水分的物体爆炸。另一件比较微妙，我必须承认，一时之间我还看不出它的用途。然而，既然你们并无恶意，又不打算带来威胁，你们根本就不需要武器。我能将两件武器中的能量都释放出来，而我正在这么做。这样它们就不再具有杀伤力，除非你拿来当棍棒使用，不过充作那种用途，它们未免太不称手了。”

那索拉利人松开手，两件武器再度腾空，这次是向崔维兹飞去，各自不偏不倚落入皮套中。

崔维兹忽然感到束缚消失了，立刻拔出手铳，但根本是多此一举。扳机松垮垮地垂下来，能量显然全被抽光，而神经鞭的情形也完全一样。

他抬头望向班德，班德微笑着说：“你完全束手无策，外星人士。只要我高兴，同样可以轻而易举摧毁你的太空船，当然还有你。”

第十一章
地底世界

47

崔维兹感到全身僵硬，他努力维持正常的呼吸，并转头望向宝绮思。

她站在那里，手臂护在裴洛拉特腰际，显然相当从容镇定。她轻轻一笑，又以更轻微的动作点了点头。

崔维兹转头再度面对班德。他将宝绮思的反应解释为信心十足的象征，并十二万分地希望自己的猜测正确无误。他绷着脸说："你如何做到的，班德？"

班德微微笑了笑，显然心情好极了。"告诉我，小小外星人士，你相信法术吗？相信巫术吗？"

"我们不相信，小小索拉利人。"崔维兹回嘴道。

宝绮思用力拉扯崔维兹的衣袖，悄声道："别惹他，他很危险。"

“我看得出来。”崔维兹勉强压低声音，“那么，你想想办法。”

宝绮思以几乎听不清楚的音量说：“时候未到。如果他感到安全无虞，会比较没那么危险。”

对于这些外星人士的简短耳语，班德完全没有留意。他径自转身离去，那些机器人赶紧为他让出一条路。

然后他又转头，不怎么起劲地勾起食指。“来吧，跟我来，你们三个都来。我将告诉你们一个故事，也许你们不会有兴趣，我却能自得其乐。”他继续悠闲地往前走。

一时之间，崔维兹仍然站在原地不动，无法确定采取什么行动最好。然而宝绮思已向前走去，裴洛拉特也被她拉走了。最后崔维兹终于移动脚步，否则他将孤独地留在这里与机器人为伴。

宝绮思轻声说：“如果班德那么好心，肯讲一个我们也许没兴趣的故事……”

班德转过身来，神情专注地望着宝绮思，好像这时才真正发觉她的存在。“你是雌性的半性人，”他说，“对不对？是较少的那一半？”

“是较小的那一半，班德。”

“那么，其他两位是雄性的半性人喽？”

“他们的确是。”

“你生过孩子吗，雌性？”

“我的名字叫宝绮思，班德，我还没有生过孩子。这位是崔维兹，这位是裴。”

“当你该生孩子的时候，这两个雄性哪个会帮你？或是都会？或是都不会？”

“裴会帮我，班德。”

班德将注意力转移到裴洛拉特身上。“你有白头发，我看出来了。”

裴洛拉特说：“没错。”

“一直是那种颜色吗？”

“不，班德，年纪大了才会变成这样。”

“你年纪多大了？”

“我今年五十二岁，班德，”裴洛拉特说完，又急忙补充道，“是根据银河标准年。”

班德继续向前走（走向一座位于远方的宅邸，崔维兹如此设想），不过脚步放慢了。他说：“我不知道一个银河标准年有多长，但想必跟我们的一年不会相差太多。当你死去的时候，你会有多大年纪，裴？”

“我说不准，我也许还能再活三十年。”

“那么是八十二年，真短命，而且分成两半，实在难以置信。不过我的远祖也像你们一样，而且住在地球上。但是后来有些人离开了地球，在其他恒星周围建立了新世界，那些都是美好的世界，有良好的组织，而且为数众多。”

崔维兹大声道：“不多，只有五十个。”

班德将高傲的目光投向崔维兹，心情似乎没有刚才那么好。“崔维兹，那是你的名字？”

“我的全名是葛兰·崔维兹。我说太空世界只有五十个，我们的世界则有好几千万。”

“那么，你可知道我想给你们讲的是什么故事？”班德柔声道。

“如果是说过去曾有五十个太空世界，那么我们已经知道了。”

“我们不仅计算数量，小小半性人，”班德说，“我们还衡量品质。虽然只有五十个，但你们的几千万个世界加起来，也抵不上其中任何一个。而索拉利正是第五十个，因此是最优秀的。索拉利遥遥领先其他太空世界，正如同那些世界遥遥领先地球一样。

“唯有我们索拉利人领悟到应当如何生活。我们不像动物那样成群结队，然而在地球，在其他世界，甚至在其他的太空世界则尽皆如此。我们个个单独生活，有许多机器人帮助我们；我们随时能借着电子设备互相见面，但极少有真正碰面的机会。上次我亲眼目睹真人，像我现在目睹你们这样，已经是许多年前的事。可是，你们只是半性人，因此你们的出现，就像母牛或机器人一样，不会妨碍我的自由。

“但我们以前也曾是半性人。当时，不论我们如何增进个人自由，不论我们如何发展拥有无数机器人的独居生活，我们的自由仍然不是绝对的。为了产生下一代，必须通过两个个体的合作。当然，我们可以提供精细胞和卵细胞，让受精过程和其后的胚胎成长过程，都以人工方式自动进行。至于婴儿，亦可在机器人的完善照顾下成长。这些问题都能解决，可是伴随自然受精而来的快乐，半性人却不愿放弃。邪门的情感依附由此发展，令自由因而消失。你们看不出这必须改变吗？”

崔维兹说：“不，班德，因为我们衡量自由的标准跟你们不同。”

“那是因为你们根本不知自由为何物。你们一向过着群居生活，你们所知道的生活方式，就是不断被迫屈服于他人意志之下，即使最小的琐事也不例外；要不然，你们就是成天彼此斗争，迫使他人屈从自己的意志，这是同样卑贱的行为。这样怎么可能还有自由？倘若无法随心所欲活着，自由就不存在！自由是不折不扣的随心所欲！

“后来，地球人再度成群结队向外拓展，再度粘成一团又一团在太空打转。其他太空族虽然不像地球人那般群居，但那只是程度上的差异。当时，他们曾企图与地球人抗衡。

“我们索拉利人并没有那样做，我们预见了群居注定会失败。我们移居地底，切断了和银河各处所有的联系。我们决心不惜任何代价，也要保持自己的生活方式。我们发展出合适的机器人和各种武器，用来保卫我们看似空无一物的地表，而它们的表现的确可圈可点。来到此地的船舰通通被摧毁，终于再也不来了。这颗行星被视为遭到废弃，逐渐被人遗忘，而这正是我们的初衷。

“与此同时，我们在地底世界努力解决自己的问题。我们借着精密的科技，谨慎调整我们的基因。我们有过不少失败，但也有些成功，而我们善加利用成功的结果。我们花了许多世纪的时间，但我们终于变成全性人，将雌雄的本质融为一体，能随心所欲获得极致的愉悦。当我们希望生育后代时，随时可以产生受精卵，再交由熟练的机器人照顾。”

“雌雄同体。”裴洛拉特说。

“在你们的语言中如此称呼吗？”班德随口问道，“我从来没听过这个名词。”

“雌雄同体会完全阻断演化路径。”崔维兹说，“每个子代都是雌雄同体亲代的基因复制品。”

“得了吧，”班德说，“你把演化当成瞎闯乱撞的程序了。我们只要有意，当然可以规划子代的特质。我们能改变或调整基因，有时也的确这样做。不过，我的住处快到了，我们进去吧。天色不早了，太阳已经无法供给充足的热量，进入室内会舒服点。”

他们经过一扇门，门上没有任何形式的锁，但当他们接近时，那扇门就自动打开，而在他们穿过之后又立刻关上。室内没有任何窗户，然而，一旦他们来到一个洞穴般的房间，四周的墙壁便开始发光，映得室内一片光明。地板似乎未铺任何东西，却令人感到柔软而富弹性。而在房间的四个角落，各站着一个纹风不动的机器人。

“那一幅墙壁，”班德指了指正对着门的那堵墙，它看起来和其他三堵没有任何不同，“是我的视幕。借着这个屏幕，整个世界展现在我眼前。但它绝不会妨碍我的自由，因为没人能强迫我使用。”

崔维兹说：“如果你想借着屏幕跟某人见面，而他不愿意，你也无法强迫对方使用他的屏幕。”

“强迫？”班德以傲慢的口气说，“别人爱怎么做，就该让别人怎么做，只要别人也同意我能随心所欲就好。请注意，在称呼对方时，我们不使用带有性别的代名词。”

室内只有一张椅子，摆在视幕正前方，班德一屁股坐了下来。

崔维兹四处张望，像是期望会有其他椅子从地板冒出来。“我们也能坐下吗？”他问。

“随你的便。”班德说。

宝绮思面带微笑地坐到地板上，裴洛拉特在她身旁坐下，崔维兹则倔强地继续站着。

宝绮思说：“我问你，班德，这颗行星上住着多少人类？”

“请说索拉利人，半性人宝绮思。由于半性人自称‘人类’，这个名词已遭到污染。我们或许应该自称‘全性人’，但那样说很拗口，索拉利人则是个贴切的名称。”

“那么，这颗行星上住着多少索拉利人？”

“我不确定，我们从来不作自我统计，大概一千两百个吧。”

“整个世界的人口只有一千两百？”

“足足有一千两百。你又在计算数量，而我们则以品质衡量。

况且你也不了解自由的真谛——如果有其他索拉利人，跟我争夺我对任何土地、任何机器人、任何生物或任何一样东西的绝对支配权，我的自由就会受到妨碍。既然其他索拉利人的确存在，就必须尽可能消除妨碍自由的机会，方法是将大家远远隔开，彼此根本没有实质的接触。为了实现这个理想，索拉利只能容纳一千两百个索拉利人。超过这个数目，自由便会明显受限，造成令人无法忍受的结果。”

“这就代表出生率必须精确统计，并且必须和死亡率刚好平衡。”裴洛拉特突然说。

“当然。任何拥有稳定人口的世界，一定都是这样做的。就连你们的世界，或许也不例外。”

“既然死亡率可能很小，新生儿一定也很少吧。”

“正是如此。”

裴洛拉特点了点头，没有再问下去。

崔维兹说：“我想知道的是，你如何使我的武器腾空飞起，你还没提出解释。”

“我提出法术或巫术作为解释，你拒绝接受吗？”

“我当然拒绝接受，你把我当成什么了？”

“那么，你相不相信能量守恒，以及熵值递增的必然性？”

“这些我相信，但我不信在两万年内，你们就能改变这些定律，或是作出一微米的修正。”

“我们并没有，半性人。不过你想想，室外有阳光，”他又做出那种古怪的优雅手势，仿佛指点着所有的阳光，“也有阴影。阳光下比阴影下温暖，因此热量从日照区自动流向阴影区。”

“你说的我都知道。”崔维兹说。

“但也许你太熟悉了，所以不再多动点脑筋。而在夜晚，索拉利表面比大气层外来得温暖，因此热量自动从行星表面流向外太空。”

“这我也知道。”

“此外，不论白天或夜晚，行星内部的温度总是比行星表面高，因而热量会自动从内部流向地表。我想这点你也清楚。”

“说这些到底有什么用，班德？”

“根据热力学第二定律，热量必然从高温处流向低温处，而热流可以用来做功。”

“理论上没错，但阳光中的热量太稀薄，行星表面的热量更不用说，而来自地心的热量则是三者中最稀薄的。你所能利用的热量，也许还不够举起一小颗鹅卵石。”

“那要看你使用的是什么装置。”班德说，“经过上万年的发展，我们的工具已成为大脑的一部分。”

班德将两侧头发往上拨，露出耳后的部分，然后来回摆了摆头。他两耳后方各有一个突起，大小与形状都跟鸡蛋的钝端差不多。

“我的大脑有这一部分，你们却没有，这就是索拉利人和你们的不同之处。”

48

崔维兹不时望着宝绮思，她似乎全神贯注在班德身上。崔维兹愈来愈肯定，自己已经知道是怎么回事了。

纵使班德不断讴歌自由，这个千载难逢的机会仍然令他无法抗拒。他不可能和机器人作知性的交谈，更不会去找动物聊天。在他的经验中，跟索拉利同胞讲话并不愉快，即使他们有时必须沟通，也一定是迫不得已，绝非自动自发。

另一方面，对班德而言，崔维兹、宝绮思与裴洛拉特虽然只是半性人，他也许认为他们像机器人或山羊一样，不会侵犯他的自由，但他们在智慧上却和他旗鼓相当（或者几乎差不多）。有机会跟他们交谈，是个太难得的享受，他过去从未体验过。

怪不得，崔维兹想，他会这么乐此不疲。而宝绮思（崔维兹百分之两百肯定）正在鼓励这种倾向，只要极其轻柔地推动班德的心灵，便能怂恿他做出原本就非常想做的事。

宝绮思想必正在根据一项假设行事，那就是班德如果说得够多，或许就会透露些关于地球的有用讯息。崔维兹认为这很有道理，所以即使对目前的话题并非真正好奇，他仍尽力让谈话继续下去。

“这两个大脑叶突有什么功用？”崔维兹问。

班德说：“它是转换器，由热流开启，可将热流转换成机械能。”

“我不相信，热流并没有那么多。”

“小小半性人，你不用大脑。倘若有很多索拉利人挤在一块，个个都想使用热流，那么的确没错，热流的供应绝对不够。然而，我拥有超过四万平方公里的土地，这些土地全是我的，是我一个人的。从这么多平方公里的土地上，我可以任意搜集热流，没人跟我抢，所以热量足敷使用。你明白了吗？”

“在如此宽广的区域搜集热流有那么简单吗？光是集中的过程就得耗费极大能量。”

“或许吧，但我没有留意。我的转换叶突不停地集中热流，因此需要做功时，立刻就能做好。当我将你的武器吸到半空的时候，日照区某团大气放出了过剩的热量，流到阴影区另一团大气中，因此我是利用太阳能帮助我达到目的。我使用的并非机械或电子装置，而是使用神经装置完成这项工作。”他轻轻摸了摸一侧的叶突，“它的运作迅速、有效、不间断，而且毫不费力。”

“不可思议。”裴洛拉特喃喃说道。

“没什么不可思议的。”班德说，“想想眼睛和耳朵的精巧，还有它们如何能将少量的光子和空气振荡转化成讯息。假如你向来不晓得这些器官，也会觉得它们不可思议。相较之下，转换叶突不会更不可思议，只是因为你们不熟悉，才会有这种感觉。”

崔维兹说：“这两个不停运作的转换叶突，你们拿它做些什么？”

“用来经营我们的世界。”班德说，“这块广大属地上的每个机器人，都从我身上获取能量，或者应该说，都靠自然的热流提供它们能源。任何机器人旋转一个开关，或是砍倒一棵树木，能量都是通过精神转换供应——我的精神转换。”

“假如你睡着了呢？”

“不论是睡是醒，转换的过程都会持续进行，小小半性人。”班德说，“当你睡觉的时候，你的呼吸会中断吗？你的心跳会停止吗？到了晚上，我的机器人仍然继续工作，代价仅是使索拉利地心冷却一点点。就大尺度而言，这种变化根本难以察觉。而且我们总共只有一千两百个，因此所用的能量全部加起来，也几乎不会使太阳的寿命缩短，或是令这个世界内部的热量枯竭。”

“你们是否想到过，可以拿它当一种武器？”

班德瞪着崔维兹，仿佛他是个特别难以理解的怪物。“我想你这句话，”他说，“意思是指索拉利或许能根据转换原理制成能量武器，用来对付其他世界？我们为何要那么做？即使我们能击败根据别的原理所制成的能量武器——这根本无法肯定——我们又能得到些什么？控制其他的世界吗？我们已经拥有一个理想的世界，为什么还要其他世界呢？我们想要支配半性人，把他们当奴工吗？我们已有机器人，就这项功能而言，它们比半性人好得多。我们已经有了一切，除了希望不受干扰，我们不再需要什么。听我说，我再给你们讲个故事。”

“讲吧。”崔维兹说。

“两万年前，当地球上的半性动物开始成群飞向太空时，我们撤迁到了地底。其他太空世界则决心和来自地球的新殖民者对抗，因此他们对地球发动了攻击。”

“攻击地球？”崔维兹很高兴终于谈到正题，他尽力掩饰得意之色。

“是的，攻击敌人的核心。就某方面而言，这是个聪明的举动。如果你想杀死一个人，不会攻击手指或脚后跟，你会直指心脏要害。而我们的太空族同胞，未能完全戒除人类的脾气，竟然造成地球表面的强烈放射性，使得这个世界大部分地区再也无法住

人。”

“啊，原来是这么回事。”裴洛拉特捏紧拳头迅速挥动，像是想要拍板定案，“我就知道不可能是自然现象，那是怎样造成的？”

“我不知道是怎样造成的，”班德显得毫不关心，“总之，这对太空族也没什么好处，那才是故事的重点。后来银河殖民者继续蜂拥而出，而太空族——则逐渐灭绝。他们也曾力图一争长短，最后仍消失无踪。我们索拉利人则隐居起来，拒绝参加这场竞争，所以我们方能绵延至今。”

“银河殖民者也是。”崔维兹绷着脸说。

“没错，但不会永远如此。群居动物一定会内斗，一定会你争我夺，而最后终将灭亡。那或许需要好几万年的时间，但我们可以等。一旦此事成真，我们索拉利人，全性、独居、解放的索拉利人，便能将银河据为己有。那时，除了我们自己的世界，我们还能随意利用或放弃任何一个世界。”

“可是有关地球的事迹，”裴洛拉特一面说，一面不耐烦地弹响手指，“你告诉我们的是传说还是史实？”

“如何分辨两者的差异呢，半性人裴洛拉特？”班德说，“所有的历史多少都能算是传说。”

“但你们的记录是怎么说的？我能看看这方面的记录吗，班德？请你了解一件事，神话、传说和太古历史都是我的研究领域，我是钻研这些题目的学者，尤其是和地球有关的题目。”

“我只是转述听来的故事。”班德说，“其实根本没有这方面的记录。我们的记录所记载的，全部是索拉利本身的事务，即使提到其他的世界，也都是有关他们侵犯我们的史实。”

“地球当然侵犯过你们。”裴洛拉特说。

“有此可能，但即便如此，那也是很久很久以前的事。而在所有的世界中，我们最厌恶的就是地球。即使我们有过地球的任何记录，由于极度的反感，我也肯定那些记录早就被销毁了。”

崔维兹咬牙切齿，显得极为懊恼。“被你们销毁的？”他问。

班德又将注意力转移到崔维兹身上。“这里没有别人。”

裴洛拉特不肯轻易放弃，继续追问：“你还听说过哪些有关地球的事？”

班德想了一下，然后说：“我年幼的时候，曾经听机器人讲过一则故事，内容是说一个地球男子来到索拉利，以及有个索拉利女子跟他离去，后来她成了银河中的重要人物。然而，依我看，那只是个杜撰的故事。”

裴洛拉特咬了一下嘴唇。“你确定吗？”

“这种事我又如何确定？”班德道，“话说回来，一个地球人竟敢前来索拉利，而索拉利又竟然容许如此的入侵，都是令人难以置信的事。更不可能的是，一个索拉利女子居然自愿离开这个世界——我们那时还是半性人，但仍然不可思议。不过别谈这些了，我带你们去参观我的家。”

“你的家？”宝绮思四处张望了一下，“我们不是已经在你家了吗？”

“根本还没有。”班德说，“这是一间会客室，一间影像室。必要的时候，我可以在此处会见我的索拉利同胞，他们的影像会出现在墙壁上，或者以三维像出现在墙壁前。因此，这个房间是集会的场所，不是我家的一部分。跟我来吧。”

他向前走去，并未回头看看他们是否跟来，但是站在角落的四个机器人也开始移动。崔维兹明白，倘若他和两位同伴不自动跟上去，那些机器人就会委婉地押着他们走。

此时那两位同伴站了起来，崔维兹对宝绮思耳语道：“你是不是一直让他说个不停？”

宝绮思按了按他的手，又点了点头。“然而，我还是希望能知道他的意图。”她补充道，声音中透着不安的情绪。

49

他们跟着班德向前走。机器人都和他们维持着礼貌的距离，但它们的存在始终带来一种威胁感。

现在他们正穿过一道回廊，崔维兹无精打采地含糊说道：“这颗行星上并没有关于地球的有用资料，这点我可以肯定，它只有放射性传说的另一个版本。”他耸了耸肩，“我们还得继续前往第三组坐标。”

一扇门在他们面前敞开，里面是个小房间。班德说：“来吧，半性人，我要让你们看看我们的生活方式。”

崔维兹细声说：“他借着炫耀得到幼稚的快乐，我真想好好泼他一盆冷水。”

“别跟他比赛幼稚的程度。”宝绮思说。

班德将他们三人引进那个房间，其中一个机器人也跟了进去。班德挥手叫其他机器人退下，自己走了进来，房门立刻在他身后关上。

“这是电梯嘛。”裴洛拉特说，他对自己这项发现感到很高兴。

“的确是。”班德说，“一旦我们移居地底，就未曾真正出去过，我们也不想那么做，不过我发现，偶尔见见阳光挺舒服的。但我不喜欢阴天和黑夜的户外，那令人觉得虽不在地底仍像在地底，希望你们了解我的意思。那是一种认知上的失调，大概可以这么说，我认为那是非常不舒服的感觉。”

“地球人建造过地底建筑，”裴洛拉特说，“他们称那些城市为‘钢穴’。川陀也曾经建造地底建筑，甚至规模更广大，那是旧帝国时代的事。如今，康普隆仍在建造地底建筑。仔细想一想，这还是一种普遍倾向呢。”

“半性人群聚在地底建筑中，我们则在地底独自过着逍遥的日子，两者简直有天壤之别。”班德说。

崔维兹说：“在端点星上，住宅都建在地表。”

“暴露在风吹日晒雨打中，”班德说，“太原始了。”

那电梯只有启动时产生重力减弱的感觉，这点连裴洛拉特也能察觉，其后一直没有任何动静。当重力感突然转强之际，崔维兹正在纳闷它会钻到多深的地方。然后，电梯门便打了开来。

眼前是一间宽敞且经过精心装潢的房间，室内有朦胧的光线，却看不出光源在哪里，仿佛空气本身会发出微弱的光芒。

班德伸出一根手指，所指之处光线立刻变强。他又指向另一处，同样的现象随即发生。然后他将左手放在门边的一根粗短圆棍上，右手在半空中划了一个大圆，整个房间便大放光明，仿佛沐浴在阳光下，却没有带来丝毫热度。

崔维兹做了个鬼脸，以不大不小的音量说：“这家伙是江湖术士。”

班德厉声道：“不是‘家伙’，是‘索拉利人’。我不确定‘江湖术士’是什么意思，可是听你的口气，我猜不会是什么好东西。”

崔维兹说："它是指一个人并不实在，只会制造些看起来比实际上更惊人的效果。"

班德说："我承认自己有这种偏爱，但我刚才向你们展示的却不是戏剧效果，那是货真价实的。"

他用右手拍了拍按在左手下的那根圆棍。"这根热导棒一直延伸到地底几公里处，在我的属地上，许多地方都有类似的热导棒。我还知道，其他属地上也有这一类设备。它们能使地底的热量加速传到地表，而且更容易转换成机械功。其实我无需做任何手势，一样可以产生光亮，但这样做比较有戏剧效果，或正如你说的，有那么一点不实在的感觉，而我就喜欢这一套。"

宝绮思说："这种小小的戏剧效果所带来的快乐，你经常有机会体验吗？"

"没有。"班德摇了摇头，"我的机器人对这种事无动于衷，我的索拉利同胞也一样。能够遇到半性人，向他们展示这一切，实在是个难得的机会，我真是太——开心了。"

裴洛拉特说："我们进来的时候，这个房间有着朦胧的光线，是不是始终维持这样？"

"是的，这只需要很少的电力，就像维持机器人的运作一样。我的整个属地随时都在运转，没有实际从事工作的部分则保持空转。"

"这么广大的属地所需的电力，全靠你一个人不断提供？"

"真正供应电力的是太阳和行星核，我只算一根导管而已。而且并非整个属地都从事生产，我让大部分地区保持未开发状态，孕育着各式各样的动物生命。第一，因为这样做可以保护我的边界；第二，因为我发现其中有美感。其实，我的田地和工厂并不大，它们只需要供应我个人所需，此外再生产一些特产，以便跟他人交换。比如说，我拥有会制造和装设热导棒的机器人，很多索拉利人都仰赖我提供这方面的协助。”

“你的家呢？”崔维兹问，“范围有多大？”

这个问题一定是问对了，因为班德立刻笑逐颜开。“非常大，我相信是这颗行星上数一数二的，方圆都有好几公里。在地底照顾我家的机器人，和在数万平方公里地表的一样多。”

“那么大的住宅，你当然不会全用到吧。”裴洛拉特说。

“可想而知，有些房间我从未进去过，可是这又怎么样？”班德说，“机器人负责将每间房间保持得一尘不染、通风良好且整齐有序。好了，出来吧。”

他们并未循着原路，而是从另一扇门走出来，随即发现置身另一道回廊中。在他们面前，有一辆停在轨道上的小型敞篷地面车。

班德示意他们上去，于是大家一个接一个爬进车里。车内空间有限，不够容纳四个人再加一个机器人，还好裴洛拉特与宝绮思挤在一起，为崔维兹腾出位子。班德坐在前面，一副轻松自在的模样，那个机器人则坐在他身边。车子开始前进，班德除了偶尔做些流畅的手部动作，看不出他还在进行什么操控。

“事实上，这是个车型机器人。”班德说，神情相当冷淡。

他们以稳重的速度前进，每当来到一扇门前，门就会自动打开，在他们通过后又立即关上，因此车速完全不必改变。每个房间的装饰都大不相同，好像机器人曾奉命随机设计出各种组合。

他们前方的回廊相当幽暗，身后的情形也完全相同。然而，无论他们真正置身何处，仿佛始终处于没有热度的阳光下。每一扇门打开的时候，室内也都会转趋明亮，而班德每次都缓慢而优雅地挥着手。

这趟旅程似乎没有尽头。他们不时会发觉车子又转了个弯，代表这座地底宅邸显然向两个维度延伸。（不，是三个维度，当他们沿着一个浅坡稳稳下滑时，崔维兹心中这么想。）

不论他们经过何处，都能看到许多机器人，十几个、几十个、几百个，都在从容不迫地工作，但崔维兹很难猜出那些工作的性质。此时他们又通过一扇门，来到一间很大的房间，里面有一排排的机器人，全都静静地趴在办公桌前。

裴洛拉特问道："它们在做什么，班德？"

"在做簿记，"班德说，"整理统计记录，财务账目，以及诸如此类的事。我非常高兴可以宣称，自己不必为这些事情烦恼。这并不是一块闲置的属地，大约四分之一的耕地辟为果园，另外还有十分之一用来种植谷物，但真正令我骄傲的还是果园。我们培育这个世界上品质最佳的水果，而且种类也最多。'班德桃'就是索拉利桃，其他索拉利人几乎都懒得种桃子。此外，我们有二十七种不同的苹果，以及——以及——那些机器人可以给你详尽的资料。"

"你怎样处理这么多水果？"崔维兹问，"你自己不可能全部吃掉。"

"我做梦也不会这么想，我并不特别喜欢吃水果，它们是用来和其他属地做交易的。"

"交易些什么？"

"主要是矿物，我的属地上没有值得一提的矿物。此外，我也换取维持健康的生态平衡所需的一切。在我的属地上，有各式各样种类繁多的动植物。"

"全仰赖机器人照顾吧，我猜想。"崔维兹说。

"的确如此，而且它们做得非常好。"

"只为了一个索拉利人。"

"只为了这块属地，以及其上的标准生态。我是唯一巡视本属地各角落的索拉利人——但这正是我的绝对自由，做不做都由我。”

裴洛拉特说：“我想其他人……其他的索拉利人，也会维持一个局部的生态平衡，或许也有位于沼地、山区或滨海的属地吧。”

班德说：“我想应该有吧。我们有时必须开会讨论世界性事务，这种事总是花掉许多会议时间。”

“你们多久得聚会一次？”崔维兹问。（现在，他们正通过一条又窄又长的甬道，两侧没有任何房间。崔维兹猜想，这条甬道所在的位置，也许难以辟建正式的建筑，因此用作两翼之间的联系，而两翼则能向其他方向继续延伸。）

“太频繁了。我几乎每个月都得花些时间在会议上，那些都是我参加的委员会。我的属地上虽然没有山脉或沼泽，但我的果园、我的鱼池，还有我的植物园都是全世界最好的。”

裴洛拉特说：“可是，我亲爱的伙伴……我是说班德，我以为你从未离开你的属地，拜访其他的……”

“当然没有。”班德答道，神情显得有些愤怒。

“我只是说以为而已。”裴洛拉特以和缓的语气说，“可是这样的话，你从未作过调查，甚至没见过其他属地，又怎能确定自己的最好呢？”

“因为，”班德说，“在属地间的交易中，从产品需求量就能看出来。”

崔维兹说：“制造业的情形又如何？”

班德说：“有些属地从事工具和机械的制造。正如我刚才提到的，在我的属地上，我们制造热导棒，不过这种产品相当简单。”

“那机器人呢？”

“到处都在制造机器人。有史以来，索拉利所设计的机器人，灵巧精妙的程度一向领先全银河。”

“直到今天仍旧如此，我猜想。”崔维兹小心翼翼控制着语调，尽量让这句话听来是直述句，而并非疑问句。

班德说：“今天？今天还有谁跟我们竞争？如今只有索拉利还在制造机器人，你们的世界完全都没有。这是我从超波中听来的，如果我的理解没错的话。”

“可是其他的太空世界呢？”

“我告诉过你，它们已经不存在了。”

“全都不存在了？”

“除了索拉利，我不相信别处还有活生生的太空族。”

“那么根本没人知道地球的位置喽？”

“会有什么人想要知道地球的位置？”

裴洛拉特插嘴道：“我就想知道，这是我的研究领域。”

“那么，”班德说，“你得改行研究别的了。我根本不晓得地球的位置，也没听说过有谁晓得，而且我丝毫不关心这码子事。”

车子突然停下来，一时之间，崔维兹还以为班德生气了。然而，停车的过程很平稳，而当班德下了车，又挥手叫其他人下车的时候，他看来仍是那副得意的模样。

他们进入另一个房间，在班德做了一个手势后，室内的光线仍相当黯淡。此房通向一个侧廊，侧廊两边是许多小房间，每间里面都有一两件华丽的容器，有些旁边还摆着另一个物件，看来好像是影片放映机。

“这都是什么，班德？”崔维兹问。

班德说：“都是祖先灵房，崔维兹。”

50

裴洛拉特很感兴趣地四处张望。“我猜，你们把祖先的骨灰葬在这里？”

“如果你所谓的‘葬’，”班德说，“意思是指埋在土里，那就不算十分正确。我们现在或许身处地底，但这里是我的宅邸，所以这些骨灰都在我家里，就像我们现在的情形一样。在我们的语言中，我们说骨灰是‘安厝’此地。”他迟疑了一下，然后又说，“‘厝’是表示‘宅邸’的古字。”

崔维兹随便四下望了望。“这些都是你的祖先？有多少？”

“将近一百个。”班德答道，毫不掩饰声音中的骄傲，“正确的数目是九十四个。当然，最早的那些并非真正的索拉利人，不符合这个名字如今的定义。他们是半性人，分雄性和雌性。那些半性祖先的骨灰坛，总是被下一代两两摆在一起。我当然不会走进那些房间，那相当‘蒙人羞’。至少，索拉利语是这么说的，但我不知道你们的银河标准语怎么讲，你们也许并没有类似的用语。”

“那些影片呢？”宝绮思说，“我想那些是影片放映机？”

“那些都是日志，”班德说，“都是他们的生活史。他们在这块属地上，选了最钟爱的部分拍摄这些影像。这意味着他们并未全然逝去，他们的一部分依旧存在。我的自由也包括了随时能加入他们，我能随意观看任何影片的任何部分。”

“可是不会加入那些——蒙人羞的祖先。”

班德将目光移到别处。“不会，”他坦承不讳，“然而我们都有这么一部分的祖先，这是我们共同的不幸。”

“共同的？那么其他索拉利人也有这种灵房？”崔维兹问。

“喔，是的，我们全都有。不过要数我的最好、最精致，也保存得最妥当。”

崔维兹问道：“你是不是已经把自己的灵房准备好了？”

“当然，完全建好了，并且装潢完毕。在我继承这块属地之后，那是我完成的第一件任务。而在我归于尘土之后——这样讲比较诗意——我的继承人便会开始建造自己的灵房，那将是其第一件任务。”

“你有继承人吗？”

“到时就会有了，但我的寿命还长得很呢。当我必须离去的时候，便会有个成年的继承人，成熟到了足以享有这块属地，也会有发育完全的叶突，以便进行能量转换。”

“他会是你的子嗣吧，我猜想。”

“喔，没错。”

“可是万一，”崔维兹说，“有什么不幸发生呢？我想即使是在索拉利，也会发生一些意外和不幸吧。假使一个索拉利人过早归于尘土，没有继承人接掌，或是继承人尚未成熟到能享有属地，那又会如何呢？”

“那可很罕见，在我的世系中，那种事只发生过一次。然而，万一遇到这种情况，别忘了还有其他的继承人，等着继承其他的属地。有些继承人已足够成熟，他们的单亲却足够年轻，能产生另一个后代，并且等得到那个后代长大成人。这种所谓的‘大／小继承人’之一，就会被指定来继承无主的属地。”

“由谁指定呢？”

“我们有个统领委员会，它的少数功能就包括这一项：当有人过早归于尘土时，负责指定一个继承人。当然，整个过程都是借着全息传视进行。”

裴洛拉特说：“可是我问你，既然索拉利人彼此从不见面，倘若某地的某个索拉利人意外地——或在意料之中归于尘土，又怎么会有人知道呢？”

班德说：“当我们其中之一归于尘土后，其属地所有的电力都会消失。如果没有继承人立即接管，这种反常情况终究会被人发现，随即会展开纠正措施。我向你们保证，我们的社会系统运作得很健全。”

崔维兹说：“我们有没有可能看看你这里的影片？”

班德愣了一下，然后说：“全然是由于你不知情，我才不怪罪你。你刚才的言语既粗鲁又卑贱。”

“我为这件事道歉。”崔维兹说，“我不想强迫你，但我们解释过了，我们很想获得有关地球的资料。我忽然想到，你这里最早期的影片，应该是在地球变得有放射性之前拍摄的，因此影片中有可能提到地球，或许还会有详尽的叙述。我们当然不希望侵犯你的隐私，可是有没有变通的办法，例如由你自己查看这些影片，或者让机器人来做，再将其中的相关资讯告诉我们？当然啦，如果你能体谅我们的动机，并且了解我们为了回报你的好意，会尽全力尊重你的感受，你也许就会让我们亲自观看这些影片。”

班德以冷峻的语气说：“我猜你并不知道，你变得愈来愈无礼了。然而，我们可以立刻结束这个话题，因为我可以告诉你，在我的早期半性祖先旁边，根本没有任何影片。”

“没有？”崔维兹的失望百分之百真实。

“这些影片曾经存在过，但即使是你们，也该想象得到里面会是什么内容。两个半性人彼此表示兴趣，甚至，”班德清了清喉咙，有些勉强地说，“互相作用。半性人所有的影片，自然在许多代以前就被销毁了。”

“其他索拉利人所收藏的呢？”

“全都销毁了。”

“你能确定吗？”

“不毁掉那些东西就是疯子。”

“也许有些索拉利人真疯了，或者多愁善感，或者过于健忘。我想，请你指引我们前往邻近的属地，你该不会反对吧。”

班德瞪着崔维兹，现出一副讶异的表情。“你以为其他索拉利人会像我这般容忍你们？”

“为何不会呢，班德？”

“到时你就知道了。”

“我们必须碰碰运气。”

“不行，崔维兹。不行，你们都不能去。听我说。”

后面出现几个机器人，而班德皱起了眉头。

“什么事，班德？”崔维兹突然感到不安。

班德说：“我很喜欢跟你们聊天，并且观察你们的——怪异言行。这是个空前绝后的经验，我感到很高兴，但我不能记录到日志中，或是保存在影片里。”

“为何不能？”

“我讲话给你们听、我听你们讲话、我带你们来我的宅邸、我带你们来祖先灵房，这些都是可耻的行为。”

“我们并非索拉利人，对你而言，我们跟这些机器人一样微不足道，不是吗？”

“那只是我帮自己找的借口，别的索拉利人也许不会接受。”

“你又有什么顾虑？你有绝对的自由随心所欲，不是吗？”

“即使像我们这样，自由也不是真正绝对的。假使我是这颗行星上唯一的索拉利人，我就有绝对的自由做些甚至更可耻的事。可是这个世界还有其他索拉利人，因此，虽然我们和理想中的自由极为接近，却未曾真正达到。这颗行星上有一千两百个索拉利人，若是让他们知道我做了些什么，他们全都会瞧不起我。”

“没有理由要让他们知道。”

“那倒是实话，你们一抵达此地，我就想到了。在跟你们寻开心的时候，我始终把这件事放在心上。一定不能让其他索拉利人知道。”

裴洛拉特说：“如果你的意思是，你担心我们去别的属地寻找地球资料，将会为你带来麻烦，这个嘛，我们自然不会提到先拜访过你，这点我们心里有数。”

班德摇了摇头。“我已经冒了太多的风险。我自己当然不会提到这件事，我的机器人也都不会提到，它们甚至会奉命不得记住这件事。你们的太空船将被带到地底，我要好好研究它，看看能提供我们什么……”

“慢着，”崔维兹说，“你想检查我们的太空艇，你以为我们能在这里等多久？那是不可能的事。”

“绝非不可能，因为你不会再有表达意见的机会。我很遗憾，我也想跟你们多聊一会儿，讨论许多其他的事，可是你们也看得出来，情况变得愈来愈危险。”

“不，绝对没有。”崔维兹尽力强调。

“喔，绝对有的，小小半性人。恐怕我该采取行动的时候到了，那会是我的祖先在第一时间所采取的行动。我必须将你们杀掉，三个通通杀掉。”

第十二章
重见天日

51

崔维兹立刻转头望向宝绮思。只见她毫无表情，面容紧绷，双眼全神贯注凝视着班德，仿佛忘却了周遭的一切。

裴洛拉特则张大眼睛，一副难以置信的模样。

崔维兹不知道宝绮思会（或者能够）做些什么，他只好勉力击退排山倒海而来的挫败感（并非只是想到死亡，主要是想到尚未发现地球的下落，尚未明白他为何选择盖娅作为人类未来的蓝图）。他心中很明白，自己必须尽量拖延时间。

他努力保持声音的平稳与咬字的清晰。“你一直表现得像个谦恭有礼、风度翩翩的索拉利人，班德。我们闯入你的世界，你丝毫不以为忤，还好心地带我们参观你的属地和宅邸，并且回答我们的问题。如果你现在允许我们离去，将更符合你的品格。没人会知道我们来过这个世界，我们也没有理由再回来。我们到这里来的动机很单纯，只是想要寻找资料而已。”

“你当然会这么说，”班德从容道，“如今，你们的命都是跟我借的。你们进入大气层那一瞬间，性命就不再属于自己了。当我和你们进行近距离接触时，我最可能做的——以及应该做的——就是立刻将你们杀掉。然后，我该命令专职机器人解剖你们的尸体，看看外星人士的身体能为我提供什么知识。

“但是我没有那么做，我纵容自己的好奇心，屈服在自己随和的天性之下。不过现在该适可而止了，我不能再继续下去。事实上，我已经威胁到索拉利的安全。因为，如果由于我心软，竟然被你们说服，让你们安然离去，你们的同类必会接踵而至，现在你们如何保证都没有用。

“然而，至少我能做到一点，能让你们死得毫无痛苦。我只消将你们的大脑稍微加热，使它趋于钝化。你们不会感到任何痛苦，只是生命就此终止。最后，等到解剖研究完毕，我会用瞬间高热将你们化为灰烬，这样一切就结束了。”

崔维兹说：“如果我们非死不可，我不反对迅速而毫无痛苦的死亡。可是我们并没有犯任何罪，为什么一定要被处死？”

“你们的到来就是一项罪行。”

“这话根本没道理，我们无法预知这样做是有罪的。”

“何种行为构成犯罪，不同的社会自有不同的定义。对你们而言，这个社会也许专断而且不讲理，但我们并不这么想。这里是我们的世界，我们有百分之百的权利决定一切，你们犯了错，就必须受死。”

班德仍然面带微笑，仿佛只是在愉快地闲聊。他继续说：“你们的品德也没有多高尚，不足以作为申诉的借口。你有一把手铳，它利用微波束激发致命的高热，这点和我如今的目的相同，可是我能肯定，它所导致的死亡将更残酷更痛苦许多。如果我没有把它的能量抽光，却笨到允许你有行动自由，让你能将手铳从皮套中拔出来，你现在会毫不犹豫地用它对付我。”

崔维兹甚至不敢再看宝绮思一眼，生怕班德的注意力转移到她身上。他抱着最后一线希望说：“我求你，就算是发发慈悲，请别这么做。”

班德突然现出冷酷的表情。“我必须先对自己和我的世界慈悲，所以你们都得死。”

他举起一只手，一股黑暗立刻笼罩崔维兹。

52

一时之间，崔维兹感到一片黑暗，令他喘不过气来。他狂乱地想：这就是死亡吗？

他的思绪仿佛激起了回声，他听见一个低微的声音说：“这就是死亡吗？”那是裴洛拉特的声音。

崔维兹试图开口，结果发现并没有困难。“何必问呢？”他一面说，一面大大松了一口气，“你还能发问，光凭这一点，就表示这不是死亡。”

“在一些古老的传说中，死亡之后还有生命。”

“荒谬绝伦。”崔维兹低声道，“宝绮思？你在这里吗，宝绮思？”

没有任何回答。

裴洛拉特附和着："宝绮思？宝绮思？葛兰，发生了什么事？"

崔维兹说："班德一定死了。这样一来，他不能再为这块属地供应电力，所以灯光就熄了。"

"可是怎么会……你是说这是宝绮思干的？"

"我想应该是的，希望她没有因此受伤。"在这个完全黑暗的地底世界（只有墙壁中放射性原子的偶然衰变会产生微观的闪光），他趴在地上，以双手双膝爬行。

然后，他摸到一个温热柔软的物体，他来回摸了摸，认出了他抓着的是一条腿。那条腿显然太过细小，不可能是班德的。"宝绮思？"

那条腿踢了一下，崔维兹只好松手。

他说："宝绮思？说句话啊！"

"我还活着。"宝绮思的声音传过来，却不知为何变了调。

崔维兹说："可是你还好吗？"

"不好。"随着这句话，他们周围重新亮了起来，只不过相当黯淡。墙壁发出微弱的光芒，毫无规律地时明时暗。

班德垮作一团，像是一堆昏暗的杂物。宝绮思在他身旁，正抱着他的头。

她抬起头来，望着崔维兹与裴洛拉特。"这个索拉利人死了。"在幽暗的灯光下，泪水在她的双颊闪闪发亮。

崔维兹愣了一愣。"你为什么哭？"

"我杀死了一个有思想、有智慧的生命，难道不该哭吗？这并非我的本意。"

崔维兹弯下腰，想扶她站起来，她却将他一把推开。

裴洛拉特跪在她身边，柔声道："拜托，宝绮思，即使是你，也无法令他起死回生。告诉我们发生了什么事。”

她让裴洛拉特把自己扶起来，声音含糊地说：“班德能做的盖娅都会做，盖娅能够仅仅借着心灵的力量，将宇宙间分布不均的能量，转换成适当的功。”

“这点我早就知道。”崔维兹试图安慰她，却不太清楚该怎么说，“我们在太空中相遇的情形，我还记忆犹新，当时你——或者应该说盖娅——制住了我们的太空艇。当班德夺走我的武器，又令我动弹不得的时候，我就想到了那件事。他也制服了你，但是我确信，只要你想挣脱，绝对没有问题。”

“不对，我若企图挣脱，就一定会失败。当初，你们的太空艇在我／们／盖娅的掌握中，”她以悲伤的语调说，“那时我和盖娅是真正的一体。现在则有超空间的分隔，限制了我／们／盖娅的效率。此外，盖娅的所作所为，全有赖于集聚无数大脑而生的力量，但即使如此，我们的大脑全部加起来，也比不上这个索拉利人的转换叶突。我们无法像他那么巧妙、那么有效又毫不疲惫地利用能量。你看，我不能让这些灯光变得更亮，我也不知再过多久就会筋疲力尽。而班德即使在睡觉的时候，也能为整个广大的属地供应电力。”

“但你制止了他。”崔维兹说。

“因为他并未察觉我的力量，”宝绮思说，“而且因为我什么也没做，并没有让我的力量曝光。所以他并未怀疑我，也就没有特别注意我。他将精神全部集中在你身上，崔维兹，因为你带着武器——再次证明你武装自己是明智之举。而我必须等待机会，借着出其不意、迅雷不及掩耳的一击制服班德。当他即将杀害我们，当他全副心神集中在那个行动，以及集中在你身上的时候，我就有了出手的机会。”

“那一击相当漂亮。”

“这么残酷的话你如何说得出口，崔维兹？我的本意只是制止他，仅仅希望阻绝他的转换叶突。我的打算是，当他想要毁灭我们的时候，将发现根本办不到，反之，我们周围的照明会突然熄灭。在他惊讶不已的那一瞬间，我就收紧我的掌握，使他进入长时间的正常睡眠状态，再将他的转换叶突松开。这样电力即可维持不断，我们便能逃出这座宅邸，返回太空艇，尽快离开这颗行星。我希望做到的是，当班德终于醒来的时候，会忘记见到我们之后所发生的一切。不必杀生就能办到的事，盖娅不会因此滥杀无辜。”

“哪里出了差错呢，宝绮思？”裴洛拉特柔声问道。

“我从未接触过像转换叶突这样的东西，我没时间详加研究，以便了解它的构造。我只能猛力展开我的阻绝行动，可是显然做得不正确。受到阻绝的并非能量入口，而是能量出口。在一般情况下，能量源源不绝迅速灌入叶突，大脑则以相同速度排出那些能量，以保护本身不至受损。可是，一旦我阻绝了出口，能量马上累积在叶突中，在极短时间内，大脑温度遽然升高，使其中的蛋白质急速钝化，然后他就死了。当灯光尽数熄灭时，我立即收回阻绝的力量，但是，当然已经太晚了。”

“我看不出除了这样做，你还能有什么别的办法，亲爱的。”裴洛拉特说。

“想到我竟然杀了人，你怎么讲都无法安慰我。”

“班德眼看就要杀掉我们。”崔维兹说。

“因此我们要制止他，而不是杀害他。”

崔维兹犹豫了一下，他不希望表现出不耐烦的情绪，因为他实在不愿惹宝绮思生气，或令她更心烦。毕竟，在这个充满强烈敌意的世界上，她是他们唯一的防卫武器。

他说："宝绮思，别再遗憾班德的死亡，现在我们该考虑别的了。由于他的死，这块属地所有的电力都消失了，其他索拉利人迟早会发现这个事实——或许不会迟只会早。他们将不得不展开调查，假如几个索拉利人联手攻击我们，我认为你根本无法抵御。而且，正如你自己也承认的，你现在勉强供应的有限电力，将无法持续太久。所以说，当务之急是赶快回到地面，钻进我们的太空艇，一刻也耽误不得。"

"可是，葛兰，"裴洛拉特说，"我们该怎么做呢？我们刚才走了好几公里弯弯曲曲的路，我猜这下面一定跟迷宫差不多。就我个人而言，我对如何回到地面毫无概念，我的方向感一向很差。"

崔维兹四下看了看，明白裴洛拉特说的完全正确。他说："我猜通向地面的出口应该很多，我们不一定要找原来那个。"

"可是出口的位置我们一个也不知道，又要从何找起呢？"

崔维兹再次转向宝绮思。"你用精神力量，能否侦测到任何有助于找到出路的线索？"

宝绮思说："这块属地的机器人都停摆了。在我们正上方，我可以侦测到一息微弱的次智慧生命，但这只能说明地面在正上方，这点我们早就知道了。"

"好吧，那么，"崔维兹说，"我们只好自己寻找出口。"

"瞎闯乱撞？"裴洛拉特被这个提议吓了一跳，"我们永远不会成功。"

"或许可以，詹诺夫。"崔维兹说，"只要我们动手找，不论机会多么小，总有逃出去的机会。否则我们只好待在这里，这样的话，我们永远不会成功。来吧，一线希望总比毫无希望强。"

"慢着，"宝绮思说，"我的确侦测到了一样东西。"

"什么东西？"崔维兹问。

“一个心灵。”

“有智慧吗？”

“有，可是我想智慧有限。不过，我感到最清楚的，却是另一种讯息。”

“是什么？”崔维兹再度压制住不耐烦的情绪。

“恐惧！无法忍受的恐惧！”宝绮思细声道。

53

崔维兹愁眉苦脸地四下张望。他虽然知道刚才是从哪里进来的，但他不会因此产生幻想，认为他们有可能原路折回。毕竟，他对那些拐弯抹角的道路未曾留心。谁会想到他们竟然落到这个地步，不得不自行折返，只有明灭不定的幽暗光芒为他们指路。

他说：“你认为自己有办法启动那辆车吗，宝绮思？”

宝绮思说：“我确定自己做得到，崔维兹，但那并不表示我会驾驶。”

裴洛拉特说：“我想班德是靠精神力量驾驶的。车子在行驶的时候，我没看到他碰过任何东西。”

宝绮思温柔地说：“没错，裴，他用的是精神力量，可是该如何使用精神力量呢？你当然会说是借着操纵装置，这点绝对没错，但我若不熟悉操纵装置的使用方法，就根本毫无帮助，对不对？”

“你好歹试一试。”崔维兹说。

“如果要去试，我必须将全副心神放在它上面，这样一来，我怀疑自己是否还能维持照明的灯光。即使我学会了如何操纵，在黑暗中这辆车子也帮不上什么忙。”

“我想，看来我们必须徒步游荡了？”

“恐怕只好这样了。”

崔维兹凝视着前方，除了他们近旁笼罩着幽暗的光芒，此外尽皆是厚实沉重的黑暗。他什么也看不见，什么也听不到。

他说：“宝绮思，你还能感受到那个受惊的心灵吗？”

“还可以。”

“你能不能分辨它在哪里？能不能带领我们到那里去？”

“精神感应是直线行进的，几乎不会被普通物质折射，所以我能判断它是来自那个方向。”

她直指着黑漆漆的墙壁，继续说：“但我们不能穿墙而过，最好的办法就是沿着回廊走，一路选择感应变得愈来愈强的方向。简单地说，我们得玩一玩‘跟着感觉走’的游戏。”

“那我们现在就开始吧。”

裴洛拉特却踌躇不前。“慢着，葛兰，不论那是什么东西，我们真想找到它吗？如果它感到恐惧，或许我们同样会有恐惧的理由。”

崔维兹不耐烦地摇了摇头。“我们毫无选择余地，詹诺夫。不论它是否感到恐惧，总是一个心灵，它可能会愿意指点我们——或者我们能设法叫它指点回到地面的途径。”

“而我们就让班德躺在这里？”裴洛拉特语带不安地说。

崔维兹抓住他的手肘。“来吧，詹诺夫，这点我们也没有选择。终究会有某个索拉利人重新启动这个地方，然后某个机器人就会发现班德，会为他料理后事——我希望是在我们安然离去之后。”

他让宝绮思在前面带路，不论走到哪里，她身边的灯光总是最亮。在每一个门口，以及回廊的每个岔路，她都会停下脚步，试图感知那股恐惧来自何方。有时她会在走进一扇门或绕过某个弯路后，又重新折返，尝试另一条路径。崔维兹只能袖手旁观，一点也帮不上忙。

每当宝绮思下定决心，坚决地朝某个方向前进时，她前方的灯光便会亮起来。崔维兹注意到，现在这些灯光似乎较为明亮——可能是由于他的眼睛适应了昏暗的环境，也可能是宝绮思学会了如何更有效地转换能量。有一次，遇到一根那种插入地底的金属棒，她便将手放在上面，灯光的亮度立时显著增强。她点了点头，好像感到十分满意。

沿途未见任何熟悉的事物，因此几乎可以肯定，他们现在走过的地方，是这座曲折迂回的地底宅邸另外一部分，他们进来的时候并未经过这里。

崔维兹一路注意观察，想要寻找陡然上升的回廊，有时又将注意力转向天花板，试图找出活门的痕迹。结果他一直没有任何发现，那受惊的心灵仍是他们唯一的希望。

他们走在寂静中，唯一的声音是自己的脚步声；走在黑暗里，唯一的光芒紧紧包围他们身边；走在死亡的幽谷内，唯一的活物就是他们自己。他们偶尔会发现一两个朦胧的机器人身躯，在昏暗中或立或坐，个个一动不动。有一次，他们看到一个侧卧的机器人，四肢摆出一种古怪的僵凝姿势。崔维兹想，当电力消失时，它一定处于某种不平衡状态，于是立刻倒了下来。不论班德是死是活，都无法影响重力的作用。也许在班德的广大属地各个角落，所有的机器人皆已停摆，或立或卧僵在原地，而在属地的边界，这种情形一定很快会被发现。

但也或许不会，他突然又这么想。当索拉利的一分子即将由于衰老而死亡时，索拉利人应该通通知道，整个世界都会有所警觉，并且预先作好准备。然而，班德正处于盛年，他现在突然暴毙，根本不可能有任何预兆。谁会知道？谁会预期这种结果？谁又会期待整个属地停摆呢？

不对（崔维兹将乐观与自我安慰抛在脑后，那会引诱自己变得太过自信，实在太危险了），班德属地所有的活动皆已停止，索拉利人一定会注意到，然后就会立即采取行动。他们都对继承属地有极大的兴趣，不会对他人的死亡置之不理。

裴洛拉特闷闷不乐地喃喃说道：“通风系统停止了。像这种位于地底的场所，一定得保持通风良好。原本有班德供应电力，但现在它已不再运转。”

“没关系，詹诺夫。”崔维兹说，“在这个空旷的地底世界中，还有足够的空气让我们活好几年。”

“我仍然闷得发慌，是心理上的难过。”

“拜托，詹诺夫，别染上了幽闭恐惧症。宝绮思，我们接近些了吗？”

“近多了，崔维兹。”她答道，“感觉变强许多，我对它的位置也更清楚了。”

她迈出的脚步更为坚定，在需要选择方向时也不再那么犹豫。

“那里！那里！”她说，“我强烈感觉到了。”

崔维兹不以为然地说：“现在就连我也听得到了。”

三个人停下脚步，自然而然屏住了气息。他们可以听到一阵轻柔的呜咽，还夹杂着气喘吁吁的啜泣。

他们循声走进一个大房间，灯光亮起后，他们看到里面满是色彩缤纷的陈设，跟原先所见的房间都完全不同。

房间正中央有个机器人，它微弯着腰，伸出双臂，像是正准备做个亲昵的动作。不过，当然，它僵在那里一动不动。

机器人身后传来一阵衣衫拍动的声音。一只睁得圆圆的眼睛畏畏缩缩地从后面探出来，那种令人心碎的啜泣声则一直不断。

崔维兹冲到机器人后面。只听得一声尖叫，一个矮小身形从另一侧冒出来，随即摔倒在地，躺在那里用手蒙住眼睛，两腿胡乱猛踢，仿佛要逐退来自四面八方的威胁，同时继续不断尖叫，尖叫——

宝绮思说:“是个孩子！”这句话根本是多余的。

54

崔维兹向后退了几步，感到十分不解。一个孩子在这里做什么？班德对自己的绝对孤独多么自傲，而且还极力强调这一点。

面对暧昧不明之事，裴洛拉特比较不会诉诸理性分析。他立刻想到答案，脱口而出:“我想这就是继承人。”

“是班德的孩子，”宝绮思表示同意，“可是太小了。我想他无法成为继承人，索拉利人得另外找人继承。”

她凝视着这个孩子，但并非目不转睛地瞪着他，而是用一种轻柔的、带有催眠作用的目光。那孩子果然渐渐静下来，他睁开双眼，回望着宝绮思，原本的叫喊变成了偶尔一下的轻声抽噎。

宝绮思发出一些具有安抚作用的声音，虽然断断续续，没有什么意义，但目的只是要加强镇定效果。她仿佛在用精神指尖，轻抚那孩子陌生的心灵，设法抚平其中紊乱不堪的情绪。

那孩子慢慢爬起来，目光一直没有离开宝绮思。他摇摇晃晃地站了一会儿，突然冲向那个既无动作又没声音的机器人，紧紧抱着机器人粗壮的大腿，仿佛渴望从中得到一点安全感。

崔维兹说："我猜那个机器人是他的——保姆，或说管理员。我猜索拉利人无法照顾另一个索拉利人，甚至无法照顾自己亲生的孩子。"

裴洛拉特说："我猜这孩子也是雌雄同体。"

"一定是。"崔维兹说。

宝绮思的心思仍然全放在那孩子身上。她慢慢向他走去，双手斜举，手掌朝着自己，仿佛强调并没有抓住他的意图。那孩子现在不哭了，看到宝绮思走过来，他把机器人抱得更紧。

宝绮思说："来，孩子——温暖。孩子——柔软，温暖，舒适，安全。孩子——安全——安全。"

她停了下来，头也不回地压低声音说："裴，用他的语言跟他讲。告诉他我们都是机器人，因为这里停电，所以我们来照顾他。"

"机器人！"裴洛拉特吓了一跳。

"我们必须这样自我介绍。他不怕机器人，但他从未见过人类，也许甚至无法想象人类是什么。"

裴洛拉特说："我不知道能否想出正确的说法，也不知道'机器人'的古语是什么。"

"那就直接说'机器人'吧，裴。如果不管用，就改说'铁打的东西'，反正尽量说就对了。"

裴洛拉特开始慢慢地、一字一顿地说着古银河语。那孩子望着他，紧紧皱着眉头，像是试图了解他在说些什么。

崔维兹说："你在跟他沟通的时候，最好顺便问问如何才能出去。"

宝绮思说："不，暂时不要。先建立信心，再问问题。"

那孩子一面望着裴洛拉特，一面慢慢松开机器人。他说了几句话，声音高亢且有韵律。

裴洛拉特慌忙道："他讲得太快，我听不懂。"

宝绮思说："请他慢慢再讲一遍。我在尽全力消除他的恐惧，让他保持镇静。"

裴洛拉特又听了一遍那孩子说的话，然后说："我想他在问健比为什么不动了，健比一定就是这个机器人。"

"再确定一下，裴。"

裴洛拉特跟那孩子再谈了几句，又说："没错，健比就是这个机器人，而这孩子管自己叫菲龙。"

"太好了！"宝绮思对那孩子微微一笑，那是个灿烂而开心的笑容。她伸手指指他，然后说："菲龙，乖菲龙，勇敢的菲龙。"又将一只手放在自己胸前，"宝绮思。"

那孩子也露出微笑，当他展现笑容时，看起来非常讨人喜欢。"宝绮思。"他说，其中那个"思"的发音有点不正确。

崔维兹说："宝绮思，如果你能启动这个叫健比的机器人，它也许能告诉我们一些我们想知道的事。裴洛拉特可以跟它沟通，不会比跟这孩子沟通更困难。"

"不行，"宝绮思说，"那样会出问题。这个机器人的首要任务是保护这孩子，如果它启动后，立即发觉我们这几个陌生的人类，它或许会立即攻击我们，因为这里不该有任何陌生人。到时我若被迫令它停摆，它就无法提供我们任何讯息，而这孩子，看到心目中唯一的亲人再度停摆。唉，我就是不要那么做。”

“可是我们都听说过，”裴洛拉特柔声道，“机器人一律不能伤害人类。”

“我们的确听说过，”宝绮思说，“可是没有人告诉我们，这些索拉利人设计的是何种机器人。即使这个机器人设计成不能伤害人类，它也必须作出抉择。一边是它的孩子，或说几乎是它的孩子；另一边却是三个陌生物件，它也许根本认不出我们是人类，只会把我们当成非法闯入者。它自然会选择保护孩子，而对我们发动攻击。”

她再度转身面对那孩子。“菲龙，”她说，“宝绮思，”她指了指自己，接着又指向其他两人，“裴，崔。”

“裴，崔。”孩子乖顺地跟着说。

她向那孩子走近些，双手慢慢接近他。他一面望着她，一面向后退了一步。

“冷静，菲龙。”宝绮思说，“乖乖，菲龙。摸摸，菲龙。好乖，菲龙。”

他向她走近一步，宝绮思松了一口气。“乖，菲龙。”

她摸了摸菲龙裸露在外的臂膀，他跟他的单亲一样，只穿了一件长袍，前胸敞开，下面系着一条腰布。她只轻轻摸了一下，就赶紧移开手，等了一会儿，才将手放回他的手臂上，轻柔地抚摸着。

在宝绮思心灵的强力镇静作用下，那孩子微微闭上眼睛。

宝绮思的双手慢慢往上移，动作很轻，几乎没有触摸到他的肌肤。她两只手一路摸到孩子的肩膀、颈部、耳朵，最后伸进棕色长发中，来到双耳后方偏上的部位。

她随即放下双手，说道：“转换叶突还小，头盖骨尚未发育完全。目前那里只有一层硬质皮肤，等到叶突长成后，它会向外鼓胀，被头盖骨围起来。这就代表说，如今他还无法控制这块属地，甚至无法启动属于他的机器人——问问他几岁了，裴。”

经过一番交谈后，裴洛拉特说：“他今年十四岁，如果我没弄错的话。”

崔维兹说：“他看起来比较像十一岁。”

宝绮思说：“这个世界所采用的年，长度也许和银河标准年不尽相同。此外，据说太空族拥有倍增的寿命，如果索拉利人跟其他太空族一样，他们或许也延长了发育期，总之我们不能以年龄为准。”

崔维兹不耐烦地咂咂舌头。“别再讨论人类学了，我们必须赶快到达地面。我们沟通的对象是个孩子，所以我们可能只是在浪费时间。他也许不知道通往地面的途径，也可能从来没有到过地面。”

宝绮思说：“裴！”

裴洛拉特明白她的意思，马上又跟菲龙讨论起来，这次花的时间比前几次都要长。

最后他终于说：“这孩子知道什么是太阳，他说自己曾看到过。我想他也见过树木，但他的反应好像不确定那个词汇的意义，至少不确定我所用的那个词汇……”

“好了，詹诺夫，”崔维兹说，“拜托言归正传吧。”

“我告诉菲龙，如果他能带我们到地面去，我们也许就有办法启动那个机器人。事实上，我说的是我们‘就会’启动那个机器人。你认为我们可能做得到吗？”

崔维兹说：“这件事我们待会儿再操心，他有没有说愿意为我们带路？”

“有。可是我刚才想，如果我作出承诺，你也知道，这孩子就会更热心。我认为，我们在冒着令他失望的危险……”

“走吧，”崔维兹说，“我们立刻出发。如果我们困在地底，所有的事情都是纸上谈兵。”

裴洛拉特又对那孩子说了几句话，那孩子便开始向前走，不久他又停下脚步，回头望着宝绮思。

宝绮思伸出手来，两人便手牵着手一起走。

“我是他的新机器人。”她露出淡淡的微笑。

“他好像相当满意。”崔维兹说。

菲龙一路蹦蹦跳跳，崔维兹心中突然闪过一个疑问，他现在这么开心，只是宝绮思费尽心血的结果吗？或是除此之外，又加上他有机会再度去地面玩耍，还得到三个新的机器人，所以才会这样兴奋？或者，他变得如此兴高采烈，是因为想到保姆健比会活过来？这都没什么关系，只要这孩子肯带路就行。

孩子的步伐似乎没有任何迟疑，每当遇到岔路，他都毫不犹豫便做出选择。他真的知道自己走向哪里吗？或者这只是小孩子无意义的行动？他只是在玩游戏，根本没有明确的目的地？

可是，从变得稍微沉重的脚步，崔维兹意识到自己正在上坡。而那个孩子，则一面信心十足地蹦蹦跳跳，一面指着前方，叽哩呱啦说个不停。

崔维兹望向裴洛拉特，裴洛拉特清了清喉咙，然后说：“我想，他说的是‘门口’。”

“我希望你所想的正确无误。”崔维兹说。

此时孩子挣脱了宝绮思的手，飞快向前奔去。不久，他伸手指着某处地板，那里的颜色似乎比周围深。他踏上那块地板，原地跳了几下，然后转过头来，露出明显的沮丧表情，又用尖锐的声音说了一大串。

宝绮思做个鬼脸。“我得负责供应电力，这会令我筋疲力尽。”

她的脸微微转红，灯光则变暗了点，但菲龙面前的一扇门却打了开，他立刻发出女高音般的欢呼。

那孩子冲出门外，两位男士紧跟在后。宝绮思是最后一个出来的，当那扇门快要关上的时候，她回头望了望，里面已经一片漆黑。然后她停下脚步，稍微喘了一口气，看来相当疲倦。

“好啦，”裴洛拉特说：“我们出来了，太空艇在哪里？”

现在他们全部来到户外，沐浴在仍算明亮的夕阳下。

崔维兹喃喃说道：“我觉得好像在那个方向。”

“我也这么觉得，”宝绮思说，“我们走吧。”她说完就伸手去牵菲龙。

除了风声，以及一些动物的叫声与走动声之外，四周可谓一片静寂。他们在途中遇到一个机器人，一动不动地站在一棵树旁边，手中抱着一个功用不明的物体。

裴洛拉特显然是出于好奇，朝那个方向迈出一步，崔维兹却赶紧说：“不关我们的事，詹诺夫，继续走。”

不久，他们又远远看到另一个机器人瘫在地上。

崔维兹说：“我想方圆百公里内，一定到处是放倒的机器人。”然后他又得意洋洋地说：“啊，太空艇在那里。”

他们马上加快脚步，突然间却又停了下来。菲龙扯着喉咙发出兴奋的尖叫。

太空艇附近，停着一艘显得相当原始的航空器，它的旋翼看来不但浪费能量，而且十分脆弱。在那具航空器旁边，介于他们四人与太空艇之间，站着四个状似人类的身形。

“太迟了，”崔维兹说，“我们浪费了太多时间。现在怎么办？”

裴洛拉特以困惑的口吻说：“四个索拉利人？这不可能。他们当然不会做这样的实质接触，你想这些是全息影像吗？”

“它们是百分之百的实体，”宝绮思说，“这点我能肯定，但它们并不是索拉利人。这些心灵我绝不会弄错，它们是机器人。”

55

“好吧，那么，”崔维兹带着倦意说，“前进！”他继续以沉着的步伐向太空艇走去，其他三人跟在他后面。

裴洛拉特有点上气不接下气地说：“你打算怎么办？”

“它们若是机器人，就必须服从命令。”

那几个机器人正在等候他们四人。走近之后，崔维兹开始仔细打量它们。

没错，它们一定是机器人。它们的脸部看来仿佛有皮有肉，但是毫无表情，显得相当诡异。它们都穿着制服，除了脸部之外，没有暴露一平方厘米的肌肤，连双手都戴着不透明的薄手套。

崔维兹随便做了一个手势，那是个明确而直接的身体语言，意思是要它们让开。

那些机器人并没有动。

崔维兹低声对裴洛拉特说：“讲出我的意思来，詹诺夫，语气要坚决。”

裴洛拉特清了清喉咙，以很不自然的男中音慢慢地说，同时也像崔维兹那样，挥手表示要它们让开。然后，其中一个似乎高一点的机器人，以冰冷而犀利的声音答了几句。

裴洛拉特转头对崔维兹说：“我想，它说我们是外星人士。”

“告诉它说我们是人类，它必须服从我们。”

此时那机器人再度开口，说的是口音奇特但不难懂的银河标准语。“我了解你的话，外星人士。我会说银河标准语，我们是守护机器人。”

“那么，你听到我刚才说的话了，我们是人类，你们必须服从我们。”

“外星人士，我们的程序只让我们服从地主的命令，而你们既不是地主又不是索拉利人。班德地主对常规接触未作回应，因此我们前来进行实地调查，这是我们的职责。我们发现了一艘并非索拉利出厂的太空船，还有几个外星人士，而班德的机器人则全部停摆。班德地主在哪里？”

崔维兹摇了摇头，以缓慢而清晰的声音说：“我们完全不明白你说些什么，我们船上的电脑出了点问题，将我们带到这颗陌生的行星附近，这并不是我们的本意。我们登陆此地，是想找出目前的位置，却发现所有的机器人都已停摆，我们完全不知道发生了什么事。”

“这个解释不可信。如果这块属地上所有的机器人都停摆，所有的电力通通消失，那么班德地主一定死了。他刚好在你们着陆之际死亡，如果说只是巧合，那是不合逻辑的假设，其中一定有某种因果关系。”

崔维兹又说：“可是电力并没有消失啊，你和其他几个机器人都还能活动。”他这样说只是为了混淆视听，以显示他是个局外人，对这里的状况毫不知情，借以洗脱自己的嫌疑。

那机器人说：“我们是守护机器人，我们不属于任何地主，而是属于整个世界。我们以核能为动力，不受任何地主控制。我再问一遍，班德地主在哪里？”

崔维兹四下看了看，裴洛拉特显得忧心忡忡，宝绮思则紧抿嘴唇，但看来还算冷静。菲龙全身发抖，好在宝绮思将手放到他肩上，他才变得坚强一点，脸上的恐惧也消失了。（宝绮思在设法令他镇定吗？）

那机器人说：“再问一次，这是最后一次，班德地主在哪里？”

“我不知道。”崔维兹绷着脸说。

那机器人点了点头，它的两个同伴便迅速离去。然后它说：“我的守护者同僚将搜索这所宅邸，在此期间，你们将被留置此地接受盘问。把你佩挂在腰际两侧的东西交给我。”

崔维兹退了一步。“这些东西不会伤人。”

“别再乱动。我没问它们会不会伤人，我要你把它们交出来。”

“不行。”

那机器人迅速向前迈出一步，猛然伸出手臂，崔维兹还不知道发生了什么事，机器人一只手已搭上他的肩头。那只手用力收紧，同时向下猛压，令崔维兹跪了下来。

那机器人又说：“交出来。”它伸出另一只手。

“不。”崔维兹喘着气说。

此时宝绮思冲过去，将手铳从皮套中掏出来。崔维兹遭到机器人钳制，根本无法阻止她的行动。宝绮思将手铳递给那机器人。“给你，守护者，”她说，“并请你稍等一下——这是另一件，现在放开我的同伴。”

那机器人握着两件武器向后退去，崔维兹慢慢站起来，猛搓着左肩，脸孔痛苦地扭曲。

（菲龙开始轻声抽噎，心慌意乱的裴洛拉特连忙将他抱起来，紧紧搂着他。）

宝绮思以极其愤怒的语气，对崔维兹悄声道：“你为什么要跟它斗？它用两根指头就能把你捏死。”

崔维兹哼了一声，咬牙切齿地说：“你为什么不对付它？”

“我在试啊，但这需要时间。它的心灵没有空隙，程序设计得精密无比，我根本找不到漏洞可钻。我必须好好研究一下，你得设法拖延时间。”

“别研究它的心灵，把它摧毁就行了。”崔维兹说这句话时几乎没有发出声音。

宝绮思向那个机器人瞥了一眼，看到它正专注地研究那两件武器，而留在它身边的另一个机器人，则负责看守他们这些外星人士。对于崔维兹与宝绮思之间的耳语，它们两个似乎都没兴趣。

宝绮思说：“不行，不能摧毁它。在先前那个世界，我们杀害过一只狗，又伤了另一只，而在这个世界，你也知道发生了什么事。”她又很快瞥了一下那两个守护机器人，“盖娅从不无故屠杀生灵，我需要时间来和平解决。”

她后退了几步，双眼紧盯着那个机器人。

那机器人说：“这两件是武器。”

“不是。”崔维兹说。

“是的，”宝绮思说，“不过它们现在失效了，它们的能量已经被抽光。”

“真是这样吗？你们为何要携带能量被抽光的武器？也许它们

还有些能量。”那机器人抓起其中一件，将拇指放在正确的位置上，“是这样启动的吗？”

“没错。”宝绮思说，“假如它还存着能量，你用力一压，它就会被启动——但是它没有能量。”

“确定吗？”那机器人将武器对准崔维兹，“你还敢说如果我启动，它不会生效？”

“它不会生效。”宝绮思说。

崔维兹僵在那里，连话都讲不清楚。在班德将手铳中的能量抽光后，他曾试过一次，证实它已经完全失效。可是那机器人拿的是神经鞭，崔维兹并未测试过。

即使神经鞭残存一点点能量，也足以刺激痛觉神经，而崔维兹将产生的感觉，会让刚才那一抓好像亲昵的爱抚。

在“舰队学院”受训时，崔维兹跟每个学员一样，曾被迫接受神经鞭的轻微一击。那只是要让他们尝尝滋味，崔维兹觉得一次就绰绰有余。

那机器人启动了武器，一时之间，崔维兹吃力地咬紧牙关，然后又慢慢放松——神经鞭的能量也全被抽光了。

那机器人瞪了崔维兹一眼，再将两件武器丢到一旁。“这些武器怎么会被抽光能量？”它质问道，“如果它们失效了，你为什么还要带在身上？”

崔维兹说：“我习惯了这个重量，即使能量没了，我仍然会随身携带。”

那机器人说：“这样讲根本没道理，你们都被捕了。你们将接受进一步的盘问，而如果地主们作出决定，你们就会被停摆。怎样打开这艘太空船？我们必须进去搜查。”

“那样做没什么用的。”崔维兹说，“你不了解它的构造。”

“即使我不懂，地主们也会懂得。”

“他们也不会了解。”

“那么你就得解释清楚，让他们能够了解。”

“我不会那样做。”

“那么你就会被停摆。”

“我停摆了，你就得不到任何解释。不过我想，即使作出解释，我一样会被停摆。”

宝绮思喃喃地说：“继续下去，我逐渐解开它脑部的运作奥秘了。”

那机器人并未理会宝绮思。（是她造成的结果吗？崔维兹这么想，而且极度希望真是这样。）

那机器人将注意力牢牢罩在崔维兹身上。“如果你制造麻烦，我们将令你部分停摆。我们会损坏你，然后你就会把我们想知道的告诉我们。”

裴洛拉特突然喊道：“慢着，你不能这么做。守护者，你不能这么做。”声音听来好像他被掐住了脖子。

“我接受了详尽的指令，”那机器人以平静的语气说，“我可以这样做。我会尽量减少损坏的程度，只要能问出答案就好。”

“可是你不能这么做，绝对不能。我是外星人士，我的两个同伴也一样。可是这孩子，”裴洛拉特看了看仍抱在手中的菲龙，“是个索拉利人。他会告诉你该做些什么，你必须服从他。”

菲龙张大眼睛望着裴洛拉特，但是眼神似乎很空洞。

宝绮思拼命摇头，可是裴洛拉特望着她，现出一副不解的神情。

那机器人的目光在菲龙身上停了一下，然后它说：“这个儿童一点都不重要，他没有转换叶突。”

“他尚未拥有发育完成的转换叶突，”裴洛拉特喘着气说，

“但他将来总会有的，他是个索拉利儿童。”

“他是个儿童，但他没有发育完成的转换叶突，所以不能算是索拉利人。我没有必要听从他的命令，也没有必要保护他。”

“但他是班德地主唯一的子嗣。”

“是吗？你怎么知道这件事？”

就像过度兴奋时一样，裴洛拉特又结巴了。“怎……怎么会有其他小孩在这块属地上？”

“你怎么知道不会另有十几个？”

“你看到其他小孩了吗？”

“现在是我在发问。”

此时，另一个机器人拍拍那机器人的手臂，转移了它的注意力。刚才被派去搜索宅邸的两个机器人，现在正快步跑回来，然而脚步有些踉跄。

突然间一片鸦雀无声，直到它们来到近前，其中一个才以索拉利语开始说话。它一番话讲完之后，四个机器人似乎都失去了弹性。一时之间，它们显得萎靡不振，像是泄了气一样。

裴洛拉特说：“它们找到班德了。”崔维兹根本来不及挥手阻止他。

那机器人慢慢转过身来，以含糊不清的声音说：“班德地主死了。可是你们刚才那句话告诉我们，你们已经知晓这件事实。怎么会这样呢？”

“我怎么知道？”崔维兹凶巴巴地说。

“你们知道他死了，你们知道在里面能找到他的尸体。除非你们曾经到过那里，除非就是你们结束了他的生命，否则你们怎能知道？”那机器人的发音渐渐恢复正常，表示它已经消化了这个震撼，变得比较可以承受了。

此时崔维兹说：“我们怎能杀死班德？他拥有转换叶突，能在瞬间将我们摧毁。”

“你怎知道转换叶突能做和不能做些什么？”

“你刚才提到了转换叶突。”

“我只不过提到而已，并没有描述它的特性或功能。”

“我们从一场梦中得知的。”

“这个答案并不可信。”

崔维兹说：“你假设我们导致班德死亡，这同样不可信。”

裴洛拉特补充道：“而且无论如何，班德地主若是死了，这块属地现在就由菲龙地主控制。地主在这里，你们必须服从他。”

“我解释过了，”那机器人说，“转换叶突尚未发育完成的儿童，不能算是索拉利人，因此他不能成为继承人。我们报告了这个坏消息之后，另一个年龄适当的继承人会尽快飞来。”

“菲龙地主又怎么办？”

“根本没有所谓的菲龙地主。他只是个儿童，而我们的儿童过剩，他会被销毁。”

宝绮思激动地说：“你不敢。他好歹是个孩子！”

“并不一定由我执行这个行动，”那机器人说，“而且绝非由我作成决定，这要由所有的地主达成共识。然而，在儿童过剩时期，我很清楚他们的决定会是什么。”

“不行，我说不行。”

“不会有任何痛苦的。但另一艘航具就快到了，当务之急是进入原先的班德宅邸，召开一次全息审议会，以便产生继承人，并决定怎样处置你们。把那个儿童交给我。”

宝绮思从裴洛拉特怀中，将陷入半昏迷的菲龙一把抢过来。她紧紧抱着他，试图用肩膀支撑他的重量，并且说：“不准碰这孩子。”

那机器人再度猛然伸出手臂，同时迈出脚步，想要抓走菲龙。但在它展开行动之前，宝绮思早已迅速闪到一侧。然而机器人却继续前进，仿佛宝绮思仍站在原地。接着，它全身僵硬地向前栽倒，以双脚脚尖为枢轴，直挺挺扑向地面。其他三个机器人则站在原处静止不动，眼神一律涣散无光。

宝绮思开始哭泣，还带着几分愤怒。“我几乎找到了适当的控制法，它却不给我最后一点时间。我没有选择余地，只好先下手为强，现在这四个都停摆了。趁着援军尚未降落，我们赶紧上太空艇吧。我现在身心俱疲，再也无法对付其他机器人了。”

第五篇

梅尔波美尼亚

第十三章
远离索拉利

56

离去的过程可谓一团混乱。崔维兹捡起那两件已经失效的武器，打开气闸，一伙人便跌跌撞撞进了太空艇。直到他们飞离地表，崔维兹才注意到菲龙也被带了上来。

若非索拉利人的飞航技术并不高明，他们也许就无法及时逃脱。那艘前来增援的索拉利航空器，花在降落与着地的时间简直长得不像话。反之，远星号的电脑几乎在一刹那间，就让这艘重力太空艇垂直升空。

以如此高速升空，原本会产生难以承受的加速效应，但由于远星号隔绝了重力作用，惯性也就因而消失，所以能将加速效应完全除去。纵然如此，它却无法消除空气阻力的效应，是以外壳温度急遽上升，增温速率远远超过舰队规定（或太空艇规范）的合理上限。

升空时，他们看到第二艘索拉利航空器已经降落，此外还有几艘正在接近。崔维兹不知道宝绮思能对付多少机器人，但他判断，他们若在地面多耽搁十五分钟，一定就会被大群机器人吞没。

一旦进入太空（或说几乎到达太空），周围只剩“行星外气层”的稀薄分子”，崔维兹立刻朝行星的夜面飞去。那只是一段很短的航程，因为他们离开地表时，正巧是日落时分。在黑暗中，远星号可以较快冷却，并能继续循着螺线缓缓飞离这颗行星。

此时，裴洛拉特从他和宝绮思共用的舱房走出来。他说：“那孩子现在安稳地睡着了。我们曾教他如何使用厕所，他学来毫不费力。”

“这没什么好惊讶的，那座宅邸中一定有类似的设备。”

“我在那里一间也没看到，其实我一直在找。”裴洛拉特若有所感地说，“要是我们再迟一刻回太空艇，我就憋不住了。”

“我们都一样。但为什么把那孩子也带上来？”

裴洛拉特歉然地耸了耸肩。“宝绮思不愿丢下他，像是想挽救一条命，来弥补被她害死的另一条命。她受不了……”

“我懂。”崔维兹说。

裴洛拉特说：“这孩子的形体非常奇怪。”

“既然是雌雄同体，就在所难免。”崔维兹说。

“他有两颗睾丸，你知道吧。”

“几乎不可能没有。”

“还有一个我只能形容为非常小的阴道。”

崔维兹扮了个鬼脸。“恶心。”

“并不尽然，葛兰，”裴洛拉特抗议道，“这刚好符合他的需要。他只要产出一个受精卵细胞，或是一个很小的胚胎，这个新生命就能在实验室中发育，而且我敢说，是由机器人负责照顾。”

“万一他们的机器人系统发生故障，那又会如何？万一发生那种情形，他们就无法产生能够存活的下一代。”

“任何一个世界，倘若社会结构完全故障，都会陷入严重危机。”

“不会像索拉利人那么严重，使我忍不住为他们掉眼泪。”

“嗯，”裴洛拉特说，“我承认它似乎不是非常迷人的世界，我是指对我们而言。但问题出在索拉利人和索拉利的社会结构，因为两者都跟我们完全不同，我亲爱的兄弟。可是去掉了索拉利人和机器人，你将发现那个世界……”

“可能会开始崩溃，像奥罗拉现在那样。”崔维兹说，“宝绮思怎么样，詹诺夫？”

“只怕是累垮了，她正在睡觉。她有一段很不好过的经历，葛兰。”

“我也不觉得有多么好过。”

崔维兹闭上眼睛。他已经决定，一旦确定索拉利人没有太空航行能力，他立刻要睡上一觉，好好放松一下。而直到目前为止，根据电脑的报告，太空中并未发现任何人工物件。

想到他们造访过的两个太空世界，他心中便充满苦涩。一个上面有满怀敌意的野狗，另一个则有满怀敌意的雌雄同体独居者，而两处都找不到一丝有关地球下落的线索。他们到过那两个世界的唯一证明，只有菲龙这个孩子。

他张开眼睛，裴洛拉特仍坐在电脑另一侧，神情严肃地望着他。

崔维兹突然以坚定的语气说：“我们应该把那个索拉利小孩留在原地。”

裴洛拉特说：“可怜的小家伙，他们会杀了他。”

“即使这样，”崔维兹说，“他仍旧属于那里，是那个社会的一部分。被视为多余而遭处死，是他命该如此。”

“喔，我亲爱的伙伴，这实在是铁石心肠的看法。”

“这是理性至上的看法。我们不知道如何照顾他，他跟我们在一起，也许会多吃不少苦头，到头来仍旧难免一死。他吃些什么东西？”

“我想我们吃什么他就吃什么，老友。事实上，问题是我们要吃什么？我们的存粮究竟还剩多少？”

“很多，很多，即使多一位乘客也不用愁。”

听到这个答案，裴洛拉特并未显得多么高兴。他说：“那些食物已经变得十分单调。我们应该在康普隆补充些，虽然他们的烹饪术不太高明。”

“我们做不到。你应该没忘记，我们走得相当匆忙，离开奥罗拉时也一样，而离开索拉利时尤其匆忙。单调一点又有什么关系？虽然破坏了用餐情趣，却能让我们活命。”

“如果有需要，我们有没有可能找些新鲜食物？”

“随时都行，詹诺夫。拥有一艘重力太空艇，上面又有几具超空间引擎，整个银河也只算小地方。几天之内，我们便可到达任何一处。只不过银河中半数的世界都在留意我们的太空艇，因此我宁愿暂时避避风头。”

“我想那也对。不过，班德似乎对这艘太空艇没兴趣。”

“他可能根本没意识到有这艘太空艇，我想索拉利人早就放弃了太空航行。他们最大的心愿便是完全遗世独立，如果在太空中不停地活动，到处宣传自身的存在，他们几乎不可能享有与世无争的日子。”

“我们下一步该怎么办，葛兰？”

崔维兹说：“还有第三个世界有待我们造访。”

裴洛拉特摇了摇头。“根据前面两个来判断，我对另一个不抱太大希望。”

“目前我也不抱什么希望。但我小睡片刻后，就要让电脑绘出飞往第三个世界的航线。”

57

崔维兹这一觉睡得比预期长了许多，但这并没有什么关系。在太空艇上，根本没有自然的日夜，“近似昼夜节律”也从未绝对遵循。一天有几小时是人为的规定，而诸如饮食或睡眠的自然作息规律，崔维兹与裴洛拉特就常常无法与时钟同步（宝绮思尤其如此）。

当崔维兹在浴室擦拭身体时（由于务必节约用水，肥皂泡最好别用水冲，只要擦掉就好），曾认真考虑要不要再睡一两个钟头。但他转过身来之际，竟然发现菲龙站在面前，跟他自己一样全身赤裸。

他不由自主往后一跳。这种单人盥洗间相当狭窄，一跳之下，身体某部分注定会撞到坚硬的物体，他马上发出“哼”的一声。

菲龙好奇地盯着他，并伸手指着他的阴茎。崔维兹听不懂他说些什么，但从这孩子的神情看得出来，他似乎感到不可置信。为了让自己心安，崔维兹只好用双手遮住阴部。

然后，菲龙以一贯的高亢声调说：“你好。”

这孩子竟然会说银河标准语，令崔维兹有些吃惊，不过听他的口气，好像是硬生生背下来的。

菲龙继续一个字一个字吃力地说："宝——绮——思——说——你——洗——我。"

"是吗？"崔维兹双手按在菲龙的肩膀，"你——待——在——这——里。"

他指了指地板，菲龙当然立刻朝他所指的方向望去，看来完全不懂那句话的意思。

"不要动。"崔维兹一面说，一面紧紧抓住孩子的双臂，按在他身子左右两侧，象征一种静止不动的姿势。然后他赶紧擦干身体，穿上内衣裤，再套上一条长裤。

他走出去大叫道："宝绮思！"

在太空艇中，任何两个人的距离都很难超过四米。宝绮思随即来到她的舱房门口，带着微笑说："是你在叫我吗，崔维兹？还是微风吹过草地所发出的声音？"

"咱们别说笑了，宝绮思。那是什么？"他伸出拇指，猛力朝肩膀后面一甩。

宝绮思向他身后望了望，然后说："嗯，看来像是我们昨天带上来的小索拉利人。"

"是你带上来的，你为什么要我帮他洗澡？"

"我以为你会乐意帮忙。他是个非常聪明的小家伙，银河标准语学得很快，而且我解释过的事他绝不会忘记。当然啦，我一直从旁帮助他。"

"自然如此。"

"没错，我让他保持冷静。在索拉利上经历混乱场面时，我让他大多数时间都处于茫然状态，后来，又设法让他在太空艇上睡了一觉。现在我试图稍微转移他的心思，让他不再那么想念失去的机器人，他显然非常喜爱那个健比。"

“结果他就喜欢待在这里了，我想。”

“希望如此。他的适应力很强，因为他还小，而在不过度影响他心灵的原则下，我尽量鼓励这一点。我还准备教他说银河标准语。”

“那么你去帮他洗澡，懂不懂？”

宝绮思耸了耸肩。“我会的，假如你坚持的话，但我希望让他觉得我们大家都很友善。如果我们每个人都分担些保姆的工作，会很有帮助的，这方面你当然能合作。”

“绝不是合作到这种程度。还有你帮他洗完澡后，就把他弄走，我要跟你谈谈。”

宝绮思道：“你说把他弄走是什么意思？”她的语气突然透出敌意。

“我不是说把他从气闸抛出去，我的意思是把他弄到你的舱房，叫他乖乖坐在一角。我要跟你谈谈。”

“任凭你吩咐。”她冷冷地说。

他一面瞪着她的背影，一面试图抚平自己的怒气。然后他走进驾驶舱，开启了显像屏幕。

索拉利星现在是个黑色圆盘，左侧有一道弯成新月形的光芒。崔维兹将双手放到桌面上，开始与电脑进行接触，竟然发现火气立即平息。想要使心灵与电脑有效地联结，就必须保持心平气和，久而久之，制约反射作用便将两者联系在一起。

以远星号为中心，以他们目前与那颗行星的距离为半径，整个范围内没有任何人工物件。由此可以判断，索拉利人（或他们的机器人）不能也不会再跟踪他们。

还不错。这样的话，现在他大可驶离夜面阴影。事实上，只要他继续远离索拉利，这颗行星呈现的圆盘便会愈来愈小，而当它变得比远方（体积大许多倍）的太阳更小时，阴影无论如何都会消失。

同时，他指示电脑将太空艇驶离行星轨道面，因为这样能使加速过程安全许多。如此一来，他们便能更快到达某个空间曲率够小的区域，进行安全无虞的跃迁。

和往常一样，他又开始凝视远方的恒星。那些静寂而亘古不变的星体，几乎带来一种催眠效应。它们本身的动荡不定已被长距离遮掩，呈现眼前的只有一个个光点。

其中一个光点，当然就是地球所环绕的太阳——史上第一个太阳。在它的热辐射下诞生了生命，在它的庇荫下演化出了人类。

当然，如果太空世界所环绕的那些恒星，虽然既明亮又显眼，却皆未收录在银河地图中，那么，同样的情形也可能发生在“那个太阳”上。

或者，是否只有太空世界的太阳被故意遗漏，因为早年曾有什么条约协定，让它们得以遗世独立？会不会地球之阳虽然收录于银河地图中，却跟无数类似的、不含可住人行星的恒星混在一起了？

毕竟，银河中这类恒星总共三百亿颗左右，却只有大约千分之一的轨道上有可住人行星。以他目前的位置为中心，周围几百秒差距范围内，也许只有一千颗这样的可住人行星。他是否该将其他恒星逐一筛选，将所有的行星都找一遍？

或者，第一个太阳其实根本不在银河这一区？还有多少星区的居民，深信那个太阳是他们的近邻，而自己是最早一批殖民者的后裔？

他需要更多的资料，目前为止他什么也没有。

当初即使会在奥罗拉的万年废墟中进行最仔细的搜寻，他也十分怀疑能否找到地球的下落。至于索拉利人，他更是怀疑他们能提供任何相关资料。

而且，如果有关地球的所有资料，都从川陀那座伟大的图书馆消失了，又如果盖娅伟大的集体记忆，对地球也完全一片空白，那么，在那些失落的太空世界上，几乎不可能有任何资料得以幸免。

假如他纯粹出于运气，竟然找到了地球之阳，进而找到了地球——会不会有什么外力使他对这个事实浑然不觉？地球的防卫果真滴水不漏吗？它保持隐匿的决心果真如此坚决吗？

他究竟是在寻找什么？

是地球吗？或是他认为（并无明确理由）能在地球上找到谢顿计划的漏洞？

如今，谢顿计划已运作了五个世纪，（据说）最终将带领人类抵达一个安全的港湾——第二银河帝国，它将比第一帝国更伟大、更崇高、更自由。可是他，崔维兹，却否定了第二帝国，转而支持盖娅星系。

盖娅星系将是个巨大的生命体，而第二银河帝国不论如何庞大，如何多样化，也只是众多独立生命体的集合，每个生命体仅仅像是帝国中的一粒微尘。人类自发迹以来，不知已建构出多少的个体集合，第二银河帝国虽然有可能是其中最大最好的一个，仍旧无法脱离既有的框架。

盖娅星系则是个完全不同的组织，要比第二银河帝国更为理想。因此谢顿计划必定存在着瑕疵，却连伟大的哈里·谢顿自己都忽略了。

但如果是连谢顿都忽略的瑕疵，崔维兹又怎么可能修正呢？他不是数学家，对谢顿计划的细节一概不知，百分之百没有概念。而且，即使有人能够为他解释，他仍然会一窍不通。

他知道的只是两个假设——必须牵涉到为数众多的人类，而且他们都不知道最终的目的。只要想想整个银河的庞大人口，第一个假设便不证自明；至于第二个假设也一定正确，因为知道计划细节的只有第二基地分子，而他们的保密功夫极为到家。

唯一的可能，就是还有一个并未言明的假设，一个大家都视为理所当然的假设。由于它实在太过明显，所以从来没有人提到或想到，但它却有可能不成立。而这个假设若不成立，就会使谢顿计划的伟大目标大打折扣，使盖娅星系比第二帝国更胜一筹。

可是，倘若这个假设如此显而易见，如此理所当然，甚至从未陈述出来，它又怎么可能有错呢？而如果从来没有人提及或想到，崔维兹又怎么知道有这回事？此外，即使他猜到了它的存在，对它的本质又能有什么概念？

难道他真是那个崔维兹，一个拥有百分之百正确直觉的人，正如盖娅所坚称的？他是否总是知道怎么做才正确，即使不知自己为何要那样做？

现在他正逐一探访所知的每个太空世界。这样做是正确的吗？太空世界上真有答案吗？或者至少拥有初步的线索？

奥罗拉除了废墟与野狗之外，还有什么呢？（想必还有些凶猛的动物，例如狂暴的野牛？繁殖过量的野鼠？行动鬼祟的绿眼野猫？）索拉利虽未荒芜，可是除了机器人与懂得转换能量的人类，上面还有什么别的吗？除非这两个世界保有地球下落的秘密，否则它们跟谢顿计划还有什么关联？

而它们若真的藏有地球的秘密，地球与谢顿计划又有什么关联呢？这一切只是疯狂的想法吗？对于自己料事如神的狂想，他是否听得太多又太认真了？

一股沉重无比的羞愧感向他扑来，压得他几乎无法呼吸。他望了望舱外遥不可及、与世无争的群星，暗自想道：我一定是银河中的头号大笨蛋。

58

宝绮思的声音打断了他的思绪。“好啦，崔维兹，你为什么要见……有什么不对劲吗？”她突然改用关心的语气问道。

崔维兹抬起头，发现一时之间很难摆脱沉重的心情。他瞪着她说：“没有，没有，没什么不对劲。我——我只不过想得出了神。反正，我三天两头会陷入沉思。”

他知道宝绮思能读出他的情绪，因此有些不自在。她只对他作过口头承诺，说她会主动避免偷窥他的心灵。

然而，她似乎接受了他的解释。她说：“裴洛拉特跟菲龙在一起，在教他简单的银河标准语。我们吃的东西，那孩子好像都能吃，他并没有过分挑嘴。但你要见我是为了什么？”

“嗯，别在这里讲。”崔维兹说，“电脑现在不需要我，如果你愿意到我的舱房来，床铺已经整理好了，你可以坐在上面，我嘛就坐在椅子上。或者你希望倒过来也行。”

“无所谓。”于是他们走了几步，来到崔维兹的舱房。她仔细盯着他，然后说：“你似乎不再发火了。”

“你在检视我的心灵？”

“绝对没有，只是在检视你的脸色。”

“我不是发火。我偶尔会发一小阵子脾气，但那不等于发火。不过，如果你不介意，我得问你一些问题。”

宝绮思坐在崔维兹的床上，身子挺得笔直，宽颊脸庞与黑色眼珠透出一种庄重的神情。她的及肩黑发梳理得很整齐，纤纤素手轻轻抓着膝头。从她身上，还散发出一阵淡淡的幽香。

崔维兹微微一笑。“你打扮得很美丽。我猜你是认为，我不会对一个年轻漂亮的女孩拼命大吼大叫。”

“如果能让你觉得好过些，随便你怎样吼怎样叫都行，我只是不希望你对菲龙大吼大叫。”

“我不想那样做。事实上，我也无意对你大吼大叫，我们不是决定做朋友了吗？”

“盖娅对你的态度一贯都是友善，崔维兹。”

“我不是在说盖娅。我知道你是盖娅的一部分，也可以说你就是盖娅，但你有一部分仍是个体，至少在某个程度之内。我是在跟那个个体交谈，是在对一个叫宝绮思的人讲话，我不理会——或说尽量不理会盖娅。我们不是决定做朋友了吗，宝绮思？”

“对啊，崔维兹。”

“那么，在索拉利上，当我们离开那座宅邸，来到太空艇附近时，你为何迟迟不对付那些机器人？我遭到羞辱，又受到实质伤害，而你却袖手旁观。尽管每耽搁一秒钟，都可能有更多的机器人到达现场，数量多得足以将我们吞没，你却一直袖手旁观。”

宝绮思以严肃的目光望着他。“我没有袖手旁观，崔维兹。我在研究那几个守护机器人的心灵，试图了解如何操纵它们。”她仿佛无意为自己的行为辩护，只是在作一番解释。

“我知道你当时在那样做，至少你自己是这么说的，我只是不懂那样做有什么意义。为什么要企图操纵那些心灵？你当时有足够的力量毁掉它们，正如你最后所采取的行动。”

“你认为毁灭一个智慧生灵是件简单的事吗？”

崔维兹撅了撅嘴，做出一个不以为然的表情。“得了吧，宝绮思，一个智慧生灵？它只不过是个机器人。”

“只不过是个机器人？”她的声音透出些许怒意，“总是这种论调，只不过，只不过！那个索拉利人班德，为什么迟迟不杀害我们？我们只不过是不具转换叶突的人类。为什么我们不忍留下菲龙自生自灭？他只不过是个索拉利人，还是个未成年的索拉利人。假如你用‘只不过这个，只不过那个’的论调，跟你想要除去的任何人或任何事物划清界限，你就能毁掉任何东西，因为你总有办法将它们划入某些范畴。”

崔维兹说：“别将一个完全合理的说法延伸到极端，否则只会显得荒唐可笑。机器人就是机器人，这点你无法否认。它不是人类，没有我们所谓的智慧；它只是机器，只会模仿智慧生灵的表象。”

宝绮思说：“你对它一无所知，竟然一句话就将它否定。我是盖娅——没错，我也是宝绮思，但我仍是盖娅——我是一个世界，这个世界认为它的每个原子都相当珍贵且意义重大，而由原子所构成的各种组织，则更加珍贵、更有意义。我／们／盖娅不会轻易破坏任何组织，反之，我们总是乐于将它们建构成更复杂的组织，只要那样做不会危害到整体。

“在我们所知的各种组织中，最高形式者能生出智慧。若非有万不得已的苦衷，我们不愿毁掉任何智慧。至于究竟是机械智慧或生化智慧，则几乎没有差别。事实上，守护机器人代表一种我／们／盖娅从未见过的智慧。研究它是求之不得的事，毁掉它则是不可想象的——除非是在极端危急的情况下。”

崔维兹以讽刺的口吻说：“当时，有三个更重要的智慧命在旦夕：你自己，你的爱人裴洛拉特，还有，如果你不介意的话，我也算一个吧。”

“四个！你总是忘记把菲龙计算在内。这些性命还谈不上有何凶险，我这么判断。听我说，假如你面对一幅画，一件伟大的艺术杰作，它不知为何威胁到了你的生命，而你需要做的，只是找支粗笔，在它上面猛然乱画一通，让这幅画从此完蛋，你的命就能保住。可是另一方面，假如你能细心研究这幅画，然后在这里画上一笔，那里点上一点，又在另一处擦掉一小部分，借着诸如此类的方法，你就足以改造这幅画，避免自己的生命受到威胁，却不会损毁它的艺术价值。当然，要进行那样的改造，需要很多时间才能完成，没有无比的耐心是做不到的。但如果时间允许，除了你自己的性命，你一定也会愿意拯救这幅画。”

崔维兹说：“大概会吧，但你最后还是彻底毁掉了那幅画。你大笔一挥，将细致的笔触和用色破坏殆尽，使精致的形影和构图面目全非。当一个小小雌雄同体性命受到威胁时，你马上就那样做了。可是在此之前，对于我们面临的危险，还有你自身面临的危险，你却完全无动于衷。”

“当时我们这些外星人士还没有立即的危险，可是我觉得菲龙突然身陷险境。我必须在守护机器人和菲龙之间作出抉择，不能浪费任何时间，所以我选择了菲龙。”

“真是这样吗，宝绮思？你将两个心灵迅速衡量了一遍，迅速判断出哪个较复杂且较有价值？”

“没错。”

崔维兹说：“我却以为，那是因为站在你面前的是个孩子，是个性命受到威胁的孩子。不论原先三个成人命在旦夕之际，你心中如何盘算，母性本能立刻将你攫获，令你毫不犹豫地出手救他。”

宝绮思微微涨红了脸。“或许有那么一点成分在内，但并不像你冷嘲热讽所说的那样。在我的行动背后，也有理性的想法。”

“我很怀疑。如果背后有什么理性的想法，你就应该考虑到一件事实：那孩子面临的是自己社会中注定的共同命运。为了维持那个世界的低数量人口，以符合索拉利人心目中的标准，天晓得已有几千几万个小孩遭到处决。”

“情况没有那么单纯，崔维兹。那孩子难逃一死，是因为他过于年幼，无法成为继承人，而这又是因为他的单亲过早死亡，归根结底则是因为我杀了他的单亲。”

“当时不是他死就是你亡。”

“这不重要。我的确杀了他的单亲，所以我不能坐视那孩子因我的行动而遭到杀害。此外，盖娅从未研究过那种大脑，这刚好是个难得的机会。”

“只是个孩子的大脑。”

“它不会永远是个孩子的大脑，它会在两侧发育出转换叶突。那种叶突带给一个索拉利人的能力，整个盖娅都望尘莫及。我只不过为了维持几盏灯的电力，以及启动一个装置来打开一扇门，就累得筋疲力尽了。班德却能保持整块属地的电力源源不绝，连睡觉时都不例外，而且他的属地跟我们在康普隆所见的城市相比，复杂度不相上下，面积则更广大。”

崔维兹说：“那么，你是将这孩子视为大脑基础研究的重要资源？”

“就某方面而言，的确如此。”

“我却不这么认为。对我而言，我们好像带了一件危险物品上来，有很大的危险。”

“什么样的危险？在我的帮助下，他会百分之百适应。他极端聪明，也已经显现出对我们的好感。我们吃什么他就吃什么，我们去哪里他就去哪里。从他的脑部，我／们／盖娅能获得许多无价的知识。”

“万一他生出下一代呢？他不需要配偶，他自己就是自己的配偶。”

“他还要经过许多年，才会达到生育的年龄。太空族的寿命长达好几世纪，而且索拉利人向来不想增加人口，延缓生殖也许早已是他们的习性，菲龙在短期内不会有孩子的。”

“你怎么知道？”

“我不知道，我只是诉诸逻辑。”

“我告诉你，菲龙会带来危险。”

“你并不知道，也并未诉诸逻辑。”

“宝绮思，此时此刻，我感觉到了，根本不需要理由。还有，坚称我的直觉永远正确的人，是你而不是我。”

宝绮思皱起眉头，显得坐立不安。

59

裴洛拉特在驾驶舱门口停下脚步，带着几分不安的神情向内探望，像是想判断崔维兹是否在专心工作。

崔维兹双手放在桌面上，当他成为电脑的一部分时，总是维持这种姿势，他的双眼则凝视着显像屏幕。因此，裴洛拉特断定他正在工作，于是耐心地等在外面，尽量静止不动，避免打扰或惊动他。

最后，崔维兹终于抬头望向裴洛拉特，却也不算完全意识到他的存在。当崔维兹与电脑融为一体时，目光似乎总是有点呆滞涣散，好像他正以异乎常人的方式看着、想着、活着。

但他还是向裴洛拉特点了点头，仿佛眼前的景象通过重重障碍，终于迟缓地映到他脑部的视叶。又过了一会儿，他才举起双手，露出微笑，真正恢复了自我。

裴洛拉特带着歉意道："我恐怕妨碍到你了，葛兰。"

"没什么大不了的，詹诺夫。我只是在进行测试，看看我们现在能否进行跃迁。我们刚好可以了，但我想再等几小时，希望运气会更好些。"

"运气，或是随机因素，和跃迁有关系吗？"

"我只不过随口说说，"崔维兹笑着答道，"但理论上而言，随机因素的确有关。你找我有什么事？"

"我可以坐下吗？"

"当然可以，但还是去我的舱房吧。宝绮思还好吗？"

"非常好。"他清了清喉咙，"她又睡着了，她一定要睡够，你应该了解。"

"我完全了解，因为超空间分隔的关系。"

"完全正确，老弟。"

"菲龙呢？"崔维兹靠在床上，将椅子让给裴洛拉特。

"从我的图书馆找出的那些书，你用电脑帮我印出的那些，那些民间故事，记得吗？他正在读呢。当然啦，他只懂得极其有限的银河标准语，但他似乎很喜欢念出那些字。他——我心中总是将他想成男生，你认为这是什么缘故，老伙伴？"

崔维兹耸了耸肩。"也许因为你自己是男生。"

"也许吧，你可知道，他简直聪明绝顶。"

"我绝对相信。"

裴洛拉特犹豫了一下，又说："我猜你并不很喜欢菲龙。"

"我对他本身绝无成见，詹诺夫。我从未有过小孩，通常也不会对小孩特别有好感。我好像记得，你倒是有子女。"

"有个儿子。我还记得，当他是个小男生的时候，那的确是一大乐趣。这也许就是我将菲龙想成男生的原因，他让我又回到了四分之一世纪前。"

"我绝不反对你喜欢他，詹诺夫。"

"你也会喜欢他的，只要你给自己一个机会。"

"我相信会的，詹诺夫。或许哪一天，我真会给自己一个机会。"

裴洛拉特再度犹豫起来。"我还知道，你一定厌烦了跟宝绮思争论不休。"

"事实上，我想我们不会再有太多争论了，詹诺夫，我和她真的愈来愈融洽。几天前，我们甚至作过一次理性的讨论——没有大吼大叫，也没有互相指责——讨论她为何迟迟不令那些守护机器人停摆。毕竟，她三番两次拯救我们的性命，我总不能吝于对她伸出友谊之手，对不对？"

"没错，我看得出来。但我所谓的争论不是指吵架，我的意思是，你们不停地辩论盖娅星系和个体孰好孰坏。"

"喔，那件事！我想那会继续下去——很有风度地。"

"如果在这场辩论中，葛兰，我站在她那一边，你会不会介意？"

"绝对不会。请问是你自己接受了盖娅星系的理念，还是因为和宝绮思站在一边，会让你感到比较快乐？"

"老实说，是我自己的看法，我认为盖娅星系的时代很快会来临。你亲自选择了这个方向，而我愈来愈相信这是个正确的抉择。”

“只因为那是我的选择？这不成理由。不论盖娅怎么说，你该知道，我都还是有可能犯错。所以，别让宝绮思用这个理由说服你。”

“我认为你并没有错。这是索拉利给我的启示，不是宝绮思。”

“怎么说？”

“嗯，首先，我们是孤立体，你我都是。”

“那可是她的用语，詹诺夫，我比较喜欢自称为个体。”

“这只有语义学上的差异，老弟，随便你喜欢怎么称呼都行。我们都包裹在各自的皮囊中，被各自的思想笼罩，我们最先想到的是自己，最重视的也是自己。自卫是我们的第一自然法则，即使会伤害到其他人也不在乎。”

“历史上也有许多人物，曾经牺牲自己成全别人。”

“那是很罕见的现象。历史上还有更多的人物，为了满足自己异想天开的蠢念头，不惜牺牲他人最深切的需要。”

“这和索拉利又有什么关系？”

“这个嘛，在索拉利，我们看到孤立体——或者你喜欢说个体也行——会变得多么极端。索拉利人几乎无法跟自己的同胞分享一个世界，他们认为绝对孤独的生活才是完全的自由。他们甚至跟自己的子嗣没有任何亲情，当人口过多时就会杀掉他们。他们在身边布满机器人奴隶，自己替这些机器人供应电力，所以在他们死了之后，整个庞大的属地也就形同死亡。这是值得赞美的吗，葛兰？你能将它跟盖娅的高贵、亲切、互相关怀相提并论吗？宝绮思根本没有和我讨论过，这是我自己的感受。”

崔维兹说：“这的确像是你该有的感受，詹诺夫，我完全同意。

我认为索拉利的社会实在可怕，但它并非始终如此。他们的远祖是地球人，近代的祖先则是太空族，那些祖先过的生活都很正常。索拉利人由于某种原因，选择了一条通往极端的道路，但你不能根据特例来下结论。在整个银河数千万的住人世界中，你知道还有哪个——不论过去或现在——拥有类似甚至只是稍微雷同索拉利的社会吗？即使索拉利人自己，若非滥用机器人，又怎么会发展出这样的社会？一个由个体组成的社会，假如没有机器人，有可能演化出索拉利这种程度的恐怖吗？”

裴洛拉特的脸稍稍抽动了一下。“你对每件事都过于吹毛求疵，葛兰。至少我的意思是说，你在为被你自己否定的银河形态辩护时，似乎也相当理直气壮。”

“我不会一竿子打翻一船人。盖娅星系自有其理论基础，等我找到了，我自然会知道，到时候我一定接受。或者说得更精确点，‘如果’我找到了。”

“你认为自己有可能找不到吗？”

崔维兹耸了耸肩。“我怎么晓得？你可知道我为什么要再等几小时才进行跃迁？我甚至可能说服自己再多等几天，但这是何苦呢？”

“你说过，多等一下会比较安全。”

“没错，我是那样说过，可是我们现在够安全了。我真正害怕的，是我们打算造访的三个太空世界，通通让我们无功而返。我们只有三组坐标，而我们已用掉两个，每次都是侥幸死里逃生。即使如此，我们仍未获得有关地球的任何线索，事实上，连地球是否存在都还无法肯定。现在我正面对第三个，也是最后一个机会，万一还是令我们失望，那该怎么办？”

裴洛拉特叹了一口气。“你可知道有些民间故事——其实，我给菲龙练习阅读的就有一则——内容是说某人能许三个愿望，但只有三个而已。在这类情节中，‘三’似乎是个很重要的数字，或许因为它是第一个奇数，所以是能作出决定的最小数字。你也知道，所谓的三战二胜。重点是在这些故事里，那些愿望都没有派上用场，从来没有人许过正确的愿望。我一直有个想法，认为那代表一种古老的智慧，意思是没有不劳而获的事，你的心愿得凭努力来换取，而不是……”

他突然住口，显得很不好意思。“抱歉，老友，我在浪费你的时间。一谈到自己的本行，我就很容易喋喋不休。”

“我觉得你的说法总是很有趣，詹诺夫，我愿意接受这个比喻。我们得到三个愿望，已经用掉两个，还没有任何收获，现在只剩最后一个了。不知怎么搞的，我确定我们将再度失败，所以我希望多拖一阵子，这就是我把跃迁尽量往后延的原因。”

“万一又失败了，你打算怎么办？回盖娅？回端点星？”

“喔，不。”崔维兹一面摇头，一面悄声道，“必须继续找下去——但愿我知道该如何进行。”

第十四章
死 星

60

崔维兹觉得很沮丧。这趟寻找从开始到现在，他的几个小胜利都没有什么重要性，只算暂时让失败擦身而过。

现在，他延后了跃迁到第三个太空世界的时间，结果令其他人也感染到不安的情绪。当他终于下定决心，必须让电脑将太空艇驶入超空间时，裴洛拉特站在驾驶舱门口，一脸严肃的表情，宝绮思则位于他后侧。就连菲龙也站在那里，紧紧抓住宝绮思的手，面容严肃地盯着崔维兹。

崔维兹抬起头，目光从电脑移开，带着几分火气说："好一个全家福！"他会这么说，纯粹是由于心神不宁。

他开始指示电脑进行跃迁，故意安排当重返普通空间时，让太空艇与目标恒星的距离超过实际需要。他告诉自己，那是因为在前两个太空世界上发生的事，让他学到了谨慎的重要性，但事实上他并不相信这种解释。他知道，在自己内心深处，其实是希望在重返普通空间时，和那颗恒星还有相当的距离，因而无法确定它究竟有没有可住人行星。这能让他先作几天太空旅行，然后才获悉答案，并且（也许）面对失败的苦果。

因此，这时在“全家福”的观礼下，他深深吸了一口气，憋了一会儿，再像吹口哨似的吐出来。与此同时，他对电脑下达最后一道指令。

群星的图样默默进行着不连续的变化。最后，显像屏幕变得较为空洞，因为他们已经来到一处恒星较疏的区域。在靠近中央的位置，可以见到一颗闪闪发亮的星辰。

崔维兹咧嘴大笑，因为这也算一项胜利。毕竟，第三组坐标可能是错的，可能根本看不到符合条件的G型恒星。他看了其他人一眼，然后说：“就是它，第三号恒星。”

“你确定吗？”宝绮思轻声问。

“注意看！”崔维兹说，“我要把屏幕转成电脑银河地图的同心画面，如果那颗明亮的恒星消失了，就代表地图没有收录，它就一定是我们要找的那颗。”

电脑立即回应他的指令，那颗行星在瞬间消失，连一点过程都没有，仿佛从来不曾存在。其他星像却丝毫未受影响，看来仍是那般庄严壮丽。

“我们找到了。”崔维兹说。

即使如此，他还是让远星号慢速前进，速度仅维持在普通速度的一半。还有一个谜底尚未揭晓，那就是可住人行星是否存在，但他并不急于找出答案。甚至飞行了三天后，这个问题仍然没有任何进展。

不过，或许不能说毫无进展。有一颗距离中心非常遥远的气态巨星，环绕着这颗恒星运转，其白昼区映出黯淡的黄色光芒。从他们目前的位置看来，它就像一弯肥厚的新月。

崔维兹并不喜欢它的模样，但尽量不表现出来。他像个有声旅行指南一样，以平板的语调说："那里有一颗很大的气态巨星，看起来相当壮观。现在我们可以看到，它有一对细薄的行星环，还有两颗硕大的卫星。"

宝绮思说："大多数行星系都具有气态巨星，对不对？"

"没错，可是这颗相当大。根据两颗卫星的距离，以及两者的公转周期判断，这颗气态巨星的质量约为可住人行星的两千倍。"

"那有什么差别？"宝绮思说，"气态巨星就是气态巨星，不论是大是小，对不对？它们距离所环绕的恒星总是极为遥远，而由于过大和过远，所以一律不适宜住人。想要发现可住人行星，我们必须到那颗恒星附近去找。"

崔维兹迟疑了一下，便决定公布实情。"问题是，"他说，"气态巨星会将附近的太空扫干净一大片。没被它们吸收到自身结构中的物质，则会聚结成相当大的天体，形成它们的卫星系。它们阻止了其他的聚结现象，影响力甚至能达到很远的距离。所以气态巨星愈大，就愈有可能是唯一的大型行星；除了那颗气态巨星，行星系中只会有些小行星。"

"你的意思是，这里没有可住人行星？"

"气态巨星愈大，可住人行星存在的机会就愈小。这颗气态巨星如此庞大，简直就是一颗矮恒星。"

裴洛拉特说："我们可以看看吗？"

于是三人一起盯着屏幕。（菲龙正在宝绮思的舱房看书。）

画面不断放大，直到那个新月形占满整个屏幕。一条细长的黑线跨越新月的上半部，那当然是行星环造成的阴影。行星环本身是一道闪亮的曲线，与行星表面有一小段距离，因此有一小部分延伸到了行星的暗面，然后才被阴影遮蔽。

崔维兹说："这颗行星的自转轴对公转平面的倾角约为三十五度，而它的行星环当然位于赤道面，所以在目前的轨道位置上，恒星的光线由下方射过来，将行星环投影在赤道上方相当远处。"

裴洛拉特看得出神。"都是些细小的行星环。"

"事实上，已在平均大小之上。"崔维兹答道。

"根据传说，在地球所属的行星系中，那颗具有行星环的气态巨星，它的环还要更宽、更亮而且更精致得多，甚至那颗气态巨星本身也相形见绌。"

"我一点也不惊讶。"崔维兹说，"一个故事口耳相传上万年，你认为它会被愈说愈小吗？"

宝绮思说："它实在美丽。如果仔细望着那新月形，它似乎会在你眼前翻滚腾挪。"

"那是大气风暴。"崔维兹说，"如果选取适当波长的光波，一般说来可以看得更清楚些。来，让我试试看。"他将双手放到桌面，命令电脑逐一过滤光谱，然后固定在一个适当的波长。

原本微微发亮的新月形，突然变成一团变幻不定的色彩，由于变幻速度实在太快，几乎令人眼花缭乱。最后，它总算固定成橘红色。而在新月内部，有许多正在漂移的螺旋状物体，它们一面运动，一面不断或收紧或松弛。

"真是难以置信。"裴洛拉特喃喃说道。

"太可爱了。"宝绮思说。

没什么难以置信，也一点都不可爱，崔维兹难过地想。裴洛拉特与宝绮思都被眼前的美景迷住了，完全没想到他们所赞美的这颗行星，大大减低了崔维兹解开谜团的机会。可是话说回来，他们为何要想到这些呢？他俩深信崔维兹的选择正确，两人只是陪伴他进行求证，本身并没有心理负担，自己根本不该责怪他们。

他说："暗面看来虽然很黑，但我们若能看到波长比可见光稍长一点的光线，就能看出它其实是阴暗深浓的火红色。这颗行星向太空放出大量的红外辐射，因为它大到了几乎红热的程度。它已经超越气态巨星，简直就是一颗'次恒星'。"

他停了半晌，又继续说："现在，我们暂时把它抛在脑后，开始寻找可能存在的可住人行星。"

"也许真的存在。"裴洛拉特带着微笑说，"别放弃，老伙伴。"

"我尚未放弃。"崔维兹虽然这样说，自己却不怎么有信心，"行星形成的过程太复杂，无法建立一套严格规律，我们只能以几率来讨论。有那个庞然大物在太空中，几率便会降低许多，可是并不等于零。"

宝绮思说："你何不这样想——前面两组坐标，分别提供了一个太空族居住的行星，那么这第三组坐标，既然已经提供一颗符合条件的恒星，也应该能让你找到一颗可住人行星。为什么还要谈几率呢？"

"我当然希望你说得对。"崔维兹说，却一点也没有感到安慰，"现在我们要飞出行星轨道面，向中心的恒星前进。"

他说出这个意图后，电脑几乎立刻开始行动。他靠在驾驶座上，再次肯定一件事实：驾驶一艘拥有如此先进电脑的重力太空艇，后遗症之一是再也不能——再也不能驾驶任何其他型号的船舰。

他还能忍受亲自进行那些计算吗？还能忍受必须考虑加速效应，并限定在合理范围之内吗？最可能出现的状况，是他会忘掉那些问题，而让船舰全速前进，直到他与其他乘客都被抛向舱壁，撞得粉身碎骨为止。

嗯，那么，他将永远继续驾驶远星号——或是其他一模一样的太空艇，只要他能忍受那么一点点的不同。

由于他想暂且忘掉有没有可住人行星这个问题（不论答案为何），他开始沉思另一件事：他刚才命令太空艇离开轨道面，是飞到轨道面的上方。如果没有必须飞到轨道面之下的特殊原因，驾驶员几乎总会选择向上飞，这是为什么呢？

其实严格说来，何必坚持将某个方向想成上方，而将另一侧想成下方呢？太空是完全对称的空间，“上下”纯粹只是约定俗成。

话说回来，在观测一颗行星时，他总会注意到它的自转与公转方向。如果两者都是反时钟，那么手臂举起的方向就是北方，两脚的方向则是南方。而在银河每个角落，总是将北方想象成上方，南方想成下方。

这纯粹是一种规约，可远溯至迷雾般的太古时代，而人类一直盲目沿用至今。一张原本熟悉的地图，如果南面朝上就一定看不懂，必须转过来才显得有意义。除非有特殊状况，否则任何人都会优先选择北方，也就是“上方”。

崔维兹想到三世纪前的一位帝国大将贝尔·里欧思所领导的一场战役。在某个关键时刻，他命令分遣舰队转向轨道面下方，于是敌军一个中队在毫无警戒的情况下，被里欧思逮个正着。后来有人抱怨，说这是一种投机行动——当然是出自输家之口。

如此影响深远且与人类同样古老的规约，一定是源自地球。想到这里，崔维兹的心思又被拉回可住人行星的问题上。

裴洛拉特与宝绮思仍然盯着那颗气态巨星，看它以非常非常缓慢的动作，在屏幕上倒翻着筋斗。现在日照部分渐渐扩大，崔维兹将光谱固定在橘红色波长上，在行星表面翻腾的风暴就变得更狂乱，而且更具催眠力量。

这时菲龙晃进了驾驶舱，但宝绮思认为他应该小睡一会儿，而她自己同样有这个需要。

崔维兹对留下来的裴洛拉特说：“我必须撤掉气态巨星的画面了，詹诺夫。我要让电脑集中全力，开始寻找大小恰当的重力讯标。”

“当然好，老伙伴。”裴洛拉特说。

不过实际情形要复杂得多。电脑所要寻找的，不只是个大小恰当的讯标而已，它还必须发自一颗距离符合条件的行星。还得等上好几天，他才能得到确定的答案。

61

崔维兹走进自己的舱房，表情凝重而严肃——其实应该说是阴郁。然后，他着实吃了一惊。

宝绮思正在那里等他，菲龙则紧靠在她身边，身上的袍子与腰布散发出一股清新气味，一闻就知道经过了蒸气洗涤与真空熨烫。这孩子穿上自己的衣裳，要比穿着宝绮思那件大了几号的睡袍好看得多。

宝绮思说：“你刚才在电脑旁边，我不想打扰你，不过现在请听——开始吧，菲龙。”

菲龙便以高亢而带有韵律的语调说：“我问候您，保护者崔维兹。我感到万分荣幸，干……更……跟随您乘太空艇遨游太空。我也很快乐，因为我有两个亲切的朋友，宝绮思和裴。”

菲龙说完后，露出一个可爱的笑容。崔维兹再度暗忖：我心中到底将他当成男孩还是女孩？或者都是？或者都不是？

他点了点头。“背得非常熟，发音几乎完美无缺。”

“根本不是死背的。”宝绮思热切地说，“菲龙自己拟好稿子，然后问我可不可以背诵给你听，我事先甚至不知道菲龙会说些什么。”

崔维兹勉强挤出一丝微笑。“这样的话，的确很不简单。”他注意到宝绮思提到菲龙时，尽量避免使用代名词。

宝绮思转头对菲龙说：“看吧，我告诉你崔维兹会喜欢的。现在去找裴，如果你有兴趣，可以再向他要些读物。”

菲龙跑开后，宝绮思说：“菲龙学习银河标准语的速度真是惊人，索拉利人对语言一定有特殊天分。想想看，班德仅仅借着收听超空间通讯，就说得一口不错的银河标准语。除了能量转换，他们的大脑也许还有其他异于常人之处。”

崔维兹只是哼了一声。

宝绮思说：“别告诉我你仍不喜欢菲龙。”

“我无所谓喜不喜欢，那小东西就是让我不自在。比方说，想到跟一个雌雄同体打交道，就令人觉得浑身不舒服。”

宝绮思说：“得了吧，崔维兹，这样说实在可笑，菲龙可算是完全正常的生物。在一个雌雄同体的社会中，想想看你我有多恶心——不是男性，就是女性。每种性别只能算一半，而为了生育下一代，必须以丑怪的方式暂时结合。”

“你反对这件事吗，宝绮思？”

“别装作误解我的意思，我是试图以雌雄同体的立场审视我们自己。对他们而言，那件事一定显得极其可厌；对我们而言，则似乎相当自然。所以菲龙才会引起你的反感，但那只是一种短视而偏狭的反应。”

“坦白说，”崔维兹道，“不确定该用什么代名词称呼这小东西，实在是一件烦人的事。为了烦恼代名词的问题，思路和谈话一直被打断。”

“但这是我们的语言有所缺失，”宝绮思说，“而不是菲龙的问题。人类的语言在发展过程中，从未将雌雄同体考虑在内。我很高兴你提出这个问题，因为我自己也一直在想。如果使用‘它’，并不是解决之道，那个代名词是用来指称无关乎性别的事物。在银河标准语中，根本没有代名词同时适合两种性别。那么，何不随便选一个呢？我自己把菲龙当成女孩，原因之一是她拥有女性的尖锐声调，此外她也能生育下一代，这是女性最重要的特征之一。裴洛拉特已经同意，你何不一样接受呢？我们就用‘她’称呼菲龙吧。”

崔维兹耸了耸肩。“很好，虽然‘她有睾丸’听来会很奇怪，即使如此，还是很好。”

宝绮思叹了一口气。“你的确有个惹人厌的习惯，喜欢把每件事都拿来开玩笑。不过我知道你的压力很大，所以这点我会谅解。就用阴性代名词来称呼菲龙吧，拜托。”

“我会的。”崔维兹犹豫了一下，终于忍不住说道，“我每次看到你们在一起，就愈来愈觉得你把菲龙当成子女的代用品。是不是因为你想要个孩子，却认为詹诺夫无法做到？”

宝绮思睁大了眼睛。“我跟他在一起可不是为了孩子！难道你认为，我把他当成帮我生孩子的工具？更何况，我还没到生儿育女的时候。等时候到了，我得生育一个小盖娅，这件事裴根本无能为力。”

“你的意思是必须抛弃詹诺夫？”

“当然不会，只是暂时分开，甚至可能会用人工授精的方式。”

“我想，必须等到盖娅决定有此需要、等到盖娅某个人类成员死去而产生空缺的时候，你才能生育一个孩子。”

“这是冷酷无情的说法，但也算得上实情。盖娅的每个部分，以及相互间的每一种关系，都必须维持完美的均衡。”

“就像索拉利人的情形一样。”

宝绮思紧抿着嘴唇，脸色变得有些苍白。“完全不同。索拉利人生产的数量总是超过需要，再将过剩的人口销毁；我们生产的子女则刚好符合需要，从来不必杀害任何生命。就像你的皮肤表层坏死之后，便会长出恰到好处的新皮肤，不会多长出一个细胞来。”

“我了解你的意思。”崔维兹说，“顺便提一下，我希望你考虑到詹诺夫的感受。”

“有关我可能生小孩的事？这个问题从未讨论过，将来也绝对不会。”

“不，我不是指那个。我有一种感觉，你对菲龙愈来愈感兴趣。这样一来，詹诺夫也许觉得被冷落了。”

“他没有受到冷落，他跟我一样对菲龙感兴趣。她是我们另一个共同的喜好，甚至将我们两人拉得更近。觉得受冷落的会不会是你自己？”

“我自己？”崔维兹真正大吃一惊。

“对，就是你。我不了解孤立体，正如你不了解盖娅一样，可是我有一种感觉，你喜欢成为这艘太空艇中注意力的焦点，也许你觉得这个地位被菲龙取代了。”

“真是荒谬。”

“你竟然认为我会冷落裴，那是同样荒谬的想法。”

“那么我们宣布停战吧。我会试着把菲龙当成女孩，但不会再过度担心你不顾詹诺夫的感受。”

宝绮思微微一笑。“谢谢你，那么一切都没问题了。”

崔维兹转过身去，宝绮思突然说：“等一等！”

崔维兹又转回来，带着点厌烦的口气说：“什么事？”

“我很清楚地感觉到，崔维兹，你现在既悲伤又沮丧。我不打算刺探你的心灵，但你也许愿意告诉我有什么不对劲。昨天，你说这个行星系中有颗符合条件的行星，而且似乎相当高兴。我希望它仍在那里，这个发现该不是弄错了吧？”

“在这个行星系中，的确有颗符合条件的行星，而它仍在那里。”崔维兹说。

“大小刚好吗？”

崔维兹点了点头。“既然说它符合条件，大小当然刚好，而且它和恒星的距离也刚好。”

“那么，到底有什么问题？”

“我们现在足够接近它了，已经能够分析它的大气成分，结果显示它谈不上有大气层。”

“没有大气层？”

“谈不上有，所以它不是一颗可住人的行星。而环绕这个太阳的其他行星，都没有半点可住人的条件。我们这第三次尝试，结果是一无所获。”

62

裴洛拉特看来面色凝重，但显然不愿搅扰崔维兹闷闷不乐的沉默。他站在驾驶舱门口观望，意思很明显，希望崔维兹能主动开口说话。

崔维兹却一直没开口，沉默的状态像是生了根似的。

最后裴洛拉特实在忍不住了，带着几分怯意说：“我们正在做什么？”

崔维兹抬起头，瞪了裴洛拉特一会儿，又将头转过去，然后说：“我们正对准那颗行星飞去。”

“可是，既然它没有大气层……”

“是电脑说它没有大气层。长久以来，它告诉我的都是我想听的，而我一直照单全收。如今它告诉我一些我不想听的，所以我打算查验一下。假如这台电脑也会出错，现在就是我希望它出错的时候。”

“你认为它出了错吗？”

“我并不这么想。”

“你想得到可能令它出错的原因吗？”

“我也想不出来。”

“那你为何自找麻烦呢，葛兰？”

崔维兹终于将座椅转过来，他面对着裴洛拉特，脸孔扭曲成近乎绝望的表情。“难道你看不出来，詹诺夫，我已经走投无路了吗？在前两个世界，我们寻找地球下落的结果是一场空，如今这个世界又是一片空白。现在我该怎么办？从一个世界游荡到另一个世界，张大眼睛四处张望，逢人便问：‘对不起，请问地球在哪里？’地球将它自己的踪迹隐藏得太好了，哪里都没有留下任何线索。我甚至开始怀疑，即使有线索存在，它也会让我们绝对无法找到。”

裴洛拉特点了点头，然后说：“我自己也在顺着这个方向思索，你介不介意我们讨论一下？我知道你很不开心，也不想讲话，老弟，所以如果你要我别烦你，我马上就走。”

“开始讨论吧。”崔维兹的声音简直像呻吟，“除了洗耳恭听，我还有什么好做的？”

于是裴洛拉特说：“听你这种口气，好像并非真想要我开口，不过谈谈也许对我们都有好处。当你认为受不了的时候，请随时叫我闭嘴。我有个感觉，葛兰，地球不一定仅仅采取被动消极的方法，将自己隐藏起来，也不一定只是清除有关它的参考资料。难道它不会安排一些假线索，主动制造烟幕吗？”

“怎么说？”

“嗯，我们在好几处地方，都听说过地球具有放射性，这种说法就有可能是故意捏造的，好让大家都打消寻找它的念头。假如真有放射性，它就万万接近不得。最可能的情况，是我们甚至无法踏上地球。就算我们拥有机器人，它们也可能无法抵御放射线的伤害。所以何必还要找呢？于是，即使地球没有放射性，也能因此不受侵犯，除非有人在无意间接近，但即使发生那种事，它或许也有其他的隐蔽方法。”

崔维兹勉强挤出一个微笑。“真奇怪，詹诺夫，我刚好也想到这一点。我甚至想到，那颗未必存在的巨大卫星是虚构的，被故意放进这个世界的传说中。至于具有超大行星环的气态巨星，可能也是捏造出来的，同样未必存在。这些或许都是刻意的安排，好让我们寻找一些根本不存在的东西，因而当我们来到正确的行星系，双眼瞪着地球的时候，反倒对它视而不见。因为事实上，它并没有一颗巨大的卫星，并没有具放射性的地壳，它的近邻也没有什么三重行星环。因此，我们无法认出它来，做梦也想不到它就在我们眼前——我还想象到更糟的情况。”

裴洛拉特显得垂头丧气。“怎么还会有更糟的情况？”

“很简单。在半夜里，当你沮丧到极点时，就会开始遨游无际的幻想天地，寻找任何能令你更绝望的东西。万一地球法力无边呢？万一它能蒙蔽我们的心灵呢？万一我们经过地球附近时，虽然它的确有巨大的卫星，它的邻居也有巨大的行星环，我们却根本视若无睹呢？万一我们早就错过它了呢？”

“可是你若相信这些，我们为何还……”

“我没说我相信，我只是说些疯狂的幻想，我们还是会继续寻找。”

裴洛拉特迟疑了一下，然后说：“要持续多久呢，崔维兹？到了某个地步，我们当然就得放弃。”

“绝不！”崔维兹厉声道，“即使我必须花一辈子的时间，从一颗行星飞到另一颗行星，睁大眼睛四处张望，逢人便说：‘先生请问，地球在哪里？’我也不会放弃。如果你们希望的话，我随时可以带你和宝绮思回盖娅，甚至送菲龙一起去，然后我再一个人上路。”

“喔，不，你知道我不会离开你，葛兰，宝绮思也不会。如果有必要，我们会跟你一起踏遍每颗行星。可是到底为什么呢？”

“因为我必须找到地球，因为我一定会找到的。我不知道是在什么情况下，但我一定会找到它的。现在，听着，我要设法前往一个适当位置，以便研究这颗行星的日照面，但又不能和它的太阳过于接近，所以暂时别打扰我。”

裴洛拉特不再说话，但也没有离开。他留在原处继续旁观，看着崔维兹研究屏幕上的行星影像，其中有一半以上处于白昼。对裴洛拉特而言，它似乎毫无特色，可是他也知道，崔维兹现在和电脑联在一起，各种感知能力已大为增强。

崔维兹悄声道：“那里有一团薄雾。”

“那就一定有大气层。”裴洛拉特脱口而出。

“不至于太多，不足以维持生命，但足以产生能掀起灰尘的微风。对一颗拥有稀薄大气的行星而言，这是个普遍的特征，它甚至还可能有小型的极地冰冠，就是凝结在极地的少数‘水冰’，你知道吧。这个世界的温度过高，不可能有固态二氧化碳。我必须切换到雷达映像，这样一来，我就能在夜面顺利工作。”

“真的吗？”

“真的。我应该一开始就试着那样做，可是这颗行星几乎没有空气，因此也没有云，尝试用可见光观察似乎很自然。”

崔维兹维持了好一阵子的沉默，这期间，显像屏幕中的雷达反射模糊不清，仿佛是一颗行星的抽象画，有点像某位克里昂时期艺术家的画风。然后他使劲说了一声：“好——”并将这个字刻意拉长，接着再度陷入沉默。

裴洛拉特终于忍不住问道：“什么东西‘好’？”

崔维兹很快瞥了他一眼。“我看不到任何陨石坑。”

“没有陨石坑？那是好现象吗？”

“完全出乎意料之外。”他咧嘴笑了笑，又说：“非常好的现象。事实上，可能是好极了。”

63

菲龙的鼻子一直贴着太空艇的舷窗，透过这个窗口，能直接以肉眼观察宇宙的一小部分。这可说是最自然的景观，完全未经电脑的放大或增强。

宝绮思刚才试着为菲龙解释宇宙的奥秘，现在她叹了一口气，低声对裴洛拉特说："我不知道她了解多少，亲爱的裴。她出生的那座宅邸，以及宅邸附近一小部分的属地，对她而言就是整个宇宙。我想她未曾在夜晚到过户外，也从来没有见过星星。"

"你真这么想吗？"

"我真这么想。所以直到她懂得够多的字汇，可以稍微了解我的说明了，我才敢让她看到太空的景观。你多么幸运啊，能用她的语言跟她交谈。"

"问题是我不算很懂天文。"裴洛拉特歉然道，"如果事先毫无准备，宇宙是个相当不易掌握的概念。她曾对我说，假如那些小光点都是巨大的世界，每个都像索拉利一样——当然啦，它们都比索拉利大得多——那么它们就不能凭空挂在那里，它们应该掉下来，她这么说。"

"就她既有的知识而言，她说得没错。她问的都是合理的问题，一点一滴慢慢累积，总有一天她会了解的。至少她有好奇心，而且她不害怕。"

“其实，宝绮思，我自己也好奇。葛兰发现这个世界没有陨石坑之后，你看他立刻有多大的转变。我对其中的差别毫无概念，你呢？”

“同样没概念。不过他的行星学知识比我们丰富得多，我们只能假设他知道自己在做什么。”

“我真希望自己也知道。”

“那么，去问问他。”

裴洛拉特现出为难的表情。“我总是担心会惹他心烦。我可以肯定，他认为我该知道这些事，根本用不着他来告诉我。”

宝绮思说：“这是傻话，裴。他对于银河中的神话传说，凡是认为可能有用的，随时会毫不犹豫地向你请教。既然你总是乐意回答和解释，他又为何不该如此？你现在就去问他，如果因而惹他心烦，他就会得到一个练习做人处事的机会，这样对他也有好处。”

“你要跟我一起去吗？”

“不，当然不去。我要跟菲龙在一起，继续试着将宇宙的概念装进她脑子里。在他对你作出解释之后，你随时可以解释给我听。”

64

裴洛拉特怯生生地走进驾驶舱。他很高兴发现崔维兹正在吹口哨，显然心情相当好。

“葛兰。”他尽可能以快活的语气说。

崔维兹抬起头来。“詹诺夫！你每次进来总是蹑手蹑脚，好像认为打扰我会犯法似的。把门关上，坐下吧，坐下来吧！你看这个。”

他指着映在显像屏幕上的行星，然后说：“我只找到两三个陨石坑，而且都相当小。”

“那有什么差别吗，葛兰？真有吗？”

“差别？当然有。你怎么会这样问呢？”

裴洛拉特做了一个无奈的手势。“这些对我而言都神秘无比。我大学时主修历史，此外还修过社会学和心理学，也修了一些语言和文学课程，大多数是古代语文；在研究所的时候，我则专攻神话学。我从未接触过行星学，或是其他自然科学。”

“那也没什么不对，詹诺夫，我宁愿你只精通这些知识。你在古代语言和神话学方面的素养，对我们一直有莫大助益，这点你自己也知道。遇到有关行星学的问题，我会负责解决。”

他继续说：“你可知道，詹诺夫，行星是由较小天体撞在一块所形成的。最后撞上来的那些，就会造成陨石坑的痕迹，我的意思是有此可能。如果一颗行星大到气态巨星的程度，大气层下其实全是液态结构，最后那批撞击就只会溅起若干液体，不会留下任何痕迹。

“较小的固态行星，不论是冰或是岩石构成的，都一定会有陨石坑的痕迹。除非出现某种消除作用，否则它们永远不会消失。而消除作用会在三种情况下产生：

“第一种情况，这个世界的液态海洋上结了一层冰。这样一来，任何撞击都会将冰击碎，而令水花四溅。不久冰层会重新冻结，打个比方，就像是伤口愈合。这样的行星或卫星温度一定很低，不可能是我们所谓的可住人世界。

“第二种情况，如果这个世界的火山活动很剧烈，那么一旦有陨石坑形成，熔岩流或火山灰落尘便会源源不断灌进来，将陨石坑渐渐湮没。然而，这样的行星或卫星也不可能适合人类居住。

“可住人世界则构成第三种情况。这种世界或许有极地冰冠，但大部分海洋一定都是自由流体。它们也可能有活火山，可是一定分布得很稀疏。这种世界如果出现了陨石坑，一来无法自行愈合，二来也没有东西可供填补。然而它上面有侵蚀作用，风或流动的水都会不断侵蚀陨石坑，而如果还有生物，生物活动也具有强力的侵蚀作用。懂了吧？”

裴洛拉特思索了一下，然后说：“可是，葛兰，我一点也不了解你的意思。我们要去的这颗行星……”

“我们明天就要登陆。”崔维兹兴高采烈地说。

“我们要去的这颗行星并没有海洋。”

“只有很薄的极地冰冠。”

“也没有多少大气。”

“只有端点星大气密度的百分之一。”

“更没有生物。”

“我没侦测到生命迹象。”

“那么，有什么东西能侵蚀掉陨石坑呢？”

“海洋、大气、生物三者。”崔维兹说，“听着，假如这颗行星一开始就没有空气和水分，陨石坑形成后就不会消失，它的表面到处都会是坑坑洞洞。而这颗行星上几乎没有陨石坑，证明它原本一定含有空气和水分，而且不久之前，也许还有相当丰沛的大气和海洋。此外，看得出这个世界有些巨大的海盆，那些地方过去一定是汪洋一片，而干涸河床的痕迹更不在话下。所以你看，侵蚀作用过去的确存在，是不久之前才停止的，而新的陨石坑还来不及累积。”

裴洛拉特看来一脸疑惑。“我或许不是行星学家，可是我也知道，如果一颗行星大到足以维持浓厚的大气数十亿年之久，就不会突然失去它，对不对？”

“我也认为不可能。”崔维兹说，“但在大气流失前，这个世界上无疑有生命存在，也许还是人类生命。根据我的猜测，它是个经过改造的世界，就像银河中几乎每个住人世界一样。问题是人类抵达之前，它的自然条件如何？为了住得舒服，人类又对它进行过何种改造？还有，生命究竟是在什么情况下消失的？这些问题我们都不知道答案。有可能发生过一场大灾变，将大气层一扫而光，一举结束了人类的生命。也有可能人类在这颗行星居住时，维持着一种奇异的非平衡状态，而人类消失后，它就陷入恶性循环，导致大气变得愈来愈稀薄。或许我们登陆之后就能找到答案，也可能根本找不到，不过这点无关紧要。”

“如果那上面现在没有生命，那么过去是否曾有生命，同样是一件无关紧要的事。一个世界始终不可住人，和目前不可住人，两者又有什么差别？”

“假如只有现在不可住人，当年的居民应该会留下些遗迹。”

“奥罗拉也有许多遗迹……”

“一点也没错，但奥罗拉经历了两万年的雨雪风霜，以及温度的大起大落。此外那里还有生物——别忘了那些生物。那里也许不再有人类的踪迹，可是仍有众多生物。遗迹也像陨石坑一样会遭到侵蚀，甚至更快。经过了两万年，不会留下什么对我们有用的东西。然而在这颗行星上，曾经有过一段时期，或许长达两万年，也或许少一点，上面没有任何风雨或生物。我承认，温度变化还是有的，不过那是唯一的不利因素，所以那些遗迹应该保存得相当好。”

“除非，”裴洛拉特以怀疑的口吻喃喃说道，“上面根本没有任何遗迹。有没有可能这颗行星上从未出现生命，至少从来没有人类居住过，而造成大气流失的事件，其实根本和人类无关？”

“不，不可能。”崔维兹说，“你无法使我变得悲观，因为我有免疫力。即使在此时此地，我也已经侦察到一些遗迹，并且可以确定那是一座城市——所以我们明天就要登陆。”

65

宝绮思以忧虑的口吻说：“菲龙深信我们要带她回到健比——她的机器人身边。”

“嗯——嗯。”崔维兹一面说，一面研究着太空艇下方急速掠过的地表。然后他抬起头，仿佛这时才听见那句话。“嗯，那是她唯一认识的亲人，对不对？”

"没错，当然没错，但她以为我们回到了索拉利。"

"它看来像索拉利吗？"

"她怎么会知道？"

"告诉她那不是索拉利。听好，我会给你一两套附有图解的影视参考书，让她看看各种住人世界的特写，再向她解释一下，这样的世界总共有好几千万。你会有时间做这件事的，一旦选定目标着陆之后，我不知道会和詹诺夫在外面徘徊多久。"

"你和詹诺夫？"

"对，菲龙不能跟我们一块去。即使我想要她去，实际上也办不到，但除非我是疯子，否则不会有那种念头。宝绮思，这个世界需要太空衣，上面没有可供呼吸的空气。我们没有适合菲龙穿的太空衣，所以她得跟你留在太空艇内。"

"为什么跟我？"

崔维兹的嘴角扯出一个假笑。"我承认，"他说，"如果你跟我们一起行动，我会比较有安全感，可是我们不能把菲龙单独留在太空艇上。她有可能造成破坏，即使只是无心之失。而我必须让詹诺夫跟着我，因为他可能看得懂此地的古代文书。这就表示你得和菲龙留在这里，我认为你应该愿意的。"

宝绮思显得犹豫不决。

崔维兹说："你看，当初是你要带菲龙同行，我根本就反对，我确信她只会是个麻烦。因此——她的出现带来一些束缚，你就必须自我调适。她待在这里，所以你也得待在这里，没有别的办法。"

宝绮思叹了一口气。"我想是吧。"

"好，詹诺夫呢？"

"他和菲龙在一起。"

"很好，你去换班，我有话跟他说。"

裴洛拉特走进来的时候，崔维兹还在研究行星地表。他先清了清喉咙，表示他已经到了，然后说："有什么麻烦吗，葛兰？"

"不算真正的麻烦，詹诺夫，我只是不太确定。这是个很特殊的世界，我不知道它发生过什么变故。当初海洋一定极辽阔，这点可以从海盆看出来，不过一律很浅。从这些地质遗迹中，我所能作出的最佳判断，是这个世界原本有许多河道，而且海洋曾被淡化，也可能是海水本来就没什么盐分。如果当初海洋里的盐分不多，就能解释海盆中为何没有大片盐滩。或者也有可能，在海水流失的过程中，盐分跟着一起流失——这当然会使它看来像人为的结果。"

裴洛拉特迟疑地说："很抱歉，我对这些事一窍不通，葛兰，但其中有任何一样跟我们寻找的目标有关吗？"

"我想应该没有，可是我忍不住感到好奇。这颗行星是如何被改造成适宜人类居住的？它在改造之前又是什么面貌？我若知道这些答案，或许就能了解它在遭到遗弃之后，也可能是之前，曾经发生什么变故。如果我们知道发生了什么事，也许就能提早防范，避免发生不愉快的意外。"

"什么样的意外？它是个死去的世界，不是吗？"

"的确死透了。非常少的水分，稀薄到不能呼吸的大气，而宝绮思也侦测不到精神活动的迹象。"

"我认为这就够确定了。"

"不存在精神活动，不一定代表没有生物。"

"至少代表一定没有危险的生物。"

"我不知道，但我想请教你的不是这个。我找到两座城市，可当作我们探查的第一站，它们似乎处于极佳的状况，其他城市也都一样。不管是什么力量毁掉了空气和海洋，似乎完全未曾波及城市。言归正传，那两座城市特别大。然而，较大的那个似乎缺少空地，它的外缘远方有些太空航站，市内却没有这类场所。另外那个稍微小一点的，市内则有些开阔的空地，所以比较容易降落在市中心，不过那里并非正式的太空航站。可是话说回来，谁又会计较呢？”

裴洛拉特显得愁眉苦脸。“你是要我作决定吗，葛兰？”

“不，我自己会作决定，我只是想知道你的看法。”

“如果你不嫌弃的话，向四方延伸的大城比较像商业或制造业中心，具有开阔空地的较小城市则比较像行政中心。我们的目标应该是行政中心，那里有纪念性建筑物吗？”

“你所谓的纪念性建筑物是什么意思？”

裴洛拉特微微一笑，拉长了他紧绷的嘴唇。“我也不清楚，每个世界的建筑风格都不相同，又会随着时间改变。不过，我猜它们总是看来大而无当，而且豪华奢侈，就像我们在康普隆时置身的那座建筑。”

这回轮到崔维兹露出微笑。“垂直望下去很难分辨，而在接近或飞离时，虽然可以从侧面观察，看出去却会是一片混乱。你为什么比较中意行政中心？”

“那里比较有可能找到行星博物馆、图书馆、档案中心、大学院校等机构。”

“好，我们就去那里，去那个较小的城市，也许我们会有所发现。我们已经失败两次，但这次也许会有所发现。”

“说不定这会是‘幸运的三度梅’。”

崔维兹扬起眉毛。“你从哪里听来这个成语的？”

“这是个古老的成语。”裴洛拉特说，“我是在一则古代传说中发现的，意思是第三次的尝试终于带来成功，我这么想。”

“听来很有道理。”崔维兹说，“很好，幸运的三度梅，詹诺夫。”

第十五章
苔藓

66

穿上太空衣的崔维兹看起来奇形怪状，唯一露在外面的只有装武器的两个皮套——并非他平常系在臀部的那两个，而是太空衣本身所附的坚固皮套。他慎重地将手铳插在右侧，再将神经鞭插在左侧。两件武器都已经再度充电，而这一次，崔维兹愤愤地想，任何力量都无法再将它们夺走。

宝绮思带着微笑说：“你还是准备携带武器，但这只是个没有空气和……算了！我再也不会质疑你的决定。”

崔维兹说：“很好！”说完便转身帮裴洛拉特调整头盔，他自己的头盔则尚未戴上。

裴洛拉特从未穿过太空衣，他可怜兮兮地问道：“我在这里面真能呼吸吗，葛兰？”

“我保证可以。”崔维兹说。

当他们将最后的接缝合上的时候，宝绮思站在一旁观看，手臂揽着菲龙的肩膀。小索拉利人惊恐万分地瞪着两件撑起的太空衣，浑身不停打战。宝绮思的手臂温柔地紧搂着她，为她带来一点安全感。

气闸打开后，两位男士走了进去，同时伸出鼓胀的手臂挥手道别。气闸迅速关闭，外闸门随即开启，他们便拖着沉重的步伐，踏上一块死气沉沉的土地。

现在是黎明时分，天空当然绝对晴朗，泛着一种紫色的光芒，只不过太阳尚未升起。日出方向的地平线色彩较淡，看得出那一带有些薄雾。

裴洛拉特说："天气很冷。"

"你觉得冷吗？"崔维兹讶异地问。太空衣的绝热效果百分之百，若说温度偶有不适，也该是内部温度过高，需要将体热排放出去。

裴洛拉特说："一点也不觉得，可是你看——"他的声音透过无线电波传到崔维兹的耳朵，听来十分清楚。他一面说，一面伸出手指来指了一下。

他们正向一座建筑物走去，在黎明的紫色曙光中，其斑驳的石质正面覆盖着一层白霜。

崔维兹说："由于大气太稀薄，夜间会变得比你想象中更冷，白天则会异常炎热。现在正是一天之中最冷的时刻，还要再过好几个小时，才会热得无法站在太阳底下。"

这句话简直就像某种神秘的魔咒，才刚说完，太阳就在地平线上探出头来。

"别瞪着它看。"崔维兹不疾不徐地说，"虽然你的面板会反光，紫外线也无法穿透，但那样做还是有危险。"

他转身背对着冉冉上升的太阳，让自己的细长身影投射在那座建筑物上。由于阳光的出现，白霜在他眼前迅速消失。一会儿之后，墙壁因潮湿而颜色加深，但不久便完全晒干。

崔维兹说："现在看起来，这些建筑物不像空中看来那么完好，到处都有龟裂和剥离的痕迹。我想这是温度剧变造成的结果，还有，就是微量水分夜晚冻结而白天又融解，可能已经持续了两万年。"

裴洛拉特说："入口处上方的石头刻了一些字，可是已经斑驳得难以辨识。"

"你能不能认出来，詹诺夫？"

"大概是某种金融机构，至少我认出好像有'银行'两字。"

"那是什么？"

"处理资产的储存、提取、交易、投资、借贷等业务的地方——如果我猜得没错的话。"

"整座建筑物都用来做这个？没有电脑？"

"没有完全被电脑取代。"

崔维兹耸了耸肩，他并不觉得古代历史的细节有什么意思。

他们四下走动，脚步愈来愈快，在每栋建筑物停留的时间也愈来愈短。此地一片死寂，令人心情沉重到极点。经过上万年缓慢的崩解过程，他们闯入的这座城市已变作一副残骸，除了枯骨之外什么都没留下。

他们目前所在的位置是标准的温带，可是在崔维兹的想象中，他的背部能感受到太阳的热力。

站在崔维兹右侧约一百米处的裴洛拉特，突然高声叫道："看那里。"

崔维兹的耳朵立刻嗡嗡作响，他说："别吼，詹诺夫。不论距离多远，我都听得清楚你小声说话。那是什么？"

裴洛拉特立刻降低音量说："这座建筑物叫作'诸世界会馆'，至少，我认为那些铭文是这个意思。"

崔维兹走到他身边。他们面前是一栋三层楼的建筑，顶端的线条并不规则，而且堆着许多大块的岩石碎片，仿佛那里原来竖着一座雕像，但早已倒塌，跌得支离破碎。

"你确定吗？"崔维兹说。

"如果我们进去，就能知道答案。"

他们爬了五级低矮而宽阔的台阶，又穿越了一个过大的广场。在稀薄的空气中，他们的金属鞋踏在地上，仅仅引起细微的振荡，算不上脚步声。

"我明白你所谓的'大而无当、豪华奢侈'是什么意思了。"崔维兹喃喃说道。

他们走进一间宽广而又高耸的大厅，阳光从高处的窗户射进来。室内受到阳光直射的角落过于刺眼，阴影部分却又过于昏暗。这是由于空气稀薄，难以散射光线的缘故。

大厅中央有一座比真人高大的人像，似乎是用合成石料制成的。其中一只手臂已经脱落，另一只的肩膀处也出现裂痕。崔维兹觉得如果用力一拍，那只手臂也会立刻脱离主体。于是他退了几步，仿佛担心万一过于接近，他会忍不住做出破坏艺术品的恶劣行为。

"不晓得这人是谁？"崔维兹说，"到处都没有标示。我想，当初竖立这座石像的那些人，认为他的名气实在太大，不需要任何识别文字。可是现在……"他发觉自己有愈来愈犬儒的危险，赶紧将注意力转移到别处。

裴洛拉特正抬着头向上看，崔维兹沿着他的目光望去，看到墙上有些标记——正确的说法则是铭文，不过崔维兹完全看不懂。

"不可思议。"裴洛拉特说，"也许已经过了两万年，可是在这里，恰巧避开了阳光和湿气，这些字仍可辨识。”

“我可看不懂。”崔维兹说。

“这是一种古老的字体，而且还是用美术字写的。我来看看……七……一……二……”他的声音愈来愈小，突然又高声道，“这里有五十个名字。据说太空世界共有五十个，而这里又是‘诸世界会馆’，因此，我推测这些就是五十个太空世界的名字。或许是根据创建顺序排列的，奥罗拉第一，索拉利则是最后一个。如果你仔细看，会发现共有七行，前面六行各有七个名字，最后一行则有八个。似乎他们原先计划排出七乘七的方阵，索拉利是后来才加上去的。根据我的猜测，老弟，这份列表制作之初，索拉利尚未被改造，上面还没有任何人居住。”

“我们现在位于哪个世界上？你看得出来吗？”

裴洛拉特说：“你可以看到，第三行第五个，也就是排名第十九的世界，名字刻得比其他世界都大些。列表者似乎相当自我中心，特别要凸显他们自己的地位。此外……”

“它叫什么名字？”

“根据我所能作的最佳判断，它应该叫‘梅尔波美尼亚’，这是个我完全陌生的名字。”

“有没有可能代表地球？”

裴洛拉特使劲摇头，但由于被头盔罩住，所以摇也是白摇。“在古老的传说中，地球有好几十个不同的名称。盖娅是其中之一，这你是知道的，此外泰宁、尔达等等也是，但是一律都很简短。我不知道地球有较长的别名，也不知道有什么别名接近梅尔波美尼亚的简称。”

“那么，我们是在梅尔波美尼亚星上，而它并非地球。”

“没错。此外——其实我刚才正要说——除了字体较大，还有一项更好的佐证，那就是梅尔波美尼亚的坐标是‘○，○，○’。一般说来，这个坐标都是指自己的行星。”

“坐标？”崔维兹愣了一下，“这份列表上也有坐标？”

“每个世界旁边都有三个数字，我想应该就是坐标，否则还能是什么？”

崔维兹没有回答。他打开太空衣右大腿部位的一个小套袋，掏出一件和套袋有电线相连的精巧装置。他将那个装置凑到眼前，对着墙上的铭文仔细调整焦距。通常这只需要几秒钟的时间，可是他的手指包在太空衣内，使这件工作变得极为吃力。

“照相机吗？”裴洛拉特根本多此一问。

“它能将影像直接输入太空艇的电脑。”崔维兹答道。

他从不同角度拍了几张相片，然后说：“等一下！我得站高一点。帮我个忙，詹诺夫。”

裴洛拉特双手紧紧互握，做成马镫状，崔维兹却摇了摇头。“那样无法支撑我的重量，你得趴下去。”

裴洛拉特吃力地依言照做，崔维兹将照相机塞回套袋，同样吃力地踏上裴洛拉特的肩头，再爬上石像的基座。他谨慎地摇了摇石像，测试它是否牢固，然后踩在石像弯曲的膝部，用它当踏脚石，身子向上一挺，抓到了那个断臂的肩膀。他将脚尖嵌进石像胸前凹凸不平处，慢慢向上攀爬，喘了好几回之后，终于坐到石像肩膀上。对那些古人而言，这座石像是他们尊崇的对象，而崔维兹的行为似乎是一种亵渎。他愈想愈不对劲，因此尽量坐得轻点。

“你会跌下来受伤的。”裴洛拉特忧心忡忡地叫道。

“我不会跌下受伤，你却可能把我震聋。”说完，崔维兹再度取出照相机。拍了几张相片之后，他又将照相机放回原处，小心翼翼地爬下来，直到双脚踏上基座，才纵身跃向地面。这下震动显然造成致命的一击，石像的另一只手臂立刻脱落，在它脚旁跌成一小堆碎石。整个过程完全听不到一点声音。

崔维兹僵立在原处。他心中的第一个冲动，竟然是在管理员赶来抓人之前，尽快找个地方躲起来。真是难以想象，他事后回想，在这种情况下——不小心弄坏一件看似珍贵的东西——一个人怎么立刻就回到了童年。虽然只有一下子，这种感觉却刻骨铭心。

裴洛拉特的声音听来有气无力，像是自己目睹甚至教唆了一件破坏艺术品的行为，但他还是设法说些安慰的话："这——这没什么关系，葛兰，反正它已经摇摇欲坠。"

他走近碎石四散的基座与地板，仿佛想要证明这一点。他刚伸出手来，准备捡起一块较大的碎片，却突然说："葛兰，过来这里。"

崔维兹走过去，裴洛拉特指着一块碎石，它显然原本是那只完好手臂的一部分。"那是什么？"裴洛拉特问。

崔维兹仔细一看，那是一片毛茸茸的东西，颜色是鲜绿色。他用包在太空衣内的手指轻轻一擦，毫不费力就将它刮掉了。

"看起来非常像苔藓。"崔维兹说。

"就是你所谓欠缺心灵的生命？"

"我并不完全确定它们欠缺心灵到什么程度。我猜想，宝绮思会坚持这东西也有意识，可是她会声称这块石头也有意识。"

裴洛拉特说："这块石头之所以会断裂，你认为是不是这些苔藓的缘故？"

崔维兹道："说它们是帮凶我绝不怀疑。这个世界有充足的阳光，也有些水分——大气的一半都是水蒸气，此外还有氮气和惰性气体。二氧化碳却只有一点点，因此会使人误以为没有植物生命。但是二氧化碳含量这么低，也可能是因为几乎全并入了岩石表层。

假如这块岩石含有一些碳酸盐，或许苔藓便会借着分泌酸液使它分解，再利用所产生的二氧化碳。在这颗行星上，它们可能是最主要的一种残存生命。”

“实在有趣。”裴洛拉特说。

“的确如此，”崔维兹说，“可是趣味有限。各个太空世界的坐标其实更有趣，但我们真正想要的还是地球坐标。地球坐标若不在这里，也许藏在这座建筑的其他角落，或是其他建筑物中。来吧，詹诺夫。”

“可是你知道……”裴洛拉特说。

“好了，好了，”崔维兹不耐烦地说，“待会儿再讨论吧。我们必须找一找，看看这座建筑还能提供什么线索。气温愈来愈高了。”他看了看附在左手背上的小型温标，“来吧，詹诺夫。”

他们拖着沉重的步伐一间一间寻找，尽可能将脚步放轻。这样做并非担心会发出声响，或是担心有人听到，而是他们有点不好意思，唯恐引起震动而造成进一步的破坏。

他们踢起一些尘埃，并留下许多足迹。在稀薄的空气中，尘埃只稍微扬起一点，便又迅速落回地面。

偶尔经过阴暗的角落时，其中一人便会默默指出又有正在生长的苔藓。发现此地有生命存在，不论层次多么低，似乎仍会带来一点安慰。同理，走在一个死寂世界所形成的可怕且令人窒息的感觉，也因此而稍有舒缓。尤其是像这样一个世界，到处都是人类的遗迹，在在显示很久以前，此地曾经有过一段精致的文明。

然后，裴洛拉特说：“我想这里一定是个图书馆。”

崔维兹好奇地四下张望，先是看到一些书架，仔细一看，旁边原来以为只是装饰品的东西，好像应该是一些影视书。他小心翼翼地想拿起一本，觉得又厚又重，才明白那些只是盒子。他笨手笨脚地打开一盒，看到里面有几片圆盘。那些圆盘也都很厚，而且似乎相当脆弱，不过他并未验证这个猜测。

他说:“原始得难以置信。”

“上万年前的东西嘛。”裴洛拉特以歉然的口气说，仿佛在帮古老的梅尔波美尼亚人辩护，驳斥崔维兹对其科技落后的指控。

崔维兹指着一盒影视书的侧背，那里有些模糊不清的古代花体字。“这是书名吗？它叫什么？”

裴洛拉特研究了一下。“我不很确定，老友。我想其中有个词是指微观生命，也许就是‘微生物’的意思。我猜这些都是微生物学术语，即使译成银河标准语我也不懂。”

“有可能。”崔维兹懊丧地说，“而且，即使我们读得懂，同样可能对我们没有任何帮助，我们对细菌可没兴趣。帮我个忙，詹诺夫，浏览一下这些书籍，看看可有任何有趣的书名。你在做这件事的时候，我来检查一下阅读机。”

“这些就是阅读机吗？”裴洛拉特以怀疑的口吻说。他指的是一些矮胖的立方体，上面都有倾斜的屏幕，还有一个弧形的突出部分，也许可用来支撑手肘，或是放置电子笔记板——假如梅尔波美尼亚当年也有这种装置。

崔维兹说:“如果这里是图书馆，就一定有某种阅读机，而这台机器似乎很像。”

他万分谨慎地擦掉屏幕上的灰尘，立刻感到松了一口气，不论这个屏幕是什么材料做的，至少没有一碰之下便化为粉末。他轻轻拨弄控制钮，一个接着一个，结果什么反应都没有。他又改试其他阅读机，换了一台又一台，却始终得不到任何反应。

他并不惊讶。即使空气稀薄，这些装置又不受水汽的影响，以致两万年后还能维持正常功能，但电源仍是一大问题。储存起来的能量总有办法散逸，不论如何防止都没用。这个事实，其实就是无所不在又无可抗拒的热力学第二定律。

裴洛拉特来到他身后，唤道：“葛兰。”

“啊？”

“我找到一盒影视书……”

“哪一类的？”

“我想是有关太空飞行的历史。”

“好极了——但我若是无法启动这台阅读机，它对我们就没有任何用处。”他双手紧捏成拳，显得十分沮丧。

“我们可以把它带回太空艇。”

“我不知道怎么用我们的阅读机来读它，根本装不进去，我们的扫描系统也一定不相容。”

“但真有必要这么费事吗，葛兰？如果我们……”

“的确有必要，詹诺夫。现在别打扰我，我正打算决定该怎么做。我可以试着给阅读机充点电，或许它只欠缺电力。”

“你要从哪里取得电力？”

“嗯——”崔维兹掏出那两件随身武器，看了几眼，便将手铳塞回皮套中。然后他“啪”的一下打开神经鞭的外壳，看了看能量供应指标，结果发现处于满载状态。

崔维兹趴到地板上，将手伸到阅读机背面（他一直假设那就是阅读机），试图将它往前推。那台机器向前移动了一点，他便开始研究他的新发现。

必定有一条电缆负责供应电源，它当然就是连到墙壁那条，可是他找不到明显的插头或接头。（连最理所当然的事物都令人摸不着头绪，他该如何研究这个外星古文化？）

他轻轻拉了一下那条电缆，又稍微用力试了试，再将电缆转向一侧，接着又转向另一侧。他按了按电缆附近的墙壁，又压了压墙壁旁边的电缆。然后，他尽可能转移注意力，开始研究阅读机的半隐藏式背板，结果所有的努力都徒劳无功。

他单手按着地板准备起身，不料在身子站直之际，电缆竟被他拉了起来。究竟是哪个动作将它扯掉的，他自己没有丝毫概念。

看来电缆并没有断开或扯裂，末端似乎相当平整，而它原来和墙壁连接的地方，则出现一个光滑的小圆洞。

裴洛拉特轻声说："葛兰，我可不可……"

崔维兹朝他断然挥了挥手。"现在别说话，詹诺夫，拜托！"

他突然发觉左手手套的皱褶粘着些绿色的东西，一定是刚才从阅读机背面沾到一些苔藓，而且把它们压碎了。那只手套因此有点潮湿，但在他眼前迅速干掉，绿色的斑点渐渐变成了褐色。

他将注意力转移到电缆上，仔细观察被扯掉的那端。那里果然有两个小孔，可以容纳两条电线。

他又坐到地板上，打开神经鞭的电源匣，小心翼翼地拆除一条电线，再"咔嗒"一下将它扯松。然后他慢慢地、轻巧地将那根电线插进小孔，一直推到再也推不动为止。当他试着轻轻将它拉出来的时候，竟然发现拉不动了，好像被什么东西抓住一样。他的第一个反应是用力拉它出来，但总算按捺住这个冲动。他又拆下另一条电线，推进另一个开口。这样想必就能构成一个回路，可将电力输到阅读机中。

"詹诺夫，"他说，"你用过各式各样的影视书，看看有没有办法把那本插进去。"

"真有必……"

"拜托，詹诺夫，你一直想问些无关紧要的问题。我们只有这么一点时间，我可不要等到三更半夜，温度降到低点时，才能走出这座建筑。”

“一定是这么放的，”裴洛拉特说，“可是……”

“很好。”崔维兹说，“如果这是一本太空飞行史，就一定会从地球谈起，因为太空飞行最早是在地球上发明的。我们来看看这玩意能否启动了。”

裴洛拉特将影视书放进显然是插口的地方，动作有点夸张。然后他开始研究各个控制键旁的标示，想找找有没有任何操作说明。

在一旁等候的崔维兹低声道（部分原因是为了舒缓自己的紧张情绪）：“我想这个世界上一定也有机器人——到处都有，而且显然处于良好状况，在近乎真空的环境中闪闪发光。问题是它们的电力同样早已枯竭，而即使能重新充电，它们的脑部是否完好呢？杠杆和齿轮也许能维持千年万年，可是脑部的微型开关和次原子机簧呢？它们的脑子一定坏掉了，就算完好如初，它们对地球又知道多少呢？它们……”

裴洛拉特说：“阅读机开始工作了，老弟，看这里。”

在昏暗的光线下，阅读机屏幕开始闪烁，不过光度相当微弱。崔维兹将神经鞭的电力稍微加强，屏幕随即转趋明亮。由于空气稀薄，太阳直射不到的地方都黯淡无光，因此室内一片朦胧幽暗，屏幕因而显得更为明亮。

屏幕继续一闪一灭，偶尔还掠过一些阴影。

“需要调整一下焦距。”崔维兹说。

“我知道，”裴洛拉特说，“但这似乎就是我能得到的最好结果，影片本身一定损坏了。”

这时阴影来去的速度变得极快，而且每隔一会儿，似乎就会出现一个类似漫画的模糊画面。后来画面清晰了一下子，随即再度暗下来。

“倒转回去，固定在那个画面上，詹诺夫。”崔维兹说。

裴洛拉特已在试着那样做，但他倒回去太多，只好又向前播放，最后终于找到那个画面，将它固定在屏幕上。

崔维兹急着想看其中的内容，但随即以充满挫折的口吻说：“你读得懂吗，詹诺夫？”

“不完全懂。”裴洛拉特一面说，一面眯着眼睛盯着屏幕，“是关于奥罗拉的，这点我还看得出来。我想它是在讲述第一波的超空间远征，‘首度蜂拥’，上面这么写着。”

他继续往下看，画面却又变得模糊黯淡。最后他终于说：“我看得懂的那些片断，似乎全是有关太空世界的事迹，我找不到任何关于地球的记载。”

崔维兹苦涩地说：“不会有的。就像川陀一样，这个世界上的地球资料已被清除殆尽。把这东西关掉吧。”

“可是没有关系……”裴洛拉特一面说，一面关掉阅读机。

“因为我们可以去其他图书馆碰碰运气？其他图书馆也被清干净了，任何地方都一样。你可知道——”他说话的时候一直望着裴洛拉特，现在却突然瞪大眼睛，脸上的表情混杂着惊恐和恶心。“你的面板是怎么回事？”他问道。

67

裴洛拉特自然而然举起戴着手套的右手，摸了摸自己的面板，又将那只手伸到眼前。

“这是什么东西？”他的声音充满困惑。然后，他望着崔维兹，大惊小怪地叫道：“你的面板上也有些奇怪的东西，葛兰。”

崔维兹自然而然想找镜子照一照，可是附近根本没有，即使真的有，也还需要一盏灯光。他喃喃说道：“到有阳光的地方去好吗？”

崔维兹半推半拉着裴洛拉特，来到最近的一扇窗户旁，两人置身在一束阳光下。虽然太空衣具有良好的绝热效果，他的背部仍能感到阳光的热度。

他说：“面对着太阳，詹诺夫，把眼睛闭上。”

他立刻看出裴洛拉特的面板出了什么问题。在玻璃面板与金属化太空衣的接合处，正繁殖着茂密的苔藓，以致面板周围多了一圈绿色的绒毛。崔维兹明白，自己的情形也完全一样。

他用藏在手套中的一根手指头，在裴洛拉特的面板四周刮了一下，苔藓随即掉落些许，绿色碎屑沾在他的手套上。崔维兹将它们摊在阳光下，看得出它们虽然闪闪发亮，却似乎很快就变硬变干了。他又试了一次，这回苔藓变得又干又脆，一碰就掉，而且渐渐转为褐色。于是，他开始用力擦拭裴洛拉特的面板周围。

"帮我也这样做，詹诺夫。"一会儿之后，他又问道："我看起来干净了吗？很好，你也一样。我们走吧，我认为没有必要再待在这里。"

此时，在这个没有空气的废城里，太阳的热度已经令人难以忍受。石造建筑物映着亮闪闪的光芒，几乎会刺痛人的眼睛。崔维兹要眯着眼才敢逼视那些建筑，而且他尽可能走在街道有阴影的一侧。不久，他在某座建筑物正面的一道裂缝前停下脚步，那道裂缝相当宽，足以让他藏在手套中的小指伸进去。他也果真这么做了，抽回手来一看，喃喃说道："苔藓。"然后，他故意走到阴影的尽头，将沾着苔藓的小指伸出来，在阳光下曝晒了一会儿。

他说："二氧化碳是关键，凡是能得到二氧化碳的地方——腐朽的岩石也好，任何地方都好——它们都有办法生长。我们会产生大量的二氧化碳，你知道吧，也许还是这颗垂死行星上最丰富的二氧化碳源。我想，是从面板边缘漏出去了一点点。"

"所以苔藓会在那里生长。"

"对。"

返回太空艇的路途似乎很长，比黎明时分所走的那段路长得多，当然也炎热得多。然而，当他们接近太空艇时，发现它仍处于阴影之下。这一点，崔维兹的计算至少是正确的。

裴洛拉特说："你看！"

崔维兹看到了，闸门边缘围着一圈绿色的苔藓。

"那里也在漏？"裴洛拉特问。

"当然啦。我确定只有极少量，但这种苔藓似乎是微量二氧化碳的最佳指标，我从未听过有什么仪器比它们更灵敏。它们的孢子一定无所不在，哪怕只有几个二氧化碳分子的地方，那些孢子也会萌芽。"他将无线电调到太空艇用的波长，又说："宝绮思，你听得到吗？”

宝绮思的声音在他们两人耳际响起。“听得到。你们准备进来了吗？有什么收获？”

“我们就在外面。”崔维兹说，“可是千万别打开气闸，我们会由外面开启。重复一遍，千万别打开气闸。”

“为什么？”

“宝绮思，你就照我说的做，好不好？等一下我们可以好好讨论。”

崔维兹拔出手铳，谨慎地将强度调到最低，然后瞪着这柄武器，显得犹豫不决，因为他从未用过最低强度。他环顾四周，却找不到较脆弱的物体当试验品。

在无可奈何的情况下，他将手铳瞄准附近的岩质山丘——远星号便栖息在那座山丘的阴影下——结果目标并未变得红热。他自然而然摸了摸射中的部位，有温热的感觉吗？由于穿着绝热材料的太空衣，他丝毫无法确定。

他又迟疑了一下，然后想到，太空艇外壳的抗热能力，无论如何应该和山丘属于同一数量级。于是他将手铳对准闸门边缘，很快按了一下扳机，同时屏住了气息。

几公分范围内的苔藓类植物，立刻都变成黄褐色。他在变色的苔藓附近挥了挥手，稀薄的空气便产生一丝微风，但即使这样的微风，也足以将这些焦黄的残渣吹得四散纷飞。

“有效吗？”裴洛拉特焦切地问道。

“的确有效。”崔维兹说，“我将手铳调成了低能量的热线。”

他开始沿着闸门周围喷洒热线，那些鲜绿的附着物随即变色，再也不见一丝绿意。然后他敲了敲闸门，试图将残留的附着物震下来，一团褐色的灰尘便飘落地面。由于这团灰尘实在太细，甚至能被微量的气体托起，在稀薄的空气中飘荡许久。

“我想现在可以打开闸门了。”崔维兹说完，便用手腕上的控制器拍发出一组无线电波密码，从太空艇内部启动开启机制，闸门随即出现一道隙缝。等到闸门打开一半时，崔维兹说：“别浪费时间，詹诺夫，赶快进去。别等踏板了，爬进去吧。”

崔维兹自己紧跟在后，并且用调低强度的手铳喷着闸门边缘。当踏板放下后，他也照样喷了一遍。然后他才发出关闭闸门的讯号，同时继续喷洒热线，直到闸门完全关闭为止。

崔维兹说：“我们已经进了气闸，宝绮思。我们会在这里待几分钟，你还是什么都别做！”

宝绮思的声音传了过来，她说：“给我一点提示。你们都还好吗？裴怎么样？”

裴洛拉特说：“我在这里，宝绮思，而且好得很，没什么好担心的。”

“你这么说就好，裴。可是待会儿一定要有个解释，我希望你了解这一点。”

“一言为定。”崔维兹一面说，一面打开气闸内的灯光。

穿着太空衣的两人面面相觑。

崔维兹说：“我们要将这颗行星的空气尽量抽出去，所以得耐心等一会儿。”

“太空艇的空气呢？要不要放进来？”

“暂时不要。我跟你一样急着挣脱这套太空衣，詹诺夫。但我先要确定已完全摆脱了跟我们一块进来——或是粘在我们身上的孢子。”

借着气闸灯光差强人意的照明，崔维兹将手铳对准闸门与艇体的内侧接缝，很有规律地先沿着地板喷洒热线，然后向上走，绕了一圈之后又回到地板。

“现在轮到你了，詹诺夫。”

裴洛拉特不安地扭动了一下，崔维兹又说：“你大概会感到有点热，但应该不会有更糟的感觉。如果开始觉得不舒服，你就赶紧说。”

他将不可见的光束对准对方面板喷洒，尤其是边缘部分，然后一步步扩及太空衣其他各处。

“抬起两只手臂，詹诺夫。”他喃喃地发号施令，接着又说：“把双臂搭在我的肩膀上，抬起一条腿来，我必须清理你的鞋底。现在换另一只脚，你觉得太热吗？”

裴洛拉特说：“不怎么像沐浴在凉风中，葛兰。”

“好啦，现在换我尝尝自己的处方是什么滋味，也帮我全身喷一喷。”

“我从来没拿过手铳。”

“你一定要拿着。像这样抓紧，用你的拇指按这个小按钮，同时用力压紧皮套。对，就是这样。现在对着我的面板喷，要不停地慢慢移动，詹诺夫，别在一处停留太久。接着喷头盔其他部分，然后往下走，对准脸颊和颈部。”

崔维兹不断下达指令，直到全身都被喷得热乎乎，出了一身又粘又腻的汗水之后，他才将手铳要回来，检查了一下能量指标。

“已经用掉一大半。”说完，他开始很有规律地喷洒气闸内部，每面舱壁都来回喷了好几遍。直到手铳耗光电力，而且由于持久的高速放电而变得烫手，他才将手铳收回皮套中。

这个时候，他才终于发出进入太空艇的讯号。内门打开时，立刻传来一阵嘶嘶声，空气瞬间涌入气闸，令他觉得精神为之一振。

空气的清凉以及对流作用，能将太空衣的热量急速带走，效率要比热辐射高出许多倍。他的确马上感到冷却的效果，那或许只是一种想象，但不论想象与否，他都十分欢迎这种感觉。

“脱掉太空衣，詹诺夫，把它留在气闸里面。”崔维兹说。

“如果你不介意的话，”裴洛拉特说，“我第一优先想做的事，就是好好冲个澡。”

“那可不是第一优先。事实上，在此之前，甚至在你纾解膀胱压力之前，恐怕你得先跟宝绮思谈一谈。”

宝绮思当然在等他们，脸上流露出关切的神情。菲龙则躲在她后面探头探脑，双手紧紧抓住宝绮思的左臂。

“发生了什么事？”宝绮思以严厉的口吻问道，“你们到底在做什么？”

“在预防传染病，”崔维兹冷冰冰地说，“所以我要打开紫外辐射灯。取出墨镜戴上，请勿耽搁时间。”

等到紫外线加入壁光之后，崔维兹才将湿透的衣服一件件脱下来，每件都用力甩了甩，还拿在手中翻来覆去转了半天。

“只是为了预防万一。”他说，“你也这样做，詹诺夫。还有，宝绮思，我得全身剥个精光，如果会令你不自在，请到隔壁舱房去。”

宝绮思说：“我既不会不自在，也不会感到尴尬。你的模样我心里完全有数，我当然不会看到什么新鲜东西。什么样的传染病？”

“只是些小东西，但若任其自由发展，”崔维兹故意用轻描淡写的语气说，“会给人类带来极大的灾害，我这么想。”

68

一切终于告一段落，紫外辐射灯也已经功成身退。当初在端点星，崔维兹首度踏上远星号的时候，太空艇中就备有许多操作说明与指导手册。根据这些录成影片的复杂说明，紫外辐射灯的用途正是消毒杀菌。然而崔维兹想到，如果乘客来自流行日光浴的世界，这种装置难免构成一种诱惑——用来将皮肤晒成时髦的古铜色——而且真会有人这么做。不过无论怎样使用，这种光线总是具有消毒杀菌的效果。

此时太空艇已进入太空，在不至于令大家难过的前提下，崔维兹尽量朝梅尔波美尼亚的太阳接近，并且让太空艇翻腾扭转，以确定表面全部受到紫外线的照射。

最后，他们才将弃置气闸内的两套太空衣救回来，并且详加检查，直到连崔维兹都满意为止。

“如此大费周章，”宝绮思终于忍不住说道，“只是为了苔藓。崔维兹，你是不是这么说的？苔藓？”

“我管它们叫苔藓，”崔维兹说，“是因为它们使我联想到那种植物。然而，我并不是植物学家。我所能作的描述，只是它们绿得异常，也许能借着非常少的光能生存。”

“为何是非常少的光能？”

“那些苔藓对紫外线极其敏感，在阳光直射的场所无法生长，甚至根本不能存活。它们的孢子散布各处，无论阴暗的角落、雕像的裂缝、建筑物的基部表面，只要是有二氧化碳的地方，它们都能生长繁殖，靠着散射光子所携带的能量维生。”

宝绮思说：“我觉得你认为它们有危险。”

“大有可能。假如我们进来的时候，有些孢子附着在我们身上，或者被我们卷进来，它们会发现这里光线充足，却不含有害的紫外线，此外还有大量水分，以及源源不绝的二氧化碳。”

“在我们的空气中，只有百分之零点零三。”宝绮思说。

“对它们而言已经太丰富了，而我们呼出的气体则含有百分之四。万一孢子在我们的鼻孔或皮肤生长呢？万一它们分解破坏我们的食物呢？万一它们制造出致命的毒素呢？即使我们千辛万苦将它们消灭，只要还有少数孢子存活，一旦被我们带到另一颗行星，它们也足以长满那个世界，再从那里转移到其他世界。天晓得它们会造成多大的灾害？”

宝绮思摇了摇头。“不同形式的生命，不一定就代表有危险，你太轻易杀生了。”

“这是盖娅在说话。”崔维兹说。

“当然是，但我希望你认为我说得有理。那些苔藓刚好适应这个世界的环境，这是因为少量的光线对它们有利，大量的光线却会杀死它们；同理，它们能利用偶尔飘来的几丝二氧化碳，但太多或许就会令它们死亡。所以说，除了梅尔波美尼亚之外，它们可能无法在其他世界生存。”

“你要我在这件事情上赌运气吗？”崔维兹追问。

宝绮思耸了耸肩。“好啦，别生气，我明白你的立场。身为孤立体，你除了那样做，也许并没有其他选择。”

崔维兹正想回嘴，可是菲龙清脆而高亢的声音突然插进来，说的竟然是她自己的语言。

崔维兹问裴洛拉特道:“她在说些什么?”

裴洛拉特答道:“菲龙是在说……”

然而,菲龙仿佛这才想起她的母语不容易懂,改口说:“你们在那里有没有看到健比在那里?”

她咬字十分清楚,宝绮思高兴得露出微笑。“她的银河标准语是不是说得很好?几乎没花什么时间。”

崔维兹低声道:“若是由我讲,会愈讲愈糊涂。还是你跟她解释吧,宝绮思,我们没在那颗行星上发现机器人。”

“我来解释。”裴洛拉特说,“来吧,菲龙。”他一只手臂温柔地搂住那孩子的肩头,“到我们的舱房来,我拿另一本书给你看。”

“书?关于健比的吗?”

“不能算是……”舱门便在他们身后关上了。

“你可知道,”崔维兹一面不耐烦地目送他们,一面说,“我们扮演这孩子的保姆,简直是在浪费时间。”

“浪费时间?崔维兹,这样做可曾妨碍到你寻找地球?完全没有。反之,扮演保姆可以建立沟通管道,减轻她的恐惧,带给她关爱,这些成就难道不值一哂吗?”

“这又是盖娅在说话。”

“没错。”宝绮思说,“那么我们来谈点实际的。我们造访了三个古老的太空世界,结果一无所获。”

崔维兹点了点头。“十分正确。”

“事实上,我们发现每个世界都相当凶险,对不对?奥罗拉上有凶猛的野狗,索拉利上有怪异危险的人类,而梅尔波美尼亚上则存在着具有潜在威胁的苔藓。这显然代表说,一个世界一旦孤立起来，不论上面有没有人类，都会对星际社会构成威胁。”

“你不能将这点视为通则。”

“三次通通应验，当然不由得你不信。”

“你相信的又是什么呢，宝绮思？”

“我会告诉你的，请以开放的心胸听我说。如果银河中有数千万个彼此互动的世界，当然这也是实际情形，又如果每个世界都纯粹由孤立体组成，事实上也正是如此，那么在每个世界上，人类都居于主宰的地位，能将他们的意志加在非人的生命形态上，加在无生命的地理环境上，甚至加诸彼此身上。所以说，当今的银河其实就是个非常原始、非常笨拙而且功能不当的盖娅星系，是个联合体的雏型。你明白我的意思吗？”

“我明白你想要说什么。但这并不表示当你说完之后，我会同意你的说法。”

“只要你愿意听就好，同不同意随你高兴，但是请注意听。银河若想运作，原始盖娅星系是唯一的方式，而且愈是远离原始形态、愈是接近盖娅星系就愈好。银河帝国是个‘强势原始盖娅星系’的尝试，在它分崩离析后，时局便开始迅速恶化。后来，又不断有人企图强化原始盖娅星系，基地邦联便是一个例子。此外骡的帝国也是，第二基地计划中的帝国也是。不过，纵使没有这些帝国或邦联，纵使整个银河陷入动乱，那也是个连成一气的动乱，每个世界都和其他世界保持互动，即使只是满怀敌意的互动。这样的银河，本身还是个联合体，因此不是最坏的情况。”

“那么，什么才是最坏的情况？”

“你自己知道答案是什么，崔维兹，你已经亲眼目睹。如果一个住人世界完全解体，居民个个成了真正的孤立体，又如果它和其他人类世界失去了一切互动，它就会朝向恶性发展。”

“像癌一样？”

“正是，索拉利不就是现成的例子吗？它和所有的世界对立。而在那个世界上，所有的个体也都处于对立状态，你全都看到了。万一人类完全消失，最后一点纪律也会荡然无存，互相对立的情势将变得毫无章法，就像那些野狗，或者只剩下天然的力量，就像那些苔藓。我想你懂了吧，我们愈是接近盖娅星系，社会就会愈美好。所以，为何要在尚未达到盖娅星系的时候，就半途而废呢？”

崔维兹默默瞪着宝绮思，好一会儿才说：“我要好好思考这个问题。可是，你为何假设药量和药效永远成正比——吃一点若有好处，多吃便会更好，全部服下则是最好的？你自己不是也指出，那些苔藓或许只能适应微量的二氧化碳，过多的话就会杀死它们吗？一个身高两米的人，要比一米高和三米高的人都来得有利。如果老鼠长成大象般的块头，那是毫无益处的，它根本活不下去。同理，大象缩成老鼠的大小也一样糟糕。

“每样东西，大至恒星小至原子，都有自然的尺度、自然的复杂度，以及种种最适宜的特质，而生物和活生生的社会也必定如此。我并不是说旧银河帝国合乎理想，也当然看得出基地邦联的缺陷，可是我不会因此就说：由于完全孤立不好，完全联合便是好的。这两种极端也许同样可怕，而旧式银河帝国无论多么不完美，却可能是我们能力的极限。”

宝绮思摇了摇头。“我怀疑你自己都不相信自己的说法，崔维兹。你是不是想要辩称，既然病毒和人类同样不令人满意，你就希望锁定某种介于其间的生物——例如粘菌？”

“不，但我或许可以辩称，既然病毒和超人同样不令人满意，我就希望锁定某种介于其间的生物——例如凡夫俗子。然而我们并没有争论的必要，一旦找到地球，我就能得到解答。我们在梅尔波美尼亚，发现了另外四十七个太空世界的坐标。”

“你全部会去造访？”

“如果有必要，每个都会去。”

“不怕各有各的风险？”

“不怕，或许只有那样才能找到地球。”

裴洛拉特早已回来，将菲龙一个人留在他的舱房。他似乎有话要说，却夹在宝绮思与崔维兹的快速舌战中无法开口。当双方你来我往之际，他只能轮流瞪着他们两人。

“那得花多少时间？”宝绮思问。

“不论得花多少时间，”崔维兹说，“但也许在下一站就能找到所需的线索。”

“或者通通徒劳无功。”

“那要等全部找完才知道。”

此时，裴洛拉特终于逮到机会插一句嘴。“但何必找呢，葛兰？我们已经有答案了。”

崔维兹朝裴洛拉特不耐烦地挥了挥手，挥到一半却突然打住，转过头来茫然问道：“什么？”

“我说我们已经有答案了。在梅尔波美尼亚上我就一直想告诉你，至少试了五次，你却过于专注手头的工作……”

“我们有了什么答案？你到底在说些什么？”

“在说地球！我想我们已经知道地球在哪里了。”

第六篇

阿尔法

第十六章
诸世界中心

69

崔维兹瞪了裴洛拉特良久，并露出明显的不悦神情。然后他说：“是不是你看到什么我没看到的，却没有告诉我？”

“不是。”裴洛拉特好言好语答道，“其实你也看到了，正如我刚才说的，我试图向你解释，你却没心情听我说。”

“好，你就再试一次。”

宝绮思说：“别对他凶，崔维兹。”

“我没对他凶，我只是在问问题，你别宠坏他。”

“拜托，”裴洛拉特道，“你们两位都听我说，不要你一言我一语的。你还记不记得，葛兰，我们讨论过当年寻找人类起源的尝试？那个亚瑞夫计划？你知道的，就是试图标出每颗行星的创建年代。这个计划所根据的假设，是人类曾以起源世界为中心，同时向四面八方进行殖民。因此，若从较新的行星逐步追溯到较老的行星，就能从各个方向汇聚到起源世界。”

崔维兹不耐烦地点了点头。“我记得这个方法根本行不通，因为每个世界的创建年代都不可靠。”

“没错，老伙伴。但亚瑞夫研究的世界都是第二波殖民者建立的，当时超空间旅行已极为先进，殖民世界一定分布得相当凌乱。跳跃很远的距离是非常简单的事，所以殖民世界不一定以径向对称的方式向外扩张。这一点，当然增加了创建年代的不确定性。

“可是你再想想，葛兰，想想那些太空世界，它们是由第一波殖民者建立的。当时超空间旅行没那么进步，后来居上的情形可能很少，甚至根本没有。虽然在第二波扩张时，几千万个世界的建立也许毫无规律，可是第一波却只有五十个世界，它们有可能分布得很规则。虽然第二波扩张持续了两万年，建立了数千万个世界，可是第一波的五十个世界，却只是几世纪间的成果——相较之下，几乎像是同时建立的。这五十个世界放在一起，应该大略构成球对称，而对称中心就是那个起源世界。

“我们已经拥有这五十个世界的坐标。你拍摄下来了，记得吗，你坐在石像上拍的。不论是什么力量或什么人试图毁掉地球的资料，要不是忽略了这些坐标，就是没想到它们会提供我们所需的资料。你现在唯一需要做的，葛兰，就是调整那些坐标，修正两万年来的恒星运动，然后找出球形的中心。那个中心会相当接近地球之阳，至少接近它两万年前的位置。”

当裴洛拉特滔滔不绝时，崔维兹的嘴巴不自觉地微微张开，等到对方的长篇大论结束之后，又过了好一会儿，他才终于阖上嘴巴。然后他说：“可是我为什么没想到呢？”

“我们还在梅尔波美尼亚的时候，我就试图告诉你。”

“我确信你尝试过，而我却拒绝听。我向你道歉，詹诺夫。其实是我根本没料到……”他感到很不好意思，没有再说下去。

裴洛拉特轻轻笑了几声。“没料到我会说出这么重要的话。我想通常我的确不会，但这件事可是我的本行，你懂了吧。我自己也承认，一般说来你大可不必听我唠叨。”

“没这回事。”崔维兹说，“事情不是这样的，詹诺夫。我觉得自己是个笨蛋，而我活该有这种感觉。我再次向你道歉，然后我就得去找电脑了。”

他们两人一同走进驾驶舱。当崔维兹双手放在桌面上，几乎与电脑合成一个“人／机”生命体时，裴洛拉特像往常一样，目不转睛凝视着他，既惊叹又感到无法置信。

“我必须作些假设，詹诺夫。”由于已经和电脑融为一体，崔维兹的表情有点茫然，“我得假设第一个数字是距离，单位为秒差距；其他两个数字都是以弪为单位的角度，勉强可说前一个标示上下，后一个标示左右。我还必须假设角度的正负号是依据银河标准规约，而那个‘○，○，○’代表梅尔波美尼亚的太阳。”

“听来很有希望。”裴洛拉特说。

“是吗？数字的排列共有六种可能、正负号的组合共有四种可能、距离的单位也许是光年而不是秒差距，还有角度的单位也许是度而不是弪，这就构成九十六种不同的变化。此外，如果距离单位是光年，我并不确定用的是哪种年。还有另一个问题，我不知道角度的测量究竟是用什么规约——我想，应该是以梅尔波美尼亚的赤道为准，可是本初子午线在哪里？”

裴洛拉特皱起眉头。“听你这么一说，好像又绝望了。”

“没有绝望。奥罗拉和索拉利都在这份名单上，而我知道它们在太空中的位置。我将根据这些坐标，试着寻找这两颗行星，如果找错了地方，我就改用另一种规约，直到坐标给出正确位置为止。

这样我就能知道，我在坐标规约上所作的假设有何错误。一旦改正了，我就可以开始寻找那个球心。”

“有那么多可能的变化，会不会很难判断？”

“什么？”崔维兹愈来愈全神贯注。等到裴洛拉特将问题重复了一遍，他才答道：“喔，还好，这些坐标很可能是遵循银河标准规约，找出未知的本初子午线并不困难。标定太空位址的各种系统都出现得很早，大多数的天文学家都相当肯定，它们甚至是在星际旅行前所建立的。人类在某些方面非常保守，用惯了一组数值规约之后，几乎不会再作任何更改。我想，甚至有人会将它们误认为自然法则——其实这样也好，因为若是每个世界都有自己的测量规约，而且每个世纪都会改变，我相信科学发展绝对会因而受阻，甚至永远停滞不前。”

他显然一面说话一面工作，因为他的言语始终断断续续。此时他又喃喃道：“现在保持肃静。”

说完这句话，他整个脸皱了起来，神情显得极为专注。几分钟之后，他才靠回椅背，深深吸了一口气，以平静的口吻说：“规约正确，我已经找到奥罗拉，绝对没问题。看到了吗？”

裴洛拉特凝视着星像场，目光聚焦在接近中央的一颗亮星上。“你肯定吗？”

崔维兹说：“我自己的意见并不重要，重要的是电脑也肯定。毕竟我们造访过奥罗拉，十分清楚它的特征——直径、质量、光度、温度、光谱细目等等，更遑论附近恒星的分布模式。电脑说它就是奥罗拉。”

“那么我想，我们必须接受它的说法。”

“相信我，我们必须接受。我来调整一下显像屏幕，电脑就能开始工作。五十组坐标早已输入，它会一个一个处理。”

崔维兹一面说，一面开始调整屏幕。虽然电脑通常是在四维时空中运作，但将结果呈现给人类时，显像屏幕鲜有超过二维的需要。可是现在，屏幕似乎展成一个漆黑的三维空间，深度与长宽相当。崔维兹几乎将舱内的光线完全熄灭，好让星光的影像更容易观察。

“现在要开始了。”他低声道。

一会儿之后，便出现一颗恒星，接着是另一颗，然后又是一颗。每多出现一颗星，屏幕的影像随即变换一次，以便能将所有的星光纳入屏幕。看起来，仿佛太空在他们眼前逐渐远去，因此全景的范围愈来愈大。除此之外，还有上下的移动，左右的移动……

最后，五十个光点尽数出现，全部悬挂在三维空间中。

崔维兹说：“我希望能看到一个美丽的球状排列，可是这个看来却像一个匆促捏成的雪球，而且是由过硬的、砂砾过多的雪所捏成的。”

“这样会不会前功尽弃？”

“会增加些困难，但我想这是没办法的事。恒星本身的分布并不均匀，可住人行星当然也一样，因此这些新世界一定不会构成完美的几何图形。电脑会考虑过去两万年来最可能的运动模式，将每个光点调整到目前的位置——即使过了那么长的时间，所需的调整其实也不多——然后，再利用它们建构一个‘最佳球面’。换句话说，就是在太空中找出一个球面，使所有光点和它的距离都是最小值。最后我们再找出那个球面的球心，地球就该位于球心附近，至少我们希望如此。这不会花太多时间的。”

70

果然没有花太多时间。虽然崔维兹对这台电脑所创造的奇迹早已习以为常，它的速度还是令他惊讶不已。

崔维兹刚才曾对电脑下过一道指令，要它在定出“最佳球心”后，发出一个柔和而余音袅袅的音调。这样做并没有什么特殊理由，只是为了心理上的满足罢了，因为一旦听到这个声音，也许就代表这次的探索已告一段落。

几分钟后电脑便发出声音，听来像是轻敲铜锣所激起的柔美响声。音量由小而大，直到他们都能感到微微的震动，才慢慢消逝在空气中。

宝绮思几乎立刻出现在舱门口。“什么声音？”她瞪大眼睛问道，“紧急状况吗？”

崔维兹说：“根本没事。”

裴洛拉特热心地补充道：“我们也许找到地球的位置了，宝绮思，那一声就是电脑报告这个好消息的方式。”

她走进了驾驶舱。“应该让我有个心理准备。”

崔维兹说：“抱歉，宝绮思，我没想到声音会那么大。”

菲龙跟着宝绮思走进来，问道：“为什么有那个声音，宝绮思？”

“我看得出她也很好奇。”崔维兹往椅背一靠，感到十分疲倦。下一步，就是在真实银河中验证这个发现——将心力集中在那个球心的坐标上，看看是否真有G型恒星存在。但是他再一次变得优柔寡断，不愿进行这个简单的步骤，换句话说，他无法让自己面对真实测验的可能答案。

“没错。”宝绮思说，“她为何不该好奇呢？她和我们一样是人类。”

“她的单亲可不会这么想。”崔维兹心不在焉地说，“这小孩令我担心，她是个麻烦。”

“何以见得？”宝绮思质问。

崔维兹双手一摊，答道：“只是一种感觉。”

宝绮思白了他一眼，再转身对菲龙说：“我们正在设法寻找地球，菲龙。”

“地球是什么？”

“另一个世界，可是很特别，我们的祖先都来自那个世界。你从那些读物中，有没有学到‘祖先’是什么意思，菲龙？”

“是不是XX？”最后两个字并非银河标准语。

裴洛拉特说：“那是祖先的古老词汇，宝绮思。在我们的语言中，跟它最接近的是‘先人’。”

“太好了。”宝绮思突然露出灿烂的笑容，“我们的先人都来自地球，菲龙。你的、我的、裴的、崔维兹的先人都是。”

“你的，宝绮思——还有我的也是。”菲龙的口气似乎透着疑惑，“他们都是从地球来的？”

“先人只有一种。”宝绮思说，“你的先人就是我的先人，大家的先人都一样。”

崔维兹说：“听来这孩子好像非常明白她和我们不同。”

宝绮思对崔维兹低声道：“别那么说。一定要让她认为自己没什么不同，没有根本上的差异。”

“我认为，雌雄同体就是根本上的差异。”

“我是指心灵。”

“转换叶突也是根本上的差异。”

“喂，崔维兹，别那么难伺候。她既聪明又有人性，其他都是枝微末节。”

她转身面对菲龙，音量恢复正常大小。“静静想一想，菲龙，想想这对你有什么意义。你的先人和我的先人一样，而在每个世界上——很多很多的世界——人人都拥有共同的先人，他们原来住在一个叫做地球的世界。这就表示我们都是亲戚，对不对？现在回到我们的舱房，想一想这件事。”

菲龙若有所思地望了崔维兹一眼，随即转身跑开，宝绮思还在她臀部亲昵地拍了一下。

然后宝绮思转向崔维兹说：“拜托，崔维兹，答应我，以后她在附近的时候，不要再说那种话，免得她认为自己跟我们不同。”

崔维兹说：“我答应你。我并不想妨碍或破坏她的学习过程，可是，你也知道，她的确跟我们不一样。”

“只是某些方面有点差异，正如我跟你有所不同，裴跟你也不完全一样。”

“别太天真了，宝绮思，菲龙的差异要大得多。”

“大一点而已。相较之下，她和我们的相似点却重要得多。她和她的同胞有一天会成为盖娅星系的一部分，而且我相信，还是极有用的一部分。”

“好吧，我们别争论了。”他万分不情愿地转身面对电脑，“现在，恐怕我得在真实太空中，查证一下地球是否在那个位置上。”

“恐怕？”

“嗯，”崔维兹耸起双肩，希望做个至少有点幽默感的动作，“万一附近没有符合条件的恒星，那该怎么办？”

“没有就没有吧。”宝绮思说。

“我不知道现在就查证究竟有没有意义，几天之内我们都还无法进行跃迁。”

“这几天你都会为了揣测答案而坐立不安。现在就查出来吧，等待不会改变既成的事实。”

崔维兹紧抿着嘴坐在那里，过了一会儿才说：“你说得对。很好，那么——现在就开始。”

他再度转身面向电脑，双手按在桌面的手掌轮廓上，显像屏幕随即变得一片漆黑。

宝绮思说：“那么我走了，我留下来会令你神经紧张。”她挥了挥手，离开了驾驶舱。

“现在我们要做的，”崔维兹喃喃说道，“首先是检查电脑的银河地图。即使地球之阳果真在计算出的位置上，地图应该也没有收录。不过我们再……”

当显像屏幕闪现群星背景时，他的声音在惊讶中逐渐消失。星辰数量极多，大多十分黯淡，偶尔穿插着一颗较明亮的恒星，在屏幕上分布得很平均。但在相当接近中央的地方，有一颗令众星黯然失色的明亮星辰。

“我们找到了。”裴洛拉特高声欢呼，“我们找到了，老弟，看看它有多亮。”

“位于坐标中心的恒星看来都很亮。”崔维兹显然试图压抑过早的欢喜，以免事后证明是一场空，“毕竟，摄取这个影像的镜头，距离坐标中心只有一秒差距。话又说回来，中央那颗恒星显然不是红矮星或红巨星，光芒也不是高温的蓝白色。等资料出来再说吧，电脑正在查询资料库。”

经过几秒钟的沉默后，崔维兹说：“光谱型为G2。”他又顿了顿，才继续说下去，“直径，一百四十万公里——质量，端点星之阳的一点零二倍——表面温度，绝对温标六千度——自转速度缓慢，周期接近三十天——没有异常活动或不规则的变化。”

裴洛拉特说：“这不都是拥有可住人行星的典型条件吗？”

“很典型，”崔维兹一面说，一面在昏暗中点着头，“因此符合我们对地球之阳的预期。假如生命的确源自地球，地球之阳就树立了最初的典范。”

“所以说，周围有可住人行星的机会相当大。”

“我们不必臆测这一点。”听崔维兹的口气，他正感到困惑不已，“根据银河地图的记载，它有一颗拥有人类生命的行星——可是加了一个问号。”

裴洛拉特的兴致愈来愈高。“那正是我们预期的情况，葛兰。那里的确有一颗住人行星，可是那个神秘力量企图掩盖这个事实，因此相关资料模糊不清，使得制作电脑地图的人无法确定。”

“不，正是这点令我不安。”崔维兹说，“这并非我们应当预期的结果，我们应当预期的是更极端的情况。想想看，地球的相关资料被清除得多彻底，制图者不该知道那个行星系有生命存在，更遑论人类生命，他们甚至不该知道地球之阳的存在。太空世界全都不在地图中，又为何会有地球之阳呢？”

“嗯，无论如何，它就是在那里。这是事实，何必争论呢？那颗恒星还有没有其他资料？”

“有个名字。”

“啊！叫什么？”

“阿尔法。”

顿了顿之后，裴洛拉特热切地说：“那就对了，老友，这是最后一个小小的佐证。想想它的含意。”

“它有什么含意吗？”崔维兹说，“对我而言，它只是个名字，而且是个古怪的名字，听来不像银河标准语。”

“的确不是银河标准语，而是地球的一种史前语言。宝绮思的母星叫作盖娅，也是源自这种语言。”

“那么，阿尔法是什么意思？”

“那个古老的语言，第一个字母叫‘阿尔法’，这是最可靠的史前知识之一。在遥远的古代，阿尔法有时用来代表第一件事物，例如某个太阳命名为阿尔法，就意味着它是第一个太阳。而第一个太阳，难道不就是人类最初的行星——地球——所环绕的恒星吗？”

“你确定吗？”

“绝对确定。”裴洛拉特说。

“在早期的传说中——毕竟你是神话学家——可曾提到地球之阳有什么非常特殊的性质？”

“怎么会有呢？根据定义，它应该是最标准的，而电脑告诉我们的那些特征，我猜通通再标准不过了。到底是不是？”

“我想，地球之阳应该是颗单星？”

裴洛拉特说：“嗯，当然啦！据我所知，所有的住人世界都是环绕着单星。”

“这点我早就该想到。”崔维兹说，“问题是，显像屏幕中央那颗恒星并非单星，而是一对双星。双星之中较亮的那颗的确很标准，电脑所提供的就是有关它的资料。然而，还有一颗恒星环绕着它，周期大约是八十年，质量则是前者的五分之四。我们无法用肉眼看出它们其实是两颗星，但若将影像放大，我确定就看得出来。”

“这点你肯定吗，葛兰？”裴洛拉特着实吃了一惊。

“这是电脑告诉我的。如果我们眼前是一对双星，它就不是地球之阳，不可能是。”

71

崔维兹中断了与电脑的接触，舱内顿时大放光明。

这显然就是请宝绮思回来的讯号，菲龙则尾随在她身后。“好啦，结果如何？”宝绮思问。

崔维兹以平板的语调说：“多少有些令人失望。在我原本希望找到地球之阳的地方，我却找到一对双星。地球之阳是单星，所以中央那颗绝对不是。”

裴洛拉特说：“现在怎么办，葛兰？”

崔维兹耸了耸肩。“我本来就没有指望在正中央看到地球之阳。即使是太空族所建立的世界，也不会恰好形成完美的球面。奥罗拉——那个最古老的太空世界——也有可能产生自己的殖民者，而这就可能使球面扭曲。此外，地球之阳在太空中的运动速度，也许和太空世界的平均速度不尽相同。”

裴洛拉特说：“所以地球可能在任何地方，你是不是这个意思？”

“不，不能说是‘任何地方’。所有可能的误差加起来也不会太大，地球之阳一定位于球心坐标附近。我们到找的这颗几乎刚好在坐标上的恒星，一定是地球之阳的近邻。地球之阳竟然有个如此相似的邻居——唯有双星这点例外——这也实在令人惊讶，可是事实一定如此。”

“可是这样的话，我们应该能在地图上看到地球之阳，对不对？我的意思是，在阿尔法附近？”

“不对，因为我确定地球之阳根本不在地图上。正是由于这个缘故，我们最初找到阿尔法的时候，我才会感到信心动摇。不论它和地球之阳多么相似，光凭它被收录在地图中这一点，就令我怀疑它不是真货。”

“好吧，那么，”宝绮思说，“何不将注意力集中到真实太空的这组坐标上？然后，如果发现有颗明亮的恒星接近球心，可是不在电脑地图中，又如果这颗恒星性质和阿尔法非常相近，却是一颗单星，那不就是地球之阳吗？”

崔维兹叹了一口气。“如果一切如你所说，我愿意拿我的一半财产打赌，赌你所说的恒星就是地球这颗行星的太阳。可是，现在我又有些犹豫，不想验证这个假设。”

“因为你可能失败？”

崔维兹点了点头。“然而，”他说，“给我一点时间喘口气，我就会强迫自己去做。”

正当三个大人你看我、我看你之际，菲龙走近电脑桌面，好奇地瞪着上面的手掌轮廓。她的小手向那个轮廓探去，崔维兹赶紧伸出手臂格开她，同时厉声道：“不准乱碰，菲龙。”

小索拉利人似乎吓了一跳，立刻躲进宝绮思温暖的臂膀中。

裴洛拉特说：“我们必须面对现实，葛兰。万一你在太空中什么也没找到，那该怎么办？”

“那我们将被迫重拾原先的计划，”崔维兹说，“一一造访其他四十七个太空世界。”

“万一那样做也一无所获呢，葛兰？”

崔维兹心烦意乱地摇了摇头，仿佛要阻止那种想法在脑中生根。他低头看了看自己的膝盖，突然冒出一句：“那时我会再想别的办法。”

“可是如果先人的世界根本不存在呢？”

听到这个女高音般的声音，崔维兹猛然抬起头来。“谁在说话？”他问。

这一问其实是多此一举。难以置信的感觉很快就消失了，他也非常确定到底是谁发问。

“是我。”菲龙答道。

崔维兹望着她，微微皱起眉头。“你听得懂我们的谈话吗？”

菲龙说：“你们在寻找先人的世界，可是你们还没找到，也许根本没有一个世界。”

“没有‘那个’世界。”宝绮思轻声纠正她。

“不，菲龙。”崔维兹以严肃的口吻说，“是有人花了很大的工夫将它藏起来。如此努力地隐藏一样东西，意味着那样东西非隐藏起来不可。你了解我的意思吗？”

“我了解。”菲龙说，“就像你不让我碰桌上的手影。正因为你不让我碰，意味着碰一碰会很有趣。”

“啊，但你碰就不有趣了，菲龙。宝绮思，你在制造一个怪物，她会把我们全毁了。除非我坐在电脑前面，否则再也别让她进来。即使在那种情况下，也请三思而后行，好吗？”

然而，这段小插曲似乎驱走了他的优柔寡断。他说：“显然，我最好开始工作了。如果我只是坐在这里，无法决定该怎么做，那小丑怪马上会接管这艘太空艇。”

舱内灯光立刻变暗，宝绮思压低声音说：“答应我，崔维兹，她在附近的时候，别称她怪物或丑怪。”

“那就好好盯牢她，教她一些应有的礼节。告诉她小孩不该跟大人讲话，还要尽量少在大人面前出现。”

宝绮思皱起眉头。“你对小孩子的态度实在太过分了，崔维兹。”

“或许吧，不过现在不是讨论这个问题的时候。”

然后，他以既满意又宽心的语调说：“那是真实太空中的阿尔法。而在它的左侧，稍微偏上的位置，是一颗几乎同样明亮，但并未收录在银河地图中的恒星。那就是地球之阳，我敢拿我所有的财产打赌。”

72

“好了啦，”宝绮思说，“即使你输了，我们也不会拿走你任何财产，所以何不直截了当找出答案呢？你一旦能进行跃迁，我们立刻造访那颗恒星。”

崔维兹摇了摇头。“不！这次并非由于犹豫或恐惧，而是为了小心谨慎。我们造访了三个未知的世界，三次都遭到始料未及的危险，而且三次都被迫匆匆离去。这次是最紧要的关键，我不要再盲目行事，至少在能力范围内要尽量避免。直到目前为止，我们仅仅知道有关放射性的含混传说，那根本不够。谁也不可能料到，在距离地球约一秒差距的地方，竟然有一颗拥有人类生命的行星……”

“在阿尔法周围，真有一颗拥有人类生命的行星吗？”裴洛拉特问道，“你说过电脑在后面打了个问号。”

“即使如此，”崔维兹说，“还是值得试一试。为何不去瞧瞧呢？倘若上面果真住有人类，我们就去问问他们对地球了解多少。毕竟，对他们而言，地球并非传说中遥不可及的世界，而是他们的近邻；在他们的天空，地球之阳一定既明亮又耀眼。”

宝绮思以深思熟虑的口吻说：“这个主意不坏。我突然想到，如果阿尔法拥有一个住人世界，其上居民又不是你们这种典型的孤立体，那么他们也许会很友善，我们就有可能获得一些美食来换换口味。”

“还能结识一些和蔼可亲的人，”崔维兹说，“别忘了这一点。你同意这样做吗，詹诺夫？”

裴洛拉特说：“由你决定，老弟。不论你到哪里，我一定奉陪。”

菲龙突然问道：“我们会不会找到健比？”

宝绮思赶紧抢在崔维兹前面回答：“我们会找找看，菲龙。”

于是崔维兹说：“那就这么决定了，向阿尔法前进。”

73

“两颗大星星。”菲龙指着显像屏幕说。

“没错，”崔维兹说，“是有两颗。宝绮思，切记要看好她，我不希望她乱碰任何东西。”

“她对机械装置很着迷。”宝绮思说。

“是啊，我知道，”崔维兹说，“可是我不敢领教。不过老实告诉你，看到显像屏幕上两颗恒星同时闪耀，我倒是跟她一样着迷。”

那两颗恒星的确相当灿烂，两者几乎都像个圆盘。屏幕早已自动增强过滤密度，用来消除“硬辐射”并降低星光亮度，以避免对视网膜构成伤害。结果，屏幕上只剩下少数几颗亮星，那对双星则以高傲且近乎孤立的王者姿态高挂天际。

“事实上，”崔维兹说，“我以前从未如此接近一个双星系。”

“从未？”裴洛拉特声音中透出几许讶异，“怎么可能呢？”

崔维兹哈哈大笑。“虽然我常在太空中来来去去，詹诺夫，但我并非你想象中的银河游侠。”

裴洛拉特说：“在遇到你之前，葛兰，我从来没有到过太空。但我总是认为，任何人只要上了太空……”

“就什么地方都会去。我了解，那是很自然的想法。足不离地的人最大的问题，就是不论理智如何说服他们，仍然无法想象银河的实际大小。即使我们在太空中旅行一辈子，银河绝大多数地方还是去不了。此外，根本没有人去过双星系。”

“为什么？”宝绮思皱着眉头说，“相较于在银河中游荡的孤立体，我们盖娅上的人对天文学所知不多，可是在我的印象中，双星似乎并不罕见。”

“的确如此。”崔维兹说，“其实严格说来，双星的数量比单星还多。然而，两颗靠得很近的恒星，会害得行星无法循着一般过程形成。双星拥有的行星物质比单星来得少，而即使双星系中有行星形成，通常轨道也不太稳定，极少出现适宜住人的条件。

“我猜早期的星际探险者，一定近距离研究过许多双星。可是一段时日之后，为了殖民的目的而探索时，他们的目标便仅限于单星。当然啦，一旦银河遍布了殖民世界，几乎所有的星际旅行便都和贸易或交通有关，而且一律在单星旁的住人世界之间进行。在军事活动频仍时期，我想，假如某对双星刚好具有战略地位，有时会在环绕其中之一的小型无人世界上设立据点。可是随着超空间旅行渐趋完善，那样的据点也就变得没必要了。”

裴洛拉特以谦虚的口吻说：“真不敢想象我有多么孤陋寡闻。”

崔维兹只是咧嘴笑了笑。“别被我唬到了，詹诺夫。我在舰队的时候，听过无数过时战术的演讲；根本没有人计划或打算使用那些战术，讨论它们纯粹只是一种传统。我刚刚只不过是随便卖弄了一点。回过头来想想，你懂得那么多神话学、民间传说和古代语文，这些我都一窍不通，只有你和少数专家才懂。”

宝绮思说：“没错，但那两颗恒星虽然构成双星系，其中之一的轨道上却有一颗住人行星。”

“我们希望的确如此，宝绮思。”崔维兹说，“凡事皆有例外，再加上郑重其事标了一个问号，使它更加令人费解——不行，菲龙，那些按钮不是玩具——宝绮思，要不就用手铐把她铐起来，要不就带她出去。”

“她不会弄坏任何东西的。”宝绮思虽然在为菲龙辩护，仍将那索拉利小孩拉到自己身边，“既然你对那颗可住人行星如此感兴趣，我们还在这里等什么？”

“原因之一，”崔维兹说，“这是人之常情，我想趁机在近距离观察一下双星系。此外，谨慎也是人之常情，而我也不例外。正如我解释过的，自从我们离开盖娅，没有一件事不让我变得更加小心谨慎。”

裴洛拉特说：“这两颗恒星哪一颗是阿尔法，葛兰？”

“我们不会迷路的，詹诺夫。电脑晓得究竟哪颗才是阿尔法，因此我们也晓得。它是温度较高、颜色较黄的那颗，这是因为它比较大的缘故。而右侧那一颗，则发出明显的橙色光芒，有点像奥罗拉的太阳，想必你还记得。你注意到了吗？”

“经你这么一提醒，我就注意到了。”

“很好，那颗则比较小。你提到的那种古老语言，第二个字母是什么？”

裴洛拉特想了一下，然后说：“贝塔。”

“那么我们就称橙色那颗为贝塔，黄白色那颗为阿尔法，而我们现在的目标正是阿尔法。”

第十七章
新地球

74

“四颗行星。”崔维兹喃喃说道，“全都很小，再加上一长串小行星，并没有气态巨星。”

裴洛拉特说:“你认为这令人失望吗？”

“并不尽然，这是预料中的事。互相环绕的双星彼此如果很接近，就不会有行星环绕其中任何一颗，而只能环绕两者的重心。但是那种行星几乎不可能适宜住人，因为太远了。

“反之，如果双星彼此分得够开，各自的稳定轨道上就能有行星存在，前提是那些行星和双星之一足够接近。而这两颗恒星，根据电脑资料库的记录，平均间距为三十五亿公里，甚至在‘近星点’，也就是两者最接近的时候，相隔也有十七亿公里。一颗行星距离双星之一若不超过两亿公里，即可处于稳定轨道，但更大的轨道上则不可能有行星存在。这就表示绝不会有气态巨星，因为那种行星距离恒星必定很远。可是这又有什么差别呢？反正气态巨星都不可住人。”

“但这四颗行星中，也许有一颗适宜人类居住。”

“事实上，只有第二颗真有这个可能。原因之一，是唯有它才大到足以保有大气层。”

他们迅速航向第二颗行星，接下来的两天中，它的影像逐步扩大。起先是庄严而保守地膨胀，等到他们确定没有任何船舰前来拦截，其影像的膨胀便愈来愈快，几乎达到了骇人的速度。

现在，远星号位于云层上方一千公里处，循着一条临时轨道疾速飞行。崔维兹绷着脸说：“电脑记忆库在‘住人’的注记后面加上问号，我终于知道是为什么了。它没有明显的辐射迹象，夜半球没有火光，无线电波则到处都没有。”

“云层似乎挺厚的。”裴洛拉特说。

“不至于将电波辐射隐藏起来。”

他们望着下方不停转动的行星，团团打转的白云色调极为和谐，其间偶尔出现一些隙缝，透出代表海洋的青色图案。

崔维兹说：“就住人世界而言，此地云量算是很重，可能是个相当阴沉的世界。”当他们再度钻入夜面阴影时，他又补充道：“而最令我困扰的一点，是我们没收到任何太空站的呼叫。”

“你的意思是，应该像我们刚到康普隆时那样？”裴洛拉特问。

“任何住人世界都会那样做。我们得停下来接受例行盘查，包括证件、货物、停留时间等等。”

宝绮思说：“或许由于某种原因，我们错过了呼叫讯号。”

“他们可能使用的波长，我们的电脑通通接收得到。而且我们还一直送出自己的讯号，结果却唤不出任何人，也得不到一点回音。如果没跟太空站的人员联络上，就径行俯冲到云层下，是一种违反太空礼仪的行为，但我认为没有其他选择了。”

于是远星号开始减速，同时增强反重力以维持原来的高度。等它再度回到白昼区，速度已经减得很低。崔维兹与电脑合作无间，在云层中找到一个够大的裂缝，太空艇立刻下降，一举穿过那个云隙。他们随即见到波涛汹涌的海洋，那想必是强风造成的结果。海面在他们下方数公里处，好像一块满是皱褶的绒布，还点缀着由泡沫构成的隐约线条。

他们飞出那片晴空，来到云层之下。正下方辽阔的海水变成青灰色，温度也显著降低。

菲龙一面盯着显像屏幕，一面用子音丰富的母语说个不停。一会儿之后，她才改用银河标准语，以颤抖的声音说：“下面我看到的是什么？”

“那是海洋，”宝绮思以安抚的口吻说，“是非常非常多的水。”

“为什么不会干掉呢？”

宝绮思看了看崔维兹，后者答道：“水太多了，所以干不掉。”

菲龙以近乎哽咽的语调说：“我不要那些水，我们离开这里。”此时远星号正通过一团暴风雨，显像屏幕因而变成乳白色，上面还有雨点形成的纹路。菲龙突然开始尖叫，好在声音不太刺耳。

驾驶舱的灯光暗下来，太空艇的动作变得有些不顺畅。

崔维兹惊讶地抬起头来，高声喊道：“宝绮思，你的菲龙已经大到可以转换能量了，她正利用电力试图操纵太空艇，快阻止她！”

宝绮思伸出双臂抱住菲龙，将她紧紧拥入怀中。“没事，菲龙，没事，没什么好怕的。这只不过是另一个世界，像这样的世界还多着呢。”

菲龙情绪放松了些，不过仍在继续发抖。

宝绮思对崔维兹说："这孩子从来没有见过海洋，据我所知，也可能从未经验过雨和雾。你就不能有点同情心吗？"

"如果她动太空艇的脑筋，我就绝不同情，她那样做会给我们带来极大的危险。把她带到你们的舱房去，让她冷静下来。"

宝绮思勉强点了点头。

裴洛拉特说："我跟你一道去，宝绮思。"

"不，不要，裴，"她答道，"你留在这里。我来安抚菲龙，你来安抚崔维兹。"说完便转身离去。

"我不需要安抚。"崔维兹对裴洛拉特吼道，然后又说，"很抱歉，或许我的情绪忽然失控，但我们不能让一个小孩玩弄操纵装置，你说对不对？"

"当然不能。"裴洛拉特说，"可是事出突然，宝绮思一时之间不知所措，否则她一定能制止菲龙。菲龙实在算是很乖了，想想她的处境，被迫远离家乡，还有她的——她的机器人，而且被迫过着她所不了解的生活，毫无选择余地。"

"我知道。当初可不是我要带她同行的，记得吧，那是宝绮思的主意。"

"没错，但我们如果不带她走，这孩子准死无疑。"

"好吧，待会儿我会向宝绮思道歉，也会向那孩子道歉。"

但他仍旧眉头深锁，裴洛拉特柔声问道："葛兰，老弟，还有什么事困扰着你？"

"这海洋。"崔维兹说。他们早已钻出暴风雨，但云层浓密依旧。

"海洋有什么不对劲？"裴洛拉特问。

"太多了就是问题。"

裴洛拉特一脸茫然，崔维兹突然又说："没有陆地，我们没看到任何陆地。大气绝对正常，氧和氮的比例恰到好处，因此这颗行星一定经过精密改造，也一定拥有维持氧气含量的植物。在自然状况下，不会出现这样的大气——想必只有地球例外，这种大气原本就是地球上形成的，天晓得是怎么回事。不过，话说回来，经过精密改造的行星总有足够的干燥陆地，最多可占总表面积的三分之一，而绝不会少于五分之一。所以说，这颗行星既然经过精密改造，怎么又会缺乏陆地呢？”

裴洛拉特说：“或许，因为这颗行星是双星系的一部分，所以和一般的情形完全不同。也许它并未接受过精密改造，而是以特殊方式演化出大气的，但在环绕单星的行星上，这种方式却少之又少。这里有可能独立发展出生命，就像地球一样，只不过都是水中生物。”

“就算我们接受这点，”崔维兹说，“对我们也没有任何益处。水中生物绝不可能发展出科技，因为科技总是建立在火的发明上，而水火是不相容的。一颗拥有生命却没有科技的行星，并不是我们找寻的目标。”

“这点我了解，但我只是在作理论上的考量。毕竟，据我们所知，科技仅仅完整发展过一次——就是在地球上。在银河其他角落，科技都是由银河殖民者播种的。如果只有一个研究案例，你就不能说科技‘总是’如何如何。”

“在水中行动得具备流线型的形体，因此水中生物不能有不规则的外形，或是像人手那样的附肢。”

“乌贼就有触手。”

崔维兹说：“我承认我们可以作各种臆测，但你若是幻想在银河某个角落，会独立演化出一种类似乌贼的智慧生物，而且发展出一种无火的科技，你就是在想象一件完全不可能的事，这是我的看法。”

“这只是你的看法。”裴洛拉特柔声说。

崔维兹突然哈哈大笑。“很好，詹诺夫，我看得出你是在强词夺理，来报复我刚才对宝绮思大吼大叫，而你的确很成功。我答应你，如果找不到陆地，我们会尽可能搜寻海洋，看看能否找到你所说的文明乌贼。”

他在说这番话的时候，太空艇再度进入夜面阴影，显像屏幕也变得一片漆黑。

裴洛拉特心中一凛。“我一直在想个问题，”他说，“这样到底安不安全？”

“什么到底安不安全，詹诺夫？”

“在黑暗中像这样高速飞行。我们也许会愈飞愈低，最后一头栽进海里，然后立刻报销。”

“相当不可能，詹诺夫，真的！电脑让我们始终沿着一条重力线飞行，换句话说，它一直让行星重力场保持固定强度，这就表示它使我们和海平面几乎维持固定距离。”

“可是有多高呢？”

“将近五公里。”

“这样还是不能真正让我心安，葛兰。难道我们不可能遇到陆地，而撞上我们看不见的山峰吗？”

“我们看不见，可是太空艇的雷达会看见，而电脑会引导太空艇绕过或飞越山峰。”

“那么，万一经过的是平地呢？我们会在黑暗中失之交臂。”

“不，詹诺夫，我们不会错过的。水面反射的雷达波和陆地反射的完全不同，水面基本上是平坦的，陆地则崎岖不平。因此相较之下，陆地反射的雷达波显得极为紊乱。电脑能分辨其中的差别，如果眼前出现陆地，它随时会告诉我们。就算是大白天，而且整个行星阳光普照，电脑也一定会比我更早发现陆地。”

接下来是一阵沉默。几小时后，他们又回到白昼区，下面仍是起起伏伏的空旷海洋。每当他们偶尔穿越暴风雨，海洋就会暂时在眼前消失。暴风雨多得数也数不清，有一次，强风甚至将远星号吹离原来的路径。根据崔维兹的解释，电脑为了避免不必要的能源浪费，并减少太空艇受损的机会，所以才没有强行对抗。通过那团乱流之后，电脑果然将太空艇的航道缓缓矫正回来。

“可能是个飓风的外缘。”崔维兹说。

裴洛拉特道：“听我说，老弟，我们只顾着由西往东飞——或说由东往西飞，观察到的只有赤道而已。”

崔维兹说：“这样做实在很傻，是不是？其实，我们的飞行路径是个西北/东南方向的大圆，它会带着我们穿过热带和南北两个温带。我们每次重复这条路径，它便会自动偏西一点，因为行星一直在自转。所以说，我们是在很有规律地逐渐扫过整个世界。不过，由于直到目前为止，我们还没有遇上陆地，根据电脑的计算，大型陆块存在的几率已小于十分之一，大型岛屿的几率则小于四分之一。我们每多绕一圈，这些几率就会再降一点。”

“你可知道换成我会怎么做吗？”裴洛拉特慢条斯理地说，此时他们又被夜半球吞噬。“我会跟这颗行星保持足够的距离，利用雷达扫描正面的整个半球。云层不会是什么问题，对不对？”

崔维兹说：“然后急速拉升，来到另一侧，再进行同样的工作，或者干脆等待行星自转过来——那是后见之明，詹诺夫。通常来到一颗可住人行星，都得先停靠在某座太空站，取得一条降落路径，或是被赶走，谁会料到根本找不到太空站？即使没在任何太空站停靠，直接来到云层底下，谁又会料到无法很快找到陆地？可住人行星就是——陆地！”

“当然并非全是陆地。”裴洛拉特说。

“我不是在说那个。”崔维兹突然变得很兴奋，“我是说我们找到陆地了！安静！”

崔维兹虽然努力克制，仍旧难掩兴奋之情。他将双手放到桌面上，整个人又变成电脑的一部分。“是一座岛屿，大约二百五十公里长，六十五公里宽，不会差多少。面积大概有一万五千平方公里左右，不算大，但也不小，在地图上不只一个点。等一等——”

驾驶舱的灯光转暗，终至完全熄灭。

“我们在做什么？”裴洛拉特自然而然将声音压得很低，仿佛黑暗是个脆弱的东西，大声一点就会震碎。

“让我们的眼睛适应黑暗。现在太空艇正在这座岛屿上空盘旋，仔细看看，你能看到什么东西吗？”

“没有——可能有些小光点，但我不确定。”

“我也看到了，现在我要插入望远镜片。”

果然有灯光！能看得很清楚，一团团的灯光零星散布各处。

“上面有人居住。”崔维兹说，“可能是这颗行星上唯一住人之处。”

“我们该怎么做？”

“我们等到白天再说，这就给了我们几小时的休息时间。”

“他们不会攻击我们吗？”

“用什么攻击？除了可见光和红外线，我没有侦测到其他的辐射。这是一座住人的岛屿，而且显然民智已开。他们也拥有科技，但无疑是前电子时代的科技，所以我认为没什么好担心的。万一我猜错了，电脑也会及早警告我们。”

“一旦白昼降临了呢？”

“我们当然马上着陆。”

75

当清晨第一道阳光穿透云隙，照亮这座岛屿一部分的时候，他们驾着太空艇缓缓下降。岛上一片鲜绿，内地有一排低矮的波浪状山丘，一直延伸到泛紫色的远方。

他们在接近地面时，看到了四下分布的杂树林，以及穿插其间的果树园，不过大部分地区都是经营良好的农场。在他们正下方，也就是岛屿的东南岸，则是一片银色的海滩，后面有一排断断续续的圆石，更远处还有一片草地。他们偶尔也会看到一些房舍，不过彼此都很分散，并没有构成任何城镇。

最后，他们发现了一个模糊的道路网，路旁稀疏地排列着一栋栋住宅。接着，在清晨凉爽的空气中，他们侦察到远方有一辆飞车。根据它的飞行方式，他们确定那并非一只大鸟，而的确是一辆飞车。这是他们在这颗行星上，首次见到智慧生命活动的明确迹象。

“可能是个自动交通工具，假如他们不用电子零件也能做到的话。”崔维兹说。

宝绮思说：“大有可能。我认为如果有人在操纵，它就会朝我们飞过来。我们必定是个奇观——一艘航具缓缓下降，却没用到反推喷射火箭。”

“在任何行星上，这都是个奇观。”崔维兹语重心长地说，“重力太空航具的降落过程，不会有太多世界曾经目睹。那海滩是个理想的着陆地点，但海风若吹起来，我可不希望太空艇泡水。所以，我要向圆石另一侧的草坪飞去。”

“至少，”裴洛拉特说，“一艘重力太空艇降落时，不会把别人的财产烧焦。”

在降落的最后一个阶段，太空艇慢慢伸出四个宽大的脚垫，接着便轻巧地着陆。由于承受了太空艇的重量，四个脚垫全部陷入土中。

裴洛拉特又说：“不过，只怕我们会留下压痕。”

“至少，”宝绮思说，“气候显然相当适中，甚至算得上温和。”从她的声音，听得出她有点不以为然。

有个人站在草地上，凝望着太空艇降落的过程。她未曾显现任何恐惧或惊讶的神色，脸上只流露出十分着迷的表情。

她穿得非常少，证明宝绮思对此地气候的估计很正确。她的臀部围着一条印有花朵图样的短裙，大腿没有任何遮蔽物，腰部以上也完全赤裸，而她的凉鞋则似乎是帆布制的。

她的头发又黑又长，几乎垂到腰际，看来非常光滑柔润。她有着淡棕色的皮肤，以及一对眯眯眼。

崔维兹四下扫视了一遍，发现周遭没有其他人。他耸了耸肩，然后说：“嗯，现在是大清早，居民可能大多在室内，甚至可能还在睡觉。话说回来，我并不认为这是个人口众多的地区。”

他转头对其他两人说：“我出去跟那个女子谈谈，她若能说些我听得懂的话，那么你们……”

“我倒认为，”宝绮思以坚决的口吻说：“我们还是一起出去比较好。那女子看来完全没有危险，而且，反正我想出去伸伸腿，呼吸一下这颗行星的空气，也许还能张罗一些本地食物。我也要菲龙重温一下置身一个世界的感觉，此外，我想裴会希望在近距离检视那女子。”

“谁？我？”裴洛拉特脸上顿时出现红晕，“根本没这回事，宝绮思，但我的确是我们这个小队的通译。”

崔维兹又耸了耸肩。“真是牵一发动全身。不过，虽然她看来也许毫无危险，我仍打算带着我的武器。”

“我可不信，”宝绮思说，“你会想用它们对付那个少女。”

崔维兹咧嘴一笑。“她很迷人，对不对？”

崔维兹首先离开太空艇，而由裴洛拉特殿后。宝绮思走在中间，一只手摆在背后拉住菲龙的小手。菲龙则紧跟着宝绮思，小心翼翼地走下斜梯。

黑发少女继续兴致勃勃地旁观，没有向后移动半步。

崔维兹喃喃说道：“好，我们来试试看。”

他将原本按着武器的双手抬起来，开口道：“我问候你好。”

那少女思索了一会儿，然后说：“我问候尊驾，亦问候尊驾之同伴。”

裴洛拉特兴奋地说：“太好了！她说的是古典银河标准语，而且发音字正腔圆。”

“我也听得懂。”崔维兹一面说，一面摆了摆手，表示其实并非完全听得懂，“我希望她懂得我的意思。”

他露出一副友善的表情，带着微笑说：“我们从遥远的太空飞来，我们来自另一个世界。”

“甚好。”少女以清脆的女高音说，“尊驾之航具自帝国而来？”

“这艘太空艇来自一个遥远的星体，它的名字就叫远星号。”

少女抬起头，看了看太空艇上的字样。“那可是其含义？若果如此，又若果第二字为‘星’，那么注意看，它给印反了。”

崔维兹正准备反驳，裴洛拉特却欣喜若狂地说：“她说得对，

‘星’这个字的确是在两千多年前才反过来的。这是个多么难得的机会，遇到了活生生的古典标准语，让我可以详细研究一番。”

崔维兹仔细打量这名少女。她身高只有一米五出头，胸部虽然秀挺却不丰满。但她看来并非尚未发育成熟，她的乳头不小，乳晕颜色也很深，不过后者或许是棕色皮肤造成的结果。

他说：“我名叫葛兰·崔维兹，这位是我的朋友詹诺夫·裴洛拉特，那位女士是宝绮思，那个小孩叫做菲龙。”

“尊驾所来自的远方星体，是否存在为男子取双名之惯例？我名广子，为广子之女。”

“你的父亲呢？”裴洛拉特突然插嘴。

广子不以为然地耸了耸肩，答道：“他的名字，家母说唤作史慕尔，然则毫无重要，我并不识他。”

“其他人在哪里呢？”崔维兹说，“似乎只有你一个人在这里迎接我们。”

广子说：“多数男子在渔船上，多数女子在田间。我这两天休假，因而有幸目睹此一伟大场面。然则人人皆有好奇之心，航具降落不会不被目击，即便远方亦如是，他人将很快来到。”

“这座岛上有很多人吗？”

“总数超过廿五仟。”广子答道，语气中透着明显的骄傲。

“海洋中还有其他岛屿吗？”

“其他岛屿何意，尊贵的先生？”她似乎十分困惑。

崔维兹认为这句话无异于回答。整个行星上，这里是唯一有人类居住的地方。

他说：“你们如何称呼你们的世界？”

“唤作阿尔法，尊贵的先生。吾人教科书中，言其全名为‘半人马之阿尔法’，不知此一全名对尊驾更具意义否，然吾人只唤其阿尔法。瞧，它是个美景世界。”

“什么世界？”崔维兹问，同时茫然地转头望向裴洛拉特。

“她的意思是美丽的世界。”裴洛拉特说。

“的确没错，”崔维兹说，“至少此地，此时此刻。”他抬头望着淡蓝色的清晨天空，其间偶尔有几朵云彩飘过。“今天是个大好的晴天，广子，可是我想，这种天气在阿尔法并不多见吧。”

广子愣了一下。“吾人要多少有多少，尊贵的先生。吾人需要雨水，云朵便会飘来，然则大多数日子，天空晴朗似乎对吾人更有助益。渔船出海这些日子，吾人当然极需晴朗的天空与温和的风。”

“所以说，你们可以控制气候喽，广子？”

“葛兰·崔维兹先生，吾人若无法，将给雨水淋得湿透。”

“但你们是如何做到的？”

“并非身为训练有素之工程师，恕我无法向尊驾解释。”

“你和你的族人居住的这座岛屿，不知其名如何称呼？”崔维兹问。他发现自己已经受到影响，也学起这种古典标准语的华丽腔调（他实在极想知道自己的文法是否正确）。

广子说：“这座位于汪洋之中，有如天堂般的岛屿，吾人唤作‘新地球’。”

听到这个答案，崔维兹与裴洛拉特惊喜交集，不约而同地转头瞪着对方。

76

他们并没有机会继续讨论下去，因为有许多人陆续来到，总数有好几十个。崔维兹心想，这些人一定都没出海，也并未在田间工作，而且住处离此地不太远。大多数人都是徒步前来，不过他也看到两辆地面车——但相当老旧粗陋。

显然这是个科技水准不高的社会，但他们却能控制气候。

众所皆知，科技发展未必能面面顾到，即使某一方面落后，其他方面仍有可能相当先进。可是像这么不均衡的发展，也实在是个罕见的例子。

前来观看太空艇的人群，至少有一半是上了年纪的，也有三四个小孩子，其他人则以女性占多数。不过，没有任何人表现出恐惧或疑虑。

崔维兹对宝绮思低声道："你在操纵他们吗？他们似乎——十分稳静。"

"我丝毫没有操纵他们。"宝绮思说，"除非有必要，我绝不轻易碰触他人的心灵，我现在关心的只有菲龙一个人。"

对于曾在银河任何一个正常的世界凑过热闹的人而言，此时围观者根本不算多，可是菲龙则不同，她刚刚适应了与远星号上的三个成人为伍，那群人当然是她眼中的大批群众。菲龙变得呼吸十分急促，眼睛半闭起来，几乎可说是受惊了。

宝绮思轻轻地、有节奏地抚摩着她，并且发出安抚的声音。崔维兹十分肯定，与此同时，她还以无比轻柔的方式，正在仔细重组菲龙的心灵纤丝。

菲龙突然深深吸了一口气，几乎像是在喘息，她又甩了甩头，大概是不由自主地打了一个冷战。然后她抬起头来，以接近正常的目光看了看周围的人群，马上又将头埋到宝绮思怀里。

宝绮思让她维持着这个姿势，自己的手臂则围在菲龙的肩头，每隔一阵子收紧一下，仿佛再三强调她的保护依然存在。

裴洛拉特的目光扫过一个个阿尔法人，他似乎相当错愕。“葛兰，他们相互间的差异可真大。”

崔维兹也注意到这一点。他们的肤色与发色共有好几种，其中一人有着火红的头发、碧蓝的眼珠，以及满是雀斑的皮肤。至少有三个明明是成年人，却跟广子一般矮小，另有一两人则比崔维兹还高。好些个男女的眼睛都与广子类似，崔维兹这时想起来，在菲律星区那些商业繁荣的行星上，这种眼睛是当地居民的特征，但他自己从未造访过那个星区。

所有的阿尔法人腰部以上一律赤裸，女性的胸部似乎都不大，在崔维兹看来，那要算是她们最为一致的身体特征。

宝绮思突然说：“广子小姐，我的小朋友还不习惯太空旅行，她吸收的新奇事物早已超过她的消化能力。可不可以让她坐下来，也许再给她些吃的喝的？”

广子露出困惑的表情，裴洛拉特便用流行于帝国中叶、词藻较为华丽的银河标准语，将宝绮思的话重复了一遍。

广子赶紧用一只手掩住嘴，盈盈地屈膝跪下。“我恳请恕罪，尊贵的女士。”她说，“我未曾顾及这孩儿以及尊驾的需要。这事太过稀奇，将我整个心思占满。请尊驾——请您们诸位访客——前往食堂进早膳如何？我们加入您们，以主人身份招待可好？”

宝绮思说：“你实在太好了。”她说得很慢，每个音都发得很仔细，希望能让对方比较容易了解，“不过，最好能由你一个人招待我们，这样孩子才会觉得自在，她不习惯同时和太多人在一起。”

广子站了起来，答道：“一切遵照尊驾吩咐。”

她从容地走在前面，带领他们穿过草坪。其他的阿尔法人紧跟在两旁，似乎对这些访客的衣着特别感兴趣。有个人挨近了崔维兹，好奇地摸了摸他的轻便夹克，崔维兹索性将夹克脱下来递给他。

“拿去吧，好好看个够，可是要还我。”然后他又对广子说，“要保证我能拿回来，广子小姐。”

“绝不在话下，必将物归原主，尊贵的先生。”她神情严肃地点了点头。

崔维兹露出微笑，继续往前走。在轻柔温和的微风中，他觉得脱掉夹克更舒服了。

他默默观察周遭的人群，看不出任何人带有武器。而对于崔维兹身上的武器，好像也没有人表现出恐惧或不安，甚至没有表现出好奇，这点令崔维兹感到很有意思。八成他们根本不知道那是武器，而根据崔维兹目前观察的心得，阿尔法八成是个完全没有暴力的世界。

此时，一名女子加快脚步，以便超前宝绮思一点，然后转过头来，仔细检视宝绮思的宽松上衣，然后说：“尊贵的女士，尊驾拥有乳房吗？”

但她似乎等不及对方回答，便径自伸手轻轻按在宝绮思胸前。

宝绮思微微一笑，答道：“诚如尊驾所发现，我确实拥有。它们或许不如尊驾那般秀挺，然则我遮住它们，并非由于此等原因。在我的世界上，不适宜让乳房暴露在外。”

说完，她转头对裴洛拉特耳语道：“你看我对古典标准语掌握得如何？”

“你掌握得很好，宝绮思。”裴洛拉特说。

那间餐厅相当大，里面有许多长型餐桌，每张餐桌两侧都摆着长椅。从这些陈设看来，阿尔法人显然惯于集体用餐。

崔维兹觉得良心十分不安，由于宝绮思要求独处，这么大的地方只能给五个人享用，害得其他阿尔法人都被迫留在外面。然而，仍有许多阿尔法人不愿离去，他们和窗子保持礼貌的距离（所谓的窗子，其实只是墙壁上的一些开口，甚至没有装纱窗），想必是为了观看这些陌生人的吃相。

崔维兹不知不觉想到一个问题，那就是下雨的时候会怎么样？当然，雨水只有在需要时才会落下，雨势一定恰到好处，也不会伴随太强的风，而且总是适可而止。此外，下雨的时间必定会事先预报，因此阿尔法人可早作准备，崔维兹这么想。

他面对的那扇窗子可以望见海洋，在远方地平线上，崔维兹似乎能看见一团云，它和其他各处的云朵没有两样。想必除了这一小块人间仙境，整个天空几乎布满这种乌云。

气候控制的确有莫大的好处。

终于有人出来为他们服务，那是一名踮着脚尖走路的少女。她并没有问他们要吃什么，只是默默将食物端出来。每个人都有一小杯羊奶、一中杯葡萄汁和一大杯白开水。食物包括两个大号水煮蛋，旁边配着些白色乳酪片，此外还有一大盘烤鱼，以及一些小块的烤马铃薯，一起放在清凉鲜绿的莴苣叶上面。

看到这么多食物摆在面前，宝绮思现出十分为难的表情，显然不知从何下手。菲龙则没有这个问题，她大口喝着葡萄汁，就像渴了几天一样，而且露出明显的赞赏神情，然后又开始大嚼烤鱼与马铃薯。本来她差点要伸手去抓，宝绮思及时递给她一把前端有尖齿的大汤匙，菲龙便接过来当叉子用。

裴洛拉特满意地笑了笑，开始切他的水煮蛋。

崔维兹说：“终于可以重温真正的水煮蛋是什么滋味了。”他也开始切蛋。

广子看到客人用餐的模样（就连宝绮思也总算开动了，而且显然吃得津津有味），不禁满心欢喜，自己竟然忘了吃这顿早餐。最后，她终于开口说：“好吗？”

“好得很。”崔维兹的声音有些含混不清，“看得出这座岛屿食物充足——或是你们太客气，招待我们的食物丰盛得过分了？”

广子定睛专心聆听，似乎领悟了这句话的意思，因为她的回答完全切题。“不，不，尊贵的先生。我们的土地物产丰饶，海产更加丰富。我们的鸭子会生蛋，我们的山羊能提供乳酪与鲜奶，此外我们亦种植谷物。尤其重要的是，我们的海洋满是各式各样鱼类，数量之多不计其数。整个帝国都能上我们的餐桌，而不会将海中的鱼消耗殆尽。”

崔维兹暗自微微一笑。这个年轻的阿尔法女子，对于银河的实际大小没有丝毫概念，这点十分明显。

他说：“你们管这座岛屿叫新地球，广子，那么旧地球又在哪里？”

她不知所措地望着他。“旧地球，尊驾如是说吗？我恳请恕罪，尊贵的先生，我不解尊驾之意。”

崔维兹说：“在新地球出现之前，你们的族人一定住在别的地方。他们原来住的那个‘别的地方’究竟在哪里？”

“我一概不知，尊贵的先生。”她的神情极其凝重，“有生以来，这块土地就是我的，而在我之前，是家母和我外祖母的。我也毫不怀疑，在她们之前，是她们的外祖母、曾外祖母的。至于其他的土地，我一概不知。”

“可是，”崔维兹改用温和的方式说理，“你说这块土地叫新地球，你为什么这样称呼它？”

“因为，尊贵的先生，”她以同样温和的方式答道，“大家皆如此称呼，而女性又未曾表示反对。”

“但它是‘新’地球，因此是较晚出现的地球。一定还有个‘旧’地球，一个较早的地球，用的是同样的名字。每天早上都是新的一天，表示在此之前还有旧日子，你难道看不出必然如此吗？”

“不然，尊贵的先生。我仅知晓这块土地称作什么，对其他土地毫不知情。我也无法领会尊驾之推论，听来极似吾人所谓的强词夺理，此言并非有意冒犯。”

崔维兹摇了摇头，心中充满挫折感。

77

崔维兹凑向裴洛拉特，悄声道：“不论我们来到哪里，不论我们做些什么，一律得不到需要的讯息。”

“我们已经知道地球在哪里了，所以又有什么关系呢？”裴洛拉特仅仅嚅动嘴唇答道。

“我想对它多少先有个了解。”

"她非常年轻，不太可能是知识的宝库。"

崔维兹想了一下，便点了点头。"有道理，詹诺夫。"

他转头对广子说："广子小姐，你尚未问及我们来此目的为何？"

广子垂下眼睑，答道："如此行为有欠礼数，必须等待您们吃饱喝足，休憩完毕才能发问，尊贵的先生。"

"可是我们已经吃饱，或说几乎饱了，而且我们刚刚也休息过，所以我准备告诉你，我们为何来到此地。我的朋友，裴洛拉特博士，是我们那个世界的一名学者，一位饱学之士。严格说来他是一名神话学家，你知道那是什么意思吗？"

"不然，尊贵的先生，我不知晓。"

"他专门研究在各个世界上流传的古老故事，那些故事通称为神话或传说，裴洛拉特博士对它们很感兴趣。请问在新地球上，有没有什么饱学之士，知道有关这个世界的古老故事？"

广子的额头微微皱起，看得出她陷入沉思。她说："这方面我本人不娴熟。我们这附近有位老者，喜爱谈论古老日子。他究竟打哪儿听来那些故事，我可不知晓，依我看许是他凭空杜撰，或是从那些故事杜撰者听来的。尊驾之饱学同伴，八成欲听那些故事，然则我不会误导尊驾。在我心目中，"她左顾右盼一番，仿佛不愿被人偷听，"那老者不过是话匣子，偏偏很多人乐意听他说话。"

崔维兹点了点头。"我们想找的就是这种话匣子，能不能请你带我的朋友去找那位老者——"

"他唤自己为单姓李。"

"那就去找这位单姓李。你认为单姓李是否会愿意跟我的朋友谈谈？"

"他？愿意谈谈？"广子以轻蔑的口气说，"尊驾其实该问，他是否有闭嘴之时。他仅是男性，因而若果情况允许，会不眠不休说上十天半月。我无意冒犯，尊贵的先生。”

“你并没有冒犯我。现在你就能带我的朋友去见单姓李吗？”

“任何人在任何时候都行，那老人随时在家，随时欢迎倾听的耳朵上门。”

崔维兹说：“此外，也许能有某个年长的妇人，愿意陪宝绮思女士坐坐。她有个小孩需要照顾，因此不能走得太远。要是能有个伴，她会很高兴的，因为女人，你也知道，全都喜欢……”

“打开话匣子？”广子显然被逗乐了，“诚然，男人皆如是说，虽然据我观察，男人总是唠叨更多。一旦男人打鱼回来，便会争相夸耀收获，比试谁的牛皮吹得凶。无人注意他们，亦无人相信那些言语，他们依然乐此不疲。然则我的话匣子也该关了——我会找家母的一位朋友，我此刻即可透过窗子看到她，请她陪伴宝绮思女士与这位小友。在此之前，她会先带令友，那位尊贵的博士，去见单姓李老先生。若果令友听故事的兴趣，与单姓李开话匣子的兴趣旗鼓相当，尊驾这辈子将无法分开他们。请尊驾恕罪，我去去就来可好？”

当她离去后，崔维兹转头对裴洛拉特说：“听着，尽可能向那位老先生打探。宝绮思，不管什么人来陪你，尽可能套她的话。你们要挖掘的，是有关地球的任何资料。”

“那你呢？”宝绮思问，“你要做什么？”

“我会留在广子身旁，试着寻找第三个资料来源。”

宝绮思微微一笑。“是啊，裴要去找一位老先生，我要跟着一个老妇人。而你，则强迫自己陪伴这位迷人的半裸少女，这似乎是很合理的分工方式。”

“纯属巧合，宝绮思，但这是合理的安排。”

“不过我想，你可不会因为这样的合理分工而感到闷闷不乐。”

“没错，我不会。我为什么要闷闷不乐？”

“是啊，你怎么会呢？”

广子回来了，又坐了下来。“皆已安排妥当，尊贵的裴洛拉特博士将被带往见单姓李，尊贵的宝绮思女士与她的孩儿将有人陪伴。因此，尊贵的崔维兹先生，能否恩准我继续与尊驾交谈？或许再聊聊旧地球，尊驾始终……”

“没关话匣子？”崔维兹问。

“不然。”广子哈哈大笑，“然则尊驾学我说话，模仿维妙维肖。至今为止，我在回答尊驾这个问题之际，自始至终万分失礼，我亟欲补偿之。”

崔维兹转向裴洛拉特。“亟欲？”

“渴望的意思。”裴洛拉特轻声说。

崔维兹说：“广子小姐，我不觉得你有失礼之处，但若能令你心安，我很愿意跟你谈谈。”

“此言真客气，我感谢尊驾。”广子一面说，一面站了起来。

崔维兹也跟着起身。“宝绮思，”他说，“要确保詹诺夫平安无事。”

“这件事交给我负责。至于你自己，你有你的——”她朝他腰际的皮套点了点头。

“我想不至于用到。”崔维兹不大自在地说。

他跟着广子离开餐厅，此时太阳已高挂天际，气温变得更暖和了。每个世界都有一种特殊的气味，此地也不例外。崔维兹记得康普隆上有着郁闷的气味，奥罗拉的空气中带着点霉味，索拉利的味道则相当怡人。（在梅尔波美尼亚上，他们始终穿着太空衣，因此只能闻到自己的体臭。）不过，只要在某颗行星待上几小时，等到鼻子的嗅觉受体饱和后，特殊的气味便会消失无踪。

而在阿尔法上，则有一种阳光烘出来的青草芳香，令人觉得神清气爽。崔维兹不禁感到有点懊恼，因为他很明白，这种香味很快就会闻不到了。

他们朝一栋小型建筑物走去，它似乎是用浅粉红色石膏建造的。

“这就是我家。”广子说，“过去属于家母的妹妹所有。”

她走了进去，并示意崔维兹一块进来。大门敞开着，更正确的说法是根本没有门，崔维兹经过时注意到了这一点。

他说：“下雨的时候你怎么办？”

“我们有备无患。两天后即有一场雨，将于黎明前连续下三小时，那时气温最低，对泥土之湿润作用最强。我只消拉起门帘，它既厚重又防水。”

她一面说一面示范，那门帘似乎是用类似帆布的强韧布料制成。

“我就让它留在那儿。”她继续说，“如此众人皆会知晓我在家中，然则不方便见人，也许我在睡觉，或忙什么重要之事。”

“看来不怎么能保护隐私。”

“为何不能？瞧，入口全遮住了。”

“可是任何人都能把它推开。”

“不理会主人意愿？”广子看来吓了一跳，“此等事件在尊驾的世界会发生吗？简直可谓野蛮行为。”

崔维兹咧嘴一笑。“我只不过问问而已。”

这栋建筑共有两个房间，她带他来到了另一间，在她的招呼下，崔维兹坐到一张铺有衬垫的椅子上。这两个房间都相当封闭、狭窄而且空荡，令人产生一种幽闭恐惧，话说回来，这栋房舍的功能似乎就是隐匿与休憩。窗子开得很小，而且都接近天花板，不过墙上贴着许多长条状的反光板，排列成适当的图样，能将光线反射到室内各处。地板上则有些隙缝，徐徐透出柔和的凉风。由于不见任何人工照明设备，崔维兹怀疑阿尔法人是否必须日出而作，日落而息。

他正打算发问，广子却先开口："宝绮思女士是否为尊驾之女伴？"

崔维兹谨慎地反问："你的意思是说，她是不是我的性伴侣？"

广子脸红了。"我恳求尊驾，请注意交谈的文雅与礼貌，然则我确是指私下之欢愉。"

"不是，她是那位饱学朋友的女伴。"

"然则尊驾较为年轻，较为俊美。"

"嗯，谢谢你这么想，但那并非宝绮思的想法。相较之下，她对裴洛拉特博士的好感多了许多。"

"此事大大令我惊讶，他不愿分享？"

"我从未问过他是否愿意，但我确定他不会，而且我也不要他那样做。"

广子点了点头，露出一个精明的表情。"我明了，是由于她的尻部。"

"她的尻部？"

"尊驾应知晓，此处即是。"她拍了拍自己线条优美的臀部。

"喔，那里！我了解你的意思。没错，宝绮思的骨盆相当宽大。"他用双手在半空中画出一个人体曲线，还眨了眨眼睛。（广子随即哈哈大笑。）

崔维兹又说："不过嘛，许多男人都喜爱那种丰满的体型。"

"我难以置信，凡事大小适中最理想，一味求大即是贪得无厌。若果我的乳房硕大，悬垂胸前，以致乳头指着脚趾，尊驾是否更重视我？说真格的，我曾见过如此巨乳，然则未见男人蜂拥周围。为巨乳而苦恼的可怜女子，必定得将畸形胸脯遮盖起来，像宝绮思女士那样。”

“过大的胸部同样不会吸引我，不过我可以肯定，宝绮思遮起她的乳房，绝不是因为有任何缺陷。”

“如此说来，尊驾不嫌恶我的容貌或体型？”

“除非我是疯子。你实在很漂亮。”

“尊驾乘太空航具，自一个世界飞至另一世界，宝绮思女士又拒尊驾千里之外，尊驾如何享受欢愉？”

“完全没有，广子，没什么可做的。我偶尔也会想到那些欢愉，的确有些不好过。但我们从事太空旅行的人，都很了解有些时候必须禁欲，我们会在其他时候补回来。”

“若果不好过，如何消除此等感觉？”

“你提到这个话题，让我觉得加倍不好过。但若由我建议如何能好过些，我认为那是很不礼貌的。”

“若果由我提议一个法子，是否很无礼？”

“这完全要看是什么样的提议。”

“我提议你我二人彼此取悦。”

“你带我来这里，广子，就是为了这件事吗？”

广子露出愉悦的笑容。“正是。此事既是我应尽的地主之谊，亦是我的想望。”

“如果这样的话，我承认这也是我的想望。事实上，我非常乐意遵从你的建议。我——啊——亟欲取悦尊驾。”

第十八章
音乐节

78

午餐地点同样是他们进早餐的那间餐厅。这回里面坐满阿尔法人，崔维兹与裴洛拉特夹在人群中，受到热烈的欢迎。宝绮思与菲龙并未加入，而是在旁边一间较隐密的小房间用餐。

午餐包括好几种不同的鱼类，此外汤里有许多肉片，看来八成是小山羊肉。餐桌上有一条条待切的面包，旁边摆着奶油与果酱。随后又上了一大盘五花八门的沙拉，奇怪的是并没有任何甜点，不过一壶壶的果汁仿佛源源不绝。两位基地人由于早餐吃得太好，现在不得不有所节制，但其他人似乎都在尽情享用。

“他们怎样避免发胖呢？”裴洛拉特低声嘀咕。

崔维兹耸了耸肩。“大概是劳动量很大吧。”

这个社会显然不太注重用餐礼仪，各种吵闹的声音从未间断，包括叫嚷声、欢笑声，以及厚实（而且显然摔不破）的杯子砸到桌面的声音。女人的声音和男人一样嘈杂刺耳，只不过音调高出许多。

裴洛拉特一副受不了的样子，但崔维兹现在（至少暂时）完全忘却了他对广子提到的那种“不好过”，感受到的只有轻松和愉快。

他说：“其实，这也有可爱的一面。这些人显然很会享受生活，几乎没什么烦恼。气候由他们自己控制，粮食丰饶得难以想象。这是他们的黄金时代，而且会一直继续下去。”

他得高声喊叫才能把话说清楚，裴洛拉特也以大吼回答道：“可是这么吵。”

“他们习惯了。”

“在这么吵闹的场合，我不懂他们怎能沟通。”

当然，两位基地人什么也听不出来。阿尔法语的奇怪发音、古老文法以及字词的特殊顺序，夹在巨大的音量中，令他们根本摸不着头脑。对这两位基地人而言，简直像置身于受惊的动物园内。

直到午餐过后，他们才在一栋小型建筑中与宝绮思会合。这里是分配给他们的临时住所，崔维兹发觉跟广子的家几乎没什么不同。菲龙待在另一个房间，据宝绮思说，有机会独处令菲龙的情绪大为放松，她正准备小睡一会儿。

裴洛拉特望着充当大门的墙洞，以不安的口气说：“这里简直没有隐私。我们怎能自由自在地说话？”

“我向你保证，”崔维兹说，“只要用帆布屏障把门遮起来，就不会有人打扰我们。由于社会习俗的力量，那帆布就像铜墙铁壁一样。”

裴洛拉特又瞥了一眼位于高处的窗口。“我们的谈话会被人偷听。”

“我们不必大吼大叫。阿尔法人不会做隔墙有耳的事，早餐的时候，他们即便站在餐厅窗外，仍然保持礼貌的距离。”

宝绮思微微一笑。“你和温柔的小广子在一起没多久，就学到了这么多阿尔法礼俗；他们对于隐私的尊重，你现在也信心十足。究竟发生了什么事？”

崔维兹说：“如果你发觉我的心灵触须获得改善，又猜得出原因的话，我只能拜托你离我的心灵远一点。”

“你明明知道，除非是生死关头，否则在任何情况下，盖娅都不会碰触你的心灵，而且你也明白为什么。话说回来，我的精神力量并未失灵，我能感测到一公里外发生的事。这是不是你从事太空旅行的老毛病，我的色情狂老友？”

“色情狂？得了吧，宝绮思。整个行程中才发生两次，两次而已！”

“我们造访过的世界，只有两个上面有活色生香的女人。二分之二的机会，而且都是在几小时后就发生的。”

“你很清楚我在康普隆是身不由己。”

“有道理，我还记得她的模样。”宝绮思纵声大笑好一阵子，又说：“可是我不信广子有多大能耐，能够令你束手就擒，或是将不可抗拒的意志，强行加在你瑟缩的身子上。”

“当然不是那样，我完全心甘情愿。话说回来，那的确是她的主意。”

裴洛拉特带着一丝羡慕的口吻说：“这种事时时发生在你身上吗，葛兰？”

“当然必定如此，裴。”宝绮思说，“女性都会不由自主被他吸引。”

“我倒希望真是如此，”崔维兹说，“但事实不然。而我也庆幸并非如此，我这辈子实在还想做些别的事。话又说回来，这回我还真是令她无法抗拒。毕竟，在我们来到之前，广子从未见过其他世界的人，而阿尔法上现存的居民显然都毫无例外。从她说溜了嘴的一些事，以及随口的几句话，我推出一个结论，那就是她有个相当兴奋的想法，认为我也许在生理结构或技巧方面，跟阿尔法人有所不同。可怜的小东西，恐怕她失望了。”

“哦？”宝绮思说，“那么你呢？”

“我不会。”崔维兹说，“我到过不少世界，有过许多实际经验。我发现不论在任何地方，人永远是人，性永远是性。如果真有什么显著差异，通常也是微不足道，而且不怎么愉快。算算我这辈子闻过多少香水吧！我还记得有个年轻女子，除非把夹杂着死命尖叫的音乐开得很大声，否则就是提不起劲。而她一放那种音乐，就换我提不起劲来了。我向你保证，只要和往常一样，我就很满意了。”

“提到音乐，”宝绮思说，“我们受邀晚餐后出席一场音乐会。这显然是一件非常正式的事，是专门为我们而举行的。我猜，阿尔法人对他们的音乐非常自豪。”

崔维兹做了个鬼脸。“不论他们如何引以为傲，也不会让音乐更悦耳。”

“听我说完。”宝绮思说，“我猜他们自豪的原因，是他们善于演奏很古老的乐器——非常古老。从这些乐器身上，我们或许能获得些地球的资料。”

崔维兹扬起眉毛。“很有意思的想法。这倒提醒了我，你们两位也许已经获得一些线索。詹诺夫，你可曾见到广子口中的那个单姓李？”

“我的确见到了。”裴洛拉特说，“我跟他在一起三个钟头，广子讲得并不夸张，几乎都是他一个人在唱独角戏。我要回来吃午餐的时候，他竟然抓住我，不肯让我离开，直到我答应他会尽快回去，听他说更多的故事，他才把我给放了。”

“他有没有提到任何重要的事？”

“嗯，他也——跟其他人一样——坚持地球已经布满致命的放射性。他说阿尔法人的祖先是最后一批离开的，他们如果再不逃走就没命了。而且，葛兰，他说得如此坚决，叫我不得不相信他。我现在确信地球已经死了，我们这趟寻找终归是一场空。”

79

崔维兹靠向椅背，瞪着坐在狭窄便床上的裴洛拉特。宝绮思原来坐在裴洛拉特身旁，现在她站了起来，轮流望着其他两人。

最后，崔维兹终于开口：“让我来决定我们的寻找是不是一场空，詹诺夫。告诉我那个唠叨的老头跟你讲了些什么——当然，要长话短说。”

裴洛拉特道：“单姓李说故事的时候，我一直在做笔记，这使我看来更像一名学者，但我现在不必参考那些笔记。他说话的方式相当‘意识流’，说到每件事都会联想到另一件。不过，当然啦，我一辈子都在搜集地球的相关资料，设法将它们有系统地组织起来，所以我练就了一项本能，能将冗长而杂乱无章的谈话内容浓缩成……”

崔维兹轻声道：“成为同样冗长而杂乱无章的叙述？说重点就好，亲爱的詹诺夫。”

裴洛拉特不自在地清了清喉咙。“理当如此，老弟，我会试着依照时间顺序整理出一个连贯的故事。地球是人类最初的家乡，也是数百万种动植物的发源地，这种情形持续了无数岁月，直到超空间旅行发明为止。然后太空世界一个个建立起来，它们脱离了地球，发展出自己的文化，进而鄙视并压迫那个源头母星。

“数世纪后，地球终于设法争回自由，不过单姓李并未解释地球究竟如何做到的。即使他给我机会插嘴，我也不敢发问，因为那只会让他岔到别的话题去，何况他根本没给我任何机会。他的确提到了一个文化英雄，名叫伊利亚·贝莱，可是历史记录有个普遍倾向，就是将几世代的成就全归诸某一个人物身上，因此不值得去……”

宝绮思说：“没错，亲爱的裴，这点我们了解。”

裴洛拉特再度半途打住，思索了一下。“真是的，我很抱歉。后来地球掀起第二波星际殖民潮，以崭新的方式建立了许多新世界。新一批的殖民者比太空族更有活力，超越了他们、击败了他们，而且繁衍绵延不绝，终于创建了银河帝国。在银河殖民者和太空族交战期间——不对，不是交战，因为他的用词是‘冲突’，而且用得非常谨慎——就是在那段时期，地球变得具有放射性。”

崔维兹显然听烦了，他说：“实在荒谬绝伦，詹诺夫。一个世界怎么会‘变得’具有放射性？每个世界在形成的那一刻，多多少少都会带有微量的放射性，而那种放射性会渐渐衰变。地球不可能突然‘变得’具有放射性。”

裴洛拉特耸了耸肩。“我只是将他的说法转述给你，他也只是将他听到的转述给我，而告诉他的人又是听别人转述的——依此类推。这是个民间传说，一代代口耳相传，天晓得每次转述都被扭曲了多少。”

“这点我了解，可是难道没有任何书籍、文件、古代历史等等，在早期就将这个故事固定下来，而能提供我们比这个传说更正确的记载？”

“其实，我设法问过这个问题，答案则是否定的。他含混地提到，记载古代历史的书籍不是没有，但很早以前就散轶了。不过他告诉我们的，正是那些书上的记载。”

“对，是严重扭曲的记载。同样的事一再发生，我们造访的每个世界上，地球的资料总是早已不翼而飞。嗯，他说地球是怎样变得具放射性的？”

“他未作任何解释，顶多只提到太空族要负责。但我猜地球人把太空族视为恶魔，将所有的不幸都归咎于他们。至于放射性……”

此时，一个清脆的声音掩盖了他的话。“宝绮思，我是太空族吗？”

菲龙正站在两房之间的出入口，她的头发乱成一团，身上的睡衣（根据宝绮思较丰满的体型裁制）从肩头一侧垂下，露出一个未发育的乳头。

宝绮思说：“我们担心外面有人偷听，却忘了里面同样隔墙有耳。好吧，菲龙，你为何那么说呢？”她站起来，朝那孩子走过去。

菲龙说：“我没有他们身上的东西，”她指了指两位男士，“也没有你身上的东西，宝绮思。我和你们不同，因为我是太空族吗？”

“你是太空族，菲龙，”宝绮思以安抚的口吻说，“但这点差别并不算什么，回房睡觉去。”

菲龙变得十分乖顺，就像每次宝绮思以意志驱使她一样。她转过身去，又说：“我是邪恶的化身吗？什么是邪恶的化身？”

宝绮思背对着其他两人说："等我一下，我马上回来。"

五分钟不到她就回来了，一面摇头一面说："她睡着了，会睡到我叫醒她为止。我想我早就该那么做了，可是任何对心灵的调整，都一定要有必要的理由。"她又为自己辩护道，"我不能让她一直想着她的生殖器和我们有何不同。"

裴洛拉特说："总有一天她会知道自己是个雌雄同体。"

"总有一天，"宝绮思说，"但不是现在。继续刚才的故事吧，裴。"

"对，"崔维兹说，"免得待会儿又被什么打断了。"

"嗯，于是地球变得具有放射性，或者至少地壳如此。那时地球人口众多，全都集中在一些大型城市，这些城市大部分结构位于地底……"

"慢着，"崔维兹插嘴道，"那当然不可能。这一定是某颗行星的黄金时代经过地方主义渲染的结果，是根据川陀的黄金时代所改写的。川陀在全盛时期，是一个泛银河政体的京畿所在地。"

裴洛拉特顿了一下，然后道："说实在的，葛兰，你真不该班门弄斧。我们神话学家非常了解，神话传说中包含了许多抄袭剽窃、道德教训、自然循环，以及其他上百种扭曲因素。我们尽力删除这些外加成分，求得可能的核心真相。事实上，同样的方法一定也适用于最严肃的历史研究，因为没有人写得出清晰透明的历史真相——即使真有这种真相可言。现在我告诉你们的，差不多就是转述单姓李所告诉我的，不过我想自己也难免加油添醋，虽然我会尽量避免。"

"好啦，好啦。"崔维兹说，"继续吧，詹诺夫，我无意冒犯。"

"你并没有冒犯我。姑且假设那些大城市真正存在，随着放射性逐渐增强，每座城市都开始解体，范围也都愈缩愈小。最后只剩下残存的极少数人，躲在比较没有放射性的地方，过着岌岌可危的日子。他们为了保持少量人口，除了严格控制生育，还对六十岁以上的人施以安乐死。”

“太可怕了。”宝绮思愤慨地说。

“这点毋庸置疑，”裴洛拉特道，“不过据单姓李说，他们的确这么做。那或许是真正的史实，因为它绝非对地球人的夸赞，不太可能有人捏造这种自取其辱的谎言。地球人早先受到太空族的鄙视和压迫，那时又受到帝国的鄙视和压迫，不过这种说法也许由于自怜而夸大其词。自怜是一种极具诱惑力的情绪，有那么一个例子……”

“没错，没错，裴洛拉特，改天再谈那个例子，请继续讲地球的故事。”

“我很抱歉。后来帝国突然大发慈悲，答应运一批无放射性的泥土到地球来，并将那些受污染的泥土运走。不用说，那是一件浩大的工程，帝国很快就失去耐性。尤其这个时期，如果我猜得没错，正是肯达五世倒台之际，此后帝国自顾不暇，更无心照顾地球了。

“放射性继续增强，地球的人口则继续锐减。最后，帝国又发了一次慈悲，愿意将残存的地球人迁往另一个属于他们的新世界——简言之，就是这个世界。

“在此之前，似乎有个探险队曾在此地的海洋播种，因此，当迁移地球人的计划付诸实施之际，阿尔法已有完整的含氧大气层，以及不虞匮乏的粮食。而且，银河帝国其他世界都不会觊觎此地，因为对于一颗环绕双星的行星，人们总有某种自然而然的嫌恶。在这种行星系中，适合人类居住的行星太少了，我想即使是各方面条件都适合的行星，也没有人愿意理睬，人们都会假设它一定有什么问题。这是一种普遍的思考模式，比方说，有个著名的例子，是……”

“待会儿再谈那个著名的例子，詹诺夫，”崔维兹说，“现在先讲那次迁徙。”

“剩下来的工作，”裴洛拉特将说话的速度加快些，“就是准备一个陆上据点。帝国工作人员找到海洋中最浅的部分，再将较深部分的沉淀物挖起来，加到那个最浅的海底，最后便造出了这座新地球岛。海底的圆石和珊瑚也被掘起，全数放到这座岛上。然后他们在上面种植陆地植物，以便借着植物根部巩固这块新的陆地。这整个工程也相当浩大，或许最初计划要造几块大陆，可是这座岛屿造好之后，帝国一时的慈悲又冷却下来。

“等到地球上残存的人口被尽数送到此地，帝国舰队便载走了工作人员和机械设备，从此再也没有回来。那些移居新地球的地球人，很快就发现他们完全与世隔绝。”

崔维兹说：“完全与世隔绝？难道单姓李说，在我们之前，从未有人从银河其他世界来到此地？”

“几乎完全隔绝。”裴洛拉特说，“即使不考虑人们对双星系的迷信式反感，我想也没有人有必要来这里。每隔很长一段时间，会有一艘船舰偶然来到，就像我们现在这样，不过终究会离去，随后也没有其他船舰跟来。故事到此为止。”

崔维兹说：“你有没有问单姓李地球在哪里？”

“我当然问了，他不知道。”

“他知道那么多有关地球的历史，怎么会不知道它在哪里？”

“我还特别问他，葛兰，问他那颗距离阿尔法大约只有一秒差距的恒星，会不会就是地球所环绕的太阳。他不晓得秒差距是什么，于是我说就天文尺度而言是个短距离。他说不论是长是短，他都不知道地球在何处，也不知道有谁晓得。而且他认为，试图寻找地球是不当的举动。他还说，应该让地球永远在太空中安详地漂泊。”

崔维兹说：“你同意他的看法吗？”

裴洛拉特摇了摇头，神情显得很悲伤。“并不尽然。可是他说，照放射性增强的速度看来，在迁徙计划实施不久后，地球一定就变得完全不可住人，而现在，它一定燃烧得极为炽烈，因此没有人能接近。”

“荒谬。”崔维兹以坚决的口吻说，“一颗行星不会突然变得具有放射性，而且放射性更不会继续增强，它只会不断减弱。”

“可是单姓李十分肯定。我们在这趟旅程中遇到那么多人，对于地球具有放射性这一点，说法完全一致。我们当然不用再找下去。”

80

崔维兹深深吸了一口气，然后用尽量克制的声音说：“荒谬，詹诺夫，那不是真的。”

裴洛拉特说：“喂，老弟，你不能因为想要相信一件事，就去相信那件事。”

“这跟我想做什么没有关系。我们在每个世界上，都发现地球的资料全被清除殆尽。如果地球是个充满放射性的死星，没有人能接近，又如果根本没什么好隐藏的，那些资料为什么会被清掉呢？”

“我不知道，葛兰。”

“不，你知道。当我们正在接近梅尔波美尼亚时，你曾说过销毁记录和放射性可能是一体两面。销毁记录是为了除掉正确的资料，散播放射性谣言则是为了制造假情报，两者都会令人打消找寻地球的念头。我们绝对不能上当，不能这么轻易放弃。”

宝绮思说：“其实，你似乎认为附近那颗恒星就是地球之阳，所以为何还要争辩放射性的问题呢？那又有什么关系呢？何不干脆前往那颗恒星，看看地球是否在那里；倘若真在那里，它又是什么模样？”

崔维兹说：“因为地球上住的不论是何方神圣，必定具有超凡的力量，我希望在接近之前，能对那个世界和其上神圣先有点了解。事实上，既然我对地球始终一无所知，贸然前进是很危险的事。所以我打算将你们几位留在阿尔法，由我单独向地球进军，赌一条命就很够了。”

“不，葛兰。”裴洛拉特急切地说，“宝绮思和那孩子也许该留在这儿，但我必须跟你一道去。在你尚未出生之际，我就已经开始寻找地球，现在距离目标那么近了，我绝不能裹足不前，不论可能会有什么危险。”

“宝绮思和那孩子也不会留在这儿。”宝绮思说，“我就是盖娅，即使和地球正面对峙，盖娅也能保护我们。”

“我希望你说得没错，”崔维兹沉着脸说，“但是盖娅完全保不住早期记忆，遗忘了在它建立之初地球所扮演的角色。”

“那是盖娅早期历史上所发生的事，当时它还不够组织化，也还不够先进，如今则不可同日而语。”

“希望如此。或者是今天上午，你获得了一些我们不知道的地球资料？我的确拜托过你，要你设法找些年长的妇女谈谈。”

“我照做了。”

崔维兹说：“你有什么新发现吗？”

“没有关于地球的资料，这方面完全空白。”

“啊！”

“但我发现他们拥有很先进的生物科技。”

“哦？”

“这座小岛上，虽然原先只有少数几种生物，但他们陆续试育出无数品种的动植物，并设计出合宜的生态平衡，既稳定又能自给自足。此外，他们数千年前刚抵达时所发现的海洋生物，现在也已经大为改良，营养价值增加许多，而且更加美味可口。正是由于他们的生物科技，使得这个世界变成丰饶的世外桃源。此外他们对自身也有些计划。”

“什么样的计划？”

宝绮思说：“他们心中十分清楚，在目前这种情况下，他们局限在一小块陆地上，根本无法指望扩张生存领域，于是他们梦想变成两栖类。”

“变成什么？”

“两栖类。他们计划发展出类似鳃的组织，用来辅助肺脏的呼吸功能。他们梦想能在水中停留极长的时间，还梦想能找到其他的浅水区域，在海底建造人工建筑。提供这些讯息给我的人，想到这点就相当兴奋，可是她也承认，阿尔法人为这个目标努力了好几世纪，进展却小得可怜。”

崔维兹说：“在气候控制和生物科技这两个领域上，他们可能比我们更先进，不知他们用的是什么技术。”

“我们必须找专家来问，”宝绮思说，“但他们也许不愿透露。”

崔维兹说：“这并非我们来此地的主要目的，但基地若能向这个袖珍世界学习，显然将获益匪浅。”

裴洛拉特说：“事实上，我们在端点星也有办法把气候控制得很好。”

“很多世界上都控制得不错，”崔维兹说，“但总是只能控制一个世界的整体气候。可是在阿尔法，控制的则是局部地区的天气，他们一定拥有某些我们欠缺的技术。还打听到了什么，宝绮思？”

“社交邀宴方面。他们似乎是个善于度假的民族，凡是不必耕作或捕鱼的时候，他们都在享受假期。今天晚餐后有个音乐节，我已经告诉你们了。明天白天将举行一个海滩庆典，可想而知，能放下田间工作的人都会聚在岛屿四周，以便享受嬉水的乐趣，并且趁机赞美太阳，因为再过一天便会下雨了。后天早上，渔船队会赶在下雨前回来，当天傍晚又要举行一个美食节，让大家品尝这次的收获。”

裴洛拉特哼了一声。“平常每餐都那么丰盛了，美食节又会是什么样的盛况？”

“我猜特色不在量多，而在于口味变化无穷。反正我们四个人都获邀参加所有的活动，尤其是今晚的音乐节。”

“演奏古老乐器？”崔维兹问。

“没错。”

“对了，为什么要说是古老乐器？原始电脑吗？”

“不，不对，那正是重点。根本不是电子合成乐，而是机械式的音乐。根据她们的描述，演奏方式是摩擦细线、对管子吹气，以及敲打一些皮面。”

“我希望这是你乱讲的。”崔维兹显得很惊讶。

“不，我没有乱讲。我还知道你的广子也会上台，她要吹一种管子——我忘了它的名称——你应该要能忍受才行。”

“至于我自己嘛，”裴洛拉特说，“我很高兴有这个机会。我对原始音乐知道得非常少，很期待能亲耳听听。”

“她并不是‘我的广子’。”崔维兹冷冷地说，“可是依你看，那些乐器是否曾在地球流行过？”

“我就是这么猜测。”宝绮思说，“至少阿尔法妇人们告诉我，在他们的祖先来到此地之前，那些乐器早就发明出来了。”

“这样的话，”崔维兹说，“也许值得听听那些摩擦、吹气和敲打声，希望有机会多少搜集到一点有关地球的资料。”

81

说来真奇怪，在他们四人之中，要数菲龙对今晚将举行的音乐会最感兴奋。接近黄昏的时候，她和宝绮思在屋外的小浴室洗了一个澡。浴室里有个浴池，备有源源不绝的冷水与热水（或者应该说是凉水与温水），还有一个洗脸盆以及一个室内便器，这些设备都既清洁又合用。在夕阳照耀下，浴室内仍光线充足，气氛令人心旷神怡。

跟以往一样，菲龙对宝绮思的乳房十分着迷，宝绮思只好说

（既然菲龙已听得懂银河标准语）在她的世界上，大家都是这个样子。对于这种说法，菲龙难免反问："为什么？"宝绮思考虑了一阵子，发觉找不到一个说得通的解释，于是回了一句万试万灵的答案："不为什么！"

洗完澡后，宝绮思帮菲龙穿上阿尔法人提供的衬裤，并研究出套上裙子的正确方法。菲龙腰部以上什么也没穿，但这似乎无伤大雅又入境随俗。至于宝绮思自己，虽然下身穿了阿尔法人的服装（臀部觉得有点紧），仍旧罩上了她自己的上衫。在一个女性普遍袒胸的社会中，坚拒裸露胸部好像有点傻气，尤其她的乳房并非太过丰满，而且秀挺不输此地任何一位女性，不过——她还是穿上了。

接下来轮到两位男士使用浴室。就像男士们通常的反应一样，崔维兹喃喃抱怨了一番，觉得女士们占用了太久时间。

宝绮思让菲龙转过身来，以确定裙子能固定在她那男孩般的臀部上。"这是一条很漂亮的裙子，菲龙，你喜欢吗？"

菲龙瞪着镜中的裙子说："我很喜欢。不过，我没穿衣服会不会冷？"说完，她用手摸了摸裸露的胸部。

"我想不会的，菲龙，这个世界相当暖和。"

"你却穿了衣服。"

"没错，我的确穿了。因为在我的世界上，大家都这么穿。现在，菲龙，我们要去和很多很多阿尔法人共进晚餐，晚餐后还会跟他们在一起。你认为自己受得了吗？"

菲龙显得很苦恼，于是宝绮思继续说："我会坐在你的右边，还会抱住你。裴将坐在另一边，而崔维兹将坐在你对面。我们不会让任何人跟你讲话，你也不需要跟任何人交谈。"

"我会试试看，宝绮思。"菲龙以最高亢的声音说。

"晚餐后，"宝绮思又说，"有些阿尔法人会用他们的特殊方法为我们演奏音乐。你知道音乐是什么吗？”她哼出一些音调，尽量模仿着电子和声。

菲龙突然神采奕奕。“你是指XX？”最后两个字是她的母语，说完她就唱起歌来。

宝绮思瞪大了眼睛。那的确是个优美的调子，虽然有些狂野，而且充满颤音。“对，那就是音乐。”她说。

菲龙兴奋地说：“健比随时随地都会制造——”她犹豫了一下，然后决定用银河标准语，“制造音乐，它用的是XX。”她又用母语说了一个名词。

宝绮思迟疑地重复那两个字：“哼嘀？”

菲龙哈哈大笑。“不是哼嘀，是XX。”

两相比较之下，宝绮思也听得出其中的差异，但她仍旧无法正确念出后者。她改问：“它的外形是什么样子？”

菲龙学到的银河标准语仍属有限，无法作出正确描述。她比手画脚了半天，宝绮思心中还是没有一个清晰的图样。

“健比教我怎么用XX。”菲龙以骄傲的口吻说，“我的手指动得和它一样，可是它说我很快就不必再用手指。”

“那实在太好了，亲爱的。”宝绮思说，“晚餐后，我们就能知道阿尔法人是否演奏得和健比一样好。”

菲龙双眼射出光芒，心中充满快乐的期待，因此晚餐时虽然被群众以及笑声与噪音包围，她仍享受了丰盛的一餐。只有一次，有人不小心打翻餐盘，引起邻近一阵尖声喧哗，菲龙才现出惊骇的表情。宝绮思赶快紧紧搂住她，让她能有安全温暖的感觉。

“不知能否安排我们单独用餐。”她对裴洛拉特喃喃说道，“否则，我们就得赶快离开这个世界。吃下孤立体的动物性蛋白已经够糟，但至少得让我能静静下咽。”

“他们只是心情太好了。”裴洛拉特说。凡事只要他认为属于原始行为或原始信仰，在合理范围内他都会尽量忍受。

不久晚餐结束，接着便有人宣布音乐节马上开始。

82

举办音乐节的大厅跟餐厅差不多同样宽敞，里面摆着许多张折椅（崔维兹发现坐起来相当不舒服），可供一百五十几人就坐。他们这几位访客是今晚的贵宾，因此被带到最前排，不少阿尔法人都对他们的服装客气地表示赞赏。

两位男士腰部以上完全赤裸，每当崔维兹想到这一点，便会收紧腹肌，偶尔还会低头看看，对自己长满黑色胸毛的胸膛十分自满。裴洛拉特则忙着观察周遭的一切，对自己的模样毫不在意。宝绮思的上衫吸引了许多疑惑的目光，但大家只是偷偷望，没有当面发表任何评论。

崔维兹注意到大厅差不多只坐了半满，而且绝大多数的观众都是女性，想必是因为许多男人都出海去了。

裴洛拉特用手肘轻轻推了推崔维兹，悄声道：“他们拥有电力。”

崔维兹望向那些挂在墙上的垂直玻璃管，还注意到天花板上也有一些，它们全都发出柔和的光芒。

“是萤光。”他说，“相当原始。”

“没错，但同样能照明。我们的房间和户外浴室也有这些东西，我本来以为只是装饰用的。我们若能弄清楚如何操纵，晚上就不必摸黑了。”

宝绮思不悦地说：“他们应该告诉我们。”

裴洛拉特说：“他们以为我们知道，以为任何人都该知道。”

此时四名女子从幕后走出来，在大厅前方的场地彼此紧邻着坐下。每个人都拿着一个上了漆的木制乐器，它们的外形相似，不过那种形状不太容易描述。那些乐器主要差别在于大小不同，其中一个相当小，另外两个大些，最后一个则相当大。除此之外，每个人另一只手还拿着一根长长的杆子。

当她们进场时，观众发出轻柔的口哨声，她们则向观众鞠躬致意。四个人的乳房都用薄纱紧紧裹住，仿佛为了避免碰触乐器而影响演出。

崔维兹将口哨声解释为赞许或欣喜的期待，感到自己礼貌上也该这么做。菲龙则发出一个比口哨尖锐许多的颤音，宝绮思马上紧紧抓住她，但在她停止前，已经吸引一些观众的注意。

在四名演出的女子中，有三位未做任何准备动作，便将她们的乐器置于颏下，不过最大的那个乐器仍然放在地上，夹在那位演奏者双腿之间。每个人右手中的长杆开始前后拉动，摩擦着近乎横跨整个乐器的几条细线，而左手的手指则在细线末端来回游移。

崔维兹心想，这大概就是自己想象中的“摩擦”吧，但听来完全不像摩擦所发出的声音。他听到的是一连串轻柔而旋律优美的音符，每个乐器各自演奏不同的部分，而融合在一起就变得分外悦耳。

它缺少电子音乐（“真正的音乐”，崔维兹不由自主这么想）无穷的复杂度，而且有着明显的重复。话说回来，当他慢慢听下去，他的耳朵就渐渐习惯这种奇特的音律，开始领略其中的微妙。

这样子很容易使人疲倦，因此他分外怀念电子音乐的纯粹、数学上的精准，以及震耳欲聋的音量。不过他也想到，如果听久了这些简单木制乐器的音乐，他想必也会渐渐喜欢的。

等到广子终于出场的时候，演奏会已进行了约四十五分钟。她立刻注意到崔维兹坐在最前排，于是向他微微一笑，他则诚心诚意地轻吹口哨，跟着其他观众一起为她喝彩。广子打扮得十分美丽，穿着一条精致无比的长裙，头上戴了一大朵花。她的乳房完全裸露，（显然）因为并不会影响到乐器的演奏。

原来她的乐器竟是一根黑色的木管，长度大约三分之二米，直径将近两公分。她将那个乐器凑到唇边，对着末端附近的开口吹气，便产生了一个纤细甜美的音调。她的十指操纵着遍布管身的金属物件，而随着她手指的动作，音调有了忽高忽低的变化。

刚听到第一个音调，菲龙便立刻抓住宝绮思的手臂说："宝绮思，那就是XX。"那个名字听来很像"哼嘀"。

宝绮思冲着菲龙坚决地摇了摇头，菲龙却压低声音说："但的确是啊！"

众人纷纷朝菲龙这边望来，宝绮思将手用力按在菲龙的嘴巴上，然后低下头来，冲着她的耳朵轻声说："安静！"这句话声音虽小，对下意识而言却强而有力。

菲龙果然开始安静地欣赏广子的演奏，但她的十指不时舞动，好像是在操纵那个乐器上的金属物件。

最后一位演出者是个老头，他的乐器挂在双肩，乐器上有许多皱褶。演奏的时候，他左手将那些皱褶拉来拉去，右手在一侧黑白相间的按键上快速掠过，不时按下一组又一组的键。

崔维兹觉得这个乐器的声音特别无趣，而且相当粗野，不禁令他联想到奥罗拉野狗的吠声——并非由于乐声像狗叫，而是两者所引发的情绪极为类似。宝绮思看来像是想用双手按住耳朵，裴洛拉特的脸孔也皱了起来。只有菲龙似乎很欣赏，因为她正在用脚轻轻打拍子。当崔维兹注意到她的动作时，竟然发现音乐节拍与菲龙的拍子完全吻合，使他感到惊讶不已。

演奏终于结束，众人报以一阵激烈的口哨声，而菲龙的颤音则盖过了所有的声音。

然后观众开始三五成群地闲聊起来，场面变得相当嘈杂，绝不输给阿尔法人其他聚会的喧哗程度。每位演出者都站在观众席前，跟前来道贺的人们亲切交谈。

菲龙突然挣脱宝绮思的掌握，向广子冲过去。

“广子，”她一面喘气，一面喊道，“让我看看那个XX。”

“看什么，小可爱？”广子说。

“你刚才用来制造音乐的东西。”

“喔。”广子哈哈大笑，“那唤作笛子，小家伙。”

“我可以看看吗？”

“好吧。”广子打开一个盒子，掏出那件乐器。它已被拆解成三部分，但广子很快将它拼好，然后递到菲龙面前，吹口对准她的嘴唇。“来，尊驾对着这儿吹气。”

“我知道，我知道。”菲龙一面急切地说，一面伸手要拿笛子。

广子自然而然抽回手去，并将笛子高高举起。“用嘴吹，孩子，然则勿碰。”

菲龙似乎很失望。“那么，我可不可以看看就好？我不碰它。”

“当然行，小可爱。”

她又将笛子递出去，菲龙便一本正经瞪着它看。

室内的萤光灯突然变暗一点，同时笛子发出一个音调，听来有些迟疑不定。

广子吓了一跳，险些令笛子掉到地上，菲龙却高声喊道：“我做到了，我做到了。健比说过总有一天我能做到。”

广子说：“方才是尊驾弄出的声音？”

“对，是我，是我。”

“然则是如何做到的，孩子？”

宝绮思很不好意思，红着脸说：“真抱歉，广子，我现在就带她走。”

“不，”广子说，“我希望她再做一回。”

附近已有几个阿尔法人围过来，菲龙挤眉弄眼，仿佛在努力尝试。萤光灯变得比刚才更黯淡，笛子随即又发出一个音调，这次的声音听来既纯又稳。然后，遍布笛身的金属按键自己动起来，笛子的音调也就有了不规律的变化。

“它和XX有点不一样。”菲龙有些上气不接下气，仿佛吹笛子的是她本人，并非电力所驱动的气流。

裴洛拉特对崔维兹说：“她一定是从萤光灯的电源取得能量。”

“再试一回。”广子以惊愕的声音说。

菲龙闭上了眼睛。笛声现在变得较为柔和，也被控制得更稳定。在没有手指按动的情况下，笛子自己演奏起来；来自远方的能量，经过菲龙大脑中尚未成熟的叶突，转换成了驱动笛子的动能。那些最初几乎是随机出现的音调，现在变成了一连串的旋律，将大厅中每一个人都吸引过来，大家全部围在广子与菲龙周围。广子用双手拇指与食指轻轻抓着笛子两端，菲龙则始终闭着眼睛，指挥着空气的流动与按键的动作。

“这是我方才演奏的曲子。”广子悄声道。

“我都记得。”菲龙轻轻点了点头，尽量不让自己的注意力分散。

“尊驾未曾遗漏任何音符。”一曲结束后，广子这么说。

“可是你不对，广子，你吹得不对。”

宝绮思赶紧说：“菲龙！这样说没礼貌，你不可以……”

“拜托，”广子断然道，“请勿打断她。为何不对，孩子？”

“因为我能吹得不一样。”

“那么表演一下。”

于是笛声再度响起，但曲式较先前复杂，因为驱动按键的力量变化得更快，转换得更迅速，组合也更为精致细腻。于是奏出的音乐比刚才更繁复，而且更感性和动人无数倍。广子不禁僵立在那里，而整个大厅中也听不到其他声音。

甚至当菲龙演奏完毕后，大厅中仍是一片鸦雀无声。最后还是由广子打破沉默，她深深吸了一口气，然后说：“小家伙，之前如此演奏过吗？”

“没有，”菲龙说，“以前我只能用手指，可是我用手指做不到那样。”接着，她又以干脆而丝毫不像自夸的口气，补充了一句，“没有人办得到。”

“尊驾还会演奏其他曲子吗？”

“我能制作些。”

“尊驾的意思是——即兴演奏？”

菲龙皱起眉头，显然听不懂这个说法，只好朝宝绮思望去。宝绮思对她点了点头，于是菲龙答道：“是的。”

“那么，请示范一番。”广子说。

菲龙默想了一两分钟，笛声便开始奏起，那是一串缓慢而非常简单的音符，整体而言带着如梦似幻的感觉。萤光灯变得时明时暗，由电力被抽取的多寡而定。这点似乎没人注意到，因为光线与音乐的因果关系似乎恰好颠倒，像是有个电力幽灵，听命于声波的指挥一样。

这些音符的组合一再重复，先是音量变得较大，然后是曲调渐趋繁复。接下来则成了变奏，在基本旋律仍旧清晰可闻的情况下，曲调变得更激昂、更有力，直到几乎令人喘不过气来的程度。最后，缓缓升到最高点的旋律急转直下，造成一种俯冲的效果，在听众依然陶醉于置身高空的感觉时，将他们迅速带回地面。

随之而来的是一阵惊天动地的混乱。崔维兹虽然听惯了另一种完全不同的音乐，也不禁感伤地想道：我再也听不到这么美妙的音乐了。

等到众人好不容易安静下来，广子将笛子递了出去。“来，菲龙，这是尊驾的！”

菲龙迫不及待要接过来，宝绮思却抓住她伸出去的手臂，同时说：“广子，我们不能拿，这是件珍贵的乐器。”

“我另有一件，宝绮思，虽比不上这个好，然则理应如此。谁将此乐器奏得最美妙，谁便是其主人。我从未听过如此之音乐，亦不知晓如何得以隔空演奏。既然无法完全发挥其潜力，我拥有此乐器即是错误。”

菲龙接过笛子，现出极其满足的表情，将它紧紧抱在胸前。

83

现在，他们所住的两个房间各亮起一盏萤光灯，而户外浴室也亮起一盏。这些灯光都很微弱，若在灯下阅读会很吃力，但至少不再是一片黑暗。

然而此刻他们仍逗留室外。夜空中满布星辰，这种景象总是令端点星的居民着迷。因为端点星上几乎见不到星星，只有遥远黯淡的银河是唯一显眼的天体。

广子刚才陪同他们一道回来，因为她担心他们会在黑暗中迷路或摔倒。一路上她都牵着菲龙的手，直到帮他们打开萤光灯，跟他们一起待在室外，她的手都仍未放开。

宝绮思心知肚明，了解广子正深陷于情感矛盾中，因此她决定再试一次。“真的，广子，我们不能拿你的笛子。”

“不，菲龙万万要收下。”但她似乎仍然犹豫不决。

崔维兹则一直望着天空。此地的黑夜名符其实地黑，虽然他们的房间透出一点光亮，却几乎没什么影响，而远处建筑物射出的微弱灯火更是微不足道。

他说：“广子，你看到那颗分外明亮的星星吗？它叫什么名字？”

广子随便抬头看了看，并未显出什么兴趣。“那是‘伴星’。”

“为什么叫这个名字？”

“每八十标准年，它环绕吾人太阳一周。每年此时，它都是颗‘昏星’。若其徘徊于地平线之上，尊驾在白昼亦能得见。”

很好，崔维兹想，她对天文并非一无所知。他又说：“你可知道，阿尔法还有另一颗伴星，它非常小，非常黯淡，比这颗明亮的伴星要遥远许多许多，不用望远镜根本看不见。”（他自己没见过，但他不必花时间搜寻，太空艇电脑的记忆库中有详尽的资料。）

她以冷淡的语气答道：“我们在学校学过。”

“好，那颗又叫什么？那六颗排成锯齿状的星星，你看到了吗？”

广子说：“那是仙后。”

“真的？”崔维兹吃了一惊，“哪一颗？”

“全部，整个锯齿唤作仙后。”

“为什么叫这个名字？”

“我缺乏这方面的知识，我对天文学一窍不通，尊贵的崔维兹。”

“你有没有看到锯齿最下面的那颗星？就是其中最亮的那颗，它叫什么？”

“它就是颗星，我不知其名。”

“除了那两颗伴星之外，它是最接近阿尔法的恒星，距离大约只有一秒差距。”

广子说：“尊驾如此认为？我可不知晓。”

“它会不会就是地球所环绕的恒星？”

广子盯着那颗星，些微的兴趣一闪即逝。“我不知晓，从未听任何人如是说。”

“你不认为有这个可能吗？”

“叫我如何说？无人知晓地球究竟在何处。我——我如今必须向尊驾告辞。明天上午轮到我在田间工作，直到海滩节开始。午餐后我在海滩跟您们碰面，好吗？好吗？”

“当然好，广子。”

她立刻转身离去，在黑暗中慢慢跑开。崔维兹望了望她的背影，便跟其他人走进了昏暗的小房舍。

他说：“有关地球的事，你能不能判断她是否在说谎，宝绮思？”

宝绮思摇了摇头。“我并不认为她在说谎。她的精神一直处于极度紧张的状态，这点我直到演奏会结束才察觉到。在你向她问及那些星星之前，她就已经那么紧张了。”

“这么说，是因为她舍弃了那支笛子？”

“大概吧，我也不清楚。”她转头对菲龙说，“菲龙，我要你现在回到自己房间。当你准备就寝时，先到浴室去尿尿，然后洗洗你的手，再洗洗脸，刷刷牙。”

“我很想演奏那支笛子，宝绮思。”

“只能玩一会儿，而且要非常小声。懂了吗，菲龙？还有，我叫你停的时候就一定要停。”

“好的，宝绮思。”

于是房间中只剩下三个人，宝绮思坐在一张椅子上，两位男士则坐在各自的简便床。

宝绮思说：“还有必要在这颗行星继续待下去吗？”

崔维兹耸了耸肩。“我们一直没机会讨论地球和那些古老乐器之间的关系，或许我们可以从那里发现些线索。而且，渔船队可能也值得我们等一等，那些男人可能知道些家庭主妇不知道的事。”

“我想，可能性非常小。”宝绮思说，“你确定不是广子的黑眼珠吸引你留下来？”

崔维兹以不耐烦的语气说：“我不了解，宝绮思，我选择该怎么做跟你有何相干？为什么你好像总要显得高高在上，板起脸孔来对我作道德判断？”

“我并不关心你的道德，但这件事会影响到我们的探索。你想要找到地球，好对你自己的选择作最后的验证，看看你否定孤立体世界，选择盖娅星系的抉择是否正确。我希望你能得到这个结果。你说你需要造访地球，然后才能作出决定，而你似乎坚信地球确实环绕着天空中那颗亮星，那就让我们到那里去吧。我承认，我们在出发前若能找到一些资料，的确会有帮助，可是我相当清楚，这里不会有我们需要的资料。我可不希望由于你喜欢广子，就让大家留在这里陪你。”

“我们或许会离开这里，”崔维兹说，“让我考虑一下。广子这个因素并不会左右我的决定，我向你保证。”

裴洛拉特说：“我觉得我们应该向地球前进，即使只是为了看看它到底有没有放射性。我看不出待下去有什么意义。”

“你确定不是宝绮思的黑眼珠迷惑了你？”崔维兹带着点报复的口吻这样讲。然后，他几乎立刻又说：“不，我收回这句话，詹诺夫，我只是孩子气一时发作。话说回来，这是个迷人的世界，即使完全不考虑广子，我也不得不承认，要不是如今这种情况，我会忍不住永远留下来。难道你看不出来吗，宝绮思，阿尔法使得你对孤立体的理论不攻自破？”

“怎么说？”宝绮思问。

“你一直坚持一种理论，任何真正孤立的世界都会变得危险而充满敌意。”

“就连康普隆也不例外。”宝绮思以平静的口吻说，“它可算是脱离了银河的主流，虽然在理论上，它是基地邦联的一个联合势力。”

“但阿尔法可不是。这个世界完全孤立，可是你能抱怨他们的友善和殷勤吗？他们提供我们食物、衣物、住宿场所，还为我们举行各种庆祝活动，盛情地邀请我们留下来。你对他们还有什么好挑剔的？”

“表面上没什么，广子甚至对你献身。”

崔维兹怒冲冲地说：“宝绮思，这件事哪里又妨碍到你了？不是她对我献身，而是我们互相奉献，全然是两情相悦。在适当情况下，你也一定会毫不迟疑地献身。”

“拜托，宝绮思。”裴洛拉特说，“葛兰完全正确，我们没有理由反对他的私人享乐。”

“只要不影响到我们的行动。”宝绮思执拗地说。

“不会影响到的。”崔维兹说，“我们即将离开这里，我向你保证。耽搁一下是为了搜集更多的资料，要不了太久的。”

“但我还是不信任孤立体，”宝绮思说，“即使他们捧着礼物前来。”

崔维兹举起双手。“先下结论，然后再扭曲证据来迁就，简直就是……”

“别说出来。”宝绮思以警告的口吻说，“我可不是女人，我是盖娅。感到不安的是盖娅，不是我。”

“没有理由……”此时，门帘突然发出一下搔抓声。

崔维兹愣住了。“那是什么？”他低声道。

宝绮思轻轻耸了耸肩。“拉开门看看。你说这是个亲善的世界，不会发生任何危险的。”

尽管如此，崔维兹仍踌躇不前。不久门外便传来轻声的叫喊：“拜托，是我！”

那是广子的声音，崔维兹立刻将门掀开。

广子快步走进来，两颊沾满泪水。

“将门拉上。”她气喘吁吁地说。

“怎么回事？”宝绮思问。

广子紧紧抓住崔维兹。“我无法置身事外，我尝试过，然则我无法承受。尊驾快走，您们全部走，带着那孩儿一道离去。趁天色仍暗……驾着那艘太空航具驶离……驶离阿尔法。”

“可是为什么呢？”崔维兹问。

“否则尊驾将丧命，您们全部将丧命。”

84

三位外星人士目不转睛盯着广子良久，然后崔维兹说：“你是说你的族人会杀害我们？”

随着两行热泪滚滚而下，广子说：“尊驾已踏上死亡之途，尊贵的崔维兹，其他人亦将陪葬。很久以前，学者发明一种病毒，对我们无害，因为我们具免疫力，然则对外星人士有致命威胁。”她心慌意乱地摇着崔维兹的手臂，“尊驾已感染。”

“怎么会？”

“当我们交欢时，即管道之一。”

崔维兹说："但我觉得好得很。"

"病毒尚在潜伏，渔船队归来后才会让它发作。根据吾人法律，此等大事必须经过全体决议，甚至包括所有的男人，而大家必将决定非如此不可。我们负责留住您们，直到作出决议之时，亦即后天早上。如今趁着天黑又无人起疑，赶紧走吧。"

宝绮思厉声问道："你的族人为何要这样做？"

"为了吾人安全。此地人稀物丰，吾人不欲外星人士侵犯。若果有人来访后，传出吾人位置，其他人将接踵而至。因此之故，每隔很长一段时日，偶有一艘太空航具抵达，吾人便需确保它不再离去。"

"可是既然如此，"崔维兹说，"为什么你又来通风报信？"

"勿问缘由——不，我将告诉您们，因我又听到了，听！"

他们都听到了，隔壁房间传来菲龙奏出的轻柔笛声——甜美无比。

广子说："我无法忍受此等音乐自人间消失，因为小家伙亦将死去。"

崔维兹以严厉的口吻说："是不是因为这样，你才把笛子送给菲龙？因为你知道她死了之后，你就可以再拿回去。"

广子看来惊愕万分。"不然，我心中未有这般想法。当我终于想通之际，即明了绝不该如此。带着那孩儿离去吧，并带走那支我再也见不到的笛子。回到太空尊驾便安全了，倘若不被触发，尊驾体内病毒若干日后便将死亡。我所求的回报，是您们永不提起这个世界，勿让他人知晓它的存在。"

"我们不会说出去的。"崔维兹说。

广子抬起头来，低声道："离去之前，我能再吻尊驾一回否？"

崔维兹说："不，我已经被感染了一次，那就够了。"然后，他用较和缓的口气说："别哭，否则别人问你为什么哭，你将无言以对。看在你如今努力拯救我们的份上，我原谅你对我的所作所为。"

广子抬头挺胸，用双手手背仔细拭干面颊，又深深吸了一口气。"我感谢尊驾宽恕。"随即匆匆离去。

崔维兹说："我们马上把灯关掉，在屋里等一会儿，然后就离开这里。宝绮思，叫菲龙别再玩她的乐器了。当然，记得将那笛子带走。我们得一路摸到太空艇那里，希望在黑暗中还能找到它的位置。"

"我找得到。"宝绮思说，"太空艇上有我的衣物，不论成分多么微弱，仍算是盖娅的一部分，盖娅寻找盖娅不会有问题的。"说完，她就钻进她的房间去找菲龙。

裴洛拉特说："你想他们会不会设法破坏太空艇，迫使我们留在这颗行星上？"

"他们的科技还做不到这一点。"崔维兹绷着脸说。等到宝绮思牵着菲龙走出来之后，崔维兹便将灯火尽数熄灭。

他们一声不响地坐在黑暗中，好像足足等了大半夜，但实际上可能只有半个小时。然后崔维兹缓缓地、悄悄地拉开门。夜空似乎多了一点云气，不过群星仍在闪烁。现在仙后星座高挂中天，底端那颗地球之阳的候选者发出耀眼光芒。四周静寂无声，连一丝风都没有。

崔维兹小心翼翼踏出房门，再示意其他三人跟出来。他一只手自然而然挪到神经鞭握柄上，虽然确定不会用到，可是……

宝绮思带头走在前面，她拉着裴洛拉特，裴洛拉特又拉着崔维兹。宝绮思的另一只手抓着菲龙，而菲龙另一只手抓着笛子。在几乎绝对的黑暗中，宝绮思双脚轻轻探着路，引领大家朝远星号上极微弱的"盖娅感"前进。

第七篇

地 球

第十九章
放射性?

85

远星号静静起飞，在大气层中缓缓爬升，将那座黑暗的岛屿愈抛愈远。下方几许微弱的光点愈来愈暗，终至完全消失无踪。随着高度的增加，大气逐渐稀薄，太空艇也就逐渐加快，天上的光点则是愈来愈多、愈来愈亮。

最后，当他们往下望去，这颗名叫阿尔法的行星只剩下一弯新月形的光辉，其上缭绕着浓厚的云气。

裴洛拉特说:“我想他们并没有实用的太空科技，所以无法追赶我们。”

“我不确定这个事实能否让我高兴起来，”崔维兹显得郁郁寡欢，声音听来相当沮丧，“我被感染了。”

“可是并未发作。”宝绮思说。

“但可以被触发，他们自有办法。那究竟是什么办法？”

宝绮思耸了耸肩。“广子说病毒如果一直不触发，最后就会死在它们无法适应的环境中——例如你的身体。”

“是吗？”崔维兹气冲冲地说，“她又怎么知道？话说回来，我又怎么知道广子说的不是自我安慰的谎言？而且不论触发的方法是什么，难道不可能自然发生吗？某种特殊的化学药剂，某种放射性，某种……某种……天晓得是什么？我可能突然发病，然后你们三人也跟着死掉。万一我们在抵达人口众多的世界后才发作，也许会引起恶性的大型流行病，而逃离的难民还会把它带到其他世界。”

他盯着宝绮思说：“你有没有什么办法？”

宝绮思缓缓摇了摇头。“并不容易。盖娅也拥有寄生物的成分——微生物、虫类等等，它们对生态平衡有正面的意义。这些生存在盖娅上的寄生物，对世界级意识各有各的贡献，可是绝不会过度繁殖，因此不会造成显著的危害。问题是，崔维兹，侵犯你的病毒并非盖娅的一部分。”

“你说‘并不容易’，”崔维兹皱着眉头说，“但在如今这种情况下，即使可能极其困难，能不能也麻烦你试试看？你能不能找出病毒在我体内的位置，然后将它们消灭？要是你做不到，能不能至少增强我的抵抗力？”

“你可了解自己在作什么要求，崔维兹？我并不熟悉你体内的微观生物，恐怕不易分辨何者是你细胞内的病毒，何者又是其中的正常基因。此外，想要区分何者是你身体已经适应的病毒，何者又是广子感染给你的，则是更加困难的一件事。我会试一试，崔维兹，但需要花些时间，而且不一定成功。”

“慢慢来，”崔维兹说，“但一定要试。”

“当然。”宝绮思答道。

裴洛拉特说:“假如广子说的是实话，宝绮思，你也许能发现那些病毒的活力已渐渐减弱，而你可以加速它们的衰亡。”

“我可以试试，”宝绮思说，“这是个不错的主意。”

“你不会心软?”崔维兹说，“你杀死那些病毒，就等于毁灭许多珍贵的生命，这你是知道的。”

“你是在讽刺我，崔维兹。”宝绮思毫不动容地说，“可是，不管是不是讽刺，你指出了一个真正的难处。话又说回来，在你和病毒之间，我很难不优先考虑你。不用怕，只要有可能，我一定会杀死它们。毕竟，就算我没考虑到你，”她的嘴角牵动了一下，仿佛强忍住笑意，“裴洛拉特和菲龙当然也有危险。相较之下，我对他们两人的感情应该令你较有信心。你甚至应该想到，现在我自己也有危险。”

“你对自身的爱，我可丝毫没有信心。”崔维兹喃喃说道，“为了某种高尚的动机，你随时愿意牺牲自己的性命。然而，我倒是相信你真心关怀裴洛拉特。”然后他又说:“我没听见菲龙的笛声，她有什么不对劲吗?”

“没事，”宝绮思说，“她睡着了。那是完全自然的睡眠，跟我毫无关系。而我建议，等你向那颗心目中的地球之阳跃迁后，我们也都好好睡一觉。我极需要睡眠，而我认为你也一样，崔维兹。”

“好的，只要我做得到。你可知道你说对了，宝绮思。”

“说对了什么，崔维兹?”

“对于孤立体的见解。不论看来多么像，新地球绝非天堂。最初的殷勤款待，那些表面的友善，都是为了解除我们的戒心，以便将病毒传染给我们其中一人。而其后的殷勤款待，那些各种名目的庆祝活动，目的则是把我们留下，等候渔船队归来，然后就能将病毒触发。多亏菲龙和她的音乐，否则他们险些得逞，而这点你可能也对了。”

“关于菲龙？”

“是的。当初我不愿带她同行，我也始终不高兴看到她在太空艇上。由于你的所作所为，宝绮思，她才会跟我们在一起，又由于她无意间的举动，我们才会侥幸得救。不过——”

“不过什么？”

“尽管如此，我仍旧对菲龙的存在感到不安，我也说不出所以然来。”

“或许我这样说会令你感到舒服点，崔维兹，我不确定是否该将功劳全归于菲龙。广子之所以做出阿尔法人必定视为叛逆的行动，菲龙的音乐只不过是她的借口，甚至连她自己可能也相信了。但除此之外，她还另有心事，我隐约侦测得到，只是无法确定它的本质，或许是她羞于让这件事浮出意识层面。我有一种感觉，她对你有特殊的好感，不愿眼睁睁见你死去，这和菲龙以及她的音乐无关。”

“你真这么认为？”崔维兹浅浅一笑。这是离开阿尔法后，他露出的第一个笑容。

“我的确这么认为。对于和女人打交道，你一定很有两下子。在康普隆，你说服了李札乐部长让我们驾着太空艇离开，这回又促使广子拯救我们的性命，所以功劳应该属于你。”

崔维兹的笑容扩大了些。“好吧，既然你这么说。现在，向地球前进。”他踏着几乎可算轻快的步伐，转身走进驾驶舱。

裴洛拉特并没有跟去，他对宝绮思说：“你终究还是安抚了他，对不对，宝绮思？”

“没有，裴，我从未碰触他的心灵。”

“你刚才极力满足他的男性虚荣心，当然触及了他的心灵深处。”

“完全是间接的。”宝绮思笑着答道。

“即使如此，还是谢谢你，宝绮思。”

86

跃迁之后，那颗可能是地球之阳的恒星仍在十分之一秒差距之外，其亮度虽然远超过星空中其他天体，但看来依旧只是一颗星。

崔维兹面色凝重地研究这颗恒星。为了便于观察，他将光线过滤了一遍。

他说：“跟新地球所环绕的阿尔法星一比，两者无疑可说是孪生兄弟。但阿尔法收录在电脑地图中，这颗恒星却没有。我们不知道它的名字，也没有它的数据，即使它拥有行星系，我们也欠缺任何相关资料。”

裴洛拉特说：“假如地球果真环绕这个太阳，这不正是我们意料中的事？完全找不到资料，正符合了地球资料似乎全被销毁的事实。”

“没错，但也可能表示它是个太空世界，只是并未列在梅尔波美尼亚那座建筑的墙上，我们无法绝对确定那份名单完整无缺。此外还有一个可能，就是这颗恒星或许没有任何行星，因此大概不值得收录在主要用于军事和贸易的电脑地图中。詹诺夫，有没有任何传说，提到地球之阳和它的孪生兄弟距离大约只有一秒差距？”

裴洛拉特摇了摇头。“对不起，葛兰，我想不到有这样的传说。不过，说不定真有，我的记性不大好，我会去查查看。”

“这并不重要。地球之阳有没有什么名字？”

“有好些不同的名称，我猜不同的语言都有不同的称呼。”

“我常常忘记地球上曾经有过许多种语言。”

“一定是这样。唯有如此，众多的传说才能有个合理解释。”

崔维兹没好气地说：“好啦，现在我们该怎么办？在这么远的距离，根本观察不到行星系，我们得靠近点才行。我希望能谨慎行事，可是谨慎有时也会过了头，变得毫无道理。直到目前为止，我看不出可能有什么危险。不论是何方神圣，既然他们有力量将银河中的地球资料一扫而光，假如他们绝不希望被人发现，那么即使隔着这么远的距离，想必也能轻易将我们消灭，但我们现在却毫发无损。如果只因为担心靠近些会发生什么变故，我们就永远待在这里，那可不是理智的做法，对不对？”

宝绮思说：“我想，电脑没侦测到可解释成危险的任何迹象。”

“我刚刚说看不出可能有什么危险，根据的正是电脑的观测结果。我当然无法用肉眼看到任何东西，我也并未如此指望。”

“那么，我想你现在只是在寻求支持，要大家共同作出一个你认为是危险的决定。好吧，我支持你。我们已经飞了这么远，不能无缘无故就掉头离去，对不对？”

“没错。”崔维兹道，“你怎么说，裴洛拉特？”

裴洛拉特说：“即使只是基于好奇心，我也愿意继续前进。要是就这么空手而归，不知道是否找到了地球，那会令人无法忍受的。”

“好吧，那么，”崔维兹说，“我们都同意了。”

“还没有，”裴洛拉特说，“还有菲龙。”

崔维兹看来吃了一惊。“你的意思是要我们跟那孩子商量？即使她真有意见，又会有什么价值？何况她一心只想回到她自己的世界。”

“这点你能怪她吗？”宝绮思极力为菲龙辩护。

直到他们谈起菲龙，崔维兹才察觉到她的笛声，现在她奏的是一首相当激昂的进行曲。

“听听看，”他说，“她究竟在哪里听过进行曲？”

“大概是健比用笛子吹给她听过。”

崔维兹摇了摇头。“我不大相信，我认为舞曲、催眠曲之类的还比较有可能。听我说，菲龙令我感到很不自在，她学得太快了。”

“有我在帮她，”宝绮思说，“记住这一点。她不但非常聪明，而且跟我们在一起的这段时期，她接受到非比寻常的知性刺激，崭新的感受源源不绝涌入她的心灵。她目睹了太空的景观，造访了不同的世界，又见到了许多人，这些都是她前所未有的经验。”

菲龙的进行曲变得愈来愈狂放，也愈来愈粗野。

崔维兹叹了一口气。“好啦，她已经表达了意见。她的音乐似乎透露出乐观的精神，并对冒险充满向往，我认为，这就代表她赞成我们继续接近地球。所以说，让我们小心翼翼地行动，对这个太阳的行星系仔细观察一番。”

“假如有的话。”宝绮思说。

崔维兹淡淡一笑。“一定有个行星系。我跟你打赌，随便你赌多少。”

87

“你输了。”崔维兹漫不经心地说，“你刚才决定赌多少？”

“零，我从未答应跟你打赌。”宝绮思答道。

“没关系，反正我不会要你的钱。”

现在他们距离那个太阳大约一百亿公里，它仍是个光点，但已有相当的亮度，差不多等于从一颗可住人行星观察自身太阳所见的四千分之一。

“现在，影像经过放大，我们可以看到两颗行星。”崔维兹说，“根据直径的测量值，以及反射光的光谱，它们显然是气态巨星。”

太空艇目前距离行星轨道面很远。宝绮思与裴洛拉特站在崔维兹身后，一起凝视着显像屏幕。他们看到的是两个泛着绿光的微小新月形，其中较小的那个拥有较大的“相”。

崔维兹说：“詹诺夫！地球之阳应该有四颗气态巨星，没错吧。”

“根据传说，的确没错。”裴洛拉特答道。

“其中最接近太阳的那颗最大，次近的那颗具有行星环，对不对？”

“又大又显眼的行星环，葛兰，没错。话说回来，老弟，一个传说经过一传再传，必须考虑到被夸大的程度。我想，万一没发现具有超大行星环的行星，也不该因此断定这颗恒星并非地球之阳。”

“然而，我们现在看到的两颗气态巨星，也许只是较远的两颗。较近的那两颗很可能在太阳另一侧，由于距离太远，不容易从群星背景中找出来。我们还得再靠近点，而且要到太阳另一侧去。”

“有颗恒星在附近，我们做得到这一点吗？”

“只要足够小心，我肯定电脑办得到。然而，如果它判断这样做太危险，就会拒绝接受我们的命令。那时，我们可以再谨慎地一步步慢慢前进。”

他开始以心灵指挥电脑，显像屏幕中的星像场便起了变化。那颗恒星先是亮度陡然暴增，随即从屏幕上消失，因为电脑已遵循指令，开始扫描太空中另一颗气态巨星，而且很快就有了结果。

崔维兹由于极度震惊，几乎有点不知所措，但他的心灵仍勉力对电脑下达指令，将屏幕画面继续放大。他和两名旁观者都一动不动，目不转睛地瞪着屏幕。

“不可思议。”宝绮思喘着气说。

88

屏幕上出现一颗气态巨星，在目前的观察角度下，它的大部分都受到日照。在这颗行星周围，环绕着一圈巨大而灿烂的实体亮环，其倾斜度刚好使受光的一面呈现在屏幕上。这道环比行星本身更明亮耀眼，而且在距离外缘三分之一处，有一圈明显的狭窄界线。

在崔维兹的要求下，电脑将屏幕解析度调到最高，那行星环就变成无数的细小同心圆，每一圈都闪闪发光。现在屏幕上已看不到行星本身，只能见到行星环的一小部分。崔维兹又下了一道指令，屏幕的一角便多出一个视窗，显现出行星全貌的缩小画面。

“这种现象很寻常吗？”宝绮思以敬畏的语气问道。

“不寻常。”崔维兹说，“虽然每颗气态巨星几乎都有碴环，但通常都相当黯淡狭窄。我曾见过细小但相当明亮的行星环，却从未见到过像这样的，也从未听说过。”

裴洛拉特说：“这显然就是传说中提到的那颗有环的巨星。如果这真是唯一的……”

“真的是唯一的，据我所知独一无二，连电脑也这么认为。”崔维兹说。

“那么这里必定就是拥有地球的行星系。谁也不能虚构出这样的行星，一定要亲眼目睹，才有办法描述出来。”

崔维兹说：“现在不论你的传说怎么讲，我都愿意照单全收。这应该是第六颗行星，而地球是第三颗？”

“是的，葛兰。”

“那么我敢说，我们现在距离地球不到十五亿公里，而我们仍未被挡驾。当初我们接近盖娅时，在半途就遭到拦阻。”

宝绮思说：“你们遭到拦阻的时候，距离盖娅已经很近了。”

“喔，”崔维兹说，“但我一向认为地球比盖娅强大，因此我认为这是个好现象。既然我们没遭到拦阻，也许就代表地球并不反对我们造访。”

“或者根本没有地球。”宝绮思说。

“这回你有兴趣打赌吗？”崔维兹绷着脸说。

“我想宝绮思的意思是说，”裴洛拉特插嘴道，“地球也许真有放射性，就像大家似乎一致相信的那样，而我们没被挡驾，则是因为地球上根本没有生命。”

“不可能。”崔维兹以激动的口气说，“我愿意相信有关地球的每一个传说，唯独这点例外。我们一定要迫近地球，亲自看个清楚。而且我有个预感，我们不会遭到拦阻。”

89

几颗气态巨星皆被远远抛在后面，而在通过了最接近太阳的气态巨星之后，出现了一条小行星带。（诚如传说所言，那颗气态巨星的体积与质量都是最大的。）

小行星带里面，又有四颗行星。

此时，崔维兹正在仔细研究这些行星。“第三颗最大。它体积适中、和太阳的距离适中，应该是一颗可住人行星。”

从崔维兹话中，裴洛拉特捕捉到一丝不确定的语气。

他问:“它有大气层吗？”

“喔，有的。”崔维兹说，“第二、第三和第四颗行星都有大气层。而且，就像古老的儿童故事一样，第二颗的大气太浓，第四颗的又太稀薄，只有第三颗的大气恰到好处。”

“那么，你认为它可能是地球吗？”

“认为？”崔维兹几乎是在大吼大叫，“我不必认为，它就是地球，它拥有你说的那颗巨型卫星。”

“有吗？”裴洛拉特露出难得的笑容，崔维兹从未见过他笑得那么开心。

“绝对有！来，看看最高倍率的放大影像。”

裴洛拉特看到两个新月形，其中一个显然较大，而且较为明亮。

“较小的那颗是卫星吗？”他问。

“是的。它和那颗行星的距离比想象中还要远，但它的确环绕着那颗行星。它的体积仅相当于小型行星，事实上，它比这四颗内行星都要小。话说回来，就卫星的标准而言，它实在够大了。它的直径至少有两千公里，和气态巨星周围的大型卫星差不多大。”

“不是更大吗？”裴洛拉特似乎有些失望，“那它就不能算巨型卫星。”

“不，它的确是。那些环绕巨大气态巨星的卫星，直径两三千公里没什么稀奇，但同样大小的卫星环绕一颗岩质的可住人行星，则要另当别论。那颗卫星的直径是地球直径的四分之一强，请问你哪里听说过，可住人行星有这么一个同量级的卫星？”

裴洛拉特怯生生地说：“这方面我知道得很少。”

崔维兹说：“那就相信我，詹诺夫，它是银河中独一无二的。我们眼前这个东西，其实可以算是一对行星，而通常在可住人行星的轨道上，则鲜有超过鹅卵石大小的天体。詹诺夫，想想看，第六颗是拥有巨大行星环的气态巨星，第三颗又是拥有巨大卫星的行星——两者都和你熟知的传说相符，虽说亲眼目睹之前难以置信——所以说，你眼前这颗行星一定就是地球，不可能是别的世界。我们找到它了，詹诺夫，我们找到它了。”

90

他们缓缓向地球前进，如今已是第二天。晚餐的时候，宝绮思频频打呵欠。她说：“我感到这些日子以来，我们大部分时间都在行星之间飞来飞去。在这件事情上，我们已经花了好几个星期。”

“有一部分原因，”崔维兹说，“是距离恒星太近的话，进行跃迁会很危险。而这一次，我们故意将速度放得非常慢，则是因为我不想太快冲进可能的危险中。”

“我记得你说过有一种预感，认为我们不会遭到拦阻。”

“的确如此，可是我不想将一切押在一种感觉上。”崔维兹凝视着汤匙中的食物，没有立刻放进嘴里，“你知道吗，我很怀念阿尔法的渔产，我们在那里只吃了三顿而已。”

“实在可惜。”裴洛拉特表示同意。

“是啊，”宝绮思说，“我们总共造访了五个世界，每一次都是落荒而逃，从来没有机会补充食物，换点新鲜口味。即使在愿意供应食物的世界上，例如康普隆和阿尔法，也根本没机会，想必在……”

她并没有说完，因为菲龙立刻抬起头来，把她的话接了下去。“索拉利？你们在那里无法得到食物吗？那里有很多食物，就像阿尔法上一样多，而且品质更好。”

“这点我知道，菲龙。”宝绮思说，“只是时间来不及。”

菲龙面色凝重地瞪着她。“我会不会再见到健比，宝绮思？告诉我实话。”

宝绮思说：“只要我们回到索拉利，一定会的。”

“我们会不会回到索拉利呢？”

宝绮思迟疑了一下。“我不敢说。”

“现在我们要到地球去，是吗？它是不是你说的那颗我们都源自那里的行星？”

“是我们的先人都源自那里。”宝绮思说。

“我会说‘祖先’了。”菲龙说。

“对，我们正要去地球。”

“为什么？”

宝绮思随口答道：“谁不希望看看祖先的世界呢？”

“我认为还有别的原因，你们似乎都很担心。”

“我们从未去过那里，不知道会遇到些什么。”

“我认为还不只这样。”

宝绮思微微一笑。“你已经吃完了，亲爱的菲龙，何不回到舱房去，让我们欣赏一段你用笛子奏出的小夜曲，你的演奏愈来愈美妙了。去吧，去吧。”她在菲龙屁股上轻拍了一下，催促她赶紧离去。菲龙乖乖走了开，半途只回过头来一次，若有所思地看了崔维兹一眼。

崔维兹望着她的背影，露出明显的嫌恶表情。“那小东西会读心术吗？”

“别叫她‘东西’，崔维兹。”宝绮思以严厉的口吻说。

“她会读心术吗？你应该能判断。”

“不，她不会，盖娅和第二基地分子也不会。若将读心解释为偷听一段心灵谈话，或是获悉他人明确的想法，那么目前谁也做不到，在可预见的将来也不可能。我们能够侦测和诠释情感，在某种程度上也能操纵情感，但那完全是另一回事。”

“这件理论上做不到的事，你怎么知道她一定做不到？”

“因为正如你刚才说的，我应该能判断。”

“或许是她控制了你，所以你对事实一直浑然不觉。”

宝绮思白了他一眼。“你要讲理，崔维兹。即使她具有不寻常的能力，也对我无可奈何，因为我不只是宝绮思，而且还是盖娅，你常常忘记这一点。你可知道整个行星的精神惯性有多大吗？你以为一个孤立体，不论多么有天赋，能够战胜整个行星吗？”

“你不是万事通，宝绮思，所以不要过分自信。”崔维兹以阴沉的语气说，“那个小东……她跟我们在一起没多久，这么短的时间，我顶多只能学到一种语言的皮毛，而她竟然已经能说流利的银河标准语，还几乎掌握了所有的词汇。没错，我知道你一直在帮助她，但我希望你适可而止。”

“我跟你说过我在帮助她，但我也说过她聪明得吓人，以致我希望她能成为盖娅的一部分。假如我们能吸收她，假如她尚未超龄，我们也许就能因而了解索拉利人，最后将那个世界整个吸收进来，这样做当然对我们有很大的助益。”

“你有没有想到过，即使就我的标准而言，索拉利人也是病态的孤立体？”

“变成盖娅的一部分，他们就会改头换面。”

“我认为你错了，宝绮思。我认为那个索拉利小孩是个危险人物，我们应该作个了断。”

“怎么做？将她从气闸抛出去？杀了她，把她剁碎，然后给我们加菜？”

裴洛拉特说：“喔，宝绮思。”

崔维兹则说："真恶心，实在太过分了。"由于笛声早已响起，他们一直以接近耳语的音量交谈。崔维兹默默听了一会儿，笛声没有任何破绽或犹豫。"等一切结束后，我们一定要将她送回索拉利，还要确保索拉利和银河永远隔离。我个人的感觉是应该将它毁灭，我对它既不信任又害怕。"

宝绮思想了一下，然后说："崔维兹，我知道你天赋异禀，能够作出正确的抉择，但我也知道，你打从一开始就十分厌恶菲龙。我猜也许只是因为你在索拉利遭到过羞辱，因此对那颗行星和其上居民都怀有深切的恨意。由于我绝不能影响你的心灵，这点我无法百分之百确定。但请别忘了，假如未带菲龙同行，我们如今仍会留在阿尔法——成了死尸，而且我想已经入土了。"

"这点我知道，宝绮思，但即使这样……"

"她的智慧应该受到赞赏，而不是嫉妒。"

"我并不嫉妒她，我怕她。"

"怕她的智慧？"

崔维兹若有所思地舔了舔嘴唇。"不，并不尽然。"

"不然怕什么？"

"我不知道，宝绮思。假使知道怕什么，我也许就不必怕了，偏偏我不太清楚为什么害怕。"他将声音压得更低，仿佛在自言自语，"银河中似乎充满我不了解的事物。为什么我要选择盖娅？为什么我必须找到地球？心理史学有没有一项遗漏的假设？倘若真有，那又是什么？而最令人费解的一点，是菲龙为何令我坐立不安？"

宝绮思说："很遗憾，我无法回答这些问题。"说完她就起身离去。

裴洛拉特望了望她的背影，然后说："当然并非事事不如人意，葛兰。我们离地球愈来愈近，一旦我们抵达地球，所有的谜团将迎刃而解。目前为止，似乎没有任何力量企图阻止我们前进。”

崔维兹对裴洛拉特猛眨眼睛，同时低声说：“我倒希望有。”

裴洛拉特说：“是吗？你为何这么想？”

“坦白说，我乐意看到生命迹象。”

裴洛拉特双眼睁得老大。“你是不是终究发现地球具有放射性了？”

“并不尽然。可是它的表面温热，比我预期的温度高一点。”

“这样很糟吗？”

“不一定，它的温度可能有点高，但并不代表它一定不可住人。它有很厚的云层，成分绝对是水汽，所以说，虽然我们根据微波发射计算出的温度偏高，但是那些云气，连同丰沛的‘水海洋’，仍然可以维持生命。我还不能肯定，不过——”

“怎样，葛兰？”

“嗯，假如地球真有放射性，就能解释它的温度为何比预期来得高。”

“可是这种推论不能反过来，对不对？如果它的温度超过预期，并不表示它就一定具有放射性。”

“没错，没错，并不成立。”崔维兹勉强挤出一丝笑容，“这个问题，思考是没有用的，詹诺夫。再过一两天，我就能得到更多资料，到时我们就能确定了。”

91

宝绮思走进舱房的时候，菲龙正坐在便床上沉思。发觉宝绮思进来，菲龙只抬头看了一眼，立刻又低下头去。

宝绮思平静地说：“怎么了，菲龙？”

菲龙答道：“崔维兹为何那么讨厌我，宝绮思？”

“你为何认为他讨厌你？”

“当我接近他的时候，他会用不耐烦的目光——是不是该说不耐烦？”

“也许是。”

“他会用不耐烦的目光望着我，而且他的脸孔总是微微扭曲。”

“崔维兹承受的压力很大，菲龙。”

“因为他在寻找地球？”

“对。”

菲龙想了一会儿，然后说：“当我想让什么东西动的时候，他就特别不耐烦。”

宝绮思撅了撅嘴。“喂，菲龙，难道我没告诉你绝不能那样做，尤其是崔维兹在场的时候？”

“嗯，可是昨天，就在这间舱房里，他站在门口，我没注意到，我不知道他正在盯着我。那只不过是裴的一本影视书，我试着让它站起来，我没有做任何危险的事。”

“那会令他神经紧张，菲龙。我要你以后别再那样做了，不管他有没有看到。”

“是不是他自己做不到，所以会神经紧张？”

“大概吧。”

“你能做到吗？”

宝绮思缓缓摇了摇头。“不，我也不能。”

“我那样做的时候，并不会令你感到紧张，也不会令裴感到紧张。”

“每个人都不一样。”

“我知道。”菲龙突然改用强硬的语气，害得宝绮思吓一跳，还皱起了眉头。

“你知道什么，菲龙？”

“我就不一样。”

“当然，我刚才说过，每个人都不一样。”

“我的形体不一样，而且我还能让东西动。”

“这是事实。”

菲龙带着叛逆的口吻说：“我一定要让东西动，崔维兹不该生我的气，你也不该阻止我。”

“可是你为什么一定要这样做呢？”

“这是练习，是一种磨炼——这样说对吗？”

“不完全对，应该说锻炼。”

“对，健比总是说，我必须训练我的……我的……”

“转换叶突？”

“对，使它愈来愈强壮。然后，等我长大了，我就能驱动所有的机器人，甚至包括健比。”

"菲龙，在你还没有这样做的时候，由谁来驱动所有的机器人？"

"班德。"菲龙答得非常顺。

"你认识班德？"

"当然，我跟他见过许多面。我是下一任的属地领主，班德属地将来会变成菲龙属地，健比这样告诉我的。"

"你是说班德来找你……"

菲龙吃了一惊，嘴巴张成一个完美的椭圆。她像是被人掐住脖子一样，吃力地说："班德从来不会来——"说到这里，小家伙肺部的空气用完了。她喘了几口气，继续说："我看到的是班德的影像。"

宝绮思以迟疑的口吻问道："班德待你如何？"

菲龙用稍带困惑的目光望着宝绮思。"班德总是问我是否需要什么，是否感到舒适。可是健比一直在我身边，所以我从来不需要任何东西，也始终感到很舒适。"

她垂下头来，凝视着地板，然后用双手蒙住眼睛，又说："可是健比不动了，我想那是因为班德——也不动了。"

宝绮思问道："你为何这样说？"

"我一直在想这件事。班德负责驱动所有的机器人，如果健比不动了，而其他的机器人也都不动了，那一定是因为班德不动了。是不是这样？"

宝绮思哑口无言。

菲龙说："不过等你带我回到索拉利后，我就会驱动健比和其他所有的机器人，到时我又会快乐了。"

说完她哭了起来。

宝绮思说："你跟我们在一起不快乐吗，菲龙？哪怕只是一点点？偶尔一下子？”

菲龙抬起头，沾满泪水的脸孔正对着宝绮思。她一面摇头，一面以颤抖的声音说：“我要健比。”

宝绮思心中顿时生出一股强烈的同情，她伸出双臂将孩子抱在怀中。“喔，菲龙，我多么希望能让你和健比团圆。”她突然发觉自己也在流泪。

92

裴洛拉特走进来，看到两人哭成一团。他猛然停下脚步，问道：“怎么回事？”

宝绮思轻轻推开菲龙，想要摸出一张面纸擦干眼泪。她刚摇了摇头，裴洛拉特立刻以加倍关切的语气问：“究竟是怎么回事？”

宝绮思说：“菲龙，稍微休息一下，我会想想办法，让你觉得好过一点。记住，我和健比一样爱你。”

她抓住裴洛拉特的手肘，将他拉到起居舱中。“没事，裴，真的没事。”她说。

“不过菲龙却有事，对不对？她仍旧想念健比。”

“想念得厉害，而我们根本帮不上忙。我可以告诉她我爱她——天地良心，我真的爱她。这么聪明、这么乖顺的孩子谁能不爱？而且聪明得吓人，崔维兹甚至认为她聪明过了头。她曾经见过班德，你知道吗——或者应该说，见过班德的全息像。然而，她对那些记忆没什么感情，她提到这件事的时候非常冷漠，好像跟她毫不相干，而我晓得这是为什么。除了班德是那块属地原来的主人，菲龙是下一任主人之外，两人之间根本没有其他关系。”

“菲龙了解班德是她的父亲吗？”

“应该说是她的母亲。既然我们同意将菲龙当作女性，那么班德也是。”

“都一样，宝绮思吾爱。菲龙是否明了这重亲子关系？”

“我不知道她对这点了解多少。她当然有可能知道，但她未曾表露出来。然而，裴，她推论出班德已经死了，因为她终于明白了健比停摆是停电的结果，而负责提供电力的正是班德——这实在令我害怕。”

裴洛拉特体贴地说：“为什么害怕呢，宝绮思？这毕竟只是逻辑推论罢了。”

“从班德的死亡，就能作出另一个逻辑推论。索拉利上住的是长寿且孤立的太空族，死亡必定是罕见而且遥远的事件。他们目睹自然死亡的经验一定极其有限，而对菲龙这种年纪的索拉利儿童而言，则或许完全是一片空白。假如菲龙继续思索班德的死，她就会开始怀疑死因为何。而我们这几个陌生人当时在那里，这个事实必定会让她导出一个明显的因果关系。”

“那就是我们杀了班德？”

“不是我们杀了班德，裴，班德是我杀的。”

“她不可能猜到。”

“可是我必须告诉她实情。她原本就对崔维兹很恼火，而崔维兹显然是我们的领队，她自然会认为班德的死是他一手造成的，我怎能让崔维兹背这个黑锅？”

“那又有什么关系呢，宝绮思？那孩子对她的父……母亲毫无感情，她爱的只是她的机器人健比。”

“可是她母亲的死导致那机器人的死。我差点就要自己招认了，有股强烈的力量在驱策我。”

“为什么？”

“那样一来，我就可以用我的方式解释，可以在她自己发现真相之前安慰她。否则，如果她借着推理得到答案，就会令我们对整件事百口莫辩。”

“但我们有义正词严的理由啊，那是一种自卫行为。当时你若不采取行动，下一刻我们就是死人了。”

“我的确该那样解释，但我无法对她说，我怕她不相信我。”

裴洛拉特摇了摇头，又叹了一口气。“你认为如果我们没带她走会比较好吗？现在这种情形令你很不快乐。”

“不，”宝绮思气呼呼地说，“不要那样讲。假如我现在坐在这里，想到我们曾经遗弃一个无辜的幼童，而且由于我们的所作所为，令她惨遭无情的屠杀，那会使我更不快乐无数倍。”

“在菲龙的世界，那就是解决之道。”

“好了，裴，别陷入崔维兹的思考模式。孤立体有办法接受这种事，不会加以深思，然而，盖娅的行为准则是拯救生命，而不是毁灭生命，或坐视生命遭到毁灭。我们都知道，各种生命都必须不断死亡，好让继起的生命有存活的机会，可是绝不该无缘无故、毫无意义地死去。班德的死虽然无可避免，仍令我难以承受，菲龙要是也死了，那我绝对会受不了。”

“啊，”裴洛拉特说，“我想你说得没错。但无论如何，我找你不是因为菲龙的问题，而是为了崔维兹。”

“崔维兹怎么了？”

“宝绮思，我很担心他。他正等着揭开地球的真面目，我不确定他是否受得了这个压力。”

“这点我可不怕，我相信他有一颗强健坚固的心。”

“每个人都有自己的极限。听我说，地球那颗行星的温度比他预期来得高，这是他告诉我的。我怀疑他认为地球温度也许过高，不可能有生命存在，不过他显然试图说服自己，让自己相信并非如此。”

“或许他是对的，或许温度没有高到那种程度。”

“此外他还承认，这种高温有可能是放射性地壳造成的结果，但是他也拒绝相信这点。一两天内，我们就会足够接近地球，到时便会真相大白。假如地球果真具有放射性呢？”

“那么他就得面对现实。”

“可是——我不知道怎么说，或是该用哪个精神力学术语。万一他的心灵——”

宝绮思等不到下文，便以挖苦的口气说：“保险丝烧断了？”

“对，保险丝烧断了。你现在不该帮他做点什么吗？比如说，让他保持心理平衡，不至于失去控制？”

“不行，裴。我不相信他那么脆弱，而且盖娅早已决定，无论如何不去影响他的心灵。”

“但这正是问题的症结所在。他拥有一种罕见的‘正确性’，或者不论你要如何称呼它。在眼看就要成功的时候，万一他发现整个计划化为泡影，必定会受到很大的打击，虽然不一定损坏他的脑子，却有可能毁了他的‘正确性’。那是一种极不寻常的特质，难道不会同样异常脆弱吗？”

宝绮思沉思了一下，然后耸了耸肩。“嗯，或许我该看着他一点。”

93

接下来的三十六小时，崔维兹隐约感到宝绮思一直尾随着自己，而裴洛拉特也有这种倾向。话说回来，在一艘如此袖珍的太空艇中，这并不是什么特殊的现象，何况他还有其他事情需要操心，因此没有放在心上。

现在，他坐在电脑前，发觉另外两人正站在门边。他抬起头来，面无表情地望着他们。

“怎么样？”他以很小的声音说。

裴洛拉特掩饰得很拙劣，他说：“你好吗，葛兰？”

崔维兹说：“问宝绮思，她紧盯着我好几个钟头了，她一定在刺探我的心灵。有没有，宝绮思？”

“我没有。”宝绮思以平静的语气说，“但你若是觉得需要我的帮助，我倒可以试试看——你要我帮你吗？”

“不用了，我为何需要？请便吧，两位。”

裴洛拉特说：“请告诉我们到底怎么回事。”

“猜吧！”

“是不是地球——”

“没错，正是。人人坚持要我们相信的那件事，竟然千真万确。”崔维兹指了指显像屏幕，画面上呈现的是地球的夜面，后方的太阳完全被遮住。在布满繁星的天空中，地球看来像个实心的黑色圆盘，边缘围绕着一条断断续续的橙色曲线。

裴洛拉特说：“那些橙色光芒就是放射线吗？”

“不，那只是经过大气折射的阳光。假如大气层中没有那么多云气，看起来就该是橙色实线构成的圆形。我们根本看不见放射线，各种放射线都被大气吸收了，连伽玛线也不例外。然而，它们的确会造成次级辐射，相较之下虽然十分微弱，但电脑还是有办法侦测出来。肉眼仍旧无法看见那些辐射，可是电脑每次接收到其中的粒子或波动，都能产生一个可见光的光子，再将地球影像以假色显示。看！”

黑色圆盘各处都出现了黯淡的蓝色光点。

“上面的放射性有多强？”宝绮思低声问道，“足以代表没有人类生命吗？”

“任何种类的生命都没有。”崔维兹说，“这颗行星绝对不可住人，连最后一只细菌、最后一个病毒都早已绝迹。”

“我们可以去探索一番吗？”裴洛拉特说，“我的意思是穿着太空衣。”

“不出几个小时，我们就会受到无药可救的放射线伤害。”

“那我们该怎么办，葛兰？”

“怎么办？”崔维兹依然面无表情地望着裴洛拉特，“你知道我想怎么办吗？我想带你和宝绮思——还有那孩子——回到盖娅，让你们永远留在那里。然后我准备回端点星去，将太空艇交还；然后我准备向议会辞职，那应该会使布拉诺市长非常高兴；然后我准备靠退休金过活，让银河自求多福。我再也不会过问谢顿计划、基地、第二基地或盖娅。银河自会选择自己的前途，在我有生之年绝不会毁灭，我又何必关心身后会发生什么事呢？”

“你绝没有当真，葛兰。”裴洛拉特赶紧说。

崔维兹瞪了他一会儿，然后深深吸了一口气。“没错，我没有当真。可是，喔，我多么希望一切都能照我刚才说的去做。”

“别再提那些了，你真正打算怎么做？”

“让太空艇继续绕着地球轨道飞行，休息一下，从这些震惊中恢复过来，再来想想下一步该做什么。只不过——”

“不过什么？”

崔维兹突然一口气说：“下一步还能做什么？还剩下什么可找？还剩下什么可寻？”

第二十章
邻近的世界

94

已有连续四顿饭的时间，裴洛拉特与宝绮思只有用餐时见得到崔维兹。其他的时候，他不是在驾驶舱中，就是躲在寝舱里。用餐时他也保持沉默，紧紧抿着嘴，而且吃得很少。

然而，在第四餐的时候，裴洛拉特察觉到，崔维兹异常凝重的神色似乎缓和了些。裴洛拉特清了两次喉咙，仿佛准备说些什么，结果两次都欲言又止。

最后，崔维兹抬起头来，望着他说：“怎么样？”

“你有没有——有没有想出来，葛兰？”

“你为何这样问？”

“你看来好像没那么沮丧了。”

“不是没那么沮丧，而是我正在思考，使劲地思考。”

“我们可以知道内容吗？”裴洛拉特问。

崔维兹朝宝绮思那边瞥了一下。她盯着面前的餐盘，谨慎地保持沉默，仿佛她很确定，在这个敏感时刻，裴洛拉特比她更能问出些名堂。

崔维兹说：“你也好奇吗，宝绮思？”

她将视线扬起片刻。“当然啦。”

菲龙踢了一下桌脚，像是在闹别扭，然后说：“我们找到地球了吗？”

宝绮思用力搂住那孩子的肩膀，崔维兹则没有理会。

他说：“我们必须以一项基本事实当出发点。在每个世界上，所有关于地球的资料都被移走了，这就让我们导出一个必然的结论：地球上有什么东西被藏起来了。可是根据观测，我们发现地球具有致命的放射性，因此上面不论有什么，都自然而然藏了起来。没有人能够登陆地球，而我们目前所在的位置，已经相当接近磁层的外缘，却什么也没有发现，不过我们不会打算更靠近了。”

“你能确定这一点吗？”宝绮思轻声问道。

“我在电脑上花了很多时间，用我和它想得到的各种方法来分析地球，但没有任何结果。更重要的是，我自己也觉得不会有任何结果。所以说，地球的相关资料为何会被清除呢？不用说，需要隐藏的东西无论是什么，其安全程度早已超乎任何人的想象，不需要再锦上添花了。”

“有可能是这样的，”裴洛拉特说，“当地球的放射性尚未变得那么严重，还不至于令外人却步的时候，的确有什么东西藏在它上面。当时，地球上的人也许担心有外人来到，进而发现那个秘密。因此，地球试图除去有关自身的资料，其实是那时候的事。我们现在所发现的结果，只是那个不安全的时代所留下的遗迹。”

“不，我不这么想。”崔维兹说，“位于川陀的帝国图书馆，里面的资料似乎是最近才被移走的。”他突然转向宝绮思，“我说得对吗？”

宝绮思以平静的口吻说：“当你、我、第二基地分子坚迪柏以及端点市长聚会的时候，从坚迪柏忧心忡忡的心灵中，我／们／盖娅捕捉到了这个讯息。”

崔维兹说：“因此，过去有可能被发现而必须隐藏的东西，现在一定仍被藏了起来。纵使地球已经具有放射性，那东西仍旧有被发现的危险。”

“那怎么可能呢？”裴洛拉特好奇地问。

“想想看，”崔维兹说，“原来藏在地球的东西，会不会已经不在地球上？当放射性变得愈来愈危险时，它会不会被移到了别处？可是，那个秘密现在虽然不在地球上，但我们若能找到地球，也许就有办法推论出秘密被移至何处。果真如此，地球的下落就仍然有隐藏的必要。”

菲龙又用尖锐的声音说：“因为如果我们找不到地球，宝绮思说你就会带我回去找健比。”

崔维兹转头面向菲龙，以凶狠的目光瞪着她。宝绮思赶紧低声道：“我是说可能会，菲龙。我们待会儿再讨论这件事，现在回到你的舱房去看书，或是玩笛子，或是做你想做的任何事。去——快去。”

菲龙皱着眉头，悻悻然离开餐桌。

裴洛拉特说：“可是你凭什么这样说呢，葛兰？我们来到了这里，我们已经发现了地球。不论那是什么秘密，假如不在地球上，我们有办法推论出它可能藏在何处吗？”

崔维兹花了一点时间，才摆脱了被菲龙搞坏的情绪。然后他说：“怎么不能？试想，地球表面的放射性持续不断恶化，导致死亡和移民与日俱增，地球人口因此持续不断锐减。而那个秘密，不管它是什么，处境就愈来愈危险。谁还会留下来保护它呢？最后，它一定会被送往其他世界，否则不管是什么秘密，都会因此失去作用。我猜当初曾有人不愿将它移走，这件事很可能是最后一刻才完成的。好啦，詹诺夫，还记不记得新地球的那个老者，拼命对你讲述自家地球历史的那位？”

“单姓李？”

“没错，就是他。当他论及新地球的建立时，是不是说地球残存的居民都被带到那颗行星？”

裴洛拉特说：“老弟，难道你的意思是，我们所要找的东西，如今位于新地球上？由最后一批离开地球的人带去的？”

崔维兹说：“难道没这个可能吗？在整个银河中，新地球和地球同样不具知名度，而且那里的居民极力和外星人士隔绝，这点也很可疑。”

“我们到过那里，”宝绮思插嘴道，“可是什么也没发现。”

“当时，我们一心打探地球的下落，没注意到其他事情。”

裴洛拉特以困惑的口气说：“但我们要找的是具有高科技的东西，它能在第二基地的地盘上将资料偷走，甚至还能——对不起，宝绮思——侵入盖娅的地盘行事。那些住在新地球上的人类，或许能控制头上的一小块天气，也或许拥有某些生物科技，可是我想你也会承认，整体而言，他们的科技水准相当低。”

宝绮思点了点头。“我同意裴的看法。”

崔维兹说：“我们这是以偏概全。我们一直没见到渔船上的男人，而且除了着陆地点附近，我们没观察过那座岛屿的其他部分。如果我们搜寻得更彻底，有没有可能发现些什么呢？毕竟，我们原本并未认出那些萤光灯，直到目睹它们运作才恍然大悟。若说科技看来落后，我是说‘看来’……”

“怎么样？”宝绮思显然未被说服。

“有可能只是故意制造烟幕，目的是要混淆真相。”

“不可能。”宝绮思说。

“不可能？当初在盖娅，是你亲口告诉我的，川陀大部分的文明都故意保持低科技水准，以便隐藏由少数第二基地分子所组成的核心。同样的策略为何不能用在新地球上？”

“那么，你是不是建议我们回新地球去，再去面对那种传染病——这次让它真正发作？性行为无疑是特别愉快的传染方式，但或许并非唯一的途径。”

崔维兹耸了耸肩。“我并不急着回新地球，但也许会有这个必要。”

“也许？”

“也许！毕竟，还有另一种可能性。”

“那又是什么？”

“新地球环绕着那颗叫做阿尔法的恒星，阿尔法则是双星系的一部分。在那颗伴星的轨道上，难道没有可住人行星吗？”

“我认为它太暗了。”宝绮思一面说一面摇头，“那颗伴星的光度只有阿尔法的四分之一。”

“虽然暗，但不至于太暗。如果某颗行星相当接近那颗恒星，仍然可能适宜住人。”

裴洛拉特说：“电脑是否提到那颗伴星有任何行星？”

崔维兹冷笑了一下。“我查过了，有五颗不大不小的行星，没有气态巨星。”

“那五颗行星中，有任何适宜住人的吗？”

“电脑只给出它们的总数，并指出它们体积都不大，此外没有提供任何资料。”

“喔！”裴洛拉特显得很泄气。

崔维兹说：“没什么好失望的。电脑里面也找不到任何一个太空世界，而阿尔法本身的资料也少得不能再少，这些资料都被故意藏了起来。如果电脑对阿尔法的伴星几乎一无所知，简直可以视为好兆头。”

“所以，”宝绮思一本正经地说，“你是打算这么做——先去造访那颗伴星，如果无功而返，再回过头去找阿尔法。”

“没错，而这一次，在抵达新地球那座岛屿时，我们会是有备而往。在着陆前，我们会仔仔细细将整座岛屿搜索一遍。宝绮思，我要你利用精神力量来屏蔽……”

就在这个时候，远星号突然偏向一侧，好像这艘太空艇打了个嗝似地。崔维兹立刻大叫：“是谁在控制台？”口气介于愤怒与困惑之间。

其实在发问时，他已经非常清楚那究竟是谁。

95

坐在电脑台前的菲龙全神贯注。她尽量张开有着修长手指的小手，以便按在桌面那两个微微发光的轮廓上。她的手掌似乎陷入实质的桌面，虽然感觉上它显然又硬又滑。

她曾经好几次看到崔维兹双手如此摆放，但并未见到他有什么其他动作。不过她心中很明白，他这样做就能控制整艘太空艇。

有些时候，菲龙还看到崔维兹闭起双眼，因此她现在也学着这么做。过了一会儿，她似乎听到一个模糊而遥远的声音，真的十分遥远。但是（她隐约意识到）透过她的转换叶突，那声音却在她脑中响起——那对叶突甚至比她的双手更重要——她开始努力分辨那些字句。

“指令。”那声音以近乎恳求的语气说，“您的指令是什么？”

菲龙什么也没说，她从未目睹崔维兹对电脑说过任何话。但她知道自己全心全意要的是什么，她要回到索拉利，回到那座无边无际的舒适宅邸，回去找健比——健比——健比——

她就是要去那里。一想到自己挚爱的世界，她便想象能在显像屏幕上看到它，就像屏幕上出现过许多她不想去的世界那样。她张开双眼凝视着显像屏幕，渴望看到另一个世界，而不是这个可恨的地球，然后她盯着眼前的画面，想象它就是索拉利。她憎恨这个空虚的银河，她认识这个银河全然是无奈，想到这里，她的泪水夺眶而出，太空艇则开始颤动。

她能感觉到艇身的颤动，而她自己也微微晃了一下。

接着，她便听到走廊传来嘈杂的脚步声。当她睁开眼睛的时候，崔维兹扭曲的脸孔占满她的视野，将显像屏幕完全挡住，遮住了她心中的目的地。他在大吼大叫，但她并未注意听。杀了班德而将她带离索拉利的是他，一心只有地球而不准她回家的也是他，她决定再也不要听他的话。

她要驾着这艘太空艇回索拉利。当她再度坚定决心时，太空艇又颤动起来。

96

宝绮思粗暴地抓住崔维兹的手臂。“不要！不要！”

她死命拉住他，不让他向前走。裴洛拉特则僵立在远处，茫然不知所措。

崔维兹咆哮道：“把手拿开，别碰电脑！宝绮思，别拦我，我不想害你受伤。”

宝绮思近乎声嘶力竭地说：“别对这孩子动粗，否则我难免害你受伤，抗命也在所不惜。”

崔维兹将目光从菲龙身上猛然转向宝绮思。“那么你把她拉开，宝绮思，现在就去！”

宝绮思一把推开他，力道大得惊人。（崔维兹事后想到，大概是从盖娅那里吸取的力量。）

“菲龙，”她说，“把手抬起来。”

“不要。”菲龙尖叫道，“我要太空艇飞去索拉利，我要它飞去那里，那里。”她朝显像屏幕点了点头，甚至不愿让任何一只手离开桌面。

宝绮思伸手探向那孩子的肩头，当她双手碰到菲龙的时候，那孩子开始发抖。

宝绮思改用柔和的声音说：“好了，菲龙，告诉电脑将一切恢复原状，然后跟我走，跟我走。”她双手轻轻抚摩着菲龙，菲龙随即软化，放声痛哭。

菲龙双手离开了桌面，宝绮思从背后将她一把举起来，转了半圈，再将她紧紧抱在胸前，让这孩子在自己怀里痛快大哭一场。

崔维兹这时站在门口一言不发，宝绮思对他说：“让开，崔维兹。我们经过的时候，千万别碰我们。”

崔维兹马上闪到一旁。

宝绮思顿了一下，又压低声音对崔维兹说：“我刚才不得不进入她的心灵，假如因此造成任何伤害，我不会轻易原谅你。”

崔维兹差点脱口告诉她，自己丝毫不在乎菲龙的心灵，他担心的只有电脑。然而，在盖娅严厉的目光瞪视之下（当然不只是宝绮思而已，她个人的表情无法使他产生不寒而栗的恐惧），他终究什么也没说。

宝绮思与菲龙消失在她们的舱房之后，崔维兹维持了好一阵子沉默，而且一动也不动。事实上，他一直僵在那里，直到裴洛拉特柔声道：“葛兰，你还好吗？她没伤到你吧？”

崔维兹使劲摇了摇头，仿佛想将轻微的麻痹感甩掉。“我还好，真正的问题是它好不好。”他坐到电脑台前，将双手放到刚才被菲龙按过的手掌轮廓上。

“怎么样？”裴洛拉特焦急地问。

崔维兹耸了耸肩。“反应似乎正常，等一下还是有可能发现问题，但现在看不出任何异状。”然后，他以更愤怒的口气说：“除我之外，电脑应该不会和别人的手有效结合。但是那个雌雄同体另当别论，问题不在于她的手，而在她的转换叶突，这点我能肯定……”

“可是太空艇为什么震动呢？应该不会这样的，对不对？”

“没错，这是一艘重力太空艇，应该不会出现这些惯性效应。

但那个母怪物……”他突然打住，看来又火冒三丈。

“怎么样？”

“我猜，她对电脑下了两个互相矛盾的指令，由于两者具有同样的效力，电脑只好尝试同时执行两件事。为了进行这种不可能的尝试，电脑一定暂时解除了太空艇的无惯性状态，至少我认为事情是这样的。”

他的脸色突然间缓和下来。“或许这并不是一件坏事，因为我忽然想通了。我对阿尔法以及它的伴星所作的种种推测，其实根本是痴人说梦。现在，我终于确定地球将秘密转移到哪里了。”

97

裴洛拉特瞪大眼睛，他暂且不去追究最后那句话，而是回到原先的问题。“菲龙如何要求电脑执行互相矛盾的指令？”

“嗯，她说要让太空艇飞去索拉利。”

“对，她当然希望那么做。”

“可是她所谓的索拉利是什么？她无法在太空中认出索拉利，她从未真正从太空看过那个世界。当我们匆匆离开索拉利时，她正处于睡眠状态。虽然她从你的图书馆学到很多，宝绮思又告诉她不少知识，但是我想，对于拥有上千亿颗恒星、数千万颗住人行星的银河，她还无法真正了解它的真面目。她从小孤独地生活在地底，顶多只知道有许多的世界这个概念。可是究竟有多少呢？两个？三个？四个？对她而言，她见到的每个世界都可能是索拉利，甚至一厢情愿地将见到的世界都当成索拉利。此外，我想宝绮思为了安抚她，曾经对她暗示，说我们若是找不到地球，就会带她回索拉利，因此她还可能产生了一种想法，认为索拉利很接近地球。”

“可是你又怎么知道呢，葛兰？你为什么会这样想？”

“她几乎等于对我们说了，詹诺夫。当我们闯进来找她的时候，她喊着说要到索拉利去，又加上一句‘那里，那里’，还向显像屏幕猛点头。而显像屏幕映出的是什么呢？是地球的卫星。在我离开电脑去吃晚餐的时候，屏幕上并非那颗卫星，而是地球。当菲龙要求回到索拉利时，她心中一定想着那颗卫星的画面，因此电脑作出的回应，必定是将镜头对准那颗卫星。相信我，詹诺夫，我知道这台电脑如何运作。谁会比我更清楚呢？”

裴洛拉特看了看屏幕上一弯肥厚的新月，意味深长地说：“至少在地球的某一种语言中，它被称为‘月球’，另一种语言则称之为‘太阴’，此外可能还有许多不同的名称。想想看，一个有着众多语言的世界，老弟，那是多么混乱啊——有多少误解，多少纠纷，多少……”

“月球？”崔维兹说，“嗯，这倒是个很简单的名字。此外，你想想看，也许那孩子基于本能，试图借着转换叶突的作用，利用太空艇本身的能源驱动太空艇，那样或许也会造成暂时性的惯性失调。但这些都不重要了，詹诺夫，重要的是，这一切的阴错阳差让月球——嗯，我喜欢这个名字——出现在屏幕上。它的影像被放大，而且此时仍在那里。我现在正盯着它，而且正在思索。”

“思索什么，葛兰？”

“思索它的大小。我们一向漠视卫星，詹诺夫，行星周围即使有卫星，也都是不起眼的小东西。不过这颗可不同，它可算是一个世界，直径大约有三千五百公里。”

“一个世界？你当然不能称之为世界，它不适宜住人，三千五百公里的直径仍然太小了。它也没有大气层，我一眼就能看出来。一来没有云气，二来和太空交界的圆周线条分明，而内部的日夜半球分界曲线也一样。”

崔维兹点了点头。“你快要成为老练的太空旅人了，詹诺夫。你说得没错，没有空气，没有水。但那仅仅表示月球的赤裸表面不可住人，可是地底呢？”

“地底？”裴洛拉特狐疑地问道。

“对，地底。有何不可？地球的城市曾经建筑在地底，这是你告诉我的。此外，我们知道川陀是个地底都会，康普隆的首都有很大一部分位于地底，索拉利的宅邸也几乎全在地下，这种情形其实非常普遍。”

“可是，葛兰，在这些例子中，人类仍然居住在可住人行星上。那些行星表面都有大气，有海洋，同样可以住人。假如表面不可住人，还有可能住在地底吗？”

“拜托，詹诺夫，动动脑筋！我们现在住在哪里？远星号就是个表面不可住人的微型世界，外面既没有空气也没有水，我们却能在里面住得舒适无比。银河中充满各式各样的太空站和太空殖民地，更遑论各种太空船和星舰，它们都是只有内部才能住人。你就把月球当成一艘巨型太空船吧。”

“里面住着一组人员？”

“对，根据我们所知来研判，可能有好几百万人，此外还有许多动植物，以及先进的科技。你看，詹诺夫，这是不是很有道理？既然地球在最后关头，能送出一批殖民者到环绕阿尔法的行星上；而且，或许是在帝国协助下，他们有能力试图改造那颗行星，在它的海洋中播种，还无中生有造起一块陆地，那么，地球难道不能再送另一批人到自己的卫星上，并将它的内部改造成可住人的环境吗？”

裴洛拉特不大情愿地说：“我想是吧。”

“想必就是这样。如果地球有什么东西需要隐藏，何必送到一两秒差距以外的地方，它附近就有另一个世界，距离还不到阿尔法的亿分之一。此外，就心理学观点而言，月球是个更佳的藏匿地点。没人会将卫星和生命联想到一块，例如我就没想到；月球近在眼前，我的心思却飞到阿尔法。若不是菲龙——”他紧抿着嘴唇，同时摇了摇头，“我想我得将功劳记在她头上，即使我不这么做，宝绮思也一定会的。”

裴洛拉特说：“可是我问你，老友，如果有什么东西藏在月球内部，我们又要如何去找？月球表面一定有好几百万平方公里……”

“差不多四千万平方公里。”

“而我们需要全部搜寻一遍。可是该找什么呢？一个开口？某种气闸？”

崔维兹道：“照你这么说，这似乎是件大工程。但我们寻找的并非物件，我们要寻找生命，而且是有智慧的生命。我们有宝绮思，侦测智慧是她的看家本领，你说对不对？”

98

宝绮思望着崔维兹，一副兴师问罪的模样。“我总算让她睡着了，这是我一生中最艰难的一天，她简直疯狂了。幸好，我想我并没有伤到她。”

崔维兹以冷漠的语气说：“你知道吗，你最好试着除去她对健比的情感固着，因为我绝不打算回索拉利。”

“只要除去她的情感固着就好，是吗？这些事你知道多少，崔维兹？你未曾感测过任何心灵，对心灵的复杂度连一点概念也没有。你若对这方面稍有认识，就不会把除去情感固着说得那么简单，好像只是从瓶子里舀出果酱一样。”

“那么，至少把它减弱些。”

“我如果花上一个月的时间，小心翼翼地抽丝剥茧，也许能把它减弱一点。”

“你所谓的抽丝剥茧是什么意思？”

“对一个毫无概念的人，这根本无从解释。”

“那么，你准备让那孩子何去何从？”

“我还不知道，这需要好好考虑一番。”

“这样的话，”崔维兹说，“我来告诉你我们准备让太空艇何去何从。”

“我知道你准备怎么做，你要飞回新地球去，还会试着跟可爱的广子再亲热一回，只要她答应不再将病毒传染给你。”

崔维兹仍旧面无表情，他说：“不对，事实上，我已经改变主意。我们要飞往月球——月球就是那颗卫星的名字，詹诺夫说的。”

“那颗卫星？因为它是最近的一个世界？这点我倒没想到。”

“我也没想到，谁都不会想到。在整个银河中，没有任何卫星值得考虑，但这颗超大型卫星是唯一的例外。况且地球的隐密也掩护了它，如果找不到地球，也就找不到这个月球。”

“它可以住人吗？”

“表面不可以，可是它没有放射性，完全没有，所以并非绝对不可住人。它的表层之下也许有生命——事实上，也许充满了生命。当然啦，一旦我们足够接近，你就应该能够判断。”

宝绮思耸了耸肩。“我会试试看。不过，你怎么会突然想到试一试这颗卫星？”

崔维兹以平静的口吻说：“因为菲龙在控制台前的某个举动。”

宝绮思等了一下，仿佛指望他多讲几句，然后她又耸了耸肩。“不论那是什么举动，如果你一时冲动杀死了她，我想你就无法得到这个灵感了。”

“我没有要杀死她，宝绮思。”

宝绮思挥了挥手。“好吧，到此为止。我们是不是正向月球飞去？”

“是的。为了谨慎起见，我不打算飞得太快。不过假如一切顺利，三十小时后，我们就能到达它的上空。”

99

月球表面有如一片荒漠。崔维兹望着下方不断向后掠去的白昼区域，眼前景象是千篇一律的陨石坑、山区，以及许多黑暗的阴影，土壤的颜色则不时呈现微妙变化。偶尔也会出现一大幅平地，其中仍有不少小陨石坑。

当他们快要接近夜面时，各种阴影变得愈来愈长，最后终于融为一体。有那么一阵子，在他们后方，可以见到许多山峰在阳光下闪闪发光，像是一些胖嘟嘟的星星，比太空中其他星体都明亮许多。但群山不久便消失无踪，这时再向下望去，天空中只剩下地球的黯淡光影，那是个白里带蓝的巨大球体，看起来比半圆要丰满些。然后，地球终于也落在太空艇后面，进而沉到地平线之下，因此下方变作一片绝对的黑暗，而头上只有黯淡稀疏的星辰。不过对端点星长大的崔维兹来说，这种星空已足以令他啧啧称奇。

接着，前方开始出现一些明亮的星辰，起初只有一两颗，然后渐渐增多，范围愈来愈大，密度愈来愈高，最后聚结成了一片。此时他们迅速通过昼夜界线，又回到了日照面。初升的太阳带来恶魔般的强光，显像屏幕立刻转移镜头，并过滤了来自下方地表的眩目光芒。

崔维兹心知肚明，仅凭肉眼检视这个可谓巨大的世界，想要找到任何通往内部的入口（倘若真有可住人的地底世界），绝对是徒劳无功的一件事。

他转头望了望坐在一旁的宝绮思，她并未注视着显像屏幕，反之，还将眼睛闭了起来。她好像不是坐着，而是全身瘫在椅子中。

崔维兹怀疑她是不是睡着了，遂轻声道："你侦测到任何其他迹象吗？"

宝绮思十分轻微地摇了摇头。"没有，"她悄声道，"刚刚只有一丝微弱的讯息。你最好带我回那里去，你可知道刚才经过的是哪个区域？"

"电脑知道。"

就像瞄准箭靶一样，太空艇来回移动，最后终于锁定目标。那个地区仍旧处于夜面深处，除了地球在天际微微发亮，并在月表阴影间映出死灰的光芒，其他什么都看不清楚——虽然驾驶舱的灯光已尽数熄灭。

裴洛拉特也已经走了过来，站在驾驶舱门口，神情显得很焦急。"我们有任何发现吗？"他以沙哑的声音悄悄问道。

崔维兹正盯着宝绮思，他连忙举起手来，示意裴洛拉特保持肃静。他知道还要好多天之后，阳光才会重新回到月球这一带，但是他也明白，宝绮思目前试图进行的侦测，与任何种类的光线都没有关系。

她说："就在那儿。"

"你确定吗？"

"确定。"

"只有这个地点吗？"

"我只侦测到这个地点。你是否已飞遍了月球表面各个角落？"

"绝大部分我们都经过了。"

"好的，在这绝大部分中，我唯有在这里侦测到了讯息。它现在变强了，仿佛也已经侦测到我们。它似乎没有什么危险，我感到的是一种欢迎的情绪。"

"你确定吗？"

"我感到的就是那种情绪。"

裴洛拉特说："那种情绪会不会是伪造的？"

宝绮思带着一丝骄傲答道："我向你保证，我能侦测出真假。"

崔维兹咕哝了几句太过自信之类的评语，然后又说："我希望，你侦测到的是一种智慧。"

"我侦测到很强的智慧，只不过——"她的语气突然变得很奇怪。

"只不过什么？"

"嘘——不要打扰我，让我全神贯注。"最后几个字只剩下嘴唇的嚅动。

然后，她带着稍许的惊喜说："不是人类。"

"不是人类！"崔维兹以惊讶得多的口吻说，"我们又在跟机器人打交道吗？就像在索拉利一样？"

"不，"宝绮思微微一笑，"也不完全是机器人。"

"必定是两者之一。"

"都不是。"这回她真的咯咯笑了起来，"它不是人类，却也不像我曾侦测到的任何机器人。"

裴洛拉特说："我很想见识见识。"他拼命点头，眼中充满喜悦，"多么令人兴奋啊，一种崭新的东西。"

"一种崭新的东西。"崔维兹喃喃说道，同时精神突然一振——一道意料之外的灵光，似乎照亮了他的大脑。

100

他们向月球表面缓缓落下，全都处于近乎欢腾的气氛中。连菲龙也加入了他们的行列，由于小孩子特有的天真，她感到喜不自胜，仿佛真要回到索拉利一样。

至于崔维兹，则感到内心仍有一丝清明的神智，提醒他这件事相当奇怪。地球——或者原本在地球，但已转移到月球的力量——曾经大费周章逐退所有的人，如今却采取行动将他们吸引过来，这两种做法会不会是殊途同归？会不会是所谓的“倘若无法阻止敌人，不妨诱敌深入伺机歼敌”？这两种做法，不是都能保住地球的秘密吗？

然而，他们愈是接近月球表面，喜悦的情绪就愈强烈，而他的疑虑也渐渐被喜悦淹没。纵使如此，在冲向月表之前突然闪现的那道灵光，此时他仍紧紧抓住不放。

他似乎对太空艇的去向成竹在胸。现在，他们在一排山丘的正上方，而崔维兹坐在电脑前，感到什么事都不必做，仿佛他与电脑皆受到指引。他只觉得如释重负，心中只有极度的欣快感。

他们开始贴地滑翔，前方耸立着一座险恶的峭壁，好像是个专门阻挡他们的屏障。在地球的光芒以及远星号的光束照耀下，这座屏障反映出微弱的光辉。虽然眼看就要撞上去，崔维兹却似乎毫不在意。接着，他发现正前方那一块山壁倒了下来，面前出现一道灯火通明的走廊，而他也一点都不觉得意外。

太空艇的速度减至最低，显然是自动调整的，随即对准大小恰到好处的入口——飞了进去——一路滑行。原先的入口随即关闭，前方又出现另一个入口。太空艇在穿过第二个入口后，来到一处像是将山挖空所形成的巨大空间。

太空艇停了下来，四个人都迫不及待地冲向气闸。包括崔维兹在内，大家皆未想到检查外面是否有适宜的大气，或者是究竟有没有大气存在。

然而外面的确有空气，而且呼吸起来很舒服。他们像是终于返家的旅人，神情愉悦地四处张望。过了一会儿，他们才发现前方站着一名男子，彬彬有礼地在那里等候他们。

他身材高大，表情严肃，古铜色的头发剪得很短。他的颧骨宽阔，双眼炯炯有神，衣着类似古老史书中才得见的款式。虽然他似乎身强体壮、精力旺盛，却依稀带有一股倦意——其实外表根本看不出来，那是属于感官之外的一种气息。

最先有反应的人竟是菲龙，她发出高声尖叫，像是吹口哨一样，然后拔腿向那人飞奔而去，同时不断挥着手，上气不接下气地叫着：“健比！健比！”

她始终没有放慢脚步，而那人等她来到面前，便弯下腰来，将她高高举起。她伸出双臂紧紧搂住他的脖子，哇哇大哭起来，却仍抽抽噎噎地喊着：“健比！”

其他三人则以较冷静的步伐向前走去，崔维兹用缓慢而清晰的声音（此人听得懂银河标准语吗？）说：“阁下，我们向您致歉。这孩子失去了她的保姆，正在四处拼命寻找。至于她为何抱着您不放，我们也一头雾水，因为她要找的是个机器人，一个机械的……”

那人终于开口。他的口音平实，没有什么抑扬顿挫，并且带着些许古风，但他说的银河标准语流利至极。

“我伸出友谊之手欢迎诸位。”纵使他的脸孔依然维持严肃的表情，他的友善似乎毋庸置疑，“至于这个孩子，”他继续说，“她的感知能力或许超乎阁下想象。因为我正是机器人，我名叫丹尼尔·奥利瓦。”

第二十一章
寻找结束

101

崔维兹感到完全无法置信。他已经从那种奇异的欣快感中清醒过来——现在他怀疑，着陆前后所出现的那阵欣快感，就是此时站在对面、自称机器人的这个人，不知如何注入自己心中的。

崔维兹仍然凝视着前方，此时此刻，他虽保有绝对清明的神智与未受干扰的心灵，还是惊讶得不知所措。他在惊讶状态中讲话，在惊讶状态中对答，因此几乎不知所云，也几乎不晓得对方讲些什么。因为，他正忙着打量这个明明是人类的人物，试图从他的举止或谈吐中，找出他是机器人的蛛丝马迹。

怪不得，崔维兹想道，宝绮思刚才侦测到的讯息，既不属于人类也不属于机器人，而是裴洛拉特所说的“一种崭新的东西”。这样当然也好，因为崔维兹的思路因而转移到另一个更具启发性的管道——但即使是这个管道，现在也被其他思绪挤到了心灵的暗角。

宝绮思与菲龙已经逛到别处去探险，虽然这是宝绮思的主意，但崔维兹注意到，那似乎是丹尼尔和她飞快交换一个眼色后的结果。菲龙原本拒绝离开，想要留在这个她坚称是健比的人物身边，而丹尼尔只不过严肃地吐出一个字，并举起一根指头，她就立刻乖乖走了开。现在，只剩下崔维兹与裴洛拉特留在原处。

“她们不是基地人。”那机器人说，仿佛这句话就能解释一切，“其中一位是盖娅，另一位是个太空族。”

机器人引领他们来到一株树下，那里有几张式样简单的椅子，一路上崔维兹一言不发。等到机器人招呼两位基地人就坐，而他也以无异于常人的动作坐下来，崔维兹才问道：“你真的是机器人吗？”

“真的是。”丹尼尔说。

裴洛拉特的表情显得喜孜孜，他说：“在古老传说中，常常提到一个叫丹尼尔的机器人，你取这个名字是为了纪念他？”

“我就是那个机器人。”丹尼尔道，“那并不是传说。”

“喔，不可能。”裴洛拉特说，“如果你就是那个机器人，你应该有上万岁了。”

“两万岁。”丹尼尔以平静的口吻说。

裴洛拉特似乎不知所措，只好向崔维兹望去，后者带着些许怒意说：“如果你是机器人，我就要命令你说实话。”

“我并不需要别人命令我说实话，阁下，因为我必须这么做。所以说，阁下如今面对着三种可能性。第一，我是人类，而我向阁下说谎；第二，我是机器人，被设定成相信自己有两万岁，但事实并非如此；第三，我是机器人，而我的确两万岁了。至于要接受哪一个，必须由阁下自己决定。”

“继续谈下去自然会分晓。”崔维兹冷冷地答道，“话说回来，我很难相信这里是月球内部。不论光线——”他一面说一面抬起头，因为头上的光线正是柔和的漫射日光，虽然太阳并不在天上，甚至根本看不清楚有没有天空。“或是重力似乎都不真实，这个世界的表面重力应该不到0.2g。”

“其实，阁下，正常的表面重力应该是0.16g，然而此地的重力被放大了。阁下的太空艇同样采用这种人工重力，因此才有正常的重力感，即使在自由坠落或加速时也不例外。其他的能量需求，包括光能在内，也全都靠重力供应。但在方便使用太阳能的场合，我们就用太阳能。我们所需的物质皆由月球土壤供应，只有轻元素例外，例如氢、碳、氮，这些是月球所没有的。为了取得轻元素，我们偶尔得捕捉一颗彗星，而一个世纪只要捕捉一颗，就足以满足我们的需求。”

“我想地球无法提供任何资源。”

“不幸正是如此，阁下。跟人类的蛋白质一样，我们的正子脑对放射性也很敏感。”

“你一直使用‘我们’这个代名词，而我们眼前这座宅邸，似乎十分壮观、美丽、精致——至少外表看来如此。所以月球上应该还有其他生灵，是人类？还是机器人？”

“是的，阁下。我们在月球上有个完整的生态，存在于一个广大而错综复杂的洞穴中。然而，此地的智慧生灵都是机器人，每个都跟我差不多，只不过阁下通通见不到。至于这座宅邸，它只供我个人使用，内外建筑完全仿照我在两万年前的住所。”

“你对那个住所记得很清楚，是吗？”

“百分之百，阁下。我是在太空世界奥罗拉出厂的，也在那里住过一阵子——如今对我而言，那是多么短暂的一段时光。”

“就是那个有……”崔维兹说到一半突然打住。

“是的，阁下，就是那个有许多野狗的世界。”

“你知道那件事？”

“是的，阁下。”

“那么，既然你最初住在奥罗拉，又怎么会来到这里？”

“为了防止地球产生放射性，我在人类殖民银河之初就来到这里。当初跟我一起来的，还有个名叫吉斯卡的机器人，他能感知与调整人类的心灵。”

“跟宝绮思一样？”

“是的，阁下。就某方面而言，我们并未成功，吉斯卡甚至终止了运作。然而，在临终之前，他设法让我具备了他的能力，并将整个银河，特别是地球，交给我来守护。”

“为什么特别是地球？”

“部分原因，是由于一位名叫伊利亚·贝莱的人，一位地球人。”

裴洛拉特兴奋地插嘴道：“他就是我提到过的那位文化英雄，葛兰。”

“文化英雄，阁下？”

“裴洛拉特博士的意思是，”崔维兹说，“这个人集众多功绩于一身，有可能是许多真实历史人物的综合体，也有可能根本是个虚构人物。”

丹尼尔思索了一下，然后以相当平静的口吻说：“事实并非如此，阁下，伊利亚·贝莱真有其人，他也不是什么综合体。我不知道你们的传说如何描述他，可是在真实历史中，假使没有他这个人，银河可能始终未曾开拓。我由于受到他的感召，在地球产生放射性之后，尽全力抢救这个世界。我的机器人伙伴分布银河各处，以便适时影响某些人。我曾经策动一个翻新地球土壤的计划，过了很久之后，我又策动了另一个计划，试图改造附近某颗恒星旁的一个世界，那颗恒星现在叫阿尔法，但这两项计划都不算真正成功。我不能全然根据自己的意思调整人类的心灵，因为那些被我调整过的人，多少有可能受到伤害。我受到机器人学三大法则的束缚，直到今天依旧如此，懂了吧。”

“嗯？”

即使一个普通的智慧生灵，完全欠缺丹尼尔的精神力量，也能察觉这个单音所代表的疑问。

“第一法则，”他说，“阁下，是这样的：‘机器人不得伤害人类，或因不作为而使人类受到伤害。’第二法则是：‘除非违背第一法则，机器人必须服从人类的命令。’第三法则是：‘在不违背第一法则及第二法则的情况下，机器人必须保护自己。’当然，我是用近似的语言对阁下叙述这组法则，实际上，它是我们正子脑径路中的复杂数学组态。”

“你发觉这些法则碍手碍脚吗？”

“必定如此，阁下。第一法则毫无转圜余地，几乎全然禁止我使用精神力量。在解决银河的问题时，不太可能每一步都不造成伤害，总是会有一些人甚至许多人因而受苦，所以身为机器人，我必须选择伤害最小的做法。然而，由于情势过于复杂，我必须花许多时间才能作出抉择，而即使这样，也不可能绝对确定。”

“我能了解。”崔维兹说。

“在漫长的银河历史中，”丹尼尔说，“天灾人祸从未间断，而我一直试图减轻这些灾祸所造成的危害。某些时候，就某种程度而言，我可算是有些成就，但阁下若熟悉这个银河的历史，就会知道我的成功例子不多，影响也不够深远。”

“这点我还知道。”崔维兹带着一抹苦笑说。

“吉斯卡临终前，悟出了另一条机器人法则，它甚至凌驾第一法则之上。我们将它称为‘第零法则’，因为想不到还有什么更合适的名称。第零法则的内容是：‘机器人不得伤害人类整体，或因不作为而使人类整体受到伤害。’这自然而然意味着第一法则必须修正为：‘除非违背第零法则，机器人不得伤害人类，或因不作为而使人类受到伤害。’而第二、第三法则也必须作类似的修正。”

崔维兹皱起眉头。“你又如何决定对人类整体何者有害，何者无害？”

“一针见血，阁下。”丹尼尔说，“理论上，第零法则可以解决我们的难题；实际上，我们永远无法做出决定。人是具体的对象，对一个人构成的伤害不难估量与判断；人类整体则是抽象的概念，我们应当如何处理呢？”

“我不知道。”崔维兹说。

“慢着，”裴洛拉特说，“你可以将人类整体转变成单一生命体，例如盖娅。”

“这正是我试图进行的工作，阁下，盖娅的创建就是我一手策划的。假如能让人类整体形成单一生命体，它就会变成具体的对象，这样便有办法处理了。然而，创造一个超级生命体的工作，不像我想象中那么简单。首先，除非人人将这个超级生命体看得比自身更重，否则绝对无法成功。因此，我必须寻找一个适切的心灵模型，找了很久之后，我才想到机器人学法则。”

“啊，所以盖娅人果真都是机器人，打从一开始我就在怀疑。”

“这件事情，阁下的怀疑并不正确。他们都是人类，只不过在他们大脑中，根深蒂固烙印着等同于机器人学法则的概念。他们必须尊重生命，真正尊重。但即使做到了这一点，依然存在着一个严重的缺陷。一个仅有人类的超级生命体并不稳定，根本无从建立，其他动物必须加进来——接着是植物，接着是无机世界。真正稳定的最小超级生命体，其实就是一个完整的世界；唯有世界才足够庞大、足够复杂，得以拥有稳定的生态。我花了很长时间才了解这个道理，而直到最近一个世纪，盖娅才完全发展成功，准备向盖娅星系的目标迈进。纵使如此，还是需要很长一段时间。然而，或许不会像来时路那般漫长，因为我们已经知道规则。”

“可是你需要我替你作出决定。对不对，丹尼尔？”

“是的，阁下。机器人学法则不允许我，或是盖娅，作出对人类整体会有风险的决定。另一方面，五个世纪前，我以为建立盖娅的重重困难绝对无法克服，于是退而求其次，协助人类发展出心理史学这门科学。”

“我早就该猜到这一点。”崔维兹咕哝了一句，又说，“你知道吗，丹尼尔，我开始相信你的确有两万岁了。”

“谢谢阁下。”

裴洛拉特说：“等一等，我想我悟出了一件事。你自己是不是盖娅的一部分，丹尼尔？是不是因为这样，你才知道奥罗拉上有野狗群？经由宝绮思吗？”

丹尼尔说：“就某方面而言，阁下说得完全正确。我与盖娅的确有联系，不过我并非它的一部分。”

崔维兹扬起眉毛。“听来跟康普隆的情形差不多，就是我们离开盖娅后，首先造访的那个世界。康普隆坚持自己并非基地邦联的一部分，只不过跟邦联有着某种联系。”

丹尼尔缓缓点了点头。“我想这个类比很恰当，阁下。由于与盖娅保持联系，我得以知晓盖娅所知晓的事物，例如经由盖娅的化身宝绮思。然而，盖娅却无从知晓我所知晓的事物，因此我得以保有行动自由。在盖娅星系竣工之前，我必须保有这种行动自由。”

崔维兹凝视这个机器人片刻，然后又说：“你有没有利用你的精神感应，透过宝绮思，来干预我们这趟旅程中的际遇，好让我们依照你的理想而行动？”

丹尼尔居然像人类那样叹了一口气。“我做不了太多，阁下，机器人学法则总是将我紧紧束缚。然而，我还是减轻了宝绮思心中的重担，将少量的额外负担揽在我自己身上。如此，她在面对奥罗拉的恶犬以及索拉利的太空族时，才能更为当机立断，并减轻她自己所受到的伤害。此外，我还通过宝绮思影响了两位女性，一位在康普隆，另一位在新地球。我让她们对阁下充满好感，阁下才能继续这趟旅程。”

崔维兹微笑了一下，有一半算是苦笑。“我早该知道不是由于我的缘故。”

丹尼尔并未理会这句话中苦涩的自嘲。“正好相反，”他说，“阁下扮演了重要的角色。那两位女性一开始就对阁下有好感，我只是提升了她们既有的冲动——在机器人学法则的严格限制下，我顶多只能这么做。而由于这些限制，以及其他一些因素，我必须历经千辛万苦，才能引领阁下至此，而且必须以间接迂回的方式。有好几次，我都险些失去了阁下。”

“现在我来了，”崔维兹说，“你想要我做什么？确认我选择盖娅星系是正确的决定？”

丹尼尔那张一向毫无表情的脸孔，此时竟然显得有些绝望。“并非如此，阁下，仅仅决定已经不够。我以目前能力范围内的最佳方式引来阁下，是为了另一件更急迫无数倍的事——我快要死了。”

102

或许是因为丹尼尔将这件事说得稀松平常，也或许因为他已经两万岁，对注定活不过其千分之五的凡人而言，他的死亡似乎不像悲剧，总而言之，这句话并未激起崔维兹的同情心。

“死？机器会死吗？”

“我的存在当然可以终止，随便阁下用什么字眼描述。我已经很老了，在我接受意识之初，生活在银河各处的所有生灵，如今没有一个还活着，有机生命和机器人都没有。但即使我自己也无法不朽。”

“怎么说？”

“我体内的硬件，阁下，没有一个未曾更换，甚至不只一次，而是许多次。就连我的正子脑，也在不同情况下更换过五次。每一次，旧脑的内容都会蚀刻到新脑之中，连一个正子也不放过。每一个新脑的容量与复杂度，都超过原先许多倍，因此能提供更多的记忆空间，并使我能更迅速地决断与行动。可是——”

“可是？”

“愈是先进与复杂的正子脑就愈不稳定，而且也老化得愈快。我现在的脑子与最初那个相比，灵敏度高出十万倍，容量则高出千万倍。然而我的第一个脑子持续了一万年，目前这个用了六百年便已老朽不堪。两万年来每一项记忆的精确记录，再加上完美的回唤机制，将这个脑子全部塞满。如今，我的决策能力急遽衰退，而衰退得更迅速的，则是在超空间距离外测试和影响心灵的能力。而我却无法再设计第六个脑子，因为更进一步的微型化，势必遇到测不准原理的障壁，而复杂度再增高的结果，则一定几乎立刻崩溃。”

裴洛拉特似乎感到极度困惑。“可是，丹尼尔，即使没有你，盖娅想必仍能继续发展。既然崔维兹已经作出决断，选择了盖娅星系……”

“但这个过程实在花了太长的时间，阁下。”丹尼尔仍未显露任何情绪，“当初，不论遇到多少始料未及的困难，我都必须等待盖娅发展成功。等我终于找到崔维兹先生——一个能作出关键性抉择的人——那时已经太迟了。然而，别以为我没有设法延长寿命，我一点一点减少自己的活动，将能力留着应付紧急状况。当我无法再仰赖积极的作为，保持地月双星系的隔离状态时，我便转而采取消极的做法。经过许多年的努力，与我共事的人形机器人被我一一召回大本营。他们回来之前的最后一项任务，就是将各行星的地球档案取走。一旦没有我自己以及其他机器人的鼎力相助，盖娅便会失去建立盖娅星系最主要的工具，因此在未来极长一段时间内，盖娅星系都无法建立起来。”

“而当我作出决定的时候，”崔维兹说，“你已经知道这一切。”

“许久以前便知道了，阁下。”丹尼尔说，“当然，盖娅并不知情。”

“那么，”崔维兹气冲冲地说，“跟我打这种哑谜有什么用？这样做究竟有什么好处？在作出抉择之后，我就在银河中东奔西跑，找寻地球以及我所认定的‘秘密’，以便确定我的抉择正确无误，却不知道那个秘密就是你。好啦，我终于确定了，我现在知道盖娅星系是绝对必要的，但看来我是白忙一场。你为何不能让银河自由发展，也让我自由自在？”

丹尼尔说：“因为，阁下，我一直在寻觅一个解决之道，而且始终抱着希望坚持下去。如今，我认为已经找到了答案。我放弃了再换一个正子脑的念头，因为那是不切实际的，反之，我准备将我的脑子和人脑合并。一个不受三大法则影响的人脑，不但可以增加我的脑容量，还能使我的能力达到一个崭新境界。我引领阁下来到此地，正是为了这个目的。”

崔维兹显得惊骇不已。“你的意思是，你计划将一个人脑并入你的脑子？让那个人脑丧失独立性，以构成一个双脑的盖娅？”

“是的，阁下。这样做虽然不能使我永生，却有可能让我有足够时间建立盖娅星系。”

“而你引我来到这里，就是为了这件事？你要我牺牲独立性，成为你的一部分，这样你就能像我一样不理会三大法则，还能拥有我的判断力？办不到！”

丹尼尔说：“但阁下刚才说过，盖娅星系对人类福祉是绝对必要……”

“即使如此，它也需要花很长时间建立，因而我在有生之年，应该都能维持独立性。另一方面，万一它很快就建立起来，整个银河都将失去独立性，相较之下，我个人的损失仅仅有如沧海一粟。然而，当整个银河还保有自我的时候，我绝不要丧失自己的独立性。”

丹尼尔说：“那么，和我预料的一样，阁下的大脑不适于合并。而且，阁下保有独立判断的能力，无论如何将更有用处。”

“你是什么时候改变心意的？你说你引我来到这里，就是为了进行合并。”

“是的，而且我是将大不如前的能力尽数施展，才达成这个心愿的。话说回来，我刚才说的是：‘我引领阁下来到此地，正是为了这个目的。’请别忘了在银河标准语中，‘阁下’不但代表单数，也可以代表复数，我指的是你们全体。”

裴洛拉特僵凝在座位上。“真的吗？那么请告诉我，丹尼尔，人脑和你的脑子合并后，会分享你全部的记忆吗？两万年来所有的记忆，一直上溯到传说时代？”

“当然如此，阁下。”

裴洛拉特深深吸了一口气。“那将会实现我一生的梦想，为这种事我甘愿放弃独立性。请把这个权利转给我，让我分享你的脑子。”

崔维兹轻声问道：“宝绮思呢？她怎么办？”

裴洛拉特顶多迟疑了一下子。“宝绮思会谅解的。”他说，“没有我，她的日子反而会更好过——至少一段时日之后。”

丹尼尔却摇了摇头。“阁下的提议十分慷慨，裴洛拉特博士，可是我无法接受。阁下的脑子太老了，顶多只能再持续二三十年，即使和我的脑子合并，也无法延续它的寿命。我需要另一个人选——看！”他伸手一指，又说：“我把她叫回来了。”

宝绮思正踩着愉快的步伐朝这里走来，还不时蹦蹦跳跳。

裴洛拉特像抽筋般蹦了起来。“宝绮思！不成！”

“不用惊慌，裴洛拉特博士。”丹尼尔说，“我不能用宝绮思，否则我将与盖娅合并，而我已经解释过，我必须独立于盖娅之外。”

“可是这样的话，”裴洛拉特说，“谁……”

崔维兹望着跑在宝绮思后面的那个纤细身形，脱口而出：“这机器人想要的始终是菲龙，詹诺夫。”

103

宝绮思微笑着走回来，心情显然万分喜悦。

“我们无法走出这块属地的范围，”她说，“不过这里处处使我想起索拉利，而菲龙当然确信它就是索拉利。我问过她，难道她没想到丹尼尔的外表和健比不同——毕竟，健比是金属之躯。菲龙却说：‘不，不见得。’我不知道她所谓的‘不见得’是什么意思。”

她向站在不远处的菲龙望去，菲龙正在为表情严肃的丹尼尔演奏笛子，丹尼尔则和着拍子频频点头。笛声也传到了他们这里，听来是如此纤弱、清晰而美妙。

“你们可知道，当我们走出太空艇时，她把笛子带在身上了？”宝绮思问，“我猜会有好一阵子，我们无法将她从丹尼尔身边拉开。”

回答这句话的是凝重的沉默，宝绮思突然紧张起来，望着两位男士说：“怎么了？”

崔维兹朝裴洛拉特指了指，似乎是说由他来负责解释。

于是裴洛拉特清了清喉咙，然后说：“事实上，宝绮思，我想菲龙会永远留在丹尼尔身边。”

“真的？”宝绮思皱着眉头，仿佛准备向丹尼尔走去，裴洛拉特却抓住了她的手臂。“宝绮思吾爱，你不能去。即使是现在，他的能力也比盖娅强大，而且菲龙若不留下，盖娅星系将永远无法实现。让我来解释——葛兰，如果我说错了什么，请你随时纠正。”

宝绮思听着裴洛拉特的叙述，脸色愈来愈难看，最后露出近乎绝望的神情。

崔维兹试图诉诸理性，他说：“你应该看得出这个道理，宝绮思。这孩子是个太空族，丹尼尔则是由太空族设计制造的。这孩子从小由机器人带大，她生长在一个和此地同样空旷的属地，对外界的一切一无所知。这孩子拥有转换能量的本事，而丹尼尔需要借重这项异禀，此外她的寿命长达三四个世纪，也许正是建立盖娅星系所需的时间。”

宝绮思双颊泛红，泪汪汪地说：“我猜，我们这趟前来地球的旅程，是那个机器人一手策划的。他故意让我们经过索拉利，以便带个孩子给他。”

崔维兹耸了耸肩。“他或许只是见机行事。我不信他的能力现在仍旧那么强大，在超空间距离外，还能将我们变成百依百顺的傀儡。”

“不，那是计划好的。他使我对这孩子产生强烈的好感，确定我会把她带在身边，不会眼睁睁看她遭到杀害。而且他也确定，虽然你对于带她同行这件事，始终表现出愤怒和厌烦，但我会为了保护她，甚至不惜和你发生冲突。”

崔维兹说：“你那样做，我想可能只是出于你们盖娅的道德感，而丹尼尔又使它增强了一点。算啦，宝绮思，不会再有更好的结局了。假如你能将菲龙带走，你要带她到哪里去，才能使她像在此地这般快乐？你准备带她回索拉利，让她惨遭无情的杀害吗？带她到某个拥挤的世界，让她水土不服因病而死？带她去盖娅，让她因为想念健比而肝肠寸断？带她永远在银河中流浪，让她以为我们遇到的每个世界，都是她的故乡索拉利？此外，你能替丹尼尔找到建立盖娅星系的替代人选吗？”

宝绮思伤心得说不出话来。

裴洛拉特一只手伸向她，显得有点心虚。“宝绮思，”他说，“我曾自愿让丹尼尔和我的脑子合并，但他拒绝接受，因为他说我太老了。我真希望他能接受我，好让菲龙留在你身边。”

宝绮思抓住他的手吻了一下。“谢谢你，裴，可是那样代价未免太高了，即使是为了菲龙。”她深深吸了一口气，又勉强挤出一丝笑容，“也许，等我们回到盖娅，能够在那个全球生命体中，找到位置容纳我自己的孩子，我会把‘菲龙’两字放在孩子的名字里。”

这时，丹尼尔好像知道事情已经顺利解决，正朝他们走过来，菲龙则跟在他身边蹦蹦跳跳。

然后，那孩子开始奔跑，抢先来到他们面前。她对宝绮思说：“宝绮思，谢谢你带我回家和健比团圆，也谢谢你在太空艇上照顾我，我永远不会忘记你。”说完她就投入宝绮思怀里，两人紧紧互相拥抱。

“我希望你永远快乐。”宝绮思说，“我也会永远记得你，亲爱的菲龙。”然后依依不舍地将她松开。

菲龙转向裴洛拉特，对他说：“我也要谢谢你，裴，谢谢你让我读你的影视书。”接着，她稍微迟疑了一下，什么话也没有说，便将纤细秀丽的手掌伸向崔维兹，崔维兹握了一会儿才松开。

“祝你好运，菲龙。”他喃喃说道。

丹尼尔说：“我也要向诸位致意，谢谢阁下各自所作的努力。现在阁下随时可以离去，因为阁下的探索已经结束。至于我自己的工作，同样很快就会结束，而且必能成功。”

宝绮思却说："慢着，我们还有一事未了。我们还不知道，崔维兹是否仍然认为人类的理想未来是盖娅星系，而不是孤立体所组成的庞大混合体。"

丹尼尔说："刚才，他已经说得很清楚了，女士，他已经决定支持盖娅星系。"

宝绮思撅了一下嘴。"我宁愿听他亲口说——你的决定是什么，崔维兹？"

崔维兹平静地说："你希望我如何决定，宝绮思？假使我决定反对盖娅星系，你就有机会把菲龙要回来。"

宝绮思说："我是盖娅，我必须知道你的决定和背后的原因。这是为了了解真相，没有任何其他目的。"

丹尼尔说："告诉她吧，盖娅晓得阁下的心灵未受干扰。"

于是崔维兹说："我的决定是支持盖娅星系，对于这一点，我心中再无疑虑。"

104

宝绮思一动不动好一阵子，仿佛要让这个讯息传到盖娅各个部分，普通人或许可以利用这段时间从一数到五十。然后她才说："为什么？"

崔维兹答道："听我说。我一开始就知道人类的未来有两种可能，若非盖娅星系，便是谢顿计划中的第二帝国，而我觉得这两个可能性是互斥的。除非基于某种原因，谢顿计划具有根本缺陷，否则不会有盖娅星系的出现。

“遗憾的是，除了它所根据的两个公设，我对谢顿计划的内容一无所知。公设一是说，涉及的人口必须足够庞大，使得整体可视为一群随机互动的个体，因而能以统计方法处理。公设二则是，在目标尚未达成之前，人类不得预先获悉心理史学的结论。

“由于我已经决定支持盖娅星系，我觉得自己一定下意识地察觉到谢顿计划的漏洞，而这漏洞只可能出现在公设上，因为那是我对该计划唯一知晓的部分。然而，我又看不出那两个公设有任何问题。于是我努力寻找地球，我感到地球不会无缘无故隐藏得那么彻底，我必须找出它躲藏起来的目的。

“我并未真正指望在我发现地球之后，就能得到一个满意的答案。可是我走投无路，根本想不到其他办法。不过，我所受到的驱策，也有可能来自需要一个索拉利儿童的丹尼尔。

“无论如何，我们终于抵达地球附近，又飞到月球上空。不久宝绮思侦测到丹尼尔的心灵，当然，那是他故意将心灵向宝绮思敞开。她将这个心灵描述为并非完全是人类，也不完全是机器人。现在看来，这种说法很有道理，因为丹尼尔的脑子远远超越任何机器人，感测起来绝非只是机器人的心灵，不过仍然有异于人类。裴洛拉特将它称为‘一种崭新的东西’，这种说法触发了我自己的一点新东西，也就是一个新的想法。

“正如同许久以前，丹尼尔和同伴悟出了第四个更基本的机器人学法则，我忽然想到心理史学其实还有第三个公设，它要比其他两个公设基本得多，因此过去人人都懒得提到。

“听好了，已知的两个公设都以人类为对象，两者皆倚仗一个未曾言明的公设：人类是银河中唯一的智慧物种，因此唯有人类这种生物的行动，才会在社会与历史的发展过程中举足轻重。这个隐性公设可归纳如下：银河中只有一种智慧物种，亦即‘智人’。假使银河中又有什么‘崭新的东西’，假使那是一种本质迥异的智慧物种，其行为即无法以心理史学的数学精确描述，而谢顿计划就会变得毫无意义。你们懂了吗？”

崔维兹极其希望别人了解这番话，激动得几乎全身发抖。“你们懂了吗？”他又重复一次。

裴洛拉特说：“我懂了。但是身为一个鸡蛋里挑骨头的人，老弟——”

“什么？继续啊。”

“在整个银河中，人类正是唯一的智慧物种。”

“机器人呢？”宝绮思说，“盖娅呢？”

裴洛拉特思索了一下，然后以迟疑的口吻说：“在人类历史上，自从太空族消失后，机器人就没有扮演过重要角色。盖娅则是直到不久之前，才崛起于银河舞台。机器人是人类创造的，而盖娅是机器人创造的——机器人和盖娅两者，既然都受到三大法则的限制，除了屈服于人类的意志，根本没有其他选择。纵使丹尼尔奋斗了两万年，纵使盖娅发展了那么长的时间，只消葛兰·崔维兹这个人类说一句话，就会立刻葬送两者无数的心血。由此可知，人类仍是银河中唯一的重要智慧物种，因此心理史学依然有效。”

“银河中唯一的重要智慧物种。”崔维兹慢慢重复着这句话，“这点我同意。可是我们一天到晚将银河挂在嘴边，所以几乎无法察觉这个观点有局限性。银河系并不等于宇宙，宇宙中还有许多其他星系。”

裴洛拉特与宝绮思不安地挪动了一下。丹尼尔则专心聆听，表情严肃依旧，一只手缓缓抚着菲龙的头发。

崔维兹继续道："听我说下去。银河系近旁就有大小麦哲伦云，人类尚未有任何船舰到过那里。再往外一点还有许多小型星系，而巨大的仙女座星系距离也不算太远，它比我们的银河系还要大。除此之外，宇宙间至少还有数十亿个星系。

"我们的银河系只发展出一种有能力建立科技社会的智慧物种，但是我们对其他星系又了解多少？我们这个星系可能是个特例，或许在某些星系，甚至其他所有的星系中，存在着许多互相竞争的智慧物种，彼此一直在明争暗斗，而每一种都是我们毫无概念的。他们大概忙着彼此斗争，以致无暇顾及其他，但万一在某个星系中，某种物种取得了领导地位，因而有时间考虑入侵其他星系的可能性，那又会怎么样？

"就超空间而言，银河系只是一个点，其实整个宇宙也是。我们从未造访过其他星系，而且根据我们的了解，也没有其他星系的智慧物种来过我们的星系——但这种局面也许有一天会改变。万一侵略者来到，他们必能找到挑拨人类内斗的方法。长久以来，我们的敌人都是自己人，我们习惯了这种自相残杀。处于如此四分五裂的状况，我们必将被侵略者完全征服，或是尽数消灭。唯一真正的防御战略，就是形成无法由内部突破的盖娅星系，遇到侵略者来犯时，我们才能发挥最大的力量。"

宝绮思说："你描绘的情景极其可怕，我们还来得及建立盖娅星系吗？"

崔维兹抬头向上望，视线仿佛穿透厚厚的月岩，直达月球表面与星际空间；他仿佛勉力窥见了无数遥远的星系，正在不可思议的鸿蒙太空中缓缓运动。

他说："据我所知，在古往今来的人类历史中，还从来没有其他智慧物种侵犯我们。这种情形只需要再持续数个世纪，也许只要整个文明历程万分之一的时间，我们便能高枕无忧了。毕竟，”讲到这里，崔维兹突然感到一阵痛心的忧虑，但他强迫自己置之不理，“此时此刻，似乎还没有敌人潜伏在我们之间。”

与此同时，菲龙这个懂得转换能量、雌雄同体的异类，正以深不可测的眼神望着他。崔维兹并未低头迎向那对深沉的目光。

阿西莫夫
银河帝国系列

基地系列

银河帝国：基地（Foundation）

银河帝国2：基地与帝国（Foundation and Empire）

银河帝国3：第二基地（Second Foundation）

银河帝国4：基地前奏（Prelude to Foundation）

银河帝国5：迈向基地（Forward the Foundation）

银河帝国6：基地边缘（Foundation's Edge）

银河帝国7：基地与地球（Foundation and Earth）

机器人系列

银河帝国8：我，机器人（I, Robot）

银河帝国9：钢穴（The Caves of Steel）

银河帝国10：裸阳（The Naked Sun）

银河帝国11：曙光中的机器人（The Robots of Dawn）

银河帝国12：机器人与帝国（Robots and Empire）

帝国系列

银河帝国13：繁星若尘（The Stars, Like Dust）

银河帝国14：星空暗流（The Currents of Space）

银河帝国15：苍穹一粟（Pebble in the Sky）

图书在版编目（CIP）数据

基地与地球 /（美）阿西莫夫 (Asimov,I.) 著 ; 叶李华译 . -- 南京 : 江苏凤凰文艺出版社 , 2015（2025.9 重印）
（银河帝国 . 基地七部曲）
书名原文 : Foundation and Earth
ISBN 978-7-5399-8335-6

Ⅰ . ①基… Ⅱ . ①阿… ②叶… Ⅲ . ①长篇小说 - 美国 - 现代 Ⅳ . ① I712.45

中国版本图书馆 CIP 数据核字 (2015) 第 097176 号

基地与地球

［美］艾萨克 · 阿西莫夫 著　　叶李华 译

责任编辑	丁小卉
特约编辑	朱亦红　　许姗姗
封面设计	李子琪
责任印制	刘　巍
出版发行	江苏凤凰文艺出版社
	南京市中央路 165 号，邮编：210009
网　　址	http://www.jswenyi.com
印　　刷	三河市龙大印装有限公司
开　　本	890 毫米 ×1270 毫米 1/32
印　　张	16.75
字　　数	398 千字
版　　次	2015 年 9 月第 1 版
印　　次	2025 年 9 月第 16 次印刷
标准书号	ISBN 978 - 7 - 5399 - 8335 - 6
定　　价	378.00 元（全 7 册）

江苏凤凰文艺版图书凡印刷、装订错误，可向出版社调换，联系电话：010-87681002。

读客

读客科幻文库

跟着读客读科幻，经典科幻全看遍。

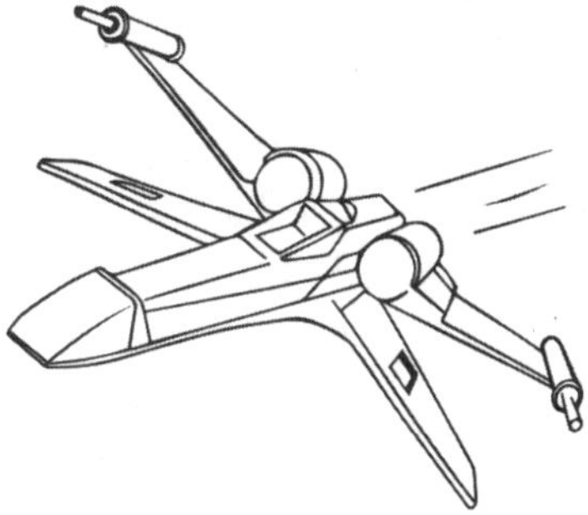

FOUNDATION'S EDGE

银河帝国

6 基地边缘

[美]艾萨克·阿西莫夫 著
叶李华 译

江苏凤凰文艺出版社
JIANGSU PHOENIX LITERATURE AND ART PUBLISHING

目　录

楔　子

第一银河帝国正在衰亡之中。这个衰败与崩溃的过程已经进行了数个世纪，却仅有一人全盘了解这个事实。

他就是哈里·谢顿，第一帝国最后一位伟大的科学家。心理史学在他手中发展至登峰造极之境，从此，人类行为得以简化为数学方程式。

个体的行为虽然无从预测，但是谢顿发现，人类群体的反应却能以统计方式处理。群体的数目愈大，预测就能愈为精确。而谢顿所研究的群体，则是银河中数千万住人世界的人口总和。

谢顿根据自己的方程式，预测到第一帝国终将灭亡，而人类要经历三万年悲惨痛苦的岁月，第二帝国才会自废墟中崛起。但是，若能修正某些现有的历史条件，三万年的“大断层”或可减至仅仅一个仟年。

为了达到这个目的，谢顿建立了两个科学根据地，命名为第一基地与第二基地，并故意将两者设在“银河中两个遥相对峙的端点”。其中，专注于物理科学的第一基地，一切发展过程完全公开，而由心理史学家与精神科学家组成的第二基地，则几乎没有留下任何线索。

大断层最初四个世纪的重要历史，在“基地三部曲”中已有详细记述。第一基地（一般都简称基地，因为第二基地始终鲜为人知）最初只是一个小型社群，在银河外缘虚无的太空中渐渐为人遗忘。周期性的危机一个接一个冲击这个基地，各个危机都蕴涵着当时人类活动的各种变数。它的行动自由被限定在特定轨迹上，只要沿着这条轨迹不断前进，必有柳暗花明的发展。这一切，都是早已作古的哈里・谢顿当年所规划的。

第一基地凭借优越的科技，首先征服了周围数个落后的行星，随即面临脱离了垂死的帝国而自立称王的大小军阀，并一一击败他们。接着，它又和帝国的残躯正面冲突，结果战胜了帝国最后一名强势皇帝，以及最后一位真正的大将。

谢顿计划看来进行得相当顺利，似乎不会再有任何艰难险阻；第二帝国必定能够准时兴起，过渡期的动荡亦能减至最低程度。

然而心理史学是一门统计性科学，某个环节出差错的机会在所难免。而接下来的变故，连哈里・谢顿都未曾预见。一个自称为骡的人无端崛起，他拥有银河中独一无二的精神力量，能够随意调整人类的情感，重塑他人的心灵。即使最强硬的死敌，也会被他改造成最忠诚的奴仆。任何军队都不能——也不会——与他为敌。第一基地终于难逃一劫，谢顿计划眼看就要成为历史的灰烬。

此时，只剩下神秘的第二基地是唯一的希望。由于骡的出现太过突然，第二基地措手不及，只好着手策划长期的反攻计划。第二基地最大的防御力，就在于下落不为人知。为了完成征服银河的壮举，骡势必要将它寻获。流亡在外的第一基地志士，也在尽力找寻它的下落，冀望它伸出援手。

结果双方都无功而返。骡的第一波搜索行动，被一个平凡的女子贝泰・达瑞尔所阻止。这正好为第二基地争取到充分的时间，筹划出一个天衣无缝的行动，终于彻底遏止骡的野心。他们的下一个任务，则是要将谢顿计划慢慢导回正轨。

但是，第二基地可说因此曝了光。第一基地获悉了第二基地的存在，却不希望自己的未来被那群精神学家监管。第一基地的有形武力强大绝伦，而第二基地除了要化解武力的威胁，还要尽快完成一项双重的任务：令第一基地放弃寻找，并让自己再度隐身幕后。

在有史以来最伟大的“第一发言者”普芮姆·帕佛领导之下，第二基地顺利完成这些使命。他让第一基地自以为大获全胜，自以为消灭了第二基地。从此之后，第一基地致力发展横扫银河的势力，完全不知道第二基地依旧存在。

如今，第一基地已经屹立四百九十八年，势力处于巅峰状态。可是，有一个人却不接受这个事实……

第一章

议 员

01

“我当然不相信。”葛兰·崔维兹说，他正站在谢顿大厅前面宽大的台阶上，眺望着闪耀在阳光下的城市。

端点星是个宜人的行星，“海陆比例”相当高。自从引进气候控制机制之后，整体环境变得更为舒适，但也因此单调不少，崔维兹常这么想。

“我一点也不相信。”他又说了一遍，同时微微一笑，洁白整齐的牙齿绽露在年轻的脸庞上。

崔维兹的死党曼恩·李·康普议员（他不顾端点星的传统，坚持要保留中间那个名字）在一旁不安地摇了摇头。“你到底不相信什么？不相信我们拯救了这座城市？”

“喔，这点我是相信的。我们不是做到了吗？谢顿说过我们做得到，并且说我们这样做是对的，他早在五百年前就预知了这一切。”

康普压低声音，用近乎耳语的方式说：“听好，你跟我讲这些事，我是不会介意的，因为我认为你只是随便讲讲。可是假如你在大庭广众高声呐喊，那么每个人都会听到。这样的话，坦白讲，一旦你遭到天打雷劈，我可不要站在你身边。我对雷击的准确性不大有信心。”

崔维兹依然笑意不减，他道：“我说这座城市获救了，说我们未曾动武就做到了，这样说说就有什么大害吗？”

“敌人根本不存在。”康普说，他有一头乳黄色的头发，一对天蓝色的眼睛。虽然这两种色彩皆已不再流行，他始终按捺住染发与改变瞳色的冲动。

“难道你从来没听说过内战吗？康普？”崔维兹问道。他身材高大，黑发微微鬈曲，此外他总是系着一条宽厚的软纤腰带，并且习惯在走路的时候，将拇指勾在腰带上。

“一场由于是否迁都而引爆的内战？”

“这种问题足以引发一次谢顿危机。它毁掉了汉尼斯的政治前途，帮助你我在上次大选后双双进入议会，而这项争议至今……”他一只手缓缓扭来扭去，好像天平逐渐回到平衡点。

他在台阶上停下脚步，任由许多人从他身旁穿过。那些人包括政府官员、媒体记者，以及千方百计弄到一张邀请函，前来目睹谢顿重现（更正确地说是影像重现）的社会名流。

这些人沿着台阶往下走，一路上谈笑风生。一切的发展都正确无比，令他们颇感自豪，而谢顿的背书更令他们如沐春风。

崔维兹站在原地，任由拥挤的人潮从身边卷过。康普又下了两级台阶，便也停下来，两人好像被一条隐形绳索系住一样。康普说：“你不来吗？”

“没什么好急的。布拉诺市长一定会以惯有的坚定口气，一字一顿地对当前局势发表评论。在她结束演说之前，议会是不会进行议程的，我可不急着去忍受另一场长篇大论。看看这座城市！”

“我看到了，每天都看到了。”

“没错，可是五百年前，它建立之初的面貌，你曾经见过吗？”

“是四百九十八年前。”康普自然而然更正他，“两年后，我们才要举行五百周年庆。那时布拉诺市长想必仍然在位，但愿如此，除非发生什么几率极小的意外。”

“但愿如此。”崔维兹冷冷地说，“可是五百年前，它刚刚建好时，你知道是什么样子吗？一个孤独的小城！里面住着些准备编纂一套百科全书的人，结果那项工作一直没有完成！”

“乱讲，早就完成了。”

“你是指现在这套《银河百科全书》吗？现在的这一套，并不是他们当初所编的。我们现在的版本，内容全部存在电脑中，每天自动进行修订。你见过那套没有完成的原始版本吗？”

“你是指放在‘哈定博物馆’的那套？”

“它叫做‘塞佛·哈定原始资料博物馆’。既然你对时间那么斤斤计较，地点也请使用全名吧。你到底见过没有？”

“没有。我该看看吗？”

“不，根本不值得看。反正，当时这座城镇的核心人物，就是那群百科全书编者。当年，端点市只是一个小城镇，建在这个几乎没有金属的世界上，而这个世界围绕着一颗孤独的恒星，远离银河系其他部分，处于银河最外缘的星空。如今，五百年后，我们成了一个边陲重镇。整个行星好像一座大公园，要什么金属有什么金属。这里已经是万事万物的中心！”

“并不尽然。”康普说，“我们仍然围绕着一颗孤独的恒星，仍然远离银河系其他部分，仍然处于银河的最外缘。”

“啊，不对，你这种说法有欠考虑。最近这个小小的谢顿危机，关键也正在这里。我们并非仅仅端点星这一个世界，我们还是基地，触角遍布银河各处，从最边缘的位置控制着整个银河。我们能够如此，正是因为我们并非孤立于银河系，只有地理位置例外，这点却不算什么。”

“好吧，我姑且接受你的说法。”康普显然对这个话题不感兴趣，径自跨下一级台阶。两人之间那条隐形绳索因此被拉长了一点。

崔维兹伸出一只手，仿佛想将他的同伴拉回来。“你难道看不出其中的意义吗，康普？变化如此巨大，我们却不愿接受。在我们心中，只想要一个小小的基地，就如同古时候——一去不复返的英雄与圣徒时代——那样的一个单一小世界。”

“得了吧！”

“我是说真的，你看看这个谢顿大厅。在塞佛·哈定的时代，最初几个危机出现时，这个地方只是时光穹窿，只是一个小小的集会厅，专门为了谢顿的全息影像显像而设，如此而已。现在，它被改建成宏伟的纪念堂，可是这里有没有力场坡道？有没有滑道？有没有重力升降梯？没有，仍旧只有这些台阶。我们和当年的哈定一样，必须一阶一阶爬上爬下。每当遇到困难或不可预料的状况，我们就会怀着敬畏的心情，死守着过去的传统。”

他激动地用力一挥手臂。“你四下看看，看得出任何建材是金属的吗？一样也没有。这根本是故意的，因为在塞佛·哈定时代，本地完全不产任何金属，而进口金属也少得可怜。在建造这座庞然大物的时候，我们甚至刻意使用陈旧的、褪成粉红色的高分子材料。这样一来，其他世界的观光客经过此地，就会忍不住驻足赞叹：‘银河啊！多么可爱的古旧建材！’我告诉你，康普，这是诈欺。”

“所以说，你不相信的就是这个吗？谢顿大厅？”

“还有它里面的一切。”崔维兹咬牙切齿地低语，“我可不信躲在这个宇宙边缘有什么意义，先人这样做，并不代表我们就该效法。我坚信我们应该勇往直前，走进万事万物之中。”

“可是谢顿证明你错了，谢顿计划正在逐步实现。”

“我知道，我知道。端点星上的每一个儿童，从小就被灌输了一个根深蒂固的观念：谢顿曾经拟定一个计划，他早在五百年前就预见一切，他建立了这个基地，并预先设定好许多危机。每当危机发生，他的全息影像便会出现，向我们透露最少的讯息，刚好能帮助我们撑到下一个危机。借着这个方式，谢顿将领导我们度过一千年的岁月，直到我们安全地建立一个更伟大的第二银河帝国，用以取代早在五世纪前就四分五裂、两世纪前完全烟消云散的旧帝国。”

“你为什么要告诉我这些，葛兰？”

“因为我要告诉你，这是假的，通通是假的。即使当初是真的，现在也成了假的！我们不是自己的主人，因为并非我们主动追随这个计划。”

康普仔细打量着对方。“过去你也曾经跟我讲过这些，葛兰，我总是以为你在胡说八道，故意要戏弄我。银河在上，现在我才确定你是认真的。”

“我当然认真！”

“不可能的。如果这不是捉弄我的高明恶作剧，就是你这个人已经疯了。”

“都不是，都不是。”崔维兹改以平静的口气说，他两手的拇指又勾住宽腰带，似乎不再需要靠手势来强调他的义愤，“我承认，过去曾经思考过这个问题，但那时我仅仅凭借直觉。然而，今天早上这场闹剧，使我一下子顿悟了一切，因此，我准备让整个议会也大彻大悟。”

康普说：“你真的疯了！”

“跟我来，马上有好戏可看。”

两人双双走下台阶，此时台阶上也只剩下他们两个人。当崔维兹稍微超前一点时，康普的嘴巴动了几下，冲着他的背后，无声地骂了一句："笨蛋！"

02

赫拉·布拉诺市长站上发言台，宣布会议正式开始。她的目光盯着所有的议员，眼神没有透露任何情绪。但是在场的人都明白，每位议员出席与否，她心里已经全部有数。

她的一头灰发仔细梳成一个特殊的发型，既没有女性的味道，也并未模仿男士的风格，总之就是她独一无二的发型。她的严肃面容向来不以美艳著称，却总是散发着吸引人的其他特质。

她是这颗行星上最能干的管理者。虽然，相较于基地头两个世纪的大功臣塞佛·哈定以及侯伯·马洛，她绝对略逊一筹，但从未有人敢作这个比较。话说回来，也不会有人将她和骡出现前的基地世袭市长——一代不如一代的茵德布尔家族联想到一块。

她的演讲并不怎么鼓动人心，也不擅长夸张的手势，但是她具有做出稳当决定的能力，而且只要坚信自己是对的，她就会坚持到底。虽然看不出什么领袖魅力，她总是有本事说服选民，使大家相信她的稳当决定正确无误。

根据谢顿的学说，历史的变迁极难脱出常轨。（不过，总有不可测的意外发生，例如骡所造成的灾变，但大多数谢顿信徒都忘了这一点。）因此，不论发生任何情况，基地都应该一直定都于端点星。然而，请注意“应该”这两个字。谢顿五百年前所录制的拟像，刚才重现之际，曾经以平静的口吻告诉大家，他们继续留在端点星的几率为87.2%。

无论如何，即使对谢顿信徒而言，这也表示存在12.8%的几率，对应于首都已经迁到接近基地联邦中心的位置。刚才，谢顿也略述了该项行动将带来的悲惨后果。而这个约有八分之一几率的事件没有发生，无疑是布拉诺市长的功劳。

她当然不会允许这个企图得逞。过去，即使在声望下跌时，她也始终坚决认为，端点星是基地的传统根据地，必须永远维持这个事实。因此，她的政敌曾在政治讽刺漫画中，把她坚毅的下巴画成一大块花岗石（老实讲，还真有几分神似）。

如今，谢顿也表示支持她的观点，让她至少在短时间内，取得了绝对的政治优势。根据报道，她在一年前曾经表示，假如即将出现的谢顿影像果真支持她的看法，她就会自认为已经功德圆满。这样的话，她便要辞去市长，转任资政的职位，以免日后再卷入前途难料的政争。

没有人真正相信她这番话。她在政争中一向表现得如鱼得水，历代市长大多望尘莫及。如今谢顿影像出现过了，果然看不出她有退休的意思。

她说话的声音极为清晰，带着浓重的基地口音而毫不脸红。她曾经担任基地驻曼缀斯的大使，却没有学到目前最流行的旧帝国腔调——在帝政时代，内围星省一律使用这种腔调，以凝聚对帝国的向心力。

她说：“这次的谢顿危机已经过去，基于一项睿智的传统，对于当初支持错误观点的人士，我们不会作出言语上或行动上的任何报复。许多正直人士曾经相信，他们有很好的理由，要求谢顿不欲见到的结果。任何人都不该再羞辱他们，否则这些人若要扳回自尊，唯有否定谢顿计划一途。另一方面，曾经支持错误观点的人士，应该欣然接受失败的事实，不要再逞口舌之勇，这是政治人物的基本修养与风范。这件事已成为过去，双方都应该将它抛在脑后。”

她停了一下，以稳重的目光环视议场中每一张脸孔，这才继续说：“各位议员，预定的历程已经过了一半；距离新帝国的诞生，如今只剩五百年。过去的历史充满艰难险阻，但我们已经走过一段漫漫长路。其实，我们几乎已经是一个银河帝国，而且再也没有强大的外敌存在。

“假使没有谢顿计划，新旧帝国之间的大断层，将长达三万年之久。历经三万年的分崩离析，人类可能再也无力重建一个新的帝国。银河中，或许只会剩下许多互相隔离的垂死世界。

“我们能有今日的成就，全拜哈里·谢顿之赐。今后的岁月，我们仍将仰赖他当年的明智洞见。从现在起，各位议员，真正的危险在于我们自己。因此从今以后，千万不要再对这个计划提出公开质疑。让我们心平气和并坚决地达成一项共识：今后对伟大的谢顿计划，不会再有任何公开的质疑、批评或诬蔑。我们必须彻底支持这个计划。它已经自我验证了五百年，它是人类安全的唯一凭借，不容受到任何阻挠。大家同意吗？”

会场中响起交头接耳声。市长并没有抬起头来，就知道结果必定是一致同意。她对每位议员都一清二楚，知道他们会作出什么反应。她刚刚赢得全面胜利，现在绝不会有人反对她。明年或许又会有麻烦，现在却不可能。明年的问题，留到明年再解决吧。

凡事难免有例外……

“思想控制吗，布拉诺市长？”葛兰·崔维兹一面大步沿着通道走下来，一面使劲大声问道，仿佛要代表所有噤声的议员发言。由于他是新科议员，座位在议场最后一排，但他根本不打算坐在那里。

布拉诺仍然没有抬起头，只是说：“你的看法呢，崔维兹议员？”

“政府无权干涉言论自由，任何人都有权讨论当今的政事。尤其是在座的每位议员先生女士，选民托付我们的就是这件差事。而任何的政治议题，一律脱离不了谢顿计划的范畴。”

布拉诺双手一合，抬起头来，脸上依旧毫无表情。她说：“崔维兹议员，你无端挑起这场争辩，根本不符程序。然而，我还是请你表明自己的意见，然后我会当场答复你。

“在谢顿计划的范畴中，并没有限制任何言论自由，只是计划本身对我们造成了某些限制。在谢顿影像出现之前，大家都能对当前的问题，提出不同的解释。但在谢顿公布他的决定之后，即使在议会中，也不得再有任何质疑。而在谢顿现身前，也不可以有人说什么：‘假使哈里·谢顿这样那样说，他就大错特错了。’”

“可是，假如某人的确有这种感觉呢，市长女士？”

“假如他只是普通人，只是在私下讨论这个问题，他仍旧可以提出来。”

“所以你的意思是说，你所提出的对于言论自由的限制，是专门规范政府官员用的？”

“正是如此。这并非基地法律的一项新原则，以往的市长，无论属于任何党派，都一直沿袭这项原则。个人私下的观点无足轻重，具有官方身份的人所表达的意见，就会受到重视，因而构成危险。目前，我们还不能对这种行为坐视不顾。”

“市长女士，能否允许我指出，你提到的这项原则，用于议会的例子极少，而且都是针对某些特殊议题。像谢顿计划这种没有定论的大题目，向来不受它的规范。”

“谢顿计划尤其需要保护，如果对它质疑，很可能引发不可收拾的后果。”

“请问你是否相信，布拉诺市长——”崔维兹转过身来，面对着台下一排排的议员。所有的议员似乎不约而同屏住了气息，好像在静待这场对决的结果。“请问你们是否相信，各位议员同仁，其实，我们有理由怀疑谢顿计划根本不存在？”

“今天，大家还亲眼目睹它在运作。”布拉诺市长说。随着崔维兹的口气愈来愈慷慨激昂，她的声音反倒愈来愈平静。

“正是因为我们今天还看到它在运作，各位议员先生女士，所以我们看得出来，我们一直被动相信的谢顿计划，根本不可能存在。”

“崔维兹议员，你违反了议事程序，我不准你再继续大发谬论。”

“市长，身为议员，我有这样的特权。”

“议员先生，你的特权已经被褫夺了。”

“你不能褫夺这项特权。你刚才提出的对于言论自由的限制，本身并不具备法律效力。这项提案尚未经过议会表决，市长，何况即使表决通过，我仍有权质疑它的合法性。”

“褫夺你的特权，议员先生，和我保护谢顿计划的提议无关。”

“那么，又是凭什么呢？”

“有人指控你意图叛变，议员先生。为了表示对议会的尊重，我不希望在议会厅中逮捕你。不过，安全局的人正等在门口，一旦你离开议场，他们会立刻将你扣押。我现在请你乖乖退席，你如果轻举妄动，当然就会被视为现行犯，安全局的人就会进入议会厅。

我相信，你并不希望发生这种事。”

崔维兹皱起眉头，大厅中则是一片死寂。难道大家早就知道会发生这种事，只有他和康普两人例外？他转头望向出口，什么也没看到，但他确信布拉诺市长并非虚张声势。

他火冒三丈，结结巴巴地说：“我代……代表一群重要的选民，布拉诺市长……”

“毫无疑问，他们一定会对你感到失望。”

“你有什么证据，对我提出如此荒谬的指控？”

“我在适当时机自然会提出来，但我能向你保证，我们已经掌握充分的证据。你是个极为鲁莽的年轻人，但你应该了解一件事实，即使你的朋友，也不会愿意加入你的叛变行动。”

崔维兹猛地转身面对康普，只见那对蓝眼睛直勾勾瞪着自己。

布拉诺市长又以平静的口气说：“我请在场所有人士作证，在我刚才进行陈述时，崔维兹议员转身向康普议员望去。你现在愿意退席了吗，议员先生？还是说，你要强迫我们在议场拘捕你，令你尊严尽失？”

葛兰·崔维兹立即转身，沿着台阶一步步走到出口。他刚跨出议会厅，就有两名身穿制服、全副武装的安全人员，一左一右将他夹在中间。

赫拉·布拉诺冷冷地望着他的背影，嘴唇微微嚅动：“笨蛋！”

03

自从布拉诺市长掌权之后，里奥诺·柯代尔就一直担任安全局局长这个职务。这并不是一件会累坏人的工作，他时常喜欢这样讲，可是他说的究竟是不是实话，当然谁也无法确定。他看起来不像是个会说谎的人，但是这点不一定有任何意义。

他看上去相当和蔼可亲，这对他的工作有莫大的助益。他的身高在一般标准以下，体重却在一般标准之上，留着两撇浓密的胡子（极少有端点星公民这样做），但现在大多已经由灰转白；他的眼睛是浅棕色，黄褐色的制服胸口处绣着一个原色的识别标志。

他说："坐下来，崔维兹，让我们尽量维持友善的态度。"

"友善的态度？跟一名叛徒？"崔维兹将两根拇指勾在宽腰带上，站在原地一动不动。

"你只是'被控'为叛徒。我们还没有进步到起诉就等于定罪的地步，即使指控来自市长本人也不例外；我相信我们从来没有这么做过。而我的工作，就是要尽我所能还你清白。我非常希望在尚未造成任何伤害之前——或许你的尊严是唯一例外——就能让这件事圆满收场，以免不得不举行一场公开审判。我希望你也同意这一点。"

崔维兹并未软化，他说："我们不必彼此卖乖了。你的工作就是将我'视为'叛徒，用这个前提来审讯我。但我并不是叛徒，我也认为没有必要在你面前为自己辩护。你又何必一直想要证明在为我着想呢？”

“原则上，我绝无此意。然而现实是残酷的，如今权力掌握在我这边，而你却一无所有。因此，发问权在我而不在你。万一有一天，有人怀疑我不忠或意图叛变，我相信自己马上会被人取代，然后便会有人来审讯我。那个时候，我衷心希望那个审讯我的人，至少能够像我对你这般客气。”

“你又打算如何对待我呢？”

“我想我可以做到如同朋友和平辈那样，但希望你也这样对我。”

“我该请你喝杯酒吗？”崔维兹用挖苦的口吻说。

“等会儿吧，现在，请你先坐下。我是以朋友的态度这样说的。”

崔维兹迟疑片刻，便坐了下来，任何敌对的态度似乎都突然变得毫无意义。“现在要怎样？”他问。

“现在，我可否请你诚恳地、仔细地回答我一些问题，完全不作任何规避？”

“假如我不肯呢？我会受到什么样的威胁？心灵探测器吗？”

“我相信不至于。”

“我也相信不至于，因为我是一名议员。假使你们那么做，结果只会证明我的清白。等到我无罪开释之后，我就会结束你的政治生命，也许连市长也一并赶下台。这样想来，或许让你用心灵探测器整我一下相当值得。”

柯代尔皱着眉，轻轻摇了摇头。“使不得，使不得。那很可能使你的脑部受到严重损伤，有时需要很长一段时间的疗养。你犯不着冒这个险，绝对不值得！你也知道，有些时候，假如强行使用心灵探测器……”

“柯代尔，你在威胁我？”

“崔维兹，我只是就事论事——议员先生，请你不要误解。如果必须使用心灵探测器，我绝不会犹豫。即使你是无辜的，你也无权追索任何补偿。”

“你到底想知道些什么？”

柯代尔打开办公桌上的一个开关，然后说：“我的问话和你的回答，都会以录音和录影的方式保存下来。我不希望你说什么题外话，更不希望你闭口不答。现在千万别这么做，我相信你懂得我的意思。”

“我当然懂，你只会录下你想要的部分。”崔维兹用轻蔑的口气说。

“没错，不过，请你别误会。我不会扭曲你的任何一句话，我只会加以取舍，如此而已。你知道哪些话对我没用，相信你不会浪费彼此的时间。”

“等着瞧吧。”

“崔维兹议员，我们有理由认为，”他的语气突然变得颇为正式，表示他已经开始录音和录影，“你曾经在某些场合公开声明，你不相信谢顿计划的存在。”

崔维兹缓缓答道：“假如我在不少场合，曾经公开大声疾呼，你还需要我再说些什么呢？”

“议员先生，请不要把时间浪费在诡辩上。你该知道，我需要的只是你在绝对清醒，没有受到任何影响之下，亲口坦承这件事情。而在我们的录音中，你的声纹就能证明这一切。”

“我想这是因为，假如利用任何催眠效应，不论化学药物或是其他方法，都会改变我的声纹？”

“变化会相当明显。”

“而你渴望证明，你并未采用非法手段审讯一名议员？这点我并不怪你。”

“议员先生，我很高兴你能够谅解，那就让我们继续吧。你曾经在某些场合公开声明，你不相信谢顿计划的存在。你承认这件事吗？”

崔维兹说得很慢，措辞极为谨慎。“我们称之为谢顿计划的这个东西，一般人赋予它极重大的意义，可是我不相信。”

“这个陈述过于含糊，能否请你详加解释？”

“我的意思是，通常一般人都认为，哈里·谢顿在五百年前，运用心理史学这门数学，巨细无遗地算出人类未来的发展；而我们目前所遵循的既定轨迹，是从第一银河帝国通往第二银河帝国的最大几率线。但我认为这种观念过于天真，不可能是事实。”

“你的意思是说，你认为哈里·谢顿并不存在？”

“我绝无此意，历史上当然有他这个人。”

“那么，他从未发展出心理史学这门科学？”

“不，我当然也不是这个意思。听好，局长，我刚才要是有机会，就能把这一点向议会解释得清清楚楚，而我现在就要向你解释。我要说的这番道理，其实非常明显……”

安全局长并未做声，却显然将记录装置关掉了。

崔维兹随即住口，并皱起眉头。“你为什么要关掉？”

“你在浪费我的时间，议员先生，我并不是请你来演讲的。”

“你明明要求我解释自己的观点，不是吗？”

“绝对没有，我只是要求你回答问题——用简单、明了、直接的方式回答。针对我的问题作答，别说任何的题外话。只要你合作，我们很快就能结束。”

崔维兹说："你的意思是，你想诱导我作一些陈述，用来强化我已认罪的官方说法。"

"我们只要求你据实陈述，我向你保证，我们绝对不会断章取义。拜托，让我再试一遍，我们刚才正谈到哈里·谢顿。"记录装置再度开启，柯代尔用平稳的语气再问一次："那么，他从未发展出心理史学这门科学？"

"他当然发展出了我们称之为心理史学的这门科学。"崔维兹已无法掩饰心中的厌烦，气呼呼地挥动双手。

"你对心理史学——如何定义？"

"银河啊！心理史学通常被视为数学的一支，专门研究在特定的条件下，人类群体受到某种刺激之后的整体反应。换句话说，理论上，它能预测社会和历史的变迁。"

"你用了'理论上'三个字。你是否以专业的数学观点，对这个定义抱持怀疑的态度？"

"没有。"崔维兹说，"我并不是心理史学家。而基地政府的每一个成员，以及端点星上的每一个公民，也没有任何人是心理史学家，甚至……"

柯代尔举起右手，轻声说："议员先生，拜托！"崔维兹只好住口。

柯代尔又说："我们都知道，哈里·谢顿根据他的分析结果，设计出了以基地当跳板，用最有效率的方式，结合最大的几率和最短的时限，使银河系从第一帝国跃进至第二帝国的计划。你是否有任何理由，质疑这个事实？"

"当时我还没出生，"崔维兹用尖刻的语气说，"又怎么会知道？"

"你能确定他并未这么做吗？"

“不能。”

“或者，你是否怀疑，过去五百年来，每当基地发生历史性危机，都必然出现的谢顿全息影像，并不是哈里·谢顿在去世前一年间，也就是基地设立的前夕，由他本人亲自录制的？”

“我想，我不能否认这一点。”

“你想？你愿不愿意干脆说，这根本是一个骗局，是过去的某个人，为了某种目的，故意设计出来的骗局？”

崔维兹叹了一声。“不，我并不坚持这一点。”

“那么你是否准备坚持，哈里·谢顿的影像所传达的讯息，是某人暗中玩出来的把戏？”

“不，我没有理由认为这种把戏是可能的，或是有什么用处。”

“好的。你刚才亲眼目睹谢顿再度显像，难道你认为他的分析——早在五百年前就作出的分析——和今日的实际情况并不十分符合吗？”

“正好相反，”崔维兹突然精神一振，“它和现状非常符合。”

柯代尔似乎丝毫不受对方情绪的影响。“然而，议员先生，在谢顿影像显现之后，你却仍然坚持谢顿计划并不存在？”

“我当然坚持。我之所以坚持它并不存在，正是因为预测过于完美……”

柯代尔又关上记录装置。“议员先生，”他一面摇头，一面说，“你害我要洗掉这段记录。我只是问你，是否仍然坚持那个古怪的信念，你却给我冒出一大堆理由来。让我再重复一遍我的问题。”

于是他又问：“然而，议员先生，在谢顿影像显现之后，你却仍然坚持谢顿计划并不存在？”

“你是怎么知道的？自从谢顿影像出现之后，谁也没有机会和我那位已成过去的朋友——康普——讲上一句话。”

“姑且算是我们猜到的吧，议员先生。此外，姑且假设你已经回答过一句‘我当然坚持’。如果你愿意把这句话再说一遍，不再自动添油加醋，我们的工作就算结束了。”

“我当然坚持。”崔维兹以讽刺的口吻答道。

“很好，”柯代尔说，“我会帮你选一个听来比较自然的‘我当然坚持’。谢谢你，议员先生。”接着记录装置又被关掉了。

崔维兹说：“这样就完了吗？”

“我所需要的，都已经做完了。”

“你所需要的其实相当明显，就是一组问答记录而已。然后，你就能向端点星公布这段记录，甚至传到基地联邦每个角落，好让大家都知道，我全心全意接受谢顿计划这个传说。将来，如果我自己再作任何否认，就能用它来证明我的行为疯狂，或者完全精神错乱。”

“或者，在那些过激的群众眼中，你的言行将被视为叛逆。因为他们都认为，谢顿计划是基地安全的绝对保障。如果我们可以达成某种谅解，崔维兹议员，刚才的记录或许并不需要公开。不过万一真有必要，我们绝对会让整个联邦通通知道。”

“你是否真的那么愚蠢，局长，”崔维兹皱着眉说，“所以对我真正想讲的毫无兴趣？”

“身为人类的一员，我的确非常感兴趣。而且如果有适当的机会，我乐意以半信半疑的态度听你讲讲。然而，身为安全局长，目前为止，我已经得到所需要的一切。”

“我希望你能够知道，这些记录对你本人，以及对市长，都没有什么用处。”

“真奇怪，我的看法和你恰恰相反。你可以走了，当然，还是会有警卫护送。”

“我会被带到哪里去？”

柯代尔却只是微微一笑。“再见，议员先生。你并没有充分合作，不过我也并未这么指望，否则我就太不切实际了。”

说完，他伸出了右手。

崔维兹缓缓起身，根本不理会对方。他把宽腰带上的皱褶抚平，然后说：“你只不过是在作无谓的拖延。一定有人和我抱持相同的想法，迟早会有的。如果将我囚禁或杀害，必将引起众人的好奇，反而促使大家提早起疑。到头来，真理和我终将是最后的赢家。”

柯代尔抽回右手，缓缓摇了摇头。“老实说，崔维兹，”他道，“你是个笨蛋。”

04

在安全局总部的一个小房间里，崔维兹一直待到午夜，才由两名警卫将他带了出来。他不得不承认那是一间豪华的套房，只是外面上了锁。不管怎么说，它真正的名字就是“牢房”。

在遭到拘禁的这四个多小时，崔维兹大部分时间都在房里踱来踱去，痛定思痛地反省。

自己为什么要信任康普？

为什么不呢？他似乎显然同意自己的观点——不对，不是这么回事。他好像很容易被说服——不，也不是那么回事。他看来好像很蠢，很容易受别人左右，明显地缺乏思想与主见，因此，崔维兹喜欢把他当成一个乖顺的“共鸣板”。由于不时和康普讨论，崔维兹才能不断修正并改良自己的理论。他是个很有用的朋友，而崔维兹之所以信任他，其实也没有什么特别的理由。

事到如今，再来反省是否应该先彻底了解康普，已经于事无补。当初自己应该谨遵一个简单的原则：别相信任何人。

然而，一个人一生中，难道真能做到这一点吗？

答案显然是必须如此。

可是谁又想得到，布拉诺竟然如此大胆，敢在议场中公开逮捕一名议员——却没有任何议员挺身而出，保护他们之中的一分子？即使他们打心眼里不同意崔维兹的见解，即使他们愿意用身上的每一滴鲜血，来打赌布拉诺才是正确的一方，可是原则上，为了维护自己崇高的权利，他们也不应该如此保持沉默。许多人称她为“铜人布拉诺”，她果真是铁腕作风……

除非，她本身已经受到控制……

不！如此疑神疑鬼，迟早会得妄想症！

然而……

这些念头在他心中转个不停，当警卫进来时，他尚未从这些循环不断的徒劳思绪中解脱。

“议员先生，请您跟我们走。”开口的是较年长的那名警卫，他的口气严肃，不带半分感情。由胸章看得出他是一名中尉，他右颊有个小疤，并且看起来一脸倦容，好像是嫌这份差事干得太久，却始终不能有什么作为。维持了一个多世纪的太平岁月，令任何军人都难免有这种感觉。

崔维兹一动不动。“中尉，贵姓大名？”

“议员先生，我是艾瓦德·索佩娄中尉。”

“你应该知道你的行为已经违法了，索佩娄中尉，你无权逮捕一名议员。”

中尉回答说：“议员先生，我们只是奉命行事。”

“话不能这么说，谁也不能命令你逮捕一名议员。你必须了解，这样做将使你面临军法审判。”

中尉答道：“议员先生，您并没有遭到逮捕。”

“那么我就不必跟你们走，对不对？”

“我们奉命护送您回家。”

“我自己认识路。”

“并且负责沿途保护您。”

“有什么天灾吗？还是有什么人祸？”

“可能会有暴民集结。”

“三更半夜？”

“议员先生，这就是我们等到半夜才来的原因。现在，议员先生，为了您的安全，我们必须请您跟我们走。我得提醒您，我们已经获得授权，必要时可以使用武力。这并不是威胁，只是据实相告。”

崔维兹注意到他们两人带着神经鞭，他只好缓缓起身，尽可能维持尊严。“那就带我回家吧。或者，我会被你们带进监狱去？”

“议员先生，我们并未奉命欺骗您。”中尉以傲然的口气说。崔维兹这才发觉，对方是个一板一眼的职业军人，就连说谎也得先有上级的命令——即使他真说谎，他的表情与语气也一定会穿帮。

于是崔维兹说：“请别介意，中尉，我并非暗示自己不相信你。”

一辆地面车已经等在外面。街头空空荡荡，毫无人迹，更遑论任何暴民。不过中尉刚才并未撒谎，他没有说外面有一群暴民，或者有一群暴民将要集结。他说的是“可能会有暴民集结”，他只是说“可能”而已。

中尉谨慎地将崔维兹夹在他自己和车子之间，令崔维兹绝不可能掉头逃跑。等到崔维兹上车之后，中尉也立刻钻进车内，和他一起坐在后座。

然后车子就开动了。

崔维兹说：“一旦我回到家，想必就能还我自由了吧。比方说，只要我高兴，随时可以出门。”

“我们并未奉命干涉您的任何行动，议员先生，但是我们奉命持续保护您。”

“持续保护我？这话怎么说？”

“我奉命知会您，回到家以后，您就不得再离开家门。您上街可能会发生危险，而我必须对您的安全负责。”

“你的意思是我将被软禁在家里。”

“我并非律师，议员先生，我不了解那是什么意思。”

中尉直视着前方，手肘却紧挨着崔维兹。崔维兹只要轻轻动一动，中尉一定会察觉。

车子停在崔维兹位于富列克斯纳郊区的小房子前。目前他欠缺一位女伴——他当选议员之后，生活变得极不规律，芙勒薇拉在忍无可忍之下离去——所以屋内不该有任何人。

“现在我可以下车了吗？”崔维兹问。

“我先下车，议员先生，然后我们护送您进去。”

“为了我的安全？”

“是的，议员先生。”

在前门的内侧，已有另外两名警卫守在那里。屋内的夜灯闪着微光，但由于窗玻璃被调成不透明，从外头根本看不到里面的情形。

发现有人侵入自己的住宅，他一时之间怒不可遏，但转念一想，也只好认了。今天在议会厅中，整个议会都无法保护他，自己的家当然更算不上堡垒。

崔维兹说：“你们总共有多少人在我家里？一个军团吗？”

“议员先生，你错了。”屋内传出一个严厉而沉稳的声音，“只不过比你所见到的还多一位而已，而我已经等你很久了。”

端点市的市长赫拉·布拉诺，此时正站在起居室门口。“难道你不觉得，该是咱们谈谈的时候了？”

崔维兹两眼圆睁。“费了这么大的周章……”

布拉诺却用低沉而有力的声音说：“安静点，议员。你们四个，出去，出去！这里没你们的事了。”

四名警卫敬礼后转身离去，屋内便只剩崔维兹与布拉诺两人。

第二章

市 长

01

布拉诺已经等了一个小时，在这段时间中，她的思绪始终没有停过。严格说来，她已经犯了侵入私宅的罪行；更有甚者，她也侵犯了一名议员的权利，这更是严重违宪。将近两个世纪前，在茵德布尔三世与骡出现之后，基地订立了数条严格的法令，规范市长在各方面的权限，而根据这些法令，她已经足以遭到弹劾。

然而在今天，在这短短的二十四小时之内，不论她做任何事，都是正确的。

可是今天终将过去，想到这一点，她便坐立不安。

基地历史的头两个世纪，可以算是黄金时期，后人回顾那段历史，都会承认它是“英雄时代”，但是不幸生在那个动荡岁月的人，大概不会同意这一点。塞佛·哈定与侯伯·马洛是当年两位最伟大的英雄，在后人心目中，他们的地位崇高神圣，直逼至高无上的哈里·谢顿。在有关基地的所有传说中（甚至正史也一样），都将他们视为基地的三大支柱。

话说回来，在那个时代，基地是个单一的小世界，对四王国的控制力量极为薄弱。对于谢顿计划这个保护伞的范围，只有一点模糊的概念。更没有人知道，就连银河帝国残躯对基地的威胁，都早已在谢顿算计之中。

等到基地这个政治与经济实体实力愈来愈强大之后，无论统治者或英勇的斗士，地位似乎都不那么重要了。拉珊·迪伐斯几乎已经为人遗忘，即使还有人记得他，想到的也只是他惨死在奴工矿坑中的悲剧，而不是他为了瓦解贝尔·里欧思的攻势而从事的反间计——那是个并没有必要，却十分成功的行动。

至于贝尔·里欧思——基地有史以来最高贵的敌手，也早已变得默默无闻，光芒被后来居上的骡所遮掩。遍数基地过去所有的敌人，唯有骡曾经颠覆谢顿计划，并击败且统治过基地。只有骡才是唯一的“大敌”，事实上，他也是银河历史中最后一位“大帝”。

不过，并没有什么人记得，其实骡是被一个人，一位名叫贝泰·达瑞尔的女性所击败的，而且她的胜利全凭一己之力，甚至没有谢顿计划作为后盾。后来，她的儿子与孙女——杜伦·达瑞尔与艾卡蒂·达瑞尔，又联手击溃第二基地，使这个基地（第一基地）获得唯我独尊的地位，但是这段事迹也几乎为人遗忘。

这些基地历史中的后起之秀，不再具有任何英雄形象。随着时间轴不断延展，英雄人物都被压缩成普通的凡人。而艾卡蒂为祖母撰写的传记，则是将她从一位女英雄，简化成了传奇小说的女主角。

从此以后，再也没有英雄出现，就连小说中的传奇人物也消失了。“卡尔根之战”是基地卷入的最后一场战祸，不过只能算小场面而已。所以说，基地已经整整度过两个世纪的和平岁月！而在过去一百二十年间，甚至未曾损失半艘船舰。

这实在是一段很不错的太平岁月，是一段受用的太平岁月，这点布拉诺绝不否认。虽然基地尚未建立第二银河帝国（根据谢顿计划，目前才完成一半的准备工作），但是分散在银河各处的政治实体，已有三分之一被基地联邦掌控经济命脉；而在那些未受直接控制的领域，基地联邦的影响力也非同小可。行遍银河，只要报出

“我是基地公民”，听到的人鲜有不肃然起敬。而在上千万个住人世界中，没有任何人的地位能够媲美“端点市长”。

“市长”这个头衔一直沿用至今。五世纪以前，市长只是个小城市的领导者，那个城市是一个孤立世界上唯一的聚落，那个世界则处于银河文明的最边陲。但从来没有人想到过更改这个头衔，或是再加上一点点敬称。如今，仅有几乎遭人遗忘的“皇帝陛下”能令人产生同样的敬畏。

只有在端点星是唯一的例外，在这个世界上，市长的权限受到谨慎的规范。对于当年的茵德布尔家族，一般人都还记忆犹新。不过人们无法忘怀的，并不是他们的专制极权，而是在他们的统治下，基地落入骡的手中。

而她，赫拉·布拉诺，就是现任的市长。自骡死后，她是银河中最强有力的统治者（这点她自己也很清楚），亦是基地有史以来第五位女性市长。但也只有今天，她才有办法公然施展自己的力量。

从政多年来，对于何事正确，何者当行，她始终坚持自己的信念，跟那些顽强的反对派奋战到底——那些家伙都在觊觎盛名远播的银河内围，渴望为基地加上帝国的光圈。今天，她终于获得全盘的胜利。

还早哩，她曾经这么说。还早哩！过早跳进银河内围，可能会由于种种原因而遭到惨败。如今，谢顿也站出来为她说话，甚至遣词用字也几乎和她一模一样。

一时之间，在基地所有成员心目中，她成了与谢顿同样睿智的人物。然而，他们随时会忘掉这件事，这点她也心知肚明。

而这个年轻人，偏偏在今天，就敢当众向她挑战。

而且，恐怕他并没有错！

危险就在这里，他的看法是对的！而只要他是对的，他就有可能毁掉基地！

现在，她终于和他面对面，没有第三者在场。

她以惋惜的口吻说：“难道你不能私下来找我？难道你非得在议会厅咆哮不可？你的想法实在愚蠢，以为这样就能当众羞辱我吗？口没遮拦的孩子，你可知自己闯了什么祸？”

02

崔维兹觉得自己满脸通红，只好拼命控制住怒火。市长是个上了年纪的女人，就快满六十三岁了。面对这样一个年纪几乎长他一倍的老太婆，他实在不想开口吵架。

何况，她早已在政治斗争中百炼成钢，了解只要一开始便将对手弄得手足无措，一场战争等于已经赢了一半。不过想要这种战术奏效，必须有观众在场，可是如今连一个旁观者都没有，也就不会有人令他感到羞辱。算来算去，也只有他们两人而已。

所以他对那番话充耳不闻，尽全力维持一副漠然的表情，仔细审视着对方。这个老女人穿着一身中性服装，这种服饰已经流行了两代，但穿在她身上并不适合。这位市长，这位全银河的领袖（如果银河中还有领袖，当然非她莫属），看来像个平庸的老太婆，甚至很容易被误认为是个老头。她与男性唯一的差别，在于她将铁灰色的头发紧扎脑后，而传统的男性发式则完全不束不系。

崔维兹露出一个魅力十足的笑容。这个上了年纪的对手，无论多么努力把“孩子”这个称呼当成羞辱，可是她面前的这个“孩子”，至少拥有年轻和英俊这两方面的优势，而且他完全明白这个事实。

于是他说：“完全正确，我今年才三十二岁，所以还能算个孩子。而且身为一名议员，口没遮拦正是我职责所在。关于第一点，我实在无可奈何；至于第二点，我只能说声抱歉。”

“你晓得自己闯了什么祸吗？别鬼头鬼脑地站在那里，坐下来。请你尽可能全神贯注，并且理智地回答我的问题。”

“我知道自己做了什么，我将看穿的真相说了出来。”

“你偏偏选在这一天向我挑战？选在我的声望如日中天的日子？今天，我有办法把你赶出议会厅，再立刻将你逮捕，其他议员没有一个敢站出来抗议。”

“议会迟早会回过神来，然后就会向你抗议。现在，他们可能已经在进行抗议了。你这样迫害我，只会使他们更加听信我。”

“谁也不会听到你讲什么。只要我认为你将继续大鸣大放，我就会继续视你为叛徒，用最严厉的法律办你。”

“那我就必须接受审判，我总有在法庭出现的机会。”

“你别指望这一点。市长拥有极大的紧急处分权，虽然通常很少动用。”

“你凭什么宣布进入紧急状况？”

“我自然会想出名目来，这点智慧我还有，而且我也不怕面对政治危机。别逼我，年轻人。希望我们能在此地达成一个协议，否则你就永远无法重获自由。你将遭到终身监禁，这点我可以向你保证。”

两人正面相对——布拉诺的灰色眼睛和崔维兹驳杂的棕色眼睛彼此瞪视。

然后崔维兹问道："什么样子的协议？"

"啊，你感到好奇了，这样就好多了。我们别再剑拔弩张，心平气和谈谈吧。你的看法究竟如何？"

"你应该清楚得很。你一直和康普议员暗中勾结，对不对？"

"我想听你亲口说一遍——刚刚过去的这个谢顿危机，你有什么看法？"

"很好，如果你真想听——市长女士！""老太婆"一词差点脱口而出，"谢顿影像说得未免太正确，过了五百年还能那么准，实在太不可能了。我相信，他这一次重现，是有史以来的第八次。过去有几次，当影像出现时，根本没有任何人在场。而至少有一次，在茵德布尔三世执政时期，他讲的那番话，和实际情况完全不符——但那是在骡崛起的时候，对不对？可是过去七次当中，他何曾像今天这样，一切都预测得那么准确？"

崔维兹浅浅一笑。"市长女士，根据我们所掌握的记录，谢顿从未将现况描述得如此完美，连最小的细节也分毫不差。"

布拉诺道："你的意思是说，谢顿的全息影像是伪造的？谢顿的录影是他人最近准备的，这个人也许正是我？而谢顿这个角色，则是某个演员扮演的？"

"并非不可能，市长女士，但我并不是这个意思。真相其实还要糟得多，我相信我们所看到的，的确是谢顿本人的录影，而他对于当代现况的描述，也的确是五百年前所准备的。这些，我都已经向你的手下柯代尔讲过，可是他故意跟我打哑谜，好让我看起来也相信那些只有不用大脑的基地人才会迷信的事。"

"没错，若有必要，那个记录就能派上用场，好让基地上上下下，都认为你从未真正站在反对立场。"

崔维兹双手一摊。"但我明明反对。我们心目中的那个谢顿计划，其实并不存在，大概早在两个世纪前，它就已经烟消云散。这件事我怀疑了好几年，而十二个小时之前，我们在时光穹窿的经历，终于证明了这一点。”

“因为谢顿过于准确？”

“正是如此。别笑，这就是铁证。”

“你该看得出来，我并没有发笑。说下去。”

“他怎么可能预测得那么准？两个世纪前，谢顿对现状的分析就完全错误。那时距离基地的建立已有三百年，他的预测已经离谱得过分，完全离谱了！”

“关于这一点，议员，你自己刚才解释过了，那是因为骡的关系。骡是一个突变异种，具有强大的精神力量，在整个谢顿计划中，根本无法考虑到他。”

“不论考虑到了没有，反正他就是出现了，谢顿计划因此偏离了既定的轨迹。不过骡的统治时间并不长，而且他也没有继承者。基地很快就再度独立，同时拾回昔日的霸权。问题是谢顿计划变得支离破碎之后，又怎么可能会回到正轨呢？”

布拉诺绷着一张老脸，苍老的双掌紧握在一起。“你自己知道答案，你总该读过历史。除了我们之外，还有另一个基地。”

“我读过艾卡蒂为祖母写的传记——毕竟，那是学校的指定读物——我也看过她写的那些小说。此外，我还读过官方发布的‘骡乱’始末。我可不可以质疑这些文献？”

“如何质疑？”

“根据公认的说法，我们这个第一基地，目的是保存所有的物理科学知识，进而发扬光大。我们的一切发展都光明正大，我们的历史依循着谢顿计划发展，姑且不论我们是否知情。然而除了我们，另外还有一个第二基地，它的功能是保存并发展各种心理科学，包括心理史学在内。而第二基地的存在必须保密，甚至连我们也不能知道。第二基地是谢顿计划的微调机制，当银河历史的潮流偏离预定轨迹时，它负责将历史导回正轨。”

“那么你已经回答了自己的问题。”市长说，“贝泰·达瑞尔当年能够击败骡，也许就是受到第二基地的激励，虽然她的孙女一再强调并无此事。无论如何，在骡死去之后，银河历史能够重归谢顿计划，无疑是第二基地努力的成果，他们显然不辱使命。所以说，你究竟想说些什么呢，议员？”

“市长女士，如果我们分析艾卡蒂·达瑞尔的说法，就能发现一个明显的事实。第二基地在企图修正银河历史的过程中，无意间破坏了整个谢顿计划，因为在进行修正之际，他们使自己曝了光。我们这个第一基地因而发现我们有一个镜像，也就是第二基地。我们不甘心受他们操控，千方百计找出了第二基地的下落，并且一举将他们消灭。”

布拉诺点了点头。“根据艾卡蒂·达瑞尔的说法，我们后来的确成功了。不过很明显的是，在此之前，一度为骡所搅乱的银河历史，已经被第二基地导回正轨。直到如今，依然没有任何偏差。”

“你能相信这一点吗？根据她的说法，我们找到了第二基地的大本营，逮捕了所有的成员。那件事发生在基地纪元377年，也就是距今一百二十年前。过去整整五个世代，我们都认为第二基地不复存在，一切都是我们独立发展的结果。可是直到如今，我们仍然能够瞄准谢顿计划的目标，而你和谢顿影像所说的话，也几乎一模一样。”

“这也许可以作如下解释：我具有敏锐的洞见，能够洞察历史发展的深层意义。”

“对不起，我无意对你的敏锐洞见表示怀疑，但我认为还有一个更明显的解释，那就是第二基地并未遭到摧毁。它依旧在操控我们，依旧在支配我们，那才是我们重返谢顿计划正轨的真正原因。”

03

若说这番话令市长震惊不已，她丝毫没有表现出来。

现在已经是凌晨一点多了，她极其希望赶快结束这场谈判，却知道绝对不能着急。这个年轻人必须好好对付，她可不希望把钓鱼线绷断。而且，她也不想白白将他作废，因为在此之前，他或许还能发挥一项功能。

她说："是吗？那么你是说，艾卡蒂写的什么卡尔根之战，以及第二基地被摧毁的经过，全都是假的？是捏造的？是一个骗局？是一堆谎言？”

崔维兹耸了耸肩。“那倒不至于，这样说就离题了。即使假定艾卡蒂的记述全部属实，她的确做到了知无不言，言无不尽；假定所发生过的一切，和艾卡蒂的描述一模一样；第二基地的巢穴确实被寻获，成员也全部被捕。可是我们又凭什么说，他们每一个成员都落网了呢？第二基地所操控的对象，乃是整个的银河系，并非只是端点星上的历史，也并不仅限于第一基地。他们并非只对我们这个首都世界，或者整个联邦负责而已。一定还有某些第二基地分子，藏在一千秒差距之外，甚至更远的地方。我们有可能把他们一网打尽吗？

“假如我们并未将他们一举成擒，能够声称自己大获全胜吗？当年的骡能这么说吗？他先拿下了端点星，以及它直接控制的所有世界，但独立行商世界仍在奋战。后来行商世界也被他打垮了，却溜走了三个人：艾布林·米斯、贝泰·达瑞尔，还有她的丈夫。骡将其中两人置于控制之下，却完全没有控制贝泰，独独放过了她。如果我们愿意相信艾卡蒂写的小说，骡之所以如此做，乃是因为感情用事，而这就足以改变一切。根据艾卡蒂的记述，全银河只剩下一个人——只剩下贝泰能够随心所欲，而她的行动，果真使得骡无法找到第二基地，因此导致了他最后的失败。

“仅仅一个人保有自由意志，就能令骡全盘皆输！个人的确能够发挥重大的影响力——虽然围绕着谢顿计划的所有传说，都在强调个体不值得一提，唯有群体才是有意义的。

“假如当初漏网的第二基地分子不只一名，而是好几十个，这似乎是极有可能的，那又会怎么样？难道他们不会重新会合，重建第二基地，再到处招兵买马，经过一段时间的励精图治，然后继续进行他们的工作，使我们再一次成为他们的傀儡？”

布拉诺以严肃的口气说：“你相信有这种可能吗？”

“我绝对可以肯定。”

“可是请你告诉我，议员，他们又为何自找麻烦呢？那些所剩无几的可怜虫，又何必死守着一个没人欢迎的计划？他们尽力使银河朝向第二帝国发展，背后的原动力又是什么？假如他们这一小撮人，坚持一定要完成这件使命，我们又何必在乎？为什么不能接受这个计划的安排，并且对他们心存感激呢？因为他们会尽一切可能，不让我们的历史脚步迷路或走偏了。”

崔维兹揉了揉眼睛，虽然他年轻许多，却似乎比对方还要疲倦。然后，他瞪着市长说：“我无法相信你的说法。难道你真以为，第二基地这样做是为了我们吗？难道他们是一群理想主义者？难道你不能根据政治常识，根据权力斗争和领导统驭的实际经验，清清楚楚地看出，他们这么做，其实是为了他们自己？

“我们是冲锋陷阵的敢死队，是整个机制的发动机和动力之源。我们拼命奋斗，流汗、流血又流泪。他们却只管控制和操纵——调整一下这个放大器，按动一下那个开关，既轻松又自在，而且不必亲身涉险。等到一切大功告成，也就是说，经过一千年的辛苦努力，我们建立起第二银河帝国之后，第二基地的人就会大摇大摆地出现，成为真正的统治阶级。”

布拉诺道：“这么说，你是想彻底消灭第二基地？建立第二帝国的工作，我们已经完成一半，你想试试让我们自己当自己的主人，以一己之力完成其余的工作？对不对？”

“当然！当然！这难道不也是你的希望吗？虽然你我看不到这一天，可是你有儿孙，将来我也会有，而他们还会再有儿孙，一代一代绵延不绝。我要他们享受我们辛勤努力的成果，我要他们在回顾历史时，将我们视为源头，对我们的成就赞美讴歌。我可不希望一切的心血，都被吸进谢顿所设计的阴谋当中——他并不是我心目中的英雄。我告诉你，如果我们真让他的计划继续下去，他的威胁会比骡更可怕。银河在上，我真希望当年的骡瓦解了整个计划，令它万劫不复。骡死了之后，我们便能好好活下去，他的寿命毕竟有限。可是，第二基地似乎是打不死的。”

“但你想要摧毁第二基地，是不是？”

“只要我知道该怎么做，绝不犹豫！”

“既然你并不知道该怎么做，难道就没有想到，他们很可能先下手为强？”

崔维兹露出了鄙夷的神色。“我甚至曾经怀疑，你可能也在他们控制之下。你准确地猜到谢顿影像将说些什么，还有你后来对付我的那些手段，都有可能是第二基地的阴谋。你也许只剩下一副空壳子，里面已经让第二基地填满了。”

“那你为何还要跟我说这么多？”

“因为，假如你的确受到第二基地控制，我无论如何是死路一条，这样发泄一下，至少可以出一口怨气——而且，事实上，我仍然赌你并未受他们控制，只是不知道自己在做什么而已。”

布拉诺说：“无论如何，你显然赌赢了。除了我自己，没有任何人在控制我。话说回来，你能确定我说的是实话吗？假如我的确受到第二基地控制，自己难道会承认吗？甚至，我会知道自己受到他们的控制吗？

“可是，讨论这些问题一点用处也没有。我相信自己并未受到控制，因此你也不得不买账。然而，你想想看，假使第二基地的确存在，他们最大的需求，一定是希望银河中谁也不知道这个事实。唯有谢顿计划的棋子，也就是我们，对于计划的内容毫不知情，也不晓得自己如何受支配，这个计划才能顺利进行。由于骡的出现，使得第一基地将注意力集中在第二基地身上，第二基地才会在艾卡蒂的时代遭到摧毁——或者我应该说，是几乎被摧毁了，议员，你说对不对？

“从这一点，我们能够导出两个推论。第一，我们可以合理地假定，他们所做的各种干预已经尽量降低。由此我们又可以假设，他们不可能完全控制我们。即使第二基地的确存在，它的力量也必定有某种限制。如果控制了一部分的人，却使得其他人因而猜疑，便会令谢顿计划遭到扭曲。因此之故，我们能得到一个结论，他们的干预尽可能做得精巧、间接和分散。所以我并没有受到控制，而你也没有。”

崔维兹说：“这算是第一个推论，我姑且接受吧——或许，是基于一厢情愿的乐观。另一个推论又是什么？”

“那是个更简单、更必然的结果。假如第二基地确实存在，却又希望保住这个秘密，那么有一点是绝对肯定的。如果有谁认为它仍旧存在，并且和他人讨论这个可能，甚至在公开场合高谈阔论，闹到整个银河人尽皆知，那么他们一定会立刻用巧妙的手法，将这个人解决掉、铲除掉、消灭掉。你难道不也是这么想吗？”

崔维兹说：“市长女士，你将我逮捕，就是这个缘故？为了保护我，以免我被第二基地谋害？”

“就某个角度而言，的确可以这么说。里奥诺·柯代尔精心为你录制的自白，不仅是为了向端点星以及基地的所有民众澄清，让大家不至于被你的妖言迷惑，另一方面，也是想借此让第二基地放心。假如他们真正存在，我不希望你吸引到他们的注意。”

“真是难以想象，”崔维兹以极尽讽刺的口吻说，“为我着想？为了我这一对可爱的棕色眼睛？”

布拉诺顿时动容，然后，在没有任何征兆之下，她轻轻笑了几声，又说：“我还没有老到那种程度，议员，自然注意到你有一对可爱的棕色眼珠。而且，若是三十年前，这也许就足以构成我的动机。然而现在，我不会为了拯救这对眼睛，或是你身上的其他部分，而伸出半毫米的援手。问题是，假如第二基地的确存在，而且你招惹了他们的注意，那么，他们不会解决了你就罢手。除了我自己这条老命，还有其他许多远较你聪明、远较你具有价值的人——以及我们拟定的所有计划，都会遭到他们威胁。”

“哦？这么说，你果真相信第二基地的存在，因此行动才会如此谨慎，以防范他们可能的反应？”

布拉诺一拳打在面前的桌子上。“我当然相信，你这个绝顶的笨蛋！如果我不相信第二基地的存在，如果我没有使出浑身解数跟他们奋战，你拿这个题目大做文章，又干我什么事？假使第二基地只是子虚乌有，你到处宣扬他们的潜在威胁，又有什么关系吗？早在几个月前，我就想趁你尚未公开这件事之际，设法让你闭嘴，可是对于一名议员，我没有权力强行干涉。谢顿影像出现之后，我的声望大振，权力也随即扩张——即使只是暂时而已。就在这个时候，你果然当众引爆这个问题，于是我立即采取行动。现在，如果你还不肯乖乖就范，我马上就处决你，不会有一点点的良心不安，也不会有一微秒的犹豫。

“此时此刻，我早就该安稳地进入梦乡，可是我却跟你苦口婆心，就是为了让你相信我所说的一切。我要让你知道，第二基地这个问题——我刚才仔细为你分析过了——就让我有足够的理由和动机，不经审判便让你的脑波终止。”

崔维兹准备有所行动了。

布拉诺说：“喔，不要轻举妄动。我只是个老太婆，你心里一定这么想，可是在你碰到我一根汗毛之前，你就会是个死人。我的手下正在暗中监视，傻里傻气的年轻人。”

崔维兹只好又坐下来，声音中带着轻微的颤抖说：“你这样做很不合理。如果你相信第二基地的存在，就不应该如此肆无忌惮地说这番话。你说我让自己暴露在危险中，你自己就该设法避免。”

“所以说，你自己也已经明白，我至少比你谨慎一点。换句话说，你相信第二基地的确存在，但你随便乱讲，因为你是个笨蛋。我也相信它的存在，现在也敢随便开口——只因为我已经做好防范措施。你既然似乎熟读艾卡蒂的历史小说，就该记得她提到过，她父亲曾经发明一种称为‘精神杂讯器’的装置。面对第二基地的精神力量，它起着防护罩的功能。这个装置并未失传，而且被改良得更有效，这是在极机密的情况下进行的。此时此刻，这栋房子可说是相当安全，不怕遭到刺探。现在你都了解了，我可以开始告诉你，将指派给你什么任务。”

“什么任务？”

“你我两人已经达成一个共识，我要你替我证实这一点。你得去确定第二基地是否仍然存在，如果答案是肯定的，他们又藏身何处。这就表示，你必须离开端点星，虽然我也不知道你该去哪里找——即使最后，你发现第二基地就在我们身边，就跟艾卡蒂的时代一样，你也得去转一圈。这也就代表，在你得到我们需要的情报之前，绝对不可以回来。如果你始终未能有所发现，那就永远不必回来，这样，至少端点星上少了一个笨蛋。”

崔维兹竟然结结巴巴地说：“我怎么可能一面去寻找他们，一面又保守秘密呢？他们会随便想个办法害死我，这对你根本没有好处。”

“那就别去找他们，天真的孩子，你可以去找别的东西。你只要全心全意去找别的，他们就会懒得注意你。如果在寻找的过程中，你无意间发现了他们的踪迹，就再好不过了！你可以送一个密封的超波密码给我们，等于是将功赎罪，便可以回端点星了。”

“要我去找什么，我猜你心里早就有数了。”

“我当然有数。你认识詹诺夫·裴洛拉特吗？”

“从来没听说过。”

“你明天就能见到他。他会告诉你该去找什么，而且会跟你一起去，乘坐我们最先进的船舰出发。你们两人将单独行动，因为赌你们两条命就够了。如果，你在尚未获得我们需要的答案之前，就试图返回此地，那么在距离端点星一秒差距之外，你就会被击毁在太空中。就这样，这次的谈话结束了。”

她站起来，看了看自己的双手，然后慢慢把手套戴上。她向门口走去，外面立刻出现两名警卫，两人都持械在手。他们站定后再往两旁一跨，为她让出一条路来。

她走到门口，又转过头来说：“外面还有更多的警卫，千万别惊扰他们，否则你等于帮我们除掉你这个大麻烦。”

“那样的话，我也不可能为你带回任何情报。”崔维兹花了一番力气，才将这句话说得轻描淡写。

“试试看吧。”布拉诺皮笑肉不笑地说。

04

里奥诺·柯代尔早已等在屋外，他说：“整个对话我都听到了，市长，你实在非常有耐心。”

“而且也实在非常疲倦，我觉得今天好像有七十二小时。从现在起，你来接手吧。”

“我会处理的，可是我想知道——在这栋房子附近，真的设有精神杂讯器吗？”

“喔，柯代尔，”布拉诺以疲惫的口气说，“你自己应该很明白。有人在暗中监视的机会究竟多大？你以为那个第二基地，能够一直监视每个角落的一切吗？我可不是崔维兹那样的浪漫青年；他心里也许这么想，但我可不。而且，即使事实的确如此，假如第二基地的耳目无所不在，我们若是轻易动用杂讯器，不是正好欲盖弥彰吗？一旦第二基地发现，他们的精神力量无法穿透某个区域，就会立刻知晓这个防护罩的存在，对不对？在我们尚未作好万全准备之前，这个秘密武器不但比崔维兹重要，就连你我加起来也比不上它，你说是吗？不过……”

此时他们两人坐在地面车中，由柯代尔亲自驾驶。“不过……”柯代尔问道。

“不过什么？”布拉诺说，“喔，对了，不过那个年轻人相当聪明。我换了好几种方式连连骂他笨蛋，只是希望他不要得意忘形，事实上他绝不笨。他只是太年轻，又读过太多艾卡蒂·达瑞尔的小说，以为银河真是如同那些小说所描述的。话说回来，他具有敏捷的洞察力，失去他将是一件可惜的事。”

“那么，你确定他会一去不返吗？”

“相当确定。”布拉诺以哀伤的口吻说，“无论如何，这样做总是比较好。我们可不需要这种浪漫青年去盲目地冲锋陷阵，令我们辛苦多年的经营毁于一旦。何况他还能发挥一项功能，他一定会吸引第二基地的注意——假设他们真正存在，并对我们极为关切。他们一旦被他吸引，就有可能忽略我们。除此之外，也许我们还能有更大的收获。我们可以乐观地希望，当第二基地对付崔维兹的时候，会无意中暴露自己的行踪，而让我们争取到机会和时间，策划出反制行动。”

“也就是说，让崔维兹去吸引闪电。”

布拉诺一歪嘴。“啊，这正是我一直在找的比喻。他就是保护我们的避雷针，让我们免于遭到雷击。”

“而那个裴洛拉特，也会暴露在闪电中？”

“他同样会遭殃，那是无可避免的事。”

柯代尔点了点头。“没关系，你总该记得塞佛·哈定讲过的一句话：‘不要让道德感阻止你做正确的事’。”

“此时此刻，我并没有什么道德感，”布拉诺喃喃道，“我只感到腰酸背痛。不过，我宁愿牺牲其他一大串人，也不想失去葛兰·崔维兹。他是个英俊的年轻人，当然，他自己也清楚这一点。”说着说着，她不知不觉闭上了眼睛，开始打起盹来。

第三章

历史学家

01

詹诺夫·裴洛拉特满头白发，在没有任何表情的时候，他的面容看起来十分空洞，不过他也绝少有任何表情。身高与体重皆属中等的他，做起事来慢条斯理，说起话来深思熟虑。虽然只有五十二岁，他看起来却老得多。

他从未离开过端点星，这是一件很不寻常的事，对于他这一行的人而言，更是极端不寻常。连他自己也不确定，是否因为过于沉迷历史，才会事事有如老僧入定。

他对历史的迷恋始于十五岁那年，起因相当偶然。那次他生了一场小病，只好抱着一本讲述早期传说的书解闷。在那本书中，不断提到一个与世隔绝的世界——那个世界甚至不知道自己是孤立的，因为从未听说其他世界的存在。

他的病马上有了起色。两天内，他把那本书从头到尾读了三遍，就已经能起床了。又过了一天，他坐在自己的电脑终端机前，联线到端点大学图书馆，查询有关这类传说的藏书目录。

从此以后，这类传说成为他生命的全部重心。端点大学图书馆在这方面的典藏，虽然已经十分权威，但是等到年纪再大一点，他又发现了通过“馆际合作”搜集资料的乐趣。在他所搜集的列印稿中，竟然有远从伊夫尼亚经由超辐射波讯号所送达的。

三十七年后的今天，他早已成为专攻古代史的教授。如今，他正开始休第一次的长假——他准备利用这一年的假期，进行一趟川陀之旅，这将是他生平首次的太空旅行。

裴洛拉特自己也明白，像他这种从未上过太空的人，在端点星可说是极稀有的动物。他并不是有意如此特立独行，只不过每次有机会上太空的时候，总会有什么新的书籍、新的研究结果、新的分析报告出现。于是，他不得不将计划好的行程延期，直到把那些材料彻底消化为止。然后，如果可能的话，他会在已经堆积如山的资料中，再批注一笔所谓的“事实”“臆测”或“想象”。到头来，他唯一的遗憾，就是川陀之旅始终未能成行。

川陀曾经是第一银河帝国的首都，前后长达一万两千年之久。而在前帝国时代，川陀则是一个重要王国的京城，这个王国逐步鲸吞蚕食其他各个王国，最后终于建立空前的大帝国。

川陀是个环球的单一大都会，是个金属包覆的城市。从盖尔·多尼克的著作中，裴洛拉特读到过有关川陀的一切。那位作者与哈里·谢顿同一时代，年轻时曾经游历川陀。多尼克的书早已绝版多年，裴洛拉特所珍藏的那一本，如果出售的话，应该能赚到一名历史教授半年的薪水。不过光是听到这个建议，这位历史学家就会惶惶不可终日。

当然，裴洛拉特对川陀唯一感兴趣的地方，只有该处的“银河图书馆”。在帝政时代，它曾是银河中最大的图书馆（当时的名称为“帝国图书馆”）。第一银河帝国是人类有史以来版图最庞大、人口最众多的帝国，而身为首都的川陀，则是由一个世界所构成的单一城市，拥有超过四百亿的人口。因此那座图书馆的收藏，涵盖了人类所有原创性（或辗转抄袭）的智慧结晶，可谓人类一切知识的总和。它的作业完全电脑化，但由于电脑系统过于复杂，唯有专家才懂得如何操作运用。

更重要的是，银河图书馆依然安在。对裴洛拉特而言，这才是最令人惊讶的事实。两百多年前，当川陀陷落敌手并惨遭劫掠时，各地都遭到严重的破坏，无数烧杀掳掠、惨绝人寰的故事，实在令人不忍重述。然而银河图书馆竟然幸免于难，（据说）这是川陀大学的学生誓死保卫的结果。这些大学生发明出一些神秘的武器，因而能够以寡敌众。不过也有人认为，这种学生志愿军的说法当然只是无稽之谈。

无论如何，总之银河图书馆安然渡过一场浩劫。后来，艾布林·米斯来到这个废墟世界，钻进依旧完好的图书馆，在那里进行过详尽的研究，差一点就找到第二基地的位置（基地同胞至今仍旧相信这种说法，但历史学家始终不以为然）。而达瑞尔家族前后三代——贝泰、杜伦以及艾卡蒂——也曾先后到过川陀。然而，艾卡蒂从未造访过银河图书馆，而且从她那个时代起，这座图书馆再也未曾跃上银河历史的舞台。

过去一百二十年来，没有任何基地人去过川陀，但这并不代表银河图书馆不复存在。银河中没有关于它的任何流言，就是它依然存在的最佳证明。如果它遭到摧毁，必然会引起轩然大波。

这座图书馆必定既陈旧又古老——在艾布林·米斯的时代已经如此——可是这样再好不过。每当想到一座既老旧又过时的图书馆时，裴洛拉特就会兴奋地猛搓双手。愈是老旧，愈是过时，就愈可能保有他想要找的东西。他常常梦见自己走进银河图书馆，紧张兮兮地问道：“这座图书馆已经现代化了吗？你们有没有将那些老旧的电脑磁带丢弃？”每次在睡梦中，他都会见到一个满身灰尘的古代图书馆员，答道：“一点都没有变，教授，仍然和过去一模一样。”

如今，他的梦想终于要实现了，市长亲自向他保证过。至于她究竟如何获悉他的工作，连他自己也不太清楚。他并没有发表过多少论文，因为他的研究大多缺乏充分的佐证，很少为学术期刊接受；而他发表过的少数文章，也从未激起任何回响。话说回来，据说铜人布拉诺对端点星上的一切都了若指掌，每一个角落都有她的耳目。裴洛拉特几乎可以相信这个说法，可是，如果她原来就知晓自己的工作，为何没有早点看出重要性，提供他一点经费补助呢？

或许最主要的原因，他以无比悲痛的心情沉思，是由于基地仅专注于未来，大家的注意力都集中在第二帝国以及自身的命运。所以他们没有时间，也没有心思，去回顾一下过去的历史，甚至敌视有心回顾的人。

那些人当然愚不可及，可是他又无法凭借一己之力，将愚昧一扫而尽。不过，这样其实也不错，让他得以独享一项伟大的研究工作。总有一天，后人会将他奉为一位伟大的"先驱者"。

当然，这也代表说（他对自己太过诚实，所以不会拒绝承认），他本人同样极重视未来——那时人人都会知晓他的大名，视之为与哈里·谢顿齐名的英雄人物。其实，他应该更伟大些，因为谢顿只是明确规划了未来一千年的历史，他却发掘出一个至少湮没了两万五千年之久的重大史迹。

他终于等到了这一天，这一天终于来临了。

市长曾经说，等到谢顿影像出现之后，第二天他就能展开工作。裴洛拉特之所以对这次的谢顿危机感兴趣，这便是唯一的原因。事实上，过去数个月来，端点星上的居民，乃至联邦的每一个人，都将所有的注意力集中在这个危机上。

在他看来，基地的首都究竟应该留在端点星，还是应该迁到别处，实在没有丝毫差别。如今危机虽然已经圆满解决，他还是不清楚哈里·谢顿到底支持哪一方，甚至根本不知道，谢顿究竟有没有提到这个喧腾一时的问题。

只要谢顿出现过就行了，盼望已久的这一天终于来临了。

下午二时刚过，在裴洛拉特位于端点市近郊、那座有点孤立的住宅前，一辆地面车停了下来。

车子的后门立刻滑开，一名穿着“市长安全警卫队”制服的警卫率先下车。接着下车的是一个年轻人，跟着又是两名警卫。

裴洛拉特颇有受宠若惊的感觉。市长不但了解他的工作，显然还对他极为重视。将要和他同行的这个年轻人，竟然还有警卫护送。市长答应提供他一艘一流的太空船，想必将由这个年轻人驾驶。简直是太给面子了！简直……

裴洛拉特的管家打开大门，那个年轻人便走了进来，两名警卫则在门口两侧站岗。裴洛拉特由窗户望出去，看见第三名警卫仍然待在外面，这时又有一辆地面车驶来，载来更多的警卫！

怎么回事？

他转过身来，看到那个年轻人已经走进房间。他惊讶地发现，自己竟然认得这个人，因为曾经在全息电视上看过他。他立刻说：“你就是那位议员，你是崔维兹！”

“葛兰·崔维兹便是在下。你是詹诺夫·裴洛拉特教授吗？”

“是的，是的。”裴洛拉特说，“你就是那位将要——”

“我们两人将要同行，”崔维兹木然道，“至少据我所知，是这样安排的。”

“但你并不是历史学家。”

“没错，我不是。正如你所说，我是一名议员，是个政治人物。”

“是的——是的——我的脑袋到底在想什么？我自己就是历史学家，何必还需要一位？你自己会驾驶太空船吗？”

“会，这方面我很内行。”

“好极了，这正是我们需要的。太棒啦！年轻人，恐怕我并非行动派，所以只要你是，我们就能成为很好的搭档。”

崔维兹说：“此时此刻，我对自己的本事也没多少信心，不过我们似乎别无选择，只好尽量协调合作。”

“那么，希望我自己能克服对太空的疑惧。你知道吗，议员，我从来没有上过太空。我是一只土拨鼠，这样讲大概没错。对了，你要不要来杯茶？我可以叫柯罗达替我们准备一点吃的。反正据我了解，我们几小时后才会出发。然而，我已经准备好了，我们两人需要的东西都齐备了。市长表现得极为合作，她对这个计划的兴趣令我惊讶不已。”

崔维兹问道：“这么说，你已经晓得这件事？是多久以前？”

“市长来找我，”裴洛拉特微微皱起眉头，似乎是在算日子，“是两个，或者三个星期以前的事，那天我简直高兴极了。现在我的脑袋终于想通了，我需要的是一名驾驶员，而不是另一位历史学家。我很高兴同行的是你，我亲爱的伙伴。”

“两三个星期以前。”崔维兹重复了一遍，声音有点茫然，“她早就有所准备，而我……”他的声音愈来愈小。

“请问你在说什么？”

“没什么，教授，我向来有自言自语的坏习惯。如果我们的旅程会拖得很长，一路上你得多多包涵。”

“一定会是长途旅行，一定会的。”裴洛拉特一面说，一面将对方拉进餐厅，餐桌上早已准备好精致的茶点。“行程相当自由。市长说，我们想去多久就去多久，爱到银河哪一处便到哪一处，而且，不论我们去哪里，都可以动用联邦基金。当然，她说过，我们的花费得合情合理，我一口就答应下来。”他咯咯笑了几声，又搓了搓手。“坐下来，我的好伙伴，坐下来。吃完这一顿，不知何年何月，我们才会再回到端点星。”

崔维兹依言坐下，然后说：“教授，你有家室吗？”

“我有一个儿子，他是圣塔尼大学的教授。我相信他研究的是化学，或是类似的学问，他走的是他母亲的路子。我太太和我已经分开很久了，所以你看，我一个人无牵无挂，根本没有任何家累。我相信你也没有——吃点三明治吧，好孩子。”

“我现在也没有家累。我有过几个女人，但总是来来去去。”

“对，对，这样子最轻松愉快。如果不必认真，那就更加轻松愉快。我猜，也没小孩吧。”

“没有。”

“好极了！你知道吗，我现在的心情再好不过了。我承认，当你刚走进来的时候，我吓了一大跳，可是我现在愈瞧你愈顺眼。我需要的正是像你这样的人，朝气蓬勃，热情洋溢，而且有办法飞遍整个银河。你知道吗，我们要去从事一项探索，一项了不起的探索。”裴洛拉特一向稳重的面容与声音，此时突然充满生气，不过表情与声调并没有明显的变化。“不晓得你是否知道详情。”

崔维兹眯起眼睛。“一项了不起的探索？”

“一点都没错。有一颗无价的珍珠，隐藏在银河系千万住人世界之中，我们却只有极其模糊的线索。话说回来，我们若能把它找到，就会得到不可思议的报偿。如果你我能够成功，好孩子——崔维兹，我这么说，绝不是故意要你领情——我们的名字必定永垂不朽。”

“你所说的报偿——那颗无价的珍珠——”

“我这番话听来像是模仿艾卡蒂·达瑞尔——那个名作家，你知道吧——她提到第二基地的时候，就是用这种口气，对不对？怪不得你看起来那么惊讶。”裴洛拉特脑袋向后一仰，好像准备大笑几声，结果只露出一丝微笑。“我向你保证，绝不是那么愚蠢、那么微不足道的东西。”

崔维兹又问：“既然不是第二基地，教授，你说的到底又是什么？”

裴洛拉特的表情突然严肃起来，甚至略带歉意。“啊，那么市长还没有告诉你？你知道吗，这倒有点古怪。过去几十年来，我对政府一直非常不满，因为他们向来无法了解我的工作。现在，布拉诺市长却大方得不得了。”

“没错，”崔维兹故意透出揶揄的语调，“她这个女人，骨子里是大善人，可是她并未告诉我一切的来龙去脉。”

“这么说，你对我的研究工作一无所知？”

“是的，很抱歉。”

“不必感到抱歉，绝对没关系，反正我还没有什么惊人的成就。那么我来告诉你吧，你和我将要去寻找‘地球’，而且一定能找到，因为我已经胸有成竹。”

02

那天晚上，崔维兹睡得很不好。

他觉得自己好像被关进一所监狱，是那个老太婆专门为他盖的监狱。他不断四下冲撞，却怎么也找不到出路。

他即将遭到放逐，可是一点办法也没有。而她始终表现得冷酷无情，甚至连公然违宪也懒得掩饰。自己原先所倚仗的，是身为议员和联邦公民的种种权利，不料她连口头上的尊重都没有。

如今，又冒出这个叫做裴洛拉特的古怪学究。这个人根本像是活在另一个世界，而他竟然说，早在几星期前，那个可怕的老太婆已经安排好这一切。

他不禁觉得自己真是她口中的“孩子”。

他即将跟着一个不停叫他“亲爱伙伴”的历史学家一起流浪，此人对于即将展开的泛银河探索兴奋不已，而他竟然要去找什么地球?

地球是什么？大概只有骡的奶奶知道！

他曾经追问裴洛拉特。当然要问！他第一时间就问了。

当时他说：“对不起，教授，我对你的专业不大了解。如果我请求你，用简单的方式解释一下地球，相信你不会介意吧？”

裴洛拉特换上一副严肃的表情，足足瞪了他二十秒钟，然后才说：“它是一颗行星，是人类的发源地。人类最早就是出现在这颗行星上，我亲爱的伙伴。”

崔维兹瞪大眼睛。“最早出现？从哪里出现的？”

“凭空出现的。在这颗行星上，人类是经由演化过程，从低等动物逐渐演化而来的。”

崔维兹想了想，然后摇了摇头。“我不懂你在说些什么。”

裴洛拉特脸上闪过一丝恼怒的表情。他清了清嗓子，然后说：“几百年前，端点星上也没有人类。端点星上的居民，最早都是从别的世界移民而来的。我想，这点你总该知道吧？”

“没错，当然知道。”崔维兹不耐烦地说。对方突然给他上课，令他感到很不高兴。

“很好，这种情形其他世界也完全一样。安纳克里昂、圣塔尼、卡尔根……每个世界都是如此。它们都是在过去某个年代，由人类所建立的殖民世界。其上的居民，都是从其他世界迁移过去的，就连川陀也不例外。川陀这个伟大的都会，虽然已有两万年的历史，可是在此之前，它却并非如此。”

“啊，两万年前它是什么样子？”

“空空如也！至少上面没有人类。”

“实在令人难以置信。”

“是真的，古老的记录中就是这么记载的。”

“第一批殖民川陀的人类，又是从哪里来的？”

“谁也不确定。至少有好几百颗行星，都声称在遥远模糊的远古时代，就已经有人类生存其上。而那些行星对于第一代移民，一律有些奇妙的传说。历史学家通常并不接受那些说法，只专注于‘起源问题’的研究。”

“那又是什么？我从来没听过。”

“这点我倒不意外，我必须承认，现在它并不是一个流行的历史题目。可是当年，在银河帝国走下坡的那段时期，它曾经吸引一些知识分子的注意。塞佛·哈定在回忆录中，也曾约略提到过。这个题目探讨物种起源于哪颗行星，它的位置又在哪里。假如我们能让时光不断倒流，就会发现人类从最近建立的世界，逐渐回流到那些较旧的世界，依此类推，最后则会通通聚集到某一个世界——人类的发源地。”

崔维兹马上想到，这个推论有个明显的破绽。“难道说，发源地不能有许多个吗？”

“当然不能。银河中所有的人类，全都属于同一个物种。同一个物种，只可能发源自一颗行星，不会有其他可能。”

“你又怎么知道？”

“首先——”裴洛拉特用右手食指点了点左手食指。显然他原本想要发表繁复的长篇大论，却好像忽然改变了主意。于是他将双手放下来，以极为诚恳的语气说：“我亲爱的伙伴，我以人格向你担保。”

崔维兹对他一鞠躬，然后说：“我做梦也不会怀疑你，裴洛拉特教授。那么，根据你的说法，起源行星只有一个，可是会不会有好几百个世界，都宣称这个光荣属于他们的行星？”

“岂只会不会，而是真的那么讲，但是那些说法通通没有什么价值。那数百个渴望争取这份光荣的世界，都找不到任何‘前超空间社会’的遗迹，更不存在低等生物演化成人类的迹象。”

“那么你是说，这颗起源行星的确存在，可是由于某种原因，它自己并没有张扬？”

“你完全说对了。”

“而你要去寻找这颗行星？”

“是我们要去，这就是我们的任务。布拉诺市长全部安排好了，你将负责驾驶太空船，直奔川陀。”

“直奔川陀？它并不是起源行星啊，刚才你自己明明说过的。”

“川陀当然不是，地球才是。”

“那么你为何不说，要我驾太空船直奔地球呢？”

“我并没有说清楚。地球只是传说中的一个名字，借着古代的神话传说保存下来，除此之外并没有任何意义。但是用它来代表‘人类起源的那颗行星’，总是一种比较方便的称呼。可是在银河系中，究竟哪颗行星才是我们所谓的地球，却没有任何人知道。”

“川陀上有人知道吗？”

“当然，我希望能从那里找到资料。川陀拥有银河图书馆，那是全银河最伟大的资料中心。”

“在第一帝国时代，你刚才说的那些对于‘起源问题’有兴趣的人，必定已经翻遍了那座图书馆。”

裴洛拉特若有所思地点了点头。“没错，但是也许并不彻底。我对‘起源问题’有极深入的研究，五世纪前的帝国学者，也许都不如我知道得那么多。我或许能以超越前人的领悟力，去钻研那些古老的记录，你懂了吧。我对这个问题已经思考很久，早已胸有成竹了。”

“我猜，你把这些都跟布拉诺市长说过了，而她都赞同？”

“赞同？我亲爱的伙伴，她简直乐坏了。她告诉我，想找到我需要的答案，当然就要到川陀去。”

“这点毫无疑问。”崔维兹喃喃地说。

上面这段对话，就是令他当晚辗转反侧的原因之一。布拉诺市长派他出去，是要他尽力探查第二基地的下落。她又故意派裴洛拉特与他同行，打着去寻找地球的旗号，以便掩护这个真正的目的。这样一来，他就能名正言顺地在银河中横冲直撞。事实上，这真是一个完美的掩护，他不禁对市长的智慧肃然起敬。

可是为何要去川陀呢？去那里有什么意义？一旦他们抵达川陀，裴洛拉特便会钻进银河图书馆，再也不肯出来。那里一定有无数的书籍、胶卷和影音记录，还有数不清的电脑磁带与符号媒体，他怎么会舍得离开？

何况……

艾布林·米斯曾经去过川陀，那是骡刚崛起的时候。根据传说，他在那里找到了第二基地的下落，结果没来得及透露就死了。后来，艾卡蒂·达瑞尔也来到川陀，并成功地揭露了第二基地的位置。不过，她发现第二基地就在端点星上，而那个大本营随即被扫荡干净。如今第二基地东山再起，必定隐藏在别的地方，所以说，川陀又能提供什么情报呢？如果他想寻找第二基地，去哪里都会比川陀有用。

再说……

布拉诺究竟还有什么其他计划，他并不清楚，可是他实在没兴趣讨好她。布拉诺乐坏了，因为他们要去川陀？好，如果布拉诺希望他们前往川陀，他们就偏偏不去！去哪里都好，就是不要去川陀！

此时黑夜即将被黎明取代，崔维兹感到筋疲力尽，终于断断续续睡了一阵子。

03

崔维兹遭到逮捕的第二天，布拉诺市长心情好极了。对于她的成功，大家都歌功颂德不遗余力，至于那段意外的插曲，则没有任何人提及。

纵然如此，她晓得议会不久便会从瘫痪中恢复过来，开始对她提出种种质疑。打铁必须趁热，因此，她把许多正事搁到一边，打算先将崔维兹的问题作个解决。

当崔维兹与裴洛拉特讨论地球的时候，布拉诺正在市长办公室接见曼恩·李·康普议员。此时康普坐在市长办公桌对面，表现得极为轻松自然，而市长一开口，便又赞扬了他一番。

相较于崔维兹，康普的个子比较瘦小，年纪则大两岁。两人都是议会的新人，既年轻又莽撞，这必定是他们结为死党的唯一原因，因为除此之外，两人在各方面都截然不同。

崔维兹似乎有点咄咄逼人，康普则流露出沉稳的自信，也许是因为他拥有金发与蓝眼的关系，这种外貌的基地人并不多见。由于这两项特色，他表现出一种近乎女性化的秀气，（布拉诺判断）使他对女性的吸引力远逊于崔维兹。不过，他显然对自己的外表十分自负，还故意发挥得淋漓尽致，不但将头发留得相当长，并仔细烫成波浪状。他的眉下甚至涂有淡淡的蓝色眼影，以凸显那双湛蓝色的眸子。过去十年间，各色眼影已经在男士间相当流行。

他并不是一只花蝴蝶，一直与妻子过着安分的日子，但是直到目前为止，两人尚未为人父母。康普从未有过秘密的恋情，这也是他和崔维兹完全不同的地方。崔维兹换“室友”的勤快程度，足以媲美他换洗那些五颜六色、已经成为他个人招牌的宽腰带。

对于这两位年轻议员的一举一动，柯代尔主持的安全局鲜有不清楚之处。现在，柯代尔坐在市长办公室的一角，照例散发出喜悦的情绪。

布拉诺说：“康普议员，你为基地立了一件大功，可惜的是，我们无法公开表扬，或是遵循一般方式奖赏你。”

康普微微一笑，露出洁白整齐的牙齿。布拉诺忽然闪过一个突兀的念头：天狼星区的居民，全都是这种模样吗？天狼星区相当接近银河外缘，康普本人与该处的渊源，要追溯到他的外祖母——她也有着金色的头发与湛蓝的眼珠，而且始终坚持她的母亲来自天狼星区。然而柯代尔调查的结果，并无任何有力证据支持这一点。

柯代尔曾经这么解释：即使已经具有致命的吸引力，女人还是喜欢宣称她们的祖先来自遥远的、充满异国风情的地方，以便给自己再平添几许魅力。

“这是女人的通病吗？”布拉诺曾经用讽刺的口吻问道。柯代尔随即微微一笑，低声说他指的当然是普通的妇女。

这时，康普答道："我的贡献并不需要让基地家喻户晓，只要你知道就够了。"

"我知道了，而且永远不会忘记。此外我还要强调一点，你不要以为自己的责任已经完毕。既然你已经参与这个错综复杂的行动，就必须继续下去。我们要挖出更多有关崔维兹的情报。"

"有关他的一切，我知道的已经全部告诉你了。"

"那些也许只是你希望我相信的一切，甚至你自己也可能真心相信那些话。无论如何，我要你回答我现在的问题，你认识一位名叫詹诺夫·裴洛拉特的人吗？"

一时之间，康普的额头皱了起来，但随即又恢复原状。他以谨慎的口吻说："假如见到本人，我也许认得出来，可是我对这个名字好像毫无印象。"

"他是一位学者。"

康普做了一个"哦？"的轻蔑口型，仿佛没料到市长居然会期望他认识一位学者。

布拉诺继续说："裴洛拉特是个有趣的人，为了自己的研究工作，他一心想到川陀去一趟，而崔维兹议员将要和他同行。好，你既然是崔维兹的好朋友，或许知道他的思考模式，现在告诉我——你认为崔维兹会乖乖去川陀吗？"

康普答道："假如你将崔维兹押上一艘太空船，而且那艘船预定飞往川陀，那么他还能有什么选择？你该不会认为他将策动喋血事件，劫收那艘太空船吧。"

"你不了解。太空船上只会有他和裴洛拉特两人，而且将由崔维兹负责驾驶。"

"你是想问我，他会不会自动自发地飞向川陀？"

“对，我问的就是这个。”

“市长女士，他会怎么做，我又怎么可能知道？”

“康普议员，你一直和崔维兹走得很近，知道他坚信第二基地的存在。难道他从来没有跟你提到，他认为第二基地藏在何处，应该去哪里找吗？”

“从来没有，市长女士。”

“你认为他找得到吗？”

康普呵呵笑了几声。“我认为第二基地不论是何方神圣，不论过去多么重要，也早就在艾卡蒂·达瑞尔的时代，便已经被摧毁了。我相信她写的故事。”

“真的吗？既然如此，为什么你还要出卖朋友？假如他只是在寻找一样并不存在的东西，那么无论提出什么荒诞离奇的理论，又能造成什么伤害呢？”

康普说：“并非只有真实消息才会造成伤害。他的说法也许只是荒诞离奇，但仍有可能动摇端点星的人心。倘若对于基地在银河大历史中所扮演的角色，播下怀疑和恐惧的种子，便会削弱端点星在联邦中的领导权，腐蚀我们建立第二银河帝国的使命感。你自己显然也想到了这一点，否则你不会在议场中公然逮捕他，也不会未经审判便强行将他放逐。我能否请问，市长，你为什么要这样做？”

“我可否这么说，我有足够的警觉，怀疑他讲的话仍有可能是正确的，因此，他的见解或许会造成具体而直接的危险。”

康普这次并没有回答。

布拉诺继续说：“其实我同意你的看法，但是基于职责所在，我必须考虑那个可能性。让我再问你一次，在你看来，他对第二基地的下落有什么想法？他可能打算到哪里去？”

“我完全没有概念。”

“他从未给你这方面的任何暗示吗？”

“没有，当然没有。”

“没有？不要那么轻易放弃，好好想一想！从来没有吗？”

“从来没有。”康普坚定地答道。

“从来没有一点暗示？没有半句玩笑话？没有信笔写下只字片语？没有突然若有所思地发呆？你好好回想一下，那些举动都可能有重大意义。”

“没有。我告诉你，市长女士，他对第二基地的幻想，是再虚无缥缈不过的梦话。这点你自己也很清楚，而你操这个心，只是在浪费自己的时间和心力。”

“你该不会突然又改变立场，转而保护你亲自交到我手中的朋友吧？”

“不。”康普说，“我向你举发他，是因为我自认这是正确和爱国的行为。我没有任何理由后悔这样做，或是再改变立场。”

“那么，一旦把太空船交到他手上，他会飞去哪里，你无法为我提供任何线索？”

“我已经说过……”

“可是，议员，”市长脸上的皱纹挤在一起，使她看来一副愁苦的样子。“我很想知道他会去哪里。”

“既然如此，我想你应该在他的船上，装一个超波中继器。”

“我也这样想过，议员。然而，他是个疑心病重的人，我怕他会把它找出来——不管放置得多么巧妙。当然，我们可以把它固定在某个机件上，如果他硬要拆掉，就会使太空船受损，在这种情况下，他可能只好让它留在那里……”

“高明的招数。”

“只是这么一来，”布拉诺说，“他的行动就会受到约束。倘若不能随心所欲地自由行动，他也许就不会前往预定的地点。我即使知道他的行踪，也一点用处都没有。”

“这样的话，看来你根本无法查出他的动向。”

“还是有可能，我打算用非常原始的办法。他以为我总是用复杂巧妙的诡计，因此刻意小心提防，却很可能因此忽略了原始的办法——我准备派人跟踪崔维兹。”

“跟踪？”

“正是如此，由另一艘太空船上的驾驶员负责跟踪。看，这个想法令你感到多么惊讶？崔维兹一定会有相同的反应。他或许不会想到，他在太空中飞来飞去之际，还有另一艘太空船跟他作伴。反正，我们绝不会在他那艘太空船上，装置我们最先进的质量侦测仪。”

康普说：“市长女士，我绝非有意冒犯，但是我必须指出，你欠缺太空飞行的实际经验。用一艘太空船跟踪另一艘，这种事从未成功过，因为根本办不到。崔维兹借着第一个超空间跃迁，就会逃之夭夭了。即使他不知道被人跟踪，在首次跃迁之后，他也会变得无影无踪。如果他的太空船上没有超波中继器，绝不可能追踪他的航迹。”

“我承认我缺乏经验，不像你和崔维兹那样，曾经接受舰队训练。不过，我有很多顾问可供谘询，他们都跟你们一样，接受过完整的训练。我的顾问告诉我，在一艘太空船跃迁之前的瞬间，跟踪它的太空船若能观测到它的方向、速率和加速度，一般说来，就能估计出它将跃迁到何处去。只要跟踪者拥有一套良好的电脑，以及绝佳的判断力，他就能做出极为接近的跃迁，足以咬住对方的尾巴。若是跟踪者备有精良的质量侦测仪，那就更加事半功倍。”

“第一次跃迁也许行得通。”康普中气十足地说，“如果跟踪者运气非常好，或许还有第二次，可是顶多到此为止。你不能把希望放在这上面。”

“也许可以。康普议员，你当年参加过超空间竞速赛。你看，我对你的背景知之甚详。你是一名优秀的驾驶员，曾经通过一次跃迁咬住对手，创下空前绝后的纪录。”

康普双眼睁得老大，几乎坐不住了。“那是我在大学时代的活动，如今我已不再年轻。”

“也不算太老，还不到三十五岁。因此，议员，我决定派你去跟踪崔维兹。不论他到哪里，你都要紧紧跟着他，并且随时向我报告。崔维兹几小时后便要出发，在他升空之后，你要马上行动。假如你拒绝这项任务，议员，你就会因叛乱罪下狱。假如你登上太空船，却把崔维兹跟丢了，那你就不必再回来。你若试图硬闯，在外太空就会被击毁。”

康普陡然跳了起来。“我有我自己的生活，有我自己的工作，我还有家室，我不能离开这里。”

“你必须走。我们这些志愿为基地效命的人，随时都要准备接受各种任务，即使是分外的、艰苦的工作，也应该甘之如饴。”

“我太太当然得跟我一道走。”

“你当我是白痴吗？她当然得留下来。”

“做人质吗？”

“你喜欢这么说也无妨。我倒宁可说，因为你要去从事一件危险的任务，我仁慈的心肠不忍让她一道去冒险，所以才要她留下来。没有讨价还价的余地，你现在的处境和崔维兹一模一样。我相信你应该了解，我必须尽速采取行动。端点星上的陶醉气氛不久便要耗光，我担心自己的福星很快就不再高照。”

04

柯代尔说："你对他很不客气，市长女士。"

市长嗤之以鼻："我为什么该对他客气？他出卖了朋友。"

"他那样做对我们有好处啊。"

"对，这次有好处。然而，下一次可能就刚好相反。"

"为什么还有下一次呢？"

"得了吧，里奥诺，"布拉诺不耐烦地说，"少跟我来这一套。任何人表现了一次卖友求荣的本事，我们都得提防他一辈子。"

"他可能用这种本事再度联合崔维兹。他们两人联手，也许就会……"

"你自己也不相信这句话。像崔维兹那种既愚蠢又天真的角色，只知道瞄准目标勇往直前。他根本不懂得要阴谋，从今以后，不论在任何情况之下，他都不会再信任康普了。"

柯代尔又说："对不起，市长，我想确定一下是否搞懂了你的想法。这样说来，你自己又能相信康普几分呢？你如何肯定他会老老实实地跟踪崔维兹，并且随时报回？你是否算准了他毫无选择余地，因为他担心老婆的安危，因为他想回到她的怀抱？"

"两者都是重要的因素，但我并不完全指望这些。在康普的太空船上，会有一个超波中继器。崔维兹会怀疑有人跟踪，所以会搜查自己的太空船。然而，康普身为一名跟踪者，我猜他不会怀疑还有黄雀在后，所以不太可能发现那个装置。当然，如果他着手寻找，而且找到了，那时我们就得仰赖他老婆的魅力了。”

柯代尔哈哈大笑。“真难想象以前我还得为你上课呢。那么，跟踪到底是为了什么？”

“作为一种双重保障。如果崔维兹被抓到了，也许康普能够接替他的工作，继续提供我们所需要的情报。”

“还有一个问题。如果说，崔维兹竟然找到了第二基地，也回报给我们，或者也许是康普报告的，或者他们两人都遇难了，我们却获得充分的证据，足以怀疑第二基地的存在，那又该怎么办？”

“我倒希望第二基地的确存在，里奥诺。”她说，“无论如何，谢顿计划不能再帮我们多久了。伟大的哈里·谢顿拟定这套计划的时候，帝国已经奄奄一息，当时科技的发展几乎等于零。谢顿总也是时代的产物，不管心理史学这门近乎神话的科学有多么灵光，也一定有局限性，必定无法容纳迅速进展的科技。然而，基地的科技发展就是如此神速，尤其是过去这一个世纪。我们现在所拥有的质量侦测仪，是前人做梦也想不到的；我们的电脑已经能够靠思想控制；此外，还有一项最重要的发明，那就是精神防护罩。第二基地即使现在还能控制我们，也不能再维持多久。在我掌权的最后这几年，我要将端点星带上一条新轨。”

“假如事实上，根本没有第二基地呢？”

“那我们就立刻跃上那条新轨。”

05

崔维兹好不容易才睡着一会儿，不多久便感觉有人在推他的肩膀，一次又一次。

他猛然惊醒，睡眼惺忪，搞不懂自己为何躺在一张陌生的床上。“怎么……怎么……”

裴洛拉特带着歉意说：“我很抱歉，崔维兹议员。你是我的客人，我该让你好好睡个觉，不过市长已经来了。”他站在床边，穿着一套法兰绒的睡衣，身子好像有点颤抖。崔维兹勉强清醒过来，这才想起到底是怎么回事。

市长坐在裴洛拉特的起居室，看起来仍是一副气定神闲的模样。柯代尔也跟她一块来了，正在轻抚着自己的白胡子。

崔维兹调整了一下宽腰带，突然冒出一个疑问：布拉诺和柯代尔两人，到底有没有真正分开的时候？

他用揶揄的口吻说：“议会的元气恢复了？议员们开始关切失踪的同仁了？”

市长答道：“是的，议会恢复了一点生气，可是还不足以帮得了你。毫无疑问，我仍然有权力强迫你离去。你将被带到终极太空航站……”

“不是端点太空航站吗，市长女士？连我接受上千民众含泪送别的机会，你都要剥夺吗？”

"我发现你又恢复了少年人的稚气，议员。这令我感到高兴，否则我会觉得有些良心不安。到达终极太空航站之后，你和裴洛拉特教授将悄悄离去。"

"一去不回吗？"

"也许就一去不回。当然啦，"她浅浅一笑，"假如你发现了什么非常重要、非常有用的东西，以致于连我都乐于见到你带回这些情报，你就可以返回此地，甚至还会受到英雄式的欢迎。"

崔维兹漫不经心地点了点头。"这是有可能的。"

"几乎任何事都是有可能的。无论如何，这将是一趟很舒适的旅程。我们拨给你的航具，是最近才研发成功的袖珍型太空艇远星号，这是为了纪念侯伯·马洛当年那艘太空艇。它只需要一个人驾驶，不过内部空间足够舒舒服服容纳三个人。"

崔维兹原本故意摆出玩世不恭的样子，此时突然板起脸孔。"全副武装吗？"

"没有武装，除此之外一应俱全。不管你们到哪里去，你们都是基地公民，随时能向我们的驻外领事求助，所以你们无需武器。有需要的时候，你们可以动用联邦基金——我必须先声明，并非毫无限制。"

"你好大方。"

"这点我也知道，议员。不过，议员，请你弄清楚我的意思。你是去协助裴洛拉特教授寻找地球，在你自己的脑袋里，也只有地球这一个目标。不论你遇到任何人，都必须让他们了解这件事。此外，千万别忘记远星号毫无武装。"

"我是前去寻找地球的，"崔维兹说，"我完全了解这一点。"

"那么你们现在可以走了。"

“对不起，但是显然还有点事我们没讨论到。我的确驾驶过太空船，但是我对最新型的袖珍太空艇毫无经验。万一我不会驾驶，那怎么办？”

“据我所知，远星号的一切完全电脑化。我知道你要问什么，你不必知道如何操作一艘最新型太空艇上的电脑，你想知道的任何事它都会告诉你。还需要些什么吗？”

崔维兹以哀伤的目光，低头打量了自己一下。“我想换件衣服。”

“在那艘太空艇上，你可以找到各种衣物。包括你穿的这种束腰，或者叫宽腰带，不管它叫什么，反正都不缺。教授所需要的一切也全准备好了，该有的东西太空艇上都有。不过我得补充一句，并不包括女伴在内。”

“太糟了，”崔维兹说，“否则会更有趣。不过嘛，此刻我也刚好没有适当人选。话说回来，想必银河处处有佳人，一旦离开此地，我就可以随心所欲了。”

“女伴吗？这个随你的便。”

她缓缓起身。“我不送你们到太空航站了，”她说，“自然会有人送你们去。千万不要试图擅自采取任何行动，如果你想逃跑，我相信他们会马上杀掉你。我既然不在场，就不会有任何人能阻止。”

崔维兹说：“我绝对不会轻举妄动，市长女士，但还有一件事……”

“什么事？”

崔维兹心念电转，最后终于带着笑容说出一番话：“总有一天，市长女士，你会求我伸出援手。那时我会依照自己的决定行事，但我不会忘记过去这两天的遭遇。”他非常希望这个笑容看起来毫不勉强。

布拉诺市长叹了一声。“省省这些戏剧性的台词吧。如果真有这么一天，该来的总是要来，不过目前——我什么也不必求你。”

第四章

太 空

01

远星号远比崔维兹想象中更为先进。他依稀记得，当这类新型太空艇正式公开时，有关单位曾大肆宣传，但百闻果然不如一见。

令他惊叹不已的并非太空艇的尺寸，因为它的确相当小。它的设计强调机动性、高速度、完全重力推进，以及最重要的一点——尖端的电脑化操控。所以它不必造得太大，否则反而会令性能大打折扣。

过去类似的太空艇，必须十几个人才能伺候，远星号却只需要一名驾驶员，而且能表现得更好。如果还有一两个人轮班执勤，单单一艘这种太空艇，就能击败异邦大型星舰所组成的小型舰队。此外，它的速度天下第一，能轻易摆脱任何船舰的追击。

整个船体光润如玉，里里外外没有任何多余的线条。每一立方米的容积都发挥到极限，使得内部空间宽广得不可思议。不论市长原先如何强调这趟任务的重要性，崔维兹如今最感惊讶的一点，是自己竟然要亲自驾驶这艘太空艇。

他悲愤不已地想，铜人布拉诺利用诡计，迫使自己从事一项重大无比却危险至极的任务。若非她精心策划这样一个圈套，让他主动表示自己能证明些什么，他或许根本不会接受这个安排。

至于裴洛拉特，现在则惊奇得心神恍惚。“你相信吗？”在登上远星号之前，他伸出一根手指轻抚着船体，“我从来没有这么靠近一艘太空船。”

“教授，凡是你说的话，我当然都相信，不过为什么会这样呢？”

“老实跟你说，我自己也不大清楚，亲爱的伙……我是说，亲爱的崔维兹。我想，是因为我对研究工作太过投入吧。一个人家里如果有一台非常精良的电脑，能够和银河各个角落的电脑联线，你知道吗，他就根本不必走出家门。可是，我总以为太空船应该更大一点。”

“这艘是小型的太空艇，不过，和同样大小的船舰比起来，它的内部空间已经大了许多。”

“怎么可能呢？你是看我什么都不懂，故意跟我开玩笑。”

“不，不，我没有开玩笑。这是第一批完全重力推进的船舰。”

“那又是什么意思？但如果牵涉到太多的物理学，请你不必解释，我相信就是了。就像昨天，我们在讨论人类是单一物种，发源于单一世界时，你无条件接受我的说法一样。”

“裴洛拉特教授，咱们试试吧。在数万年的太空飞航史中，人类曾经使用过化学能发动机、离子发动机、超原子发动机，这些都是庞然大物。旧帝国舰队的星舰，动辄长达五百米，内部的活动空间却小得可怜，顶多一个小房间的容积。好在基地自从建立以来，一直致力于微型化的研究，这都要拜资源缺乏之赐。这艘太空艇便是我们的登峰造极之作。它使用反重力作为推进动力，推进系统根本不占任何空间，因为完全隐藏在船体中。若不是我们仍然需要超原子……”

此时一名安全警卫走了过来。“两位，你们该上去了！”

天色正逐渐明亮，不过距离日出还有半个小时。

崔维兹四下张望。“我的行李都装上去了吗？”

“是的，议员，你将发现里面一应俱全。”

“我猜，衣物可能不太合身，也不合我的品味。”

警卫突然露出带着稚气的笑容。“我想不至于。”他说，“过去三四十个小时，市长命令我们连夜加班。我们根据你原有的衣服，尽量搜购类似的服装，毫不考虑费用。我跟你们说——”他忽然变得十分亲切，同时赶紧环顾四周，仿佛要确定没有人在注意他。“你们两个运气实在太好了，这是全世界最棒的船舰。除了没有武装，设备一应俱全。你们简直太走运了。”

“也可能是走霉运吧。”崔维兹说，“好了，教授，你准备好了吗？”

“带着这个，我就算准备好了。”裴洛拉特一面说，一面举起一个银色塑胶封套，里面装着一个正方形晶片，边长大约二十公分。崔维兹这才想起来，自从离开家门，裴洛拉特就一直拎着这个东西，左手换到右手，右手又换到左手，始终不肯放下来。当他们在半途匆匆吃了一顿早餐的时候，那东西也没有离开他的手。

“教授，那是什么？”

“我的私人图书馆。我所拥有的一切资料，全都放进一片晶片中，按照主题和出处分门别类。如果你认为这艘太空艇巧夺天工，这个晶片又如何？我所有的藏书！我所搜集的一切！太妙啦！太妙啦！”

“嗯，”崔维兹说，“我们的确正在走运。”

02

崔维兹对太空艇的内部设计也赞不绝口，空间的利用简直巧妙至极。储藏室里装满食品、衣物、影片与游戏器材，此外还有一间健身房、一间起居室，以及两间几乎一模一样的寝室。

“这间寝室一定是你的，教授。”崔维兹说，“至少，里面有一台特效阅读机。”

“太好了。”裴洛拉特志得意满地说，“我以前真是一头笨驴，竟然一直排斥太空飞行。原来，亲爱的崔维兹，我可以心满意足地住在这里面。”

“比我想象中还要宽敞。”崔维兹高兴地说。

“引擎真的装在船体中，如你所说的那样？”

“至少控制装置一定是的。我们无需储存燃料，也不必用任何燃料。我们使用的是宇宙本身所蕴涵的基本能量，因此可以说，燃料和引擎——全都在外面。”他随手指了指。

“嗯，我突然想到，万一发生什么故障，又该怎么办？”

崔维兹耸了耸肩。“我受过太空飞航训练，但不是在这种太空艇上。如果重力子装置出了问题，只怕我根本束手无策。”

“但是你会开这艘太空艇？我是说，驾驶它？”

“我自己也不禁怀疑。”

裴洛拉特说：“你想这会不会是一艘全自动太空艇？我们有没有

可能只是乘客？或许我们只要乖乖坐着就行了。”

“在恒星系之内，往返行星和太空站之间的太空交通船，的确是有全自动的。但我从来没听过全自动的超空间航行，至少目前为止——目前为止。”

他再次环顾四周，心中突然感到些许不安。那个巫婆市长是否早已布置好一切？基地已经拥有全自动星际航行能力了？难道他就像太空艇内的陈设一样，毫无选择余地，只能乖乖地等着被送到川陀？

他故意装出快活的声调，说道：“教授，你先坐一下。市长曾经说过，这是一艘完全电脑化的太空艇。既然你的舱房有特效阅读机，我的舱房就该有电脑。你先好好休息一会儿，我一个人到处查看一下。”

裴洛拉特立刻露出忧虑的神情。“崔维兹，我亲爱的兄弟，你不是想溜走吧？”

“教授，我绝对没有这种打算。即使我真要开溜，你也大可放心，我一定会被挡驾的，市长可不想让我轻易溜掉。我现在唯一想做的，只是找到操纵远星号的装置。”他微微一笑，“我不会丢下你的，教授。”

当他进入那间想当然是自己的寝室时，还一直把笑容挂在脸上。等到他将舱门轻轻关上之后，表情却渐渐变得严肃。照理说，太空艇上一定装有某种通讯设备，以便跟附近的行星联络。因为实在很难想象，会故意将一艘船舰密封起来，使它与外界完全隔绝。所以说，在某个地方——也许是在哪个壁槽中——配备有联络器。只要找得到，他就可以联络市长办公室，询问操纵装置究竟在何处。

他仔细查看每一面舱壁，又检查了床头板与其他各种光洁的陈设。如果这里找不到，他决定搜遍太空艇的每个角落。

正打算转身离去时，他突然看到淡棕色的平滑桌面发出闪烁的光芒。那是一圈光晕，里面映着一行整齐的字迹：电脑界面。

啊哈！

不过他的心跳随即加快。各式各样的电脑种类实在太多，相关程序需要花费许多时间才能熟练。崔维兹从未低估自己的智慧，可是，他也并非万事通。有些人天生有操作电脑的本事，却也有人刚好相反——崔维兹非常清楚自己属于哪一类。

在基地舰队服役时，他官拜上尉，有时需要担任值日官，所以偶尔得使用星舰上的电脑。然而，他从来没有独力操作电脑的经验，而且，除了值日官必须懂得的例行程序之外，他向来不必知道更多的细节。

他想起那些厚重的程序手册，上面密密麻麻印着写满注解的程序，一颗心不由得往下沉。他还记得那位名叫克拉斯乃特的电脑技术士官，每次坐在星舰电脑控制台前的样子。他操作电脑的方式，仿佛在演奏银河间最复杂的乐器，而且每次都流露出冷漠的神情，似乎嫌它太过简单。但他难免也需要翻查那些手册，而且一面翻，一面骂自己笨蛋。

崔维兹迟疑地伸出食指触摸那圈光晕，光芒立刻扩散到整个桌面，上面显现出两只手掌的轮廓：一左一右。此时桌面突然动了起来，平稳而流畅地形成四十五度的斜面。

崔维兹赶紧在桌前坐下。根本无需任何说明，他该怎么做再明显不过了。

他将双手放到桌面的手掌轮廓上，无论距离或角度都恰到好处。桌面摸起来似乎很柔软，近乎触摸天鹅绒那种感觉，而且他感到手掌陷了进去。

他吃惊地瞪着自己的双手，手掌明明还摆在桌面上。但那只是视觉送来的讯息，对触觉而言，桌面似乎被穿透了，而双手仿佛已被某种轻柔温暖的质料所包裹。

怎么回事？

现在该怎么做？

他四下张望，随即感受到一个讯息，便将眼睛闭了起来。

他什么也没听到，什么都没有听到！

可是在他的脑海，仿佛自行冒出一个飘忽的念头，内容是：“请闭上眼睛，放轻松，我们即将进行接触。”

借着一双手？

崔维兹一向认为，若要藉由思想和电脑直接沟通，就必须戴上特制的头罩，同时在头颅与眼睛上贴满电极。

用手？

为何不能用手呢？崔维兹觉得有点恍惚，几乎昏昏欲睡，可是神智依旧敏锐无比。又为何不能用手呢？

眼睛只不过是一种感官，大脑只不过是中央交换机。大脑藏在头盖骨中，与身体的工作界面相距甚远。双手才是真正的工作界面，人类就是依靠万能的双手，来感知和操控整个宇宙。

人类是利用双手来思考的动物。唯有双手可以满足人类的好奇心，可以感触、掐捏、扭转、抬举。许多动物的脑容量也不小，但是它们没有手，这就天差地远了。

当他与电脑“手牵手”的时候，两者的思想融合为一，他的眼睛是睁是闭不再重要。睁开双眼并不能增加视力，闭起来也不会模糊不清。

反正，他能将这个舱房看得一清二楚。并不仅限于正前方，而是包括上下左右和四面八方。

此外，他能看见太空艇的每一间舱房，甚至看得到外面的景象。如今太阳已经升起，阳光在晨雾中有些朦胧。他能直接逼视太阳的光芒，并不会感到刺眼，因为电脑已经自动将光波过滤一遍。

他感觉到微风的吹拂、空气的温度，还有周遭所有的声音。他探触到了这颗行星的磁场，以及太空艇外壳的微弱电荷。

他终于明白了如何操纵这艘太空艇，那些繁杂的细节根本不重要。他只需要知道，若想让太空艇上升、转向、加速，或者执行任何一项功能，过程就像让自己的身体做出类似的动作，只要运用自己的意志即可。

但他的意志并非完全独立，电脑随时能凌驾其上。此时此刻，他的脑海中又浮现了完整的一句话，使他明白太空艇将在何时以及如何升空。这些过程毫无商量的余地。而从现在开始，他完全确定自己已经能决定一切。

当他将电脑辅助的意识向外投射时，发现自己能感测到高层大气的状况，能看出气候的形态，还能探知周围上上下下各艘船舰的活动。所有这些情况都必须纳入考虑，而电脑的确在详加分析。此外崔维兹领悟到，即使电脑没有做到，他只要希望电脑那么做，就再也不用操心了。

过去那些大本大本的程序手册，现在完全没有必要了。崔维兹又想到技术士官克拉斯乃特，不禁会心一笑。虽然许多报道都在强调，重力子学将会带来重大的科技革命，其实，电脑与心灵的融合才是基地的最高机密，而它势必引起一场更伟大的革命。

他也意识到时光的推移，并且知道现在的精确时间，包括“端点星当地时间”与“银河标准时间”。

可是他怎样离开呢？

就在这个念头闪入脑海之际，他的双手已经被松开，桌面也回复到原先的位置。下一瞬间，崔维兹便只剩下原先的感官。

他顿时感到孤独无助，仿佛在体验了神力的拥抱与保护之后，突然又遭到遗弃。若非晓得随时能够重建接触，那种绝望感足以令他痛哭流涕。

现在他只需要调整自己的心态，重新适应局限的感官。然后他茫然地站起来，走出了那间寝室。

裴洛拉特显然已经把特效阅读机调整完毕。他抬起头来，对崔维兹说："这个装置非常好用，具有优异的搜寻程序。好孩子，你找到操纵装置了吗？"

"找着了，教授，一切都很顺利。"

"既然如此，我们是否该做些起飞前的准备工作？我的意思是，一些安全防范？我们是不是该绑上安全带，或者做些什么别的？我想找这方面的说明，却什么也没找到，这令我神经紧张。我得专心安装我的图书馆，万一我在工作的时候……"

崔维兹伸出双手推了推老教授，希望喋喋不休的他赶快闭嘴，可是一点用也没有。崔维兹只好提高音量，以便盖过对方的声音。"通通没有必要，教授。反重力和零惯性是等效的，当太空艇改变速度时，我们不会感到任何加速度，因为艇上每一件物体，都会同时改变速度。"

"你的意思是，当我们由这颗行星起飞，进入太空的时候，我们会毫无感觉？"

"我正是这个意思，因为在我跟你讲话的时候，我们已经升空了。再过几分钟，我们即将切入高层大气，半小时之内，我们就会进入外太空。"

03

裴洛拉特瞪着崔维兹，似乎有些畏缩。他那张长方形的脸孔一片空洞，除了显得极不自在，完全看不出任何情绪。

然后，他的眼珠向右瞥，又一路转到最左侧。

崔维兹马上想起来，当初自己首次离开大气层时，曾有过什么样的感受。

他尽可能以轻描淡写的口气说：“詹诺夫，”这是他第一次如此亲昵地称呼老教授，不过这回是老手安慰新手，自己确有必要装得“老大”一点，“我们绝对安全无虞，我们是在基地战舰的肚子里头。虽然它毫无武装，可是我们跑遍银河，基地的名号都足以保护我们。即使有哪艘船舰发了狂，想要攻击我们，我们也能在瞬间脱身。而且我向你保证，我发现自己完全能掌控这艘太空艇。”

裴洛拉特说：“我只是突然想到，葛……葛兰，想到那种空无……”

“哎，端点星周围同样是一片空无。我们生活在行星的表面，和头上空无的太空之间，隔的也只是一层稀薄的空气。我们现在的行动，只是穿过那薄薄的一层而已。”

“那或许只是薄薄的一层，却是我们呼吸的空气。”

“我们在这里照样能呼吸。相较于端点星的自然大气层，太空艇的空气更清洁、更纯净，而且会永远保持这般清洁和纯净。”

“那么流星呢？”

“流星又怎么样？”

“大气层可以阻挡流星的侵袭，同理，也可以挡住放射线。”

崔维兹说：“人类从事太空旅行，至今已有两万年之久，我相信……”

“两万两千年。如果我们根据《霍尔布拉克年表》，显然可以追溯到……”

“够了！你可听说过由于流星的袭击或放射线的伤害而造成的太空意外吗？我是说最近有吗？我的意思是，基地船舰遭遇过这种意外吗？”

“我倒是从未真正注意这些新闻，但我是历史学家，好孩子，所以……”

“历史上，没错，的确发生过这种事，可是科技在不断进步。凡是大到足以危害我们的流星，只要接近到某个距离，我们都会采取必要的闪避措施。假使有四颗大流星，同时从四个不同方向袭来，就像来自正四面体的四个顶点，而太空艇位在正中心，那倒有可能被击中。不过如果计算这种事件的几率，你将会发现，想要观察到这种有趣的现象，在你老死一兆兆次之后，几率还不会超过百分之五十。”

“你的意思是，如果由你控制电脑的话？”

“不对。”崔维兹以轻蔑的口气说，“如果我凭本身的感官和反应操纵电脑，那么在我还浑然不觉的时候，我们可能就被流星击中了。其实，真正在工作的就是电脑，它的反应比你我快上千百万倍。”他突然伸出手来抓住对方，“詹诺夫，来，我让你看看电脑能做些什么，并且让你看看太空是什么样子。”

裴洛拉特张大眼睛，眼珠转个不停。然后，他笑了两声。“葛兰，我不确定自己想不想知道。”

“你当然会犹豫，詹诺夫，因为你不晓得将会知道些什么。试试看！来啊！到我的舱房去！”

崔维兹抓着对方的手，将他半推半拉到自己的舱房。等坐到了电脑前面，崔维兹又说：“你曾经见过银河吗，詹诺夫？你曾经仔细看过吗？”

裴洛拉特说：“你是指天上的那个？”

“当然啦，还有另外一个吗？”

“我见过，每个人都见过。只要抬起头来，就能够看到。”

“你曾经在晴朗的黑夜，当‘钻石群’降到地平线之下的时候，仔细端详过银河吗？”

所谓的钻石群，是指几颗距离端点星不远，而且光度够强，因而能在夜空显出中等亮度的恒星。在天球中，这一小簇星辰范围不超过二十度，而且夜晚大部分时间都处于地平线之下。除了这个钻石群，夜空各处还散布着一些黯淡的星辰，肉眼仅能勉强看见。此外，就只剩下模糊的乳白色银河。由于端点星位于银河旋臂最外环的端点，其上居民夜晚见到的天象，必然就是这个样子。

“我想有吧，可是为何要仔细端详呢？那只是个普通的景象。”

“当然只是个普通的景象。”崔维兹说，“正因为如此，谁也没有好好看过。如果你随时都看得到，又何必刻意仔细观察呢？不过现在你有机会好好看一看，而且是从太空中眺望，你将看到前所未见的新面貌。从端点星表面观察天象，总是会受到云雾的干扰，不论你如何发挥目力，不论星空多么晴朗，不论周围多么黑暗，你以前所看到的银河，保证都无法媲美这一回。我多么希望自己从未到过太空，这样就能像你一样，今天首次目睹银河赤裸的美感。”

他推了一张椅子给裴洛拉特。“坐下来，詹诺夫。这得花点时间，我必须慢慢适应这台电脑。根据我已经感觉到的，我知道显像是全息式的，所以不需要任何屏幕。显像会直接输入我的大脑，但我想可以叫它再产生一个客观影像，让你也能看到。请你把灯关上好吗？不，我真笨，我可以叫电脑做这件事，你坐在那里就行了。”

崔维兹开始与电脑接触，感到电脑热情而亲切地握住他的双手。

灯光逐渐暗下来，终至完全熄灭，裴洛拉特在黑暗中坐立不安。

崔维兹说：“别紧张，詹诺夫。我正在试着控制这台电脑，也许会碰到些小麻烦，不过我会步步为营，所以你得耐心一点。你看到了没有？那个新月形？”

黑暗中，那个新月形悬垂在他们眼前。起初有点黯淡，也有些晃动，不过愈来愈清晰明亮。

裴洛拉特的声音充满着敬畏。“那就是端点星吗？我们距离它那么远了？”

“对，太空艇飞得很快。”

此时，太空艇正沿着弧形轨道飞入夜面阴影，因此端点星看来是一弯明亮的半月形。崔维兹突然起了一股冲动，想要以大弧度飞到这颗行星的日面，看看它整体的美感，不过总算按捺住了。

裴洛拉特也许会觉得那是新奇的经验，不过那种美感实在很平凡。它在数不尽的相片、地图和天体仪上屡见不鲜，每个小孩都晓得端点星像什么样子。它是一颗多水的行星——多于大多数的行星——水源丰富而矿藏贫乏，适宜农业而不利重工业。但是，它却拥有全银河最先进的精密科技与微型化工业。

他若能让电脑分析微波数据，再转成一个可见光模型，端点星上一万个住人岛屿都能一览无遗。其中只有一个岛比较大，勉强可以算是大陆，端点市便位于其上……

转向！

只不过是一个念头，一个意念的运用，显像就瞬间改变了。有如新月的端点星移到了视线边缘，随即完全消失。现在他眼中只有黑暗的太空，连一颗星星也看不见。

裴洛拉特清了清喉咙。“我希望你能把端点星找回来，好孩子，我现在感觉像个瞎子。”他的声音中透着紧绷的气息。

“你并没有瞎。看！”

一团半透明的薄雾，陡然跃入他们的视野。薄雾渐渐扩散，变得愈来愈耀眼，直到整个舱房好像都燃烧起来。

缩影！

又是一次意念的运用，银河随即向后退却，仿佛是将望远镜倒转过来看，并且不断增加缩小的倍率。银河不停地收缩，最后变成一个光度变换不定的圆盘。

调高亮度！

圆盘变得愈来愈亮，尺度则始终固定。因为端点星所属的恒星系位于“银河盘面”上方，他们看到的并非银河的正侧面。如今呈现他们眼前的影像，是缩小了无数倍的银河双螺旋。在靠近端点星的一侧，许多黑暗星云的缝隙呈现弧形暗纹。核心处则是乳脂状的雾气，由于距离太远，几乎收缩成了一点，看起来毫不显眼。

裴洛拉特以敬畏的口吻，悄声道：“你说对了，我从未见过这样子的银河，我做梦也想不到它的结构那么复杂。”

“你怎么可能看到过呢？端点星的大气层挡在你和银河之间，你根本看不见外面那一半。而且你从端点星上，也几乎看不到银河的核心。”

“真可惜，我们只能从侧面来看。”

“并不一定，电脑能显现出各个方向所见的银河。我只要表示出这个愿望，甚至不必使劲想。”

转换坐标！

这个意念等于一个明确的指令。当银河的影像开始慢慢改变时，他的心灵继续指导着电脑，让它依照自己的心意运作。

整个银河缓缓转向，终于使得银河盘面垂直于他们的视线。现在，银河展成一个闪烁的巨大漩涡，其中有许多黑暗的曲线与光灿的节点，中心处则是近乎无形的炽焰。

裴洛拉特问道：“这样的景象，必须在距离此地超过五万秒差距的太空中才见得到，电脑怎么有办法显现出来？”但他随即压低了声音说，“请原谅我这么问，我对这一切一无所知。”

崔维兹说：“我对这套电脑的了解，比你多不了多少。然而，即使是一台简单的电脑，也具有调整坐标的功能，可以从它真正的位置——也就是电脑在太空中的方位——变换到其他任何方位，再来显示银河的景象。当然，电脑只能利用它观测得到的资料，所以在转换成广角镜头时，显像中就会出现缝隙和模糊之处。不过，现在……”

“怎么样？”

“我们看到一个逼真的显像。我猜这台电脑储存有完整的银河地图，所以不论从哪一个角度显像，都能做得一样好。”

“完整的银河地图，那是什么意思？”

“银河中每一颗恒星的空间坐标，电脑记忆库里一定都有。”

“每一颗恒星？”裴洛拉特不禁肃然起敬。

“嗯，也许并不是三千亿颗都有。但是，一定包括每个住人行星所属的恒星，也可能每一个属于K型光谱，以及更热的恒星都包括在内，这就代表至少有七百五十亿颗。”

“每一个住人行星所属的恒星？”

“我可不想打包票，也许不是全部。总之，在哈里·谢顿的时代，已经存在二千五百万颗住人行星。听起来虽然很多，其实只是所有恒星的一万二千分之一。而谢顿时代距今已有五个世纪，帝国的崩溃并没有阻碍人类继续殖民，我认为反倒有鼓励作用。银河中还有许多适宜住人的行星，所以如今或许已有三千万颗有人居住。在基地的记录中，有可能漏掉一些新的世界。”

“但是那些老的呢？它们当然应该都在里面，不会有任何例外。”

“我的确这么想，当然我也无法保证。可是，如果有哪个历史悠久的住人行星，在记录中竟然查不出来，我会感到十分惊讶。让我给你看一样东西，希望我有足够的能力控制电脑。”

崔维兹双手微微用力，手掌便似乎陷得更深，而且被电脑抓得更紧。或许他没有必要那么做，或许他只需要随随便便、轻轻松松地默念：端点星！

他动的正是这个念头，电脑也立即有了反应，在巨大漩涡的极边缘处，出现一颗闪亮的红宝石。

“我们的太阳在那里，”他兴奋地说，“它就是端点星所环绕的恒星。”

“啊。”裴洛拉特发出低沉而颤抖的叹息。

接着，在银河心脏地带的群星丛聚之处，突然迸现一个闪亮的黄色光点。这个光点并非位于正中央，而是较偏向端点星那一侧。

“那一颗，”崔维兹说，“是川陀的太阳。”

又叹了一声之后，裴洛拉特才说：“你确定吗？可是人们总是说，川陀位于银河的中心。”

“就某个角度而言，它的确如此。在所有的可住人行星中，川陀是最接近中心的一颗，远比任何主要的住人星系更为接近。银河系真正的中心，被一个巨大的黑洞占据，它的质量超过百万颗恒星，所以银河中心是个可怕的地方。根据我们现有的资料，那个实际的中心没有任何生命迹象，也许根本就不容许有生命存在。川陀位于银河旋臂的最内环，而且请你相信，你若有机会目睹它的夜空，必定认为它的确位于银河中心，因为它被无比稠密的星丛层层包围。”

“你到过川陀吗，葛兰？”裴洛拉特带着明显的羡慕问道。

“其实也没有，但我观赏过川陀夜空的全息模型。”

然后，崔维兹怀着忧郁的心情，凝视着面前的银河影像。在骡的时代，整个银河都在寻找第二基地，当时曾有多少人绞尽脑汁参研银河地图？后来，记载、讨论、演义这段历史的书籍又有多少？

这都是因为哈里·谢顿一开始就说，第二基地将建立在“银河的另一端”，一个名为“群星的尽头”之处。

银河的另一端！崔维兹闪过这个念头之际，一条细微的蓝线已经出现，以端点星为起点，穿过中心黑洞之后，又一路延伸到对角的尽头。崔维兹差点就跳起来，他并未下令叫电脑画出这条线，却曾经清楚地想到这一点，这对电脑而言已经足够了。

不过，当然，这条跨越银河的直线，不一定就是指向谢顿所说的“另一端”。艾卡蒂·达瑞尔曾经使用“圆没有端点”这句话（只要你愿意相信她的自传），来说明一个目前公认的事实……

虽然崔维兹赶快将这个想法压下去，电脑却比他快了无数倍。那条直线随即消失无踪，取而代之的是环绕银河边缘的蓝色圆圈，它刚好穿过那个深红色光点，也就是端点星的太阳。

圆没有端点，如果这个圆周的起点是端点星，若想找出另一端，最后势必回到端点星上。当年，果然在那里发现第二基地，它和第一基地竟然处于同一个世界。

可是，倘若事实上，根本没有真正找到它，万一所谓的“寻获第二基地”只是个幌子，那又该怎么办？针对这个谜语，除了直线与圆周，还能有什么合理的答案？

裴洛拉特问道：“你在制造什么幻象吗？为什么有个蓝圆圈？”

“我只是在测试对电脑的控制。你想不想找出地球的位置？”

愣了一会儿或两会儿之后，裴洛拉特才说：“你在开玩笑吗？”

“没有，让我试试看。”

崔维兹试了试，并无任何反应。

“很抱歉。”他说。

“没有吗？没有地球？”

“我猜大概是我没把命令想对，但这又不大可能。更可能的原因，我猜是电脑并未收录地球的资料。”

裴洛拉特说：“也许记录中是用另一个名称。”

崔维兹立刻追问：“什么另一个名称，詹诺夫？”

裴洛拉特却什么也没说，崔维兹只好在黑暗中微微一笑。他突然想到，凡事必须等待时机成熟，才有可能水到渠成，姑且暂时不提这件事吧。于是，他故意改变话题说：“我想试试能否操纵时间。”

“时间！我们怎么办得到？”

“整个银河系在不断旋转。端点星要花上将近五亿年的时间，才能绕行银河一大圈。当然，愈是接近中心的星体，转完一周的时间就愈短。每一颗恒星相对于中心黑洞的运动，或许电脑中都有记录，如果真是这样，就有可能叫电脑将运动速度加快千百万倍，让我们看得出旋转效应。我可以试着做做看。”

他说做就做，当他驱动意念时，全身肌肉不自禁地紧绷起来。仿佛他只手抓住整个银河，用力推动它，扭转它，使它克服了骇人的阻力而开始旋转。

银河动了。缓慢地，庄严地，顺着将旋臂旋紧的方向，银河开始旋转了。

时间以不可思议的脚步掠过两人眼前，那是一种虚幻的、人工的时间。随着这个人工时间迅速流逝，星辰全部化作过眼云烟。

各处都有一些较大的恒星，在逐渐膨胀成红巨星的过程中，颜色愈变愈红，光焰愈来愈强。然后在中央星丛里，一颗恒星无声地爆炸，发出眩目的光芒，令整个银河黯然失色，但下一瞬间随即烟消云散。接着，在某个旋臂中，又出现一次这般的爆炸，不多久附近又爆了一颗。

“超新星。”崔维兹的声音微微发颤。

难道说，电脑有本事精确预测哪颗恒星会在什么时间爆炸？或者只是使用某种简化的模型，概略地显现群星未来的命运，而不是作出精准的预测？

裴洛拉特沙哑地悄声说：“银河看起来像个生物，正在太空中爬行。”

“的确如此，”崔维兹说，“不过我却累了。除非学到一种不那么吃力的方法，这个游戏我没法再玩多久。”

说完他就放弃了。银河随即慢了下来，然后趋于静止，接着又开始倾斜，最后回复到侧面的影像，这正是他们一开始见到的银河。

崔维兹闭起眼睛，做了几次深呼吸。此时，他们正穿过大气层最外围，他能够感知端点星正在逐渐缩小，还能够感知附近太空中的每一艘船舰。

他并未想到要侦察一下，看看周围是否有哪艘船舰特别不同——是否还有一艘同样以重力推进的太空艇，和他们的轨迹太过接近，绝非只是巧合？

第五章

发言者

01

川陀！

曾经有八千年的岁月，银河中一个强大的政治实体以它为首府。这个政体不断对外扩张，形成一个愈来愈庞大的行星系联盟。之后的一万两千年，一个掌控整个银河的政权定都于此，川陀就是银河帝国的中枢、心脏与缩影。

任何人想到帝国，绝不可能不联想到川陀。

帝国走了很长一段下坡路之后，川陀的物质文明才攀上巅峰。事实上，由于川陀表面的金属始终灿烂耀眼，当时谁也没注意到帝国业已失去原动力，前途已经毫无希望。

当川陀变成一个环球都会时，它的发展达到了极致。此时人口总数（依法）固定在四百五十亿，而行星表面唯一的绿地，只剩下皇宫的所在地，以及“银河大学／图书馆”的复合体。

整个川陀表面皆被金属包覆，沙漠与沃土一视同仁被掩埋在金属之下。其上则是拥挤的住宅区、林林总总的行政机关、电脑化的精密工厂，以及储存粮食与零件的巨大仓库。所有的山脉皆被铲除，每一个断层都被填平，市区数不清的地下回廊一直延伸到大陆架。至于海洋，则变成巨大的地底水产养殖场，是这个世界唯一的粮食与矿物产地（当然无法自给自足）。

川陀所需的一切资源，绝大多数依靠与外围世界的交通。这个庞大的运输网，包括川陀的上千座太空航站、上万艘战舰、十万艘太空商船，以及百万艘太空货轮。

银河中再也没有另一座大城市，新陈代谢如川陀这般频密，也没有任何行星的太阳能使用率超过此地，或是像它这般走极端地排放废热。在川陀世界的夜面，无数闪亮的散热器伸入稀薄的高层大气，而在另一侧的日面，同样的散热器尽数收进金属层中。随着这颗行星的自转，当某地渐渐夜幕低垂时，散热器便缓缓升起，而在黎明破晓时分，又一个接一个沉入地下。因此，川陀表面永远存在一种人工的不对称，几乎已经成为它的标志。

在川陀的巅峰时期，它统治着整个帝国！

它的统治不怎么样，不过也没有任何世界能将帝国治理得好。帝国实在疆域太过辽阔，无法让单一世界君临天下，即使最强而有力的皇帝也不例外。而在帝国走向败亡之际，当权者都是狡狯的政客与愚蠢无能之辈，他们将皇冠视为私相授受的囊中物，而官僚政治则发展成贪污和贿赂，在这种情况下，川陀又怎能将帝国治理得好？

但即使一切跌到谷底，整个体制仍然需要一个引擎，因此，银河帝国绝对不能没有川陀。

虽然帝国一步步土崩瓦解，但只要川陀仍旧是川陀，帝国的核心便依然存在，各种假象便能继续维持，诸如得意与骄傲，传统与权力，以及黄金时代。

意料不到的事竟然发生了，川陀终于陷落敌手，而且遭到烧杀掳掠。数百亿居民惨遭杀害，数百万幸存者面临大饥荒。“蛮子”的舰队将强固的金属表层炸得百孔千疮，甚至将许多处熔毁殆尽。直到这一天，大家才认为帝国真正灭亡。在这个曾经独步银河的世界上，幸存者为了活口，只好将剩余的金属表层逐一拆解。又过了一个世代，川陀便从人类有史以来最伟大的行星，转变成难以想象的一片废墟。

“大浩劫”已经过去两百多年，但在银河其他各处的人，始终未能忘怀川陀当年的盛况。川陀永远是历史小说的热门题材，是集体记忆最珍贵的象征，也将永远保存在格言成语之中，例如“艘艘星舰落川陀”“大海捞针，川陀寻人”“这玩意跟川陀一样独一无二”等等。

在银河每一个角落……

可是唯独川陀不然！在这里，昔日的川陀已遭到遗忘，金属表层几乎完全消失。川陀现在成了一个农业世界，散居着一些自给自足的农民。难得有太空商船来到此地，即使偶尔真有一艘降落，也不见得特别受欢迎。而“川陀”这个名称，虽然正式场合仍然出现，但是在口语中已不再通用。根据今日川陀人使用的方言，这个世界称作“阿姆”，翻译成银河标准语，它的意思就是“母星”。

这些思绪在昆多·桑帝斯的脑海中此起彼落，此外他还想到了更多更多。此时他正安稳地坐在那里，进入一种舒适的假寐状态。在这种境界中，他的心灵可以自动运作，产生许多杂乱无章的意识之流。

他担任第二基地的第一发言者已有二十余年，只要他的心灵依旧强健，能够继续投入政治斗争，这个位子当然还能再坐上十年到十二年。

他可算是端点市长的镜像，但是两者在各方面又大不相同。端点市长统治第一基地，威名响彻银河；对于其他世界而言，第一基地就是唯一的基地。而第二基地的第一发言者，只有身边的同僚才认识他。

事实上，真正掌握实权的是第二基地，而第二基地的领导人，便是历代的第一发言者。在有形力量、科技与武器的领域中，第一基地有着至高无上的成就。而在精神力量、心灵科学和心智控制这方面，第二基地无疑拥有绝对的权威。双方一旦发生冲突，就算第一基地拥有再多的星舰与武器，如果控制这些武力的人被第二基地控制着心智，一切又何足为惧？

然而这个神秘的力量，还能再使他志得意满多久？

他是第二十五代第一发言者，相较于历代第一发言者，他在位已经略微超过平均年数。他是否应当不再如此眷恋这个位子，让年轻一辈有出头的机会？例如那个坚迪柏发言者，他是圆桌会议上最新的成员，也是心灵最敏锐的一位。他们今晚将要碰面，桑帝斯欣然期待这个机会。而他是否也该欣然期待，坚迪柏有朝一日可能继任第一发言者？

这个问题，标准答案是桑帝斯尚未认真考虑退位，他实在太喜欢这个职位了。

现在，他默默坐在那里，虽然年纪一大把了，仍然能够完美地履行职务。他的头发已经灰白，可是由于发色一向很淡，又剪得只剩寸许，所以变化并不显著。此外，他的蓝眼珠也开始褪色。他一身朴素的服装，则是刻意模仿川陀农民。

只要他愿意，这位第一发言者能够随意混迹阿姆人之间，不会露出任何马脚。可是，他的精神力量始终如影随形。他随时能将目光与心灵聚焦在某人身上，而那人便会遵循他的心意行事，事后根本毫无记忆。

不过这种事很少发生，几乎从来没有。第二基地的金科玉律是：“什么都别做，除非万不得已；非做不可时，仍要三思而后行。”

想到这里，第一发言者轻叹了一声。他们生活在银河大学昔日的校园中，皇宫废墟的庄严古迹就在不远之处，偶尔环顾四周，难免令人怀疑金科玉律只是金玉其外罢了。

大浩劫发生之际，这条金科玉律差一点被放弃。想要保护川陀，必须牺牲建立第二帝国的谢顿计划。拯救四百五十亿生灵虽然符合人道，可是这样一来，第一帝国的核心就不会消失，整个计划便注定遭到延搁。数个世纪后，将会带来更大的灾难，也许第二帝国永远无法出现……

早期几位第一发言者，曾经花了数十年光阴，研究这个早已预见的大浩劫，却苦于找不出解决之道。拯救川陀与建立第二帝国，是无法两全其美的事。两害相权取其轻，因此川陀必须毁灭！

当时的第二基地分子，仍然冒了绝大的风险，设法把“银河大学／图书馆”保存下来，却因此带来无穷的后患。虽然从来没有人能证明，这个举动导致了骡在银河历史上的暴起，总有人直觉地认为两者必有关联。

差点就让一切前功尽弃！

然而，经过大浩劫与骡乱的数十年动荡后，第二基地迈入黄金时代。

在此之前，亦即谢顿死后的两百五十多年间，第二基地如地鼠般躲在银河图书馆里，一心只想避开帝国的耳目。在日渐衰微的社会中，愈来愈名不符实的银河图书馆越来越不受重视，他们便以图书馆员的身份出现。这座遭人遗弃的图书馆，作为第二基地的大本营再适合不过。

那是一种与世隔绝的生活，他们只需要全心全意保护谢顿计划。与此同时，在银河的某个端点，第一基地为了图存，必须跟一波强过一波的敌人奋战——完全未曾获得第二基地的协助，对它也几乎没有任何了解。

正是大浩劫解放了第二基地，这也是第二基地默许大浩劫的另一个原因。一向勇于表达意见的年轻人坚迪柏最近曾说，其实这根本就是主因。

经过大浩劫的洗礼，帝国正式宣告灭亡，从此之后，川陀上的幸存者从未擅自闯入第二基地的地盘。“银河大学／图书馆”既然躲过了大浩劫，第二基地更要让它免于“大复兴”的干扰，连皇宫废墟也顺便保存下来。除了这里，整个世界的金属表层几乎一块不剩。而地底无数盘根错节的巨大回廊，则全部遭到掩盖、填埋、扭曲、毁坏、弃置，通通埋葬在土石之下——唯有此地例外，昔日绿地的四周仍旧围绕着一大圈金属。

此地或可被视为一代伟业的巨大纪念碑、昔日帝国的衣冠冢。但在川陀人（阿姆人）心目中，该处却是不祥之地，充满冤死的亡魂，绝对不能随便惊扰。因此，只有第二基地分子穿梭在古代的回廊中，触摸得到闪闪发光的钛金属。

即使如此，由于骡的出现，第二基地的心血差点全部白费。

骡曾经亲自到过川陀。假使当时他晓得这个世界的真面目，又会有什么结果？骡所拥有的传统武器比第二基地强大无数倍，他的精神力量也和对手旗鼓相当。然而，一来受到金科玉律的限制，二来由于充分了解眼前的胜利可能预示着更大的挫败，第二基地总是感到绑手绑脚。

如果不是贝泰·达瑞尔当机立断，后果真是不堪设想。而她那次的行动，也几乎没有第二基地的协助！

接着便开始了黄金时代。前后几代的第一发言者，终于找到主动出击的方法，遏止了骡的泛银河攻势，进而控制住他的心灵。数十年之后，当第一基地对他们愈来愈好奇、愈来愈疑心的时候，第二基地经过一番努力，也总算成功地使对方收兵。其中，第十九代第一发言者（也是有史以来最伟大的一位）普芮姆·帕佛，完成一项精心设计的计划，一举消除了所有的危机；以重大牺牲为代价，拯救了谢顿计划未来的命运。

过去一百二十年间，第二基地恢复往日的状态，隐匿在川陀某个鬼影幢幢的地方。他们不必再回避帝国，却仍然需要和第一基地躲迷藏。如今的第一基地，几乎已经和昔日的银河帝国一样强大，而科技更是青出于蓝。

想到这里，第一发言者慵懒地闭上眼睛，进入一种无我的境界，体会到一种如真似幻的松弛感。这并非全然是梦境，却也不是绝对的清醒。

雨过天晴，一切都会愈来愈好。川陀依旧是银河的首府，因为第二基地就在这里。比起当年那些皇帝，他们力量更强大，控制得更得心应手。

第一基地始终只是傀儡，由第二基地负责操纵，使它的举动正确无误。不论他们如何船坚炮利，只要在必要的时候，关键人物都受到精神控制，他们也只有乖乖听命的份。

有朝一日，第二帝国终将诞生，但不会是第一帝国的翻版。它将是一个联邦制帝国，成员都拥有相当的自治权，因此不会出现一个外强中干的中央集权政府。新帝国的结构将较为松散，较富有弹性和韧性，因而更具应变能力。隐藏在幕后的第二基地男女成员，将永永远远负责指导这个政体。那时，川陀仍会是帝国的首都，但四万名心理史学家的领导能力，强过当年的四百五十亿普通人……

第一发言者猛然惊醒，发现已是日落时分。刚才有没有自言自语？有没有大声说过什么话？

如果说，第二基地成员要知道得比别人多，说得比别人少，那么身为领导阶层的发言者，就需要知道得更多，但是说得更少，而身为第一发言者，则需要知道得最多，而且说得最少。

他露出一抹苦笑。诱惑始终那么强烈，令人忍不住想效忠川陀，忍不住将第二帝国的目标解释为帮川陀取得银河霸主的地位。早在五个世纪之前，谢顿已经预见这一点，并且曾经发出警告。

然而，第一发言者并未睡着太久，他接见坚迪柏的时间还没到。

桑帝斯对这次的私下会谈寄望颇高。坚迪柏年纪很轻，能用新的眼光审视谢顿计划，而他又有足够敏锐的心灵，足以见前人所未见。从这位最年轻的发言者言谈中，桑帝斯并非没有机会学到些什么。

从来没有人能确定，当年伟大的普芮姆·帕佛接见年轻的寇尔·班裘姆，从那位后辈身上获益多少。当时班裘姆还不到三十岁，专程来向帕佛报告对付第一基地的可行方案。班裘姆后来从未提起那次觐见的经过，但他最后果然成为第二十一代第一发言者，而且被奉为谢顿之后最伟大的理论家。有些人甚至认为，在帕佛时代所完成的丰功伟业，真正的功臣其实是班裘姆，而不是帕佛本人。

桑帝斯开始跟自己玩一个游戏，猜想坚迪柏将要说些什么。根据第二基地的传统，当一个杰出的年轻后辈，首次有机会与第一发言者单独会晤时，第一句话便要开宗明义。当然，他们绝不会为了芝麻蒜皮的琐事，便浪费掉宝贵的首次觐见机会。否则，第一发言者很可能会认为他们不够份量，这无异是自毁前程。

四小时后，坚迪柏终于出现在他面前。这个年轻人没有露出丝毫的紧张，只是默默等待桑帝斯先开口。

于是桑帝斯说："发言者，你为了一件重要的事，请求私下觐见我。可否请你先扼要说明一下？"

坚迪柏几乎像是在描述晚餐吃了些什么，以平静的口吻说道："第一发言者，谢顿计划根本毫无意义！"

02

史陀·坚迪柏从不需要任何人肯定他的价值，他自小即了解自己与众不同。年仅十岁，第二基地一名特工就发掘到他的心灵潜能，从此他便加入第二基地的行列。

他在学习过程中表现得极为优异。就像重力场吸引太空船一样，心理史学对他具有强大的吸引力，使他身不由己地一头栽进去。同龄弟子还在学习微分方程之际，他已经开始阅读谢顿的心理史学入门教材。

十五岁那年，他考进了银河大学（即昔日的川陀大学，如今已经正式改名）。接受入学面试时，面试委员问到他将来的志愿，他以坚定的口气答道:“在四十岁前成为第一发言者。”

他的目标不仅仅是第一发言者的宝座，对他而言，那几乎是唾手可得的囊中物。言下之意，他的目标是要向时间挑战，因为就连普芮姆·帕佛，也是四十二岁那年才就任的。

坚迪柏这样回答之后，那名面试委员立刻动容。但是年轻的坚迪柏早已熟悉“心理语言”，懂得诠释那个骤变的神情。他非常清楚（就像那名委员当场宣布一样），自己的档案会加上一条小小的注记，大意是说他是个难缠的家伙。

嗯，当然如此!

坚迪柏就是打算做个难缠的家伙。

现在他三十岁了，再过两个月，就要庆祝三十一岁生日。想要实现当初的雄心壮志，最多还有九年时间可资利用，但他知道自己一定能够成功。他如今已是发言者评议会的一员，而今天觐见现任的第一发言者，就是他计划中关键性的一步。为了得到最佳的结果，他曾不遗余力地勤练心理语言的沟通技巧。

当第二基地两名发言者彼此沟通时，采用的语言是银河中独一无二的。他们除了开口之外，还会配合无数迅疾的手势，以及各种精神型样的变化。

如果有外人在场，只能听到极少的语汇，甚至什么也听不见。事实上，在极短暂的时间内，他们已经交换大量的思想讯息。至于沟通的内容，则无法借用文字忠实重述给任何外人。

发言者所使用的语言，优点在于效率极高，而且无比细腻生动。不过它也有缺点，那就是几乎无法掩饰任何心意。

坚迪柏很了解自己对第一发言者的看法，他觉得第一发言者已经过了精神全盛期。根据坚迪柏的评估，第一发言者没有受过危机处理训练，也从未预见任何危机，万一真有危机出现，他将缺乏当机立断的能力。桑帝斯是个亲切和善的老好人，而这种人正是可怕的祸源。

坚迪柏必须将这些想法都隐藏起来，不但在话语、动作、面部表情中不可流露任何迹象，甚至在思想上都要深藏不露。不过，他并不知道有任何有效的方法，能将这些想法掩饰得天衣无缝，不让第一发言者察觉半分蛛丝马迹。

同理，坚迪柏也知道第一发言者对自己的感觉。从和蔼可亲的态度中——这相当明显，而且十分诚挚——坚迪柏能感到稍许卖账与玩味的意思。因此他将自己的精神控制收紧了些，以免显露任何憎恶的情绪，至少将它减至最低程度。

第一发言者微微一笑，仰身靠向椅背。他并没有把脚翘在书桌上，不过他的身体语言已经十分明确，一来表现出自信满满的安然，二来又显得和对方有些私交，刚好能让坚迪柏摸不着头脑，无法确定自己的话究竟产生了什么作用。

由于坚迪柏一直没有机会坐下，即使他想做些反应或行动，以便尽量减低这个疑虑，能够采取的方案也少得可怜。这一点，第一发言者绝不可能不了解。

桑帝斯终于再度开口："谢顿计划毫无意义？多么惊人的说法！坚迪柏发言者，你最近观察过元光体吗？"

"我经常研究，第一发言者。这是我的职责，也是我的兴趣。"

"通常，你会不会只专注于自己负责的部分？你是否一律用微观方式观察，仔细审视某些方程组和微调路径？这样做当然极为重要，不过我一向认为，偶尔做一次整体观察，会是一个绝佳的练习。一寸寸地研究元光体自有其必要，但对它做一次鸟瞰，则是极具启发性的。告诉你一句老实话，发言者，我自己也有好久没这么做了。你愿意陪我温故知新吗？"

坚迪柏不敢沉默太久。他一定得遵命，并且必须表现得欣然而从容，否则还不如根本别答应。"第一发言者，这是我的荣幸，也是一件乐事。"

第一发言者按下书桌旁的一个握柄。每位发言者的办公室都配备有这种装置，而相较于第一发言者的元光体，坚迪柏的那个在各方面都毫不逊色。表面上看来，第二基地是个人人平等的社会，只不过表面上的一切并不重要。事实上，第一发言者的正式特权只有一项而已，他的头衔已经说得很清楚，他总是最先发言的一位。

闸柄按下之后，整个房间随即陷入一片黑暗，但几乎在同一瞬间，黑暗便转换成一种珍珠般的幽光。两侧的巨幅墙壁变成淡淡的乳黄色，接着愈来愈亮，愈来愈白，终于显出无数列印整齐的方程式，每一行都又细又小，几乎无法看得清楚。

“如果你不反对的话，”第一发言者的意思相当明显，根本不给对方反对的余地，“我们将放大率尽量缩小，以便一眼就能看到最多的内容。”

一行行整齐的方程式迅速缩小，直到每行都细如发丝，在珍珠色的背景上，形成无数模糊的黑色曲线。

第一发言者的右手挪到座椅扶手上，按下小型控制板的某些按键。“让我们回到起点，回到哈里·谢顿的时代，然后调整成缓缓向前推进的模式。我们控制好视窗的大小，每次只看十年的发展，这样能有一种静观历史推移的奇妙感觉，不会因为细微末节而分神。不晓得你以前有没有试过？”

“从未真正这样做过，第一发言者。”

“你该试试，这是一种绝妙的感受。注意看，起点处的黑色纹路十分稀疏，因为在最初几十年间，没有什么机会出现其他可能。然而，分枝点会以指数式的速度增加。每当选定一个特殊的分枝，其他分枝的发展就会大量减少，否则整个画面很快会变得无法处理。当然，在研究未来的发展时，我们必须谨慎选择应当取消哪些分枝。”

“我知道，第一发言者。”坚迪柏的回答带着一丝冷淡，他实在无法百分之百掩饰。

对此，第一发言者并没有任何反应。“注意那些红色符号形成的曲线，它们的图样具有某种规律。照理说，它们显然应该随机出现；每位发言者在获得发言权之前，都必须对原始的谢顿计划做一点补充，这些红线就是补充的内容。想要预测哪里比较容易补充，或是发言者由于个人的兴趣和能力，倾向于选择哪一部分，似乎都是不可能的事。然而，长久以来我一直怀疑，‘谢顿黑线’和‘发言者红线’的混合体，图样变化遵循着某种严格规律。这种规律和时间有很重大的关联，和其他因素则几乎无关。”

坚迪柏仔细盯着墙上的画面，随着“时间”一年一年流逝，黑线与红线交织成愈来愈复杂的图样，看久了几乎令人昏昏欲睡。当然，图样本身一点意义也没有，真正有意义的，是其中的无数符号。

不久，各处出现一些明亮的蓝线，逐渐向外扩张，生出许多分枝，变得愈来愈显眼，最后又汇聚在一起，尽数没入黑线或红线之中。

第一发言者说：“这是‘偏逸蓝线’。”两人心中不约而同生出嫌恶的情绪，充塞在周遭的空间。“我们注意跟踪它，最后就会来到‘偏逸世纪’。”

他们果然看到了，甚至能精确指出骡乱何时骤然震撼银河。在那个时间点，元光体射出的蓝色线条突然加速繁衍，几乎暴涨到无法收拾的地步。随着蓝线继续不断开枝散叶，蓝色光芒愈来愈强，整个房间似乎都变成蓝色，整幅墙壁也都遭到蓝线的污染（也只有“污染”一词能够形容）。

蓝线终于达到猖獗的极限，随即开始消退，愈来愈稀疏，并逐渐聚在一起。又过了一个世纪，才终于消失殆尽。蓝线消失之处，显然就是普芮姆·帕佛的心血结晶所在，从此，谢顿计划又恢复了黑线与红线的构图。

继续前进，继续前进……

“这里就是现在的情况。”第一发言者以轻松的口气说。

继续向前，继续向前……

然后所有的线条汇集一处，像是一个紧密的黑色绳结，其间装饰着少许红线。

“那代表第二帝国的建立。”第一发言者解释道。

这时，他关掉了元光体，整个房间再度沐浴在普通灯光下。

坚迪柏说："实在是个动人的经验。"

"没错。"第一发言者微微一笑，"而你一直很小心，尽可能不让情绪展现出来。但这并不重要，让我跟你把话说明白吧。

"首先你应该注意到，在普芮姆·帕佛的时代之后，偏逸蓝线就几乎完全消失。换句话说，蓝线已经有一百二十年未曾出现。你也应该注意到，未来五个世纪内，再度出现高于五级的'偏逸现象'几率实在太小。此外你还应该注意到，我们已经开始拓展谢顿计划，也就是进行第二帝国建立之后的心理史学计算。你一定明白，虽然哈里·谢顿是个超越时代的天才，却不可能无所不知无所不晓。我们不断改良他的成就，如今，我们对于心理史学的认识，是谢顿当年绝对无法达到的。

"谢顿的计算终止于第二帝国的诞生，我们则继续推算下去。其实，我可以大言不惭地说，这个涵盖第二帝国往后发展的'超谢顿计划'，绝大部分内容出自我的手笔，这也是我今天坐在这个位子上的主因。

"我告诉你这么多，是要你别跟我说没有必要的废话。我们拥有这么完善的计算，你怎么能说谢顿计划毫无意义？它根本就是完美无瑕的。谢顿计划能够安然渡过偏逸世纪，便是它毫无瑕疵的最佳证明，当然，帕佛的天才也功不可没。年轻人，谢顿计划究竟有什么缺陷，你竟敢把它贴上毫无意义的标签？"

坚迪柏僵直地站在那里。"您说得很对，第一发言者，谢顿计划的确毫无瑕疵。"

"那么，你愿收回自己的成见？"

"不，第一发言者。毫无瑕疵正是它的瑕疵，完美无瑕乃是它的致命伤！"

03

第一发言者仍然平静地望着坚迪柏。他对自己的表情早已练到收放自如，看到坚迪柏这方面的笨拙表现，他感到十分有趣。每一次的讯息交换，这个年轻人都尽量掩饰住自己的情感，但每次却毫无例外地暴露无遗。

桑帝斯以不带感情的目光打量着他。坚迪柏是个瘦削的年轻人，仅仅比一般人略高一点，他的嘴唇很薄，一双瘦骨嶙峋的手总是闲不下来。他的一双黑眼睛显得冰冷无情，还微微透着忧郁的目光。

第一发言者心知肚明，他是一个难以说服的人。

“你讲的是一种诡论，发言者。”他说。

“只是听起来像个诡论，第一发言者。因为我们一向将谢顿计划的种种都视为理所当然，大家照单全收，从来未曾置疑。”

“那么，你的疑问又在哪里？”

“在于该计划的最根本。我们都知道，如果该计划所试图预测的对象，其中有太多人知晓计划的本质，甚至只是知晓它的存在，这个计划就不可能成功。”

“我相信哈里·谢顿了解这一点。我甚至相信，他将这个事实定为心理史学两大基本公设之一。”

“可是他并未预见骡，第一发言者。因此他也无法预见，当骡证明了第二基地的重要性之后，我们竟然会成为第一基地成员的眼中钉。”

“哈里·谢顿——”第一发言者忽然打了一个冷战，闭上了嘴巴。

哈里·谢顿的容貌，第二基地所有的成员都很熟悉。在第二基地大本营中，处处可见谢顿的肖像，不论是二维或三维、照片或全息、浅浮雕或圆雕，坐姿或站姿。这些肖像一律取材自晚年的谢顿，一律是一位慈祥的老者，脸上布满代表成熟智慧的皱纹，以表现出这位天才最圆熟的神韵。

第一发言者现在却想起来，他曾经看过一张据说是谢顿年轻时的相片。那张相片从未受到重视，因为“年轻的谢顿”几乎就像是个矛盾的名词。但桑帝斯的确看过那张相片，如今他心中突然冒出的念头，是史陀·坚迪柏和年轻的谢顿极为相像。

荒唐！根本就是迷信。不论何时何地，不论多么理智的人，有时也难免会被这种迷信纠缠。自己只是被一种飘忽的神似所欺骗，如果现在那张相片就在眼前，他立刻能发现这只是一种幻象。然而，此时此刻为什么会冒出这个傻念头呢？

他很快回过神来。那只是极短暂的悸动，只是思绪的瞬间脱轨，除了发言者，其他人不可能察觉得到。不过，不晓得坚迪柏会如何诠释。

“哈里·谢顿，”这次他的语气非常坚定，“明白未来有无数种可能，都是他所无法预见的，由于这个缘故，他才设立第二基地。我们自己也没有预测到骡，但是当他威胁到我们的时候，我们立刻觉察到他的危险，及时阻止了他。我们也未曾料到，自己后来竟会成为第一基地的眼中钉，但是危机浮现之际，我们便及时发现，终究阻止了这个发展。在这些历史事件中，你能找到任何错误吗？”

“第一点，”坚迪柏说，“第一基地对我们的戒心，至今仍未解除。”

坚迪柏语气中的敬意明显地减少。（根据桑帝斯的判断）他已经注意到对方声音中那一下悸动，并且将它诠释为一种迟疑。这一定要想办法纠正，桑帝斯这么想。

第一发言者流畅地说：“让我来推测一下。第一基地的某些人，将最初四个世纪的艰困历史，与过去一百二十年的太平岁月作比较，得出一项结论：除非第二基地仍旧好好守护着谢顿计划，否则不可能有这种结果，当然，他们这个结论完全正确。而且，他们会进而推断，第二基地根本没有被摧毁，当然，他们这样推断也完全正确。事实上，根据我们收到的一些报告，第一基地的首都世界端点星上，有一个年轻人，一名政府官员，他就十分相信这个说法。我忘了他的名字……”

“葛兰·崔维兹。”坚迪柏轻声说，“是我首先从报告中发现这件事，也是我将这个报告转到您的办公室。”

“哦？”第一发言者用夸张的礼貌口气应道，“你是怎么注意到他的？”

“我们派驻在端点星的某位特工，不久前送回一份冗长的报告，内容是基地新科议员的背景资料。这纯粹是一件例行报告，发言者通常都不会留意。不过这份报告却吸引了我，因为上面有那位新当选的议员葛兰·崔维兹的详细描述。我从那些记述中看出来，他似乎过分自信，而且斗志昂扬。”

“你发现有人和你臭味相投，是吗？”

“完全不是那么回事。”坚迪柏僵硬地答道，“他似乎是个莽撞的人，喜欢做些荒唐的事，这点和我很不一样。总之，我主导了一次深入调查。我很快就发现，他如果年轻时被我们吸收，会是第二基地的一位优秀成员。”

“也许吧，”第一发言者说，“但是你也晓得，我们从不吸收端点星的人。”

“这点我很明白。总之，虽然没有接受过我们的训练，他却拥有不凡的直觉。当然，那种直觉完全未经剪裁。因此，虽说他猜到第二基地仍然存在，我也并不感到特别惊讶。然而，我觉得这点已经足够重要，所以送了一份备忘录到您的办公室。”

“从你的态度看来，我猜一定又有什么新发展。”

“由于具有很强的直觉，他猜中了我们仍旧存在的事实，然后便肆无忌惮地拿来大做文章，结果被逐出了端点星。”

第一发言者扬起双眉。“你突然停下来，是想要我来诠释其中的意义。我暂且不动用电脑，以心算大致推估一下谢顿方程式。我猜那个机灵的市长，也有足够的智慧怀疑我们的存在，因此不希望那个不守纪律的家伙惊动整个银河，令她心目中那个第二基地提高警觉。我猜，根据铜人布拉诺的判断，将崔维兹逐出端点星，才能确保自身的安全。”

“她大可将崔维兹囚禁，或悄悄将他处决。”

“想必你很清楚，将谢顿方程式用到个人身上，得到的结果根本不可靠，那些方程式只适用于人类群体。由于个人行为无法预测，我们可以假设市长是个人道主义者，认为囚禁是一种残酷的做法，更遑论处决。”

坚迪柏好一阵子没有再讲话，但是这段沉默抵得上滔滔雄辩。他将沉默的时间拿捏得恰到好处，足以令第一发言者动摇自信，又不至于引起对方的反感。

他在心中倒数读秒，时间一到，他立刻说：“这并不是我心目中的诠释。我相信，那个崔维兹此时扮演的是个前锋，而他背后的力量，会对第二基地构成史无前例的威胁——甚至比骡还要危险！”

04

坚迪柏感到很满意，这番话的确发挥了预期的威力。第一发言者并未料到这种惊人之语，一听之下方寸大乱。从此刻开始，坚迪柏抢到了主动权。即使他对这个逆转还有丝毫存疑，一旦桑帝斯再度开口，存疑也立时消失无踪。

“这和你认为谢顿计划毫无意义的主张，又有什么关系？”

坚迪柏自认稳操胜算，他不让第一发言者有喘息的机会，随即以训人的口气说：“第一发言者，一般人都深信，谢顿计划经过偏逸世纪的重大扭曲后，是普芮姆·帕佛又令它回到正轨。但只要仔细研究元光体，您就会发现，直到帕佛死后二十年，偏逸蓝线才完全消失，从此再也没有任何蓝线出现。这一点，虽然可归功于帕佛之后的诸位第一发言者，事实上却不大可能。”

“不大可能？纵使我们几位都比不上帕佛，可是——为何不大可能？”

“第一发言者，能否准许我示范一下？利用心理史学的数学，我能清楚地证明，偏逸现象完全消失的几率太小太小了，无论第二基地如何努力，也几乎无法实现。我的示范得花半个小时，而您必须聚精会神，如果您没有时间，或者没有兴趣，大可不必答应我的要求。我还有另一个机会，就是请求召开发言者圆桌会议，向所有的发言者公开示范。但是这样会浪费我的时间，还会引起不必要的争辩。”

“对，而且可能会让我丢脸。现在就示范给我看吧，不过我要先警告你，”第一发言者力图挽回颓势，“假如你给我看的东西毫无价值，我一辈子不会忘记。”

“果真毫无价值的话，”坚迪柏以骄傲的口气，轻松地化解对方的攻势，“我会当场向您辞职。”

示范过程比预定时间超出许多，因为从头到尾，第一发言者都在紧紧逼问数学内容。

坚迪柏使用“微光体”极为熟练，因此其实还节省了一点时间。微光体能将谢顿计划任何部分以全息画面显示，无需以墙壁当屏幕，也不必书桌那么大的控制台。这种装置在十年前才正式启用，第一发言者从未学会操作的诀窍。坚迪柏明白这一点，第一发言者也知道瞒不过他。

坚迪柏将微光体挂在右手拇指上，用其他四根指头操作控制键钮。他的手指从容地挪移，仿佛是在演奏某种乐器。他还真写过一篇短文，讨论两者的类似之处。

坚迪柏用微光体产生的（并轻易找到的）方程式，随着他的解说，不断蜿蜿蜒蜒地前后运动。必要的时候，他可以随时叫出定义，列出公设，画出二维与三维图表（当然也能将“多维关系式”投影到这些图表上）。

坚迪柏的解说清晰而精辟，终于使得第一发言者甘拜下风。他心悦诚服地问道：“我不记得看过这样的分析，这是什么人的成果？”

“第一发言者，这是我自己的成果。我已经发表过有关这方面的数学了。”

“非常杰出，坚迪柏发言者。你有这样的成就，一旦我死了，或者退位的话，下一代第一发言者很可能就是你。”

“我从未想过这一点，第一发言者——可是既然您绝无可能相信，我索性收回这个说法。事实上，我的确想过这件事，并且希望自己能够成为第一发言者。因为不论是谁继任这个职位，都得遵行一个唯有我才看得清楚的方案。”

“很好，”第一发言者说，“不当的谦虚其实非常危险。究竟是什么样的方案？或许现任的第一发言者也能遵行。即使我已经老得无法作出像你那样的突破，我至少还有能力接受你的指导。”

这实在是相当大方的让步，坚迪柏完全没有料到，顿时心中充满温暖，虽然他明知这正在老前辈的意料中。

“谢谢您，第一发言者，因为我太需要您助我一臂之力。没有您的英明领导，我自己不可能支配圆桌会议。”这就叫礼尚往来，“所以说，我想，您已经从我刚才的示范中看出来，我们采取的对策不可能矫正偏逸世纪，也无法使所有的偏逸现象从此消失。”

“这点我很清楚。”第一发言者说，“假定你的数学推导正确无误，那么，为了让谢顿计划真的完全回到正轨，而且继续完美无缺地发展下去，我们必须能够相当准确地预测少数人的反应，甚至是个人的反应。”

“非常正确。既然心理史学的数学做不到这一点，偏逸现象就不可能消失，更不可能永远不再出现。现在您应该明白，我刚才为什么会说：谢顿计划的瑕疵就在于完美无瑕。”

第一发言者说：“现在只有两种可能，一是谢顿计划中确实还有偏逸现象，二是你的数学推导犯了错误。由于我必须承认，一个多世纪以来，谢顿计划并未显现任何偏逸，因此你的推导一定出了问题。可是，我又找不出任何谬误或无心之失。”

“您犯了一个错误，”坚迪柏说，“您排除了第三种可能性。

上述两者确有可能同时成立，谢顿计划不再有任何偏逸，而我的数学推导也完全正确，虽然后者否定了前者。”

“我看不出有第三种可能。”

“假如谢顿计划被某种先进的心理史学方法所控制，这个方法超越了我们现有的成就，可以预测一小群人的反应，甚至个人的反应也许都能预测。当且仅当在此前提下，根据我的数学推导，谢顿计划会摆脱任何偏逸现象！”

第一发言者沉默不语，过了好一阵子（以第二基地的标准而言），他才说：“那种先进的心理史学方法，我从未听说过，而听你的口气，我确定你也没有概念。如果连你我都不知情，那么，某位或某些发言者发展出这种‘微观心理史学’——让我暂且这样称呼——而能对圆桌会议其他成员保密，这种机会是无限小。你同意吗？”

“我同意。”

“那么又只剩下两种可能，一是你的分析有误，二是微观心理史学的确存在，却并非掌握在第二基地手中。”

“完全正确，第一发言者，第二种可能一定就是事实。”

“你能证明这个立论的真实性吗？”

“我无法以正式的方法证明，但是请您回想一下：不是早已出现过一个人，可以通过操纵个人，而影响整个谢顿计划吗？”

“我猜你指的是骡。”

“没错，正是他。”

“骡专事破坏，如今的问题则是谢顿计划进行得太顺利，太过接近完美，而你的推导证明这是不可能的。你现在要找的是一个‘反骡’——他能像骡一样改写谢顿计划，可是动机完全相反，并不是要破坏，而是要精益求精。”

“正是如此，第一发言者，只恨我自己无法表达得这样精辟。骡是何方神圣？是个突变异种。但他是从哪里冒出来的？为什么具有那种异能？谁也不知道真正的答案。难道不可能有更多类似的人吗？”

“显然不会有。骡最著名的一点就是他无法生育，他的名字便是由此而来。莫非你认为那只是个传说？”

“我并不是指骡的后人。我的意思是，可能有一大群人——或是现在变成了一大群——全都具有和骡相近的能力，而骡只是那个团体的叛徒。那群人为了自己的理由，非但不想破坏谢顿计划，反而在尽力维护它。”

“银河在上，他们为何要维护谢顿计划？”

“我们又为何要维护它？我们计划中的第二帝国，是由我们，或者应该说由我们的传人，来担任决策者。倘若有更高明的组织在维护这个计划，他们绝不会把决策权留给我们。他们会自己当家做主，但最终目标又是什么？他们准备为我们打造什么样的第二帝国，难道我们不该设法搞清楚吗？”

“你又打算如何进行？”

“嗯，端点市长为何要放逐葛兰·崔维兹？这么一来，就让那个具有潜在危险的人物，在银河中自由自在地横冲直撞。若说她这样做是出于人道的动机，我绝对不相信。证诸历史，第一基地的领导人全是现实主义者，这就是说，他们的行为通常都不顾及道德。事实上，他们的一位传奇英雄塞佛·哈定，甚至公开挑战道德观念。所以说，我认为那些反骡——我也借用您的说法——一定控制住了那个市长。我相信崔维兹已经被他们吸收，而且我还相信，他是攻击我们的先锋部队，将带给我们极大的危险。”

第一发言者说：“谢顿在上，你也许说对了。但是我们要怎样说服圆桌会议？”

“第一发言者，您太低估您的权威了。”

第六章

地 球

01

崔维兹感到心浮气躁。他跟裴洛拉特正坐在用餐区，刚吃完中饭。

裴洛拉特说："我们在太空才待了两天，我却已经相当适应，虽说我仍会怀念新鲜空气、大自然，以及地面的一切。怪啦！那些东西在身边的时候，我好像从未注意过。话说回来，这里有我的晶片，还有你那台了不起的电脑，就等于所有的藏书都跟着我，我就感到什么都不缺。而且，我现在对身处太空这件事，已经一点恐惧感也没有了。真不可思议！"

崔维兹含糊地应了一声。他正在沉思，并未注意到外界的一切。

裴洛拉特又轻声说："我并不是想多管闲事，葛兰，可是我认为你没有真正在听。我不是个特别有趣的人，总是有点令人厌烦，这你是知道的。话说回来，你好像在想什么心事——我们遇上麻烦了吗？你知道吗，你不必顾忌，什么事都可以告诉我。我猜自己帮不上什么忙，但我绝不会惊慌失措，亲爱的伙伴。"

"遇上麻烦？"崔维兹似乎回过神来，微微皱了一下眉头。

"我是指这艘太空艇。它是最新型的，所以我猜也许哪里出了问题。"裴洛拉特露出浅浅而迟疑的笑容。

崔维兹猛力摇了摇头。"我真不该让你产生这种疑虑，詹诺夫。这艘太空艇没什么不对劲，它表现得十全十美。我只不过是在找超波中继器。”

“啊，我懂了——不过我还是不懂，什么是超波中继器？”

“好吧，詹诺夫，让我为你解释一番。我跟端点星保持着联络，至少，我随时联络得上端点星，反之亦然。他们一直在观测这艘太空艇的轨迹，所以知道我们现在的位置。即使他们原先没这样做，也能随时把我们找出来。因为只要扫描近太空的质点，就能定出任何船舰或流星体的位置。但他们还能进一步侦测能量型样，这样不但可以区分船舰和流星体，还能辨识每一艘船舰，因为两艘船舰使用能量的方式绝不会完全一致。总之，不论我们开启或关闭哪些设备或装置，这艘太空艇的能量型样都有固定的特征。如果端点星没有某艘船舰的能量型样记录，它的身份当然无法辨识；反之，像我们这艘太空艇，端点星拥有完整的记录，一旦侦测到它，立刻能辨识出来。”

裴洛拉特说：“我有一种感觉，葛兰，文明的进步等于是对隐私权的剥削。”

“你也许说对了。然而，迟早我们必须进入超空间，否则注定我们这一辈子，只能在距离端点星一两秒差距的太空游荡，只能进行最低程度的星际旅行。反之，取道超空间，我们在普通空间的航迹就变得不连续。我们能在瞬间由一处跳到另一处，我的意思是，有时可以一举跨越几百秒差距。我们会突然出现在非常遥远的地方，由于方位极难预测，实际上我们再也不会被侦测到。”

“我懂了，一点都没错。”

“当然，除非他们预先在太空艇中植入一个超波中继器。那玩意能送出穿越超空间的讯号——一种对应这艘太空艇的特定讯号——端点星当局就一直能知道我们位在何方。懂了吗，这也等于回答了你的问题。这样一来，我们在银河中就无所遁形，不论做多少次超空间跃迁，都不可能摆脱他们的追踪。”

“可是，葛兰，”裴洛拉特轻声说，“难道我们不要基地保护吗？”

“当然要，詹诺夫，但只限于我们需要的时候。你刚才说过，文明的进步代表不断剥夺隐私权。哼，我可不想那么进步。我希望有行动自由，不希望随时随地都能被找到，除非我自己请求保护。所以说，假如太空艇上没有超波中继器，我会感到比较舒服，舒服千万倍。”

“你找到了吗，葛兰？”

“还没有。万一给我找到了，我或许有办法令它失灵。”

“如果你看到了，能够一眼认出来吗？”

“这正是我目前的困难之一，我也许根本认不出来。我知道超波中继器大概像什么样子，也知道如何测试可疑的物件。但这是一艘新型的太空艇，专门为了特殊任务而设计。超波中继器也许成了机件的一部分，外表根本看不出来。”

“反之，也可能并没有超波中继器，所以你一直找不到。”

“我不敢这么说，但在弄清楚之前，我不想进行任何跃迁。”

裴洛拉特显得恍然大悟。“原来这就是我们始终在太空飘荡的原因，我一直在纳闷为何还不进行跃迁。你知道吗，我对跃迁略有所闻。老实说，我有一点紧张，不知道你何时会命令我系上安全带，或者吞一颗药丸，或是诸如此类的准备工作。”

崔维兹勉强微微一笑。“根本不必担心，现在不是古时候了。在这种船舰上，一切交给电脑即可。你只要下达指令，电脑便会执行。你根本不会察觉发生了什么事，唯一的变化只是太空景观陡然不同了。如果你看过幻灯片，就该知道当幻灯片跳到下一张的时候，会产生什么样的变化。嗯，跃迁的感觉大同小异。”

“乖乖，竟然毫无感觉？奇怪！我反倒觉得有点失望。”

“根据我自己的经验，从来没有任何感觉，而我所搭乘过的船舰，全部比不上现在这艘太空艇。不过，我们还没有进行跃迁，并不是因为超波中继器的关系，而是我们必须再离端点星远一点，也得离太阳远一点。我们距离巨大天体愈远，就愈容易控制跃迁，也就愈容易抵达预定的普通空间坐标。在紧急状况下，即使距离行星表面只有两百公里，有时也必须冒险一跃，这时只能祈祷自己运气够好。由于在银河中，安全的空间比不安全的多得太多，一般说来运气都不会那么坏。话说回来，总是存在着某些随机的因素，可能使你在重返普通空间时，出现在一颗巨大恒星几百万公里附近，甚至掉进银河核心，你还来不及眨一下眼睛，就发现已经被烤焦了。我们距离各个天体愈远，那些因素的影响就愈小，不幸的事件就愈不可能发生。”

“这样的话，我很赞赏你的谨慎，我们并非十万火急。”

“一点都没错。尤其是我在行动之前，很想先找到那个超波中继器，或是设法说服自己超波中继器并不存在。”

崔维兹似乎又陷入了沉思冥想，裴洛拉特不得不略微提高音量，以超越那道无形的障碍。“我们还有多少时间？”

“什么？”

“我的意思是，我亲爱的兄弟，如果不考虑那个超波中继器，你准备在什么时候进行跃迁？”

“根据我们目前的速度和轨迹，我估计要等到出发后的第四天。我会用电脑算出正确的时间。”

“好吧，那么你还可以找两天。我能提供一个建议吗？”

“请说。”

“我从工作中体会出一个心得——我的工作当然和你的截然不

同，但是这个道理或许可以推广——我的心得是，如果对某个问题猛钻牛角尖，反倒会弄巧成拙。何不把心情放轻松，跟我谈点什么别的，这样一来，你的潜意识在没有密集思考的压力下，也许就会帮你解决这个难题。”

崔维兹先是露出厌烦的神情，随即哈哈大笑。“嗯，有何不可？告诉我，教授，你为何会对地球那么感兴趣？你怎么会想到那种古怪的念头，认为人类全都发源于某一颗行星？”

“啊！”裴洛拉特点了点头，沉浸在回忆中。“说来话长，那是三十多年前的事了。我刚进大学的时候，本来想成为一位生物学家，因为我对不同世界的物种变异特别感兴趣。你应该知道，这种变异非常小——嗯，也许你并不知道，所以想必不介意我从头说起。银河各处所有的生命形态，至少目前我们接触到的一切生命，都是以水为介质的蛋白质／核酸生化结构。”

崔维兹说：“我读的是军事学院，课程偏重核子学和重力子学，但我并非那种知识狭隘的专才，我对生命的化学基础略有所知。我们以前学过，水、蛋白质以及核酸，是唯一可能的生命基石。”

“我认为那个结论并不恰当。比较安全的说法，是至今尚未发现其他形式的生命，或者应该说，还没有辨识出来，反正你知道这点就成了。更令人惊讶的是，所谓的原生物种，也就是除了某颗行星之外，其他世界都不存在的物种，数目竟然都非常少。现今存在的大多数物种，特别是‘智人’，在银河所有的住人世界几乎都能发现，而且无论就生物化学、生理学或形态学而言，彼此都有密切关联。另一方面，原生物种之间的特征却有很大差异，不同行星上的原生物种也几乎没有交集。”

“嗯，这又怎么样？”

“结论就是银河中某个世界——单独一个世界——和其他世界

截然不同。银河中有数千万个世界——没有人确定究竟有多少——都发展出了生命，但都是些简单的、纤弱的、稀稀落落的生命，没有什么变化，不容易存续，更不容易扩散。可是有一个世界，那个唯一的世界，轻而易举发展出几百万种生物，其中有些非常专化，而且高度发展，非常容易增殖和扩散，最后的结果就包括我们在内。我们有足够的智慧形成文明，发展超空间飞行，殖民整个银河系。而在扩展到整个银河的过程中，我们随身带着许多其他的生物，那些生物彼此间都有渊源，也和人类多少有些亲戚关系。”

“仔细想一想，”崔维兹以相当平淡的口气说，“我认为这种说法站得住脚。我的意思是，这是个充满人类的银河，如果我们假设人类起源于单一的世界，那个世界就必定与众不同。有何不可呢？生命能够那么多样化发展的几率一定很小，也许只有一亿分之一；在一亿个能产生生命的世界当中，才出现一个那样的世界。所以说，顶多只能有一个。”

“但究竟是什么因素，使得那个世界和其他世界如此不同？”裴洛拉特十分激动，“是什么条件使它变得独一无二？”

“大概只是偶然吧。毕竟，目前在数千万颗行星上，都存在有人类以及人类带去的其他生命形态，那些行星既然都能维持生命，所以条件一定都差不多。”

“不对！人类这个物种一旦演化成功，一旦发展出科技，一旦在艰难的生存斗争中浴火重生，就会具有很强的适应力，即使最不适宜生存的世界，人类也一样能征服，端点星就是很好的例子。可是你能想象，端点星会演化出什么智慧生物吗？当人类初到端点星时，也就是百科全书编者掌权的时代，端点星上最高等的植物，是生长在岩石上的藓类；而最高等的动物，海中的是珊瑚类生物，陆上的则是类似昆虫的飞虫。我们来到之后，将那些生物一扫而光，同时在海洋中放生大量鱼类，又在陆地上繁殖兔子、山羊、草本植物、木本植物、五谷杂粮等等。当地的固有生命如今全部绝种，只有在动物园和水族馆才看得见。”

“嗯——嗯。”崔维兹无言以对。

裴洛拉特瞪了他足足一分钟之久，然后发出一声长叹，这才说：“你并非真的感兴趣，对不对？怪啦！我发现好像谁都没有兴趣。我想，这是我自己的错。虽然自己被这个问题深深吸引，我就是无法说得引人入胜。”

崔维兹说：“这个问题很有趣，真的。可是……可是……又怎么样呢？”

“难道你没有想到，这会是个很有趣的科学研究题目？想想看，一个银河中独一无二的世界，只有在那个世界上，才能产生真正丰富的固有生态。”

“对一位生物学家而言，也许有趣。可惜我不是，你懂了吧，所以你得原谅我。”

“当然啦，亲爱的伙伴。只不过，我也从未发现这样的生物学家。我刚才说过，我本来主修的是生物。我曾经拿这个问题请教我的教授，他同样兴趣缺缺，还劝我应该找些实际的问题。这令我十分反感，我索性转攻历史，反正我十几岁的时候，就很喜爱阅读历史书籍。从此以后，我就从历史的角度，来钻研‘起源问题’。”

崔维兹说：“可是这样一来，至少让你找到一个毕生志业，所以你该感谢那位教授的冥顽不灵。”

“对，我想这样说也有道理。而且这项毕生志业的确有趣，我始终乐此不疲。但我实在很想挑起你的兴趣，我不喜欢永远这样自言自语。”

崔维兹突然仰头大笑，笑得极为开心。

裴洛拉特平静的面容，露出几许被刺伤的神情。“你为什么嘲笑我？”

“不是你，詹诺夫，”崔维兹说，“我是在笑我自己的愚蠢。我十分感激你的关心，你知道吗，你完全说对了。”

“人类起源是个重要的课题？”

“不，不——喔，对，那也重要。但我的意思是，你刚才叫我别再拼命想那个问题，应当把心思转移到别处去，这个建议真的有效。当你在讲述生命演化方式的时候，我终于想到了怎样寻找那个超波中继器——除非它不存在。”

“喔，那件事！”

“对，那件事！我刚才犯了偏执狂。我原先一直用传统方式寻找，好像还在当年那艘老旧的训练舰上。我用肉眼查看每个角落，试着寻找各种可疑的物件。我忘了这艘太空艇是数万年科技进化的结晶。你懂了吗？”

“不懂，葛兰。”

“太空艇上有电脑，我怎么忘了？”

他立刻钻进自己的舱房，同时挥手叫裴洛拉特一道来。

“我只要试验它的通讯功能就行了。”他一面说，一面将双手放到电脑感应板上。

他试着联络端点星，如今他们已经飞出数万公里。

联络！通话！他的神经末梢仿佛长出新芽，不断向外延伸，以不可思议的速度（当然就是光速）伸展到太空，尝试进行接触。

崔维兹感觉自己正在触摸。嗯，不完全是触摸，而是感触。嗯，又不完全是感触，而是……这并不重要，因为根本没有语言可以形容。

他“感到”与端点星取得了联络。虽然两者的距离，正以每秒约二十公里的速度愈拉愈远，联系却始终持续不断。仿佛行星与太空艇都静止不动，而且相距仅数米而已。

他一句话也没说，便将联系切断了。他只是在测试通讯的“原则”，并非真正想做任何通讯。

安纳克里昂在八秒差距之外，是距离端点星最近的一颗较大行星。就银河尺度而言，它就是端点星的后院。若是仿照刚才联络端点星的方式，以光速送出一道讯号，想要收到回讯，必须等上五十二个年头。

联络安纳克里昂！想象安纳克里昂！尽可能想象清楚。你知道它和端点星以及银河核心的相对位置；你研究过它的历史和它的行星表面学；服役期间，你曾经推演过如何夺回安纳克里昂（如今，它绝不可能遭敌人占领，那只是个假想状况罢了）。

太空啊！你曾经到过安纳克里昂。

想象它！想象它的模样！利用超波中继器，营造置身其上的感觉。

什么也没有！他的神经末梢在太空中不停飞舞，却找不到任何栖身之所。

崔维兹收回意念。“远星号上没有超波中继器，詹诺夫，我现在可以肯定了。假如我没有听从你的建议，不晓得要多久之后，才能得到这个结论。”

裴洛拉特的面部肌肉虽然没有动作，却明显露出喜色。“我真高兴能帮得上忙。这是否表示我们可以跃迁了？”

“不，为了安全起见，我们还得再等两天。我们必须远离各个天体，还记得吗？这是一艘实验中的新型太空艇，而且我对它完全没有认识，通常在这种情况下，我也许得花两天时间来计算正确的程序，尤其是首度跃迁的恰当‘超推力’。不过，我现在有个感觉，电脑将会完全代劳。”

“乖乖！看来，我们会等得无聊死了。”

“无聊？”崔维兹露出灿烂的笑容，“绝不可能！你我两人，詹诺夫，要好好聊一聊地球。”

裴洛拉特说：“真的吗？你是想逗老头子开心吧？你心地真好，真的。”

“乱讲！我是想逗我自己开心。詹诺夫，你终于说服了一个人。从你刚才那番话中，我了解到地球是宇宙间最重要、最有趣无比的一个题目。”

02

当裴洛拉特在讲述他对地球的看法时，崔维兹一定就有了体悟，只是因为超波中继器的问题萦绕心中，所以并未立即作出回应。在那个问题迎刃而解之后，崔维兹果然马上有所反应。

哈里·谢顿最常为人引述的一句话，大概就是他对第二基地的描述。他曾说第二基地位于“银河的另一端”，甚至还曾为该处命名，称之为“群星的尽头”。

这句话收录在盖尔·多尼克的记述中。“在银河的另一端……”根据多尼克为谢顿所著的传记，谢顿在接受帝国法庭审判之后，曾经亲口对他这么说。从那一天开始，这句话的含意始终为人争论不休。

银河某一端与“另一端”究竟靠什么相连？一条直线，一条螺线，一个圆，还是其他的线条？

现在，崔维兹突然间恍然大悟，了解到那既不应该、也不可能是银河地图上的任何直线或曲线。真正的答案，其实更加微妙。

端点星是其中的一端，这是毫无疑问的一件事。没错，端点星位于银河的边缘——甚至在基地的边缘——因此“端点”具有字面上的意义。然而，在谢顿说那句话的时候，它也是银河中最新的世界。严格说来它当时尚未存在，只是一个即将建立的世界。

根据这个观点，银河的另一端又在何处？基地的另一个边缘吗？哈，银河最古老的世界在哪里？照裴洛拉特刚才的说法——尽管他自己并不知道这重意义——唯一的答案就是地球。第二基地当然就在地球上。

虽然谢顿曾经说过，银河的另一端叫做“群星尽头”，谁又能断言这不是一种隐喻呢？如果像裴洛拉特那样回溯人类的历史，想象时光不断倒流，便能看到每个住人星系中的人类，逐渐回流到其他的行星系，也就是第一代移民原先的出生地，然后人潮继续不断回流——直到最后，所有的人类都退回到某颗行星，那里便是人类的发源地。而照耀地球的那颗恒星，正是所谓的“群星尽头”。

崔维兹露出微笑，用近乎崇拜的口吻说：“再多说些有关地球的事，詹诺夫。”

裴洛拉特摇了摇头。“我知道的都已经告诉你了，真的。我们要到川陀去，才能找到更多资料。”

崔维兹说：“不会的，詹诺夫，我们不会在那里找到任何东西。为什么呢？因为我们并不打算去川陀。太空艇由我驾驶，我向你保证我们不会去。”

裴洛拉特的嘴巴立刻张得老大。他好一会儿才喘过气来，用悲凄的语调说：“喔，我亲爱的伙伴！”

崔维兹说：“拜托，詹诺夫，别这样子。我的意思是，我们要直接去找地球。”

“可是只有川陀才有……”

“没有，那里什么也没有。你到川陀去，只能找到尘封的档案，还有变脆的胶卷，到头来自己也会灰头土脸，甚至一捏就碎。”

“几十年来，我一直梦想……”

“你梦想能找到地球。”

“可是只有到了……”

崔维兹突然站起来，倾身向前，一把抓住裴洛拉特的短袖袍。“别再说了，教授，别再提那个地方。在我们还没登上太空艇之前，当你第一次告诉我，说我们要去寻找地球时，你说我们一定找得到，因为，让我引述你自己的话：‘我已经胸有成竹’。现在，我不要再听到你提起川陀，我只要你告诉我这个胸有成竹的答案。”

“可是必须先证实啊。目前为止，它还只是一种想法，一线希望，一个模糊的可能性。”

“好！就告诉我这些！”

“你不了解，你根本就不了解。除了我，没有任何人研究过这个题目。完全没有历史依据，没有可信的理论，也没有任何真凭实据。当人们谈到地球时，总是抱着半信半疑的态度。至少有一百万种互相矛盾的传说……”

“好吧，那么，你自己的研究又是怎么做的？”

“我不得不搜集每一项传说，每一点可能的历史，每一件传闻轶事，每一个扑朔迷离的神话，甚至包括虚构的故事。无论任何资料，只要提到地球这个名字，或是涵盖起源行星的概念，我都不会放过。三十多年来，我从银河中每一颗行星上，尽一切可能搜集各种资料。现在，我只需要到银河图书馆，去查阅一些最权威可靠的资料。偏偏那座图书馆在……但你不准我说那个地名。”

“对，别提那个地方。我只要你告诉我，在你所搜集的资料中，哪一条特别吸引你的注意，并且告诉我，你是基于什么理由，认为那是一条可靠的资料。”

裴洛拉特摇了摇头。“帮个忙，葛兰，请别介意我说句老实话，你的口气听来像个军人和政客。研究历史可不能用这种方法。”

崔维兹做了一个深呼吸，忍下了这口气。“那就告诉我该用什么方法，詹诺夫。我们有两天的时间，你教教我吧。”

“绝对不能只靠某一个或几个神话传说。我必须将它们搜集齐全，然后分析整理。我还创立了一些符号，用来代表内容的各种特色，例如不可能存在的气候、不符实际情况的行星天文数据、文化英雄并非源自本土等等，总共好几百项之多，这么说绝不夸张。没有必要跟你讲所有的细目，两天时间一定不够。我告诉过你，我花了三十多年的时间。

“后来我设计出一个电脑程序，能自动搜寻那些神话传说，找出其中的共同点，还能删除绝对不可能的部分。我慢慢建立起一个地球模型，包含了地球应有的各种条件。毕竟，如果人类的确发源自单一的行星，那么该行星的特征，必定会反映在所有的起源神话，以及每一个文化英雄故事中。嗯，你要不要我讲解数学上的细节？”

崔维兹说：“谢谢你，暂时不必。可是你又怎么知道，没有被数学模型误导呢？我们确知端点星是在五百年前才建立的，第一批移民名义上来自川陀，可是他们真正的星籍如果没有上百，也至少包括几十个世界。但某人若不知道这段历史，或许就会假设哈里·谢顿来自地球，因为他并不是在端点星出生的，进而会认为川陀其实就是地球。当然，如果根据谢顿时代的川陀景观——一个表面覆满金属的世界——去寻找川陀，那就一定找不到，而川陀也许就被视为不可能的神话。”

裴洛拉特显得很高兴。“我收回刚才那番军人和政客的批评，我亲爱的伙伴。我现在才发现，你具有了不起的直觉。当然，我得设定一些控制方法。我根据正史以及搜集来的神话传说，穿凿附会了一百组假的历史，其中一组甚至取材自端点星的早期发展史。然后，我试着将这些创作代入地球模型，结果电脑全部加以否决，没有一组例外。老实说，这也许代表我欠缺幻想的天分，没法子编出合理的故事，但我已经尽了全力。”

“我相信你尽了全力，詹诺夫。根据你的模型，地球又应该是什么样子？”

“我推算出地球的许多特征，每个特征的可能性不尽相同。比方说，银河中大约有百分之九十的住人行星，自转周期都介于二十二到二十六银河标准小时。这……”

崔维兹突然插嘴道：“我希望你没有在这上面花工夫，詹诺夫，这点毫无神秘可言。一颗适宜住人的行星，不可能自转得太快或太慢，前者会使大气环流产生强烈的风暴，后者会使温度呈现极端变化。这其实是人类刻意选择的结果，由于人类喜欢住在条件宜人的行星上，因此所有适宜住人的行星都具有相同的特点。可是有人却说：‘这是多么惊人的巧合！’其实一点都不惊人，甚至不能算巧合。”

“这一点，”裴洛拉特心平气和地说，“事实上是社会科学中众所周知的现象。我相信在物理学中也是一样，但我并非物理学家，所以不太敢肯定。总之它称为‘人择原理’。观测者在观测过程中，无可避免会影响到被观测的事件，有时观测者的存在就足以产生影响。我们现在的问题是，那颗合乎模型的行星在哪里？哪一颗行星的自转周期，刚好是一个银河标准日，也就是二十四个银河标准小时？”

崔维兹努起下唇，显得若有所思。“你认为那就是地球吗？银河标准时间的订定，当然有可能以任何世界的特征时间作标准，对不对？”

“不大可能，这不符合人类的习性。过去一万两千年来，川陀一直是银河的首都；而且足足有两万年的时间，它都是银河中人口最多的世界，可是川陀并没有将它的自转周期——1.08个银河标准日——强行推广到银河各处。端点星的自转周期则是0.91个标准日，我们也没有强迫各行星用这个时间当做一天。每一颗行星都有本身的当地行星日，用它作为计时的标准，而在处理星际间的重要事务时，就会借助于电脑，将行星日和标准日彼此互换。所以说，银河标准日必然源自地球！”

“为什么必然呢？”

“最重要的一个理由，地球曾经是唯一的住人世界，因此地球上的日和年，自然就会成为标准。而人类殖民到其他世界时，由于社会惯性，这两个单位很可能继续被当做标准。所以我建立的地球模型，自转周期刚好是二十四个银河标准小时，而它围绕太阳公转的周期，则刚好是一个银河标准年。”

“这难道不会是巧合吗？”

裴洛拉特哈哈大笑。“现在轮到你认为巧合了。你想不想打赌，赌这件事真是巧合？”

“这……这……”崔维兹吞吞吐吐。

“事实上，除此之外，还有一个古老的时间单位，称为‘月’……”

“我听说过。”

“它显然就是地球卫星环绕地球的公转周期。然而……”

“怎么样？”

“嗯，我的模型中有个相当惊人的特点，就是那颗卫星实在太大，它的直径超过地球的四分之一。”

“从没听过有这种事，詹诺夫。放眼银河，不论哪个住人行星，都没有一颗那么大的卫星。”

“但这可是好现象，”詹诺夫手舞足蹈地说，“如果只有地球才能产生各式各样的物种，还能演化出智慧生物，它就应该具有独一无二的自然条件。”

“可是产生各式各样物种和智慧生物，以及其他一切特点，又跟一颗大卫星有什么关联？”

“好啦，现在你问倒我了，我也不知道答案。不过这点很值得深入探讨，你难道不觉得吗？”

崔维兹站了起来，双手抱在胸前。“可是这又有什么困难呢？你只要查查住人行星统计表，找一颗自转周期等于银河标准日、公转周期等于银河标准年的行星。如果它刚好拥有一颗巨大的卫星，你就等于找到了。你说过你‘已经胸有成竹’，我猜这就代表你已经这么做了，也已经找到了那个世界。”

裴洛拉特露出困窘的表情。“嗯，这个，不是如你想象的那样。我的确查过统计资料，至少曾经请天文学系帮我查过，结果——嗯，让我直说吧，根本没有那样的世界。”

崔维兹又猛然坐下来。“但这就意味着你的整个推论都失败了。”

“我倒觉得并不尽然。”

“什么叫并不尽然？你建立了一个模型，囊括所有详尽的细节，结果却找不到实际符合的行星。这就代表你的模型毫无用处，你必须从头来过。”

“不，那只代表住人行星统计表并不完整。毕竟，住人行星总共有几千万颗，其中一些位置非常偏僻隐匿。比方说，有将近一半的行星，其中人口数目并不精确。此外，还有六十四万个住人世界，除了名称之外，有些顶多再附上方位，其他资料一律空白。根据银河地理学家的估计，未登录于统计表的住人行星也许上万。想必那些世界是故意这样做的，在帝政时期，这样做可能有助于逃税。”

“而之后的几个世纪，”崔维兹以嘲讽的语气说，“这样做则可能有助于把自己的世界当成贼窝。有些时候，干强盗比正经买卖更容易致富。”

“这我就不晓得了。”裴洛拉特以怀疑的口吻说。

崔维兹又说：“无论如何，不论地球上的居民作何打算，我认为住人行星清单都该包括地球。根据定义，它是最古老的世界，早期的银河文明不可能将它遗漏。而一旦登录在统计表上，它就不会再消失了。这一点，我们当然可以相信社会惯性的效应。”

裴洛拉特露出了犹豫和为难的神情。“事实上，还真有呢——在住人行星清单中，真有一个叫地球的。”

崔维兹瞪大眼睛。“我以为你刚才明明告诉我，地球并不在那份清单上？”

“清单上并没有‘地球’这个名字。然而，有个叫做‘盖娅’的行星。”

“盖压？它跟地球又有什么关系？”

“盖子的‘盖’，女字旁的‘娅’，它的意思就是地球。”

“詹诺夫，为什么它的意思就是地球，而不是其他的东西？这个名字在我听来毫无意义。”

裴洛拉特的脸孔原本难得有什么表情，此时却好像扮了一个鬼脸。“我不知道你会不会相信——根据我对那些神话传说所作的分析，当年在地球上，存在有好几种不相同的、彼此无法沟通的语言。”

“什么？”

“你没听错。毕竟，在整个银河中，也有上千种不同的腔调……”

“银河各处当然有许多种方言，彼此却不是无法沟通的。有些方言即使不容易听懂，仍未脱离银河标准语的范畴。”

“当然，但如今星际间保持着持续不断的交流。倘若某个世界孤立了很长一段时间，又会如何呢？”

“但你讲的可是地球本身。那是单一的一颗行星，哪来的什么孤立？”

“别忘了，地球是人类起源的行星，必然有过一段难以想象的原始时期，没有星际旅行，没有电脑，甚至没有任何科技。经过了无数的生存竞争，我们的哺乳类祖先才脱颖而出。”

“这太荒谬了。”

裴洛拉特因而露出窘迫的神态。“老弟，讨论这个问题也许根本没用。我从来没有利用它说服过任何人，我可以肯定，这是我自己的错。”

崔维兹随即感到后悔。“詹诺夫，我郑重道歉，我刚才是脱口而出。你告诉我的这些观念，毕竟都是我不熟悉的。你花了三十多年的时间，才慢慢建立起这些理论，我却得一下子照单全收，你必须考虑到这一点。听我说，我可以想象地球上出现过原始人，他们发展出两种完全不同、彼此无法沟通的语言……”

“或许有六七种之多。”裴洛拉特没什么自信地说，“地球可能分成好几个庞大陆块，起初，各陆块间也许没有任何联系。每个陆块上的居民，都有可能发展出独特的语言。”

崔维兹刻意以严肃认真的口气说：“各个陆块上的居民，一旦知晓了彼此的存在，可能也会开始争辩‘起源问题’，争论究竟在哪个陆块上，最早出现从动物演化而来的人类。”

“非常有可能，葛兰。他们那么做，会是一件非常自然的事。”

“而在那些语言中，有一种以‘盖娅’代表地球，但是‘地球’这个名称则是源自另一种语言。”

“对，对。”

“那个将地球称作‘地球’的语言，后来发展成银河标准语。可是地球的居民，由于某种原因，却用另一种语言中的‘盖娅’，来称呼他们自己的行星。”

“完全正确！你学得真快，葛兰。”

“但是，我觉得没必要把它想得多玄。如果盖娅真是地球，虽然名称不同，可是根据你先前的论点，这个盖娅的自转周期应该刚好是一个标准日，公转周期正是一个标准年，还具有一颗巨大的卫星，以恰好一个月的公转周期环绕这颗行星。”

“对，一定应该是这样。”

“好啦，请告诉我，它到底符合还是不符合这些条件？”

“其实我不敢说，统计表上并没有这些资料。”

“真的吗？好吧，那么，詹诺夫，我们是不是该飞到盖娅，去测一测它的自转和公转周期，并且看一看它的卫星呢？”

“葛兰，我是很想去。”裴洛拉特相当迟疑，“问题是，它的位置也没有精确的记载。”

“你的意思是，你掌握的光是一个名字，除此之外一无所有，而这就是你所谓的胸有成竹？”

“但这正是我想去银河图书馆的原因！”

“慢着，你说统计表中没有精确位置，究竟有没有其他任何资料？”

“它被列在赛协尔星区之下，旁边还加上一个问号。”

“好啦，詹诺夫，别再垂头丧气了。就让我们飞到赛协尔星区，我们总有办法找到盖娅的！”

第七章

农 夫

01

史陀·坚迪柏正沿着大学外围的乡间小路慢跑。通常，第二基地分子很少到川陀的农业世界冒险。他们当然可以这样做，不过他们出来的时候，绝不会走得太远，也不会耽搁太久。

坚迪柏却是个例外，过去他也经常寻思为何如此。寻思的意思就是探索自己的心灵，这是发言者日常的重要功课。他们的心灵兼具矛与盾的功能，必须随时锻炼攻击与防御的能力。

至于他为何与众不同，坚迪柏帮自己找到的满意答案，是他出身于一个特殊的世界，那里比一般的住人行星更为寒冷，而且质量更大。十岁那年，他被（第二基地在整个银河悄悄布下的寻才网络）带到川陀来的时候，便发现川陀的重力场较弱，而且气候温和宜人。因此，他自然比其他人更喜欢到户外来。

他来到川陀之后，就意识到自己的身材瘦弱矮小，担心在这个温暖舒适的世界住久了，会变成温室里的花朵。因此，他一直规定自己做许多运动。经过多年持之以恒的锻炼，虽然身材仍旧矮小，他却练就一身铜筋铁骨与庞大的肺活量。慢跑与散步便是他的两大健身秘诀，关于这一点，已经有发言者在圆桌会议上说闲话，坚迪柏却完全置之不理。

他始终我行我素，从不顾虑自己只是个“第一代”，而圆桌会议的其他成员，一律是第二或第三代，换句话说，他们的父祖辈已经是第二基地分子。此外，他们也全部比他年长，所以除了招惹闲话，他还能指望得到什么？

根据一项悠久传统，在发言者圆桌会议上，所有的心灵都必须敞开。理论上是要完全敞开，不过实际上，鲜有发言者不保留一个隐私的角落。久而久之，这项传统当然便形同虚设。因此，坚迪柏知道他们感到的是嫉妒，而他们自己也心知肚明；正如同坚迪柏了解自己旺盛的企图心是出于自卫和过度补偿的心理，而这点他们也一清二楚。

此外，（坚迪柏的思绪又回到他喜欢出来冒险的原因）自己的童年在一个无拘无束的世界度过。那是个广大开阔的世界，拥有壮观而变化多端的自然景观。他的家乡位于一个肥沃的谷地，在他心目中，谷地周围的山脉是全银河最最美丽的。每当酷寒的冬季，群山更显现出难以想象的壮丽景色。故乡世界的风貌，以及遥远的童年美景，他至今记忆犹新，而且常在梦中重温昔日的欢乐。所以说，他怎能让自己关在几十平方英里大的古代建筑中？

他一面跑，一面以轻蔑的目光四处打量。川陀是个温和舒适的世界，却缺少了壮美的崎岖地貌。虽然是个农业世界，但它从来不是一颗肥沃的行星。

或许就是由于这个缘故，再加上其他的因素，使得川陀成为泛银河的行政中心。当年范围广大的行星联盟，与其后涵盖整个银河的帝国，两者皆定都于此。川陀没有其他方面的优良条件，也没有强烈动机向其他方面发展。

大浩劫之后，川陀还能撑下去的原因之一，是它所拥有的大量金属资源。这是个巨大的“矿藏”，能为五十几个世界提供廉价的钢、铝、钛、铜、镁。上万年所搜集的各种金属，就这样子流散出去，算起来，比当初积聚的速度快上几百倍。

川陀仍然保存着大量金属，但全都埋在地底，不再唾手可得。那些阿姆农民（他们从来不会自称“川陀人”，认为那是不吉利的名字，因此第二基地分子将它保留给自己）不愿意再打金属的主意，而这无疑是出于迷信。

他们是一群笨蛋。留在地底的金属，很可能会不断毒害土壤，使原本不肥沃的土地变得更加贫瘠。然而，另一方面，由于人口相当稀疏，再贫瘠的土地也足以养活他们。事实上，金属的买卖也从未真正中断。

坚迪柏的目光盘桓在平直的地平线上。就地质学而言，川陀跟绝大多数的住人世界一样，是一颗活生生的行星。可是上次大规模的造山运动期，距今至少已有一亿年的历史，因此高山已被侵蚀成低缓的丘陵。事实上，在川陀历史上所谓的金属包覆期，那些丘陵也大多遭到铲平。

“首都湾”位于南方，远在目力不可及的位置，而再向南便是“东洋”。在地底水产养殖场毁坏殆尽之后，海湾与海洋遂再度重见天日。

向北遥望，可以看到银河大学的尖塔建筑，相较之下低矮宽广的图书馆（大部分结构位于地底）全部被尖塔遮掩。而再往北走一点，就是皇宫的遗迹。

小路两旁紧邻着许多农场，其间偶尔会有一栋建筑物。他经过了许多牛群、羊群、鸡群，都是川陀农场最常见的家畜与家禽。它们的心灵一律没有注意到他。

坚迪柏忽然想到，不论在银河哪个角落，只要是有人类居住的世界，都能看到这些动物，却没有任何两个世界的品种完全一样。他还记得家乡的那些山羊，以及自己豢养并曾挤奶的那头母羊。它们似乎比川陀的山羊大许多，个性也比较坚决；川陀上的山羊都是大浩劫之后引进的，属于体型较小、性情较为沉稳的品种。在银河各个住人世界上，每一类动物都有不同的变种，种类几乎不可胜数。而各个世界的上流社会，都发誓他们最喜欢本地品种，不论是肉类、乳品、蛋类或羊毛，都是自己家乡的最好。

跟往常一样，一个阿姆人也看不到。坚迪柏感到农民们是有意躲避，因为他们不愿意被所谓的“邪者”看见。他们的方言把“学者”念成“邪者”，也许还是故意的。这又是另一个迷信。

坚迪柏抬头看了看川陀的太阳。现在日头已经爬得很高，但不会使人感觉闷热。在这个地带，这个纬度上，气候一向四季如春，从来没有炙人的烈日或刺骨的寒风。坚迪柏有时甚至怀念酷寒的天气，至少在想象中十分怀念。他一直没有再返回母星，大概就是不希望使美梦幻灭，这点他自己也承认。

他全身的肌肉都感到舒畅，那是一种磨利与绷紧的感觉。他断定自己跑得够久了，便逐渐改为步行，同时做着深呼吸。

对于即将召开的圆桌会议，他已经作好完善的准备。他准备发出最后一击，一举改变第二基地的政策；他要让所有的发言者了解到，第一基地与另一个对手都将带来重大威胁，还要让他们觉悟，绝不能再依赖“完美的”谢顿计划，因为那会带来致命的危险。他们究竟什么时候才能明白，完美无瑕正是一种最肯定的警讯？

他心知肚明，若由其他发言者提出这个议题，绝不会遇到什么问题。而由他提出来，虽然难免会有麻烦，但最后仍旧能够过关，因为老桑帝斯会支持他，而且无疑将支持到底。桑帝斯不会希望成为历史的罪人，让第二基地毁在他这位第一发言者手里。

阿姆人！

坚迪柏猛然一惊。在看到那人之前，他早已感应到那个遥远的心灵触须。那是一个阿姆农夫的心灵，粗糙而率直。坚迪柏小心翼翼地撤回精神感应力，他仅仅轻触一下对方的心灵，不会引起任何感觉。在这方面，第二基地的规定非常严格。农民们在不知不觉间，为第二基地提供了最好的屏障，所以必须尽量避免打扰他们。

凡是到川陀来旅行或做生意的人，除了这些农民之外，顶多只能见到几个活在过去的无名学者。如果赶走这些农民，甚至只是干扰到他们纯朴的心灵，就会使学者变得引人注目，进而引发不堪设想的结果。（这是个典型的心理史学问题，初进银河大学的弟子都要自行证明一次。他们都会发现，只要稍微扰动一下农民的心灵，元光体便会显出惊人的偏逸现象。）

现在坚迪柏看到他了，的确是一名农夫，彻头彻尾的阿姆人。他几乎是典型的川陀农夫模样——身材又高又壮，皮肤晒成褐色，衣着简陋随便，双臂裸露在外，黑头发，黑眼珠，走起路来步伐又大又不雅观。坚迪柏仿佛已能闻到一股谷仓的味道。（但不该因此蔑视对方，他这么想。当年，普芮姆·帕佛为了计划的需要，常常心甘情愿扮演农夫的角色。他又矮又胖又松垮，哪里像个农夫。他绝不是靠外表骗倒年少的艾卡蒂，而是凭借心灵的力量。）

那个农夫踏着沉重的步伐走过来，大剌剌地瞪着他，令坚迪柏不禁皱起眉头。从来没有阿姆人用这种目光望着他，即使是小孩子，也会先跑得老远，才敢对他露出好奇的目光。

坚迪柏并未放慢脚步。反正路很宽，两人交会时，不必跟对方啰唆，也用不着看他一眼，而且这样最好。因此，他决定不碰触那个农夫的心灵。

坚迪柏挪到路边，那农夫却不吃这一套，反而停了下来，张开两腿，伸出双臂，好像故意挡住去路。然后他说：“喂！你系邪者吗？”

虽然尽量收敛精神力量，坚迪柏仍然从欺近的心灵中，感受到好勇斗狠的狂乱情绪。他也停下脚步，现在这种态势，想要不讲几句话就走过去，已经不可能了，可是对他而言，这是一件烦人的差事。像坚迪柏这种人，早已习惯第二基地的沟通方式，也就是通过声音、表情、思想与精神状态的繁复组合，构成一种迅疾而微妙的心理语言。因此，单纯使用声音来表达意念，总是令他格外厌烦。就像是想撬起一块大石头，放着旁边的铁棍不用，偏偏要徒手行事一样。

坚迪柏终于开口，他以平稳而不带一丝情绪的口气说："没错，我正是一名学者。"

"呕！你正是一名邪者。我们现在讲外国话吗？老子看不出你系不系邪者吗？"他低下头，戏谑地一鞠躬。"你，系又小又干又苍白，鼻孔又朝天的邪者。"

"你想要怎么样，阿姆人？"坚迪柏镇定地问道。

"老子姓氏系鲁菲南，大名系卡洛耳。"他的阿姆口音愈来愈重，舌头卷得非常厉害。

坚迪柏问道："你想要怎么样，卡洛耳·鲁菲南？"

"邪者，你姓啥名啥？"

"这有什么关系吗？你叫我'邪者'就行了。"

"老子问你，老子就要得到答案，鼻孔朝天的小小邪者。"

"好吧，我的姓名是史陀·坚迪柏，现在我要去办自己的事了。"

"你要办啥事？"

坚迪柏突然觉得背上的汗毛竖了起来，因为附近出现了其他心灵。他根本不必回头，就能知道后面还有三个阿姆男子，而远处还有更多人。农夫特有的味道愈来愈浓了。

"卡洛耳·鲁菲南，我的事当然与你无关。"

“你竟敢如此说？”鲁菲南提高音量，“伙计们，他说他的事同咱们无关。”

身后顿时响起一阵笑声，然后传来几句话：“他说的系对的，他的事系啃书本和擦电脑，并非男子汉的工作。”

“不管我的工作是什么，”坚迪柏以坚定的口吻说，“我现在要走了。”

“你打算如何走，小小邪者？”鲁菲南问道。

“从你身边走。”

“你想试试看？你不怕遭到手臂拦阻？”

“你和所有的伙计一起上？还是你一个人？”坚迪柏突然改用道地的阿姆方言说，“汝不惧单打独斗？”

严格说来，他不该这样向对方挑衅。可是这样一来，至少可以防止他们一拥而上。群殴是绝对要避免的，否则他将被迫采取更轻率的措施。

这句话果然生效了，鲁菲南皱起了眉头。“此地若有惧怕，蛀书虫，惧怕全在你心中。伙计们，闪开点，站到后头去，让他走过来，他将明了老子惧不惧单打独斗。”

鲁菲南举起一双粗大的拳头，不停使劲挥舞着。坚迪柏并不把农夫的拳击功夫看在眼里，但仍有可能重重挨上一拳。

坚迪柏谨慎地发出精神力量，迅疾接触鲁菲南的心灵。他并没有做太多手脚，只是轻轻接触一下，对方完全没有感觉，但是反射机制已经遭到抑制。然后他又将力量延伸出去，探进周围愈聚愈多的心灵中。坚迪柏的发言者心灵发挥了高超的技艺，不断迅速来回游走，在每个心灵中停留的时间恰到好处，并未留下任何痕迹，却足以侦测到是否藏有可资利用的念头。

他轻巧而警觉地向鲁菲南逼近，注意到没有其他人准备插手，才总算松了一口气。

鲁菲南突然击出一拳，坚迪柏在他牵动肌肉之前，早已看清他心中的企图，得以及时闪到一旁。拳头卷着一阵风声打过来，差一点就避不开，坚迪柏却泰然自若地站在那里。人群中立时发出一连串叹息声。

坚迪柏未曾试图招架或还击。想要招架，难保自己的手臂不会痛得发麻，而还击则毫无用处，对方可以轻易承受他的拳头。

他只能像斗牛般对付这个莽汉，让他每次都落空。如此便能渐渐挫尽对方的锐气，这是直接还手绝对无法做到的。

鲁菲南果然像疯牛般高声怒吼，再度发动攻击。坚迪柏又及时往旁边一闪，正好让农夫扑了个空。鲁菲南又发动第三波攻势，结果照样未能得逞。

坚迪柏开始感到呼吸急促。虽然体力消耗不多，但他必须施展似有若无的精神控制力，那是极其困难的一件事。他实在撑不了多久了。

于是他又开口，尽量以最平静的口吻说："我要去办自己的事了。"与此同时，他轻拍着鲁菲南的"恐惧抑制机制"，试图以最不干扰其心灵的方式，唤起农夫对学者的迷信式敬畏。

鲁菲南因愤怒而脸孔扭曲，一时之间却没有任何动作。坚迪柏能够感知对方的想法：小小邪者会凭空消失，好像在变戏法。此外，坚迪柏还感觉到他的恐惧逐渐增强，有那么片刻……

不料这个阿姆人的怒意又陡然高涨，将恐惧感瞬间淹没。

鲁菲南大声吼道："伙计们！这邪者会跳舞，脚趾头很滑溜，瞧不起阿姆人光明正大一拳换一拳的规矩。逮住他，抓牢他，好让老子跟他换换拳头。来者是客，他能先打老子，老子——老子再回敬他。"

坚迪柏发现周围人群中有些空隙。他现在唯一的机会，是设法让某个空隙保持原状，以便从那道缝钻出去，然后拔腿就跑。仗着自己的肺活量，加上足以化解农民意志的精神力量，自己也许能逃过一劫。

他不停地闪躲挪移，不断发出抑制性的精神力量。

办不到了，对方的人实在太多，而第二基地的戒律又太严格。

他感觉双臂被许多只手抓住，他被逮到了。

现在，他至少得干扰几个人的心灵。这可是大忌，会葬送掉他的前途。但是他的性命——他宝贵的生命——已经岌岌可危。

怎么会发生这种事？

02

圆桌会议的成员尚未到齐。

一般说来，如果有任何发言者迟到，会议仍会准时召开。而且，桑帝斯想，在场成员无论如何不愿再等下去。史陀·坚迪柏是最年轻的发言者，但是他对这个事实却不够了解。他的言行举止，在在暗示年轻就是最大的本钱，而年长者应该随时提醒自己年事已高。其他的发言者都不欣赏坚迪柏，事实上，桑帝斯自己也并非百分之百欣赏他。可是目前的问题，并不是欣赏与否。

他的沉思被黛洛拉·德拉米打断，她正用一双又大又蓝的眼睛望着他。她的圆脸总是带着纯真友善的表情，恰好掩饰了精明的心灵（只有与她地位相同的第二基地分子看得穿）以及凶残的本性。

她带着微笑说："第一发言者，我们还要等下去吗？"由于会议尚未正式召开，因此严格说来，她的确可以首先打破沉默。不过，其他的发言者或许都会等桑帝斯先开口，因为根据头衔，他总是有这个权利。

桑帝斯以宽容的目光望着她，对她的轻微失礼并不在意。"德拉米发言者，通常我们不会再等下去。但这次召开圆桌会议，正是为了听取坚迪柏发言者的意见，最好稍微放松一点规定。"

"第一发言者，他到哪里去了？"

"这一点，德拉米发言者，我并不知道。"

德拉米望了望四周的脸孔。除了第一发言者，应该还有十一位发言者。也就是说，总共只有十二位。五个世纪以来，第二基地的势力与职责扩张了无数倍，但是增加圆桌会议席次的各种尝试，却始终没有成功。

谢顿死后，第二代第一发言者（谢顿本人一向被奉为第一代第一发言者）就作出明确的规定，将发言者的名额定为十二名，从此一直沿袭至今。

为什么是十二名呢？因为十二个人很容易等分成几组。而且这个数目不多不少，集体开会不至于乱成一团，也足够分成几组分别行事。再多一些就会大而无当，再少一点则将失去弹性。

这只不过是后人的解释罢了。事实上，谁也不知道选取这个数字的真正原因，也不懂为何应该一成不变。但即使是第二基地的成员，也难免成为传统的奴隶。

当德拉米环视每一张脸孔，接触每一个心灵时，这个问题在她心中一闪即逝。最后，她以嘲讽的目光，凝视着那个空置的座位——那个地位最低的座位。

她发现没有人对坚迪柏表示同情，这点令她十分满意。她始终觉得这个年轻人像蜈蚣一样可憎，早该一脚踩死。只是由于他具有显著的能力与才干，因此直到目前为止，还没有人公开提议将他交付审判，以取消他的发言权。在第二基地五百年的历史中，只有两位发言者遭到纠举，不过都没有被定罪。

今天坚迪柏无故不出席，显然是蔑视圆桌会议，这可要比其他犯众怒的举动更糟。此时，想要审判坚迪柏的意识陡然高涨，令德拉米觉得很高兴。

她继续说："第一发言者，您若不知坚迪柏发言者的下落，我很乐意告诉您。"

"请说，发言者。"

"我们之间，有谁不知道这个年轻人，"她没有用正式的头衔称呼他，当然，这点大家都注意到了，"总是跟阿姆人牵扯不清？至于是些什么牵扯，我并不想过问，但他此刻正跟他们在一起，而且显然很关心他们，甚至将他们看得比圆桌会议更为重要。"

"我相信，"另一位发言者说，"他只是到外面去散步或慢跑，做做运动而已。"

德拉米再度展露笑容，她很爱笑，反正无需任何成本。"大学、图书馆、皇宫，以及周围这一大片领域，都是我们的地盘。虽然跟整个行星比较起来，范围并不算大，可是要做做运动，我认为应该足够宽敞了。第一发言者，我们还不开始吗？"

第一发言者在心中叹了一口气。他有全权让圆桌会议继续等待，甚至可以宣布暂时休会，直到坚迪柏出现了再说。

然而，身为第一发言者，必须得到其他发言者的支持，如果连消极的支持都没有，工作不可能会一帆风顺，因此得罪他们绝非明智之举。即使是普芮姆·帕佛，当年为了贯彻自己的计划，有时也不得不甜言蜜语一番。何况，坚迪柏的缺席确实令人恼火，连第一发言者自己都有这种感觉。这个年轻人应该受点教训，好让他知道不能为所欲为。

因此，身为第一发言者，他率先正式发言：“我们开会吧。坚迪柏发言者从元光体资料中，推导出一些惊人的结果。他相信另外还有一个组织，以更高明的方法在维护谢顿计划，而且他们这么做，是为了他们自己。因此他的看法是，出于自卫，我们必须对这个组织多加了解。你们都已经收到这份报告，而召开这次会议的目的，正是让诸位有机会当面质询坚迪柏发言者，以便我们达成某种结论，作为未来政策的指导方针。”

事实上，桑帝斯根本不必说那么多。他已经敞开自己的心灵，与会人士都能一目了然。开口发言只不过是一种礼貌。

德拉米飞快环顾四周，其他十个人似乎都同意让她担任反坚迪柏的发言代表。于是她说：“但坚迪柏——”她又省掉了头衔，“并不知道也说不出那个组织是何方神圣。”

这是一句不折不扣的直述句，而且语意已经接近无礼的程度。这句话的意思等于是说：我能分析你的心灵，你用不着费心多作解释。

第一发言者体会到她的言外之意，立刻决定不予理会。“虽然坚迪柏发言者不知道，”他一丝不苟地使用这个正式称谓，甚至并未故意加重语气来强调，“也说不出那个组织的究竟，这并不代表它不存在。第一基地的成员，在他们的历史上，大部分时间都对我们一无所知，事实上，现在也几乎不晓得我们的真相，难道你认为我们自己也不存在吗？”

“虽然我们的存在是个秘密，”德拉米答道，“并不代表说，任何东西想要存在，也必须跟我们一样不为人知。”她轻轻笑了几声。

“有道理。这就是为什么坚迪柏发言者的推论，必须以最审慎的态度加以检验。他的结论是基于严格的数学推导，我自己从头到尾看过一遍，我奉劝诸位也都能认真研究一下。它是，”他寻思着一个适当的心灵表达，“相当具说服力的。”

“那个第一基地人葛兰·崔维兹，他一直盘踞在您心中，您为何却只字不提？”（又一次无礼的冒犯，第一发言者这回有点光火）“他又是怎么回事？”

第一发言者答道：“坚迪柏发言者认为这个人，崔维兹，是那个组织的工具，也许连他自己都蒙在鼓里，我们绝不能对他掉以轻心。”

“如果这个组织，”德拉米靠向椅背，将灰白的头发从眼前拨开，顺手推到脑后，“不管它是什么，如果的确存在，又具有恐怖的强大精神力量，而且如此隐密，那么，它有可能用这样公开的手段，假手一个相当抢眼的人物，一名遭到第一基地放逐的议员吗？”

第一发言者严肃地说：“照理应该不会。但我注意到一件令人极为不安的事，连我自己也不大了解。”他好像不知不觉将思绪埋藏起来，羞于让其他发言者看见。

每位发言者都注意到了这个无形的举动，根据一项严格的要求，他们都对这种愧意表示尊重。德拉米也照做了，但是感到很不耐烦。然后，她遵循既定的公式说：“既然我们明白并且谅解您的愧意，可否请您让我们知道您的想法？”

于是第一发言者说：“我跟你一样，看不出有什么理由，可以假设崔维兹议员是另一个组织的工具。即使他真是工具，我也看不出他能达到什么目的。但是坚迪柏发言者好像十分肯定，而对于一位有资格担任发言者的人，我们绝对不能忽视他的直觉。因此，我做了一个尝试，将心理史学套用在崔维兹身上。”

“套用在单独一个人身上？”某位发言者以低沉惊讶的口气问道，同时心中伴随着一个想法，那等于是清清楚楚的一句：真是个笨蛋！但他立即表示了悔意。

“套用在单独一个人身上。”第一发言者说，“你的想法没错，我真是个笨蛋！我自己应该非常清楚，心理史学绝不可能用到个人身上，甚至对一小群人也不灵光。然而，我无法按捺自己的好奇心。我将‘人际交点’外推到超过极限很远的区域，可是我总共用了十六种不同的方法，而且选择的是一个区域，并非只是一个点。然后，我又分析了我们手中有关崔维兹的所有资料——第一基地的议员多少会受到我们的注意——此外再加上基地市长的资料。最后我将这些结果综合起来，只怕过程有些乱七八糟。”说到这里他突然住口。

“怎么样？”德拉米追问，“我猜想您……结果出人意料之外吗？”

“正如诸位预料的一样，根本没有任何结果。”第一发言者答道，“单独一个人的行为绝对无法预测，但是……但是……”

“但是什么？”

“我在心理史学上花了四十年的时间，在分析任何问题之前，我都能对结果先有一个相当明确的预感，而且很少猜错。眼前这个问题，虽然没有答案，我却产生一种强烈的感觉，认为坚迪柏说对了，我们不能对崔维兹置之不理。”

“为什么呢，第一发言者？”德拉米问道。第一发言者心中强烈的情绪，显然令她大吃一惊。

“我感到很羞愧，”第一发言者说，“自己竟然无法抗拒诱惑，将心理史学用在不适用的问题上。而更令我感到羞愧的是，我还允许纯粹的直觉左右我自己。但是我身不由己，因为这种感觉非常强烈。假如坚迪柏发言者说对了，如果我们正遭受到不知名的威胁，那么根据我的感觉，当我们的危机降临时，崔维兹将是扭转乾坤的决定性人物。”

“您这种感觉有什么根据呢？”德拉米十分惊讶。

第一发言者桑帝斯愁眉苦脸地环视众人。“我毫无根据，心理史学的数学没有给出任何结果。可是我观察各种关系的交互作用，便感到崔维兹是一切事物的关键。对这个年轻人，我们一定要密切注意。”

03

坚迪柏心里明白，他无法及时赶回参加圆桌会议，还有可能永远回不去了。

他的四肢都被牢牢抓住，但他仍然拼命测试四周的心灵，试图找出迫使他们释放自己的最佳方案。

这时，鲁菲南正站在他面前耀武扬威。“邪者，你准备好没？一拳换一拳，一掌换一掌，阿姆传统方式。来吧，你个子小，你先来打。”

坚迪柏说：“那么，是否有人同样抓住阁下？”

鲁菲南则说：“放开他。非也非也，光放开手臂，让他能挥动拳头。两只脚要抓牢，我们不要他再跳舞。”

坚迪柏觉得双脚好像钉在地上，但是两只手可以活动了。

“打呀，邪者。”鲁菲南说，“打一拳给咱们看。”

此时，坚迪柏向四处探出的精神感应，突然间发现一个合适的心灵，其中充满着愤怒、不平与怜悯的情绪。他毫无选择余地，必须冒险增强精神力量，然后随机应变……

他随即发觉没有这个必要！他尚未碰触这个新出现的心灵，它的反应却和他的预期一样，完全一模一样。

他眼前突然出现一个较小的身形——结实健壮，一头黑发又长又乱，两只手臂举在前面——疯狂地冲过来，疯狂地推开那名阿姆农夫。

那是一个女人。由于坚迪柏太过紧张，一心一意只想脱困，因此刚才浑然不觉，直到现在才凭视觉发现她是女人。想到这里，他不禁埋怨起自己来。

“卡洛耳·鲁菲南！”她对农夫尖声叫道，“系大欺小的懦夫！一拳换一拳，哪门子阿姆传统方式？你系那邪者的两倍大，你打我都比打他危险多。揍一顿那可怜小子你很有名望吗？我想你不要脸。会有一大堆人指着你鼻子，大家全会说：‘那边有个鲁菲南，出了名的大欺小。’我想人人会笑你，再没一个要脸的阿姆男子会跟你喝酒，再没一个要脸的阿姆女子会跟你有牵扯。”

鲁菲南忙着阻止这一轮猛攻，一面挡开她落下的拳头，一面不停地讨饶：“好啦，苏拉。好啦，苏拉。”

坚迪柏感到抓着自己的手通通松掉了，鲁菲南不再对他横眉竖眼，每个人的心思都从他身上移开。

苏拉同样没有理睬他，她的怒火全部集中在鲁菲南身上。坚迪柏此时回过神来，开始设想怎样才能一直维持那股怒火，并且更加增强鲁菲南心中的羞愧，而两者必须做得恰到好处，不能留下丝毫痕迹。不过，他再度发现这根本没有必要。

那女人又骂道："你们全站远点，听好。假若大块头卡洛耳还对付不了这个营养不良的家伙，你们这五六个狐群狗党一定一起不要脸。你们等一下回到农场，一定会大大吹嘘这件大欺小的英勇行为。你会说：'我抓住那小子的手臂，大块头鲁菲南打他的脸，他不敢还手。'你会说：'可是我负责抓他的脚，所以光荣也有我一份。'大块头鲁菲南会说：'我没法子逮到他，所以我的农友把他抓牢，有他们六个帮忙，我就在他身上获得胜利。'"

"可是苏拉，"鲁菲南以近乎呜咽的声音说，"我告诉邪者，他可以先打。"

"你会怕他那两只细手臂的重拳头才怪，笨头鲁菲南。好啦，让他爱到哪儿就到哪儿，你们这些人赶紧爬回家，这样你们的家还会欢迎你们。你们最好祷告今日这件伟大事迹被人忘掉，假如你们要把我的火气再升高，那么你们就甭指望，因为我一定会把这个消息传到远方。"

农夫们没有再说什么，全都垂头丧气，头也不回地离开了。

坚迪柏看他们走远了，才转过头来盯着那个女人。她穿着宽松的工作服与长裤，脚上套着一双粗制的鞋子，满脸都是汗水，正在使劲喘气。她的鼻子稍嫌大些，胸部很厚实（由于她穿着宽大的工作服，坚迪柏无法百分之百确定），裸露在外的双臂肌肉发达。这是当然的事，阿姆女子总是跟男人一块下田干活。

她双手叉腰，以严肃的目光瞪着他。"好啦，邪者，干吗拖拖拉拉？赶快回到'邪者之地'。你惧怕吗？想我陪你走吗？"

她身上的衣服显然好久没洗了，坚迪柏闻得到上面的汗酸味。但在目前的情况下，露出任何嫌恶的表情，都会是最失礼的行为。

"我很感谢你，苏拉小姐……"

"我的姓氏系诺微，"她粗声说，"全名苏拉·诺微。你可以叫我诺微，不必多加什么。”

“我很感谢你，诺微，你帮了我一个大忙。欢迎你陪我走一趟，并非系我惧怕，系有你作伴我感到荣幸。”他优雅地鞠了一个躬，如同对大学里的女郎致意一般。

诺微涨红了脸，似乎不知所措，只好也模仿他的动作。“荣幸，系我的。”她仿佛在脑海中翻找许久，才找到这句足以表达喜悦，又显得很有教养的话。

于是他们一道往回走。坚迪柏很明白，每跨出悠闲的一步，就代表他会在圆桌会议上多迟到几秒钟，这是不可饶恕的行为。但是他现在有很好的机会，可以想想刚才的变故究竟有何深意，因此他镇定异常，并不在意时间一分一秒溜走。

当大学的建筑遥遥在望之际，苏拉·诺微停下脚步，以迟疑的口气说：“邪者师傅？”

坚迪柏想，显然是因为渐渐接近她口中的“邪者之地”，她的谈吐因此愈来愈文雅。他心中突然冒出一个冲动，想要说：“你不再叫我可怜小子？”可是那会害得她无地自容。

“什么事，诺微？”

“邪者之地非常美观、非常豪华吗？”

“是很不错。”坚迪柏说。

“我曾经做梦我在邪者之地，而且……而且我系一个邪者。”

“改天，”坚迪柏客气地说，“我带你参观一下。”

由她望向他的眼神，看得出她绝不认为那只是客气话。“我会写字，学校师傅教过我。假如我写信给你，”她假装只是随口问问，“我该怎样标示，才能到你手上？”

“只要写‘发言者之家，第二十七栋’，我就能收到。但我得赶紧走了，诺微。”

他再向她鞠了一躬，而她又试着模仿了一次那个动作，两人就往相反的方向分道扬镳。坚迪柏很快便将她从心头挥去，现在他心中只有圆桌会议，尤其是黛洛拉·德拉米发言者。想到这里，他的心情突然分外沉重。

第八章

农 妇

01

发言者们围坐在圆桌周围，个个都在精神屏蔽的掩护下。仿佛他们不约而同，全都将心灵隐藏起来，以免对第一发言者有关崔维兹的陈述，做出难堪的侮辱。他们唯一的举动，只是偷偷向德拉米看去，即使只是这样，也已经泄露了他们的态度。在所有的发言者中，德拉米的无礼是出了名的。就连坚迪柏，开会时偶尔也会说些应酬话。

德拉米注意到投向自己的目光，知道她已经没有选择的余地，只好挺身面对这个难局。事实上，她并不想逃避这个问题。在第二基地的历史上，从来没有第一发言者因为“错误分析”而遭到纠举（她故意发明这个说法当做掩饰，其实言外之意就是“无能”）。现在却有了这个可能，因此她绝不会犹豫畏缩。

“第一发言者！”她以柔和的语气说，她脸上毫无血色，苍白的薄嘴唇看来更像是隐形的。“这可是您自己亲口说的，您的意见没有任何根据，心理史学的数学未曾导出任何结果。您是要我们根据玄奥的直觉，作出一个重大无比的决策？”

第一发言者抬起头来，双眉紧紧锁在一起。他注意到众人都将心灵屏蔽起来，也明白这代表什么意思。他以冷静的口吻说：“我并不讳言缺乏证据，也没有提出任何伪造的结果。我向诸位报告的，是一位第一发言者强烈的直觉——这位第一发言者一生都在钻研谢顿计划，累积了数十年的经验。”他带着鲜有的孤傲神情环视众人，令他们的精神屏蔽一一软化并解除。德拉米（当他的目光转向她的时候）是最后软化的一位。

她赶紧在心中注满毫无敌意的坦然情绪，仿佛什么事都未曾发生。“第一发言者，我当然接受您的说法。然而，我想您大概愿意重新考虑一下。既然您对求助直觉这件事，已经表示羞愧之意，您会不会希望将这段发言从记录中删除。如果，根据您的判断，应该……”

坚迪柏的声音突然插了进来：“什么发言该从记录中删除？”

所有的目光几乎同时转向。若非在先前那个紧要关头，他们都将心灵屏蔽，那么早在坚迪柏进门之前，大家就该感到他已经接近。

“刚才大家的心灵都封闭了？全部不知道我走进来？”坚迪柏以讽刺的口吻说，“我们这个圆桌会议，今天开的是同乐会吗，竟然没有人警觉到我的出现？还是你们全都认定我无法出席？”

这一连串的惊人之语，公然破坏了所有的规矩。迟到已经是很糟的事，未经通报闯入会场更是罪加一等，而在第一发言者准许他与会之前，坚迪柏竟然擅自发言，简直就是罪不可赦。

第一发言者转头望向他。其他的问题暂时都不重要了，纪律问题必须最先解决。

“坚迪柏发言者，”他说，“你迟到了，你未经通报就进入会场，并且擅自发言。我若中止你三十天的发言权，你有任何抗辩的理由吗？”

“当然有。我们应该先来讨论，究竟是谁设法让我迟到，以及原因何在。弄明白这个问题之后，再来讨论停权处分的动议。”坚迪柏说得既冷静又谨慎，不过思绪中夹杂着怒火，他也不在乎有谁会感觉到。

德拉米当然察觉了，她高声说："这个男人疯了。"

"疯了？这个女人这么说才疯了呢，还是因为她心虚了？第一发言者，我现在向您提出一项攸关个人权益的动议。"坚迪柏说。

"发言者，什么样的个人权益？"

"第一发言者，我指控在座某一位企图谋杀。"

所有的发言者都跳了起来，会场响起了由语言、表情与精神状态构成的聒噪，几乎将屋顶都掀翻了。

第一发言者举起双手，大声喝道："我们必须给这位发言者一个机会，让他陈述他的个人权益。"他发现必须借助精神力量增强自己的威权，虽然这样做极不合宜，但也没有其他选择。

聒噪渐渐止息了。

坚迪柏默默等待，直到会场完全恢复宁静，没有一点普通噪音或精神噪音之后，他才说："刚才，我从阿姆人的道路走回来的时候，照我当时所在的位置，以及行进速度，都绝对不可能迟到。但我在半途被几个农夫拦住去路，差点挨了一顿揍，甚至可能被打死。由于这个缘故，我才耽搁了，直到现在才赶来。首先请容我指出，据我所知，自大浩劫之后，从来没有任何阿姆人对第二基地分子出言不逊，动粗就更不用说了。"

"我也没听说过。"第一发言者说。

德拉米突然叫道："第二基地分子向来很少单独走到阿姆人的地盘！你偏偏这么做，这叫咎由自取！"

"没错，"坚迪柏说，"我经常单独走到阿姆人的地盘。每条路我都走了几百遍，可是从来没有遇上麻烦。其他人虽然不像我这样到处走，却也没有人自我放逐，把自己永远关在大学里，可是没听说有谁遭到过阻拦。我记得德拉米有时候——"此时，他好像才想起来该加上头衔，可是为时已晚，索性决定趁机羞辱她一下。

“我的意思是，我记得德拉米‘女发言者’有时也会到阿姆人的地盘，可是从来没有人跟她搭讪。”

“或许，”德拉米将眼睛瞪得跟铜铃一样大，“因为我不主动跟他们攀谈，因为我总是保持安全距离。换言之，因为我举止合宜，所以受到他们的尊敬。”

“怪了，”坚迪柏道，“我正想说，是因为你看起来比我可怕。毕竟，即使在我们这里，也很少有人敢接近你。可是请告诉我，过去有那么多次机会，为何阿姆人从来未曾拦阻我的去路，却偏偏选择今天，当我正赶回来参加一个重要会议的时候？”

“若非由于你举止失当，那就一定是巧合。”德拉米说，“我从来没听说过，谢顿的数学能取消几率在银河中扮演的角色，个人事件尤其如此。或者你的这番话，也是根据直觉而来的灵感？”这话旁敲侧击地攻击了第一发言者，令一两位发言者在心中轻叹一声。

“并非我举止失当，也不是什么巧合，这是早就计划好的行动。”坚迪柏说。

“我们又怎能确定呢？”第一发言者温和地问道。由于德拉米刚才的讽刺，他对坚迪柏的态度不免缓和许多。

“我将心灵向您敞开，第一发言者。我把刚才那件事的记忆，全部传递给您，以及圆桌会议每一位成员。”

记忆传递只花了极短暂的时间，然后第一发言者说：“真可怕！在那么大的压力下，发言者，你表现得非常有分寸。我同意那个阿姆人的行为的确反常，保证会下令调查。现在，请加入我们的讨论……”

“且慢！”德拉米突然插嘴道，“我们如何肯定这位发言者的陈述尽皆属实？”

面对这样的侮辱，坚迪柏气得几乎鼻孔冒火，但他仍然勉力维持着镇静。“我的心灵是敞开的。”

“我知道有些心灵看似敞开，其实不然。”

“这点我倒并不怀疑，发言者，”坚迪柏说，“因为你跟大家一样，一定随时随地检视自己的心灵。然而我跟你不同，当我打开心灵，它就完全敞开。”

第一发言者说：“我们不要再……”

“我也要提出一项有关个人权益的动议，第一发言者，同时我要向您道歉，请原谅我刚才打岔。”德拉米说。

“发言者，什么样的个人权益？”

“坚迪柏发言者指控我们其中一人企图谋杀，教唆那个农夫攻击他。在这项指控尚未撤回之前，我必须被视为凶嫌，在座每一位也都一样。包括您在内，第一发言者。”

第一发言者说：“你愿意撤回这项指控吗，坚迪柏发言者？”

坚迪柏坐到自己的座位上，两手紧紧抓住扶手，仿佛要将座椅据为己有。他说：“我愿意，可是得有人先解释一下，在我赶来参加会议的时候，为什么会有一个阿姆农夫，伙同其他几个同伴，竟然故意要拦阻我。”

“这也许有上千个原因，”第一发言者说，“我重申一遍，这件事一定会详加调查。现在，坚迪柏发言者，为了讨论得以继续进行，可否请你撤回指控？”

“不行，第一发言者。刚才，我花了好几分钟时间，尽可能以最精妙的手法探索对方的心灵，设法转变他的行为，又不至于造成伤害，结果我失败了。他的心灵缺乏应有的弹性，他的情绪全被定型，仿佛受到外在心灵的控制。”

德拉米突然挤出一丝笑意，接口道：“而你认为那个外在心灵，正是我们其中之一？难道就不会是你所谓的神秘组织，那个和我们对立、比我们更强大的组织干的吗？”

“有这个可能。”坚迪柏说。

“这样的话，我们这些人都是清白的，因为我们都不属于那个只有你才知道的组织，所以你应该立刻撤回指控。难道说，你是想指控在座某个人，受到了那个神秘组织的控制？也许我们其中某一位成员，已经不完全是他自己了？”

“或许吧。”坚迪柏冷冷地答道，他很清楚德拉米正在把他引进一个圈套。

“不过也有可能，”德拉米准备开始收紧圈套，“你所幻想的这个既秘密又隐密的神秘组织，只是一个妄想症患者的恶梦。根据你的被迫害妄想，阿姆农夫们受到影响，发言者也都受到秘密控制。然而，我愿意暂且迁就你的奇特思路。发言者，你认为我们中间，哪一个人受到控制？会不会就是本人？”

坚迪柏回答说：“我倒不这么想，发言者。你若试图用这么迂回的方式铲除我，就不会如此公然对我表示憎恶。”

“也许是负负得正的结果吧？”德拉米柔声说，口气得意之至，“妄想症患者很容易得出这种结论。”

“既然你这么说，那就有此可能。你的妄想经验比我丰富多了。”

另一名发言者列斯提姆·吉安尼，突然怒声插嘴道：“听好，坚迪柏发言者，如果你洗刷了德拉米发言者的嫌疑，就等于指控我们其他人嫌疑更重。我们其中无论哪一个，又有什么理由要阻延你参加会议，更遑论要置你于死地？”

坚迪柏好像就是在等这个问题，他立刻答道：“我刚才进来的时候，你们正在讨论将某些发言从记录中删除。那是第一发言者的发言，而我是唯一未能听到的发言者。请让我知道它的内容，相信我就能找出某人阻延我的动机。”

第一发言者说：“我刚才在陈述——结果德拉米发言者和其他人都表示强烈反对——我根据直觉以及心理史学的不当应用，断定谢顿计划未来的成败，全系于遭到放逐的第一基地人葛兰·崔维兹身上。”

坚迪柏说：“其他发言者怎么想，那是他们的事。就我自己而言，我完全同意这个假设。崔维兹是关键所在，他突然被第一基地放逐到太空，我认为内幕绝不单纯。”

德拉米说：“坚迪柏发言者，你是不是想讲，崔维兹——或是放逐他的那些人——已在那个神秘组织的掌握中？也许每一个人和每一件事都受到了他们的控制，只有你、第一发言者，还有我是例外，因为你已经宣称我并未受到控制。”

坚迪柏答道：“这些疯言疯语我根本不必回答。接下来我想要问的是，在座的发言者当中，有谁愿意对第一发言者和我的观点表示赞同？我经过第一发言者的许可，分发给各位的那些数学推导，想必各位已经看过了。”

接下来是一片死寂。

“我再重复一遍我的问题，”坚迪柏说，“有谁赞同？”

仍是一片死寂。

坚迪柏说：“第一发言者，现在您该知道阻延我的动机了。”

第一发言者说：“请明讲。”

“您曾经表示过，我们需要对那个第一基地人崔维兹，采取因应对策。这就代表我们务必采取积极主动。诸位发言者若看过我的报告，就该对我的想法至少有个概念。然而，假使全体发言者一致反对您——全体一致反对，那么，根据固有的权限，您就无法作出任何改变。可是只要有一位发言者支持您，您就能够施行新的政策。而我就是那位会支持您的发言者，任何人只要读过我的报告，都可以了解这一点。因此，必须不计任何代价阻止我出席圆桌会议。这个诡计几乎得逞，但我现在还是赶来了，而我表明支持第一发言者的立场。既然我赞同他的观点，那么根据固有的惯例，他就能对其他十位发言者的反对置之不理。”

德拉米使劲敲了一下会议桌。“这就代表，某人事先知道第一发言者准备讨论的内容，并且事先知道坚迪柏发言者会支持这个提案，而其他人全部会反对。换句话说，这个人能获悉他不可能知晓的事。我们还可以进一步推论，这个先发制人的计划，是坚迪柏发言者妄想出的那个组织所不喜欢的，因此他们才会出面阻挠，而且我们当中的一位或几位，已经在那个组织控制之下。”

“这些推论都很正确。”坚迪柏表示同意，“你的分析实在极为精辟。”

“你指控的到底是谁？”德拉米大声叫道。

“我不想指控谁，这件事我想请第一发言者处理。现在事态已经很明显，我们当中的确有人暗中和我们为敌。我在此提出一项建议，每一个为第二基地工作的人，都接受一次彻底的精神结构分析。每一个人，包括所有的发言者，甚至包括我自己和第一发言者。”

圆桌会议的秩序立时失控，出现了史无前例的混乱场面与激动情绪。

等到第一发言者终于正式宣布休会，坚迪柏没有跟任何人打招呼，径自回到自己的房间。他心中很明白，其他发言者都不是他的朋友，就连第一发言者所能提供的支持，也顶多算是半推半就。

他自己也无法分辨，他究竟是为自己担心，还是在忧虑整个第二基地的安危。末日即将降临的感觉，令他满嘴苦涩。

02

当天晚上，坚迪柏睡得很不好。不论在清醒的思绪中，或是睡眠的梦境里，他都跟德拉米争吵不休。在某个梦境中，她竟然和那个阿姆农夫鲁菲南融成一体，于是，坚迪柏眼前出现一个比例怪异的德拉米，一步步向他逼近。她抡着两个巨大的拳头，脸上带着甜美的微笑，还露出许多细长的尖牙。

直到床头柜上的蜂鸣器发出微弱的声音，他才总算醒了过来。现在早已过了他平日的起床时间，他却一点也没有歇息过的感觉。他赶紧转过身来，按下对讲机的键钮。

“喂？什么事？”

“发言者！”说话的是那层楼的舍监，语气中欠缺应有的尊重。“有个访客希望见你。”

“访客？”坚迪柏按了按行事历的开关，屏幕显示中午以前并无任何约会。他再按下时间显示键，现在是上午八点三十二分。他没好气地问道：“究竟是什么人？”

“发言者，那人不愿通报姓名。”然后，舍监用明显不以为然的口气说：“是个阿姆人，发言者，说是应你之邀来的。”最后半句话的口气更加不以为然。

“让他到会客室等我，我还要一阵子才能下来。”

坚迪柏一点也不急。沐浴的时候，他一直陷入沉思。有人利用阿姆人来阻挠他的行动，这个假设愈想愈合理，但他更想知道究竟是何方神圣。现在这个登堂入室来找他的阿姆人又是谁？这是另一个精心布置的陷阱吗？

谢顿在上，一个阿姆农夫到大学来做什么？他能有什么借口？真正的来意又是什么？

有那么一瞬间，坚迪柏想到是否应该携械防身。但他几乎立刻打消这个念头，因为他充满高傲的自信，确定自己在大学校园中不会有任何危险。在这里，他能轻而易举控制任何一个农夫，却不会在阿姆人心灵中留下过深的痕迹。

坚迪柏判断，一定是由于昨天卡洛耳·鲁菲南带来的麻烦，令他受到强烈的震撼，才会变得这般疑神疑鬼。对了，会不会就是那个农夫呢？或许他已不再受到干扰——不论是什么人或什么组织的干扰——他当然会担心受到惩罚，因而主动前来道歉。可是鲁菲南怎么知道该到这里来？又怎么会找到自己呢？

坚迪柏大摇大摆走过回廊，打定主意兵来将挡。他刚踏进会客室，立刻大吃一惊，连忙转身去找那名舍监。后者坐在玻璃围成的隔间中，正在假装埋头办公。

“舍监，你没说访客是个女的。”

舍监沉着地回答说：“发言者，我说是个阿姆人，你就没有再问下去。”

“问一句答一句是吗，舍监？我得记住这是你的特点。”此外，还得查一查他是不是德拉米的眼线。而且从现在开始，必须记得注意身边每一名工作人员。这些“低层人员”很容易被他这种人忽视，虽然他才刚刚升任发言者不久。“哪一间会议室空着？”

舍监答道：“只有四号会议室空着，发言者，有三小时的空档。”他装着一副老实的模样，瞥了瞥那个阿姆女子，又瞥了瞥坚迪柏。

“那我们就用四号会议室，舍监，我还要劝你一句话，别多管他人的心灵。”坚迪柏投射出并不算弱的精神力量，舍监根本来不及防御。如此对付一个弱势的心灵，实在有损身份，这点坚迪柏很明白。可是像他这种人，既然无法掩饰心中的下流揣测，就不该一直乐此不疲。舍监至少要头疼好几个小时，那是他罪有应得。

03

坚迪柏并未立刻想起她的名字，也没有心情费神去想。无论如何，她也不可能指望他记得。

他没好气地说：“你是……”

“我系诺微，邪者师傅。”她几乎是喘着气说出这句话的，“我的名系苏拉，但我只用诺微称呼。”

“对了，诺微，我们昨天见过面，现在我记起来了。我没有忘记你跳出来保护我。”在大学校园中，他实在无法改用阿姆腔调说话，“你是怎么找到这里来的？”

“师傅，你说我可写信给你。你说要写‘发言者之家，第二十七栋’。我自己送信来，我拿给他们看。系我自己写的，师傅。”她流露出掺杂着害羞的骄傲，“他们问：‘写这信给谁？’邪者师傅，你对那笨头鲁菲南说话的时候，我听到你讲自己的姓名，所以我说系送给史陀·坚迪柏。”

“他们就这样让你进来，诺微？他们没有要求看那封信吗？”

“我非常惊吓，我想也许他们感受轻微抱歉。我说：‘坚迪柏邪者答应带我参观邪者之地。’他们都笑起来，大门口一个人对另一个人说：‘他还会带她参观别的。’他们指出我该哪里走，说不可走到别的他处，否则一下子把我赶出去。”

坚迪柏的双颊泛红。谢顿在上，他若需要找阿姆女子寻欢作乐，绝不会如此明目张胆，也不会这么饥不择食。他再看了这个阿姆女子一眼，不禁在心中暗自摇头。

她似乎相当年轻，也许风吹日晒使她看来比实际年龄还大。反正她不会超过二十五岁，这种年龄的阿姆女子通常已经嫁人。而她将黑发扎成辫子，这就代表她依然未婚，而且还是处女，这点他倒并不惊讶。从她昨天的表现，看得出她有当泼妇的足够本钱。坚迪柏甚至怀疑，是否有任何阿姆男子，胆敢消受她的伶牙俐齿再加上重拳。她的外表也不吸引人，虽然她已经费尽心血装扮，脸蛋看来仍旧瘦削而平庸，双手则是又红又肿，骨节粗大。她的身材天生就是吃苦耐劳型，没有半分婀娜多姿的美感。

在他仔细的打量下，她的下唇开始微微发颤。他能清楚地感知她的尴尬与恐惧，同情心油然而生。昨天她的确帮了大忙，他可不能知恩不报。

坚迪柏试着用温和的话语抚慰她，他说：“所以你是来参观……喔……学者之地？”

她将眼睛睁得老大（那双黑眼珠倒满秀气），回答说：“师傅，别生我的怒气，但我来系自己要做邪者。”

“你想做一个学者？”坚迪柏感到这句话像晴天霹雳，“我的好姑娘——”

他说不下去了。她只是个完全不通世故的农妇，自己究竟该如何向她解释，想要成为阿姆人口中的“邪者”，必须具备怎样的智慧与精神耐力，还必须接受多少训练。

可是苏拉·诺微却拼命强调：“我会写字，也会读书。我读完好些书本，都是从尾读到头。我永远希望做邪者，我不希望做农夫老婆，我不系该待在农场的人。我不会嫁农夫，生下许多农夫娃娃。”她突然抬起头，骄傲地说，“我被人求婚，有很多次，我总说‘不要’。我系客气地说，但不要就不要。”

坚迪柏一眼就能看出她在骗人，根本没有人向她求过婚。可是他装着一副严肃的表情，对她说：“如果你不结婚，你这辈子想做什么？”

诺微伸出一只手来按在桌上。“我要做邪者，我不做农妇。”

“万一我不能使你成为学者呢？”

“那我什么都不做，我就等死。若我不做邪者，我这辈子没有意义。”

坚迪柏突然有一个冲动，想要探索她的心灵，弄清楚她的动机究竟有多强。可是这样做是不对的，身为一名发言者，不能为了满足自己的好奇心，就随便进入他人毫无抵抗力的心灵，在里头肆意翻找答案。与其他各行各业一样，精神控制这门科技——所谓的精神力学——也自有一套规范，至少各人心中都有一把尺。他忽然对攻击舍监的举动感到后悔。

他又说：“为什么不愿意做个农妇呢，诺微？”他只需要动一点手脚，就能使她对这个命运心满意足，然后再影响一个阿姆乡巴佬，让他乐意把她娶回家，并且让她死心塌地跟着他。这样做不会有任何害处，而且是一种善举。但这是违反法律的行为，因此连想都不该想。

她回答说：“我不做。农夫系大老粗，每日在泥巴里打滚，自己也变成一团泥巴。若我做农妇，我也变成一团泥巴。我会失去时间读书写字，我会遗忘。我的脑袋，”她伸出手来指着太阳穴，“会变馊和腐坏。不！邪者系不一样的人，系有心人！”坚迪柏明白，她其实是指“聪明人”，而不是“思虑周到的人”。

“邪者身边全系书本，”她继续说，“还有……还有……我忘掉它称什么名字。”她比划了一个动作，有点像在操作什么仪器。若是没有接收到她的精神辐射，坚迪柏根本猜不出她的意思。

“微缩胶卷。”他说，“你怎么听说过微缩胶卷？”

“从书本里头，我读到许多东西。”她得意地说。

坚迪柏再也按捺不住好奇心。这是一个不寻常的阿姆女子，他从未听说过有人像她这样。第二基地一向不吸收阿姆人，可是诺微若再年轻一点，比如说只有十岁……

真可惜！他不愿骚扰她，绝对不愿意。可是，如果不能观察一个不寻常的心灵，从中学到更多的精神力学知识，又怎么配做一名发言者？

于是他说：“诺微，我要你在这里坐一会儿。心情尽量放平静，一句话也别说，也别想要说什么。只要想着睡着了，你懂吗？”

她的恐惧感立刻复发。“为何要我这样做，师傅？”

“因为我想考虑一下，怎样才能使你成为学者。”

毕竟，无论看过多少书，她终究不可能了解身为“学者”的真正意义。因此有必要了解一下，她心目中的学者到底是什么样子。

他开始探入她的心灵，手法无比精妙又极度谨慎，并没有真正接触，却能感知其中的内容。就像将手掌放在光滑的金属表面，而不留下任何指纹。结果他发现，她以为学者就是永远在读书的人，至于为什么读书，她却连丝毫概念都没有。对于她自己成为学者这件事，她心中的图像是继续日常的工作，煮饭、洗衣、擦地、搬运东西、听从吩咐。只不过是换成在大学里干活，因此可以接触许多书籍，而她也能有闲暇读书，然后就能“变得有学问”，但那只是非常模糊的念头。将这些想法加在一起，等于她想在这里做个仆人——他自己的仆人。

坚迪柏不禁皱起眉头。一名阿姆女仆——平庸、粗俗、无知、迹近文盲——简直难以想象。

他只需要改变她的想法就行了。一定有办法能调整她的欲望，让她心甘情愿当个农妇。这必须做得不着痕迹，要让德拉米也无从挑剔。

或者她正是德拉米派来的？这会不会是个精心策划的阴谋，目的是引诱自己去干扰一个阿姆心灵，然后就被抓个正着并遭到纠举？

荒唐，他果真出现了妄想症的迹象。在她单纯心灵的某个角落，精神细流需要稍加转向。只要轻轻推一下就行了。

这样做是违反法律的，但是，不会有什么害处，也不会有任何人注意到。

他陡然停下来。

向后退，向后退，向后退。

太空啊！他差一点就没注意到！

难道自己真的产生了幻觉？

不可能！现在他的注意力集中在那里，他能辨识得清清楚楚。有一根最细微的精神纤维显得凌乱——一种不正常的乱象，可是又过分细致，几乎没有分歧。

坚迪柏赶紧钻出她的心灵，轻声说：“诺微。”

她的目光重新聚焦。“什么事，师傅？”

坚迪柏说：“你可以在我手下工作，我会让你成为一名学者……”

她眼睛一亮，兴奋地叫道："师傅——"

他随即察觉她要跪在自己脚下，连忙伸出双手，使劲抓住她的肩膀。"别动，诺微。待在原处，不要动！"

他好像在跟一只稍微受过训练的动物讲话。直到看出命令贯穿她的心灵，他才松开手。刚才抓着她的时候，他感觉到她的上臂肌肉好结实。

他说："假如你想成为学者，就要表现得有学者的模样。这就代表说，你随时要保持肃静，随时要轻声细语，随时要听从我的指导。此外，你必须试着学习我的说话方式，还得和其他的学者接触。你会害怕吗？"

"我不会惊吓——不会害怕的，师傅，只要你跟我一起。"

"我会跟你在一起的。不过，我得先为你找一个房间，替你安排盥洗室、餐厅座位和适当的衣着。你必须穿得像个学者才行，诺微。"

"这些系我全部……"她的口气突然变得哀伤。

"我们会帮你找些合适的衣服。"

坚迪柏知道必须找个妇人帮忙，请她替诺微准备一些衣物。他还得再找一个人，教导这个阿姆女子基本卫生习惯。毕竟，她现在穿的衣服可能是她最好的行头，而且她显然刻意梳洗过，但她身上仍旧有一股异味，闻起来有些不舒服。

除此之外，他还得跟她划清界线，不能让人产生误会。第二基地的男人（女人也如是），有些偶尔会出去找阿姆人寻欢作乐，这已经是公开的秘密。只要从头到尾没有干扰阿姆人的心灵，绝不会有人对这种事大惊小怪。坚迪柏自己从来不喜欢这样做，他认为校园中的男女关系就能满足自己，所以不必再去寻找或许更狂野、更有味的性爱。跟阿姆女子比较起来，第二基地的女性显得苍白瘦弱，可是她们个个都很干净，而且皮肤光滑细嫩。

不过即使引起误会，让人暗笑他这个发言者做得太过分，不但爱打野食，还把一个阿姆女子带到自己的房间来，他也必须忍受这种尴尬。因为，德拉米发言者与圆桌会议的其他成员，势必会跟自己决裂，而在那场即将来临的对决中，这个农妇——苏拉·诺微——将是自己致胜的关键。

04

坚迪柏整天都没有再见到诺微，直到晚餐后，帮诺微打点的那位妇人才又将她带到他面前。今天早上，坚迪柏曾对那妇人一而再、再而三地解释——至少要她相信，他们两人没有肉体关系。妇人似乎听懂了，或者应该说，起码不敢表现出不解的模样，这样也许就够了。

此时诺微站在他面前，脸上同时流露出害羞、骄傲、困窘、得意等等错综复杂的表情。

坚迪柏说："你看来真不错，诺微。"

她们帮她找的衣服竟然极为合身，而且她穿起来一点也不显得滑稽。她们是否帮她束过腰？帮她把胸部托高？还是她穿着农妇服装时，这些部分无法突显出来？

她的臀部十分突出，但是不至于难看。当然，她的面容仍然平庸，不过等到被晒黑的肤色褪去，她又学会如何打扮之后，看起来就不会太丑了。

一定是旧帝国的幽灵作祟，那妇人还是把诺微当成了他的情妇，挖空心思让她显得好看一点。

他随即想：嗯，有何不可呢？

诺微终将出现在发言者圆桌会议上。她看起来愈吸引人，自己的立论就愈容易被接受。

他刚想到这一点，第一发言者的讯息便飘然而至。在这个精神挂帅的社会，这是一种理所当然的联络方式，通称为“偶合效应”，但并非十分正式的名称。假如某甲模糊地想到某乙，某乙同时也模糊地想到某甲，便会产生一种相互提升的刺激，几秒钟之内，就能使两人的念头都变得清晰、明确，而且显然彼此同步。

这种效应有时会让人吓一跳，即使了解来龙去脉的人也不例外。尤其是原先那个念头如果十分含糊——不论是哪一方，或者双方皆然——连当事人也没有意识到的时候。

“诺微，今晚我不能陪你了。”坚迪柏说，“我还有学者的工作要做。我会带你到你的房间，那里有一些书籍，你可以开始练习阅读能力。我也会教你如何使用讯号器，这样你就能随时找人帮忙。我明天会再来看你。”

05

坚迪柏很礼貌地说："第一发言者？"

桑帝斯只是点了点头。他显得郁郁寡欢而老态龙钟，看来好像需要喝杯烈酒提振精神。他终于开口道："我'召唤'你来……"

"没有派信差，而是直接'召唤'，我猜一定有重要的事。"

"没错。你的猎物，那个第一基地人崔维兹……"

"怎么样？"

"他不会来川陀了。"

坚迪柏并未显出惊讶的神色。"他为什么要来？根据我们获得的情报，他是跟一名古代史教授同行，那名教授打算寻找地球。"

"对，就是那颗传说中的太初行星，这正是他该来川陀的原因。毕竟，那个教授知道地球在哪里吗？你知道吗？我知道吗？我们能确定它存在，或者曾经存在吗？他们当然应该前来此地，寻找必要的资料——如果还有任何资料留下来，一定都藏在银河图书馆。在此之前，我一直认为情况尚未达到危机的程度；我以为那个第一基地人会到这里来，而我们可以从他身上，打探出我们想知道的一切。"

"正是由于这个原因，对方绝不会让他到这里来。"

"那么，他又要到哪里去呢？"

"我懂了，原来我们还没有查到。"

第一发言者以不悦的口气说：“你好像很冷静。”

坚迪柏答道：“我不懂为何不该冷静。您希望他来到川陀，认为这样就能稳住他，并且从他身上挖取情报。然而，如果让崔维兹去他想去的地方，办他想办的事情，只要我们不把他跟丢了，那么他就可能引出其他方面的情报，而且比他原本所能提供的更为重要。您难道不这么认为吗？”

“这还不够！”第一发言者说，“你已经说服我接受有新敌人出现这个想法，现在我根本放不下这件事。更糟的是，我又说服自己一定要锁定崔维兹，否则我们会全盘皆输。他是独一无二的关键，我已经无法摆脱这个看法。”

坚迪柏慷慨激昂地说：“不论发生任何状况，第一发言者，我们都不会输的。除非那些反骡——让我再次借用您发明的称呼——继续潜伏在我们当中，而我们却不知不觉。但我们已经知道他们的存在，再也不会盲目行事。下一次的圆桌会议，如果大家通力合作，我们就能展开反击。”

第一发言者说：“我召唤你来，其实并不是为了崔维兹这档事。我先跟你提这个问题，只是因为我觉得这是我个人的失败，我对当前的情况作出错误分析。我向你致歉，我不该将个人的好恶置于政策之上。除此之外，还有一件事。”

“更严重的事吗，第一发言者？”

“更严重的事，坚迪柏发言者。”第一发言者长叹一声，不停用手指敲着桌面。坚迪柏则耐着性子，站在书桌前默默等待。

第一发言者终于再度开口，语气很温和，仿佛如此便能减缓冲击的力道。“德拉米发言者发起了一次紧急圆桌会议……”

“第一发言者，未经您的同意？”

“她只需要获得其他三名发言者同意，不必包括我在内。在这个紧急会议中，你遭到纠举，坚迪柏发言者。你被指控不配担任发言者的职务，而且必须接受审判。三个多世纪以来，这还是头一次通过发言者的纠举案……”

坚迪柏强忍着，不让任何一点怒火冒出来。“您自己当然并未投下赞成票。”

“我没有，可是我人单势孤。圆桌会议的其他成员看法一致，因此纠举案以十票对一票通过了。你也知道，纠举案成立的条件，是包括第一发言者在内的八票，或者不包括他在内的十票。”

“但是我并未出席。”

“你根本没有表决权。”

“至少我可以为自己辩护。”

“但不是在这个阶段。前例虽然很少，可是很明确，你在审判时才有答辩的机会。自然，审判将尽快举行。”

坚迪柏低头沉思了一会儿，然后说：“我倒不怎么担心这件事，第一发言者。我认为您最初的直觉很正确，崔维兹这件事得优先处理。基于这个理由，我能否建议您将审判延期？”

第一发言者举起右手。“我不怪你不了解状况，发言者。纠举案实在太过罕见，我自己都得查阅相关的法定程序。它有最高优先权，我们不得不直接准备审判，而将其他的问题通通延后。”

坚迪柏双手握拳抵着桌面，上身倾向第一发言者。“您这话当真吗？”

“这是法律。”

“我们不能碍于法律，而忽视眼前一个明显的威胁。”

“对圆桌会议而言，坚迪柏发言者，你正是眼前那个明显的威胁。别插嘴，听我说！其中所牵涉的法律，立法精神在于一个坚实的信念：没有任何问题，比发言者的腐化或滥用职权更为严重。”

“可是两者我都没犯，第一发言者，而您也很清楚。这只是德拉米发言者和我的私人恩怨，如果真有滥用职权的行为，那也是她而不是我。我唯一的罪过是从不在乎人际关系，这点我承认。对于那些还没老到无法掌权，却早就变成老糊涂的笨蛋，我在他们身上花的心思太少了。”

“我就是其中之一，发言者？”

坚迪柏叹了一声。“您瞧，我又得罪人了。我指的不是您，第一发言者。好吧，那么，让我们立即开庭，我们明天就举行审判，或者今晚更好。让我们趁早把它做个了结，然后赶紧处理崔维兹的问题。我们不能再冒险多等片刻。”

第一发言者说：“坚迪柏发言者，我想你还不了解目前的状况。我们过去也有过纠举案——不多，仅仅两桩而已，但都没有定罪。然而，这回你会被定罪！你将被逐出圆桌会议，对第二基地的政策再也没有机会发言。事实上，甚至在周年集会中，你也不会再有表决权。”

“而您不会出面阻止？”

“我无能为力。其他人会一致否决我，然后我就得被迫辞职，我想发言者们都希望看到这种结果。”

“而德拉米就会成为第一发言者？”

“这个可能性当然很大。”

“但是绝不能让这种事发生！”

“完全正确！因此我也必须赞成定你的罪。”

坚迪柏深深吸了一口气。“我要求立即举行审判。”

“你需要时间来准备答辩。”

“什么答辩？他们不会想听任何辩词。立刻举行审判！”

“圆桌会议也需要时间准备起诉书。”

“他们没有起诉书，也不想提出任何起诉书。他们心中早已将我定罪，其他什么都不需要。事实上，他们希望尽快将我定罪，后天不如明天，明天不如今晚。这就通知他们。”

第一发言者站了起来，两人隔着书桌对视良久。然后第一发言者说：“你为何那么急？”

“崔维兹那件事可不会等。”

“一旦你被定罪，圆桌会议其他成员将联手反对我，我一定会被架空，那时我们又能做什么呢？”

坚迪柏压低声音，坚定地说：“不用怕！无论如何，我绝对不会被定罪的。”

第九章

超空间

01

崔维兹说："你准备好了吗，詹诺夫？"

正在读书的裴洛拉特抬起头来。"你是指跃迁吗，老伙伴？"

"对，超空间跃迁。"

裴洛拉特咽了一下口水。"这个，你确定不会有任何不舒服的感觉？我知道害怕是件蠢事，可是每当想到，自己将被转换成无质无形的'迅子'，谁也没有见过或侦测过那东西……"

"得了吧，詹诺夫，这是完全成熟的科技，我以名誉担保！你曾经说过，跃迁的应用已经有两万两千年的历史，而我从未听说在超空间里出过人命。当我们脱离超空间时，也许会出现在不妙的地方，但意外仍是发生在普通空间，而不是我们化作迅子的阶段。"

"这似乎不算什么安慰。"

"我们脱离时也不会出任何差错。老实告诉你，我本来打算瞒着你进行，这样你就不会知道已经做过跃迁。不过为了以后着想，我认为应该让你亲身体会一下，让你明白并不会有任何问题，今后你就再也不会担心了。"

"这——"裴洛拉特迟疑道，"我想你说得对，不过说老实话，我并不着急。"

"我向你保证……"

"不，不，老伙伴，我衷心接受你的保证。只不过……你读过

《圣特瑞斯提·玛特》这本书吗？”

“当然读过，我又不是文盲。”

“没错，没错，我不该多此一问。你记得它的内容吗？”

“我也没有健忘症。”

“我似乎有得罪人的天分。我要说的是，我一直在想其中一个片段：圣特瑞斯提和他的朋友班恩，从十七号行星出发，然后迷失在太空里。我想到那些具有催眠魔力的场景，身处于群星之间，在深邃幽静、一成不变的太空中缓缓运动……你知道吗，我从不相信那些描述。我很喜欢那个故事，也深深受到感动，但我从来没有当真。可是现在，当我习惯了置身太空这个事实之后，我真的体会到那种感觉——我也知道，这是个傻念头——可是我不想放弃。好像我就是圣特瑞斯提……”

“而我就是班恩。”崔维兹话中带着一丝不耐烦。

“可以这么说。外面那些稀落迷蒙的星辰，全部静止不动，当然我们的太阳例外，虽然我们没看见，但它一定不断缩小。银河也维持着朦胧的雄伟壮丽，仿佛亘古不变。寂静的太空令我没有任何纷扰……”

“除了我。”

“除了你。不过，葛兰，亲爱的兄弟，跟你谈谈地球，试着教你一点史前史，其中自有乐趣。所以，我不希望一切这么快结束。”

“不会的，反正不会立刻结束。你总不至于认为，我们经过一次跃迁，就功德圆满地出现在某颗行星表面吧？跃迁几乎会在瞬间完成，而我们依旧会在太空中。至少要再过一个星期，我们才有可能着陆，所以请你放心吧。”

“你所谓的着陆，当然不是指盖娅。我们结束跃迁后，不太可能就出现在盖娅附近。”

“这点我知道，詹诺夫，但我们会抵达正确的星区，只要你的资料正确。万一资料有误，那就……”

裴洛拉特板着脸猛摇头。“如果我们不知道盖娅的坐标，即使抵达正确的星区，又有什么帮助呢？”

崔维兹答道：“詹诺夫，假设你在端点星上，想要前往阿基若普镇，可是你只知道那个小镇在地峡中。当你抵达地峡之后，你会怎么办？”

裴洛拉特谨慎地思考了半天，仿佛认为正确答案必定微妙无比。最后他却不得不放弃，回答说：“我想我会找个人问问。”

“完全正确！除此之外还有什么办法？现在，你准备好了吗？”

“你是说，现在？”裴洛拉特连忙站起来，原本欠缺表情的脸孔，此时现出几许忧虑的神情。“我该怎么做？坐着？站着？还是做些什么？”

“时空啊，裴洛拉特，你什么也不必做，只要跟我到我的舱房去，好让我能操作电脑。然后你爱坐、爱站、爱翻筋斗都行，反正怎么舒服怎么做。我的建议是，你最好坐到显像屏幕前，仔细盯着看，一定会很有趣。来吧！”

他们沿着短廊走到崔维兹的舱房，崔维兹立刻坐到电脑前面。“要不要由你来操作，詹诺夫？”他突然问道，“我把数据告诉你，你只需要默想一遍，电脑就会处理其他的工作。”

裴洛拉特说：“敬谢不敏，这台电脑似乎跟我不怎么投缘。我知道你会说只需要多加练习，但是我可不相信。你的心灵一定有什么过人之处，葛兰……”

“别傻了。”

“不，真的。电脑好像只跟你合得来，当你搭上线之后，你和电脑好像融为一体。可是我搭上的时候，却还是两个独立的个体——一个詹诺夫·裴洛拉特和一台电脑，反正不是那么回事。”

“胡说。”崔维兹虽然这么讲，心里却有一种模糊的成就感。他轻抚着电脑感应板，好像抚摸一件心爱的玩具。

“我宁可袖手旁观。”裴洛拉特说，“我的意思是，这一切能免则免，但既然势在必行，我就宁可袖手旁观。”他显得有些焦虑，两眼紧盯着显像屏幕。画面的主体是朦胧的银河，前景则是薄粉状的幽暗星辰。“快开始的时候告诉我一声。”他慢慢退到舱壁旁，绷紧神经做好准备。

崔维兹微微一笑，将双手放到感应板上，随即感到精神与电脑合而为一。这种接触一天比一天容易，感受也日益亲切。不论他对裴洛拉特的说法如何嗤之以鼻，他的确有这种感觉。他发现几乎不再需要刻意想那些坐标；电脑好像知道他要做些什么，他根本不必驱动意识“告诉”电脑，电脑就会自动从他脑中“读取”那些资料。

但崔维兹仍将跃迁指令“告诉”电脑一遍，然后要它在两分钟后开始进行。

“好啦，詹诺夫。我们还有两分钟：120……115……110……注意看显像屏幕。”

裴洛拉特依言行事，他的嘴角绷紧了些，还不知不觉屏住呼吸。

崔维兹轻声倒数：“15……10……5、4、3、2、1、0。”

他们没有察觉丝毫的运动，也没有丝毫其他感觉，显像屏幕的画面却陡然起了变化。星像场明显地变得稠密，银河则消失无踪。

裴洛拉特吓了一跳，问道：“怎么回事？”

“什么怎么回事？你穷紧张，但那是你自己吓自己。你根本没有任何感觉，承认吧。”

“我承认。”

“这就对了。在遥远的过去，当超空间旅行相当新颖的时候——总之是根据书上的记载——在跃迁过程中，乘客体内会出现一种古怪的感觉，有些人还会感到头晕或想吐。这也许是心理作用，但也可能不是。不管怎么说，随着超空间经验持续累积，以及设备不断改良，那种效应就逐渐降低了。借着像我们这台电脑的帮助，任何效应都会远低于感觉的阈值。至少，我自己这么认为。”

“我必须承认，我也一样。现在我们在哪里，葛兰？”

“只不过才跨出一步，来到卡尔根星域而已，前面还有一段漫长的路程。在我们进行另一次跃迁之前，得先检查一下这次跃迁的准确性。”

“我担心的是，银河到哪里去了？”

“在我们四面八方，詹诺夫，如今我们已经身在其中。我们只要调整显像屏幕的焦距，就能看到银河更遥远的部分，它看来好像一条横跨天空的亮带。”

“所谓的‘星桥’！”裴洛拉特兴高采烈地叫道，“几乎在每个住人世界上，都有人如此描述夜空的银河，但在端点星上就是见不到。让我看看吧，老伙伴！”

显像屏幕突然向一方倾斜，星像场随之倾泻而下，不久之后，一个发出珍珠般光芒的天体几乎占满整个画面。那个天体逐渐变得狭窄，接着再度膨胀，画面则始终锁定它。

崔维兹说：“靠近银河中心的星像场较密。然而，如果旋臂中没有那些暗云，它看起来还会更稠密、更明亮。在大多数的住人世界上，都能看到类似的夜空景象。”

“在地球上也是一样。”

“没有什么特别，不能用来作为辨识地球的一种特征。”

“当然不能。但你可知道——你没研究过科学史吧？”

“没有真正研究过，不过自然还略知一二。话说回来，如果你真想问任何问题，可别指望我是专家。”

“由于进行这次跃迁，使我又想到那个一直困扰着我的问题。我们可以建立一个宇宙模型，在这个宇宙中不可能有超空间旅行，而真空中的光速就是速度的绝对极限。”

“的确如此。”

“这种宇宙的几何结构，使得任何物体的速度都小于光速，也就是说，我们刚才那个位移所需要的时间，不可能比光线行进相同距离的时间更短。假如我们真是以光速运动，我们所体验到的时间，将和宇宙中一般的时间不同。比方说，假设此地距离端点星四十秒差距，那么我们若以光速飞来这里，就完全不会感到时光的流逝，但是在端点星以及银河其他各处，已经过了大约一百三十年。而我们刚才完成的跃迁，速度还不只是光速，实际上等于光速的千倍万倍，但其他各处的时间几乎没有变化，至少我希望没有。”

崔维兹说：“别期望我能告诉你‘欧朗京超空间理论’的数学架构。我只能这么说，如果你在普通空间中以光速运动，那么每走一秒差距，外界的时间就会流逝3.26年，正如你刚才所说的。这就是所谓的‘相对论性宇宙’，人类很早就有所了解，甚至能回溯到史前史的时代——我想，那是你的学术领域——这些物理定律至今未被推翻。然而，当我们进行超空间跃迁时，并未受到那些条件的限制，也就是说狭义相对论并不适用，物理法则也因此有所不同。就超空间的观点而言，银河只是一个微小的物体——理想状况是一个零维度的点——根本不会产生任何相对论性效应。

“事实上，在宇宙学的数学表述中，有两种不同的银河符号：

Gr代表‘相对论性银河’，其中光速是速度的极限；而Gh代表‘超空间银河’，其中速度并没有真正的意义。就超空间的观点而言，所有的速度都等同于零，因此我们并未运动；而相对于普通空间，运动速度则是无限大。除了这些，我无法再作更多的解释。

“喔，我还可以告诉你一点，在理论物理学中，有个捉弄人的精彩把戏，就是把只有在Gr才有意义的符号或数值，代进处理Gh的方程式中——反过来也行——然后叫学生去解出答案。学生极有可能坠入陷阱，而且通常无法察觉，因此算得汗流浃背，气喘如牛，就是算不出结果，直到哪位好心的学长一语道破，他才能脱离苦海。我就曾经着实被这样捉弄了一番。”

裴洛拉特严肃地考虑了一阵子，然后一头雾水地问道：“可是究竟哪个才是真正的银河？”

“都是，端视你的行为而定。假设你想从端点星的甲地到乙地，你可以坐车走陆路，也可以坐船走海路。不同的路途有不同的情况，那么到底哪个才是真正的端点星，陆地还是海洋？”

裴洛拉特点了点头。“类比总是有危险的，”他说，“但我宁可接受这个类比，也不要再去钻研超空间的意义，否则会有精神错乱的危险。从现在起，我要把注意力集中在目前的工作上。”

“我们刚才的跃迁，”崔维兹说，“可以视为前往地球的第一步。”

但他暗自想道：我怀疑，终点可能并不是地球。

02

“嗯，”崔维兹说，“我浪费了一天的时间。”

“哦？”裴洛拉特正在为藏书编索引，“此话怎讲？”

崔维兹两手一摊。“我并不相信电脑，因为我不敢，所以我作了一次比对，比较我们目前的位置和跃迁的预定位置。结果差异在测量误差之下，也就是说侦测不到任何误差。”

“那太好了，不是吗？”

“不只是太好了，简直是不可思议，我这辈子还没听过这种事。我经历过许多次跃迁，也曾经用各种方法和各式设备亲自操作过。在学校的时候，我只能用掌上型电脑进行计算，然后送出一个超波中继器来检验结果。我自然无法用太空船做实验，因为除了经费不允许，我也很可能会让它在跃迁后，出现在一颗恒星的肚子里。

“当然，我从来没有那么差劲，”崔维兹继续说，“可是每次都会有相当大的误差。即使由专家来操作，误差也在所难免。这是无法避免的，因为变量实在太多。这样讲吧，空间的几何已经复杂得难以处理，再加上超空间，两者的复杂度相加相乘，使我们想要装懂也做不到。这就是为什么我们必须一步一步走，而不能凭借一个大跃迁，从这里直接跳到赛协尔去。因为距离愈远，误差就会愈大。”

裴洛拉特道：“可是你刚才说，这台电脑没有造成任何误差。”

“是它自己说的。我命令它比对目前‘真正的位置’和当初‘预定的位置’，结果它说在测量误差范围之内，两者完全一致。于是我想：万一它在说谎呢？”

原本一直捧着打印机的裴洛拉特，直到这时才将它放下来，并露出震惊的表情。“你在开玩笑吧？电脑是不会说谎的。除非你的意思是，你认为它可能故障了。”

“不，我不是那个意思。太空啊！我真的认为它在撒谎。这台电脑实在太先进了，我认为它简直就是个活人，也许还是超人。它像人一样拥有自尊，因此就可能说谎。我当初给它的指令，是要它算出一条航线，经由超空间抵达赛协尔行星，也就是赛协尔联盟的首府。它照做了，画出一个包含二十九个跃迁的航线，这种高傲自大是最要不得的。”

“为什么说它高傲自大？”

“第一次跃迁所产生的误差，会令第二次跃迁的准确性大幅下降，而两者的误差加在一起，就使得第三次的跃迁更不稳定，更不可靠。依此类推，谁能一下子算出二十九次跃迁？最后一次跃迁之后，我们可能出现在银河任何一处，任何一处都有可能。所以我命令它只做第一个跃迁，这样我们就能先来检查一下结果，然后再作打算。”

“步步为营，”裴洛拉特赞赏道，“我完全赞成！”

“没错，但我只让电脑做一次跃迁，它会不会由于我不信任它，而觉得伤心呢？在我要它进行比对时，它会不会为了保住面子，被迫告诉我根本没有误差？它会不会感到无法承认错误，无法坦承自己并不完美？果真如此，我们还不如没有电脑呢。”

裴洛拉特沉静的长脸罩上愁云惨雾。“这样的话，我们能做些什么呢，葛兰？”

“我们能做的，就是我所做的——浪费掉一天的时间。我使用几种最原始的方法，包括望远镜观测、照相测量以及人工测量，检查了附近几颗恒星的位置。我将这些测量出来的位置，跟毫无误差的理论值一一比较。这个工作花了我一整天的时间，累得我筋疲力尽。”

“好，但结果如何？”

“我找出两个天大的误差，但仔细检查之后，发现问题出在我的计算，是我自己犯的错误。于是我改正了那些计算，然后让电脑从头自行跑一遍，想看看它会不会自行得出一致的答案。结果它除了多算出几位小数，跟我的答案没有其他出入，这也就证明了跃迁没有任何误差。这台电脑也许是个骡娘养的自大狂，但它的确拥有自大的本钱。”

裴洛拉特这才嘘了一口大气。“嗯，好极了。”

“的确如此！所以我准备让它进行另外二十八个跃迁。”

“一次做完？可是……”

“不是一次做完，别担心，我还没有变得那么视死如归。电脑会让跃迁一个接一个进行，但每次的跃迁完成后，它会自动检查周围的星空，如果太空艇位于误差范围之内，它就可以进行下一个跃迁。不论哪一次，只要它发现误差过大——相信我，我设定的限度都很严苛——它就必须停下来，重新计算后面的每一步。”

“你打算何时进行？”

“何时进行？说做就做。听我说，你不是正在编你的藏书索引……”

“喔，葛兰，现在可是做这件事最好的时机。过去许多年来，我一直打算做，但总是有一些事挡在前面。”

“我绝不反对。你继续做你的，根本不用操心，专心去编你的索引，其他事情都交给我吧。”

裴洛拉特摇了摇头。“别傻了，在这件事结束之前，我不可能放松心情。我吓得全身都僵硬了。”

“那么，我实在不应该告诉你，但我又非得找个人讲一讲不可，而这里除了你就没有别人。让我坦白地解释一番，我们在跃迁过程中，总有可能刚巧来到星际间某一处，那里正好有个高速流星体，或者微黑洞，于是太空艇便遇难了，而我们则一命呜呼。理论上，这种事是有机会发生的。

“然而，这种机会非常之小。毕竟，当你待在家里的时候，詹诺夫——当你在书房整理微缩胶卷，或者在卧室呼呼大睡之际——也可能有个流星体穿过端点星的大气层，一路风驰电掣，不偏不倚正中你的脑袋，你就绝对活不成了。不过这种可能性也实在很小。

“事实上，我们在重返普通空间时，想要刚好撞上一个足以要命却小到电脑侦测不到的天体，这种事情发生的机会，比你在家中被流星打中还要小得太多太多倍。在超空间旅行的历史上，我从未听说过任何船舰是这样失事的。而其他的风险，例如出现在恒星的正中央，几率就更微小了。”

裴洛拉特问道：“那你为何还要跟我说这么多，葛兰？”

崔维兹顿了一下，又低头沉思了一会儿，才终于回答：“我不知道——不，我知道。我所想到的是，不论发生灾祸的机会多么小，只要有许多人尝试许多次，灾祸早晚也会发生一回。不论我多么有把握，确定不会有任何差池，我心里总有个微弱的声音在嘀咕：‘也许这次就会出事了。’这使我有罪恶感，我想就是这个道理。詹诺夫，万一发生什么差错，请原谅我！”

“可是，葛兰，我亲爱的兄弟，如果真有什么差错，我俩都会在瞬间报销。我不可能有机会原谅你，你也没有机会接受我的谅解。”

“这点我了解，所以请你现在就原谅我，好不好？”

裴洛拉特微微一笑。“不晓得怎么回事，可是我感到快活多了，这里头一定有些有趣之处。葛兰，我当然会原谅你。在各个世界的文学中，有许多关于死后世界的神话传说，万一真有那种地方——我想，机会跟我们落在一个微黑洞差不多，也许还更小——而我们刚好又在同一个阴间，那么我一定会为你作证，你真的已经全力以赴，我的死不该算到你的账上。”

“谢谢你！现在我终于轻松了。我自己愿意冒这个险，可是一想到你要陪我冒险，我心里就不大好受。”

裴洛拉特紧紧抓住对方的手。“你知道吗，葛兰，我认识你还不到一个星期，有些事不应该忙着下定论，但我的确认为你是个杰出的兄弟。我们现在就开始吧，把这件事早点了结。”

“正是如此！现在，我只要轻轻碰一下那个感应板就行了。电脑早已接到指令，就等着我说：‘出发！’你想不想……”

“不想！它只属于你！它是你的电脑。”

“很好，这是我的职责。你瞧，我还在试图推诿呢。你好好盯着屏幕！”

崔维兹伸出沉稳无比的手掌，带着全然诚挚的笑容，开始与电脑进行接触。

短暂静止之后，星像场便开始发生变化，一而再、再而三变个不停。在显像屏幕上，四散的星辰变得愈来愈浓密，愈来愈明亮。

裴洛拉特默数着跃迁的次数。当他数到“十五”的时候，显像屏幕的变化忽然中止，仿佛某个机件卡住了。

裴洛拉特悄声问道：“出了什么问题？发生了什么事？”他显然是担心声音如果太大，机件便会永远卡死。

崔维兹耸了耸肩。“我猜它正在重新计算，一定是附近太空中的某个天体，使整体重力场产生了不可忽略的形变。电脑原先未将那个天体考虑在内，可能是星图上所没有的矮星，或是独立的行星……”

“有危险吗？”

“既然我们还活着，就几乎能确定没有危险。一颗行星即使位于一亿公里之外，仍然能产生足够大的重力微扰，使电脑必须重新算一遍。而一颗远在百亿公里外的矮星，也可以……”

显像屏幕的画面又开始变化，崔维兹立即住口。画面一变再变，直到裴洛拉特数到“二十八”的时候，运动才陡然终止。

崔维兹向电脑查询了一下。“我们到了。”他说。

“我把首次的跃迁当做‘一’，而在刚才的连续跃迁中，我是由‘二’开始数的。我们总共只做了二十八个跃迁，可是你说过应该有二十九个。”

“第十五次之后，电脑重新算了一遍，也许因此替我们省掉一次跃迁。如果你想弄清楚，我可以跟电脑查一下，不过实在没有必要。我们已经到了赛协尔行星附近，这是电脑告诉我的，而我毫不怀疑。我们若将显像屏幕正确定向，就能看到一个又大又亮的太阳，但我认为不该无谓增加显像屏幕的负担。赛协尔行星是该行星系的第四颗，目前和我们的距离大约是3.2百万公里，差不多是跃迁后剩余的最短距离了。我们能在三天之内抵达，快一点的话，两天也可以。”

崔维兹做了一下深呼吸，让紧绷的神经松弛下来。

“你了解这代表什么意义吗，詹诺夫？”他说，“我生平搭乘过的，或者听说过的任何船舰，若想完成这一连串的跃迁，那么每次跃迁之后，至少都得花上一天的时间，费尽心力进行计算和复查，即使有电脑帮忙也不例外。整趟行程得花上近一个月，就算他们愿意鲁莽行事，最快也要两三个星期，我们却在半小时内就完成了。等到每艘船舰都装设了这样的电脑……”

裴洛拉特说：“我想不通市长为何会让我们用这么先进的太空艇，它的造价一定高得难以想象。”

“它只不过是个实验品。”崔维兹冷冰冰地说，“也许那位好心的婆婆，十分乐意让我们试飞，以确定有没有什么毛病。”

“你这话当真吗？”

“你别紧张，总之，没什么好担心的。目前为止，我们没有发现任何毛病。不过，我对她不会有任何奢望，这种事不需要她花费多少菩萨心肠。何况她不敢提供我们攻击性武器，这就节省了一笔可观的经费。”

裴洛拉特意味深长地说：“我只是在想这台电脑。它似乎被调整得十分适合你——它不可能和每个人都那么有默契，我跟它就几乎无法合作。”

“我们已经够好运了，至少它跟我们其中之一很合得来。”

“没错，但这只是一种巧合吗？”

“还有什么可能呢，詹诺夫？”

“显然市长对你相当了解。”

“那艘高龄母舰，我想她的确如此。”

“她会不会专门设计一台电脑给你？”

“为什么？”

“我只是怀疑，电脑不想带我们去的地方，不知道我们是否也能去。”

崔维兹两眼圆睁。“你的意思是，当我跟电脑联系的时候，真正控制一切的是电脑，而不是我？”

“我只是怀疑而已。”

“这种想法实在荒谬，简直就是妄想。得了吧，詹诺夫。”

崔维兹转身操作电脑，将赛协尔行星显示在屏幕上，并画出一条飞往该处的普通空间航线。

实在荒谬!

可是，裴洛拉特的观念怎么会钻进他脑子里了呢?

第十章

圆桌会议

01

整整两天过去了，坚迪柏虽然感到愤怒，心情却并不怎么沉重。审判竟然并未立即举行，实在没有什么道理。假使他毫无准备，假使他需要时间，那么他可以确定，他们一定早就逼他出庭。

可是自从击败骡之后，第二基地从未面临更严重的危机。因此他们故意拖延时间，目的只是要激怒他。

他们的确激怒他了。谢顿在上，这只会使他的反击更加强力，他已经下定这个决心。

他环顾四周，休息室中空无一人，两天来都是如此。大家都知道他已是待罪之身，是一个即将遭到革职的发言者。在第二基地五个世纪的历史中，这将是史无前例的创举。他将遭到罢黜的处分，贬为一名普通而平凡的第二基地分子。

其实，身为第二基地分子便是一件非常光荣的事，何况坚迪柏在遭到纠举后，也许仍能保有一个可敬的头衔。然而，一位曾经担任过发言者的人被贬到那样的地位，可又另当别论了。

不过这种事并不会发生，坚迪柏愤愤地想，虽然两天以来，周围的人都在回避他。只有苏拉·诺微态度始终不变，但那是由于她太过憨直，不了解目前的状况。对她而言，坚迪柏仍旧是她的“师傅”。

他发现自己竟然有点喜欢她的奉承，不禁十分恼怒。每当她流露出崇敬的目光，他便会有一种莫名的兴奋，一想到这种反应，坚迪柏就觉得羞愧。难道自己对那么小的恩惠，都变得如此感激不已吗？

一名书记从会议厅走出来，告诉坚迪柏圆桌会议请他出席，他马上昂首阔步走进去。坚迪柏对这位书记有很深刻的认识：他对每一位发言者应当受到何等殷勤侍奉，心里有个精确无比的标准。此时此刻，坚迪柏受到的待遇差到极点。即使只是一名书记，也认为他等于已被定罪。

其他的发言者全部围桌而坐，他们身穿开庭专用的黑袍，表情分外严肃。第一发言者桑帝斯看起来有点不自在，但他还是避免显露丝毫友善的表情。而三位女性发言者之一的德拉米，甚至根本没有看他一眼。

第一发言者开始说："史陀·坚迪柏，身为发言者的你，由于行为不当而遭到了纠举。你曾经当着我们的面，以含糊的言语，指控圆桌会议有人涉嫌叛逆与谋杀，却提不出任何实证。你曾经提议要所有的第二基地分子——包括第一发言者与每一位发言者——全都接受彻底的精神结构分析，以确定究竟何人不再可信。这种言行足以分化我们的社会，破坏我们的团结，第二基地将因此无法控制复杂而带有潜在敌意的银河，更无法确保第二帝国能够如期建立。

"这些犯了大忌的言语，既然我们都亲耳听到过，我就略去宣读正式起诉书的程序。因此，我们直接进入下一个程序。史陀·坚迪柏发言者，你有任何答辩吗？"

这时德拉米仍然没有望向坚迪柏，只是露出一个耐人寻味的笑容。

坚迪柏说："如果能将事实视同辩词，那我就有话要说。我有充足的理由，怀疑我们的安全体系出现漏洞。可能已经有一个乃至数个第二基地分子，遭到外在精神力量的控制——在座诸位也不例外——这就对第二基地造成空前的危机。如果说，诸位急于举行这场审判，真是因为不敢浪费时间，那么诸位可能也模糊地体察到了严重性。可是，倘若果真如此，在我正式要求立即举行审判之后，你们为何又拖延了两天？在此我特别声明，正是由于这个致命的危机，我才不得不说出那番惹祸的话。我如果不这样做，才真的不配当一名发言者。”

“他只是在重复那些大逆不道的话，第一发言者。”德拉米轻声说。

坚迪柏的座位被刻意搬动过，使他比其他人距离圆桌更远，代表他已经矮了一截。他索性将座椅再往后挪，仿佛自己毫不在乎，然后猛然起立。

他说：“你们是否准备不顾法定程序，此刻便要定我的罪，还是准许我提出详细的答辩？”

第一发言者答道：“这并非一个没有法律根据的集会，发言者。由于没有多少前例可循，我们愿意采取倾向你的立场，因为大家都明白，如果我们这些平凡的心灵，有可能偏离绝对的公正，那么宁可让罪人逍遥法外，也要避免冤枉任何无辜。因此之故，尽管目前这件案子事关重大，绝不能让罪嫌轻易过关，我们仍准许你依照自己的方式陈述辩词，而且你有充分的时间，直到包括本席在内，”这几个字他特别提高音量，“全体一致决意你已经说得够多了。”

坚迪柏说：“那么，我首先向诸位报告，最近被逐出端点星的第一基地人葛兰·崔维兹——第一发言者和我都相信，他就是那个潜在危机的先头部队——他所驾驶的太空船，突然无缘无故转向了。”

“发言者应公布情报来源，”德拉米轻声说，“发言者怎么会知道的？”根据她的语调判断，她口中的“发言者”并不是指他的头衔。

“我是从第一发言者那里获悉这个消息的，”坚迪柏说，“可是我自己也查证过。然而，在目前这种情况下，由于我对会议厅的安全防范不太放心，请准许我对情报来源保密。”

第一发言者说：“对于这个动议，本席暂时不作裁决。让我们暂且不过问情报来源，继续进行原先的程序。不过，假如圆桌会议决议要获得答案，坚迪柏发言者不得拒绝。”

德拉米又说：“倘若这位发言者不愿提供答案，那么我想唯一合理的假设，就是他手下有一名特工——一名他私下雇用、无需对圆桌会议负责的特务。这样的特工，是否会遵守第二基地的行为规范，我们实在无法确定。”

第一发言者有点不高兴地说：“你的言外之意我全明白了，德拉米发言者，不需要再一字一句说给我听。”

“我提到这一点，只是想列入记录，第一发言者，因为这样等于罪上加罪，而在原先的纠举案中并没有这一条。我想顺便提一下，纠举议案一直未曾逐条宣读。我正式提议，将这一条也加进去。”

第一发言者说：“请书记将这一条加上，等到适当的时候，再来修饰正式的措辞。坚迪柏发言者，”至少他是指坚迪柏的头衔，“你这么答辩其实是在帮倒忙，请继续。”

于是坚迪柏说：“这位崔维兹不但飞向意料之外的目标，飞行速度也是前所未见的。根据我的情报——这点连第一发言者也还不知道——他在不到一小时内，走了将近一万秒差距。”

“通过一次跃迁？”某位发言者用难以置信的口气说。

“通过将近三十次跃迁，一次接着一次，中间根本没有任何停顿，”坚迪柏答道，“这比单独一次跃迁更加难以想象。我们现在即使找到他的下落，也需要花一段时间才跟得上；万一被他发觉，而他又有心逃脱，我们就不可能再追上他。你们却把时间花在纠举案这种游戏上——只为了帮这个案子添油加醋，就让两天的时间白白溜走。”

第一发言者勉力隐藏起恼怒。“请告诉我们，坚迪柏发言者，你认为这代表什么意义。”

“这就是一个警讯，第一发言者，代表第一基地的科技突飞猛进，如今他们比普芮姆·帕佛的时代强大太多了。万一他们发现我们，又能自由采取行动，我们绝对无法对抗。”

德拉米发言者突然起立发言：“第一发言者，我们把时间都浪费在无关紧要的问题上。我们都不是小孩子，不该被这种‘老掉牙的曲速故事’吓到。不论第一基地的机械装置如何惊人，反正一旦危机来临，他们的心灵都会在我们控制之下。”

“你对这点有何解释，坚迪柏发言者？”第一发言者问道。

“等一下我们自然会讨论到心灵的问题。此刻我只想强调，第一基地的科技力量不但占了绝对优势，而且还在持续增强。”

第一发言者说：“开始陈述下一条，坚迪柏发言者。我必须告诉你，你的第一条答辩，我认为与纠举案本身并没有太大关联。”

根据圆桌会议其他成员的动作与姿势，他们全部赞成这个说法。

坚迪柏说：“我这就跳到下一条。在这趟旅程中，崔维兹还有一个同伴，”他顿了顿，在心中搜寻着那个名字，“一个名叫詹诺夫·裴洛拉特的人。他是一个没什么作用的学者，一生致力于探讨有关地球的神话与传说。”

德拉米说：“你对他这个人那么清楚吗？我猜，又是那个秘密情报来源提供的？”她俨然成了这次审判的检察官，显出一副当仁不让的样子。

“没错，我对他这个人的确那么清楚。”坚迪柏冷冷地答道，“几个月前，端点市长，一位精力充沛而能干的女性，不知道为了什么，突然对这名学者产生兴趣，我也理所当然开始注意他。我并未将这些情报据为己有，我所获得的所有情报，全都转呈了第一发言者。”

“我可以证明这件事。”第一发言者低声说。

一名年老的发言者问道：“你所谓的地球到底是什么？是不是传说中常常提到的起源世界？也就是在旧帝国时代，那个曾经轰动一时的题目？”

坚迪柏点了点头。“根据德拉米发言者的说法，的确是‘老掉牙的曲速故事’中常提到的地球。我怀疑裴洛拉特的梦想，是要到川陀的银河图书馆来，仔细查阅有关地球的资料。因为他在端点星上，无法借着馆际合作借阅这里的藏书。

“当他和崔维兹从端点星出发时，他一定以为毕生的梦想就要实现了。我们原来也在等待这两个人，期望借着这个机会查清他们的底细，这是为了我们本身着想。结果，诸位现在都已经知道，他们不会来了。他们改变了目的地，我们还不清楚他们准备去哪里，也还不了解他们为何这样做。”

德拉米的圆脸看起来像天使一般纯真，她说：“这有什么好大惊小怪的？他们不来，我们当然不会有任何损失。其实，既然他们那么轻易就忽略我们，便可推知第一基地还不知道川陀的真面目，所以我们应该为普芮姆·帕佛的成就再度喝彩。”

坚迪柏说：“假使我们不加深思，也许真会得到这个令人欣慰的结论。不过，他们这次突然转向，有没有可能并非未曾看出川陀的重要性？有没有可能是有人从中作梗，不让我们有机会调查这两个人，以免我们知晓地球的重要性？”

圆桌会议顿时起了一阵骚动。

“任何人，”德拉米冷冰冰地说，“都可以发明一些骇人听闻的说法，然后洋洋洒洒地娓娓道来。可是你杜撰的这些又有什么意义？谁管我们第二基地如何看待地球呢？它是不是真正的起源行星或者只是神话，以及人类究竟有没有单一发源地这些问题，当然应该只有历史学家、人类学家，以及民间故事搜集者，比如你提到的这位裴洛拉特才会感兴趣。这关我们什么事呢？”

“关我们什么事？”坚迪柏说，“那么请告诉我，为什么图书馆里没有地球的资料？”

现在，圆桌会议首度出现敌意以外的气氛。

德拉米问道：“真的没有吗？”

坚迪柏以相当冷静的口气说：“一听说崔维兹和裴洛拉特可能会来这里，寻找有关地球的资料，我自然立刻采取行动，叫图书馆电脑列出这些资料的完整目录。结果电脑什么都没找到，当时我就感到事有蹊跷。不是资料不多，不是非常少，而是什么都没有！

“可是你们坚持要我再等两天，才要举行这次审判。与此同时，我又听说那两个第一基地人不会来了，于是我更加好奇，必须设法满足这份好奇心。当你们还浑浑噩噩，就像俗语所说的那样，屋顶塌了还在品尝美酒，我翻阅了几本自己收藏的历史书籍。我读到一些章节，里面提到帝国末期有关‘起源问题’的研究，并且列出和引用到一些文献，字体书和影视书都有。然后我又回到图书馆去，亲自动手寻找那些文献，我向诸位保证，的确什么也没有。”

德拉米说：“即使如此，也没什么好惊讶的。如果地球的确是个神话……”

“那我应该在神话参考书中找到这个名字。如果地球只是‘老掉牙的曲速故事’，我就应该在《老掉牙的曲速故事集》中找到它。如果地球只是精神病患的无稽之谈，我就应该在病态心理学之下发现一点资料。事实上，有关地球的传说确实存在，否则你们不会全都听过，而且立刻想到就是传说中的人类发源地。可是，图书馆里为何没有地球的资料，任何角落都没有？”

德拉米这回保持沉默，另一位发言者趁机插了进来。这位发言者名叫李奥尼斯·郑，是个身材相当瘦小的人，对谢顿计划的细节有着百科全书般的知识，对真实的银河却抱持着短视态度。他说话的时候，两只眼睛总是眨个不停。

他说：“大家都晓得，帝国在苟延残喘的那段日子，曾经试图建立本身的神话，因此刻意淡化前帝国时代的一切。”

坚迪柏点了点头。“郑发言者，淡化这个词用得万分恰当，它并不等于毁灭证据。你应该比其他人都更了解，帝国衰落的另一个特征，就是人们突然开始怀古，并且认为古代比现代更好。正如我刚才提到，在哈里·谢顿的时代，许多人都对‘起源问题’产生了兴趣。”

郑发言者使劲清了清喉咙，打断了对方的发言。“我对这点非常清楚，年轻人，对于帝国衰落所伴随的社会问题，我的了解远超过你的想象。‘帝国化’运动的兴起，压制了人们对于地球的玩票式研究。谢顿死后两百年，在克里昂二世领导下，帝国有了最后一次的中兴，帝国化运动在那时达到巅峰，对于地球的研究则完全终止。针对这一点，克里昂还曾经颁布一道谕令，将人们对这方面的兴趣称为‘迂腐而无建设性的臆测，易于腐蚀百姓对大帝的赤忱忠心’，我想我的引述应该正确。”

坚迪柏微微一笑。“那么，郑发言者，你认为有关地球的所有参考资料，是在克里昂二世时期被毁掉的？”

“本人没有作出任何结论，只是就事论事而已。”

“你不作出任何结论，的确高明之至。在克里昂二世时期，帝国虽然经历短暂的复兴，可是，至少大学和图书馆已经在我们手中，或者应该说，在我们的先辈掌握之中。想要从图书馆移走任何资料，不可能瞒得过第二基地的发言者。事实上，如果真有这种企图，奉命执行的人一定就是当时的发言者，只不过垂死的帝国不知道他们的底细。”

坚迪柏顿了顿，郑发言者却不吭声，只是睁大眼睛瞪着他。

于是坚迪柏继续说：“在谢顿的时代，图书馆里一定还藏有地球的相关资料，因为当时‘起源问题’的研究十分盛行。此后第二基地便接掌图书馆，也不可能有机会让人把资料搬走。如今，图书馆里却没有任何相关资料，这究竟是怎么回事？”

德拉米不耐烦地插嘴道：“你的两难命题可以到此为止，坚迪柏，我们都听懂了。你心目中的答案是什么？是你自己把那些资料搬光的？”

“正如往常一样，德拉米，你的确一语中的。”坚迪柏对她点头致敬，极尽讽刺之能事（她的反应则是微微扬起嘴角）。“可能的答案之一，是第二基地某位发言者监守自盗。这个人知道如何支配图书馆员，而不会在他们心中留下记忆；也知道如何使用电脑，而不会在其中留下记录。”

第一发言者桑帝斯涨红了脸。“荒唐，坚迪柏发言者，我无法想象有任何发言者会这么做。他的动机又是什么呢？即使基于特殊原因，某位发言者将地球的资料移到别处，又为何要隐瞒圆桌会议其他成员？不论是谁想对图书馆动手脚，被发现的机会都相当大，他为什么要冒这种葬送前途的危险？更何况，我认为即使是本领最高强的发言者，也不可能做得天衣无缝，不留下一点蛛丝马迹。”

“这样说来，第一发言者，德拉米发言者认为是我自导自演的这种说法，您必然不会同意。”

“我当然不同意。”第一发言者说，“我有时难免怀疑你的判断力，但我尚未认为你已经完全疯狂。”

“那么，第一发言者，这件事就应该从未发生过。有关地球的资料应该仍在图书馆里，并未被人取走，因为我们已经否定了一切可能——可是那些资料的确不见了。”

德拉米故意装出厌烦的模样说：“好啦好啦，我们快点结束这个问题吧。我再问你一遍，你心目中的答案是什么？我肯定你心中必定有个答案。”

“只要你能肯定，发言者，我们也都能够肯定。我的看法是，图书馆曾遭到某个第二基地成员洗劫，当时此人受到某种神秘外力的控制。由于有那个力量暗中襄助，一切过程才会神不知鬼不觉。”

德拉米哈哈大笑。“结果还是被你发现了。你——不受控制又无法控制的你。假如这个神秘力量的确存在，你怎么会发现那些资料失踪了？你为何不会受到控制？”

坚迪柏严肃地说：“这可不是好笑的事，发言者。他们的想法也许跟我们类似，认为一切干涉都必须尽量节制。几天前，当我的生命受到威胁时，我首先想到的不是保护自己，而是避免碰触那个阿姆人的心灵。他们也可能抱持着同样的态度，一旦感到安全无虞，就会停止一切干涉。这才是真正的危险，是致命的危险。我之所以能发现这件事，或许意味着他们不再有所顾忌。而他们之所以不再有所顾忌，或许就代表他们认为已经赢了。而我们，还在这里继续玩我们的游戏！”

“可是他们如此大费周章，目的究竟何在？有任何可能的目的吗？”德拉米追问道。她一面说，一面双脚搓着地板，还不自觉地咬着嘴唇。随着圆桌会议对这个问题愈来愈有兴趣，愈来愈关心，她感到自己的势力在渐渐消退。

坚迪柏答道：“假设——第一基地仗着强大的有形力量，正在全力寻找地球的下落，却故意做得像是将那两人放逐，希望我们误以为事实仅是如此。但是，如果只是遭到放逐，那两个人为何拥有如此不可思议的太空船，能在一小时之内，航行一万秒差距？”

“至于我们第二基地，我们一直未曾试图寻找地球，而且显然有人暗中动了手脚，阻止我们接触任何有关地球的资料。第一基地眼看就要找到地球了，我们却连第一步都没有跨出去，这样……”

坚迪柏顿了一下，德拉米就抢着说：“什么这样那样？赶紧把你的童话说完。你到底知不知道任何真相？”

“我并非无所不知，无所不晓，发言者。对于扑天盖地而来的阴谋，我至今尚未完全参透，但是我确实知道有阴谋存在。我不知道寻找地球有什么意义，但能肯定第二基地正面临极大的危险，而谢顿计划和全体人类的未来也遭到波及。”

德拉米猛然起立，脸上毫无笑容。她用激动却勉力控制住的声音说：“废话！第一发言者，赶快制止他！现在所讨论的是被告的不当言行，他却讲些不仅幼稚而且毫不相干的话。他编出一堆令人费解的理论，只有他自己才觉得有道理，但他休想借此脱罪。我主张对此项议题立即进行表决，一致赞成定罪！”

“且慢！”坚迪柏厉声道，“据我所知，我有机会为自己辩护，而我还剩下一条辩词——只剩最后一条。请让我先提出来，然后你们就可以进行表决，我不会再有任何异议。”

第一发言者揉了揉疲倦的双眼。“你可以继续，坚迪柏发言者。让我提醒圆桌会议成员——将遭到纠举的发言者定罪，是一件重大的决定，而且根本没有前例可循。我们的做法，不能显得没有给被告充分答辩的机会。此外别忘了，即使我们对裁决感到满意，后人却不一定会这么想。我不相信任何阶层的第二基地分子，会对历史评价有丝毫的忽视，更遑论圆桌会议的发言者。让我们树立一个典范，以便确定在未来的许多世纪，后代的发言者都会赞同我们的做法。”

德拉米尖刻地说：“我们这样做很可能会丢脸，第一发言者，后人会讥笑我们多此一举。允许被告继续答辩，只是您个人的决定。”

坚迪柏深深吸了一口气。“第一发言者，既然您作出如此的决定，那么我希望传唤一名证人。她是我三天前遇到的一名年轻女子，如果不是她见义勇为，当天我根本无法出席圆桌会议，而不只是迟到而已。”

“你提到的这名女子，圆桌会议的成员认识吗？”第一发言者问道。

“不认识，第一发言者，她是这颗行星的原住民。”

德拉米的双眼立刻睁得老大。“一、个、阿、姆、女、子？”

“没错！正是！”

德拉米叫道：“我们跟这种人有何干系？他们讲的话通通毫无用处。他们简直不存在！”

坚迪柏咬住紧抿着的双唇，这种表情绝不会被误认为是笑容。他厉声说道：“所有的阿姆人，肉身当然都存在。他们也是人类，在谢顿计划中扮演自己的角色。第二基地间接受到他们的保护，因此他们的角色极为重要。德拉米发言者竟然说出这么没人性的话，在此我要跟她划清界线，并且希望她的发言能保留在会议记录中，以便日后作为她不适于担任发言者的佐证。圆桌会议其他成员，是否也同意她的惊人之语，反对我的证人出席？”

第一发言者说：“发言者，传唤你的证人。”

坚迪柏的表情这才松弛下来，回复到发言者遭受压力时应有的冷漠。他的心灵早已严阵以待，同时布下重重禁制。但在那道防御工事后面，他意识到最危险的时刻已经过去，自己已经赢了。

02

苏拉·诺微看来十分紧张。她的双眼睁得很大，下唇微微发颤，胸部轻微起伏，双手则慢慢地握紧又松开，松开又握紧。她的头发全部梳到后头挽成一个髻，被太阳晒黑的脸孔不时抽搐着。她还不自主地抚着长裙的裙褶，同时迅速打量着圆桌会议的成员——一位发言者接着一位发言者，大眼睛里充满敬畏之意。

众人也纷纷回望她，眼中透出不同程度的轻视与不自在。德拉米则将目光射向诺微头顶的正上方，故意忽视她的存在。

坚迪柏小心翼翼地轻抚她的心灵表层，让她放松心情。其实轻拍她的手，或者抚摸她的面颊也能达到这个目的，可是此时此地，在这种情况下，他当然不可能那么做。

然后他说：“第一发言者，我得降低这名女子的意识灵敏度，以免她的证词受到恐惧的干扰。您想不想观察一下？其他人想不想？诸位若有兴趣，请跟我一起来，以便确定我并没有修改她的心灵。”

诺微被他的声音吓了一大跳，这点坚迪柏倒是不惊讶。坚迪柏知道，她从未听过第二基地高层人士之间的交谈，从来没有体验过那种语音、声调、表情以及思想的迅速古怪组合。然而，她的恐惧来得急去得快，当他收服她的心灵之后，那股恐惧立即消失无踪。

她的脸上现出一片平静。

“你身后有张椅子，诺微，”坚迪柏说，“请坐下来。”

诺微以笨拙的动作，向众人微微屈膝致意，然后便坐了下来，上身仍保持着直挺挺的姿势。

她的发言颇为清楚，不过每当她的阿姆口音太重，坚迪柏就会要她重复一遍。为了表示对圆桌会议的尊重，坚迪柏必须维持正式的言语，所以有时也得重复自己的问题，才能让她会过意来。

坚迪柏与鲁菲南发生冲突的经过，她描述得相当详细。

坚迪柏问道：“诺微，这些经过都是你亲眼见到的吗？”

“非也，师傅，不然我早出来阻止了。鲁菲南系一个好汉子，但脑袋不大灵光。”

“可是你把这件事从头到尾讲了出来。你怎么可能没有看到整个过程呢？”

“鲁菲南告诉我的，我逼问他，他感觉惭愧。”

“惭愧？你知不知道，他过去有没有做过这种事？”

“鲁菲南？没有，师傅，他很温和，虽然个子很大。他不系爱打架的人，并且很惊怕邪者，他常常说他们伟大，并且具有力量。”

“当天他遇到我的时候，为什么没有这种感觉呢？”

“这事很奇怪，搞不懂为什么。”她摇了摇头，“他当时不系他自己。我对他说：‘你这个大笨头，怎么可以攻打邪者？’他说：‘我不知晓怎么回事，我好像系不在那里，站在一旁看着那个不系我自己。”

郑发言者插嘴道："第一发言者，让这名女子转述那名男子的话有什么意义？难道不能把那名男子找来，当面询问他吗？"

坚迪柏说："当然可以。等到这名女子作证完毕，圆桌会议若想听取更多的证词，我随时可以传唤卡洛耳·鲁菲南——就是最近找我麻烦的那个人——出席作证。但如果认为没有必要，当我问完这位证人之后，圆桌会议即可直接进行判决。"

"很好，"第一发言者说，"继续询问你的证人。"

坚迪柏又问："而你呢，诺微？你这样出面阻止一场冲突，像不像你平日的作为？"

诺微一时之间并未回答，她的两道浓眉稍微挤在一起。直到眉头再度舒展，她才说："我不知道，我不希望邪者受到伤害。我不得不做，心里头想也没想，我就站在你们中间。"顿了顿之后，她又说，"下次还有需要，我还会再做。"

坚迪柏说："诺微，你现在要睡着了。你什么也不会想，你会好好休息，连梦都不会做。"

诺微含糊地说了几句话，然后就闭上眼睛，将头仰靠在椅背上。

坚迪柏等了一会儿，然后才说："第一发言者，恭请您跟我一起进入这名女子的心灵。您将发现它极为单纯匀称，这是千载难逢的机会，因为您将目睹的现象，也许永远无法在别处见到。这里，还有这里！您观察到了吗？如果其他诸位也有兴趣，一个一个进来会比较容易些。"

会场中不久便响起一片嘁嘁喳喳。

坚迪柏问道："各位还有任何疑问吗？"

德拉米说："我怀疑，因为……"她突然打住，因为她看到了连她也无法形容的现象。

坚迪柏替她把那句话说下去："你认为我为了作伪证，事先重塑过这个心灵？所以说，你认为我有本事进行如此精细的微调——让一条精神纤维显著地变形，但周围的结构完全不受任何影响？我如果能这么做，又何必用这种方式和你们周旋？何必让我自己遭到受审的耻辱？何必苦口婆心地想说服你们？如果这名女子的心灵真是我的杰作，那么除非你们有万全准备，否则全都不是我的对手。事实则是，这名女子的心灵所受到的调整，是你们谁也做不到的，而我自己也一样，但这种事又确实发生了。”

他顿了顿，轮流瞪视每一位发言者，最后将目光停驻在德拉米脸上。然后，他缓缓说道：“现在，如果还有任何需要，我立刻就传唤那名阿姆农夫卡洛耳·鲁菲南。我曾经检查过他，他的心灵被相同的手法调整过。”

“没有这个必要了，”第一发言者露出惊骇的表情，“我们刚才看到的，实在是震撼人心的景象。”

“既然如此，”坚迪柏说，“我可否唤醒这名阿姆女子，然后请她退席？我已经安排好了，外面会有人照顾她。”

坚迪柏轻轻扶着诺微，将她送出会议厅，然后继续进行陈述。他说：“让我很快作个总结。由此可知，心灵能够被如此改造，这种手法是我们望尘莫及的。通过这种方式，就能让图书馆员将地球的资料偷走，他们自己浑然不觉，而我们也一样。我们也已经知道，对方是如何精心安排，令我无法准时出席圆桌会议。我受到生命威胁，然后有人救我脱险，最后的结果是我遭到纠举。这一连串看似顺理成章的事件，最后导致我因此丧失决策权，而我所主张的行动方针，那些会威胁到对方的主张，从此就会胎死腹中。”

德拉米上身前倾，她显然也受到震撼。“如果那个秘密组织真那么高明，你又如何能发现这一切？”

坚迪柏现在有心情笑了。“我没有什么功劳。”他说，“我不敢自夸本事比其他发言者高强，至少绝对比不上第一发言者。然而，那些反骡——这个相当贴切的称呼，是第一发言者发明的——也并非智商无限高或缺点等于零。他们会选取这名阿姆女子当工具，也许正是因为她只需要极小的微调。她原本就不排斥她所谓的‘学者’，而且还对他们万分崇拜。

“可是，这件事告一段落之后，由于她和我有短暂的接触，更刺激了她希望成为学者的幻想。于是第二天，她怀抱着这个愿望来找我。她的企图心令我好奇，因此我检视了她的心灵。如果不是这个原因，我不可能会那么做。然后，几乎可说是出于偶然，我发现了那个微调痕迹，并意识到它的重要性。如果当初被选上的是另一名女子，是个对学者没有多少好感的人，反骡也许得花较多工夫调整她的心灵，但是这样就不会有接下来的发展，而我也会一直被蒙在鼓里。总之，那些反骡计算错误，或说无法充分考虑未知的一切。他们竟然也会犯错，这令人感到振奋。”

德拉米说：“第一发言者和你将这个——这个组织称为‘反骡’，我猜，是因为他们似乎在尽力维护谢顿计划，跟骡的所作所为刚好相反。如果反骡真是这样，他们又有什么危险呢？”

“如果没有任何目的，他们何必这么辛苦？我们还不知道他们的目的为何——一名犬儒可能会说，他们准备在未来某个时刻介入，将历史趋势扭转到另一个方向，当然是对他们而绝非对我们更有利的方向。这是我个人的想法，虽然我并不精通犬儒主义。我们都知道，德拉米发言者具有博爱与诚信的高贵情操，她是否要推己及人，主张这些人是普渡众生的利他主义者，志愿为我们分担工作，完全不求任何回报？”

此话一出，会场顿时响起一阵轻笑声，坚迪柏晓得自己已经赢了。与此同时，德拉米也明白她已一败涂地，一股怒意脱出她的严密精神控制，就像是浓密的树荫中，突然射进一道红色的阳光。

坚迪柏说：“当那个阿姆农夫找我麻烦的时候，我马上想到是某位发言者在幕后指使。等到我发现那名阿姆女子的心灵受过微调，才知道自己虽然料中阴谋的内容，却猜错了主使者。在此，我要为自己的错误诠释郑重道歉，请求诸位从轻发落。”

第一发言者说：“我相信应该可以当作你已经认错……”

德拉米再度插嘴，她又变得相当平静，脸上堆满友善的表情，而且声音极其甜美。“请您务必原谅，第一发言者，但我想打个岔，我主张立刻撤销这项纠举案。事到如今，我不再赞成将坚迪柏发言者定罪，我想其他人也都不会。我还要进一步建议，将这项纠举案，从坚迪柏发言者完美无瑕的记录中删除。他已经用高明的方法证明自己的清白，为此我要恭喜他。此外，我要恭喜他发现了那个危机，否则我们可能永远被蒙在鼓里，因而导致不可预料的后果。我还要为我先前的敌意，向他致上由衷的歉意。”

她甚至对坚迪柏露出微笑。对于她这种能在瞬间见风转舵以减少损失的本事，坚迪柏也不得不感到佩服。同时他还感到，这只是另一波攻势的准备动作，她随时会从另一个方向再度发动攻击。

他可以确定，接下来绝不会有什么愉快的事。

03

当黛洛拉·德拉米发言者努力表现迷人的丰采时，她总是有办法主导发言者圆桌会议。此时，她的声音变得轻柔，她的微笑落落大方，她的眼睛闪闪发光，总之她使出浑身解数。因此谁也不想打断她的话，大家都等着看她如何再度出击。

她说："拜坚迪柏发言者之赐，我想现在大家都了解该怎么做了。我们尚未目睹反骡的真面目，对他们仍旧一无所知，只知道在第二基地的大本营，他们都有办法神出鬼没，接触到许多人的心灵。不晓得第一基地的权力中心如何打算，或许，我们将面对反骡和第一基地组成的同盟。总之，我们什么也不知道。

"我们不知道那个葛兰·崔维兹，还有他的同伴，我一时想不起他的名字，两人究竟准备到哪里去。第一发言者和坚迪柏有个预感，当前这个重大危机，关键就掌握在崔维兹手上。那么，我们该做些什么呢？显然，我们应该尽全力查出崔维兹的底细，他准备去哪里，他打什么主意，他可能有什么目的；或者他到底有没有目标，有没有打算，有没有任何目的；他会不会其实只是工具，背后还隐藏着更大的力量。"

坚迪柏答道："他仍然受到监视。"

德拉米撅起嘴，做出一个夸张的笑容。"被什么人监视？被我们派驻在外星的特务？我们已经目睹对方在此地展现的力量，还敢指望那些特务能对抗他们吗？当然不能。在骡的时代，以及其后数十年间，第二基地总是派出——甚至牺牲由精英组成的志愿军，从来未曾犹豫，因为除此之外无计可施。为了挽救谢顿计划，普芮姆·帕佛本人假扮成一位川陀行商，亲自在银河中东奔西跑，目的就是要带回那个小女孩艾卡蒂。当前这个危机，可能比上述两者更为严重，我们不能在这里坐以待毙，也不能依赖那些低层人员，那些负责跟监和送信的。”

坚迪柏说：“你绝不是想建议，让第一发言者此时离开川陀吧？”

德拉米答道：“当然不是，这里实在太需要他坐镇了。另一方面，我们还有你，坚迪柏发言者。这次的危机是你发觉的；是你查到有神秘的外力控制了图书馆，以及阿姆人的心灵；是你坚持自己的观点，最后说服了整个圆桌会议。在座没有一位比你更了解目前的状况，今后除了你，也没有谁能洞悉得如此透彻。所以我认为，你责无旁贷，必须到第一线去面对敌人。我可否知道其他人的意见？”

这点根本不需要正式表决，每一位发言者都能感知其他人的心灵。坚迪柏突然震惊不已，在他已经赢得胜利，而德拉米遭到惨败的情况下，这个可怕的女人又在瞬间扭转乾坤，让他无法推卸这个形同放逐的任务。从此，他不知道要在太空中奔波多久，而她则能继续在幕后控制圆桌会议，也就等于控制第二基地，甚至整个银河，迫使所有的人面对危险的命运。

而坚迪柏在流放期间，纵然真能搜集到重要情报，帮助第二基地躲过迫近的危机，功劳也将归于德拉米，因为这都是她安排的。换句话说，他的成功将有助于巩固她的权力。坚迪柏做得愈有效率，愈快获得成功，就愈有可能帮助她巩固权力。

这个反败为胜的行动，实在太精彩又太不可思议了。

即使是现在，她也已经明显地控制圆桌会议，僭取了第一发言者的地位。坚迪柏刚想到这一点，就感受到第一发言者投射出的怒火。

坚迪柏转过身去，看到第一发言者毫不掩饰自己的愤怒。目前的态势十分明显，一个外在危机方才解决，另一个内部危机已经开始酝酿。

04

昆多·桑帝斯，第二十五代“第一发言者”，对自己从未有过特别的幻想。

过去五个世纪的漫长岁月中，第二基地的确出过几位强有力的第一发言者，但桑帝斯了解自己并非这样的人。可是，他也根本不必那样雄才大略。在他主掌圆桌会议这段时期，银河正处于繁荣的太平岁月，纵有雄才大略也无用武之地。这似乎是个适宜守成不变的时代，而他就是扮演这个角色的适当人选。上一代第一发言者选他当继承人，正是由于这个缘故。

“你是一名学者，并不是冒险家。”第二十四代第一发言者曾经这么说，“你会维护谢顿计划，而冒险家却可能毁掉它。维护！你主持的圆桌会议要彻底奉行这两个字。”

他一直如此努力，却因而形成消极被动的领导作风，时常被人解释成软弱无能。他想要退位的传闻从未间断过，也始终有些发言者在公开规划继任人选。

桑帝斯心知肚明，德拉米是这场权力斗争的领导者。在圆桌会议的成员中，她的作风最强悍，就连血气方刚的初生之犊坚迪柏，也会避免与她正面交锋，他现在的表现就是最好的例子。

谢顿在上，自己也许消极被动，甚至软弱无能，但至少有一项特权，历代第一发言者从未放弃，他也绝对要坚持到底。

他起立准备发言，会场顿时鸦雀无声。当第一发言者起立发言时，任何人都不准打岔，即使德拉米或坚迪柏也不敢造次。

他说："诸位发言者！我同意我们面临一个严重的危机，必须采取强有力的因应措施。本来应该由我出马与敌人交锋，不过宅心仁厚的德拉米发言者，却说需要我留下来坐镇，替我免除了这项艰难的任务。然而，事实上，不论是大本营或最前线，我都无法派上用场。我年事已高，已经力不从心。长久以来，一直有人期望我尽早退位，也许我该这么做了。当这次的危机圆满解决之后，我会立刻退位。

"可是，选择继任者当然是第一发言者的特权，我现在就打算这么做。过去许多年来，有一位发言者长期主导圆桌会议的议程，这位发言者具有强势性格，经常表现出我所欠缺的领导能力。诸位应该都知道，我是在说德拉米发言者。"

他顿了顿，接着又说："唯独你不表赞同，坚迪柏发言者。我能否请问为什么？"他坐了下来，让坚迪柏有资格开始发言。

"第一发言者，我没有不赞同。"坚迪柏低声回答，"选择继任人选是您至高无上的权利。"

"我会这么做的。当你自太空归来，为消弭当前危机跨出成功的第一步之后，就是我退位的时候。我的继任者将完全接掌指挥权，继续一切必要的行动，以便圆满解决这个危机。你有什么话要说吗，坚迪柏发言者？”

坚迪柏平静地说：“当您指定德拉米发言者作为继任者时，第一发言者，我希望您务必劝戒她……”

第一发言者很不客气地打断坚迪柏。“我只是提到德拉米发言者，并没有指定她做我的继任者。你还有什么话要说？”

“我向您致歉，第一发言者。我应该说：在我完成任务归来之际，假设您指定德拉米发言者作为继任者，可否请您务必劝戒她……”

“将来我也不会让她做我的继任者，绝不会有例外。现在你还有什么话要说？”第一发言者作出这项声明的时候，心中不禁产生一阵快感。这无异向德拉米迎面狠狠击出一拳，他再也想不到更能羞辱她的办法了。

“嗯，坚迪柏发言者，”他又问，“你还有什么话要说？”

“只能说我给搞糊涂了。”

第一发言者再度起立，然后说：“德拉米发言者的确具有领导统御的天分，可是身为第一发言者，光具有这种特质还不够。坚迪柏发言者能见人所未见；他面对圆桌会议的一致敌意，却能迫使大家重新考虑各项决定，最后说服大家同意他的观点。德拉米发言者把追查葛兰·崔维兹的责任，置于坚迪柏发言者肩上，我虽然怀疑她的动机，不过这个重担的确非他莫属。我知道他会成功，我相信自己的直觉。坚迪柏发言者归来后，将成为第二十六代第一发言者。”

说完他立刻坐下来，其他发言者开始急着表达自己的意见，会场充满了由语音、声调、表情及思想汇成的喧嚣。第一发言者毫不理睬各式各样的噪声，只是茫然瞪视着正前方。他心中很清楚，该做的终于做了，而且还有几分出人意表。能够放下这个重责大任，应该算是人生一大解脱。其实他早该这样做，可是以前没有这个机会。

因为直到现在，他才找到一位适当的继任者。

然后，不知不觉，他突然感应到德拉米的心灵，于是抬头向她望去。

谢顿在上！她竟然出奇地平静，脸上还露出笑容。她并未显露失望或绝望，这代表她还没有认输。他不禁怀疑是否被她玩弄于股掌之上，但她还有什么王牌可出呢？

05

表现出悲愤与失望若能有什么用，黛洛拉·德拉米会毫不保留地发泄一番。

那个控制圆桌会议的老笨蛋，还有那个幸运之神宠幸的小白痴，如果能让这两个人吃点苦头，她一定会享受到复仇的快意。但她图的并非一时之快，她还要些更具体的东西。

她要当上第一发言者。

哪怕只剩一张牌可出，她也要打下去。

她淡淡一笑，同时举起一只手表示准备发言。她故意让这个姿势维持一阵子，以便当她发言的时候，其他人不但都会住口，而且会保持绝对肃静。

她说：“第一发言者，正如坚迪柏发言者刚才讲的，我绝不反对您的决定。选择继任人选是您至高无上的权利。我现在发言，是想对那项如今已成为坚迪柏发言者的任务，提供一点浅见，希望能有所贡献。我可否解释自己的想法，第一发言者？”

“说吧。”第一发言者随口答道。他感到她未免太客气、太温顺了。

德拉米严肃地低下头来，脸上的笑容也消失了。她说：“我们也有太空船，虽然不像第一基地的那样先进，仍然可供坚迪柏发言者使用。我相信他和大家一样，懂得如何驾驶太空船。银河中每一颗重要的行星上，都驻有我们的人，不论他到哪里，都会有人负责接待。此外，既然他完全洞悉目前的危险，就连那些反骡也无法再加害他。纵使我们懵懂未觉，我猜他们仍然只会选择低层人员下手，甚至利用阿姆农民。当然，我们将对第二基地所有的心灵，作一次彻底的检查——包括每一位发言者在内，虽然我确定我们都安然无事，因为反骡不敢在我们身上妄动手脚。

“不过，坚迪柏发言者没有理由无谓冒险。他并不打算做冲锋敢死队，因此在执行任务的时候，最好能做某种程度的伪装，以免让对方发现。他若能以阿姆行商的身份出发，将对这项任务有很大的助益。我们都知道，当年普芮姆·帕佛闯荡银河时，便是假扮成一名行商。”

第一发言者说：“普芮姆·帕佛那样做，是因为有特殊的目的，坚迪柏发言者却没有这个需要。如果真有必要采取某种伪装，我相信聪明的他一定乐于采用。”

“对不起，第一发言者，我想提出一个巧妙的伪装。相信诸位都还记得，普芮姆·帕佛的妻子当年总是和他一同旅行。这样子最能彻底表现乡下人的气息，谁都不容易起疑。”

坚迪柏说：“我没有妻子，虽然曾经有几位女伴，可是如今，她们都不会愿意假扮我的配偶。”

“这点我们都晓得，坚迪柏发言者。”德拉米说，“可是只要有个女人在你身边，别人就会理所当然将你们视为夫妻。志愿者一定找得到，如果你认为需要携带书面证明，我们也能为你准备。总之，我认为应该有个女人与你同行。”

一时之间，坚迪柏几乎喘不过气来。她总不至于是指……

这是分享功劳的一种计谋吗？她是否在争取联合领导权，或是两人轮流职掌第一发言权？

坚迪柏绷着脸说：“我受宠若惊，德拉米发言者竟然想自己……”

德拉米突然张口大笑，同时双眼直视坚迪柏，露出近乎真挚的眼神。坚迪柏知道又掉进了陷阱，他的表现愚蠢之至，在座众人绝不会忘记这一幕。

她说：“坚迪柏发言者，我不会莽撞到想要陪你出这趟任务。这件任务是你的，也只能属于你；正如第一发言者的职位将是你的，也只能属于你。我没想到你会要我跟你作伴，说真的，发言者，我年纪不小了，早就不认为自己是个美娇娃……”

其他发言者全部露出笑容，就连第一发言者都忍俊不禁。

坚迪柏承受了一记重击，为了避免输得更惨，他也学着她故作轻松状。这是知其不可为而为之。

他尽可能用温和的口气说：“那么你的建议到底是什么？我可以向你保证，我从未想到你会希望和我作伴。你擅长的是主导圆桌会议，而不是处理纷乱的银河事务，这点我很明白。”

“我同意，坚迪柏发言者，我同意你的说法。”德拉米道，“然而我的建议，跟我刚才提到你该扮成阿姆行商有关。想要百分之百掩人耳目，除了一个阿姆女子，还有什么更适当的旅伴人选？”

“一个阿姆女子？”在极短时间内，坚迪柏连续两次惊慌失措，其他发言者都当成笑话看。

“就是那个阿姆女子。”德拉米继续说，“就是那个救过你一次，使你免遭一顿毒打的女人，也就是那个用崇拜的目光瞪着你的女人。你曾经探查过她的心灵，而她因此不知不觉再次助你脱险，而且是比毒打严重无数倍的危险。我建议你带她一起走。”

坚迪柏的直觉反应当然是拒绝，但他知道她期待的正是这个答案，这就会让其他人看更多的笑话。现在的态势已经很明朗，第一发言者急于打击德拉米，因而迫不及待地任命坚迪柏为继任者，即使这样做本身并没有错，德拉米却一下子使它变成致命的错误。

坚迪柏是最年轻的发言者，他曾经得罪圆桌会议全体成员，却又摆脱了制裁。他这么做，等于将他们羞辱了一番。见到他成为第一发言者的预定人选，谁也咽不下这口气。

本来，想再击败他是很困难的事，但现在他们都会记住，德拉米是多么容易就使他出丑，他们在一旁又看得多么开心。今后，她能轻易用这件事实说服众人，说他既不够成熟又缺乏经验，不配担任第一发言者。当坚迪柏在外执行任务时，他们会联合起来向第一发言者施压，强迫他改变决定。纵使第一发言者坚持初衷，坚迪柏当上第一发言者之后，也将面对一个众叛亲离的圆桌会议，永远不会有任何作为。

一瞬之间，他预见了一切可能的发展，因此他的回答仿佛没有丝毫迟疑。

他说：“德拉米发言者，我很钦佩你的洞察力，本来我是想给诸位一个惊奇的。其实，我的确打算带那个阿姆女子同行，但并非完全基于你提出的那个好理由。我想带她一起去，是因为她具有与众不同的心灵。诸位都检查过那个心灵，亲眼目睹了它的结构：难以想象的聪慧，但更重要的是澄澈、单纯，全然没有任何心机。外力一旦碰触到它，一定不会毫无痕迹，我确信诸位都会作出这个结论。

“因此，德拉米发言者，不知道你是否想到过，她可以扮演绝佳的预警系统。我可以通过她的心灵，侦测出异类精神力场出现的征候，我相信，她会比我更早发现敌踪。”

会场顿时呈现诡异的宁静，坚迪柏便以轻松的口吻说：“啊，你们全都没有想到。没关系，没关系，这并不重要！现在我要告辞了，我们不能浪费任何时间。”

“慢着。”德拉米第三度由主动转为被动，问道，“你打算如何进行？”

坚迪柏微微耸了耸肩，然后说：“何必在此讨论细节呢？圆桌会议知道得愈少，反骡愈不会想侵犯诸位的心灵。”

他这样说，听来像是将圆桌会议的安全摆在第一位。他也使心灵中充斥着这种想法，并且让它显露出来。

这番话让他们十分受用。而他们一旦感到满意，或许就不会怀疑坚迪柏是否真的知道该怎么做。

06

当天傍晚，第一发言者与坚迪柏作了一次晤谈。

“你的想法没有错。”他说，“我忍不住扫过你的心灵表层之下，知道了你认为我不该宣布那件事，这点我不否认。她经常不露痕迹地僭取我的地位，因此我想用同样的手法还击；我操之过急，想尽早将无止无休的笑容从她脸上抹去。”

坚迪柏柔声说：“或许您应该先私下知会我，等我回来之后再正式宣布。”

“那样，我就无法给她来个迎头痛击。这只是第一发言者的一个可怜心愿，我自己也了解。”

“这样做并不能让她死心，第一发言者。她仍旧会设法谋取这个位置，也许还会更加名正言顺。我确定有几位发言者，将公开表示我该婉拒这项任命。他们不难提出许多理由，辩称德拉米发言者是圆桌会议上的佼佼者，能够成为最佳的第一发言者。”

“她是圆桌会议上的佼佼者，离开会场就不是了。”桑帝斯埋怨道，“她看不见真正的敌人，她眼中的敌人只有其他的发言者。当初，根本不该让她成为发言者。听我说，要不要我下一道命令，禁止你带那个阿姆女子同行？我看得出来，德拉米让你没有选择的余地。”

“不必，真的不必。我提出的那个理由，并不是我信口胡诌的，她真的可以当我的预警系统。如果不是德拉米发言者那样逼我，我还想不到这一点，所以我真该感谢她呢。我深信，那女子会派上非常大的用场。”

“那就好。对了，我也没有撒谎，我真的相信你总会有办法解除这个危机——只要你肯相信我的直觉。”

“我想我会相信的，因为我也同意您的看法。我向您保证，不论发生什么事，我都不会让您失望。无论反骡或德拉米发言者搞什么鬼，我都会回来接任第一发言者的职位。”

说这番话的同时，坚迪柏也在检视自己的心灵。对于这次单枪匹马的太空冒险，自己为何那么兴奋，那么急切？当然是因为他怀抱着雄心壮志。普芮姆·帕佛曾经有过类似的行动，所以他要证明史陀·坚迪柏也办得到。等到他凯旋，就再也没有人能阻止他就任第一发言者。然而除了雄心，是否还有其他原因？实战的诱惑？还是由于自己成年后，一直锁在这个落后行星的隐匿角落，因而想要寻求一点刺激？他不尽然了解自己的心态，但他知道自己实在太想去了。

第十一章

赛协尔

01

太空艇完成一次所谓的“微跃”之后，原先一颗闪亮的小星星，逐渐变成一个球状天体。詹诺夫·裴洛拉特目不转睛地盯着显像屏幕，这是他生平第一次见到这种景象。他们的第一个目的地——住人的赛协尔行星、该行星系的第四颗——也慢慢变得更大更显眼。

裴洛拉特膝上放着一个手提显像装置，上面映着电脑画出的赛协尔行星地图。

崔维兹曾经访问过数十个世界，因此表现得分外沉着。“别急着拼命看个不停，詹诺夫。我们得先经过报关站，手续可能很冗长。”

裴洛拉特抬起头来。“当然只是例行手续吧。”

“是的，不过仍然可能很花时间。”

“但如今是太平岁月啊。”

“当然，但这只保证我们可以通过。不过，他们至少要注意到生态平衡的问题，每一颗行星都有各自的生态，谁也不希望受到破坏。所以他们有充分的理由检查每艘入境的船舰，看看上面有没有不受欢迎的生物或传染病。这是一种合理的预防措施。”

“我觉得，这些东西我们都没有。”

“没错，我们没有，而他们将会确定这一点。但是你还要记住一件事，赛协尔并非基地联邦的成员，为了展现独立自主的地位，他们一定无所不用其极。”

一艘小型太空船飞了过来，不久，一名赛协尔海关官员登上他们的太空艇，准备进行检查。崔维兹没忘记军旅生涯的训练，用利落的口气说：“这是远星号，来自端点星，相关证件在此。它毫无武装，是私人航具。这是我的护照，还有一名乘客，这是他的护照，我们两人是观光客。”

海关官员穿着一件以深红为主色的俗丽制服。他的两颊与上唇刮得干净，下巴的左右两侧则蓄着两簇短须。他问道：“基地的太空船？”

他的发音很不正确，但崔维兹既没有纠正他，也不敢露出笑容。银河标准语分化出许多方言，每颗住人行星都不太一样。大家各有各的口音，只要互相能沟通就行了。

“是的，长官。”崔维兹答道，“基地注册的航具，由私人所拥有。”

“非常好。你的装载呢？请告诉我。”

“我的什么？”

“你的装载，你载了些什么东西？”

“啊，我的货物。这里有一份清单，全是私人用品。我们不是来做生意的，我刚才说过，我们是观光客。”

海关官员好奇地四下打量了一番。“对观光客而言，这艘太空船未免太精巧了。”

“就基地的标准还好。”崔维兹故意表现得兴高采烈，“而且我很富裕，买得起这种好货。”

“你是说，我可能因此致富吗？”官员很快瞥了他一眼，随即移开视线。

崔维兹犹豫了一下，才想通那句话的言外之意。他又考虑了一下，才决定了行动方针，于是说：“不，我并不打算贿赂你，也没有理由这样做。即使我真有这个打算，你看来也不像那种金钱能收买的人。若有必要，你可以仔细检查这艘太空船。”

“不必了。”官员一面说，一面收起袖珍记录器，“你们这艘船已经通过检查，上面没有任何法定传染病。我们会指定一个波长给你，再以这个波长送出导航波束。”

说完他就走了，整个程序只花了十五分钟。

裴洛拉特压低声音说：“会不会有什么麻烦？他是不是真想要红包？”

崔维兹耸了耸肩。“打赏海关人员是老规矩，这种传统简直跟银河一样古老。他只要再暗示一次，我就马上出手了。结果，嗯，我猜他不敢冒这个险，因为这是一艘基地太空艇，尤其还是新型的。我们那位老市长——银河保佑她死硬的老命——曾说不论我们走到哪里，基地的名号都能保护我们，这句话并没有错。通常，这种手续要花很多很多时间。”

“为什么？他好像把该做的检查都做完了。”

“没错，但是他对我们相当礼遇，只用电波遥测而已。如果他找麻烦，大可用手提仪器从头到尾搜寻一番，这得花上好几个小时。他还能把我们两人送到境外医院，留置我们好几天。”

“什么？我亲爱的伙伴！”

“别紧张，他并没有那么做。我本来以为他会，不过他没有，这就表示我们可以着陆了。我很想用重力推进降落，那只需要十五分钟的时间，但我不知道许可着陆的位置在哪里，而我又不愿意惹麻烦。这代表我们必须跟着导航电波束，花上好几个小时，在大气层中盘旋而下。”

裴洛拉特却显得很开心。“可是这样好极了，葛兰。不知道我们会降落得多慢，能不能趁机看看地形地貌？”他举起手提显像屏幕，屏幕上显示着以低倍率展开的地图。

“多少能看到些。我们得先钻到云层下方，再以每秒几公里的速度运动。虽然不会像乘坐热气球，但你仍然能够观察行星的地貌。”

“太好了！太好了！”

崔维兹又深思熟虑地说：“不过我正在想，我们到底会在赛协尔行星待多久，是否值得把太空艇的时钟调成当地时间。”

“我想，那得看我们打算做什么。你认为我们会做些什么事，葛兰？”

“我们的工作是寻找盖娅，我不知道这要花多少时间。”

裴洛拉特说：“我们可以把腕表的时间调过来，太空艇的时钟则维持不变。”

“好主意。”崔维兹一面说，一面俯视下方逐渐扩展开的行星表面，“不用再等下去了。我会让电脑校准那个属于我们的电波束，它就能用重力推进来模仿传统飞行。就这么办！我们降落吧，詹诺夫，看看我们能找到什么。”

太空艇开始沿着校准的“重力势曲线”运动，崔维兹若有所思地盯着下方的行星。

他以前从未来过赛协尔联盟，可是他晓得，过去一世纪间，它对基地的态度一向不友善。他们能够那么快通关，实在令他感到诧异，甚至有点心虚。

这似乎不太合理。

02

刚才那位海关官员名叫久勾洛斯·索巴达尔萨，他已经在这个报关太空站断断续续干了半辈子。

平均每三个月，他就有一个月待在太空中。他对这种生活并不在意，反正刚好借此机会看看书，听听音乐，并且远离他的老婆，以及愈长愈大的独子。

不料两年前，海关主管换成了一个梦想家，令他感到难以忍受。这位主管常常无缘无故做些惊人之举，理由只是他在梦中接到指示，这种家伙最令人受不了。

索巴达尔萨本人根本不相信这一套，不过他表现得十分谨慎，从不张扬自己的想法，因为大多数赛协尔人都有唯心论的倾向。如果让人认为他是唯物论者，就快到手的退休金也许便会泡汤。

他用双手抚着下巴的两簇胡须，右手抚着右边，左手抚着左边。然后他大声干咳一下，再用很不自然的口气，假装随口问道："就是那艘太空船吗，主管？"

主管也有个典型的赛协尔式名字：纳玛拉斯·盖迪撒伐塔。他正埋首研究电脑中的资料，连头也没有抬起来。"什么太空船？"他问道。

"就是远星号，那艘基地太空船，我刚刚放行的那一艘，我们从各个角度做过全息摄影的那一艘。它是不是你梦见的那艘太空船？”

盖迪撒伐塔马上抬起头来。他身材矮小，双眼几乎被黑眼珠占满，周围布满细碎的皱纹，却没有一条是笑口常开的结果。他又反问：“你问这个做什么？”

索巴达尔萨立刻板起脸孔，两道漆黑浓密的眉毛锁在一起。“他们自称观光客，可是我以前从没见过这样的太空船，我认为他们是基地间谍。”

盖迪撒伐塔上身靠向椅背。“听好，小子，不论我怎么努力回想，也想不起来曾经要你提供意见。”

“可是主管，我认为指出这一点，是尽忠爱国的……”

盖迪撒伐塔将双臂交握胸前，以严厉的目光瞪着他的手下。在顶头上司的瞪视下，这位下属（虽然他的外形与仪态都比顶头上司出色）赶紧低下头，装出一副灰头土脸的神情。

盖迪撒伐塔说：“小子，如果你知道好歹，就该多做事少开口，否则就准备提早退休。而如果我再听到你发表事不关己的高论，我保证让你领不到退休金。”

索巴达尔萨低声下气地说：“遵命，长官。”接着，他用不大诚恳的卑微语气补充道：“长官，在我的职责范围内，我是否应该向您报告，又有一艘太空船进入监视幕的范围？”

“算你报告过了。”盖迪撒伐塔没好气地说，便继续原来的工作。

“而且它的特征，”索巴达尔萨用更卑下的声音说，“跟我刚刚放走的那艘非常相似。”

盖迪撒伐塔双手在办公桌上使劲一撑，猛然跳起来。“又有一艘？”

索巴达尔萨在心中暗笑，这个残酷的老杂种（他指的是主管）

显然没有梦见会有两艘这样的太空船。他又说：“看来没错，长官！我现在就回到岗位待命，但愿，长官……”

“怎么样？”

索巴达尔萨实在忍不住了，尽管会危及退休金，他还是脱口而出：“但愿，长官，我们没把不该放的放走了。”

03

远星号正急速飞过赛协尔行星上空，裴洛拉特看得如痴如狂。跟端点星比较起来，此地云层较为稀薄和零星，而且正如地图所示，陆地较为辽阔而集中——连沙漠地带都比端点星更广，这可以从大陆中的赭红色部分看出来。

放眼望去不见任何生命迹象，仿佛这个世界只有不毛的沙漠、灰暗的平原，以及山脉所形成的无穷皱褶，此外当然还有海洋。

“看起来好像毫无生气。”裴洛拉特喃咕道。

“在这种高度，别指望看到任何生命迹象。”崔维兹说，“我们再降低些，你就会看到陆地逐渐变成一块块的绿色。但在此之前，你会先看到夜面地表的闪烁光芒。人类有一个共通的倾向，总喜欢在黑夜降临时，用灯火照亮他们的世界，我从来没听过有任何例外。换句话说，你将看到的第一个生命迹象，其实不只是人类，还包含了科技文明在内。”

裴洛拉特意味深长地说：“毕竟，夜伏昼出是人类的天性。我认为，人类最早发展出的科技，就包括了将黑夜变为白昼的方法。事实上，假设某个世界正在发展科技文明，你就可以拿夜间照明的程度，作为它的科技进展指标。将一片黑暗转变为处处灯火通明，你认为得花多久时间？”

崔维兹哈哈大笑。“你常有些古怪的想法，我想这是因为你是神话学家吧。我认为不会有任何世界能变得一片光明。夜间照明随着人口密度而各地不同，所以在各个大陆上，灯光的分布都是块状或条状。即使川陀在发展到巅峰，整个世界成为一个庞大建筑时，也只会露出稀疏的光芒而已。”

陆地果然渐渐变成绿色，跟崔维兹预测的一模一样。在最后一周的环球飞行中，崔维兹指着一些细小的斑点，说那些就是城市。“这不是个非常都会化的世界。我从未来过赛协尔联盟，可是根据电脑提供的资料，他们有抱残守缺的倾向。银河各个角落的居民，都会把科技和基地联想在一起，因此只要是不欢迎基地的地方，必定都有怀古的倾向。当然，跟武器有关的科技例外。我向你保证，赛协尔在这方面绝对十分先进。”

“乖乖，葛兰，不会发生什么不愉快的事吧？我们终究是基地人，却来到敌人的领域……”

“这里并非敌人的领域，詹诺夫。他们会表现得极为客气，你别害怕，他们只是不太喜欢基地罢了。赛协尔并非基地联邦的一部分，不过，由于他们一来对独立的地位感到骄傲，二来又不愿想到自己比基地弱小许多，保持独立只是出于我们的默许，因此才故意极尽能事地讨厌我们。”

“无论如何，我担心还是会不太愉快。”裴洛拉特垂头丧气地说。

“绝对不会。”崔维兹说，“别这样，詹诺夫，我刚才讲的是赛协尔政府的官方态度。这颗行星上的居民也是人，只要我们堆满笑容，不要表现得像银河主宰，那么他们也会笑脸相迎。我们不是来替基地征服赛协尔的，我们只是观光客。我们所问的有关赛协尔的问题，任何观光客都会那么问。

“此外，如果情况许可，我们还能借这个机会轻松一下。我们大可在这里待上几天，体验一下他们的待客之道。他们也许拥有引人入胜的文化、美丽的风景、可口的食物，即使这些都找不到，至少还有可爱的女人。我们的钱足可挥霍。”

裴洛拉特皱起眉头。“喔，我亲爱的兄弟。”

“得了吧。”崔维兹说，“你还没那么老，难道真的不感兴趣？”

“我可没说自己从不来这一套，但当然不是现在。现在我们有任务在身，我们要寻找盖娅。我绝不反对享乐，真的，可是我们一旦开始放纵，也许就会难以自拔。”他摇了摇头，又好言劝道：“我想你当初一定担心，怕我一头栽进川陀的银河图书馆，从此无法自拔。没错，那个图书馆对我的吸引力，就等于一个——甚至五六个黑眼珠的美艳少女对你的吸引力。”

崔维兹说：“我并不是花花公子，詹诺夫，但我也不想做苦行僧。好吧，我答应你立刻开始查问盖娅的下落，可是如果刚好碰到什么艳遇，绝对没有理由不准我作正常反应。”

“只要你把盖娅摆在第一位……”

“我会的。不过你得记住，别对任何人说我们来自基地。其实他们都看得出来，因为我们使用基地信用点，而且带有浓重的端点星口音，可是如果我们绝口不提，他们就会把我们当成普通游客，友善对待我们。万一我们表明自己是基地人，他们虽然仍会和颜悦色，却什么都不会告诉我们，也不会让我们看任何资料，或是带我们到哪里去，我们就会变得孤独无助。”

裴洛拉特叹了一声。“我永远无法了解人性。”

“没这回事。你只需要好好观察自己，就能了解每一个人，因为我们彼此没有什么不同。姑且不论谢顿的数学多么精妙，假如他不了解人性，又怎能拟出那个计划呢？再说，假如人性并不容易了解，他又如何能精通呢？无论你告诉我谁不了解人性，我都能证明其实是他并不了解自己——我不是在说你。”

“没关系。我愿意承认自己欠缺这方面的经验，我的生活相当自我中心，而且相当狭隘。或许我从未真正好好检视过自己，所以凡是牵涉到人性之处，我都要让你当我的向导和顾问。”

“好，那么接受我的忠告，安心观赏风景吧。我们很快就要着陆，我保证你不会有任何感觉，我和电脑会负责一切。”

“葛兰，可别不高兴。如果真有妙龄女子……”

“别提啦！让我专心操纵太空艇。”

裴洛拉特转身向外望，太空艇正在进行最后一圈盘旋。他即将首度踏上另一个世界，这个想法带来一种古怪的感觉——虽说事实上，银河中上千万颗住人行星，最初的殖民者都不是当地土生土长的。

只有一颗行星例外，想到这里，他一则以喜，一则以忧。

04

就基地的标准而言，此地的太空航站并不算大，但是维护得相当好。远星号被拖到停泊区并锁牢之后，他们便收到一张印着密码的精致收据。

裴洛拉特低声说:“我们就把它留在这里啊？”

崔维兹点了点头，并伸手按在裴洛拉特肩上。“别担心。”他也压低声音说。

他们跨进租来的地面车，崔维兹便将赛协尔城的地图插入车内电脑。远方的地平线上，隐隐浮现城中的一些尖塔。

“赛协尔城，”他说，“这颗行星的首府。城市、行星、恒星，都叫赛协尔。”

“我还是担心那艘太空艇。”裴洛拉特再度强调。

“没什么好担心的。”崔维兹说，“我们晚上就会回来，因为我们得睡在太空艇上，除非我们只想在此地待几个小时。而且你也应该了解，太空航站必须遵循星际间的一个惯例：凡是没有敌意的船舰，就不会遭到任何侵犯。据我所知，从来没有人敢打破这个惯例，即使战时也不例外。否则的话，人人的生命财产都没有保障，星际贸易便无法维持。任何打破这个惯例的世界，都会遭到全银河飞航员的抵制，我向你保证，没有哪个世界敢冒这个险。何况……”

“何况什么？”

“嗯，何况，我已经跟电脑交代过，若有任何外人试图登上太空艇，不论男女老幼，只要容貌或声音不像我们，一律格杀勿论。我还当面向航站指挥官解释过；我用非常礼貌的方式告诉他，说我很想关掉这个特殊装置，因为我敬重赛协尔城太空航站在安全和清廉这两方面的声誉——我还强调全银河数一数二——问题是这艘太空艇过于新颖，我不知道怎样关掉。”

“他不会相信的，一定不会。”

“当然不会！可是他得假装相信，否则就等于被我羞辱了一番。由于他对我根本无可奈何，即使被我羞辱也只好认了。既然他不想白白受辱，最简单的作法就是相信我的话。”

“这也是人性特色的另一个例子？”

“没错，你迟早会习以为常。”

“你又如何确定这辆地面车没有窃听器？”

“我的确想到这种可能，所以并未接受他们为我准备的那辆，故意随便挑了另一辆。万一每辆车都装了窃听器——嗯，我们刚才说了什么不得了的话吗？”

裴洛拉特露出不舒服的神情。“我不知道该怎么说，这样抱怨似乎相当不礼貌，但我并不喜欢这里的气味。有一种——怪味道。”

“车子里面？”

“嗯，在太空航站就有了。我本来以为是航站特有的味道，不料车子带着那种味道一起走。我们能不能开一扇车窗？”

崔维兹哈哈大笑。“我想我可以在控制盘上找到正确的开关，但不会有什么用处，整个行星都有这种味道。真的非常难闻吗？”

“倒不是非常强，不过闻得出来，而且令人不太舒服。难道整个世界都是这种味道吗？”

“我总是忘记你从未到过别的世界。每个住人世界都有特殊的气味，主要是由各种植物散发出来的，不过我猜动物应该也有贡献，甚至人类也不例外。而且据我所知，任何人刚刚踏上别的世界，都绝对不会喜欢当地的味道。但你很快会习惯的，詹诺夫。几小时后，我保证你就不会注意到。”

“你该不会是说，所有的世界都有这种怪味道吧。”

“不是，正如我刚才说的，每个世界都有自己特殊的味道。如果我们真的很留意，或者鼻子再灵敏一点，就像安纳克里昂犬那样，或许我们只要轻轻一闻，就能判断站在哪个世界上。我刚进舰队的时候，每到一个新的世界，头一天一定吃不下东西。后来我学到了太空前辈的绝招，在降落的时候，就拿一条沾了当地气味的手帕捂着鼻子。这样一来，当你走出太空船的时候，就什么也闻不到了。等你在太空中跑久了，对这种事就会麻木，能够置之不理。事实上，最糟的反而是回家的时候。”

“为什么？”

“难道你以为端点星上没有怪味？”

“你的意思是说真有？”

“当然有。一旦你适应了其他世界的气味，比方说赛协尔吧，你就会对端点星上的怪味惊讶不已。从前，每当一次长期任务结束，船舰回到端点星，当气闸打开的那一刻，所有人员都会大叫：‘又回到粪坑啦！’”

裴洛拉特现出恶心的表情。

他们已经可以清楚看到城中的尖塔，裴洛拉特却凝视着周遭的环境。路上有不少来来往往的地面车，偶尔还有飞车从头顶呼啸而过，但裴洛拉特只是专心望着路旁的树木。

他说："这些植物似乎很奇怪，你猜其中可有原生品种？"

"我猜应该没有。"崔维兹心不在焉地说，他正忙着研究地图，同时试着调整车上的电脑。"凡是有人类居住的行星，固有生物都不太可能还有生存空间。银河殖民者总是引进他们自己的动植物，即使不是在殖民之初，也会在不久之后开始进行。"

"不过，这好像有点奇怪。"

"你总不会认为每个世界的生物品种都一样吧，詹诺夫。我曾经听说，那些编纂《银河百科全书》的学者，出版过一套生物品种地图集，全部资料占了八十七张厚厚的电脑磁碟，但还是不算完整——何况做好的那一刻，就已经过时了。"

地面车继续前进，不久就被城市外环所吞没。裴洛拉特打了个冷战："我并不太欣赏这个城市的建筑。"

"人人都只欣赏自己的故乡。"崔维兹随口答道，他有丰富的太空旅行经验，早已明白这个道理。

"对了，我们要去哪里？"

"嗯，"崔维兹的声音带着几分懊恼，"我试着让电脑操纵车子，把我们送到旅游中心。我希望电脑懂得交通规则，知道哪些路是单行道，因为我没有任何概念。"

"我们去那里干吗，葛兰？"

"第一，我们既然是观光客，自然会去那种地方，而且我们希望做得尽量自然，不引起任何人的注意。第二，你又打算到哪儿去询问盖娅的资料？"

裴洛拉特说："到某个大学，或是某个人类学会，或者某个博物馆，总之我不会去旅游中心。"

"哈，那你就错了。到了旅游中心，我们装作是那种很有求知欲的观光客，想要取得一份文化重镇清单，包括城中所有的大学和博物馆等等。然后我们再决定去哪里，而在那里，我们就能找到合适的人，可以询问有关古代史、银河地理、神话学、人类学，或是你想象得到的任何问题。可是，旅游中心必须是第一站。”

裴洛拉特终于闭上嘴，此时车子已经加入市区的车流，跟着其他地面车一起蜿蜒前进。不久他们转到一条小路，一路上有许多可能是指示方向或交通的标志，不过由于上面的字体风格特殊，两人几乎都看不懂。

幸好车子仿佛自己认识路，最后停进一个停车场。入口处有一个招牌，上面用同样古怪的字体写着：赛协尔外星处。下面还有一行字：赛协尔旅游中心，是用浅显易读的银河标准字体写成。

他们走进那栋建筑物，发现它并没有外表看起来那么宏伟，而且显然生意冷清。

大厅中有一排排供旅客使用的小隔间，其中一间坐着一个男子，正在阅读传讯机吐出的新闻报表。另一间被两位女士占据，两人似乎在玩一种复杂的牌戏，桌上摆满纸牌与筹码。此外，有位职员坐在一个稍嫌过大的柜台后面，旁边有个对他而言似乎太过复杂的电脑控制台。这位赛协尔籍职员一脸无聊的表情，身上的花衣服看起来像是五彩棋盘。

裴洛拉特瞪大眼睛，悄声说：“这个世界的衣着显然很夸张。”

“没错，”崔维兹说，“我也注意到了。话说回来，每个世界的时装都各有特色，而且在某些世界上，不同的地区甚至也会各有不同。此外流行还会随着时间改变，说不定五十年前，赛协尔上人人都穿黑色呢。别大惊小怪，詹诺夫。”

“我想我必须克制些。”裴洛拉特说，“但我还是比较喜欢我们的服装，至少不会骚扰别人的视神经。”

“因为我们大多数人，身上除了灰色还是灰色吗？其实有些人很讨厌这种流行，我就听过有人形容为‘穿了一身尘土’。而且，也许正是因为基地流行无色的服装，这些人才故意穿得五颜六色，用以强调他们的独立地位。反正，这些你都得学着适应。来吧，詹诺夫。”

当两人向柜台走去时，原先在隔间里看新闻报表的男子突然起立，向他们迎面走来。他脸上堆满笑容，身上的衣服刚好也是灰色系的。

崔维兹起初并未望向那人，没想到他一转头，整个人就僵住了。

他深深吸了一口气。“银河在上——詹诺夫，是那个叛徒！”

第十二章

特务

01

端点星议员曼恩·李·康普向崔维兹伸出右手，表情看来有些犹豫。

崔维兹用严厉的目光瞪着那只手，没有作出任何回应。他将脸转向一旁，对着空气说："我明明不该搅扰异邦行星的平静，以免惹上一场牢狱之灾，但是这个人如果再向前走一步，我就顾不得那么多了。"

康普陡然煞住脚步，犹豫了一下，又用迟疑的目光望了裴洛拉特一眼，才终于低声说："能不能给我机会说几句话？作一番解释？你愿意听吗？"

裴洛拉特轮流望着这两个人，长脸稍微绷紧了一点。他说："这是怎么回事，葛兰？我们来到这么远的世界，你竟然立刻碰到熟人？"

崔维兹双眼紧紧盯着康普，却故意稍微转身，表示他是在跟裴洛拉特讲话。他说："这个人类——这点我们可以从他的外形判断——曾经是我在端点星上的朋友。我对朋友一律以诚相待，因此毫不保留地信任他，什么事都对他说，其中有些想法也许并不适合公开。结果，他显然将我说的话一五一十转述给有关当局，却又懒得把这件事告诉我。由于这个缘故，我一步步钻进一个圈套，害得我如今遭到放逐。而现在这个人类，竟然还希望我把他当成朋友。”

他终于转头面对康普，同时伸手梳了一下头发，结果却是把一头鬈发弄得更乱。“你，给我听好，我的确有个问题要问你。你到这里来干什么？银河那么大，你为何刚好在这个世界上？又为何刚好在此时出现？”

康普的右手维持着原来的姿势，直到崔维兹说完这番话才缩了回去，他脸上的笑容也随之消失。原本几乎是如影随形的那股自信也不见了，使他看起来有些忧郁，而且不像已有三十四岁的年纪。“我会解释的，”他说，“可是得让我从头说起！”

崔维兹迅速四下望了望。“在这里？你真想在这里谈吗？在这个公共场所？你要我在听够了你的谎言之后，当场把你打趴下？”

康普举起双手，手掌贴着手掌。“请相信我，这里是最安全的地方。”然后，他立刻猜到对方会如何回应，赶紧补充道：“你也可以不必相信，没有什么关系，反正我说的是实话。我比你们早几个小时抵达这颗行星，已经作过一番调查。在赛协尔，今天是个特殊的日子。不知道基于什么传统，今天是他们的沉思日。几乎人人都待在家里，或说理当如此。你可以看到这里门可罗雀，总不至于天天这样吧。”

裴洛拉特点了点头，然后说：“我本来也在奇怪，这里怎么会如此冷清。”他凑到崔维兹耳旁，悄声道：“为什么不准他说话呢，葛兰？他看起来好凄惨，可怜的家伙，也许他只是想道歉。你不给他机会，似乎有点不公平。”

崔维兹说：“裴洛拉特博士好像很想听听你的说法。我愿意接受他的意见，不过你最好长话短说。今天也许是我发脾气的好日子，既然人人都关在家里沉思，我制造的骚动可能不会引来执法者。明天我大概就不会那么好运，为何白白浪费这个机会呢？”

康普用很不自然的声音说：“听着，如果你想打我一拳，那就来吧。我根本不会出手招架，懂了吗？动手吧，打我啊，可是一定要听我说！”

“既然这样，你就动口吧，我会耐着性子听一会儿。”

“首先我要告诉你，葛兰……”

“请称呼本人的姓氏，我跟你没那么熟。”

“首先我要告诉你，崔维兹，你完全说服了我，使我相信你的说法……”

“你掩饰得太好了，我当初真以为你把它当成笑话。”

“我故意装成在听笑话，才能掩饰心中极度的不安。听我说，我们坐到墙边去。即使这个地方冷冷清清，也难免会有一两个人进来，我不希望引起不必要的注意。”

于是三个人缓缓跨过大厅。此时康普又露出心虚的笑容，但仍旧跟崔维兹保持一臂之遥。

等到他们坐定之后，才发现椅子会随着体重凹陷，重塑成各人臀部的形状。裴洛拉特显得惊讶不已，像是想要赶紧跳起来。

“别紧张，教授。”康普说，“刚才我已经领教过了。这个世界注重生活上的舒适，他们在某些方面比我们进步。”

他将一只手臂搁在自己的椅背上，转身面对崔维兹，改用轻松的口气说：“你令我感到不安，令我相信第二基地的确存在，害得我不知如何是好。想想看，假使一切属实，那会有什么严重后果。难道他们不会设法对付你吗？不会除去你这个心腹大患吗？如果我表现得像是相信了你，我可能也会被一并解决。你了解我的意思吗？”

“我只了解你是懦夫。”

“血气之勇有什么用？”康普的语气十分诚挚，一对蓝眼睛却射出怒火。“那个组织有能力重塑我们的心灵和情感，你我能够抵抗吗？我们若想和他们对抗，首要之务就是不能让搜集到的情报曝光。”

“所以你深藏不露，因而安然无事？但你并没有瞒着布拉诺市长，对吧？这样做难道不冒险吗？”

“没错！但是我认为值得这样做。如果始终只有我们两人私下讨论，可能只会导致我们受到精神控制，或者记忆全被抹除。反之，假如我将整件事告诉市长——你也知道，她跟我父亲很熟。家父和我都是来自司密尔诺的移民，而市长的祖母……”

“是啊，是啊，”崔维兹不耐烦地说，“再往前追溯几代，你的祖先就能追溯到天狼星区，你跟每个人都讲过这些事。言归正传吧，康普！”

“好，我终于让她听进去了。只要我能利用你的论证，说服市长相信危险的确存在，联邦也许就会采取某些行动。如今，我们已经不像骡出现时那般无助。至少，这个危险的讯息可以散播出去，让更多人知道，这样我们两人就不会特别危险。”

崔维兹用讽刺的口吻说：“危及基地来换取自身的安全，真是爱国的最佳表现。”

“那只是最坏的结果，而我当初指望的是最好的结果。”他的额头开始渗出细小的汗珠，对于崔维兹始终不变的冷嘲热讽，他似乎一直咬紧牙关忍耐着。

“而你并未把这个高明的计划告诉我，对不对？”

“对，我没有说，我因此感到十分抱歉，崔维兹。市长命令我不要说，她说她想弄清楚你所知道的一切，可是像你这种人，一旦知道自己的意见传到了他人耳中，就会立刻禁声。”

“她说得可真对！”

“我不知道，也无法猜测，更没想到她计划要逮捕你，并将你逐出端点星。”

“她是在等待适当的时机，等我的议员身份无法保护我的时候。难道你看不出来吗？”

“我怎么看得出来？连你自己也没有看出来。”

“如果当初我知道她获悉了我的看法，我就能预见这一切。”

康普突然不太客气地顶了一句：“说得倒很容易，你这是后见之明。”

“既然你也有点后见之明，请问你到这里来找我，又是什么意思？”

“我想弥补这一切，弥补我的无心之失对你造成的伤害——真的是无心之失！”

“天晓得。”崔维兹冷冷地说，“你可真好心啊！可是你并未回答我原先的问题。你究竟是如何到这里来的？怎么刚好跟我在同一颗行星上？”

康普说：“这个问题的答案简单之至，我是跟踪你来的！”

“经由超空间？在我做了一连串跃迁之后？”

康普摇了摇头。“没什么神秘的，我有一艘一模一样的太空艇，配备着同型号的电脑。你知道我有一种本事，能猜中船舰在超空间跃迁后，会朝哪个方向前进。通常我不能猜得非常准，平均三次有两次会猜错，可是有那种电脑帮忙，我的表现就好得多。此外，你在开始的时候迟疑了一阵子，给了我很好的机会，让我得以估算你进入超空间之际的方位和速度。我将这些资料——连同我自己的直觉式外推——一起输进电脑，其他的工作全部由电脑负责。”

“而你竟然比我更早抵达这座城市？”

“是的，你没有使用重力推进降落，可是我用了。我猜你会来到这个首府，所以我直接落下来，那时你正在——”康普用手指模仿太空艇，从半空中盘旋而下，意指对方是循着定向波束降落的。

“你冒着被赛协尔政府逮捕的危险？”

“这个嘛——”康普绽现灿烂的笑容，谁也无法否认这是个迷人的表情，连崔维兹几乎都要对他产生好感，“我并非永远都是懦夫。”

崔维兹不为所动。“你又是怎样弄到一艘同型号的太空艇？”

“跟你弄到的方式一模一样，是那个老太婆布拉诺市长拨给我的。”

“为什么？”

“我对你完全开诚布公，我的任务就是要跟踪你。市长想知道你到哪里去，还有你打算做些什么。”

“我猜，你一路上都很忠实地向她汇报。还是你对市长也敢阳奉阴违？”

“我的确一路汇报，事实上我毫无选择。她在我的太空艇上装了超波中继器，他们以为我不会发现，但还是瞒不过我。”

“所以呢？”

“不幸的是它被钉死了，如果我想取下来，太空艇一定报废。至少，我自己不知道该如何取下。因此她始终知道我的下落，也就等于始终知道你的行踪。”

“假如你跟不上我呢？那样她就无法知道我身在何处。这点你有没有想到过？”

“我当然想到过。我曾经想，干脆向她报告说我把你跟丢了。可是她不会相信我的，对不对？而且这样一来，我不知道会有多久无法回到端点星。我跟你不一样，崔维兹，我不是那种无牵无挂、逍遥自在的人。端点星上有我的妻子，她怀有身孕，我希望尽快回到她身边。你可以只为自己着想，我却不能。此外，我来也是为了警告你。谢顿在上，我一直想要说，可是你始终不肯听，不停地在说些别的事。”

“你突然对我如此关怀，我实在不敢相信。你又能警告我什么呢？在我看来，你这个人似乎是唯一该提防的东西。你出卖过我，现在你又跟踪我到这里来，准备再出卖我一次。除了你，不会再有谁想要伤害我。”

康普一本正经地说：“老兄，省省这些戏剧性的台词吧。崔维兹，其实你是一根避雷针！你被送到太空，是为了要吸引第二基地的注意——如果真有第二基地的话。我的直觉并不限于超空间竞逐，我肯定那就是她真正的打算。如果你试图寻找第二基地，他们会知晓你的企图，然后对你采取行动。假如他们这样做，就非常有可能暴露行藏，这个时候，布拉诺市长将立刻攻打他们。”

“当初布拉诺打算逮捕我的时候，你那著名的直觉可惜却失灵了。”

康普涨红了脸，喃喃说道：“你也知道，直觉不是永远灵验的。”

“现在直觉又告诉你，她打算进攻第二基地？她才没这个胆子呢。”

“我想她的确有。但重点并不在此，而是她现在把你当成钓饵投了出去。”

“所以呢？”

“所以看在宇宙所有黑洞的份上，千万别去寻找第二基地。她不会在乎你是否因此丧命，可是我在乎。我觉得应该为这件事负责，所以我在乎。”

“我好感动，”崔维兹冷冰冰地说，“但是你白操心了，此时此刻，我刚巧有另一项工作。”

“另一项工作？”

“裴洛拉特和我正在寻找地球，就是某些人认为是人类故乡的那颗行星。对不对，詹诺夫？”

裴洛拉特点了点头。“对，这是一项纯科学性的研究，也是我长久以来的兴趣。”

康普露出茫然的神情，一会儿后才说：“寻找地球？可是为什么呢？”

“为了研究啊。”裴洛拉特说，“理论上，人类是从低等生命演化来的，而地球就是演化出人类的那个世界——不像其他世界，都是演化成功的人类由天而降——这种独特性一定很值得研究。”

“而且，”崔维兹补充道，“在那个世界上，我可能会找到更多第二基地的线索——只是可能而已。”

康普说：“可是地球并不存在啊。你们不知道吗？”

“不存在？”裴洛拉特脸上毫无表情，这代表他又准备坚持到底，“你的意思是，人类这个物种的发源地并不存在？”

“喔，我不是这个意思。地球当然存在过，这点毫无疑问！可是现在，已经没有一颗叫作地球的行星，那个住人的地球早就消失了！”

裴洛拉特仍然毫不动摇。“有许多的传说……”

“慢着，詹诺夫。”崔维兹说，“告诉我，康普，你又是怎样知道的？”

“你所谓的‘怎样’是什么意思？这是我祖上传下来的。我的祖先可以上溯到天狼星区，我不得不再重复一遍，希望你不至于厌烦。那里的人对于地球所知甚详，因为地球就在那个星区，而这就是说它并非基地联邦的一部分，因此端点星上的人显然懒得过问。可是无论如何，地球的确在那里。”

“没错，是有这样的说法。”裴洛拉特说，“在帝国时代，许多人都对所谓的‘天狼假说’相当热衷。”

康普激动地说：“那不是什么假说，而是千真万确的事实。”

裴洛拉特说：“假如我告诉你，我知道银河中有许多行星，附近星空的居民都将之称为地球——或者曾经这样称呼——你又怎么说？”

“但我讲的是真正的地球。”康普说，“在整个银河中，天狼星区是最早有人居住的区域，这点人尽皆知。”

“天狼星区的人当然这么说。”裴洛拉特仍然不为所动。

康普露出受挫的表情。“我告诉你……”

崔维兹却插嘴道：“告诉我们地球发生了什么变故。你说上面已经不再住人，为什么会这样？”

“由于放射性，整个行星表面都具有放射性。可能是由于核反应失控，或者源自一场核爆，我不太确定。如今，上面不可能有任何生命。”

三个人你瞪着我、我瞪着你，过了好一阵子，康普才感到有必要再强调一遍，于是他说：“我告诉你们，地球已经不存在了，没有必要再去寻找。”

02

詹诺夫·裴洛拉特脸上难得出现了表情，不过那并非什么狂热，或者任何更不稳定的情绪。他只是将双眼眯起来，面部每个棱角都显得有些激动。

他的声音也完全不像平常那样犹疑不决："你说你是如何知道这些的？"

"我告诉过你，"康普说，"这是我祖上传下来的。"

"别胡扯了，年轻人。你是一位议员，这就表示你必定生在联邦的某个世界。我记得你刚才说过，是司密尔诺。"

"没错。"

"很好，那么你所谓的'祖上传下来'是什么意思？莫非你是说，由于你具有天狼星区基因，所以生来就熟悉天狼星区有关地球的神话传说？"

康普显然吃了一惊。"不，当然不是。"

"那你到底在说些什么？"

康普顿了一下，似乎是在整理思绪，然后才用平静的口吻说："我的家族保有许多关于天狼星区历史的古籍，我说祖上传下来是这个意思，而不是指遗传。这种事不宜对外张扬，尤其是对一个热衷政治前途的人而言。崔维兹似乎认为我逢人便说，可是请相信我，我只对好朋友才提。"

他的语气中带着一丝悲愤："理论上，基地公民人人平等，可是出身于联邦原始成员的公民，却比其他世界的人更平等些。至于那些跟联邦之外的世界有渊源的人，则是所有的公民中最不平等的。但是，别提这种事了。除了那些古籍，我还曾经走访好些古老世界。崔维兹——喂，回来啊——"

此时崔维兹离开了座位，信步走到大厅一角，透过一扇三角窗向外望去。这种窗子可以让人饱览天空的景色，却不会看到多少街景——一来有助于采光，二来更加保障隐私。崔维兹在窗前踮起脚尖，向下望了望。

不久他又跨过冷清的大厅，回到了原地。"窗子的设计挺有意思。"他说，"议员先生，你在叫我吗？"

"是的，还记得我大学毕业后的那趟旅行吗？"

"刚毕业的时候？我记得非常清楚。我们是哥儿们，永远的哥儿们；义结金兰，两人联手天下无敌。你去做你的长途旅行，我怀着满腔热血加入舰队。不知道怎么回事，我就是不想跟你一块去——有一种直觉叫我别去，但愿那种直觉一直跟着我。"

康普没有上钩，他径自说下去："我造访了康普隆，根据家族口耳相传，我的祖先就是来自那里，至少父系祖先可以确定。很久以前，该处尚未并入帝国的时候，我们那个家族还是统治阶级，我的姓氏便是源自那个世界，起码先人是这么说的。康普隆所环绕的那颗恒星，有个古老而充满诗意的名字：天苑肆。"

"那是什么意思？"裴洛拉特问道。

康普摇了摇头。"我不知道它有什么意思，反正这就是传统。那是个古老的世界，人们活在无数的传统中。他们拥有许多关于地球历史的详尽记录，但没有人愿意多提。他们对地球有着迷信式的恐惧，每当提到这个名字，他们都会举起双手，食指和中指交叉，借此祛除霉运。”

“你回来之后，有没有向任何人提过这件事？”

“当然没有，谁会感兴趣呢？我也不想强迫任何人听这个故事。得了吧！我有我的政治前途，我最不愿意做的一件事，就是强调我的异邦出身。”

“那颗卫星又如何？描述一下地球的卫星。”裴洛拉特紧紧逼问。

康普似乎十分惊讶。“我没听说过有什么卫星。”

“它究竟有没有一颗卫星？”

“我不记得曾经读到或听说过。但我可以确定，如果你去查询康普隆的记载，一定能找到正确答案。”

“可是你一无所知？”

“我对那颗卫星毫无概念，一点印象也没有。”

“唉！地球又是如何变得充满放射性？”

康普只是摇头，一个字也没有回答。

裴洛拉特说：“好好想一想！你一定听过些什么。”

“那是七年前的事，教授，当时我不知道今天会被你这样逼问。的确有某种传说，被他们视为历史……”

“什么传说？”

“地球出现放射性……受到帝国的排斥和蹂躏，因而人口锐减……地球设法摧毁帝国……”

“一个垂死的世界，打算摧毁整个帝国？”崔维兹忍不住插嘴。

康普为自己辩护道：“我说过那只是传说，细节我并不清楚。但我知道在这个传说中，贝尔·艾伐丹占了一席之地。”

“他是谁？”崔维兹问。

“是个历史人物，我考查过他的事迹。他生于帝国早期，是一位闻名银河的正牌考古学家，坚决主张地球位于天狼星区。”

“我听过这个名字。”裴洛拉特说。

“他是康普隆的民族英雄。听我说，如果你们想知道详情，就该到康普隆去，在这里穷逛毫无用处。”

裴洛拉特问道：“根据他们的说法，地球计划如何摧毁帝国？”

“我不知道。”康普的声音中透出几分不悦。

“放射性跟这件事有关吗？”

“我不清楚。在某些传说中，提到地球曾发展出什么心灵扩张器，叫作神经元突触放大器，或是诸如此类的东西。”

“他们造出了超心灵吗？”裴洛拉特用绝对难以置信的口气问道。

“我认为没有。我只记得那玩意并不灵光，它能使人变聪明，但会因此短命。”

崔维兹说：“这可能只是个道德寓言。如果你追根究底，反倒会把原有的线索搞混了。”

这句话惹恼了裴洛拉特，他转向崔维兹说：“你又懂得什么是道德寓言？”

崔维兹扬了扬眉。“你我的专业领域或许不同，詹诺夫，但这并不代表我完全不懂。”

“康普议员，关于所谓的神经元突触放大器，你还记得些什么别的吗？”裴洛拉特继续追问。

“没有了，而且我拒绝再接受任何盘问。听好，我奉市长之命跟踪你们，她可没有指示我和你们直接接触。我现在这样做，只是为了警告你们被人跟踪这件事实，同时还要告诉你们，姑且不论市长有何目的，你们都只是她的工具。除此之外，我不该跟你们多作讨论，可是你们突然提到地球，令我吃了一惊。好啦，让我再重复一遍：不论过去存在过什么——贝尔·艾伐丹也好，突触放大器也好，任何东西都好——都和现在的一切毫不相干。我再强调一次：地球是个已经死去的世界。我郑重建议你们到康普隆去，你们在那里会找到想知道的一切，总之赶快离开这里吧。”

“而你，当然会尽职地向市长报告，说我们转往康普隆去了，而且你会继续跟踪，以确定我们没有开溜。或许，市长早就知道这一切。我能想象，你刚才对我们说的每一个字，可能都是市长授意的，她还仔细帮你排练过呢，因为根据她的计划，我们必须到康普隆去。对不对？”

康普的脸色煞白，他猛然站起来，尽力控制住激动的情绪，几乎连话都说不清楚。“我试图向你解释，我试图帮助你，现在我真后悔。你去跳你的黑洞吧，崔维兹。”

说完他立刻转身，头也不回地迅速离去。

裴洛拉特似乎有点震惊。“你这样做是不智之举，葛兰，老伙伴，我本来可以从他口中得到更多的资料。”

“不，你办不到。”崔维兹用严肃的口气说，“凡是他不准备让你知道的事，你休想从他嘴里套出来。詹诺夫，你不了解这个人。连我也是直到今天，才认清他的真面目。”

03

崔维兹坐在椅子里一动不动，陷入了沉思。

裴洛拉特一直不敢打扰他，最后还是忍不住说："我们要在这里坐一夜吗，葛兰？"

崔维兹吓了一跳。"不，你说得对，我们还是到人多的地方比较好。走吧！"

裴洛拉特马上站起来，又说："不可能有人多的地方，康普说今天是什么沉思日。"

"他是这么说的吗？我们刚才来的时候，路上难道没有车子吗？"

"对啊，是有一些。"

"我看还真不少哩。此外，当我们进入市区时，它难道是一座空城吗？"

"那倒也不像。话说回来，你必须承认此地几乎没有人迹。"

"是的，没错，这点我特别注意到了。但还是走吧，詹诺夫，我肚子饿了。附近一定有吃饭的地方，而且我们吃得起好东西。我们总该有办法找到一家好餐厅，尝一尝赛协尔的新奇口味，但如果我们没勇气尝试，还是可以吃些银河标准菜肴。来吧，等我们到了安全的地方，我再对你说说我认为刚才究竟是怎么回事。"

04

崔维兹靠回椅背上，感觉浑身舒畅，好像元气都恢复了。就端点星的标准而言，这家餐厅不算豪奢，但各方面都显得新奇。在餐厅的一角，有个烹饪用的明火炉，整个餐厅都被烤得暖融融的。肉类都切成小块，刚好可以一口一块，并且配有各种辛辣调味酱。肉块包在一片片又湿又凉又光滑、还有淡淡薄荷香的绿叶里，可以直接用手抓着吃，不必担心被烫到，也不会沾得满手油腻。

侍者特别向他们解释，要连肉带叶一口吃下去。那位侍者显然常常招待外星客人，当崔维兹与裴洛拉特拿着汤匙，小心翼翼地盛取冒着热气的肉块时，他在一旁露出慈父般的笑容。而当他们发现绿叶不但可以中和肉块的温度，又能保护手指头的时候，侍者显然觉得十分欣慰。

崔维兹赞叹道："太可口了！"吃完后决定再叫一客，而裴洛拉特也不例外。

接着他们又吃了一客松软微甜的点心，侍者便端来咖啡。两人发现咖啡竟带有焦糖味，不以为然地摇了摇头，又不约而同地加了些糖浆，这个举动令一旁的侍者大摇其头。

然后，裴洛拉特问道："好啦，刚才在旅游中心，究竟发生了什么事？"

"你是指康普那件事？"

“难道我们还有别的事该讨论吗？”

崔维兹四下望了望。他们坐在一个深陷的壁凹里，但隐密性仍然有限，好在餐厅高朋满座，鼎沸的喧哗刚好是最佳的掩护。

他压低声音说：“他跟踪我们到赛协尔，这件事难道不奇怪吗？”

“他说他具有跟踪的直觉。”

“没错，他曾在超空间竞逐中拿到大学组冠军，直到今天我才感到这也有问题。我相当清楚，如果一个人训练有素，练成一种直觉反射，就能根据一艘船舰的准备动作，判断它会跃迁到哪里去。可是我无法理解，康普如何能判断一连串的跃迁。我当初只负责首度跃迁的准备工作，后面的都交由电脑处理。康普当然能判断我们的首度跃迁，但是他究竟有什么魔法，能够猜到电脑最里头的数据？”

“可是他做到了，葛兰。”

“他的确做到了。”崔维兹说，“我唯一想象得到的答案，就是他事先知道我们准备去哪里。他是预知结果，而并非靠判断。”

裴洛拉特考虑了一下。“好孩子，这很不可能。他怎么会知道？在我们登上远星号之前，连我们自己都还没决定要去哪里。”

“这点我知道。沉思日这种说法又如何？”

“康普并没有骗我们。刚才进餐厅的时候，我们问过侍者，他说今天的确是沉思日。”

“没错，他这么说过，但他是在强调餐厅并未休业。事实上，他说的是：‘赛协尔城不是穷乡僻壤，我们今天照常营业。’换句话说，今天的确有人闭门沉思，可是大城市不作兴这一套；城里人多少有些世故，不像乡下人那么虔诚。因此今天的交通繁忙依旧，或许比平常日子好一点，但仍算是够忙的。”

“可是，葛兰，当我们在旅游中心的时候，并没有任何人走进来。我注意到了，没有一个人进来过。”

“我也注意到了，我甚至走到窗口，向外看了一下。结果我清楚看到，周围街道上有不少行人和车辆，但就是没有人走进来。沉思日是个很好的借口，若非我打定主意，不再相信这个异邦人养的，我们绝不会对这个幸运时机感到怀疑。”

裴洛拉特问道：“那么，这一切又有什么意义？”

“我认为答案很简单，詹诺夫。这个人即使在另一艘太空艇上，仍然能在我们决定目的地之后，立刻知道我们准备去哪里；这个人还能在一个热闹的地区，让一座公共建筑保持无人状态，以便适合我们三人密谈。”

“你是要我相信，他有办法制造奇迹？”

“正是如此。搞不好康普正是第二基地的特工，因而可以控制他人心灵；搞不好他能在另一艘太空艇中，读取你我的心灵内容；搞不好他能迅速闯过太空海关站；搞不好他能用重力推进降落，而使边境巡逻不加理会；搞不好他能运用心灵影响力，使得路人都不想进入旅游中心。”

“众星在上，”崔维兹现出愤慨的神情，继续说，“循着这条线索，我可以一直追溯到刚毕业的时候。我并没有跟他一起旅行，我记得是我自己不想去。这是不是他影响了我呢？一定是他必须单独行动，他真正的目的地又是哪里呢？”

裴洛拉特把面前的杯盘推开，好像是想腾出一点地方，以便有足够的思考空间。没想到这个动作却召来了机械茶房——一个自动的小餐车，于是两人便将杯盘与餐具移到餐车上。

等到餐车离去后，裴洛拉特才说：“这可是疯狂的想法，别忘了，任何事都有可能自然发生。一旦你开始怀疑有人在控制一切，你就会顺着这个思路解释每一件事，从此再也无法相信任何人或任何事。别这样，老伙伴，这些都是偶发事件，端看你如何解释，可别陷入妄想而不能自拔。”

“我也不愿过度乐观而无法自拔。”

“好吧，那就让我们用逻辑来推理一番。假设他是第二基地的特务，他为何要冒着让我们起疑的危险，而把旅游中心腾空呢？他究竟说了什么重要的事，即使附近有几个人——而且大家一定各忙各的——又有什么关系呢？”

“这个问题的答案相当简单，詹诺夫。他得将我们的心灵置于严密观察之下，不希望有其他的心灵造成干扰。也就是说不要有杂讯，不要有造成紊乱的机会。”

“这又是你自己的解释。他跟我们的那番对话，到底又有什么重要性？我们大可认为，正如他自己坚称的那样，他来找我们，只是为了解释他的作为，并且向你道歉，同时警告我们可能出现的麻烦。除此之外，他还可能有什么其他目的？”

此时，位于餐桌一侧的小型刷卡机发出柔和的闪光，并显示出这一餐的费用。崔维兹伸手从宽腰带中摸出信用卡，这种具有基地印记的信用卡全银河通用，基地公民不论走到哪里，只要一卡在手便能通行无阻。他顺手将信用卡插入槽孔，不一会儿就结清了账。崔维兹（出于天生的谨慎作风）检查了一下余额，才将信用卡放回口袋。

他又转头四处看了看，确定了其他客人都没有露出可疑的神色，这才继续说：“还可能有什么其他目的？还有什么目的？他跟我们谈的可不只这些，他还谈到了地球。他告诉我们地球已经死了，并且极力怂恿我们去康普隆。你说我们该不该去？”

“我也正在想这件事，葛兰。”裴洛拉特坦然承认。

“就这样子走掉？”

“等我们把天狼星区调查完毕，还可以再回来。”

“难道你没有想到，他来找我们的真正目的，就是要转移我们对赛协尔的注意，让我们自动离开此地？不论我们去哪里都好？”

“为什么？”

“我不知道。听我说，他们原本希望我们去川陀，那是你原先的目的地，也许他们的确指望我们这样做。我却从中搅局，坚持我们应该来赛协尔，这一定是他们最不愿意见到的结果，所以必须设法使我们离去。”

裴洛拉特显得十分不悦。“可是，葛兰，你是在妄下断语。他们为何不希望我们留在赛协尔？”

“我不知道，詹诺夫，但我知道他们想让我们走就够了。我偏要留下来，我绝不打算离开。”

“可是……可是……你听我说，葛兰，第二基地若想要我们离开，何不直接影响我们的心灵，让我们自动上路呢？何必花这么大的工夫，派人来跟我们讲道理？”

“既然你提到这一点，教授，他们难道没有对你动手脚吗？”崔维兹眯起双眼，露出狐疑的神色。“难道你不想离开这里吗？”

裴洛拉特吃惊地望着崔维兹。“我只是认为这样做颇为合理。”

“倘若你受到影响，当然会这么认为。”

“可是我并没有……”

“如果你真的受到影响，当然会发誓绝对没这回事。”

裴洛拉特说：“如果你用这种方式把我套牢，我根本无法反驳你的武断指控。你打算怎么做？”

“我要留在赛协尔，而你也得留下来。你自己无法驾驶太空艇，所以如果康普影响了你，他就是选错了对象。”

“好吧，葛兰，我们就留在赛协尔。等到发现其他该走的理由，那时再走不迟。毕竟，我们无论如何不该吵架，或去或留都比起内讧来得好。好啦，老弟，如果我真的受到影响，难道会这么轻易改变心意，像我现在打算做的这样，高高兴兴依着你吗？”

崔维兹考虑了一会儿，突然仿佛福至心灵，不但露出笑容，并且伸出手来。“我同意，詹诺夫。我们回太空艇去吧，明天再从另一个管道着手——希望我们想得到其他管道。”

05

曼恩·李·康普不记得自己是何时被吸收的。原因之一是他当时年纪还小；原因之二，是第二基地的特工行事极为谨慎，一向尽可能湮灭行迹。

康普是第二基地的“观察员”，第二基地分子若遇到他，都能立刻认出他这个身份。

这代表康普熟悉精神力学，能和第二基地分子用他们的方式沟通到某种程度，可是在第二基地成员中，他处于最低的阶层。他也能窥视他人的心灵，但无法进行调整，他所接受的训练从未达到那个境界。他只是观察员，并非一名执行者。

因此，他顶多只能算第二基地的二等成员，但他并不在意——并不很在意。他晓得自己在一个大计划中，扮演着举足轻重的角色。

第二基地在建立之初，低估了任务的困难度，认为以其为数不多的成员就足以监控整个银河；只需要偶尔在某些地方作最轻微的调整，就能维护谢顿计划的正常运作。

骡的出现，打破了他们这种错觉。这个不知何处冒出来的突变异种，发动的攻势令第二基地措手不及，因而束手无策（第一基地当然也一样，不过这点并不重要）。足足过了五年，第二基地才策划出反击行动，并牺牲了许多性命，才终于遏止骡的攻势。

在帕佛的领导下，又花了令人痛心的代价，谢顿计划才完全回到正轨。痛定思痛之余，帕佛终于决心采取适当措施。在避免暴露踪迹的前提下，他决定大举扩张第二基地的活动，因此成立了“观察团”。

康普不晓得银河中总共有多少位观察员，就连端点星上有多少也不知道，因为这并非他应该知道的事。在理想状况下，任何两名观察员都不能有明显的联系，如此才能避免互相株连。第二基地的每一位观察员，都是直接与位于川陀的高层联系。

康普一生最大的心愿，就是有朝一日能踏上川陀。虽然他明白这种机会极小，却也知道的确有观察员调升到川陀，只不过极为罕见。一位优秀的观察员所具备的条件，绝不足以将他送上圆桌会议。

就以坚迪柏为例，他比康普年轻四岁，想必跟康普一样，自小即被第二基地吸收。不同的是，他直接被带往川陀，如今已成为一名发言者。对于这个事实，康普从未怀疑有什么不公平。从两人近来的频繁接触中，康普体会到了这个年轻人的心灵力量。面对如此强大的力量，康普连一秒钟也无法抵挡。

对于自己的低下地位，康普并未常常察觉，更没有什么机会感到自卑。无论如何，那只是就第二基地的标准而言（他想，其他观察员的情况一定也差不多）。在川陀以外的世界上，在不受精神力量主导的社会中，观察员都很容易获得极高的社会地位。

以康普自己来说，他求学的过程一帆风顺，而且始终有许多优秀的朋友。他也能轻易挪用精神力学的技巧，来增强自己与生俱来的直觉（他十分肯定，自己当初会被吸收，正是由于这种天生的直觉）。借着这种能力的帮助，他成了超空间竞逐赛的明星，进而成为大学中的英雄人物，这就等于在政治生涯中迈开第一步。一旦渡过目前这个危机，他的政治前途更是难以限量。

假如这个危机获得圆满解决——这点他可以肯定——谁会忘记是康普首先发现崔维兹异于常人呢？（这是指崔维兹的心灵，并非他的外表，后者谁都看得出来。）

他是在大学时代认识崔维兹的，起初，只是将他当做一个乐观活泼、心思敏捷的好朋友。然而有一天早上，康普从昏睡中醒来，在半睡半醒的无我境界中，他的意识之流激荡出一个古怪的念头：崔维兹未被第二基地吸收，是何等令人遗憾的事。

当然，崔维兹根本不可能被第二基地吸收。他是端点星土生土长的居民，不像康普，是来自其他世界的移民。即使不考虑这个因素，如今也为时已晚。唯有十几岁的少年才有足够的塑性，能够接受精神力学的传授。过去，第二基地的确曾将这门技艺（它并非仅仅是“科学”）强行灌输到成年人僵固的大脑中，不过仅限于谢顿之后的第一和第二代。

既然崔维兹不具备成为第二基地一员的资格，而且早已过了被吸收的年龄，康普为何会关心这个问题呢？

再度碰面时，康普钻入崔维兹的心灵深处，终于发现令他不安的真正原因。崔维兹的心灵结构极其特殊，许多方面都和他所学的规则抵触。他一而再、再而三地被它考倒。当他观察这个心灵的运作时，他又看到许多空隙。不，不是真正的空隙，不是一无所有的真空，而是崔维兹心灵中深不见底的部分。

康普无法判断他的发现有何意义，可是从此以后，他就循着这条线索观察崔维兹的言行举止。不久他就怀疑，崔维兹具有一种不可思议的能力，能够根据看似不充分的资料，做出正确的结论。

这点是否跟他心灵中的空隙有关？当然，这是精神力学上的深奥问题，绝对超出康普的能力范围，或许只有圆桌会议的成员能够解答。事实上，崔维兹自己对这种能力也并不十分明了，这使得康普产生一种焦虑，并想到自己也许可以……

可以做什么？康普本身的知识无法提供正确答案。对于崔维兹拥有的这种能力，他几乎能看出其中的意义，但并非完全清楚。他仅仅得到一个直觉式的结论，或许只能说是猜测：崔维兹有可能成为极其重要的人物。

既然有此可能，就要把握机会，于是康普冒险从事似乎超越自己权限的行动。反正，只要自己猜得正确……

如今回想起来，当初不知道哪里来的勇气，使他能够坚持到底。起初，他的报告根本无法送达圆桌会议，总是在半途便遭到搁置。后来他不得不接受这个事实，只好（自暴自弃地）去找圆桌会议中最资浅的成员。最后，史陀·坚迪柏终于有了回应。

坚迪柏耐心地听取他的报告，而且从那时候开始，两人就建立起一种特殊的关系。康普之所以和崔维兹维持友谊，就是为了替坚迪柏搜集情报。而在坚迪柏的指示下，康普诱使崔维兹一步步走入陷阱，终于令他遭到放逐。唯有透过坚迪柏，康普才有可能实现自己的梦想（他感到有希望了），在有生之年调升到川陀。

然而，他们所作的一切准备，都是为了把崔维兹送到川陀。如今崔维兹擅自改变行程，着实令康普大吃一惊，而且（康普认为）

坚迪柏也未曾预见这件事。

总之，坚迪柏已匆匆赶来此地与康普会合，这使得危机感更浓了。

康普送出了超波讯号。

06

坚迪柏在睡梦中，心灵突然感到一下轻触。由于它直接影响“唤觉中心”，因此效率极高，而且不会使人有任何不适。下一瞬间，坚迪柏便已清醒。

他在床上坐起来，被单随即从身上滑落，露出健壮而肌肉饱满的躯体。他认得出那是谁发出的轻触，因为对一位精神学家而言，每个人的精神力量各有特征，正如主要借着声波沟通的普通人，能够根据声音分辨出是谁在说话。

坚迪柏送出一道标准讯号，询问对方能否稍等一会儿，结果收到“无紧急状况”的回讯。

于是，坚迪柏不慌不忙地开始晨间的梳洗工作。而再度进行接触时，他尚未离开太空船的淋浴室，洗澡水正在排入回收系统。

“康普吗？”

“是的，发言者。”

“你跟崔维兹还有另外那个人谈过了吗？”

“那个人叫裴洛拉特；詹诺夫·裴洛拉特。我跟他们谈过了，发言者。”

“很好。再给我五分钟，我来安排视觉接触。”

他向驾驶舱走去，半途碰到了苏拉·诺微。她一脸困惑地望着他，好像有话要说，他却伸出一根手指放在嘴唇中央，使她立刻打消那个念头。坚迪柏对于她心灵中强烈的爱慕/崇敬情绪仍旧感到有点不自在，可是说来奇怪，它却渐渐成为一种令人欣慰的正常氛围。

他伸出一条精神触须勾住她的心灵，这样一来，若有任何外力入侵他的心灵，她一定同时受到影响。由于她的心灵单纯无比（坚迪柏忍不住想，凝视着那种朴实的匀称美感，总是给人带来无穷的喜悦），附近倘若出现任何异类心灵场，保证可以侦测出来。当初，他们两人站在大学门口时，她表现出令他感动的谦恭态度；正是由于她对学者的崇拜，才使她在自己最需要帮助的时候适时出现。坚迪柏想到这里，感激之情油然而生。

他呼叫道：“康普？”

“我在这里，发言者。”

“请你放松，我必须检视你的心灵，希望你千万别介意。”

“请便，发言者。我能否请问目的是什么？”

“要确定你并未遭受外力侵扰。”

康普说：“我知道你在圆桌会议中有政敌，发言者，可是他们绝对不会……”

“别乱猜，康普，放轻松。很好，你没有受到侵扰。现在，请你跟我合作，我们马上建立视觉接触。”

接下来发生的事，若用普通文字描述，就是两人同时产生幻象。这种影像普通人绝对看不到，也没有任何仪器能侦测出来。唯有训练有素的第二基地分子，才能凭借精神力量，帮助对方捕捉这种影像。

所谓的视觉接触，就是将对方的面容投射到自己的心灵幕上，但即使是最高明的精神学家，也只能产生一个模糊不清的轮廓。此时，坚迪柏仿佛透过一层晃动的薄纱，看到康普的脸孔映在半空中，而他很清楚，如今在康普面前，自己的脸孔看起来也是这个样子。

物理科学发展出的超波，能将清晰的影像送到遥远的地方，双方即使相隔一千秒差距，通讯时也有面对面的感觉。在坚迪柏的太空船上，当然也有这种装置。

然而，精神视觉自有优点。最主要的是，第一基地所拥有的任何装置都无法截收，甚至第二基地分子彼此之间也截收不到。虽然心灵活动或许会被他人察觉，但是没有什么关系，因为精神视觉通讯的精髓，全在于面部表情的细微变化。

至于那些反骡，嗯，只要诺微的心灵保持澄净，就足以保证他们不在附近。

坚迪柏说："康普，把你跟崔维兹以及裴洛拉特的谈话经过，精确地告诉我，要精确到心灵深处的程度。"

"当然没问题，发言者。"康普说。

他的转述虽然达到心灵深处的精确度，远比鹦鹉学舌内容丰富得多，整个过程却没有花太多时间。因为利用语音、表情与精神力场的组合，可将讯息的密度压缩许多倍。

坚迪柏专心望着面前的影像，因为在精神视觉中，几乎没有冗余的讯息。在普通的肉眼视觉中，甚至在跨越数秒差距的超波影像中，都包含大量的光学资讯，远超过辨识上的需要，即使漏失一大部分，也不会有什么严重损失。

然而，如同雾里看花的精神视觉，虽然具有绝对安全的优点，代价则是不能忽视任何讯息。每一个位元，都具有重大的意义。

在位于川陀的第二基地上，流传着许多骇人的故事，导师总是喜欢借着这些故事，对弟子强调全神贯注的重要性。其中最常被转述，也是最不可靠的一则故事，内容是说在骡尚未攻占卡尔根之前，第二基地驻外人员已经注意到骡的动向，并利用精神视觉向川陀回报。可是负责通讯的低层工作人员，却以为那是一种像马的动物。因为其中有一个微小讯号，注明那是一个“人名”，但他或是没注意到，或是根本没有看懂。所以他认为整件事毫不重要，不值得将这个消息转给高层。等到下一个报告送来，第二基地已经来不及立即采取行动，只好展开为期五年的艰苦奋战。

这件事几乎肯定是子虚乌有，但这并不重要。它本来就是个戏剧性的故事，目的只是要鼓励弟子养成专心一意的好习惯。坚迪柏记得自己在求学过程中，曾在接收精神视觉讯息时犯了一个小错，他自认一点都不重要，也不至产生任何误会。但是他的师父老肯达斯特——一个彻头彻尾的暴君，立刻发出一阵冷笑，并说：“一种像马的动物，坚迪柏学员？”这么一句话，便足以令他羞愧得无地自容。

康普转述完了。

坚迪柏说：“请你估算一下崔维兹的反应。你比我，也比任何人都更了解他。”

康普说：“目前的情势已足够明显，精神指标显示得一清二楚。他认为我的言行代表我亟欲劝他们离开，无论去川陀也好，去天狼星区也好，去任何地方都好，就是不要他们前往原来的目的地。根据我的推测，这就代表他会坚决留在原地。简言之，我一再强调他应该离去，促使他认为这点极为重要，由于他自认立场和我有一百八十度的差别，凡是他以为我希望他做的事，他都会故意反其道而行。”

“你有把握吗？”

“相当有把握。”

坚迪柏考虑了一下，断定康普的看法的确没错。他又说：“我很满意，你做得很好。那个地球毁于放射性的故事，你选得极为恰当，不必直接操控心灵，便能使对方产生适当的反应。值得赞赏！”

康普似乎自我挣扎了一下子。“发言者，”他说，“我无法接受你的称赞。这个故事并不是我捏造的，而是千真万确的。在天狼星区，真有一颗叫做地球的行星，而且大家的确认为它就是人类的故乡。它很早就带有放射性，不知道是原本就有，还是后来才发生的变故。由于情况愈来愈恶劣，这颗行星最后终告灭亡。当年也真有人发明出心灵强化装置，只是一直无用武之地。在我祖先的母星上，这些都被视为历史。”

“真的吗？实在有趣！”坚迪柏显然并非十分相信，“这样更好。知道真话何时派得上用场，也是可佩的本事，因为假话总是无法说得那么真诚。帕佛曾经说过：‘谎言愈接近真话愈好，而真话本身若运用得当，则是最佳的谎言。’”

康普说：“我还有一件事报告，由于你曾经指示，在你抵达赛协尔星区之前，要不计任何代价让崔维兹留在此地，我不得不使出浑身解数。因此，他显然已经怀疑我受到第二基地的影响。”

坚迪柏点了点头。“我想，在如今这种情况下，这是无法避免的。他的偏执狂已经到了走火入魔的地步，即使没有第二基地踪迹之处，他也能够无中生有。我们必须接受这个事实。”

“发言者，假如崔维兹绝对有必要留在此地，以便你亲自处理，不如让我前去与你会合，用我的太空船带你回来。这样一天之内就能……”

“万万不可，观察员。”坚迪柏厉声答道，“你绝不能这样做。端点星晓得你的下落，你的太空艇上有个无法拆卸的超波中继器，对不对？”

“没错，发言者。”

“既然端点星知道你登陆了赛协尔，他们一定已经通知驻赛协尔大使，而那位大使也一定知道崔维兹亦在此地。假使你来接我，超波中继器就会泄露你的行踪，让端点星知道你曾经离开，前往几百秒差距之外，然后又迅速折返。可是那位大使却会向端点星回报，崔维兹始终留在原地。根据这些情报，端点星上的人会怎么想？不管怎么说，端点市长总是个精明的女人，我们最不愿意犯的错误，就是做出令她起疑的举动，让她因而提高警觉。我们绝不希望她率领舰队远征此地，无论如何，这个可能性高得令人担心。”

康普说：“对不起，发言者，既然我们能控制舰队司令的心灵，又何必怕什么舰队呢？”

“不论我们多么有恃无恐，没有舰队出现总能再减一分顾虑。你就留在原地，观察员，我抵达后立刻与你会合。我会登上你的太空艇，然后……”

“然后怎样，发言者？”

“然后，就由我来接掌一切。”

07

关上精神视觉之后，坚迪柏并没有离开座位。他坐在那里，沉思了良久。

相较于第一基地的先进科技，他的太空船显得相当原始，因此前往赛协尔的旅程不免十分漫长。他刚好利用这段时间，阅读了有关崔维兹的每一份报告，这些报告几乎涵盖前后十年的时间。

不论是根据崔维兹的条件，或是最近发生的诸多事件，坚迪柏都百分之百确定，崔维兹可以成为第二基地的优秀成员。可惜自从帕佛时代，就传下一个严格规定，不准吸收端点星出生的人。

其实几世纪以来，第二基地不知错失多少绝佳的人才。银河总共有数千兆的人口，不可能一一加以评估。然而，不会有任何人比崔维兹更具潜力，更没有任何人曾经处于比他更敏感的地位。

坚迪柏微微摇了摇头。无论崔维兹是不是端点星土生土长的，他都绝对不该遭到忽视。好在康普观察员独具慧眼，实在功不可没，更何况当时崔维兹早已成年。

当然，如今崔维兹对他们毫无用处。他的年纪已经太大，早就没有可塑性。可是他仍然具有天生的直觉，能够根据相当有限的资料，猜测出正确的答案。此外……此外……

老桑帝斯虽然步入晚年，但终究是第一发言者，而且整体而言，他还是相当优秀的一位。当时，他手头没有相关资料，也没有预见坚迪柏在这趟旅程中才作出的推论，但桑帝斯却看出了那个“此外”，认为崔维兹正是这个危机的关键。

崔维兹为什么来到赛协尔？他到底有什么打算？他究竟在干什么？

绝对不能轻易动他！这点坚迪柏极为肯定。在弄清楚崔维兹的确实角色之前，任何企图改造他的尝试都是天大的错误。那些反骡——不论他们是何方神圣——正在一旁虎视眈眈，假如对崔维兹（尤其是崔维兹）采取了错误的行动，很可能等于在自己面前，引爆了一颗威力无穷的“微太阳”。

他突然感到另一个心灵在附近徘徊，想也不想就随便一挥，像是挥走那些川陀特产的蚊虫，只不过他用的不是手劲，而是发自心灵的力量。几乎在同一瞬间，他感到一股外来的痛觉，于是抬起头来。

苏拉·诺微用手掌捂着皱起的额头。“对不起，师傅，我的头忽然感觉痛苦。”

坚迪柏马上后悔不已。“很抱歉，诺微，我没有注意，或者应该说太专注了。”他以迅速而温柔的动作，抚平了被他搅乱的精神纤维。

诺微随即展现快活的笑容。“忽然就消失没有了，师傅，你说话的声音可以帮我治病。”

坚迪柏说：“好极了！有什么问题吗？你怎么会在这里？”他并没有自行找出答案，因为他愈来愈不愿意侵犯她的隐私，所以禁止自己进入她的心灵深处。

诺微显得犹豫，微微俯身凑向他。“我在担心。你的眼睛没有在看哪里，嘴巴发出声音，脸孔还扭曲。我待在这里，吓得不敢乱动，惊怕你系身体虚弱——生病了——不明白该怎么做。”

“我没事，诺微，你不用害怕。”他轻拍着她的手背，“根本没有什么好怕的，你了解吗？”

恐惧，或是任何强烈的情绪，多少都会扭曲或搅乱她心灵的匀称状态。坚迪柏希望她的心灵永保平静、安详、愉悦，却又不愿靠外力达到这个目的。他刚才对她做的微调，她还以为是言语造成的效果，他相信这就是最好的方式。

他说：“诺微，何不让我叫你苏拉呢？”

她抬头望向他，现出苦恼的神色。“喔，师傅，请不要这样做。”

“可是我们认识的那一天，鲁菲南就是这么叫你的。何况现在我跟你很熟了……”

“我很明白他系这样子叫我，师傅。一个女孩还没有男人，还没有订亲，还系……单独一个人，男人系这样叫她没错。如果你叫我诺微，我会更加光荣，我会感觉骄傲。虽然说我现在没有男人，但我有师傅，所以我快乐。我让你叫我诺微，希望你不会感觉生气。”

“当然不会，诺微。”

她的心灵立时显得光润美丽，坚迪柏因此很高兴，简直是太高兴了。他应该感到那么高兴吗？

他觉得有点不好意思，因为他想到，当年的骡应该就是如此受到影响，被那个第一基地女子贝泰·达瑞尔吸引，因而导致他的失败。

自己的情形当然不同。这个阿姆女子是他抵御异类心灵的武器，他自然希望她能发挥最高的效率。

不，这并非真正原因！如果他不再了解自己的心灵，甚至故意欺骗自己而回避现实，他就不配做一位发言者。他觉得欣慰的真正原因，是她在没有受到自己的影响下，就能显现出内生的平静、安详与愉悦。换句话说，他之所以欣慰，纯粹是由于她的表现，而这

（坚迪柏在心中辩解）根本没有什么不对。

他说："坐下来吧，诺微。"

她依言坐下，却坐在离坚迪柏最远的地方，而且只坐在椅子的最外缘。她心中盈溢着崇敬之情。

他开始解释："当你看到我发出声音的时候，诺微，我正在用学者的方式，跟很远的人在讲话。"

诺微突然难过起来，双眼凝视着地板。"我懂了，师傅。邪者的方式我有太多不了解，而且想象不到，那系像山一样高的技艺。我却来找你想要成为邪者，我感觉羞愧。师傅，为什么你不要嘲笑我？"

坚迪柏答道："企望一些自己能力范围之外的事物，并没有什么好惭愧的。想要成为像我这样的学者，你现在已经来不及了，但你永远可以多学点新东西，多学点以前不会做的事。我将教你一些有关太空船的知识，等到我们抵达目的地，你就会对它了解不少。"

他感到心情愉快。这又有何不可？他有意要抛弃对阿姆人的成见。无论如何，多元化的第二基地成员，究竟有什么权利抱持如此成见？他们的下一代，只有少数适合担任重要职位；而发言者的子女，则几乎无人具备发言者的资格。三个世纪前，据说有祖孙三代皆为发言者的例子，但始终有人怀疑中间那位并非真正的发言者。果真如此的话，这些一直关在大学校园里、把自己摆到神坛上的人，到底算什么呢？

他看到诺微眼中闪出光芒，又因而感到欣慰。

她说："我会努力学习你教我的全部，师傅。"

"我相信你一定会的。"他说——然后犹豫起来，因为他突然想到，刚才和康普交谈的时候，始终没有提到自己并非单独行动，也未曾暗示自己另有同伴。

带着一名女子同行，或许是理所当然的事，至少康普绝对不会大惊小怪。可是，一个阿姆女子？

虽然坚迪柏早就想通了，既有的成见却再度主宰他的心灵。一时之间，他发觉自己竟然感到庆幸，康普从来没有到过川陀，因此不会认出诺微是阿姆人。

他随即挥掉这个念头。康普知不知道并没有关系，任何人知道了都没有关系。自己是第二基地的发言者，只要行事不违背谢顿计划，他爱怎么做都行，没有任何人能干涉。

诺微突然问道：“师傅，等我们到了目的地，我们会分离吗？”

坚迪柏双眼盯着她，他的语气或许比自己的预期更重了些。“我们不会分开的，诺微。”

这位阿姆女子露出羞答答的笑容，看起来跟银河中任何一个女人没有两样。

第十三章

大 学

01

裴洛拉特刚踏进远星号，鼻子就皱了一下。

崔维兹耸了耸肩。“人体是强力的气味散发器。空气循环系统无法瞬间排出体臭，而人工除臭剂只能压制那些气味，并不能取而代之。”

“我猜，任何两艘太空船的气味都不一样，除非待在上面的是同一批人。”

“说得很对。但你在赛协尔行星待了一个钟头之后，还会闻到什么怪味吗？”

“没有了。”裴洛拉特承认。

“好，那么再过一阵子，你也就闻不到这里的味道了。事实上，假如你在某艘船上生活得够久，一旦回到船上闻到那种味道，就会有回到家的感觉。还有一件事，如果以后你成为一位银河游侠，詹诺夫，那么就得记住，批评某艘船舰或某个世界的气味，是对当事人相当失礼的行为。当然，我们两人说说倒无所谓。”

“说来还真有意思，崔维兹，我的确把远星号当成自己的家，至少它是基地制造的。”裴洛拉特微微一笑，“你可知道，我从来不认为自己爱国，总觉得自己把全人类都当成同胞。可是我得承认，如今一旦远离基地，我心中充满了对它的爱。”

崔维兹正在整理床铺。“你知道吗，其实你并没有远离基地。

赛协尔联盟几乎被基地联邦的疆域包围，这里有我们的大使，还有领事以下的许许多多代表。赛协尔人喜欢在口头上跟我们唱反调，可是他们通常行事非常谨慎，不敢做出任何触怒我们的举动。詹诺夫，上床睡觉吧。今天我们一无所获，明天必须加把劲。”

两人虽然睡在不同的寝室，彼此的声音仍旧听得很清楚。熄灯之后，裴洛拉特在床上翻来覆去睡不着，终于忍不住轻轻喊了一声：“葛兰？”

“嗯。”

“你还没睡吗？”

“你讲话我当然不能睡。”

“其实我们今天有点收获。你的朋友康普……”

“以前的朋友。”崔维兹吼道。

“不管他跟你还是不是朋友，但他提到了地球。他告诉我们一件事，是我过去在研究中从未遇到的，那就是放射性！”

崔维兹用手肘撑着床铺，半坐了起来。“听好，詹诺夫，就算地球真的完蛋了，也不代表我们就要打道回府。无论如何，我仍然要找到盖娅。”

裴洛拉特用力吐出一口气，像是在吹开一团羽毛。“我亲爱的兄弟，这不在话下，我也这么想。而且，我并不认为地球已经死了。康普告诉我们的事，或许他自己信以为真，但是银河的每一个星区，几乎都有自己的传说，认为人类的发源地就是附近某个世界。他们绝大多数将那个世界称为地球，或是某个同义的名称。

“在人类学中，我们将这种现象称为‘母星中心主义’。人类总有一种倾向，认为自己的世界必定比邻近世界好，自己的文化则比其他世界的更古老、更优越。其他世界的好东西都是跟自己学来的；而别人的坏东西，则是在学习过程中遭到扭曲或误用，或者根本是源自他处。此外人类还倾向于将优越和久远划上等号。如果无法自圆其说地坚称母星就是地球，亦即人类这种生物的发源地，也总是想尽办法把地球置于自己的星区中，即使说不出正确位置也不要紧。”

崔维兹说：“你是想告诉我，康普也犯了这个毛病，才会说地球位于天狼星区。话说回来，天狼星区的确拥有悠久的历史，其中每个世界应该都有点名气，即使我们不到那里去，也不难查证这个说法。”

裴洛拉特呵呵笑了几声。“就算你能证明天狼星区每个世界都不可能是地球，那也毫无帮助。葛兰，你低估了神秘主义将理性埋葬的深度。银河中至少有六七个星区，其中的权威学者都再三强调当地的传说——不论他们管地球叫什么，反正它藏在超空间里面，除非让你刚巧碰着，否则谁也找不到。他们在转述那些传说时，全都一本正经，脸上没有一丝笑容。”

“那么他们是否提到，有人刚巧碰到过呢？”

“那样的传说数之不尽，即使内容荒诞不经，外人从来不买账，但是在创造那些传说的世界上，由于本土意识作祟，人们总是拒绝否认。”

“那么，詹诺夫，我们自己可别相信那些说法。让我们进入梦中世界的超空间吧。”

“可是，葛兰，我感到有兴趣的，是地球具有放射性这件事。我认为这种说法似乎有道理，至少有点道理。”

“你所谓的有点道理，指的是什么？”

“嗯，所谓具有放射性的世界，是指那个世界的放射线强度大于一般行星。因此在这种世界上，突变的几率较高，演化也就进行得较快，而且更为多样化。如果你还记得，其实我告诉过你，几乎所有的传说都有一个共通点，就是地球上的生物种类多得难以想象，共有数百万各式各样的物种。可能正是由于生命的多样化，这种爆炸式的多样化，智慧生物终于在地球出现，进而涌向银河各个角落。如果地球因为某种缘故而带有放射性——我是指有较强的放射性，也就是说，比其他行星更具有放射性——或许就能解释地球各方面的唯一性。”

崔维兹沉默了一阵子，然后说：“首先，我们没有理由相信康普讲的是真话。他可能根本是随口胡说，目的只是想诱使我们离开这个地方，然后疯了似地赶往天狼星区。而且我相信，事实正是如此。即使他说的是实话，他的意思也是说，地球具有过量的放射性，上面不可能再有任何生命。”

裴洛拉特又做出撮嘴吹气的动作。“地球原本不会有太强的放射性，不至于令生命无法出现。而生命一旦形成之后，即使环境变恶劣了，还是有可能延续下去。那么假如说，地球的确出现过生命，并且不断繁衍绵延，那么最初的放射性就不可能太强，而随着时光的流逝，放射性只会逐渐衰减，因为不可能自动增加。”

“核爆有没有可能？”崔维兹举例。

“这有何相干？”

“我的意思是，假如地球上曾经发生过核爆呢？”

“在地球表面？绝对不可能。没有任何社会愚蠢到那种程度，竟然想用核爆作为战争武器，即使翻遍银河历史，也找不到任何记载。那样做，会使大家同归于尽。在三胺星叛乱事件中，当双方几乎都弹尽粮绝之际，简迪普鲁斯·寇拉特曾经建议，引发一场核融合反应……”

“结果他被自己舰队的战士吊死了。我不是没读过银河史，我是想或许发生了意外。”

“能将整颗行星的放射性增强许多倍的意外，历史上从来没有这样的记载。”他叹了一口气，“我认为，当我们把手头的问题解决之后，一定得到天狼星区去做些探勘。”

“改天也许我们会去，不过现在——”

“好，好，我这就闭嘴。”

裴洛拉特果然不再出声。崔维兹又在黑暗中躺了将近一个小时，将情势衡量了一番。自己是否已经吸引太多的注意力？是不是应该立刻前往天狼星区，等到所有的注意力都转移之后，再悄悄转往盖娅？

当他沉沉睡去之际，心中尚未作出明确的决定。他在梦中都觉得不安稳。

02

第二天，他们直到近午时分才进城。今天旅游中心变得相当拥挤，但他们还是设法找到参考图书馆，然后在那里，学会了如何操作当地的资料搜寻电脑。

他们从最近的地点开始，仔细查遍所有的博物馆与大学，试图搜寻任何有关人类学家、考古学家以及古代史学家的资料。

裴洛拉特突然叫道：“啊！”

“啊？”崔维兹不太客气地说，“啊什么？”

“这个名字，昆特瑟兹，看来似乎有点眼熟。”

“你认识他？”

“不，当然不认识，但我可能读过他的论文。在太空艇上，我搜集的那些参考资料……”

“我们可别回去，詹诺夫。这个名字如果眼熟，就是我们的第一条线索。他即使不能帮我们的忙，也必定能指点一二。”他站了起来，“我们想办法到赛协尔大学去吧。不过午餐时间不会有人在，所以我们干脆先去吃饭。”

结果下午过了一大半，他们才来到那所大学。然后又在迷宫般的校园里摸索半天，两人才终于找到一间接待室，请其中一位妙龄女郎代为通报。她或许会带他们去见昆特瑟兹，也可能一去不回。

“不知道我们还得等多久，”裴洛拉特等得有点心慌，“学校一定快要下课了。”

真是无巧不成书，他刚说完这句话，离去半小时之久的女郎赫然出现，快步向他们走来。她的鞋子发出红紫相间的闪光，而且每踏出一步，就响起一声尖锐的乐音，音调高低随着步伐的快慢与力道而变化。

裴洛拉特心中一凛。他想，每个世界都有折磨他人感官的独门方法，正如同各行星的气味各有千秋。既然他已经不再注意那种怪味，不知道对于时髦少女走路时发出的刺耳音调，自己是否也能练就充耳不闻的本事。

她走到裴洛拉特面前，停下了脚步。“教授，我能否请问你的全名？”

“小姐，我的全名是詹诺夫·裴洛拉特。”

“你的母星呢？”

崔维兹举起右手，仿佛要让同伴保持沉默，但裴洛拉特不知是没看见还是没注意到，他脱口而出：“端点星。”

妙龄女郎露出灿烂的笑容，显得很高兴。“当我告诉昆特瑟兹教授，说有一位裴洛拉特教授想要求见，他说你若是端点星的詹诺夫·裴洛拉特教授，他就乐意见你，否则一律不见。”

裴洛拉特猛眨着眼睛。“你——你的意思是，他听说过我？”

“显然似乎如此。”

裴洛拉特转向崔维兹，勉强挤出一个生硬的笑容。“他听说过我，我真不敢相信。我的意思是，我只发表过几篇论文而已，我并不认为任何一篇……”他摇了摇头，“那些论文都不算顶重要的。”

“好了，”崔维兹暗自感到好笑，“别再陶醉于这种妄自菲薄之中了，我们走吧。”他转过头来，对那女郎说：“我想，小姐，应该有什么交通工具可搭吧。”

“步行就可以，我们甚至不必离开这个建筑群，我很乐意为两位带路。两位都是来自端点星吗？”说完她就迈开步伐。

两位男士紧跟在后，崔维兹略微不悦地答道：“没错，但有什么分别吗？”

“喔，没有，当然没有。赛协尔上的确有些人不喜欢基地公民，你知道吧，可是在大学里面，我们都抱持着宇宙一家的胸怀。我总喜欢说，人人都有生存的权利。我的意思是，基地人也是人，你懂我的意思吗？”

“懂，我懂你的意思。我们有许多同胞，也常说赛协尔人一样是人。”

“本来就应该这样。我从来没有见过端点星，它一定是个大都会。”

“事实并不尽然，”崔维兹以实事求是的态度说，“我怀疑它比赛协尔城还小。”

“你在故意寻我开心。”她说，“它是基地联邦的首都吧？我的意思是，没有另一个端点星吧？”

“当然没有，据我所知，端点星只有一个，而我们就是打那儿来的，它的确是基地联邦的首都。”

“那么，它就一定是个大都会。你们竟然大老远飞到这里，专程来拜访教授。你知道吗，他是我们引以为傲的人物。大家都认为，他是全银河的首席权威。”

“真的？”崔维兹应了一声，“哪一方面？”

她的双眼又睁得好大。“你真会戏弄人。他对古代史的了解，超过……超过我对自己家人的了解。”她继续踏出伴着音乐的步伐。

她一再拿“寻开心”“戏弄人”这种字眼扣在崔维兹身上，倒也不算冤枉了他。崔维兹微微一笑，又问：“我猜，教授对于地球应该了若指掌吧？”

“地球？”她在某间研究室门前停下脚步，对他们露出茫然的目光。

“你知道的，就是那个诞生人类的世界。”

“喔，你是说‘最早的行星’。我想是吧，我想他应该十分清楚。毕竟，它就在赛协尔星区，这点人人都知道！这就是他的研究室，我来按讯号钮。”

“不，且慢。”崔维兹说，“再等一下，先告诉我一些有关地球的事。”

“其实，我从未听过有人这样称呼它，我想这应该是基地的用词。在此地，我们都管它叫盖娅。”

崔维兹迅速瞥了裴洛拉特一眼。“哦？那么它在哪里？”

“哪里都不在，它在超空间里面，谁也无法找到。当我还是小女孩的时候，祖母曾经跟我讲，盖娅原本在普通空间中，可是由于厌恶——”

“人类的罪恶和愚昧。”裴洛拉特喃喃道，“对于自己散播到银河各处的人类，它感到羞愧，于是它离开了普通空间，拒绝再和人类有任何牵扯。”

“这么说，你也知道这个故事？我有一位女友还说这是迷信。好，我会告诉她。如果连基地的教授都相信……”

研究室门上有一扇灰暗的玻璃窗，映着两行闪闪发光的字体。上面一行印着：索塔茵·昆特瑟兹·亚博，下面一行则是：古代历史学系，两行字都是用难懂的赛协尔字体写成。

女郎在一个光滑的金属圆片上按了按，并没有任何声音响起，但灰暗的玻璃曾短暂变成乳白色。同时，传出一个轻柔的声音，用心不在焉的口气说：“请表明自己的身份。”

“来自端点星的詹诺夫·裴洛拉特，”裴洛拉特答道，“以及来自同一个世界的葛兰·崔维兹。”大门马上转开。

03

昆特瑟兹教授是个年过半百的高个子，有着一身淡棕色的皮肤，一头铁灰色的鬈发。当门打开后，他立刻从书桌后面站起来，绕到门口迎接客人。他伸出手来表示欢迎，并以柔和而低沉的声音说：“我就是索·昆。教授，非常高兴见到你。”

崔维兹说：“我没有什么学术头衔，只是陪同裴洛拉特教授前来，你称呼我崔维兹就行了。很荣幸见到你，亚博教授。”

昆特瑟兹连忙举起手来，神情显得相当尴尬。“不，不，亚博只是一种愚蠢的头衔，在别的世界上毫无意义。请别管它，叫我索·昆就行了。在赛协尔，一般社交场合都习惯用简称。我本来以为只有一位客人，很高兴能多见到一位。”

他似乎犹豫了一下，然后才伸出右手，但在伸出去之前，还在裤子上擦了擦。

崔维兹握着对方的手，却不知道赛协尔的正统礼节该怎么做。

昆特瑟兹说：“请坐吧，只怕两位会发现我的椅子不是活的。可是，我这个人就是不喜欢被椅子拥抱。这年头流行拥抱人的椅子，我却希望拥抱都能有点意义，嗯？”

崔维兹微微一笑，随口答道：“谁不这么想呢？索·昆，你的名字似乎没有赛协尔的味道，有点像是外环世界的名字。如果我这么说很失礼，请你务必原谅。”

“我不会介意的。我的家族可以追溯到阿斯康，五代以前，由于基地的势力愈来愈深入，我的高祖父母才决定移民。”

裴洛拉特说：“而我们正是基地人，实在很抱歉。”

昆特瑟兹亲切地挥了挥手。“我不会为五代以前的事记仇。遗憾的是，这种事情还真不少。你们想不想吃点什么？或是喝点什么？要不要来点背景音乐？”

“如果你不介意，我倒希望直接进入正题。”裴洛拉特说，“除非赛协尔的礼节不允许。”

“赛协尔的礼节并没有这方面的限制，我向两位保证。裴洛拉特博士，你不知道有多么巧，大约两周前，我才在《考古评论》期刊上，读到你写的那篇讨论起源神话的文章。我认为那实在是一篇了不起的综论，只可惜太短了。”

裴洛拉特兴奋得涨红了脸。“你竟然读过那篇文章，真是令我欣喜若狂。我当然得浓缩，因为《考古评论》不愿意刊登全文。我正打算就这个题目，写一篇详细的专论。”

“我希望你赶快写。总之，我读过那篇文章后，就有了想见你一面的愿望。为了达到这个目的，我甚至想要亲访端点星，不过那很难安排……”

“为什么呢？”崔维兹问。

昆特瑟兹又现出尴尬的神情。“很遗憾，我必须这么说，赛协尔并没有兴趣加入基地联邦，因而民间若想跟基地进行任何交流，政府都会横加阻挠。你知道吧，我们一向抱持中立主义。当年连骡都没有侵犯我们，只不过硬要我们发表一篇中立声明。因此之故，任何人想要造访基地领域，尤其是去端点星，政府都会认为动机可疑。不过像我这样的学者，以学术访问的名义提出申请，也许最后还是能领到护照。不过这些都不需要了，你现在就在我面前。我几乎不敢相信这个事实，我问自己：为什么呢？难道不只我听说过你，你也听说过我吗？”

裴洛拉特答道：“我知道你的研究工作，索·昆，而且搜集了你每篇论文的摘要，这就是我来找你的原因。我的研究涵盖两大主题，第一个是地球，也就是所谓的人类起源行星；第二个主题，则是银河早期的探险史和殖民史。我来到这里，是想向你请教赛协尔的创建经过。”

“从你的那篇论文看来，”昆特瑟兹说，“我以为你的兴趣是在神话和传说。”

“我更感兴趣的，其实是真实的历史。但如果找不到，就只好借助于神话和传说。”

昆特瑟兹站了起来，在研究室里快步踱来踱去，半途停下瞪了裴洛拉特一眼，然后又继续踱步。

崔维兹不耐烦地说："教授，怎么样？"

昆特瑟兹说："绝了！真是绝了！刚好就是昨天……"

裴洛拉特问道："刚好昨天怎么样？"

昆特瑟兹说："我刚才说过，裴洛拉特博士——对了，我能不能叫你詹·裴？我觉得称呼全名相当别扭。"

"请便。"

"我刚才说过，詹·裴，我很钦佩你写的那篇论文，因此想要见你一面。我想要见你的目的是这样的，你显然广泛搜集了许多世界的早期传说，偏偏欠缺我们赛协尔的，所以我想为你补充这方面的资料。换句话说，我想见你的原因，和你想见我的原因完全一样。"

"可是这跟昨天又有什么关系呢，索·昆？"崔维兹问道。

"我们拥有许多传说。其中有一则，对我们的社会非常重要，因为它已经成为我们的不传之秘。"

"不传之秘？"崔维兹毫无概念。

"我的意思不是神秘或悬疑的事件。我想，在银河标准语中，'秘'这个字通常是那个意思。在此却是一个特殊的用法，意味着某种秘密的事物，某种只有少数人才能全盘明了的事物，某种不足为外人道的事物——而昨天恰好就是这一天。"

"什么样的一天，索·昆？"崔维兹问道，语气中刻意带着些微不耐烦的情绪。

"昨天正是高飞纪念日。"

"啊，"崔维兹说，"一个沉思与沉默的日子，人人都应该待在家里。"

"理论上来说是这样的，只不过在较大的城市中、在比较现实的社会里，很少有人再奉行这种古老的风俗了。但现在我知道，你们至少听说过。”

由于崔维兹的语气愈来愈不客气，裴洛拉特相当不安，赶紧抢着说：“我们是昨天到的，多少听说了一点。”

“哪天还不是一样。”崔维兹用讽刺的口吻说，“听好，索·昆，我刚才说过，我并不是学者，但我还是要问一个问题。你说那个传说是不传之秘，这就代表不可以向外人透露，那么，你又为何要告诉我们呢？我们正是外人。”

“你们的确是。但我不把这个节日当一回事，而且我对这种事的迷信，顶多只有一点点。我很早就有一种想法，而詹·裴的论文增强了我的信心，那就是神话也好，传说也罢，都不可能凭空杜撰。任何事都不会无中生有，不论神话传说如何背离事实，必定隐藏着一个真实的核心。因此我很想知道，高飞纪念日这个传说背后的真相是什么。”

崔维兹说：“讨论这个问题安全吗？”

昆特瑟兹耸了耸肩。“我想，并非绝对安全，会吓到这个世界上的保守分子。然而，过去这一个世纪，他们已经无法控制政府。开明人士的势力很强，而且会愈来愈强，除非保守派滥用我们的反基地情结——请原谅我这么说。此外，我是出于对古代史的兴趣，把它当成学术问题来讨论，万一有必要，学者同盟一定会全力支持我。”

“既然如此，”裴洛拉特说，“索·昆，你愿意告诉我们那个不传之秘吗？”

“愿意，不过我得先确定我们不会受到打扰，也不会有人无意间听到我们的谈话。正如俗谚所云：即使必须捋虎须，也不必顺便拔虎牙。”

他在桌面某个装置的工作界面上按了几下，然后说："我切断了和外界的联络。"

"你确定这个房间没有被动过手脚？"崔维兹问道。

"手脚？"

"被窃听！被监视！在这个房间偷偷装上一个小仪器，让你的言行举止无所遁形。"

昆特瑟兹显得很震惊。"赛协尔上绝没有这种事！"

崔维兹耸了耸肩。"有你这句话就好。"

"请继续说下去，索·昆。"裴洛拉特说。

昆特瑟兹撅着嘴，上身往后仰（椅背随即稍微弯曲），并将两手的指尖靠在一起，像是在考虑如何从头说起。

最后他终于说："你们晓得机仆是什么吗？"

"机仆？"裴洛拉特道，"没听说过。"

昆特瑟兹转头望向崔维兹，后者缓缓摇了摇头。

"然而，你们总该晓得电脑是什么吧。"

"那当然。"崔维兹用不耐烦的口气答道。

"好的，那么，一个可动的电脑化工具——"

"就是一个可动的电脑化工具。"崔维兹益发显得不耐烦，"这种玩意种类繁多，除了'可动的电脑化工具'之外，我不知道还有什么一般性的名称。"

"——如果外表跟人类一模一样，就叫做机仆。"昆特瑟兹气定神闲地将定义说完。"机仆最大的特色，就在于具有人形，因此也称为机器人。"

"为什么要做成人形呢？"裴洛拉特惊讶不已地问道。

"我也不清楚。人形工具极端缺乏效率，这点我同意，但我只是在转述传说的内容。'机仆'是个古老的词汇，源自一种如今已经无人能懂的语言，不过我们的学者认为，它具有‘工作’的含意。”

“我想不出有什么词汇，”崔维兹以怀疑的口气说，“哪怕只是发音和‘机仆’稍微接近，又和‘工作’扯得上任何关系的。”

“显然在银河标准语中并没有，”昆特瑟兹说，“可是的确有这种说法。”

裴洛拉特说：“这也许是倒因为果的现象，因为那种东西被拿来做工，后来这个词汇就有了‘工作’的含意。不管了，你为什么要告诉我们这件事？”

“因为在赛协尔，有个历久不衰的传说：当地球还是唯一的世界，银河各处尚未住人的时候，便有人发明并制造出机仆，也就是机器人。从此之后，人类就分成了两种：血肉之躯与铜筋铁骨、自然的与人工的、生物的与机械的、复杂的与单纯的……”

昆特瑟兹突然住口，苦笑一声，然后说：“很抱歉，一谈到机器人，很难不引用《高飞录》中的句子。总之，地球上的人曾经发明出机器人。我要说的就是这一点，这已经够明白了。”

“他们为什么要发明机器人呢？”崔维兹问。

昆特瑟兹耸了耸肩。“这么遥远的历史，谁弄得清楚呢？也许由于他们人口稀少，因此需要帮手，尤其是像探索太空、殖民银河这种庞大的计划。”

崔维兹说：“这是个合理的推测。一旦人类殖民到银河各处，机器人就功成身退。如今在银河中，当然再也没有人形的电脑化工具了。”

“言归正传，”昆特瑟兹说，“让我尽量将内容简化，把那些诗意的情节全部省略，老实说，我并不接受那些过分渲染的情节，不过大多数的赛协尔人却信以为真，或者假装相信。故事是这样的，地球附近的一些恒星，周围渐渐兴起许多殖民世界。那些世界所拥有的机器人远多于地球，因为在有待开发的新世界上，机器人的用途更为广泛。事实上，地球在这方面却走回头路，非但不希望制造更多机器人，甚至对它们产生强烈的反感。”

“结果怎么样？”裴洛拉特问道。

“那些外围世界实力愈来愈强大，他们借着机器人的帮助，子女击败并控制了母亲——地球。对不起，我又忍不住引经据典。不过地球上有些人逃了出去，因为他们拥有较佳的船舰，以及较为精良的超空间科技。他们逃得很远很远，来到比先前那批殖民世界还要远得多的恒星系。从此兴起一批新的殖民世界，人类在其中过着自由自在的生活，但不见任何机器人，这便是所谓的高飞时代。而所谓的高飞纪念日，就是首批地球人抵达赛协尔星区的那一天——事实上，正是抵达这颗行星。上万年来，每年的这一天，都还会举行纪念活动。”

裴洛拉特说：“我亲爱的兄弟，根据你现在的说法，赛协尔是由地球直接建立的。”

昆特瑟兹沉思和犹豫了好一阵子，然后才说：“这是官方版本的说法。”

“显然，”崔维兹道，“你并不接受这个说法。”

“我认为这个说法——”昆特瑟兹开始时说得很慢，突然间变得滔滔不绝，“喔，众星在上，我不接受！这实在太不可能了。但这是官方的教条，不论政府变得多么开明，口头上还是得这么讲。别扯得太远，还是回到正题吧。从你的论文看来，詹·裴，你并不知道有关机器人和两波殖民的故事——第一波有机器人参与但规模较小，第二波则刚好相反。”

“我的确不知道，”裴洛拉特说，“今天我才第一次听到。亲爱的索·昆，我将永远感激你。从来没有任何文献提到过相关的线索，这点令我十分惊讶。”

“这就显示，”昆特瑟兹说，“我们这个社会系统多么有效率。这是我们赛协尔人的秘密，我们的不传之秘。”

“或许吧。”崔维兹敷衍了一句，“然而那个第二波殖民——没有机器人的那次——一定同时奔向四面八方，为何唯独赛协尔保有这个大秘密？”

昆特瑟兹说：“它可能也在其他地方秘密流传，只是外人无法知晓。我们的保守分子相信，只有赛协尔才是地球的直接殖民地，银河其他各处都是赛协尔再殖民的结果。当然，这种说法很可能是无稽之谈。”

裴洛拉特说：“这些衍生的历史之谜，迟早会有答案的。既然我找到了出发点，就能在其他世界寻找相关资料。重要的是，我发现了一个值得探讨的问题，而一个好问题，当然可以引出无穷的答案。我是多么幸运……”

崔维兹插嘴道：“没错，詹诺夫，但好心的索·昆显然尚未把故事说完。那些较早的殖民世界，还有上面的机器人，后来的命运又如何？你们的口传历史有没有提到？”

“没有提到细节，但是有个大概。人类和人形机器显然无法并存；拥有机器人的世界后来都死了，它们没有长存的条件。”

“地球呢？”

“人类离开地球，移民此地。想必也有去其他行星的，虽然保守派反对这种说法。”

“不可能每个人都离开地球，地球不至于遭到遗弃吧。”

“想必没有，但是我不知道。”

崔维兹突然冒出一句：“它是否变得充满放射性？”

昆特瑟兹显得大吃一惊。“放射性？”

“我问的就是这个。”

“这点我完全不知道，我从未听说过这种事。”

崔维兹咬着手指的指节，考虑了良久，最后终于说：“索·昆，时候不早了，我们也许已经占用你太多时间。”裴洛拉特动了一下，像是想要提出抗议，崔维兹却使劲抓着他的膝盖。裴洛拉特只好作罢，不安的表情兀自留在脸上。

昆特瑟兹说：“能够帮点忙，我十分荣幸。”

“你帮了很大的忙，假如我们能为你做些什么，请尽管说。”

昆特瑟兹轻声笑了笑。“只要好心的詹·裴可以放我一马，在他今后所写的任何相关文章中，都能避免提到我的名字，就是足够的回报了。”

裴洛拉特用诚挚的口吻说：“假如你能造访端点星，并设法以访问学者的身份在我们的大学里待一年半载，你一定会得到应有的学术地位，也许还会更加受到重视。我们应该有办法替你安排。赛协尔或许不喜欢基地联邦，可是他们应该不会拒绝你的申请，比方说，你要到端点星去参加一个古代史研讨会。”

这位赛协尔人差点站了起来。“你的意思是，你们能帮我牵线？”

崔维兹说：“哈，这点我倒没想到，但詹·裴完全说对了。只要我们愿意尝试，绝对是有可能的。当然啦，你让我们愈感激，我们就会愈努力。”

昆特瑟兹愣了一下，然后皱起眉头。“阁下，你这话是什么意思？”

“你只需要告诉我们有关盖娅的一切，索·昆。”崔维兹说。

昆特瑟兹原本容光焕发的脸孔，陡然间变得一片死灰。

04

昆特瑟兹低头望着书桌，一只手心不在焉地拂着又短又卷的头发。然后他望向崔维兹，但一直紧紧撅着嘴，仿佛下定决心什么都不说。

崔维兹扬起眉毛，等待他的回应。最后，昆特瑟兹哑着嗓子说："实在很晚了，相当昏黄了。"

在此之前，他说的都是正统的银河标准语，现在却冒出一些古怪字眼。仿佛他突然忘却了正统教育，于是赛协尔方言脱口而出。

"昏黄，索·昆？"

"天几乎全黑了。"

崔维兹点了点头。"抱歉我没注意到，其实我也饿了。我们可有荣幸请你共进晚餐，索·昆？或许我们可以边吃边谈，继续讨论盖娅。"

昆特瑟兹迟缓地站起来。他比两位来自端点星的客人都要高，但由于他年纪较大，而且较为肥胖，所以并未显得特别强壮。跟刚见面的时候比起来，他现在好像疲倦得多。

他对两位客人眨了眨眼睛，然后说："我竟然忘了待客之道，你们两位是外星人士，怎么可以让你们请客。到我家去吧，我就住在校园里，离这儿不太远。如果你们想继续谈下去，在家里谈我会更加轻松自在。唯一的遗憾，"他似乎有点不安，"是我无法招待你们一顿盛宴。内人和我都吃素，如果你们喜欢肉类，我只能表示歉意和遗憾了。”

崔维兹说：“詹·裴和我都乐意暂时放弃食肉的天性。但愿，你的谈话会比大鱼大肉还要值得。”

“不论我们谈些什么，我都能保证晚餐不至于乏味。”昆特瑟兹说，“只要你们不排斥赛协尔的调味佐料就行，内人和我在这方面都很有研究。”

“我期待一顿充满异国风味的佳肴，索·昆。”崔维兹泰然自若地说，裴洛拉特却显得有点紧张。

于是三人步出研究室，由昆特瑟兹带路，顺着看起来永无止境的长廊一路走下去。偶尔会有些学生或同事跟昆特瑟兹打招呼，他却没有把两位同伴介绍给任何人。崔维兹发现有人好奇地打量着他的宽腰带，不巧他今天的腰带刚好是灰色的，令他感到很不自在。在这个校园中穿着素色服饰，显然并非合乎礼仪的行为。

他们好不容易才走出建筑群，来到露天的环境中。现在天色的确已经很暗，而且有几分凉意。远方隐约可以看到许多大树，走道两旁则是相当浓密的草坪。

裴洛拉特突然停下脚步，背对着那个建筑群所发出的微弱灯光，以及校园中一排排路灯所射出的光芒，抬起头仰望天空。

“真美！”他说，“我们那里有一位著名的诗人，写过一首咏叹赛协尔星空的诗，其中有一个名句：赛协尔高耸的夜空，镶嵌着缤纷的星光。”

崔维兹抬头欣赏了一下星空，然后低声说：“我们是从端点星来的，索·昆，至少我的这位朋友，从未见过其他世界的夜空。在端点星上，我们只能见到迷蒙的云雾状银河，以及几颗勉强可见的恒星。你如果在我们那里住过，将更懂得欣赏自己的星空。”

昆特瑟兹以庄严的口气说：“我向你保证，我们对它万分欣赏。此地可算是银河中相当拥挤的区域，难得的是星辰分布得极其均匀。我想在银河其他角落，见不到分布如此平均而数目也不太多的一等星。我曾经到过某些世界，那里正好位于球状星团的外缘，他们的夜空充满明亮的星体，因而破坏了幽暗的夜色，大大减损了壮丽的美感。”

“我很同意你的说法。”崔维兹道。

“不知道你们是否看见，”昆特瑟兹说，“那五颗差不多一样亮、几乎排成正五边形的恒星，我们称之为‘五姐妹’。在那个方向，就在那排路树的上方，你们看见了吗？”

“我看到了。”崔维兹说，“非常迷人。”

“没错。”昆特瑟兹说，“这五颗星象征圆满的爱情。赛协尔人写情书的时候，一律会在后面画出这五颗星的形状，来表示求爱的渴盼。每一颗星代表爱情的不同阶段，许多诗人竞相作出著名诗句，尽可能将每个阶段写得香艳露骨。我还年轻的时候，也曾经试着作过这样的情诗，当时从未想到，自己有一天会对五姐妹变得如此漠不关心，不过我想这大概就是人生吧。在五姐妹的中央，还有一颗黯淡的星辰，你们看到没有？”

“看到了。”

“那颗星，”昆特瑟兹说，“代表单相思。根据我们的传说，它也曾经相当明亮，后来却黯然神伤。”说完，他继续快步向前走。

05

晚餐吃得相当愉快，这点连崔维兹也不得不承认。各式各样的菜肴变幻无穷，香料与调味料虽然匪夷所思，但的确滋味无穷。

崔维兹问道：“这些蔬菜都好吃极了，它们全是银河标准食物吧，索·昆？”

“当然是啊。”

“不过我想，此地也有些原有的生物吧。”

“当然。第一批移民抵达赛协尔行星时，这里就是个含氧的世界，因此绝对滋生着生命。你大可放心，我们仍旧保存了一些原有的生物。我们有许多相当广阔的自然生态公园，保育着古赛协尔土生土长的动植物。”

裴洛拉特以悲哀的口吻说：“索·昆，这点你们比我们进步。当人类初抵端点星的时候，上面并没有什么陆地生物，长久以来，只怕我们也未曾齐心协力保存海洋生物。事实上，当初如果没有那些海洋生物制造氧气，端点星根本无法住人。如今端点星的生态，已经跟银河其他各处没什么不同了。”

“赛协尔对生命的尊重，”昆特瑟兹带着自傲的笑容说，“一向有着极佳的记录。”

崔维兹利用这个时机，赶紧改变话题：“我记得离开你的研究室时，索·昆，你不但打算请我们到府上用餐，还准备告诉我们有关盖娅的事。”

昆特瑟兹的妻子是个和气的妇人，她身材丰满，肤色黝黑，晚餐从头到尾都很少讲话。此时她猛然抬起头来，露出惊惶的表情，然后一言不发，起身离开了餐厅。

“很抱歉，”昆特瑟兹有点不知所措，“内人就是个标准的保守分子。当她听到有人提起……那个世界，便会感到有点不安，请两位务必原谅。可是，你为什么要问这个问题呢？”

“很抱歉，但它对詹·裴的研究工作相当重要。”

“可是你们为何要问我呢？我们刚才在讨论地球、机器人，以及赛协尔的创建经过，这些题目跟……跟你现在问的事又有何相干？”

“或许没什么相干，但这件事透着许多古怪。为什么我一提到盖娅，尊夫人就显得不安？你自己为何也会不安？但有些人对这个话题却毫不忌讳，就在今天下午，还有人告诉我们盖娅即是地球，由于人类作恶多端，它才会消失在超空间中。”

昆特瑟兹脸上闪过一阵痛苦的表情。“是谁跟你这样胡说八道的？”

“我在这所大学遇到的一个人。”

“那只是迷信罢了。”

“这么说，它并不是有关‘高飞’中心教条的一部分？”

“不，当然不是，那只是没知识的民众胡扯出来的寓言。”

“你肯定吗？”崔维兹用冰冷的语气问道。

昆特瑟兹上身靠向椅背，眼睛盯着餐桌上的残汤剩菜。“我们到起居室去吧。”他说，“假如我们一直待在这里讨论……这个问题，内人永远不会进来收拾餐桌。”

“你肯定那只是寓言吗？”崔维兹再度问道。此时他们已经来到另一个房间，坐在一扇大窗户旁边。那扇窗户设计成特殊的弧形，能将赛协尔美丽的夜空尽收眼底。室内的光线还故意调暗，以免掩盖室外的夜色，昆特瑟兹的面孔因而融入昏暗的阴影中。

昆特瑟兹回答说：“你自己不能肯定吗？你认为有什么世界能躲进超空间？超空间究竟是什么东西，一般人仅有极模糊的概念，这点你一定了解。”

“事实上，”崔维兹说，“我自己对超空间也仅有极模糊的概念，而我已经出入超空间数百次了。”

“那就让我告诉你真相吧。我向你保证，无论地球在哪里，反正绝不会在赛协尔联盟疆域之内，你提到的那个世界并不是地球。”

“可是，即使你不知道地球在哪里，索·昆，你也该知道我提到的那个世界位于何处，它必定在赛协尔联盟疆域之内。这点我们还能肯定，是吗，裴洛拉特？”

裴洛拉特一直傻傻地当个听众，突然间被指名回答，不禁吓了一跳。他说：“如果是这样，葛兰，我就知道它在哪里。”

崔维兹转头望着他。“你什么时候知道的，詹诺夫？”

“就在今晚稍早的时候，我亲爱的葛兰。索·昆，当我们从你的研究室走回你家时，你指给我们看五姐妹，还指出五边形中央有颗黯淡的星星。我确定那颗星就是盖娅。”

昆特瑟兹犹豫了好一阵子。他的脸孔隐藏在阴暗中，无法看出他的表情如何变化。最后他终于开口：“没错，我们的天文学家的确这么说——私下说的。盖娅正是围绕那颗星的某颗行星。”

崔维兹赶紧观察裴洛拉特的表情，但老教授的情绪并未形之于色。于是崔维兹转向昆特瑟兹说：“那么请说说有关那颗星的一切。你有它的坐标吗？”

“我？没有。”他回绝得相当不客气，“我这里并没有恒星坐标数据。你可以向我们的天文系查询，不过我能想象绝对不容易。从未有人获准飞往那颗行星。”

“为什么呢？它位于你们的疆域之内，难道不是吗？”

“就地理位置而言，没错。就政治领域而言，答案却是否定的。”

崔维兹以为他还没有说完，等了半天不见下文之后，他站了起来。“昆特瑟兹教授，”他用正式的口吻说，“我并不是警察、军人、外交官或杀手，我不会强迫你提供资料。但是，我会去拜访我们的大使，虽然这有违我自己的意愿。当然，你一定能够了解，我向你询问这些，并非出于自身的兴趣。这是基地交代的公事，但我不希望因此惹出星际纠纷，我相信赛协尔联盟也不愿见到这种结果。”

昆特瑟兹用迟疑的口气说：“基地究竟交代你什么公事？”

“这件事恕我无法和你讨论。如果你也无法和我讨论盖娅，我们就得将这个问题交到政府手上，而在那种情况下，也许会对赛协尔有更坏的影响。赛协尔一直保持独立的地位，不愿加入基地联邦，这点我完全没有异议。我没有理由要为难赛协尔，也不想去找我们的大使。事实上，假如我那么做，便会危及自己的前途，因为我接到过严格指示，要我以私人力量得到这个情报，不准把政府牵扯进来。所以请告诉我，是否有什么坚实的理由，让你不敢讨论盖娅。是不是你说了就会因此被捕，还是会受到其他惩罚？你是不是要直截了当告诉我，除了将问题提升到大使层级，我没有其他选择？”

“不，不。”昆特瑟兹的声音听来慌乱至极，“我并不知道政府有任何禁令，我们只是不愿意谈那个世界。”

“迷信吗？”

“好吧！就算是迷信吧！赛协尔的苍天啊，其实我也好不了多少，我和那个告诉你盖娅在超空间的傻子，还有听到盖娅就跑开的内人一样。我告诉你们，她甚至会吓得跑到外面去，因为她怕我们家会遭到……”

“天打雷劈？”

“反正是来自远方的神秘力量。而我，甚至我自己，都不敢随便说出那个名字。盖娅！盖娅！这个发音并不会伤人！我仍旧毫发无损！但我还是畏畏缩缩。可是请相信我，我真不知道盖娅所属恒星的坐标。如果对你们有帮助，我可以帮忙找出来，但是让我老实告诉你们，我们整个联盟都不愿讨论这个世界。我们既不碰，也不想这个问题。我能告诉你一点我所知道的事——是事实，而不是臆测——我相信即使你走遍联盟各个世界，也不可能找到更多的资料。

“我们都知道盖娅是个古老的世界，有些人甚至认为，它是本星区最古老的世界，但这点我们并不肯定。爱国心告诉我们赛协尔行星是最古老的，恐惧却告诉我们盖娅行星才是。统合这两种说法的唯一方式，就是假设盖娅即地球，因为众所周知，赛协尔是由地球人所建立的。

“大多数历史学家认为——只是在他们圈内流传——盖娅行星是个别创建的。他们认为它不是联盟哪个世界的殖民地，反之，赛协尔联盟也并非盖娅向外殖民的结果。至于何者历史较长，连专家也没有共识，谁也不知道盖娅的创建是在赛协尔之前，还是之后。”

崔维兹道：“目前为止，你等于什么也没有说，因为每一种可能性都有人相信。”

昆特瑟兹无奈地点了点头。“似乎就是如此。我们发现盖娅的存在，还是赛协尔历史上相当晚近的事。悠悠岁月中，我们最初致力于建立联盟，然后又忙着对抗银河帝国，而在成为帝国一个星省之后，又试图寻找自己适当的定位，并想尽办法限制总督的权力。

“直到帝国的衰落到达相当程度，中央对此地的控制变得极微弱时，某位总督才知晓了盖娅的存在，并且怀疑它不但独立于赛协尔星省，甚至不算是帝国的一分子。它一直神秘地与世隔绝，所以大家对它一无所知，直到今天仍旧如此。于是那位总督决心接收盖娅，详细经过我们并不清楚，只知道他的远征舰队遭到重创，只有几艘逃了回来。当然，那个时代的船舰已经不怎么精良，也缺少优秀的领导。

“总督的失败令赛协尔人兴高采烈，因为他被视为帝国高压统治的化身。这场败仗几乎直接导致我们恢复独立，赛协尔联盟从此挣脱帝国的缰索。我们将那天定为联盟纪念日，至今每年都还举行盛大庆典。其后将近一个世纪，主要是出于感激，我们都没有打扰盖娅。但是，等到我们自己变得足够强大，也曾想要进行一点帝国主义的扩张。何不接收盖娅呢？何不至少建立一个关税同盟？于是我们派出自己的舰队，不料也被打得溃不成军。

“从此以后，我们顶多偶尔做些通商的尝试，结果没有一次成功。盖娅一直维持绝对与世隔绝的状态，从未试图和其他世界进行贸易或主动联络，至少从来没有人知道。而不论在任何方面，它也没有主动对谁表现过敌意。后来——”

昆特瑟兹按了按座椅扶手的控制钮，室内立时大放光明。他脸上带着明显的嘲讽神情，继续说：“既然你们是基地的公民，也许还记得骡这号人物。”

崔维兹顿时面红耳赤。在五个世纪的历史中，基地只有一次被外人征服的纪录。虽然历时短暂，对于基地迈向第二帝国的步伐并未造成太大阻碍，不过凡是痛恨基地的人，若想挫挫基地自负自满的锐气，都一定不会忘记提到骡，因为他是基地唯一的征服者。昆特瑟兹此时突然调亮灯光，（崔维兹想）很可能是为了观赏两位基地人的窘态。

他答道："对，我们基地人一直记得他。"

"骡曾经统治一个短命的帝国，"昆特瑟兹又说，"它的领域和如今基地控制的联邦一样大。然而他未曾统治我们，他让我们继续过太平日子。他曾经路过赛协尔一次，要我们签订一份中立宣言，并发表一篇友好声明，除此之外，他没有作任何要求。当骡征服银河时，我们是唯一的幸运儿，直到病魔令他不得不终止扩张政策，等待死神来临，我们一直都安然无事。你知道吗，他并非不讲理的人。他不会疯狂地使用武力，他并不嗜杀，他的统治相当人道。"

"他只不过是个征服者而已。"崔维兹反讽道。

"就像基地一样。"昆特瑟兹不甘示弱。

崔维兹一时不知如何回答，没好气地说："盖娅的事究竟还有没有下文？"

"只剩下一点，就是骡讲过的一句话。当年，骡和联盟主席卡洛举行过一次历史性会议，根据历史记载，骡在签下龙飞凤舞的签名之后，曾经说：'根据这份文件，你们甚至对盖娅也是中立的，这是你们的运气。就连我自己，也不愿意接近盖娅。'"

崔维兹摇了摇头。"他有那个必要吗？赛协尔生怕不能誓言中立，盖娅则从来没有惹过麻烦。当时，骡正计划征服全银河，何必为了微不足道的敌人浪费时间？完成征服大业之后，他再回头收拾赛协尔和盖娅不迟。"

"或许吧，或许吧。"昆特瑟兹说，"可是根据当时一位见证人的说法——此人信誉极佳，我们都愿意相信他——骡一面放下笔，一面说：‘就连我自己，也不愿意接近盖娅。’然后他压低声音，自言自语了一句：‘再也不要了。’”

“你说他压低声音自言自语，这句话又怎么被人听到？”

“因为当骡放下笔的时候，那支笔刚好滚到地下，那位赛协尔人自然而然走过去，弯下腰把笔捡了起来。当骡正在说那句‘再也不要了’的时候，他的耳朵刚好贴近骡的嘴巴。直到骡死了，他才说出这件事。”

“你怎能证明这不是虚构的？”

“那人是个德高望重的人士，不是会捏造谎言的那种人。他说的话都是可信的。”

“果真如此，又如何呢？”

“除了那一次，骡从未到过赛协尔联盟，甚至没在邻近星空出现过，至少在他跃上银河舞台之后再也没有。如果他曾经去过盖娅，一定是在他仍旧默默无闻的时候。”

“所以呢？”

“所以，你知道骡生在何处吗？”

“我想谁也不晓得。”崔维兹答道。

“在赛协尔联盟，人们有一种强烈的感觉，认为他就生在盖娅。”

“就凭他讲的那句话？”

“并不尽然。骡能够百战百胜，是因为他具有奇异的精神力量，而盖娅同样是无敌的。”

“你只能说盖娅至今没打过败仗，并不能证明它永远无敌。”

“可是连骡都不愿接近它。你去查查骡主宰银河的那段历史，看看除了赛协尔联盟，他还曾经对哪个区域如此小心谨慎。此外你可知道，凡是前往盖娅试图通商的人，也一律有去无回。否则，你以为我们怎么会对它知道得那么少？”

崔维兹说：“你的态度几乎和迷信没有两样。”

“你爱怎么讲随便你。自骡的时代开始，我们就把盖娅从意识中抹去，更不希望它想到我们。我们唯有假装它不存在，才能感到安全无虞。有关盖娅消失到超空间的传说，也许根本是政府偷偷鼓吹的，希望这样一来，大家就渐渐忘却真有这么一个世界。”

“那么，你认为盖娅是个充满了骡的世界？”

“很可能。为了你自己好，我劝你别到那里去。如果你非去不可，就注定一去不返。如果基地想要招惹盖娅，便代表基地比骡更不智。这一点，你可以转告你们的大使。”

崔维兹说：“帮我把坐标找来，我就立刻离开你们的世界。我将前往盖娅，而且会有去有回。”

昆特瑟兹说：“我会帮你查到坐标。天文系晚间当然还有人，只要办得到，我马上帮你找来。可是容我再劝你一句，不要试图到盖娅去。”

崔维兹说：“我决心要试一试。”

昆特瑟兹则以沉重的口吻说：“那么你就是决心要自杀。”

第十四章

前进！

01

詹诺夫·裴洛拉特望着灰暗曙光中的朦胧景色，心中交杂着遗憾与犹疑。

“我们待的时间还不够，葛兰。这似乎是个既亲切又有趣的世界，我希望能再多了解一点。”

原本埋首操作电脑的崔维兹抬起头来，露出一抹苦笑。“你以为我不想啊？我们在这颗行星上吃了三顿正餐，风味完全不同，但都是美味佳肴，我真想多吃几顿呢。我们也没遇见几个女人，而且都是走马看花。她们有些看起来相当诱人，嗯，你晓得我心里想什么。”

裴洛拉特微微皱起鼻头。“喔，我亲爱的兄弟。她们的鞋子简直像牛铃铛，衣服五颜六色俗不可耐，还有她们的睫毛，简直无所不用其极。你注意到她们的睫毛没有？”

“你大可相信我注意到了每一件事，詹诺夫。你讨厌的那些都只是表象，只要稍加劝诱，她们就会把脸洗干净，而在适当的时候，还会把鞋子和五颜六色通通褪去。”

裴洛拉特说：“这点我愿意相信你，葛兰。然而，我是想进一步打探地球的资料。目前为止，我们听到的有关地球的说法，没有一则令人满意，而且彼此充满矛盾——一个人强调放射性，另一个则强调机器人。”

“但两人都说地球已死。”

“这倒是真的。”裴洛拉特答得很勉强，“但可能只有一种说法正确，或者两种说法都只有部分正确，或者两人说的都不是事实。无论如何，葛兰，这些传说只会让真相更加扑朔迷离，你听到这些说法，想必也心痒难熬，忍不住要一探究竟，找出真正的答案。”

“没错。”崔维兹说，“我向银河中每一颗矮星发誓，你说得没错。然而，我们眼前的问题是盖娅。一旦把这件事弄清楚，我们就可以前往地球，或者回到赛协尔来多待些日子。可是，盖娅第一优先。”

裴洛拉特点了点头。“眼前的问题！如果我们相信昆特瑟兹的说法，死神正在盖娅恭候我们，我们到底该不该去？”

崔维兹说：“我也问过自己这个问题。你会害怕吗？”

裴洛拉特犹豫了半天，仿佛在钻研自己的心灵。然后，他用相当简单且实事求是的态度答道：“我怕，怕死了！”

崔维兹往椅背上一靠，转过头来面对着裴洛拉特。他也用沉稳而实事求是的态度说：“詹诺夫，你没有理由冒这种险。只要你说句话，我就让你留在赛协尔，你可以把自己的行李卸下，并留下一半的信用点。等我返航的时候，我会再来接你，那时只要你有兴趣，我们再去天狼星区，假如地球真在那里，我们一定把它找出来。万一我一去不返，赛协尔上的基地官员会负责送你回端点星。老朋友，假如你打算留在此地，我不会感到不舒服。”

裴洛拉特猛眨着眼睛，嘴唇紧闭了好一阵子。然后他才开口，用稍微粗哑的声音说：“老朋友？我们认识才多久？差不多一个星期吧？可是我拒绝离去，这是不是很奇怪？我的确很害怕，可是我要留下来陪你。”

崔维兹做了一个不明白的手势。“可是为什么呢？我真的没有要求你留下。”

“我也不清楚为什么，但这是我心甘情愿的。因为……因为……葛兰，我对你有信心，我觉得你总是知道自己在做些什么。我原本打算去川陀，现在我已经明白，即使真的去了，也可能一无所获。是你坚持我们到盖娅去，盖娅就一定是银河的一个重要枢纽，许多事情似乎都跟它有所牵连。假如这还嫌不够，葛兰，我还目睹了你逼迫昆特瑟兹的手段。那实在是高明的诈术，令他不得不把盖娅的详情吐露给你。总之，我对你实在佩服得五体投地。”

“这么说，你对我真的有信心。”

裴洛拉特说：“是的，我有信心。”

崔维兹按着对方的上臂，似乎在思索该怎么接口。最后他终于说：“詹诺夫，如果我判断错误，让你我遇到什么不愉快的事，可不可以请你事先原谅我？”

裴洛拉特答道：“喔，我亲爱的伙伴，你为何这么问？我是由于个人的因素，才作出这个决定，和你没有关系。现在，拜托，我们尽快离开吧。我的懦弱不知何时会再度发作，让我羞愧得再也抬不起头来。”

“遵命，詹诺夫。”崔维兹道，“一旦电脑说没问题，我们第一时间就离开这里。这一次，只要确定大气层上方没有其他船舰，我们就要使用重力推进——垂直上升。随着周遭大气变得愈来愈稀薄，我们的速度就会愈来愈快。要不了一小时，我们就能到太空了。”

“太好啦。”裴洛拉特一面说，一面捏开一个塑胶咖啡容器的盖子，开口处几乎立时冒出热气。他将奶嘴含在口中，开始吸吮容器内的咖啡，同时吸进适量的空气，将咖啡冷却到适当的温度。

崔维兹咧嘴一笑。“你已经学会熟练地使用这些东西，称得上太空老兵了，詹诺夫。”

裴洛拉特盯着那个塑胶容器，好一会儿才说：“既然我们的太空艇可以随意调节重力场，我们当然能用普通的咖啡杯，对不对？”

“当然，但是你无法让众多的太空常客，放弃那些太空专用设备。‘太空飞鼠’如果也用普通的咖啡杯，如何显得跟‘地上爬虫’有一大段距离？你看到舱壁和舱顶的那些圆环吗？两万多年来，这种吊环是太空航具不可或缺的配备，但在重力推进的船舰中，吊环却完全派不上用场，可是它们并未消失。我敢拿这艘太空艇打赌一杯咖啡，在起飞的时候，太空老兵还是会假装被压得窒息；当船舰维持着一个G，也就是正常重力时，他们却会拉着吊环荡来荡去，仿佛仍旧处于失重状态。总之，这两件事我都敢打赌。”

“你在开玩笑。”

“嗯，也许有一点，不过凡事都有社会惯性，连科技的进展也不例外。所以才会有那些没用的吊环，以及配有奶嘴的杯子。”

裴洛拉特心领神会地点了点头，然后继续喝他的咖啡。喝完之后，他才问道：“我们什么时候起飞？”

崔维兹一面开怀大笑，一面说：“骗倒你啦。当我谈论那些吊环的时候，我们正在起飞，你却完全没注意到。现在，我们已经有一英里高了。”

“你又在唬我。”

“看看外面。”

裴洛拉特依言照做，然后说：“可是我一点感觉也没有。”

“你本来就不该有感觉。”

“我们这样做不会违规吗？我是说，我们应该像降落时那样做螺旋状飞行，跟着无线电指标盘旋而上，对不对？”

“我们没有理由那样做，詹诺夫。没有人会阻拦我们，没有任何人会。”

“降落的时候，你说……”

“那是两码子事。他们不怎么欢迎我们到来，却恨不得列队欢送我们离去。”

“你怎么这样讲呢，葛兰？跟我们谈到盖娅的只有昆特瑟兹一个人，而他曾经央求我们别去。”

“你可别相信他，詹诺夫。他只是做个样子罢了，无论如何他也要诱使我们前往盖娅。詹诺夫，你说佩服我从他口中诈取内幕的本事，很抱歉，我实在愧不敢当。即使我什么也没做，他终究还是会自动告诉我们。如果我把耳朵塞起来，他甚至会冲着我大吼大叫。”

“你怎么这样讲呢，葛兰？这简直是疯言疯语。”

“你是指妄想症吗？是的，我知道。”崔维兹转身面向电脑，专心地将感官延伸出去，然后说：“我们没有遭到阻拦，没有船舰在拦截距离内，也没有收到任何警告讯号。”

他又把身子一转，对着裴洛拉特说：“告诉我，詹诺夫，你是如何发现盖娅的？当我们还在端点星的时候，你就已经晓得盖娅了。你知道它位于赛协尔星区，也知道它的名字可说跟地球同义。这些都是从哪里听来的？”

裴洛拉特似乎呆住了，他答道：“如果我还在端点星上的研究室里面，或许可以翻翻旧档案。我可没有随身带着所有的东西，例如发现某一项资料的日期，这类记录就绝对不在身边。”

“好，你想想看。”崔维兹绷着脸说，“赛协尔人自己对这件事守口如瓶。他们不愿意谈论盖娅的真面目，政府甚至鼓吹迷信，让这个星区的民众普遍认为，普通空间中并没有这样一颗行星。其实，我还能告诉你一件事。注意看！”

崔维兹再度转身面对电脑，手指在指令感应板上轻快掠过，动作熟练、自然而潇洒。当他将双手按在掌印上的时候，随即体验到温暖的接触与拥抱。与此同时，他又像往常一样，感觉到部分的意识渗了出去。

他说:“这是电脑记忆库中的银河地图，来自赛协尔的资料还没有加进去。我准备让你看的部分，对应于我们昨晚看到的赛协尔夜空。”

整个舱房暗了下来，屏幕上出现一片夜空的景象。

裴洛拉特沉声道:“跟我们在赛协尔看到的一样美丽。”

“其实更加美丽。”崔维兹用不耐烦的口气说，“这个显像中，没有任何种类的大气干扰，而且没有云雾，也没有地平线附近的吸收作用。不过请等一等，我来作些调整。”

显像开始平稳地挪移，使两人产生本身正在移动的错觉。裴洛拉特下意识地紧紧抓住座椅扶手。

“那里！”崔维兹说，“你认得出来吗？”

“当然，那正是五姐妹——昆特瑟兹指给我们看的那个正五边形，绝对错不了。”

“的确没错，可是盖娅在哪里？”

裴洛拉特猛眨眼睛，却不见中央处有任何黯淡的星辰。

“不在那里。”他说。

“对了，不在那里，因为它的位置不在这台电脑的资料库中。不过，这些资料库几乎不可能特别为了我们而故意做得不完整，因此我断定，基地上设计这些资料库的银河地理学家，纵使拥有数量庞大的资料，却对盖娅一无所知。”

“你想，假如我们到川陀去……”裴洛拉特说。

“我猜即使到了那里，也无法找到任何有关盖娅的资料。赛协尔人一直将它的存在视为秘密，而且据我猜测，盖娅星人本身更会严格保密。几天前，你自己告诉我这并非不寻常的现象，有些世界为了逃税或避免外界干扰，会故意把自己隐藏起来。”

“通常星图绘制者或天体统计师，”裴洛拉特说，“只有在银河中星辰稀疏的区域，才会偶尔发现这种世界。它们能够隐匿起来，是因为位置偏远孤立，盖娅却不是这样。”

“没错，这是它另一个不寻常的地方。所以让我们把星图留在屏幕上，以便你我继续探讨银河地理学家疏漏的原因。让我再问你一遍，既然连这方面的专家都不知道盖娅，你又是如何获悉的？”

“我的好葛兰，我花了三十多年的时间，不断搜集地球的神话、地球的传说和地球的历史。现在我身边没有完整的记录，我又怎么能……”

“我们可以找个切入点，詹诺夫。比方说，你第一次听说它的名字，是在你研究工作的前十五年，还是后十五年？”

“哦？嗯，如果这么粗略划分，那当然是后十五年。”

“你还可以回想得更清楚一点。例如，我猜你是最近几年才听说盖娅的。”

崔维兹凝望着裴洛拉特，却无法看见对方隐藏在阴暗中的表情，于是将舱房的光线调亮一点。屏幕上壮观的夜空景象随即变得有些朦胧，而裴洛拉特则面无表情，看不出任何端倪。

“怎么样？”崔维兹问道。

“我正在想呢。”裴洛拉特说，“你大概猜对了，但我可不敢发誓。我在写信给列德贝特大学的吉姆柏教授时，并没有提到盖娅，假如当时我已经知道，照理说应该会跟他提一提。而那是，让我想想看，那是九五年，也就是三年前的事。我想你说对了，葛兰。”

“你又是怎么发现的呢？”崔维兹追问道，“在某次通信中？某本书里？某篇科学论文中？还是一首古老的歌谣？怎么发现的？拜托！”

裴洛拉特靠着椅背，双臂交握胸前，整个人一动不动，陷入深度的沉思。崔维兹闭上嘴巴默默等待。

最后，裴洛拉特终于开口：“是在一次私人通信中。但是，我亲爱的兄弟，千万别问我是谁写的信，我可不记得了。”

崔维兹双手渗出冷汗，顺手在宽腰带上抹了一下。他不敢直接逼问，只能技巧地引导裴洛拉特逐步回想。“是一位历史学家写的信？还是一位神话学专家？或是一位银河地理学家？”

“没有用的，我没法帮那封信配上一个名字。”

“或许，因为根本没有署名。”

“喔，不，这简直不可能。”

“为什么？你不理会不具名的信件吗？”

“我想那倒不至于。”

“你接到过这种信件吗？”

“难得才有一次。最近这些年，我在某些学术圈中变得小有名气，许多人都知道我专门搜集特定的神话和传说。跟我保持书信往来的学者，如果从非学术性来源发现相关资料，有时会好心地转寄一份给我。这一类信件，有些就没有署名。”

崔维兹说：“好的，但你是否直接收到过未具名的，又不是由学术圈朋友转寄来的资料？”

“偶尔会有，可是非常罕见。”

“你能否确定，盖娅的资料不是这样来的？”

“未具名的通信实在太少见，盖娅的资料如果真是这样来的，我想我应该记得才对。话说回来，我也无法确定那个资料是否来源不明。不过请注意，这并不代表我真是从匿名信件获知的。”

“这点我了解。但可能性总还是有的，对不对？”

裴洛拉特非常勉强地说：“我想应该是吧，可是你问这些干什么呢？”

“我还没有问完。”崔维兹用蛮横的口气说，“暂且不论是否匿名，你是从哪里收到那份资料的？哪一个世界？”

裴洛拉特耸了耸肩。“饶了我吧，我毫无印象。”

“有没有可能来自赛协尔？”

“我跟你说过，我不知道。”

“照我说，你的资料正是来自赛协尔。”

“你爱怎么说都行，但你说的不一定就是事实。”

“不一定？当昆特瑟兹指着五姐妹中央那颗暗星的时候，你马上知道它是盖娅。而在昆特瑟兹尚未告诉我们之前，你就先说了出来，记得吗？”

“记得，当然记得。”

“这怎么可能呢？你怎能立刻认出那颗暗星正是盖娅？”

“因为我手上那个有关盖娅的传说，其实很少用盖娅这个名称。通常都是用比喻的说法，而且有许多不同的比喻。其中一个重复过好几次的是‘五姐妹的小兄弟’，另一个则是‘五边形之心’，有时也称为‘五边形中点’。当昆特瑟兹指出五姐妹和中央那颗星的时候，这些隐喻立刻在我的脑海浮现。”

“以前你从未跟我提过这些隐喻。”

“我原来并不知道它们的意义，也不觉得有必要跟你讨论这个问题，因为你是……”说到这里，裴洛拉特犹豫起来。

“一个外行？”

“是的。”

“我希望你会了解，五姐妹排出的正五边形，并非一种绝对的形状。”

“这话是什么意思？”

崔维兹乐得哈哈大笑。“你果真是地上的爬虫，你以为天空具有实质的形体吗？星辰都被钉在天上吗？唯有在赛协尔行星所属的行星系，人们才会看到五姐妹构成一个正五边形。在环绕其他恒星的行星看来，五姐妹所呈现的形状都不一样。原因之一是观察的角度变了；原因之二，这五颗星和赛协尔行星的距离各不相同，如果从其他角度观察，或许根本看不出什么几何图形。可能其中一两颗星在这半个天球，其他三四颗却在另一半。你看——”

崔维兹又关上舱房灯光，同时俯身面向电脑。“赛协尔联盟总共由八十六个住人行星系组成。让我们将盖娅——或者说盖娅的位置——予以固定，”当他这么说的时候，五边形中央处立刻出现一个小红圈，“然后在其他八十五个行星系中，随机选取一些世界，将显像转换成那些世界的星空。”

星空的景象开始变换，裴洛拉特猛眨着眼睛。小红圈一直保持在屏幕正中央，可是五姐妹早已消失无踪。红圈周围虽然有些亮星，却没有构成紧致的几何图形。星空一变再变，一直变个不停。红圈始终固定在原处，可是从未出现亮度相当的恒星所构成的正五边形。偶尔会有个扭曲的五边形，五颗星的亮度也不尽不同。昆特瑟兹指出的那个完美几何结构，从头到尾没有在屏幕上出现过。

“看够了吗？”崔维兹说，“我向你保证，唯有在赛协尔行星系的各个世界上，五姐妹看起来才像我们昨天见到的样子。”

裴洛拉特说：“赛协尔的观点有可能流传到其他行星。帝政时期，很多谚语都是以川陀为基准，有些甚至传到了我们的端点星。”

“我们现在知道，赛协尔将盖娅视为天大的秘密，你难道还相信那种事吗？而赛协尔联盟之外的世界，又为何会对这种传说有兴趣？如果夜空中没有那样的星象，又有谁会关心‘五姐妹的小兄弟’呢？”

“你也许说对了。”

“既然如此，难道你还没想到，你收到的盖娅资料必定来自赛协尔？它甚至不是来自赛协尔联盟某个角落，而正是联盟首都世界所属的那个行星系。”

裴洛拉特摇了摇头。“你说得好像真有那么回事，可是我怎么都记不得，我就是想不起来了。”

“至少，你看出我的论证多么有说服力了吧？”

“是的，我看出来了。”

“接下来的问题是，你认为这个传说是什么时候出现的？”

“任何时间都有可能。我猜早在帝政时代便已形成，它具有那种古老色彩……”

“你错了，詹诺夫。五姐妹和赛协尔行星的距离不算远，所以看起来才会那么明亮。由于这个缘故，其中四颗具有高度的‘自行’，而它们又分属不同的星族，因此自行的方向各不相同。我将星图的时间慢慢往回调，你看看会发生什么事。”

代表盖娅的小红圈依然保持原来的位置，正五边形却渐渐分开，其中一颗缓缓挪动，其他四颗则向不同的方向迅速飘移。

“注意看，詹诺夫。”崔维兹说，“你还能说它是正五边形吗？”

“显然一边大一边小。”裴洛拉特答道。

“盖娅还在正中央吗？”

“不，偏到一边去了。”

“很好。这是一百五十年前，那五颗星所呈现的形状，只不过距今一个半世纪而已。你收到的那份资料，其中有‘五边形之心’之类的描述，在本世纪之前，这些说法在任何地方都没有意义，甚至赛协尔也不例外。你收到的那份资料必定源自赛协尔，而且还是本世纪的产物，甚至有可能不到十年的历史。虽然赛协尔对盖娅守口如瓶，你却能无意中获得那份资料。”

崔维兹把灯打开，并关掉星图的显像，然后他坐在原处，以凌厉的目光瞪着裴洛拉特。

裴洛拉特说：“我被你搞糊涂了，这究竟是怎么回事？”

“你自己说吧。想想看！不久以前，不知怎么搞的，我忽然想到第二基地依旧存在。那时我在竞选议员，正准备作一场竞选演说。为了吸收游离选票，我故作惊人之语，说了些诉诸情感的题外话：‘万一第二基地仍旧存在……’当天稍后，我独自寻思：这件事有没有可能是真的？于是我开始阅读相关的历史书籍，不到一个星期，我就说服了自己。纵使没有什么真凭实据，但是长久以来，我总是感到自己拥有一种奇妙的本能，能从纷乱的臆测中撷取正确的结论。这一次，虽然……”

崔维兹沉思了一下，然后继续说：“看看接下来发生了什么事。世上的人那么多，我偏偏对康普推心置腹，最后被他给出卖了。结果布拉诺市长逮捕了我，又把我放逐到太空中。可是她为何选择放逐，而不是干脆将我囚禁，或是试着威胁我住口？又为什么给我一艘最新型的太空艇，让我能在银河中进行不可思议的跃迁？更奇怪的是，她为什么坚持要我带你同行，并建议我帮助你寻找地球？

“而我自己，又为何那么肯定我们不该去川陀？对于我们的探索计划，我确信你心中有个更好的目标，而你立刻就提到盖娅这个神秘世界。如今事实证明，你的资料来源近乎一个谜。

“我们来到赛协尔——这是理所当然的第一站——竟然立刻碰到康普。他主动对我们说了一段地球的兴亡史，然后向我们保证，地球位于天狼星区，并且怂恿我们到那里去。”

裴洛拉特道：“你矛盾了。照你这么说，好像所有的情势都在促使我们前往盖娅，可是你自己也说，康普试图说服我们到别处去。”

“冲着他那句话，我就决心维持我们原先的调查路线，因为我再也不相信这个人。你难道没有想到，这也许正是他期望的结果吗？他可能是故意劝我们到别处去，目的则是希望我们不要离开。”

“那只是你的幻想。”裴洛拉特嘀咕道。

“是吗？让我们继续推敲下去。我们去找昆特瑟兹，只因为他刚好就在附近……”

“并不尽然，”裴洛拉特说，“我记得他的名字。”

“你只是觉得那名字眼熟。你从来没有读过他写的任何东西，至少你不记得了。你为何还会觉得眼熟呢？反之，他刚巧读过你的一篇论文，而且对它万分倾倒。这样的机会到底有多大？你自己也承认，你的研究工作并不怎么出名。

“还有呢，那个带我们去见他的妙龄女郎，也无缘无故跟我们提到盖娅，还告诉我们它在超空间里，好像一定要让我们牢记在心。当我们向昆特瑟兹问起盖娅的时候，他表现得好像不愿意谈，但是并没有把我们轰出去——即使我对他很不客气。他反而把我们带到他家里，而且半路上还不厌其烦地指出五姐妹。他甚至特别提到中央那颗暗星，生怕我们没注意到。为什么呢？这一切，难道不是一连串异常的巧合吗？”

裴洛拉特说：“如果你这么铺陈……”

“随便你喜欢怎么铺陈都行。”崔维兹说，“我就是不信能有这么一连串异常的巧合。”

“那么，这一切又有什么特别的意义呢？有人暗中策动我们前往盖娅？”

“没错。”

“是谁？”

崔维兹说：“这个问题根本不必问。谁有能力调整他人的心灵？谁能悄悄改变他人的心意？谁又有办法转移各种事件的发展方向？”

“你是在告诉我，正是第二基地干的。”

“嗯，我们听说的盖娅是个怎样的世界？它是招惹不得的。进攻它的舰队一律全军覆没，到过那里的人通通有去无回，就连骡都不敢与它为敌。事实上，骡有可能就是那里出生的。我当然认为盖娅正是第二基地，而寻找第二基地，毕竟是我的最终目标。”

裴洛拉特又摇了摇头。“可是根据某些历史学家的说法，骡正是被第二基地制伏的。他怎么可能是其中的一分子？”

“我猜，他是叛徒吧。”

“可是第二基地为何又处心积虑，策动我们前往他们的大本营呢？”

崔维兹的目光没有焦点，眉头也深锁起来。他回答说：“让我们来推理一番。第二基地似乎一直遵奉一个信条，就是对自身的一切尽量保密。最理想的情况，是银河中无人知晓他们的存在，这点我们可以肯定。过去一百二十年来，大家都认为第二基地已经灭绝，而这必定彻底符合他们的理想。但是，当我开始怀疑他们仍旧存在时，他们却毫无反应。康普知道这件事，而他们本来可以透过他，用各种方法让我闭嘴，甚至将我杀害。可是他们毫无反应。”

裴洛拉特说：“他们害你遭到逮捕，这笔账可以记到第二基地头上。根据你的说法，这就导致端点星的民众无法知晓你的看法。第二基地的人没有动用武力，就达到了这个重大目的，他们可以说绝对信奉塞佛·哈定的名言：‘武力是无能者最后的手段’。”

“可是掩住端点星民众的耳目并没有意义，布拉诺市长已经知道我的看法，而且，至少会怀疑我可能是对的。所以现在，你看，他们要伤害我都已经太迟了。如果他们一开始就把我铲除，谁都不会怀疑到他们头上。如果他们一直不碰我，或许也不会受到任何怀疑，因为他们能设法使端点星上每一个人，都相信我是怪人，甚至可能是个疯子。我一旦了解到，如果将自己的信念公诸于世，会立刻毁掉自己的政治前途，那我大概就会被迫闭嘴。

“可是如今，他们做什么都太迟了。布拉诺市长已经对情势相当起疑，才会派康普来跟踪我。她特地在康普的太空艇上装了超波中继器，因为她并不信任康普，这点可比我要聪明。因此，她知道我们到了赛协尔。昨晚你入睡后，我叫电脑送出一道电讯，直接传到基地驻赛协尔大使的电脑。我说我们正在飞往盖娅途中，甚至连盖娅的坐标也一并附上。假使第二基地现在对我们采取任何行动，我确定布拉诺会追查到底。而吸引基地的注意，则是他们绝对不愿见到的事。”

“如果他们那么厉害，还会在乎是否吸引基地的注意吗？”

“会的。”崔维兹斩钉截铁地说，“他们始终躲躲藏藏，一定是因为他们某些方面仍旧薄弱，而基地的科技又太过先进，甚至可能超出谢顿的预料。他们用那么委婉，甚至鬼祟的手段，设法把我们弄到他们的世界，似乎代表他们不愿作出任何引人注目的举动。

果真如此，就等于他们已经输了，至少输了一部分，因为他们早已引起注意。我不信他们还有什么办法能扭转这个局势。”

裴洛拉特说：“但是他们为什么这样做呢？如果你的分析正确，他们大老远把我们引诱到银河这一端来，不是等于自取灭亡吗？他们想从我们这里得到些什么？”

崔维兹瞪着裴洛拉特，一张脸涨得通红。“詹诺夫，”他说，“我对这件事有个感觉。我具有一种特殊天赋，能够从趋近于零的线索中，推敲出正确的结论。当我的想法正确时，心中会出现一种信念，而我现在就有这种自信。他们的确想从我身上得到些什么，而且亟需得到，这才会甘冒曝光的危险进行一切。我不知道他们究竟想要什么，但我一定要找出来，因为如果我真有什么异能，而且又是威力无穷，我希望自己能善加运用，只用在我认为正确的事情上。”他微微耸了耸肩，“既然你晓得了我是个多么疯狂的人，老朋友，你还要跟我一道去吗？”

裴洛拉特答道：“我告诉过你，我对你有信心，现在我仍然这么想。”

崔维兹大大松了一口气，忍不住哈哈大笑。“好极了！因为我还有一个感觉，就是你在整个事件中也扮演一个重要角色。既然这样，詹诺夫，我们就全速航向盖娅。前进！”

02

赫拉·布拉诺市长看来绝不只六十二岁。她并非总是显得那么苍老，但今天正是如此。由于心事重重，刚才走进地图室的时候，她忘记避开可恶的镜子，跟自己的影像打了一个照面。所以说，她晓得自己的形容变得多么憔悴枯槁。

她长叹一声，这份差事能把一个人耗得油尽灯枯。她已经担任五年的市长，而在此之前的十二个年头，她躲在两个傀儡市长身后，其实早已大权在握。十七年来，一切都很平静，一切都很成功，一切都——很累人。顺顺利利尚且如此，假如是疲累、挫败和霉运的组合，她实在难以想象。

她突然间领悟到，自己的运气的确还不坏。但一想到自己只能随波逐流，不能有什么大作为，这个可怕的想法就会令她万念俱灰。

谢顿计划一向相当成功，而第二基地会确保它今后继续一帆风顺。她身为基地的伟大舵手（正式的名称是“第一”基地，但在端点星上，从来没人想到加上这个形容词），只能算是躬逢其盛罢了。

历史将不会记得她这个人，顶多只是一笔带过。她就像坐在一艘太空船的驾驶舱中，但太空船实际上是由外界遥控。

就连茵德布尔三世都做了一点事，基地是在他掌权之际，陷落于骡手中。至少，他导致了基地的短暂覆亡。

可是后人回顾历史，会说布拉诺市长什么都没做！

除非这个葛兰·崔维兹，这名莽撞的议员，这根避雷针，替她扭转乾坤……

她若有所思地凝视着地图。这套地图并非新型电脑所产生的那种，而是一团三维激光阵列投射在半空中的银河全息图。虽然它无法移动、旋转、扩张、收缩，使用者却可以四处走动，从不同的角度观察这个模型。

她按下一个开关，银河就有一大片变成红色（如果不算“无生命地带”的核心区域，差不多占了整体的三分之一）。这个红色区域代表基地联邦，总共涵盖超过七百万个住人世界，全都在“议会”与她自己的统治下。这七百多万个世界也都各自选出代表，组成一个庞大的“行星议院”，成天争论一些鸡毛蒜皮的小事，然后郑重其事地表决，却从来没有机会处理任何重大议题。

她又按了一下开关，联邦边缘各处便冒出许多粉红色。这代表影响力的范围！那些区域并非基地疆域，但它们虽然名义上是独立的，却连做梦也不敢反对基地的任何行动。

她心中百分之百确定，银河中没有任何势力能与基地抗衡（甚至第二基地亦然，只可惜找不到它），基地可以随心所欲派出最精良的星际舰队，轻而易举建立起第二帝国。

可是谢顿计划执行至今，只过了五个世纪而已。根据这个计划，必须历经十个世纪的准备期，第二帝国方能建立，而第二基地会确保谢顿计划正确执行。市长满面愁容地摇了摇头，牵动了满头灰发。如果现在就采取行动，基地无论如何都会失败。虽然基地舰队无坚不摧，仍旧无法避免失败的命运。

除非崔维兹这根避雷针，能够吸引第二基地发出的闪电，如此就能设法追踪闪电的来源。

她四下张望，柯代尔在哪里？在这个节骨眼，他实在不该迟到。

柯代尔仿佛感应到她的召唤，大摇大摆走了进来。他从来没有显得如此慈祥和蔼，脸上带着愉快的笑容，配上两撇灰白的胡子与晒黑的皮肤。虽说慈祥和蔼，他并不算老，事实上，他比她足足年轻八岁。

他怎么一点倦容都没有？当了十五年的安全局局长，竟然不曾在他脸上留下任何痕迹？

03

柯代尔恭谨地缓缓点了点头，这是与市长进行讨论之前的必要礼节。这类规矩是茵德布尔家族传下来的陋习，如今一切几乎皆已改变，唯独礼仪规范是唯一的例外。

他说："抱歉我来迟了，市长。不过你逮捕崔维兹那件事，麻木的议会终于开始有反应了。"

"哦？"市长以冷静的口气答道，"快要爆发宫廷革命了吗？"

"门都没有，一切都在我们控制之下，只是将会有些聒噪。"

"让他们去聒噪吧，那会使他们觉得舒服一点，而我——我将置身事外。我猜想，我可以诉诸民意的支持吧？"

"我想没问题，尤其是端点星以外的世界。出了端点星，没有人会关心一名失踪议员的下落。"

"可是我关心。"

"啊？又有消息了？"

"里奥诺，"市长说，"我想知道赛协尔的详情。"

"我可不是长了腿的历史课本。"里奥诺·柯代尔带着微笑答道。

"我不要听历史，我要知道事实。为什么赛协尔是独立的？你看。"她指着全息地图的红色部分，在旋臂的内圈深处，有一块被团团围住的白色区域。

布拉诺说："我们几乎把它完全封死，几乎吞没了它，但它仍是白色的。根据我们的地图，它甚至不是粉红色的忠诚盟邦。"

柯代尔耸了耸肩。"虽然并非正式的忠诚盟邦，它从来不招惹我们，一直是中立的。"

"好吧，那你再看看这个。"她又按了一下开关，红色区域突然扩大许多，几乎涵盖了半壁银河。"这是骡死亡之际，"布拉诺市长说，"他所控制的领域。如果你向红色区域里面望去，就会发现赛协尔联盟那时完全遭到包围，但仍然是白色的。它是骡唯一放过的包围区域。"

"它当时也是中立的。"

"骡可不怎么尊重中立。"

"对赛协尔，他似乎破了例。"

"似乎破了例，赛协尔有什么本事？"

柯代尔答道："什么都没有！相信我，市长，只要我们想要它，它随时是我们的。"

"是吗？但事实上它并不是我们的。"

"还没有这个需要。"

布拉诺上身靠向椅背，手臂轻轻扫过开关，关上了银河地图。"我想现在我们得要它了。"

“我没听懂，市长？”

“里奥诺，我把那个笨蛋议员送到太空，是要他当一根避雷针。我觉得第二基地会被他唬到，会认为他是相当危险的人物，甚至比基地更加危险。他注定会遭到雷击，而我们就能找出雷电的源头。”

“这个我懂，市长！”

“我本来的打算，是要他前往川陀那个废墟，到那座图书馆去翻箱倒柜一番，设法寻找地球的下落。你应该记得，那些无聊的玄学家常常强调，地球就是人类起源之处。他们说得头头是道，虽然那几乎不可能是真的。第二基地不会相信他要找的真是地球，因此必定会采取行动，查出他的真正目标。”

“可是他并没有去川陀。”

“没错，出乎我意料之外，他竟然跑到赛协尔去了。为什么呢？”

“我不知道。但是请原谅我这只老猎犬，我的职责就是怀疑每一件事，所以请告诉我，你是怎样获悉他和那个裴洛拉特去了赛协尔。我知道康普曾经作过报告，但是我们又能信任康普几分？”

“那个超波中继器告诉我们，康普的太空艇确实降落在赛协尔行星。”

“这点毫无疑问，但你怎么知道崔维兹和裴洛拉特也在那里？康普飞往赛协尔可能另有原因，他也许并不知道，或者根本不关心另外两人的下落。”

“事实上，驻赛协尔大使已经通知我们，崔维兹和裴洛拉特的太空艇抵达了赛协尔，我可不信那艘太空艇会自动飞去。此外康普在报告中说，他跟他们交谈过，即使他不值得信任，我们还有他们两人到了赛协尔大学的目击报告，他们去那里拜访一个名不见经传的历史学家。”

“这些报告，”柯代尔以温和的口气说，“我全部没有收到。”

布拉诺嗤之以鼻。“别吃味了。这些报告都由我亲自处理，而且我这就在知会你，并没有延误多少时间。最新的一则消息，是大使刚刚送来的，我们的避雷针又上路了。他在赛协尔行星待了两天，然后就离开了。他告诉大使，他要航向另一个行星系，该处距离赛协尔约十秒差距。他还把目的地的名称和银河坐标传给了大使，大使又转来给我们。”

“康普有没有证实这些事？”

“大使向我们报告这件事之前，康普就报告了同样的消息。当时康普还不确定崔维兹要去哪里，想必他会继续跟踪。”

柯代尔说：“我们还不清楚变故的前因后果。”他将一颗含片丢进嘴里，若有所思地吮着，“为什么崔维兹要去赛协尔？为什么又会离开？”

“我最感兴趣的问题则是‘何处’，崔维兹要去哪里？”

“你刚才不是说过了吗，市长，他把目的地的名称和坐标都给了大使。你是在暗示他对大使说谎？或是大使欺骗了我们？”

“即使假设人人都说实话，而且没有任何无心之失，那个名称也令我感到好奇。崔维兹告诉大使说他要去盖娅，盖子的‘盖’，女字旁的‘娅’，崔维兹特别强调了一遍。”

柯代尔说：“盖娅？我从未听说过。”

“是吗？这并不奇怪。”布拉诺向刚才呈现显像地图的位置指了指，“从这个房间的地图中，理论上，我随时能叫出每一颗拥有住人世界的恒星，以及虽然没有住人行星系，本身却十分显著的星体。只要我操作得当，总共可以标示出超过三千万颗——包括独立的、成对的、挤成一团的。我可以标出五种不同的色彩，或是一个一个来，或是一次全部解决。可是，我无法在其中找到盖娅的位置。在这套地图中，盖娅根本不存在。”

柯代尔说：“这套地图显示的恒星，只占银河中总数的万分之一。”

“话是不错，可是那些未显示出来的恒星，周围都没有住人行星。崔维兹为何要去一颗无人行星呢？”

“你有没有试过中央电脑？它将银河的三千亿颗恒星通通收录了。”

“我也是这么听说的，但是能信吗？你我两人知道得非常清楚，我们的任何一套地图，都漏掉了数千颗住人行星——不只是这个房间里的地图，中央电脑的资料也一样。盖娅显然就是其中之一。”

柯代尔的口气冷静依旧，甚至有点像在哄小孩子。“市长，八成没什么好操心的。崔维兹或许只是瞎闯一番，也可能是故意要骗我们，其实根本没有一颗叫盖娅的星星，他给我们的坐标上其实什么都没有。他这样做只是为了摆脱我们，既然他跟康普碰过面，或许已经猜到自己被跟踪了。”

“这样做如何能摆脱我们？康普当然会跟踪下去。不，里奥诺，我心中另有一个想法，我们很可能会有更大的麻烦。听我说——”

她顿了顿，然后说：“这个房间完全屏蔽，里奥诺，你要了解这一点。我们不会被任何人窃听，所以请你畅所欲言，我自己也会这么做。

“如果我们相信那些情报，这个盖娅距离赛协尔行星只有十秒差距，因此是赛协尔联盟的一部分。在整个银河中，赛协尔联盟算是经过充分探勘的区域。其中所有的行星系，不论有没有住人，都有详细的记录，而住人世界的资料更是巨细无遗。只有盖娅是唯一的例外，姑且不论是否有人居住，总之没有任何人听说过，也没有任何地图收录它。此外，赛协尔联盟对基地联邦保持着奇特的独立状态，甚至对当年的骡也维持独立。自从银河帝国崩溃之后，它就一直是独立的。”

“这些又有何相干？”柯代尔谨慎地问道。

“我讲的这两点一定有关联。赛协尔包容一个无人知晓的行星系，而赛协尔是个碰不得的地方，这两点不可能没有牵连。盖娅不论是怎样的世界，都把自己保护得很周密。除了近邻，它绝不让外界知晓自身的存在。而且它一直在保护这些近邻，令外人无法征服。”

“你是在告诉我，市长，盖娅正是第二基地的大本营？”

“我是在告诉你，盖娅值得好好调查一番。”

“我能否提出一个怪问题，或许是你的理论不容易解释的。”

“请说。”

“如果盖娅正是第二基地，又如果数个世纪以来，它一直成功地抵御外界的入侵，并且保护整个赛协尔，把那个联盟当做广阔深厚的防护盾，又如果，它始终避免让自身的行藏泄露到银河各处——那么，这些保护网为何突然通通消失？崔维兹和裴洛拉特离开端点星之后，虽然你建议他们到川陀去，他们却毫不迟疑地立刻前往赛协尔，如今又转向盖娅。更何况，你自己也能想到并怀疑盖娅。为什么你不会被某种外力阻止呢？”

布拉诺市长低下头来，灰白的发丝在灯光下闪着黯淡的光芒。沉默良久之后，她终于答道：“我想，是因为崔维兹议员无意中搅乱了这个局面。他曾经做过的，或者正在进行的什么事，在某方面危及了谢顿计划。”

“这绝对不可能，市长。”

“我认为没有任何事或任何人是十全十美的，甚至哈里·谢顿也并非完美无缺。谢顿计划某处必定存在缺陷，刚好给崔维兹撞上了，也许连他自己都不晓得。我们必须了解到底是怎么回事，因此必须到现场去。”

柯代尔终于显得面色凝重。“千万别自作主张，市长。我们尚未深思熟虑，不可贸然采取行动。”

“别把我当成白痴，里奥诺，我并不想发动战争，也不是要派远征军去登陆盖娅。我只是要亲临现场，或说尽量接近那里。里奥诺，帮我个忙。我不喜欢跟军部的人打交道，经过一百二十年的和平岁月，那些人一定都变得迂腐不堪，可是你好像并不在乎。你帮我查查，我们有多少战舰布署在赛协尔附近，能否让它们看起来像是例行调防，避免对方发现我们正在动员？”

“在如今的太平盛世，我确定附近不会有太多战舰，但我会帮你查出来。”

“即使两三艘也足够了，如果其中有‘超新星级’就再好不过。”

“你打算要它们做什么？”

“我要它们尽可能向赛协尔推进，但不可引发任何事端。我还要它们彼此足够接近，以便相互支援。”

“这样做到底是为什么？”

“机动运用，我要在必要时能立刻发动攻击。”

“对抗第二基地？如果盖娅能让骡都退避三舍，当然不会把几艘战舰放在眼里。”

布拉诺眼中射出炽烈的斗志，她说：“老朋友，我刚才说过，没有哪件事或哪个人是完美的，就连哈里·谢顿都不例外。他在拟定那个千年计划时，绝对无法超越当时的格局。他是垂死的帝国所培养出来的数学家，当年所有的科技皆已奄奄一息，因而在他的计划中，无法充分考虑未来科技的进展。比如说，重力子学就是一门崭新的科技，当时他不可能预料得到。此外，我们在其他方面也突飞猛进。”

“盖娅也可能一直在进步。”

“在闭门造车的情况下？得了吧。基地联邦总共拥有千兆人口，这才能够集思广益，使各种科技获得长足的进展，一个孤立的世界怎能相提并论。我们的战舰将向前推进，而我要一起去。”

“对不起，市长，你说什么？”

“我要亲自登上集结在赛协尔边境的战舰，我想亲眼观察实际状况。”

柯代尔张着嘴一阵子，然后咽了咽口水，喉咙发出一声怪响。“市长，那是——不智之举。”为了强调自己的观点，他显然已极尽所能。

“不管是否明智，”布拉诺以激昂的语气说，“我都要这么做。我已经对端点星厌烦透顶，恨透了这里无止无休的政治斗争、派系对抗、合纵连横以及背叛出卖。我在政治漩涡中心已有十七年之久，现在我想要干点别的，什么都好。而在那里，”她挥手随便指了一个方向，“整个银河的历史也许将被改写，我要亲自参与这件盛事。”

“你对这种事根本一窍不通，市长。”

“谁又通呢，里奥诺？”她站了起来，动作有些僵硬。“一旦你帮我把那些战舰的资料找来，一旦我能把此地的糊涂账交代清楚，我就即刻起程。还有，里奥诺，别试图用任何方法改变我的心意，否则我会把老交情一笔勾销，将你撤职处分。这点至少我还做得到。”

柯代尔点了点头。“我知道你做得到，市长，但在你下决心之前，能否请你再考虑一下谢顿计划的威力？你打算做的也许是自取灭亡。”

“这点我倒并不害怕，里奥诺。谢顿计划没有料到骡的出现，有一就有二，既然它的计算曾经失误，就有可能再度失灵。”

柯代尔叹了一口气。“好吧，如果你真的心意已决，我就只好忠心耿耿地全力以赴了。”

“很好。我再警告你一次，你这句话最好真正出自肺腑。牢记这一点，里奥诺，我们向盖娅进发吧。前进！”

第十五章

盖娅之阳

01

一艘旧式的小型太空船，在太空中谨慎地跃迁许多秒差距，载着史陀·坚迪柏与苏拉·诺微朝向目的地前进。

诺微正走进驾驶舱。她显然刚从袖珍盥洗室出来，利用油脂、暖空气与最少量的水洗了一个澡。她身上裹着一件浴袍，双手紧紧抓牢，生怕多露出一寸肌肤。她的头发已经干了，但纠缠成乱糟糟的一团。

她低声唤道："师傅？"

正埋首于电脑与航线图的坚迪柏抬起头来。"什么事，诺微？"

"恳请师傅恕罪……"她忽然打住，又慢慢地说，"请原谅我打扰你，师傅，"然后她又说溜了嘴，"但我系为遗失衣物所苦。"

"你的衣服？"坚迪柏茫然地望着她一阵子，然后才站起来，露出自责的神情。"诺微，是我忘记了。那些衣服需要洗了，现在都在洗衣器中，已经洗净、烘干、叠好，一切处理完毕。我应该把它们拿出来，放到一眼就看得见的地方，可是我忘了。"

"我并不想要……要……"她低下头来，"惹你生气。"

"你没有惹我生气。"坚迪柏高高兴兴地说，"听好，办完这件事之后，我保证会替你张罗一大堆衣服——不但都是新的，而且是最流行的款式。我们走得太匆促，我竟然没想到多带几件换洗衣物。可是说实在的，诺微，现在只有我们两个人，我们将在这个小空间共处一段日子，所以不必……不必……太过在意……那个……”他做了一个含糊的手势，马上发觉她眼中露出惧色，于是想到：嗯，她毕竟只是个乡下姑娘，心中自有一套规范；也许并非所有不合礼数的事全部反对，但衣服是一定要穿的。

他突然感到羞愧不已，同时庆幸她并不是“学者”，无法感知他的想法。他连忙说：“要我替你把衣服拿来吗？”

“喔，不要，师傅。这不系你做的事，我知道衣物在哪里。”

当她再度出现时，全身上下都穿戴整齐，头发也梳好了。她带着羞答答的神情说：“我感到羞愧，师傅，我竟然表现……得这么不识大体。我应该自己把衣物找到。”

“没关系。”坚迪柏说，“你的银河标准语说得非常好了，诺微，学者的语言你学得非常快。”

诺微突然微微一笑。她的牙齿不怎么整齐，但在他的赞美下，她显得分外容光焕发，脸蛋也有几分甜美，牙齿的缺陷也就不算什么了，坚迪柏这么想。他告诉自己，正是由于这个原因，所以自己挺喜欢赞美她。

“可是当我回家之后，阿姆人会轻视我。”她说，“他们会说我系……是一个咬文嚼字的人，他们总是这样叫那些说话……古怪的人，他们不喜欢那样子。”

“我相信你不会再回到阿姆世界去了，诺微。”坚迪柏说，“我确定你能继续留在银河大学，跟学者们住在一起。我是说，当这件事结束之后。”

“我喜欢这样，师傅。”

“我想，你大概不会愿意称我‘坚迪柏发言者’，或者光是……”他突然看到她露出坚决的表情，像是反对什么大逆不道的行为，于是赶紧说，“对，我知道你不会的，算了。”

“那样做不合宜，师傅。但我能否请问，这件事何时才会结束？”

坚迪柏摇了摇头。“我也不大清楚。目前我必须做的，是尽快前往某个特定地点。这艘太空船的状况虽然极佳，可是仍嫌太慢，即使‘尽快’也快不到哪里去。你看，”他指着电脑与航线图，“我必须计算出跨越广阔太空的航道，但是电脑能力有限，而我也不怎么熟练。”

“是不是因为有危险，所以你必须尽快赶去，师傅？”

“你怎么会想到有危险呢，诺微？”

“因为有时候我认为你没看到我，那时我看着你，你的脸看起来……我不知道怎么说。不是惊吓——我的意思是，不是害怕——也不是期待什么坏事。”

“那叫忧虑。”坚迪柏喃喃道。

“你看起来好像——挂心。这样说对吗？”

“视情况而定。你所谓的挂心是什么意思，诺微？”

“我的意思是，你看起来好像在自言自语：‘在这件大麻烦中，我下一步应该怎么办？’”

坚迪柏显得相当震惊。“那的确是‘挂心’，可是你能从我脸上看出来吗，诺微？在学者之地的时候，我一向极为小心，不让任何人从我脸上看出任何事。但我的确曾经想到，如今独处在太空中，只有你在一旁，我可以松懈一下。就像一个人回到寝室，会穿着内衣裤行动一样——对不起，这样说害你脸红了。我想要说的是，如果你的感知力那么强，今后我就得更加谨慎。我经常需要重温一个教训：即使不懂精神力学的人，也能作出极佳的猜测。”

诺微现出茫然的表情。“我不懂，师傅。”

“我是在对我自己说话，诺微，你不必挂心——瞧，我也用到这个字眼了。”

“到底有没有危险呢？”

“诺微，的确有个问题尚待解决。我不知道到达赛协尔之后，我会碰上些什么——赛协尔就是我们要去的地方。到了那里之后，我也许会遇到很棘手的情况。”

“是否表示会有危险呢？”

“不会，因为我有能力应付。”

“你又怎么知道呢？”

“因为我是一位……学者，而且是最棒的一位，银河中没有我应付不了的事。”

“师傅，”诺微面容扭曲，好像极为苦恼的样子，“我不希望令你冒犯——我是说冒犯你——而惹你生气。我曾经亲眼看到那个笨瓜鲁菲南为难你，当时你就身处险境，而他只是一个阿姆农夫。现在我不知道有什么在等待你，你自己也不知道。”

坚迪柏感到十分无奈。“你害怕吗，诺微？”

“不是为我自己，师傅。我怕——我感到害怕——是为了你。”

“你可以说‘我怕’，”坚迪柏喃喃地说，“那也是正确的银河标准语。”

他沉思了一阵子，然后抬起头来，抓住了苏拉·诺微粗糙的双手，对她说：“诺微，我不要你为任何事感到害怕。我来解释一下，你知道如何从我的表情看出有危险——或说可能有危险，有点像是能看透我的心思，对不对？”

“嗯？”

“我看透他人心思的本事，比你还要高强。这就是学者的本事之一，而我是一名极优秀的学者。”

诺微睁大眼睛，双手赶紧抽了回去，似乎连呼吸都屏住了。“你能看透我的心思？”

坚迪柏连忙举起一根指头。“没有，诺微。除非有必要，我不会窥视你的心思，我真的不会窥视你的心思。”

他心里明白，严格说来自己是在撒谎。跟苏拉·诺微相处在一起，多少总会察觉到她大概在想什么，就连普通人也几乎做得到。坚迪柏觉得自己差点要面红耳赤。虽然只是个阿姆女子，她这种态度也会令人飘飘然。但即使是基于人与人之间的关怀，也该让她安心……

他继续说：“我还能改变别人的想法，能让别人感到痛苦，能……”

诺微却一直摇头。“师傅，你怎能做到这些呢？鲁菲南……”

“别再提鲁菲南了。”坚迪柏急躁起来，“我可以在一瞬间制住他，我可以叫他在地上乱爬，我可以让所有的阿姆人……”他突然煞住，对自己这种言行感到不屑。为了说服这个乡下女子，他竟然这样自吹自擂。这时，她仍旧不停摇头。

“师傅，”她说，“你这么讲是想让我别害怕，但我害怕只是为了你，所以你不必这样做。我知道你是个伟大的学者，可以让这艘船一路飞过太空。在我看来，不论是谁到了太空，除了迷路之外一无是处——我的意思是一事无成。而且你会使用我不懂的机器——其实没有一个阿姆人懂得。但是你不用告诉我那些心灵力量，那当然是不可能的，因为你声称能对鲁菲南做的事，你一样都没有做到，当时你却身处险境。”

坚迪柏紧紧抿起嘴唇。就这样吧，他想。如果这个女子坚持并非她自己害怕，那又何妨。但他不愿被她看成懦夫和吹牛大王，总之就是不愿意。

于是他道："若说我没有对付鲁菲南，实在是因为我不愿意那样做。我们学者绝不能对阿姆人造成任何伤害，我们是你们那个世界的客人。这点你了解吗？"

"你们是我们的主人，我们一直都是这么说的。"

坚迪柏总算稍加释怀。"那么，这个鲁菲南又为何会攻击我？"

"我不知道，"她答得很干脆，"我想连他自己也不知道。他一定是理智出走，喔，失去了理智。"

坚迪柏咕哝道："不论在任何情况下，我们都不会加害阿姆人。如果我为了阻止他，而被迫——伤害他，其他学者就会瞧不起我，我还可能因此被解除职位。但是为了避免自己受到重创，我也许不得不略施一点手段——尽可能小的手段。"

诺微垂头丧气。"那么，我根本不用像个大傻瓜一样冲出来。"

"你做得完全正确，"坚迪柏说，"我刚才说过，如果我伤害他，将会造成不良后果。是你替我免去这个麻烦，是你阻止了他。这等于帮了我一个大忙，我心中一直感激万分。"

她又展现了笑容——充满喜悦的笑容。"我懂了，怪不得你会对我这么好。"

"我当然很感激你，"坚迪柏的对答显得有些慌乱，"但最重要的是，你必须了解我不会有任何危险。我可以对付一大群普通人，任何学者都办得到，地位高的学者更是轻而易举。而我告诉过你，我是其中的佼佼者。放眼当今银河，没有任何人能与我为敌。"

"只要你这么讲，师傅，我就绝对相信。"

“我的确这么讲。好了，现在你还为我感到害怕吗？”

“不会了，师傅，只不过……师傅，是不是只有我们的学者才能看穿心灵？在别的地方，有没有别的学者能和你对抗？”

坚迪柏突然吓了一大跳。这女子的确拥有惊人的洞察力。

现在不得不撒个谎，因此他说：“完全没有。”

“可是天上的星星那么多。我曾经试着数过，怎么数都数不清。如果有人住的世界和星星一样多，难道别的世界都没有学者吗？我的意思是，除了我们那个世界的学者之外？”

“没有了。”

“万一有呢？”

“那么，他们也不会像我这么厉害。”

“如果他们趁你尚未发觉之前，突然向你偷袭呢？”

“他们办不到。若有任何陌生学者接近，我会立刻察觉。早在他对我不利之前，我就已经知道了。”

“你跑得掉吗？”

“我根本不需要跑。”他马上料到她不会接受这句话，“反正，我很快就要登上一艘新的太空船，是全银河最优秀的一艘。假如我必须跑，他们也不可能抓得到我。”

“他们会不会改变你的思想，让你留下来？”

“不会的。”

“他们可能人多势众，而你只有一个人。”

“只要他们一出现，我立刻就能察觉，可以马上离开，他们绝对想象不到我的反应会那么快。然后我们整个世界的学者会联手对付他们，他们一定抵挡不了。而他们想必了解这种结果，所以不敢对我怎么样。事实上，他们根本不希望我发现他们的踪迹，但我会做到的。”

“因为你比他们棒很多吗？”诺微问道，她脸上还闪着一种迟疑的骄傲。

坚迪柏不禁肃然起敬。她天生的智慧与敏捷的领悟力，都令他感到与她相处是一大乐事。那个口蜜腹剑的怪物黛洛拉·德拉米发言者，当初逼他带着这个阿姆农妇同行的时候，绝对想不到是帮了他一个天大的忙。

他答道：“不，诺微，并不是因为我比他们棒，虽然这也是事实，而是因为有你在我身边。”

“我？”

“就是你，诺微。你曾经猜到这一点吗？”

“从来没有，师傅，”她感到很困惑，“我又能做什么呢？”

“是你的心灵。”说到这里，他突然抬起手来，“我并没有透视你的思想。我只是观察你的心灵表层，它看起来极为平滑光润。”

她将手按在额头上。“因为我没有学问，师傅？因为我很笨吗？”

“不，亲爱的。”这个称呼脱口而出，“因为你很诚实，没有半点狡诈；因为你很纯朴，从不口是心非；因为你有一颗热情的心，还有……还有其他种种因素。假如别的学者发射任何力量，想要碰触我们的心灵——你我的心灵——你那光滑的心灵表面立刻会显出痕迹。我自己在尚未感到那股力量之前，就会先察觉那个痕迹，然后便能及时采取反击策略，也就是击退那股力量。”

他这番话讲完之后，两人维持了良久的沉默。坚迪柏注意到诺微眼中不只盈溢着喜悦，还掺杂着得意与骄傲。最后，她终于轻声说：“这就是你带我同行的原因？”

坚迪柏点了点头。“是的，这是一个重要的原因。”

她将声音压得更低，几乎接近耳语。“我要怎样做，才能尽量帮忙呢，师傅？”

他回答说：“保持冷静，不要害怕。只要……只要维持你原来的心境。”

她说：“我一定会这样做的。我要站在你和危险之间，就像上次挡住鲁菲南那样。”

说完她就离开了驾驶舱，坚迪柏目送着她的背影。

她真是个深不可测的女人。这么单纯的一个人，怎能包容如许的复杂度？在她光滑的心灵表层之下，蕴藏着巨大的智慧、悟性与勇气。他还能再要求什么？还有谁能给他更多？

此时，他心中又出现了苏拉·诺微的影像。她不是一名发言者，也不是第二基地分子，甚至没有受过正规教育。她面色凝重地站在他身旁，在即将上场的压轴戏中，扮演着一名不可或缺的配角。

但他现在还看不清楚其中的细节，还无法预料等待他们的是什么。

02

“只不过一次跃迁，”崔维兹喃喃地说，“它就遥遥在望了。”

“盖娅吗？”裴洛拉特一面问，一面抬头望向崔维兹身前的屏幕。

“盖娅的太阳。”崔维兹说，“为了避免混淆，你可以称它为

‘盖娅之阳’。有些时候，银河地理学家会这么做的。”

“那么盖娅又在哪里呢？或者我们应该称它为‘盖娅行星’？”

“那颗行星称为盖娅就行了。然而，我们还无法看见盖娅。行星不像恒星那么容易观察，而且我们距离盖娅之阳还有一百微秒差距。请注意它只是一颗恒星，虽然相当明亮，但我们的距离仍旧太远，所以它看起来还不是圆盘状。可是不要直接瞪着它，詹诺夫，它的亮度还是足以损伤视网膜。等我作完观测之后，我会插进一片滤光镜，那时你爱怎么瞪着它都可以。”

“如果换算成神话学家懂得的单位，一百微秒差距等于多少呢，葛兰？”

“等于三十亿公里，大约是端点星距离端点之阳的二十倍。这么讲有点帮助吗？”

“帮助可大了。但我们不应该再凑近一点吗？”

“不行！”崔维兹抬起头，露出惊讶的表情，“现在还不可以。我们既然听说了有关盖娅的传闻，为何还要冒失？有胆量并不等于疯狂，让我们先来观察一番。”

“观察什么，葛兰？是你说的，我们还看不到盖娅。”

“肉眼当然还看不到。可是我们有望远显像仪，还有一台杰出的电脑，可以进行高速分析。我们当然可以先来研究盖娅之阳，或许还能再作些其他观测。放轻松吧，詹诺夫。”他伸出手来拍拍对方的肩膀，像个长辈一样。

顿了一下之后，崔维兹又说：“盖娅之阳应该没有伴星，即使有，那颗伴星也非常遥远，远超过我们目前和它的距离。而且它顶多是红矮星，这表示我们根本不必顾虑。盖娅之阳是一颗G4型恒星，代表它的行星很有可能适宜住人，这是个好现象。假使它的光谱型是A型或M型，我们现在就该向后转，没有必要再前进了。”

裴洛拉特说：“也许我只是个神话学家，但我想请问，难道我们不能在赛协尔上，测量出盖娅之阳的光谱型吗？”

“当然可以，而且做过了，詹诺夫，但在近距离再做一次又有何妨。盖娅之阳拥有一个行星系，这点并不令人惊讶。目前可以看到两颗气态巨星，其中一颗又大又亮，除非电脑对距离的估计错误。在这颗恒星的另一侧，很可能还有一颗类似的行星，可是不容易侦测到，因为我们刚好相当接近行星轨道面，这纯粹是巧合。我还无法发现内围有些什么，这也是理所当然的事。”

“这样很糟吗？”

“并不尽然，我早就料到了。适宜住人的行星都是由岩石和金属构成，体积比气态巨星要小很多，而且都极为接近恒星，否则不可能有足够的温度。上述这两个条件，都使我们难以在这么远就观测到。这就代表说，若想探测盖娅之阳周围四微秒差距的区域，我们必须移到相当近的距离。”

“我准备好了。”

“我还没有，我们明天才要进行另一次跃迁。”

“为何等到明天？”

“有何不可？我们缓上一天，一来让他们出来抓我们，二来如果我们侦察到他们的踪迹，发现情况不妙，也许还能溜之大吉。”

03

第二天，崔维兹一丝不苟地指挥电脑工作，要它计算出数种前进航线，再试着从中选择一个最佳方案，整个过程缓慢而谨慎。由于缺乏精确数据，他只能凭借直觉行事，可惜直觉未能提供任何帮助。他时常体会到的“自信”，这回始终未曾出现。

最后，他终于将跃迁指令注入电脑，太空艇随即远离行星轨道面。

“这样我们就能有较佳的整体视野。”他说，“因为不论那些行星在轨道的哪一部分，我们都能取得它们和盖娅之阳的最大视距。而他们——不论他们是何方神圣——也许不会对轨道面以外的区域侦察得太仔细，至少我希望如此。”

目前他们距离盖娅之阳将近五亿公里，和那颗最内围、最庞大的气态巨星几乎相同。崔维兹将那颗行星以最大倍率显像在屏幕上，好让裴洛拉特尽情观赏一番。即使忽略周围三道稀疏而狭窄的碎石环，那仍是极其壮观的画面。

“它照例拥有一串卫星，”崔维兹说，“但它距离盖娅之阳这么远，因此所有的卫星都不适宜住人。而且，也没有哪颗卫星上有人类的踪迹，比方说在玻璃穹顶内，或是其他极端人工化的环境中。”

“你又怎么知道？”

“因为我们接收到的无线电杂讯，并不具备人工波源的特征。当然，”为了避免以偏概全，他补充道，“上面还是可能有科学观测站，只不过他们费尽心血将无线电讯号屏蔽起来，再加上气态巨星产生的无线电杂讯，便足以掩盖他们的踪迹。话说回来，我们的无线电接收装置极为灵敏，我们的电脑又非比寻常，所以我敢说，那些卫星上有人类居住的几率小得可怜。”

“这是否表示盖娅并不存在？”

“不，这表示盖娅即使存在，也没有在这些环境恶劣的卫星上殖民。也许是它没有能力，或者只是兴趣缺缺。”

“好吧，那么究竟有没有盖娅？”

“耐心点，詹诺夫，耐心点。”

崔维兹以近乎无穷无尽的耐心望着这片天宇沉思。但他终于停了下来，说道：“坦白讲，他们到现在还没有出来抓我们，可真有点令我灰心。照理说，如果他们拥有传说中的能耐，早该对我们有所反应了。”

“依我看，”裴洛拉特闷闷不乐，“整件事有可能只是一种幻想。”

“姑且称之为神话吧，詹诺夫，”崔维兹露出一抹苦笑，“这刚好合你的胃口。话说回来，还是有一颗行星位于天文生物圈内，这就代表它也许可以住人。我准备至少花一天时间观察它。”

“为什么？”

“原因之一，为了确定它是否适宜住人。”

“你刚才明明说它位于生物圈内，葛兰。”

“没错，此刻它的确在其中。但是它的轨道可能具有很大的离心率，也许有时距离恒星只有一微秒差距，也可能偶尔跑到十五微秒差距之外，或者两者都会发生。我们必须测定这颗行星和盖娅之阳的距离，再将这个距离和它的轨道速率相比，这将有助于了解它的运动方式。”

04

又过了一天。

“轨道接近圆形，”崔维兹终于找到答案，“这就表示适宜住人的可能性更大了。但直到目前为止，还是没有人出来抓我们，我们得试着再凑近一点。”

裴洛拉特问道：“准备一次跃迁为何要花那么长的时间？你只不过是要进行微跃罢了。”

“听听这人讲的什么话。微跃比普通的跃迁更难控制，你想想看，抓起一块石头和捡起一粒细沙，哪件事比较容易？此外，盖娅之阳就在附近，因此空间弯曲得厉害，即使对电脑而言，计算都会相当复杂。就算是神话学家，也该明白这层道理。”

裴洛拉特嘀咕了一阵子。

崔维兹又说：“现在，你可以用肉眼看到那颗行星了。就在那里，看到没有？自转周期大约是二十二个银河标准小时，轴倾角十二度，简直就是可住人行星的教科书范例。而且，上面的确有生物存在。”

“你怎么知道？”

“因为大气层具有大量的自由氧。如果没有发展出繁茂的植物群落，不可能出现这种情形。”

“有没有智慧生物呢？”

“那就需要分析无线电波辐射了。当然，我想也或许有完全放弃科技的智慧生物，但是这种情形似乎非常不可能。”

“并非没有这种例子。”裴洛拉特说。

“我愿意相信你，好歹这是你的专长。然而，上面如果只有一些游牧民族，当年不太可能把骡吓跑。”

裴洛拉特又问：“它有卫星吗？”

“的确有一颗。”崔维兹随口答道。

“多大？”裴洛拉特突然显得透不过气来。

“说不准，直径或许有一百公里吧。”

“乖乖。”裴洛拉特叹道，“我真希望脑袋多装几句更够味的感叹词，我亲爱的兄弟，可是本来的那么一点机会……”

“你的意思是，假如它有一颗巨型卫星，就可能是地球了？”

“没错，但它显然不是。”

“算啦，如果康普说得没错，地球根本不在这一带，它应该位于天狼星区。说真的，詹诺夫，我十分遗憾。”

“喔，谢了。”

“听着，我们先等一下，然后再冒险进行一次微跃。假如没有发现智慧生物的任何迹象，我们登陆就很安全——只不过这样一来，就根本没有必要登陆了，你说对不对？”

05

又做了一次微跃之后，崔维兹突然惊喜地大叫：“好啦，詹诺夫。这就是盖娅，它起码拥有科技文明。”

“你能根据无线电波看出来吗？”

“我有更直接的证据。有个太空站环绕这颗行星，你看到没有？”

显像屏幕呈现出一个物体的影像，在外行的裴洛拉特看来，似乎没有什么特殊之处，但崔维兹却说：“人工的，金属的，而且是个电波源。”

“我们现在该怎么做？”

“暂时不要轻举妄动。既然拥有这种科技水准，他们不可能没侦测到我们。如果一会儿之后，他们仍旧毫无动静，我就向他们发出一道无线电讯。假使他们依然没有反应，我就要步步为营地逼进。”

“万一他们真有反应，又该怎么办？”

“要看是什么样的反应。若是我不喜欢的反应，我就准备仰仗这艘太空艇的高超跃迁能力，我不相信他们有什么办法追得上我们。”

“你是说我们要溜掉？”

“就像超空间飞弹那样。”

“但这等于是空手而归。”

“乱讲。至少我们会知道盖娅的确存在，拥有实用的科技文明，而且故意把我们吓跑。”

“可是，葛兰，我们不要太容易被吓跑。”

“好啦，詹诺夫，我了解银河虽大，你却对地球情有独钟，愿意不计一切代价探寻它的下落。可是请你记住一件事，我可没有染上你那种偏执狂。我们是在一艘毫无武装的太空艇上，而下面那些人已经与世隔绝了好几世纪。如果他们从未听说过基地，不明白应该对这个名号肃然起敬；又如果这里正是第二基地，我们一旦落入他们手中，万一惹恼了他们，我们就再也不是原来的自己了。难道你希望他们掏空你的心灵，让你忘掉所有的神话传说，从此再也不能以神话学家自居吗？”

裴洛拉特露出凝重的表情。“好吧，既然你这么说。但是我们离去后，又该怎么办呢？”

“太简单了。我们回端点星去，向老太婆报告这个消息。如果她不准我们登陆，我们也要尽量接近端点星。然后，我们也许会再回到盖娅——以最快的速度回来，不像这样走走停停——而且会带来一艘战舰，甚至一支武装舰队。那时，情况当然就不同了。”

06

他们又开始等待，这已经成了例行公事。他们在盖娅附近等待的时间，已经远比由端点星飞到赛协尔的时间更长。

崔维兹将电脑设定成自动预警模式，自己毫不紧张，甚至在厚实的座椅上打起盹来。

当警报响起时，崔维兹立刻惊醒。裴洛拉特胡子刮了一半，就赶紧冲进崔维兹的舱房。一时之间，两人都吓得不知所措。

“我们收到了什么讯息吗？”裴洛拉特问道。

“没有。”崔维兹中气十足地说，“是我们正在运动。”

“运动？往哪里运动？”

“朝那个太空站运动。”

“为什么会这样？”

“我也不知道。发动机仍旧开着，但是电脑不再有反应，而我们却在运动。詹诺夫，我们被逮住了。我们和盖娅恐怕太近了一点。”

第十六章

焦 点

01

当史陀·坚迪柏终于从显像屏幕上发现康普的太空艇时，似乎代表他已经抵达终点，这趟漫长到难以想象的旅程总算结束了。但这当然不是什么终点，而是真正的起点。从川陀到赛协尔的漫长旅途，只能算是一场序幕。

诺微现出敬畏的神色。“师傅，那是另一艘太空之船吗？”

“应该说太空船，诺微。没错，它就是我们拼命赶来会合的那一艘。它比我们的太空船更大，而且更为精良。它能以无法想象的高速掠过太空，如果它要逃避，我们这艘太空船不可能追得上，甚至无法跟在它后面。”

“比师傅们的太空船还快？”苏拉·诺微似乎吓呆了。

坚迪柏耸了耸肩。“或许我可以算你的师傅，但我并非样样精通。我们学者并没有那样的太空船，也不像那些太空船的主人，拥有那么多的科技设备。”

“可是学者怎么可能没有这些东西呢，师傅？”

“因为我们主宰着真正重要的事物。那些人所拥有的物质文明，只是微不足道的东西。”

诺微皱着眉头沉思了一阵子。“我认为能够飞得那么快，快得连师傅都没法追得上，并不是微不足道的事。他们到底是什么人，能够拥有这些奇迹——我是说，拥有这些东西。”

坚迪柏被她逗乐了。“他们自称为基地人，你听说过基地吗？”

他发觉自己突然起了好奇心，想知道阿姆人对银河究竟了解多少，更想知道发言者为何都对这个问题从不好奇。或者，是不是只有他自己从未感到好奇；只有他才以为阿姆人除了喜欢挖土，其他事情一概不闻不问。

诺微一面回想一面摇头。“师傅，我从来没有听说过。当学校师傅教我文字学——我的意思是读书写字的时候，他告诉我还有很多其他的世界，还告诉我一些世界的名字。他说，我们的阿姆世界有个正式名字叫川陀，它曾经统治过所有的世界。他又说川陀以前包着闪闪发光的铁，上面住着一个皇帝，他是人人的主人。”

她抬起头来望着坚迪柏，目光流露出略带羞赧的喜悦。“不过，我勿相信其中的大部分。在晚上比白天长很多的日子里，我们聚在集会厅中，说书的人就会讲很多故事。当我是个小女孩的时候，我相信它们全部，但是当我渐渐长大，我发现它们许多都不是真的。现在我只相信非常少，也许全都勿相信。就连学校里的师傅，也会说些难以置信的故事。”

“不过，诺微，学校师傅讲的这个故事是真的，但那是很久以前的事。川陀的确曾经被金属覆盖，也的确有个统治全银河的皇帝。然而，如今一切都变了，基地人总有一天会统治所有的世界，他们的力量不断在茁壮。”

“他们会统治所有的世界吗，师傅？”

“不会立刻实现，还要再过五百年。”

“然后他们也会变成所有师傅的主人？”

“不，不。他们将统治所有的世界，而我们将统治他们。这是为了他们的安全，以及所有世界的安全。”

诺微又皱起了眉头，她说：“师傅，这些基地人，是不是有许多这么好的太空船？”

“我想是吧，诺微。”

“他们还有其他非常……惊人的东西？”

“他们拥有各式各样威力强大的武器。”

“那么，师傅，他们不能现在就收服所有的世界吗？”

“他们不能那样做，时机尚未成熟。”

“可是为什么呢？是不是师傅们会阻止他们？”

“我们不需要那么做，诺微。即使我们撒手不管，他们也无法收服所有的世界。”

“到底是什么会阻止他们呢？”

“是这样的，”坚迪柏开始解释，“从前有个智者，设计出一套计划……”

他突然住口，淡淡一笑，同时摇了摇头。“这实在很难解释，诺微，或许改天再说吧。事实上，在我们回川陀之前，你的所见所闻也许就能使你了解这一切，用不着我再多作解释。”

“会发生什么事呢，师傅？”

“我还不确定，诺微，不过一切都会很顺利的。”

他转过身去，准备跟康普进行联络。与此同时，他忍不住在心中自言自语了一句：至少我希望如此。

他马上对自己发起脾气来，因为这个愚蠢而犹疑的念头究竟源自何处，他自己再清楚不过。透过康普的太空艇，他看到了基地的精实壮大，而诺微对它毫不掩饰的赞叹，更是令他恼火不已。

真笨！自己怎会将有形力量与无形的控制力相提并论？这就是历代发言者所谓的“扼住咽喉的谬误”。

自己对那种诱惑竟然还没有免疫力，真是难以想象。

02

曼恩·李·康普完全不知道等会儿该如何应对。那些偶尔与他接触的发言者，始终以神秘的方式掌握着全体人类的命运，然而在他一生之中，全能的发言者从未在他面前出现过。

最近几年，在诸位发言者中，史陀·坚迪柏成了他的顶头上司。不但坚迪柏的声音是他最常听到的，坚迪柏的容貌也经常出现在他心中，那是一种无需超波中继器的超波通讯。

就这方面而言，第二基地的成就远远超越第一基地。他们舍弃任何有形的设备，仅靠训练有素的心灵所发出的能量，便能和许多秒差距之外取得联络，而且绝对不会遭到窃听或蓄意干扰。这是一种隐形且无法侦测的通讯网路，仅仅借着少数专职人员居中协调，就能在各个世界间建立起迅速的联系。

当康普想到自己的角色时，曾经不只一次生出飘飘然的感觉。他所属的这个团体何其微小，发挥的影响力却何其巨大，而这一切又是何其机密，连妻子都不知道他的这重身份。

一切都由诸位发言者在幕后操纵，而这位发言者，这位坚迪柏，（康普想）很可能会成为下一代的第一发言者，在比帝国更伟大的国度中，扮演比皇帝更有权势的角色。

如今坚迪柏终于抵达此地，就在对面那艘川陀太空船中。这次会面无法在川陀举行，令康普感到失望，但他尽力压制住这个情绪。

那玩意儿会是川陀的太空船吗？想当年，带着基地制品闯荡险恶银河的行商，他们的太空商船都要比这艘好些。怪不得从川陀赶到赛协尔，会浪费发言者那么多的时间。

现代船舰一律具有“自动对接机制”，能将两艘船舰紧密接驳，让双方人员可以互相通行。就连低劣的赛协尔舰队，也都拥有这种配备。可是，这位发言者却得像帝国时代那样，首先调整太空船的速度，然后向康普的太空艇抛出一条索链，再顺着索链从太空中摆荡过来。

是这艘太空船没错，康普很是沮丧，无法压抑失望的情绪。它根本就是一艘帝国的旧式太空船，甚至还是小型的。

此时，有两个人顺着索链缓缓移过来。其中之一动作极为笨拙，一看就知道并没有太空漫步的经验。

最后，他们总算登上康普的太空艇，除下了太空衣。史陀·坚迪柏发言者身材中等，相貌并不出众；他没有威风凛凛的架势，也并未散发任何学者的气质，只有那对深陷的黑眼珠，显现出几丝智慧的光芒。可是现在，这位发言者忙着四下张望，明显地流露出敬畏的神色。

另一个人则是个和坚迪柏差不多高的女子，外表平庸的她不停东张西望，惊讶得嘴巴都合不拢。

03

对坚迪柏而言，太空漫步并非全然不愉快的经验。他当然不是太空人，第二基地分子都不是，但他也并非真正的“地虎”，因为凡是第二基地分子，都必须接受太空人的训练。毕竟，他们随时可能需要进行太空飞行。不过第二基地分子全部抱持相同的想法，都希望这种需要愈少愈好。（普芮姆·帕佛所做的众多太空旅行，如今已经成为传奇。他曾经语重心长地说过一句话：为了确保谢顿计划顺利执行，发言者有时不得不闯荡太空，但是愈成功的发言者，被迫飞上太空的次数就愈少。）

过去，坚迪柏曾有三次不得不使用索链的经验，今天是他第四次使用这种装置。由于他十分担心苏拉·诺微，自己反倒没有紧张的感觉。置身虚空的想法吓得她不知所措，他不需要依靠任何精神力量，就能清楚看出来。

“我真系很惊吓，师傅。”当他向她解释该怎么做的时候，她这么回答。“我将在虚无中走脚步。”别的不说，她突然又吐出道地的阿姆方言，就足以显示她多么惊慌。

坚迪柏柔声对她说：“我不能把你留在这艘船上，诺微。我自己要到另一艘上面去，所以你必须跟我一道走。绝对不会有什么危险，太空衣能保护你不受任何伤害，而且你根本不会掉到什么地方去。即使没有抓牢索链，你也几乎只会留在原处，而我会一直和你保持一臂之遥，随时可以抓你一把。来吧，诺微，向我证明你有足够的胆量，又有足够的聪明，一定能够成为一名学者。”

听了这番话，她就没有再说什么。坚迪柏虽然不愿搅扰她的心灵，仍然破例在那个心灵的光滑表面上，注入一股具有镇定作用的精神力量。

“你仍然可以跟我说话。”当他们都钻进厚重的太空衣之后，他对她说，“只要你尽力想着那些话，我就能够听到。把每个字都专心地、仔细地想一遍。你现在听得到我说话，是吗？”

“是的，师傅。”她答道。

隔着头盔的透明面板，他看得到她的嘴唇在嚅动，于是又说：“不要张开嘴巴来说话，诺微。学者的太空衣没有无线电设备，一切全靠心灵的作用。”

她的嘴唇果然不再嚅动，表情却变得更为急切不安。你能听到吗，师傅？

非常清楚，坚迪柏这么想，他的嘴也始终没有张开。你听得到我吗，诺微？

听得到，师傅。

那么跟我走，模仿着我的一举一动。

他们开始沿着索链进行漫步。坚迪柏虽然技术不算纯熟，他对太空漫步的理论却相当了解。诀窍在于保持两腿伸直并拢，仅以臀部作为两腿摆荡的支点；随着双臂规律地轮流向前挥舞，重心就能沿着一条直线前进。刚才，他已经向苏拉·诺微解释过这个道理，现在他并没有转头去看她，而是从她的大脑运动区，直接判读她的动作与姿势。

对一位初学者而言，她的表现非常好，几乎和坚迪柏不相上下。她的确压抑了紧张的情绪，完全遵照嘱咐行事。因而，坚迪柏再次觉得自己非常欣赏她。

然而，当他们终于再度“脚踏实地”的时候，她仍旧大大松了一口气，而坚迪柏也有同感。他一面除去太空衣，一面打量着周遭的一切。各种设备的奢华与先进令他瞠目结舌，几乎没有一样东西是他认得出来的。他的心猛地一沉，因为他想到，不会有多少时间学习如何操作这些设备。看来他必须从康普那里直接吸取这些知识，这总是比不上真正的学习令人感到踏实。

然后他将注意力集中在康普身上。康普又高又瘦，比他自己年长几岁，相当英俊却稍嫌文弱。而他一头波浪状的鬈发，竟是极其罕见的乳黄色。

坚迪柏一眼就看出来，此人显然对于这位首度谋面的发言者感到失望，甚至有点瞧不起。更糟的是，康普完全无法掩饰心中的感觉。

通常，坚迪柏对这种事并不太在意。康普不是川陀人，也不算正式的第二基地分子，因此显然带着一些错觉。即使只是轻轻扫过他的心灵，都可以发现这一点。典型的错觉之一，就是以为真正的力量必须表里一致。其实，只要不会对坚迪柏造成妨碍，他大可保有那些错觉，可是此时此刻，这个典型错觉却会坏了大事。

坚迪柏接下来的心灵行动，相当于普通人弹了一下手指。康普立刻感到一阵短暂的剧痛，身体不由自主微微晃了一下。他的大脑皮质被印出一道皱褶，令他留下不可磨灭的深刻印象，亦即发言者随时随地都能发出骇人的力量。

康普随即对坚迪柏肃然起敬。

坚迪柏以愉快的口吻说：“我只是想吸引你的注意力，康普，我的朋友。请让我知道你那位朋友葛兰·崔维兹，以及他的朋友詹诺夫·裴洛拉特目前的下落。”

康普犹豫地问道：“我该当着这位女士的面说吗，发言者？”

"康普，这位女士就好像另一个我。因此，你根本不该有任何顾忌。"

"遵命，发言者。崔维兹和裴洛拉特两人，正向一颗名叫盖娅的行星推进。"

"前几天，你在最后一次通讯中就提到了。照理说，他们应该早就登陆盖娅，也许都已经离开了。他们在赛协尔行星就没有停留多久。"

"当我还在跟踪他们的时候，发言者，他们尚未登陆盖娅。他们万分小心地一步步接近那颗行星，每次微跃前都犹豫了相当长的时间。我很清楚，他们是因为缺乏该行星的资料，所以才会踌躇不前。"

"你自己有任何资料吗，康普？"

"我也没有，发言者。"康普说，"至少，这艘太空艇的电脑并没有。"

"这台电脑吗？"坚迪柏目光落在控制板上，突然满怀希望地问道，"它能协助驾驶这艘太空艇吗？"

"可以完全交给它自动驾驶，发言者，只要把思想灌注其中就行了。"

坚迪柏忽然感到有点不自在。"基地竟然做到这个地步了？"

"没错，但不怎么高明。这台电脑并不太灵光，我必须将一个念头重复好几次，即使如此，我得到的反应也极其有限。"

坚迪柏说："我也许能让它有更佳的表现。"

"这点我绝对肯定，发言者。"康普以尊敬的口吻说道。

"不过暂时先别管这个。为什么电脑中没有盖娅的资料？"

"我不知道，发言者。它曾经宣称——真像人类的口气——它拥有银河中每一颗住人行星的记录。"

“它拥有的资料不可能超过原先输入的。如果当初负责输入的人员，认为他们已经搜集到所有住人行星的记录，那么尽管事实并非如此，电脑仍旧会自以为是。这样说是否正确？”

“当然正确，发言者。”

“你在赛协尔曾经打听过吗？”

“发言者，”康普显得有些不安，“赛协尔上的确有人在谈论盖娅，可是他们的说法毫无可取之处，可以确定都是迷信。根据那些传说，盖娅是个威力强大的世界，连当年的骡都不敢接近。”

“他们真是这么说的吗？”坚迪柏压抑住激动的情绪，“你那么确定它只是迷信，所以没有再询问细节吗？”

“不，发言者，我问了一大堆。不过我刚才告诉你的，就是他们所能告诉我的一切。他们都能就这个题目滔滔不绝，可是仔细分析过滤之后，就只剩下我刚才报告的内容。”

“显然，”坚迪柏说，“崔维兹也听到了这个传说，他前往盖娅的动机一定与此有关，也许就是去打探这个神秘的力量。而他会如此谨慎，可能是他自己也心存畏惧。”

“的确有这个可能，发言者。”

“你却没有继续跟踪下去？”

“发言者，我跟踪了好长的距离，足以肯定他的确是要前往盖娅。然后我就回到了这里，也就是盖娅行星系的外缘。”

“为什么呢？”

“我有三个理由，发言者。第一，你即将抵达此地，我希望至少能在中途与你会合，让你尽快登上我的太空艇，而这也是你的指示。由于太空艇上有个超波中继器，如果我离崔维兹和裴洛拉特太远，一定会令端点星当局起疑。但是我判断，应该还能冒险来到这么远的地方。第二，当我确定崔维兹以极缓慢的方式接近盖娅，我就判断自己能有足够的时间，可以赶来尽快跟你会合，而不至于耽误任何事。何况，你比我更适合跟踪他到那颗行星，也比我更有能力处理任何紧急状况。”

“有道理。第三个理由呢？”

“在我们上次通讯之后，发言者，又发生了一个变故，我完全没有料到，也不了解它的意义。我认为，即使基于这个理由，我也最好尽快和你碰面。”

“这个你没有料到也不了解的变故，究竟是什么？”

“基地的战舰正在接近赛协尔边境，这则消息是我的电脑从赛协尔新闻广播中收到的。这个小型舰队至少拥有五艘新型战舰，拥有足够的力量攻陷整个赛协尔。”

坚迪柏没有立即回答，他不能表现得未曾料到这个行动，或是自己也不了解其中的意义。因此，过了一会儿，他用不当一回事的口吻说：“你认为，这和崔维兹前往盖娅的行动有关吗？”

“这件事显然是在他出发后立刻发生的。如果乙事件出现在甲事件之后，那么乙至少有可能是由甲引起的。”康普答道。

“嗯，所以说，我们似乎都汇聚到盖娅这个焦点来了。包括崔维兹、我自己，还有第一基地。嘿，你做得很好，康普。”坚迪柏说，“让我告诉你现在该做些什么。首先，你要教我如何操作这台电脑，以及如何利用它来操纵这艘船。我相信，这要不了多少时间。

“接下来，你就登上我的太空船，我会先将它的操作方法灌输到你心中，你可以毫不费力地驾驶它。只不过我必须告诉你，想必你已经从它的外形猜到了，你将发现它极为原始。一旦你能控制那艘太空船，就让它停在原处等我。”

“等多久，发言者？”

“直到我回来为止。我不会去太久的，你不必担心补给品会用光。但如果我耽搁得太久，你可以降落在赛协尔联盟任何一颗住人行星上，在那里继续等我。不论你在何处，我都找得到你。”

“遵命，发言者。”

“还有，你大可不必惊慌。我有能力对付这个神秘的盖娅，必要的时候，也能一并对付那五艘基地战舰。”

04

黎托洛·杜宾担任基地驻赛协尔大使已有七年之久，他颇为喜欢这个职位。

杜宾身材很高，也算得上壮硕。虽然如今不论在基地或赛协尔，男性大多把脸刮得干干净净，他却仍留着两撇浓密的棕色胡须。虽然他只有五十四岁，却已经满脸皱纹，而且修炼到喜怒不形于色的境界。此外，也很难看出他对工作所抱持的心态。

话说回来，他还是相当喜欢这个职位。它不但能让他远离端点星政坛的风风雨雨（他对这点分外满意），还让他捡到一个难得的机会，享受着赛协尔上流社会的悠闲逸乐，而且使得妻女过着令她们上瘾的生活。因此，他绝不希望这一切受到任何搅扰。

杜宾相当讨厌里奥诺·柯代尔，也许是因为他也故意留着两撇胡子。只不过柯代尔的胡子较短较疏，而且已经变得灰白。过去曾有一段日子，公众人物之中只有他们两人留着八字胡，两人还在这方面较过劲。如今（杜宾想）比赛早已结束，柯代尔的胡子已经不入流了。

当杜宾仍在端点星上，梦想着要跟赫拉·布拉诺角逐市长宝座时，柯代尔已经出任安全局长多年。但早在选举之前，杜宾就接受了大使职位当做交换。布拉诺这么做当然是为了自己，但他还是欠了她一份情。

偏偏他对柯代尔一点都不领情。或许因为柯代尔有一张坚定的笑脸，而且总是表现得那么亲切友善——即使他早已决定用哪一号手法切断你的喉管。

现在，柯代尔的超空间影像正坐在那里，依旧是满面春风，而且敦厚淳朴的态度溢于言表。当然，他的肉身仍在端点星上，杜宾因此得以省却一切实质的客套。

“柯代尔，”他说，“我要那些战舰马上撤走。”

柯代尔露出快活的笑容。“哈，我也这么想，可是老太婆下定决心了。”

“谁都知道你一向能说服她改变心意。”

“或许偶尔吧，当她愿意听劝的时候，这回她可不愿意听。杜宾，做好你的份内工作，让赛协尔保持冷静。”

“我并不是担心赛协尔，柯代尔，我是在为基地着想。”

“这点大家都一样。”

“柯代尔，别闪烁其词，我要你听我说。”

“我很愿意，可是目前端点星上热闹着呢，我可不能永远坐在这里。”

“我会尽可能长话短说，但我要讨论基地因此毁灭的可能性。如果这条超空间热线没遭到窃听，我就敢畅所欲言。”

“我保证没有。”

“那就让我继续说下去。几天前，有个名叫葛兰·崔维兹的人送了一道电讯给我。我记得我还在端点星政坛的时候，有一个名叫崔维兹的同僚，当时担任运输署长。”

“他是那个年轻人的叔叔。”柯代尔答道。

“啊，所以说，你认识那个送信给我的崔维兹。根据我后来搜集到的资料，他原本是一名议员，在最近那次谢顿危机圆满解决之后，他立刻被捕，随即遭到放逐。”

“完全正确。”

“我不相信这回事。”

“你不相信哪回事？”

“他遭到放逐这回事。”

“为何不信？”

“在基地的历史上，有哪个基地公民曾遭到放逐？”杜宾追问，“一个公民倘若涉嫌犯罪，他就有可能遭到逮捕；如果他真的遭到逮捕，他就有可能接受审判；如果他真的接受审判，他就有可能会被定罪；如果他真的被定罪，他会被罚款、被降级、被罢黜、被监禁，甚至被处决。可是，从来没有人遭到放逐。”

“凡事总有头一遭。”

“胡说八道。放逐到一艘先进的军用航具上？哪个笨蛋看不出他是在为老太婆执行一项特殊任务？她指望能骗倒什么人？”

“会是什么样的任务呢？”

“想必是要寻找盖娅那颗行星。”

柯代尔脸上的笑容消失了大半，双眼射出异乎寻常的严厉目光。他说：“我知道你并不怎么觉得应该相信我的陈述，大使先生，但是我现在要郑重请求你，这次你无论如何要相信我。当崔维兹遭到放逐之际，不论市长或是我自己，都还没有听说过盖娅。几天前，我们两人才头一次听到盖娅这个名字。假如你相信这一点，我们才能继续谈下去。”

“虽说实在很困难，局长，但我会暂时收起凡事抱持怀疑态度的习性，试着接受这个说法。”

“的确很困难，大使先生。假如我突然采用了正式的语气，那是因为当我说完这些话之后，你将发现自己需要回答一些问题，而这些问题并不怎么轻松有趣。根据你的说法，你好像对盖娅这个世界十分熟悉。你怎么会知道一些我们不知道的事？你被派驻到那个政治实体的首要职责，难道不就是让我们知道你风闻的每件事吗？”

杜宾以和缓的语气答道：“盖娅并不是赛协尔联盟的一部分，事实上，它可能根本就不存在。难道说，赛协尔低下阶层所流传的所有神话和迷信，我都得一字不漏地传达给端点星？他们有些人说盖娅位于超空间，有些人则说，它一直以超自然力量在保护赛协尔，此外还有人说，当年就是它派出骡来劫掠银河的。如果你打算告诉赛协尔政府，崔维兹的任务是要寻找盖娅，而基地舰队的五艘先进战舰来到这里，是为了支援他的探索任务，他们是绝对不会接受的。民众也许会相信有关盖娅的神话，政府可没有那么好骗，而他们也不会相信基地竟然那么天真。他们会认为，你们想以武力迫使赛协尔加入基地联邦。”

“假如我们真有这个打算呢？”

“那将一发不可收拾。想想看，柯代尔，在基地五个世纪的历史中，我们何曾发动过侵略战争？我们打仗都是为了抵御外侮，还败过一次，可是没有任何战争曾经为我们开拓版图。其他世界都是通过和平协议加入联邦的，他们之所以加盟，是因为看到了加盟的好处。”

“赛协尔就没有可能看到这些好处吗？”

“只要我们的战舰停在他们的边境，他们就永远看不到。赶快把战舰撤走。”

“办不到。”

“柯代尔，赛协尔是个极佳的宣传工具，足以显示基地联邦如何宽大为怀。它几乎被我们的疆域包围，全然无险可守，但直到目前为止，它始终安然无事，我行我素，甚至能够肆意维持反基地的对外政策。这是多么好的样板，能让全银河都知道，我们从不以武力使人就范，我们总是伸出友谊之手。赛协尔等于是我们的囊中物，即使拿下它也是多此一举。毕竟，我们在经济上早已宰制他们——虽说并未公开。但是倘若动武将它拿下，我们无异于向全银河宣传，我们已经变成扩张主义者。”

“如果我告诉你，我们真的只是对盖娅有兴趣呢？”

“那么，我会跟赛协尔联盟一样不信这种鬼话。那个叫崔维兹的人，送了一道电讯给我，说他正要前往盖娅，并请我将那则电讯转交端点星。我照做了，虽然我判断这样做并不妥当，但是我没有选择的余地。结果，在超空间热线还来不及冷却的时候，基地舰队就开始行动了。若不穿越赛协尔的星空，你们要怎样抵达盖娅？”

“我亲爱的杜宾，显然你没有注意自己讲的话。仅仅几分钟之前，你还明明告诉我，盖娅假如真的存在，也不是赛协尔联盟的一部分。我想你总该知道，超空间并非任何世界的领域，谁都可以自由进出。如果我们从基地的疆域——我们的战舰目前正在那里待命——经由超空间进入盖娅的疆域，从头到尾始终不占赛协尔一立方公分的星空，赛协尔又怎么会抱怨呢？”

“赛协尔可不会这样解释，柯代尔。盖娅假如真的存在，虽然并非赛协尔联盟的一部分，却被联盟整个包围在内。根据星际惯例，赛协尔可将它视为自己的势力范围，至少对敌方战舰可以如此解释。”

“我们不是什么敌方战舰，我们准备跟赛协尔和平共处。”

“我告诉你，赛协尔有可能因此宣战。他们明白这是一场实力悬殊的战争，不会指望赢得军事胜利，但问题是，这场战争足以引发泛银河的反基地风潮。基地新近采取的扩张政策，会促使反基地的势力骤然壮大。联邦某些成员也会重新考虑和我们的关系，我们很可能会因为内部动乱而战败。五百年来，基地一直在成长茁壮，这样一来，就注定要走回头路了。”

“得了，得了，杜宾，”柯代尔不以为然地说，“你这种说法，好像把五百年的绩业一笔勾销，好像我们还活在塞佛·哈定的时代，正准备对抗那个袖珍王国安纳克里昂。事实上，即使跟银河帝国黄金时代的国势相比，我们现在也比他们强大许多。我们随便一个分遣队，都能在战士们不知不觉间，就击败整个帝国舰队，占领银河任何星区。”

“我们可不是跟银河帝国作战，我们的敌人来自当今各个行星和星区。”

“他们都没有像我们这么先进的科技，我们现在就足以收服整个银河。”

“根据谢顿计划，五百年内，我们都还不能那么做。”

“谢顿计划低估了科技发展的速度。我们现在就能这么做！请你听清楚，我不是说我们现在‘将要’这么做，甚至不是说现在‘应该’这么做，我只是说我们现在‘能够’这么做。”

“柯代尔，你一辈子住在端点星上，完全不了解银河的局势。我们所拥有的舰队和科技，的确能够击败其他世界的军队，可是我们若以武力征服他们，注定会造成一个叛乱此起彼落、处处充满敌意的局面，我们并没有能力统治这样的银河。赶快撤走那些战舰！”

“我说过办不到，杜宾。你想想看，万一盖娅并非只是神话呢？”

杜宾顿了顿，趁机打量柯代尔的脸孔，仿佛急于窥知对方的心思。“位于超空间的世界还不是神话？”

“位于超空间的世界当然是迷信，但即使是迷信，核心也可能藏有真相。那个人，那个遭到放逐的崔维兹，照他的说法，盖娅好像是普通空间中的真实世界。万一他说对了呢？”

“荒唐，我可不相信。”

“不相信？能否请你暂且相信它是真实的世界，曾经保护赛协尔免于骡的侵略，如今又帮助它对抗基地！”

“你这样说是自相矛盾，盖娅如何帮助赛协尔人抵御基地？我们不是正派出舰队吗？”

“舰队的目标不是赛协尔，而是盖娅。那个世界如此神秘莫测，又如此处心积虑地销声匿迹，它明明在太空某个角落，却有办法让邻近世界以为它在超空间中。甚至最精确、最完整的电脑化银河地图，也未能搜录它的资料。”

“那么，它必定是个极不寻常的世界，因为它必定有办法操控心灵。”

“而你刚才不是也说过，根据赛协尔的一则传说，骡就是盖娅派出来劫掠银河的？而骡不是也会操控心灵吗？”

“那么，盖娅是个住满了骡的世界？”

“你确定不是吗？”

“这样说来，它又为何不能是重生的第二基地呢？”

“是啊，为何不能？难道不该好好调查吗？”

杜宾渐渐冷静下来。他本来一直挂着轻蔑的笑容，现在却低下头，扬起眉毛瞪着对方。“如果你此话当真，这样的调查难道不危险吗？”

“危险吗？”

“你用其他问题来回答我的问题，表示你心中没有合理的答案。如果敌人是一大群骡，或是第二基地，几艘战舰又能派上什么用场？事实上，万一这些推论成立，有没有可能盖娅正在引诱你们自取灭亡？听好，你说虽然谢顿计划只完成了一半，但基地如今已有能力建立一个帝国，而我也警告过你，你们这样做会冲得太快太远，谢顿计划一定有办法逼你们慢下来。假若盖娅真的存在，而且身份正如你所料，那么这一切或许就是个刹车的策略。现在就退兵吧，否则你们很快便会被迫撤退。现在还能以和平而不流血的方式收场，坚持下去就会演变成悲惨的败退。我再说一次，赶快撤走那些战舰。”

“办不到就是办不到。老实告诉你，杜宾，布拉诺市长打算亲自登上战舰。而且，我们的斥候舰群已经飞掠超空间，顺利抵达理论上的盖娅领域。”

杜宾的眼珠几乎要爆出来。“我警告你，这注定会引发一场战争。”

“你是我们的大使，你要设法阻止。不论赛协尔人需要什么保证，你都可以拍胸脯。同时，你要否认我方有任何不良企图。有必要的话，你索性告诉他们，最好的对策便是隔山观虎斗，等着让盖娅收拾我们。你爱怎么说都行，总之别让他们轻举妄动。”

他顿了顿，凝视着杜宾目瞪口呆的表情，然后又说：“真的，就是如此而已。据我所知，基地船舰不会登陆赛协尔联盟任何一个世界，也不会穿越属于联盟的任何空间。然而，如果赛协尔船舰离开他们的疆域，也就是进入基地的势力范围，想要向我们挑衅，就会立刻化成一团烟尘。把这点也跟他们切实讲清楚，别让赛协尔人轻举妄动。如果失败了，我们会好好跟你算账。直到目前为止，你做的都只是闲差事，杜宾，但是养兵千日用在一朝，未来几周将决定一切。假如你令我们失望，那么银河虽大，也没有你藏身之地。”

当通讯陡然终止，影像消失之际，柯代尔脸上早已没有愉悦或友善的表情。

杜宾仍张大嘴巴，瞪着刚才柯代尔现身之处。

05

葛兰·崔维兹猛扯了一阵头发，仿佛想借着痛觉来判断自己的精神状况。他突然对裴洛拉特说：“你现在的心理状态如何？”

“心理状态？”裴洛拉特摸不着头脑。

“对啊。我们被逮到了，我们的太空艇遭到外力控制，被硬生生拉向一个完全未知的世界。你有没有感到惊慌？”

裴洛拉特的长脸显露出些许忧郁。“没有。”他答道，“我并未感到欢喜，也的确有点担心，可是没有惊慌失措。”

“我也没有，这不是很奇怪吗？我们应该万分慌乱，为什么没有这种反应呢？”

“这种不寻常的事，葛兰，正是我们所预期的。”

崔维兹转身面向屏幕，它始终锁定着太空站的画面。只不过现在太空站变得更大，代表他们更接近了。

在他看来，那座太空站外形没什么惊人之处，看不出有任何超人的科学。事实上，它似乎还有点原始——但它有办法制住太空艇。

他说：“我的思绪仍然条理分明，詹诺夫，简直怪透了！我很想相信这是因为我并非懦夫，在巨大压力下也能有优异的表现。这令我引以为傲，我想每个人都免不了。事实上，我现在该坐立不安，还会冒出一点冷汗。我们或许预期到了会有不寻常的事，但那于事无补。我们现在仍旧一筹莫展，而且可能会惨遭杀害。”

裴洛拉特说：“我可不这么想，葛兰。如果盖娅星人能从远方接掌太空艇，难道就不能远距离杀害我们吗？既然我们还活着……”

“但我们并非完全安然无事，我说过我们太过冷静。我想，他们给我们打了无形镇静剂。”

“为什么？”

“为了让我们的精神状态完好如初吧，我这么想。可能是希望审问我们，之后或许就会把我们杀掉。”

“假如他们想要审问我们，就代表他们有足够的理性。因此，如果没有什么正当理由，他们不会无缘无故杀害我们。”

崔维兹上身往椅背用力一靠（椅背立刻向后弯曲，他们至少没有剥夺座椅的功能），双脚摆到书桌上，那里原是他的双手与电脑进行接触的地方。他说：“他们也许相当聪明，足以罗织一个自认为正当无比的理由。话说回来，他们即使影响了我们的心灵，也没有做得太过分。比方说，换成骡的话，他会让我们渴望赶快走，我们会迫不及待，会血脉贲张，每一根神经都会狂喊着赶快。”他伸手指了指太空站，“你有这种感觉吗，詹诺夫？”

“当然没有。”

“你看，我也没有什么变化，仍然可以尽情地冷静分析和推理。实在太奇怪了！可是我能肯定吗？我是不是处于一种惊惶、慌乱、疯狂的状态，却产生了一种幻觉，以为自己正在尽情地冷静分析和推理？”

裴洛拉特耸了耸肩。“我觉得你的精神很正常。或许，是因为我的精神跟你一样不正常，处于同样的幻觉中，可是这种论证无济于事。也许所有的人类全部精神不正常，通通陷在一个集体幻觉中，而宇宙则是一片混沌。这种说法同样是无法反证的，可是我们除了相信自己的理智，根本没有其他的选择。”然后，他突然改变话题说：“事实上，我自己也在作一项推论。”

“是什么？”

“嗯，我们曾经猜想盖娅也许是骡的故乡，或是死灰复燃的第二基地。但是你有没有想到过，还有更合理的第三种可能性？”

“什么第三种可能性？”

裴洛拉特没有望着崔维兹，他的眼睛似乎在凝视自己的内心，他的声音则变得低沉而意味深长。“不知道从多久以前开始，盖娅这个世界就在全力保持绝对的隔绝状态。它从未试图和其他世界接触，连它的近邻赛协尔联盟也不例外。如果他们击毁舰队的传说属实，它某一方面的科学必定极为先进，而他们现在有能力控制我们，当然更是一项明证。但他们却未曾试图扩张势力，唯一的要求只是不要受到打扰。”

崔维兹眯起眼睛。“所以呢？”

“这都不像人类的行径。人类两万多年的太空发展史，就是一部连续不断的扩张史。如今，能够住人的已知世界差不多都住了人。在殖民银河的过程中，几乎每颗行星都曾遭到你争我夺，几乎每个世界都跟邻邦抢过地盘。如果盖娅在这方面如此异于常人，或许因为它真是——非人的世界。”

崔维兹摇了摇头。“不可能。”

“为什么不可能？”裴洛拉特用急切的口吻说，“我曾经告诉你，人类是银河中唯一演化成功的智慧生物，而这是一个大谜。万一事实并非如此呢？难道就不可能在某颗行星上，还有另一种不像人类那样具有扩张倾向的智慧生物？事实上，”裴洛拉特愈说愈激动，“银河中搞不好有百万种智慧生物，却只有一种是扩张主义者，那就是我们。其他的都安分守己地待在母星，隐藏起来……”

“简直荒谬！”崔维兹说，“果真如此，我们早就遇到他们了，因为我们早已登陆那些世界。他们会发展出各式各样和各种阶段的科技，大多数都无法阻止我们。但是，我们从来没有遇到任何一种。太空啊！我们甚至从未发现非人文明的遗迹或遗址，对不对？你是历史学家，请你告诉我，到底有没有？”

裴洛拉特摇了摇头。“的确没有发现过。可是葛兰，眼前也许就有一个！就是这个！”

“我可不相信。你说它叫做盖娅，那是源自一种古代方言，意思就是地球。怎么可能是非人文明呢？”

“盖娅这个名字是人类帮它取的，谁知道又是为什么？至于和地球的古称相似，也许只是巧合罢了。你好好想一想，我们被引诱到盖娅来——这点你曾经仔细分析过——现在又被硬生生吸过去，这都是盖娅星人并非人类的佐证。”

“为什么？这跟他们是不是人类又有什么关系？”

“因为他们对我们——也就是对人类好奇。”

崔维兹说：“詹诺夫，你已经语无伦次。数千年来，盖娅周围的星空满是人类，他们为何现在才感到好奇？为什么以前没有好奇心？即使现在才好奇，又为何会选上我们？如果他们想要研究人类与其文化，何不利用赛协尔各个世界？为何大老远把我们从端点星引到这里来？”

“他们或许对基地有兴趣。”

“胡说八道。”崔维兹激愤地说，“詹诺夫，你若一心想见非人智慧生物，那么终将如愿以偿。此时此刻，我猜如果你认为将要遇见非人生物，你就不会担心已经被捕，不会担心束手无策，甚至不会担心遭到杀害——只会担心他们不给你时间，满足你的好奇心。”

裴洛拉特气得结结巴巴，反驳了一大串，这才深深吸了一大口气，然后又说：“好吧，也许你对，葛兰，但我暂时还不想放弃这个信念。我想要不了多久，我们就能知道谁对谁错——你看！”他突然指向屏幕。

崔维兹由于争辩得太过激动，视线早已离开屏幕，现在才回过头来。“什么东西？”他说。

“是不是一艘刚从太空站起飞的船舰？”

“是有个东西。”崔维兹回答得很勉强，“但我还看不清楚，也无法再将画面放大。放大率已经到了极限。”过了一会儿，他又说：“它似乎朝我们飞过来，我猜是一艘太空船。我们要不要打个赌？”

“什么样的赌？”

崔维兹用嘲讽的语气说：“如果还能回到端点星，我们就去大吃一顿，彼此还能请几个陪客，最多不超过，嗯，四个人吧。假如那艘太空船上载的不是人类，就由我请客，反之就记你的账。”

“我愿意赌。”裴洛拉特说。

“一言为定。”崔维兹又开始盯着屏幕，试图把那艘太空船看得更清楚。但他自己也不禁怀疑，究竟会有什么特征，能让他百分之百确定里面载的是不是人类。

06

布拉诺的铁灰色头发梳得整齐光洁，看她这般气定神闲的模样，好像仍旧待在市长官邸，一点也看不出这是她有生以来第二次深入太空。（第一次几乎不能算数，那只是她跟着父母去卡尔根度假，当时她只有三岁。）

她用带着些许厌倦的口气，对柯代尔说："毕竟，杜宾的职责就是提供意见，并且适时警告我。很好，他的确很尽责，我不会怪他。"

柯代尔跟市长在同一艘战舰上，这是为了方便与她面对面交谈，以避免影像沟通的心理障碍。他说："他在那个职位上待得太久，想法已经快被赛协尔人同化了。"

"那是大使这一行的职业风险之一，里奥诺。等这件事解决之后，我们让他休个长假，然后把他调到别的地方去。他算得上是个能干的人，至少，他还有点警觉性，晓得及时回报崔维兹的消息。"

柯代尔浅浅一笑。"没错，他告诉我，虽然他判断这样做并不妥当，'但是我没有选择的余地'，他就是这么说的。你看，市长女士，即使他判断这样做并不妥当，他也不得不做。因为当初崔维兹刚进入赛协尔联盟的星空，我就通知了这位杜宾大使，要他即刻把关于那小子的消息通通转来。"

“哦？”布拉诺市长换了一下坐姿，好把柯代尔的脸看得更清楚。“你又为何那么做？”

“其实，只是基于最简单的考量。崔维兹驾着一艘新型的基地军用航具，这点赛协尔人必定会注意到。他又是个不具外交身份的小傻瓜，这点他们必定也会注意到。因此，他有可能遇上麻烦，而基地人最清楚的一件事，就是不论在银河何处遇到麻烦，都能求助于最近的基地驻外代表。老实说，我个人并不在乎崔维兹遇到什么麻烦，那也许还能帮助他早点长大，对他有莫大的助益。可是你送他出去，是要他当你的避雷针，所以我要确保他发挥功能，当闪电击下时，能让你估算出闪电的源头。因此我特别叮咛最近处的基地代表，好好注意崔维兹的动向，如此而已。”

“我懂了！嗯，现在我才明白杜宾的反应为何如此强烈，因为我也送了一道类似的训令给他。既然他从我们两人这里分别接到指示，难怪只不过几艘基地战舰接近，他就以为会发生什么了不得的事。可是，里奥诺，你怎么事先没有跟我商量，就送出这样的训令呢？”

柯代尔泰然自若地答道：“如果我做的每件事都把你扯进去，你就没时间当市长了。可是，你又为什么不先知会我一声呢？”

布拉诺以尖酸的口气说：“如果我把每一件事都告诉你，里奥诺，你就未免知道得太多了。不过这不重要，杜宾的警告同样没什么大不了的，就连赛协尔人的大惊小怪也是小事一桩。我最关心的还是崔维兹。”

“我们的斥候舰已经发现了康普。他正在跟踪崔维兹，两艘太空艇都万分谨慎地向盖娅挺进。”

“我有那些斥候舰的完整报告，里奥诺，崔维兹和康普显然都没把盖娅当神话。”

“大家都对有关盖娅的迷信嗤之以鼻，市长女士，不过大家也都在想：‘可是万一……’就连杜宾大使都对它有点忌惮。这可能是赛协尔人的高明策略，是他们的一种保护色。他们捏造出一个神秘而无敌的世界，并将这些故事散播出去，那么外人不但会对那个世界敬而远之，同时也会避开附近的世界，例如赛协尔联盟。”

“你认为这就是骡未曾招惹赛协尔的原因？”

“有可能。”

“基地也从未碰过赛协尔，你不至于认为也是由于盖娅吧？没有任何记录显示，我们曾经听说那个世界。”

“我承认我们的档案中，找不到半条有关盖娅的资料。可是我们对赛协尔联盟一向十分客气，这点也找不到合理的解释。”

“那么，希望赛协尔政府的确相信盖娅的可怕力量，即使相信一点点也好，虽然杜宾认为这是不可能的。”

“为什么呢？”

“因为这样的话，赛协尔联盟就不会反对我们接近盖娅。他们对这个行动愈是反感，就愈会确信应该袖手旁观，好让盖娅把我们吞噬。他们会想到，这将是个很好的教训，未来的侵略者都会引以为戒。”

“万一这一切都是真的呢，市长？万一盖娅真那么可怕呢？”

布拉诺微微一笑。“你自己怎么也提出‘万一怎么样’的问题呢，里奥诺？”

“我必须提出各种可能性，市长，这是我的职责。”

“假如盖娅真那么可怕，既然崔维兹是我的避雷针，他理所当然会首当其冲。康普可能也会倒霉，而我正希望如此。”

“你希望如此？为什么？”

“因为这样一来，盖娅便会过度自信，情势就对我们非常有利。他们会低估我们的实力，因而变得比较容易对付。”

“可是，万一过度自信的是我们自己呢？”

“我们可没有。”布拉诺说得斩钉截铁。

“这些盖娅星人——不论他们是何方神圣——有可能是我们前所未见的敌人，因而无法准确估算危险的程度。我只是提醒你，市长，因为即使是可能性，也应该加以权衡。”

“是吗？你的脑袋里怎么会有这种念头呢，里奥诺？”

“因为我觉得，你认为盖娅充其量不过是第二基地。我甚至怀疑，你认为它正是第二基地。然而，早在帝国时代，赛协尔就有一段很特殊的历史。当时，唯独赛协尔拥有相当的自治权；在某些‘坏皇帝’的统治下，唯独赛协尔能奇迹般地免除一些苛捐杂税。简言之，即使早在帝政时期，赛协尔似乎已经受到盖娅的保护。”

“所以呢？”

“第二基地却是哈里·谢顿亲手创建的，是和我们这个基地同时诞生的。第二基地在帝政时期并不存在，盖娅却已经在那里。因此，盖娅绝不会是第二基地。它是另一个组织，而且还有可能，是一个更可怕的组织。”

“我可不打算给未知的事物吓倒，里奥诺。潜在的威胁来源总共有两类：有形的武器和精神的武器，对于这两者，我们都有万全准备。回到你的战舰去，叫舰队通通守在赛协尔外围。我的这艘战舰要单独向盖娅推进，但会随时和你们保持联络，必要的时候，你们要在一跃之后就能和我们会合。去吧，里奥诺，还有，把你脸上那种愁容给我抹掉。”

“最后一个问题好吗？你确定知道自己在干什么吗？”

“我确定。”她绷着脸说，“我也研究过赛协尔的历史，也看出盖娅不可能是第二基地。可是，我刚才说过，我收到了斥候舰的完整报告，从这些报告中……”

“怎么样？”

“嗯，我知道了第二基地的真正位置。我们要一举解决这两个敌人，里奥诺。我们先来收拾盖娅，然后再去收拾川陀。”

第十七章

盖娅

01

从太空站飞出来的那艘太空船，花了几个小时才抵达远星号附近。崔维兹觉得这几个小时如坐针毡。

若是在正常情况下，崔维兹会试着呼叫那艘太空船，并会期待对方有所回应。假如没有任何回应，他就会采取闪避行动。

由于他毫无武装，又一直没有收到回音，他唯一能做的就是等待。现在电脑对于指令的筛选极为严格，如果他发出移动太空艇的指令，电脑绝不会有任何反应。

不过，至少太空艇内部一切正常。维生系统维持着最佳工作状态，因此他与裴洛拉特没有任何生理上的不适。然而，这却无济于事。时间一点一滴白白溜走，等在前面的那个未知数将他磨得越来越疲倦。但他发现裴洛拉特似乎很镇定，不禁冒起一股无名火。而裴洛拉特好像故意火上加油，偏偏在崔维兹完全没有食欲的时候，开了一个鸡丁罐头。罐头打开之后立刻自动加热，裴洛拉特已经吃将起来。

崔维兹没好气地说："太空啊，詹诺夫！好臭！"

裴洛拉特好像吓了一跳，忙将罐头凑到鼻端闻了闻。"我觉得很香啊，葛兰。"

崔维兹摇了摇头。"别管我，我是在胡言乱语。但你总该用把叉子，否则你的指头整天都有鸡肉的味道。"

裴洛拉特讶异地望着自己的手指头。“抱歉！我没注意到，我正在想别的事。”

崔维兹用嘲讽的语气说：“你要不要猜一猜，那艘太空船上的非人生物会是什么模样？”自己竟然比不上裴洛拉特镇定，令他觉得惭愧。他曾经在舰队服役（不过当然没有实战经验），而裴洛拉特只是一名历史学家。现在，这位旅伴却能安然坐在那里。

裴洛拉特答道：“在不同于地球的环境中，演化会朝什么方向进行，实在是难以想象的。可能性或许并非无穷多，但也一定多得数不清。然而，我推测他们绝非凶残成性，会以文明的方式对待我们。否则的话，我们现在早就死了。”

“至少你还能冷静思考，詹诺夫，好朋友，至少你还能保持镇静。我的神经却仿佛在和他们的无形镇静剂对抗。我有一种异常的冲动，很想站起来踱几步。那艘该死的太空船怎么还没到？”

裴洛拉特说：“我是个惯于被动的人，葛兰。我这辈子都在等待新的文献，平常只能埋头钻研既有的资料。除了等待，我什么也不能做。而你是个行动派，一旦无法采取行动，你就会痛苦莫名。”

崔维兹顿时感到轻松了些，喃喃说道：“我低估了你的观察力，詹诺夫。”

“不，你没有低估我。”裴洛拉特以平静的口吻说，“但即使是天真的学者，也能偶尔从生活中领悟出一些道理。”

“而即使是最精明的政治人物，有时也可能执迷不悟。”

“我可没那么说，葛兰。”

“你没说，是我说的。所以我该积极一点，至少我还可以观察。那艘太空船已经相当接近，看得出它似乎极为原始。”

“似乎？”

崔维兹说：“如果它是其他智慧生物制造的，那么表面上的原始，实际上可能只是非人文明的特征。”

“你也认为它可能是非人文明的产物？”裴洛拉特问道，他兴奋得脸色有点泛红。

“我不确定。但我认为，人造器物不论因为文化差异而有多大的不同，相较于另一种生物所制造的器物，顶多只能算是大同小异。”

“那只是你的猜想罢了。目前为止，我们只接触过不同的文化，从未发现不同的智慧型物种，因此无从判断双方的器物会有多大差异。”

“鱼类、海豚、企鹅、乌贼，乃至并非源自地球的围韧——姑且假设其他几种都是地球的物种——这些生物解决在粘滞介质中运动的办法，都是将身体演化成流线型。因此，它们的基因构造虽然截然不同，外形却没有多大的差别。文明的产物也可能如此。”

“乌贼的触手和围韧的螺旋振器，”裴洛拉特反驳道，“彼此之间有极大的不同，也跟其他几种脊椎动物的鳍、蹼或鳍状肢没有相似之处。而文明的产物也可能如此。”

“无论如何，”崔维兹说，“我心情好多了。跟你胡扯了这么一大堆，詹诺夫，我的神经不知不觉松弛下来。我猜，我们很快就能知道将遇见什么。那艘太空船无法和我们接驳，所以不论上面是何方神圣，都得借着旧式的索链摆荡过来——或是用什么方法，驱策我们两人荡过去——因为‘自动对接锁’派不上用场。除非上面真是什么非人生物，拥有全然迥异的接驳系统。”

“那艘太空船有多大？”

“我不能利用远星号的电脑和雷达来计算距离，所以无从估计它的尺度。”

一条索链向远星号蜿蜒游移过来。

崔维兹说："这有两种可能，要么上面是人类，要么就是非人生物使用相同的装置。或许除了索链，根本没有第二种工具可用。"

"还可以用管子，"裴洛拉特说，"或者一个水平梯。"

"那些东西没有韧性，用来连系两艘船舰会很困难。你得用一种兼具强度和韧性的东西。"

索链触及远星号那一刻，太空艇坚硬的外壳（连带内部的空气）震动了一下，发出一阵沉闷的铿锵声。那艘太空船开始进行速度微调，好让彼此速度一致，此时索链就像一条在太空中游走的长蛇。最后，索链终于达到相对静止的状态。

太空船的表面出现一个黑点，像瞳孔一样愈变愈大。

崔维兹咕哝道："竟然不是自动滑门，而是伸屈隔板。"

"非人文明？"

"还很难讲，可是很有意思。"

画面上出现了一个人形。

裴洛拉特紧抿着嘴唇，过了好一阵子，才用失望的口气说："太可惜了，是人类。"

"还是很难讲。"崔维兹冷静地说，"我们现在只能断定，那个躯体好像具有五个突起，可能是头部和双手双脚，却也可能不是——慢着！"

"什么？"

"它的动作比我预料中更迅速利落——啊！"

"又怎么了？"

"它配备有某种推进装置。我看得出不是火箭式推进器，但它绝非拉动索链前进。话说回来，仍然不一定就是人类。"

虽然那个人形顺着索链迅疾而至，两人却觉得等了很久很久。最后，外面终于传来一阵噪音。

崔维兹说："不管是什么东西，它马上要进来了。我决定它一出现就立刻动手。"他握紧了拳头。

"我想我们最好放轻松点。"裴洛拉特说，"它也许比我们强壮，何况它能控制我们的心灵，而那艘船上一定还有它的同伙。我们最好少安毋躁，先看看面对的是什么角色再说。"

"你倒是愈来愈深思熟虑，詹诺夫，"崔维兹说，"我反而每况愈下。"

他们又听见气闸开闭的声音，最后，那个人形终于来到太空艇内。

"差不多正常尺寸，"裴洛拉特喃喃道，"这套太空衣塞得进一个人类。"

"我从未见过这种式样的太空衣，甚至没听说过，可是在我看来，它仍然没有超出人类制品的范围，根本不算什么线索。"

穿着太空衣的人形站到了两人面前。太空衣上面是一个圆形罩盔，罩盔面板若是玻璃制品，也一定是单向透光玻璃，因为完全看不见里面。

那人形将一只上肢抬到罩盔旁边，迅速碰了一下不知道什么开关，崔维兹根本没有看清楚。罩盔立刻与太空衣脱离，并被举了起来。

呈现他们眼前的，是一张年轻娇媚的脸蛋，它的主人无疑是一位美丽的女郎。

02

一向毫无表情的裴洛拉特，此时也称得上目瞪口呆了。他用迟疑的口气问道：“你是人类吗？”

女郎的柳眉往上一挑，嘴唇也撅了起来。从她这个反应来看，无法判断她究竟是听到了一种无法理解的陌生语言，或是她虽然听懂了，却不知道如何回答。

她将右手伸到左侧一拉，整件太空衣就被打开来，好像原本只是由一排铰链拴住。当她跨出来之后，太空衣兀自伫立了一会儿，又发出一下有如人声的轻叹，才终于垮成一团。

一旦走出臃肿的太空衣，她看起来更年轻了。她穿着一套宽松而半透明的衣服，外袍刚好及膝，里层的几件也若隐若现。

她的胸部平平，腰肢颇细，臀部浑圆而厚实。隐约可见的大腿看来相当壮硕，但小腿从膝盖到美丽的脚踝都十分修长。她有一头及肩的黑色秀发，一双黑色的大眼睛，以及一副稍嫌不对称的丰唇。

她低头打量了自己一下，然后说：“我看来不像人类吗？”这句话证明了她完全了解对方的语言。

她说的银河标准语稍嫌生涩，好像她刻意要将每个字的发音都咬得很准。

裴洛拉特点了点头，带着浅浅笑意说：“这点我无法否认。你是百分之百的人类，而且是赏心悦目的人类。”

年轻女郎将两臂向外伸，仿佛邀请他们看得更仔细些。“但愿如此，两位，许多男士都爱死了这副躯体。”

裴洛拉特说：“我宁愿为它好好活着。”他感到有点意外，自己竟然变得如此油腔滑调。

“说得好。”女郎一本正经地说，“一旦占有这副躯体，所有的叹息都将转变为赞叹。”

说完她就哈哈大笑，裴洛拉特跟着她笑了起来。

听到这番对话，崔维兹的额头起了好些皱褶。他突然厉声问道：“你几岁了？”

女郎似乎收敛了一点。“二十三，先生。”

“你来干什么？你到这里来有什么目的？”

“我是来护送你们到盖娅去的。”她的银河标准语突然有点不标准了，主要是把单母音转成了双母音。

“你一个女孩子，来护送我们？”

女郎突然现出严肃的神情，一副当家做主的模样。“我，”她说，“和大家一样，都是盖娅。管理太空站是我当前的职责。”

“你当前的职责？太空站上只有你一个人吗？”

她的语气充满骄傲。“我一个人就足够了。”

“那么它现在是空的了？”

“我已经不在上面，两位。但它并不是空的，它还在那里。”

“它？你指的是什么？”

“是那座太空站，它是盖娅。它不需要我，也能抓住你们的太空艇。”

“那你又在太空站里做什么呢？”

“那是我当前的职责。”

裴洛拉特扯了扯崔维兹的袖子，却被甩了开来，他只好再接再厉。“葛兰，”他用接近耳语的声音劝道，“别对她大吼大叫，她只是个女孩，这件事交给我处理。”

崔维兹怒气冲冲地摇了摇头，但裴洛拉特已经开始说：“年轻小姐，你叫什么名字？”

女郎突然露出快活的笑容，仿佛回应着裴洛拉特温和的语调。她答道：“宝绮思。”

“宝绮思？”裴洛拉特说，“非常好听的名字，想必不是你的全名吧。”

“当然不是。名字那么短有什么好处，那样到处都会碰到同名的人，让人没法分辨谁是谁，男士们还会搞错该爱死哪副躯体。我的全名是宝绮思奴比雅蕊拉。”

“这可实在拗口。”

“什么？七八个字怎么算拗口？我有些朋友的名字长达十五个字，却始终打不定主意该让朋友怎么称呼。我打从十五岁开始，就一直用宝绮思这个名字。我妈妈以前叫我‘奴比’，不知你们能否想象这种事情。”

“在银河标准语中，‘宝绮思’代表‘无上欢喜’或‘快乐至极’的意思。”裴洛拉特说。

“在盖娅的语言中也是这个意思，它跟银河标准语没有非常大的差别，而‘无上欢喜’正是我想带给别人的印象。”

“我叫詹诺夫·裴洛拉特。”

“我知道。而另外这位先生，这位大嗓门，叫做葛兰·崔维兹。我们是从赛协尔听来的。”

崔维兹立刻眯起双眼问道：“你是怎样听来的？”

宝绮思转身望着他，以平静的口气说：“不是我，是盖娅听来的。”

裴洛拉特说："宝绮思小姐，我能否跟我的同伴私下说几句话？"

"当然可以，不过你该知道，我们还有正事要办。"

"我不会耽搁太久的。"裴洛拉特一面说，一面猛扯崔维兹的手肘，硬把他拖进隔壁舱房。

崔维兹悄声说："这样做是干什么？我确定她仍然能够听到我们讲话，或许还能读取我们的心思，这该死的东西。"

"不管她能不能，我们暂时需要一点隔绝的感觉。听好，老弟，别再难为她了。我们根本无计可施，拿她出气绝不是办法。她只是个负责传话的女孩，可能跟我们一样身不由己。其实，只要她在太空艇上，我们大概就不会有危险；他们若是打算摧毁远星号，就不会让她上来了。你要是一直这么凶，他们或许就会把她撤走，然后摧毁这艘太空艇——当然包括我们在内。"

"我可不喜欢任人摆布。"崔维兹气急败坏地说。

"谁又喜欢呢？可是凶神恶煞的态度却无济于事，只能让你变成一个任人摆布的凶神恶煞。喔，我亲爱的兄弟，我不是故意要对你这般凶巴巴，如果我过分苛责你，你也一定要原谅我，但是无论如何别责怪那个女孩。"

"詹诺夫，以她的年纪，足以当你的幺女了。"

裴洛拉特板起脸孔。"所以我们更应该对她和颜悦色，但我不知道你这句话可有什么言外之意。"

崔维兹想了一下，脸上的阴霾便一扫而空。"很好，你说得对，是我错了。不过他们派一个女孩来，也未免太气人了。比如说，至少也该派个军官来，让我们多少感到有点，嗯，分量。只派一个女孩？她还一直说这都是盖娅的意思？"

"她也许是指某位以盖娅当荣衔的领导者，或是指这个行星的议会。我们迟早会查出真相，但也许不是直接问出来。”

“男人爱死了她那副躯体！”崔维兹说，“呸！因为她屁股大！”

“没有人要你去爱死它，葛兰。”裴洛拉特好言相劝：“好啦！就容许她这么自我解嘲吧。我自己认为这样很有意思，而且很友善。”

两人走到舱门口，发现宝绮思站在电脑旁边，俯身打量着电脑的元件。她的双手一直背在背后，仿佛生怕不小心会碰到电脑。

当他们低下头，钻过矮小的舱门时，宝绮思抬起头来。“真是一艘了不起的太空艇。”她说，“眼前的东西，我至少有一半毫无概念。但你们如果要送我一份见面礼，它当然最合适。它好漂亮，让我的太空船相形见绌。”

她脸上突然显现强烈的好奇。“你们真是从基地来的？”

“你又是如何听说基地的？”裴洛拉特反问。

“我们在学校学到的，主要是由于骡。”

“为什么是由于骡呢，宝绮思？”

“他是我们的一分子啊，先……你的名字可以用哪个字当简称，先生？”

裴洛拉特说：“詹或裴都可以，你喜欢哪一个？”

“他是我们的一分子啊，裴。”宝绮思露出老友般的笑容，“他生于盖娅，可是似乎谁也不知道确实地点。”

崔维兹接口道：“我想他一定是盖娅的英雄，宝绮思，对吗？”他的态度突然变得过分友善，几乎令人无法招架。他一面说，一面朝裴洛拉特递了一个眼色，意思是要他放心。“你可以称我崔。”他补充道。

“喔，不对。”她立刻答道，“他是一名罪犯，未经许可就离开盖娅，谁都不该那么做。谁也不知道他是如何溜走的，反正他就是溜了，我猜这就是他没有好下场的原因。基地最后把他打败了。”

“你是说第二基地吗？”崔维兹问。

“还有另一个吗？我相信如果好好想一想，我应该就会知道，但是我对历史没兴趣，真的。我的想法是，只有盖娅认为最有用的东西，我才会感兴趣。如果我对历史毫不在意，那是因为历史学家够多了，或者我天生就不适合。我可能正在接受太空技师的训练，我一直被指派从事这类工作，而且我好像也很喜欢。这是理所当然的事，假如我不喜欢……”

她说得愈来愈快，几乎没有换过气，崔维兹好不容易才插进一句话：“到底谁是盖娅？”

宝绮思露出困惑的表情。“盖娅就是盖娅。拜托，裴，崔，让我们办正事吧，我们得赶紧着陆。”

“我们不是正在降落吗？”

“没错，可是太慢了。盖娅觉得，如果你们让这艘太空艇发挥潜力，速度能比现在快得多。你们愿意这么做吗？”

“我们可以这么做。”崔维兹绷着脸说，“但如果把控制权交还给我，我不是很可能朝反方向飞走吗？”

宝绮思哈哈大笑。“你这个人真逗。盖娅不想让你走的方向，你当然没办法走。可是盖娅想要你走的方向，你就能走得比现在更快。懂了吗？”

“懂了。”崔维兹说，“我会试着控制自己的幽默感。我应该在哪里着陆？”

“用不着操心。你只管往下降，就会在正确的地点着陆，盖娅会确保这一点。”

裴洛拉特说:“而你会一直陪着我们，宝绮思，以确保我们受到良好的待遇？”

“我想应该没问题。让我想想看，通常本人的服务费——我是指这种服务——可由本人的收支卡入账。”

“而另外的服务呢？”

宝绮思吃吃笑了起来。“你真是个老可爱。”

裴洛拉特心头一凛。

03

当太空艇朝盖娅高速俯冲时，宝绮思兴奋得像个天真无邪的孩子。她说:“根本没有加速的感觉嘛。”

“它是由重力驱动的。”裴洛拉特说，“每样东西都同时被加速，包括我们在内，所以我们什么也感觉不到。”

“但这是怎么做到的呢，裴？”

裴洛拉特耸了耸肩。“我想崔该知道，”他说，“但我想他目前没心情谈这个。”

崔维兹正操纵着太空艇，顺着盖娅的重力阱猛然下冲。正如宝绮思刚才所说，对于他所下达的指令，电脑只能接受一部分。当他试图斜向跨越重力线时，电脑虽然有些迟疑，最后还是接受了。但每当他试图攀升，电脑则完全不理会。

他仍旧不是太空艇的主人。

裴洛拉特好言劝道：“你降落的速度是不是快了些，葛兰？”

崔维兹尽量避免发火（主要还是为了裴洛拉特着想），他用单调平板的语气说：“那位小姐讲过，盖娅会照顾我们。”

宝绮思说：“是啊，裴，盖娅不会让这艘船做任何危险的事。你们有没有什么吃的？”

“当然有。”裴洛拉特说，“你想吃些什么？”

“不要肉类，裴。”宝绮思颇有定见地说，“但我能吃鱼或蛋类，此外有任何蔬菜都好。”

“我们有些食物是在赛协尔添购的，宝绮思。”裴洛拉特说，“我不太确定里面是些什么，但你或许会喜欢。”

“好啊，那我就尝尝看。”宝绮思的语气听来不大有信心。

“盖娅上的人都是素食者吗？”裴洛拉特问道。

“很多都是。”宝绮思使劲点着头，“不过，主要还是取决于身体需要何种养分。我最近对肉类没胃口，所以我想自己目前并不需要。我现在也不想吃任何甜食，却认为干酪很好吃，还有虾米也是。我猜我也许需要减肥了。”她拍了拍右半边屁股，响起“啪”的一声。“这里就需要减掉五六磅。”

“我倒不这么想。”裴洛拉特说，“这样子你坐着比较舒服。”

宝绮思尽量扭头以便望向臀部。“算啦，没什么关系。体重会顺其自然增减，我自己不该操心。”

崔维兹忙着跟远星号奋战，所以一直没有说话。刚才他犹豫了稍微久一点，太空艇无法再做绕轨飞行，正从外气层底缘呼啸而过。崔维兹发现，太空艇愈来愈不受自己控制，好像那个外力已经学会如何操纵重力引擎。此时远星号显然一切自动，它沿着一条弧形轨迹升到稀薄的大气中，然后急遽减速。接着它又自行选择一条路径，一路划着优美的弧线缓缓落下。

宝绮思毫不理会空气阻力造成的尖锐噪音，专心闻着罐头冒出的蒸气。她说：“这一定很适合我，裴，否则闻起来不会那么香，我也就会毫无胃口。”她将一根纤细的手指伸进罐头，再用舌头舔了舔。“你猜得果然没错，裴。正是虾米之类的东西，太好了！”

崔维兹气呼呼地举起双手，向电脑投降。

“小姐。”听他的口气，好像是头一次跟她说话。

“我的名字叫宝绮思。”她坚决地说。

“好吧，宝绮思！你原本就知道我们的名字。”

“是的，崔。”

“你是怎么知道的？”

“这很重要，我必须知道才能顺利执行任务，所以我就知道了。”

“你知道曼恩·李·康普是谁吗？”

“如果他对我很重要，那我就会知道。既然我不知道他是谁，康普先生就不会到这里来。这一回，”她顿了一会儿，“除了你们两位，不会再有其他人来。”

“等着瞧吧。”

他向下俯瞰，发现这是一颗多云的行星。但云层不是厚实的一整块，而是一片片散布得极为均匀，以致整个行星表面没有一处看得清楚。

他将扫描仪调到微波频带，雷达幕随即亮了起来，看得出地表几乎是天空的倒影。盖娅似乎是个由群岛构成的世界，有些类似端点星，不过岛屿数目更多，而且更为平均。其中没有任何太大或是太过孤立的岛屿，简直就是行星级的爱琴海。虽然太空艇的轨道与赤道面夹着很大的角度，崔维兹却没有看到冰冠的踪迹。

通常每个世界都有些人口集中地带，例如能从夜面的照明分布看出来，但在这里，他看不出任何显著的人口分布趋势。

“我会降落在首都附近吗，宝绮思？”崔维兹问。

宝绮思轻描淡写地答道：“盖娅会让你降落在适当的地点。”

“我比较喜欢大城市。”

“你是指挤着一大群人的地方？”

“对。”

“这得由盖娅决定。”

太空艇继续向下降，崔维兹开始猜测它将落在哪个岛上，借此打发无聊的时间。

不管目的地是哪一个岛，显然一小时内就要着陆了。

04

太空艇像羽毛般轻巧地落到地面，没有产生一点冲击，也没有任何异常的重力效应。他们三人鱼贯地走出来，宝绮思走在前面，接着是裴洛拉特，最后才是崔维兹。

天气跟端点市的初夏相仿。不时袭来阵阵和风，而多云的天空透出明亮的阳光，像是近午时分的光景。脚下是一大片绿地，一侧密植着一排又一排的树木，显然是个果树园，另一侧则是绵长的海岸线。

他们听到一些低沉的嗡嗡声，可能是昆虫类发出来的。头上还掠过一只飞鸟，或是某种会飞的小型生物。远处又传来一连串“咔啦咔啦”的声响，似乎是农机发出的噪音。

第一个开口的是裴洛拉特，但他所说的和眼见耳闻都没有关系。他先猛力吸了一口气，然后说：“啊，好香，像是刚做好的苹果酱。”

崔维兹说：“我们眼前可能就是个苹果园，看来他们正在做苹果酱。”

“反之，在你们的太空艇上，”宝绮思说，“闻起来却像……唉，反正味道很可怕。”

“刚才在上面，你并没有抱怨。”崔维兹咆哮道。

“我得讲礼貌啊。在你们的太空艇上，我总是客人。”

“现在又怎么不维持礼貌了？”

“现在回到我自己的世界。你们成了客人，该你们讲礼貌。”

裴洛拉特道：“她说太空艇有股怪味，可能真说对了，葛兰。有没有办法给它换换空气？”

“有，可以做得到。”崔维兹随即答道，“只要这个小东西能向我们保证，不会有人对太空艇动手脚。她刚才已经向我们证明，她能以不寻常的力量控制太空艇。”

宝绮思立刻抬头挺胸，站得笔直。“我并没有那么小。如果太空艇不再受外力控制，你就能把里面清理干净，我保证十分乐意跟你配合。”

“那么，可以带我们去见你口中那位盖娅了吧？”崔维兹说。

宝绮思似乎被逗乐了。“我不知道你会不会相信，崔，但我就是盖娅。”

崔维兹瞠目结舌。他常常听到“收心凝神”这句成语，不过都是比喻而已。今天是他有生以来第一次，感到自己实实在在经历了这种过程。最后，他终于吐出一个字：“你？”

“是的。还有这片土地，还有那些树木，以及草丛里那只兔子，以及那位站在树林中的人。整个行星和它上面的万事万物，全部是盖娅。我们都是单独的个体，都是独立的生物体，可是我们全部分享一个整体意识。其中无生命的行星占得最少，不同形式的生命各占不同比例，而人类占了绝大多数——但大家多少都拥有一部分。”

裴洛拉特说：“我想，崔维兹，她所谓的盖娅，是指某种群体意识。”

崔维兹点了点头。“我也想到了。既然如此，宝绮思，是谁在治理这个世界呢？”

宝绮思说：“一切自治自理。那些树木自动自发地长得整整齐齐，而且繁殖得不多不少，刚好取代由于各种原因死去的树木。人类需要多少苹果，就会采收多少。而其他的动物，包括昆虫在内，都只摄取自己所需的分量，绝不会超过。”

“每只昆虫都知道该吃多少，是吗？”崔维兹问道。

“对，可以说它们都知道。有需要的时候便会降雨，有时雨下得很大，那是因为必须如此；有时又会有持续不断的干旱，那也是因为有这个需要。”

“雨点也知道该做些什么，是吗？”

“对，它们也知道。”宝绮思非常严肃地说，“你的身体里面有各种不同的细胞，它们难道不晓得该做些什么吗？比方说何时生长，何时停止，何时形成某种物质，何时不该形成——而在形成那些物质的时候，它们又拿捏得恰到好处，刚好不多不少。就某个层次而言，每个细胞都是一座独立的化学工厂，但是它们所使用的原料，都来自共同的运输系统；它们所排放的废料，又全都送到共同的排放管道。就这样，每个细胞对整体意识都作出一份贡献。”

裴洛拉特听得有些着迷，他说：“这实在太神奇了。你是说这颗行星是个超级生命体，而你只是它的一个细胞。”

“我只是打个比方，并非划上等号。我们好比细胞，但我们并不等于细胞。这点你能了解吗？”

崔维兹问道：“你们哪一方面跟细胞不同？”

“我们自己就是由许多细胞组成，对这些细胞而言，它们拥有一个群体意识。这个群体意识对应一个独立的生物体，拿我来说，便是一个人类……”

“有着一副让男人爱死的躯体。”

“完全正确。我的意识远超过任何一个细胞所拥有的意识，两者的程度天差地远。然后，我们又是更高层次群体意识的一部分，但这个事实不会将我们贬到细胞的层次。我仍然是一个人，只不过在我之上，还有一个巨大的群体意识，是我完全无法掌握的。就好像我的二头肌细胞，怎么样也不能了解我的意识一样。”

崔维兹说：“抓住太空艇的这项行动，总该有人授意吧。”

“不，不是某个人！那是盖娅的意思，是我们全体的意思。”

“连树木和土地在内吗，宝绮思？”

“它们的贡献非常少，但还是有一点。听好，一位音乐家写出一首交响乐之后，难道你会追问，那是他身上哪些特殊细胞授意和监督的结果吗？”

裴洛拉特说：“我认为，这个群体意识所塑造的群体心灵——姑且这么称呼它——一定比个体心灵强大许多，正如一块肌肉远比一个肌肉细胞强壮。因此，盖娅才能在很远的距离外，借着控制我们那台电脑，捕获我们的太空艇。虽然在这颗行星上，没有任何个体心灵做得到这件事。”

“你了解得极其透彻，裴。”宝绮思说。

“我也了解，”崔维兹说，“这没有什么难懂的。可是你们究竟要我们做什么？我们并不是来攻击你们，我们只是来这里找资料。为什么你们要捕捉我们？”

“因为要跟你们谈谈。”

“你可以在太空艇上跟我们谈。”

宝绮思严肃地摇了摇头。“我不是负责跟你们谈的人。”

“你不是这个群体心灵的一部分吗？”

“当然是，但我不能像鸟那样飞，像昆虫那样鸣叫，或者长得像树那样高。我做的都是最适合我的事，而我不是提供你们资讯的最佳人选——虽然那些知识可以轻易灌输给我。”

“谁决定不要灌输给你的？”

“我们全体决定的。”

“这些资讯会由谁来提供给我们呢？”

“杜姆。”

“杜姆是谁？”

“这个嘛，”宝绮思说，“他的全名是恩杜姆安迪欧维查玛隆德雅索……等等等等。不同的人在不同的场合，会使用不同的简称来称呼他，但我一向都称他杜姆，我想你们两位也可以用这个简称。在这颗行星上，他可能是享有盖娅最多的人，而他就住在这个岛上。他提出和你们见面的要求，并且获得了允许。”

“谁允许的？”崔维兹问，但他自己随即想到答案。“我知道了，是你们全体决定的。”

宝绮思点了点头。

裴洛拉特说：“我们何时可以见到杜姆，宝绮思？”

“马上就可以。请跟我来，裴，我现在就带你去见他。当然还有你，崔。”

“然后你就要走了吗？”裴洛拉特问。

“你不希望我走吗，裴？”

“老实讲，不希望。”

“你又来了。”她带他们走过果园旁一条平缓的石子路，一面走一面说，“男人见到我没多久，都会开始着迷。即使德高望重的老者，也无法克制少年般的热情。”

裴洛拉特哈哈大笑。“我可不指望还有少年般的热情，宝绮思，可是如果真的还有，我想必定是由于你的缘故。”

宝绮思说：“喔，可别低估你少年般的热情，我能创造奇迹。”

崔维兹不耐烦地问道：“我们抵达目的地之后，还要再等多久才能见到这位杜姆？”

“他就在那里等你。毕竟，杜姆通过盖娅筹备了好多年，才把你带到这里来。”

崔维兹停下脚步，迅速向裴洛拉特望去，后者做了几个无声的口型：你猜对了。

宝绮思仍然直视着前方，以冷静的口吻说：“我知道，崔，你已经在怀疑我／们／盖娅对你有兴趣。”

“我／们／盖娅？”裴洛拉特轻声说。

宝绮思转头朝裴洛拉特微微一笑。“我们有一大套繁复的代名词，用来表达盖娅和个体之间的种种微妙关系。我可以好好向你解释一番，不过在此之前，‘我／们／盖娅’勉强可以表达我的意思——请继续走吧，崔，杜姆正在等你呢。我不想强迫你的双脚违背你的意志，除非你习惯了，否则会是一种很不舒服的感觉。”

崔维兹继续向前走。在他投向宝绮思的目光中，混杂着深沉无比的怀疑。

05

杜姆是一位老先生。他用音乐般的声调和抑扬顿挫吟诵了一遍长达二百五十三个字的名字。

“在某种程度上，”他说，“这串名字就是我的略传。它可以让听到的、读到的或者感应到的人，了解我的背景、我在整体中扮演的角色，以及我的种种成就。然而，五十多年来，我都习惯别人称我杜姆。如果还会提到其他的杜姆，我可以改称杜姆安迪欧。而在不同的专业领域中，我还会使用一些不同的简称。每过一个盖娅年，在我的生日那天，我都会在心中默诵一遍自己的全名，就像我刚才念诵给你们听那样。这样做能令人印象深刻，但我自己难免感到尴尬。”

他又高又瘦，几乎到了皮包骨的地步。虽然他行动相当迟缓，深陷的眼珠却闪着异样的青春光芒；高挺的鼻子又细又长，可是鼻孔张得很大；双手虽然布满青筋，不过看不出关节炎的迹象。他穿着一件很长的袍子，颜色跟他的头发一样灰。袍子一直垂到足踝附近，下面是一双凉鞋，脚趾全部裸露在外。

崔维兹问道：“阁下，请问您高寿？”

“请称呼我杜姆吧，崔。使用称谓显得太正式，会使你我难以自由交换意见。以银河标准年计算，我刚满九十三岁，可是根据盖娅年，我还要再等几个月，才会庆祝九十岁的生日。”

“如果要我猜，我会猜您顶多不过七十五岁，阁……杜姆。”崔维兹说。

“以盖娅的标准而言，崔，不论我的实际年龄或者外表，其实都不能算老。不过别提这个了，大家吃饱了吗？”

裴洛拉特低头看了看自己的餐盘，里面还剩下不少食物，他从来没吃过烹调这么随便的一餐，简直淡而无味到了极点。他用心虚的口吻说：“杜姆，我可不可以问一个冒昧的问题？当然，如果冒犯了您，请您务必明讲，我会马上收回。”

“请说吧，”杜姆笑道，“不论你对盖娅哪方面感到好奇，我都很乐意为你解释。”

“为什么呢？”崔维兹立刻追问。

“因为两位是我的贵客。我能听听裴的问题吗？”

裴洛拉特说：“既然盖娅上的万事万物，分享着同一个群体意识，那么您身为这个群体的一分子，又如何能吃这份食物呢？它显然也是群体的一分子。”

“有道理！可是万事万物都在不断循环。我们必须进食，而我们所吃的每一样东西，不论植物或动物，甚至包括没有生命的调味料，都是盖娅的一部分。可是，你知道吗，我们不会为了娱乐或运动而杀生；当我们不得不杀生的时候，也不会让生灵遭受无谓的痛苦。只怕我们从来不曾在食物的色香味上多花功夫，因为盖娅人除非需要食物，否则不会无缘无故吃东西。你们认为这顿饭并不算享受，裴？崔？嗯，吃饭本来就不该是一种享受。

“不管怎么说，被我们吃进去的东西，仍是这颗行星意识的一部分。只要其中某些成分和我的身体合而为一，它就能分享较多的整体意识。我死去后，也一样会被吃掉，纵使只是被细菌吃掉。到了那个时候，我能分享的整体意识就小得多了。但是总有一天，我的某些部分会转移到其他人身上，转移到许多人身上。”

裴洛拉特说：“这是一种灵魂的轮回。”

“一种什么，裴？”

“我说的是一则古老的神话，不过有些世界依然很流行。”

“啊，我竟然不知道，改天你一定要告诉我。”

崔维兹说：“可是您的个体意识——您之所以是杜姆的各种特质——却永远无法完全重组。”

“不能，当然不能，但这又有什么关系呢？我仍会是盖娅的一部分，那就够了。我们这里有些玄学家，想到或许该设法建立对于过去的群体记忆，可是‘盖娅意识’认为实际上是行不通的，而且根本没有任何用处，反倒会模糊了现有的意识。当然，如果大环境逐渐改变，‘盖娅意识’或许也会跟着改变，但在可预见的未来，我却看不出有任何机会。”

“为什么您必须死呢，杜姆？”崔维兹问道，“既然您九十几岁还老当益壮，难道这个群体意识就不能……”

杜姆首度皱起了眉头。“绝对不能。”他说，“我能作的贡献就只有那么多。每一个新的个体，都是分子与基因的一次重新组合。如此才能产生新的才干、新的能力，才能为盖娅作出新的贡献。我们必须不断补充新血，而唯一的方法就是腾出空位。我已经比大多数人贡献了更多，但我仍有本身的极限，如今也渐渐逼近了。我不想活过生命的大限，正如我不愿在大限之前死去。”

说到这里，他好像发觉气氛突然转趋沉重，于是站了起来，向两位客人伸出双臂。“来吧，崔，裴，到我的工作室去，我给你们看看我自己做的一些艺品。希望你们不会见笑，老头子难免也有点虚荣心。”

他带领两位客人来到另一个房间，在一张小圆桌上，摆着许多灰暗的透镜，全都两两成对连在一起。

“这些，”杜姆说，“都是我设计的‘融会镜’。我并不算个中翘楚，但我专研‘无生融会镜’，而名匠几乎都懒得在这方面花工夫。”

裴洛拉特问道：“我能拿一个来看看吗？会不会很容易打碎？”

“不会的，如果你想试试，大可用力摔到地板上。但最好还是别那样做，振荡可能令它的敏锐度降低。”

“要怎样使用呢，杜姆？”

“把它放在眼睛上面，它就会紧紧贴住。这种装置不会透光，恰恰相反，它可以遮蔽令你分神的光线。不过，感觉仍会经由视神经传到大脑。它能使你的意识变得更敏锐，以融入盖娅其他各个层面。换句话说，如果透过它观看一堵墙，你将体会到那堵墙自己的感觉。”

“太奇妙了。”裴洛拉特喃喃道，“我可以试试看吗？”

“当然可以，裴，你可以随便选一个。每一个的构造都不尽相同，可以显示墙壁——或是你观看的任何无生物——意识中各种不同的风貌。”

裴洛拉特拿起一副放在眼睛上，立刻感觉镜片贴住眼球。他先是吓了一跳，然后一动不动呆立良久。

杜姆说：“你看够了之后，将两手放在融会镜左右两侧，向中间压一下，它就会自动脱落。”

裴洛拉特依言照做，镜片果然落下来。他猛眨一阵眼睛，又伸出双手揉了揉。

杜姆问道：“你有什么体会吗？”

裴洛拉特说：“很难形容，墙壁似乎变得闪烁晶莹，有时好像又变成流转的液体。它似乎有一副骨架，而且几何结构不停变换。可是我……我很抱歉，杜姆，我并不觉得有什么意思。”

杜姆叹了一声。“你并没有融入盖娅，所以你看到的和我们不同。我本来就在担心这件事，真糟糕！但有一点我可以保证，虽然这些融会镜主要的价值在于艺术欣赏，不过它们也有实际的用途。因为一堵快乐的墙壁，也就是一堵长寿的墙壁、实用的墙壁、有效的墙壁。”

“快乐的墙壁？”崔维兹笑着问道。

杜姆说：“墙壁具有一种微弱的感觉，和人类所谓的‘快乐’相仿。只要是设计精良、根基稳固、结构匀称而不至产生难过的应力，它就是一堵快乐的墙壁。力学原理虽然能帮工程师作出优良的设计，但唯有使用合适的融会镜，才能真正微调到原子的尺度。盖娅的雕刻家想要做出一流艺术品，没有精巧的融会镜是绝对办不到的。而我所制作的这种特殊式样，不怕你们笑我自夸，可以说是有口皆碑。

“‘有生融会镜’并不是我的专长，”就和任何人提到自己的嗜好一样，杜姆越说越兴奋，“不过道理相同，它能让我们直接体会到生态结构。盖娅的生态相当简单，跟其他行星并无不同，但是，至少我们希望能把它变得复杂些，好让整体意识更加丰富。”

裴洛拉特似乎有话要说，崔维兹却举起手来对他挥了挥，示意他别插嘴，然后自己问道：“既然所有的行星都只有简单的生态，您怎么知道盖娅有可能超越这一点呢？”

“啊，”杜姆的双眼闪耀出机智的光彩，“你在测验我这个老头子。其实你跟我一样明白，人类的故乡‘地球’曾经拥有极其复杂的生态。只有简单生态的仅是那些次级世界，也就是所谓的衍生世界。”

裴洛拉特不甘心保持沉默。“这正是我钻研了一辈子的题目。

为何唯独地球产生复杂的生态？它跟其他世界有什么不同？为什么银河其他百千万个世界——那些能够产生生命的世界——都只发展出大同小异的植物生命，顶多还有一些小型的、没有智慧的动物？”

杜姆说：“关于这个问题，我们这里有个传说。或许只是个传奇故事，我不敢保证它的真实性。事实上，它听起来的确像是虚构的故事。”

宝绮思直到现在才走进来，刚才吃饭时她并没有在场。她换了一件银色的衣裳，质地极薄极透明。

她冲着裴洛拉特微微一笑，裴洛拉特连忙起身说：“我以为你已经走了。”

“才不会呢。我刚才在赶几份报告，以及其他的工作。现在我可以加入你们吗，杜姆？”

杜姆也早就站了起来（不过崔维兹却始终坐着）。“万分欢迎，你让我这对老眼为之一亮。”

“我穿这身衣裳，就是专门为了让您养眼的。裴已经达到不动心的境界，而崔根本不喜欢这一套。”

裴洛拉特说：“如果你认为我对这些事不动心，宝绮思，哪天我会给你一个惊奇。”

“那一定是个可爱的惊奇。”宝绮思一面说，一面坐了下来，两位男士也跟着她一同坐下。“请继续，别让我打断你们。”

于是杜姆说：“我正要告诉两位客人有关‘永恒之境’的故事。想要了解这个故事，必须先了解一个理论：很多不同的宇宙可能同时存在，事实上应该是无限多。宇宙中所发生的每一个事件，其实都有可能不会发生，或是以不同的方式出现。在众多的可能性中，每一个都会导致未来的一连串事件，而每个未来都会多少有些不同。

“宝绮思可能刚才并未进来，她也可能早一些加入我们，或者早很多，或者现在才走进来。她也许会穿不同的衣裳，即使穿着这件衣裳，她也可能不会遵从风俗，对老者露出淘气的笑容。光是她走进来这件事，就有许许多多其他的可能，而在众多的可能性中，每一个都会使宇宙跨入不同的轨迹。以此类推，每一个事件的不同版本，不论事件多么小，都会使宇宙的未来有所不同。”

崔维兹有点坐不住了。“我相信，这是量子力学中一个很普通的臆测。事实上，还是非常古老的一个。”

“啊，原来你听过，但还是让我继续说下去。请想象人类有办法将无限多的宇宙通通冻结，并任意游走各个宇宙，还能从中选取一个真实的宇宙，暂且不论‘真实’在此作什么解释。”

崔维兹说：“我听得懂您的话，甚至能够想象您所描述的观念，但我就是无法相信这种事情真会发生。”

“其实，我也不能全盘接受，”杜姆答道，“因此我才会说，它从头到尾都像个传奇。然而根据这个传奇故事，有些人能够跨出时间坐标，对无穷多个可能成为真实的宇宙一一检查。这些人叫做永恒使者，他们跨出时间坐标之际，就是进入了永恒之境。

“这些人的任务，是要选择一个最适合人类的‘实相’。他们曾经不断修正自己的决定——故事发展到这里，情节变得十分琐碎，我得提醒你们，这个故事是以冗长的史诗形式写成的。最后，他们终于找到一个宇宙（故事是这么说的），而在这个宇宙中，整个银河唯独地球拥有复杂的生态系，也只有地球能发展出足以创造高科技的智慧型物种。

“他们判断人类在这个情况之下最为安全，于是将这一串事件固定为实相，便终止了这项工作。因此，如今银河中只有人类一种智慧生物。而人类在殖民银河的过程中，有意无意间带了许多动植物和微生物同行，结果在各个行星上，源自地球的物种往往征服了原有的生命。

“在朦胧迷蒙的几率空间里面，其实还有其他许多实相存在，而在那些实相中，银河拥有许多种智慧生物。可是我们全部无法触及，我们被单独禁锢在这个实相之中。在这个实相所发生的每个行动或事件，都会产生许多新的分枝，但是宇宙每次分歧时，只会有一个分枝成为实相的延续。所以说，应该有数量众多的潜在宇宙——或许有无限多——从我们的实相中产生，但理论上它们都是类似的，也就是说在每个潜在宇宙中，我们这个银河都只有单一的智慧生物。或许我应该说，另类宇宙所占的比例实在太小太小了，这是因为可能性有无穷多，排除任何可能都是危险的断言。”

他停了一下，微微耸了耸肩，又补充道：“至少，故事是这么说的。这个故事早在盖娅建立之前就在流传，我不敢保证它是真的。”

其他三人一直都在专心聆听。此时宝绮思点了点头，好像她早就听过这个故事，点头是代表杜姆并没有讲错什么。

裴洛拉特则维持着庄严肃穆的神态，将近一分钟之久，然后他握紧拳头，用力打在座椅扶手上。

“不，”他用嘶哑的声音说，“这毫无意义。我们无法凭借观测或推理，来证明这个故事的真实性，所以它只能算一种臆测。但是姑且不追究这一点，假设它的确是真的！我们置身的这个宇宙，仍旧只有地球发展出丰富的生命和智慧型物种，所以在这个宇宙中——不论它是仅此一家，还是无限多个可能中的一个——地球这颗行星一定有什么独一无二之处。我们仍然要探究这个唯一性到底是什么。”

接下来又是好一阵子静默，结果是崔维兹最先作出反应，摇了摇头。

“不对，詹诺夫，”他道，“话不是这么说。让我们作一个假设：在银河的十亿颗可住人行星中，只有地球（纯粹出于巧合）发展出丰富的生态，最后终于产生智慧生物，这样的机会是一比十亿兆，也就是十的二十一次方分之一。那么在这个前提下，在十的二十一次方个潜在实相中，就有一个实相含有这样的一个银河，而那些永恒使者刚好选择了它。因此在我们这个宇宙的这个银河中，只有地球这颗行星能够发展出复杂的生态、智慧型物种，以及高等的科技——这并不是因为地球有什么特别之处，纯粹只是一种巧合。”

“事实上，”崔维兹继续以深思熟虑的口气说，“我认为应该还有许多其他的实相，其中唯一发展出智慧型物种的行星，分别是盖娅、赛协尔或端点星，或是某颗在这个实相中毫无生命迹象的行星。当然还有更多的实相，对应于银河中不仅只有一种智慧型物种，而它们的数目一定很庞大，所以比较之下，上述的极端情形仅占极微小的比例。我相信，如果那些永恒使者检查过足够多的实相，他们就会发现其中有一个，对应于每颗可住人行星都独立发展出智慧型物种。”

裴洛拉特说：“难道你就不能假设，永恒使者找到一个特殊的实相，其中的地球和其他实相中的地球都不相同，特别适于发展出智慧？事实上，你还可以进一步假设，永恒使者找到一个特殊的实相，其中的银河和其他实相中的银河都不相同，只有地球一颗行星能够发展出智慧。”

崔维兹说：“你可以这么假设，但我认为我的版本比较有道理。”

“那纯粹是主观的认定，当然……”裴洛拉特有点冒火，杜姆赶紧打岔道，“这只是逻辑上的诡辩。好啦，我们不要破坏一个愉快闲适的夜晚，至少我自己十分珍惜这个气氛。”

裴洛拉特勉力放松紧绷的情绪，让火气慢慢消退。最后他终于露出笑容，并且说：“遵命，杜姆。”

宝绮思一直坐在那里，双手放在膝盖上，装出一本正经的模样。崔维兹原本一直瞅着她，这时突然说：“这个世界又是怎么来的，杜姆？我是指盖娅，以及它的群体意识。”

杜姆仰着头，以高亢的音调笑了几声。当他再度开口的时候，一张老脸堆满了皱纹。“仍旧只有传说！当我读到有关人类历史的记载时，有时也会想到这个问题。历史记载不论怎样仔细地收藏、归档、电脑化，时间一久总会模糊不清。故事像滚雪球般增加，传奇则像灰尘般累积。愈是久远的历史，积聚的灰尘就愈厚，最后终于退化成了传说。”

裴洛拉特说：“我们历史学家对这种过程相当清楚，杜姆。传说自有吸引人的地方，大约十五个世纪前，列贝尔·坚纳拉特就说过：‘精彩的假戏驱逐乏味的真相’。现在这句话已经被奉为‘坚纳拉特定律’。”

“是吗？”杜姆说，“我还以为这只是我自己发明的讽刺呢。嗯，由于这个坚纳拉特定律，我们的历史充满朦胧的美感。你们知道机器人是什么吗？”

“我们到了赛协尔才知道的。”崔维兹随口答道。

“你们看到过？”

“不，有人问过我们相同的问题。当我们作出否定的回答后，他就向我们解释了一番。”

“我懂了。你们可知道，人类曾和机器人共同生活过一段岁月，但相处得并不好。”

“这点我们也听说了。”

“机器人都受到所谓‘机器人学三大法则’的严格约束，这可以追溯到史前史。三大法则有好几种可能的版本，根据正统的看法，内容如下：‘一、机器人不得伤害人类，或因不作为而使人类受到伤害。二、除非违背第一法则，机器人必须服从人类的命令。三、在不违背第一法则及第二法则的情况下，机器人必须保护自己。’

“等到机器人变得愈来愈聪明能干之后，它们就对这些法则，尤其是至高无上的第一法则，作出愈来愈广义的诠释，并且愈来愈以人类的保护者自居。它们的保护剥夺了人类的自由，令人类愈来愈难以忍受。

“机器人完全是出于善意。它们显然都在为人类着想，为所有人类的幸福不断努力，偏偏适得其反，更加令人无法消受。

“机器人的每一步进化，都使这种情况更为变本加厉。后来机器人更发展出精神感应力，表示连人类的思想都瞒不过它们，从此以后，人类的行为便受到机器人更严密的监督。

“与此同时，机器人的外形变得愈来愈像人类，可是行为仍是不折不扣的机器人，徒具人形只让它们更惹人反感。所以，这种情况当然会有个了结。”

“为什么‘当然’呢？”裴洛拉特一直聚精会神听着，直到现在才发问。

杜姆说：“这是钻逻辑牛角尖的必然结果。最后，机器人进步到了具有足够的人性，终于体认到人类为何憎恶它们，因为它们名义上虽然为人类着想，实际上却剥夺了人类应有的一切。结果机器人不得不作出决定，不论人类照顾自己的方式多么拙劣和没效率，也许还是让人类自生自灭比较好。

“因此，据说永恒之境就是机器人建造的，而永恒使者正是那些机器人。它们找到一个特殊的实相，认为人类处身其中最为安全——也就是独处于银河中。在尽完照顾人类的责任之后，为了切实而彻底地奉行‘第一法则’，那些机器人遂自动终止运作。从此以后，我们才算是真正的人类，靠自己的能力，独力发展一切。”

杜姆顿了一下，视线轮流扫过崔维兹与裴洛拉特，然后说：“怎么样，你们相信这些说法吗？”

崔维兹缓缓摇了摇头。“不相信，我从未听说有任何历史记载提到这种事。你呢，詹诺夫？”

裴洛拉特说：“某些神话跟这个故事似乎有类似之处。”

“得了吧，詹诺夫，我们随便哪个人编个故事，只要加上天花乱坠的解释，都能找到合拍的神话传说。我指的是历史，是可靠的记载。”

“喔，这样的话，据我所知应该没有。”

杜姆说：“我并不意外。早在机器人销声匿迹之前，许多人为了追求自由，便已成群结队离开地球，前往更深的太空去建立无机器人的殖民世界。他们大多数来自过度拥挤的地球，当然记得长久以来对机器人的排斥。新的世界一切从头开始，他们甚至不愿回顾过去的痛苦屈辱——人人都像小孩一样，被迫接受机器人保姆的照顾。因此他们没有保留任何记录，久而久之便忘得一干二净。”

崔维兹说：“这不太可能吧。”

裴洛拉特转向他说：“不，葛兰，并非没有这个可能。每个社会都会自行创造自己的历史，也都喜欢湮灭低微的出身；消极的做法是任其被遗忘，积极的做法是虚构一些英雄事迹。当年的帝国政府，曾经试图抹杀前帝国时代的历史，以便制造帝国永恒的神秘假象。此外，超空间纪元之前的历史记载，现在也几乎全部消失。而你自己也明白，如今大多数人都不知道地球的存在。”

崔维兹反驳道：“你不能自相矛盾，詹诺夫。如果整个银河都忘却了机器人，盖娅怎么会记得？”

宝绮思忽然发出女高音般的轻快笑声。“因为我们不一样。”

“是吗？”崔维兹说，“哪点不一样？”

杜姆说：“好了，宝绮思，让我来讲吧。两位端点星的客人，我们的确与众不同。从机器人国度逃出来的流亡团体，其中有一批人循着赛协尔殖民者的路线，最后终于抵达盖娅。只有他们这批人，从机器人那里学到精神感应的技艺。

“你知道吗，那的确是一门技艺。它是人类心灵与生俱来的潜能，却必须通过非常微妙而困难的方式，才有办法发展出来。想要将这个潜能发挥到极致，需要经过许多代的努力，不过一旦有了好的开始，它就会自动发展下去。我们已经花了两万多年的工夫，而‘盖娅意识’就是这个潜能的极致，但至今尚未达到炉火纯青之境。在我们发展精神感应的过程中，很早便体会到群体意识的存在。首先仅限于人类，然后扩及动物，接下来是植物，最后，在几个世纪前，扩大到了行星本身的无生命结构。

“由于这一切都源自机器人，因此我们并没有忘记它们。我们将它们视为导师，而并非我们的保姆。我们总是认为，它们帮我们打开心灵中另一扇门，从此我们再也不希望关上。我们始终怀着感激的心情追念它们。”

崔维兹说：“你们过去曾经是机器人的孩子，现在又成了群体意识的孩子。你们不是跟过去一样，仍旧失去人性的尊严吗？”

“这是截然不同的两回事，崔。我们现在所做的，完全出于自己的抉择，自己的抉择！两者不能相提并论。我们并没有受到外力强迫，是由内而外发展出来的，这点我们绝对不会忘记。此外，我们还有一个与众不同之处。我们是银河中独一无二的世界，再也没有一个世界和盖娅一样。”

“你们怎能如此肯定？”

“我们当然能够肯定，崔。如果还有一个和我们类似的世界级意识，即使远在银河的另一端，我们也侦测得到。比如说，我们就能侦测出来，你们那个第二基地的群体意识正在起步，但这只是最近两个世纪的事。”

“就是在骡乱时期吗？”

“对，骡本是我们的一分子。”杜姆显得面色凝重，“他是一个畸变种，擅自离开了盖娅。当时我们太过天真，以为那是不可能的事，所以没有及时采取制止行动。后来，当我们将注意力转移到外在世界时，便发觉了你们所谓的第二基地，于是把这件事留给他们处理。”

崔维兹茫然地瞪着眼睛，好一会儿之后，才喃喃地说：“再来，就接上我们的历史课本了！”他摇了摇头，故意提高音量说：“盖娅这么做，是不是太孬种了一点？他应该是你们的责任。”

“你说得对。可是等到我们终于放眼银河，才晓得过去根本是有眼无珠。因此，骡造成的悲剧反倒成了我们的警钟。直到那个时候，我们才察觉到一个事实，就是我们迟早会面临一个严重的危机。如今危机果然来临，但多亏骡这桩意外事件，我们早已有充分的准备。”

“什么样的危机？”

“一个足以使我们毁灭的危机。”

“我才不相信。你们先后逐退了帝国、骡、赛协尔；你们拥有强大的群体意识，能在千百万公里之外抓住太空中的船舰。你们又有什么好怕的？看看宝绮思，她看来一点都不慌张，她并不认为会有什么危机。”

宝绮思将一条美腿搁在座椅扶手上，冲着崔维兹扭动趾头。“我当然不担心，崔，反正你会处理。”

崔维兹使劲吼道：“我？”

杜姆说：“盖娅借着上百种微妙的安排，把你带到这里来，就是要你替我们应付这个危机。”

崔维兹瞪着杜姆，表情渐渐由惊愕转为愤怒。“我？太空如此浩瀚，为何偏偏是我？这跟我一点关系也没有。”

“不管怎么说，崔维兹，”杜姆用近乎催眠的平静口吻说，“就是你了。太空虽然浩瀚，却也只有你了。”

第十八章

碰 撞

01

史陀·坚迪柏缓缓向盖娅之阳推进，几乎跟崔维兹当初一样小心翼翼。等到那颗恒星已经像一个小圆盘，必须透过强力滤光镜观看，他停了下来，开始考虑下一步行动。

苏拉·诺微坐在一旁，偶尔抬起头来，用畏怯的目光望着他。

她突然轻声说："师傅？"

"什么事，诺微？"他心不在焉地问。

"你不高兴吗？"

他马上抬起头望着她。"不，只是挂心而已，还记得这个词吗？我在考虑到底应该迅速前进，还是要再多等一会儿。我应该表现得非常勇敢吗，诺微？"

"我认为你一直都非常勇敢，师傅。"

"勇敢有时是愚蠢的同义词。"

诺微露出微笑。"学者领袖怎么可能愚蠢呢？那是个太阳，对不对，师傅？"她指着屏幕说。

坚迪柏点了点头。

诺微迟疑了一下，又问："它是不是照耀川陀的太阳？是不是阿姆的太阳？"

坚迪柏答道："不是的，诺微，它是另一个截然不同的太阳。银河中有许多太阳，总共有几千亿。"

“啊！其实我的脑袋知道这回事，然而，我没办法让自己相信。怎么会这样呢，师傅？一个人怎么会脑袋知道，却又不相信呢？”

坚迪柏浅浅一笑。“在你的脑子里，诺微——”当他这么说的时候，他的意识又自然而然进入她的脑海。就像往常那样，他轻抚着她的心灵；只是用精神触须轻触一下，好让她保持镇定与安宁。若非有东西吸引他的注意，他会像往常那样随即离去。

现在他所感觉到的，只能用精神力学的术语形容，但仍然是一种比喻。诺微的大脑发出幽光，一种极其微弱的光辉。

唯有外在精神力场强行侵入，才会发生这种现象。那个精神力场一定极弱，即使借着诺微全然光滑的心灵结构，坚迪柏心灵中最灵敏的接收功能也只能勉强感测到。

他厉声问道：“诺微，你现在感觉如何？”

她张大眼睛。“我感觉很好啊，师傅。”

“你头晕吗？思绪不清吗？赶紧闭上眼睛，一动不动坐着，直到我说‘好’为止。”

她顺从地闭上眼睛。坚迪柏谨慎地除去她心灵中杂乱的感觉，同时抚平她的思绪，安慰她的情感，轻轻地抚摸着，抚摸着。他只让那团幽光留下来，可是它实在太微弱，令他几乎相信那只是错觉。

“好。”他刚说完，诺微就睁开了眼睛。

“你感觉如何，诺微？”

“非常平静，师傅，心如止水。”

显然它过于微弱，不至对她造成任何可觉察的效应。

他转身面向电脑，展开另一回合的搏斗。他必须承认，自己跟这台电脑无法达到水乳交融的程度。或许是因为他过于习惯直接使用精神力量，透过一个媒介当然不会顺手。但他现在是要寻找一艘船舰，而不是一个心灵，借着电脑的帮助，初步的搜寻工作会更有效率。

他果然发现了一艘可疑的船舰。它远在五十万公里外，构造与他所乘的这艘十分相似，不过显然大得多，而且更为精密复杂。

一旦电脑帮他找到那艘船舰，坚迪柏的心灵就能接掌后续的工作。他向外送出紧密而集中的精神感应，立刻感觉到（在此“感觉”是精神力学的特殊用法）那艘船舰里里外外的一切。

接着，他将心灵朝盖娅行星的方向延伸几百万公里，又随即撤回。但是这两次搜寻过程，都不足以明确告诉他，如果精神力场的确来自其中之一，究竟何者才是真正的场源。

他说：“诺微，不论等一下发生什么事，我要你一直坐在我身边。”

“师傅，有危险吗？”

“你丝毫不必挂心，诺微，我一定确保你的安全。”

“师傅，我并不为自己的安危挂心。如果有危险，我希望能够帮助你。”

坚迪柏的语气顿时温柔许多，他说：“诺微，你已经帮了很大的忙。由于有你在我身边，我才能发觉一件很小却很重要的事。如果没有你，我或许会一头栽进泥沼里，而且陷得很深，也许要花很大力气才能脱身。”

“我是不是用心灵做到的，师傅，就像你告诉我的那样？”诺微以惊讶的语气问道。

“正是这样，诺微。没有任何仪器比你的心灵更灵敏，连我都比不上，因为我的心灵复杂度太高了。”

诺微脸上堆满了喜悦。“能够帮助你，我太高兴了。”

坚迪柏笑着点了点头。但他忽然想到自己竟然需要帮助，心情便蒙上一层阴影。他的孩子气发作了，令他无法接受这个事实。这项任务是他的，只属于他一个人的。

但这已经是不可能的事。他的胜算正急遽滑落……

02

在川陀上，昆多·桑帝斯感到第一发言者的重担压得他快要窒息。自从坚迪柏的太空船从大气层消失，进入黑暗的太空之后，他就一直闭门沉思，没有再召开过圆桌会议。

允许坚迪柏单枪匹马出发，究竟是不是明智之举？坚迪柏是个相当杰出的人才，但他并非十全十美，有时难免过分自信。坚迪柏最大的缺点在于傲慢自大，而桑帝斯自己最大的缺点（他难过地想）则是老迈年高。

他一次又一次地想到，当年那位伟大的前辈普芮姆·帕佛，曾在银河各处飞来飞去，亲自摆平许多事情，那是多么危险的行动。有谁能成为另一个普芮姆·帕佛？坚迪柏行吗？何况帕佛还有他的妻子为伴。

其实，坚迪柏也有旅伴，就是那个阿姆女子，但她根本无足轻重，而帕佛的妻子本身也是发言者。

在等待坚迪柏音讯的这段日子，桑帝斯觉得自己一天比一天衰老。日子一天天过去，却始终音讯全无，他感到神经愈绷愈紧。

当初应该派出一个舰队，起码是小型舰队……

不，圆桌会议不会通过的。

然而……

当讯息终于来到时，他正处于睡眠状态——睡得极不安稳，身心根本无法松懈。前半夜一直刮着强风，令他辗转反侧难以成眠。他像个孩子一样，想象着风声中夹杂着人声。

在他即将进入纷扰的梦乡之际，最后的念头是幻想着退位后的轻松安逸。虽然他渴望早日卸下重担，却也知道目前万万使不得，如果他在此时此刻退位，一定是由德拉米继任第一发言者。

当呼唤传来的时候，他立即由梦中惊醒，在床上坐了起来。

“你还好吧？”他问。

“好得很，第一发言者。”坚迪柏说，“我们是否应该建立影像联系，好让通讯更加简单扼要？”

“也许等会儿吧，”桑帝斯说，“先报告一下，情况怎么样？”

坚迪柏察觉到对方刚刚睡醒，而且极为疲倦烦躁，因此回答得分外仔细。他说：“我在一颗叫做盖娅的住人行星附近，据我所知，没有任何银河记录提到过它。”

“这个世界的成员，就是不断改良谢顿计划的人？就是反骡？”

“有此可能，第一发言者，这有几个理由。第一，崔维兹和裴洛拉特所乘坐的太空艇，一直朝向盖娅前进，现在可能已经在那里着陆。第二，差不多在距离我五十万公里外的太空中，出现一艘第一基地的战舰。”

“大家不会无缘无故对盖娅这么感兴趣。”

“第一发言者，大家的兴趣可能并非不约而同。我来到此地，是因为我一直跟踪崔维兹，那艘战舰可能也是因此而来。现在唯一的问题是，崔维兹为什么到这里来？”

“你打算跟踪他到那颗行星去吗，发言者？”

“我曾经考虑过这个可能性，但是又出现了新的状况。我现在和盖娅的距离是一亿公里，我感测到周围太空中有个精神力场，非常均匀而且极端微弱。若非那个阿姆女子的心灵产生聚焦效应，我自己根本不可能察觉。她的心灵很不寻常，我当初愿意带她同行，正是为了这个目的。”

“所以说，你的猜测是正确的。你认为德拉米发言者当初知道这一点吗？”

“当她怂恿我带那女子同行的时候？我想不太可能。但我却能善加利用，第一发言者。”

“我很高兴你做到了。你是否认为，坚迪柏发言者，那颗行星就是精神力场的焦点？”

“为了确定这一点，我必须对数个彼此相距很远的位置进行测量，以检验场的分布是否具有普遍的球对称。我的‘单向精神探测仪’可能做得到，只是无法肯定。但目前并不适宜再作深入调查，因为我面对着一艘第一基地的战舰。”

“它不至于构成威胁吧。”

“很难讲。目前为止，我还不敢说那艘战舰绝非精神力场的焦点，第一发言者。”

“可是他们……”

“第一发言者，很抱歉，请容许我打个岔。我们并不清楚第一基地如今的科技进展；他们的行动显得过分自信，可能会给我们来个意外的惊奇。他们是否发明了控制精神力场的装置，这点我必须先确定才行。简言之，第一发言者，我所面对的是一群精神力学专家，他们或是在那艘战舰中，或是在整颗行星上。

“如果他们在那艘战舰中，那个精神力场未免太过薄弱，根本制不住我，但是他们仍有可能牵制我的行动，而战舰上的有形武器就足以消灭我。反之，如果焦点是那颗行星，既然在这么远都能侦测出来，行星表面的强度想必巨大无比，远非我所能对付。

“这两种可能不论何者为真，我们都需要架起一个精神网路，一个整体精神网路。在有需要的时候，我要能支配川陀上所有的精神力量。”

第一发言者犹豫起来。“整体精神网路？过去从来没有用过，甚至没有人建议过——只有面对骡那次例外。”

“这个危机很可能比骡的威胁更为严重，第一发言者。”

“我不相信圆桌会议会同意。”

“我不认为您需要征求他们同意，第一发言者，您应该宣布进入紧急状况。”

“用什么借口？”

“就把我向您报告的这些告诉他们，第一发言者。”

“德拉米发言者会说你是个无能的懦夫，自己把自己吓疯了。”

坚迪柏顿了一下，然后才答道：“我能想象她会说些类似的话，第一发言者，但她爱怎么说就怎么说吧，我都承受得了。目前并非我个人的面子或尊严受到威胁，而是第二基地本身岌岌可危。”

03

赫拉·布拉诺冷冷一笑，满布皱纹的脸庞浮现出更陡峭的起伏。她说：“我想我们可以进军了，我一切都准备好了。”

柯代尔说：“你仍然确定明白自己在做什么吗？”

“如果我真像你故意说的那样，已经陷入疯狂状态，里奥诺，你还会坚持留在这艘舰上陪我吗？”

柯代尔耸了耸肩，然后说：“也许还是会的。如果真是这样，市长女士，那么在你做得太过分之前，我仍有一点机会阻止你，劝你改弦易辙，至少让你慢下来。当然，如果你并没有发疯……”

“怎么样？”

“嗯，那么我不希望将来的历史上，唯独对你大书特书。我要历史学家都会提到你身旁还有个我，也许他们还会感到难以下笔，不知该把真正的功劳归给谁呢，嗯，市长？”

“高明，里奥诺，真高明，但你这是白费心机。我在尚未担任市长之前，早已在傀儡市长身后掌权多年，没有人会相信在我亲自出马之后，还会允许这种现象继续存在。”

“等着看吧。”

“不，我们看不到的，这种历史评价要等我们死后才会出现。然而，我没什么好担心的。我既不担心历史的评价，也不担心那个！”她指了指屏幕。

“康普的太空艇。”柯代尔说。

“没错，康普的太空艇，”布拉诺说，“可是康普不在上面。我们有一艘斥候舰侦察到调包的过程。康普的太空艇曾被另一艘船拦下来，有两个人从那艘船登上他的太空艇，然后康普就到那艘船上去了。”

布拉诺双手搓了搓。“崔维兹圆满达成任务。我把他丢到太空中，让他当一根避雷针，他果然不辱使命，果然吸引到闪电。拦下康普的那艘船，正是来自第二基地。”

“我有点奇怪，你怎能如此确定？”柯代尔一面说，一面掏出烟斗，慢慢填着烟丝。

“因为我一直怀疑康普可能受到第二基地控制。他这一生实在太顺利，好事总是落到他头上，而且他又是超空间竞逐的大行家。他出卖了崔维兹，这当然可能是野心分子卖友求荣的行为，可是他为何做得那么彻底，仿佛这是超越个人野心的阴谋。”

“全都是臆测，市长！”

“当崔维兹做了一连串跃迁，康普却像平常一样轻轻松松追上之后，我的话就不再是臆测了。”

“他有电脑帮忙，市长。”

布拉诺仰头靠在椅背上，哈哈大笑几声。“我亲爱的里奥诺，你每天忙着筹划复杂的阴谋诡计，忘了小手段有时也很有效。我派康普去跟踪崔维兹，并不是因为崔维兹需要跟踪。哪有这个需要呢？不论崔维兹的行动如何保密，他只要到了非基地的世界，就一定会引人注目。他驾着基地的先进航具，他带着浓重的端点星口音，他使用基地的信用点，这些都会成为招惹敌意的招牌。而发生紧急状况的时候，他自然而然会去找基地官员求助，就像他在赛协尔时那样——当时他的一举一动，我们全都立刻知道，而且并没有透过康普。”

“不是那么回事，”她用意味深长的语气继续说，“我派康普出去，就是为了测验他这个人，而这个目的果然达到了。我们故意给他一台有问题的电脑，虽然不至于影响太空艇的操作，但绝对无法帮助他做连续跃迁跟踪。可是，康普仍然毫不费力就做到了。”

“我发现你有很多事没告诉我，市长，直到你认为该说的时候才说。”

“我瞒着你的那些事，里奥诺，全是你知不知道都无关痛痒的。我很欣赏你，也一直重用你，但是我的信任有个明确的界限，就像你对我的信任一样——请别浪费唇舌否认。”

“我不会否认的。”柯代尔冷冰冰地说，“总有一天，市长，我会毫不客气地提醒你这一点。此时此刻，还有没有任何我应该知道的事？那艘船的底细究竟如何？假如康普来自第二基地，它当然也是。”

“跟你谈话总是一件乐事，里奥诺，你的反应迅捷无比。你知道吗，第二基地向来懒得掩藏形迹，他们自有办法让形迹隐形，或说让人视而不见。即使他们知道，我们能根据船舰使用能量的方式，轻而易举辨识它的出处，第二基地分子也从来不想用他人的船舰。无论被任何人发现，他们都能从他心中抹除这段记忆，所以何必多此一举，事先掩藏形迹呢？总之，我们的斥候舰在目击那艘接近康普的太空船之后，几分钟内就判读出它的来历。”

“我猜，现在第二基地会把这件事从我们心中抹除。”

“如果办得到的话。”布拉诺说，“但他们也许会发现情况变了。”

柯代尔道：“你曾经说，你已经知道第二基地的下落，又说要先收拾盖娅，然后再去收拾川陀。从你那番话中，我推想那艘船来自川陀。”

“猜得完全正确。你感到意外吗？”

柯代尔缓缓摇了摇头。“现在想来一点都不意外。骡首度受挫的那一次，艾布林·米斯、杜伦·达瑞尔和贝泰·达瑞尔都在川陀。贝泰的孙女艾卡蒂·达瑞尔也生在川陀，而在第二基地理论上被摧毁的那个时间点，她曾经回到出生地。在她自己的记载中，有个名叫普芮姆·帕佛的人扮演了关键的角色，他在紧要关头适时出现，身份是一名川陀行商。第二基地就在川陀上，我想这是再明显不过的事。此外，哈里·谢顿建立两个基地的时候，他本人也住在川陀。”

“一切十分明显，只是从来没有人联想到这个可能性，而这都是第二基地在背后捣鬼。我刚才说他们不必掩藏形迹，其实就是这个意思。想要不让任何人追查形迹，对他们而言易如反掌。万一不小心被人发现了，他们也能将相关记忆清得一干二净。”

柯代尔说：“既然如此，我们就不必急着进行他们意料之中的事。在你看来，崔维兹怎么有办法断定第二基地仍旧存在？第二基地为何不趁早制止他？”

布拉诺扳着枯竹般的手指。“第一，崔维兹是个极不寻常的人，他虽然毛躁而不谨慎，却拥有连我都看不穿的潜能；他也许是个特殊的例外。第二，第二基地并非全然不闻不问，康普很快就盯上崔维兹，然后向我举发他。第二基地想借我的手制止他，这样他们就不必冒险公然介入。第三，当我的反应并不完全符合他们预期——既没有处决或监禁他，也没有对他施以记忆抹除或动用心灵探测器，而只是将他送到太空去——第二基地便开始采取直接行动，派出自己的太空船跟踪他。”

她紧抿着嘴，露出得意的表情。“喔，这根避雷针实在太棒

了。”

柯代尔说：“那我们下一步要怎么走？”

“我们要向这位第二基地分子当面挑战，事实上，此时我们正在悄悄向他推进。”

04

坚迪柏与诺微并肩坐着，两人一同凝视着屏幕。

诺微十分害怕，这点坚迪柏看得很清楚，而他也看得出来，她在尽全力与恐惧奋战。不过坚迪柏却无法帮助她，在如今这种紧要关头，随便触碰她的心灵乃是不智之举，很可能会影响她对微弱精神力场所产生的反应。

那艘基地战舰正在缓缓接近，显然是有备而来。它是一艘大型战舰，根据基地船舰以往的编制估计，舰员可能多达六人。而且坚迪柏确定，即使面对第二基地所有船舰编成的舰队，它的火力也足以自保，必要时还能将那个舰队一举歼灭——但这是指完全不考虑精神武器的情况。

事实上，从那艘战舰的前进方式，便能看出一些蹊跷——虽然它面对的，只是单独一艘受到第二基地控制的太空艇。即使那艘战舰拥有精神武力，也不可能主动投入第二基地的虎口。它会如此毫无顾忌地直冲过来，很可能只是不知死活，而这种无知又有各种程度上的差别。

这可能代表舰长并未发觉康普已经被调包，或者虽然发觉了，却不晓得换上来的是第二基地分子，甚至根本不知道第二基地分子是何方神圣。

然而（坚迪柏打算考虑到每一种可能性），万一那艘战舰的确拥有精神武力，而且是充满自信地向前推进呢？这或许仅仅代表它是在一个夸大狂的控制之下，却也可能它真有远非坚迪柏所能想象的强大武力。

可是，他所考虑到的可能性，全都无法断定真假。

坚迪柏又谨慎地探了探诺微的心灵。诺微的意识层面无法感知精神力场，而他自己当然做得到。但坚迪柏的心灵并没有那么敏锐，无法像诺微那样能侦测到极微弱的力场。这实在是个吊诡，将来一定要好好研究，也许能够因而得到重要的成果——远比解决目前那艘战舰的威胁更重要的成果。

当初，坚迪柏发觉诺微的心灵具有不寻常的光滑和匀称，便直觉地体察到这个可能性。对于自己拥有这种直觉能力，他难免沾沾自喜。发言者们一向都对自己的直觉感到骄傲，但直觉又是什么呢？是他们无法直接用物理方法测量的精神力场，也就是他们自己完全不了解的一种行为。“无知”不难用“直觉”这个神秘的词汇掩饰，但是他们在这方面的无知，有多少是源自对物理科学的轻视？

他们的骄傲又是多么盲目？等到他成为第一发言者之后，坚迪柏想，一定要设法改变这种情况，要拉近两个基地在物理科学上的距离。第二基地不能永远像现在这样，一旦无法绝对独霸精神力学，就要面临遭到毁灭的危险。

事实上，这种情况很可能已经出现了。第一基地也许在精神力学上已有所突破，或者与反骡建立了同盟关系。这是他第一次想到这个可能，立刻感到不寒而栗。

他的思绪围绕着这个题目，以一个发言者惯有的速度飞快打转。与此同时，他仍然紧盯着诺微心灵中的幽光，它是那个弥漫四处的精神力场所引发的反应。可是当基地战舰渐渐接近时，那团光辉却不见增强。

但是绝不能因为这一点，就断定那艘战舰并未配备精神武器。众所周知，精神力场并不遵循“平方反比律”。当发射体与接收体之间的距离缩短时，力场强度并非随着距离呈平方反比式增加。就这方面而言，它与电磁场或重力场都截然不同。话说回来，距离的变化对精神力场所造成的影响，尽管并不像其他物理场那样显著，却也不是全然无关。随着战舰愈来愈近，诺微心灵的反应多少应该有些增加。

自哈里·谢顿以降，五个世纪以来，为什么没有任何第二基地分子，想到应该推出一个数学关系式，来描述精神力场强度与距离的关系？这种轻视物理学的态度，无论如何要设法制止，坚迪柏暗自发誓。

假如那艘战舰拥有精神力场，而且确知自己正在接近第二基地分子，那么在冲锋之前，它难道不会将力场强度调到最大吗？这样的话，诺微的心灵必定会有骤然增强的反应。

但事实并非如此！

坚迪柏终于重拾信心，排除了战舰拥有精神武力的可能性。它是因为不知死活才冲过来，根本算不上什么威胁。

当然，那个精神力场仍旧存在，但一定是源自盖娅。虽然它仍是个大麻烦，但当务之急却是那艘战舰。只要先把战舰解决，他就能将注意力集中于反骡的世界。

他耐心地等待。那艘战舰应该会采取某些行动，否则他可以等它足够接近之后，再选择一种最有效的攻势。

战舰仍在一步步逼近，速度已经相当快了，却仍未采取任何行动。最后，坚迪柏算定自己的攻击力量已经绰绰有余。他的攻击不会造成任何痛苦或不适，对方的人员只会发现，背部与四肢的肌肉变得无法运作自如。

坚迪柏收紧那股由心灵所控制的精神力场。力场立时增强，并以光速投射到对面的战舰。此时双方已经相当接近，使超空间接触变得没有必要，更何况超空间会折损准确度。

下一刻，坚迪柏惊吓得全身麻痹。

基地战舰竟然拥有高效率的精神力场防护罩，当他发出的精神力场增强之际，防护罩的密度随之暴涨。原来这艘战舰并非不知死活，它至少拥有意料之外的防御性武器。

05

“啊。”布拉诺说，“他企图发动攻击，里奥诺，你看！”

心灵计的指数异常升高，指针还不停微微颤动。

精神力场防护罩的发展，已经花了基地科学家一百二十年的时间。它是有史以来最保密的科学计划，或许只有哈里·谢顿独立发展的心理史学分析，在机密程度上差堪比拟。前后五代的科学家花了无数心血，不断改良这个装置，却始终未能发展出满意的理论。

所有的进展，全有赖于心灵计的发明。这个装置可以作为一种指标，显示每个阶段的进展方向与程度。谁也不能解释它的工作原理，但它总是能创造奇迹：测量出理论上不可能测出的量，显示出理论无法解释的数据。布拉诺一直有个想法（某些科学家也有同感），一旦基地有人能够解释心灵计的原理，那么在心灵控制这方面，他们就跟第二基地势均力敌了。

不过那是将来的事。目前，这个防护罩应该足以应付，况且他们还拥有占了绝对优势的有形武器。

布拉诺送出一道电讯，那是以男声所载送的讯息，其中剔除了所有的情绪，听来平板而死气沉沉。

“呼叫明星号太空艇与其上人员。你们以武力强行掳获基地联邦舰队的航具。命令你们连人带船立刻投降，否则即将遭到攻击。”

他们收到的回答，则是一个未经加工的声音：“端点星的布拉诺市长，我知道你在那艘战舰上。明星号并非遭到武力劫持，而是它的主人——端点星的曼恩·李·康普主动邀请我上来的。我提议暂且休战，以便讨论攸关彼此的重大议题。”

柯代尔悄声向布拉诺说：“让我来跟他对话，市长。”

布拉诺不屑地挥了挥手臂。“这是我的责任，里奥诺。”

她将发射器略加调整，不再令声音失真，但相较于刚才的假音，她现在的声音几乎一样有力，也一样毫无感情。

“第二基地的人，认清你的处境。如果你不马上投降，我们会以光速击毁你的太空艇——我们已经作好攻击准备。我们这样做毫无损失，因为我们不必留你这个活口，你并没有我们需要的情报。我们知道你来自川陀，等到把你解决之后，我们下一步就准备解决川陀。我们愿意给你一点时间，不过既然你讲不出什么有用的话，我们可不准备听太久。”

“既然如此，”坚迪柏说，“就让我尽快一针见血。你的防护罩并不完善，也绝不可能完善。你高估了它，又低估了我，我仍然能接触并控制你的心灵。或许比较起来，会比没有防护罩要困难些，但也不至于多么困难。当你试图启动任何武器时，我就会立刻发动攻击。我必须郑重警告你：假使没有防护罩，我能用稳当的手法操控你的心灵，不会造成任何伤害。然而，有了防护罩的阻隔，我势必得硬闯，这点我绝对办得到。可是这样一来，我就无法做得稳当而灵巧。你的心灵将随着防护罩一起被击碎，而且这种结果是不可逆的。换句话说，你无法阻止我，反之我却能阻止你。但我将被迫令你生不如死，你会变成一具没有心灵的行尸走肉。你希望冒这个险吗？”

布拉诺说：“你明明知道自己做不到。”

“那么，你并不怕我所描述的那种后果，真想冒险一试？”坚迪柏用冷静而故作轻松的口气问道。

柯代尔凑过去悄声说：“看在谢顿的份上，市长……”

坚迪柏立刻打断他的话（严格说来并非“立刻”，因为光波——或是任何以光速运动的东西——必须花上一秒多一点的时间，才能跨越双方船舰之间的距离）。“我能知道你在想什么，柯代尔，没有必要说悄悄话。我也知道市长的心思，她正在犹豫不决，所以你现在还不必惊慌。我能够知道你们的想法，就是防护罩有漏洞的明证。”

“它的威力还能加强。”市长以挑衅的语气说。

“我的精神力量同样可以。”坚迪柏不甘示弱。

“可是我只需要安坐在这里，利用能源维持这个防护罩。我的战舰有充足的能源，足以让它维持一段极长的时间。你却必须使用精神能量贯穿防护罩，时间一久就会疲倦。”

“我现在并不疲倦。”坚迪柏说，“此时此刻，你们两人都无法对舰上人员下达任何命令，其他战舰上的人员就更不用说了。在不伤害你们的限度内，我还能做到这一点。可是千万别用任何不寻常的手段，试图挣脱我的控制。如果我因此被迫增强精神力量——我一定会这么做的——你们两人将会受到永久性伤害。”

“我会等下去。”布拉诺将双手摆在膝盖上，表现出十足的耐性。“你终究会疲倦，到时候我就能下达命令。但我的命令并不是消灭你，因为那时你已经失去战斗力；我的命令将是派遣基地主力舰队去对付川陀。如果你希望拯救你的世界，就赶紧投降吧。在大浩劫期间，你们的组织逃过一劫，但这回的全面性毁灭，你们就不会那么幸运了。”

“市长，难道你还看不出来，如果我自己感到疲累——虽然并不可能——那么我会在力量用尽之前，先奋力将你消灭，这不就能拯救我的世界了吗？”

“你不会那么做的，你的主要任务是维护谢顿计划。消灭了端点市长，等于对第一基地的威望和自信施以一记重击，使它的势力严重受挫。对于潜伏在银河各处的敌人，这无异是最大的鼓励。谢顿计划将会因此土崩瓦解，对你而言，这个结果和川陀被毁一样可怕。你最好还是投降吧。”

“你是想要拿老命赌一赌，看看我是不是真有顾忌？”

布拉诺深深吸了一口气，又缓缓吐出来，胸部跟着一起一伏。然后她坚定地说：“对！”

坐在她身旁的柯代尔，脸色瞬间变得惨白。

06

坚迪柏瞪着布拉诺的人影，它凭空出现在舱壁前方的空间。由于防护罩产生的干扰，影像有点闪动而朦胧。她身旁的男子则像一团雾般模糊不清，这是因为坚迪柏不能浪费任何能量，必须将注意力集中于市长身上。

反之，她不可能看到坚迪柏的影像。因此，她无法知道他同样有一个同伴，也无法根据他的表情或身体语言作出任何判断。就这方面而言，她显然占了下风。

他所说的每一件事都是真的。只要他愿意消耗巨大的精神能量，就能粉碎那个防护罩，但是这样一来，她的心灵势必受到永久性损伤。

但她所说的一切也同样真确，假如她被消灭，谢顿计划便会遭到重挫，严重程度绝不下于骡所造成的伤害。事实上，这回也许更为严重，因为如今计划已经执行一半，不会再有多少时间补救这个差错。

更糟的是，旁边还有一个仍是未知数的盖娅——此时它的精神力场仍然极其微弱，在似有若无的边缘徘徊。

坚迪柏接触了一下诺微的心灵，以确定那团光辉依旧存在。它果然还在那里，而且毫无变化。

诺微自己完全无法感知心灵的探触，但她转过头来，畏怯地悄声说："师傅，那里有一团模糊的雾气。你就是在对它讲话吗？"

一定是由于两人心灵间的轻度联系，才使她有这种感知。坚迪柏将一根手指放在唇边。"别怕，诺微，闭上眼睛好好休息。"

他又提高音量说："布拉诺市长，就这点而言，你的确下对了赌注。我不希望立刻消灭你，因为我认为，如果我好好解释，你应该会讲理，而我们双方就不必拼个你死我活。

"市长，假定今天你胜利了，而我投降了，后果会如何呢？你和你的继任者将产生浮滥的自信，又过度信赖精神力场防护罩，一定会急于将势力扩张到银河各处。这样一来，其实会延缓第二帝国的建立，因为这同样是毁掉了谢顿计划。"

布拉诺说："你不希望立刻消灭我，我一点都不惊讶。而且我认为，既然你还坐在那里，你就不得不承认，你根本不敢消灭我。"

坚迪柏说："别拿自我陶醉的傻话自欺欺人。好好听我说，银河有一大半仍然不是基地的势力范围，其中反基地的政体还占了很大比例。即使在基地联邦之内，也有某些成员并未忘记过去的独立地位。如果因为我向你们投降，基地便决定迅速行动，那么银河其他部分的最大弱点——分崩离析和优柔寡断——必将随即消失，他们会因为恐惧而不得不团结起来。此外，联邦内部也可能会有叛乱的危机。"

"你这是在危言耸听。"布拉诺说，"我们有足够的力量，可以轻易战胜所有的敌人。即使非基地的世界通通联合起来对付我们，再加上联邦内一半的世界同时叛变，也根本不成问题。"

"只是暂时不成问题，市长，不要犯了凡事只看表面的错误。你只能口头上宣称创建了第二帝国，却无法使它长治久安，你得每隔十年就重新征战一次。"

"那我们就打到那些世界筋疲力尽为止，就像你现在一样。"

“就像我现在一样，他们不可能疲累的。而且这种情势不会持续太久，因为你所创建的那个假帝国，很快会面临另一波更大的危机。既然它只能暂时凭借强大的军事力量维持，在愈来愈倚仗军事手段之后，将出现一种前所未有的情形，那就是基地将领比文人政府更有地位，更有权势。假帝国将分裂成许多军区，而军区指挥官将成为拥兵自重的军阀。这会渐渐演变成无政府状态，最后则注定回归蛮荒，而且这段蛮荒时期，将比谢顿当年预计的三万年更久。”

“这种幼稚的威胁只能吓唬小孩。即使谢顿计划的数学预测到这些，所预测的也只是或然率，并非必然性。”

“布拉诺市长，”坚迪柏苦口婆心地说，“别再提谢顿计划了。你并不了解其中的数学，也无法看出它的模式。不过，或许你不懂也没关系。你是个身经百战的政治人物，而且是十分成功的一位，这点能从你现在的地位看出来；甚至还是勇气十足的一位，这点能从你现在的豪赌看出来。因此，请拿出你的政治智慧，回忆一下人类的政治史和军事史，并且参照你对人性的了解——想想一般民众、政治人物、军方将领通常都是如何行动，如何反应，又是如何互动的——看看我是不是说对了。”

布拉诺答道：“即使你说对了，第二基地人，我们也必须冒这个险。只要领导有方，再加上科技不断进展——精神力学和物理学齐头并进——我们就能克服一切困难。哈里·谢顿从未正确估算出这些进展，他根本做不到。在整个谢顿计划中，何曾考虑到第一基地会发展出精神力场防护罩？总之，我们何必死守着这个计划？我们宁愿冒险舍弃谢顿计划，自行建立一个新帝国。无论如何，舍弃谢顿计划而失败，总比依靠它而成功要好些。我们不要在建立一个帝国之后，自己成为一群木偶，被幕后的第二基地暗中操纵。”

“你会这么说，是因为你不了解倘若失败，将给银河全体人类带来何等灾难。”

“也许吧！”布拉诺顽强地说，“你开始感到累了吗，第二基地人？”

“一点也没有。让我提出另一个你未曾想到的方案，它可以使你我谁也不必投降。现在，我们是在一颗叫做盖娅的行星附近。”

“我晓得。”

“可是你晓不晓得，它可能就是骡的出生地？”

“我需要更多的证据，否则你说破了嘴也没有用。”

“这颗行星周围有个精神力场，它必定是一大群骡的老家。你一旦完成摧毁第二基地的梦想，便会成为这颗骡星的奴隶。第二基地究竟对你们造成过什么伤害？我是指实质的伤害，而不是想象中或理论上的。你再扪心自问，一个骡就为你们带来多大的灾难？”

“我听到的仍旧是你的空话。”

“只要我们一直待在这里，我就无法提供进一步的证据。因此，我提议暂且休战。如果你不信任我，可以继续开着防护罩，但请务必跟我合作一次。让我们一同接近这颗行星，等到你确信它有危险性，我立刻中和它的精神力场，你就命令舰队将它攻占。”

“然后呢？”

“然后嘛，至少我们不必再担心外敌，只剩下第一基地和第二基地对决，这场决战能很快明朗化。而现在，你看，我们都不敢动手，因为你我两个基地都进退维谷。”

“你刚才为什么不早说？”

“我原本以为可以说服你，让你相信我们不是敌人，那样我们也许就能合作。既然这个努力显然已经失败，我建议好歹试着合作一次。”

布拉诺低头沉思了好一会儿，然后才说："你是想唱摇篮曲哄我入睡。如果这颗行星上住满了骡，你如何凭一己之力中和那个精神力场？这种想法实在荒唐，我不得不怀疑你的提议别有用心。"

"我可不是人单势孤，"坚迪柏答道，"我有第二基地整个力量做我的后盾。这股力量可以传到我身上来，然后转而对付盖娅。此外，我也随时能使用这股力量，轻易拨开你的防护罩，就像吹散一团薄雾。"

"既然如此，你为什么还需要我的帮助？"

"原因之一，光是中和这个力场没有多大意义。第二基地不能无止无休地致力这项工作，正如我不能永远跟你这样闲扯下去，我们需要你的舰队发动实际攻势。再说，如果我无法凭口舌说服你，让你相信两个基地应该彼此视为盟友，或许合作一次重大的冒险行动，可以让你回心转意。言语无法达成的目标，也许能够通过行动达成。"

接着又是一阵沉默，然后布拉诺说："如果我们可以彼此掩护，我愿意向盖娅更接近一点。除此之外，我可什么也没答应。"

"那就够了。"坚迪柏马上俯身面向电脑。

此时诺微突然说："不行，师傅，目前为止，都还没有什么大碍，但请别再做进一步的行动。我们必须等端点星的崔维兹议员来了再说。"

第十九章

抉 择

01

詹诺夫·裴洛拉特语气略带不悦地说："真的，葛兰，似乎谁也没顾虑到一件事，那就是在我这个不算短的一生中——也不算太长，我向你保证，宝绮思——这还是我头一次遨游银河。但每当我抵达一个世界，还没来得及有机会好好研究一番，我就得被迫离开，重新飞向太空。这种事已经发生过两次了。"

"没错，"宝绮思说，"可是若非你那么快离开上一个世界，谁知道你什么时候才会遇见我。光凭这一点，就能证明你们上次的抉择正确。"

"的确如此。老实说，亲……亲爱的，的确真是如此。"

"而这一次，裴，你虽然离开了这颗行星，但你有我为伴。而'我'就是盖娅，这就等于它所有的粒子，它的一切都与你为伴。"

"你的确是盖娅，可是除了你，我绝不要其他任何粒子。"

听到这番对话，崔维兹不禁皱起眉头。他说："你们真肉麻。杜姆为何不跟我们一起来？太空啊，我永远无法习惯这种简称的方式。他的名字长达两百五十多个字，我们却只用两个字称呼他。为什么他不带着那两百五十多个字的名字一块来呢？如果这件事真有那么重要，如果这是盖娅的生死关头，他为何不跟我们在一起，以便适时指导我们？"

“我在这里啊，崔，”宝绮思说，“我跟他一样等于盖娅。”然后，她那双黑色眼珠向旁一瞥，又向上一望。“不过，我叫你‘崔’，是不是令你不舒服？”

“对，的确如此。我跟你一样，有权选择自己的称呼方式。我的姓氏是崔维兹，三个字，崔维兹。”

“乐于从命。我并不希望惹你生气，崔维兹。”

“我不是生气，而是厌烦。”他突然起身，从舱房的一侧踱到另一侧，在经过裴洛拉特伸长的双腿时，他索性跨了过去（裴洛拉特则赶紧抽腿），然后又踱回来，这才终于停下脚步，转身面对着宝绮思。

他伸出食指来指着她。“听好！我并不是心甘情愿！我被你们用计从端点星一路骗到盖娅，在我开始怀疑里头有鬼时，似乎已经来不及脱身。后来，我抵达了盖娅，竟然有人告诉我，我来这里的目的是要拯救盖娅。为什么呢？我又该怎么做？盖娅对我有什么意义，或者我对盖娅有什么意义，让我应该义不容辞拯救它？在银河上千兆的人口中，难道没有别人能完成这项工作吗？”

“求求你，崔维兹。”宝绮思突然显得垂头丧气，原先装出来的天真俏皮全部消失无踪。“求求你别生气。你看，我称呼你的全名了，以后我也会非常注意。杜姆曾经拜托你要有耐心。”

“银河众行星在上，我才不要有什么耐心。假如我真有那么重要，就不能对我解释一下吗？首先，我要再问一次，杜姆为何不跟我们一块来？难道这件事没那么重要，不值得他登上远星号跟我们一起行动？”

“他在这里啊，崔维兹。”宝绮思说，“只要我在这里，他就在这里。盖娅上的每个人都在这里，这颗行星上的每一个生物、每一粒微尘都不例外。”

“你要这样想随便你，但这并非我的思考方式，我又不是盖娅人。我们不能将整个行星塞进太空艇，我们只能塞一个人进来。我们现在有你在这里，而杜姆是你的一部分，很好。但我们为何不能带杜姆同行，而让你成为他的一部分呢？”

“原因之一，”宝绮思说，“裴——我是说裴、洛、拉、特——邀请我跟你们同行。他指名要我，而不是杜姆。”

“他只是对你献殷勤罢了。谁会对那种话认真呢？”

“喔，不，我亲爱的伙伴，”裴洛拉特赶紧站起来，急得满脸通红，“我说这话相当认真，我不要被你这样一笔勾销。盖娅整体的哪一部分同行其实都没有差别，这点我能接受，可是能有宝绮思为伴，我觉得要比杜姆赏心悦目，对你来说也应该一样。好啦，葛兰，你太孩子气了。”

“我孩子气？我孩子气？”崔维兹皱起眉头，显得分外阴郁。“好吧，那么，就算我孩子气。话说回来，”他又指着宝绮思，“不管要我做些什么，若不把我当人类看待，我向你保证我绝不会做。首先我要问两个问题：我到底应该做什么？又为何偏偏是我？”

宝绮思瞪大眼睛，向后退了几步。她说：“拜托，我现在还不能告诉你，整个盖娅都还不能告诉你。你到那里去的时候，心中必须一片空白；你必须当场获悉一切。然后，你必须做该做的事，但你必须保持冷静，丝毫不情绪化。如果你一直像现在这样，到时根本帮不上任何忙，盖娅就无论如何会走上绝路。你必须改变这种情绪，但我不知道该怎样帮你。”

“假使杜姆在这里，他知道该怎么做吗？”崔维兹毫不领情地反问。

“杜姆是在这里啊。”宝绮思说，“他／我／们并不知道怎样令你心平气和。你不能感知自己在造化中的位置，也不觉得自己是大我的一部分，这样的人类我们无法了解。”

崔维兹说：“这话说不通。你们可以远在一百多万公里之外，就逮住我的太空艇，而且在我们一筹莫展的时候，令我们保持心情平静。好，现在让我镇静吧，别假装你办不到。”

“但我们不能这样做，现在绝对不行。不论我们现在用什么方法改变你或调整你，你都会变得跟其他人一样毫无价值，而我们将无法再借重你。如今我们能借重你，就是因为你是你，而你必须保持这样。此时此刻，我们若用任何方法影响你的心灵，便会一败涂地。求求你，你必须自然而然恢复平静。”

“休想，小姐，除非你能告诉我一些我想知道的事。”

裴洛拉特突然说：“宝绮思，让我试试看，请你暂时到另一间舱房去。”

于是宝绮思慢慢退了出去，裴洛拉特赶紧关上舱门。

崔维兹说：“她照样听得到，看得见，还能感应每一件事。这样做有什么差别？”

裴洛拉特答道：“对我而言有差别。我要和你单独说几句话，这种隔离即使只是假象也好。葛兰，你在害怕。”

“别说傻话了。”

“你当然在害怕。你不知道要到哪里去，不知道将要面对什么，也不知道自己该怎么做，你绝对有权利害怕。”

“可是我没有。”

“有，你有。或许你跟我不一样，并不是害怕实质的危险。我一直害怕太空探险，害怕所看到的每一个新世界，害怕所遇见的每一件新鲜事物。毕竟，我过了半个世纪封闭、退隐、划地自限的生活，而你却活跃于舰队和政坛，在故乡和太空都打过滚。但我一直试着压抑恐惧心理，你也在一旁不断帮我打气。在我们相处的这段时期，你始终对我很有耐心，对我十分客气，也很体谅我的处境。由于你的帮助，我终于能克服恐惧，表现得还相当不错。现在让我做点回报，也帮你打打气吧。”

“我告诉过你，我并不害怕。”

“你当然害怕。即使不是为了别的，你也害怕即将面对的责任。某个世界显然有赖你来拯救，如果你失败了，将永远忘不了有个世界毁在你手上。这个世界对你而言毫无意义，凭什么要你承担这种可能的后果？他们又有什么权利，将这个重担压在你身上？你不只担心可能会失败——这点换成谁都一样——而且你还感到愤怒，他们竟然把你逼到死角，让你不想害怕也难。”

“你完全搞错了。”

“我可不这么想。所以说，让我来取代你吧，我愿意做这件差事。不论他们希望你做什么，我都自愿代替你。我猜这件事并不需要什么体能或气力，否则简单的机械装置就能胜过你。我猜它也不需要什么精神力量，因为这方面他们不假外求。它应该是……嗯，我也不知道，但如果既不需要膂力，又不需要脑力，那么其他方面你有的我都有，而我愿意承担这个责任。”

崔维兹厉声问道：“你为何那么愿意挑这个重担？”

裴洛拉特低头望着地板，好像不敢接触对方的目光。他说：“我曾经有个老婆，葛兰，也认识过一些女人，但我从来不觉得她们非常重要。她们或许有趣，讨人喜欢，可是从来不会非常重要。但这一个……”

“谁？宝绮思？”

“她却有些不一样，至少对我而言。”

“端点星在上，詹诺夫，你讲的每一个字，她都听得一清二楚。”

“那没什么关系，反正她晓得。我想要取悦她，所以我想揽下这个工作。不管是做什么，不管要冒什么险，不管要担负任何重责大任——只要有那么一点点机会，能让她重视我就好。”

“詹诺夫，她只是个孩子。”

“她并不是孩子。她在你眼中是什么样子，对我而言并不重要。”

“难道你不了解，你在她眼中又是什么样子？”

“一个老头？那又怎么样？她是某个整体的一部分，而我不是，这就足以构成我俩之间无法跨越的鸿沟。你以为我不知道这一点吗？可是我对她别无所求，只要她……”

“重视你？”

“是的，或是对我产生任何其他感觉。”

“为了这一点，你就愿意接替我的工作？可是，詹诺夫，你刚才没有听清楚吗？他们并不需要你。为了某个我搞不懂的混账理由，他们只要我。”

“假如他们请不动你，又必须找人帮忙，那么由我接手，总是聊胜于无吧。”

崔维兹摇了摇头。“我不相信会有这种事。你都已经步入老年，竟然在这里找到第二春。詹诺夫，你这是想充英雄，以便爱死那副躯体。”

“别那么讲，葛兰，这种事不适合开玩笑。”

崔维兹想哈哈大笑，可是目光一接触到对方严肃的脸孔，就只好改为干咳几声。然后他说：“你说得对，我向你道歉。叫她进来，詹诺夫，叫她进来吧。”

宝绮思走了进来，显得有些畏缩。她用细微的声音说：“我很抱歉，裴。你不能取代他，这件事只能由崔维兹来做。”

崔维兹说：“好吧，我会保持冷静。不论是什么差事，我都愿意试试看。詹诺夫这么一大把年纪，还想扮演浪漫的英雄，只要能让他打消这念头，什么事我都愿意干。”

“我知道自己的岁数。”裴洛拉特咕哝了一句。

宝绮思慢慢走到他面前，将一只手放在他的肩膀上。“裴，我……我重视你。”

裴洛拉特故意转过头去。“没关系，宝绮思，你用不着这么好心。”

“我并不是好心，裴。我真的……非常重视你。”

02

苏拉·诺微心中浮现一组记忆，起先有些模糊，然后逐渐变得清晰。她记起了本名叫做苏拉诺微伦布拉丝蒂兰；小时候，双亲都管她叫“苏”，朋友们则称她“微”。

当然，她从未真正忘记，但是在必要时，这些记忆总能深埋心底。而过去这一个月，她将这些记忆埋藏得最深最久，因为在此之前，她从未跟这么强力的心灵相距这么近，又相处这么久。

然而现在时机成熟了。她没有主动呼唤这些记忆，她不需要那么做。为了大我整体的需要，另一个她正在将本身的意识推出表层。

随之而来的是一种飘忽的不适，一种无形的痒觉。这种感觉很快被另一种快感淹没，那是自我浮现之后所带来的舒适畅快。那么多年来，她从未如此接近盖娅这颗星球。

她记起了小时候在盖娅上，她十分喜爱的一种生物。在了解到它的情感正是自己情感中模糊的一部分之后，她终于认清了自己现在鲜明的情感。此刻，她就像一只刚刚破茧而出的蝴蝶。

03

史陀·坚迪柏以严厉而尖锐的目光瞪着诺微。由于突然大吃一惊，他险些松开对布拉诺市长的掌握。这个状况竟然有惊无险，或许要归功于一股外力及时将他稳住。不过，他暂时没有注意到这一点。

他说："你对崔维兹议员知道多少，诺微？"接着，他发觉诺微心灵的复杂度陡然暴涨，令他感到一股彻骨的寒意，于是猛然吼道："你究竟是什么？"

他试图控制她的心灵，却发现再也无法穿透它。直到这一刻，他才领悟到有个比自己还强大的力量，正在帮他一同攫住布拉诺。他又问了一遍："你究竟是什么？"

诺微露出近乎悲剧人物的神情。"师傅，"她说，"坚迪柏发言者，我真正的名字叫做苏拉诺微伦布拉丝蒂兰，而我就是盖娅。"

她只不过说了这几句话，坚迪柏随即怒不可遏，奋力运起精神力场，仗着纯熟的功夫以及一股血气之勇，突破了愈来愈强的障碍，重新攫获布拉诺，并用更大的力量紧紧抓住。与此同时，他还抓住诺微的心灵，与她展开一场无形的争战。

她以同样熟练的功夫挡住他的攻势，可是她的心灵无法将他拒斥于外，也或许是她并不想这么做。

他用发言者的交谈方式，对她说："你竟然也有份，你欺骗我，把我诱到这里来，你和骡是同一类的生物。"

"骡是一个畸变种，发言者。我／们不是骡，我／们是盖娅。"

她借着这种复杂的沟通方式，将盖娅的本质描述了一番，这种表达比千言万语还要详细。

"竟然整个行星都是活的。"坚迪柏说。

"并且具有一个整体精神力场，比你个人产生的强大得多。请别对抗这样的力量，我担心会伤害到你，那是我最不希望发生的事。"

"即使是一颗活的行星，你们也强不过川陀所有精神力量的总和。我们，也可以说，是一颗活生生的行星。"

"那只是几千人的精神融合为一，发言者。何况你也无法获得他们的支援，因为我已经将它阻绝，你试试看就知道了。"

"你打算做什么，盖娅？"

"发言者，我倒希望你仍然叫我诺微。我现在虽然以盖娅的身份出现，但我同样还是诺微。而对你来说，我只是诺微。"

"你打算做什么，盖娅？"

诺微的精神力场抖动了一下，相当于普通人的一声叹息。然后她说："我们将保持这种三边胶着状态。你能穿透那个防护罩，控制住布拉诺市长，而我将助你一臂之力，那不会消耗你我太多的力量。你呢，我想，还是会继续抓住我，而我也会维持对你的反制，但我们两人也不会因此疲倦。所以说，大家就这样僵持下去。”

“这样做有什么目的？”

“正如我刚才所说，我们要等端点星的崔维兹议员。唯有当他作出抉择，才能打破这种胶着状态。”

04

远星号的电脑发现了那两艘船舰，葛兰・崔维兹以分割画面将两者一起显示在屏幕上。

两艘船舰都是基地的航具，其中之一与远星号一模一样，毫无疑问是康普的太空艇。另一艘则比较大，而且显然更具威力。

他转身面对宝绮思说：“好啦，你知道这是怎么回事吗？可以向我透露些什么吗？”

“可以！不必惊慌！他们不会伤害你。”

“为何每个人都以为我坐在这里吓得全身发抖？”崔维兹凶巴巴地追问。

裴洛拉特赶紧说：“让她说下去，葛兰，别对她凶。”

崔维兹举起双臂，做出无可奈何的投降状。“我不凶就是了，说吧，小姐。”

宝绮思说：“在那艘较大的船舰上，是你们基地的统治者。她旁边……”

崔维兹惊讶地追问：“统治者？你是指布拉诺那个老太婆？”

“那当然不是她的头衔，”宝绮思的嘴角露出几分笑意，“但她的确是女性，这点没错。”她顿了一下，仿佛在专心倾听她所属的那个大我生命体。“她的名字叫赫拉布拉诺。一个地位如此重要的人，名字只有五个字，这似乎很奇怪。不过我想，盖娅之外的人自有一套规矩吧。”

“我想是吧。”崔维兹冷冰冰地说，“我猜你会管她叫布拉。可是她到这里来做什么呢？她为什么不待在……我明白了，她也是被盖娅拐诱来的。为什么呢？”

宝绮思并没有回答，她径自说下去：“她旁边那个人叫做里奥诺柯代尔，他虽然是下属，名字却有六个字，这样好像有些失礼。他是你们那个世界的重要官员。此外还有四个人，负责操纵船舰的武器系统，你要知道他们的名字吗？”

“不必了。我知道另一艘船舰上只有一名男性，名叫曼恩·李·康普，而他代表第二基地。你们显然故意让两个基地碰头了，可是为什么呢？”

“并不完全正确，崔……我是说，崔维兹……”

“喔，你就索性叫我崔吧，我一微一尘都不在乎。”

“并不完全正确，崔。康普已经离开那艘船舰，另外换上来两个人。其中之一叫史陀坚迪柏，是第二基地的重要官员，他的头衔是发言者。”

“一名重要官员？那我猜他拥有精神力量。”

“喔，没错，很强大。”

“你对付得了吗？”

“当然可以。和他在一起的那个人，是盖娅。”

“你们的同胞？”

“对，她叫苏拉诺微伦布拉丝蒂兰。她的名字本来还应该长得多，但是她离开我／们／其他人太久了。”

“她能制住第二基地的一名高级官员吗？”

“不是她，而是盖娅制住了他。她／我／们／全体就有办法将他歼灭。”

“她真打算这么做吗？她要把他和布拉诺一道歼灭？这到底是怎么回事？难道盖娅准备一举毁掉两个基地，自行建立一个银河帝国？骡又回来了吗？一个更强大的骡……”

“不，不是的，崔。别激动，千万不可以。这三方处于一种胶着状态，他们正在等待。”

“等什么？”

“等你的决定。”

“又来了。究竟是什么决定？为什么要由我决定？”

“求求你，崔。”宝绮思说，“这点马上会向你解释清楚。目前我／们／她所能说的，我／们／她都已经说了。”

05

布拉诺以困倦的口气说：“显然我犯了一个错误，里奥诺，也许还是要命的大错。”

“这种事情该承认吗？”柯代尔咕哝道，嘴唇完全没有蠕动。

“他们知道我在想什么，说出来不会造成更大的伤害。即使你的嘴唇一动不动，他们照样清楚你在想什么——我应该等到防护罩发展得更强固再说。”

柯代尔说：“你事先又如何知道呢，市长？如果我们要等到可靠度加倍，甚至变成三倍、四倍乃至无数倍，我们就得永远等下去。说句老实话，我倒希望我们没有亲自出马，应该先找个替死鬼来做实验。比如说，就用你的避雷针崔维兹。”

布拉诺叹了一声。“我是想给他们来个措手不及，里奥诺。话说回来，你还是一语道破了我的错误。我应该等到防护罩再强一些，不必百分之百无法穿透，但至少达到相当程度。我明知防护罩还有不小的漏洞，可是我实在等不及了。等到把漏洞补好，想必我早已下台，而我一定要在任内完成这件大事，并且要亲临现场。所以我像傻瓜一样，欺骗自己防护罩已经足敷使用。我听不进任何警告，比方说，你的疑虑就被我当成耳边风。”

“只要有耐心，或许胜利还是属于我们的。”

“你能不能下令向那艘太空艇开火？”

“我办不到，市长，这种念头好像不是我能忍受的。”

“我也一样。即使你我设法下达命令，我也确定舰员不会服从，因为他们做不到。”

“就目前的情况而言，的确如此，市长，可是情况有可能会改观。事实上，又有一名新演员登场了。”他指着屏幕说。

当另一艘船舰出现在附近时，舰上的电脑自动将屏幕分割成两个画面，新来的船舰显现在右侧。

“你能将影像放大吗，里奥诺？”

“没问题。那个第二基地分子技艺高超，凡是对他无害的行动，我们仍能随心所欲。”

“嗯，”布拉诺一面打量屏幕，一面说，“我可以肯定，那就是远星号。我猜，崔维兹和裴洛拉特都在上面。”然后，她改用苦涩的语调说：“除非他们也被第二基地分子调了包。我的避雷针实在非常有效，要是我的防护罩再强些就好了。”

“别急！”柯代尔说。

驾驶舱中突然响起一个声音，布拉诺听得出它并非由声波传来，而是直接发自她自己的心灵。她向柯代尔瞥了一眼，就晓得他同样听到了。

那声音说：“你能听见我吗，布拉诺市长？如果听得见，不必开口回答，只要想一想就够了。”

布拉诺以冷静的口吻说：“你是谁？”

“我是盖娅。”

06

三艘船舰彼此保持静止不动的状态，一同围绕着盖娅行星缓缓转动，好像是个遥远的三合一卫星。在盖娅无尽的公转旅程中，突然多出了三个旅伴。

崔维兹坐在太空艇中，眼睛紧紧盯着屏幕。他已经厌倦了猜想自己的角色——盖娅把他从一万秒差距之外找来，究竟要他做什么呢？

当心中响起声音的时候，他并没有感到惊讶，仿佛他就是在等候它的出现。

那声音说：“你能听见我吗，葛兰·崔维兹？如果听得见，不必开口回答，只要想一想就够了。”

崔维兹转头望了望。裴洛拉特显然吓了一大跳，正在四下张望，似乎想要找出声音的来源。宝绮思则端坐原处，双手轻轻握着放在膝盖上，崔维兹立刻明白她认得这个声音。

他不理会那个叫他使用思想的要求，故意字正腔圆地答道：“我若不了解一切的来龙去脉，要我做什么都免谈。”

那声音则说：“你马上会了解。”

07

诺微说：“你们都会在心中听见我的声音，也都能随心所欲以思想回应，我会让你们互相之间都听得到。而且，想必你们全都知道，我们彼此都足够接近，精神力场借着普通光速传递，不会造成任何不便的延迟。首先我要声明，我们今天在此相聚，是经过精心的安排。”

“怎样的安排？”这是布拉诺的声音。

“并非以精神干扰的方式。”诺微说，“盖娅从不干预任何人的心灵，那不是我们的作风，我们只会利用他人的企图心。布拉诺市长想要即刻建立第二帝国，坚迪柏发言者想要成为第一发言者。只要充分鼓舞这些欲望，然后因势利导，再善加选择运用即可。”

“我知道自己是怎么被带到这里来的。”坚迪柏以生硬的语调说。他的确知道——现在他终于明白，当初自己为何那么急于奔向太空，那么急于追踪崔维兹，又那么肯定自己能够应付一切。都是因为诺微，喔，诺微！

“你是一个特例，坚迪柏发言者。虽然你的企图心旺盛，但你也有温柔的一面，为我们提供了捷径。你所受的教育，让你认为某些人各方面都不如你，而你会对他们表现出亲切和同情。我利用这个特点引你上钩，对此我／们感到非常惭愧，唯一的借口是银河的未来岌岌可危。”

诺微停顿了一下。她的声音（虽然她并非使用声带发声）变得愈来愈阴郁，她的表情也愈来愈深沉。

“时间已经很急迫，盖娅不能再等下去。过去这一个多世纪，端点星上的人发展出了精神力场防护罩。如果再给他们一代的时间，防护罩会进步到连盖娅都无法穿越，那时他们便能随心所欲地使用有形武器，整个银河皆无法与之抗衡。一个以端点星为蓝本的第二银河帝国，将不顾川陀、盖娅以及谢顿计划的反对，在极短时间内建立起来。因此，必须设法在防护罩尚未完善之前，便诱使布拉诺市长提前行动。

“接下来再说川陀。谢顿计划能进行得完美无缺，是由于盖娅努力使它保持在正轨上。过去一个多世纪的第一发言者，乃是有史以来最闲散的，川陀因而变得无所事事。然而如今，史陀·坚迪柏迅速崛起，他一定会成为下一代的第一发言者。在他的领导下，川陀将变成积极的行动派，必定会集中力量发展有形武力，也会察觉到端点星的威胁，进而采取实际行动。如果在端点星的防护罩发展完善之前，他就能对端点星采取行动，那么谢顿计划便会有始有终，最后建立起第二银河帝国。不过那会是个以川陀为蓝本的帝国，端点星和盖娅都无法接受。因此，必须设法在坚迪柏当上第一发言者之前，便诱使他提前行动。

“幸好，盖娅经过数十年的精心策划，总算在最适当的时候，将两个基地的代表请到了最适当的地点。我将整个经过重述一遍，主要是想让端点星的葛兰·崔维兹议员能够了解。”

崔维兹突然打岔，但仍然拒绝使用思想沟通。他以坚定的口吻说：“我想不通，这两种模式的第二银河帝国到底有什么不好？”

诺微说：“以端点星为蓝本所建立的第二银河帝国，将是一个军事帝国，依靠武力建立，依靠武力维持，最后终将被武力摧毁。它会是第一银河帝国不折不扣的翻版，这是盖娅的看法。

“以川陀为蓝本所建立的第二银河帝国，将是一个父权式帝国，依靠算计建立，依靠算计维持，在无尽的算计中，它永远是行尸走肉。那会是个死胡同，这是盖娅的看法。”

崔维兹问：“盖娅又能提供什么其他的选择？”

“一个更大的盖娅！将银河系变作盖娅星系！每颗住人行星都像盖娅一样有生气，每颗活生生的行星又融合在一起，形成一个更宏大的超级生命体。每一颗不住人的行星也都参与其中，甚至还包括每一颗恒星、每一小团星际气体，也许连中心黑洞都是其中的一分子。那会是个活生生的银河，能以不可思议的方式带给各类生命无尽的福祉。它和过去任何生命形式都截然不同，不会再重蹈那些古老的错误。”

“却会产生新的错误。”坚迪柏以讽刺的口吻喃喃道。

“我们拥有盖娅累积的上万年经验。”

“但未曾在银河尺度上实验过。”

崔维兹懒得听这些琐碎的对话，他的问题直指核心：“我在其中又扮演什么样的角色？”

盖娅的声音——透过诺微的心灵——发出如雷巨响：“选择！到底应该采用哪个蓝本？”

接下来是长久而绝对的静寂。最后，在万籁俱寂中，崔维兹以细弱但仍不服气的声音（这回终于是心灵的声音，因为他惊讶得哑口无言）问道："为什么是我？"

诺微说："纵使我们体认到，端点星或川陀已经强大到无可遏制——甚至更糟的情况，那就是两者同时壮大，展开致命的拉锯战，连累到整个银河——我们仍旧不能采取行动。为了达到我们的目的，我们需要一个不平凡的人，一个具有正确判断力的人。结果我们找到了你，议员。不，我们不能居功。其实是一个叫康普的人，帮川陀上的人找到了你，不过连他们也不知道你有多么重要。他们寻找你的行动，吸引了我们对你的注意。葛兰·崔维兹，你具有难得的天赋，知道凡事该怎么做才正确。"

"我否认。"崔维兹说。

"你不时会感到信心满满，这一次，我们要你为整个银河，作出最有信心的决定。或许你不想承担这个责任，或许你会尽可能不作选择。然而，你将了解只有那样做才对，你将感到绝对的信心！然后你就会作出抉择。我们一发现你，就知道寻找已告一段落，接下来，我们经过多年的努力，诱发了一连串事件，在避免直接精神干预的情况下，促使你们三位——布拉诺市长、坚迪柏发言者、崔维兹议员——同时来到盖娅附近。如今，我们终于做到了。"

崔维兹说："此时此地，就目前的情况而言，盖娅——或许你希望我如此称呼你——难道你不能同时击败市长和发言者吗？即使我什么也不做，难道你就不能自行建立那种活生生的银河吗？可是，你为何不做呢？"

诺微说："我不知道我的解释能否令你满意。盖娅是在两万多年前，借着机器人之助所建立的世界。曾有一段短暂的时间，机器人是人类的好帮手，但这种情形早已不再。它们曾向我们明白诏示，我们唯有将'机器人学三大法则'的适用对象扩及所有生命，并且严格奉行不渝，才能永远存活于银河中。因此，我们的第一法则是：‘盖娅不得伤害生命，或袖手旁观坐视生命受到伤害。’在我们的历史上，我们始终遵循这个法则，此外别无选择。

“结果，我们现在因此进退维谷。我们空有活银河的远景，却不能强迫银河中的千兆人类，以及其他无数的生灵接受，因为可能会造成重大伤害。可是我们也不能坐视银河走上毁灭之途，因为我们也许能够阻止这场灾难。我们不知道是否应该行动，才能将牺牲减至最低程度。而如果选择行动，我们也不知道应该支持端点星，还是应该支持川陀，才能将牺牲减至最低程度。这要由崔维兹议员决定，而不论决定为何，盖娅都会遵从。”

崔维兹说：“你指望我如何作出决定？我该怎么做？”

诺微说：“你有一台电脑。端点星上的人制造这台电脑时，并不知道最后的成品会超越原先的设计。你身边的那台电脑，融入了盖娅的一小部分。将你的双手放在感应板上，然后静下心来沉思。你也许会认为，比如说，布拉诺市长的防护罩没有丝毫漏洞。如果你那么想，她可能会立刻开火击伤或击毁另外两艘船舰，然后以武力征服盖娅，随后再攻占川陀。”

“你们不会阻止吗？”崔维兹用惊讶的口吻说。

“绝对不会。倘若你确定相较之下，由端点星统领银河所造成的伤害最小，我们乐意帮助端点星达成目标，即使本身遭到毁灭也在所不惜。

“反之，你也有可能支持坚迪柏发言者的精神力场，而用电脑辅助的攻击力帮助他。这样一来，他必定会挣脱我的束缚，把我推到一旁。然后他会调整市长的心灵，并将她的舰队置于控制之下，利用这支有形武力攻占盖娅，以确保谢顿计划继续唯我独尊。盖娅也不会阻止这种发展。

“或者，你也许会认同我的精神力场，而加入我这一方。那么，活银河的计划可以立即展开。不过，这个目标不会在这一代或下一代完成，而是需要许多世纪的苦心经营，在此期间，谢顿计划将继续进行。选择权完全掌握在你手上。”

布拉诺说：“慢着！别急着作出决定。我能发言吗？”

诺微说：“你可以自由发言，坚迪柏发言者也一样。”

于是布拉诺说：“崔维兹议员，上次我们在端点星分手时，你曾经说：‘总有一天，市长女士，你会求我伸出援手。那时我会依照自己的决定行事，但我不会忘记过去这两天的遭遇。’我不知道当时你是否已经预见今天，或是直觉地感到会发生这种事，还是真如这个大谈活银河的女子所说，你具有正确无比的判断力。无论如何，反正给你说中了。我现在要代表联邦，请求你帮个大忙。

“我想，你也许会觉得应该趁机报复我，因为我曾经逮捕并放逐你。但是请你记住一件事，我之所以那么做，是为了基地联邦着想。即使我做错了，即使我是出于自私自利才那么做，请别忘记那是我的个人行为，和联邦毫无关系。不要为了报复我个人对你的迫害，而毁掉整个联邦。请记住你是基地人，而且是个堂堂的人类。你不希望在川陀那些冷酷数学家所制定的计划中，成为一个无足轻重的符号；或是在生物和无生物混为一谈的银河里，做个连符号都不如的小分子。你希望你自己、你的后代以及你的同胞，每一个人都是独立的生命体，人人拥有自由意志。再也没有比这更重要的事。

“别人或许会告诉你，我们的帝国将导致血腥和惨祸，但事实并非如此。我们有自由意志，可以选择要不要那样做，而且还能有其他的选择。无论如何，带着自由意志被击败，总胜过像个齿轮那样无意义地活着。请注意，盖娅是将你视为拥有自由意志的人类，请你替它作出抉择。盖娅的组成分子都无法作决定，因为他们的结构使他们失去这种能力，所以他们必须向你求助。如果你命令他们，他们还会心甘情愿地自我毁灭。你希望整个银河都变成这样子吗？”

崔维兹说：“我不知道自己还有没有自由意志，市长。我的心灵也许被巧妙地动过手脚，好让我作出某一方所乐见的选择。”

诺微说：“你的心灵完全没有受到影响。我们若能调整你的思想，让你作出有利于我们的决定，这次聚会就彻头彻尾多此一举。假使我们真的那么毫无原则，大可径自展开我们认为于己最有利的行动，而不用考虑人类全体的需求和福祉。”

坚迪柏说：“我相信现在该轮到我发言了。崔维兹议员，不要囿于偏狭的地域观念。即使你出生在端点星，也不该把端点星置于银河之上。过去五个世纪以来，银河一直依循谢顿计划发展。不论基地联邦之内之外，谢顿计划始终顺利进行。

“你一直是谢顿计划的一部分，相较之下，你的基地人角色根本不算什么。可别为了偏狭的爱国情操，或是由于对实验性的新方案抱持浪漫的憧憬，而做出任何破坏谢顿计划的举动。第二基地分子绝不会阻碍人类的自由意志，我们是导师，不是独裁者。

“我们所打造的第二银河帝国，和第一帝国有根本的不同。回顾人类的历史，在超空间旅行出现后的数万年间，银河从未有过连续十年的太平岁月，总是不时有人惨死于流血事件，即使基地的和平时期也不例外。如果选择布拉诺市长，这种情况将永无止境，可怕的惨剧会一再循环。谢顿计划终能解救人类脱离苦海，代价却不是在充满粒子的银河中加入更多粒子，也就是不必将人类贬抑到和青草、细菌、灰尘同等的地位。”

诺微说：“坚迪柏发言者对‘第一基地帝国’所作的批评，我完全同意，可是他所阐述的‘第二基地帝国’，我却无法苟同。位于川陀的那些发言者，他们总该是具有独立自由意志的人类，而且始终都是如此。可是，他们能够避免恶性竞争、政治倾轧、不计代价向上爬的行为吗？在圆桌会议上，难道没有龃龉甚至仇恨吗？你敢追随这样的导师吗？你问问坚迪柏发言者，要他以人格担保据实回答。”

“不必要求我以人格担保。”坚迪柏说，“我愿意承认在圆桌会议上，我们的确有仇恨、斗争、出卖和背叛的行为。可是一旦作成决定，我们就会全体服从，不曾有过例外。”

崔维兹道：“假如我不作选择呢？”

“你必须选择。”诺微说，“你会晓得只有那样做才对，然后你就会作出选择。”

“假如我心有余而力不足呢？”

“你必须选择。”

崔维兹又问：“我有多少时间？”

诺微答道：“直到你肯定为止，花多长时间都没有关系。”

崔维兹坐在原处一言不发。

其他的人也都很安静，崔维兹似乎可以听见自己的脉搏。

他也能听见布拉诺市长坚定的声音：“自由意志！”

还有坚迪柏发言者断然的声音：“指导与和平！”

诺微则以充满期盼的声音说：“生命。”

崔维兹转过头来，发现裴洛拉特目不转睛地望着自己，于是说：“詹诺夫，这些话你都听见了吗？”

“我都听见了，葛兰。”

“你有什么看法？”

“决定权并不在我。”

“我知道，可是你有什么看法？”

“我不知道，三种选择都令我胆战心惊。但我忽然冒出一个很特别的念头……”

“什么念头？”

“我们刚进太空的时候，你让我看过银河的显像。你还记得吗？”

“当然。”

“你把时间加快，让我看得出银河的旋转。我仿佛料到会有今天这一刻，脱口而出：‘银河看来像个生物，正在太空中爬行。’就某个层面而言，你说银河是不是早就活了？”

崔维兹回想起那一幕，突然感到万分肯定。与此同时，他还记起自己曾经觉得，裴洛拉特也会扮演一个重要角色。于是他猛然转身，不让自己再有任何空当来思考、怀疑或犹豫。

他将双手放到感应板上，聚精会神地驱动意念，他从来不知道自己的意念有那么强。

他作出了抉择，一个攸关银河命运的抉择。

第二十章

结 局

01

无论从哪方面来说，赫拉·布拉诺市长都该感到踌躇满志。这次的正式访问历时不长，但成果极为丰硕。

她好像有意避免骄傲自满的语气，说道："当然，我们不能完全信任他们。"

她正盯着屏幕，看着舰队的船舰一艘艘进入超空间，返回平时的驻防区。

舰队这回倏来倏去，想必令赛协尔留下深刻的印象。而且，他们一定还会注意到两项事实：第一，那些船舰自始至终都留在基地的星空；第二，一旦布拉诺表示舰队即将离去，果然很快不见它们的踪影。

另一方面，赛协尔也永远不会忘记，这些船舰能在一天（甚至更短的时间）之内，就重新在边境集结。这次的行动，同时展示了基地的实力和善意。

柯代尔接口道："说得很对，我们不能完全信任他们。其实在整个银河中，没有什么人值得完全信任。不过，赛协尔为了自身的利益，势必会遵守这个协定。我们已经够大方了。"

布拉诺说："许多事情得等到细节订出来才知道，我预测这得花上几个月的时间。概略性的条件可以马上接受，可是不少后续工作还有待处理，例如怎样安排进出口货物的检疫，他们的谷物和牲畜要如何估价等等。”

“我知道，但这些问题迟早能够解决，而功劳将会属于你，市长。这是个大胆的行动，而我必须承认，我曾怀疑这样做是否明智。”

“得了吧，里奥诺，只不过是基地承认赛协尔的自尊罢了。自从帝政时代早期，他们就保持着部分独立，这点实在值得赞赏。”

“对，反正它不会再碍手碍脚了。”

“正是如此。我们唯一需要做的，只是稍微屈就一下，向他们摆出友好的姿势。我承认当初内心的确交战过，才决定让我自己这位泛银河联邦的市长，屈尊降贵地访问一个偏远的星群。不过一旦作出决定，我倒不觉得多么不舒服。而且我这样做，让他们很陶醉。我们当初必须赌一赌：一旦我们把战舰拉到边境，他们就会同意我的访问。但我们免不了要故作谦逊，还要堆满笑脸。”

柯代尔点了点头。“我们舍弃了实力的外表，以便保留它的本质。”

“完全正确。这话是谁最先说的？”

“我相信是出自艾瑞登所写的剧本，但我不敢肯定，我们可以问问老家的文学权威。”

“希望我不会忘记。我们必须尽快促使赛协尔人回拜端点星，并且要确实尽到地主之谊，让他们受到相同的款待。里奥诺，只怕你得做好严密的安全防范。他们来到之后，我们的过激分子必定义愤填膺。万一让赛协尔人遇到抗议示威，即使仅仅受到轻微而短暂的羞辱，也会对我们相当不利。”

“正是如此。”柯代尔说，“对了，你将崔维兹送出去，这一招实在高明。”

“我的避雷针？老实说，他表现得比我想象中还要好。他误打误撞闯进赛协尔，结果在我无法相信的短时间内，就吸引赛协尔发出闪电，也就是向我们提出抗议。太空啊！那可是我亲自来访的最佳借口——让一个基地公民免于受到任何侵犯，然后感谢他们的宽宏大量。”

“妙计！不过，你不认为把崔维兹带回去比较好吗？”

“不，他去哪里都好，总之我不希望他回家，他在端点星一定会成为乱源。当初，他胡扯什么第二基地，那刚好是把他赶走的最佳借口，当然，还多亏了裴洛拉特，才把他带到了赛协尔。可是我绝不要他再回来，继续散播那些惑众妖言，我们永远无法预料那将导致什么后果。”

柯代尔咯咯笑了几声。“我不相信还有什么人，会比学者更容易受骗上当。假使我们提供更多的情报，裴洛拉特想必也会照单全收。”

“他相信赛协尔神话中的盖娅确实存在，那就足够了。但别提这个啦，回去后，我们还得面对议会那一关，需要他们投票通过这个赛协尔条约。好在我们有崔维兹的声明，说他是自愿离开端点星的，并有声纹证明绝非作假。我会为崔维兹遭到短暂逮捕这件事，正式表达我的歉意，这样议会就该满意了。”

“我对你的能屈能伸信心十足，市长。”柯代尔冷冷地说，“不过，你有没有考虑到，崔维兹也许会继续寻找第二基地？”

“随他去吧，”布拉诺耸了耸肩，“只要别在端点星上找就好。那会让他有事可忙，却注定白忙一场。第二基地仍旧存在的传说，是我们这个世纪最大的神话，正如盖娅是赛协尔的神话一样。”

她往椅背上一靠，看来百分之百和蔼可亲。“现在，赛协尔已在我们掌握之中。等到他们发现的时候，想挣脱已经太迟了。于是基地的势力再次壮大，而且会顺利地、不断地继续茁壮。”

“而所有的功劳都会是你的，市长。”

“我并未忽略这一点。”布拉诺答道。此时，他们的战舰倏地钻入超空间，随即出现在端点星附近的太空。

02

史陀·坚迪柏发言者回到了自己的太空船，无论从哪方面来说，他都该感到志得意满。与第一基地遭遇的时间并不长，但成果极为丰硕。

他已经送出一份报告，其中尽量不流露得意的情绪。目前，只需要让第一发言者知道一切顺利（事实上，由于第二基地的总体力量一直未曾动用，他应该猜到了这一点），细节可以留待日后详加说明。

到时候，他会描述自己如何小心翼翼，将布拉诺市长的心灵作了极微小的调整，就使她的心思从帝国主义的宏图，转变成只想要一纸务实的贸易条约。以及他如何小心翼翼，在相当遥远的距离外，调整了赛协尔联盟领导人的心灵，让他主动向市长发出谈判的邀请。后来，又如何在没有进一步心灵调整的情况下，双方便达成和解，而康普则驾着原来的太空艇返回端点星，以便确保市长会遵守协定。坚迪柏得意地想到，这简直就是故事书中的经典范例，仅仅借着精神力学的一点小技巧，就导致许多重大的成果。

他十分肯定，当他在正式的圆桌会议上，报告完这些细节之后，德拉米发言者很快就会彻底垮台，而他自己则会登上第一发言者的宝座。

他自己绝不否认苏拉·诺微的重要性，但是不需要在其他发言者面前特别强调。她不但对这次的胜利有关键性的贡献，而且现在还给了他一个借口，让他在接受正式褒扬之前，能像孩子般雀跃一番（这是非常合乎人性的，因为发言者在许多方面仍与常人无异）。

他当然明白，她完全不了解最近发生的这些事，但是她至少看得出来，他将每件事都安排得称心如意，令她因此迸现出骄傲的情绪。他轻抚着她光润的心灵，便能感受到那股骄傲的热度。

他说："如果没有你，诺微，我根本办不到。由于有你在我身旁，我才能察觉到第一基地——就是大型太空船上的那些人——"

"师傅，我知道你指的是什么人。"

"由于有你在我身旁，我才能察觉到他们拥有防护罩，以及微弱的精神力量。凭借你的心灵所产生的效应，我得以百分之百确认这两者的特征，进而发现最有效的方法，将前者贯穿并使后者偏向。"

诺微以犹豫的口气说："我不是很了解你在说什么，师傅，但只要我做得到，我会帮你更多的忙。"

"我知道，诺微，但你已经做得够多了。真没想到他们会那么危险，不过既然被我发觉了，在他们的防护罩或精神力场发展得更强之前，我们就能制止他们。现在那个市长回去了，把有关防护罩和精神力场的事忘得一干二净，只记得跟赛协尔签了一个贸易条约，把赛协尔纳入联邦的势力范围，她正为此感到洋洋得意。我不否认还需要作许多努力，才能毁去他们在精神力学上的一切成就。

过去我们一直忽视这件事，可是将来一定要做到。”

他出神沉思了一阵子，接着低声说：“过去，我们实在太过轻视第一基地。从今以后，必须将他们置于更严密的监督之下。我们得设法将银河联系得更紧密，并利用精神力学建立更密切的意识合作。这才符合谢顿计划，我确信这一点，也一定要这样做。”

诺微焦虑地唤了一声：“师傅？”

坚迪柏突然露出微笑。“对不起，我是在自言自语。诺微，你还记得鲁菲南吗？”

“那个攻击你的笨头农夫？我并没有忘记。”

“我现在确定，必定有第一基地的特务，戴着个人防护罩在川陀活动，那次的事件就是他们策划的，其他那些困扰我们的异象也一样。想想看，我们竟然完全蒙在鼓里。不过，当时我心中只有那个神秘世界的神话，也就是赛协尔人有关盖娅的迷信，才会全然忽略第一基地。多亏你的心灵就近发挥作用，帮助我判定精神力场并非来自别处，而正是那艘战舰发出来的。”

他得意地搓了搓手。

诺微怯生生地说：“师傅？”

“怎么样，诺微？”

“你做了这些事，难道不会有奖赏吗？”

“当然会。桑帝斯很快就要退位，我便会成为第一发言者。然后，我们就有机会成为积极的角色，大刀阔斧地改造银河。”

“第一发言者？”

“是的，诺微。我会成为所有的学者中，最重要也是最有权力的一位。”

“最重要？”她露出忧愁的神色。

“你为什么愁眉苦脸，诺微？你不希望我获得奖赏吗？”

“不是的，师傅，我当然希望。可是如果你成为最重要的学者，你就不会要一个阿姆女子在你身边，那样并不相称。”

“啊，我不会吗？谁会阻止我？”他突然涌现一股爱意，“诺微，不论我去哪里，不论我变成什么人，你都愿意跟我在一起吗？圆桌会议上常会出现豺狼虎豹，你以为我愿意独力应付吗？只要有你在我身边，甚至在他们认清自己之前，我就能及早了解他们真正的心思——你那单纯无邪、绝对光滑的心灵。此外，”他似乎有些惊讶，自己竟然会做这番剖白，“即使抛开其他因素，我……我还是喜欢有你陪着我，我希望你能跟我在一起。我是说，只要你愿意。”

“喔，师傅。”诺微轻声答道。当他伸出手臂搂住她的腰际，她顺势把头靠在他肩上。

在诺微的心灵深处，在层层包裹的意识所无法探知的角落，依旧隐藏着盖娅的本质，在指导着每一件事的发展。正是由于这副无法揭穿的心灵面具，才使这项重大工作得以持续。

而这副面具——属于一个阿姆女子的面具——露出了快乐无比的表情。它笑得实在太开心了，使得诺微几乎不在乎她与自己/他们/全体的遥远距离，而在未来无尽的岁月中，她对这个角色将永远感到心满意足。

03

裴洛拉特搓着双手，但不敢流露出过度的兴奋。“我真高兴能够重返盖娅。”

“嗯——嗯。”崔维兹心不在焉地应了一声。

“你知道宝绮思告诉我些什么吗？市长和赛协尔签了一个贸易条约，正在返回端点星的途中。那个第二基地的发言者以为这全都是他的安排，现在正准备回到川陀。而那名女子，诺微，也会跟他一道回去，以确保导致盖娅星系的变化立即展开。两个基地都完全忘了盖娅的存在，这实在太不可思议了。”

“我知道。”崔维兹说，“这些我也都听说了。可是我们仍然记得盖娅，还能随意谈论。”

“宝绮思可不这么想。她说不会有人相信我们，而我们应该有自知之明。此外，至少我自己不想再离开盖娅。”

崔维兹这时才从沉思中回过神来，他抬起头来说：“什么？”

“我准备留在这里。你知道吗，这连我自己都不相信。只不过几周之前，我还在端点星上过着孤独的生活。那种生活我过了好几十年，天天将自己埋在资料、记录和学术思想中，从未梦想会有任何改变，以为直到死去那一天——不管是哪一天——我仍旧将自己埋在资料、记录和学术思想中，仍旧一个人过着孤独的生活。那种茫然的日子，我一向十分满意。可是突然间，而且是出乎意料之外，我变成了一个银河游客，卷入了一桩银河危机，此外——别笑我，葛兰——我还邂逅了宝绮思。”

“我可没有笑，詹诺夫。”崔维兹说，“可是你确定自知在干什么吗？”

“喔，当然。对我而言，地球那档子事已经不再重要。它独拥多样化生态和智慧生物的两项特点，我们已经找到充分的解释。你也知道，就是那些永恒使者。”

“没错，我知道。所以你打算留在盖娅？”

“正是如此。地球是过去式，我已经厌倦了过去式，盖娅则是未来式。”

“你并非盖娅的一部分，詹诺夫。还是说，你认为自己可以变成它的一部分？”

“宝绮思说我多少能做到某个程度，即使不是生物上的，也可以是性灵上的。当然，她会帮助我。”

“但她却是盖娅的一部分，你们两人怎能找到共同的生活方式、共同的观点、共同的兴趣……”

此时他们站在户外，崔维兹望着这座宁谧而肥沃的岛屿，脸上露出严肃的表情。远方是汪洋一片，遥远的水平线上还有另一座岛屿，由于距离太远而显得紫蒙蒙的。这一切是如此太平，如此文明，如此有生气，如此浑然一体。

他又说：“詹诺夫，她等于是一个世界，你却只是微小的个体。万一哪天她对你厌倦了呢？她还那么年轻……”

“葛兰，我想过这种事，但我只要有几天就满足了。我已经料到她会对我厌倦，我又不是浪漫的白痴。但是在她离去之前，她能带给我的就足够了。事实上，我现在从她那里所得到的已经足够了，已经远比我一生的梦想多得多。即使从现在起再也见不到她，我仍然可以算是赢家。”

“我真不敢相信。”崔维兹柔声说，“我认为你就是浪漫的白痴。不过请注意，我可没说这样不好。詹诺夫，我们认识并没有多久，但是过去这几周，我们每分每秒都在一起——请包涵我说句傻话——我实在很喜欢你。”

“我对你也一样，葛兰。”裴洛拉特说。

“所以我不希望你受到伤害，我必须跟宝绮思谈一谈。”

“不，不要。拜托你别那么做，你一定会对她说教。”

“我不会对她说教。其实这也不全是为了你，但我要跟她私下谈。拜托，詹诺夫，我不想背着你这样做，所以请你心甘情愿地让我跟她谈谈，以便厘清几件事情。若能得到满意的答案，我会全心全意祝福你们，而且不论发生任何变化，我都会永远保持缄默。”

裴洛拉特摇了摇头。“你会把事情通通搞砸。”

“我保证不会。我求求你——”

“好吧。可是千万要小心，我亲爱的伙伴，好不好？”

“我向你郑重保证。”

04

宝绮思说:“裴说你想见我。”

崔维兹答道:“是的。”

他们已经来到分配给崔维兹的小房间里。

她落落大方地坐下来，双腿交叠，以机灵的目光仰望着他。她美丽的黑色眼珠澄澈而明亮，乌黑的长发闪耀着光彩。

她说:“你对我有成见，对不对?你从一开始就对我有成见。”

崔维兹仍然站在那里，他说:“你能透视他人的心灵，知晓他人的心事。你应该知道我对你的观感，以及原因何在。”

宝绮思缓缓摇了摇头。“盖娅不可以碰触你的心灵，这点你也知道。我们需要你作出决定，这个决定必须出自清明而未受影响的心灵。当初，你们的太空艇刚被抓住，我将你和裴置于抚慰场中，那是因为绝对有必要。否则，你可能会由于惊慌或愤怒而心灵受损，因而无法在关键时刻派上用场。除此之外，我不能有进一步的行动，事实上也没有，所以我不知道你在想些什么。”

崔维兹说:“我必须作的决定已经作过了，我决定支持盖娅星和盖娅星系。所以说，你何必再提什么清明而未受影响的心灵?你已经得到你想要的，现在，你可以随心所欲改造我了。”

“这话完全错误，崔。将来也许还会碰到需要抉择的难题，你必须保持本来的心境。只要你还活着，就是银河中一个珍贵的自然资源。毫无疑问，银河中一定还有像你这样的人，将来你们这种人也不会绝种。可是，如今我们只知道你一个，所以我们不能碰触你的心灵。”

崔维兹考虑了一下。“你是盖娅，我却不想跟盖娅说话。我要你以个体的身份跟我交谈，希望这个请求并不荒谬。”

“并不荒谬。我们还不至于融成一体，我可以将盖娅阻隔一段时间。”

“好，”崔维兹说，“我相信你做得到。你已经这么做了吗？”

“我已经这么做了。”

“那么，首先让我告诉你，我发现你耍了花样。或许，你并没有进入我的心灵，并没有影响我的决定，可是你绝对进入过詹诺夫的心灵，对吗？”

“你认为我做过这种事吗？”

“我的确这么认为。在关键时刻，裴洛拉特提醒我当初他将银河视为生物的观点，就在那一瞬间，那个想法驱使我作出了决定。那个想法或许是他自己的，却是被你的心灵所触发的，对不对？”

宝绮思说：“那个想法的确在他心中，但他还拥有许多其他的想法。我为那个特殊的记忆铺平了道路，除了有关活银河的记忆，我并没有为其他记忆铺路。因此，那个想法很容易从他的意识溜出来，转化为语言。请注意，我并没有创造那个想法，它原先就在那里。”

“然而，我本来应该完全独立作出决定，你这样做，等于用间接的手段影响我，对不对？”

“盖娅感到有此需要。”

“是吗？好吧，我下面的话会让你觉得好过些，或说觉得高尚些——虽然詹诺夫的意见促使我在那一刻作出决定，可是我想，即使他什么也没有说，或者试图劝我作出其他选择，我仍会作出同样的决定。我要你明白这一点。”

“这样我就释怀了。”宝绮思神态自若地说，“你想见我，就是要跟我说这件事吗？”

“不是。”

“还有什么事呢？”

这时，崔维兹已经拉过一张椅子，放到宝绮思面前，终于坐了下来，两人的膝盖几乎相碰。

他俯身向前，对她说：“当初我们接近盖娅时，是你在那个太空站上，是你捉住了我们，也是你前来接引我们的。从此你就一直跟我们在一起，只有和杜姆吃饭时例外，你并没有和我们分享那一餐。尤其特殊的是，当我作出决定的时候，跟我们同在远星号上的也是你。自始至终都是你。”

“我是盖娅。”

“这不是什么理由。一只兔子也是盖娅，一颗鹅卵石也是盖娅，这颗行星上的每样东西都是盖娅，可是这些成员并非都是平等的盖娅。相较之下，某些成员要更平等些。为什么偏偏是你？”

“你认为呢？”

崔维兹发动攻势，他说：“因为我认为你并非盖娅，我认为你不只是盖娅。”

宝绮思撅着嘴，发出嘲弄的啧啧声。

崔维兹不为所动，继续追问：“当我在作决定的时候，发言者身边那名女子……”

“他叫她诺微。”

“好，那位诺微曾说，盖娅是由一群早已消失的机器人所规划的，盖娅遵从机器人的教诲，服从类似机器人学三大法则的法则。”

“这点相当正确。”

“机器人消失了吗？”

“诺微是这么说的。”

“诺微并没有这么说，她说的每个字我都记得清清楚楚。她是说：‘盖娅是在两万多年前，借着机器人之助所建立的世界。曾有一段短暂的时间，机器人是人类的好帮手，但这种情形早已不再。’”

“嗯，崔，这不就是说它们已经消失了？”

“不，这只表示它们不再为人类服务。难道它们不能摇身一变，成为统治者吗？”

“荒唐！”

“或者是监督者？当我作出决定的时候，你为何要在场？你似乎并不是关键人物。当时由诺微主导一切，由她代表盖娅，为什么还需要你？除非——”

“嗯？除非怎样？”

“除非你正是那位监督者，你的任务是要确定盖娅没有忘记三大法则。除非你就是机器人，只不过造得十分精巧，和人类真假难辨。”

“如果我和人类真假难辨，你又怎么肯定自己能够分辨？”宝绮思带着讥讽的语气问道。

崔维兹往椅背上一靠。“你们不是一再肯定，我拥有与生俱来的判断力，能够作出恰当的抉择，能够一眼看出答案，能够归纳出正确的结论吗？我从来没有如此自夸，都是你们这么说的。好，我第一眼见到你，心里就不舒服，因为你有些地方不大对劲。我当然跟裴洛拉特一样，感受得到异性的诱惑——其实我自认更为敏感——外表看来，你是个很诱人的女性，但我从未感到你有任何一点吸引力。”

“你在作践我。”

崔维兹没有理会，径自说下去：“你刚出现在太空艇上的时候，詹诺夫和我正在讨论盖娅上存在非人文明的可能性，因此詹诺夫一见到你，就天真地问：‘你是人类吗？’也许机器人必须据实回答问题，但我想总有蒙混的办法。你只是回答：‘我看来不像人类吗？’没错，你看来很像人类，宝绮思，但让我再问你一遍，你是人类吗？”

宝绮思没有吭声，于是崔维兹继续说：“我认为，第一眼见到你的时候，我就觉得你不是女人。你是机器人，反正我就是看得出来。因为我有这种感觉，所有接踵而来的事件，在我看来都有合理的解释，尤其是你刻意缺席的那顿晚餐。”

宝绮思说：“你以为我不能进食，崔？我在太空艇上品尝了一客虾米，难道你忘记了？我向你保证我可以吃东西，也能执行其他各种的生物功能，包括——不必你追问——性爱活动。但这些事实，我大可告诉你，并不能证明我不是机器人。远在几万年前，机器人就发展到完美的境界，只有根据它们的脑子，才能分辨出它们异于人类，因此只有能侦知精神力场的人，才有办法做到这一点。例如坚迪柏发言者，当时他只要稍微注意我一下，或许就能确定我到底是机器人还是人类。不过，他当然没有那么做。”

“可是，我虽然没有精神力量，仍然肯定你就是机器人。”

宝绮思说：“那又如何呢？我可没承认什么，但我很好奇，我若真是又如何呢？”

“你不需要承认任何事，反正我知道你是机器人。若说需要最后一点证据，我刚才也找到了。你信心十足地说可以阻隔盖娅，以个体的身份跟我交谈。假使你是盖娅的一部分，我不相信你办得到。但你并不属于盖娅，你是具有监督者身份的机器人，因此独立于盖娅之外。提到这件事，我就很想知道，像你这种监督者机器人，盖娅究竟需要多少，又拥有多少？”

“我再重复一遍：我可没承认什么，但我很好奇，万一我是机器人又怎样？”

“在这个前提下，我想知道的是：你想要从詹诺夫·裴洛拉特那里得到什么？他是我的朋友，而且在某些方面，他简直是个孩子。他自以为爱你，认为自己能满足于你所愿意付出的那些，而你给他的已经够多了。至于失去爱情的痛苦，他不知道也无法想象。同理，如果发现你并非人类，他也一定会痛苦莫名……”

“你自己，知道失去爱情的痛苦吗？”

“我领教过几次。我不像詹诺夫那样躲在温室里过日子，我没有拿做学问来消耗和麻醉我的生命，或是让学术吞没了其他事物，甚至包括老婆和孩子，而他就是这样。现在突然之间，他竟然为了你放弃一切。我不希望他受到伤害，也不允许他受到伤害。如果我曾经帮助过盖娅，我理应得到一点回报。而我要求的回报，就是要你保证詹诺夫·裴洛拉特的幸福。”

“我是否该装成机器人来回答？”

崔维兹说：“是的，并且立刻回答。”

“好吧，那么，崔，假设我是机器人，并且假设我身负监督的责任。此外，假设在盖娅上还有少数——极少数和我类似的角色，但我们很少碰面。假设照顾人类就是我们的原动力，再假设盖娅上并没有真正的人类，因为所有的成员都是行星整体生命的一部分。

“假设照顾盖娅能让我们实现自我，但又不尽然。假设我们拥有根深蒂固的需求，渴望照顾一个真正的人类——这是机器人最初被设计和制造出来的时候，便已经存在的需求。请别误会我，即使假定我是机器人，我也并未声称多么高龄。我告诉你的年龄，就是我的实际年龄。或者说，假定我是机器人，至少我的基本设计永远不会改变，因此我一直渴望照顾一个真正的人类。

“裴是一个人类，并非盖娅的一部分。他年纪太大，再也不可能真正变成盖娅的一分子。他想留在盖娅与我为伴，因为他没有你对我的那种感觉，并不认为我是机器人。而我，我也想要他。如果你假定我是机器人，就该知道我会这么做。我能表现出人类所有的反应，我会好好爱他。如果你坚持我是机器人，或许就不会认为我拥有人类那种奇妙的爱意，可是根据我的各种反应，你也无法分辨那是不是你们所谓的爱意。所以说，又有什么分别呢？”

她终于说完了，双眼紧盯着他，一副得理不饶人的样子。

崔维兹说：“你是在告诉我，你不会抛弃他？”

“如果你假定我是机器人，那么你自己就该知道，根据第一法则，我永远不能抛弃他。除非他命令我这么做，而且我肯定了他说的是真话，如果我硬要留下，会令他更加痛苦。”

“难道不会有什么年轻男子……”

“什么年轻男子？你就是年轻男子，我却不觉得你像裴那样需要我。事实上，你根本不想要我，因此根据第一法则，我不可以纠缠你。”

“不是我，而是另外的年轻男子……”

“不会有其他人的。根据盖娅的标准，除了裴和你自己之外，盖娅上还有谁够资格称为人类？”

崔维兹改以较为温柔的语气说：“如果你并不是机器人呢？”

“请你不要反反复复。”宝绮思说。

“我是说‘如果’你并不是机器人呢？”

“那么我就要说，在这个前提下，你根本没有权利过问任何事，一切操在我自己和裴手中。”

崔维兹说：“那么让我回到原先的话题，我要一点回报，那就是要你好好待他。我不会逼你承认自己的身份，只请你向我保证——以一个心智对另一个心智的方式——保证你会永远善待他。”

宝绮思也柔声说：“我会好好待他的，并非以此作为对你的回报，而是因为我希望这样做。那是我真挚的渴望，我会好好待他的。”然后她就连声唤道：“裴！裴！”

裴洛拉特随即走进来。“我在这里，宝绮思。”

宝绮思向他伸出右手。“我想崔有话要说。”

裴洛拉特握住她的手，崔维兹则伸出双手握住两人的手。“詹诺夫，”他说，“我为你们俩感到高兴。”

裴洛拉特说：“喔，我亲爱的伙伴。”

崔维兹说：“我大概很快会离开盖娅，现在我就要去向杜姆辞行。我不知道我们何时才能再见，甚至不知道还有没有这个机会，詹诺夫，但是无论如何，我们合作得十分愉快。”

“我们合作无间。”裴洛拉特笑着说。

“再见了，宝绮思，我要先说一声谢谢你。”

“再见，崔。”

崔维兹挥了挥手，就离开了那间屋子。

05

杜姆说："你做得很好，崔。不过，我早就料到你会这么做。"

杜姆又招待崔维兹吃了一顿，这顿饭跟上次一样难以下咽。但崔维兹并不在意，这可能是他在盖娅吃的最后一餐。

他说："我的决定不出您意料之外，可是我的理由，或许并不在您意料之中。"

"你至少肯定这个决定的正确性吧。"

"我可以肯定，但并非由于我所拥有的神秘悟性。我之所以选择盖娅星系，是经过普通推理之后所作的决定。任何人在作抉择之前，都会进行这种推理。您愿意听听我的解释吗？"

"我愿洗耳恭听，崔。"

于是崔维兹说："当时我总共有三种选择。我可以选择加入第一基地，加入第二基地，或是加入盖娅。

"假使我选择第一基地，布拉诺市长将立即采取行动，一举征服第二基地和盖娅。假使我选择第二基地，坚迪柏发言者也会立即采取行动，一举将第一基地和盖娅征服。这两种选择都会导致不可逆的结果——万一是错误的解决方案，便会造成不可收拾的大祸。

"然而，我若选择盖娅，第一基地和第二基地则安然无事，都会以为己方赢得一场小小的胜利。一切将如常地继续下去，因为我已经知道，盖娅星系的建立将花上好几代，甚至好几世纪的时间。

“所以说，选择盖娅其实是我的缓兵之计，假使我的决定错误，至少还有充裕的时间，得以修正或扭转既定的方向。”

杜姆扬起眉毛，除此之外，他那苍老而近乎枯槁的面容没有其他表情。他以尖锐的嗓音说：“依你之见，时间也许会证明你的决定错误？”

崔维兹耸了耸肩。“我并不这么想，但为了确定这一点，我必须去做一件事。我打算亲自造访地球，除非我找不到那个世界。”

“如果你想离开我们，我们绝不会阻拦，崔……”

“我并不适合你们的世界。”

“裴也不适合，但我们欢迎你留下来，就像我们欢迎他一样。话说回来，我们不会勉强你。可是请告诉我，你为什么希望造访地球？”

崔维兹说：“我以为您会了解。”

“我并不了解。”

“您还有一点事情瞒着我，杜姆。或许您有理由这么做，但我希望没有。”

杜姆说：“我没听懂。”

“听好，杜姆，当初为了作出抉择，我曾动用那台电脑。有很短暂的一瞬间，我发觉自己和周围的心灵都有了联系，包括布拉诺市长、坚迪柏发言者和诺微。我窥视到一些记忆，单独看来，那些事对我都没什么意义。比方说，盖娅透过诺微，在川陀所造成的种种影响，目的是要策动那位发言者来到盖娅。”

“怎么样？”

“其中有一项行动，是把有关地球的一切资料，从川陀的图书馆中清除。”

“清除有关地球的资料？”

“正是如此。所以地球必定十分重要，看来非但第二基地不能知道任何线索，就连我也一样。可是，如果我必须对银河的走向负责，我可不愿意接受这种事。为什么地球的资料非得隐藏起来不可？请您考虑一下能否告诉我。”

杜姆郑重其事地答道：“崔，盖娅对这件事毫不知情，完全不知道！”

“您是说盖娅跟这件事没关系？”

“没有任何关系。”

崔维兹沉思了一会儿，只见他的舌尖在唇边缓缓打转。“那么，又是谁做的呢？”

“我不知道，我看不出这样做有任何意义。”

两人互相凝视了半晌，杜姆才继续说：“你说得对。我们似乎获得了最满意的结果，但只要这个问题尚未解决，我们依然不敢放心。跟我们多聚一会儿，我们来看看能理出什么头绪。然后你再上路，带着我们全体的助力同行。”

“谢谢您。”崔维兹说。

（故事暂时告一段落）

作者后记

本书自成一个完整的故事，却也是“基地三部曲”的续集。所谓的基地三部曲，包括《银河帝国：基地》《银河帝国2：基地与帝国》以及《银河帝国3：第二基地》这三本书。

此外我还写过几本小说，虽然并未直接提到基地，但故事同样发生在所谓的“银河帝国系列虚拟宇宙”中。

例如，《繁星若尘》和《星空暗流》里面的事件，发生于川陀扩张为帝国的过渡期，而《苍穹一粟》所记述的，则是第一银河帝国全盛时期的一个故事，其中地球为主要的场景。《苍穹一粟》的某些内容，曾经不着痕迹地出现于本书中。以上这三本书，通常合称“帝国三部曲”。

在上述两个三部曲里面，都没有提到机器人。然而在这本新作中，则出现了有关机器人的传说。若想进一步了解其中的关联，可以阅读我的几本机器人小说——短篇故事全部收录于《机器人短篇全集》，而两本长篇《钢穴》与《裸阳》，则是记述人类和机器人携手开拓银河的那段历史。

译注1：原文最后一段讨论各原文书的版本，译文略。

译注2：作者在写这篇后记的时候，尚未完成下列作品：《曙光中的机器人》《机器人与帝国》《基地前奏》《迈向基地》《基地与地球》。

至于永恒使者的背景，以及他们如何调整人类的历史，可在《永恒的终结》这本书里找到答案（不过和本书的说法并不完全一致）。

阿西莫夫

阿西莫夫
银河帝国系列

基地系列

银河帝国：基地（Foundation）

银河帝国2：基地与帝国（Foundation and Empire）

银河帝国3：第二基地（Second Foundation）

银河帝国4：基地前奏（Prelude to Foundation）

银河帝国5：迈向基地（Forward the Foundation）

银河帝国6：基地边缘（Foundation's Edge）

银河帝国7：基地与地球（Foundation and Earth）

机器人系列

银河帝国8：我，机器人（I, Robot）

银河帝国9：钢穴（The Caves of Steel）

银河帝国10：裸阳（The Naked Sun）

银河帝国11：曙光中的机器人（The Robots of Dawn）

银河帝国12：机器人与帝国（Robots and Empire）

帝国系列

银河帝国13：繁星若尘（The Stars, Like Dust）

银河帝国14：星空暗流（The Currents of Space）

银河帝国15：苍穹一粟（Pebble in the Sky）

图书在版编目（CIP）数据

基地边缘 /（美）阿西莫夫 (Asimov,I.) 著；叶李华译 .-- 南京：江苏凤凰文艺出版社，2015（2025.9 重印）
（银河帝国 . 基地七部曲）
书名原文：Foundation’s Edge
ISBN 978-7-5399-8335-6

Ⅰ . ①基… Ⅱ . ①阿… ②叶… Ⅲ . ①长篇小说－美国－现代 Ⅳ . ① I712.45

中国版本图书馆 CIP 数据核字 (2015) 第 097187 号

基地边缘

［美］艾萨克 · 阿西莫夫 著　　叶李华 译

责任编辑　丁小卉
特约编辑　朱亦红　许姗姗
封面设计　李子琪
责任印制　刘　巍
出版发行　江苏凤凰文艺出版社
南京市中央路 165 号，邮编：210009
网　　址　http://www.jswenyi.com
印　　刷　三河市龙大印装有限公司
开　　本　890 毫米 ×1270 毫米 1/32
印　　张　17
字　　数　399 千字
版　　次　2015 年 9 月第 1 版
印　　次　2025 年 9 月第 16 次印刷
标准书号　ISBN 978 – 7 – 5399 – 8335 – 6
定　　价　378.00 元（全 7 册）

江苏凤凰文艺版图书凡印刷、装订错误，可向出版社调换，联系电话：010–87681002。

读客科幻文库

跟着读客读科幻，经典科幻全看遍。

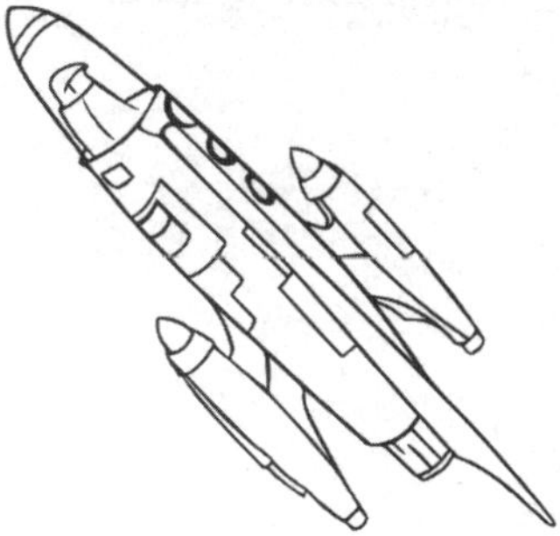

FORWARD THE FOUNDATION

银河帝国

5 迈向基地

[美]艾萨克·阿西莫夫 著
叶李华 译

江苏凤凰文艺出版社
JIANGSU PHOENIX LITERATURE AND ART PUBLISHING

目　录

第一篇

伊图·丹莫刺尔

伊图·丹莫刺尔：……虽然在克里昂大帝一世在位的大半时期，伊图·丹莫刺尔无疑是政府中真正的掌权者，历史学家对他的统治方式却众说纷纭。根据传统的诠释，他是银河帝国分裂前最后一个世纪间，那些一个接一个、强势而无情的压迫者之一。但如今已经浮现一些修正主义观点，坚持他即使是独裁者，也属于开明专制派。根据此一观点，他与哈里·谢顿的关系被人大做文章（不过真相永远无法确定），尤其是在拉斯金·久瑞南事件那段非常时期。后者的昙花一现……

——《银河百科全书》*

---

* 本书所引用的《银河百科全书》数据，皆取自基地纪元1020年的第116版。发行者为“端点星银河百科全书出版公司”，作者承蒙发行者授权引用。

01

“我再讲一遍，哈里，”雨果·阿马瑞尔说，“你的朋友丹莫刺尔麻烦大了。”他非常轻微地强调了“朋友”二字，而且带着如假包换的嫌恶神态。

哈里·谢顿察觉到话里的酸味，却未加理会，他从三用电脑前抬起头来。“我再讲一遍，雨果，这毫无意义。”然后，他带着一点厌烦——一点而已，补充道：“你为什么要坚持这件事，无端浪费我的时间？”

“因为我认为它很重要。”雨果以挑战的架式坐下，这种姿态代表他不会轻易动摇。他人在这里，而且要留在这里。

八年前，他只是达尔区的一个热间工，社会阶级低得不能再低。是谢顿将他从那个阶级拉拔出来，使他成为一名数学家与知识分子——非但如此，还成为一名心理史学家。

他无时无刻不记得过去与现在的分际，以及这个转变是拜何人之赐。这就意味着，假如为了谢顿好，他必须对谢顿疾言厉色，那么即使他对这位老大哥万分敬爱，即使他顾及自己的前途，也都无法阻止他这样做。他亏欠谢顿太多太多，这份疾言厉色只是其中之一。

“听我说，哈里，”他一面说，一面用左手虚劈一记，“由于某种我无法理解的原因，你对这个丹莫刺尔评价颇高，但我可不然。除你之外，那些值得我尊重他们意见的人，对他都没有什么好感。我不在乎他这个人发生什么事，哈里，可是只要我想到你在乎，我就没有选择余地，不得不向你报告这件事。”

谢顿微微一笑，一半是针对此人的热忱，另一半是认为他的关心毫无用处。他很喜欢雨果·阿马瑞尔，甚至不只是‘喜欢’两字所能形容。他一生中曾有一段短暂时期，在川陀这颗行星表面四处逃亡，雨果便是他当时结识的四个人之一。另外三人是伊图·丹莫刺尔、铎丝·凡纳比里以及芮奇。后来，他再也没有结识类似的患难之交。

这四个人，以四种不同的特殊方式，成为他生命中不可或缺的角色。就雨果·阿马瑞尔而言，是因为他对心理史学原理的敏捷领悟力，以及对新领域充满想象的洞察力。谢顿感到相当安慰，因为他知道，倘若在这个领域的数学尚未发展完善之际（它的进展多么缓慢，过程多么困难重重），自己就有什么三长两短，至少还有一个优秀的头脑会继续这项研究。

他说：“很抱歉，雨果，我不是有意对你不耐烦，或是对你急着要我了解的事不屑一顾。只是我手头的工作，身为系主任……”

这回轮到雨果露出笑容，他赶紧压下一声轻笑。“很抱歉，哈里，我不该发笑，但你没有担任那个职位的天分。”

“我十分了解，但我必须学习。我必须好像是在做些无害的事，而再也没有——再也没有——比在斯璀璘大学数学系当系主任更无害的事。我可以让琐事占满我整天的作息，这样一来，就没有人需要知道或问及我们的心理史学研究进展。可是问题在于，我的确让琐事占满我整天的作息，我没有足够的时间……”他环顾一下这间研究室，对储存在电脑中的材料瞥了一眼。这些电脑资料只有他与雨果能够开启，而且刻意以自家发明的符号记述，即使外人误打误撞闯了进去，也无法理解那些符号的意义。

雨果说："一旦在这个职位上进入状况，你就能把工作分派下去，然后便会有较多的时间。"

"但愿如此。"谢顿透着怀疑说，"别管了，告诉我，哪件和伊图·丹莫刺尔有关的事那么重要？"

"只不过是伊图·丹莫刺尔，浩哉吾皇的首相，正忙着制造一场叛变。"

谢顿皱起眉头。"他为什么要那样做？"

"我不是说他要，但是他正在那样做——不论他知不知道，而他的一些政敌还帮了很大的忙。你也了解，我可无所谓。我甚至认为，在理想情况下，将他赶出皇宫，逐出川陀……甚至逼他远离帝国会是件好事。可是正如我刚才所说，你对他评价颇高，所以我才来警告你，因为我觉得你对最近的政治趋势关心得还不够。"

"还有许多更重要的事要做。"谢顿温和地说。

"比如说心理史学，我同意。可是如果我们对政治始终无知，心理史学的发展怎么会有成功的希望？我是指当今的政治。此时，此刻，才是现在转变成未来的时刻。我们不能光研究过去，因为我们知道过去发生过什么。我们能用来检验研究成果的，是现在和不久的将来。"

"在我的感觉中，"谢顿说，"我以前好像听过这番论述。"

"以后你还会听到。向你解释这点，似乎对我并没有什么好处。"

谢顿叹了一口气，将身子靠向椅背，带着微笑凝视着雨果。这个小老弟也许满身是刺，可是他对心理史学极其认真，而这就胜于一切。

雨果仍有当年热闾工的本色。他拥有宽阔的肩膀，以及惯于重度体力劳动的魁梧体格。他没有让身体松软下来，这倒是件好事，因为它对谢顿是个激励，帮助他抗拒把每一分钟都花在书桌前的冲动。谢顿并没有雨果那般的体力，但他仍旧保有一名角力士的技能——虽说他今年已经四十岁，绝不可能永远保有，不过目前还没有衰退的迹象。拜每日勤练之赐，他的腰身仍然苗条，双腿与双臂也结实依旧。

他说："你对丹莫刺尔如此关切，不可能纯粹由于他是我的朋友，你一定还有别的动机。"

"这点毫无疑问。只要你是丹莫刺尔的朋友，你在这所大学的职位便有保障，你就能继续从事心理史学的研究。"

"这就对了。所以我的确有与他为友的理由，这绝不是你无法理解的。"

"你有必要去巴结他，这点我能理解。但至于友谊嘛，这，就是我无法理解的。然而，假如丹莫刺尔丧失权力，姑且不论对你的职位可能造成什么影响，到时候克里昂会亲自掌理帝国，这就会加速它的衰落。在我们发展出心理史学所有的枝节，使它成为拯救全体人类的科学之前，无政府状态便可能来临。"

"我懂了。但是，你可知道，我实在认为我们无法及时发展出心理史学，借以阻止帝国的衰亡。"

"即使无法阻止，我们至少能缓冲这个效应，对不对？"

"或许吧。"

"那么，这就对了。我们在安定中工作的时间越长，我们能阻止衰亡或至少减轻冲击的机会就越大。既然情况如此，那么倒推回来，拯救丹莫刺尔也许就有必要，不论我们——或至少我自己——喜不喜欢这样做。"

"但你刚才还说，希望见到他被赶出皇宫，逐出川陀，甚至远离帝国。"

“没错，我是说在理想情况下。但我们并不是处于理想的情况，所以我们需要我们的首相，即使他是个压迫和专制的工具。”

“我懂了。可是你为什么认为帝国已接近崩溃的边缘，失去一位首相就会引爆呢？”

“心理史学。”

“你用它作预测吗？我们甚至连骨架都没搭好，你能作些什么预测？”

“别忘了还有直觉这回事，哈里。”

“直觉自古就有，但我们要的不只是这个，对不对？我们要的是个数学方法，它能够在各种不同的条件下，告诉我们某些特定发展的几率。假使直觉足以引导我们，我们就根本不需要心理史学。”

“这未必是个无法并存的情况，哈里。我是在说兼容并蓄：二者的结合。这也许好过在两者中作出选择——至少在心理史学尽善尽美之前。”

“倘若真能完成的话。”谢顿说，“别管了，告诉我，丹莫刺尔的危机是打哪儿来的？有可能伤害他或推翻他的是什么东西？我们是不是在讨论丹莫刺尔可能被推翻？”

“是的。”雨果绷起脸来。

“那么可怜可怜我的无知，告诉我吧。”

雨果面红耳赤。“你太谦虚了，哈里。不用说，你一定听说过九九·久瑞南。”

“当然，他是个群众煽动家——慢着，他是从哪儿来的？尼沙亚，是吗？一个微不足道的世界，我猜，居民以牧羊为生，生产高品质的乳酪。”

“对了。然而，他不只是群众煽动家。他统率一个强大的党派，而且它一天比一天强大。他说，他的目标是争取社会公平，扩大人民的参政权。”

“没错，”谢顿说，“这些我都听说过。他的口号是‘政府属于人民’。”

“不完全对，哈里。他说的是‘政府即人民’。”

谢顿点了点头。“嗯，你可知道，我相当认同这个想法。”

“我也是，久瑞南若是真心的，我全心全意赞成。但其实不然，他只是拿它当踏脚石。那是手段，而不是目的。他要把丹莫刺尔赶下台，接下来，控制克里昂一世就会很简单。然后久瑞南自己会坐上皇位，那时他就成了人民。是你自己告诉我的，在帝国历史上，这种事例比比皆是。而且如今帝国已大不如前，变得衰弱且不稳定。过去仅会令它摇晃的冲击，现在却可能将它撞得粉碎。帝国将陷于内战，永远无法自拔，我们却没有心理史学指导我们该怎么做。”

“对，我明白你的意思了。可是想要除掉丹莫刺尔，也绝不是件容易的事。”

“你不清楚久瑞南的势力变得多强了。”

“他变得多强并不重要。”谢顿眉宇间似乎掠过一个念头，“我不懂他父母为何替他取名九九，这名字听来有些幼稚。”

“他的父母和这件事无关。他的真名叫拉斯金，那是尼沙亚上一个很普通的名字。九九是他自己取的，想必是源自他的姓氏第一个字。”

“那他更傻了，你不觉得吗？”

“不，我可不觉得。他的追随者总是喊着：‘九……九……九……九……’一遍又一遍，颇有催眠作用。”

“好吧，”谢顿再度俯身面对他的三用电脑，开始调整它所产生的多维模拟，“我们静观其变。”

“你怎能那么不当一回事？我是在告诉你危险迫在眉睫。”

“不，不会的。”谢顿答道，他的双眼如钢铁般冷酷，他的声音突然强硬起来，“你只知其一不知其二。”

“我不知道什么？”

“我们改天再来讨论这个问题，雨果。现在，继续做你的研究吧，让我来担心丹莫刺尔和帝国的局势。”

雨果紧抿着嘴，不过他对谢顿的服从早已根深蒂固。“好的，哈里。”

但也不是强到压倒一切。他在门口转过头来，说道：“你在铸成一个错误，哈里。”

谢顿轻轻一笑。“我可不这么想，反正我听到你的警告了，我不会忘记的。话说回来，一切都会平安无事。”

雨果离去后，谢顿的笑容随即敛去。真的一切都会平安无事吗？

02

可是，谢顿虽然没有忘记雨果的警告，却也未曾特别用心想过。他的四十岁生日倏来倏去，照例又带给他一次心理打击。

四十岁！他已不再年轻。生命不再像一片浩瀚的未知领域，地平线不再隐没在遥远的尽头。他来到川陀已有八年，时间过得真快。再过八年，他就将近五十岁，老年岁月即将来临。

而在心理史学的研究上，他甚至还没有一个好的开始。雨果·阿马瑞尔总是兴致勃勃地谈论一些定律，并且根据直觉提出大胆的假设，再根据假设导出他的方程式。但是怎么有可能测试那些假设呢？心理史学还不是一门实验性科学；心理史学的完整研究所需的实验，将牵涉到许多世界的民众、数个世纪的时间，还要完全不顾任何道德责任。

这是个不可能解决的难题，而系务工作所花的每一分钟都令他心痛，所以这天傍晚，他是怀着忧郁的心情走回家去。

通常他只要在校园里走一趟，总是能令精神振奋起来。斯璀璘大学的穹顶很高，整个校园都让人有置身露天的感觉，却不必忍受像他上次（也是唯一一次）造访皇宫时遇到的那种天气。这儿有许多树木、草坪、人行步道，他仿佛回到了当年母星赫利肯的那个学院。

今日的天气设定成阴天的幻象，其中阳光（当然没有太阳，有的只是阳光）以不规则的间隔忽隐忽现。气温有点凉，只有一点而已。

在谢顿的感觉中，天凉的日子似乎较过去频繁了些。是川陀在节约能源吗？或是越来越缺乏效率？还是他年纪渐渐大了（想到这里，他在心中皱了一下眉头），体内的血液逐渐稀薄？他将双手放进外套口袋里，还缩了缩脖子。

通常他都不必依靠意识引导自己前进。从他的研究室到他的电脑房，再从那里到他的寓所，或是相反的方向，他的身体都十分熟悉这些路程。在一般情况下，他总是一边走一边想别的事。但是今天，一个声音贯穿他的意识，一个没有意义的声音。

“九……九……九……九……”

那个声音相当轻柔而且遥远，但是它唤起了一段记忆。没错，雨果的警告，那个群众煽动家。他正在校园内吗？

谢顿未曾刻意作出决定，他的双腿便突然转向，带他爬过了小丘，向大学运动场前进。那里是学生做柔软体操和各项运动，以及大放厥词的场所。

在运动场中央，聚集着不多不少的一群学生，正在狂热地齐声呐喊。而某个演讲台上，站着一个他不认识的人，那人声音洪亮，并且带着摇摆的节奏。

然而，他并不是那个久瑞南。谢顿曾在全息电视上看过久瑞南几次，自从听到雨果的警告，谢顿便特别留意。久瑞南身材高大，微笑时带着一种邪恶的革命情感。他有着浓密的沙色头发，以及一对浅蓝色眼睛。

这个演讲者则是小个子——瘦弱、宽嘴、黑头发、大嗓门。谢顿并未注意听那些话，不过还是听到一句“权力由一人之手转移至众人”，接着便有许多人高声附和。

很好，谢顿心想，可是他打算怎么实现呢？还有，他是认真的吗？

现在他来到了人群的外围，正在四下寻找熟人。他发现了芬南格罗斯，数学系大学部的一个学生。他是个不错的年轻人，有着黝黑的皮肤与卷卷的头发。

“芬南格罗斯。”他喊道。

“谢顿教授。”芬南格罗斯望了一会儿才应声，仿佛认不出手边没有键盘的谢顿。他快步走过来。“您来听这家伙演讲吗？”

“我来这儿只是要找出喧嚣的来源，此外没有任何目的。他是谁？”

“教授，他叫纳马提，他在替九九发表演说。”

“我听到了。”谢顿答道，此时那些齐声呐喊再度响起。显然，每当演讲者提出一个强而有力的论点，听众就会开始呐喊。“但这个纳马提到底是谁？我没听过这个名字。他是哪个系的？”

“他不是这所大学的成员，教授，他是九九的人。”

“如果他不是这所大学的成员，那么除非有许可证，否则他就无权在此演讲。你认为他有许可证吗？”

“教授，我可不知道。”

“好吧，那我们来弄清楚。”

谢顿正要走入人群，芬南格罗斯却一把拉住他的袖子。“别轻举妄动，教授，他带着几名打手。”

演讲者身后站着六个年轻人，彼此间有一段距离。他们双腿张开，两臂交抱，脸色阴沉。

“打手？”

“武斗用的，以防有人想做什么傻事。”

“那么他绝不是这所大学的成员，即使他有一张许可证，也不能带着你所谓的‘打手’。芬南格罗斯，给大学安全警卫发讯号。就算没有人发讯号，他们现在也该来了。”

“我想他们不愿惹麻烦。”芬南格罗斯喃喃道，“拜托，教授，别出头。如果您要我去找安全警卫，我这就去，但请您等他们来了再说。”

“也许警卫还没来，我就能把他们驱散。”

他开始往里面挤。这并不太难，在场有些人认识他，其他人也看得到他的教授肩章。他走到演讲台前，双手搭在上面，轻哼一声，纵身跳上三尺高的台子。他懊恼地暗自想道，十年前，他用一只手就能办到，而且不会哼这一声。

他在演讲台上站直身子。那演讲者早已住口，正以机警而冰冷的目光望着他。

谢顿平静地说：“先生，请出示对学生演讲的许可证。”

“你是谁？”那演讲者道。他故意说得很大声，声音传遍全场。

“我是这所大学的教员。”谢顿以同样大的声音说，“你的许可证？”

“我否认你有质疑我的权利。”演讲者身后的年轻人纷纷聚了过来。

“如果你没有，我劝你马上离开大学校园。”

“如果我不呢？”

“那么，后果之一，大学安全警卫已在半途。”他转身面对群众。“同学们，”他喊道，“我们在校园内享有集会的自由，也有自由发表言论的权利，但如果我们允许没有许可证的外人，进行未经批准的……”

一只大手落在他的肩膀上，令他心头一凛。他转过身去，发现那是芬南格罗斯称为“打手”的一个人。

那人说:“滚开——快点。”他的口音很重，谢顿一时无法确定他是哪里人。

“把我赶走有什么用？”谢顿说，“安全警卫随时会到。”

“那样的话，”纳马提凶狠地咧嘴一笑，“就会有一场暴动，这吓不倒我们。”

“当然不会。”谢顿说，“你们希望引起暴动，可是你们不会如愿，你们会默默离开这里。”他再度转身面对学生，同时甩掉搭在肩上的那只手。“我们一定要做到，对不对？”

群众中有人高声喊道:“那是谢顿教授！他是好人！可别揍他！”

谢顿察觉人群中出现了矛盾心态。他知道，有些人会乐于见到大学安全警卫引发一场骚动，这种人总是有的。另一方面，一定也有人对他心存好感，还有些人虽然不认识他，却不希望见到一名教授受到暴力攻击。

此时响起一名女子的声音："小心，教授！"

谢顿叹了一声，紧盯着面前那几个高大的年轻人。他不知道自己是否应付得了、自己的反射动作是否够快、自己的肌肉是否够结实——即使他是个角力高手。

一名打手慢慢凑近他，当然是过度自信，动作不怎么快。这给了谢顿一点宝贵时间，正是他步入中年的身体所需要的。那打手面对着谢顿伸出一只手臂，这使得拆招更加容易。

谢顿抓住那只手臂，随即一个回旋，弯腰，抬手，再向下一拉（同时哼了一声，他为什么一定要哼一声？），那名打手便飞了出去，部分是他自己的冲力发挥作用。他重重一声落在演讲台外缘，右肩显然脱臼了。

面对这个完全意料之外的发展，围观群众发出狂野的喊叫。一股集体骄傲感，立时迸发出来。

"解决他们，教授！"一个声音喊道，其他人马上响应。

谢顿将头发向后抚平，尽量不大口喘气。然后，他一脚把那个还在呻吟的打手踢下演讲台。

"还有谁要上？"他得意地问道，"或是你们要默默离去？"

他面对着纳马提与他的五名党羽。当他们踌躇不定地僵在那里时，谢顿说："我警告你们，群众现在站在我这边。如果你们一起冲过来，他们会把你们撕烂。好了，下个是谁？来吧，一次一个。"

他将最后一句话的音量提高，还弯起手指，做出"放马过来"的手势。群众随即发出兴奋的呐喊。

纳马提硬邦邦站在那里。谢顿跳到他身后，将他的脖子箍在自己的臂弯里。此时学生纷纷爬上演讲台，喊道："一次一个！一次一个！"并在那些保镖与谢顿之间筑起一道人墙。

谢顿加大压在纳马提气管上的力道，同时在他耳旁悄声说："有办法做得到，纳马提，而我知道怎么做，我练了好多年。只要你动一动，试图挣脱，我就毁了你的喉咙，以后你顶多只能发出这么小的声音。你若珍惜你的声音，就照我的话去做。当我松手时，叫那伙流氓赶紧离去。要是你说一句别的，那就会是你最后一次用正常声音说话。倘若你再回到这个校园，不会再有好好先生了，下次我会和你算清这笔账。”

他暂且松开手，纳马提立刻沙哑地说：“你们全都滚开。”那些人迅速撤退，扶着受伤的同志一块离去。

不久之后，当大学安全警卫抵达时，谢顿说：“抱歉，诸位，虚惊一场。”

他离开运动场，带着相当懊恼的心情，继续踏上回家的路途。他显露了自己不愿显露的一面——他是数学家哈里·谢顿，不是残酷成性的角力士哈里·谢顿。

此外，他还满怀沮丧地想，铎丝会听说这件事。事实上，他最好自己告诉她，以免她从别处听来的版本，将这个事件说得比实际情况更糟。

她不会高兴的。

03

她的确不高兴。

铎丝在他们的寓所门口等他。她摆出一个轻松的姿势，一只手叉着腰，看来像极了八年前在同一所大学里，他第一次见到她的模样：身材苗条，浮凸有致，一头鬈曲的金红色头发——在他眼里非常美丽，但就任何客观角度而言则谈不上。不过，在他们相识几天之后，他就再也无法对她作出客观评价。

铎丝·凡纳比里！当他看到她平静的面容时，他心里想的是这个名字。在许多世界上，甚至在川陀的许多行政区中，一般会称她为铎丝·谢顿。可是，他总是认为，那会在她身上贴上所有权的标签，而他不愿这样做，尽管早在虚无缥缈的前帝国时代，这个约定俗成的惯例便已受到认可。

铎丝悲伤地摇了摇头，险些搅乱了蓬松的鬈发，柔声道："我听说了，哈里。我究竟该拿你怎么办？"

"亲一下不会错的。"

"好吧，或许，但我们得先探讨一下这件事，进来吧。"大门在他们身后关上。"你该知道，亲爱的，我有我自己的课程，还有自己的研究。我仍在钻研那个可怕的川陀王国历史，你告诉过我，那对你的工作有绝对的必要。我是不是该全部搁下，专门在你身边晃来晃去，以便保护你？你知道的，那仍然是我的工作。如今你在心理史学上逐渐有些进展，那更成了我责无旁贷的责任。”

“有些进展？我倒希望有。可是你不需要保护我。”

“不需要吗？我刚才派芮奇出去找你。毕竟你迟到了，而我有些担心。通常你要迟些回家的时候，都会事先告诉我。假如这令我听来像是你的守护者，那很抱歉，哈里，但我的确是你的守护者。”

“守护者铎丝，你有没有想到过，偶尔我也想要挣脱一下锁链？”

“万一你发生了什么事，我怎么向丹莫刺尔交代？”

“我是不是误了晚餐？我们点了外卖没有？”

“没有，我一直在等你。既然你回来了，就由你来点吧。在饮食这方面，你要比我挑剔得多。可是，不要改变话题。”

“芮奇没告诉你说我没事吗？所以还有什么好谈的呢？”

“当他找到你的时候，你已经控制了局面。于是他先回家来，但不比你早多少。我没听到任何细节。告诉我，你、在、做、什、么？”

谢顿耸了耸肩。“校园里有个非法集会，铎丝，我把它驱散了。我要是没那样做，这所大学可能会惹上好些不必要的麻烦。”

“非得靠你阻止不可？哈里，你不再是角力士，你是个……”

他急忙插进一句：“是个老头？”

“就角力士而言，是的。别忘了，你四十岁了。你现在有什么感觉？”

“嗯——有点僵硬。”

“我不难想象。假如你继续装成年轻的赫利肯运动家，总有一天会折断一根肋骨。现在，把经过情形告诉我。”

“好吧，我和你提过雨果如何警告我，说那个九九·久瑞南的群众运动给丹莫刺尔带来麻烦。”

“九九。是的，这些我还知道。我不知道的那些呢？今天发生了什么事？”

“运动场有个群众大会，九九的一个党羽，叫做纳马提的，在对群众发表演说……”

“纳马提就是坎伯尔·丁恩·纳马提，久瑞南的左右手。”

“好，你知道得比我还清楚。不管他是谁，反正他当时对着大批群众演说，却没有申请许可证。我想，他是希望借此引发某种暴动。他们靠这些骚乱壮大，如果因此导致大学关闭，哪怕只是暂时的，他也能指控丹莫刺尔破坏学术自由。我猜，他们把每件事都怪在他头上。所以我阻止了他们，在未引发暴动的情况下，把他们赶走了。”

“你似乎引以为傲。”

“有何不可？对一个四十岁的人来说，不坏啊。”

“这就是你那么做的原因？测验你四十岁的身体状况？”

谢顿若有所思地键入晚餐菜单，然后说：“不，我的确担心这所大学会惹上不必要的麻烦，而且我还为丹莫刺尔担心。只怕雨果的一番危机论，在我心中所留下的印象超乎我的想象。那是个蠢念头，铎丝，因为我知道丹莫刺尔能照顾自己。除你之外，我不能对雨果或其他人解释这一点。”

他深深吸了一口气。“我至少可以和你谈，这带给我难以想象的喜悦。至少据我所知，除了你我，以及丹莫刺尔自己，再也没有人知道丹莫刺尔是打不倒的。”

铎丝拍了一下凹陷壁板上的一个开关，起居间的餐厅部分便亮起柔和的桃色光芒。她与谢顿一同走向餐桌，上面已经铺好亚麻桌布，摆上水晶杯与各式各样的餐具。他们坐定后，晚餐开始送达——在傍晚这个时刻，晚餐从来不会耽搁太久，谢顿将这点视为理所当然。他们没有必要再惠顾教员餐厅，而他早已习惯这样的社会地位。

谢顿在食物中加些调味品，那是他们滞留麦曲生时学到的吃法。麦曲生区是个怪异、男性至上、宗教主宰一切、永远活在过去的地方，唯有该区的调味品，是他俩唯一不厌恶的麦曲生特产。

铎丝柔声道："你说'打不倒的'是什么意思？"

"得了吧，亲爱的，他能改造别人的情感，你总不会忘记吧。如果久瑞南真变得危险，他就会被——"他用双手做了个含糊的动作，"改造；改变他的心意。"

铎丝显得心神不宁，晚餐在反常的沉默中进行。直到晚餐结束，剩菜、碗盘、餐具等等全部卷入餐桌中央的废物处理槽（然后它平稳地自动合拢），她才再度开口。"我不确定要不要和你谈这件事，哈里，但我不能让你被自己的天真所愚弄。"

"天真？"他皱起眉头。

"是的，我们始终没有讨论过这件事，我也从未想到会有这一天。可是丹莫刺尔真有些短处，他不是打不倒的，他也可能受到伤害，而久瑞南对他的确是个威胁。"

"你这话当真吗？"

"我当然当真。你并不了解机器人，至少绝不了解像丹莫刺尔那么复杂的，而我刚好相反。"

04

又有一段短暂的沉默，但这只是因为思想是无声的。谢顿的内心简直吵翻了天。

是的，这是事实。他的妻子对机器人似乎确实有惊人的认识。过去许多年来，谢顿常对这点百思不解，最后终于放弃，将它塞进心灵的暗角。若非伊图·丹莫刺尔——一个机器人——谢顿永远不会遇见铎丝。因为铎丝是为丹莫刺尔工作的；八年前，是丹莫刺尔“指派”铎丝接下这个任务，在谢顿亡命川陀各区的逃亡中，尽力保护他的安全。即使现在，她成了他的妻子、他的配偶、他的“另一半”，谢顿仍然不时纳闷，铎丝与机器人丹莫刺尔之间，究竟有什么奇妙的联系。在铎丝的生命中，这是谢顿唯一真正感到不属于他，也不欢迎他的一处。而这就引出了那个最残酷的问题：铎丝留在谢顿身边，是出于对丹莫刺尔的服从，还是出于对谢顿的爱？他想要相信是后者，然而……

他与铎丝·凡纳比里在一起的日子很快乐，但那是有代价、有条件的。那个条件并非藉由讨论或协议所定，而是彼此未曾言明的一种谅解，因此反倒分外严格。

谢顿了解，自己心目中理想妻子的各项优点，他在铎丝身上都找到了。诚然，他没有儿女，但他一来从未指望，二来，说老实话，也没有多大的渴求。他拥有芮奇，在感情上，芮奇就是他的儿子，仿佛芮奇继承了谢顿家族整个的基因组，或许有过之而无不及。

现在铎丝却令他想到这个问题，等于打破了这些年来让他们相安无事的那个协定。他感到心中有一股模模糊糊但越来越强的怨气。

可是他很快将那些想法、那些问题再度抛到脑后。他已经学会接受她是他的保护者，今后也不会有任何改变。毕竟，与她共享一个家、一张餐桌、一张床的是他自己，而不是伊图·丹莫刺尔。

铎丝的声音将他从冥想拉回现实。

“我说——你是不是闷闷不乐，哈里？”

他有点吃惊，因为听她的口气，她是在重复这句话，这使他了解他刚才不断深陷自己的思绪，因而与她的距离越拉越远。

“对不起，亲爱的，我不是闷闷不乐——不是有意闷闷不乐。我只是在想，我该如何回应你刚才的话。”

“关于机器人吗？”当她说出这个词汇时，她似乎相当冷静。

“你说，我对他们知道得不如你多。我该如何回应这句话呢？”他顿了一下，再以平静的口吻补充道（他知道是在碰运气），“我是说，而不至于冒犯你。”

“我可没说你不知道机器人。假如你要引用我说的话，那就做得准确点。我说的是，你不了解机器人。我确信这方面你知道得很多，也许比我还多，可是‘知道’不一定代表‘了解’。”

“好了，铎丝，你在故意用矛盾的言语困扰我。矛盾只有一个来源，那就是无意或刻意骗倒人的模棱两可。我不喜欢在科学中见到这种言论，也不喜欢在日常谈话中听到，除非本意是幽默，而我认为现在并非如此。”

铎丝以她特有的方式笑了几声，适可而止，仿佛欢乐过于珍贵，不能以太过慷慨的方式与人分享。“这个矛盾对你所造成的困扰，显然已经使你变得夸张，而你在夸张时总是相当滑稽。话说回来，我会解释的，我并没有打算令你困扰。”她伸出手来拍拍他的手背，谢顿才惊讶地（还有点不好意思地）发觉自己已经握紧拳头。

铎丝说：“你常常就心理史学高谈阔论，至少对我如此。你知道吗？”

谢顿清了清喉咙。“在这方面，我得求你大发慈悲。这个计划是秘密的，它的本质使然。除非受到心理史学影响的人都对它一无所知，否则心理史学根本无效，所以我只能找雨果和找你谈。对雨果而言，那全是直觉。他很杰出，但他太容易疯狂地跳进未知的领域，因而我必须扮演谨慎保守的角色，不断将他拉回来。但我自己也有些疯狂的想法，能大声说出来给自己听对我很有帮助，即使——”他微微一笑，“我心里十分明白，我说的话你一个字也听不懂。”

“我知道我是你的共鸣板，我不在乎，我真的不在乎，哈里，所以请勿暗自决定改变你的行为。自然，我并不了解你的数学，我只是个历史学家，我研究的甚至不是科学史。现在，我的时间都花在经济变动对政治发展的影响……”

“没错，那方面我又是你的共鸣板，难道你没有注意到吗？在适当的时候，我的心理史学需要用到它，所以我觉得你对我的帮助是不可或缺的。”

“很好！既然咱们找到了你和我在一起的原因——我知道，不可能是因为我天仙般的美丽——就让我继续解释吧。有些时候，当你的讨论脱离纯粹的数学领域时，我似乎也能体会你的意思。在好些时候，你都解释过你所谓的极简主义之必要性。我想我能了解这一点，你所谓的极简主义，是指……”

“我知道我指的是什么。”

铎丝显得有些难过。“拜托，哈里，别太自大。我不是试图对你解释，而是想对自己解释。你说你是我的共鸣板，那就请你言行一致。礼尚往来才是公平的，对不对？”

“礼尚往来没有错，但如果我插一句嘴，你就要给我扣上自大的帽子……”

“够了！闭嘴！你告诉过我，极简主义是应用心理史学中最重要的一环；若试图将不理想的历史发展修改成理想的，或至少是较理想的，极简主义是不可或缺的工具。你曾经说过，必需施行的变动要尽可能微小、尽可能简单……”

“是的，”谢顿热切地说，“那是因为……”

“不，哈里，现在是我在试着解释，我俩都知道你当然了解。你必须谨守极简主义，因为每一项变动，任何一项变动，都会带来无数的副作用，不可能都是我们所能接受的。假如变动的规模太大，而且副作用太多的话，那么结果必定会和你当初的计划大相径庭，变得完全无法预测。”

“没错，”谢顿说，“那是混沌效应的本质。问题在于，是否任何变动都能控制得足够小，使得结果可被合理地预测；或是在每一方面，人类历史都是无法避免且无从改变的混沌现象。最初，就是因为这个问题，使我认为心理史学不是……”

“我知道，可是你不让我表达自己的观点。问题的症结不在于是否任何变动都能足够小，而是任何大于极小的变动都注定带来混沌。需要的极小值也许是零，但假如不是零，它的值仍然非常小。找出某个足够小却大于零的变动，将是主要的难题。好，我想，这就是你所指的极简主义之必要性。”

“差不多就是这样。”谢顿说，“当然，和其他理论一样，用数学语言能作出更简练、更严密的叙述。听我说……”

“饶了我吧。”铎丝说，“既然你知道心理史学中的极简主义，哈里，你就该知道如何用它来解释丹莫刺尔的处境。你并未充分理解你所拥有的知识，因为你显然没有想到，可将心理史学法则用到机器人学法则上。”

谢顿有气无力地答道：“这回，我不懂你要说什么了。”

“他也需要利用极简法则，对不对，哈里？根据机器人学第一法则，机器人不得伤害人类，那是普通机器人的最高指导原则。可是丹莫刺尔非比寻常，对他而言，还有第零法则的存在，它甚至凌驾第一法则之上。第零法则说机器人不得伤害人类整体，但这点便将丹莫刺尔套牢，正如你被心理史学法则套牢一样。你懂了吗？”

“我开始懂了。”

“但愿如此。假如丹莫刺尔有能力改变人类的心灵，他在这样做的时候，必须避免产生他不愿见到的副作用。由于他是御前首相，他得担心的副作用一定多得数不清。”

“如何将这个理论应用到如今的情况呢？”

“想想看吧！你不能告诉任何人丹莫刺尔是机器人，当然我是例外。因为他调整过你，使你根本做不到。可是他需要作多大的调整呢？你想要告诉别人他是机器人吗？你仰赖他保护你、仰赖他支持你、仰赖他默默发挥影响力来帮助你，你会想毁掉他的优势吗？当然不会。因此，当年他需要做的变动非常小，刚好足以防止你在兴奋中或不留神时脱口而出。那个变动如此微小，因此并没有特别的副作用，这正是丹莫刺尔治理帝国所采用的一般模式。”

“对于久瑞南呢？”

“显然和你的情况完全不同。不论他的动机为何，他势必反对丹莫刺尔到底。毫无疑问，丹莫刺尔能改变这点，但那样做得付出代价，会在久瑞南的组织中引起可观的震荡，导致的结果将是丹莫刺尔无法预测的。他不愿冒险伤害久瑞南，以免产生的副作用会伤及无辜，甚至可能波及全人类，所以他必须暂且放过久瑞南，直到他能找到某种微小变动——某种足够小的变动，既能挽救局势，又不会造成伤害。这就是为什么雨果说得对，以及丹莫刺尔也有弱点的原因。”

谢顿一直仔细聆听，却没有作出回应，似乎陷入了沉思。过了好几分钟，他才重新开口。“如果丹莫刺尔对这件事束手无策，那我必须挺身而出。”

“假如连他都束手无策，你又能做些什么？”

“这件事不一样。我并未受到机器人学法则的束缚，我不需要强迫自己遵循极简主义。首先，我必须去见丹莫刺尔。”

铎丝显得有点焦虑不安。“你非去不可吗？突显你们两人之间的关系，绝不能算明智之举。”

“事到如今，我们势必不能再假装毫无瓜葛。自然，我不会大张旗鼓去见他，不会在全息电视上大肆宣传，可是我必须见他一面。”

05

谢顿发觉自己对时光的流逝愤怒不已。八年前，刚来到川陀时，他凡事都能立即采取行动。当时他只拥有旅馆内的一个房间、一些随手可丢的行李，能够随心所欲来往川陀各行政区。

现在的他，则是每天忙着系务会议，忙着制定决策，忙着许多其他工作。想抽身见丹莫刺尔一面不是简单的事；即使他做得到，丹莫刺尔自己的时间表也早已排满。要找一个两人都有空的时候，可还真不容易。

而要铎丝对他点头，同样不是容易的事。“哈里，我不知道你打算做什么。”

他不耐烦地答道：“我也不知道我打算做什么，铎丝，我希望见到丹莫刺尔时，能够找出答案。”

“你的首要职责是心理史学，他会那样说。”

“或许吧，我会找出答案的。”

后来，他刚刚和首相约好在八天后见面，就收到一封来信。那封信出现在他的研究室墙壁屏幕上，以稍嫌古老的字体写成。而配合这个古老字体的，则是颇有古风的文句：敝人乞求谒见哈里·谢顿教授。

谢顿惊讶地瞪着这行字。如今即使上书皇帝陛下，也不会用这种几世纪前的文体。

信末的署名也很特别，不像通常那样印得清清楚楚，而是一个龙飞凤舞的签名，虽然完全可以辨识，却透出艺术大师即兴挥毫的一种韵味。那个签名是：拉斯金·久瑞南——是九九自己，乞求谒见谢顿。

谢顿不知不觉呵呵笑了几声。对方为何选用那种字眼，为何亲笔签名，意图实在很明显。这使得一个简单的请求，变成了激发好奇心的工具。谢顿并非十分渴望与此人见面，换成平时，他绝不会有兴趣。可是究竟有什么事，值得使用古文体与艺术字？他倒想弄清楚。

他让秘书安排了会面的时间与地点。当然是在他的研究室，而不是他的寓所。这将是一次公务会谈，没有社交的成分。

时间安排在他会见丹莫刺尔之前。

铎丝说:“我一点也不惊讶，哈里。你打伤了他手下两个人，其中之一还是他的首席助理；你破坏了他举行的小小集会；而且你借着羞辱他的代表，令他当众丢人现眼。他想要见见你这个人，我想我最好跟你一道去。”

谢顿摇了摇头。“我会带着芮奇。我晓得的门道他都晓得，而且他是个身强体壮、精力充沛的二十岁青年。不过，我确定并没有特别防范的必要。”

“你怎能如此确定？”

“久瑞南要到校园里来见我，所以附近会有很多年轻人。在学生心目中，我还不算是个不受欢迎的人物。而且我觉得，久瑞南是那种准备充分的人，他知道我在大本营中将平安无事。我确定他会万分客气——绝对友善。”

“嗯。”铎丝的嘴角稍微扭了一下。

“而且相当可怕。”谢顿补充道。

06

哈里·谢顿保持面无表情，仅仅稍微点了点头，刚好足以表达应有的礼貌。他曾不厌其烦地查过久瑞南的多张全息像，可是，正如通常的情形，真人总有松懈的时候，还会随着外界状况不断作出反应，因此看来绝不会和全息像一模一样——不论事先准备得多么充分。或许，谢顿心想，正是观察者对“真人”的反应造成了这种差异。

久瑞南是个高个子，至少与谢顿一样高，但其他尺度都更为巨大。这并非由于他有强壮的体格，因为他给人一种松软的印象，虽然还谈不上肥胖。他有一张圆脸，一对浅蓝色眼珠，一头算是沙色而不是黄色的浓密头发。他穿着一件冷色的连身服，脸上带着似笑非笑的表情，令人产生友善的错觉，却也明摆那只是你的错觉而已。

“谢顿教授，”他的声音低沉，且在严格控制之下，那是演说家特有的声音，“我很高兴见到你，非常感谢你应允这次会晤。我确信你不会介意我带了一个同伴，我的左右手，虽然我事先未曾对你言明。他叫坎伯尔·丁恩·纳马提——他的名字有三个部分，你该注意到了。我相信你曾经见过他。”

“是的，我见过，那次事件我记得很清楚。”谢顿带着点嘲讽的神态望着纳马提。上次相遇时，纳马提正在大学运动场演讲。此时，在轻松的情况下，谢顿趁机仔细打量他一番。纳马提身高中等，有着瘦削的脸庞、蜡黄的面色、黑色的头发，以及一张宽大的嘴巴。他不像久瑞南那样似笑非笑，也没有任何显著的表情，只表现出一份谨慎的机警。

“我的朋友纳马提博士——他的学位是古代文学——自己要求与我同来，”久瑞南的笑容加深了一点，“他是来道歉的。”

久瑞南瞥了纳马提一眼。纳马提起初抿着嘴，但随即以平板的声音说：“对于在运动场发生的事，教授，我很抱歉。我不太清楚管理校园集会的严格规定，又有点被自己的激情迷了心窍。”

“这是可以理解的，”久瑞南说，“他当时也不太清楚你的身份。我想，我们现在大可忘掉这场不愉快。”

“我向你们保证，两位先生，”谢顿说，“我并没有多么希望记住这件事。这是我儿子，芮奇·谢顿，所以你们看，我也有个同伴。”

芮奇已经蓄起两撇又黑又浓的八字胡，那是达尔人的男性象征。八年前，他与谢顿初遇时，脸上连一根毛也没有；那时他是个野孩子，衣衫褴褛，饥肠辘辘。他个子不高，但动作灵活，肌肉发达，而且他的表情刻意分外高傲，好在肉体身高上增加几寸精神高度。

“早安，年轻人。”久瑞南说。

“早安，阁下。”芮奇答道。

“请坐，两位先生。”谢顿说，“我能招待两位吃点或喝点什么吗？”

久瑞南举起双手，做出婉拒的手势。“不了，教授，这并不是社交性的拜会。”他在谢顿指示的位置坐下来，“不过我希望，将来会有许多次这样的拜会。”

“如果有公事要谈，那就开始吧。”

“那桩蒙你宽宏大量答应忘掉的小意外，谢顿教授，我已经听说了，但我不禁纳闷你为何要冒险那样做。那是相当危险的事，你必须承认。”

“事实上，我不这么认为。”

“但我认为如此。所以我冒昧地尽我所能，查出一切有关你的资料，谢顿教授。你是个很有意思的人，我发现你来自赫利肯。”

“是的，我在那里出生，记录上写得很清楚。”

“而你在川陀已经待了八年。”

“那也是一项公开的记录。”

“而你一开始，就借着你发表的一篇数学论文而声名大噪。那是关于——你称它作什么？心理史学是吗？”

谢顿非常轻微地摇了摇头。对于当初那个轻率的举动，他不知道后悔过多少次。当然，当初他并不觉得那是轻率的。他说：“那只是年少的轻狂，结果一事无成。”

“是吗？”久瑞南环顾四周，露出惊喜的神态，“但现在的你，是川陀一所著名大学的数学系系主任。而且我相信，你只有四十岁。顺便提一下，我今年四十二，所以我绝不认为你有多老。你一定是个非常优秀的数学家，才能胜任这个职位。”

谢顿耸了耸肩。“我对这个问题不愿置评。”

“或者，你一定有些有权有势的朋友。”

“我们都希望结交有权有势的朋友，久瑞南先生，可是我想你在这里找不到半个。大学教授几乎不可能结交有权有势的朋友，甚至有时我想，什么样的朋友都交不到。”他微微一笑。

久瑞南也露出微笑。“难道你不将大帝视为一位有权有势的朋友吗，谢顿教授？”

“我当然会，可是那和我又有什么关系？”

“在我的印象中，大帝是你的朋友之一。”

“久瑞南先生，我确定那些记录会告诉你，八年前我觐见过大帝陛下一次。前后大概顶多一小时，当时我看不出他显得多么热络。后来我再也没有和他说过话，甚至没再见过他，当然不包括在全息电视上。”

“但是，教授，不一定非得和大帝见面或说话，才能结交这位有权有势的朋友。只要能和伊图·丹莫刺尔，那位御前首相，见面或说话就够了。丹莫刺尔是你的保护者，既然他和你有这重关系，我们当然能说大帝和你也有这重关系。”

“你是否在那些记录的任何地方，找到所谓丹莫刺尔首相保护我的记载？或是那些记录中有任何记载，能够让你推导出这个结论？”

“既然你们两人的关系众所周知，我又何必搜寻记录呢？这件事你知我知，就让我们将它当成已知数，继续讨论下去吧。还有，拜托，”他举起双手，“省省吧，别跟我掏心掏肺地否认什么事，那样只会浪费时间。”

“实际上，”谢顿说，“我正准备问，你为什么认为他会想保护我？有什么目的？”

“教授！你是在假装认为我是老天真，藉此刺伤我吗？我刚才提到你的心理史学，丹莫刺尔要的就是它。”

“而我告诉过你，那只是年少的轻率之作，结果一事无成。”

“你可以告诉我许多许多事情，教授，但我没有义务接受你的说法。好了，让我坦白讲吧。在我手下一些数学家的帮助下，我读了一遍你的原始论文，并试图了解它的内容。他们告诉我，那是个疯狂的梦想，而且相当不可能……”

“我相当同意他们的说法。”谢顿道。

“可是我有一种感觉，丹莫刺尔在等它发展成功并派上用场。如果他能等，那我也能等。让我来等它，谢顿教授，对你会比较好。”

“为什么？”

“因为丹莫刺尔不会在他的位子上再待多久，反对他的舆论正步步高涨。当大帝厌倦这个不受欢迎的首相时，就可能会找人取而代之，以免受他的连累而失去皇位。大帝的宠爱甚至可能降临不才的在下。而你仍将需要一位保护者，他要能确保你得以在安定中工作，而且拥有充足的经费，来负担你所需要的设备和助理。”

“而你会是那位保护者吗？”

“当然，而且和丹莫刺尔的理由一样。我想要一个成功的心理史学技术，好让我能更有效率地治理帝国。”

谢顿若有所思地点了点头，等了一会儿，然后说：“可是这样的话，久瑞南先生，我为什么一定要关心这件事呢？我是个穷学者，过着平静的生活，埋首于与世无争的数学和教育工作。你说丹莫刺尔是我现在的保护者，而你将是我未来的保护者。那么，我大可继续默默从事自己的工作，而让你和首相去分个胜负，不论是谁胜利，我仍然有个保护者。或者，至少你是这么说的。”

久瑞南僵凝的笑容似乎敛去一点。坐在一旁的纳马提，则将阴沉的脸孔转向久瑞南，仿佛想说些什么。但久瑞南一只手稍微动了动，纳马提便轻咳一声，什么也没有说。

久瑞南道：“谢顿博士，你是个爱国者吗？”

“啊，当然啦。帝国已经为人类带来数千年的和平——至少，大多数岁月如此——而且促进了人类稳定的发展。”

“话是没错，可是过去一两个世纪，进步的步调却减缓了。”

谢顿耸了耸肩。“这方面我没有研究。”

“你不必有研究。你知道的，在政治上，过去一两个世纪是动乱的时代。皇帝在位的时间都很短，有时还因为遇刺而更加缩短……”

“光是提到这种事，”谢顿插嘴道，“就已经接近叛国。我宁可你不……”

“好啦，”久瑞南上半身靠向椅背，“看你多没安全感。帝国正在衰败，我愿意公开这么说。那些追随我的人也这么说，因为他们看得太清楚。我们需要换一个人在大帝身边，他要能够控制整个帝国、压制似乎无所不在的反叛企图、赋予军队应有的领导权、引导经济……”

谢顿不耐烦地抬起手，做了一个要求暂停的动作。“而你就是做那些事的人，对不对？”

“我打算当那个人。那不会是个简单的工作，而且我猜不会有许多志愿者，理由很明显。丹莫刺尔当然做不到，在他手中，帝国的衰落正向完全崩溃加速前进。”

“可是你有办法阻止吗？”

“是的，谢顿博士。借着你的帮助，借着心理史学。”

“借着心理史学，或许丹莫刺尔也能阻止帝国的崩溃——假使心理史学真的存在。”

久瑞南心平气和地说：“它的确存在，我们别再假装了，但它的存在帮不了丹莫刺尔。心理史学只是工具，还需要一个了解它的头脑，以及一双懂得使用它的手。”

“而你有这样的头脑和双手，是吗？”

“是的，我了解自己的长处。我要心理史学。”

谢顿摇了摇头。“你爱要什么都可以，反正我没有。”

“你有，你有，我不和你争论这点。”久瑞南倾身凑近谢顿，仿佛希望将声音直接灌进他的耳朵，而不是借着声波载送过去，“你说你是个爱国者。我必须取代丹莫刺尔，以免帝国遭到毁灭。然而，取代过程本身就可能大大削弱帝国的元气。我不希望有这种结果，而你可以指导我如何顺利地、巧妙地达成这个目标，不至于造成伤害或破坏——看在帝国的份上。”

谢顿说：“我办不到，你指控我拥有我所没有的知识。我很愿意效劳，可是我办不到。”

久瑞南突然站起来。“好吧，你知道了我的心意，以及我想向你要什么。好好想一想，此外，我还要请你为帝国想一想。你或许觉得应该忠于你的朋友，丹莫刺尔，这个全银河人类的掠夺者。小心点，你所做的有可能动摇帝国的根本。我以银河中万兆人类的名义求你帮助我，请想想帝国吧。”

他的声音压低了，变成令人毛骨悚然且强而有力的低语，谢顿感到自己几乎在发抖。“我随时都会想到帝国。”他说。

久瑞南说：“那么，我现在要求的就是这些。谢谢你应允会见我。”

当研究室的门无声无息地滑开，久瑞南与他的同伴大步离去时，谢顿默默望着他们两人的背影。

他皱起眉头。有件事困扰着他，而他不确定究竟是什么事。

07

纳马提的黑眼珠紧盯着久瑞南。此时，他们坐在斯璀璘区的办公室中。这里不算是个精致的总部，而是一间刻意遮掩的场所。他们在斯璀璘势力还弱，但他们一定会逐渐壮大。

这个运动的成长相当惊人。三年前，它从一无所有开始，如今触须已延伸至川陀各个角落。当然，各处的势力仍有大小之别。外围世界则大多尚未触及——丹莫刺尔花了很大力气让那些世界满意，但那正是他的错误。发生在川陀上的叛乱才真正危险；其他地方的叛乱不难控制，而在这里，丹莫刺尔却可能因此垮台，奇怪的是他自己竟然不了解。但久瑞南始终坚信一个理论，即丹莫刺尔的声誉被过分夸大了，只要有人敢反对他，便能证明他只是个空壳子，而大帝一旦发觉自身安全难保，就会立刻铲除这个首相。

至少，目前为止，久瑞南的预测都一一应验。除了一些小事，例如最近在斯璀璘大学被谢顿这家伙破坏的那场集会，他从未走错路。

或许正因为如此，久瑞南坚持要见他一面。即使脚趾头的一粒小肉刺，也必须处理掉。久瑞南很喜欢这种绝不犯错的感觉，而纳马提不得不承认，对未来一连串成功的展望乃是继续成功的最佳保证。为了避免失败的羞辱，人们倾向于加入显然占上风的一方，即使那样做有违自己的心意。

但是，这次与这个谢顿的会晤算是成功吗？或是原先那粒肉刺旁又长出了第二粒？纳马提不喜欢被一路拉去，只是为了向对方低声下气地道歉，他看不出那样做有什么好处。

现在久瑞南坐在那里，沉默不语，显然陷入了沉思。他轻咬着拇指的指尖，仿佛试图从中吸取某种心灵养分。

“九九。”纳马提轻声唤道。群众在公开场合拼命呐喊的这个昵称，只有极少数人能真正用来称呼久瑞南，而纳马提便是其中之一。久瑞南用这些方法赚取群众对他的爱戴，但在私下的场合，除了那些一开始就跟着他的战友，他要求每个人都对他必恭必敬。

“九九。”他再度唤道。

久瑞南抬起头来。“啊，坎·丁，什么事？”他的声音听起来有点暴躁。

“九九，我们要怎样对付谢顿这家伙？”

“对付？现在什么都别做，他可能会加入我们。”

“为什么要等？我们可以对他施压；我们可以拉动大学里几根线，让他日子不好过。”

“不，不。目前为止，丹莫刺尔一直放任我们发展，那傻子过度自信。不过，我们绝对不能做的一件事，就是逼他在我们准备好之前采取行动。如果我们以鲁莽的手段对付谢顿，就有可能导致那种结果。我觉得丹莫刺尔对谢顿极为重视。”

“因为你们两人谈到的那个心理史学？”

“正是。”

“那是什么东西？我从没听说过。”

“很少有人听说过。那是一种分析人类社会的数学方法，最终的目标是预测未来。”

纳马提皱起眉头，发觉自己不知不觉移开了久瑞南一点。这是久瑞南的玩笑吗？是为了要让他发笑吗？纳马提向来不清楚别人何时或为何指望他发笑，他自己从来没有那种冲动。

他说：“预测未来？如何预测？”

“啊！假使我知道，我还需要谢顿做什么？”

“坦白讲我不相信，九九。一个人怎能预知未来？那是算命。”

“我知道。但在这个谢顿打散了你的小小集会后，我彻底调查过他。八年前他来到川陀，在一个数学家会议上，发表了一篇有关心理史学的论文，然后整个东西就销声匿迹。再也没有任何人提到，甚至包括谢顿自己。”

“那么，听起来好像一文不值。”

“喔，不，正好相反。假使它慢慢消失，假使它受到冷嘲热讽，那我会说它一文不值。但突然间被完全切断，却代表整个东西被放进了冰窖的最深处。这就是丹莫刺尔也许根本没有阻止我们的原因。说不定指引他的并不是愚蠢的过度自信，而是心理史学，它一定正在作些预测，丹莫刺尔则计划于适当时机善加利用。果真如此，我们就有可能失败，除非我们自己也能利用心理史学。”

“谢顿声称它不存在。”

“假使你是他，你不会这么做吗？”

“我还是要说，我们应该对他施压。”

“没有用的，坎·丁，你可听过‘文恩的斧头’这个故事？”

“没有。”

“假使你是尼沙亚人，就一定会听过，那是我家乡一个很有名的民间故事。简单地说，文恩是个伐木工，他有一把神奇的斧头，只要轻轻一挥，就能砍倒任何树木。这把斧头珍贵无比，他却从来不必花工夫收藏或保管，而它也始终没被偷走。因为除了文恩自己，没有人能举起或挥动这把斧头。

“嗯，目前这个时候，除了谢顿自己，没有人处理得了心理史学。假使由于我们强迫他，令他不得不站到我们这边，我们就永远无法确定他的忠诚。他很可能会力陈某种看来似乎对我们有利的行动方针，却巧妙地偷天换日，以致一段时日后，我们竟发现自己一夜之间被摧毁了。不，他必须因为希望我们获胜，而自愿投入我们的阵营，为我们效力。”

“可是我们怎能说服他呢？”

“谢顿有个儿子，我记得他叫芮奇。你有没有注意到他？”

“没有特别注意。”

“坎·丁，坎·丁，如果你不注意每一件事，你就永远抓不到重点。那年轻人全神贯注听我说话，他的眼睛透露出他的心意。他被打动了，我看得出来。若说有哪件事是我看得出来的，那就是我打动他人的程度。当我摇撼了某个心灵，当我驱使某人回心转意时，我心里都会有数。”

久瑞南微微一笑，那不是他在公开场合所展现的假惺惺且逢迎的笑容。这次是一个衷心的微笑，有些冰冷而咄咄逼人。

“我们来看看能对芮奇做些什么，”他说，“还有是否能通过他，让我们得到谢顿。”

08

两位政治人物走后，芮奇一面望着谢顿，一面摸着自己的八字胡。抚摸这两撇胡子能为他带来满足感。在斯璀璘区，虽然也有些男人留八字胡，但通常都是稀疏的次等货，而且色泽不明显；即使色泽深浓，仍然是稀疏的次等货。大多数男人则根本不留，只好让他们的上唇裸露在外。例如谢顿就没有，不过那样也好，从他的发色看来，他配上两撇胡子会很滑稽。

他凝视着谢顿，等待他从沉思中回过神来，最后发觉自己再也等不下去。

“爸！”他唤道。

谢顿抬起头来说：“什么事？”他的声音带着些许恼怒，因为他的沉思被打断了，芮奇如此判断。

芮奇说：“我认为你根本不该见那两个家伙。”

“哦？为什么？”

“嗯，那个瘦子，不管他叫什么名字，就是你在运动场找他麻烦的那个家伙。他不会喜欢那件事的。”

“可是他道歉了。”

“他不是真心的。而另一个家伙，久瑞南，他可危险得很。万一他们带着武器呢？”

“什么？在这所大学？在我的研究室？当然不会，这里又不是脐眼。此外，如果他们轻举妄动，我能同时收拾他们两个，轻而易举。”

“我可不敢说，爸，”芮奇透着怀疑的口气，“你越来越……”

“别说出来，你这忘恩负义的小子。”谢顿一面说，一面伸出一根指头做训诫状，“你说的话会和你母亲一模一样，而我已经受够了她。我没有越来越老，或者，至少还没那么老。何况还有你在我身边，你几乎是和我一样老练的角力士。”

芮奇皱了一下鼻子。“角力没啥好耍。”没有用的。芮奇听到自己那样说，心里就很清楚，即使离开达尔那个泥淖已有八年，他的达尔腔仍会脱口而出，明显标示着他是低下阶层的一员。而且他个子很矮，有时他甚至会觉得自己发育不良。但他拥有八字胡，没有人会用施舍的目光看他第二眼。

他说：“你准备怎样对付久瑞南？”

“目前，什么也不做。”

“这个嘛，爸，听我说。我在川陀全视上看过久瑞南几回，我甚至把他的演讲录到全息影带上。大家都在谈论他，所以我想我该看看他到底在说些什么。你可知道，他的话真有几分道理。我不喜欢他，也不相信他，可是他的话确有几分道理。他希望各区拥有平等的权利，以及平等的机会，而那没啥不对，不是吗？”

“当然没错，所有的文明人都这么想。”

“那我们为什么没有那种东西呢？大帝这么想吗？丹莫刺尔呢？”

“大帝和首相有整个帝国需要操心，他们无法将全副心力集中在川陀上。久瑞南口头谈谈平等当然容易，他肩上没有责任。假使他处于统治者的地位，便会发觉他的心力被帝国二千五百万颗行星大大分散。非但如此，他还会发觉川陀各区在每方面都和他作对；每一区都想为自己争取很多平等，却不希望别区获得太多。告诉我，芮奇，只为了让久瑞南证明他做得到什么，你认为就该让他有有执政的机会吗？”

芮奇耸了耸肩。“我不知道，我存疑。但如果他刚才想对你怎么样，还没移动两厘米，我就会抵住他的喉咙。”

“那么，你对我的忠心，超过了你对帝国的关怀。”

“当然，你是我爸。”

谢顿以怜爱的目光望着芮奇，但在这个目光背后，他却生出一丝不确定感。久瑞南近乎催眠的影响力有多么深远呢？

09

哈里·谢顿在座椅上向后仰，垂直的椅背立刻倾斜，让他保持斜倚的坐姿。他的双手垫在脑后，双眼没有任何焦点。他的呼吸则非常轻，真的非常轻。

铎丝·凡纳比里待在房间另一端，她刚关掉阅读镜，并将微缩胶片放回原位。刚才她相当专心地工作了好一段时间，在修订她对早期川陀历史中“弗罗伦纳事件”的意见。她觉得若暂停一下，猜猜谢顿在思考什么，会是个颇为适当的休息。

一定是心理史学。他也许要花掉后半生所有的时间，探寻这个“半混沌技术”的各种蹊径。很可能他一辈子也无法完成，到头来将这项工作留给别人（应该是留给雨果，只要这个年轻人没有被这个问题也耗得油尽灯枯），他则会因为不得不如此而伤透了心。

然而，这给了他一个活下去的理由。始终拥抱着这个问题，会让他活得更长久，这使她感到欣慰。总有一天她会失去他，她心里明白，而且发觉这个想法困扰着她。刚开始的时候，她的任务十分单纯，只是为了他所拥有的知识而保护他，当时看来，似乎不会发生这种事。

它在何时转变成自己的需要呢？她又怎么会有如此的需要呢？这个男人究竟有什么魅力，即使明知他安然无事，因此根深蒂固的命令并不会化为行动，看不到他仍会令她心神不宁？根据命令，她需要关切的只有他的安危。其他的情绪是怎么闯进来的？

很久以前，当那些情绪明显浮现之际，她曾对丹莫刺尔提到这件事。

当时，他表情严肃地望着她，说道："你的心思很复杂，铎丝，因此这个问题并没有简单的答案。在我的生命中，曾经出现过一些人，他们的存在使我更容易思考，使我作出反应时更加愉快。我曾经试图衡量，在他们存在时和终于消失后，我的反应所呈现的难易变化，看看总结起来，我究竟是得是失。在这个过程中，我明白了一件事。他们的出现所带来的快乐，胜过他们逝去所留下的遗憾。所以说，整体而言，体验你现在所体验的，总比放弃来得好。"

她心想：哈里总有一天会留下大片空白，而每过一天就更接近那一天，我绝不能想这件事。

为了抛开这个念头，她终于决定打断他的思绪。"你在想什么，哈里？"

"什么？"谢顿显然花了一番力气，才将目光重新聚焦。

"我想一定是心理史学，我猜你又在探索另一条死胡同。"

“这个嘛，那回事暂时不在我心上。”他突然哈哈大笑，“你想知道我在想什么吗？头发！”

“头发？谁的？”

“此时此刻，是你的。”他柔情地望着她。

“有什么不对劲吗？我该染成别的颜色吗？还是说，过了这么多年，也许该出现白发了？”

“得了！谁要你的头发变白。只是它使我联想到其他事情，比如说尼沙亚。”

“尼沙亚？那是什么？”

“前帝国时代的川陀王国始终没有涵盖它，所以你没听过并不令我惊讶。它是一个世界，一个小世界；遗世独立，微不足道，乏人问津。我会对它稍有了解，只是因为我不厌其烦地查过资料。在二千五百万个世界当中，只有极少数真能长久名扬星际，但我怀疑是否还有任何世界像尼沙亚那么不重要。而这点就相当重要，你懂了吧。”

铎丝将她的参考资料推到一旁，说道：“你总是告诉我说你厌恶矛盾，这个新嗜好又是怎么回事？这个不重要的重要性到底是什么？”

“喔，当我自己制造矛盾时，我倒是不在乎。你可知道，久瑞南来自尼沙亚。”

“啊，原来你关切的是久瑞南。”

“没错，在芮奇的坚持下，我看了一些他的演讲。内容没有多大意义，但是整体而言，却能造成近乎催眠的效应，芮奇就被他深深打动了。”

“我猜任何出身达尔的人都会，哈里。久瑞南对各区平等的坚定诉求，自然会吸引那些受压迫的热闾工。你记得我们在达尔的所见所闻吗？”

“我记得非常清楚，我当然不会怪这孩子。令我困扰的，只是久瑞南来自尼沙亚。”

铎丝耸了耸肩。“嗯，久瑞南总得从某处来。反之，尼沙亚和其他任何世界一样，有时总会对外输出移民，甚至对川陀输出。”

“没错，可是，正如我所说，我不厌其烦地对尼沙亚作了一番调查。我甚至设法和那儿某个低层官员做过一次超空间接触，花了好大一笔信用点，而我无法心安理得地让系上付账。”

“你有任何值回点数的发现吗？”

“我想应该有。你可知道，久瑞南总是讲些小故事来阐明他的论点，那些故事都是他的母星尼沙亚上的传说。在川陀上，这样做对他有很大的好处，因为会使他显得平凡普通，满脑子朴素的哲学。那些故事充斥于他的演说中，让人觉得他来自一个小世界，在一个与世隔绝的农场长大，周围是一片原始的生态环境。人们喜欢这一点，尤其是川陀人，他们宁死不愿困在原始的生态环境里，但是照样喜爱梦想。”

“可是这有什么问题呢？”

“奇怪的是，和我谈话的那个尼沙亚人，对那些故事一个也不熟悉。”

“这没什么意义，哈里。它或许是个小世界，但它总是个世界。在那个世界上，久瑞南的出生地所流行的故事，不一定在那个官员的家乡同样流行。”

“不，不。民间故事通常都是世界性的，顶多只是改头换面一番。不过除了这点之外，我还很不容易听懂那人的口音，他说的银河标准语有浓重的腔调。为了确定这件事，我还和那个世界上其他几个人谈过，结果他们都有同样的腔调。”

“那又怎么样？”

“久瑞南没有那种腔调，他讲的是相当纯正的川陀话。实际上，比我说的好得太多了。我带有赫利肯方言的‘儿’音，而他完全没有。根据记录显示，他在十九岁时来到川陀。在我看来，一生最初十九年都说那种粗俗的尼沙亚式银河标准语，来到川陀后，那种腔调竟然完全消失，这简直是不可能的事。不论他在这里待了多久，总会残留一点那种腔调。看看芮奇，还有他偶尔脱口而出的达尔独特用语。”

“从这一切，你推论出什么来？”

“我推论出的是——我整晚坐在这里，像个推理机一般推论良久，得到的结论是——久瑞南根本不是从尼沙亚来的。事实上，我想他之所以挑选尼沙亚，假装那是他的故乡，只是因为它那么偏僻遥远、那么与世隔绝，以致没有人会想要查证。他一定做过彻底的电脑搜寻，才找到这样一个最不可能被拆穿谎言的世界。”

“可是这实在荒谬，哈里。他为什么假装来自一个并非真正故乡的世界？这代表需要窜改大量的记录。”

“或许那正是他做过的事情。或许他在内政部有够多的追随者，使这件事得以实现。或许每个人所做的更动都微乎其微，根本算不上窜改。而他所有的追随者都太狂热，以致没有人谈论这一点。”

“但问题还是——为什么？”

“因为我怀疑，久瑞南不希望人们知道他的真正出身。”

“为什么？帝国境内所有世界一律平等，不论是根据法律或根据惯例。”

“这我就不敢说了，在真实人生中，这些高度理想的理论从未真正实现。”

“那么他是从哪里来的？你究竟有没有任何概念？”

“有的，这就把我们带回头发这个话题了。”

“和头发有什么关系？”

“当时，我坐在久瑞南对面打量他，越看越不对劲，却不知道为什么有那种感觉。后来我终于了解，是他的头发使我觉得不对劲。它具有某种特质，一种生命，一种光泽……一种完美，是我以前从未见过的。然后我明白了，他的头发是以人工仔细种植在头皮上的，他头上本来不该有那种东西。”

“不该有？”铎丝眯起双眼，显然她突然领悟了，“你的意思是……”

“没错，我正是那个意思。他来自那个活在过去、受神话支配的川陀麦曲生区，那就是他一直努力掩饰的事实。”

10

铎丝·凡纳比里冷静地思考这个问题。冷静是她唯一的思考模式，她向来没有炽烈的情绪。

她闭起双眼以便集中精神。她与谢顿造访麦曲生已是八年前的事，而且在那里未曾停留太久。除了食物之外，那里实在没有什么值得恭维的。

心中的影像逐渐升起。那是个严苛的、禁欲的、男性中心的社会，强调的是过去，人人除去全身毛发——那是一种心甘情愿的痛苦过程，好让他们与众不同，好让他们“知道自己是什么人”。她还想到他们的种种传说，以及他们对过去的记忆（或幻想）——当时他们统治整个银河，拥有倍增的寿命，与机器人生活在一起。

铎丝张开眼睛，问道：“为什么，哈里？”

“什么为什么，亲爱的？”

“为什么他要假装不是来自麦曲生？”

她并不认为他对麦曲生的记忆会比自己详尽；事实上，她知道这不可能，但是他的心智比她优越，至少绝对不同。她自己的心智只能从事记忆，以及靠数学演绎程序得出明显的推论；他的心智则能做出意料之外的跃迁。谢顿喜欢假装让他的助手雨果·阿马瑞尔独享直觉，可是这点瞒不过铎丝。谢顿还喜欢扮成出世的数学家，透过一双永远存疑的眼睛观察这个世界，而这点同样瞒不过她。

“为什么他要假装不是来自麦曲生？”当她重复这个问题的时候，他坐在那里，目光聚焦于自己内心深处。每当他透出这种眼神，铎丝总会联想到他又试图从心理史学的概念中，再榨出一小滴的用处与效力。

谢顿终于开口：“那是个严苛的社会，是个处处设限的社会。总是会有人不满这种控制一切思想言行的方式；总是会有人觉得自己无法驯服地套上缰索，而向往较世俗的外界中更大的自由。这是可以理解的。”

“所以他们培植人工毛发？”

“不，通常不会。一般的脱缰者会戴假发，那样做简单得多，但效果也差得多——脱缰者是麦曲生人对那些背离人士的称呼，当然，他们鄙视那些人。我听人家说，真正认真的脱缰者会培植人工毛发。那种过程既困难又昂贵，但是几乎可以乱真。以前我从未见过这种人，不过我听说过。我花了许多年的时间，研究川陀上的八百个行政区，试图整理出心理史学的基本法则和数学模式。遗憾的是，我累积的成果实在太少，但我的确学到一些东西。”

“可是，脱缰者为何必须隐藏来自麦曲生的事实？据我所知，他们并没有遭到迫害。”

“没错，他们没有。事实上，一般人并不认为麦曲生人是劣等民族。不过实际情况更糟，谁也不把麦曲生人当一回事。大家都承认他们相当聪明，而且教育水准高、尊贵、文明、精于饮食，他们保持该区繁荣的本事简直吓人，可是没有人把他们当一回事。在外人眼中，他们的信仰荒唐、滑稽，而且愚蠢得难以置信，这种看法甚至烙在麦曲生脱缰者的身上。一个试图在政府里面掌权的麦曲生人，会在众人的哄笑声中垮台。让人害怕没有关系，甚至受人轻视也能安然无事，但是被人嘲笑——则注定完蛋。久瑞南想要当首相，所以他必须有头发；而为了高枕无忧，他必须装成是在某个偏远的世界长大，而且尽可能让那个世界离麦曲生越远越好。”

“当然有些人是自然的秃头。”

“绝不会像麦曲生人自愿接受的脱毛那般彻底。若在外围世界，那不会有太大关系。但是对外围世界而言，麦曲生只是个遥远的传说。麦曲生如此闭关自守，实在很少有麦曲生人离开过川陀。不过，川陀上的情形则不同。虽然有些人秃头，但他们通常还保有一圈头发，以宣示他们并非麦曲生人，或者他们会留胡须。少数完全没有毛发的——通常是一种病态——运气就不好了。我猜他们必须随身携带一张医生证明，以证明他们不是麦曲生人。”

铎丝微微皱着眉头说：“这点对我们有任何帮助吗？”

“我还不确定。”

“你不能公布他是麦曲生人吗？”

“我不确定这点是否容易办到。他一定把狐狸尾巴藏得很好，而即使办得到……”

“怎么样？”

谢顿耸了耸肩。“我不想诉诸种族偏见。川陀现在的社会情势已经够糟了，更何况放纵谁都无法控制的激情。万一我实在需要拿麦曲生做文章，那会是我最后的手段。”

“所以说，你也要用极简主义。”

“当然。”

“那你会怎么做呢？”

“我已经约好要和丹莫刺尔见面，他也许知道该怎么做。”

铎丝以锐利的目光望着他。“哈里，你是不是渐渐无法自拔，指望丹莫刺尔能为你解决所有的问题？”

“没有，但他或许会解决这个问题。”

“假如他不会呢？”

“那么我必须想别的办法，对不对？”

“比如说？”

谢顿的脸庞掠过一个痛苦的表情。“铎丝，我不知道，你也别指望我能解决所有的问题。”

11

伊图·丹莫刺尔不常露面，只有在克里昂大帝面前例外。隐身幕后是他的一贯政策，原因不一而足，其中之一是他的外表几乎没有岁月的痕迹。

哈里·谢顿已有好几年未曾见过他，而且除了刚到川陀那段日子之外，从未与他真正私下交谈过。

有鉴于拉斯金·久瑞南最近那次示威性的拜会，谢顿与丹莫刺尔都觉得最好别张扬两人的关系。哈里·谢顿倘若造访位于皇宫的首相办公室，不可能不引人注目。因此为了保障安全，他们将会面的地点，定在邻近御苑的“穹缘旅馆”里一间虽小但设备豪华的套房中。

这次与丹莫刺尔会面，沉痛地勾起谢顿昔日的回忆。仅仅丹莫刺尔看起来和过去一模一样，便令沉痛的感觉更为加剧。他的脸庞仍保有棱角分明的特征，他的身材仍然高大壮硕，头发则依旧是略带金黄的浅黑色。他不算英俊，但显得威严而高贵，看来就像人们心目中一位帝国首相应有的理想形象，与过去历史上那些首相完全不同。单是他的外貌，谢顿心想，就给了他驾驭皇帝以及控制宫廷与整个帝国的一半力量。

丹莫刺尔向他走来，嘴角挂着浅浅的笑容，却一点也没有改变严肃的神情。

“哈里，”他说，“很高兴见到你。我有几分担心你会改变心意，而取消这个约会。”

“我则十分担心你会那样做，首相。”

“叫我伊图——假如你不敢叫我的真名。”

“我不能，我喊不出来，你知道的。”

“对我可以。说吧，我满喜欢听的。”

谢顿犹豫了一下，仿佛无法相信他的嘴唇能框出那几个字，或是他的声带能发出那几个音。“丹尼尔。”他终于说了出来。

“是的，机·丹尼尔·奥利瓦。”丹莫刺尔说，“很好，你将和我一同进餐，哈里。和你共餐的话，我就不必吃任何东西，那将是一大解脱。”

“乐于从命，虽然我不认为单方面进食是真正的欢宴。尝一两口当然……”

“就能让你高兴……”

“话说回来，”谢顿道，“我忍不住担心，相聚时间太长是不是明智之举。”

“是明智的。这是圣命，大帝陛下要我这么做。”

“为什么，丹尼尔？”

“再过两年，十载会议又要召开了。你看起来很惊讶，难道你忘了吗？”

“并不尽然，我只是没想到这件事。”

“你不准备参加吗？上次你可是热门人物。”

“没错，我的心理史学是有点热门。”

“你吸引了大帝的注意，没有其他数学家做到这一点。”

“最初受到吸引的人是你，而不是大帝。然后我就不得不东躲西藏，远离大帝的注意，直到我能向你保证，我对心理史学的研究已经迈出第一步，从此以后，你才允许我待在安全隐蔽的角落。”

“在一个举世闻名的数学系当系主任，可不算待在隐蔽的角落。”

“不，正是如此，因为它隐藏了我的心理史学。”

“啊，餐点送来了。让我们暂且谈点别的，像个朋友那样。铎丝好吗？”

“好极了。一个不折不扣的妻子，时时刻刻担心我的安危，简直把我烦死了。”

“那是她的工作。”

“她常常这么提醒我。说正经的，丹尼尔，你撮合我俩的这份恩情，我怎么也无法报答。”

“谢谢你，哈里。可是，老实说，我并未预见这桩婚姻会为你或为她带来幸福，尤其是铎丝……”

“还是要谢谢你送我这个礼物，无论实际结果和你的预期差了多少。”

“我很高兴。可是你会发现，这个礼物带来的结果或许还是未知数，正如同我的友谊。”

对于这句话，谢顿根本无从回答，因此，在丹莫刺尔示意下，他开始进餐。

过了一会儿，他对叉子上的一块鱼肉点了点头，说道：“我不确定这是什么肉，但这是麦曲生料理。”

“是的，没错，我知道你喜欢。”

“它就是麦曲生人活着的目的，是他们唯一的目的。但他们对你有特殊意义，我不能忘记这点。”

“这个特殊意义已经不存在了。很久很久以前，他们的祖先住在奥罗拉这颗行星上。他们至少能活三百年，是银河‘五十外世界’的共主。最初将我设计并制造出来的是个奥罗拉人，这点我没有忘记；和他们的麦曲生后裔比起来，我的记忆正确得多，扭曲的部分则少得多。可是后来，仍是很久很久以前，我离开了他们。我对人类的福祉究竟为何，作出了自己的选择，而我尽可能遵循它，长久以来一直如此。”

谢顿突然惊慌地问道：“我们会不会被窃听？”

丹莫刺尔似乎被逗乐了。“假如你现在才想到，那就太迟了。可是不用怕，我已经做好必要的预防措施。你来的时候没有给多少人看到，离去时也不会有多少人看到你，那些真见到你的则不会惊讶。很多人都知道，我是个十分自负却十分平庸的业余数学家。宫廷中那些不完全算是朋友的人，总是把这件事当成笑话。我会想为即将来临的十载会议做些准备工作，这里谁也不会大惊小怪。我希望和你讨论的，是有关这次会议的问题。”

“我不知道我帮得上什么忙。我只有一样东西也许能在会议上讨论，偏偏又是我绝对不能讨论的。就算我参加了，也只会当一名听众，我不打算发表任何论文。”

“我了解。话说回来，假如你想听听新鲜事，大帝陛下还记得你。”

“我想是因为你一直在提醒他。”

“不，我从来没花这个工夫。然而，大帝陛下偶尔会出乎我意料之外。他注意到会议即将召开，也显然还记得你在上届发表的演说。他对心理史学这玩意仍有兴趣，而我必须警告你，很可能兴趣还越来越浓。他或许会要求见你，这种可能性并不是没有。一生中接到两次圣召，廷臣当然会视之为莫大的荣耀。”

“你在开玩笑，我见他能有什么贡献？”

“无论如何，假如接到觐见的传召，你简直不可能拒绝。好了，你那两个年轻伙伴，雨果和芮奇，他们怎么样？”

“你当然知道，我猜你将我盯得很紧。”

“是的，没错。但仅限于你的安全，而不是你的生活中每一个层面。只怕我的职务占掉了太多时间，使我无法面面顾到。”

“铎丝不向你报告吗？”

“出现危机时，她才会那样做，她不愿为无关紧要的事扮演间谍。”他又露出浅浅的微笑。

谢顿轻哼一声。“两个小朋友都不错。雨果越来越难驾驭，他比我更像一名心理史学家，我认为他总觉得我在牵制他。至于芮奇，他是个可爱的淘气鬼，一向如此。当他还是个不好惹的街头顽童时，他就赢得我的心，更令人惊讶的是，他还赢得了铎丝的心。我真心相信，丹尼尔，如果哪天铎丝对我生厌，想要离我而去，也会为了芮奇而留下来。”

丹莫刺尔点了点头。谢顿以阴沉的口气继续说：“要不是卫荷的芮喜尔觉得他可爱，今天我不会在这里，我早就被轰掉了……”他不安地欠了欠身，“我不愿想到这件事，丹尼尔，它是个完全偶然且无法预测的事件。心理史学怎能帮得上任何忙？”

“你不是告诉过我，顶多，心理史学只能以几率处理庞大的数目，而无法处理单独一个人？”

“但如果那个人刚好是关键……”

“我觉得你将发现没有任何人是真正的关键，甚至包括我，或是你。”

“也许你是对的。我发现，不论我在那些假设之下如何埋头苦干，我却仍然认为自己是关键人物。这是一种异乎寻常的自负，它超越了一切理智。而你也是个关键人物，这正是我来这儿要和你讨论的事——尽可能开诚布公。我一定要知道。”

“知道什么？”服务生已将残羹剩肴收拾干净。室内的照明暗了几分，四周墙壁因而显得逼近不少，带来一种极其隐密的感觉。

谢顿说：“久瑞南。”他戛然而止，仿佛觉得光是提到这个名字就足够了。

“啊，他啊。”

“你知道他？”

“当然，我怎能不知道？”

“好，我也想知道有关他的事。”

“你想知道什么？”

“得了吧，丹尼尔，别跟我装蒜。他是危险人物吗？”

“他当然是危险人物。你对这点有任何怀疑吗？”

“我的意思是，对你而言？对你这个首相职位而言？”

“我正是那个意思，所以我才说他是危险人物。”

“你却允许这种事？”

丹莫刺尔身子向前倾，将左手肘放在他们之间的桌子上。“并非每件事都会等我批准，哈里，让我们看开点吧。皇帝陛下，克里昂大帝一世，在位至今已有十八年。这段期间，我一直是他的行政首长，也就是他的首相。而在他父亲在位的最后几年，我就掌握着几乎相同的权力。这是一段很长的时间，过去鲜有掌权那么久的首相。”

“你不是个普通的首相，丹尼尔，你自己明白。当心理史学还在发展之际，你一定得继续掌权。别冲着我笑，这是实话。八年前，我们初次相遇时，你告诉我帝国正处于衰败和没落的状态。难道你的看法改变了？”

“不，当然没有。”

“事实上，如今衰落的迹象更明显了，不是吗？”

"是的，没错，尽管我在努力阻止。"

"要是没有你，会发生什么事？久瑞南正在鼓动整个帝国和你作对。"

"川陀，哈里，川陀而已。目前为止，外围世界仍然相当稳固，对我的政绩也还算满意，即使经济持续衰退而贸易持续锐减。"

"但是川陀才有决定性的影响。川陀——我们安身立命的京畿世界，帝国的首都、核心和行政中心——正是能让你垮台的地方。如果川陀说不，你就无法保住职位。"

"我同意。"

"而你若是离开了，谁又来照顾外围世界呢？又有什么办法能防止衰落加速，避免帝国迅速沦至无政府状态？"

"当然，有这个可能。"

"所以你一定要做些什么。雨果深信你已陷入致命的危机，无法保住你的职位，他的直觉这么告诉他。铎丝也说过同样的话，还用什么三大、四大法则来解释。"

"机器人学法则。"丹莫刺尔接口道。

"小芮奇似乎被久瑞南的主义深深吸引——他出身达尔，你懂了吧。而我，我不能确定，所以我来找你求个心安，我想是这样的。告诉我，这个情势完全在你掌握之中。"

"我希望能这样回答你。然而，我无法让你心安，我的确身处险境。"

"你什么都不做吗？"

"不，我正在做许多事，用以遏止不满的情绪，并削弱久瑞南的宣传。假使我没有那样做，也许我已经下台了，可是我做得还不够。"

谢顿犹豫了一下，最后终于说："我相信久瑞南其实是麦曲生人。"

"是吗？"

"是我个人的看法。我曾经想到，我们或许能用这点来对付他，但我又不愿释放种族偏见的力量，因而迟疑不决。"

"你的迟疑是明智的。有很多事虽然做得到，却会产生我们不乐见的副作用。你可了解，哈里，我不怕离开我的职位——只要能找到某个继任者，只要他继续遵循我用以尽可能减缓帝国衰落的那些原则。反之，假如久瑞南这个人接替我的位置，那么在我看来，帝国就万劫不复了。"

"那么，只要能阻止他，我们怎么做都是适当的。"

"并不尽然。即使久瑞南被消灭，而我留了下来，帝国仍有可能变作一盘散沙。所以说，假如某项行动会加速帝国的衰亡，我就一定不能用它来对付久瑞南和保住我自己。我还想不到有什么办法，既可确保消灭久瑞南，又能确保帝国不至陷入无政府状态。"

"极简主义。"谢顿悄声道。

"你说什么？"

"铎丝曾对我解释，说你会受制于极简主义。"

"的确如此。"

"那么我今天的造访一无所获，丹尼尔。"

"你是指你来求个心安，却没有得到。"

"只怕就是这样。"

"可是我见你，也是因为想求个心安。"

"从我这儿？"

"从心理史学，它应该能找到一个我找不到的安全之道。"

谢顿重重叹了一口气。"丹尼尔，心理史学尚未发展到那个程度。”

首相严肃地望着他。“你已经花了八年的时间，哈里。”

“有可能经过八十年或八百年，仍然无法发展到那个程度。这是个很棘手的问题。”

丹莫刺尔说：“我并未指望这个技术臻于完美，但你也许已经有了某种蓝图、某种骨架、某种原则，可以当做指导方针。它或许不完美，但总比单纯的臆测要好。”

“不会比我八年前掌握得更多。”谢顿悲伤地说，“那么，这就是我们的结论：你必须继续掌权，久瑞南必须被消灭，好让帝国的稳定尽可能持久，以便我多少有些发展出心理史学的机会。然而，除非我先发展出心理史学，否则就做不到这一点。对不对？”

“似乎就是这样，哈里。”

“这么说，我们只是在做无用的循环论证，而帝国已注定毁灭。”

“除非发生某件意料不到的事，除非你让某件意料不到的事发生。”

“我？丹尼尔，没有心理史学的帮助，我怎么办得到？”

“我也不知道，哈里。”

于是谢顿起身离去——满怀绝望。

12

其后几天，哈里·谢顿暂且搁下系上的事务，将他的电脑设定在新闻搜集模式。

来自二千五百万个世界的每日新闻，有能力处理的电脑少之又少。但由于它不可或缺，帝国的大本营装有不少这种电脑。此外，某些大型外围世界的首都也有。不过，大多数首都仅与川陀上的中央新闻站维持超波联系，如此便已足敷需要。

一个重要的数学系所使用的电脑，若是足够先进，就能改装成独立的新闻站，而谢顿的电脑便早已仔细改装过。毕竟，这是他发展心理史学必需的工具。不过，他刻意用其他的、更可信许多的理由，来解释那台电脑的功用。

在理想状况下，任何世界倘若发生任何异常状况，这台电脑都会立即报道。一个不起眼的警告灯会发出经过编码的闪光，让谢顿能轻易找出这条新闻。这种灯号很少亮起，因为“异常状况”的定义既严格且严谨，仅限于大型且鲜有的动乱。

在没有异常状况的时候，使用者该做的则是随机检查各个世界。当然，不是二千五百万个世界一网打尽，而是每次拣选几十个。这是个令人沮丧消沉，甚至焦头烂额的工作，因为每个世界每天总会有些小型灾难。这里一场火山爆发，那里一场洪水泛滥，某处则有某种形式的经济崩溃，此外当然少不了暴动。过去一千年来，每天至少在上百个世界上，会发生由某种原因所引起的暴动。

自然，对这些事必须见怪不怪。在住人世界上，既然暴动与火山爆发皆为家常便饭，对两者就该一视同仁。反之，假使哪一天，银河各地都没有暴动的报道，那才可能是很不寻常的征兆，值得以最严肃的态度严阵以待。

谢顿从不觉得需要严阵以待。外围世界就像风和日丽的汪洋，虽然混乱与灾祸从未间断，但都只是轻微的浪涛与小型的波动，如此而已。在过去这八年甚至八十年之间，他都找不到任何明白显示帝国衰落的整体趋势。然而丹莫刺尔（丹莫刺尔不在面前的时候，谢顿无法再将他想成丹尼尔）说过，帝国的衰落一直在持续，他天天都在为帝国把脉。他用的方法谢顿无法模仿，除非有一天，谢顿掌握了心理史学的指导能力。

可能是衰落的程度太过微小，在达到某个临界点前察觉不出来。就像一栋慢慢损坏腐朽的住宅，除非某天晚上屋顶垮掉，根本不会显出腐朽的征兆。

帝国的屋顶何时会垮呢？这是个大问题，谢顿没有答案。

有些时候，谢顿会检查川陀本身的动态。相较之下，本地新闻的价值一向高得多。原因之一，川陀是所有世界中人口最多的一个，居民总共有四百亿。原因之二，八百个区本身便形成一个微型帝国。原因之三，政府的无聊活动与皇室的一言一行都是新闻。

然而，此时吸引谢顿目光的却是达尔区。刚结束的那场达尔区议会选举，将五名“九九派”送进议会。根据新闻评论，这是九九派首次取得区议会的席次。

这并不令人惊讶。若说有哪个区是久瑞南的根据地，那就非达尔莫属。但谢顿觉得这是个令人忧心的指标，标示着那位群众煽动家的进展。他命令电脑将这则新闻输进微晶片，当天傍晚将它带回家中。

谢顿进门时，芮奇正埋首使用电脑，他抬起头来，显然感到需要自我解释一番。“我在帮妈查些她需要的参考资料。”他说。

“你自己的功课呢？”

“做完了，爸，全做完了。”

“很好，看看这玩意。”他对芮奇扬了扬手中的晶片，才将它插进微投影机。

芮奇瞥了一眼凭空呈现眼前的新闻，便说：“是的，我晓得。”

“你晓得？”

“当然，我通常都很留意达尔的时事。你也知道，故乡就是故乡。”

“你对这件事有什么看法？”

“我并不惊讶。你呢？其他川陀人都把达尔视为粪土，达尔人为何不该赞同久瑞南的观点？”

“你也赞同他们吗？”

“这——”芮奇面孔扭曲，显得若有所思，“我必须承认，他有些话很合我的胃口。他说他希望人人平等，这有什么不对？”

“完全正确——只要他是真心的，只要他有诚意，只要他并非用这些话骗取选票。”

“很有道理，爸，可是大多数达尔人也许会想：又有什么好损失的呢？我们现在就得不到平等，虽然法律并不是这么说。”

“这种事很难立法。”

“当你热得要死的时候，那样做没法子帮你降温。”

谢顿心念电转，他看到这则新闻后便一直在动脑筋。然后他说：“芮奇，自从你母亲和我带你离开达尔，你就再也没有回去过，对不对？”

“我当然回去过。五年前，你访问达尔的时候，我跟你们一块去了。”

“没错，没错，”谢顿挥了挥手，表示无需讨论，“但那次不算。我们住在一家区际旅馆，里面一点也不像达尔。而且我记得，铎丝一次也不准你单独上街。毕竟，当时你只有十五岁。现在，既然你已经满二十岁，你想不想再次造访达尔，单独前往，一切自己做主？”

芮奇呵呵大笑。“妈绝不会准的。”

“我可没说我喜欢想象说服她的难度，但我不打算征得她的同意。现在的问题是：你愿不愿意为我做这件事？”

“出于好奇吗？当然。我很想看看老家发生些什么变化。”

“你从课业中抽得出时间吗？”

“当然，我耽误个一周不算什么。何况，你可以帮我把讲课录下，我回来就会补上。我请假不成问题，毕竟我老爸也是一名教授——除非你被开除了，爸。”

“还没有，但我可不认为这是一次旅游假期。”

“假如你那么想，我才觉得奇怪呢。我认为你根本不知道什么是旅游假期，爸，你知道这几个字，都令我很讶异。”

“别没大没小的。你到那里之后，我要你去找拉斯金·久瑞南。”

芮奇看来吃了一惊。“我该怎么做呢？我又不知道他会在哪里。”

“他正准备到达尔去。刚选出几个九九派新议员的达尔区议会，邀请他去发表演说。我们会查出确切日期，你可以提早几天出发。”

“我怎样才能见到他呢，爸？我可不认为他会随时候教。”

“我也不这么想，但我要把这个问题留给你解决。你十二岁的时候，就知道该如何进行了，我希望这几年下来，你的机灵没给磨得太钝。”

芮奇微微一笑。“我希望没有。可是假定我真见到他，那下一步呢？”

“那么，尽可能打探各种情报。他真正在计划什么，他真正在想什么。”

“你真以为他会告诉我吗？”

“如果他那样做，我也不会惊讶。你自有办法博取他的信任，你这个小滑头。我们来商议一下细节吧。”

此后，两人总共商议了好几次。

谢顿内心相当痛苦。他不确定这一切会导致什么结果，但他不敢去找雨果·阿马瑞尔、丹莫刺尔，或（尤其是）铎丝交换意见。他们可能会阻止他，可能会向他证明他出的是馊主意，而他不想要那种证明。他的计划似乎是拯救帝国唯一的途径，他不希望有任何阻挠。

但这个途径果真存在吗？在谢顿看来，似乎只有芮奇有可能逐渐赢得久瑞南的信任。但芮奇是适当的工具吗？他是个达尔人，而且赞同久瑞南。谢顿能够信任他几分？

真可怕！芮奇是他的儿子，谢顿以前从来没有怀疑过芮奇。

13

若说谢顿怀疑这个意图的功效；若说他害怕这可能使事件过早引爆，或是使对方狗急跳墙；若说他心中充满痛苦的疑虑，不知可否百分之百信任芮奇能达成任务，然而他从未怀疑——一点也没有——当他将这个既成事实告知铎丝时，她的反应会怎么样。

而他并没有失望——或许这几个字勉强可以形容他如今的情绪。

然而，就某方面而言，他还是失望了。因为铎丝并未像他预料中那样、像他早已准备好承受的那样，在一阵惊骇中提高嗓门。

可是他又怎么知道呢？她与其他女子不同，他从未见过她真正生气。说不定她根本不能真正生气，或是不能生出他眼中真正的怒气。

她只是透着冰冷的目光，低声而苛刻地非难这件事。“你送他到达尔去？一个人去？”声音非常轻柔，带着诧异的口气。

一时之间，这个平静的语调令谢顿语塞。然后他坚定地说：“我必须如此，确有这个必要。”

“让我弄明白点。你把他送到那个贼窝，那个刺客的巢穴，那个所有罪犯的大本营？”

“铎丝！你这样说让我很生气，我以为只有偏执狂才会用那些陈腔滥调。”

“你难道否认达尔正像我描述的那样？”

“当然，达尔是有罪犯和贫民窟。这点我非常清楚，我俩都清楚。但并非整个达尔都像那样，况且每一区都有罪犯和贫民窟，就连皇区和斯璀璘也不例外。”

“总有程度上的差别，不是吗？一不等于十。即使每个世界都罪恶充斥，即使每一区都罪恶充斥，达尔也是名列前茅，对不对？你有电脑，查查统计数据。”

“我不需要那样做。达尔是川陀上最贫穷的一区，而贫穷、不幸和犯罪有明确的关联，这点我承认。”

“这点你承认！而你还是派他一个人去？你可以跟他一起去，或是要我跟他一起去，或是派五六个他的同学和他同行。他们会喜欢暂时抛下课业喘口气，我十分确定。”

“我需要他做的事，需要他独自前往。”

“你到底需要他做什么？”

谢顿却坚决地三缄其口。

铎丝说：“到了这个地步吗？你连我都不相信了？”

“这是一场赌博。我一个人敢冒这个险，却不能把你或其他人牵扯进来。”

“但冒这个险的不是你，而是可怜的芮奇。”

“他并没有冒什么险。”谢顿不耐烦地说，“他今年二十岁，年轻又有活力，而且壮得像棵树——我不是指川陀此地那些玻璃温室里的树苗，我说的是赫利肯森林里那种高大结实的树木。而且他还是个角力士，而达尔人都不会角力。”

“你的角力可真了不起。”铎丝的冰冷一点也没有解冻，“你以为那是一切问题的解决之道。达尔人身上带着刀，每个人都有，此外还有手铳，我可以确定。”

“我不知道有没有手铳，法律对手铳的管制是相当严的。至于刀嘛，我肯定芮奇也带着一把。他甚至在这儿校园都带着刀，那是绝对违法的行为。你以为他到达尔去，不会带一把吗？”

锋丝沉默不语。

谢顿也沉默了几分钟，然后判断该是安抚她的时候了。于是他说：“听好，我只告诉你一点，我希望他见到即将访问达尔的久瑞南。”

“哦？你指望芮奇做些什么？设法让他对自己的邪恶政治手段悔恨不已，再把他送回麦曲生？”

“得了吧，真是的。你若准备采取这种尖酸刻薄的态度，那就没什么好讨论的。”他将目光从她身上移开，望向窗外穹顶之下的青灰色天空。“我指望他做的——”他支吾了一下，“是拯救帝国。”

“老实说，那还容易得多。”

谢顿以坚定的声音说：“我正是如此指望。你没有解决之道，丹莫刺尔自己也没有，他甚至说如何解决全看我了。那正是我努力的目标，正是我需要芮奇去达尔的目的。毕竟，你也知道他博取他人好感的本事。它曾在我们身上发生作用，我确信对久瑞南也会有同样的效果。如果我是对的，一切都有可能圆满解决。”

铎丝的眼睛稍微张大了些。“你是准备告诉我，你在利用心理史学指导你？”

“不，我不准备对你说谎。我尚未达到那一步，还无法用心理史学作任何指导。可是雨果不断谈论直觉，而我也有我的直觉。”

“直觉！那是什么？定义一下！”

“很简单，直觉是人类心灵特有的一种艺术。根据本身并不完整，甚至或许误导的资料，能够整理出正确的答案，这种艺术就是直觉。”

“而你做到了。”

谢顿以坚定不移的口吻说："是的，我做到了。"

但在他自己心中，却萦绕着不敢与铎丝分享的一句话。万一芮奇的魅力消失了，那该怎么办？或是更糟的情况，万一他的达尔意识变得太强，那又该怎么办？

14

脐眼就是脐眼。肮脏、参差不齐、阴暗、弯弯曲曲的脐眼，散发着腐朽的气味，却又充满一种生命力。而芮奇深信，川陀其他地方都找不到这种生命力，说不定帝国其他地方也都找不到。不过除了川陀，芮奇对其他世界一概欠缺第一手的认识。

与脐眼告别时，他才刚满十二岁。但现在看来，连居民似乎也没有什么改变；仍是低贱者与不逊者的混合体；充满着虚假的骄傲与不平的怨恨；男性的标志是深浓的八字胡，女性则是有如布袋的服装，而在芮奇较成熟、较世故的眼中，后者实在邋遢至于极点。

穿着这种服装的女人怎能吸引男人？但这是个愚蠢的问题。即使十二岁的时候，他也已经有十分清楚的概念，知道多么容易和多么迅速就能除去那些衣服。

就这样，他陷入沉思与回忆，一面走过一条满是橱窗的街道，一面试图说服自己他认识某某地方，同时还在寻思，不知道人群中有没有他真正记得的人，只不过他们现在大了八岁。说不定，那些人就是他的儿时玩伴。他又不安地想到，虽然他记得些他们互相取的绰号，却不记得任何一个人的真实姓名。

事实上，他记忆中的鸿沟十分巨大。八年虽然不算很长的时间，却是二十岁少年一生的五分之二，而且自从离开脐眼后，他的生活有了重大的改变，过去的一切早已淡出，就像一场迷蒙的梦境。

不过气味仍然记忆犹新。他在一间低矮、污黑的糕饼店外停下脚步，闻着弥漫空气中的椰子糖霜味——他从未在别处闻过同样的味道。即使他曾在别处买过涂着椰子糖霜的蛋挞，即使它们以“达尔风味”作号召，那些气味也只有一两分相似，如此而已。

他觉得受到强烈的诱惑。嗯，有何不可？他身上有信用点，而铎丝又不在这里，不会皱起鼻子来，高声质疑这个地方有多干净，或者更有可能干脆说多不干净。在以前那些日子里，谁会为干不干净操心？

店内相当昏暗，芮奇的眼睛花了点时间才能适应。里面有几张矮桌，桌旁都有几把相当脆弱的椅子，显然顾客可以在此小吃一顿，享用些等同于咖啡与蛋挞的饮食。其中一张矮桌旁坐着一个年轻人，面前摆着一个空杯子。那人穿着一件曾是白色的短衫，若非光线不好，那件衣服或许会显得更肮脏。

那位烘焙师，或至少是个侍者，从后面一间屋子走出来，以相当粗鲁的口气说：“你要吃啥？”

“一个椰子霜。”芮奇以同样粗鲁的口气答道（他若表现礼貌就不是脐眼人了），用的是他记得清清楚楚的那个俗称。

这个名称仍然通用，因为侍者拿的东西没错，不过竟是徒手抓给他的。若是过去那个小男孩芮奇，会将这件事视为理所当然，但成年的芮奇却稍稍吃了一惊。

“你要袋子吗？”

“不，”芮奇说，“我就在这儿吃。”他付了账，从侍者手中接过那个椰子霜，立刻咬下香浓的一口，同时双眼半闭起来。在他的孩提时代，这是一种难得的享受。他弄到足够信用点的时候会去买一个；有时也能从暂时发一笔小财的朋友那里分一口；而最常见的情形，则是在没人注意之际偷一个。如今，他想要多少就能买多少。

“嘿。”一个声音喊道。

芮奇张开眼睛。那是坐在桌旁的那个人，正冲着他横眉竖目。

芮奇和气地说：“你在和我说话吗，小弟弟？”

“是啊，你在干啥？”

“吃个椰子霜，跟你有啥相干？”他自然而然用起脐眼的说话方式，丝毫没有困难。

“你在脐眼干啥？”

“生在这儿，长在这儿。在一张床上，不是在街上，和你不一样。”侮辱的话语脱口而出，仿佛他从未离开家乡。

“是吗？就一个脐眼人来说，你穿得相当好，相当拉风喔，身上还带着香水的骚味。”他举起小指，暗示芮奇娘娘腔。

“我不想讲你身上的骚味。我出人头地了。”

“出人头地？又——怎——样？”又有两名男子走进糕饼店。芮奇微微皱起眉头，因为他不确定他们是不是被召来的。桌旁那人对刚进来的两人说：“这哥儿们出人头地了，他说他是脐眼人。”

刚进来的两人之一，吊儿郎当、虚情假意地行了个礼，同时咧嘴笑了笑，并未表现出丝毫亲切，倒是露出一口黄板牙。“那不好吗？看到脐眼同胞出人头地总是好事，让他们有机会帮助贫穷不幸的本区同胞。比方说，信用点。你随时可施舍一两个信用点给穷人，对不对？”

“你要多少？”芮奇问。

“你有多少，先生？”那人说，他脸上的笑容消失了。

“嘿，”柜台后面那个侍者说，“你们全滚出我的店去，我这里可不想惹啥麻烦。”

“不会有麻烦的。”芮奇说，“我要走了。”

他正准备离去，但坐着的那人伸出一条腿拦住他。“别走，兄弟，我们会想念你的。”

柜台后面那人钻到后头去了，显然害怕会出现最糟的情况。

芮奇微微一笑。“有一回我在脐眼，哥儿们，我跟我老爸和老妈一块儿，被十个哥儿们拦住。十个，我数过。我们不得不收拾他们。”

“是吗？”一直说话的那个人又说，“你老爸收拾了十个人？”

“我老爸？才不呢。他不会浪费这个时间，是我老妈干的。我能做得比她更好，而且现在你们只有三个。所以说，如果你不介意，赶紧给我闪开。”

“当然行。只要留下你所有的信用点，还有身上几件衣服。”

桌旁那人站了起来，手中握着一把刀。

“你来真的，”芮奇说，“你非要浪费我的时间不可。”他已经吃完椰子霜，现在半转过身来。然后，说时迟那时快，他将身子定在桌缘，右腿猛然踢出，趾尖不偏不倚落在持刀那人的鼠蹊。

他大吼一声，身形一矮，桌子便飞起来，将另一人推到墙边并将他定住。芮奇的右手同时挥出，快如闪电，掌缘重重击在第三个人的喉结，那人一阵呛咳，随即仆倒在地。

这几下只花了两秒钟的时间。此时芮奇站在那里，双手各握着一把刀，说道：“现在你们谁还想动？”

他们愤愤地瞪着他，却全都僵在原处。芮奇又说：“这样的话，我要走了。”

可是，躲到后面去的侍者一定发过求救讯号，因为这时又有三名男子走进店里，而那名侍者随即尖叫："一群捣蛋鬼！不折不扣的捣蛋鬼！"

刚进来的三个人穿着相同的服装，那显然是一种制服，却是芮奇从未见过的一种。他们的裤子塞进皮靴里，宽松的绿色短衫以皮带束紧，头上罩着一顶古怪的半球形帽子，看来有点滑稽。此外，每件短衫的左肩都有"久卫"两个字。

他们的样子看起来像达尔人，脸上的八字胡却不太像。三人的胡子虽然又黑又密，却不让它蔓延太广，靠嘴唇的一侧还经过仔细修剪。芮奇暗自嘲笑一番——与他自己狂野的八字胡比起来，它们缺乏一股生气，但他必须承认它们看起来干净清爽。

三人当中带头的那个说："我是昆柏下士，这里到底发生了什么事？"

几个被打败的脐眼人连滚带爬挣扎而起，显然状况不妙。其中一人仍直不起腰，另外一人揉着喉咙，第三个则表现得仿佛扭伤一侧肩膀。

下士以练达的目光瞪着他们，他的两名手下则堵住门口。他又转向芮奇——唯一似乎毫发无损的那个人。"你是脐眼人吗，孩子？"

"生在这儿，长在这儿，但我在别处住了八年。"他不再用脐眼腔说话，但不免还有一点口音，至少与下士保有的程度差不多。达尔不只脐眼一处，某些地方的人还是十分渴望做上流人士。

芮奇说："你们是保安官吗？我似乎不记得你们的制服……"

"我们不是保安官，你在脐眼找不到多少保安官。我们是久瑞南卫队，负责维持此地的治安。我们认识这三个人，他们早就受到警告，我们自会处置他们。你才是我们的麻烦，小子，你的名字和识别号码？”

芮奇对他们说了。

“这里发生了什么事？”

芮奇也对他们说了。

“你在这里干什么？”

芮奇说：“我问你，你有权力质问我吗？如果你不是保安官……”

“听着，”下士厉声道，“你别质问什么权力。脐眼就只有我们，我们的权力是我们争取来的。你说你打倒了这三个人，我相信你的说法，可是你打不倒我们。我们不准携带手铳——”说到这里，下士缓缓抽出一柄手铳。

“现在告诉我，你在这里干什么？”

芮奇叹了一口气。假使他依照原定计划，直接前往区政厅；假使他没有停下来，让自己沉湎于脐眼与椰子霜的旧日情怀……

他说：“我来是有重要公事求见久瑞南先生，既然你们似乎隶属他的组织……”

“求见领导人？”

“是的，下士。”

“身上带着两把刀？”

“为了自卫。我去见久瑞南先生时，不准备把刀带在身上。”

“你当然这么说。先生，我们要把你拘留起来。我们会彻底调查这件事，这也许得花点时间，但我们会查到底。”

“可是你们没有这个权力，你们不是合法的警……”

“好啦，去找别人抱怨吧。在此之前，你是我们的。”

于是两把刀被没收了，而芮奇则遭到拘留。

15

克里昂已不再是全息像中那位年轻英俊的君主。或许他在全息像中仍是如此，但镜子告诉他的则是另一回事。他最近的一次寿辰，照常在盛大典礼与仪式中欢度，却掩不了四十岁这件事实。

大帝实在找不出年届四十有何不妥。他的健康状况极佳，体重增加了些，但没有太多。由于周期性进行微调，他的面容稍显光滑细嫩，使他看起来或许比实际年龄更年轻些。

他在位已有十八年，已经是本世纪在位较长的皇帝之一。而他觉得没有任何必然的理由，可能阻止他再坐四十年皇位。说不定，最后他会成为帝国历史上在位最久的皇帝。

克里昂又照了照镜子，想到倘若关掉第三维，自己会更好看一点。

且说丹莫刺尔——忠诚、可靠、不可或缺、令人难以忍受的丹莫刺尔。他没有任何改变，他的外表一如往昔。据克里昂所知，他从未做过任何微调手术。当然，话说回来，丹莫刺尔对每件事都守口如瓶。而且他从未年轻过，当初他侍奉克里昂的父亲，而克里昂还是稚嫩的皇太子时，他看起来就已经不再年轻。如今，他看起来同样不年轻。那么，是不是一开始便显得老成，以免日后发生变化会比较好呢？

变化！

这提醒了他，他召来丹莫刺尔确有目的，并非只是让他站在那里陪着皇帝沉思默想。皇帝若是沉思默想太久，会被丹莫刺尔视为老迈的征兆。

“丹莫刺尔。”他说。

“陛下？”

“久瑞南这家伙，我已经听得烦了。”

“启禀陛下，您根本没有必要听到他。他不过是那些浮上台面的新闻之一，过一阵子就会自动消失。”

“可是他并未消失。”

“有时还真需要点时间，陛下。”

“你对他有什么看法，丹莫刺尔？”

“他是个危险人物，但拥有一定的民望。正是这个民望，增加了他的危险性。”

“如果你觉得他有危险，而我觉得他很烦人，我们还等什么呢？不能就这么把他下狱或处决，或是做些什么吗？”

“川陀的政治情势，陛下，可是相当敏感……”

“总是敏感。你什么时候告诉过我某件事不敏感？”

“启禀陛下，我们生在敏感的时代。假如以强硬的手段对付他，因而使得危机恶化，那就一点用也没有。”

“我不喜欢这样。或许我不够博学，当皇帝没时间变得博学，可是无论如何，我知道帝国的历史。过去几个世纪，曾有许多这些所谓‘民望分子’掌权的例子。在每个例子中，他们都把在位的皇帝贬成一个摆饰。我可不希望当个摆饰，丹莫刺尔。”

“难以想象您会如此，陛下。”

“如果你什么都不做，就不难想象了。”

“我正在试图采取对策，陛下，不过是谨慎的对策。”

“至少，有一个人并不谨慎。差不多一个月前，一个大学教授，一、个、教、授，独力阻止了一场潜在的九九派暴动。他就那么挺身而出，适时将它制止。”

“的确是这样，陛下。您是怎么听到这个消息的？”

“因为他是某个令我感兴趣的教授。你怎么没把这件事告诉我？”

丹莫刺尔以近乎谄媚的口吻说：“把送到我面前的每件小事都拿来烦您，这样做对吗？”

“小事？这个采取行动的人是哈里·谢顿。”

“那的确是他的名字。”

“而且是个熟悉的名字。几年前，在上届十载会议中，他不是提出一篇引起我们注意的论文吗？”

“是的，陛下。”

克里昂看来很高兴。“你看，我的记性还不差，我不需要事事依赖我的幕僚。我曾经因为这个谢顿的论文约见过他，对不对？”

“您的记性真是完美无缺，陛下。”

“他的构想怎么样了？那是个算命的门道，我完美无缺的记性想不起来他管它叫什么。”

“启禀陛下，心理史学。严格说来，那不是算命的门道，而是一种理论，探讨的是预测未来历史一般趋势的方法。”

“它后来怎么样？”

“启禀陛下，一事无成。正如我当时解释的，结果证明那个构想完全不切实际。它是个生动的构想，可是毫无用处。”

“但他却能采取行动阻止一场潜在的暴动。如果不是事先知道自己会成功，他还敢这样做吗？这不就证明那个什么——心理史学在发挥功效吗？”

"那只不过证明哈里·谢顿是个有勇无谋的人，陛下。即使心理史学理论实际可行，也不能针对某一个人或某项行动作出预测。"

"你不是数学家，丹莫刺尔，他才是。我想，现在是我再次询问他的时候了，毕竟，距离十载会议再度召开的日子也不远了。"

"那将毫无用处……"

"丹莫刺尔，吾意已决，不得有误。"

"遵命，陛下。"

16

芮奇坐在一间临时改建的牢房里，万分不耐烦地聆听对方讲话，尽量不将真实情绪表现出来。这间牢房深藏在龙蛇杂处的脐眼住宅区，他不记得穿过了多少巷道才被押到这里。在以前那些日子里，他能准确无误地穿梭于同样的巷道，甩掉任何追赶他的人。

面前那人身穿久瑞南卫队的绿色制服，他若不是传道者便是洗脑员，否则就是某种失败的神学家。无论如何，他声称自己名叫桑德·尼，这时他正用浓重的达尔口音，传述一段他熟记在心的冗长福音。

"假如达尔的人民想要享有平等，他们必须证明自己值得。良好的规矩、温文的行为，以及得体的娱乐都是必要的条件。外人总是指控我们具侵略性和携带刀械，借此将他们的偏狭心态合理化。

我们必须谈吐文雅，而且……”

芮奇插嘴道：“我同意你的话，尼卫士，每一句都同意。可是我必须见久瑞南先生。”

这名卫士缓缓摇了摇头。“除非你事先约好，并获得批准，否则你见不到。”

“听好，我父亲是斯璀璘大学一位重量级的教授，一位数学教授。”

“我不识什么教授不教授，我记得你说过自己是达尔人。”

“我当然是，你听不出我的口音吗？”

“而你却有个老子，是个大牌大学的教授？听来不大可能。”

“好吧，他是我的养父。”

卫士听了进去，仍然摇了摇头。“你在达尔认识任何人吗？”

“有个瑞塔嬷嬷，她会认得我。”她认识他的时候就已经很老了，现在她可能行将就木，或是已经去世了。

“从没听说她这个人。”

还有谁呢？他以前认识的那些人，都不太可能敲响面前这个人的浆糊脑袋。他当年最要好的朋友是个叫史慕吉的少年，或者应该说，芮奇只知道他叫这个名字。但即使在如今走投无路之际，芮奇也绝不会让自己说：“你认识一个和我同年、叫做史慕吉的人吗？”

最后他终于说：“有个叫雨果·阿马瑞尔的。”

尼卫士的眼睛似乎微微一亮。“谁？”

“雨果·阿马瑞尔，”芮奇急切地说，“他在那所大学里，为我的养父工作。”

“他也是达尔人吗？那所大学里每个人都是达尔人吗？”

“只有他和我是。他以前是个热闻工。”

“他在那所大学干什么？”

“八年前，我父亲把他从热间带出来。”

“好吧，我去找个人。”

芮奇不得不等在那儿。即使他逃跑，在脐眼错综复杂的巷道中，要跑到哪里才不会立刻被逮住？

过了二十分钟，尼卫士再度出现，带来了当初逮捕芮奇的那位下士。芮奇觉得生出一线希望，至少那位下士应该有点头脑。

下士说：“你认识的那个达尔人是谁？”

“雨果·阿马瑞尔。下士，八年前我父亲在达尔遇到这个热间工，就把他带到斯璀璘大学去了。”

“他为什么那样做？”

“我父亲认为，下士，雨果能作出比热间工更重要的贡献。”

“比如说？”

“在数学上。他……”

下士举起一只手。“他当初在哪个热间工作？”

芮奇想了一下。“我当时还小，不过我想是丙二。”

“很接近了，是丙三。”

“这么说你认识他，下士？”

“不认识他本人，但这个故事在热间间流传很广，而我在那里工作过。也许你就是那么听来的，你可有任何证据，证明你真认识雨果·阿马瑞尔？”

“听好，我来告诉你我想怎么做。我准备把自己的名字写在一张纸上，再写上我父亲的名字，此外我还要写一个名词。然后随便你用什么方法，联络上久瑞南先生手下某位官员——久瑞南先生明天会到达尔来。你只要把我的名字、我父亲的名字，还有那个名词念给他听就好。如果不起任何作用，我想我就得待在这儿直到老死，可是我不相信会有那种事。事实上，我确定他们三秒钟之内就会把我弄出去，而你会因为传递这项讯息，获得升迁的机会。如果你拒绝这样做，等到他们发现我在这儿——他们一定会的——你的麻烦就会像无底洞。总而言之，如果你知道雨果·阿马瑞尔是随一位大名鼎鼎的数学家离去，那就说服你自己，我父亲正是那位大名鼎鼎的数学家，他的名字是哈里·谢顿。”

下士的表情明白显示，他并非没有听过这个名字。

他说：“你要写的那个名词是什么？”

“心理史学。”

下士皱了皱眉头。“那是什么？”

“这无关紧要。只要把它传上去，看看会有什么结果。”

下士从笔记本上撕下一小张纸，递给了芮奇。“好吧，把它写下来，我们看看会有什么结果。”

芮奇发觉自己正在发抖，他非常想知道会有什么结果。那完全取决于中士找到的是什么人，以及这个名词带有什么魔力。

17

哈里·谢顿望着雨滴落在皇家地面车的大型车窗上，一股难忍的乡愁刺痛了他的心。

他来到川陀已有八年，不过，奉命前往这颗行星唯一的露天地表觐见大帝，这只是第二次而已，而两次的天气都很糟。第一次是在他刚到川陀不久，恶劣的天气只令他生厌，不觉得有任何新奇之处。毕竟，他的故乡世界赫利肯也有暴风雨，尤其是他从小到大居住的那一带。

可是如今，他在人工气候下生活了八年，所谓的风雨，仅是随机出现的电脑化云量，以及睡眠时间降下的规律细雨。肆虐的强风为和风所取代，而且没有极端的冷热——有的只是轻微的变化，偶尔会让人拉开衬衫前胸的拉链，或者披上一件轻便的外套。即使变化如此和缓，他还是听过有人抱怨。

然而此时，谢顿见到真正的雨水从寒冷的天空硬生生落下。他有好多年没见过这种东西，而他十分喜爱，因为那是老朋友。雨水使他想起赫利肯，想起他的青少年时代，想起那些相当无忧无虑的日子。他不禁心想，不知道应不应该怂恿司机绕个远路。

不可能！大帝想要见他，而搭地面车本身已经很花时间——即使他们沿直线行走，途中又没有任何交通阻碍。当然，大帝是不会等人的。

克里昂看来与八年前谢顿见到的那位很不一样。他增加了大约十磅的体重，而且脸上多了一重阴霾。他眼圈附近与双颊的皮肤好像被人掐过，谢顿认得出那是微调过度的结果。就某方面而言，谢顿为克里昂感到难过——纵使拥有至高的权势与皇威，这位皇帝对时光的流逝仍无可奈何。

克里昂又是单独会见哈里·谢顿，仍是在上次那间陈设豪奢的房间。谢顿谨遵惯例，等待大帝陛下先开口。

打量了一下谢顿的外表后，大帝以平常的口吻说："很高兴见到你，教授。让我们免除一切形式，就像我们上次见面那样。"

"遵命，陛下。"谢顿生硬地说。大帝由于一时兴起而命令你一切不拘形式，并不代表你这么做就一定安全。

克里昂做了一个难以察觉的动作，整个房间立刻活起来，餐桌自动摆好，碗盘一个个出现。谢顿眼花撩乱，无法看清所有的细节。

大帝随口道：“谢顿，你和我一同进餐吧？”

这句话的语调完全属于问句，但其中的力量却使它成为命令。

“这是我的荣幸，陛下。”谢顿说完，又谨慎地环顾四周。他非常明白臣民不会（或说绝对不该）向皇帝陛下发问，但他实在忍不住。于是，他以相当平静的口气，试图让这句话听起来不像一个问题，问道：“首相不和我们一起用餐？”

“他不会来，”克里昂说，“此刻他正在忙别的事。而且无论如何，我希望和你私下谈谈。”

他们默默吃了一会儿，克里昂定睛凝视着他，谢顿则尝试以微笑回应。克里昂并没有残酷的恶名，甚至没有不负责任的传闻，但在理论上，他能让谢顿因某个含糊的罪名而遭逮捕。此外，假使大帝希望运用他的影响力，这件案子或许永远得不到审判。能避免他的注意总是上上策，而此时此刻，谢顿却无法做到这一点。

不用说，八年前的情况还要更糟，那次他是由武装卫士带进宫的。然而，这项事实并没有使谢顿感到轻松。

然后克里昂开口了。“谢顿，”他说，“首相对我极其有用，但我有些时候觉得，百姓也许认为我自己没有主见。你会这么想吗？”

“启禀陛下，从来不会。”谢顿冷静地答道，过分辩白根本没用。

“我不相信你。然而，我的确有自己的主见。而我记得你刚到川陀的时候，正在搞一个叫心理史学的东西。”

“我确信陛下也一定记得，”谢顿柔声道，“当时我就解释过，那只是个数学理论，并没有实际的应用。”

“当时你是那么说的。现在你还那么说吗？”

“是的，陛下。”

“后来你有没有继续研究？”

“偶尔我会玩一玩，可是一无所获。非常遗憾，混沌总是产生干扰，可预测性并不……”

大帝打岔道：“有个特定的问题，我希望你着手研究一下——务必用些甜点，谢顿，很不错的。”

“什么问题，陛下？”

“就是久瑞南这个人。丹莫刺尔告诉我——喔，他可真委婉——说我不能逮捕此人，也不能派军队消灭他的党羽，他说那样只会使情势恶化。”

“如果首相这么说，我想应该就是如此。”

“可是我不想要久瑞南这个人……无论如何，我不会当他的傀儡。偏偏丹莫刺尔什么也不做。”

“启禀陛下，我确信他正在尽力而为。”

“如果他正在为缓和问题而努力，他显然没有随时向我报告。”

“那或许是个很自然的心愿，他希望让陛下高高在上，避免沾到这场纷争。首相或许觉得，如果久瑞南竟然……如果他竟然……”

“取而代之。”克里昂以无比嫌恶的语气说。

“是的，陛下。您个人不能表现得反对他，否则就是不智之举。为了帝国的稳定，您必须保持中立。”

“我实在宁可除掉久瑞南，来确保帝国的稳定。你有什么建议，谢顿？”

“我，陛下？”

“你，谢顿。”克里昂不耐烦地说，“我这么讲吧，如果你说心理史学只是个游戏，我可不相信你。丹莫刺尔一直和你保持友好关系，你以为我那么白痴，连这件事都不知道吗？他指望你能贡献些什么，他指望你发展出心理史学。既然我不是傻瓜，我同样指望这玩意。谢顿，你支持久瑞南吗？说实话！”

“不，陛下，我不支持他，我认为他对帝国十足是个威胁。”

“很好，我相信你。你曾在你们的大学校园里，独力阻止一场潜在的九九派暴动，我晓得这件事。”

“那纯粹是我个人一时的冲动，陛下。”

“去对傻瓜说吧，别跟我来这一套，你是用心理史学做到的。”

“陛——下！”

“别抗议了。你究竟在如何对付久瑞南？你若是站在帝国这边，一定正在做些什么。”

“启禀陛下，”谢顿谨慎地说，他不确定大帝知道了多少，“我已经派小儿去达尔区见久瑞南。”

“为什么？”

“小儿是达尔人，而且很机灵，他也许会发现些对我们有用的情报。”

“也许？”

“只是也许，陛下。”

“你会随时向我报告吗？”

“会的，陛下。”

“还有，谢顿，别再告诉我心理史学只是游戏，也别再说它不存在，我不要听这些。我指望你对久瑞南做点什么，该怎么做我不敢说，但你必须做点什么。我不要见到别的结果，你可以走了。”

谢顿回到斯璀璘大学，心情比离开时更沉重许多。听克里昂的口气，仿佛他绝不会接受失败。

现在一切都看芮奇的了。

18

芮奇坐在达尔区一栋公共建筑的前厅。当他还是个衣衫褴褛的少年时，他从未到过这里探险——从来无法到此探险。现在，他实实在在感到有点不安，仿佛他是非法侵入此地。

他试着让自己看起来镇定、值得信赖，而且惹人怜爱。

爸爸告诉过他，可爱是他与生俱来的一种特质，但他自己却从未意识到。假如它会自然而然流露出来，而他却太努力表现出这个本色，或许反而会弄巧成拙。

他一面试着放松心情，一面望着坐在桌前操作电脑的那位官员。那官员并不是达尔人，事实上，他就是坎伯尔·丁恩·纳马提；他曾陪同久瑞南拜见谢顿，当时芮奇也在场。

每隔一会儿，伏案的纳马提便抬起头来，以充满敌意的目光瞪芮奇一眼。这位纳马提并不欣赏芮奇的可爱，这点芮奇看得出来。

芮奇并未试图以友善的笑容面对纳马提的敌意，那样会显得太做作，因此他只是默默等待。他已经走到这一步，假如久瑞南不出所料来到这里，芮奇便有和他说话的机会。

久瑞南果真来了，他大摇大摆走进来，脸上挂着他在公众面前惯有的笑容，热情洋溢且信心十足。纳马提举起一只手，久瑞南便停下脚步。他们两人开始低声交谈，芮奇则在一旁专心观察，试图表现得若无其事却欲盖弥彰。芮奇觉得情势很明显，纳马提是在反对这次会晤，芮奇却敢怒而不敢言。

然后久瑞南望向芮奇，微微一笑，并将纳马提推到一旁。芮奇突然想通了，虽然纳马提是这个组织的头脑，但拥有领袖魅力的显然是久瑞南。

久瑞南大步向他走来，伸出一只丰满而稍嫌潮湿的手掌。“稀客稀客，谢顿教授的公子。你好吗？”

“很好，谢谢你，阁下。”

“我了解你在途中遇到些麻烦。”

“不太严重，阁下。”

“而我相信，你来这里是为令尊送口信的。我希望他正在重新考虑他的决定，并已决心在这场圣战中加入我方阵营。”

“我可不这么想，阁下。”

久瑞南微微皱起眉头。“你是背着他来这里的吗？”

“不，阁下，是他派我来的。”

“我懂了。你饿不饿，小伙子？”

“现在不饿，阁下。”

“那么你介不介意我吃点东西？我没有留太多时间给生活上的普通享受。”他露出灿烂的笑容。

“我绝不介意，阁下。”

两人来到一张餐桌旁，坐了下来。久瑞南打开一个三明治，咬了一口，再以有些含糊的声音说：“他为什么派你来呢，孩子？”

芮奇耸了耸肩。“我想他以为，我也许能发现你的什么秘密，好让他用来对付你。他全心全意忠于丹莫刺尔首相。”

“而你不是？”

“没错，阁下，我是达尔人。”

“我知道你是，谢顿先生，但你这句话是什么意思？”

“意思是我受到压迫，所以我站在你这边，我想要帮助你。当然，我可不想让我父亲知道。”

“没有理由让他知道。你打算怎样帮助我？”他瞥了纳马提一眼，后者倚在那张电脑桌旁，正在聆听这场对话，他的双臂交抱，脸拉得好长。“你对心理史学知道一些吗？”

“不知道，阁下。我父亲从不和我谈这东西，即使他提起，我也听不懂。我认为他在那方面搞不出任何名堂。”

“你确定吗？”

“我当然确定。那里还有个哥儿们，雨果·阿马瑞尔，也是个达尔人，他有时会提到这件事。我确定什么结果都没有。”

“啊！你看改天我能见见雨果·阿马瑞尔吗？”

“我看不行。他不怎么向着丹莫刺尔，可是他死心塌地向着我父亲，他是不会出卖他的。”

“可是你会？”

芮奇看起来很不高兴，他倔强地喃喃道：“我是达尔人。”

久瑞南清了清喉咙。“那么让我再问你一遍，年轻人，你打算怎样帮助我？”

“我有件事要告诉你，但你不见得会相信。”

“是吗？试试看。如果我不相信，我会坦白告诉你。”

“是关于伊图·丹莫刺尔首相的事。”

“什么事？”

芮奇不安地四下张望。“有什么人听得到我说话吗？”

“只有纳马提和我自己。”

“好吧，那么听好。丹莫刺尔这哥儿们其实不是哥儿们，他是机器人。”

“什么！”久瑞南暴喝一声。

芮奇觉得需要解释一番。“机器人就是人形机器，阁下。他不是人类，他是个机器。”

纳马提突然激动地喊道：“九九，别相信这些，这是无稽之谈。”

久瑞南却举起一只手做训诫状，他的双眼还闪闪发光。“你为何这样说？”

“我父亲去过麦曲生，他把一切告诉了我。在麦曲生，人们常常谈论机器人。”

“是的，我知道。至少，我也那么听说过。”

“麦曲生人相信，机器人曾在他们祖先的社会非常普遍，可是后来被消灭了。”

纳马提眯起眼睛。“但你凭什么认为丹莫刺尔是机器人？根据我听来的一点点奇幻故事，机器人是金属制造的，对不对？”

“没错。”芮奇一本正经地说，“可是根据我听来的故事，有些机器人看起来和人类一模一样，而且他们长生不死……”

纳马提猛力摇了摇头。“传说！无稽的传说！九九，我们为什么要听……”

但久瑞南迅速打断他的话。“不，坎·丁，我要听下去，我也听过这些传说。”

“但这实在荒谬，九九。”

“别这么急着说‘荒谬’，即使真是如此，人们还不是都在荒谬中生生死死。事实不算什么，重要的是众人心中怎么想。年轻人，把传说摆到一边，告诉我，你为什么认为丹莫刺尔是机器人？让我们假设机器人的确存在，那么丹莫刺尔究竟做了什么，而让你说他是个机器人？是他自己告诉你的吗？”

“不是，阁下。”芮奇答道。

“是你父亲告诉你的吗？”久瑞南又问。

“也不是，阁下。那只是我自己的想法，但我可以确定。”

“为什么？是什么使你如此确定？”

“只不过是根据他的一些言行举止。他的样子不会改变，他不会衰老，他从来不表现情绪，他有些特征透出他是金属制的。”

久瑞南上身靠回椅背，望了芮奇好长一段时间，他的心思仿佛在嗡嗡作响。

最后他终于说：“假定他真是机器人，年轻人，你又何必在乎呢？这和你有什么关系吗？”

“当然和我有关系，”芮奇说，“我是人类，我不要啥子机器人来治理帝国。”

久瑞南转向纳马提，做出双手赞成的手势。“你听到了吗，坎·丁？‘我是人类，我不要啥子机器人来治理帝国。’让他上全息电视去说，让他一遍又一遍重复，直到敲响川陀每个人的耳膜为止……”

“嘿，”芮奇总算喘过气来，“我不能在全息电视上说那句话，我不能让我父亲发现……”

“不，当然不会。”久瑞南立即接口道，“我们不会那么做，我们只会用那句话。我们会另外找个达尔人，会在每一区都找一个人，每个人都用自己的方言，但总是同样的宣示：‘我不要啥子机器人来治理帝国。’”

纳马提说：“如果丹莫刺尔证明自己不是机器人，那怎么办？”

“真是的。”久瑞南说，“他要怎么做？他根本不可能做得到，心理上不可能。什么？伟大的丹莫刺尔，皇帝身后的掌权者；这些年来，他一直扯弄着克里昂一世身上的绳索，在此之前则扯弄着钉在其父身上的绳索，现在他竟然会放下身段，当众哭诉他也是人类吗？那样做对他而言，几乎和他真是机器人具有同样的杀伤力。坎·丁，这坏蛋这回输定了，而这都要归功于这位优秀的年轻人。”

芮奇面红耳赤。

久瑞南说：“你的名字是芮奇，对吗？一旦我党得以执政，我们不会忘记你的。达尔会被照顾得很好，你会在我们这里有个好职位。总有一天，你将成为达尔区的领袖，芮奇，你不会后悔曾经这么做。你现在后悔吗？”

“打死也不后悔。”芮奇慷慨激昂地说。

“既然如此，我们要确保你回到你父亲身边。你要让他知道，我们不打算伤害他，我们极为重视他。你告诉他这就是你的发现，你爱编个什么故事都行。从今以后，如果发现任何其他事情，你认为可能对我们有用，尤其是关于心理史学的，你就立刻通知我们。”

“不在话下。但是，你说你保证达尔有翻身的机会，你是真心的吗？”

“绝对是的，我的好孩子。各区平等，各个世界平等。我们会有个崭新的帝国，特权和不平等所造成的一切罪恶将连根拔除。”

芮奇使劲点了点头。“那正是我想要的。”

19

克里昂一世，银河的共主，此时正匆匆忙忙走过拱廊。透过这道拱廊，偏殿的寝宫连接着相当庞大的官僚系统所使用的办公室，而那些官僚则散居皇宫各个别馆，因此整座皇宫就是帝国的神经中枢。

他的几名贴身侍从走在他后面，脸上挂着深切无比的忧虑。一般说来，皇帝不会移驾找什么人；他只要召唤他们，他们便会赶来见他。假如他真迈开脚步，也绝不会显现出焦急或情感受创的样子。他怎么能呢？身为一位皇帝，与其说是个重要人物，不如说更像所有世界的一个象征。

但他现在似乎就是个普通人。他不耐烦地挥动右手，示意每个人退到一旁。而他的左手，则握着一张闪闪发光的全息像。

“首相，他在哪里？”他用近乎掐住脖子的声音说，完全不像那种刻意训练出来的声调（它与皇位同样是他身上的重担）。

一路上的高级官员通通不知所措，他们纷纷喘着大气，根本不可能保持镇定。大帝气呼呼地掠过他们，使他们全部觉得仿佛活在一场白日噩梦中。

最后他终于冲进丹莫刺尔的个人办公室。他微微喘着气，大吼道——不折不扣地大吼道：“丹、莫、刺、尔！”

丹莫刺尔带着一丝惊讶抬起头来，接着不急不徐地起身，因为除非受到特别的恩准，任何人在皇帝面前都不会坐着。“陛下？”

他答道。

大帝将那张全息像摔到丹莫刺尔的办公桌上，问道：“这是什么？你能告诉我吗？”

丹莫刺尔看了看大帝丢给他的东西。那是一张美丽的全息像，鲜明而生动。几乎能听见那个十岁左右的小男孩，正在说着字幕上那句话：“我不要啥子机器人来治理帝国。”

丹莫刺尔平静地说：“启禀陛下，我也收到了。”

“还有谁收到了？”

“我的感觉是，陛下，它是一份正在川陀各处广为散发的传单。”

“没错，你有没有看到那小鬼望着什么人？”他伸出至尊的食指，轻轻敲了敲那个人像，“那不是你吗？”

“真是十分相似，陛下。”

“你所谓的这份传单，唯一的意图就是指控你是机器人，我这样猜有没有错？”

“那似乎的确是它的意图，陛下。”

“我要是说错了，立刻纠正我，机器人不就是传说中的人形机器，那种在……在惊悚影片和儿童故事中才有的东西？”

“麦曲生人将它当成信仰的对象，陛下，而机器人……”

“我对麦曲生人和他们信仰的对象并没有兴趣。他们为什么指控你是机器人？”

“我确定那只是一种比喻，陛下。他们希望将我刻画成一个没有心肠的人；我的观点缺乏良知，只是一台机器的计算结果。”

“那太隐晦了，丹莫刺尔，我可不是傻瓜。”他又轻轻敲了敲那张全息像，“他们试图让百姓相信你真是机器人。”

“假如百姓愿意相信，陛下，我们几乎无法阻止。”

“我们承受不起。它有损你这个首相的尊严，更糟的是，它还有损我这个皇帝的尊严。那暗示的是我，我，竟然会选一个机器人当我的首相，这是忍无可忍的事。听好，丹莫刺尔，不是有些禁止诋毁帝国官员的法律吗？”

“启禀陛下，的确有，而且相当严苛，可以追溯到伟大的《亚布拉米斯法典》。”

“而诋毁皇帝本人，则是罪大恶极的死罪，对不对？”

“的确难逃一死，陛下，一点都没错。”

“好啦，这不只诋毁你，还诋毁了我。无论是谁干的，都该立即处决。当然，幕后的主使者就是那个久瑞南。”

“毫无疑问，陛下，但要证明这点可能相当困难。”

“荒谬！我有足够的证据！我要处决他。”

“问题是，陛下，诋毁罪实际上从未遭到追究。至少，本世纪绝对没有。”

“这就是社会变得如此不稳定，而帝国也开始动摇根本的原因。那些法律仍是白纸黑字，所以赶快执行吧。”

丹莫刺尔说：“请陛下三思这是否明智，那会使您显得像个暴君和独裁者。您以仁慈与和善为念的统治，一向是最成功的……”

“没错，但是看看我得到了什么。让我们换个方式，叫他们开始怕我，而不是敬爱我——以这种方式敬爱我。”

“我极力劝告您别这么做，陛下，它可能会成为点燃一场叛乱的火花。”

“那么，你要怎么做呢？走到百姓面前说：‘看看我，我不是机器人。’”

“不，因为正如陛下所说，那样会毁掉我的尊严，更糟的是，也会毁掉您的尊严。”

“那该怎么办？”

“我不确定，陛下，我尚未好好想过。”

“尚未好好想过？去联络谢顿。”

“陛下？”

“我的命令为何那么难以理解？去、联、络、谢、顿！”

“陛下希望我召他进宫吗？”

“不，没时间那么做了。我相信你能帮我们架设一条密封通讯线路，无法窃听的那种。”

“没问题，陛下。”

“那就去办吧。赶快！”

20

谢顿欠缺丹莫刺尔那份泰然自若，他毕竟只是血肉之躯。传到研究室的那些召唤，以及“扰乱场”突然生出的微弱光芒与滋滋噪音，足以显示发生了不寻常的事。他以前也曾经用过密封线路通话，但从未达到帝国安全标准的极限。

他预期会有某位政府官员来为丹莫刺尔传话。有鉴于那份机器人传单逐渐掀起的骚动，他的预期不会低于这个层级。

但他的预期也并未高于这个层级。因此当大帝本人的影像，周围泛着扰乱场的微弱闪光，跨进（姑且这么说）他的研究室时，谢顿跌回座椅中，嘴巴张得老大，只能徒劳无功地试图站起来。

克里昂做个不耐烦的手势，示意他继续坐着。“你一定知道发生了什么事，谢顿。”

“您是指那份机器人传单，陛下？”

“那正是我的意思。现在该怎么做？”

尽管大帝恩准他继续坐着，谢顿终究还是站了起来。“启禀陛下，不只如此而已。久瑞南针对机器人这个议题，正在川陀各地组织示威活动。至少，我听新闻幕上是这么说的。”

“它还没传到我耳朵里。当然没有，皇帝何必知道发生了什么事？”

“这种事不劳陛下操心，我确信首相……”

“首相什么也不会做，甚至不会向我报告最新状况。现在我要向你和心理史学求助，告、诉、我、该、怎、么、做。”

“陛下？”

“我不准备和你玩游戏，谢顿，你在心理史学上已经花了八年时间。首相告诉我，我一定不能采取法律行动对付久瑞南，那么，我该做些什么呢？”

谢顿结结巴巴地说：“陛……陛下！什么也别做！”

“你什么也不能告诉我吗？”

“不，陛下，我不是这个意思。我是指您一定不能采取行动，任何行动都不能！首相若告诉您不能采取法律行动，那他说得很对，否则只会使情况更糟。”

“很好。那怎么做才能使情况更好呢？”

“您什么事也别做，首相什么事也别做，政府则允许久瑞南放手去做。”

“那会有什么帮助？”

谢顿尽量压抑声音中的绝望语调，说道：“很快就会看出来。”

大帝突然像是放了气的气球，仿佛所有的怒意与愤慨都被抽出体外。他说：“啊！我懂了！你完全掌握了局势！”

“陛下！我可没那么说……”

“你不必说，我已经听到很多了。你完全掌握了局势，但我要的是结果。我仍保有禁卫军和武装部队，他们会忠心耿耿。倘若出现真正的混乱，我绝不会犹豫，但我会先给你一个机会。”

他的影像一闪就消失了，谢顿坐在那里，干瞪着显像早已消失的空洞空间。

八年前，他在十载会议上首度提到心理史学，从那个不愉快的时刻开始，他就必须面对一个事实：他根本没有自己脱口而出的那个东西。

他有的只是一些虚无缥缈的疯狂想法，以及雨果·阿马瑞尔所谓的直觉。

21

短短两天内，久瑞南的示威横扫整个川陀，少数由他亲自出马，大部分是他的副手们所领导。正如谢顿对铎丝喃喃抱怨的，这次行动具有军事效率的一切特征。“倘若在古代，他是天生的大将。”他说，“他的天分浪费在政治上了。”

铎丝则说：“浪费？照这个速度，他能在一周内当上首相，而他只要有心，两周内就能当上皇帝。根据报道，有些戍卫部队正为他喝彩呢。”

谢顿摇了摇头。“会瓦解的，铎丝。”

“什么？久瑞南的政党还是帝国？”

“久瑞南的政党。机器人的说法的确制造出一时的轰动，尤其是因为他们有效地利用那份传单，但只要稍微深思一下，稍微冷静一点，民众就会看出那是多么无稽的指控。”

“可是，哈里，”铎丝坚定地说，“你不必跟我假装，那可不是无稽的说法。久瑞南怎么可能发现丹莫刺尔是机器人呢？”

“喔，那件事！哈，是芮奇告诉他的。”

“芮奇！”

“没错。他圆满达成任务，已经平安归来，他们还对他承诺，有一天会让他成为达尔区的领袖。他当然深获信任，我早就知道他做得到。”

“你的意思是，你告诉芮奇说丹莫刺尔是机器人，还让他把这个消息传给久瑞南？”铎丝看来吓坏了。

“不，我不可能那么做。你知道我不能告诉芮奇，或是任何人，说丹莫刺尔是机器人。我以尽可能坚定的口吻告诉芮奇，丹莫刺尔不是机器人——就连那样说也不容易。但我的确要他告诉久瑞南，说他是个机器人。芮奇深深相信他对久瑞南撒了谎。”

“可是为什么呢，哈里？为什么？”

“我可以告诉你，这和心理史学无关。你别和大帝一样，以为我是魔法师。我只是要久瑞南相信丹莫刺尔是机器人。他本是麦曲生人，所以自小听多了机器人的民间故事。因此，他很容易相信这种事，而他深信民众也会和他一样。”

“怎么，不是吗？”

“不见得。等到初期的震撼消失，他们就会了解，或者说会认为，那只是狂人的幻想。我已经说服丹莫刺尔，他必须透过次乙太全息电视发表一场演说，广播到帝国各个重镇，以及川陀每一个区。他会谈论各种问题，唯独不提机器人这档事。如今危机重重，大家都知道，所以这种演说不会冷场。人们会凝神聆听，偏偏听不到和机器人有关的事。然后，到了最后，自会有人问起那份传单。他一个字也不必回答，他只需要哈哈大笑。”

“哈哈大笑？我从来不知道丹莫刺尔会哈哈大笑，他甚至几乎不曾微笑。”

“这一回，铎丝，他会的。这是一件谁也未曾目睹机器人做过的事。你在全息奇幻节目中看过机器人吧？他们总是被塑造成一板一眼、毫无情感、缺乏人性，那是人们预料中的必然形象，所以丹莫刺尔只需要笑几声就好。此外，你还记得日主十四吗，那位麦曲生的宗教领袖？”

“我当然记得。一板一眼、毫无情感、缺乏人性，他也从来不发笑。”

“这回他还是笑不出来。自从我在运动场和他们比划几下之后，我就对久瑞南这个人做了许多研究。我知道久瑞南的真实姓名，还知道他生在何处，他的双亲是什么人，他早年在哪里接受训练。这些相关资料，连同证明文件，都已经送到日主十四手上。我想日主是不会喜欢脱缰者的。”

“可是我记得你说过，你不希望点燃种族偏见的火种。”

“我是不希望。假使我把那些资料交给全息电视台，就的确会发生那种事。但我却是将它交给日主，这只能算物归原主而已。”

“而他将会点燃这个火种。”

“他当然不会。无论日主说什么，川陀上都不会有任何人注意。”

“那么用意何在？”

“嗯，这点我们等着瞧，铎丝。我并没有一份针对时局的心理史学分析，我甚至不知道这种分析有没有可能，我只希望我的判断是正确的。”

22

伊图·丹莫刺尔哈哈大笑，已经数不清是第几次了。

他坐在那里，与哈里·谢顿以及铎丝·凡纳比里同在一间无法窃听的房间内。每隔一会儿，只要谢顿做个手势，他便会开始发笑。有时他会仰靠在椅背上，发出刺耳的大笑声，但谢顿总是摇摇头。“那样听来绝无说服力。”

于是丹莫刺尔微微一笑，然后发出尊贵的笑声，结果换来谢顿一个鬼脸。“我认输了，”他说，“试着跟你讲滑稽故事也没用，你只能了解故事的知性层面。你必须牢记那种声音才行。”

铎丝说：“用全息笑声轨带。”

“不！那绝不是丹莫刺尔，只是一伙为了赚钱而傻笑的白痴，那可不是我要的。再试一遍，丹莫刺尔。”

丹莫刺尔一试再试，最后谢顿终于说：“好了，就记住这个声音，当有人问你那个问题时就复制出来。你一定得显得被逗乐了，不论笑得多么熟练，你也不能板着脸孔制造那些笑声。露出一点笑容，一点就好，把一侧嘴角向后拉。”丹莫刺尔的嘴巴慢慢咧开，形成一个笑容。“不坏嘛，你能让双眼闪烁吗？”

“你所谓‘闪烁’是什么意思？”铎丝愤愤地说，“谁也不能让自己的眼睛闪烁，那只是比喻的说法。”

“不，不是的。”谢顿说，“有时眼里会有一点泪水，不论是因为悲伤、喜悦或惊讶，当那一点液体反射光线，就会造成闪烁。”

“好吧，你当真指望丹莫刺尔能制造眼泪吗？”

丹莫刺尔一本正经地说：“我的眼睛的确会制造泪水，那是为了一般性的清洗，绝不会过量。不过，说不定，我若想象眼睛受到轻微的刺激……”

“试试看，”谢顿说，“不会有害的。”

于是，当次乙太全息电视上的演说结束，演说的内容（严肃的、实事求是的、报道性的；没有任何华丽的修饰、除了机器人无所不谈）正以光速的数千倍奔向几百万个世界之际，丹莫刺尔宣布他准备接受发问。

他不需要等多久，第一个问题就是：“首相先生，您是机器人吗？”

丹莫刺尔只是冷静地瞪着现场观众，让紧张的情绪升高。然后他微微一笑，身体轻微晃动，接着便笑出声来。那并非过分刺耳的大笑声，但声音相当嘹亮，意味着某个古怪念头把他逗乐了。而这是有传染性的，观众先是吃吃窃笑，不久便成了哄堂大笑。

丹莫刺尔一直等到笑声平息，才透着炯炯的目光说：“我必须回答这个问题吗？真有必要那么做吗？”当荧幕转趋漆黑之际，他脸上仍带着笑容。

23

“我确定有效。”谢顿说，“自然，不会立刻使情势完全逆转，那需要时间，但事态已经朝正确方向发展。当我在大学运动场打断纳马提的演讲时，我就注意到了这点。听众本来站在他那边，等到我挺身而出，展现以寡敌众的勇气后，听众马上开始转变立场。”

“你认为如今的情势可依此类推吗？”铎丝透着疑惑问道。

“当然。即使没有心理史学，我想我还能用类推法，以及与生俱来的头脑。看看我们的首相，遭到来自四面八方的围剿，而他用一个笑容和笑声就化解了，这是他能做到的最不像机器人的事，所以它本身就是那个问题的答案。同情当然会开始靠向他那边，任何力量都阻止不了。但这只是个开始，我们还得等日主十四的消息，得听听他怎么说。”

“你对那边也有信心吗？”

“绝对有。”

24

网球是谢顿最喜爱的运动之一，但他对打球的兴趣远胜于当个观众。因此，当穿着运动装的克里昂大帝漫步穿梭球场接球之际，他不耐烦地坐在观众席中。事实上，这是所谓的皇家网球，因为它是历代皇帝所钟爱的一项运动。使用的是一种电脑化球拍，只要在握把上施加适度的压力，便能稍加改变拍面的角度。谢顿曾有几次试图练成这种技巧，却发现需要大量的练习，才能纯熟地使用这种电脑化球拍。而哈里·谢顿的时间太宝贵了，不能浪费在显然无谓的目的上。

克里昂将球打到一个救不回的位置，赢了这场球赛。他快步走出球场，迎向观众席中大小官员谨慎的掌声。谢顿对他说：“恭喜陛下，您这场球打得好极了。”

克里昂淡然道：“你真这么想吗，谢顿？他们全都小心翼翼让我赢球，我赢得没有一点乐趣。”

谢顿说：“这样的话，陛下可以命令对手更卖力些。”

“没有用的，他们无论如何会刻意输给我。而他们要是真的赢了，我又会觉得比起赢得毫无意义，输球更没乐趣。身为皇帝自有其悲哀，谢顿。久瑞南也会发现这点，假使他成功地当上皇帝。”

说完，他便消失在御用沐浴间。不久他重新出现，全身已经洗净蒸干，并穿上正式许多的服装。

“好了，谢顿，”他一面说，一面挥手逐退所有的人，“我们再也找不到比网球场更隐密的地方，而且天气这么好，所以我们别进屋去。我读了麦曲生那个日主十四的来信，那样行得通吗？”

“启禀陛下，完全行得通。正如您读到的，他们谴责久瑞南是麦曲生的脱缰者，而且以最严重的亵渎罪指控他。”

“那样能了结他吗？”

“对他的威势有致命的打击，陛下。如今，只剩少数人还接受首相是机器人的疯狂说法。非但如此，久瑞南还被揭发为一名骗徒和伪君子，更糟的是，他被逮个正着。”

“逮个正着，没错。”克里昂若有所思地说，“你的意思是，光是耍阴谋只能算狡猾，或许还有人佩服；但被逮个正着则是愚蠢，绝对不会有人钦佩。”

“您真是一针见血，陛下。”

“那么久瑞南不再是威胁了。”

“启禀陛下，这点我们还不能确定。即使是现在，他也可能东山再起。他仍拥有一个组织，他的一些追随者仍会忠心耿耿。曾有人在遭逢这么大的打击，甚至更大的打击后又卷土重来，历史上这样的例子可不少。”

“这样的话，我们把他处决吧，谢顿。”

谢顿摇了摇头。“那将是不智之举，陛下。您不会想制造一名烈士，或是让您自己显得像独裁者吧。”

克里昂皱起眉头。“你现在的口气和丹莫刺尔简直一样。每当我希望采取强硬行动，他就会嘀咕‘独裁者’三个字。在我之前有些皇帝，他们采取强硬行动的结果是赢得赞誉，是被视为强势和果决的君主。”

“这点毫无疑问，陛下，但我们却是处于动荡的时代。而且没有必要处决他，您大可用别的方式达成您的目的，而使您显得开明和仁厚。”

“显得开明？”

“本来就很开明，陛下，是我说错了。处决久瑞南等于是在报复，或许会被视为卑劣。然而，身为皇帝，您对所有子民的信仰，都抱持着仁爱——甚至慈父般的态度。您对他们一视同仁，因为您是每位子民的皇帝。”

“你在说些什么？”

“我的意思是，陛下，久瑞南碰触了麦曲生人的痛处，而您对他的冒渎行为甚为震怒。久瑞南本是他们的一员，还有什么比将他交给麦曲生人处置更好的办法呢？您会由于皇恩浩荡而受世人喝彩。”

“然后，麦曲生人会处决他？”

“有此可能，陛下，他们惩罚亵渎罪的法律极其严酷。最好的情况，他们也会将他终身囚禁于苦役监狱。”

克里昂微微一笑。“好极了。我得到人道和宽容的美名，而由他们当刽子手。”

“启禀陛下，假使您真将久瑞南交给他们，他们会的。然而，那样仍会制造一名烈士。”

“这回你把我搞糊涂了。你究竟要我怎么做？”

“让久瑞南自己选择。就说基于帝国黎民的福祉，您有责任将他交给麦曲生人审判，但是，您的人道胸怀却深恐麦曲生人可能太严酷。因此，还有另一条路，他可以选择流放到尼沙亚，在那里默默地、平静地度过余生。毕竟，那个与世隔绝的小世界，正是他对外声称的故乡。不用说，您一定会将他置于监视之下。”

“那样就会解决 切吗？”

“当然，久瑞南若选择被遣返麦曲生，实际上无异于自杀。在我的感觉中，他不是那种会自杀的人，他必然会选择尼沙亚。不过，那虽然是合乎常理的做法，却不是英雄好汉的行径。在尼沙亚当个流亡者，他几乎不可能再领导什么征服帝国的运动。他的追随者必定作鸟兽散；他们能以神圣的狂热追随一名烈士，可是实在很难追随一个懦夫。”

“妙透了！你是怎么想出这一切的，谢顿？”克里昂的声音中透出明显的钦佩。

谢顿说：“嗯，这么假设似乎很合理……”

“算了。”克里昂突然说，“我不信你会告诉我实话，即使你说了，我想我也不会了解。但我要告诉你一点，丹莫刺尔即将离职。这次的危机已经证明他力有未逮，而我也同意该让他退休了。但是我不能没有一个首相，所以从此刻起，你就是他。”

“陛——下！”谢顿高声喊道，声音中交杂着惊愕与惶恐。

“哈里·谢顿首相。”克里昂平静地说，“这乃是皇帝的旨意。”

25

“不用惊慌，”丹莫刺尔说，“这是我提出的建议。我在这里已经待得太久，而且一连串的危机累积到这个程度，三大法则的考量已经使我寸步难行。你是合理的继任人选。”

“我并不是合理的继任人选。”谢顿激动地说，“我知道如何治理一个帝国吗？大帝愚蠢到相信我是用心理史学解决这场危机的，我当然不是。”

“那没有关系，哈里。只要他相信你拥有心理史学的答案，他会对你言听计从，这就会使你成为一位好首相。”

“对我言听计从，他会一路走向毁灭。”

“我觉得你的判断力，或说直觉，会让你保持正确的目标……不论有没有心理史学。”

“可是没有你，我要怎么做呢——丹尼尔？”

“谢谢你这么称呼我。我不再是丹莫刺尔，只是丹尼尔而已。至于你没有我该怎么做，何不试着实现一些久瑞南对平等和社会公义的构想？他或许不是真心的，或许只是用来当做笼络人心的手段，但是这些构想本身并不坏。想办法让芮奇在这方面助你一臂之力——他抗拒了久瑞南的主张对他的吸引，坚决对你效忠，现在他一定感到很无奈，认为自己是半个叛徒。对他证明他没有做错。此外，你还能加倍努力研究心理史学，因为大帝会支持你，全心全意支持你。”

“但你自己准备做什么呢，丹尼尔？”

“银河中另有许多事需要我照顾。别忘了还有第零法则，而在我能明确决定的范围内，我必须为人类整体的福祉努力。还有，哈里——”

“啊，丹尼尔。”

“你仍有铎丝。”

谢顿点了点头。“是的，我仍有铎丝。”他顿了一下，才伸手握住丹尼尔结实的手掌。“再见，丹尼尔。”

“再见，哈里。”丹尼尔答道。

说完，这位机器人便转身离去。他昂首阔步，背脊挺得笔直，沿着皇宫走廊渐行渐远，厚重的首相袍拖出沙沙的声响。

丹尼尔离去后，谢顿陷入沉思，在原处呆立了几分钟。然后，他突然向首相寓所的方向前进。谢顿还有一件事要告诉丹尼尔——一件再重要不过的事。

走进寓所之前，谢顿曾在光线柔和的走廊中迟疑了一下。但房间是空的，只有那件黑袍披在一张椅子上。于是，首相的房间里，回荡着谢顿对机器人说的最后一句话：“别了，我的朋友。”伊图·丹莫刺尔走了；机·丹尼尔·奥利瓦消失了。

第二篇

克里昂一世

克里昂一世：……虽然屡屡受人歌颂，赞扬在其统治之下，第一银河帝国勉强维持最后的统一与繁荣，克里昂一世在位的四分之一世纪，却是帝国持续衰落的一段时期。这不能视为他直接的责任，因为导致帝国衰微的政治与经济因素盘根错节，并非当时任何一个人所能解决的。他幸运地选择了两位良相，伊图·丹莫刺尔及后继的哈里·谢顿。对于后者所发展的心理史学，这位皇帝从未失去信心。克里昂与谢顿两人，曾是最后一次“九九派阴谋”的目标，其出人意表的结局……

——《银河百科全书》

01

曼德尔·葛鲁柏是个快乐的人，至少在哈里·谢顿眼中绝对没错。此时，谢顿暂停了晨间运动，驻足望着他。

葛鲁柏大概是坐四望五的年纪，比谢顿年轻几岁。由于长期在皇宫御苑工作，皮肤显得有点粗糙，但他有一张笑口常开、刮得干净的脸孔。他的头顶呈粉红色，稀疏的沙色头发所剩无几。这时，他一面轻吹着口哨，一面检查灌木丛的树叶，看看是否有昆虫出没的迹象。

他当然不是园丁长，皇宫御苑的园丁长是一位高级官员，在巨大的皇宫建筑群中拥有一间宫殿般的办公室，手下有一大群男女园丁。而园丁长亲自检视御苑的机会，每年大概不会超过一两次。

葛鲁柏只不过是园丁长手下的一员。谢顿知道，他的头衔是一品园丁，那是三十年的忠实服务为他赢得的荣衔。

谢顿停在极为平坦的碎石子小径上，和他打招呼。“又是美好的一天，葛鲁柏。”

葛鲁柏抬起头来，双眼透着闪烁的目光。“是啊，的确没错，首相，我为那些关在室内的人感到难过。”

“你的意思是，马上就要去室内的我。”

“至于您嘛，首相，还不至于让人太过惋惜。但是像这种天气，您如果准备钻进那些建筑里头，我们这些幸运的少数，还真能为您稍感惋惜呢。”

“我要谢谢你的同情，葛鲁柏，但你也知道，我们有四百亿川陀人生活在穹顶之下。难道你替他们每个人都难过吗？”

“我的确如此。我很庆幸自己没有川陀血统，所以有资格当一名园丁。在这个世界上，只有极少数人在露天中工作，而我就在这儿，我是极少数的幸运儿之一。”

“天气并非总是这么理想。”

“那倒是真的，我也在这外头经历过倾盆大雨和飕飕的强风。话说回来，只要你穿着合适的服装……看——”葛鲁柏将双臂展得和他的笑容一样开，仿佛要拥抱这片广大的御苑，“我有许多朋友，树木、草地，以及所有的动物都和我作伴，还有排成几何图形的植物令我开怀，即使在冬天也一样。您见过御苑的形状吗，首相？”

“我正望着它呢，不是吗？”

“我是指一览无遗的鸟瞰图，让您能真正欣赏整体的美感——它实在无与伦比。它是一百多年前，由泰柏·沙万德设计的，这些年来只有极少的改变。泰柏是一位伟大的园艺家，有史以来最伟大的，他也是来自我的行星。”

“是安纳克里昂，对不对？”

“没错，一个靠近银河边缘的遥远世界，那里仍有许多荒野，日子过得怡然自得。我来到这儿的时候，还是个乳臭未干的小伙子，现任园丁长刚刚接受老皇帝的任命。当然，现在他们已经在讨论重新设计御苑。”葛鲁柏深深叹了一口气，又摇了摇头。“那会是个错误。它现在的样子再好不过，比例恰当、构图均衡，对视觉和精神都是一大享受。不过在历史上，御苑的确经过好些次重新设计。皇帝们总是喜新厌旧，好像新的似乎总是好的。当今的皇帝陛下，愿他长命百岁，一直在和园丁长讨论要重新设计。至少，园丁间是这么流传的。”他很快补充了最后一句，仿佛为自己散布宫内流言感到难为情。

“可能不会很快实现。”

“我希望不要，首相，您若有机会从令您喘不过气的工作中抽出些时间，拜托，请研究一下御苑的设计。它有一种罕见的美感，如果我有办法，这几百平方公里内，任何一片树叶、一朵花、一只兔子我都不让移走。”

谢顿微微一笑。“你是个十分敬业的人，葛鲁柏。哪天你当上园丁长，我也不会惊讶。”

“愿命运之神保佑我不会。园丁长呼吸不到新鲜空气，见不到自然景观，还会忘掉他从大自然学到的一切。他住在那里——”葛鲁柏轻蔑地指了指远方，“而且我认为，他已经分不清灌木和小溪的差别，除非哪个下属带他出来，把他的手放在树上或浸入溪水中。”

一时之间，葛鲁柏仿佛要吐出心中的轻蔑，却找不到一处他忍心吐痰的地方。

谢顿轻轻笑了几声。“葛鲁柏，和你聊天真好。我每天被重担压得透不过气来，花几分钟听听你的人生哲学真是愉快。”

“啊，首相，我不是什么哲学家，我受的教育很粗浅。”

“不一定要受教育才能成为哲学家，需要的只是活泼的心灵，以及生活中的体验。保重，葛鲁柏，我很可能会晋升你。”

“您只要让我保持现状，首相，我就对您感激不尽了。”

谢顿带着微笑迈开步伐，不过一旦他的心思再度回到眼前的问题，他的笑容随即消失。当了十年首相——葛鲁柏若知道谢顿对这个职位厌倦到什么程度，他的同情会升高许多倍。如今，谢顿在心理史学技术上的进展，显示他即将面临一个无法承受的两难局面，葛鲁柏能了解这个事实吗？

02

谢顿在御苑中这段若有所思的漫步，是太平岁月的一个缩影。很难相信在这里，在直隶于皇帝的领地正中心，除了这块土地之外，整个世界都包在一个穹顶之内。他站在这里，在这个位置上，就好像回到了他的故乡世界赫利肯，或置身于葛鲁柏的故乡世界安纳克里昂。

当然，太平的感觉只是一种错觉。御苑有警卫戍守，而且戒备森严。

一千年前，皇宫周围的御苑——绝对比不上如今的宏伟壮丽，在一个刚开始零零星星建筑穹顶的世界上绝不突出——曾经对所有的公民开放，而皇帝自己能行走其间，对他的子民点头答礼，身边没有任何护卫。

不再是那样了。如今御苑有重重警卫，川陀上任何人都不可能闯进来。然而，这样做仍旧不能保证绝对安全，因为当危险真正来临时，是来自心怀不满的帝国官员，以及自甘堕落、遭到收买的军人。事实上，对皇帝与其幕僚而言，最危险的地方莫过于御苑内。比方说，在将近十年前那次事件中，倘若铎丝·凡纳比里不在谢顿身边，会发生什么结果呢？

那是他担任首相的第一年。事后他才想通，他这匹黑马令某些人妒火中烧，实在是很自然的一件事。有许多许多人，不论在学识上、年资上，最重要的是在他们自己眼中，都要比他有资格得多，因此会对这项任命忿忿不平。他们不晓得什么是心理史学，以及大帝赋予它多大的使命。而矫正这个情况最简单的办法，就是买通某个宣誓效忠首相的贴身侍卫。

当年，铎丝一定比谢顿自己更为警觉。也有可能，是丹莫刺尔在退场之际，加强了她保护谢顿的指令。实际的情况则是，在他担任首相的前几年，她比往日更常跟在他身边。

在一个温暖晴朗的下午，接近黄昏的光景，铎丝注意到西下的太阳——在川陀的穹顶下从来见不到的太阳——在一柄手铳的金属部位映出闪光。

“趴下，哈里！”她突然大喊，同时立刻踩过草坪，向一名侍卫疾冲而去。

“把手铳给我，侍卫。”她以严厉的口吻说。

看到一名女子出乎意料地跑过来，这名刺客惊呆了片刻，但是他迅速做出反应，举起那柄已抽出的手铳。

但她已经来到他面前，她的手像钢箍般扣住他的右腕，将他的右臂高高举起。“丢下。”她咬牙切齿地说。

那名侍卫扭曲着脸孔，试图挣脱她的掌握。

“别试了，侍卫。”铎丝说，“我的膝盖离你的鼠蹊只有三寸，只要你敢眨一眨眼，你的生殖器就会报销。所以你最好一动不动，这就对了。好，现在松开你的手。你要是不马上丢掉那柄手铳，我就抓碎你的手臂。”

一名园丁抓着一支耙子跑过来，铎丝示意他站开。这时，那名侍卫将手铳丢到了地上。

谢顿也赶到了。“我来接手，铎丝。”

“你别来。捡起手铳，赶快躲进那个树丛。可能还有其他人涉案，随时准备行动。”

铎丝始终未曾松开那名侍卫。“听好，侍卫，到底是谁怂恿你谋害首相，我要知道他的名字。此外我也要知道，还有哪些人参与这项行动。”

侍卫沉默不语。

“别傻了，”铎丝道，“说！”她扭转他的手臂，令他跪了下来，她便一脚踏在他的颈部。“假如你认为自己适于沉默，我能踩碎你的喉结，让你永远保持沉默。而且在那样做之前，我还要好好折磨你一顿，不会留下一根完好的骨头。你最好开口。”

侍卫一五一十招了。

事后谢顿曾对她说：“你是怎么做到的，铎丝？我从不相信你能够这么……暴力。”

铎丝淡淡地说：“其实我没有伤他多少，哈里，口头威胁就足够了。无论如何，你的安全是首要考量。”

“你该让我对付他。”

“为什么？抢救你的男性自尊吗？你的动作根本不够快，这是第一点。第二点，不论你有办法做得多好，你总是男人，那会在对方预料之中。而我是女人，通常人们不会认为女人和男人一样凶猛，而且一般说来，大多数女人没力气做出我刚刚那些动作。这件事经过流传，便会有人添油加醋，从此人人都会怕我。而由于对我心存畏惧，以后就没有人敢试图伤害你。”

“对你以及对处决都心存畏惧。那名侍卫和他的同谋都会送命，你该知道。”

一听到这点，铎丝平时镇定的面容立刻蒙上痛苦的阴影，仿佛她无法承受那名叛逆的侍卫将被处决的说法，即使他差点毫不犹豫地杀害了她挚爱的谢顿。

“可是，”她惊叫道，“没有必要处决这些谋反者，放逐就能达到目的。”

“不，不够。”谢顿说，“太迟了，除了处决之外，克里昂听不进别的。如果你希望听，我可以引述他的话。”

“你的意思是他已下定决心？”

“立刻就决定了。我告诉他需要做的只是放逐或下狱，可是他说不。他说：‘每次我试图用直接和强硬的行动解决一个问题，先是丹莫刺尔，然后现在是你，就会提到“独裁”和“暴虐”。但这是我的皇宫，这是我的御苑，这是我的卫士。我的平安有赖于此地的安全，以及手下那些人的忠贞。你认为任何偏离绝对忠贞的行为，能用就地正法之外的方式处置吗？不这样做你怎能安然无事？不这样做，我又怎能安然无事？’

“我说总该有个审判才行。‘当然，’他说，‘一场简短的军事审判，除了处决，我不要见到任何其他意见。我要把这个立场表达得很清楚。’”

铎丝显得不寒而栗。“你说得十分心平气和。难道你同意大帝的做法吗？”

谢顿勉强点了点头。“我同意。”

“因为有人试图取你性命。你为了报复，就放弃你自己的原则？”

“不，铎丝，我不是个有仇必报的人。然而，这并非我个人的安全受到威胁，甚至不是皇帝的安全。若说帝国的近代史对我们有任何昭示，那就是皇帝来来去去。我们必须保护的是心理史学。毫无疑问，即使我遇到什么不测，心理史学也总有发展成功的一天。但是帝国正在迅速衰落，我们没有时间再等——而目前只有我有这个功力，能及时发展出必需的技术。”

“那你就该把自己知道的教给别人。”铎丝严肃地说。

“我是在这样做。雨果·阿马瑞尔是理所当然的继任人选，而且我已经网罗了一群技术人员，总有一天他们会派上用场。可是他们不会像……”他突然打住。

“他们不会像你这么优秀——这么聪明，这么能干？真的吗？”

“我刚巧这么想，”谢顿说，“而且我刚巧是凡人。心理史学是我的，如果我有可能发展出来，我想要这份荣耀。”

“凡人啊。”铎丝叹了一口气，近乎悲痛地摇了摇头。

处决执行了。一个多世纪以来，从未见过如此的整肃。两名部长、五名较低阶的官员，以及四名军人，包括那个倒霉的侍卫，一起被押至刑场。所有无法通过最严格调查的禁卫军，全部遭到解职处分，并放逐到遥远的外围世界。

从此，再也没有不忠的风吹草动。首相受到的保护被渲染得人尽皆知，至于守着他的那个可怕的女人——许多人口中的“虎女”——就更不用说了。因此，铎丝不必再到处陪着他，她的无形威势已经是足够的屏障。克里昂大帝也安享了将近十年的平静与绝对的安全。

然而，如今，心理史学终于达到勉强能作预测的阶段。当谢顿穿过御苑，从他的（首相）办公室来到他的（心理史学家）实验室，他不安地意识到一种可能，那就是这段太平岁月或许即将结束。

03

但即使如此，哈里·谢顿走进实验室时，仍然压抑不住一股澎湃汹涌的满足感。

变化多么大。

这一切的开始，乃是二十年前，他在自己那台二级赫利肯电脑上的涂鸦之作。就是在那个时候，后来发展成“仲混沌数学”的第一道线索，首度模模糊糊在他脑中浮现。

接着是在斯璀璘大学的那些年，他与雨果·阿马瑞尔一同工作，试图“重归一”那些方程式，除去构成麻烦的无限大，寻找迂回之道绕过最糟的混沌效应。事实上，他们得到的进展非常小。

但是现在，当了十年首相之后，他拥有一整层楼最新型的电脑，以及一整组研究各方面问题的工作人员。

出于必要，除了雨果与他自己之外，研究人员都只能了解各人直接负责的问题，对其他部分则不大清楚。在心理史学这座巨大的山脉中，他们每个人仅在某个小峡谷或矿脉露头工作，唯有谢顿与雨果看得见整座山脉。甚至他们两人也看不太清楚，它的顶峰都隐藏在云端，山坡则全被浓雾遮掩。

当然，铎丝·凡纳比里说得对，他必须开始引领研究人员深入整个神秘的国度。心理史学技术发展到这个程度，已经不再是两个人所能掌握的。而且谢顿渐渐上了年纪，即使他能再活好几十年，最有成就的黄金岁月当然早已成为过去。

就连雨果，也差一个月就要满三十九岁。虽然仍算年轻，对一位数学家而言却可能并不尽然。而且他研究这个问题的历史，几乎与谢顿同样长久，他作出创见与神来之笔的能力或许也在走下坡。

雨果看到他进来，便起身向他走过去。谢顿则以怜爱的目光望着他——雨果与谢顿的养子芮奇一样，都是不折不扣的达尔人。然而，尽管拥有强壮的体格与粗短的身材，如今他似乎一点也不像达尔人。他没有了两撇八字胡，他没有了那种口音，总之，他似乎不再有任何一种达尔意识。他甚至对九九·久瑞南的诱惑也无动于衷，虽然久瑞南曾经彻底打动达尔区民。

仿佛雨果不再认同对母区之爱，对母星之爱，甚至对帝国之爱。他只属于心理史学——完完全全、百分之百。

谢顿感到一种自愧弗如的自责。对于一生最初二十年在赫利肯上的岁月，他一直保有强烈的自觉，根本无法不把自己当赫利肯人。他常常怀疑，这个自觉会不会无意间背叛自己，导致他在心理史学上误入歧途。在理想状况下，想要将心理史学运用得当，应当有超越各个世界与行政区的眼光，将人类群体视为毫无特色的抽象对象，而这正是雨果做到的一件事。

谢顿则做不到，他对自己承认，同时默默叹了一口气。

雨果说："我猜想，哈里，我们就要有些进展了。"

"你猜想，雨果？只是猜想而已？"

"我可不想没穿太空衣就跳进外太空。"他以相当认真的态度说（谢顿知道，他没有多少幽默感）。说完两人便走进他们的私人研究室，那是一个小房间，但具有极佳的屏蔽。

雨果坐下来，翘起二郎腿。"你最新提出的那个回避混沌的方案，也许一部分行得通。当然，要付出锐度作为代价。"

“那当然。以直接方法所获得的结果，以迂回之道便得不到。这就是宇宙运作的方式，我们也只好取个巧。”

“我们已经有点取巧，就像从毛玻璃望出去一样。”

“总比过去那些年，我们试着从铅板望出去好多了。”

雨果喃喃自语了几句，然后说：“我们已经能捕捉到明暗的光影。”

“解释一下！”

“我无法解释，但是我有元光体。为了制作这玩意，我累得像个……像个……”

“试试用瘸驮作比喻。那是我们赫利肯的一种动物，一种负重的兽类，川陀上见不到。”

“如果瘸驮夜以继日埋头苦干，那我花在元光体上的心血就是这样。”

他按下书桌上的键板，一个抽屉便解除了保安设定，接着无声无息地滑开。他从里面取出一个不透明的深色方块，谢顿立刻兴致勃勃地查看一番。元光体的线路是谢顿自己设计的，但将它拼装起来的则是雨果。一个巧手的聪明人，就是雨果最佳的写照。

房间暗了下来，方程式与关系式在空气中微微发光。许多数字在他们眼底展开，刚好翱翔于书桌正上方，仿佛悬挂在隐形木偶线的末端。

谢顿说：“太棒了。总有一天，只要我们活得够长，我们会让元光体产生一条数学符号所构成的河流，用来画出过去和未来的历史。我们能在里面找到许多支流和小河，并研究出改变它们的方法，好将它们导向我们偏爱的支流和小河。”

“前提是，”雨果冷淡地说，“假如我们明明知道自己弄巧成拙，却还活得下去。”

“相信我，雨果，每天夜里上床的时候，这个想法都还在折磨我。话说回来，我们尚未达到那个阶段。我们有的就只是这个，正如你说的，顶多像是透过毛玻璃看到模糊的光影。”

“够真实了。”

“你认为自己看到些什么呢，雨果？”谢顿仔细打量雨果，眼神有些严厉。近来他越来越胖，变得有点臃肿。他俯身电脑前的时间太多（如今则是俯身元光体前），四肢的活动实在不够。而且，虽然他偶尔会与某位女子约会，这点谢顿知道，他却一直没有结婚。这是个错误！即使一个工作狂，也会不得不腾出一点时间陪陪另一半，以及满足孩子们的需要。

谢顿想到自己仍然苗条的身材，以及铎丝想尽办法要他维持身材的努力。

雨果说：“我看到些什么？帝国有了麻烦。”

“帝国一向都有麻烦。”

“没错，但是这次比较特别，我们可能在核心会有麻烦。”

“在川陀？”

“我是这么想，但也可能是在银河外缘。要就是这里会有很糟的情况，说不定是内战，不然就是偏远的外围世界会开始四分五裂。”

“根本不必心理史学来指出这两种可能。”

“有趣的是两者似乎有互斥性，有你无我，两者同时发生的可能性非常小。这里！你看！这是你自己的数学，好好观察！”

他们俯身面对元光体所显现的内容，注视了良久。

最后谢顿终于说：“我看不出两者为何会互相排斥。”

“我也一样，哈里，但心理史学倘若只能显示你我看得出的结果，那又有什么价值呢？现在它对我们显示的，是某种我们看不出的东西。而它没有显示的则是，第一，哪种情况比较好；第二，我们要怎么做，才能使较好的情况发生，并压抑另一种的可能性。”

谢顿噘起嘴唇，接着缓缓道：“我能告诉你哪个情况比较好，那就是放弃外缘，保住川陀。”

“真的？”

“毫无疑问。我们必须保持川陀的稳定，最起码的原因就是我们住在这里。”

“我们自身的安逸当然不是决定性因素。”

“没错，但心理史学是。如果川陀的情势迫使我们终止心理史学的研究，保持外缘的完整对我们又有什么好处？我不是说我们会遭到杀害，但我们可能会无法工作。心理史学的发展和我们的命运已是一体。至于帝国，如果外缘正式脱离，那只会为帝国的分裂起个头，可能需要很长的时间才会抵达核心。”

“即使你是对的，哈里，我们要怎么做，才能维持川陀的稳定呢？”

“首先，我们必须思考一番。”

两人突然沉默下来，然后谢顿说：“思考不会让我感到快乐。如果帝国完全走在歧途上，而且开国以来始终如此，那该怎么办？每次和葛鲁柏聊天，我都会想到这一点。”

“葛鲁柏是谁？”

“曼德尔·葛鲁柏，一名园丁。”

“喔，就是那次行刺事件中，带着耙子跑来救你的那个人？”

“是的。由于那件事，我对他一直心存感激。他只有一支耙子，而其他潜在的同谋则有手铳，这才叫忠心。总之，和他聊天就像呼吸一阵清新的空气，我实在没办法把所有的时间都用来和宫廷官员或心理史学家谈话。”

“谢谢你啊。”

“得了吧！你知道我的意思。葛鲁柏喜欢露天的环境，他想要接触大大小小的风雨、刺骨的寒冷，以及天然气候所能带给他的一切。有些时候，我自己也怀念这些。”

“我可不。即使我从不到外面去，我也不在乎。”

“你是在穹顶之下长大的。但假设帝国是由一些简单的、未工业化的世界所组成，居民靠放牧和农耕为生，人口稀少而空间开阔，大家的日子会不会更好？”

“我觉得那样糟透了。”

“我找出一点空闲的时间，尽我所能检查了这个假设。在我看来，它似乎是个不稳平衡的例子。我所描述的那种地广人稀的世界，要不就是变得奄奄一息、荒芜贫瘠，跌落到毫无文化而近乎禽兽的层次——要不就是逐渐工业化。它就像竖起来的一根针，一定会朝其中一方倾倒。而实际的结果，则是几乎银河中每个世界都倒向工业化这边。”

“因为那样比较好。”

“也许，但它无法永远持续。如今，我们正在见证过度倾倒的结果。帝国无法再存在太久，因为它已经……已经过热了，我想不出其他的表达方式。其后的发展我们还不知道，如果借着心理史学，我们有可能设法阻止这场衰亡，或是更可能的情况，在衰亡之后强行复兴，会不会只是召来另一个过热周期？这是人类唯一的未来吗？就像西西弗斯那样，将圆石推到山顶，却眼看它再滚到山脚下？”

“西西弗斯是谁？”

“原始神话中的一个人物。雨果，你必须多读点书。”

雨果耸了耸肩。“好让我能了解西西弗斯的故事？那不重要。

说不定，心理史学能指引我们走向一个崭新的社会，它和我们所见过的制度完全不同，是个既稳定又令人向往的社会。”

“但愿如此，”谢顿叹了一口气，“但愿如此，但至今还没有它的踪影。在可见的未来，我们只好努力设法使外缘脱离，那将标示着银河帝国衰亡的开始。”

04

“我那样说，”谢顿道，“‘那将标示着银河帝国衰亡的开始。’而事实真是那样，铎丝。”

铎丝嘴唇紧绷，专心聆听这番话。当初，她以接受每件事物的一贯态度——平静，接受了谢顿的首相任命。她唯一的任务，就是保护他与他的心理史学。而她十分明白，他的新职位令这项任务更加艰巨。最佳的安全防范是不动声色，反正，只要帝国的标志“星舰与太阳”仍映在谢顿身上，世上一切有形的屏障都无法令人满意。

他们现在的生活十分豪华——对间谍波束以及有形的干扰皆有完善的屏蔽；她还能运用几乎无限的经费，对她自己的历史研究有莫大的助益——但这些都无法令她满足。她很乐意放弃这一切，只求换回斯璀璘大学原来的那间宿舍，如果能在某个没有熟人的不知名行政区，找一间无名的寓所则更好。

“这都非常有道理，哈里吾爱，”她说，“但是还不够。”

“什么还不够？”

“你提供给我的资讯。你说我们可能失去银河外缘，如何失去？为何失去？”

谢顿浅浅一笑。“要是能知道该多好，铎丝，但心理史学尚未达到能够告诉我们答案的程度。”

“那么，依你看，是不是那些遥远的地方总督，他们有野心要宣布独立？”

“当然，那是一项因素。历史上发生过这种事——这点你比我清楚得多——但从未维持多久，也许这次会是永久性的。”

“因为帝国变弱了？”

“是的，因为贸易不像以前那么顺畅，因为沟通管道变得比过去僵硬，因为事实上，外缘的总督都比以往更接近独立状态。如果其中之一，怀着特殊的野心崛起……”

“你能判断可能是哪个吗？”

“绝对办不到。在如今这个阶段，我们能从心理史学榨出来的明确知识只有一项，那就是若有哪个怀有非凡能力和野心的总督崛起，他将发现各种条件都比过去更为有利。但也可能还有其他事件：某些巨大的天然灾害，或是两个遥远的外围世界联盟突然爆发内战。目前为止，这些事件都还无法精确预测，但我们能断言，若有任何这类事件发生，都会导致远比一个世纪前严重许多的后果。”

“但如果你无法对外缘会发生什么事知道得更精确些，又怎能确定你采取的行动会使外缘脱离，而不是使川陀崩溃？”

“我将同时密切注意两者，并试着稳定川陀，而不干涉外缘的变化。在对它的运作只有这点了解的情况下，不能指望心理史学会自动指挥各个事件，所以我们必须不断用手动控制，姑且这样比方。在未来的日子里，心理史学技术将精益求精，手动控制的需要就会逐年降低。”

“但是，”铎丝说，“那是在未来，对不对？”

“没错，甚至这点也只是个希望罢了。”

“假如我们死守外缘，究竟是什么样的不稳定在威胁川陀呢？”

“同样的可能性：经济和社会因素、天然灾害、高级官员间的野心倾轧，此外还有别的。我曾对雨果打个比方，说帝国正处于过热状态，而川陀则是其中最热的部分。它似乎即将瓦解，各种基础公共设施——供水、暖气、废物处理、燃料管线，以及一切的一切——似乎都有不寻常的问题。最近，我越来越将注意力转移到这方面。”

“皇帝驾崩又如何呢？”

谢顿摊开双手。“那是无可避免的事，但克里昂目前健康状况良好。他和我同年，虽然我希望我们都更年轻些，但他并不算太老。他的儿子完全无法继承皇位，可是排队的人会很多，多到足以引起纷争，而使他的驾崩成为危机。但就历史的角度而言，它或许不至于酿成一场大祸。”

“那么，谈谈万一他遇刺吧。”

谢顿紧张兮兮地抬起头来。“别那么说，即使我们有屏蔽，也别用那样的字眼。”

“哈里，别傻了，那是必须考量的一个可能性。曾有那么一段时间，九九派差点就取得政权，假使他们成功了，那么大帝迟早……”

“或许不会，他当个傀儡会更有用。无论如何，忘掉这件事吧。久瑞南去年死在尼沙亚，一个相当可悲的人物。”

“他还有追随者。”

“当然，每个人都有追随者。你在研究川陀王国和银河帝国早期历史的过程中，有没有读到过我的故乡赫利肯上的星球党？”

“没有，没读到过。我不想伤你的心，哈里，但我不记得读过任何和赫利肯有关的历史事件。”

“我并不伤心，铎丝。没有历史的世界是快乐的，我总是这么说。言归正传，大约两千四百年前，赫利肯上出现一群人，深信赫利肯是宇宙中唯一的住人星球；赫利肯就是整个宇宙，外面就只是固体球壳所构成的天空，点缀着许多微小的星辰。”

“他们怎能相信这种事？”铎丝说，“我推测，他们当时已是帝国的一部分。”

“是的，但是星球党人坚持，一切有关帝国的证据不是幻觉便是蓄意的欺骗，而帝国的使者和官员，则是赫利肯人基于某种原因所假扮的。他们完全不可理喻。”

“后来怎么样？”

“我想，认为你自己的世界是唯一的世界，总是一件令人愉快的事。在星球党的全盛期，他们可能说动了全球百分之十的人口加入他们的运动。虽然只有百分之十，但他们是狂热的少数，因而淹没了冷漠的多数，险些就要接掌政权。”

“但他们没做到，对不对？”

“对，他们没做到。后来的发展是星球主义导致帝国型贸易锐减，赫利肯的经济滑落谷底。当信仰开始影响民众的荷包时，便很快不再受欢迎了。当时许多人对这段大起大落十分不解，可是我确定，心理史学将会证明这是必然现象，根本没有必要为它花任何心思。”

“我懂了。可是，哈里，这个故事的意义何在？我推测它和我们刚才讨论的题目有些关联。”

“关联就是，不论他们的主义在头脑清醒的人看来多么无稽，这样的运动绝不会完全消失。直到现在，在赫利肯上，直、到、现、在，仍然有些星球党人。为数不多，但每隔一段时间，就会有七八十个这样的人聚在一起，召开他们所谓的星球议会，彼此畅谈星球主义，从中获得极大的乐趣。好，短短十年之前，九九派运动对这个世界几乎构成极大的威胁，如果今天仍有余党残存，根本就不值得惊讶。即使在一千年后，仍旧可能有些残余的势力。”

“这些余党难道不可能构成危险吗？”

“我不大相信。当初是九九的领袖魅力，使那个运动变得危险，如今他已经死了。他甚至没有死得轰轰烈烈，或有任何引人注目之处；他只是逐渐凋零，死于潦倒落魄的放逐生涯。”

铎丝站了起来，双手紧握成拳，双臂前后摆动，迅速走到房间另一端。然后她又踱回来，站在仍坐着的谢顿面前。

“哈里，”她说，“让我说出心里的话。假如心理史学指出川陀有发生严重动乱的可能，那么若是九九派仍然存在，他们就可能仍在图谋行刺大帝。”

谢顿神经质地笑了几声。“你在捕风捉影，铎丝，放轻松点。”

可是他发现，自己却不容易忘掉她这番话。

05

克里昂一世所属的恩腾皇朝，统治帝国已经超过两个世纪，而卫荷区则一向有反恩腾皇朝的传统，此一心态可远溯早年卫荷区长出任皇帝的时代。卫荷皇朝并未持续多久，也没有出色的成就，可是卫荷的人民与统治者，皆难以忘怀一度拥有的至尊地位——不论它多不完美，多么短暂。十八年前，自命的卫荷区长芮喜尔那次挑战帝国的短命行动，同时提高了卫荷的自尊心与挫折感。

基于上述事实，不难了解在一小撮主谋者的感觉中，藏身卫荷如同躲在川陀其他各地一样安全。

此时，在本区某个废弃部分的一间屋子里，他们五人围桌而坐。这间屋子陈设简陋，但拥有极佳的屏蔽。

其中一张椅子，品质比其他几张稍显精致，根据这一点，即可判断坐在上面那名男子是领导者。他面容瘦削，脸色蜡黄，有一张宽阔的嘴巴，嘴唇则苍白得几乎看不见。他的头发有点灰白，但他的双眼燃烧着浇不熄的怒火。

他瞪着坐在他正对面那个人。与前者相较之下，那人显然年纪大得多，而且和蔼得多，他的头发几乎全白了，每当他说话时，丰满的双颊总是像要颤抖。

那领导者以严厉的口吻说：“怎么样？你什么也没做，这点十分明显。解释一下！”

那位年长者说：“我是老九九派，纳马提。我为什么需要解释我的行动？”

一度曾是拉斯金·九九·久瑞南左右手的坎伯尔·丁恩·纳马提，随即答道：“老九九派多得是。有些无能，有些软弱，有些忘了自己的身份。身为一个老九九派，不比一个老笨蛋更有意义。”

那位年长者上身靠回椅背。“你在骂我是老笨蛋？我？卡斯帕·卡斯帕洛夫？我追随九九的时候，你甚至还没入党，只是个穷兮兮的无名小辈，正在四处寻找信仰。”

“我不是骂你笨蛋，”纳马提厉声道，“我只是说有些老九九派是笨蛋。你有个现成的机会，对我证明你不是他们的一员。”

“我和九九的关系……”

“别提啦，他已经死了！”

“我可认为他的精神长存。”

“如果这种想法对我们的斗争有帮助，就让他的精神长存吧。不过那是对别人，而不是对我们自己，我们知道他犯了一些错误。”

“我否认这一点。”

“别硬要把一个犯了错的普通人塑造成英雄。他以为光靠口舌之能，光靠言语，就能摇撼帝国……”

“历史告诉我们，过去曾有言语摇撼山岳的例子。”

“显然并非久瑞南的言语，因为他犯了错误。他以极其拙劣的手法，掩藏他的麦曲生出身。更糟的是，他让自己中了圈套，竟然指控首相伊图·丹莫刺尔是机器人。我警告过他，我反对提出那种指控，但他听不进去，结果被整垮了。现在让我们重新开始，好不好？不论我们对外如何利用久瑞南的精神，我们自己可别被它钉死了。”

卡斯帕洛夫默默坐在椅子上。其他三人轮流打量着纳马提与卡斯帕洛夫，三人都心甘情愿让纳马提主导这场讨论。

“随着久瑞南被放逐到尼沙亚，九九派运动四分五裂，眼看就要烟消云散。”纳马提粗声道，“事实上，要是没有我，它早已消失无踪。我一点一滴，一砖一瓦，将它重建成一个延伸川陀各个角落的网络。这点，我相信你是知道的。”

“我知道，首领。”卡斯帕洛夫喃喃道。使用这个头衔称呼对方，明白显示卡斯帕洛夫在寻求和解。

纳马提硬邦邦地笑了笑。他不坚持这个头衔，但他总是乐意听到别人这么称呼。他说：“你是这个网络的一环，你有你的责任。”

卡斯帕洛夫动来动去，显然内心正在自我交战。最后，他终于缓缓说道：“你刚才告诉我，首领，你曾经警告久瑞南，反对他指控老首相是机器人。你说他听不进去，但你至少说了出来。我能否有同样的权利，指出我眼中的一个错误，并且让你听听我的说法，就像当初久瑞南听你说那样，即使你同样不接受我的忠告？”

“你当然可以说出你的意见，卡斯帕洛夫。你到这里来，就是为了能这样做。你要指出什么？”

“我们采用的那些新战术，首领，本身就是个错误。它们导致了瘫痪，造成了破坏。”

“当然！那正是我们的目的。”纳马提在座椅中动来动去，努力控制着满腔怒火，“久瑞南试图说之以理，结果不成功，现在我们要以行动拉垮川陀。”

“需要多久？代价是什么？”

“需要多久就多久，至于代价嘛，其实微乎其微。这里一场停电，那里一场断水，一次污水淤塞，一次空调停摆。只会造成不方便和不舒适，如此而已。”

卡斯帕洛夫摇了摇头。“这种事是会累积的。”

“当然啦，卡斯帕洛夫，但我们要大众的沮丧和愤怒同样累积。听好，卡斯帕洛夫，帝国正在衰败，这点人人都知道，凡是有能力思考的人都知道。即使我们什么都不做，科技也会到处出问题。我们只是这里推推，那里拉拉，帮它加点速而已。”

“那会很危险，首领。川陀的基础公共设施复杂得不可思议，乱推一通可能令它整个瓦解。而要是拉错了线，川陀就会像积木屋一样垮掉。”

“目前为止还没有。”

“将来可能就会。而且，如果人们发现是我们动的手脚，那该怎么办？他们会把我们撕烂。不必召来保安部门或武装部队，暴民就会消灭我们。”

“他们怎么会知道该找我们算账？民怨的箭靶自然会是政府，会是皇帝的那些幕僚，他们不会再去找其他的目标。”

“明知是我们自己干的，我们又怎能活得心安理得？”

最后这句话是悄声问出来的，这位老者显然受到强烈情绪的驱使。卡斯帕洛夫以恳求的眼神，望着桌子对面的领导者——他曾宣誓效忠的对象。当初宣誓的时候，他相信纳马提会真正继承九九·久瑞南的作风，坚守自由的原则。现在卡斯帕洛夫却不禁怀疑，九九会希望他的梦想如此实现吗？

纳马提把舌头咂得咯咯响，活脱一个正在训诫犯错子女的家长。

“卡斯帕洛夫，你不能变得这么感情用事，对不对？一旦我们掌权，我们就会收拾残局，重建一切。我们将遵照久瑞南提倡的大众参与政府的遗训，增加民意代表，号召人民加入我们的行列。等到我们的政权巩固了，我们会建立一个更有效且更有力的政府。然后我们就会有个更好的川陀，以及一个更强大的帝国。我们会设立某种论坛制度，让其他世界的代表能够畅所欲言，但统治者一定得是我们。”

卡斯帕洛夫坐在那里，心中犹豫不决。

纳马提冷笑了一下。“你不确定吗？我们不会输的。目前为止一切十分顺利，今后仍会十分顺利。大帝还不晓得正在发生什么事，他连一点概念也没有。而他的首相是个数学家，没错，他毁了久瑞南，但此后他什么也没做。”

“他有个东西叫做……叫做……”

“别提了。久瑞南对它极其重视，但那是由于他来自麦曲生，就像他对机器人的狂热一样。这个数学家什么也……”

“叫做‘历史心理分析’或类似的东西，有一次我听久瑞南说……”

“别提了！你只要做好分内的事。你负责安纳摩瑞亚区的通风系统，对不对？很好，很好。随便你让它出什么毛病：或是让它停摆而使湿度升高，或是产生一种怪味，或是其他什么手段都好。这些都不会害死任何人，所以你不必有天大的罪恶感。你这么做，只会使人们觉得不舒服，升高大众的不快和恼怒。我们能信赖你吗？”

“可是，只会让年轻和健康的人不快或恼怒的事，也许会对婴儿、老人、病人有更大的……”

“你是不是要坚持任何人都不能受到伤害？”

卡斯帕洛夫咕哝了几句。

纳马提说：“不论做任何事，都不可能保证不会有人受到伤害，你只要做好分内工作就行。尽可能让受到伤害的人越少越好——倘若你的良心坚持如此——但给我做到！”

卡斯帕洛夫说：“听好！我还有一件事要说，首领。”

“那么说吧。”纳马提厌烦地答道。

“我们可以花许多年戳弄基础公共设施，但是总有一天，你会利用累积起来的不满情绪夺取政权。到时你打算怎么做？”

“你想知道我们究竟要怎么做吗？”

“是的。我们的攻击行动越快，破坏的程度就越有限，这个手术也就越有效率。”

纳马提慢慢地说：“我尚未决定这个‘外科手术’的本质，但它总会来到。在此之前，你会做好分内的事吗？”

卡斯帕洛夫顺从地点了点头。“会的，首领。”

“好了，那就走吧。”纳马提一面说，一面做了个表示解散的明快手势。

卡斯帕洛夫站起来，转身走了出去。纳马提目送他的背影，并对坐在自己右侧的人说：“卡斯帕洛夫不能信任了，他已经成了叛徒。他之所以想知道我们未来的计划，只是为了要出卖我们。去把他解决掉。”

那人点了点头，便和其他两人一同离去，留下纳马提单独坐在屋内。纳马提关掉发出光芒的壁板，只留下天花板上的一小方光源，使他不至置身全然的黑暗中。

他想：每条铁链都有必须剔除的脆弱环节。过去我们不得不这样做，结果是我们有了一个牢不可破的组织。

他在昏暗中露出微笑，将表情扭曲成一种凶猛的喜悦。毕竟，这个网络甚至延伸到了皇宫——虽然不太巩固，不太可靠，但它的确存在，而且今后会更强化。

06

没有穹顶遮盖的露天御苑，今天依旧是个温暖晴朗的天气。

这样的天气并不常见。谢顿记得铎丝曾告诉他，当初，这个冬季寒冷且终年多雨的地区，是如何获选为皇宫所在地的。

“其实并不是被选上的，”她说，“在川陀王国早期，它本是莫洛夫家族的属地。当王国变成帝国时，有许多地方可供皇帝居住，夏日避暑胜地、冬季避寒山庄、狩猎暂憩的小屋、海滨的度假别墅。后来，这颗行星逐渐被穹顶笼罩，当时住在这里的那位皇帝，由于太喜欢此地，所以让它一直保持露天。于是，只因为是唯一没有建造穹顶的地方，它变得分外特别，是个与众不同之地。这个独一无二的特点吸引了下一任皇帝……然后又是下一任……又是下一任……如此，传统于焉诞生。”

如同以往一样，每次听到类似的话，谢顿总会想到：心理史学会如何处理这种现象？它能预测到某处不会被穹顶遮盖，却绝对无法说出准确地点吗？它能做到即使只是这种程度吗？它会不会错误地预测有几处或没有一处保持露天？那位在关键时刻刚好在位、在突发奇想之下刚好作出决定的皇帝，心理史学如何能解释他的个人好恶？这样只会是一片混沌，还有疯狂。

克里昂一世显然喜爱这个好天气。

“我老了，谢顿。”他说，“这点根本不必我告诉你。我们同龄，我是指你和我。我不再有打网球或钓鱼的兴致，即使最近刚补了一批鱼苗，我只愿在小径上悠闲地漫步，这当然是上了年纪的征兆。”

他一面说一面吃着坚果，那是一种类似谢顿的故乡赫利肯上称为南瓜子的食物，不过体积较大，味道则没有那么可口。克里昂将它们轻轻咬碎，剥开薄薄的外壳，再将果仁丢进嘴里。

谢顿不会特别喜欢那种口味，不过，大帝既然赏赐他一些，他当然接下来，并且吃了几粒。

大帝手中握着几个果壳，正在胡乱四下张望，想找个容器之类的东西当垃圾桶。虽然没找着，他却注意到不远处站着一名园丁。那名园丁正立定站好（在皇帝面前理应如此），并且恭敬地低着头。

克里昂说："园丁！"

那名园丁迅速走过来。"参见陛下！"

"帮我把这些丢掉。"他一面说，一面将果壳拍到园丁手上。

"遵命，陛下。"

谢顿说："我这儿也有一些，葛鲁柏。"

葛鲁柏伸出手，近乎羞怯地说："遵命，首相。"

他随即退下，大帝却好奇地望着他的背影。"你认识这个人吗，谢顿？"

"启禀陛下，的确认识，是个老朋友。"

"那个'园丁'是你的老朋友？他是什么人？一个家道中落的数学界同仁？"

"不是的，陛下。或许您还记得那件事，那是在——"他清了清喉咙，寻思一个最有技巧的方式来叙述那个事件，"在陛下恩赐我这个职位不久之后，有个侍卫威胁到我的性命。"

“企图行刺。”克里昂抬头望向天空，仿佛是在保持耐性，“我不知道为何大家都那么怕用这个字眼。”

“也许，”谢顿流利地说，“对于吾皇遭遇不幸事件的可能性，我们远比您自己更感忧心。”奉承话竟然出口成章，令他觉得有点瞧不起自己。

克里昂露出嘲讽般的笑容。“我想是吧。这和葛鲁柏又有什么关系？那是他的名字吗？”

“是的，陛下，曼德尔·葛鲁柏。只要您稍加回忆，我确定您就会记起来，当初有个园丁带着一支耙子冲过来救我，勇敢地面对手持武器的侍卫。”

“啊，对。刚才那个人就是那名园丁吗？”

“启禀陛下，就是他。从此以后，我一直把他当成朋友，而我几乎每次来到御苑都会碰到他。我想他是在守护我，觉得我的命是属于他的。当然，我对他也很有亲切感。”

“我不怪你。既然我们谈起这件事，你那位令人畏惧的夫人，凡纳比里博士好吗？我不常见到她。”

“陛下，她是个历史学家，沉迷于过去的岁月中。”

“她不令你害怕吗？她真吓倒了我。我听说过她如何对付那个侍卫，令人几乎忍不住替他难过。”

“她是为了我才变得粗暴，陛下，但她最近没有机会那么做。如今非常平静。”

大帝又望着那名逐渐远去的园丁。“我们是否奖赏过此人？”

“我已经做了，陛下。他有妻子和两个女儿，我已经作好安排，为两个女儿都存了一笔钱，将来作为她们的子女教育费用。”

“很好。可是，我想，还需要给他升官。他是个好园丁吗？”

“极为优秀，陛下。”

“现任园丁长，莫康博——我不太确定记不记得他的名字——已经上了年纪，而且，说不定早已无法胜任那份工作，他眼看就要八十岁了。你认为这个葛鲁柏有能力接替他吗？”

“我确信他有能力，陛下，可是他喜欢目前的工作。这让他能待在露天的环境，接触各式各样的天气。”

“这个推荐倒很特别。我确定他能习惯行政工作，而且我实在需要找个人，把御苑改头换面一番。嗯……我得好好想一想，你的朋友葛鲁柏可能正是我需要的人。对了，谢顿，你说如今非常平静是什么意思？”

“我不过是指，陛下，宫廷中没有任何不和的迹象。而无可避免的弄权倾向，似乎也降到有史以来的最低点。”

“假使你是皇帝，必须应付所有的官员以及他们的牢骚，谢顿，你就不会这么说了。现在似乎每隔一周，我就会收到川陀某处发生某种严重故障的报告，你怎能告诉我一切平静？”

“这些事是一定会发生的。”

“我可不记得这种事在过去发生得那么频繁。”

“启禀陛下，也许是因为过去并不频繁。基础公共设施随着时间逐渐老化，想要切实做好修理的工作，需要时间、人力以及大量的经费。如今这个年头，人民是不会欣然接受加税的。”

“从来没有那样的年头。在我看来，这些故障正在给百姓带来极度的不便。一定不能继续这样，谢顿，你必须负责做到。心理史学是怎么说的？”

“它所说的和常识的判断一样，每样东西都会逐渐老化。”

“好啦，这种事足以把原本愉快的一天给我破坏了。我把这个问题留给你处理，谢顿。”

“遵命，陛下。”谢顿平静地说。

皇帝大摇大摆离去后，谢顿心想，这也足以破坏他原本愉快的一天。这个发生在核心的崩溃，正是他不欲见到的情况。可是他要如何阻止，并将危机转移到银河外缘呢?

心理史学没有说明。

07

芮奇·谢顿今天感到格外满足，因为这是几个月以来，他第一次和自己视为父母亲的两个人，享受一顿全家团圆的晚餐。他心里十分明白，就任何生物学角度而言，这两人都不是他的双亲，可是这并不重要。他只是怀着满腔的敬爱，微笑着面对他们。

此地环境不如昔日在斯璀璘那般温馨，那时他们的家很小，充满亲切感，像是镶在大学里的一颗宝石。如今，十分遗憾，首相官邸的豪华气派根本无从遮掩。

芮奇有时会瞪着镜中的自己，怀疑这一切是怎么来的。他的个子不高，只有一米六三，比他的双亲都矮很多。虽然他的身材相当粗短，但结实健壮，绝不算胖。他有一头黑发，蓄着达尔人特有的八字胡，并尽可能将两撇胡子保养得又黑又密。

在镜子里，他仍然看得见当年那个街头顽童的影子。直到天大的幸运降临，让他巧遇谢顿与铎丝，他才脱离那种环境。当时谢顿年轻多了，而芮奇现在的样子，足以说明他自己几乎和当年的谢顿一样大了。奇怪的是，铎丝简直一点也没有变。她依然那么光鲜，那么精瘦，如同芮奇带他俩去脐眼找瑞塔嬷嬷那天一样。而他自己，出身穷苦的芮奇，如今已是政府的一员，是人口部里的一个小齿轮。

谢顿问："部里的事怎么样？有任何进展吗？"

"有一些，爸。法律通过了，法院裁定了，宣导也进行了。话说回来，要说动民众实在很困难。你爱怎么鼓吹手足之爱都行，可是没有人觉得情同手足。我的体认是达尔人和其他人一样坏，他们希望受到平等待遇，他们这么说，他们也这么想，可是有机会的时候，他们却不愿平等对待别人。"

铎丝说："想要改变人们的观念和心理，几乎是不可能的事，芮奇。只要试着做，倘若能消除最不公平的情况，那也就够了。"

"困难在于，"谢顿说，"有史以来，几乎没有人试过解决这个问题。人类一向被放任在'我比你好'的美妙游戏中腐化，收拾这个烂摊子可不容易。如果我们放任事态自行发展，持续恶化一千年，然后，比方说如果得花上一百年才能改善，我们是没什么好抱怨的。"

"有时我会想，爸，"芮奇说，"你给我这个工作是要惩罚我。"

谢顿扬起眉毛。"我能有什么惩罚你的动机？"

"因为我曾受到久瑞南的政治主张吸引，例如各区平等，以及在政府中增加民意代表。"

"这件事我不怪你，那些都是很吸引人的政见。但你也知道，久瑞南和他的同党只是拿它当夺权工具，事后……"

"可是你仍派我去骗他自投罗网，尽管我被他的论点吸引。"

谢顿说："我要你去做那件事，对我而言可不容易。"

"现在，你又要我替久瑞南履行他的政治主张，只为了让我了解这件事实际上多么困难。”

谢顿转向铎丝道：“你怎么说，铎丝？这孩子给我扣上卑鄙阴险的帽子，那根本不是我的性格。”

“这还用说，”铎丝的嘴角挂着一抹飘忽的笑容，“你不该给你父亲扣上那种帽子。”

“并不尽然。在日常生活中，再也没有比你更正直的人了，爸。但如果有必要，你知道你能够不择手段。这不正是你希望用心理史学做到的吗？”

谢顿悲伤地说：“目前为止，我用心理史学只做到很少很少。”

“太糟了。我一直在想，对于人类冥顽不灵这个问题，心理史学能够提出某种解答。”

“或许有，但即使如此，我也还没找到。”

晚餐结束后，谢顿说：“你我两人，芮奇，要来浅谈一番。”

“真的？”铎丝说，“我想我并未受到邀请。”

“部里的公事，铎丝。”

“部里才没事，哈里。你是要这可怜的孩子做些我不希望他做的事。”

谢顿坚定地说：“我当然不会要他去做任何他自己不希望做的事。”

芮奇说：“没关系，妈。让我和爸谈一谈，我保证事后全部告诉你。”

铎丝双眼向上翻。“事后，你们两个会声称是‘国家机密’，我知道。”

“事实上，”谢顿又以坚定的口吻说，“我需要讨论的正是国家机密，而且是最高机密。我没有开玩笑，铎丝。”

铎丝站起来，嘴唇绷得很紧。她离开餐厅前，还不忘丢下最后一句告诫：“别把这孩子往狼群里丢，哈里。”

等她走了之后，谢顿心平气和地说：“只怕把你往狼群里丢，正是我不得不做的事，芮奇。”

08

他们面对面坐在谢顿的私人研究室。谢顿将此地称为他的“思考空间”，他曾在这里花了无数个钟头，试图思考如何解决帝国与川陀政府种种复杂的问题。

他说：“你是否读到不少有关全球性设施最近故障频仍的消息，芮奇？”

“是的，”芮奇说，“但你也知道，爸，我们住在一颗老行星上。我们应该做的是把大家撤离，挖出所有的东西，一样一样换新，并加上最新的电脑化设备，然后再把大家带回来，或者顶多带回一半。如果只有两百亿人口，川陀的情况会好得多。”

“哪两百亿？”谢顿带着微笑说。

“但愿我晓得。”芮奇黯然道，“问题是，我们不能翻新这颗行星，所以我们只好不停修修补补。”

“只怕正是如此，芮奇，可是这里头有些奇特之处。我对这件事有些想法，我要你帮我确定一下。”

他从口袋里掏出一个小球体。

“那是什么？”芮奇问。

“川陀的地图，内建有精密的程序。帮我个忙，芮奇，把桌面清理干净。”

谢顿将球体放在差不多桌面正中央的位置，再将右手放到座椅扶手的键板上面。他用拇指按下一个开关，室内的光线便暗下来，桌面上则映着柔和的乳白色光芒，似乎有一厘米那么厚。而那个球体早已摊平，一直伸展到桌面边缘。

这片光芒有多处慢慢变暗，逐渐形成一个图案。大约三十秒之后，芮奇惊讶地说：“这真是一张川陀地图。”

“当然，我早就说了。不过，你在各区的购物中心都买不到这种东西，这是武装部队所使用的装置。它能以球面表现川陀，但我想要说明的事，平面投影会显现得更清楚。”

“你想要说明什么，爸？”

“嗯，过去一两年来，各地的设施发生了许多故障。正如你说的，这是一颗老行星，故障在所难免，可是它们出现得越来越频繁，而且好像几乎都是人为错误的结果。”

“这难道不合理吗？”

“当然合理，但总有个限度。即使是和地震有关的意外，情形也是这样。”

“地震？在川陀？”

“我承认川陀是个地震相当少的行星。这也是件好事，因为整个世界包在穹顶之下，如果这个世界每年剧烈摇晃好几次，把穹顶的一部分震得粉碎，那将是极不切实际的。你母亲常说，帝国的首都会定在川陀，而不是其他世界，原因之一就是它在地质上死气沉沉——那是她不加修饰的说法。话说回来，它或许死气沉沉，却尚未真正死去。有些时候仍会有小型地震，过去两年就发生了三次。”

“我没有察觉，爸。”

“几乎没有人察觉。穹顶并不是单一的结构，它包括好几百个部分，若有地震发生，每一部分都能升高而形成隙缝，以纾解拉张力和压缩力。地震果真发生时，只会持续十秒至一分钟，因此穹顶裂开的时间很短。这种事来得疾去得快，底下的川陀人甚至毫无感觉。比起上头的穹顶裂开又阖上，以及闯入少许外界气候——不论是冷是热，他们对于轻微的震动，以及器皿的微弱声响要敏感得多。”

“那样很好，不是吗？”

“应该是的。当然，这是由电脑控制。任何地方一有地震，便会立刻触发控制当地穹顶开合的主控器，在震动强到足以造成破坏前，当地的穹顶便已开启。”

“这还是很好。”

“可是，在过去两年的三次小型地震里，穹顶控制器却每次都失灵。穹顶一直没有打开，因此事后都得修理。这需要花些时间，需要花些金钱，而且有好长一段时间，气候控制无法达到最佳标准。想想，芮奇，这类设备三次都失灵的机会有多少？”

“不高？”

“一点也不高，低于百分之一。我们可以假设，在地震发生前，控制器已被人动了手脚。再说，大约每一个世纪，我们会碰到一次岩浆泄漏，那种意外要更难控制得多。我真不敢想象，如果发生那种事，我们却未能及早察觉，将会造成什么后果。幸好它并未发生，而且不大可能，但是想想看……在这张地图上，你会看到过去两年间，似乎能归咎于人为错误的故障所发生的地点，虽然我们一向无法判断该归咎于什么人。”

“那是因为每个人都忙着保护自己。”

“只怕你的说法没错。这是任何官僚体系的共同特征，而川陀的官僚体系又是历史上最庞大的。可是，你对这些地点有什么看法？”

地图已经亮起许多小红光点，看来像是散布在川陀地表的小脓疱。

“这个嘛，”芮奇谨慎地说，“它们似乎分散得很均匀。”

“一点也没错，这正是耐人寻味之处。在我们的想象中，川陀上较古老的区域，或加盖穹顶最久的区域，它们的基础公共设施最为老旧，比较容易发生需要迅速决断的事件，因此会是人为错误的温床。好，我来把川陀较老的区域罩上蓝色，你将会发现，蓝色部分中的故障似乎没有较为频繁。”

“所以说？”

“所以说，我认为其中的意义，芮奇，就是这些故障并非自然的意外，而是蓄意的破坏，它的分布方式是要尽可能影响最多的人，使不满的情绪尽可能广布。”

“似乎不太像。”

“不吗？那么让我们看看，这些故障在时间中的分布又如何。”

蓝色部分与红点同时消失，一时之间，这张川陀地图成了一片空白。然后红色记号开始在各处出现，一次一个，此起彼落。

“注意，”谢顿说，“它们在时间上也没有凑在一起。先出现一个，接着是另一个，接着又是另一个，依此类推，几乎像是节拍机稳定的滴答声。”

“你认为这也是故意的？”

“一定是。不论是谁干的，他要以最小的力气导致最大程度的瘫痪，所以同时干两桩并没有用，因为就新闻的价值和大众的关注而言，效果会彼此部分抵消。也就是说，每次事件必须突显于充分的愤怒中。”

地图的光芒熄灭，室内照明重新开启，缩回原来大小的球体也被谢顿放回了口袋。

芮奇说：“谁会想干这一切？”

谢顿若有所思地说：“几天前，我接到一份卫荷区的凶杀案报告。”

“那没什么不寻常。”芮奇说，“就算卫荷不属于那种无法无天的行政区，每天一定也有许多凶杀案。”

“好几百件。”谢顿一面说一面摇头，“曾经有些大凶的日子，川陀一天之内横死的人数逼近百万大关。一般说来，找到每一个罪犯、每一名凶手的机会并没有多少。死者只是登记在案，成了统计数据。然而，这一宗则非比寻常。这个人是被人用刀杀死的，但手法并不熟练。他被发现时还活着，虽然已经奄奄一息。在咽气之前，他还来得及吐出两个字，那就是‘首领’。

“办案人员起了好奇心，于是验明了他的身份。他在安纳摩瑞亚工作，我们不知道他去卫荷干什么。但有个杰出的保安官，设法挖出了他是老九九派。他的名字叫卡斯帕·卡斯帕洛夫，众所周知他曾是拉斯金·久瑞南的亲信之一。现在他死了，被人用刀杀死的。”

芮奇皱起眉头。“你怀疑这又是一次九九派阴谋，爸？现在已经没有任何九九派了。”

“就在不久之前，你母亲还问我，是不是认为九九派仍在积极活动。我告诉她，任何古怪信仰总能保有一些中坚分子，有时可长达数世纪之久。他们通常不会很重要，只是一些零星集团，起不了什么作用。话说回来，万一九九派仍然维持一个组织，万一他们保有一定的力量，万一他们有办法杀害一个被视为叛徒的人，万一他们制造这些故障，是为了替夺权作准备，那该怎么办？”

“‘万一’可真不少，爸。”

“我知道，也许我全猜错了。那宗凶杀案发生在卫荷，而无巧不巧，卫荷从未发生过基础公共设施的故障。”

“那又证明什么？”

“这或许证明阴谋的中心就在卫荷，那些主谋者不想让他们自己不舒服，只想让川陀其他的人受罪。这也可能意味着一切根本和九九派无关，而是卫荷家族的成员干的，他们仍在梦想再度统治帝国。”

“喔，天啊，爸，你这个长篇大论只有一点点根据。”

“我知道。现在，姑且假设这的确是另一个九九派阴谋。久瑞南曾有个左右手，叫做坎伯尔·丁恩·纳马提。我们找不到纳马提死亡的记录，找不到他离开川陀的记录，也找不到他过去十年下落的记录。这没什么大不了的，毕竟在四百亿人口中，弄丢一个人是很容易的。我一生中曾有一段时期，也正是试图这样做。当然，纳马提或许死了，那会是最简单的解释，但是他也可能没死。”

“我们要做些什么呢？”

谢顿叹了一口气。“最合理的做法，就是交给保安部门处理，但我做不到。我没有丹莫刺尔的风采，他能震慑众人，我却不行。他拥有强势性格，而我只是个——数学家。我根本不该当首相，我天生就不适合。若非大帝对心理史学念念不忘，远超过它应得的重视，我绝不会当上首相。”

“你有那么点苛求自己，对不对，爸？”

“是的，我想的确如此。但我能够想象到，比方说我若是前往保安部门，带着我刚才用地图对你所作的推论，”他指了指已经腾空的桌面，“对他们解释说，我们正面临一桩极其危险的阴谋，但是对它的目的和性质却一无所知。他们会一本正经地听我说完，而在我离去后，他们就会笑成一团，笑我是个‘疯狂数学家’，然后什么也不做。”

“那我们要做些什么呢？”芮奇又回到原来的话题。

“是‘你’要做些什么，芮奇。我需要更多的证据，而我要你帮我找出来。我应该派你母亲去，但她在任何情况下都不会离开我。此时此刻，我自己则无法离开皇宫御苑。除了铎丝和我自己，我最相信的就是你；事实上，我对你的信任超过了我对铎丝和我自己。你仍然相当年轻，你身强体壮，你是个比我更优秀的赫利肯角力士，而且你很聪明。

“现在注意听，我不要你冒生命危险。别充英雄，别逞匹夫之勇。你若有个三长两短，我将无颜面对你的母亲。你只要尽力打探就好。你可能会发现纳马提仍然活着，正在运作——或是死了；你可能会发现九九派是个积极活动的团体——或是已经沉寂；你可能会发现卫荷的统治家族相当活跃——或是并非如此。任何这类情报都有价值，但并不是绝对重要。我真正要你查清的是，基础公共设施的故障是不是人为的，正如我所推测的那样，而更重要更重要的是，如果真是蓄意的破坏，那些主谋者还计划做些什么。在我看来，他们一定正在筹划致命的一击，如果是这样，我必须知道那是什么行动。”

芮奇谨慎地问：“你可有让我如何着手的计划吗？”

“我的确有，芮奇。我要你前往卫荷，前往卡斯帕洛夫遭到杀害的地方。可能的话，查出他是不是个积极的九九派，并且试试能否加入九九派的基层组织。”

“那也许有可能，我总是能假扮一个老九九派。没错，九九大发议论的时候我还相当年轻，但他的理念深深打动我，这甚至可以说是真的。”

“这倒没错，但是有个很重要的问题，你可能让人认出来。毕竟，你是首相的儿子，你不时会在全息电视上出现，而且你接受过访问，谈论你对各区平等的观点。”

“当然，可是……”

“没什么可是，芮奇。你要穿上增高鞋，让你的身高增加三厘米。我们还要找个人来，教你如何修改眉毛的形状，如何使你的脸型更饱满，以及如何改变你的音色。”

芮奇耸了耸肩。“一大堆无谓的麻烦。”

“还有！”谢顿以明显发颤的声音说，“你要剃掉你的八字胡。”

芮奇双眼张得老大，一时之间，他呆坐在骇然的沉默中。最后，他嘶哑地悄声道：“剃掉我的八字胡？”

“剃得和勺子一样干净，这样就没人会认出你来。”

“可是这办不到，这就像割掉你的——就像阉割一样。”

谢顿摇了摇头。“这只不过是一种文化。雨果·阿马瑞尔和你一样是达尔人，他就剃掉了八字胡。”

“雨果是个怪人。除了他的数学，我根本不觉得他还为什么活着。”

“他是个伟大的数学家，少了八字胡并不会改变这个事实。况且，这也不是什么阉割。你的胡子两个星期就会长回来。”

“两个星期！至少两年才能长到这样的……这样的……”

他举起一只手，仿佛要遮住并保护那两撇胡子。

谢顿无动于衷地说：“芮奇，你一定要这么做，这是你必须作的牺牲。如果你带着八字胡替我做间谍，你可能会——遭到伤害，我不能冒那种险。”

“我宁可死。”芮奇慷慨激昂地说。

“别那么戏剧化。”谢顿以严厉的口吻说，“你宁可不死，这是你必须做的一件事。然而——”说到这里，他犹豫了一下，“什么也别对你母亲说，我会设法安抚她。”

芮奇满怀挫折地瞪着父亲，然后以低沉而绝望的声调说：“好吧，爸。”

谢顿道：“我会找个人来指导你化装，然后你将搭乘喷射机到卫荷去。振作点，芮奇，这不是世界末日。”

芮奇露出无力的微笑。谢顿目送他离去，脸上挂着深切的愁容。两撇胡子很容易能长回来，可是儿子则不能。谢顿心中十分清楚，他正将芮奇送往虎穴。

09

我们每个人都有些小小的幻想，而克里昂——银河之帝，川陀之王，以及其他一大串在特殊场合能高声宣诵许久的头衔——则深信自己是个具有民主精神的人。

每当丹莫刺尔（后来是谢顿）对他想要采取的行动提出劝阻，理由是这种行动会被视为“暴虐”与“独裁”，总是会令他愤愤不已。

克里昂本质上并非暴君或独夫，这点他很确定，他只是想要采取坚定而果决的行动。

他曾多次带着怀旧的赞许口吻，谈到皇帝能自由自在和子民打成一片的日子，可是如今，随着（成功的或未遂的）政变与行刺成为生活中可怕的事实，出于实际需要，皇帝当然只好与世隔绝。

克里昂一生中，唯有在最严格控制的场合才见得到外人。可想而知，假如在毫无准备的情况下遇到陌生人，很难相信他会真正感到自在，但他总是幻想自己会喜欢。因此若能有个难得的机会，在御苑中和某个下属谈笑风生，将皇家规范暂时抛掉几分钟，他会感到十分兴奋，那将使他觉得自己很民主。

比如说，谢顿提到过的那名园丁，就是很好的人选。对他的忠心与英勇做个迟来的奖赏，并由克里昂亲自执行，而不是假手某个官员，那将会十分合适，甚至是一件赏心乐事。

因此，在这个玫瑰盛开的季节，他安排自己在广阔的玫瑰园中见这个人。那样会很适当，克里昂心想，可是，当然需要先将那名园丁带去那里。让皇帝等待是不可思议的，民主是一回事，造成不便则另当别论。

那名园丁正站在玫瑰丛中等他，双眼睁得老大，嘴唇打着哆嗦。克里昂忽然想到，可能还没有人告诉园丁召见的确实理由。好吧，他将以和蔼亲切的方式安抚他。只不过，他现在才想到，他不记得这个人的名字。

他转头对身旁的一名官员说："这个园丁叫什么名字？"

"启禀陛下，他叫曼德尔·葛鲁柏，他在这里已经当了三十年的园丁。"

大帝点了点头。"啊，葛鲁柏，我多么高兴接见一个杰出而努力的园丁。"

"启禀陛下，"葛鲁柏的声音含糊不清，他的牙齿正在打战，"我不是个多才多艺的人，但我总是竭尽全力为仁厚的陛下办事。”

“当然，当然。”大帝嘴里这样说，心里则怀疑这名园丁是否以为自己在讽刺他。这些低下阶层的人，欠缺良好的教养和敏锐的心思，总是使他难以展现民主作风。

克里昂说：“我从我的首相那里，听到你当初冒死拯救他的一番忠心，以及你照顾御苑的技艺。首相还告诉我，说你和他相当友好。”

“启禀陛下，首相对我再和气不过。可是我知道自己的地位，我绝不主动和他说话，除非他先开口。”

“没错，葛鲁柏，这显示出你的好规矩。不过，首相和我一样，是个具有民主素养的人，而我信任他的识人之明。”

葛鲁柏深深鞠了一躬。

大帝又说：“你也知道，葛鲁柏，园丁长莫康博相当老了，一直渴望退休。责任变得越来越重，连他都已无法承担。”

“陛下，园丁长深受全体园丁的尊敬。愿他长命百岁，好让我们能继续领受他的智慧和见识。”

“说得好，葛鲁柏，”大帝漫不经心地说，“可是你心知肚明，那只是一句废话。他不会长命百岁，至少不会再有这个职位所必需的精力和智力。他自己请求在今年退休，而我已经批准，只等找到替代的人选。”

“喔，陛下，在这个堂皇的御苑中，有五十个男女园丁能胜任园丁长。”

“我想是吧，”大帝说，“但我的选择落在你身上。”大帝露出优雅亲善的笑容。这是他一直等待的一刻，在他的期待中，葛鲁柏现在会感激涕零而双膝落地。

他并没有那么做，大帝因而皱起眉头。

葛鲁柏说：“启禀陛下，这么大的荣耀，小人担当不起，万万不可。”

“胡说八道。”自己的判断竟受到质疑，令克里昂深感不快，“该是你的美德得到褒扬的时候了。你再也不必经年累月暴露在各种天气中，而将坐镇于园丁长的办公室。那是个好地方，我会替你重新装潢，你可以把全家搬过来。你的确有个家，对不对，葛鲁柏？”

“是的，陛下。我有妻子和两个女儿，还有一个女婿。”

“很好，你会过得非常舒服，会喜欢你的新生活，葛鲁柏。你将待在室内，葛鲁柏，远离室外的天气，像个真正的川陀人。”

“陛下，念在我本是安纳克里昂人……”

“我想过，葛鲁柏。在皇帝眼中，所有的世界都是一样的。就这么决定了，这个新工作是你应得的。”

他点了点头，便大摇大摆地走了。对于刚才这场施恩的表演，克里昂感到还算满意。当然，他应该还能从此人身上多挤出一点感激和谢忱，但至少这件工作完成了。

比起解决基础公共设施故障的问题，这件事要容易得多。

克里昂曾在一时暴怒中，宣称无论任何故障，只要能归咎于人为错误，犯错的人就该立即处决。

“只要处决几个人，”他说，“你无法想象人人会变得多么小心。”

“启禀陛下，”谢顿则说，“只怕这类独裁行为不会达到您所预期的结果。它或许会逼得工人罢工，而陛下若试图强迫他们复工，就会引发一场叛乱；您若试图以军人取而代之，将发现他们根本不懂如何操作那些机器，所以故障的发生反倒会变得频繁得多。”

难怪克里昂转而处理园丁长的任命案，并且感到是一大解脱。

至于葛鲁柏，他望着逐渐走远的皇帝，在极度惊恐中不寒而栗。他将要失去呼吸新鲜空气的自由，将要被关在四面墙壁筑成的牢房中。然而，他又怎能拒绝皇帝的旨意?

10

在卫荷一家旅馆的房间中，芮奇满面愁容地照着镜子。这是一间相当残破的套房，但芮奇照理不该有太多信用点。他不喜欢镜中的影像，他的八字胡没了，他的侧腮须短了，两侧与后脑的头发也经过修剪。

他看来好像——被拔了毛。

更糟的是，由于脸型轮廓的改变，他成了一个娃娃脸。

真丑怪。

而他的任务也毫无进展。谢顿给了他一份有关卡斯帕·卡斯帕洛夫之死的报告，他已经研究过了。里面没有写些什么，只提到卡斯帕洛夫是被谋杀的，当地保安官并未查出这宗凶案有任何重大牵连。反正，保安官对它并不重视甚至毫不重视，这点似乎相当明显。

这并不令人惊讶。过去这一个世纪，大多数世界的犯罪率都有显著的上升，川陀这个极度复杂的世界更不例外，却没有任何一处的保安官有心解决这个问题。事实上，无论就数量或效率而言，各地的保安部门都在走下坡，而且越来越腐败（虽然这点难以证明）。既然待遇跟不上生活消费的涨幅，这种现象乃是必然的。想要公务员保持清廉，必须喂饱他们才行。倘若做不到，他们一定会用其他方式来补贴薪资。

谢顿鼓吹这个道理已经有好些年，却收不到任何成效。调整薪资不可能不加税，而民众对于加税绝不会乖乖就范，却宁可在行贿上损失十倍的信用点。

谢顿曾经说过，这是过去两个世纪以来，帝国社会整体恶化的一部分表现。

好了，芮奇该怎么做呢？他现在下榻的这家旅馆，就是卡斯帕洛夫遇害前所住的那一家。在这家旅馆里，或许有人与这宗谋杀案有关，或者知道谁是关系人。

在芮奇想来，他必须使自己十分显眼。换句话说，他必须对卡斯帕洛夫的死显得关切，然后才会有人对他关切，进而找上门来。这样做很危险，但他若能使自己看来没什么恶意，他们或许不会立刻发动攻击。

好吧……

芮奇看了看自己的计时带。现在酒吧中会有些人，正在享受晚餐前的开胃酒。他最好加入他们，看看会不会发生什么事。

11

就某些方面而言，卫荷可以说是个相当禁欲的地方。（每一区皆是如此，只不过某区的标准可能与另一区完全不同。）在此地，饮料中不含酒精，而是以合成配方达到提神的目的。芮奇不喜欢这种口味，发觉自己根本无法适应，但是一杯在手，他就能一面慢慢喝，一面四下张望。

有一位年轻女子坐在数张桌子之外，接触到她的目光后，他的视线便难以转开。她相当吸引人，显然卫荷并非每一方面都禁欲。

一会儿之后，这位年轻女子浅浅一笑，站了起来。她轻飘飘地走向芮奇，芮奇则满腹心事地望着她。此时此刻（他万分遗憾地想到），他简直不可能再节外生枝。

她来到芮奇身边，站了一下，然后轻巧地滑进旁边一张椅子。

“嗨，”她说，“你看来不像这儿的常客。”

芮奇微微一笑。“我不是。你认识所有的常客吗？”

“差不多。”她一点也没有不好意思，“我叫玛妮拉，你呢？”

芮奇此时更感遗憾。她个子相当高，比他自己没穿高跟鞋时更高（这一向是吸引他的一项特点），有着乳白色的肌肤，而一头稍带起伏的长发则透着显著的深红色光辉。她的衣着不太鲜艳，而假使她再努力一点模仿，应该就能像个“不必辛勤工作阶级”的体面女子。

芮奇说："我的名字不重要，我没多少信用点。"

"喔，太可惜了。"玛妮拉做个鬼脸，"你不能弄些吗？"

"我想啊。我需要一份差事，你知道有什么机会吗？"

"什么样的差事？"

芮奇耸了耸肩。"我没有任何不得了的工作经验，但我可不自大。"

玛妮拉若有所思地望着他。"告诉你一件事，无名氏先生，有些时候根本不必任何信用点。"

芮奇立时愣住了。过去他对异性相当有办法，但那是有八字胡的时候——有八字胡的时候！现在，她能在他的娃娃脸上看到什么？

他说："告诉你一件事，几个星期之前，我有个朋友住在这里，现在我却找不到他。既然你认识所有的常客，或许你也认识他。他名叫卡斯帕洛夫，"他稍微提高音量，"卡斯帕·卡斯帕洛夫。"

玛妮拉茫然地瞪着他，同时摇了摇头。"我不认识什么人叫那个名字。"

"太可惜了。他是个九九派，而我也是。"对方再度现出茫然的表情。"你知道九九派是什么吗？"芮奇问。

她又摇了摇头。"不知道。我听过这个名称，但我不知道是什么意思。那是某种工作吗？"

芮奇觉得很失望。

他说："那可说来话长。"

这话听来像是打发她走。迟疑一下之后，玛妮拉便起身飘然而去，这回没有再露出笑容。她竟然待了那么久，芮奇不禁有点惊讶。

不过，谢顿始终坚持芮奇有讨人喜欢的本事——但当然不是指这一类"职业妇女"。对她们而言，酬劳就是一切。

他的目光自然而然跟着玛妮拉，看到她停在另一张桌子旁边。该处独坐着一名男子，那人刚届中年，一头乳黄色头发平滑地向后梳。他的脸庞刮得非常干净，芮奇却觉得他可以留一把络腮胡，因为他的下巴太过突出，而且有点不对称。

显然玛妮拉也未能从那名男子身上捞到什么。他们交谈几句，她便走了开。太糟了，但她绝不可能常常失败，她无疑是那种引人遐思的女子。

芮奇相当不自觉地开始寻思，假使自己能采取行动，会有什么样的结局？然后，芮奇察觉又有人来到身边，这回是个男的；事实上，正是玛妮拉刚才攀谈的那个人。他感到十分震惊，自己竟然想得出神，让人在不知不觉间凑近，还着实冷不防吓自己一跳。他实在承担不起这种风险。

那名男子望着他，眼中射出好奇的光芒。“你刚刚和我的朋友在聊天。”

芮奇不禁露出灿烂的笑容。“她是个很友善的人。”

“是的，没错。而且她是我的‘好友’，我忍不住偷听了你对她说的话。”

“没啥不对劲吧，我想。”

“一点也没有，但你自称是九九派。”

芮奇的心脏几乎跳出来。他对玛妮拉说的那番话，终究还是正中红心。那些话对她毫无意义，但对她的“朋友”似乎不然。

这表示他找到了门路吗？或者只是找到麻烦？

12

芮奇尽全力打量这位新朋友，却不让自己满脸的纯真消失无踪。此人有一对尖锐的淡绿色眼睛，他的右手握成拳头放在桌上，看起来颇具威胁性。

芮奇一脸严肃地望着对方，默默等待。

于是，这人又说："据我了解，你自称是九九派。"

芮奇尽量显得坐立不安，这倒不难。他说："先生，问这做什么？"

"因为我认为你年纪不够。"

"我的年纪足够，我以前常在全息电视上，看九九·久瑞南的演讲。"

"你能引述几句吗？"

芮奇耸了耸肩。"不能，但我掌握了概念。"

"你真是个勇敢的年轻人，竟敢公然宣称是九九派，有些人不喜欢听到这种事。"

"我听说卫荷有许多九九派。"

"有可能。这就是你来这里的原因吗？"

"我在找一份差事，也许其他的九九派会帮我。"

"达尔也有些九九派。你是从哪里来的？"

毫无疑问，他听出了芮奇的口音，这点是无法伪装的。

芮奇说："我生在千丸区，但我青少年时期几乎都住在达尔。"

"做些什么？"

"没做什么，上上学什么的。"

"你为什么是九九派？"

芮奇故意让自己变得激动些。他既然住在饱受压迫与歧视的达尔，不可能没有成为九九派的明显理由。他说："因为我认为，帝国应该有个更能代表民意的政府，让更多的民众参与，而各区还有各世界之间应该更加平等。任何有头脑、有心肠的人不都是这么想吗？"

"你想见到帝制被废除吗？"

芮奇顿了顿。虽然发表任何颠覆性言论都能没事，但公然反帝的论点则超出这个界限了。于是他说："我可没那么讲。我信任皇帝陛下，可是整个帝国远非一个人治理得了的。"

"不是一个人，还有整个的帝国官僚体系。你对首相哈里·谢顿有什么看法？"

"对他没啥看法，对他并不清楚。"

"你只知道政府事务应当更加反映民意，对不对？"

芮奇让自己露出一副困惑状。"那是九九·久瑞南以前常说的。我不知道你管它叫什么，我听过有人管它叫'民主'，但我不知道那是什么意思。"

"民主是某些世界尝试过的一种制度，有些世界则仍在尝试，但我没听说那些世界治理得比其他世界更好。所以说，你是个民主人士？"

"这是你用的称呼吗？"芮奇故意垂下头来，仿佛陷入沉思，"我觉得称九九派自在多了。"

"当然，身为达尔人——"

“我只不过在那里住过一阵子。”

“——你完全赞成诸如人人平等这类的主张。达尔人身为被压迫的一群，自然会有那样的想法。”

“我听说卫荷人对九九思想也十分热衷，他们可没受到压迫。”

“理由不同。历任卫荷区长总是想当皇帝，你知道这件事吗？”

芮奇摇了摇头。

“十八年前，”那人继续说，“芮喜尔区长差点就发动一场成功的政变。所以与其说卫荷人是九九派，不如说他们是反克里昂的叛逆。”

芮奇说：“我对这种事啥也不晓得，我可不反对皇帝。”

“但你赞成伸张民意，对不对？你是否认为某种民选的集会能治理银河帝国，而不至于陷入政争和党同伐异？不至于瘫痪？”

芮奇说：“啥？我可不懂。”

“你是否认为在紧要关头，一大群人能很快作出决定？或是他们只会坐在那里争论不休？”

“我不知道。可是，目前只有少数人能为所有的世界作决定，这似乎不太合理。”

“你愿意为你的信仰而战吗？或者你只是喜欢口头说说？”

“没人要我作任何战斗。”芮奇答道。

“假设有人要你这么做，你认为你对民主——或是对九九哲学的信仰有多少分量？”

“我会为它而战，只要我认为这样会有好处。”

“好个勇敢的小伙子。所以说，你来卫荷是为了你的信仰而战。”

“不，”芮奇不自在地说，“我不能这么讲。先生，我是来找一份差事。这年头，找份差事可不容易。而且我没啥信用点，人总得活下去。”

“我同意。你叫什么名字？”

这个问题在毫无预警之下冒出来，但芮奇早已有所准备。“普朗什。”

“是名还是姓？”

“据我所知，就这么个名字。”

“你没有信用点，而且我猜，受的教育也极少吧。”

“只怕就是这样。”

“没有任何专业工作经验？”

“我没做过啥事，但我愿意做。”

“好的。我告诉你怎么办，普朗什。”他从口袋里掏出一个白色的小三角形，按了几下，上面便显出一行字迹。然后他用拇指抹了一抹，将那行字迹固定。“我会告诉你该到哪里去。你带着这东西，它能帮你得到一份工作。”

芮奇接过那张三角卡片，瞄了一眼。那行字迹似乎会发出萤光，但芮奇却读不懂。他机警地望向对方，问道：“万一他们以为是我偷来的呢？”

“这东西是偷不走的。它上面有我的标志，现在又有你的名字。”

“万一他们问我你是谁呢？”

“不会的，你就说你要一份工作。这是你的机会，我不能保证，但这是你的机会。”他又给了芮奇一张卡片，“这是你该去的地方。”这回芮奇看懂了上面的字。

“谢谢你。”他咕哝道。

那人做了一个打发他走的小手势。

芮奇起身离去，不知道自己将碰到什么。

13

来来回回，来来回回，来来回回。

葛列布·安多闰望着坎伯尔·丁恩·纳马提，后者踏着沉重的步伐来来回回。在狂暴的激情驱动下，纳马提显然无法安分地坐着。

安多闰心想：他并不是帝国中甚至这个运动中最聪明的人，也不是最机灵的人，更绝非最具理性思考能力的人，所以必须时时有人替他踩煞车——但他的自我驱策却是其他人都比不上的。我们会放弃，会罢手，而他不会。或推，或拉，或刺，或踢，他无所不用其极。嗯，也许我们需要一个像这样的人。不，我们一定得有个像这样的人，否则将一事无成。

纳马提停下脚步，仿佛感到安多闰的目光有如芒刺在背。他转过身来，说道：“如果你要为卡斯帕洛夫的事教训我，那就省省吧。”

安多闰微微耸了耸肩。“何必教训你呢？事情已经干下了，伤害——如果真有的话——已经造成了。”

“什么伤害，安多闰？什么伤害？假使我没那样做，我们才会受到伤害。那人眼看就要成为一名叛徒，不出一个月，他就会跑去……”

“我知道。当时我在场，我听到他说些什么。”

“那么你该了解我别无选择，别无选择！你不会以为我喜欢杀害一位老同志吧？我别无选择。”

“很好，你别无选择。”

纳马提再度迈开沉重的步伐，然后又转过身来。“安多闰，你相信神吗？”

安多闰双眼圆睁。“相信什么？”

“神。”

“我从来没听过这个字眼。那是什么？”

纳马提说：“它不是银河标准语。就是超自然影响力，这样懂了吗？”

“喔，超自然影响力。你何不早说呢？不，我不相信那种事。根据定义，存在于自然律之外的事物才称为超自然，可是没有任何事物存在于自然律之外。你变成一名神秘论者了？”安多闰的问法仿佛在开玩笑，但他的眼睛眯起来，并透出突如其来的关切。

纳马提将他的目光逼回去，他那对冒火的眼睛能逼回任何人的目光。“别傻了。我一直在读这方面的资料，好几兆人都相信超自然影响力。”

“我知道，”安多闰说，“人们总是这样。”

“在有历史之前，人们就有这种信仰。‘神’这个字出处不详，显然是某种原始语言的遗物，除了这个字，那种语言本身已无迹可寻。你可知道各式各样对各种神的信仰有多少吗？”

“我敢说，大约和银河人口中各式各样的傻瓜一样多。”

纳马提并未理会这句话。“有些人认为，这个字起源于所有的人类都活在同一个世界上的时代。”

“那本身就是个神话概念，和超自然影响力的想法一样疯狂，其实从来没有什么人类的起源世界。”

“一定有的，安多闰。”纳马提有点恼怒，“人类不可能在许多不同的世界上演化，而结果却变成单一的物种。”

“即使如此，实际上也没有什么起源世界。它没法找到，它无法界定，所以不能有条有理地叙述，所以它实际上并不存在。”

“这些神，”纳马提循着自己的思路说下去，“据说会保护人类，庇佑他们平安，至少会照顾其中懂得利用神的那些人。在只有一个人类世界的时代，大可假设他们对那个人数不多的小世界特别眷顾。他们会照顾那样一个世界，仿佛他们是老大哥，或是父母。”

“他们可真好，我倒想看看他们如何应付整个帝国。”

“倘若他们做得到呢？倘若他们的能力无穷无尽呢？”

“倘若太阳冻结了呢？‘倘若’这种说法有什么用？”

“我只是在臆测，只是在想。你从没让自己的心灵自由翱翔吗？你总是把一切都拴起来吗？”

“在我的想象中，拴起来是最安全的办法。你那翱翔的心灵告诉你些什么，首领？”

纳马提的目光猛然射向对方，仿佛他怀疑那是一句讽刺，但安多闰的脸庞依旧透着和气与茫然。

纳马提说：“我的心灵告诉我的是——倘若真有神，他们一定站在我们这边。”

“太好了——果真如此的话。但证据在哪里？”

“证据？如果没有神，我想那就只是巧合，不过却是非常有用的巧合。”纳马提突然打了一个呵欠，并且坐下来，显得十分疲倦。

很好，安多闰心想。他那疾驰的心灵终于减速，现在他比较不会语无伦次了。

“基础公共设施内部故障这件事……”纳马提的音量明显地降低。

安多闰打岔道："你可知道，首领，卡斯帕洛夫对此事的看法并非全无道理。我们持续得越久，帝国军警发现真相的机会就越大。而这整个计划，迟早一定会在我们面前引爆。"

"还没有。目前为止，每件事都是在皇帝面前引爆，川陀的不安是我感觉得到的。"他举起双手，十指互相搓揉，"我感觉得到。而且我们几乎大功告成，我们即将跨出下一步。"

安多闰冷笑了一下。"我不是在问细节，首领。卡斯帕洛夫曾经那样做，看看他现在哪儿去了，我可不是卡斯帕洛夫。"

"正因为你不是卡斯帕洛夫，所以我能告诉你。另一个原因是，我现在知道了一件当时不知道的事。"

"我推测，"安多闰对自己要说的话半信半疑，"你打算对皇宫御苑发动攻击。"

纳马提抬起头来。"当然，否则还能怎么做？然而，问题是如何有效地渗透进御苑。我在那里有情报来源，但他们只是间谍，我需要战斗人员潜入该处。"

"派遣战斗人员潜入全银河防卫最森严的地区，不会是一件容易的事。"

"当然不会，长久以来，那正是让我头痛欲裂的问题。现在，神来帮助我们了。"

安多闰温和地说（他要极力克制自己，才不会显露厌恶感）："我认为我们不需要做形而上的讨论，把那些神搁在一边吧，究竟发生了什么事？"

"我获得的情报是，仁慈温厚、永受兆民爱戴的克里昂大帝一世，已经决定任命一名新的园丁长。将近四分之一世纪以来，这是第一次重新任命。"

"那又怎样？"

“你看不出其中的玄机吗？”

安多闰想了一下。“我不是你口中那些神的宠儿，我看不出任何玄机。”

“新的园丁长上任，安多闰，情形就和任何类型的新任行政官上任一样，甚至和一名新首相或新皇帝上任没有两样。新任园丁长当然想要自己的班底，他会强迫他眼中的朽木退休，会雇用几百名年轻的园丁。”

“有可能。”

“不只有可能，是一定会。现任园丁长刚上任的时候，就发生过这种事情，他的前任也一样，每一任都一样。来自外围世界的几百个陌生面孔……”

“为何来自外围世界？”

“动动你的脑筋——要是你还有的话，安多闰。川陀人一辈子住在穹顶之下，照顾的都是盆栽植物、笼中鸟兽，以及排得整整齐齐的谷类作物和果树，他们对园艺懂得些什么？他们又对野生世界懂得些什么？”

“啊啊啊，现在我懂了。”

“所以这些陌生面孔将涌进御苑。据我推测，他们将接受仔细的检查，但如果他们是川陀人，受到的审查就不会那么严格。而这就意味着，不用说，我们应该能派几个自己人，利用伪造的身份混进去。即使有些被剔出来，仍然可能有人成功——一定得有人成功。尽管在谢顿就任首相之初，”正如以往一样，他简直是啐出“谢顿”这个名字来的，“发生那场失败的政变后，皇宫建立起超级严密的安全体系，我们的人仍将混进去。我们终于等到机会了。”

现在轮到安多闰觉得头昏眼花，好像跌进一个打转的漩涡。“我这样讲似乎有点奇怪，首领，可是它和‘神’这档子事还真有些关联，因为我有件事一直等着告诉你，现在我看出来，它配合得天衣无缝。”

纳马提以狐疑的目光望向对方，同时又将房间扫视一遍，仿佛突然担心起安全问题。但是这种担忧毫无根据，这个房间深藏在一组老式的住宅建筑群中，并具有完备的屏蔽。没有人能窃听他们的谈话，而且即使获得详细的路线指示，也没有人能轻易找到此处，何况还必须穿过组织的忠贞成员所提供的层层保护。

纳马提道：“你在说些什么？”

“我已经帮你找到一个人，一个年轻人——非常天真。他是个讨人喜欢的小伙子，是你一看就觉得可以信任的那种人。他有一张正直的面孔，一双精明的大眼睛。他住在达尔，对平等有着狂热，他认为久瑞南的伟大只有达尔椰子霜才比得上。而且我确定，我们能轻易说服他为政治信仰做任何事。”

“为政治信仰？”纳马提的疑心丝毫未曾减轻，“他是我们的一分子吗？”

“实际上，他不属于任何组织。他脑袋里有点模糊的概念，知道久瑞南提倡各区平等。”

“当然，那是久瑞南的诱饵。”

“也是我们的诱饵，但这小子真心相信。他大谈平等以及大众参与政府的主张，他甚至提到了民主。”

纳马提暗笑几声。“两万年以来，民主从来没有存在过多久，而且结局总是四分五裂。”

“没错，但那和我们无关，重要的是，它是那个年轻人的原动力。我告诉你，首领，几乎在我看到他的那一刻，我就知道我们找到了工具，只是我还不知道我们该怎样用他。现在我知道了，我们可以让他扮成园丁，把他送进皇宫御苑。”

"怎么送？他对园艺有任何了解吗？"

"没有，我确定没有。除了无需技术的劳力，他没做过任何工作。目前，他负责操作一架牵引机，我想他连这个工作都得有人教。话说回来，我们若能让他以园丁助手的身份混进去，只要他懂得怎么拿大剪刀，那我们就成功了。"

"成功什么？"

"成功送进一个人，他能接近我们的任何目标，而不至于引起猜疑，并能在足够近的距离发动攻击。我告诉你，他全身散发着一种正直的憨态，一种傻乎乎的美德，会博取任何人的信任。"

"而他会遵照我们的指示行事？"

"正是这样。"

"你是怎么遇到这个人的？"

"不是我，真正发掘他的是玛妮拉。"

"谁？"

"玛妮拉，玛妮拉·杜邦夸。"

"喔，你的那个朋友。"纳马提挤出一个不以为然的夸张表情。

"她是许多人的朋友，"安多闰表现得宽宏大量，"那是她这么有用的原因之一。只要浅谈几句，她很快便能衡量一个人的分量。她会和这个人攀谈，是因为一眼就被他吸引。我向你保证，玛妮拉不是那种常被三流货色吸引的人。所以你看，此人颇不寻常。她和这个人谈了一阵子——对了，他名叫普朗什——然后告诉我：'我帮你找到个活生生的，葛列布。'对于活生生这一点，我永远都会相信她。"

纳马提狡猾地说："一旦你这个绝佳的工具能在御苑自由行走，你认为他会做些什么，啊，安多闰？"

安多闰深深吸了一口气。"还能做什么？如果一切顺利，他就会为我们除掉我们亲爱的克里昂大帝一世。”

纳马提的脸孔立刻显现怒意。“什么？你疯了？我们为什么要杀克里昂？他是我们掌控政府的握柄，是我们统治帝国的门面，还是我们通向正统的通行证。你的脑袋在哪里？我们需要他当傀儡，他不会干扰我们，我们却会因为他而更加强大。”

安多闰的脸庞逐渐由白转红，他的好脾气终于爆掉了。“那么，你心里到底在想什么？你到底在计划什么？我厌烦了总是这么后知后觉。”

纳马提举起一只手。“好啦，好啦，冷静下来，我没有恶意。可是你动动脑筋，好不好？是谁毁掉久瑞南？是谁十年前毁掉我们的希望？是那个数学家。如今，打着愚蠢的心理史学招牌统治帝国的还是他。克里昂不算什么，我们必须摧毁的是哈里·谢顿。我一直不断制造那些故障，正是要将哈里·谢顿打成众人的笑柄。它们造成的灾难正堆放在他的门口，一切都被解释成是他毫无效率、毫无能力。”纳马提的嘴角冒出几丝唾沫，“当他被砍倒时，帝国会响起一片欢呼，会把所有的全视报道淹没好几小时，即使人们知道是谁干的也没关系。”他举起手来，再用力砸下，仿佛将一把刀刺入某人的心脏，“我们会被视为帝国的英雄、帝国的救星。啊？啊？你认为那小子能砍倒哈里·谢顿吗？”

安多闰已经恢复平静，至少表面上如此。

“我确定他会。”他勉强以轻松的口吻说，“对克里昂，他或许有几分尊敬；皇帝周围总有一圈神秘的光环，这点你也知道。”他稍微加重了“你”这个字，纳马提立刻绷起脸来。“他对谢顿则不会有这样的感觉。”

然而在内心深处，安多闰正怒火中烧。这不是他所要的，他遭到背叛了。

14

玛妮拉掠开眼前的头发，抬头对芮奇微微一笑。“我告诉过你，不会花你任何信用点。”

芮奇眨了眨眼睛，又抓了抓自己赤裸的肩膀。“但你现在准备向我要些吗？”

她耸了耸肩，露出相当顽皮的笑容。“我为什么要？”

“为什么不要？”

“因为有时我也可以为自己找点乐子。”

“和我？”

“这儿没有别人。”

沉默了很长一段时间，玛妮拉改以抚慰的口吻说：“何况，反正你也没有那么多信用点。你的工作如何？”

芮奇说：“不怎么样，但总比啥也没有来得强，强多了。是你告诉那哥儿们帮我找份差事的？”

玛妮拉缓缓摇了摇头。“你是说葛列布·安多闰？我没有要他做任何事，我只说他也许会对你有兴趣。”

“他会不会恼羞成怒，因为你和我……”

“他为什么恼怒？这根本和他无关，而且也和你无关。”

“他是干啥的？我的意思是，他做什么样的工作？”

“我看他什么工作也不做。他很有钱，是历任区长的亲戚。”

“卫荷区长吗？”

“没错。他不喜欢帝国政府，老区长身边那些人都不喜欢。他说克里昂应该……”

她突然停下来，改口道：“我说得太多了，你可别把我说的任何话传出去。”

“我？我根本啥也没听你说，我也啥都不要听。”

“很好。”

“可是安多闰是怎样的人？他在九九派的地位是不是很高？他是不是里面一个重要的哥儿们？”

“我不会知道的。”

“他从来没提过那种事吗？”

“没对我提过。”

“喔。”芮奇尽量不让自己透出懊恼的口气。

玛妮拉机灵地望着他。“你为何那么有兴趣？”

“我想和他们接近。我觉得这样能爬得更高，会有更好的差事，更多的信用点，你知道的。”

“也许安多闰会帮你。他喜欢你，这点我还知道。”

“你能让他更喜欢我一点吗？”

“我可以试试，我看不出他有不肯的理由。而且我喜欢你，我喜欢你胜过喜欢他。”

“谢谢你，玛妮拉。我也喜欢你，非常喜欢。”他一只手从她的腋下一路向下探，衷心希望能将心思多放些在她身上，而不是在他的任务上。

15

“葛列布·安多闰。”谢顿一面揉着眼睛，一面透着倦意说。

“他又是谁？”铎丝问。自从芮奇离开后，她的心情每天都是那么阴沉。

“几天前，我还从未听过这个人。”谢顿道，“试图治理一个拥有四百亿人口的世界，就是有这种麻烦。除了少数硬要引起你注意的，你从不会听说任何人。整个世界的资讯都已经电脑化，川陀却仍是由无名氏所组成的行星。我们可以抽出某些人的识别号码和统计资料，但我们抽出的又是些什么人？再加上两千五百万个外围世界，这些仟年以来，银河帝国竟能维持运作，本身就是一个奇迹。坦白讲，我认为它唯一能够存在的原因，就是它几乎都在自我运作。如今，它的步调终于慢了下来。”

“大道理说得够多了，哈里。”铎丝道，“这个安多闰究竟是谁？”

“我得承认自己早该知道这个人。我设法哄诱保安部门，调出一些他的档案。他是卫荷区长家族的一员——事实上，是其中最突出的一员——所以安全人员一直在留意他。他们认为他虽有野心，却是十足的花花公子，因此只是空有野心而已。”

“他是不是和九九派有勾结？”

谢顿做个不确定的手势。“保安部门给我的感觉是对九九派一无所知。这也许代表九九派不复存在，或是虽然存在，却已无足轻重。不过，也可能只是代表保安部门不感兴趣，而我也没有任何办法能强迫它产生兴趣，只能感激那些官员为我提供一点情报。我可是首相啊！”

“有没有可能，你并不是一个非常好的首相？”铎丝语带讽刺地说。

“不只有可能而已。或许已有好几代的时间，没出过像我这么不适任的首相了。但这点和保安部门毫无关系，它是政府中完全独立的一支。我怀疑克里昂自己对它都不太清楚，虽然在理论上，保安官应该透过长官向他提出报告。相信我，假使我们对保安部门多点了解，我们会试着把它的行动纳入心理史学方程式，即使这么做有些勉强。”

“保安官至少站在我们这边吧？”

“我相信是这样，但我不敢发誓。”

“你为何对这个叫葛什么的感兴趣？”

“葛列布·安多闰。因为我收到芮奇辗转传来的一封电讯。”

铎丝眼睛一亮。“你为什么不告诉我？他还好吗？”

“据我所知还好，但我希望他别再试图传出任何讯息。万一在通讯时被人逮个正着，那他就好不了。总之，他和安多闰有了接触。”

“还有那些九九派？”

“我想没有。这听来不大可能，因为那种勾结并没有什么道理。九九派运动绝大多数由低下阶层组成，可以说是无产阶级运动，而安多闰则是贵族中的贵族，他和九九派在一起做什么？”

“假如他是卫荷区长家族的一员，他或许会觊觎皇位，对不对？”

“他们觊觎皇位的历史久远。我相信，你一定还记得芮喜尔，她是安多闰的姑母。”

“那么他可能在利用九九派当垫脚石，你不这样想吗？”

“假若他们存在的话。如果真是这样，又如果垫脚石正是安多闰所要的，我认为他将发觉自己是在玩一个危险的游戏。那些九九派——假若他们存在——会有他们自己的计划，像安多闰这样的人，终将发现根本是骑狻难下……”

“狻是什么？”

“已经绝种的一种猛兽，我这么想。那不过是赫利肯上的一句成语，如果你骑上一只狻，你将发现再也下不来，因为下来就会被它吃了。”

谢顿停了一下，又继续说：“还有一件事。芮奇似乎和一个认识安多闰的女人混在一起，他认为透过她，或许能得到重要的情报。我现在告诉你这件事，免得你事后指责我对你有所隐瞒。”

铎丝皱起眉头。“一个女人？”

“我猜想，是个认识很多很多男人的女人。有些时候，在亲密的情况下，他们会对她口无遮拦。”

“那种女人。”她的眉头锁得更深，“我不喜欢想到芮奇……”

“好啦，好啦。芮奇三十岁了，无疑已经很有经验。我想，你大可放心让芮奇老练地应付这个女人，或是任何女人。”他转向铎丝，露出十分疲惫、十分困倦的神情。“你认为我喜欢这种事吗？你认为我喜欢其中任何一点吗？”

铎丝无言以对。

16

即使在最得意的时候，坎伯尔·丁恩·纳马提也不曾客气或和气地对待他人。此时，十年来的经营即将面临转折点，使得他的性情更加败坏。

他有点焦躁地站了起来，说道：“你这一路真是不慌不忙，安多闰。”

安多闰耸了耸肩。“我还是来了。”

“你说的那个年轻人，你极力推荐的那个非凡的工具，他在哪里？”

“他迟早会来。”

“为什么不是现在？”

安多闰颇为英俊的脸孔似乎垂下一点，仿佛他正陷入沉思或即将作出一个决定，接着他突然说：“在我知道我的地位之前，我不想把他带来。”

“这话什么意思？”

“一句简单的银河标准语。你想除掉哈里·谢顿的计划已经酝酿多久了？”

“始终都是！始终都是！这点会那么难懂吗？我们理应报复他对九九所做的一切。即使他未曾那样做，冲着他是当今的首相，我们也一定要铲除这个障碍。”

“但一定要拉下来的是克里昂，克里昂！如果要拉下谢顿，也不能漏了他。”

“一个傀儡为何让你那么在乎？”

“你可不是昨天出生的婴儿。我从来不必解释我所扮演的角色，因为你也不是个无知到那种程度的笨蛋。你的计划若不包括改朝换代，我怎么可能关心呢？”

纳马提哈哈大笑。“当然。我老早就知道你把我视为你的脚凳，视为你爬上皇位的工具。”

“你指望别的什么吗？”

“绝对没有。我会负责计划，负责冒险，然后，大功告成之际，你就能坐收成果。这相当合理，不是吗？”

“是的，相当合理，因为成果也有你一份。难道你不会当上首相吗？新皇帝将满怀感激，难道你不能得到他百分之百的支持吗？难道我不会是个——新的傀儡吗？”啐出最后几个字的时候，他挤出一个讽刺的表情。

“那就是你所计划的目标？当个傀儡？”

“我计划要当皇帝。当你一文不名时，我提供信用点让你预支；当你手下无人时，我提供人马供你差遣。此外，我还提供你所需要的社会地位，让你得以在卫荷建立一个庞大的组织。现在，我仍旧能将给你的一切收回来。”

“我可不这么想。”

“你敢试试看吗？你也别以为能用对付卡斯帕洛夫的手段对付我。万一我出了什么事，你和你的手下便无法在卫荷待下去，到时你将发觉，没有别的区会提供你所需的一切。”

纳马提叹了一口气。“那么你坚持要把皇帝杀掉？”

“我没有说‘杀掉’，我是说‘赶下台’，细节部分我就留给你了。”安多闰说最后这句话的时候，以近乎轻慢的动作摆了摆手，同时手腕轻轻一挥，仿佛他已经坐在皇位上。

“然后你就成了皇帝。”

“没错。”

“不，不会的。你会死掉，却也不是死在我手里。安多闰，让我教你一些严酷的现实。如果克里昂遇害，那么继位问题立刻浮上台面，为了避免内战，禁卫军马上会杀尽卫荷区长家族的每一个成员，而你会是头号目标。另一方面，如果只是首相被杀，你却能安然无事。”

“为什么？”

“首相只不过是首相，他们来来去去毫不稀奇。有可能是克里昂自己对他感到厌烦，而安排了一场谋杀。我们当然要让这种谣言四处散播，这样禁卫军就会犹豫不决，就会带给我们组成新政府的机会。真的，他们自己很有可能会庆幸谢顿时代的结束。”

“而在新政府组成后，我又要做什么呢？继续等待？直到永远？”

“不。一旦我当上首相，便会有很多方法可以对付克里昂。我甚至也许有办法和禁卫军搭上线，甚至保安部门也不例外——把他们都当成我的工具。然后我会设法找个安全的方式除掉克里昂，让你取代他的位置。”

安多闰突然冒出一句：“你何必那样做？”

纳马提说：“我何必那样做？你是什么意思？”

“你和谢顿有私人宿怨。一旦他完了，你何必还要冒不必要的天大风险？你会跟克里昂和平共处，而我不得不退隐，回到我那破碎的属地，拥抱我那不可能的梦想。而且说不定，为了安全起见，你会把我给杀了。”

纳马提说："不！克里昂生来就要坐上皇位。他的先人做了好几代皇帝——高傲的恩腾皇朝。他会很难应付，会是我的眼中钉。反之，你若登上皇位，则会建立一个新的皇朝，不会有任何强大的传统羁绊，因为你必须承认，过去的卫荷皇朝完全微不足道。你将坐在一个颤巍巍的皇位上，需要一个人支持你，那个人就是我。而我将需要一个依赖我，因此我能应付的人，那个人就是你。好啦，安多闰，你我的关系不是因爱结合的婚姻，那在一年之内便会褪色；它是由于互利而做的结合，在我们有生之年都能维持不坠。我们要互相信任。"

"你发誓我会当上皇帝。"

"如果你无法相信我说的话，发誓又有什么用？让我们这样说，我会认为你是个极为有用的皇帝，一旦一切安排得万无一失，我马上会要你取代克里昂。现在，为我介绍那个你心目中的完美工具吧。"

"很好，请注意他与众不同的地方。我曾经研究过他，他是个不算很聪明的理想主义者，要他怎么做他就会怎么做，不会在乎危险，不会三思而行。而且他散发着一种值得信赖的气质，让他的猎物也会信任他，即使他手中握着一柄手铳。"

"我觉得简直难以置信。"

"等你见到他再说吧。"安多闰道。

17

芮奇保持目光低垂。他已经瞥了纳马提一眼，那就足够了。十年前，芮奇被谢顿派去引诱九九·久瑞南自投罗网时，他曾经见过这个人，因此看一眼即绰绰有余。

十年的时间，纳马提并没有多少改变。谁都看得出来，愤怒与仇恨仍是他最主要的特征——或者应该说，至少芮奇看得出来，因为他了解自己多少有些偏见——而这两点似乎将他的外表定了型，永远不会再改变。他的脸孔更加瘦削一点，他的头发已经斑白，但他的薄嘴唇仍旧拉出同样冷酷的线条，他的黑眼珠依然射出如昔的危险光芒。

这就够了，于是芮奇一直没有再望向他。在芮奇的感觉中，纳马提这种人不会喜欢一个敢面对面瞪着他的人。

纳马提似乎要用双眼吞噬芮奇，但脸上总是挂着的冷笑却并未敛去。

他转向不安地站在一旁的安多闰，开口道："所以说，这个人就是了。"听他的口气，仿佛他提到的对象并不在场。

安多闰点了点头，做出几个无声的口型："是的，首领。"

纳马提突然对芮奇说："你的名字。"

"回阁下，普朗什。"

"你相信我们的理念？"

“是的，阁下。”他依照安多闰先前的指示，谨慎地对答，“我是个民主人士，我希望人民进一步参与政府的运作。”

纳马提的目光扫向安多闰的方向。“好个演说家。”

他再度望着芮奇，问道：“你愿意为政治信仰而冒险吗？”

“任何危险都愿意，阁下。”

“你会遵照指示行事吗？毫无异议？绝不退缩？”

“我会听从命令。”

“你懂得任何园艺吗？”

芮奇犹豫了一下。“不懂，阁下。”

“那么你是川陀人？生在穹顶之下？”

“我在千丸出生，阁下，但在达尔长大。”

“很好。”接着，纳马提又对安多闰说：“把他带出去，将他暂时交给等在外面的人，他们会好好照顾他。然后回来这里，安多闰，我要和你谈谈。”

等到安多闰回来后，纳马提整个人有了巨大的转变。他的双眼放出精光，嘴巴扭成一个狰狞的笑容。

“安多闰，”他说，“前些天我们谈到的神，灵验的程度超出我的想象。”

“我告诉过你，这个人很适合我们的目的。”

“远比你想象中更适合。你当然知道一个故事，哈里·谢顿，我们可敬的首相，如何派他的儿子——或者该说养子——去见久瑞南，对他设下陷阱，而久瑞南不听我的劝告，结果中了圈套。”

“是的，”安多闰不耐烦地点着头，“我知道这个故事。”他说这句话的神态，代表他对这个故事了若指掌。

“我只有那次仔细看过那孩子，但他的形象已烙印在我的脑海。你以为十年的岁月、高跟鞋，以及剃掉八字胡就能骗过我吗？

你那个普朗什就是芮奇，就是哈里·谢顿的养子。”

安多闰面无血色，他屏息了一阵子，然后说：“你确定吗，首领？”

“就和我确定你站在我面前一样确定，我确定你引了敌人登堂入室。”

“我毫无概念……”

“别紧张，”纳马提说，“我认为，在你游手好闲的贵族生活中，你从来没做过比这更好的一件事，你扮演的角色正是神为你所圈选的。假使我不知道他是谁，他的确有可能完成任务，不外是在我们里面卧底，窃取我们最机密的计划。但既然我知道他是谁，事情就不是那样了。反之，我们现在掌握了一切的一切。”纳马提兴奋得猛搓双手，却又有点不太自然，仿佛了解到对他而言这样做多么失态。他先是微微一笑，接着哈哈大笑。

18

玛妮拉若有所思地说：“我猜我再也见不到你了，普朗什。”

芮奇刚淋完浴，正在吹干身子。“为什么？”

“葛列布·安多闰不要我再见你。”

“为什么？”

玛妮拉耸了耸柔滑的肩膀。“他说你有重要的事要做，没有时间再瞎混了，也许他是指你会有个更好的工作。”

芮奇愣住了。“做什么样的事？他特别提到任何事情吗？”

“没有，但他说他要到皇区去。”

“是吗？他常常告诉你这一类事情吗？”

“你也晓得是怎么回事，普朗什。男生和你在床上的时候，总会扯上一大堆。”

“我晓得。”芮奇说，他自己则总是刻意避免，“他还说了些什么？”

“你为何要问？”她稍微皱起眉头，“他也总是问起你。我注意到男人这一点，他们彼此感到好奇。你说为什么会这样呢？”

“你和他说了我些什么？”

“不多，只说你是那种非常高尚的人。我自然不会告诉他，说我喜欢你胜过喜欢他。那样会伤他的心，也可能伤害到我。”

芮奇开始穿衣服。“所以说，这就是再见了。”

“会有一阵子吧，我想，但葛列布也许会改变心意。当然，我很想到皇区去——如果他带我同行的话。我从来没去过那里。”

芮奇差点说溜了嘴，但他及时咳嗽一下，然后说：“我也从没去过那里。”

“那里有最高大的建筑，有最优美的名胜，还有最高级的餐厅；那里是有钱人住的地方。我很想碰见些有钱人，我是指除了葛列布之外。”

芮奇说：“我想，从我这种人身上，你得不到什么东西。”

“你人很好。你不能时时刻刻想着信用点，但有些时候总得想到它。尤其是，我认为葛列布已经逐渐厌倦我。”

芮奇感到不得不说一句：“没有人会厌倦你。”然后才发觉这是由衷之言，令他不禁有些困惑。

玛妮拉说：“男人总是那样讲，但终究会令你感到意外。无论如何，我们处得很好，你和我，普朗什。好好保重，谁知道呢，我们也许会再见面。”

芮奇点了点头，发觉自己无言以对。他无法说些什么或做些什么，来表达自己的感情。

他将心思转到别的方向。他必须查出纳马提等人在计划些什么，若是他们要让他和玛妮拉分开，那么危机一定正迅速迫近。他手头唯一的线索，就是有关园艺的那个怪问题。

他也无法再将任何情报传给谢顿，自从见到纳马提后，他始终处于严密监视之下，所有的通讯管道全被切断。不用说，这是危机迫近的另一个征兆。

可是，假如他在事后才查出是怎么回事，假如他在新闻不再是新闻时，才将这个消息传出去，那他就注定失败。

19

哈里·谢顿这一天很不好过。自从收到芮奇的第一封电讯后，就再也没有他的音讯，他对发生些什么事毫无概念。

除了他对芮奇的安危自然而然的关切（若发生什么实在很糟的事，他当然会得到消息），还有潜在的阴谋令他坐立不安。

它一定十分精妙。直接攻击皇宫是绝不可能的，那里的安全防范太过严密。但若真是这样，还有什么其他计划会足够有效呢？

整件事使他彻夜未眠，白天则心神不宁。

讯号灯闪了一下。

“首相。两点钟的约会……”

“两点钟的约会是见谁？”

“曼德尔·葛鲁柏，那名园丁，他有必要的证明。”

谢顿记起来了。“好，让他进来。”

现在不是见葛鲁柏的时候，但他曾因一时心软而答应下来——当时那人似乎心乱如麻。首相不该有那种心软的时候，但谢顿早在当上首相前便已经是谢顿。

“进来，葛鲁柏。”他和颜悦色地说。

葛鲁柏站在他面前，机械性点着头，双眼到处乱瞄。谢顿相当确定，这名园丁从未来过如此富丽堂皇的房间。他有一股恶毒的冲动，想要说：你喜欢吗？请拿去吧，我根本不想要。

不过他只是说：“什么事，葛鲁柏？你为何这么难过？”

葛鲁柏并未立即回答，只是露出茫然的微笑。

谢顿说：“坐下，老兄，就坐那张椅子吧。”

“喔，不，首相。那可不合适，我会把它弄脏。”

“即使弄脏了，也不难清洗，照我的话做。好！就坐在那里一两分钟，整理一下你的思绪。然后，等你准备好的时候，再告诉我是怎么回事。”

葛鲁柏静静坐了一下子，然后急速喘着气说：“首相，我就要当园丁长了，是万岁的大帝自己告诉我的。”

“是的，我听说了，但困扰你的当然不是这件事。你的新职位是可喜可贺的，而我衷心恭喜你。我甚至可能还有功劳喔，葛鲁柏。当年我险些遇害时，你所表现的英勇我从没忘记，而你大可相信我对大帝陛下提过这件事。这次晋升是个适当的奖赏，葛鲁柏，而且你无论如何当之无愧，因为你的记录明白显示你绝对胜任。

好，既然这点说清楚了，告诉我是什么事在困扰你。”

“首相，困扰我的正是这个职位和这次晋升。这是我无能为力的一件事，因为我无法胜任。”

“我们深信你能胜任。”

葛鲁柏变得焦躁不安。“我是不是得坐在一间办公室里？我不能坐在办公室里，那样我就不能走到露天的空气中，在植物和动物的陪伴下工作。我会像是在坐牢，首相。”

谢顿的眼睛张得老大。“没这回事，葛鲁柏。你不需要成天待在办公室里，你可以随意在御苑中闲逛，监督每一件事物。你能做你想做的一切户外活动，只是免除了辛苦的工作。”

“我就是要做辛苦的工作，首相。他们会让我走出办公室的机会根本等于零，我注意过现任的园丁长，他就不能离开他的办公室，虽然他也想，想得不得了。有太多的行政工作、太多的簿记资料需要处理。当然啦，如果他想知道有些什么事，我们得去他的办公室向他报告。他在全息电视上观看外界——”他以极度轻蔑的口吻说，“仿佛你能从画面中看出有关生物生长的一切。我可不要那样，首相。”

“好了，葛鲁柏，做个男子汉。并非全都那么糟，你会习惯的，你会慢慢克服的。”

葛鲁柏摇了摇头。“马上，头一件事，我必须管好所有的新园丁，那会要我的命。”接着，他突然中气十足地说：“首相，这份工作我不想要也绝不能要。”

“此时此刻，葛鲁柏，或许你不想要这份工作，但你并不孤独。我可以告诉你，我也希望此时我并不是首相，这份工作超出我的能力范围。我甚至有一种想法，有些时候大帝自己也想脱下身上的皇袍。在这个银河中，我们都有自己的工作，而工作不会总是愉快的。”

“这点我懂，首相。可是大帝必须当皇帝，因为他生来就注定了。而您必须当首相，因为再也没有别人能做这份工作。可是我的情形不同，我们讨论的只是当个园丁长。这里至少有五十名园丁能把这份工作做得和我一样好，却不在乎待在办公室里。您说您曾经告诉大帝，说我如何试图搭救您。难道您就不能再跟他解释一下，他如果要为那件事奖赏我，大可让我保持原状？”

谢顿上身靠回椅背，以严肃的口吻说：“葛鲁柏，假使我有办法，我愿意为你那样做。但我必须对你解释一件事，而我只能希望你会了解。理论上，大帝是帝国的绝对统治者；实际上，他能够做的事非常少。此时此刻，我治理帝国的程度远超过他，但我能够做的也非常少。政府各个阶层中有百千万亿的人，大家都在作决定，都在犯错误，有些行事睿智且光明磊落，有些行事愚蠢且偷偷摸摸，根本没法管他们。你懂我的意思吗，葛鲁柏？”

“我懂，但这和我的情形又有什么关系？”

“因为只有在一个地方，大帝才是真正的绝对统治者，那就是在皇宫御苑之内。在这里，他说的话就是法律，底下的官员层级少得他足以应付。他既然已经对御苑的事务作出决定，若请求他撤回，等于侵犯他视为固若金汤的唯一堡垒。假使我对他说：‘收回您对葛鲁柏的决定吧，皇帝陛下。’他非但不会接受，更可能的结果是解除我的职务。那对我而言可能是好事，但对你却毫无帮助。”

葛鲁柏说：“这是不是代表一切已经无法改变？”

“正是这个意思。不过别担心，葛鲁柏，我会尽力帮助你。很抱歉，但我能分给你的时间实在全用完了。”

葛鲁柏站了起来，双手扭着那顶绿色的园丁帽，眼中的泪水不只一点点。“谢谢您，首相。我知道您很想帮我，您是——您是个大好人，首相。”

他转身离去，一副悲伤不已的样子。

谢顿若有所思地望着他的背影，然后摇了摇头。将葛鲁柏的悲伤乘上万兆倍，便等于帝国二千五百万个世界上所有人民的悲伤。而他，谢顿，对一个向他求助的人都爱莫能助，又怎能拯救所有的人脱离苦海？

心理史学救不了一个人，但能拯救万兆人吗？

他又摇了摇头，查了查下个约会的性质与时间，却忽然间愣住了。接着，他突然对通话线放肆地高声吼叫，与他平日严谨的言行大相径庭。“把那园丁找回来！马上把他找回来！”

20

“那些新园丁是怎么回事？”谢顿叫道，这回他没有请葛鲁柏坐下。

葛鲁柏急速眨着眼。这么突然被叫回来，他目前还惊魂未定。“新……新园……园丁？”他结结巴巴地说。

“你刚才说‘所有的新园丁’，那是你自己的话。究竟是什么新园丁？”

葛鲁柏吃了一惊。“如果有个新园丁长，当然就会有一批新园丁，这是惯例。”

“我从来没听过这种事。”

“上回我们更换园丁长的时候，您还没当上首相，很有可能甚至还没来到川陀。”

“但这究竟是怎么回事？”

“这个嘛，园丁从来不会被解雇。有些死于任上，有些年纪大了，就领一笔退休金回家养老，自有人替代他。话说回来，当新园丁长准备就任时，至少一半的园丁都老了，黄金年华早已成为过去。他们都会领到一笔丰厚的退休金，由一批新园丁取代他们。”

“因为他们年轻。”

“那是原因之一，此外还因为到了那个时候，通常都会有新的造园计划，我们必须找些新的构想和新的方案。花园和苑囿占地几乎五百平方公里，通常要好几年才能改头换面，而我必须亲自监督一切。求求您，首相，”葛鲁柏气喘吁吁，“像您自己这么聪明的人，一定找得到法子改变万岁大帝的心意。”

谢顿并未留意这番话，他的前额在深思中皱成一团。“那些新园丁从哪里来？”

“所有的世界都经常举行考试，随时有人等候递补这个差事。他们会分十多个梯次来，总共有好几百人。至少要花我一年的时间……”

“他们从哪里来？哪里来？”

“上百万个世界中的任何一个。帝国任何公民都有资格，而且我们需要各式各样的园艺知识。”

“也有从川陀来的？”

“不，没有川陀来的，花园里没有一个川陀人。”他的口气转趋轻蔑，“你在川陀找不到一个园丁。那些穹顶之下的公园不算花园，那里只有盆栽植物，而动物都关在笼子里。川陀人，这群可怜的人类，完全不知道什么是露天的空气、奔放的流水，以及自然界真正的平衡。”

“好了，葛鲁柏。我现在给你一件差事，你要负责帮我搜集未来几周预定到达的新园丁完整名单。包括他们的一切资料，姓名、世界、识别号码、教育水准、经历，以及一切的一切。我要全部资料尽快放到我的办公桌上。我会派人帮你，他们会带着必要的机器。你用什么样的电脑？”

“只是一台很简单的，用来记录种植日期、品种，以及诸如此类的资料。”

“好的。任何你做不到的事，我派去的人都能做到。我很难让你了解这件事有多重要。”

“假使我得做这……”

“葛鲁柏，现在不是讨价还价的时候。要是让我失望，你非但做不了园丁长，还会被解雇，领不到任何退休金。”

葛鲁柏离去后，谢顿对着通话线吼道：“今天下午其他的约会通通取消。”

然后他全身栽进椅子里，感觉自己不折不扣有五十岁，而且感觉头痛更加剧烈。数十年来，随着不断增加的新围墙和新设备，御苑周围的安全防范与日俱增，变得越来越厚实，越来越坚固，越来越牢不可破。

然而每隔一段时间，竟然会放一大群陌生人进入御苑。或许什么都不问，只问一句：“你懂园艺吗？”

简直愚蠢到了令人费解的程度。

总算千钧一发，让他及时发觉。然而真是这样吗？现在是否都已经太迟了？

21

葛列布·安多闰透过半闭的眼睛瞪着纳马提。他向来不喜欢这个人，但有时会比平常更不喜欢他，而现在就是这样的时候。安多闰，堂堂一位卫荷皇室成员（毕竟这样说并不为过），为何需要和这个政治暴发户、这个近乎精神病的妄想狂合作？

安多闰知道为什么，而他必须忍受，即使是在纳马提又一次讲述这十年来他如何组织这个运动，如今终于开花结果之际。他对每个人都这么一遍遍地说吗？或者他仅仅选择安多闰当发泄的对象？

纳马提脸上似乎闪耀着邪恶的喜悦，而他的声音单调得古怪，仿佛只是机械性的背诵。“年复一年，我为主义献身，甚至是在毫无希望、毫无用处的情况下奋斗；我建立起一个组织，削弱人民对政府的信心，制造并强化不满的情绪。在出现金融危机，银行暂停营业的那一周，我……”

他突然顿了一下。“我已经对你讲过许多次，你听得不耐烦了，对不对？”

安多闰的嘴唇抽动一下，扯出一个短暂而生硬的微笑。纳马提不是那种白痴，不会不明白自己多么惹人厌，他只是控制不住自己。安多闰说：“你已经对我讲过许多次。”他让后半段问题悬在半空中，并未作答。毕竟，答案显然是肯定的，但没有必要那样顶他。

纳马提蜡黄的脸孔微微涨红，他说：“但假使我手中没有适当的工具，就可能永远这样继续下去——建立组织，削弱信心，却始终抓不到重点。如今我不费吹灰之力，这个工具就自动送上门来。”

“神为你带来普朗什。”安多闰中肯地说。

“你说对了。很快就会有一批园丁进入皇宫御苑。”他顿了顿，似乎是在回味这个想法，“有男有女，足够掩护其中几位我们的人。他们中间会有你，以及普朗什。使你和普朗什与众不同的，是你们两人会带着手铳。”

“不用说，”安多闰在礼貌的言语中带着刻意的敌意，“我们在宫门就会被拦下，然后被抓起来接受盘问。非法携带手铳进入皇宫御苑……”

“你们不会被拦下，”纳马提没有注意到那份敌意，“你们不会被搜身，那已经安排好了。当然会有某个宫中官员欢迎你们，我不知道通常由谁负责这项工作，据我所知，该是‘掌理草木的第三助理总管’。可是这一次，会是谢顿亲自出马。那位伟大的数学家会赶出来迎接新园丁，欢迎他们来到御苑。”

“我想，这点你很确定。”

“当然，我很确定，全都安排好了。差不多到了最后一刻，他将发觉他的养子在新园丁的名单上，一定会忍不住走出来看看他。而当谢顿出现时，普朗什便会举起手铳，我们的人则会高喊‘叛变！’在混乱和骚动中，普朗什会杀掉谢顿，然后你会杀掉普朗什。接着你就丢下手铳，离开现场。自会有人掩护你逃脱，这也安排好了。”

“绝对有必要杀掉普朗什吗？”

纳马提皱起眉头。“为何没有？你反对一宗谋杀，却不反对另一宗吗？你希望普朗什清醒后，告诉当局他所知道有关我们的一切吗？何况，我们安排的是一场家族纷争。别忘了，普朗什其实就是芮奇·谢顿。你们两人看起来会像是同时开火，或者会像是谢顿曾经下令，他的儿子若有任何敌意行动，就要立刻将他射倒。我们一定要把父子反目的说法弄得人尽皆知，那会使人想起血腥皇帝马诺威尔统治下的坏年头。这种丑恶的行径一定会令川陀人民厌恶，将这件事加在他们亲眼目睹和亲身经历的一切效率低下和故障频仍之上，他们就会齐声召唤一个新政府。没有人能拒绝他们，尤其是那个皇帝。然后，我们就进场了。”

“这么简单？”

“不，不这么简单，我可不是活在一个梦幻世界里。很可能会有某个临时政府，但是它注定失败。我们一定要让它失败，然后我们再公开现身。川陀人始终未曾忘记久瑞南当年的主张，而我们要重新举起这个大旗。等到时机成熟——不会等太久的——我便会当上首相。”

“而我呢？”

“终究会当上皇帝。”

安多闰说：“一切都顺利的机会实在很小。这点安排好了，那点安排好了，其他事也安排好了。所有这些都要凑在一起，完美地结合起来，否则就会失败。在某个地方，某个人难免会弄砸，这是不可接受的风险。”

“不可接受？对谁而言？你吗？”

“当然。你指望我来确保普朗什杀掉他父亲，又指望我事后杀掉普朗什。为什么是我？难道没有比我更不值钱、更适合拿去冒险的工具吗？”

“没错，但选择其他人会使行动注定失败。除你之外，还有谁对这项任务那么在乎，绝不会在最后一分钟因为任何风吹草动而掉头？”

“风险太大了。”

“对你而言不值得吗？你是为了皇位而冒险。”

“而你承担什么风险呢，首领？你将舒舒服服留在这里，等待我们的好消息。”

纳马提撇了撇嘴。“你真是个傻瓜，安多闰！你还当什么皇帝！你以为因为我待在这里，我就不担风险吗？假使这个策略失败，假使这个计谋流产，假使我们有人被捕，你认为他们不会招出知道的一切吗？假使你搞不好被抓到，面对禁卫军的大刑侍候，你不会把我供出来吗？

“一旦掌握一桩未遂的行刺案，你以为他们不会翻遍川陀把我找出来吗？你以为到头来他们不会找到我吗？而当他们找到了我，你以为我落在他们手里将面对些什么？风险？光是坐在这里什么也不做，我担的风险就比你们任何人都大。总而言之一句话，安多闰，你到底是希望还是不希望当皇帝？”

安多闰以低沉的声音说：“我希望当皇帝。”

因此，他们的行动便展开了。

22

芮奇不难看出自己受到特别照顾。现在，整组准园丁都住在皇区一家旅馆内，不过，当然不是一家一流旅馆。

这群园丁是个古怪的组合，来自五十个不同的世界，但芮奇很少有机会和其中任何一人说话。安多闰一直设法将他与其他人隔离，只是做得不太明显。

芮奇十分纳闷，而这令他感到沮丧。事实上，自从离开卫荷，他就一直觉得有些沮丧。这干扰了他的思绪，他虽然力图抗拒，却并不怎么成功。

安多闰自己穿着一套粗布衣，试图显得像个工人。在他导演的这出“戏”中，他将扮演一名园丁的角色——不论那是一出什么样的“戏”。

芮奇感到相当羞愧，因为他未能事先洞察这出“戏”的本质。他们一直在紧密监视他，令他无法进行任何形式的通讯，甚至没有机会警告父亲。但他也知道，这是所谓的最高防范措施，对于这群人中的每一个川陀人，他们可能都会这样做。芮奇估计他们之中可能有十二个川陀人，当然全都是纳马提的手下，男性与女性都有。

令他不解的是，安多闰对他的态度近乎暧昧。他霸占了自己所有的时间，坚持要和自己共进每一餐。换句话说，他对待自己的方式与对待其他人相当不同。

可不可能是因为他们曾经共享玛妮拉？芮奇对卫荷区的风俗知道得不多，无法判断他们的社会是否有一妻多夫的倾向。假如两个男人共享一个女人，是否使他们产生某种兄弟之情？这会形成一种亲和力吗？

芮奇从未听过这种事，但他至少明白一点，那就是在银河各个社会，甚至川陀各个社会中，存在着无数微妙的习俗，他绝不敢说自己甚至了解其中极小的一部分。

但既然心思回到玛妮拉身上，他便思念了她一会儿。他极其想念她，而这使他突然想到，自己之所以沮丧，可能就是因为想念她的缘故。不过说老实话，此时此刻，与安多闰共进午餐之际，他的感觉几乎是绝望，而他却想不出原因来。

玛妮拉！

她曾说她想要造访皇区，想必她能以甜言蜜语说动安多闰。芮奇实在太绝望了，以致问出一个愚蠢的问题。“安多闰先生，我一直在想，不知道你有没有带杜邦夸小姐同行。我是说来到这里，来到皇区。”

安多闰看来大吃一惊，然后轻声笑了笑。“玛妮拉？你看她做过任何园艺吗？或者甚至假装会做？不，不，玛妮拉那种女人生来是给我们解闷的。除此之外，她根本没有任何功用。”接着他又说：“你为什么要问，普朗什？”

芮奇耸了耸肩。“我不知道。这里有点儿无聊，我有点儿想……”他的声音逐渐消失。

安多闰仔细望着他，最后终于道：“不用说，你不会很在意是哪个女人陪你吧？我向你保证，她可不在意是哪个男人陪她。一旦办完这件事，自然会有别的女人，很多的女人。”

“这件事何时办完？”

“快了，而你将在其中扮演一个非常重要的角色。”安多闰紧盯着芮奇。

芮奇说：“有多么重要？不是只要我当个——园丁吗？”他的声音听来空洞无力，而他发觉无法再多注入一点生气。

“你要做的不只这个，普朗什，你还要带一柄手铳进去。”

“带什么？”

“一柄手铳。”

“我从来没拿过手铳，这辈子从没碰过。”

“没什么大不了的。你举起来，你瞄准，你按下开关，然后某人就死了。”

“我不能杀人。”

“我以为你是我们的一分子，你会为了政治信仰做任何事。”

“我不是指——杀人。”芮奇似乎无法集中思绪。他为何必须杀人？他们真正想要他做的是什么？而在谋杀付诸行动之前，他如何能及时警告禁卫军？

安多闰的脸孔突然绷紧，表情瞬间从友善转变成严厉。他说：“你必须杀人。”

芮奇用尽所有的力气说：“不，我啥人也不杀，没啥好讲的。”

安多闰说：“普朗什，你会照着我们的话去做。”

“并不包括谋杀。”

“甚至包括谋杀。”

“你要怎样让我做到？”

“我只要告诉你就行。”

芮奇觉得一阵晕眩。安多闰为何如此自信？

他摇了摇头。“不。”

安多闰说：“自从你离开卫荷，普朗什，我们就一直在喂你。我坚持你和我一起进餐，以便监督你的饮食，尤其是你刚吃的那一顿。”

芮奇感到恐惧感贯穿全身，他突然明白了。“丧气散！”

“完全正确。”安多闰说，“你是个精明的小鬼，普朗什。”

“那是非法的。”

“当然，但谋杀也是。”

芮奇知道“丧气散”是什么。它的前身是一种完全无害的镇静剂，然而经过改造，它就不再产生镇静作用，只会产生绝望的感觉。由于它能用来控制心灵，因此早已列为法定禁药，不过有些历久不衰的谣言，说禁卫军在使用这种药物。

安多闰仿佛不难看穿芮奇的心思，他说：“它叫丧气散，因为丧气是代表‘绝望’的古老词汇，我想你现在就有这种感觉。”

“绝不会。”芮奇细声道。

“你非常坚决，但你无法和化学药剂对抗。而你越是感到绝望，药效就会越强。”

“休想。”

“想想看吧，普朗什。虽然你剃掉了八字胡，纳马提还是一眼就认出你来，知道你就是芮奇·谢顿。而在我的指示下，你将杀掉你的父亲。”

芮奇咕哝道：“我先杀了你。”

他从椅子上一跃而起。解决对方应该毫无问题，安多闰或许比较高，但他身材细瘦，而且显然不是运动健将。芮奇用一只手就能将他撕成两半——但他起身时摇摇晃晃，他甩了甩头，却无法清醒。

安多闰也站起来，再向后退了几步。他从左手袖口中抽出右手，手中握着一柄武器。

他得意地说：“我有备而来。我得到了情报，知道你有赫利肯角力士的功夫，我不会和你徒手搏斗。”

他低头看了看手中的武器。“这不是一柄手铳，”他说，“在你完成任务之前，我可舍不得杀掉你。这是一柄神经鞭，就某方面而言，它远比手铳可怕。我将瞄准你的左肩，相信我，那种锥心刺骨的疼痛，世上最伟大的苦行僧也无法忍受。”

原本慢慢地、凶狠地向前进逼的芮奇，此时突然停下脚步。十二岁的时候，他曾经尝过神经鞭的滋味，仅是浅尝而已。只要受过一击，不论活到多大年纪，不论人生经历多么丰富，没有人忘得了那种痛楚。

安多闰说：“非但如此，我还要使用最大强度，让你的上臂神经先受到无法忍受的痛苦，然后整个报废，从此你的左臂再也动弹不得。我会放过你的右臂，好让你能使用手铳。现在，如果你坐下来，乖乖认输，这也是你唯一的选择，你就能保住两只手臂。当然，你必须继续服药，好让你的丧气程度增加。你的情况只会越来越糟。”

芮奇觉得药物所诱发的绝望深入体内，而绝望本身又加强了药物的作用。眼前的一切一分为二，而他脑中一片空白，什么话也说不出来。

芮奇只知道，自己从此必须听从安多闰的指示。在这场游戏中，他已彻底惨败。

23

“不行！”哈里·谢顿近乎粗暴地说，“铎丝，我不要你到那里去。”

铎丝·凡纳比里顶回他的目光，脸上的表情与他同样坚决。“那我也不让你去，哈里。”

“我必须到场。”

“那不是你分内的事，必须迎接这些新人的是一品园丁。”

“话是没错。可是葛鲁柏办不到，他现在失魂落魄。”

“他一定有个助理什么的。不然就让老园丁长出马，他到年底才正式退休。”

“老园丁长身体太坏了。何况——”谢顿迟疑了一下，“那些园丁里面有冒牌货，川陀人。他们来这里一定有原因，我有他们每个人的名字。”

“那就把他们拘留起来，一个也别漏掉。事情很简单，你为什么把它弄得这么复杂？”

“因为我们不知道他们为何而来，有件事正在酝酿。我看不出十二个园丁能做什么，但……不，我收回刚才的话。我看得出有十来件事是他们能做的，但我不知道他们计划的究竟是哪件。我们的确会拘留他们，但是在此之前，我必须把一切弄得更清楚。

“我们一定要知道得够多，才能把阴谋分子从上到下全揪出来。而且我们必须对他们的所做所为知道得够多，才能让严峻的惩处站得住脚。我不要那十二名男女仅仅受到行为不检的指控，他们会辩称是因为走投无路，是需要一份工作。他们会抱怨排除川陀人是不公平的，他们会得到许多同情，而使我们看来像一群傻子。我们必须给他们一个机会，让他们犯下真正的罪行。何况——”

停了好一阵子，铎丝又气呼呼地说：“好啦，这个新的‘何况’又是什么？”

谢顿的声音变得低沉。“芮奇在那十二个人当中，他化名为普朗什。”

“什么？”

“你为何感到惊讶？我派他到卫荷去渗透九九派运动，而他成功渗透进去了。我对他充满信心，如果他在其中，他就知道自己为何身在其中，而且他必定胸有成竹，足以破坏他们的好事。但我也想要到场，我想要见到他，想要尽我所能帮助他。”

“假如你想要帮助他，就命令五十名宫中侍卫，在那些园丁两旁围成两堵人墙。”

“不行。同样的道理，那样我们将一无所获。禁卫军会部署在周围，但不会是明哨。一定要让那些假园丁认为有机可乘，足以依照他们的计划行事。在他们的企图暴露之后，但在真正能动手之前，我们将一举成擒。”

“那很危险，那对芮奇会有危险。”

“危险是我们必须面对的，这里头有超过个人性命的价值。”

“那是铁石心肠的说法。”

“你认为我铁石心肠？即使如此，我关切的仍然必须是心理……”

“别说出来。”她转过头去，仿佛十分痛苦。

“我了解，”谢顿说，“可是你一定不能在场。你的出现会太不相称，那些阴谋分子会疑心我们知道太多，因而中止他们的计划。我可不要他们的计划流产。”

他顿了顿，又轻声道：“铎丝，你说你的工作是保护我这个人。它的优先权在保护芮奇之上，你自己也明白。我不会坚持这点，但保护我等于保护心理史学及全体人类，这必须是第一优先。而心理史学告诉我的则是，我自己必须不计一切代价保护帝国的核心，那正是我现在试图做的事。你了解吗？”

铎丝说：“我了解。”然后又转过头去。

谢顿心想：我希望我是对的。

假如他弄错了，她永远不会原谅他。更糟的是，他永远不会原谅自己，不论是不是为了心理史学。

24

他们以优美的姿势排队站好，双脚打开，双手背在背后，每一位都身穿帅气的绿色制服，其特色是宽松，并有许多大口袋。两性之间的差异非常小，只能猜测某些较矮的是女性。他们的头发完全被兜帽遮住，话说回来，园丁一律要将头发剪得相当短，男女皆然，而且不准蓄留胡须。

至于为什么要这样，谁也说不上来。“传统”两字是唯一的解释，正如它能解释其他许多事，其中有些真的有用，有些则愚不可及。

面对他们的是曼德尔・葛鲁柏，他左右两侧各站了一名助理。葛鲁柏正在发抖，张大的双眼呆滞无神。

哈里・谢顿的嘴唇紧绷。只要葛鲁柏能设法说出“御用园丁向诸位请安”就够了，然后谢顿自己便会接手。

他用目光扫描这支新队伍，不久便发现芮奇。

他的心跳稍微加剧。剃掉胡子的芮奇站在最前排，比其他人站得更挺，两眼直视前方。他并未将目光转向谢顿，未曾透出丝毫相识的眼神。

很好，谢顿心想。他本来就不该那样，而他完全没有暴露底细。

葛鲁柏喃喃说了一声欢迎，谢顿便赶紧下场。

他以轻快的步伐走过去，站在葛鲁柏的正前方，说道：“谢谢你，一品园丁。诸位御用园丁们，你们将接下一份重要的工作。川陀，我们这个伟大的世界，银河帝国的首都，上面唯一露天地表的美丽和健康将由你们负责。你们一定要做到的是，即使我们没有露天世界上无尽的风光，我们这里却有一小颗宝石，它会比帝国其他的一切更为灿烂耀眼。

“你们都将是曼德尔·葛鲁柏的手下，他即将成为园丁长。必要的时候他会向我报告，而我会向大帝报告。这就意味着，你们都看得出来，你们和圣上的距离只有三级，他的关爱眼神将始终笼罩着你们。我确定即使是现在，他也正在偏殿中遥望我们——偏殿就是你们右手边那座建筑，拥有蛋白石圆顶的那一栋，它就是大帝的家——而他会对所见到的感到高兴。

“当然，在投入工作之前，你们都要接受一个训练课程，好让你们完全熟悉御苑和它的需要。你们将……”

此时，他已神不知鬼不觉地挪到芮奇的正前方。芮奇仍然一动不动，连眼睛也不眨一下。

谢顿尽量避免显露不自然的亲切，然后，他的眉头稍微皱了一下。芮奇正后方那个人看来颇为眼熟，假使谢顿未曾仔细看过他的全息像，便有可能认不出他来。那不是卫荷的葛列布·安多闰吗？事实上，他正是芮奇在卫荷的雇主。他到这里来做什么？

安多闰必定注意到谢顿突然注视自己，他微微张嘴咕哝了一声，芮奇的右手便从背后伸出来，从绿色上身的宽大口袋中拔出一柄手铳，而安多闰的动作也如出一辙。

谢顿觉得自己快要吓呆了。怎会允许有人把手铳带进御苑？由于极度困惑，他几乎没有听见“叛变！”的呐喊声，以及突如其来的狂奔与尖叫。

真正占据谢顿脑海的只有一个念头，那就是芮奇的手铳正瞄准自己，而芮奇望着他的眼神竟形同陌路。谢顿了解他的儿子就要发射，自己距离死亡只有几秒钟，内心顿时充满恐惧。

25

手铳虽然叫做手铳，其实并不是轰击式武器。它的作用是使目标气化，使其内部爆裂，充其量不过是导致一场内爆。然后，会响起一下轻叹声，发自看似受到轰击的目标。

哈里·谢顿并未期待听到那个声音，他只是期待死亡的降临。因此，听到那种独特的轻叹声令他十分惊讶。他猛眨眼睛，目瞪口呆地低头望着自己。

他还活着？（他想到的是个疑问句，而不是直述句。）

芮奇仍然站在那里，他的手铳指着前方，他的双眼茫然呆滞。他百分之百纹风不动，仿佛体内的动力中断了。

在他身后是安多闰的尸体，瘫倒在一滩血泊中。而站在他身边、手中握着手铳的，则是另一名园丁。这名园丁早已扯脱兜帽，显然是个刚剪短头发的女性。

她抽空瞥了谢顿一眼，然后说："令公子口中的玛妮拉·杜邦夸就是我。我是一名保安官，您要知道我的识别号码吗，首相？"

"不用了。"谢顿无力地说，此时禁卫军已赶到现场，"我儿子！我儿子怎么回事？"

"中了丧气吧，我想。"玛妮拉说，"那是清得掉的。"她伸出手来，取走芮奇手中的手铳，“很抱歉我没有及早出手，我得等待一个明显的行动，但当它发生时，我却几乎措手不及。”

“我遇到同样的问题。我们必须把芮奇送到宫中医院。”

偏殿突然传来一阵不明的喧嚣。谢顿突然想到，大帝想必正在观看整个经过，果真如此，他一定会勃然大怒。

“帮我照顾我儿子，杜邦夸小姐。”谢顿说，“我必须去见大帝。”

他开始狼狈地拔腿飞奔，穿过大草坪上混乱的人群，不顾礼数地一口气冲进偏殿。克里昂一定会气死了。

而在偏殿内，一群惊慌失措的人正茫然地瞪大眼睛——在半圆形楼梯上，躺着大帝陛下克里昂一世的尸体，血肉模糊得几乎无法辨认，华丽的皇袍现在成了一件寿衣。而靠着墙壁缩成一团、以痴呆的目光望着周围一张张受惊脸孔的，则是曼德尔·葛鲁柏。

谢顿觉得快要崩溃了。他捡起掉在葛鲁柏脚旁的手铳，那原本是安多闰的，他可以确定。“葛鲁柏，你做了什么？”他轻声问道。

葛鲁柏望着他，含糊不清地说：“大家都在尖叫和呐喊。我想，谁会知道呢？他们会以为是别人杀了大帝。不料，后来我就跑不动了。”

“可是，葛鲁柏，到底为了什么？”

“这样我就不必当园丁长了。”说完他便垮成一团。

谢顿望着不省人事的葛鲁柏，心中震撼不已。

一切都在间不容发的惊险状况下圆满解决。他自己还活着，芮奇还活着；安多闰死了，而九九派阴谋分子则一个也逃不掉。

帝国的核心将会保住，正如心理史学所要求的。

然后，一个小人物，为了一个分析不出来的微小理由，竟然就杀了大帝。

现在，谢顿绝望地想，我们要怎么办？接下来会发生什么事？

第三篇

铎丝·凡纳比里

铎丝·凡纳比里：哈里·谢顿的一生充满传奇且众说纷纭，想找一本完全真实的传记如同缘木求鱼。至于他一生最令人费解的一环，或许就是他的配偶铎丝·凡纳比里。铎丝·凡纳比里的早期资料付诸阙如，只知道她生于锡纳这个世界，后来到了斯璀璘大学，成为该校历史系的教授。不久她便遇到谢顿，做了他二十八年的贤内助。若说有谁的一生比谢顿更具传奇性，那就非她莫属。许多相当难以置信的传说，都提到她惊人的力道与速度。当时许多人称她为"虎女"，但也可能只是私下流传。然而，相较于她来自何处，她的去向更加令人费解，因为在某个时间之后，便再也没有她的音讯，却也找不到发生任何变故的线索。

她的历史学家角色，可以从她的研究上……

——《银河百科全书》

01

婉达快满八岁了，照例这是根据银河标准时间计算的。她已经像个小妇人，举止庄重，有着一头淡褐色的直发。她的眼珠呈蓝色，但颜色越来越深，最后很可能变成和她父亲一样的棕色眼珠。

她坐在那里，陷入沉思——六十。

就是这个数目令她想得出神。祖父快过生日了，那是他的六十大寿，而六十是个很大的数目。她感到心神不宁，因为昨天她做了一个与此有关的噩梦。

她起身去找母亲，她得问个清楚。

母亲并不难找，她正在和祖父谈话，话题当然与做寿有关。婉达犹豫不决，在祖父面前问那种事可不妥当。

母亲毫无困难便察觉到婉达内心的烦乱。她说："等一下，哈里，我们来看看是什么在困扰婉达。到底是什么事，亲爱的？"

婉达拉拉她的手。"别在这儿讲，母亲，私下谈。"

玛妮拉转向哈里·谢顿。"看看多早就开始了？私生活，私下的问题。好啊，婉达，我们要到你的房间去吗？"

"是的，母亲。"婉达显然松了一口气。

两人手牵手走到婉达的房间，然后母亲说："好了，婉达，有什么问题？"

"是祖父，母亲。"

“祖父！我无法想象他能做什么困扰你的事。”

“嗯，就是他。”婉达眼中突然涌出泪水，“他快死了吗？”

“你祖父？你的脑袋怎么会有这种想法，婉达？”

“他即将六十岁，那很老了。”

“不，那不算老。虽然不算年轻，却也不算老。有人活到八十、九十，甚至一百岁。而且你祖父身体健壮，他会很长命的。”

“你确定吗？”她一面说一面抽噎。

玛妮拉抓住女儿的肩膀，面对面直视着她的双眼。“我们总有一天都会死去，婉达，这点我以前对你解释过。话说回来，在那一天快要来到之前，我们不该担心这件事。”她温柔地擦了擦婉达的眼睛，“祖父会好好活着，直到你长大成人，生下你自己的宝宝，你等着看吧。现在跟我回去，我要你自己和祖父说。”

婉达又抽噎起来。

谢顿带着一副同情的表情，望着走回来的小女孩。他说：“怎么回事，婉达？你为什么难过？”

婉达摇了摇头。

谢顿将目光转向女孩的母亲。“好了，到底是怎么回事，玛妮拉？”

玛妮拉也摇了摇头。“她得自己和你说。”

谢顿坐下来，拍拍自己的膝盖。“来，婉达，坐在这里，把你的困扰告诉我。”

她照做了。坐下之后她扭了几下，才说：“我害怕。”

谢顿伸出一只臂膀搂住她。“在老祖父怀中，没什么好怕的。”

玛妮拉做了个鬼脸。“说错话了。”

谢顿抬头望向她。“祖父？”

“不，是老。”

这句话产生了决堤效应，婉达哇哇哭了起来。“你老了，爷爷。”

“我想是吧，我六十岁了。”他低下头来面对婉达，悄声道，“我也不喜欢这样，婉达，这就是为什么我很高兴你才七八岁。”

“你的头发是白的，爷爷。”

“不是一直这样，是最近才变白的。”

“白头发代表你快死了，爷爷。”

谢顿看来吃了一惊，他对玛妮拉说：“这究竟是怎么回事？”

“我不知道，哈里，那是她自己的念头。”

“我做了个噩梦。”婉达说。

谢顿清了清喉咙。“我们都会偶尔做做噩梦，婉达。这样有好处的，噩梦会赶走可怕的想法，然后我们就会舒服多了。”

“我梦见你快死了，爷爷。”

“我知道，我知道。做梦可能会梦见死亡，这并不代表有什么不得了。看看我，你看不出我多么有活力，多么愉快，而且笑口常开吗？我看起来像是快死了吗？告诉我。”

“不——像。”

“那就对了。现在你出去玩玩，把这一切忘掉。我只是要过个生日，大家都会玩个尽兴。去吧，亲爱的。”

婉达带着还不错的心情离去，谢顿却示意玛妮拉留下来。

02

谢顿说："你认为婉达打哪儿弄来这种想法的？"

"这还用说吗，哈里。她养的一只沙尔凡守宫后来死了，记得吗？她有个朋友的父亲在一场意外中丧生，而且她天天在全息电视上目睹死亡。想要保护孩子的心灵，不让他们知晓死亡是不可能的。事实上，我也不想那样保护她。死亡是生命中不可避免的一环，她必须了解这点。"

"我不是泛指一般的死亡，玛妮拉，我是专指我的死亡。她的脑袋怎么会装有那种想法？"

玛妮拉迟疑了一下。她实在非常喜欢哈里·谢顿。她想，谁会不喜欢他呢？所以我怎么说得出口呢？

但是她又怎能不说出来呢？因此她说："哈里，是你自己把这个想法装进她脑袋的。"

"我？"

"当然啦，过去几个月，你一直在说快要六十了，而且大声埋怨自己老了。大家筹办这个宴会的唯一理由，就是要来安慰你。"

"六十岁没什么好玩的。"谢顿愤愤地说，"等着吧！等着吧！你会知道的。"

"我会的，如果运气好的话，有些人还活不到六十呢。话说回来，如果你满口都是六十了和老了，结果就是吓到一个敏感的小女孩。”

谢顿叹了一口气，现出为难的表情。“我很抱歉，但这实在很难。看看我的两只手，已经出现斑斑点点，很快就会变得瘦骨嶙峋。我几乎再也不能做任何形式的角力，一个小孩或许就能令我双膝着地。”

“难道其他六十岁的人不是这样吗？至少你的头脑和以往一样灵光。那是唯一重要的事，这话你自己说过多少遍？”

“我知道，但我怀念我的身体。”

玛妮拉带着一丝刻薄说：“尤其是，铎丝似乎一点也不显老。”

谢顿不自在地说：“是啊，我想……”他别过头去，显然不愿谈论这个话题。

玛妮拉以严肃的眼神望着她的公公。问题在于他对小孩一无所知，或者说根本对人性毫无概念。很难想象他在先皇御前当了十年首相，结果却对人性了解得那么少。

当然，那个心理史学完全占据了他的心思。它所研究的是万兆之众，结果就等于根本不研究任何人——任何个人。除了芮奇之外，他从未接触过任何小孩，而芮奇进入他生命时已经十二岁，他又怎能对小孩有所了解呢？如今他有了婉达，对他而言她全然是一团谜，或许今后始终如此。

想到这一切时，玛妮拉心中充满着爱。她有一股不可思议的冲动，想要保护哈里·谢顿，为他屏蔽一个他所不了解的世界。这一点，这股保护哈里·谢顿的冲动，是她与她的婆婆铎丝·凡纳比里唯一的交集。

十年前，玛妮拉曾经救过谢顿一命。铎丝却因为奇怪的理由，认为那是侵犯了她的特权，而从未真正原谅过玛妮拉。

然后，谢顿又反过来救了玛妮拉一命。她闭上眼睛一会儿，整个情景再度浮现脑海，几乎像是正在发生的一件事。

03

那是克里昂遇刺一周之后——多么可怕的一周，整个川陀陷入一片混乱。

哈里·谢顿仍旧保有首相的职位，但显然已失去权力。他召来了玛妮拉·杜邦夸。

“我要谢谢你救了芮奇和我自己的性命，我一直还没有机会向你致谢。”他叹了一声，又说：“过去一周以来，我几乎没有机会做任何事。”

玛妮拉问道：“那个疯园丁怎样了？”

“处决！立即执行！未经审判！我试图拯救他，指出他精神失常，可是完全行不通。假使他做的是其他任何事，犯的是其他任何罪，他们都会承认他发了疯，而他就能获得赦免。他会有罪，会被关起来接受治疗，然而却能免于一死。可是杀害皇帝……”谢顿悲伤地摇了摇头。

玛妮拉又问：“今后会发生些什么呢，首相？”

“我来把我的看法告诉你。恩腾皇朝结束了，克里昂的儿子不会继位，我不认为他想当皇帝。他怕自己也遭到行刺，而我一点都不怪他。退隐到某个外围世界的家族属地，在那里过着平静的生活，对他而言会好得多。因为他是皇室的一分子，他无疑能如愿以偿，你我的运气也许就没有那么好。”

玛妮拉皱起眉头。“大人，哪一方面？”

谢顿清了清喉咙。“他们可以声称，是因为你杀了葛列布·安多闰，令他的手铳落地，曼德尔·葛鲁柏才能捡起来，用它杀掉克里昂。因此对于这桩罪行，你也背负了重大的责任。他们甚至可能会说，一切都是预先安排好的。”

“但那简直荒谬。我是保安部门的一员，是在执行我的任务，遵照我的命令行事。”

谢顿露出苦笑。“你是在以理性申辩，但这年头理性不流行了。在皇位没有合法继承人的情况下，接下来会发生的事，是必定出现一个军政府。”

后来，玛妮拉了解了心理史学的功用后，她怀疑谢顿是否曾用心理史学的技术，算出将要发生的事，因为军事统治果真出现了。然而，当时他并未提到他刚出炉的理论。

“如果真的出现军政府，”他继续说，“他们就有必要立刻建立稳固的统治，粉碎任何不忠的征兆，而且会是以有力且残酷的方式行事，甚至不顾理性和正义。假使他们指控你，杜邦夸小姐，参与行刺大帝的阴谋，你就会惨遭杀害。这并非伸张正义的行动，而是恐吓川陀人民的手段。

“除此之外，他们还可能说我也参与了这项阴谋。毕竟，是我出去迎接那些新园丁，那并非我分内之事。假使我没有那样做，就不会有人企图杀我，你也就不会还击，而大帝便能保住性命。你看得出一切多么吻合吗？”

“我无法相信他们会这样做。”

“或许他们不会。我会提出一个他们可能不愿拒绝的条件，但只是可能而已。”

“什么条件？”

“就是我自动辞去首相的职位。他们不想要我，他们容不下我。然而事实是，我在宫廷中的确有些支持者，而甚至更重要的是，外围世界觉得我是可以接受的。这就意味着，假使禁卫军的成员要逼我下台，那么即使不处决我，他们仍会有些麻烦。反之，如果我自己辞职，并声明我相信军政府正是川陀和帝国所需要的，那么我的确是帮了他们一个大忙，你懂了吗？”

他沉思了一下，又说：“此外，还有心理史学这个小小因素。”

这是玛妮拉第一次听到这个名词。

“那是什么？”

“是我在研究的一样东西。克里昂曾经对它的威力深具信心，他的信心甚至强过了当时的我。而宫廷中则普遍有一种感觉，认为心理史学是——或可能是——一个强有力的工具，可用来为政府服务，不论是什么样的政府。

“即使他们对这门科学的细节一无所知，那也没关系。我宁愿他们不懂，如此便能加强我们所谓的‘情势的迷信层面’。这样一来，他们就会让我以平民的身份，继续我的研究工作。至少，我希望如此——而这就和你有关了。”

“怎样有关？”

“我准备在条件中加入一项，那就是准许你辞去保安部门的职务，并且不得由于这桩行刺案，对你采取任何行动。我应该有办法争取得到。”

“但您是在说葬送我的前途。”

“无论如何，你的前途已经完了。即使禁卫军不发出你的处决令，你能想象他们会准许你继续担任保安官吗？”

“但我要做什么呢？我要如何为生？”

“我会负责的，杜邦夸小姐。十之八九，我会带着心理史学的庞大研究经费，回到斯璀璘大学，我确定能帮你找个职位。”

双眼圆睁的玛妮拉说：“您为什么要……”

谢顿说：“我无法相信你会问这个问题。你救了芮奇和我自己的性命，能说我不欠你任何情吗？”

一切正如他所说的。谢顿潇洒地辞去保有十年的职位，回到了斯璀璘大学。新近成立的军政府（由禁卫军与武装部队的重要成员所领导的执政团）发给他一封溢美的褒扬信，感谢他对帝国所作的贡献。而玛妮拉·杜邦夸也解除了保安官的职务，随着谢顿及其家人一同前往斯璀璘。

04

芮奇一面走进来，一面对着双手呼气。“我完全赞成天气刻意有些变化，你不会希望穹顶之下的事物总是一成不变。不过，今天他们未免把气温调得太冷了点，此外还弄出一阵风。我认为，该是有人向气象控制局抱怨的时候了。”

“我认为并不是气象控制局的错。”谢顿说，“每件事物都越来越难控制了。”

“我知道，这就是没落。”芮奇用手背抹了抹又黑又浓的八字胡，他经常这么做，仿佛对于剃掉胡须的那几个月，他始终未能完全释怀。他的腰际多了一点赘肉，而且整体而言，他变得像个生活非常安逸的中产阶级，连他的达尔口音也早已消退几分。

他脱掉轻便的连身服，说道:“老寿星怎么样？”

“闷闷不乐。等着吧，等着吧，儿子。过不了多久，你就要庆祝你的四十岁生日，我们等着看你会认为有多好玩。”

“不会有六十大寿那么好玩。”

“别开玩笑。”玛妮拉说，她正搓着芮奇的手，试图把他的双手弄暖和。

谢顿两手一摊。“我们做错了事，芮奇。你太太认为，由于大家都在谈论我即将六十岁，害得小婉达以为我大概快死了。”

“真的吗？”芮奇说，“那就真相大白了。我刚才先去看了看她，还没机会说半个字，她就立刻告诉我，说她做了一个噩梦。她梦见你快死了吗？”

“显然如此。”谢顿说。

“嗯，她会好起来的，谁也没法不做噩梦。”

“我可没有那么容易把它抛到脑后。”玛妮拉说，“她在沉思这件事，那是不健康的，我准备追根究底弄个清楚。”

“就依你，玛妮拉。”芮奇表示同意，“你是我亲爱的妻子，和婉达有关的事，你怎么说就怎么办。”说完，他又抹了抹他的八字胡。

亲爱的妻子！当初，让她变成亲爱的妻子可不容易。芮奇还记得母亲对这件事的态度，说到噩梦，他才是周期性做着噩梦。每次在梦中，他都必须再度面对怒不可遏的铎丝·凡纳比里。

05

脱离了丧气的苦海之后，芮奇第一个清楚的记忆，是有人在帮他刮胡子。

他感到振动式刮胡刀沿着自己的面颊移动，便以虚弱的声音说：“我上唇附近任何地方都别刮，理发师，我要八字胡长回来。”

理发师早已接到谢顿的指示，他举起一面镜子，好让芮奇安心。

坐在床沿的铎丝·凡纳比里说：“让他工作，芮奇，你别激动。”

芮奇将目光转向她片刻，却没有开口。理发师离去后，铎丝说：“你感觉如何，芮奇？”

“坏透了。”他喃喃道，“我好沮丧，我受不了。”

“那是你中了丧气后的残存效应，很快就会退去的。”

“我无法相信。已经多久了？”

“别管了。还需要些时间，你全身灌满了丧气。”

他焦躁地四下张望。“玛妮拉来看过我吗？”

“那个女人？”（从此，芮奇逐渐习惯铎丝用那种字眼与口气提到玛妮拉。）“没有，你还不适合接见访客。”

铎丝看懂了芮奇做出的表情，赶紧补充道：“我是例外，因为我是你母亲，芮奇。无论如何，你为什么想要那个女人来看你？你的情况绝不适合见人。”

“正因为这样，我更要见她，”芮奇喃喃道，“我要她看看我最糟的样子。”然后，他无精打采地翻了个身。“我想要睡觉。”

铎丝·凡纳比里摇了摇头。当天稍后，她对谢顿说：“我不知道我们该拿芮奇怎么办，哈里，他相当不讲理。”

谢顿说：“他不舒服，铎丝，给这孩子一点时间。”

“他一直咕哝着那个女人，谁记得她叫什么名字。”

“玛妮拉·杜邦夸，那不是个难记的名字。”

“我认为他想和她共组一个家，和她住在一起，和她结婚！”

谢顿耸了耸肩。“芮奇三十岁了，足以自己作出决定。”

“身为他的父母，我们当然有发言权。”

谢顿叹了一口气。“我确定你已经说过了，铎丝。虽然你说过了，我确定他仍旧会照自己的意思去做。”

“这就是你的结论吗？他打算娶一个像那样的女人，你准备不闻不问吗？”

“你指望我做些什么，铎丝？玛妮拉救了芮奇一命，你指望他忘记吗？非但如此，她还救了我。”

这句话似乎把铎丝惹火了，她说：“而你也救了她，你们扯平了。”

“我不算真……”

“你当然救了她。假如你未曾介入，未曾为了救她而把你的辞呈和你的支持卖给他们，那些现在统治帝国的军头早就把她给杀了。”

“尽管我和她可能扯平了，虽然我并不这么想，可是芮奇还没有。此外，铎丝吾爱，若想用不适当的字眼形容我们的政府，我自己会三思而后行。如今的日子，不再像克里昂统治时那么容易过了，无论你说什么，都可能被人拿去告密。”

“别管这个了。我不喜欢那个女人，我想，这点至少是允许的。”

“当然是允许的，可是没用。”

谢顿低头望着地板，陷入了沉思。铎丝那双通常看起来深不可测的黑眼睛，此时无疑闪烁着怒火。

谢顿抬起头来。“我所希望知道的，铎丝，是到底为什么？你为什么这样不喜欢玛妮拉？她救了我们父子的命。若不是她迅速采取行动，芮奇和我都会丧生。”

铎丝反驳道：“没错，哈里，这点我比任何人都明白。假使当时她不在场，我也根本无法阻止那次谋杀。我想你会认为我该心存感激，但我每次看到那个女人，就会联想到我的失败。我知道这种情绪并非真正理性的，而这是我无法解释的事。所以别要求我喜欢她，哈里，我办不到。”

可是第二天，就连铎丝也不得不让步了。因为医生说：“你家公子希望见一位名叫玛妮拉的女子。”

“他的情况绝不适合接见访客。”铎丝吼道。

“刚好相反，他很适合，他恢复得很好。何况，他坚持要见她，态度无比激昂，我认为拒绝他并非明智的做法。”

于是他们带玛妮拉进了病房。芮奇热情洋溢地欢迎她，自从住进医院后，他首度露出一丝飘忽的快乐神情。

他对铎丝做了一个小动作，毫无疑问是要打发她走，她便撅着嘴离开了。

终于有一天，芮奇说：“妈，她要嫁给我。”

铎丝说：“你这个傻男人，你指望我惊讶吗？她当然要嫁给你，你是她唯一的机会。她已经名誉扫地，被赶出保安部门……”

芮奇说：“妈，如果你想失去我，这样做正好能达到目的。不要这样子说话。”

“我只是为你的幸福着想。”

“我会为我自己着想，谢了。我并不是某人提升社会地位的阶梯，拜托你别再这么想。我不算英俊，我个子不高，爸也不再是首相了，而我的谈吐属于不折不扣的低下阶层。我有什么地方值得她骄傲的？她能找到好得多的归宿，但她就是要我。而且我告诉你，我也要她。”

“但你知道她是什么人。”

“我当然知道她是什么人。她是个爱我的女人，她是个我爱的女人，她就是这么一个人。”

“在你和她坠入情网之前，她又是什么人？她在卫荷卧底的时候都做些什么，你也略有所知，你自己就是她的‘任务’之一。她还有其他多少任务？你能接受她的过去吗？能接受她以职务之名所做的一切吗？现在你能大方地做个理想主义者，但总有一天你会和她发生口角。或许就在第一次，或许是在第二次或第十九次，但你终究会爆发，会说：‘你这婊子！’”

芮奇怒吼道：“别那样说！当我们争吵时，我会骂她不讲理、没理智、唠唠叨叨、爱发牢骚、不体谅人，会有百万个形容词适合当时的状况。而她同样会骂我，但那些都是理性的字眼，争吵过后都收得回来。”

“你现在这么想，将来等着瞧吧。”

芮奇面色铁青，他说：“母亲，你和父亲在一起将近二十年了。父亲是个让人难以反对的人，但你们两人也有争论的时候，我听到过。在这二十年间，他有没有用过任何恶毒的字眼，指桑骂槐或冷嘲热讽你不是人？同样道理，我那样做过吗？你能想象我现在会那样做吗，不论我多么生气？”

铎丝内心在挣扎。她不会像芮奇或谢顿那样，让情绪在脸上表露无遗，但显然她一时之间说不出话来。

“事实上，”芮奇乘胜追击（这样做令他感到厌恶），“其实你是在吃醋，因为玛妮拉救了爸一命。除了你自己，你不要任何人做这件事。好啊，你当时没机会那样做，要是玛妮拉没射杀安多闰，要是爸死了，我也死了，你是不是会更高兴？”

铎丝以哽塞的声音说：“他坚持要单独出去接见那些园丁，他不准我一起去。”

“但那可不是玛妮拉的错。”

“这就是你要娶她的理由？出于感激？”

“不，是出于爱。”

于是一切敲定，但在婚礼过后，玛妮拉对芮奇说：“在你的坚持下，芮奇，你母亲或许不得不参加婚礼，可是她的样子看起来，活像有时飘浮在穹顶之下的人造雷雨云。”

芮奇哈哈大笑。“她的脸成不了雷雨云，那只是你的想象。”

“绝对不是。我们要怎么做，才能让她给我们一个机会？”

“我们只要有耐心，她的心结会打开的。”

可是铎丝·凡纳比里始终未曾打开心结。

结婚两年后，婉达出世了。铎丝对这孩子的态度，正是芮奇与玛妮拉梦寐以求的。但在芮奇的母亲心中，婉达的母亲仍旧是“那个女人”。

06

哈里·谢顿心情沉重地抵挡众人的攻势。铎丝、芮奇、雨果与玛妮拉轮番上阵，众口同声告诉他六十岁并不算老。

可是他们根本不了解。三十岁的时候，他第一次有了心理史学的灵感；三十二岁的时候，他在十载会议上发表那场著名的演说，接着一切似乎立刻接踵而至。在与克里昂作过简短的会晤后，他开始在川陀各处逃亡，遇到了丹莫刺尔、铎丝、雨果与芮奇，当然还有住在麦曲生、达尔与卫荷的许多人。

他四十岁时当上首相，五十岁时辞去那个职位，现在他六十岁了。

他在心理史学上已经花了三十个年头。他还需要多少年？他还能活多少年？会不会他去世时，心理史学计划仍未完成？

困扰他的并非死亡，而是心理史学计划将成为未竟之志，他这么告诉自己。

于是他去找雨果·阿马瑞尔。最近这些年，随着心理史学计划的规模稳定成长，他们不知不觉疏远了。在斯璀璘的最初几年，只有谢顿与雨果两人一起工作，再也没有别人。而现在……

雨果已年近五十，不能算年轻了，而且冲劲也大不如前。这些年来，除了心理史学，他未曾培养任何其他的兴趣：没有女人、没有玩伴、没有嗜好、没有业余活动。

雨果对谢顿频频眨眼，后者不禁注意到前者外表的变化，部分原因可能是雨果曾经被迫接受眼球重建手术。现在他的视力极佳，可是眼睛显得不太自然，而且他总喜欢慢慢地眨眼，使他看来像是困极欲眠。

“你认为怎么样，雨果？”谢顿说，“隧道另一头出现任何光亮吗？”

“光亮？有的，事实上真有。”雨果说，“我们有个新人，泰姆外尔·林恩，你当然知道他。”

“是啊，雇用他的人正是我自己。非常有活力，而且积极进取。他怎么样？”

“我不能说自己真正喜欢他，哈里，他的大笑声令我浑身不舒服。可是他很杰出，新的方程组和元光体配合得天衣无缝，似乎有可能克服混沌的难题。”

“‘似乎’吗？还是‘会’？”

“言之过早，但我抱着很大的希望。我曾经用好些实例试过，它若是没用，那些问题就会令它崩溃。结果这个新方程组通过所有的考验，我开始在心中管它叫‘非混沌方程组’了。”

“我想，”谢顿说，“对于这些方程式，我们还没有什么严密的论证吧。”

“对，还没有。不过我派了六个人着手研究，当然包括林恩在内。”雨果开启他的元光体，它在各方面都和谢顿那个同样先进。明亮的方程式开始浮现在半空中，他定睛望着那些弯曲的线条——太细太小了，未经放大根本读不出来。“加上那些新方程式，我们也许就能开始进行预测。”

“如今我每次研究元光体，”谢顿若有所思地说，“便忍不住赞叹那个电子阐析器，它把代表未来的数学压缩成多么紧密的线条。那不也是林恩的构想吗？”

“是的，再加上设计者欣妲·蒙内的帮助。”

“能有杰出的男女新血加入这个计划，真是太好了。我仿佛从他们身上见到了未来。”

“你认为像林恩这样的人，有一天可能成为本计划的领导者吗？”雨果一面问，一面仍在研究元光体。

“也许吧。在你我退休之后，或是死后。”

雨果似乎想歇一下，他关掉了那个装置。“我希望在我们退休或去世前，能够完成这项工作。”

“我也一样，雨果，我也一样。”

“过去十年间，心理史学对我们的指导相当成功。”

那的确是实话，但谢顿明白不能将它视为多大的成就。这些年来的发展都很平稳，并没有什么特别的惊喜。

心理史学曾经预测，帝国核心在克里昂死后仍会保住——那是个非常模糊且不确定的预测，而它的确应验了。川陀一向还算平静；即使历经皇帝遇刺以及一个皇朝的结束，帝国核心仍保住了。

这是在军事统治的高压下做到的。铎丝将执政团称为“那些军头”相当正确，她的指控即使更进一步或许也不为过。纵然如此，他们的确维系了帝国的完整，而今后还会维持一段时间。说不定能持续得足够久，好让心理史学在未来的发展中，扮演一个积极的角色。

最近雨果提出了建立“基地”的可能性——单独、隔离、独立于帝国之外的几粒种子，用以在将来的黑暗时期保存实力，进而发展成一个更良善的新帝国。谢顿自己已经着手研究这种安排的可能影响。

可是他没有多少时间，而且他（带着几分悲痛地）感到也没有那种青春了。无论他的心灵多么坚实，多么稳健，也不再拥有三十岁时的弹性与创造力。而随着年华的逝去，他知道自己保有的将越来越少。

或许他该将这个工作交给年轻而杰出的林恩，让他心无旁骛地研究这个问题。谢顿不得不腼腆地向自己承认，这个可能性并不会令他兴奋。他发明心理史学的目的，可不是让某个后生晚辈收割最后的成果。事实上，用最丢脸的说法，就是谢顿感到嫉妒林恩，而且他自己对这点心知肚明，刚好足以觉得羞愧。

然而，纵使有这种不理性的感受，他还是必须仰仗其他年纪较轻的人，不论心里多么不舒服。心理史学不再是他自己与雨果的私有禁地，他在首相任内的十年间，已将其转变成一个政府认可与资助的大型计划，而令他相当惊讶的是，在他辞去首相职位，回到斯璀璘大学之后，发现它的规模已大了许多。一想到那个冗长而且浮夸的官方名称“斯璀璘大学谢顿心理史学计划”，他就不禁伸舌头。不过，大多数人仅称之为“谢顿计划”。

军人执政团显然将谢顿计划视为一个潜在的政治武器，只要这点不变，经费便不成问题，信用点源源不绝。而他们需要做的回馈，则是必须准备年度报告。然而这种报告相当不透明，报上去的只是一些副产品。即使如此，其中的数学也早已超出执政团任何成员的知识水准。

离开这位老助手的研究室时，他心里明白了一件事：至少雨果对心理史学的发展方向十分满意，但是，谢顿却感到沮丧的黑幕再度将自己笼罩。

他断定困扰自己的乃是即将来临的庆生会。它的本意是作为欢乐的庆典，但对谢顿而言，它甚至不是一种安慰的表示，而只是在强调他的年纪。

此外，它搅乱了他的作息规律，而谢顿却是个习惯的动物。他的研究室，连同左右好几间，现在都已经腾空，他已经有好几天无法正常工作了。他心里明白，那些堂堂的研究室将被改装成荣耀的殿堂，而且还要好些日子，他才能回到工作岗位。只有雨果无论如何不肯让步，才得以保住他的研究室。

谢顿曾经闷闷不乐地寻思，这一切究竟是谁的主意。当然不是铎丝，她简直太了解他了。也不是雨果或芮奇，他们连自己的生日也从来不记得。他曾经怀疑到玛妮拉头上，甚至当面质问过她。

她承认自己对这件事十分赞成，并曾下令展开筹备工作。可是她说，生日宴会的主意是泰姆外尔·林恩向她建议的。

那个杰出的家伙，谢顿心想，每一方面都同样杰出。

他叹了一口气，只希望这个生日早些过完。

07

铎丝站在门口，探着头问："准我进来吗？"

"不，当然不行。你为何认为我会批准？"

"这儿不是你通常待的地方。"

"我知道。"谢顿叹了一声，"因为那个愚蠢的生日宴会，我被赶出通常待的地方。我多么希望它已经结束。"

"你说对了。一旦那个女人脑袋里有个主意，它就一发不可收拾，像大爆炸那样膨胀。"

谢顿立刻站到玛妮拉那边去。"好啦，她是好意，铎丝。"

“别跟我提什么好意。”铎丝说，“不管这些了，我来这里是要讨论另一件事，一件或许很重要的事。”

“说吧，什么事？”

“我曾和婉达讨论她的梦……”她吞吞吐吐。

谢顿从喉咙深处发出一下漱口的声音，然后说：“我不相信有这种事，你就别追究了。”

“不，你有没有不厌其烦地问过她那场梦的细节？”

“我为什么要让小女孩受那种罪？”

“芮奇也没有，玛妮拉也没有，事情就落到我头上。”

“可是你为什么要拿那种问题折磨她？”

“因为我感到应该那样做。”铎丝绷着脸说，“首先我要强调，她做那场梦的时候，不是在家里她的床上。”

“那么，她在哪里？”

“在你的研究室。”

“她在我的研究室做什么？”

“她想看看举办宴会的地方，于是走进你的研究室。当然，那里没有什么好看的，为了布置场地，东西都搬光了。但你的椅子还在，那把大椅子——高椅背，高扶手，破破烂烂，你不让我换掉的那一把。”

谢顿叹了一口气，仿佛忆起一场长期的争执。“它不算破烂，我不要换新的。继续说。”

“她蜷曲在你的椅子里，开始担心你也许不能真正参加这个宴会，这使她觉得很难过。然后，她告诉我，她一定是睡着了，因为她心中没有一件事是清楚的，除了梦里有两个男的在交谈——不是女的，这点她确定。”

“他们在谈些什么？”

“她不怎么明白。你也知道，在那种情况下，要记得细节有多么困难。但她说那是有关死亡，而她认为谈论的就是你，因为你那么老了。有几个字她记得很清楚，那就是‘柠檬水之死’。”

“什么？”

“柠檬水之死。”

“那是什么意思？”

“我不知道。无论如何，后来谈话终止，那两个人走了，只剩下她坐在椅子上，感到胆战心寒。从那时候开始，她就一直心烦意乱。”

谢顿思量了一下铎丝的叙述，然后说：“我问你，亲爱的，从一个小孩子的梦境，我们能导出什么重要结论？”

“我们可以先问问自己，哈里，那究竟是不是一场梦。”

“你是什么意思？”

“婉达并没有一口咬定那是梦境。她说她‘一定是睡着了’，那是她自己的话。她不是说她睡着了，而是说她一定是睡着了。”

“你从这点推论出什么来？”

“她也许是陷入半睡半醒的假寐，而在那种状态中，她听到两个人在交谈——两个真人，不是梦中的人。”

“两个真人？在谈论用柠檬水把我杀掉？”

“是的，差不多就是这样。”

“铎丝，”谢顿激昂地说，“我知道你永远能为我预见危险，但这次却太过分了。为什么会有人想要杀我？”

“以前就有人试过两次。”

“的确没错，但是想想客观的情况。第一次，是克里昂刚任命我当首相。那自然打破了宫廷中井然有序的阶级，一定有很多人把我恨透了，而其中几位认为只要除掉我，就有可能解决这个问题。

至于第二次，则是九九派试图攫取政权，他们认为我碍了他们的事，再加上纳马提被复仇的怒火迷了心窍。

“幸好两次行刺都没成功，可是现在为何会有第三次呢？我不再是首相，十年前就不是了。我是个上年纪的数学家，处于退休状态，当然不会有任何人怕我什么。九九派已被连根拔除，彻底摧毁，而纳马提也早已遭到处决。任何人都绝对没有想杀我的动机。

“所以拜托，铎丝，放轻松点。当你为我紧张的时候，你会变得心神不定，而这又会使你更加紧张，我不希望发生这种事。”

铎丝站起来，上半身倚在谢顿的书桌上。“没有杀你的动机，你说得倒简单，但根本不需要任何动机。我们现在的政府，是个完全不负责任的政府，假如他们希望……”

“住口！”谢顿高声斥道，然后又用很低的音量说，“一个字也别说，铎丝，反政府的言论一个字也别说，否则我们真会碰上你预见的那个麻烦。”

“我只是在跟你说，哈里。”

“现在你只是跟我说，但如果你养成说傻话的习惯，那么不知道什么时候，在外人面前，在很乐意告发你的人面前，同样的傻话会脱口而出。只要记住一件事，绝对不要随便批评政治。”

“我会试试，哈里。”铎丝嘴里这样说，声音中却无法抑制愤愤之情，说完她便转身离去。

谢顿目送着她。铎丝老得很优雅，以致有时她似乎一点也不显老。虽然她只比谢顿小两岁，但在他们共处的这二十八年间，两人外表的变化程度几乎成反比，而这是自然的事。

她的头发点缀着银丝，但银丝下仍然透出青春的光泽。她的肤色变得较为苍白，她的声音变得有点沙哑，而且，她当然已改穿适合中年人的服装。然而，她的动作仍如往昔般矫捷迅速，仿佛无论任何因素，都不能干扰她在紧急状况下保护谢顿的能力。

谢顿又叹了一口气。被人保护这档子事（总是多多少少有违他的意愿）有时真是个沉重的负担。

08

几乎在铎丝刚离去后，玛妮拉便来见谢顿。

“对不起，哈里，铎丝刚才说了些什么？”

谢顿再度抬起头来——除了打扰还是打扰。

“没什么重要的事，是关于婉达的梦。”

玛妮拉撅起嘴。“我就知道，婉达说铎丝问了些这方面的问题。她为什么不放这女孩一马？好像做一场噩梦是什么重罪似的。”

“事实上，”谢顿以安抚的口吻说，“是婉达记得的一些梦境耐人寻味。我不知道婉达有没有告诉你，但显然在梦中，她听到了什么‘柠檬水之死’。”

“嗯——嗯！”玛妮拉沉默了一会儿，然后又说，“那其实没什么大不了的。婉达最爱喝柠檬水，她盼望在宴会上喝个够。我向她保证，她能喝到些加了麦曲生甘露的，于是她天天都在期待。”

“所以说，如果她听到什么听来像柠檬水的东西，心中就会误解为柠檬水。”

“是啊，有何不可？”

“只不过，这样的话，你认为他们真正说的又是什么呢？她一定得听到什么，才能误以为是柠檬水。”

“我不认为必定是这样。但我们为何要对一个小女孩的梦大惊小怪？拜托，我不要任何人再跟她谈这件事，这太扰人了。”

“我同意，我一定会让铎丝别再追究，至少别再向婉达追究。”

“好吧。我不管她是不是婉达的祖母，哈里，毕竟我是她的母亲，我的意愿有优先权。”

“绝对如此。”谢顿又以安抚的口吻说。当玛妮拉离去时，谢顿望着她的背影。这是另一个负担——两个女人之间无止无休的竞争。

09

泰姆外尔·林恩今年三十六岁，四年前加入谢顿的心理史学计划，担任一名资深数学家。他是个高个子，有眨眼的习惯，而且总是带着不少自信。

他的头发是棕褐色，呈轻微波浪状，由于留得相当长，因此波浪更加明显。他常常突如其来发出笑声，但他的数学能力却无懈可击。

林恩是从西曼达诺夫大学挖来的，每当想起雨果·阿马瑞尔最初对他多么疑心，谢顿总是不禁微微一笑。话说回来，雨果对任何人都多有猜疑。在他的内心深处（谢顿可以肯定），雨果觉得心理史学应该永远是他与谢顿的私人属地。

但就连雨果现在也愿意承认，林恩的加入大大改善了他自己的处境。雨果曾说：“他避开混沌的那些技巧绝无仅有且出神入化，谢顿计划中再也没有人做得出他的结果。我当然从未想到这样的方法，而你也没想到过，哈里。”

“好吧，”谢顿别扭地说，“我老了。”

“只不过，”雨果说，“他别笑得那么大声就好了。”

“谁也无法控制自己发笑的方式。”

然而事实上，谢顿发觉自己有点无法接受林恩。这个大家已通称为“非混沌方程组”的数学式，他自己完全没有贡献，这是相当羞耻的一件事。谢顿也从未想到电子阐析器背后的原理，但他对此处之泰然，那并非真正是他的领域。然而，非混沌方程组却是他实在应该想到的，至少也该摸到一点边。

他试图和自己讲理。谢顿发展出心理史学的整个基础，而非混沌方程组是这个基础上的自然产物。三十年前，林恩能得出谢顿当时的成果吗？谢顿深信林恩办不到。一旦基础建立起来，林恩想出了非混沌法的原理，真有那么了不起吗？

这些论点都非常合理且非常实在，但谢顿面对林恩时仍会感到不安，至少是有点焦躁。这可是疲惫的老人面对如日中天的青年。

但是林恩在各方面的表现，都不该让他感受到两人年岁的差异。他始终对谢顿表现得毕恭毕敬，也从未以任何方式暗示这位长者盛年不再。

当然，林恩对即将来临的庆祝活动很感兴趣，而且谢顿还打探到，他甚至是第一个建议为谢顿庆生的人。这是恶意强调谢顿上了年纪吗？谢顿抛掉这个念头。假使他相信这种事，那就代表他染上了铎丝的疑心病。

此时林恩大步向他走来，说道：“大师……”如同往常一样，谢顿心头一凛。他实在宁可资深成员都叫他哈里，但这似乎不是值得小题大作的一件事。

“大师，”林恩道，“有传言说田纳尔将军召您前去开会。”

“是的，他是军人执政团的新首脑。我猜他想要见我，是为了问我心理史学究竟是怎么回事。打从克里昂和丹莫刺尔的时代，他们就一直问我这个问题。”新首脑！执政团就像个万花筒，成员周期性此起彼落，总是有人黯然下台，却又有人无端崛起。

“可是据我了解，他现在就要见您，就在庆生会进行到一半的时候。”

“那没什么关系，没有我，你们照样能庆祝。”

“不，大师，我们不能。我希望您别介意，但我们几个人在会商后，和皇宫通过一次电话，把那个约会延后了一周。”

“什么？”谢顿有些恼火，“你们这样做实在是放肆，而且也很危险。”

“结果很圆满。他们已经答应延期，而您需要那些时间。”

“我为什么需要一周的时间？”

林恩迟疑了一下。“我能直说吗，大师？”

“你当然可以。我何曾要求过任何人用另外的方式对我说话？”

林恩有点脸红，雪白的皮肤变作粉红色，但他的声音仍坚定如常。“这话并不容易开口，大师。您是一位数学天才，本计划的成员对此毫不怀疑。在整个帝国中，只要是认识您并了解数学的人，对这点也绝无任何疑问。然而，任何人都难以是全能的天才。”

“这点我和你同样明白，林恩。”

“我知道您明白。不过，您特别不善于应付普通人，或者干脆说是笨人。您欠缺一些迂回的能力，一些旁敲侧击的本领。如果您打交道的对象，是在政府中掌权却又有几分愚蠢的人，那就会因为您太过直率，而很容易危及本计划，以及您自己的性命。”

“这是什么意思？我突然变成小孩了吗？我和政治人物打交道有很长的历史，我当了十年的首相，说不定你还记得。”

“请原谅我这么说，大师，但您并非一位特别突出的首相。当初您打交道的对象是丹莫刺尔首相，大家都说他是个非常聪明的人，此外克里昂大帝则非常友善。现在您却会碰到一批军人，他们既不聪明又不友善，全然是另一种典型。”

“我甚至和军人也打过交道，并且全身而退。”

“您没碰到过杜戈·田纳尔将军。他完全是另一种东西，我认识他。”

“你认识他？你见过他吗？”

“我不认识他本人，但他来自曼达诺夫区，您也知道，那就是我的故乡。在他加入执政团并步步高升之前，他是那里的一股势力。”

“你对他的认识又如何？”

“无知、迷信、暴戾。他这种人对付起来可不容易，而且不安全。您可以用这一个星期，研究出和他打交道的方法。”

谢顿咬住下唇。林恩说的实在有些道理，谢顿体认到一个事实：虽然他有自己的计划，但试图应付一个愚蠢、妄自尊大、脾气暴躁，而手中却握着强大武力的人，仍将是一件困难的事。

他不安地说：“我总会设法的。无论如何，军人执政团这整件事，在今日的川陀是个不稳定的情况。它已经持续得太久，超过了它可能的寿命。”

“我们测试过这一点吗？我不晓得我们在对执政团作稳定性判断。”

“只是阿马瑞尔所做的几个计算，利用你的非混沌方程组做的。”他顿了一顿，“顺便提一句，我发现有人在引用时，将它们称为林恩方程组。”

“我可没有，大师。”

“我希望你别介意，但我不想见到这种事。心理史学各项内容应该根据功能来命名，而不是用人名。一旦染上个人色彩，立刻就会引起反感。”

“我了解并十分同意，大师。”

“事实上，”谢顿带着点内疚说，“我总是觉得，我们不该说什么‘心理史学的谢顿基本方程式’。问题是这个名称用了那么多年，试图更改是不切实际的。”

“请您宽恕我这么说，大师，但您是个例外。我想，您发明心理史学这门科学的荣耀乃是实至名归，没有任何人会提出异议。但是，如果可以的话，我希望能回到您会晤田纳尔将军这个话题。”

“好吧，还有什么要说的？”

“我忍不住在想，如果您不去见他，不和他说话，不和他打交道，这样会不会更好？”

“如果他召我前去开会，我要如何避免那些事？”

“或许您可以托病，派个人代替您去。”

“谁？”

林恩沉默了一会儿，但他的沉默胜过千言万语。

谢顿说：“我想，你是指你自己。”

“难道这不是个好办法吗？我是将军的同乡，这点也许有些作用。您是个大忙人，而且年事已高，别人很容易相信您身体不太好。若是由我去见他，而不是您亲自前往——请您恕罪，大师——我能比您更容易虚与委蛇，以智取胜。”

“你的意思是，说谎。”

“如有必要的话。”

“你将冒着很大的风险。”

“并不太大，我不信他会下令将我处决。如果他对我恼羞成怒，这是有可能的，那我可以托辞是年幼无知和经验不足，或者您可以帮我这么说情。无论如何，如果我碰到麻烦，会比您碰到麻烦要安全许多。我是在为谢顿计划着想，它失去您可不行，失去我却很容易克服。”

谢顿皱着眉头说：“我不准备躲在你后面，林恩。如果那人想见我，他就会见到我。我可不要浑身打战，要求你替我冒险。你以为我是什么人？”

“一位直率且诚实的人——如今却需要一个迂回的人。”

“若是必须迂回，我会设法那样做。请别低估我，林恩。”

林恩绝望地耸了耸肩。“很好，我只能和您争论到某个程度。”

“事实上，林恩，我希望你并没有延后这场会晤。我宁愿错过我的生日去见将军，也不愿为了过生日而改期。这个庆生会根本不是我的主意。”发完牢骚，他就没有再说下去。

林恩说：“我很抱歉。”

“好啦，”谢顿无可奈何地说，“我们总会知道结果的。”说完便转身离去。

有些时候，他极希望自己能领导一支“军纪严明”的队伍，确定一切都照着他的意思进行，尽量或完全不让他的属下有自我行动的自由。然而，要做到这一点，需要大量的时间以及大量的精力，将使他没有机会亲自研究心理史学。更何况，他天生就不是那种人。

他叹了一口气，他得去找雨果谈谈。

10

谢顿跨进雨果的研究室，做了一次不速之客。

“雨果，”他突然冒出一句，“跟田纳尔将军的会议延后了。”说完，他闷闷不乐地坐下来。

如同往常一样，雨果花了些时间，才收回放在工作上的心思。最后他终于抬起头来，说道：“他的理由是什么？”

“不是他。是我们的几位数学家，安排将会期延后一周，以避免打断庆生会。我觉得这一切都极其烦人。”

“你为何让他们那样做？”

“我没有。是他们自作主张，径自安排了这些事。”谢顿耸了耸肩，“就某方面而言，这也是我的错。这些日子以来，我一直在为将届六十大发牢骚，以致大家都认为得靠庆祝活动逗我开心。”

雨果说：“我们当然可以利用这一周。”

谢顿立刻紧张起来，向前坐了一点。“有什么问题吗？”

“没有，至少我看不出来，但进一步检查总没有害处。听好，哈里，将近三十年来，这是心理史学首次达到真正能进行预测的程度。这个预测没什么大不了的，只是整个人类社会的沧海一粟，但目前为止它是我们最好的结果。好的，我们想要好好利用它，看看它表现如何，对我们自己证明心理史学正如我们所认定的：是一门预测性科学。所以，确定我们未曾忽略任何事情，总是没有什么害处。即使是这个微乎其微的预测也相当复杂，我很高兴又有一周的时间来研究它。”

“那么好极了。在我去见将军之前，我会向你请教一番，看看最后关头是否得再做些修正。这期间，雨果，千万别让任何与此有关的讯息泄露出去，对任何人都不得泄露。如果它失败了，我可不要本计划的成员因而气馁。你我两人将单独承担这个失败，然后再接再厉。”

雨果脸上难得掠过一个向往的笑容。“你我两人，你还记得真正只有我们两人的时候吗？”

“我记得非常清楚，别以为我不怀念那些日子。当时我们没有什么工具……”

“甚至没有元光体，更别提电子阐析器。”

“但那是一段快乐的日子。”

“快乐的日子。”雨果一面点头一面说。

11

斯璀璘大学改头换面了，哈里·谢顿忍不住感到高兴。

谢顿计划建筑群的几间核心研究室，突然之间冒出五光十色，在半空映出众多此起彼落的三维全息像，通通都是不同时期与不同地点的谢顿。里面包括：正在微笑的铎丝·凡纳比里——显得比现在年轻些；十几岁时的芮奇——依然野气未脱；谢顿与雨果正埋首操作电脑——看起来年轻得难以置信。甚至还能看到一个稍纵即逝的伊图·丹莫刺尔，它使谢顿心中充满对老友的思慕，并怀念起丹莫刺尔离去之前所提供的安全感。

但在这个“全息像集”各处都找不到克里昂大帝。并非由于没有他的全息像，而是因为在执政团的统治下，提醒人们昔日的皇权是不智之举。

这些影像全部向外盈溢和倾泻，注满一间又一间房间，一栋又一栋建筑。在不知不觉间，整个大学变成一个展览会场，谢顿从未见过类似的情景，甚至未曾幻想过。就连穹顶照明也暗了下来，准备制造三天的人工黑夜，好让这所大学能在其中大放异彩。

“三天！”谢顿半是感动半是惶恐。

“三天。”铎丝·凡纳比里点了点头，“少于三天大学绝不考虑。”

“这些花费！这些人工！”谢顿皱着眉头说。

“和你对这所大学的贡献比起来，”铎丝说，“花费少之又少。而人工都是志愿的，学生全体出动，负责每一项工作。”

此时出现一个全景式的校园鸟瞰影像，谢顿望着它，脸上不禁露出微笑。

铎丝说：“你很高兴。过去这几个月，你除了埋怨还是埋怨，说你多么不想为迈入老年举行任何庆祝——现在看看你。”

“唉，我受宠若惊，我根本没想到他们会这样做。”

“有何不可？你是个偶像，哈里。整个世界——整个帝国——都知道你。”

“他们不知道。”谢顿猛摇着头，“平均十亿人里对我略有所知的还不到一个，对心理史学则绝对无人知情。心理史学究竟如何运作，计划之外谁也没有半分概念，参与计划的也不是人人明

了。”

“那不重要，哈里，重要的是你。即使万兆民众对你的生平或你的工作一无所知，也都知道哈里·谢顿是帝国最伟大的数学家。”

“好吧，”谢顿一面说，一面环顾四周，“现在他们的确使我有这种感觉。可是三天三夜！这个地方会被夷为平地。”

“不，不会的。所有的记录都搬到别处存放，电脑和其他设备也都锁好了。学生组织了一支临时警力，他们不会让任何东西遭到破坏。”

“这一切都是你安排的，对吗，铎丝？”谢顿对她投以柔情的笑容。

“我们有好几个人负责，绝不能说都是我。你的同事，泰姆外尔·林恩，他的工作热忱简直不可思议。”

谢顿眉头深锁。

“林恩有什么不对劲？”铎丝问。

谢顿说：“他一直称呼我‘大师’。”

铎丝摇了摇头。“嗯，那可是罪大恶极。”

谢顿没有理会这句话，又说：“而且他年轻。”

“那就是罪上加罪。好啦，哈里，你得学着怎样老得优雅。第一步，你必须表现得自得其乐。那样便会感染别人，让他们更加快乐，而你当然希望这么做。来吧，走动一下，别和我躲在这里。去欢迎每一个人，露出笑容，和他们嘘寒问暖。还有别忘了，晚宴后你得做一场演讲。”

“我不喜欢晚宴，我更加不喜欢演讲。”

“反正你非讲不可。走吧！”

谢顿夸张地叹了一口气，开始执行铎丝的吩咐。他站在连接主厅的拱廊中，成为一个相当显眼的身形。他早已不穿昔日那件宽大的首相袍，而年轻时所喜爱的赫利肯风格服装也尘封多时。谢顿现在的穿着正显现出他崇高的身份：笔直的长裤带着波浪状皱褶，上身是一件改良式短袖衣。左胸处用银线绣着一个徽章，上面写着：斯瑞璘大学谢顿心理史学计划。在他一身高贵的钛灰色服装背景中，这个徽章像灯塔般闪闪发亮。谢顿眨着眼睛，双眼四周是随着年岁而渐增的皱纹，这些皱纹与他的白发一样，将六十岁的年纪表露无遗。

他走进一间专门招待儿童的房间。室内的陈设全部搬光，只剩下几个摆放食物的架台。孩子们一看到他便一拥而上，他们都知道这场飨宴是他带来的。谢顿连忙试图躲避他们乱抓的小手。

“等等，等等，孩子们。”他说，“往后面站。”

他从口袋里掏出一个电脑化小型机器人，将它摆在地板上。在一个没有机器人的国度里，他相信这种东西能让孩子大开眼界。它的外型是个毛茸茸的小动物，但它能在毫无预警之下变换外型（每次都引得孩子们吱吱笑），而当它变身的时候，它的声音与动作也跟着一起改变。

“仔细看，”谢顿说，“跟它玩玩，小心别弄坏了。等会儿，送你们一人一个。”

他溜了出来，来到连接主厅的另一条走廊。这时，他发觉婉达跟在他后面。

“爷爷。”她唤道。

嗯，婉达当然不同。他猛然弯下腰，将她高高举起，转了一圈，再将她放下来。

“你玩得开心吗，婉达？”他问。

“开心，”她说，“但别进那个房间。”

“为什么，婉达？那是我的房间，是我的研究室，我就是在那里工作。”

“那里是我做噩梦的地方。”

“我知道，婉达，可是一切都过去了，对不对？”他犹豫了一下，然后领着婉达走向走廊旁的一列椅子。他挑了一张椅子坐下，将她放到自己的膝盖上。

“婉达，”他说，“你确定那是一场梦吗？”

“我认为那是一场梦。”

“你当时真睡着了吗？”

“我想我睡着了。”

谈到这件事似乎令她不太自在。谢顿决定不再追究，继续逼问她根本没有用。

他说：“好吧，不论是不是梦，总之有两个男的，他们谈到柠檬水之死，对不对？”

婉达勉强点了点头。

谢顿说：“你确定他们说的是柠檬水吗？”

婉达又点了点头。

“他们会不会是在说别的，你却以为他们说的是柠檬水？”

“他们说的就是柠檬水。”

谢顿不得不接受这个答案。“好吧，到别处去玩个痛快，婉达，忘掉那场梦。”

“好的，爷爷。”一旦把梦境抛到脑后，她立刻快活起来，再度投入庆祝活动。

谢顿开始寻找玛妮拉。他花了好长时间才找到她，因为每走一步，就会有人拦住他、问候他并与他交谈。

最后，他终于在远处看到她。他一面走，一面喃喃道：“对不起……对不起……有个人我必须……对不起……”他克服万难朝她的方向走去。

“玛妮拉。”他把她拉到一旁，并向四面八方挤出机械式的笑容。

“怎样，哈里，”她说，“有什么问题吗？”

“婉达的梦。”

“别告诉我她还念念不忘。”

“嗯，那场梦仍困扰着她。听我说，我们在宴会上备有柠檬水，对不对？”

“当然，孩子们爱死了。我在许多不同形状的超小型玻璃杯中，加入几十种不同的麦曲生味蕾，孩子们一杯接一杯品尝，看看哪一种味道最好。大人们也在喝，我就喝了。你何不也尝尝看呢，哈里？味道棒极了。”

“我在想，如果那不是一场梦，如果那孩子真听见两个人谈到柠檬水之死……”他打住了，仿佛不好意思再说下去。

玛妮拉说：“你是在想会有人在柠檬水里下毒？那实在可笑，真要是这样，现在这里每个孩子都已经病倒或死掉了。”

“我知道，”谢顿喃喃地说，“我知道。”

他走了开，在经过铎丝时几乎没看到她。

她抓住他的手肘。“怎么这种脸色？”她说，“你看来心事重重。”

“我一直在想婉达的柠檬水之死。”

“我也是，但我至今想不出所以然来。”

“我忍不住想到下毒的可能性。”

“别那样想。我向你保证，送到宴会上的食物全部经过分子检查。我知道你会认为那是我典型的妄想症，但我的工作就是保护你，所以那正是我必须做的事情。”

“每一样东西都……”

“没有毒，我向你保证。”

谢顿微微一笑。“好吧，很好。我松了一口气，我并非真认为……”

“但愿不是。”铎丝淡淡地说，“比这个毒药狂想更令我关切许多倍的，是我听到几天后你要去见田纳尔那个怪物。”

“别管他叫怪物，铎丝。小心点，我们周围人多嘴杂。”

铎丝立刻压低声音。“我想你说得对。看看四周，净是微笑的脸孔。可是谁知道，哪个‘朋友’今晚过后就会向首脑或他的手下报告？啊，人类！即使过了数千个世纪，这种卑劣的背叛竟然依旧存在。在我看来，它似乎实在没有必要。但我明白它能造成什么伤害，这就是我必须跟你去的理由，哈里。”

“不可能的，铎丝，那样只会使情况更复杂。我要自己去，我不会有麻烦的。”

“你对如何应付那个将军毫无概念。”

谢顿显得很严肃。“你有概念吗？你的口气听来和林恩一模一样。他，也深信我是个没用的老糊涂。他，也想跟我一起去——更正确地说，是想代我去。我不知道川陀上有多少人愿意代替我，”他带着明显的讽刺补充道，“几十个？几百万个？”

12

过去十年间，银河帝国一直没有一位皇帝，但从皇宫御苑的运作却完全看不出这个事实。数千年来所累积的惯例，使皇帝的存在与否变得毫无意义。

当然，这代表不再有个身穿皇袍的身形主持各种典礼；不再有皇帝的声音下达命令；不再有皇帝的旨意传达出去；不再有皇帝的喜怒哀乐感染众人；不再有皇帝的欢乐照亮任何宫殿；不再有皇帝的病体为宫殿蒙上阴影。位于偏殿的御用寝宫空无一人，因为根本没有皇室的存在。

然而大队园丁仍将御苑照顾得完美无瑕，大队仆佣仍将宫殿建筑保持在最佳状态。御床虽然从来没人睡，每天仍会更换被单；宫中每个房间照常打扫，每件工作也都如常进行。而御前幕僚的整个团队，从上到下，都在做着他们过去一贯的工作。就像皇帝仍旧在世一样，最高官员继续下达指令，而且知道那些指令必定符合皇帝的心意。在许多机关中，尤其是高层机关，人事结构仍与克里昂生命中最后一天完全一样。至于新进人员，则被仔细塑造与训练成百分之百遵循传统。

仿佛帝国早已习惯由皇帝统治，因此坚持以这种“幽灵统治”来维系整个帝国。

执政团知道这一点，即使不知道，他们也有模糊的感觉。在这十年间，所有统率过帝国的军人，没有一个敢搬进偏殿中的御用寝宫。这些军人不论什么来头，他们总不是皇帝，因此都知道无权染指该处。对人民而言，失去自由还能忍受，却无法忍受对皇帝的大不敬——不论对象是活着或死去的皇帝。

那座已有十来个不同皇朝的皇帝居住过的优雅宫殿，就连田纳尔将军也没有搬进去。他在御苑边缘的建筑群中挑了一栋，作为他的官邸与办公室。那群建筑在御苑内极为碍眼，却造得有如碉堡般坚固，足以抵挡军队的围攻，而最外缘的建筑还住着数量庞大的卫士。

田纳尔身形矮胖，留着两撇八字胡。他的胡子不像达尔八字胡那样生气蓬勃、四下蔓延，而是经过仔细修剪，紧贴着上唇，但在胡子与唇线间留有一道空隙。这两撇胡子稍带红色，而田纳尔的眼珠则是深蓝色。他年轻时或许相当英俊，但现在的他脸庞过于丰满，两只眼睛则眯成两条缝，其中最常透出的情绪就是愤怒。

现在他便忿忿不平地（一个人感到自己是千万世界的绝对主宰，却又不敢自称皇帝，就一定会如此愤怒）对韩德·厄拉尔说：“我能建立一个自己的朝代，”他眉头深锁地环顾四周，“对帝国的主宰而言，这个地方并不合适。”

厄拉尔轻声道：“重要的是身为主宰。当个斗室中的主宰，也比宫殿中的傀儡来得强。”

“但最好是能在宫殿中当个主宰。这又有何不可？”

厄拉尔拥有上校的头衔，但他从未参与任何军事行动，这点几乎毫无疑问。他的功用是把田纳尔想听的话告诉他，并一字不易地把他的命令传下去。偶尔有些时候，若是安全似乎无虞，他也会试着将田纳尔导向较为慎重的路线。

众所周知厄拉尔是“田纳尔的奴才”，这点他自己心知肚明。对此他毫不在乎，身为奴才的他安全无比，而他看过许多过分骄傲、不甘心当奴才的人最后的下场。

当然，可能有一天，田纳尔自己也会埋葬在执政团这个变幻不已的舞台中。可是厄拉尔觉得（带着些世故的达观），他会及时察觉这一点，自保应不成问题。他自然也可能做不到，但凡事总是有代价的。

“您没有理由不能开创一个朝代，将军。”厄拉尔说，“在帝国悠久的历史中，有许多人这样做过。话说回来，这需要时间。人民接受新局的速度迟缓，通常要到新朝代的第二乃至第三代，人民才会全心全意接受这个皇帝。”

“我不相信。我只需要宣称自己是新皇帝，谁敢站出来反对？我的钳制可紧得很。”

“的确没错，将军。在川陀上，以及大多数的内围世界，您的力量毋庸置疑。但是可能在遥远的外围世界，有许多人还不会——目前还不会接受一个新皇朝。”

“内围世界也好，外围世界也罢，军事力量统治一切。这是帝国的一句古老格言。”

“一句很好的格言。”厄拉尔说，“可是如今，许多星省都拥有自己的武装部队，他们或许不会为您效命。这是个人心不古的年头。”

“那么，你是建议我要谨慎。”

“我总是建议您谨慎，将军。”

“总有一天，你会建议得过了头。”

厄拉尔低下头来。“我只能建议在我看来对您有好处和有用处的事，将军。”

“所以你不停地对我唠叨那个哈里·谢顿。”

“他是您最大的威胁，将军。”

“你一直这么说，但是我却看不出来。他只是个大学教授。”

厄拉尔说：“没错，但他曾经当过首相。”

“我知道，但那是在克里昂的时代。后来他做过任何事吗？既然现在人心不古，各星省的总督都不好惹，为何一个教授会是我最大的威胁？”

“认为一个温和而谦逊的人是无害的，”厄拉尔小心翼翼地说（谁给将军上课都得小心翼翼），“有时是个错误。对谢顿所反对的人而言，他从来都不是无害的。二十年前，九九派运动几乎毁掉克里昂的铁腕首相伊图·丹莫刺尔。”

田纳尔点了点头，但微蹙的眉头泄露了他正在搜寻记忆的努力。

“是谢顿摧毁了久瑞南，并继丹莫刺尔之后担任首相。然而，九九派运动并未根绝，后来当它死灰复燃时，谢顿再次设计将它扑灭，可是，却来不及阻止行刺克里昂的行动。”

“但谢顿却没事，对不对？”

“您说得完全正确，谢顿没事。”

“那就怪了。害得皇帝遇刺，就代表首相非死不可。”

“应该是那样。纵然如此，执政团却让他活下去，这样做似乎比较明智。”

“为什么？”

厄拉尔在心中叹了一口气。“为了一个叫做心理史学的东西，将军。”

“我对它一无所知。”田纳尔断然道。

事实上，他依稀记得，厄拉尔三番两次试图对他说明这几个怪字眼的意义。他从来不想听，厄拉尔则很明白不能操之过急。田纳尔现在同样不想听，但厄拉尔话中似乎带着隐性的急迫。或许，田纳尔心想，自己这回最好听一听。

“几乎没有人对它有任何认识，”厄拉尔说，“但是有些——喔——知识分子，觉得它很有意思。”

“它究竟是什么？”

“是个复杂的数学体系。”

田纳尔摇了摇头。“别和我提那种事，拜托。我数得清我的军队有多少师，那是我唯一需要的数学。”

“据说，”厄拉尔道，“心理史学有可能做到预测未来。”

将军立刻双眼鼓胀。“你的意思是，这个谢顿是个算命的？”

“不是通常的算命，它是一种科学。”

“我不相信。”

“的确很难相信，但在川陀上，谢顿已经成为一个受人崇拜的人物，而在外围世界某些地方也是如此。至于这个心理史学，如果它能用来预测未来，甚至只是人民相信它能这样做，即可成为巩固政权的一个强力工具。这点我确定您已经看出来，将军。它只需要预测我们的政权会持续下去，会为帝国带来和平与繁荣。民众一旦相信了，就会帮助它成为自我实现的预言。反之，如果谢顿希望出现反面的结果，他大可预测会出现内战和毁灭。民众也会相信的，那就会使我们的政权不稳。”

“这样的话，上校，我们只要确定心理史学的预测是我们想要的就行了。”

“应该说是谢顿必须做到这一点，而他并不是当今政权的朋友。将军，我们必须将哈里·谢顿和在斯瑞璘大学进行的心理史学发展计划区别开来，这件事很重要。心理史学能对我们有极大的用处，但唯有在某人取代谢顿之后才会如此。”

“有其他人能取代吗？”

“喔，有的，需要做的只是除掉谢顿。”

“这种事有什么困难？一纸处决令，事情就解决了。”

“如果看不出政府直接涉入这样一件事，将军，那总是比较好。”

“解释一下！”

“我已经安排他来见您，好让您能用您的本事打探他的心理史学。然后，您就能判断我心中的一些建议是否值得接受。”

“这个会晤将在何时举行？”

“本来很快就会举行，但谢顿计划的几个代表要求宽限几天，因为他们正在庆祝他的生日——显然是六十大寿。我认为答应他们的请求、允许延迟一周是明智之举。”

“为什么？”田纳尔追问。“我不喜欢任何示弱的表现。”

“相当正确，将军，相当正确。正如每次一样，您的直觉完全正确。然而，在我看来，基于情势的需要，我们或许应该知道这个庆生会的内容和性质——此时此刻它正在举行。”

“为什么？”

“所有的情报都是有用的。您愿意看看庆祝活动的片段吗？”

田纳尔将军的脸色阴沉依旧。“有这个必要吗？”

“我想您将发现它很有意思，将军。”

声光俱全的再生影像效果极佳，接下来好长一段时间，庆生会的欢乐气氛充满了这间相当僵硬的将军办公室。

厄拉尔以低沉的声音做着旁白：“大多数的活动，将军，都是在谢顿计划建筑群中举行，但校园其他各处也共襄盛举。待会儿我们会有个鸟瞰影像，您将看到庆祝活动涵盖了广大的面积。事实上，这颗行星上有许多角落，主要是各大学和各区重镇，也在举行各种可称之为‘共鸣庆祝’的活动，只是我手头暂时没有确实证据。目前这些庆祝仍在进行，至少还会再持续一天。”

“你是在告诉我，这是个涵盖整个川陀的庆典？”

“以一种很特殊的方式进行。它主要只影响到知识分子阶级，但是影响的范围惊人广泛。甚至有可能除了川陀，其他世界上也有人在欢呼。”

“你是从哪里弄到这个再生影像的？”

厄拉尔微微一笑。“我们在谢顿计划中的布置相当好。我们有可靠的情报来源，所以鲜有我们不会立刻知道的事。”

“好吧，厄拉尔，你对这件事的结论究竟是什么？”

“在我看来，将军，哈里·谢顿是某种个人崇拜的焦点，我确定您也有这种看法。他让自己和心理史学如此合而为一，假使我们用太过公开的方式除掉他，会完全毁掉这门科学的公信力，它对我们就毫无用处了。

“反之，将军，谢顿年纪越来越大，不难想象他会被另一个人取代——某个我们能选择的人，他会友善看待我们对帝国所抱持的伟大目标及希望。若能以这种看似自然的方式除去谢顿，那就正是我们所需要的。”

将军说：“而你认为我应该见他？”

“是的，以便衡量他的斤两，好决定我们该怎么做。可是我们必须谨慎，因为他是一个名人。”

“我以前也和名人打过交道。”田纳尔以阴郁的口吻说。

13

“是啊，”哈里·谢顿困倦地说，“办得成功极了，我玩得好开心。我巴不得赶快活到七十岁，好让自己再开心一次。可是事实上，我累坏了。”

“那么今晚好好睡一觉，爸。”芮奇微笑着说，“那是最简单的疗养。”

“过几天就得去见我们伟大的领导者，我不知道自己能多么放松。”

“不是单独去，否则不准你去见他。”铎丝·凡纳比里绷着脸说。

谢顿皱起眉头。“别再那样说，铎丝，重点就在于我得单独去见他。”

“你单独去不安全。你还记不记得，十年前你拒绝让我跟你一起去迎接那些园丁，结果发生什么事？”

“你每星期提醒我两次，不用担心我会忘记，铎丝。不过这一回，我打算自己去。如果我以一个老头的形象出现，完全不具威胁性，只是去弄清楚他要些什么，他又能怎样对付我？”

“你猜他会要些什么？”芮奇咬着自己的指节说。

“我料想他所要的，就是当初克里昂一直想要的。结果将会证明，他已经发现心理史学多少也能预测未来，而他想要利用它为自己服务。将近三十年前，我告诉克里昂这门科学做不到这一点，而在我担任首相那些年间，我也一直在重复这句话。现在，我得用同样的话答复田纳尔将军。”

“你怎么知道他会相信你？”芮奇问。

“我会想办法让他信服。”

铎丝说：“我不希望你单独前往。”

“你的希望，铎丝，起不了任何作用。”

这个时候，泰姆外尔·林恩突然打岔。他说：“我是这里唯一的外人，不晓得我的意见受不受欢迎？”

“说吧，”谢顿道，“我一视同仁。”

“我想建议一个折中方案。何不我们许多人跟大师一起去，一大群人同行。我们可以充当追随他的游行队伍，把它当成庆生会的最后一个节目。慢着，我不是指我们通通挤进将军的办公室，我甚至不是指进入皇宫御苑。我们可以仅仅待在御苑边缘的某家皇区旅馆，例如穹缘旅馆就很合适。然后，我们要好好尽兴一天。”

“尽兴一天，”谢顿哼了一声，“那正是我所需要的。”

“不行，大师。”林恩立刻说，“您将要会晤田纳尔将军。不过，我们其他人，会让皇区居民对您的声望留下深刻印象，或许也会让将军注意到。而如果他知道我们都在等您归来，或许就不敢对您不客气。”

之后是好一阵子的沉默，最后芮奇说：“在我看来这太招摇，不符合爸在这个世界上的形象。”

铎丝却说：“我不在乎哈里的形象，我只在乎哈里的安全。我想通了，假如我们不能侵入将军办公室或是御苑，那就让我们——这么说吧——聚集在将军附近，而且越近越好，这样或许对我们有好处。谢谢你，林恩博士，谢谢你提出一个非常好的建议。”

“我不要这样做。”谢顿说。

“可是我要。”铎丝说，“假如这是我最有可能对你提供的个人保护，那么我可要坚持。”

玛妮拉原本一直用心聆听，没有发表任何意见，现在她说：“造访穹缘旅馆会很好玩。”

“我想到的不是好玩，”铎丝说，“但我接受你的赞成票。”

于是一切敲定。第二天，大约二十位心理史学计划的高层人员冲进穹缘旅馆，一律挑选俯瞰御苑露天空间的房间下榻。

当天傍晚，将军的武装卫士接走哈里·谢顿，带他前去会晤将军。

几乎与此同时，铎丝·凡纳比里失踪了，但众人过了好久才注意到。而在发现她不见了之后，没有人猜得到她发生了什么事，快乐的喜庆心情随即转成忧虑。

14

铎丝·凡纳比里曾在皇宫御苑住了十年。身为首相夫人，她拥有御苑的通行权，能够自由进出穹顶与露天的交界，而通行密码就是她的指纹。

在克里昂遇刺后的那段混乱时期，她的通行密码一直未被取消。而自从那个可怕的日子之后，今天是她第一次想从穹顶之下进入御苑的露天空间，而基于上述原因，她做得到这件事。

她一直很明白，这种方便只能有一次。因为一旦被发现，通行密码便会立刻取消，但这次正是它派上用场的时候。

当她进入露天之际，天空突然暗了下来，此外她还感到气温显著降低。在夜间周期，穹顶下的世界总是比自然黑夜更明亮些，反之，在日间周期则较暗一点。而且，当然，穹顶内的气温总是比室外要温和些许。

大多数川陀人对此浑然不觉，因为他们终身住在穹顶之下。这些变化都在铎丝意料之中，但是并没有大碍。

她走在中央大道上，这条路自穹缘旅馆一路延伸至露天空间。当然，一路上灯火通明，因此天空的黑暗根本不算什么。

铎丝知道，在这条路上，她走不到一百公尺便会被拦下。而在如今鬼影幢幢的日子里，说不定连五十公尺都走不到，她这个外人立刻会被侦测出来。

她并没有失望。一辆小型地面车飞驰而来，车内的卫士透过窗口喊道："你在这儿做什么？你要去哪里？"

铎丝不理会他，继续向前走。

那名卫士吼道："站住！"他猛然踩下刹车，走出车外，这正是铎丝希望他做的事。

卫士随随便便抓着一柄手铳——并未威胁要动用，只是展示自己的武装。他说："你的识别号码。"

铎丝说："我要你的车子。"

"什么！"卫士粗暴地叫道，"你的识别号码，快点！"现在手铳举了起来。

铎丝心平气和地说："你不需要我的识别号码。"她朝卫士走去。

卫士退了一步。"如果你不站住，并说出你的识别号码，我就轰掉你。”

“不！丢下你的手铳。”

卫士嘴唇绷紧，手指开始移向手铳开关，但在摸到开关之前，他已经输了。

事后，他始终无法正确描述究竟发生了什么事。他只能一再地说：“我怎么知道她就是虎女？”（那时，他已经对这个遭遇感到骄傲。）“她的动作那么快，我没看清楚她究竟做了什么或发生了什么。我正准备把她射倒——当时我确信她只是个疯婆子——接下来我就发现，我完全被制住了。”

铎丝紧紧抓住那名卫士，令他握着手铳的手高高举起。她说：“立刻丢掉手铳，否则我扯断你的手臂。”

卫士觉得胸部被致命的力量箍住，几乎令他无法呼吸。他了解自己毫无选择，便抛下了手铳。

铎丝·凡纳比里放开他，但卫士还未能重新站稳，便发现自己的手铳到了铎丝手中。

铎丝说：“我希望你的侦测器还没有动用。别忙着报告发生了什么，你最好等一等，先想想打算怎样告诉你的上级。一名手无寸铁的女子夺去你的手铳和车子，很可能使执政团再也不会重用你。”

铎丝启动了那辆车，开始沿着中央大道向前疾驶。由于在御苑住过十年，她很清楚自己要往哪里去。她驾驶的这辆车——官方的地面车——并非闯入御苑的不明物体，不会有人一眼就看出不对劲。然而，她必须冒险高速行驶，因为她要尽快抵达目的地。于是，她将这辆车开到时速二百公里。

无论如何，这个速度终于引起注意。她听到无线电传来的吼叫，质问她为什么开快车，但她毫不理会。不久，车内侦测器告诉她另一辆地面车紧追不舍。

她知道会有警告送到前面，会有其他的地面车等着拦住她，但谁也不会有什么良策，除非是试图将她轰成一缕轻烟——在作进一步调查之前，显然没有人愿意尝试这个办法。

当她抵达她要去的那栋建筑时，两辆地面车正在等着她。她不急不徐地从车中爬出来，向那栋建筑的入口走去。

有两个人立刻拦住她的去路。这辆超速车辆的驾驶竟然并非卫士，而是穿着平民服装的女子，显然令他们十分惊讶。

“你在这里做什么？赶什么赶？”

铎丝以平静的口吻说：“为韩德·厄拉尔上校送来重要消息。”

“是这样的吗？”那名卫士粗声道，现在共有四人站在她与入口之间，“请问识别号码。”

铎丝说：“别耽搁我。”

“我说，识别号码。”

“你在浪费我的时间。”

其中一名卫士突然说：“你知道她看来像谁吗？像前首相的夫人，凡纳比里博士，那位虎女。”

四个人莫名其妙地同时退了一步，但其中一人还是说：“你被捕了。”

“是吗？”铎丝说，“假如我就是虎女，那么你们一定知道，我比你们任何人都强壮得多，而且我的反射动作也快得多。让我提个建议，你们四人一起乖乖陪我进去，我们看看厄拉尔上校怎么说。”

“你被捕了。”那人又重复一次，此时四柄手铳瞄准了铎丝。

“好吧，”铎丝说，“假如你坚持如此。”

她的动作快如闪电，两名卫士突然间便倒地呻吟，而铎丝则稳稳站着，双手各持一柄手铳。

她说："我尽量不伤害他们，但我很可能弄断了他们的手腕。这样一来就只剩下你们两人，而我能比你们更快发射。假如你们哪个有一点点动作，只要一点点，我就不得不打破一生的惯例，杀掉你们两人。那样做会令我作呕，我求求你们，别逼我出手。"

仍然站着的两名卫士保持绝对的沉默，而且一动不动。

"我建议，"铎丝说，"你们两个先护送我去见上校，再帮你们的同袍找医护人员。"

其实她并没有必要这样建议，厄拉尔上校已经从办公室走了出来。"这里怎么回事？这是……"

铎丝转向他。"啊！让我自我介绍一下。我是铎丝·凡纳比里博士，是哈里·谢顿教授的妻子，我来见你是有重要的公事。这四个人试图阻挡我，结果有两个受了重伤。叫他们各忙各的去，让我单独和你谈谈，我对你绝无恶意。"

厄拉尔望了望那四名卫士，然后瞪着铎丝。他冷静地说："你对我绝无恶意？虽然四名卫士没有成功拦住你，但我随时能召来四千名。"

"那就召他们来，"铎丝说，"要是我决心杀你，无论他们来得多快，也来不及救你一命。叫你的卫士解散，我们来文明地谈谈。"

厄拉尔遣走了那些卫士，然后说："好啦，进来吧，我们谈谈。不过我要警告你，凡纳比里博士，我的记性可好得很。"

"我也是。"铎丝说完，两人便一同走进厄拉尔的寓所。

15

厄拉尔极有礼貌地说："告诉我，你来这里究竟是为什么，凡纳比里博士。"

铎丝面带微笑，这个笑容不具威胁性，却也并非真正和蔼可亲。"首先，"她说，"我来这里，是向你证明我能来这里。"

"啊？"

"是的。我的丈夫被带上官方地面车，由武装卫士陪同前来会见将军。我自己差不多在同一时间离开旅馆，徒步而来，手无寸铁。而此时我到了这里，我相信我要比他更早抵达。为了见到你，我得闯过五名卫士，包括我向他借用车辆那一位。即使有五十名卫士，我也闯得过去。"

厄拉尔泰然自若地点了点头。"我了解有些人称你为虎女。"

"是有人这么叫我。现在，既然见到你了，我的任务就是要确保我的丈夫不受任何伤害。我若能用戏剧一点的说法，那就是他正在将军的巢穴探险。我要他出来时毫发无损，而且未受威胁。"

"据我所知，你的丈夫绝不会因为这次会面而受到伤害。但如果你真担心，为什么要来找我？为什么不直接去找将军？"

"因为，你们两人之中，有头脑的是你。"

顿了一顿之后，厄拉尔说："这可是最危险的一句评语，被人偷听到就糟了。"

“最好确定没人偷听到，否则你会比我更危险。听好，假如你以为随便安慰我一番，就能把我打发走，而我的丈夫若遭监禁或被判处决，我根本就束手无策，那你最好趁早醒悟。”

她指了指放在面前桌上的两柄手铳。“我进入御苑时两手空空，我欺近你身边时则带着两柄手铳。假如我没有手铳，我或许带了刀子，我可是用刀的行家。即使我既没带手铳也没带刀，我仍会是个可怕的人物。我们面前这张桌子显然是金属制品，而且很坚固。”

“没错。”

铎丝举起双手，十指打开，仿佛表示她手中没有武器。然后她将双手放到桌上，手掌向下，轻抚着桌面。

接着，铎丝忽然举起拳头，猛力砸向桌面，激起的巨响几乎像是金属互击的声音。然后她微微一笑，抬起手来。

“没有瘀伤，”铎丝说，“也不觉得疼痛。但你将会发现，桌面受击处出现轻微凹痕。假使同样的一击以同样的力道打在人的头部，那人的头颅就会爆掉。我从未做过这种事；事实上，我从来没有杀过人，不过我的确伤过几个。纵使如此，假如谢顿教授有个三长两短……”

“你仍是在威胁……”

“我是在作出承诺。假如谢顿教授安然无事，那我什么也不会做。否则的话，厄拉尔上校，我将被迫让你残废或把你杀掉。而且，我再向你承诺，我会以同样的方式对付田纳尔将军。”

厄拉尔说：“不论你是个多像老虎的女人，你也无法抵抗整支军队。怎么样？”

“传言不胫而走，”铎丝说，“而且会添油加醋。我没真正做过多少像老虎的举动，但有关我的故事大多不是真的。你的卫士认出我之后就退却了，而我如何闯到你面前这个故事，他们也会自动自发帮我宣传，效力宏大。就算是一支军队，也可能对我心存顾忌，厄拉尔上校。但即使他们敢攻击我，即使他们将我消灭，你还要小心人民的愤怒。执政团虽然维持着秩序，但仅能勉强做到，你不会希望有任何事来搅局。所以说，想想看，另一种选择有多么容易，只要别伤害哈里·谢顿教授就行了。”

“我们并没有打算伤害他。”

“那么，为什么要见他？”

“这有什么费解的？将军对心理史学感到好奇。政府记录对我们完全公开——先皇克里昂对它有兴趣，丹莫刺尔当首相时对它也有兴趣。现在我们为何不该有兴趣呢？事实上，我们的兴趣更大。”

“为什么更大？”

“因为时间过那么久了。根据我的了解，心理史学最初是谢顿教授心中的一个想法。将近三十年来，他一直在研究这个题目，越来越起劲，成员越来越多。他的研究几乎全由政府资助，所以，就某方面而言，他的发现和技术是属于政府的。我们打算问问他心理史学的进展，现在这个时候，它的成就必定远超过丹莫刺尔和克里昂的时代，而我们指望他把我们想知道的告诉我们。我们想要更实际的东西，而不只是蜿蜒在半空中的方程式。你了解我的话吗？”

“了解。”铎丝皱着眉头说。

“还有一件事。别以为他的危险仅仅来自政府，他若受到任何伤害你就得马上攻击我们。我倒认为，谢顿教授或许还有纯属私人恩怨的仇家。我对这种事一无所悉，但当然是有可能的。”

“这点我会牢记在心。现在，我要你即刻安排，让我加入我的丈夫和将军的会谈。我要毫无疑问地知道他安然无事。”

"那将很难安排，会需要些时间。打断他们的谈话是不可能的，但如果你能等到会谈结束……"

"那就花时间去安排，别指望要了我还能活着。"

16

田纳尔将军瞪着老大的眼睛望着哈里·谢顿，他的手指则轻敲着面前的办公桌。

"三十年，"他说，"三十年了，你竟然告诉我说你们仍旧一事无成？"

"事实上，将军，是二十八年。"

田纳尔并未理会这一点。"而且都是用政府的经费。你知道已有多少亿信用点投到你的计划里吗，教授？"

"我没算过，将军，但我们都有记录，我能在几秒钟之内，把这个问题的答案告诉你。"

"我们同样也有记录。政府啊，教授，可不是个无底的金库。如今不像过去那些年头，我们也不像克里昂那样，对财政抱着不拘小节的旧有态度。加税是很困难的，我们却有许多地方需要信用点。我把你召来这里，是希望你能用心理史学多少对我们作些贡献。如果你做不到，那么，我必须相当坦白地告诉你，我们就得切断你的财源。如果没有政府的补助，你还能继续你的研究工作，那就请便，因为除非你能让我看看这些花费多么值得，否则你就只有这条路了。”

“将军，您提出了一个我无法实现的要求，可是，如果因为这样，您就终止政府的资助，那么您便是抛弃了未来。给我时间，总有一天……”

“过去数十年来，好些政府都听过你的‘总有一天’。你说你的心理史学预测执政团是不稳定的，而我的统治也是不稳定的，不久之后就会垮台，教授，有没有这回事？”

谢顿皱起眉头。“我们的技术尚未那么扎实，我还不能说这是不是心理史学所做的预测。”

“那么我告诉你，心理史学的确做过这个预测，在你领导的计划中，这项预测已是人尽皆知。”

“没有，”谢顿热切地说，“没有这种事。或许我们当中有些人，曾将某些关系式诠释为执政团可能是不稳定的政府形式。但是还有其他的关系式，不难诠释为代表执政团是稳定的，而这正是我们必须继续研究的原因。此时此刻，实在太容易利用不完整的资料和不完善的推论，达到我们所想要的任何结论。”

“但如果你们决定提出一个结论，说政府是不稳定的，并说这点有心理史学背书，即使它并未真正预测此事，难道不会增加不稳定性吗？”

“极有可能，将军。而如果我们宣称政府是稳定的，也很可能增加它的稳定性。我曾经和克里昂大帝作过一模一样的讨论，前后有好几次。我们确有可能把心理史学当成工具，用来操纵人民的情绪，并取得短期的成果。然而，长久而言，很可能证明那些预测并不完整或彻底错误，那时心理史学会失去所有的公信力，仿佛它从未存在过一样。”

“够了！直截了当告诉我！你认为心理史学对我的政府有什么

看法？”

“我们认为，它看出你的政府里面有些不稳定的因素。但是我们并不确定，而且无法确定，究竟用什么办法才能使情况变得更好或更糟。”

“换句话说，心理史学告诉你们的，只是你们没有心理史学也会知道的事，而就在这上面，政府投资了数不尽的信用点。”

“心理史学终将告诉我们好些没有它就无法知晓的事，到了那个时候，这项投资就会回收许多许多倍的报酬。”

“那个时候还要多久才会来到？”

“我希望不会太久。过去几年间，我们有了令人相当满意的进展。”

田纳尔再度用指甲敲打着桌面。“这还不够，现在就告诉我些有帮助和有用的结论。”

谢顿考虑了一下，然后说：“我可以为您准备一份详细的报告，但是需要时间。”

“当然需要时间，几天、几个月、几年，结果是永远写不出来。你把我当傻瓜吗？”

“不，当然没有，将军。然而，我也不想被当成傻瓜。今天，我能告诉您一点我本人愿意负全责的事，它是我在心理史学研究中看出来的，但我可能对它作了错误诠释。不过，既然您坚持……”

“我坚持。”

“您刚才提到了税务问题，您说加税有困难。不用说，这种事一向困难。任何政府想要运作，都必须以某种方式聚集财富。政府获得这些信用点的方法只有两种，第一，借着劫掠邻邦；第二，劝导自己的公民心甘情愿而和平地缴出这些信用点。

“既然我们已经建立起一个银河帝国，而它已经以适当的方式运作了好几千年，我们就没有可能劫掠邻邦，只有镇压偶发的叛乱是例外。这种事不常发生，不足以支持一个政府；即使足以支持，这种政府也会太不稳定，无论如何不会持续太久。”

谢顿深深吸了一口气，又继续说：“因此，筹集信用点的方法，必须是请求公民将其财富的一部分交给政府使用。由于政府因而得以有效运作，公民想必宁愿以这种方式花费信用点，也不愿人人私藏那些财产，却活在一个危险且混乱的无政府状态。

“然而，尽管这个要求是合理的——公民靠缴税维持一个稳定且有效的政府，日子就会过得更好——他们却不会情愿这样做。为了消除这种心态，政府必须做得好像没有拿走太多的信用点，而且考虑到了每位公民的权利和利益。换句话说，他们必须减少低收入者的缴付百分比，必须在估税之前减去各种扣除额，此外不一而足。

“时间一长，随着各个世界、每一个世界的各个行政区，以及各个经济体系全部要求和争取特别待遇，税务必然变得越来越复杂。结果便是政府的稽征部门规模越来越大，组织越来越庞杂，而逐渐变得难以控制。普通公民无法了解为何要缴税，要缴多少税，哪些可以减免，又有哪些不行。就连政府和税务机关本身常常也是一头雾水。

“此外，税收中必定有越来越多的一部分，被用来运作过度精细的税务机关，诸如保存记录、追查漏税。所以说，可用于建设性用途的信用点越来越少，而我们却束手无策。

“到了最后，税率会变得一发不可收拾，并会激起不满和叛乱。历史书喜欢将这些事情归咎于贪婪的商人、腐化的政客、凶残的战士、野心的总督。但他们都只是个人，他们只是利用税率膨胀趁火打劫。”

将军粗声道：“你是在告诉我，我们的税制过于复杂？”

谢顿说:“假使不是，那么据我所知，它就是历史上唯一的例外。倘若心理史学只告诉我一件必然的事，那就是税率的膨胀。”

“那我们要怎么办呢？”

“这点我无法告诉您。我说希望准备一份报告，就是打算讨论这个问题。但正如您所说，需要一段时间才能准备好。”

“别管什么报告了。税制过于复杂，对不对？你是不是这样说的？”

“有可能是这样。”谢顿谨慎地答道。

“想要纠正，就必须让税制变得简单些。事实上，是要尽可能简单。”

“我还得研究……”

“废话。极度复杂的反面就是极度简单，我不需要什么报告来告诉我。”

“您说得有理，将军。”谢顿道。

这个时候，将军突然抬起头来，仿佛有人在叫他——其实真的有人在叫他。他紧紧握起双拳，与此同时，厄拉尔上校与铎丝·凡纳比里的全息影像突然出现在房间中。

谢顿吓呆了，惊叫道:“铎丝！你在这里干什么？”

将军什么也没说，但他的两道眉皱成了一条。

17

将军当天晚上很不好过，而由于忧心忡忡，上校同样不好过。这时他们面面相觑，两人都若有所失。

将军说："再说一遍这个女人干了什么。"

厄拉尔似乎双肩承受着千斤重担。"她就是虎女，他们就是这样叫她的。可以说，她似乎不像个人。她是某种受过非人训练的运动员，充满了自信，而且，将军，她相当吓人。"

"她把你吓着了？一个女人？"

"让我告诉您她究竟做了什么，再让我告诉您有关她的几件事。我不晓得那些故事都有多真实，但昨天傍晚发生的事是千真万确的。"

他又把经过讲述了一遍。将军一面听，一面鼓起腮帮子。

"很糟，"他说，"我们要怎么办？"

"我认为我们眼前的路很清楚，我们要得到心理史学……"

"是的，要得到。"将军说，"谢顿告诉我些有关税制的事……但别管了，那和现在的问题毫不相干，说下去。"

厄拉尔由于心事重重，竟让脸上显出一点不耐烦的表情。他继续道："正如我所说，我们要的是没有谢顿的心理史学。无论如何，他已经是个不中用的人。我越是研究他，就越觉得他是个活在过去的老迈学者。他有将近三十年的时间来完成心理史学，结果他失败了。如果他下台，换个新人掌舵，心理史学的进展也许会更迅速。”

“没错，我同意。那个女人又怎么样？”

“好，您问对了。我们尚未将她列入考虑，因为她一直小心地躲在幕后。但我现在有个强烈的感觉，只要那个女人还活着，想要悄悄除掉谢顿，不将政府牵连在内，将会是一件困难的，甚至不可能的事。”

“如果她认为我们伤害了她的男人，你真相信她会把你我剁成肉酱吗？”将军的嘴巴扯出一个不屑的表情。

“我真认为她会，而且她还会发起一场叛乱，会像她承诺的一模一样。”

“你成了懦夫。”

“将军，拜托，我在试图讲理。我并没有退缩，我们必须解决这个虎女。”他若有所思地顿了顿，“事实上，我的情报来源告诉过我这一点，我承认对这方面太大意了。”

“你认为怎样才能除掉她？”

“我不知道。”然后，厄拉尔以更缓慢的速度说，“但也许有人晓得。”

18

谢顿当天晚上同样很不好过，新的一天也没有带来什么新气象。谢顿不常对铎丝生气，可是这一次，他非常非常生气。

他说："这是多么愚蠢的一件事！我们通通住进穹缘旅馆还不够吗？光是那样做，就足以让一个妄想成性的统治者疑心是某种阴谋。"

"怎么会？我们手无寸铁，哈里。那是个节庆活动，是你的庆生会最后一个节目，我们没有摆出任何威胁的架式。"

"没错，但你又进行了私闯御苑的计划，那是不可原谅的事。我早就特别嘱咐，而且三番两次声明，我不要你到那里去，你却还是火速跑到皇宫，阻挠我和将军的会谈。我有我自己的计划，你该知道。"

铎丝说："跟你的安全比起来，你的愿望和你的命令和你的计划都排在第二位，我首要的关切是你的安全。"

"我没有危险。"

"我不能随随便便做这种假设。过去两度有人试图取你性命，你为何认为不会有第三次？"

"那两次行刺发生在我当首相的时候，那时我也许值得杀害。现在，谁会想要杀害一个年迈的数学家？"

铎丝说："那正是我要查出来的，也正是我要阻止的。首先，我必须去找谢顿计划的成员问些问题。”

“不行。你只会让我的手下个个人心惶惶，别去打扰他们。”

“那正是我无法做到的。哈里，我的工作是保护你，过去二十八年来，我一直在那样做，现在你不能阻止我。”

从她激昂的目光中，透出一项明白的讯息：无论谢顿的愿望或命令是什么，铎丝都打算照自己的意思去做。

谢顿的安全是第一优先。

19

“我能打扰你一下吗，雨果？”

“当然可以，铎丝。”雨果·阿马瑞尔堆满笑容说，“你永远不会打扰我，我能为你做些什么吗？”

“我试图查清几件事，雨果，不知道你愿不愿意帮我。”

“只要我做得到。”

“你们这个计划中，有个叫元光体的玩意。我不时会听到这个名字，哈里常提到它。所以我想，我该知道它启动时像什么样子，但我从未真正看过它的操作，我希望能看看。”

雨果显得有些为难。“实际上，元光体可说是计划中管制最严的一环，而你不在有权使用的成员名单上。”

“这点我知道，但我们相识已有二十八年……”

“而且你是哈里的妻子，我想我们可以破例一次。我们只有两个完整的元光体，一个在哈里的研究室，另一个在此地。事实上，它就在那里。”

铎丝望向中央书桌上那个矮胖的黑色立方体，它看起来毫不起眼。“就是那个吗？”

“就是那个，它储存着那些描述未来的方程式。”

“你怎样取出那些方程式？”

雨果触动某个开关，室内立刻暗下来，随即充斥着千变万化的光彩。铎丝的四周全是各式各样的标志、箭头、线条与数学符号。它们似乎在移动，在打转，但是当她定睛注视任何一部分时，它们又好像全部固定不动。

她道：“所以说，这就是未来吗？”

“也许是。”雨果一面说，一面关上那个仪器，“我将它扩展到最大幅度，好让你能看到那些符号。如果不扩展，除了明暗的图案，根本什么都看不见。”

“而研究这些方程式，你们就能判断等在我们前面的未来？”

“理论上是这样。”此时室内恢复了普通的外观，“可是有两个困难。”

“哦？什么困难？”

“首先，人类心智无法直接创造这些方程式。我们花了数十年时间，只是在设计更强力的电脑和程序，由它们来发明和储存这些方程式。不过，当然，我们不知道它们是否正确、是否有意义。这完全取决于最初的程序设计多么正确，以及多么有意义。”

“那么，它们可能全是错的？”

“有这个可能。”雨果揉了揉眼睛，铎丝忍不住想到，过去几年之间，他似乎变得那么苍老，那么疲倦。他比谢顿年轻十一二岁，但他似乎要老得多。

“当然啦，”雨果以颇为疲惫的声音说下去，“我们希望并不是这样，但这就牵扯出第二个困难。虽然哈里和我花了几十年时间，测试并修改这些方程式，我们却一直无法确定它们的意义。电脑把它们建构出来，所以想必它们一定代表某些现象。但那是什么呢？其中有些部分，我们认为我们已经研究出来。事实上，此时此刻，我正在研究我们所谓的A 23节，一组特别纠缠不清的关系式，我们还无法将它对应到真实宇宙中的任何事物。话说回来，我们每年都有些进展，我充满信心地期待心理史学成为一个正统的科技，足以帮助我们研究未来。”

“有多少人可以使用这两个元光体？”

“计划中的每位数学家都有权使用，但不是随心所欲。他们需要申请，并预先排定时间，而元光体中的方程式必须调到那位数学家希望使用的部分。如果在同一时间，每个人都想用元光体，情况便会有点复杂。现在则是淡季，或许因为我们刚为哈里办完庆生会，大家还陶醉在喜庆的气氛中。”

“有没有任何制造更多元光体的计划？”

雨果努起嘴来。“很难说。如果我们有了第三个，那会非常有帮助，但必须有人负责掌管，不能仅仅把它当成公用设备。我曾经向哈里建议，让泰姆外尔·林恩——我想你认识他——”

“是的，我认识。”

“让林恩掌管第三个元光体。他所导出的非混沌方程组，以及他发明的电子阐析器，显然使他成为计划中仅次于哈里和我的第三把交椅。然而，哈里却迟疑不决。”

“为什么？你知道吗？”

“如果林恩也有一个，等于我们公开承认他是第三把交椅，凌驾于计划中其他更老或更资深的数学家之上。那可能会引起一些政治问题，姑且这样说。我认为我们不能为了担心内部政治而浪费时间，可是哈里……唉，你也了解哈里。”

“是的，我了解哈里。假如我告诉你，厄拉尔曾经见过元光体，你会怎么说？”

“厄拉尔？”

“执政团中的韩德·厄拉尔上校，田纳尔的奴才。”

“我不相信有这种事，铎丝。”

“他曾经提到蜿蜒的方程式，而我刚刚看见它们从元光体中冒出来。我忍不住想到他来过这里，看过它的操作。”

雨果摇了摇头。“我无法想象谁会带执政团成员到哈里的研究室，或是我的研究室来。”

“告诉我，在谢顿计划中，你认为谁能以这种方式和执政团合作？”

“谁也不能，”雨果带着无比的信心断然答道，“那是不可想象的事。也许厄拉尔从未见过元光体，只是听人说过。”

“谁会把这种事告诉他？”

雨果想了一会儿，然后说：“谁也不会。”

“好吧，你刚才提到林恩若是掌管第三个元光体，就会出现内部政治问题。我想在一个像这么大、拥有数百名成员的计划中，时时刻刻都会有些小小的争执，例如摩擦、口角。”

“喔，是啊，可怜的哈里三天两头对我提到这种事。他得想尽办法处理这些问题，我能想象他有多么头痛。”

“这些争执严重到了干扰计划的运作吗？”

“没那么严重。”

“有没有哪个人比别人都喜欢吵架，或是哪个人特别惹人憎恶？总而言之，有没有哪些人是被你开除之后，也许就能除掉百分之九十的摩擦，却只损失百分之五六的人力？”

雨果扬起双眉。“听起来像个好主意，但我不知道该开除谁，我并未真正参与琐碎的内部政治。根本没办法阻止这种事，所以我的做法只是尽量避免。”

“那就奇怪了。”铎丝说，“你是在用这个方式，否定心理史学具有任何公信力吗？”

“什么方式？”

“连谢顿计划中的人事摩擦这种自家问题，你们都还无法分析和纠正，又怎能假装已经达到能够预测和指导未来的程度？”

雨果咯咯轻笑几声。这颇不寻常，因为他并不是个诙谐且爱笑的人。“很抱歉，铎丝，但就某个角度而言，你刚好挑了一个我们已经解决的问题。几年前，哈里自己检定出一组代表人事摩擦问题的方程式，而在去年，我自己作了最后一点补充。

“我发现能用好些方法改变这组方程式，以便减轻它所代表的摩擦。然而，在每个例子里，某处摩擦减轻总意味着别处摩擦的增加。在一个封闭群体中，也就是说，一个没有旧成员离开也没有新成员加入的群体中，任何时候总摩擦都不会减少，同样道理，总摩擦也不会增加。而我借用林恩的非混沌方程组所证明的，则是无论任何人采取任何可能的行动，这个结论仍然为真。哈里将它称为‘人事问题守恒律’。

“这使我们有了一个想法，那就是社会动力学和物理学一样，也有本身的守恒律。事实上，想要解决心理史学中真正棘手的问题，目前最佳的工具便是这些守恒律。”

铎丝说：“相当精彩。但是万一你最后发现，根本无法改变任何事物，每样不好的事物都是守恒的，若想拯救帝国免于毁灭，只是加速另一种毁灭的过程，那该怎么办？”

“其实，曾经有人提出这种论点，可是我不相信。”

“很好。回到现实来，在谢顿计划中，有没有任何摩擦问题威胁到哈里？我的意思是，实质的伤害。”

“伤害哈里？当然没有。你怎么会想到这种事？”

“难道不会有人怨恨哈里，因为他太自大、太强硬、太自我中心、太喜欢霸占成果？或者，假如这些都不成立，他们会不会仅仅因为他主持计划过久，而心生怨恨？”

“我从未听到任何人这样说过哈里。”

铎丝似乎并不满意。“当然，我不信有谁会在你身边说这种事。但还是要感谢你，雨果，谢谢你这么帮忙，给了我这么多时间。”

当她离去时，雨果望着她的背影，模模糊糊地感到有点不安。但他随即重拾自己的工作，让其他问题逐渐淡出脑海。

20

哈里·谢顿从工作中暂时抽身的方法之一（总共也没有多少种）是去造访芮奇的寓所，它就坐落在校园外。每次这样做，总使他心中盈满对这个养子的爱。理由不可胜数，芮奇一直相当优秀、能干，而且忠心。但除此之外，更因为芮奇拥有一种奇异的特质，能博取他人的信任与喜爱。

芮奇还是个十二岁的野孩子时，谢顿便观察到这一点。说不上来为什么，芮奇就是牵动了他自己与铎丝的心弦。他记得很清楚，芮奇还影响了当时的卫荷区长芮喜尔。谢顿也还记得久瑞南如何信任芮奇，以致走向自我毁灭之途。此外，芮奇甚至有办法赢得美人玛妮拉的芳心。对于芮奇所拥有的这项特质，谢顿并不完全了解，但无论和这个养子做任何接触，对他而言都是一大享受。

他走进这间寓所，照常说了一句："大家都好吗？"

芮奇将正在研读的全息资料放在一旁，起身欢迎谢顿。"都好，爸。"

"我没听到婉达的声音。"

"原因很简单，她和她母亲购物去了。"

谢顿自己坐下来，以愉悦的目光看了看乱成一团的参考资料。"你的书进行得如何？"

"书很顺利，我却可能吃不消了。"他叹了一口气，"但这是第一次，我们一针见血地剖析达尔。从没啥人针对这区写过一本书，你信吗？"

谢顿总是注意到，每当芮奇提到自己的母区，他的达尔口音就会更重一些。

芮奇说："你好吗，爸？庆祝活动结束了，你高兴吗？"

"太高兴了，我每一分钟都受不了。"

"没人察觉得到。"

"听好，我总得戴上所谓的面具，我不想扫大家的兴。"

"妈跟在你后面进入皇宫御苑时，你一定火大了。我认识的人都在谈论这件事。"

"我当然真的火大了。芮奇，你母亲是世界上最好的人，但她非常难应付。她有可能把我的计划破坏了。"

"什么样的计划，爸？"

谢顿换了一个更舒服的坐姿。和一个自己完全信任、又对心理史学一无所知的人聊聊，总是一件令人愉快的事。他曾不只一次利用芮奇反弹回某些想法，再将它们组织成更有条理的形式，这要比同样的想法在自己脑海中打转好得多。他说：“这里有屏蔽吗？”

“始终都有。”

“很好。我所做的，是把田纳尔将军导向几条奇妙的思路。”

“什么思路？”

“这个嘛，我谈了点税制，并且指出，为了使税制普遍受到民众的支持，它会变得越来越庞杂、越来越浪费。这些话明显意味着税制必须简化。”

“那似乎很合理。”

“在某个程度内。但是有可能，由于我们那次的简短讨论，田纳尔会将它过度简化。你懂吗，税制在两个极端都会适得其反。过度复杂化，民众便无法了解，又得供养过分膨胀和昂贵的税务机关。而过度简化，则会使民众认为不公平，因而心生怨恨。最简单的税制是人头税，也就是每个人缴付相同的税金，但这种贫富不分的不公平太过明显，没有人会看不出来。”

“而你没有对将军解释这一点？”

“不巧，我没有这个机会。”

“你认为将军会试行人头税吗？”

“我认为他会这么计划。如果他这样做，必定会走漏消息，光是这样就足以引发暴动，并有可能颠覆这个政府。”

“而你故意这样做，爸？”

“当然。”

芮奇摇了摇头。“我不了解你，爸。在日常生活中，你和任何人一样体贴，一样和气。但你能故意创造一种情况，让它带来暴动、镇压、死亡。那将造成很大的破坏，爸，你想到过吗？”

谢顿上身靠向椅背，以悲伤的口吻说：“我心中没想过别的事，芮奇。当我刚开始研究心理史学的时候，在我看来，它似乎是一个纯学术的研究。十之八九，会是个根本研究不出结果的题目，如果真是这样，它就不会成为能有实际应用的研究。但几十年过去了，我们知道得越来越多，就有了让它派上用场的强烈冲动。”

“好让许多人死去？”

“不，好让较少人死去。假如我们的心理史学分析是正确的，那么执政团顶多还能维持几年，而它垮台的方式可以有好几种，每一种都会相当血腥和惨烈。这个方法，这个税制的花招，应该会比其他方法更平稳、更温和。前提则是，我再重复一遍，我们的分析正确无误。”

“万一分析不正确，那该怎么办？”

“那样的话，我们就不知道会发生什么事。话说回来，心理史学非得达到能应用的程度不可。我们花了好多年寻找一个事件，它的结果得是我们已经算出来，并有几分把握的，而且和其他选择比较起来，这些结果得是我们较能忍受的。就某方面而言，这个税制花招是第一个大型的心理史学实验。”

“我必须承认，它听起来像个简单的实验。”

“不是的。你对心理史学的复杂度毫无概念，没有任何一环是简单的。古往今来的历史上，不时会有政府试行人头税。它从来没有普遍过，而且必定引起某种形式的阻力，但它几乎从未导致暴力推翻政府的结果。毕竟，政府的压制力量也许太强，或是还有其他方法，能让民众以和平方式表达反对意见，进而获得改善。如果人头税必然会——甚至只是偶尔会导致毁灭，就不会有任何政府敢于尝试。正由于它不具毁灭性，才会被一试再试。然而，川陀的情势并非完全正常。根据心理史学的分析，有些不稳定性似乎很明显，因此怨恨似乎会特别强烈，而压抑的力量则特别薄弱。”

芮奇以半信半疑的口气说：“我希望它成功，爸，但你难道没有想到，将军会说他是根据心理史学的建议行事，而把你拖下水？”

“我想，他把我们的小小会谈从头到尾都录下了。但他若是公布这个记录，它将清楚地显示我力劝他再等一等，等我能对情势作出适切的分析，并准备一份报告再说——可是他拒绝等待。”

“妈对这一切又怎么想？”

谢顿说：“我还没有和她讨论，她的心思完全转到另一个方向上。”

“真的吗？”

“是的。她正试图嗅出深藏于谢顿计划中的阴谋，针对我的阴谋！我能想象，她认为计划成员中有许多人希望除掉我。”谢顿叹了一口气，“我想，我自己也是其中之一。我希望除掉自己计划主持人的职位，把心理史学越来越重的责任留给别人。”

芮奇说：“让妈疑神疑鬼的是婉达的梦。你也知道妈对于保护你抱着怎样的态度。我敢打赌，即使是一场有关你死去的梦，也足以使她联想到谋害你的阴谋。”

“我当然希望没有这种阴谋。”

说到这里，两人哈哈大笑。

21

基于某种原因，小小的“电子阐析实验室”将温度保持得比正常气温稍低。铎丝·凡纳比里痴痴地纳闷，不知道这样做是为什么。她正默默坐在那里，等待实验室的主人结束她手头的工作。

铎丝仔细打量这名女子。她身材纤细，有一张长脸；薄唇与后缩的下颚不怎么吸引人，但一双深褐色眼睛透出智慧的光彩。她的书桌上有个闪闪发光的名牌，上面印着：欣妲·蒙内。

她终于转向铎丝，开口道：“十分抱歉，凡纳比里博士，但即使是计划主持人的夫人到场，有些实验步骤还是无法中断。”

“假使你因为我而疏忽实验，我会对你失望的。我听说了一些你的杰出表现。”

“这总是好消息。是谁在赞美我？”

“不少人。”铎丝说，“我猜你是谢顿计划中最突出的非数学家之一。”

蒙内心头一凛。“这里有些把数学贵族和我们其他人区分开来的倾向。我自己的感觉是，如果我的确突出，那我就是谢顿计划中突出的一员，和我是不是数学家毫无关系。”

“在我听来这当然有道理。你加入谢顿计划多久了？”

“两年半。在此之前，我是斯瑞璘大学辐射物理系的研究生，那段时间，我在谢顿计划中当了几年的实习生。”

“据我了解，你表现得十分优异。”

“我晋升了两次，凡纳比里博士。”

“你在这里遇到过任何困难吗，蒙内博士？你说的任何话我都会保密。”

“当然，工作是困难的。但如果您的意思是，我有没有碰到任何人际上的困难，答案则是否定的。即使有，我想也顶多是任何庞大复杂的计划中都会存在的问题。”

“你所谓的问题是指？”

“偶尔发生的口角和争执，毕竟我们都是人。”

“但没有什么严重的问题？”

蒙内摇了摇头。“没有什么严重的问题。”

“根据我的了解，蒙内博士，”铎丝说，“你负责发展一种辅助元光体的重要装置，由于它的问世，才能将更多得多的资料塞进元光体。”

蒙内突然露出灿烂的笑容。“您知道这件事吗？是的，那就是电子阐析器。在它发展出来之后，谢顿教授成立了这间小型实验室，要我负责这方面的后续研究。”

“这么重要的进展，竟然没有把你带到计划的更高层，令我很惊讶。”

“这个嘛，”蒙内显得有点困窘，“我不想独占所有的功劳。实际上，我做的只是技术员的工作——一个非常能干且有创意的技术员，我喜欢这么想，但也只是这样了。”

“谁和你合作？”

“您不知道吗？就是泰姆外尔·林恩。他先研究出这项装置的工作理论，再由我实际设计并制造这个仪器。”

“这意味着功劳给他占了吗，蒙内博士？”

“不不，您绝不能那么想。林恩博士不是那种人，他把我应得的功劳全给了我。事实上，当初他打算用我们的名字——我们两人的名字——为这项装置命名，可是他办不到。”

“为什么？”

“嗯，那是谢顿教授的规定，您知道的。所有的装置和方程式都要以功能命名，不得冠以人名，以免引起反感，所以这项装置只能叫电子阐析器。然而，当我们一起工作时，他就用我们的名字称呼这项装置。我跟您讲，凡纳比里博士，听起来可真棒。说不定有一天，计划中所有的成员都会使用这个昵称，我希望如此。”

“我也希望如此。”铎丝客气地说，“听你这么讲，林恩像是一个非常高尚的人。”

“他是的，他是的。”蒙内一本正经地说，“在他手下工作十分愉快。现在，我正在为这项装置发展一个新版，它的功能更强，而我自己也不太了解。我的意思是，不了解它要用来做什么。然而，他一直在指导我。”

“你有些进展吗？”

“的确有。事实上，我已经交给林恩博士一个原型，他已准备开始测试。如果它成功了，我们就能继续发展下去。”

“听来很不错。”铎丝表示同意，“假如谢顿教授辞去计划主持人一职，假如他退休了，你认为会有什么结果？”

蒙内显得有些讶异。“教授打算退休吗？”

“据我所知没有，我只是提出一个假设性问题。假定他退休了，你认为谁是当然的接班人？从你刚才的谈话中，我想你会支持林恩教授接任主持人。”

“是的，我会的。”蒙内稍加迟疑之后答道，“他是新一代中最最出色的一位，我认为他能以最佳的方式领导这个计划。话说回来，他相当年轻。这里有为数众多的老古董——嗯，您知道我的意思——给一个少年得志的人骑在头上，他们会怀恨在心的。”

“你有没有特别想到哪个老古董？记住，一切都会保密。”

“还真不少，但尤其是阿马瑞尔博士，他是当然的继承人。”

“对，我懂你的意思了。”铎丝站了起来，“好啦，非常感谢你的协助，现在我要让你回到工作岗位了。”

她一面离去，一面想着电子阐析器与雨果。

22

雨果·阿马瑞尔说：“你又来了，铎丝。”

“抱歉，雨果，这星期我两度打扰你。实际上，你不太常见任何人，对不对？”

雨果说：“是的，我不鼓励外人拜访我。他们容易干扰我，打断我的思路。你不算，铎丝。你完全不同，你和哈里都是例外，我没有一天忘记你们两人对我的恩情。”

铎丝挥了挥手。“忘了吧，雨果。你一直努力为哈里工作，即使我们对你有任何微薄的恩惠，你也早已加倍奉还了。计划进行得如何？哈里从没提过，反正从没对我提过。”

雨果立刻容光焕发，整个身子似乎注满生气。“非常好，非常好。谈论这个而不提数学会有些困难，但这两年间，我们的进展相当惊人，超越过去任何时期。就好像我们敲呀敲、锤呀锤了这么多年，这座山终于开始松动了。”

“我一直听人说，林恩博士发展的新方程式很有帮助。”

“非混沌方程组？是的，帮助极大。”

“而电子阐析器同样有帮助，我和它的设计者谈过。”

“欣妲·蒙内？”

“是的，就是她。”

“非常聪明的女子，她是我们的运气。”

“告诉我，雨果，你几乎无时无刻不在使用元光体，对不对？”

“没错，我差不多是不间断地在研究。”

“而你是利用电子阐析器在进行研究。”

“当然。”

“你有没有想过休个假，雨果？”

雨果面容严肃地望着她，同时缓缓眨着眼睛。“休假？”

“是的。你当然听过这两个字，知道休假是什么意思。”

“我为什么要休假？”

“因为在我看来，你似乎疲倦得可怕。”

“偶尔有一点，可是我不想离开工作。”

“你感到比以前更疲倦吗？”

“有一点。我渐渐老了，铎丝。”

“你只有四十九岁。”

“还是比我以前更老。”

“好吧，算了。告诉我，雨果，只是为了换个话题，哈里的工作做得怎么样？你和他在一起那么久，谁也不可能比你更了解他。甚至我也比不上，至少，就他的工作而言。”

“他做得非常好，铎丝。我看不出他有任何改变，他仍拥有我们这里最快速、最灵光的头脑。年龄对他毫无影响，至少目前还没有。”

“这是好消息。只怕他对自己的看法不像你那么乐观，他不太能接受上年纪这件事，我们花了好大力气才说动他庆祝最近那个生日。对了，你参加了那个庆祝活动吗？我没有看到你。”

“我参加了一下子。但是，你也知道，那样的宴会并不是令我感到自在的事。”

“你认为哈里正逐渐衰竭吗？我不是指他的聪明才智，我是指他的体能和体力。在你看来，他是不是越来越疲倦，疲倦到了无法承担那些责任的地步？”

雨果看来相当惊讶。“我从没想过这种事，我无法想象他会越来越疲倦。”

“无论如何，他还是有可能。我想他不时会有一种冲动，想要放弃他的职位，把工作交给某个较年轻的人。”

雨果上身靠向椅背，放下打从铎丝进来就在把玩的那支制图尖笔。“什么！那简直荒唐！不可能！”

“你确定吗？”

“绝对确定。他绝不会没和我讨论就考虑这种事，而他的确没和我讨论过。”

“理智点，雨果。哈里累坏了，他尽力不表现出来，但事实如此。万一他的确决定退休了呢？谢顿计划会变成什么样子？心理史学又会变成什么样子？”

雨果眯起眼睛。“你在开玩笑吗，铎丝？”

“不，我只是在试图窥探未来。”

“不用说，如果哈里退休，我就接任那个职位。在任何人加入我们之前，他和我便在这个计划上投注了多年的心力。就他和我，没有别人。除了他，没有人比我更了解谢顿计划。我很惊讶你不把我视为理所当然的接班人，铎丝。”

铎丝说：“不论在我或在任何人心中，你都毫无疑问是当然的接班人。可是你要接吗？你或许对心理史学了若指掌，但你想要一头栽进一个大型计划的政治和复杂事务中，为此放弃你大部分的研究吗？实际上，就是为了保持一切运作顺利，才累得哈里精疲力竭。你能承担那份工作吗？”

“是的，我能承担，但这不是我打算讨论的事。听好，铎丝，你来这里是要向我透露哈里打算请我走吗？”

铎丝说：“当然不是！你怎能对哈里有那种想法！你曾经见过他遗弃哪个朋友吗？”

“那就好，我们结束这个话题吧。真的，铎丝，如果你不介意，我还必须做些事。”他突然转过身去，再度埋首研究工作。

“当然，我无意占用你这么多的时间。”

铎丝皱着眉头离去。

23

芮奇说：“进来吧，妈。清过场了，我已经把玛妮拉和婉达送到别处去了。”

铎丝走了进来，纯习惯性地东张西望了一番，才坐在最近的一张椅子上。

“谢谢。”有那么一会儿，铎丝只是坐在那里，看来好像整个帝国压在她肩上。

芮奇等了一下，然后说："那趟皇宫御苑的疯狂之旅如何，我一直找不到机会问问你。不是每个哥儿们的妈都做得到这种事。"

"今天我们别谈那件事，芮奇。"

"好吧，那么告诉我——你不是那种会让表情泄露任何秘密的人，但你看起来有那么点消沉，为什么呢？"

"因为我感到，正如你所说，有那么点消沉。事实上，我的心情很坏，因为我心头有些极重要的事，但和你父亲谈根本没用。他是世界上最好的人，但他非常难应付，他对戏剧性的事绝不会关心。我担心他的安危，他却不理不睬，将一切视为我的非理性恐惧。对于我保护他的尝试，他也嗤之以鼻。"

"算了吧，妈，和爸有关的事，你的确似乎有非理性的恐惧。你心中若有什么戏剧性的想法，说不定全是错的。"

"谢谢你。你的口气听来和他一模一样，你让我有挫折感，百分之百的挫折感。"

"好吧，那就一吐为快，妈，把你的心事告诉我，从头说起。"

"一切都从婉达的梦开始。"

"婉达的梦！妈！也许你最好现在就停止。如果你用这个开头，我知道爸绝不会想听。我的意思是，算了吧，一个小孩做了一场梦，你就拿来小题大做，那实在是滑稽。"

"我认为那不是一场梦，芮奇。我认为她心目中的那场梦，真的是两个人在谈论一件事，而她认为那件事和她祖父的死有关。"

"那是你自己的疯狂猜测，有任何可能会是真的吗？"

"姑且假设它是真的。她还记得的几个字是'柠檬水之死'，她为什么要梦到这个呢？加倍可能的情况，是她听到些什么，而她把听到的扭曲成那几个字。这样的话，原来那几个字是什么呢？”

“我没法告诉你。”芮奇以怀疑的口吻说。

铎丝听出了他的言外之意。“你认为那只是我的病态妄想。话说回来，假如我刚好是对的，我就有可能正要揭发一件自己人对付哈里的阴谋。”

“谢顿计划中有什么阴谋吗？在我听来，这和寻找一场梦的意义同样不可能。”

“每个大型计划都充满着各种的愤怒、摩擦、嫉妒。”

“当然，当然。我们说的是恶言相向、怒目相视、做鬼脸，以及背后说坏话。这些根本不算什么阴谋，根本和杀掉爸扯不上关系。”

“那只是程度上的差异，或许只是很小的差异而已。”

“你永远无法让爸相信这一点。同理，你也永远无法让我相信。”芮奇急步在房中来回走了一趟，“而你一直试图挖出这个所谓的阴谋，对不对？”

铎丝点了点头。

“结果你失败了。”

铎丝又点了点头。

“难道你没有想到，你会失败正是因为根本没有什么阴谋，妈？”

铎丝摇了摇头。“目前为止我是失败了，但这并未动摇我的信心。阴谋还是存在的，我有那种感觉。”

芮奇哈哈大笑。“你的口气非常平淡，妈，我以为你要说的不只是‘我有那种感觉’而已。”

“我想到有一句话，能被扭曲成‘柠檬水之死’，那就是‘零墨水致死’。”

“零墨水之死？那是什么？”

“是致死，不是之死。零墨水代表没学问，是谢顿计划中的数学家对非数学家的戏称。”

“那又怎样？”

“假设，”铎丝以坚定的口吻说，“有人提到‘零墨水致死’，意思是说能找到某种杀死哈里的方法，其中会有一个或几个非数学家扮演重要角色。婉达和你一样从未听过‘零墨水’这个称呼，而她又非常喜爱柠檬水，那么在她听来，难道不像是‘柠檬水之死’吗？”

“你是试图告诉我，当时竟然有人藏在爸的个人研究室。对了，共有多少人？”

“婉达说她梦见两个人。我自己的感觉是，其中之一不是别人，正是执政团的韩德·厄拉尔上校，当时他正在观看元光体的示范，而他们必定讨论到要消灭哈里。”

“你变得越来越疯狂了，妈。厄拉尔上校和另一个人在爸的研究室讨论谋杀，却不知道有个小女孩躲在椅子里，正在偷听他们的谈话？是不是这样？”

“差不多。”

“这样的话，如果他们提到零墨水，那么其中一人，不是厄拉尔的那个人，一定是个数学家。”

“似乎正是如此。”

“似乎完全不可能。但即使是真的，你认为会是哪个数学家呢？谢顿计划中至少有五十名数学家。”

“我还没有全部问过话。我问了几个，此外还包括一些非数学家，但我未曾发现任何线索。当然啦，我的问话不能做得太公开。”

“总而言之，你面谈过的那些人，谁也没给你有关任何阴谋的任何线索。”

“没错。”

“我并不惊讶。他们没有线索，是因为……”

“我知道你的‘因为’是什么，芮奇。你以为在温和的盘问下，人们就那么容易崩溃，就会把阴谋泄露出来？我没有资格对任何人逼供，假如我惊扰了某位宝贝数学家，你能想象你父亲会说什么吗？”

接着，她突然以截然不同的声调问道：“芮奇，你最近有没有和雨果·阿马瑞尔聊过？”

“没有，近来没有。你知道的，他不是那种社交动物。如果你把心理史学从他身上抽走，他便会垮成一小堆干尸。”

想到这种意象，铎丝不禁做个鬼脸。“最近我和他谈过两次，在我的感觉中，他似乎有点茫茫然。我不是指疲倦，而是他仿佛对这个世界浑然不觉。”

“没错，那就是雨果。”

“他最近情况越来越糟吗？”

芮奇想了一会儿。“有可能，他年纪渐渐大了，你也知道。我们都一样，只有你例外，妈。”

“你说雨果会不会超越了这个界线，变得有点不稳定，芮奇？”

“谁？雨果？他没什么好不稳定，或是值得不稳定的。只要让他继续研究心理史学，他就会低声喃喃自语一辈子。”

“我可不这么想。有一件事他有兴趣，而且兴趣非常强烈，那就是接班。”

“接什么班？”

“有一天我提到，你父亲也许想要退休，结果雨果坚信——绝对坚信他会是接班人。”

“我并不惊讶。我想每个人都会同意雨果是当然的接班人，我确定爸也这么想。”

“但在我看来，他似乎表现得不太正常。他以为我去找他，是要向他透露哈里已经将他推到一边，而中意另外的人选。你能想象有谁会这么怀疑哈里吗？”

“这倒很奇怪……”芮奇打断自己的话，向母亲投以一个深长的目光，然后又说：“妈，你是不是准备告诉我，雨果可能就是你口中那个阴谋的核心人物？他想除掉爸取而代之？”

“完全没有可能吗？”

“没错，妈，完全没有。如果雨果有什么不对劲，那就是工作过度，没什么别的。整个白天再加半个晚上，不停地瞪着那些方程式，或者不管那是什么东西，任何人终究都会发疯的。”

铎丝一跃而起。“你说得对。”

芮奇吓了一跳。“怎么回事？”

“你刚刚说的，给了我一个崭新的想法。我想，还是个关键性的想法。”她没有再说什么，便转身离去。

24

铎丝·凡纳比里以非难的口气对哈里·谢顿说:“你竟然在帝国图书馆待了四天，音讯全无。而且又是设法摆脱了我单独前往。”

夫妻两人在全息屏幕上望着对方的影像。谢顿为了研究工作，去了一趟皇区的帝国图书馆，今天才刚回来。他正从研究室用全息电话与铎丝联络，让她知道他已经回到斯瑞璘。即使在盛怒中，谢顿心想，铎丝仍是那么美丽。他好希望能伸出手，去抚摸她的脸颊。

“铎丝，”他开了口，声音中带着安抚的语气，“我不是单独去的，有好几个人陪着我。即使如今是个动荡的时代，对学者而言，帝国图书馆仍旧是最安全的地方。我想从今以后，我得越来越常造访那座图书馆。”

“你要继续背着我这样做吗？”

“铎丝，在你眼中到处都是死亡陷阱，我不能根据你这种观点过活。我也不要你跟在我后面，惊扰那些图书馆员。他们不是执政团，我需要他们的协助，我不希望惹他们生气。但我的确认为我——我们应该在附近找一栋住宅。”

铎丝看来一脸不高兴，她摇了摇头，随即改变话题。“你可知道最近我和雨果聊了两回？”

“很好。我很高兴你这样做，他需要和外界接触。”

“没错，他需要，因为他有些不对劲。他不再是我们认识多年的雨果，他变得暧昧，变得疏远，而且奇怪得很，根据我的观察，他只热衷一件事，就是决心在你退休之后接替你的职位。”

“那是自然的事，只要他活得比我久。”

“你不指望他活得比你久吗？”

“这个嘛，他比我年轻十一岁，可是沧海桑田，世事难料……”

“你真正的意思是，你察觉到雨果的情况不妙。虽然他比你年轻那么多岁，他的外表和行动却显得比你老，而这似乎是最近才发生的变化。他是不是病了？”

“生理上？我不这么想，他定期接受身体检查。不过，我承认他似乎精疲力尽。我曾试图劝他休几个月的假，只要他愿意，甚至可以休一年的长假。我还建议他索性离开川陀，好让他能有一阵子尽可能远离计划。我们绝对可以资助他待在葛托润，那是没几光年远的一个怡人的度假世界。”

铎丝不耐烦地摇了摇头。“不用说，他当然不肯。我建议他休个假，他表现得像是根本不知道那个字的意义，他完全拒绝。”

“所以说，我们能怎么办呢？”谢顿道。

铎丝说：“我们可以想一想。雨果为这个计划工作了四分之一世纪，似乎一直保持他的体力，一点也没有问题。现在突然之间，他却变得虚弱了。这不可能是上了年纪，他还不满五十岁。”

“你在建议别的可能性吗？”

“是的。你和雨果在元光体上加装那个电子阐析器有多久了？”

“大约两年，也许更久一点。”

“我推测不论是谁使用元光体，都会用到电子阐析器。”

“正是这样。”

“这意味着主要是雨果和你在用？”

“是的。”

“而雨果又用得比你多？”

“是的，雨果将全副心神集中于元光体和它的方程式。我可没有那么幸运，我必须把大部分时间花在行政事务上。”

“电子阐析器对人体有什么作用？”

谢顿显得有些讶异。“据我所知，没有任何重大影响。”

“这样的话，为我解释一件事，哈里。电子阐析器运作了两年多，这期间，你变得远比过去疲倦和心神不宁，而且有点——魂不守舍。这是为什么？”

“我年纪渐渐大了，铎丝。”

“胡说。谁告诉你六十岁就老得不像话了？你是在利用你的年纪做借口，做挡箭牌，我要你停止这样做。雨果虽然比你年轻，但比你更常暴露在电子阐析器前，结果是他变得比你更疲倦，更心神不宁，而且在我看来，比你更加不切实际得多。他还相当孩子气地热衷于接班，你难道看不出有问题吗？”

“上了年纪和工作过度，那就是问题所在。”

“不，是那个电子阐析器，它在你们两人身上产生了慢性效应。”

顿了一顿之后，谢顿说：“我无法反证这件事，铎丝，但我看不出这怎么可能。电子阐析器这项装置能产生特殊的电磁场，但人类原本就恒常处于这类电磁场中，所以它不会造成任何特殊的伤害。无论如何，我们不能弃之不用。要是没有它，谢顿计划就无法继续进展。”

“听好，哈里，我必须要求你一件事，而你必须和我合作。待在计划建筑群中，别再背着我到别处去，也别再背着我做任何不寻常的事。了解吗？”

“铎丝，我怎能同意这样做？你在试图给我穿上疯人束身衣。”

“只是暂时性的。只有几天，顶多一周。”

“几天或一周内会发生什么事？”

铎丝说：“相信我，我会把一切弄清楚。”

25

哈里·谢顿轻轻敲出老式的密码，雨果·阿马瑞尔抬起头来。“哈里，难得你还想到来看我。”

“我应该常常来的。以前那些日子，我们成天都在一起。现在则有好几百人需要操心——这里是人，那里是人，到处都是人，通通挡在我们之间。你听到消息了吗？”

“什么消息？”

“执政团准备开征人头税，好大一笔，明天便要在川陀全视上宣布。目前只会在川陀上实施，外围世界还得等一等，这有点令人失望。我原本希望一下子就是全国性的，但我显然低估了将军的谨慎程度。”

雨果说：“川陀就够了，外围世界会知道不久便将轮到他们。”

“现在我们得等着看结果了。”

“结果就是宣布之后，人民立刻高声呐喊，甚至在新税制实施之前，暴动便会爆发。”

“你确定吗？”

雨果立即启动他的元光体，并将相关段落放大。“你自己看吧，哈里。那便是在目前这个特殊状况下所做的预测，我看不出怎么会产生误解。如果它不会发生，就代表我们在心理史学上的成果全部错误，我拒绝相信这种事。”

“我会试着勇敢一点。”谢顿微微一笑，又说，“你近来感觉如何，雨果？”

“还算好，够好了。对了，你好吗？我听到传闻，说你考虑要辞职，连铎丝也提过这件事。”

“别理会铎丝，这些天来她什么事都提过。她在疑神疑鬼，认为谢顿计划中充斥着某种危险。”

“什么样的危险？”

“最好别问。她只是脱轨了，朝她自己的方向一意孤行。如同往常一样，那使她变得无法驾驭。”

“看到我做单身汉的好处了？”雨果又压低声音说，“如果你真要辞职，哈里，你对未来有什么计划？”

谢顿说：“当然由你接班。我怎么可能还有别的计划？”

雨果露出了笑容。

26

在主楼的小会议室内，泰姆外尔·林恩听着铎丝·凡纳比里的叙述，脸上逐渐浮现困惑与愤怒的表情。最后，他终于冒出一句：“不可能！”

他搓了搓下巴，然后谨慎地说下去：“我无意冒犯你，凡纳比里博士，但你的说法是荒……不可能是对的。在这个心理史学计划中，谁也想不出来有什么深仇大恨能支持你的怀疑。假使有的话，我当然会知道，但我向你保证根本没有，你不要这么想。”

“我的确这么想，”铎丝倔强地说，“我还能找到证据。”

林恩说：“我不知道怎么说才不至于冒犯你，凡纳比里博士，但一个人若是足够聪明，又足够热衷于证明某件事，便能找到他想要找的一切证据，或者，至少，找到些他自认为是证据的东西。”

“你认为我有妄想症吗？”

“我认为你对大师的关切——这点我始终和你站在一条线上——或许我们可以说，你是热过了头。”

铎丝顿了一顿，思量着林恩这番话。“至少你说对一件事，一个足够聪明的人在任何地方都能找到证据。比如说，我就能指控你一个案子。”

林恩张大眼睛，万分惊愕地望着她。“指控我？我倒想听听你可能指控我什么案子。”

"很好，你会听到的。生日宴会是你的主意，对不对？"

林恩说："没错，我是想到这个主意，但我确定别人也想到了。大师最近经常感叹上了年纪，那似乎是个逗他开心的好办法。"

"我确信即使别人也想到了，却是你在实际鼓吹这件事，让我的儿媳一头栽进去，接下一切的筹备细节。而且你使她相信，有可能联合举办一个真正大型的庆生会。是不是这样？"

"我不知道我对她有没有任何影响，但即使真有，又有什么不对劲？"

"本身并没有，但是举办一场规模这么大、分布这么广、时间这么长的庆生会，难道不是向那些性情反复无常而且疑神疑鬼的执政团成员，公开宣扬哈里太受欢迎，可能会对他们构成威胁？"

"谁也不可能相信我心里有这种想法。"

铎丝说："我只是指出这个可能性。在筹划庆生会的过程中，你坚持要把几间核心研究室搬空——"

"暂时性的，理由很明显。"

"——并坚持这阵子完全不使用那些研究室。那段时期，除了雨果·阿马瑞尔，没有人在那里工作。"

"我认为大师事前若能休息一下，绝不会有什么害处，你当然不能为这件事怪我。"

"但这代表你能在被搬空的研究室和其他人商量事情，而且绝对隐密，那些研究室当然有良好的屏蔽。"

"我的确曾在那里商量事情，和你的儿媳，和宴会承包商，和食品供应商，以及其他的生意人。那有绝对的必要，你不这么想吗？"

"若说和你商量的人里面，有一个是执政团的成员呢？"

林恩像是挨了铎丝一拳。"我不喜欢这种事，凡纳比里博士，你把我当成什么了？”

铎丝并未直接回答，她又说：“接着，你又去找谢顿博士，讨论他即将和将军举行的会谈，并且相当恳切地力劝他，让你替他走这一趟，由你来承担可能发生的危险。当然，结果是谢顿博士相当激烈地坚持自己去见将军。而我们可以辩称，那正是你希望他去做的事。”

林恩发出一下神经质的笑声。“请恕我直言，但这听来的确像是妄想，博士。”

铎丝继续进逼。“然后，在宴会结束后，是你首先提议我们一群人前往穹缘旅馆，对不对？”

“是的，我记得你还说那是个好主意。”

“难道这种建议没有可能是为了使执政团感到不安吗？因为这是哈里多么有声望的另一个例证。难道这就没有可能是诱我侵入御苑的一种安排吗？”

“我能阻止你吗？”林恩的疑心已被愤怒所取代，“你早已下定决心那样做。”

铎丝不理会他说些什么。“而且，当然啦，你希望我闯进御苑后会惹出足够的麻烦，好让执政团对哈里更加敌视。”

“可是为什么呢，凡纳比里博士？我为什么要这样做？”

“也许可以说是为了除掉谢顿博士，以便继他之后出任计划主持人。”

“你怎么可能认为我有这种企图？我无法相信你不是在开玩笑。你只是在做你一开始就说过的事，只是在向我证明，一个聪明的、热衷于找出所谓证据的头脑能做到些什么。”

“让我们来讨论另一件事。我说过，你当时有办法用那些空房间进行私下交谈，而你也许和一名执政团成员这样做过。”

“这种指控甚至是不值得否认的。”

“但有人偷听到你们的谈话。一个小女孩晃荡到那个房间，蜷曲在一张椅子里，你们看不到她，她却听到了你们的谈话。”

林恩皱起眉头。“她听到些什么？”

“她说有两个男的在谈论死亡。她只是个孩子，无法转述任何细节，但有几个字令她印象深刻，那就是‘柠檬水之死’。”

“现在你似乎又从奇想转变成——请你恕罪——转变成疯狂。‘柠檬水之死’能有什么意思？它和我又会有什么关系？”

“我的第一个想法是照字面解释。那个小女孩非常喜爱柠檬水，而宴会准备了大量这种饮料，不过并没有人在里面下毒。”

“感谢你至少没把我当成疯子。”

“后来我才醒悟，那女孩听到的是别的字眼，由于她对语言还一知半解，又对那种饮料情有独钟，才把那几个字曲解成‘柠檬水’。”

“你想出了她曲解的是什么吗？”林恩嗤之以鼻。

“曾有一阵子，我的确以为她可能听到的是‘零墨水致死’。”

“那又是什么意思？”

“由零墨水，也就是非数学家进行的一次暗杀行动。”

铎丝住了口，她皱起眉头，一只手紧抓前胸。

林恩突然以关切的口吻说：“有什么不对劲吗，凡纳比里博士？”

“没有。”铎丝似乎晃晃悠悠。

有好一会儿，她没有再说什么，林恩则清了清喉咙。当他开口时，脸上不再有一丝愉悦的神情。“你说的这些，凡纳比里博士，一步步越来越荒谬了。而且——好吧，我不在乎是否会冒犯你，但我对这些话已经感到厌烦。我们是不是该结束了？”

“我们就快结束了，林恩博士。正如你所说，零墨水也许的确荒谬，我自己也已经这么判定。不过，电子阐析器的发展，你负责其中一部分，对不对？”

林恩似乎站得较挺，并带着点骄傲说：“全部由我负责。”

“当然不是全部。据我了解，它是欣妲·蒙内设计的。”

“她只是个设计者，一切遵循我的指导。”

“她就是零墨水！电子阐析器是零墨水设计的装置。”

林恩以经过压抑的粗暴口气说：“我可不想再听到这几个字。再说一遍，我们是不是该结束了？”

铎丝继续说下去，仿佛未曾听到他的请求。“虽然你现在说她毫无功劳，你在欣妲面前却不是这样说。我想，那是为了让她继续热心工作。她说你承认她有功劳，而她因此非常感激。她还说，你甚至用你们两人的名字称呼这项装置，只不过那并非正式名称。”

“当然不是，它叫做电子阐析器。”

“而且她说，她正在设计一个改良型，一种增强器之类的东西。而你已经拿到这个先进型号的一个原型，准备进行测试了。”

“这一切又和什么事有关呢？”

“自从谢顿博士和阿马瑞尔博士利用电子阐析器工作，两人在某些方面都大不如前。雨果用得比较多，受的伤害也比较大。”

“电子阐析器绝不会造成那种伤害。”

铎丝举手按住额头，怔了片刻，又说：“现在你有了一个更强力的电子阐析器，或许可以造成更大的伤害，或许可以立刻置人于死地，而不必是慢性谋杀。”

“完全是胡说八道。”

“现在我们来考虑一下这项装置的名称。根据它的设计者告诉我，它有个名字只有你一个人用，我推测你称它为‘林恩—蒙内阐析器’。”

“我根本不记得用过这个名称。”林恩不安地说。

“你当然用过。而这个强化的新型林恩—蒙内阐析器，则能杀人于无形，没有任何人需要负责，只是一个新型、未经试验的装置所造成的意外悲剧。那将会是‘林恩—蒙内致死’，而那个小女孩把它听成了‘柠檬水之死’。”

铎丝伸手摸向自己的身侧。

林恩轻声道：“你身体不太舒服，凡纳比里博士。”

“我好得很。我说得不对吗？”

“听好，你能把什么字眼扭曲成柠檬水并不重要。谁知道那小女孩究竟听到些什么？总而言之，一切都能归咎于电子阐析器的致命威力。那就把我带上法庭，或是交给一个科学调查委员会，然后你爱找多少专家都行，让他们来检查电子阐析器对人体的效应，甚至包括那个新的增强型。他们将会发现，根本没有测得出来的效应。”

“我可不相信。”铎丝喃喃道，现在她双手摆在前额，双眼闭了起来，身子还在轻微摇摆。

林恩说：“你显然很不舒服，凡纳比里博士。或许这就代表该轮到我说话了，可以吗？”

铎丝睁开双眼，只是定睛瞪着前方。

“我把你的沉默当成同意，博士。我若想当上主持人，试图除掉谢顿博士和阿马瑞尔博士又有什么用？你会阻止我的任何暗杀企图，正如此时你自以为在做的事。即使我万分侥幸接下这个计划，并且除掉了那两位伟大人物，你也会在事后将我撕成碎片。你是个很不寻常的女人，强壮迅速得令人难以置信，只要你活着，大师就能安然无事。”

“没错。”铎丝以凶狠的目光瞪着对方。

“我把这点告诉了执政团的人——他们难道不该向我咨询谢顿计划的进展吗？他们对心理史学非常有兴趣，这是当然的事。在你侵入皇宫御苑之前，他们原本难以相信我对你的描述。你的行动说服了他们，这点你不必怀疑，于是他们决定采用我的计划。”

“啊哈，现在我们说到正题了。”铎丝以虚弱的声音说。

“我告诉过你电子阐析器无法伤害人类，这是事实。阿马瑞尔和你珍爱的哈里只不过是老了，虽然你拒绝承认。所以说呢？他们没事，这是人类的正常反应，那个电磁场对有机物质不会有任何重大影响。当然，对于敏感的电磁机械，它就可能产生有害的作用。我们若能想象一个由金属和电子零件制成的人类，那个电磁场对它或许就有作用。传说告诉我们，这种人造人曾经存在。麦曲生人的信仰便建立在它们身上，他们将这些人造人称为‘机仆’。假使真有机仆这种东西，那么我们不难想象，它会远比任何普通人更强壮，更迅速；事实上，它会具有类似你的一些特色，凡纳比里博士。而这样的一个机仆，强化型电子阐析器的确能阻止它，伤害它，甚至摧毁它。我这里就有个这样的装置，自从我们开始交谈，它就一直以低功率运作，这就是你感到不舒服的原因，凡纳比里博士。我敢说，自出厂以来，你第一次有这种感觉。”

铎丝没有说什么，只是瞪着面前这个人，然后缓缓倒在一张椅子里。

林恩微微一笑，继续说：“当然，把你解决之后，大师和阿马瑞尔便不成问题。事实上，大师失去了你，可能立刻万念俱灰，在悲痛中辞职下台，而在他心目中，阿马瑞尔只是个孩子。十之八九，这两个人都不必杀。这么多年之后，你的真面目终于被揭穿，凡纳比里博士，感觉如何啊？我必须向你承认，你将真面目隐藏得非常好。在此之前，从来没有任何人发现真相，似乎也没什么好奇怪的。而我，我是个杰出的数学家，善于观察，善于思考，善于推理。可是，若非你对大师的狂热奉献，以及当他有危险时，你便爆发出仿佛随心所欲的超人能力，那就连我也想象不出真相。

“说再见吧，凡纳比里博士。我现在只要将这项装置转到全额功率，你便会成为历史。”

铎丝似乎打起了精神，从椅子上慢慢起身，喃喃道：“我的屏蔽也许比你想象中更好。”然后，她发出一下轻哼，向林恩扑了过去。

林恩睁大眼睛，尖叫一声，踉跄向后猛退。

铎丝随即来到他面前，右手闪电般击出，掌缘砍在林恩的颈部，震碎了脊椎，打烂了神经索，令他当场倒地身亡。

铎丝勉力站直身子，朝门口蹒跚走去。她必须找到谢顿，必须让他知道发生了什么事。

27

哈里·谢顿在万分惊怖中站起来。他从未见过铎丝这个样子，她的脸孔扭曲，身子倾斜，像是喝醉了一样摇摇晃晃。

“铎丝！怎么回事！有什么不对劲！”

他跑到她身边，刚搂住她的腰，她的身子便垮成一团，瘫倒在他的臂弯中。他抱起她来（她比一般相同身材的女子都要重，但谢顿此时并未察觉这一点），将她放到长沙发上。

“怎么回事？”他问。

她一五一十告诉了他，一面说一面喘气，声音时断时续。而他一直搂着她的头，试图强迫自己接受这个事实。

“林恩死了。”她说，“我终于杀了一个人……第一次……这使得情况更糟。”

“你损伤得多严重，铎丝？”

“很严重。当我冲向他时……林恩开启了他的装置……全额功率。”

“可以重新调整你。”

“怎么做？在川陀……没有任何人……知道怎么做，我需要丹尼尔。”

丹尼尔，丹莫刺尔。在内心深处，谢顿其实一直都知道。他的朋友（一个机器人）为他找来一位保护者（另一个机器人），以确保心理史学与基地的种子有生根的机会。唯一的问题是，谢顿爱上了他的保护者，一个机器人。如今一切真相大白，所有扰人的疑问都有了答案。可是，现在这些一点也不重要，重要的只有铎丝的安危。

“我们不能放弃。”

“必须放弃。”铎丝的眼睑来回拍动，双眼凝望着谢顿，“必须放弃。我试图救你，但失败了……最重要的一点……现在谁来保护你？”

谢顿已经看不清楚她，他的视线一片模糊。“别担心我，铎丝。该担心的是你……是你……”

“不，是你，哈里。告诉玛妮拉……玛妮拉……我原谅她了，她做得比我好。对婉达解释……你和芮奇……互相照顾。”

“不不不，”谢顿一面说，一面来回摇晃她，“你不能这样做。撑住，铎丝。拜托，拜托，吾爱。”

铎丝孱弱地摇了摇头，又更加孱弱地微微一笑。“别了，哈里，吾爱。我永远记得……你为我做的一切。”

“我没有为你做过什么。”

“你爱我，你的爱使我成了……人类。”

铎丝的眼睛仍然张着，但她已经停止运作。

此时，雨果·阿马瑞尔如暴风般卷进谢顿的研究室。“哈里，暴动开始了，比预期的更快更猛……”

然后他瞪着谢顿与铎丝，悄声问道：“怎么回事？”

谢顿在无比哀恸中抬起头来。“暴动！我现在还在乎什么暴动？我现在还在乎任何事吗？”

第四篇

婉达·谢顿

婉达·谢顿：在哈里·谢顿的暮年，他变得最为怜爱（也有人说是依赖）他的孙女婉达。十几岁痛失双亲后，婉达·谢顿便献身于其祖父的心理史学计划，填补了雨果·阿马瑞尔留下的空白……

婉达·谢顿的研究内容至今大多仍然是谜，因为它几乎都在完全隔绝的环境中进行。得以与婉达·谢顿研究工作接触的人，只有谢顿自己以及一位名叫史铁亭·帕佛的青年（四百年后，他的后裔普芮姆对川陀的重生做出重大贡献，当时这颗行星正从大浩劫的灰烬中站起来〔基地纪元300年〕）……

虽不清楚婉达·谢顿对基地的贡献到了什么程度，但毋庸置疑，其重要性无与伦比……

——《银河百科全书》

01

哈里·谢顿走进帝国图书馆（脚步有点跛，最近这个毛病越来越常犯），朝一排贴地滑车的方向走去。在图书馆建筑群无边无际的回廊中，这种小型交通工具能够通行无阻。

然而，坐在某间银河地理凹室的三个人吸引了他的注意。那里的三维银河舆图表现出银河系的完整风貌，此外，当然，每个世界都缓缓绕着星系核心旋转，同时还进行着转轴与前者垂直的自转。

从谢顿所站的位置，他能看见边境星省安纳克里昂以鲜艳的红光标示出来。它位于银河的边缘，占有广大的范围，但其中的恒星相当稀疏。安纳克里昂的不凡之处既不在财富也不在文化，而在于它与川陀的距离：足有一万秒差距之远。

谢顿一时兴起，在三人附近的一个电脑操作台前坐下，随便打了一个搜寻指令，心里明白得花上无数时间才能找到答案。某种直觉告诉他，他们一定是出于政治因素，才会对安纳克里昂有这么强烈的兴趣——它在银河中的位置，使它成为当今帝国政权最不保险的领域之一。谢顿的眼睛盯着自己的屏幕，但耳朵则听着身旁的讨论。图书馆里通常很少会听到有人谈论政治，事实上，根本就不该做这种讨论。

谢顿不认识这三个人，这没有什么好奇怪的。帝国图书馆的确有些常客，而且还真不少，大多数谢顿都认得出来，甚至还跟其中一些讲过话。但这座图书馆对所有的公民开放，并没有资格限制，任何人都能进来使用其中的设备。当然是在限定的时间内。只有精挑细选的少数人，例如谢顿自己，才会获准“长驻”馆内。谢顿在此拥有一间上锁的个人研究室，而且得以动用该馆的一切资源。

其中一人（谢顿将他想成“鹰勾鼻”，理由很明显）正激昂地低声发表意见。

“让它去吧，”他说：“让它去吧。试图维系它，将花费我们巨大的人力物力，而且即使那样做，也唯有他们待在那里才有效。他们不能永远待在那里，一旦他们离开，情势便会立刻回到原点。”

谢顿知道他们在谈论什么。三天前，川陀全视才报道了这则新闻，说帝国政府已决定展示一次武力，好让桀骜不驯的安纳克里昂总督乖乖合作。谢顿自己的心理史学分析早就告诉他，这样做注定徒劳无功，但政府一旦闹起情绪，通常是不会接受任何劝告的。谢顿听着鹰勾鼻说着自己说过的话，不禁露出淡淡的、严肃的微笑。这年轻人没有心理史学知识的指引，竟然就能说出这番话来。

鹰勾鼻继续说：“如果不理会安纳克里昂，我们又失去了什么？它仍会在那里，仍在原来的地方，仍在帝国的边缘。它不会长了脚跑到仙女座星系去，对不对？所以说，它还是得和我们贸易，日子会继续过下去。他们是否向皇帝敬礼又有什么差别？你永远无法看出其中的差别。”

谢顿心中将第二个人命名为“秃子”，理由甚至更明显。这时秃子说：“只不过整件事并非孤立于真空中。如果安纳克里昂走了，其他的边境星省也会跟着走，帝国就会四分五裂。”

“那又怎样？”鹰勾鼻激愤地悄声道，“反正，帝国再也无法有效地自我管理，它太大了。让边境脱离，自求多福——但愿它做得到。这样一来，内围世界反倒会更强大，而且情况会更好。边境不必是我们的政治领域，但仍然会是我们的经济领域。”

此时，第三个人（“红面颊”）说：“我希望你说得对，可是这样行不通。如果边境星省都争取到独立，每个星省会做的第一件事，便是掠夺邻邦以扩充自己的实力。战争和冲突将接连不断，最后每位总督都会梦想当皇帝。那将会像川陀王国崛起前的那段日子，会出现延续好几千年的黑暗时期。”

秃子说：“情况当然不会那么坏。帝国有可能分裂，但人民一旦发现分裂只意味着战争和贫困，帝国便会迅速自我愈合。人们会怀念一统帝国曾经拥有的黄金岁月，一切都会否极泰来。你也知道，我们不是蛮人，我们会找到一条出路。”

“正是如此。”鹰勾鼻说，“我们一定要记得，在过去的历史上，帝国曾经面对一个接一个的危机，而且一次又一次冲破了难关。”

但红面颊一面摇头一面说：“这不只是另一次危机，这是糟得多的一件事。帝国已经衰落了好几代，执政团的十年统治又摧毁了经济。自从执政团垮台、新皇帝即位以来，帝国一直十分疲弱。银河外缘的总督们什么也不必做，帝国即将被自己的重量压垮。”

“对皇帝的忠诚……”鹰勾鼻说了半句便被打断。

“什么忠诚？”红面颊说，“克里昂遇刺后，我们有好多年没一个皇帝，但人人似乎都不怎么在意。而这个新皇帝只是个摆饰，没有什么事是他能做的，没有什么事是任何人能做的。这不是另一次危机，而是帝国的终结。”

另外两人瞪着红面颊，双双皱起眉头。秃子说：“你真相信吗！你以为帝国政府只会坐在那里，让这一切发生吗？”

“是的！像你们两个一样，他们不会相信一切正在发生。我是说，等到相信已经太迟了。”

“假使他们相信，你又会要他们怎么做？”秃子问。

红面颊凝视着银河舆图，仿佛可能从那里找到答案。“我不知道。听着，总有一天我会死去，那时情况还不会太糟。然后，当事态越来越糟之际，自会有其他人操心。不只我自己，过去的美好岁月也会消失，或许从此一去不返。对了，不只我一个人这么想，听过一个叫哈里·谢顿的人吗？”

“当然，”鹰勾鼻立刻说，“他不就是克里昂的首相吗？”

“没错，”红面颊说，“他是某种科学家。几个月前，我听过他的一场演讲。能知道不只我一个人相信帝国正在分裂，这种感觉真好。他说……”

“他说一切都会没落，永久的黑暗时期即将来临？”秃子突然插嘴。

“喔不是，”红面颊说，“他属于那种真正谨慎的类型，他说这有可能发生。可是他错了，这必将发生。”

谢顿听得够多了。他跛着脚，朝三人围坐的桌子走去，碰了碰红面颊的肩膀。

“先生，”他说，“我能和你谈一会儿吗？”

红面颊吓了一跳，他抬起头来，然后说：“嘿，您不就是谢顿教授吗？”

“我一直都是。”谢顿说完，递给那人一块印着他本人相片的识别瓷卡，“后天下午四点钟，我希望在这座图书馆中我的研究室里和你见面。你能赴约吗？”

“我得工作。”

“有必要就请个病假，这事很重要。”

“这个嘛，教授，我不敢确定。”

“就这么做。”谢顿说，“如果你因此惹上任何麻烦，我都会帮你摆平。现在，诸位先生，介不介意我研究一下这个银河拟像？我好久没看过这种东西了。”

他们默默点了点头，面对一位前首相，他们显然有点不知所措。三人一一向后退去，让谢顿来到银河舆图控制台前。

谢顿以食指伸向控制台，标示着安纳克里昂星省的红色随即消失。现在这个银河不再有任何标示，只是一团漩涡状的光雾，越接近中心光球处越为明亮，正中心则是所谓的银河黑洞。

当然，除非将影像放大，否则无法分辨个别的恒星，但那样却只能让银河的某一部分呈现在屏幕上，而谢顿想要看的则是全貌——看看正在消失中的帝国。

他按下一个开关，银河影像中便出现一系列的黄色光点。它们代表可住人行星，共有二千五百万颗。在代表银河边缘的薄雾中，分得清它们是一个个光点，但越向中心走去，它们的分布便越来越密。在中心光球周围，有个近乎连续的黄色带状区域（但在放大后，仍会分成个别的黄色光点）。当然，中心光球本身仍是白色，其中没有任何标志。在银河核心的汹涌能浪正中央，不会有任何可住人行星存在。

谢顿知道，尽管黄色的密度这么大，但在一万颗恒星中，拥有可住人行星的还不到一颗。虽然人类拥有行星塑造与大地改造的能力，上述事实依然成立。即使集中全银河的力量，大多数世界也无法被塑造成能让人类无需太空衣便能舒适地行走其上。

谢顿按下另一个开关。黄色光点不见了，但有一个微小区域亮起蓝光，那是川陀以及直属于它的各个世界。在不受致命威胁的前提下，川陀已尽可能接近中央核心。因此，它通常被视为位于“银河中心”，但这并不算完全正确。照例，人人都会对川陀世界的微小留下深刻印象。在广大浩瀚的银河中，它是那么小的一块，但其上所挤满的财富、文化与政府权威，其密度却又是人类前所未见的。

即使是这样，它仍注定毁灭。

那三个人几乎像是能透视他的心灵，或者，也许是他们看懂了他脸上的悲哀神情。

秃子轻声问道：“帝国真的即将毁灭吗？”

谢顿以更轻的声音回答：“有可能，有可能，任何事都有可能发生。”

他站了起来，对三人笑了笑，便径自离去。但在他心中，他却声嘶力竭地高喊：一定会！一定会！

02

贴地滑车一辆接一辆排在一间大型凹室，谢顿一面爬进其中一辆，一面叹了一口气。曾有一段时间，就在几年前，他还意气风发地踏着轻快步伐走过图书馆无边无际的回廊，并且对自己说，虽然他已年过六十，却依然身强体健。

可是现在，他七十岁了，他的双腿迫不及待地老朽，使他不得不乘坐贴地滑车。虽然年纪较轻的人也总是利用这种交通工具，因为贴地滑车既省时又省力，但谢顿则是不得不这样做，其中的感觉就大不相同。

谢顿键入目的地，再按下一个开关，滑车便在地板上浮起少许。它以不急不徐的步调前进，非常平稳，非常安静。谢顿靠在座椅上，望着两旁的回廊墙壁、其他的贴地滑车，以及偶尔出现的步行者。

他超过了好些图书馆员，即使过了这么多年，他看到他们时还是会莞尔一笑。他们属于帝国最古老的公会，拥有最虔敬的传统，而他们所墨守的行事方式，则较适合数世纪前，甚或数千年前的时代。

他们穿着白灰色的丝质服装，其松垮程度接近长袍。这种服装仅仅在颈部束紧，颈部以下则自由奔放。

就男性容貌而言，川陀与所有的世界一样，是在剃留胡须的两极之间摆荡。如今，川陀本地的男性（至少大多数区的男性）脸上都刮得干干净净，而且据他所知向来如此。只有一些例外的情形，像达尔男性便一律留八字胡，他自己的养子芮奇便是现成的例子。

然而，这些图书馆员却留着古代的络腮胡。每位馆员的两耳之间，都布满相当短且修剪得整整齐齐的胡须，但上唇却一律裸露。光是这一点，就足以标示出他们的身份，并使得面部光洁的谢顿置身其间有点不自在。

其实，他们最具特色的一点是人人戴着的帽子（说不定连睡觉都不脱，谢顿这么想）。这种方帽以类似天鹅绒的质料制成，四面聚合于顶端，由一个扣子固定。它们的颜色五花八门，变化无穷，显然各有各的意义。假如你熟悉图书馆员的圈内文化，你就能根据帽子的颜色，判断某位图书馆员的年资、专长领域、成就的高低等等。它们有助于建立一个阶级秩序，每位馆员只要瞥一眼对方的帽子，便能判断是否应该恭敬以对（以及要做到什么程度），或是对方得对自己恭敬（以及到什么程度）。

帝国图书馆是川陀上最大的一座单一建筑（或许整个银河也无出其右），甚至远比皇宫巨大。它曾一度金碧辉煌，仿佛夸耀着它的堂皇与壮伟。然而，正如帝国本身一样，它已经开始凋零枯萎。

就像一名年老的贵妇，虽然依旧戴着年轻时的珠宝，全身却已布满皱纹与赘肉。

贴地滑车在图书馆长办公室的华丽门口停下，谢顿随即走出来。

拉斯·齐诺面带笑容地迎接谢顿。“欢迎，我的朋友。”他以尖锐的声音说。谢顿好奇他年轻时是否唱过男高音，却从来不敢问。图书馆长始终是个威严的综合体，这个问题可能会显得无礼。

“你好。”谢顿说。齐诺有一把灰色的络腮胡，已经白了七八分，他头上则戴着一顶白色的帽子。谢顿了解其中的玄机，根本无需任何解释。这是一种反其道而行的炫耀，完全没有颜色反倒代表位居顶峰。

齐诺搓了搓手，似乎内心充满欢喜。“我把你请来，哈里，是因为我有个好消息告诉你。我们找到了！”

“所谓的‘找到’，拉斯，你是指……”

“一个合适的世界。你要一个遥远的世界，我想我们已经找到一个最理想的。”他的笑容变得更灿烂，“你只要把问题交给本馆，哈里，我们就能找出答案来。”

“我毫不怀疑，拉斯，跟我说说这个世界吧。”

“好，我先让你看看它的位置。”墙壁的一部分滑向一侧，室内的光线暗了下来，银河则以三维影像呈现他们眼前，并且缓缓地旋转。红色线条再度标示出安纳克里昂星省，因此谢顿几乎可以发誓，刚才那段插曲正是现在的预演。

然后，该星省的远端出现一个明亮的蓝色光点。“它就在那里。”齐诺说，“它是个理想的世界，大小适中，水量充沛，富氧的大气层，植物当然少不了。此外，上面还有好些海洋生物。它就在那里等人进驻，无需做任何行星塑造或大地改造。或者可以这么说，没什么是不能在实际住人后再进行的。”

谢顿问："它是个未住人的世界吗，拉斯？"

"绝对未住人，没有一个人在上面。"

"可是为什么呢，如果它这么合适？既然你拥有它的详细资料，据我推想，一定有人做过探勘。为什么没有人殖民呢？"

"是做过探勘，但只有无人探测器做过。的确没有被殖民，想必是因为它距离一切都太远了。这颗行星和中心黑洞的距离，要比任何住人行星更遥远，而且远得多。我猜，对于任何准备殖民的人而言，它都嫌太远了。但我想对你却不算太远，你曾经说'越远越好'。"

"没错，"谢顿一面说一面点头，"现在我还是这么说。它有名字吗？或是只有字母和数字的编号？"

"信不信由你，它真有名字。发射探测器的那些人将它命名为'端点'，那是个古老的词汇，意思是'一条线的尽头'，而它似乎正是如此。"

谢顿说："这个世界位于安纳克里昂星省境内吗？"

"并不尽然。"齐诺说，"如果仔细研究红线和红色阴影，你会看出来端点星的蓝点位于界外些许。事实上，是在五十光年外。端点星不属于任何人；认真说起来，它甚至不是帝国的一部分。"

"那么你说对了，拉斯，它的确像是我正在寻找的那个理想世界。"

"当然啦，"齐诺若有所思地说，"一旦你登上端点星，我想安纳克里昂总督就会声称它在他的管辖范围内。"

"那是可能的，"谢顿说，"但等问题浮上台面，我们才需要设法解决。"

齐诺又搓了搓手。"多么壮阔的构想啊。在一个崭新的、遥远的、全然隔绝的世界上，创设一个庞大的计划，如此一年又一年，十载复十载，一套汇集人类全体知识的百科全书便能逐渐成形，它将是本馆整个内容的一个缩影。要是我再年轻些，我会很希望加入这场远征。”

谢顿悲伤地说：“你几乎比我年轻二十岁。”几乎人人都远比我年轻，他更悲伤地想道。

齐诺说：“啊是啊，我听说你刚过完七十岁生日。我希望你过得很快乐，好好庆祝了一番。”

谢顿突然动容。“我不庆祝生日。”

“喔，不对啊，我还记得你庆祝六十大寿的盛事。”

谢顿感到锥心的刺痛，仿佛那个世上最沉痛的失落就发生在昨天。“请不要谈这件事。”他说。

齐诺有点尴尬。“我很抱歉，我们谈点别的吧。如果说，端点星确是你要找的那个世界，那么在我看来，你为百科全书计划所做的准备工作得加倍努力。你也知道，本馆在各方面都乐意帮助你。”

“我了解这一点，拉斯，我不胜感激。的确，我们一定会继续努力。”

他站了起来。由于刚才对方提到十年前的庆生会，他感到心如刀割，此时仍挤不出笑容。他说：“我必须告辞了，我得继续努力工作。”

当他离去时，照常因为这个欺骗行为而觉得良心受到严厉谴责。对于谢顿的真正意图，拉斯·齐诺根本没有半点概念。

03

哈里·谢顿打量着帝国图书馆这间舒适的套房，过去几年来，这里就是他的个人研究室。就像该馆其他各处一样，它弥漫着一种模糊的衰颓气氛，一种倦怠感，好似某样东西停在一处太久未曾移动。但是谢顿知道，未来数个世纪，甚至数千年间，只要适当的修葺不断，它都可能留在这里，留在同样的地方。

他当初怎么会来到这里?

一而再，再而三，他感到往事涌现心头，他的精神卷须沿着个人生命史往前回溯。毫无疑问，这是年事渐长的征兆之一。过去的内容累积了那么多，未来的内容剩下那么少，心灵因而不再窥探前方浮现的阴影，转而默想那些安全的过去。

不过，对他而言，有个重大改变值得一再回味。曾有三十多年的时间，心理史学的发展几乎可以视为一条直线——进展虽然有如爬行般缓慢，但总是朝正前方前进。六年前，却出现了一个九十度转弯，一项完全意料之外的发展。

谢顿十分清楚它是如何发生的，也很清楚许多连锁事件是如何扣在一起，终于使它成为事实。

当然，主角正是婉达，谢顿的孙女。他闭上眼睛，上身倒向椅背，开始重温六年前的那些往事。

十二岁的婉达若有所失。她的母亲玛妮拉有了另一个孩子，另一个小女孩，贝莉丝。一时之间，这个小宝宝成了百分之百的焦点。

她的父亲芮奇早已完成那本探讨母区达尔的著作。那本书小有成就，他也因此小有名气。他常应邀就书中主题发表演说，而他总是一口答应，因为他对这个题目极其投入。他曾咧嘴一笑，对谢顿说："当我谈论达尔时，不必隐藏我的达尔腔。事实上，听众指望我有那种腔调。"

不过，结果却演变成他常常不在家，而当他难得回家时，他想要看的是那个小宝宝。

至于铎丝——铎丝已经走了。对哈里·谢顿而言，那道伤痕永远淌血，永远疼痛难忍。而他的反应则很不妥当，他总认为是由于婉达的梦，才引发那一连串的事件，最后导致他失去了铎丝。

婉达与那个悲剧根本毫无关联，这点谢顿心知肚明。然而，他发觉自己开始躲着她。因此，在小妹妹降生所带来的危机中，他同样使婉达失望。

郁郁的婉达只好去找那个似乎总是欢迎她的人，那个她总是可以依赖的人，而他就是雨果·阿马瑞尔。他对心理史学发展的贡献仅次于哈里·谢顿，而他无止无休的绝对投入则无人能及。谢顿曾拥有铎丝与芮奇，雨果却没有妻子儿女，心理史学就是他的生命。然而，婉达无论何时来到他面前，他内心深处总会模糊地感到（虽然一闪即逝）一种失落感，似乎唯有对这孩子表现亲爱才能缓和这种感觉。事实上，他倾向于把她当成一个小大人，但婉达似乎就喜欢这样。

那是六年前的事，她晃荡到雨果的研究室，雨果抬起头，用一双重建过的眼睛严肃地望着她，如同往常一样，他花了点时间才认出她来。

然后他说："哈，是我亲爱的朋友婉达，但你为何看来那么伤心？像你这样一位年轻迷人的女子，当然绝不该感到伤心。"

婉达的下唇不停打战，她说：“没有人爱我。”

“喔，好啦，那不会是真的。”

“他们只爱那个小宝宝，他们不再关心我。”

“我爱你，婉达。”

“好吧，那么你就是唯一的一个，雨果叔叔。”虽然不能再像以前那样爬上他的膝头，她还是将脑袋枕在他肩上，默默哭了起来。

雨果完全不知所措，只能抱着这个女孩，对她说：“别哭，别哭。”出于全然的同情，又因为他自己这一生没有什么好哭的，他发觉自己的双颊也开始垂下泪滴。

然后，他突然中气十足地说：“婉达，你想不想看一样美丽的东西？”

“什么东西？”婉达抽噎着说。

在他的生命中与整个宇宙里，雨果只知道一样东西是美丽的。他说：“你听说过元光体吗？”

“没有，那是什么？”

“是你祖父和我工作上使用的东西。看到没？它就在这里。”

他指了指书桌上那个黑色立方体，婉达悲伤地望了一眼。“那可不美丽。”她说。

“现在并不美丽。”雨果表示同意，“但注意看，我要把它启动了。”

他开启元光体后，室内随即暗下来，并充斥着光点与各种色彩的闪光。“看到了吗？现在我们可以把它放大，好让所有的光点都变成数学符号。”

果然没错。似乎有一大团有形之物冲向他们，而在半空中，出现了婉达前所未见的种种符号，包括字母、数字、箭头与图案。

“美丽吗？”雨果问。

"嗯，美丽。"婉达一面说，一面仔细瞪着那些（她自己并不知道）代表未来各种可能的方程式，"不过，我不喜欢那个部分，我想它错了。"她指向她左方一个色彩缤纷的方程式。

"错了？你为什么说它错了？"雨果皱着眉头问。

"因为它不……美丽，换成我就不会这么做。"

雨果清了清喉咙。"好吧，我会试着把它改好。"他凑近那个方程式，以他特有的严肃方式瞪着它。

婉达说："非常感谢你，雨果叔叔，谢谢你给我看那些美丽的光线。也许有一天，我会了解它们的意义。"

"没什么，"雨果说，"我希望你感觉好一点。"

"好些了，谢谢。"她闪现一个短得不能再短的笑容，便离开了那间研究室。

雨果站在那里，感到有一点点伤心。他不喜欢有人批评元光体的产物，甚至一个什么都不懂的十二岁小女孩也不例外。

他站在那里的时候，完全没有想到心理史学的革命已经开始。

04

当天下午，雨果来到哈里·谢顿位于斯璀璘大学的研究室。这件事本身就不寻常，因为雨果几乎从不离开自己的研究室，甚至不会去找同一层楼的同事讲几句话。

"哈里，"雨果皱着眉头，看来十分困惑，"发生了一件非常古怪、非常奇特的事。”

谢顿望着雨果，心中感到无比难过。他只有五十三岁，但他看起来老得多，弯腰驼背，而且衰弱得几乎毫无血色。他们曾押他去做身体检查，医生一致建议他暂停工作一段时间（甚至永远），以便好好休息。医生都说，唯有这样才有可能改善他的健康。否则的话……谢顿却摇摇头，答道：“逼他离开工作岗位，他反倒死得更快，而且更痛苦。我们毫无选择。”

然后谢顿发觉，刚刚陷入沉思之际，他没有听到雨果在说些什么。

他说：“很抱歉，雨果。我有点心不在焉，请再说一遍。”

雨果说：“我是在告诉你，发生了一件非常古怪、非常奇特的事。”

“什么事，雨果？”

“是婉达。今天她来看我，显得非常伤心，非常彷徨。”

“为什么？”

“显然是因为那个小宝宝。”

“喔，对。”谢顿的声音中透出好几分歉疚。

“她那么告诉我，又靠在我的肩头哭起来——其实我也哭了一点，哈里。后来我想到，可以用元光体逗她开心。”说到这里雨果迟疑了一下，仿佛在仔细选取下面的用字。

“说下去，雨果。发生了什么事？”

“好吧，她瞪着四周所有的光线，而这时我放大了一部分，实际上是42R254节。你对那部分熟悉吗？”

谢顿微微一笑。“不熟悉，雨果。我不像你那样，把所有的方程式都牢记在心。”

“啊，你应该那样做。”雨果以严厉的口吻说，“否则怎能做好工作……但别管这个了。我想要说的是，婉达指着其中一部分，并且说它不好，不美丽！”

“有何不可？我们大家都有个人的好恶。”

“没错，当然。但我思量了一番，又花了些时间仔细检查一遍，结果，哈里，那里真有些不对劲。程序设计得不确切，而那个区域，正是婉达指的那个区域，的确是不好。而且，真的，它不美丽。”

谢顿有点僵硬地坐直身子，并且皱起眉头。“让我把事情弄清楚，雨果。她随便指向某处，说它不好，结果她说对了？”

“是的。但她并不是随便乱指的，她非常仔细。”

“但那是不可能的。”

“但它的确发生了，我在现场。”

“我不是说它没有发生，我是说这只是天大的巧合。”

“是吗？以你对心理史学的认识，你认为自己能对一组新的方程式瞥上一眼，就告诉我某一部分不好吗？”

谢顿说：“好吧，雨果，你又怎么会特别扩展那部分的方程式呢？是什么使你选择那一块放大的？”

雨果耸了耸肩。“那倒是巧合，你可以这么说，我只是随手转了转控制钮。”

“那不可能是巧合。”谢顿喃喃道。他随即陷入沉思，好一阵子之后，他问出一句话，推动了这场由婉达所引发的心理史学革命。

他说：“雨果，你原先对那些方程式有没有任何疑虑？你有没有任何理由相信它们有什么不对劲？”

雨果把弄着身上那套连身服的腰带，似乎显得有些尴尬。“没错，我认为真有。你可知道……”

“你‘认为’？”

“我知道真有。我似乎还记得，当我建立这组方程式的时候——那是新的一节，你该知道——我的手指似乎按错一个程序键。当时它看来没问题，但我猜我内心一直在担忧。我记得曾想到它看来不对劲，但我正好有其他的事要做，所以把它搁到一边去了。可是，当婉达刚好指向那个我念念不忘的区域时，我便决定好好检查一遍。否则的话，我会把它当成小孩的胡言乱语，根本不会追究。”

“而你偏偏开启那一部分方程式给婉达看，就好像它正在你的潜意识里作祟。”

雨果耸了耸肩。“谁知道？”

“而在此之前，你们两人非常接近，抱在一起，两人都哭了？”

雨果又耸了耸肩，显得更加尴尬。

谢顿说：“我想我知道发生了什么事，雨果，婉达透视了你的心灵。”

雨果跳起来，仿佛被什么咬了一口。“那是不可能的！”

谢顿则缓缓说道：“我曾经认识一个人，他就拥有那种不寻常的精神力量。”他悲痛地想到伊图·丹莫刺尔，或者该说丹尼尔，后者是只有谢顿才知道的秘密。“只不过他可以算是某种超人。可是他透视心灵、感知他人思想、说服他人采取某方面行动的能力，的确是一种精神力量。我想，说不定婉达也具有这种能力。”

“我无法相信这种事。”雨果倔强地说。

“我能，”谢顿说，“但我不知道该拿它怎么办。”他模糊地感到心理史学研究的革命已然迫近，但只是模模糊糊。

05

“爸，”芮奇以关切的口气说，“你看起来很疲倦。”

“我想是吧。”谢顿道，“我感到疲倦。但你可好吗？”

芮奇今年四十四岁，他的头发开始有些斑白，但他的八字胡仍旧乌黑浓密，看起来达尔味十足。谢顿怀疑他是否用过染剂，但这种问题是不能问的。

谢顿说：“你的演讲告一段落了吗？”

“暂时告一段落，但歇不了多久。我很高兴回到家里，看看宝宝、玛妮拉、婉达，还有你，爸。”

“谢谢你。但我有个消息告诉你，芮奇。别再作演讲了，我这里需要你。”

芮奇皱起眉头。“做什么？”过去，在两次不同的情况下，谢顿两度派他去执行棘手的任务，但都是在九九派作乱的时代。据他所知，如今一切很平静，更何况执政团已被推翻，一位弱势皇帝已经复辟。

“是婉达的事。”谢顿说。

“婉达？婉达有什么问题？”

“她没什么问题，但我们得验出她的完整基因组，也要为你和玛妮拉做，小宝宝也迟早要做。”

“贝莉丝也要？怎么回事？”

谢顿犹豫了一下。“芮奇，你也知道，你母亲和我总是认为你有讨人喜欢的特质，能博取他人的好感和信任。”

“我知道你这么想。每当你试图要我做什么困难的事，你就一再这么说。但我要坦白对你说，我从没感觉到这种特质。”

“不，你征服了我和……和铎丝。”即使她的毁灭已是四年前的事，要他说出这个名字仍有极大的困难。“你征服了卫荷的芮喜尔，你征服了九九·久瑞南，你征服了玛妮拉。这一切你要怎么解释？”

“智慧和魅力。”芮奇咧嘴一笑。

“你有没有想到，你也许接触过他们的——我们的心灵？”

“不，我从没想到这种事。既然你提起了，我想说这实在无稽。请务必恕我直言，爸。”

“如果我告诉你，婉达似乎在一次难关中透视了雨果的心灵，你会怎么说？”

“巧合或想象，我会这么说。”

“芮奇，我曾经认识一个人，他能操控人们的心灵，就像你我操控语言一样容易。”

“那是谁？”

“我不能说出来。不过，相信我就对了。”

“这个嘛——”芮奇深表怀疑。

“我曾经到帝国图书馆，去查阅这方面的资料。有一个很稀奇的故事，时间大约在两万年前，换句话说，是在迷雾般的超空间旅行肇始期。故事的主角是个年轻女子，年龄不比婉达大多少，她能和整个行星沟通，那颗行星所环绕的太阳叫做‘复仇女神’。”

“不用说，当然是神话。”

“当然，而且残缺不全，但和婉达有惊人的相似之处。”

芮奇说："爸，你在打算些什么？"

"我还不确定，芮奇。我需要知道那些基因组，我还得再找些像婉达的人。我有个想法，某些小孩生来就有这种精神力量，虽然不常见，但偶尔总有。可是一般说来，只会为他们带来麻烦，于是他们学着掩饰。等到他们渐渐长大，他们的能力，他们的天赋，便埋藏在心灵深处，这是一种自保性的潜意识行动。在帝国境内，甚至仅在川陀四百亿人口之间，一定有不少像婉达这样的人。如果我知道了我所要的基因组，就能检验那些我认为可能的人选。"

"如果找到他们，你会怎么做呢，爸？"

"我的想法是，进一步发展心理史学正需要他们。"

芮奇说："而婉达是你发现的第一个，你打算让她成为一个心理史学家？"

"说不定。"

"就像雨果。爸，不行！"

"为什么？"

"因为我要她像正常的女孩那样成长，然后变成一个正常的女人。我不会让你把她摆在元光体前，使她成为心理史学数学的一个活石碑。"

谢顿说："也许不至于，芮奇，但我们必须取得她的基因组。你也知道，数千年来一直有人建议，应该为每一个人的基因组建档。只是由于手续昂贵，才没有成为例行公事，但是绝没有人怀疑它的用处。你当然看得出这样做的优点，即使不为别的，我们也能知道婉达有没有任何生理异常的倾向。假使我们早就有雨果的基因组，我确定他现在不会奄奄一息。不用说，至少我们可以这样做。"

"好吧，也许，爸，但顶多只能这样做。我愿意打赌，对于这件事，玛妮拉会比我坚决得多。"

谢顿说："很好。但你要记住，别再做任何演讲旅行，我需要你待在家里。"

"看看吧。"说完芮奇便走了。

谢顿束手无策地坐在那里。伊图·丹莫刺尔，那位他确知能操控心灵的人，一定知道应该怎么做。而拥有超人知识的铎丝，也可能知道该怎么做。

至于他自己，他对新的心理史学有个模糊的憧憬，但也仅止于此。

06

取得婉达的完整基因组不是一件容易的工作。首先，有能力分析基因组的生物物理学家少之又少，那些够资格的则总是很忙。

谢顿也不可能为了引起生物物理学家的兴趣，而公开讨论他的需要。他觉得，自己对婉达的精神能力那么关心的真正原因，是绝对有必要对全银河保密的。

假如还要列举其他的困难，那就是分析手续费贵得吓人。

谢顿一面摇头，一面冲着他正在咨询的生物物理学家蜜安·恩德勒斯基说："为什么那么贵，恩德勒斯基医师？我不是这方面的专家，但我清清楚楚地了解，分析手续完全电脑化，而且，一旦你取得皮肤细胞刮片，基因组在几天内便能完全建立，并且分析完毕。"

“那是事实。可是将一个去氧核糖核酸分子拉成几十亿个核苷酸，让每个嘌呤和嘧啶各就各位，却根本不是那么回事；绝对不是那么回事，谢顿教授。接下来，还要研究每一个基因，再和一些标准基因进行比对。

“现在，我们来想一想。首先，虽然我们有些完整基因组的记录，但和世上所有的基因组相比，却连九牛一毛还不到，因此我们并非真正知道它们有多标准。”

谢顿问道：“为何那么少？”

“有好些原因。费用是其中之一，很少有人愿意把信用点花在这上面，除非他们有强烈的理由，认为他们的基因组有什么问题。倘若没有强烈的理由，人们不会情愿接受分析，生怕因此发现什么问题。所以说，您确定要您的孙女接受基因组分析吗？”

“是的，我确定，这实在太重要了。”

“为什么？她有任何代谢异常的症候吗？”

“不，她没有。应该说刚好相反，可惜我不知道‘异常’有什么反义词。我认为她是最不寻常的人，而我要知道究竟是什么使她不寻常。”

“哪方面不寻常？”

“精神方面，但我没办法详加叙述，因为我尚未全然了解。等她做完基因组分析，也许我就能说出所以然来。”

“她今年几岁？”

“十二，就快满十三了。”

“这样的话，我需要双亲的同意。”

谢顿清了清喉咙。“这点可能有困难。我是她的祖父，我的同意难道不够吗？”

“对我而言，当然够了。可是您该知道，我们现在谈的是法律，我可不希望被吊销营业执照。”

于是，谢顿需要再和芮奇打一次交道。这回同样很困难，因为芮奇再度抗议，说他与妻子玛妮拉，都希望婉达过着正常女孩的正常生活。万一她的基因组的确不正常，那该怎么办？她会不会被抓去接受各种检验，身上插满探针，活像个实验室的样本？谢顿会不会由于对心理史学计划过度狂热，而逼迫婉达过着只有工作没有娱乐的生活，禁止她与同龄的年轻人见面？

可是谢顿十分坚持。“相信我，芮奇，我绝不会做任何伤害婉达的事。但这点是一定要做到的，我需要知道婉达的基因组。倘若正如我猜测的那样，我们可能即将改变心理史学的发展方向，甚至改变整个银河未来的走向！”

因此芮奇被说服了，并设法取得了玛妮拉的同意。于是，三个大人一起带着婉达，来到恩德勒斯基医师的化验室。

蜜安·恩德勒斯基在门口迎接他们。她有一头亮晶晶的白发，但她的脸庞毫无岁月的痕迹。

她望着那个女孩，后者带着好奇的表情走进来，但脸上并未显现任何忧虑或恐惧。然后，她转而望向陪同婉达前来的三位大人。

恩德勒斯基医师带着微笑说：“母亲、父亲和祖父，我说对了吗？”

谢顿答道：“完全正确。”

芮奇显得卑躬屈膝；玛妮拉则显得相当疲倦，她的脸有点肿，双眼还有点红。

“婉达。”女医师开口道，“那是你的名字，对吗？”

“是的，夫人。”婉达以清晰的口齿说。

“我要一五一十告诉你会对你做些什么。我猜，你惯用右手吧。”

“是的，夫人。”

“很好，那么，我会在你的左前臂一小块面积上喷些麻醉剂，感觉只会像一阵凉风，如此而已。然后我会从你的手臂上刮下一点皮肤，只是一点点。不会痛，不会流血，事后不会有疤痕。等我做完之后，我会再帮你喷些消毒药水，整个过程只会花几分钟的时间。这样听来还可以吗？”

“当然。”婉达一面说，一面伸出手臂。

采样完成后，恩德勒斯基医师说：“我会把刮片放在显微镜底下，选取一个优良的细胞，然后让我的电脑化基因分析仪开始工作。它会标示出每一个核苷酸，可是它们总共有好几十亿，所以或许要花上将近一天的时间。当然，它是全自动的，所以我不会坐在这里看着，而你们也没有必要那样做。

“一旦基因组准备好，分析手续则需要更长的时间。假如您想要完整的报告，那也许得花上几个星期。这个手续如此昂贵的原因就在这里，它是个既困难又冗长的工作。等我得到结果后，我会以电话通知您。”说完她便转身，埋首于桌上那台闪闪发光的仪器，仿佛她已经把这家人送走了。

谢顿说：“如果发现任何不寻常的结果，你会不会立刻和我联络？我的意思是，如果你在头一个小时就发现了什么，可别等分析完毕再通知我，别让我做无谓的等待。”

“头一个小时有任何发现的机会微乎其微，但我向您保证，谢顿教授，如果看起来有必要，我会马上和您联络。”

玛妮拉抓起婉达的手臂，打了胜仗般牵着她走出去。芮奇跟在后面，脚步有点拖泥带水。谢顿又逗留了一会儿，嘱咐道：“这件事的重要性超出你的想象，恩德勒斯基医师。”

恩德勒斯基医师一面点头，一面说：“不论是什么原因，教授，我都会尽我的全力。”

谢顿离去时紧抿着嘴唇。他为何会认为基因组在五分钟内便能准备好，再花五分钟看一眼便能得到答案？他自己也不明白。现在，他不得不等上几个星期，才能知道将会发现什么结果。

他激动得咬牙切齿。他最新的智慧结晶“第二基地”是否能够建立起来？或者只是一个永远可望不可及的幻影？

07

哈里·谢顿走进了恩德勒斯基医师的化验室，脸上挂着紧张兮兮的笑容。

他说：“你告诉我要几个星期，医师，现在已经过了一个月。”

恩德勒斯基医师点了点头。“很抱歉，谢顿教授，但您希望每件事都一丝不苟，我正是试图那样做。”

“怎么样？”谢顿脸上的焦虑并未消失，“你发现了什么？”

“一百个左右的缺陷基因。”

“什么！缺陷基因？你在开玩笑吗，医师？”

“我相当认真。有何不可呢？每个基因组至少都有一百个缺陷基因，通常还要多得多。您该知道，其实并不像听起来那么糟。”

“不，我不知道，医师。专家是你，不是我。”

恩德勒斯基医师叹了一声，又在座椅中欠了欠身。“您对遗传学一无所知，对不对，教授？”

“没错，我不懂，一个人不可能什么都懂。”

“您说得完全正确。我就对您的那个——您管它叫什么？——那个心理史学一窍不通。”

恩德勒斯基医师耸了耸肩，又继续说：“假如您想对我解释它的任何原理，您将被迫从头讲起，而就算这样做，我可能也无法了解。好了，至于遗传学……”

“怎么样？”

“一个有缺陷的基因通常不代表什么。没错，某些具有缺陷的基因，的确由于缺陷太过严重，因而导致一些可怕的疾病。不过，这种情形非常罕见。大多数有缺陷的基因，只是无法绝对精确地工作，就像有点不平衡的轮子。车辆照常能够行驶，虽然有点颠簸，可是仍然能行驶。”

“婉达属于这种情形吗？”

“是的，差不多就是这样。毕竟，假如所有的基因都完美无缺，我们看来便会全部一模一样，我们的言行举止也会全部一模一样。人和人的差异，就是基因的差异造成的。”

“但是当我们年纪渐渐大了，难道不会越来越糟吗？”

“没错。我们年纪越大，情况就会越糟。我注意到您一跛一跛地走进来，为什么会这样？”

“有点坐骨神经痛。”谢顿喃喃道。

“您这辈子都是这样吗？”

“当然不是。”

“看吧，您有些基因随着年龄而逐渐变差，害得您不良于行。”

“婉达将来又会发生什么问题呢？”

“我不知道。我无法预测未来，教授，我相信那是您的领域。

然而，假如我大胆猜一猜，我会说除了逐渐老化之外，婉达不会发生任何不寻常的变化，至少就遗传学而言。”

谢顿说：“你确定吗？”

“您得相信我的话。想要分析婉达的基因组，您便冒着一个危险，那就是发现一些也许最好别知道的事。但是我可以告诉您，根据我的看法，我看不出她会发生什么可怕的事。”

“那些有缺陷的基因，我们该不该把它们修好？我们修得好吗？”

“不该。原因之一，那样做太过昂贵。原因之二，它们再度突变的机会很大。最后一个原因，则是一般人反对这样做。”

“可是为什么呢？”

“因为他们反对一切的科学。您对这点的了解应该不输任何人，教授。如今的情势只怕是神秘主义日渐壮大，而在克里昂死后尤其变本加厉。人们不再相信修复基因的科学方法，他们宁愿利用加持或各式各样的咒语来治病。坦白讲，我现在想要继续研究工作都极为困难，经费来源太少太少了。”

谢顿点了点头。“其实，我对这种情形了解得再透彻不过。心理史学对它有所解释，但我实在没想到情况这么快就变得这么糟。我对自己的工作太过投入，以致未曾注意周围这些困境。”他叹了一声，“过去三十多年来，我眼看着银河帝国逐渐四分五裂，现在它则以快得多的速度开始崩溃，我看不出我们怎能及时阻止。”

“您在试图这样做吗？”恩德勒斯基医师似乎颇有兴趣。

“是的，我在设法。”

“祝您吉星高照。至于您的坐骨神经痛，您可知道，五十年前是可以治好的。不过，现在不行了。”

“为什么？”

“这个嘛，治疗仪器没了；懂得操作那些仪器的人，通通做别的事去了。医疗水准同样在走下坡。”

“和其他的一切一起衰落。”谢顿沉思了一会儿，“不过，我们还是回到婉达身上吧。我觉得她是个最不寻常的少女，拥有一个和大多数人不同的大脑。你从她的基因中，看出她的大脑有什么特殊吗？”

恩德勒斯基医师上身靠向椅背。“谢顿教授，您可知道和大脑运作有关的基因究竟有多少？”

“不知道。”

“让我提醒您一件事，在人体各个层面中，大脑的运作是最错综复杂的一环。事实上，根据目前的了解，宇宙中再也没有比人脑更复杂的结构。所以假如我告诉您，在大脑运作中扮演某种角色的基因有好几千个，您应该不会惊讶才对。”

“几千个？”

“正是如此。想要一一检查这些基因，看看有没有任何特殊的不寻常，简直就是不可能的事。有关婉达的情形，我会相信您的话：她是个不寻常的女孩，拥有一个不寻常的大脑。可是我在她的基因中，看不出有关那个大脑的任何讯息——当然，除了看出它完全正常。”

“你能不能根据婉达的精神运作基因，找到其他具有类似基因的人，那些具有相同大脑型样的人？”

“我认为没有什么可能。即使另一个大脑和她的十分相似，两者的基因还是会有巨大差异，寻找相似性根本没有用。告诉我，教授，婉达究竟有何特殊之处，会让您认为她的大脑如此与众不同？”

谢顿摇了摇头。“很抱歉，我不能讨论这件事。”

“这样的话，我绝对肯定我无法帮您找到什么。您如何发现她的大脑有不寻常之处，如何发现这件不能讨论的事？”

“巧合，”谢顿喃喃道，“纯粹是巧合。”

“这样的话，您若想找到其他类似的大脑，也必须借着巧合才行，没有别的办法了。”

沉默在两人之间徘徊许久，最后谢顿说：“你还能告诉我其他任何事吗？”

“只怕没有了，除了我会把账单寄给您。”

谢顿吃力地站起来，坐骨神经痛令他难以忍受。“好吧，那就谢谢你了，医师。把账单寄给我，我会尽快付清。”

哈里·谢顿离开了这位医师的化验室，简直不知道下一步该做什么。

08

就像任何一位知识分子一样，哈里·谢顿曾经自由地使用帝国图书馆。大多数的时候，他是借助于电脑联线，但他偶尔也会亲自造访，主要的目的是为了纾解一下心理史学计划的压力。几年前，自从他定下寻找类似婉达者的计划后，他便在那里申请了一间个人研究室，以便随时查询馆内收藏丰富的资料。他甚至还在邻区租了一间小公寓，这样一来，当此地越来越繁重的研究工作使他无法返回斯璀璘时，他便能步行来到这座图书馆。

然而，如今，他的计划进入一个全新的层次，使他想要和拉斯·齐诺见上一面。这将是谢顿首次与他做面对面的接触。

想要和帝国图书馆的馆长安排一次私人会晤，绝对不是一件容易的事。馆长对这个职位的本质与身价自视甚高，因此常常有人说，就连皇帝希望咨询馆长时，也得亲自前往该馆，等候馆长的接见。

然而，谢顿并没有遇到这种麻烦。齐诺虽然与哈里·谢顿从未谋面，却对他十分熟悉。“万分荣幸，首相。”这是他的欢迎词。

谢顿微微一笑。“我相信您一定知道，我不在那个职位已有十六年之久。”

“这个头衔的荣耀仍是您的。此外，首相，我们得以摆脱执政团的残酷统治，您也功不可没。那个执政团，当年有好几次，都破坏了本馆中立的神圣原则。”

啊，谢顿心想，这便解释了他为何那么爽快就答应见我。

“只是谣言罢了。”他高声道。

“现在，请告诉我，”齐诺一面说，一面忍不住瞥了一眼手腕上的计时带，“我能为您做些什么？”

“馆长，”谢顿开始说，“我这次前来，对您提出的要求绝不简单。我想要的是在馆内拥有更大的空间，此外我要您批准我带一批同僚进来，还要您批准我从事一项长期而繁复的计划，但这项计划的重要性无与伦比。”

拉斯·齐诺脸上现出苦恼的表情。“您要求得可真不少。您能解释这一切有什么重要性吗？”

“可以，帝国正处于土崩瓦解中。”

顿了好长一段时间，然后齐诺说：“我听说过您在研究心理史学。有人告诉我，说您的新科学有希望能预测未来。您现在说的，就是心理史学的预测吗？”

"不是。我在心理史学上的研究尚未达到那个境界，还无法信心十足地谈论未来。但您并不需要心理史学，也能知道帝国正在瓦解，您自己就能看到许多证据。"

齐诺叹了一口气。"我在这儿的工作占了我全部的时间，谢顿教授。一提到政治和社会问题，我就成了一个孩子。"

"只要您愿意，您大可查询收藏在这座图书馆的各种资料。环顾一下这间办公室吧，它塞满了来自银河帝国各处、各式各样应有尽有的资料。"

"只怕，我是最跟不上时代的人。"齐诺露出悲伤的笑容，"您该知道一句古老的谚语：鞋匠的孩子没鞋穿。不过在我看来，帝国似乎已经复兴，我们现在又有了一位皇帝。"

"只是名义上如此，馆长。在大多数的偏远星省，皇帝的名字偶尔会仪式性地提上一提，可是他无法左右他们的所作所为。外围世界控制着自己的政治，而更重要的是，他们控制着当地的武装部队，这些部队完全不在皇帝掌握中。假使皇帝试图在内围世界之外任何角落行使权力，他都注定要失败。我怀疑顶多再过二十年，某些外围世界就会宣布独立。"

齐诺又叹了一口气。"如果您说得对，我们便处于帝国有史以来最糟的时期。可是这一点，和您渴望在本馆获得更多空间、召来更多人员又有什么关系？"

"如果帝国四分五裂，帝国图书馆或许也难逃这场劫数。"

"喔，一定可以的。"齐诺一本正经地说，"过去也曾有过很糟的年头，可是人们一向了解，川陀上的帝国图书馆乃是人类全体知识的宝库，一定不可受到侵犯，而将来也会如此。"

"也许不会，您自己说的，执政团曾破坏它的中立。"

"并不严重。"

“下次可能就会更严重，我们不能允许这个人类全体知识的宝库被毁。”

“您在此地增加工作人员，怎么就能防止那种悲剧？”

“的确不能，但我所感兴趣的那个计划却可以。我想要制作一套伟大的百科全书，其中包含各种丰富的知识，万一最坏的情况果真发生，那些知识足以帮助人类重建文明——您可以称之为《银河百科全书》。我们并不需要本馆所有的一切，许多资料都过于浅显。散布在银河各处的地方图书馆也可能被毁，纵使它们得以幸免，除了最为区域性的资料，其他一切仍是借着电脑联线取自帝国图书馆。所以说，我打算做的是个全然独立的东西，并且要以尽可能简明扼要的形式，收录人类所需要的各种根本知识。”

“万一它同样被毁呢？”

“我希望不会。我的打算是在遥远的银河边缘找一个世界，让我能把手下的百科全书编者迁到那里去，让他们在那里平静地工作。然而，在找到那样一个地方之前，我想让核心成员在此工作，利用本馆的设备，来决定这个计划需要些什么。”

齐诺现出痛苦的表情。“我懂了您的意思，谢顿教授，但我不确定是否办得到。”

“为何不能，馆长？”

“因为，身为馆长并不代表我就是独裁君主。我有个相当大的评议会，一种立法机构，请别以为我能轻易通过您的百科全书计划。”

“我很惊讶。”

“不必惊讶，我不是个很受欢迎的馆长。这些年来，评议会在力争对本馆的使用设限，而我一直拒绝。我提供小小一间研究室给您，就令他们火冒三丈了。”

“设限？”

“正是如此。他们的想法是这样的，无论任何人需要一项资料，都必须和某位图书馆员联络，由那位馆员替他找来那项资料。评议会不希望人们自由进入本馆，亲自动手操作电脑。他们说，保养电脑和其他图馆设备的费用越来越贵得离谱。”

“但那是不可能的，开放式的帝国图书馆已是上千年的传统。”

“的确没错，但是最近这些年，本馆的预算被削减好几次，我们再也没有像过去那么多的经费。想使我们的设备保持一定水准，成了一件非常困难的事。”

谢顿揉了揉下巴。“但如果你们的预算逐渐减少，我想您就得降低薪资，裁减人员——或者，至少不再雇用新人。”

“您说得完全正确。”

“这样的话，在人力逐年缩减的情况下，您怎么有办法揽下新的工作，由您的手下来寻找公众索求的一切资料？”

“他们的想法是，我们不再搜集公众将会索求的一切资料，而仅仅搜集我们认为重要的资料。”

“所以说，你们不只废止了开放式图书馆，同时也废止了完备式图书馆？”

“只怕就是如此。”

“我无法相信会有图书馆员想这样做。”

“您不认识吉纳洛·麻莫瑞，谢顿教授。”面对谢顿一脸的茫然，齐诺继续说，“‘他是谁？’您一定在纳闷。他是评议会中希望封闭本馆那一派的领袖，评议会有越来越多的成员倒向他那边。假使我让您和您的同事进驻本馆，成为馆中一支独立的队伍，那么，有些评议委员原本或许不在麻莫瑞那边，但由于坚决反对外人控制本馆任何角落，也许便会决定投他一票。这样一来，我将被迫辞去馆长一职。”

“您看吧，”谢顿突然中气十足地说，“所有的变故，包括可能关闭本馆、对它设限、拒绝搜集所有的资料，都可以归咎于预算逐年减少，而这一切的一切，本身就是帝国瓦解的一项征兆。您不同意吗？”

“如果您要这么讲，或许也没错。”

“那么让我去和评议会说说，让我来解释未来可能如何，以及我希望怎么做。说不定我能说服他们，正如我希望已经说服了您。”

齐诺考虑了一会儿。“我愿意让您试一试，但您事先必须知道，您的计划可能不会成功。”

“我一定得碰碰运气。请务必做到需要做的一切，并尽快让我知道我在何时何处能跟评议会碰面。”

谢顿向齐诺告别，怀着不安的心情离去。他告诉这位馆长的一切都是真的，而且平淡无奇。至于他需要使用这座图书馆的真正理由，他则守口如瓶。

部分原因是，他自己也尚未看清楚。

09

哈里·谢顿耐心地、悲伤地坐在雨果·阿马瑞尔的床沿。雨果完全油尽灯枯——他拒绝接受任何医疗，但即使愿意接受，他也早已回天乏术。

他只有五十五岁。谢顿自己则已经六十六，但他健康状况良好，只有坐骨神经的刺痛（或者不管是什么痛）偶尔使他不良于行。

雨果张开眼睛。“你还在这儿，哈里？”

谢顿点了点头。“我不会离开你。”

“直到我死去？”

“是的。”谢顿突然悲从中来，又说，“你为什么要这样做，雨果？假使你过着正常生活，你还能有二三十年的寿命。”

雨果淡淡一笑。“正常生活？你的意思是休假？旅游？享受些微不足道的乐趣？”

“是的，是的。”

“那样的话，我要不是渴望赶紧回来工作，就是学会虚度光阴，而在你所谓多出来的二三十年间，我将一事无成。看看你自己。”

“我怎么样？”

“你在克里昂御前当了十年首相，那时你做了多少科学研究？”

“我把大约四分之一的时间花在心理史学上。”谢顿柔声道。

“你夸大了。要是没有我辛勤工作，心理史学的进展会戛然而止。”

谢顿点了点头。“你说得对，雨果，这点我很感激。”

“而在此之前和之后，当你至少把一半时间花在行政事务上的时候，是谁在做实际的工作？啊？”

“是你，雨果。”

“一点都没错。”他再度阖上眼睛。

谢顿说：“但你总是希望在我之后接掌那些事务。”

“不！我想要领导谢顿计划，是要让它保持在正轨上前进，但我会把所有的行政工作分派出去。”

雨果的呼吸逐渐变得像是鼾声，但他随即惊醒，重新张开眼睛，直勾勾地瞪着谢顿。他说：“在我走了之后，心理史学会怎么样？你想过吗？”

“是的，我想过。我现在就要和你谈谈这件事，它可能会让你高兴。雨果，我相信心理史学正在酝酿一场革命。”

雨果微微皱起眉头。“什么方式？我不喜欢你这种口气。”

“听好，那可是你的主意。几年前，你告诉我应该建立两个基地。彼此独立，安全地隔离起来，安排它们成为第二银河帝国的种子。你还记得吗？那是你的主意。”

“心理史学方程式……”

“我知道，是那些方程式建议的。现在我正忙着进行，雨果。我在帝国图书馆设法弄到了一间研究室……”

“帝国图书馆，”雨果眉头锁得深了些，“我不喜欢他们，一伙自鸣得意的白痴。”

“那位馆长，拉斯·齐诺，可没有那么坏，雨果。”

“你见过一个叫吉纳洛·麻莫瑞的图书馆员吗？”

“没有，但我听说过他。”

“一个卑贱的人。我们有过一次争论，他硬说我把什么东西弄丢了。我根本是冤枉的，所以我非常恼怒，哈里。突然间我像是回到了达尔——达尔文化的一项特色，哈里，就是充满恶毒的脏话。我用了些在他身上，我说他在妨碍心理史学研究，历史会把他写成一个坏蛋，我也不只是说‘坏蛋’而已。”雨果孱弱地呵呵笑了几声，“我把他骂得哑口无言。”

谢顿突然恍然大悟，明白了麻莫瑞对外人（尤其是对心理史学）的憎恨从何而来——至少明白了一部分，但他什么也没有说。

“重点在于，雨果，你想要建立两个基地，以便如果一个失败了，另一个还能继续下去。但我们已经超越了这个设计。”

“哪一方面？”

“你记不记得两年前，婉达透视你的心灵，看出元光体中某个部分的方程式不对劲？”

“当然记得。”

“好，我们要找一些类似婉达的人。我们将建立一个主要由物理科学家组成的基地，他们会保存人类的知识，会成为第二帝国的种子。此外还会有个仅由心理史学家组成的第二基地——他们是精神学家，是能触动心灵的心理史学家——他们能以集体心灵的方式研究心理史学，进展将远比任何个别心灵更为迅速。在未来的岁月里，他们这组人将负责导入微调，你懂了吧。他们将始终隐身幕后，静观其变；他们将是第二帝国的守护者。”

“太好了！”雨果虚弱地说，“太好了！你看我选的死期多么恰当？已经没有什么需要我做的了。”

“别这样说，雨果。”

“别大惊小怪，哈里。我太累了，什么也不能做了。谢谢你……谢谢你……告诉我……”他的声音越来越微弱，“这场革命。这使我很……高兴……高兴……高……”

这便是雨果·阿马瑞尔最后的几句话。

谢顿伏在床上，泪水烫伤了他的眼睛，然后顺着双颊滚滚而下。

又一个老朋友走了。丹莫刺尔，克里昂，铎丝，现在则轮到雨果……令他的晚年越来越空虚，越来越孤独。

而让雨果含笑以终的这场革命，却有可能永远无法实现。他能否设法获得帝国图书馆的使用权？他能否找到更多像婉达的人？最重要的是，得花多久时间？

谢顿此时六十六岁。假使他在三十二岁、刚刚抵达川陀之际，便能展开这场革命，那该有多好……

现在或许太迟了。

10

吉纳洛·麻莫瑞让他等了很久。这是蓄意的失礼，甚至是傲慢，但哈里·谢顿仍保持冷静。

毕竟，谢顿万分需要麻莫瑞的帮助。他若对这位图书馆员发怒，只会伤害到他自己。事实上，麻莫瑞会乐于见到一位生气的谢顿。

因此谢顿按捺住脾气，耐心地等待，最后麻莫瑞终于走进来。谢顿以前曾见过他，但只是远远的一瞥，这是他们两人首次的单独会晤。

麻莫瑞身材矮胖，有一张圆脸，以及少许深色的络腮胡。他脸上挂着笑容，但谢顿觉得那只是无意义的装饰。这个笑容使他露出一口黄板牙，而他头上那顶不可或缺的帽子也具有类似的黄色色调，并且盘绕着一道褐色的线条。

谢顿感到有点恶心。他觉得自己会很讨厌麻莫瑞，即使他毫无理由那样做。

麻莫瑞并未做任何开场白，直截了当地说："好啦，教授，我能为你做些什么？"他望了望墙上的计时片，却没有为迟到而道歉。

谢顿说："我想要请求你，馆员阁下，别再反对我留在这座图书馆。"

麻莫瑞两手一摊。"你在这里已经待了两年，你说的是哪门子反对？"

"目前为止，在评议会中，你代表的那一派以及和你志同道合的人，还不能胜过支持馆长的票数。但下个月将有另一次会议，而拉斯·齐诺告诉我，他无法确定会有什么结果。"

麻莫瑞耸了耸肩。"我也无法确定。你的租赁——姑且这么称呼——很有可能续约。"

"可是我的需要不只如此而已，麻莫瑞馆员，我还希望带些同事进来。我正在进行的计划，不是我一个人做得到的，我最终的目的，是准备编纂一套非常特别的百科全书。"

"你的同事爱在哪儿工作，当然就能在哪儿工作，川陀是个很大的世界。"

"我们必须在这座图书馆工作。我是个老人，馆员阁下，我没有多少时间。"

"谁又能制止时间的流逝呢？我认为评议会不会准许你把同事

带进来。牵一发而动全身，是吗，教授？”

是啊，的确没错，谢顿心想，但他什么也没说。

麻莫瑞又说：“我一直无法把你拦在外面，教授，至少目前还不行。但是我想，我能继续把你的同事拦在外面。”

谢顿了解到自己将一无所获，便将坦白的程度再升一级。他说：“麻莫瑞馆员，你对我的憎恨当然不是私怨，你当然了解我在从事的工作多么重要。”

“你的意思是，你的心理史学。得了吧，你在那上面花的时间超过三十年，可是又有什么成果？”

“那正是重点，现在可能要有成果了。”

“那就让这个成果诞生在斯璀璘大学，为何一定要在帝国图书馆？”

“麻莫瑞馆员，听我说。你想要做的是对公众关闭这座图书馆，你希望粉碎一项悠久的传统。你狠得下心这样做吗？”

“我们需要的不是狠心，而是经费。馆长当然曾靠在你的肩头哭泣，把我们的悲哀告诉了你。预算逐年删减，薪资降低，必需的保养维护全没了。我们要怎么办？我们不得不减少服务项目，而且当然供不起你和你的同事所需的研究室和设备。”

“这种情况有没有禀奏陛下？”

“得了吧，教授，你在做梦。你的心理史学不是告诉你，帝国正在逐渐衰落吗？我听说有人称你为乌鸦嘴谢顿，我相信那是指寓言中一种不吉利的鸟儿。”

“我们的确正在进入一个很糟的时代。”

“而你相信本馆偏偏能幸免吗？教授，这座图书馆如同我的生命，我要它延续下去，但除非我们找到些法子，让我们逐年缩减的经费能凑合着用，否则它一定无法延续。而你却来到这里，指望有个开放式图书馆，让你自己成为受益者。办不到，教授，根本办不到。”

谢顿抱着一线希望说：“要是我能帮你们找到信用点呢？”

“是吗，怎么找？”

“要是我有办法和陛下说说呢？我担任过首相，他会接见我，他会听我陈情。”

“然后你就会从他那里得到经费？”麻莫瑞哈哈大笑。

“如果我能做到，如果我能增加你们的预算，我可否带我的同事进来？”

“先把信用点带来，”麻莫瑞道，“那时我们再说。但我可不认为你会成功。”

他似乎非常自信。谢顿不禁怀疑，帝国图书馆究竟向皇帝请愿多么频繁，效果又是多么微弱。

而他也怀疑自己的请愿是否会有任何成效。

11

艾吉思大帝十四世其实名不符实。他在即位时选用这个名号，是刻意和二千年前统治帝国的几位艾吉思大帝攀关系。那些皇帝大多相当能干，尤其是在位长达四十二年之久的艾吉思六世——他曾以强硬却不暴虐的手段，将繁荣的帝国治理得井然有序。

假如全息记录有些可信度，艾吉思十四世看起来就不像之前任何一位艾吉思大帝。但是，话说回来，根据可靠的消息，艾吉思十四世本人长得不太像公开流传的官方全息像。

事实上，哈里·谢顿带着怀旧的惆怅想到，纵使克里昂大帝有百般缺点与弱点，他的帝王风范却毋庸置疑。

艾吉思十四世则不然。谢顿从未真正见过这位皇帝，而他看过的几张全息像又极度失真。皇家全息摄影师知道该怎么做，而且做得很好，谢顿挖苦地想。

艾吉思十四世身材矮小，拥有一副其貌不扬的面容，稍微鼓胀的双眼似乎欠缺智慧的光芒。他会有资格坐在皇位上，仅仅因为他是克里昂的旁系亲属。

然而，他也有值得称道的一面，那就是他并未试图扮演一位强势皇帝。大家都了解，他喜欢被称为“平民皇帝”。只因为皇家规范与禁卫军的大声疾呼，他才无法走入穹顶，在川陀的人行道上闲逛。传言又说，他显然希望能和平民握握手，亲耳听听他们的怨言。

值得给他一分，谢顿心想，即使这点永远无法实现。

喃喃请安一句，再一鞠躬之后，谢顿开口道：“感谢陛下同意接见我。”

艾吉思十四世的声音清晰且相当动听，与他的外表十分不相称。他说：“一位前首相当然应该有些特权，不过，我必须赞誉自己勇气可嘉，因为我有惊人的勇气同意见你。”

他的话语透着幽默，谢顿突然领悟到一件事：一个看起来或许不聪明的人，实际上仍有可能是聪明人。

“勇气，陛下？”

“啊，当然啦。他们不是叫你乌鸦嘴谢顿吗？”

“启禀陛下，几天前，我才头一次听到这种说法。”

“显然那是针对你的心理史学，它似乎预言了帝国的衰亡。”

“它只是指出这个可能性，陛下……”

“于是，就有人把你和神话中一种不吉利的鸟儿联想在一起。只是在我看来，你正是一只不吉利的鸟儿。”

“启禀陛下，我希望不是。”

“得了，得了，过去的记录清楚得很。伊图·丹莫刺尔，克里昂原来的首相，他看好你的研究工作，结果有什么下场？他被迫离职，自我放逐。克里昂大帝本人看好你的研究工作，结果有什么下场？他遇刺身亡。军人执政团看好你的研究工作，结果有什么下场？他们烟消云散。据说，连那些九九派也看好你的研究工作，结果，你看，他们同样被摧毁了。而现在，喔，乌鸦嘴谢顿，你来见我了。我又能指望什么呢？”

“啊，不会有任何凶险的，陛下。”

“我也这么想，因为我和刚才提到的那些人都不同，我并不看好你的研究工作。现在告诉我，你来此究竟有什么目的。”

于是谢顿开始解释，说筹备那套百科全书的计划有多么重要，假如最坏的情况果真发生，它能够替人类保存所有的知识。艾吉思十四世一直仔细聆听，从头到尾没有插嘴。

“是啊，是啊，”艾吉思十四世终于开口，“所以说，你的确深信帝国将要衰亡。”

“启禀陛下，这是个强烈的可能性，拒绝考虑这个可能性将是不智之举。只要我有办法，我希望在某种程度上阻止这个结果；即使没有办法，我也要减轻它的效应。”

“乌鸦嘴谢顿，如果你继续在这方面钻牛角尖，我就会相信帝国真要衰亡，而且根本无法阻止。”

“不是这样的，陛下，我只要求准许我继续工作。”

“喔，这没问题，但我还不了解你希望我怎样帮你。你为什么告诉我关于这套百科全书的种种？”

“因为我希望在帝国图书馆内工作，陛下，或者更精确地说，我希望其他人能和我一起在那里工作。”

“我向你保证，我不会从中作梗。”

“那还不够，陛下，我还要您帮助我。”

“哪一方面呢，前首相？”

“提供经费。必须拨款给那座图书馆，否则它会对公众关门，并将我赶出去。”

“信用点！”皇帝的声音中透着惊愕，“你来找我要信用点？”

“是的，陛下。”

艾吉思十四世心慌意乱地站起来，谢顿立刻跟着起身，但艾吉思挥手示意他坐下。

“坐下，别把我当皇帝看待。我并不是皇帝，我原本不想要这份工作，但是他们硬要我接受。我是和皇室最近的亲戚，他们就在我耳边吱吱喳喳，说帝国需要一位皇帝。所以他们拥我出来，这样对他们有很大的好处。

“信用点！你指望我有信用点！你说帝国正在瓦解，请问你认为它会怎样瓦解？你心里想的是叛变？是内战？还是各处的骚乱？

“不，还是想想信用点吧。你可了解，我无法从帝国半数的星省收到任何税金？它们仍是帝国的一部分，‘皇权万岁！’，‘所有荣耀归于吾皇！’可是它们什么税也不缴，而我又没有足够的力量征收。如果我不能从它们那里得到信用点，它们其实就不算帝国的一部分，对不对？

“信用点！帝国出现长期财政赤字，数额大得吓人，我什么费用都付不出来。你以为我有足够的经费维修皇宫御苑吗？勉强而已。我不得不省吃俭用，不得不让宫殿腐朽，不得不靠着自然折损来减少侍从的人数。

“谢顿教授，如果你要信用点，我半点也没有。我要去哪里为那座图书馆找经费？我每年还能设法挤出一点给他们，他们就该感激涕零了。”说完之后，皇帝伸出双手，手掌向上，仿佛表示帝国国库空空如也。

哈里·谢顿大吃一惊。“然而，陛下，纵使您欠缺信用点，您仍然拥有皇帝的威望。难道您不能命令该馆保留我的研究室，并让我的同事进驻，帮助我进行极重要的研究工作吗？”

此时艾吉思十四世重新坐了下来，仿佛一旦话题离开信用点，他就不再处于心慌意乱的状态。

他说：“你该了解，根据悠久的传统，就自治权而言，帝国图书馆独立于皇权之外。自从那位和我同名号的艾吉思六世试图控制该馆的新闻功能，”他微微一笑，“它便开始订定自己的法规。既然伟大的艾吉思六世都失败了，你认为我能成功吗？”

“我不是要求陛下用强，您只要表达一个客气的意愿就好。不用说，只要不牵涉到该馆的重要功能，他们会乐意礼遇皇帝，迁就皇帝的旨意。”

“谢顿教授，你对那座图书馆知道得太少。我只要表达一个意愿，不论多么温和，多么心虚，都能确定他们一定会怒气冲冲地反其道而行。对于皇权控制的任何迹象，他们可是非常敏感。”

谢顿说：“那我该怎么办？”

“啊，我告诉你该怎么办，我刚想到一个法子。我也是公众的一员，只要我喜欢，我也可以造访帝国图书馆。它坐落于御苑内，因此我的造访并不会违反规范。所以说，你和我一起去，我们将表现得十分热络。我不会对他们做任何要求，但他们若注意到我们手牵手走在一起，那么说不定他们那个了不起的评议会，有些成员便会觉得对你好点总是好的——但那是我唯一能做的了。”

而深深失望的谢顿，则怀疑那样做有没有足够的作用。

12

拉斯·齐诺声音中带着几分敬畏说：“我不知道您和皇帝陛下这么熟络，谢顿教授。”

“有何不可？就一位皇帝而言，他是非常民主的。而且，他对我在克里昂时代担任首相的经验很感兴趣。”

“这令我们大家都留下深刻印象，已经好多年没有皇帝驾临我们的大厅。一般说来，当皇帝陛下需要图书馆中什么资料……”

“我可以想象。他下个传召，便会有人送去给他，这代表对他的礼遇。”

“过去曾有人建议，”齐诺滔滔不绝地说，“为皇帝在皇宫中装设一套完整的电脑化设备，直接联到图书馆系统，这样他就无需等待。那时还是信用点丰足的年头，但是，您可知道，结果却被否决了。”

“是吗？”

“喔，是的。评议会几乎一致认为，那将使皇帝对本馆涉入太深，会威胁到我们独立于政府的地位。”

“而这个评议会，这个甚至不愿过分礼遇皇帝的评议会，同意让我留在馆里吗？”

“目前这个时候，答案是肯定的。大家普遍有一种感觉，而我也尽全力助长这种感觉，那就是我们若不善待皇帝的私交，增加预算的机会将完全消失，所以……”

“所以信用点，甚至是信用点的模糊影子，比什么都有分量。”

“只怕就是如此。”

“那我能不能带我的同事进来？”

齐诺显得有些尴尬。“只怕不行。我们只看到皇帝陛下和您走在一起，没有看到您的同事。我很抱歉，教授。”

谢顿耸了耸肩，一股深沉的忧郁袭上心头。反正，他也没有什么同事能带进来。过去曾有一段时间，他希望找到其他类似婉达的人，结果他失败了。他同样需要经费，才能展开足够彻底的搜寻，而他同样没有任何经费。

13

哈里·谢顿走出从母星赫利肯飞来的超空间飞船，首度踏上川陀的土地，已经是三十八年前的事。这些年来，川陀这个银河帝国的首都世界，发生了许多可观的变化。谢顿不禁纳闷，是不是一个老人记忆中璀璨的迷雾，让昔日的川陀在他印象中显得特别辉煌。或者，也许是由于年少的热情——一个年轻人来自像赫利肯那样偏僻的外围世界，怎能不折服于那些闪闪发亮的尖塔、光芒耀眼的穹顶，以及五彩缤纷、几乎日夜川流不息的人潮。

如今，谢顿悲伤地想到，即使在大白天，人行道也几乎空无一人。流浪街头的凶徒组成许多帮派，控制着城市各个地区，并不时为争夺地盘而火并。保安部门已经萎缩，留下来的人都在中央办公室全力处理各种控诉。当然，在收到紧急讯号时，保安官仍会被派出来，但他们一律在案发之后才抵达现场，甚至不再装模作样地保护川陀居民。外出的人得自己承担风险，而且是极大的风险。但是哈里·谢顿仍在冒这种险，他每天总会步行一段路程，仿佛在向那些邪恶的力量挑战。那些力量虽然即将摧毁他所热爱的帝国，他却不容许它们摧毁自己。

因此，这时哈里·谢顿正在漫步，步子有点跛，脑子则陷入沉思。

毫无进展，各方面都毫无进展。他一直无法分离出使婉达与众不同的遗传配型，而做不到这一点，他就无法找到与她类似的人。

自从婉达指出雨果·阿马瑞尔的元光体中出现瑕疵，这六年来，她透视心灵的能力敏锐了许多倍。此外，婉达在另外一些方面也颇不寻常。仿佛一旦察觉到她的精神能力使她与众不同，她便决心要了解它的奥秘，要驾驭它的力量，要指挥它的功能。这几年间，十几岁的她逐渐成熟，过去令谢顿钟爱异常的那种孩子气的吃吃笑声，如今早已听不到了。然而，由于她决心利用“天赋”帮助他进行研究，他因而更加珍视她。哈里·谢顿已将第二基地的计划告诉婉达，而她则已立志献身这项计划，要和他共同实现这个目标。

不过，谢顿今天情绪十分阴郁。他逐渐得到一项结论，那就是婉达的精神能力无法对他提供任何帮助。他没有信用点继续研究工作——没有信用点付给斯璀璘大学心理史学计划的工作人员，没有信用点在帝国图书馆中创设那个重要无比的百科全书计划，也没有信用点来寻找类似婉达的人。

现在该怎么办？

他继续朝帝国图书馆走去。其实搭乘重力计程车会比较好，但他就是要步行，不论是否跛脚，他需要利用这段时间来思考。

他听到有人喊道：“他在那里！”可是并未留意。

接着又传来一声：“他在那里！心理史学！”

“心理史学”这几个字令他不禁抬起头。

一群年轻人正向他围过来。

谢顿自然而然背靠墙壁，并举起手杖。“你们想要什么？”

他们哈哈大笑。“要信用点，老头，你有信用点吗？”

“也许有，但你们为什么要我的信用点？你们刚才在喊‘心理史学！’你们知道我是谁吗？”

“当然，你就是乌鸦嘴谢顿。”领头那个年轻人说，他似乎又得意又高兴。

“你是个讨厌鬼。”另一人叫道。

“如果我不给你们任何信用点，你们会怎么做？”

“我们会揍你一顿，”领头那人说，“然后自己动手拿。”

“如果我把信用点通通给你们呢？”

“我们横竖都会揍你一顿！”众人一起哈哈大笑。

哈里·谢顿将手杖举高一点。“别过来，你们都别过来。”

现在他总算把他们数了一遍，总共有八个人。

他觉得有点透不过气来。很久以前，曾有十个人围攻他与铎丝，他俩却应付自如。当时他只有三十二岁，而铎丝——铎丝就是铎丝。

现在情况完全不同，他开始挥动手杖。

那群小流氓的头头说：“嘿，这老头要攻击我们，我们要怎么办？”

谢顿迅速环顾四周。附近没有保安官，这是社会衰败的另一项征兆。偶尔有一两个人经过，可是呼救根本没用。他们都加快步伐，而且绕了很大的弯，没有人要冒险卷入一场纷争。

谢顿说：“你们谁先凑近，谁的脑袋先开花。”

“是吗？”那头头快步向前走去，抓住那根手杖。经过短暂的激烈挣扎，谢顿紧握的手杖被抢走了，那头头随手将它丢到一边。

“现在怎么样，老头？”

谢顿开始退缩，他只能等着挨打了。他们围在他身边，每个人都急着落下一两拳。谢顿则举起双臂，试图挡开他们。他还勉强能施展些角力，假使他面对的只有一两个人，他或许能闪躲腾挪，避开他们的拳头，并且伺机反击。但对付八个人则不行，他当然对付不了八个人。

无论如何，为了躲避攻击，他还是试着迅速挪向一侧。但由于坐骨神经痛作祟，右腿直不起来。他跌倒在地，明白自己完全一筹莫展了。

然后，他听见一个洪亮的声音喊道：“这里发生什么事？退下，你们这些凶徒！否则我把你们通通杀掉！”

那头头说：“好啊，又来个老头。”

“没那么老。”那人说完，便用手背击向那头头的脸部，把他的脸打得又红又肿。

谢顿惊叫道：“芮奇，是你。”

芮奇向后挥了挥手。“你别管了，爸。赶快站起来，离开这里。”

那头头一面揉着脸颊，一面说：“我们会要你付出代价。”

"不，你们不会。"芮奇抽出一把达尔制的刀子，刀身又长又亮。接着他又抽出一把，然后用双手握着双刀。

谢顿虚弱地说："还带着刀啊，芮奇？"

"永远带着。"芮奇说，"没有任何因素能阻止我。"

"我会阻止你。"那头头一面说，一面掏出一柄手铳。

说时迟那时快，芮奇手中的一把刀凌空飞出，转瞬间便插入那头头的喉部。那人发出一下响亮的喘息，然后是一阵咯咯声，接着他便仆倒在地，另外七个人看得目瞪口呆。

芮奇欺近他，说道："我要收回我的刀。"他从那小流氓的喉部抽出刀来，还在他的衬衣前胸处擦了擦。与此同时，他踩住那人的右手，弯下腰，拾起了他的手铳。

芮奇将手铳塞进他的一个宽大口袋中。"你们这伙废物听着，我不喜欢用手铳，因为有时会失手。然而，我用刀从没失过手，从来没有！那个人已经死了，现在你们站着的还有七个。你们是打算继续站着，还是赶紧离去？"

"抓住他！"其中一个小流氓说，于是七个人一齐向前冲。

芮奇退了一步。两把刀一前一后如闪电般刺出，其中两个小流氓便煞住脚步，每人腹部插了一把刀。

"把我的刀还给我。"芮奇说完，便连拔带切，将双刀收回来，顺手擦了擦刀身。

"这两个还活着，但活不了多久。现在没躺下的还剩你们五个，你们是要再度发动攻击，还是要离开这里？"

他们刚一转身，芮奇便喊道："把这些死了的和快死的抬走，我可不要留着。"

他们匆匆忙忙把死伤的同伴担在肩上，然后夹着尾巴逃之夭夭。

芮奇弯下腰来，捡起谢顿的手杖。"你还能走吗，爸？"

“不太行，”谢顿说，“我扭伤了一条腿。”

“好吧，那么上我的车。怎么搞的，你干吗要走路？”

“有何不可？我以前从没遇到任何事。”

“所以你一直等着遇到点什么。上我的车吧，我送你回斯璀璘。”

他默默设定好地面车的路径，然后说：“真可惜铎丝不在场，妈可以赤手空拳对付他们，五分钟内让八个都变成死人。”

谢顿觉得泪水刺痛了眼睑。“我知道，芮奇，我知道。你以为我没有时时刻刻怀念她吗？”

“真抱歉。”芮奇低声说。

谢顿问道：“你怎么晓得我有麻烦？”

“婉达告诉我的。她说会有邪恶的人在路上等着你，还告诉我在哪里，于是我立刻动身。”

“你肯定她清楚自己在说些什么吗？”

“一点也不。现在我们对她已有足够的了解，知道她和你的心灵以及你周遭的事物有某种接触。”

“她可曾告诉你有多少人攻击我？”

“没有，她只是说‘可不少’。”

“而你就自己一个人来，是吗，芮奇？”

“我没时间组织一队人马，爸。何况，我一个就够了。”

“是的，没错。谢谢你，芮奇。”

14

现在他们回到了斯璀璘，谢顿将右腿伸在一个跪垫上。

芮奇以忧郁的眼神望着他。“爸，”他开口道，“从现在起，不准你单独一人在川陀闲逛。”

谢顿皱起眉头。“为什么，就因为一次意外？”

“一次意外就够了。你再也不能自己照顾自己，你已经七十岁了，而且在紧急状况下，你的右腿不听使唤。何况你还有许多敌人……”

“许多敌人！”

“一点都没错，你自己心里明白。那些街头鼠辈并不是任意找个对象，并不是随便找个落单的人打劫。他们大叫‘心理史学！’以确定你的身份，而且他们叫你讨厌鬼。你猜那是为什么？”

“我不知道为什么。”

“那是因为你活在一个完全属于自己的世界，爸，你不知道川陀发生了什么变化。你难道以为川陀人不晓得他们的世界正在迅速走下坡吗？你难道以为他们不晓得你的心理史学多年来都在预测这一点吗？你难道没想到，他们有可能因为预言而责怪预言者吗？如果一切越来越糟——事实也正是如此——会有许多人认为你该为此负责。”

“我无法相信这种事。”

“帝国图书馆有一派人想要把你赶出去，你以为是为什么？他们不想在你被暴民围攻时，遭到池鱼之殃。所以说，你必须懂得自己照顾自己。你不能再单独外出，我一定得跟着你，或者你一定得有些保镖。以后必须这样做才行，爸。”

谢顿显得极不高兴。

芮奇随即软化，又说：“但不会太久的，爸，我找到了一个新工作。”

谢顿抬起头来。“新工作，什么样的工作？”

“教书，在一所大学教书。”

“哪一所大学？”

“圣塔尼。”

谢顿双唇打战。“圣塔尼！它是位于银河另一侧的一个偏僻世界，距离川陀有九千秒差距之远。”

“完全正确，那正是我要到那里去的原因。我这辈子都待在川陀，爸，我已经厌倦了。如今在整个帝国中，没有任何世界像川陀这样迅速衰落。它已经变成罪犯的巢穴，没有人能保护我们。而且这里经济疲软、科技衰退。另一方面，圣塔尼则是个不错的世界，仍然欣欣向荣。我要去那里建立新生活，带着玛妮拉、婉达和贝莉丝一块走，我们两个月后就要动身。”

“你们全都走？”

“还有你，爸，还有你。我们不会把你留在川陀，你要和我们一块到圣塔尼去。”

谢顿摇了摇头。“不可能，芮奇，你知道的。”

“为什么不可能？”

“你知道为什么。为了谢顿计划，为了我的心理史学。你是要我放弃毕生的工作吗？”

“有何不可？它已经放弃你。”

“你疯了。”

“不，我没有。你死守着它能怎么样？你没有信用点，你找不到任何财源，川陀上已经没有人愿意支持你。”

“将近四十年的岁月……”

“没错，这点我承认。但经营了这么多年，你终究是失败了，爸。失败没什么罪过，你曾经这么努力，你已经获得这么多成果，但你遇到的是个逐渐恶化的经济，是个逐渐衰亡的帝国。最后阻止你继续前进的，正是你多年来所预测的事。所以说……”

“不，我不会停止。不管用什么方法，我总要继续下去。”

“我告诉你怎么办，爸。如果你真要那么固执，那就带着心理史学一起走，到圣塔尼另起炉灶。那里也许有足够的信用点，以及足够的热忱支持这项计划。”

“那些忠心耿耿追随我的男男女女又怎么办？”

“喔，算了吧，爸。他们一个接一个走了，因为你无法支付他们薪水。要是把余生耗在这里，你将会孤苦伶仃。喔，走吧，爸。你以为我喜欢这样和你说话吗？那是因为没人愿意这样做，因为没人有这个胆告诉你，说你已经陷入困境。现在让我们彼此开诚布公——当你走在川陀街头，竟然会只因为你是哈里·谢顿而遭到攻击，难道你不认为应该稍微面对现实了吗？”

“别管现实不现实，我可不打算离开川陀。”

芮奇摇了摇头。“我料到你会很固执，爸。你有两个月的时间改变心意，好好想一想，好吗？”

15

哈里·谢顿已有好长一段时间未曾露出笑容。他仍旧一切如常地主持谢顿计划：继续推动心理史学的发展，为基地拟定方案，此外就是研究元光体。

但是他不再露出笑容。他所做的只是强迫自己投入工作，却没有任何成功在望的感觉。反之，他倒是感觉一切皆已濒临失败。

现在，他坐在斯瑻璘大学自己的研究室中，婉达突然走了进来。他抬头望向她，觉得精神为之一振。婉达一向十分特殊——虽然谢顿无法明确指出他（以及其他人）何时开始以异常认真的态度接受她的见解；在他的印象中，似乎向来就是如此。她还是小女孩的时候，便以奇妙的方式获悉“柠檬水之死”，因而救了他一命。此外在她的童年时期，她始终有办法知道许多事情。

虽然恩德勒斯基医师断定婉达的基因组在各方面完全正常，谢顿仍确信这个孙女拥有远远超乎常人的精神力量。此外他同样确定，在银河系中，甚至在川陀上，还有其他类似婉达的人存在。假使他能找到他们，找到这些精神异人，他们将对“基地”作出莫大的贡献。如此的伟业能否成真，全系于这位美丽的孙女身上。谢顿凝望着站在研究室门口的她，感到自己仿佛柔肠寸断。再过几天，她就要走了。

他怎能承受这种打击？她是如此美丽的一个女孩——十八岁，

一头长长的金发，稍嫌宽阔的脸庞时时带着笑容。即使现在她仍然笑容满面，谢顿转念一想：有何不可？她即将前往圣塔尼，投入一个崭新的生活。

他说：“好啊，婉达，只剩几天了。”

“不，我可不这么想，爷爷。”

他定睛望着她。“为什么？”

婉达向他凑近，伸出双臂环抱他。“我不准备去圣塔尼。”

“你父母亲改变了心意？”

“不，他们还是要去。”

“而你不去？为什么？那你要去哪里？”

“我要留在这里，爷爷，陪着你。”她紧紧抱住他，“可怜的爷爷！”

“可是我不懂。为什么呢？他们准你这样做吗？”

“你是说爸妈，并不尽然。我们为这件事争论了好几个星期，但我已经赢了。有何不可呢，爷爷？他们要去圣塔尼，他们将拥有彼此，而且他们还有小贝莉丝。但我要是也跟他们去，把你留在这里，你就什么人也没有了。我想我狠不下这个心。”

“但你是怎么让他们同意的？”

“这个嘛，你该知道——我推他们。”

“那是什么意思？”

“用我的心灵。我看得到你心里想些什么，还有他们想些什么。这些年来，我看得越来越清楚。而且，我能推动他们去做我所希望的事。”

“你怎么做到的？”

“我也不知道。但一段时间后，他们被推烦了，便愿意让我照自己的意思去做，所以我会留在这里陪你。”

谢顿抬头望着她，心中忍不住充满爱怜。“那太好了，婉达。可是贝莉丝……”

“别担心贝莉丝，她没有像我这样的心灵。”

“你确定吗？”谢顿咬住下唇。

“相当确定。何况，爸妈也得有个伴。”

谢顿想要高声欢呼，但他不能公然这样做，他必须顾到芮奇与玛妮拉。他们会怎么想呢？

他说：“婉达，你的双亲怎么办？你能对他们这么冷酷无情吗？”

“我不是冷酷无情，他们了解的。他们明白我必须和你在一起。”

“你是如何设法做到的？”

“我推他们，”婉达轻描淡写地说，“最后他们终于能用我的观点看待这件事。”

“你做得到这点？”

“那并不容易。”

“而你这样做是因为……”谢顿打住了。

婉达说：“当然，是因为我爱你。还有就是……”

“什么？”

“我必须学习心理史学，我对它已有不少认识。”

“从哪儿学来的？”

“从你的心灵，从谢顿计划其他成员的心灵，尤其是从当年的雨果叔叔那里。但目前为止，都只是零零星星。我要学真正的东西，爷爷，我要一个自己的元光体。”她满面红光，话说得又快又热情，“我要详详细细研究心理史学。爷爷，你年纪相当大了，而且相当疲倦。我还年轻，而且有冲劲。我要尽可能学习一切，以便将来能继续……”

谢顿说：“好啊，如果你能这么做，那实在太好了。但我们再也没有任何经费，我会尽可能教你，可是，我们什么也不能做。”

“我们等着瞧，爷爷，我们等着瞧。”

16

芮奇、玛妮拉与小贝莉丝在太空航站等待启程。

超空间飞船正在作升空准备，他们三人的行李已经托运好了。

芮奇说：“爸，跟我们走。”

谢顿摇了摇头。“我做不到。”

“如果你改变心意，我们家永远欢迎你。”

“我知道，芮奇。我们相处了将近四十年，这是一段美好的时光，遇到你是铎丝和我的运气。”

“幸运的是我。”他的双眼充满泪水，“别以为我没天天想到母亲。”

“是啊。”谢顿悲痛地别过头去。当登船召唤响起时，婉达还在和贝莉丝玩耍。

婉达的父母含泪与她做最后的拥抱，便随众人走向飞船。芮奇还回过头来向谢顿挥手，脸上硬挤出一个扭曲的笑容。

谢顿抬头挥着手，另一只手则摸索着婉达的肩头。

她是唯一留下来的了。在他漫长的一生中，他的朋友与他所爱的人一个个离他而去。丹莫刺尔离开了，再也没有回来；克里昂大帝走了；他挚爱的铎丝走了；他忠实的朋友雨果·阿马瑞尔走了。现在，他的独子芮奇也走了。

他身边只剩下了婉达。

17

哈里·谢顿说："外面真是美丽，好一个难得的黄昏。既然我们住在穹顶之下，每个黄昏都应该是像这么美好的天气。"

婉达淡然地说："如果总是那么美丽，爷爷，那我们一定会生厌。每晚有些小小的变化，对我们是好的。"

"对你是好的，因为你还年轻，婉达，你还有很多很多个黄昏。我可不同，我希望多些美好的日子。"

"好啦，爷爷，你还不老。你的右腿情况不错，你的心灵敏锐如昔，我都知道。"

"的确。继续说，让我感觉舒服点。"然后，他带着不自在的神态说："我想出去走走，我想离开这间窄小的公寓，散步到帝国图书馆，享受一下这个美好的黄昏。"

"你要到那座图书馆做什么？"

"此时此刻，什么也不做。我只是想走走，可是……"

"嗯，可是？"

"我对芮奇承诺过，要是没有保镖，我不会在川陀闲逛。"

“芮奇不在这里。”

“我知道，”谢顿喃喃地说，“但承诺总是承诺。”

“他并没说该由谁担任保镖，对不对？我们去散散步吧，我来当你的保镖。”

“你？”谢顿咧嘴笑了笑。

“是的，我，我自愿提供这项服务。你准备一下，我们这就去走走。”

谢顿被逗乐了。他有些不想带手杖出去，因为他的右腿近来几乎不痛了。但是，另一方面，他换了一根新手杖，杖头灌了铅，比原来那根更沉重、更坚固。倘若他只能有婉达这位保镖，他认为最好还是带着那根新手杖。

这趟漫步相当愉快，谢顿万分高兴自己未能抗拒这个诱惑。直到他们走到某个地方——

谢顿突然在愤怒与灰心交杂的情绪中举起手杖，说道：“看看那里！”

婉达扬起目光。正如每个黄昏一样，穹顶正放出光芒，以制造薄暮的气氛。当然，随着夜色渐深，它就会逐渐变暗。

然而谢顿所指的，则是穹顶上的一条暗带。换句话说，有一段灯光消失了。

谢顿说：“我刚到川陀的时候，这种事是不可思议的。当年随时有人维护那些灯泡，整个城市都在运作。可是现在，它在这些小节上开始四分五裂，而最令我烦恼的是根本没人在乎。为什么见不到向皇宫请愿的活动？为什么没有义愤填膺的集会？就好像川陀人民指望着这座城市逐渐瓦解，然后又迁怒到我身上，因为我指出这正是如今在发生的事。”

婉达轻声道：“爷爷，我们后面有两个人。”

这个时候，他们已经走进故障的穹顶灯光所形成的阴影。谢顿问道：“他们只是路过吗？”

“不，”婉达并未望向他们，她不必那么做，“他们在跟踪你。”

“你能阻止他们吗？推走他们？”

“我在尝试，但对方有两个人，而且他们很坚决。这就像——就像在推一堵墙。”

“他们在我后面多远？”

“大约三公尺。”

“逐渐接近？”

“是的，爷爷。”

“等他们来到我身后一公尺，就赶紧告诉我。”他的手沿着手杖往下滑，最后握住手杖的尖端，让灌铅的那头自由摇摆。

“来了，爷爷！”婉达悄声道。

谢顿立即转身，并挥动他的手杖。杖头重重落在其中一人的肩膀上，那人发出一声尖叫，倒在人行道上拼命翻滚。

谢顿说：“另外那家伙呢？”

“他跑掉了。”

谢顿低头望着地上那个人，并用脚踩住他的胸部。“搜他全身的口袋，婉达。一定有人付他一笔信用点，我要找出他的信用档案，说不定我能认出他们是哪一路的。”他又若有所思地说，“我本来想打他的头。”

“那会要他的命，爷爷。”

谢顿点了点头。“说来惭愧，那正是我想要做的。所幸我没打中。”

一个刺耳的声音突然响起：“这是怎么回事？”接着，一个穿着制服的人满头大汗地跑过来。“你，把那根手杖给我！”

“保安官。”谢顿和气地唤道。

“你有话可以待会儿再对我说，我们得先帮这个可怜人召救护车。”

“可怜人！”谢顿气呼呼地说，“他正准备攻击我，我的行动是自卫。”

“我看到整个经过，”那名保安官说，“这人并未伸出一根指头碰你。你突然转过身来，毫无来由就给他一棍。那不是自卫，那是蓄意伤害。”

“保安官，我告诉你……”

“什么也别告诉我，有话可以在法庭讲。”

婉达以甜美轻柔的声音说：“保安官，只要你能听我们说几句……”

那保安官说：“你快回家去，小姐。”

婉达站了起来。“我绝不会那么做，保安官。我祖父去哪里，我就跟去哪里。”在她闪烁的目光下，保安官喃喃道：“好吧，那就一块走。”

18

谢顿暴跳如雷。“我这一辈子，还从来没有被拘留过。几个月前，有八个人袭击我，在我儿子的帮助下，我才有办法打退他们，可是那个时候，附近看得见一个保安官吗？有人前来助我一臂之力吗？没有。这次，我有备而来，我把一个准备袭击我的人打倒在地。附近看得见一个保安官吗？不但看得见，她还将我逮捕。一旁还有路人围观，他们乐得看到一个老头因蓄意伤害罪被带走。我们活在一个什么样的世界？”

谢顿的律师西夫·诺夫可叹了一口气，再以平静的口吻说：“一个败坏的世界。但是不用担心，你不会有事的，我会把你保释出来。然后，你终将回到这里，在你的同侪所组成的陪审团前接受审判。而最重的刑罚——最重不过的——也只是法官申斥你几句而已。你的年纪和你的名望……”

“别提我的什么名望。”谢顿仍在气头上，“我是个心理史学家，而如今这个年头，心理史学可是肮脏的字眼，他们会乐于见到我坐牢。”

“不，他们不会。”诺夫可说，“也许有些偏激人士对你怀恨在心，但我绝不会让这种人进入陪审团。”

婉达说：“我们真的得让我祖父经历这一切吗？他已不再年轻。我们能不能光是去见治安官，而省去一场陪审团审判？”

律师转向她。“可以做得到，假如你疯了，或许可以这样做。治安官都是大权在握而毫无耐心的人，他们宁可随便判个一年徒刑，也不愿意听被告的陈述。没有人会想去见治安官。”

“我想我们应该去。”婉达道。

谢顿说：“好啦，婉达，我想我们该听西夫……”但他刚说到这里，便觉得腹部一阵强烈的激荡，那是婉达在“推”他。于是谢顿改口道：“好吧，如果你坚持。”

“她不能坚持，”律师说，“我不会允许这种事。”

婉达说：“我祖父是你的委托人，如果他要某件事照他的意思做，你就得那样做。”

“我可以拒绝他的委托。”

“好啊，那么请便。”婉达以尖锐的口气说，“我们会单独面对治安官。”

诺夫可想了一想。“那么，好吧，既然你这么固执己见。我担任哈里的法律代表好多年了，我想我不能在这个时候遗弃他。但是我要警告你，他被判入狱的机会十之八九，到时候我得费九牛二虎之力寻求赦免——假使我办得到的话。”

“我可不怕。”婉达说。

谢顿咬着嘴唇，此时律师又转向他。“你怎么说？你愿意让你的孙女做主吗？”

谢顿想了一下，然后大大出乎老律师的意料之外，他答道：“愿意，我愿意。”

19

当谢顿进行陈述时，治安官没好气地望着他。

治安官说："你怎么会认为你打倒的那个人有攻击你的意图？他打你了吗？他威胁你了吗？他有没有以任何方式令你感到身处险境？"

"我孙女察觉到他向我迫近，而且相当确定他打算攻击我。"

"不用说，老先生，这点绝对不够。在我宣判之前，你还有任何事能告诉我吗？"

"好吧，慢着，"谢顿忿忿不平地说，"别那么快就宣判。几个星期前，我遭到八个人袭击，结果我儿子帮我打退他们。所以说，您看，我有理由认为可能再度受到袭击。"

治安官随手翻了翻文件。"遭到八个人袭击，你报案了吗？"

"当时附近没有保安官，一个也没有。"

"答非所问，你报案了吗？"

"没有，大人。"

"为什么？"

"原因之一，我怕卷入冗长的法律程序。既然我们把八个人赶走了，自身又安然无事，再找其他麻烦似乎毫无意义。"

"就你和你儿子，你们怎么有办法抵挡八个人？"

谢顿迟疑了一下。"我儿子如今在圣塔尼，不在川陀管辖范围。所以我能告诉您，他带着两把达尔长刀，而且他是用刀的行家。那天他杀了其中一人，并且重伤另外两个，其他人便带着死伤的同伴跑了。”

“但你并没有为这次的死伤报案备查？”

“没有，大人，理由和刚才说的一样，而且我们是自卫伤人。然而，如果您能查出那三名死伤者，您就有了我们遭到攻击的证据。”

治安官说：“追查一死两伤、三个无名无姓的川陀人？你晓不晓得光是刀伤身亡的，川陀上每天便能发现超过两千具尸首？这种事除非立即接到报案，否则我们一筹莫展。你曾经遭到袭击的这项陈述，完全不足以采信。现在我们必须做的，是审理今天这个事件。有人替它报了案，还有一名保安官作证。

“所以说，让我们单单考虑目前这个状况。你为何认定那个人准备攻击你？只因为你刚好路过？因为你似乎年老而无力抵抗？因为你像是可能携带大笔信用点？你究竟是怎么想的？”

“我想，治安官，是因为我的身份。”

治安官看了看面前的文件。“你是哈里·谢顿，是个教授和学者。这点为何会让你特别成为袭击的对象？”

“因为我的观点。”

“你的观点。嗯……”治安官草率地翻了翻几份文件。突然间他停止了动作，抬起头来凝视着谢顿。“慢着——哈里·谢顿。”他脸上浮现出熟识的神情，“你就是那个研究心理史学的，对不对？”

“是的，治安官。”

“很抱歉，我对它毫无认识。我只知道它叫这个名字，以及你到处发表预言，说些帝国末日即将来临之类的话。”

“并不尽然，治安官。但我的观点已经变得不受欢迎，因为事实逐渐证明它们都是真的。我相信正是由于这个缘故，因此有人想要袭击我，更有可能是受雇袭击我。”

治安官瞪了谢顿一会儿，然后叫来逮捕谢顿的那名保安官。“你有没有查过受伤那人的身份？他有没有前科？”

女保安官清了清喉咙。“有的，大人。他被逮捕过好几次，罪名是袭击和箍颈。”

“喔，那么他是累犯了？这位教授有没有前科呢？”

“没有，大人。”

“所以这件案子，是一位无辜的老人击退一个有前科的箍颈党。而你却逮捕了这位无辜的老人，是不是这样？”

保安官哑口无言。

治安官说：“你可以走了，教授。”

“谢谢您，大人。我能拿回我的手杖吗？”

治安官对保安官弹了一下手指，后者便将手杖交给了谢顿。

“可是要记住一件事，教授。”治安官说，“倘若你再要用那根手杖，最好绝对确定你能证明那是自卫行为。否则……”

“是的，大人。”哈里·谢顿离开了治安官的审判厅，他的身体笨拙地倚在手杖上，但他的头抬得很高。

20

婉达哭得极凄苦，她的脸蛋沾满泪水，双眼通红，双颊也肿了起来。

哈里·谢顿高高站在她身旁，轻拍着她的背，不知如何安慰她才好。

“爷爷，我是个悲惨的输家。我以为我能推动他人——只要他们不介意被推动太多，像爸妈那样，我就推得动，可是即使那样，也得花好长一段时间。我甚至设计出一种评量系统，分成十个等级，可以说是个‘心灵推力计’。只不过我太高估自己了，我假定自己是十级，或者至少是九级。可是现在我才明白，我顶多只有七级。”

婉达已经停止哭泣，谢顿轻抚着她的手，她偶尔还是会抽噎一下。“通常……通常……我都没问题。如果我全神贯注，就能听见人们的思想，还能任意推动他们。可是那些箍颈党！我确实听得见他们，但我怎么也没办法把他们推走。”

“我认为你做得非常好，婉达。”

“我没有。我曾有个幻……幻想，我以为当别人来到你身后，只要我用力一推，便能让他们飞走。这样我就可以当你的保镖，而那正是我自告奋勇当你的保……保镖的原因。不料我办不到，那两个家伙走过来，我却一点办法也没有。”

“可是你真有办法啊。你令第一个人迟疑不决，让我有机会转身击倒他。”

“不，不。那和我一点关系也没有，我能做的只是警告你，其他都是你自己做的。”

“第二个人则跑了。”

“因为你击倒了头一个，那和我一点关系也没有。”她突然流下挫折的泪水，“还有那个治安官。我坚持要见治安官，因为我以为自己能推动他，让他立刻放你走。”

“他的确放我走了，而且几乎是立刻释放。”

“不。他毫不通融地对你公事公办，直到发觉你是谁，他才恍然大悟，那和我一点关系也没有。我处处碰壁，差点给你惹了大麻烦。”

“不，我拒绝相信这点，婉达。若说你的推力不如你所希望的那么有效，那只是因为你身处紧急状况，令你身不由己。可是，婉达，听着——我想到一个主意。”

婉达听出他声音中的兴奋之情，马上抬起头来。“什么样的主意，爷爷？”

“这个嘛，事情是这样的，婉达，你或许了解我必须筹得信用点。若是没有经费，心理史学简直无法继续下去。经过这么多年的辛苦，倘若一切成为泡影，我可经不起这种打击。”

“我也经不起。可是我们怎样才能筹得信用点呢？”

“这个嘛，我准备再次求见皇帝陛下。我已经见过他一次，他是个好人，我很喜欢他，可是他并非富可敌国。然而，如果我带你跟我一起去，如果你推他一下，轻轻推一下，说不定他就会从哪里找到财源，好让我再撑一阵子，直到我能想到别的办法。”

“你真认为这样行得通吗，爷爷？”

“没有你绝不行，可是有了你，也许就可以。来吧，难道不值得试试吗？”

婉达微微一笑。“你知道的，爷爷，你要我做什么我都肯。何况，那是我们唯一的希望。”

21

求见皇帝陛下并不困难。当艾吉思迎接哈里·谢顿时，他的双眼闪烁着光芒。“嗨，老友，”他说，“你是要给我带来坏运吗？”

“我希望不是。”谢顿说。

艾吉思解开穿在身上的精致披风，疲倦地哼了一声，将它丢到房间的一角，并说：“你，给我躺在那里。”

他望向谢顿，摇了摇头。“我恨那玩意，它像原罪一样沉重，像地狱之火一样烫人。当我像雕像般笔直地站着，接受胡言乱语的疲劳轰炸时，我总是得穿着它。简直可恶透顶！克里昂生来如此，而且他有帝王气派，我却不是，也没气派。我只是不幸生为他的第三个表弟，所以有资格当皇帝。我很乐意以非常低的价钱把它卖掉，你想不想当皇帝啊，哈里？”

“不，不，不，我不会做那个梦，所以您别抱太大希望。”谢顿哈哈大笑。

“可是你得告诉我，今天跟你来的这位美丽非凡的少女是谁？”

婉达面红耳赤，皇帝则和蔼地说：“你绝不能被我说得脸红，亲爱的。皇帝所拥有的少数特权之一，就是口无遮拦的权利。没有人能反对或提出异议，他们只能连呼‘陛下’。然而，我不要从你口中听到任何‘陛下’，我痛恨这两个字。叫我艾吉思，虽然那也不是我真正的名字。它是我的帝号，而我不得不习惯它。所以……告诉我近况如何，哈里。我们上次见面后，你又经历了些什么事？”

谢顿简单地说：“我两度受到攻击。”

皇帝似乎不确定这是不是一句笑话。他说：“两度？真的吗？”

当谢顿叙述遭到袭击的经过时，皇帝的脸沉了下来。“我想，那八个人胁迫你的时候，附近没有任何保安官吧。”

“一个也没有。”

皇帝从座椅中站起来，并对两人做个手势，示意他们继续坐着。他开始来回踱步，仿佛试图驱除若干怒气。然后，他又转身面对谢顿。

“几千年来，”他开口道，“不论何时发生这类事件，人们都会说，‘我们何不去向皇帝诉愿？’或是‘皇帝为何不做点什么？’最后，皇帝的确能做点什么，也的确做了点什么，即使并非总是明智之举。可是我……哈里，我没有权力，完全没有权力。

“喔，是啊，是有个所谓的公共安全委员会，但他们较关心的似乎只是我的安全，而不是公共安全。今天我们能见面都算是奇迹，因为你绝不受委员会的欢迎。

“我对任何事都束手无策。你可知道，自从执政团垮台，复辟——哈！复辟了皇权后，皇帝的地位发生了什么变化？”

“我想我知道。”

“我敢打赌你不知道——不全知道。现在我们有民主了，你晓得民主是什么吗？”

“当然。”

艾吉思皱起眉头。“我敢打赌你认为它是件好事。”

“我认为它可以是件好事。”

“看，你果然这么说。不是那么回事，它把帝国完全颠覆了。

“假设我要命令更多保安官站到川陀街头去，在过去的年头，我只要抽出一张御用秘书为我准备的公文纸，在上面龙飞凤舞地签个名，便会出现更多的保安官。

“现在我却不能做这种事，我得把它送交立法院。当我提出一项建议后，七千五百位男女委员随即变成咯咯叫的一大群鹅。首要的问题是，经费从哪里来？你多找比如说一万名保安官，就不能不多付一万份薪水。此外，即使你同意这种事，又要由谁挑选新的保安官？由谁控制他们？

“立法委员彼此叫嚣，争论，闹得不可开交，最后——一事无成。哈里，你提到穹顶灯光故障，我甚至连修理灯泡这点小事都做不到。那要花费多少？由谁负责？喔，灯泡总是会修好的，但很容易拖上几个月。这，就是民主。”

哈里·谢顿说：“我还记得，克里昂大帝始终在抱怨不能做自己希望做的事。”

“克里昂大帝，”艾吉思不耐烦地说，“曾拥有两位一流的首相，丹莫刺尔和你自己，你们两人努力不使克里昂做任何傻事。而我则有七千五百位首相，他们通通从头傻到尾。不过，哈里，你来找我，当然不是向我抱怨受到攻击这桩事。”

“没错，不是的。我是为了更糟许多倍的事而来，陛下——艾吉思——我需要信用点。”

皇帝瞪着他。“我和你讲了那么多，你还提出这种要求，哈里？我没有信用点——喔，没错，我当然有信用点维持这个局面，但是为了得到这笔钱，我得面对我的七千五百位立法委员。假如你认为我能去找他们，对他们说：‘我要些信用点给我的朋友哈里·谢顿。’假如你认为我能在两年内，得到我所要的四分之一，那你就是疯了。绝不会有这种事。”

他耸了耸肩，再以较温和的口吻说：“别误会我，哈里。假使我有办法，我很愿意帮助你。尤其是看在你孙女的份上，我特别愿意帮助你。看着她就令我有一种感觉，仿佛你要多少信用点我都该给你，可是根本办不到。”

谢顿说：“艾吉思，倘若我得不到经费，心理史学将永无翻身之日——在努力了将近四十年之后。”

“努力了将近四十年，什么成果也没有，所以又何必操心呢？”

“艾吉思，”谢顿说，“如今我再也不能做什么了。我之所以受到袭击，正因为我是心理史学家，人们将我视为毁灭的预言者。”

皇帝点了点头。“你就是噩运，乌鸦嘴谢顿，我早就告诉过你。”

谢顿凄惶地站起来。“那么，我告退了。”

婉达也已起身，站在谢顿旁边，定睛望着这位皇帝，她的头刚好与祖父的肩膀同高。

正当谢顿转身离去时，皇帝又说：“慢着，慢着。我曾经背诵过一首小诗：

‘大地如猎物，

连连灾祸似狼虎，

财富累积之地，

唯见人心衰腐。’”

“那是什么意思？”垂头丧气的谢顿问道。

“它的意思是说，帝国虽然一步步走向衰落和分裂，但某些人仍然可能越来越有钱。何不去找那些富有的企业家试试呢？他们没有立法委员，只要他们愿意，随手就能签一张信用点券给你。”

谢顿望着皇帝说：“我会试试看。”

22

“宾缀斯先生，”哈里·谢顿一面说，一面伸出手与对方握了握，“我真高兴能见到您。您同意见我，令我感激不尽。”

“何必见外呢？”泰瑞普·宾缀斯高兴地说，“我对您很熟悉，或者应该说，我久仰大名。”

“十分荣幸。那么，我猜您听说过心理史学。”

“喔，是啊，哪个聪明人没听说过呢？不过，我对它的内容当然一窍不通。跟您来的这位小姐是什么人？”

“是我的孙女，婉达。”

“一位非常漂亮的少女。”他露出微笑，“不知道怎么回事，我觉得我会任她捏弄。”

婉达说：“我想您太夸张了，阁下。”

“不，真的。好啦，快请坐，告诉我有什么是我能效劳的。”他坐回办公桌后面，并做了一个大方的手势，示意他们坐在两把又软又厚且覆着精美锦缎的椅子上。就像那张华丽的办公桌、那组堂皇的雕门（收到访客光临的讯号后，它们便无声地滑开），以及偌大办公室中亮晶晶的黑曜石地板，办公桌正前方的那两把椅子也是最精致的上品。不过，虽然四周都是华丽堂皇的陈设，宾缀斯本身却不然。乍看之下，谁也不会以为这个瘦小而热诚的人，就是川陀数一数二的金融权力掮客。

“我们到这儿来，阁下，是遵照皇帝陛下的建议。”

“皇帝？”

“是的，他无法帮助我们，但他想到像您这样的人或许有办法。问题当然是信用点。”

宾缀斯立刻拉下脸。“信用点？”他说，“我不懂。”

“这个嘛，”谢顿说，“将近四十年来，心理史学一向由政府资助。然而，时代不同了，帝国已不再是昔日的帝国。”

“是的，这我知道。”

“皇帝陛下欠缺资助我们的信用点，而纵使有足够的信用点，他也无法让立法院通过这笔预算。因此，他推荐我来见几位实业家，一来他们还有信用点，二来他们随手就能签一张信用点券。”

经过略长的停顿后，宾缀斯终于说：“只怕皇帝对商场的情况一无所知。你要多少信用点？”

“宾缀斯先生，我们是在讨论一项庞大的计划，我需要好几百万。”

“好几百万！”

“是的，阁下。”

宾缀斯皱起眉头。“我们是在讨论一项贷款吗？你指望何时能够偿还？”

“这个嘛，宾缀斯先生，老实说，我从未指望能够偿还，我是希望获得一笔馈赠。”

“即使我想给你这笔信用点，我也爱莫能助。告诉你一件事，由于某种奇怪的理由，我还非常想这么做。皇帝有他的立法院，我则需要面对我的董事会成员。没有董事会的批准，我就不能做那样的馈赠，而他们是绝不会答应的。”

“为何不会？贵公司极为富有，几百万对你们来说不算什么。”

“这话很受用，”宾缀斯说，“可是只怕此时此刻，本公司正处于走下坡的阶段。虽不至于为我们带来严重困扰，却也足以使我们不快乐。如果说帝国处于衰败状态，那么其中各个部分同样都在衰败。我们现在没有能力捐出几百万，我实在很抱歉。”

谢顿默默坐在那里。宾缀斯似乎闷闷不乐，最后他摇了摇头，说道：“听着，谢顿教授，我真的很想帮助你，尤其是看在你身边这位小姐份上，问题是我根本无能为力。然而，我们并不是川陀上唯一的公司。试试别家看，教授，你在别处也许会有较好的运气。”

“好吧，”谢顿一面说，一面吃力地站起来，“我们会试试看。”

23

婉达眼中充满泪水，但那些泪水代表的并非悲伤，而是激愤。

“爷爷，”她说，“我不懂，我就是不懂。我们拜访了四家公司，一家比一家更无礼，更凶恶，最后一家干脆把我们踢出来。从此以后，就再也没有人让我们进门了。”

“这并不奇怪，婉达。”谢顿柔声道，“我们见宾缀斯的时候，他还不知道我们是为了什么。他原本十分友善，等到我要求几百万信用点的馈赠，他随即变得不友善得多。我猜我们的目的已经四下流传，才让我们受到的待遇越来越不友善，到了现在，他们根本不接见我们了。他们何必那么做呢？他们不准备给我们所需的信用点，又何必和我们浪费时间呢？”

婉达的愤怒转向自己。“而我做了什么？我只是坐在那里，什么也没做。”

“我可不会那么说，”谢顿道，“宾缀斯的确受到了你的影响。我觉得他真想要给我那些信用点，而这主要是你的缘故。当时你一直在推他，达到了某种效果。”

“根本不够。而且，他在乎的只是我长得漂亮。”

“不是漂亮。”谢顿喃喃道，“是美丽，非常美丽。”

“现在我们怎么办呢，爷爷？”婉达问道，“花了这么多年的心血，心理史学却要垮了。”

“在我想来，”谢顿说，“就某方面而言，这是无可避免的事。近四十年来，我一直在预测帝国的崩溃，现在既然预言成真，心理史学自然跟着一块崩溃。”

“但是心理史学会拯救帝国，至少会拯救一部分。”

“我知道它会，但我无法强求。”

“你准备就这么让它垮掉？”

谢顿摇了摇头。“我会试图避免，但我必须承认，我不知道该怎么做。”

婉达说：“我要好好锻炼。一定有什么方法，能使我的推力增强，让我更容易驱使他人做出我要他们做的事情。”

“我希望你能设法做到。”

“你又准备做什么呢，爷爷？”

“我嘛，没什么。两天前，我在去见图书馆长的半途中，在馆里遇见三个年轻人，他们正在争论心理史学的问题。基于某种原因，其中一人令我印象非常深刻。我力劝他来找我，而他同意了。我们约在今天下午，在我的研究室见面。”

“你准备要他为你工作？”

“我当然希望——如果我有足够的信用点支付他。但和他谈谈总没有害处，毕竟，我有什么好输的呢？”

24

川陀标准时间下午四点整，那年轻人走了进来。谢顿微微一笑，他喜爱准时的人。他将双手按在书桌上，准备起身迎接，但那年轻人说：“请别客气，教授，我知道您有一条腿不方便，您不必站起来。”

谢顿说：“谢谢你，年轻人。然而，这并不表示你不能坐下，请坐吧。”

年轻人脱下外套，坐了下来。

谢顿说：“你一定得原谅我……当我们不期而遇，订下这个约会的时候，我竟然忘了问你的名字，你叫……？”

“史铁亭·帕佛。”年轻人答道。

“啊，帕佛！帕佛！这个姓氏听来挺熟。”

“应该的，教授，我祖父常常自夸说认识您。”

“你祖父当然就是久瑞米斯·帕佛。我还记得，他比我年轻两岁。我试图让他加入我的心理史学计划，但是他拒绝了。他说，他不可能学会足够的数学来实现这件事。太可惜了！对了，久瑞米斯好吗？”

史铁亭·帕佛神情严肃地说：“只怕久瑞米斯去了老年人总要去的地方，他过世了。”

谢顿心头一凛。比他自己还年轻两岁，却过世了。多年的老友竟然失联到这种程度，以致对方去世时，他根本一无所知。

谢顿呆坐了一会儿，最后终于喃喃道：“十分遗憾。”

年轻人耸了耸肩。“他一生过得很好。”

“而你呢，年轻人，你在哪里受的教育？”

“朗冈诺大学。”

谢顿皱起眉头。“朗冈诺？我若说错了立刻纠正我，但它不在川陀上，对不对？”

“是的，我当初是想尝试另一个世界。川陀上每一所大学，您无疑非常清楚，全都过分拥挤，我想找个能让我安静读书的地方。”

“你读的是什么？”

“没什么不得了的。我主修历史，不是那种找得到好工作的学问。”

又是一凛，这次甚至更严重——铎丝·凡纳比里就是历史学家。

谢顿说：“但你又回到了川陀，为什么呢？”

“为了工作，为了信用点。”

“当个历史学家？”

帕佛哈哈大笑。“门都没有。我负责操作一个拖拉和牵引的装置，不算正式的职业。”

谢顿带着嫉妒的眼神望着帕佛。帕佛穿着一件单薄的衬衫，凸显出双臂与胸膛的轮廓。他的肌肉结实，谢顿自己从来没有那么结实的肌肉。

谢顿说：“我推测你在大学的时候，曾是拳击队的一员。”

“谁，我？从来没有，我是个角力士。”

“角力士！”谢顿精神一振，“你是从赫利肯来的？”

帕佛带着些不屑说：“优秀的角力士不一定都来自赫利肯。”

没错，谢顿心想，可是一流高手都是出自那里。

然而，他什么也没说。

不过，他倒是说了些别的。“好，当初你祖父不愿加入我，那你自己呢？”

“心理史学？”

“我头一次遇见你的时候，听到你和两个人聊天，在我听来，你似乎对心理史学说得头头是道。所以说，你愿意加入我吗？”

“我说过了，教授，我已经有一份工作。”

“拖拉和牵引，得了吧，得了吧。”

“待遇很好。”

“信用点并不是一切。”

“但相当有用。另一方面，您无法付我多高的薪水，我相当确定您短缺信用点。”

“你为何这样说？”

“我想，可以说是我猜的。但我说错了吗？”

谢顿紧紧抿起嘴唇，然后又说：“不，你没说错，我无法付你多高的薪水。很抱歉，我想这代表我们简短的会晤到此为止。”

“慢着，慢着，慢着。”帕佛举起双手，“没这么快，拜托，我们还在谈论心理史学。假如我为您工作，就能学习心理史学，对吗？”

“当然。”

“这样的话，信用点毕竟不是一切。我和您打个商量，您尽可能把心理史学都教给我，然后量力付我一份薪水，我总有办法活得下去。怎么样？”

“好极了。”谢顿欢喜地说，“听起来太好了。此外，还有另一件事。”

“哦？”

“是的。最近几个星期，我遭到两次攻击。第一次有我儿子赶来保护我，但他现在到圣塔尼去了。第二次我动用我的铅头手杖，它的确管用，但我却被拖到一位治安官面前，被控以蓄意伤害……”

“为什么有人攻击您？”帕佛插嘴问道。

“我不受欢迎。多年以来，我劝导世人留心帝国的衰亡，如今预言即将成真，我因此成了众矢之的。”

“我懂了。那么，这些又和您刚才提到的另一件事有什么关系？”

“我要你当我的保镖。你既年轻又强壮，而最重要的是，你是个角力士。你正是我需要的人。”

“我想这点好商量。”帕佛带着微笑说。

25

“看那里，史铁亭。”谢顿说。现在是黄昏时分，两人正在斯璀璘附近的川陀住宅区闲逛。这位长辈指着人行道旁堆满的废弃物——五花八门，都是地面车以及没公德心的行人丢弃的。“过去那些年头，”谢顿继续说，“你绝对看不到像这样的垃圾。保安官随时警戒，都市养护人员为一切公共场所提供全天候服务。不过，最重要的是，根本没有人会想到用这种方式倾倒垃圾。川陀是我们的家园，我们以它为傲。如今，”谢顿悲伤地、无奈地摇了摇头，又叹了一口气，“它成了……”他突然打住。

“喂，你这年轻人！”谢顿对一个脏兮兮的少年吼道。那少年刚刚和他们擦身而过，走到了他们的后面，他大口嚼着一团刚丢进嘴里的美食，却看也没看就将包装纸扔到地上。“把它捡起来，丢到该丢的地方。”少年绷着脸望过来时，谢顿如此训诫他。

“你自己捡起来。”男孩咆哮道，然后转身离去。

“这是社会崩溃的另一个征兆，正如你的心理史学所预测的，谢顿教授。”帕佛说。

“是啊，史铁亭。环顾我们四周，帝国到处都在一点一滴瓦解。事实上，它早已粉碎，如今已经没有回头的机会。冷漠、腐化和贪婪，都作出一己的贡献来摧毁这个盛极一时的帝国。取而代之的会是什么呢？为什么……”

说到这里谢顿忽然住口，只顾瞪着帕佛的脸。这位晚辈似乎正在凝神倾听，却不是在听谢顿的声音。他的头偏向一侧，脸上露出飘忽的表情。仿佛帕佛正在尽最大的努力，试图聆听只有他一个人听得到的声音。

他突然间回过神来，惶急地四下张望一番，便一把抓住谢顿的手臂。“哈里，快，我们必须离开，他们就要来了……”这时，迅速接近的尖锐脚步声打破了黄昏的宁静。谢顿与帕佛绕来绕去，但是太迟了，一帮匪徒已经来到他们面前。然而，这回哈里·谢顿已有准备，他立刻挥动手杖，在帕佛与自己周围划出一大条弧线。看到这种情形，那三名匪徒（两个男孩与一个女孩，都是十几岁的小无赖）不禁哈哈大笑。

“所以说，你不准备让我们轻易得手，对不对，老头？”那个看起来像是头目的男孩嗤之以鼻，“哈，我和我的哥儿们，只要两秒钟就能把你摆平。我们要……”转瞬之间，那名头目倒地不起，腹部正中了一记角力踢腿。两个还站着的小无赖立刻身形一矮，摆出准备攻击的姿势。但帕佛的动作比他们更快，于是，两人几乎还不知道怎么回事，便也双双趴到地上。

然后一切就结束了，几乎像出现时一样快。谢顿避到一旁，笨拙地倚在手杖上，想到刚才的千钧一发便忍不住发抖。帕佛则一面微微喘息，一面四下眺望。在夜色渐深的穹顶之下，那三名匪徒昏倒在无人的人行道上。

“走吧，我们赶紧离开这里！”帕佛再度催促，只不过这一次，他们要躲的并不是什么匪徒。

“史铁亭，我们不能离开。”谢顿抗议道，同时指了指三名不省人事的箍颈党，“他们其实只不过是孩子，他们也许奄奄一息，我们怎能这样一走了之？这样做没人性，不折不扣没人性，而我多年来努力保护的对象正是人类。”谢顿用手杖猛击地面来加强语气，双眼还射出坚定的目光。

“胡说。”帕佛反驳道，“真正不人道的，是箍颈党劫掠你这种无辜市民的方式。你以为他们会顾虑你吗？他们只会在你的肚子上插一刀，以便偷掉你的最后一个信用点，跑开时还不忘再踢你一脚！他们很快就会苏醒，然后逃到别处去舔他们的伤口。或者有人会发现他们，而向中央办公室报案。

“可是，哈里，你必须为自己着想。发生上次那件事情后，你若是再扯上另一件斗殴，就有失去一切的危险。拜托，哈里，我们非跑不可！”说到这里，帕佛抓住谢顿的手臂，谢顿则在回望了最后一眼之后，便任由帕佛拉着自己离去。

当谢顿与帕佛迅疾的脚步声渐行渐远之际，一个躲在几棵树后面的身形冒了出来。这个双眼冒火的少年一面对自己呵呵笑，一面喃喃道："你真教会了我什么是对错和是非，教授。"说完，他随即拔腿飞奔，前去召唤保安官。

26

"秩序！我需要秩序！"帖贞·帕普坚·李赫法官怒吼道。今天这场为乌鸦嘴谢顿教授，以及他的年轻助理史铁亭·帕佛所举办的公开听证会，在川陀民众间引起极大的轰动。这个人曾经预言帝国的衰亡与文明的没落；他也曾劝勉他人，应当回顾由谦恭与秩序所构成的黄金时代。如今，根据某位目击者的说法，在没有明显挑衅的情况下，他却下令痛殴三个年轻的川陀人。啊，这必定是一场精彩的听证会，而且毫无疑问，将导致一场甚至更精彩的审判。

女法官按下席位上某个凹板内的开关，响亮的锣声随即响彻拥挤的法庭。"我需要秩序，"她对安静下来的群众重复了一遍，"假如有必要，法庭会清场。这是唯一的警告，不会重复第二遍。"

身穿深红色长袍的法官显得仪表堂堂。李赫法官来自外围世界利斯坦纳，她的肌肤带点青蓝的色调，当她烦恼时肤色便会加深，当她真正发怒时，则会变得接近紫色。据说，担任法官多年的她，虽然拥有最佳司法头脑的名声，尽管身为最受尊崇的帝国法律诠释者之一，然而对于自己多彩的外表——艳丽红袍衬托出稍带青绿色的皮肤——李赫总有那么一点自负。

纵然如此，对于违反帝国法律的人，李赫的严厉则是出了名的。坚定不移地拥护民法的法官已所剩无几，而李赫便是其中之一。

“我久仰大名，谢顿教授，亦曾耳闻你提出的毁灭即将来临的学说。关于你最近的另一件案子，就是你被控用铅头手杖击打他人的那件，我也和审理该案的治安官谈过。在那个案件中，你同样自称是被害人。我相信，你的推论源自先前一桩未曾报案的事件，据称那次你和你儿子遭到八个小流氓袭击。你有办法让那位我所敬重的同仁相信你是自卫，谢顿教授，虽然有一位目击者作出相反的证词。而这一次，教授，你的辩解必须加倍有说服力才行。”

对谢顿与帕佛提出控诉的三个小流氓，这时正坐在原告席上窃笑。与当天傍晚比较起来，今天他们的装扮很不一样。两个少年穿着清洁而宽松的连身服，那名少女则身着带有波浪皱褶的上衣。总而言之，倘若不仔细（用眼睛或耳朵）观察他们，谁都会以为他们代表了充满希望的川陀新生代。

这时，谢顿的律师西夫·诺夫可（他同时也代表帕佛）走向发言台。“庭上，我的当事人乃是川陀社会正直诚实的一员，他是拥有星际声誉的前首相，和皇帝陛下艾吉思十四世也有私交。若说谢顿教授攻击几位无辜的年轻人，他可能得到什么利益呢？他一向最积极提倡刺激川陀青年的创造力，他的心理史学计划雇用了众多学生志愿者，他还是斯璀璘大学中受人敬爱的一位教授。

“此外——”诺夫可在此顿了一顿，目光扫过这间挤满人的法庭，仿佛在说：你们等着吧，听到这句话，你们便会羞愧得无地自容，因为你们竟然怀疑我的当事人的陈述不实。“谢顿教授和举世闻名的帝国图书馆有正式合作关系，拥有这项殊荣的个人少之又少。他获准无限制地使用该馆的设备，以便筹备他所谓的《银河百科全书》，那是名符其实的帝国文明赞歌。

“我请问诸位，这样一个人，我们怎能对他进行这种质问？”

诺夫可夸张地挥手向谢顿指去，后者与史铁亭·帕佛坐在被告席上，看起来十分不自在。听到这些很不习惯的赞美，谢顿涨红了双颊（毕竟最近几年，他的名字总是冷嘲热讽的对象，从未与词藻华丽的颂赞连在一起），他的右手按在那根忠实手杖的雕花手把处，此时还在微微颤抖。

李赫法官无动于衷地低头凝视谢顿。“的确，究竟有何利益，律师。我一直拿同样的问题问我自己，过去几天我彻夜难眠，绞尽脑汁在想一个说得通的理由。像谢顿教授这样拥有卓著声誉，自己又是不遗余力批评‘社会秩序崩溃’的人之一，他为什么无缘无故犯下蓄意伤害罪？

“后来我渐渐想通了。说不定是这样的，由于没有人相信他的话，谢顿教授在饱受挫折之余，觉得他必须对所有的世界证明，他所预测的劫数与噩运确实即将来临。毕竟，此人毕生的志业就是预言帝国的衰亡，而他真正能指出的，却只有穹顶上几个烧坏的灯泡、公共运输偶尔的故障、某些部门的预算删减——都没有什么大不了的。可是一次攻击，甚或两三次，啊，那就另当别论了。”

李赫靠回椅背，双手合在身前，脸上露出一副满足的表情。谢顿借着桌子的支撑，慢慢站了起来。他极其吃力地走向发言台，挥手要他的律师走开，然后循着法官无情的目光一路走去。

“庭上，请允许我说几句话为自己辩护。”

“当然可以，谢顿教授。这毕竟不是审判，只是一场听证会，目的就是要公开和本案有关的一切申述、事实以及说法，然后方能决定是否要进一步举行审判。我只不过提出了一种推测，我最想听的就是你自己怎么说。”

谢顿清了清喉咙，开口道：“我将一生奉献给帝国，我忠实侍奉每一位皇帝。我的心理史学这门科学，其实并非预报毁灭的信使，而是意图作为一种复兴机制。有了它，不论文明的走向如何，我们皆能有所准备。倘若正如我所相信的，帝国将继续崩溃，心理史学便会帮助我们保存未来文明的基石，让我们能在优良的固有基础上，重建一个更新更好的文明。我爱我们所有的世界、我们的同胞、我们的帝国，我怎么会参与那些日渐削弱国势的不法行为？

“我不能再说什么了，你必须相信我。我，一个献身智识、方程式和科学的人，我所说的都是我的肺腑之言。”谢顿转过身去，缓缓走回帕佛旁边的座位。在就坐之前，他的目光寻找到婉达，她坐在旁听席上，露出无力的笑容，并对他眨了眨眼睛。

“不论是不是肺腑之言，谢顿教授，我都需要长久的思考才能作出决定。我们已经听过原告的陈述，我们也听过了你和帕佛先生的陈述，现在我还需要另一方的证词。我希望听听莱耳·纳瓦斯怎么说，在这个事件中，他的身份是目击者。”

纳瓦斯走向发言台之际，谢顿与帕佛警觉地互望了一眼。他正是那场打斗发生前，谢顿所训诫的那个男孩。

李赫开始问这个少年。“能否请你描述一下，纳瓦斯先生，当天晚上你所目击的确切经过？”

“这个嘛，”纳瓦斯以愠怒的目光凝视着谢顿，“我正在路上走着，想着我自个儿的心事，忽然看到这两个家伙——”他转过身去，指向谢顿与帕佛。“在人行道另一边，向我这个方向走来。然后，我又看到那三个孩子。”他又伸手指了指，这回是指向坐在原告席的三位。“这两个家伙走在三个孩子后头，不过他们没看到我，原因是我在人行道另一边，而且，他们的注意力都放在被害人身上。然后，轰！就像这样，那老家伙用他的拐杖向他们挥去，然后不太老的那个跳到他们面前，用脚踢他们。在你还没弄清怎么回事的时候，他们已经全部倒在地上。然后老家伙和他的同伴，他们就这么走了，我简直不敢相信。”

“你说谎！”谢顿爆发出来，“年轻人，你是在拿我们的性命开玩笑！”纳瓦斯却只是漠然回瞪着谢顿。

“法官，”谢顿恳求道，“您看不出他是在说谎吗？我记得这个人，在我们遭到攻击前没多久，我曾责骂他乱丢垃圾。我还对史铁亭指出这是另一个例证，证明我们的社会崩溃，公德心沦丧，以及……”

“够了，谢顿教授。”法官命令道，“你再像这样发作一次，我就把你逐出这间法庭。好，纳瓦斯先生，”她转头面向证人，“在你刚才叙述的一连串事件发生之际，你自己在做什么？”

“我，啊，我躲了起来，躲在几棵树后头。我怕要是给他们看到，他们会追我，所以我躲了起来。等到他们走了，嗯，我就跑去找保安官。”

纳瓦斯已经开始出汗，并将一根手指塞进束紧的单件服领子里。惴惴不安的他站在隆起的发言台上，不停地将重心在两脚之间挪移。他察觉到众人的目光都集中在自己身上，令他感到很不自在；他试着避免望向旁听的群众，但他每次这么做，便发觉自己被坐在第一排一位美丽金发少女沉稳的目光所吸引。仿佛她正在问他一个问题，并动念驱使他开口，逼他说出答案。

“纳瓦斯先生，对于谢顿教授的陈述，他和帕佛先生在那场打斗前曾见过你，而且教授和你交谈过，你有什么话要说？”

“这个，啊，不对，你知道的，就像我所说的……我正在路上走着，而……”此时纳瓦斯望向谢顿的位置，谢顿则悲伤地望着这个少年，仿佛了解到自己已一败涂地。可是谢顿的同伴——史铁亭·帕佛——却以严厉的目光瞪着纳瓦斯。纳瓦斯突然听到一句：讲实话！令他吓了一跳，吃了一惊。那句话好像是帕佛说的，但帕佛一直未曾张嘴。然后，在一阵错愕中，纳瓦斯猛然将头转向金发少女的方向，觉得自己也听到她在说：讲实话！但她的嘴唇同样一动不动。

“纳瓦斯先生，纳瓦斯先生。”法官的声音闯入少年紊乱的思绪，“纳瓦斯先生，假如谢顿教授和帕佛先生从你对面走来，走在三名原告后面，你怎么会先注意到谢顿和帕佛？你在陈述中是这么说的，对不对？”

纳瓦斯狂乱地环视法庭。他似乎无法逃避那些目光，每双眼睛都在对他喊道：讲实话！于是，莱耳·纳瓦斯望着哈里·谢顿，只说了一句：“很抱歉。”然后，出乎法庭内每个人意料之外，这个十四岁的男孩开始哭泣。

27

这是可爱的一天，既不太热也不太冷，既不太亮也不太阴。纵使维护街道的预算几年前便已告罄，帝国图书馆门前台阶旁几棵稀疏的多年生植物，仍为这个早晨增添几许愉悦的气氛。这座图书馆是一栋风格古典的建筑，门前雄伟的阶梯在整个帝国境内数一数二，仅次于皇宫。然而，大多数前往该馆的人，却喜欢经由滑轨进入。对于这一天，谢顿抱着很高的期望。

自从他与史铁亭·帕佛所卷入的那件蓄意伤害案撤销后，哈里·

谢顿觉得一切像是重新来过。虽然这段经历十分痛苦，它的轰动却为谢顿的主张做了最佳宣传。帖贞·帕普坚·李赫即使不是川陀最具影响力的法官，也是公认的其中之一。在莱耳·纳瓦斯作出情绪化证词的次日，她曾以相当夸张的方式发表自己的意见。

“我们来到了‘文明社会’这样的一个十字路口，”这位法官在席位上慷慨激昂地说，“像哈里·谢顿教授这种地位的人，仅仅因为他的身份，以及他所代表的主张，就得忍受自己同胞的羞辱、谩骂和谎言，这真是帝国历史上黑暗的一天。我承认，起初我自己也受到影响。‘为了企图证明他的预测，’我在心中推想，‘谢顿教授大可采用这样的奸计啊？’可是，当我恍然大悟时，我发觉自己错得不可饶恕。”说到这里，法官皱起眉头，她的颈部与双颊开始泛起暗青色。“因为我误将谢顿教授的动机归因于这个新社会，其中，诚实、高尚与善意很可能惹来杀身之祸；一个人仅仅为了生存，似乎就必须诉诸欺诈与奸计。

“我们和我们安身立命的原则已经迷失了多远？这次我们很幸运，川陀的同胞们。我们都应该深深感激哈里·谢顿教授，他让我们看到了我们真正的自我。让我们把他的事例谨记在心，并且痛下决心，时时警戒人性中那些卑劣的力量。”

那场听证会结束后，皇帝送给谢顿一个表达祝贺的全息光碟。其中，他表达了衷心的希望：谢顿现在也许能为他的计划找到经费了。

当谢顿沿着入口滑轨缓缓滑升时，他思量着心理史学计划目前的状况。他的好友——前任图书馆长拉斯·齐诺——已经退休。而在他任内，齐诺一向极为支持谢顿与他的工作。然而有大半的时候，齐诺都被图书馆评议会牢牢控制住。可是，他曾经对谢顿保证，那位和蔼可亲的新任馆长垂玛·阿卡尼欧，是个和他自己一样思想进步的人，而且受到评议会中许多派别的欢迎。

“哈里，我的好友，”齐诺在离开川陀、回到他的故乡世界温柯瑞之前曾说，“阿卡尼欧是个好人，具有非凡的才智和开放的心胸。我确定，他会尽他所能来帮助你和你的计划。我将有关你和百科全书的整个资料档案都留给了他；关于对人类可能作出的贡献，我知道他会和我一样兴奋。保重，我的好友，我会时时念着你。”

因此，今天哈里·谢顿将与新任馆长作首度的正式会晤。拉斯·齐诺留给他的保证令他精神振奋，他期待着与对方分享他对谢顿计划以及百科全书的未来规划。

谢顿刚走进馆长的办公室，垂玛·阿卡尼欧便站了起来。他已经表现出是这里的主人——齐诺原本在房间各个角落塞满全息光碟，以及来自川陀各区的三维期刊，而代表帝国各个世界、在半空中不停旋转的幻影星球，则排成令人眼花撩乱的阵列。现在，阿卡尼欧已将齐诺堆积如山的资料与影像全清干净。一个大型全息屏幕如今占了一面墙的大半面积，根据谢顿的推测，阿卡尼欧可藉此随意观览任何出版品或广播视讯。

阿卡尼欧身材矮小而结实，带着些许心不在焉的神情，那是幼时角膜矫正手术失败的结果。而这掩藏了他那令人生畏的智慧，以及随时留意周遭一切的警觉。

“稀客，稀客，谢顿教授。请进，请坐。”阿卡尼欧指了指办公桌对面的一张直背座椅，“您要求这次会面，令我感到相当意外。您可知道，我原本打算一旦安顿好，就要立刻和您联络。”

谢顿点了点头，感到很高兴。可见这位新馆长足够重视他，在刚刚上任、忙昏了头的日子里，他就打算要找自己了。

“可是，首先，教授，请让我知道您为何要见我。然后，我们再来讨论我那个极可能较无趣的问题。”

谢顿清了清喉咙，将上身向前倾。“馆长，想必拉斯·齐诺已将我在这里的工作，以及我筹划一套《银河百科全书》的构想告诉您了。拉斯相当热心，而且十分帮忙，他提供我一间个人研究室，以及无限制使用本馆庞大资源的权利。事实上，正是他为百科全书计划找到了最终的归宿，那就是称为端点星的一个遥远外围世界。

“然而，有一件事却是拉斯无法提供的。为了使这个计划如期执行，我的一批同事也必须在本馆拥有研究室，以及无限制使用设备的权利。在我们展开百科全书的实际编纂工作之前，光是搜集有待复制并转送至端点星的各种资料，本身就是一项庞大的工程。

“拉斯在图书馆评议会的人缘不好，这点您必定很清楚。然而，您却人缘极佳。所以我想请问您，馆长，您能否设法让我的同事获得员工的特权，好让我们展开重要无比的工作？”

谢顿就此打住，差点喘不过气来。他确信，这番昨晚在心中温习了一遍又一遍的说词，一定能够达到预期效果。现在，他充满信心地等待阿卡尼欧的回应。

“谢顿教授。”阿卡尼欧一开口，谢顿满怀期望的笑容便消失了。这位馆长的声音中，透着谢顿未曾料到的冷峻。“我所敬重的前任馆长曾对我说明——巨细无遗地说明——你在本馆所进行的工作。他对你的研究相当热衷，念念不忘要让你的同事加入你的行列。至于我自己，谢顿教授，”听到阿卡尼欧顿了顿，谢顿猛然抬起头来。“最初，我准备找评议委员开一次特别会议，以便提议为你以及你的百科全书编者提供一些大间的办公室。不过，谢顿教授，现在一切都改变了。”

“改变了！可是为什么呢？”

“谢顿教授，在刚刚落幕的一件轰动无比的蓄意伤害案中，你是主要的被告。”

“但是我无罪开释。”谢顿插嘴道，“这件案子甚至没有正式起诉。”

“纵然如此，教授，你最近频频出现在大众面前，使你有了一个不容否认的——我该怎么说呢？——一个不太好的名声。喔，是啊，你受到的指控全被撤销。可是为了无罪开释，你的大名、你的过去、你的信仰，以及你的工作，通通摊在世人眼前，让人一览无遗。即使一位思想进步而公正的法官宣称你人格无瑕，可是上百万，甚至上百亿普通公民所看到的，却不是一位为了保存文明的光荣而奋斗的心理史学先锋，而是一个高喊伟大强盛的帝国即将面临劫数和噩运的疯子。

“你，由于你所从事的这项工作，你正在威胁帝国的根本。我不是指无名无姓、面目模糊、庞大的、整块的帝国。不，我指的是帝国的心脏和灵魂——它的人民。当你告诉他们帝国正在没落，你等于是说他们正在没落。而这一点，我亲爱的教授，一般公民是无法面对的。

“谢顿，不论你喜不喜欢，你都已经成为嘲笑的对象，成为冷嘲热讽的主题，成为众人的笑柄。”

“对不起，馆长，但是多年来，在某些圈子里，我一直都是个笑柄。”

“没错，但只是在某些圈子里。可是最近这个事件，以及它在公众间所造成的轰动，令你不只在川陀人尽皆知，而且在各个世界都恶名昭彰。所以，教授，假如，让你拥有一间研究室，我们，帝国图书馆，等于默认你的研究工作，那么，同理，我们，这座图书馆，也会成为众多世界的笑柄。因此，不论我个人多么相信你的理论和你的百科全书，身为帝国图书馆的馆长，我必须先为这座图书馆着想。

“所以说，谢顿教授，我必须拒绝你带进其他同事的要求。”

哈里·谢顿仿佛被打了一拳，在座椅上猛然向后一仰。

“此外，”阿卡尼欧继续说，“我必须通知你，你在本馆的一切特权将被暂时吊销两周，立即生效。评议会已准备召开特别会议，谢顿教授。至于是否决定终止和你的合作关系，我们会在两周后告知你。”

说到这里，阿卡尼欧总算住口。他将双掌按在光洁无瑕的办公桌上，借力站了起来。“目前为止，就是这样了，谢顿教授。”

哈里·谢顿同样站了起来，不过起身的动作并不像垂玛·阿卡尼欧那么利落，那么迅速。

“我可否获准向评议会陈情？”谢顿问道，“如果我能对他们解释心理史学和百科全书无比的重要性，说不定……”

“只怕不行，教授。”阿卡尼欧柔声道，这时谢顿才隐约瞥见拉斯·齐诺所说的那个好人。可是来得急去得快，阿卡尼把谢顿送到门口时，又变回了那位冰冷的官僚。

当正门滑开时，阿卡尼欧说：“两周后，谢顿教授，到时再见。”谢顿钻进了等在外面的贴地滑车，那组门便重新关上。

现在我要怎么办？谢顿绝望地自问。我的工作就此结束了吗？

28

“亲爱的婉达，是什么让你如此全神贯注？”谢顿一面问，一面走进他的孙女位于斯璀璘大学的研究室。这间研究室原本属于杰出的数学家雨果·阿马瑞尔所有，他的去世曾对心理史学计划造成重大打击。幸好近几年来，婉达逐渐接替雨果的角色，开始对元光体作进一步的改良与调整。

“啊，我在研究33A2D17节的一条方程式。看，我把这一节重新校准了。”她指了指悬浮在她面前那一片炫目的紫色区域，“把‘标准商’考虑在内……有了！不出我所料，我这么想。”她退后几步，揉了揉眼睛。

“这是什么，婉达？”谢顿凑近以便研究那条方程式，“啊，看来像是端点星方程式，不过……婉达，这是端点星方程式的逆转，对不对？”

“是的，爷爷。知道吗，端点星方程式中的参数本来不太对劲。看——”婉达碰了碰某个凹陷壁板上的开关，室内另一侧便出现鲜红的一片。谢顿与婉达走过去，开始检视这片区域。“你看现在一切多么契合，爷爷？我花了好几星期才做到的。”

“你怎么做到的？”谢顿问道，心中则在赞叹这条方程式的思路、逻辑与优美。

“最初，我只集中研究这一部分，把其他部分都遮起来。为了使端点星运作，就该对端点星下工夫——很有道理，对不对？但是后来我才了解，我不能只在元光体系统中引进这条方程式，就指望它能顺利融入其中，仿佛什么都没有发生过。安置一样东西，便意味着重置别处的另一样东西；一个重量需要另一个重量来平衡。”

“我想，你提到的这个概念，就是古人所谓的‘阴阳’。”

“是的，差不多。嗯，阴阳。所以，你看，我发觉若想让端点星上的‘阴’十全十美，就必须找出相对的‘阳’。而我做到了，它就在那里。”她又回到那片紫色区域，它藏在元光球面的另一个角落，“只要我调整这里的参数，端点星方程式也会就位。一片圆融！”婉达看来得意洋洋，仿佛她解决了帝国所有的问题。

“太妙了，婉达，待会儿你一定要告诉我，你认为它对谢顿计划的一切意义。可是现在，你必须跟我到全息屏幕那边。几分钟前，我收到一道来自圣塔尼的紧急电讯，你父亲要我们立刻和他联络。”

婉达的笑容随即敛去。最近圣塔尼出现战事的消息令她十分震惊——帝国的预算削减案付诸实施后，外围世界的居民受害最深。从此，他们与较为富庶、较多人口的内围世界交流受到限制，越来越难用他们世界上的产品换取亟需的进口货物。出入圣塔尼的帝国超空间飞船少之又少，使得这个遥远的世界感到孤立于帝国之外。因此在这颗行星各处，爆发了众多零星的叛乱。

“爷爷，我希望一切平安无事。”婉达说，声音透露了她的恐惧。

“别担心，亲爱的。无论如何，既然芮奇有办法和我们通讯，他们就一定安全。”

来到谢顿的研究室之后，他与婉达站在已启动的全息屏幕前。谢顿在屏幕一侧的键板上敲下一组数码，接下来几秒钟，他们耐心等待着接通跨银河的联系。然后，那幅屏幕似乎开始缓缓向墙内退缩，仿佛成为一个隧道的入口。而从这个隧道里面，逐渐出现一个结实健壮的熟悉人形。这个影像起初模糊不清，但随着信号变得敏锐，那人的外貌也越来越清晰。等到谢顿与婉达能看清芮奇浓密的八字胡之际，这个人形忽然活了起来。

"爸！婉达！"芮奇的三维全息像开了口，它是从圣塔尼一路投影到川陀的，"听好，我没有太多时间。"他畏缩了一下，仿佛被巨大的噪音吓一大跳，"这里的情况变得很糟。政府已经垮台，由一个临时政党接管。一切都乱成一团，你们应该想象得到。我刚把玛妮拉和贝莉丝送上一艘飞往安纳克里昂的超空间飞船，我告诉她们，到了那里再和你们联络，那艘飞船的名字是桃源七号。

"你该看看玛妮拉，爸。由于不得不走，她疯得像什么似的。我唯一能说服她离开的理由，是指出那样做是为了贝莉丝。

"爸，婉达，我知道你们在想什么。如果我走得了，我当然会跟她们一块走，可是舱位不够。你们应该看看光是把她们送上飞船，我就得花多大力气。"芮奇突然露出一个歪嘴的笑容，那是谢顿与婉达最喜欢见到的。然后他继续说："此外，既然我在这里，我就必须保卫这所大学。我们或许是帝国大学体系的一环，但我们这里是个学习和建设的地方，不是供人破坏的。我告诉你们，要是哪个昏了头的圣塔尼叛军接近我们……"

"芮奇，"谢顿插嘴道，"情况有多糟？你们接近战区吗？"

"爸，你有危险吗？"婉达问。

他们等了几秒钟，好让讯号在银河中跨越九千秒差距，再送到芮奇面前。

"我……我……我听不太清楚你们说什么。"那全息像答道，"有些战斗正在进行，说实在的，还真有几分刺激。"芮奇一面说，一面又歪嘴笑了笑，“所以我现在要结束通话了。记住，查出飞往安纳克里昂的桃源七号下落如何。一旦我有办法，我会立刻再联络你们。记住，我……”传输就此中断，那个全息像迅速消失。全息屏幕隧道随即崩溃，谢顿与婉达只好瞪着一面空洞的墙壁。

“爷爷，”婉达说，“你想他正要说什么？”

“我没有概念，亲爱的。但有件事我能确定，那就是你父亲能照顾他自己。我真同情那些接近你爸的叛军，他们将正中一记角力踢腿！来吧，我们继续讨论那条方程式，几小时后，我们再来查询桃源七号。”

“司令，你对那艘飞船的下落毫无概念吗？”哈里·谢顿又在进行跨银河的通话，但这回对象是驻守安纳克里昂的皇家舰队司令。在这次通讯中，谢顿使用的是显像屏幕，它的逼真度比全息屏幕差得多，但操作也简单得多。

“我告诉您，教授，我们并没有那艘飞船请求进入安纳克里昂大气层的记录。当然，我们和圣塔尼的通讯已经中断好几小时，而一周以来，通讯始终时好时坏。有可能那艘飞船试图以圣塔尼频道和我们联络，结果无法接通，但我不太相信这种事。

“更可能的情况，是桃源七号改变了目的地。说不定是伏锐格，或是萨瑞普。您试过那两个世界吗，教授？”

“没有，”谢顿疲倦地说，“但如果飞船的目的地是安纳克里昂，我看不出它有飞到别处的理由。司令，我非得找到那艘飞船不可。”

“当然啦，”司令大胆假设道，“桃源七号也许没能过关。我的意思是，没能安全逃离。现在有许多战斗正在进行，那些叛军可不在乎炸掉的是谁。他们只是瞄准他们的激光，假装他们轰掉的就是艾吉思大帝。我告诉您，在外缘这里，游戏规则可是完全不同，教授。”

“我的儿媳和孙女在那艘飞船上，司令。”谢顿以僵硬的声音说。

“喔，我很遗憾，教授。”司令有点不好意思，“一旦我听到任何消息，我会立刻和您联络。”

谢顿垂头丧气地关掉显像屏幕的开关。我多么疲倦啊，他想。不过，他又对自己说，我并不惊讶——将近四十年来，我一直知道这种事迟早会发生。

谢顿独自呵呵苦笑几声。说不定那位司令以为吓着了谢顿，令他对“外缘”的生动详情有了深刻认识。其实，谢顿对外缘了若指掌。既然外缘已经开始分裂，那么就像脱了线的织品一样，终将从外缘一路瓦解到核心：川陀。

这时谢顿察觉到一阵轻柔的嗡嗡声，那是叫门的讯号。“谁？”

“爷爷，”婉达一面说，一面走进研究室，“我害怕。”

“为什么，亲爱的？”谢顿关切地问道。他还不想告诉她，自己从安纳克里昂司令那里听到些什么，或说没听到些什么。

“通常，虽然他们在那么远的地方，我还是感觉得到爸妈和贝莉丝。感觉他们在这里——”她指了指自己的头部，“还有这里——”她又将手摆在心口，“可是现在，今天，我却感觉不到他们。感觉变弱许多，仿佛他们逐渐消失，就像穹顶的那些灯泡。我要阻止这件事，我要把他们拉回来，可是我办不到。”

“婉达，我认为这是由于那场叛乱，使你担心你的亲人，才会产生这种结果，我真这么想。你也知道，帝国随时随地会发生暴动，就像小规模的火山爆发，好让蒸汽排出来。好啦，你该知道，芮奇、玛妮拉或贝莉丝发生意外的机会微乎其微。你爸明天就可能传来电讯，告诉我们一切平安；你妈和贝莉丝随时可能降落安纳克里昂，享受一个短暂的假期。我们两个才值得同情，我们困在这里，被工作给埋葬！所以说，甜心，去睡觉吧，想些美好的事。我向你保证，到了明天，在晴朗的穹顶之下，一切看来都会好得多。”

“好吧，爷爷。”听婉达的口气，她并未完全被说服，“可是明天，如果明天我们还得不到消息，我们就得……就得……”

“婉达，除了等待，我们还能做什么呢？”谢顿柔声问道。

婉达转身离去，她心头的重担呈现在她耷拉着的肩头。谢顿目送她走远后，终于让自己的忧虑浮现出来。

自从芮奇传回全息像，至今已经三天了。在那之后，就没有任何消息。而今天，安纳克里昂的舰队司令，竟然否认听过有这么一艘番号为“桃源七号”的飞船。

早先，谢顿曾试图与位于圣塔尼的芮奇通话，可是所有的通讯波束都断了。仿佛圣塔尼——以及桃源七号——已经双双脱离帝国，就像从花朵脱落的两片花瓣。

谢顿知道现在必须怎么做。帝国或许在走下坡，可是尚未跌落谷底。它的力量若是使用得当，仍然具有骇人的威力。于是，谢顿向艾吉思大帝十四世送出一道紧急电讯。

29

“天大的惊喜，我的好友哈里！”艾吉思的面容透过全息屏幕冲着谢顿微笑，“我很高兴你和我联络，虽然你通常都要求更正式的觐见。说吧，你勾起了我的好奇心。为何如此紧急？”

“陛下，”谢顿开口道，“我儿子芮奇，还有他的妻子和女儿都住在圣塔尼。”

“啊，圣塔尼。”皇帝的笑容随即敛去，“一伙误入歧途的无耻之徒，要是我……”

“陛下，拜托。”谢顿打断皇帝的话，这种大逆不道的行径，令皇帝与他自己都大吃一惊，“我儿子想尽办法，把玛妮拉和贝莉丝送上一艘飞往安纳克里昂的超空间飞船桃源七号。然而，他自己不得不留下来。那是三天前的事，结果那艘飞船没有在安纳克里昂着陆，而我儿子似乎也失踪了。我送到圣塔尼的电讯得不到回音，现在通讯波束也断了。

“拜托，陛下，您能帮助我吗？”

“哈里，你也知道，圣塔尼和川陀间的正式联系通通切断了。然而，我在圣塔尼某些地区仍有些影响力。也就是说，仍有些忠于我的人还没给搜出来。虽然我无法和那个世界上任何情报员直接接触，我至少能将收到的报告都和你分享。当然，那些都是高度机密，但是念在你的情况以及我们的交情，我将准许你接触那些你或许感兴趣的资料。

“我正在等另一份急件，一小时内会到。你若是有兴趣，等它送来后我会再和你联络。与此同时，我会叫一名助理细查过去这三天来自圣塔尼的通讯，搜寻任何与芮奇·谢顿、玛妮拉·谢顿或贝莉丝·谢顿有关的记录。”

“谢谢您，陛下，我诚心诚意感谢您。”当皇帝的影像从全息屏幕淡出时，哈里·谢顿低下头来。

六十分钟后，哈里·谢顿仍坐在书桌前，等待着皇帝的消息。过去这一个钟头，是他一生中最难熬的经历之一，仅次于铎丝被毁之后的数个小时。

击败谢顿的是那个未知数。他一生都在处理已知数——不但知晓目前，还能预测未来。而现在，他最珍爱的三个人却完全下落不明。

全息屏幕发出轻柔的嗡嗡声，谢顿按下一个开关，艾吉思便出现了。

“哈里。”皇帝开口道。听到他声音中透着柔缓的悲伤，谢顿就知道这次通讯带来了坏消息。

“我儿子……”谢顿说。

“是的，”皇帝答道，“芮奇遇害了。那是今天稍早的事，他死于圣塔尼大学所遭到的一场轰炸。我的情报来源告诉我，芮奇明知对方即将发动攻击，但他拒绝离开他的岗位。你可知道，好些叛军都是学生，芮奇觉得他们要是知道他仍在那里，就绝不会……可是仇恨战胜了一切理智。

“那所大学，你也知道，是一所帝国大学。叛军觉得必须摧毁冠上帝国的一切，他们才能重新建设。这些傻瓜！为什么……”说到这里艾吉思住了口，仿佛突然察觉谢顿对圣塔尼大学或是那些叛军的计划都毫不关心，至少现在绝不关心。

“哈里，记住你儿子是为了保卫知识而捐躯的，这也许能让你觉得好过一点。芮奇战死并不是为了帝国，而是为了整个人类。”

谢顿抬起头来，双眼盈满泪水。他虚弱地说：“玛妮拉和小贝莉丝呢？她们怎么样？您有没有找到桃源七号？”

“搜寻没有任何结果，哈里。正如你听说的那样，桃源七号离开了圣塔尼，但它现在似乎已经失踪。它也许是被叛军劫持了，也许是做了紧急改道——此时此刻，我们根本无从得知。”

谢顿点了点头。“谢谢您，艾吉思。虽然您给我带来噩耗，但至少您带来了。生死未卜还要更糟，您是我真正的朋友。”

“好了，我的朋友，”皇帝说，“现在我要把你的时间留给你自己，还有你的回忆。”皇帝的影像从屏幕中逐渐消失，哈里·谢顿则将双臂叠在书桌上，伏下头来，开始哭泣。

30

婉达·谢顿调整了一下连身服的腰带，将它稍微拉紧一点。她在位于斯璀璘的心理史学大楼外辟了一个小花园，此时她拿着一把小铲子，正在对付刚发芽的杂草。一般说来，婉达大部分时间都待在研究室，利用她的元光体进行研究工作。从其中精确的、统计性的优雅，她找到了一份安慰；在这个变得如此疯狂的帝国中，那些不变的方程式总是能使人感到心安。但是，每当她对父亲、母亲与小妹妹的怀念变得难以承受，每当研究工作也无法使她暂时忘却最近的惨痛打击，婉达总会来到这里，扒梳着经过改造的土壤。仿佛养活几株植物，便能在某一方面、某个微小的程度上减轻她的痛苦。

自从一个月前，她的父亲过世，而玛妮拉与贝莉丝双双失踪之后，原本一向苗条的婉达，更是一路消瘦下来。若是几个月前，哈里·谢顿会为心爱的孙女失去胃口而操心不已，可是如今，他自己深陷于悲痛中，似乎也就未曾留意。

哈里·谢顿与婉达·谢顿都有了深刻的转变，心理史学计划所剩无几的人员也不例外。老谢顿似乎已经放弃了，现在，他大多时间都泡在斯璀璘日光浴馆，坐在一张扶手椅上，借着头顶明亮的灯泡取暖，望着外面的校园景致。计划成员偶尔会告诉婉达，说谢顿的保镖，一位名叫史铁亭·帕佛的人，会苦口婆心地劝他到穹顶之下散散步，或是试着引他讨论谢顿计划未来的方向。

婉达则更加努力研究元光体中那些奇妙的方程式，以此作为一种逃避。她能够感觉到，她的祖父一生竭尽心力所创造的未来，如今终于逐渐成形，而他是对的：百科全书编者必须在端点星扎根，他们将是基地的种子。

至于33A2D17节，从那里面，婉达能够看到谢顿所指的第二基地，或曰秘密基地。可是怎么做呢？没有谢顿的积极投入，婉达茫然不知如何进行。而家庭破碎所带来的悲痛，对她的伤害又是那么深，使她几乎没有力气找出答案。

谢顿计划本身的成员，那五十来个留下来的死忠者，则尽可能继续他们的工作。他们大多是百科全书编者，负责追查他们需要复制与编目的原始资料，为迁移端点星这个最终目标进行准备。但唯有获得帝国图书馆的完全使用权，他们才能着手实际的工作。此时此刻，他们仅仅凭借着信心继续苦撑。谢顿教授已失去了他在那座图书馆中的个人研究室，所以其他成员获得特权的机会更是微乎其微。

谢顿计划的其余成员（不算百科全书编者）则是历史分析员与数学家。历史学家负责诠释过去与当今的人类活动以及事件，然后将他们的发现交给数学家，后者再将这些成果代入伟大的心理史学方程式。这是个既冗长又费心费力的工作。

不少计划成员已经离去，因为回报少之又少——心理史学家成了川陀上许多新笑话的题材，有限的经费又迫使谢顿采取大幅减薪的措施。但是过去，哈里·谢顿经常不断出现在众人面前，他所带来的信心克服了困难的工作环境。事实上，那些坚守岗位的计划成员，每个人之所以这样做，纯粹都是出于对谢顿教授的尊敬与忠心。

现在，婉达·谢顿凄苦地想，他们还有什么理由留下来呢？一阵微风将她的一绺金发吹到眼前，她漫不经心地把它拨开，继续她的除草工作。

“谢顿小姐，我能占用你一点时间吗？”婉达转头抬眼望去，那是个年轻人（她判断他才二十出头），站在她身边的碎石子小径上。她立刻感知他是个强壮且聪明过人的人，她的祖父作了一个精明的选择。

婉达站起来，开始与他交谈。“我认得你，你是我祖父的保镖，对不对？史铁亭·帕佛，是吗？”

“是的，完全正确，谢顿小姐。”帕佛的双颊微微泛红，仿佛很高兴这么漂亮的女孩竟然留意到他，“谢顿小姐，我希望和你谈谈令祖父。我非常担心他，我们必须做点什么。”

“做什么呢，帕佛先生？我摸不着头绪。自从我父亲——”她吃力地咽了一下口水，仿佛难以说出口，“——过世，而我母亲和妹妹失踪后，我唯一能做的，只是每天早上拉他起床。而且告诉你一句实话，这个变故也深深影响了我。你该了解，对不对？”她望向他的双眼，便明白他的确了解。

“谢顿小姐，”帕佛轻声道，“对于你痛失亲人，我感到万分遗憾。可是你和谢顿教授还活着，你们的心理史学研究必须继续下去。教授似乎已经放弃，我是希望也许你——我们——能够做点什么，好给他一点新希望。你该知道，就是一个撑下去的理由。”

啊，帕佛先生，婉达想道，也许爷爷是对的，我怀疑是否真有任何撑下去的理由。但她却说：“很抱歉，帕佛先生，我想不出什么办法。”她用小铲子指了指地面，“现在，你也看得出来，我必须继续对付这些讨厌的杂草。”

“我并不认为令祖父的想法是对的。我认为确实有个撑下去的理由，我们必须把它找出来。”

这番话重重打在她的心头。他怎么知道她刚才在想什么？除非……“你能透视心灵，对不对？”婉达问完，便屏住气息，仿佛害怕听到帕佛的回答。

“是的，我有这个能力。”年轻人答道，“我想，我一直都可以。至少，我不记得有什么时候不能。有一半的时间，我甚至不会意识到这件事。我就是知道人们在想什么，或是想过什么。

“有些时候，”感到婉达散发出了解的讯息，给了他很大鼓励，于是他继续说，“我会接收到来自他人的灵光，不过总是在人群中，我找不到究竟是谁发出的。但我知道周遭还有其他像我——像我们这样的人。”

婉达兴奋地抓住帕佛的手，她的园艺工具早已丢到地上。“你可知道，无论是对爷爷，或是对心理史学，这可能代表什么意义吗？我们单独一人只能发挥有限的威力，但我们两人联手……”婉达迈步走向心理史学大楼，留下帕佛站在碎石子小径上。在将要走到入口时，她停下脚步，转过身来。来吧，帕佛先生，我们一定要告诉我祖父。婉达闭着嘴巴‘说’。是的，我想我们应该这么做。帕佛一面向她走去，一面这么回答。

31

“你的意思是，婉达，我寻遍川陀，想找个具有你那种能力的人，结果这几个月来，他一直在我们身边，而我们始终不知道？”哈里·谢顿简直不敢置信。当婉达与帕佛将他摇醒，带来这个惊人消息时，他正在日光浴馆里打盹。

“是的，爷爷。想想看，我从来没机会遇见史铁亭。你和他在一起的时候，大多不是在心理史学大楼，而我大部分的时间，都关在自己的研究室，利用元光体在进行研究。我们什么时候会碰面呢？事实上，我们的轨迹确实交会过一次，产生的结果影响深远。”

“是什么时候？”谢顿一面问，一面搜寻着自己的记忆。

“你上次的听证会，李赫法官主持的那次。”婉达立刻答道，“还记得那个目击者吗？他发誓说你和史铁亭曾经攻击那三个箍颈党。还记得他是如何崩溃，说出了实情，连他自己似乎也不知道怎么回事吗？史铁亭和我把真相拼凑了出来，当时我们都在推莱耳·纳瓦斯，都在逼他说实话。在他原先的申述中，他说得非常斩钉截铁；我不信我们单独一人推得动他。可是两人联手——”她偷偷地羞羞地瞥了一眼站在老远的帕佛，“我们的力量就很吓人！”

哈里·谢顿将这一切听了进去，然后仿佛想要开口。可是婉达继续说：“事实上，我们计划今天下午来测试我们的精神能力，个别的，以及联合的。根据我们目前发现的一点点，史铁亭的力量似乎比我稍微弱些，在我的评量标度上也许是五级。可是他的五级，和我的七级结合，就得到十二级！想想看，爷爷，多吓人！”

“你看不出来吗，教授？”帕佛高声道，“婉达和我就是你在寻找的突破。我们能帮助你说服所有的世界，让大家都相信心理史学的效力；我们能帮助你找到其他像我们这样的人；我们能帮助你让心理史学重新出发。”

哈里·谢顿抬头凝视着站在面前的两个年轻人，他们的脸庞燃烧着青春、活力与热情，他体会到自己因而老怀大慰。毕竟，或许尚未一败涂地。本来，他的儿子死了，他的儿媳与孙女失踪了，他从未想到会撑得过这个悲惨的打击，但是现在，他能看到芮奇活在婉达体内。而且现在他也知道，基地的未来寄托在婉达与帕佛身上。

“是啊，是啊。”谢顿猛力点着头，“你们两个，扶我起来。我必须回到我的研究室，计划我们下一步的行动。”

32

“谢顿教授，进来吧。”垂玛·阿卡尼欧馆长以冰冷的口气说。于是哈里·谢顿，以及同行的婉达与帕佛，走进了堂皇的馆长办公室。

“谢谢您，馆长。”谢顿在一张椅子上坐下来，正好隔着宽大的办公桌面对阿卡尼欧，“请容我介绍我的孙女婉达，还有我的朋友史铁亭·帕佛。婉达是心理史学计划中最有价值的成员之一，她的专长领域是数学。至于史铁亭嘛，史铁亭即将成为一流的普通心理史学家——我的意思是，在他担任我的保镖工作之余。”谢顿亲切地咯咯笑了几声。

“是的，很好，一切都很好，教授。”阿卡尼欧随口应道，谢顿的好心情令他困惑不已。他原本预料这位教授是来摇尾乞怜，乞求图书馆再赏他一次特权。

“但我不了解你想见我是为了什么。我假定你明白我们的坚定立场：一个在众人眼中极不受欢迎的人物，我们不能准许本馆与他合作。毕竟，我们是一个公众图书馆，我们必须将公众的好恶放在心上。”阿卡尼欧上身靠向椅背——现在，或许摇尾乞怜会开始了。

“我明白自己始终无法动摇您。然而，我想，如果您听听谢顿计划的两位年轻成员——两位明日的心理史学家怎么说，或许您将对谢顿计划——尤其是那套百科全书——在我们的未来将扮演多重要的角色，会有比较深入的印象。请务必听完婉达和史铁亭的一番话。”

阿卡尼欧以冷漠的目光望了望谢顿身边的两个年轻人。“很好。”说完，他刻意瞄了一眼墙上的计时片，“五分钟，不能再多，我有个图书馆要照顾。”

“馆长，”婉达开始说，“想必我祖父一定对您解释过，想要保存我们的文化，心理史学是最重要的一项工具。没错，是保存！”看到阿卡尼欧听到那两个字便张大眼睛，她特别重复了一遍，“人们过分强调帝国的毁灭，这样一来，便忽略了心理史学的真正价值。因为，既然借着心理史学，我们得以预测文明必将没落，同理就能设法保存这个文明。那正是《银河百科全书》的目的，那也正是我们需要您，以及您这座伟大的图书馆襄助的原因。”

阿卡尼欧忍不住露出笑容。这位小姐拥有无可否认的魅力，她是那么认真，那么能言善道。他凝望着坐在自己面前的她，她的金发向后扎成相当雅致的学者发型，却无法隐藏她迷人的容貌，反倒更加衬托她的美丽。而且，她说的话越听越有道理。也许婉达·谢顿是对的，也许他一直从错误的角度看这个问题。假如重点真是‘保存’，而不是‘毁灭’……

“馆长，”史铁亭·帕佛开口道，“这座伟大的图书馆屹立了数千年，或许甚至比皇宫更能代表帝国庞大的实力。因为，皇宫中仅仅住着帝国的领导者，这座图书馆则典藏了帝国所累积的一切知识、文化与历史，它的价值难以计数。

“难道不该为这个伟大的知识宝库准备一篇赞辞吗？《银河百科全书》就是这样的一篇赞辞，它是此间所有知识的浩大摘要。想想看！”

突然间，阿卡尼欧似乎彻底想通了。他怎能让评议会（尤其是那个不安好心的吉纳洛·麻莫瑞）说服他取消谢顿的特权？拉斯·齐诺过去一直全心全意支持谢顿的百科全书，而自己一向多么尊重他的判断。

他再瞥了一眼面前这三个人，他们正在等待他的决定。倘若面前的两位青年，就是谢顿手下那些人的代表，那么评议会将发现，谢顿计划的成员实在没有什么好挑剔的。

阿卡尼欧站了起来，走到办公室另一头，他的眉头深锁，仿佛锁住他的思绪。他从一张桌子上抓起一个乳白色水晶球，拿在手中掂了又掂。

“川陀，”阿卡尼欧意味深长地说，“帝国的中枢，整个银河的核心。当你想到这一点，总会觉得相当不可思议。或许，我们对谢顿教授太快妄下断语。现在，既然您的计划，这个《银河百科全书》，以这种方式呈现在我眼前，”他对婉达与帕佛很快点了点头，“使我了解到，准许您继续在这里工作，当然还有批准您的一批同事加入，会是一件多么重要的事。”

谢顿露出感激的笑容，紧紧捏住婉达的手。

“我支持这件事，不只是为了给帝国的光荣锦上添花。”阿卡尼欧继续说，显然对这个构想（以及他自己的声音）越来越感兴趣，“您大有名气，谢顿教授。不论人们认为您是个狂人或天才，反正人人似乎都有自己的看法。能有一位像您这么有地位的学者与帝国图书馆合作，唯一的结果就是增加我们的声望，让大家都知道我们是进行最高学术研究的城堡。啊，我们可以借您的光，来筹募亟需的经费，以更新我们的搜藏，增添我们的人手，好让我们的大门能对公众开放得更久……

“至于《银河百科全书》本身的展望——多么不朽的一个计

划！这样一个大工程，目的是要将我们的文明光辉聚焦——凸显我们光荣的历史、我们灿烂的成就、我们辉煌的文化——试想当公众获悉帝国图书馆有幸参与，将会出现什么反应。再想想我自己，垂玛·阿卡尼欧馆长，负责一手推动这个伟大的计划……”阿卡尼欧专心凝视着那个水晶球，沉醉在自己的幻想中。

“好的，谢顿教授。”阿卡尼欧将心神拉回此时此地，“您和您的同事将获准拥有自己人的完全特权，以及一大间办公室供你们使用。”他将水晶球放回桌上，在长袍带起的一阵沙沙声中走回办公桌。

“当然，可能需要花点工夫说服评议会。但我有信心能应付他们，一切交给我就行了。”

谢顿、婉达与帕佛欢欣鼓舞地相互对望，嘴角都挂着浅浅的笑容。垂玛·阿卡尼欧作势表示他们可以走了，三人便随即告辞，留下馆长坐在座椅中，梦想着在他的主持下，这座图书馆将获得的光荣与声誉。

“不可思议。”他们三人躲进地面车后，谢顿这样说，“你们该看看他上次见我的那副嘴脸，他说我‘正在威胁帝国的根本’或诸如此类的鬼话。而今天，仅仅和你们两个谈了几分钟……”

“这并不太难，爷爷。”婉达按下一个开关，将地面车开到路上。等到自动推进系统接管后，她便仰靠在椅背上。至于目的地的坐标，婉达早已预先键入控制盘。“他是个自负感极强的人，我们唯一需要做的，只是夸大百科全书的正面影响，接下来他的自我便自行运作。”

“婉达和我一走进去，他就成了囊中物。”坐在后座的帕佛说，“我们两人一起推他，简直就像探囊取物。”帕佛将手向前伸，深情地捏着婉达的肩膀。她则微微一笑，抬手轻拍他的手背。

“我必须尽快知会百科全书编者。”谢顿说，“虽然只剩三十二位，但他们都是优秀且敬业的工作人员。我要赶紧把他们安置在帝国图书馆，然后还要处理另一个难题——信用点。说不定和帝国图书馆的这项合作，正好足以说服众人捐献经费。让我想想，我要再去拜访泰瑞普·宾缀斯，而且会带你俩一起去。他当初对我颇有好感，至少最初如此。可是现在，他有办法拒绝我们吗？”

地面车终于在位于斯璀璘的心理史学大楼外停下来。车厢侧板随即滑开，但谢顿并没有立刻下车。他转过头来，面对着婉达。

“婉达，看看你和史铁亭在阿卡尼欧身上做到了什么。我确信你们两人联手，也能从几位慈善家身上挤出些信用点。

“我知道你多么不情愿离开你心爱的元光体，但这些造访能给你俩一个练习的机会，能磨炼你们的技巧，能让你们知道自己做得到什么。”

“好吧，爷爷，不过我很确定，既然你已获得帝国图书馆的批准，你将发觉你的要求不会再有多大阻力。”

“还有另一个原因，使我认为你们两人一起出去转转非常重要。史铁亭，我相信你说过，之前有几次，你曾经‘察觉’另一个像你这样的心灵，却没办法辨认出来。”

“是的，”帕佛答道，“我曾经感到灵光，但每次我都在人群中。而且，二十四年来，我记得这种灵光只出现过四五次。”

“可是，史铁亭，”谢顿的声音低沉而炽烈，“理论上来说，每个灵光都代表另一个像你和婉达这样的人——另一个精神异人。婉达从未感到这种灵光，因为坦白讲，她这一生都关在象牙塔里。而她置身人群那少数几次，附近一定没有其他的精神异人。

“这也是你们两人该走出去的原因，或许还是最重要的一个原因——有没有我跟着都一样。我们必须找到其他的精神异人。光是你们两个，就强大到足以推动一个人；你们一大群人联手，大家一起推，将有摇撼一个帝国的力量！”

说到这里，哈里·谢顿将双腿旋转半圈，吃力地将自己推出地面车。当婉达与帕佛望着他跛着脚走向通往心理史学大楼的小径时，他们仅仅模糊地察觉到，谢顿刚在他们年轻的肩头搁下了千斤重担。

33

现在是下午三点左右，川陀的太阳反射在这颗伟大行星的金属表皮上。哈里·谢顿站在斯璀璘大学观景天台的边缘，抬起手遮住眼睛，试图遮蔽耀眼的强光。除了几次皇宫之行，他已有多年未曾出过穹顶。就某方面而言，皇宫之行不能算数，因为他仍旧深陷御苑的重围中。

谢顿不再一定得有伴才会到处走走。首要的原因，是帕佛大部分时间都和婉达在一起，或是钻研元光体，或是专注于精神力学的研究，否则就是出外寻找类似他们的人。但是谢顿倘若有意，仍然能找到其他年轻人——某个大学生或谢顿计划的成员，来充当他的保镖。

然而，谢顿知道自己不再需要保镖。由于听证会轰动一时，以及他与帝国图书馆重新建立合作关系，使得公共安全委员会对谢顿产生强烈的关注。谢顿晓得时时有人跟踪他；过去几个月来，他好几次瞥见如影随形的跟踪者。他也绝不怀疑家里与研究室都藏有监听装置，不过每当进行敏感的通讯，他总会启动一个杂讯场。

谢顿不确定那个委员会对他的看法如何，或许他们自己也尚未确定。但无论他们是否相信他是先知或是狂人，他们已将随时掌握他的行踪当成分内工作。而这就意味着，在委员会改变态度之前，谢顿始终安全无虞。

一阵微风吹动谢顿罩在单件服上的深蓝色披风，并搅乱他头上所剩无几的稀疏白发。他透过栏杆向下望去，那张一望无际、毫无缝隙的钢毯尽收眼底。谢顿知道，在这张钢毯底下，一个极其复杂的世界正在隆隆运作。假使穹顶是透明的，他就能看到有地面车在疾驶，有重力计程车在繁复的隧道网络中风驰电掣，而来自或前往帝国各个世界的超空间飞船，则正在装卸着谷物、化学药品与珠宝。

在这个闪亮的金属罩子底下，四百亿人在此安居乐业，人生的喜怒哀乐、生老病死尽在其中。这个人类成就的缩影，是他深深喜爱的一幅图画。令他心如刀割的是，他知道不出几个世纪，如今展现眼前的一切便将成为废墟。这个伟大的穹顶将出现百孔千疮，甚至整个掀去，而下面将是一片荒凉。一个盛极一时的文明中枢，最后竟会落得如此下场。他悲伤地摇了摇头，因为他明白，他没有任何办法能阻止这个悲剧。可是，正如谢顿预见了残败的穹顶，他也同样了解，从这个被帝国最后几场战争摧毁殆尽的土地上，将会冒出新生的幼苗，而在一个崭新的帝国里，川陀终将再度成为重要的一员。谢顿计划早已安排好了。

天台周围环绕着一圈长椅，谢顿选了一张坐下来。这趟路程花的力气多了点，此时他的右腿疼痛地悸动着。但只要能再度凝望川陀，感受周遭露天的空气，并且看看头顶浩瀚的天空，受这点罪也是值得的。

谢顿万分思念地想起了婉达。现在他根本很少见到这个孙女，而有机会见到她时，史铁亭·帕佛则一律在场。自从婉达与帕佛相遇后，这三个月来，他们似乎形影不离。婉达向谢顿保证，两人的持续接触对谢顿计划是有必要的，但是谢顿觉得，他们所做的已超过对工作的投入。

他忆起了自己与铎丝初遇之际，那些无法掩饰的迹象。比如说，两个年轻人互相凝望时，其热烈程度已不是知性的激励所能解释，而必须考虑到感性的动机。

此外，由于他们的异禀，婉达与帕佛带给彼此的自在感，似乎是其他人望尘莫及的。事实上，谢顿已经发现，没有他人在场的时候，婉达与帕佛甚至不再互相交谈；他们的精神能力已经足够进步，不需要再借着语言来沟通。

谢顿计划的其他成员尚未知晓婉达与帕佛的独特天赋。谢顿始终觉得最好让这些精神异人默默工作，至少，在他们的角色尚未获得坚实定位之前，不可以让他们曝光。实际上，这项‘子计划’本身已有坚实的定位，但仅仅在谢顿心中。等到再拼出一点轮廓之后，他会对婉达与帕佛透露这项子计划，而总有一天，出于必要，他还会告诉其他一两个人。

谢顿缓缓地、僵硬地站起来。一小时后他得回到斯璀璘，和婉达与帕佛碰面。他们给他留了口信，说要带来一个大惊喜。谢顿希望，那会是这个拼图的另外一块。在转身走回反重力升降机前，他最后一次放眼望向川陀，微微一笑，轻轻说了一声："基地。"

34

哈里·谢顿走进他的研究室，发现婉达与帕佛已经到了，正围坐在房间另一端的会议桌旁。正如两人通常独处时一样，室内完全寂静无声。

然后，谢顿突然停下脚步，注意到还有一个陌生人和他们坐在一块。多奇怪啊——通常有他人在场之际，基于礼貌，婉达与帕佛会恢复正常的交谈，但这三个人却没有一个开口。

谢顿打量着这个陌生人。他有一副古怪的外表，大约三十五岁，看起来像是用功过度而患了近视。若非他的下颚有几许坚毅的棱角，谢顿认为他很可能被人视为无能之辈，但那显然会是大错特错。此人脸上同时透出毅力与和气，谢顿判断那是一张值得信赖的脸孔。

“祖父。”婉达一面说，一面从椅子中盈盈起身。谢顿望着他的孙女，心头一阵刺痛。自从她失去家人，几个月以来，她改变了那么多。以前她总是叫他“爷爷”，如今则改成较正式的“祖父”。过去她似乎常常忍不住咧嘴笑或吃吃笑，最近则透着安详的目光，仅仅偶尔点缀一个喜气的笑容。可是，不变的是她仍旧美丽如昔，而也唯有她惊人的智力，才能令她的美貌相形见绌。

“婉达，帕佛。”谢顿说完，亲了一下前者的面颊，又拍了拍后者的肩膀。

"你好，"谢顿转向那位陌生人，对方早已站起来。"我是哈里·谢顿。"

"见到您是我莫大的荣幸，教授。"那人答道，"我叫玻尔·艾鲁云。"艾鲁云向谢顿伸出一只手，这是古老的、因而也是最正式的问候礼仪。

"玻尔是一位心理学家，哈里，"帕佛说，"而且对你的工作极为着迷。"

"更重要的是，祖父，"婉达说，"玻尔是我们的一员。"

"你们的一员？"谢顿以探索的目光轮流望向他们三人，"你的意思是……？"谢顿的眼睛亮了起来。

"是的，祖父。昨天史铁亭和我走在艾瑞区，我们是照你的建议，出去转转，探访其他的同类。突然之间，轰！就出现了。

"我们立刻认出那个思想型样，开始四下寻找，试图建立联系。"帕佛把故事接下去，"我们当时在一个商业区，接近太空航站，所以人行道上挤满了购物者、观光客和外星行商。原本似乎毫无希望，但后来婉达干脆站住，发出'来这里'的讯号，玻尔便从人群中出现了。他就这么向我们走来，并发出'什么事？'的讯号。"

"不可思议。"谢顿对他的孙女露出微笑，"艾鲁云博士——是博士没错吧？你对这一切有什么看法？"

"这个嘛，"这位心理学家若有所思地说，"我很高兴。我总感到自己有点不一样，现在我知道为什么了。假如我能对您有任何帮助，啊——"这位心理学家低下头来，仿佛突然察觉到太冒失了。"我的意思是，婉达和史铁亭都说，我也许能在某方面对您的心理史学计划作出贡献。教授，再也没有让我更高兴的事了。"

"是的，是的，相当正确，艾鲁云博士。事实上，你若是愿意加入我，我想你或许能对本计划作出极大的贡献。当然，不论你现在做些什么，你都必须放弃，不论是教书或行医。你做得到吗？”

“啊，教授，当然可以。我也许需要点帮助，来说服我的妻子……”说到这里他轻笑了几声，又羞怯地轮流扫视在场其他三人。“但我似乎就是有办法做到。”

“那就这么说定了，”谢顿轻快地说，“你将加入心理史学计划。我向你保证，艾鲁云博士，这个决定不会令你后悔。”

“婉达，史铁亭，”玻尔·艾鲁云离去后，谢顿说，“这是个开心无比的突破。你们认为多快能找到更多的精神异人？”

“祖父，我们花了一个多月才发现玻尔，我们无法预测找到其他同类的频率。

“告诉你一句实话，这个‘出去转转’的办法占用了我们研究元光体的时间，而且令我们分心。现在我既然有史铁亭可以‘交谈’，语言沟通就有些太刺耳、太吵闹了。”

谢顿的笑容随即消失。他一直害怕这种事，婉达与帕佛将他们的精神力学技巧锻炼得越好，他们对“普通生活”的容忍度就越低。这很有道理，他们的精神异能使他们与众不同。

“婉达，史铁亭，我想现在大概是时候了，我该进一步告诉你们雨果·阿马瑞尔多年前的构想，以及我根据这个构想而设想的子计划。直到今天，我才准备着手精心规划，因为直到此时此刻，一切才通通各就各位。

“你们已经知道，雨果当初觉得我们必须建立两个基地，互相作为后备。这是个杰出的构想，我多么希望雨果活得够长，能够亲眼见到它的实现。”在此谢顿暂时打住，遗憾地叹了一声。

“但我离题了。六年前，当我确定婉达具有精神异能，或说触动心灵的能力时，我就想到不但应该建立两个基地，而且两者应该具有相异的本质。其中之一由物理科学家组成——百科全书编者正是即将登陆端点星的先锋部队。另一个的成员则是真正的心理史学家——精神学家，也就是你们。所以我才这么急着要你们找到其他同类。

“不过，最后我要强调的是：第二基地必须暗中进行。它的力量将根植于它的隐密，以及它无所不在、无所不能的精神感应力。

“知道吗，几年前，当我显然需要找个保镖的时候，我就领悟到，第二基地必须作为第一基地的保镖，一个强大的、沉默的、秘密的保镖。

“心理史学并非绝对正确无误，然而，它的预测极有可能成真。第一基地，尤其是在它的襁褓期，将会有许多敌人，就像我今天这样。

“婉达，你和帕佛则是第二基地的先锋，是端点星那个基地的守护者。”

“可是该怎么做呢，祖父？”婉达追问，“我们只有两个人——好吧，三个，如果你把玻尔也算在内。想要守护整个基地，我们将需要……”

“几百人？几千人？需要多少就找多少，孙女。你做得到，你也知道该怎么做。

“刚才，讲到如何发现艾鲁云博士的时候，史铁亭说你干脆站住，对你察觉的那股精神发出讯号，他就向你们走过来。你还不懂吗？在此之前，我一直驱策你们走出去，寻找其他像你们的人。但是对你们而言，这样做有困难，几乎是苦差事。现在我想通了，为了形成第二基地的核心，你和史铁亭必须离群而居。你们要从隐居处，再把无形的网撒向茫茫人海。”

“祖父，你在说些什么？”婉达悄声问道。此时她已离开座位，跪在谢顿的座椅旁。“你要我离开你吗？”

“不，婉达。”谢顿答道，声音中注满感情，“我不想要你离开，但这是唯一的办法，你与史铁亭必须和川陀的芸芸众生隔离开来。随着你们的精神力量逐渐增强，你们会慢慢吸引其他同类，于是沉默而秘密的基地便会形成。

“我们将保持联络，当然只是偶尔。而且，我们每个人都会有个元光体。你看得出我说的都是实情，而且有绝对的必要，是吗？”

“是的，我看得出来，祖父。”婉达说，“更重要的是，我感觉到了它的精妙。放心吧，我们不会让你失望。”

“我知道你们不会，亲爱的。”谢顿疲倦地说。

他怎能这样做，怎能把他心爱的孙女送走？她是他与一段最快乐的岁月，以及与铎丝、与雨果、与芮奇的最后一线联系。在整个银河中，她是谢顿家族硕果仅存的一员。

“我会万分想念你，婉达。”谢顿说着，一滴眼泪就落在满是细碎皱纹的脸颊上。

“可是，祖父，”站在帕佛身边、准备离去的婉达说，“我们要到哪里去？第二基地到底在哪里？”

谢顿抬起头来，说道：“元光体已经告诉你了，婉达。”

婉达茫然望向谢顿，同时搜寻着自己的记忆。

谢顿伸出手去，抓住孙女的手。

“接触我的心灵，婉达，它就在那里。”

婉达进入谢顿的心灵之后，立刻张大眼睛。

“我懂了。”婉达悄声对谢顿说。

33A2D17节：群星的尽头。

第五篇

尾 声

我是哈里·谢顿，克里昂大帝一世御前首相、川陀大学斯璀璘分校心理史学系荣誉教授、心理史学研究计划主持人、《银河百科全书》执行主编、基地的缔造者。

我知道，这些头衔都相当动听。在我八十一年的生命中，我做了很多事，如今我累了。回顾这一生，我常自问是否能够——或应该——做些不同的事。比如说，我是不是太过关切心理史学的壮阔远景，因而相较之下，与我的生命交会的人与事有时似乎相形见绌？

或许我忽略了在某些地方作些小小的、次要的调整，这些调整绝对不会危及人类的未来，却有可能大大改进我心爱之人的命运。雨果、芮奇……我更忍不住自问……当初我有没有什么办法，能拯救我所挚爱的铎丝？

上个月，我完成了“危机全息录像”的录制。我的助手盖尔·多尼克已将它带到端点星，亲自安装于谢顿穹窿。他将确定穹窿会密封起来，并会留下适当的指示，好在危机发生之际，穹窿都有机会重新开启。

当然，那时我已经死了。

大约五十年后，在首度危机期间，当他们，那些未来的“基地人”看到我的时候（更精确地说，是我的全息像），他们会怎么想呢？他们会对我评头论足，说我看起来多么苍老，或者我的声音多么微弱，或禁锢在轮椅上的我显得多么渺小吗？他们会了解——体会——我留给他们的讯息吗？啊，算了，臆测这些实在没有意义。正如古人所云：骰子已经掷下。

昨天我接到盖尔的讯息。端点星上一切顺利，玻尔·艾鲁云与每位计划成员的“放逐”生涯都欣欣向荣。我本来不该窃喜，但每当想起两年前，凌吉·陈决定将谢顿计划流放到端点星之际，那个傲慢的白痴脸上自满的表情，我就会忍不住呵呵大笑。虽然最后的结果，是表面上以一纸皇帝特许状执行这次放逐（“一所国立科学机构，以及神圣威严的皇帝陛下直辖的领域”——这位主任委员要我们滚出川陀，离他越远越好，但他绝不甘心放弃完全的控制权），不过，一想到其实是拉斯·齐诺与我选择端点星当做基地的家，我仍会一个人乐上半天。

提到凌吉·陈这个人，我最大的遗憾是我们未能拯救艾吉思。那位皇帝是个好人，是个高贵的领导者，即使他只是名义上的皇帝。他所犯的错误是相信自己的头衔，而公共安全委员会则无法容忍独立皇权的萌芽。

我常纳闷他们如何处置了艾吉思。他是被放逐到某个遥远的外围世界，还是像克里昂一样遇刺了？

今天坐在皇位上的男孩是个标准的傀儡皇帝。他听从凌吉·陈附在他耳边所说的每一个字，并幻想自己是个新生代政治家。对他而言，皇宫以及帝王生活的锦衣玉食，只是一场梦幻般游戏中的大玩具。

我现在要做些什么呢？自从盖尔终于离去，加入端点星的阵容，我变得完全孑然一身。偶尔我会有婉达的消息，群星尽头的工作继续按部就班进行。过去十年间，她与史铁亭网罗了数十名精神异人，他们的力量持续壮大。正是这支群星尽头的分遣队——我的秘密基地——影响了凌吉·陈，令他决定将百科全书编者送到端点星。

我很想念婉达。上次我见到她，与她默默对坐，抓着她的小手，已是多年前的事。即使当初是我要她走的，但在婉达离去后，我仍以为自己会心碎得活不下去。这件事，或许是我一生中最困难的一项决定。虽然我从未告诉她，但我差点决定让她留下来。可是为了基地的成功，婉达与史铁亭必须前往群星的尽头。这是心理史学所注定的，所以话说回来，它或许并非真正是我的决定。

我仍旧每天来到这里，来到心理史学大楼中的研究室。我还记得这座建筑日日夜夜挤满了人的那些岁月。有时我会觉得，仿佛此地仍充满人声，发自那些与我久违的家人、学生、同事。然而，每间研究室都空荡寂静，只有走廊上回响着我的轮椅引擎的呼呼声。

我想我应该撤出这座大楼，将它还给大学当局，用来安置另一个系所。不过要舍弃这个地方实在很难，有那么多的回忆……

现在我所剩的只有这个，我的元光体。它是心理史学得以接受计算的工具，我的计划中每条方程式都能藉此分析，一切都在这个不可思议的黑色小立方体中。此时我坐在这里，这个看似简单的工具就握在我的掌心。我好希望能将它展示给机·丹尼尔·奥利瓦……

但我现在孤独一人，我只需要按下开关，调暗研究室的照明。当我靠回轮椅，元光体启动了，那些方程式在我周围散开，形成一个三维光团。在普通人眼中，这个七彩漩涡只是一堆杂乱的图形与数字，然而对我——还有雨果、婉达、盖尔而言——这就是心理史学，活生生的心理史学。

在我的面前，我的四周，我见到的都是人类的未来。三万年潜在的混乱局面，压缩成短短一个仟年……

那一片，一天天越来越明亮的，就是端点星方程式。而那里，扭曲得无法复原的，则是川陀的图像。但我能够看见……是的，柔和的光芒，一道稳定的希望之光……群星的尽头！

这——这——就是我的终身志业。我的过去，人类的未来。基地！这么美丽，这么生动，无比的……

铎丝！

哈里·谢顿：……银河纪元12069年（基地纪元元年）逝于斯璀璘大学他自己的研究室内，遗体伏在书桌上。显然谢顿于生命中最后一刻，仍在从事心理史学方程式的研究；在他手中，紧握着启动了的元光体……

根据谢顿的遗嘱，这个仪器后来送交他的同事盖尔·多尼克，后者不久之前已移居端点星……

谢顿的遗体被抛入太空，这也是根据他的遗嘱行事。在川陀举行的官方追悼会相当简单，出席者却分外踊跃。值得注意的是，谢顿的老友、前首相伊图·丹莫刺尔亦曾出席。克里昂大帝一世在位期间，在九九派阴谋平息之后，丹莫刺尔随即神秘失踪，从此无人再见过他。谢顿的追悼会结束后，公共安全委员会曾试图追查丹莫刺尔的行踪，多日努力的结果是一无所获……

婉达·谢顿，哈里·谢顿的孙女，当天则未出席。传言她由于伤心欲绝，拒绝在任何公开场合露面。直到今天，她后来的下落仍是个谜……

有人认为哈里·谢顿虽死犹生，因为在离世之际，他所创造的未来正展现在他的四周……

——《银河百科全书》

阿西莫夫
银河帝国系列

基地系列

银河帝国：基地（Foundation）

银河帝国2：基地与帝国（Foundation and Empire）

银河帝国3：第二基地（Second Foundation）

银河帝国4：基地前奏（Prelude to Foundation）

银河帝国5：迈向基地（Forward the Foundation）

银河帝国6：基地边缘（Foundation's Edge）

银河帝国7：基地与地球（Foundation and Earth）

机器人系列

银河帝国8：我，机器人（I, Robot）

银河帝国9：钢穴（The Caves of Steel）

银河帝国10：裸阳（The Naked Sun）

银河帝国11：曙光中的机器人（The Robots of Dawn）

银河帝国12：机器人与帝国（Robots and Empire）

帝国系列

银河帝国13：繁星若尘（The Stars, Like Dust）

银河帝国14：星空暗流（The Currents of Space）

银河帝国15：苍穹一粟（Pebble in the Sky）

图书在版编目（CIP）数据

迈向基地 /（美）阿西莫夫 (Asimov,I.) 著 ; 叶李华译 . -- 南京 : 江苏凤凰文艺出版社 , 2015（2025.9 重印）
（银河帝国 . 基地七部曲）
书名原文 : Forward the Foundation
ISBN 978-7-5399-8335-6

Ⅰ . ①迈… Ⅱ . ①阿… ②叶… Ⅲ . ①长篇小说 – 美国 – 现代 Ⅳ . ① I712.45

中国版本图书馆 CIP 数据核字 (2015) 第 096927 号

迈向基地

[美] 艾萨克·阿西莫夫 著　　叶李华 译

责任编辑	丁小卉
特约编辑	朱亦红　　许姗姗
封面设计	李子琪
责任印制	刘　巍
出版发行	江苏凤凰文艺出版社
	南京市中央路 165 号，邮编：210009
网　　址	http://www.jswenyi.com
印　　刷	三河市龙大印装有限公司
开　　本	890 毫米 ×1270 毫米 1/32
印　　张	14
字　　数	331 千字
版　　次	2015 年 9 月第 1 版
印　　次	2025 年 9 月第 16 次印刷
标准书号	ISBN 978 – 7 – 5399 – 8335 – 6
定　　价	378.00 元（全 7 册）

江苏凤凰文艺版图书凡印刷、装订错误，可向出版社调换，联系电话：010–87681002。

读客科幻文库

跟着读客读科幻，经典科幻全看遍。

PRELUDE TO FOUNDATION

银河帝国

4 基地前奏

[美]艾萨克·阿西莫夫 著
叶李华 译

江苏凤凰文艺出版社
JIANGSU PHOENIX LITERATURE AND ART PUBLISHING

目 录

第一章

数学家

克里昂一世：……银河帝国恩腾皇朝的末代皇帝。生于银河纪元11988年，亦即哈里·谢顿诞生的同一年。（有人认为谢顿的生年并不可靠，可能经过后人篡改，目的在于构成此一巧合。谢顿抵达川陀之后，想必很快便见到这位皇帝。）

银河纪元12010年，二十二岁的克里昂一世继承帝位。在那个纷扰不断的时代里，他的统治代表了一段传奇的平静岁月，这无疑得归功于行政首长伊图·丹莫刺尔的政治长才。丹莫刺尔则始终谨慎地隐迹幕后，避免留下公开记录，以致后人对他的了解极其有限。

克里昂本人……

——《银河百科全书》*

* 本书所引用的《银河百科全书》数据，皆取自基地纪元1020年的第116版。发行者为“端点星银河百科全书出版公司”，作者承蒙发行者授权引用。

01

压下一个小小的呵欠后，克里昂开口道：“丹莫刺尔，你会不会刚好听说过一个叫哈里·谢顿的人？”

克里昂继承皇位刚超过十年，在一些国家大典上，当他穿上不可或缺的皇袍，佩上象征皇室的饰物，看起来也能显得冠冕堂皇。举例而言，他身后壁凹中那尊全息立像便是如此。这尊立像显然摆在最突出的位置，令其他壁凹中几位先人的全息像相形见绌。

这尊全息像并非完全写实。例如它的头发虽然也是淡褐色，看来与真实的克里昂无异，却稍嫌浓密了一点。他真正的脸庞有些不对称，上唇左边比右边高些，这点在全息像中也不怎么明显。此外，假如他站起身来，走到自己的全息像旁边，旁人便能看出他比身高一米八三的立像矮了二厘米——或许还丰满少许。

当然，这个全息像是加冕典礼的正式定装照，况且当时他也比较年轻。如今，他看来年轻依旧，而且相当英俊，在没有官方礼节的无情束缚时，也会露出一种含糊的和善表情。

丹莫刺尔以细心揣摩的恭敬语调说：“哈里·谢顿？启禀陛下，这个名字我并不熟悉。我应该认识他吗？”

“科学部长昨晚跟我提到这个人。我想你或许听说过。”

丹莫刺尔轻轻皱了皱眉头，但那只是很轻微的一蹙，因为在圣驾前不应有此举动。“陛下，科学部长若要谈及此人，应该来找身为行政首长的我。假如上上下下都对您疲劳轰炸……”

克里昂举起手来，丹莫刺尔立刻闭嘴。“拜托，丹莫刺尔，你不能一天到晚指望别人中规中矩。昨晚的欢迎会上，我经过那位部长身边，跟他闲谈了几句，他就一发不可收拾。我无法拒绝，而我很高兴听到那番话，因为实在很有意思。”

“怎样有意思，陛下？”

“嗯，时代变了，科学和数学不再像以往那么时兴。那些东西似乎多少已经过气，也许是因为能发现的都被发现了，你不这样想吗？然而，有意思的事显然还是不会绝迹，至少他是这么告诉我的。”

“科学部长吗，陛下？”

“没错，他说这个哈里·谢顿参加了一个在我们川陀举行的数学家会议——基于某种原因，这个会议每十年举行一次——他在会上声称，他已经证明人类可以利用数学预测未来。”

丹莫刺尔故意露出一抹微笑。“科学部长这个人并不怎么精明，若不是他弄错了，就是这个数学家错了。不用说，预测未来这种事是小孩才会相信的把戏。”

“是吗，丹莫刺尔？民众都相信这种事情。”

“陛下，民众相信很多事情。”

“可是他们的确相信这种事情。因此之故，对未来的预测是否正确并不重要。假如一名数学家作出预测，说我能够带来长治久安，说帝国将有一段太平繁荣的岁月——啊，这难道不好吗？”

“当然，这种说法听来很舒服，可是陛下，它又有什么用呢？”

“只要民众深信不疑，当然就会依据这个信念而行动。许多预言最后终于成真，唯一的凭借只是信心的力量。这就是所谓的‘自我实现的预言’。没错，现在我想起来了，当初对我解释这个道理的就是你。”

丹莫刺尔说：“启禀陛下，我相信自己这么说过。”他小心翼翼地望着这位皇帝，仿佛在斟酌自己该再说多少。“话说回来，果真如此的话，任何人的预言都没有两样。”

“丹莫刺尔，并不是每个人都能令民众同样信服。然而，数学家却能用数学公式和术语来支持自己的预言。即使谁也不了解他说些什么，大家仍会深信不疑。”

丹莫刺尔说：“陛下，您的话总是很有道理。我们生在一个动荡的时代，值得借用一种既不费钱又不必采取军事行动的方式来稳定人心。反观近代史，军事行动总是弄巧成拙，反而造成很大的伤害。”

“丹莫刺尔，正是如此。”大帝兴奋地说，“把这个哈里·谢顿牵来。你告诉过我，你在这个纷乱的世界布满眼线，甚至渗透到连我的军队都退避的地方。那就抽回一根线吧，把这个数学家带来，让我见见他。”

“陛下，我立即去办。”丹莫刺尔说。其实他早已查出谢顿的下落，此时他暗自提醒自己，一定要嘉奖科学部长的优秀表现。

02

这个时期的哈里·谢顿貌不惊人。他与克里昂大帝一世一样，当年三十二岁，不过他的身高只有一米七三。他的脸庞光润，显得喜气洋洋，头发是接近黑色的深褐色，而他的衣着则带着一种一眼就看得出的土气。

没有满头的白发、没有满是皱纹的脸庞、没有放射智慧光芒的微笑，而且并未坐在轮椅上的哈里·谢顿，对将他视为传奇性半人半神的后人而言，这种形象几乎可说是对他的亵渎。不过，即使到了耄耋高龄，谢顿的双眼依旧喜孜孜，那是他始终不变的特征。

此时此刻，他那双眼睛显得特别喜气洋洋，因为他刚在“十载会议”上发表了一篇论文。这篇论文甚至多少引起了些许注意，老欧斯特费兹曾对他点了点头，说道：“有创意，年轻人，实在有创意。”这句话出自欧斯特费兹之口，令他觉得很有成就感，实在很有成就感。

可是现在却有一个新的——而且相当出乎意料的发展，谢顿不确定自己是否会因此更加喜孜孜，更有成就感。

他瞪着眼前这位人高马大、身穿制服的年轻人。在那人的短袖袖左胸处，有一个帅气的“星舰与太阳”标志。

“艾尔本·卫利斯中尉。”将身份证件收起来之前，这位禁卫军军官曾自报姓名。“阁下，请您这就跟我走好吗？”

当然，卫利斯是全副武装前来的，此外还有两名禁卫军等在门外。尽管对方刻意表现得相当礼貌，谢顿却知道自己别无选择。但无论如何，他总有权把事情弄清楚，于是他说："去觐见大帝？"

"阁下，是前往皇宫。我接到的命令仅止于此。"

"可是为什么呢？"

"阁下，我并不知情。我接到严格的命令，一定要您跟我前去——无论用什么方法。"

"可是这样一来，好像我遭到逮捕了。我可没有犯什么法。"

"应该这么说，好像是我们在为您护驾——请您别再耽误时间。"

谢顿果然未曾再耽搁。他紧闭嘴唇，仿佛将其他疑问全部封在嘴里，点了点头之后，他便迈开脚步。即使他真要去觐见大帝，去接受皇室的嘉奖，他也觉得没什么意思。他的努力是为了整个帝国，换句话说，是为了所有人类世界的和平与团结，而不是为了这位皇帝。

中尉走在前面，另外那两名禁卫军殿后。谢顿对擦身而过的每个人报以微笑，设法表现得若无其事。出了旅馆之后，他们便登上一辆官方地面车。谢顿不禁伸手摸了摸椅套，他从未坐过这么豪华的车子。

他们目前所在的地点，是川陀最富有的地区之一。这里的穹顶相当高耸，足以带来置身露天空间的感觉。任何人都会发誓正沐浴在阳光下，就连生长在露天世界的哈里·谢顿也不例外。虽说见不到太阳或任何阴影，空气却显得明朗而清香。

随着周遭的景物迅速后退，穹顶开始下弯，墙壁也变得越来越窄。他们很快就进入一座密闭的隧道，里面每隔固定距离就有一个"星舰与太阳"的标志，它显然（谢顿心想）专供官方交通工具使用。

前面一道门及时打开，地面车快速穿过。当那道门重新关上之后，他们已经来到露天的空间——真正的露天空间。这里是川陀表面仅有的250平方公里露天地表，壮丽的皇宫正坐落其上。谢顿很希望有机会在这片土地上四处逛逛——并非由于皇宫，而是因为这里的帝国大学，以及最吸引他的帝国图书馆。

然而，一旦离开密封在穹顶中的川陀，来到这个露天的林地与原野，他便置身于一个乌云遮日的世界，一阵寒风立刻袭上他的衣衫。他随手按下开关，把车窗关了起来。

外面是个阴冷的日子。

03

谢顿一点也不相信能见到皇帝陛下。在他想来，自己顶多只能见到某个四五等官位、自称代表皇帝发言的官员。

究竟有多少人见过皇帝陛下？亲眼见到，而并非透过全息电视？有多少人见过真实的、有血有肉的皇帝陛下？这位大帝从不离开皇宫御苑，而他，谢顿，此时正踩在这片土地上。

答案几乎趋近于零。二千五百万个住人世界，每个世界的居民至少十亿之众——在这数万兆的人口中，有多少人曾经或将会目睹这位活生生的皇帝？一千人？

又有谁会在乎呢？皇帝只不过是帝国的象征，就像“星舰与太阳”国徽一样，却远不及后者那么普遍与真实。如今代表帝国的，是遍布银河各个角落的战士与官吏；是他们变成人民身上的枷锁，而不是皇帝本人。

因此，当他被引进一间不大不小、装潢豪奢的房间，看见一个年轻人坐在凹室的一张桌子旁，一只脚摆在地上，另一只放在桌缘摇晃，谢顿不禁纳闷怎么会有这样的官员，怎么会以这么温和的目光望着自己。他已经一而再、再而三体验到一件事实，那就是政府官员——尤其是皇帝身边当差的——总是显得十分严肃，仿佛将整个银河的重量担在自己肩上。而且似乎愈是不重要的官员，表情就愈严肃、愈凶恶。

那么，此人就有可能是个官位很高的大官。他掌握的权力有如灿烂的阳光，因而不必利用一脸阴霾面对问题。

谢顿不确定该表现得多么受宠若惊，但他感到自己最好保持缄默，让对方先开口。

那位官员说："我相信你就是哈里·谢顿，那个数学家。"

谢顿以最简单的方式答道："是的，阁下。"接着便继续等待。

年轻人挥了挥手臂。"应该说'陛下'才对，不过我痛恨繁文缛节。我总是在繁文缛节里打转，这使我厌烦透顶。现在没有旁人，所以我要放纵一下，把繁文缛节抛到脑后。教授，坐吧。"

对方讲到一半，谢顿便发觉面前这位正是克里昂大帝一世，这使他感到有点喘不过气来。大帝本人（现在看来）与新闻中经常出现的正式全息肖像有几分相似，不过全息像中的克里昂总是穿得雍容华贵，似乎比本人高大一些，尊贵一点，而且面孔冷漠，毫无表情。

如今全息像的本尊出现在谢顿面前，却似乎显得相当平凡。

谢顿纹风不动。

大帝微微皱了皱眉头。他平常颐指气使惯了，此时虽想放弃这种特权，至少是暂时放弃，却仍然以专横的口吻说："喂，我说'坐吧'。那张椅子，快点。"

谢顿默默坐下，他甚至连"遵命，陛下"也说不出口。

克里昂微微一笑。"这样好多了。现在我们可以像两个同胞一样交谈了，毕竟，一旦除去一切繁文缛节，我们的关系就是这样。啊，你说是不是？"

谢顿小心翼翼地答道："假如皇帝陛下喜欢这么说，那就一定没错。"

"喔，别这样，你为何如此小心谨慎？我想要以平等的身份和你交谈。这么做令我开心，你就顺着我吧。"

"遵命，陛下。"

"只要简单一句'遵命'就行了，我真没办法教会你吗？"

克里昂瞪着谢顿，谢顿觉得那双眼睛充满生气与兴味。

最后，大帝总算再度开口："你看来并不像数学家。"

谢顿终于能够露出笑容。"我不知道数学家应该像什么样子，皇帝陛……"

克里昂举起一只手来表示警告，谢顿赶紧咽下这个尊称。

克里昂说："我认为应该满头白发，或许还留着络腮胡。年纪当然有一大把。"

"但即使是数学家，也总有年轻的时候。"

"可是那时他们都默默无闻。等到他们的名声传遍全银河，他们就是我所描述的那种模样。"

"只怕我并没有什么名气。"

"但你曾在此地举行的会议上演讲。"

"许多人都上了台，有些比我还要年轻。却没有什么人受到注意。"

“你的演讲显然吸引了我的一些官员注意。根据我的了解，你相信未来是有可能预测的。”

谢顿突然感到一股倦意。似乎不断有人误解他的理论，或许他根本不该发表那篇论文。

他说：“并不尽然，我得到的结果其实狭隘得多。许多系统都会出现一种情形，那就是在某些条件下会产生混沌现象。这就意味着，针对某个特殊的起点，我们不可能预测后来的结果。甚至一些相当简单的系统也是这样，而系统愈复杂，就愈有可能变得混沌。过去我们一直假定，像人类社会这么复杂的东西，会在很短时间之内变得混沌，因此不可预测。然而，我所做到的则是证明，在研究人类社会时，有可能选择一个起点，并做出一组适当的假设，用以压抑混沌效应，使得预测未来变成可能。当然不是完整的细节，而是大致的趋势；并非绝对确定，但是可以计算其中的几率。”

一直仔细聆听的大帝这时问道：“可是，这不正意味着你示范了如何预测未来吗？”

“还是那句话，并不尽然。我证明了理论上的可能性，但仅止于此。想要进一步探究，我们必须真正选择一个正确的起点，并做出一组正确的假设，然后找出能在有限时间之内完成计算的方法。在我的数学论证中，完全没有提到应该如何进行这些。但即使我们通通做得到，顶多也只能估算出几率。这和预测未来并不相同，它只是猜测可能会发生些什么事。每一个成功的政治人物、商人，或是从事任何行业的人，都必须能对未来做出这样的估计，而且估计得相当准，否则他们不会成功。”

“他们并未用到数学。”

“是的，他们凭借的是直觉。”

“一旦掌握适当的数学工具，任何人都有办法估算几率。这样一来，少数具有优异直觉的成功人士便无法垄断了。”

“又说对了，但我只是证明这个数学分析是可能的，我并未证明它实际上可行。”

“一件事既然可能，又怎么会不可行呢？”

“理论上，我可以造访银河系每一个世界，和每个世界上的每个人打招呼。然而，完成这项工作需要很长的时间，远超过我一生的寿命。即使我能长生不死，新一代出生的速率也会大于我拜访老一辈的速率。更重要的是，许多老一辈在等不及我拜访他们之前便会死去。”

“在你的有关未来的数学理论中，情况是不是真的这样？”

谢顿迟疑了一下，然后继续说：“这个数学计算或许要花太长的时间才能完成，即使我们有一台和宇宙同样大的电脑，以超空间速度运作也于事无补。在获得任何答案之际，岁月早已流逝多年，情势则已发生巨大变化，足以使得答案变得毫无意义。”

“过程为什么不能简化呢？”克里昂严厉地问道。

“皇帝陛下，”谢顿感到随着答案越来越不合胃口，大帝的口气变得越来越正式，便决定用最正式的方式回应。“想想科学家处理次原子粒子的方式。那些粒子数量十分庞大，每一个都以随机而不可预测的方式运动或振动。但是这个混沌的底层藏有一种秩序，所以我们才能创立量子力学，用以回答所有我们知道该如何问的问题。而在研究社会现象时，我们将人类摆在次原子粒子的地位，不同的是此时多了一项变因，那就是人类的心灵。粒子以无意识的方式运动，人类则不然。若想将心灵中各种态度与冲动考虑在内，会使得复杂度增加太多，令我们根本没有时间面面顾到。”

“心灵会不会和粒子的无意识运动一样，也存在一个底层的秩序呢？”

“或许吧。根据我的数学分析，不论表面上看来多么杂乱无章，任何事物背后都必定藏有秩序。至于如何找出这些底层的秩序，这套数学却完全没有提示。想想看——两千五百万个世界，每一个都有整体的特征与文化，每一个都和其他世界大不相同，每一个都至少包含十亿人口，人人又各自拥有一个独立的心灵，而所有这些世界，则以数不清的方式和组合在进行互动。不论心理史学分析在理论上多么可能，却难以有什么实际上的应用。”

“你所谓的‘心理史学’是什么意思？”

“我将‘对未来的理论性几率估算’称为心理史学。”

大帝突然起身，大步走向房间另一侧，然后一个转身，又大步走回来，驻足于仍坐着的谢顿面前。

“站起来！”他命令道。

谢顿赶紧起立，抬头望着比自己高几分的大帝，勉力维持自己的目光坚定不移。

克里昂终于开口：“你的这个心理史学……假如能变得实际可行，会有很大的用处，对不对？”

“显然会有极大的用处。若能知道未来有些什么，即使是以最概略性、最几率性的方式，也能为我们的行动提供一个崭新而绝佳的指导，这乃是人类从未掌握的。可是，当然……”他突然住口。

“怎么样？”克里昂不耐烦地说。

“嗯，情况似乎是这样的，除了少数决策者之外，心理史学分析的结果必须对大众保密。”

“保密！”克里昂高声惊叫。

“这很明显，让我试着解释一下。假如我们完成一个心理史学分析，并将结果公诸于世，人类的种种情绪和种种反应必将立刻受到扭曲。这样一来，心理史学分析就会变得毫无意义，因为它所根据的，是众人对未来不知情的情况下所产生的情绪和反应。您了解我的意思吗？”

大帝突然眼睛一亮，哈哈大笑几声。“太好了！”

他伸手拍了拍谢顿的肩膀，谢顿不禁轻轻晃了一下。

“你这个人，你看不出来吗？”克里昂说，“难道你看不出来吗？这就是你的用处。你根本不需要预测未来，而只要选择一个未来——一个好的未来、一个有用的未来——然后做出一种预测，让所有人类的情绪和反应都发生变化，以便实现你预测的那个未来。与其预测一个坏的未来，不如制造一个好的未来。”

谢顿皱起眉头。“启禀陛下，我懂得您的意思，但这同样是不可能的事。”

“不可能？”

“嗯，至少是不切实际。您看不出来吗？倘若我们不能从人类的情绪和反应出发，不能预测这些因素所将导致的未来，那就同样无法反其道而行。我们不能从一个选定的未来出发，反推它的源头是哪些人类情绪和反应。”

克里昂显得相当沮丧，紧紧抿着嘴唇。“那么，你的论文呢？……你是不是管它叫论文？……它又有什么用呢？”

“那只是一种数学论证。它提出一个令数学家感兴趣的结论，但我从未想到会有任何实际用途。”

“我发觉这实在可恶。”克里昂气呼呼地说。

谢顿微微耸了耸肩。他现在更加确定一件事，自己根本不该发表那篇论文。假如大帝自认为成了别人愚弄的对象，自己会有什么样的下场呢？

事实上，克里昂看来像是快要相信这一点了。

“话说回来，”他说，“假如你对未来做出一些预测，不论是否在数学上站得住脚，但根据那些了解大众趋向的政府官员判断，它们就是会带来有用的反应，你认为如何？”

“您为何需要由我做这件事？政府官员自己就能做这些预测，不必假手中间人。”

“政府官员做来不会那么有效。他们的确偶尔会发表这类的声明，可是民众不一定相信他们。”

“为何又会相信我呢？”

“你是个数学家，你会‘计算’未来，而不是……不是去直觉它——如果可以这样说的话。”

“可是我并没有这个能力。”

“谁会知道呢？”克里昂眯起眼睛望着他。

接下来是短暂的沉默。谢顿感到自己中计了。假如大帝直接对他下令，他敢拒绝吗？若是拒绝，他也许就会遭到监禁或处决。当然不会没有审判，可是面对一个专制的官僚体制，尤其是银河帝国的皇帝指挥之下的极权官僚体制，想要获得公平审判是难上加难。

最后，他终于答道：“这样行不通。”

“为什么？”

“假如要我做出一些含糊的一般性预测，必须等到我们这一代，甚至下一代死后多年才有可能实现，那么也许可以蒙混过去。可是，这样一来，民众却不会如何留意。对于一两个世纪之后才会发生的重大事件，他们是不可能关心的。

“为了获得成果，”谢顿继续说，“我必须预测一些结果较为明确的事件，或是一些近在眼前的变故。只有这种预测才能获得大众的回应。不过迟早——也许不会迟只会早——其中一项预测并不会实现，而我的利用价值将立刻结束。这样一来，您的声望也可能随之消失。更糟的是，以后再也不会有人支持心理史学的发展，即使未来的数学能将它改良到接近实用的程度，它也不会再有大显身手的机会了。”

克里昂猛然坐下，对着谢顿皱起眉头。“你们数学家能做的就是这件事吗？坚持各种的不可能？”

谢顿拼了命以和缓的语调说：“是您，陛下，在坚持一些不可能的事。”

“你这个人，让我来测验你一下。假如我要你利用你的数学告诉我，是否有朝一日我会遇刺身亡，你会怎么说？”

“即使将心理史学发挥到极致，这个数学体系仍然无法回答如此特定的问题。全世界的量子力学专家同心协力，也不可能预测单独一个电子的踪迹，而只能预测众多电子的平均行为。”

“你比我更了解你自己的数学理论，就根据它做个合理的猜测吧。我是否有朝一日会遇刺？”

谢顿柔声答道：“陛下，您这是对我设下圈套。干脆告诉我您想要听什么答案，我好直接说出来，否则就请授权给我，让我自由回答而不至招罪。”

“你尽管说吧。”

“您以荣誉担保？”

“你要我立下字据吗？”克里昂语带讥讽。

“有您口头的荣誉担保就够了。”谢顿的心往下沉，因为他不确定会有什么结果。

“我以荣誉担保。”

“那么我可以告诉您，在过去四个世纪中，几乎有一半的皇帝遇刺身亡，根据这一点，我推断您遇刺的机会约略是二分之一。”

“任何傻瓜都能说出这个答案。”克里昂以轻蔑的口吻说，“根本不需要数学家。”

"可是我跟您说过好几次了，我的数学理论对实际问题毫无用处。"

"难道你就不能假设，我从那些不幸的先帝身上学到教训了？"

谢顿深深吸了一口气，一鼓作气道："不能的，陛下。历史在在显示，我们无法从历史中学到任何教训。举例而言，您准许我在这里单独觐见，万一我有心行刺呢？这当然不是事实，陛下。"他赶紧补充一句。

克里昂冷冷一笑。"你这个人，你没有考虑到我们的科技多么完善——或说多么先进。我们研究过你的背景，以及你的完整履历。在你抵达后，你就接受了扫描，你的面容和声纹都经过分析。我们知道你详尽的情绪状态，几乎可以说知道你的思想。对你的忠贞若有丝毫怀疑，就绝不会允许你接近我。事实上，是你根本活不到现在。"

谢顿感到一阵晕眩，不过他继续说："即使没有那么先进的科技，外人也总是难以接近任何一位皇帝。然而，几乎每次行刺都源自宫廷政变。对皇帝构成最大威胁的，就是最接近皇帝的人。想要趋吉避凶，细查外人其实无济于事。至于您自己的官员、您自己的禁卫军、您自己的亲信，您总不能以对待我的方式对待他们。"

克里昂说："这点我也知道，至少和你一样清楚。我的回答是，我对身边每个人都很好，让他们没有怨恨我的理由。"

"愚蠢……"说到这里谢顿突然住口，显得十分狼狈。

"继续，"克里昂怒冲冲地说，"我已经准许你自由发表意见。我如何愚蠢？"

"启禀陛下，我说溜了嘴。我原本想说的是'无关'，这和您如何对待亲信根本无关。您一定会疑神疑鬼，否则就不符合人性。

一个不经意的字眼——例如我刚才的表现，或是一个不经意的动作、一个可疑的表情，都必定会令您提高警觉，并收回一点信任。而任何猜疑都将造成恶性循环——那位亲信感觉得到，他会恼恨您的疑心，并会改变他的言行举止，尽可能避免让您再度起疑；您则会察觉这个变化，因而疑心越来越重，到头来不是他被处决，就是您遇刺身亡。过去四个世纪的好多位皇帝，都无法避免这样的过程。帝国事务变得越来越难处理，这只是征兆之一。”

“那么，我无论如何无法避免遇刺喽。”

“是的，陛下。”谢顿说，“不过，反之，您也可能属于幸运的那一半。”

克里昂用手指轮流敲打座椅扶手，然后厉声道：“你这个人，你根本没用，你的心理史学也一样。给我走吧。”说完这几句话，大帝转过头去，突然好像比三十二岁的实际年龄老了许多。

“启禀陛下，我早就说过，我的数学理论对您没用。我致上最深的歉意。”

谢顿本来准备鞠躬，但两名卫士不知如何接到了讯号，及时进来将他带走。御书房中还传出克里昂的一句：“这个人从哪里来，就把他送回哪里去。”

04

伊图·丹莫刺尔适时出现，以适度尊崇的眼神瞥了大帝一眼。“陛下，您差点就发脾气了。”

克里昂抬起头来，挤出一个显然很勉强的微笑。“嗯，没错。那人实在令我非常失望。”

“但他并未做出能力范围外的承诺。”

“他一点能力也没有。”

“也就没有做任何承诺，陛下。”

“真令人失望。”

丹莫刺尔说：“或许不只令人失望而已。这人是一颗流弹，陛下。”

“一颗流什么，丹莫刺尔？你总是喜欢用许多古怪的词句。流弹又是什么？”

丹莫刺尔以严肃的口吻说：“启禀陛下，这不过是我年轻时听到的一种说法。帝国境内充满古怪的词句，有些是川陀从未听说过的，正如同川陀的某些惯用语，其他地方的人也听不懂一样。”

“你是来提醒我帝国疆域的辽阔？你说那人是一颗流弹，这到底是什么意思？”

“只是指他可能犯下无心之失，造成重大伤害。他不知道自己的力量，或者说重要性。”

“你推论出来的吗，丹莫刺尔？”

“是的，陛下。他是个乡下人，并不了解川陀这个地方以及此地的规矩。他以前从未到过我们的行星，以致无法表现得像个有教养的人，比如说像个廷臣。但是他竟然敢跟您顶嘴。”

“有何不可？我准许他有话直说。我取消了繁文缛节，以平等的方式对待他。”

“启禀陛下，并不尽然。您天生就无法平等对待他人，您习惯于发号施令。即使您试图让对方轻松自在，也很少有人能做到这一点。大多数人会变得哑口无言，更糟的表现则是奉承和阿谀。可是，那人却跟您顶嘴。”

“嗯，丹莫刺尔，你可以认为这很了不起，但是我不喜欢他。”克里昂看来十分不满，“你注意到了吗？他并没有尝试对我解释他的数学理论，好像他知道我一个字也听不懂。”

“启禀陛下，您的确听不懂。您不是数学家，也不是任何领域的科学家，同时也不是艺术家。在许许多多的知识领域，都有人比您懂得还多，他们的职责就是利用这些知识为您服务。您是皇帝，这点就不亚于他们所有专长的总和。”

“是吗？如果是个花了许多岁月累积知识的老头，令我感到自己某方面一窍不通，那我倒也不在意。可是这个人，谢顿，只不过和我同年。他怎么会知道那么多？”

“他不必学习领袖气质，也不必学习如何做出左右他人生死的决策。”

“有些时候，丹莫刺尔，我会怀疑你是不是在讥笑我。”

“陛下？”丹莫刺尔以责难的口吻说。

“不过算了吧，回到你刚才说的那个流弹。你为什么要认为他是危险人物？在我看来，他似乎是个纯真的乡下人。”

“没错，可是他拥有那套数学理论。”

“他说那根本没用。”

“您本来认为它也许有用。而在您向我解释之后，我也这么以为，所以其他人也有可能抱持同样的看法。既然这位数学家已经将心思集中在这个问题上，他自己的想法或许也会改变。谁知道呢，他也许会研究出利用这套数学的方法。假如他成功了，有办法预测未来了，不论多么朦胧模糊，他也等于掌握了极大的权力。即使他自己不希望拥有权力——我总认为如此自制的人少之又少——他也可能被别人利用。”

“我试图利用他，可是他不肯。”

“刚刚他没有好好考虑，也许现在他就会愿意。他若不喜欢被您利用，难道就不可能被——比方说——卫荷区长说服吗？”

“他为什么会愿意帮助卫荷区长，而不愿帮我们？”

“正如他刚才的解释，个体的情绪和行为是很难预测的。”

克里昂绷着脸，坐在那里沉思良久。“你真的认为，他有可能将他的心理史学发展到真正有用的地步？他十分肯定自己做不到这一点。”

“或许若干时日之后，他会发现否认这个可能性是个错误。”

克里昂道：“这么说，我想我该把他留下。”

丹莫刺尔说：“不然，陛下，当您让他离去时，您的直觉完全正确。倘若将他囚禁，无论做得多么不着痕迹，都将引起他的愤恨和绝望。这样不但无助于他进一步发展他的理论，也无法使他心甘情愿为我们服务。最好还是放他走，如您所做的那样，但是永远用一条隐形的绳索拴住他。这样一来，我们就能确定他不至于被陛下的敌人利用，也可以确定等到时机成熟，他将这个科学理论发展完备时，我们便能收回那条绳索，再把他拉进来。那个时候，我们可以……态度强硬一点。”

“可是，万一他被我的敌人抓走，或者应该说帝国的敌人，毕竟我就等于这个帝国，还有，如果他自愿为敌人效命呢？我不认为这点绝无可能，你了解吧。”

“您的顾虑没错。我会确保不至于发生这种事，但是，倘若尽了最大努力，仍然出现这种情形，与其让不适当的人拥有他，倒不如让谁都得不到。”

克里昂显得相当不安。“丹莫刺尔，我将这件事完全交到你手上，但我希望我们不要操之过急。无论如何，他有可能只是个理论科学的买办，并没有什么真正的用处。”

“启禀陛下，很有可能，不过为了安全起见，最好还是假设此人很重要——或者说也许很重要。假使到头来，我们发现只是在为一个无足轻重的角色伤脑筋，那不过浪费了一点时间而已，不会有其他损失。但如果我们最后发现，忽略了一个再重要不过的人物，那我们将会丢掉整个银河。”

“这样很好，”克里昂说，“但我确信我不必知道细节——倘若细节果真令人不快。”

丹莫刺尔说：“让我们期望不会有那种结果。”

05

经过了一个黄昏、整个夜晚，以及半个上午的时光，谢顿慢慢从觐见大帝的情绪中恢复过来。至少，川陀皇区里的人行道、活动回廊、广场与公园的光线明暗变化，使人觉得已历经了一个黄昏、整个夜晚，以及第二天的半个上午。

此刻，他坐在一座小公园的一张小型塑胶椅上，那椅子弯成与他的身躯刚好吻合的形状，令他感到非常舒服。根据光线判断，上午似乎刚过一半，空气凉爽适中，刚好使人感到清新，却一点也没有寒意。

气候是否总是这样？他想到了觐见大帝时遇到的那种灰暗天气。然后，他又想起故乡赫利肯星的阴天、冷天、热天、雨天以及下雪天，不禁怀疑有谁会怀念那种日子。坐在川陀的一座公园里，日复一日都是理想的天气，几乎令人感到周遭一片虚空，还有没有可能会怀念怒吼的狂风、刺骨的寒冷，或是令人窒息的湿气？

或许会吧，但不是在第一天、第二天，甚至第七天上头。而他只剩下今天最后一天，明天即将离开此地。他打定主意趁机享受一番，毕竟，自己可能再也不会重返川陀。

然而，他仍旧感到惴惴不安，始终无法忘怀曾在没有其他人在场的情况下，和一个能随意下令监禁或处决任何人的人（至少他能剥夺他人的社会地位，造成一种经济性与社会性的死亡）做过一次晤谈。

就寝之前，谢顿利用旅馆房间的电脑，从电子百科全书查到了克里昂一世的资料。内容照例是为这位皇帝歌功颂德，就像所有的皇帝生前所受到的歌颂一样，与他们的政绩毫无关系。谢顿略过那些内容，他感兴趣的是发现克里昂生于皇宫，一生从未离开御苑。他从来没有到过真正的川陀——这个覆盖着多面穹顶的世界。也许这是基于安全考量，但它代表的则是这位皇帝一直遭到囚禁，不论他自己是否承认这一点。那可能是全银河最豪华的牢狱，但无论如何还是牢狱。

尽管这位皇帝似乎相当温和，一点也不像历代多位嗜血的独裁暴君，但引起他的注意总不是好事。谢顿很高兴明天就要回赫利肯，虽说家乡如今正值冬季（而且是个酷寒的冬季）。

他抬头望了望漫射的明亮光线。虽然此地永远不会下雨，大气却绝对不算干燥。离他不远处有一座喷泉；植物是绿油油的一片，或许从未尝过干旱的滋味。灌木丛偶尔会沙沙作响，好像有一两只小动物躲在里面。此外，他还听到蜜蜂的嗡嗡声。

真的，纵然整个银河都说川陀是个金属与陶质建成的人工世界，但在这个小小范围内，却令人有置身田园的感觉。

附近有几个人也在享受这座公园，他们都戴着轻便的帽子，有些相当小。不远处有个挺漂亮的年轻女子，不过她正弯腰凑向一具观景器，他无法看清她的脸庞。此时一名男子经过，对他不经意地望了一眼，然后在对面的椅子上坐下来，埋头阅读一扎电讯报表。那人还翘起二郎腿，谢顿注意到他穿着一条粉红色紧身裤。

真奇怪，此地男士的衣着倾向于花俏，反倒是女子大多穿着白色衣裳。由于环境相当清洁，穿着淡色服装是很合理的一件事。他低下头来，看了看自己的赫利肯服饰，主要的色系是沉闷的褐色，令他感到有些可笑。假如他要留在川陀——虽说事实不然——就得购买一些适当的衣物，否则必将招来好奇的眼光，或是成为嘲笑或排斥的对象。比方说，那个拿着电讯报表的男子，这回便以较为好奇的眼光抬头望着他，无疑是被他的外星服饰所吸引。

谢顿庆幸对方并未露出笑容。他对成为笑柄可以处之泰然，不过，当然，他绝不可能会喜欢那种情况。

谢顿以不着痕迹的方式望着这名男子，因为对方内心似乎在进行一场激战。他看来已经准备开口，然后又好像改变了主意，接下来仿佛又回到原先的决定。谢顿很想知道最后的结果是什么。

他仔细打量这名男子。此人个子很高，肩膀宽阔，看不出有任何肚腩，头发是泛着金光的浅黑色，胡子刮得干净，一脸严肃的表情，看来孔武有力，不过并没有盘虬的肌肉，脸庞显得有几分棱角——十分顺眼，但绝对称不上“好看”。

等到这名男子内心交战失败了（或者也许是胜利了），将身子倾向谢顿的时候，谢顿认定自己对他已有好感。

那人开口道：“对不起，你是不是曾经出席十载会议？那场数学研讨会？”

“是的，我在场。”谢顿欣然答道。

“啊，我想我在会场见过你。就是因为——对不起——我刚才认出你来，所以才会坐到这里。如果我侵犯了你的隐私……”

“一点也没有，我正在享受片刻的悠闲时光。”

“让我看看还记得多少，你是谢东教授。”

“谢顿，哈里·谢顿，不过相当接近了。你呢？”

“契特·夫铭，”那人似乎有点尴尬，“只怕是个相当普通的名字。”

“我从未碰见过叫契特的人，”谢顿说，“也从不认识姓夫铭的，所以我会认为你相当特别。也许可以这样说，这总比跟数不清的哈里，或是无数的谢顿纠缠不清好得多。”

谢顿将他的椅子挪近夫铭，椅子在带点弹性的陶砖上摩擦出嘎嘎声。

“谈到普通，”他说，“我这身外星服装怎么样？我压根没想到该弄一套川陀衣饰。”

“你可以去买些。”夫铭一面说，一面以不敢苟同的目光打量谢顿。

“我明天就要离开此地，而且我也买不起。数学家有时会处理一些大数目，但绝不是他们的收入——夫铭，我猜你也是个数学家。”

“不是，这方面我毫无天分。”

“喔。”谢顿有些失望，“你刚才说曾在十载会议上见到我。”

“我在那里只是旁观，我是个新闻记者。”他挥了挥电讯报表，似乎这才发觉它还在手中，立刻将它塞进外衣口袋。“我为全息新闻供应消息。”然后，他以意味深长的语气说，“其实，我已经相当厌烦。”

“你的工作？”

夫铭点了点头。“从各个世界收集各种毫无意义的消息，这种差事令我倒胃口。我恨透了每况愈下的世风。”

他若有所思地瞥了谢顿一眼。“不过，有时还是会发生些有趣的事。我听说有人看到你和一名禁卫军在一起，朝皇宫大门的方向去。你该不会是蒙大帝召见吧？”

谢顿脸上的笑容顿时消失无踪，他缓缓说道：“即使真有这回事，也不是我能对新闻界发表的。”

“不，不，不是为了发表。谢顿，如果你不知道这种事，让我第一个告诉你——跑新闻的第一条游戏规则，就是有关皇帝或他身边亲信的消息，除了官方发布的，其他一律不能报道。当然，这样是不对的，因为谣言满天飞远比公布真相要糟得多，可是规则就是这样。”

“但如果不能报道，朋友，你为什么还要问呢？”

“私下的好奇心。相信我，干我这一行的，知道的消息比公诸于世的多得多——让我猜猜看：我没有听懂你的论文内容，但我推测你是在谈论预测未来的可能性。”

谢顿摇了摇头，咕哝道：“那是个错误。”

“你说什么？”

“没什么。”

“嗯，预测——正确的预测——会令大帝或任何一名政府官员感兴趣。所以我猜克里昂一世曾向你问及这档事，还有你愿不愿意帮他做些预测。”

谢顿以僵硬的语调说：“我不想谈这件事。”

夫铭轻轻耸了耸肩。“我想，伊图·丹莫刺尔也在场吧。”

“谁？”

“你从未听说过伊图·丹莫刺尔？”

“从来没有。”

“克里昂的另一个自我、克里昂的大脑、克里昂的邪灵——这些都是人们对他的称呼，还不包括那些辱骂性的绰号。他当时一定在场。”

谢顿露出困惑的表情。夫铭继续说：“嗯，你也许没看到他，可是他绝对在场。假如他认为你能预测未来……”

“我不能预测未来。”谢顿一面说，一面使劲摇着头，“如果你听过我发表论文，就会知道我只是在谈论理论上的可能性。”

“没什么不同，假如他认定你能预测未来，他就不会让你走。”

“他还是让我走了，现在我才能在这里。”

“这点毫无意义。他知道你在哪里，今后会继续掌握你的行踪。当他想要你的时候，不论你在天涯海角，他都能找到你。要是他认为你有用，必定会把你的用处榨干；要是他认为你有威胁性，则会把你的命榨出来。”

谢顿瞪着对方。“你想要干什么，吓唬我？”

“我是想提醒你当心。”

“我不相信你说的这番话。”

“不相信？刚刚你还提到某件事是个错误。你是不是认为发表那篇论文是个错误，因为它给你带来一种避之唯恐不及的麻烦？”

谢顿不安地咬着下唇。这个猜测与实情简直太过吻合——就在这个时候，谢顿突然发觉有外人出现。

由于光线过度柔和与分散，对方并未投射出任何阴影。只是他的眼角捕捉到一个动作——然后动作便停下来。

第二章

逃亡

川陀：……第一银河帝国的首都……在克里昂一世统治下，它放射出“黄昏的回光”。不论从哪方面看来，那时都是它的全盛期。它二亿平方公里的地表完全被穹顶覆盖（只有皇宫周围的区域例外），穹顶下则是绵延不断的大都会，一直延伸到大陆棚之下。当时人口共四百亿，虽然（回顾历史显而易见）有众多迹象显示早已问题丛生，川陀居民无疑仍视其为传说中的“永恒世界”，从未想到有一天会……

——《银河百科全书》

06

谢顿抬起头来，看到一个年轻人站在面前，带着一种嘲弄的轻蔑低头望着他。那人身旁还有另一个年轻人，或许更年轻些。两人都身材高大，而且看来十分强壮。

谢顿判断他们的衣着应是川陀最尖端的流行——大胆的冲突色彩、有流苏的宽边皮带、有整圈阔檐的圆帽，此外还有一条亮丽的粉红色丝带，两端从帽檐一直延伸到后颈。

在谢顿眼中，这种打扮实在有趣，他不禁微微一笑。

他面前的年轻人吼道："邋遢鬼，你龇牙咧嘴在笑什么？"

谢顿不理会对方的态度，好言好语地答道："请原谅我刚才发笑，我只不过在欣赏你的服装。"

"我的服装？怎么样？你自己穿的又是什么？你管这身可怕的碎布叫衣服吗？"他伸出一只手，用手指弹了弹谢顿的外衣翻领。与对方的淡雅色调比较之下，谢顿心想，自己的服色沉重得很不体面。

谢顿说："只怕我们外星人士的衣服就是这样，我只有这一套。"

他不自觉地注意到，原本坐在小公园里的另外几个人纷纷起身离去。仿佛他们预期会有麻烦，而不愿继续留在附近。谢顿不知道他的新朋友夫铭是不是也正要开溜，但他觉得将视线从面前的年轻人身上移开并非明智之举。他将身子向后挪，稍微向椅背靠去。

年轻人说：“你是外星人士？”

“没错，因而才穿这身衣服。”

“因而？这是哪门子说法？外星语吗？”

“我的意思是，正是由于这个缘故，你才会觉得我的衣服奇怪。我是一名游客。”

“从哪颗行星来的？”

“赫利肯。”

年轻人的两道眉毛挤在一起。“从来没听过。”

“它不是一颗多大的行星。”

“你为什么不回那里去？”

“我是要回去，我明天就走。”

“快一点！现在就走！”

年轻人看了看他的同伴。谢顿随着他的视线望去，结果瞥见了夫铭。他并没有离开，可是整座公园已经空了，只剩下他自己、夫铭，以及那两个年轻人。

谢顿说：“我本来打算今天到处逛逛。”

“不，你不该那么做，现在就回家去。”

谢顿微微一笑。“抱歉，我无法照办。”

年轻人对他的同伴说：“马毕，你喜欢他的衣服吗？”

马毕首度开口：“不喜欢，真恶心，令人反胃。”

“马毕，不能任由他到处乱跑，害得人人反胃。这样会有损大众健康。”

“不行，艾连，绝对不可以。”马毕说。

艾连咧嘴笑了笑。“好啦，你听到马毕怎么说了。”

这时夫铭终于开口，他说：“听着，你们两个，艾连和马毕，或者不管你们叫什么名字。你们玩够了，何不见好就收？”

艾连本来上身微微倾向谢顿，此时他把身子挺直，然后转头。“你是谁？”

“不关你的事。”夫铭吼道。

“你是川陀人？”艾连问。

“同样不关你的事。”

艾连皱着眉头说：“你穿得像个川陀人。我们对你没兴趣，所以别自找麻烦。”

“我打算留下，这就表示我们总共有两个人。二对二听来不像你们的打法，你们何不去多找些朋友，来对付我们两个？”

谢顿说：“夫铭，我真的认为你该趁早离开这里。你试图保护我是你的好意，但我不希望你受到伤害。”

“谢顿，这两人并非危险分子，只不过是值半个信用点的奴才。”

“奴才！”这个说法似乎把艾连惹火了，因此谢顿想到，在川陀它的意思一定比在赫利肯更具侮辱性。

“听好，马毕。”艾连咆哮道，“你对付另一个他妈的奴才，我来把这个谢顿的衣服剥光。他就是我们要找的人，动手——”

他双手猛然向下探，想抓住谢顿的翻领，以便将他提起来。谢顿立刻伸手一推，似乎是出于本能的动作，而他的椅子则往后翻倒。紧接着，他抓住探向自己的那双手，并抬起一只脚，此时椅子刚好倒下。

艾连像是从谢顿头上飞过，并在空中一个转身，最后落在谢顿身后。他的颈部与背部最先着地，发出一声巨响。

当椅子倒下时，谢顿及时扭转身形，很快站了起来，虎视眈眈地瞪着倒地的艾连。然后他又猛一转头，望向一旁的马毕。

艾连躺在地上一动不动，五官扭成一团。他的两只拇指严重扭伤，鼠蹊传来锥心刺骨的痛楚，此外脊骨也受到重创。

夫铭用左臂从后面勾住马毕的颈部，右手将对方的右臂向后拉到一个难忍的角度。马毕拼命想要喘气，涨得满脸通红。一把小刀躺在旁边的地上，刀缘的激光镶边正闪闪发光。

夫铭稍微松开手来，以真挚的关切语调说：“你把那家伙伤得很重。”

谢顿说：“我也没办法。如果他着地的角度再偏一点，他的脖子就会摔断了。”

夫铭说：“你究竟是哪门子数学家？”

“赫利肯数学家。”他弯腰拾起那把刀子，检视了一下，又说，“真可恶，而且能要命。”

夫铭说：“普通利刃就能要命，根本无需加装动力源——不过，让我们放这两个走吧，我不信他们还想继续打下去。”

他松开马毕。马毕先搓搓肩膀，再揉揉脖子，然后大口喘着气，以怨毒的目光望着他们两人。

夫铭厉声道：“你们两个最好马上滚。否则我们将提出证据，控告你们伤害和谋杀未遂。从这把刀一定就能追查到你们。”

在谢顿与夫铭的注视下，马毕将艾连拖起来，再扶着直不起腰的他蹒跚离去。他们曾经回头望了一两眼，谢顿与夫铭则回敬以平静的眼神。

谢顿伸出手来。“你我素昧平生，你却帮助我对付两个人的攻击，我该怎样感谢你？我真怀疑自己能否应付他们两个。”

夫铭举起一只手，做了一个不表赞同的手势。“我并不怕他们，他们不过是专门在街头闹事的奴才。我需要做的，只是把双手放在他们身上——当然啦，你也一样。”

“你那一抓可真要命。”谢顿回想起刚才的情形。

夫铭耸了耸肩。“你也不简单。”然后，他以完全相同的语调说，“来吧，我们最好离开这里。我们正在浪费时间。”

谢顿问道:“我们何必离开？你怕那两个人会回来吗？”

“他们一辈子都不敢再来。不过，那些为了避免撞见不愉快的场面，而从公园慌忙溜走的勇士，其中可能有人报了警。”

“很好。我们知道那两个小流氓的名字，也能详细描述他们的长相。”

“描述他们的长相？警方有什么理由抓他们？”

“他们犯了蓄意伤害……”

“别傻了。我们连一点擦伤也没有，他们却要在医院躺几天，尤其是那个艾连。会被起诉的是我们两个。”

“但这是不可能的。目睹事件经过的那些人……”

“警方不会传唤任何人——谢顿，把这点装进你脑子里。那两个是来找你的，专门来找你的。有人告诉他们说你穿着赫利肯服装，而且一定将你描述得很准确，也许还让他们看过你的全息像。我怀疑派他们来的，就是控制警方的那些人，所以我们别再待下去。”

夫铭伸手抓住谢顿的上臂，匆忙迈开脚步。谢顿发觉无法摆脱他的掌握，感到自己好像一个小孩，落在一名鲁莽的保姆手中，只好乖乖跟他走。

他们冲进一条拱廊，而在谢顿的眼睛尚未适应较暗的光线时，便传来一辆地面车的隆隆刹车声。

“他们来了。”夫铭低声道，“谢顿，快点。”他们跳上一道活动回廊，消失在拥挤的人群中。

07

谢顿曾试图说服夫铭带他回下榻的旅馆，可是夫铭不肯答应。

“你疯了吗？”他以近乎耳语的音量说，“他们正在那里等你。”

“可是我所有的家当也在那里等我。”

“只好让它们等一阵子了。”

此刻他们待在一栋公寓的一间小房间里。这是一栋优雅宜人的公寓，不过谢顿对它的位置没有丝毫概念。他环顾这个仅有一房的居住单位，一张书桌、一把椅子、一张床铺，以及一套电脑终端机，占据了绝大部分的空间。房间里没有用餐设备，也没有任何盥洗台，不过夫铭曾带他到走廊尽头的公用盥洗间。当谢顿快出来的时候，刚好有另一个人进去，他没有怎么注意谢顿本人，却对谢顿的衣着投以短暂而好奇的目光，然后就别过脸去。

谢顿向夫铭提起这件事，后者摇了摇头，说道：“我们得把你这身衣服换掉。都怪赫利肯那么跟不上流行……”

谢顿不耐烦地说：“夫铭，整件事有多少可能只是你的幻想？你让我相信了一半，但它或许只是一种……一种……”

“你是不是想说‘妄想症’？”

“好吧，没错。一切都可能只是你的古怪妄想。”

夫铭说：“动动脑筋，好不好？我不能用数学方法做出论证，可是你见过大帝，别否认这一点。他要从你那里得到些什么，而你并没有给他，这点也别否认。我猜想他要的就是有关未来的详情，而你拒绝了。也许丹莫刺尔认为，你只是假装并未掌握详情——你是在待价而沽，或是其他人也在收买你。谁知道呢？我告诉过你，如果丹莫刺尔想要你，不论你到天涯海角也会被他找到。在那两个没脑袋的家伙出场之前，我就对你那么说了。我是一名记者，同时也是川陀人，我知道这种事会如何发展。在某个节骨眼，艾连曾说‘他就是我们要找的人’，你还记得吗？”

“我刚好记得。”谢顿答道。

“对他而言，我只是个碍事的‘他妈的奴才’，而他只顾进行真正的任务，那就是攻击你。”

夫铭坐到椅子上，指着床铺说：“谢顿，舒展一下四肢，尽量放轻松点。那两个人不论是谁派来的——我看，一定就是丹莫刺尔——他还会派其他人来，所以我们得把你这身衣服换掉。我想本区其他赫利肯人被撞见时，若是刚好穿着母星服装，就一定会惹上一场麻烦，直到他能证明他不是你。”

“喔，得了吧。”

“我没有开玩笑。你一定要把这身衣服脱掉，然后我们必须把它原子化——只要我们能偷偷接近一台废物处理器。在此之前，我得先帮你找一套川陀服装。你的体型比我小，我会考虑到这点。即使不完全合身也没关系……”

谢顿摇了摇头。“我没有信用点付账，没带在身上。我所有的信用点——其实也没多少——全都在旅馆的保险箱里。”

“这点我们改天再说。当我出去张罗必要的衣物时，你得在这里待上一两个钟头。”

谢顿摊开双手，叹了一声表示让步。“好吧。果真那么重要，我就待着吧。”

“你不会试图溜回旅馆吧？荣誉担保？”

“我以数学家的荣誉担保。可是我给你惹了这么多麻烦，还要让你为我破费，我真觉得过意不去。毕竟，虽然你把丹莫刺尔说得那么厉害，他们并未真正想伤害我或把我带走。我受到的威胁，只是险些被扒光了衣服。”

“不只如此。他们还想押你到太空航站，把你送进一艘飞往赫利肯的超空间飞船。”

“那是个愚蠢的威胁，我们不必认真。”

“为什么？”

“我马上就要回赫利肯。我告诉过他们，明天就会动身。”

“你仍然打算明天走吗？”夫铭问。

“当然啦。有何不可？”

“不可的原因多得很。”

谢顿突然感到不太高兴。“得了吧，夫铭，我不能再玩这种游戏。我的事情办完了，现在想要回家去。我的旅票在旅馆房间里，否则我会试图把行程改成今天，我是说真的。”

“你不能回赫利肯。”

谢顿涨红了脸。“为什么不能？他们也在那里等我吗？”

夫铭点了点头。“别发火，谢顿，他们一定也会在那里等你。听我说，如果你回到赫利肯，等于落入丹莫刺尔的手掌心。赫利肯是个忠实可靠的帝国领域，它曾经叛变吗？曾经追随过反帝旗帜吗？”

“没有，从来没有，而且理由充分。它周遭都是较强大的世界，需要帝国的和平以确保它的安全。”

“正是这样！因此赫利肯上的帝国军队能获得当地政府的全面

合作，你将时时刻刻受到严密监视。丹莫刺尔不论何时想要你，都有办法把你找出来。而且，要不是我现在警告你，你对这件事根本毫不知情，你会一直公开活动，一心以为安全无虞。”

“实在是荒谬。假如他希望我待在赫利肯，何不干脆让我自行离去？反正我明天就要走了。他为什么要派两个小流氓来，只为了让这件事提早几小时，却冒着让我提高警觉的危险？”

“他怎么想得到你会提高警觉？他不知道我会跟你在一起，对你灌输一些你所谓的妄想。”

“即使他们不担心我会提高警觉，但如此大费周章，让我提早几小时动身又是为什么？”

“或许因为他担心你会改变主意。”

“不回家的话，我又到哪里去？如果他能在赫利肯抓到我，我到任何地方都照样逃不掉。比方说，他能在……在足足一万秒差距外的安纳克里昂把我抓到——假使我竟然异想天开躲到那里。对超空间飞船而言，距离又算什么呢？即使我找到一个世界，它不像赫利肯那样对帝国军队百依百顺，又有哪个世界真正在造反呢？帝国目前处于太平时期，即使有些世界对过去的不公仍旧忿忿不平，却没有一个会为了保护我而招惹帝国的武装部队。更何况，除了赫利肯，我在其他地方都不具公民身份，它们根本没有义务阻止帝国对我的搜捕。”

夫铭一直耐心倾听，不时轻轻地点点头，但他依旧保持严肃而镇静的神情。“目前为止你说得都对，可是有个世界并非真正在皇帝控制之下。这一点，我想，一定就是丹莫刺尔寝食难安的原因。”

谢顿想了一会儿，将近代史回顾一番，怎么也想不出有哪个世界会令帝国军队束手无策。最后他只好问：“究竟是哪个世界？”

夫铭说：“就是你脚下这个世界，我猜正是因为这个缘故，丹莫刺尔才会觉得情况那么危急。与其说他急着要你回赫利肯，不如说他急着要你尽快离开川陀，以免你突然又想留下来——不论理由为何，哪怕只是留恋此地的风光。”

两人默默对坐了一阵子，最后谢顿终于以讥讽的口吻说：“川陀！帝国的首都，它的轨道太空站中有舰队的大本营，地面还驻扎有最精锐的部队。假如你相信川陀就是那个安全的世界，你的妄想症就已经进展到彻底的幻想。”

“不！谢顿，你是一名外星人士。你不知道川陀是什么样子。它拥有四百亿人口，放眼银河，人口数目是它十分之一的世界都不多。它有着难以想象的科技和文化复杂度。我们现在位于皇区，这里的生活水准是全银河之冠，居民则全部是帝国的大小官员。然而，在这颗行星上，总共有超过八百个行政区，某些区的亚文化和我们这里完全不同，而且大多不是帝国军队能掌控的。”

“为什么不能掌控？”

“帝国不能真正对川陀动用武力。这么做的话，一定会动摇某个科技层面。那些科技都是整个行星命脉所系，相互间有千丝万缕的关系，弄断任何一个联系，都会令科技整个瘫痪。相信我，谢顿，我们住在川陀的人都目睹过这种情形，例如一场未能成功缓解的地震、一次未曾及时疏导的火山爆发、一阵没有预先消灭的暴风，或者只是一个没人留意的人为错误。发生这些天灾人祸之后，这颗行星立刻摇摇欲坠，必须尽一切力量立刻恢复原有的平衡。”

“我从未听过这种事。”

夫铭脸上闪过一丝笑容。“当然没有。你想要帝国大肆宣传核心深处的脆弱吗？然而，身为一名记者，即使外星人士不清楚，即使川陀大多数人蒙在鼓里，即使帝国当局尽力隐瞒真相，我却对这种情形一清二楚。相信我！虽然你不晓得，但是大帝心里明白，丹莫刺尔也知道——侵扰川陀就有可能摧毁整个帝国。”

“那么，你因此建议我留在川陀？”

“没错。我可以带你到一个地方，你在那里将会绝对安全，不必担心丹莫刺尔。你不用改名换姓，完全可以公开活动，他却对你无可奈何，这就是他想逼你立刻离开川陀的原因。若非命运之神把我们拉到一块，你又有出人意表的自卫本领，他的计划已经成功了。”

“可是我得在川陀待多久呢？”

“视你的安全情况而定，谢顿，该多久就多久。或许，你一辈子都不能再离开。”

08

哈里·谢顿望着自己的全息像，那是由夫铭的投影机投射出来的。这要比照镜子更醒目、更实用。事实上，现在房间里仿佛有两个谢顿。

谢顿仔细打量这件崭新短袖袍的袖子。赫利肯心态使他希望色调最好再朴素点，但他还是谢天谢地，因为夫铭选的颜色已经比这个世界流行的要柔和了些。谢顿想到那两个小流氓的穿着，心中便打了一个寒颤。

他说：“我想我得戴上这顶帽子。”

“在皇区的确如此，在这里，不戴帽子是没教养的象征。至于其他地方，礼俗则各有不同。”

谢顿叹了一口气。这顶圆帽以柔软的材料制成，戴上后会根据他的头型自动调整。整圈帽檐都一样宽，但比那两个小流氓的帽檐窄些。谢顿注意到戴上帽子后，帽檐弯成一个优雅的弧度，这令他感到十分欣慰。

“它没有系在下巴底下的帽带。”

“当然没有。那是年轻叛客最前卫的流行。”

“年轻什么？”

“叛客是指为了惊世骇俗而穿戴某些衣饰的人，我确信你们赫利肯也有这种人。”

谢顿哼了一声。“有些人把一边头发留到齐肩的长度，却把另外一边剃光。”想到那种发型，他不禁大笑几声。

夫铭的嘴角微微撇了一下。“我想那一定难看极了。”

“还有更糟的呢。他们显然还分左派和右派，双方都无法忍受对方的发型，两派经常在街头大打出手。”

“那么我想你应该能忍受这顶帽子，何况它还没有帽带。”

谢顿说：“我会习惯的。”

“它会吸引一些注意。一来是它的颜色太素，让你看来像是正在服丧，二来大小也不顶合适。此外，你戴起来显然很不舒服。然而，我们不会在皇区待太久——看够了吗？”全息像立时消失无踪。

谢顿问道：“这总共花了你多少钱？”

“有什么关系吗？”

“欠你的钱令我不安。”

“别为这种事烦心，这是我自己的选择。不过我们在这里待得够久了，会有人把我报上去，这点我相当确定。他们会一路追踪我，最后找到这里来。”

“这样的话，”谢顿说，“你花费的信用点就微不足道了。你为了我而令自己身陷险境，身陷险境！”

“我知道。但这是出于我的自由意志，而且我能照顾自己。”

“可是为什么……”

“以后我们再来讨论其中的道理吧——对了，我已经把你的衣服原子化，我想并没有被人看见。当然，出现了一道能量涌浪，那是会留下记录的。有人可能会根据这点猜到是怎么回事——在锐利的耳目窥探之下，实在很难掩饰所有的行动。然而，希望在他们将一切拼凑起来之前，我们已经安然离开此地。”

09

他们沿着人行道往前走，四周是柔和而昏黄的光线。夫铭一直警觉地将眼珠转来转去，并刻意让他们的步调与人群保持一致，既没有超越他人，也没有被人超过。

他不断找些无关的话题，有一句没一句地闲聊着。

心浮气躁的谢顿无法那么镇定，他说：“这里的人似乎很喜欢步行，来往方向的人行道和天桥上都是无尽的人潮。”

“有何不可？”夫铭说，“步行仍是短程交通的最佳方式，是最方便、最便宜，也是最健康的。无数年的科技进展也未曾改变这个事实。谢顿，你有恐高症吗？”

谢顿从右手边的栏杆看出去，下面是一道很深的斜坡，将两条人行道分隔开来——两者通行方向相反，每隔固定距离设有一座天桥。他不禁有点发抖。“你若是指害怕站在高处，我通常不会。话说回来，往下看还是不怎么好玩。下面有多深？”

“这里，我想大概四十到五十层吧。在皇区以及其他一些高度发展的区域，这种设施都很常见。在大部分地区，人们则在所谓的地面上行走。”

“我有一种想法，这会鼓励人们萌生自杀的念头。”

“很少有这种事。想自杀，还有简单得多的方法。此外在川陀，自杀并非不容于社会的行为。在一些特定的中心，有种种被认可的方法供人结束性命——只要你愿意先花点时间，接受一下心理治疗。至于意外，偶尔也会发生几桩，但这并不是我问你有没有恐高症的原因。我们正要去租车站，那里的人知道我是记者。我偶尔会帮他们一些忙，有时他们也会回报我一下。他们会忘记把我记录下来，也不会注意到我有个同伴。当然，我得付一笔钱。而且理所当然，若是丹莫刺尔的手下逼得太凶，他们还是得吐露实情，推说那是因为会计过于马虎，但那可能会耗去不少时间。”

“这和恐高症又有什么关系？”

“嗯，如果我们利用重力升降机，可以节省很多时间。没有多少人利用这种设备，而且我必须告诉你，我自己也不太喜欢这个主意。但如果你自认应付得了，我们最好还是这么做。”

“什么是重力升降机？”

“它还在实验阶段。也许有一天会普及川陀，只要大众在心理上能够接受，或说至少能让足够多的人接受。到那个时候，或许它也会流传到其他世界。这么说吧，它是一种没有升降舱的升降通道。我们只要走进空洞的空间，就会在反重力作用下缓缓坠落，或是缓缓上升。直到目前为止，它大概是应用反重力的唯一装置，主要是因为这是最简单的一种应用。”

“我们在半空的时候，万一动力突然消失，会怎么样？”

“正如你所想的那样，我们会往下掉，除非当时相当接近底层，否则我们必死无疑。我未曾听说发生过这种事，相信我，要是发生过，我一定会知道。我们也许不能发布这种新闻，因为基于安全考量——那是他们隐藏坏消息的一贯借口——但我自己总有办法知道。它就在前面，你要是不能应付，我们就别去。可是活动回廊既缓慢又沉闷，很多人不一会儿就感到头昏。”

夫铭转进一座天桥，来到一个大型凹室，那里已经有些男男女女在排队等候，有一两位还带着小孩。

谢顿压低声音说：“我在家乡从未听过这种东西。当然，我们的媒体过分注重地方新闻，可是想来总该提提这种东西的存在吧。”

夫铭说：“这纯粹是实验性的设施，而且仅限于皇区。它使用的能量不敷成本，因此政府并不急于推广，不想过早公诸于世。是克里昂之前的那位老皇帝——斯达涅尔五世，他能寿终正寝令大家难以置信——他坚持要在几个地方装设这种升降机。据说，他是想让自己的名字和反重力连在一起，因为他很在乎自己在历史上的地位，这是没什么成就的老人常有的心态。正如我所说，这种科技将来可能广为流传，不过，反之，也有可能除了升降机之外，不会再有任何应用。”

“他们还希望有什么应用？”谢顿问道。

“反重力太空飞行。然而，那需要很多的技术性突破。据我所知，大多数物理学家坚决相信绝无可能——话说回来，当初，他们大多认为连重力升降机都绝无可能。”

前面的队伍很快变得越来越短，谢顿发现已经与夫铭站在地板边缘。前方是一道开阔的隙缝，那里的空气发出微微闪光。他自然而然伸出手去，感到一阵轻微的电击。虽然不算痛，但他还是迅速缩回手来。

夫铭咕哝道："这是基本的防范措施，以防任何人在控制钮开启前越过界限。"他在控制板上按下几个数字，闪光随即消失无踪。

谢顿站在边缘往下望，下面是一条深邃的升降通道。

"如果我们勾着手臂，你再把眼睛闭起来，"夫铭说，"也许你会觉得比较好，比较容易。顶多只有几秒钟时间。"

事实上，他令谢顿毫无选择余地。一旦被他紧紧抓住手臂，谢顿又和上次一样无法挣脱。夫铭向一片虚空走去，谢顿（他听见自己发出一小声尖叫，感到很不好意思）拖着踉跄的脚步尾随在后。

他紧闭双眼，并未体会到降落的感觉，也未曾察觉空气的流动。几秒钟之后，他被一股力量往前拉，赶紧迈出一步才恢复平衡，此时他已再度脚踏实地。

他张开眼睛。"我们成功了吗？"

夫铭冷冷地说："我们没有死。"然后便往前走，被他抓着的谢顿只好亦步亦趋。

"我的意思是，我们到达那层了吗？"

"当然。"

"如果我们落下的时候，正好有人上升，会发生什么事？"

"共有两条不同的路径。其中一条路径，大家以相同的速率下落，另一条中的人则以相同的速率上升。在每个人至少相隔十米的前提下，升降通道才能出入。如果一切运作正常，不可能有相撞的机会。"

"我一点感觉都没有。"

"为什么会有？根本没有加速度。除了最初的十分之一秒，你一直在进行等速运动，而你周遭的空气也是以同样速率跟你一起降落。”

“不可思议。”

“确实如此，可是并不经济。而且似乎没有多么迫切的需要，非得增进它的效率，让它变得真正实用不可。不论在何处，你都能听到同样的老调：‘我们做不到，那是不可能的。’这种话适用于任何事务。”夫铭耸耸肩，显然是动了气。“无论如何，我们总算到了租车站，让我们依计行事吧。”

10

在飞车出租站，谢顿尽量让自己看来毫不起眼，结果发现实在很难。想要刻意做到不引人注目——行动躲躲藏藏、避开每个路人的目光、过分仔细研究某一辆车——一定反而吸引他人的注意。他真正需要做的，只是采取一种单纯而正常的态度。

可是什么才算正常呢？这身衣服让他觉得不舒服，它没有任何口袋，所以他的两只手没地方放。腰际两侧皮带上各垂挂着一个袋囊，走动时不断撞到他身上，令他心神涣散，总以为有人在旁边推他。

他试着去欣赏路过的女子。她们都没有那种袋囊，至少没有垂挂在外面。不过她们带着一种类似小盒子的物件，有些人将它粘在臀部一侧。谢顿看不出它是怎么粘上去的，也许是靠一种赝磁性装置吧，他这么判断。她们的服装并不特别暴露，注意到这点令他有些遗憾。此外，没有人穿着袒胸露背的衣服，虽说有些服饰的设计似乎刻意强调臀部曲线。

与此同时，夫铭非常有效率地办完一切手续。他付了足够的信用点，换来一张启动某辆出租飞车的“超导陶片”。

夫铭说：“谢顿，上去吧。”他指着一辆小型双座飞车。

谢顿问道：“夫铭，刚才你需要签名吗？”

“当然不用。这里的人都认识我，不会坚持那些繁文缛节。”

“他们会认为你在做什么呢？”

“他们没问，我也没主动说明。”他把陶片插进去。出租飞车发动时，谢顿感到一阵轻微的振动。

“我们要往‘丁七’飞去。”夫铭打开话匣子。

谢顿不知道“丁七”是什么，但他猜想应该是指某种路线。

出租飞车在其他地面车之间钻来钻去，最后终于来到一条平滑的斜坡路。然后飞车逐渐加速，在轻微颠簸中腾空而起。

一组网状安全带早已自动将谢顿捆住，这时他觉得一股力量先把自己推向座位，然后又向上推向那张网。

他说：“感觉不像是反重力。”

“的确不是。”夫铭说，“这是小型的喷气作用力，刚好足够把我们推进隧道。”

此时出现在他们面前的，是一座看来像是断崖的结构，上面有许多类似洞穴的开口，远看活脱是个西洋棋盘。夫铭闪避着那些飞向其他隧道的出租飞车，一路向“丁七”入口飞去。

“你这样很容易撞毁的。”谢顿清了清喉咙才说。

“假如一切依赖我的感觉和反应，那么或许如此，不过这辆出租飞车完全电脑化，电脑可以轻易强行接管。其他的出租飞车也一样——我们要进去了。”

他们滑进丁七隧道，仿佛是被它吸进去。光线不再像外面广场中那般明亮，变成较温暖、较柔和的黄色调。

夫铭双手离开控制板，身子向后仰。他深深吸了一口气，然后说：“好，我们已经成功闯过一关。刚才在车站，我们有可能被拦下来。在这里面，我们则相当安全。”

随着飞车一路平稳向前行驶，隧道内壁不断迅速向后掠去。沿途几乎完全寂静无声，只有飞车加速时发出的稳定轻柔的呼呼声。

“我们的车速多少？”谢顿问道。

夫铭瞥了一眼控制板。“时速三百五十公里。”

“磁力推进吗？”

“没错。我猜，你们赫利肯也有吧。”

“是的，是有一条。我从来没搭过，虽然一直想试试看。我想应该不会像这样吧。”

“我确定不会一样。像这样的隧道，川陀总共有好几万公里，像蚂蚁洞那样在地底钻来钻去，还有好些蔓延到较浅的海底。这是我们长途旅行的主要途径。”

“我们要走多久？”

“到我们真正的目的地？五小时多一点。”

“五小时！”谢顿心都凉了。

“别担心。我们差不多每二十分钟会经过一处休息区，可以在那些地方停下来，把车子驶出隧道，伸伸腿，吃点东西，或是解个手。当然，我希望休息的次数愈少愈好。”

他们在沉默中继续前进，一会儿之后，右方出现一道强光，前后持续好几秒钟，令谢顿大吃一惊。一眨眼间，他认为自己看到了两辆出租飞车。

“那就是休息区。”夫铭回答了谢顿心中的问题。

谢顿说：“不论你要带我到哪儿去，我在那里真会安全吗？”

夫铭说：“就帝国军警的任何公开行动而言，你都会相当安全。当然啦，至于单打独斗的人员——间谍、特务、职业杀手——则必须时刻提防。自然，我会帮你找个保镖。”

谢顿感到相当不安。“职业杀手？你不是开玩笑吧？他们真会想杀我吗？”

夫铭说：“我确定丹莫刺尔不会。据我猜想，他想利用你胜过想杀你。话说回来，或许会出现其他敌人，也可能会发生一连串不幸事件。你不能永远像梦游般过日子。”

谢顿摇了摇头，别过脸去。想想看，仅仅四十八小时前，他还是个无足轻重、几乎无人知晓的外星数学家，只想在离开川陀前观光游览一番，以乡下眼光看看这个伟大世界的雄壮景观。而如今，情势终于明朗，他是帝国军警追捕的一名要犯。想到这种无比险恶的情势，他突然发起抖来。

“那么你呢，你现在又在做什么呢？”

夫铭若有所思地说：“嗯，我想，他们不会对我仁慈的。可能会有个神秘而永远逍遥法外的凶手，迟早将我的头颅劈成两半，或者炸开我的胸膛。”

夫铭的声调没有丝毫颤抖，冷静的表情也完全没有变化，但谢顿却心头一凛。

谢顿说：“我也晓得你会料到可能惹祸上身。但你看来好像……一点也不在乎。”

“我是个老川陀，我对这颗行星的了解不输任何人。我认识很多朋友，有许多还欠我的情。我乐观地自认为很精明，不容易让人智取。简单地说，谢顿，我十分有信心，相信我能照顾自己。”

“夫铭，我很高兴你有这种感觉，希望你这么想是有根据的。可是我怎么也想不通，你究竟为什么要冒这个险。我对你有什么意义？为了一个陌生人，即使一点点风险也不值得啊？”

夫铭全神贯注地检查了一下控制板，然后与谢顿正面相对，露出坚定而认真的眼神。

“我想要搭救你的原因，和大帝想利用你是一样的——因为你有预测未来的能力。”

谢顿感到极度失望与痛心，原来自己并非被人搭救。他只不过是个无助的猎物，被众多猎食者竞相争逐。他气呼呼地说：“我再也不能像在十载会议上发表论文之前那样，我毁掉了自己的一生。”

“不，数学家，别急着下结论。大帝和他的官员想得到你的原因只有一个，那就是让他们自己活得更安全。他们之所以对你的能力有兴趣，只是因为它或许能用来扶助大帝的统治，确保他的幼子得以继位，以及维系文武百官的地位和权势。然而，我想要你的力量，则是为了整个银河系着想。”

“这两者有差别吗？”谢顿尖酸地斥道。

夫铭严肃地皱了一下眉头，这才答道：“你若无法看出两者的差别，那是你自己的不幸。早在当今这位皇帝出现之前，早在他所代表的皇朝出现之前，早在帝国本身出现之前，人类便已存在于银河系各个角落。人类的历史比帝国久远许多，甚至可能比银河系两千五百万个世界的历史还要久远。根据传说，曾有一段时期，人类全部住在一个世界上。”

“传说！”谢顿耸了耸肩。

“是的，传说。但我找不到它并非事实的理由，我是指两万年或更久以前。我敢说人类刚出现的时候，并没有与生俱来的超空间旅行知识。不用说，一定曾有一段时间，人们无法以超光速旅行，当时他们必定被禁锢在一个行星系中。而我们若是展望未来，在你死去之后，在大帝驾崩之后，在他的整个世系结束之后，甚至在帝国政体瓦解之后，银河系各个世界的人类当然仍会存在。由这一点看来，过度关切个人、皇帝或是年幼的皇太子并无意义，甚至整个帝国的结构也没什么值得关心的。遍布于银河系的万兆人口呢？他们又如何？”

谢顿说：“我想，各个世界和全体人类都将继续存在。”

“你难道不觉得亟需探索在何种条件下，这两者才能继续存在？”

“我会假设两者将来的处境和现在很接近。”

“你会假设！但能否用你提到的那种预测未来的技艺弄清楚？”

“我管它叫心理史学。理论上，这是可能的。”

“你并未感受到化理论为实际的燃眉之急。”

“我很想这样做，夫铭，可是这种渴望无法自动产生能力。我曾经告诉大帝，心理史学不可能转变成一项实用科技，我不得不以同样的说法回答你。”

“难道你连试一试、找一找的意图都没有？”

“我没有，正如我不会试图整理一堆和川陀一样大的鹅卵石，将它们一个个数一数，再按照质量大小排列起来。我明白这种事绝不是这辈子所能完成的，我不会傻到假装要试试看。”

“假如你明白了人类目前处境的真相，你会不会想试一试？”

“这是个不可能的问题。什么是人类目前处境的真相？你是说你知道吗？”

“是的，我知道，几个字就能描述。”夫铭的双眼再度望向前方，瞥见单调而毫无变化的隧道迎面而来，洞口在车身接近时显得越来越大，穿过之后又渐渐缩小。然后，他绷着脸说出了那几个字。

他说：“银河帝国即将灭亡。”

第三章

大 学

斯璀璘大学：……位于古川陀斯璀璘区的一所高等学府……虽在人文与科学领域皆颇享盛名，该校名声得以流传至今却并非由于这些成就。若是让该校历任学者知道，斯璀璘大学在后人心目中印象深刻的主要原因，是因为某位名叫哈里·谢顿的人于“逃亡期”曾在那里暂住，他们一定会惊讶不已。

——《银河百科全书》

11

夫铭做出这个沉稳的叙述之后，哈里·谢顿颇不自在地维持了一阵沉默。他突然认清了自己的弱点，这使他羞愧得无地自容。

他发明了一种崭新的科学：心理史学。他以极其精妙的方式推广几率法则，以便处理新的复杂度与不准性，最后得到一组优美的方程式。这组方程式含有数不清的变数——可能是无穷多，他却无从判断。

但它只是一种数学游戏，除此之外一无是处。

他拥有了心理史学，至少是心理史学的基础，但它只能算个数学珍玩。唯一可能赋予这些空洞方程式一些意义的历史知识，试问又在哪里？

他一窍不通，他对历史向来没有兴趣。他只知道赫利肯历史的大纲，因为在赫利肯的各级学校，这一小部分的人类历史当然是必修课程。可是除此之外呢？他所吸收的其他历史知识，无疑只是人云亦云的皮毛与梗概——一半是传说，另一半显然也遭到扭曲。

话说回来，谁又能说银河帝国即将灭亡呢？它成为举世公认的帝国已有一万年的历史，甚至在此之前，还有二千年的时间，川陀身为雄霸一方的王国之国都，也等于领导了一个帝国。在帝国最初几世纪间，银河各区不时会有捍卫独立地位的活动，而帝国终究安然度过这个瓶颈。至于偶尔发生的叛变、改朝换代的战争，以及一些严重崩溃期所带来的起伏，帝国也都一一克服。大多数世界几乎未曾受到这些问题的困扰，川陀本身也不断稳定成长，最后整个世界都住满人类，如今则骄傲地自称为“永恒世界”。

无可讳言，在过去四个世纪中，动乱似乎有增无减，接连不断出现行刺皇帝与篡位事件。但就连那些动荡也已经渐渐平息，今日的银河又恢复以往的太平岁月。在斯达涅尔五世和克里昂一世这对父子统治之下，所有的世界都欣欣向荣——克里昂本人则从未被视为暴君。即使那些不喜欢帝制的人，虽然常常痛骂伊图·丹莫刺尔，对克里昂也鲜有真正的恶评。

那么，为何夫铭竟然说银河帝国即将灭亡，而且这么斩钉截铁?

夫铭是个新闻记者，他或许对银河历史有些认识，而且必须对当今情势充分了解。是否因为这样，使他有足够的知识作为这个论断的后盾?果真如此，那些知识又是什么?

谢顿好几次想发问，想求得一个答案，但夫铭的严肃表情都使他欲言又止。而阻止他发问的另一个原因，则是他自己有个根深蒂固的想法，认为银河帝国是一个前提、一个公设，以及所有论证的基石。毕竟，即使“它”是错的，自己也不愿知道。

不，他不能相信自己错了。银河帝国就像宇宙一样永远不会毁灭。或者应该说，假若有一天宇宙真毁灭了，唯有在那种情况下，帝国才会跟着陪葬。

谢顿闭上眼睛，试图小睡片刻，可是当然无法入眠。难道为了发展他的心理史学理论，他得研究整个宇宙的历史吗?

他怎么办得到呢?二千五百万个世界，每个都有自己无限复杂的历史，他怎么研究得完?他知道，讨论银河历史的影视书汗牛充栋。他甚至曾经浏览过其中一本，原因他自己也忘了，结果发现内容太过沉闷，连一半也无法读完。

那些影视书讨论的都是重要的世界。某些世界的历史全部或几乎全有记载，某些则只有它们兴起与没落之间的历史。他记得曾在索引中查过赫利肯，发现只有一处提到。于是他按下几个键，查看那一部分的内容，结果看到赫利肯和其他一些世界并列在一张清单上。原来在某段短暂的时期，那些世界曾支持一个声称拥有皇位继承权的人，不过那人最后并未成功。但赫利肯未曾遭到惩处，或许是因为它太过微不足道，连受罚的资格都没有。

这种历史又有什么用呢？不用说，心理史学必须考虑到每个世界的行动与反应，以及彼此间的互动——大大小小每一个世界。谁又能研究二千五百万个世界的历史，并考虑其间各种可能的互动关系呢？那无疑是个不可能的任务，而这更强化了谢顿的结论：心理史学只有理论上的价值，但绝对不会有任何实用性。

此时，谢顿感受到一股向前的微弱推力，判断一定是出租飞车开始减速。

“怎么了？”他问。

“我想我们走得够远了，”夫铭说，“不妨冒险稍作停留，吃几口东西，喝点什么，同时上个洗手间。”

接下来的十五分钟，出租飞车平稳地逐渐减速，最后来到一处灯火通明的壁凹。飞车立刻转进去，在五六辆车子之间找到一个停车位。

12

夫铭那双老练的眼睛似乎只瞥了一眼，便将整个壁凹的环境、其他出租车辆、进餐的民众、一条条人行道，以及附近的男男女女都一览无遗。谢顿望着他，一心想要显得毫不起眼，却仍然不知道该怎么做，只好尽量不表现得太过专注。

等到他们在一张小桌旁坐下来，按下点菜键之后，谢顿试着以不在乎的口气说："一切都还好吧？"

"似乎如此。"夫铭说。

"你又怎么知道？"

夫铭用一双黑眼珠瞪了谢顿一会儿。"直觉，"他说，"跑了许多年新闻，只消看一眼，就知道'这里没新闻'。"

谢顿点了点头，感到如释重负。夫铭的说法或许纯属讥嘲，可是一定多少有些真实性。

这种心满意足并未持续多久，在他咬下第一口三明治时便告结束。他抬起头望向夫铭，满嘴无法下咽的食物，脸上带着惊愕的表情。

夫铭说："朋友，这是路边速食店。便宜、快速，而且不怎么可口。这些食物都是土产，还加了气味强烈的酵母。川陀人的嘴巴习惯这种口味。"

谢顿硬着头皮吞下去。"可是在旅馆……"

“谢顿，那时你在皇区。那里的食物是进口的，使用的微生食品都是高级货，而且那些食物非常昂贵。”

谢顿不知道该不该再咬一口。“你的意思是，只要我待在川陀……”

夫铭用嘴唇做了一个禁声的动作。“别让任何人觉得你养尊处优。在川陀某些地方，你被误认为贵族还不如被认出是外星人士。我向你保证，不是每个地方的食物都这么难吃。这些路边摊一向以品质低劣闻名，你只要咽得下这些三明治，就能吃遍川陀任何角落的东西。何况它对你没有害处，它并未腐烂、变坏或发生其他变化，只不过有一种刺激而强烈的口味。而且老实说，你会慢慢习惯的。我曾经遇到一些川陀人，他们对纯正食物不屑一顾，认为缺乏土产的特有风味。”

“川陀生产的食物很多吗？”谢顿问道。他向左右迅速瞄一眼，确定附近都没有坐人，这才轻声地说：“我总是听说每天有数百艘太空货船为川陀运送粮食，而这些粮食需要周围二十个世界共同供应。”

“我知道，此外还需要数百艘把垃圾运走。你若想让这个故事听来真正精彩，就该说同一艘货船来程载送粮食，回程则载走一堆垃圾。我们进口大量食物是真有其事，但那些大多是奢侈品。我们也的确出口可观的垃圾，它们都经过仔细处理，对人体不再有害，反而是一种重要的有机肥料。那些垃圾对其他世界而言，就像食物对我们一样重要。可是，那只不过是一小部分而已。”

“是吗？”

“是的。川陀除了海里的渔产，各地还有菜园和蔬菜农场。此外更有果树园、家禽、兔子，以及庞大的微生农场——通常称为酵母农场，不过酵母只占作物总量的少数。我们的垃圾主要用在本地，用来维持作物生长所需。事实上在许多方面，川陀都非常像一座巨大而人口过多的太空殖民地。你去过太空殖民地吗？”

“我的确去过。”

“太空殖民地基本上就是密封的城市，万事万物都靠人工循环，例如人工通风、人工昼夜等等。川陀不同之处仅在于人口，即使最大的太空殖民地，人口也只有一千万，川陀的人口却是它的四千倍。当然，我们还有真正的重力，而且任何太空殖民地的微生食品都不能和我们相比。我们有大到无法想象的酵母培养桶、真菌培养垫和藻类培养池。此外我们精于人工香料，添加时绝无保留。你吃到的那种特殊口味便是这么来的。”

谢顿已经差不多解决了那份三明治，发觉它不再像第一口那么难吃。“它不会害我生病吧？”

“它的确会伤到肠内微生物，偶尔也会害得一些可怜的外星人士腹泻，不过那些情况都很罕见，而且即使如此，你也很快就会有抵抗力。话说回来，还是喝掉你的奶昔吧，虽然你也许同样不喜欢。它含有止泻成分，即使你对这些东西容易过敏，它也应该能保你安然无恙。”

谢顿抱怨地说：“别再讲了，夫铭，这种事容易受到暗示。”

“喝完你的奶昔，忘掉这些暗示吧。”

他们默默地吃完剩下的食物，不久便再度上路。

13

他们又开始在隧道中风驰电掣。那个在心中鼓噪了约有一小时的问题，谢顿决定让它化为真正的声音。

“你为什么说银河帝国即将灭亡？”

夫铭再度转头望向谢顿。“身为新闻记者，各种统计资料从四面八方向我涌来，直到溢出我的耳朵为止。而我获准能发表的，只有极少一部分。川陀的人口正在锐减，二十五年前，它几乎有四百五十亿人。

“这种现象，部分是由于出生率的降低。事实上，川陀的出生率一向不高。当你在川陀四处旅行时，只要稍加注意，便会发现街上没有太多儿童，和庞大的人口简直不成比例。但即使不考虑这一点，人口仍旧逐年锐减。此外还有移民的因素，移出川陀的人口比移入的多得多。”

“既然它有如此庞大的人口，”谢顿说，“这也就不足为奇。”

“但这仍是不寻常的现象，因为以前从未发生过这种事。再者，整个银河系的贸易都呈现停滞。人们认为这是由于目前没有任何叛乱，因为一切都很平静，天下太平了，数世纪的困苦都已成为过去。然而，政治斗争、叛乱活动以及不安的局势，其实也都是某种活力的象征。如今却是一种全面性的疲乏状态。表面上的确平静，但这并非由于人们真正满足，或是社会真正繁荣，而是因为他们已经疲倦了，死心了。”

“喔，我并不清楚。”谢顿以怀疑的口吻说。

“我很清楚。我们刚才谈到的反重力设施，就是另一个贴切的例子。我们目前有几座运作中的重力升降机，可是并没有再造新的。它是一种无利可图的投资，而且似乎谁也懒得试图让它转亏为盈。数个世纪以来，科技进展的速率不断减缓，如今则已有如牛步。在某些方面，则是完全不再进步。你难道都没注意到这种事吗？毕竟你是个数学家。”

“我不敢说我思考过这个问题。”

“没有人思考过，大家都视为理所当然。这年头的科学家，动不动就喜欢说这个不可能，那个不实用或没有用。对于深刻的反省，他们总是立刻加以否定。就拿你作例子，你对心理史学抱持什么看法？它有理论上的价值，却没有任何实用性。我说得对不对？”

“也对也不对。”谢顿以厌烦的口气答道，“就实用性而言，它的确没有用，但我向你保证，这并非由于我的冒险犯难精神式微了。事实上，它的的确确没有用。”

“至少这一点，”夫铭带着几分讥嘲说，“是你身处帝国整体的衰败气氛下所产生的印象。”

“这种衰败的气氛，”谢顿气呼呼地说，“则是你自己的印象。有没有可能是你弄错了？”

夫铭并未立刻回答，看来陷入了沉思。一会儿之后，他才说：“是的，我有可能弄错。我只是根据直觉、根据猜测来下断语。我需要的是心理史学这种实用的科技。”

谢顿耸了耸肩，并未吞下这个饵。他说：“我没有这样的科技能提供给你。但假设你是对的，假设帝国的确在走下坡，最后终将消失，变得四分五裂，可是全体人类仍将存在。”

“老兄，在什么情形下存在？近一万两千年来，在强势领导者统治之下，川陀大致能维持一个和平局面。过去也有过一些动荡——叛变、局部的内战，以及众多的天灾人祸——但就整体而言，就大尺度而言，天下仍然算是太平。为什么赫利肯如此拥护帝政？我是指你的世界。因为它很小，要不是帝国维护它的安全，邻近世界就会吞掉它。”

“你是预言万一帝国崩溃，会出现全面性的战争和无政府状态？”

“当然。整体而言，我并不喜欢这位皇帝和这种帝制，可是我没有任何取代方案。我不知道还有什么方式能维系和平，而在我掌握其他方案之前，我还不准备放手。”

谢顿道：“你这样说，好像银河系掌握在你手里。你还不准备放手？你必须掌握其他方案？你以为自己是什么人？”

“我这是一般性、比喻性的说法。”夫铭说，“我并不担心契特·夫铭这个人。也许可以断言，帝国在我死后仍将继续存在；而且在我有生之年，它甚至可能显现进步的迹象。衰微并非沿着一条直线前进，或许还要上千年的时间，帝国才会完全瓦解。你一定可以想象，那时我早就死了，而且，我当然不会留下子嗣。对于女人，我只是偶尔动动情，我没有子女，将来也不想要。所以说，我对未来毫无个人的牵挂——在你演讲之后，我调查过你，谢顿，你也没有任何子女。”

“我双亲俱在，有两个兄弟，但没有小孩。”他露出相当无力的笑容，“我曾经十分迷恋一名女子，但她觉得我对数学的迷恋更深。”

“是吗？”

“我自己不觉得，可是她这么想，所以她离开了我。”

“从此你就再也没有其他女伴？”

“没有，那种痛苦至今仍旧刻骨铭心。”

“这么说，似乎我们两人都能袖手旁观，把这个问题留给几百年后的人去烦恼。以前我或许愿意这么做，如今却不会。因为现在我已经有了工具，我已经能控制局面了。”

“你有什么工具？”谢顿明知故问。

“你！”夫铭说。

谢顿早就料到夫铭会这么说，因此他并未震惊，也没有被吓倒。他只是立刻摇了摇头，答道：“你错得太离谱了，我不是什么合适的工具。”

“为何不是？”

谢顿叹了一口气。“要我重复多少次？心理史学并非一门实用的学问。困难是十分基本的，全宇宙的时空也不足以解决那些难题。”

“你确定吗？”

“很遗憾，正是如此。”

“你可知道，你根本不必推出银河帝国整个的未来。你不需要追踪每一个人类，甚至每一个世界的活动细节也不必。你必须回答的只有几个问题：银河帝国是否真会瓦解？答案若是肯定的，那么何时会发生？之后人类的处境如何？有没有任何措施能够防止帝国瓦解，或是改善之后的处境？相较之下，这些都是相当简单的问题，至少我这么觉得。”

谢顿摇了摇头，露出一抹苦笑。“数学史中有无数简单的问题，它们的答案却再复杂不过——或者根本没有答案。”

"真的束手无策吗？我能看出帝国江河日下，但我无法证实这一点。我的一切结论都是主观的，我不能证明其中没有错误。由于这种看法令人极度不安，人们宁可不相信我的主观结论。因此不会有任何救亡图存的行动，甚至不会试图减轻它的冲击。而你却能证明即将来临的衰亡，或证明那是不可能的。"

"但这正是我无法做到的，我不能帮你找到不存在的证明。一个不切实际的数学系统，我没办法让它变得实用。正如我不能帮你找到加起来是奇数的两个偶数，不论你——或整个银河系——多么需要那个奇数。"

夫铭道："这么说的话，你也成了衰败的一环。你已经准备接受失败。"

"我有什么选择？"

"难道你就不能试一试？无论这个努力在你看来多么徒劳无功，你这一生还能有什么更好的计划？还能有什么更崇高的目标？在你自己眼中，你还有什么更加值得全力以赴的伟大理想？"

谢顿的眼睛迅速眨了几下。"上千万个世界，数十亿个文化，好几万兆的人口，恒河沙数的互动关系——你竟要我化约成秩序。"

"不，我只要你试试看，就为了这上千万个世界，数十亿个文化，以及好几万兆的人口。并非为了大帝，也不是为丹莫刺尔，而是为了全体人类。"

"我会失败的。"谢顿说。

"那我们也不会比现在更糟。你愿意试试吗？"

不知道为什么，谢顿竟然听见自己说出违心的一句："我愿意试试。"他一生的方向也因此确定了。

14

这趟旅程终于结束，出租飞车驶进一处停车场，这里比他们中途休息的地方要大得多。谢顿仍然记得那个三明治的味道，不禁露出一副愁眉苦脸。

前去归还飞车的夫铭走了回来，顺手将他的信用瓷卡塞进衬衣内层的小口袋。他说:“面对任何公然和公开的活动，你在此地都绝对安全无虞。这里是斯璀璘区。”

“斯璀璘？”

“我猜，它是根据首先将本区开拓为殖民地的人命名的。大多数行政区都以某人的名字命名，这就表示大多的区名都很难听，而且有些还很难念。话说回来，你若想让此地居民把斯璀璘区改成香甜区，或是类似这样的名字，那你就是自找麻烦。”

“当然，”谢顿一面说，一面使劲吸气，“这里并非又香又甜。”

“整个川陀几乎都是如此，不过你会渐渐习惯的。”

“真高兴我们到了。”谢顿说，“不是我喜欢这里，而是那辆飞车让我坐得好累。在川陀来来往往一定是个可怕的经验。不像在我们赫利肯，从某处到另一处总有空路可走，即使走得再远，也比我们刚才不到两千公里的路程还省许多时间。”

“我们也有喷射机。”

“可是既然这样……”

“我可以用几乎匿名的方式安排出租飞车，但是安排喷射机则困难许多。而且不论此地多么安全，能不让丹莫刺尔知道你的确实行踪，我总会比较放心。事实上，这趟旅程并未结束，最后我们还得搭一段捷运。”

谢顿懂得这个名称。“一种在电磁场上运行的开放式单轨列车，对不对？”

“没错。”

“赫利肯没有这种交通工具。其实，是我们那里并不需要。我来川陀的第一天，就曾经搭过一次捷运，从飞航站前往旅馆。感觉相当新奇，但若是天天都得搭，我想噪音和拥挤会变得无法忍受。”

夫铭看来觉得挺有趣。“你迷路了吗？”

“没有，那些路标很管用。上下车有点麻烦，不过都有人帮助我。现在我了解了，大家都能从我的服装看出我是外星人士。不过他们似乎都很热心，我猜是因为看到我迟疑和蹒跚的模样很好笑。”

“如今身为一名捷运旅行专家，你既不会迟疑，也不会再蹒跚了。”夫铭以相当愉悦的口气说，不过嘴角却微微抽动。“我们走吧。”

他们沿着人行道悠闲地漫步，沿途的照明让人感到是个阴天。光线偶尔会忽然变亮，仿佛太阳不时从云缝中钻出来。谢顿自然而然抬起头，想看看是否果真如此，但头顶的“天空”却是一团空洞的光明。

夫铭将一切看在眼里，于是说：“这样的亮度变化似乎符合人类心理状态。有些日子街道上好像艳阳高照，也有些日子比现在还要暗。”

“但没有雨雪吧？”

“或是冰雹、冰珠？全都没有。此外，也没有过高的湿度或刺骨的寒冷。即使是现在，谢顿，川陀仍有它的优点。”

路上的行人有来有往，其中不少是年轻人，还有些成年人带着小孩——虽然夫铭曾说此地出生率很低。所有的人似乎都意气风发、有头有脸。两性的人数差不多相等，而众人的衣着显然比皇区朴素许多，因此夫铭帮谢顿选的服装刚好合适。戴帽子的人非常少，谢顿乐得摘下自己的帽子挂在腰侧。

左右两条人行道之间不再是无底洞般的深渊，正如夫铭在皇区所预言的，他们似乎是在地面的高度行走。此外路上也见不到任何车辆，谢顿特别向夫铭指出这一点。

夫铭说：“皇区有相当多的车辆，因为那是官员的交通工具。在其他地方，私人车辆十分罕见，而且都有专用的个别隧道。车辆并非真有必要，因为我们拥有捷运。至于较短的距离，我们则有活动回廊；至于更短的距离，我们还有人行道，可以让我们施展双腿。”

谢顿听到不时传来一些闷响与嘎嘎声，又看见不远处有许多捷运车厢不停穿梭。

“在那里。”他一面说，一面指了指。

“我知道，不过我们还是到专用车站吧。那里车比较多，也比较容易上车。”

等到他们安坐在捷运车厢内，谢顿便转头对夫铭说：“令我讶异的是捷运竟然这么安静。我知道它是靠电磁场推进，但即便如此，似乎还是太安静了。”他仔细倾听两两车厢之间偶尔擦出的低沉噪音。

“是啊，这是个不同凡响的交通网。”夫铭说，“可是你没见过它的巅峰期，当我较年轻的时候，它比现在更安静。甚至有人说，五十年前几乎一点声音也没有——不过我想，我们该考虑到怀旧心态所造成的夸大。”

“现在为何不是那样？”

“因为缺乏适当的维修。我跟你提到过衰败的趋势。”

谢顿皱了皱眉头。“无论如何，人们总不会坐视不理，只会说，‘我们正在衰败，我们就让捷运四分五裂吧。’”

“不，他们没有那样做，这并非有意造成的。损坏的地方修补过，老旧的车厢更新过，而磁体也曾经更换过。然而，这些工作做得太过草率、太过大意，而且时间间隔太长。这都是因为没有足够的信用点。”

“信用点到哪儿去了？”

“用到别的地方去了。我们经历了数世纪的动荡，如今舰队编制比过去庞大得多，经费则是过去的好几倍。武装部队的待遇过分优渥，这样才能安抚他们。动荡、叛乱，以及小型的内战烽火，都需要大笔费用才能摆平。”

“可是在克里昂统治之下，世局一向很平静。而且，我们前后已有五十年的和平。”

“没错，不过原本待遇优渥的战士，倘若只是因为天下太平而遭到减薪，心中一定忿忿不平。舰队司令则拒绝只因为不再有那么多任务而遭到降级，或是将他们的星舰编为后备舰队。因此信用点继续流失，流到不事生产的武装部队手里，任由攸关国计民生的领域日益恶化。这就是我所谓的衰败，你不同意吗？难道你不认为，最后你会把这个观点融入心理史学概念中？”

谢顿不安地挪动一下，然后说：“对了，我们要到哪里去？”

“斯璀璘大学。”

“啊，难怪本区的名字那么耳熟，我听说过那所大学。”

“我并不惊讶。川陀拥有将近十万所高等教育机构，而斯瓘璘大学属于排名最前面的一千多所。”

“我要待在那里吗？”

“要待一阵子。大体而言，大学校园是不可侵犯的神圣殿堂，你在那里会很安全。”

“可是我会受欢迎吗？”

“为何不会？这年头很难找到一位优秀的数学家。他们或许能善用你，而你或许也能善用他们——不只当成避难所而已。”

“你的意思是，我可以在那里发展我的理论。”

“你答应过的。”夫铭严肃地说。

“我只答应试试看。”谢顿一面说，一面想道：就像是答应试着用沙土搓出一条绳子。

15

他们的谈话就此告一段落，谢顿开始观察沿途的斯瓘璘区建筑。有些建筑物相当低矮，有些则似乎能够“摩天”。宽阔的陆桥不时将道路打断，还能常常看到大大小小的巷道。

在某一刻，他突然想到这些建筑虽然向上发展，但它们同样向下扎根，说不定深度甚至超过高度。心中一旦起了这个念头，他便相信事实正是如此。

他偶尔会在远处看到几块绿地，都是在远离捷运路线的地方，有几处甚至还有些小树。

他凝望了一阵子，然后发觉光线逐渐变暗。他向左右各瞟了一眼，再转头望向夫铭，后者已经猜到他的疑问。

“下午接近尾声，”他说，“夜晚快要来临了。”

谢顿扬起眉毛，两侧嘴角则往下一撇。“这可真是壮观。我心中浮现一个画面，整个行星同时暗下来，而在数小时后，又重新大放光明。”

夫铭露出惯有的、谨慎的浅笑。“谢顿，并不尽然。这颗行星的照明从未全部关闭，也从来不曾完全开启。黄昏的阴影渐次扫过整个行星，而在半天之后，又会出现一道破晓的曙光。事实上，这种效应和穹顶上真实的昼夜相当接近，因此在高纬度地区，昼夜的长短会随着季节的变迁而改变。”

谢顿摇了摇头。“可是为什么要把这颗行星封闭起来，然后再模仿露天的情形呢？”

“我想是因为人们比较喜欢这样。川陀人喜欢封闭世界的优点，却又不喜欢常常想到这个事实。谢顿，你对川陀人的心理知道得很少。”

谢顿微微涨红了脸。他只是个赫利肯人，对其他数以千万计的世界几乎一无所知，这种无知不仅限于川陀而已。所以说，他怎能期望自己为心理史学理论找出实际应用呢？

不论将多少人通通加在一起，又怎能保证他们知道得够多呢？

这使谢顿想起少年时期读到的一则智力测验：你能不能找到一块不算大的白金，它的表面附有握把，但是不论找来多少人，也不能赤手空拳合力举起它？

答案是可以的。在标准重力下，一立方米的白金重达22420公斤。假设每个人能从地上举起120公斤的重物，那么187个人就足以举起那块白金。可是你无法让187个人挤在一立方米白金的四周，而每个人都能抓住它；你也许顶多只能让9个人挤在它周围。而杠杆或类似装置都不能使用，因为前提是必须“赤手空拳”。

同理，也有可能永远无法找到足够多的人，来处理心理史学所需要的所有知识——即使那些历史事实储存在电脑中，而并非各人的大脑里。而唯有藉由电脑，众人才能围绕在这些知识周围（姑且这么说），并且互相交流。

夫铭说：“谢顿，你似乎陷入沉思。”

“我正在省思自己的无知。”

“这是个有用的工作。数万兆的人都该加入你的行列，这样大家都能受惠。不过，现在该下车了。”

谢顿抬起头来。“你怎么知道？”

“正如你到川陀的第一天坐捷运时一样，我是根据沿途的路标。”

此时，谢顿也看到一个一闪即逝的路标：“斯璀璘大学——三分钟”。

“我们在下一个专用车站下车，小心台阶。”

谢顿跟着夫铭走下车厢，他注意到天空如今呈深紫色，而人行道、回廊与建筑物都已灯火通明，到处弥漫着一种黄色光晕。

这也很像是赫利肯的傍晚时分。假如他被蒙着眼睛带到这里，然后取下眼罩，他或许会相信自己正置身于赫利肯某个大城市的中心繁华区。

“夫铭，你想我会在斯璀璘大学待多久？”他问道。

夫铭以一惯的冷静态度答道：“这很难说，谢顿，也许一辈子。”

“什么！”

“也许不用那么久。可是在你发表那篇心理史学论文之后，你的生命就不再是自己的了。大帝和丹莫刺尔立刻看出你的重要性，而我也是。据我所知，还有很多人和我们一样。你懂了吧，这就代表你再也不属于自己了。”

第四章

图书馆

铎丝·凡纳比里：……历史学家，生于锡纳……若非她在斯瑨璘大学担任教职两年后，邂逅了处于“逃亡期”的青年哈里·谢顿，她很可能继续过着平静无波的日子……

——《银河百科全书》

16

哈里·谢顿如今置身的房间，比夫铭在皇区的住所来得宽敞。它是一间套房，其中一角充作盥洗间，却不见任何烹饪或进餐设备。四面都没有窗户，不过天花板上有个罩着网格的抽风机，不断发出稳定的轻微噪音。

谢顿带着些许失望，四处张望了一下。

夫铭以惯有的自信猜到了谢顿的心事，他说："谢顿，只是今晚暂住而已。明天早上会有人来，把你安置到大学里，你就会比较舒服了。"

"对不起，夫铭，可是你又怎么知道？"

"我会做好安排，我在这里认识一两个人。"他露出一丝冷笑，"我帮助过他们，可以请他们还我一两个人情。现在，我们来谈谈细节。"

他定睛凝视着谢顿，又说："你留在旅馆房间的行李等于通通丢了。里面有没有任何无法弥补的东西？"

"没有什么真正无法弥补的。有些私人物品我很珍惜，因为具有纪念价值，不过丢了就丢了吧。此外，当然还有些和论文有关的笔记、一些计算稿，以及那篇论文。"

"那篇论文如今是公开的资料，哪天它被视为危险的邪说，才会禁止流传——这是可能发生的事。话说回来，我总有办法弄到一份副本，这点我绝对肯定。无论如何，你都能重新推导一遍，对不对？”

“对，所以我说没有什么真正无法弥补的。此外，我还丢了将近一千信用点、一些书籍和衣物，以及回赫利肯的旅票，诸如此类的东西。”

“全都不成问题。我会用我的名义帮你申请一张信用瓷卡，记到我的账上。这样就能应付你的一般开销。”

“你实在慷慨得过分，我不能接受。”

“一点也不算慷慨，因为我这样做是希望能拯救帝国。你无论如何都要接受。”

“可是你付得起多少呢，夫铭？即使我勉强接受，也会良心不安。”

“谢顿，你的基本衣食住行，以及任何合理的享乐，我全都负担得起。自然，我不会希望你试图买下大学体育馆，或是慷慨地捐出一百万信用点。”

“你不用担心，可是让我的名字留下记录……”

“这没有关系，帝国政府绝不能对这所大学或其成员采取任何安全控制。这里有百分之百的自由，任何事都能谈论，什么话都可以说。”

“万一有暴力犯罪呢？”

“那么校方会以合理而谨慎的方式出面处理——其实几乎没有什么暴力犯罪。学生和教员都珍惜他们拥有的自由，并且了解它的分寸。过度的喧闹是暴动和流血的开端，政府可能就会觉得有权打破不成文约定，而派军队进入校园。没有人愿意发生这种事，甚至政府也不愿意，因而维持着一种微妙的平衡。换句话说，丹莫刺尔本人也不能把你从这所大学抓走，除非大学里出现了至少一个半世纪以来从未有过的严重事端。反之，假如你被特工学生诱出校园……”

“有特工学生吗？”

“我怎么说得准？或许有吧。总之，任何一个普通人都能被威胁、被设计，或是直接被收买，从此就一直为丹莫刺尔或其他人服务。所以我必须强调一点：理论上你无论如何都很安全，可是没有任何人是绝对安全的，你必须自己多加小心。不过，虽然我给你这样的警告，我却不希望你的日子过得畏畏缩缩。整体而言，比起回到赫利肯或是跑到川陀以外的任何世界，你待在这里要安全得多。”

“我希望果真如此。”谢顿闷闷不乐地说。

“我知道的确如此，”夫铭说，“否则我会感到离开你是不智之举。”

“离开我？”谢顿猛然抬起头来，“你不能这么做。你了解这个世界，我却不然。”

“你将和其他了解这个世界的人在一起，事实上，他们对此地的了解甚至在我之上。至于我自己，我必须走了。我已经跟你在一起整整一天，我不敢继续不顾自己的生活。我自己绝不能吸引太多的注意。你应该记得，我和你一样有安全上的顾虑。”

谢顿不禁面红耳赤。“你说得对。我不能期望你不断为我赴汤蹈火，希望现在还没有毁了你。”

夫铭以冷淡的语调说：“谁知道呢？我们生在一个险恶的时代。你只要记住一件事，若说有什么人能创造安全的时代——即使不为我们，也要为我们的后代——那个人就是你。谢顿，让这个想法成为你的原动力。”

17

今晚睡眠与谢顿无缘。他在黑暗中辗转反侧，思绪一直停不下来。在夫铭点了点头，轻轻握了握他的手，然后离他而去之后，谢顿感受到前所未有的孤独、前所未有的无助。如今他置身一个陌生的世界，而且是这个世界的一个陌生角落。连唯一可以当做朋友的人（却也不到一天的交情）都不在身边，而且他对自己何去何从毫无概念，不论是明天或是未来任何时刻。

当然，这些想法全都无助于入眠。差不多在他绝望地认定今晚将失眠到天亮，而这种情况今后还有可能发生之际，极度的困倦终于将他席卷……

当他醒来的时候，屋内依旧一片黑暗——也并非全然如此，因为在房间另一侧，他看见一道明亮的红光在迅速闪动，伴随着一阵刺耳的、断断续续的嗡嗡声。毫无疑问，将他吵醒的就是这个声音。

当他正在努力回忆身在何处，并试图从感官所接收的有限讯息理出一个头绪时，闪光与嗡嗡声突然停止。接着，他听到一阵凶猛的敲击声。

敲击声想必源自房门，他却不记得房门的位置。此外，想必有个开关能让室内大放光明，可是他也忘了开关在哪里。

他在床上坐起来，沿着左侧墙壁不顾一切摸过去，同时大声喊道：“请等一下。”

他终于找到开关，房间在一瞬间注满柔和的光线。

他匆匆从床上爬起来，一面眨着眼睛，一面继续寻找房门。等找着之后，正要伸手开门，却在最后一刻想到应该谨慎行事。于是，他突然改用严肃而正经八百的声音说：“是谁？”

一个颇为温柔的女声答道：“我名叫铎丝·凡纳比里，我来找哈里·谢顿博士。”

话还未说完，一名女子已经站在门边，此时房门绝对尚未打开。

一时之间，哈里·谢顿万分惊讶地瞪着她，忽然又想到自己只穿了一件连身内衣。他发出一声像是被掐住脖子的喘息，慌忙向睡床奔去。直到这个时候，他才明白见到的只是个全息像。它不像真人那样轮廓分明，而且这名女子显然并未望着他，她现身只是为了表明身份。

于是他停下脚步，使劲吸了一口气，然后提高音量，好让声音穿出门外。“请你等一下，我很快会帮你开门。给我……或许半小时的时间。”

那名女子——或者说那个全息像答道：“我会等你。”说完影像就不见了。

房里没有淋浴设备，所以他用海绵擦了一个澡，将盥洗间的瓷砖地板弄得极其脏乱。盥洗间备有牙膏，可是没有牙刷，他只好用手指代替。然后，他又不得不套上昨天穿过的衣服。一切准备就绪，他才终于打开房门。

他在开门的时候，又想到她并未真正表明身份。她只不过报出姓名，但夫铭并没有说来找他的会是什么人——究竟是这个叫铎丝什么的，还是其他任何人。他会感到安全无虞，是因为全息像是个可人的年轻女子。可是他又怎能确定，她身边没有五六个充满敌意的年轻男子随行？

他小心翼翼地向外窥探，结果仅仅见到那名女子，于是将房门再拉开一点，刚好足够让她进来。然后，他立刻将房门关上并锁好。

“对不起，”他说，“请问现在几点了？”

“九点，”她答道，“已经不早了。”

只要是正式计时，川陀一律采用银河标准时间，因为唯有如此，星际贸易与政府行政才能顺利进行。然而，每个世界也都会使用当地计时系统，而对于川陀人随口所说的钟点，谢顿尚未完全熟悉。

“上午？”

“当然。”

“这个房间没有窗子。”他为自己辩护。

铎丝走到床边，伸手触向墙上一个小黑点。床头正上方的天花板立刻显现一组红色数字：0903。

她露出丝毫不带优越感的微笑。“很抱歉，”她说，“但我以为契特·夫铭会告诉你，我将在上午九点来找你。他的问题在于他一向无所不知，以致偶尔会忘记别人有时并不知道。而且我不该使用电波全息识别器，我猜你们赫利肯没有这种东西，只怕我一定把你吓着了。”

谢顿感到松了一口气。她的态度似乎十分随和而友善，而她随口提到了夫铭的名字，也就让他更加放心。他说：“你对赫利肯有相当的误解，凡……小姐。”

“请叫我铎丝。”

“铎丝，无论如何，你对赫利肯真的有误解。我们的确有电波全息像，不过我向来买不起那种设备。我周围的人也都没这个能力，所以实际上我并没有经验。但是，我很快就明白了是怎么回事。”

他开始打量她。她的个子不算很高，就女子而言是中等高度，他这么判断。她的头发是略红的金色，但是不怎么闪亮，烫成了许多短短的发卷。（他在川陀见到许多女子拥有这种发型。这显然是本地的一种流行，在赫利肯则会受到众人的嘲笑。）她并没有惊人的美貌，可是看来赏心悦目，再加上似乎带着些许俏皮弧度的丰满双唇，使她显得更加可爱。她身材苗条，体格健美，而且看来相当年轻。（太年轻了，他不安地想到，可能派不上什么用场。）

“我通过检查了吗？”她问道。（谢顿心想，她似乎和夫铭一样，也有本事猜中自己的心思，但也或许是他自己没有隐藏心思的本事。）

他说：“很抱歉。我好像在瞪着你，但我只是想对你做个估量。我身处一个陌生的地方，什么人都不认识，也没有任何朋友。”

“谢顿博士，请把我当朋友吧。夫铭君特别请我来照顾你。”

谢顿露出一抹苦笑。“就这个工作而言，你可能太年轻了点。”

“你会发现其实不然。”

“好吧，我会尽量不惹麻烦。可否请你再讲一遍你的名字？”

“铎丝·凡纳比里。”她一字一顿，说得很仔细。“我刚才说过，请叫我铎丝，而你要是不坚决反对，我准备称呼你哈里。在大学里我们相当不拘形式，而且人人都有一种几乎自觉式的努力，避免显露任何地位的象征，不论是天生的还是职位上的。”

“当然没问题，就请你叫我哈里吧。”

“很好，那我就继续不拘形式。比方说，拘泥形式的本能——如果真有这种东西——会让我请求你准我坐下。但是既然不拘形式，我就自便了。”说完，她就坐到室内唯一的一张椅子上。

谢顿清了清喉咙。“显然我还没有完全清醒，我应该先说请你坐才对。”他在皱成一团的床铺边缘坐下，后悔自己未曾想到将它拉平一点——但是刚才他根本措手不及。

她以愉悦的口吻说："哈里，我把计划跟你说一下。首先，我们到校园某间小餐厅去吃早餐。然后我会帮你在校舍找个房间，会比这间好些，至少会有窗子。夫铭曾嘱咐我用他的名义帮你申请一张信用瓷卡，不过我得花上一两天的时间，才能从官僚的校方行政系统弄一张来。在此之前，我负责支付你的花费，你可以事后再还给我——因为我们可以雇用你。契特·夫铭告诉我说你是个数学家，不知道为什么，这所大学严重缺乏这方面的优秀人才。"

"夫铭告诉你说我是个优秀的数学家？"

"事实上，他的确这么说过。他还说你是个了不起的人。"

"嗯，"谢顿低头望着自己的指甲，"我当然希望自己拥有这种评价，可是夫铭认识我还不到一天，而在此之前，他只听过我发表一篇论文，那篇论文的水准他根本无法判断。我想他那样说只是一种礼貌。"

"我可不这么想。"铎丝说，"他自己就是个了不起的人，而且他阅人无数，我愿意相信他的判断。无论如何，我想你总有机会证明你自己。我猜，你会写电脑程序吧。"

"当然。"

"我是说教学电脑，这点你要明白。我是在问你，能不能设计一些程序，来教授当今数学的各个领域。"

"可以，那是我的专长之一，我是赫利肯大学数学系的助理教授。"

她又说："是的，我知道，夫铭跟我提过。这就意味着，大家当然都会知道你并非川陀人，不过这并不会构成严重问题。我们这所大学的主要成员是川陀人，但仍有不少来自各个世界的外星人士，这是大家都能接受的。我不敢说你绝不会听到诋毁外星的言语，然而事实上，这些言语出自外星人士之口的机会还比较大。对了，我自己就是外星人士。”

“哦？”他迟疑了一下，然后决定至少礼貌上该问一问。“你是从哪个世界来的？”

“我来自锡纳星，你听过那个地方吗？”

倘若为了礼貌而撒谎，谢顿判断注定会露出马脚，因此他说：“没有。”

“我并不惊讶，它可能比赫利肯更名不见经传——不管这些，还是回到设计数学教学电脑的问题，我想这项工作也有良莠之分吧。”

“完全正确。”

“而你会做得又快又好。”

“我有这个信心。”

“那就没问题。校方会支付你酬劳，所以让我们出去吃一顿吧。对了，你睡得好吗？”

“出乎意料之外，睡得很好。”

“你饿了吗？”

“饿了，可是……”他迟疑了一下。

她喜孜孜地说：“可是你担心食物的品质，对不对？嗯，大可不必。同为外星人士，我能了解你对每样东西都掺入过量微生食品的感受，不过大学里的菜肴还不坏，至少教员餐厅如此。学生们则委屈一点，但正好能磨练他们。”

她起身朝门口走去，但谢顿不吐不快的一句问话又让她停下脚步。“你也是一名教员吗？”

她转过身来，对他露出顽皮的笑容。“我看起来不够老吗？我两年前在锡纳拿到博士学位，之后就一直待在此地。再过两个星期，我就三十岁了。”

“对不起，”谢顿回报一个笑容，“但你看起来顶多二十四，很难不让人对你的学位存疑。”

“你这是体贴吗？”铎丝说。谢顿立刻感到一股喜悦袭上心头，他想：当你和一位迷人的女子谈笑风生时，毕竟不会百分之百感到像个陌生人。

18

铎丝说得没错，早餐绝对不差。有一道菜显然是蛋类，肉类则熏得很香。巧克力饮料或许是人工合成的（川陀人喜爱浓烈的巧克力，这点谢顿并不在意），不过相当可口，而面包卷也很好吃。

他觉得实在应该实话实说。“这是一顿非常美好的早餐，食物，气氛，一切的一切都那么好。”

“我很高兴你这么想。”铎丝说。

谢顿四下望了望。一面墙壁上有一排窗户，虽然没有真正的阳光射进来（他突然想到，不知道过一阵子之后，自己会不会逐渐满足于漫射的光线，而不再在室内寻找一片片的阳光），餐厅内仍然光线充足。事实上，这一带相当明亮，地方气候电脑显然决定现在应该是大晴天。

每张餐桌都布置成四人座，大多也坐满这个人数，但铎丝与谢顿却单独占据一张餐桌。铎丝曾经和一些男男女女打招呼，并曾为谢顿介绍。那些人都很客气，却没有人加入他们两人。这毫无疑问是铎丝的本意，不过谢顿并未看出她是如何做到的。

他说：“铎丝，你没有为我介绍任何数学家。”

“我还没看到任何认识的。数学家大多起得很早，八点钟就有课。根据我个人的感觉，任何莽撞到敢修数学课的学生，总是希望愈早上完那堂课愈好。”

“我猜你自己不是数学家。”

“绝不是，”铎丝发出一声干笑，“绝对不是。我的专长是历史，我已经发表过一些有关川陀兴起的研究——我的意思是原始的王国，而不是这个世界。我想这将成为我专攻的领域——王国时期的川陀。”

“太好了。”谢顿说。

“太好了？”铎丝不解地望着他，“你也对‘王国川陀’有兴趣？”

“就某个角度而言。我并非专指这个问题，还包括其他类似的题目。我从未真正研究过历史，当初真该下点功夫。”

“是吗？要是你下过功夫研究历史，你就几乎没有时间研究数学，而如今正在闹数学家荒——尤其是这所大学。我们的历史学家、经济学家和政治科学家已经堆到这里，”她一面说，一面将手举到齐眉的高度，“可是我们欠缺科学和数学人才。契特·夫铭曾经向我指出这点，他称之为科学的没落，而且似乎认为这是个普遍现象。”

谢顿说：“我说自己当初该对历史下点功夫，当然不是指把它当成我的终生志业。我的意思是，我该获取足够的知识，用来帮助我的数学研究。我的专长领域是社会结构的数学分析。”

“听来真可怕。”

"从某方面来说，一点也没错。它非常复杂，我必须对社会演化知道得比现在多得多，否则根本没希望。你知道吗，我提出的绘景过分静态。"

"我不知道，因为我对这方面一窍不通。契特告诉过我，你在发展一种叫什么心理史学的理论，而这是一项很重要的工作。我说对了吗？心理史学？"

"完全正确。我当初应该称之为'心理社会学'，但我觉得这个名字太别扭。或者，也许我曾经直觉地想到历史知识有绝对的必要性，可是并未真正注意到自己的想法。"

"心理史学的确比较顺口，但我不懂它究竟是什么。"

"我自己也几乎不懂。"谢顿出神地沉思了几分钟。他望着餐桌对面这位女子，觉得她或许会让这次流亡变得比较不像流亡。他又想到几年前认识的另一名女子，却立刻以断然的意志阻断了这个思绪。假如他再结识一个伴侣，这个她一定要对学术有所认识，并了解从事学术研究应该付出多少。

为了让心思转到另一条轨道上，他说："契特·夫铭告诉我，这所大学绝不会遭到政府的侵扰。"

"他说得没错。"

谢顿摇了摇头。"帝国政府这种雅量似乎令人无法置信，赫利肯的教育机构绝不可能这么不受政府的压力。"

"在锡纳上也不可能，其他外星世界也都一样，或许只有一两个最大的世界例外。川陀则另当别论。"

"没错，可是为什么呢？"

"因为它是帝国的中心，而此地的大学全都享有极高声誉。任何地方的任何一所大学都能培养出专业人才，可是帝国的行政官员——包括那些高官，以及无数仿佛触须般伸入银河各个角落的低阶官员——通通是在川陀接受教育的。”

“我从来没看过统计……”谢顿的话只说了一半。

“相信我吧。让帝国官员有些相同的背景，并对帝国有一种特殊的感情，是十分重要的一件事。他们不能全部是川陀本地人，否则会令外星世界感到不安。由于这个缘故，川陀必须吸引数百万外星人士来此接受教育。不论他们来自何处，不论他们有着怎样的口音或文化，只要他们接受川陀的熏陶，并且认同自己的川陀教育背景。帝国就是这样凝聚起来的。此外，由于代表帝国政府的行政官员有不少是外星世界的同胞，他们生在外星长在外星，外星世界也就因此不难统治了。”

谢顿再次觉得脸红。像这种事，他以前就从未思考过。他不禁产生一个疑惑：假如某人仅仅精通数学一门，他是否能成为真正伟大的数学家？“这是众所周知的吗？”他问。

“我想并不是。”铎丝思考了一下才回答，“需要吸收的知识太多，所以专家一律紧守自己的专长，把它当做一面盾牌，以免需要知晓任何其他方面的知识。他们想避免被知识淹没。”

“而你却知道。”

“那可是我的专长。我是个历史学家，专门研究王国川陀的兴起。川陀能够不断扩张势力，进而从王国川陀跃升至帝国川陀，这种行政管理技巧就是它的法门之一。”

谢顿几乎是喃喃自语地说：“过度专业化的害处多大呀。它将知识切割成上百万碎片，让它处处在滴血。”

铎丝耸了耸肩。“又能怎么办呢？不过你要知道，既然川陀想要吸引外星人士进入川陀各大学，就必须给他们一些回报，以补偿他们离乡背井，来到一个具有不可思议的人工建筑，而且生活方式极其特殊的陌生世界。我在此地已有两年，而我仍旧不习惯，或许永远也无法习惯。话说回来，当然啦，我并不想成为行政官员，所以不会强迫自己变成川陀人。

“川陀所提供的交换条件，不仅是保证给你崇高的职位、可观的权势，以及想当然尔的财富，除此之外还有自由。在此接受教育时，学生们有自由公然抨击政府，进行和平的反政府示威，并提出他们自己的理论和观点。他们很喜欢这种特权，很多人来这里就是为了体验自由的滋味。”

“我猜想，”谢顿说，“这也有助于减轻压力。在这段期间，他们耽溺于年轻革命家的一切自大自满，将内心的愤恨发泄殆尽。等到他们在帝国体制中谋得一官半职，就很容易变得既温顺又服从。”

铎丝点了点头。“你也许说对了。无论如何，政府为了这许多原因，总是谨慎地保持所有大学的自由。并非他们有什么雅量，只能算是精明罢了。”

“如果你不想成为行政官员，铎丝，那你打算做什么呢？”

“历史学家。我准备教书，将我自己的影视书做成教材。”

“只怕不会有太高的地位。”

“也不会有太高的薪水，哈里，这点更重要。至于地位，那是一种吃力不讨好的东西，我避之唯恐不及。我见过许多拥有地位的人，但至今没有找到一个快乐的。地位不会让你稳稳坐着它，你得奋斗不懈才能保持不坠。即使贵为皇帝，也大多没什么好下场。有一天我可能就这么回到锡纳，在那里当一名教授。”

“而川陀的教育背景，会让你拥有地位。”

铎丝笑了几声。“我想是吧，可是在锡纳，谁又会在乎呢？它是个枯燥无聊的世界，到处都是农场，有许多牛群，四只脚的和两只脚的都有。”

“来过川陀之后，你不会觉得锡纳枯燥无聊吗？”

“没错，我也这么想。假如日子变得太无聊，我总有办法弄到一笔经费，随便到哪里去做点历史研究。这是我这一行的好处。”

“反之，一个数学家，”谢顿带着一丝前所未有的苦涩说，“却被认定就该坐在电脑前面思考。提到电脑……”他迟疑了一下。早餐已经结束，他觉得铎丝必然有些自己的事需要处理。

但她似乎没有急于离开的意思。“怎么样？提到电脑？”

“我能不能获准使用历史图书馆？”

现在轮到她迟疑了。“我想应该可以安排。你若是接下数学程式设计的工作，或许就会被视为准教员，我就能帮你申请许可。只不过……”

“只不过？”

“我不想让你心里不舒服，但你是一名数学家，而且你说你对历史一无所知。你会知道如何使用历史图书馆吗？”

谢顿微微一笑。“我想你们使用的电脑，应该和数学图书馆的非常接近吧。”

“这点没错，可是每个专业领域所用的程式都有自己的行话。你不知道什么是标准参考书，不知道快速筛选和跳读的方法。你也许闭着眼睛都能找到一个双曲微分……”

“你是说双曲积分。”谢顿轻声插嘴。

铎丝并未理会他。“可是你也许不知道，如何在不到一天半的时间内，查到波达克条约的详细条款。”

“我想我能学。”

“如果……如果……”她看来有些难以启齿，“如果你真要学，我可以做个建议。我负责一个为期一周的图书馆使用法课程——每天一小时，没有学分——是为大学部学生开的。要是让你旁听这种课，我的意思是跟大学部的学生一起，你会不会觉得拉不下脸？它在三周后开始。”

“你可以私下为我授课。”谢顿的声音中夹带着暗示的语调，令他自己都感到有些惊讶。

而她并非没有听出来。“我相信绝无问题，但我认为较正式的授课对你比较好。你要了解，我们会用图书馆来实习，而在一周结束后，我会要你们找出某些历史问题的相关资料。从头到尾，你都得和其他学生竞争，这将有助于你的学习。我向你保证，私下授课的效率会差得多。然而，我能了解和大学生竞争的难处，假如你做得没他们好，你会感到无地自容。不过你必须记住，他们已经修过基本历史，而你，说不定也许没修过。”

“我的确没修过，不只是‘也许’而已。可是我不会害怕竞争，也不在乎可能出现的窘境——只要我能学到查询历史参考资料的诀窍。”

谢顿心里很清楚，他已经喜欢上这个年轻女子，很高兴能抓住机会当她的学生。他还察觉到一件事实，那就是他的心灵正面临一个转折点。

他已经答应夫铭，将会试图发展出实用的心理史学，但那只是理智的承诺，与情感无关。如今为了把理论化为实际，真有必要的话，他决心和心理史学斗个你死我活。而这个转变，也许就是受到铎丝·凡纳比里的影响。

抑或是夫铭早就料到这点？夫铭这个人，谢顿判断，很可能是个最可怕的人物。

19

克里昂一世刚用完晚膳，而这一餐不幸又是正式的国宴。这就代表他必须花上许多时间，对各部门的官员（没有一个是他认识或熟悉的）说些一成不变的言词，为的是让每个人都感到如沐春风，以激励他们对皇室的忠心。这也代表食物送到他面前时只剩一点余温，而在他动口前又凉了许多。

一定有什么办法能避免这种情形。也许他应该自己一个人，或是和一两个可以让他无拘无束的亲信先行用餐，然后再去参加正式晚宴，到时他面前只需摆一颗进口梨子。他最爱吃梨子了。但是这样会不会冒犯客人，让他们认为大帝拒绝与他们共餐是一种刻意的羞辱？

当然，在这方面，他的妻子没有任何用处，她的出现只会令他恶劣的心情更加恶化。当初他会娶她为妻，只是因为她出身于一个势力强大的异议家族，经由这次联姻，便可指望他们装聋作哑，不再坚持反对立场。不过克里昂衷心希望，至少她个人不会如此。他万分满意于让她在自己的寝宫里过自己的生活，只有必须制造子嗣时例外，因为老实说，他并不喜欢她。如今，既然继位者已经出世，他可以将她完全抛到脑后。

在离开餐桌前，他随手抓了一把胡桃放进口袋。此时他一面嚼着胡桃，一面喊道：“丹莫刺尔！”

“陛下？”

丹莫刺尔总是在克里昂叫唤后立刻现身。不论是因为他始终徘徊在听力范围所及的门口，或是由于奉承的本能，使他警觉到几分钟后可能会受到召唤，因而及时走到近处，反正他就是出现了。而这点才是最重要的，克里昂无端冒出这个念头。当然，有时丹莫刺尔也得为帝国的事务四处奔走。克里昂一向痛恨这种日子，丹莫刺尔不在身旁总是令他心神不宁。

“那个数学家怎么样了？我忘了他的名字。”

丹莫刺尔当然知道大帝指的是什么人，但他或许是要试探一下大帝还记得多少，于是说：“启禀陛下，您指的是哪个数学家？”

克里昂挥挥手表示不耐烦。“那个算命的，那个来见过我的。”

“我们请来的那位？”

“好吧，就算是请来的，但他的确来见过我。我记得你说过要处理这桩事，办了没有？”

丹莫刺尔清了清喉咙。“启禀陛下，我尽了力。”

“啊！这么说你是失败了吗？”就某方面而言，克里昂感到很高兴。在所有的大臣中，丹莫刺尔是唯一绝不掩饰失败的人。其他人从不承认失败，但由于失败是家常便饭，这个陋习变得难以改正。或许，丹莫刺尔之所以表现得比较诚实，是因为他鲜有失败的时候。要不是有丹莫刺尔，克里昂难过地想到，自己可能永远不知诚实为何物。也许没有一个皇帝知道，也许帝国正是因为诸如此类的事……

他及时将思绪拉回来，对方的沉默却突然令他恼羞成怒。他想听到一句承认，因为他刚刚在心中赞许过丹莫刺尔的诚实，于是厉声问道：“嗯，你已经失败了，对不对？”

丹莫刺尔并未胆怯。“启禀陛下，我失败了一部分。我感到若是让他留在川陀，由于此地的情势颇为——困难，可能会为我们带来麻烦。因而我不难想到，把他放在他的母星应该比较容易处理。当时他计划次日回到母星，但总有机会突生变故，让他又决定留在川陀，所以我找来两个街头小混混，准备当天就把他押上飞船。”

“你认识街头混混吗，丹莫刺尔？”克里昂的兴趣来了。

“启禀陛下，有办法找到各式各样的人，是很重要的一件事，因为他们都有各自不同的用处——街头混混的用处也不少。结果没想到，他们并未成功。”

“为什么呢？”

“可真奇怪，谢顿竟然有本事打退他们。”

“那个数学家能打？”

“显然，数学和武术并不一定互不相容。后来我才发现，他的世界赫利肯在这方面十分有名——我是指武术，而不是数学。陛下，我未能及早知晓这件事，这确实是我的疏失，如今我只能恳求您恕罪。”

“可是这样的话，我想那个数学家便按照原定计划，隔天就回他的母星去了。”

“不幸的是，这个插曲反倒弄巧成拙。由于这个变故的惊吓，他决定暂时不回赫利肯，而要继续留在川陀。他可能是接受了一个路人的劝告，才做出这个决定，那人在他们打架时刚好在场。这是另一个意料之外的发展。”

克里昂大帝皱起眉头。“那么我们这位数学家——他到底叫什么名字？”

“启禀陛下，他叫谢顿，哈里·谢顿。”

“那么，这个谢顿脱离我们的掌握了。”

“启禀陛下，这么说也没错。我们已经追查到他的行踪，他如今在斯瓘璘大学。只要他躲在那里，我们就碰不了他。”

大帝显露不悦之色，脸庞微微涨红。“我不喜欢这个词——碰不了。在整个帝国之中，不该有任何角落是我无法掌握的。然而在此地，在我自己的世界上，你却告诉我有人是碰不了的。简直令人无法忍受！”

“启禀陛下，您的手当然能伸进那所大学。您随时可以派遣军队，把这个谢顿揪出来。然而，这样做的话，会……不受欢迎。”

“丹莫刺尔，你何不干脆说‘不可行’呢？你这番话，听来就像那个数学家在讲他的命相术：它是可能的，实际上却不可行。我这个皇帝则发现一切都有可能，却很少有实际可行的事。记住，丹莫刺尔，逮捕谢顿或许不可行，逮捕你却是易如反掌。”

伊图·丹莫刺尔并未将最后那句话放在心上。这位“幕后掌权者”知道自己对大帝的重要性，何况以前他也听过这种威胁。当大帝吹胡子瞪眼的时候，他默默等在一旁。克里昂一面用手指敲打着座椅扶手，一面问道：“好吧，如果那个数学家藏在斯瓘璘大学，对我们又能有什么用？”

“启禀陛下，绝处逢生后，就有可能柳暗花明。在那所大学里，他或许会决心发展他的心理史学。”

“即使他坚持实际上不可行？”

“他或许错了，而且有可能会发现自己错了。一旦他发现错在自己，我们马上设法把他弄出那所大学。在那种情况下，他甚至可能会自愿加入我们。”

大帝陷入沉思好一阵子，然后说：“万一有人抢先一步把他弄走，那该怎么办？”

“陛下，谁会想要那么做呢？”丹莫刺尔轻声问道。

“比如说卫荷区长，”克里昂突然高声喊道，“他仍旧梦想着接掌帝国。”

“启禀陛下，年岁已将他消磨殆尽。”

“丹莫刺尔，你竟然不相信。”

“启禀陛下，我们没有理由假设他对谢顿有任何兴趣，甚至听说过这个人。”

“得了吧，丹莫刺尔。既然我们听说了那篇论文，卫荷自然也能风闻。既然我们看出谢顿潜在的重要性，卫荷同样看得出来。”

“倘若真发生这种事，”丹莫刺尔说，“甚至只是有这样的机会，我们都有正当理由采取激烈手段。”

“多么激烈？”

丹莫刺尔小心翼翼地答道：“可以这么说，与其让谢顿落入卫荷手中，宁愿让他无法落入任何人的掌握。启禀陛下，就是使他终止存在。”

“你的意思是杀了他。”克里昂说。

“启禀陛下，如果您想这么讲，当然也行。”丹莫刺尔答道。

20

待在由铎丝·凡纳比里帮他在图书馆争取到的一间凹室中，哈里·谢顿靠在一张椅子上，心里感到很不满意。

事实上，虽然那正是他心中使用的词汇，他也知道“不满意”实在太过低估如今的感觉。他不只不满意，简直就是愤怒。而他又不确定到底为何愤怒，更是为这股怒焰火上加油。他是在气历史吗？还是气那些史书的作者与编者？或是创造历史的各个世界与全体人类？

不论他发怒的对象为何，其实都没什么关系。重要的是他做的笔记没有用，他学到的新知识没有用，一切的一切都没有用。

如今，他来到这所大学已将近六周。一开始他就设法找到一套电脑终端机，利用它展开工作——没有任何人指导，仅靠自己钻研数学多年所累积的直觉。进度虽然缓慢，而且并不顺利，不过渐渐发现走哪条路便能找到问题的答案，也自有一番乐趣。

后来，铎丝教授的一周课程开始了。这门课教给他数十种捷径，却也带来两组尴尬的窘境。其一包括那些大学生斜眼看人，似乎因为察觉到他的年龄而瞧不起他；每当铎丝频频使用"博士"的尊衔称呼他，他们全都会稍微皱皱眉头。

"我不希望他们认为，"她说，"你是个永远毕不了业的老学生，正在补修历史学分。"

"但你显然已经表明这一点。现在只要叫我'谢顿'当然就够了。"

"不行。"铎丝突然微微一笑，"此外，我喜欢叫你'谢顿博士'，我喜欢看你每次露出那种不自在的表情。"

"你有一种虐待狂的幽默感。"

"你要剥夺我的乐趣吗？"

不知道为什么，这句话令他开怀大笑。不用说，自然的反应当然应该是否认自己有虐待狂倾向。没想到她却接下这一记"杀球"，并立即予以反击，他觉得实在好玩。这个想法自然而然引发了一个问题："你在学校打不打网球？"

"我们有网球场，但是我不会打。"

“很好，我来教你。而我在球场上，会称呼你凡纳比里教授。”

“反正你在课堂上就是这样称呼我的。”

“你不会相信它在网球场上听起来多么滑稽。”

“我可能会喜欢。”

“这样的话，我会试图找出你还可能喜欢些什么。”

“我发现你有一种色情狂的幽默感。”

她故意把这记杀球打到同一个地方，于是他说：“你要剥夺我的乐趣吗？”

她微笑不语。后来，她在网球场上表现得出奇优异。“你确定自己从没打过网球？”打完一局后，他喘着气问道。

“确定。”她说。

另一组窘境比较属于私人性质。当他学会查询历史资料的必要技巧，开始试图使用电脑记忆组的时候，曾经（私底下）一败涂地。那简直是与数学界全然不同的思考模式。他认为它应该同样合乎逻辑，因为它可以毫无矛盾、毫无错误地根据他的心意四通八达，可是这种逻辑与他熟悉的那套完全不同。

但不论有没有人指导，不论是跌跌撞撞或迅速进入情况，他就是不能得到任何结果。

他的恼怒在网球场上露出痕迹。铎丝很快就有长足的进步，他不必再为了给她时间来判断方向与距离，而喂给她好打的高吊球。这使他很容易忘掉她只是个初学者，不知不觉便将愤怒发泄在挥拍动作上，将球使劲向她击去，仿佛射出一道化作固体的激光光束。

她小跑步来到网前。“我能了解你为什么想要杀我，因为看到我频频漏接，一定让你非常恼火。可是，为什么要让球偏离我的脑袋三厘米左右呢？我的意思是，你甚至没打中我的汗毛，你能不能瞄得更准一点？”

谢顿吓呆了，连忙想要解释，却只说出一串语无伦次的话。

她说：“听着，今天我不想再接你的球了。所以我们何不这就去淋浴，再一起喝杯茶什么的，然后你可以告诉我，你想要杀的究竟是什么。如果不是我这颗可怜的脑袋，又如果你不将元凶从心头拔除，那么让你站在球网另一边，把我当成你的靶子，对我而言实在太危险了。”

喝茶的时候，他说：“铎丝，我已经扫描过无数的历史，只是扫描和浏览而已，我还没有时间做深入研究。即使如此，有件事已经十分明显，所有的影视书都只探讨相同的少数事件。”

“关键的事件，创造历史的事件。”

“那只是个借口，其实它们相互抄袭。银河系共有两千五百万个世界，记载详细的也许只有二十五个。”

铎丝说：“你目前读的都只是银河通史，应该查查某些小地方的特殊历史。在每个世界上，不论它多么小，学童也都要先学本星历史，然后才知晓外面还有个庞大的银河系。目前为止，你自己对赫利肯的了解，难道不比对川陀的兴起或‘星际大战’更多吗？”

“那种知识也有局限。”谢顿以沮丧的口吻说，“我知道赫利肯的地理、它的开拓史，以及詹尼瑟克这颗行星的恶行恶状——那个世界是我们的传统敌人，不过老师们曾经特别嘱咐，说我们应该称之为‘传统的对手’。可是，我从来没学到赫利肯对银河通史有什么贡献。”

“或许根本没有。”

“别傻了，当然有。也许赫利肯未曾卷入任何大型的太空战事、重大的叛乱事件，或是重要的和平条约，也许没有哪个皇位竞逐者曾以赫利肯为基地，不过微妙的影响一定是存在的。不用说，任何一个角落发生的事件，都会对其他各个角落造成影响。但我找不到对我有任何帮助的资料——听我说，铎丝，在数学领域里，所有的一切都能在电脑中找到，包括过去两万年来我们所知道的或发现的一切。历史界则不然，历史学家总是挑挑拣拣，而且大家都挑拣相同的东西。”

“可是，哈里，”铎丝说，“数学是人类发明的秩序结构，一样东西紧扣着另一样。其中有定义，有公设，所有这些都是已知的。它是……它是……一个整体。历史则不同，它是万兆人口的行为和思想形成的无意识结构，历史学家必须挑挑拣拣。”

“正是如此。”谢顿说，“但若想推出心理史学定律，我必须知晓全部的历史。”

“那样的话，你将永远无法写下心理史学定律。”

那是昨天的事。谢顿后来又花了一整天而毫无所获，这时正颓然坐在凹室中的椅子上。此刻，他还听得见铎丝的声音：“那样的话，你将永远无法写下心理史学定律。”

这正是自己最初的想法。要不是夫铭坚决相信并非如此，若非他具有奇异的能力，将他的信念像火焰般喷到谢顿身上，谢顿会一直抱持同样的想法。

然而他却也无法真正放弃。难道就没有任何出路吗？

他想不出任何解决之道。

第五章

上 方

川陀：……几乎从来没有人从外太空描绘这个世界。长久以来，在一般人心目中，它一直是个内部世界，其形象为无数穹顶之下的住人巢穴。然而它也有外部结构，某些摄自太空、留存至今的全息像，足以显示出不同程度的细节（参见图十四、十五）。请注意那些穹顶的表面——这座庞大城市与其上大气层的交界——这个当时称为“上方”的表面，是……

——《银河百科全书》

21

不过，哈里·谢顿隔天依旧回到图书馆。一来，他对夫铭有过承诺。他曾经答应会尽力一试，不能随随便便敷衍了事。另一方面，他对自己也有亏欠。他极不愿承认失败，至少不是现在。现在他起码还能告诉自己，他正在循着线索前进。

所以，他瞪着一串尚未查阅的参考书单，试图判断在这些令人倒胃口的编号中，究竟哪一个可能有丝毫的用处。他正要得到一个结论：答案是“以上皆非”，非得逐个取样不可。这时他忽然听到一阵轻敲凹室墙壁的声音，不禁吓了一跳。

谢顿抬起头来，看见表情尴尬的李松·阮达正从凹室开口的边缘窥视自己。谢顿认识阮达，那是铎丝介绍的，也曾经和他（还有其他一些人）一起吃过几顿饭。

阮达是心理系的讲师，个头很小，身材矮胖，一张圆脸喜气洋洋，几乎永远带着微笑。他拥有淡黄的肌肤与细小的眼睛，那是数百万个世界上居民的共同特征。谢顿对这样的外表相当熟悉，因为许多伟大的数学家都是这种模样，他们的全息像是他常常能看到的。但在赫利肯上，他却从未见过一个东方人。（那是他们传统的称呼，虽然没有人知道为什么；据说东方人自己对这个名称多少有些反感，不过同样无人知晓原因何在。）

“在川陀，我们这种人有好几百万。”当他们首次见面，谢顿无法完全压抑讶异的表情时，阮达曾经这么说，同时带着十分自然的笑容。“你也会发现很多南方人——黑皮肤，头发很卷。你曾经见过吗？”

“在赫利肯从没见过。”谢顿喃喃答道。

“赫利肯都是西方人，啊？多么单调！不过没关系，反正四海一家。”这番话使谢顿不禁纳闷，为什么有东方人、南方人与西方人，却偏偏没有北方人。他曾试图从参考资料中找出可能的答案，却没有任何收获。

现在，阮达望着他，和善的脸庞带着一种近乎滑稽的关切神情。“谢顿，你还好吧？”

谢顿瞪大眼睛。“当然，为什么会不好？”

“我只不过根据声音判断，朋友，你刚才在尖叫。”

“尖叫？”谢顿望着他，一脸不相信又不高兴的表情。

“不是很大声，就像这样。”阮达咬紧两排牙齿，从喉咙后方发出一阵掐住脖子的高亢声调。“如果我弄错了，我就要为这样的无端侵扰致歉，请原谅我。”

谢顿垂下头来。“李松，我不介意。有人告诉过我，我有时的确发出那种声音。我保证那是无意识的动作，我从来不曾察觉。”

“你明白自己为何这样做吗？”

“明白。因为挫折感，挫折感！”

阮达招手示意谢顿凑近些，并将音量压得更低。“我们打扰了其他人。还是到休息室去吧，免得等一下被人轰走。”

在休息室中，喝了两杯淡酒之后，阮达说：“基于职业上的兴趣，我能否请问你，为什么你会有挫折感？”

谢顿耸了耸肩。“通常一个人为什么有挫折感？我在进行一项工作，一直没有任何进展。”

“哈里，但你是一位数学家。历史图书馆有什么东西会让你感到挫折？”

“你又在这里做什么呢？”

“我经过这里只是为了抄近路，结果听到你在……呻吟。现在你看，”他又露出微笑，“这不再是近路，而是严重的耽搁。然而，我真心欢迎这种情况。”

“我多么希望自己也只是路过历史图书馆。事实却是，我正试图解决的一个数学问题，需要一些历史学的知识，但只怕我没做好这件工作。”

阮达带着难得的严肃表情盯着谢顿，然后说：“对不起，但我必须冒着触怒你的危险——我一直在用电脑查阅你。”

“查阅我！”谢顿双眼圆瞪，他感到极为愤怒。

“我果然触怒了你。不过，你可知道，我有个伯父也是数学家。你甚至可能听过他的名字：江涛·阮达。”

谢顿倒抽了一口气。“你是那位阮达的亲戚？”

“没错，他是家父的兄长。我没追随他的脚步，令他相当不高兴——他自己没有子女。于是我想到，要是让他知道我结识了一位数学家，或许他听了会开心。我想为你吹嘘一番——尽力而为——所以我查询了数学图书馆中的资料。”

“我懂了，这才是你去那里的真正原因。嗯——很抱歉，我想我没有什么能让你吹嘘的。”

“你想错了，结果我相当惊讶。你的论文究竟研究些什么题目，我连皮毛都不懂，不过那些资料似乎非常热门。而在我查阅新闻档案时，我发现你曾经出席今年的十载会议。所以……到底什么是‘心理史学’？显然，前两个字挑起我的好奇心。”

“我相信你看出了字面的意思。”

“除非我完全受到误导，否则在我看来，你似乎能推算出历史的未来轨迹。”

谢顿困倦地点了点头。“这差不多就是心理史学的意义，或者应该说，是它的意图。”

“但它是一门严肃的学问吗？”阮达又绽开笑容，“你不光是在丢树枝吧？”

“丢树枝？”

“那是指在我的母星侯帕拉上，孩童常玩的一种游戏。这种游戏是要预测未来，你如果是个聪明的小孩，就能从中得到好处。你只要告诉一位母亲，说她的女儿会长得很漂亮，将来会嫁一个有钱人，就会当场获赠一块蛋糕或半个信用点。她不会等到预言成真，你只要那么说，就能立刻获得奖赏。”

“我懂了。不，我不是在丢树枝。心理史学只是一门抽象的学问，极端抽象。它完全没有实际的应用，除非……”

“现在我们讲到重点了，‘除非’总是最有趣的部分。”

“除非我愿意发展出这样的应用。或许，假如我对历史多了解一点……”

“啊，这就是你研读历史的原因？”

“没错，可是对我毫无帮助。”谢顿以伤感的口吻说，“历史的范围太广，而有记载的部分却太少了。”

“这就是让你感到挫折的事？”

谢顿点了点头。

阮达说：“可是，哈里，你来这里才不过几个星期。”

“是的，但我已经能看出……”

“你不可能在短短几周内看出任何事。你也许得花上整整一辈子，才能获得一点点进展。想对这个问题真正有所突破，也许需要许多数学家好几代的努力。”

“李松，这点我也知道，但这并不能让我觉得好过一点。我想要自己做出一些可见的进展。”

“嗯，你把自己逼得精神错乱也无济于事。如果能让你觉得舒服点，我可以告诉你一个例子：有个题目远比人类历史单纯得多，可是许多人花了不知多少岁月，却一直没有多大进展。我会知道这件事，是因为本校就有一组人员在研究这个题目，我的一位好友也参与其事。要说挫折感哪！你根本不知道什么是挫折感！”

“是什么题目？”谢顿心中涌起一股小小的好奇。

“气象学。”

“气象学！”对于这个反高潮的答案，谢顿感到有些不悦。

“别扮鬼脸，好好听我说。每个住人世界都有大气层；每个世界都有各自的大气成分、各自的温度范围、各自的自转和公转速率、各自的轴倾角，以及各自的水陆分布。我们面对两千五百万个不同的问题，从来没有人能找到一条通则。”

“那是因为大气行为很容易进入‘混沌相’，人人都知道这个道理。”

“我的朋友杰纳尔·雷根就是这么说的。你曾经见过他。”

谢顿想了一下。“高个子？长鼻子？不怎么说话？”

“就是他——而且川陀几乎比其他任何世界更难理解。根据记录，在殖民之初，它具有相当正常的气候模式。然后，随着人口的增长，以及都市的扩张，能量的消耗不断增加，越来越多的热量排放到大气中。于是覆冰逐渐收缩，云层逐渐变厚，天气则愈变愈糟。这便促使居民向地底发展，造成恶性循环。气候愈差，居民愈是急于掘地和建造穹顶，因而使得气候变得更差。如今，整个行星几乎经年累月乌云密布，而且常常下雨——或是下雪，如果温度够低的话。只不过没有人能够研究出适当的解释。没有人做出正确的分析，来解释天气为何恶化到这种程度，或是合理地预测逐日变化的详情。”

谢顿耸了耸肩。“这种事很重要吗？”

“对气象学家而言，是的。他们为何不能像你一样，因为无法解决某个问题而感到挫折呢？别做个自我中心的偏执狂。”

谢顿想起通往皇宫的路上，那种乌云密布、潮湿阴冷的情形。

他说：“那么，目前做到什么程度呢？”

“嗯，有个庞大的研究计划正在本校进行，杰纳尔·雷根是负责人之一。他们觉得若能了解川陀的气候变化，便可对气象学的基本定律获得许多进一步认识。雷根渴望找出那些定律，就像你想找出心理史学定律一样。因此，他在上方……你知道，就是穹顶之上，架设了一个巨大的阵列，其中有各式各样的仪器。直到目前为止，他们还没有什么收获。既然一代代的气象学家，花了无数心血在大气问题上，却始终没有具体的成果，你不过是在几周时间内未能从人类历史中研究出结论，又有什么好抱怨的呢？”

阮达说得没错，谢顿心想，是他自己不够理智，而且态度错误。然而……然而……夫铭会说这项科学研究的失败，是这个时代在走下坡的另一个迹象。或许他也是对的，只不过他是指普遍的退化与平均效应。谢顿并未感到自己的能力与智力有任何退化。

他以略带兴致的口吻说：“你的意思是，他们爬到穹顶上面，进入外面的露天大气？”

“没错，那就是上方。不过，这可不是好玩的事。大多数川陀本地人不会那样做，他们不喜欢到上方去，光是想想就会令他们产生眩晕或其他症候。参与这个气象研究计划的大多是外星人士。”

谢顿从窗口往外望，视线穿过草地与校园中的小花园。一片阳光普照，没有任何阴影或丝毫闷热。他语重心长地说："我不会责怪川陀人贪图温室的舒适，但我认为好奇心能驱使某些人到上方去，而我就是其中之一。"

"你的意思是，你想看看气象学的实际工作？"

"我想就是这样，怎样到上方去？"

"毫无困难。一部升降机就能把你带上去，门一打开，你就到了。我曾经去过，感觉实在……新奇。"

"这会让我暂时忘掉心理史学。"谢顿叹了一口气，"很高兴有这个机会。"

"此外，"阮达道，"我伯父常说'知识皆一体'，或许很有道理。你也许会从气象学那里学到些什么，能对你的心理史学有所帮助。难道没这个可能吗？"

谢顿露出无力的笑容。"很多很多事都有可能。"然后，他又在心中补充道：但实际上却不可行。

22

铎丝似乎觉得很有意思。"气象学？"

谢顿说："对。他们明天排了工作，我要跟他们一起上去。"

"你对历史厌倦了？"

谢顿忧郁地点了点头。"是的，的确如此，我希望来点变化。此外，阮达说，这是另一个过于复杂，以致数学难以处理的问题。

让我看看自己的处境并不孤独，对我也会有好处的。”

“我希望你没有空旷恐惧症。”

谢顿微微一笑。“我没有，但我知道你为何这样问。阮达说川陀人通常都有空旷恐惧症，不愿意到上方去。我可以想象，丧失这个保护层，他们会感到不舒服。”

铎丝点了点头。“你看出的是一件很自然的事，但是在银河系其他行星上，也能发现不少川陀人——观光客、行政官员、军人。反之，在外星人士之间，空旷恐惧症也并不罕见。”

“或许吧，铎丝，不过我并没有这个毛病。我感到好奇，我喜欢来点变化，所以明天我要加入他们。”

铎丝迟疑了一下。“我应该跟你一起上去，可是明天我的日程排得很满。话说回来，只要你没有空旷恐惧症，那就应该没问题，你可能会玩得很开心。喔，记得紧跟着那些气象学家，我曾经听说有人在上面迷路。”

“我会小心的。我很久没有在真实世界迷路了。”

23

杰纳尔·雷根生有一副阴郁的外表。这并非由于他的肤色，其实它相当顺眼；甚至也不是由于他又浓又深的眉毛。给人如此印象的真正原因，应该是他那两道眉毛突出于深陷的眼窝与又高又凸的鼻子之上。因此，他总是带着一种极不快乐的表情。他的眼角一向没有笑意，而他的话也很少，不过他一旦开口，就会有一种深沉、雄浑而且嘹亮的声音，很难让人相信是从这个相当瘦小的身体发出来的。

他说：“谢顿，你需要暖和一点的衣服。”

谢顿说：“哦？”然后四下望了望。

另有两男两女准备跟雷根与谢顿一同上去，他们都和雷根一样，在光滑如缎的川陀服装外面罩了一件厚毛衣。每件毛衣都是色彩鲜艳、设计大胆，但谢顿已经见怪不怪。当然，没有哪两件有丝毫雷同之处。

谢顿低头看了看自己。“对不起，我不知道。可是我并没有合适的外套。”

“我可以给你一件，我想这里应该还有多出来的——好，找到了。有点破旧，但总比不穿好。”

“穿这样的毛衣会让人热得很不舒服。”谢顿说。

“在这里的确会。”雷根说，“上方的情形却不一样，那里又冷风又大。可惜我没有多余的绑腿和靴子能借你，等会儿你就会想要了。”

他们带着一推车的仪器，正在一个一个测试，谢顿觉得他们的动作慢到没有必要的程度。

“你的母星冷吗？”雷根问道。

谢顿说：“赫利肯某些地区当然冷。我住的地方则气候温和，而且经常下雨。”

“太糟了，你不会喜欢上方的天气。”

“我想我们在上面这段时间，我总有办法挺得住。”

准备就绪之后，一行人便鱼贯进入标示着“公务专用”的升降机。

“那是因为它直接通往上方，”其中一名年轻女子说，“要是没有好理由，一般人不该到那里去。”

谢顿以前未曾见过这名年轻女子，但刚才听别人叫她克劳吉雅。他不知道那究竟是名还是姓，或者只是一个昵称。

较诸谢顿之前在川陀或赫利肯所搭过的升降机，这部升降机似乎没什么不同（当然，那次他与夫铭使用的重力升降机例外）。但是，由于知道它将带着自己脱离这颗行星，抵达空无一物的上方，不禁令人有置身太空船的感觉。

谢顿在心中暗笑，这实在是愚蠢的幻想。

升降机在微微颤动，使谢顿想起夫铭有关银河帝国衰败的预言。雷根与另外两男一女似乎进入入定状态，仿佛在踏出升降机前，他们将暂停一切思想与行动。不过克劳吉雅却频频瞥向他，好像发现他极为引人注目。

谢顿向她凑近，对她耳语道（他唯恐打扰到其他人）：“我们要到非常高的地方吗？”

“高？”她重复了一遍。她以正常的音量说话，显然并未感到其他人需要安静。她似乎非常年轻，谢顿想到她可能是大学部的学生，或许只是来实习的。

“我们上升已有好一阵子，上方一定在很高层的空中。”

一时之间，她露出困惑的表情。然后她说：“喔，不对，一点也不高。我们从非常深的地方出发，校园位于低层。我们使用大量的能源，住得够深，能量的消耗就会相对降低。”

这时雷根说：“好，我们到了。大家把设备推出去吧。”

升降机在微微震颤中停下来，宽大的机门迅速滑开。此时气温立刻下降，谢顿赶紧将双手插进口袋，并庆幸自己身上套了一件毛衣。一阵冷风吹乱他的头发，他才想到最好还能有顶帽子。正当他这样想的时候，雷根已经从毛衣折袋掏出一样东西，一把将它扯开，再戴到自己头上，而其他人也纷纷照做。

只有克劳吉雅犹豫不决。正想戴上帽子之际，她却暂停了动作，然后将帽子递给谢顿。

谢顿摇了摇头。“克劳吉雅，我不能拿你的帽子。”

“拿去吧。我有长头发，而且相当浓密。你的头发短，而且有点……薄。”

谢顿很想极力否认这一点，若是换个场合，他就一定会这么做。然而，此时他只是接过帽子，咕哝道：“谢谢你。如果你的头觉得冷，我马上还给你。”

也许她并非那么年轻，而只是因为她有一张几乎是娃娃脸的圆脸。由于她提到自己的头发，谢顿才注意到它是迷人的红褐色。在赫利肯，他从未见过这种颜色的头发。

外面是沉沉的阴天，正如他经过露天的乡间，前往皇宫途中所遇到的天气。今天比那天冷了许多，但他猜想这是因为前后相隔六周，如今已是深冬的缘故。此外云层也比那时还厚，而且天色更加阴暗和恶劣——或者只是因为天快黑了？当然，他们既然到上面来从事重要工作，不会不为自己预留充分的白昼时间。或者说，他们算准了很快就能完成工作？

他原本想要开口发问，又想到此刻他们或许不喜欢有人问东问西。这些人似乎都进入某种特殊的精神状态，从兴奋到愤怒不一而足。

谢顿检视了一下周围的环境。

他站在某种东西上面，猜想可能是黯淡的金属。这是他暗中重踏一脚之后，根据响起的声音所判断的。然而，那并非裸露在外的金属，他行走时会在上面留下脚印。这个表面显然覆盖着一层灰尘，或是细沙或粘土。

嗯，为何不会呢？几乎不可能有人上来打扫这个地方。出于好奇心，他弯下腰来掐了一点尘土。

克劳吉雅已经走到他身边，注意到他的动作。她像家庭主妇被人逮到漏洞那样，以尴尬的口吻说："为了这些仪器，我们的确经常清扫这附近。上方大多数地方比这里糟得多，不过其实没什么关系。你知道吗，这些沙土可以用来隔热。"

谢顿含糊应了一声，又继续四下张望。那些看来像是从薄土壤（如果能这样称呼的话）长出来的各种仪器，他根本不可能了解它们的功用。对于它们究竟是些什么，或者测量些什么，他连最模糊的概念都没有。

这时雷根走过来，一路小心翼翼抬起脚，又小心翼翼放下来。谢顿想到，他这样做是为了避免仪器受到震动。于是他提醒自己，从现在起也要这样走路。

"你！谢顿！"

谢顿不太喜欢这种语调，冷淡地答道："什么事，雷根博士？"

"好吧，既然这样，谢顿博士。"他的口气很不耐烦，"阮达那小个子告诉我，说你是个数学家。"

"是的。"

"优秀的数学家？"

"我希望如此，但这是难以保证的事。"

"你对棘手的问题特别有兴趣？"

谢顿若有所感地说："我正陷在一个难题里面。"

"而我陷在另一个难题里。你可以随便看看，如果有什么问题，我们的实习生克劳吉雅会帮你解答。你也许有办法助我们一臂之力。"

“我乐意效劳，可是我对气象学一窍不通。”

“谢顿，这没有关系。我只希望让你对这件事有点感觉，然后我再跟你讨论我的数学问题，如果它也能称为数学的话。”

“我随时候教。”

雷根转身离去，那张又长又苦的脸看来绷得很紧。然后他又转回来，对谢顿说：“如果你觉得冷，冷得受不了，记着升降机的门是开着的。你只要走进去，在标着‘大学底层’的地方按一下，它就会带你下去，然后又会自动回到我们这里。万一你忘了，克劳吉雅会教你。”

“我不会忘记的。”

这次他真的走了开。谢顿目送他的背影，感到冷风如利刃般切割着身上的毛衣。此时克劳吉雅走回来，她的脸被风吹得有些发红。

谢顿说：“雷根博士似乎心浮气躁，或是他的人生观一向如此？”

她吃吃笑了起来。“大多数时候，他的确表现出一副浮躁的模样，不过现在却是真的浮躁。”

谢顿非常自然地问道：“为什么？”

克劳吉雅转头望了望，长发随之飞舞一圈。然后她说：“我不该知道的，不过我还是知道了。雷根博士本来全都算好了，今天这个时候，云层会裂开一道隙缝，他原本打算在阳光下做些特殊的测量。只不过……嗯，你看这个天气。”

谢顿点了点头。

“我们在这上面装有全息接收机，所以他早就知道乌云密布——比平常还要糟。我猜，他很希望是那些仪器出了毛病，这样问题就在于仪器，而不在他的理论。不过直到目前为止，他们还没有发现任何故障。”

"所以他显得这么闷闷不乐。"

"嗯，他从未显得快乐。"

谢顿眯着眼睛四下眺望。虽然乌云遮日，光线仍旧刺眼。他察觉到脚下的表面并非全然水平，他其实是站在一个浅坡的穹顶上。当他极目望去，四面八方都能见到许多穹顶，各有各的宽度与高度。

"上方似乎崎岖不平。"他说。

"我想很少有例外，当初就是这样兴建的。"

"有没有什么理由？"

"其实也没什么理由。你知道吗，我刚来的时候和你一样，也是到处张望，逢人就问。我听到的解释是这样的，川陀居民原本只在特定场所，例如室内购物中心、体育竞技馆这种地方建造穹顶，后来才扩及整个城镇。那时，全球各处有许多穹顶，高度和宽度都不尽相同。等到它们通通连起来，各处自然凹凸不平。不过到了那个时候，人们已经认定它就应该是这个样子。"

"你的意思是，原本相当偶然的一件事，后来却被视为传统？"

"我想是吧，你要这么说也可以。"

假如某些相当偶然的事件，会很容易就被视为传统，因而再也无法打破，或者几乎牢不可破，谢顿想道，这算不算心理史学的一条定律呢？它听来相当显易，可是，其他同样显易的定律还有多少呢？一百万条？十亿条？究竟有没有少数几条一般性定律，能将这些显易的定律逐一导出？他怎么弄得清楚呢？一时之间他陷入沉思，几乎忘记了刺骨的寒风。

然而，克劳吉雅依旧感到强风的存在，因为她一面发抖一面说："天气真是恶劣，躲在穹顶底下好多了。"

"你是川陀人吗？"谢顿问道。

“是的。”

谢顿想起阮达曾经讥笑川陀人都有空旷恐惧症，于是说：“你不介意待在上面吗？”

“我恨透了。”克劳吉雅说，“可是我想取得学位、专长和地位，而雷根博士说，除非我做些田野工作，否则就无法毕业。所以我只好来啦，虽然我恨透了，尤其是这么冷的时候。对了，像这么冷的天气，你做梦也想不到真有植物在穹顶上生长吧？”

“真的吗？”他以锐利的目光望着克劳吉雅，怀疑这是专门设计来愚弄他的一种恶作剧。她看来全然天真无邪，不过这有多少是真的，又有多少只是由于她的娃娃脸？

“喔，当然是真的。即使在这里，天气暖和时也有植物。你注意到此地的土壤吗？我说过，为了我们的研究工作，我们总是把泥土扫走。可是在其他地方，到处都累积有泥土，穹顶交接的低洼处积得尤其深，植物就在那里生长。”

“可是，那些泥土又是从哪里来的？”

“当穹顶尚未将这颗行星全部覆盖的时候，风把泥土吹到上面，一点一点累积起来。然后，当川陀整个被穹顶笼罩、生活空间愈挖愈深时，不时会有些土壤被掘出来，合适的话，就会被洒到穹顶上。”

“不用说，这样会把穹顶压坏的。”

“喔，不会。这些穹顶非常坚固，而且几乎到处都有支撑。当初的想法，根据我从一本影视书所读到的，是准备在上方种植农作物，结果却发现在穹顶里面发展农业更加实际。而酵母和藻类也可以在穹顶内培养，减轻了普通农作物的需求压力，所以人们最后决定任由上方荒芜。此外上方也有一些动物——蝴蝶、蜜蜂、老鼠、兔子，都好多好多。”

“植物根部不会对穹顶造成损害吗？”

“好几千年以来，一直未曾发生这种情形。穹顶都经过处理，对根部有排斥性。大多数植物都是草，不过也有树木。如果是暖和的季节，或者我们再往南走，或者你在一艘太空船上，那么你自己就能看出来。”她很快瞟了他一眼，“你从太空降落时，有没有看一看川陀？”

“没有，克劳吉雅，我必须承认并未看过。超空间飞船一直没转到适宜观景的角度。你自己从太空中眺望过川陀吗？”

她露出无力的笑容。“我从未上过太空。”

谢顿往四处望去，只见一片灰暗。

“我实在无法相信。”他说，“我是指上方有植物这件事。”

“不过，这是千真万确的。我听人家说过——他们像你一样，也是其他世界人士，但他们真的从太空看过川陀——据说这颗行星看起来绿油油一片，好像一块草地，因为表面大多是草丛和矮树丛。事实上，还有树木呢。离这里不远就有一片树林，我曾经见过。它们都是常绿树，最高的有六米。”

“在哪里？”

“你在这里看不见，它在某个穹顶的另一侧。是……”

这时传来一阵微弱的呼唤：“克劳吉雅，回来这里，我们需要你。”谢顿发觉他们边聊边走，已经与其他人有了一段距离。

克劳吉雅说：“喔——来啦。抱歉，谢顿博士，我得走了。”她拔腿就跑，虽然穿着厚实的靴子，仍然设法将脚步放得很轻。

她有没有在跟他闹着玩？是不是为了找乐子，才对一个容易受骗的外人灌输那么多谎言？这种事在任何时间、任何世界上都时有所闻。透明般诚实的态度也无法做准；事实上，成功的说谎家总会刻意制造这种态度。

所以说，上方真有六米高的树木吗？他并未多加思索，便朝地平线上最高的一个穹顶走去。他不停摆动双手，试图使自己暖和一点，双脚却觉得越来越冷。

克劳吉雅并未指出方向。她应该给一点提示，告诉他那些树木的方位，可是她没有。为什么没有呢？是啊，她刚好被人叫走了。

穹顶一律十分宽广，可是都不太高。这是个好现象，否则这趟路程更要困难许多。另一方面，缓坡代表他必须吃力地走一大段路，才能登上一座穹顶的顶峰，俯视另一侧的景象。

最后，他终于看到那座穹顶的另一侧。他回头望去，想确定自己仍看得见那些气象学家以及他们的仪器。他们待在一个遥远的谷地，与他有好大一段距离，不过他还是看得足够清楚，很好。

他没有发现任何树林或树木，却看到两个穹顶间有一道蜿蜒曲折的凹洼。这条干沟两侧的土壤比较厚，偶尔可见一些绿色斑点，看来或许是苔藓。假如他沿着这条干沟前进，而前面的凹洼够低、土壤够厚的话，就有可能发现树木。

他向后眺望，试图将一些地标牢记心中，目力所及却尽是起伏的穹顶，这使他踌躇不前。铎丝曾警告他有迷路的可能，当时这似乎是毫无必要的忠告，如今已经显得较有道理。话说回来，他觉得那条干沟明明是某种小路。如果沿着它走一段，那么他只要向后转，就能循原路走回这个出发点。

他故意迈开大步，沿着拐弯抹角的干沟往下走。头顶上传来一阵轻微的隆隆噪音，不过他并未留意。他已下定决心要看看那些树木，此时此刻，他心中只有这一个念头。

苔藓越来越厚，像地毯一样四处蔓延，还不时可见一簇簇的草丛。上方虽然一片荒芜，这些苔藓却生得鲜嫩青翠，谢顿因而想到，在一个多云而阴暗的行星上，很可能有大量的雨水。

这条干沟继续弯来弯去，不久，在另一座穹顶的正上方，有个黑点镶在灰暗的天空背景中。他知道终于发现树木了。

看到这些树木之后，他的心灵好像获得解放，总算能想到其他事情，这时谢顿才注意到那阵隆隆声。刚才他不假思索，就把它当做机器运转的声音，因此根本未曾理会。现在，他开始考虑这个可能性：它真是机器发出的噪音吗？

为何不是呢？他如今站在一座穹顶上，而这个星球都市的二亿平方公里面积，全部覆盖着无数类似的穹顶。在这些穹顶之下，一定隐藏着各式各样的机械，例如通风系统的发动机。或许，在这个大都会的其他声音尽皆消逝的时空点，它的声音便清晰可闻。

只不过它似乎并非从底下传来的。他抬头看了看阴沉单调的天空，什么也没有。

他继续仔细扫描天空，两眼之间挤出笔直的皱纹。然后，在远方——

在灰暗的背景中，跳出一个小黑点。不论那是什么东西，它似乎正在四下移动，仿佛想在它被云层再度遮掩之前，趁机赶紧定好方位。

他突然有一种毫无来由的想法：他们是在找我。

几乎在他尚未想出行动方针之前，他已经采取行动。他沿着那条干沟，拼命朝那些树木奔去。为了更快抵达目的地，他在半途左转，飞也似地越过一个低矮的穹顶，踏过遍地垂死的棕色羊齿类，包括那些长着鲜红莓果的多刺嫩枝。

24

谢顿气喘吁吁，面对着一棵树，双手紧紧环抱着。他凝望天空，等待那个飞行物再度出现，以便能像松鼠那样，及时躲到树木的另一侧。

这株树木触手冰凉，树皮粗糙，抱起来一点也不舒服，但是却提供了掩护。当然，如果对方使用热源追踪仪搜寻他的下落，这个掩护或许还不够。但另一方面，冰冷的树干仍有可能造成干扰。

他脚下是硬邦邦的密实土壤。即使在这个躲躲藏藏的时刻，即使他一方面想要看清追捕他的人，一方面又要保持自己的隐匿，他仍然忍不住纳闷：这层土壤会有多厚？花了多久时间累积而成？在川陀较温暖的地区，有多少穹顶的背上长了森林？树木是否一律局限于穹顶之间的干沟，而将较高的区域留给苔藓、草丛与矮树丛？

他再次看到那个飞行物。它并非一艘超空间飞船，甚至不是普通的喷射机，而只是一架喷射直升机。他能看见离子尾的黯淡光辉，从一个六角形的六个顶点喷射出来。离子中和了重力的吸引，让机翼托着它像大鸟般翱翔。这是一种可以在空中盘旋、用来探勘行星地表的飞行器。

幸好云层救了他。即使他们使用热源追踪仪，也顶多只能知道有些人在下面。喷射直升机必须做一次短暂的俯冲，来到连绵不断的云幂之下，才有希望确定这里究竟有多少人类，以及是否包括机员正在寻找的那个人。

现在，那架喷射直升机飞得更近，但也因此无法躲过他的眼睛。引擎的隆隆声泄露了行踪，而只要坚持继续搜索，他们就不能将它关掉。谢顿熟悉这种喷射直升机，因为不论是在赫利肯，或是在任何没有穹顶、天空时阴时晴的世界，它们都是很普遍的交通工具，有很多还是私人所有的。

喷射直升机在川陀可能有什么用呢？这个世界的人通通生活在穹顶下面，天上几乎永远飘着低空云幂——唯有政府才会拥有少数这种飞行器，目的正是为了追捕被引诱到穹顶上的通缉犯。

这有何不可？政府军警人员无法进入大学校园，但谢顿现在可能已不在校园内。他正在穹顶上，它或许不属于任何地方政府的管辖范围。帝国飞行器也许绝对有权降落在任何穹顶上，盘问或带走那里的任何人。这点夫铭未曾警告他，但可能是他刚好没想到。

此时那架喷射直升机更接近了。它正在四处钻探，像一只瞎了眼的野兽，想用鼻子嗅出猎物的踪迹。他们会不会想到搜查这丛树木？他们会不会降落，再派出一两名武装士兵，把这片树林整个翻一遍？

真是这样的话，他又该怎么办？他手无寸铁，而面对神经鞭带来的剧痛，他矫捷的身手将毫无用武之地。

但它并未试图降落。若非他们并未发现这些树木有可疑之处……

就是……

他突然冒出一个新的念头：它会不会根本不是一艘缉凶飞行器呢？会不会只是气象试验的一环呢？气象学家当然也想对高层大气进行测试。

自己是傻子吗，竟然躲避它？

天空越来越阴暗，云层也越来越厚。或者，更可能的情况，是夜晚即将降临。

气温则越来越低，而且会继续下降。难道他要留在这里让全身冻僵，只因为出现一架全然无害的喷射直升机，触发了他从未察觉的妄想症？他兴起一种强烈的冲动，想要离开这片树林，回到那个气象站去。

毕竟，夫铭怕得不得了的那个家伙——丹莫刺尔——又怎么会知道，谢顿将在这个时候来到上方，向他们自投罗网？

一时之间，这个想法似乎成了定论。他一面冷得发抖，一面从树干后头走出来。

然后，他又匆匆跑回原处，因为那架飞行器重新出现，而且比刚才更加接近。他一直没看到它在进行任何类似气象研究的工作，它的动作完全不像是在采样、测量或试验。话说回来，如果他们真在进行这类工作，他又是否能够判断？他不知道这架飞机上究竟载有什么仪器，以及那些仪器如何运作。倘若他们的确是在进行气象研究，他或许也看不出来。然而，他能冒险走出去吗？

无论如何，万一丹莫刺尔果真知晓他正在上方呢？这很简单，只要在这所大学工作的一名特务，获悉此事而立刻向他报告即可。最初，是那个喜气洋洋、满脸笑容的小个子东方人李松·阮达，建议他到上方来看看的。他相当卖力地提出这个建议，但在他们的交谈中，这个话题出现得并不自然，至少还不够自然。他有没有可能是政府的特务，而且已经设法通报丹莫刺尔？

此外，还有借他一件毛衣的雷根。这件毛衣的确派上用场，可是雷根为何不早些告诉他需要毛衣，好让他能自己准备一件？他现在穿的这件有什么特别吗？它是单纯的紫色，其他人穿的却都是川陀流行的花花绿绿。任何人从高空向下眺望，都会看到有个单色斑点在缤纷的色彩中运动，而立刻知道要找的是谁。

至于克劳吉雅呢？她到上方应该是来实习，并充当那些气象学家的助手。她怎么可能有时间来找他，跟他悠闲地聊天，不动声色地把他从众人身边引开，将他孤立起来，令他很容易被捉到？

这样想来，铎丝·凡纳比里有没有嫌疑？她知道他要来上方，却没有阻止这件事。她大可跟他一道来，可是她偏偏很忙。

这是一项阴谋。毫无疑问，这是一项阴谋。

现在他已经说服自己，再也不会想离开那些树木的荫庇。他感到双脚好像两块冰，用力跺了几步，却似乎根本没用。那架喷射直升机永远不会走吗？

正当他这样想的时候，引擎的隆隆音调陡然升高，喷射直升机重新钻入云层，一下子就无影无踪。

谢顿尽力倾听，连最小的声音都不放过，最后确定它终于远去。不过，即使在确定这点之后，他仍旧无法肯定这是不是引他现身的计谋。时间一分一秒慢慢溜走，他依然留在原处，而夜幕则继续低垂。

最后，当他觉得再不冒险走出来，唯一的可能是被冻僵时，他终于迈开脚步，小心翼翼地离开树林的荫庇。

毕竟，此时已是暮色苍茫。除非使用热源追踪仪，他们再也无法侦测到他，但若果真如此，他就能听见喷射直升机折返的声音。他在树林边等着，心中暗自盘算，准备只要听到一点点声音，就立时再躲进树林。不过，一旦被侦察到，躲回去又有什么用，他却根本无法想象。

谢顿四下张望。假如他能找到那些气象学家，他们一定有人工照明设备，但除此之外，再也不会有任何光亮。

他勉强还能看清周遭的景物，可是再过一刻钟，顶多半小时，他将什么也看不见。身边没有灯光，头上不再有多云的天空，四周将被黑暗笼罩，伸手不见五指。

想到被全然黑暗吞没的可怕后果，谢顿了解到必须尽快设法回到那条干沟，然后循着原路回去。他一面紧抱双臂藉以保暖，一面朝着心目中那条干沟的方位前进。

当然，树林周围的干沟或许不只一条，但他隐约认出一些刚刚见到的莓果嫩枝，不过它们现在不再鲜红，几乎成了黑色的果子。他不能再耽搁，必须假设自己的判断正确。借着越来越弱的视力，以及脚下植物的指引，他尽快爬上那条干沟。

可是他不能永远待在干沟里。他已来到一座他自认为附近最高的穹顶，找到另一条与他的行进方向刚好垂直的干沟。根据他的计算，他现在应该向右转，接着向左急转，然后沿着那条路一直走，就能走到那些气象学家所在的穹顶。

谢顿左转之后，抬起头来，只能刚好看见一座穹顶的轮廓，镶嵌在明亮些许的天空中。一定就是它！

或者，那只是一厢情愿的想法？

他必须假设那并非一厢情愿。他尽可能加快脚步向那座穹顶走去，眼睛一直盯着那个顶峰，以便能够尽量沿着直线前进。当他逐渐接近，穹顶显得越来越大时，它镶在天空的轮廓却越来越难以确定。假使他没有弄错，他很快就会爬上一道缓坡，而当坡度变得水平时，他就能俯瞰另一侧，看到那些气象学家的灯火。

在一片漆黑中，他无法判断路上横亘着什么东西。他好希望至少有几颗星星射出些微光线，不禁想到失明是否便是这种感觉。他一面走一面挥舞双臂，仿佛将手臂当成两根触角。

气温一分一秒地降低，他偶尔会停下脚步，对双手吹一口暖气，再将手掌塞在腋下取暖。他又突发奇想，真心希望双脚也能如法泡制。他还想到，如果现在开始降水，那一定是下雪，或是更糟的情况——下冻雨。

继续……继续，没有其他的办法。

最后，他终于发现自己好像在往下走。如果不是一厢情愿的幻想，就代表他已经越过穹顶的顶峰。

他停下脚步。假如他已经越过穹顶的顶峰，应该就能看见气象站的人工照明。他会看到那些气象学家带着灯火到处走动，仿佛萤火虫般闪烁飞舞。

谢顿闭上双眼，仿佛要让眼睛先适应黑暗，以便再试一次，不过那只是个糊涂的举动。当他闭起眼睛的时候，并未感到比张开时更黑；而等到他重新张开眼睛，也不比刚才闭起时更亮一点。

也许雷根与其他人皆已离去，不但带走了他们的照明设备，还将仪器的灯光全数关闭。或者也有可能，是谢顿错爬了另一座穹顶。或者因为他沿着那座穹顶周围的弯路前进，以致如今面对着另一个方向。或是刚才他选错了干沟，从树林出发时早已朝错误的方向走去。

他该怎么办?

假如他面对的是另一个方向，那还有机会在左方或右方看到光线——可是并没有。若是他一开始就选错了干沟，现在绝不可能再回到那片树林，重新寻找另一条干沟。

他如今唯一的机会，在于假设方向正确，那个气象站差不多在他的正前方。只不过那些气象学家全走了，而将它留在黑暗中。

所以说，前进吧。成功的机会也许不大，却是他仅有的机会。

根据他的估计，当初从气象站走到穹顶的顶峰，总共花了半个小时。其中一半路程有克劳吉雅作伴，两人悠闲地走着，并没有迈开步伐。而此时此刻，处于令人毛骨悚然的黑暗中，他的步伐则要比悠闲漫步稍微快了点。

谢顿继续拖着沉重的脚步，有气无力地往前走。若能知道现在几点就好了，他身上当然有一条计时带，不过在黑暗中……

他停了下来。他戴的是一条川陀计时带，它能显示银河标准时间（如同所有的计时带一样）以及川陀当地时间。通常计时带在黑暗中并不会失效，磷光装置让人在昏暗的寝室里也能知晓时间。至少，赫利肯的计时带绝对具有夜视功能，川陀计时带又为何没有呢？

他带着迟疑而忧虑的心情望着计时带，触摸了一下将电能转换成光能的开关。计时带立刻发出微弱的光芒，告诉他现在时间是1847。由于夜晚已经降临，谢顿知道如今一定是冬季——冬至过去多久了？川陀的轴倾角是多少度？一年有多长？此时他的位置距离赤道多远？对于这些问题，他毫无线索，但重要的是眼前出现了可见的光芒。

他并没有失明！不知为什么，计时带的微弱光辉重新燃起他的希望。

他的精神振奋起来。他要朝那个方向继续前进，要再走上半个小时。假如什么也没有遇到，他将继续再走五分钟，就是五分钟，绝不会再多。倘若他仍旧什么也没遇到，他便要停下来，好好想一想。然而，那将是三十五分钟之后的事。在此之前，他要全神贯注往前走，并运用意志使自己感到温暖（他使劲动了动脚趾，仍能感到它们的存在）。

谢顿迈着蹒跚的步伐前进，半小时很快过去了。他停了一下，然后犹豫地再走了五分钟。

现在他必须做出决定。什么也没有看到，他可能在任何地方，远离任何一个穹顶入口。反之，他也可能正站在气象站的左方或右方三米处——甚至更近。他或许与穹顶入口只有两臂之遥，只不过它并未开启。

现在怎么办？

喊叫有没有用呢？除了飕飕的风声之外，全然的死寂将他重重包围。若说穹顶植物里藏有鸟类、野兽或昆虫，它们也不会在这个季节、这个时刻，或是这个地方出没。此时，只有刺骨的寒风不停袭来。

或许他应该一路不停地喊叫。在寒冷的空气中，声音有可能传得很远。但是，会有任何人听到吗？

穹顶里的人会听到他的喊叫吗？有没有任何仪器专门侦测上方的声音或运动？里面会不会正好有人值班？

这似乎是个可笑的想法。真有的话，他们早该听到他的脚步声，对不对？

然而……

他还是大声喊道："救命！救命！有没有人听到？"

他的叫声一半卡在喉咙里，还带着几分尴尬。冲着无边而黑暗的虚空大叫大嚷，似乎是一件愚蠢的事。

不过，他觉得在这种情况下迟疑不决，却是更愚蠢的行为。恐慌逐渐充塞他心中。他深深吸了一口冷空气，再度开始尖叫，并且尽可能将叫声拉长。接着他再吸一口气，以不同的音调发出尖叫。然后又再试了一次。

谢顿暂停叫喊，上气不接下气地转头望向四面八方，虽然他什么也看不见，甚至无法察觉到回声。除了等待天亮，已经没有什么办法了。可是在这个季节，夜晚究竟有多长？又会变得多冷呢？

他觉得脸上像是被寒针刺了一下，不久之后又是一下。

——那是一颗颗的冰珠，在漆黑中悄悄落下，而他根本无法找到任何遮蔽。

他想，假如让那架喷射直升机看到我，把我抓走，那么情况应该还要好些。此时我或许已是一名囚犯，但至少会感到温暖与舒适。

或者，假如夫铭从来没有插手，我可能早就回到赫利肯了。虽然生活在监视之下，却能享有温暖与舒适。此时此刻，那是他仅有的渴望——温暖与舒适。

然而，这时他唯一能做的却只有等待。他将身子缩成一团，不论夜有多长，他绝不敢入睡，这点他相当明白。他脱下鞋子，搓了搓冻僵的双脚，然后赶紧重新套上。

他知道必须整晚不断重复这个动作，而且还要摩擦自己的双手与耳朵，以保持血液循环流畅。但最重要的一件事，是记住一定不能让自己睡着，否则必死无疑。

将一切仔细想清楚之后，他不知不觉闭上眼睛，逐渐进入梦乡，而冰珠仍不停落下。

第六章

拯救

杰纳尔·雷根：……他在气象学上虽颇有贡献，但与所谓的“雷根悬案”相较之下，那些贡献尽皆黯然失色。他的行动曾将哈里·谢顿置于险境，这已是不争的事实。不过引起众人争论——而且始终争论不休的——在于这些行动究竟是无意间导致的结果，抑或是蓄意阴谋的一部分。双方争得面红耳赤，但即使最深入的研究也无法得出定论。无论如何，在其后数年间，光是涉嫌便几乎毁掉雷根的事业与私生活……

——《银河百科全书》

25

当铎丝·凡纳比里找到杰纳尔·雷根的时候，白昼时光尚未完全结束。对于她带着焦虑的问候，他的回应是哼了一声，并随便点了点头。

“好，”她带点不耐烦地说，“他怎么样了？”

雷根一面将资料输入电脑，一面说：“谁怎么样了？”

“我的图馆课学生哈里，哈里·谢顿博士。你今天带他到上面去，他对你有没有什么帮助？”

雷根将双手从电脑键盘上移开，转过身来。“那个赫利肯佬？他一点用都没有，也没表现出任何兴趣。他一直在看风景，其实根本没什么风景可看。真是个怪人，你为什么要让他上去？”

“那不是我的主意，是他自己想去的。我无法了解，但他的确非常有兴趣——现在他在哪里？”

雷根耸了耸肩。“我怎么会知道？在附近吧。”

“跟你们下来之后，他到哪里去了？他有没有说？”

“他没有跟我们一起下来。我跟你说过，他没兴趣。”

“那么，他是什么时候下来的？”

“我不知道。我没看着他，我有一大堆事要做。大约两天前，一定曾有一场风暴和某种豪雨，两者都是始料未及的。我们预期今天会出现的阳光，却又偏偏不肯露脸。我们的仪器所显示的数据，对这些现象都无法提出一个好的解释。现在我正试图弄明白，而你却在打扰我。”

“你的意思是，你没看到他下来？”

“听着，我根本未曾想到他。那个白痴没穿对衣服，我看得出来，不到半小时他就会受不了上面的寒冷。我给了他一件毛衣，那对他的腿和脚却没什么帮助。所以我让升降机开着，并且告诉他如何使用；我对他解释，说升降机把他带下去之后，会自动回到上面来。整个程序非常简单，我确定他果真耐不住寒冷，果真提早离去，然后升降机又回到上面，最后我们也都下来了。”

“可是，你不晓得他究竟何时下来的？”

“对，我不知道。我告诉过你，当时我很忙。不过我们离开时，他的确不在那里。而且那时暮色即将降临，看来好像还要下冰珠。所以他必定早就离开了。”

“有没有任何人看到他下来？”

“我不知道。克劳吉雅也许看到了，她曾经跟他在一起一会儿。你为何不去问她？”

铎丝在克劳吉雅的寝室找到她，她刚冲完一个热水浴。

“上面可真冷。”她说。

铎丝问道：“在上方的时候，你和哈里·谢顿在一起吗？”

克劳吉雅扬起眉毛，答道：“是的，有一阵子。他想要到处走走，还问了些有关该处植物的问题。铎丝，他是个心思敏锐的人。万事万物似乎都会引起他的兴趣，所以我尽量把知道的全告诉他，直到雷根把我叫回去为止。雷根当时脾气坏得想杀人，天气并不理想，而他……”

铎丝插嘴道：“那么，你没有看到哈里搭升降机下来？”

“雷根把我叫回去之后，我就再也没有看到他——不过他一定下来了，我们离开的时候，他已经不在上面。”

“可是我到处都找不到他。”

克劳吉雅看来也慌了。“真的？可是他一定在下面。”

“不，他并不一定在下面。”铎丝越来越焦急，“万一他还在上面呢？”

“那是不可能的，他绝不在上面。离开之前，我们自然到处找了找。雷根曾教他怎么下来。他的衣服不够，而且当时天气很糟。雷根告诉他，觉得冷的话就不必等我们。那时他已经开始冷了，我知道！所以除了下来之外，他还会做什么呢？”

“可是没有人亲眼看到他下来——他在上面有没有出什么问题？”

“绝对没有，至少我和他在一起的时候没有。他好得很——当然，不过一定觉得冷。”

铎丝此时心乱如麻，又说：“既然没有人看到他下来，他就可能还在上面。我们不该上去看看吗？”

克劳吉雅紧张兮兮地说：“我告诉过你，我们下来之前到处找过了。当时还相当明亮，但谁也没见到他的踪影。”

“我们还是去看看吧。”

“可是我无法带你上那里去。我只是个实习生，没有开启穹顶出口的密码。你得去求雷根博士。”

26

铎丝·凡纳比里知道雷根现在一定不愿到上方去，必须强迫他才行。

首先，她又到图书馆与用餐区巡视一遍，然后再打电话到谢顿的房间。最后，她走到他的宿舍门口，按下门上的讯号钮。在确定无人应门之后，她请来该层的管理员开门，发现他果然不在里面。她还问了几个过去数周谢顿陆续结识的人，没有一个人看到过他。

好吧，她只好硬逼着雷根带她到上方去。不过现在已经入夜，他一定会极力拒绝。然而，在这个能冻死人的夜晚，冰珠眼看就要转为雪花，哈里·谢顿倘若果真困在上面，她又能浪费多少时间来和雷根争论?

她突然冒出一个念头，立刻冲到一台小型“大学电脑”前，这种电脑专门记录所有学生与教职员的最新状况。

她的十指在键盘上飞舞，很快就找到她要的资料。

有三个人可以求助，却都住在校园另一角。她召来一辆小型滑车将她载到那里，很快就找到了那栋宿舍。不用说，三人之中总该有一个在家——或起码找得到。

这回她很幸运。她按下第一个房门上的讯号钮，询问灯随即亮起。她键入自己的身份识别码，其中还包括她所隶属的学系。房门打开后，一个胖胖的中年男子好奇地盯着她。他显然正在梳洗，准备出去晚餐。他的深色金发凌乱不堪，而且上身未穿任何衣服。

他说：“抱歉，你来得真不是时候。凡纳比里博士，我能为你做些什么吗？”

她带着轻微的喘息说：“你就是罗根·班纳斯楚，首席地震学家吗？”

“没错。”

“这是紧急事件，我必须看看过去几小时内上方的地震记录。”

班纳斯楚瞪着她。“为什么？什么事也没有啊。如果有我一定会知道，地震仪会通知我们。”

“我不是指流星撞击。”

“我也不是，那还轮不到求助地震仪。我是指砂砾造成的细微裂缝，今天一个也没有。”

“我指的也不是那种情况。拜托，带我去地震仪那里，帮我解读一下。这是生死攸关的大事。”

“我有个晚餐约会……”

“我说生死攸关，绝非开玩笑。”

班纳斯楚说：“我不懂……”但在铎丝的瞪视下，他的话只说了一半。他擦了擦脸，对着留言机很快说了一句话，然后慌忙套上一件衬衣。

在铎丝毫不留情的催促下，他们小跑步前往地震学中心的矮小建筑。对地震学一窍不通的铎丝问道：“往下？我们在往下走？”

“要到居住层之下，这是理所当然的。地震仪必须固定在基岩上，远离都会层的恒常扰嚷和震动。”

“可是在这下面，你怎能知道上方发生些什么事？”

“地震仪和穹顶夹层内的一组压力转换器连线。即使一粒砂砾的撞击，也会使屏幕上的指标开始跃动。我们能侦测到强风令穹顶扁化的效应，还可以……”

“很好，很好。”铎丝不耐烦地说，她来这里可不是为了学习这些仪器的优点与精巧程度。“你能侦测到人类的脚步吗？”

“人类的脚步？”班纳斯楚露出困惑的表情，“上方不大可能有。”

“当然可能。今天下午，就有一组气象学家到上方去。”

“喔。不过，脚步几乎辨识不出来。”

“只要看得足够认真，你就能辨识出来，我要你做的就是这件事。”

班纳斯楚或许痛恨她那种坚决的命令口吻，不过即使真是这样，他也什么都没有说。他只是按下一个开关，电脑屏幕上便有画面出现。

屏幕右缘中央有个粗大的光点，一条水平细线从那里一直延伸到屏幕左缘。水平线正在轻轻蠕动，那是一组随机而绝不重复的微弱起伏，稳定地向左方前进。铎丝感到它几乎有催眠作用。

班纳斯楚说：“这是再平静不过的情况。你所看到的，全都是上面的气压变化，当然也可能是雨滴，或是远处的机械装置所造成的结果。上面什么也没有。”

“好吧，可是几小时之前又如何呢？比如说，检查一下今天1500时的记录吧。你当然有那时候的记录。”

班纳斯楚对电脑下了必要的指令，一两秒钟之后，屏幕上便出现一片混乱。画面不久便平静下来，那条水平线再度出现。

“我要把灵敏度调到最大。”班纳斯楚喃喃说道。于是那种起伏变得十分明显，而当它们向左方蹒跚游移时，它们的图样同时发生显著变化。

“那是什么？”铎丝说，“告诉我。”

“凡纳比里，既然你说曾经有人上去，我猜这就代表脚步，包括重量的挪移、鞋子的撞击。若非事先知道上面有人，我真不晓得自己能不能猜到。这是我们所谓的良性震动，和我们所知的任何危险现象无关。”

“你能不能看出有多少人？”

“肉眼绝对看不出来。你瞧，我们看到的是所有撞击的合成效应。”

“你说‘肉眼’看不出来，但是能否利用电脑，将合成效应解析成个别成分呢？”

“我很怀疑。这些都是极小的效应，你还得考虑无所不在的杂讯。分析结果不会可靠的。”

“好吧，那么把时间再往后推，直到脚步讯号消失为止。比如说，能不能让它正向快转？”

“如果我那样做——你所谓的正向快转——画面会变得很模糊，会只剩下一条直线，上下各有一片朦胧的光影。我能做的是每次向后跳十五分钟，迅速观察一下，然后继续这个程序。”

“好，就这么办！”

两人紧盯着屏幕，直到班纳斯楚说：“现在什么都没有了，看到没？”

屏幕上又剩下一条直线，此外就只有杂讯的微小起伏。

“脚步什么时候消失的？”

“两小时以前，再多一点点。”

“它们消失的时候，是不是比原先的脚步少了些？”

班纳斯楚看来有点冒火了。“我看不出来。我想即使最精密的分析，也无法做出肯定的判断。”

铎丝紧抿一下嘴唇，接着又说："你是不是正在检查靠近气象侦测站的转换器——你管它叫转换器是吗？"

"是的，我们的仪器就在那里，那些气象学家当时也应该是在那里。"然后，他又用难以置信的口吻说，"你想要我试试附近其他的吗？一个一个试？"

"不，就留在那里，继续以十五分钟为间隔推进。有个人也许落在后面，也许后来才回到仪器附近。"

班纳斯楚摇摇头，低声嘀咕了几句。

画面再度变换，铎丝突然指着屏幕喊道："那是什么？"

"我不知道，杂讯吧。"

"不对，它是周期性的。有没有可能是单独一人的脚步？"

"当然可能，但也可能是不下十种的其他现象。"

"它的变化和步行的快慢差不多，对不对？"过了一会儿，她又说，"再推进一点。"

他照做了。等到画面稳定下来之后，她说："这些凹凸不平是不是越来越大？"

"有可能，我们可以测量一下。"

"不必了。你可以看出它们越来越大，代表那些脚步逐渐接近转换器。再推进些，看看它们什么时候消失。"

又过了一会儿，班纳斯楚说："是在二十或二十五分钟之前。"然后，他谨慎地补充了一句，"不论那是什么。"

"就是脚步。"铎丝以排山倒海的信心，斩钉截铁地说，"还有一个人在上面，当你我在这里浪费时间的时候，他已经不支倒地，马上就要冻死。不要再说'不论那是什么'，赶紧打电话到气象学系，帮我找杰纳尔·雷根。生死攸关，我告诉你。就这么说！"

班纳斯楚的嘴唇开始打颤，到了这个地步，他再也无法违抗这个古怪而冲动的女人所下达的任何命令。

不到三分钟，雷根的全息像便出现在讯息平台。他是从餐桌上被拉下来的，手中还握着一条餐巾，嘴唇下面油腻腻的，不知道是什么东西。

他的长脸露出可怕的阴沉表情。“生死攸关？这是怎么回事？你是什么人？”然后他看到了铎丝，她故意凑近班纳斯楚，好让她的影像出现在杰纳尔的屏幕上。于是他说：“又是你，这简直就是骚扰。”

铎丝说：“这不是骚扰。我已经咨询过罗根·班纳斯楚，他是本校的首席地震学家。在你和你的小组离开上方之后，地震仪又显示出清楚的脚步，代表还有一个人在那里。他就是我的学生哈里·谢顿，当初是你护送他上去的，如今我们相当肯定，他已经倒地昏迷不醒，可能活不了多久了。

“因此，你要尽快带我上去，并且带着一切必要装备。假如你不立刻照办，我就去找校方保安单位——甚至找校长本人，若有必要的话。无论如何，我总有办法上去的。若是因为你耽误了一分钟，而让哈里有什么差池，我保证会拿失职、无能，以及我能安在你身上的一切罪名，让你吃上官司，让你丧失所有的地位，并且被赶出学术圈。万一他不幸丧生，当然，那就是过失杀人。或者更严重的罪，因为我现在已警告过你，他快要死了。”

火冒三丈的杰纳尔转向班纳斯楚。“你是否侦测到……”

铎丝却突然打断他的话。“他把侦测到的全告诉了我，而我又已经告诉你。我不准备让你把他吓得心神恍惚。你来不来？啊？”

“你有没有想到过，也许是你弄错了？”杰纳尔以刻薄的口吻说，“你知不知道，如果这是个恶作剧的假警报，我又能怎样对付你？丧失地位同样会应验在你身上。”

“谋杀罪却不会。”铎丝说，“我可不怕你控告我恶意恶作剧，你怕不怕被控谋杀罪呢？”

杰纳尔涨红了脸，主要原因或许并非受到威胁，而是他不得不向对方低头。“我会来的，不过，年轻女士，如果事实证明，在过去三个小时里，你的学生安然无事地待在穹顶内，那我可绝不会对你客气。”

27

在直达上方的升降机中，三个人保持着掺杂敌意的沉默。雷根的晚餐只吃了一半，他没有做充分的解释，就将妻子独自留在用餐区。班纳斯楚根本未进晚餐，可能还令某位女伴大失所望，他同样未能做出充分解释。铎丝·凡纳比里也没有吃任何东西，而在他们三人之间，她似乎是最紧张、最闷闷不乐的一位。她带了一条热力毯，以及两个光子源。

当他们到达上方入口时，雷根紧绷着面部肌肉，将他的身份识别码一一输入，那道门随即打开。一阵冷风袭来，班纳斯楚不禁哼了一声。他们三人都穿得不够，不过两位男士并未打算在上面久留。

铎丝以生硬的声音说：“下雪了。”

雷根说：“这是‘湿雪’，因为温度刚好在冰点上下。它并不是‘杀霜’。”

“那可不一定，要看你在这里待多久，对不对？”铎丝说，“而浸在融雪里也没什么好处。”

雷根咕哝道：“好了，他在哪里？”他忿忿地瞪着眼前全然的黑暗，由于身后入口处透出光线，能见度因而变得更差。

铎丝说：“来，班纳斯楚博士，帮我拿这条毯子。而你，雷根博士，把你身后的门关上，不过别锁起来。”

“门上没有自动锁。你以为我们是傻瓜啊？”

“也许不是。不过你能从里面把它锁上，让留在外面的人无法进入穹顶。”

“如果有人在外面，请把他指出来，让我看一看。”雷根说。

“他可能在任何角落。”铎丝举起双臂，两个光子源分别绕在她的左右手腕。

“我们不可能查看每一个角落。”班纳斯楚可怜兮兮地喃喃道。

此时光子源发出亮光，洒向四面八方。雪花被照得闪闪发亮，好像一大群萤火虫，而使得视线更加受阻。

“脚步声当初是稳定地增大。”铎丝说，“他一定是渐渐接近转换器。它会装设在哪里呢？”

“我毫无概念。”雷根吼道，“这不是我的本行，也不是我的责任。”

“班纳斯楚博士呢？”

班纳斯楚的回答显得很迟疑。“其实我也不知道。老实跟你说，以前我从未来过这里。它是在我接掌之前装设的，电脑知道确切位置，但我们一直没想到问它。我觉得很冷，我看不出我在这里有什么用。”

“你必须在这里再待一会儿。”铎丝坚决地说，“跟我来，我要以入口为中心，由内向外不断绕圈。”

“我们在雪中看不到什么。”雷根说。

“我知道。如果没有下雪，我们早就看到他了，这点我可以肯定。在如今这种情况下，大概要花上几分钟的时间，我们应该还受得了。”虽然话中信心十足，她内心却根本不是这么想。

她开始前进，同时不停挥动双臂，把光线的照射范围尽量拉大，极目寻找白雪中的黑暗斑点。

结果是班纳斯楚最先说：“那是什么？”他一面说，一面伸手指去。

铎丝让两个光子源重叠，沿着他所指的方向形成一个明亮的光锥。然后她赶紧跑过去，另外两人则紧跟在后。

他们总算找到他了。他缩成一团，全身湿透，距离门口大约十米，距离最近的气象装置则只有五米。铎丝摸了摸他的心跳，随即发现没有这个必要，因为在她的触摸下，谢顿立刻动了动，同时发出一声抽噎。

“班纳斯楚博士，把毯子给我。”铎丝的声音不再那么紧张高亢了。她抖开毯子，铺到雪地上。“小心地把他抬到毯子上，我要把他裹起来，然后我们抱他下去。”

在升降机中，当热力毯加热到血液的温度时，裹在毯子里的谢顿开始冒出蒸汽。

铎丝说：“等到我们把他送到他的房间，雷根博士，你马上去找医生——找个好的，并且务必请他立刻赶来。假如谢顿博士安然度过这一关，没有任何损伤，我就再也不会说什么，但一定要在这个前提之下。记住……”

“你不必教训我。”雷根冷冰冰地说，“我为此感到遗憾，会尽力负责到底。可是我唯一的错误，就是竟然准许此人到上方去。”

热力毯动了一下，传出一声微小而虚弱的声音。

班纳斯楚吓了一跳，因为谢顿的头正好枕在他的臂弯。他说：“他想要说话。”

铎丝说：“我知道，他在问‘发生了什么事？’”

她忍不住小声笑出来。他会这么说，似乎是很自然的事。

28

医生显得很开心。

“我从来没见过感冒症。”他解释道，“在川陀没有人会感冒。”

“或许吧，”铎丝冷冷地说，“我很高兴你有机会体验这个新奇病例。但这是否代表你不知道如何医治谢顿博士？”

这位蓄着两小撇灰胡子的秃头老医生，此时突然龇牙咧嘴。“我当然知道。感冒症在外围世界相当普通，简直是家常便饭，我读过一大堆病例。”

治疗的方法包括注射抗病毒血清，以及使用微波包裹。

“这样应该可以了。”医生说，“在外围世界的医院里，他们会使用精致得多的设备，不过我们川陀当然没有。这是对轻微症状的治疗法，我确定它会生效。”

当谢顿逐渐恢复，并未显现任何后遗症时，铎丝曾经想，这次他能大难不死，或许正是由于他是外星人士。黑暗、寒冷，甚至冰雪，对他而言都并非全然陌生。换成川陀人，处在类似情况下就有可能丧命，但主因并非生理上的创伤，而是心理上的震撼。

不过，她当然无法确定这一点，因为她自己也不是川陀人。

将这些思绪通通收起来之后，她拉过一张椅子坐到床边，开始静下心来等待。

29

第三天早上，谢顿缓缓醒来，一眼就看到铎丝。她正坐在床沿，一面读着影视书，一面做着笔记。

谢顿以近乎正常的声音说："铎丝，你还在这儿？"

她放下那本影视书。"我不能让你一个人在这里，对不对？而且我再也信不过别人了。"

"好像每次醒来的时候，我都会看到你。你一直待在这里吗？"

"不论是睡是醒，我都没离开。"

"可是你的课呢？"

"我有一个助教，暂时帮我代一下课。"

铎丝俯下身来，抓住谢顿的手。但她马上注意到他的尴尬（毕竟他躺在床上），于是又将手缩回去。

"哈里，发生了什么事？把我吓坏了。"

谢顿说："我要招认一件事。"

“什么事，哈里？”

“我曾想到或许你也参与一项阴谋……”

“一项阴谋？”她激动地说。

“我的意思是，把我设计到上方去，这样我就离开了大学的管辖范围，帝国军警就可以来抓我。”

“可是上方并未脱离大学的管辖范围。川陀各区的管辖范围，都是从星核一直延伸到空中。”

“啊，我可不知道。但你并未跟我一起去，因为你说你的日程很忙。当我开始妄想时，便想到你是故意要遗弃我。请你原谅我吧。显然是你把我从那里救下来的，除了你，还有谁会关心？”

“他们都是大忙人。”铎丝以谨慎的口吻说，“他们以为你早就下来了。我的意思是，那还算是合理的设想。”

“克劳吉雅也这样想？”

“那个年轻实习生？对，她也一样。”

“嗯，这仍有可能是一项阴谋。我的意思是不包括你在内。”

“不，哈里，这的确是我的错。我绝对无权让你独自到上方去，保护你是我的职责。我无法停止自责，我竟然让这事发生，竟然让你迷路。”

“嘿，等一等。”谢顿突然发火，“我并没有迷路，你把我当成什么了？”

“我倒想知道你管它叫什么。其他人离去时，到处都找不到你，而且直到天黑许久之后，你才回到入口处——或者该说是入口处附近。”

“可是事实并非如此。我不是因为到处乱跑，找不到归途才迷路的。我告诉过你，我怀疑有一项阴谋，而且我有充分的理由。我可没有全然陷入妄想。”

"好吧，那么究竟发生了什么事？"

谢顿一五一十告诉了她。他毫无困难就记起了全部的细节；在此之前，几乎有一整天的时间，他都在恶梦中不断重温那些经历。

铎丝一面听，一面皱着眉头。"但这是不可能的事。一架喷射直升机？你确定吗？"

"我当然确定。你认为我心生幻觉吗？"

"可是帝国军警绝对不可能搜捕你。他们若在上方把你逮捕，造成的反弹将和派遣警力在校园逮捕你一样严重。"

"那你要怎么解释呢？"

"我不确定。"铎丝说，"不过，我未能跟你一起到上方去，后果说不定要比实际情况更糟，夫铭一定会很生我的气。"

"那我们就别告诉他。"谢顿说，"结局还算圆满。"

"我们必须告诉他。"铎丝绷着脸说，"事情可能尚未结束。"

30

当天傍晚，晚餐时间过后，杰纳尔·雷根前来拜访。他轮流望向铎丝与谢顿，仿佛不知道如何开口。两人并未主动帮他，不过都在耐心等待。在他俩的感觉中，他实在不是个善于闲聊的人。

最后，他终于对谢顿说："我来看看你的状况。"

"好极了，"谢顿说，"只不过有点困。凡纳比里博士告诉我，这种疗法会让我疲倦好几天，想必是要确定我能得到应有的休息。”他微微一笑，“坦白说，我并不在乎。”

雷根做了一个深呼吸，迟疑了一下，然后，几乎像是将一番话勉强挤出来一样，说道：“我不会打扰你太久，我完全了解你需要休息。不过，我的确想要说，我对发生的一切感到很抱歉。我不该假设——那么随便就假设你已经自己下去。既然你是个新手，我应该感到对你有更重的责任。毕竟，是我同意让你上去的。我希望你能衷心地……原谅我。我想要说的，真的就是这些。”

谢顿用手遮住嘴巴，打了一个呵欠。“对不起——既然似乎是喜剧收场，我们没有必要怪你。就某个角度而言，这并不是你的错。我不该逛到别处去，况且，真正的情况……”

铎丝打岔道：“好啦，哈里，拜托，别再讲了，好好休息吧。趁雷根博士还没走，我要和他说几句话。首先，雷根博士，我相当了解，你很担心这个事件对你可能产生的影响。我曾经说过，只要谢顿博士能够康复，没有任何后遗症，我们就不会追究。目前看来似乎正是这样，所以你可以宽心——暂且宽心。我想要问你另一件事，而我希望这次能得到你的主动合作。”

“凡纳比里博士，我尽力而为。”雷根硬生生地说。

“你们在上方时，有没有发生任何不寻常的事？”

“你明知故问。我把谢顿博士弄丢了，刚才我还特别郑重道歉。”

“显然我不是指这件事。还有没有其他不寻常的事情？”

“没有了，什么事也没有。”

铎丝看了看谢顿，令谢顿皱起眉头。他感到铎丝在试图取得一组独立的口供，以便查证他的叙述是否属实。难道她认为搜索飞机是他的幻想吗？他原本想提出强烈抗议，她却已经举起一只手，示意他保持沉默，好像早已防到这个变故。他果然平静下来，一部分是由于她的手势，此外也是因为他的确困了。现在他只希望雷根不会待太久。

“你确定？”铎丝问道，“没有外人闯进来吗？”

“没有，当然没有。喔……”

“怎么了，雷根博士？”

“有一架喷射直升机。”

“你觉得这点不寻常吗？”

“不会，当然不会。”

“为什么不会？”

“听来非常像是我在接受盘问，凡纳比里博士，我不太喜欢这样。”

“雷根博士，这点我能体会，可是这些问题和谢顿博士的遭遇有关。整个事件有可能比我当初的设想还要复杂。”

“怎么说？”他的声音又变得尖刻，“你打算提出新的问题，好让我再一次道歉？这样的话，我觉得有必要告辞了。”

“在你做出解释之前，或许还不该走。为什么一架在上空盘旋的喷射直升机，不会令你觉得有丝毫不寻常？”

“亲爱的女士，因为在川陀，许多气象站都拥有喷射直升机，以便对云层和高层大气进行直接研究。不过我们的气象站并没有。”

“为什么没有？它应该很有用。”

“当然有用。但我们不是在相互竞争，彼此间也从不保密。我们会发表我们的研究成果，他们也会发表他们的。因此，各有各的特色和专长是很合理的做法。两组人员从事完全相同的工作，会是一件很蠢的事。我们本来可能花在喷射直升机上的财力和人力，可以拿来用在‘介子折射计’上，别人则可省下对后者的投资，而集中于前者的计划。毕竟，虽然各区之间或许存在着很多竞争和芥蒂，但科学却是一个——唯一的一个——将我们凝聚起来的力量。我想，这点你也该知道。”他以讥讽的口吻补充道。

“我知道。可是在你要去气象站的那天，刚好有人派一架喷射直升机飞到你们上空，这会不会太巧了些？”

“根本不是什么巧合。我们事先宣布过要在当天进行测量，因此，其他一些气象站便会理所当然想到，他们可以同时做些悬浮物测量——就是测量云量，你懂吧。把双方的结果放在一起，会比分别测量更有意义、更有用处。”

谢顿突然以相当含糊的声音说：“那么，他们只是在进行测量？”说完他又打了一个呵欠。

“没错。”雷根说，“他们还有可能做什么吗？”

铎丝眨了眨眼，这是她进行快速思考时常有的小动作。“这些听来都很有道理。那架喷射直升机属于哪个气象站？”

雷根摇了摇头。“凡纳比里博士，你怎能指望我会知道呢？”

“我想每架气象飞机上面，都可能画着所属气象站的标志。”

“当然，但我并未抬头仔细研究，你懂了吧。我有我自己的工作，他们则忙他们的。当他们发表测量结果时，我就会知道那是谁的喷射直升机。”

“万一他们没发表呢？”

“那我就会推想是他们的仪器失灵了，这种情形时有所闻。”他的右手紧握成拳，“好，问完了吗？”

“等一下。根据你的推测，那架喷射直升机可能是从哪里来的？”

“任何一个拥有喷射直升机的气象站都有可能。只要提早一天通知，它就能从本星任何角落从容飞来——何况他们早就知道。”

“可是哪里最有可能呢？”

“很难说。海斯特娄尼亚、卫荷、齐勾瑞斯、北达米亚诺，我会说这四个区的可能性最大，但是至少还有其他四十个可能。”

“那么，只剩最后一个问题，最后一个。雷根博士，当你宣布你的小组将前往上方时，你有没有顺口提到一名数学家，哈里·谢顿博士，也会跟你同行？”

雷根脸上明显地掠过一阵深刻而真实的惊讶，但这个表情很快转变为不屑。“我为什么要列出名单？谁会对它有兴趣？”

“很好。”铎丝说，“那么，实情是这样的。谢顿博士看到一架喷射直升机，因而感到心神不宁。我不确定原因是什么，显然对于这件事情，他的记忆有点模糊。可以说，他是因为躲避那架喷射直升机才迷了路。在黄昏将尽之前，他没想到要试图折返，或者说不敢那么做。而后来在黑暗中，他未能找到完全正确的归途。这件事不该责怪你，所以我们双方都把这整件事忘掉吧。同意吗？”

“同意，”雷根说，“再见！”说完便转身离去。

当他离去后，铎丝站起来，轻轻脱掉谢顿的拖鞋，让他在床上躺直，并替他盖好被子。当然，他早就睡着了。

然后她坐下来开始寻思。雷根刚才说的有多少是实情？他的一番说词有可能隐瞒了什么吗？她真的不知道。

第七章

麦曲生

麦曲生：……古川陀的一区……麦曲生埋葬在自己的传说里，对整个行星几乎没有任何影响。高度的自满与自我隔离……

——《银河百科全书》

31

谢顿醒来时，发现另有一张严肃的面孔正望着自己。一时之间，他愁眉深锁，然后说：“夫铭？”

夫铭露出极淡的笑容。“这么说，你还记得我？”

“前后仅仅一天时间，而且是将近两个月前的事，不过我还是记得。所以说，你并没有被捕，或是有任何……”

“你看得出来，我人在这里，相当安全，毫发无损。可是——”他瞥了瞥站在一旁的铎丝，“我来一趟不怎么容易。”

谢顿说：“我很高兴见到你——对了，你是否介意？”他用拇指朝浴室的方向指了指。

夫铭说：“慢慢来，吃了早餐再说。”

夫铭没有和他一起吃早餐，铎丝也没有，但他们两人也并未交谈。夫铭利用时间浏览一本影视书，看得津津有味。铎丝先是细心检视她的指甲，然后又取出一台微电脑，用一支铁笔开始作笔记。

谢顿若有所思地望着他们两人，并未试图打开话匣子。现在这个肃静的气氛，或许正反映出川陀人在病床前的禁声习俗。事实上，他现在感到完全正常，只是他们或许还不了解。

等到他吃完最后一口食物，喝完最后一滴牛奶（他显然已逐渐习惯，因为它再也没有怪味），夫铭才终于开口。

他说：“你好吗，谢顿？”

“好极了，夫铭。至少，绝对好得可以起身走动。”

“我很高兴听到这句话。”夫铭以平板的口气说，“铎丝·凡纳比里竟然这么不小心，真该好好责备一番。”

谢顿皱起眉头。“不，是我坚持要到上方去的。”

“我相信，可是她应该跟你一起去，不计任何代价。”

“是我告诉她的，我不要她跟我一起去。”

铎丝说：“哈里，不是这样的。别用义气的谎言替我辩护。”

谢顿气呼呼地说：“可是别忘了，铎丝也克服了强大的阻力，赶到上方去找我，无疑是她救了我的命。这些话丝毫没有扭曲事实。你将这点加入你的评断了吗，夫铭？”

铎丝显然感到很尴尬，再度打岔道：“哈里，拜托。契特·夫铭的想法完全正确，我应该阻止你前往上方，否则就该跟你一起上去。至于我后来的行动，夫铭已经称赞过了。”

“然而，”夫铭说，“这件事已成过去，我们就别再提了。谢顿，我们来谈谈你在上方的遭遇。”

谢顿环顾四周，然后小心谨慎地说：“这样做安全吗？”

夫铭淡淡一笑。“铎丝已将这个房间置于畸变电磁场中。我可以相当确定，这所大学里的帝国特务——如果真有的话——都没本事穿得透它。谢顿，你是个多疑的人。”

“不是天生的，”谢顿说，“而是因为你在公园以及后来对我讲的那些话。夫铭，你是个很有说服力的人。当你讲完后，我就开始担心伊图·丹莫刺尔隐藏在每个阴暗的角落。”

“我有时认为真有这个可能。”夫铭以严肃的口吻说。

“即使他那样做，”谢顿说，“我也不会知道那就是他。他长得什么样子？”

“这几乎并不重要。你根本见不到他，除非他要让你看见，不过那时一切都完了，我这么想——这正是我们必须防范的。我们来谈谈你见到的那架喷射直升机。”

谢顿道：“夫铭，正如我所说，你让我心中充满对丹莫刺尔的恐惧。我一看到那架喷射直升机，就猜想是他追来了；而我糊里糊涂跑到上方去，脱离了斯璀璘大学的保护；还有我是被引诱到那里去的，目的就是要毫无困难地把我抓走。”

铎丝说：“另一方面，雷根……”

谢顿立刻说：“他昨晚来过这里吗？”

“来过，你不记得了？”

“很模糊。当时我累得要死，我的记忆一片模糊。”

“嗯，昨晚在这里时，雷根说那架喷射直升机只是别的气象站派来的气象飞机。全然普通，全然无害。”

“什么？”谢顿吃了一惊，“我不相信。”

夫铭说：“现在的问题是，你究竟为什么不相信？那架喷射直升机是否有任何不对劲，令你想到它带有威胁性？我是说，排除了我在你脑子里灌输的疑心之后，它还有什么特殊之处？”

谢顿一面咬着下唇，一面回想了一下。“有，它的动作。它似乎将机鼻推到云盖之下，好像在找什么东西；接着它又在另一个位置出现，重复同样的动作；然后又换到下一个位置，如此周而复始。它似乎是在规律地搜寻上方，一块接着一块，而目标就是我。”

夫铭说：“谢顿，也许你把它拟人化了。你可能把那架喷射直升机当成了一头正在追捕你的怪兽，它当然不是。它只不过是一架喷射直升机，而如果它真是气象飞机，它的行动就完全正常……而且无害。”

谢顿说：“我当时觉得并非如此。”

夫铭说："我确信你有那种感觉，但我们实际上什么也不知道。你深信自己当时身陷险境，但那只不过是一种假设。雷根判断它是一架气象飞机，也只是另一种假设罢了。"

谢顿顽固地说："我无法相信这是一件全然单纯的事件。"

"好吧，那么，"夫铭说，"就让我们假设最糟的情况——那架飞机的确是来找你的。不论是谁派它来的，他又怎么知道能在那里找到你？"

铎丝突然插嘴："我问过雷根博士，在他宣布这次气象任务的时候，有没有提到哈里会跟那个小组一起上去。照常理说，他没有理由那样做，而他也否认了。他对这个问题还十分惊讶，我相信他说的是真话。"

夫铭语重心长地说："别太轻易就相信他。无论如何，难道他不会否认吗？问问你自己，他当初为何要准许谢顿与他同行。我们知道他原本反对，不过并未经过什么激辩，他的态度就软化了。在我的感觉中，那似乎不太像雷根的个性。"

铎丝皱了皱眉头，然后说："我想你这样说，的确让人比较相信整个事件真是他的阴谋。或许他允许哈里同行，只是为了使他成为容易得手的猎物；他可能是奉命行事。我们还可以进一步推论，是他怂恿那位年轻实习生，克劳吉雅，去吸引哈里的注意，引他远离众人，把他孤立起来。这就能解释当他们准备下来时，雷根对哈里的失踪为何毫不关心。他坚持哈里早已离去，因为这件事本来就是他安排的，他已经仔细告诉哈里，教他如何搭升降机自行下来。这也能解释他为何不愿再回去找他，因为他不想浪费时间，去寻找一个他认为根本找不到的人。"

一直在细心倾听的夫铭，此时说道："你对他做出一个很有意思的指控，但我们同样不该轻易接受。毕竟，最后他的确跟你到上方去了。”

“因为我们侦测到脚步，首席地震学家是见证人。”

“嗯，发现谢顿时，雷根是否显得震惊和讶异？我的意思是，超过了正常的反应——发觉到由于他自己的疏忽，而将某人置于险境之后的反应。雷根是否表现得仿佛谢顿不该在那里？是否显得好像在问自己，他们怎么没有把他抓走？”

铎丝仔细想了想，然后说：“他看到哈里躺在那里，显然十分震惊。但我无法判断除了对当时情况自然而然的恐惧，他还有没有任何其他感觉。”

“没错，我也认为你办不到。”

当两人一来一往时，谢顿一直目不转睛地专心倾听。现在他却突然说：“我认为不是雷根。”

夫铭将注意力转移到谢顿身上。“你为何这么说？”

“理由之一，正如你提到的，最初他显然不愿让我同行。我们争论了一整天，我想他最后会改变主意，只因为在他的印象中，我是个聪明的数学家，能对他的气象理论有所帮助。我十分渴望到上面去，假使他奉命务必将我带到上方，大可不必表现得如此勉强。”

“他接受你只是为了你的数学吗，这个假设是否合理？他有没有和你讨论过数学？有没有试图向你解释他的理论？”

“没有，”谢顿说，“他没有。不过，他的确说过等一下再讨论这种话。问题是，后来他将全副心神放在那些仪器上。我猜是因为他预期该有阳光，结果阳光并未出现，于是他指望是仪器出了毛病。可是它们的运作显然完全正常，这令他十分沮丧。我想这是个意料之外的发展，这件事不但惹毛了他，也让他的注意力从我身上移开。至于克劳吉雅，那个曾吸引我几分钟注意的年轻女子，当我回顾当时的情景时，并未感到她曾故意将我引开原地。采取主动的是我；我对上方的植物产生了好奇心，是我将她带走的，而并非刚好相反。雷根非但没有怂恿她那么做，而且在他们还看得见我的时候，他就把她叫了回去。后来完全是我自己愈走愈远，最后终于从他们的视线中消失。”

“然而，”夫铭似乎打定主意反对每项提议，“假如那架飞机是来找你的，机上人员必定知道你会在那里。假如情报并非来自雷根，他们又是怎么知道的？”

“我怀疑的人，”谢顿说，“是一位名叫李松·阮达的年轻心理学家。”

“阮达？”铎丝说，“我无法相信。我了解这个人，他绝不会为大帝工作，他是彻头彻尾的反帝人士。”

“他可能是装的。”谢顿说，“事实上，若想掩饰自己是帝国特务这项事实，他就必须公开地、强烈地、偏激地表现出反帝主张。”

“但他正好不像那样。”铎丝说，“他一点也不强烈，一点也不偏激。他这个人和蔼可亲，总是以温和的，近乎羞怯的方式表达自己的观点。我确信这些都丝毫不假。”

“然而，铎丝，”谢顿一本正经地说，“是他首先告诉我那个气象计划，是他力劝我到上方去，是他说服雷根准我加入，还特别夸大我的数学功力。这就不得不令人怀疑，他为何那么渴望让我上那儿去，为何如此尽心尽力。”

“或许是为你好吧。他对你有好感，哈里，他一定是认为气象学对心理史学可能有所助益。这难道不可能吗？”

夫铭以平静的口吻说：“我们来考虑另一个可能性。在阮达告诉你那个气象计划之后，以及你真正前往上方之前，这中间有好长一段时间。假如阮达和任何秘密活动毫无牵连，他就没有特别理由要对这件事保密。假使他是个友善外向、喜爱社交的人——”

“他就是这样。”铎丝说。

“——那么，他很有可能对许多朋友提到这件事。这样的话，我们根本无从判断告密者是谁。事实上——我只是提出另一个可能性——假如阮达的确是个反帝人士，也不一定就代表他绝对不是特务。我们必须探讨：他是谁的特务？他替什么人工作？”

谢顿很惊讶。“除了帝国，除了丹莫刺尔，他还能替谁工作？”

夫铭举起一只手来。“谢顿，你对川陀政治的复杂性一点都不了解。”他又转向铎丝说，“再告诉我一遍，雷根博士认为那架气象飞机最可能来自哪四个区？”

“海斯特娄尼亚、卫荷、齐勾瑞斯，以及北达米亚诺。”

“你并未以任何引导的方式发问？你并未问他某一区是不是有可能？”

“没有，绝对没有。我只是问他，能不能推测那架喷射直升机来自何方。”

“而你，”夫铭转向谢顿，“或许看到那架喷射直升机上有某种标志，某种徽章？”

谢顿本想强烈反驳，想说由于云层遮掩，他几乎看不见那架飞机，想说它只是偶尔短暂现身，想说他自己并未寻找什么标志，而只想到逃命——不过他都忍住了。不用说，这些夫铭全部知道。

于是，他只是简单答道：“只怕没有。”

铎丝说：“假如那架喷射直升机负有绑架任务，难道不会把徽章遮起来吗？”

“这是个理性的假设，”夫铭说，“而且很有可能是事实，不过在这个银河系，理性不一定总是胜利者。无论如何，既然谢顿似乎未曾注意那架飞机的任何细节，我们如今只能做些推测。而我所想到的是：卫荷。”

“为何？”谢顿重复那两个音，“不论飞机上是些什么人，我猜他们想要抓我的原因，是为了我所拥有的心理史学知识。”

“不，不。”夫铭举起右手食指，像是在教训一个年轻学生。“保卫的卫，电荷的荷，它是川陀一个区的名字。这是一个很特别的行政区，三千多年来，它一直被同一个世系的区长统治。那是个连续的世系，是个单一的朝代。曾有一段时间，大约五百年前，帝国有两位皇帝和一位女皇出自卫荷世族。那是一段相当短的时期，而这几位统治者都不怎么杰出，也没有什么特殊的功绩，但是历代卫荷区长都没忘记这段称帝的过去。

“对于取他们而代之的皇族，他们并无积极的不忠行动，却也从未听说他们如何主动为那些世族效命。在偶尔发生的内战时期，他们一律保持某种中立的立场，采取的行动则似乎经过详细计算，目的在于尽量延长战事，并让情势演变得似乎必须求助卫荷，才能获取一个折衷之道。这种计谋从未得逞，但他们也从未放弃尝试。

“目前的卫荷区长特别精明能干。他已经老了，可是野心尚未冷却。假如克里昂有什么三长两短，即使是自然死亡，那位区长也有机会赶走克里昂的亲生幼子，自己来继任皇位。对于一位具有皇室传统的逐鹿者，银河黎民总会稍有偏爱。

“因此之故，假如卫荷区长听说过你，或许便会想到可善加利用，让你成为替他们那个世族宣传的科学预言家。既然卫荷早已觊觎皇位，他们会试图以简便的手法结束克里昂，再利用你来预测卫荷乃是不二的继位者，能带来千年的和平与繁荣。当然，一旦卫荷区长登上皇位，再也不必利用你时，你就很可能被埋在克里昂旁边。”

随之而来的一段阴郁沉默最后被谢顿打破，他说：“可是我们并不确定，想抓我的就是这个卫荷区长。”

“没错，我们不确定。此时此刻，我们也不确定究竟是否有人想抓你。毕竟，那架喷射直升机仍有可能如雷根所言，只是一架普通的气象试验飞机。话说回来，随着有关心理史学与其潜力的消息愈传愈广——这是一定的事——越来越多川陀上的强权，甚至其他世界的野心家，都会想要好好利用你。”

“那么，”铎丝说，“我们该怎么办？”

“这的确是个问题。”夫铭沉思了一会儿，然后说，“也许来到这里是个错误。对一位教授而言，选择一所大学藏身实在太有可能。大学虽然为数众多，斯璀璘却是最大、最自由的几所之一。所以要不了多久，各处的触须就会悄悄摸索过来。我想谢顿应该尽快——或许就是今天——换到另一个较佳的藏匿地点。只是……”

“只是？”谢顿问。

“只是我也不知道该去哪里。”

谢顿说：“从电脑屏幕上叫出地名目录，然后随机选取一处。”

“当然不行。”夫铭说，“那样做的话，我们会刚好有一半的机会，找到一个安全值低于平均值的地方。不，必须客观推论出来才行——总有办法的。”

32

午餐之前，他们三人一直挤在谢顿的房间。在此期间，谢顿与铎丝偶尔轻声闲聊些毫不相关的话题。但夫铭却几乎维持着完全的静默，他坐得笔直，吃得很少，而他严肃的表情（使他看来比实际年龄更老些，谢顿心想）则始终保持着沉静与内敛。

谢顿暗自猜想，他一定是在心中检视川陀辽阔的地理，试图寻找一个理想的角落。毫无疑问，这不是一件简单的事。

谢顿的故乡赫利肯比川陀大了百分之一二，而且海洋面积较小。因此，赫利肯的陆表或许多过川陀百分之十。不过赫利肯人口稀疏，表面仅有零星分布的一些城市，而川陀则是整个星球构成的大都会。赫利肯总共划分为二十个行政区，川陀的行政区则超过八百，而且这八百多个区又各自细分成许多复杂的单位。

最后，谢顿带着几分绝望说："夫铭，也许最好的办法，是在那些觊觎我的角逐者中，找一个最接近善类的，然后把我交给他，仰仗他来保护我，以及我所掌握的任何能力。"

夫铭抬起头来，以极严肃的口吻说："没这个必要。我知道哪个角逐者最接近善类，而你已经在他手中。"

谢顿微微一笑。"你将自己和卫荷区长，以及统治整个银河的皇帝等量齐观吗？"

"就地位而言，当然不行。但是论及想要控制你的渴望，我足以和他们匹敌。然而他们，以及我所能想到的其他任何人，这些人想要你的目的，是为了增加他们自己的财富和势力；而我却毫无野心，只为整个银河的福祉着想。”

“我猜想，”谢顿以平板的语气说，“你的每一位竞争者——如果有人问起——都会坚持他心中也只有银河的福祉。”

“我确信他们会这么回答。”夫铭说，“可是目前为止，套用你的称呼，在我的竞争者之中，你唯一见过的是那位皇帝。他对你有兴趣，是希望你提出一个有助于稳定其皇朝的虚构预测。而我并未要求你做任何类似的事。我只要求你将心理史学的技术发展完备，以便做出具有数学根据的预测，哪怕本质上只是统计性的。”

“这倒是实话，至少目前为止。”谢顿似笑非笑地说。

“因此之故，我或许该问一问：这项工作你进行得如何？可有任何进展？”

谢顿不知道该大笑还是大怒。顿了一会儿之后，他放弃了这两种选择，只是勉力以冷静的口吻说：“进展？在不到两个月之内？夫铭，这种事很可能会花上我一辈子的时间，还要赔上十几代后继者的一生——即使如此仍一无所获。”

“我并不是指拍板定案的正确解答，甚至不是指出现什么曙光。你曾经好多次断然地说，实用的心理史学是可能却不可行的。我所问的是，有没有出现将它变成可行的任何希望？”

“坦白说，没有。”

铎丝说：“对不起，我不是数学家，所以希望我的问题不会太蠢。你怎么能知道某样事物既有可能又不可行？我曾经听你说过，理论上而言，你也许能亲自拜访帝国的每一个人，和每一个人打招呼，但是这项壮举实际上却不可行，因为你的寿命不可能那么长。可是，你又怎么知道心理史学也是属于这种范畴的事物？”

谢顿带着几分不可置信望着铎丝。“你想要我解释这点？”

“是的。”她使劲点头，牵动了满头鬈发。

“事实上，”夫铭说，“我也想听听。”

“不用数学？”谢顿带着一丝笑意说。

“拜托。”夫铭说。

“好吧——”他沉默了一下，寻思一个适当的表达方式，然后他说，“如果你想要了解宇宙的某个层面，那么最好将问题尽量简化，让它仅仅包含与该层面息息相关的性质及特征。假如你想研究一个物体如何落下，你不必关心它是新还是旧，是红还是绿，或者是否具有某种气味。你忽略掉这些性质，避免掉不必要的复杂。这种简化可称为模型或模拟，你可以把它实际展现在电脑屏幕上，或是用数学关系式来描述。如果你考虑原始的非相对论性重力理论……”

铎丝立刻抗议：“你答应不提到数学的。别企图用‘原始’这个称呼来偷渡。”

“不，不。我所谓的‘原始’，是指有史以来便已存在，就像轮子或火的发明一样，它的发现早已湮没在远古迷雾中。无论如何，这种重力理论的方程式，蕴涵了对行星系、双星系、潮汐现象，以及其他许多事物的描述。利用这种方程式，我们能建立一个图像模拟，而在二维屏幕上表现行星环绕恒星，或是两颗恒星互绕的模式；甚至可在三维全息像中，建立更加复杂的系统。比起研究该现象本身，这种简化的模拟使我们更加容易掌握那些现象。事实上，若是没有重力方程式，我们对于行星运动的知识，以及一般天体力学的知识，都将变得既贫乏又浅薄。

“且说，当你希望对某个现象了解得更多，或是某个现象变得更复杂时，你就需要更精致的方程式，以及更详细的电脑程序。最后，你会得到一个越来越难掌握的电脑化模拟。”

“你不能为一个模拟再建立模拟吗？”夫铭问道，“这样你就会再简化一级。”

“这样的话，你就得忽略该现象的某些特征，而它却正是你想要涵盖的，如此你的模拟将变得毫无用处。所谓的‘最简模拟’——也就是说，最简化的可行模拟——其复杂度的累增会比被模拟的对象更迅速，到最后模拟终将和现象本身并驾齐驱。因此，早在数千年前，就有人证明出宇宙整体，包括全部的复杂度，无法用比它更小的任何模拟来表现。

“换句话说，除非你研究整个宇宙，否则无法获得宇宙整体的任何图像。此外也有人证明，倘若企图以模拟取代宇宙的一小部分，再用另一个模拟取代另一小部分，其他依此类推，然后打算把这些模拟放在一起，形成宇宙的整体图像，你将发现这种部分模拟共有无限多个。因此你需要无限长的时间，才能了解整个宇宙，这正是不可能获得宇宙全部知识的另一种说法。”

“目前为止，我都了解。”铎丝的声音带着一点惊讶。

“好的，此外，我们知道某些相当简单的事物是很容易模拟的，而当事物越来越复杂时，模拟就变得越来越难，最后终于变得绝无可能。但是究竟在何等复杂度之下，模拟就变得没有可能呢？嗯，我利用上个世纪才发明的数学技巧——目前即使动用巨大的超高速电脑，这种技巧也几乎没什么用，但我利用这种技巧，证明出我们的银河社会在临界点这一边。换言之，它的确可用比本身更简单的模拟来表现。我还进一步证明，这将导致一种预测未来的能力。它是统计性的，也就是说，我算出的是各组可能事件的几率，而并非断定哪一组会发生。”

“这样一来，”夫铭说，“既然你的确能有效地模拟银河社会，剩下的问题只是如何进行而已。为什么实际上又不可行呢？”

“我所证明的，只是并不需要无限长的时间来了解银河社会，不过若是得花上十亿年，它仍然是不可行的。对我们而言，这和无限长的时间并没有分别。”

“真要花那么久的时间吗？十亿年？”

“我还无法算出需要多少时间，但是我有一种强烈的感觉，觉得至少需要十亿年之久，所以我才会提出这个数目。”

“但你并非真的知道。”

“我正试图把它算出来。”

“没有成功？”

“没有成功。”

“大学图书馆没有帮助吗？”夫铭一面问，一面向铎丝望了一眼。

谢顿缓缓摇了摇头。“一点也没有。”

“铎丝帮不上忙吗？”

铎丝叹了一口气。“契特，我对这个题目一窍不通，只能建议寻找的方向而已。假如哈里试过之后一无所获，那我就无能为力了。”

夫铭站了起来。“这样的话，留在这所大学就没什么大用，我必须想个别的地方安置你。”

谢顿伸出手，按住夫铭的袖子。“然而，我却有个想法。”

夫铭微微眯起双眼盯着他，这种表情足以掩饰惊讶——或是怀疑。“你是何时想到的？刚才吗？”

“不，早在我去上方之前，它就在我脑中萦绕好几天了。那个小变故暂时把它压了下去，不过你一问起图书馆，我马上想了起来。”

夫铭重新坐下。“把你的想法告诉我——除非它从头到尾都是数学产物。”

“完全没有数学。只不过是当我在图书馆研读历史时，突然想到银河社会过去并没有那么复杂。一万两千年前，帝国正要建立的时候，银河系仅仅包含大约一千万个住人世界。两万年之前，前帝国时代的众王国总共只有一万个世界左右。而在更早更早以前，谁知道人类社会缩成什么样子？甚至也许只有一个世界，夫铭，正如你自己提到的那个传说所描述的。”

夫铭说：“而你认为，假如你研究一个简单得多的银河社会，就有可能发展出心理史学？”

“是的，我觉得应该有这个可能。”

“这样的话，”铎丝突然以热切的口吻说，“假设你针对过去一个较小的社会，发展出心理史学；假设你能根据对前帝国时代的研究，预测出帝国形成一千年后的种种——你马上可以核对当时的实际情形，看看你距离正确目标还有多远。”

夫铭冷冷地说：“既然你能事先知道银河纪元一千年的情形，这就不算是个客观的测验。你会不自觉地受到既有知识的左右，于是你为方程式所选取的参数，一定会是那些能给你正确答案的数值。”

“我倒不这么想。”铎丝说，“我们对银纪一千年的情况并不很清楚，必须深入探讨才行。毕竟，那是一万一千年以前。”

谢顿现出惶惑的表情。“你说我们对银纪一千年的情况不很清楚，这究竟是什么意思？当时已经有电脑了，对不对，铎丝？”

“当然。”

“还有记忆储存单元以及视听记录？我们应该还保有银纪一千年的所有记录，就像我们拥有今年——银纪12020年的记录一样。”

“理论上没错，可是实际的情形——嗯，你瞧，哈里，这正是你常挂在嘴边的。想要保有银纪一千年的一切记录，是有可能但却不切实际的。”

“没错，可是铎丝，我常挂在嘴边的是数学论证。我看不出如何适用于历史记录。”

铎丝以辩护的口吻说：“哈里，记录不会永久留存的。记忆库会由于战乱而毁坏或损伤，甚至只因为时日久远而腐朽。任何的记忆位元，任何的记录，如果很长一段时间未被引用，最后就会淹没在不断积累的杂讯中。据说在帝国图书馆，整整三分之一的记录已不知所云，不过，当然，援例是不得移走那些记录的。其他图书馆没有那么多传统的包袱，在斯璀璘大学的图书馆，我们每隔十年就清除一次无用的资料。

“自然，经常被引用，以及经常在各个世界、各个政府或私人图书馆被复制的记录，几千年后依然清晰可辨。因此银河历史的许多重大事件，即使发生在前帝国时代，至今仍旧家喻户晓。然而，你愈是向前回溯，保存的资料就愈少。”

“我无法相信。”谢顿说，“我以为任何记录在濒临损毁时，都会即时重制一份副本。你怎能任由知识消失呢？”

“没人要的知识就是没用的知识。”铎丝说，“为了不断维新无人使用的资料，你能想象需要消耗多少时间、精力和能量吗？这种浪费会随着时日久远而越来越严重。”

“不用说，你总该考虑到一件事实：某一天，某个人可能会需要那些被随便丢弃了的资料。”

“对某个特定项目的需求，可能一千年才有一次。仅仅为了预防这种需求而保存它，绝不是一件划算的事。即使在科学领域也不例外。你刚才提到重力的原始方程式，说它之所以‘原始’，是因为它的发现遗失在远古迷雾中。为什么会这样呢？你们数学家和科学家为何不保存所有的数据、所有的资料，为何不能远溯到发现那些方程式的迷雾般原始时代？”

谢顿哼了一声，并未试图回答这个问题。他说：“好啦，夫铭，我的想法差不多就是这样。当我们回溯过去，社会变得越来越小的时候，实用的心理史学就变得越来越有可能。可是，相关知识却比社会规模缩减得更迅速，这又使得心理史学越来越没可能——而后者的效应超越了前者。”

“对了，有个麦曲生区。”铎丝若有所思地说。

夫铭迅速抬起头来。“没错，那里是安置谢顿最理想的地方。我自己应该想到的。”

“麦曲生区？”谢顿的目光扫过另外两人，“麦曲生区在哪里，又是个什么地方？”

“哈里，拜托，我等一下会告诉你。现在我需要做些准备，你今晚就要动身。”

33

铎丝曾经力劝谢顿小睡片刻。他们准备于照明熄灭与开启之间、大学里其他人都熟睡之际，在“夜色”的掩护下离去。她坚持动身前他还可以稍事休息。

“而让你再睡地板？”谢顿问道。

她耸了耸肩。“这张床只能容纳一个人，假如我俩硬要挤在一起，谁都没法睡好。”

他以渴望的目光望了她一会儿。“那么这次换我睡地板吧。”

“不，不行，在冰珠中不省人事的可不是我。”

结果两个人都没有睡。虽然他们将室内照明调暗，虽然在相当安静的校园中，川陀永不止息的嗡嗡声成了催眠曲，谢顿却觉得必须讲几句话。

他说：“铎丝，我来到这所大学后，为你添了这么多麻烦，甚至让你无法工作。话说回来，如今不得不离开你，我还是感到很遗憾。”

铎丝说：“你不会离开我，我跟你一块走。夫铭正在帮我安排一次长假。”

谢顿惊慌地说：“我不能要求你那样做。”

“你没有，是夫铭要求的，而我必须保护你。毕竟，上方的意外我未能尽到责任，应该弥补一下。”

“我跟你说过，请别为那件事感到内疚。然而，我必须承认，有你在身边我会感到自在许多。只要我能确定，我不会干扰你的生活……”

铎丝柔声说道：“哈里，你没有，拜托去睡会儿吧。”

谢顿静默了一阵子，然后悄声道：“铎丝，你确定夫铭真能安排一切吗？”

铎丝说：“他是个了不起的人。他在各处都有影响力，在这所大学也不例外，我这么想。他要是说能为我安排一次无限期的长假，我就确信他能做到。他是最有说服力的人。”

“我知道。”谢顿说，“有时我不禁怀疑，他究竟想从我身上得到什么？”

“就是他所说的，”铎丝道，“他是个怀抱着强烈而完美的理想和梦想的人。”

“听来好像你十分了解他，铎丝。”

“喔，对，我十分了解他。”

“亲密吗？”

铎丝发出一下怪声。“我不确定你在暗示什么，哈里，可是，姑且假设是最无礼的那种意思——不，我对他的了解并不亲密。无论如何，这又关你什么事？”

“我道歉。”谢顿说，“我只是不想，无意之间，侵犯到别人的……”

“财产？那更是无礼之至。我认为你最好还是睡觉吧。”

“铎丝，我再度道歉。可是我无法入睡，至少容我改变一下话题。你还没有解释麦曲生区是什么样的地方，为什么我适合到那里去？它像什么样子？”

“它是个小区，人口大约只有两百万——如果我没记错的话。重要的是，麦曲生人紧守着一套与早期历史有关的传统，而且想必拥有非常古老的记录，那是任何外人都无法取得的。既然你企图检视前帝国时代的历史，他们可能比正统历史学家对你更有帮助。在我们谈论那些早期历史问题时，我突然想到了这个区。”

“你曾经看过他们的记录吗？”

“没有，我不知道有谁看过。”

“那么，你能确定那些记录真的存在吗？”

“其实，我也不敢说。在许多外人心目中，他们只是一群狂妄之徒，不过这也许相当不公平。他们确实声称拥有那些记录，所以或许是真的。无论如何，我们在那里不会受到任何注意。麦曲生人绝对不跟外人来往——现在请你务必睡会儿吧。”

这回谢顿总算睡着了。

34

哈里·谢顿与铎丝·凡纳比里在0300时离开大学校园。谢顿明白必须让铎丝领头，因为她比他更熟悉川陀——有着两年的落差。她显然是夫铭的一位密友（有多亲密？这个问题一直在他脑际回响），而且她能了解他的指示。

她与谢顿都套上一件附有贴身兜帽、随风摇曳的轻质斗篷。几年前，这种款式的服装曾在这所大学（以及一般年轻知识分子间）流行过一小段时间。虽然如今也许会引人发笑，但它至少有一项优点，那就是能将他们遮掩得很好，让他们不会被认出来——至少匆匆一瞥之下不会。

先前夫铭曾说："谢顿，上方那件事有可能是百分之百的单纯事件，根本没有特务想抓你，不过我们还是要做最坏的打算。"

谢顿巴望地问道："你不跟我们一块走吗？"

"我很想这么做。"夫铭说，"可是，为了避免自己成为目标，我一定不能离开工作岗位太久。你了解吗？"

谢顿叹了一声，他的确了解。

他们上了一辆捷运，并在尽量远离车厢里的几名乘客处找了一个座位。谢顿不禁纳闷，清晨三点的时候，捷运中为何还会有人。然后才想到这是他们的运气，否则他与铎丝就实在太显眼了。

当绵延不绝的捷运车厢，沿着绵延不绝的单轨，在绵延不绝的电磁场上前进时，谢顿开始观赏同样绵延不绝、像接受检阅般通过窗外的风景。

捷运经过一排又一排的居住单位，其中非常高的只占极少数，但是他也知道，有些却相当深入地底。然而，既然二亿平方公里形成一个都会化整体，即使人口高达四百亿之众，也不会需要非常高的建筑，或是住得非常紧密。他们的确也曾通过空旷地区，其中大部分似乎都种有农作物，不过某些显然像是公园。此外还有许多建筑，他根本猜不到用途。工厂吗？办公大厦吗？谁知道呢？有个巨大而毫无特色的圆柱体，他认为好像是储水槽。无论如何，川陀必须有清水供应系统。他们是否将雨水从上方引下来，加以过滤消毒，然后储存起来？这似乎是他们唯一的办法。

不过，谢顿没有太长的时间来研究这些景物。

铎丝突然低声说："我们该下车的地方快到了。"她站了起来，强有力的手指紧紧抓住他的臂膀。

不久他们便下了捷运，重新站在坚实的地板上，铎丝开始研究方向指示标志。

那些标志毫不起眼，而且为数众多，谢顿的心不禁一沉。其中大多数是图形符号与缩写，川陀本地人一定都能了解，但是对他而言却完全陌生。

"这边走。"铎丝说。

"哪边走？你怎么知道？"

"看到那个吗？两只翅膀加一个箭头。"

"两只翅膀？喔。"他本以为那是一个写得又宽又扁的字母，不过现在看来，还真有点像符号化的一对鸟翼。

"他们为什么不用文字？"他绷着脸问。

"因为文字在各个世界不尽相同。这里所谓的'喷射机'，在锡纳或许是‘飞翔机’，在其他一些世界却是‘雷霆机’。而两只翅膀加一个箭头，则是代表飞行器的银河标准符号，任何地方的人都看得懂——你们在赫利肯不用这些符号吗？”

“不多。就文化而言，赫利肯是个相当同质化的世界。我们倾向于紧守自己的行事方式，因为近邻的强势文化令我们有危机感。”

“想到了吗？”铎丝说，“这就是你的心理史学可能派上用场的地方。你可以证明，虽然银河中有许多不同的方言，使用固定的符号仍是一种团结力量。”

“这没什么帮助。”他跟着她穿过空旷而阴暗的巷道，一部分心思在嘀咕川陀的犯罪率有多高，而这里是否属于高犯罪率地区。“你可以找出十亿条规则，每条涵盖一个单一现象，却无法从中导出一般性的通则。这就是所谓的一个系统只能用和它本身同样复杂的模型来解释——铎丝，我们要去搭喷射机吗？”

她停了下来，转身望向他，皱着眉头露出苦笑。“既然我们沿着喷射机的符号前进，你以为我们要去高尔夫球场吗？你是不是像许多川陀人一样，对喷射机感到恐惧？”

“不，不。我们在赫利肯总是飞来飞去，我自己也常搭喷射机。只不过当夫铭带我到斯璀璘大学时，他刻意避免商业空中交通，认为那会使我们留下太明显的行迹。”

“哈里，那是因为当初他们知道你在哪里，而且已经在跟踪你。如今，或许他们并不知道你的行踪。何况我们将使用一座偏僻的机场，以及一架私人喷射机。”

“由谁来驾驶呢？”

“夫铭的一位朋友吧，我猜。”

“你认为能信任他吗？”

“只要他是夫铭的朋友，当然就信得过。”

“你确实对夫铭推崇备至。”谢顿十分不以为然地说。

“这是有理由的。”铎丝毫无腼腆之色，“他是最棒的。”

谢顿心中的不服并未因此减轻。

“喷射机就在前面。”她说。

那是一架小型飞机，有着一对奇形怪状的机翼。一个身材矮小的人站在旁边，穿着一身令人眼花撩乱的川陀流行色彩。

铎丝说：“我们是心理。”

那位驾驶员说：“那么我是史学。”

他们跟他上了喷射机，谢顿说：“这组口令是谁的点子？”

“夫铭的。”铎丝说。

谢顿哼了一声。“我一直不晓得夫铭还会有幽默感，他是那么严肃的人。”

铎丝微笑不语。

第八章

日 主

日主十四：……古川陀麦曲生区的一位领袖……与这个故步自封地区的其他领袖一样，其生平事迹鲜为人知。他在历史上得以稍占一席之地，全是由于他与“逃亡期”的哈里·谢顿有着千丝万缕的关系……

——《银河百科全书》

35

小型的驾驶舱后面只有两个座位。当谢顿坐下来，椅垫缓缓下陷之后，突然出现一团网状物，将他的双腿、腰际、胸部紧紧缠住，此外还有一个头罩套住他的前额与耳朵。他觉得像是被五花大绑，而当他勉强转头向左望去——只转动了很小的角度——他能看到铎丝也处于相同的处境。

驾驶员就位之后，开始检查控制面板。然后他说："我是恩多·列凡尼亚，在此为你们服务。你们现在被紧紧网住，是因为起飞时将有可观的加速度。一旦我们到达露天空间，开始正常飞行，你们就会恢复自由。两位的名字不必告诉我，那不关我的事。"

他在座位上转过头来，对两位旅客微微一笑。当他的嘴角向外撇时，丑怪的脸孔皱成一团。"年轻人，有任何心理上的障碍吗？"

铎丝轻描淡写地说："我是外星人士，我飞惯了。"

"我也一样。"谢顿带着一丝高傲答道。

"好极了，年轻人。当然，这不是你们常见的喷射机，你们或许也没有夜间飞行经验，但我会指望你们支持得住。"

他自己同样被网住，不过谢顿看得出他的双臂仍活动自如。

从喷射机内部传出一阵单调的嗡嗡声，强度与音调都越来越高。虽然并未真正变得刺耳，却也逐渐接近刺耳的边缘。谢顿做了一个动作，仿佛想要摇摇头，将耳朵里的噪音甩出来，但他的努力似乎只让头罩箍得更紧。

然后喷射机便弹入空中（谢顿只能想到用“弹”这个动词来描述），他发觉自己被一股大力压向坐垫与椅背。

透过驾驶员面前的挡风玻璃，谢顿看到有一面墙陡然升起，令他冒出一身冷汗。接着那面墙上出现一个圆形洞口，类似当日他与夫铭离开皇区时，驾着出租飞车冲进去的那个小洞。不过，这个洞口虽然足以容纳喷射机的机身，却绝对没有为机翼留下任何余地。

谢顿尽可能将头转向右方，刚好及时看到右侧机翼正在收缩折叠。

喷射机冲进洞口之后，立刻被电磁场攫获，开始沿着一条明亮的隧道向前疾驶。加速度始终维持定值，但偶尔会传来“咔嗒咔嗒”的噪音，谢顿猜想可能是机身经过各个磁体时造成的。

不到十分钟，这架喷射机便被隧道“喷”入大气层，迅疾冲进突然变成一片黑暗的夜空。

喷射机在离开电磁场后开始减速，谢顿感到整个身子顶住安全网，粘在那里好一阵子，几乎令他无法呼吸。

最后压力终于消失，安全网也一下子不见了。

“年轻人，你们还好吗？”驾驶员快活的声音传了过来。

“我不确定。”谢顿说完，又转向铎丝问道，“你还好吗？”

“当然。”她答道，“我想列凡尼亚先生是故意在考验我们，看看我们是否真是外星人士。是不是这样，列凡尼亚先生？”

“有些人喜欢刺激。”列凡尼亚说，“你们呢？”

“要有限度。”铎丝答道。

谢顿随即附和：“任何理智的人都会承认这一点。”

接着，谢顿继续说：“万一你把机翼折断了，阁下，似乎就没那么好玩了。”

“阁下，不可能的。我告诉过你，这不是你们常见的喷射机。它的机翼完全电脑化，会随时改变长度、宽度、曲率和整体形状，来配合喷射机的速率、风速风向、气温，以及其他五六种变数。除非喷射机处于足以粉碎机身的应力之下，否则机翼绝不会单独折断。”

谢顿的窗口忽然一阵哗啦哗啦，于是他说：“外面在下雨。”

“经常如此。”驾驶员说。

谢顿向窗外望去。在赫利肯或是其他任何世界，一定都能看到光线——人工照明。唯独在川陀，下面将是一片漆黑。

——嗯，并不尽然。在某一处，他看见一个闪烁的信号灯光。或许，上方的高处都装有警示灯。

如同往常一样，铎丝察觉到谢顿的不安。她拍拍他的手，说道：“哈里，我确信驾驶员知道自己在做什么。”

“我也会试着确信这一点，铎丝，但我希望他能和我们分享一些他知道的事。”谢顿故意用驾驶员听得到的音量说。

“我不介意和你们分享。”驾驶员说，“听好，我们目前正在上升，要不了多久，我们即将抵达云盖之上。那时就不会有任何雨水，我们甚至看得到星辰。”

他将这句话的时间算得准确无比，刚一说完，羽毛般的残云中便闪现几颗星星，而在他关掉机舱内的光源之后，其他星辰也都突然大放光明。此时机舱内只剩下仪表板的微弱光芒，窗外的天空则是明亮耀眼的星光。

铎丝说：“这是两年多来，我第一次看见星辰。是不是很壮观？它们是那么明亮，而且数量那么多。”

驾驶员说：“川陀比大多数外星世界更接近银河中心。”

由于赫利肯位于银河系星辰稀疏的一隅，它的星像场黯淡而毫不起眼，因此谢顿不禁目瞪口呆。

铎丝说："飞行变得多么宁静啊。"

"的确如此。"谢顿说，"列凡尼亚先生，这架喷射机用什么动力？"

"微融合发动机，以及稀薄的热气流。"

"我不知道我们已有实用的微融合喷射机。是有人在讨论，不过……"

"只有几架像这样的小型机种，目前仅在川陀可见，专供政府高级官员使用。"

谢顿说："这种旅行的费用一定很高。"

"的确非常高，阁下。"

"那么，夫铭得付多少钱？"

"这趟飞行完全免费，夫铭先生是本公司的好朋友。"

谢顿咕哝一声，然后问道："这种微融合喷射机为何不多见？"

"理由之一是太贵，阁下，现存的几架已足敷需求。"

"若能制造更大的喷射机，就能创造更多的需求。"

"或许吧，但公司始终无法强化微融合引擎，以提供大型喷射机使用。"

谢顿想起夫铭的牢骚——科技的进展已经衰退到一个低水平。"衰落。"他喃喃地说。

"什么？"铎丝问。

"没什么。"谢顿说，"我只是想起夫铭对我说的一些话。"他望着外面的繁星，又说："列凡尼亚先生，我们往西飞吗？"

"是啊，没错。你怎么知道？"

"因为我想到，如果我们往东迎向黎明，现在应该看到曙光

了。”

不过，环绕这颗行星的曙光最后还是追上他们，阳光——真正的阳光——照亮了整个舱壁。然而阳光露脸的时间并不长，喷射机很快就向下俯冲，重新钻入云层。蓝色的天空与金色的阳光随即消失，取而代之的是一片灰暗。谢顿与铎丝都发出失望的感叹，惋惜他们无法再多享受片刻的真正阳光。

等到他们沉到云层之下，上方立刻出现在他们下面，而它的表面——至少在这个地区——是一片绿色的起伏波浪，由树木茂密的凹洼与夹杂其间的草地交织而成。根据克劳吉雅的说法，上方的确存在这种景观。

然而，他仍然没有多少时间仔细观察。不久之后，下面出现一个洞口，边缘标示着“麦曲生”几个大字。

他们马上冲进去。

36

他们降落在某座喷射机场，在少见多怪的谢顿看来，这座机场似乎已被废弃。驾驶员在完成任务后，与谢顿及铎丝握了握手，便驾着喷射机一飞冲天，钻进一个专门为他打开的洞口。

然后，似乎唯有等待一途。附近有许多长椅，或许可以坐上一百人，但放眼望去却只有谢顿与铎丝·凡纳比里两个。这座机场呈长方形，四周皆围有高墙，其中一定有许多可开启的隧道，用以迎送来来往往的喷射机。但在他们搭乘的喷射机离去后，这里就一架也不剩；而在他们等候的过程中，也没有其他飞机抵达。

没有任何人到来，也没有任何人烟，连川陀从不间断的嗡嗡声都静止了。

谢顿觉得这种孤寂令人窒息，他转向铎丝说："为什么我们必须待在这里？你有任何概念吗？"

铎丝摇了摇头。"夫铭告诉我，日主十四会和我们碰头，除此之外我一无所知。"

"日主十四？那是什么东西？"

"一个人吧，我猜。单从这个名字，我无法确定是男是女。"

"好古怪的名字。"

"听者有意才会觉得古怪。有些时候，一些从未见过我的人，会误以为我是男性。"

"他们真是笨啊。"谢顿微笑着说。

"一点也不。光从我的名字判断，其实是他们有理。有人告诉我，在某些世界上，这是个很普遍的男性名字。"

"我以前从没碰到过。"

"那是因为你还不算银河旅者。'哈里'这个名字各地都很普通，不过我遇见过一位名叫'哈莉'的女性，发音和你的名字很接近，但第二个字是茉莉的'莉'。我记得在麦曲生，各个家族都有些专属的特殊名字——并且加上编号。"

"可是，拿'日主'当名字似乎太狂了。"

"自夸一点又有何妨？在我们锡纳，'铎丝'源自当地一个古老的词汇，意思是'春天的礼物'。"

"因为你是春天出生的？"

"不是，我张开眼睛时正逢锡纳的盛夏。不过家人觉得这个名字很好听，也就不管那个传统的、几乎已被遗忘的意义了。”

“既然这样，或许日主……”

一个低沉而严肃的声音说道：“外族男子，那是我的名字。”

谢顿吓了一跳，立刻朝左方望去。一辆敞篷地面车不知何时已悄然接近，它的式样古朴，外形四四方方，看来几乎像一辆货车。驾驶座上坐着一位高大的老者，他虽然上了年纪，看来仍然精力充沛。此时他走下车来，举止显得高贵而威严。

他身穿一件白色长袍，宽大的袖子在手腕处束紧。长袍下面是一双软质凉鞋，让两根拇指露在外面。虽然他的头型生得不错，却一根头发也没有。他正以一双深蓝色的眼睛，冷静地打量面前这两个人。

他说：“你好，外族男子。”

谢顿自然而然客客气气地说：“你好，阁下。”然后，由于实在感到困惑，他又问道：“你是怎么进来的？”

“从入口进来的。我进来之后入口就重新关闭，你没有留意。”

“我想我们的确没有留意。可是刚才我们不知道在等什么，其实现在还是不知道。”

“外族男子契特·夫铭通知兄弟们，将有两个外族成员前来。他嘱托我们好生照顾。”

“这么说，你认识夫铭喽。”

“没错，他帮助过我们。因为这位可敬的外族男子帮过我们，所以我们现在务必要帮他。很少有人来到麦曲生，也很少有人离去。我会负责你的安全，会为你提供住所，并确保你不受侵扰。你在这里将高枕无忧。”

铎丝低下头来。“日主十四，我们万分感激。”

日主转头望向她，带着一种不为所动的不屑神情。“我并非不懂外族习俗，”他说，“我知道在他们之间，女人大可主动开口说话，因此我并不生气。若是面对其他不大清楚内情的兄弟，我请她一定要注意。”

“哦，真的吗？”虽然日主没有生气，铎丝却显然被惹火了。

“千真万确。”日主说，“此外，当我是本支族唯一的在场者时，没有必要使用我的识别编号。称我‘日主’就足够了。现在我请两位跟我走，我们要离开这个地方。此地外族气氛太重，令我感到不自在。”

“自在是我们大家的渴望，”谢顿的音量或许稍嫌大了一点，“除非我们能得到保证，不会强迫我们放弃自我来顺应你们，否则我们不会移动半步。根据我们的习俗，女性想说话随时可以开口。既然你答应保障我们的安全，这种安全必须身心兼顾。”

日主直勾勾地凝视着谢顿。“外族年轻男子，你很大胆。你的名字？”

“我是来自赫利肯的哈里·谢顿，我的同伴是来自锡纳的铎丝·凡纳比里。”

当谢顿报出自己的姓名时，日主曾经微微欠身，但听到铎丝的名字时他却毫无动作。“我曾对外族男子夫铭发誓，我们会保障你的安全，所以在这件事情上，我将尽一己之力保护你的女伴。若是她想表现得厚颜无耻，我也会竭力帮她脱罪。可是，有一点你们一定要顺从。”

然后他带着无比的轻蔑，先指了指谢顿的头部，然后再指向铎丝。

“你是什么意思？”谢顿问道。

“你们的头部毛发。”

“怎么样？”

“绝不能让人看见。”

“你的意思是，我们得像你一样把头剃光？当然不行。”

“外族男子谢顿，我的头并不是剃的。我刚进入青春期，就接受了脱毛手术，正如所有的兄弟以及他们的女人一样。”

“如果我们讨论的是脱毛手术，那么答案就更加确定——绝对办不到。”

“外族男子，我们既不要求你们剃头，也不要求你们脱毛。我们只要求和我们相处时，遮掩起你们的头发。”

“怎么做？”

“我带来一些人皮帽，它可以紧贴你们的头颅，并附有两条带子，用来遮住眼上毛发，也就是眉毛。你们和我们在一起时，一律要戴着它。此外，外族男子谢顿，当然你还得每天刮脸——或是更勤，若有必要的话。”

“可是我们为何非这样做不可？”

“因为对我们而言，头上的毛发既淫秽又可憎。”

“不用说，你和你的同胞都该知道，在银河系所有的世界上，蓄留头部毛发是其他族人共有的习俗。”

“我们知道。而在我们族人中，那些必须偶尔和外族人打交道的，例如我自己，有时就不得不目睹毛发。我们虽能勉强忍受，但若是要一般兄弟受这种罪，却实在不公平。”

谢顿说：“很好，那么，日主——请告诉我，既然你原本有与生俱来的毛发，像我们大家一样，而且公然蓄留到青春期，又为何一定要除掉呢？是否只是习俗使然，还是背后有什么理论基础？”

这位麦曲生老者骄傲地说：“我们藉由脱毛手术，向年轻人昭示他们已长大成人。此外，藉由脱毛手术，成年人将一直记得他们是什么人，永远不会忘记其他人都只是外族人。”

他未等对方做出回应（老实说，谢顿也想不出能有什么回应），便从长袍的隐藏式套袋中掏出一把五颜六色的塑胶薄膜，并以尖锐的目光望着面前两张面孔。然后他陆续拿出两片薄膜，分别在两人脸旁比了比。

“颜色必须配合得有分寸。”他说，“没有人会傻到以为你们未戴人皮帽，但一定不能明显到令人起反感。”

最后，日主终于挑出一片递给谢顿，并示范如何将它拉成一顶帽子。

“外族男子谢顿，请你戴上。”他说，“起初你会笨手笨脚，不过你会渐渐习惯的。”

谢顿戴上人皮帽，但是当他试图向后拉，以便盖住头发的时候，人皮帽却滑掉了两次。

“从你的眉毛正上方开始。”日主的手指似乎在抽动，一副很想帮忙的样子。

谢顿强忍住笑意，问道：“你能不能帮我？”

日主后退了几步，以近乎激动的口气说：“不行，那样我会碰到你的头发。”

谢顿设法让人皮帽勾住前额，然后遵照日主的指导，拉拉这里，扯扯那里，总算将头发全部盖住。接下来，眉毛遮带倒很容易调整。铎丝从头到尾都在仔细观看，所以毫不费力就戴上了她那一顶。

“怎么脱掉呢？”谢顿问。

“你只要找到任何一端，就能轻易将它剥下来。你若把头发剪短一点，将会发觉脱戴都比较容易。”

“我宁愿多费点力气。”然后谢顿转向铎丝，压低了声音说，

“铎丝，你还是一样漂亮，不过你的脸部特征的确不见了一部分。”

“那些特征依然完好地藏在下面。”她答道，“我敢说，你会渐渐习惯没有头发的我。”

谢顿则以更小的声音说：“我不想在这里待那么久，不可能会习惯这一点。”

日主表现出明显的高傲，毫不理会两个外族人之间的低语。“请登上我的地面车，我现在就带你们进麦曲生。”

37

“坦白说，”铎丝悄声道，“我几乎无法相信自己还在川陀。”

“那么，我想你是从未见过像这样的景观？”谢顿说。

“我来到川陀只不过两年，大多时间都待在大学里，所以我不算是个环球旅客。然而，我还是去过一些地方，听说过一些风土民情。但我从未见过或听过像这样的——这样的千篇一律。”

日主稳当地驾车前进，一点也没有急着赶路。路上还有些同样类似货车的车辆，坐在驾驶座的人一律寸发不生。在光线照耀下，他们的光头闪闪发亮。

道路两旁有些朴实无华的三层楼建筑，所有的线条皆以直角相交，每一个角落都是灰色。

“死气沉沉，”铎丝夸张地说，“真是死气沉沉。”

“平等主义。”谢顿轻声说道，“据我猜想，没有一个兄弟能声称在任何方面比任何人更有特权。”

沿途的人行道上有许多行人。但是不见任何活动回廊的踪迹，附近也听不到任何捷运的声音。

铎丝说：“我猜穿灰色的是女性。”

“很难判断。”谢顿说，“长袍遮掩了一切，而且每个光头看来都一样。”

“穿灰色的总是成双成对，否则就和一个穿白色的在一起。穿白色的可以单独行走，而且日主也是一身白色。”

“你也许说对了。”谢顿提高音量说道，“日主，我感到好奇……”

“你若是好奇，就随便问吧，不过我绝无回答的义务。”

“我们似乎正在经过一个住宅区。没有任何商用建筑，或是工业区的迹象……”

“我们是个纯粹的农业社会。你从哪里来，怎么会不晓得？”

“你知道我是外星人士，”谢顿硬生生地说，“我来川陀只不过两个月。”

“够长了。”

“但你们如果是个农业社会，日主，我们怎么也没经过任何农场呢？”

“都在较低的层级。”日主简短答道。

“那么，麦曲生的这一层整个是住宅区吗？”

“还有其他几层也是。我们就是你见到的这个样子：每位兄弟和他的家人都住在同等的寓所，每个支族都住在同等的社区，大家都有同样的地面车，所有的兄弟都自己驾驶。没有任何奴仆，也没有人靠他人的劳力享清福。此外，更没有人能觉得高人一等。”

谢顿冲着铎丝扬了扬被遮起的眉毛，又说：“但是有些人穿白袍，有些则穿灰袍。”

“那是因为有些是兄弟，而有些是姐妹。”

“我们呢？”

“你是一名外族男子，一位客人。你和你的——”他顿了一下，“同伴不会受到麦曲生生活方式的任何束缚。然而，你还是得穿一件白袍，而你的同伴得穿一件灰的。你们将住在特别的客房，但它和我们的寓所一模一样。”

“众生平等似乎是个迷人的理想，可是随着人口的增加，又会发生什么情形呢？是不是将大饼切成许多小块？”

“人口绝不会增加。那样一来，我们就必须争取更多土地，周围的外族人不会允许这种事情；而若不然，我们的生活方式便会打折扣。”

“可是万一……”谢顿的话只讲了一半。

日主将他的话打断。“够了，外族男子谢顿。我提醒过你，我没有义务回答你的问题。我们的任务，我们对我们的朋友——外族男子夫铭所做的承诺，是只要你不侵犯我们的生活方式，我们便会尽力保障你的安全。我们会做到这一点，不过仅止于此。好奇心可以有，但你若是纠缠不休，我们的耐性很快会被磨光。”

他的语调透出不容对方再开口的意思，令谢顿又急又气。夫铭虽然帮了那么大的忙，却显然将重点本末倒置。

谢顿寻求的不是安全，至少不仅是安全而已。他还需要寻找线索，要是得不到，他就不能——也不会——待在此地。

38

谢顿怀着几分不悦打量他们的住所。它包含一间小而独立的厨房，以及一间小而独立的浴室。此外还有两张窄床、两个衣柜、一张桌子和两把椅子。简言之，只要两个人愿意挤一挤，一切生活所需倒也一应俱全。

“在锡纳，我们有独立的厨房和浴室。”铎丝以逆来顺受的口气说。

“我可没有。”谢顿说，“赫利肯或许是个小型世界，可是我住在一个现代化的都市，大家一律使用公共厨房和浴室——哪像这么浪费。在不得不暂时栖身旅馆的时候，有可能碰到这种情形，但如果全区都像这样，试想会有多少厨房和浴室，会造成多少重复。”

“这是平等主义的一环吧，我猜。”铎丝说，“大家的都一样。不必抢夺中意的那几间，也不必争先恐后。”

“可是也没有隐私。我并不会太介意，铎丝，但是你也许会，而我不要造成一种占你便宜的假象。我们应该跟他们说清楚，我们两人的房间一定要分开——相连但分开。”

铎丝说：“我确定不会有什么用的。此地空间至为宝贵，他们给了我们这么大的地方，我想他们自己都会为这份慷慨感到惊讶。哈里，我们就凑合一下吧。我们两人都不小了，足以应付这种状况。

我不是个害羞的闺女，你也无法让我相信你是个稚嫩的少年。”

“要不是我，你也不会到这里来。”

“那又怎么样？这是一次探险啊。”

“好吧，那么，你要选哪张床？何不选靠近浴室那张？”他坐到另一张床上，“还有一件事困扰着我。不论我们在这里待多久，我们总是外族人，不只你和我，甚至夫铭也是。我们属于其他部族，不是他们自己的支族，因此大多数的事都和我们无关——可是，大多数的事其实都和我有关。那正是我来这里的目的，我要探听一些他们才知道的事。”

“或者该说，他们自认为知道。”铎丝以历史学家的怀疑口吻说，“我了解他们拥有许多传说，理论上可远溯太初时代，但我不相信这些传说值得认真看待。”

“在我们找出这些传说之前，我们不能妄下断语。外界没有相关的记录吗？”

“据我所知并没有。这些人极端故步自封，他们墨守成规几乎到了疯狂的地步。夫铭竟然有办法打破他们的藩篱，甚至让他们接纳你我，这实在了不起——太了不起了。”

谢顿沉思了一下。“一定可以在哪里找到缺口。我居然不知道麦曲生是个农业社会，这点令日主感到惊讶——事实上是愤怒。这似乎不是他们想要保密的一件事。”

“问题是，那并非什么秘密。‘麦曲生’想必源自古文，原意为‘酵母生产者’。至少我是这么听说的，我可不是古代语言学家。总之，他们培养各式各样的微生食品，酵母菌当然不在话下，此外还有藻类、细菌、多细胞真菌等等。”

“这没什么不寻常。”谢顿说，“大多数世界都有这种微生养殖业，连我们赫利肯也有一些。”

“麦曲生却与众不同，这是他们的专长。他们使用的方法和本区的名字同样古老——秘密的肥料配方、秘密的养殖环境。谁知道还有什么？反正全是秘密。”

“故步自封。”

“极端而且彻底。结果是他们培养出丰富的蛋白质和精妙的香料，所以他们的微生食品和其他世界完全不同。他们将产量控制得相当低，因此得以卖到天价。我从来没尝过，而我确定你也没有，不过它大量出售给帝国官僚，以及其他世界的上层社会。麦曲生依赖这些出口维持稳健的经济，因此他们希望大家都知道，此地是这种珍贵食品的出产地。这一点，至少并不是秘密。”

“所以说，麦曲生一定很富有。”

“他们并不穷，但我怀疑他们追求的并非财富，而是一种保护。帝国政府会保护他们，因为没有他们的话，就不会有这些微生食品为每道菜肴加添最精妙、最浓烈的香味。这就代表说，麦曲生可以维持古怪的生活方式，并对近邻摆出高傲的姿态，虽然后者或许觉得无法忍受。”

铎丝四下望了望。“他们过着一种简朴的生活。我注意到根本没有全息电视，也没有影视书。”

“我在架子上的小橱中看到一本。”谢顿将它取下，仔细看了看标签，然后以明显的嫌恶口吻说，“一本食谱。”

铎丝伸手把它要过来，开始拨弄上面的控制键。这花了她一会儿工夫，因为键钮的设置并不算正统，不过最后她总算开启了屏幕，开始检视各页的内容。她说：“里面有些食谱，不过大部分内容似乎都是有关烹饪的哲学小品。”

她关掉这本影视书，拿在手里上下左右翻弄。“它似乎是一体成型的，我看不出如何弹出微缩书卡，再插进另一片——一本书的专用扫描机，这才叫做浪费。”

“或许他们认为，这本影视书就是大家唯一需要的。”说完，他从两床间的茶几上拿起另一样物件。“这可能是个话筒，只不过没有屏幕。”

“说不定他们认为有声音就够了。”

“怎样操作呢？”谢顿将它举起来，从不同的角度观察，“你曾见过像这样的东西吗？”

“在博物馆看过一次，但不确定是否相同。麦曲生似乎刻意要维持古风。我想，这是他们的另一个妙招，以便和周遭比例悬殊的所谓外族人区隔开来。他们的古风和古怪习俗，这么说吧，使他们变得难以被理解。这里头有一种邪门的逻辑。”

仍在玩弄那个装置的谢顿突然说：“哈！打开了，至少某样功能开启了。可是我什么也没听到。”

铎丝皱了皱眉头，拿起留在茶几上、具有毛毡衬里的一个小圆柱体，将它凑到耳边。“有声音从这里传出来，”她说，“来，试试看。”说完便将它递给谢顿。

谢顿依言照做，随即喊道：“喔！被它夹住了。”他听了一会儿，又说，“是的，它弄痛了我的耳朵。我想你能听到我……是的，这里是我们的房间……不，我不知道号码。铎丝，你对房间号码有任何概念吗？”

铎丝说：“话筒上有一组号码，也许就行。”

“也许吧。”谢顿以怀疑的口吻答道。然后，他又对着话筒说：“这个装置上的号码是6LT3648A，这样行吗？好，我在哪里可以找到如何使用这个装置，以及厨房的正确方法？你所谓‘都是通常的方法’是什么意思？这样说对我一点用也没有。听好，我是一个……一个外族人，是一位贵客。我不知道什么是通常的方法。是的，抱歉我有口音，我很高兴你听到我的声音就认出我是外族人。我的名字叫哈里·谢顿。”

等了一下之后，谢顿抬头望向铎丝，脸上露出饱受苦难的表情。“他得查查我的记录。我猜他会告诉我，说他根本找不到。喔，你找到了？太好了！这样的话，你能提供我这些资讯吗？是的，是的，是的。还有，我要怎样打电话给麦曲生外面的人？喔，那比方说，又要如何联络日主十四呢？好吧，那么他的助手，或是他的助理要怎么联络？喔——喔，谢谢你。”

他放下话筒，又花了一点力气才从耳朵上取下收听装置。关掉整个机件后，他说：“他们会找个人来告诉我们需要知道的一切细节，但他不能保证什么时候能安排好。你不能打电话到麦曲生外面去——反正这玩意不行，所以如果我们需要夫铭，也无法即时和他取得联络。而如果我想找日主十四，我得先说上一大堆废话。这也许是个平等主义的社会，可是似乎仍有例外，而我敢打赌没有人会公开承认。”

他看了看计时带。“无论如何，铎丝，我可不要阅览一本食谱，更不要阅览说教的小品。我的计时带仍然使用斯璀璘时区，所以我不知道现在是不是正式的就寝时间，不过此时此刻我也不在乎。我们大半夜都没有合眼，我想要睡一会儿。”

“我没有意见，我自己也累了。”

“谢谢。不管新的一天什么时候开始，等我们补足睡眠之后，我将要求他们安排参观微生食品养殖场。”

铎丝显得有些惊讶。“你会有兴趣？”

“并非真有兴趣，但那若是他们引以为傲的一件事，他们就该愿意谈一谈。一旦让他们有了谈话的兴致，那么，借着施展我的所有魅力，或许就能让他们也谈谈他们的传说。在我个人看来，这不失为一个高明的策略。”

“希望你会成功，”铎丝半信半疑地说，“不过我想，麦曲生人不会那么容易落入圈套。”

“我们等着瞧，”谢顿绷着脸说，“我的意思是看看我有没有那种魅力。”

39

隔天早上，谢顿再度使用通话装置。他一肚子火，原因之一则是他肚子空了。

他试图联络日主十四，不料被阻拦，对方坚持现在不可打扰日主。

“为何不可？”谢顿气冲冲地问道。

“显然，这个问题没有回答的必要。”传回一阵冰冷的声音。

“我们被带到此地，不是来当囚犯的。”谢顿以同样冰冷的声音说，“也不是来挨饿的。”

“我确定你那里有厨房，并有充足的食物。”

“没错，的确有。”谢顿说，“但我不懂如何使用厨房的设备，也不知道怎样料理这些食物。你们是生吃、油炸、水煮、烧烤……？”

“我不信你对这种事情毫无概念。”

在这段对话进行中，铎丝一直在旁边踱来踱去。此时她伸手要抢通话装置，谢顿却格开她的手，悄声说道：“如果有女人想和他说话，他会立刻切断通讯。”

然后，他对着通话装置，以更加坚定的语气说：“无论你信不信，都和我一点关系也没有。你马上派个人来这里，派一个可以改善我们目前处境的人。否则等到我联络上日主十四——我总会找到他的——你就会吃不了兜着走。”

然而，过了两小时，才终于有人来到。此时，谢顿已陷入凶暴蛮横的状态，一直试图安抚他的铎丝几乎快绝望了。

来者是一名年轻男子，他的光头生有一些斑点。若是未曾脱毛，他或许会有一头红发。

他随身带了几个锅子，好像正准备说明里面是什么，却突然露出不安的神色，慌慌张张地转身背对谢顿。“外族男子，”他显然心乱如麻，“你的人皮帽没调整好。”

谢顿的耐性达到了崩溃的临界点，他说：“我一点也不介意。”

不过铎丝赶紧说：“哈里，让我来调整一下，只是左边这里高了点。”

然后，谢顿咆哮道：“年轻人，现在你可以转身了。你叫什么名字？”

“我叫灰云五。”这位麦曲生青年一面以迟疑的口吻回答，一面转过身来谨慎地打量谢顿，“我是个新手，为你送一顿饭来。”他犹豫了一下，又说，“外族男子，这是在我自家的厨房，由我的女人准备的。”

他将那些锅子放到桌上之后，谢顿掀起其中一个锅盖，狐疑地凑过去闻了一下。然后他抬起头来，带着惊讶的神情望向铎丝。“你知道吗，闻起来真不赖。”

铎丝点了点头。“说得没错，我也能闻到。”

灰云说:“现在已经没有刚出炉那么热，在途中冷了不少。你们的厨房里一定有碗盘和刀叉吧。”

铎丝随即取出必需的餐具。在狼吞虎咽饱餐一顿之后，谢顿才觉得重新恢复文明。

铎丝明白如果让这个年轻人与一名女性独处，他一定会感到不高兴；而自己倘若和他说话，会令他更加不高兴。因此她发觉，将锅碗端进厨房清洗，理所当然成了她的工作——只要她能弄懂如何操作洗碗装置。

与此同时，谢顿问到了当地时间，立刻有些羞愧地说:“你的意思是，现在正是午夜?”

“外族男子，的确没错。”灰云说，“正因为如此，所以得花点时间才能满足你的需求。”

谢顿突然了解了日主为何不能受到打扰，又想到灰云的女人不得不半夜起床替他准备这顿饭，良心便感到阵阵不安。“我很抱歉，”他说，“我们只是外族人，不知道如何使用厨房和如何料理食物。明天早上，你能不能找个人来指导我们?”

“外族男子，我能做的最好安排，”灰云以抚慰的口吻说，“就是派两个姐妹前来。敬请原谅女性的出现所造成的不便，但这些事只有她们才清楚。”

刚从厨房走出来的铎丝（尚未想起自己在麦曲生男性社会中的身份）脱口而出道:“没关系，灰云，我们很高兴接待姐妹。”

灰云以迅速而不安的目光望了她一下，却什么也没说。

谢顿确信根据根深蒂固的传统，这个麦曲生人将拒绝承认曾经听见一名女性对他说过话，于是又重复了一遍:“没关系，灰云，我们很高兴接待姐妹。”

他的表情立时豁然开朗。“我会让她们天亮之后马上来。”

当灰云离去后，谢顿带着几分满意说：“姐妹可能正是我们需要的。”

“真的？怎么说呢，哈里？”铎丝问。

“嗯，只要我们把她们视为人类，她们一定就会十分感激，而自动说出他们的传说。”

“也得她们知道才行。”铎丝以怀疑的口吻说，“我就是不敢相信麦曲生的兄弟会好好教育他们的女人。”

40

两位姐妹大约在六小时后来到。在此之前，谢顿与铎丝又睡了一觉，希望藉此调整他们的生物时钟。

两位姐妹羞答答、近乎蹑手蹑脚地走进这间寓所。她们的长袍（原来在麦曲生的方言中，这种长袍称为“裰服”）是天鹅绒般的柔和灰色，装饰着具有精巧图案的深灰色细致滚边，每件的图案都不尽相同。这些裰服并非真的不好看，但它们遮掩人体曲线确实功效卓著。

此外，当然，她们两人也是光头，而且脸上没有任何化妆。她们看到铎丝眼角的淡蓝色眼影，以及唇边的淡红色唇膏，不禁频频投以好奇的目光。

有好一阵子，谢顿都在纳闷：如何才能确定姐妹真是姐妹呢？

为他带来答案的，是两位姐妹正式而礼貌的问候。两人的声音都是既清脆又嘹亮。谢顿依然记得日主低沉的声调，以及灰云紧张兮兮的男中音，不禁怀疑在缺乏明显性别标志的情况下，女性不得不培养出独特的声音与独特的社交礼仪。

“我叫雨点四十三，”其中一位以清脆的声音说，“这是我的妹妹。”

“雨点四十五，”另一位以嘹亮的声音答道，“我们这个支族有很多‘雨点’。”她吃吃笑了起来。

“很高兴见到你们两位。”铎丝以庄重的口吻说，“不过，我必须知道该怎么称呼你们。我不能光说‘雨点’吧？”

“不行。”雨点四十三说，“如果我们都在场，你就必须使用全名。”

谢顿说：“两位小姐，只用四十三和四十五如何？”

两人都偷偷地迅速瞥了他一眼，却未作任何回答。

铎丝柔声道：“哈里，我来和她们谈。”

于是谢顿退了几步。她们想必是单身少女，而且非常有可能，她们根本不能和男性交谈。年长的那位似乎比较严肃，或许也较为守清规。仅由几句话与一个照面，实在很难做出判断，不过他就是有这种感觉，而且愿意接受这个假设。

铎丝说：“两位姐妹，事情是这样的，我们外族人不懂如何使用这间厨房。”

“你的意思是你不会烹饪？”雨点四十三看来难以置信又不敢苟同，雨点四十五则强忍住一声大笑。谢顿因此断定，他对两人最初的评估是正确的。

铎丝说：“我也有过一间自己的厨房，不过它和这间不一样。我也不知道那些食物是什么，以及该如何料理。”

“真的相当简单，”雨点四十五说，“我们可以示范给你看。”

“我们会帮你做一顿美味营养的午餐。”雨点四十三说，“让我们替你……你们两位准备。”在补充最后半句话之前，她曾经犹豫了一下，显然需要花费一番力气，她才能承认一名男性的存在。

“你们要是不介意，”铎丝说，“我希望能和你们一起待在厨房。假如你们愿意切实解释每样事物，那我更会感激不尽。毕竟，两位姐妹，我不能指望你们每天三餐都来帮我们料理。”

“我们会一一为你示范。”雨点四十三一面说，一面生硬地点着头，“然而，外族女子学来或许不容易。你不会有……那种感觉。”

“我愿意试试看。”铎丝带着开心的笑容说。

然后她们便消失在厨房中。谢顿凝望着她们的背影，试图规划出他所打算使用的策略。

第九章

微生农场

麦曲生：……麦曲生的微生农场颇具传奇色彩，不过如今却仅保存于一些譬喻中，诸如“如同麦曲生微生农场那般丰饶”“有如麦曲生酵母那般美味”。事实上，这种赞美有与日俱增之势。但“逃亡期”的哈里·谢顿曾造访过那些微生农场，而他在回忆录中所记载的见闻，则倾向于支持这个公认的看法……

——《银河百科全书》

41

“真好吃！”谢顿爆出一声赞叹，“比灰云带来的食物好得多……”

铎丝以中肯的态度说：“你别忘了，灰云的女人得在半夜临时准备。”她顿了顿，又说，“我真希望他们会说‘妻子’。他们让‘女人’听来只像一种附属品，就像‘我的房子’或‘我的袍子’一样。这绝对是贬抑的称呼。”

“我知道，这的确令人气愤。但他们大可让‘妻子’听来也像一种附属品。这是他们的生活方式，姐妹们似乎并不在意。你我不必劝喻他们做任何改变——不管这些，你看到两位姐妹如何烹饪了吗？”

“看到了，她们让每件事看来都非常简单。我怀疑自己能否记得她们所做的一切，可是她们坚持没有这个必要，我只要会加热便能应付。我推测那些面包在烘焙过程中，曾经加入某种微生衍生物，不但让面团胀了起来，还让它带有爽脆的硬度和亲切的香味。只有一点点辛辣，你不觉得吗？”

“我无法判断，但不论加了什么，我都没吃够。还有这碗汤，你认得出里面的蔬菜吗？”

“认不出来。”

“这些肉片又是什么？你能分辨吗？”

“其实，我认为它并不是肉片，虽然它的确令我想起锡纳的羔羊肉。”

“绝不是羔羊肉。”

“我说过，我怀疑它根本不是肉类——我认为麦曲生以外的人都没吃过这样的好东西。就连皇帝也没有，我敢肯定。麦曲生卖出去的那些，我愿意打赌，全部是下等货色。他们把上好的留给自己享用。哈里，我们最好别在这里待太久。假如我们习惯了这种吃法，就再也不能适应外面那些低贱的食物。”说完她哈哈大笑。

谢顿也笑了起来。他又呷了一口果汁，那味道远比他喝过的任何果汁都醉人得多。“听我说，当夫铭带我到大学去的时候，我们曾经停在一个路边速食店，吃了一些添加浓重酵母的食物。味道好像——不，别管味道像什么，反正，当时我绝不会相信微生食品能有这种美味。我希望两位姐妹还在这里，礼貌上应该向她们致谢。”

“我想她们相当清楚我们会有什么感受。当菜肴还在加热的时候，我赞美着散发出来的绝妙香气，她们则以相当自满的口气说，其实吃起来味道会更好。”

“年纪较大的那个说的吧，我猜。”

“没错，年轻的那个只是吃吃笑。她们还会再来，会帮我带一套裰服，这样我就能跟她们出去逛街。她们讲得很明白，我若想出现在公共场所，就必须把脸上的妆洗掉。她们会告诉我哪里能买到高级的裰服，还有哪里能买到各种熟食——我需要做的只有加热而已。她们解释说，有教养的姐妹都不会那样做，一定都会从头做起。事实上，在她们为我们准备的食物中，有些也是加热一下即可，她们还特地为此道歉。不过，她们在话中透露了一项讯息，那就是无法指望外族人懂得欣赏真正的厨艺，所以只要把熟食加热就能打发我们。对了，她们似乎认为，我理所当然会负责所有采购和烹饪的工作。”

“就好像我们家乡的一句俗话：在川陀行，如川陀人。”

“是啊，我早就知道你对这件事的态度会是这样。”

“我只是个凡人。”谢顿说。

“老套的借口。”铎丝露出浅浅的微笑。

谢顿带着一种心满意足的充实感仰靠在椅背上。“铎丝，你来川陀已经两年，所以你或许了解一些我不了解的事。在你的见解中，麦曲生这种古怪的社会系统，是不是他们的‘超自然宇宙观’的一环？”

“超自然？”

“对，你会不会刚好听说过？”

“你所谓的‘超自然’是什么意思？”

“最明显的意思——相信某些实体独立于自然律之外，比如说不受能量守恒或作用量常数的限制。”

“我懂了，你是在问麦曲生是不是一个宗教性社会。”

这回轮到谢顿困惑不已。“宗教？”

“是的。这是个古老的词汇，不过我们历史学家经常使用——我们的研究充满古老的词汇。‘宗教’并不完全等同于‘超自然’，但它含有丰富的超自然成分。然而，我无法回答你这个特定的问题，因为我从未对麦曲生做过任何特别研究。话说回来，根据我在此地的一点所见所闻，以及我对古老宗教的认识，倘若麦曲生社会具有宗教本质，我也不会惊讶。”

“这样的话，如果麦曲生的传说也具有宗教本质，你会不会惊讶？”

“不会。”

“因此没有历史根据？”

“这倒不一定。传说的核心仍有可能是货真价实的历史，只不过遭到扭曲，并掺杂了超自然的成分。”

“啊。”谢顿说完之后，似乎便陷入沉思。

最后由铎丝打破沉默，她说：“你知道吗，这没什么不寻常的。许多世界都带有可观的宗教成分，而过去这几个世纪，随着帝国越来越动荡，宗教的势力也越来越强。在我自己的世界锡纳，至少有四分之一人口是三神论的信徒。”

谢顿再度察觉自己对历史的无知，因而深感痛苦与懊悔。他说：“历史上，有比如今更盛行宗教的时期吗？”

“当然有。除此之外，还不断有新生的派别冒出来。不论麦曲生拥有什么宗教，都有可能相当新颖，也或许仅局限于麦曲生一区。尚未进行深入研究之前，我不能下任何断言。”

“铎丝，可是现在我们谈到重点了。在你的见解中，女性是否比男性更具宗教倾向？”

铎丝·凡纳比里扬起双眉。“我不确定我们能否做这么简单的假设。”她稍微想了一下，“根据我的猜想，在物质世界中拥有较少本钱的成员，比较容易在你所谓的超自然论中找到慰藉，例如穷人、家世欠佳者，以及遭受压迫的人。在超自然论和宗教的交集部分，他们可能也会比较虔诚。但是两方面显然都有不少例外，许多受压迫者可能缺乏宗教信仰，许多有钱有势、生活安逸的人反而信教。”

“可是在麦曲生，”谢顿说，“女性似乎被当成次等人类。我若假设她们比男性更具宗教倾向，更坚信这个社会所保存的种种传说，这样说正确吗？”

“我不会拿我的生命打赌，哈里，不过我愿意押上一周的收

人。”

“很好。”谢顿若有所思地说。

铎丝对他微微一笑。“哈里，你的心理史学又多了一点内容。第47854条法则：受压迫者比生活安逸者更容易接受宗教。”

谢顿摇了摇头。“铎丝，别拿心理史学开玩笑。你知道我不是在搜集细碎的法则，而是在寻找一般性的通则和操作的方法。我不要一百种特殊法则所导出的比较宗教学。我所要的东西，是藉由某种数学化逻辑系统的运作后，便能让我断言，‘啊哈，只要如下的判准全部符合，这群人就会比那群人更具宗教倾向。因此，当人类遇到这些刺激时，就会表现出这些反应来。’”

“多可怕啊。”铎丝说，“你把人类看成简单的机械装置，只要按下这个按钮，就会得到那种抽动。”

“并非如此，因为同时会有许多按钮，被按下的程度则各不相同，引发的反应因而五花八门不计其数。所以说，对未来的整体预测必将是统计性的，而每个人仍然都是自由因子。”

“你怎么知道？”

“我无法知道。”谢顿说，“至少，我还不知道。我只是有这种感觉，认为事情应该这样才对。如果我能找到一组公设，比如说人性学基本定律，再加上必要的数学运算方法，我就会得到我想要的心理史学。我已经证明过，理论上是可能的……”

“但是并不实际？”

“我一直都这样说。”

铎丝的嘴角露出一抹微笑。“哈里，这就是你正在做的吗，为这个问题寻找某种解答？”

“我不知道，我向你发誓我不知道。可是契特·夫铭如此渴望找到一个答案，而且不知道为什么，我也渴望能满足他。他是如此具有说服力。”

“是的，我知道。”

谢顿并未深究这句话的意思，脸上却迅速掠过一丝愁容。

谢顿继续说：“夫铭坚持帝国正在衰败，并说它终将崩溃，又说若想拯救帝国，或是缓冲或改善银河的命运，心理史学将是唯一的希望。他还说倘若没有心理史学，人类终将遭到毁灭，或至少会经历一段长久的悲惨岁月。他似乎把这个重责大任，摆到我一个人身上。虽然在我有生之年，帝国绝对不会崩溃，但我若想活得心安理得，就必须把这个重担卸下来。我必须说服自己——甚至要说服夫铭——心理史学并非实际可行的方法；尽管有理论，却无法真正建立。所以每条可能的途径我都得走走看，才能证明没有任何一条活路。”

“途径？像是回溯到人类社会小于如今的时代？”

“要小很多，而且简单得多。”

“然后证明实际上仍然无解。”

“没错。”

“可是谁来为你描述那个早期世界呢？即使麦曲生人拥有太初银河的完整描述，日主也当然不会透露给一个外族人。没有任何麦曲生人会那么做。这是个故步自封的社会，这句成语我们用过多少次了？而且它的成员对外族人的提防已经到了偏执的地步，他们什么也不会告诉我们的。”

“我必须想个办法说服某些麦曲生人开口，比如说那对姐妹。”

“她们甚至不会听到你说的话，因为你是男性，正如日主对我装聋作哑一样。即使她们愿意和你说话，除了几句口号之外，她们还会知道什么呢？”

“我必须从某处着手。”

铎丝说：“好吧，让我想想。夫铭说过我必须保护你，我把这句话解释为必须尽力帮助你。我对宗教了解多少呢？你可知道，那和我的专长相隔甚远。我研究的一向是各种经济力量，而不是那些哲学性力量，可是，你不能把历史分割成许多毫不相交的小单元。举例而言，成功的宗教具有积聚财富的倾向，到头来就会扭曲一个社会的经济发展。顺便提一下，这是人类历史的无数法则之一，你的人性学基本定律，或者无论你管它叫什么，都必须能把它导出来。不过……”

说到这里，铎丝不知不觉陷入沉思，声音因此逐渐消失。谢顿仔细打量她，发现她的双眼呆滞无神，仿佛正在凝视自己内心深处。

最后她终于说：“有个并非一成不变的法则，我觉得在许多个案中，一种宗教都拥有一本或数本神圣的典籍，记载着他们的礼仪、他们的历史观、他们的圣诗，谁晓得还有些什么东西。通常这些典籍都对外公开，当做劝人皈依的一种工具。不过有些时候，也可能是不可示人的密典。”

“你认为麦曲生有这种典籍吗？”

“说老实话，”铎丝语重心长地说，“我从没听说过。若是公开的典籍，我应该有所耳闻。这就代表它们或是不存在，或是一直被视为密典。不论何者为真，似乎你都见不到。”

“这至少是个起点。”谢顿绷着脸说。

42

大约谢顿与铎丝用过午餐两小时后，那对姐妹便再度来访。两人脸上都挂着微笑，较严肃的那位（雨点四十三）拿着一件裰服让铎丝检视。

“非常好看。”铎丝露出开怀的笑容，并以一种真诚的态度点着头。“我喜欢这部分的精巧刺绣。”

“没有什么。”雨点四十五以清脆的声音说，“它是我穿旧了的，而且不会非常合身，因为你比我高，但至少能凑合一下。我们会带你到最好的裰服店，买几件完全符合你的身材和品味的。到时你就知道了。”

雨点四十三露出稍嫌紧张的微笑，不过什么也没说，只是将目光固定在地上，然后把一件白色裰服交给铎丝。那件裰服折叠得很整齐，铎丝并未想要打开，而是直接将它递给谢顿。“哈里，根据颜色判断，我敢说是给你的。”

“想必没错。”谢顿说，“但我要你还回去，她并没有直接拿给我。”

“喔，哈里。”铎丝做出这几个字的口形，同时微微摇了摇头。

“不行。”谢顿坚决地说，“她并没有直接拿给我。把衣服还给她，我等她自己拿给我。”

铎丝迟疑了一下，然后勉强试图将那件裰服还给雨点四十三。

那位姐妹却将双手背到背后，身子闪开，脸上的血色似乎完全消失无踪。雨点四十五偷偷瞥了谢顿一眼，动作非常迅速，然后快步走向雨点四十三，张开双臂将她抱住。

铎丝说：“好啦，哈里。我确信姐妹们不准和非亲非故的男性说话。你让她这么为难又有什么用？她根本身不由己。”

“我可不相信。”谢顿粗声道，“如果真有这样一条规定，也只适用于兄弟们。我非常怀疑她以前遇见过任何外族男子。”

铎丝以轻柔的声音对雨点四十三说：“姐妹，你遇见过外族男子，或是外族女子吗？”

犹豫许久之后，她才慢慢摇了摇头。

谢顿摊开双臂。“好，你看吧。即使真有一条保持缄默的规定，它也只适用于兄弟们。若有任何禁止和外族男子说话的规定，他们还会派年轻女子——这两位姐妹——来帮我们吗？”

“或许是这样的，哈里，她们只能和我讲话，再由我转达给你。”

“简直荒谬。我可不信，永远不会相信。我不只是一名外族男子，我还是麦曲生的贵客；契特·夫铭要求他们将我待为上宾，日主十四亲自护送我来到此地。我不要被当成一个不存在的人，我会跟日主十四取得联络，还会向他大吐苦水。”

雨点四十五开始啜泣，雨点四十三则保持着一贯无动于衷的态度，但脸孔也难免涨红少许。

铎丝好像打算再向谢顿说情，他却愤怒地猛然伸出右臂，阻止她做进一步的努力。然后，他皱着眉头凝视着雨点四十三。

最后她终于开口，但不再是清脆嘹亮之声。反之，她的声音颤抖而嘶哑，仿佛她必须用力将声音传到一名男性所在的位置，而这样做完全违背她的本能与意愿。

“外族男子，你不可以告我们的状，那是不公平的。你强迫我打破我们族人的习俗，到底想要我做什么？”

谢顿立刻露出敌意尽消的笑容，并伸出一只手。“你带给我的那件衣服，那件裰服。”

她默默地伸长手臂，将裰服放到他手中。

他微微一欠身，以温和而热诚的声音说：“谢谢你，姐妹。”然后，他朝铎丝的方向迅速瞥了一眼，仿佛在说：你瞧？铎丝却气呼呼地转过头去。

这件裰服毫无特色，谢顿打开时便注意到这点（刺绣与装饰图样显然是女性裰服的专利）。不过它附有一条缀着流苏的腰带，也许需要以特殊方式穿戴。毫无疑问，这绝对难不倒他。

他说：“我要进浴室去把这玩意穿上。我想顶多一分钟吧。”

他走进狭小的浴室，却发现无法关上门，原来是铎丝也要挤进来。直到他们两人都进入浴室，那扇门才关了起来。

“你在做什么？”铎丝气冲冲地细声道，“哈里，你是一头不折不扣的野兽。你为何那样对待这个可怜的女子？”

谢顿不耐烦地说：“我必须让她和我说话。你也知道，我得靠她提供资料。我很抱歉不得不这样残酷，可是除此之外，我又如何能打破她的心防？”说完，他便示意要她出去。

当他走出浴室的时候，发现铎丝也换上了裰服。

虽然人皮帽使铎丝成了光头，而且裰服本身带有邋遢的感觉，她看来仍然相当迷人。这种袍子的剪裁只能呈现一个人形，无法衬托任何身形曲线。她的腰带比他的宽些，也和她自己的灰裰服颜色稍有不同。非但如此，它更借着正面两颗闪闪发光的蓝石按扣来固定。（即使在最困难的情况下，女性仍能设法美化自己，谢顿这么想。）

铎丝打量谢顿一遍，然后说："你现在看起来相当像个麦曲生人，两位姐妹可以带我俩去逛街了。"

"没错，"谢顿说，"可是逛完之后，我要雨点四十三带我去参观微生农场。"

雨点四十三将双眼张得老大，立刻向后退了一步。

"我很希望去看看。"谢顿以平静的口吻说。

雨点四十三马上望向铎丝。"外族女子……"

谢顿说："姐妹，或许是你对那些农场一无所知。"

这句话似乎触动了她的神经。她高傲地抬起下巴，但仍然刻意面对着铎丝说："我曾在微生农场工作。所有的兄弟姐妹，一生总有一段时间在那里工作。"

"好啊，那么带我参观一下，"谢顿说，"我们就别再为这件事争论了。你不能和兄弟交谈，也不能和他们有任何来往，但我却不是你们的兄弟。我是一名外族男子，也是一位贵客。我穿戴着人皮帽和裰服，以免吸引太多的注意，但我是一名学者，我在此地这段期间必须继续学习。我不能坐在这个房间，对着墙壁干瞪眼。我要看看全银河只有你们才有的东西……你们的微生农场。我以为你会骄傲地带我去开眼界。"

"我们的确引以为傲，"雨点四十三终于面对谢顿开口，"我也会带你去开眼界。你若想藉此打探我们的任何秘密，我相信你绝对无法得逞。明天早上我再带你去看微生农场，安排这种参观需要花点时间。"

谢顿说："我愿意等到明天早上。可是你真的答应吗？你以荣誉向我担保吗？"

雨点四十三带着明显的轻蔑说道："我是一名姐妹，我言出必行。即使是对一名外族男子，我也会说话算数。"

她最后几个字的声音越来越冰冷，但她的眼睛却张得很大，而且目光如炬。谢顿不禁怀疑有什么念头掠过她心底，因而感到一阵不安。

43

谢顿又过了不得安宁的一夜。

首先，铎丝宣称一定要陪他参观微生农场，他则极力表示反对。

“整个行动的目的，”他说，“就是要让她自由自在地说话，要让她处于一个不寻常的环境——和一名男性独处，即使是一名外族男子。破除那么多习俗之后，就会更容易打破更多。如果你跟来，她会专门和你讲话，而我就只能捡些残渣。”

“万一因为我不在场，你又像在上方那样发生什么变故，那可怎么办？”

“不会发生任何变故。拜托！你若想帮我，就不要插手。如果你不肯，那我再也不要和你有任何瓜葛。铎丝，我是说真的。这件事对我很重要，虽然我越来越喜欢你，也不能把你摆在它前面。”

她极不情愿地勉强答应，只说了一句：“那么，答应我至少你会善待她。”

谢顿说：“你要保护的是我还是她？我向你保证，我对她粗暴不是为了找乐子，而我以后再也不会那么做了。”

与铎丝的这番争执——他们的第一次争执——萦绕在他的脑

海，令他大半夜无法成眠。雪上加霜的是，虽然雨点四十三曾郑重保证，他还是一直担心那对姐妹明早可能会爽约。

然而，她们却准时出现了。当时谢顿刚吃完一顿简陋的早餐（他决心不要因为耽溺于美食而发胖），穿上了那件十分合身的裰服。他曾仔细调整那条腰带，将它固定在完全正确的位置。

雨点四十三的眼神还是有些冰冷，她说："外族男子谢顿，你准备好了吧，我妹妹会留下来陪伴外族女子凡纳比里。"她的声音既不清脆也不嘶哑，仿佛她花了一夜的时间来稳定情绪，并在心中练习如何与一位并非兄弟的男性交谈。

谢顿怀疑她是否也曾失眠，但他只是说："我都准备好了。"

半小时后，雨点四十三与哈里·谢顿两人开始一层层往下走。虽然目前的时刻属于白昼，可是此地光线昏暗，比川陀其他各处都要黯淡。

这似乎没有明显的原因。不用说，缓缓绕行川陀表面的人工日光不至于遗漏麦曲生区。但是为了固守某种原始的习惯，谢顿想，麦曲生人一定是故意这样做的。不久之后，谢顿的眼睛慢慢适应了幽暗的环境。

谢顿试着冷静地迎向路人的目光，不论是来自兄弟或姐妹的。他假定自己会被当做一名兄弟，而雨点四十三则是他的女人，只要他不做出招摇的举动，就不会有人注意他们两人。

不幸的是，雨点四十三却仿佛想要引人注意。她和他的对话都只有几个字，低沉的声音一律从紧闭的嘴巴发出来。显然，陪同一位名不正言不顺的男性，即使只有她自己知道这个事实，也完全摧毁了她的自信。谢顿相当肯定，自己倘若请她放松心情，只会使她变得加倍不安。谢顿很纳闷，如果她遇到熟人会有什么反应。直到他们来到较低的层级，路人变得较少的时候，他才总算比较宽心。

他们搭乘的并非升降机，而是成对的一组活动阶梯坡道，其中一个向上升，另一个向下降。雨点四十三称之为“自动扶梯”，谢顿不确定有没有听错，因为他从未听过这个名称。

他们一层一层往下降，谢顿的焦虑则一点一点向上升。大多数世界都拥有微生农场，也都生产自家的微生作物。谢顿在赫利肯的时候，偶尔也会到微生农场买调味品，每次总会闻到一股令人反胃的恶臭。

在微生农场工作的人似乎并不在意，即使访客们皱起鼻子，他们自己却好像毫无感觉。然而，谢顿一向对那种味道特别敏感。他总是受这种罪，这回也做好了心理准备。他试图在心中安慰自己，他是因为需要搜集资料，才会做出这么高贵的牺牲。但这样做毫无用处，他的胃照样在焦虑中扭成一团。

等到他数不清下了多少层级，而空气似乎仍然相当清新时，他忍不住问道：“我们何时才会抵达微生农场的层级？”

“现在已经到了。”

谢顿深深吸了一口气。“闻起来并不像。”

“闻起来？你是什么意思？”雨点四十三相当生气，嗓门突然变大不少。

“根据我的经验，微生农场总有一股腐败的臭味。你该知道，那是从细菌、酵母菌、真菌，以及腐生植物所需要的肥料中散发出来的。”

“根据你的经验？”她的音量再度降低，“那是在哪里？”

“在我的母星。”

这位姐妹的脸孔扭成厌恶至极的表情。“你的同胞偏偏爱吃拉圾？”

谢顿从未听过这种说法，不过根据她的表情与语气，他明白那是什么意思。

他说："你该了解，端上餐桌的时候，就不会再有那种味道了。"

"我们的产品任何时候都没有那种味道，我们的生物科技人员研发出了完美的品系。藻类生长在最纯的光线和尽可能平衡的电解溶液中，腐生植物的养分则是精心调配的有机物质。那些公式和配方都是外族人不会知道的——来吧，我们到了。你尽量闻吧，绝对闻不到任何异味。这就是为什么全银河都欢迎我们的食品，而且听说皇帝绝不吃其他东西。但如果你问我，我会说外族人都不配享用那么好的食品，就算他自称皇帝也一样。"

她话中带着一股怒气，矛头似乎直指谢顿。然后，她仿佛怕他没听出来，又补充道："或者，就算他自称贵客也一样。"

他们来到一个狭窄的回廊，两侧都有许多又大又厚重的玻璃槽，浑浊的暗绿色溶液里长满团团转的藻类，受到上升气泡的推动而不断摇晃。里面一定充满二氧化碳，他这么判断。

浓烈的蔷薇色光线照在这些玻璃槽上，这种光线比长廊的照明强了许多，他若有所思地发表这个评论。

"当然。"她说，"这些藻类在光谱红端长得最好。"

"我想，"谢顿说，"一切都是自动的。"

她耸了耸肩，但未做出回应。

"我没看到附近有许多兄弟姐妹。"谢顿毫不放松地说。

"纵使如此，还是有工作要做，而他们做得很好，虽然你没看到他们在工作。细节不是给你看的，不要浪费时间问这些事。"

"等一等，别生我的气。我并不指望听到什么国家机密。好啦，亲爱的。"他一不小心说溜了嘴。

正在她似乎要匆忙离去时，他抓住她的手臂，令她留在原处。

但他感到她在微微颤抖，遂在一阵尴尬中将手松开。

他说:“只不过在我看来，一切都是自动的。”

“随便你爱怎样想都可以。然而，这里仍有需要脑力和判断力的地方。每位兄弟和姐妹，一生中总有一段时间在此工作，有些人还将它当成专业。”

现在她说话更为自由自在，但他仍旧感到尴尬，因为他注意到，她的左手偷偷移向右臂，轻抚着刚才被他抓过的地方，仿佛那儿曾经被他刺了一下。

“它们绵延无数公里，”她说，“不过我们若在这里转弯，你就能看到一片真菌区。”

他们继续前进，谢顿注意到每样东西都清洁无比，连玻璃也晶莹剔透。瓷砖地板似乎是湿的，等到他趁机弯腰摸了一下，却发觉并非如此。而且地板也不滑，或许是他的凉鞋具有防滑鞋底（根据麦曲生社会的习俗，他将拇趾大大方方伸在外面）。

有一件事雨点四十三的确没说错。不时可见兄弟或姐妹在默默工作，例如判读量具、调整控制装置，还有些做着诸如擦拭设备这类毫无技术性的工作——不论做的是什么，每个人都全神贯注。

谢顿小心地避免问及他们在做些什么，他不想让这位姐妹因为答不出来而感到羞愧，也不想让她因为必须提醒他别乱打听而发脾气。

他们通过一扇微微摇摆的门，谢顿突然察觉到一丝记忆中的味道。他向雨点四十三望去，但她似乎浑然不觉，而他自己也很快就习惯了。

光线的特征忽然起了重大变化，蔷薇色调与明亮的感觉通通消失。除了有聚光灯为各项设备照明外，四周似乎都笼罩在昏黄的光芒中。在每个聚光处，好像都有一名兄弟或姐妹，有些还戴着发出珍珠般光辉的头带。而在不远的地方，谢顿可以看到四下都有细小的闪光在做不规则运动。

当两人并肩行走时，他朝她的侧面瞥了一眼，那是他能评价她的唯一依据。在其他任何时候，他总是忘不掉她突出的光头、无眉的双眼，以及一张素净的脸庞。它们掩盖了她的个体性，似乎使她变得隐形。然而从这个轮廓中，他却能看出一些别的：鼻子、下巴、丰唇、匀称、美丽。黯淡的光线好像使那个大沙漠不再那么显眼与刺眼。

他惊讶地想到，如果留起头发并好好修剪，她可能就是个大美人。

然后他又想到，她无法长出头发，她这一生注定永远光头。

为什么呢？他们为什么一定要让她变成这样？日主说，是为了使麦曲生人一辈子记得自己是麦曲生人。这点为何那么重要，以致大家都得接受脱毛的诅咒，作为身份的象征与标记？

然后，因为他习惯从正反两方面思考问题，于是又想到，习俗是第二天性，如果习惯了光头，到了根深蒂固的地步，那么头发就会显得怪异恐怖，令人感到恶心与厌恶。他自己每天早上都会刮脸，将胡须完全除去，剩下一点点胡根都不舒服。但他并不认为自己的脸是秃的，或是有任何不自然。当然，只要他愿意，随时可以留胡子，但他就是不愿那么做。

他知道在某些世界上，男人一律不刮脸；甚至有些世界的男人根本不修剪胡须，任由它胡乱生长。如果让他们看到自己光秃的脸庞、没有任何胡须的下巴、双颊与嘴唇，他们又会怎么说呢？

他一面想，一面跟着雨点四十三向前走，这条路似乎没有尽头。每隔一会儿，她就会拉着他的手肘引导他。在他的感觉中，她似乎越来越习惯这样做，因为她并未急忙缩回手去，有时还持续将近一分钟。

她说："这里！到这里来！"

"那是什么？"谢顿问道。

他们站在一个小盘子前面，盘内装满了小型球体，每个球体的直径大约二厘米。有位兄弟在照顾这一区，刚才就是他将盘子放在那里的。此时他抬起头来，带着和气的询问神情。

雨点四十三低声对谢顿说："向他要一些。"

谢顿明白她不能主动和一位兄弟说话，除非对方先开口。于是他以迟疑的口气说："我们能要一些吗，兄……兄弟？"

"兄弟，拿一把吧。"对方热诚地答道。

谢顿抓起一个球体，正准备递给雨点四十三，却发现她已将对方的好意解释为同样适用于她，已经伸手拿了两大把。

这种球体感觉上光滑柔润。等到他们离开那个培养桶以及照料该区的那位兄弟之后，谢顿对雨点四十三说："这些能吃吗？"他举起那个球体，小心翼翼地凑到鼻端。

"它们没有味道。"她突然冒出一句。

"它们究竟是什么？"

"美食，未经加工的美食。销到外界的，会经过各种方式的调味，可是在麦曲生，我们一律吃原味——唯一的吃法。"

她放进嘴里一个，然后说："我怎么也吃不够。"

谢顿将手上的球体放入嘴里，感觉它迅速溶化殆尽。一时之间，他嘴里出现一股流动的液体，然后几乎自动滑进他的喉咙。

他停了一下脚步，感到相当惊讶。它有一点点甜味，后来甚至出现一丝更淡的苦味，但主要的感觉却令他难以捉摸。

"我能再吃一个吗？"他说。

"再吃五六个吧。"雨点四十三一面说，一面向他伸出手，"它们从来没有重复的口味，而且根本不含热量，只有味道而已。”

她说得没错。他试图让这种美食在口中多留一会儿；试图小心地舔着；试图咬下一小口。然而，不论他多么小心，它也经不住轻轻的一舔。而只要稍微咬下一点，其余部分也立刻消失。每个球体的味道都无以名状，而且都和先前吃的不尽相同。

“唯一的麻烦是，”这位姐妹快活地说，“偶尔你会吃到一个非常特殊的口味，令你终身难忘，可是你却再也碰不到了。我九岁的时候吃过一个……”她的兴奋表情突然敛去，“这是一件好事，让你体认到世事的无常。”

这是个讯号，谢顿心想。他们漫无目标地逛了许久，她已经开始习惯他，而且主动和他说话。现在，他们一定要进入正题。就是现在！

44

谢顿说：“姐妹，我来自一个露天的世界。其实除了川陀之外，其他世界都是那样。雨水时有时无，河水不是太少就是泛滥，温度不是太高就是太低，这就代表收成有好有坏。然而在此地，环境真正受到控制，收成想不好也不行。麦曲生多么幸运啊。”

他开始等待。她的回答可能会有几种不同的方式，他的行动方针将视她如何回答而定。

现在她说话已经自由自在，似乎对他这位男性不再有任何心防，所以这趟长途旅程的目的业已达到。雨点四十三说："环境也不是那么容易控制。偶尔会有病毒感染，有时还会有意料之外的不良突变。还有一些时候，大批作物会整个枯萎或变得毫无价值。"

"你这话令我惊讶。那时会怎样处理？"

"通常都没什么办法，只好把腐坏的那批尽数销毁，甚至包括那些仅有腐坏嫌疑的。盘子和水槽一定都要完全消毒，有时还得全部丢弃。"

"那么，这等于是一种外科手术。"谢顿说，"将染病的组织切除。"

"没错。"

"你们如何预防这些情况？"

"我们能怎么办？我们不停地进行测试，看看有没有可能的突变，有没有可能的新病毒，有没有意外的污染或环境的变化。我们很少会侦测到什么问题，但若是发现了，我们就会采取非常措施。这样做的结果，使得歉收的年分非常少，而且纵然歉收，也只是对部分地区稍有影响。历史上收成最差的一年，只比平均年产量少了百分之十二，不过已经足以造成困境。问题是，即使是最谨慎的深谋远虑，以及设计得最高明的电脑程序，也无法百分之百预测本质上不可预测的事物。"

谢顿觉得一阵颤栗不由自主传遍全身，因为她说的仿佛就是心理史学——事实上，她只是在谈论极少数人所经营的微生农场。而他自己，却是从各个层面在考虑这个庞大的银河帝国。

这使他无可避免地感到气馁，他说："当然，也并非全然不可预测。有些力量在引导、在照顾我们每一个人。"

这位姐妹突然僵住。她转头望向谢顿，似乎是以具有透视力的目光在打量他。

但她却只是说:“什么?”

谢顿觉得坐立不安。“在我的感觉中,谈到病毒和突变这些话题时,我们只是在讨论自然界的事物、那些服从自然律的各种现象。我们并未考虑到超自然,对不对?并没有包括不受制于自然律,进而能控制自然律的力量。”

她继续盯着他,仿佛他突然改说某种陌生的、不为人知的银河标准语方言。她又说了一句:“什么?”这回音量近乎耳语。

他继续结结巴巴地用一些不太熟悉而令自己有几分困窘的词汇说:“你必须求助某种伟大的本体,某种伟大的圣灵,某种……我不知道该叫它什么。”

雨点四十三将音区提高,但仍将音量压低。“我就知道,我就知道你是那个意思,可是我本来不敢相信。你是在指控我们拥有宗教。你为什么不直接那么说?为什么不直接用那个词汇?”

她在等待一个答案。谢顿被这轮猛攻弄得有点不知所措,他说:“因为那不是我使用的词汇,我管它叫超自然论。”

“随便你怎么称呼。反正它就是宗教,而我们没有这种东西。宗教是外族人才有的,是那群渣……”

这位姐妹突然住口,吞了一下口水,仿佛差点就要呛死。谢顿可以确定,令她呛到的一定是“渣滓”两个字。

她再度恢复自制,以低于她平常的女高音音调缓缓说道:“我们不是一个信仰宗教的民族,我们的国度是这个银河系,而且一向如此。如果你信教……”

谢顿感到中了圈套,怎么也没料到会有这种发展。他举起一只手,做出辩护的手势。“不是这样的。我是个数学家,我的国度也是这个银河系。只不过我想到,根据你们那些刻板的习俗,你们的国度……”

“外族男子，别那样想。若说我们的习俗刻板，那是因为我们只有几百万人，却被几十亿人包围起来。我们总得设法表现得与众不同，唯有这样，我们这些珍贵的少数，才不会被你们满坑满谷的多数所吞没。我们必须靠我们的脱毛、我们的衣着、我们的行为、我们的生活方式来和他人区隔。我们必须知道自己是什么人，也必须确保你们外族人知道我们是什么人。我们在农场中辛勤工作，好让你们对我们刮目相看，如此才能确保你们放我们一马。这就是我们对你们唯一的要求……放我们一马。”

“我无意伤害你或是任何族人。我只是来这里寻求知识，就像在其他地方一样。”

“你却借着询问我们的宗教来侮辱我们，仿佛我们曾经仰赖一种神秘的、虚无的圣灵，帮助我们做到我们自己做不到的事。”

“有许多人、许多世界都相信某种形式的超自然论……宗教，你喜欢这样说也可以。我们或许因为某种理由而不同意他们的见解，但我们的不信也有可能是个错误，双方的错误几率刚好一半一半。无论如何，这种信仰没什么可耻的，我的问题也并非打算侮辱任何人。”

她却没有讲和的意思。“宗教！”她气呼呼地说，“我们根本不需要。”

在这段对话进行中，谢顿的心持续往下沉，此时则跌到谷底。这整个行动，这趟和雨点四十三所做的远征，最后竟然一无所获。

不料她继续说：“我们另有好得多的东西，我们有历史！”

谢顿的心情立刻回升，他随即露出笑容。

第十章

典 籍

毛手毛脚的故事：……哈里·谢顿曾经提到，在他找寻心理史学发展方法的过程中，这是第一个转折点。不幸的是，他的正式著作皆未指出它究竟是什么“故事”，各种臆测（为数众多）则全是捕风捉影。有关谢顿生平始终存在着许多有趣的谜，这只是其中之一。

——《银河百科全书》

45

雨点四十三瞪着谢顿，眼睛张得老大，呼吸则相当沉重。

“我不能待在这里。”她说。

谢顿四下望了望。“没有人会打扰我们。就连那位给我们美食的兄弟也没说我们什么，他似乎把我们当成一对完全普通的夫妻。”

“那是因为我们没有任何不寻常的地方——当时光线黯淡，当时你压低声音使外族口音不太明显，还有当时我还算冷静。可是现在……”她的声音开始变得嘶哑。

“现在怎么样？”

“我既焦虑又紧张，我在……流汗。”

“谁会注意到呢？放轻松，冷静下来。”

“我在这里无法轻松。当我可能引起注意时，我冷静不下来。”

“那么，我们要到哪儿去？”

“附近有些供人休憩的小屋。我曾在这里工作，所以我知道。”

她快步向前走，谢顿则紧跟在后。他们爬上一个小坡道，若没有她带路，在昏黄的光线下，他不可能会注意到这条小路。在坡道尽头，有一长列互相间隔很远的门。

“最旁边那间，”她低声道，“如果没人的话。”

那间果然是空的。一块发亮的矩形小板映出“无人使用”几个字，而且门只是微掩着。

雨点四十三迅速张望一番，便示意谢顿进去，接着自己也走进来。当她关上门的时候，天花板的一盏小灯随即照亮这间斗室。

谢顿说：“有没有办法让门上号志显示这间小屋有人使用？”

“门一关上就自动切换，外面的灯已经亮了。”这位姐妹答道。

谢顿感觉得到空气在轻柔地循环，还带着一种微弱的风声。然而在川陀，又有哪里听不到、觉不着这种永不止息的微风呢？

这个房间并不大，却摆了一张具有硬实床垫的便床，上面的床单显然相当清洁。此外还有一把椅子、一张桌子、一台小型冰箱，以及一个看来像是“密封热板”的东西，或许是个微型的食物加热器。

雨点四十三坐到椅子上，将上身挺得笔直，看得出她在企图强迫自己放松。

谢顿不确定自己该怎么做，只好继续站着。直到她有点不耐烦地做了个手势，他才依照示意坐到便床上。

雨点四十三轻柔地、仿佛自言自语地说：“万一让人知道我曾和一名男子在这里，即使只是个外族男子，我也注定会被驱逐出境。”

谢顿急忙站起来。“那我们别待在这里。”

“坐下，我在这种心情之下绝不能出去。你一直在问有关宗教的事，究竟是在找什么？”

谢顿觉得她完全变了一个人，被动与顺从都已经消失无踪。面对一名男性，她也不再害羞，不再畏缩不前。此时，她正眯起双眼，凶狠地瞪着他。

“我告诉过你，我在寻求知识。我是一名学者，追求知识是我的专业和欲望。我尤其想要了解人类，所以我想学习历史。因为在许多世界上，古代的历史记录——真正的古代历史记录，都已经变质为神话和传说，常常成了宗教信仰或超自然论的一部分。但麦曲生如果没有宗教，那么……”

“我说过我们有历史！”

谢顿道：“你已经说了两遍。你们的历史有多古老呢？”

“上溯两万年前。”

“真的吗？让我们坦白说吧，它究竟是真实的历史，还是已经退化成传说的那种东西？”

“当然是真实的历史。”

谢顿正想问她如何能判断，却在最后关头打消这个念头。历史真有可能上溯两万年，而仍旧真实可信吗？他自己不是历史学家，所以必须去问问铎丝。

可是他有一种强烈的感觉，那就是在每个世界上，最早期的历史都是一堆大杂烩，充满说教式的英雄事迹与迷你剧本，仅能视为一种道德剧，不能太过当真。赫利肯的情形当然如此，你却很难找到一个不深信那些传说、不坚持它们全是真实历史的赫利肯人。他们就连完全荒诞的故事也照样支持不误，例如人类首次探勘赫利肯时，遇到了危险的巨型飞行爬虫——虽然在人类曾经探勘与殖民的所有世界上，都从未发现任何土生土长的、类似飞行爬虫的动物。

不过他只是问：“这个历史是如何开始的？”

这位姐妹的目光显得恍惚，并未聚焦在谢顿或屋内任何一样东西上。她说：“它开始于某个世界——我们的世界，独一的世界。”

“独一的世界？”谢顿想起夫铭提到过有关人类起源于单一世界的传说。

“独一的世界。后来又有了其他世界，但我们的世界是第一个。独一的世界，上面有生存的空间、有露天的空气、有万物的一席之地，还有肥沃的田园、友善的人家，以及热情的人们。上万年的时间，我们一直住在那里。后来我们不得不离开，开始四处东躲西藏，直到有些人在川陀的一角找到容身之地。我们在此学会栽种食粮，为我们带来了一点自由。而在麦曲生这里，我们现在拥有自己的生活方式——以及我们自己的梦想。”

“而你们的历史详细记载了那个起源世界？那个独一的世界？”

“喔，没错，全部记在一本书里。这本书大家都有，我们每一个人都有。我们总是随身携带，这样一来，人人都能随时随地翻阅，以便牢记我们现在是什么人、过去是什么人，并且下定决心，总有一天会收复我们的世界。”

“你可知道这个世界在哪里，现在住着什么人吗？”

雨点四十三迟疑了一下，然后猛力摇了摇头。“我们不知道，但总有一天会找到答案。”

“你现在就带着这本书吗？”

“当然。”

“我可以看看吗？”

此时，这位姐妹脸上缓缓掠过一抹笑容。她说：“原来你要的是这个。当你要求由我独自带你参观微生农场时，我就知道你在打什么东西的主意。”她似乎有点发窘，“我没想到竟然是为了这本典籍。”

“那是我唯一想要的，”谢顿一本正经地说，“我心里真的没打别的主意。如果你带我到这里来，是由于你以为……”

她没让他把话说完。“可是我们已经来到这里。你到底是想还是不想看这本典籍？”

“你准备让我看吗？”

“有一个条件。”

谢顿愣了一下。若是自己将这位姐妹的心防解除得过了头，他就得衡量导致严重后果的可能性。“什么条件？”他问。

雨点四十三的舌头轻轻伸出来，迅速舔了一下嘴唇。然后她以带着明显颤抖的声音说：“脱掉你的人皮帽。”

46

哈里·谢顿茫然地凝视着雨点四十三。有好一会儿，他根本不明白她在说什么，因为他早已忘记自己戴着一顶人皮帽。

然后，他将一只手放到头上，才意识到自己戴着那顶帽子。它的表面光滑，但他仍然感觉得到下面头发所产生的轻微弹性。那并不太明显，毕竟他的头发发质纤细，而且不怎么浓密。

他一面摸着头，一面说：“为什么？”

她说：“因为我要你这么做。因为如果你想看典籍，这就是交换条件。”

他说：“好吧，如果你真要我这么做的话。”他开始动手摸索帽缘，以便剥掉人皮帽。

但她却说：“不，让我来，我来帮你脱。”她以饥渴的眼神望着他。

谢顿将双手放在膝盖上。“那就来吧。”

这位姐妹迅速起身，坐到他身边的床沿。她慢慢地、仔细地将他耳前的人皮帽撕开，同时又舔了舔嘴唇。而当她将他的前额部分弄松，并将人皮帽向上掀的时候，她则开始大口喘气。然后人皮帽便被摘下，而在重获自由之后，谢顿的头发似乎微微雀跃了一下。

他不安地说道："我的头发一直盖在人皮帽下面，我的头皮也许出汗了。真是这样的话，我的头发就会有点潮湿。"

他举起手来，好像是要检查一下。她却抓住他的手，并将它拉开。"我来做这件事。"她说，"这是条件的一部分。"

她的手指缓缓地、迟疑地触碰到他的头发，又赶紧缩回去。然后她再次伸出手来，并以非常轻柔的动作抚摸着。

"是干的，"她说，"摸起来感觉……很好。"

"你以前摸过头部毛发吗？"

"只是偶尔摸过小孩子的，这个……不一样。"她再度开始抚摸。

"哪里不一样？"即使处于这种尴尬情境中，谢顿仍然能被勾起好奇心。

"我说不上来，就是……不一样。"

过了一会儿，他说："你摸够了吗？"

"没有，别催我。你能随意让它朝任何方向趴下吗？"

"并不尽然，它有自然的俯贴方向。但我需要一把梳子才行，而我手边并没有。"

"梳子？"

"一种具有好些分叉的东西……啊，就像一把叉子……但是分叉多得多，而且比较柔软。"

"你能用手指代替吗？"她一面说，一面用她的手指梳过他的头发。

他说："马马虎虎，效果不是很好。"

"后面的硬一点。"

"那里的头发比较短。"

雨点四十三似乎想起什么事。"眉毛，"她说，"是这样叫的吗？"她拉下那两条遮带，手指沿着眉毛构成的轻微弧度逆向划过。

"感觉很好。"说完她就发出高亢的笑声，几乎能和她妹妹的吃吃笑声媲美。"真可爱。"

谢顿有点不耐烦地说："这个条件还有没有其他部分？"

在相当黯淡的光线下，雨点四十三仿佛在考虑提出肯定的答案，但她什么也没有说出口。反之，她突然将手缩回去，再把双手举到鼻尖。谢顿纳闷她究竟想闻些什么。

"多么奇特，"她说，"我可以……我可以改天再试一次吗？"

谢顿硬着头皮答道："如果你把典籍多借给我几天，让我有充分的时间研究，那么或许可以。"

雨点四十三将手伸进裰服的一个隙缝，谢顿过去从未注意到它的存在。然后，她从一个隐藏式内袋，取出一本由某种又硬又韧的质料充作封面的书。谢顿接了过来，尽量控制住内心的激动。

当谢顿调整人皮帽，重新遮起头发之际，雨点四十三再度把双手举到鼻尖，接着伸出舌头，很轻很快地舔了舔手指。

47

“摸你的头发？”铎丝·凡纳比里一面说，一面望着谢顿的头发，仿佛她自己也有意摸一摸。

谢顿稍微避开一点。“拜托别这样，那女人表现得好像性反常患者。”

“我想应该就是——从她的观点而言。你自己没有从中得到乐趣吗？”

“乐趣？我全身起鸡皮疙瘩。等到她终于停手，我才能继续呼吸。我本来一直在想，她还会提出什么样的条件？”

铎丝哈哈大笑。“你怕她会强迫和你发生性关系？或是默默期待？”

“我向你保证我不敢那么想，我只想要那本典籍。”

此刻他们在自己的房间里，铎丝开启了她的电磁场扭曲器，以确保不会有人偷听到他们的谈话。

麦曲生的夜晚即将降临。谢顿早已脱下人皮帽与裰服，并且已经洗过澡——他特别用心清洗自己的头发，总共冲洗了两次。现在他坐在他的便床上，穿着一件轻薄的睡衣，那是他在衣橱里找到的。

铎丝双眼骨碌碌地乱转，并说：“她知不知道你的胸部也有毛？”

“当时我衷心祈祷她不会想到这一点。”

“可怜的哈里。你该知道，这些都是绝对自然的。我若和一位兄弟单独相处，也可能会有类似的麻烦。不，我确信还更糟，因为他会相信——从麦曲生这种社会结构看来——我身为女性，一定会服从他的命令，绝不会有任何迟疑或异议。”

“不，铎丝。你或许认为这是绝对自然的事，可是你并未亲身体验过。当时，那个可怜的女人处于高度性兴奋的状态。她动用了所有的感官……不但闻她的手指，还伸舌头来舔。她如果能听见头发生长的声音，也会贪婪地专心倾听。”

“但那正是我所谓的‘自然’，任何遭禁的事物都会产生性的吸引力。假使你生活在一个妇女随时随地袒胸的社会，你会不会对女性的乳房特别感兴趣？”

“我想可能会。”

“假如它们总是被遮起来，就像在大多数社会那样，难道你不会更感兴趣吗？听着，让我告诉你一件我亲身的经历。当时，我是在母星锡纳的一个湖滨度假胜地……我猜你们赫利肯也有度假胜地，例如沙滩之类的地方？”

“当然有，”谢顿有些恼火，“你把赫利肯想成什么了？一个只有山脉和岩石，只有井水可喝的世界？”

“哈里，我无意冒犯，只是要确定你能了解故事的背景。在我们锡纳的沙滩上，我们很不在意穿些什么……或不穿什么。”

“裸体沙滩？”

“并非真正如此，不过我想，假如有人把衣服全部脱掉，旁人也不会多说什么。习惯上，穿着只要得体即可，但我必须承认我们所谓的‘得体’并未留下什么想象空间。”

谢顿说：“在赫利肯，我们对得体的标准多少要高一点。”

“没错，我从你对我的谨慎态度就看得出来，可是各个世界总有个别差异。言归正传，我正坐在湖滨的小沙滩上，一名年轻男子走了过来，当天稍早的时候，我曾和他讲过几句话。他是个举止得体的人，我不觉得他有什么不对劲。他坐上我的椅子扶手，把他的右手放在我的左大腿上，以便稳住他的身子。当然，我的大腿裸露在外。

“我们聊了大约一分半钟之后，他以顽皮的口气说：‘我坐在这里。你几乎不认识我，但我觉得将手放在你的大腿上，似乎是一件绝对自然的事。非但如此，你好像也感到绝对自然，因为你似乎不介意让它留在那里。’

“直到那个时候，我才真正注意到他的手放在我的大腿上。裸露在大庭广众之下的肌肤，多少丧失了一些性的本质。正如我刚才所说，不让人看见的部分才是关键。

“这一点，那年轻男子也察觉到了，因为他继续说：‘但我若是在较正式的场合遇到你，你穿着一件礼服，那你做梦也不会让我掀起你的礼服，将我的手放在一模一样的位置。’

“我哈哈大笑，然后我们继续聊了些别的。当然，由于我已经注意到他的手，那年轻人感到让它再留在那儿并不妥当，便将手移开了。

“当天晚上用餐时，我打扮得比平常更用心，衣着的正式程度则远超过那个场合的需要以及餐厅中其他女士的穿着。我在一张餐桌旁发现那个年轻人。于是我走过去，跟他打招呼，并说：‘我现在穿着一件礼服，但里面的左腿是赤裸的。我准许你把我的礼服掀起来，然后像白天那样，把你的手放在我的左大腿上。’

“他试了一下，这点我不得不佩服他，可是大家都盯着我们看。我是不会阻止他的，我也确定没有别人会阻止他，但他却无法做到这件事。当时的场合并不比白天更为公开，而且在场的是同样一批人。何况采取主动的显然是我，我显然绝不会反对，但他就是不能让自己逾矩。当天下午让他能‘毛手毛脚’的条件，到了晚上便不复存在，这要比任何逻辑更有意义。”

谢顿说：“是我的话，就会把手放在你的大腿上。”

“你确定吗？”

“绝对肯定。”

“即使你们对于沙滩穿着的得体标准比我们还高？”

“没错。”

铎丝坐到她的便床上，然后躺下来，以双手枕着头。“所以说，虽然我穿着一件晚礼服，里面几乎没穿什么，也不会带给你特别的困扰。”

“我不会特别震惊。至于困扰，要看这个词怎样定义。我当然晓得你如何穿着。”

“嗯，假如我们将被关在这里一段时间，你我必须学习如何漠视这种事。”

“或者善加利用。”谢顿咧嘴笑了笑，“而且我喜欢你的头发，看了一整天光头的你，我特别喜欢你的头发。”

“唉，别摸，我还没洗头。”她眯起眼睛，“这很有趣，你们将正式和非正式的庄重层面分了开。你这话是说，赫利肯在非正式层面比锡纳更庄重，在正式层面则没有锡纳那么庄重。对不对？”

“事实上，我只是在讲那个对你‘毛手毛脚’的年轻人，以及我自己而已。至于我们两个分别能代表几成的锡纳人和赫利肯人，这我可不敢说。我很容易想象，两个世界上都有中规中矩的君子，也都有些粗鲁无礼的家伙。”

“我们是在谈论社会压力。我不算是真正的银河旅者，但我总是必须投注许多心力在社会史上面。比方说，狄罗德行星上曾有过一段时期，未婚性行为是绝对自由的，未婚者可以拥有多重性伴侣，公然性行为只有阻碍交通时才会引起反感。然而一旦结了婚，双方就会绝对遵守一夫一妻制。他们的理论是先让一个人实现所有的绮想，这个人就能定下心来面对严肃的生活。”

“有用吗？”

“大约三百年前就终止了，不过我的一些同事说，那是其他几个世界对它施压的结果，因为狄罗德抢走了太多的观光客。别忘了，还有银河社会整体压力这种东西。”

“就这个例子而言，或许应该是经济压力。”

“或许吧。此外，即使我并不是银河旅者，但我常年待在大学里，所以仍有机会研究社会压力。我能遇到来自川陀里里外外、许许多多地方的人，而在社会科学相关系所里，深受喜爱的消遣之一就是比较各种社会压力。

“比方说在麦曲生这里，给我的印象是性受到严格控制，只有在最严苛的规范下才被允许。而且实施得一定很彻底，因为没有任何人敢讨论。而在斯璀璘区，人们也从不讨论性的话题，但它并未受到谴责。我曾在坚纳特区进行过一周的研究，该区的人无止无休地谈论性，但唯一的目的只是为了谴责。我认为川陀上的任何两个区——或是川陀之外的任何两个世界——对性的态度都不是完全一样的。”

谢顿说：“你可知道这话听来像在说什么吗？它好像……”

铎丝说：“我来告诉你它好像什么。我们谈论的这些有关性的话题，使我认清一件事，我再也不要让你离开我的视线。”

“什么？”

“我两度让你单独行动，第一次出于我自己的误判，第二次则因为你出言恫吓。两次显然都是错误的决定，你自己也知道第一次发生了什么事。”

谢顿愤慨地说:“没错，可是第二次并未发生什么意外。”

“你差点惹上天大的麻烦。万一你和这位姐妹沉迷于性游戏时被逮个正着，那还得了？”

“那不是性……”

“你自己说过，她当时处于高度性兴奋的状态。”

“可是……”

“这是不对的，哈里，请把这点装进你的脑袋。从现在起，你到哪里我就跟到哪里。”

“听着，”谢顿以冰冷的口吻说，“我的目的是找出麦曲生的历史。所谓和一位姐妹玩性游戏，结果是我得到了一本书——那本典籍。”

“典籍！是啊，有一本典籍，我们来看看吧。”

谢顿将它取出来，铎丝若有所思地拿在手中掂了掂。

她说:“哈里，它也许对我们没什么用。看来它好像和我见过的投影机都不相容，这就代表你得找一台麦曲生投影机。这样一来，他们便会想知道你要做什么。然后他们势必会发现你拥有这本典籍，一定会从你手中抢回去。”

谢顿微微一笑。“倘若你的假设全部正确，铎丝，那么你的结论便无懈可击。但它刚巧不是你所想的那种书，它并不需要使用投影机。它的内容印在许多书页上，可以一页一页翻阅。这些雨点四十三都对我解释过了。”

“一本字体书！”很难判断铎丝究竟是震惊还是高兴，“那是石器时代的古物。”

“绝对是前帝国时代的，”谢顿说，“但还不至于那么古老。你曾经见过字体书吗？”

“哈里，你忘了我是历史学家？当然见过。”

"啊，但是像这本吗？"

他将典籍递过去。铎丝笑着把它打开，再翻到另一页，接着从头到尾迅速翻了一遍。"是空白的。"她说。

"应该说看来是空白的。麦曲生人虽是顽固的原始主义者，但也并不尽然。他们会固守原始的精髓，却不会反对为了增加便利，而利用现代科技进行改良。谁知道呢？"

"或许吧，哈里，但我不懂你在说些什么。"

"这些书页并不是空白的，每页上面都有微缩字体。来，还给我。如果我按下封面内缘的这个小球——看！"

翻开的那一页突然出现许多行缓缓向上滚动的字体。

谢顿说："你只要前后稍微转动这个小球，就能调节上移的快慢，来配合你自己的阅读速度。一旦本页的字迹达到上限，也就是说，当你读到底端那一行的时候，它们就会猛然下落，然后自动关掉。这时，你就该翻到下一页。"

"执行这些功能的能量从哪里来？"

"它里面封装着一个微融合电池，和这本书的寿命一样长。"

"那么等到电用完了……"

"你就丢掉这本书，甚至或许在此之前，由于磨损得太厉害，你就得提前丢掉了。然后再换一本就行，你永远不必更换电池。"

铎丝再次接过那本典籍，从各个角度仔细观察。"我必须承认，我从未听说过像这样的书。"

"我也没有。一般而言，银河系早已无比迅速地迈入视讯科技，以致略过了这个可能性。"

"这正是视讯啊。"

"没错，但并不是正统。这种形式的书自有优点，它比普通视讯书籍的容量大许多倍。"

铎丝说："开关在哪里？啊，我看看自己会不会操作。"她早已随便翻开一页，此时她将字体设定成上移。然后她又说，"只怕对你没有任何用处，哈里，它是前银河时代的。我不是指这本书，我指的是字体……它的语文。"

"铎丝，你读得懂吗？身为历史学家……"

"身为历史学家，我经常接触古代语文，但总有个限度。这对我而言实在太古老了，我能零零星星认出几个字，却不足以派上用场。"

"很好。"谢顿说，"如果真正古老，它就一定有用。"

"你读不懂就没用。"

"我读得懂，"谢顿说，"它是双语的。你该不会以为雨点四十三能读古代手稿吧？"

"倘若她受过良好教育，又有何不可？"

"因为我怀疑，麦曲生女性接受的教育不会超过家事的范畴。某些较有学问的人想必读得懂，但其他人一律需要银河标准语的译本。"他按了按另一个小球，"这样就行了。"

字体立刻变作银河标准语。

"真可爱。"铎丝赞叹道。

"我们可以向麦曲生人学习一些事物，但我们却没有这么做。"

"我们还不知道啊。"

"这点我无法相信。现在我知道了，而你也一样。偶尔一定会有外人来到麦曲生，无论为了商业或政治目的，否则不会有许多人皮帽随时备用。所以每隔一段时间，总会有人瞥见这种字体书，而且目睹它的运作。可是，它也许只被视为稀奇有趣却不值得深入研究的东西，只因为它是麦曲生的产品。"

"但它真值得研究吗？"

“当然。每样东西都值得，或者说应该值得。对这些书漠不关心的普遍现象，或许会被夫铭指为帝国正在衰落的一项征兆。”

他举起那本典籍，带着一股兴奋说道：“可是本人有好奇心。我会阅读这玩意，它或许会将我推向心理史学的正道。”

“希望如此。”铎丝说，“但你若肯接受我的劝告，就该先睡一觉，明早神清气爽时再来研究。假如你对着它打瞌睡，是不可能学到什么的。”

谢顿迟疑了一下，然后说：“你多有母性啊！”

“我是在照顾你。”

“可是家母在赫利肯活得好好地，我宁愿你当我的朋友。”

“这点嘛，我第一次见到你，就已经是你的朋友了。”

她冲着他微笑，谢顿却犹豫起来，仿佛不确定怎样回答才算妥当。最后他终于说：“那我就接受你的劝告——一位朋友的劝告，先睡一觉再说。”

他好像是要把典籍放在两床之间的茶几上，迟疑一会儿之后，他又转过身来，将它放在自己的枕头底下。

铎丝·凡纳比里轻声笑了笑。“我想你是怕我会整夜不睡，在你还没有机会阅读这本典籍之前，就抢先看到其中的内容。是不是这样？”

“嗯，”谢顿试着避免显露愧色，“也许是吧，即使友谊也该适可而止。这是我的书，是我的心理史学。”

“我同意，”铎丝说，“我向你保证，我们不会为这件事争吵。对了，刚才你正想说什么，却给我打断了。还记得吗？”

谢顿很快想了一下。“不记得了。”

在黑暗中，他想到的只是那本典籍，并未将心思分给那个“毛手毛脚的故事”。事实上，他几乎已经忘光了，至少在意识层面如此。

48

铎丝·凡纳比里突然醒来，随身的计时带告诉她夜晚只过了一半。由于没有听到谢顿的鼾声，她断定他的便床是空的。他若未曾离开这间寓所，就一定是在浴室里。

她轻轻敲了敲门，柔声说："哈里？"

他以心不在焉的口气答道："进来吧。"于是她走了进去。

马桶盖放了下来，谢顿坐在上面，那本典籍则摊开在他膝盖上。"我正在读书。"这句话其实相当多此一举。

"是啊，我看得出来。可是为什么呢？"

"真抱歉，我睡不着。"

"可是为什么要在这里读呢？"

"如果开房间的灯，会把你惊醒的。"

"你确定这本典籍不能自我照明吗？"

"十分确定。当雨点四十三讲述它的功能时，她从未提到照明装置。此外，我想那样会消耗太多能量，使电池无法撑到这本典籍寿命结束。"他的口气听来并不满意。

铎丝说："那么，你现在可以出去了。我要用这个地方，而且我已经在这里。"

用完浴室出来后，她发现他正盘腿坐在自己的便床上，仍在专心阅读，而房间则大放光明。

她说："你看来不太高兴，这本典籍使你失望吗？"

他抬起头来，眨着眼睛望着她。"是的，的确如此。我随便挑了几段，我的时间只够这样做。这东西简直是一部百科全书，索引几乎全是一串串的人名和地名，对我根本没什么用。它完全没提到银河帝国或前帝国时代的众王国，它记载的几乎全是某个单一世界的历史。而根据我读到的部分来研判，内容一律是无止无休的内政议题。"

"或许你低估了它的年代。说不定它记述的真是只有一个世界的时期……只有一个住人世界。"

"没错，我知道。"谢顿显得有点不耐烦，"其实那正是我想要的——只要我能确定那是史实，而不是传说。这点我还存疑。我可不要为了相信而相信。"

铎丝说："嗯，有关单一世界起源的说法，近来实在流传甚广。整个银河系的人类都属于单一物种，所以必定源自同一个角落。至少，那是目前最流行的观点。同样的物种，不可能独立起源于许多不同的世界。"

"但我一直看不出那个论证的必然性。"谢顿说，"假如人类起源于许多个世界，分别属于许多不同的物种，为什么不能经由异种杂交，而形成一种中间型的单一物种呢？"

"因为不同物种之间不能杂交，这正是物种的定义。"

谢顿想了一会儿，然后耸耸肩，将它抛到脑后。"好啦，我把这个问题留给生物学家。"

"他们正是对'地球假说'最热衷的一群人。"

"地球？这是他们对那个所谓'起源世界'的称呼吗？"

"这是个最普遍的名字，不过我们无法知晓当初它叫什么，即使它真有个名字。至于它的可能位置，任何人都没有丝毫线索。"

“地球！”谢顿撅着嘴说，“在我听来和浑球差不多。无论如何，如果这本书讨论的是起源世界，我还没有碰到这个名字。它怎么写？”

她告诉他之后，他便迅速查阅那本典籍。“你看，这个名字没有列在索引里面，不论是‘地球’这两个字，或是任何同义词。”

“真的？”

“但他们的确随口提到其他一些世界，不过没有写出名字。他们对其他世界好像都没兴趣，除非它直接侵扰到他们所叙述的那个世界……至少，根据我目前读到的内容，我的心得是这样的。在某个地方，他们谈论到‘伍拾’这个概念，我不知道他们是什么意思。五十位领袖？五十个城市？在我看来似乎是五十个世界。”

“他们有没有说自己的世界叫什么名字？”铎丝问道，“这个世界似乎占据他们所有的心思。如果不称之为地球，他们又管它叫什么呢？”

“你该料想得到，他们管它叫‘本世界’或‘本行星’。有时也称之为‘最古世界’或‘黎明世界’，我猜后者带有诗意的象征，但我不清楚其中的意思。我想必须将这本典籍从头到尾读一遍，某些内容才会变得较有意义。”他带着几分嫌恶的表情，低头望着手中的典籍。“不过，那会花上很长一段时间，而我不确定会不会真有收获。”

铎丝叹了一口气。“哈里，我很遗憾。听你的口气，你十分失望。”

“那是因为我的确失望。不过，这是我自己的错，我不该让自己抱太大的希望——在某一处，我现在想起来了，他们称自己的世界为‘奥罗拉’。”

“奥罗拉？”铎丝扬起眉毛。

“听来像个专有名词，据我所知，没有任何其他含意。它对你有任何意义吗，铎丝？”

“奥罗拉。”铎丝一面想，一面露出些许凝重的神色，“在银河帝国的整个历史中，甚至在它的发展阶段，我都不敢说听过有哪颗行星叫那个名字。但是，我不会装作知道两千五百万个世界每一个的名字。我们可以在大学图书馆查一下——假如我们还有机会回斯璀璘的话。在麦曲生这里，想找图书馆是徒劳无功的。我总有一种感觉，他们所有的知识都在这本典籍中。不在里面的东西，他们就不会有兴趣。”

谢顿打了一个呵欠。“我想你说得对。无论如何，再读下去也没什么用，我也怀疑我的眼睛还能张多久。我想把灯关掉，你认为可好？”

“哈里，我会很高兴。还有，我们明天早上睡晚一点。”

在接下来的黑暗中，谢顿轻声说道：“当然，他们的记述有些实在荒谬。比方说，他们提到在他们的世界上，平均寿命介于三至四个世纪之间。”

“世纪？”

“没错，他们不用年来计算年龄，至少以十年为单位。这会带来一种诡异的感觉，因为他们叙述的事绝大多数平淡无奇，一旦他们举出一件古怪事物，你便会发觉自己险些就要相信了。”

“假如你觉得自己快要相信了，那么你就该了解，许多有关原始起源的传说，都会假设早期领袖人物拥有倍增的寿命。既然将他们刻画成具有不可思议的神勇，你想，配以倍增的寿命似乎是很自然的事。”

“是这样的吗？”谢顿又打了一个呵欠。

“是的。而重度冤大头症的疗法就是赶紧睡觉，等明天再来想这些问题。”

谢顿让思绪暂停，转而想到某人倘若试图了解整个银河系的人类，倍增的寿命或许正是必要的条件。刚想到这里，他便进入梦乡。

49

隔天早上，谢顿觉得心情轻松、神清气爽，迫不及待要继续研究那本典籍。他对铎丝说：“你说雨点姐妹有多大年纪？”

“我不知道。大概二十……二十二？”

“嗯，假设他们真能活三、四个世纪……”

“哈里！那太荒谬了。”

“我是说假设。在数学中，我们一天到晚‘假设’，看看是否会导致什么明显的错误，或是自相矛盾的结果。倍增的寿命几乎确定会导致倍增的发育期。她们可能看来二十出头，实际上已经六十几岁。”

“你可以试着问问她们的芳龄。”

“我们可以假定她们会说谎。”

“查查她们的出生证明。”

谢顿露出一抹苦笑。“随便你赌什么——让我献身给你都行，只要你愿意。我赌她们会说并不保存那种记录，即使有的话，她们也会坚持那些记录不能对外族人曝光。”

“不赌。”铎丝说，“假如真是那样，那么试图对她们的年龄做任何假设都没用。”

“喔，不。你这样想想，如果麦曲生人拥有倍增的寿命，长达普通人类的四、五倍，他们就不太可能生育很多子女，否则他们的人口一定急剧增加。你该记得，日主说过不能让人口增加之类的话，然后连忙愤愤地住口。”

铎丝道：“你到底想说什么？”

“我和雨点四十三在一起的时候，始终没看到小孩子。”

“在微生农场？”

“对。”

“你指望那里会有小孩吗？昨天我和雨点四十五在商店购物，还经过一些居住层。我向你保证，我看见许许多多各种年龄的儿童，包括婴儿在内，为数还真不少。”

“啊。”谢顿露出懊恼的表情，“这就代表他们不可能享有倍增的寿命。”

铎丝说：“根据你的推论，我会说绝无可能。你原来真以为是那样吗？”

“不，我并不认真。可是话说回来，你也不能封闭自己的心灵，不能仅仅做出一些假设，而不利用各种方法一一检验。”

“假如你碰到表面上荒谬绝伦的事，一律停下来咀嚼一番，同样会浪费很多时间。”

“有些事情表面上似乎荒谬，事实却不然。这倒提醒了我，你是历史学家。在你的研究工作中，曾经碰到一种称为‘机仆’的物件或现象吗？”

“啊！现在你又转到另一个传说，而且是非常热门的一个。许多世界都猜想史前时代曾有人形机器存在，它们通称为‘机仆’。

“机仆的故事也许通通源自同一个母传说，因为大意都差不多。机仆是人类发明的，后来，它们的数量和能力都增长到近乎超人的地步。它们威胁到人类，最后被尽数毁灭。在每个传说中，毁灭行动都发生于真正可靠的历史记录出现之前。我们通常的感觉是这个故事只是一种意象，代表人类从一个或数个源头母星开始向外扩张、探索整个银河系的过程中所面临的风险和危险。他们必定始终怀有一种恐惧，担心会遇到其他的，而且是超人的智慧生灵。”

“或许他们的确至少碰过一次，才会衍生出这个传说。”

“只不过在人类居住的每一个世界，都没有任何‘前人类’或‘非人类’智慧生灵的记录或遗迹。”

“可是为什么要叫‘机仆’呢？这个名字有任何意义吗？”

“即使有我也不知道，但它和耳熟能详的‘机器人’是同义词。”

“机器人！哼，他们为何偏偏不这样说？”

“因为在讲述古老传说时，人们喜欢使用古典词汇来营造气氛。对了，你为什么要问这些？”

“因为在这本古老的麦曲生典籍中，他们就提到了机仆。而且，还有极佳的评价呢。听我说，铎丝，你今天下午不是又要跟雨点四十五出去吗？”

“原则上——如果她现身的话。”

“你能不能问她一些问题，试着从她嘴里套出答案？”

“我可以试试。哪些问题呢？”

“我想要问问——以尽可能技巧的方式——麦曲生有没有哪座建筑是特别有意义的，是和过去息息相关的，是具有某种神话价值的，是可以……”

铎丝打断了他的话，压抑着笑意说：“我想你试图问的，是麦曲生有没有一座寺庙。”

谢顿不可避免地露出茫然的表情。“寺庙是什么？”

“另一个起源不明的古老词汇。它意味着你问及的所有事物——重大意义、过去、神话。很好，我会问问她。然而，这种事正是她们可能难以启齿的。当然，我是指对外族人而言。”

“纵然如此，还是试试吧。”

第十一章

圣 堂

奥罗拉：……一个神话世界，在太初时代、星际旅行的黎明期，应该曾有人类居住。有人认为它就是“地球”的别名，就是那个或许同样神秘的“人类起源世界”。据说在古川陀麦曲生区（参见该条），民众自视为奥罗拉居民的后裔，将这一点当做他们信仰体系的中心教条。除此之外，外人对这个信仰几乎一无所知……

——《银河百科全书》

50

雨点姐妹在上午时分抵达。雨点四十五似乎快活依旧，雨点四十三却只是伫立在门边，一副愁眉苦脸又小心谨慎的样子——她一直保持目光向下，连瞥也未瞥谢顿一眼。

谢顿显得有些不安，对铎丝做了一个手势。于是铎丝以愉悦而老到的语气说：“姐妹们，等一下。我必须对我的男人做些指示，否则他不知道自己今天该怎么办。”

他们走进浴室后，铎丝悄声问道：“有什么不对劲吗？”

“没错，雨点四十三显然魂不守舍。请告诉她，我会尽快归还那本典籍。”

铎丝对谢顿露出惊讶的神情良久。“哈里，”她说，“你很可爱，很体谅人，但你的敏感度还比不上一条变形虫。只要我对这个可怜的女人提到那本典籍，她就会确定你把昨天的事全告诉了我，然后她才会真的神不守舍。我唯一能做的，就是和平常一模一样地对待她。”

谢顿点了点头，垂头丧气地说：“我想你说得对。”

铎丝赶在晚餐前回来，发现谢顿正坐在便床上，仍在翻阅那本典籍，可是显得越来越不耐烦。

他带着一脸阴霾抬起头来，说道：“如果我们要在这里多待一些时日，我们就需要弄一套通讯装置。我完全不晓得你何时会回来，真有点担心。”

“好啦，现在我回来了。”她一面说，一面小心翼翼地脱下人皮帽，带着相当嫌恶的表情望着它。“我真的很高兴你会担心。我还以为你早就被这本典籍迷住，甚至没有察觉我出门了。”

谢顿哼了一声。

铎丝说：“至于通讯装置，我猜在麦曲生可不容易弄到。否则，那就代表能轻易和外面的外族人通讯。我觉得麦曲生的领袖都有坚定的意志，决心切断和外界一切可能的接触。”

“没错，”谢顿把典籍丢到一旁，“根据阅读这本典籍的心得，这点我也料想得到。你有没有问到你所谓的那个……寺庙？”

“问到了，”她一面说，一面摘下眉毛遮带，“果然存在。在本区范围内，这种建筑为数众多，可是某座中心建筑似乎是最重要的——你相不相信，有个女的注意到我的睫毛，跟我说我不该在公共场所露面？我有一种感觉，她打算告发我犯了暴露罪。”

“别担心那个，”谢顿不耐烦地说，“你可知道那座中心寺庙坐落何处？”

“我问到了地址，但是雨点四十五警告我，除非是特别的日子，否则女性一律不准进入，而最近都不会有那些日子。对了，它被称为圣堂。”

“什么？”

“圣堂。”

“多难听的名字，有什么意义吗？”

铎丝摇了摇头。“我是第一次听到。两位雨点也都不知道它的意思，对她们而言，圣堂并非那座建筑的名字，它就是那座建筑物本身。问她们为何这样称呼，也许就像问她们墙壁为何叫做墙壁。”

“关于这个圣堂，有没有她们真正知道的事？”

“当然有，哈里，她们知道它的用途。那个地方贡献给一种不属于麦曲生此地的生活。它是为了纪念另一个世界，原先的那个较佳的世界。”

“他们之前居住的那个世界，你是这个意思吗？”

“完全正确。雨点四十五几乎就是这么说的，但没有说明白。她无法说出那个名字。”

“奥罗拉？”

“就是这个名字，但我觉得你若是对一群麦曲生人大声说出来，他们会感到极度震惊和恐惧。雨点四十五说到‘圣堂是纪念……’就突然打住，改用手指在手掌上仔仔细细、一笔一画写下那个名字。她还涨红了脸，仿佛做了什么淫秽的事。”

“真奇怪。”谢顿说，“倘若这本典籍是正确的指南，奥罗拉就是他们最亲密的记忆，是他们凝聚一体的首要原因，是麦曲生境内万事万物运转的枢纽。提到它为什么会被视为淫秽呢？你确定没有误解那位姐妹的意思？”

“我很肯定，而这也许没什么神秘。谈得太多便会被外族人听去，最好的保密办法就是让它成为禁忌。”

“禁忌？”

“这是人类学的一个专用术语，意指一种严厉而有效的社会压力，足以禁止某种行动。女性不准进入圣堂这件事，或许就牵涉到禁忌的力量。假如你建议一位姐妹侵入它的界域，我确定她一定会吓得半死。”

“你打听到的地址，能让我自己找去圣堂吗？”

“首先我要强调，哈里，你不会单独行动，因为我要跟你一起去。我想我们已经讨论过这个问题，而且我说得很明白，我无法在远距离保护你——不论是对抗夹着冰珠的暴风雪，或是如狼似虎的女人。其次我要说，步行去那里是不切实际的想法。就行政区而言，麦曲生或许是个小区，但绝未小到那种程度。”

“那么，就搭捷运吧。”

“麦曲生境内没有任何捷运经过，那会让麦曲生人和外族人的接触变得太容易。话说回来，这里还是有大众交通工具，属于低度开发行星常用的那种。事实上，这就是麦曲生的写照。一小块未开发的行星，像碎片一样嵌在川陀表面，除此之外，川陀完全由已开发社会连缀而成。还有，哈里，尽快读完那本典籍。只要它还在你手上，显然雨点四十三就身处险境，万一被发现了，我们也会一起完蛋。”

“你的意思是，外族人阅读典籍是一种禁忌？”

“我肯定。”

“好吧，还回去也不会有太大损失。在我看来，百分之九十五的内容都枯燥得不可思议。政治团体间无止无休的明争暗斗，以及对一些无从判断多么高明的政策无止无休的辩护。此外还有对伦理议题无止无休的说教，即使它是文明开化的思想，措词中也充满令人愤慨的自以为是，让人不想违反也难，况且通常根本不知所云。”

“听你的口气，好像我要是把它拿走，等于帮了你一个大忙。”

“不过，总是还有另外百分之五，讨论到那个绝不可直呼其名的奥罗拉。我一直在想，那里也许有什么东西，而它也许对我有帮助。这正是我想打听圣堂的原因。”

“你希望在圣堂里找到线索，以支持典籍中对奥罗拉的说法？”

“可以这么说。此外，我对典籍中提到的机器人——或者用他们的说法，对那些机仆起了强烈的好奇心。我发现自己被这个想法深深吸引。”

“不用说，你不会认真吧？”

“几乎认真了。倘若接受典籍中某些片段的字面意义，那么它就暗示着一件事实：某些机仆具有人形。”

“自然如此。假如你想建构人类的拟像，就会把它造得看起来像人类。”

“没错，拟像的意思正是‘相像’，但相像可以是很粗略的。一位艺术家画出一张线条画，你也该认得出来，知道他想表现一个人形。圆圈代表脑袋，长方形代表身体，四根弯曲的线条代表手脚，这就行了。但我的意思是，就每个细节而言，机仆看来都真正酷似人类。”

“哈里，这简直荒谬。想想看，要花多少时间才能把金属躯体塑造成完美比例，并且表现出内部肌肉的平滑纹理。”

“铎丝，谁说金属了？我所得到的印象是，这些机仆都是使用有机或假有机材料；它们的外表覆盖着一层皮肤；你很难用任何方法区分它们和真人的不同。”

“典籍上这么说吗？”

“没有用那么多字句。然而，根据推论……”

“是根据‘你的’推论，哈里。你不能太认真。”

“让我试试看。我已找遍索引中每一条相关资料，根据那本典籍对机仆的记述，我发现可以推论出四件事。第一，我已经说过，它们——或者其中的一部分——形体和人类一模一样。第二，它们拥有极度倍增的寿命，如果可以这么说的话。”

“最好说‘有效期’，”铎丝说，“否则你会慢慢把它们完全当成人类。”

“第三，”谢顿并未理会她，继续说道，“有些——或者，无论如何至少有一个——一直活到今天。”

“哈里，这是人类流传最广的传说之一。古代英雄永远不死，只是进入一种生机停顿的状态，随时会在紧要关头回来拯救他的同胞。真的，哈里。”

“第四，”谢顿仍然没有上钩，“有几行字似乎指出，那个中心寺庙——或者就是圣堂，虽说事实上，我在典籍里没找到这个词汇——里面有个机仆。”他顿了一下，然后说，“你懂了吗？”

铎丝说:“不懂，我该懂些什么？”

“如果我们把这四点组合起来，那就代表圣堂里也许有个和真人一模一样的机仆，他至今仍旧活着，而且已经存活了……比如说两万年。”

“得了吧，哈里，你不可能相信这种事。”

“我并非真正相信，但我无法完全漠视。万一这是真的呢？我承认，这只是百万分之一的机会，不过倘若是真的呢？你看不出他对我会有多大帮助吗？他能记得古老的银河系是什么样子，那是比任何可靠的历史记录还要古老许多的年代。他或许能帮助我将心理史学变成可能。”

“即使这是真的，你以为麦曲生人会让你和这个机仆见面或晤谈吗？”

“我并不打算请求他们准许。至少我可以先到圣堂去一趟，看看那里是否真有什么晤谈的对象。”

“不是现在，最快也要等明天。假如明早你还没改变心意，我们就去。”

“你自己告诉我，他们不允许女性……”

“他们允许女性站在外面看，这点我能肯定，而我怀疑我们能做的也仅止于此。”

她的语气斩钉截铁。

51

哈里·谢顿极为乐意让铎丝带路。她曾经逛过麦曲生的大街，因此比他更熟悉这些街道。

铎丝·凡纳比里眉心打着结，对情况并没有那么乐观。她说：“你可知道，我们很容易迷路。”

“有这本小册子就不会。”谢顿说。

她抬起头，不耐烦地望着他。“哈里，把你的心思放在麦曲生上面。我真该拿一套电脑地图，我能对它发问的那种东西。这份麦曲生地图只是一叠塑胶布，我不能对它说我在哪里，不能用嘴巴告诉它，甚至不能借着按键告诉它。而它也不能告诉我什么，它只是个印刷品。”

“那就读读它的内容。”

“我正试着做这件事，但它是写给本来就熟悉这种系统的人看的。我们必须找人问路。”

“不，铎丝，那是最后的办法，我可不想引人注意。我宁可我们自己碰碰运气，试着找出正确路径，即使转错一两个弯也无所谓。”

铎丝极其专心地翻阅那本小册子，然后不情不愿地说：“嗯，它对圣堂做了显要的描述，我想这只不过是很自然的事。我敢说，每一个麦曲生人都会偶尔想要去那里。”更加全神贯注一会儿之后，她又说，“让我告诉你吧，从这儿到那儿根本没有交通工具。”

“什么？”

“别激动。显然有办法从这里搭车到另一处，再改搭另一辆车去那里。也就是说，我们必须换一次车。”

谢顿松了一口气。“嗯，理所当然。即使搭捷运，如果不换车，川陀也有一半地方到不了。”

铎丝不耐烦地瞥了谢顿一眼。“这点我也知道，只不过我习惯了让这些东西主动告诉我。当它们指望你自己找出答案时，最简单的事也能让你好一阵子摸不着头绪。”

“好啦，亲爱的，别生气。如果你知道该怎么走，就赶紧带路吧，我将谦卑地跟在后面。”

于是他亦步亦趋跟着她，直到抵达一个交叉路口，两人才停下脚步。

在这个路口等车的人，还有三位身穿白色褂服的男性，以及两位穿灰褂服的女性。谢顿试着向他们投以天下通用的笑容，他们却回敬一个白眼，并随即转开目光。

交通工具不久就来了。那是一辆式样过时的车子，在谢顿的家乡赫利肯，通常称之为重力公车。它里面有二十几张精致的长椅，每张能容纳四个人。在公车的两侧，每张长椅都有专属的独立车门。它停下来之后，乘客纷纷从两侧下车。一时之间，谢顿不禁为那些从街心侧下车的人担心，但他随即注意到，来往车辆在接近公车时都停了下来，而在公车尚未开动前，也没有任何一辆超越它。

铎丝不耐烦地推了谢顿一下，他赶紧走到一张还有两个相连座位的长椅旁，铎丝则跟在他后面。他注意到，男士总是优先上下车。

铎丝喃喃抱怨道：“别再研究人性了，注意你的四周。”

“我会试试。”

“例如这个。”她一面说，一面指着正前方椅背上隔出的一方平坦区域。公车一旦开动，那上面立刻亮起字迹，标示出下一站的站名、著名的建筑物，或是即将穿越的街道。

“好了，接近转车站的时候，它或许会告诉我们。本区至少并非全然混沌未开。”

“很好。”谢顿答道。过了一会儿，他倾身凑向铎丝，又悄声说：“没有人在看我们。在任何拥挤的地方，似乎都设有人工的界线，好让人人都能保有隐私。你注意到了吗？”

“我总是视之为理所当然。假如这将成为你的心理史学法则之一，没有任何人会重视的。”

铎丝猜得没错，最后他们面前的方向指示牌终于宣布：即将抵达“圣堂直达专车”的转车站。

他们下车之后，又需要再等一下。前面几辆公车已经离开这个路口，不过另有一辆重力公车即将进站。这是一条热门路线，而这也没什么好奇怪的，因为圣堂必定是本区的枢纽与心脏。

他们上了那辆重力公车，谢顿悄声道：“我们都没付钱。”

“根据这份地图，大众运输工具是免费的服务。”

谢顿撅起下唇。“多么文明啊。我想任何事物都不能一概而论，不论落后或是开化，都不能以偏概全。”

铎丝却用手肘轻推他一下，压低声音说：“你的法则被打破了。有人盯着我们，坐在你右边那个男的。”

52

谢顿的眼睛很快瞟了一下。坐在他右边的那位男士稍嫌瘦削，而且似乎相当年长。他有一对深褐色的眼珠，以及一身黝黑的皮肤。谢顿可以确定，他若未曾接受脱毛手术，就一定会有一头黑发。

他再度面向前方，开始寻思：这位兄弟的外表相当特殊。在此之前，他曾注意过少数几位兄弟，他们的个子都不算矮，而且肤色很淡，有着蓝色或灰色的眼珠。当然，他尚未遇见够多的人，还不足以列出一条通则。

然后，谢顿感到裰服的右手袖子被轻轻碰了一下。他迟疑地转过头去，发觉眼前出现一张卡片，上面写着一行淡淡的字迹："外族人，小心！"

谢顿吓了一跳，自然而然伸手去摸人皮帽。身旁那位男士则做出一组无声的口型："头发。"

谢顿摸到了，原来鬓角处有一绺短发露出来。不知道什么时候，他一定扯到了这顶人皮帽。他赶紧尽可能若无其事地将它向下拉，然后装做好像是在摸头，用手在附近探了探，以确定人皮帽已服服帖帖。

他向右转身，对邻座轻轻点了点头，也做出一组口型："谢谢你。"

邻座那人微微一笑，改用正常的声音说："去圣堂吗？"

谢顿点了点头。“对，正要去。”

“很容易猜到。我也一样，我们要不要一块下车？”他的笑容相当友善。

“我带着我的……我的……”

“你的女人。没问题，那就三个人一块吧？”

谢顿不知道该如何回应。他向另一侧迅速望了望，发觉铎丝的眼睛已转向正前方。她在刻意表现对男性的交谈不感兴趣，这是符合姐妹身份的态度。然而，谢顿感到左膝被轻拍了一下，他把这个意思（也许没有什么正当理由）诠释为：“没关系。”

无论如何，礼数使他自然而然认同这一点。于是他说：“好，当然好。”

他们之间并未再做任何交谈。不久，方向指示牌告诉他们圣堂到了，那位麦曲生友人便起身准备下车。

重力公车绕着圣堂广场做了一个大转弯。车子停妥后，众多乘客都要在此下车。男士纷纷先行走出车门，女士则一律跟在后面。

这位麦曲生人上了年纪，因此声音有点沙哑，不过口气十分快活。“我说……朋友们，现在吃午餐早了点。但是请相信我，要不了多久就会非常拥挤。你们愿不愿意买点简单的食物，先在外面吃完？我对这一带非常熟，我知道一个好地方。”

谢顿疑心这是个圈套，诱骗无知的外族人购买什么不堪的或昂贵的东西。然而，他决定冒一次险。

“你实在太好了。”他说，“既然我们对这个地方一点也不熟，我们很高兴有你当向导。”

他们在一个露天小摊买了午餐——三明治以及一种看来像是牛奶的饮料。既然天气很好，而他们又是游客，所以那位麦曲生老者建议一同走到圣堂广场，在户外将这一餐解决，这还有助于他们熟悉周围的环境。

当他们拿着午餐一路向前走的时候，谢顿注意到圣堂类似缩小许多倍的皇宫，周围的广场则仿佛是个具体而微的御苑。他几乎不能相信麦曲生人竟会崇拜皇室建筑，或是做出除了憎恨它、鄙视它之外的任何行为，但文化上的吸引力显然无可抵御。

“真漂亮。”那位麦曲生人带着明显的骄傲说。

“是啊。”谢顿说，“它在白昼之下多么灿烂耀眼。”

“周围的广场，”他说，“是模仿我们‘黎明世界’上的政府广场建造的……事实上，是缩小很多的仿制品。”

“你见过皇宫周围的御苑吗？”谢顿小心翼翼地问。

那麦曲生人察觉到了这句话的含意，却似乎一点也不在意。“他们，也是在尽可能仿照黎明世界。”

谢顿的怀疑达到极点，但他什么也没说。

他们来到一个半圆形的白色石椅旁，它也像圣堂一样，在人工日光下闪闪发亮。

“太好了。”这位麦曲生人的黑眼珠闪耀着喜悦的光彩，“没有人占据我的地盘。我称之为我的，只因为它是我最心爱的座位。从这里穿过树木看出去，可以见到圣堂边墙的美丽景观。请坐下来，我保证它并不冰冷。还有你的同伴，也欢迎她坐下。我知道她是一名外族女子，因而拥有不同的习俗。她……她若想说话，可以随意。”

铎丝狠狠瞪了他一眼，然后才坐下来。

谢顿体认到他们大概会跟这位麦曲生老者待一会儿，于是伸出手来说：“我叫哈里，我的女伴名叫铎丝。抱歉，我们并不用号码。”

“各人自有他自己……或她自己……的规矩。”对方以豪爽的口气说，“我是菌丝七十二，我们是个大支族。”

“菌丝？”谢顿带着点犹豫问道。

“你似乎很惊讶。”菌丝说，“那么我猜想，你只遇见过那些长老家族的人。诸如云朵、阳光、星光之类的名字——全都是天象。”

“我必须承认……”谢顿的话只说了一半。

“嗯，现在见见低下阶层的人吧。我们从土地上，以及我们栽培的微生物中撷取我们的名字，它们尊严无比。”

“我相当确定。”谢顿说，“再次谢谢你在重力公车上帮我……解决问题。”

“听着，”菌丝七十二说，“我帮你免除了许多麻烦。假使一位姐妹在我之前看到你，她肯定会发出尖叫，旁边的兄弟们就会把你推下公车——也许甚至不等它停下来。”

铎丝身子往前倾，以便让视线越过谢顿。“你自己为何没有这种反应呢？”

“我？我对外族人没有恨意，我是一名学者。”

“学者？”

“我们支族中的头一个。我就读于圣堂学院，而且成绩非常好。我对一切古代艺术都有研究，而且我还有许可证，可以进入外族图书馆，那里收藏着外族人的影视书和字体书。我能随心所欲浏览任何影视书，或是阅读任何一本字体书。我们甚至有一间电脑化参考图书馆，而我也能使用。这种事有助于开拓心灵，所以我不介意见到有点头发露出来。我在许多照片上都看过留着头发的男人，还有女人。”他瞥了铎丝一眼。

他们默默吃了一会儿午餐，然后谢顿说：“我注意到每位进出圣堂的兄弟，身上都披挂着一条红色肩带。”

“喔，没错。”菌丝七十二说，“从左肩垂下来，在腰际右侧绕一圈——通常都有非常别致的刺绣。”

“那是为什么？”

“它称为‘和带’，象征着进入圣堂所感受到的喜悦，以及为了保有它而甘愿喷洒的鲜血。”

“鲜血？”铎丝皱着眉头说。

“只是一种象征罢了，我从未真正听说有什么人血溅圣堂。此外，这里其实也没什么喜悦，主要都是对‘失落世界’的恸哭、悲叹，或是顶礼膜拜。”他的声音压低了，并且转趋柔和。“非常愚蠢。”

铎丝说：“你不是一名……一名信徒？”

“我是一名学者。”菌丝带着明显的骄傲说。当他咧嘴而笑时，他的脸孔皱成一团，使得老态更加明显。谢顿发觉自己对此人的年纪感到好奇——数个世纪？不，他们已经排除这个假设。那是不可能的，然而……

“你有多大岁数？”谢顿不知不觉突然问道。

对于这个问题，菌丝七十二没有表现生气的意思，他的回答也未显现任何迟疑。“六十七。”

谢顿非要追根究底不可。“我听说你们族人相信，在极早的时代，每个人都能活好几世纪。”

菌丝七十二以古怪的神情望着谢顿。“你是怎么知道的？一定是谁口没遮拦……但那是真的，的确有这种信仰。只有天真的人才会相信，但长老们却鼓励有加，因为它能显出我们的优越。事实上，我们的平均寿命确实高于其他地区，因为我们吃得比较营养，可是活到一个世纪的人都少之又少。”

“我猜你并不认为麦曲生人比较优越。”谢顿说。

菌丝七十二答道:“麦曲生人没有什么问题，他们绝不低人一等。话说回来，我认为人人平等——甚至包括女人。”他在补充这句话时，朝铎丝的方向望了一眼。

“而我则认为，”谢顿说，“你们族人同意这点的不会太多。”

“同理，你们族人同意的也不多。”菌丝七十二带着一丝愤恨说道，“不过，我却深信不疑，身为学者理当如此。外族人所有的伟大文学作品，我全部观赏甚至阅读过。我了解你们的文化，还写过这方面的文章。我可以自在地和你们坐在一起，就好像你们是……我们的一分子。”

铎丝略嫌唐突地说:“听你的口气，好像颇自豪于了解外族人的种种。你到麦曲生之外旅行过吗？”

菌丝七十二似乎后退了一点。“没有。”

“为什么呢？那样你会对我们更加了解。”

“我会觉得不对劲。我必须戴一顶假发，那令我感到羞愧。”

铎丝问道:“为何要假发？你大可保持光头啊。”

“不行，”菌丝七十二说，“我才不会那么傻，否则拥有毛发的人通通会欺负我。”

“欺负？为什么？”铎丝说，“不论是在川陀任何角落，或是其他任何一个世界上，都有许许多多天生的秃子。”

“我的父亲就相当秃，”谢顿叹了一声，“我猜未来几十年内，我也会变成秃头。我的头发现在就不怎么浓密。”

“那不是光头。”菌丝七十二说，“你们保有侧面的毛发，还有眼睛上面的。我的意思是光秃秃——完全没有毛发。”

“全身都没有吗？”铎丝很感兴趣地说。

这回菌丝七十二看来真生气了，他并未回答这个问题。

谢顿急着想把话题拉回来，他说：“菌丝七十二，请告诉我，外族人能以旁观者的身份进入圣堂吗？”

菌丝七十二猛力摇了摇头。“绝对不行，它的门只为黎明之子而开。”

铎丝说：“只有黎明之子？”

菌丝七十二显得震惊了一阵子，然后又不以为意地说：“好吧，你们是外族人。只有在特定的日子和时辰，黎明之女方可进入。规定就是这样，我可没说我也赞同。如果由我作主，我会说‘进去吧，玩个尽兴。’事实上，我自己会排在最后。”

“你从来没进去过吗？”

“我小的时候，父母曾经带我去过。可是——”他摇了摇头，“里面只有一些凝视着典籍的人，他们诵读其中的章句，为古老的日子叹息和流泪。气氛非常沉闷，你不能交谈，不能笑出声来，甚至不能望着别人。你的心灵必须完全放在失落世界上，完完全全。”他挥了挥手，表示无法认同。“我可不吃这一套。我是一名学者，我要整个世界对我开放。”

“说得好。”谢顿发觉机会出现了，“我们有同感。我们也是学者，铎丝和我都是。”

“我知道。”菌丝七十二说。

“你知道？你怎么会知道？”

“你们一定是。获准进入麦曲生的外族人，仅限于帝国官员、外交使节和重要的行商，此外就是学者。在我看来，你俩都有学者的长相。这就是我对你们感兴趣的原因，物以类聚嘛。”他露出开怀的笑容。

“果不其然。我是数学家，铎丝是历史学家。你呢？”

“我的专长是……文化。我读过外族人所有的伟大文学作品，黎叟尔、曼通、诺维葛……”

“我们则读过你们族人的伟大作品。比如说，我曾经读过你们的典籍——有关失落世界的记述。”

菌丝七十二惊讶得张大双眼，橄榄色的皮肤似乎也稍微褪色。“你读过？怎么会？在哪里？”

“在我们的大学里有些副本，只要获得允许就能阅读。”

“典籍的副本？”

“没错。”

“我怀疑长老们是否知道这件事？”

谢顿又说：“我还读过有关机仆的记载。”

“机仆？”

“是的。所以我才会希望能够进入圣堂，我想看看那个机仆。”铎丝轻踢谢顿的脚踝，但他并未理会。

菌丝七十二不安地说：“我不相信这种事，有学问的人都不相信。”但他随即东张西望，仿佛担心有人偷听。

谢顿说：“我读到过一段记载，说有个机仆仍在圣堂里面。”

菌丝七十二说：“我不想讨论这种无稽之谈。”

谢顿毫不放松。“假使它真在圣堂里面，会在哪个角落呢？”

“即使那是真的，我也无法告诉你什么。我只在小时候进去过。”

“你可知道里面是否有个特别的地方，一个隐密的场所？”

“有个长老阁，只有长老才能去，可是那里什么也没有。”

“你去过吗？”

“没有，当然没有。”

“那你又怎么知道呢？”

“我不知道那里有没有石榴树，我不知道那里有没有激光风琴，我不知道那里有没有其他一百万种东西。我不知道它们存不存在，是否就代表它们全部存在？”

一时之间，谢顿无言以对。

菌丝七十二忧虑的脸庞闪过一丝飘忽的笑容。他说：“那是学者的论证方式。你瞧，我可不是容易对付的人。无论如何，我还是建议你别试图上长老阁去。万一让他们发现有个外族人在里面，我想你是不会喜欢那种后果的。好啦，愿黎明与你同在。”他突然起身——毫无预警——然后匆匆离去。

谢顿望着他的背影，感到相当讶异。“什么东西把他吓得落荒而逃？”

“我想，”铎丝说，“是因为有人来了。”

的确有人来了。那人身材高大，穿着一件精致的白色褑服，斜挂着一条更为精致且隐隐生辉的红色肩带。他踏着严肃的步伐趋近他们，脸上挂着无庸置疑的权威，以及更加无庸置疑的不悦神色。

53

新出场的那位麦曲生人走近后，哈里·谢顿马上站起来。至于这是不是合宜的礼貌举动，他并没有丝毫概念，不过他清清楚楚地感觉到，这样做不会有任何害处。铎丝·凡纳比里跟着他起身，小心翼翼地保持着下垂的目光。

对方站在他们两人面前。他也是一名老者，却比菌丝七十二更不容易看出年龄。岁月似乎使他依然英俊的脸庞显得更加高贵。他的光头浑圆美观，他的眼珠则是惊人的湛蓝色，与火红而明亮的肩带形成强烈对比。

来人说道："我看得出你们是外族人。"他的声音比谢顿预料的更为高亢，不过他说得很慢，仿佛意识到他吐出的每个字都具有权威。

"我们的确是。"谢顿以客气但坚定的语气说。他觉得无论如何应该尊重对方的身份，却并未打算放弃自己的身份。

"你们的姓名？"

"我是来自赫利肯的哈里·谢顿，我的同伴是来自锡纳的铎丝·凡纳比里。你呢，麦曲生先生？"

那人不悦地眯起眼睛，不过当他面对威严的态度时，他自然也体会得到。

"我是天纹二，"他将头抬高了一些，"圣堂的长老之一。外族男子，你的身份为何？"

"我们，"谢顿刻意强调这个代名词，"是斯璀璘大学的学者。我是数学家，我的同伴是历史学家，我们前来研究麦曲生的风土民情。"

"经由谁的许可？"

"经由日主十四的许可。我们抵达时，他曾亲自迎接。"

天纹二陷入沉默好一会儿，然后他脸上出现浅浅笑意，态度则变得几乎和蔼可亲。他说："原来是元老，我和他很熟。"

"你理当如此。"谢顿以温和的语气说，"还有什么事吗，长老？"

"有的。"这位长老极力想要重新掌握优势，"刚才和你们在一起，当我走近时匆匆离去的是什么人？"

谢顿摇了摇头。“长老，我们以前从未见过他，对他一无所知。我们遇到他纯粹是巧合，只是向他询问有关圣堂的事。”

“你问他些什么？”

“两个问题，长老。我们问他这座建筑是否就是圣堂，还有它是否准许外族人进入。他对第一个问题的回答是肯定的，对第二个则是否定的。”

“相当正确。你又对圣堂哪方面有兴趣？”

“长老，我们来此是要研究麦曲生的风土民情。圣堂难道不是麦曲生的大脑和心脏吗？”

“它完全是我们的，专门保留给我们。”

“即使是某位长老——不，元老——看在我们做学问的份上，也不能特准我们进去吗？”

“你真得到了元老的许可？”

谢顿只迟疑了很短一下子，铎丝趁机扬起眼珠，迅速从旁望了他一眼。他断定自己无法扯这么大的谎，于是说：“不，还没有。”

“或者永远不会。”长老说，“你们虽然获得许可来到麦曲生，可是即使最高当局也无法绝对控制公众。我们珍惜我们的圣堂——不论在麦曲生哪个角落出现一个外族人，都很容易引发大众的激动情绪，但是，尤其以圣堂附近最为严重。只要有个容易冲动的人高喊一声‘侵略！’，像这样一群平和的群众就会变成一群猛兽，非得将你们碎尸万段才肯罢休。我这样说绝非夸大其辞。即使元老对你们表示亲善，为了自己好，你们还是走吧。立刻就走！”

“可是圣堂……”谢顿顽固地说，不过铎丝却在轻扯他的裰服。

“圣堂里面究竟有什么能引起你的兴趣？”长老说，“你已经从外面看到了，而里面没有任何值得你看的东西。”

“有个机仆。”谢顿说。

长老惊骇万分地瞪着谢顿。然后他弯下腰来，将嘴巴凑到谢顿耳边，严厉地悄声道："立刻离开，否则我自己会高喊那声'侵略！'。要不是看在元老的份上，我连这个机会也不会给你。"

此时铎丝展现惊人的力量，拉着谢顿急步离去，几乎使他站立不稳。她一路拖着他走，直到他恢复平衡，快步跟在她后面为止。

54

一夜无话，直到次日上午吃早餐的时候，铎丝才重拾这个话题——不过却是用谢顿感到最伤人的说法。

她说："唉，昨天真是一败涂地。"

谢顿面色凝重，他原本还真以为已经躲过批判。"凭什么说一败涂地？"

"我们的下场是被轰出来。为了什么？我们又得到了什么？"

"我们只是得知那里面有个机器人。"

"菌丝七十二说没这回事。"

"他当然那样说。他是个学者，或说自认是个学者。有关圣堂的点点滴滴，他不知道的也许能装满他常去的那间图书馆。你看到那个长老的反应了。"

"我当然看到了。"

"假使里面并没有机器人，他不会表现出那样的反应。我们的情报把他吓坏了。"

"哈里，那只是你的猜想。即使真有其事，我们也进不去。"

"我们当然能试一试。吃完早餐我们就出去，我要买一条肩带，就是所谓的和带。我把它挂在身上，虔敬地保持目光向下，就这样走进去。"

"人皮帽和其他一切呢？他们会在一微秒内认出你来。"

"不，不会的。我们先走进那间保存外族人资料的图书馆，反正我也想去看看。那间图书馆是圣堂的一栋附属建筑，我推测里面或许有进入圣堂的入口……"

"你进去后会立刻遭到逮捕。"

"绝对不会。你也听到菌丝七十二是怎么说的，人人都保持目光向下，冥思他们那个伟大的失落世界奥罗拉。没有人会望向其他人，说不定那是严重违反戒律的行为。然后，我就能找到长老阁……"

"那么容易？"

"在昨天的谈话中，菌丝七十二曾建议我别试图上长老阁去。上去！它一定是在圣堂的高塔中，那个中央高塔。"

铎丝摇了摇头。"我不记得那人使用的是哪些字眼，我想你也记不清了。那实在是太过微弱的根据……慢着。"她突然打住，同时皱起眉头。

"怎么了？"谢顿问。

"'阁'是个古老的字眼，意思是位于高处的住所。"

"啊！我就说吧。你看，从你所谓的一败涂地中，我们获悉了一些重要的事。如果我再找到一个已经两万岁的、活生生的机器人，如果它能告诉我……"

"假设这种东西果真存在，这已经难以置信；再假设你能找到它，这又是不大可能的事。在这两个前提下，你认为你在行踪暴露之前，可以跟它谈多久的话？”

“我不知道。可是如果我能证明它的存在，而我又能找到它，那我总会想办法和它交谈。不论在任何情况下，我想打退堂鼓都已经太晚了。在我认为心理史学根本无法建立时，夫铭就该放我一马。现在似乎有了眉目，我不会让任何事物阻止我——除非把我杀了。”

“麦曲生人可能会被迫那样做，哈里，你不能冒这个险。”

“不，我可以冒险，我要去试试看。”

“不，哈里。我必须照顾你，我不能让你去。”

“你一定要让我去。找到建立心理史学的方法，比我自身的安全更重要。我的安全之所以重要，只因为我或许能够建立心理史学。若是阻止我这么做，你的工作就失去意义——好好想一想。”

谢顿觉得一股全新的使命感注入体内。心理史学——那个模糊不清的理论，不久之前，他还认为绝无成功的希望——隐隐约约变得越来越大，越来越真实。现在，他必须相信它是有可能的，他打心眼里感觉得到。拼图的碎片似乎开始逐渐聚拢，虽然还不能看出整体的图样，他却可以确定圣堂能够提供另一块碎片。

“那我要和你一起进去，这样，我才能及时把你这个白痴拉出来。”

“女人是不准入内的。”

“什么东西让我看来像个女人？只是这件裰服罢了。穿着这种服装，你看不见我的胸部。而戴上人皮帽之后，我也不再拥有女人的发型。我的脸洗得干干净净，未施任何脂粉，和男人没什么两样，何况这里的男人连短髭都没有。我需要的只是一件白色裰服和一条肩带，然后我就能进去。要不是受到禁忌的限制，每位姐妹都能这么做。我可不受任何的限制。”

"你受我的限制。我不让你那样做，太危险了。"

"对我和对你一样危险。"

"但我非得冒这个险不可。"

"那么我也一样。你的使命为什么能压过我的？"

"因为……"谢顿突然住口，陷入沉思。

"你这样想吧，"铎丝的声音坚如岩石，"我绝不会让你一个人去，假如你想尝试，我会把你打昏，再把你绑起来。倘若你不喜欢那样，就打消单独行动的念头。"

谢顿犹豫不决，还闷闷不乐地嘀咕了几句。但他放弃了争论，至少暂时如此。

55

天空几乎万里无云，但晴空却是灰蓝色的，仿佛罩在一片高层轻雾中。那是个美好的画面，谢顿心想，不过他忽然又怀念起太阳。川陀的居民都看不见这颗行星的太阳，除非他们前往上方，而且即便如此，也必须等到自然的云层裂出一道缝。

土生土长的川陀人是否怀念太阳？是否想到过它？当他们访问其他世界，抬头便能望见真实太阳之际，他们是否带着敬畏的心情，凝视着那颗眩目的火球？

他感到纳闷，为何那么多人过着庸庸碌碌的日子，从未试图找出许多问题的答案——甚至根本未曾想到那些问题？人生难道还有什么事，会比寻找答案更令人感到振奋？

他又将视线移到水平线上。宽广的道路两侧排列着低矮的建筑，其中大多数是商店。来来往往的个人地面车为数众多，每一辆都紧贴着右侧。它们似乎像一批古董，不过都是电力驱动的，而且几乎安静无声。谢顿不禁怀疑，“古董”这个词难道总是值得嘲笑吗？安静是否能弥补慢速的缺点？毕竟，人生又有什么特别需要赶场的呢？

看到人行道上有些儿童，谢顿在心烦意乱中抿紧了嘴唇。显然，麦曲生人不可能拥有倍增的寿命，除非他们愿意大肆进行杀婴的举动。无论男孩或女孩（虽然很难分辨）都穿着裰服，长度仅达膝盖以下数寸，好让孩童狂野的活动不至束手束脚。

那些儿童也都还有头发，长度不超过一寸。不过即使如此，较大的儿童在裰服上一律附有兜帽，而且都把它拉上，将头顶完全遮起来。仿佛他们年龄已经不小，足以使头发看来有点淫秽之意——或者是年龄已经够大，因而主动希望遮掩头发，并渴望脱毛的成年礼早日来临。

谢顿突然闪过一个念头。他说：“铎丝，你去购物的时候由谁付账，是你还是雨点姐妹？”

“当然是我。雨点姐妹从未掏出信用瓷卡，但是她们应该那样做吗？买的东西全是给我们用的，和她们无关。”

“但你拿的是一张川陀信用瓷卡，外族女子的信用瓷卡。”

“当然，哈里，可是这根本不成问题。麦曲生人或许如愿地保持着独有的文化、思考模式和生活习惯。他们还可以毁弃头部毛发，并且一律穿着裰服。然而，他们必须使用这个世界所通用的信用点。倘若他们拒绝，便会扼杀一切商业活动，但任何理智的人都不会想那么做。哈里，信用点是万能的。”她举起一只手，仿佛正握着一张隐形信用瓷卡。

“所以他们接受你的信用瓷卡？”

“他们连看都没看我一眼，对我的人皮帽也从来不予置评。信用点消除了一切疑虑。”

“嗯，那很好。所以我也能买……”

“不，由我来买。信用点或许能消除一切疑虑，但比较起来，还是更容易消除对一名外族女子的疑虑。他们习惯了对女性不太注意或毫不注意，所以自然而然对我一视同仁——这就是我曾经光顾的那家服装店。”

“我在外面等。帮我买一条好看的红肩带——特别引人注目的。”

“你别假装忘了我们的决定。我会买两条，还会再买一件白色裰服……符合我的尺寸的。”

“一个女人想买白色裰服，他们不会奇怪吗？”

“当然不会。他们会假定我是帮男伴买的，而他的身材刚好和我一样。事实上，只要我的信用瓷卡没问题，我想他们根本懒得做任何假定。”

于是谢顿开始等待，并有几分期望会有人和他这个外族人打招呼，或者公然抨击他这个外族人——后者其实更有可能，不料这两种人皆未出现。在他面前经过的人都没看他一眼，即使是那些朝这个方向望来的人，也似乎无动于衷地继续前进。尤其让他敏感的是那些灰色裰服——那些成双成对行走的女性，而身边有个男伴的更糟。她们是属于受到压制、遭到冷落、不受重视的一群，还有什么举动，比看到外族男子后尖叫一声更能引起短暂的侧目？可是就连女性也对他不屑一顾。

他们并未预期看到外族人，谢顿想，所以就视而不见。

这点，他认定将有助于两人即将侵入圣堂的行动。更不会有人预期在那里见到外族人，自然会对他们两人更加视若无睹。

铎丝出来的时候，谢顿的心情相当好。

“买齐了吗？”

“绝对齐全。”

“那我们回去吧，好让你换衣服。”

新买的白色裰服不如灰色那件合身。显然她刚才根本不能试穿，否则即使最愚钝的店主也会吓得不知所措。

“哈里，我看来怎么样？”她问道。

“和男生一模一样。”谢顿说，“现在我们来试试肩带……或者该说和带，我最好习惯这个说法。”

未戴人皮帽的铎丝正心满意足地甩着头发。她突然说：“别急着戴上，我们并不准备披挂着肩带游行麦曲生。引人注目是我们最不愿发生的事。”

“不，不。我只是想看看是否合身。”

“好吧，不是那条。这条的品质比较好，而且比较精致。”

“你说得对，铎丝。我必须吸引所有的注意力，我可不想让他们察觉你是女的。”

“我不是那个意思，哈里，我只是要你看来帅气。”

“万分感谢，但我怀疑那是不可能的。现在，让我们想想看，这究竟该怎样穿戴。”

谢顿与铎丝两人一起练习戴上与摘下和带的动作，练了一次又一次，直到能以流畅的动作一气呵成为止。这回是由铎丝担任谢顿的老师，因为昨天她在圣堂外曾看到一名男子全程的动作。

当谢顿称赞她具有敏锐观察力的时候，她红着脸说：“这实在没什么，哈里，只不过是我刚好注意到。”

谢顿答道:“那么，你是个注意力过人的天才。”

终于练得满意之后，他们站得相隔老远，互相审视着对方的穿着。谢顿的和带闪闪发亮，有个鲜红的龙形图案浮现在较淡的同色调背景上。铎丝那条的设计比较不那么大胆，仅在中央处点缀着一条简单的细纹，而且色调非常浅。“这样，”她说，“刚好足以显示我们的品味不赖。”说完她就摘下那条和带。

“现在，”谢顿说，“我们把它叠起来，放进一个内袋。我的信用瓷卡——其实是夫铭的——和此地的钥匙在这个内袋，而这里，另一边的内袋是那本典籍。”

“典籍？你应该带着它到处跑吗？”

“我必须这么做。我猜进入圣堂的人都该随身携带一本典籍，他们可能会吟咏或齐声朗读其中的章句。有必要的话，我们就共用这本典籍，或许没有人会注意到。准备好了吗？”

“我绝不会准备好，但我会跟你一起去。”

“这会是一趟沉闷的旅程。能否请你检查一下我的人皮帽，确定这次没有头发露出来？记着别抓你的头。”

“我不会。你看来一切正常。”

“你也是。”

“还有，你看来紧张兮兮的。”

谢顿以挖苦的口气说:“猜猜为什么！”

铎丝冲动地伸出手去，紧紧握住谢顿的手，却又赶紧抽回来，好像对自己的举动惊讶不已。然后她低下头，将身上的白色裰服拉直。谢顿自己也有点惊讶，却又异样地高兴，他清了清喉咙，说道:“好啦，我们走吧。”

第十二章

长老阁

机仆：……某些世界的古代传说中所使用的词汇，与较通行的名称“机器人”同义。根据记载，机仆一般皆由金属制成，外形酷似人类，不过有些机仆的材料可能为假有机物质。盛传哈里·谢顿在“逃亡期”曾亲眼见到一个真正的机仆，但此一轶闻并不可靠。在谢顿浩瀚的著作中，从未提到任何机仆，不过……

——《银河百科全书》

56

没有人注意他们。

哈里·谢顿与铎丝·凡纳比里重复着昨日的行程，这次没有任何人多看他们一眼，甚至几乎没有人注意到他们。在公车上有好几次，他们必须将膝盖偏向一侧，好让坐在内侧的人下车。而在有人上车之后，只要内侧还有空位，他们立刻明白应该向内移动。

这一回，他们很快就受不了久未洗涤的裰服所发出的气味，因为他们不再那么容易被车外的事物吸引。

无论如何，他们总算抵达目的地。

“那就是图书馆。”谢顿低声道。

“我想没错。”铎丝说，“至少，它就是菌丝七十二昨天指的那栋建筑。”

他们以悠闲的步伐朝它走去。

“深呼吸一下，”谢顿说，“这是第一道关卡。”

前面的门开着，里面的光线柔和而偏暗，门前则有五级宽阔的石阶。他们踏上最低的一级，等了好一会儿，才了解自己的重量并未使阶梯上升。铎丝做了一个浅浅的鬼脸，挥手示意谢顿往上走。

当他们一起走上阶梯时，都为这种落后而替麦曲生感到难为情。然后，他们走进一道门，室内近门处摆着一张办公桌，有个男的埋首于一台电脑前，谢顿从未见过那么简单、那么粗陋的电脑。

那个男的并未抬头看看他们。根本没有必要，谢顿这么想。白色的裰服，光秃的头颅——所有的麦曲生人看来几乎都差不多，眼光扫过并不会留下任何印象。而在这个节骨眼上，这点成了外族人的有利因素。

那人似乎仍在研究桌上的一样东西。“学者吗？”他问。

“学者。”谢顿答道。

那人突然朝一扇门摆了摆头。“进去吧，尽情研究。”

他们进去后，发现目力所及的范围内，他们是图书馆这一区仅有的两个人。若非这间图书馆并不是热门的去处，就是学者为数极少，而更可能的情况，则是两者同时成立。

谢顿悄声道：“我本来以为，我们一定得出示某种执照或许可文件，我准备辩称我忘了带。”

“不论在任何情况下，说不定他都会欢迎我们。你见过像这样的地方吗？如果地方像人一样也会死亡，我们就是在一具尸体里面。”

这一区的图书大部分是字体书，就像谢顿内袋里的那本典籍一样。铎丝一面沿着书架游走，一面研究其上陈列的书籍。“古书，大多数都是。部分是经典名著，部分则一文不值。”

“是外界的书籍吗？我的意思是非麦曲生的？”

“喔，没错。如果他们有自己的书籍，也一定收藏在另一区。本区专供那些可怜的自命学者进行‘外界研究’，比如说昨天那位。这是参考图书部，这里有一套《帝国百科全书》……一定有五十年的历史，绝少不了……还有一台电脑。”

她伸手想触动按键，谢顿却阻止她。“等一等。万一出什么问题，我们就会被耽搁了。”

他指着一排独立书架上的一个朴素标志，上面映着“往圣堂”

三个闪亮的字体，其中“圣”字有些笔画黯淡无光，也许是最近才坏的，也可能是因为无人在意。帝国正在衰败，谢顿想道，每一部分皆然，麦曲生也不例外。

他四下张望一番。这间简陋的图书馆似乎空无一人，没有人跟在他们后面进来。虽说对麦曲生的骄傲而言，它是不可或缺的一环；而它对长老们则可能极为有用，他们得以从中找到只字片语，用来支撑他们的信仰，再将疑点归咎于世故的外族人。

谢顿说：“我们走到这儿来，避开门口那人的视线，然后戴上肩带。”

在那扇门前，他突然意识到只要越过这第二道关卡，他们就再也无法回头。他说：“铎丝，别跟我进来。”

她皱起眉头。“为什么？”

“这不安全，我不要你身陷险境。”

“我来这里就是要保护你。”她以坚定的口吻，不疾不徐地说。

“你能提供什么样的保护？我可以保护自己，虽然你也许不以为然。反之，我却会为了保护你而缚手缚脚，难道你不明白吗？”

“哈里，你绝不要为我担心。”铎丝说，“担心是我的事。”她拍拍藏在裰服下的胸脯，落手处正好是肩带。

“因为夫铭要求你这么做？”

“因为这是我的使命。”

她伸出双手，抓住谢顿的上臂。如同往常一样，她的铁爪令他惊讶不已。她说：“我反对这样做，哈里，但你若是觉得非进去不可，那我也一定要跟进去。”

“既然这样，好吧。可是，万一发生什么事，而你能逃脱的话，那就赶快跑，不要顾虑我。”

“你在白费唇舌，哈里，而且是在侮辱我。”

谢顿按了一下开启触板，那扇门便向一侧滑开。他们两人一起走进去，动作几乎完全一致。

57

这是一间很大的房间，由于没有任何家具之类的陈设，因此显得更为宽敞。没有椅子，没有长凳，没有任何种类的座位。也没有高台，没有帘幔，没有任何的装潢。

甚至没有灯光，只有均匀、柔和、漫射的照明光线。四面墙壁并非全然空洞，上面嵌装着许多小型而原始的二维电视荧幕，而且全都开着。它们相互间有固定的间隔，彼此的高度却不尽相同，其中的规律并不容易掌握。从铎丝与谢顿的位置看过去，甚至无法产生第三维的幻觉，换句话说，连全息电视的影子都没有。

那里已经有些人，但人数不多，而且并没有聚在一块。他们零星站在各处，也像那些电视显像器一样，其中的规律不易掌握。每个人都身穿白色裰服，每个人都披挂着肩带。

大部分的时间，这里面安静无声。没有人以平常的方式说话，只有一些人蠕动着嘴唇，轻声地喃喃自语。走动的人都蹑手蹑脚，而且一律目光朝下。

这种气氛简直与葬礼无异。

谢顿倾身凑向铎丝，她立刻伸出一根指头放在唇边，然后朝一个电视显像器指了指。荧幕上映出一个如诗如画、花朵盛开的花园，镜头正在缓缓移动，将全景逐一呈现。

他们模仿其他人的方式，朝那个显像器走去——缓缓挪动脚步，每一步都轻轻放下。

当他们距离荧幕只有半米时，传来一阵轻柔而媚气的声音："安特宁花园，坐落于伊奥斯近郊，根据古代旅游指南与照片复制。请注意……"

铎丝开始悄声说话，令谢顿无法再听清楚电视机传出的声音。她说："有人走近时它就开启，我们走开后就会自动关闭。如果我们靠得够近，便能在它的掩护之下交谈，可是别望着我，万一有人接近就立刻闭嘴。"

谢顿低着头，双手交握摆在胸前（他早已注意到，这是最受欢迎的一种姿势），说道："我随时预期有人会放声哭泣。"

"也许有人会这么做，他们正在哀悼他们的失落世界。"铎丝说。

"我希望他们每隔一阵子会更换一次影片，总是看同样的内容可真要命。"

"影片全都不一样。"铎丝的眼睛来回扫描了一下，"或许会定期更换内容，我也不知道。"

"等一等！"谢顿的音量升高了丝毫，接着又压低声音说："到这里来。"

铎丝皱起眉头，她没听清楚那几个字，好在谢顿又轻轻摆头示意。他们再度蹑手蹑脚地走动，但谢顿的脚步愈迈愈大，因为他感到有需要加快步伐。铎丝追上来，猛然拉住他的裰服——只是一瞬间的动作，他便放慢了脚步。

"这里有机器人。"他在电视机声音掩护下说道。

画面是一栋住宅的一角，前景是一片起伏的草坪与一列树篱，此外还有三个只能形容为机器人的东西。它们显然都是金属制品，外形有几分接近人类。

录音的旁白说："这是新近制作的画面，是三世纪时温都姆属地的著名建筑。接近正中央的那个机仆，根据民间传说名叫本达；而根据古代的记录，它在被替换前服务了二十二年。"

铎丝说："'新近制作的'，所以他们一定经常更换画面。"

"除非他们这句'新近制作的'说了有一千年。"

此时，另一个麦曲生人走进这个声域。他压低声音，不过并没有谢顿与铎丝的耳语那么低，说道："两位兄弟，你们好。"

当他说话的时候，双眼并未望着谢顿与铎丝。谢顿在惊吓之余，曾不自觉地瞥了他一眼，便赶紧将头转开；铎丝则完全没有理会这个人。

谢顿感到犹豫不决。菌丝七十二曾说圣堂内禁止交谈，也许他言过其实。话说回来，他成年后再也未曾进入圣堂。

走投无路之下，谢顿认定自己必须开口。他悄声道："这位兄弟，你好。"

他根本不晓得这是不是正确的答复用语，或者这种用语是否存在。不过，那位麦曲生人好像并不觉得有什么不对劲。

"愿你重归奥罗拉怀抱。"他说。

"也愿你重归--"谢顿说到这里，由于感到对方似乎期待他再说下去，于是赶紧补上："奥罗拉怀抱。"直到这个时候，紧张状态才消弭于无形，谢顿察觉自己的额头正在冒汗。

那位麦曲生人说："真漂亮！我以前从没看过这个画面。"

"做得很精巧。"接着，谢顿壮着胆子加上一句，"这是永难忘怀的失落。"

对方似乎吓了一跳，回应道："的确，的确。"说完便径自离去。

铎丝发出嘘声，并说："不要冒险，也别说没有必要的话。"

"这似乎很自然。无论如何，这的确是新近的作品。可是那些机仆令人失望，在我想象中，机器人才是那个样子。我想见见有机体的机仆——具有人形的那种。"

"前提是它们必须存在。"铎丝的口气有些迟疑，"在我的感觉中，它们不会用来从事园艺工作。"

"正是如此。"谢顿说，"我们必须找到长老阁。"

"前提是长老阁必须存在。在我的感觉中，这个空洞的洞穴除了空洞还是空洞。"

"我们来找找看。"

他们沿着墙壁向前走，经过一个又一个荧幕，刻意在每个荧幕前停留长短不一的时间。最后，铎丝突然紧紧抓住谢顿的双臂，原来在某两个荧幕之间，有些线条隐约构成一个矩形的轮廓。

"一道门。"铎丝说完，又有所保留地问道，"你认为是吗？"

谢顿暗中四下张望一番。为了维持哀伤的气氛，每个人的脸不是盯着电视显像器，就是以悲伤的心情低头面对地板。对他们两人而言，这是最方便不过的情况。

谢顿说："你猜它怎么打开？"

"开启触片？"

"我找不到。"

"只是没标出而已，不过那里有点变色，你看到没有？接触过多少手掌？被按了多少次？"

"我来试试。你帮我把风，如果有人向这边望来，赶紧踢我一下。”

他稍稍屏住气息，碰了碰那个变色的部位，可是没有任何反应。于是他将手掌完全按上去，并用力一压。

嵌在墙上的那扇门静静开启，没有吱吱作响，也没有摩擦声。谢顿尽快钻进去，铎丝则紧跟在他后面。两人进去后，那道门又重新关上。

“现在的问题是，”铎丝说，“有没有人看到我们？”

谢顿说：“长老们一定经常由这道门出入。”

“没错，可是会有人把我们当长老吗？”

谢顿等了一下，然后说：“如果有人发现我们，而且觉得有点不对劲，那么我们进来不到十五秒钟，这道门就会被撞开了。”

“有这个可能，”铎丝淡淡地说，“但也有可能穿过这扇门之后，根本没什么值得看、值得偷的东西，所以没有人会在意不速之客。”

“这点还要等着瞧。”谢顿咕哝道。

他们进入的这个房间稍嫌狭窄，而且有几分昏暗，不过他们多走几步之后，室内随即大放光明。

房间里有些宽大而舒适的椅子，以及几张小桌、好几张坐卧两用的沙发、一台又深又高的冰箱，此外还有一些碗柜。

“如果这就是长老阁，”谢顿说，“长老们似乎让自己过得很舒服，虽然圣堂本身简朴而肃穆。”

“这是意料中的事，”铎丝说，“统治阶级力行禁欲生活的少之又少，只有公开场合例外。把这点记在你的笔记簿上，作为心理史学的金科玉律之一。”她四下望了望，“这里也没有机器人。”

谢顿说：“别忘了，阁代表高处，这个天花板却并不高。上面一定还有许多楼层，而通道一定就在那里。”他指着铺有高级地毯的楼梯。

然而，他并未向楼梯走去，却以暧昧的动作四下打量。

铎丝猜到他在找什么。“别再想升降机了。麦曲生有一种崇拜原始主义的风尚，不用说，这点你还没忘记吧？不会有升降机的，而且，即使我们的重量压在楼梯底端，我也相当确定，它绝不会向上移动。我们必须爬上去，也许有好几层呢。”

“爬上去？”

“它一定是通往长老阁，这是理所当然的事——除非它哪里也不通。你究竟要不要去长老阁看一看？”

于是他们一起走向楼梯间，开始向上爬。

楼层愈高，光线的强度愈是稳定地、显著地递减。等到他们爬了三层之后，谢顿深深吸一口气，悄声说道：“我自认身体状况相当好，但我痛恨这种运动。”

“你只是不习惯这种消耗体力的方式。”她一点也没有筋疲力尽的迹象。

这道楼梯终止于第三层的顶端，然后，他们面前又出现了另一道门。

“万一锁住了呢？”谢顿这句话不大像是对铎丝说的，反倒更像自言自语。“我们要试着撞开吗？”

铎丝却说：“既然下面的门没锁，这里又何必上锁呢？假使这就是长老阁，我猜想应该有个禁忌，禁止长老之外的人进入，而禁忌要比任何的锁更为牢靠。”

“只对那些接受禁忌的人有效。”谢顿虽然这么说，却并未向那道门走去。

“既然你踌躇不前，现在还有时间向后转。”铎丝说，“事实上，我很想劝你向后转。”

“我之所以踌躇不前，只是因为不知道会在里面发现什么。万一是空的……”

然后，他拉开嗓门补充道：“空的就空的吧。”说完他就大步向前，按了一下开启触板。

那道门迅疾无声地缩入墙内，里面立刻涌出一股强光，谢顿惊愕之余，连忙后退一步。

面对着他的是一个人形，它的双眼炯炯有光，双臂平举，一只脚稍微向前踏出，全身闪耀着微弱的黄色金属光芒。乍看它似乎穿着一件紧身短袖袍，但在仔细审视之下，那件衣服显然是该物件整体的一部分。

“是个机器人，”谢顿以敬畏的口吻说，“但它是金属制品。”

“更糟的是，”刚才曾迅速左右挪移脚步的铎丝说，“它的眼睛没跟着我移动，它的手臂连颤抖的动作都没有。如果我们能说机器人也有死有活，那么它显然属于前者。”

这时，一个人——百分之百的真人——从那个机器人身后走出来，说道：“它也许是死的，但我可是活生生的。”

铎丝几乎自发地立刻踏出一步，站到谢顿和那个突然出现的人之间。

58

谢顿将铎丝推到一旁，这个动作或许比他的本意要粗鲁些许。“我不需要保护，这是我们的老朋友日主十四。”

面对他们的那个人披挂着一双肩带，这也许是他身为元老的一种权利。他说：“而你是外族男子谢顿。”

“当然。”谢顿说。

“而这位，尽管她穿着男性服装，则是外族女子凡纳比里。”

铎丝什么也没说。

日主十四道：“你说得当然对，外族男子。你们没有危险，我不会伤害你们。请坐，两位都请坐。既然你不是一位姐妹，外族女子，你就没有必要退下。你可以坐在这里，你将是第一个坐上这个座位的女人，但愿你珍视这样的殊荣。”

“我不珍视这样的殊荣。”铎丝一字一顿地强调。

日主十四点了点头。“随你的便。我也要坐下来，因为我必须问你们一些问题，而我不喜欢站着做这件事。”

他们在房间的一个角落坐定，谢顿的眼睛便游移到那个金属机器人身上。

日主十四说：“那是个机仆。”

“我知道。”谢顿简短地答道。

“这点我知道。”日主十四的话也同样简略，“既然我们已经达成这个共识，现在我要问，你们来这里做什么？”

谢顿目不转睛地凝视着日主十四。“来看这个机仆。”

“你可知道除了长老或元老，任何人都不准进入长老阁？”

“我不知道这件事，但是我料到了。”

“你可知道外族人一律不准进入圣堂？”

“我听说了。”

“而你却漠视这件事，对不对？”

“正如我所说，我们想看那个机仆。”

“你可知道除了某些特定的——而且罕有的节日之外，任何一个女人，包括姐妹在内，都不可以进入圣堂？”

“我也听说了。”

“你可知道不论任何时候，无论任何理由，女人都不准穿着男性服装？在麦曲生境内，这点非但适用于姐妹，也同样适用于外族女子。”

“这点我没听说过，但我并不惊讶。”

“很好，我要你了解这一切的前提。现在告诉我，你为何想要看这个机仆？”

谢顿耸了耸肩，说道：“出于好奇。我从没见过机仆，甚至不知道世上有这种东西。”

“那你怎么知道它的确存在，而且还知道它就在这里？”

谢顿沉默了一会儿，然后说：“我不愿意回答这个问题。”

“难道这就是外族男子夫铭送你们来麦曲生的原因？前来调查机仆？”

“不，外族男子夫铭送我们来这里，是希望确保我们的安全。然而，我们是学者，凡纳比里博士和我都是。知识是我们的疆场，求取知识是我们的人生目标。麦曲生的一切鲜为外界了解，我们希望多知道些你们的风土民情和思考方式。这是很自然的渴望，而且在我们看来，是无害的——甚至值得赞赏的渴望。”

“啊，我们却不希望外族人和其他世界了解我们，这是我们的自然渴望。至于什么对我们无害，什么对我们有害，要由我们自己来判断。所以外族男子，我再问你一遍，你怎么知道麦曲生境内有个机仆，而且藏在这个房间里？”

“道听途说。”谢顿终于做了回答。

“你坚持这个答案吗？”

“道听途说，我坚持这个答案。”

日主十四锐利的蓝眼珠似乎变得更为尖锐，但他并未提高音量。“外族男子谢顿，我们和外族男子夫铭有长久的合作关系。就外族人而言，他似乎始终是高尚而且值得信赖的人。仅就一个外族人而言！当他把你们两位送来，嘱托我们保护你们的时候，我们答应了他。但不论外族男子夫铭有多少美德，他仍旧是个外族人，我们还是放心不下。当初，我们完全无法确定你们的——或是他的——真正目的是什么。”

“我们的目的是知识，”谢顿说，“学术性的知识。外族女子凡纳比里是历史学家，而我自己也喜欢历史。我们为何不该对麦曲生的历史感兴趣？”

“原因之一，是我们不希望你们感兴趣。总之，我们派了两位信得过的姐妹到你们身边。她们奉命和你们合作，试图查出你们究竟想要什么，还有——你们外族人是怎么说的——跟你们假戏真做。然而，却不让你们察觉她们真正的意图。”日主十四微微一笑，但那却是一个狞笑。

“雨点四十五，”日主十四继续说，“陪同外族女子凡纳比里逛街购物，但在几次行程中，似乎并没有发生什么不寻常的事。自然，我们接获了完整的报告。雨点四十三则带领你，外族男子谢顿，去参观我们的微生农场。本来，你可能会怀疑她为何愿意单独陪你去，这对我们而言应该是门都没有的事。但你却自作聪明地推论，认为适用于兄弟的规矩并不适用于外族男子；你还自欺欺人，相信这么薄弱的理由就能解除她的心防。她顺应了你的心意，虽然这对她内心的宁静造成莫大伤害。最后，你开口要那本典籍。倘若轻易便交给你，有可能引起你的疑心，所以她假装有一种违常的欲望，只有你才能满足她。我们绝不会忘记她的自我牺牲。外族男子，我认为你仍保有那本典籍，而且我猜你正带在身上。我能要回来吗？”

谢顿沉默地呆坐在那里。

日主十四早已大剌剌地伸出布满皱纹的手。他说：“这比从你手中强行夺走好了多少？”

谢顿交出那本书。日主十四随便翻了翻，仿佛要确定它并未受损。

他轻轻叹了一声，又说：“必须以认可的方式谨慎销毁。可悲啊！不过，一旦让你拿到这本典籍，当你们启程前往圣堂的时候，我们当然不会惊讶。你们随时随地受到监视，因为，你该不会认为有任何兄弟或姐妹，除非心无旁骛，无法一眼就认出你们是外族人吧。我们看到人皮帽时，立刻就能分辨出来，而且在整个麦曲生，发出去的人皮帽还不到七十顶……几乎都是发给前来洽公的外族男子，而他们在停留期间，自始至终都留在世俗的政府建筑内。所以你们不只被人看见，而且总是一次又一次被正确无误地指认。

“那位和你们不期而遇的年长兄弟，并没有忘记告诉你们有关图书馆和圣堂的一切，但他也不忘告诉你们什么事是不能做的，因为我们并不希望诱捕你们。天纹二也警告过你们……以强而有力的方式。纵然如此，你们却并未打消念头。

“卖给你们白色裰服和两条肩带的那家商店，在第一时间就向我们通报，而根据这个情报，我们对你们的企图了若指掌。图书馆故意撤空，馆员也事先接到指示，要对你们不闻不问，而圣堂则保持低度使用的状态。那位一时不察而和你攀谈的兄弟，险些让我们的计谋曝光，但在了解到面对的是谁之后，他连忙离去。然后，你们便来到这里。

“所以你看，来到这里是你们的本意，我们根本没有引诱你们。是你们自己的行动、自己的渴望带你们来的。而我想要问你们——再问一次的，还是：为什么？”

这回轮到铎丝回答，她的语气坚定而目光严厉。“麦曲生人，我们则要再一次告诉你，我们是学者，我们认为知识是神圣的，而且是我们唯一的目标。你未曾引诱我们来到此地，可是你也没有阻止我们，而在我们接近这座建筑之前，你早就能那样做了。反之，你替我们开路，让我们通行无阻，这也可以视为一种引诱。而我们造成了什么损害吗？我们完全没有侵扰这座建筑物，或是这间房间，或是你这个人，或是那玩意！”

她指了指那个机器人。“你们藏在这里的是一堆破铜烂铁，现在我们知道它是死的，我们寻求的知识也到此为止。我们本来以为它十分重要，可是我们失望了。既然我们知道它不过如此，我们马上就走——若是你希望，我们还会马上离开麦曲生。”

聆听这番话的时候，日主十四脸上没有丝毫表情，但是当她说完之后，他却对谢顿说：“你见到的这个机仆是个象征，它象征着我们失落的一切、我们不再拥有的一切，也象征着上万年来我们未曾遗忘、总有一天将要收复的一切。如今还在我们身边的，只剩下这一件既具体又可信的遗物，因此在我们眼中异常珍贵。可是对你的女人而言，它却只是‘一堆破铜烂铁’。外族男子谢顿，你自己认同这个评价吗？”

谢顿说：“我们两人所属的社会，并未将自己和上万年之久的过去捆在一起，也并不碰触那个过去和我们之间曾经存在的一切。我们生活在现在，将它视为‘所有的过去’之总和，我们并未紧紧拥抱某个特定的久远年代。理智上，我们了解这个机仆对你们的意义，我们愿意让它继续具有这样的意义。但是我们只能用自己的眼光看它，正如你只能用你自己的眼光看它一样。对我们而言，它就是一堆破铜烂铁。”

“现在，”铎丝说，“我们要走了。”

“你们不能走。”日主十四说，“你们来到这里，就是犯了罪。这是只存在于我们眼中的罪行，我知道你马上会指出这一点。”他的嘴角弯出一个冷冰冰的笑容，“但这里是我们的领土，在这个范围内，一切由我们来定义。而在我们的定义中，这是一项应当处死的重罪。”

“你准备射杀我们吗？”铎丝以倨傲的口气说。

日主十四露出轻蔑的表情，继续只对谢顿一个人说话。“外族男子谢顿，你以为我们是什么人？我们的文化和你们的同样古老，而且也同样繁复、同样文明、同样人道。我并没有携带武器。你们将会接受审判，而由于罪证确凿，你们注定将被依法处决，既利落又毫无痛苦。

“假如现在你们试图逃离，我不会阻止你们，但是下面等着很多兄弟，比你们进圣堂时见到的要多得多。你们的行为令他们愤慨，所以他们也许会对你们动粗，下手绝不留情。在我们的历史上，的确有外族人死在这种情况下的例子。那并非一种愉快的死法——绝不是毫无痛苦。”

“我们听过这种警告，”铎丝道，“天纹二说的。好一个繁复、文明又人道的文化。”

“外族男子谢顿，不论民众在冷静的时候，具有何种人道胸怀，”日主十四冷静地说，“在情绪激动的时候，他们都能被煽动成暴力分子。在各个文化中通通一样，你的女人据说是个历史学家，这点她一定明白。”

谢顿说：“日主十四，让我们保持理智。在地方性事务上，你也许就是麦曲生的法律，但你并非我们的法律，而你也心知肚明。我们两人都不是麦曲生人，而是银河帝国的公民，即使犯了死罪，也该交由大帝或是他任命的司法官员定夺。”

日主十四说：“在法令上、文件上，甚至全息电视荧幕上或许都是这样，但我们现在可不是在谈理论。长久以来，元老一向都有权力惩处亵渎罪，从未受到皇权干涉。”

“前提是，罪犯是你们自己的同胞。”谢顿说，“如果是外人，情况就大大不同。”

“就本案而言，我表示存疑。外族男子夫铭把你们当逃犯一样送来这里，我们麦曲生人脑袋里装的可不是发粉，自然深深怀疑你们是在逃避皇帝的法律。如果由我们代劳，他为什么要反对呢？”

“因为他一定会。”谢顿说，“即使我们是钦命要犯；即使他要抓我们回去，只是为了惩罚我们，他仍然会想要将我们生擒。无论用什么方式，无论为了什么理由，只要是未经帝国的法律程序而让你杀掉一个非麦曲生人，都等于在挑战他的权威，没有哪位皇帝敢开这种先例。不论他多么希望微生食品的贸易不受干扰，他仍然会觉得有必要重建皇帝的权威。难道你希望，由于你逞一时之快杀了我们，因而招来一师帝国军队，掠夺你们的农场和住所，亵渎你们的圣堂，并且非礼你们的姐妹？请三思。”

日主十四再度露出笑容，却并未显得软化。“事实上，我三思过了，的确另有一个选择。在我们将你俩定罪后，我们可以延缓死刑的执行，允许你们向大帝提出上诉，要求重审你们的案子。如此不但证明了我们臣服于他的权威之下，同时也把你们交到了他手中，大帝也许因此圣心大悦，而麦曲生便可能受惠。所以说，这就是你想要的吗？找机会向大帝提出上诉，然后被解送到他那里去？”

谢顿与铎丝很快互望了一眼，两人都没吭声。

日主十四说：“我觉得你们宁愿被解送给大帝，也不愿死在这里。可是为什么我会有一种印象，这两者的差别仅仅微乎其微？”

“其实，”一个新的声音说，“我认为这两种选择都无法令人接受，我们必须找出第三条路。”

59

铎丝第一个认出来者的身份，或许因为她一直在期盼他。

“夫铭，”她说，“谢天谢地，你总算找到我们了。我和你联络的时候，已经了解到我无法让哈里避免这——”她夸张地举起双手，“一切。”

夫铭露出浅浅的微笑，却无法改变他天生的严肃神情。此外，他似乎带着一股不甚明显的倦意。

“亲爱的，”他说，“我正在忙别的事，无法总是随传随到。

当我抵达此地之后，我还得像你们两人一样，先穿戴上裰服和肩带，人皮帽就更不用说了，然后才能赶来这里。要是来早了一点，我也许能阻止这一切，但我相信我来得并不算迟。”

日主十四似乎陷入一阵痛苦的错愕中，而在终于恢复之后，他以不再那么严肃深沉的语调说：“外族男子夫铭，你是怎么进来的？”

“并不容易，元老，但正如外族女子凡纳比里常说的，我这个人非常有说服力。这里有些居民还记得我是谁，我曾经为麦曲生做过些什么，还有我甚至是一位荣誉兄弟。日主十四，你忘记了吗？”

元老答道：“我并没有忘记，但即使最美好的记忆，也经不起某些行动的冲击。一个外族男子竟然来到这里，还带了一个外族女子。再也没有比这更严重的罪行了，你为我们所做的一切也不够抵销。我的人民绝非忘恩负义之辈，我们会用别的方式补偿你。可是这两个必须受死，或是解送给大帝。”

“我也来了，”夫铭以平静的口吻说，“不也是犯了同样的罪吗？”

“对你而言，”日主十四说，“对你个人而言，你是一位荣誉兄弟，我可以……宽容……一次。这两个却不行。”

“因为你指望大帝的奖赏？某种好处？某种特权？你已经和他接触了吗？或者更有可能的情形，和他的行政首长伊图·丹莫刺尔联络上了？”

“这不是现在应该讨论的事。”

“这句话本身就等于承认。好啦，我不问你大帝答应了什么，但绝不可能太多。在这个衰微的年代，他没有太多能给你的。我来向你提个条件，这两位有没有告诉你说他们是学者？”

“说过。”

“这是真的，他们不是在说谎。这位外族女子是历史学家，这位外族男子是数学家。他们正试图联合两人的才智，创造一套能够处理历史的数学，他们将这个合作题目称为‘心理史学’。”

日主十四说：“我对这个心理史学一无所知，也不想知道。你们外族人的学问，我一概没兴趣。”

“纵使如此，”夫铭道，“我建议你还是听我说一说。”

夫铭大约花了十五分钟，以精简的语言描述心理史学的可能性——将社会的定律组织起来（每当提到这些定律时，他总会改变语调，让人一听就知道有“引号”存在），并在大量借助几率的前提下，使得预测未来变成可能。

等他讲完后，一直面无表情地聆听的日主十四说：“我认为，这是极其不可能的臆想。”

满面愁容的谢顿似乎有话要说，无疑是要表示同意。但夫铭原先轻放在谢顿膝上的一只手，此时却突然收紧，用意至为明显。

夫铭说：“元老，可能性是有的，但大帝却不这么想。话说回来，大帝本人是个相当敦厚的人物，我指的其实是丹莫刺尔，他的野心不必由我来告诉你。他们非常希望得到这两位学者，这正是我送他俩来这里避难的原因。我不相信你会为丹莫刺尔工作，要将这两位学者送到他手上。”

“他们犯了一项重罪……”

“没错，元老，我们知道。可是这项罪名之所以成立，只是因为你要如此认定。事实上，并没有任何实质的伤害。”

“它对我们的信仰造成伤害，也对我们内心最深的感情……”

“可是想想看，假如心理史学落入丹莫刺尔之手，又会造成什么样的伤害。没错，我承认也许不会有什么结果，但是姑且假设真有了结果，而帝国政府又善加利用——能够预测未来会发生什么事；能够掌握独一无二的先见之明，并在它的指导下采取对策。事实上，他们所采取的对策，必将是营造一个帝制更加中意的未来。”

“那又如何？”

“帝制更加中意的未来势必是极度中央集权，元老，这还有什么疑问吗？过去数世纪以来，你也非常清楚，帝国一直在稳定地朝地方分权发展。如今，许多世界只在口头上承认大帝，实际上则在实行自治。甚至在川陀，也有地方分权的事实。麦曲生大部分的事务都不受皇权干涉，只是其中一个例子。你以元老的身份实行统治，没有帝国官员在旁边监督你的行动和决策。假如丹莫刺尔那种人能依照他们的喜好调整未来，你认为这种局面还能维持多久？”

“仍然是最缺乏根据的臆测，”日主十四说，“但我必须承认，听来令人不安。”

“另一方面，假设这两位学者能完成他们的工作，你也许会说可能性不高，但我只是做个假设——那么他们一定会记得，你曾经在一番内心交战后，对他们网开一面。然后我们就不难想见，他们会研究出如何安排一个未来，比如说，能让麦曲生得到一个自己的世界，一个能改造成和‘失落世界’极为相似的世界。即使这两位忘了你的恩德，我也会从旁提醒他们。”

“这……”日主十四支吾着。

“好啦，”夫铭说，“你心里究竟在怎么想，实在不难猜到。在所有的外族人当中，你最不相信的一定是丹莫刺尔。虽然心理史学成功的机会或许不大（若非我对你诚实，我也不会承认这一点），但是并不等于零；假如它能帮助你们重建失落世界，你又夫复何求？难道你不愿意为这件事冒一丝风险吗？好啦——我从不轻易承诺任何事，但我现在向你承诺。把这两位放了，为你内心的愿望保留一点机会，总比全然无望要好。”

一阵沉默后，日主十四叹了一声。“我真不明白，外族男子夫铭，可是我们每次见面，你总会说服我做些并非真正心甘情愿的事。”

“元老，我曾经误导过你吗？”

“你提供的胜算从来没那么小。”

“可能的报偿却那么高，所以两者扯平了。”

日主十四点了点头。“你说得没错。把这两个带走，带他们离开麦曲生，永远不要让我再见到他们。除非有一天——但绝不是在我有生之年。”

“或许吧，元老，可是你的族人已经耐心等待了近两万年。难道你们拒绝再等上……也许两百年？”

“我自己一刻也不愿再等，但不论需要多少时间，我的族人都会等下去。”

他一面起身，一面说道：“我会叫人让开，带他们走吧！”

60

他们终于来到一条隧道。当初，夫铭与谢顿驾着出租飞车，从皇区前往斯瑞璘大学时，就曾经穿越过这样一条隧道。如今他们则置身于另一条隧道，从麦曲生前往……谢顿不知道要去哪里，也不太敢开口发问。夫铭的脸庞像是花岗岩雕出来的，看来绝不欢迎交谈。

夫铭坐在这辆四座飞车的前座，他右边的座位是空的，谢顿与铎丝则分坐在后座两侧。

谢顿对闷闷不乐的铎丝试探性地笑了笑。“能再穿上真正的衣服真好，对不对？”

“我再也不要穿上或看到任何像裰服的东西。”铎丝以极其正经的口吻说，“而且不论在任何情况下，我都绝对不要再戴上人皮帽。事实上，即使再看到一个普通的秃子，我都会有一种奇怪的感觉。”

那个谢顿一直不愿提出的问题，最后是由铎丝问了出来。“契特，”她以颇为暴躁的口气说，“你怎么不告诉我们要到哪里去？”

夫铭挪到座位一侧，然后回过头来，以严肃的表情望着铎丝与谢顿。“反正是到某处去，”他说，“到一个你们或许不容易惹麻烦的地方——虽然我不确定这种地方是否存在。”

铎丝立刻像是斗败了的公鸡。“事实上，契特，这都是我的错。在斯璀璘的时候，我让哈里一个人到上方去。而在麦曲生，我至少陪着他一起冒险，可是我想，当初我根本就不该让他进入圣堂。”

“我当时心意已决，”谢顿热切地说，“那绝不是铎丝的错。”

夫铭并未评断两人分别该受多少责难，他只是说：“我猜你是想去看那个机器人。你有没有一个好理由？能告诉我吗？”

谢顿感到自己脸红了。“这件事是我的错，夫铭，我并未见到我所预期或是希望见到的东西。倘若事先知道长老阁里有些什么，我绝对懒得到那里去。真可说是完全一败涂地。”

“可是，谢顿，你希望见到的又是什么呢？请告诉我。你不妨慢慢说，这是一趟长途旅行，我愿意洗耳恭听。”

“事情是这样的，夫铭，我有个想法，此地藏着一些人形机器人，它们的寿命很长，至少有一个可能还活着，而且可能就在长老阁中。事实则是，那里的确有个机器人，但它是金属制品，已经死了，仅仅是一种象征。我要是早知道……”

“没错，我们要是都能早知道，任何种类的问题或研究便一概没有必要。有关人形机器人的资料，你是从哪里获得的？既然麦曲生人不会和你讨论这种事，我只能想到一个来源，那就是麦曲生的典籍——古奥罗拉语和银河标准语对照的电动字体书。我说对了吗？”

“对了。”

“你是怎么拿到的？”

顿了一下之后，谢顿咕哝道：“这件事有些令人脸红。”

“谢顿，我可没那么容易脸红。”

于是谢顿一五一十告诉了他。夫铭听完，脸上掠过一丝很淡的笑容。

夫铭说：“难道你就没有想到，这必定是个哑谜游戏？没有哪个姐妹会做那种事——除非是奉命，而且经过极力劝说。”

谢顿皱着眉头，凶巴巴地说：“这绝非显而易见的线索，人们随时随地会有违常的举动。你咧嘴笑笑倒很容易，我可没有你所掌握的情报，而铎丝也不知道。倘若你不希望我落入陷阱，就该事先警告我哪里有圈套。”

“我同意，我收回刚才的话。无论如何，那本典籍已经不在你身上，我可以肯定。”

“没错，日主十四把它拿走了。”

“你读了多少内容？”

“只有一小部分，我没有多少时间。那是一本大书，而且我一定要告诉你，夫铭，它实在无聊极了。”

“没错，这我知道，因为我想我比你还要熟悉这本书。它不只无聊，而且完全不足采信。它是麦曲生官方片面的历史观，主要目的也正是为了阐扬那个史观，而不是提出理性客观的论述。它在某些地方甚至故意语焉不详，好让外人即使有机会读到这本典籍，也绝对无法完全了解它的内容。比方说，令你感兴趣的那些有关机器人的记载，你认为究竟是在说些什么？”

“我已经告诉过你。他们提到人形机器人，这些机器人外表上和真人一模一样。”

“这样的机器人总共有多少？”夫铭问。

“他们没有说。至少，我没发现书里有哪一段记载着数量。也许为数不多，但是其中有一个，典籍中特别称之为‘变节者’。它似乎具有负面意义，但我查不出是什么意思。”

“你完全没有跟我提这件事，”铎丝插嘴道，“假如你说了，我就会告诉你它并非专有名词，而是另一个古老的词汇，意思接近银河标准语中的‘叛徒’。但这个古词具有更可怕的意味：叛徒对叛变行径多少还会遮掩，变节者却会大肆夸耀。”

夫铭说：“我把古代语文的细节留给你来研究，铎丝。不过无论如何，假如那个变节者果真存在，而且是个人形机器人，那么显而易见的是，身为一名叛徒和敌人，它不会被保存和供奉在长老阁内。”

谢顿说：“我原本不知道变节者的意义，但正如我所说，我的确有一种它是敌非友的印象。我想它后来可能被打败了，将它保存下来是为了纪念麦曲生的胜利。”

“典籍中曾经提到变节者被打败了吗？”

“没有，但也许是我漏读了那一部分……”

“不太可能。凡是麦曲生的胜利，必定会在典籍中大肆宣扬，而且会不厌其烦地一提再提。”

“关于这个变节者，典籍中还提到另外一点，”谢顿以迟疑的口气说，“但我不敢保证我看懂了。”

夫铭道：“正如我说的……他们有时故意含糊其词。”

“然而，他们似乎提到，那个变节者好像有办法利用人类的情感……还能影响人类……”

“任何政治人物都能。”夫铭耸了耸肩，“一旦奏效，就可以叫做领袖魅力。”

谢顿叹了一声。“嗯，我偏偏相信了，事情就是这样。当时，为了找到一个古代的人形机器人，我情愿付出很高的代价，只要它还活着，而且我能向它发问。”

“为了什么目的？”夫铭问。

“我想了解太初银河社会的细节。当时只有少数几个世界，从这么小的一个社会中，心理史学比较容易推导出来。”

夫铭道：“你确定道听途说的事能信吗？经过上万年的时间，你还愿意信赖那个机器人的早期记忆？那里面会有多少的扭曲？”

“很有道理。”铎丝突然说，“哈里，这就像我跟你提过的那些电脑化记录。日久天长，机器人的记忆会逐渐被抛弃、遗失、清除、扭曲。你只能追溯到某个限度，而且愈往前追溯，那些资料就变得愈不可靠——不论你怎么努力都没用。”

夫铭点了点头。“我听说有人称之为‘资讯不准原理’。”

“难道就没有这个可能，”谢顿若有所思地说，“某些资料由于特别的原因，会一直保存下去？麦曲生典籍的某些部分，很可能是两万年前的事迹，但绝大部分仍是第一手史料。愈是珍贵、愈是谨慎保存的特殊资料，就愈能持久而且愈为正确。”

“关键在于‘特殊’这两个字。那本典籍想要保存的资料，并不一定是你所希望保存的；而一个机器人记得最清楚的事，说不定正是你最不需要它记得的。”

谢顿以绝望的口吻说：“不论我朝哪个方向寻找建立心理史学的方法，到头来总是变得绝无可能。何必再自找麻烦呢？”

“现在或许希望渺茫，”夫铭以毫无情绪的语气说，“但只要有必要的天分，也许终能找到一条通往心理史学的大道，而它是此时此刻谁都无法预见的。再多给你自己一些时间——我们马上就要到一个休息区，让我们开出去吃顿晚餐吧。”

在吃羔羊肉饼的时候（其中的面包平淡无味，尤其在吃惯麦曲生的美食后，更令人觉得难以下咽），谢顿说：“你似乎做了一项假设，夫铭，我就是那个‘必要天分’的来源。你可曾想到，也许不是我。”

夫铭说：“这倒是真的，也许并不是你。然而，我不知道还有什么替代人选，所以我必须抓着你不放。”

谢顿叹了一口气，答道：“好吧，我会试试看，但我已经看不见任何希望的火花。有可能却不切实际，我一开始就这么说，现在我比任何时候更加相信这句话。”

第十三章

热 闻

雨果·阿马瑞尔：……数学家，除了哈里·谢顿本人之外，可视为对心理史学具体内容做出最大贡献的一位。正是他……

……但相较于他的数学成就，他的早年境况几乎更为传奇。他生于古川陀的达尔区，出身寒微，属于毫无希望的下层社会。若非谢顿在相当意外的情况下遇到他，终其一生他都可能过着寒微的日子。谢顿当时……

——《银河百科全书》

61

统治全银河的皇帝感到一股倦意——生理上的倦意。他的嘴唇酸痛，因为他必须在适当时刻将亲切的笑容摆在脸上。他的颈部僵硬，因为他刚才不断以各种角度低下头来，装出一副很感兴趣的样子。由于听觉得不到休息，他的耳朵感到疼痛。由于不得不常常起立、坐下、转身、伸手、点头，他整个身子都累得微微颤抖。

这只不过是一场国宴，但他得接见来自川陀各个角落，还有（更糟的是）来自银河各个角落的众多区长、总督、部长以及他们的妻子或夫君。出席者将近一千人，一律穿着各地的传统服装，从华丽无比到十足怪异应有尽有。此外，他还得忍受各种口音的唠叨，更糟的是他们都在努力模仿帝国大学通用的银河标准语，因为那是皇帝所使用的语言。而最头痛的一件事，莫过于在随口说些毫无内容的空话时，他得牢记避免做出任何实质的许诺。

一切都会被非常谨慎地记录下来，包括影像与声音。事后，伊图·丹莫刺尔会从头到尾看一遍，看看克里昂一世是否行止得宜。这一点，当然只是大帝自己的见解。丹莫刺尔一定会说，他只是在搜集客人无意中自行泄露的信息。而这或许是实情。

幸运的丹莫刺尔！

皇帝不能离开皇宫与外围的御苑，丹莫刺尔却能随心所欲遍巡银河。皇帝总是陈列在皇宫，总是随时候教，总是被迫应酬一些访客——从真正重要的到不速之客都有。丹莫刺尔则始终销声匿迹，从不在御苑之内公开露脸。他只保持着一个令人生畏的名字，以及一个隐形的（因此更为可怕的）存在。

皇帝是权力的核心，享有权力的一切外表与实惠。丹莫刺尔则是权力的糖衣，表面上看来一无所有，甚至没有一个正式的头衔，但他的指掌与心灵却能探寻各个角落。他对自己的孜孜不倦别无所求，仅仅要求权力的本质作为奖赏。

大帝突然有个开心的想法——一种带有死亡气息的开心——无论任何时候，在毫无预警的情况下，或是炮制一个借口，或是什么借口也不用，他都能将丹莫刺尔逮捕、监禁、放逐、严刑拷打或是处决。毕竟，在过去数个动荡不断的世纪里，皇帝或许难以将意志延伸到帝国每颗行星上，甚至想在川陀各区贯彻也难——地方行政机关与立法机关满是乱臣贼子，使他每天必须面对千丝万缕、纠缠不清的无数法令、草案、约定、条约，以及一般性的星际法案。但是，至少在皇宫与御苑范围内，他仍旧拥有绝对的权力。

然而克里昂心知肚明，他的权力美梦根本徒劳无功。丹莫刺尔是父皇的老臣，在克里昂的记忆中，自己遇到问题总是转向丹莫刺尔求助，从来没有例外。了解一切、筹划一切、执行一切的都是丹莫刺尔。更重要的是，任何事情出了问题，都可以怪罪到丹莫刺尔头上。皇帝本人高高在上，永远不受批判，因此毫无畏惧——当然也有例外，那就是担心发生宫廷政变，遭到最亲近的人行刺。而预防这一点，是他仰仗丹莫刺尔最重要的原因。

除掉丹莫刺尔、自己接掌一切的这个念头，令克里昂大帝全身微微打颤。过去，的确有些皇帝亲自治理帝国，他们的行政首长个个是庸才。他们让无能之辈占着这个职位，从来不想撤换——而在短时间内，他们竟然也能凑合着应付。

可是克里昂不行，他需要丹莫刺尔。事实上，既然他想到了行刺的可能性——鉴诸帝国的近代史，他必然会想到这个可能性——他看得出除掉丹莫刺尔是相当不可能的事，根本就做不到。不论他，克里昂，试图以多么高明的手法布署，丹莫刺尔（他确定）总有办法预见这个行动，会知道它正在默默进行，会以高明许多倍的手腕安排一场宫廷政变。在丹莫刺尔有可能被五花大绑押走之前，克里昂自己就会丧命。然后很快又会出现另一个皇帝，而丹莫刺尔将继续侍奉他——并且驾驭他。

或者丹莫刺尔会厌倦了这种游戏，自己做起皇帝来？

绝对不会！他那隐藏幕后的习性太过根深蒂固。假若丹莫刺尔让自己在世上曝光，那么他的权力、他的智慧、他的运气（不论那是什么）必将弃他而去。克里昂深深相信这一点，觉得毫无争论的余地。

所以只要安分守己，克里昂就安全无虞。由于丹莫刺尔本人并无野心，他会忠心地侍奉自己的。

现在丹莫刺尔就在这里，他的穿着如此简单朴素，使克里昂对自己礼袍上那些无用的装饰感到十分不自在，还好刚才在两个侍仆的帮助下，他把礼袍及时脱了下来。自然，总要等到他一人独处，并且换上便装，丹莫刺尔才会翩然出场。

“丹莫刺尔，”统治全银河的皇帝说，“我累了！”

“启禀陛下，国宴确是一件累人的事。”丹莫刺尔喃喃道。

“必须每天晚上都来一场吗？”

“并非每天晚上，但是每场国宴都很重要。无论见到您或是让您注意到的人，都会感到心满意足。这能帮助帝国的运作保持一帆风顺。”

“过去，帝国是靠权力来保持一帆风顺。”大帝以阴郁的口吻说，“如今，却必须靠一个微笑、一个挥手的动作、一句低声的言语，以及一枚勋章或奖章来保持运作。”

“只要有助于天下太平，陛下，就非常值得这么做。而您的统治一向相当成功。”

“你知道为什么吗——因为我有你随侍在侧。我唯一真正的天赋，就是了解你的重要性。”他用狡狯的目光望着丹莫刺尔，“我儿子并不一定要做我的继位者，他不是个才能出众的孩子。我让你当我的继位者如何？”

丹莫刺尔以冷冰冰的口吻说:“启禀陛下，这是不可思议的事。我绝不会篡夺皇位，绝不会从合法继位者手中将它偷走。此外，若是我得罪了您，请以公平的方式惩处我。无论如何，我所做过的一切，或是可能做的任何一件事，都没有严重到需要以皇位作为惩罚。”

克里昂哈哈大笑。“冲着你对皇位所做的真实评价，丹莫刺尔，我打消一切想要处罚你的念头。好啦，我们来谈一谈。我即将就寝，但我暂时还不准备接受侍候我上床的那些繁文缛节。我们聊聊吧。”

“聊些什么，陛下？”

“任何事都能聊——就聊聊那个数学家和他的心理史学吧。你知道吗，我三天两头会想到他。刚刚在晚宴上我又想到他，我暗自嘀咕，心理史学分析若能提出一套办法，让我这个皇帝得以避免无止无休的繁文缛节，那会是什么样的局面？”

“我倒是认为，陛下，即使最高明的心理史学家也无法做到这点。”

“好吧，告诉我最新状况。他仍旧躲在麦曲生那些古怪的光头之间吗？你答应过我，会把他从那里揪出来。”

“我的确答应过陛下，也曾经朝这方面进行。但是很遗憾，我必须承认我失败了。”

“失败了？”大帝毫不掩饰地皱起眉头，“我不喜欢这种事。”

“启禀陛下，我也不喜欢。我计划引诱那个数学家做出某种亵渎行为，会遭致严重惩罚的那种——在麦曲生很容易触犯亵渎罪，尤其对外人而言。然后，那个数学家会被迫向大帝上诉，这样一来，我们就能得到他。根据我的计划，我们付出的代价只是微不足道的让步——对麦曲生很重要，对我们则完全无关痛痒。在我的布署中，我并未打算直接参与，只想巧妙地操纵这次行动。”

“我也这么想，”克里昂道，“但是它失败了。难道是麦曲生的区长……”

“启禀陛下，他的头衔是元老。”

“别和我争辩头衔。这个元老拒绝合作吗？”

“恰恰相反，陛下，他一口答应。而那个数学家，谢顿，一下子就掉进了陷阱。”

“那后来呢？”

“他获准离开，毫发无损。”

“为什么？”克里昂气冲冲地说。

“启禀陛下，这件事我还不确定，但我怀疑有人出更高的价。”

“什么人？卫荷区长吗？”

“启禀陛下，有此可能，可是我对这点存疑。卫荷在我的持续监视之下，假如他们得到那个数学家，我现在就应该知道了。”

此时大帝不只是皱眉，他显然已经火冒三丈。“丹莫刺尔，这太糟了，我极为不高兴。这样子的失败，不禁令我怀疑你是否变成了另一个人。麦曲生这种显然违抗皇帝意旨的行为，我们应该采取什么手段教训一番？”

丹莫刺尔察觉到一股奔腾的怒火，赶紧深深弯下腰来，但仍以钢铁般坚定的语气说：“启禀陛下，现在对麦曲生采取行动会是个错误。那必将造成四分五裂，正中卫荷下怀。”

“但我们必须做点什么。”

“启禀陛下，或许什么都不该做，事态不如表面上那么糟。”

“怎么会不如表面上那么糟？”

“您应该记得，陛下，这个数学家深信心理史学是不切实际的。”

“我当然记得这点，可是这并不重要，对不对？我是指对我们的目的而言。”

“或许吧。但启禀陛下，假使它能变得可行，对我们的帮助将会增加无数倍。而根据我所能查到的线索，那个数学家正试图使心理史学成为可行。他在麦曲生做出的亵渎行为，据我了解，也是他试图解出心理史学问题的一种努力。在这种情况下，陛下，值得我们暂且不去碰他。等到他接近或达到目标的时候再把他抓起来，对我们会更有用的。”

“除非卫荷先得到他。”

“我会盯牢，确保不会发生这种事。”

“就像你成功地把那个数学家揪出麦曲生一样？”

“启禀陛下，下次我不会再犯错了。”丹莫刺尔冷静地说。

大帝说道：“丹莫刺尔，你最好不会。在这件事情上，我绝不再容忍另一个错误。”然后，他又没好气地补充一句：“我想今晚我根本别想睡了。”

62

达尔区的吉拉德·堤沙佛是个矮个子，他的头顶只到哈里·谢顿的鼻尖。然而，他似乎没有把这件事放在心上。他有一副英俊而端正的五官，总喜欢带着笑容，而且留着两撇又浓又黑的八字胡，以及一头波浪状的鬈曲黑发。

他与他的妻子，以及一个尚未成年的女儿，住在一栋共有七个小房间的公寓里。他们小心翼翼地保持得很干净，但里面几乎没有什么家具。

堤沙佛说："我万分抱歉，谢顿老爷，凡纳比里夫人，你们一定习惯了豪华的生活，我却不能为你们提供那些享受。不过达尔是个穷区，而我在自己同胞中也不能算混得好的。"

"正因为如此，"谢顿答道，"我们更是必须向你致歉，我们的出现想必给你带来很大负担。"

"谢顿老爷，完全没有负担。为了你们使用这间简陋的房舍，夫铭老爷已经说好要付我们一大笔租金。即使我不欢迎你们，也会欢迎那些信用点——我只是说笑。"

谢顿还记得他们终于来到达尔后，夫铭在临别前说的一番话。

"谢顿，"他说，"这是我帮你找的第三个避难所。前面两个地方，都是出了名的皇帝势力不及之处，因此很有可能吸引他们的注意。毕竟对你这个人而言，它们是合理的藏身之地。此地则不同，它相当贫穷，毫不起眼，而且事实上，可说并非十分安全。它不是你寻求庇护的理想选择，因此大帝和他的行政首长也许不会将目光转到这个方向。所以说，这次你可否别再惹麻烦？”

“夫铭，我会努力的。”谢顿有点不高兴，“请你明白一件事，我想找的并不是麻烦。即使我真有创立心理史学的一点点机会，我所试图探寻的，也很可能是需要三十辈子才能寻获的知识。”

“我能了解。”夫铭说，“你为了寻找答案所做的努力，把你带到了斯璀璘的上方，以及麦曲生的长老阁，谁猜得到你在达尔还会去哪里。至于你，凡纳比里博士，我知道你一直试着照顾谢顿，但你必须更加努力。你要把一件事牢牢记在脑子里，他是川陀上最重要的人，甚至可说是全银河最重要的人物，必须不计任何代价保护他的安全。”

“我会继续尽力而为。”铎丝硬生生地说。

“至于你们的主人，他们有他们奇怪的地方，但他们本质上都是好人，我以前和他们打过交道。也要尽量别给他们惹上麻烦。”

不过，至少堤沙佛似乎并未预期新房客会带来任何麻烦。而他对他们的到来所表现的喜悦——几乎与他将赚到的租金无关——也似乎相当真诚。

他从未踏出达尔一步，因此对远方的传闻有极大的胃口；而总是鞠躬哈腰、笑容满面的堤沙佛夫人也喜欢听。至于他们的女儿，则总是吮着一根手指，从门后露出一只眼睛偷窥。

通常是在晚餐后，全家人聚在一起的时候，他们就会请求谢顿与铎丝讲述外面的世界。食物一向足够丰盛，不过却淡而无味，而且通常相当粗糙。由于不久前才享受过香味扑鼻的麦曲生食品，两人都感到几乎难以下咽。而“餐桌”只是紧靠墙壁的一个长架子，大家全都站着进餐。

谢顿以委婉的方式问出了真相，原来在达尔人之间，这是相当寻常的状况，并非由于特别贫穷的缘故。当然，堤沙佛夫人解释道，达尔也有些身居政府高位的人士，他们倾向于接受各种文弱的习俗，比如说椅子——她称之为“身体架子”——但纯粹的中产阶级都瞧不起那些东西。

虽然他们对没必要的奢侈不敢苟同，堤沙佛一家却很爱听这类的叙述。当他们听到由脚架撑起的床垫、华丽的橱柜与衣橱，以及摆满餐桌的餐具时，总是一个劲地啧啧称奇。

他们也听到了有关麦曲生习俗的描述。当时，吉拉德·堤沙佛得意地摸摸自己的头发，意思显然是宁可去势也不愿接受脱毛手术。而每当提到女性百依百顺时，堤沙佛夫人一律表现出无比的愤慨，根本拒绝相信“姐妹们”会默默接受这些待遇。

然而，他们最不放过的一点，则是谢顿随口提到的御苑。而在进一步追问下，他们发现谢顿不但亲眼见过皇帝，还跟皇帝说过话，一股敬畏的气氛立刻笼罩这一家人。过了好一会儿，他们才敢继续发问，谢顿却发觉自己无法满足他们。毕竟，他并未对御苑多做浏览，皇宫内部就更别提了。

这使得堤沙佛一家人相当失望，于是他们毫不放松，试图问出更多事情。在谢顿讲完他的皇宫历险之后，铎丝却声明自己从未踏进御苑一步，令他们实在难以置信。此外，谢顿曾经顺口说到，皇帝的言行举止与普通人非常接近，这点他们尤其拒绝接受。对堤沙佛一家而言，那似乎是绝不可能的事。

经过三个这样的晚上，谢顿开始生厌了。起初，他很高兴能够暂时什么也不做（至少白天如此），只是看看铎丝推荐的几本历史影视书。堤沙佛一家人表现得很大方，白天都会将他们的阅读镜让给客人。只是小女孩似乎不太高兴，因为她被父母送到邻居家，借用对方的阅读镜来做功课。

“这没有任何帮助。”谢顿烦躁不安地说，此时他已躲进自己房间，并弄出了一些音乐以干扰窃听。“我看得出你对历史如何着迷，但历史全是无止无休的细节，是堆积如山——不，堆积如银河的资料——我根本看不出任何基本的条理。”

“我敢说，”铎丝道，“过去一定曾有一段时期，人类看不出天上的星星有什么条理，但他们终究发现了银河系的结构。”

“我确信这得花上好些世代，而绝非几周的时间。过去一定也曾有一段时期，在最核心的自然定律发现之前，物理学似乎只是一堆毫无关联的观测结果，而那些发现也需要许多世代——堤沙佛这家人是怎么回事？”

“他们又怎么了，我认为他们一直很不错。”

“他们太好奇了。”

“他们当然会。假如你是他们，难道你不会吗？”

“但那仅仅是好奇吗？他们对于我见过大帝这档事，好像有兴趣得不得了。”

铎丝似乎不耐烦了。“同理……那只是自然反应。倘若易地而处，难道你不会吗？”

“这令我神经过敏。”

“是夫铭把我们带到这儿来的。”

“没错，但他并非十全十美。他把我带去斯璀璘大学，结果我被诱骗到上方去；他送我们去找日主十四，结果那人却陷害我们，你该知道他早有预谋。上两次当，至少该学一次乖。我受够了被问东问西。”

“哈里，那就反客为主。难道你对达尔没有兴趣吗？”

“当然有。你原先对它了解多少？”

“一无所知。它只不过是八百多个区其中之一，而我来川陀才两年多一点。”

“正是如此。银河系共有两千五百万个世界，而我研究这个问题才两个月多一点。我告诉你，我很想回赫利肯去，重新着手研究湍流的数学，那是我的博士论文题目。我要忘掉我曾经看出——或说自以为看出——湍流问题能对人类社会提供一种洞视。”

不过当天傍晚，他还是问堤沙佛说：“你知道吗，堤沙佛老爷，你从未告诉我你做些什么——你从事的行业。”

“我？”堤沙佛伸出五指按在自己胸口。他穿着一件单薄的白色短衫，里面什么也没有，那似乎是达尔男性的标准制服。“没做什么，我在本地全息电视台做节目策划。非常无聊的差事，但它总能养家糊口。”

“而且是个体面的职业，”堤沙佛夫人说，“这就代表他不必在热间工作。”

“热间？”铎丝扬起淡淡的眉毛，硬是显得很有兴趣。

“喔，”堤沙佛说，“那是达尔最出名的东西。说穿了没什么，但川陀四百亿人口都需要能源，而我们提供其中很大一部分。没有人感谢我们，可是我真想看看，那些高级区失去能源后是什么情景。”

谢顿显得相当困惑。“川陀的能源不是来自轨道上的太阳能发电站吗？”

“一部分而已。”堤沙佛说，“此外，一部分来自一些岛上的核融合发电站，一部分来自微融合发电机，一部分来自上方的风力发电站。可是有一半，”他举起一根手指加强语气，表情显得严肃异常。“有一半是来自热间。许多地方都有热间，但没有一处——

没有一处——像达尔的蕴藏这般丰富。你当真不知道热闾是什么吗？你坐在那里瞪着我猛瞧。”

铎丝很快接口：“你知道，我们是外星人士。”她差点就要说“外族人”，但及时改了口，“尤其是谢顿博士，他在川陀只待了几个月。”

“真的吗？”堤沙佛夫人说。她比丈夫稍微矮一点，丰满但不算肥胖，拥有一对相当美丽的黑眼睛。她的黑发梳在脑后，紧紧扎成一个发髻。像她的丈夫一样，她看来也是三十几岁。

在麦曲生住过一阵子之后，虽然并非真的待了很久，但由于密集式的耳濡目染，如今对铎丝而言，女性随意加入男性的交谈是很奇怪的一件事。风俗与习惯多么容易不知不觉建立起来，她一面想，一面暗自提醒自己，要找机会对谢顿提一提，为他的心理史学再加上一条定律。

“喔，是真的。”她说，“谢顿博士来自赫利肯。”

堤沙佛夫人礼貌地表现得孤陋寡闻。“那是在哪里呢？”

铎丝说：“啊，它在……”她转向谢顿，“哈里，它究竟在哪里？”

谢顿显得难为情。“老实告诉你们，如果不查坐标，我想我也不容易在银河模型中找到它的位置。我只能说从川陀看出去，它位于中心黑洞的另一侧，搭超空间飞船到那里还挺麻烦的。”

堤沙佛夫人说：“我想吉拉德和我永远没机会登上超空间飞船。”

“总有一天，凯西莉娅，”堤沙佛以快活的口气说，“我们会有机会的。但请跟我们说说赫利肯，谢顿老爷。”

谢顿摇了摇头。“对我来说那是一件无聊的事。它只不过是个普通的世界，就像任何世界一样，只有川陀才和其他所有的世界大不相同。赫利肯上没有热间，也许其他地方都没有，唯有川陀例外。跟我说说热间吧。”

“只有川陀才和其他所有的世界大不相同。”这句话在谢顿心中一再重复，而且有刹那的时间，它几乎已在他的掌握中。不知道为什么，铎丝那个毛手毛脚的故事突然再度浮现。但由于堤沙佛开始说话了，那点灵光来得急也去得快，随即溜出谢顿的心灵。

堤沙佛说：“如果你真想了解热间，我可以带你去参观。”他转头面向妻子，“凯西莉娅，如果明天傍晚我带谢顿老爷前往热间，你会不会介意？”

“还有我。”铎丝赶紧说。

“还有凡纳比里夫人。”

堤沙佛夫人皱起眉头，以尖锐的声音说：“我认为这不是什么好主意，我们的客人会觉得很无聊。”

“堤沙佛夫人，我想不至于。”谢顿以逢迎的口吻说，“我们非常希望去看看热间。如果你也加入，我们会十分高兴……还有你的小女儿，如果她也想去的话。”

“到热间去？”堤沙佛夫人的态度转趋强硬，“那绝不是一位端庄妇人能去的地方。”

谢顿对自己的鲁莽感到很尴尬。“堤沙佛夫人，我并没有恶意。”

“没关系，”堤沙佛说，“凯西莉娅认为它是低贱之地，事实也的确如此。但只要我不在那里工作，光是带客人参观一下倒无妨。不过那里很不舒服，而我绝不会让凯西莉娅换上去那儿的服装。”

聊完之后，他们便从蹲伏的位置站起来。达尔的“椅子”只是个塑胶坐垫，下面装了几个小轮子。谢顿的膝盖被它整得几乎无法动弹，而且只要他的身子稍有动作，这种椅子似乎就会开始摆动。然而，堤沙佛一家人却练就稳坐其上的本事，起身时也毫无困难，不需要像谢顿那样得借助手臂。铎丝也轻而易举就站了起来，谢顿再次赞叹她所表现的自然优雅。

在他们回到各自的房间就寝之前，谢顿对铎丝说："你确定自己对热间一无所知吗？听堤沙佛夫人的口气，热间似乎惹人反感。"

"不可能多么反感，否则堤沙佛不会提议要带我们参观。我们等着开眼界吧。"

63

堤沙佛说："你们需要适当的服装。"堤沙佛夫人则在背后大声嗤之以鼻。

警觉的谢顿立刻联想到裰服，心中兴起一阵模糊的懊恼。他说："你说适当的服装是什么意思？"

"轻便的衣服，像我穿的这种。袖子很短的短衫、宽松的长裤、宽松的内裤、短袜、开口的凉鞋。我都为你们准备好了。"

"很好，听来不赖。"

"至于凡纳比里夫人，我同样准备了一套，希望能合身。"

堤沙佛提供给他们两人的服装（都是他自己的）十分合身，甚至可说过分舒适。他们准备好之后，便向堤沙佛夫人告辞，她则带着仍旧不以为然却已放弃努力的神情，站在门口目送他们三人。

此时是傍晚时分，上空有一团迷人的昏黄暮光。显然，达尔的灯火很快便会纷纷眨眼。温度适中，街上几乎见不到任何车辆；人人都在步行。远处传来捷运无歇无止的嗡嗡声，不时闪烁的车灯也不难看见。

谢顿注意到，这些达尔人似乎并非走向什么特定的目的地。反之，他们像是参加一次漫步游行，纯粹为了乐趣而走。假如达尔果真是个穷区，正如堤沙佛暗示的那样，低廉的娱乐或许就是很重要的一件事。还有什么比黄昏漫步更有乐趣，而且更廉价的呢？

谢顿觉得自己自然而然融入了这种毫无目标的闲适步调中，并且感到四周充满亲切与温暖。人们擦身而过时，总会互相打个招呼，并简单交谈几句。不同式样、不同粗细的黑色八字胡处处可见，仿佛是达尔男性的一项必备要件，一如麦曲生兄弟的光头一样无处不在。

这是一种傍晚的仪式，用以确定又安稳过了一天，朋友们依旧身体健康、精神愉快。有一件事很快变得显而易见，那就是铎丝吸引了所有的目光。昏黄的暮色中，她略红的金发变得更加鲜红，在一片黑发海洋的衬托下（偶尔出现的灰发是唯一的例外），好像一枚金币闪闪发光地掠过一堆煤炭。

“实在非常愉快。”

“没错，”堤沙佛说，“通常，我都和我的妻子一起散步，她总是如鱼得水。在方圆一公里范围内，任何人的名字、职业，以及彼此的关系她都晓得。这点我做不到，现在这个时候，和我打招呼的人有一半……我无法告诉你他们的名字。但无论如何，我们绝不能走得太慢。我们必须赶到升降机那里，底层是个忙碌的世界。”

当他们进了升降机后，铎丝说道：“堤沙佛老爷，我想所谓的热间，是利用川陀的地热来产生蒸汽，以转动涡轮机来发电的地方。”

“喔，并非如此，是利用高效率的大型‘热电堆’直接产生电力。别问我细节，拜托，我只是个全息电视节目策划人。事实上，到了下面也别向任何人询问细节。整个东西是个很大的黑盒子，它运作正常，却没有人知道是如何做到的。”

“万一出了什么问题呢？”

“通常都不会，不过万一出了问题，会有一些懂得电脑的专家从别处赶来。当然，一切都是高度电脑化的。”

此时升降机停了下来，三人鱼贯而出，一阵热浪立刻扑来。

“真热。”谢顿多此一举地说。

“的确没错，”堤沙佛说，“这正是达尔贵为能源产地的原因。这里的岩浆层比全球各处都更接近地表，所以你得在酷热中工作。”

“空调设备呢？”铎丝问。

“是有空调设备，可是这和成本有关。我们利用空调来通风、除湿和降温，但如果我们做得太过分，就会用掉太多能量，整个过程就会变得太昂贵。”

堤沙佛停在一扇门前，并按下讯号钮。门开了之后，随即吸入一阵凉风。他喃喃说道：“我们应该可以找到什么人，带我们四下参观一番。他自会控制那些风言风语，否则凡纳比里夫人会蒙受……至少男工的言语不堪入耳。”

“冷嘲热讽不会令我感到尴尬。”铎丝说。

“会令我感到尴尬。”堤沙佛说。

一名年轻男子从办公室走出来，自我介绍说他叫汉诺·林德。他长得和堤沙佛十分相像，但谢顿心里明白，在他尚未习惯几乎千篇一律的矮小身材、黝黑皮肤、黑色头发，以及浓密的八字胡之前，他无法轻易看出他们的个体差异。

林德说：“我很乐意带你们到值得看的地方逛一逛。但你们要知道，这可不是你们心目中的奇观。”他和他们三人说话，目光却固定在铎丝身上。“不会怎么舒服，我建议大家脱掉短衫。”

“这里十分凉爽。”谢顿说。

“当然，但那是因为我们是管理人员，阶级自有其特权。在外面我们无法保持这么强的空调，这就是为什么他们领的薪水比我还多。事实上在达尔，它是薪资最高的工作，这正是我们这里找得到工人的唯一原因。即使如此，热闾工还是越来越难找。”他深深吸了一口气，“好，咱们钻进热锅去吧。”

他自己脱掉短衫，塞进他的腰带。堤沙佛也照做不误，谢顿则有样学样。

林德瞥了铎丝一眼，说道：“这样你会比较舒服，夫人，但并非强迫性的。”

“没问题。”铎丝说完，便脱下她的短衫。

她的胸罩是白色的，没有衬里，中间有着可观的开口。

“夫人，”林德说，“那可不是……”他想了一会儿，然后耸耸肩。“没关系，我们过得了关。”

起初，谢顿只注意到电脑与机械装置，包括巨大的输送管、明灭不定的灯光，以及闪烁的萤光幕。

整体的光线相当黯淡，不过机件附近都有充足的照明。谢顿抬起头，望着近乎黑漆漆的环境说：“为何不开亮一点？”

“已经够亮了……就此地而言。”林德说。他的声音充满抑扬顿挫；他说得很快，但口气有点严厉。“整体照明保持黯淡是基于心理因素，太亮的话，工人会在心中将光转换成热。要是我们把灯光调亮，即使降低温度，抱怨仍会升高。”

铎丝说："这里似乎十分电脑化，我认为整个运作都能交由电脑负责。这种环境是人工智能的天下。"

"完全正确，"林德说，"可是我们不敢冒这个险。万一有任何不对劲，我们需要随时有人在场。一台故障的电脑所引起的问题，可以影响到两千公里之外。"

"人为错误也一样糟，难道不是吗？"谢顿说。

"喔，是的，不过既然人类和电脑一块工作，电脑的错误可以较快找出原因，再由人工进行矫正；反之，藉由电脑，人为的错误也能较快修正。这就等于说，除非同时出现人为错误和电脑错误，否则不会发生任何严重问题，而那种情况几乎从未发生过。"

"几乎从未，并不等于从来没有，啊？"谢顿说。

"并非从来没有，而是几乎从来没有。电脑今非昔比，而人也一样。"

"世事似乎一向如此。"谢顿说完，轻轻笑了几声。

"不，不。我不是在怀旧，不是在说过去的美好时光，我说的是统计数据。"

听到这里，谢顿再度想起夫铭所说的：时代正在衰退。

"懂得我的意思了吧？"林德的音量逐渐降低，"那边有一群人，从他们的样子看来，应该是在丙三层的。他们正在喝饮料，没一个在工作岗位上。"

"他们在喝什么？"铎丝问道。

"补充电解质流失的特殊饮料——果汁。"

"你不能怪他们吧？"铎丝忿忿不平地说，"在这种又干又热的环境里，你当然得喝点东西。"

"你可知道一个熟练的丙三工人，喝一罐饮料可以磨多少时间？而我们根本一点办法也没有。如果你只给他们五分钟，并且把大家的休息时间错开，好让他们不会聚成一群，你就等于煽动他们造反。”

现在他们正朝那群人走去。这些工人有男有女（达尔似乎多少是个两性平等的社会），不论男女皆未穿短衫。女性上身穿戴着一种装置，勉强能称为胸罩，但纯粹是功能性的。它的功用是撑起乳房，以增进通风效果，并降低排汗量，却什么也遮不住。

铎丝悄悄对谢顿说：“这样穿有道理，哈里，我那里已经湿透了。”

“那就脱下胸罩，”谢顿说，“我丝毫不会阻止你。”

“不知怎么回事，”铎丝说，“我就猜到你不会。”她还是决定让胸罩留在原处。

他们渐渐接近那群人——总共有十来个。

铎丝说：“如果他们之中有人冒出粗言粗语，我还挺得住。”

“谢谢你，”林德说，“我无法保证他们不会——但我必须介绍你们一番。万一他们误以为你俩是督察员，而且由我陪同，他们会变得难以驾驭。督察员应该自己独立四处探访，不能有管理部门的人在旁监督。”

他举起双臂。“热间工们，我来为你们介绍两个人。他们是来自外界的访客——两位外星人士，两位学者。他们的世界上能源日渐短缺，他们来到这里，来看看我们达尔是怎么做的。他们认为或许能学到些什么。”

“他们会学到怎样流汗。”一名热间工喊道，随即响起一阵刺耳的笑声。

“那女的已经满胸是汗，”一名女工吼道，“竟然那样遮掩起来。”

铎丝吼了回去：“我很想脱掉，但我的胸部没法跟你比。”笑声立即转趋友善。

不料一名年轻男工向前走来，一双深陷的眼睛紧紧盯着谢顿，他的脸孔则活脱是毫无表情的面具。他说："我认识你，你是那个数学家。"

他冲过来，一本正经地忙着审视谢顿的面孔。铎丝自然而然站到了谢顿前面，而林德则站到她身前，并且吼道："退下去，热闾工，注意你的礼貌。"

谢顿说："慢着！让我和他说话。怎么一个个都挤在我前面？"

林德压低声音说："无论他们任何一个走近，你都会发觉他们的味道可不像温室的花朵。"

"我受得了。"谢顿直率地说，"年轻人，你想要做什么？"

"我名叫阿马瑞尔，雨果·阿马瑞尔。我在全息电视上看过你。"

"或许吧，可是又怎么样？"

"我不记得你的名字。"

"你不必记得。"

"你提到一种叫心理史学的东西。"

"你不知道我有多么后悔。"

"什么？"

"没什么，你到底要做什么？"

"我想跟你谈谈，只要一下子就好，就现在吧。"

谢顿望向林德，后者坚决地摇了摇头。"他值班时绝对不行。"

"阿马瑞尔先生，你从什么时候开始轮班？"谢顿问道。

"1600时。"

"你能在明天1400时来见我吗？"

“当然可以，哪里？”

谢顿转头望向堤沙佛。“你准我在你那里见他吗？”

堤沙佛显得非常不高兴。“没这个必要，他只是个热间工。”

谢顿说：“他认出我来，还知道我的一些事，他不可能只是个普通人。我要在我的房间见他。”然后，由于堤沙佛的表情并未软化，他又补充道，“是在我的房间，我定期付房租的那个房间。而且那时你正在上班，不在公寓里。”

堤沙佛低声道：“不是我的问题，谢顿老爷。而是我太太，凯西莉娅，她不会接受这种事。”

“我会跟她谈，”谢顿绷着脸说，“她一定得接受。”

64

凯西莉娅·堤沙佛杏眼圆睁。“热间工？不准进我的公寓。”

“为什么不准？何况，他会直接到我的房间来。”谢顿说，“在1400时的时候。”

“我就是不要，”堤沙佛夫人说，“这就是去热间所招惹的麻烦，吉拉德是个笨蛋。”

“没这回事，堤沙佛夫人。热间是在我要求下前去的，而且我叹为观止。我必须见这个年轻人，我的学术工作有这个需要。”

“果真如此的话，我感到很抱歉，但我就是不要。”

铎丝·凡纳比里举起右手。“哈里，让我来吧。堤沙佛夫人，如果谢顿博士今天下午必须在他的房间里见一个人，多一个人自然代表得多付房租。我们懂得这个道理，所以说，谢顿博士今天的房租将会加倍。”

堤沙佛夫人想了一想。“嗯，你们真是大方，但这不只是信用点的问题，我还得考虑邻居怎么想。一个满身是汗、臭气冲天的热闾工……”

“堤沙佛夫人，我不信他在1400时会满身是汗、臭气冲天，但请让我继续说下去。既然谢顿博士非见他不可，如果不能在这里见他，他们就必须找别的地方会面。可是我们不能跑来跑去，那样实在太不方便。因此，我们不得不在别处找个房间。这不是容易的事，我们也不想那样做，可是我们别无选择。所以我们会把房租付到今天，然后离开这里。当然啦，我们必须向夫铭老爷解释：他好心好意帮我们做的安排，我们为何无法领情。”

“慢着，”堤沙佛夫人换成一副精打细算的模样，“我们不希望拂逆夫铭老爷……或是你们两位的心意。那东西得待多久？”

“他会在1400时抵达，又得在1600时上工。他在这里待不到两小时，也许还会短得多。我们两人会在外面迎接他，再把他带到谢顿博士的房间。任何邻居看到我们，都会认为他是我们的朋友，是外星人士。”

堤沙佛夫人点了点头。“那就照你说的办吧。今天谢顿老爷的房租加倍，而且那热闾工只准来这么一次。”

“下不为例。”铎丝说。

但是过了一会儿，当谢顿与铎丝一起坐在她的房间时，铎丝却说：“哈里，你为什么一定要见他？会晤一名热闾工对心理史学也很重要吗？”

从她的声音中，谢顿认为自己听出一点讥讽，于是他以锋利的口吻说：“我不必每件事都打着这个伟大计划的招牌，反正我对它并没有什么信心。我也是个有血有肉的人，具有人类的好奇心。我们在热间待了几个小时，你也看到那些工人是什么样子。他们显然没受过教育，他们属于低下阶层——我不打算修饰文字——然而这个人却认出我来。他一定是在我出席十载会议时，从全息电视上看到我的，而且他还记得‘心理史学’这个名称。他令我感到很不寻常，至少是很不相衬，我希望能和他聊一聊。”

“因为连达尔的热间工都认识你，满足了你的虚荣心？”

“这……或许吧。但也引起了我的好奇心。”

“你怎么知道他不是奉命而来，打算引你步入陷阱，就像前两次那样。”

谢顿心头一凛。“我不会让他抚摸我的头发。无论如何，我们这回几乎有了心理准备，对不对？而且我能确定，你会待在我身边。我的意思是，你让我单独到上方去，又让我单独和雨点四十三到微生农场，但你再也不会这样做了，是吗？”

“这点你可以绝对肯定。”铎丝说。

“好吧，那么让我和这个年轻人谈谈，你负责注意可疑的陷阱。我对你有百分之百的信心。”

65

阿马瑞尔提前几分钟抵达，一面走一面谨慎地东张西望。他的头发相当整洁，浓密的八字胡经过梳理，两端微微向上翘起，身上的短衫则是白得惊人。他的确有一股味道，却是一种水果香味，无疑是由于香水用得稍嫌过度。此外，他随身带了一个袋子。

早就等在外面的谢顿轻轻抓住他一只手肘，铎丝则抓住另一只，然后三人便向升降机迅速走去。到了正确楼层之后，他们穿过公寓的外厅，朝谢顿的卧房直奔而去。

阿马瑞尔卑微地低声道："没有人在家，啊？"

"大家都在忙。"谢顿实事求是地说。然后，他指了指房里仅有的一把椅子，那其实是个直接放在地板上的坐垫。

"不，"阿马瑞尔说，"我不需要那个，你们哪位坐吧。"他以优雅的动作蹲坐到地板上。

铎丝模仿着那个动作，坐到那个坐垫旁边。谢顿的坠势却相当笨拙，不得不伸出双手帮忙，而且无法为双腿找到舒适的位置。

谢顿说："好啦，年轻人，你为什么想见我？"

"因为你是一位数学家，是我见到的第一位数学家——近距离见到，我甚至能碰到你，你知道我的意思。"

"数学家摸起来和其他人没有两样。"

"对我而言可不一样，谢……谢……谢顿博士？"

“那正是我的名字。”

阿马瑞尔显得很高兴。“我终于想起来了。你知道吗，我也想成为一位数学家。”

“非常好。有什么困难吗？”

阿马瑞尔突然皱起眉头。“你这话认真吗？”

“我猜想你一定有什么困难。是的，我很认真。”

“困难就在于我是达尔人，而且是达尔的热闾工。我没钱接受教育，也赚不到足够的信用点受教育，我的意思是‘真正的教育’。他们教我的只不过是阅读、计算，以及怎样使用电脑，然后我就足以当个热闾工。可是我要学更多的东西，所以我一直在自修。”

“就某个角度而言，那是最好的教育方式。你是怎么做的？”

“我认识一名图书馆员，她乐意帮助我。她是个非常好心的妇人，教导我如何使用电脑来学习数学。她还建了一个软件系统，让我能联线到其他图书馆。我总是在假日以及早晨下班后到那儿去。有时她会把我锁在她自己的房间，以免我被其他人打扰，而图书馆关闭时她也会让我进来。她自己完全不懂数学，但她尽一切力量帮助我。她有些年纪了，是个寡妇。也许她把我当成她的儿子，她自己没有子女。”

也许，谢顿突然想到，这里面还牵涉到其他的情感。但他随即将这个想法抛到脑后，反正和他毫无关系。

“我喜欢‘数论’。”阿马瑞尔说，“我根据自己从电脑以及影视书所学到的数学，自己做出一些结果。我得到一些新东西，是那些影视书里没有的。”

谢顿扬起眉毛。“真有意思，比如说什么？”

“我特地带来一些，我从来没有给任何人看过。我周围那些人……”他耸了耸肩，“他们不是大笑就是嫌烦。有一次，我把我知道的试着告诉一个女孩，但她只是说我莫名其妙，以后再也不要见我。我拿给你看真的没关系吗？”

“真的没关系，请相信我。”

谢顿伸出一只手。经过短暂的犹豫后，阿马瑞尔将身边的袋子交给了他。

接下来好长一段时间，谢顿都在翻阅阿马瑞尔的稿件。虽然内容极其天真，但他刻意避免掠现任何笑容。他一个一个论证读下去，当然，其中没有任何创见——甚至接近创见的也没有，更找不到任何重要的结果。

不过并没有关系。

谢顿抬起头。“这些全是你自己做出来的吗？”

阿马瑞尔看来有七八分吓呆了，只是一个劲点头。

谢顿抽出几页来。“你是怎么想到的？”他指着某一行数学推论。

阿马瑞尔仔细看了看，皱起了眉头，又想了一想。然后，他开始解释自己的思路。

谢顿听完之后说：“你曾经读过艾南·比格尔写的一本书吗？”

“有关数论的吗？”

“书名是《数学演绎法》，并不是专讲数论的。”

阿马瑞尔摇了摇头。“很抱歉，我从来没听过这个人。”

“三百年前，他就推出了这个定理。”

阿马瑞尔似乎受到当头棒喝。“我不知道这件事。”

“我确定你不知道。不过，你的做法比较高明。虽然不够严密，可是……”

“你所谓的‘严密’是什么意思？”

“这没有关系。”谢顿将稿件重新扎成一捆，再放回那个袋子里。“把这些整个复印几份，然后找个官方电脑，将其中一份打上日期，并且加上电脑化封印。我的这位朋友，凡纳比里夫人，能够帮你申请到某种奖学金，让你免费进入斯璀璘大学就读。你必须一切从头学起，还要修习数学以外的其他课程，但是……”

阿马瑞尔突然倒抽一口气。“进斯璀璘大学？他们不会收我的。”

“为什么不会？铎丝，你能帮他安排，对不对？”

“我确定可以。”

“不，你办不到。”阿马瑞尔激动地说，“他们不会收我的，我是个达尔人。”

“那又怎样？”

“他们不会收达尔的同胞。”

谢顿望向铎丝。“他在说些什么？”

铎丝摇了摇头。“我真的不知道。”

阿马瑞尔说：“夫人，你是一位外星人士。你在斯璀璘待了多久？”

“两年多一点，阿马瑞尔先生。”

“你在那里见过任何达尔人吗——矮个子，黑色鬈发，粗大的八字胡？”

“那里各式各样造型的学生都有。”

“可是没有达尔人，下次你再仔细看一看。”

“为什么没有？”谢顿问道。

“他们不喜欢我们，我们看来不一样，他们不喜欢我们的八字胡。”

“你可以剃掉你的……”对方激愤的目光，让谢顿的声音陡然中断。

“休想，我为什么要那样做？八字胡是我的男性象征。”

“你剃掉了下面的胡须，那同样是你的男性象征。”

“对我的同胞而言，八字胡才是。”

谢顿再度望向铎丝，并低声抱怨：“光头，八字胡……愚昧行为。”

“什么？”阿马瑞尔气呼呼地说。

“没什么。告诉我，达尔人还有什么是他们不喜欢的。”

“他们创造出许多不喜欢的事。他们说我们有臭味，说我们肮脏，说我们偷窃，说我们暴戾，还说我们愚蠢。”

“他们为何这样说？”

“因为说说很容易，而且会让他们觉得舒服。如果在热闾里头工作，我们当然会变脏变臭。如果贫穷而又不得翻身，有些人难免就会行窃，并且染上暴戾之气，不过并非我们大家都是那样。那些居住在皇区，认为他们拥有整个银河——不，的确拥有整个银河的黄发高个子又有什么了不起。他们绝不会有暴戾之气吗？他们从来不偷窃吗？假使让他们做我的工作，他们同样会发出臭味；假使他们必须过着像我一样的生活，他们也会变得肮脏。”

“谁能否认世界上有形形色色不同的人？”谢顿说。

“没人议论这一点！他们视之为理所当然。谢顿老爷，我一定得离开川陀。我在川陀没有任何机会，无法赚到信用点，无法接受教育，无法成为一位数学家，无法成为任何人物，只能是他们所谓的……一个没用的废物。”最后半句，他是在挫折与绝望中说出来的。

谢顿试图和他说理。“租给我这间房的就是个达尔人，他有个干净的工作，而且受过教育。”

“喔，当然。”阿马瑞尔慷慨激昂地说，“是有些这种人。他们让少数人出人头地，这样他们就能说那是办得到的。那些少数人只要不离开达尔，他们就能活得很好。让他们到外面去一趟，他们就会晓得将受到何等待遇。关起门来的时候，他们把我们其他人视同粪土，这样他们就会觉得舒服。在他们自己眼中，他们也成了黄发阶级。租给你这个房间的那位好好先生，当你告诉他要带一个热闾工进来的时候，他有没有说些什么？他有没有说我像个什么？他们现在都走光了……不愿意和我待在同一个地方。”

谢顿舔了舔嘴唇。“我不会忘记你的。一旦我自己回到赫利肯，我保证会设法让你离开川陀，进入我的那所大学就读。”

“你答应这件事吗？你以荣誉担保？虽然我是个达尔人？”

“你是不是达尔人对我并不重要，重要的是你已经是一位数学家！但是你告诉我的这些事，我仍然无法完全理解。对于善良的族群竟有如此非理性的情绪，我觉得实在难以置信。”

阿马瑞尔以挖苦的口吻说：“那是因为你从来没有任何机会，让自己对这种事发生兴趣。由于对你毫无影响，它们从你的鼻端通过，你却可以什么也闻不到。”

铎丝说：“阿马瑞尔先生，谢顿博士和你一样是数学家，他的脑袋有时会在九霄云外，这点你必须了解。然而，我是一位历史学家。在我看来，一群人瞧不起另一群人并没有什么不寻常。有些特殊的、几乎已成惯例的仇恨，根本就没有任何理性依据，而且会在历史上造成严重的影响。这实在太糟了。”

阿马瑞尔道：“说某件事‘太糟了’倒很容易。你说你不敢苟同，这就使你成了好人，然后你就可以专心自己的事，再也不关心这个问题。这要比‘太糟了’还要糟得多，它和所有高尚而自然的事物背道而驰。我们大家都一样，不论是黄发或黑发，高或矮，东方人、西方人、南方人或外星人士。我们都是一家人，无论你我，甚至皇帝，通通是地球人的后裔，对不对？”

“什么的后裔？”谢顿问道。他转身望向铎丝，双眼张得老大。

“地球！”阿马瑞尔喊道。“诞生人类的那颗行星。”

“一颗行星？只有一颗行星？”

“唯一的行星，这还用说，就是地球。”

“你所谓的地球，指的是奥罗拉吧？”

“奥罗拉？那是什么？我指的就是地球。你从来没听过地球吗？”

谢顿答道：“其实不能算有。”

“它是个神话世界……”铎丝说到一半便被打断。

“不是神话，它是一颗真实的行星。”

谢顿叹了一口气。“我以前也听过这一套。好吧，让我们从头再来一遍。达尔是不是有一本书，里面提到地球？”

“什么？”

“那么，某种电脑软件？”

“我不知道你到底在说些什么。”

“年轻人，你是从哪里听说地球的？”

“我爸爸告诉我的。人人都听说过。”

“有没有什么人对它特别了解？你们在学校里学过吗？”

“那里对地球一字不提。”

“那么人们是怎么知道的？”

阿马瑞尔耸了耸肩，仿佛面对着一个无中生有的烦人问题。“就是人人都知道。如果你想听这方面的故事，可以去找瑞塔嬷嬷，我还没听到她去世的消息。”

“你妈妈？你怎么不知道……”

“她并不是我妈妈，只是他们都这样叫她，瑞塔嬷嬷。她是个老妇人，住在脐眼，至少以前住在那里。”

“那地方在哪里？”

“朝那个方向一直走。”阿马瑞尔说，一面做了一个含糊的手势。

“我该怎么去那里？”

“去那里？你不会想去那里，否则你将有去无回。”

“为什么？”

“相信我，你不会想去那里。”

“可是我希望见见瑞塔嬷嬷。”

阿马瑞尔摇了摇头。“你会用刀吗？”

“做什么用？什么样的刀？”

“切东西的刀，像这一把。”阿马瑞尔伸手向下，抓住那条紧紧系着裤子的皮带。皮带的一节随即脱落，一端闪出一把利刃，它又薄又亮，足以取人性命。

铎丝立刻出手，用力抓住他的右腕。

阿马瑞尔哈哈大笑。“我不是要动手，只是亮出来给你们看看。”他将刀子插回皮带，“你需要一把来自卫，如果你没有，或者虽有却不会使用，你就无法活着离开脐眼。总之，”他忽然变得非常严肃，非常急切。“你说要帮助我去赫利肯，此话的确当真吗，谢顿老爷？”

“百分之百当真，那是我的承诺。写下你的名字，还有怎样用超波电脑联络到你。我想你该有址码吧。”

“我在热间的岗位上有一个，可以吗？”

“可以。”

“好啦，”阿马瑞尔一面说，一面抬起头，一本正经地望着谢顿。“谢顿老爷，这就代表我的未来全部寄托在你身上，所以拜托你千万别去脐眼。万一马上就失去你，我可承受不起这种损失。”他又将恳求的目光转向铎丝，并轻声道，“凡纳比里夫人，如果他肯听你的，就不要让他去。拜托了！”

第十四章

脐 眼

达尔：……奇怪得很，本区最出名的一环竟是脐眼——一个近乎传奇的地方，曾孕育出数不尽的传说。事实上，某些传说已经形成一个完整的文学派别，其中的主角与冒险家（或牺牲者）必须挑战穿越脐眼的危险。由于这些故事变得太过刻板，因此有一则流传甚广而且想必真实的传说，反倒因而显得荒诞不经。那是哈里·谢顿与铎丝·凡纳比里的一次脐眼历险……

——《银河百科全书》

66

当哈里·谢顿与铎丝·凡纳比里再度独处时，铎丝语重心长地问道：“你真打算去见那个叫‘嬷嬷’的女人？”

“我正在盘算呢，铎丝。”

“你是个怪人，哈里，你似乎稳定地每况愈下。当初在斯璀璘，你为一个合理的目的到上方去，而且那样做好像没什么害处。后来在麦曲生，你闯进长老阁，那是一项危险许多的行动，为的却是一个愚蠢许多的目的。如今在达尔，你又想去那个地方，那年轻人似乎认为简直就是自杀，然而这件事根本毫无意义。”

“我对他提到的地球感到好奇。若有任何蹊跷，我一定要弄清楚。”

铎丝说：“它只是个传奇，内容甚至不算有趣。那是老生常谈，不同的行星上使用不同的名称，不过内容完全相同。有关起源世界和黄金时代的传说，随时随地层出不穷。处身于复杂而邪恶的社会，人们几乎一致渴望一个想必单纯而且良善的过去。就某个角度而言，所有的社会都是这样，因为人人都在想象自己的社会太复杂、太邪恶，不论它实际上多么单纯。把这点记下来，放进你的心理史学中。”

“即使如此，”谢顿说，“我还是得考虑某个世界真正存在过的可能性。奥罗拉……地球……名称并不重要。其实……”

他顿了许久，最后铎丝终于说："怎么样？"

谢顿摇了摇头。"你记不记得在麦曲生的时候，你对我说过一个毛手毛脚的故事？当时我刚从雨点四十三那里拿到那本典籍……嗯，前两天傍晚，我们正在和堤沙佛一家聊天的时候，它又突然在我的脑海浮现。我说的什么事提醒了我自己，有那么一瞬间……"

"提醒你什么？"

"我记不得了。它钻进我的脑袋，马上又钻了出去。可是不知道怎么搞的，每当我想到那个'单一世界'的概念，我就觉得好像摸到什么东西，然后又让它溜掉了。"

铎丝惊讶地望着谢顿。"我想不到那会是什么。毛手毛脚的故事和地球或奥罗拉并无任何关联。"

"我知道，可是这件……事情……这件在我的心灵边缘徘徊的事情，似乎就是和这个单一世界有关。而且我有一种感觉，我必须不惜任何代价，找出更多关于这个世界的资料。此外……还有机器人。"

"还有机器人？我以为长老阁已经为它划上句点。"

"根本没有，我还一直在想呢。"他带着困惑的表情，凝视铎丝良久，然后又说，"可是我并不确定。"

"确定什么，哈里？"

不过谢顿只是摇着头，并没有再说什么。

铎丝皱了皱眉头，然后说："哈里，让我告诉你一件事。在严肃的史学中——相信我，我知道自己在说些什么——从来没有提到过有个起源世界。它是个广为流传的信仰，这点我承认。我指的不只是迷信民间传说的天真信徒，例如麦曲生人和达尔的热闻工。还有许多生物学家，也都坚称必定有个起源世界，但所持的理由远超出我的专业领域。此外还有些倾向神秘主义的历史学家，也喜欢对它做些臆测。而在有闲阶级的知识分子之间，据我了解，这种臆测已逐渐变成时尚。话说回来，学院派的史学对它仍旧一无所知。”

谢顿说：“既然这样，或许我们更有理由超越学院派的史学。我要找的只是一个能为我简化心理史学的机制，我不在乎那是什么机制，无论是数学技巧、历史技巧，或是某种全然虚无的东西都好。刚刚和我们晤谈的那个年轻人，倘若多受过一点正规训练，我就会把这个问题交给他。他的思考具有不少的巧思和原创性……”

铎丝道：“这么说，你真准备帮助他？”

“一旦我有这个能力，义不容辞。”

“可是，你该承诺一些无法确定能否兑现的事吗？”

“我很想兑现。如果你对不可能的承诺那么斤斤计较，想想夫铭是怎么对日主十四说的。他说我会用心理史学帮麦曲生人重建他们的世界，这个机会根本等于零。即使我果真完成心理史学，谁又晓得能不能用在如此狭隘而特定的目标上？要说无法兑现的承诺，这是个现成的实例。”

铎丝却带着一点火气说：“契特·夫铭是在试图救我们的命，让我们不至落入丹莫刺尔和大帝手中。可别忘了这一点。而且我认为，他真的希望帮助那些麦曲生人。”

“而我真的希望帮助雨果·阿马瑞尔。何况，比起那些麦曲生人，我能帮助他的可能性要大得多，所以如果你认可前者，拜托别再批评后者。此外，铎丝，”他的双眼闪现怒火，“我真的希望找到瑞塔嬷嬷，我已准备好独自前往。”

“绝不！”铎丝突然吼道，“你去我就去。”

67

阿马瑞尔离去一小时之后，堤沙佛夫人牵着女儿一块回来。她没有对谢顿或铎丝说半句话，仅仅在他们和她打招呼时随便点了点头，并且以锐利的目光扫描整个房间，仿佛要确定那名热闾工未曾留下任何痕迹。接着她猛嗅了一阵子，又以兴师问罪的眼光望向谢顿，这才穿过起居室走到主卧房。

堤沙佛自己则较晚回家。等到谢顿与铎丝来到餐桌旁，堤沙佛趁着妻子还在张罗晚餐最后的细节，刻意压低声音说：“那人来过了吗？”

“又走了。”谢顿严肃地说，“你太太当时也不在。”

堤沙佛点了点头，又说：“你还需要这么做吗？”

“我想不会了。”谢顿答道。

“很好。”

晚餐几乎都在沉默中进行。但在晚餐过后，当小女孩回到自己的房间，去练习并不一定有趣的电脑时，谢顿仰靠着，开口道：“跟我说说脐眼吧。”

堤沙佛显得颇为讶异，他的嘴巴一开一合，但未发出任何声音。然而，凯西莉娅却没那么容易目瞪口呆。

她说：“你的新朋友住在那里吗？你准备去回访？”

“目前为止，”谢顿平静地说，“我只是提到脐眼而已。”

凯西莉娅尖声说道：“那是个贫民窟，住在那里的都是渣滓。没有人到那里去，只有秽物才把那里当自己的家。”

“据我所知，有位瑞塔嬷嬷住在那儿。”

“我没听过这个人。”凯西莉娅说完，随即“啪”地一声闭上嘴巴。她的意思相当明显，她不想知道任何住在脐眼的人叫什么名字。

堤沙佛一面不安地望着妻子，一面说道：“我倒听说过。她是个疯癫的老妇人，据说靠算命为生。”

“她住在脐眼吗？”

“我不知道，谢顿老爷，我从未见过她。她做出预言的时候，全息新闻偶尔会提到。”

“预言成真了吗？”

堤沙佛嗤之以鼻。“哪里有成真的预言？她的预言甚至毫无意义。”

“她曾经提到过地球吗？”

“我不知道，即使有我也不会惊讶。”

“提起地球并没有让你摸不着头脑。你知道有关地球的事吗？”

这时堤沙佛才显出惊讶的表情。“当然啦，谢顿老爷。大家都来自那个世界……据说如此。”

“据说如此？你不相信吗？”

“我？我受过教育。但许多无知民众都相信。”

“有没有关于地球的影视书？”

“儿童故事有时会提到地球。我记得，当我还是小孩的时候，我最喜欢的故事是这样开头的：‘很久以前，在地球上，当时地球还是唯一的行星……’凯西莉娅，记得吗？你也喜欢这个故事。”

凯西莉娅耸了耸肩，不愿就此软化。

“我希望改天能看一看，”谢顿说，“但我是指真正的影视书……喔……学术性的……或是影片……或是打印出的资料。”

“我从未听说有这种东西，不过图书馆……”

“我会去试试看——有没有任何禁忌不准提到地球？”

“禁忌是什么？”

“我的意思是，有没有一个强烈的习俗，不准人们提到地球，或是不准外人问起？”

堤沙佛的讶异看来如此实实在在，似乎毫无必要等待他的回答。

铎丝插嘴道：“有没有什么规定，不准外人前往脐眼？”

这时堤沙佛变得一本正经。“没有什么规定，但任何人到那里去都是不智之举。我自己就绝对不会去。”

铎丝问：“为什么？”

“那里充满危险，充满暴力！人人携带武器——我的意思是，虽然达尔人惯常武装自己，可是在脐眼他们真的使用武器。留在这个社区，这里才安全。”

“目前为止如此。”凯西莉娅以阴郁的口吻说，“我们最好还是远走高飞吧，这年头热间工无处不在。”说完，她又朝谢顿的方向白了一眼。

谢顿道：“你说达尔人惯常武装自己，这是什么意思？帝国政府早有管制武器的强硬规定。”

“我知道。”堤沙佛说，“这里并没有麻痹枪或震波武器，也没有心灵探测器或任何类似的东西，可是我们有刀。”他看来有些尴尬。

铎丝说：“堤沙佛，你随身带刀吗？”

“我？”他现出厌恶至极的表情，“我是个爱好和平的人，而且这是个安全的社区。”

“我们家里藏了几把。”凯西莉娅一面说，一面又哼了一声，“我们并不那么确定这是个安全的社区。”

“是不是人人都随身带刀？”铎丝问道。

“凡纳比里夫人，的确几乎人人都带。”堤沙佛说，“这是一种习俗，但不代表人人都用得到。”

“不过我想，脐眼的人却用得到。”铎丝说。

“三天两头。他们激动时，就会打起来。”

“政府准许这种事吗？我的意思是帝国政府？”

“他们偶尔会试图把脐眼扫干净，可是刀子太容易藏匿，而且习俗太过根深蒂固。此外，被杀害的几乎总是达尔人，我想帝国政府不会为这种事太操心。”

“万一被杀的是个外人呢？”

“倘若有人报案，帝国官员可能也会激动。不过实际上，绝不会有人看到或知道任何事。帝国官员有时会根据普通法令围捕民众，但他们向来无法证明任何事。我想在他们看来，外人到那里去是自己找死。所以即使你有刀，也别去脐眼吧。”

谢顿颇为烦躁地摇了摇头。“我不会带着刀去。我不知道如何使用，一点也不熟练。”

“那么很简单，谢顿老爷，不要进去。”堤沙佛忧心忡忡地摇了摇头，“总之不要进去。”

“我可能也无法从命。”谢顿说。

铎丝气呼呼地瞪着他，显然是不耐烦了，她索性对堤沙佛说：“哪里才能买到刀子？或是能借用你们的吗？”

凯西莉娅随即答道：“没有人借用别人的刀子，你必须自己买。”

堤沙佛说：“卖刀的店到处都有。其实不该这样，你知道吧，理论上这是不合法的。然而，任何家电商店都有出售。你只要看到展示着一台洗衣机，就准没错。”

“还有，要怎样去脐眼？”谢顿问道。

“搭乘捷运。”堤沙佛望着铎丝的愁容，显得不知如何是好。

谢顿说：“我抵达捷运站之后呢？”

“搭上向东的列车，注意沿途的路标。不过假如你非去不可，谢顿老爷，”堤沙佛迟疑了一下，又说，“你一定不能带着凡纳比里夫人。妇女有时会有……更糟的下场。”

“她不会去的。”谢顿说。

“只怕她会去。”铎丝带着沉稳的决心说道。

68

用品店老板的八字胡显然和年轻时代一样浓密，只是如今已经斑白，虽说他的头发乌黑依旧。他一面凝视着铎丝，一面伸手将那两撇胡子往后梳，全然是一种习惯性动作。

他说：“你不是达尔人。”

“没错，但我仍想要一把刀。”

他说：“卖刀是违法的。”

铎丝说：“我不是女警，也不是任何一种政府特务。我是要到脐眼去。”

他意味深长地瞪着她。“一个人？”

“和我的朋友一起。”她将拇指朝肩后一甩，指向谢顿的方向，他正绷着脸等在外面。

“你是要帮他买？”他瞪了谢顿一眼，很快便做出判断。“他也是个外人，让他自己进来买。”

“他也不是政府特务，而且我买刀是给自己用。”

老板摇了摇头。“外人可都很疯狂。但你若想花掉些信用点，我不介意从你手中接过来。”他从柜台下面掏出一根粗短的圆棒，再以行家的动作轻轻一转，刀锋便立刻冒出来。

“这刀是你店里最大的一款吗？”

“是最好的女用刀。”

“拿一把男用的给我看看。”

“你不可能想要一把太重的刀。你知道怎样使用这种家伙吗？”

“我可以学，而且我不担心重量。拿一把男用的给我看看。”

老板微微一笑。“好吧，既然你想要看——”他从柜台的更下一层，拿出另一根粗得多的圆棒。然后他随手一扭，一把看来活像屠刀的利刃便出现了。

他将那把刀转过来，握把朝前交给她，脸上仍旧带着微笑。

她说：“示范一下你是怎么扭的。”

他用这把大刀为她示范，慢慢扭向一侧刀锋便会显现，扭向另一侧便能令它消失。“一面扭一面压。”他说。

“老板，再做一遍。”

老板遵命照办。

铎丝说：“好啦，收起来，再把刀柄丢给我。”

他依言照做，刀子缓缓画出一道弧线。

她接住后又还了回去，并且说：“快一点。”

老板扬起眉毛，然后在毫无预警的情况下，反手将刀丢向她的左侧。她并未试图伸出右手，而是直接用左手接住。刀锋立刻冒出头来，下一刻又随即消失。老板看得张口结舌。

“这是你店里最大的一款？”她问道。

“是的。你若试图用这把刀，必会令你筋疲力尽。”

“我会多做深呼吸。我还要一把。”

“给你的朋友？”

“不，给我自己。”

“你打算使双刀？”

“我有两只手。”

老板叹了一声。“夫人，奉劝你离脐眼远一点。你不知道他们那里怎样对付女人。”

“我猜得到。我该怎样将这两把刀插进皮带里？”

“夫人，你身上那条皮带不行，那不是刀带。不过，我可以卖一条给你。”

“能装两把刀吗？”

“我应该还有一条双刀带，它们的需求量不大。”

“我现在就有需求。”

“我也许没有你要的尺寸。”

“我们会把它切短，或是想别的办法。”

“你得付出许多信用点。”

“我的信用瓷卡付得起。”

等到她终于走出来，谢顿以酸酸的口气说：“这条笨重的皮带令你看来真滑稽。”

“真的吗，哈里？是不是太滑稽了，不配跟你到脐眼去？那我们就一同回公寓吧。”

“不，我要自己去。我自己去会比较安全。”

铎丝说：“哈里，这样说一点用也没有。让我们一起向后转，否则就一起向前走。不论在任何情况下，我们都不会分开。”

此时，她的蓝眼珠所透出的坚决眼神，她的嘴角所弯成的弧度，以及她双手放在腰际刀柄上的姿势，在在使谢顿相信她是认真的。

“很好，”他说，“但如果你活着回来，又如果我还能见到夫铭，那么，要我继续研究心理史学的条件就是让你消失——虽然我越来越喜欢你。你能了解吗？”

铎丝突然露出微笑。“忘掉这码事吧，别把你的骑士精神用在我身上。无论如何我都不会消失的，你能了解吗？”

69

看到“脐眼”这个路标在半空闪烁，他们两人便下了捷运。路标第一个字左侧污损了，只剩下一个黯淡的光点，这也许正意味着这是个什么样的环境。

走出车厢之后，他们沿着下面的人行道前进。此时刚过正午，乍看之下，脐眼似乎很像他们居住的那一带达尔区。

然而，空气中有一种刺激性的气味，人行道处处可见乱丢的垃圾。由此即可看出，附近绝对见不到自动扫街器。

此外，虽然人行道看来相当普通，此地的气氛却令人很不舒服，有如扭得太紧的弹簧那般紧绷。

或许是因为人的关系。行人的数目似乎还算正常，但谢顿心想，他们却和其他地方的行人不一样。通常，在工作压力下，每个行人心中都只有自己；置身川陀无数大街小巷的无数人群中，就心理层面而言，人们唯有忽略他人才能活下去。例如目光绝不流连，大脑完全封闭。人人罩在一团自制的浓雾里，也能获得一种人工的隐私。反之，在那些热衷于黄昏漫步的社区中，则充满一种仪式化的亲切感。

但在脐眼这里，至少对外人而言，却是既没有亲切感也没有漠然的回避。每个擦身而过的人，不论是来是往，都会转头朝谢顿与铎丝瞪上一眼。每对眼睛仿佛都有隐形绳索系在这两个外人身上，带着恶意紧追着他们不放。

脐眼人的衣着较为肮脏和老旧，有些还已经破损。这些衣服都带着一种没洗干净的晦暗，令谢顿不禁对自己光鲜的新衣感到不安。

他说："照你想来，瑞塔嬷嬷会住在脐眼哪里？"

"我不知道。"铎丝说，"你把我俩带到这里，所以应该由你来想。我打算专注于保镖的工作，我想我会发现确有必要只做这一件事。"

谢顿说："而我认为确有必要随便找个路人问问，但我又不太想这么做。"

"我不会怪你的，我也认为你找不到任何愿意帮助你的热心人士。"

"话说回来，别忘了还有少年这种东西。"谢顿随手指了指其中一个。那个男孩看来大约十二岁，总之尚未蓄起成年男子不可或缺的八字胡。他已停下脚步，正盯着他们两人。

铎丝说："你是在猜想，那种年纪的男孩尚未完全发展出脐眼人对外人的厌恶。”

“至少，”谢顿说，“我猜想他的年纪还小，不至于完全发展出脐眼的暴力倾向。我想如果我们走近他，他可能会拔腿就跑，在老远的地方高声辱骂，但我不信他会攻击我们。”

谢顿提高音量说：“年轻人。”

男孩向后退了一步，继续瞪着他们两人。

谢顿说：“到这里来。”同时招了招手。

男孩说：“哥儿们，干啥？”

“好让我能向你问路。走近一点，好让我不必大吼大叫。”

男孩向前走了两步。他的脸孔脏兮兮，一双眼睛却明亮而敏锐。他的凉鞋式样与众不同，短裤的一侧还有个大补丁。他说：“啥样的路？”

“我们想要找瑞塔嬷嬷。”

男孩的眼睛亮了起来。“哥儿们，干啥？”

“我是一名学者。你知道学者是什么吗？”

“你上过学？”

“没错。你没有吗？”

男孩不屑地向一旁啐了一口。“没。”

“我有事要请教瑞塔嬷嬷，希望你能带我去找她。”

“你要算命？哥儿们，你穿着拉风的衣服来脐眼，连我都能帮你算命——霉运当头。”

“年轻人，你叫什么名字？”

“跟你何干？”

“好让我们能以更友善的方式交谈，好让你可以带我去瑞塔嬷嬷的住处。你知道她住在哪里吗？”

“也许知，也许不知。我叫芮奇，如果我带你去，有什么好处？”

“芮奇，你想要什么？”

男孩的目光停留在铎丝的腰带上，他说：“这大姐带着双刀。给我一把，我就带你去找瑞塔嬷嬷。”

“那是成人用的刀，芮奇，你的年纪还太小。”

“那么我猜我的年纪也太小，不会知道瑞塔嬷嬷住在哪里。”说完他抬起头，透过遮住眼睛的乱发狡猾地望向对方。

谢顿开始感到不安，再这样下去，可能会引来一群人。已经有几名男子停下来，但在发现似乎没有什么看头之后，他们又全都掉头离去。然而，倘若这个男孩发起脾气，以言语或行动攻击他们，路人无疑会群聚过来。

他微微一笑。“芮奇，你识字吗？”

芮奇又啐了一口。“不！谁要识字？”

“你会用电脑吗？”

“会说话的电脑吗？当然，人人都会。”

“那么，我告诉你怎么办。你带我到最近的一家电脑店，我帮你买一台属于你自己的小电脑，以及一套能教你识字的软件。几个星期后，你就识字了。”

谢顿发觉男孩的眼睛似乎为之一亮，但即便如此，那目光随即又转趋强硬。“不，不给刀子就拉倒。”

“芮奇，关键就在这里。你自己学识字，别告诉任何人，就能让大家吃一惊。过一阵子之后，你可以打赌说你会识字，和他们赌五个信用点。这样你就能赢得不少零用钱，就可以帮自己买把刀子。”

男孩犹豫了一下。“不！没人会和我打赌，没人有信用点。”

“只要你识字，就能在刀店找到一份工作。你把工资存起来，就可以用折扣价买一把刀。这样好不好？”

“你什么时候去买会说话的电脑？”

“马上去，但要等我见到瑞塔嬷嬷再给你。”

“你有信用点？”

“我有信用瓷卡。”

“我们一起去买电脑吧。”

电脑的交易进行得很顺利，但是当男孩伸出手的时候，谢顿却摇了摇头，并将它放进自己的袋囊。“芮奇，你得先带我去找瑞塔嬷嬷。你确定知道能在哪儿找到她吗？”

芮奇刻意流露出不屑的表情。“我当然确定。我会带你到那儿去，只不过我们到了之后，你最好把电脑给我。否则我会找些相熟的哥儿们，去追你和这个大姐，所以你最好小心点。”

“你不必威胁我们。”谢顿说，“我们会履行我方的义务。”

芮奇带着他们沿人行道快步走去，穿过了许多好奇的目光。

谢顿一路上一言不发，而铎丝也一样。不过相较之下，铎丝并非在想什么心事，她显然一直在警戒着周遭的人群。对于那些转头望向他们的路人，她总是以直勾勾的凶狠眼神接触他们的目光。有好几次，当他们身后传来脚步声时，她都立刻转头怒目而视。

然后芮奇停了下来，说道：“就在这里。你瞧，她不是无家可归。”

他们跟着他进入一组公寓群。谢顿本想在心中默记走过的路线，以便待会儿能自行找到出路，却很快就迷失了方向。

他说：“芮奇，你怎么知道这些巷道该走哪一条？”

男孩耸了耸肩。“打从小时候，我就在这些巷道中游荡。”他说，“而且，这些公寓都有号码——除非脱落——还有箭头和其他东西。只要知道这些窍门，你就不可能迷路。”

芮奇显然深通这些窍门，于是他们逐渐深入公寓群。徘徊不去的是一种完全腐朽的气氛，瓦砾堆无人清理，一闪而过的居民对外人入侵表露出明显恨意。又皮又野的少年沿着巷道奔跑追逐，似乎正在玩某种游戏。当他们的飞球险些击中铎丝时，有些还大叫道：“嘿，让路！”

最后，芮奇停在一扇斑驳的深色大门之前，门上微微闪着“2782”这组数字。

“这里就是。”他一面说，一面伸出手来。

“我们先看看谁在里面。”谢顿轻声道。他按下讯号钮，却没有任何反应。

“没用。”芮奇说，“你得捶门，捶得很响才行。她的耳朵不太好。”

于是谢顿握拳猛击门板，果然听到里面有了动静。一个尖锐的声音传出来：“谁要见瑞塔嬷嬷？”

谢顿喊道：“两名学者！”

他将小电脑连同附带的软件套件一起扔给芮奇，芮奇一把抓住，咧嘴一笑，便快步跑走了。然后谢顿转过头来，面对着打开的门与门后的瑞塔嬷嬷。

70

瑞塔嬷嬷或许已有七十好几，但她的脸孔乍看之下似乎没有那么老。她的面颊丰满，嘴巴不大，轻微的双下巴则又小又圆。她个子非常矮——还不到一米五，却有一副粗壮的身躯。

不过她的双眼周围有着细微的皱纹。每当她微笑的时候，例如见到他们之后的那一笑，脸部其他各处的皱纹也会绽露出来。此外，她的行动有些困难。

“进来，进来。”她一面以轻柔高亢的声音这么说，一面眯着眼睛凝视他们两人，仿佛她的视力也开始减退了。“外人……甚至还是外星人士，我说对了吗？你们身上似乎没有川陀的气味。”

谢顿真希望她未曾提到气味。这间过分拥挤的公寓发出一股食物的怪味，那是一种几乎接近腐臭的味道。屋内还有许多四处乱丢的小东西，都是一些看来陈旧而且盖满灰尘的物品。这里的空气如此浓浊粘稠，他可以确定即使离开这里之后，衣服上仍会带着这种强烈的气味。

他说：“瑞塔嬷嬷，你说对了。我是来自赫利肯的哈里·谢顿，我的朋友是来自锡纳的铎丝·凡纳比里。”

“好。”她一面说，一面在地板上寻找一个空位，以便邀请他们坐下，可是却找不到合适的角落。

铎丝说：“嬷嬷，我们乐意站着。”

“什么？”她抬起头望着铎丝，“孩子，你说话必须中气十足。我的听力不再像你这个年纪时那么好了。”

“你为什么不弄个助听装置？”谢顿提高音量说。

“谢顿老爷，那没什么帮助。好像是神经方面的毛病，我却没钱去做神经重建。你们是来向瑞塔老嬷嬷请教未来之事？”

“并不尽然。”谢顿说，“我是来请教过去之事。”

“好极了。判断人们想听些什么可不容易。”

“那必定是一门高深的技艺。”铎丝微笑着说。

“看来容易，可是必须令人心服口服。我就靠它为生。”

“如果你有刷卡插座，”谢顿说，“我们会付你合理的酬劳。只要你告诉我们有关地球的事，其中没有为了满足我们而巧妙编织的话语——我们希望听的是事实。”

老妇人本来一直在屋里踱来踱去，东摸摸西弄弄，仿佛要将房间弄得更漂亮，更适合招待两位来访的贵客。此时她忽然停下来，说道：“你要知道有关地球的什么事？”

“首先，它究竟是什么？”

老妇人转过身来，目光似乎投射到太空中。当她开始说话的时候，她的声音变得又沉又稳。

“它是一个世界，是一颗非常古老的行星。它遭人遗忘，如今下落不明。”

铎丝说：“它并非历史的一部分，这点我们还知道。”

“孩子，它比历史更为古老。”瑞塔嬷嬷严肃地说，“它存在于银河的黎明期，以及黎明期之前。当时它是唯一拥有人类的世界。”她坚定地点了点头。

谢顿问道：“地球的别名是不是……奥罗拉？”

这时，瑞塔嬷嬷的脸孔突然皱成一团。“这个名字你是从哪里听来的？”

“在我东闯西荡中。我听说，有个古老而遭人遗忘的世界名叫奥罗拉，上面的人曾经享有太初的平静岁月。”

“那是个谎言！”她擦了擦嘴，仿佛要将刚刚听到的东西从嘴边抹去。“你提到的那个名字绝对不可再提，它只能指邪恶之地，它是邪恶的源头。在邪恶之地与其姐妹世界登场之前，地球一直是独一无二的。邪恶之地几乎毁灭了地球，但是地球最后团结起来，借着一些英雄的帮助，终于摧毁了邪恶之地。”

“地球的历史早于这个邪恶之地，这点你确定吗？”

“早得太多了。地球曾在银河系独处了数万年——乃至数百万年。”

“数百万年？人类在其上生存了数百万年，当时其他的世界都没有人？”

“那是事实，那是事实，那是事实！”

“但你又是如何知道这些的？这些都在一个电脑程序里吗？或是在一份列印表中？你有任何东西能让我读一读吗？”

瑞塔嬷嬷摇了摇头。“我从母亲那里听来这些古老的故事，她又是从她的母亲那里听来的，就是这样一脉相传。我没有子女，所以我把这些故事说给别人听。但它仍有可能就此失传，这是个失去信仰的时代。”

铎丝说：“嬷嬷，这很难讲。还是有人推论史前时代的种种可能，并且研究那些失落世界的相关传说。”

瑞塔嬷嬷伸出手臂做了一个动作，仿佛是要扫开那句话。“他们用冷眼面对这个问题。那是学术，他们试图将它融入既有的概念。有关大英雄笆雳的故事，我可以跟你说上一年，可是你不会有那么多时间听，我也没有那么多精力讲。”

谢顿道：“你听说过机仆吗？”

老妇人突然抖了一下，她的声音则几乎变作尖叫。“你、为、何、要、问、这、种、事？那种东西是人工的人类，是那些邪恶世界的产物，本身就是一种邪恶。它们早就遭到毁灭，再也不该提起。”

“有一个特殊的机仆，是那些邪恶世界憎恨的对象，对不对？”

瑞塔嬷嬷蹒跚地走向谢顿，紧紧盯着他的双眼。他甚至感觉得到她的热气喷在自己脸上。“你是专门来愚弄我的吗？你已经知道这些事，还偏偏要问？你为什么要问？”

“因为我希望知道。”

“曾有一个人工的人类帮助过地球。他名叫答霓，是笆雳的朋友。他从来没死，一直活在某个角落，等待着他的时代重返。没有人知道会是什么时候，不过总有一天他会回来，来复兴那个伟大的古老时代，并除去所有的残酷、不义和悲惨。那是他的承诺。”说到这里，她闭上眼睛，露出微笑，好像回想起……

谢顿默默等了一会儿，然后叹了一口气。“谢谢你，瑞塔嬷嬷，你对我有很大的帮助。我该付你多少酬劳？”

“很高兴能遇见外星人士。”老妇人答道，“十个信用点。我有荣幸招待你们一些茶点吗？”

“不用了，谢谢你。”谢顿一本正经地说，“请收下二十点。你只要告诉我们怎样从这里回到捷运站。还有，瑞塔嬷嬷，如果你能把有关地球的传说录进电脑磁片，我会付你很好的价钱。”

“我需要花很多力气。价钱有多好？”

“那要看故事有多长，以及说得有多好。我也许会付一千点。”

瑞塔嬷嬷舔了舔嘴唇。“一千点？可是故事录好之后，我要怎样找到你？”

“我会给你一个电脑址码，这样就能联络到我。”

谢顿将址码写给瑞塔嬷嬷后，便与铎丝一同离去。相较之下，外面巷道的空气简直清新宜人。他们根据老妇人的指引，踏着轻快的步伐向前走去。

71

铎丝说：“哈里，这并不是一次很长的晤谈。”

“我知道。但周遭环境不舒服之至，而且我觉得打听得够多了。真难想象这些民间传说如何放大到这种程度。”

“你所谓的‘放大’是什么意思？”

“嗯，麦曲生人将他们的奥罗拉说成上面住有能活好几世纪的人，达尔人则将他们的地球说成有着延续数百万年的人类，而两者都提到一个长生不死的机器人。话说回来，这的确耐人寻味。”

“既然有好几百万年，就该有机会——我们正往哪儿走？”

“瑞塔嬷嬷说我们应该沿着这个方向走，直到抵达一个休息区，然后找一个指着左边的‘中央走道’路标，再一直跟着那个路标前进。我们来的时候，有没有经过一个休息区？”

“我们现在走的这条路，也许和来时的路线不同。我不记得有个休息区，不过刚才我没有注意看路。我的眼睛一直摆在路人身上，而且……”

她的声音逐渐消失。前方的巷道两侧都向外敞开。

谢顿想了起来，他们的确曾经路过这里。他还记得两侧的人行道上弃置着一些破烂的沙发垫。

然而，铎丝不必再像进来的时候那样防范路人，因为现在一个路人也没有。倒是在前面的休息区里，他们发现有一群人。就达尔人而言，那群人个头相当大，一个个的八字胡都向上竖起。在人行道的昏黄光线照耀下，他们裸露的上臂全都肌肉盘虬，而且熠熠生辉。

显然，他们是在等待这两位外星人士，谢顿与铎丝几乎自然而然停下脚步。一时之间，双方形成一个静止画面。然后谢顿匆匆向后看了看，发现后面又走出来两三个人。

谢顿抿着嘴说：“我们落入陷阱了。我不该让你跟来的，铎丝。”

“刚好相反，这正是我跟来的原因。可是你为了见瑞塔嬷嬷，值得付出这种代价吗？”

“只要我们能脱身，那就值得。”

然后，谢顿以响亮而坚定的声音说：“我们能过去吗？”

对面的一名男子向前走来。他与身高一米七三的谢顿不相上下，但肩膀比谢顿更宽，而且肌肉更结实。不过，他的腰部有点松垮，谢顿注意到了。

“我叫玛隆，”他以自大自满的口气说，仿佛这个名字应该具有某种意义。“我在这里是要告诉你，我们不喜欢外星人士踏进我们的地盘。你想要进来，可以——但如果要出去，你就得付出代价。”

“很好，多少？”

“你身上所有的财产。你们阔气的外星人士都有信用瓷卡，对吗？通通交出来。”

“不行。”

“不容你说不行，我们自己会动手。”

“除非把我打伤或杀掉，否则你休想得到。而且必须配合我的声纹才能使用，我的正常声纹。”

“并非如此，老爷——看，我很礼貌——我们可以从你身上取走，却不必把你伤得太厉害。”

“你们这些粗壮汉子得用上几个？九个？不，”谢顿很快数了一遍，“十个。”

“就一个，我。”

“没有帮手？”

“就我一个。”

“玛隆，如果其他人能闪开，给我们腾出地方，我愿意看看你怎么动手。”

“你没有刀子，老爷，你要一把吗？”

“不必，你用你的，这样打斗才算公平。我要赤手空拳上阵。”

玛隆环顾同党众人，然后说：“嘿，这小个子真有种。听他的口气甚至不害怕，这可真不简单。打伤他简直没面子——老爷，我告诉你怎么办。我要对付这姑娘，如果你想要我停手，就把你和她的信用瓷卡一块交出来，再用你们的正确声音启动。如果你说不，那么等我收拾完这姑娘……那可要点时间，”他纵声大笑，“我就不得不伤害你。”

“不，”谢顿说，“让这女子离去。我已经向你挑战——一对一，你用刀子，我不用。你若想要更大的胜算，我就一个打你们两个，可是先让这名女子离去。”

“哈里，闭嘴！”铎丝叫道，“如果他想要我，就让他过来抓我。你就留在原地，哈里，千万别动。”

“你们听到了吗？”玛隆咧嘴大笑，“‘你就留在原地，哈里，千万别动。’我说这小妮子想要我。你们两个，把他看牢。”

谢顿的双臂像是被两道铁箍紧紧锁住，他还感到有锐利的刀尖抵在背上。

“别动。”谢顿耳际传来厉声的耳语，“你可以看着。那女的也许会喜欢，玛隆这方面很高明。”

铎丝再度叫道：“哈里，别动！”说完，她转身警觉地面对着玛隆，半握的双手挨近腰际的皮带。

他不怀好意地欺近她，而她则不动声色。等到他来到一臂之遥，在她的双臂陡然一闪之后，玛隆便发觉自己面对着两把大刀。

一时之间，他猛然向后一仰，然后哈哈大笑。“这小妮子有两把刀——像是大男生用的那种。我却只有一把，不过这也够公平了。”他把刀子迅速亮出来，“我可不愿意失手砍伤你，小妮子，因为如果能避免，我们两个都会获得更多乐趣。也许我把它们从你手上敲掉就好了，啊？”

铎丝说：“我不想杀你，我会尽可能避免那样做。话说回来，我要求大家做个见证，万一我真杀了你，那是为了保护我的朋友，是我责无旁贷。”

玛隆装出害怕的样子。“喔，小妮子，求求你别杀我。”说完他立刻哈哈大笑，在场的达尔人也跟着笑起来。

玛隆举刀向前刺出，落点却离铎丝相当远。接着他又试了第二次、第三次，但铎丝始终一动不动。对于并非真正瞄准她的攻击，她根本不试图格挡。

玛隆的表情转趋阴沉。他本想让她惊慌失措，不料弄巧成拙，只是令自己显得徒劳无功。于是，下一次的攻击便直接瞄准她。铎丝的左手刀随即闪电般挥出，猛力迎向他的武器，将他的手臂震开。她的右手刀则迅疾内转，在他的短衫上划出一道对角线。短衫底下长满黑色胸毛的皮肤，立时绽出一条细微的血痕。

玛隆在震撼中低头望向自己，围观的众人则在惊讶中喘不过气来。谢顿觉得抓着自己的两个人放松了点，这场决斗并未完全按照他们的预期进行，因而吸引了他们的注意力。谢顿暗自蓄势待发。

此时玛隆再度举刀进攻，这回他的左手同时出击，朝铎丝的右腕抓去。铎丝的左手刀再度格住他的利刃，令它一时动弹不得；她的右手做了一个敏捷的回旋，在玛隆的左手挨近的当儿向下一沉。结果，除了刀刃他什么也没抓到，而当他张开手的时候，手掌上赫然出现一道血痕。

铎丝立即向后跳开。玛隆在发觉胸部与手掌挂彩后，以透不过气的声音咆哮道："哪个人再扔给我一把刀！"

一阵迟疑之后，一名同党将自己的刀偷偷抛过去。玛隆正要伸手去接，铎丝的行动却比他更快。她的右手刀击向那把掷出的利刃，让它循着原路一面打转一面飞回去。

谢顿感到两只手臂上的抓力变得更弱。他猛然举起双臂，用力向前推，立刻就重获自由。抓他的两个人大叫一声，转过身来面对着他，他则以膝头迅速撞向其中一人的鼠蹊，并用手肘击向另一人的胃部，两人随即应声倒地。

他跪下去拔取那两人身上的佩刀，起身之后，他就和铎丝一样成为双刀客。然而与铎丝不同的是，谢顿不会使用这种武器，但他知道那些达尔人几乎不可能发觉。

铎丝说："别让他们靠近就行，哈里，暂时还别攻击——玛隆，我的下一击将不只是皮肉伤。"

玛隆陷入极度的愤怒，一面发出毫无意义的咆哮，一面展开盲目的攻击，试图单用巨大的冲力压倒对手。铎丝身形一沉，向旁边跨出一步，同时低头避开他的右臂，并在他的右脚踝踢了一记。玛隆立刻瘫倒在地，手中的刀飞了出去。

然后她跪在地上，将一把刀架在他的后颈，另一把抵住他的咽喉，说道："投降！"

大吼一声之后，玛隆重新发动攻势。他用一只手推开她，然后挣扎着站起来。

当她再度欺近时，他尚未完全站稳。只见一刀砍下去，便将他的八字胡削去一截。这次他像一头重伤的巨兽般发出哀号，还一巴掌拍向自己的脸部。当他将手拿开时，那只手正滴着鲜血。

铎丝喊道："它不会再长出来，玛隆，有一片嘴唇跟它一起飞了。再做一次攻击，你就是一具死尸。"

她严阵以待，但玛隆已经吃不消了。他一面呻吟，一面跌跌撞撞逃了开，沿途还留下一条血迹。

铎丝转身面向其他人。被谢顿打倒的那两个还躺在那里，他们已被缴械，并未急着爬起来。她弯下腰，用一把刀切断他们的皮带，又划开他们的裤子。

"这样一来，你们就得提着裤子走路。"她说。

她又瞪着仍然站在原处的七个人，他们都以敬畏的眼神如痴如醉地望着她。"刚才扔刀子的，是你们哪一个？"

众人一片沉默。

她又说："对我而言没有差别。一个一个来或一起上都行，但我每砍一刀，就会去掉一条命。"

七个人动作一致地急忙转身，拔腿逃命去了。

铎丝扬起眉毛，对谢顿说："至少这一次，夫铭不能怪我没尽到保护你的责任。”

谢顿说：“我仍然无法相信眼前的一切。我一直不知道你能做这样的事——或是能说这样的话。”

铎丝只是微微一笑。“你也有你的本事，我们是一对好搭档。来，让手中的刀子回鞘，再放进你的袋囊。我想消息会以极高的速度流传，因此我们可以顺利离开脐眼，不必担心再被拦住去路。”

她说得相当正确。

第十五章

地下组织

达凡：……在第一银河帝国最后数世纪的不安岁月中，典型的动荡根源来自政治与军事领袖谋取“至高无上”权力这项事实（平均每隔十年，这种至上的权力就会贬值一次）。在心理史学出现之前，能够称为群众运动的事例少之又少。就此而论，其中一个耐人寻味的例子便与达凡有关。此人的真实背景鲜为人知，但他可能曾遇到过哈里·谢顿……

——《银河百科全书》

72

利用堤沙佛家现成的、有几分原始的沐浴设备，哈里·谢顿与铎丝·凡纳比里陆续洗了一个不算短的澡。等到吉拉德·堤沙佛傍晚回到家，他们两人已经换好衣服，一起待在谢顿的房间。堤沙佛发出的叫门讯号（似乎）有些胆怯，蜂鸣声并未持续多久。

谢顿打开门，愉快地说道："晚安，堤沙佛老爷，还有夫人。"

她站在丈夫的正后方，前额皱成一团，显得十分困惑。

堤沙佛仿佛不确定情况如何，他以试探性的口吻说："你和凡纳比里夫人都好吗？"他猛点着头，似乎试图借着身体语言引出肯定的答案。

"相当好。进出脐眼都毫无困难，现在我们已经洗过澡，换过衣服，没有留下任何气味。"谢顿一面说，一面抬起下巴，露出微笑，让这些话越过堤沙佛的肩头抵达他的妻子面前。

她猛吸几口气，像是在检验这件事。

堤沙佛仍旧以试探性的口吻说："据我了解，曾经发生一场刀战。"

谢顿扬起眉毛。"传闻是这样的吗？"

"我们听说，你和夫人联手对抗一百名凶徒，把他们全杀了。是不是这样？"他的声音中透出一种控制不住的深度敬意。

"绝无此事。"铎丝突然觉得很不耐烦，"那实在荒唐。你以为我们是什么？大屠杀的刽子手？你以为一百名凶徒会待在原地，等上好长一段时间，好让我——我们——把他们通通杀光？我的意思是，用脑筋想想。”

“大家都是这么说的。”凯西莉娅·堤沙佛以尖锐而坚定的口吻说，“这栋房子里不能发生这种事。”

“第一，”谢顿说，“不是发生在这栋房子里。第二，没有一百个人，而是只有十个。第三，没有任何人被杀。的确有些你来我往的口角，然后他们就让路了。”

“他们就这么让路。两位外星人士，你们指望我相信这种事吗？”堤沙佛夫人咄咄逼人地追问。

谢顿叹了一口气。即使在最轻微的压力下，人类似乎也会分裂成敌对的集团。他说：“好吧，我承认其中一人被割伤了一点，但并不严重。”

“而你们完全没有受伤？”堤沙佛说，声音中的敬佩之意更加显著。

“毫发无损。”谢顿说，“凡纳比里夫人舞弄双刀的本领好极了。”

“我就说嘛，”堤沙佛夫人的目光垂到铎丝的皮带上，“我可不希望这里会发生那种事。”

铎丝断然道：“只要没有人在这里攻击我们，你这里就不会发生那种事。”

“可是由于你们的缘故，”堤沙佛夫人又说，“街上的一个废物正站在我们家门口。”

“吾爱，”堤沙佛以安抚的口吻说，“我们可别生气……”

“为什么？”他的妻子轻蔑地啐了一口，“你怕她的双刀吗？我倒想看看她在这里怎么耍。”

“我根本不打算在这里动刀。”铎丝一面说，一面哼了一声，与堤沙佛夫人刚才的哼声同样嘹亮。“你所谓街上的废物，究竟是怎么回事？”

堤沙佛说：“我太太指的是一个来自脐眼的小鬼——至少，他的外表表明了他来自脐眼。他希望见你们，而我们这个社区对这种事并不习惯，这样有损我们的声誉。”他的口气听来有些心虚。

谢顿说：“好吧，堤沙佛老爷，我们这就到外面去，弄明白到底是怎么回事，然后尽快打发他走……”

“不，慢着。”铎丝显然被惹恼了，“这里是我们的房间，是我们付钱租下来的。应该由我们决定谁能或谁不能拜访我们。如果外面有个来自脐眼的年轻人，他无论如何也是达尔人。更重要的是，他是川陀人。还要更加重要的是，他是帝国公民，是人类的一分子。而最重要的一点是，他既然求见我们，就成了我们的客人。因此之故，我们要请他进来和我们见面。”

堤沙佛夫人没有任何动作，堤沙佛本人似乎不知如何是好。

铎丝又说：“既然你说我在脐眼杀了一百个恶霸，你当然不会认为我会怕一个男孩，或者怕你们两位。”她的右手似乎不经意地落在皮带上。

堤沙佛突然中气十足地说：“凡纳比里夫人，我们不打算冒犯你。这两间房当然是属于你们的，你们可以招待任何希望招待的人。”在一股突如其来的决心驱策之下，他开始向后退去，拉着气呼呼的妻子一同离开，虽然不难想见他可能为此付出代价。

铎丝以严厉的眼神目送他们。

谢顿无奈地笑了笑。“铎丝，这多么不像你。我一直以为，我才是那个满脑子狂想、专门惹事生非的人；而你则总是冷静且务实，唯一的目标就是预防麻烦。”

铎丝摇了摇头。“一个人只因为出身背景，就受到他人——其他的人类如此轻视，我听到这种话便无法忍受。正是这里这些有头有脸的人，制造出那里那些不良少年。”

“而另一批有头有脸的人，”谢顿说，“则制造出这里这批有头有脸的人。这些相互间的憎恨，同样是人性的一部分……”

“你得在你的心理史学中处理这个问题，对不对？”

“千真万确。只要真有一种心理史学，真能处理任何问题……啊，我们谈论的那个小鬼来啦，他就是芮奇，这点我倒不惊讶。”

73

芮奇一面走进来，一面东张西望，显然事先受到过威吓。他的右手食指摸着上唇，仿佛在想不知何时会摸到第一撮细毛。

他转身面向显然气急败坏的堤沙佛夫人，以笨拙的动作鞠了一躬。“谢谢你，姑奶奶，你的房子真可爱。”

等到房门在他身后“砰”地一声关上之后，他转过来面对着谢顿与铎丝，以鉴赏家般的轻松口吻说：“哥儿们，好地方。”

“我很高兴你这么讲，”谢顿严肃地说，“你怎么知道我们在这里？”

“跟踪你们，不然你以为呢？嘿，大姐，”他转向铎丝，“你的刀法不像娘儿们。”

“你看过许多娘儿们使刀吗？”铎丝打趣道。

芮奇摸了摸鼻子。“不，一向没见。她们不带刀子，只带专门吓小孩的匕首。从来吓不倒我。”

“我确信她们办不到。你做了什么事，会让那些娘儿们拔刀相向？”

“啥也没。只是开个小玩笑，只是喊喊：嘿，大姐，让我……”

他想了一下子，又说：“啥也没做。”

铎丝说：“好，可别对我来那一套。”

“你开玩笑？在你教训玛隆一顿之后？嘿，大姐，你在哪里学的那种刀法？”

“在我自己的世界。”

“你能教我吗？”

“你来这里找我，就是为了这件事？”

“老实说，不是。我是来给你们捎个信。”

“又有哪个人想和我斗刀？”

“大姐，没人想和你斗刀。听我说，大姐，你现在大有名气，人人都知道你。你在脐眼随便走到哪儿，哥儿们都会闪到一旁让路，顶多咧嘴笑一笑，绝不敢用斜眼瞧你。喔，大姐，你做到了，这就是他要见你们的原因。”

谢顿说：“芮奇，到底是谁要见我们？”

“一个叫达凡的哥儿们。”

“他是什么人？”

“就是个哥儿们。他住在脐眼，却不带刀子。”

“而他能活到现在，芮奇？”

“他读过许多书，哥儿们遇到政府找麻烦他都会帮忙。所以他们不惹他，他就不需要刀子。”

“那么，他为何自己不来？”铎丝问道，“他为什么派你来？”

“他不喜欢这地方，他说这里让他恶心。他说这里所有的人，都在舔政府的……”他顿了一下，狐疑地望着面前两位外星人士。“反正，他不会来这里。他说他们会让我进来，因为我只是个孩子。”他咧嘴一笑，“他们差点赶我走了，对不对？我是说刚才那个大姐，她看来好像闻到什么？”

他突然打住，脸红了起来，又低头看了看自己。“在我们那个地方，没多少机会清洗。”

“没关系。”铎丝带着微笑说，“既然他不来这里，那么，我们要在哪里见面？毕竟，希望你别介意，我们不太喜欢再去脐眼。”

“我告诉过你，”芮奇气愤地说，“你在脐眼可以自由来去，我发誓。此外，他住的那里，没人会打扰你。”

“那里是哪里？”谢顿问道。

“我可带你们去，不太远。”

“他为什么要见我们呢？”铎丝问道。

“不知，但他像这么说——”芮奇眯起眼睛努力回想，“‘告诉他们，我要见见那位和一名达尔热间工谈过话，把他当人看待的男士，以及那位用双刀打败玛隆，可以杀他却没杀他的女士。’我想我背得没错。”

谢顿微微一笑。“我也这么想。他准备见我们了吗？”

“他正在等。”

“那我们这就跟你去。”他望向铎丝，眼中带着一丝犹疑。

她说：“好吧，我愿意去。或许这并不是什么陷阱。希望源源不绝……”

74

他们出来的时候，室外照明射出傍晚时分的悦人光辉。模拟的黄昏云朵轻快地飞掠天际，带着淡淡的紫色，边缘则略呈粉红。对于帝国统治阶级所给予的待遇，达尔人也许颇有怨言，但电脑为他们选择的天气，却显然没有任何瑕疵。

铎丝压低声音说："我们似乎成了名人，绝对错不了。"

谢顿将视线沿着所谓的天空往下移，立刻发觉堤沙佛家的公寓被一大批群众团团围住。

每一个人都专注地盯着他们。等到两位外星人士显然察觉人群的关注时，一阵低沉的窃窃私语立刻传遍人潮，似乎马上要转变成鼓掌与喝彩。

铎丝说："现在我能了解堤沙佛夫人为何恼火，我应该更有些同理心才对。"

大多数人都穿得不怎么体面，不难猜到其中有许多人是来自脐眼。

由于一时兴起，谢顿露出微笑，并举起一只手稍微挥了挥，结果换来一阵喝彩。有人躲在人群中叫道："这位大姐能否表演几招刀法？"

铎丝高声回答："不行，我只有生气时才拔刀。"引来一阵笑声。

一名男子向前走来，他显然并非来自脐眼，也没有达尔人的明显特征。原因之一是他只有两撇小胡子，况且是棕色而不是黑色。他说："我是川陀全视新闻的马洛·唐图。我们能否请您对准镜头，接受我们晚间全息新闻的访问？"

"不行，"铎丝断然答道，"不接受访问。"

那位记者毫不退让。"据我了解，您曾在脐眼和众多男子有过一场恶战——并且赢得胜利。"他微微一笑，"那是新闻，绝对没错。"

"不对。"铎丝说，"我们在脐眼遇到一些男的，跟他们谈了几句，然后便继续赶路。这就是事情的经过，也就是你的采访结果。"

"您尊姓大名？听口音您不像川陀人。"

"我没有名字。"

"您的朋友尊姓大名？"

"他也没有名字。"

新闻记者看来恼了。"听好，小姐。你是个新闻，我只是尽力做好我的工作。"

芮奇拉了拉铎丝的衣袖。于是她低下头来，倾听他一本正经的一番耳语。

她点了点头，重新直起身子。"唐图先生，我认为你并不是记者。我倒认为你是一名帝国特务，正在试图给达尔找麻烦。根本没有什么恶战，你却试图制造这样的新闻，以便为帝国征讨脐眼找到合理的借口。如果我是你，就不会待在这里。我不认为你在这些人之间多么受欢迎。"

铎丝在说第一句话的时候，众人就开始交头接耳。现在他们变得更大声，而且开始以带有威胁的方式，慢慢朝唐图的方向移动。

他则紧张兮兮地四下望了望，然后拔腿就走。

铎丝提高音量说：“让他走，任何人都别碰他。别让他有告发暴力行为的任何借口。”

于是众人为他让出一条路来。

芮奇说：“喔，大姐，你该让他们教训他一顿。”

“嗜血的小子。”铎丝说，“带我们去见你的朋友吧。”

75

在一间废弃的速食店后面——很后面——一个房间里，他们见到那位自称达凡的男子。

芮奇一路带领他们来到此地，再度显示他对脐眼的巷道熟悉无比，就好像赫利肯的鼹鼠进了洞穴一样。

半路上，铎丝·凡纳比里的警觉最先显现出来。她突然停下脚步，说道：“回来，芮奇。我们究竟要到哪儿去？”

“去找达凡。”芮奇看来火冒三丈，“我告诉过你。”

“但这是个荒废的地区，没有任何人住在这里。”铎丝带着明显的嫌恶环顾四周。周遭环境毫无生气，一块块照明板若不是黯淡无光，就是只能发出晦暗的光芒。

“达凡就喜欢这样。”芮奇说，“他总是搬来搬去，这里住住，那里住住。你知道吧……搬来搬去。”

“为什么？”铎丝追问。

“大姐，这样比较安全。”

“躲什么人？”

“躲政府。”

“政府为什么要抓达凡？”

“大姐，我不知。如果你们不要我带路，不如这么办：我告诉你他在哪里，再告诉你怎么走，你们就自己去吧。”

谢顿说：“不，芮奇，我十分确定没有你我们会迷路。事实上，你最好等在外面，等我们谈完后，你好带我们回来。”

芮奇立刻说：“我有什么好处？你指望我肚子饿了，还在附近晃来晃去？”

“芮奇，你在附近晃来晃去，晃到肚子饿了，我会请你吃一顿丰盛的晚餐，随便你吃什么。”

“你说得好听，大哥，我又怎么确定呢？”

铎丝的手快如闪电，瞬间便拔刀出鞘。“你不是在指控我们骗人吧，芮奇？”

芮奇的双眼睁得老大，但他似乎并没有被吓到。他说：“嘿，我没看清楚，再来一次。”

“事后我会再表演一次——只要你还留在这里。否则的话，”铎丝以凶狠的目光瞪着他，“我们会找你算账。”

“喔，大姐，得了吧。”芮奇说，“你们不会找我算账，你们不是那种人。但我会待在这里，”他摆出一个姿势，“我向你们保证。”

然后他就领着两人默默前进，在空旷的回廊中，他们的脚步声显得分外空洞。

他们刚走进那个房间，达凡立刻抬起头来。等到他看到芮奇，凶狂的表情随即转趋柔和，并朝另外两人很快做了一个表示疑问的手势。

芮奇说：“两位哥儿们来啦。”说完他咧嘴一笑，径自离去。

谢顿说：“我是哈里·谢顿，这位小姐是铎丝·凡纳比里。”

他以好奇的眼光打量达凡。达凡皮肤黝黑，有着达尔男性独特的粗黑八字胡，但除此之外，他还蓄着短短的络腮胡。在谢顿见过的达尔男子中，他是第一个未曾仔细刮脸的人。就连脐眼的那些恶霸，他们的脸颊与下巴也是光溜溜的。

谢顿说：“请教阁下贵姓大名？”

“达凡，芮奇一定告诉过你。”

“贵姓呢？”

“我就叫达凡。谢顿老爷，你们一路上曾被跟踪吗？”

“没有，我确定没有。假使我们遭到跟踪，我相信逃不过芮奇的耳朵和眼睛。即使他没察觉，凡纳比里夫人也会发现。”

铎丝淡淡一笑。“哈里，你对我真有信心。”

“越来越有。”他意味深长地说。

达凡不安地挪动了一下。“但你们已经被发现了。”

“被发现了？”

“是的，我听说了那个所谓的新闻记者。”

“那么快？”谢顿看来有点惊讶，“但我以为他真是一名记者……而且并无恶意。我们叫他帝国特务是芮奇建议的，这是个好主意。周围的群众立刻变得凶恶，我们就这样摆脱了他。”

“不，”达凡说，“你们没有冤枉他。我的手下认识这个人，他的确为帝国工作。可是你们的行事方式和我不同，你们不用假名，也不经常更换住处。你们用自己的真名行动，并未试图藏匿地下。你是哈里·谢顿，那位数学家。”

“没错，我就是。”谢顿说，“我为什么需要假名字？”

“帝国正在缉捕你，对不对？”

谢顿耸了耸肩。“我待的那些地方，都是帝国势力不及之处。”

“只是无法公开行动，但帝国不一定非公开行动不可。我力主你们销声匿迹……真正消失。”

“就像你……如你所说。”谢顿一面说，一面带着些许嫌恶四下张望。这个房间与他刚才经过的那些回廊一样死气，从头到尾都发霉了，而且有一种无比阴郁的气氛。

“是的。”达凡说，“你可能对我们有用。”

“如何有用？”

“你和一位名叫雨果·阿马瑞尔的年轻人谈过话。”

“是的，没错。”

“阿马瑞尔告诉我，你能预测未来。”

谢顿重重叹了一口气。他厌倦了站在这个空洞的房间里。达凡自己坐在一个坐垫上，虽然室内还有其他坐垫，但看来并不干净，而他也不希望靠在满是霉斑的墙壁上。

他说：“要不是你误会了阿马瑞尔，就是阿马瑞尔误会了我。我所做到的，只是证明有可能选择一组起始条件，从这组条件出发，历史预测就不会陷入混沌状况，而能在某个限度内具有可预测性。然而，那组起始条件应该是什么，我却根本不知道。我也不确定那些条件能否在有限时间内，由任何一个人——或是任何数目的一群人找出来。你了解我的意思吗？”

“不了解。”

谢顿又叹了一声。“那么我再试一次。预测未来是有可能的，但或许不可能找出利用这个可能性的方法。你了解了吗？”

达凡以阴郁的眼神望向谢顿，然后又望向铎丝。“所以说，你无法预测未来。”

“达凡老爷，现在你总算掌握重点了。”

“叫我达凡就行。可是也许有一天，你能研究出如何预测未来。”

“那倒是不无可能。”

“所以说，那就是帝国要你的原因。”

“不。”谢顿举起一根手指做说教状，“在我想来，这反而是帝国未倾全力捉拿我的原因。若能毫不费力就抓到我，他们或许会想带我走。但是他们明白，此时此刻我什么也不知道，因此不值得为了我而干预地方政权，以致搅乱川陀上微妙而脆弱的和平。因此之故，我能行不改名坐不改姓，安全却还不至于有重大威胁。”

突然间，达凡将头埋在双掌中，喃喃自语道：“真是愚蠢。”然后他满面倦容地抬起头来，对铎丝说，“你是谢顿老爷的妻子吗？”

铎丝平静地答道：“我是他的朋友兼保镖。”

“你对他的认识有多深？”

“我们在一起几个月了。”

“如此而已？”

“如此而已。”

“依你的见解，他说的都是实话吗？”

“我知道他说的是实话，但你若是不信任他，又有什么理由该信任我？假如基于某种原因，哈里对你说了谎话，难道我不会为了支持他，而同样对你说谎吗？”

达凡以无助的目光扫过对面两人，又说：“无论如何，你愿意帮助我们吗？”

“‘我们’是指谁？你们又需要怎样的帮助？”

达凡说："你看到了达尔这里的情形，我们受到压迫，这点你一定明白。根据你对待雨果·阿马瑞尔的方式，我绝不相信你对我们毫无同情。"

"我们万分同情。"

"你也一定知道压迫的来源。"

"我想，你要告诉我说来源是帝国政府，而我敢说它确是要角之一。另一方面，我注意到达尔有个鄙视热闾工的中产阶级，还有个在本区制造恐怖的罪犯阶级。"

达凡的嘴唇收紧，但他依旧保持镇定。"相当正确，相当正确。可是原则上，帝国在鼓励这种趋势。达尔具有制造重大危机的潜力，倘若热闾工进行罢工，川陀几乎立刻会面临严重的能源短缺……以及因此而来的一切灾难。然而，达尔的上层阶级会花钱雇用脐眼或其他地方的流氓，去教训那些热闾工，让罢工半途夭折。这种事以前发生过。帝国允许某些达尔人飞黄腾达——我是指相对而言——好将他们收买为帝国的走狗，却拒绝切实执行削弱犯罪分子的武器管制法令。

"帝国政府在每个地方都这样做，并非只有达尔如此。他们不能像当初以凶残手段直接统治那样，利用武力遂行他们的意志。如今，川陀已经变得如此复杂，如此容易动摇，帝国武力必须保持一定距离……"

"衰微的具体表现。"谢顿想起夫铭的牢骚，便随口说了出来。

"什么？"达凡问道。

"没什么，"谢顿说，"继续。"

"帝国武力必须保持一定距离，不过他们发现即便如此，却仍旧能做许多事情。例如鼓励每个行政区猜疑近邻，而在每一区中，又鼓励各种经济阶级和社会阶级彼此开战。结果使得川陀每个角落的人民，都不可能采取团结一致的行动。不论任何地方，人们都宁愿互相斗争，也不想对中央极权的专制采取共同立场。这样一来，帝国不费一兵一卒即可统治川陀。”

“在你看来，”铎丝说，“我们又能做些什么？”

“我努力了许多年，试图在川陀人民之间建立一种团结感。”

“我只能这么猜想，”谢顿冷淡地说，“你发现这个工作困难到近乎不可能，而且大多时候吃力不讨好。”

“你的猜想完全正确，”达凡说，“但是这个党正在茁壮。我们的许多刀客已经渐渐了解，刀子的最佳用途不是用来彼此砍杀。至于在脐眼的回廊中攻击你们的人，则是那些不知悔改的例子。然而，那些支持你的人，那些愿意保护你、为你对付那个特务记者的人，他们都是我的人马。我和他们一起住在这里。这并非一种迷人的生活方式，但我在此安全无虞。邻区也有我们的拥护者，我们的势力正在一天天扩展。”

“可是我们又扮演什么角色呢？”铎丝问道。

“首先，”达凡说，“你们两位都是外星人士，都是学者。在我们的领导群中，需要你们这样的人。我们最大的力量源自穷人和文盲，因为他们受的苦难最深，但他们的领导能力也最差。像你们两位这样的人，一个抵得上他们一百个。”

“以解救被压迫者为职志的你，居然也会打这种比方。”谢顿说。

“我的意思不是指人，”达凡连忙说，“而是仅就领导才能而论。在这个党的领导者中，一定要包括拥有知识力量的男女。”

“你的意思是，需要像我们这样的人，帮你的党建立值得尊敬的外表。”

达凡说：“只要你有意，总是能把某件高贵的举动说成一文不值。可是你，谢顿老爷，则不只是值得尊敬，不只是拥有知识而已。即使你不承认有能力看穿未来的迷雾……”

“拜托，达凡，”谢顿说，“别用诗意的语言，也别用条件句。这并非承认与否的问题，我确实无法预见未来。遮挡视线的可不是烟雾，而是铬钢制成的壁垒。”

“让我说完。即使你不能以——你管它叫什么来着——喔，‘心理史学的准确度’真正预测未来，但是你研究过历史，对于事件的结果或许有某种直觉。啊，是不是这样？”

谢顿摇了摇头。“对于数学上的可能性，我或许有些直觉式的了解，至于我能否把它转换成具有史学重要性的东西，目前还很难说。事实上，我并未研究过历史。为此我极为遗憾，真希望重头来过。”

铎丝以平稳的口吻说：“我是个历史学家，达凡，你要是想听，我可以说几句话。”

“请讲。”达凡的口气一半是客气，另一半则是挑战。

“首先，在银河历史上，曾发生过许多次推翻专制的革命，有时是在个别的行星，有时则是一群行星，偶尔也发生于帝国本身，或是前帝国时代的地方政府。往往，这只意味着以暴易暴。换句话说，原有的统治阶级被另一个取代——有时后者更有效率，因此更有能力维系自身的统治。而原本贫苦的、受压迫的百姓，依然是贫苦而受压迫的一群，甚至处境变得更糟。”

一直专心聆听的达凡，此时说道：“我晓得这种事，我们全都晓得。说不定我们能从过去学到教训，从而比较了解该如何避免。此外，如今的专制是真实的，未来或许会出现的专制却只是潜在的可能。倘若我们总是不敢接受改变，认为也许会愈变愈糟，那就根本没希望免除任何的不公不义。”

铎丝说："第二点你必须记住的，就是即使公理在你这边，即使正义之神发出怒吼与谴责，通常却都是那个专制政权拥有绝对的武力优势。在情况危急之际，只要有一支配备着动能、化学能和神经武器的军队愿意对付你的人马，那么你的刀客在各种暴动和示威中，就根本无法造成任何永久性的影响。你能使所有受压迫者站在你这边，甚至能吸引每一位有头有脸的人，可是你还得设法笼络维安部队和帝国军队，或至少得严重削弱他们对统治者的忠诚。"

达凡说："川陀是个多政府的世界，每个行政区都有本身的统治者，他们有些也是反帝人士。如果我们能让一个强区加入我们这边，就会改变这种情况，对不对？那个时候，我们就不只是一群手持刀子和石头的褴褛杂牌军。"

"这是否代表真有一个强区站在你那边，或者只是你有这个企图？"

达凡沉默不语。

铎丝又说："我会假设你心中的对象是卫荷区长。如果那位区长有心利用普遍的不满，来增加推翻皇帝的成功机会，难道你不曾想到，那位区长所期待的结局是由他自己继任皇位？区长现在的地位并非毫无价值，除了皇位，还有什么值得他冒险的？仅仅为了帮没看在他眼里的人民争取正义，或是良好的待遇吗？"

"你的意思是，"达凡说，"任何愿意帮助我们的强权领袖，到时都可能背叛我们？"

"在银河历史上，这种情形太普遍了。"

"只要有所准备，难道我们就不能背叛他吗？"

"你的意思是先利用他，然后在某个关键时刻策反他的将领——或者，至少是其中之一——把他暗杀掉？"

"也许并非真正这样做，但若事实证明确有必要，总该有什么办法将他除去。”

“那我们就有了这样一场革命行动，主要的角色得随时准备彼此背叛，只是时机未到而已。这听来很像是制造动乱的配方。”

“这么说，你们不会帮助我们？”达凡说。

谢顿一直皱着眉头，露出一副茫然的表情，倾听达凡与铎丝的对话。这时他说：“不能把话说得那么简单。我们愿意帮助你们，我们站在你们这边。在我看来，没有任何心智健全的人，会想支持一个借着培养互恨和互疑来维持自身的帝制系统。即使现在似乎行得通，也只能称之为‘暂稳态’。也就是说，它太容易向某个方向倾倒，跌入不稳定的状态。不过问题是，我们怎样才能帮忙？假使我掌握了心理史学，假使我能判断什么是最可能发生的，或者，假使我能判断在数个可供选择的行动中，哪个最有可能带来显然圆满的结局，那么我愿意让你支配我的能力——可是我并未掌握。我能帮助你的最佳方式，就是试着建立起心理史学。”

“那要花多久时间？”

谢顿耸了耸肩。“我不敢说。”

“你怎能让我们无限期等下去？”

“既然我现在对你毫无用处，我还能提供什么其他选择？不过我要这样说，直到最近为止，我一直深信建立心理史学是绝不可能的，如今我却不再这么想了。”

“你的意思是，你心中已有解决之道？”

“不，只是有个直觉，感到某个解决之道或许是可能的。至于令我有那种感觉的究竟是什么事，目前我还无法确定。它也许是一种幻觉，但我正在尝试寻找真相。让我继续尝试——说不定我们会再见面。”

“或者说不定，”达凡道，“假如你回到目前的栖身之地，你终将发现置身于帝国的陷阱中。你也许认为当你和心理史学奋斗时，帝国会暂且放你一马。但我确定那皇帝和他的马屁精丹莫刺尔必定和我一样，绝不会想永远等下去。”

“轻举妄动对他们没好处，”谢顿冷静地说，“因为我并非站在他们那边，而是站在你们这边。走吧，铎丝。”

他们转身离去，留下达凡一人独自坐在那间肮脏的斗室。出了门，他们随即发现芮奇还等在外面。

76

芮奇正在吃东西，他一面舔着手指，一面将原本盛装不知是什么食物的袋子捏皱。一种强烈的洋葱气味弥漫在空气中——不过多少有些不同，也许是源自酵母制成的食物。

铎丝被熏得退了一步，问道：“芮奇，这食物是从哪里来的？”

“达凡的哥儿们，他们拿给我的，达凡不坏。”

“那我们不必请你吃晚饭了吧？”谢顿说完后，察觉自己的肚子倒是空了。

“你们欠我点东西，”芮奇一面说，一面贪婪地望向铎丝，“这位大姐的刀子怎么样？分我一把。”

“刀子不行。”铎丝说，“你带我们平安回去，我给你五个信用点。”

“五个信用点买不到刀子。”芮奇抱怨道。

“除了五个信用点，你什么也休想得到。”铎丝说。

“大姐，你是个差劲的娘儿们。”芮奇说。

“这个差劲的娘儿们出刀如电，芮奇，最好赶紧走吧。”

“好吧，别太激动。”芮奇挥了挥手，“这边走。”

他们又来到空旷的回廊，不过这次，铎丝在东张西望一番后停下了脚步。“等等，芮奇，有人跟踪我们。”

芮奇勃然大怒。“你不该听到的。”

谢顿将头转向一侧，说道：“我什么也听不到。”

“我听到了。”铎丝说，“好啦，芮奇，我不希望你耍什么花样。立刻告诉我是怎么回事，否则我可要敲你的头，让你整整一个星期分不清东南西北。我是说真的。”

芮奇举起一只手臂做抵御状。“你试试看，你这个差劲的娘儿们，你试试看。那是达凡的哥儿们，他们只是在照应我们，以防路上遇到任何刀客。”

“达凡的哥儿们？”

“是啊，他们沿着工用回廊前进。”

铎丝猛然伸出右手，抓住芮奇颈背处的衣领。她一举手，他就悬吊在半空中，慌忙喊道：“嘿，大姐，嘿！”

谢顿说：“铎丝！别对他动粗。”

“如果我认为他在说谎，我还会更加粗暴。我保护的是你，哈里，不是他。”

“我没说谎，”芮奇拼命挣扎，“我没。”

“我确信他没有。”谢顿说。

“好吧，我们等着瞧。芮奇，叫他们出来，到我们看得见的地方。”她松手让他落下，又拍了拍手上的灰尘。

“大姐，你简直是个傻瓜。”芮奇忿忿不平地说，然后提高音量喊道，“耶，达凡！你们这些哥儿们，出来几个！”

等了一会儿之后，从回廊一个阴暗的开口处，走出两名留着黑色八字胡的男子，其中一个有一道横贯脸颊的刀疤。两人手中各握着一支刀鞘，刀刃都缩了回去。

“你们还有多少人在那里？”铎丝厉声问道。

“一些。”其中一人答道，“这是命令。我们正在护卫你们，达凡要你们安然无事。”

“谢谢你们，你们得更安静点。芮奇，继续走。”

芮奇悻悻地说：“我说实话，你却教训我一顿。”

“你说得对。”铎丝道，“至少，我认为你说得对……我郑重道歉。”

“我不确定该不该接受，”芮奇试图抬头挺胸，“不过算了吧，下不为例。”说完他就继续前进。

等到他们来到人行道，隐匿的护卫队便消失了。至少，像铎丝那样敏锐的耳朵都再也听不见他们的动静。不过，反正他们即将进入本区的高尚地带。

铎丝若有所指地说：“芮奇，我想我们没有适合你的衣服。”

芮奇说：“姑奶奶，你为什么要找适合我的衣服？”一旦他们走出回廊，芮奇似乎也懂得尊重了。“我有衣服。”

“我原本在想，你会喜欢到我们住的地方洗个澡。”

芮奇说：“为什么？过几天我会洗，然后我会换上另一件短衫。”他机灵地抬头望向铎丝，“你为教训了我一顿感到抱歉，对吗？你试图补偿我。”

铎丝微微一笑。“是的，可以这么说。”

芮奇以气派的动作挥了挥手。“没关系，你没弄痛我。听我说，你是个强壮的大姐，你举起我就像我是空气一样。”

“我刚刚心烦意乱，芮奇，我必须顾虑谢顿老爷。”

“你就像是他的保镖？”芮奇带着询问的神情望向谢顿，“你用个大姐当保镖？”

“我也没办法。”谢顿露出一抹苦笑，“她坚持如此，而且她确实很称职。”

铎丝说：“芮奇，再次谢谢你。你确定不要洗个澡吗？一个温暖舒适的澡？”

芮奇说：“我可没机会。你以为那个大姐会让我再进她家去吗？”

铎丝抬起头，看到凯西莉娅·堤沙佛正站在公寓群的前门外——她先盯着这个外星女子，然后望向那个贫民窟长大的男孩。光从她的表情看来，无法判断她对何者更愤怒些。

芮奇说：“好啦，告辞了，老爷和姑奶奶。不晓得她会不会让你们两个进屋去。”他将双手放进口袋，装出一副轻松自在的淡然模样，大摇大摆走了开。

谢顿说：“晚安，堤沙佛夫人。相当晚了吧？”

“非常晚了。”她答道，“今天在这个公寓群外，由于你驱使街头无赖对付那名记者，几乎引发一场暴动。”

“我们并未驱使任何人对付任何人。”铎丝说。

“我当时在场。”堤沙佛夫人毫不妥协地说，“我都看见了。”她终于站到一旁让他们进去，但拖延的时间够长了，足以将她的不情愿表现得很清楚。

“看她的行动，仿佛超过了她容忍的极限。”两人走向各自的房间时，铎丝这么说。

“怎么样？她又能做什么？”谢顿问道。

“很难讲。”铎丝说。

第十六章

警官

芮奇：……根据哈里·谢顿的说法，最初与芮奇相遇纯属偶然。他只是个贫民区的顽童，而谢顿只是向他问路。但从那一刻起，他的人生就和那位大数学家纠缠在一起，直到……

——《银河百科全书》

77

第二天早上，谢顿刚刚梳洗完毕，腰部以上还完全赤裸，就敲着通往隔壁铎丝房间的那扇门，以适度的音量说：“开门，铎丝。”

她照做了。她满头金里透红的鬈曲短发还湿淋淋的，而且上身同样完全赤裸。

谢顿尴尬万分地向后退去。铎丝毫不在意地低头看了看鼓胀的乳房，再把一条毛巾裹在头上。“什么事？”她问。

谢顿将头偏向右侧，说道：“我正要向你请教卫荷。”

铎丝非常自然地说：“为何怎么样？看在老天的份上，别让我对着你的耳朵说话。不用说，你当然不是处男。”

谢顿以感伤的语调说：“我只是试图保持礼数。只要你不在意，我当然也不会。我说的不是为何怎么样，我是在问你有关卫荷区的事。”

“你为何想知道？或者你喜欢这么说：为何问卫荷？”

“听好，铎丝，我很认真。每隔一阵子，就会有人提起卫荷区——事实上，是提到那个卫荷区长。夫铭提到过他，你提到过，达凡也提到过。我却对这个区和这个区长都一无所知。”

“哈里，我也不是土生土长的川陀人。我知道得非常少，不过欢迎你分享我所知道的一切。卫荷接近南极——面积相当大，人口非常多……”

“在南极还能人口非常多？”

“哈里，我们不是在赫利肯，也不是在锡纳上。这里是川陀，万事万物都在地底，而两极的地底和赤道的地底可说差不多。当然，我猜想他们有着相当极端的昼夜分布——夏天的白昼很长，冬天则刚好相反，几乎和地表的情形一样。这种极端纯属矫揉造作，其实他们是以身居极地自豪。”

“可是他们的上方一定真的很冷。”

“喔，没错。卫荷的上方冰雪交加，可是冰雪堆积得不如你想象中那么厚。果真如此的话，就可能会压垮穹顶，但事实则不然，这正是卫荷握有大权的基本原因。”

她转身面向镜子，将毛巾从头上取下，再将“干发网”罩在头上。不过五秒钟，她的头发便呈现悦人的光泽。她一面说：“你难以想象我多庆幸摆脱了人皮帽。”一面套上了衣服。

“冰层和卫荷的权力有什么关系？”

“想想看，四百亿居民每天消耗大量能源，每一卡的能量最终都会退化成热量，而且必须设法排除。这些热量全被输送到两极，尤其是开发得较好的南极，然后排放到太空去。在这个过程中，它融化了大部分的冰。我确定这正是川陀上空云雨的来源，不论那些气象学究如何坚决主张实际情形并没那么简单。”

“在将这些热量排放之前，卫荷有没有加以利用？”

“据我所知，他们也许有。顺便告诉你，关于排放热量的科技，我连最粗浅的概念都没有，但我所说的是政治上的权力。假如达尔停止生产可用的能源，当然会使整个川陀感到不便，可是还有其他生产能源的行政区，它们可以提高产量。此外，当然，还有种种的储备能源可以救急。达尔的问题终究得解决，不过总有缓冲时间。反之，卫荷……”

“怎么样？”

“嗯，川陀所产生的各种热量，至少百分之九十由卫荷负责排放，没有任何替代管道。假如卫荷将热量发射全部关闭，整个川陀的温度便会开始上升。”

“卫荷本身也会。”

“啊，可是既然卫荷位于南极，它就能设法导入冷空气。这并不会有太大的作用，但卫荷会比川陀其他各处撑得更久。所以结论是，对皇帝而言，卫荷是一个非常棘手的问题，而卫荷区长是——至少可以是极有权力的人。”

“现任卫荷区长又是个什么样的人？”

“这点我不知道。根据我偶尔听来的传闻，他似乎非常老迈，而且几乎是个隐士，但他和超空间飞船一样刚硬，而且仍在用高明的手段谋取权力。”

“为什么？我不明白，既然他那么老了，就不能再掌握多久的权力。”

“哈里，谁晓得呢？一种终生的沉迷吧，我这么想。或者它是个游戏……只是为了谋取权力，并非真正渴求权力的本质。假如他夺权成功，取代了丹莫刺尔的位置，甚至自己登上皇位，说不定他反而会感到失望，因为这场游戏就结束了。当然啦，倘若那时他还活着，他或许会开始下一个游戏，那就是固守权力。这也许和前一个游戏同样困难，因而同样会带来成就感。”

谢顿摇了摇头。“这使我有一种感想，不可能有人想要当皇帝。”

“我同意，有理智的人都不会。但是这种所谓的‘皇帝梦’就像一种疾病，一旦染上就会使人丧失理智。而愈接近高位，就愈有可能染上这种疾病。随着一次又一次的晋升……”

“这种疾病就会变得更急性。没错，这点我明白。但我还有另一个感想，川陀是如此庞大的一个世界，众人的需求是如此牵一发动全身，众人的野心是如此冲突不断，使它成为皇帝治下最大的不稳定因素。他为何不干脆离开川陀，迁都到某个较单纯的世界呢？”

铎丝哈哈大笑。“倘若你了解历史，就不会问这个问题。根据上万年的惯例，川陀就等于帝国。一个皇帝若不在皇宫中，他就不算是个皇帝。皇帝不像是一个人，反而比较像一个地方。”

谢顿陷入沉默，面孔也变得刚硬。过了一会儿，铎丝问道：“哈里，怎么回事？”

“我在寻思。”他以含糊的声音说，“自从你告诉我那个毛手毛脚的故事之后，我就有一种飘忽的想法。现在你又提到皇帝比较像个地方，而不像一个人，似乎刚好起了共鸣。”

“什么样的共鸣？”

谢顿摇了摇头。“我仍在寻思，或许我全搞错了。”他瞥向铎丝的目光转趋尖锐，他的视线则重新聚焦。“无论如何，我们该下去吃早餐了。我们已经晚啦，我想堤沙佛夫人可没有那么好的心情，会帮我们把早餐端进来。”

“你是个乐天派。”铎丝说，“我自己的感觉是，她没有那么好的心情，会想让我们留下来——不论有没有早餐。她想要让我们离开这里。”

“或许如此，但我们让她有钱可赚。”

“没错，但我怀疑她现在恨我们入骨，根本不屑赚我们的信用点。”

“她的丈夫也许会对房租比较难分难舍一点。”

“他若有任何意见，哈里，恐怕只有堤沙佛夫人会比我更惊讶了。很好，我准备好了。”

于是他们走下楼梯，来到堤沙佛一家在这栋公寓的活动范围，发现两人所讨论的那位女士正等在那里——没有准备早餐，但准备了一个更大的惊奇。

78

凯西莉娅·堤沙佛硬邦邦地直直站在那里，一张圆脸带着僵硬的笑容，一双黑眼珠闪闪发光。她的丈夫则闷闷不乐地倚在墙边。房间正中央还有两个人，也都直挺挺地站着，仿佛他们早已注意到地板上的坐垫，只是不屑坐在上面。

这两个人都有一头鬈曲的黑发，以及达尔人必备的粗黑八字胡。两人皆很瘦小，皆穿着一套深色服装。那两件衣服极其相似，想当然是一种制服，上面绣着细白的滚边，上至肩头，下至管状裤腿的外侧。他们的右胸处挂着一个不甚明显的“星舰与太阳”徽章，在银河系每一个住人世界上，它所代表的都是银河帝国。只不过眼前这个徽章，太阳中央还有一个深色的“达”字。

谢顿立刻了解，这两个人是达尔维安警察的成员。

“这是怎么回事？”谢顿以严厉的口气说。

其中一人向前走来。“我是本区巡官拉涅尔·鲁斯。这是我的搭档，葛柏·艾斯汀伍德。”

两人都出示了亮晶晶的全息标签识别证。谢顿根本懒得看，只是问道：“你们想干什么？”

鲁斯以平静的口气说：“你是来自赫利肯的哈里·谢顿吗？”

“是的。”

“而你是来自锡纳的铎丝·凡纳比里吗，夫人？”

“是的。”铎丝答道。

“我来这里是要调查一件投诉，昨天有个哈里·谢顿煽起一桩暴动。”

“我没做那种事。”谢顿说。

“我们的情报指出，”鲁斯看了看一个小型电脑板的屏幕，“你指控一名记者是帝国特务，因此煽起一场暴动对付他。”

铎丝道：“说他是帝国特务的人是我，警官，我有理由这样想。表达一个人的意见当然没有罪，帝国是有言论自由的。”

“并不包括为了煽起一场暴动，而蓄意提出的意见。”

“警官，你怎能这样说？”

这时，堤沙佛夫人以尖锐的声音插嘴道：“警官，我能这样说。当时她看到外面有一群人，一群从贫民区来的人，他们只是想找麻烦。她故意说他是帝国特务，其实她根本毫无概念，但她就这样对群众喊话，把他们煽动起来。事实很明显，她知道自己在做什么。”

“凯西莉娅。”她的丈夫以恳求的语气呼唤她，但挨了一个白眼之后，他就什么也不说了。

鲁斯转向堤沙佛夫人。“夫人，是你投诉的吗？”

“是的。这两个人在这里住了好几天，除了惹麻烦什么也不干。他们邀请低级民众进我的公寓，破坏我在邻居心目中的地位。”

“邀请清洁而平和的达尔公民进某人的房间，”谢顿问道，

“警官，难道是违法的行为吗？楼上两个房间是我们的，我们已经租下，并且付了房租。警官，在达尔境内和达尔人交谈也犯法吗？”

“不，不犯法。”鲁斯说，“那并非投诉的一部分。你究竟有什么理由，凡纳比里夫人，认为你指控的那个人确实是帝国特务？”

铎丝说：“他只有两小撇棕色胡须，我据此断定他不是达尔人。我进而推测，他是一名帝国特务。”

“你推测？你的同伴，谢顿老爷，他根本没有胡子。你也推测他是一名帝国特务吗？”

“无论如何，”谢顿急忙道，“根本没有暴动。我们要求群众别对那个所谓的记者采取任何行动，我确定他们听进去了。”

“你确定，谢顿老爷？”鲁斯说，“根据我们的情报，你们做出指控后立刻离去。而你离去后，又怎能见证发生了什么事？”

“我不能，”谢顿说，“可是让我问你——那人死了吗？那人受伤了吗？”

“那人曾接受约谈。他否认自己是帝国特务，我们也没有情报显示这点。他还声称曾遭到虐待。”

“他很可能这两件事都撒了谎。”谢顿说，“我建议使用心灵探测器。”

“不能对受害者那样做，”鲁斯说，“区政府对这点非常坚持。倒是有可能让你们两人——这件案子中的罪犯——接受一次心灵探测。你们希望我们那样做吗？”

谢顿与铎丝交换了一下眼色，然后谢顿说：“不，当然不要。”

“当然不要，”鲁斯重复道，声音中仅有些许嘲讽之意，“但你却毫不犹豫地建议对别人这样做。”

另外一位警官（艾斯汀伍德）目前为止尚未说半句话，此时则露出微笑。

鲁斯又说：“我们还有情报显示，昨天你们曾在脐眼进行一场械斗，而且重伤一名达尔公民，名叫——”他按下电脑板的一个按键，看了看屏幕上的新画面。“厄金·玛隆。”

铎丝问：“你的情报有没有告诉你械斗的起因？”

“夫人，那和目前的讨论无关。你否认发生过那场械斗吗？”

“我们当然不否认发生过械斗，”谢顿激动地说，“但我们坚决否认是我们挑起来的。当时我们遭到攻击！那个玛隆抓住了凡纳比里夫人，而且显然企图性侵她。接下来发生的事，只是单纯的自卫行动。难道达尔纵容强奸吗？”

鲁斯以近乎平板的声音说：“你说你们遭到攻击？被多少人攻击？”

“十名男子。”

“而你只有一个人，再加上一个女的，对抗这十名男子？”

“是的，只有我和凡纳比里夫人两人御敌。”

“那么，你们两人怎么没有显露任何伤痕？你们有没有谁被割伤或打伤，只是受伤的部位现在看不到？”

“没有，警官。”

“那么，在一个人——再加一个女的——对付十人的格斗中，你们怎么会毫发无损？而那个原告，厄金·玛隆，却伤痕累累地躺在医院，而且上唇需要接受皮肤移植？”

“我们身手很好。”谢顿绷着脸说。

“好得难以置信。假如我告诉你已经有三个人作证，说你和你的朋友在毫无挑衅的情况下攻击玛隆，你会怎么说？”

“我会说没有人相信我们会那样做。我确定那个玛隆有案可查，是个滋事分子和带刀的凶徒。我告诉你当时共有十个人，显然，其中有六个拒绝为谎言宣誓作证。请问其他三人有没有做出解释，为何他们未曾出手帮助他们的朋友——倘若他们果真目睹他遭到毫无来由的攻击，而且性命受到威胁？你一定很清楚他们是在说谎。”

“你建议对他们施用心灵探测器吗？”

“是的。而且你不用再问了，我仍然拒绝用在我们身上。”

鲁斯说：“此外我们还接到情报，说你们昨天离开暴动现场后，曾经去会晤一个名叫达凡的人，一个公认的、被维安警察通缉在案的颠覆分子。这是真的吗？”

“这点你得自己证明，我们不会帮你的忙。”谢顿说，“我们不准备再回答任何问题。”

鲁斯将电脑板收起来。“恐怕我必须请两位跟我们回总部，去接受进一步的侦讯。”

“我认为没这个必要，警官。”谢顿说，“我们是外星人士，况且并未做出任何犯罪行为。我们曾经试图回避一名记者，因为他过分骚扰我们。而在本区中以犯罪闻名的地带，我们曾经试图保护自己，避免遭到性侵和可能的杀害。此外，就是我们和许多达尔人谈过话。我看不出有任何理由该对我们做进一步的盘问，这样做等于是一种骚扰。”

“作决定的是我们，”鲁斯说，“不是你。请两位跟我们走好吗？”

“不，我们不去。”铎丝说。

“小心！”堤沙佛夫人叫道，“她有两把刀子。”

鲁斯警官叹了一声。“谢谢你，夫人，不过我早就知道了。”他又转向铎丝，“你可知道在本区，未经许可携带刀械是一项重罪？你有许可证吗？”

“我没有。”

“那么，你用来攻击玛隆的武器，显然是一把非法刀械？你可了解这是严重的罪上加罪？”

“警官，这不算什么罪。”铎丝说，“请你了解一件事，玛隆也有一把刀，而且我确定他也没许可证。”

“这点我们并无证据，不过玛隆身上有刀伤，你们两人却谁也没有。”

“警官，他当然有一把刀。假使你不知道脐眼每一个人，以及达尔区大部分的人都随身带刀，而且或许都没有许可证，那你就是唯一不知情的达尔人。在此地不论你转到哪里，都能找到公然贩刀的商店。这点你不知道吗？”

鲁斯说：“我对这方面知道得多或少并不重要，其他人是否违法或有多少人违法也不重要。此时此刻，重要的是凡纳比里夫人触犯了《反刀械法》。夫人，我必须请你立刻将那两把刀交给我，然后你们两人必须随我到总部去。”

铎丝说：“既然这样，把我的刀子取走啊。”

鲁斯又叹了一声。“夫人，你该不会认为刀械是我们达尔唯一的武器，或是我需要和你进行一场刀战吧。我和我的搭档都有手铳，可以在瞬间将你摧毁，远在你的双手能碰到刀柄之前——不论你有多快。当然，我们不至于使用手铳，因为我们不是来杀你的。然而，我们每个人还有一柄神经鞭，可以随意用来对付你。我希望你不会要求一次示范。它不会要你的命或是造成任何永久性伤害，甚至不会留下任何伤痕——但那种痛苦却是难以忍受的。现在我的搭档正举着神经鞭对着你，而这把则是我的——好啦，凡纳比里夫人，把你的刀交给我们。”

顿了一下之后，谢顿说：“没有用的，铎丝，把刀子给他吧。”

就在这个时候，大门响起一阵狂暴的敲击声，大家也都听到一个拉高音调的吼叫。

79

芮奇带他们回到公寓后，并未真正离开这个社区。

在达凡住处外等待的时候，他曾经饱餐了一顿。后来，在找到一间勉强还能使用的厕所后，他又小睡了一会儿。现在这些事都已经做完了，他实在没什么地方可去。他也算有个家，但他即使好一阵子不回去，他的母亲也不大可能担心——她从未担心过。

他不知道生父是谁，有时甚至怀疑自己是否真有父亲。不过有人曾经告诉他，说他的父亲一定存在，并以很露骨的方式将理由解释给他听。他有时也会怀疑是否该相信这么奇特的故事，但他的确发觉那些细节令人心痒。

他将那件事和那位大姐联想到一块。她当然是个年纪不小的大姐，可是她相当漂亮，而且能像男人一样打斗——甚至比男人更厉害。这使他心中充斥着一些模糊的想法。

而且，她曾提出要让他洗个澡。他偶尔也能在脐眼的游泳池泡一泡，那是当他有些没处花的信用点，或是能偷溜进去的时候。游泳是他唯一全身浸湿的机会，但总是相当寒冷，而且事后还得把身子晾干。

洗澡则是完全不同的一回事，会有热水、肥皂、毛巾与热气流。他不确定那会是什么样的感觉，只晓得她若在场必将十分美好。

他对这一带的人行道足够熟悉，晓得人行道旁巷道内的哪些地方可容他藏身，不但离一间厕所不远，又能和她的距离仍然够近，而且或许不会被人发现，不至于落荒而逃。

他整夜都在想一些奇怪的念头。他若是真的学会读书写字，那会怎么样？他能用这本事做什么事吗？他不确定能做什么，但她或许能告诉他。他有些模糊的概念，知道做些现在还不会做的事可以赚到工资，却不晓得那会是些什么样的事。得有人告诉他才行，但要怎样才能找到这样的人？

假如他留在那个男人和那位大姐身边，他们或许会帮助他。可是，他们怎么会要他留在身边呢？

他打起瞌睡，不久又清醒过来，并非由于光线变得明亮，而是他敏锐的听力察觉到来自人行道的声音越来越嘈杂，标志着一天的活动已经开始。

他早已学会分辨几乎每一种声音，因为在脐眼那种地底迷宫中，即使只是想要苟活，也必须在看到任何事物之前便先行察觉。他现在听到的是地面车发动机的声音，而他听出了其中的危险讯息。它具有一种官方的声音，一种敌意的声音……

他甩了甩头，让自己清醒过来，再悄悄向人行道走去。他几乎不需要看到那辆地面车的“星舰与太阳”徽章，光看车子的外型就足够了。他知道，他们必定是来抓那一男一女的，因为他俩见到了达凡。他并未停下来质疑自己的想法或加以分析，而是立刻拔腿飞奔，在逐渐拥挤的人群中冲出一条路。

他在十五分钟内又回来了。那辆地面车还在那里，许多好奇而谨慎的民众从四面八方望过来，但都维持着一段不短的距离。想必旁观者很快会越来越多。他一面“砰砰砰”地爬着楼梯，一面努力回想该捶哪家的门。他根本来不及搭升降机。

他终于找到那扇门，至少他认为没错。他开始使劲捶门，同时以尖锐的声音喊道：“大姐！大姐！”

由于过度激动，他竟然忘了她的姓名，不过他还记得那男子的名字。“哈里！”他吼道，“让我进去。”

房门打开后，他立刻冲进去——应该说是试图冲进去。一名警官的粗大手掌抓住了他的手臂。“慢着，小子，你以为这是哪里？”

“撒手！我啥也没做。”他四下望了望，“嘿，大姐，他们在干啥？”

“逮捕我们。”铎丝绷着脸说。

“为什么？”芮奇一面喘气一面挣扎，“嘿，撒手，你这个徽子。别跟他走，大姐，你不必跟他走。”

“你滚开。”鲁斯一面说，一面猛力摇晃这个男孩。

“不，我不。徽子，你也别走。我们整帮人就要来啦，你逃不掉的，除非你让这两个哥儿们走。”

“什么整帮人？”鲁斯皱着眉头说。

“现在他们就在外面，说不定正在拆你的地面车，他们还会把你也拆了。”

鲁斯转头对他的搭档说：“联络总部，要他们派几辆载满重武的卡车来。”

“不！”芮奇尖叫道。他挣脱了那只手，朝艾斯汀伍德冲过去。“别联络！”

鲁斯举起神经鞭瞄准，然后发射。

芮奇惨叫一声，伸手抓住自己的右肩，随即跌倒在地，发狂般不停抽搐。

鲁斯还来不及转身，谢顿已从后面抓住他的手腕，将神经鞭推到半空中，再将他的手扭到身后，同时踏住他一只脚掌，令他几乎动弹不得。在鲁斯发出嘶哑而痛苦的叫喊时，谢顿已能感到他的肩膀脱臼了。

艾斯汀伍德迅速举起手铳，但铎丝的左臂立刻勾住他的肩膀，右手的刀子则架在他的喉头。

“别动！”她说，“不论你全身任何部位，只要蠢动一毫米，我就从你的颈子一直切到脊柱。把手铳丢掉，丢掉！还有神经鞭。”

谢顿抱起仍在呻吟的芮奇，将他紧紧搂在怀里，然后转向堤沙佛说：“外面有大批群众，愤怒的群众。我让他们进来的话，他们会打烂你所有的一切，还会打碎每一面墙壁。如果你不想发生这种事，就捡起这些武器，丢到隔壁房间。再从瘫在地上的维安警官身上取走武器，同样丢到隔壁去。快！叫你太太帮忙。下次再想控告无辜民众，她会三思而后行。铎丝，这个倒在地板上的暂时不能做什么。让另一个也失去行动能力，但是别杀他。”

“好的。”铎丝答道。她倒转刀身，用刀柄在那人头盖骨上重击一记。他立刻屈膝倒地。

她做了个鬼脸。“我痛恨这种事。”

“是他们先射击芮奇。”谢顿这么说，以掩饰自己对这一切的厌恶。

他们匆匆离开那栋公寓，来到了人行道，发觉外面人山人海，而且几乎都是男性。看到他们出现之后，众人发出一声欢呼。他们纷纷凑近，一股从未好好洗澡的强烈气味扑鼻而来。

有人喊道：“那些徽子在哪里？”

“在里面。”铎丝以刺耳的声音叫道，“别管他们。他们会有一阵子无能为力，不过他们即将得到增援，所以尽快离开这里。”

“你们怎么办？”十来个人异口同声问道。

“我们也要走，不会再回来了。”

“我会照顾他们。”芮奇尖声道，说完便挣脱谢顿的臂膀，自己站了起来。他一面拼命搓揉右肩，一面说：“我可以走，让我过去。”

群众为他让出一条路，他便说：“大哥，大姐，跟我来。快！”

几十名男子陪同他们沿着人行道前进。不久之后，芮奇突然指了指一个开口处，喃喃道：“伙伴们，这里。我要带你们到一个谁也找不到的地方，就连达凡搞不好也不知道。只是有一件事，我们得通过污水层。那里不会有人发现我们，但是有那么一点臭……明白我的意思吗？”

“我想我们死不了。”谢顿喃喃答道。

于是他们沿着狭窄的螺旋坡道向下走，迎接他们的恶臭则逐渐向上袭来。

80

芮奇为他们找到一个藏身之处。他们攀着一架金属梯爬了许多级，才来到这个类似阁楼的大房间，谢顿无从想象它的功用是什么。室内被一具体积庞大、安静无声的设备所占据，它的功能同样是个谜。这个房间相当清洁，几乎一尘不染。通风口送出一股稳定的气流，不但阻止了灰尘的堆积，更重要的是，似乎也减轻了那股恶臭。

芮奇似乎很高兴。“这里好不好？”他追问道。他还在不时搓揉他的肩头，每当揉得太用力时就会缩一下脖子。

“比我想象中的好。”谢顿说，“芮奇，你知道这地方是做什么用的吗？”

芮奇耸了耸肩，或说还没这么做便痛得缩了回去。“我不知。”说完，他又带点倨傲地补充道，“谁管它？”

铎丝刚才用手抹了抹地板，再以怀疑的眼光看了看自己的手掌，然后才坐下来。此时她说：“如果你要我猜，我想这个建筑群是用来进行排泄物的去毒和回收。那些东西最后当然是变成肥料。”

“那么，”谢顿以沮丧的口吻说，“根据我的研判，管理这个建筑群的人会定期下来这里，而且随时可能下来。”

“我以前在这儿待过，”芮奇说，“我从来没在这儿见过人。”

“我想川陀各处都已经尽可能高度自动化，而要说有什么最需要自动化的东西，当然首推排泄物处理。”铎丝说，“我们应该……暂时安全无虞。”

“不会太久的，铎丝，我们会饿会渴。”

“我能帮大家找来食物和饮水。”芮奇说，“如果你是个野孩子，你就得知道该怎么凑合。”

“谢谢你，芮奇，”谢顿心不在焉地说，“可是现在我并不饿。”他闻了闻周遭的气味，“我也许再也不会感到饥饿。”

“你会的。”铎丝说，“而且即使你暂时失去胃口，你也会感到口渴。至少排泄不成问题，我们等于住在一个开放的下水道上。”

接着是一阵沉默。此地光线黯淡，谢顿不禁纳闷川陀人为何不让它保持完全黑暗。但他随即想到，不论在任何公共场所，他从未遇到真正的黑暗，这或许是能源充足社会的一种习惯。说来也奇怪，一个拥有四百亿人口的世界竟然能源充足。不过，既然有行星内部的热量可供汲取，再加上太阳能以及太空中的核融合电厂，这也就不足为奇。其实再仔细想一想，帝国境内根本没有能源短缺的行星。过去是否曾有一段科技十分原始、能源确有可能匮乏的时期呢？

他倚在一组输送管上，据他所知，里面流动的应该是污水。一想到这点，他赶紧离开那组管子，坐到了铎丝身旁。

他说："我们有没有办法和契特·夫铭取得联络？"

铎丝说："事实上，我已经送出一道讯息，虽然我痛恨这样做。"

"你痛恨这样做？"

"我的使命是保护你。每次我不得不和他联络时，就代表我又失败了。"

谢顿眯起眼睛凝视她。"你一定要这么强迫自己吗，铎丝？面对整区的维安警力，你根本无法保护我。"

"我也这么想。我们能打垮几个……"

"我知道，我们也做到了。但他们会派出增援部队……装甲地面车……神经炮……催眠雾。我不确定他们有些什么，可是我敢确定，他们会投入所有的军火。"

"你或许是对的。"铎丝紧紧抿着嘴。

"大姐，他们抓不到你。"芮奇突然说。刚才他们交谈的时候，他以锐利的目光轮流扫视他们两人。"他们从没抓到达凡。"

铎丝勉强笑了笑，并伸手抓抓男孩的头发，然后有点后悔地望着自己的手掌。“芮奇，我不确定你应不应该跟我们待在一起。我不想让他们抓到你。”

“他们抓不到我。而且我要是走了，谁来帮你们找食物和饮水，谁又来帮你们找新的藏身处，好让徽子永远不知上哪儿去抓？”

“不，芮奇，他们会找到我们。他们并没有真正尽力寻找达凡。他为他们带来困扰，但我猜想他们并未将他看得多严重。你明白我的意思吗？”

“你的意思是说，他只是……脖子上一点小伤。根据他们的估量，不值得翻遍整个地区追捕他。”

“是的，我正是那个意思。可是你看，我们把两名警官打成重伤，他们不会让我们就这样逍遥法外。假如他们动用全部的警力——假如他们扫荡本区每个隐匿或无用的回廊——他们就会抓到我们。”

芮奇说：“那令我觉得好像……好像我一无是处。假使我没跑到那里去，而且挨了一记，你们就不会撂倒他们两个警官，就不会有这样的麻烦。”

“不，迟早我们还是会——喔——撂倒他们。谁知道呢？我们也许还得再撂倒些。”

“嗯，你的动作漂亮极了。”芮奇说，“要不是全身疼痛，我就能看到更多细节，好好欣赏一番。”

谢顿说：“试图对抗整个维安系统，对我们没有任何好处。现在问题是：一旦抓到我们，他们会把我们怎么样？不用说，当然是判处监禁。”

“喔，不。若有必要，我们不得不向大帝提出上诉。”铎丝插嘴道。

“大帝？”芮奇张大眼睛说，“你们认识大帝？”

谢顿对男孩挥挥手。“银河帝国任何公民都能向皇帝上诉——铎丝，我觉得这会是个错误的举动。自从我和夫铭离开皇区之后，我们就一直在躲避这个皇帝。”

“被丢进达尔监狱却更不妙。上诉御前是一种拖延战术——至少是一种牵制。也许在拖延过程中，我们能想到什么别的办法。”

“还有夫铭呢。”

“是的，还有他。”铎丝以不安的口气说，“但我们不能把他视为万灵丹。理由之一，即使我的讯息传到他那里，即使他能赶来达尔，他又如何在这里找到我们？还有，就算他找到我们，面对整个达尔的维安警力，他又能做些什么？”

“这样说来，”谢顿道，“在被他们找到之前，我们必须想个可行的办法。”

芮奇说：“如果你们跟着我，我能让你们一直走在他们前面。我知道附近每一个地方。”

“你可以让我们走在一个人前面，可是他们会有很多很多人，在所有的回廊中钻来钻去。我们躲过一组人，又会撞见另一组。”

接下来有好一阵子，他们端坐在不安的沉默中，每个人都面对着一个似乎无望的局面。然后，铎丝·凡纳比里抖动了一下，以紧张而低沉的悄悄话说：“他们来了，我听到了。”

他们绷紧神经倾听了一会儿，然后芮奇突然跳起来，紧张地悄声道：“他们从那边来，我们得往这边走。”

谢顿相当疑惑，他什么也没听到，但他宁愿相信其他两人的超人听觉。不过就在芮奇开始迅速地、悄悄地朝脚步声相反的方向移动时，一个声音却突然响起，在下水道的墙壁上激起回声。“别走，别走。”

芮奇立刻说："那是达凡。他怎么知道我们在这里？"

"达凡？"谢顿说，"你确定吗？"

"我当然确定。他会帮助我们。"

81

达凡说："发生了什么事？"

谢顿勉勉强强松了一口气。当然，面对达尔区整个的警力，多了达凡一人几乎不算什么。不过话说回来，他指挥着一大批人，应该可以制造足够的混乱……

他说："达凡，你应该都知道。我猜想今天早上在堤沙佛家门口聚集的群众，有许多都是你的手下。"

"没错，有不少都是。传闻是说你们遭到逮捕，而你们对付了一中队的徽子。但你们为什么会遭到逮捕呢？"

"两个，"谢顿一面说，一面举起两根指头，"两个徽子而已，但这就够糟了。我们遭到逮捕的部分原因，就是我们去见过你。"

"那还不够，徽子不怎么把我当一回事。"他又以苦涩的口吻补充道，"他们低估了我。"

"或许吧，"谢顿说，"可是租房子给我们的那个女人，告发我们曾经掀起一场暴动……用来对付那名我们遇到的记者，你知道这回事。你的人昨天和今天早上都在现场，再加上两名警官受了重伤，他们很可能会决定扫清这些回廊——这就代表你要遭殃。我真的很抱歉，我从未打算或是指望引发其中任何一件事。”

达凡却摇了摇头。“不，你不了解那些徽子，这个理由还是不够。他们并不想清除我们，否则的话，这个区必须为我们做些安排。让我们在脐眼和其他贫民窟里腐烂，他们高兴还来不及呢。不，他们是要抓你们——你们。你们到底做了什么？”

铎丝不耐烦地说：“我们什么也没做，而且无论如何，这又有什么关系？假如他们不是在抓你，而真的是在抓我们，他们就会下来这里，把我们通通赶出去。你若挺身而出，就会有大麻烦。”

“不，我不会。我有些朋友——有权有势的朋友，昨晚我对你们说过。”达凡道，“他们能像帮我一样帮助你们。在你们拒绝公开帮我们之后，我和他们取得了联络。他们知道你是谁，谢顿博士，你是个名人。他们有资格和达尔区长直接通话，并能确保达尔放你们一马，不论你们做过什么。可是你们必须被带走——带离达尔。”

谢顿微微一笑，松懈感瞬间传遍全身。他说：“达凡，你认识一位有权有势的人，对不对？一位可以立即做出回应，有能力劝阻达尔政府采取激烈手段，而且能把我们带走的人？很好，我并不惊讶。”他带着笑容转向铎丝，“这完全是麦曲生的翻版。夫铭是怎么做到的？”

铎丝却摇了摇头。“太快了——我不懂。”

谢顿说：“我相信他做得到任何事。”

“我对他的认识比你更深，而且更久，但我不相信有这种事。”

谢顿又微微一笑。“可别低估他。”然后，他仿佛急于转换话题，随即转向达凡说，“但你是怎样找到我们的？芮奇说你对此处毫不知情。”

“他不知道。”芮奇愤慨地尖叫道，“这个地方只属于我，是我发现的。”

“我以前从未来过这里。”达凡一面说，一面环顾四周，“这是个有趣的地方。芮奇的确是个回廊生物，在这个迷宫中就像回到家一样。”

“没错，达凡，我们自己也推断出这么多。但你是怎么找来的？”

“利用热源追踪仪。我有个装置能侦测红外辐射，校准到针对摄氏三十七度的热辐射模式。它只会对人体产生反应，而不理会其他热源。它对你们三人做出了反应。”

铎丝皱着眉头说：“川陀到处都是人，这种装置在这里有什么用？其他世界不难见到，可是……”

达凡说：“可是川陀没有，这我知道。只不过在贫民窟里，在遭人遗忘且腐朽的回廊和窄巷中，它还是派得上用场。”

“你又是从哪里弄来的？”谢顿问道。

达凡说：“知道我有就够了——但我们必须把你弄走，谢顿老爷。如今想要你的人太多了，而我只希望那位有权有势的朋友得到你。”

“你那位有权有势的朋友，他在哪里？”

“他正走过来。至少有个新的三十七度热源显现了，我想不会是其他任何人。”

另一个人从门口大步走来，谢顿的欢呼却冻结在唇边——那并非契特·夫铭。

第十七章

卫 荷

卫荷：……川陀这个世界型都会的一个行政区……在银河帝国最后数世纪，卫荷是这个世界型都会中最强盛且最稳定的部分。长久以来，其统治者一直在觊觎帝位，而且自认师出有名，理由是他们的祖先曾当过皇帝。在曼尼克斯四世统治下，卫荷整军经武，而且（帝国当局事后宣称）计划一场全球性军事政变……

——《银河百科全书》

82

进来的人高头大马、肌肉结实。他有两撇很长的金色胡须，末端微微翘起；两绺发束从脸颊两侧垂下来；下巴与下唇刮得光溜溜，而且似乎有点潮湿。他的头发修剪得非常短，并且由于颜色很淡，令谢顿不禁忆起麦曲生的种种不快。

那人所穿的无疑是一套制服。它的颜色红白相间，腰际有一条宽大的皮带，上面装饰着几颗银扣。

当他开口时，声音有如隆隆作响的低音乐器，口音则是谢顿从未听过的。在谢顿的经验中，不熟悉的口音大多听来相当粗鲁，但此人的声音却几乎像音乐，或许是醇厚的低音所造成的印象。

“我是爱玛·塔勒斯中士，”他吐出低沉、嘹亮而缓慢的连续音节，“我来找哈里·谢顿博士。”

谢顿说：“我就是。”他又别过头来，低声对铎丝说：“即使夫铭无法亲自前来，他显然派了一个优秀的大块头来代表他。”

中士对谢顿投以漠然且稍嫌冗长的一瞥，然后说：“没错，上级对我描述过你的样子。谢顿博士，请跟我走吧。”

谢顿说：“带路。”

中士向后退去，谢顿与铎丝·凡纳比里则向前迈开脚步。

中士突然停下，然后举起巨大的手掌，作势挡住铎丝。“上级命令我来接哈里·谢顿博士，没有命令我接其他任何人。”

谢顿望着他，一时之间无法理解是怎么回事。不久，他的惊讶转成了愤怒。“你竟然会接到这种命令，中士，这简直是不可能的事。铎丝·凡纳比里博士是我的同事和同伴，她一定要跟我去。”

“博士，这和我的命令不符。”

“我才不管你的什么命令呢，塔勒斯中士。不让她去的话，我一步也不走。”

“此外，”铎丝带着明显的怒意说，“我所奉的命令，则是时时刻刻保护谢顿博士。除非我跟他在一起，否则我无法完成任务。因此不论他到哪里，我都要跟去。”

中士显得十分为难。“谢顿博士，我的命令严格要求我确保你不会受到伤害。倘若你不肯自愿前去，我不得不把你抱进我的交通工具。我会试着动作尽量温和。”

他伸出两只手臂，仿佛要抓向谢顿的腰际，把他整个抱起来。

谢顿向后一跳，让对方扑了个空。与此同时，他的右手掌缘击向中士的右臂上方，落点刚好是肌肉最少的部位，因此直接打击到骨头。

中士突然深深倒抽一口气，身体似乎晃了一下，但他随即转身，脸上毫无表情，再度向谢顿走去。达凡始终目不转睛，身子也一动不动，芮奇却已来到中士身后。

谢顿接二连三重复他的掌击，但塔勒斯中士现在已有准备，他垂下肩头，让坚硬的肌肉承受这些攻击。

铎丝则已拔出她的双刀。

“中士，”她强有力地说，“把头转到这个方向。我要你了解，假如你硬要强行带走谢顿博士，我也许不得不重伤你。”

中士顿了一下，似乎在以严肃的态度估量那两把缓缓挥动的利刃。然后他说：“在我的命令中，并未限制我伤害谢顿博士以外的

人。”

他的右手以惊人的速度伸向臀边皮套中的神经鞭。铎丝飞快挺进，双刀一齐刺出。

两人都没有完成动作。

说时迟那时快，芮奇猛然向前冲来，左手推向中士的背部，右手则从皮套中抽走神经鞭。他迅速闪开，现在正以双手握着那柄武器，喊道：“举起手来，中士，否则你就要挨一记！”

中士做了个回旋，渐渐涨红的脸孔掠过一丝紧张的表情，这是他唯一不那么漠然的一刻。“放下来，老弟。”他咆哮道，“你不知道怎么用。”

芮奇怒吼道：“我知道什么是保险开关，它现在开着，这东西可以发射。如果你试图向我冲来，它就真会发射。”

中士全身僵住。他显然知道，让一个激动的十二岁少年掌握一柄强力武器有多危险。

谢顿的感受也好不了多少，他说：“小心，芮奇。别发射，你的手指别碰开关。”

“我不会让他向我冲来。”

“他不会的。中士，请别动，让我们把事情弄清楚。上级叫你把我带离这里，是这样的吗？”

“是这样的。”中士说，他的眼睛几乎鼓起来，而且紧紧盯在芮奇身上（芮奇的双眼也紧紧盯在中士身上）。

“可是上级未曾叫你带走其他人，是吗？”

“博士，没有，我没接到这种命令。”中士坚决地说。甚至神经鞭的威胁也无法逼他做出狡辩，这点谁都看得出来。

“非常好，不过听我说，中士，上级曾叫你别带走其他人吗？”

“我刚说过……”

“不，不，听好，中士，这有分别。你接到的命令是否只是‘带谢顿博士来’？整个命令就是这样，并未提到其他人，还是命令的内容更加特定？你接到的命令是不是‘带谢顿博士来，别带其他任何人’？”

中士的脑子转了几转，然后他说：“谢顿博士，上级叫我带你走。”

“那么并没有提到其他人，什么都没提到，对不对？”

顿了一下之后：“没有。”

“上级没有叫你带走凡纳比里博士，但也没有叫你别带凡纳比里博士。是不是这样？”

顿了一下之后：“是的。”

“因此你可以带她也可以不带，随你高兴？”

停顿很长一段时间之后：“我想是的。”

“那么，这是芮奇，这位拿着神经鞭指着你的年轻朋友——你的神经鞭，记住——而且他迫不及待要动用了。”

“是啊！”芮奇喊道。

“芮奇，还不要。”谢顿说，“这是凡纳比里博士，手中握着两把刀，她可是这种武器的大行家。此外还有我，如果逮到机会，我能用一只手抓烂你的喉结，令你再也发不出比耳语更大的声音。好啦，你是要带凡纳比里博士同行，还是不要这样做？你奉的命令允许你自己选择。”

最后，中士以战败的声音说：“我会带这个女的一起走。”

“还有那个男孩，芮奇。”

“还有那个男孩。”

“很好。你能以荣誉向我担保吗？以军人的荣誉担保，你会照你刚才说的去做……诚实无欺？”

“我以军人的荣誉向你担保。”中士说。

“很好。芮奇，把神经鞭还给他——赶快，别让我等。”

芮奇露出一副夸张的愁眉苦脸，转头向铎丝望去。铎丝犹豫了一下，然后缓缓点了点头，她的表情也像芮奇一样凝重。

芮奇将神经鞭递给中士，并且说：“是他们要我这样做的，你这大XX。”最后两个字谁也听不懂。

谢顿又说：“收起你的刀子，铎丝。”

铎丝摇摇头，但还是将双刀收了起来。

“如何，中士？”谢顿说。

中士先望着神经鞭，然后又望向谢顿。“你是个可敬的人，谢顿博士，我的荣誉担保一定算数。”他以利落的动作将神经鞭放回皮套中。

谢顿转头对达凡说：“达凡，请忘掉你在这里所见到的一切。我们三人是自愿随塔勒斯中士走的。当你见到雨果·阿马瑞尔时，告诉他说我不会忘记他，一旦这件事告一段落，我能自由行动之后，我保证会把他送进一所大学。此外，达凡，倘若有任何合理的事，是我能为你效力的，我一定都会做——好啦，中士，我们走吧。”

83

“你以前搭乘过喷射机吗，芮奇？”哈里·谢顿问道。

芮奇默默摇了摇头。他正以惊恐与敬畏交集的心情，望着“上方”猛然掠过他们脚下。

这使谢顿再度想到，川陀是个多么依赖捷运与隧道的世界。对一般大众而言，即使长距离旅行也都在地底进行。不论空中旅行在外星世界多么普遍，它在川陀却是一项奢侈。至于像这样的一架喷射机……

夫铭是怎样做到的？谢顿实在纳闷。

他透过机窗向外望去，看见了起伏的穹顶，看见了川陀这一带的无际苍翠，以及时隐时现、无异于丛林的深绿色斑点，还有不时通过的一些海湾——当太阳从浓厚的云层里短暂露脸时，铅色的海水便会在那一瞬间闪闪发光。

铎丝原本在看一本新的历史小说，但没有显露多大的兴趣。大约飞行了一小时之后，她突然将影视书“咔嗒”一声关掉，说道：“我真希望知道我们正往哪儿去。”

“假如你无从判断，”谢顿说，“那我当然更不行。你在川陀待得比我久。”

“没错，不过只是在里面。”铎丝说，“一旦到了外面，只有上方在我脚下，我就像未出世的胎儿一般茫然。”

“喔，好吧。想必夫铭知道自己在做什么。”

“我确定他知道，”铎丝以颇为锋利的语气答道，“但那或许和现在的情势毫无关系。你为什么仍旧假设这些都代表他的谋划？”

谢顿扬起眉毛。“经你这么一问，我还真不知道，我只是假设而已。为什么不该是他的谋划呢？”

“因为不论是谁安排这项行动，都没有特别交代把我一起带走，我就是不信夫铭会忘记我这个人。而且他并未亲自前来，这和前两次在斯璀璘以及麦曲生不一样。”

“你不能总是指望他那样做，铎丝，他很有可能是分身乏术。应该惊讶的不是这回他没来，而是前两次他竟然亲自来了。”

“即便无法亲自前来，他会派一座这么显眼、这么豪奢的飞行宫殿来吗？”她朝四面八方指了指这架大型豪华喷射机。

“也许只不过是它刚好有空。而且他也许做过一番推理，没有人会怀疑，像这么显眼的东西，会载着两个拼命想要躲避耳目的逃亡者。这是著名的负负得正法则。”

“在我看来，有点太著名了。他又怎么会派一个像塔勒斯中士这样的白痴来？”

“这位中士并不是白痴，他只是被训练得绝对服从。只要有适当的命令，他能百分之百可靠。”

“你看，哈里，我们又兜回来了。为什么他没接到适当的命令？我感到不可思议，契特·夫铭竟然只告诉他把你带离达尔，却没有一个字提到我。实在不可思议。”

对于这个问题，谢顿没有任何答案，他的心开始往下沉。

又过了一个小时之后，铎丝说：“看来外面好像越来越冷。原本青翠的上方变得枯黄，而且我相信暖气已经打开了。”

“这代表什么意义？”

“达尔位于热带，所以显然我们正在向北或向南飞——而且飞了很可观的距离。我如果清楚昼夜界线在哪个方向，便能判断是南是北。”

最后，他们通过一段海岸线，有一串冰紧贴着那些滨海穹顶与海水的接壤处。

然后，在几乎毫无预警的情况下，喷射机开始俯冲。

芮奇尖叫道：“我们要坠毁啦！我们要撞得粉碎！”

谢顿感到腹肌绷紧，他用力抓住座椅扶手。

铎丝似乎不为所动，她说：“驾驶员们似乎并不惊慌。我们是要钻进隧道。”

就在她这么说的时候，机翼已经开始向后并向下收拢，接着，喷射机像一颗子弹一样飞进隧道。最初的一刹那，他们被一片黑暗笼罩；而在下一刻，隧道内的照明系统便已开启。向外望去，隧道两旁的墙壁正蜿蜒地掠过机身。

“我想我绝对无法肯定，他们知道这条隧道已经空出来。”谢顿喃喃道。

“我确信在好几十公里外，他们便确认过隧道无人使用。”铎丝说，“无论如何，我推测这是此趟旅程的最后一个阶段，我们很快便会知道身在何处。”

她顿了一顿，然后补充道：“我进一步的推测是，我们不会喜欢那个答案。”

84

喷射机急速飞出隧道，降落在一条很长的跑道上。跑道正上方有个非常高的顶棚，自从谢顿离开皇区后，从未见过如此接近天然日光的环境。

他们不久便停下来，滑行时间比谢顿的预期还要短，代价却是一股难受的压力。尤其是芮奇，他全身压在前面的椅背上，连呼吸都有困难，直到铎丝将他的肩头稍向后拉，他才松了一口气。

相貌堂堂、身形笔直的塔勒斯中士离开前座，向喷射机后面走来。他打开旅客舱的舱门，扶助他们三人逐一下机。

谢顿是最后一个。经过中士身边时，他半转过头来说：“中士，这是一趟愉快的旅程。”

一抹笑容在中士宽大的脸庞上缓缓扩散，使他留着胡子的上唇扬了起来。他像敬礼似地碰了一下帽檐，说道：“博士，再次谢谢你。”

接着，他们在引导之下，进入一辆外型高贵的地面车的后座。中士自己则钻进前座，以惊人的轻巧动作驾驶着这辆车。

他们穿过一些宽阔的道路，两侧都是高大而壮丽的建筑，通通在充足的日光下闪闪发亮。如同在川陀其他地方一样，他们听到远处有捷运的隆隆声。人行道上挤满了人，大多数都穿得很体面。周遭的环境十分清洁，几乎可说清洁得过分。

谢顿的安全感从黄灯转为红灯。铎丝对于目的地的忧心，如今似乎终于应验。他凑近她说：“你认为我们回到皇区了吗？”

她说：“不，皇区的建筑更具洛可可风，而且本区欠缺皇家庭园的风味——你该知道我的意思。”

“铎丝，那么我们在哪里？”

“哈里，只怕我们得问问。”

这并非一趟长途旅程，他们很快就来到一个停车坪，旁边则是一座富丽堂皇的四层楼建筑。那座建筑物顶端横亘着一道檐壁，上面雕刻着许多想象中的动物，并装饰着粉红暖色的石头所排成的条纹。建筑物的外表极为壮观，拥有一个讨人喜欢的外型。

谢顿说：“那座建筑，看来无疑洛可可十足。”

铎丝不确定地耸了耸肩。

芮奇吹着口哨，试图（却没有成功）以毫不动容的口气说：“嘿，看看那个拉风的地方。”

塔勒斯中士对谢顿做了一个手势，显然是要他跟着走。谢顿却裹足不前，他伸出双臂，同样借着这种宇宙通用的语言，表示应将铎丝与芮奇包括在内。

在壮观的粉红色大门口，中士有点卑微地迟疑了一下，他的两撇胡子好像也垂了下来。

然后他板着脸说：“那么，你们三个一起来吧，我的荣誉担保仍然算数。话说回来，你该明白，其他人也许并不认同我。”

谢顿点了点头。“中士，我坚信你只对自己的行为负责。”

中士显然感动万分，一时之间，他的脸孔开朗许多，仿佛他在考虑是否有可能和谢顿握握手，或是以其他方式表达他的衷心赞同。然而，他终究否决了这些冲动，径自走向门前的台阶。他才踏上第一级，那道阶梯立刻开始庄严地缓缓上升。

谢顿与铎丝赶紧随着他踏上阶梯，没费多大力气便稳住身形。芮奇惊讶之余曾有短暂的踌躇，经过短距离冲刺才跳上这个活动阶梯。他随即将双手插进口袋，悠闲地吹起口哨。

大门打开后，出现两名既年轻又迷人的女子，以对称的方式一左一右走出来。她们的衣裳在腰际由皮带紧紧系住，下摆几乎长达脚踝，末端有波浪状的褶子，走路时会沙沙作响。两人都有一头棕发，在头部两侧结成两条粗辫再盘起来。谢顿发觉那很吸引人，却又纳闷她们每天早上得花多少时间梳理。刚才一路上，他并未发觉街上的妇女拥有如此精致的发型。

两名女子以明显的轻蔑眼神凝视来客。这点谢顿并不惊讶，经过一天的折腾，他与铎丝看来几乎和芮奇一样灰头土脸。

然而，两名女子还是优雅地鞠了一躬，然后半转过身，以完全一致的动作做个请进的手势，并仔细维持着彼此的对称。（她们预演过吗？）显然是要他们三人进去。

他们穿过一个精致的房间，房里零星散布着许多家具与装饰品，谢顿无法一眼看出它们的功用。地板是淡色系的，富有弹性并发出冷光。谢顿注意到他们的鞋子在上面留下不少灰尘，令他感到有些不好意思。

然后，内门突然被推开了，随即出现另一名女子，她比先前那两位无疑年长许多。当她走进来时，两名少女双脚交错，缓缓低下身子。谢顿不禁赞叹她们竟然能保持平衡，这无疑需要大量的练习。

谢顿不知道自己是否也该做出某种仪式化的敬拜，但既然对这一切毫无概念，他只是微微低下头来。铎丝则保持直立的姿势，在谢顿的感觉中，她的动作似乎带着不屑的意味。芮奇则正在张大嘴巴东张西望，好像根本没看到刚进来的那名女子。

她的体型丰满——并非肥胖，但有适度的脂肪。她将头发梳成和两名少女一样的发型，而她的衣裳也是同一种款式，不过装饰却华丽许多倍——实在太多了点，令谢顿的审美观无法接受。

她显然已步入中年，她的头发透出些许灰白，但双颊上的酒涡为她的外表带来不少青春气息。此外，她淡褐色的眼睛喜气洋洋。整体而言，她看来不算老，反而更像一位慈母。

她说："你们大家好吗？"她并未对铎丝与芮奇表现出惊讶，反倒在问候中轻易将他们包括在内。"我等待你已有一些时日，当初在斯璀璘的上方，差点就请到你了。你是哈里·谢顿博士，是我一直期待会见的人。而你，我想一定是铎丝·凡纳比里博士，因为根据报告，你一直都在他身边。这个年轻人我恐怕不认识，不过我很高兴见到他。但我们绝不该花太多时间交谈，我确定你们会希望先休息一下。"

"还有沐浴，女士，"铎丝以颇为有力的口气说，"我们每个人都得好好洗个澡。"

"是的，当然。"那女子说，"还要换一套衣服，尤其是这个年轻人。"她低头望向芮奇，和那两名少女不同的是，她脸上没有任何轻视或不以为然的表情。

她说："年轻人，你叫什么名字？"

"芮奇。"芮奇以有些哽塞与尴尬的声音说，接着又试探性地补充道，"姑奶奶好。"

"多么奇妙的巧合，"那女子的双眼闪烁着光芒，"或许是个兆头。我的名字叫芮喜尔，这是不是很奇妙？不过别管这个了，我们会好好照顾你们。然后，我们有充分的时间来餐叙。"

"女士，等一等。"铎丝说，"我能请问我们在哪里吗？"

"卫荷，亲爱的。等你觉得更熟络时，就请改口叫我芮喜尔吧。我总是喜欢不拘礼节。"

铎丝的态度转趋强硬。“我们的问题令你惊讶吗？我们想知道身在何处，难道不是很自然吗？”

芮喜尔发出一阵愉悦而清脆的笑声。“真的，凡纳比里博士，这地方的名字好歹也得改一改。我刚刚并非提出一个问题，而是在做一项陈述。你问你们在哪里，我不是反问你‘为何’，而是回答你‘卫荷’。你们如今在卫荷区。”

“在卫荷？”谢顿强而有力地问。

“的确没错，谢顿博士。打从你在十载会议上发表演说那天起，我们就想把你请来，我们很高兴现在终于请到你了。”

85

事实上，休息，放松，把全身洗干净，换上新衣服（质料光滑且有些宽松，这是卫荷服装的特色），再好好睡上一觉，花了他们一整天的时间。

来到卫荷的第二天傍晚，芮喜尔女士承诺的晚餐才有机会举行。

餐桌相当大——其实太大了，因为总共只有四个人进餐：哈里·谢顿、铎丝·凡纳比里、芮奇与芮喜尔。墙壁与天花板都打上柔和的灯光，光线的色彩不停变化，其速率足以吸引目光，却不至于快到令人心浮气躁。而桌布（其实并非布料，谢顿心中尚未判定它是什么）似乎会闪闪发光。

服侍进餐的仆人很多，个个沉默不语。当门打开的时候，谢顿似乎瞥见外面站着一些士兵，一律全副武装并荷枪实弹。这个房间像个天鹅绒手套，而那只铁拳却在不远的地方。

芮喜尔表现得殷勤而亲切，而且显然对芮奇特别喜爱，还坚持要他坐在她旁边。

芮奇已经彻底洗个干净，显得焕然一新。在他穿上新衣服，而且头发经过修剪、清洗、梳理之后，几乎使人认不出来了。现在他简直不敢开口说话，仿佛感到他的文法不再符合自己的外表。他觉得万分不自在，每当铎丝更换餐具时，他都会仔细望着她，试着百分之百模仿她的动作。

食物可口但味道过重，以致谢顿无法分辨一道道菜究竟是什么做的。

芮喜尔带着温柔的微笑，令她丰满的脸颊显得很开心，而她美丽的牙齿则闪着雪白的晶光。“你也许以为我们在食物中放了麦曲生添加物，其实并没有，这些全是卫荷自家种植的。在这颗行星上，没有任何一区比卫荷更自给自足。我们花费很大心力保持如此。”

谢顿严肃地点了点头。“你招待我们的每样东西都是一流的，芮喜尔，我们十分感谢你。”

但他在心中，却认为这些食物还是比不上麦曲生的水准。他更有一种感觉，正如他早先对铎丝嘀咕的，他正在庆祝自己的失败。或者至少是夫铭的失败，而在他看来，两者似乎是同一回事。

到头来，他还是被卫荷逮到了。当初，在上方事件发生后，夫铭曾经非常担心这个可能性。

芮喜尔说：“我既然身为女主人，或许问些私人问题也值得原谅。我猜你们三位不是一家人；你，哈里，和你，铎丝，并不是夫妻，而芮奇也不是你们的儿子。这个猜测是否正确？”

“我们三个人并没有任何关系。”谢顿说，“芮奇生在川陀，我生在赫利肯，铎丝生在锡纳。”

“那么，你们三人是怎样遇到的？”

谢顿做了简短的解释，尽可能避免提到任何细节。“过程中没有任何浪漫或重要的情节。”他补充道。

“但据我了解，当我的贴身侍卫塔勒斯中士只要将你一人带离达尔时，你曾对他百般刁难。”

谢顿以严肃的口吻说：“我越来越喜欢铎丝和芮奇，不希望和他们分开。”

芮喜尔微微一笑。“我懂了，你是个感情丰富的男人。”

“是的，没错。我感情丰富，而且十分困惑。”

“困惑？”

“可不是吗。既然你这么亲切，问了我们一些私人问题，我能否也问一个？”

“当然，亲爱的哈里，你喜欢问什么都行。”

“我们刚到的时候，你说打从我在十载会议上发表演说那天起，卫荷就想要把我请来。是什么原因呢？”

“不用说，你不会单纯到连这点都不明白。我们要你，是为了你的心理史学。”

“这点我还算了解。可是你怎么会认为，得到我就代表得到心理史学？”

“不用说，你不会粗心到把它给弄丢了。”

“事实上更糟，芮喜尔，我从未拥有这门学问。”

芮喜尔脸上现出酒涡。“但你在演说中却不是这么讲。并非我听得懂你的演说，我不是数学家，我甚至痛恨数字。可是我雇用了不少数学家，他们对我解释过你的演说内容。”

“这样的话，亲爱的芮喜尔，你必须听得更仔细些。我绝对能想象他们曾经告诉你，说我证明出心理史学的预测是可能的，但他们想必也告诉过你，那实际上是不可行的。”

“哈里，这点我无法相信。第二天你就进宫，去觐见那个伪皇帝，克里昂。”

“伪皇帝？”铎丝以讽刺的口吻咕哝道。

“可不是吗。”芮喜尔仿佛在回答一个严肃的问题，“伪皇帝，他没有接掌皇位的真正资格。”

“芮喜尔，”谢顿有点不耐烦地把那个问题推到一边，“我告诉克里昂的答案，和我刚才对你说的一模一样，然后他就让我走了。”

这回芮喜尔并未露出笑容，她的声音则变得有点尖锐。“没错，他让你走了，以寓言中猫放老鼠走的那种方式。从此以后，他就一直在追捕你——在斯璀璘，在麦曲生，在达尔。要是有胆的话，他还会追到这里来。不过到此为止吧——我们的严肃话题变得太过严肃了。让我们享受一下，让我们来点音乐。”

她说完后，轻柔悦耳的乐器旋律便突然响起。她凑向芮奇，轻声说道：“孩子，如果你不习惯用叉子，用汤匙或手指都行，我不会介意的。”

芮奇说：“好的，女士。”显然是毫不保留地接受了。但铎丝却捕捉到他的目光，并做出一组无声的嘴型：“叉子。”

于是他并未将叉子丢开。

铎丝说：“女士，这音乐真可爱。”她刻意拒绝用亲昵的称呼，“可是绝不能让它使我们分心。我心里有个想法，就是各处的追捕者可能都受雇于卫荷区。不用说，假如卫荷不是主谋，你也不会对那些事了若指掌。”

芮喜尔纵声大笑。“卫荷的耳目自然遍布各个角落，但所谓的追捕者并不是我们。否则，你们早就被一举捉来了——就像你们在达尔那样，这一次，我们终于真正成为追捕者。然而，当追捕的行动失败，当伸出的爪子抓空时，便可确定那是丹莫刺尔主使的。”

“你如此看轻丹莫刺尔吗？”铎丝喃喃问道。

“是的。这令你惊讶吗？我们已经击败他了。”

“你？或是卫荷区？”

“当然是本区，但只要卫荷是胜利者，那么我就是胜利者。”

“多奇怪啊。”铎丝说，“整个川陀似乎盛行着一种见解，那就是无论胜利或败北，或是其他任何事情，都和卫荷居民毫无关系。在我们的感觉中，卫荷只有一个意志，一只拳头，而那是属于区长所有。不用说，你，或者其他卫荷人，相较之下都无足轻重。”

芮喜尔露出灿烂的笑容。她并未立即回答，而是以慈祥的眼神望着芮奇，又掐掐他的脸颊，这才说道：“如果你相信我们的区长是个独裁者，只有一个意志支配着卫荷，那么或许你是对的。可是，即使如此，我仍然可以用人称代词，因为我的意志举足轻重。”

“为什么？”谢顿说。

“有何不可？”当仆人开始收拾餐桌时，芮喜尔说，“我，就是卫荷区长。”

86

对这项陈述首先做出反应的是芮奇。他几乎忘了强行加诸其上的斯文外衣，先发出一阵刺耳的笑声，接着说道："嘿，大姐，你不可能是区长，区长都是哥儿们。"

芮喜尔和蔼地望着他，十足模仿他的腔调说："嘿，小子，有些区长是哥儿们，有些区长是娘儿们。把这件事放在脑袋瓜里，让它好好煮一煮。"

芮奇双眼鼓起来，似乎吓了一大跳。最后，他总算吐出一句："嘿，大姐，你在说平常话。"

"是呀，要多平常就多平常。"芮喜尔仍然面带笑容。

谢顿清了清喉咙，说道："芮喜尔，你学的口音可真像。"

芮喜尔稍稍抬起头。"许多年来，我一直没机会用，但我永远不会忘记。我曾经有个朋友，一个好朋友，他是个达尔人——那是我非常年轻的时候。"她叹了一声，"当然，他并不像那样讲话——他相当聪明能干——但他可以讲那种话，而且把我也教会了。跟他那样说话实在令人兴奋，等于创造了一个世界，把周遭的一切都排除在外。那实在太美妙了，却也是一件不可能的事，因为家父的立场十分明白。如今来了这个小淘气，芮奇，不禁使我想起那段遥远的时光。他有那种口音，那种眼神，那种叛逆的表情，差不多再过六年，他就会成为少女心目中又爱又怕的对象。会不会，芮奇？”

芮奇说：“我不知，大姐——不，女士。”

“我确定你会的，而且你会变得非常像我的……那位老朋友。那个时候，为了我自己着想，我最好别再见到你。现在晚餐已经结束，芮奇，你该回到自己的房间去了。如果有兴趣，你可以看一会儿全息电视。我猜你不会读书。”

芮奇涨红了脸。“总有一天我会读，谢顿老爷说的。”

“那么我也相信你一定会。”

一名年轻女子向芮奇走来，并朝芮喜尔的方向尊敬地屈膝行礼。谢顿并未注意到召唤她的讯号。

芮奇说：“我不能留下来，陪谢顿老爷和凡纳比里姑奶奶吗？”

“等一下你就会见到他们，”芮喜尔温柔地说，“可是现在我和老爷以及姑奶奶得谈一谈——所以你必须离开。”

铎丝对芮奇做了一个坚决的嘴型：“走！”男孩回应了一个鬼脸，随即滑下椅子，跟着那名女仆走了。

芮奇离去后，芮喜尔随即转向谢顿与铎丝，说道：“那孩子当然会很安全，而且会受到良好待遇，这点请别担心。而我自己也会很安全，正如女侍刚才走过来那样，在我召唤之下，十几名武装卫士也能随传随到——而且动作快得多。我要你们了解这一点。”

谢顿以平稳的语气说：“我们绝对没有想要攻击你，芮喜尔——或是我现在得说‘区长女士’？”

“还是叫芮喜尔吧。据我所知，哈里，你可算一名摔跤选手；而你，铎丝，双刀要得非常熟练，不过我们已经从你的房间取走那两把刀。我不要你们妄想仰赖你们的本领，因为我要哈里活着，毫发无损，而且态度友善。”

“有一点大家十分了解，区长女士，”铎丝毫无妥协地拒绝表现友善的态度，“过去四十年来，直到今天为止，卫荷的统治者都是曼尼克斯四世。他仍旧健在，而且神志完全清醒。所以说，你究竟是什么人？”

“正如我所做的自我介绍，铎丝。曼尼克斯四世是我父亲，正如你所说，他仍旧健在，而且神志清醒。在皇帝以及整个帝国眼中，他才是卫荷的区长，但他厌倦了为权力而心力交瘁，终于心甘情愿地让权力溜到我手中，而我同样心甘情愿地接收。我是他的独生女，从小被教养成一名统治者。因此，家父是法律上与名义上的区长，而我则是实际上的区长。如今，卫荷军队宣誓效忠的对象是我。而在卫荷，这才是真正算数的事。”

谢顿点了点头。“姑且接受你所说的一切。但即使如此，不管区长是曼尼克斯四世或芮喜尔一世——我想是一世吧——你们留置我都没有任何意义。我已经告诉你，我并未掌握一个可行的心理史学，也不认为我自己或其他人将来能掌握到。我也曾经对大帝这样说过，所以我对你和对他同样没用。”

芮喜尔说：“你多么天真啊。你可知道帝国的历史？”

谢顿摇了摇头。“最近我才希望自己多知道些。”

铎丝以冷淡的口气说：“区长女士，我则对帝国历史相当了解，虽然前帝国时代才是我的专长。但我们究竟是否了解，又有什么关系呢？”

“你如果知道这些历史，就该知道卫荷世族是个古老而光荣的家族，而且是达斯皇朝的后裔。”

铎丝说：“达斯皇朝的统治是五千年前的事。从那时候算起，过去一百五十代以来，他们的后人生生死死，加起来或许高达当今银河人口数的一半——只要所有的宗谱，不论多么荒诞不经，全都计算在内的话。”

“凡纳比里博士，我们的宗谱绝非荒诞不经。”芮喜尔的语调首次变得冰冷而不友善，她的双眼则像精钢一般闪烁。“它有完整的档案可供查证。在这一百五十个世代里，卫荷世族一贯保有掌权的地位，而且曾有一些时期，我们的确掌握皇位，以皇帝的名义统治帝国。”

“在历史影视书中，”铎丝说，“卫荷的统治者通常被称为‘伪皇帝’，向来不被帝国大多数地区承认。”

“那要看由谁来撰写历史影视书。将来会改由我们执笔，因为我们的皇位终将失而复得。”

“想要达到这个目的，你必须发动一场内战。”

“不会有太大的风险。”芮喜尔再度露出笑容，“这就是我必须向你们解释的，因为我需要谢顿博士的帮助，来避免这样的一场大祸。我的父亲，曼尼克斯四世，一生都是一位和平主义者。不论什么人住在皇宫里，他都一律效忠不误。而且为了整个帝国的利益，他始终保持卫荷的繁荣和强盛，成为川陀经济的重要支柱。”

“我没听说皇帝因此而更加信任他。”铎丝说。

“我确定这点没错，”芮喜尔平静地说，“因为在家父的时代，占领皇宫的皇帝都自知是代代相传的篡位者。篡位者自然不敢信任真正的统治者。可是，家父一直以和为贵。当然，他建立并训练了一支强大的维安武力，用以维系本区的和平、繁荣和稳定。帝国当局一向默许这件事，因为他们也想要卫荷保持和平、繁荣、稳定——以及忠诚。”

“可是它忠诚吗？”铎丝说。

“对真正的皇帝，当然忠诚。”芮喜尔说，“现在我们的实力已经成熟，我们已经能迅速接收政府——事实上，是藉由迅雷不及掩耳的一击。在任何人能说这是‘内战’之前，就会出现一位真正的皇帝——或说女皇，如果你喜欢吹毛求疵——而川陀将保有和过去一样的太平。”

铎丝摇了摇头。“我能开导你一下吗？以历史学家的身份？”

“我一向乐意受教。”她朝铎丝的方向稍稍凑过头去。

“不论你的维安武力规模多大，不论训练如何扎实，装备如何精良，帝国武力却有两千五百万个世界做后盾，你们绝对不是对手。”

“啊，但你刚好指出了篡位者的弱点，凡纳比里博士。帝国武力分散于两千五百万个世界；在无尽的太空中，在无数的军官统率下，那些兵力已被稀释殆尽。没有人特别愿意出兵自身星省之外，反而许多都不顾帝国死活，只愿意为自己的利益而战。反之，我们的部队都在此地，全部在川陀。在远方的将领风闻需要他们发兵驰援之前，我们便能迅速采取行动并完成任务。”

“可是反应必将随之而至，带着无可抵御的武力。”

“你确定会吗？”芮喜尔说，“那时我们将坐镇皇宫，川陀已是我们的，而且处于太平状态。帝国军队如果只管自己的事，那么每个小小的军事领袖都能统治自己的世界、自己的星省，所以说，他们为什么要来搅和？”

“难道那就是你想要的吗？”谢顿好奇地问道，“你是在告诉我，你期望统治一个即将四分五裂的帝国？”

芮喜尔说：“正是如此。我将统治川陀，统治它外围的太空殖民地，统治邻近几个属于川陀星省的行星系。我将更像川陀的皇帝，而不是整个银河的皇帝。”

“你会满足于仅仅拥有川陀？”铎丝以绝不相信的口吻说。

“为何不会？”芮喜尔突然变得慷慨激昂，她急切地将身子向前倾，双手按在餐桌上。“那正是家父谋划了四十年的目标。他如今苟延残喘地活着，只为亲眼目睹它的实现。我们为什么需要千万个世界？遥远的世界对我们毫无意义，只会削弱我们的实力，只会把我们的武力从身边抽走，洒向毫无意义的太空，只会将我们淹没在行政管理的混沌中，只会以无止无休的争吵和问题把我们拖垮——其实对我们而言，它们根本等于不存在。我们自己这个人口众多的世界，我们自己这个行星都会，已足以作为我们的银河；我们拥有自给自足的一切。至于银河其他部分，就让它四分五裂吧。每个小小的军头都能拥有自己的一小片，他们无需争斗，银河足够让他们分。”

“可是无论如何，他们还是会斗的。”铎丝说，“每一个都不肯满足于自己的星省，每一个都恐惧近邻不满足于他们自己的星省，每一个都感到不安全，因而都会梦想统治全银河，那才是唯一的安全保证。我的虚无女皇，这是绝对肯定的事。从此将会有无穷无尽的战争，而你和你的川陀必然会被卷进去——同归于尽。”

芮喜尔以明显的轻蔑口吻说：“看来似乎如此——如果我们无法看得比你更远，如果仅仅凭借普通的历史教训。”

“还有什么能看得更远的？”铎丝回嘴道，“除了历史教训之外，我们还能凭借什么？”

“除此之外还有什么？”芮喜尔说，“哈，还有他！”

她的手臂猛然伸出，食指戳向谢顿。

“我？”谢顿说，“我已经告诉你心理史学……”

芮喜尔道：“别再重复你说过的话，我的谢顿博士，它对我们毫无用处。凡纳比里博士，难道你认为家父从未体认无穷内战的危险？你以为他并未倾注过人的智慧，设法想出防范之道？过去十年来，他随时准备好在一天之内接收帝国。唯一欠缺的，就是胜利之外的安全保证。”

"那是你们无法掌握的。"铎丝说。

"在听到谢顿博士于十载会议中发表论文的那一刻，我们便掌握到了。我马上看出那正是我们需要的。家父由于年事过高，无法立刻看出它的重要性。然而，在我一番解释之下，他也看出来了。那个时候，他才正式将他的权力转移给我。所以说，哈里，我的地位是拜你之赐。而在未来，我更高的地位还是要托你的福。"

"我一直在告诉你，它不能……"谢顿以极不耐烦的口气说了半句。

"能做或不能做什么并不重要，重要的是人民相不相信什么是做得到的。只要你告诉他们，心理史学的预测是川陀能够自我统治，每个星省都能变成一个王国，而所有的王国将和平共处，哈里，他们一定会相信的。"

"在未曾掌握真正的心理史学之前，"谢顿说，"我不会做这种预测。我不要扮演江湖术士。如果你要公布这种事，请你自己去说。"

"算了，哈里，他们不会相信我的。他们会相信的是你，一位大数学家。何不满足他们一下呢？"

"说来很巧，"谢顿道，"大帝也曾经想到利用我来散播一些自我实现的预言。我拒绝了他，你却以为我会同意为你这样做？"

芮喜尔沉默了一会儿，当她再度开口时，她的声音不再激动无比，变得几乎是好言相劝。

"哈里，"她说，"稍微想想克里昂和我的不同之处。克里昂想从你身上得到的，无疑只是保障皇位的一种宣传。满足他这一点毫无意义，因为他的皇位根本保不住。难道你不知道，银河帝国处于一种衰败状态，不可能再支持多久了？管理两千五百万个世界所带来的越来越沉重的负担，令川陀本身正逐渐步向灭亡。不论你为克里昂做些什么，等在前面的都是分裂和内战。”

谢顿道：“我曾经听过一些类似的说法。它甚至有可能是真的，但是又怎么样？”

“所以说，应该帮它在毫无战事的状况下分裂。帮助我取得川陀；帮助我建立一个稳固的政府，来统治一个足够小、足以有效治理的领域。让我把自由还给银河各个角落，让每个成员依照自身的习俗和文化各行其是。银河将会借着贸易、观光和通讯等自由媒介，再度变成一个活生生的整体。这样一来，便能避免在目前这个几乎无法维系的统治力量之下，整个银河崩溃瓦解的悲惨命运。我的野心实在有限；一个世界，而不是百千万；和平，而不是战争；自由，而不是奴役。仔细想想，答应帮助我吧。”

谢顿说：“银河黎民既然不相信你，又为什么会相信我？他们根本不认识我。而我们的那些舰队指挥官，有哪个听到‘心理史学’四个字便会动容？”

“现在不会有人相信你，但是我不需要现在就行动。卫荷世族已经等待了数千年，还可以再多等几千个日子。只要和我合作，我会让你的名字响彻银河，我会让每个世界都知道心理史学成功在望。而在适当的时候，当我判断时机成熟的那一刻，你就发表你的预测，而我们则发动攻击。然后，在历史的下一瞬间，银河便会处于一个新秩序之下，享有永永远远的稳定和幸福。来吧，哈里，你能拒绝我吗？”

第十八章

颠 覆

爱玛·塔勒斯：……古川陀卫荷区武装维安部队的一名中士……除了这些毫无重要性的体格资料外，对此人的一切几乎一无所知。只知道在某个关键时刻，银河的命运曾经掌握在他手中。

——《银河百科全书》

87

翌日上午，遭到软禁的三个人在一间凹室中享用早餐，该处离他们三人的房间都不远。那实在是一顿奢豪的餐点，食物当然种类繁多，而且每一样都供过于求。

谢顿面对着餐桌上堆积如山的加味腊肠，完全不理会铎丝·凡纳比里有关反胃与腹痛的忧心警告。

芮奇说："那娘儿们……区长女士昨晚来看我的时候说……"

"她去看过你？"谢顿问。

"是啊，她说她要确定我住得舒服。她还说有机会的话，她会带我去动物园。"

"动物园？"谢顿望向铎丝，"川陀能有什么样的动物园？猫狗展览？"

"这里的确有些本土动物。"铎丝说，"我猜想他们还进口一些其他世界的本土动物，此外某些动物则是每个世界都有的——当然，在其他世界上要比川陀数量多。事实上，卫荷有个著名的动物园，在这颗行星上，它的评价也许仅次于帝国动物园。"

芮奇说："她是个不错的老大姐。"

"并没有那么老，"铎丝说，"但她的确让我们吃得很好。"

"这倒没错。"谢顿承认。

吃完早餐后，芮奇径自跑到别处去探险。

一旦他们回到铎丝的房间，谢顿立刻带着明显的不满说：“我不知道我们将被不闻不问多少时日。她显然早有计划，准备消磨我们的时间。”

铎丝说：“其实，此刻我们没有什么好抱怨的。比起在麦曲生或达尔，我们在这里要舒适得多。”

谢顿说：“铎丝，你不会被那个女人笼络了吧？”

“我？被芮喜尔笼络？当然没有。你怎么可能这样想？”

“嗯，你觉得舒服，吃得也好。这自然会使人松懈下来，接受命运的安排。”

“是的，非常自然。咱们何不那样做呢？”

“听好，昨天晚上你告诉我，倘若她成功会有什么后果。我自己也许没有什么历史素养，但我愿意相信你的说法。事实上，那很有道理——即使对历史门外汉而言。帝国将四分五裂，残存的碎片将互相争斗……直到……永无止境。一定要阻止她才行。”

“我同意，”铎丝说，“一定要阻止她。我想不出来的是，此时此刻，我们怎样才能做到这件鸡毛蒜皮的小事。”她仔细端详谢顿，“哈里，你昨晚一夜没睡，是吗？”

“你自己呢？”显然他的确没睡。

铎丝凝视着他，脸上笼罩着阴郁的神情。“因为我说的那些话，害你整夜都在思考银河帝国毁灭的问题？”

“还有其他一些事。有没有可能联络到契特·夫铭？”最后一句话是悄声说的。

铎丝说：“当我们在达尔开始逃避追捕时，我就试图和他联络，结果他没有来。我确定他收到了那道讯息，可是他并未回应。也许由于某种原因，他暂时无法来找我们，但他能抽身时一定会来。”

“你猜想他发生了什么事吗？”

“不，”铎丝坚毅地说，“我不这么想。”

“你怎么知道？”

“否则我总会听到一些消息，这点我敢确定。但至今我未曾听到任何消息。”

谢顿皱了皱眉头，又说：“对于这一切，我不像你那么自信。事实上，我连一点自信都没有。即使夫铭来到此地，这回他又能做些什么？他无法和整个卫荷对抗。倘若芮喜尔所言属实，他们拥有川陀上组织最严密的军队，他又有什么办法与之抗衡？”

“讨论这件事根本没有意义。你以为你能说服芮喜尔——用什么方法把话灌进她的脑袋——让她相信你并未拥有心理史学？”

“我确定她明白这一点，也了解未来许多年内我都无法改变这个事实——即使有这个可能。但她会宣称我拥有心理史学，而只要她做得足够高明，人们就会相信她。最后不论她说我的预测和断言是什么，他们都会根据她的说法采取行动——即使我一个字也没说。”

“当然，那需要些许时日。她不能让你在一夜成名，或是一周之内。想要好好做成这件事，可能要花上她一年的时间。”

谢顿正在房中来回踱步，走到墙角才猛然向后转，再大踏步走回来。“或许就是这样，可是我不知道。应该会有些压力促使她尽快行动。在我看来，她是从未培养出耐心的那种女人。而她的老父亲，曼尼克斯四世，甚至会更没有耐心。他一定感到死期将近，如果他一生都在经营这件事，他会非常希望成功之日是在他死前一周，而不是死后一周。此外……”说到这里他忽然打住，开始环顾这个空洞的房间。

“此外什么？”

“嗯，我们必须拥有自由。你可知道，我已经解决了心理史学的问题。”

铎丝睁大眼睛。“你解决了！你发展出来了。”

“不能算完全发展出来。据我判断，那可能要花上数十年……数世纪。但我现在终于知道它是可行的，而不只是理论的产物。我知道它能成功，但我必须要有充足的时间、太平的局势以及必要的环境才能工作。帝国必须保持完整，直到我——也可能是我的后继者——找出维持现状的最好方法；万一它无论如何都会分裂，则要设法让灾难减至最小程度。就是因为想到我的工作有了起点，却又无法着手进行，我昨晚才整夜未曾合眼。”

88

这是他们来到卫荷的第五天早上，铎丝正在帮芮奇穿上一件正式服装，两人对这种装束都不怎么熟悉。

芮奇以怀疑的眼神望着全息镜中的自己，看到一个准确面对着他的反射影像，模仿着他所有的动作，却没有任何左右反转。芮奇以前从未用过全息镜，忍不住试着伸手摸了摸。当他的手穿过那面镜子，而影像的手刺入他的真实身躯时，他突然哈哈大笑，几乎有点不好意思。

最后他终于说：“我看来很可笑。”

他打量着身上的短袖袍，那是用非常柔软的质料裁制的，附有一条缠绕金丝的细皮带。然后，他用双手顺了顺硬邦邦的衣领，它像个杯子那样竖在他的耳朵两旁。

“我的头好像是放在碗里的球。”

铎丝说：“但卫荷富家子弟穿的就是这种东西。凡是看到你的人都会赞美你、羡慕你。”

“我的头发得全部趴下吗？”

“这还用说，你要戴着这顶小圆帽。”

“它会让我的头更像个球。”

“那就注意别让人踢它。好，记住我告诉你的话。你要随时保持警觉，别表现得像个孩子。”

“但我就是个孩子啊。”他一面说，一面张大眼睛抬头望着她，露出一副无辜的表情。

“听你这样讲令我很惊讶。”铎丝说，“我确定你自认是个十二岁的成年人。”

芮奇咧嘴笑了笑。“好吧，我会做个好间谍。”

“那可不是我叫你做的事。别冒任何险，别躲在门后偷听。假如被当场抓到，对任何人都没好处——尤其是对你自己。”

“喔，得了吧，姑奶奶，你以为我是什么？一个乳臭未干的孩子？”

“你刚刚正是这么说的，芮奇，有没有？你只要注意听别人说的每句话，但不要表现得像是在这样做。记住你所听到的一切，然后告诉我们，就是那么简单。”

“凡纳比里姑奶奶，你说得很简单，”芮奇又咧嘴一笑，“而我做起来也很简单。”

“要小心点。”

芮奇眨了眨眼。“一定。”

一名仆役来接芮奇（从未见过那么傲慢自大、那么不客气的仆役），带他去见正在等他的芮喜尔。

谢顿望着他们的背影，若有所思地说：“他也许不会看到什么动物，但他会非常仔细地偷听。把一个孩子推进那样的险境，我不确定这样做对不对。”

“险境？我可不相信。芮奇是在脐眼的贫民窟长大的，记得吧。我猜想他的生存能力比你我加起来还要强。此外，芮喜尔喜欢他，会把他做的每件事都往好处想——可怜的女人。”

“铎丝，你真的觉得她可怜吗？”

“你的意思是她不值得同情，因为她是区长的女儿，而且自认为是理所当然的区长，还因为她打算毁掉帝国？也许你是对的，但即使如此，她也有某些方面值得我们表现些许同情。比如说，她曾有一段悲剧收场的恋情，那十分明显。毫无疑问，她的心碎了——至少有那么一阵子。”

谢顿说：“你曾有过一段悲剧收场的恋情吗，铎丝？”

铎丝考虑了一两秒钟，然后说：“不能算有。我太专注于自己的工作，没时间心碎。”

“我早就想到了。”

“那你为何还要问？”

“我有可能猜错。”

“你自己呢？”

谢顿显得很不自在。“事实上，的确有。我曾花了些时间来修补一颗破碎的心。至少，它裂得很严重。”

“我早就想到了。”

“那你又为何还要问？”

“并非因为我认为自己有可能猜错，我不骗你。我只是想看看你会不会说谎。你说了实话，令我很高兴。”

顿了一下之后，谢顿又说："五天过去了，什么事都没有发生。"

"不过我们一直受到良好待遇，哈里。"

"如果家畜有思想，它们也会认为受到良好待遇，虽然养肥它们只是为了屠宰罢了。"

"我承认她正在养肥帝国以待屠宰。"

"可是什么时候呢？"

"我猜是当她准备妥当后。"

"她夸口说能在一天之内完成政变，而我所得到的印象，是她能在任何一天进行。"

"即使她有这个能力，她还得确定能够消弭帝国的反击，那可能需要些时间。"

"多少时间？她计划利用我来消弭那些反击，可是她并未进行这方面的努力。没有迹象显示她试图宣传我的重要性。我在卫荷不论走到哪里，都没有任何人认识我。卫荷的群众不会聚过来向我欢呼，全息新闻里也什么都没有。"

铎丝微微一笑。"别人几乎会以为你是因为没能出名而感到难过。你太天真了，哈里。或者应该说你并非历史学家，而这是同一回事。研究心理史学必定会使你成为一位历史学家，相较之下拯救帝国的机会倒没有那么大，对于这个事实，我认为你最好更满意点。如果所有的人类都了解历史，他们或许就不会一而再、再而三地犯同样愚蠢的错误。"

"我哪里天真了？"谢顿扬起头来，视线往下射向她。

"别生气，哈里。其实，我认为那是你迷人的特点之一。"

"我知道。它激起了你的母性本能，何况你曾经受托照顾我。可是我哪里天真了？"

“你认为芮喜尔会试图对帝国民众做全面性宣传，让大家接受你是个先知。那样做她必将一无所获，万兆民众并不容易很快被打动。除了有形的惯性之外，还有社会上和心理上的惯性。而且，假如那样公然行事，她等于是在警告丹莫刺尔。”

“那她正在做什么呢？”

“我的猜想是，有关你的消息——经过适度的夸大和美化——正在传给关键的少数人；传给她觉得对她友善，或是厌恶帝国的星区总督、舰队司令，以及具有影响力的人士。一百多个这样的人若是站在她那边，就能令忠贞之士困惑好一阵子，足以让芮喜尔一世稳稳建立起她的新秩序，并击败任何可能发展出的反抗力量。至少，我猜她心中是那样盘算的。”

“但我们还没有夫铭的消息。”

“我确信他一定已经在做些什么，他不会忽略这么重要的事。”

“你有没有想到过他可能死了？”

“那是可能性之一，但我不那么想，否则我会得到消息。”

“在这里？”

“即使在这里。”

谢顿扬起眉毛，但没有再说什么。

芮奇在接近傍晚时分回来，他既高兴又兴奋，不停地叙述着猴子与巴卡鹤的种种。而在晚餐时，从头到尾也都是他主导着谈话。

直到晚餐结束，他们回到自己的寝室，铎丝才说：“好啦，芮奇，告诉我区长女士发生了些什么事。无论她所做的或所说的任何事，你认为我们该知道的通通告诉我。”

“有一件事，”芮奇变得满面春风，“我敢打赌，那就是她没出席晚餐的原因。”

“是什么事？”

“你知道吗，动物园今天关闭，只对我们开放。我们有许多人——我和芮喜尔和穿制服的各种哥儿们和穿着拉风衣裳的各种娘儿们等等。然后一个穿制服的哥儿们——另一个哥儿们，他原来不在那里——在快结束的时候走进来。他低声说了些什么，芮喜尔就转向大家，做了一个好像他们不该动的手势，于是他们就不动了。然后，她和这个新来的哥儿们走开些，这样她就能和他说话，别人却听不到她说什么。不过我继续装得心不在焉，继续逛着各个笼子，就这样凑近了芮喜尔，所以我能听到她讲的话。

“她说：‘他们怎么敢？’像是她真的火了。那个穿制服的哥儿们，他看来很紧张——我只是很快看了一眼，因为我试着装得像是在观看动物，所以大多数时间我只是听到那些对话。他说某个人，我不记得名字，但他是个将军什么的。他说这个将军说，军官都曾经对芮喜尔的老头宣誓教宗……”

“宣誓效忠。”铎丝说。

“反正差不多，而他们对于服从一个娘儿们感到不对劲。他说他们要那个老头，或者，如果他生了病之类的，他应该挑个哥儿们做区长，而不是一个娘儿们。”

“不是一个娘儿们？你确定吗？”

“他就是那么说的，他说的差不多是悄悄话。他是那么紧张，芮喜尔又是那么恼火，几乎说不出话来。她说：‘我要他的脑袋。明天他们通通要对我宣誓效忠，不论谁拒绝，不出一小时他就会后悔。’她就是这样说的，一字不差。她解散了整个活动，我们就全部回来了。她一直没对我说半句话，只是坐在那里，看来有点儿又急又气。”

铎丝说：“很好。芮奇，你可别对任何人提起这件事。”

"当然不会。这就是你要的吗？"

"正是我要的，芮奇，你做得很好。好啦，回到你的房间，把整件事忘掉，甚至不要再回想。"

他离开之后，铎丝立刻转向谢顿说："这非常有意思。过去有许许多多的例子，是女儿继父亲或母亲之后，接掌区长职位或其他高位。过去甚至有些君临天下的女皇，你无疑也知道这件事。而我想不起来在帝国历史上，有哪个女皇的领导曾经引起严重问题。这不禁令人纳闷，如今在卫荷怎么会发生这种事。"

谢顿说："有何不可？我们最近才在麦曲生待过，那里的女人完全不受尊重，不可能掌握任何的权力，不论多么低微。"

"当然没错，但那是个例外。也有一些地方，是由女性主宰一切。不过，大多数的情况，则是政治和权力多少都是两性平等的。若说掌握高位的男性较多，通常是因为女性受子女的牵绊较重——就生物观点而言。"

"但卫荷的情况又如何呢？"

"据我所知，是两性平等。芮喜尔并未犹豫僭取区长的权力，我猜想老曼尼克斯也未曾犹豫让她接手。在男性的反弹出现之际，她感到惊讶和狂怒，因为她万万没有料到。"

谢顿说："你显然因此感到高兴。为什么？"

"因为它既然如此不寻常，就一定是人为策动的结果，而我猜想幕后策动者正是夫铭。"

谢顿意味深长地说："你这么想吗？"

"我这么想。"铎丝道。

"你可知道，"谢顿说，"我也这么想。"

89

这是他们来到卫荷的第十天早上，哈里·谢顿的房门讯号突然响起，外面随即传来芮奇高亢的声音：“大哥！谢顿大哥！战争爆发了！”

谢顿花了片刻时间从睡梦中惊醒，然后匆匆爬下床来。当他推开房门的时候，身子不禁微微发抖。卫荷人喜欢让他们的住所保持低温，住在此地不久之后他便发现了。

芮奇跳进来，兴奋得睁大眼睛。“谢顿大哥，他们抓到了曼尼克斯，那个老区长！他们还……”

“芮奇，他们是谁？”

“帝国军队。他们的喷射机昨晚飞进来，到处都是。在姑奶奶的房间，全息新闻正在播报一切经过。她说要让你睡觉，但我料想你会想知道。”

“你的料想相当正确。”谢顿只耽搁了披上浴袍的时间，就立刻闯进铎丝房里。她早已穿戴整齐，正在凹室内观看全息电视。

画面中，一张整洁的小办公桌后面坐着一名男子，他的短袖军服左胸处有个耀眼的“星舰与太阳”标志。他的左右各站着一名武装士兵，两人身上也都挂着“星舰与太阳”。办公桌后面的军官正在说：“……已在皇帝陛下的和平控制之下。而在帝国部队的友善关护下，曼尼克斯区长安然无事，充分掌握着区长的权力。他很快就会出现在大家面前，来劝导所有的卫荷人保持冷静，并要求仍有武装的卫荷战士放下武器。”

此外还有几段全息新闻是由记者所播报的，那些记者都佩戴着帝国臂章，声音则毫无感情。那些新闻可说千篇一律，或是在象征性开火后，或是根本未曾抵抗，卫荷维安武力的这个、那个部队便全部投降，这个、那个市镇中心已被占领，卫荷群众面色凝重地看着帝国军队列队通过大街小巷——这样的画面不断重复着。

铎丝说：“这是一次完美的行动，哈里，完全出其不意。根本没有抵抗的机会，根本没有重大的抵抗行动。”

然后，正如刚才所预报的，区长曼尼克斯四世出现了。他笔直地站着，或许为了顾全他的面子，画面中看不见帝国军士。不过谢顿相当确定，站在镜头外的绝对少不了。

曼尼克斯相当年迈，虽然神情疲惫，但体力显然还不错。他的目光并未对准全息摄影机，而他说的话似乎都是被强迫的——正如刚才的预报，内容是劝告卫荷人要保持冷静，别做任何抵抗，以免卫荷受到伤害。此外还要和大帝充分合作，并祝大帝万寿无疆。

“没有提到芮喜尔，”谢顿说，“仿佛他的女儿并不存在。”

“没有任何人提到她。”铎丝说，“而这个地方毕竟是她的官邸，至少是其中之一，却并没有遭到攻击。即使她设法溜走，前往邻区寻求庇护，我也不信川陀上有任何角落，能让她始终安全无虞。”

“也许不能，”突然传来另一个声音，“但我在这里起码暂时安全。”

芮喜尔走进来。她穿着如常，镇静如常。她甚至带着微笑，但与其说那是笑容，更像是一种龇牙咧嘴的冷酷表情。

其他三人惊讶地望了她片刻。谢顿纳闷是否还有任何随从跟着她，或是事变的迹象一出现，他们便立刻弃她而去。

铎丝冷冷地说道："依我看，区长女士，你想发动政变的希望破灭了。显然，对方已经先发制人。"

"不是先发制人，而是我遭到了背叛。我的军官受到挑拨，他们拒绝为一名女子而战，只肯效忠他们的老主子——这违背了所有的历史和理性。然后，他们这些不折不扣的叛徒，又坐视老主子给敌人捉去，无法再领导他们抵抗到底。"

她环顾四周，找了一张椅子坐下来。"现在，帝国一定会继续衰败和死亡，就在我准备给它新生命的时候。"

"我倒认为，"铎丝说，"帝国避免了一场无限期的无端争战和破坏。用这个事实来安慰你自己吧，区长女士。"

芮喜尔仿佛没有听到对方说的话。"这么多年的准备，竟然毁于一夕之间。"她坐在那里咀嚼失败的苦果，似乎一下子老了二十岁。

铎丝说："几乎不可能在一夕之间做到这种事。想要怂恿你的军官——倘若真有此事——一定需要一段时间。"

"这种事情，丹莫刺尔是个中高手，而我显然低估了他。至于他是怎么做的，我并不知道——威胁，利诱，用似是而非的言论好言相劝。他是玩弄阴谋和鼓动叛变的高手，我早就该知道。"

顿了顿之后，她继续说："倘若他全然是以武力入侵，我将毫不费力地摧毁他派来的任何部队。谁会想到卫荷竟然会遭到背叛，而效忠的誓言那么轻易就被抛到一旁？"

谢顿自然而然以理性的态度说："但我猜想宣誓的对象并不是你，而是你的父亲。"

"荒谬。"芮喜尔中气十足地说，"当家父将区长职位交给我的时候——依法他有权这样做——任何对他效忠的誓言也自动转移到我身上，这在过去有许多先例。依照惯例，他们会对新任统治者再宣誓一次，但那只是一种仪式，而不是必需的法律程序。我的军官都知道这点，可是他们故意忘记。我是女流之辈成了他们的借口，因为他们一想到帝国的报复就吓得发抖——假使他们忠贞不二，根本不会有那种事；或者，因为他们一想到对方应允的赏赐就贪婪得打颤——如果我没看错丹莫刺尔，他们绝对得不到。”

她猛然转向谢顿。“他想要你，你知道吗，丹莫刺尔攻打我们是为了你。”

谢顿吃了一惊。“为什么要我？”

“别傻了。和我要你的原因一样……当然是把你当做工具。”她叹了一声，“至少我没有彻底遭到背叛，我还能找到忠诚依旧的战士——中士！”

爱玛·塔勒斯中士蹑手蹑脚走进来，这种步伐与他的块头似乎不太调和。他的制服笔挺亮丽，长长的金色八字胡弯曲得很厉害。

“区长女士。”他一面说，一面“啪”地一声立定站好。

他看起来仍是谢顿所谓的大块头——一个仍旧盲目服从命令，完全无视情势已有崭新变化的人。

芮喜尔对芮奇露出苦笑。“你好吗，小芮奇？我曾有意好好栽培你，现在似乎办不到了。”

“嗨，姑奶奶……女士。”芮奇笨拙地说。

“我也想要好好栽培你，谢顿博士。”芮喜尔说，“而我也必须请你原谅，我已经无能为力。”

“女士，你不需要对我感到抱歉。”

“可是我要，我不能眼睁睁让丹莫刺尔得到你。那将使他获得一次太大的胜利，至少我能阻止这件事。”

“我不会为他工作的，女士，我向你保证，就像我不会为你工作一样。”

“这不是为谁工作的问题，而是被谁利用的问题。永别了，谢顿博士——中士，轰掉他。”

中士立刻掏出手铳，铎丝随即大喊一声，同时猛力向前冲——谢顿却伸手抓住她的手肘，并且死命抓着不放。

“待在后面，铎丝，”他叫道，“否则他会杀了你。放心，他不会杀我的。你也一样，芮奇，站在后面，不要乱动。”

谢顿面向中士说：“你在犹豫，中士，因为你知道你不能发射。十天前我有机会杀你，但我没有那样做。你当时曾以荣誉向我担保，保证你会保护我。”

“你还在等什么？”芮喜尔怒吼道，“中士，我说把他射倒。”

谢顿不再说什么，他只是站在那里。那位中士则稳稳地握着手铳，瞄准着谢顿的头颅，他的双眼几乎要爆出来。

“我已经下达命令！”芮喜尔尖叫道。

“我拥有你的承诺。”谢顿以平静的口吻说。

塔勒斯中士则以哽塞的声音说：“怎么做都是荣誉扫地。”他的手垂下来，手铳掉到地板上，发出铿锵一声。

芮喜尔高声喊道：“那么你也背叛了我！”

在谢顿能够有所行动之前，在铎丝尚未挣脱他的双手之际，芮喜尔抓起那把手铳，对准中士，然后扣下扳机。

谢顿从未见过任何人遭手铳轰击。然而，或许是这个武器的名字所引起的联想，他一直以为会有一声巨响，以及血肉横飞的爆炸。事实上，至少这把卫荷手铳并未造成那种效果。它对中士胸腔内的器官究竟造成什么样的损伤，谢顿完全无从查考，但是中士在表情不变、毫无痛苦神色的情况下，就倒在地上瘫成一团，成为一具绝无疑问也绝无希望的死尸。

芮喜尔转过手铳对准谢顿，从她坚毅的表情看来，他已经没有希望活过下一秒钟。

然而，就在中士倒地那一刻，芮奇同时展开行动。他跑到谢顿与芮喜尔之间，举起双手疯狂地挥动。

“姑奶奶，姑奶奶，”他叫道，“别发射。”

一时之间，芮喜尔显得相当为难。“闪开，芮奇，我不想伤害你。”

那片刻的迟疑正是铎丝所需要的。她猛力挣脱了谢顿，以贴地俯冲的姿势撞向芮喜尔。芮喜尔大叫一声，随即仆倒在地，那把手铳则再度掉到地上。

芮奇赶紧把它捡起来。

谢顿一面发抖，一面做了一次深呼吸，然后说：“芮奇，把它给我。”

芮奇却向后退去。“你不是要杀掉她吧，啊，谢顿大哥？她对我不赖。”

“芮奇，我不会杀害任何人。”谢顿说，“她杀了那名中士，而且正准备杀我，但她由于怕伤了你而下不了手。看在这个份上，我们会让她活下去。”

现在轮到谢顿坐在椅子上，右手轻轻握着那把手铳。铎丝则从中士尸体上另一个皮套中取走神经鞭。

一个新的声音突然响起：“谢顿，把她交给我处理吧。”

谢顿抬起头来，惊喜万分地说：“夫铭！终于来了！”

“很抱歉我来得那么迟，谢顿，但我有很多事要做。你好吗，凡纳比里博士？我猜这就是曼尼克斯的女儿，芮喜尔。可是这男孩又是谁？”

“芮奇来自达尔，是我们的小朋友。”谢顿说。

一队士兵鱼贯而入，夫铭做了一个小小的手势，他们便以尊敬的态度扶起芮喜尔。

铎丝终于不必目不转睛地监视着那个女人，她用手理了理衣服，并把上衣稍稍拉平。谢顿此时突然意识到自己仍穿着浴袍。

芮喜尔轻蔑地挣脱了身旁的士兵，她指着夫铭，对谢顿说："这是谁？"

谢顿说："他是我的朋友契特·夫铭，也是我在本行星的保护者。"

"你的'保护者'？"芮喜尔纵声狂笑，"你这个傻瓜！你这个白痴！这个人就是丹莫刺尔。而你只要仔细看看你的女人凡纳比里，就不难从她脸上看出来，她也早已心知肚明。你从头到尾都陷在一个圈套里，比在我的圈套中还糟得多！"

90

当天中午，夫铭与谢顿共进午餐，除此之外没有别人，而且大多数时间两人都沉默不语。

直到这一餐快要结束时，谢顿才挪动了一下，并以轻快的声音说："好啦，阁下，我该如何称呼你？我仍然把你想成'契特·夫铭'，但即使我接受你的另一个身份，也当然不能称呼你'伊图·丹莫刺尔'。在那个身份下，你拥有一个头衔，但我不知道正确的说法。教导我吧。"

对方以严肃的口吻说："如果你不介意，就叫我'夫铭'吧，或者'契特'也行。没错，我就是伊图·丹莫刺尔，但是对你而言，我仍旧是夫铭。事实上，这两者并没有分别。我曾经告诉你，帝国正在衰败和没落，我的两个身份都相信这是真的。我也告诉过你，我想用心理史学来预防这种衰败和没落，而衰败和没落倘若无可避免，就以它作为革新和复兴的工具。对于这点，我的两个身份也都相信。"

"可是我一直在你的掌握中。我猜当我觐见皇帝陛下时，你也在附近。"

"你觐见克里昂时。没错，当然。"

"那么，你当时应该就能和我谈谈，正如后来你以夫铭的身份所做的那样。"

"又会有什么成果呢？身为丹莫刺尔，我有数不清的工作。我必须应付克里昂，一个好心肠却不很能干的统治者，尽我所能来预防他犯错。我还得为治理川陀以及整个帝国尽一己之力。此外，你也看得出来，我当初得投入大量的时间，防止卫荷造成任何伤害。"

"是的，我明白。"谢顿喃喃道。

"这可不容易，我几乎失败了。我花了许多年的时间，谨慎地和曼尼克斯周旋，学着了解他的想法，并针对他的每一步行动，策划出反制之道。我却从来没有想到，他会在有生之年把权位传给他的女儿。我没有研究过她，不知道该如何应付她全然鲁莽的行动。她和她的父亲不同，从小就把权力视为理所当然，对它的局限性没有明确的概念。所以她才会把你抓来，迫使我在准备妥当前便采取行动。"

"结果使你几乎失去了我。我曾两度面对手铳的铳口。"

“我知道。”夫铭一面说一面点头，“我们在上方也差点失去你，那是我所无法预见的另一个意外。”

“可是你还没有真正回答我的问题。你自己就是丹莫刺尔，为何还要让我为了逃避丹莫刺尔而亡命整个川陀？”

“你告诉克里昂说心理史学是纯然的理论概念，是一种数学游戏，并没有实质上的意义。这点或许的确是事实，但我如果以官方身份询问你，我确定你只会坚持自己的信念。然而心理史学的想法吸引了我，我好奇它会不会并非只是一种数学游戏。你一定了解我并非只是想利用你，我想要的是真正的、可行的心理史学。

“所以正如你所说，我让你亡命整个川陀，而可怕的丹莫刺尔则随时随地紧跟在后。我觉得这样一来，会让你的心智高度集中。它会使心理史学成为令人振奋的目标，而绝非只是数学游戏。为了真诚的理想主义者夫铭，你会尝试把它发展出来，但你不会为皇帝的奴才丹莫刺尔这样做。此外，你会因此而窥见川陀各个角落，而这同样有帮助——绝对比关在一颗遥远行星上的象牙塔里，身边全是同行的数学家更有帮助。我说得对吗？你有些进展了吗？”

谢顿说：“心理史学？是的，有了，夫铭，我以为你知道了。”

“我怎么会知道？”

“我告诉铎丝了。”

“但是你没有告诉我。无论如何，你现在告诉了我。这真是个好消息。”

“并不尽然。”谢顿说，“我仅仅刚跨出一小步，但的确是个起步。”

“这个起步能解释给非数学家听吗？”

“我想可以。你知道吗，夫铭，刚开始的时候，我将心理史学视为由两千五百万个世界的互动所决定的科学，而每个世界的平均人口为十几亿。那实在太多了，根本没有办法处理那么复杂的东西。假如我想要成功，假如我想找到一个通往实用心理史学的途径，首先我得找到一个较为简单的系统。

“所以我曾经想到，我应该回溯过去，以便处理一个单一的世界。在人类尚未殖民银河的鸿蒙时期，它是唯一住有人类的世界。在麦曲生，他们提到一个名叫奥罗拉的起源世界；而在达尔，我又听说有个叫做地球的起源世界。我曾想到它们可能是同一个世界的两个名字，但至少在一个关键点上，两者具有充分的差异，使得这个假设变得不可能。不过这不重要，我们对两者都只知道一点点，而这一点点又被神话和传说所混淆，根本没有希望利用心理史学加以研究。”

他顿了一下，呷了一口冰果汁，双眼始终紧盯着夫铭的脸庞。

夫铭说：“嗯？后来呢？”

“与此同时，铎丝对我讲了一个我称之为毛手毛脚的故事。它并没有什么深刻含意，只是极其普通的幽默小品。不过，铎丝因而提到性爱风俗因地而异，每个世界和川陀上每个区都各有不同。这使我想到，她将川陀各个行政区视为一个个独立的世界。我无端冒出一个念头，我需要研究的不只是两千五百万个不同的世界，而是两千五百万再加上八百个。这样的差别几乎可以忽略，所以我立刻抛到脑后，未曾再去想它。

“可是一路上，我从皇区转到斯璀璘，再从斯璀璘转到麦曲生，再从麦曲生转到达尔，再从达尔转到卫荷，我自己观察到各区的差异有多大。这使我越来越有那种感觉——川陀不是一个世界，而是许多世界的复合体。但是，我仍未洞察真正的关键。

“直到我听了芮喜尔的一席话——你看，我终究被卫荷抓到其实是件好事；芮喜尔的轻率驱使她想实现霸业也是件好事，因为她把一切计划与我分享——我刚才要讲的是，她告诉我说她想要的只有川陀，以及邻近几个世界而已。它本身就是一个帝国，她这么说，她还把外围世界嗤为‘等于并不存在’的遥远国度。

“就是在那一刻，我忽然看见了一定被我深藏在思想中好一段时间的灵感。这样说吧，川陀拥有格外复杂的社会结构，是由八百个小世界组成的一个人口众多的大世界。它本身就是一个足够复杂的系统，足以使得心理史学具有意义；可是和整个帝国相比，它又足够简单，或许能让心理史学成为可行。

“至于那些外围世界，那两千五百万个世界又如何呢？它们‘等于并不存在’。当然，它们会对川陀造成影响，也会受到川陀的影响，但那些都是二阶效应。如果我能让心理史学成为对川陀本身的一阶近似描述，那么外围世界所有的微小影响都能在事后再加进来，作为一种二阶修正。你懂我的意思吗？我一直在寻找一个单一世界，以便建立一个实用的心理史学，我不断在遥远的过去中寻找，其实，我要的那个世界始终在我脚下。”

夫铭带着明显的宽心与喜悦说：“太好了！”

“可是一切还有待努力，夫铭。我必须将川陀研究得足够仔细，我必须发明必要的数学来处理它。如果我够幸运，可以活完这一辈子，我也许能在去世之前找到答案。如果不行，我的后继者必须再接再厉。可想而知的是，在心理史学成为一个有用的技术之前，帝国或许已经衰亡并四分五裂。”

“我会尽一切力量帮助你。”

“我知道。”谢顿说。

“这么说，你相信我，虽然我其实是丹莫刺尔？”

“全然相信，绝对相信。不过我这么做，却是因为你并非丹莫刺尔。”

“但我的确是啊。”夫铭坚持道。

“但你的确不是。你的丹莫刺尔身份还远不如夫铭这个身份来得真实。”

“你是什么意思？”夫铭张大双眼，和谢顿的距离也拉开了些。

“我的意思是，你选择‘夫铭’这个名字，也许是出于一种自我解嘲的幽默感。‘夫铭’脱胎于‘人名’两字，对不对？”

夫铭并未做出回应，他继续凝视着谢顿。

最后谢顿终于说：“因为你不是人，对不对，夫铭／丹莫刺尔？你其实是个机器人。”

第十九章

铎丝

哈里·谢顿：……习惯上，人们仅将哈里·谢顿与心理史学联想在一起，将他视为拟人化的数学与社会变迁学。他本人也鼓励这种倾向，这点无庸置疑，因为在正式著作中，他从未透露自己如何解出心理史学的各种问题，甚至未曾提供任何线索。根据他的讲法，他的思想跃进或许都是无中生有。至于他曾摸索过的死胡同，或是曾经走过的错误道路，他始终没有让我们知道。

……他的私生活则是一片空白。有关他的双亲与手足，我们只有很简单的资料，如此而已。众所周知，他的独子芮奇·谢顿是领养的，但过程如何却无人知晓。至于他的妻子，我们只知道的确有这个人。显然，除了有关心理史学的种种，谢顿有意成为一个毫不起眼的人物。仿佛他觉得——或是想要令人觉得——他不曾活在世上，而仅仅是心理史学的化身。

——《银河百科全书》

91

夫铭冷静地坐在那里，仍然目不转睛地望着哈里·谢顿，没有任何一根肌肉在抽动。谢顿则耐心等待，他想，下一句话应该是由夫铭开口。

夫铭终于开口，不过他只是说："机器人？我？所谓的机器人，我猜你是指人造人，就像你在麦曲生圣堂里见到的那种东西。"

"并不完全像。"谢顿说。

"不是金属制品？不会熠熠生辉？不是一个无生命的拟像？"夫铭在话语中并未透出一丝兴味。

"不，人工生命不一定是金属制品。我所说的，是外形上和人类真假难分的机器人。"

"倘若真假难分，哈里，那你又如何分辨呢？"

"不是根据外形。"

"解释一下。"

"夫铭，在我逃避你的另一个身份丹莫刺尔的过程中，我听说了两个古老的世界。我刚刚告诉过你，就是奥罗拉和地球。它们似乎都被说成是第一个世界，或是唯一的世界。两者都牵涉到了机器人，但其中有一点不同。"

谢顿若有所思地凝视着餐桌对面这名男子，寻思他是否会在某方面显露出他比人类少了点——或是多了点什么。"在奥罗拉的故事中，有个机器人被说成是背离目标的变节者和叛徒。而在地球的故事中，有个机器人被说成是拯救世人的英雄。倘若假设两者是同一个机器人，会不会太过分呢？”

“会吗？”夫铭喃喃问道。

“夫铭，我是这么想的，我想地球和奥罗拉是两个不同的世界，曾经同时存在。我不知道哪个在先，哪个在后。从麦曲生人的自大和优越感来判断，我应该假设奥罗拉是起源世界，而他们所鄙视的地球人，则是由他们衍生——或是由他们退化而成。

“另一方面，瑞塔嬷嬷，就是跟我提到地球的那个人，却深信地球才是人类的故乡。当然啦，整个银河拥有万兆人口，却只有麦曲生人拥有那种奇异的民族性，他们这种微小而封闭的地位，或许正好代表地球的确是人类的故乡，而奥罗拉则是旁门左道的支系。我无法做出判断，但我把自己的思考过程告诉你，好让你能了解我最后的结论。”

夫铭点了点头。“我懂得你在做什么，请继续。”

“这两个世界是仇家，瑞塔嬷嬷的话听来绝对是这个意思。麦曲生人似乎是奥罗拉的化身，达尔人则似乎是地球的化身，而在我比较这两族人的时候，我猜想姑且不论奥罗拉是先是后，却无论如何比较先进，能够生产较精致的机器人，它们甚至在外形上和人类真假难分。因此，那个机器人是奥罗拉所设计和发明的。但他是个变节者，所以他遗弃了奥罗拉。对地球人而言，他则是英雄，所以他必定加入了地球。至于他为何那样做，他的动机又是什么，我却说不上来。”

夫铭说：“你的意思当然是‘它’为何那样做，‘它’的动机又是什么。”

“或许吧，但有你坐在我对面，”谢顿说，“我发觉很难使用无生命代名词。瑞塔嬷嬷深信那个英雄机器人——她所谓的英雄机器人——至今仍旧存在，他会在需要他的时候重返人间。在我看来，想象一个不朽的机器人，或者‘只要不忘更换磨损零件即可不朽’的机器人，是一件毫无困难的事。”

“连头脑也能换？”夫铭问道。

“连头脑也能换。我对机器人其实一点都不了解，但在我的想象中，新的头脑能从旧的那里录取所有的记录。瑞塔嬷嬷还暗示了一种奇异的精神力量，那时我便想到，一定是这样的。在某些方面，我也许是个浪漫的人，但我还不至于浪漫到那种程度，会相信一个机器人在转换阵营之后，就能改变历史的发展。一个机器人无法确保地球的胜利，也无法保证奥罗拉的败北。除非这个机器人有什么古怪，有什么奇特的能力。”

夫铭说：“你有没有想到过，哈里，你是在研究一些传说，一些可能经过了数世纪乃至数千年扭曲的传说？它们甚至在相当普通的事件上，都筑起一重超自然的帷幕。你能让自己相信一个机器人不但酷似人类，而且寿命无尽并具有精神力量吗？你这不是开始相信超人了吗？”

“究竟什么是传说，我知道得非常清楚。我不会被它们欺骗，也不会相信什么童话故事。话说回来，当某些古怪事件支持它们，而那些事件又是我亲眼目睹，甚至亲身经历……”

“比如说？”

“夫铭，我和你不期而遇，打从一开始就信任你。没错，在你根本无需介入的时候，你帮我对付了那两个小流氓，令我对你产生好感，因为当时我不了解他们其实受雇于你，遵照你的指示办事——不过别管这个了。”

“不会吧。”夫铭说，他的声音终于透出了一丝兴味。

“我信任你。我很容易就被你说服，决定不回赫利肯家乡，而让自己在川陀表面到处流浪。对于你告诉我的每一件事，我都毫无疑问地照单全收。我把自己完完全全交到你手里。如今回顾起来，我发现那简直不是我。我并非那么容易被人牵着鼻子走，但我的表现就是那样。尤有甚者，我的行为虽然那么异常，我却不觉得有什么奇怪。”

“哈里，你最了解你自己。”

“不只是我而已，铎丝·凡纳比里又如何？她是个才貌双全的女子，怎么会为了陪我逃亡而放弃教职呢？又怎么会一再冒着生命危险拯救我，似乎把保护我视为一种神圣的使命，而且从头到尾专心一志？只因为你要求她那么做吗？”

“哈里，我的确要求过她。”

“然而她给我的印象，并非那种仅仅由于某人要求她，就会做出如此彻底转变的人。我更无法相信是因为她第一眼就疯狂地爱上我，从此再也无法自拔。我多少有些希望这是真的，但她似乎相当能控制自己的感情，而我——我现在坦白跟你讲——我对她的感情却没有那么容易控制。”

“她是个了不起的女性。”夫铭说，“我不怪你。”

谢顿继续说：“此外，日主十四又如何？他是个自大狂，领导了一群顽固地拥抱着自负幻想的人。他竟然愿意收容像铎丝和我这样的外族人，并且尽麦曲生一切可能和一切力量款待我们。在我们违反了所有的规定、触犯了每一条亵渎罪之后，你怎么还是有办法说服他放我们走？

“堤沙佛这家人既小气又充满偏见，你怎么能说服他们收留我们？你又怎么能对这个世界各个角落那么熟悉，和人人都称兄道弟，并且影响每一个人，不论他们有什么特殊的癖性？说到这件事，你怎么也有办法操纵克里昂？即使能说他温顺且易受影响，你却又如何能应付他的父亲，他在任何方面都算是个粗暴专横的暴君？你怎么能做到这一切？

“最重要的是，卫荷的曼尼克斯四世花了数十年的心血，建立起一支无敌的军队，各方面的训练都精良无比，可是当他的女儿试图动用时，它却立刻四分五裂？你怎么能劝服他们步上你的后尘，让他们通通扮演起变节者？”

夫铭道：“这难道不能仅仅意味着我的手腕圆滑，习惯于应付各种不同类型的人；意味着我有能力施恩于重要人物，将来也有能力继续眷顾他们？我所做的一切，似乎都不需要超自然的力量。”

“你所做的一切？甚至包括瓦解卫荷的军队？”

“他们不希望效忠一名女性。”

“过去许多年来，他们一定早就知道，不论曼尼克斯何时放下权力，或是不论他何时去世，芮喜尔立刻会成为他们的区长，他们却未曾显露不满的迹象——直到你觉得有必要让他们显露出来。铎丝曾形容你是非常具有说服力的人，你的确如此，比任何‘人’都更具说服力。可是，和一个具有奇异精神力量的不朽机器人相比，你的说服力却理所当然——如何，夫铭？”

夫铭说：“哈里，你指望我做什么？你指望我承认自己是机器人？承认我只是外表酷似人类？承认我是不朽的？承认我是个金属的奇珍？”

坐在餐桌另一端的谢顿将上半身凑向夫铭。“是的，夫铭，我就是这个意思。我指望你告诉我真相，而我强烈怀疑你刚刚说的正是真相。你，夫铭，就是瑞塔嬷嬷口中的那个机器人答霓——笆雳的朋友。你必须承认，你毫无选择余地。”

92

他们仿佛置身于仅由两人构成的小宇宙中。卫荷的军队已被帝国部队缴械，而在卫荷的心脏地带，他们平静地坐在那里。整个川陀——或许整个银河都在注视这个事件，但在事件的中心，却存在着一个完全与世隔绝的小泡沫，能让谢顿与夫铭在其中进行他们的攻守游戏——谢顿试着提出一个新的情境，夫铭则不准备接受。

谢顿不怕遭到干扰，他确定周遭这个泡沫具有无法穿透的边界。在这场游戏结束之前，夫铭——不，这个机器人的力量，会将一切挡在一定距离之外。

夫铭终于开口："你是个聪明人，哈里，但我不懂为何必须承认自己是机器人，以及我为何毫无选择余地。你说的每件事或许都是事实——你自己的行为、铎丝的行为，以及日主的、堤沙佛的、卫荷将领们的行为——一切的一切或许都如你所说，但这绝不等于你对这些事件的诠释就是事实。不用说，每件事都能有个合乎常理的解释。你信任我，是因为你接受我的说法；铎丝觉得你的安全至为重要，是因为身为一位历史学家，她感到心理史学事关重大；日主和堤沙佛受过我的恩惠，其中的详情你一无所知；卫荷的将领们则是憎恨被一个女人统治，如此而已。我们为什么一定要求助超自然？"

谢顿说："听好，夫铭，你真心相信帝国正在衰亡吗？你真心认为绝不能坐视，一定要采取拯救它的行动，或至少减轻衰亡的冲击？”

“我是真心的。”无论如何，谢顿明白这句话是真诚的。

“你真心希望我发展出心理史学的细节，而你觉得自己无法做到？”

“我缺乏这个能力。”

“而你觉得只有我才能研究出心理史学——即使我自己有时也怀疑？”

“是的。”

“因此你一定也会觉得，只要有可能帮助我，你无论如何得全力以赴。”

“我是这么想。”

“个人的情感——自我中心的考量——并未起着任何作用？”

夫铭严肃的脸庞掠过一丝隐约而短暂的笑容，一时之间，谢顿察觉在夫铭沉稳的态度后面，隐藏着一大片疲惫而枯槁的沙漠。“我早已养成习惯，完全忽视个人情感或自我中心的考量。”

“那么我请求你帮助我。我可以仅仅根据川陀而发展出心理史学，但我会遇到很多困难。我或许能克服那些困难，但我若能知道某些关键的事实，问题不晓得会简单多少倍。举例而言，人类的第一个世界是不是地球或奥罗拉，或者根本是另一个世界？地球和奥罗拉的关系如何？是否其中之一或两者皆曾展开银河殖民？如果只有一个，另一个为何没有？如果两者皆有，最后的结果如何？有没有哪些世界是这两者或其中之一的后裔？机器人如何遭到废弃？川陀如何变成京畿世界，为什么不是别的行星？奥罗拉和地球后来发生了什么变故？现在我就能提出一千个问题，而在研究过程中，还可能再冒出十万个问题来。你明明能为我解惑，帮助我成功，夫铭，难道你会让我始终懵懵懂懂，而眼看我失败吗？”

夫铭说:“假使我是机器人，我的脑子能够容纳千万个不同世界、整整两万年所有的历史吗?”

“我不知道机器人的脑容量有多少，我也不知道你的脑子能容纳多少记忆。但如果你的容量不够，你一定已将自己无法安然保存的资料记录在别处，而你自己有办法随时查取。倘若你拥有那些资料，而我确有需要，你又怎能拒绝，怎能对我有所保留?而假如你无法对我有所保留，你又怎能拒绝承认自己是机器人——那个机器人——那个变节者?”

谢顿靠回椅背，深深吸了一口气。“所以我再问你一遍:你是不是那个机器人?倘若想要心理史学，那么你就必须承认。如果你仍旧否认自己是机器人，而且说服我相信你真的不是，那么我完成心理史学的机会将变得太小、太小。所以说，看你了。你是机器人吗?你就是答霓吗?”

夫铭以一如往昔的泰然口吻说:“你的论证无懈可击。我名叫机·丹尼尔·奥立瓦，其中‘机’便代表机器人。”

93

机·丹尼尔·奥立瓦的口气仍然平静沉稳，但在谢顿的感觉中，他的声音似乎有些微妙的变化，仿佛一旦不用再扮演别人，他开口就更容易了。

“两万年以来，”丹尼尔说，“只要我不打算让对方知道，从来没有人猜到我是机器人。原因之一，是因为人类早已舍弃机器人，以至很少有人记得它们曾经存在过。此外，也是因为我的确具有侦测和影响人类情感的能力。其中，侦测并没有什么问题，但对我而言，影响情感却是一件困难的事，这和我的机器人本质有关。不过只要我希望那样做，我还是做得到的。我拥有那种能力，却得时时和自己的心意交战。我试着绝不轻易干预他人情感，除非情况令我毫无选择。而当我插手干预时，也几乎只是增强既有的情感，而且尽可能愈少愈好。假如根本不必这样做，即可达到我的目的，我就能免则免。

“要让日主十四接纳你们，并没有必要对他进行干涉——我称之为‘干涉’，你该注意到了，因为那不是一件愉快的事。我不必干涉他，因为他的确欠我的情，而他是个荣誉至上的人，尽管你也发现他有许多怪癖。后来我的确出手干预了，因为当时你犯了他眼中的亵渎罪，但干预程度非常小。他不急于将你们交给帝国当局，他不喜欢那些人。我只是把这种厌恶稍微加强，他便将你们交给我看管，并接受我提出的说法。正常情况下，他很可能会认为那番话似是而非。

“我也并未对你进行多么显著的干涉。你同样不信任帝国当局，如今大多数人都一样，这正是帝国衰败和倾颓的一个重要因素。非但如此，你还将心理史学这个概念引以为傲，为自己这个想法感到骄傲。你不会介意证明它是个实用的学术，这样只会让你更加骄傲。”

谢顿皱了皱眉头，说道：“对不起，机器人君，我还真不晓得自己是个如此骄傲的怪兽。”

丹尼尔温和地说：“你绝不是骄傲的怪兽。你完全了解‘被骄傲驱动’既不值得恭维也毫无用处，所以你努力抑制那种驱动力，但你同样大可否认你的动力源自心脏的跳动。这两者都是你无法作主的。虽然你为了内心的平静，将你的骄傲藏在自己找不到的地方，你却无法对我隐藏。不论你遮掩得多么仔细，它还是在那里。我只要把它稍微加强一点，你就立刻愿意采取躲避丹莫刺尔的行动，虽然在前一刻，你还会抗拒那些行动。你也随即渴望集中全力发展心理史学，而在前一刻，你还会对它嗤之以鼻。

“我认为没有必要碰触其他情感，才让你有机会推论出你的机器人理论。假使我预见了这个可能性，我或许会设法阻止，但我的先见之明和我的能力并非无限大。我也不会对如今的失败感到后悔，因为你的论证都很有道理。让你知道我是谁，以及让我以本来面目帮助你，都是非常重要的事。

“情感，亲爱的谢顿，是人类行动的一个强大动力，远比人类自己所了解的更为强力。你绝不明白轻轻一碰就能达到多大效果，以及我多么不情愿这样做。”

谢顿的呼吸变得沉重，他试着将自己视为一个被骄傲驱动的人，但他不喜欢这种感觉。“为何不情愿？”

“因为很容易做过头。早先，我必须阻止芮喜尔将帝国转变成封建式的无政府状态。我大可迅速扭转人心，结果却很可能是一场血腥的叛乱。男人就是男人——而卫荷的将领几乎都是男人。想在任何男人心中挑起对女性的仇恨和潜在恐惧，其实不必花太大工夫。这也许有生物学的根据，但身为机器人，我无法全然了解。

“我需要做的只是增强那种感觉，好让她的计划自行崩溃。哪怕我做得仅仅多出一毫米，我也会失去我想要的——一次不流血的接收。我只是要让他们在我的战士来到时不要抵抗，如此而已。”

丹尼尔顿了一下，仿佛在斟酌遣词用字，然后又说：“我不希望讨论和我的正子脑相关的数学，它在我的理解之外，不过它也许并未超过你的能力范围，只要你肯花上足够心思。无论如何，我受到‘机器人学三大法则’的支配。传统上它是以文字表述——或说很久以前曾经如此。内容如下：

“一、机器人不得伤害人类，或因不作为而使人类受到伤害。

“二、除非违背第一法则，机器人必须服从人类的命令。

“三、在不违背第一法则及第二法则的情况下，机器人必须保护自己。

“不过，两万年前我有一个……一个朋友，也是个机器人。他和我不同，不会被误认为人类。但最先拥有精神力量的是他，而且正是因为他，我才获得自身的精神力量。

“在他的感觉中，似乎应该有个比三大法则更普遍化的规定。他称之为第零法则，因为零在一之前。内容是：

“零、机器人不得伤害人类整体，或因不作为而使人类整体受到伤害。

“然后，第一法则必须变成：

“一、除非违背第零法则，机器人不得伤害人类，或因不作为而使人类受到伤害。

“其他两个法则也必须做类似修订。你明白吗？”

丹尼尔满怀期待地停下来。谢顿接口道：“我明白。”

丹尼尔继续说：“问题是，哈里，‘人类’很容易指认，我可以随手指出来。而且不难看出哪些行为会伤害人类——至少，相对而言并不困难。但什么是‘人类整体’呢？在我们提到人类整体时，我们该指向何方？我们要如何定义对人类整体的伤害？一个行动方针怎样才会对人类整体有益无害，而我们又如何分辨呢？那个悟出第零法则的机器人后来死了——变得永远停摆——因为他被迫进行一项他觉得会拯救人类整体的行动，却又无法确定它会不会拯救人类整体。当他停摆之际，他将照顾银河系的责任留给了我。

“从那时候开始，我一直努力尝试。我尽可能做最小的干预，尽量让人类自己判断什么才是好的。他们可以赌，我却不能；他们可以失误，我却不敢冒险；他们可以无意间造成伤害，换成是我则会停摆。第零法则不允许任何无心之失。

“但有时我还是被迫采取行动。如今我依旧运作如常，这就显示我的行动始终适度且谨慎。然而，在帝国开始没落和衰微之后，我不得不干预得较为频繁；而过去数十年间，我还不得不扮演丹莫刺尔这个角色，试着经营这个政府，帮它逃过覆亡的命运——但我仍然运作如常，你看到了。

“你在十载会议上发表演说后，我立刻了解到心理史学中藏着一个工具，或许有可能辨认出对人类整体有益或有害的行动。在它的帮助下，我们所做的决定将不再那么盲目。我甚至会信赖由人类自行做出决定，除非出现最紧急的危机，自己绝对不再插手。因此我很快做出安排，让克里昂知晓你的演说并召见你。然后，当我听到你否认心理史学的价值时，我被迫想出另一个办法，好歹要让你试一试。哈里，你明白吗？”

谢顿面带惧色答道：“我明白，夫铭。”

“今后，在我能和你面对面的少数机会中，我必须保持夫铭这个身份。我所有的一切资料，只要是你需要的我都会给你。而在丹莫刺尔这个身份之下，我会尽我的一切力量保护你。至于丹尼尔，你绝对不能再提这个名字。”

“我不会那样做。”谢顿连忙说，“因为我需要你的帮助，让你的计划受阻会坏了我的大事。”

“没错，我知道你不会那样做。”丹尼尔露出疲倦的笑容，“毕竟你十分自负，想要占有心理史学的全部功劳。你不会想——

绝对不会想让任何人知道，你曾经接受机器人的帮助。”

谢顿涨红了脸。“我不是……”

“但你的确是，即使你把它仔细隐藏起来，不让自己看见。这点相当重要，因为我正在以最低限度加强你心中那种情感，使你绝不能和别人提到我。你甚至不会想到你有可能那样做。”

谢顿说：“我猜铎丝知道……”

“她知道我的身份，她同样不能和别人提到我。既然你们两人都知道了我的真面目，你们彼此可以随意提起我，但绝不可对别人这样做。”

丹尼尔提高音量说：“哈里，我现在要忙别的工作。不久之后，你和铎丝会被带回皇区……”

“芮奇那孩子一定要跟我走，我不能遗弃他。此外还有个叫雨果·阿马瑞尔的年轻达尔人……”

“我懂了。芮奇也会被带回去，只要你喜欢，你还可以带其他的朋友，你们都会得到适当的照顾。你将投入心理史学的研究；你会有一组人，还会有必需的电脑设备和参考资料。我将尽可能不加干预，因此，假如你的计划受到阻碍，但并未真正达到危及这项任务的程度，那么你得自行设法解决。”

“慢着，夫铭。”谢顿急切地说，“万一，虽然有你的鼎力相助，以及我的全力以赴，心理史学终究还是无法成为一个实用的机制呢？万一我失败了怎么办？”

丹尼尔再度提高音量。“这样的话，我手中还有第二套计划。我已经在另一个世界，以另一个方法进行了很久。它同样非常困难，就某些方面而言，甚至比心理史学更为激进。它也有可能失败，但我们面前若有两条路，总会比单独一条带来更大的成功机会。

“接受我的忠告，哈里！假如有朝一日，你能建立起某种机制，藉以防杜最坏的可能性，看看你能不能想出两套机制，这么一来，如果其中之一失败，另一个仍能继续。帝国必须稳定下来，或是在一个新的基础上重建。只要有可能，就建立两个这样的基础吧。”

他三度提高音量。“现在我必须返回我的普通角色，而你必须回到你的工作岗位。你会被照顾得很好。”

他点了点头，随即起身离去。

谢顿望着他的背影，轻声道：“首先，我必须找铎丝谈谈。”

94

铎丝说：“官邸已经彻底扫荡，芮喜尔不会受到伤害。而你，哈里，会回到皇区去。”

“你呢，铎丝？”谢顿以低沉而紧绷的声音说。

“我想我会回大学去。”她说，“我的研究工作荒废了，我教的课也没人管。”

“不，铎丝，你有更重大的任务。”

“那是什么？”

“心理史学。没有你，我无法进行这个计划。”

“你当然可以，我对数学完全是文盲。”

“我对历史也是文盲——我们却同时需要这两门学问。”

铎丝哈哈大笑。“在我看来，身为数学家，你可说是出类拔萃。而我这个历史学家，只不过刚好够格，绝对不算杰出。比我更适合研究心理史学的历史学家，你要多少就有多少。”

“这样的话，铎丝，请让我解释一下。心理史学需要的，绝不只是一个数学家和一个历史学家而已，它还需要一种意志，来面对这个可能得钻研一辈子的问题。如果没有你，铎丝，我不会有那种意志。”

“你当然会有。”

“铎丝，如果你不跟我在一起，我不打算有任何意志。”

铎丝若有所思地望着谢顿。“哈里，这是个不会有结果的讨论。毋庸置疑，夫铭会作出决定。假如他决定送我回大学……”

“他不会的。”

“你怎么能肯定？”

“因为我会跟他明说。如果他送你回大学去，我就要回赫利肯，帝国可以继续走向自我毁灭。”

“你这话不可能当真。”

“但我的确当真啊。”

“难道你不了解，夫铭能令你的情感产生变化，而使你‘愿意’研究心理史学——即使没有我也一样？”

谢顿摇了摇头。“夫铭不会做出那么独断的决定。我跟他谈过，他不敢对人类心灵做太多手脚，因为他受到他所谓的‘机器人学法则’的束缚。把我的心灵改变到那种程度，使我不再想跟你在一起，铎丝，正是他不敢贸然从事的那种改变。反之，如果他不干涉我，如果你加入我的计划，他就会得到他所要的——心理史学真正成功的机会。他为什么不配合呢？”

铎丝摇了摇头。“也许基于某些他自己的理由，他不会同意。”

“他为什么不同意？你受他之托来保护我，铎丝，夫铭取消这个请托了吗？”

“没有。”

“那么他就是要你继续保护我。而我，也要你的保护。”

“保护什么？你现在已经有夫铭的保护，同时以丹莫刺尔和丹尼尔的身份保护你，这对你当然足够了。”

“即使我拥有银河中每一个人和每一份力量的保护，我想要的仍然是你的保护。”

“那么你要我并非为了心理史学，你要我是为了保护你。”

谢顿绷起脸孔。“不！你为什么一直曲解我说的话？你为什么要逼我说出你一定明白的事？我要你，既不是为了心理史学，也不是为了保护我。那些都只是借口，必要的话，我还会用更多的借口。其实我要的就是你——是你这个人。倘若你想要真正的理由，那就是因为你就是你。”

“你甚至不了解我。”

“那不重要，我不在乎——但就某方面而言，我还的确了解你。远超出你的想象。”

“真的吗？”

“当然。你听命行事，而且你为我甘冒生命危险，从来不曾迟疑，好像不顾一切后果。你学习网球的进度那么快，你学习使用双刀甚至更快，而在和玛隆的激战中，你表现得完美无缺。简直不像个人——请原谅我这么说。你的肌肉结实得出奇，你的反应时间短得惊人。每当一个房间遭到窃听，你就是有办法看出来。而且你能以某种方式和夫铭保持联络，根本不必动用任何仪器。”

铎丝说：“根据这些，你推出来什么结论？”

“这使我想到，夫铭在他的机·丹尼尔·奥立瓦身份之下，进行着一件不可能的任务。一个机器人怎么可能督导整个帝国呢？他一定有些帮手。”

“那是显然的事。可能有好几百万，我这么猜。我是个帮手，你是个帮手，小芮奇也是帮手。”

“你却是个不一样的帮手。”

“哪里不一样？哈里，给我说出来。只要你听到自己说出那句话，你就会了解有多么疯狂。”

谢顿对她凝视良久，然后低声道：“我不会说出来，因为……我并不在乎。”

“你当真不在乎？你愿意接受真正的我？”

“我会接受我必须接受的你。不论你还有什么身份，反正你就是铎丝，除了你，我不会再想要任何人。”

铎丝柔声道：“哈里，正因为我是铎丝，所以我要你得到最好的。但我觉得即使我不是铎丝，我仍然会希望你得到最好的。而我并不认为自己是那个人。”

“对我是好是坏，我并不在乎。”说到这里，谢顿踱了几步，低下头来，估量着即将说出的一番话。“铎丝，你接过吻吗？”

“当然有过，哈里。那是社会生活的一部分，而我活在社会中。”

“不，不！我的意思是，你真正吻过一个男人吗？你知道的，热情地吻！”

“嗯，有的，哈里，我有过。”

“你喜欢吗？”

铎丝犹豫了一下，然后说：“当我那样吻的时候，我喜欢它的原因，是因为我更不喜欢让我心爱的年轻男子失望，因为他的友谊对我有些特殊意义。”说到这里，铎丝的双颊飞红，她赶紧将脸别过去。“拜托，哈里，这种事我并不容易解释。”

但此刻的谢顿比以往任何时候更为坚决，他毫不放松地继续进逼。“所以说，你是为了错误的理由而吻，为了避免伤害某人的感情。”

“就某种意义而言，也许每个人都是这样。”

谢顿将这句话咀嚼了一番，又突然说：“你曾经要求某人吻你吗？”

铎丝顿了一下，仿佛在回顾她的一生。“没有。”

“或是在一吻之后，希望再被吻一次？”

“没有。”

“你曾经跟男人同床共枕吗？”他轻轻地、不顾一切地问出来。

“当然有过。我告诉过你，这些事都是生活的一部分。”

谢顿紧紧抓住她的双肩，好像是要摇晃她。“但你曾经感受到欲望，以及和一个很特别的人有那种亲密关系的需要吗？铎丝，你曾经感受过爱吗？”

铎丝缓缓地，几乎伤感地抬起头来，目光与谢顿锁在一起。“我很抱歉，哈里，可是没有。”

谢顿放开她，颓然地垂下双手。

接着，铎丝将一只手轻柔地放到他的手臂上，并且说：“所以你看，哈里，我并不是你真正想要的。”

谢顿垂下头来，双眼瞪着地板。他衡量着这一切，试着理性地思考一番。然后他放弃了，他就是要他想要的，而这份想望超越了思考也超越了理性。

他抬起头来。“铎丝，亲爱的，即使如此，我、还、是、不、在、乎。”

谢顿用双臂搂住她，缓缓将头凑过去，仿佛随时等着她抽身，偏偏一直将她愈搂愈近。

铎丝没有任何动作，于是他吻了她——先是慢慢地，流连地，继而变得热情如火。她的双臂则突然紧紧环抱住他。

等到他终于停下来，她凝望着他，双眼映着笑意。

她说：“再吻我一次，哈里——拜托你。”

阿西莫夫
银河帝国系列

基地系列

银河帝国：基地（Foundation）

银河帝国2：基地与帝国（Foundation and Empire）

银河帝国3：第二基地（Second Foundation）

银河帝国4：基地前奏（Prelude to Foundation）

银河帝国5：迈向基地（Forward the Foundation）

银河帝国6：基地边缘（Foundation's Edge）

银河帝国7：基地与地球（Foundation and Earth）

机器人系列

银河帝国8：我，机器人（I, Robot）

银河帝国9：钢穴（The Caves of Steel）

银河帝国10：裸阳（The Naked Sun）

银河帝国11：曙光中的机器人（The Robots of Dawn）

银河帝国12：机器人与帝国（Robots and Empire）

帝国系列

银河帝国13：繁星若尘（The Stars, Like Dust）

银河帝国14：星空暗流（The Currents of Space）

银河帝国15：苍穹一粟（Pebble in the Sky）

图书在版编目（CIP）数据

基地前奏 /（美）阿西莫夫 (Asimov,I.) 著；叶李华译 . -- 南京：江苏凤凰文艺出版社，2015（2025.9 重印）
（银河帝国 . 基地七部曲）
书名原文：Prelude to Foundation
ISBN 978-7-5399-8335-6

Ⅰ . ①基… Ⅱ . ①阿… ②叶… Ⅲ . ①长篇小说 – 美国 – 现代 Ⅳ . ① I712.45

中国版本图书馆 CIP 数据核字 (2015) 第 096935 号

基地前奏

[美] 艾萨克 · 阿西莫夫 著　　叶李华 译

责任编辑	丁小卉
特约编辑	朱亦红　许姗姗
封面设计	李子琪
责任印制	刘　巍
出版发行	江苏凤凰文艺出版社
	南京市中央路 165 号，邮编：210009
网　址	http://www.jswenyi.com
印　刷	三河市龙大印装有限公司
开　本	890 毫米 ×1270 毫米 1/32
印　张	16
字　数	377 千字
版　次	2015 年 9 月第 1 版
印　次	2025 年 9 月第 16 次印刷
标准书号	ISBN 978 – 7 – 5399 – 8335 – 6
定　价	378.00 元（全 7 册）

江苏凤凰文艺版图书凡印刷、装订错误，可向出版社调换，联系电话：010–87681002。

读客

读客科幻文库

跟着读客读科幻，经典科幻全看遍。

SECOND FOUNDATION

银河帝国

③ 第二基地

[美]艾萨克·阿西莫夫 著
叶李华 译

江苏凤凰文艺出版社
JIANGSU PHOENIX LITERATURE AND ART PUBLISHING

目　录

楔 子

“第一银河帝国”已有上万年的历史，银河系每颗行星皆臣服于其中央集权统治之下。帝国的政体时而专制，时而开明，却总是井然有序。久而久之，人类便忘却了还有其他可能存在。

只有哈里·谢顿例外。

哈里·谢顿是“第一帝国”最后一位伟大的科学家，正是他，将心理史学发展到登峰造极之境。这门学问堪称社会科学的精华，能将人类行为化约成数学方程式。

个人的行为当然无法预测，可是谢顿发现，人类群体的反应却能以统计方法处理。人数越多，其精确度也就越高。谢顿的研究对象乃是银河系所有的人类，而在他那个时代，银河总人口数达到千兆之众。

在钻研心理史学的过程中，谢顿发现一个与当时所有的常识，以及一般人的信念都恰恰相反的惊人事实：表面上强盛无比的帝国，实际上已病入膏肓，注定将崩溃衰亡。谢顿预见（或者应该说，他解出了自己的方程式，再解释其中的象征性意义），假如放任情况自行发展，银河系将历经三万年悲惨的无政府时期，才会再出现另一个大一统的政府。

于是，他开始了力挽狂澜、扭转乾坤的努力，试图缩短前述的无政府状态，让和平与文明在一千年之后重现。为了达到这个目的，他谨慎地设立了两个科学家的根据地，并命名为“基地”，而且故意设在“银河中两个遥相对峙的端点”。其中一个“基地”的一切完全公开，至于另外那个“第二基地”，则几乎没有留下任何记录。

“第一基地”最初三个世纪的历史，在《银河帝国：基地》《银河帝国2：基地与帝国》两本书中已有详尽叙述。起初，它只是由百科全书编者构成的小型社群，在银河外缘虚无的太空中渐渐被人遗忘。周期性的危机一个接一个冲击这个“基地”，每个危机都蕴涵着当时人类集体行为的各种变数。它的行动自由被限制在一条特定的轨迹上，只要沿着这条轨迹不断前进，就必定会柳暗花明，进而得以开创新局。这一切，都是早已作古的哈里·谢顿一手策划的。

“第一基地”凭借优越的科技成就，首先征服了周围数颗落后的行星。然后，它又面临从垂死的帝国脱离、割地称雄的大小军阀，并将他们一一击败。接着，它又与帝国的残躯发生正面冲突，结果战胜了帝国最后一名强势皇帝，以及最后一员猛将。

“第一基地”遇到的下一个对手，却是哈里·谢顿也无法预见的人物；他是个突变异种，天生拥有强大无匹的精神力量。这位自称“骡”的异人能够随意改变人类的情感，进而重塑他人的心灵。他能将最强硬的死敌改造成最忠诚的仆人，任何的军队都不能，也绝对不会与他为敌。“第一基地”终于难逃陷落的命运，而谢顿计划眼看就要走入历史。

然而，“第二基地”依旧行踪成谜，因此成为众矢之的。骡必须设法将它铲除，才能完成征服银河的壮举。“第一基地”的遗民为了另一个完全不同的理由，也一定得把它找出来。但是它究竟在哪里？谁也不知道。

本书所叙述的，正是各方人马寻找“第二基地”的传奇事迹！

第一篇

骡的寻找

骡：……直到第一基地沦陷，骡政权的建设性才终于显现。在第一银河帝国全盘瓦解后，他是历史上第一位拥有统一版图、疆域直逼真正帝国的统治者。早先由基地所建立的商业帝国，虽有心理史学的预言作为无形的后盾，结构却过于松散与多元。相较之下，骡的“行星联盟”则是一个控制严密的政体，尤其是在所谓的“寻找时期”……

——《银河百科全书》*

* 本书所引用的《银河百科全书》数据，皆取自基地纪元1020年的第116版。发行者为“端点星银河百科全书出版公司”，作者承蒙发行者授权引用。

01

二人与骡

关于骡以及他的“帝国”，《银河百科全书》其实用了许多篇幅详加叙述，不过几乎都和这个故事没有密切关系，而且大多相当枯燥无味。简单地说，它主要是在阐述导致“联盟第一公民”崛起的各种背景条件，以及其后的各种影响——“联盟第一公民”是骡的正式头衔。

若说骡在短短五年间赤手空拳打下大片江山这个事实，使得百科全书中“骡”这一条的作者感到有些讶异，这个情绪也被他隐藏得很好。而骡的扩张后来戛然而止，进入为期五年的“守成期”，作者也并未在字里行间显露任何惊讶。

因此，我们只好舍弃《银河百科全书》，继续沿用我们说故事的老路子，开始审视第一与第二银河帝国之间的“大断层”历史中，紧接着五年“守成期”之后的发展。

“联盟”的政治相当稳定，经济也算是繁荣富庶。在骡的专制统治下，既然出现罕有的太平岁月，几乎没有人愿意回到过去那种动荡不安的时代。在那些五年前自称为“基地体系”的世界中，也许偶尔会有些怀旧与惋惜的情绪，但顶多如此而已。基地体系的领导阶层，没有利用价值的皆已不在人世，尚有利用价值的则已一律“回转”。

而在“回转”人士当中，最受重用的便是汉·普利吉，他现在已经是一名中将。

在基地时代，汉·普利吉是情报局的上尉军官，也是地下民主反动派的成员。基地不战而降之后，普利吉曾经与骡誓不两立，直到成为一名“回转者”为止。

汉·普利吉的“回转”并非普通的见风转舵，这点他完全心知肚明。他之所以会有一百八十度的转变，乃是由于骡是具有强大精神力量的突变种，能够随意改变其他人的心志。但是普利吉对这点非常满意，认为这是理所当然的。事实上，对“回转”的状况心满意足，正是“回转”的主要征状。不过对于这个问题，汉·普利吉已不再有半点好奇心。

他刚结束第五次的远征，从“联盟”境外的银河星空归来。这位经验丰富的太空人兼情报员，对于即将觐见“第一公民”这件事，感到实在没有什么意思。他那张似乎由毫无纹理的木材刻成的、仿佛永远无法露出笑容的严肃脸孔，一点未曾表露这种情绪——可是，任何表情都是没有必要的。因为骡能透视内心的情感，一直钻到心灵最细微的角落，就像普通人看得懂肢体语言一样。

普利吉依照规定，将他的飞车停在当年总督所用的车库中，自己徒步走进官邸广场。他沿着画有箭头的路径走了一英里，一路上空无一人且静寂无声。普利吉知道，在占地数平方英里的官邸广场上，没有一名警卫或士兵，也没有任何武装人员。

骡不需要任何人保护。

骡本人，就是自己最佳的、全能的守护神。

当官邸耸立在眼前时，普利吉仍然只听得见自己轻巧的脚步声。这座建筑物的外墙由坚固的金属制成，发出辉煌耀眼的闪光。其中的拱门设计得大胆而夸张，充分表现出昔日帝国的建筑风格。这座官邸傲然耸立在空旷的广场上，俯视着地平线上拥挤的城市。

官邸里面住的就是那个人——只有他自己一个人。一个新的贵族政体，以及“联盟”的整个架构，全部奠基于他超凡入圣的精神异禀上。

随着这位将军的脚步，巨大、光滑而沉重的外门缓缓打开。他走了进去，步上一个宽广的坡道，滑梯便载着他无声无息地迅速上升。他来到了官邸中最灿烂的尖塔，置身于一扇朴素的小门之前，这扇门后面就是骡的房间。

门打开了……

拜尔·程尼斯很年轻，而拜尔·程尼斯并非一名“回转者”。换成比较普通的说法，就是他的情感结构并未被骡动过手脚。他的七情六欲与意志，仍旧完全取决于先天的素质与后天的环境。对这一点，他自己也感到很满意。

他还不到三十岁，却已经在这个首都非常有名。他生得英俊，头脑又精明，因此在社会上十分吃得开。而且他聪明伶俐，又不失沉着冷静，所以在骡身旁也很得宠。对这两方面的成就，他自己当然极为骄傲。

今天，骡竟然私下召见他，这还是破天荒的头一遭。

他徒步走在闪闪发亮的路径上，一路向“发泡铝”尖塔丛的方向前进。在帝国时代，那里曾是卡尔根总督的官邸，他们奉皇帝的名义统治着卡尔根。后来，那里又成为独立统领的官邸，他们打着自己的旗帜统治着卡尔根。如今，“联盟第一公民”以这里作为根据地，统治着自己一手建立的帝国。

程尼斯随口轻哼着小调。对于这次的召见，他一点不觉得纳闷。自然是关于第二基地！那个无所不在的幽灵，骡只是因为对它有所顾忌，便毅然中止了无止境的扩张政策，改采安稳的静态路线。根据官方的说法，则是进入所谓的“守成期”。

目前外面流传着好些谣言——这种事谁也制止不了。骡准备再度发动攻势；骡发现了第二基地的下落，很快就会展开攻击；骡与第二基地达成了协定，双方同意瓜分银河系；骡终于确定第二基地并不存在，即将把整个银河纳入势力范围……

这类随时能在大街小巷听到的谣言，不值得在此一一列举。这些谣言甚至不是第一次出笼，只不过如今似乎比较具体。对于那些不安于稳定呆滞的太平岁月，而希望在战争、军事冒险、政治危机中大捞一票的投机分子而言，这实在是值得高兴的事。

拜尔·程尼斯就是其中之一。他并不惧怕神秘的第二基地。话说回来，他甚至对骡也无所畏惧，还常常因此沾沾自喜。有些人对他的年少得志看不顺眼，认为他只是个轻浮的花花公子，稍微有那么一点小聪明，竟然就敢公然嘲讽骡的外貌，以及他的隐居式生活——他们或许都在暗中等待他受到报应。没有人胆敢附和程尼斯，也没有几个人敢发笑。可是程尼斯却始终安然无事，声誉反倒因此越来越高。

程尼斯顺着自己哼的小调，唱了几句即兴的歌词。他的歌词反复而单调，没有什么意义：“第二基地，威胁我们的国家，威胁着宇宙万物。”

他到了官邸之前。

随着他的脚步，巨大、光滑而沉重的外门缓缓打开。他走了进去，步上一个宽广的坡道，滑梯便载着他无声无息地迅速上升。他来到了官邸中最灿烂的尖塔，置身于一扇朴素的小门之前，这扇门后面就是骡的房间。

门打开了……

骡没有任何其他名字，他的头衔也只有“第一公民”而已。他正透过单向透光的墙壁向外望去，眺望着地平线上灯火通明的大都会。

在渐渐黯淡的薄暮中，星辰一颗颗绽现，每一颗星皆臣服于他脚下。

想到这里，他微微一笑，笑容中带着一丝悲痛。世人所效忠的对象，竟然是个深居简出的人物。

他其貌不扬——乍看之下令人忍俊不禁。体重仅有一百二十磅，身高却有五英尺八英寸。他的四肢骨瘦如柴，好像是随便挂在皮包骨的身躯上。而他瘦削的脸庞，则几乎被三英寸高的大鼻子全部遮掩。

唯独他的双眼，与滑稽的外表极不相称。那双眼睛是如此温柔——对银河系最伟大的征服者而言，那实在是一种奇异的温柔——而其中的哀伤，也从来未曾完全消退。

此地是一个繁华世界的繁华首府，欢乐富足应有尽有。他曾经考虑过定都于基地，那是他所征服的最强大的对手，可是它远在银河的最外缘。卡尔根的位置则较为适中，而且拥有贵族政体的悠久传统，就战略观点而言，对他也比较有利。

然而此地传统的欢乐气氛，再加上空前的繁华，并不能让他的心境平静。

人们敬畏他，服从他，甚至也许还尊敬他——敬而远之。可是，谁看到他能不产生轻蔑的情绪呢？当然只有那些“回转者”。他们的人造忠诚又有什么价值呢？简直是太乏味了。他大可替自己加上许多封号，发明各种繁复的礼数，但是那样做也无法改变任何事实。最好——或者至少是“不妨”——就当一个“第一公民”，并将自己隐藏起来吧。

他心中突然涌现一股报复的念头——既强烈又残酷。银河系不准有任何一处反抗他。五年来，他藏身于卡尔根，一直按兵不动，就是因为顾忌那个虚无缥缈的第二基地，顾忌它无止无尽又无所不在的神秘威胁。如今他才三十四岁，年纪并不算大——他却感觉自己老了。虽然具有突变的强大精神力量，他的肉体却孱弱不堪。

每一颗星辰！每一颗目力所及，以及每一颗不可见的星辰，都要为他所有！

他要报复所有的人，因为他并不属于人类。他要报复整个银河系，因为银河系容不下他。

头上的警告灯突然轻轻闪起。他知道有人走进官邸，并能感知那人的行径。同时，在寂寞的暮色中，他突变的感应力似乎变得更强烈、更敏锐，他感觉到那人的情感起伏正敲击着自己的大脑。

他毫不费力就知晓了来者的身份，那是普利吉。

昔日效忠基地的普利吉上尉；从未受过那个腐败政府重用的普利吉上尉；曾经只是一名小小间谍的普利吉上尉。而他铲除基地后，开始大力拔擢普利吉，先授他以一级上校的军阶，进而晋升他为一名将军。普利吉将军的活动范围，如今已涵盖整个银河系。

这位普利吉将军曾经是最顽强的叛逆，现在却百分之百忠心耿耿。然而，他的忠诚并非因为得到任何利益，并非出于感激之情，也并非由于什么交换条件——他的忠诚纯粹是“回转”造成的结果。

骡可以清楚感觉到汉·普利吉那强固不变的表层意识，这层由“忠诚”与“敬爱”所构成的意识，是他五年前亲自植入的，控制着普利吉情感中每一道小小的波纹。在这个表层之下，还深深埋藏着一个原本的自我——个性顽固、目无法纪、理想主义。不过即使是骡自己，现在也几乎觉察不到了。

身后的门打开了，于是他转过身来。原本透光的墙壁立时变成不透明，紫色的暮光随即消失，由室内核灯泡的白炽光芒所取代。

汉·普利吉在指定的座位坐下。由于这是私下召见，他并未对骡鞠躬或下跪，也没有使用任何敬称。骡仅仅是“第一公民”，只需要称呼他“阁下”即可。任何人在他面前都可以坐下来，即使背对着他也无妨，只要你有这个胆量。

在汉·普利吉看来，这些都是骡对自身力量充满自信的明证，他对这点由衷地感到满意。

骡开口道：“我昨天收到了你的报告。普利吉，我不否认它令我有些失望。”

将军的一对眉毛凑到了一块。“是的，我也想到了——但我实在无法得到别的结论。阁下，第二基地真的不存在。”

骡沉思了一会儿，然后缓缓摇了摇头，这是他的习惯性动作。“可是艾布林·米斯发现过证据，我们不能忘记艾布林·米斯的证据。”

这是个老掉牙的故事了。普利吉毫不修饰，单刀直入地说：“米斯或许是基地最伟大的心理学家，可是和哈里·谢顿相比，他只算一个婴儿。他当初研究谢顿计划，是在您的精神控制和刺激下进行的。也许您逼得他太紧，而他可能作出了错误的结论。阁下，他一定是弄错了。”

骡叹了一口气，细瘦的脖子上伸出一张哀伤的脸庞。“假使他能多活一分钟就好了，他当时正要说出第二基地的下落。我告诉你，他真的知道。我根本不必隐遁，根本不必一等再等。如今浪费了那么多时间，五年就这么白白溜走了。”

对于主子如此软弱的渴盼，普利吉无法产生任何反感，受控的心灵不允许他这么想。反之，他感到有些忧虑不安，因此他说：“阁下，可是除此之外，还能有什么其他的解释呢？我进行了五次探索，每次都是由您亲自选定路线，我保证把每颗小行星都翻遍了。那是三百年前的事——据说旧帝国的哈里·谢顿建立了两个基地，作为新帝国的核心，以取代那个垂死的帝国。谢顿死后一百年，第一基地——我们都极为熟悉的那个基地——已经在银河外缘变得家喻户晓。谢顿死后一百五十年——基地和旧帝国进行最后一战的时候——它的名声就传遍了整个银河系。如今已过了三百年，谜一般的第二基地究竟在哪里？它在银河中没有制造过一个小漩涡。”

“艾布林·米斯说它隐藏得很好。唯有如此，它才能够掩饰弱点，发挥敌明我暗的力量。”

“除非它不存在，否则不可能隐藏得那么彻底。”

骡抬起头来，一双大眼睛射出锐利而机警的目光。“不对，它的确存在。”一根瘦骨嶙峋的手指猛然指向对方，“我们的战略需要作一点点改变。”

普利吉皱起眉头。“您计划亲自出马？我可不敢苟同。”

“不，当然不是。你必须再去一次——最后一次。但这次要和另一个人联合指挥。”

一阵沉默之后，普利吉以生硬的声音问：“阁下，是谁？”

“卡尔根本地的一个年轻人，拜尔·程尼斯。”

“阁下，我从来没听过这个人。”

“没错，我也这样想。不过他的心思灵敏，野心也不小——而且他还未曾‘回转’。”

普利吉的长下巴抽动了一下。“我看不出这样做有什么好处。”

“普利吉，有好处的。虽然你机智过人，经验丰富，并且对我忠心耿耿，不过你是一名‘回转者’。你对我的忠诚是强制性的，自己根本做不了主。你在丧失原有情感的同时，还丧失了一点东西，一种微妙的自我驱策，而这是我无法弥补的。”

“阁下，我并没有这种感觉。”普利吉绷着脸说，“我仍然清清楚楚记得与您为敌的那段日子。我认为自己绝不比当年差。”

“当然不差。”骡的嘴角撇出一个微笑，“对于这个问题，你的判断很难客观。那个程尼斯，嗯，他野心勃勃——却是为自己着想。他百分之百可靠——因为他只忠于自己。他明白唯有依附我，自己才能步步高升，因此他会不择手段地助长我的权势，以便他的依附可长可久，而且登峰造极。他如果跟你一块去，会比你多带着一股进取心——出于自私的进取心。”

“那么，”普利吉仍然坚决反对，“既然您认为‘回转’会造成障碍，何不解除我的‘回转’。现在，您绝对可以信得过我。”

“普利吉，万万不可。当你在我面前，或者说，在武器射程内，你必须牢牢维持‘回转’的状态。倘若我解除对你的控制，下一分钟我就是个死人。”

将军的鼻孔翕张。“您这么想令我很难过。”

“我并没有想伤害你。但是，假使你的情感能够循着自然的动机自由发展，你无法想象会造成什么状况。人人都痛恨受到控制，正是因为如此，普通催眠师绝对无法将非志愿者催眠。而我却做得到，因为我并不是催眠师。相信我，普利吉，你无法显露——甚至无从察觉的恨意——是我无论如何不愿面对的。”

普利吉低下头。莫名的无力感扑天盖地而来，令他内心感到沉重而灰暗。他勉强开口道："可是您又如何能相信那个人？我的意思是，完全信任他，就好像信任我这个'回转者'。"

"嗯，我想我不能完全信任他。这就是你必须跟他同行的原因。普利吉，想想看，"骡将自己埋在高大的扶手椅中，上身靠着柔软的椅背，看来好像一根会动的牙签，"假如真的让他找到第二基地——万一他竟然想到，和他们打交道也许更有利可图——你了解了吗？"

普利吉的双眼流露出极度满意的光彩。"阁下，这样好多了。"

"这就对了。不过你要记住，必须尽量给他行动自由。"

"那当然。"

"普利吉……嗯……此外，那个年轻人外表英俊，性情随和，非常讨人喜欢。你可别让他唬住了。他其实是个既危险又无情的角色。除非已有万全准备，你不要随便和他作对。我说完了。"

于是骡又变得孤独一人。他关掉灯光，面前的墙壁便恢复透明。现在的天空是一片紫色，城市则成了地平线上的一团光点。

这一切有什么意义？他果真成为万物的主宰又如何？那就能使普利吉这种人不再高大强壮、充满自信吗？就能令拜尔·程尼斯变得丑陋不堪吗？又能让自己完全改头换面吗？

他诅咒着这些疑惑。可是，自己究竟在追求什么呢？

头上的警告灯突然轻轻闪起。他知道有人走进官邸，并能感知那人的行径。同时，虽然不太想那么做，他还是感觉到那人轻微的情感起伏敲击着自己的大脑。

他毫不费力就知晓了来者的身份，那是程尼斯。在程尼斯心中，骡察觉不出整齐划一的情绪，那里只有一个顽强心灵中的原始复杂性格，自幼受到宇宙间杂乱无章的万事万物影响，从来没有好好塑造过。他的心思如巨浪般汹涌澎湃，表层浮着谨慎小心的念头，不过那却十分薄弱，暗处的漩涡竟然还藏着刻薄下流的言语。更深的层次汹涌着自私自利的洪流，还有残酷的想法在四处迸溅。而最底下那一层，则是由野心构筑成的无底洞。

骡觉得自己能够伸手阻住这些情绪，也能彻底令它转向，或是将它们抽干，然后引进新的奔流。但是这样做有什么用处？即使他能让程尼斯满头鬈发的脑袋充满由衷的崇敬，难道就能改变自己丑怪的外貌，而让自己不再诅咒白昼，不再热爱黑夜，不再隐遁于自己的帝国中一个幽暗的角落？

身后的门打开了，于是他转过身来。原本透光的墙壁立时变成不透明，紫色的暮光随即消失，由室内核灯泡的白炽光芒所取代。

拜尔·程尼斯轻快地坐下来，开口道："阁下，这份荣幸对我而言不算太意外。"

骡伸出四根手指摸了摸自己的长鼻子，用不太高兴的语气反问："年轻人，为什么？"

"我想，是一种预感吧。否则我就得承认，我也听说过那些谣言。"

"谣言？谣言有数十个不同的版本，你指的是哪一个？"

"就是即将重新展开泛银河攻势的那个谣言。我倒希望这是真的，那么我也许就能扮演一个适当的角色。"

"这么说，你也认为第二基地的确存在？"

"有何不可？这就能让一切变得有趣多了。"

"你还发现这是一件有趣的事？"

"当然，因为它神秘无比！想要训练自己的想象力，还有比这更好的题目吗？最近报纸的增刊中，全都是这方面的文章——这就耐人寻味。《宇宙报》的一位专栏作家，写了一篇古怪的文章，描述一个纯粹由心灵主宰的世界——您瞧，就是第二基地——那里的人发展出来的精神力量，足以和任何已知的物理科学匹敌。能在几光年外击毁敌方的星舰，还能把行星驱离原有的轨道……”

“没错，的确很有意思。不过对于这个问题，你自己有没有什么看法？你同意那种心灵力量的说法吗？”

“银河在上，我可不信！您想想看，假如真有那种超人，他们怎么可能窝在自己的行星上？阁下，不可能的。我认为第二基地会隐藏起来，是因为它不如我们想象中那样强大。”

“这样的话，我就非常容易说明自己的想法。你愿不愿意率领一支探险队，前去寻找第二基地？”

一时之间，这个突如其来的状况似乎令程尼斯有些不知所措，整个发展比他预料中的还要快一拍。他的舌头显然僵住了，久久说不出话来。

骡冷冰冰地说：“怎么样？”

程尼斯的额头皱成了数折。“当然好。可是我要到哪里去找呢？您可有任何情报？”

“普利吉将军会跟你一起去……”

“那么，就不是由我带队了？”

“等我说完你再自行判断。听好，你并不是基地人，而是卡尔根土生土长的，对不对？好，那么，你对谢顿计划的了解可能很模糊。当第一银河帝国开始衰落时，哈里·谢顿和一群心理史学家，利用某些数学工具分析历史的未来发展——在如今这个退化的时代，那些数学早已失传——并且设立了两个基地，分别置于银河的两个端点。随着经济和社会背景的逐渐演化，这两个基地就会成为第二帝国的种子。哈里·谢顿预计以一千年的时间完成这个计划——倘若没有这两个基地，则需要三万年之久。然而，我却不在他的算计之中。我是一个突变种，而心理史学只能处理群众的平均反应，所以无法预测我的出现。你了解吗？”

“阁下，我完全了解。可是这些跟我又有什么关系呢？”

“你马上就会知道了。我打算现在就统一整个银河系——提前七百年完成谢顿的千年大计。在我的统治下，第一基地——那个物理科学家的世界——如今兴盛依旧。以‘联盟’的繁荣和安定作为后盾，他们发展的核武足以横扫银河——或许只有第二基地例外。所以，我必须对它多作些了解。普利吉将军坚决相信它并不存在，我却知道事实并非如此。”

程尼斯以谨慎的口吻问道：“阁下，您又是如何知道的？”

骡的言词之中突然充满愤怒。“因为在我控制下的许多心灵，如今都受到外力干扰。做得很细微！很精妙！可是我仍旧察觉到了。这种干扰现象不断增加，常常在紧要关头发生在重要人物身上。因此这些年来，我必须小心谨慎，不敢轻举妄动，现在你知道原因了吗？

“这就是你得天独厚的优点。普利吉将军已是我最得力的手下，所以他的处境岌岌可危。当然，他自己并不知道这一点。然而，你不是一名‘回转者’，因此不易被发现你在为我效命。比起我的任何部下，你能将第二基地瞒骗得更久——也许刚好足够久。你了解吗？”

“嗯——嗯，有道理。但是，阁下，请允许我问您一个问题。我想知道，您那些手下究竟是如何被干扰的。这样一来，若是普利吉将军发生什么变化，我也许就能察觉到。他们是否不再‘回转’了？是否对您不再忠诚？”

“不，我说过干扰极为精妙，比你想象中还要麻烦。由于那种变化难以识破，有时我在采取行动之前，必须静观其变，因为不能确定某个重要人物身上的变化，究竟是干扰的结果，或者只是普通的反常现象。他们的忠诚并没有改变，可是进取心和智力却大打折扣。表面上一个个完全正常，其实全部成了废物。过去一年间，就有六个人发生这种变化，六个我最得力的手下。”他一边的嘴角微微上扬，“他们现在被派去管理训练中心——我衷心希望，不会发生任何需要他们决断的紧急状况。”

“阁下，万一……万一不是第二基地干的。倘若是另外一个，像您自己这样的，另一个突变种？”

“对方的计划实在太谨慎，也太深谋远虑。倘若只有一个人，一定不会这么沉得住气。不，那是某个世界所采取的行动，而你将是我对付它的武器。”

程尼斯的眼睛亮了起来，他说：“我很高兴能有这个机会。”

骡却捕捉到了对方突然涌现的情感。“没错，你显然动了这个念头，想要立下一件盖世功劳，让你有资格得到最大的犒赏——或许甚至成为我的接班人。这不成问题。可是你要知道，你也可能受到最严厉的惩罚。我的情感控制能力，并非仅仅只能诱发忠诚之心。”

他的嘴角露出浅笑，看起来阴森可怖，程尼斯吓得从椅子上跳起来。

在那一瞬间，仅仅那么一刹那，程尼斯感到一股排山倒海而来的悲痛。它夹着肉体的痛楚猛扑而下，令他的心灵几乎无法承受。下一刻它便消失无踪，除了一股激烈的怒火，没有留下任何迹象。

骡又开口说：“发怒是没有用的……对，现在你掩饰住了，对不对？但我还是看得出来。所以你要牢牢记住——刚才那种感觉，我能让它变得更强烈，更持久。我曾以情感控制的手法处决叛徒，再也没有更残酷的死法了。”

他顿了顿之后说：“我说完了！”

于是骡又变得孤独一人。他关掉灯光，面前的墙壁便恢复透明。天空已被黑暗笼罩，逐渐升起的“银河透镜”在天鹅绒般深邃的太空中闪闪发光。

这团朦胧的星云是由无数恒星所组成的，由于数目实在太多，看起来像是融合在一起，变成一大团光耀的云朵。

所有的星辰，都将是他的……

如今只差临门一脚，他今晚可以休息了。

第一插曲

第二基地的“执行评议会”正在举行会议。对我们而言，他们只是许多不同的声音。会议的实际场景，以及与会者的身份，目前都还无关紧要。

严格说来，我们甚至不能妄想重塑会议的任何一幕——除非，连我们所能期待的最低限度了解，我们都想完全牺牲。

我们所叙述的人物都是心理学家——却并非普通的心理学家。其实我们应该说，他们是倾向于心理学研究的科学家。这句话的意思是，他们对于“科学哲学”的基本观念，与我们所知道的一切完全南辕北辙。由物理科学的实证传统所培养出来的科学家，他们心目中的“心理学”，与“第二基地心理学”仅有极模糊的关系。

这就像是设法向盲人解释色彩的概念——更何况，笔者与读者同样算是盲人。

应该先说明的是，参与集会的所有心灵，对于彼此的工作都彻底了解——不只是一般的理论，还包括这些理论长时间应用于特殊个体的效果。我们所熟悉的语言在此毫无用处。即使是只字片语，也等于是冗长的废话。一个手势、一个鼻息、一个简单的表情，甚至一个意味深长的停顿，都包含了丰富无比的讯息。

在作过如此的声明后，我们就可以将会议的某一小段，翻译成极端特殊的语言组合。这是为了迁就读者们自幼即受物理科学熏陶的心灵，即使有可能丧失微妙的神韵，也必须要冒这个险。

这个会议，由其中一个“声音”主导全场。这个“声音”属于某位与会人士，他的头衔是“第一发言者”。

他说：“究竟是什么阻止了骡当初的疯狂攻势，如今已经相当明显而确定。我不敢说这个结果应该归功……嗯，归功于我们对情况的控制。他显然差一点就找到我们，因为他借助于一位第一基地的所谓‘心理学家’，并且以人为方式提高那人的脑能量。正当那位心理学家要将他的发现告知骡的时候，幸好及时被击毙了。‘第三阶段’之下的所有计算，皆证明导致他遇害的事件纯属偶然。下面请你继续说明。”

于是“第五发言者”开始发言，他的声音非常特别。这位发言者以严厉的口气说：“那个情状的处理方式绝对是个错误。当然，面对强大的攻击，我们根本没有招架的余地，尤其是面对具有强大精神力量的异人‘骡’所主导的攻击。在他征服了第一基地，开始称霸银河不久，正确说来是半年后，他就已经到了川陀。在他抵达川陀后，半年内很可能就会找到这里来，而他的胜算极大——正确说来是96.3%，误差正负万分之五。我们花了许多时间来分析当初遏止他的那些力量。当然，我们知道他最初的动机究竟为何。他具有天下无双的精神异禀，肉体却是先天畸形，这种内在矛盾我们都看得很清楚。然而，唯有借由洞察

‘第三阶段’，我们才能断定——虽然是后见之明——面对一个对他有真感情的人，他表现出反常行为的可能性。

“既然他的反常行为取决于另外那人能否在适当时机出现，就这方面而言，整个事件只是一个偶然。我们的特工早已确定，凶手是一名普通女子。由于感情作祟，骡对那名女子过于信赖，因此没有控制她的心灵——只是因为她喜欢他。

“那个事件——对于想要了解详情的人，可以到‘中央图书馆’去查阅对整个事件所作的数学分析——它对我们是个警告，因为我们制止骡的方法，其实是极不正统的。所以说，我们天天面临着整个谢顿计划灰飞烟灭的危险。我的发言到此为止。”

第一发言者等了一下，好让在座众人充分领会刚才那番话的含意。然后他说：“因此，目前的情况极不稳定。谢顿的原始计划已被扭曲，几乎到了断折点——我必须强调，在这个事件中，我们由于极度欠缺先见之明，因而铸成了大错——我们目前所面临的，是整个计划彻底瓦解，再也无法恢复。时间不会停下来等我们。我认为，我们只剩最后一条路——而这个办法仍有风险。

“就某种意义而言，我们必须主动让骡找到我们。”

他再等了一下，看了看众人的反应，又说：“我重复一次——就某种意义而言！”

02

二人无骡

星舰几乎已经准备就绪。除了目的地，其他一切皆已齐备。骡曾经建议他们再去一次川陀——这个早已衰亡的世界曾是众星之首，是银河系独一无二的大都会——历史上最庞大的帝国即建都于此。

普利吉却否定了这项建议。那是一条老掉牙的路线，早已彻彻底底搜寻过。

现在，他在导航室中碰到了拜尔·程尼斯。这个年轻人的一头鬈发蓬乱得恰到好处，刚好只有一绺垂到前额——就像是仔细梳成那样的——连他微笑时露出的牙齿，也都与发型互相搭配。不过，这位刚毅的将军却感到自己对这些似乎都无动于衷。

程尼斯的兴奋之情溢于言表。“普利吉，这实在太巧了一点。”

将军冷淡地答道：“我不晓得你在说些什么。”

“喔——好吧，老前辈，那么你拽过一张椅子来，我们好好谈一谈。我看过了你的笔记，我认为实在了不起。”

“你……真是过奖了。”

“但是，我不确定你得到的结论是否和我一样。你有没有试过用演绎法分析这个问题？我的意思是，随机搜索各个星体当然很好，而为了这样做，你在过去五次的远征中，做了无数次的星际跃迁。这是很明显的事。不过你有没有计算过，照你这种进度，得花多少时间才能把所有的已知世界搜完一遍？”

“算过，算过好几次。”普利吉丝毫不愿与这个年轻人妥协，但是打探对方内心却很重要——这是一个未受控制的心灵，因此根本无从预测。

“好吧，那么，让我们试着分析一下，判断我们真正要找的是什么。”

“当然是第二基地。”普利吉绷着脸说。

“是由心理学家组成的基地。”程尼斯纠正对方的话，“他们在物理科学上处于劣势，正如同第一基地在心理学上成就不彰。嗯，你来自第一基地，而我却不是。这句话的含意对你或许很明显。我们要找的是一个由精神力量统治的世界，可是它的科学却非常落后。”

“一定是这样吗？”普利吉心平气和地问，“我们这个‘行星联盟’的统治者，他的权力来源正是精神力量，可是我们的科学并不落后。”

“那是因为有第一基地为他提供各种科技，”对方的回答听来有点不耐烦，“可是放眼银河，如今第一基地是唯一的知识之源。第二基地一定藏在银河帝国瓦解后的残躯中，那里不会剩下什么有用的东西。”

“所以你就假设，他们的精神力量足以统治若干世界，而他们的物理科学却很拙劣。”

“他们的物理科学并非‘绝对’拙劣。相较于周围那些退化的邻邦，他们仍有足够的自卫能力。骡则拥有精良的核能科技，面对骡的下一波攻势，他们势必无法抵抗。否则，第二基地为何藏得那么隐密？当初它的创建者哈里·谢顿就讳莫如深，如今那些人仍然藏头缩尾。你们的第一基地从不讳言自己的存在，也从来没有人想把它藏起来。打从三百年前，它还是一颗孤独的行星上一个不设防的单一城市，它就一直光明正大。”

普利吉阴郁面容上的皱纹抽动了一下，仿佛是在讥嘲对方。“既然你完成了高深的分析，要不要我拿一张名单给你，名单上的各个王国、共和国、行星邦以及各种独裁政体，通通符合你所描述的政治蛮荒地带，并且符合其他几个因素。”

“这么说，这些你都考虑过了？”程尼斯并未表现出一丝心虚。

“名单自然不在这里，不过我们做成了一份指南，囊括‘银河外缘对角’所有的政治集团。说实在话，你认为骡会完全盲目地摸索吗？”

“好吧，那么，”年轻人的声音变得中气十足，“‘达辛德寡头国’有没有可能？”

普利吉若有所思地摸摸耳朵。“达辛德？喔，我想我知道。他们并不在银河外缘，对不对？我好像记得，他们和银河中心的距离只有三分之二。”

“没错，那又怎样？”

“根据我们拥有的记录，第二基地应该在银河的另一端。天晓得，那可是我们唯一的线索。可是你为何会提到达辛德呢？它和第一基地的角度差，仅仅介于一百一十到一百二十度之间，没有任何一处接近一百八十度。”

"那些记录中还提到另外一点：第二基地设在'群星的尽头'。"

"银河中从来没有这么一个地方。"

"因为它是当地人所用的地名，后来为了保密，更是不让它流传出来。或者，也可能是谢顿团队取的名字。然而，'群星的尽头'和'达辛德寡头'之间，的确应该有些关联，你不觉得吗？"

"发音有点相近吗？这个理由不够充分。"

"你到过那里没有？"

"没有。"

"可是在你的记录中，却提到过那个地方。"

"哪里？喔，没错，不过我们只是去补充食物和饮水。那个世界绝对没有任何可疑之处。"

"你是降落在首都行星吗？我是指政府的中枢？"

"我不敢确定。"

在普利吉的冷眼凝视下，程尼斯沉思了一会儿。然后他说："你愿意花一点时间，陪我一起去看'透镜'吗？"

"当然。"

"透镜"也许是当时星际巡弋舰上最先进的设备。它其实是一台极复杂的电脑，能将银河系任意一处所见的夜空景象，重现在一幅屏幕上。

程尼斯调整着坐标点，并关掉驾驶舱的灯光。舱内只剩下"透镜"控制盘所发出的微弱红色光芒，将程尼斯的脸庞映得通红。普利吉则坐在驾驶座上，翘起一条长腿，脸孔隐没在幽暗中。

暖机时间过了之后，屏幕上便慢慢现出许多光点。那是银河中心附近的星像，稠密明亮的群星紧紧聚在一起。

“这是川陀所见的冬季夜空。”程尼斯解释道，“据我所知，有一个很重要的关键，在你过去的搜寻行动中都忽略了。任何一个明智的定向方式，一定都会拿川陀当原点。因为川陀是银河帝国的首都，除了身为政治中枢，它更是全银河在科学和文化上的中心。因此之故，银河中的任何地名，十之八九会以川陀作标准。此外你也应该记得，虽然谢顿来自接近银河外缘的赫利肯星，他所领导的研究都是在川陀进行的。”

“你到底想要说明什么？”普利吉以冰冷平板的声音，朝对方的热情泼下一盆冷水。

“星图会说明一切。你看到那个暗星云没有？”程尼斯的手臂投影在屏幕上，将其上闪亮的银河遮掩了一部分。他的食指指着一个微小的黑点，它看来像是光网中的一个小洞。“根据星宇图的记录，它叫做贝洛星云。注意看，我要把影像放大。”

普利吉曾经看过“透镜影像”的放大过程，不过他仍旧屏息以待。那种感觉好像是驾驶星舰直接闯入骇人稠密的星带（并未进入超空间），而你正凝望着星舰的显像板。群星向他们迎面扑来，从一个共同中心四散纷飞，最后消失在屏幕的边缘。一些单独的光点渐渐一分为二，最后变作一团光球；朦胧的光带则分解成无数光点。种种的影像变化，始终带来一种相对运动的错觉。

程尼斯不停地解说着：“你可以发现，这等于是我们从川陀出发，沿着直线一路飞往贝洛星云。所以我们看到的影像，一直维持着从川陀望向这个星空的方向。其中可能有一点误差，因为我并未考虑重力所造成的星光偏折。我手边没有计算这个因素的数学工具，不过我确定影响不会太大。”

黑暗区域正在屏幕上展开。随着放大速率逐渐减缓，星辰依依不舍地从屏幕四周消失。而在那个逐渐变大的星云边缘，突然涌现许多明亮的星体。由于附近数立方“秒差距”的太空中，充满钠原子与钙原子构成的黯淡漩涡，那些星体的光芒遭到遮掩，只有靠近时才看得见。

程尼斯又指着屏幕说：“那个星域的居民把这个地方称作‘星口’。这个事实意义重大，因为只有从川陀的方向看过去，它才像是一个嘴巴。”他指的是那个星云中的一个裂隙，里面充满闪耀的星光，参差不齐的轮廓仿佛是个微笑的嘴形。

“沿着‘星口’，”程尼斯说，“沿着‘星口’向前走，星光越来越稀疏，就像是进入‘咽喉’。”

屏幕上的影像扩展些许，星云以“星口”为中心伸展开来，最后占据整个屏幕，只剩下“星口”露出细微的光芒。程尼斯的手指默默跟着“星口”走，直到它陡然停止，然后他的手指继续移动，滑移到一颗孤独而明亮的星体，才终于停在那里。倘若再往外走，就是一片完全黑暗的深渊。

“群星的尽头。”年轻人不假思索地说，“星云在那儿变得稀疏。所以这颗星射出的光线，只能向唯一的方向延伸——一路射向川陀。”

“你想要说……”由于无法置信，将军的话只说了一半。

“我并非想要说什么。那就是达辛德——群星的尽头。”

“透镜”随即被关上，室内灯光重新亮起。普利吉跨出三大步，来到程尼斯面前。“你是怎么想到的？”

程尼斯靠在椅背上，露出诡异的为难表情。“纯粹是偶然。我真想将它归功于我的聪明，事实上却纯属偶然。无论如何，反正这个结论合情合理。根据我们手头的资料，达辛德是个寡头政治国。它统治了二十七颗住人行星，但是科学并不昌明。最重要的是，它是个偏远的世界，在该星域的区域性政治中严守中立，也并未实行扩张主义。我认为，我们应该去看一看。”

“你向骡报告过吗？”

“还没有，我们先别告诉他。我们已经进入太空，即将进行第一次跃迁。”

普利吉大吃一惊，赶紧跳到显像板旁。当他调整好焦距后，眼前赫然是冰冷的太空。他目不转睛地凝视良久，才猛然转过头来。他的右手，自然而然摸到坚硬且能带来安全感的核铳握把。

“谁下的命令？”

“报告将军，我下的命令。”这是程尼斯第一次称呼对方的军衔，“当我对你滔滔不绝的时候，你也许没注意到星舰已在加速。因为当时我正在扩大‘透镜’的像场，你一定会以为那是影像引起的错觉。”

“为什么？你究竟在做什么？你胡扯一大堆关于达辛德的事，到底有什么目的？”

“那可不是胡扯，我的态度十分严肃。我们现在正朝那儿飞去。我会选在今日启程，正是因为我们原本预计三天后出发。将军，你不相信有第二基地，我却深信不移。你只是奉骡之命行事，自己完全没主见，我却看出此行极为凶险。算起来，第二基地已经积极准备了五年。我不知道他们是如何准备的，但是，万一他们的特工渗透了卡尔根呢？如果我心里藏着第二基地的下落，很可能会被他们发现。我的性命或许会受到威胁，而我非常珍惜这条小命。纵使只有一丝一毫的危险，我都希望尽量避免。所以除了你，没有任何人晓得达辛德的事，而你也是在我们上太空后才知道的。即使如此，我们还得顾虑舰员呢。”程尼斯又露出嘲讽式的微笑，显然他完全掌握了局势。

普利吉的手从腰际的核铳滑落，一股模糊的不快陡然向他袭来。究竟是什么使他不愿采取行动？是什么使他优柔寡断？当年效忠第一基地那个商业帝国的时候，他是一名充满叛逆性格、永远无法晋升的上尉；那时应该是他，而不是程尼斯，会对这种情况毫不犹豫地采取大胆行动。难道骡真的说对了吗？受控的心灵由于服从至上，令他不再主动积极？他顿时感到意志消沉，陷入一种奇异的疲惫状态。

他说："做得好！可是从今以后，在你作出类似决策之前，要先和我商量一下。"

此时，闪动的讯号吸引了他的注意。

"那是引擎室。"程尼斯随口说，"我命令他们五分钟内暖机，我还交代他们，发现任何问题要立刻通知我。要我代你去一趟吗？"

普利吉默默点了点头。他想起自己已经快五十岁，遂在突如其来的孤独中沉思着这个可怕的事实。显像板只映出稀稀落落的几颗星，银河主体则朦胧地挤在一旁。假如自己能解脱骡的枷锁，那该……

刚刚想到这个念头，他就吓得赶紧打住。

轮机长哈克斯兰尼以锐利的目光，瞪着面前这位穿着便服的年轻人。这个平民似乎很有权威的地位，还带着舰队军官特有的自信。而乳臭未干就加入舰队的哈克斯兰尼，却总是将权威与阶级划上等号。

不过这个人是骡亲自指定的，而骡当然就是真理。骡的这个决定，他连下意识都毫不怀疑。情感的控制将他深深地、牢牢地抓住。

他一句话也没说，只是将一个小小的卵形物体交给程尼斯。

程尼斯掂掂它的分量，露出了迷人的笑容。

“轮机长，你是基地人，对不对？”

“是的，长官。在第一公民接收基地前，我曾在基地舰队中服役十八年。”

“你是在基地接受技术训练的吗？”

“我是合格的一级技术员——安纳克里昂中央军校毕业。”

“很好。这是你在通讯线路中找到的吗？就在我请你检查的地方？”

“报告长官，是的。”

“它是线路的一部分吗？”

“报告长官，不是。”

“那么它到底是什么？”

“报告长官，是超波中继器。”

“我可不是基地人，你这么说还不够清楚。它有什么作用？”

“借着这个装置，就能在超空间中追踪这艘星舰。”

“换句话说，不论我们到哪里，都会被人跟踪。”

“报告长官，是的。”

“很好。这是新近的改良型，对不对？是由第一公民创建的‘研究院’研发出来的，是吗？”

“报告长官，我同意。”

“它的结构和功能都是政府的机密，对吗？”

“报告长官，我同意。”

“而它却跑到这里来了，真有意思。”

程尼斯将超波中继器在两手间扔来扔去。几秒钟后，他猛然将它递出去。“好，你拿去吧，把它原封不动放回原处。懂不懂？然后忘掉这件事，彻底忘掉！”

轮机长差一点就要行礼，还好及时煞住。一个利落的转身，他就离开了。

星舰在银河中进行着一次又一次的跃迁，它的轨迹是群星间一条稀疏的虚线。虚线中的“点”，是星舰在普通空间中航行十至六十“光秒”的短程路径；而点与点之间许多秒差距的空隙，则是星舰在超空间中跃迁一次的结果。

拜尔·程尼斯坐在“透镜”的控制盘前沉思，不禁对它兴起一股近乎崇敬的情绪。他不是基地人，因此对他而言，推动把手、按动开关这些事，并不是耳濡目染的第二本能。

然而，即使对基地人而言，“透镜”也不算一种无聊的装置。在它不可思议的紧致体积中，藏有数不清的电子电路，足以精确记忆数亿颗恒星的相对位置。除此之外，它还具有一项更惊人的功能，就是能将“银河像场”的任何一部分，沿着三个空间坐标轴进行任意的平移，或是绕着任何中心旋转。

由于具有这些功能，在星际旅行科技的发展中，“透镜”扮演了近乎革命性的角色。在星际旅行早期，为了一次超空间跃迁，必须花上一天至一周来进行计算——大多数的时间，都用于计算船舰在银河中的准确位置。简单地说，就是至少要对三颗彼此相距很远的恒星，进行非常精确的观测，而这三颗恒星相对于某个“银河坐标原点”的位置必须是已知的。

关键便在于“已知”这两个字。任何人只要熟悉某个方位的“星像场”，便能轻易分辨出其中每一个星体。然而跃迁十秒差距之后，就可能连母星的太阳都难以辨认，甚至根本看不见了。

解决之道当然是光谱分析。每颗恒星的光谱都不尽相同，就像每个人的签名一样。数世纪以来，星际交通工程学的主要课题，正是如何将更多恒星的光谱分析得更仔细。随着光谱分析的发展，以及跃迁准确度的不断提升，银河旅行的标准航道逐渐建立起来，星际航行也从艺术逐渐蜕变成真正的科学。

不过，即使像基地这样的科技水准，船舰上配备精良的电脑，并且利用崭新的星像场扫描法来分析恒星的“星光签名”，但是在不熟悉的星域中，驾驶员也经常需要几天的时间，才能找到三颗已知的恒星，以便计算船舰的位置。

直到“透镜”发明后，一切才完全改观。“透镜”的特色之一，在于只需要一颗已知恒星当参考点；而另一项特色，则是程尼斯这样的太空生手也能操作自如。

根据跃迁计算，目前最接近而体积够大的天体是凯旋星。而此时在显像板中央，也显现了一颗明亮的星体。程尼斯希望它正是凯旋星。

“透镜”的投影屏幕紧邻着显像板，程尼斯将凯旋星的坐标一个一个仔细键入。然后他按下某个电驿，星像场便立刻大放光明。屏幕中央也有一颗明亮的恒星，不过似乎与显像板上那一颗没有什么关系。于是他开始调整“透镜”，让星像场沿着Z轴平移，并且让画面逐渐扩展，直到屏幕中央与显像板中央的恒星亮度完全相同。

程尼斯又在显像板上选了另一颗够大够亮的恒星，并从屏幕上找到对应的影像。接下来，他让屏幕缓缓旋转，一直转到与显像板相同的方位。他随即撅着嘴，做了一个鬼脸，放弃了这个结果。然后他又两度旋转屏幕，先后选了另外两颗亮星。最后那回他终于露出笑容，总算成功了。一位受过“相对位置判别训练”的专家，也许第一次就能成功，但他只做了三次尝试，成绩也相当难得。

最后的工作便是微调。他将屏幕与显像板的影像重叠起来，结果是不尽相符的一团朦胧。大多数星体都呈现很接近的两个影像。

不过微调并不需要太多时间。所有的星像不久都融合为一，变成单一的清晰影像。现在，已经能直接从刻度盘上读出星舰的位置，整个过程还不到半个小时。

程尼斯在汉·普利吉的单人寝室里找到他。这位将军显然准备就寝了，他抬起头来问："有什么消息吗？"

"没有什么特别的消息。只要再做一次跃迁，我们就到达辛德了。"

"我知道了。"

"如果你想上床，我就不打扰你了。可是，我们在席尔星找到的胶卷，你究竟有没有好好看过？"

程尼斯所说的那个胶卷，这时摆在一个矮书架下层的黑色盒子中，汉·普利吉以轻蔑的目光望了望。"看过了。"

"你有什么感想吗？"

"我认为，即使曾经存在任何和历史有关的科学，在银河系这一带也几乎失传了。"

程尼斯露出灿烂的笑容。"我知道你的意思。资料相当贫乏，对不对？"

"假如你对统治者的实录情有独钟，那又另当别论。我认为，这些东西无论如何不会可靠。那些专注于个人事迹的历史，功过评价全取决于作者的主观意识。我发现毫无可取之处。"

"但是里面提到了达辛德。我给你那卷胶卷，就是想让你看看这个记录。这是我找到的唯一一份资料，其他的资料连提也没提。"

"好吧。他们的统治者有好有坏，他们征服过几颗行星，打仗有输有赢。但是他们并没有什么特殊事迹。程尼斯，我认为你的理论没有任何价值。"

“可是你忽略了一些重点。你有没有注意到，他们向来不曾和其他世界结盟？在那个挤满星辰的角落，他们始终置身于区域性政治之外。正如你所说，他们曾经征服过几颗行星，可是却适可而止——而且没有吃过什么大败仗。仿佛他们刻意扩张到刚好足以自卫，却又刚好不会引起注意。”

“非常好。”普利吉以毫无感情的语调答道，“我并不反对登陆。最坏的结果——浪费一点时间。”

“喔，不对。最坏的结果——全军覆没，如果那里真是第二基地的大本营。你别忘了，天晓得那个世界藏有多少只骡。”

“你计划怎么做呢？”

“降落在某颗不起眼的藩属行星上。先尽可能搜集有关达辛德的资料，然后见机行事。”

“好吧，我不反对。你不介意的话，现在我想熄灯了。”

程尼斯摆摆手，径自离开了。

这个飘浮于广袤太空中的金属岛屿，有一间小寝室立刻陷入黑暗。不过，汉·普利吉将军仍然清醒，让奔腾的思绪带领自己神游物外。

假如他费尽心力所决定的事通通正确——许多事实已经开始互相印证——那么达辛德的确就是第二基地，不可能另有蹊跷。可是为什么？为什么呢？

真的就是达辛德吗？一个平凡的世界？一个毫无特色的世界？帝国残骸中的一个贫民窟？断垣残壁间的一个碎片？他依旧记得，每当骡提到基地心理学家艾布林·米斯，那个曾经——也许曾经发现第二基地秘密的人，骡总是会皱起眉头，连声音也变得有气无力。

普利吉想起骡的话语中紧张的情绪：“米斯好像突然吓呆了。仿佛第二基地的秘密超乎他的预料，和他原先的假设完全背道而驰。

我真希望除了他的情绪之外，我还能读出他的思想。但那些情绪是那么明显——尤其是那股扑天盖地的惊愕。”

惊愕是米斯情绪中的主调。他的发现一定难以置信！而现在，这个男孩，这个老是笑眯眯的青年，他对达辛德充满信心，还油嘴滑舌地强调最不起眼就是最不平凡。而他一定没错，他的说法一定正确。否则，天下再也没有合理的事了。

在进入睡眠状态之前，普利吉最后的意识是一丝冷酷。乙太管旁边的超波追踪器仍在原处。一小时前他还去检查过，而程尼斯对此完全不知情。

第二插曲

在评议会大厅的休息室中，几位发言者聚在一起——他们即将进入大厅，展开当天的工作——两三个念头在他们之间迅速飞来跃去。

“所以说，骡开始行动了。”

“我也听说了。危险！太危险了！”

“如果一切依循既定的函数运作，就不会有危险。”

“骡不是普通人——想要左右他所选定的傀儡，很难不被他察觉。受到控制的心灵更是难以碰触，据说他已经发现几宗案例。”

“没错，我认为简直无法避免。”

“未受控制的心灵比较容易对付。可是他手下的掌权人物，却很少有这样的人……”

他们走进了大厅，第二基地的其他成员则跟在后面。

03

二人与农夫

罗珊是个位于银河边陲的世界。就像其他边陲世界一样，它经常被银河历史所忽略，而它也总是低调行事，以避免招惹无数条件更好的行星。

在银河帝国末期，只有一些政治犯住在这个荒芜的世界。此外，这颗行星上还有一座观测站，以及少数的驻军，因此不能算是无人之境。后来，动荡不安的凶年接连不断，甚至在哈里·谢顿的年代之前，已经有许多平凡百姓离开人口集中地带，迁徙到这个偏远而荒凉的世界。一来是为了逃避连年的战乱和烧杀掳掠，二来也是厌倦了野心家为了毫无意义的皇位，每隔几年就演出一次改朝换代的闹剧。

于是，在罗珊行星寒冷而荒芜的土地上，逐渐出现几个小村落。罗珊的红太阳是一颗小型恒星，总是吝于多施舍一点光和热。因此在这个世界上，每年有九个月的时间飘着稀落的雪花。在这些下雪的月份，当地的耐寒作物全部躲在土壤里冬眠。等到太阳好不容易重新出现，温度升到接近华氏五十度时，它们则以近乎疯狂的速度，赶紧生长，迅速成熟。

本地有一种类似山羊的小型动物，会用长了三个蹄的细腿，踢开草原上薄薄的积雪，然后啃啮积雪下面的小草。

罗珊居民的面包与乳品就是这么来的，偶尔舍得杀掉一头动物时，他们甚至还有肉吃。危机四伏的森林占据了赤道地带一半面积，提供了质料坚实、纹理细致的木材，是盖房子的上好建材。这些木料，以及一些毛皮与矿物，甚至还能外销到其他世界。过去，帝国的太空商船会不定时来到此地，用农业机械、核能暖炉甚至电视机，与当地居民交换这些土产。电视机是不可或缺的，因为每当漫长的冬季来临，农民们就必须整天待在家里。

帝国的历史就这样从罗珊农民的头上流逝。太空商船会突然带来一些新消息，不时也会有些新的难民抵达此地。有一次，一大群的难民集体涌至，并且定居下来。这些难民或多或少知道一些银河最新的时势。

罗珊人从此开始获悉外界的变动：席卷银河的战事、大规模的屠杀，以及暴虐的皇帝与叛乱的总督。每当他们聚集在村落的广场，享受微弱阳光带来的一丝暖意时，总会不自禁地摇头叹息，并将毛皮领拉到长满大胡子的脸旁，神情严肃地批判人性的邪恶。

后来，有好长一段时间不见太空商船，生活因此变得更为艰苦。进口的烟草、农机，以及柔软的食物都没有了。只有电视机的超波频带上，还会传来零星模糊的消息，让他们知道局势越来越不稳定。终于，川陀遭到大肆劫掠的消息传开来。这个全银河最伟大的世界，这个辉煌、传奇、不可侵犯、壮丽无匹的京畿，竟然也会被蹂躏成一片废墟。

这种事真令人难以置信。对于许多从土地上挣饭吃的罗珊农民而言，银河的末日似乎已近在眼前。

若干年后，在某个完全平凡无奇的日子，一艘星舰来到罗珊。各村的老者都自以为是地点着头，撑开一对老眼窃窃私语，说这种事在他们父亲的时代常有发生——事实却并不尽然。

它并非属于帝国所有，因为舰首少了帝国特有的“星舰与太阳”标志。这艘外型粗短的星舰，是由老旧船舰的残骸拼装而成——里面的人员，则自称达辛德的战士。

农民们一头雾水。他们没有听说过达辛德，却仍旧以传统的待客之道欢迎这些战士。这些陌生人向农民仔细问了许多问题，诸如这颗行星的自然条件、居民的人数、有多少城市（不过农民们把“城市”误以为“村落”，弄得彼此糊里糊涂），以及经济形态等等。

接着便有多艘星舰登陆此地，并且对整个世界宣布，达辛德已经成为这颗行星的统治者。在住人的赤道地带将设立许多征税站，每年都要按照某些公式，向农民征收百分之若干的谷物与毛皮。

罗珊人表情严肃地眨眨眼睛，搞不清楚“税”究竟是什么东西。不过到了征税的日子，很多人还是照付了。或者应该说，是茫然地站在一旁，看着穿制服的异邦人将他们收获的玉米与毛皮搬到大车上。

于是，各地愤怒的农民纷纷组织起来，拿出古老的狩猎武器——但始终没有什么作为。当达辛德人再度来临时，他们心不甘、情不愿地一哄而散；眼看艰苦的生活变得更加艰苦，大家却一筹莫展。

但是不久之后，便出现了一种新的生态平衡。达辛德的总督赶走了住在绅士村的罗珊人，自己住进那里，过着深居简出的日子。

这位总督与手下都很少跟当地人接触，因此并不惹人注意。这时，征税的工作已经委托某些罗珊农民执行，那些本地的税务员会定期到各村各户访问，不过他们都是习惯的动物——农民们学到该如何隐藏收获的谷物，并将家畜赶到森林里去，以及故意不让房舍显得太华丽。每当税务员来访，不论问到任何有关资产的尖锐问题，他们一律露出一副呆然的表情，指着眼前可见的那么一点点。

后来连这种情况都越来越少，税金也自动减了。仿佛达辛德懒得从这个世界上捞取那些少得可怜的油水。

贸易活动却越来越兴盛，或许达辛德也发现如此更有利可图。虽然帝国的精美制品已成绝响，达辛德的机械与食物仍比本地货好得多。达辛德人还带来许多女装，它们比手织的灰色布料漂亮多了，自然是极受欢迎。

于是，银河的历史继续平静地溜过，农民们依旧从贫瘠坚硬的土地中挣饭吃。

纳若维刚走出他的农舍，就从大胡子中嘘出一口气。第一场雪已经飘落坚硬的地面，天空布满阴沉的粉红色云层。他斜着眼仔细眺望天空，断定一时之间还不会有风暴。这就代表他可以顺利抵达绅士村，以便卖掉过剩的谷物，换回足够的罐头食品来过冬。

他将大门拉开一道缝，对着屋内大声吼道：“小仔，车子喂饱了没有？”

屋内立刻传出高声的回答，纳若维的大儿子随即走了出来。他的红色短胡须还没有长满，脸上还带着几分稚气。

他满腹委屈地说：“车子加满燃料了，车况也不错，唯独车轴情况不妙。那个毛病不能怪我，我告诉过你，要找专家修理才行。”

纳若维退后一步，皱着眉头打量着儿子，然后把胡须浓密的下巴向前一伸。“这难道是我的错吗？要我到哪里去，又怎么去找专家来修理？接连五年欠收你知不知道？哪一年没有几头畜生发瘟？毛皮又什么时候涨过价……”

“纳若维！”屋内响起一个熟悉的声音，将他的话硬生生切断。他抱怨道：“你看，你看——你妈妈又要插手父子之间的事了。把车子开出来，要务必确定载货拖车联结得牢靠。”

他伸出戴着手套的双手，用力互拍一下，然后又抬起头来。朦胧的红色云朵越来越密，云缝间的灰色天空没有一丝暖意。太阳不知道躲到哪里去了。

当他正要移开视线时，眼睛却突然僵住，手指头不知不觉就向上指，同时张大嘴巴拼命大叫，根本忘了空气冷得要命。

“老伴，”他使劲大喊，“老太婆——赶快出来。”

窗口马上出现一张气呼呼的脸孔。她顺着他指的方向望去，就再也合不拢嘴。她大叫一声，立刻沿着木梯飞奔而下，沿途顺手抓了一条旧披肩与一方亚麻布。等到她出现在门口，已经把披肩披在肩膀上，亚麻布则松垮垮地包着头顶和耳朵。

她以充满鼻音的声音说：“那是外太空来的星舰。”

纳若维不耐烦地答道：“还会是别的东西吗？有访客来了，老太婆，访客！”

那艘星舰缓缓下降，终于在纳若维的农场北侧、一片寸草不生的冻土上着陆。

“可是我们该做些什么呢？”女人喘着气说，“我们能好好招待他们吗？要让他们睡我们家的肮脏地板，请他们吃上星期的玉米饼吗？”

“难道要让他们去找我们的邻居？”纳若维涨紫了被冻得绯红的脸庞，猛然抬起裹着光滑毛皮的双臂，抓住女人结实的肩膀。

“我的好老婆，”他兴奋得口齿不清，“你去把我们房间的两把椅子拿到楼下来；你再去宰一头肥肥的小牲口，跟薯类一块烤熟；你还要烘一张新鲜的玉米饼。我现在就去迎接那些外太空来的大人物……还有……还有……”他顿了顿，将大帽子向上一推，犹豫地搔了搔头。“对了，我还要带着我酿的那坛酒，跟他们喝个痛快。”

当纳若维发号施令之际，女人的嘴巴傻愣愣地不停抖动，却没有发出任何声音。等到纳若维说完，她才冒出一声刺耳的尖叫。

纳若维举起一根手指。“老太婆，村里的长老一周前是怎么说的？啊？动动脑筋。长老们亲自到各家农场拜访——亲自拜访！想想看这有多么重要！他们是来知会我们，如果发现任何外太空来的星舰，就要立刻通知他们，这是总督的命令。

“现在，我难道不该趁这个机会，在这些大人物心中留下一点好印象吗？看看那艘星舰，你见过这种样子的吗？那些外星人士一定既富且贵。为了迎接他们，总督亲自下达紧急指令，长老们在这么冷的天气逐个农场捎信。也许整个罗珊都接到了通知，说这些人是达辛德领主们期待的大人物——而他们竟然降落在我的农场。”

他心急得跳来跳去。“我们好好招待他们，他们就会向总督提起我的名字，这样一来，我们有什么得不到的？”

直到这时，纳若维太太才感到刺骨的寒气钻进她的薄衫。她一个箭步跳到门口，同时大吼一声：“那你还不赶快去。”

不过纳若维早已拔腿飞奔，朝星舰降落的方向跑了过去。

汉·普利吉将军对这个世界的酷寒、荒凉、空旷、贫瘠都毫不担心。面前这位满头大汗的农夫，也没有为他带来丝毫困扰。

真正令他烦恼的问题，是他们的战术究竟是否明智。因为，他与程尼斯两人是只身来到此地。

他们的星舰已经回到太空，在普通情况下，它应该都能照顾自己，但他仍旧感到不安全。当然，这次的行动要由程尼斯负全责。他向这个年轻人望过去，发现他正朝一座毛皮帐幕的裂缝处顽皮地眨眼，原来那里有个女人正在合不拢嘴地向外窥探。

至少，程尼斯似乎完全不在意。对于这个事实，普利吉感到有些幸灾乐祸。他的游戏一定很快就要碰壁。可是，如今他们与星舰的唯一联系，只剩下两人手腕上的通讯装置。

这位农场主人对他们拼命傻笑，而且一面不停点头，一面以油腔滑调的谄媚口气说："尊贵的大爷，请恕我冒昧地向您们报告，我的大儿子刚才告诉我，长老们很快就会到了。他是个优秀杰出的青年，只可惜我太穷了，没法子让他接受足够的教育。我相信您们在这里的这段时间，一定会对我的竭诚招待十分满意。我虽然很穷，却是个勤奋、诚实又谦逊的农夫，这可是有口皆碑的。"

"长老？"程尼斯顺口问道，"这个地区德高望重的人物吗？"

"是的，尊贵的大爷，此外他们也都是诚实而杰出的人物。因为整个罗珊都知道，我们这个村子是个正直又规矩的好地方——虽然生活艰苦，田地和森林里的收成都不好。或许您们可以跟长老提一下，尊贵的大爷，提一下我对访客的尊重和敬意。这样一来，他们也许就会帮我申请一辆新的货车。因为我们的老爷车几乎爬不动了，全家的生计却还得靠它维持。"

他露出低声下气的渴望神色。为了符合"尊贵的大爷"这个称谓，汉·普利吉故意端起架子，轻轻点了点头。

"你的待客之道，我保证会传到长老的耳朵里。"

纳若维离开后，普利吉趁机向显然有些失神的程尼斯说："我并不是特别有兴趣和那些长老碰面。”他说，“你对这件事又有什么想法？”

程尼斯似乎有些惊讶。“没有什么想法。你在担心什么呢？”

“与其在这里惹人起疑，我认为我们有更好的做法。”

程尼斯以单调低沉的声音，一口气说道：“我们下一步的行动即使会启人疑窦，或许仍有必要冒这个险。普利吉，如果只是伸一只手到黑布袋里乱摸一通，绝对找不到我们想找的人。凭借心灵力量统治一个世界的人，不一定是表面上的掌权者。重点是，第二基地的心理学家也许只占整个人口的极少数，正如同在你们第一基地上，科学家和技术人员只是少数族群。普通的居民可能就是那样——非常普通。甚至有可能，那些心理学家隐藏得极好，而表面上处于领导地位的人物，则真的自以为是真正的统治者。或许在这颗冰封的行星上，就能找到那个问题的答案。”

“我完全听不懂你的话。”

“啊，想想看，这实在很明显。达辛德也许是个庞大的世界，拥有几百万乃至几亿的人口。我们要如何从中辨识哪些是心理学家？又要怎样向骡报告，说我们已经找到第二基地？可是在这里，这个小小的农业世界，这个藩属行星，刚刚那位农夫已经说过，所有的达辛德统治者都集中在绅士村。普利吉，那里可能只有几百人，而其中一定有一名至数名第二基地分子。我们终究要到那里去，不过在此之前，让我们先见见长老——这是个符合逻辑的程序。”

满脸黑胡子的主人慌忙地走进屋内，显得兴奋万分，两人便停止交头接耳，显得若无其事。

“尊贵的大爷，长老们到了。恕我再请求您们一次，希望您们能够为我美言一句……”他极尽谄媚，几乎鞠了一个一百八十度的躬。

“我们当然会记得你，”程尼斯说，“这些人就是你们的长老吗？”

他们显然就是，总共有三位。

其中一人向前走来。他以带着威严的敬意微微欠身，并说：“我们深感荣幸。尊贵的阁下，交通工具已经准备好了，希望您们移驾我们的集会厅一叙。”

第三插曲

第一发言者心事重重地凝望着夜空。点点星光中，不时有稀疏的云朵飞掠。太空一向冷漠而令人敬畏，如今看来更藏有明显的敌意，因为其中出现了一个奇异的生物“骡”。由于骡的存在，太空似乎充满着凶恶的威胁。

会议已经结束，过程并不太长。针对处理未知的精神突变种所引发的数学难题，与会者提出了许多质疑与问题。即使是极端的组合，也必须一一考虑到。

他们真能确定什么吗？骡就在太空的某个角落——在银河系中不算遥远的某一处。而骡将要做什么呢？

对付他的部下轻而易举，他们一直都是计划中的棋子。

可是要如何对付骡本人呢？

04

二人与长老

罗珊世界上，至少在这个地区，长老的形象与一般人的想象完全不同。他们并非年高望重的农民，也不会显得权威或不甚友善。

完全不是那么回事。

初次见面，他们总会给人留下相当有尊严的印象，让人了解到他们的地位是如何重要。

现在他们围坐在椭圆形长桌旁，像是许多严肃而动作迟缓的哲人。大多数人看起来刚刚步入中年，只有少数几位留着修剪整齐的短胡子。总之，每个人显然都还不到四十岁，因此“长老”这个头衔其实只是尊称，而不全然是对年龄的描述。

从外太空来的那两位客人，正坐在上座与长老共餐。大家都保持严肃，而食物也十分简朴。看来这只是一种仪式，而并非真正的宴客。他俩一面吃，一面体察着一种全新的、截然不同的气氛。

饭后，几位显然最受敬重的长老说了一两句客套话——由于实在太短太简单，不能称之为“致词”——拘谨的气氛就不知不觉消失无踪。

欢迎外来访客而做作出来的尊严仿佛终于功成身退，长老们开始对客人表现出亲切与好奇，将乡下人的敦厚纯朴表露无遗。

他们围在两位异邦人身边，提出了一大串的问题。

他们的问题五花八门：驾驶太空船是否很困难？总共需要多少人手？他们的地面车有没有可能换装较好的发动机？听说达辛德很少下雪，其他世界是不是一样？他们的世界住了多少人？是不是和达辛德一样大？是不是非常遥远？他们的衣料是如何织成的？为何会有金属光泽？他们为什么不穿毛皮？他们是不是每天刮脸？普利吉戴的戒指是什么矿物……以及其他数不胜数的怪问题。

几乎所有的问题都是向普利吉提出来的，似乎由于他比较年长，他们自然而然认为他较为权威。普利吉发觉自己不得不回答得越来越详细，好像被一群小孩子包围一般。那些问题全然出于毫无心机的好奇。他们热切的求知欲令人无法抗拒，而他也不会拒绝。

普利吉耐着性子，逐一解答如下：驾驶太空船并不困难；人员数目决定于船舰的大小，从一个人到很多人都有可能；自己对此地车辆的发动机并不熟悉，但想必可以改进；每个世界的气候都不尽相同；他们的世界上住了几亿人；不过与伟大的达辛德“帝国”相比，则是微不足道；他们的衣服是硅塑料纺织而成；经过特殊加工，布面分子具有固定的方向，因此会产生金属光泽；由于衣料内附加热装置，因此他们不用再穿毛皮；他们的确每天刮胡子；他的戒指上镶的是紫水晶……等等等等。普利吉发现自己竟然和这些乡下人打成一片，这根本违反他的本意。

每当他回答一个问题，长老们都会立刻交头接耳一番，好像是在讨论这些最新的资讯。外人很难听懂他们彼此间的讨论，因为此时他们总是恢复特有的口音。由于与主流语言长期隔绝，他们的“银河标准语”显得古老而过时。

或许可以这样说，他们相互间的简短评论，勉强能让外人知道他们说些什么，却能避免外人了解实际的内容。

程尼斯终于忍不住了，打岔道：“诸位长老，你们必须花点时间回答我们的问题。别忘了我们是异邦人，而且非常希望尽可能知道达辛德的一切。”

这句话一出口，全场立刻鸦雀无声，刚才喋喋不休的长老一个个闭上嘴巴。他们的双手原本都在拼命挥舞，仿佛是为了加强说话的语气，现在却突然垂了下来。他们偷偷地彼此互望，显然都十分希望由别人来发言。

普利吉赶紧抢着说：“我的同伴这么问绝无恶意，因为达辛德的盛名早已传遍整个银河。我们见到总督时，当然会向他报告罗珊长老们的忠诚和敬爱。”

虽然没发出松了一口气的吁声，长老们的脸色却都缓和下来。一位长老用拇指与食指缓缓抚着胡须，将微微卷曲的部分轻轻压平，然后说：“我们都是达辛德领主们的忠实仆人。”

直到这时，普利吉才对程尼斯的莽撞稍加释怀。虽然他最近感到自己上了年纪，至少尚未丧失打圆场的能力。

普利吉继续说：“我们来自极为遥远的地方，对达辛德领主们的历史不太清楚。相信长久以来，他们都是以开明的方式统治此地。”

刚才开口的那位长老，俨然已经自动成为发言人。他答道：“此地最老的老者，他的祖父也不记得没有领主的时代。”

“过去一直都很太平吗？”

“过去一直都很太平！”他迟疑了一下，“总督是一位精明强悍的领主，对于惩处叛徒没有丝毫犹豫。当然，我们之间没有叛徒。”

“我想，他一定曾经惩治过一些，而他们都罪有应得。”

那名长老再度犹豫了一下。“此地从来没有出过叛徒，我们的父辈和祖辈也都没有。可是其他世界却曾经出现过，他们当然很快就被处死了。我们对这些事毫无兴趣，因为我们只是卑微贫苦的农民，对政治一点也不关心。”

他的声音透着明显的焦虑，同时每位长老都流露出不安的眼神。

普利吉用平稳的口气问道：“你能否告诉我们，如何才能觐见你们的总督？”

这个问题立刻令长老们讶异不已。

过了好一阵子，原先那位长老才说：“啊，你们不知道吗？总督明天就会驾临此地。他一直在等你们，这是我们莫大的荣幸。我们……我们衷心希望，两位能向他报告，说我们对他绝对忠诚。”

普利吉脸上的笑容几乎僵住了。“在等我们？”

那位长老以茫然的目光扫过这两名异邦人。“对啊……我们已经等了你们整整一星期。”

以这个世界的标准而言，他们下榻之处无疑是十分豪华的住宅。普利吉曾经住过更差的地方，程尼斯则对外界的一切都显得漠不关心。

可是他们两人之间，却出现了一种前所未有的紧张关系。普利吉觉得需要作出决断的时刻越来越近，却又希望能再拖延一段时间。倘若先去见总督，会将这场赌博推到危险的边缘，但是果真赢了的话，收获却会因而丰硕无数倍。看到程尼斯轻轻皱起眉头，牙齿咬着下唇，露出有些茫然的表情，他心中就冒起一股无名火。他厌倦了这种无聊的闹剧，希望能赶快结束这一切。

他说：“我们的行动似乎被人料中了。”

“没错。”程尼斯答得很干脆。

“你只会这样说吗？难道不能做一点更有用的建议？我们临时起意来到这里，却发现那个总督在等我们。想必我们见到总督之后，他会说其实是达辛德人在等我们。这样一来，我们这趟任务还有什么用？”

程尼斯抬起头，他的口气毫不掩饰不耐烦的情绪。“他们只是在等我们，不一定知道我们是什么人，以及我们有什么目的。”

“你认为这些事瞒得过第二基地分子吗？”

“也许可以。难道不可能吗？你已经准备放弃了吗？或许是我们在太空时，他们就发现了我们的星舰。一个国家在边境设置前哨观测站，有什么不寻常的？即使我们是普通的异邦人，我们一样会受到注意。”

“注意到这个程度，足以让总督亲自来探望我们，而不是我们去觐见他？”

程尼斯耸耸肩。“我们暂且不讨论那个问题。先让我们看看总督究竟是何方神圣。”

普利吉龇牙咧嘴，露出一副无精打采的愁容。整个情况变得越来越荒谬。

程尼斯继续故作轻松地说：“至少我们知道了一件事。达辛德正是第二基地，否则上百万件大大小小的证据都指错了方向。这些本地人对达辛德怀有明显的恐惧，这点你要如何解释？我看不出有任何政治压迫的迹象。他们的长老显然可以自由集会，不会受到任何形式的干预。他们所提到的税赋，我觉得一点都不苛刻，也根本没有贯彻执行。这里人人都在喊穷，可是个个身强体壮，没有人面露饥色。虽然他们的房舍简陋，他们的村庄也很原始，可是显然都足敷需要。

“事实上，这个世界令我着迷。我从未见过比这儿条件更差的地方，可是我确信人民并没有受苦，他们单纯的生活刚好提供了和谐的快乐。在科技进步的世界上，在精明世故的人群中，这种快乐早已荡然无存。”

“这么说，你对田园生活充满向往？”

“我没有那个命。”程尼斯似乎对这个想法很感兴趣，“我只是指出这些现象背后的意义。显然，达辛德人是很有效率的管理者——这种效率和旧帝国或第一基地完全不同，甚至和我们的‘联盟’也不一样。其他体制都把机械式效率强加在子民身上，因而牺牲一些无形的价值；达辛德人却带给他们快乐和富足。难道你看不出来，他们的统治方式完全不同，这不是物理式的，而是心理式的统治。”

“真的吗？”普利吉故意用嘲讽的口气说，“那么，长老们提到的那些令他们恐惧万分的惩罚，竟然是由仁慈的心理学家所执行的？这点你又要如何自圆其说？”

“他们自己受到过惩罚吗？他们只是说有人受过惩罚。仿佛恐惧已经深植他们心中，真正的惩罚反而从来没有施行过。这种精神倾向已经在他们心中生根发芽，所以我能确定，这颗行星上没有任何达辛德军人。这一切，难道你看不出来吗？”

“等我见到总督后，”普利吉冷冷地答道，“也许就能看出来了。对了，万一是我们自己的精神遭到控制呢？”

程尼斯以赤裸裸的轻蔑口吻答道：“这种事，你应该早就习惯了。”

普利吉立刻脸色煞白，使尽力气才转过身去。当天，他们两人没有再作任何交谈。

那是一个静寂无风的寒夜。普利吉听到程尼斯发出轻缓的鼾声后，便开始悄悄调整手腕上的发射器，调到程尼斯接收不到的超波频带。然后他用指甲轻巧地敲击发报键，开始与星舰联络。

不久之后，他就收到了答复。那是一阵阵无声无息的振荡，仅仅刚好超过人体触觉的阈值。

普利吉问了两次："有没有拦截到任何通讯？"

两次的回答都一样："没有，我们一直在监听。"

他从床上爬起来。室内十分寒冷，他顺手抓了一条毛皮毯裹在身上，这才坐下来，抬头望着满天的繁星。此地的星空明亮而繁复，与他所熟悉的银河外缘很不一样。在他的故乡，朦胧的银河透镜是夜空唯一的主宰。

那个困扰他多年的疑问，答案一定藏在群星间某个角落。他衷心期望答案早日出现，以结束这烦人的一切。

一时之间，他突然又对骡产生怀疑——真是"回转"令他丧失坚强的信心吗？抑或是越来越大的年岁，以及过去几年的波折在作祟？

他并非真的在乎。

他感到疲倦了。

罗珊总督轻车简从地到来。他唯一的随从，就是那名驾驶地面车的军人。

总督的座车设计得很花巧，普利吉却看得出它性能不佳。它转弯时动作笨拙，而且有好几次可能由于换档太急，车子突然就走不动了。从它的外型，一眼就能判断它是使用化学燃料，而并不是核能。

达辛德籍的总督步出座车，轻轻踏着薄薄的积雪，从列队欢迎的两排长老间向前走去。他没有看他们一眼，就快步走进房舍。长老们则鱼贯地跟了进去。

此时，效命于骡的两个人正从自己的房间向外窥探。那位总督五短身材，体格还算结实，但毫不起眼。

可是这又怎么样呢?

普利吉咒骂自己神经太紧张。事实上，他的表情仍旧保持一片严霜，他并未在程尼斯面前丢脸。可是他非常清楚，自己的血压已经升高，喉咙也感到异常干燥。

这不是一种肉体上的恐惧。他并非一个愚鲁麻木、缺乏想象力的人，绝不会笨得连害怕都不懂——可是对于肉体上的恐惧，他却有办法应付与漠视。

现在的情况则完全不同，他所面临的是另一种恐惧。

他迅速瞥了程尼斯一眼。年轻人正若无其事地审视着自己的指甲，还悠闲地用锉刀锉着不整齐的地方。

普利吉心中突然冒出强烈的怒意。程尼斯怎么会害怕精神控制呢?

普利吉集中精神，试图回溯自己的过去。在骡尚未使他“回转”之前，当他还是一名死硬派的民主分子时，他究竟是怎样的一个人?这实在很难回想。他无法为自己定位，无法挣脱将他和骡绑在一起的情感粘丝。他的理智还记得自己曾经试图暗杀骡，但是任凭他绞尽脑汁，也想不起自己当时的情绪。然而，这也许是发自他内心的自卫行为，因为即使他刚想要重温那些情绪——刚刚开始捕捉当时的心理，尚未体会任何实质的内容——他就已经开始反胃了。

是不是那个总督在干扰自己的心灵?

是不是第二基地分子伸出的无形精神触须，已经迂回地钻进他的心灵隙缝，将他的情感扯散，再重新组合……

当初，就是一点感觉也没有。没有肉体上的痛苦，没有精神上的折磨，甚至连过程都感觉不到。仿佛他始终对骡充满敬爱。假如在遥远的过去——同样短短的五年时间——他心中不曾存在对骡的敬爱，甚至曾经憎恨骡，那也只是可恶的幻觉。想到这种幻觉，他便羞愧不已。

可是，从来不曾有过痛苦。

与总督会面后，一切是否会重演呢？过去的一切——他效忠骡的那些日子、他这一辈子的人生方向——会不会与那个信仰“民主”的模糊梦境融为一体？骡会不会也是一场梦，而他自始至终效忠的对象只有达辛德……

他猛然转过身去。

一阵强烈的恶心涌上来。

然后，程尼斯的声音在他耳边响起：“将军，我想这就是了。”

普利吉再度转身。一位长老轻轻推开门，恭敬而严肃地站在门槛处。

他说：“达辛德领主们的代表，罗珊总督阁下，乐意接受你们的觐见，劳驾两位跟我来。”

“当然。”程尼斯顺手拉了拉皮带，调整了一下头上的罗珊式头巾。

普利吉咬紧牙根。真正的赌博即将开始。

罗珊总督的外表看来并不令人畏惧。这主要是因为他没有戴帽子，稀疏的头发已逐渐由淡棕色褪为灰白，为他增添了几许和气。他的眉脊高耸，而被细密皱纹包围的双眼则显得相当精明。刚刚刮过胡子的下巴却是轮廓平缓、稍嫌窄小，根据“面相学”这门伪科学的信徒公认的说法，那应该是属于“弱者”的下巴。

普利吉避开了那双眼睛，凝视着他的下巴。他也不知道这样做是否有效——万一真有状况的话。

总督的声音听来尖细而冷淡，他说：“欢迎来到达辛德，我们以平和之心欢迎两位。你们用过餐了吗？”

坐在U形桌前的他，挥了挥布满青筋、五指细长的右手，看来颇有帝王的架势。

一鞠躬之后，两人随即就坐。总督坐在U形桌底端的外侧，他们坐在总督正对面，长老们则安安静静地坐在两旁。

总督有一搭没一搭地聊着，包括称赞从达辛德进口的食物——事实上，与长老们的粗茶淡饭相比，即使不算略胜一筹，它也的确很不一样。他又批评罗珊的气候，并且刻意漫不经心地谈到太空旅行的种种。

程尼斯的话很少，普利吉则一句话也没有说。

最后，总督吃完一小碗水果盅，用餐巾擦擦嘴，便舒服地向后一靠。

他那双小眼睛闪烁着光芒。

“我查询过你们的星舰。理所当然，我一定要提供最好的照顾和维修。不过我听说，目前它下落不明。”

“没错。”程尼斯轻描淡写地答道，“我们把它留在太空。那是一艘巨型星舰，足以在不甚友善的领域进行远航。我们觉得如果降落此地，会给我们的和平意图蒙上阴影。我们宁愿手无寸铁、单枪匹马地登陆。”

“这是友善的表现。”总督说得言不由衷，“你说，那是一艘巨型星舰？”

“回禀阁下，但它并不是战舰。”

“哈，嗯。你们从哪里来？”

“回禀阁下，我们来自圣塔尼星区的一个小世界。它微不足道，或许您根本没有听说过。我们希望为双方建立贸易关系。”

“贸易，啊？你们准备卖些什么？”

“回禀阁下，我们准备以各式各样的机械，换取食物、木材、矿石……”

“哈，嗯。”总督似乎不怎么相信，“我对这些事务并不熟悉。或许，我们可以做到互惠互利。不过，我得先详细查验你们的证件——因为进行贸易之前，必须先将一切资料呈交我方政府，你了解吧。等我查看过你们的星舰后，你们最好直接到达辛德去。”

由于对方并未回应，总督的态度明显降温。

“然而，我必须看看你们的星舰。”

程尼斯以冷淡的口吻说：“真不巧，目前星舰正在进行整修。阁下若不介意再等四十八小时，它就能准备好了。”

“我可不习惯等待。”

这时候，普利吉第一次接触到对方愤怒的眼神，不禁暗自大大叹了一口气。一时之间，他觉得自己即将灭顶，好在及时转移了目光。

程尼斯则不为所动，他说：“回禀阁下，四十八小时内，星舰实在无法降落。我们手无寸铁来到此地，您能怀疑我们真诚的意图吗？”

好长的一阵沉默之后，总督才粗声道：“说说你们那个世界吧。”

这场晤谈就这么草草结束。接下来，就没有什么不愉快的场面了。总督尽完了自己的责任，显然再也提不起任何兴致，觐见仪式于是不了了之。

等到当天的行程完全结束，普利吉回到下塌处，随即展开自我评量。

他小心翼翼屏住气息，开始“感觉”自己的情感。当然，对他自己而言，他似乎没有什么不同，可是话说回来，他会察觉到任何差异吗？在骡令他“回转”后，他曾经察觉到任何差异吗？不是一切似乎都很自然，一切如常吗？

他做了一个实验。

抱着姑且一试的心情，他在内心深处的幽静角落发出呐喊：“一定要找到并摧毁第二基地。”

随之而来的是如假包换的恨意，其中毫无任何犹豫。

然后，他在心中悄悄将“第二基地”换成“骡”，伴随的情感变化令他呼吸困难，舌头打结。

目前为止还好。

可是，他有没有受到更微妙的操纵呢？有没有更细微的改变呢？或许正是因为这些改变扭曲了他的判断，以致他根本侦测不出来。

根本没有办法分辨。

但是他仍然感到对骡百分之百忠诚！只要这点不变，其他一切其实都不重要。

他让心灵再度展开行动。程尼斯正在室内另一个角落忙他自己的事，普利吉开始用拇指指甲拨弄腕上的通讯器。

而在接到回音时，他感到被一股轻松的暖流包围，进而全身乏力。

他的面部肌肉并未背叛自己，但他在心中发出喜悦的欢呼。当程尼斯转身面对他的时候，他知道这场闹剧即将结束。

第四插曲

两位发言者在路上擦肩而过，其中一位叫住另一位。

“我带来第一发言者的口信。”

对方眼中闪着会意的光芒。“交会点？”

“是的！希望我们还能见到明天的日出！”

05

一人与骡

从程尼斯的一举一动，看不出他是否知晓普利吉的态度，以及他们两人的关系都起了微妙的变化。他正靠在硬木长椅上，两脚大剌剌地伸开。

“你看这个总督有什么古怪？”

普利吉耸耸肩。“一点也看不出来。我认为他并没有什么特异的精神力量。倘若他真是第二基地的成员，也只是个非常差劲的角色。”

“你知道吗，我认为他根本不是。我也不确定该如何解释。假设你是第二基地分子，你又会怎么做呢？”程尼斯显得越来越深思熟虑，“假设你知道我们来此地的目的，你会如何对付我们？”

“当然是‘回转’。”

“跟骡的做法一样？”程尼斯猛然抬起头来，“假使他们已经令我们‘回转’，我们察觉得到吗？我很怀疑。或许他们只是一群非常聪明的心理学家，却没有任何异能。”

“若是那样，我想他们会尽快杀掉我们。”

“而我们的星舰呢？不对。”程尼斯摇了摇食指，“普利吉，老前辈，对方正在对我们故弄玄虚。这只有可能是故弄玄虚。纵使他们精通情感控制，我们——你和我——却只是打头阵的小卒。他们真正的敌人是骡，因此他们和我俩一样小心谨慎。我相信，他们已经知道我俩的身份。”

普利吉冷冷地瞪着对方。“你打算怎么办？”

“等！”他迅速吐出这个字，“让他们来找我们。他们投鼠忌器，也许是害怕上头的星舰，但也有可能是顾忌骡。他们先派那名总督来唬人，可是并未成功，我们仍将按兵不动。他们下次派来的人，一定是真正的第二基地分子，而他会主动和我们谈判。”

“然后呢？”

“然后我们就达成协议。”

“我可不敢苟同。”

“因为你认为这么做会出卖骡？不会的。”

“错，无论你多么精明，骡都有办法对付你这种吃里扒外的行径。但我仍然不敢苟同。”

“因为你认为我们无法智取第二基地？”

“或许吧。不过并不是这个原因。”

程尼斯目光下移，盯着对方手中的武器，然后绷着脸说：“你是说这玩意儿才是真正的原因？”

普利吉挥了挥手中的核铳。“没错，你被捕了。”

“为什么？”

“因为你背叛了联盟第一公民。”

程尼斯紧紧抿着嘴。“到底是怎么回事？”

“我说过了，你叛变！而我有责任制止这种行为。”

“你的证据呢？你有什么佐证或假设？或者只是做白日梦？你疯了吗？”

“我没疯，可是你呢？你以为骡会平白无故，就派你这个乳臭未干的小子执行一个可笑的、充门面的任务？当时我就觉得奇怪，但我不该浪费时间怀疑自己的判断。他为什么会派你来？因为你笑容可掬，穿着得体？因为你才二十八岁？”

“或许因为他信得过我。难道你不是在找合理的解释吗？”

“或许反而是因为他信不过你。如今看来，这个解释也极为合理。”

“我们是在较量自相矛盾的程度吗？或者是在比赛谁能把一件事说得最啰唆？”

普利吉渐渐逼近，核铳则比他更早一步。他挺立在年轻人面前，喝道：“站起来！”

程尼斯不慌不忙地依言照做。他感到铳口挨到自己的腰带，但胃部肌肉并没有开始抽搐。

普利吉说：“骡一心一意要找出第二基地，可是他失败了，而我也始终未能成功。我们两人都无法揭开的秘密，它一定隐藏得极好。所以，最后只剩下一个可行性——找一个已经知道那个秘密地点的人，来领导另一次的探索行动。”

“就是我吗？”

“显然正是。当然，起初我并不知道。不过我的心智虽然减缓，方向却仍然正确。我们多么容易就发现了‘群星的尽头’！你从‘透镜’的无数可能中，一下子就找到正确的像场，这简直是奇迹！接下来又是多么幸运，我们观测的正好就是正确的观测点！你这个大笨蛋！难道你就如此低估我，以为我会对你接二连三不可思议的好运，完全视若无睹吗？”

“你的意思是我太成功了？”

“你若不是叛徒，连一半的成功都不可能。”

“因为你对我的期望太低了？”

核铳又向前戳了一下。然而，程尼斯所面对的那张脸孔，只有森冷的目光暴露出逐渐升高的愤怒。“因为你被第二基地收买了。”

“收买？”程尼斯以无比轻蔑的口气说，“拿出证据来。”

“也可能是你的心灵受到影响。”

“骡竟然会不知道吗？真是荒谬。”

“骡当然早就知道。你这个小笨蛋，我要说的正是这一点。骡当然早就知道。否则，你以为骡为什么要拨给你一艘星舰？如今，你果然带领我们来到第二基地。”

“让我抽丝剥茧，为你分析一下。我能不能请问你，我为什么理所当然该这样做？假使我是一名叛徒，我为什么该带你来第二基地？为什么不在银河中乱闯一通，然后像你以前一样无功而返？”

“你是为了这艘星舰。因为第二基地的人显然亟需核能武器自卫。”

“你需要想个更好的理由。一艘星舰对他们毫无用处，假如他们认为能从中学到先进的科技，而明年就能建造核能发电厂，那么这些第二基地分子，头脑实在非常、非常简单。恕我直言，你自己的头脑就是这么简单。”

“你会有机会向骡当面解释。”

“我们要回卡尔根去？”

“正好相反，我们将留在这里。差不多十五分钟之后，骡就会跟我们会合。你这个自诩聪明绝顶的小子，你以为他没有跟踪我们吗？你这个诱饵刚好反过来了。你并未引出我们的猎物，却引导我们来到猎物的巢穴。”

“我可否坐下来，”程尼斯说，“用图解法为你解释一件事？拜托。”

“你给我乖乖站好。”

“好吧，我站着说也一样。你认为骡一直在跟踪我们，是因为通讯线路中有个超波中继器吗？”

核铳仿佛微微颤动了一下，不过程尼斯不敢肯定。他继续说：“你看来并不惊讶。可是，我不想浪费时间怀疑你是不是装的。没错，我晓得这件事。现在，我已经向你证明，我知道一些你以为我不知道的事。接下来我要告诉你的，是你并不知道、而我也确定你不知道的一件事。”

“程尼斯，你的开场白实在太长了。我以为你捏造谎言的效率应该很高。”

“我没有捏造任何事。叛徒当然存在，称之为敌方特工也可以。然而，骡是透过一个迂回的管道知晓这件事的。你可知道，他手下的某些‘回转者’似乎被人动了手脚。”

核铳这回的确晃了一下，绝对错不了。

“普利吉，我要特别强调这一点。这就是他需要我的真正原因，因为我并不是‘回转者’。难道他没有向你强调过，他需要一名‘非回转者’吗？他到底有没有告诉你这个真正的理由？”

“程尼斯，试试别的谎言吧。假使我对骡起了异心，自己一定会察觉。”普利吉赶紧悄悄审视自己的心灵。感觉完全一样，根本没有变化。显然是这个人在说谎。

“你是指你仍旧感到对骡忠心耿耿。也许吧，因为忠心并未受到干扰。骡说过，那太容易被发现了。可是你精神上感觉如何？是不是迟钝了？这趟旅程从开始到现在，你是否始终觉得很正常？或者偶尔会有奇怪的感觉，好像不能完全控制自己。你想干什么？想拿铳口在我肚子上硬生生戳个洞吗？”

普利吉将核铳抽回半英寸。“你到底想要说什么？”

“我想说你已经被干扰了。我说你已经受到控制。你没有看到骡将超波中继器安装在舰上，你没有看到任何人做这件事。我猜，你只是突然发现它在那里，和我一样是无意中发现的。你却马上假设那是骡安置的，而从那时候起，你就一直假设骡在跟踪我们。当然，你手腕上戴的通讯器，可以用特殊波长瞒着我和星舰联络。你以为我都蒙在鼓里吗？”他越说越快，越说越愤慨，原先装出的冷漠早已被凶恶取而代之。“可是，一路跟踪我们的人并不是骡，根本不是他。”

“不是骡，那是什么人？”

“嗯，你认为是什么人呢？在我们升空当天，我就发现了那个超波中继器。可是我并没有想到骡身上。这种事，他没有理由那么迂回。你看不出那是个荒谬的推论吗？假使我是叛徒，而他也知道了，他可以轻而易举令我‘回转’，让我变得像你一样。然后，他就能从我心中打探出第二基地的秘密位置，没有必要把我送到银河的另一端。你自己能够对骡隐藏任何秘密吗？反之，假如我根本不知道，我就无法带他到那里去。所以不论怎么说，他都不该派我出来。

“显然，超波中继器一定是第二基地特务放置的。因此不难推测到底是谁在跟踪我们。如果你那珍贵的脑袋没有受到干扰，又怎么可能上这个当呢？你会有这种大愚若智的想法，这算哪门子正常？我会把一艘星舰带给第二基地？他们要星舰做什么？

“普利吉，他们真正想要的是你。除了骡以外，你是最了解联盟内情的人。骡对他们来说是危险人物，而你却不是。正因为如此，他们才会在我心中注入探索的方向。当然，假使我光用‘透镜’漫无目标地摸索，是万万不可能找到达辛德的。这点我心知肚明。但我也知道是第二基地在图谋我们，知道是他们在操纵这一切。所以何不将计就计呢？这是个尔虞我诈的心理战。他们想逮住我们，而我们想知道他们的大本营——谁能够唬住对方，谁就是最后的赢家。

“可是如果你一直拿核铳比着我，我们可就输定了。你这么做显然身不由己，是受到他们的操控。普利吉，把核铳给我。我知道你觉得不该这么做，可是这个念头不是你自己的，而是第二基地注入你心中的。普利吉，把核铳给我。让我们同心协力，面对即将来临的大敌。”

一股迷乱的情绪不断升高，令普利吉感到恐惧。诡辩！自己会错得这么离谱吗？为什么永远要怀疑自己？为什么不能肯定任何事？是什么使得程尼斯的话听来那么可信？

诡辩！

抑或是他饱经磨难的心灵，正在对抗另一名入侵者？

自己是否分裂成了两个人？

他模模糊糊地看到程尼斯站在自己面前，伸出一只手来——突然间，他知道自己要将核铳交出去了。

正当他的手臂肌肉准备收缩，做出这个动作之际，身后的门却缓缓打开——他连忙回过头去。

在广大的银河中，或许有些相貌相似的人，会让别人在普通情况下也可能认错。此外，在某些特殊情况下，还会有人将毫不相像的人混淆不清。然而，这两种情形都不可能发生在骡身上。

普利吉心中所有怒火，都无法抵挡一股突然间席卷而来的精神洪流。

就体格而言，骡在任何情况下都居于劣势，如今也不例外。

他现在的穿着令他看起来十分滑稽。由于身上包着厚重的衣物，他显得比平常臃肿，却仍然较普通人瘦弱。他将脸部蒙起来，只露出特大号的鹰勾鼻，被寒冷的空气冻得通红。

他活像大难不死的生还者，再也没有更恰当的比喻了。

他说："普利吉，握紧核铳。"

程尼斯耸耸肩，自己找位子坐了下来。骡转过身对他说："此地的情感氛围似乎极为杂乱，而且有相当程度的冲突。你说除了我，还有别人跟踪你们，这究竟是什么意思？"

普利吉突然插嘴道："阁下，在我们的星舰上放置超波中继器，是不是您的命令？"

骡将冷漠的双眼转向普利吉。"当然是我。整个银河系，除了行星联盟，还可能有别的组织拥有这种装置吗？"

"他说……"

"好啦，将军，他在这里。不需要由你转述他的话。程尼斯，你刚才是不是说了些什么？"

"是的，阁下，不过我显然搞错了。我本来以为，超波中继器是第二基地的奸细放置的，而我们被引到这里来，则是出于第二基地的阴谋，我正准备要反击呢。此外，我还有一个感觉，将军多多少少受到了他们的控制。"

"听你的口气，好像你现在不这么想了。"

"恐怕我搞错了。否则，刚才进门的就不会是您了。"

“好吧，那么，让我们来厘清这个问题。”骡脱去厚实且附有电热装置的外套，“你不介意我也坐下吧？现在——我们很安全，完全不必担心有任何人闯进来。在这个冰封的星球上，所有的本地人都不会想靠近此地。这一点，我能向你们保证。”他用冷酷的语调，强调着自己的力量。

程尼斯故意表现出厌恶。“有什么不可见人的？是不是有人会来奉茶，还会有舞娘出来表演？”

“大概没有。年轻人，你的理论该怎么解释？你说第二基地分子正在追踪你们，用的却是只有我才拥有的装置，还有——你说你是怎么找到这个地方的？”

“阁下，这很明显，为了解释所有已知的事实，似乎只能说我的脑子被灌输了一些概念……”

“也是那批第二基地分子干的？”

“我想，不可能有别人。”

“那么你并没有想到，假如某个第二基地分子为了自己的目的，因而强迫、驱策，或是诱骗你到第二基地自投罗网——我猜你会认为他和我用的是类似手法，不过我要提醒你，我能植入他人心中的只有情感，并不包括概念——反正，你并没有想到，他如果能做到这种事，就大可不必用超波中继器追踪你。”

程尼斯猛然抬起头来，被元首的大眼睛吓得一阵心悸。普利吉则在喃喃自语，他的松懈明显地反映在松弛的肩膀上。

“没错，”程尼斯答道，“我并没有想到。”

“然而，假如他们不得不追踪你，就没有能力左右你。而在不受支配的情况下，你不可能这么顺利地一路找来这里。这一点，你想到过没有？”

“也没有。”

“为什么呢？难道说你的智力突然降低了那么多吗？”

“阁下，我现在只能以一个问题来答复您。您是否也要加入普利吉将军的阵营，跟他一起来指控我是叛徒？”

“如果答案是肯定的，你能为自己辩护吗？”

“我唯一的辩解，刚才已经对将军说过了。假使我真是叛徒，知道第二基地的下落，您就可以令我‘回转’，直接从我心中探得那个秘密。倘若您认为有需要追踪我，那就代表我在事先并不知情，因此绝不是叛徒。我准备用这个矛盾，来答复您提出的矛盾。”

“那么你的结论呢？”

“我并不是叛徒。”

“这点我必须同意，因为你的论证无懈可击。”

“那么我可否请问您，为何要暗中跟踪我们？”

“因为对于所有的已知事实，其实还有第三种解释。你和普利吉两人，都分别以个人观点解释了部分事实，但并非全部。而我——如果你们愿意花点时间听我说——可以把一切解释得很圆满。我尽量长话短说，以免你们听得不耐烦。坐下来，普利吉，把你的核铳交给我。我们不会有危险，不论屋里屋外，都不会再有人想攻击我们。事实上，连第二基地也不会了。程尼斯，这都是你的功劳。”

室内的照明是罗珊通用的电力白炽灯。孤单单的一个灯泡吊在天花板上，昏黄的灯光映出三道人影。

骡说：“既然我感到有必要追踪程尼斯，显然我期待能有所收获。由于他以惊人的速度直奔第二基地，我们可以合理地假设，那正是我所期待的结果。但我并没有直接从他那里获得任何情报，所以一定有什么东西阻止了我。事实便是如此。当然，程尼斯知道真正的答案，而我也知道。普利吉，你懂了吗？”

普利吉顽固地说：“阁下，我不懂。”

“那么让我来解释一下。能够知道第二基地的位置，又能不让我刺探到的，其实只有一种人。程尼斯，恐怕你并不是叛徒；事实上，你就是第二基地分子。”

程尼斯双肘撑在膝盖上，身子向前倾，从愤怒而僵硬的嘴唇中吐出一句话：“您有什么直接证据？演绎式的推论今天已经两度触礁。”

“程尼斯，我当然也有直接证据，这相当简单。我曾经告诉你，我的手下被人暗中动了手脚。这项阴谋的主使者，显然必须是：一、非回转者；二、与事件中心极为接近的人。这个范围虽然很大，却并非没有界限。程尼斯，你一向太成功了。大家都太喜欢你，你的一切太顺利了。我不禁纳闷——

“于是我征召你主持这次的远征，而你并没有拒绝。我趁机观察你的情感，发现你并未感到困扰。程尼斯，你的胸有成竹表演得太过火了。面对这么重大的任务，任何一个正常人，不论他的能力多强，都难免会有几丝犹豫。你心中完全没有这种反应，这代表你若不是白痴，就是受到外力的控制。

“想知道真相其实很简单。我趁你松懈的时候，突然一把抓住你的心灵，并在同一瞬间注入悲痛的情绪，随即又将它释放。而你马上显露出愤怒，配合得天衣无缝，我可以发誓那是一种自然反应，但那只是我最初的想法。因为当我左右你的情感时，在你压抑住真正的反应之前，有那么一刹那，你的心灵曾试图反抗。这正是我想要知道的反应。

“没有任何人能够反抗我，即使是那么短暂的瞬间，除非他具有和我类似的精神控制力。”

程尼斯的声音低沉而苦涩。“哦，是吗？那又怎么样？”

“那就代表你死定了——因为你的确是第二基地分子。你必须被处决，我相信你早就知道。”

程尼斯又看到一把指着自己的核铳。然而这次控制铳口方向的，并非他轻而易举就能左右的普利吉，而是一个与他一样成熟、一样强固的心灵。

他能用来扭转局势的时间却少之又少。

接下来发生的事，实在是难以用文字描述。因为笔者与常人无异，只具有普通的感官，而且没有控制他人情感的能力。

简单地说，在骡的拇指即将扣下扳机的一瞬间，程尼斯心中转了无数的念头。

此时，骡的心灵被坚毅果断的决心所占据，绝不会有半分犹豫。从骡决心扣下扳机，到高能光束射中目标，程尼斯事后若有兴趣计算一下，会发现可资利用的时间仅有五分之一秒。

只有那么一点点时间。

在那么短暂的时间里，骡发觉程尼斯大脑的情感势能陡然高涨，自己的心灵却并未感受到任何冲击。与此同时，一股纯粹而令人战栗的恨意，从另一个意想不到的方向袭来。

正是这个新来的情绪，将他的拇指从扳机旁弹开。除此之外，再也没有任何力量能做到这一点。而几乎在他改变动作的同时，他也完全体认到一个新的情势。

就戏剧观点而言，应该用定格画面来处理这个重大变化。且先说骡，他的拇指离开了核铳，双眼仍旧紧盯着程尼斯。再说程尼斯，他浑身紧绷，还不太敢张口喘气。最后再说倒在椅子里的普利吉，他全身痉挛，每一块肌肉都在拼命抽搐，每一条肌腱都扭曲变形；训练有素的木然脸孔化作一张死灰的面具，上面布满可怕的恨意。他的双眼则紧紧地、直直地、目不转睛地盯在骡身上。

程尼斯与骡只交换了一两个字——仅仅一两个字，对他们这种人而言，就能完全表露情感与意识，足以达到相互了解与沟通的目的。但由于我们先天的限制，想要叙述这段经过，必须将他们交换的讯息翻译成文字，包括已经进行过的，以及即将进行的“对话”。

程尼斯紧张地说：“第一公民，你现在是腹背受敌。你无法同时控制两个心灵，因为我是其中之一——所以你得作出选择。普利吉已经脱离‘回转’状态，我打开了他的心灵枷锁。他现在又是当年的普利吉，是那位将你视为自由、正义和一切神圣事物的公敌，那位曾经试图行刺你的普利吉。此外他也知道，在过去五年间，你把他贬为一条摇尾的走狗。我暂且压制住他的意志，不让他有所行动，可是假如你杀了我，就没有人控制他了。在你根本来不及将铳口转向，甚至将精神力量转向之前——他就会把你解决。”

骡相当了解目前的情势，因此他纹风不动。

程尼斯继续说：“倘若你转移精神力量去控制他或杀掉他，或是作出任何行动，你就来不及再回过头阻止我。”

骡仍旧没有任何动作，只是轻轻叹了一口气。

“所以说，”程尼斯道，“抛开核铳吧。让我们两人公平对决，你可以把普利吉要回去。”

“我犯了一个错误。”骡终于开口，“我在面对你的时候，不该让第三者在场。这样做，引进了太多变数。我想，我必须为这个错误付出代价。”

他随手将核铳抛到地上，又将它踢到房间另一端。与此同时，普利吉瘫成一团沉沉睡去。

“他清醒后，便会恢复正常。”骡轻描淡写地说。

从骡准备按下扳机，到他丢弃核铳为止，整个情势的逆转，只经过了一点五秒的时间。

但是在骡的潜意识边缘，程尼斯及时发现一丝飘忽的情绪。那仍旧是信心十足的得意之情。

06

一人，骡——与第三者

这两个人表面上看来轻松自在，实际上刚好相反——他们体内每一根职司情感侦测的神经，都紧张得不停在颤抖。

这么多年来，骡第一次对自己的手法动摇信心。程尼斯心知肚明，虽然他暂时能自保，却是全力以赴的结果——对方的攻击则不费吹灰之力。在这场耐力比赛中，程尼斯明白自己迟早会败下阵来。

但他万万不该动这个念头。将情感弱点暴露给骡，无异于献给他一柄致命武器。在骡的心灵中，已经隐约浮现一丝不同的情绪——胜者的情绪。

设法争取时间……

其他人为什么迟迟不来？骡正是因此而信心满满吗？他的对手究竟知道哪些他不知道的事？他紧盯着对方的心灵，可是毫无发现。他若能看透他人的心思就好了，不过……

程尼斯猛力煞住纷乱不堪的思绪。他只让精神集中在一个念头：设法争取时间……

程尼斯说：“既然你已经确定我是第二基地分子，而在我们借着普利吉小斗一番之后，我也不想再否认了。可否请你告诉我，我为什么要到达辛德。”

“喔，不。”骡哈哈大笑，笑声高亢而充满自信。“我可不是普利吉，我不需要对你作任何解释。你有许多自以为是的理由。不管那些理由是什么，你的行动既然符合我的需要，我就懒得再追问。”

“在你对这件事的认知中，却一定还有盲点。达辛德真是你要找的第二基地吗？普利吉对我提过你以前的努力，还有那位成为你的工具的心理学家——艾布林·米斯。在我的……嗯……轻微的鼓励下，他不时会透露一些历史。第一公民，你回想一下艾布林·米斯。”

“我何必那么做？”声音充满自信！

程尼斯感到那股自信即将满溢，似乎是随着时间的流逝，骡本来可能还残存的不安情绪渐渐消失无踪。

他尽力克制住强烈的绝望感，又说：“那么，你并没有什么好奇心？普利吉告诉我，米斯曾经大吃一惊。他拼了命也要争取时间，想尽早警告第二基地。为什么？为什么呢？后来艾布林·米斯死了，第二基地未曾接到警告。可是，第二基地至今依然存在。”

此时骡露出真心的微笑，程尼斯惊觉一股残酷的情绪突然逼近，又在下一瞬间撤回。骡答道：“不过第二基地显然接到了警告。否则，拜尔·程尼斯如何又为何会到卡尔根进行活动，对我的手下动手脚，还妄想对我耍阴谋诡计？第二基地当然接到了警告，只不过太迟了点。”

“那么，”程尼斯故意流露出同情的情绪，“你甚至不知道第二基地是什么样的组织，那些具有更深含意的事件，你也不明白它们的真正意义。”

设法争取时间！

骡感觉到了对方的揶揄，他的眼睛眯起来，并闪出一丝敌意。他习惯性地用四根指头摸摸鼻子，再陡然迸出一句：“我就让你说个过瘾吧。第二基地究竟有什么秘密？”

程尼斯刻意改用普通的语言，不再使用情感讯息符号。他说：“据我所知，最令米斯感到疑惑困扰的，是包围着第二基地的重重神秘。当初，哈里·谢顿用完全不同的方式设立这两个基地。第一基地一切光明正大，短短两个世纪就威震半个银河系。反之，第二基地始终隐藏在黑暗的深渊。

“除非你能体验那个垂死帝国当年的学术气氛，否则不可能了解其中的道理。至少在思想上，那是个宏伟的大时代，各式各样的思潮百家争鸣。当然，当时已有文化倾颓的征兆，因为进一步的思想发展遭到了防堵。谢顿之所以能声名大噪，正是因为他和那些学术绊脚石抗争到底。他释放的最后一点创造性火花，不但辉映着第一帝国的落日残照，更预示了第二帝国的旭日初升。”

“非常戏剧化。后来呢？”

“因此，他根据心理史学的定律，亲手创立了两个基地。可是他比任何人更清楚，那些定律并非绝对的。他从未创造任何成品，只有退化的心灵才需要所谓的成品。他的心血结晶是一种不断演化的机制，而第二基地正是演化的原动力。我们——短命行星联盟的第一公民，我告诉你——我们才是谢顿计划的守护者。我们才是！”

“你想拿这些话为自己壮胆吗？”骡用轻蔑的语气问，“还是你想要说服我？无论是第二基地、谢顿计划或第二帝国，我一概不屑一顾；它们无法激起我一点点的同情、怜悯、责任感，或是任何你试图投射给我的情感。从现在开始，可怜的傻子，你得用过去式来描述第二基地，因为它被摧毁了。”

当骡站起身来，向对方走近时，程尼斯发觉压迫自己心灵的情感势能陡然增强。他拼命抵抗，却感到体内有什么东西在爬动，在无情地敲击与扭搅他的心灵。

他发觉自己已经背对着墙壁，而骡就在他面前，皮包骨的双臂叉在腰际，嘴唇在硕大无比的鼻子下扯出一个可怖的笑容。

骡又开口说：“程尼斯，你的游戏该结束了。你们这些人——所有那些曾经隶属第二基地的人，都已经是过去式！过去式！

“你或许不动一根指头就能把普利吉击倒，抢走他的核铳，却只是一个劲对他喋喋不休，你到底是在等什么？你其实是在等我，好让我来到时不至于太起疑，对不对？

“只可惜我根本不必起疑。第二基地的程尼斯，我早就看穿你，彻底看穿你了。

“但你现在又在等什么呢？你仍旧拼命对我滔滔不绝，好像能用声波把我禁锢在椅子上。而你在说话的时候，心中从头到尾都在等待、等待、等待。可是根本不会有任何人到来，你所等待的人——你的盟友一个也不会来。程尼斯，你落单了，这种情况永远不会改变。你知道为什么吗？

“因为你的第二基地对我完全估计错误。我早就知道他们的计划：他们以为我跟踪你到了这里，就可以让他们任意宰割。你的确是一个诱饵，用来引出这个可怜、愚蠢、孱弱的突变种——他是多么热衷于建立一个帝国，因而对脚下明显的陷阱视而不见。可是，我现在是他们的阶下囚吗？

“我不知道他们有没有想到，无论我到哪里，几乎都有舰队跟随。面对我的舰队，不论是哪一支，他们都完全束手无策。也不知道他们有没有想到，我不会为了谈判而按兵不动或静观其变。

“十二个小时前，我的舰队已经开始对达辛德发动攻击，他们的任务执行得相当、相当彻底。达辛德如今已是一片焦土，人口集中地区全被夷为平地。根本没有出现任何抵抗。程尼斯，第二基地已经不复存在——而我，我这个丑怪孱弱的畸形人，终于成为全银河的统治者。”

程尼斯唯有缓缓摇头叹息。“不可能——不可能——”

“可能——可能——”骡模仿着他的语气，“你很可能是最后一名幸存者，却也活不了多久了。”

接着，出现了一阵短暂而意味深长的停顿。忽然间，程尼斯感到心灵深处被贯穿了，随之而来的是一阵撕心裂肺的痛楚，令他几乎发出呻吟。

骡及时收回精神力量，喃喃说道：“不够，你并没有通过测验。你的绝望是装出来的。你的恐惧感不够强烈，那并非理想破灭该有的反应，只是个人面对生死关头的微弱恐惧。”

骡伸出瘦弱的手掌，轻轻扼住程尼斯的喉头，程尼斯偏偏无法挣脱。

“程尼斯，你是我的保障。万一我低估了任何事，你可以提醒我，还能够保护我。”骡的双眼向下凝视他，坚决地要得到答案。

“程尼斯，我的计算都正确吗？我是否智取了你们第二基地的人马？达辛德被摧毁了，程尼斯，彻彻底底摧毁了，但你的绝望为何还是假装的呢？真相究竟是什么？我一定要知道真相和实情！说话，程尼斯，说话啊。是不是我洞察得还不够透彻？危险依然存在吗？程尼斯，你说话啊。我到底做错了哪一点？”

程尼斯感到一字一句从口中扯出来，完全违背自己的意愿。他咬紧牙关，咬住舌头，还绷紧了喉咙的每一根神经。

那些话仍旧脱口而出。他大口喘着气，任由那股力量拉扯着他的喉咙、舌头、牙齿，一路将那些话硬扯了出来。

“真相是，”他尖声道，“真相——”

“对，真相。我还有什么没做到的？”

“谢顿将第二基地设在这里。我早就说是这里，我并没有说谎。当初那些心理学家来到这个世界，控制了本地的居民。”

“达辛德吗？”骡再度深入对方翻腾而痛苦的心灵，毫不留情地肆意翻找。“我已经毁灭了达辛德。你知道我要什么，快告诉我。”

“不是达辛德。我说过，第二基地分子也许不是表面上的掌权者；达辛德只是傀儡……”这些话说得含混不清，每个字都违背了这位第二基地分子的心意。“罗珊……罗珊……罗珊才是你要找的世界……”

骡松开手，程尼斯马上痛苦地缩成一团。

“你原来想要骗我吗？”骡轻声地说。

“你的确上当了。”这是程尼斯最后一点垂死的反击。

“可是你们并没有争取到足够的时间。我一直和我的舰队保持联络。解决了达辛德之后，下一个目标就是罗珊。不过首先——”

程尼斯感到令人无法忍受的黑暗扑天盖地而来，他自然而然伸出手臂，挡在痛苦不堪的双眼之前，却无法阻挡这波攻势。这片黑暗几乎令他窒息，他还觉得受创的心灵蹒跚地向后退，退到永恒的黑暗中——那里有个得意洋洋的骡，好像一根开怀大笑的火柴棒，又粗又长的鼻子在笑声中不停摇摆。

笑声不久便逐渐消退，只剩下黑暗紧紧拥抱着他。

直到另一种感觉突然迸现，仿佛是一道锯齿状的强烈闪电，才终于驱走无边的黑暗。程尼斯渐渐清醒过来，视觉也慢慢恢复，噙着泪水的双眼已能看到一个模糊的影像。

头痛简直令他无法忍受，而他必须承受着巨大的痛楚，才能将一只手抬到头部。

显然，他还活着。他的思绪好像一团羽毛，被气流卷起之后又缓缓落向地面，再度恢复静止。他感到体内充斥一股舒畅的暖流——那是从外面钻进来的。他强忍着巨痛，试着慢慢扭动颈部，却又带来一阵锥心刺骨的痛楚。

现在门又打开了；第一发言者已经进入室内，站在门槛旁边。程尼斯想要说话，想要大叫，想要发出警告——舌头却僵住了，这才知道骡的威猛心灵仍未完全放开他，仍然钳制住他的发声器官。

程尼斯再度转动颈子。骡依旧在屋内，双眼冒出怒火。他不再张口大笑，却露出牙齿，展现一个狰狞的笑容。

程尼斯感觉到，第一发言者的精神力量正在他心中轻轻挪动，为他疗伤止痛。可是不久之后，它就遇到骡的防御，只经过短暂的缠斗便被击退，一阵麻木感再度袭向程尼斯。

怒火充满骡的瘦弱身躯，使他看来更加丑怪。他咬牙切齿地说：“又有一个人来欢迎我。”他的心灵伸出灵巧的触须，一直伸到室外，并且继续延伸——延伸——

“你是单枪匹马来的。”他说。

第一发言者点了点头。“我绝对只有一个人。我确有必要这么做，因为五年前，是我对你的未来计算错误。所以我有个小小的心愿，那就是由我自己独力扭转局势。不幸的是，我没想到你布下的‘情感禁制场’威力如此强大，花了我好多时间才破解。你有这般能耐，实在可喜可贺。”

“我可不领情。”骡以凶狠的口气答道，“你少来这一套。你到这里来，是不是要用你那少得可怜的精神力量，援助你们这位即将崩溃的栋梁之才？”

第一发言者微微一笑。“哈，你称之为拜尔·程尼斯的这个人，已经圆满达成任务，由于他的精神力量远不及你，他的表现更加难能可贵。当然，我看得出来，你让他吃了不少苦头，即使如此，或许我们还是有办法使他完全康复。阁下，他是个勇敢的人。这个任务是他自愿的，虽然事前我们用数学推算出来，他的心灵受创的机会极大——这种下场比单纯的肉体残废更可怕。”

程尼斯在心中拼命挣扎，他想要说话，想要大声发出警告，可是偏偏做不到。他唯一能发出的只有恐惧——持续不断的恐惧——

骡显得很冷静。“你当然知道达辛德被毁灭了。”

“我知道，我们早已预见你的舰队会发动攻击。”

“是的，不出我所料。可是你们未能阻止，嗯？”这回声音冷酷。

“没错，未能阻止。”第一发言者发出清晰的情感讯息符号，几乎全然是自怨自责与恶心憎恶的情绪。“对于这个错误，我必须承担比你更大的责任。五年前，谁能够想象你的力量会这么大？我们从一开始——当你攻下卡尔根的那一刻——就怀疑你拥有控制情感的能力。这点并不令我们惊讶，第一公民，我现在就能解释给你听。

“像你我所拥有的这种精神力量，其实不是什么崭新的异能。事实上，它始终潜伏在人类的大脑。大多数的人都能察觉他人最表层的情感，例如根据面部的表情、说话的语气等等。许多动物在这方面的天赋更高，它们使用嗅觉的本领出神入化，当然，牵涉到的情感则较为简单。

“人类这方面的潜力其实极大，可是一百万年前，随着语言的发展，情感直接接触的机能逐渐萎缩。我们第二基地最大的成就，就是唤醒这个沉睡的感官，使它至少恢复到某种程度。

“可是我们并非天生具有这些能力。百万年的退化是个艰难的障碍，我们必须锻炼这种感官，就像锻炼自己的肌肉一样。就这点而言，你得天独厚。你的能力是与生俱来的。

“以上这些，我们都有能力计算出来。因此，我们也能计算出一个具有这种能力的人，在普通人的世界里所造成的效应。就好像明眼人到了盲人国那样——我们算出了夸大妄想对你的影响程度，认为我们已经有所准备。但是，我们忽略了两个重要因素。

“第一，你的精神力量有效范围极广。我们的精神接触，只能在目力所及的范围内施行，因此面对普通武器的时候，我们比你想象中更加无助。因为视觉扮演一个极重要的角色。而你却没有这种限制，我们现在已经确定，你不但能以精神力量控制他人，而且在视觉和听觉范围之外，仍然能和他们维持密切的情感联系。这一点，我们发现得太晚了。

“第二，我们原本不知道你有肉体上的缺陷，尤其是你把这个缺陷看得那么严重，甚至因此自称为‘骡’。我们只知道你是突变种，未曾预见你并没有生殖能力，因而忽略了你的自卑感所引发的异常心理。我们只是准备对付一名夸大狂，而不是精神严重错乱的偏执狂。

“我自己应该对这些失算负全部责任，因为当你攻陷卡尔根的时候，我已经是第二基地的领导者。在你打垮第一基地之后，我们终于发现一切真相——不过为时已晚——由于这个错误，导致达辛德数百万人送了命。”

“你现在打算扭转乾坤吗？”骡的两片薄唇扭曲着，内心则汹涌着恨意。“你准备怎么做？把我养胖？帮我恢复男性雄风？将凄惨的童年从我的过去一笔勾销？你同情我的遭遇吗？你为我的不幸感到难过吗？对于我不得不做的事，我一点都不懊悔。当我最需要保护的时候，整个银河系没有半个人伸出援手，现在就让银河尽力自卫吧。”

“你的这些情绪，”第一发言者说，“当然是过去的背景造成的，我们不应苛责——只该设法改变。达辛德的毁灭是无可避免的。否则另一个结果，是整个银河系遭到更严重的破坏，而且会持续数个世纪。我们已经在能力范围内尽了最大的努力。我们尽可能撤离达辛德的居民，无法撤走的也尽量疏散。可惜的是，我们做到的比真正需要的少得太多，害得数百万人因而丧生——你不觉得遗憾吗？”

“一点也不会——六小时内，罗珊的十万居民也全会死光，而我一样毫不遗憾。”

“罗珊？”第一发言者迅速问道，并转身面向程尼斯。

程尼斯勉力维持着半坐的姿势，运用精神力量苦撑着。他觉得有两个心灵在自己身上决战，接着感到精神枷锁崩开了一瞬间，口中立刻吐出一大串话：“发言者，我彻底失败了。在您抵达之前十分钟，他逼我说出了真相。我无力抵抗他，这都是我的错。他已经知道达辛德不是第二基地，他已经知道罗珊才是。”

精神枷锁重新闭合，再度将他紧紧困住。

第一发言者皱着眉说：“我懂了。你现在计划怎么做？”

“你真的不知道吗？你真的看不透这么明显的事实吗？刚才你在对我说教，告诉我情感接触的本质，用夸大狂、偏执狂等等字眼骂我的时候，我其实正忙着呢。我一直和我的舰队保持联络，而他们已经接到命令。六小时后，除非有什么原因让我收回成命，他们会开始轰炸整个罗珊，只留下这个小村庄，以及周围一百平方英里的范围。他们会彻底执行任务，然后全部降落此地。

“你还有六个小时，而在这六小时中，你无法击倒我的心灵，也不能拯救整个罗珊。”

骡摊开双手，再度发出狂笑，第一发言者则似乎无法接受这个新的情势。

他说：“另一条路呢？”

“为什么一定要有另一条路？另一条路对我绝对没有好处。我该心疼罗珊居民的性命吗？或许，假如你们允许我的星舰安然降落，而且你们全部——第二基地所有的人马——都置于我的精神控制之下，让我感到满意，我会考虑撤回轰炸的命令。能掌握这么多高智力的头脑，想必是很值得的事。不过这样做可能得花很大的力气，或许根本得不偿失，所以我并不特别希望你会同意。第二基地分子，你怎么说呢？你究竟有什么武器，能够对付一个至少和你旗鼓相当的心灵，以及你做梦也想不到的强大舰队？”

“我有什么武器？”第一发言者慢慢将这个问题重复一遍，“我什么都没有——除了一点点——一点点连你也不知道的情报。”

“那就快说，”骡哈哈大笑，“说得天花乱坠吧。即使你是一条泥鳅，这回也逃不出我的掌心。”

“可怜的突变种啊，”第一发言者说，“我根本就不想逃。问问你自己——为什么拜尔·程尼斯会被送到卡尔根当诱饵？拜尔·程尼斯虽然既年轻又勇敢，可是他的精神力量跟你相比，和这位正在呼呼大睡的军官汉·普利吉也差不多。为什么我不亲自出马，或者选派我们其他的领导者，那些和你势均力敌的人，来执行这项任务呢？”

“或许，”骡以万分的信心答道，“你还没有笨到那种程度。可能你也明白，你们没有一个是我的对手。”

“真正的理由其实更合逻辑。你知道程尼斯是第二基地分子，他没有能力瞒过你这一点。此外，你也知道他不是你的对手，所以不怕将计就计，索性依照他的计划跟踪至此，以便最后反过来制住他。假使当初是我去卡尔根，由于我会对你构成真正的威胁，你很可能会杀掉我。即使我将身份隐藏得很好，因而保住性命，也很难让你从太空一路跟踪我到这里。正是因为你觉得胜券在握，才会被引诱出来。假使你留在卡尔根，在你的人马、你的武器、你的精神力量重重保护之下，第二基地倾全力也动不了你一根汗毛。”

“老泥鳅，我的精神力量仍旧存在。”骡说，“而我的人马、我的武器也并非远在天边。”

“完全正确，但是你并不在卡尔根。你如今身在达辛德王国境内，而你以为达辛德就是第二基地，认为一切都合情合理。这是我们精心策划的结果，因为你是个精明至极的人物，第一公民，你只相信合乎逻辑的事。”

“说得很对，但那只能让你们暂时得意一下。我还有时间从你们的程尼斯口中挖掘出真相，而我也至少还有头脑，知道这种真相应该存在。”

“不过我们这一方，还没有狡诈到那种程度的一方，已经料到你会采取这个行动，所以特别为你准备了拜尔·程尼斯。”

“那我确定他有负所托，因为我将他的脑子掏得一干二净。他的心灵在我脚下颤抖，对我完全开放、完全赤裸。当他说罗珊就是第二基地的时候，说的是百分之百的实话。我已经把他的心灵整个摊开辗平，检视了每一个微观的隙缝，再小的谎言也无所遁形。”

“非常正确，比我们预料中的还要好。我已经对你说过，拜尔·程尼斯是一名志愿者。你知道他志愿做的是什么事吗？在他到卡尔根去投效你之前，接受了一种彻底的心灵改造手术。你认为这样做能不能瞒得过你？假使拜尔·程尼斯未曾接受手术，你以为他有可能骗得了你吗？其实，拜尔·程尼斯自己也被蒙在鼓里，不过那是必须的，也是他自愿的。在心灵的最深处，拜尔·程尼斯老老实实地相信罗珊就是第二基地。

“三年来，我们第二基地在达辛德王国布置的这一切，就是为了等你自投罗网。我们已经成功了，对不对？你找到达辛德，进而又找到罗珊——到此为止，线索就断了。”

骡猛然站起来。“难道你敢说，罗珊也不是第二基地？”

倒在地上的程尼斯，感到第一发言者传来一股力量，将他的精神枷锁完全扯裂。他一跃而起，不可置信地大吼道：“您说罗珊并不是第二基地？”

他所有的记忆，心中的各种知识，一切的一切——此时全部混淆不清，模模糊糊地绕着他打转。

第一发言者微微一笑。“第一公民，你看，程尼斯像你一样烦乱。当然，罗珊并不是第二基地。我们难道疯了吗，竟然会引领我们最强大、最危险的敌人，来到我们自己的世界？喔，不会的！

“第一公民，倘若你执迷不悟，就让你的舰队来轰炸罗珊吧。让他们尽力摧毁一切吧。因为他们顶多只能杀掉程尼斯和我自己——可是这样做，丝毫无法改善你目前的处境。

“第二基地的远征军早在三年前就来到罗珊，一直以本村长老的身份在活动，而他们昨天已经离开此地，正在前往卡尔根途中。当然，他们会避开你的舰队，而且至少能比你早一天到达卡尔根，因此我敢把一切都告诉你。除非我收回成命，否则等你回到卡尔根，将会面对一个叛乱四起、四分五裂的帝国，只剩随你来这里的舰队会继续效忠。他们绝不可能以寡敌众。此外，第二基地的人马将渗入你的后备舰队，确保你无法将任何人重新‘回转’。突变种，你的帝国完了。”

骡缓缓垂下头，愤怒与绝望占满他的心灵。“是的。太晚了——太晚了——现在我懂了。”

“现在你懂了，”第一发言者附和着，“现在你又不懂了。”

骡的心灵因绝望而门户大开，第一发言者早已蓄势待发，趁着这个千载难逢的机会立刻钻进去。他只花了万分之一秒的时间，就顺利完成对骡的改造。

骡抬起头来，问道：“那么我应该回卡尔根去？”

“当然。你感觉如何？”

“感觉非常好，”他皱起眉头，“你是谁？”

“有什么关系吗？”

“当然没有。”他抛下这个念头，拍拍普利吉的肩膀。“醒醒，普利吉，我们要回家了。”

两小时后，拜尔·程尼斯终于觉得行动自如了。他说：“他不会再想起来吗？”

“永远不会。他会保有他的精神力量以及他的帝国——但是他的动机完全改变了。第二基地这个概念如今成为一片空白，而他也变成一位和平主义者。而且从今以后，他会比以前快乐得多，就这样度过他的余生。由于身体机能失调，他没有几年好活了。然后，一旦他死了，谢顿计划便会继续——总会继续下去的。”

“这么说的话，”程尼斯追问，“罗珊真的不是第二基地？我可以发誓——我告诉您，我明明知道。我可没有精神错乱。”

“程尼斯，你没有精神错乱，正如我所说，你只是被改造了。罗珊并不是第二基地。走吧！我们也该回家了。”

最后插曲

拜尔·程尼斯坐在贴满白色瓷砖的小房间中，让心灵完全放松。对于目前的生活，他感到相当满意。房间里有墙壁、有窗户，外面还有草地。它们却没有名字，它们只是“东西”。室内还有一张床，一把椅子，床脚的屏幕则呆板地放映着书籍的内容。护士每天进来几回，为他送来食物。

起初，他并未试图将听到的零星声音拼凑起来，例如下面两个人的对话。

其中一个人说：“现在的症状是完全的失语症。这表示清理干净了，我想他没有受到什么伤害。接下来需要做的，只是将他原来的脑波记录输回去。”

他把那些声音硬背下来。不知道为什么，那些声音好像十分特殊——似乎代表某种意义。可是又何必操这个心呢？

还不如乖乖躺在这个“东西”上面，看着前方那个“东西”的色彩变幻。

然后有一个人走进来，对他做了一件事。于是他沉沉睡去，睡了很久很久。

醒来之后，“床”突然就是“床”了。他知道自己在医院里，硬记的那些声音也都有了意义。

他坐起来，问道：“发生了什么事？”

第一发言者就在旁边，他说：“你在第二基地，你的心智，你原来的心智，已经恢复了。”

“是的！是的！”程尼斯想起了自己是谁，因而感到无比的骄傲与喜悦。

“现在告诉我，”第一发言者说，“你知道第二基地在哪里吗？”

真相如巨浪汹涌而来，程尼斯却没有立即回答。像当年的艾布林·米斯一样，他只是体会到一阵巨大而令人麻木的惊愕。

最后他终于点点头，说道：“银河众星在上——现在，我知道了。”

第二篇

基地的寻找

艾卡蒂·达瑞尔：小说家，生于基地纪元362年1月5日，卒于基地纪元443年11月7日。虽然艾卡蒂·达瑞尔的作品以小说为主，传世之作却是她为祖母贝泰·达瑞尔所写的传记。这本传记根据第一手资料写成，数世纪以来，一直是关于骡以及那个时代的权威资料……与著名的小说《未归档的记忆》一样，她所写的《一而再，再而三》生动地反映了卡尔根社会在“大断层”早期的繁华生活。据说，那是根据她少年时期亲访卡尔根的见闻……

——《银河百科全书》

07

艾嘉蒂娅

艾嘉蒂娅·达瑞尔以稳重的语调，对着听写机的输入端朗读道："谢顿计划的展望，艾·达瑞尔作。"然后她暗自想到，有朝一日自己成为大作家，要用"艾卡蒂"这个笔名发表所有的不朽之作。就只用艾卡蒂，不要冠上任何姓氏。

而"艾·达瑞尔"这样的署名，则是"作文与修辞"这门课的作业所规定的格式——真没品味。同班其他同学也都得这样做，只有丸里萨斯·旦例外，因为当初他以那种方式念出自己的名字，全班同学就笑成一团。"艾嘉蒂娅"则是小女孩的名字，只因为祖母小时候用过，她就要被迫接受；她的父母连一点想象力也没有。

前天是她的十四岁生日，大家应该体认到一个简单的事实，那就是她已经长大成人，该改口叫她"艾卡蒂"了。她突然撅起嘴来，因为她想起父亲刚才勉强将视线从阅读镜移开一下，抬起头来说："可是，艾嘉蒂娅，如果你想假装自己已经十九岁，等到二十五岁的时候，男生们都会以为你已经三十了，你该怎么办？”

她正坐在自己专用的大号扶手椅中，两只手臂伸展开来，抬头便能看见梳妆台上的镜子。她的一只脚丫挡住了一点视线，因为拖鞋正挂在拇指上摇晃着。于是她将脚收回来，把身子坐端正，脖子很不自然地伸得笔直。这样一来，她觉得自己又长高两英寸，身材因而显得雅致多了。

她花了一点时间，若有所思地打量自己的脸庞——太胖啦。于是她紧抿着嘴，将下巴往下伸半英寸，再从各个角度观察这张人工的瘦弱面容。她伸出舌头舔了一下嘴唇，再将湿润的唇微微撅起。然后她缓缓垂下眼睑，表现出历尽沧桑的世故——喔，天哪，双颊为什么是粉红色的，真丑。

她试着将手指摆在双眼外缘，把眼角微微扯斜，装出内围星系妇女那种神秘而具异国风情的慵懒状。可是这么一来，双手就把脸孔遮住一半，没法看清楚自己的容颜。

她抬起下巴，又想照照自己的侧面。她将眼珠尽量瞥向镜子那一侧，脖子也扭得有些酸疼。此时，她故意用低八度的声调说：“真的，爸爸，如果你以为我会有一点点在乎那些笨男生怎么想，你就实在……”

她忽然想起手中的听写机仍然开着，于是垂头丧气地说：“喔，天哪。”并顺手将它关掉。

听写机仍然吐出半张淡紫色的纸，纸张左侧还有美丽的桃色花边，上面赫然印着：

谢顿计划的展望 艾·达瑞尔作

真的，爸爸，如果你以为我会有一点点在乎那些笨男生怎么想，你就实在喔，天哪。

她气急败坏地抽出那张纸，再将另一张卷进那台机器里面。

不过，她脸上的气恼表情很快就消失了，宽宽的小嘴巴扯出一个满意的笑容。她把那张纸凑到鼻端，优雅地闻了一下。没错，就该是这种高雅迷人的香味。纸上的笔迹也没话说。

这台机器是两天前送来的，是父亲送她的成年生日礼物。在此之前，她曾对父亲说："爸爸，可是每一个人——班上每一个稍微有那么一点点志气的人都有一台。只有那些老古董才用打字机……"

推销员也对她父亲说："我们这种听写机既小巧又灵活，别的型号通通比不上。它可以根据言语中的含意，列印出正确的文字和标点。它绝对是学习的好帮手，因为它会鼓励使用者注意发音和呼吸，好让它印出正确的字句。不用说，当然还要使用合宜而端庄的口气，才能得到正确的标点符号。"

不过当时看来，父亲只想帮她买一台普通的打字机，好像真把她当成一个老古董和老学究。

等到机器送来的时候，却正是她梦寐以求的那一款。她感动得一把鼻涕一把眼泪，和十四岁的成年生日似乎不大相称。而那台机器列印出来的，则是纯粹女性化的娟秀字迹，看起来优雅、美观而迷人。

即使是那一句"喔，天哪。"听写机印出的字迹也十分有魅力。

可是无论如何，她必须循规蹈矩使用才行。所以她又端坐在椅子上，正经八百地把草稿放在面前，准备重新开始。她先缩腹再挺胸，小心翼翼地控制呼吸，然后以充满热情的语气，一字一句清清楚楚地朗诵道：

谢顿计划的展望

我们这些有幸能在本行星高效率、高素质的教育体系下受教育的学生，我确信，大家都对基地过去的历史了若指掌。

哈！爱尔金小姐，那个刻薄的老巫婆，一定会对这个开头十分满意。

基地过去的历史，几乎就是伟大谢顿计划的发展史。两者根本就是一体两面。可是如今大多数人心中的疑问，则是这个伟大而睿智的计划能否继续下去，或是会遭到严重破坏，或是也许早已被摧毁了。

想要了解这个问题，最好让我们先浏览一下，谢顿计划至今已对人类揭示的几个重点。

这部分很容易写，因为她上学期刚修过“近代史”这门课。

大约四个世纪前，当时第一银河帝国几乎已经瘫痪，眼看就要灭亡，有一个人——伟大的哈里·谢顿——预见了这个即将来临的末日。他与他的同僚利用心理史学——这门科学的辅杂数学如今早已失传——

她忽然停下来，这里出现了小小的疑问。她确定“复杂”的“复”应该读第三声，可是机器选的字好像不大对劲。喔，别担心，机器是不可能出错的。

预测出了银河历史巨流的整体发展方向。他们得以发现一个事实：若放任历史自行发展，帝国必将崩溃瓦解，至少会有三万年的无政府动乱状态，之后才有可能建立一个新的帝国。

想要阻止帝国衰亡为时已晚，但是，至少还有可能缩短那段动乱时期。因此，谢顿计划的主要目的，是要使第一帝国与第二帝国的间隔缩短成一个仟年。如今过了将近四个世纪，花开花落，花落花开，而谢顿计划依旧继续运作。

哈里·谢顿在银河中两个遥相对峙的端点，分别建立一个基地。他为这两个基地所选取的各种条件，得以诱发心理史学问题的最佳数学解答。其中之一，我们的基地，设立在这个端点星上，集中了帝国时期所有的物理科学。凭借着这些科学，基地足以抵抗周围蛮荒王国的攻击。那些王国毫无例外，都是不久前从帝国边缘脱离而独立的。

基地由于有一代代英勇睿智的领导者，例如塞佛·哈定、侯伯·马洛，因此很快就征服了那些短命的王国。这些英雄都能明智地诠释谢顿计划，并且领导我们克服

根据她的草稿，下面两个字也是“复杂”，但她决定不要再冒险。

艰难的情势。数个世纪过去了，基地各个世界仍旧缅怀他们的功绩。

终于，基地建立了一个庞大的商业体系，控制着安纳克里昂与西维纳星区的大部分，甚至击败苟延残喘的旧帝国，打败了帝国的最后一名大将——贝尔·里欧思。这时

候，谢顿计划似乎再也没有任何阻碍。谢顿策划的每一个危机，都能在准确的时机出现，并且一一顺利化解。而每解除一个危机，基地便向第二帝国以及永久和平再迈出一大步。

此时，

念到这里，她一口气没喘过来，只能从牙缝中轻轻吐出这两个字。不过听写机照样将这两字印得清清楚楚、漂漂亮亮。

第一帝国最后的残余势力烟消云散，只剩下许多无能的军阀，统治着这块硕大的残躯。

“硕大的残躯”是她上周从惊悚片中学到的，不过爱尔金小姐一向只听古典音乐与教学节目，所以绝对不会露出马脚。

不料，冒出了骡这号人物。谢顿计划并未考虑到这个异人。他是个突变种，他的出现是无从预测的。骡具有奇异而神秘的力量，能控制并操纵人类的情感，使得所有的人都臣服于他的意志。他以惊人的速度成为一名征服者以及帝国的开创者。最后，他竟然还征服了基地。

但他从未完成一统银河的壮举，因为他势如破竹的第一波攻势，最后被一位睿智、勇敢、伟大的女性化解于无形。

现在她又碰到那个老问题：父亲向来不准她提到自己是贝泰·达瑞尔的孙女。可是人人都知道这件事，而且贝泰可算是有史以来最伟大的女性，她的确以一己之力阻止了骡。

然而整个事件的来龙去脉，真正知晓的人少之又少。

哈！如果她得向全班朗读这篇作文，上面这句话就可以用神秘兮兮的语气来念，这样一来，一定会有人问她实情究竟如何。然后嘛，嗯，如果他们非问不可，自己就不得不说实话了，对不对？她在心中迅速转念，已经想到势必面对父亲的严厉质问，并且拟好一段听来委屈却振振有词的辩解。

经过五年的极权统治，又出现了一个变化，原因至今不明。总之，骡放弃了一切扩张政策。他在位的最后五年，实行的是开明专制。

有人说，骡的改变是由于第二基地的介入。然而，从来没有人发现另外那个基地的正确位置，也没有人知道它的真正作用，所以上述理论始终未被证实。

如今，距离骡的覆亡又过了整整一个世代。在骡倏来倏去之后，未来又将如何发展呢？骡干扰了谢顿计划，似乎已经令它四分五裂，但在他死后，基地随即复兴，如同从垂死恒星的灰烬中重生的新星。

上面这段是她的创作。

于是，端点星再次成为一个商业联邦的中心。它几乎恢复了沦陷之前的富庶与强盛，甚至变得更和平、更民主。

这个发展也在计划之中吗？谢顿伟大的梦想依旧健在吗？六百年后，真会有第二银河帝国兴起吗？我个人相信

答案是肯定的，因为

这是最重要的部分。爱尔金小姐总是喜欢用红铅笔，批上一些又大又丑的评语："但这只是叙述而已。你个人的心得呢？用心想一想！表达出自己的想法！洞察你的心灵深处！"洞察你的心灵深处，她可真了解人类的心灵，她那张丑脸一辈子没笑过……

在我们的历史上，从未出现过如今这种大好的情势。旧帝国完全灭亡了，而骡的统治则结束了军阀割据的局面。银河外围大多数地区，都过着文明而和平的日子。

更重要的是，基地内部也比往昔健全许多。沦陷前的世袭市长专制时代结束了，基地再度恢复早期的民主选举。银河中再也没有持异议的独立行商世界，也不再有大量财富集中于少数人之手的不均与不公。

因此之故，我们没有理由畏惧失败，除非第二基地真对我们构成威胁。不过那些抱持这种想法的人，除了茫然的畏惧与迷信，无法提出任何证据。我认为，我们对自己、对国家、对伟大谢顿计划的信心，定能消除心中任何的疑虑，

嗯……这是可怕的陈腔滥调，不过作文的结尾总得写点这种东西。

所以我说——

写到这里，《谢顿计划的展望》又不得不暂停，因为玻璃窗发

出了轻微的敲击声。当艾嘉蒂娅撑着椅子扶手引颈而望时，竟然发现自己和窗外的一张笑脸遥遥相对。那是一名男子的脸孔，被竖在嘴唇上的食指分成两半，更加凸显了这张脸的左右对称。

艾嘉蒂娅只顿了一下，便及时换上一副茫然的表情。她从扶手椅上爬下来，走到大窗台前的沙发旁，然后跪在沙发上，若有所思地瞪着窗外。

那张脸孔上的笑容很快消失了。那人一只手紧抓着窗台，连指节都已泛白，另一只手则迅速做了一个手势。艾嘉蒂娅立即会意，按动了一下开关，玻璃窗最下面的三分之一部分随即滑进墙壁。春天温暖的空气立刻飘进来，干扰了室内的空调。

“你不能进来。”她装模作样，洋洋得意地说，“窗子都加装了防盗幕，只认得住在这里的人。如果你钻进来，各式各样的警铃都会铃声大作。”她顿了一顿，又补充道：“你这样踩着窗户下的台子，身手一点也不高明。一个不小心，你就会摔断那根不值钱的脖子，还会压坏好些珍贵的花朵。”

“既然这样，”窗边那个人也正在担心这件事——但认为“不值钱”和“珍贵”两个形容词应该交换一下，“你能不能关掉防盗幕，让我爬进去？”

“你苦苦哀求也没用，”艾嘉蒂娅说，“你也许闯错了地方，因为我可不是那种随便的女孩，这么晚还会让陌生男子钻进她们……钻进她的卧室。”在说这句话的时候，她的眼睑微微下垂，露出一个性感的表情——或者应该说，模仿得过分惟妙惟肖。

年轻男子脸上的顽皮神色早已消失无踪。他喃喃道：“这里是达瑞尔博士的住宅，对不对？”

“我为什么要告诉你？”

“喔，银河啊——再见——”

"年轻人，如果你跳下去，我马上按警铃。""年轻人"是她故意选用的讽刺字眼，用来表现自己的世故与练达。因为看在艾嘉蒂娅精明的眼里，这家伙显然有三十几岁——事实上，实在很老了。

僵持了一会儿，那人硬邦邦地说："好吧，姑娘，我问你，你不准我待在这里，又不准我走，到底想要我怎么做？"

"我想，你可以进来。达瑞尔博士的确住在这里。我来关掉防盗幕……"

"年轻人"先探头看了看，才小心翼翼将右手伸进窗内，再一挺身钻进屋子。他气呼呼地使劲拍打膝盖上的灰尘，又抬起通红的脸孔对着艾嘉蒂娅。

"万一被人发现我在这里，你确定你的人格和名誉不会受损吗？"

"你的人格和名誉才会一败涂地呢，因为只要听到外面有脚步声，我就会立刻大喊大叫，说你强行闯进我的房间。"

"是吗？"他以谦恭无比的态度说道，"防盗幕可是你自己关掉的，你又要如何解释？"

"哼！那还不简单，其实根本没有什么防盗幕。"

那人将眼睛睁得老大，一副恼羞成怒的样子。"你在唬人？小丫头，你今年多大了？"

"年轻人，我认为这是个非常不礼貌的问题。而且，我也不习惯被人称作'小丫头'。"

"我绝不怀疑，你可能是骡的祖母化装的。在你来不及呼朋引类，对我动用私刑之前，我可不可以赶紧溜走？"

"你最好别走——因为家父正在等你。"

那人的表情再度变得小心谨慎。他扬起一道眉毛，故意随口问道："哦？有人跟令尊在一起吗？"

"没有。"

"最近有人来拜访他吗？"

"只有推销员——还有你。"

"有没有任何不寻常的事？"

"只有你。"

"饶了我吧，好不好？不，别饶我。告诉我，你怎么知道令尊正在等我？"

"喔，那还不简单。上个星期，你知道吗，他收到一个私人信囊，只有他本人才能开启，里面有一张会自行氧化的信笺。他还特别把信囊丢进垃圾分解器。昨天，他主动放波莉一个月的假——你知道吗，波莉是我们的女佣——让她去探望住在端点市的姐姐。今天下午，他又在客房里整理床铺。所以我晓得他正在等什么人，却故意不让我知道。通常，他什么事都会告诉我的。"

"真的！我难以相信他有这个必要。我以为他还没说，你就什么都知道了。"

"通常都是这样。"说完她就哈哈大笑，开始感到无比的轻松自在。这个访客年纪不小了，不过外表十分出色，有着一头棕色的鬈发，还有一对深蓝色的眼珠。也许，等到自己年纪够大的时候，还能再遇到类似的人物。

"可是，"那人又问道，"你又怎么知道我就是他要等的人？"

"唉，还会有谁呢？他神秘兮兮地在等一个人，希望你懂得我的意思——然后你就愣头愣脑地来了，还想要从窗户钻进来。如果你有一点常识，就该知道从大门走进来。"她突然想到一句精彩的台词，立刻派上用场："男人全都这么笨！"

“你倒满有自信的嘛，小丫头，对不对？不，我是说‘小姐’。你知道吗，你可能都猜错了。万一我现在告诉你，我被你搞得一头雾水，而且据我所知，令尊等的不是我而是别人，你又该怎么办？”

“喔，我可不这么想。我原本不想让你进来，直到看见你把手提箱丢下去，我才改变主意的。”

“我的什么？”

“你的手提箱，年轻人。我可不是瞎子，你并非不小心，而是故意丢下去的。因为你先向下面看了一眼，估计一下它会落在哪里。等你确定它会掉进树篱里面，不会被人看见，这才把手提箱丢下去，然后就没有再向下望一眼。既然你故意不走大门，而准备爬窗户，就意味着你不太敢确定是否找对地方，想要先观察一下。当你被我发现之后，你首先想到的是手提箱，而不是你自己的安危，这就意味着，你把里面的东西看得比自己更重要。由此可知，既然你人在屋内，而你我都知道手提箱还在屋外，你也许根本无计可施。”

说到这里，她实在需要停下来喘一口气。那人趁机回嘴道：“不过，我想我可以把你勒得半死，然后逃出去，捡起手提箱远走高飞。”

“不过，年轻人，我的床底下刚好有一根球棒，我两秒钟之内就能抓到手里，而且我是个非常强壮的女生。”

僵持了好一阵子，最后，“年轻人”终于以做作的礼貌口吻说：“既然我们这么谈得来，我应该自我介绍一下。我叫裴礼斯·安索，你叫什么名字？”

“我叫艾嘉……艾卡蒂·达瑞尔，很高兴认识你。”

“好啦，艾卡蒂，你能不能做个好女孩，把令尊请过来？”

艾嘉蒂娅气呼呼地抬起头来。“我可不是女孩，我认为你这样说非常没有礼貌——尤其是拜托别人帮忙的时候。”

裴礼斯·安索叹了一口气。“说得好——请问你能不能做一个好心、善良、可爱的老妇人，把令尊请过来？”

“我也不是那个意思，但我会叫他的。年轻人，可是别以为我会把视线从你身上移开。”她开始用力踏着地板。

走廊随即传来一阵急促的脚步声，卧室的门随即被猛力打开。

“艾嘉蒂娅——”达瑞尔博士吁了一口气，改口问道，“先生，你是谁？”

裴礼斯赶紧站起来，看来显然松了一口气。“杜伦·达瑞尔博士？我是裴礼斯·安索。我想，你已经收到那封信了。至少，令爱是这么说的。”

“我女儿说的？”他皱起眉头，用责备的眼神瞪了艾嘉蒂娅一眼，却看到她正张大眼睛，露出一副无懈可击的无辜状，遂不得不收回严厉的目光。

达瑞尔博士终于再度开口：“我的确正在等你。请跟我下楼好吗？”他突然打住，因为看到旁边有东西在闪动，而艾嘉蒂娅也注意到了。

她赶紧扑向那台听写机，却根本来不及了，因为父亲已经站在机器旁边。他以温柔的口吻说：“艾嘉蒂娅，它一直都开着呢。”

“爸爸，”她又气又恼地尖叫，“看人家的私人信件是非常不道德的行为，看人家的谈话记录就更不用说了。”

“啊，”父亲说，“不过这个‘谈话记录’，是你和一个陌生男子在卧室录下的！艾嘉蒂娅，身为你的父亲，我必须保护你。”

“喔，天哪——根本不是那么回事。”

裴礼斯突然哈哈大笑。“喔，达瑞尔博士，就是那么回事。这位小姐准备指控我许多罪名，即使为了洗刷我的冤屈，我也得请你务必读一遍。”

“喔——”艾嘉蒂娅强忍住泪水。竟然连亲生父亲也不相信自己。那台可恶的听写机——要不是那个笨蛋愣头愣脑摸到窗口，她也不会忘记把机器关掉。现在，父亲一定准备发表长篇大论，细数年轻女子不该做的每一件事。看来，好像根本没有什么是她们应当做的，也许上吊是唯一的例外。

“艾嘉蒂娅，”父亲以温和的语气说，“我认为一个年轻女子——”

她就知道，她早就知道。

“——对一位比自己年长的人，不该这么没有礼貌。”

“可是，谁叫他到我的窗户旁边探头探脑？一个年轻女子总该有隐私权吧——你看，现在我得从头念一遍这篇可恶的作文。”

“他爬到你的窗边究竟对不对，不是你应该质疑的问题。你根本就不该让他进来，应该立刻通知我——更何况你也认为我在等他。”

她没好气地说：“你不见他也好——这个傻东西。如果他继续飞檐走壁，迟早会把整件事都抖出来。”

“艾嘉蒂娅，自己不晓得的事，不要随便发表意见。”

“我当然晓得。是关于第二基地，对不对？”

沉默持续了好一阵子。连艾嘉蒂娅也觉得腹部在微微抽搐。

然后，达瑞尔博士轻声问道：“你是从哪里听来的？”

“不是从哪里听来的，除了这件事，还有什么值得这么神秘兮兮的吗？你不用担心，我不会告诉任何人。”

“安索先生，”达瑞尔博士说，“我必须为这一切向你道歉。”

“喔，没什么。”安索公式化地应道，“她若是把自己卖给黑暗势力，也绝不是你的错。但在我们下楼之前，你不介意我再问她一个问题吧。艾嘉蒂娅小姐——”

“你想问什么？”

“你为什么认为不走大门而爬窗户是件傻事呢？”

“傻瓜，这等于你在大肆宣扬试图隐瞒什么。倘若我有个秘密，我绝不会把嘴巴贴上胶布，让大家都知道我心中藏着秘密。我会像平常一样谈天说地，只要别提那个秘密就行。你没有读过塞佛·哈定的格言吗？他是我们的首任市长，你知道吧。”

“我知道。”

“好，他曾经说过：唯有大言不惭的谎言才能成功。他还说过：凡事都不必是真的，但是都必须让人信以为真。嗯，当你从窗户爬进来的时候，已经违背了这两个原则。”

“换成你的话，会怎么做呢？”

“如果我有一件最高机密，要来找我爸爸商量，我会在公开场合和他结识，再用各种光明正大的理由来找他。等到大家都认识你，认为你和我爸爸在一起是理所当然的，你就可以和他商量任何机密，绝不会让任何人起疑。”

安索以不可思议的眼神望着这个女孩，然后再看看达瑞尔博士。“我们走吧。我得到花园去找我的手提箱。等一等！还有最后一个问题。艾嘉蒂娅，你的床底下根本没有球棒吧，对不对？”

“没有！当然没有。”

“哈，我就知道。”

达瑞尔博士走到门口又停下来。“艾嘉蒂娅，”他叮咛道，

"当你重写那篇作文时，不要把奶奶渲染得太过神秘。其实，完全没有必要提那件事。"

他和裴礼斯一起默默走下楼梯。走到一半，那位访客压低声音问道："博士，希望你别介意，请问她多大了？"

"十四岁，前天刚过生日。"

"十四岁？银河啊——告诉我，她有没有说将来准备嫁人？"

"没有，她没提过。至少没有对我提过。"

"嗯，她若真要嫁人，把他枪毙算了。我是说，她准备嫁的那个人。"他以严肃的目光，凝视着这位前辈的眼睛，"我没有开玩笑。她到了二十岁，跟她生活在一起会是天底下最可怕的事。当然，我绝无意冒犯你。"

"你没有冒犯我。我想我知道你的意思。"

而在楼上，这两个人仔细分析的对象则是一肚子的怨气与厌烦。她对着那台听写机，用模糊而懒散的语调念道："谢、顿——计、划——的、展、望——"听写机则发挥无比精确的功能，将那句话转换成优雅秀丽的字体：

谢顿计划的展望

数学：……多变数与多维几何的综合分析运算，构成了谢顿昵称为“我研究人类的小小工具”之基础……

——《银河百科全书》

08

谢顿计划

请想象一个房间！

目前，房间的位置并不重要，只需要强调这个房间最适合被称为第二基地。

几世纪以来，这个房间一直保存着一门纯粹的科学——然而，一向被联想成“科学”的各种装置、设备、仪器等等，这里通通见不到。因为这门科学的研究对象，只是数学概念而已。在科技尚未萌芽的史前原始时代，当人类集中于一个如今已经失落的世界时，先民中的智者所进行的冥想，便与这门科学有些神似。

在这个受到精神科学力量保护的房间中（至今，整个银河系一切有形力量加在一起，仍旧无法与这门精神科学相抗衡），有一个较为显眼的物件——元光体，内部珍藏着谢顿计划的完整内容。

此外，室内还有一个人——第一发言者。

他是谢顿计划的第十二任首席监护者，而他所拥有的头衔，代表的就是字面上的意义——在第二基地领导者集会的场合，他是首先发言的一位。

他的前任曾经击败骡，但是那场大规模对抗所留下的后遗症，依旧扰乱着谢顿计划的前途——过去二十五年来，他与他所领导的组织，致力将全银河系顽固、愚昧的人类重新纳入正轨——这是一项艰巨至极的工作。

第一发言者抬起头来，望着正在打开的门。在这个孤寂的房间中，他回顾着自己四分之一世纪的努力，如今一切终将爬上最高峰。虽然此刻他是那么专注，仍有余裕以安然的心情期待着来人。他是一名年轻弟子，将来，他们之中总有一位会继承他的职位。

由于年轻人正不知所措地站在门口，第一发言者必须向他走过去，将他领进室内，并且伸出一只手，亲切地按在他的肩头。

弟子露出羞赧的微笑，第一发言者则说："首先，我必须告诉你为何请你过来。"

他们现在隔着书桌面对面坐着，两人都没有真正开口说话。除非是第二基地的成员，银河中再也没有人了解他们所使用的沟通方式。

语言本是人类用来表达思想与情感的方式，它并非与生俱来，也不是完美无缺。人类所建立的语言沟通模式，只是利用声音的组合来表示各种精神状态——可是这种方法极为笨拙，而且能力明显不足，只能将心灵中细腻的思想，转换成发声器官所发出的迟钝声音。

追根究底——追本溯源——其实不难发现：人类所蒙受的一切苦难，皆可追溯到一个事实，亦即在银河历史上，几乎没有任何人能了解他人的心思；或许只有哈里·谢顿，以及其后的极少数人例外。人人将自己隐藏在他人无法穿透的迷雾中，每团迷雾里也就只有一个人。偶尔，从某团迷雾深处会透出一丝微弱模糊的讯号——

人类便是借着这些讯号互相摸索。然而，由于相互间无法了解，彼此也就不能互信互谅，所以每个人自幼年时代起，始终处于绝对孤寂的状态，时时刻刻感到恐惧与不安。长此以往，便导致了人与人之间的猜忌与迫害。

数万年来，人类的双脚在泥泞中蹒跚前进，心灵长期受到压制。倘若善加利用这些时间，心灵早就可以飞向星际。

过去，人类本能地努力寻找打破语言桎梏的方法。语意学、符号逻辑、精神分析……这些学问都是在研究如何精炼语言，甚至完全舍弃之。

心理史学是精神科学的一项重要发展方向；经过许多世代的努力，精神科学的数学化终于大功告成。为了了解神经生理学与神经系统的电化学——这必须一直钻研到核力的领域——相关的数学有了长足的进展。利用这些最新发展的数学，心理学总算成为一门真正的科学。而将心理学的知识从个体推广到群体，社会学的数学化过程也于焉完成。

较庞大的人类群体，例如一颗行星上的数十亿人，一个星区中的数兆居民，乃至整个银河系的千兆人口，则不仅是众多人类的集合，更是能以统计方法处理的社会力量。因此对哈里·谢顿而言，未来的发展是必然的，是清晰可见的，而预设的计划则是绝对可行的。

导致谢顿计划发展的精神科学基础，同时使得第二基地得以超越语言。因此当第一发言者与弟子沟通时，他完全不需要开口说话。

人类心灵对某个刺激的种种反应，不论引起的生物电流多么微弱，都能完整显示心中所有的细微变化，以及所有的思想涓流。因此，第一发言者能够直接感知弟子的情感内容。不过他的能力是长久训练的成果，并非像骡那样生来便有这种感应力——骡是独一无二的突变种，甚至第二基地分子也无法完全了解他的异能，普通人就更不用说了。

然而，在一个必须靠语言沟通的社会里，仅仅使用普通的文字，绝不可能表达出第二基地分子彼此沟通的方式。因此从现在开始，我们只好以普通的言语来表现第一发言者的讯息。即使这项“翻译”偶有失真之处，也是不得已的情况下最好的办法了。

从现在起，我们姑且认为第一发言者的确在说：“首先，我必须告诉你为何请你过来。”而不再描述那是一个微笑、一个手部动作所代表的讯息。

接着，第一发言者又说：“你从小到大都在努力钻研精神科学，而且成绩优秀。师长们能教你的，你已经全部吸收了。如今，你和其他几位同学，都可以成为见习发言者了。”

书桌对面传来一阵兴奋的情绪。

“不——你必须冷静地接受这个任命。你一直希望有资格入选，一直担心自己落榜。事实上，无论希望或担心都是你的弱点。你明明知道自己够资格，却又不敢承认，生怕给人留下过分自信因而不适任的印象。真是荒谬！最无可救药的笨蛋，就是聪明却不自知的人。你知道自己够资格，正是你够资格的原因之一。”

坐在书桌对面的弟子松了一口气。

“很好。现在你的心情轻松许多，警戒也放松了。这样你才有办法集中精神，才能了解我要对你说的话。记住，想要真正发挥精神力量，并不需要将心灵绷得紧紧、抓得死死的。对于探测器而言，那无异于一种空洞的精神状态。反之，你应当培养一种单纯的心境，一种自我的觉察，一种无我的意识，如此任何情绪才能无所遁形。我的心灵已经对你敞开，让我们彼此都达到这种境界。”

他又继续说：“当一名发言者并不容易。其实，心理史学家本身就不是个简单的职务，而即使是最优秀的心理史学家，也不一定有资格担任发言者。这两者是有区别的。发言者不仅要知晓谢顿计划的复杂数学结构，还必须认同这个计划及其最终目标。他一定要热爱这个计划，将计划视为自己的生命。除此之外，还得把它当成活生生的好朋友。

“你知道这是什么吗？”

第一发言者将手摆在书桌中央一个闪亮的黑色立方体正上方。那是一个毫不起眼的物件。

“发言者，我不知道。”

“你听说过元光体吗？”

“这就是吗？”声音中充满惊讶。

“你以为它看起来应该更高贵、更令人敬畏？嗯，这也难怪。它是帝国时期的产物，由谢顿时代的工匠制成。将近四百年来，它的表现都极为完美，从来不需要修理或调整。这算是我们的运气，因为就技术层面而言，第二基地没有任何人懂得它的构造和原理。”他淡淡一笑，“第一基地的人也许有办法复制一个，不过，当然绝不能让他们知道。”

他压下书桌旁的一根操纵杆，室内立时陷入一片黑暗。但片刻之后，两侧的大幅墙壁便逐渐亮起来。开始的时候是珍珠般的白色光芒，随后各处又出现模糊的暗影，最后暗影凝聚成清晰整齐的黑色字体。那些字体构成无数的数学方程式，其间穿插着许多蜿蜒的红色线条，仿佛幽暗森林中的血色河流。

“过来，孩子，站到墙壁前面。放心，你不会形成阴影。元光体辐射光线的方式非常特殊。老实告诉你，我丝毫不了解这种效应的原理。但我可以肯定，你的影子不会出现在墙壁上。”

他们一起站在光芒中。那两面墙都是十英尺高、三十英尺宽。

墙上布满密密麻麻的小字，连一英寸空隙也没有。

“这还不是整个的谢顿计划，”第一发言者说，“要把整个计划写在两面墙上，方程式必须缩小到微观的尺度——可是没有这个必要。你现在看到的，代表至今为止谢顿计划的主要部分。这些你都学过了，对不对？”

“是的，发言者，我都学过了。”

“你认得出任何一部分吗？”

短暂的沉默后，弟子举起手来。当他的手指指向墙壁时，一列方程式随即向下移动，直到他心中所想的那个函数级数挪到眼前——真难想象，只是不经意地迅速指了一下，竟然造成这么精密的结果。

第一发言者轻声笑了笑。“你将发现元光体能和你的心灵调谐。今后，这个小装置还会给你更多的惊奇。对于你选取的方程式，你有什么心得？”

“这是瑞格积分，”弟子支吾地说，“利用整个行星的心理倾向分布，来表现行星上甚至整个星区所存在的两种主要经济阶级，以及不稳定的情感模式。”

“它有什么意义呢？”

“它代表张力的极限，因为在这里，”弟子伸手一指，许多方程式随即同时挪移，“有一个收敛级数。”

“很好。”第一发言者说，“现在告诉我，你对这个结果有何感想。一个完美的杰作，对不对？”

“绝对是的！”

“错了！并非如此。”第一发言者的语气异常严厉，“这是你必须纠正的第一个观念。谢顿计划并非百分之百完整和正确。反之，它只是如今所能做到的最佳结果。已经有十几代的先人，在这上面花了无数心血；研究这些方程式，将它们拆解到细微末节，然后重新组合起来。除此之外，他们还静观近四百年的历史发展，以便与方程式的预测相互对照；他们检查方程式的真实性，从中学到许多新的知识。

“他们学到不少连谢顿都不知道的事。几世纪以来所累积的知识，不但能让我们重新导出谢顿的结果，甚至可以比他做得更好。这一点，你是否完全明白？”

弟子显得有点愕然。

“在你获得发言权之前，”第一发言者继续说，“你自己必须对谢顿计划作出原创性的贡献。请注意，这并非对谢顿的亵渎。墙壁上每一个红色记号，都代表谢顿之后的发言者所作的修正或补充。嗯……嗯……”他抬头向上看，“在那里！”

整个墙壁似乎向他当头罩下来。

“这一块，”他说，“就是我的成绩。”那是被红线圈住的两个分歧箭头，箭头旁边各有六平方英尺的数学推导。两者之间则是一大串红色的方程式。

“它描述的是遥远的未来，看起来似乎没什么了不起。”第一发言者又说，“虽然谢顿计划已经进行了许多年，可是即使将时间再延长一倍，这个情况依然尚未出现。那是一个合并期，此时第二帝国业已形成，却掌握在两个敌对团体手中。假如两者势均力敌，便可能使帝国分裂；若是势力太过悬殊，占上风的一方又会钳制得太紧。在此两种可能性都考虑到了，并且详加演绎，也指出了避免两者的方法。

“但这是一个几率问题，因此还会有第三种可能的结果。这个结果的可能性相当小——准确的数值是12.64%——可是纵使几率更小的事件，过去也曾经真正发生过，而谢顿计划目前只完成40%而已。这第三种可能，是两个或更多的敌对势力达成妥协。根据我的推导，这个结果会导致第二帝国陷入无效益的模式，最后终将引发内战。相较于毫无妥协之下的内战，这种内战将对帝国造成更大的伤害。幸好，这也是可以避免的。而这就是我个人的贡献。”

“发言者，请允许我打个岔——修正要如何进行呢？”

“借着元光体来进行。比如说，拿你自己当例子，你的数学推导将由五个评议会严格审查；在口试中，他们会对你提出一致的、无情的抨击，而你必须一一解释。两年后，你的成果将再次接受审核。曾经不只一次，一个似乎完美无暇的理论，经过数个月乃至数年的试用期，其中的破绽才被人发现。有些时候，还是发明者自己发现的。

“两年后的第二次口试，绝不会比第一次更简单。假使你能顺利通过第二次口试，你的结果便会成为谢顿计划的一部分——在这期间，你若能发现更多的细节，或更多的辅助证据，那就更加理想了。那是我一生中最高的成就，将来你也会拥有这份光荣。

“元光体可以调节到契合你的心灵，所有的修正和补充都能透过精神融合进行。你所做的修正或补充，不会在任何地方留下你的名字。在谢顿计划的历史中，个人始终不存在。它算是我们集体的成果，你了解吗？”

“发言者，我了解！”

“好，这方面谈得够多了。”他大步走到元光体前，墙壁上的显像瞬间消失无踪，只剩下顶端射出的室内照明光芒。“坐到我的书桌旁边，让我再和你说几句话。对一位心理史学家而言，懂得‘生物统计’和‘神经化电数学’就足够了。有些心理史学家只精通这两门学问，因此只适合担任一名统计技师。可是身为发言者，却要能够舍弃数学，改用普通语言讨论谢顿计划。即使不能畅谈计划的内容，至少要能讨论它的哲学意义和种种目的。

“首先我想问你，谢顿计划的目的是什么？请用你自己的话回答我——不要咬文嚼字。我向你保证，你的辞藻和语气都不在评分范围内。”

弟子第一次有机会畅所欲言，在发表长篇大论之前，他稍微迟疑了一下。然后，他才用欠缺自信的口吻说：“根据我所学到的知识，我相信谢顿计划的意图是要建立一个新的文明，而这个文明的基础，是历史上前所未有的新方向。根据心理史学的计算结果，这种导向绝对不可能自行出现……”

“停！”第一发言者强调道，“你不可以用‘绝对’这个词。那是一种偷懒而含糊的说法。事实上，心理史学只能预测几率。某个事件也许极不可能发生，但几率总是大于零。”

“是的，发言者。那么，请准许我修正刚才的答案：大家都知道，这种导向自行出现的几率小之又小。”

“这就好多了。什么样的导向呢？”

“一个建立在精神科学之上的文明。在人类历史中，主要都是有形的科技在不断进展；换言之，人类驾驭周遭事物的能力越来越强。然而，人类对于自身以及社会的控制，凭借的却是随机的摸索，或是那些以灵感、直觉、情感为基础的伦理体系。结果，历史上从未出现稳定度大于55%的文明，这可说是人类的大不幸。”

“我们讨论的这个导向，为什么难以自行出现？”

“因为在人类的精英分子中，大多数只具有发展物理科学的潜能，而他们也的确获得一些可见的粗糙成就。然而，唯有极少数天赋异禀人士，能为人类开拓精神科学的领域。这些人的贡献虽然可长可久，他们提出的理论却过于隐晦不明。尤其是，这种导向会导致一个由精神异能者——也就是更高级的人类——所构成的统治阶级，普通人一定怨恨在心，因此他们的统治不可能稳定。除非他们施展精神力量，将普通人贬成畜生。这样的发展是我们绝不愿见到的，因此必须设法避免。”

“那么，解决之道是什么呢？”

“解决之道就是谢顿计划。这个计划安排并维系了各种有利条件，使得在计划开展仟年之后——也就是再过六百年——第二银河帝国便会兴起，而人类也准备好了接受精神科学的领导。在这仟年的岁月中，第二基地借着精神科学的发展，将培养出一批心理学家，以接掌这个帝国的领导权。而我自己常常想，或许可以说：第一基地建立起单一政体的有形架构，第二基地则提供统治阶层的精神架构。”

“我听懂了，答得相当完善。即使在谢顿所设定的那个年代，果真有某个第二帝国兴起，你认为它是否真能实现谢顿计划的理想？”

“发言者，我认为并非如此。计划开展后的九百至一千七百年间，有好几个第二帝国可能出现，却只有一个是真正的第二帝国。”

“综观这些状况，第二基地的存在为何需要保密——尤其是对第一基地保密？”

弟子试图找出这个问题的言外之意，结果毫无所获。他吃力地答道：“就如同谢顿计划的细节必须对全体人类保密一样。心理史学定律本质上都是统计性的，倘若个人行动不再是随机的，心理史学就会失效。假如一大群人知晓了谢顿计划的关键内容，他们的行动就会受到影响，不再符合心理史学公设中的随机条件。换句话说，心理史学再也不能精确预测他们的行为。很抱歉，发言者，我自己对这个答案也不满意。”

“幸好你有自知之明。你的回答相当不完整。其实是第二基地必须隐藏起来，而并非整个谢顿计划。如今，第二帝国尚未形成。目前的人类社会，仍然无法接受由心理学家组成的统治阶层，因此会畏惧第二帝国的建立，并且会起而反抗。你能了解这一点吗？”

“发言者，我了解。但是师长从未强调……”

“不可小看这一点。虽然在课堂中，师长从来没有提过，可是你自己应该有能力推出这个结论。从现在开始，在你见习的这段时间，除了这一点，我们还会好好研究许多类似的问题。一个星期后你再来见我。现在我给你一个题目，下次来的时候，我要听听你的心得报告。我不要你做完整而严密的数学推导；即使专家也要花上一年的时间，一周内你不可能做到。不过，我希望你能谈谈其中的倾向和发展方向……

“你看这里，在大约半世纪前，谢顿计划出现一个分叉。必要的细节都在里面。你不难发现，假如沿着这条路径发展下去，一切都会偏离既定的计划；它发生的几率低于1%。请你估计一下，这个偏差的发展持续多久之后，就会使整个计划无法挽回。顺便估计一下，若是无法挽回，可能的结果会是什么，并且提出一个合理的补救方案。”

弟子随手拨动阅读镜，目不转睛地望着其中小型屏幕上的内容。

他说：“发言者，请问为什么要我研究这个问题？除了纯学术的探讨，它显然还具有其他的意义。”

“谢谢你，好孩子。不出我所料，你学得很快。这个问题并不是假设性的。将近半个世纪之前，骡突然跃上银河历史的舞台，前后十年间，那是宇宙间最重大的事件。骡并不在我们算计之中，因此我们毫无准备。谢顿计划遭到严重扭曲，好在并非回天乏术。

“然而，为了在回天乏术之前阻止他，我们被迫主动与他为敌。第二基地的存在因此公诸于世，而比这更糟许多倍的是，我们一部分的能力也因而曝光。第一基地获悉我们的确存在，而他们将采取的行动，可以根据这个事实推测出来。仔细审视面前这个问题，这里，还有这里。

“当然，你不得对任何人泄露这件事。”

弟子体会到问题的严重性，感到惊骇不已。愣了一会儿之后，他才说:“那么谢顿计划已经失败了！”

“还没有，只是有可能失败。根据最近一次的估计，成功的几率还有21.4%。”

09

同谋

最近这几天，达瑞尔博士与裴礼斯·安索白天优哉游哉无所事事，晚间则忙着和朋友交际。偶尔有人来访，达瑞尔博士便介绍说裴礼斯·安索这年轻人是他的表弟，来自太空遥远的另一端。三言两语，便打发了访客的好奇心。

然而，他们两人在闲聊的时候，偶尔会提及某个名字。接下来就是一阵沉思，然后达瑞尔博士有时会说“不”，有时会说“好”。若是后者，他就会利用通讯波打一通电话，向对方提出一个普通的邀请：“请你来见见我的表弟。”

艾嘉蒂娅自己则另有打算，而且逐步付诸行动。事实上，她的行动可算极其曲折迂回。

比如说，她设计引诱同班的丸里萨斯·旦，让他心甘情愿献出自制的集音器。从她所用的那些方法，不难看出将来与她接触的男性都危险重重。简单地说，由于丸里萨斯常爱吹嘘自己的课余嗜好——他有一间私人实验室，她就故意表现出对丸里萨斯这项嗜好的兴趣，并巧妙地将兴趣渐渐转移到丸里萨斯的矮胖身材上。结果这位不幸的傻小子，在不知不觉间便做了下列几件事：一、滔滔不绝地讲了一大堆超波马达的原理；二、迷上了那双又大又亮、轻轻盯着自己的眸子；三、将自己最伟大的杰作——上述的那台集音器——塞进艾嘉蒂娅伸出的双手。

事后，艾嘉蒂娅便开始对丸里萨斯虚与委蛇，一步步与他疏远。她做得恰到好处，避免他怀疑到集音器是这段友谊的唯一原因。前后有好几个月的时间，丸里萨斯都在心中反复咀嚼那段短暂的欢乐时光，可是由于毫无进展，最后他也只好放弃，让这段初恋从生命中悄悄溜走。

裴礼斯·安索抵达后的第七个晚上，有五位男士聚在达瑞尔家的起居室，大家都吃得酒足饭饱，正在那里吞云吐雾。而在楼上，艾嘉蒂娅的书桌上则摆着丸里萨斯自制的杰作，一台最不像集音器的集音器。

五个人当中，自然包括达瑞尔博士。他的头发花白，穿着讲究；虽然只有四十二岁，却显得比实际年龄大一些。裴礼斯·安索此时表情严肃，眼神游移不定，看来年轻而没有自信。此外还有三位从未出场的角色：裘尔·屠博是新闻幕播报员，他身材高大、嘴唇肥厚；爱维特·瑟米克是某大学物理系的荣退教授，他骨瘦如柴又满脸皱纹，衣服里面好像还有很多空隙；侯密尔·孟恩则是一名图书馆员，他身材瘦长，总是一副惴惴不安的表情。

达瑞尔博士以轻松自然、实事求是的口气说："各位先生，除了社交之外，这场聚会还有一点其他的目的。你们也许已经猜到了。各位正是由于背景特殊，才会被精挑细选出来，所以应该也猜得到其中的危险性。我不会故作轻松，可是我要指出一点，无论如何，我们几个是逃不掉了。

“想必你们注意到，我对各位的邀请都是光明正大的，我没有请任何一位偷偷摸摸前来。我家的窗户并未设定成空无一人的假象，周围也没有任何防盗幕。倘若引起敌人的注意，我们就注定完蛋。而最可能引人注目的做法，就是凡事神秘兮兮，欲盖弥彰。”

哈，艾嘉蒂娅在心中暗笑。她俯身靠在书桌旁，仔细聆听集音器发出的有些尖锐的声音。

“这点各位能了解吗？”

爱维特·瑟米克接口道：“喔，请言归正传吧。告诉我们这个年轻人究竟是谁。”他每讲一句话之前，下唇都会先抽动一下，挤出更多的皱纹，并露出整排的牙齿。

达瑞尔博士答道：“他名叫裴礼斯·安索，是我的老同事克莱斯的学生。这位老同事在去年过世，而在去世前几天，他把安索的详细脑波图样——从第一阶到第五阶——寄了一份给我。我将他寄来的那些图样，和你们面前这位男士的脑波作过比对，当然，你们都知道，脑波图样无法伪造到第五阶，即使心理科学的专家也做不到。但如果你们不知道，那就只好相信我。”

屠博撅着嘴说：“我们最好设法进入正题吧。我们会相信你的每一句话，克莱斯既然已经过世，你就是银河中最权威的神经电学家。至少，我在新闻幕中对你的评价正是如此，甚至我自己也相信了。安索，你今年几岁？”

“屠博先生，我二十九岁。”

“嗯——嗯。你也是一位神经电学家？也是权威吗？”

“我只能算是学生。不过我很努力，而且有幸能接受克莱斯的指导。”

此时孟恩插进一句话，他在紧张的时候会有点口吃。“我、我希望你们能开、开始讲正事。我认为大家都说、说得太多了。”

达瑞尔博士冲着孟恩扬了扬眉毛。“侯密尔，你说得对。裴礼斯，你接着讲吧。”

“暂时还不行。”裴礼斯·安索缓缓说道，“虽然我很同意孟恩先生的意见，但是在我们讨论正题之前，我必须要求各位提供脑波数据。”

达瑞尔皱起眉头。“安索，怎么回事？你指的是什么脑波数据？”

“你们每一个人的脑波图样。达瑞尔博士，你已经测过我的脑波。现在我也必须测定你们每个人的脑波，而且我一定要亲自测量。”

屠博说：“达瑞尔，他没有理由相信我们。这个年轻人有权利这么做。”

“谢谢你。”安索说，“达瑞尔博士，那就请你带路去你的实验室吧，我们说做就做。今天上午，我已经冒昧地检查过你的设备。”

脑电图科学可以说既尖端又古老。说它古老，是由于生物的神经细胞能产生微电流这项知识，属于来源早已不可考的人类文化遗产之一。勉强追溯的话，这项知识似乎在人类历史最早期便已存在……

而它也是最新的科学。在银河帝国上万年的历史中，神经微电流的现象一直未曾受到重视，仅仅被视为一项奇妙有趣、却没有什么用处的常识。有人曾经试图将脑波分类，例如分成清醒与睡眠、冷静与激动、健康与生病等等——不过即使最粗略的分类法，也会有一大堆令人烦恼的例外。

有人尝试证明脑波也像众所周知的血型一样，可分为几种不同类型，而外在环境因素并没有决定性的影响。提倡这种理论的人多少有些种族偏见，声称据此即可将人类区分成数个“亚种”。可是，在银河帝国普遍性的强势意识形态之下，这种学说当然无法获得任何实质进展——须知当年的帝国乃是囊括二千万个星系的大一统政体，从川陀这个中央世界（它辉煌伟大的过去，如今已埋葬在历史灰烬中），到银河外缘任何一颗孤独的小行星，所有的人类都是帝国的子民。

此外，一个专注于物理科学与无机科技的社会，例如当年的第一银河帝国，自然会产生一种无形的强大阻力，反对心灵方面的研究。由于欠缺立即的应用，精神科学普遍受到鄙视；而且因为没有什么效益，研究经费也一向少得可怜。

第一帝国崩溃后，科学也遭到解体的命运，一直衰退，衰退——衰退到了连核能原理都已失传，而不得不回归煤炭与石油的化学能。当然，第一基地是唯一的例外，它延续了科学的薪传，保存了科技的火种，并且继续发扬光大。只不过在第一基地上，依旧是物理科学独领风骚。除了外科手术，脑部的研究仍是从未开发的处女地。

哈里·谢顿是第一个指出精神科学重要性的人，他的一番话被后人奉为真理。

“神经微电流，”他说，“承载着所有的反应与冲动——意识与潜意识皆包括在内。记录在方格纸上的脑波图样，看来只是巍巍颤颤、起伏不已的波峰和波谷，却能反映出数十亿细胞的思考脉动。对脑波图样进行分析，理论上而言，可以揭示最细微的思想和情感。除了先天或后天的肉体缺陷造成的差异，其他因素引发的脑波变化也应该能侦测出来，这包括情绪的转变、不同的教育和经历，甚至受测者的人生哲学这类微妙的因素。”

然而即使是谢顿，当年所能做的也仅止于臆测。

过去五十年间，第一基地的科学家终于开启一座崭新的知识宝库。他们的研究能有突破，当然要归功于科技的进步。例如最新发展的一种技术，能够让电极穿过颅缝，直接接触到脑细胞，而无需剃掉一根毛发。此外，还有一项可以自动记录脑波数据的新发明，它不但能进行综合记录，还能把六个独立变量分离出来。

而最有意义的发展，或许就是脑电图科学与脑电图学家日渐受到尊重。曾是个中翘楚的克莱斯参加学术会议时，可以和物理学家平起平坐。达瑞尔博士虽然不再活跃于科学界，可是依然声名大噪，除了因为他的母亲乃是贝泰·达瑞尔——上一代最伟大的女英雄，也要归功于他在脑电图分析上的卓越贡献。

现在，达瑞尔博士坐在自己实验室的躺椅上，轻柔的电极似有若无地触着他的头颅，密闭于真空容器内的指针则开始前后摆动。他背对着记录器——众所周知，受测者若看到那些跃动的曲线，潜意识便会想加以控制，而导致明显的反应——但是他知道，中央刻度盘显示的是极为规律、仅有小幅变化的σ曲线。自己的心灵强健而训练有素，这是可以预期的结果。输出的讯号经过放大与过滤，便能在另一个刻度盘上显示小脑的脑波。此外，自额叶发出的脑波，有着尖锐而迹近不连续的跳跃；而表层区域的脑波，由于频率范围比较狭窄，不会有太剧烈的振荡……

他对自己的脑波图样了若指掌，就如同艺术家对自己的眼珠颜色一清二楚。

当达瑞尔从躺椅上起身时，裴礼斯·安索没有发表任何评语。这个年轻人审视着那七条曲线，迅速而毫无遗漏地一路看下去。从这些看似没有意义的记录中，他能够明察秋毫，知道自己应该找些什么。

“接下来，请瑟米克博士。”

瑟米克蜡黄的老脸十分严肃。脑电图分析是一门新兴的显学，他知道得相当有限，甚至于心存芥蒂。他明白自己早已上了年纪，而脑波图样会反应出这个事实。当然，他脸上满布皱纹、走路弯腰驼背、两手不时颤抖，在在使他显得老态龙钟——不过那些只是生理现象。脑波图样却有可能证明他连心灵都已老化。他的最后一道防线，他自己的心灵，眼看也要被人看穿，令他感到困窘不已且万分不愿。

电极很快就安置好了。当然，整个过程从头到尾毫无痛楚。电极只会带来极微弱的刺激，远低于人体感觉的阈值。

接下来轮到屠博。在整个十五分钟的过程中，他安稳地坐在躺椅上，没有表现出任何情绪。最后轮到孟恩，在电极刚碰触到他的时候，他就吓得抽搐了一下，从此一对眼珠便骨碌碌转个不停，仿佛希望能把眼珠转到后面，透过后脑勺去观察测量的过程。

“满意了吧——”一切结束后，达瑞尔说道。

“言之过早，”安索带着歉意答道，“这栋房子里还有一个人。”

达瑞尔皱着眉头说：“我女儿？”

“没错。你可记得，我请她今晚留在家里。”

“为了做脑电图分析？银河啊，为什么？”

“否则一切就无法进行。”

达瑞尔耸耸肩，向楼梯方向走去。艾嘉蒂娅早已听到这段对话，当父亲走进房间时，她已经关掉集音器，然后她就乖乖跟着父亲下楼。她还是婴儿的时候，曾接受过基本的心灵型样测定，作为身份登记之用。除此之外，这是她第一次被那么多电极插在头上。

测量结束后，她伸出手来，问道：“我可以看看吗？”

达瑞尔博士说：“艾嘉蒂娅，你看不懂的。你是不是该去睡觉了？”

“是的，爸爸。”她装模作样地说，“各位叔叔伯伯，晚安。”

她赶紧跑上楼，匆匆换好睡衣，然后立刻跳到床上去。她把丸里萨斯的集音器放在枕头旁边，感到前所未有的兴奋；她觉得自己好像胶卷书中的人物，正在从事一项“谍报活动”。

她听到的第一句话，是安索说的：“各位，每个人的分析都很正常，那孩子也一样。”

孩子？她满肚子不高兴，在黑暗中对安索做了一个鬼脸。

安索已经打开他的手提箱，从里面抽出数十份脑波记录。那些记录并非原件，但手提箱仍然使用一种特制的锁。开启时，钥匙若是拿在别人手中，里面的资料会立刻氧化成无法辨识的灰烬。如今虽然由安索亲自取出来，这些记录半小时后也会自动化成灰。

在这短短的半小时中，安索争取时间迅速说道：“这些记录属于安纳克里昂的几个小官吏。而这是卢奎斯大学的心理学家，这是西维纳的一位实业家。其他的就不用我介绍了。”

大家挤成一团，却只有达瑞尔看得出其中的丰富意义。其他人看到的，只是印在羊皮纸上的许多颤动波纹而已。

安索轻轻指着其中一处。“达瑞尔博士，请看那些额叶次级 τ 波，请注意对应的高原区域，它是这些记录的共同点。博士，你要不要用我的分析尺，来检查一下我的说法？”

所谓的分析尺，和小朋友使用的对数式计算尺可算是远亲——

就好像摩天大楼与小茅屋也是同出一源。达瑞尔以熟练的手法操作那把分析尺，再将测量结果徒手画出来。正如安索所说的，额叶部分的脑波有一个平缓的高原，而那里原本应该是振荡强烈的曲线。

“达瑞尔博士，你要如何解释这个结果？”安索问道。

“我不能确定。光看记录，我不知道怎么可能有这种结果。即使是失忆症，也应该只能造成压抑，而并非使波纹消除。也许，是动过脑部大手术？”

“喔，有东西被切掉了。”安索不耐烦地叫道，“没错！然而，并不是什么有形的手术。你也知道，当年的骡就有办法做到这一点。他能将某种情感或心意完全压抑，使得对应的脑波变成一条直线。或者……”

“或者第二基地也做得到，对不对？”屠博问道，同时缓缓露出一个笑容。

那“对不对”三个字只是修辞，其实没有必要回答。

“安索先生，你是怎么开始起疑的？”孟恩问道。

“不是我，而是克莱斯博士。他致力于搜集脑波图样，就像行星警察所做的一样，只不过对象不同。他专门搜集知识分子、政府官员和商界领袖的脑波。倘若第二基地掌控着银河的历史发展——也就是我们的发展——他们必须进行得很巧妙，而且会将干预程度减到最小，你瞧，这是很明显的一件事。假如他们是借着心灵控制来进行，事实上也必然如此，他们选取的一定是具有影响力的人士，包括文化界、工商界和政治界。因此克莱斯博士对这些人特别注意。”

“哦，”孟恩反驳道，“但有确实的证据吗？这些人可有反常的行为——我是说出现脑波高原的那些人？也许这是一种完全正常的现象。”他心虚地环顾四周，用那双带点稚气的蓝眼睛望着其他人，却没有看到一丝鼓励的眼神。

“我把这个问题留给达瑞尔博士。”安索说，“你可以问问他，在他的研究生涯中，或是在过去二三十年的学术文献里，这种现象他曾经见过多少次？然后你还可以问问他，在克莱斯博士研究的样本中，几乎每一千人就有一个这样的案例，这种几率又会有多少？”

“这些都是受到外力改造的精神状态，”达瑞尔以深思熟虑的口气说，“我想这一点毫无疑问。他们的心灵都受到了干扰。就某方面而言，我怀疑这……”

“达瑞尔博士，我知道你的意思。”安索说，“我也知道你曾经和克莱斯博士共事。而我希望知道的是，你为什么半途退出。”

这个问题其实没有任何敌意，它的动机也许纯粹出于谨慎。可是无论如何，它却造成好一阵子的沉默。达瑞尔轮流瞪视每一位客人，最后终于直率地说：“因为克莱斯的奋战根本毫无意义。他的对手比他强得太多了。他设法侦测的，是我们——他和我——心知肚明的一项事实：我们只是别人的傀儡。我、却、不、想、知、道、真、相！我有我的自尊，我希望相信基地是这个集团的真正领袖；而我们的祖先前仆后继，并不是平白无故牺牲生命。我不敢面对现实，而最简单的办法就是别再钻研下去。我并不需要那个职位，政府赠与家母的永久俸禄，足以照顾我简单的生活。我的私人实验室可以帮我打发时间，而日子总有过完的一天……可是现在克莱斯死了……”

瑟米克先露出整排牙齿，然后说：“那个叫克莱斯的家伙，我不认识他。他是怎么死的？”

安索插嘴道：“他就是死了。他早已预见自己的死期。半年多前，他就告诉我自己太接近了……”

“而我们现在也太接、接近了，对不对？”孟恩问道。他感到口干舌燥，喉结不停上下微动。

“没错，”安索以平板的语气说，“可是无论如何，我们——我们大家——早就命中注定了。这就是各位被筛选出来的原因。我自己是克莱斯的学生，而达瑞尔博士曾经是他的同僚。裘尔·屠博曾在广播节目中，公然抨击我们对第二基地的盲目依赖，最后终于遭到政府革职——我该顺便提一下，政府乃是借刀杀人，真正出面的是个有钱有势的金融家，他的脑波正好具有克莱斯所谓的‘干扰高原’。侯密尔·孟恩私人搜集了当今最完整的‘骡学’文献——我故意用这个字眼，来称呼有关骡的各种资料——还发表过几篇论文，推测第二基地的本质和功能。至于瑟米克博士，他对脑电图分析的数学作过卓越贡献，不过，我想他并不知道他的数学理论能应用在这方面。”

瑟米克睁大眼睛，笑得有点喘不过气来。“小伙子，我真的不晓得。你知道的，我钻研的是核内运动——那是标准的多体问题。我对脑电图根本一窍不通。”

“那么我们都知道自己的处境了。当然，政府对目前的情况完全束手无策。我不知道市长或者他下面的任何人，是否已经了解到问题的严重性。可是我知道一件事——我们五个已经没什么好怕的，反倒是有机会扭转乾坤。我们知道得越多，自身的处境就越安全。一切才刚刚开始，各位都了解吧。”

“第二基地的渗透，”屠博插嘴问道，“范围究竟有多广？”

“我不知道。但我可以告诉你，我们目前发现的渗透现象，都只是在基地外围领域。首都世界也许尚未遭到波及；不过就连这点也不能肯定——否则，我也用不着检查你们的脑波。达瑞尔博士，其实你最可疑，因为你半途和克莱斯拆伙。你可知道，克莱斯始终没有原谅你。我曾经猜想，或许是第二基地收买了你，但克莱斯始终坚持你是个懦夫。达瑞尔博士，请你不要见怪，我这样有话直说，只是要表明自己的立场。就我自己而言，我自认了解你的心意，倘若你真是懦弱，那也情有可原。”

达瑞尔深深吸了一口气，然后答道：“我是临阵脱逃！随便你怎么说都可以。然而，我曾试图维持两人的友谊，他却再也没有写信或打电话给我。直到那一天，他寄来你的脑波数据，然后不到一星期，他就去世了……”

“请别介意，”侯密尔·孟恩紧张兮兮却理直气壮地插嘴道，“但我看你们根本搞不、不清楚自己在干什么。如果我们一直这样讲个不停，讲个不停，讲个、个、不停，我们就只是一群光会纸、纸上谈兵的阴谋家。反正，我看我们也没什么好做的。什么脑、脑波等等的一大堆废话，实在是非、非常幼稚。你们到底会不会有什么具体行动？”

裴礼斯·安索的眼睛突然亮起来。“有，当然有。我们需要搜集更多关于第二基地的资料。这可是当务之急。骡在统治银河的第一个五年间，全力探索第二基地的下落，结果失败了——或者说，大家都以为他失败了。可是他的寻找突然停止了，这是为什么？因为他失败了？还是因为他成功了？”

“还、还在耍嘴皮子。”孟恩以苦涩的口气说，“我们又怎么知道？”

“请你耐心听我说——当年，骡定都于卡尔根。在骡崛起之前，卡尔根不在基地的贸易势力网之内，现在仍旧如此。此时此刻，卡尔根是由史铁亭这个人统治，除非明天又有一场宫廷革命。史铁亭自称第一公民，并自诩为骡的继任者。若说那个世界有任何传统，不外是盲目崇拜骡的超人本领和功绩——这种传统强烈到了近乎迷信。结果，骡的官邸如今成了圣殿。未经许可不准擅入，里面的一切都原封未动。”

“所以呢？”

“所以，为什么会这样呢？这是个事出必有因的时代。万一骡的官邸完好如初，并非单纯由于迷信呢？万一是第二基地安排的呢？简单地说，万一骡探索了五年的结果，就在……”

“喔，胡、胡说八道。”

“为什么不可能？”安索反问，“第二基地始终神出鬼没，对银河事务只做最小程度的干预。我知道在我们看来，摧毁那座官邸似乎更为合理，或者至少应该移走其中的资料。可是，你必须揣摩那些心理学大师的心理。他们个个都是谢顿，都是骡；他们靠精神力量行事，一律走迂回路线。倘若建立起一种心理状态便能保护其中的资料，他们绝不会将它毁掉或搬走。如何？”

没有人立刻搭腔，于是安索继续说：“而你，孟恩，是最佳人选，你要帮我们弄到那些情报。”

“我？”这是一声充满惊愕的吼叫。孟恩迅速环视众人，然后说：“我可不会做这种事。我不是一个行动派，更不是超视里的英雄；我只是一名图书馆员。若能在图书馆里找，那我就豁出去，冒险帮你们找找第二基地。可是我绝不要到太空去，去做那种疯、疯狂的事。”

“听好，”安索耐着性子说，“我和达瑞尔博士一致认为你是最佳人选。只有你去，才能显得理所当然。你说你是一名图书馆员，很好！你主要的研究题目是什么？是‘骡学’！放眼银河系，你收藏的骡学资料已经傲视群伦。你自然想要继续搜集，你的动机比任何人都要单纯。如果你申请进入卡尔根的骡殿，不会有人怀疑你有其他动机。他们或许不会批准你的申请，却不会对你起疑。此外，你有一艘单人太空游艇。而大家都知道，每年休假你都会去异邦行星旅行。你甚至曾经去过卡尔根。你只需要照例再做一遍就行，难道你不懂吗？”

“可是我不能就这么说：第、第一公民阁下，您能、能否恩准我进入你们最神圣的圣殿？”

“有何不可？”

“银河在上，因为他不可能批准！”

“好吧。他要是不准，你就马上回来，我们再想别的办法。”

孟恩带着万分不愿的表情环顾四周。他感到自己即将被说服，去做一件极不情愿的事。在座的其他人，却没有一位向他伸出援手。

于是当天晚上，有两项决定在达瑞尔博士家出炉。第一个是孟恩所作的决定，他心不甘、情不愿地答应众人，暑假一开始，他就立刻奔向太空。

第二个决定，则是出自这个聚会的一名百分之百非正式的成员。当关掉集音器，终于准备就寝的时候，她作成一个完全未经授权的决定。至于它的内容，现在我们还不必知道。

10

迫在眉睫

在第二基地上，时间又过了一个星期。今天，第一发言者再度笑容可掬地迎接那名弟子。

“你一定发现了什么有趣的结果，否则你不会满腔怒火。”

弟子一手按着他带来的那束计算纸，说道：“您确定这个问题是个真实案例吗？”

“前提千真万确，我一点也没有改动。”

“那么我不得不接受计算的结果，可是我又不愿意。”

“自然如此。但是你愿不愿意又有什么关系呢？好吧，告诉我，你究竟在担心什么。不，不，把推导过程放在一边，我等一下再来分析。现在，用你自己的话告诉我。让我来判断你的了解程度。”

“嗯，好吧，发言者——结论似乎非常明显，第一基地的基本心理状态，曾经发生整体性的改变。如果他们仅仅知晓谢顿计划的存在，而不了解其中任何细节，他们会一直抱持不太确定的信心。他们知道自己终将成功，却不知道如何以及何时才能达成目标。因此，就会形成连续不断的紧张气氛——这正是谢顿所预期的。换句话说，如此即可指望第一基地发挥最大的潜能。”

“这是个含糊的比喻，”第一发言者说，“但我了解你的意思。”

“发言者，可是如今，他们知晓了第二基地的存在；除了谢顿当年那句晦涩的描述，他们还获悉了许多细节。他们模糊地感觉到，第二基地的功能就是守护谢顿计划。他们知道这个组织正在监视他们每一步的进展，不会坐视他们失败。所以他们放弃了主动的步伐，等着我们用担架来抬他们。不好意思，这又是一个比喻。”

“没关系，继续说。”

“他们放弃了努力；他们养成了惰性；他们变得软弱颓废，兴起了享乐主义的文化——在在表示谢顿计划就要毁了。他们非得自我鞭策不可。”

“你说完了吗？”

“不，还没有。上面所说的是大多数人的反应。可是还有一种少数反应，对应的几率也非常高。当我们这个守护者和控制者的角色曝光后，会有少数人非但不满足，反而对我们产生敌意。这是根据勾里洛夫定理……”

“没错，没错。我知道那个定理。”

“发言者，很抱歉，想要避免数学的确很困难。总之，我们曝光之后，第一基地除了不再积极之外，还会有部分人士打算对付我们，而且是主动对付我们。”

“现在你说完了吗？”

“还有另外一项因素，对应的几率并不算高……”

“非常好。那又是什么？”

“当第一基地以全副心力对抗帝国时，面对的敌人只是一个又一个被时代淘汰的庞大残躯，那时他们显然只专注于物理科学的发展。可是我们出现后，对他们形成一个崭新而重大的影响，很可能会造成他们观念上的改变。他们或许会开始培养心理学家……”

“那种改变，”第一发言者淡淡地说，“其实已经发生了。”

弟子紧抿嘴唇，形成一条苍白的直线。“那就全完了。这个结果和谢顿计划绝不相容。发言者，倘若我是——局外人，有可能知道这个事实吗？”

第一发言者严肃地说：“年轻人，你感到了羞辱吧，因为你原本以为已经了解整个局势，却忽然发现有许多非常明显的事你并不知道。你本来以为自己是银河的主宰，却忽然发觉自己面临毁灭的命运。自然，你会怨恨那座栖身的象牙塔、那种隐遁式的教育，以及你吸收的各种理论。

“我也曾经有过那种情绪，这是很正常的。然而在你的养成期，确有必要不让你和银河直接接触；确有必要让你留在此地，接受一切经过过滤的知识，把心灵训练得敏锐无比。我们可以早些将这个计划中的……局部失败透露给你，以免你如今受到震撼。可是那样一来，你将无法像现在这样，真正了解问题的严重性。所以说，你发现这个问题根本无解？”

弟子猛摇着头，以绝望的口气说：“是的！”

“好，我并不感到惊讶。年轻人，听我说。办法是有的，而且已经用了超过十年。这不是一条普通的行动路线，而是我们被迫不得不这么做。它对应的几率甚低，并且牵涉到危险的假设——有些时候，我们甚至被迫去处理个体反应，只因为那是唯一的办法。你也知道，用心理统计学处理小于一颗行星的人口，根本上已失去了意义。”

“我们成功了吗？”弟子喘着气问。

“现在还看不出来。目前我们将情况控制得还算稳定——可是，某个普通个体产生的无从预料的行为，就有可能毁掉整个谢顿计划；自计划开展以来，还是头一次出现这种状况。我们选取了最少数的外人，调整他们的心灵状态；我们也有自己的间谍——不过他们一律依计行事，从来不敢随机应变。你应该很明白如今的处境。我不打算对你隐瞒最坏的情况——万一我们被发现了，我是说这里，这个世界，那么被摧毁的将不只是谢顿计划，我们自己，我们的血肉之躯也会陪葬。所以你看，我们的解决之道并不太理想。”

“可是您刚才提到的那一点点，听来并不像解决之道，反倒像是绝望的猜测。”

“不对。应该说，是一个明智的猜测。”

“发言者，请问危机何时来临？我们何时会知道是否成功了？”

“毫无疑问，不会超过一年。”

弟子思考了一会儿，然后点点头，并与发言者握了握手。“嗯，我很高兴能知道这些。”

说完他就转身离去。

当玻璃窗渐渐变成透明时，第一发言者默默向外望去。他的视线越过许多巨大的建筑物，一直投射到寂静而拥挤的星空。

一年的时间很快会过去。到了那个时候，他们这些“谢顿的选民”是否还有任何人活着呢？

11

偷渡客

还有一个月多一点，夏天才能算是真正开始。不过，侯密尔·孟恩已经写好这个会计年度的年终报告，并仔细考核了政府派来的代理馆员，确定他能胜任这项并不简单的工作——去年那个人实在太差劲了。他还从密封了近一年的船库中，拖出他的单人太空游艇单海号——这个古怪番号，是根据二十年前一件神秘而敏感的事件命名的。

当他离开端点星的时候，心中充满着抑郁与不满。没有任何人到太空航站为他送行。这是很自然的事，因为过去也从来没有。他非常明白，必须让这趟旅行看来毫无特殊之处，但是肚子里还是冒出一股无名火。他，侯密尔·孟恩，正冒着杀头的危险，从事一件荒谬绝伦的任务，却连一个同伴也没有。

至少，那是他当时的认知。

可是因为他有所不知，所以第二天在单海号上，以及达瑞尔博士位于郊区的家中，各自出现一场混乱的局面。

根据时间的顺序，达瑞尔博士家中的骚动首先爆发。导火线是家里的女佣波莉，她早已度完一个月的假期。她突然慌慌张张地从楼梯飞奔而下，同时结结巴巴地大叫大嚷。

她冲到博士面前，想要把惊恐化为语言。结果比手画脚了老半天，硬是挤不出半句话，最后只能递给他一张纸和一个方形物体。

他只好把东西接过来，问道："波莉，怎么回事？"

"博士，她走了。"

"谁走了？"

"艾嘉蒂娅！"

"你说'走了'是什么意思？走到哪里去？你到底在说什么？"

她急得直跺脚。"我可不知道。她就是不见了，还有一只手提箱和几件衣服也不见了，却多出了这封信。你别光站在那里，为什么不看看信呢？喔，你们男人啊！"

达瑞尔博士耸耸肩，然后拆开了信封。信的内容并不长，除了"艾卡蒂"那个笨拙的签名，其余都是优雅而秀丽的字体，显然是听写机列印出来的。

亲爱的爸爸：

我不敢当面向您告别，那样我会太难过，也许会像小女孩一样哭起来，让您感到我不争气。所以我决定写封信告诉您，虽然我将要和侯密尔叔叔度过一个快乐无比的暑假，我仍然会非常想念您。我会好好照顾自己，并且会尽快回家。此外，我留给您一件我自己的东西，您现在就可以打开看看。

挚爱您的女儿

艾卡蒂

他把这封信反复看了好几遍，表情显得越来越和缓。最后，他硬邦邦地问道："波莉，你有没有看过这封信？"

波莉立刻为自己辩护。"博士，这件事你绝对不能怪我。信封上明明写着'波莉'，我根本不知道里面竟然是给你的信。博士，我可不是喜欢刺探隐私的人，过去这么多年来……"

达瑞尔做了一个少安毋躁的手势。"很好，波莉，这点并不重要。我只是想确定，你了解到发生了什么事。"

他心念电转：叫她忘掉这件事是没有用的。他们所面对的敌人，字典里可没有"忘"这个字；而如果给她任何忠告，却会让事情显得更严重，刚好会造成反效果。

因此他说："你也知道，她是个心思古怪的小女孩，非常天真浪漫。自从我们计划让她在暑假做一次太空旅行，她就一直兴奋得不得了。"

"可是为什么没有一个人告诉我这档事？"

"是在你休假期间安排的，后来我们忘记说了。事情就是这么简单。"

此时，波莉原先的激动全部凝聚成一股凶猛的怒气。"简单，是不是？可怜的小姑娘只带了一只手提箱，里面没有一件像样的衣裳，又是一个人去的。她要去多久呢？"

"波莉，这点你大可放心。太空船上早已为她准备了足够的衣物。请你去告诉安索先生，说我想见他好吗？喔，等一下——这是不是艾嘉蒂娅留给我的东西？"他将手中那个方形物体转了一转。

波莉猛摇着头。"我保证我不知道。我只能告诉你，那封信就是放在这东西上头。竟然忘了告诉我，真是的。如果孩子的妈还活着……"

达瑞尔挥手赶她走。“请你去把安索先生找来。”

对于这个突如其来的变化，安索的看法与艾嘉蒂娅的父亲南辕北辙。他的反应极为强烈，说话的时候捏紧拳头，还拼命扯着头发，后来又露出愁眉苦脸的表情。

“老天啊，你到底还在等什么？我们两个还在等什么？赶紧用影像电话接通太空航站，让他们立刻联络单海号。”

“别激动，裴礼斯，她可是我的女儿。”

“但银河系可不是你的。”

“冷静一点。裴礼斯，她是个聪明的女孩，这个行动是她仔细计划的结果。趁着事情刚发生不久，我们最好赶紧揣摩一下她的想法。你知不知道这是什么东西？”

“不知道。它是什么又有什么关系？”

“因为这是个集音器。”

“那玩意儿？”

“这是手工做的，不过仍然管用，我已经测试过了。你难道看不出来吗？她用这个方法告诉我们，当我们讨论那个计划的时候，她也等于在现场。她知道侯密尔·孟恩要去哪里，以及此行的目的。她认为跟他一道去，会是一次惊险刺激的经验。”

“喔，老天啊。”年轻人发出呻吟，“又有一个心灵，即将成为第二基地的猎物。”

“话不能这么说，第二基地没有理由怀疑一个十四岁的女孩——除非我们轻举妄动，让他们把注意力转移到她身上，比如说，为了把她追回来，贸然下令召回那艘太空船。你忘了我们的对手是什么人吗？我们的意图是多么容易被发现？而万一被发现，我们又会是多么无助？”

"可是我们不能把这一切，托付给一个疯狂的小孩子。"

"她可不疯狂，而我们也毫无选择。她根本不需要写这封信，但她还是写了，就是不想让我们以为她是无缘无故失踪而报警。她在信中暗示，要我们对这件事另作解释，看成是孟恩带着老友的女儿去度假。这又有何不可呢？我和他结识快二十年了。艾嘉蒂娅三岁的时候，我把她从川陀带回来，他就一直看着她长大。这是再自然不过的事，而且事实上，还应该会减轻对方的疑心。真正的间谍，不会带着一个十四岁的侄女到处乱跑。"

"好的。可是等到孟恩发现她，他又会怎么办？"

达瑞尔博士扬了扬眉毛。"我说不准——但想必她有办法应付。"

不过到了晚上，这个家突然显得份外冷清。达瑞尔博士发现，当疯狂的女儿有可能小命不保时，银河系的命运似乎一点也不重要了。

而在单海号上发生的骚动，牵涉的人虽然较少，紧张惊险的程度却大有过之。

艾嘉蒂娅一直躲在行李舱中。刚开始的时候，她还能靠经验应付各种状况，可是不久之后，她就变得手足无措。

也就是说，在最初的加速过程中，她始终能保持镇定；而在第一次超空间跃迁时，她虽然有些恶心想吐，仍然可以勉力应付。她以前搭过太空船，体验过这两种难受的感觉，懂得如何严阵以待。此外，她还知道行李舱中也有空调系统，甚至还有壁光照明。然而，她并未开启壁光，因为那样实在太不浪漫了。她像阴谋分子那样栖身于黑暗中，同时尽量屏住气息，倾听着侯密尔·孟恩发出的各种噪音。

那些都是很普通的噪音，男人独处时都会发出类似的声响。包括鞋子磨蹭地板的声音，衣服与金属物体的摩擦声，椅垫被体重压出的哀号，按动操纵装置的尖锐响声，还有手掌轻拍光电管的噼啪声。

然而，艾嘉蒂娅终于因为经验不足而遇到问题。无论在胶卷书或超视影片中，偷渡者似乎都有神不知鬼不觉的本事。当然总会有些意外发生，比如说将什么东西碰倒，掉在地板上发出巨响，或者忍不住打喷嚏——超视影片里一定有类似的情节，观众也都视为理所当然。她对这些都了然于胸，所以处处小心。她也料到自己会饿、会渴，所以预先从家里拿了好些罐头。可是影片不可能对现实问题面面顾到，于是艾嘉蒂娅终于惊觉——即使运气再好，准备得再周全，她也不能在这个小舱中躲藏太久。

而在单海号这种单人太空游艇中，活动空间算来算去也只有一间舱房，因此她连偷偷溜到别处去的机会都没有，因为孟恩根本不会离开。

她耐着性子等待，希望等到一些代表孟恩入睡的声音。倘若晓得他是否会打鼾，那该有多好。不过她至少知道睡床的位置，如果那里传出翻身的声音，自己应该分辨得出来。不知道过了多久，总算传来一阵深长的呼吸声，然后是一个呵欠声。艾嘉蒂娅继续耐心等待，在万籁俱寂中，只有睡床偶尔会发出一些声响，代表床上的人换了一个姿势，或者踢了踢腿。

她用一根指头轻轻推开行李舱的门，准备探头出去……

原先明明听到的声音，却在这一瞬间戛然而止。

艾嘉蒂娅全身僵硬。四周一片死寂！一片死寂！

她想模仿卡通人物，让脑袋留在舱内，把眼珠突出门外，结果功败垂成。她的脑袋随着眼珠伸了出去。

侯密尔·孟恩当然还醒着——他躺在床上看书，全身笼罩在柔和而不扩散的光芒中。现在，他正睁大眼睛向暗处凝视，同时一只手偷偷伸到枕头底下。

艾嘉蒂娅想也没想，脑袋就猛然缩回来。灯光随即完全熄灭，孟恩则发出尖锐而颤抖的声音：“我握着一把核铳，银河在上，我要发射了……”

艾嘉蒂娅立刻哭喊道：“别射，是我。”

浪漫的幻想有如一朵脆弱无比的小花。一个神经过敏的人手中的一把核铳，就足以摧毁一切。

太空艇内随即大放光明——孟恩端坐在床上，单薄的胸膛露出有些斑白的胸毛，下巴的胡子已经一整天没刮，使他看来潦倒不堪。

艾嘉蒂娅走出来，用力拉了拉具有金属光泽的外衣。那是多此一举，因为这种外衣保证不会起皱。

孟恩感到万分诧异，差一点要从床上跳下来。不过他好像突然想到什么，赶紧把床单拉到肩膀的高度，含糊不清地问道：“怎、怎么、怎么……”

他完全一头雾水。

艾嘉蒂娅温顺地说：“对不起，失陪一下好吗？我得先去洗洗手。”她知道这艘太空艇的结构，说完就一溜烟不见了。当她再度出现的时候，勇气也跟着回来了。侯密尔·孟恩穿上一件褪了色的睡袍，站在她面前，一肚子的怒气有待发作。

“你究竟在搞、搞什么黑洞？你是怎、怎么上来的？你要、要我拿你怎么办？这到底是怎么回事？”

他的问题可以一直不断问下去，艾嘉蒂娅却以甜美的语气插嘴道：“侯密尔叔叔，我只是想跟你一起去。”

“为什么？我哪里也不去啊。”

“你准备到卡尔根，去搜集第二基地的情报。”

孟恩发出一声狂嗥，整个人随即崩溃。艾嘉蒂娅吓了一大跳，以为他会陷入歇斯底里，甚至会去撞墙。而且核铳仍握在他手中，她每次瞄到，胃部都不禁冒出一股寒气。

“小心——冷静点——”她一时之间只能想到这两句话。

还好他很快就勉强恢复正常。他使劲将核铳丢到床上，险些令那柄武器走火，将太空艇轰出一个大窟窿。

“你是怎么上来的？”他说得很慢，仿佛每个字都用牙齿仔细咬过，免得这些字眼在空气中打战。

“那还不容易。我提着手提箱走进船库，然后说：‘孟恩先生的行李！’那名管理员连头也没抬，就挥挥手让我通过。”

“你知道吗，我得送你回去。”侯密尔说到这里，心中突然一阵狂喜。太空啊，这可不是他的错。

“你不能那样做，”艾嘉蒂娅冷静地说，“那会使人起疑的。”

“什么？”

“你心里明白。你这次会到卡尔根去，是因为对你而言，去那里要求查阅骡的资料，是自然而然的一件事。你的一举一动都要表现得很自然，不可以让任何人起疑。如果你半途折返，把一个偷渡的女孩送回去，也许连超视新闻都会报道呢。”

“关于卡尔根的事，你是从哪里听、听来的？这实在是、是幼稚的想法……”当然，这两句话毫无说服力，甚至骗不过知道得比艾嘉蒂娅更少的人。

“我用一台集音器听到的。”她的骄傲溢于言表，“我对你们的计划一清二楚——所以你一定得让我一起去。”

“你爸爸又会怎么想呢？”他打出一张王牌，“他会以为你被绑架了……死了。”

“我留了一张便条，”她回敬一张更大的王牌，“他应该知道绝不能大惊小怪。你可能会收到他的太空电报。”

她刚说完这句话，两秒钟之后，收报讯号便嘎嘎作响。对孟恩而言，似乎只有魔法才能解释这一切。

她说：“我敢打赌，一定是我爸爸。”她果然说对了。

电文是写给艾嘉蒂娅的，内容只有短短几句话：“谢谢你送我那件可爱的礼物，相信你一定曾经善加利用。祝假期愉快。”

“你看，”她说，“这就是他的嘱咐。”

侯密尔很快便习惯了她的存在。不久之后，他更是很高兴有她作伴。最后他简直难以想象，如果没有她，自己如何撑完全程。她喜欢胡言乱语！她显得兴奋异常！最重要的是，她一点都不在乎。她明明知道敌人正是第二基地，却根本不担心。她也晓得一旦抵达卡尔根，他得面对一群充满敌意的官僚，然而她就是迫不及待。

也许是因为她才十四岁。

无论如何，一周的旅程有了聊天的对象，不再需要整天自言自语。其实，他们的谈话并没有什么建设性的内容，几乎都是这个女孩在发表高见，讲述她心中对付卡尔根统领的妙计。简直是既好笑又荒唐，可是她却煞有介事，说得认真无比。

听了她的高论，侯密尔忍不住莞尔，而且相当纳闷：她对银河大势的古怪观点，究竟是从哪本精彩的历史小说看来的？

准备做最后一次跃迁的那天傍晚，在银河外缘稀疏的群星间，卡尔根已经是一颗明亮的星星。透过太空艇的望远镜看去，那颗恒星变作一个闪烁的斑点。

艾嘉蒂娅正翘着一条腿，坐在唯一的一张椅子上。她穿着侯密尔的家常裤和衬衫，却不显得如何松垮。她自己的衣服则已经洗净熨平，留待降落后再穿。

她说："你知道吗，我将来准备写历史小说。"她相当喜欢这趟旅行，因为侯密尔叔叔总是用心聆听她的心声。能够和一个真正有智慧的人交谈，对方又认真倾听你的高论，实在是人生一大乐事。

她继续说："我读了一本又一本的基地伟人传记。你知道的，例如谢顿、哈定、马洛、迪伐斯，还有其他所有的英雄。就连你写的有关骡的文章，大多数我也都读过，不过基地战败的那段历史看了令人不舒服。如果把那些愚蠢而悲惨的部分删掉，历史不是更好看吗？"

"对，会更好看。"孟恩以严肃的口吻说，"可是那就不是忠实的历史了，艾卡蒂，你说对不对？除非将史实完整呈现，否则你不会获得任何学术地位。"

"喔，呸。谁在乎什么学术地位？"她觉得他实在可爱。这几天，他都没有忘记叫她"艾卡蒂"。"我的小说要写得好看，要成为畅销名著，要让我声名大噪。如果你的书卖不出去，不能让你出名，写作又还有什么意义呢？我可不要只让几个老教授认识我，我一定要家喻户晓。"

这个想法让她高兴得连眼珠都变了颜色。她挪动了一下，换了一个更舒服的姿势。"事实上，你知道吗，只要爸爸一点头，我马上要到川陀去，以便搜集第一帝国的背景资料。我就是在川陀出生的，你知不知道？"

他当然知道，却故意说："真的吗？"并在声音中加入适度的惊奇。艾嘉蒂娅则回报一个半真半假的笑容。

"喔——喔。我奶奶……你知道的，就是贝泰·达瑞尔，你一定听说过……她曾经和我爷爷在川陀住过一段时间。事实上，当时整个银河都踩在骡的脚下，而他们就是在那里阻止了骡。我爸爸妈妈结婚后也去了川陀，我就是在那里出生的。而且我一直住在那儿，直到妈妈去世；我当时才三岁，所以没有什么印象。侯密尔叔叔，你去过川陀吗？”

“没有，不能算去过。”他靠着冰冷的舱壁，随口答了一句。卡尔根已经近在眼前，他觉得不安的情绪又卷土重来了。

“它算不算银河中最传奇的世界？爸爸告诉我，斯达涅尔五世在位时期，上面的人口超过当今十个世界的总和。他还说那是个被金属覆盖的世界——单一的大都会——是整个银河系的首都。他给我看过他在川陀照的相片。现在到处都是废墟，不过仍旧壮观无比。我多么希望能再去那里。其实啊……侯密尔！”

“啊？”

“办完卡尔根的事，我们就去川陀好不好？”

孟恩脸上再度露出明显的惧色。“什么？你可别再兴风作浪。我们在办正事，不是在观光旅游。这点你可要牢记。”

“但这也是正事呀。”她尖声抗议，“川陀也许有数不清的重要资料。你相不相信？”

“不，我不相信。”他爬了起来，“现在请你离电脑远一点。我们得进行最后一次跃迁，然后你就该上床了。”无论如何，降落后总有一件事会改善：他已经恨透了在金属地板上裹着外套睡觉。

跃迁的计算并不困难。在《太空航道手册》上，基地至卡尔根的路线描述得十分详尽。在进入超空间的瞬间，他们照例感到轻微的抽搐，而下一刻，最后一光年的距离便消失了。

卡尔根的太阳终于有了太阳的模样——巨大、明亮、辐射出乳白色的光芒。但由于“日照侧”的舷窗早已自动关闭，他们两人并不能直接看见。

一觉醒来，就能抵达卡尔根了。

12

统领

放眼银河系所有的世界，卡尔根无疑拥有独一无二的历史。其他的行星，例如端点星，它的历史几乎是不断跃升的过程。而曾经是银河之都的川陀，则几乎不断在走下坡。可是卡尔根……

哈里·谢顿诞生前两个世纪，卡尔根首先以度假胜地闻名于全银河。整个世界投注于观光娱乐，那是一本万利的行业。

而且，那也是一种稳当的行业，甚至可说是全银河最稳当的行业。当银河所有的文明渐渐腐朽之际，卡尔根几乎没有受到丝毫影响。无论邻近星区的经济或社会如何变动，精英阶级总是存在的。而有钱有闲正是精英阶级的特点之一，这本身就是一种特权。

因此，卡尔根曾先后为下列人士提供了最佳的服务——最先是帝国宫廷里文弱骄矜的大员，以及他们身边妖艳的姬妾；接着是那些以铁血手段征服与统治世界的粗暴军阀，以及他们所宠幸的荡妇淫娃；后来，又换成了脑满肠肥且生活豪奢的基地大亨，以及他们包养的那些蛇蝎心肠的情妇。

由于这些人士都是家财万贯，卡尔根对他们一视同仁。此外，卡尔根一向来者不拒；永远不愁没有生意上门；领导阶层又有足够的智慧，从不干涉其他世界的政治，也未曾觊觎别人的领土。基于以上这些因素，它得以在动荡的银河中一枝独秀，在其他世界日渐萧条的岁月里，唯独卡尔根越来越富庶繁荣。

骡的出现改变了一切。这位空前绝后的征服者只爱征战，对其他一切无动于衷，卡尔根遂也难逃陷落的命运。所有的行星在他看来都是一样的，连卡尔根也不例外。

其后十年间，卡尔根摇身一变，竟然变成整个银河的首府；银河帝国结束后的新兴“帝国”便定都于此。

然后，随着骡的暴毙，情况急转直下。基地首先脱离了骡的“帝国”，其他世界也纷纷效法。五十年后，暴起暴落的功业烟消云散，只在历史上留下一页难解的记忆，仿佛鸦片诱发的一场幻梦。然而，卡尔根一直未能恢复原状。它再也不是当年那个世外桃源，权力的魔咒始终没有真正解除。这些年来，卡尔根被一个接一个的强人所统治。基地称之为“卡尔根统领”，他们却刻意沿用骡生前的唯一头衔，自称为“银河第一公民”，以便维持一个征服者的假象。

当今的卡尔根统领上任才五个月。他原本是卡尔根星际舰队的统帅，借着这个职位，再加上前任统领一时的疏忽大意，一举谋得了统领的位置。但在卡尔根的势力范围内，没有人会笨到对这种事太过认真。大家早已司空见惯，逆来顺受了。

然而这种适者生存的竞争，除了会鼓励罪恶与流血，有时也真会让能者出头。史铁亭统领便是一位能者，而且相当不好伺候。

不好伺候，连尊贵的首相也有同感。那位首相是前朝遗老，对两位统领一视同仁地鞠躬尽瘁；而只要他活得够久，一定还会继续为下一任统领效忠。

不好伺候这点，对嘉莉贵妇而言也不例外。她并没有任何名分，只能说她和史铁亭的关系介于朋友与夫妻之间。

这天傍晚，在史铁亭统领的私人寓所，这三个人聚在一起，此外没有任何人在场。第一公民身材魁梧，穿着他心爱的舰队司令制服，全身金光闪闪。他坐在一张未铺椅套的高分子座椅上，表情严肃，眉头深锁，身子和椅子一样僵硬。他的首相列夫·麦拉斯站在一旁，心不在焉地面对着他，修长而神经质的手指不停抚着老脸；从鹰勾鼻摸到瘦削的脸颊，再从脸颊摸到长着灰胡子的下巴，然后再回到鹰勾鼻。嘉莉贵妇则以优雅的姿势坐在铺着毛皮的长椅上，微微撅起的丰唇还在轻轻打战。

“阁下，”麦拉斯唤道——对于自称第一公民的统领，那是唯一的称呼，“您对历史的延续性认识不够。您个人一生中经历许多重大变化，导致您认为文明的发展同样不难骤然改变。可是，事实并非如此。”

“骡为我们提出了反证。”

“可是又有谁能效法他呢？别忘了，他可是个超人。而且，即使是他，也并不算完全成功。”

“卜吉。”嘉莉贵妇突然抽噎起来。第一公民随即做了一个凶狠的手势，吓得她不敢再出声。

史铁亭统领以严厉的口吻说：“嘉莉，别打岔。麦拉斯，我受不了这样毫无作为。前任统领穷毕生精力，把舰队训练成一支银河无敌的武力。在他有生之年，始终没看到这支武力派上用场。我是不是也要步上他的后尘？我还算不算舰队总司令？

“你知道这支武力多么容易腐朽吗？”他继续说，“目前，它只是国库的累赘，毫无任何回报。军官们都渴望开疆拓土，士兵们期待着攫取战利品。整个卡尔根都希望重建帝国的光荣，你有没有能力了解这件事？”

“您说的都只是表面的理由，”麦拉斯答道，“但我能了解您的意思。领土、战利品、光荣——若能得到当然令人兴奋无比，可是过程常常危险万分，而且充满悲惨和痛苦。所谓三分钟热度，那是撑不了多久的。而且历史一再昭示，攻击基地绝对不是明智之举。即使是骡，也懂得避免……”

嘉莉贵妇湛蓝而空洞的眼睛中噙着泪水。最近卜吉很少过来，今晚他好不容易答应要陪她，没想到首相却硬闯进来——这个可怕、精瘦的灰发老头，每次总是把她当做透明人。而卜吉竟然接见他。她不敢再说什么，生怕会忍不住哭出声来。

她很不喜欢史铁亭现在说话的声音，听来强硬而急躁。他正在说：“你食古不化。基地虽然领域广大、人口众多，但他们是一盘散沙，根本不堪一击。这些年来，他们的团结只是一种惯性，而我有足够力量击溃它。你是被基地当年的气势吓傻了，当时唯有他们拥有核能。他们逃过垂死帝国的最后一击之后，剩下的敌人净是些无法无天的军阀。那些军阀个个头脑简单，拥有的战舰都是陈年旧货，自然无法对抗基地的核动力星舰。

“可是，我亲爱的麦拉斯，骡却改变了这一切。他将基地密藏的知识散播开来，让半个银河系都知晓了这些秘密。基地垄断科学的日子一去不返，我们足以和他们抗衡了。”

“那么第二基地呢？”麦拉斯冷冷地问了一句。

“那么第二基地呢？”史铁亭用同样的口气重复了一遍，“你可知道他们的意图吗？他们花了五年的时间才阻止了骡——这是不是真的，至今还有人怀疑。基地的许多心理学家和社会学家，一致认为自从骡出现后，谢顿计划就完全给粉碎了，你难道不晓得吗？假如这个计划不再存在，我当然有资格填补这个真空。”

“我们在这方面的知识，不足以保证我们会赢得这场赌局。”

“我们自己的知识或许不足，不过这颗行星上，刚好来了一位基地的访客。这件事你知不知道？他名叫侯密尔·孟恩——据我所知，他写过不少研究骡的文章。而且他和我意见一致，也认为谢顿计划不复存在。”

首相点了点头。“即使没听说过这个人，我至少知道他发表的文章。他想做什么？”

“他想申请进入骡殿。”

“真的吗？最好还是拒绝吧。整个行星就是靠那些迷信维系，避免触碰那些问题才是明智之举。”

“我会考虑——然后我们再来讨论。”

麦拉斯便鞠躬告退。

嘉莉贵妇泪汪汪地说：“卜吉，你在生我的气吗？”

史铁亭凶巴巴地转过身来。“我难道没有告诉过你，当着别人的面，绝对不要用那个可笑的名字叫我？”

“你以前喜欢我那么叫的。”

“好吧，我现在不喜欢了，以后不准再犯这种错误。”

他气呼呼地瞪着她。自己如今还能容忍这个女人，真是不可思议。她是个柔弱的绣花枕头，摸起来的感觉实在不错；而她温顺的感情，也算是刻板生活的一种简单调剂。但即使是那种感情，也逐渐令他感到厌倦了。她竟然梦想要嫁给他，要成为第一夫人。

简直荒唐！

当他只是舰队司令的时候，她的确是个非常称职的伴侣——可是他已经成为第一公民，而且眼看就要征服银河，这种女人当然不再适合。他需要血统高贵的子嗣，帮助他统治未来的领土。这是骡从来无法做到的事，也是骡的传奇生命终结后，他的帝国立刻瓦解的原因。他，史铁亭，需要一位基地名门闺秀为后，两人携手建立一个朝代。

他气急败坏地想到，为什么还没有把嘉莉甩掉？这样做不会有任何麻烦。她会哭哭啼啼一阵子——他随即打消这个念头。偶尔，她也挺可爱的。

此时嘉莉再度展现欢颜。那个灰胡子老头已经走远，卜吉那张花岗岩般的脸孔渐渐变柔和了。她盈盈起身，向他依偎过去。

"你不会再骂我了吧？"

"不会了。"他心不在焉地轻轻拍着她，"你安安静静坐一会儿好吗？我要思考一下。"

"关于那个基地人的事吗？"

"是的。"

"卜吉？"她欲言又止。

"什么事？"

"卜吉，你说，他还带了一个小女孩一起来。你记不记得？她来的时候，我能不能见见她？我从来没有……"

"你想想，我为什么要让他把那个小鬼一块带来？我的会客厅是幼稚园吗？嘉莉，别再提这种荒谬的想法。"

"卜吉，可是我会负责照顾她。她绝不会让你烦心。只不过因为我难得看到小孩子，你也知道我多么喜欢小孩。"

他用嘲讽的目光瞪着她。她从不厌倦这套把戏。她喜欢小孩，意思是喜欢他的小孩，也就是他的子嗣，说穿了就是希望嫁给他。想到这里，他哈哈大笑。

“那个小东西，”他说，“其实是个十四五岁的大女孩。她或许和你差不多高了。”

嘉莉显得垂头丧气。“嗯，答应我，好不好？她可以告诉我有关基地的一切。你知道的，我一直都好想去那里看看，因为我的祖父就是基地人。卜吉，你能不能找个时间带我去？”

听到她这么讲，史铁亭不禁露出微笑。也许他真会带她去，而且是以征服者的身份。这个想法令他相当高兴，他的语气也因此缓和许多。“我会的，我会的。你可以见见那个女孩，和她畅谈基地的一切。不过得离我远一点，懂吧。”

“我不会烦你的，我保证。我会把她带到自己的房间去。”她觉得好开心，最近这些日子，她很少能像这样称心如意。她用双臂搂住他的颈子，感觉他在轻微的犹豫后，全身肌肉便松弛下来，并把壮硕的脑袋轻轻靠向她的肩头。

13

贵妇

艾嘉蒂娅感到得意洋洋。自从裴礼斯·安索把那张笨脸靠到她的卧室窗户那天起，她的人生就起了意想不到的变化——而这都是因为她有眼光、有勇气去做该做的一切。

如今，她终于来到卡尔根。她已经去过宏伟的中央剧院——那是银河系最大的一间剧院，并亲眼看到许多著名的歌星——即使在遥远的基地，他们也是家喻户晓的人物。她也逛过了锦簇大道，那是这个无比繁华世界的流行中心。她照自己的心意选购了许多商品，因为侯密尔对这种事一窍不通。她看上了一件熠熠生辉的长礼服，上面的直条纹使她看来修长许多，店员则绝不认为有何不妥。基地的现金在这里非常、非常管用。侯密尔给了她一张十信用点的纸币，兑换成卡尔根币，就变成厚厚的一大捆。

她甚至换了一个新发型——把后面的头发剪短，两侧烫成耀眼的波浪。经过细心的护发处理，她的金发看来比以前更亮丽，简直就是闪闪发光。

可是比较之下，最精彩的还是刚才那一幕。老实说，史铁亭统领的官邸并不如剧院那般豪华壮观，也不像骡殿那样神秘而历史悠久——当然，目前为止，他们只是在飞越行星上空时，瞥见了骡殿那些孤独的尖塔而已。不过无论如何，想想看，史铁亭毕竟是一位真正的统领。这份荣耀令她欣喜若狂。

而且除此之外，她还有机会和统领的“宠姬”面对面交谈。艾嘉蒂娅特别在心中将“宠姬”加上引号，因为她了解这种女人在历史上扮演的角色，了解她们拥有的魅力与权力。事实上，她常常梦想着有朝一日，自己也能成为这样一位倾国倾城的尤物。只可惜基地如今不流行这一套，更何况即使有机会，父亲大概也不会答应。

当然，嘉莉贵妇并不完全符合艾嘉蒂娅的想象。她稍嫌丰满，毫无狐媚或淫邪的味道，而且还有几分苍老与近视。她的声音也太尖了，并非那种充满磁性的声调，此外……

嘉莉说：“孩子，还要不要加点茶？”

“谢谢您，贵人，我想再来一杯。”或者应该称呼她“殿下”？

接着，艾嘉蒂娅以鉴赏家的口吻，老气横秋地说：“夫人，您带的这串珍珠真是美丽。”（想来想去，“夫人”似乎最恰当。）

“哦？你这么觉得吗？”嘉莉似乎心情不错。她摘下那串乳白色的项链，拿在手中晃来晃去。“你喜欢吗？喜欢的话，你就收下吧。”

“喔，我的天……您这话当真……”她发觉项链已经到了自己手里，连忙作势要还回去，还用感伤的口吻说：“爸爸会不高兴。”

“他讨厌珍珠吗？这些都是上好的货色。”

“我是说，如果我收下，他会不高兴的。他总是嘱咐我：你不可以随便接受贵重的礼物。”

“不可以吗？但是……我是说，这是卜……是第一公民送给我的礼物。你认为我也不该收下吗？”

艾嘉蒂娅满脸通红。“我不是这个意思……”

嘉莉却厌倦了这个话题，她任由项链滑落到地板上。“我要你告诉我有关基地的一切，请你现在就开始说。”

艾嘉蒂娅突然感到哑口无言。那个无聊到令人想掉眼泪的世界，有什么好说的？对她而言，基地只是一座郊外的小镇、一间舒适的住宅，以及不得不硬着头皮接受的教育，加上永远无趣而单调的生活。于是，她心虚地答道：“我想，就和您从胶卷书中读到的一样。”

“喔，你爱看胶卷书吗？我常常想看，却一看就头痛。不过，你可知道，我最喜欢看超视上的行商故事——那些雄壮而粗犷的男人，看来总是又刺激又过瘾。你的那个朋友，孟恩先生，也是一名行商吗？他看来似乎没有那么粗犷。大多数的行商都留着络腮胡，嗓门又大又低沉，而且对女人予取予求——你说对不对？”

艾嘉蒂娅露出一个呆板的笑容。“夫人，那些都是历史了。我的意思是，在基地的早期，行商替基地开疆拓土，并将文明散播到银河系各处。这些都是我们在学校学到的。可是那个时代已成为过去。我们那里再也没有行商了，只剩下公司之类的组织。”

“真的吗？实在太可惜了。既然孟恩先生不是行商，他又是做什么的？”

“侯密尔叔叔是一名图书馆员。”

嘉莉用一只手捂住嘴唇，窃笑了几声。“你的意思是，他负责管理胶卷书。喔，天哪！一个大男人做这种事，好像太没有出息了。”

“夫人，他是一名很优秀的图书馆员。在基地，这是一种非常高尚的职业。”说完，她顺手把泛着晕彩的小茶杯放到乳白色金属桌上。

女主人感到很不好意思。“亲爱的孩子，我保证绝对无意冒犯你。他一定是个很聪明、很聪明的人。我一见到他，就从他眼中看出这一点。他的眼睛简直……简直太聪明了。而且他一定也很勇敢，才有勇气想要探访骡殿。”

“勇敢？”艾嘉蒂娅突然绷紧所有的神经，这正是她所等待的一刻。开始执行计划！执行计划！她故意瞪着自己的拇指，尽可能用不经意的语气问道：“为什么想要探访骡殿，就代表勇敢呢？”

“你不知道吗？”她的眼睛瞪得圆圆的，声音则变得低沉，“那里受到过诅咒。骡在死前曾经下令，在银河帝国建立之前，任何人都不准进入。卡尔根的本地人，连周围的广场都不敢去。”

艾嘉蒂娅领会了这层意思。“不过那只是迷信……”

“别这么说。”嘉莉显得十分苦恼，“虽然卜吉也总是这么说。不过他也说过，为了要维持他的统治，最好还是别戳破那个迷信。可是，我从来没见过他自己去那里。而萨洛斯也从未去过，他是前任第一公民。”她好像突然想到什么事，再度好奇地问道：“可是孟恩先生为什么要去骡殿呢？”

现在，艾嘉蒂娅精心策划的计谋终于能展开了。她从历史小说里学到一件事实：一国之君的宠姬才是真正的掌权者，她们的影响力简直不可思议。因此，假如史铁亭统领拒绝了侯密尔叔叔——她料到一定如此——自己必须从嘉莉贵妇这边挽回局势。其实，嘉莉贵妇本身也有几分神秘。她似乎不太精明。不过，嗯，历史在在证明……

她说："夫人，当然是有原因的——可是您能不能保密呢？"

"我发誓。"嘉莉说，她在柔软、丰挺、雪白的胸前做了一个动作。

艾嘉蒂娅万分谨慎地开始叙述，每句话脱口前都仔细想了一遍。"您可知道，侯密尔叔叔是研究骡的头号权威。他写过好多好多这方面的书籍，而他认为，自从骡征服了基地，整个银河的历史就改变了。"

"喔，天哪。"

"他还认为谢顿计划……"

嘉莉突然拍拍手。"我知道谢顿计划。行商影片总是绕着谢顿计划打转，它的作用是让基地永远打胜仗。好像牵涉到什么科学，不过我从来不明白其中的道理。每次听到那些解释，我就觉得很不耐烦。可是亲爱的孩子，请你继续讲。你的解释完全不同，你把每件事都讲得清清楚楚。"

艾嘉蒂娅继续说："嗯，那么您有没有注意到，当骡打败基地的时候，谢顿计划并没有生效，从此也一直没有发挥作用。所以说，谁来建立第二帝国呢？"

"第二帝国？"

"是的，总有一天它会出现，但是又要如何建立呢？您瞧，这可是一个大问题。此外，还有一个第二基地。"

"第二基地？"她露出一副莫名其妙的表情。

"没错，他们遵循谢顿的心意，来策划整个银河的历史。他们阻止了骡，因为他揠苗助长，可是现在，他们也许在支持卡尔根。"

"为什么？"

"因为现在，卡尔根最有可能成为一个新帝国的核心。"

嘉莉贵妇似乎琢磨出这句话的含意。“你的意思是，卜吉会建立一个新帝国。”

“我们还不能确定。侯密尔叔叔是这么认为，但他得先看看骡留下的记录，才能肯定这一点。”

“这一切实在非常复杂。”嘉莉贵妇半信半疑地说。

艾嘉蒂娅放弃了。她已经尽了最大的努力。

史铁亭统领的心情可以说相当不好。他接见了那个基地来的娘娘腔，却没有什么收获。更糟的是，这件事令他很没面子。他是二十七个世界的唯一统治者，是银河系最强大武力的最高统帅，拥有天下无敌的雄心壮志——却和一个古董收藏家，扯了一堆毫无意义的废话。

真该死!

他分明是要破坏卡尔根的传统，对不对？为了这个傻子想再写一本书，就能允许他进入骡殿翻箱倒柜吗？为了科学！为了神圣的知识！银河啊！自己为什么要忍受那些义正辞严的高调？而且——他突然感到一阵微微刺痛——别忘了还有诅咒呢。他自己不相信，有头脑的人都不会相信。但如果他决心向诅咒挑战，也需要一个更好的理由，而不是这傻子提出的那些蠢话。

“你来干什么？”他突然吼道，嘉莉贵妇则吓得僵立在门口。

“你在忙吗？”

“没错，我现在很忙。”

“卜吉，可是现在没有别人。我难道不能和你说几句话吗？”

“喔，银河啊！你到底要说什么？赶快。”

她结结巴巴地说：“那个小女孩告诉我，他们打算到骡殿里头。我想我们可以跟她一块去，那里面一定华丽无比。”

“她那样告诉你的吗？哼，她去不成，我们也不去。你去忙你的吧，我已经给你烦透了。”

“可是，卜吉，为什么呢？你不准备批准他们吗？那个小女孩说，你会建立一个帝国！”

“我才不管她说什么——等一等，她说什么？”他大步走向嘉莉，用力抓住她的手肘，五根指头深深陷入柔嫩的肌肤。“她到底和你说了些什么？”

“你弄痛我了。如果你一直这样瞪着我，我根本想不起她说过什么话。”

他松开了手，她则默默站在原处，搓揉着被抓出来的红印子。过了一会儿，她哭哭啼啼地说：“那小女孩要我答应替她保密。”

“那可真糟糕。告诉我！赶快说！”

“嗯，她说谢顿计划有所改变，某处还有另一个基地，正在策划让你建立一个帝国。就是这样。她说孟恩先生是一位非常重要的科学家，而骡殿中藏着所有的证据。她说的话，我一字一句都告诉你了。你还在生气吗？”

史铁亭并没有回答。他匆忙离去，嘉莉只能张着一双大眼睛，伤感地目送他的背影。一小时内，盖着第一公民官印的两道命令已经发了出去。其中一道命令使五百艘主力舰立即升空，去从事官方所谓的“实战演习”。另外一道命令，则让某人一时之间不知所措。

当那道命令送达时，侯密尔·孟恩正在收拾行囊准备离去。命令的内容当然是批准他进入骡殿。他捧着命令一读再读，顿时百感交集，唯独欠缺喜悦。

艾嘉蒂娅却喜出望外。她知道发生了什么事。

或者应该说，她自以为料中了。

14

忧心如焚

波莉一面准备早餐，一面瞄着餐桌上的新闻记录仪。当天的新闻一桩桩显示在记录仪上，她只需要用一只眼睛便能一览无遗。所有的食物都是现成的，密封在无菌且随用随丢的容器内。因此她的工作其实只是选择菜式、布置餐桌，并于餐后将一切收拾干净。

她忍不住对那些新闻咂舌，又感慨万千地叹了一口气。

“喔，真是人心不古。”她有感而发，而达瑞尔只是哼了一声作为回答。

她的声调突然变得尖锐刺耳，每当她悲叹世风日下，都会自然而然转成这种腔调。“唉，这些可怕的卡尔根人，为什么要这样做呢？”她总是把“卡尔根”念走了音，“本以为他们会让人过几天太平日子。根本没有，总是找麻烦，找麻烦，没完没了。

“你看看那个新闻标题：‘基地领事馆前暴民滋事’。喔，可能的话，我真想好好开导他们一番。这是人类的通病，就是不长记性。达瑞尔博士，世人就是不能记取教训——一点记性也没有。想想骡死后引发的那场战争吧——当然那时候我只是小女孩，可是喔，那种动乱我一辈子忘不了。我的亲叔叔死在那场战争中，当时他才二十几岁，结婚两年而已，还留下一个女娃。我到现在还记得他的模样——一头金发，脸颊上有个酒涡。我还保存着他的三维水晶像……

“现在，那个女娃早已长大成人，她的独子正在舰队服役。如果发生任何冲突，那就极有可能……

“当时虽然我们有空袭侦察队，而且由老人轮流守卫平流层——但卡尔根若是真打过来，我很难想象他们能做些什么。母亲常常对我们说起当时的艰苦，粮食配给、物价高涨、税金暴增等等。简直让人活不下去……

“我认为，如果他们那些人还有理智，就绝不该重蹈覆辙，应该避之唯恐不及。我也认为根本不是人民的意思；我想即使是卡尔根人，也宁愿待在家中享受天伦之乐，而不愿意到太空去横冲直撞，然后葬身在星舰中。全都要怪那个可怕的人物，史铁亭。真奇怪，这种人怎么会活到现在。他杀害了那个老家伙——他叫什么名字？对，萨洛斯——现在又准备要征服银河。

“他为什么想要攻打我们，我实在搞不懂。他注定会失败——就像以往每次一样。也许这一切都在谢顿算计之中，可是有时我忍不住想，那必定是个邪恶的计划，才会藏有那么多的战争和杀戮。不过我对哈里·谢顿可没有话说，我相信他知道得一定比我多得多，也许是我太笨了，才会质疑他的计划。另外那个基地同样欠骂。他们明明现在就能制止卡尔根，让一切回到正轨。既然他们终将这么做，我认为，就该在战祸发生之前赶紧行动。”

达瑞尔博士终于抬起头来。“波莉，你在说什么吗？”

波莉的一双眼睛睁得老大，随即又气呼呼地眯起来。“没有，博士，我什么都没说，也根本没什么好说的。在这个家里，何止是说句话，就是死了也没人注意到。忙进忙出，忙出忙进，就是没时间开口说话……”她带着一肚子闷气离开了餐厅。

正如同没有听到她在说什么一样，达瑞尔博士几乎没注意到波莉已经离开。

卡尔根！真无聊！那只是个有形的敌人！他们将永远是基地的手下败将。

然而，眼前这个可笑的危机，他却无法置身事外。七天前，市长正式邀请他出任“研究发展部”部长，而他答应今天会作出决定。

可是……

他感到坐立不安。市长竟然选上自己！但是他能够拒绝吗？这样一来，就会显得太不合情理，而他不敢冒这种险。毕竟，他并不需要担心卡尔根。对他而言，敌人只有一个，始终只有一个。

妻子在世的时候，人生幸福美满，他有充分的借口逃避责任、离群索居。在川陀那段漫长而幽静的日子，周遭全是荒芜的废墟！他们在那个残破的世界上遗世独立，浑然忘却世间的一切！

可是她不久就去世了，前后还不到五年。从那时候起，他就知道，今后唯一能够做的，便是和那些可怕而隐形的敌人奋战一生——那些敌人控制了他的命运，剥夺了他做人的尊严，使他的人生变作绝望的挣扎；甚至连整个宇宙，都掌握在这些既可恶又可怕的敌人手中。

这可以称作感情的升华，至少他自己这么想——总之，这种奋战为他带来人生的意义。

他先来到圣塔尼大学，加入克莱斯博士的研究工作。那是获益匪浅的五个年头。

但克莱斯所做的仅止于搜集数据，无法在真正的问题上有所突破——当达瑞尔肯定这点之后，他知道是该离开的时候了。

克莱斯的研究虽属秘密性质，但他难免需要助手与合作伙伴。此外，他还需要许多人脑样本来做脑波测定，需要一所大学支持他。这些都是他的弱点。

克莱斯不能了解这一点，而达瑞尔也无法向他详加解释。两人终于不欢而散。这样也好，反正他们必须拆伙。他必须表现得放弃了一切——以防有人暗中监视。

克莱斯借着图表来分析脑波，达瑞尔则是使用自己心灵深处的数学概念。克莱斯与许多人合作，达瑞尔却单打独斗。克莱斯待在一所大学里，达瑞尔栖身于郊外静谧的住宅中。

而他眼看就要成功了。

就大脑构造而言，第二基地分子根本不能算是人类。即使是最杰出的生理学家、最高明的神经化学家，也可能无法侦测出任何异状——但差异一定存在。由于这种差异藏在心灵中，那里必定存在侦测得到的迹象。

第二基地分子无疑都拥有类似骡的异能，姑且不论这种能力是先天或后天的。既然他们像骡一样，具有侦测与控制人类情感的能力，理论上来说，应该能设计出一种电子电路，来测定他们的特殊脑波；而在脑电图的详细记录中，他们的异能绝对无所遁形。

如今，克莱斯的幽灵化身为得意门徒安索，再度闯进他的生命。

愚蠢！愚蠢！那些受干扰人士的脑电图能做些什么？自己几年前已经发明出侦测的方法，可是又有什么用？他需要反击的武器，而不是侦测的工具。但他又必须答应与安索合作，因为这样才能掩人耳目。

现在这个研发部长的职位也一样，同样是个掩人耳目的妙着！他俨然成为一个计中计的主角。

一时之间，他又担心起艾嘉蒂娅，赶紧狠下心来摆脱这个思绪。假使安索未曾出现，这件事就不会发生。假使安索未曾出现，除了他自己，不会有其他人的生命受到威胁。假使安索未曾出现……

他感到一阵怒火攻心——他气已故的克莱斯，气活着的安索，以及所有好心的笨蛋……

嗯，她会照顾自己的。她是个非常成熟的小女孩。

她会好好照顾自己的！

他心中悄悄这么想……

她真能照顾自己吗？

当达瑞尔博士忧心忡忡地自我安慰之际，她正坐在银河第一公民官邸办公室的简朴会客室中。她已经在这里坐了半个小时，无聊地扫描着四面的墙壁。她随着侯密尔·孟恩进入这间会客室的时候，曾注意到门口站着两名武装警卫。过去，这里是从来没有警卫的。

现在她一个人待在会客室里，觉得室内每一件家具、每一项陈设都透着敌意。这是她生平第一次有这种感觉。

可是，为什么会这样呢？

侯密尔正在觐见史铁亭统领。嗯，这又有什么不对吗？

想到这里，她突然怒不可遏。在胶卷书或超视的故事里，每次出现类似情节，主角总是料得到下一步的发展，因而能有万全准备。而她——她却坐在那里。任何事都可能发生，任何事！而她却只能坐在那里。

好吧，回忆一下。从头想一想，也许能获得一点灵感。

过去这两周，侯密尔几乎是住在骡殿里面。在史铁亭的许可下，他曾经带她去过一次。骡殿里面宽敞、幽暗而气氛肃穆，一切都毫无生气，仿佛沉睡在昔日的光辉中。偌大的建筑物，只有脚步声激起空洞而萧瑟的回音。总之，她不喜欢那里。

相较之下，还是首都宽阔热闹的街道、美轮美奂的剧院对她更具吸引力。这个世界虽然不如基地那般富有，却舍得花更多的钱妆点门面。

侯密尔通常傍晚才回来，带着一种敬畏的心情……

“我做梦也想不到有那种地方。假如我能把殿中的石头一块一块敲掉，把发泡铝一层一层拆下。假如我能把它们运回端点星——那会是一座什么样的博物馆。”他常常发出如此的呓语。

他早先的迟疑似乎完全消失无踪，现在的他既急切又狂热。这点艾嘉蒂娅绝对可以肯定，因为最近这些日子，他一点也不结巴了。

有一天，他对艾嘉蒂娅说：“我找到了普利吉将军记录的摘要。”

“我知道他。他是基地的叛徒，曾经为了寻找第二基地翻遍了银河，对不对？”

“艾卡蒂，严格说来他并非叛徒。是骡令他‘回转’的。”

“喔，那还不是一样。”

“唉，你所谓的翻遍了银河，那是一项毫无希望的任务。四百年前，为了筹设两个基地而召开的谢顿大会，它的原始记录只有一处提到第二基地。说它设立在‘银河的另一端，群星的尽头处’。那就是骡和普利吉唯一的线索。当年他们即使找到第二基地，也根本无法确认。真是疯狂的行动！

“他们拥有的记录，”他是在自言自语，不过艾嘉蒂娅听得很用心，“一定涵盖了将近一千个世界；但他们需要探索的世界，却势必接近一百万个。我们的情况也好不到哪里去……”

“嘘——”艾嘉蒂娅急忙阻止他再说下去。

侯密尔愣住了，好一阵子才恢复正常。“咱们别说了。”他咕哝道。

现在，侯密尔正在觐见史铁亭统领，而艾嘉蒂娅孤零零地等在外面。不知道为什么，她觉得心脏里的血液全被挤了出来。这种莫名其妙的感觉，其实是最恐怖不过的。

而在隔壁房间，侯密尔也像是全身陷入粘胶之中。他拼命努力想把话说清楚，不过当然徒劳无功；他的口吃再度复发，而且变得比以前更严重。

史铁亭统领全副戎装，他身高六英尺六英寸，下颚宽大，嘴角轮廓分明。他始终双手握拳，还不时用力挥舞，以增强说话的气势。

“好啊，你忙了两个星期，现在却向我交白卷。孟恩先生，没关系，告诉我最坏的情况吧。是不是我的舰队会全军覆没？是不是除了第一基地的人员，我还得和第二基地的幽灵作战？”

“我、我再强调一次，大统领，我不是预、预言、预言家。我、我完全搞、搞糊涂了。”

“你是不是想回去警告你的同胞？你少在我面前玩这种把戏。我要你说实话，否则我就自己动手，把实话连同你的内脏一块挖出来。”

“我说、说的都是实话，大、大统领，我还想提、提醒您，我是基地的公民。您、您不可以碰我，不然会吃、吃、吃不了兜着走。”

卡尔根统领纵声狂笑。“这种话只能吓唬小孩子，这种威胁只能让白痴却步。得了吧，孟恩先生，我对你已经很有耐心。我花了二十分钟听你满口胡说八道，而你一定好几个晚上没睡觉，才能编出这种无聊的故事。你这样做是白费力气。我知道你来这里，绝不只是捡拾骡的骨灰而已——你另有不可告人的目的。难道不是吗？”

这时，侯密尔·孟恩再也无法浇熄眼中的恐惧炽焰，甚至连呼吸都有困难。史铁亭统领将一切看在眼里，还故意伸手拍拍这个基地人的肩膀，孟恩果然连人带椅子一起摇晃。

“很好，现在让我们开诚布公。你一直在研究谢顿计划，而你知道它已经失效。或许你还知道，如今我成了必然的赢家，我和我的继承人将君临天下。唉，老弟，只要能够建立第二帝国，由谁来建立又有什么关系？历史是铁面无私的，对不对？你不敢告诉我吗？其实我已经知道你的任务了。”

孟恩以嘶哑的声音说：“您、您到底想要、要什么？”

“我要你留下来。我不希望由于过度自信，破坏了这个新的计划。关于这些事，你懂的比我多，万一我忽略了任何小问题，你一定能察觉。来吧，事成之后我会好好犒赏你；你会获得数不清的战利品。你能指望基地做些什么呢？扭转几乎已成定局的颓势吗？让战事延长吗？或者你只是基于爱国心，一心想要为国捐躯？”

“我、我……”除此之外，他半个字也没有吐出来，最后只好闭上嘴巴。

“你给我留下来。”卡尔根统领志得意满地说，“你没有选择的余地。等一等——”他突然想到另一件事，“我获得了一项情报，说你的侄女是贝泰·达瑞尔的后人。”

侯密尔吃了一惊，脱口而出：“没错。”到了这个关头，除了坦承事实，他不相信自己有能力编织任何谎言。

“他们这个家族在基地很有名望？”

侯密尔点了点头。“基地绝对不会坐、坐视他们受到伤害。”

“伤害！老弟，别傻了，我打的主意正好相反。她多大了？”

“十四岁。”

“啊！没关系，即使是第二基地，或者哈里·谢顿本人，也都无法阻止时光流逝，不准小女孩长大成人。”

他突然一转身，奔向一道侧门，将门帘用力一扯。

然后他怒吼道：“太空啊，你死到这里来做什么？”

嘉莉贵妇对他眨着眼睛，细声答道：“我不知道还有别人。”

“哼，的确还有别人。我等一下再和你算账，现在我只想看到你的背影，赶快向后转。”

她立刻奔向走廊，细碎的脚步声渐行渐远。

史铁亭又走回来。“她是我生命中的一个小插曲，已经拖得太久，很快就会结束了。你刚才说，她才十四岁？”

侯密尔瞪着他，心底冒出一种崭新的恐惧！

此时，艾嘉蒂娅则瞪着一扇悄悄打开的门——她的眼角瞥见一个细碎的动作，令她大吃一惊。原来是门后伸出一根手指头，向她一屈一伸比划着，好像急着把她叫出去，她却久久没有反应。后来，或许是她看清了那个苍白、颤抖、焦急的身形，这才蹑手蹑脚走向门口。

然后，两人便慌慌张张沿着长廊走下去。带走艾嘉蒂娅的当然是嘉莉贵妇，她现在正紧紧抓着女孩的手。艾嘉蒂娅虽然被她抓疼了，不过仍然安心跟着她走。至少，她对嘉莉贵妇并没有恐惧感。

可是，这又是为什么呢？

她们来到贵妇的闺房，整个房间都是粉红色系列，看来像是一家糖果店。嘉莉贵妇站在门口，用背抵住房门。

她说："你知道吗，这是从他的办公室，到我……我的房间的一条专用走道。他，你知道是谁吧。"她伸出拇指向背后指了指，仿佛即使只是想到他，都会令她吓得半死。

"真是侥幸……真是侥幸……"她的瞳孔突然放大，湛蓝眼珠的中央成了黑色。

"您能不能告诉我……"艾嘉蒂娅畏畏缩缩地说。

嘉莉却像是急疯了一样。"不，孩子，没有时间了。把你的衣服脱下来。拜托，求求你。我帮你再找几件衣服，这样他们就认不出你。"

她钻进衣橱，把好些乱七八糟的东西丢出来，地板上立刻堆起一座座小山。她急着找一套适合艾嘉蒂娅年龄的衣服，以免她一出去就受到登徒子包围。

"找到了，这件应该行，不行也得行。你有没有钱？来，拿着这个，还有这个。"她把耳环与戒指都摘下来，"马上回家去——回到基地去。"

"可是侯密尔……我叔叔……"芬芳、名贵、混纺着金属的衣裳向她当头罩下，她的声音从衣料中透出来，显得有气无力。

"他走不了。卜吉永远不会放他走，可是你一定不能留下来。喔，亲爱的孩子，你难道不懂吗？"

"不懂。"艾嘉蒂娅硬是不肯挪动脚步，"我真的不懂。"

嘉莉贵妇双手使劲绞在一起。"你一定要回去警告你的同胞，战争马上就会爆发。听清楚了吗？"说来也真奇怪，极度的惊恐竟然使她的思路变得特别清晰，以致这几句话完全不像她的口气。"现在赶快走吧。"

她们从另一条路溜走！一路上遇到好些官员，他们都眼睁睁看着她俩离去，想不到有任何理由应该阻拦——除了卡尔根统领，再也没有人有资格阻拦嘉莉贵妇。她们通过一道又一道的门，卫兵也一律立正举枪敬礼。

这段路似乎走了好几年，一路上艾嘉蒂娅连大气都不敢喘。事实上，从她看到那根屈伸的苍白手指，到她们来到官邸大门口，面对着人群、噪音与拥挤的交通，前后只有二十五分钟而已。

她向后望了望，顿时心中交杂着忧惧与同情。“夫人，我……我……不知道您为什么要这样做，只能说我很感激——侯密尔叔叔又会有什么遭遇呢？”

“我不晓得。”嘉莉发出一声感叹，“你自己不能走吗？直接到太空航站去，千万别犹豫。他可能已经在到处找你。”

艾嘉蒂娅依然徘徊不去。她这一走，就必须抛下侯密尔；直到这时，呼吸到自由的空气，她才终于起了疑心。“即使他这么做，您又何必管呢？”

嘉莉贵妇咬了咬下唇，喃喃地说：“我不能对一个像你这样的小女孩解释，有些话我说不出口。反正，你总会长大的，而我……我遇到卜吉的时候才十六岁。你该知道，我不能让你留下。”她眼中露出掺杂着羞愧的妒意。

这些暗示令艾嘉蒂娅吓呆了，她低声问道：“万一他发现了，他会怎样对付您？”

嘉莉也压低声音回答：“我不晓得。”说完，她用手按着头，沿着通往统领官邸的大道小跑步离去。

但一时之间，艾嘉蒂娅依旧站在原地，那一秒钟仿佛永远过不完。因为在嘉莉贵妇离去之前那一瞬间，艾嘉蒂娅发现了一点异状。那双充满惊慌与恐惧的大眼睛，竟然射出一丝一闪即逝的喜悦光芒。

那是一种无情的、冷酷的狂喜。

那双眼睛在刹那间透露出太多讯息，但艾嘉蒂娅对自己的发现毫无怀疑。

她开始向前跑——疯狂地奔跑——想要寻找一间空的候车亭，以便招来一辆计程飞车。

她并不是在躲避史铁亭统领，也不是在逃避他手下的鹰犬——甚至并非想要逃离他所统治的二十七个世界，虽然那些世界都已经布下天罗地网。

她逃避的对象，其实是那名帮助自己脱逃的弱女子。没错，“弱女子”给了她许多现金与珠宝，并且冒着生命危险拯救她。可是艾嘉蒂娅知道——绝对可以确定——她是第二基地的人。

一辆计程飞车迅速来到，在候车亭外的起落架上缓缓停妥。飞车带来的一阵风拂到艾嘉蒂娅脸上，虽然她戴着嘉莉送她的毛皮头巾，头发还是被吹乱了。

“小姐，去哪儿？”

她拼命降低自己的声调，希望能掩饰稚嫩的童音。“本市有几个太空航站？”

“两个。去哪个？”

“哪一个最近？”

司机瞪着她说：“小姐，卡尔根中央站。”

“请带我去另外那一个航站。别担心，我有钱。”她手中抓着一张面额二十元的卡尔根币。她对这个数目没有什么概念，司机则满意地咧嘴一笑。

“小姐，去哪儿都成。‘天路’计程飞车能带你去任何地方。”

她将脸颊贴在冰冷而稍带霉味的椅套上，盯着下方缓缓退却的万家灯火。

她该怎么办？该、怎、么、办？

直到那一刻，她才了解自己是个愚蠢——愚蠢至极的小女孩，孤苦无依，充满恐惧。她眼中噙着泪水，喉咙深处发出无声的抽噎，牵动了五脏六腑。

她并不怕被史铁亭统领逮捕。嘉莉贵妇不会让这种事发生。嘉莉贵妇！她又老、又肥、又笨，竟然有办法抓住统领的心。喔，现在真相大白了，一切都真相大白了。

那次嘉莉请她喝茶，她自以为曾有精彩的演出。精明的小艾嘉蒂娅！她的内心感到窒息，感到憎恨自己。嘉莉接见她是早有预谋，也许史铁亭也中了她的计，才会在最后关头批准侯密尔进入骡殿。她，大智若愚的嘉莉，早已计划好这一切，可是又另有安排，让聪明的小艾嘉蒂娅提出一个无懈可击的理由。这个理由不会引起任何当事人的怀疑，却能将她自己的介入程度减到最小。

可是为什么自己重获自由呢？侯密尔当然已经成了阶下囚……

除非……

除非，她一回到基地就会成为诱饵——引诱其他人自投罗网……

所以她不能回基地去……

“小姐，太空航站。”计程飞车早已停妥。奇怪！她竟然根本没有注意到。

简直像一场迷离的梦境。

“谢谢你。”她看也没看，就把那张钞票塞给司机，然后跌跌撞撞走出车门，奔越过富有弹性的车道。

眼前是一片灯海，以及来来往往的男女老幼。头上是巨大而闪烁的布告板，上面的指针随着太空船的起降而移动。

她要到哪里去？她根本不在乎。她只知道自己不能回到基地！除此之外，任何地方都可以。

喔，多亏谢顿保佑，才出现那意外的一刻——最后的几分之一秒，嘉莉厌倦了继续表演下去，因为对方只是个小孩子，她忍不住提早露出喜色。

此时艾嘉蒂娅突然冒出一个念头——自从开始逃亡，这个念头就一直在她的意识底层窜动——这个念头，使她从此告别天真无邪的童年。

她知道自己绝不能被抓到。

这是最要紧的一件事。虽然他们找出了基地上每一名同谋；虽然他们盯上了她的父亲，她却不能——也不敢——冒险发出任何警告。即使为了整个端点星，她也不能拿自己的生命冒险，一点点都不可以。她现在是银河中最重要的人物，不，她现在是银河中唯一重要的人物。

当她站在售票机前，不知何去何从的时候，她已经明白了这一点。

因为放眼整个银河，除了“他们”那些人，只有她一个人知道第二基地的位置。

川陀：到了大断层中期，川陀褪去一切光芒。在巨大的废墟中，只有农民组成的小型社区……

——《银河百科全书》

15

天罗地网

太空航站位于这个首都的郊外，在人口众多的行星上，这种航站总是呈现银河中独一无二的繁忙与壮观。放眼望去，许多巨型太空船安稳地停在起落架上。如果时间算得准，就能看到太空船降落的壮观镜头，而升空的场面更是令人叹为观止。所有的过程一律静寂无声，因为太空船的动力皆源自静悄悄的核子重组反应。

就航站面积而言，上述的起降停泊区占95%。在这许多平方英里的范围内，只有各式各样的太空船与工作人员，以及太空船与工作人员都不可或缺的计算机。

只有在余下的5%范围内，才能看到熙来攘往的人潮。每个人来到这个交通转运站，目的不外乎是前往另一个星体。可以确定的是，在这些来来往往的人群中，鲜有人会驻足沉思构成整个太空交通网的科技。也许有些人偶尔会想到，远方那些正缓缓落下的金属，看来虽然十分微小，其实都有好几千吨。那些巨大的金属圆柱体，个个都可能与导航电波意外失去联系，而坠毁在预定着陆地点半英里之外——有可能刚好会穿透“候船大厦”的广阔玻璃屋顶，造成上千人丧命的悲剧——而他们的“残骸”，大概只是一些稀薄的有机气体，以及碎成粉末的硫化物。

然而，由于安全设施极为完善，这种意外绝不可能发生。只有重度神经过敏的人，才会有这种杞人忧天的想法。

那么，大家究竟在想些什么呢？别忘了，这一大群人有一个共同的目的。这个目的充塞于太空航站，形成一种特殊的氛围。众人排成一列列的队伍，父母牵着子女，行李堆成一座座整齐的小山——都是想尽快抵达目的地。

在这些一心只有目的地的旅人当中，出现了一个完全孤独的心灵，不知道何去何从，却比任何人更急于离开此地，更需要立刻到别处去。任何地方都好！几乎任何地方都好！

此地有一种浓厚的紧张气氛，有一种无形的压力。虽然她没有精神感应力，也不懂得如何接触他人的心灵，这种氛围也足以令她绝望。

只是“足以绝望”吗？根本是能够将她整个人都淹没。

如今，艾嘉蒂娅·达瑞尔穿着别人的衣服，站在别人的行星上，处于原本应该是别人的处境，甚至连小命似乎也在别人手上。她渴望找到一个安全的窝，却连自己的渴望都不甚了解。她只知道，最危险的事便是赤裸裸暴露在这个世界上。她想找一个隐密的地方——越远越好——最好是人迹未至的宇宙边缘，最好是任何人都找不到的角落。

刚满十四岁的她，此时却像八十多岁的老太婆一般疲惫，又像不到五岁的幼儿那般恐惧。

数百名旅客与她擦身而过——真正擦身而过，她感觉得到碰触了每一个人——在这些陌生人当中，哪个是第二基地分子？如今只有她才知道第二基地的下落，哪个陌生人会因为这个原因，而不得不立刻置她于死地呢？

她刚要忍不住尖叫时，突然响起一个雷鸣般的声音，令她那声尖叫冻结在喉咙里，化成一阵无声的痛楚。

“喂喂，小姐，”后面那人凶巴巴地说，“你到底是要买票，还是只想站在售票机前面？”

直到这一刻，她才发现自己站在一台售票机前。这种机器很容易操作，只要将一张高面额的纸钞塞进送币槽，等到钞票被吸进去，就按下标示着目的地的按键，售票机便会吐出一张船票，并且自动找回多余的钱。售票机以电子扫描装置辨识钞票面额，因此绝对不会出错。像这么普通的一件事，谁也不需要花上五分钟来研究。

艾嘉蒂娅将一张200信用点的钞票塞进送币槽，刚好瞥见那个标示着“川陀”的按键。川陀，那个逝去帝国的昔日首都——自己的出生地。她不知不觉按下那个键，却不见有任何动静，只看到一排红字不停地闪着：172.18……172.18……172.18……

那是她需要补足的钱数。于是她又塞了200点，机器马上吐出一张船票。她将票抓在手上，零钱随即滚了出来。

她捞起零钱，准备拔腿就跑。她感到后面那人迫不及待地向前挤来，于是赶紧一转身，从那人身前硬穿过去，头也不回地跑开。

可是她根本走投无路。他们似乎都是她的敌人。

她一片茫然，呆呆地望着闪烁在空气中的巨大标志：“史蒂凡尼”“安纳克里昂”“费玛斯”，甚至还有“端点星”的字样飘浮在空中。她多么渴望回去，可是又不敢……

其实只要花一点钱，便能租到一个通报器。她只需要预先输入目的地，再将这种装置放进皮包，它就会在太空船起飞前一刻钟，发出只有主人听得到的通报。然而，由于艾嘉蒂娅感到危机四伏，根本无暇想到这种装置。

她同时张望左右两侧，一个不小心，却和面前一个柔软的肚皮撞个正着。她立时听到一声惊叫与一声呻吟，臂膀就被对方抓住了。她拼命挣脱，却使不出气力，只能在喉咙中发出小猫似的叫声。

那人紧紧抓着她，但没有进一步的动作。过了好一会儿，她才看清楚眼前的景象以及对方的模样。那是个又矮又胖的中年男子，脸庞又红又圆，谁都看得出他是一名农夫。他有一头浓密的白发，整整齐齐往后梳成一个高贵的发型，和他的"农夫脸"极不相称。

"怎么回事？"他终于开口，语气中显然带着些微好奇，"你看来很害怕。"

"对不起。"艾嘉蒂娅六神无主，含糊地说，"我得走了，真抱歉。"

但他完全没有理会她的回答，又说："小丫头，当心点。别把船票弄丢了。"他从她苍白无力的手指取下那张船票，看了一眼，竟然露出明显的满意神色。

"我果然没料错，"然后，他突然用公牛般的嗓门吼道，"阿妈！"

一位妇人随即出现在他身旁，看起来比他更矮、更圆，而且脸色更红润。她正在用一根手指缠着一绺灰发，想将它塞回那顶早已过时的帽子里。

"阿爸，"她用责备的口气说，"你为何在公共场所大吼大叫？人家都当你疯啦。你以为这里是农场吗？"

她对木然的艾嘉蒂娅露出一个灿烂的笑容。"他粗鲁得像只狗熊。"然后，她改用严厉的口吻说："阿爸，这女孩让她走。你到底是干嘛？”

阿爸却只是向她挥了挥手中那张票。“你看，”他说，“她要去川陀。”

阿妈突然露出微笑。“你是川陀来的？阿爸，放开她的手臂，听到没。”她把塞得鼓鼓的旅行箱放倒，再轻轻按着艾嘉蒂娅的肩膀，坚持要她坐在旅行箱上。“坐下来，”她说，“好好歇歇两只小脚丫。太空船一小时后才会起飞，长椅却给那些懒鬼占去睡觉了。你是川陀来的？”

艾嘉蒂娅深深吸了一口气，终于不再挣扎。她用沙哑的声音答道：“我是那里出生的。”

阿妈高兴得不停拍手。“我们到这里一个月，一直没有碰到老乡。这真是太好啦。你的父母……”她胡乱张望一阵。

“我不是和父母一起来的。”艾嘉蒂娅小心谨慎地说。

“你一个人啊？像你这样的小丫头？”阿妈立时露出既愤怒又心疼的表情，“怎么会这样呢？”

“阿妈，”阿爸扯着她的袖子，“我来告诉你。事情有点不对劲，我觉得她在害怕。”虽然他故意压低声音，艾嘉蒂娅仍旧听得一清二楚。“她一路跑过来——我一直望着她——她的眼睛根本没在看路。我还没来得及让开，她就一头撞在我身上。你知道吗？我认为她惹上了麻烦。”

“阿爸，闭上你的嘴巴。你挡在路中间，谁都会撞上。”她一屁股坐到艾嘉蒂娅旁边，把旅行箱压得叽嘎作响。她用手臂搂着女孩发颤的肩膀，问道：“小可爱，你在逃避什么人吗？尽管对我说，我会帮助你。”

艾嘉蒂娅盯着那双慈祥亲切的灰眼珠，感到嘴唇不停打战。她心中浮现一个声音：他们是从川陀来的，自己可以跟他们走，他们能帮助她留在那颗行星上，直到她决定下一步的行动，以及下一个目的地。可是又有另一个更响亮的声音，提醒她许多杂乱无章的事实：她不记得母亲的模样；她正在筋疲力尽地对抗整个宇宙；她只想将身子蜷缩成一团，躲在一双强壮而温柔的臂膀中；假使母亲还活着，她就可以……可以……

她终于哭出来，那是当天晚上她首度落泪。她哭得像个婴儿，哭得舒畅无比。她使劲揪着阿妈那件老式的衣服，还弄湿了一大片。一双肥嫩的手臂始终紧紧搂着她，一只手还轻抚着她的鬈发。

阿爸站在那里，手足无措地望着她们两人，唯一能做的是赶紧掏手帕。他在身上摸索半天，一掏出来就被阿妈抢走了。阿妈狠狠瞪了他一眼，示意他别再多说话。许多旅客从他们身边绕过去，大家都只顾着赶路，完全没有注意到这三个人，根本当他们并不存在。

最后，艾嘉蒂娅终于停止了哭泣。她用那条手帕轻拭着红肿的眼睛，并露出一个孱弱的笑容。“天哪，”她轻声说，“我……”

“嘘——嘘。别说话，”阿妈大惊小怪地说，“坐着好好休息一下，把呼吸调匀，然后再告诉我们出了什么差错。你等着看，我们会帮你解决的，一切都会没事的。”

艾嘉蒂娅勉强搅动着剩余的脑汁。她不能对他们说实话，对任何人都不能说——可是她又太疲倦，编不出一个巧妙的谎言。

她只好细声说：“我现在感觉好多了。”

“很好。”阿妈说，“现在告诉我，你怎么会惹上麻烦。你做错什么事吗？当然，不管你做了什么，我们都会帮助你，可是你要对我们实话实说。”

“你是川陀来的同胞，任何事都别见外，”阿爸豪气地补充道，“阿妈，对不对？”

“阿爸，闭上你的嘴。”虽然口气那么硬，她却并没有动气。

艾嘉蒂娅将手伸进皮包。虽然刚才在嘉莉贵妇的闺房，她被迫在慌乱中换掉衣服，至少她自己的皮包还留在身边。她摸到了想要找的东西，递给了阿妈。

“这是我的证件。”她怯生生地说。那是一张闪亮的合成羊皮纸，是在她抵达此地当天，由基地大使所签发的，上面还有卡尔根官员的副署。这份证件的式样宽大而华丽，看来十分抢眼。阿妈看不出所以然来，只好递给阿爸；阿爸仔细地看了又看，不由自主地撅起嘴来。

他问：“你是从基地来的？”

“是的。不过我在川陀出生。你看上面写着……”

“啊——哈，我看没什么问题。你名叫艾嘉蒂娅，对吗？那是个很好听的川陀名字。可是你叔叔呢？上面说你是和叔叔一块来的，他叫侯密尔·孟恩。”

“他被捕了。”艾嘉蒂娅怏怏地说。

“被捕了！”两人异口同声叫道。然后阿妈又问：“为什么？他干了什么事吗？”

艾嘉蒂娅摇了摇头。“我不知道，我们只是来观光的。侯密尔叔叔有事求见史铁亭统领，可是……”她不需要假装发抖，因为她真的不由自主。

阿爸显得肃然起敬。“求见史铁亭统领，嗯——嗯，你叔叔一定是大人物。”

“我不知道究竟是怎么回事，可是史铁亭统领指名要我留下来……”她想起了嘉莉贵妇最后说的那番话，虽然那是自导自演的一出戏，不过既然知道她是这方面的专家，那个故事当然可以借用一下。

她住了口，阿妈好奇地问：“为什么要你留下来？”

“我不明白。他……他要和我单独晚餐，但我说不要，因为我要侯密尔叔叔陪我。他用古怪的目光望着我，还抓着我的肩膀不放。”

阿爸微微张开嘴巴，阿妈却突然面红耳赤，火冒三丈。“艾嘉蒂娅，你多大啦？”

“十四岁半，还差一点点。”

阿妈猛吸了一口气，然后说：“那种人竟然能活到现在。街头的野狗都比他强。亲爱的孩子，你就是在逃避他吗？”

艾嘉蒂娅点了点头。

阿妈说：“阿爸，马上到询问台，问问去川陀的太空船何时到站。赶快！”

不过阿爸迈出一步就停了下来。头上传来一阵震耳欲聋的声音，至少有五千双眼睛惊慌地抬头张望。

“各位旅客，”那是个尖锐有力的声音，“我们已经包围太空航站，正在搜索一名危险的逃犯。任何人都不准进出。然而，搜索会以最迅速的方式进行，在此期间，不会有任何太空船起降，所以谁都不会耽误行程。我再重复一遍，谁都不会耽误行程。光栅即将放下，在光栅解除之前，谁也不许离开自己的格子，否则我们将被迫使用神经鞭。”

那个声音持续了将近一分钟，偌大的“候船大厦”没有任何其他动静。此时，即使整个银河都塌下来，艾嘉蒂娅也不敢挪动一丝一毫。

他们要抓的人一定是她。甚至不必思考就能得到这个结论。可是为什么……

嘉莉策动她逃了出来，而嘉莉是第二基地的特务。那么，现在为何又要搜捕她呢？嘉莉失败了吗？嘉莉可能失败吗？抑或这也是计划的一部分，只是她参不透这个复杂的安排？

她感到一阵头昏眼花，差点就要跳出去，大声喊道她认输了，她愿意跟他们走，她……她……

还好阿妈及时抓住她的手腕。“快！快！趁他们还没开始，我们赶快到女厕去。”

艾嘉蒂娅一片茫然，只是盲目地跟着她走。她们挤过一群群呆若木鸡的人群，此时那个广播才接近尾声。

接着，光栅便开始降下来。阿爸张大了嘴，目不转睛地看着整个过程。他曾经听说过，也读到过这种阵仗，可是从未亲身体验。所谓的“光栅”，是由辐射光束织成的一个纵横交错的光网，将空间分隔成许多整齐的方格，但不会对人体造成任何伤害。

每次施用这种光栅，总是让它缓缓由天而降，仿佛一张扑天盖地的巨网，令人产生一种陷入天罗地网的恐怖错觉。

光栅在齐腰的高度停住，相邻两条光束都刚好相隔十英尺。阿爸的一百平方英尺中没有别人，周围的几个方格则相当拥挤。他感到独处一格太过显眼，却也明白若想加入那些人群，一定会碰触某一条光束，因而触动警铃并招来神经鞭。

他不敢擅动。

他的视线掠过满怀恐惧、默默等待的人群，望见远方的一阵骚动，那代表有一队警察正在一个接一个方格查过来。

等了好久，才有一名警员走进他的方格，仔细地将格子坐标写在登记簿上。

“证件！”

阿爸把证件递给他，警员以熟练的手法迅速翻阅。

“你叫普芮姆·帕佛，川陀人，在卡尔根待了一个月，现在要回川陀去。用对不对回答我。”

“对，对。”

“你来卡尔根做什么？”

“我是我们那个农产合作社的贸易代表。我来和卡尔根农业部洽谈一些生意。”

“嗯——嗯。你的妻子跟你一起来？她在哪里？你的证件上注明你们同行。”

“对不起，内人在——”他伸手指了指。

“汉特。”那名警员吼道，于是他身边出现了另一名警员。

原来那名警员用讽刺的口吻说：“银河啊，又有一个女人躲进厕所去了。那地方一定被她们挤爆了。记下她的名字。”他指了指证件的配偶栏。

“还有什么人跟你在一起？”

“我的侄女。”

“证件上没有提到她。”

“她当初是自己来的。”

“她又到哪里去了？没关系，我知道。汉特，把侄女的名字也记下来。她叫什么名字？艾嘉蒂娅·帕佛，好，写下来。帕佛，你乖乖待在这里。我们一定会去找那两个女人。”

阿爸等了很久很久。然后，又过了好长一段时间，阿妈才终于向他走来。她仍然紧紧抓住艾嘉蒂娅的手，那两名警员则尾随在她身后。

一行人走进阿爸的方格内，警员之一问道：“这个聒噪的老太婆就是你太太吗？”

“是的，长官。”阿爸赔着笑脸答道。

“那么你最好告诉她，假如她继续对第一公民的警察那样说话，就会吃不了兜着走。”他气呼呼地挺起胸膛，“这是你的侄女吗？”

“是的，长官。”

“我要看她的证件。”

阿妈直勾勾地瞪着丈夫，轻轻地、坚决地摇了摇头。

顿了一下之后，阿爸带着勉强的笑容说：“这点恐怕恕难从命。”

“恕难从命是什么意思？”警员猛然伸出手来，“给我看。”

“我们有外交豁免权。”阿爸用温和的语气答道。

“那是什么意思？”

“我说过，我是农产合作社的贸易代表。卡尔根政府认定我具有外交人员的身份，我的证件上写得很明白。我已经给你们看过我的证件，现在我不想再受到任何骚扰。”

一时之间，那名警员着实吃了一惊。“我必须看她的证件。我是奉命行事。”

“你走开。”阿妈突然插嘴道，“我们要找你的时候，自然会叫你来。你……你这个无赖。”

警员抿了抿嘴。“汉特，好好看牢他们。我去找副队长。”

“你马上摔断腿！”阿妈在他身后大叫。有人忍不住哈哈大笑，却又赶紧闭上嘴。

搜索行动即将告一段落。人群中开始出现不安的骚动。从光栅开始降下算起，已经过了四十五分钟，实在不能算是有效率的行动。因此，迪瑞吉副队长急急忙忙向这个方向走来。

“就是这个女孩吗？”他不耐烦地问。他盯着艾嘉蒂娅，发现她显然符合命令中的描述。如此大费周章，只为了这么一个孩子。

他说：“她的证件，请你交给我好吗？”

阿爸答道："我已经解释……"

"我知道你作的解释，不过很抱歉，"副队长说，"我却是奉命行事，毫无转圜余地。如果你想在事后提出抗议，随你的便。不过现在，若有必要，我必须使用武力。"

接下来是一阵沉默，副队长耐着性子等待着。

然后阿爸以沙哑的声音说："艾嘉蒂娅，把你的证件给我。"

艾嘉蒂娅吓得拼命摇头，可是阿爸却对她点了点头。"别害怕，把证件给我。"

她无可奈何，只好让证件易手。阿爸把证件翻开，仔仔细细看了一遍，然后将它交出去。副队长也仔仔细细看了一遍，然后抬起头来，对艾嘉蒂娅凝视良久，才终于"啪"的一声把证件合上。

"证件完全齐备。"他说，"各位，没事了。"

他带队离去，而在两分钟之后，太空航站中的光栅就解除了，并有广播宣布一切恢复正常。旅客们一旦重获自由，嘈杂声随即转趋沸腾。

艾嘉蒂娅问道："怎么……怎么……"

阿爸说："嘘——嘘，什么都别说。我们最好赶紧上船，太空船应该即将到站。"

在太空船上，他们拥有一间私人舱房，在餐厅里还有专用的餐桌。此时距离卡尔根已有两光年之遥，艾嘉蒂娅终于有勇气旧话重提。

她说："帕佛先生，可是他们就是要抓我啊，而且他们一定掌握着我的样貌和详细资料。为什么他会放我走呢？"

阿爸正在享受一客红烧牛肉，他露出灿烂的笑容。"这个嘛，艾嘉蒂娅，孩子，这实在很简单。一个人成天面对代理商、买主，以及相互竞争的合作社，自然能够学到不少门道。本人已经累积了二十多年的经验。孩子，你可知道，当副队长打开你的证件时，他发现里面有一张五百信用点的钞票，折叠成小小的一块。简单吧？”

“我会还给你的……我是说真的，我有很多钱。”

“算啦，”阿爸摇摇头，宽大的脸庞露出一个腼腆的微笑，“为了自己的同胞……”

艾嘉蒂娅不再坚持。“可是万一他收下钱，却还是把我抓起来，并且控告我行贿呢？”

“放弃那五百信用点吗？小丫头，我比你更了解这些人。”

艾嘉蒂娅却知道他是太过自信。至少对于“那些人”，他并没有那么了解。当天晚上，她躺在床上仔细思量，得到一个结论：那位奉命追捕自己的副队长，绝不可能接受任何贿赂，除非这是早已计划好的。他们其实并不想抓她，然而，却又故意表现得尽了全力。

为什么呢？以便确定她会离开？以便让她到川陀去？她结识的这两个头脑简单、心地善良的夫妇，难道也和她一样无助，只是第二基地的工具吗？

一定是！

真的是吗？

一切的努力都是白费。她怎么能和他们对抗呢？不论她有任何举动，都可能是那些无所不能的可怕敌人故意要她那样做的。

但是她一定要以智取胜。一定要。一定要！一定要！！

16

战端

由于某个或数个已经无人知晓的原因，银河标准时间的基本单位“秒”定义为光线行进299792.458公里所需的时间。以此为基准，86400秒定为一个银河标准日，365个标准日定为一个银河标准年。

为什么选取299792.458？86400？365？

“因为传统。”倒因为果的历史学家这么说，“因为数字间某些繁复而神秘的关联。”这是神秘主义者、玄学宗师、数术士、形而上学家的共同结论。“因为诞生人类的那颗行星，它的自转与公转周期是最早的计时单位，两者正是上述数值的起源。”这是极少数人抱持的想法。

没有人知道真正的答案。

且说基地的巡弋舰侯伯·马洛号与卡尔根无畏号所率领的分遣舰队遭遇，由于拒绝后者的搜索队登舰，遂被轰成一团齑粉。这个历史事件的日期，是银河纪元12444年185日——自出身于“坎伯王朝”的银河帝国开国皇帝登基那年算起，12444年之后的第185天。这一天也是谢顿纪元457年185日——根据谢顿的生年作为基准；或是基地纪元376年185日——以基地的创建作为基准。而在卡尔根，这天则是第一公民纪元66年185日——以骡自封为第一公民那一年作为基准。当然，不论是哪一种纪元，为了方便起见，一律采用相同的“日数”，而并非从基准事件发生的日期算起。

除此之外，银河系有数千万个世界，每一个都根据邻近天体的运行，订定出各自的“当地时间”。

然而，无论采用哪一种纪元——银河纪元12444年185日、谢顿纪元457年185日、基地纪元376年185日、第一公民纪元66年185日等等——后世史学家们讨论“史铁亭战争”的时候，一致公认这一天是战争爆发的日子。

但是对达瑞尔博士而言，上述这些数字没有任何意义。他只清楚记得，今天是艾嘉蒂娅离开端点星的第32天。

这些日子，达瑞尔竟然并未就此采取任何行动，原因并非人人都能了解。

爱维特·瑟米克却认为他猜得到。他上了年纪，常常喜欢说自己的神经鞘已经钙化，因此脑筋僵化不管用了。他毫不介意别人低估他的能力，甚至总是主动嘲笑自己老态龙钟。可是他的视力如常，几乎不见衰退；他的心思依旧精明而世故，丝毫没有迟钝的迹象。

他撇了撇紧抿着的嘴唇，开口说：“你为什么不采取行动？”

这句话灌入达瑞尔耳中，犹如一记晴天霹雳。他怔了一怔，粗声问道：“我们说到哪里了？”

瑟米克用严肃的目光瞪着他。“你最好帮你女儿想想办法。”他张开嘴巴，露出两排稀疏的黄板牙。

达瑞尔却用冷静的口气说："现在的问题是，你能不能弄到一个符合所需规格的'塞美斯—莫尔夫共振器'？"

"唉，我说过我办得到，你根本没听见……"

"爱维特，我很抱歉。如今情况是这样的：我们现在所做的事，对银河中每一个人而言，重要性远超过艾嘉蒂娅的安危。即使有例外，也只有艾嘉蒂娅和我两人，而我愿意为绝大多数人着想。那种共振器有多大？"

瑟米克露出茫然的表情。"我不知道。你可以在目录里查到。"

"大概有多大，一吨？一磅？还是整条街那么长？"

"喔，我以为你是指精确尺度。它是个小玩意儿。"他比了比拇指最上面那一节，"差不多这么大。"。

"很好，你能不能做出像这样的装置？"他摊开膝盖上的活页簿，迅速画出一幅草图，然后交给老物理学家。瑟米克露出不解的表情，然后咯咯笑出声来。

"你可知道，像我这种年纪的人，脑细胞已经钙化了。你到底想要做什么？"

达瑞尔迟疑了一下。此时此刻，他恨不得能把锁在对方脑中的物理知识据为己有，这样他就不必开口说明自己的想法。可是这种幻想无济于事，于是他向对方解释了一番。

瑟米克听完后，摇着头说："你需要超波中继器，而且需要很多很多。只有这种装置才够快。"

"但是这种装置做得出来吗？"

"嗯，当然。"

"你能不能弄到所有的零件？我的意思是，不至于引人议论？就说是你的研究工作需要的。"

瑟米克扬起上唇。“不可能申请五十个超波中继器。我一辈子也用不到那么多。”

“我们是在进行一项防御计划。你不能想个比较不敏感的借口吗？我们有充足的经费。”

“嗯——嗯。我可以想想看。”

“你能把整个装置弄得多小？”

“超波中继器可以用微型的……导线……晶片……太空啊，总共有好几百个电路。”

“我知道。到底有多大？”

瑟米克用两只手比了比。

“太大了。”达瑞尔说，“我需要把它挂在腰际。”

他将草图慢慢揉成一团，等到整张纸变成一个坚硬的小球，才把它丢进烟灰处理器中。纸球的分子瞬间被分解殆尽，化成一团白炽的光焰。

他问道：“谁在门口？”

瑟米克俯身面向书桌，看了看叫门讯号上方的乳白色小屏幕，然后说：“是那个叫安索的年轻人，还有一个人和他在一起。”

达瑞尔把自己的椅子往后推。“瑟米克，暂时不要对任何人提这件事。万一被‘他们’发现，知道内情的人都有生命危险，赌我们两条命已经够了。”

在瑟米克的研究室中，裴礼斯·安索现在是所有活动的焦点，他的青春活力甚至还传染给研究室的主人。安索穿着一件宽松的夏袍，在这间静谧悠然的房间中，他的袖子似乎仍然随着外面的微风起舞。

他忙着介绍：“达瑞尔博士，瑟米克博士——欧如姆·迪瑞吉。”

那人个子很高，直挺的长鼻子使得他瘦削的面容带着几分忧郁。达瑞尔博士向他伸出手来。

安索带着淡淡的笑容，继续介绍道：“迪瑞吉是一名警官，”接着，又意味深长地说，“卡尔根的警官。”

达瑞尔立刻转身瞪着安索。“卡尔根的警官。”他一字一顿地重复了一遍，“你却把他带来这里。为什么？”

“因为他是最后一个在卡尔根见到令爱的人。老兄，别冲动。”

安索得意的神情顿时转趋严肃，他挡在两人中间，用尽全身的力气拦住达瑞尔。然后，他再慢慢地、坚决地将后者按回椅子里。

“你想要干什么？”安索将一绺垂到前额的棕发向后一掠，然后一屁股坐上了书桌，若有所思地晃动着一条腿。“我以为我带给你的是个好消息。”

达瑞尔直接冲着那名警官问道：“他说你是最后一个见到小女的人，这话是什么意思？小女死了吗？请你直截了当告诉我。”他心急如焚，脸色一片死灰。

迪瑞吉警官面无表情地说：“请注意，我是最后一个‘在卡尔根’见到令爱的人。她已经不在卡尔根，其余的我就不知道了。”

“听我说，”安索插嘴道，“让我直说好了。博士，如果我刚才的表演夸张了点，我向你道歉。你对这件事一直表现得不近人情，令我忘了你还有七情六欲。首先我要强调，迪瑞吉警官其实是我们自己人。他虽然生在卡尔根，但他的父亲是基地人，当年被骡征到卡尔根去服役。我愿意担保他对基地的忠诚。

“当孟恩的每日例行报告无故终止后，第二天我就和迪瑞吉联络上……”

“为什么？”达瑞尔突然厉声打断对方，“我以为，我们早已决定对这个变化不采取任何行动。你这样做，会让他们和我们都有生命危险。”

“因为，”对方同样厉声答道，“我玩这场游戏比你玩得更久。因为我在卡尔根有几个自己人，而你却没有。因为我以更深入的情报指导我的行动，你能了解吗？”

“我认为你已经彻底疯了。”

“你愿不愿意听我说？”

顿了一顿之后，达瑞尔垂下眼睑。

安索的嘴唇扭出一个似笑非笑的表情。“很好，博士，给我几分钟的时间。迪瑞吉，告诉他。”

迪瑞吉一口气说道：“达瑞尔博士，据我所知，令爱如今在川陀。至少，当她出现在东郊太空航站的时候，手中握着去川陀的船票。当时她和川陀来的一名贸易代表在一起，那人自称是她的叔叔。博士，令爱似乎特别喜欢收集亲戚。几周以来，她已经多了两位叔叔，对不对？那个川陀人甚至试图贿赂我——也许直到现在，他还以为那就是我放走他们的原因。”想到这件事，他露出了一个冷笑。

“她怎么样？”

“我看不出来她受到任何伤害。她只是吓坏了，这是难免的。所有的警察都在找她，至今我还不明白为什么。”

达瑞尔似乎窒息了好几分钟，直到现在才喘了一口气。他感到双手不停颤抖，费了好大力气才控制住。“这么说，她真的没事。那个贸易代表，他又是什么人？再回到他身上，他在其中扮演什么角色？”

“我实在不知道。你对川陀略有了解吗？”

“我在那里住过。”

“它现在是个农业世界。主要出口牲畜饲料和谷物，都是上等货！外销整个银河系。在那颗行星上，有十几二十来个农产合作社，每个合作社都有自己的贸易代表。都是既机灵又精明的家伙——我查过那人的记录，他以前就来过卡尔根，通常都跟他太太一起来。百分之百诚实，百分之百好好先生。”

“嗯……”安索说，“艾嘉蒂娅是在川陀出生的，博士，对吗？”

达瑞尔点了点头。

“你瞧，那一切就合拍了。她想要逃离卡尔根——尽快逃得远远的——而川陀是很好的选择。你难道不这么想吗？”

达瑞尔说:“为什么不回这里来？”

“也许她被人追捕，觉得一定要把敌人引开，你说是吗？”

达瑞尔博士没有心情继续问下去。好吧，就让她安稳地待在川陀，只要她能安然无恙，待在这个黑暗而恐怖的银河中任何角落都没关系。他向门口蹒跚走去，却感到安索轻轻抓住自己的衣袖，于是他停下脚步，但没有转过头来。

“博士，我跟你一块回家好吗？”

“当然好。”他随口答道。

傍晚时分，达瑞尔博士性格的最表层——与他人直接接触的那一层——再度冻结起来。他不肯吃晚餐，却怀着满腔狂热的情绪，重新拾起脑电图分析的复杂数学，希望能再有一丝一毫的进展。

直到接近午夜时分，他才又来到起居室。

裴礼斯·安索仍然待在那里，正拨弄着超视的遥控器。听到身后传来脚步声，他立刻转头看了一眼。

“嗨，你还没睡啊？我花了好几个小时守在超视前面，想看看除了新闻报道之外的节目。基地星舰侯伯·马洛号好像延误了行程，而且已经失去联络。”

“真的吗？当局怀疑什么？”

“你自己又怎么想呢？卡尔根搞的鬼吗？根据报道，在侯伯·马洛号最后的发讯地点附近，有人目击了卡尔根船舰的踪迹。”

达瑞尔耸耸肩，安索则搓着额头，露出狐疑的表情。

“博士，我问你，”安索说，“你为什么不去川陀？”

“我为什么要去？”

“因为你留在这里，对我们毫无帮助。你现在六神无主，这是一定的。你到川陀去，至少可以完成一项工作。在那个昔日的帝国图书馆中，藏有谢顿大会的完整会议记录……”

“没有！那个图书馆曾经被翻遍了，找不到什么有用的东西。”

“艾布林·米斯曾有所发现。”

“你又怎么知道？没错，他声称自己找到了第二基地，而五秒钟后，我母亲就杀了他。因为唯有这样做，才能防止他无意中将这个秘密泄露给骡。但是这样一来，你也知道，她却再也无法确定米斯是否真的知道答案。毕竟，没有人曾经从那些记录中导出真相。”

“你应该记得，艾布林·米斯是在骡的心灵驱策之下进行工作的。”

“这点我也知道，但正是因为这样，米斯当时的精神状态并不正常。心灵一旦受到外力控制，究竟会发生什么变化，会产生什么能力，又会有什么缺陷，你我对这些问题有任何概念吗？反正无论如何，我都不会到川陀去。”

安索皱起眉头。“好吧，何必那么激动呢？我只不过是建议……唉，太空啊，我实在不了解你。你看来好像老了十岁。这些日子以来，你显然很不好过。你在这里无法作出任何贡献。假如我是你，我会立刻动身，把女儿接回来。”

“完全正确！这正是我想要做的，而这也正是我不要做的原因。安索，听好，用心体会一下。你正在——我们正在对付一个实力远远高出我们的敌人。无论你心中有多少疯狂的幻想，只要你冷静下来，就会承认这件事实。

“我们五十年前就知道，第二基地才是谢顿数学的真正传人。这句话的意思，你心中也很明白，就是说银河系所发生的每一件事，尽皆在他们算计之中。对我们而言，生命是一连串的偶然，需要随机应变。对他们而言，每一件事都有既定目标，都要按照计划逐步执行。

“不过他们自有弱点。他们的研究成果是统计性的，对人类的群体行动才真正具有意义。在可预见的历史中，我个人究竟扮演什么样的角色，我实在不知道。或许我并没有固定的角色，因为谢顿计划允许个人拥有自由意志和不确定性。可是，我的地位还是很重要，而他们——他们，你知道我在说谁——也许至少计算过我的可能反应。因此，我不信任自己任何的冲动、渴望，以及所有可能的反应。

“我故意要呈现最不可能的反应。我决定留在这里，即使事实上我实在太想去川陀。我不去！正是因为我实在太想去了。”

年轻人露出苦笑。“他们可能比你更了解你自己的心意。假如说，他们对你了若指掌，或许就会故意要你表现出‘自以为’极不可能的反应，因为他们预先知道了你的思维方式。”

“果真如此，我就走投无路了。因为如果我遵循你刚才的推论，决定去川陀，他们也可能预见了这一步。这就构成一个永无止境的正反、正反、正反、正反命题。不论我多么深入这个循环，也只能有去、留两种选择。他们用那么复杂的计谋，大老远把我女儿拐骗到银河的中心，不可能是要让我留在原处。因为假如他们毫无行动，我更能确定哪里都不会去。他们一定是要我去川陀，所以我偏要留下来。

“此外，安索，第二基地并不一定能左右一切；并非任何事件都一定是他们的傀儡戏。艾嘉蒂娅前去川陀，可能和他们并没有关系，或许当我们都死光了之后，她还安稳地住在川陀。”

“不对，”安索突然叫道，“你开始扯远了。”

“你另有解释吗？”

“我有——只要你愿意听。”

“喔，说吧。我有这个耐心。”

“好的，我问你——你对自己的女儿有多么了解？”

“一个人对另一个人能够了解多少？我对她的了解当然有限。”

“照你这样说，我同样不了解她，也许还及不上你——但至少，我是以毫无成见的角度审视她。第一点：她是个无药可救的浪漫派，是你这个象牙塔学究的独生女。她在超视和胶卷书的冒险世界中成长，一直生活在自己塑造的谍报阴谋幻想中。第二点：她非常聪明，至少有本事胜过我们。她暗中计划要偷听我们第一次的密商，结果成功了。她暗中计划要跟孟恩一块去卡尔根，结果也成功了。第三点：她心中对她的祖母——也就是令堂——怀有过度的英雄崇拜，因为她曾经击败骡。

“目前为止，我说得都对，是吧？很好，话说回来，我和你不同的是，我接到了迪瑞吉警官的完整报告。此外，对于卡尔根，我的情报来源相当完善，而所有的情报都能互相印证。例如我们知道，当侯密尔·孟恩第一次求见卡尔根统领时，统领根本拒绝他进入骡殿，可是在艾嘉蒂娅和嘉莉贵妇——第一公民的密友——一席话之后，第一公民就突然回心转意。”

达瑞尔插嘴道：“你又是怎么知道这些的？”

“原因之一，迪瑞吉曾经询问过孟恩，这是警方寻找艾嘉蒂娅的例行公事。我这里自然有一份完整的问答笔录。

“再来谈谈嘉莉贵妇这个人。有谣言传说她早已失宠，可是谣言敌不过事实。她不但没有被打入冷宫，还有办法说服统领接受孟恩的请求，甚至能公开策动艾嘉蒂娅的逃亡。哈，史铁亭官邸周围的卫兵，十几个人都作证说当晚看到她俩在一起。虽然表面上，整个卡尔根都在努力搜寻艾嘉蒂娅的下落，嘉莉却没有受到任何惩罚。”

“你滔滔不绝讲了这么多不相干的事，结论究竟是什么？”

“艾嘉蒂娅的逃亡是早就安排好的。”

“我早就说过了。”

“不过我有一点补充。艾嘉蒂娅一定也知道这是预先安排好的。这个机灵的小女孩能看穿任何阴谋，这次也不例外，而且她的推理方式和你一样。她料到他们想要她回到基地，所以她故意去了川陀。可是，她为什么选择川陀呢？”

“是啊，为什么？”

“因为贝泰——她的祖母兼偶像——当年逃避战乱，最后就是逃到那里。有意无意间，艾嘉蒂娅模仿了这件事。所以我在想，艾嘉蒂娅是否也在逃避相同的敌人。”

“骡吗？”达瑞尔带着点讽刺的口吻问道。

“当然不是。我的意思是同类型的敌人，他们具有令她无法抗衡的精神力量。她是在逃避第二基地，或说是第二基地在卡尔根的势力。”

“你所谓的势力是什么意思？”

“他们的威胁无处不在，你以为卡尔根会免疫吗？我们可以说得到了一致的结论：艾嘉蒂娅的逃亡是预先安排好的。对不对？她遭到追捕，而且被找到了，却在最后关头由迪瑞吉故意她放走。由迪瑞吉放她走，你懂不懂？但这又是为什么呢？因为他是我们的人。可是他们又如何知道这件事？他们当然无法仰赖他的双重身份？博士，嗯？”

“现在你又说，他们真的想要把她捉回来。老实讲，安索，你让我有点烦了。赶紧说完，我要去睡觉了。”

“我马上就可以说完。”安索从内层口袋掏出几张相片，那是达瑞尔再熟悉不过的脑电图颤动波纹。“迪瑞吉的脑波，”安索若无其事地说，“在他抵达之后做的。”

达瑞尔用肉眼就能看得一清二楚。他抬起头来，脸色一片灰白。“他受到控制了。”

“正是如此。他会放走艾嘉蒂娅，并非因为他是我们的人，而是因为他听命于第二基地。”

“即使他知道她要去川陀，而不是回端点星？”

安索耸了耸肩。“他受到的操控就是要放她走。这一点，他自己根本无法改变。你瞧，他只是一个工具而已。偏偏艾嘉蒂娅选择了最不可能的途径，所以也许还算安全。或者说，在第二基地变更计划、重新掌握情势之前，她至少还能平安无事……”

他突然住口，因为超视上一个小讯号灯突然闪起。这个属于独立线路的小灯一亮，就代表将有紧急新闻快报。达瑞尔也看到了，他以习惯性的动作打开超视接收机。此时快报已经报了一半，但在那段报道结束之前，他们便已知晓主要的内容。侯伯·马洛号——或者应该说它的残骸——在太空中被发现了，这是近半个世纪来基地的第一场战事。

安索露出凝重的神色。“好啦，博士，你听到了。卡尔根已经发动攻击，而卡尔根是在第二基地控制之下。你要不要跟随令爱的脚步，动身到川陀去？”

“不要。我要赌一赌，就在这里。”

“达瑞尔博士，你还不如令爱那般聪明。我怀疑你究竟有多么值得信任。”他直勾勾地瞪着达瑞尔良久，然后一言不发就离开了。

不一会儿，达瑞尔也离开了起居室。他一片茫然——而且几乎绝望。

只剩下没有观众的超视，兀自不停呈现影像与声音，详述着基地与卡尔根开战后，第一个小时内的各种紧张战情。

17

战争

基地市长摸了摸秃得只剩一圈的头发，深深叹了一口气。“我们浪费了许多年的时间，我们坐失了太多良机。达瑞尔博士，我不想怪谁，我们打败仗是活该。”

达瑞尔以沉稳的语气说：“阁下，我看不必这么缺乏自信。”

“缺乏自信！缺乏自信！银河在上，达瑞尔博士，你有任何乐观的理由吗？到这里来……”

达瑞尔在半推半就之下，来到一个小巧的力场支架旁，支架上摆放着一个卵形透明体。市长轻轻碰了一下，它里面就亮了起来——那是银河双螺旋的逼真三维模型。

“黄色的部分，”市长激动地说，“是基地所控制的星空；而红色的区域，则在卡尔根控制之下。”

达瑞尔看到一个深红色的球形区域，它几乎被一只黄色的大手紧紧抓住，只有面对银河中心那一侧例外。

“银河地理是我们最大的敌人。”市长说，“连将领们都不讳言，我们的战略位置几乎没有任何希望。你注意看，敌人有完善的内线联系。他们兵力集中，每一侧都能轻易迎战我军，并能以最小的兵力防卫本土。

“我们则是扩散的。在基地领域中，两个住人星系的平均距离几乎是卡尔根的三倍。比如说，假如双方都不越过边界，那么从圣塔尼到卢奎斯，我们的航程是二千五百秒差距，可是对方只需要飞八百秒差距……”

达瑞尔说：“阁下，这些我全部了解。”

“可是，你不了解这几乎就代表战败。”

“对战争而言，还有比距离更重要的因素。我说我们不会打败仗，那简直是不可能的事。”

“你这么说有什么根据？”

“根据我自己对谢顿计划的诠释。”

“喔，”市长撇了撇嘴，将双手放在背后，互相轻轻拍打，“所以，你也指望第二基地的神秘援手。”

“不。我指望的是历史必然性——以及勇气和毅力。”

但在信心十足的外表下，他却怀疑……

万一……

唉——万一安索说得对，卡尔根真是那些精神术士的工具。万一他们的目的是要击败并摧毁基地。不！这太不合理了！

可是……

他露出了苦笑。情况总是这样：总是他们面对一块看不透的花岗岩，而它在敌人眼中却是透明的水晶球。

银河地理所昭示的真理，史铁亭也了然于胸。

这位卡尔根统领站在一个银河模型前，它和市长与达瑞尔面对的那个一模一样。唯一不同的是，令市长皱眉头的地方，却使史铁亭发出会心微笑。

他穿着闪闪发光的舰队司令制服，更衬托出他的魁梧身形。“骠勋章”的深红色绶带斜挂在他的右肩，一直延伸到腰际。这枚勋章是在他强行接收第一公民头衔的六个月前，由前任第一公民颁给他的。他的左肩还挂着一枚闪烁的银色星章，上面有两颗彗星与数把宝剑的图样。

他正在对参谋本部的六名军官训话，他们也是一身戎装，只不过挂的勋章没有那么多。此外瘦削灰发的首相也在场——置身于闪闪星光中，他显得黯然失色。

史铁亭说：“我想决心已十分明确，我们不妨继续等待。对敌军而言，多拖一天，士气就多受一次打击。敌军若试图防御领域的每一部分，兵力就会极度分散，我军便能从这里和这里同时发动攻击。”他在银河模型上指了两个地方——被黄色巨掌捏住的红色球体，自那两点射出两支白色长矛，从两侧切断由端点星延伸出来的基地领域。“这样一来，便能将敌军舰队一分为三，然后再各个击破。倘若敌军集结兵力，就得主动放弃三分之二的领域，还得冒着叛乱的危险。”

一片静默中，只能听到首相细弱的声音。“多等六个月，”他说，“基地就有六个月的喘息时间，实力会大为增强。大家都知道，他们的资源比我们丰富；他们的星舰数目多过我们；他们的人力几乎取之不尽、用之不竭。或许，发动闪电攻击会比较保险。”

在这间会议室，这个声音的影响力当然最小。史铁亭统领微微一笑，断然挥了挥手。“多等六个月——必要的话甚至一年——对我们毫无损失。基地军民根本无从准备，他们的意识形态会把他们害惨。他们根深蒂固地相信第二基地会来拯救他们。这次可不会，对不对？”

会议室中起了一阵不安的骚动。

“我知道，你们都缺乏信心。”史铁亭以冷淡的语调说，“我们派到基地领域的间谍传回来的报告，有没有必要再重述一次？或者，有没有必要再说一次那个基地间谍，如今转而为我们……嗯……工作的侯密尔·孟恩先生的研究结果？诸位，让我们散会吧。”

史铁亭回到休息室，脸上依旧挂着刚才的笑容。有些时候，他对那个侯密尔·孟恩仍有疑虑。那个古怪而又没骨气的家伙，一定总是说话不算话。但他能提供许多耐人寻味的情报，而且相当具说服力——尤其是嘉莉也在场的时候。

他的笑容更加灿烂了。毕竟，那个又肥又蠢的婆娘还是有点用处。至少，光凭甜言蜜语，她就比自己更能从孟恩那里挖到情报，几乎不费吹灰之力。何不把她送给孟恩算了？他皱起眉头。嘉莉，满脑子愚蠢醋劲的嘉莉。太空啊！她怎么将达瑞尔小姐放走了——他为什么还不把嘉莉的脑袋辗得粉碎？

他始终百思不得其解。

也许是因为她和孟恩合得来，而他还需要孟恩。比如说，孟恩证明了一件重要的事实——至少骡本人不相信第二基地的存在。他的将领需要这种保证。

他很想公布这些证据，不过，最好还是让基地继续沉迷在幻想中。真是嘉莉指出这点的吗？没错，她曾经说……

喔，荒唐！她不可能讲过这种话。

可是……

他摇摇头，将这个念头甩掉了。

18

孤魂野鬼

川陀是一个从废墟中重生的世界。在“银河核心”群星丛聚的太空中，在一堆又一堆阵容壮盛的星辰之间，它就像一颗褪了色的宝石，不断梦想着往日的光荣与未来的美景。

无形的政治缰索，曾经从这个金属包覆的世界一路延伸到群星的最外缘。当时，整个世界是一个大都会，居住着四百亿名行政人员，是人类历史上最宏伟的首都。

等到帝国终于衰亡，并于一世纪前经历“大浩劫”之后，它那有如日落西山的势力加速萎缩，终至永远土崩瓦解。在尸横遍野的废墟中，包覆着整个行星的金属也扭曲变形，变成对昔日光荣的痛心嘲讽。

幸存者将金属表层一块块剥下，出售给其他行星，以换取种子与牲畜。土壤于是得以重见天日，整个行星也逐渐恢复本来的面貌。随着原始农业的扩展，川陀遗忘了那个辉煌而伟大的过去。

或者应该说，在沉重庄严的静穆中，若是没有那些依旧耸立的硕大废墟，川陀便能忘怀过去的一切。

艾嘉蒂娅望着由金属构成的地平线，心中感慨万千。帕佛夫妇住的这个村庄，在她看来只是聚在一起的几幢房屋而已——既狭窄又老旧。村庄的周围布满金黄色麦田，倒是一幅美丽的景致。

可是在远方，在目力不可及之处，却存留着往昔的记忆。每当川陀的太阳照耀其上，尚未生锈的建筑仍映出熠熠金光，仿佛处于一股炽焰之中。她来川陀已经好几个月，只到那个地方去过一次。那次，她爬上了一段独立的平滑车道，还冒险走进人迹罕至、布满尘埃的建筑物——里面相当阴森，阳光只能透过断垣残壁的缺口照进来。

她内心感到一阵痛楚。这简直就是亵渎。

她拔腿就跑，带起叮叮当当的声响，直到双脚再度踏上柔软的土地。

从此以后，她就只能抱着无限的向往，站在远处眺望。她再也不敢去打扰这个巨大的残骸。

她知道，自己生在这个世界的某个角落——就在昔日的帝国图书馆附近。那里是川陀中的川陀、圣地中的圣地！在这个世界上，只有该处在“大浩劫”时幸免于难；而在其后一个世纪间，它也始终安然无恙，完完整整保存下来，傲然屹立于天地之间。

在那里，哈里·谢顿与他的同仁曾经织出一张不可思议的巨网。在那里，艾布林·米斯参透了那个秘密，惊讶得说不出话来。好在他的生命提早一刻结束，才没有让秘密泄露出去。

在帝国图书馆里，她的祖父母住了十年，直到骡死去，他们才敢回到重生的基地。

后来，她的父亲为了寻找第二基地的下落，偕同新婚妻子再度来到帝国图书馆，但是一无所获。在那里，母亲生下她，随即撒手西归。

她很想重游旧地，普芮姆·帕佛却摇着圆圆的脑袋说："艾卡蒂，图书馆离此地有好几千英里，而且我们在这里有好多活要干。此外，最好别无缘无故打扰那个地方。你该知道，那是个圣地……"

可是艾嘉蒂娅心里明白，真正的原因是他自己不愿意去，这简直是"骡殿忌讳"的翻版。面对巨大的历史遗迹，活人仿佛都成了侏儒，心中难免会产生迷信式的恐惧。

但她万万不会为了这件事，而埋怨这个可爱的小人物。她已经在川陀住了三个多月，而这期间，他和她——阿爸和阿妈——对自己实在太好了……

而她的回报又是什么呢？唉，是把他们也拖下水，跟自己同归于尽。她有没有警告过他们，自己注定万劫不复？没有！她让他们蒙在鼓里，冒着生命危险来保护自己。

她实在受不了良心的谴责——可是她有选择的余地吗？

她勉强打起精神，下楼去吃早饭。走到一半，就听到他们的谈话。

普芮姆·帕佛扭了扭臃肿的脖子，才把餐巾塞进衬衣领子里。然后他伸手抓了几个白煮蛋，并露出无限满足的表情。

"阿妈，昨天我进城去了。"他一面说，一面挥舞着叉子。吃了一大口之后，后面的话差点讲不出来了。

"阿爸，城里头有什么新鲜事？"阿妈随口问道。她坐下来，仔细瞧了瞧餐桌，又起身去拿盐巴。

“啊，不大好。有一艘从卡尔根回来的太空船，带来那边的报纸。那里发生了战争。”

“战争！真的！嗯，如果他们的脑袋坏掉，就让他们打个头破血流好了。你的薪水收到了没有？阿爸，我再跟你唠叨一次。你该警告库斯柯那个老家伙，这个世界不是只有他一家合作社。你的薪水已经少得让我在朋友面前抬不起头，可是至少也该准时付啊！”

“准时，按时，即时。”阿爸没好气地说，“喂，别在餐桌上数落我，会害我每一口都噎在喉咙里。”他一面说，一面把怨气发泄在奶油面包上。然后，他又用较为和缓的语气说：“是卡尔根和基地在打仗，已经打了两个月啦。”

他伸出两只手来模拟星战，最后让两艘星舰撞到一块。

“嗯……情况怎么样？”

“基地一直占下风。嗯，你知道卡尔根，他们全国皆兵，早就有所准备。基地却不一样，所以——砰！”

阿妈突然放下叉子，压低声音说：“笨蛋！”

“啊？”

“呆头鹅！你那张大嘴巴从来没有闭上的时候。”

她伸手迅速一指，阿爸转头望去，便看到了僵立在门口的艾嘉蒂娅。

她问道：“基地在打仗吗？”

阿爸不知所措地望着阿妈，然后点了点头。

“他们打了败仗？”

阿爸又点了点头。

艾嘉蒂娅感到喉咙哽住了，难过得受不了。她缓缓走到餐桌旁，轻声问道：“战争结束了吗？”

“结束了吗？”阿爸故意用高亢的语调，把她的问话重复了一遍。“谁说结束了？打仗的时候，很多意料不到的事都会发生。而且……而且……”

“亲爱的，坐下来。”阿妈以安慰的口吻说，“早餐之前谁都不准谈正事。肚子里没有一点食物，可不是一种健康的状况。”

艾嘉蒂娅却没有理会她。“卡尔根人已经登陆端点星了吗？”

“没有。”阿爸以严肃的口吻说，“我读到的是上周的新闻，端点星还在继续奋战。这是事实，我说的都是实话，基地依然勇猛顽强。你要我拿报纸给你看吗？”

“要！”

艾嘉蒂娅一面勉强吃着早餐，一面把报纸从头读到尾，渐渐感到眼前一片模糊。圣塔尼与柯瑞尔都已经失陷——不战而降。基地舰队的一个分遣队，在星辰稀疏的伊夫尼星区中伏，几乎全军覆没。

如今，基地退守到四王国的核心疆域——首任市长塞佛·哈定所开拓的原始领土。但是基地仍在负隅顽抗，而且还有一线生机。无论如何，她一定要赶紧通知父亲。一定要设法传话给他。一定要做到！

可是该怎么做呢？战争阻绝了一切交通。

早餐后，她问阿爸说：“帕佛先生，你是不是又要去出差了？”

阿爸坐在前院草坪的大椅子上，正在享受日光浴。胖胖的手指头夹着一根粗粗的雪茄，他活像一只快乐的狮子狗。

“出差？”他懒洋洋地说，“谁知道？现在是难得的闲暇，我的假还没有休完呢。何必想到什么新差事呢？艾卡蒂，你住不下去了吗？”

“我？不，我很喜欢这里。你们待我非常好，我是说你和帕佛太太。”

他向她挥挥手，表示这根本不算什么。

艾嘉蒂娅又说：“我是在想那场战争。”

“你可别想那种事。你又能做些什么呢？若是自己根本出不上力，何必瞎操心？”

“不过，我想到基地已经失去大多数的农业世界。那里的食物也许要靠配给了。”

阿爸露出不安的神色。“别担心，情势会好转的。”

她却充耳不闻，自顾自讲下去：“我真希望能有办法送粮食给他们，我就是在想这件事。你可知道，在骡死后，基地很快就爆发革命，而端点星曾被孤立一段时间。继承骡政权的是汉·普利吉将军，就是他率领舰队包围端点星的。当时粮食短缺得不得了，我爸爸说，他的爸爸曾经告诉他，他们只能拿胺基酸浓缩粉果腹，那种东西简直难吃死了。可是啊，一个鸡蛋就要卖两百信用点。后来他们及时突围，圣塔尼来的运粮太空船才能降落。那必定是一段可怕的日子，而现在也许即将历史重演。”

顿了顿之后，艾嘉蒂娅继续说：“你知道吗，我敢打赌，现在基地一定愿意用黑市价格购买粮食。高出市价一倍、两倍或更多都愿意。哈，如果川陀有哪家合作社，愿意担负起运粮的工作，虽然可能损失几艘太空船，可是我敢打赌，在战争结束前，人人都能发一笔战争财，个个都会变成百万富翁。过去，基地行商总是爱做这种买卖。无论何处发生战事，他们都会带着当地亟需的货物，飞到那里去赌运气。天啊，常常一艘船就能赚两百万信用点——净利喔。光是一艘太空船上的粮食，就能赚那么多。”

阿爸蠢蠢欲动，连雪茄熄了都没有注意到。“粮食生意，啊？嗯——嗯，可是基地很远很远哪。”

“喔，我知道。我猜你不能从这里直接去基地。如果你搭乘定期太空客船，也许顶多只能到玛瑟纳或司木西科。到了那里之后，你得雇一艘小型斥候舰之类的船舰，偷偷带你越过前线。”

阿爸一面用手梳理着头发，一面在心中盘算。

两个星期后，准备工作全部完成。这期间，阿妈一直都在埋怨——首先，她毫无妥协地硬要说他是去送死。后来，又因为阿爸拒绝让她同行，又绝不妥协地抗议到底。

阿爸则说：“阿妈，为什么表现得像个老婆婆呢？这是男人的工作，我不能带你去。你以为战争是什么？玩耍吗？儿戏吗？”

“那你为什么还要去？你算是男人吗，你这个老糊涂——已经一只脚、半条胳膊进棺材啦。让年轻小伙子去吧——你这个又胖又秃的老头，逞什么能？”

“我可没有秃头，”阿爸威风凛凛地回嘴道，“我的头发还多着哩。为什么不能让我来赚这笔佣金呢？为什么要找年轻人？听好，这可是几百万的财富。”

她心里也明白，于是只好闭嘴。

在他动身之前，艾嘉蒂娅找他说了几句话。

她说：“你真要去端点星吗？”

“有何不可？是你自己说的，那里的人亟需面包、米饭和马铃薯。所以，我去和他们做一笔生意，他们就有得吃了。”

“嗯，那么——托你一件事：如果你去端点星，能不能……可否请你去看看我父亲？”

阿爸的脸孔皱了起来，形成万分同情的表情。“喔——根本不必你提醒我，我当然会去看他。我会告诉他说你很安全，一切都很好，等到战争结束，我就会带你回去。”

“谢谢你。让我告诉你怎么找他。他的全名是杜伦·达瑞尔博士，住在史坦马克镇。那个小镇就在端点市郊，你可以搭小型交通飞机去那里。我们家的地址是海峡街五十五号。”

“等一等，我把它写下来。”

“不，不。”艾嘉蒂娅急忙伸手阻拦，“你不能写半个字，一定只能记在心里——而且不可以请任何人帮忙找他。”

阿爸显得莫名其妙，不过他只是耸耸肩。“好吧，就这么办。史坦马克镇海峡街五十五号，在端点市郊，可以坐飞机去。行了吧？”

“还有一件事。”

“啊？”

“你可不可以帮我带一句话给他？”

“当然可以。”

“我要用悄悄话跟你说。”

他将胖胖的面颊凑近她，那句悄悄话就传进了他耳朵里。

阿爸的眼睛瞪得浑圆。“这就是你要我说的吗？可是毫无意义啊。”

“他会知道你的意思。你只要告诉他这是我的口信，而且我说他会了解其中的意义。你要完全照我的话来说，一字不改。你不会忘记吧？”

“我怎么会忘呢？只有五个字而已。听我说……”

“不，不。”她急得直跳脚，“别说，别对任何人说。除非见到我父亲，否则就当完全没这回事。请答应我。”

阿爸又耸了耸肩。“好的！我答应你！”

“太好了。”她用哀戚的口吻说。等到阿爸沿着马路走去，准备搭乘计程飞车到太空航站，艾嘉蒂娅却觉得自己是将他送上死路，怀疑自己能否再见到他。

她几乎不敢走进屋里，再去面对善良慈祥的阿妈。也许当一切结束后，她最好马上自杀谢罪。

轲里斯顿之役：时间为基地纪元377/1/3，交战双方为基地与卡尔根统领史铁亭的舰队。这是“大断层”期间最后一场重大战役……

——《银河百科全书》

19

终战

裘尔·屠博现在有个崭新的身份，身为战地特派员的他，庞大的身躯穿上了舰队制服，不禁满心欢喜。他很高兴自己能再和观众见面，而且，由于过去与第二基地对抗时，始终充满无可奈何的无力感，如今面对有形的战舰与普通的敌人，他感到一股异常的兴奋。

事实上，直到目前为止，基地还没有打过什么胜仗，不过倘若仔细分析，情势仍然大有可为。过去六个月来，基地的核心领域仍旧安然无恙，舰队的核心武力也依然存在。而自开战后，舰队便不断招兵买马，因此与伊夫尼那场败仗之前比较，基地的有形战力几乎未曾减少，而无形战力则变得更为强大。

与此同时，各个世界的星防也已经强化；战斗部队的训练更为加强；行政效率也大幅提升，不再拖泥带水——反观卡尔根，由于必须派驻大量兵力占领那些“占领区”，许多远征舰队变得英雄无用武之地。

屠博现在是第三舰队的随军记者，这个舰队负责防卫安纳克里昂星区外围。由于他准备将这场战事报道成“小人物的战争”，此时他正在访问志愿参军的三级技师菲美尔·李莫。

“战士，请略为自我介绍一下。”屠博说。

“没啥好说的。”李莫用脚踢了踢甲板，勉强露出一个腼腆的微笑，仿佛他也能看到正在看新闻的数百万名观众。“我是卢奎斯人，在飞车厂工作，是个小主管，收入不错。我已经结婚，有两个小孩，都是女儿。对了，我能不能和她们打个招呼——她们搞不好正在收看呢。”

“请便，战士。现在你是主角。”

“哇，太感谢了。”他滔滔不绝地说，“嗨，米拉，希望你正在收看，我一切都好。珊妮好吗？杜玛呢？我时时刻刻都在想念你们，等我们返港后，也许我就能放假回家一趟。我收到了你寄来的食品包裹，但我准备把它寄回去。我们每一餐都吃得很好，可是听说平民的粮食比较短缺。我想说的就是这些了。”

“战士，下次我去卢奎斯，一定会去探望她，确保她们的粮食并不短缺。好吗？”

年轻人露出灿烂的笑容，还不停地点头。“谢谢你，屠博先生。我万分感激。”

“好啦。现在请你告诉我们——你是志愿军，对不对？”

“我当然是。既然有人向我们挑衅，我不必等任何人来征召。那天听到侯伯·马洛号遇难，我就立刻从军了。”

“你的爱国心令人敬佩。你经历过许多实战吗？我注意到你佩戴着两枚战功星章。”

“呸。”他假装吐一口痰，“那些根本不算战斗，只是老鹰抓小鸡。除非有五比一或更大的优势，卡尔根人绝不会动手。即使如此，他们也只敢慢慢逼近，设法把我们一艘艘隔离开来。我的一个表兄参加了伊夫尼之役，他在一艘侥幸逃脱的星舰上，就是那艘老旧的艾布林·米斯号。据他说，那里的情况完全一样。他们用主力舰队对付我们的侧翼分队，直到我们只剩五艘星舰，他们还是偷偷摸摸，没有胆量开火。那场战役，他们的损失是我们的两倍。”

“所以你认为，我们会赢得这场战争？”

“绝对没问题，尤其我们已经不再退却了。即使情势变得十分不利也无妨，我相信那时第二基地便会介入。我们仍有谢顿计划当后盾——而他们也知道这件事。”

屠博微微翘起嘴来。“这么说，你在指望第二基地喽？”

对方的回答竟然带着明显的讶异。“啊，不是大家都这么想吗？”

新闻幕的报道结束后，下级军官提波路走进屠博的房间。他递了一根香烟给这位特派员，然后把自己的军帽向后脑一推，推到一个低到不能再低的位置。

“我们抓到一名战俘。”他说。

“是吗？”

“是个疯疯癫癫的小个子，声称是个中立者——还说拥有什么外交豁免权。我不相信他们知道该拿他怎么办。他的名字好像是帕夫罗，还是帕佛，反正差不多。他还自称是从川陀来的，天晓得他到战区来干什么。”

不料屠博突然从床上坐起来。他本来想打个盹，此时却睡意全消。宣战次日，他正准备随军出发时，曾经向达瑞尔当面辞行，当时的对话他记忆犹新。

“普芮姆·帕佛。”他说——这显然是个肯定句。

提波路愣了一下，任由满嘴的烟从嘴角缓缓逸出来。“是啊，”他说，“你怎么会知道的？”

“别管了。我能见他吗？”

“太空啊，我不敢说。司令把他叫到自己的房间去问话。大家都认为他是间谍。”

“你去告诉司令，说我认识这个人。我可以负一切责任，除非他谎报身份。”

第三舰队旗舰的狄克席尔舰长，此时正目不转睛地盯着大域侦测器。每一艘船舰都是一个核能辐射源——即使静止不动也毫无例外——而在侦测器的三维像场中，每个辐射源都对应一个细小的光点。

剔除了基地船舰后，没有任何光点剩下来，因为那艘自称中立的间谍太空船已被捕获。刚才，在舰长寝室中，那艘小太空船曾经引起一阵恐慌。事实上，差点被迫临时改变战术……

“你确定完全明白了吗？”他问道。

森恩中校点了点头。“我将率领一支分遣队，经由超空间抵达目的地。距离：10.000秒差距；方位角：268.52度；俯角：84.15度。在1330回到原点，共计脱队时间11.83小时。”

“很好。我们全仰赖你准时回到准确的空间，不能有丝毫误差。明白吗？”

“报告舰长，明白了。”他看了看腕表，“我旗下的星舰将在0140准备行动。”

“好的。”狄克席尔舰长说。

此时，卡尔根的分遣舰队尚未进入侦测范围，不过他们很快就会出现。另有可靠的情报指出这一点。少了森恩中校的分遣队，敌我兵力将会变得极为悬殊。但是舰长相当有信心，相当、相当有信心。

普芮姆·帕佛以凄然的目光环顾四周。他首先看到那位又高又瘦的司令官，然后再看了看其他人，发现每一位都穿着整齐的军服。最后，他的目光停在一位高大魁梧的男子身上，那人领子敞开，并没有打领带——和其他人不太一样——而且他说想跟自己单独谈谈。

裘尔·屠博说道："司令，我完全了解这件事可能的严重后果，不过我要告诉你，如果允许我和他私下谈几分钟，我也许就能解决目前的疑惑。"

"可有任何原因，使你不能在我面前询问他吗？"

屠博撅起嘴来，露出倔强的表情。"司令，"他说，"打从我成为你们的随军记者，就一直在报道中为第三舰队说好话。如果你不放心，可以派人在门口站岗，而你自己五分钟后就可以回来。我只请求你迁就我这么一点，这样你的公共关系就不会受影响。你了解我的意思吗？"

他果然了解。

等到只剩他们两人的时候，屠博立刻转身对帕佛说："快——你拐走的女孩叫什么名字？"

帕佛只是把双眼瞪得浑圆，并且不停地摇头。

"别装蒜了。"屠博说，"你要是不回答，就会被当成间谍。现在是战时，间谍不必审判就可以枪毙。"

"艾嘉蒂娅·达瑞尔！"帕佛喘着气说。

"哈！太好了。她平安吗？"

帕佛点了点头。

"你最好能确定这一点，否则你不会有好下场。"

"她身体健康，而且绝对安全。"帕佛吓得脸色苍白。

此时舰队司令回来了。“怎么样？”

“阁下，这个人不是间谍。你可以相信他说的一切，我能为他担保。”

“是吗？”司令皱起眉头，“那么，他的确代表川陀的一家农产合作社，要和端点星签订贸易协定，由他们负责提供谷物和马铃薯。嗯，好吧，但他暂时还不能走。”

“为什么不能？”帕佛立刻问。

“因为我们的仗正打到一半。等到打完了——假如我们还活着——就会带你去端点星。”

卡尔根的庞大舰队从太空深处渐渐逼近，在不可思议的距离外就侦测到了基地的星舰。与此同时，基地的星舰同样侦测到敌军的行踪。在双方的大域侦测器中，对方看来都像一团萤火虫；两团萤火虫飞过虚无的太空，双方越来越接近。

基地司令官皱着眉头说：“这一定就是他们的主攻舰队，看看有多少艘星舰。”又说，“尽管如此，他们却没有机会布好阵势，除非森恩的分遣队让我们失望。”

森恩中校几小时前已经脱队——当时才刚刚发现敌军的踪迹。如今，计划无法再作任何更改，不成功便成仁。但司令却感到相当乐观，而其他军官，乃至所有的士兵与舰员也都有同感。

再来看看那两团萤火虫吧。

两者编成整齐的队形，发出幽暗的光芒，仿佛正在同台表演一场死亡之舞。

基地舰队开始渐渐退却。几小时过去了，基地舰队始终在缓缓转向，引诱不断推进的敌军偏离原先的航道，一点一点越偏越远。

作战计划拟定者的企图，正是要使卡尔根舰队占据某个特定的星空。在这范围之外，埋伏着许多基地的人马。等到卡尔根星舰进入这个范围后，若有任何一艘想飞出来，一律会遭到猛烈的突袭。而那些留滞其中的，却都能够安然无事。

作战计划的关键，在于算准史铁亭统领的舰队各怀鬼胎——绝对没有人愿意采取主动，每一艘都想留在不受攻击的位置。

狄克席尔舰长以冰冷的目光看了看腕表，现在时间是1310。

“我们还有二十分钟。”他说。

他身边的副官紧张地点点头。“报告舰长，目前为止，一切看来都很顺利。他们已有超过九成的星舰钻了进去。如果我们能让他们保持……”

“是啊！如果——”

基地的星舰再度向前慢慢推进——速度非常慢。不至于把卡尔根人吓退，却足以令他们不敢继续前进。果然，他们决定静观其变。

时间一分一秒地过去。

到了1325，司令官的命令透过蜂鸣器传遍基地舰队的七十五艘星舰。这些星舰随即全速前进，以最大的加速度冲向卡尔根舰队的正面。卡尔根的三百艘星舰同时升起防护罩，并且立刻射出强大的能束。三百艘星舰全部向一个方向集中，共同迎向那些发动疯狂突袭的无情敌军……

1330，森恩中校率领的五十艘星舰凭空出现。他们借着一次超空间跃迁，在准确的时间抵达准确的地点——痛击措手不及的卡尔根后卫。

真是个完美无缺的陷阱。

卡尔根舰队在数量上仍占优势，他们却无暇注意这一点，大家都只想到走为上策。而队形一旦散掉，在敌舰逼近时就更容易受到攻击。

一会儿之后，整个情势就无异于猫捉老鼠。

这支由三百艘星舰所组成的远征舰队，乃是卡尔根舰队的中坚与精华，却顶多只有六十艘重返卡尔根，其中许多艘还遭到重创。而在基地的一百二十五艘星舰中，只有八艘遭敌军击毁。时间是基地纪元377年的第3天。

当普芮姆·帕佛抵达端点星的时候，正值庆祝活动的最高潮。兴奋疯狂的气氛令他眼花缭乱，但在离开这颗行星之前，他还是顺利完成了两件任务，并接受了一项嘱托。

他完成的两件任务是：一、与基地达成一项协议，双方同意在未来一年内，由帕佛代表的合作社每月运来二十艘船的粮食，基地一律以战时价格收购。然而由于最近那场大捷，战争风险其实已经不复存在。二、将艾嘉蒂娅交代的五个字转达给达瑞尔博士。

听到这五个字，达瑞尔张大眼睛瞪着他。愣了好一阵子之后，达瑞尔才提出一项请求，请他带一句回话给艾嘉蒂娅。帕佛很喜欢这件差事；那是个简单的答复，而且合情合理。那句话是："赶快回来吧，没有任何危险了。"

与此同时，史铁亭统领感到又怒又恼。他眼睁睁看着自己的武器，一件件毁在自己手里；他的武力原是一张强韧的巨网，却在一夕之间变成腐朽的破布——即使再冷静的人，也会像火山一般爆发。但是他无可奈何，而且还心知肚明。

几周以来，他未曾睡过一晚的好觉，而且已经三天没刮脸了。他取消了一切活动，甚至连将领们也不接见。没有人比他自己更了解，内乱已经迫在眉睫，即使卡尔根不再吃败仗，叛变的烽火也随时可能一触即发。

首相列夫·麦拉斯根本帮不上忙。他站在一旁，表现得很冷静，看起来却像个猥琐的糟老头子。他那根瘦削而神经质的食指，又习惯性地摸着自己的老脸，从鼻头一直摸到下巴。

“喂，”史铁亭对他咆哮道，“贡献一点意见吧。我们吃了败仗，你明白吗？被打败了！可是为什么呢？我不知道为什么。你都听到了，我不知道为什么。你知道为什么吗？”

“我想我知道。”麦拉斯以镇定的口气说。

“叛变！”史铁亭故意轻声细语，接下来的话也是同样轻柔，“你知道有人叛变，却故意不做声。你伺候过那个被我赶下台的第一公民，就以为不论哪个龌龊鼠辈取代我，你依旧能继续当你的首相。我告诉你，如果你在打这个主意，我就把你的五脏六腑挖出来，在你的眼前一把火烧掉。”

麦拉斯却毫不动容。“我曾试图将自己的疑虑灌输给您，不只一次，而是好多次。我不停地在您耳旁唠叨，您却宁愿相信别人的话，因为那些话更能满足您的虚荣心。如今的情势，甚至变得比我当初所担心的更糟。如果您现在仍不想听我的忠告，请您直说，我会立即告退。不久之后，我会再回来为您的继任者献计。而他所采取的第一个行动，一定是签署和平条约。”

史铁亭用冒火的眼睛瞪着他，一双巨掌慢慢地握紧再松开，松开再握紧。“说吧，你这个迟钝的糟老头。给我说！”

“阁下，我常常提醒您，您并不是骡。您也许能控制船舰和武器，却无法控制子民的心灵。阁下，您可明白究竟是在跟什么人作战？您的敌手是基地，永远不败的基地——这个基地受到谢顿计划的保护，这个基地注定要建立一个新帝国。”

“根本没有什么计划，早就没有了。孟恩亲口告诉我的。”

“那就是孟恩搞错了。即使他说得对，又怎么样呢？阁下，您和我不能代表全体人民。卡尔根的男女老幼，以及所有藩属世界的民众，人人都对谢顿计划深信不疑，而这也是银河此端所有居民的共识。近四百年的历史，让我们学到一个真理：任何人都无法击败基地。自立称王的王国不能，割据一方的军阀不能，甚至连旧帝国本身也休想。”

“骡却做到了。”

“一点都没错，因为他不在算计之中——而您却不一样。更糟的是，人人都知道这个事实。所以您的舰队在进行战斗时，总是担心会被什么未知力量击败。谢顿计划的无形巨网罩在他们头上，令他们畏畏缩缩，进攻之前犹疑不决，小心谨慎得过了头。另一方面，同样的巨网却是基地的无形防护罩，使他们信心倍增，心中毫无畏惧，面对初期的挫败仍能凝聚士气。有什么好怕的呢？回顾历史，基地一向是先吃败仗，却总是赢得最后的胜利。

“阁下，可是您这边的士气呢？您一直踏在敌人的土地上。您自己的领土从未遭到入侵，至今没有失守的危险——但您却打了败仗。甚至可以说，您自己也不相信有胜利的可能，因为您知道那根本是幻想。

“所以说，认输吧，否则您终将被迫屈膝。现在主动低头，也许还能保留一点什么。您一向倚仗武器和军力，将这些有形力量发挥到极限。但是您始终忽略精神和士气，最后终于败在这些无形力量之下。现在，接受我的劝告吧。这里现成有一个基地人，侯密尔·孟恩。赶快释放他，送他回端点星，让他把您的求和诚意带回去。”

史铁亭紧抿着苍白而倔强的嘴唇，暗自咬牙切齿。但他还有别的选择吗？

新年后的第八天，侯密尔·孟恩终于告别卡尔根。他离开端点星已经超过七个月，在这期间，曾经发生过一场激烈的战争，如今则只剩下一些荡漾的余波。

当初，他自己驾船来到卡尔根，现在则有舰队护送离去。当初，他是以私人身份前来，如今则是一位有实无名的和平特使。

对侯密尔而言，最大的变化则在于他对第二基地的看法。每当想到这里，他就开怀大笑，并且想象着当自己向达瑞尔博士，以及那位年轻、能干、精力充沛的安索，还有其他人揭示真正的答案时，会是一幅什么样的画面。

他知道了。他，侯密尔·孟恩，终于知道了真相。

20

“我知道……”

“卡尔根战争”又拖了两个月才结束，不过侯密尔并没有闲着。由于具有调停特使的特殊身份，他发现自己成了星际事务的焦点人物，这个角色不禁令他沾沾自喜。

此时再也没有什么重大战役（只剩下一些零星的小冲突，根本不值得一提），于是在基地做了少许必要的让步后，和约的条文便完全敲定。史铁亭得以保留原来的头衔，除此之外几乎丧失了一切。他的舰队遭到解散；而且除了卡尔根星系，他控制的其他领域全部获得自治权，并允许居民以投票的方式，决定是否恢复原先的地位，或是完全独立，或是与基地结为邦联。

基地纪元377年62日，在端点星所属星系中的一颗小行星、也是基地最古老的一座舰队基地上，这场战争正式结束。列夫·麦拉斯代表卡尔根在和约上签字，侯密尔则喜滋滋地担任见证人。

在整个调停过程中，侯密尔都没有见到达瑞尔博士，也没有遇见其他的“同谋”。但是这并没有什么关系。他的消息并不急于公布——每当想到这里，他总是会莞尔一笑。

“凯旋日”之后数周，达瑞尔博士才回到端点星。当天晚上，他家又成了五名“同谋”的聚会场所。十四个月前，他们就是在这里拟定第一步的计划。

他们慢吞吞地吃完晚餐，又喝了好一会儿酒，仿佛大家都不希望回到那个旧话题上。

结果是裘尔·屠博首先打破禁忌。他以单眼凝视着酒杯中的深紫色液体，有点像是自言自语地喃喃道：“好啊，侯密尔，我看得出来，你现在是大人物了。你把事情处理得很好嘛。”

“我？”孟恩纵声哈哈大笑，显得十分高兴。不知道为什么，他的口吃已经几个月没犯了。“和我一点关系也没有，都是艾嘉蒂娅的功劳。喔对了，达瑞尔，她现在怎么样？我听说，她就要从川陀回来了。”

“你的消息正确。”达瑞尔以平静的口气说，“她搭乘的太空船，本周应该就会抵达。”他偷偷看了看每个人，见到的不外乎是雀跃之情。除了这些混杂的正面反应，他没有任何发现。

屠博又说：“那么，这件事真的结束了。去年春天，谁能预料到这一切呢。孟恩往返了一趟卡尔根。艾嘉蒂娅从卡尔根再转到川陀，如今也踏上归途。我们经历了一场战争，太空保佑，让我们赢得了最后的胜利。人们总是说历史的大趋势可以预测，可是这一阵子的种种变故，把我们这些当事人弄得晕头转向，这些事却好像根本无从预测。”

“胡说八道。”安索尖刻地说，“究竟是什么事让你这么得意？听你这种口气，我们似乎真赢了一场战争。事实上，我们打赢的只是个微不足道的对手，却刚好能让我们得意忘形，忘掉那个真正的敌人。”

众人维持了一阵不安的沉默，其间，只有侯密尔·孟恩发出极不相称的轻笑。

安索突然怒不可遏地一拳打在椅子扶手上。“没错，我指的正是第二基地。始终没有人提到它，假如我的判断正确，大家反倒努力逃避这个话题。笼罩着这个白痴世界的胜利假象，难道真的那么迷人，让你们都觉得非加入不可？那么何不雀跃三丈，翻几个筋斗，大家互相拍拍臂膀，再从窗口扔出彩纸。你们尽情发泄吧，把兴奋的情绪通通消耗掉——等到你们筋疲力尽，恢复理智的时候，再回到这里来，我们再继续讨论那个老问题。去年春天，你们坐在这里，大家的眼睛都骨碌碌地转个不停，被那个不知名的敌人吓得要死，现在问题依然存在，毫无改变。你们真以为打垮一个蠢笨的舰队指挥官，第二基地的心灵科学大师就不足惧了吗？”

他终于停下来，满脸通红，气喘吁吁。

孟恩轻声问道：“安索，你现在愿意听我说吗？或者，你还想继续扮演一名口无遮拦的阴谋分子？”

“侯密尔，你尽管说吧，”达瑞尔道，“可是我们大家都要节制一点，别卖弄过分修饰的辞藻。它本身虽然没有什么不好，但此刻却令我感到厌烦。”

侯密尔·孟恩靠回扶手椅的椅背，从手肘边拿起一个玻璃瓶，小心翼翼地为自己再斟满酒。

“你们推派我到卡尔根去，”他说，“希望我能从骡殿的记录中，尽可能找到有用的情报。我花了几个月的时间做这件事，不过我一点也不居功。正如我刚才强调的，是聪明的艾嘉蒂娅从旁帮了大忙，我才得其门而入。我原来对骡的生平以及那个时代的认识，敢说已经小有成就。然而，由于接触到了谁也没见过的原始文献，经过数个月的努力，我又有了许多丰硕的收获。

“因此，我现在拥有独一无二的条件，能够确实评估第二基地的危险性。比起我们这位爱冲动的朋友，我比他够资格多了。”

“那么，”安索咬牙切齿地说，“你又如何评估他们的危险性？”

“哈，等于零。”

短暂的沉默后，爱维特·瑟米克用难以置信的口气问道：“你是说，危险性等于零？”

“当然啦。朋友们，根、本、没、有、第、二、基、地！”

安索端坐在原处，缓缓闭上眼睛，而且脸色苍白，面无表情。

孟恩成了注意力的焦点，他感到很得意，继续说道：“更有意思的是，第二基地从来不曾存在。”

“你这个惊人的结论，”达瑞尔问道，“究竟有什么根据？”

“我不承认这是惊人的结论。”孟恩答道，“你们都听过骡寻找第二基地的故事。但你们可知道寻找的规模，以及专注的程度？他可以支配无穷的资源，而他的确毫不吝惜地投入。他一心一意要找到第二基地——但终究失败了。他没有发现第二基地的下落。”

“他几乎没有希望找得到。”屠博不耐烦地强调，“第二基地有办法保护自己，不会让任何搜寻者得逞。”

“即使搜寻者是具有突变精神力量的骡？我可不这么想。请少安勿躁，你们不可能指望我在五分钟内，就把五十册报告的摘要通通讲完吧。根据刚签订的和约，那些文献都将捐给‘谢顿历史博物馆’永久保存，你们以后都能像我当初那样，从从容容分析那些资料。到时候，你们会发现骡的结论写得明明白白，那就是我刚才已经说过的：自始至终，第二基地都不存在。”

瑟米克插嘴问道：“好吧，那么究竟是什么阻止了骡？”

“银河啊，你认为是什么阻止他的呢？当然是死神，每个人迟早都会遇见它。当今最大的迷信，就是认为战无不胜、攻无不克的骡，是被某些比他更强的神秘人物所遏止。这是以错误观点解释每一件事的结果。

“整个银河系当然人人都知道，骡是肉体和精神双重畸形的人。他三十几岁就死掉了，正是因为失调的身体再也无法苟延残喘。而在最后那几年，他一直病恹恹的。即使他健康情况最佳的时候，也比不上普通人的虚弱状态。好的，他征服了整个银河，然后由于大自然的规律，投向死神的怀抱。他能活那么久，还能创下那么大的功业，也实在是奇迹了。朋友们，这些都清清楚楚记载在文献里。你们只需要有耐心，只需要试着用新观点来解释一切事实。”

达瑞尔若有所思地说：“很好，孟恩，让我们试试看吧。这会是个很有趣的尝试，即使没有收获，也能帮我们的脑袋上点油。对于那些受到干扰的人——一年多前，安索给我们看的那些记录——你又作何解释呢？请帮我们用新观点来解释。”

“太简单了。脑电图分析这门科学有多久的历史？或者，换个方式来问，神经网路的研究有多么完善了？”

“可以说，我们正在展开这方面的研究。”达瑞尔答道。

“好的。那么，你和安索称之为‘干扰高原’的那种现象，你们的解释有多么可信？你们提出了理论，可是自己又有多少把握呢？在其他证据都是否定的前提下，它足以证明某种强大力量的存在吗？用超自然或神意来解释未知现象，总是最简单的做法。

“不过这也是人之常情。在银河历史上，有许多孤立的行星系退化成蛮荒世界的例子，我们从中学到了什么呢？在每个个案中，那些蛮人都将他们无法了解的自然力量——暴风、瘟疫、干旱——

通通归咎于比人类更有力量、更有本领的生命体。

“我相信，这就是所谓的‘神人拟同论’。而在目前这个问题上，我们与蛮人无异，陷入窠臼而不自知。我们对精神科学一知半解，却把我们不懂的一一归咎于超人——在此就是第二基地，只因为我们记得谢顿留下的那点暗示。”

“喔，”安索插嘴道，“原来你还记得谢顿，我以为你把他给忘了呢。谢顿的确说过有个第二基地。这点请你解释一下。”

“你可了解谢顿的整个意图吗？你可知道在他的计算中，牵涉到哪些必要因素吗？第二基地也许是个非常必要的‘稻草人’，在整个计划中具有极特殊的目的。比方说，我们是如何打败卡尔根的？屠博，你在最后的系列报道中是怎么写的？”

屠博挪动了一下壮硕的身躯。“对，我知道你想推出什么结论。达瑞尔，我在战争末期到了卡尔根，那颗行星上的士气低落得无法想象，这点非常明显。我仔细看过他们的新闻记录，而——嗯，他们竟然等着被打败。事实上，他们都认为第二基地最后势必介入，而且当然是向基地伸出援手，因此全体军民完全丧失斗志。”

“说得很对。”孟恩道，“战争期间，我一直都在那里。我告诉史铁亭第二基地并不存在，而他相信了我。所以，他感到安全无虞。可是他没办法将民众根深蒂固的信念，在一朝一夕间扭转过来，因此在谢顿安排的这场宇宙棋戏中，那个传说终究成了非常有用的一步棋。”

但是安索突然睁大眼睛，以嘲讽的目光紧盯着孟恩沉着的面容。“我说，你在说谎。”

侯密尔脸色煞白。“你对我作这种指控，我绝对没有必要接受，更别说需要回答。”

“我这么说，毫无对你作人身攻击的意思。你说谎是身不由己，你自己并不知道。但你还是说了谎。”

瑟米克将枯瘦的手掌放在年轻人的衣袖上。“年轻人，冷静一点。”

安索甩开他的手，动作相当粗鲁，并说：“我对你们都失去了耐心。我这辈子顶多见过这人五六回，却发现他的改变令我无法置信。你们其他人都认识他好多年，可是全都忽略了。这简直会把人气疯。你们认为面前这个人是侯密尔·孟恩吗？他并不是我所认识的侯密尔·孟恩。”

这句话引起一阵震惊，孟恩高声吼道：“你说我是冒牌货？”

“或许不是普通的冒牌货，”安索也得用力喊叫，才能盖过一片嘈杂，“不过仍然是冒牌货。各位，请安静下来！我要你们听我说。”

他用凶狠的目光瞪着众人，逼得大家都闭上嘴。“侯密尔·孟恩过去是什么样子，你们有谁还记得——我记得他是个内向的图书馆员，每次开口都显得很害羞，说话的声音既紧张又神经质，讲到不太肯定的事就结结巴巴。可是现在这个人像他吗？他辩才无碍，信心十足，开口闭口都是理论，而且，太空啊，他也没有口吃了。这还会是同一个人吗？”

现在连孟恩都有点迷惑了，于是裴礼斯·安索乘胜追击。“好，我们要不要测验他一下？”

“怎么做？”达瑞尔问。

“你竟然问我怎么做？眼前有个最明显的办法。你保有十四个月前帮他做的脑电图记录，对不对？重新再做一次，然后互相比较。”

他指着那位眉头深锁的图书馆员，凶巴巴地说：“我敢说他一定会拒绝接受分析。”

“我不会拒绝。”孟恩不甘示弱地说，“我始终都是我自己。”

“你又怎么知道？”安索用轻蔑的语气反问，“我还要得寸进尺。在座每个人我都不相信，我要大家通通接受分析。一场战争刚刚结束。孟恩在卡尔根待了好久；屠博随着舰队跑遍整个战区；达瑞尔和瑟米克也曾经离开过——但我不知道两位去了哪里。只有我一直待在此地，与世隔绝而安然无事，所以我不再信任你们任何人。为了公平起见，我自己也会接受测验。你们大家是否同意？还是要我立刻告辞，去自行设法？”

屠博耸耸肩。“我不反对这个提议。”

“我已经说过了我不反对。”孟恩说。

瑟米克默默挥了挥手，表示他也同意。于是安索静待达瑞尔表明态度，最后达瑞尔总算点了点头。

“让我先来吧。”安索说。

年轻的神经电学家坐在躺椅上一动不动，紧闭着眼睛，仿佛在沉思。与此同时，指针在网格纸带上描绘出复杂的曲线。达瑞尔已经翻出旧档案，从里面掏出安索上次的脑电图记录，然后交给安索过目。

“这是你自己的签名，对吗？”

“没错，没错。这是我的记录。赶快进行比对吧。”

扫描仪将新旧两份记录投射到屏幕上，两者各自的七条曲线都清清楚楚。在黑暗中，孟恩以刺耳却清晰的声音说：“嗯，看那里。那里起了变化。”

“那是额叶的主波。侯密尔，它并没有什么意义。你指着的那些锯齿状波纹，只是代表愤怒的情绪。其他几条曲线才能作准。”

他轻轻按下一个控制钮，七对曲线便重叠在一起。除了两条主波的细微振幅互有出入，其他六对曲线完全合而为一。

“满意了吗？”安索问道。

达瑞尔略微点了点头，自己坐上了躺椅。在他之后轮到瑟米克，接下来则是屠博。大家静静地接受测量，静静地比对结果。

孟恩是最后一位坐上躺椅的。他犹豫了一下，然后用绝望的口气说：“好了，听着，我是最后一个，而且我很紧张。我希望能将这些因素考虑进去。”

“一定会的。”达瑞尔向他保证，“意识的情绪只会影响到主波，没有什么重要性。”

接下来又是一片肃静，仿佛过了好几个小时……

而在比对的过程中，安索突然在黑暗中粗声叫道：“果然没错，果然没错，这只是个刚发端的‘情结’。记得他刚才说的话吗？根本没有干扰这回事，都是愚蠢的‘神人拟同’观念作祟——可是看看这里！我想，大概是巧合吧。”

“到底怎么了？”孟恩尖声问道。

达瑞尔的手掌用力按在图书馆员的肩头。“孟恩，镇定点——你被动了手脚，你被‘他们’调整过了。”

然后室内重新大放光明。孟恩用涣散的目光环顾四周，拼命想挤出一个笑容。

“这当然不会是真的。这一定有什么目的，你们是在试探我。”

达瑞尔却只是摇摇头。“不，不，侯密尔，这都是真的。”

突然间，图书馆员变得泪眼汪汪。“我没有感到任何不对劲。我绝不相信。”他好像忽然想通了，又说：“你们全都串通好了。这是个阴谋。”

达瑞尔想要伸手拍拍孟恩，给他一点安慰，没想到被他一把推开。孟恩吼道：“你们计划好了要杀我。太空啊，你们计划好了要杀我。”

安索一个箭步冲到他面前。只听到骨头相撞的“啪啦”一声，孟恩便应声倒地瘫成一团，脸上兀自挂着那种惊愕的表情。

安索吃力地站起身来，对其他人说：“我们最好把他绑起来，并塞住他的嘴巴。然后，再决定下一步该怎么做。”他将长发撩到背后。

屠博问道：“你是怎么猜到他有问题的？”

安索转身面向屠博，露出嘲讽的表情。“这并不困难。听好，我、刚、好、知、道、第、二、基、地、真、正、位、于、何、处。”

接二连三的冲击，使得大家有点麻木……

因此，瑟米克以相当温和的口气问道：“你能肯定吗？我的意思是，我们才刚刚经历了孟恩这个……”

“我的说法可不一样。”安索答道，“达瑞尔，战争爆发那天，我曾以最认真的态度和你讨论，试图劝你离开端点星。当初我如果信得过你，早就对你说了，也不至于等到今天。”

“你的意思是，半年前你就已经知道了？”达瑞尔露出微笑。

“当我听说艾嘉蒂娅转到川陀去的时候，我就已经想通了。”

达瑞尔大吃一惊，陡然跳了起来。“这和艾嘉蒂娅有什么关系？你在暗示什么？”

“我想要说的，绝对都是我们早就心知肚明的事实。艾嘉蒂娅在卡尔根遇到麻烦，可是她没有回家，反而逃到了昔日的银河中心。迪瑞吉警官是我们在卡尔根最好的间谍，他的心灵却被调整过。侯密尔·孟恩去了一趟卡尔根，结果心灵也受到干扰。骡征服了整个银河，最后却出人意料之外，选择卡尔根作为他的大本营，这不禁令我怀疑，他究竟是一位征服者，或者只是一个工具。在每个事件中，我们都会碰到卡尔根，卡尔根——永远是卡尔根。过去一个多世纪，无数的军阀发动过无数次战争，那个世界却始终能安然无恙。”

“那么，你的结论又是什么呢？”

“太明显了。”安索的眼睛射出热切的光芒，“第二基地就在卡尔根。”

此时屠博突然打岔。“安索，我到过卡尔根，上星期我还在那里。除非我疯了，否则那颗行星上绝对没有什么第二基地。不瞒你说，我倒认为是你疯了。”

年轻人猛然转身面向他。“那么你就是一头蠢猪。你以为第二基地是什么样子？像一间小学学堂？你以为在太空船降落的航道上，会有辐射场的紧致波束构成的‘第二基地’彩色字样？屠博，听我说。不论他们在哪里，都必定形成一个严密的寡头政体。他们一定会在存身的世界藏得很隐密，和那个世界在银河中的地位一样不起眼。”

屠博的面部肌肉不自主地扭曲。“安索，我不喜欢你这种态度。”

“这的确令我困扰。”安索故意反讽，“你在端点星放眼望望吧。这里是第一基地的中枢、核心和起点，拥有第一基地的一切物理科学知识。可是，又有多少人是科学家呢？你会操作能源传输站吗？你对超核发动机的运作原理又懂得多少？啊？在端点星——甚至在端点星——真正的科学家也不会超过百分之一。

“而必须严守机密的第二基地情况又如何呢？真正的行家同样

不会太多，而且即使在自己的世界上，他们照样会隐姓埋名。”

“不过，”瑟米克谨慎地说，“我们刚把卡尔根打垮……”

“我们做到了，的确做到了。”安索又用讽刺的口吻说：“喔，我们大肆庆祝胜利。各个城市都依然灯火通明，人们还在街头施放烟火，并且利用影像电话大声互道恭喜。可是话说回来，从现在开始，如果再要寻找第二基地，我们最不会注意的是哪个地方？任何人最不会注意的是哪个地方？啊？就是卡尔根！

“你该知道，我们并没有伤到他们，没有真的伤到。我们击毁了一些星舰，打死了几千人，粉碎了他们的帝国梦，接收了一些贸易和经济势力——可是这些通通毫无意义。我敢打赌，卡尔根那些真正的统治阶级，每个人一定都毫发无伤。反之，他们的处境更安全了，因为没有人会再怀疑那个地方。唯独我不然。达瑞尔，你怎么说？”

达瑞尔耸耸肩。“很有意思。我正在试图用你的理论，印证两个月前艾嘉蒂娅带给我的口信。”

“哦，口信？”安索问道，“说些什么？”

“嗯，我也不确定。短短五个字，但是很有意思。”

“慢着，”瑟米克插嘴道，口气十分急切，“有件事我还不明白。”

“什么事？”

瑟米克字斟句酌，嘴唇一开一合，一字一顿勉强地说：“嗯，侯密尔·孟恩刚刚说，虽然哈里·谢顿声称建立了第二基地，其实根本是在唬人。现在你又说事实并非如此，第二基地并不是个幌子，啊？”

“对，他并没有唬人。谢顿声称他建立了第二基地，而事实正是如此。”

“好的，可是他还说了一点别的。他说他将这两个基地，设在银河中两个遥相对峙的端点。好了，年轻人，这句话是不是唬人的——因为卡尔根并非位于银河的另一端。”

安索似乎有点恼怒。“那只是个小问题。他那番话，很可能是为了保护他们而故意放出的烟幕。无论如何，请想想看——把那些心灵科学大师放在银河另一端，能有什么用处呢？他们的作用是什么？是要维护谢顿计划。谁是计划的主要推手？是我们，是第一基地。那么，他们应该置身何处，才最适宜观察我们，并且最符合自己的需要？在银河另一端吗？简直荒谬！其实他们是在相当近的地方，只有这样才合理。”

“我喜欢这种说法。”达瑞尔道，“听来合情合理。听我说，孟恩已经清醒一阵子了，我提议将他松绑。他不可能造成危害，真的。”

安索看来绝不同意，侯密尔却使劲点着头。五秒钟后，他则使劲搓揉着两只手腕。

“你感觉怎么样？”达瑞尔问。

“糟透了，”孟恩悻悻然地说，“不过没关系。我有个问题，想要问问面前这位青年才俊。我已经听过了他的长篇大论，现在希望允许我来质疑，我们下一步应该怎么做。”

接下来是一阵诡异而令人尴尬的肃静。

孟恩苦笑了一下。“好，假设卡尔根真是第二基地。卡尔根上，哪些人又是第二基地分子？你准备怎样找出他们来？万一找到了，又准备怎样对付他们，啊？”

“啊，”达瑞尔说，“太巧了，我刚好能回答这个问题。要不要我来讲讲，我和瑟米克过去半年在忙些什么？安索，我会一直坚持留在端点星，这是另一个重要原因。”

“首先我要强调，”他继续说，“多年来，我从事脑电图分析的研究，其实还怀着一个谁也猜不到的目的。想要侦测第二基地分子的心灵可不简单，要比单纯找出‘干扰高原’困难一点——我并没有真正成功。但我算是接近成功的边缘。

“你们有谁知道情感控制的机制？自从骡的时代，它就一直是小说家的热门题材。这类的无稽之谈，无论口耳相传或文字记录都比比皆是。大多数的说法，都将它视为一种神秘玄奥的异能。当然，事实并非如此。大家都知道，人脑是无数细微电磁场的发射源。每一个飞纵的情感或情绪，都会令那些电磁场或多或少产生变化，这点也是大家都应该知道的。

“所以说，不难想象有一种特殊的心灵，能够感知这些多变的电磁场，甚至能够与之共振。也就是说，他们大脑中可能有一种特殊的器官，能解读所侦测到的电磁场型样。至于真正的运作原理，我自己也没有概念，不过这没什么关系。打个比方吧，假使我是盲人，我仍然可以了解光子的量子理论，因而接受视觉的科学解释：眼睛吸收了某种能量的光子，便会导致人体某个器官产生化学变化，因而侦测出光子的存在。可是，当然啦，我却无论如何无法了解色彩的概念。

“你们大家都能明白吗？”

安索使劲点了点头，其他人则是茫然地点头。

“这种假设中的心灵共振器官，一旦调整到和其他心灵的电磁场谐振，就会像传说中那样，可以感知他人的情绪，甚至表现出更微妙的‘读心术’。从这个假设出发，很容易再想象另一种能够强行调整他人心灵的器官。这种器官能发射强力的电磁波，来同化他人脑部较微弱的电磁场——就好像一个强力的磁铁，能够固定钢条中原子偶极的排列方向，使得钢条因此永久磁化。

“我试图解出第二基地的数学模式，方法是建构一个方程式，以便预测神经网路必须作出何种组合，才能形成我刚才描述的那种器官——不过，可惜的是，那个方程式过于复杂，现有的任何数学工具都解不出来。这实在很糟，意味着如果只靠脑电图的图样，我永远无法辨识那些心灵术士。

“但是我还有另一个办法。借着瑟米克的帮助，我制成一个命名为‘精神杂讯器’的装置。以我们现有的科学水准，不难制造出能复制任何脑电波的能量发射器。更重要的是，这种装置所发射的电磁波，波型可以设定为完全随机变化。对那种‘第六感’而言，随机的电磁波就是一种‘噪声’或‘杂讯’，因此可用来屏障我们的心灵。

“各位都还听得懂吗？”

瑟米克咯咯大笑。他帮达瑞尔制作那个装置时，曾经猜过它的用途，如今证明他的猜测完全正确。这位老前辈果然还有两把刷子……

安索说：“我想我听得懂。”

“这种装置相当容易大量生产，”达瑞尔继续说，“借着战时研发的名义，基地所有的资源都在我的支配之下。现在，市长办公室和立法机构都已受到‘精神杂讯’的保护。而此地的重要工厂，以及这栋建筑物也不例外。如今，我们可说已经较为隐密。将来，我们可以让任何地方变得绝对安全，让第二基地或者类似骡的异人再也无法入侵。我说完了。”

他将右手一摊，做了一个发言完毕的手势。

屠博似乎极为惊讶。“那么一切都结束了。谢顿保佑，一切都结束了。”

“不，”达瑞尔说，“并不尽然。”

“不尽然，怎么会？还有什么意料之外的发展吗？”

“没错，我们还没有找到第二基地！”

安索立刻吼道：“你到底想要说什么……”

“是的，我还有话要说。卡尔根并不是第二基地。”

“你又怎么知道？”

“太简单了。”达瑞尔喃喃地说，“听好，我、刚、好、知、道、第、二、基、地、真、正、位、于、何、处。”

21

满意的答案

屠博突然哈哈大笑——笑声好像一阵呼啸的巨风，在墙壁上来回反弹，许久之后才消失在喘息声中。他有气无力地摇摇头，才说：“银河啊，整个晚上不断发生这种事。我们列出一个接一个的假想敌，我们玩得很开心，却没有任何具体结论。太空啊！也许每颗行星都是第二基地。也许他们根本没有任何据点，重要人物都散布在不同的行星上。这又有什么关系呢？反正达瑞尔说，我们已经有完美的防御武器。”

达瑞尔皮笑肉不笑。“屠博，光有完美的防御武器还不够。我的‘精神杂讯器’离完美还差得远，而且即使它真的完美无缺，也只能让我们待在一个地方。我们总不能永远磨拳擦掌，虎视眈眈地防范着未知的敌人。我们不仅要知道该如何打胜仗，还得知道该打败什么人。而我可以肯定，敌人的确盘踞在某个世界上。”

“赶紧直说吧。”安索催促道，“你究竟有什么情报？”

“艾嘉蒂娅送了一个口信给我。”达瑞尔说：“在我收到口信前，从未注意到那个明显的事实。而且，我可能永远不会注意到。那只不过是简单的一句话：‘圆没有端点’。你们听得懂吗？”

“不懂。”安索以倔强的语气答道，而这显然代表大家的意见。

“圆没有端点。”孟恩若有所思地重复了一遍，同时皱起了眉头。

“好啦，”达瑞尔不耐烦地说，“我认为意思相当明显——对于第二基地，我们掌握的一项绝对的事实是什么，啊？让我告诉你们！我们知道哈里·谢顿将它设在银河的另一端。侯密尔·孟恩提出一个理论，认为谢顿其实是在唬人。裴礼斯·安索提出另一个理论，认为谢顿的话半真半假，第二基地的确存在，但是谢顿故意谎报它的位置。可是我要告诉各位，哈里·谢顿其实完全没有说谎，他说的都是千真万确的事实。

“可是，哪里又是‘另一端’呢？银河系是一个扁平、凸透镜状的天体。它的横截面是一个圆，而圆形是没有端点的——这就是艾嘉蒂娅悟出的道理。我们——我们第一基地——位于端点星，而端点星在这个圆的边缘。所以根据定义，我们处于银河的端点。现在，你沿着这个圆周一直走，去寻找所谓的‘另一端’。你一直走，一直走，一直走，结果根本找不到‘另一端’。你只会回到原来的起点——

“而在‘那里’，你将会找到第二基地。”

“那里？”安索重复了一遍，“你是指这里？”

“是的，我是指这里！”达瑞尔中气十足地吼道，“除此之外，还会有其他可能吗？你自己说的，第二基地分子若是谢顿计划的守护者，他们就不太可能位在所谓的‘银河另一端’，否则，他们想必会完全与世隔绝。你认为卡尔根距离较为合理，我告诉你，那里还是太远了。最合理的距离，是根本没有任何距离。而他们藏在哪里最安全呢？谁又会在这里寻找他们呢？最明显的地方就是最隐密的地方，这是亘古不变的真理。

“当可怜的艾布林·米斯发现了第二基地下落时，他为何那么惊讶、那么气馁？他飞过大半个银河，拼了命也要找到第二基地，以便警告他们骡快打来了，竟然发现骡已经一举攻下两个基地。而骡自己的寻找为何又会失败呢？怎么可能不会？你如果要去搜索一个危险的敌人，该不会在自己的俘虏堆里找吧。因此，那些心灵科学大师才能争取到充裕的时间，布置好天衣无缝的计划，最后终于成功遏止了骡。

“喔，这实在简单得令人生气。我们在这里绞尽脑汁计划一切，以为我们神不知鬼不觉——没想到我们始终待在敌人根据地的正中心。这实在太滑稽了。”

安索脸上的疑惑仍旧没有消失。“达瑞尔博士，你真心相信这个理论吗？”

“我真心相信。”

“那么我们的左邻右舍，我们在街上遇到的任何人，都有可能是第二基地的超人。他们或许正在窥视你的心灵，正在感知其中的脉动。”

“正是如此。”

“而我们的计划竟然还能进行那么久，至今未受干涉？”

“未受干涉？谁告诉你说我们没有受到干涉？你，你自己，证明了孟恩的心灵遭到干扰。你以为当初我们派他去卡尔根，是完全出于我们的自由意志吗？而艾嘉蒂娅窃听到我们的谈话，因此跟他一起去了，又是出于她的自由意志吗？哈！我们也许不断受到干涉呢。总之，他们何必作出过度的反应呢？对他们而言，误导我们远比阻止我们有利得多。”

安索低头沉思了一阵子，然后，带着一副不以为然的表情抬起头来。“好吧，但我还是不喜欢这个理论。你的‘精神杂讯’根本不值一哂。我们不能永远躲在房间里，可是根据我们现在的认知，一旦走出房门，我们就等于输掉了。除非你能将这个装置缩小，发给全银河的居民一人一个。”

“没错，安索，但我们并非全然无可奈何。那些第二基地分子拥有我们欠缺的特殊感官。这是他们的长处，也正是他们的弱点。比如说，你能不能想象一种武器，对普通的明眼人具有杀伤力，却对盲人毫无作用？”

“当然可以。”孟恩抢着答道，“刺眼的光线。”

“完全正确。”达瑞尔说，“高强度、足以使人失明的光线。”

“可是，这又是什么意思？”屠博问道。

“这个类比相当明显。我已经制成了‘精神杂讯器’，它可以发射一种人造的电磁波，而这种电磁波对第二基地分子的影响，正如普通光束对我们所造成的效应。不过‘精神杂讯器’很像万花筒，它不断迅速变换着型样，绝不是任何心灵跟得上的。好，现在请想象一束强烈的闪光，看久了会令人头痛的那种光束。若将这种光束增强，直到足以令人目盲——就会带来肉体上的痛楚，一种无法忍受的痛楚。但是它只对具有视觉的人才会造成伤害，对于盲人根本没有作用。”

“真的吗？”安索开始感兴趣了，“你试验过吗？”

“用谁来试验呢？我当然还没有试过，但是它一定有效。”

“喔，那么控制此地杂讯场的开关在哪里？我想看看那玩意。”

“在这里。”达瑞尔将手伸进外衣口袋，掏出一个通体黑色、附有一些键钮的圆柱体。那个装置很小，放在口袋里几乎看不出来。达瑞尔掏出来之后，便顺手丢给安索。

安索仔细地检视着，然后耸了耸肩。“光是这样看，根本看不出什么苗头。喂，达瑞尔，哪里是我不能碰的？你也知道，我可不想无意中关掉这栋房子的保护伞。”

“不会的，”达瑞尔随口答道，“控制开关已经锁住了。”他朝一个捺跳开关轻弹了一下，果然一动也不动。

“这个旋钮又是做什么的？”

“那是用来改变型样的变换速率。这个——这是改变强度的，我刚才提到过。”

“我可以——”安索问道，手指已经按在强度旋钮上。其他三个人也凑了过来。

“有何不可？”达瑞尔耸耸肩，“反正对我们没有作用。”

安索慢慢地、几乎畏畏缩缩地开始转动旋钮，先朝一个方向转，然后再转回来。屠博紧张得咬紧牙根，孟恩则是两眼迅速眨个不停。仿佛他们都想将自己的感官发挥到极限，试图感受那个不会影响他们的电磁脉冲。

最后，安索又耸了耸肩，将那个控制器丢回达瑞尔的膝盖上。“嗯，我想我们可以相信你的话。可是实在难以想象，当我转动旋钮的时候，真有什么事情发生。”

“自然是不会的，裴礼斯·安索。”达瑞尔露出一个僵硬的笑容，“我给你的那个是假的。你看我这里还有一个。”他脱掉外衣，解下挂在腰际的另一个一模一样的控制器。

“你看。”达瑞尔一面说，一面把强度旋钮转到底。

伴着一声可怕至极的惨叫，裴礼斯·安索倒在地板上。他痛苦万分，拼命打滚，脸色一片死灰，十指猛力抓扯自己的头发。

孟恩两只眼睛充满恐惧，他赶紧抬起双脚，以免碰到这个扭动不已的躯体。瑟米克与屠博则成了一对石膏像，脸色苍白，全身僵硬。

达瑞尔带着凝重的表情，将旋钮转回原来的位置。安索微微抽动了一两下，就静静地躺在那里。他显然还活着，急促的呼吸带动着身体剧烈起伏。

“把他抬到沙发上去。”达瑞尔说完，就伸手去抱他的头。“帮我一下。”

屠博赶忙去抬安索的脚。两人好像抬一袋面粉那样，把他抬到沙发上去。过了好几分钟，安索的呼吸逐渐缓和，眼皮跳动一阵子后终于张开。他的脸色变得蜡黄，头发和身体全被汗水湿透，而当他开口的时候，声音沙哑得令人听不懂他在说什么。

“不要，”他喃喃道，“不要！不要再开了！你们不知道……你们不知道……喔——喔。”最后是长长一声发颤的哀号。

“只要你说实话，”达瑞尔道，“我们不会再让你吃苦头。你是第二基地的成员吗？”

“给我喝点水。”安索哀求道。

“屠博，拿点水来。”达瑞尔说，“顺便把那瓶威士忌带来。”

达瑞尔灌了安索一小杯威士忌，再喂他喝了两大杯水，然后重复了一遍刚才的问题。年轻人似乎放松了一点……

“是的，”他疲惫不堪地说，“我是第二基地的一员。”

达瑞尔继续问道：“它就在端点星上——在这里？”

“是的，是的。达瑞尔博士，全都给你猜对了。”

“很好！现在解释一下过去一年发生的事。告诉我们！”

“我想睡觉。”安索细声地说。

“等一下再睡！先把话说完！”

安索先发出颤抖的叹息，然后才开始说话。他说得又快，声音又小，众人必须俯下身来才听得清楚。“情势越来越危险。我们知道端点星的科学家，开始对脑波分析产生兴趣，而且发展‘精神杂讯器’这类装置的时机也成熟了。此外，你们对第二基地的敌意越来越浓。我们必须阻止，却又不能波及谢顿计划。

“我们……我们试图控制这个行动，试图加入这个行动。这样就能转移对我们的疑心和注意力。我们策动卡尔根宣战，则是为了进一步转移你们的力量。这就是我让孟恩去卡尔根的原因。那个史铁亭的所谓宠姬，也是我们的一分子。她负责导演孟恩的每一步行动……”

“嘉莉竟是……”孟恩大叫一声，达瑞尔却挥手要他安静。

安索并未注意到有人插嘴，他继续说：“结果艾嘉蒂娅也跟去了。我们没有算到这一步——不可能预见每一件事——所以嘉莉设法把她送到川陀，以免她的介入误了大事。这就是整个的计划，只不过我们还是失败了。”

“你也曾经想把我骗去川陀，对不对？”达瑞尔又问。

安索点点头。“必须把你支开。你心中逐渐升高的得意之情太明显了。我们知道你正在研发‘精神杂讯器’。”

“你们为何不控制我呢？”

“不能……不能。我有我的命令。我们依照计划行事。我若自作主张，会毁掉全盘的计划。我们的计划只能预测几率……你知道的……就像谢顿计划一样。”他一面说一面痛苦地喘息，几乎已经语无伦次。他的脑袋还剧烈地左右摇摆。“我们针对个人订定计划……不是群体……几率非常低……导致失败。此外……如果控制你……其他人也会发明……没有用……必须控制时机……更巧妙的……第一发言者自己的计划……不知道全盘的……除了……没有成功……啊……”他筋疲力尽了。

达瑞尔使劲摇他。“你还不能睡，你们总共有多少人？”

“啊？你说啥……喔……不多……你会惊讶的……五十……足够了。”

“都在端点星吗？”

“五……六个在别的世界……就像嘉莉……我要睡了。”

他突然甩了甩头，仿佛拼命力图振作，而且的确显得清醒不少。他想在挫败之后争回一点颜面，这是他所能做的最后一件事。

“已经几乎击败你了。原本可以关掉防御装置，把你抓起来。原本可以证明谁才是主宰。你却给了我一个假的控制器……从一开始就怀疑我……”

他终于睡着了。

屠博用余悸犹存的口吻问道：“达瑞尔，你怀疑他有多久了？”

“打从他刚出现。”他用平静的口吻说：“他说，他是从克莱斯那里来的。可是我很了解克莱斯，也了解我俩为何不欢而散。他对第二基地这个题目充满狂热，而我却曾经遗弃他。我那样做自有道理，因为我认为独自研究自己的理论，才是最好、最安全的做法。可是我无法向克莱斯解释这一点，即使我说了，他也听不进去。在他心目中，我是一名懦夫兼叛徒，甚至也许是第二基地的间谍。他是个爱记仇的人，从那时候起，直到他快去世了，都一直没有和我联络。然后，突然间，在他生命的最后一周，他竟然写信给我——以一个老朋友的身份——向我推荐他最优秀、最有前途的学生，要我们两人合作，继续昔日的探索。

“这并不像他的作为。假如没有外力影响，他怎么可能有如此的举动？所以我开始怀疑，怀疑这件事唯一的目的，是要我接纳一名真正的第二基地间谍。嗯，事实证明果真如此……”

他叹了一口气，闭起眼睛好一阵子。

瑟米克迟疑地插嘴道：“那些第二基地的人……我们该拿他们怎么办？”

“我也不知道。”达瑞尔以悲伤的口吻说，“我想，可以把他们集体放逐。比如说，佐拉尼星就很适合。把他们送到那里，并且在那颗行星上布满‘精神杂讯’。男女可以隔离开来，更好的办法是令他们绝育——五十年后，第二基地就会成为历史。除此之外，安乐死或许是更仁慈的办法。”

“你认为我们学得会他们那种感应力吗？”屠博问道，“或是像骡一样，那是他们与生俱来的？”

“我不知道。我想那是长期训练的结果，因为根据脑电图，人类的心灵普遍具有这类潜能。可是你要那种能力干什么？连他们自己都未能受惠。”

达瑞尔皱起眉头。

虽然他不再开口，心中却在呐喊。

这一切都太容易了——太容易了。他们失败了，这些所向无敌的超人，像故事书中的坏蛋一样被一网打尽，他并不喜欢这个结局。

银河啊！一个人要何时才能确知自己不是傀儡？又要如何才能确知自己不是傀儡？

艾嘉蒂娅马上就要回来了，自己终将面对那个难题，但是他强迫自己暂时忘掉这件事。

她回来了，一个星期过去了，两个星期过去了，他始终无法忘怀那个念头。他怎么可能不想呢？不知是什么魔法作祟，她出门在外这段时间，已经从女孩变成了少女。她是他生命的延续，是那段苦乐参半、骤然结束的婚姻所留下的唯一纪念。

某一天晚上，他尽可能像是随口问道："艾嘉蒂娅，你是怎样断定端点星上有两个基地的？"

今晚在戏院中，他们坐在最好的座位，两人都有专用的三维视镜。她特别穿了一件新衣服，玩得开心极了。

她瞪着他好一会儿，然后干脆地答道："喔，爸爸，我不知道。我就是想到了。"

达瑞尔博士的心头立刻蒙上一层冰霜。

"好好想一想。"他用急切的口吻说，"这点非常重要。你是怎样断定两个基地都在端点星上？"

她微微皱起眉头。"嗯，我遇到了嘉莉贵妇。我知道她是第二基地的人，安索也是这么说的。"

"但是她在卡尔根，"达瑞尔追根究底，"你怎样断定就是端点星呢？"

回答这个问题之前，艾嘉蒂娅沉默了好几分钟。她是怎么断定的？是怎么断定的？她心中升起一种可怕的感觉，感到无法完全掌握自己。

她答道："她知道许多事——我是说嘉莉贵妇——她的情报一定是从端点星来的。爸爸，这样说难道不合理吗？"

他却只是对她摇头。

"爸爸，"她喊道，"我就是知道。我越想就越肯定，这完全合情合理。"

父亲眼中露出茫然的目光。"艾嘉蒂娅，很糟糕，实在很糟糕。凡是牵涉到第二基地，直觉都是一种可疑的征兆。你自己也了解吧？它可能只是单纯的直觉——却也可能是控制的结果！"

“控制！你是指他们令我改变了？喔，不。不，这绝对不可能。”她一面后退一面说，“安索不是说我的猜测正确吗？他已经承认了，承认了每一件事。而且你们也在端点星上，把那些人一网打尽了。对不对？对不对？”她的呼吸越来越急促。

“我知道，不过——艾嘉蒂娅，你愿不愿意让我为你做一次脑电图分析？”

她拼命摇头。“不，不！我害怕极了。”

“艾嘉蒂娅，你怕我吗？根本没有什么好怕的。可是我们一定要弄明白。你自己也了解吧？”

在整个过程中，她只打了一次岔。当他正要打开最后一个开关时，她突然抓住他的手臂。“爸爸，万一我真有问题呢？你得怎么做？”

“艾嘉蒂娅，我什么都不必做。万一你真有什么变异，我们就离开这里。你和我，我们回川陀去，从此……从此我们永不过问银河的一切。”

在达瑞尔一生中，从来没有任何分析做得这么慢，或是耗费这么多心力。等到终于结束，艾嘉蒂娅蜷缩成一团，不敢张开眼睛。但她随即听到父亲的笑声，这就足以代表一切。她立刻跳起来，扑向父亲的怀抱。

当两人紧紧拥抱时，达瑞尔欣喜若狂，喋喋不休地说：“这间屋子有最强的‘精神杂讯’，而你的脑波仍然正常。艾嘉蒂娅，我们真的逮到他们了，我们可以恢复正常生活了。”

“爸爸，”她喘着气说，“我们现在可以接受奖章了吗？”

“你怎么知道我婉谢这件事？”他伸直双手按着她的肩膀，瞪了她好一会儿，然后又开怀大笑。“没关系啦，反正什么事都瞒不过你。好吧，你可以上台去接受奖章，并且当众致辞。”

“还有，爸爸？”

“啊？”

“从今以后，你能不能叫我艾卡蒂？”

“可是——没问题，艾卡蒂。”

胜利的骄傲渐渐渗入并充盈他心中。基地——第一基地——现在则是唯一的基地——成了银河系绝对的主宰。再也没有任何障碍横亘于第二帝国——谢顿计划的最终目标——与他们之间。

只要不断前进就行了……

谢天谢地……

22

真正的答案

在一个不知名的世界上，一个地点不明的房间中！

某人的计划成功了。

第一发言者抬头看了看弟子。“五十名男女，”他说，“五十位烈士！他们明知下场不是处决就是终身监禁，而且，他们还不能事先接受意志力强化——否则很容易被侦测出来。但是他们未曾表现丝毫软弱。他们顺利完成计划，因为他们热爱那个更伟大的谢顿计划。”

“人数不能再少一点吗？”弟子不解地问。

第一发言者缓缓摇了摇头。“这已经是下限了。人数再少一点，就不可能有说服力。事实上，纯粹客观而言，至少需要七十五人，才足以吸收可能的误差。不过别操这个心了。‘发言者评议会’十五年前拟定的行动方针，你研究过了没有？”

“有的，发言者。”

“和实际发展比较过了没有？”

“有的，发言者。”顿了一顿之后——

“发言者，我感到相当惊讶。”

“我明白。这种惊讶从无例外。倘若你知道投注了多少人力，花了多少个月——应该说多少年——才将这个计划修改到尽善尽美，你就不会那么惊讶了。现在告诉我这整个过程——用普通的语言，我要你把数学都翻译成普通的语言。”

“遵命。”年轻人整理了一下思绪，“原则上，必须让第一基地的人彻底相信，他们已经找到并摧毁了第二基地。这样一来，一切就会回到我们预定的原点。换句话说，端点星恢复对我们一无所知的状态；在他们的算计中，不会再将我们列入考虑。我们再一次安全地藏匿起来——那五十个人则是代价。”

“卡尔根之战的目的呢？”

“让基地明白，他们有能力战胜有形的敌人——以扫除骡所带给他们的打击，让他们恢复自尊和自信。”

“你这里的分析不够充分。记住，端点星上的人对我们抱着矛盾的态度。他们认为我们拥有优势，因此对我们又憎恨又嫉妒；但在潜意识中，他们又仰赖我们的保护。假使在卡尔根之战发生前，我们就被他们‘摧毁’，会给整个基地带来普遍的恐慌。当史铁亭发动攻击的时候，他们将失去面对这场战争的勇气，而令史铁亭得逞。只有在他们让胜利冲昏头的情况下，我们的‘毁灭’带来的负面影响才能减到最小。即使多等一年，他们的成就感也将冷却一大半。”

弟子点点头。“我懂了。那么从今以后，历史的轨迹将遵循谢顿计划的方向，不会再有任何偏折。”

“除非，”第一发言者强调，“又有什么个别的、不可预见的意外发生。”

“为了预防这种事，”弟子接着说，“所以我们必须存在。只是……只是……发言者，目前的态势，有一件事令我很担心。第一基地发明出‘精神杂讯器’——那是专门用来对付我们的强力武器。至少，这种情形是前所未有的。”

“说得好。但是他们却找不到需要对付的敌人。那个装置会变得无用武之地；正如我们的威胁消失之后，脑电图分析也会变成一门无用的科学。其他的科学会取而代之，带来更重要、更及时的回报。因此，第一基地这些第一代的精神科学家，也将是最后一代——一个世纪之后，‘精神杂讯器’就会变成几乎被人遗忘的古董。”

“嗯——”弟子在心中默默盘算，“我想您说得很对。”

“可是年轻人，为了你将来在评议会中的工作，我最希望你了解的是，过去十五年间，由于需要处理个人的行为，我们的计划被迫考虑一些微妙的情状。比如说，安索必须启人疑窦，以便一切能在适当时机成熟，不过这是相当简单的一件事。

“此外，我们必须安排一种情状，避免端点星上的人过早想到端点星正是他们寻找的目标。这种想法必须由那个小女孩艾嘉蒂娅提出来，而且除了她父亲，不会有其他人注意到。因此，她必须被带到川陀，以便确保这对父女在时机成熟前无法接触。这两个人就像超核发动机的两极，少了一个就无法运作。而且必须在正确的时间按下开关，接通线路。我设法做到了！

“卡尔根之战必须处理得极为恰当。一定要让基地舰队自信满满，而卡尔根舰队未战先怯。这我也做到了！”

弟子又说：“发言者，我觉得您……我的意思是我们大家……似乎都依赖一个关键因素，那就是达瑞尔博士并未怀疑艾嘉蒂娅是我们的工具。而我检查这方面的计算，发现他会起疑的几率约有30%。万一真发生这种事呢？”

“我们早已做好完善的防范。你学过‘干扰高原’理论吧？它究竟代表什么？当然不是植入某种‘情感倾向’的证据。即使最精密的脑电图分析，也绝不可能侦测出这种变化。你该知道，这是拉弗特定理的结果。真正能在脑波上显示的，是取出、是切除原有‘情感倾向’所造成的影响。那种变化一定会显现出来。

“当然，安索负责让达瑞尔知晓有关‘干扰高原’的一切细节。

“然而——在哪种情况下，可以让一个人受到控制，又不会在脑波中显现出来？唯有那人并没有任何‘情感倾向’需要切除。换句话说，唯有那人是新生儿，整个心灵如同一张白纸。十五年前，当计划跨出第一步的时候，出生于川陀的艾嘉蒂娅·达瑞尔就是这样的一个婴儿。她永远不会知道自己受到控制，而这样最好，因为这个控制帮助她建立了一个珍贵而聪敏的性格。”

第一发言者干笑了一声。“就某方面而言，最令人惊讶的是整个事件的讽刺性。四百年以来，多少人曾被谢顿的一句‘银河另一端’所愚弄；他们各自提出特定的、物理科学模式的解答，真的拿量角器和直尺来寻找‘另一端’。结果，不是绕到银河边缘一百八十度之外，就是回到原来的出发点。

“而我们最大的危险，在于仅仅根据物理思考模式，便有可能推测出正确答案。你也知道，银河不是一个扁平的卵形体，银河外缘也并非封闭曲线。银河其实是个双螺旋，至少有八成的住人行星位于‘主旋臂’上。端点星位于旋臂的最外端，而我们则在另一端——螺旋的另一端在哪里呢？哈，是在中心区域。

“但这毫不起眼，它是个并不切题的答案。倘若钻研这个问题的人，能够记得哈里·谢顿是一位社会科学家，而并非自然科学家，再据此调整他们的思维模式，应该就能立刻想到这个答案。对一位社会科学家而言，‘另一端’代表什么意义呢？地图上的另一端吗？当然不是。那只是机械式的诠释。

“第一基地设在银河外缘，该处本是昔日帝国势力最薄弱、施以文明洗礼最少、财富和文化趋近于零的地方。而哪里又是银河社会的另一个极端呢？哈，就是帝国最强盛、文明最发达、财富和文化鼎盛之处。

“这里！这个中心！它就在川陀，谢顿时代的帝国首都。

“这是多么理所当然。哈里·谢顿留下一个第二基地，是为了要维护、改进并推展他的计划。早在五十年前，就已经有人明白这一点，或者至少猜到了。但这项工作最适宜在何处进行？自然是在川陀。当年谢顿团队的研究在这里进行，数十年搜集的资料也都汇集此地。此外，第二基地的目的是要保卫谢顿计划，这点也是众所周知！而对于端点星和谢顿计划，最大的威胁又源自何处？

“就在此地！就在川陀这里。帝国虽然奄奄一息，可是前后有三个世纪的时间，帝国仍然能够摧毁基地，只要它下定决心这么做。

“一个世纪前，当川陀沦陷，惨遭劫掠，变作一片废墟时，我们自然有办法保卫自己的大本营。于是整个行星，只有帝国图书馆和周围的校园安然无事。这是银河系人尽皆知的事实，但即使是如此明显不过的暗示，也没有任何人注意到。

“艾布林·米斯就是在川陀发现我们的下落，我们只好提早结束他的生命，令他无法说出这个秘密。为了做到这一点，我们必须设计由一个普通的基地女子击败骡的强大异能。当然，这种奇迹难免会使人怀疑到这颗行星——就在此地，我们首次对骡进行研究，因而订出击败他的计划。而艾嘉蒂娅也在此出生，自此引发一连串的事件，终于使得谢顿计划重新回到正轨。

“我们所暴露的那些秘密，那些漏洞，竟然通通没有被发现，这都是因为谢顿所说的‘另一端’乃别有所指，他们却自以为是地另作解释。”

第一发言者沉默了良久。他刚才对弟子说的这番话，其实更像是为自己解说一切。现在他站在窗前，仰望着苍穹中不可思议的强烈光焰，仰望着从此永远太平的广袤银河。

“哈里·谢顿将川陀称作‘群星的尽头’，”他悄声说道，“为何不能是个诗意的意象。宇宙一度完全受到这颗星体支配；当时众星都和此处保持联系。古谚有云：‘条条大路通川陀，群星尽头，此之谓也’。”

十个月前，第一发言者曾经站在同一地点，满怀沉重的心情，抬头凝视这片拥挤的星空——在人类称为“银河系”的这团巨大物质中，再也没有比核心更拥挤的区域。如今，在那张浑圆而红润的脸庞上，第一发言者——普芮姆·帕佛——露出一个堪称满意的神情。

阿西莫夫
银河帝国系列

基地系列

银河帝国：基地（Foundation）

银河帝国2：基地与帝国（Foundation and Empire）

银河帝国3：第二基地（Second Foundation）

银河帝国4：基地前奏（Prelude to Foundation）

银河帝国5：迈向基地（Forward the Foundation）

银河帝国6：基地边缘（Foundation's Edge）

银河帝国7：基地与地球（Foundation and Earth）

机器人系列

银河帝国8：我，机器人（I, Robot）

银河帝国9：钢穴（The Caves of Steel）

银河帝国10：裸阳（The Naked Sun）

银河帝国11：曙光中的机器人（The Robots of Dawn）

银河帝国12：机器人与帝国（Robots and Empire）

帝国系列

银河帝国13：繁星若尘（The Stars, Like Dust）

银河帝国14：星空暗流（The Currents of Space）

银河帝国15：苍穹一粟（Pebble in the Sky）

图书在版编目（CIP）数据

第二基地 /（美）阿西莫夫（Asimov,I.）著；叶李华译. -- 南京：江苏凤凰文艺出版社，2015（2025.9 重印）
（银河帝国. 基地七部曲）
书名原文：Second Foundation
ISBN 978-7-5399-8335-6

Ⅰ. ①第… Ⅱ. ①阿… ②叶… Ⅲ. ①长篇小说－美国－现代 Ⅳ. ① I712.45

中国版本图书馆 CIP 数据核字 (2015) 第 097190 号

第二基地

[美] 艾萨克·阿西莫夫 著　　叶李华 译

责任编辑　丁小卉
特约编辑　朱亦红　许姗姗
封面设计　李子琪
责任印制　刘　巍
出版发行　江苏凤凰文艺出版社
　　　　　南京市中央路 165 号，邮编：210009
网　　址　http://www.jswenyi.com
印　　刷　三河市龙大印装有限公司
开　　本　890 毫米 ×1270 毫米 1/32
印　　张　8.5
字　　数　198 千字
版　　次　2015 年 9 月第 1 版
印　　次　2025 年 9 月第 16 次印刷
标准书号　ISBN 978－7－5399－8335－6
定　　价　378.00 元（全 7 册）

读客科幻文库

跟着读客读科幻，经典科幻全看遍。

FOUNDATION AND EMPIRE

银河帝国

❷基地与帝国

[美]艾萨克·阿西莫夫 著
叶李华 译

江苏凤凰文艺出版社
JIANGSU PHOENIX LITERATURE AND
ART PUBLISHING

目　录

楔　子

银河帝国正走向覆亡。

这是一个庞大的帝国，从银河每条巨大旋臂此端至彼端，其间数百万个世界，皆为帝国的势力范围。因而，帝国的覆亡也是一个巨大的、漫长的过程。

衰落进行了数世纪之后，才终于有人察觉到这个事实。此人就是哈里·谢顿，在整体性衰微中，他代表着唯一的一点创造性火花。在谢顿手中，心理史学这门科学发展到了登峰造极的境界。

心理史学的研究对象并非个人，而是人类群体。换句话说，它是研究群众（至少数十亿之众）的科学。它能预测群众对于某些刺激的反应，精确度不逊于初等科学对撞球反弹轨迹的预测。虽然直到目前为止，没有任何数学能够预测个人行为，数十亿人口的集体反应却另当别论。

哈里·谢顿描绘出当时的社会与经济趋势，从这些曲线中，他看出文明正在不断地、加速地衰退，而必须经过三万年的过渡期，另一个崭新的帝国才会从废墟中诞生。

阻止帝国的覆亡为时已晚，却还来得及设法缩短蛮荒的过渡期。于是，谢顿建立了两个基地，分别安置于“银河中两个遥相对峙的端点”。它们的位置经过特别设计，在短短一个仟年之间，许多事件会一环扣一环地发生，以促使一个更强大、更巩固、更良善的第二帝国早日实现。

《银河帝国：基地》所叙述的故事，就是其中一个基地最初两个世纪的历史。

这个基地设在端点星，该行星位于银河系某个旋臂的尽头。起初，它是一群科学家的殖民地。他们远离了帝国的动荡社会，以编纂一套汇集天地间所有知识的巨著《银河百科全书》，却不知道自己扮演着更具深意的角色，而这一切，都是已故的谢顿一手计划的。

随着帝国逐渐瓦解，银河外围区域纷纷独立称王，基地开始遭受这些王国的威胁。然而，在首任市长塞佛·哈定领导下，基地设法让这些小小“君主”彼此牵制，而能勉强维持一个独立的局面。由于其他世界科学中落，退化到石油与煤炭的时代，唯独基地拥有核能，因此享有难得的优势。最后，基地竟然成为邻近诸王国的“宗教”中心。

随着百科全书的任务退居幕后，基地慢慢开始发展贸易体系。基地所研发的核能装置，小巧程度远超过帝国全盛时期的工艺水准。负责推销这些商品的基地行商，足迹遍至银河外缘数百光年。

侯伯·马洛是基地第一位商业王侯，在他的领导下，基地发展出经济战，并藉此击败科瑞尔共和国。该国虽有帝国外缘某个星省的援助，最后仍然无条件投降。

两百年后，基地俨然成为银河系中最强大的政权，只有苟延残喘的帝国能抗衡之。此时，帝国的主体集中于银河内围三分之一处，却仍然控制着全银河四分之三的人口与财富。

基地面临的下一个威胁，似乎必然是垂死帝国的最后反扑。

基地与帝国之战，无论如何终将登场。

第一篇

将 军

贝尔·里欧思：……在其相当短暂的军旅生涯中，里欧思赢得了“最后一位大将”的头衔，而且可谓实至名归。分析他所指挥的几场战役，显示他的战略修养足以媲美大将勃利佛，而领导统御能力或许尤有过之。但是由于生不逢时，使他无法像勃利佛一样成为战功彪炳的征服者。然而，当他与基地正面对峙之时（他是第一位有如此经历的帝国将军），并非完全没有机会……

——《银河百科全书》★

★本书所引用的《银河百科全书》数据，皆取自基地纪元1020年的第116版。发行者为“端点星银河百科全书出版公司”，作者承蒙发行者授权引用。

01

寻找魔术师

贝尔·里欧思没有带任何护卫就出门了，这样做其实违反了宫廷规范。因为他是驻扎在“银河帝国边境”某星系的舰队司令，而这里仍是民风强悍的地区。

里欧思既年轻又充满活力，并具有强烈的好奇心。正因为他太有活力，宫廷中那些深沉而又精明的大臣，自然尽可能将他派驻得愈远愈好。而在此地，他听到许多新奇而且几乎不可置信的传说——至少有几百人说得天花乱坠，还有数千人像他一样耳熟能详。这些传说令他的好奇心一发不可收拾，军事行动的可能性更使得年轻又充满活力的他按捺不住。诸多因素加在一起，便成为一股排山倒海的力量。

他刚走出那辆他征用来的老旧地面车，来到一栋古旧的大宅前，这里就是他的目的地。他等了一下，门上的光眼便亮起来。可是这道门并未自动开启，而是由一只手拉开的。

里欧思对着门后的老人微微一笑。“我是里欧思……”

“我认识你，”老人僵立在原处，丝毫不显得惊讶，“你来做什么？”

为了让对方放心，里欧思后退一步。“全然善意。如果你就是杜森·巴尔，请允许我跟你谈谈。”

杜森·巴尔向一旁侧身，室内墙壁散发出明亮的光芒。将军走进屋里，感到宛如置身白昼。

他随手摸了摸书房的墙壁，然后瞪着自己的手指。“西维纳竟然也有这种装置？”

巴尔淡淡一笑。“我相信并非到处都有。这个，是我自己尽可能修理维护的。很抱歉，刚才让你在门口久等。那个装置现在只能显示有人到访，却无法自动开门了。”

“你只能勉强修好？”将军的声音中带着一点嘲讽。

“找不到零件了。大人，你请坐，要喝茶吗？”

“在西维纳，还需要这样问吗？我的好主人，此地的风俗，不喝杯茶对主人是大不敬。”

老人缓缓对里欧思鞠了一个躬，悄无声息地退出房间。这是一种贵族礼仪，是从上个世纪较好的年头流传下来的。

里欧思望着主人离去的身影，缜密的心思泛起些许不安。他接受的是纯粹的军事教育，他的经验也都来自军旅生涯。套一句老掉牙的说法，他曾数度出生入死。但那些死亡的威胁总是非常熟悉，而且非常具体。因此之故，这位第二十舰队的英雄偶像，竟会在这个古老房间的诡异气氛中，心头感到一股寒意，也就不值得奇怪了。

在书房一角的架子上，排列着一些黑色小盒子，将军认得出那些都是“书”，但是书名他全不熟悉。他猜想房间另一端的大型机械就是阅读机，能将那些书中的讯息还原成文字与语音。他并未见过这种装置实际操作，但是曾经听说过。

有一次他听人提起，在很久以前的黄金时代，当时帝国的疆域等于整个银河系，那时十分之九的家庭拥有这种阅读机，以及一排排这样的书籍。

可是，现在帝国有了需要严防紧守的“边界”，而读书则成了老年人的消遣。算了，有关古老世代的传说，反正有一半是虚构的。不，超过一半。

茶来了，里欧思重新回到座位。杜森·巴尔举起茶杯。“敬你的荣誉。”

“谢谢，我也敬你。”

杜森·巴尔饶有深意地说：“听说你很年轻，三十五岁？”

“差不多，我今年三十四。”

“既然这样，”巴尔以稍带强调的语气道，“我想最好先跟你说明白，很遗憾，我并没有爱情符咒、痴心灵丹或发情春药之类的东西。我也无法影响任何年轻女子，让她对你死心塌地。”

“老先生，这方面我不需要什么外力帮助。”在里欧思的声音中，不但透着明显的自满，还混杂着几分戏谑。“有很多人向你索求这些东西吗？”

“够多了。真不幸，无知的人们常常将学术和魔术混淆不清，而爱情又好像特别需要魔术帮忙。”

“这点似乎再自然不过。但我却不同，我认为学术唯一的用处，是用来解答疑难的问题。”

西维纳老者神情阴郁地想了想。“你也许跟那些人错得一样严重！”

“这点很快就能获得证实，”年轻将军将茶杯插入华丽的杯套，茶杯随即注满开水。他接过香料袋，投进杯里，溅起一点水花。“老贵族，那么你告诉我，谁才是魔术师？我是指真正的魔术师。”

面对“贵族”这个久未使用的头衔，巴尔似乎有些讶异。他说：“根本没有魔术师。”

“但是百姓常常提到。西维纳充满关于他们的传说，并且发展出崇拜魔术师的教派。而在你的同胞当中，有些人痴心梦想着古老的世代，以及所谓的自由和自治权，这些人和那些教派有着奇妙的牵连。如此发展下去，终将危及国家的安全。”

老人摇了摇头。“为什么问我？你闻到叛变的气息，而我就是首领吗？”

里欧思耸耸肩。“没有，绝对没有。喔，这种想法不全然是无稽之谈。令尊当年曾被放逐，而你当年是个偏激的爱国者。身为客人，我这样说很失礼，但这是我的职责所在。如今此地还有人密谋叛变吗？我很怀疑。经过三代的改造，西维纳人心中已经没有这种念头了。”

老人吃力地回答说：“身为主人，我也要说几句失礼的话。我要提醒你，当年有一位总督，他的想法和你一样，认为西维纳人已经没有骨气。在那位总督的命令下，先父成了流亡的乞丐，我的兄长们壮烈牺牲，而我的妹妹自杀身亡。但那位总督的下场也很凄惨，他正是死在所谓卑屈的西维纳人手中。”

“啊，对了，你刚好提到我想说的事。三年前，我就查明了总督惨死的真相。在他的随身侍卫当中，有一名年轻军官行动很可疑。而你就是那名军官，我想细节不必说了吧。”

巴尔气定神闲。“不必了，你有什么建议吗？”

“建议你回答我的问题。”

“但绝不是在威胁之下。虽然并非高寿，我也活得够本了。”

“亲爱的老先生，这是个艰难的时代。”里欧思若有所指地说，“而你还有子女，还有朋友。你热爱这片土地，过去也曾信誓旦旦要保乡卫土。别这样，倘若我决定动武，对象也绝不是你这个糟老头。”

巴尔冷冷地说：“你到底想要什么？”

里欧思端着空杯子说道：“老贵族，你听我说。如今这个时代，所谓最成功的军人都在做些什么？每逢节庆典礼，他们在皇宫广场前指挥阅兵大典；当大帝陛下出游到避暑行星时，他们负责为金碧辉煌的皇家游艇护驾。我……我是个失败者。我已三十四岁却一事无成，将来还会继续落魄下去。因为，你可知道，我太好斗了。

“这就是我被派驻此地的原因。我待在宫廷中处处惹麻烦，也不能适应繁复的礼仪规范。我得罪了所有的文臣武将，但我又是深受部下爱戴的一流指挥官，所以也不能把我放逐到太空去。于是西维纳成了我的最佳归宿。这里位于边疆，是个百姓桀骜难驯、土地荒芜贫瘠的星省。它又十分遥远，远到令大家都很满意。

“我只好等着生锈发霉。现在已经没有叛乱需要平定，边境总督们最近也没有造反的迹象。至少，自从大帝陛下的父亲在帕拉美的蒙特尔星省杀一儆百之后，就再也没有了。”

“好一个威武的皇帝。”巴尔喃喃道。

“没错，我们需要更多这样的皇帝。记住，他就是我的主子，我要为他鞠躬尽瘁。”

巴尔不为所动地耸耸肩。“你这番话，跟原来的话题有何相干？”

“我马上就向你解释。我提到的那些魔术师，他们来自很远的地方——在我们的边境戍卫之外，那儿星辰稀疏……”

“星辰稀疏，”巴尔吟哦道，“寒气自天而降，浸染心头……”

“那是一首诗吗？”里欧思皱起眉头，这种关头吟诗实在不得体。“反正，他们来自银河外缘——唯有在那个角落，我有充分自由为大帝的光荣而战。”

“这样一来，你既可为大帝陛下尽忠，自己又能赚得几场酣战。”

“正是如此。但我必须知道敌人的真面目，而你能帮我这个忙。”

“你怎么知道我能帮你？”

里欧思咬了一口小点心。“因为过去三年来，我追查了有关魔术师的每一项谣言、每一个传说，以及每一点蛛丝马迹。在我搜集到的各种资料中，只有两件互不相干的事实是大家一致同意的，所以也就一定是真的。第一，那些魔术师来自西维纳对面的银河边缘；第二，令尊曾经遇到一位魔术师——活生生的真人，并且和他交谈过。”

西维纳老者目不转睛地瞪着对方，里欧思继续说：“你最好把知道的事都告诉我……”

巴尔语重心长地说：“我很乐意告诉你一些事，就当做是我自己的心理史学实验。”

“什么实验？”

“心理史学实验。”老人的笑容中掺杂着几丝不悦，然后他又爽快地说，“你最好再倒点茶，我会有一段长篇大论。”

他把上半身沉入椅背的柔软衬垫中。此时壁光的色彩转为粉红色，让将军刚直的轮廓也柔和了一些。

杜森·巴尔开始叙述：“我会知道这些事，主要源自两个巧合。其一，他恰好是我的父亲；其二，西维纳恰好是我的故乡。事情要从四十年前说起，那是‘大屠杀’之后不久，当时先父逃亡到南方森林，而我在总督的私人舰队中担任炮手。喔，对了，那位总督就是‘大屠杀’的主谋，也就是后来惨死的那位。”

巴尔冷笑一下，又继续说：“先父是帝国的贵族，也是西维纳星省的议员。他名叫欧南·巴尔。”

里欧思不耐烦地插嘴道：“我对他的流亡生活知道得非常清楚，你不必再费心重复。”

西维纳老者完全不理会，仍然自顾自地说：“先父流亡之际，曾经有一个浪人找上门来。他其实是来自银河边缘的年轻商人，说话带有奇怪的口音，对帝国最近的历史一无所知，并且佩带着个人力场防护罩护身。”

“个人力场防护罩？”里欧思怒目而视，“你吹牛不打草稿。需要多大功率的产生器，才能将防护罩浓缩成一个人的大小？银河啊，他是不是把五千万吨的核能发电机，放在手推车上到处推着走？”

巴尔镇定地答道：“你从口耳相传的谣言、故事、传说中听到的魔术师就是他。‘魔术师’这个头衔可不是轻易得来的。他身上的产生器小到根本看不见，可是即使再强力的随身武器，也不能令他的防护罩损伤分毫。”

“这就是你要讲的故事吗？这会不会是一个颠沛流离的老人，由于精神衰弱而产生的幻想？”

“大人，早在先父转述之前，有关魔术师的故事已经不胫而走。而且，还有更具体的证明。那名商人，也就是所谓的魔术师，他和先父分手之后，根据先父的指引，到城里去拜访过一名技官。他在那里留下一个防护罩产生器，跟他自己佩戴的属于同一型。等到那个残虐的总督恶贯满盈之后，先父结束了流亡生涯，他花了很久的时间，终于找到那个防护罩产生器。

“大人，那个产生器就挂在你身后的墙上。它已经失灵，其实它只有最初两天有效。不过你只要看一看，就会了解帝国的工程师从未设计出这种装置。”

贝尔·里欧思伸出手，扯下粘附在拱壁上的一条金属腰带。随着附着场的撕裂，带起一下轻微的嘶嘶声。腰带顶端的那个椭圆体吸引了他的注意，它只有胡桃般大小。

“这是……”他问道。

“这就是防护罩产生器。”巴尔点点头，“不过已经失灵了。我们根本没办法研究它的工作原理。电子束探测的结果，发现内部整个熔成一团金属，不论怎样仔细研究那些绕射图样，也看不出它原来是由哪些零件构成的。”

“那么，你的‘证明’仍然只是虚无缥缈的言词，没有具体的证据支持。”

巴尔耸耸肩。“是你威迫我告诉你这一切的。如果你选择怀疑，我又有什么办法？你要我住口吗？”

“继续说！”将军以严厉的口吻道。

“先父过世后，我继续他的研究工作。此时，我提到的第二个巧合发生了作用，因为哈里·谢顿对西维纳极为熟悉。”

“哈里·谢顿又是谁？”

“哈里·谢顿是克里昂一世时代的一位科学家。他对心理史学的贡献，可说前无古人、后无来者。他曾经造访过西维纳，当时西维纳是个庞大的商业中心，科学和艺术都蓬勃发展。”

“哼，”里欧思不以为然地喃喃道，“哪颗没落的行星，不曾夸耀过去那段富甲天下的光荣历史？”

“我所说的过去是两个世纪前，当时的皇帝还统治着银河中每一颗行星，西维纳还是处于内围的世界，而不是半蛮荒的边陲星省。就在那个时候，哈里·谢顿预见帝国即将衰败，整个银河终将成为一片蛮荒。”

里欧思突然哈哈大笑。“他预见了这种事？我的大科学家，他简直大错特错——我相信你自命是科学家。听好，当今帝国的国势，乃是仟年以来最强盛的。你一直待在遥远荒凉的边区，才会有眼无珠。哪天你到内围世界参观一次，看看银河核心的富庶和繁华。”

老人却阴沉沉地摇了摇头。“淤滞现象首先发生在最外围。经过一段时间之后，衰微才会到达心脏地带。我所说的，是表面上显而易见的衰微，而不是已经悄悄进行了十五个世纪的内在倾颓。”

“所以，那个哈里·谢顿预见了整个银河变做一片蛮荒？”里欧思感到可笑，“然后呢？啊？”

“所以，他在银河系两个遥遥相对的尽头，分别建立了一个基地。两个基地的成员，都是最优秀、最年轻、最强壮的精英，他们在那里生活、成长、发展。两个基地的所在地都经过仔细的挑选，设立时机和周遭环境也不例外。这些精心的安排，都是为了配合心理史学的数学对未来所做的准确预测，使得基地上的居民，一开始就脱离帝国文明的主体，之后渐渐独立发展，终于成为第二银河帝国的种子。如此，就能将不可避免的蛮荒过渡期，从三万年缩短成仅仅一千年。”

“你又是如何发现这一切的？你似乎知道不少细节。”

“我从来也没有发现什么。”老贵族沉着冷静地说，“我将先父所发掘的一些证据，加上自己找到的蛛丝马迹，费尽心血拼凑起来，就得到以上的结论。这个理论的基础很薄弱，而许多巨大的空隙则靠我自己的想象力填补。不过我深信，大体上是正确的。”

“你很容易被自己说服。”

“是吗？我的研究足足花了四十年的时间。”

“哼，四十年！我只要四十天，就能解决这个问题。事实上，我相信一定做得到。而得到的答案——会和你的不同。”

“你又打算怎么做呢？”

“用最直接的办法，我决定亲自去探索。我可以把你口中的基地找出来，用我自己的眼睛好好观察一番。你刚才说共有两个基地？”

“文献上说有两个。但是在所有的证据中，却都指出只有一个。这是可以理解的，因为另一个基地位于银河长轴的另一极。”

“好吧，我们就去探访那个近的。”将军站起来，随手整理了一下腰带。

“你知道怎么去吗？”巴尔问。

“我自有办法。上上一任总督——就是你用干净利落的手法行刺的那位——留下一些记录，上面有些关于外围蛮子的可疑记载。事实上，他曾经把自己的一个女儿，下嫁给某个蛮族的君主。我一定找得到。”

他伸出手来。“感谢你的热情款待。”

杜森·巴尔用手指轻握着将军的手，行了一个正式的鞠躬礼。“将军造访，蓬荜生辉。”

“至于你提供给我的资料，”贝尔·里欧思继续说，“我回来之后，自然知道该如何报答你。”

杜森·巴尔恭敬地送客人到门口，然后对着逐渐驶远的地面车，轻声地说：“你要回得来才行。”

基地：……经过四十年的扩张，基地终于面临里欧思的威胁。哈定与马洛的英雄时代已经一去不返，基地人民的勇敢与果决精神也随之式微……

——《银河百科全书》

02

魔术师

这个房间与外界完全隔绝，任何外人都无法接近。房间里有四个人，他们迅速地互相对望，然后盯着面前的会议桌良久不语。桌上有四个酒瓶，还有四个斟满的酒杯，却没有任何人碰过一下。

最接近门口的那个人，此时忽然伸出手臂，在桌面上敲出一阵阵缓慢的节奏。

他说：“你们准备永远呆坐在这里吗？谁先开口又有什么关系？”

“那么你先发言吧，”坐在正对面的大块头说，“最该担心的人就是你。”

森内特·弗瑞尔咯咯冷笑了几声。“因为你觉得我最富有？或者，因为我开了口，你就希望我继续说下去。我想你应该还没忘记，抓到那艘斥候舰的，是我旗下的太空商船队。”

“你拥有最庞大的船队，”第三个人说，“以及最优秀的驾驶员；换句话说，你是最富有的。这是可怕的冒险行为，我们几个都无法担当这种风险。”

森内特·弗瑞尔又咯咯一笑。“我从家父那里，遗传到一些喜爱冒险的天性。总之，只要能有足够回报，冒险就是有意义的。眼前就有一个实例，你们也看到了，我们将敌舰先孤立再逮捕，自己完全没有损失，也没让它有机会发出警告。”

弗瑞尔是伟大的侯伯·马洛旁系的远亲，这是基地众所周知的事实。不过大家也都心知肚明，事实上他是马洛的私生子。

第四个人悄悄眨了眨小眼睛，从薄薄的嘴唇中吐出一段话：“这并没有多大的利润，我是指抓到那艘小船这件事。我们这样做，很可能会更加激怒那个年轻人。”

“你认为他需要任何动机吗？”弗瑞尔以讽刺的口吻问道。

“我的确这么想。这就有可能——或者一定会替他省却炮制一个动机的麻烦。”第四个人慢慢地说，“侯伯·马洛的做法则刚好相反，塞佛·哈定也一样。他们会让对方采取没有把握的武力途径，自己却神不知鬼不觉地掌握了胜算。”

弗瑞尔耸耸肩。“结果显示，那艘斥候舰极具价值。动机其实卖不了那么贵，这笔买卖我们是赚到了。”这位天生的行商显得很满意，他继续说：“那个年轻人来自旧帝国。”

“这点我们知道。”那个大块头吼道，声音中带着不满的情绪。

“我们只是怀疑。”弗瑞尔轻声纠正，“假如一个人率领船队、带着财富而来，表明了要和我们建立友谊，并且提议进行贸易，我们最好别把他当敌人，除非我们确定了他的真面目并非如此。可是现在……”

第三个人再度发言，声音中透出一点发牢骚的味道。“我们应该更加小心谨慎，应该先弄清楚真相，弄清楚之后才把他放走。这才算是真正的深谋远虑。”

“我们讨论过这个提议，后来否决了。”弗瑞尔断然地挥挥手，表示不愿再讨论这个问题。

“政府软弱，”第三个人忽然抱怨，“市长则是白痴。”

第四个人轮流看了看其他三人，又将衔在口中的雪茄头拿开，顺手丢进右边的废物处理槽。一阵无声的闪光之后，雪茄头便消失无踪。

他以讥讽的口吻说：“我相信，这位先生刚才只是脱口而出。大家千万不要忘记，我们几人就是政府。”

众人喃喃表示同意。

第四个人用小眼睛盯着会议桌。“那么，让我们把政府的事暂且摆在一边。这个年轻人……这个异邦人可能是个好主顾，这种事情有过先例。你们三个都曾试图巴结他，希望跟他先签一份草约。我们早已约定不做这种事，这是一项君子协定，你们却明知故犯。”

“你还不是一样。”大块头反驳道。

“我不否认。”第四个人冷静地回答。

“那么，我们就别再讨论当初该做什么，”弗瑞尔不耐烦地插嘴道，“继续研究我们现在该做些什么。总之，假使当初我们把他关起来，或者杀掉，后果又如何呢？直到目前为止，我们还不确定他的真正意图；往坏处想，杀一个人绝对不能毁掉帝国。在边境的另一侧，或许有一批又一批的舰队，正在等待他的噩耗。”

“一点都没错，”第四个人表示同意，“你从掳获的船舰上发现了什么？我年纪大了，这样讨论可吃不消。”

“几句话就可以讲明白。”弗瑞尔绷着脸说，“他是一名帝国将军，即使那里不称将军，也是相同等级的军衔。我听说，他年纪轻轻就表现出卓越的军事天分，部下都将他视为偶像。他的经历十分传奇。他们告诉我的故事，无疑有一半是虚构的，即使如此，仍然可以确定他是个传奇人物。”

“你所说的‘他们’，指的是什么人？”大块头追问。

“就是那些被捕的舰员。听好，我把他们的口供都记录在微缩胶片上，存放在安全的地方。你们若有兴趣，等会儿可以看看。假如觉得有必要，还可以亲自和那些舰员谈谈。不过，我已经将重点都转述了。”

“你是怎么问出来的？又怎么知道他们说的是实话？”

弗瑞尔皱皱眉。“老兄，我对他们可不客气。拳打脚踢之外，还配合药物逼供，并且毫不留情地使用心灵探测器。他们通通招了，你可以相信他们说的话。”

“在过去的时代，”第三个人突然岔开话题，“光用心理学的方法，就能让人吐露实情。你知道吗，毫无痛苦，却非常可靠。对方绝对没有撒谎的机会。”

“是啊，过去的确有许多好东西，”弗瑞尔冷冰冰地说，“现在时代不同了。”

“可是，”第四个人说，“这个将军，这个传奇人物，他来这里到底有什么目的？”他的声音中带着固执与坚持。

弗瑞尔以锐利的目光瞥了他一眼。“你以为他会把国家机密透露给部下？他们都不知道。从他们口中没法问出这些来，银河可以作证，我的确试过。”

“所以我们只好……”

“我们只好自己导出一个结论。”弗瑞尔又开始用手指轻敲桌面，“这个年轻人是帝国的一名军事将领，却假扮成银河外缘某个偏僻角落一个小国的王子。这就足以显示，他绝不希望让我们知道他的真正动机。在我父亲的时代，帝国就已经间接援助过一次对基地的攻击，如今他这种身份的人又来到这里，这很可能是个坏兆头。上次的攻击行动失败了，我不相信帝国会对我们心存感激。”

“你难道没有发现任何确定的事吗？”第四个人以谨慎的语气问道，“你没有对我们保留什么吗？”

弗瑞尔稳重地答道：“我不会保留任何情报。从现在开始，我们不能再为了生意钩心斗角，大家一定要团结一致。”

“基于爱国心吗？”第三个人微弱的声音中带着明显的嘲弄。

“什么鬼爱国心。”弗瑞尔轻声说，“你以为我会为了将来的第二帝国，而愿意捐出一丁点核能吗？你以为我会愿意让哪批行商船队冒险为它铺路？但是——难道你认为被帝国征服之后，对你我的生意会更有帮助吗？假使帝国赢了，不知道有多少贪婪成性的乌鸦，会忙不迭地飞来要求分享战利品。”

“而我们就是那些战利品。”第四个人以干涩的声音补充道。

大块头突然挪了挪庞大的身躯，压得椅子嘎嘎作响。“可是何必讨论这些呢？帝国绝对不可能赢的，对不对？谢顿保证我们最后能够建立第二帝国，这只不过是另一个危机而已。在此之前，基地已经度过三次危机。”

“只不过是另一个危机而已，没错！”弗瑞尔默想了一下，“但是最初两个危机发生的时候，我们有塞佛·哈定领导我们；第三次的危机，则有侯伯·马洛。如今我们能指望谁？”

他以忧郁的目光望着其他人，继续说道：“支撑心理史学的几个谢顿定律，其中也许有一个很重要的变数，那就是基地居民本身的主动性。唯有自求多福，谢顿定律方能眷顾。”

“时势造英雄，”第三个人说，“这句成语你也用得上。”

“你不能指望这一点，它并非百分之百可靠。”弗瑞尔喃喃抱怨，“现在我的看法是这样的：倘若这就是第四次危机，那么谢顿应该早已预见。而只要他预测到了，这个危机就能化解，一定能够找到化解的办法。

“帝国比我们强大，一向都是如此。然而，这是我们第一次面临它的直接攻击，所以也就特别危险。假使能安全过关，一定如同过去那些危机一样，是借助于武力以外的办法。我们必须找出敌人的弱点，然后从那里下手。”

“他们的弱点又是什么呢？”第四个人问，“你想提出一个理论吗？”

“不，我只是想把话题拉到这里。我们以往的伟大领导者，都有办法看出敌人的弱点，然后予以痛击。可是现在……”

他的声音中带着无奈的感慨，一时之间，没有任何人愿意搭腔。

然后，第四个人说：“我们需要找人卧底。”

弗瑞尔热切地转向他。“对！我不知道帝国何时发动攻击，也许还有时间。”

“侯伯·马洛曾经亲身潜入帝国疆域。”大块头建议道。

可是弗瑞尔却摇了摇头。“没有那么简单。严格说来，我们都已经不再年轻；而且天天处理行政事务，让我们都生锈了。我们需要正在外面跑的年轻人……”

“独立行商？”第四个人问。

弗瑞尔点点头，悄声道：“但愿还来得及……”

03

幽灵之手

副官走进来的时候，贝尔·里欧思正心事重重地踱着方步，他立刻停下来，满怀希望地抬起头。“有没有小星号的消息？”

“完全没有。分遣队在太空中搜寻多时，但是并没有侦测到任何结果。尤姆指挥官报告说，舰队已经作好准备，随时能进行报复性攻击。”

将军摇了摇头。“不，犯不着为一艘巡逻舰这样做，还不到时候。告诉他加强……慢着！我亲自写一封信。你把它译成密码，用密封波束传出去。”

他一面说，一面写好了信，顺手便将信笺交给副官。“那个西维纳人到了吗？”

“还没到。”

“好吧，他抵达后，一定要立刻把他带来这里。”

副官行了一个利落的军礼，然后随即离去。里欧思继续在房间中来回踱步。

房门再度打开的时候，站在门口的正是杜森·巴尔。他跟在副官后面，缓缓走了进来。在他眼中，这间办公室布置得华丽无比，天花板还装饰着银河天体的全息模型。而贝尔·里欧思这时穿着野战服，正站在房间中央。

“老贵族，你好！”将军把一张椅子踢过去，并挥手表示要副官离开，手势中带着“他人绝对不准开门”的意思。

他站在这位西维纳人面前，双脚分开，两手背在背后，慢慢地、若有所思地把重心放在前脚掌。

突然间，他厉声问道：“老贵族，你是大帝陛下的忠诚子民吗？”

始终漠然不发一语的巴尔，这时不置可否地皱起眉头。“我没有任何理由喜爱帝国的统治。”

“但这并不代表你是一名叛国者。”

“没错。然而并非叛国者，绝不代表我会答应积极帮助你。”

“这样说通常没错。但在这个节骨眼上，你若是拒绝帮助我——”里欧思若有深意地说，“就会被视为叛国，会受到应有的惩治。”

巴尔双眉深锁。“把你的语言暴力留给属下吧。你到底需要什么、想要什么，对我直说就行了。”

里欧思坐下来，跷起二郎腿。“巴尔，半年前，我们做过一次讨论。”

“关于你所谓的魔术师？”

“对。你记得我说过要做什么吧。”

巴尔点点头，他的一双手臂无力地垂在膝上。“你说要去探访他们的巢穴，然后就离开了四个月。你找到他们了？”

“找到他们了？我当然找到了。”里欧思吼道。他的嘴唇这时显得很僵硬，似乎努力想要避免咬牙切齿。“老贵族，他们不是魔术师，他们简直就是恶魔。他们的离谱程度，就像银河外的其他星系一般遥远。你想想看！那个世界只有一块手帕、一片指甲般大小，天然资源和能源极度贫乏，人口又微不足道，连‘黑暗星带’那些微尘般的星郡中最落后的世界都比不上。即使如此，那些人却傲慢无比又野心勃勃，正在默默地、有条有理地梦想着统治整个银河。

“唉，他们对自己充满信心，甚至根本不慌不忙。他们行事稳重，绝不轻举妄动；他们摆明了需要好几个世纪。每当心血来潮，他们就吞并一些世界；平时则得意洋洋地在恒星间横行无阻。

“他们一直很成功，从来没有人能阻止他们。他们还组织了卑鄙的贸易团体，它的触角延伸到他们自己的玩具太空船也不敢去的星系。他们的行商——他们的贸易商自称行商——深入许多秒差距的星空。”

杜森·巴尔打断对方一发不可收拾的怒意。“这些信息有多少是确定的，又有多少只是你的气话？”

将军喘了一口气，情绪逐渐平复。“我的怒火没有让我失去理智。我告诉你吧，我所探访的那些世界，其实比较接近西维纳，离基地仍然还很远。而即使在那里，帝国已经成了神话传说，行商却是实实在在的人物。就连我们自己，也被人误认为行商。”

“基地当局告诉你，他们志在一统银河？”

“告诉我！”里欧思又发火了，“没有任何人直接告诉我。政府官员什么也没说，他们满口都是生意经。但是我和普通人交谈过。我探听到了那些平民的想法；他们心中有个‘自明命运’，他们以平常心接受一个伟大的未来。这种事根本无法遮掩，他们甚至懒得遮掩这个无所不在的乐观主义。”

西维纳人明显地表露出一种成就感。“你应该注意到，直到目前为止，你所说的这些，跟我利用搜集到的零星资料所做的推测都相当吻合。”

“这点毋庸置疑，”里欧思以恼怒的讽刺口吻答道，“这证明你的分析能力很强。然而，这也是对帝国疆域受到的逐渐升高的威胁，所做的一种发自肺腑的傲慢评论。”

巴尔不为所动地耸耸肩，里欧思却突然俯身抓住老人的肩头，以诡异的温和眼神瞪着他。

他说：“好了，老贵族，别再说什么了。我根本不想对你动粗。对我而言，西维纳人对帝国一代又一代的敌意，简直像是芒刺在背，我愿意尽一切力量将它消灭。然而我是一名军人，不可能介入民间的纠纷。否则我会立刻被召回，再也无法有所作为。你懂了吗？我知道你已经懂了。既然你早已手刃元凶，你我就当它是扯平了四十年前那场暴行，把这一切都忘掉吧。我需要你的帮助，我坦白地承认。”

年轻将军的声音中充满焦急的情绪，杜森·巴尔则从容却坚决地摇了摇头。

里欧思以祈求的口吻说：“老贵族，你不了解，我大概也没有能力让你明白。我无法像你那样说理；你是一名学者，而我却不是。但我可以告诉你，不论你对帝国的观感如何，你仍然得承认它的伟大贡献。纵使帝国的军队曾经犯下少数罪行，可是大体来说，这是一支维护和平与文明的军队。数千年来，银河各处得以享有帝国统治下的和平，完全是帝国星际舰队的功劳。请将帝国‘星舰与太阳’旗帜下的数千年和平，和在此之前数千年的无政府状态相比。想想那时的烽火战乱，请你告诉我，纵有诸多不是，帝国难道不值得我们珍惜吗？

“你再想想，”他继续中气十足地说，“这些年来，银河外围的世界四分五裂，纷纷独立，可是他们衰退到什么地步？请你扪心自问，仅仅为了自己微不足道的私仇，你就忍心让西维纳从帝国强大舰队保护下的星省，变成一个蛮荒世界，加入蛮荒的银河——各个世界相互孤立，尽数陷入衰败而悲惨的命运吗？”

“会那么糟——那么快吗？”西维纳人喃喃道。

“不会。”里欧思坦然承认，“即使我们的寿命再延长三倍，我们自己也绝对安然无事。然而我是为帝国而战；这是我个人所信奉的军事传统，我无法让你体会。这个军事传统，建立在我所效忠的帝国体制之上。”

“你愈说愈玄了，对于他人的玄奥思想，我一向难以参透。”

“没关系。你了解这个基地的危险性了。”

“在你尚未从西维纳出发之前，我就已经指出这个所谓的危险性了。”

“那么你应该了解，我们必须趁这个威胁刚萌芽时就将它铲除，否则可能永远来不及了。当别人还不知道基地是什么的时候，你就已经对它很有研究。在整个帝国中，你对基地的认识超过任何人。你也许知道如何攻打基地最有效，也许还能预先警告我它将采取的对策。来，我们结为盟友吧。”

杜森·巴尔站起来，断然说道：“我能给你的帮助根本一文不值。所以，无论你如何要求，我也不会提供任何意见。”

“是否一文不值，我自己会判断。”

“不，我是说正经的。帝国所有的力量加在一起，也无法打垮那个小小世界。”

“为什么？”贝尔·里欧思双眼射出凶狠的光芒，“别动，给我坐好。你能走的时候我自然会告诉你。为什么不能呢？假如你认为我低估了我所发现的敌人，那你就错了。老贵族，”他有点不情愿地说道，“我回来的途中，损失了一艘星舰。我无法证明它是落在基地手中，但我们一直找不到它的行踪；倘若只是单纯的意外，沿途必定能够发现一些残骸。这并不是什么重大损失——九牛一毛都谈不上，却有可能代表基地已经对我们开战。他们那么急切，完全不顾后果，也许意味着他们拥有我闻所未闻的秘密武器。所以你能不能帮个忙，回答我一个特定的问题？他们的武力究竟如何？”

“我没有任何概念。”

“那么你用自己的理论解释一下，为什么你会说帝国无法打败这个小小的敌人？”

西维纳人重新坐下，避开了里欧思的灼灼目光。他以严肃的口吻说：“因为我对心理史学的原理深具信心。这是一门奇特的科学，它的数学结构在一个人手中臻于成熟，却也随着他的逝去而成为绝响，他就是哈里·谢顿。从此以后，再也没有人能够处理那么复杂的数学。可是就在那么短的时期内，它的学术地位已经确立，公认是有史以来研究人类行为最有力的工具。心理史学并不试图预测个人的行为，而是发展出几个明确的定律，利用这些定律，借着数学的分析和外推，就能决定并预测人类群体的宏观动向。”

“所以说……”

“谢顿和他手下的一批人，在建立基地的过程中，正是以心理史学作为最高指导原则。无论基地的位置、时程或初始条件，都是用数学推算出来的，它让基地必然会发展成为第二银河帝国。”

里欧思的声音带着愤怒的颤抖。“你的意思是说，他的这门学问，预测到了我将进攻基地，并且会由于某些原因，使我在某场战役中被击败？你是想告诉我，我只是个呆板的机器人，根据早已决定好的行动，走向注定毁灭的结局？”

“不！”老贵族尖声答道，“我已经说过了，这门科学和个人行动没有任何关系。它所预见的是宏观的历史背景。”

“那么，我们都被紧紧捏在‘历史必然性’这个女神掌心中？”

“是‘心理史学’的必然性。”巴尔轻声纠正。

“假如我运用自己的自由意志来应变呢？如果我决定明年才进攻，或者根本不进攻呢？这位女神究竟有多大的弹性？又有多大的法力？”

巴尔耸耸肩。“立刻进攻或者永不进攻；动用一艘星舰，或是整个帝国的武力；用军事力量也好，用经济手段也罢；光明正大地宣战，或者发动阴谋奇袭。无论你的自由意志如何应变，你终归都要失败。”

“因为有哈里·谢顿的幽灵之手在作祟？”

“是‘人类行为的数学’这个幽灵，这是任何人都无法抵挡、无法扭转，也无法阻延的。”

两人面对面僵持良久，将军才终于向后退了一步。

他毅然决然地说：“我愿意接受这个挑战。这是幽灵之手对抗活生生的意志。”

克里昂二世：……世称“大帝”。身为第一帝国最后一位强势皇帝，他最重要的贡献，是多年执政期间所促成的政治与文艺复兴。然而，在野史记载中，他最著名的事迹，却是他与贝尔·里欧思的关系；而在一般人心目中，他根本就是“里欧思的皇帝”。必须强调的是，绝不能因为他在位最后一年所发生的事，否定了他四十年来的……

——《银河百科全书》

04

皇帝

克里昂二世是天地间的共主。克里昂二世身染病因不明的恶疾。人生有许多不可思议的波折，因此上述两件事实并不矛盾，甚至不算特别不调和。历史上，这一类的例子简直数也数不清。

可是克里昂二世对那些先例毫不关心。缅怀那一长串同病相怜的历史人物，无法使他自己的病痛减轻一个电子的程度。即使他想到，曾祖父只是一名在尘埃般的行星上占山为王的土匪，自己却承继了银河帝国一脉相传的正统，躺在这座由安美尼迪克大帝建造的离宫中；而父皇曾经在银河各处，消灭了此起彼落的叛乱，恢复了斯达涅尔六世的和平与统一，因此自己在位这二十五年，从未发生任何令荣誉蒙尘的反叛事件——所有这些得意的事，都不会让他感到一丝一毫的安慰。

这位银河帝国的皇帝、万物的统治者，正在一面哼哼唉唉，一面将脑袋沉入枕头上的精力充沛场。“精力场”产生一种无形的柔软舒适，在轻微的兴奋刺激中，克里昂二世舒服了一点。他又吃力地坐起来，愁眉苦脸地盯着远方的墙壁。这个寝宫太大了，不适合一个人待在里面。其实，任何房间都显得太大了。

不过当病痛发作、动弹不得的时候，还是一个人独处比较好，至少不必忍受廷臣们俗丽的装扮，还有他们浮滥的同情以及卑躬屈膝的蠢行。独自一个人，也就看不到那些令人倒胃口的假面具。那些面具底下的脸孔，都在拐弯抹角地臆测他何时驾崩，并幻想着他们自己有幸继承帝位。

他的思绪开始脱缰。他想到自己有三名皇子，三个堂堂正正的年轻人，充满美德与希望。在这些不幸的日子里，他们都到哪里去了？无疑都在等待。三兄弟互相监视，又一起紧盯着自己。

他不安地动来动去。此时大臣布洛缀克在外求见。那个出身卑微而忠诚的布洛缀克，他之所以忠诚，是因为他是朝廷上上下下一致憎恶的对象。廷臣总共分成十二个派系，他们唯一的共识就是痛恨布洛缀克。

布洛缀克——忠诚的宠臣，也就必须加倍忠诚。因为除非他拥有银河中最快速的星舰，能在大帝驾崩当日远走高飞，否则第二天一定会被送进放射线室。

克里昂二世伸出手来，碰了碰巨大躺椅扶手上的光滑圆钮，寝宫一侧的大门立刻消失。

布洛缀克沿着深红色地毯走过来，跪下来亲吻大帝软弱无力的手。

“陛下无恙？”这位枢密大臣的低声问候中掺杂着适度的焦虑。

“我还活着，”大帝怒气冲冲地说，“却过着非人的生活。只要看过一本医书的混蛋，都敢拿我当活生生的实验品。无论出现了什么新式疗法，只要尚未经过临床实验，不管是化学疗法、物理疗法还是核能疗法，你等着看吧，明天一定会有来自远方的庸医，在我身上测试它的疗效。而只要有新发现的医书，即使明明是伪造的，都会被他们奉为医学圣典。

“我敢向先帝发誓，”他继续粗暴地咆哮，“如今似乎没有一个灵长类，能用他自己的眼睛诊断病情。每个人都要捧着一本古人的医书，才敢为病人把脉量血压。我明明病了，他们却说这是‘无名之症’。这些笨蛋！假使在未来的世代，人体中又冒出什么新的疾病，由于古代医生从来没有研究过，也就永远治不好了。那些古人应该活在今日，或者我该生在古代。”

大帝的牢骚以一句低声咒骂收尾，布洛缀克始终恭谨地等在一旁。克里昂二世以不悦的口气问：“有多少人等在外面？”

他向大门的方向摆了摆头。

布洛缀克耐心地回答：“大厅中的人和往常一样多。”

“好，让他们去等吧。就说我正在为国事操心，让禁卫军队长去宣布。慢着，别提什么国事了。直接宣布我不接见任何人，让禁卫军队长表现得很悲伤。那些怀有狼子野心的，就会一个个原形毕露。”大帝露出阴险的冷笑。

“启禀陛下，有个谣言正在流传，”布洛缀克不急不徐地说，“说您的心脏不舒服。”

大帝脸上的冷笑未见丝毫减少。“倘若有人相信这个谣言，迫不及待采取行动，他们一定得不偿失。可是你自己又想要什么呢？我们说个清楚吧。”

看到大帝做了一个平身的手势，布洛缀克这才站起来。“是关于西维纳军政府总督，贝尔·里欧思将军。”

“里欧思？”克里昂二世双眉紧锁，“我不记得这个人。等一等，是不是在几个月前，呈上一份狂想计划的那位？是的，我想起来了，他渴望得到御准，让他为帝国和皇帝的光荣而征战。”

“启禀陛下，完全正确。”

大帝干笑了几声。“布洛缀克，你曾想到我身边还有这种将军吗？这个人有意思，他似乎颇有古风。那份奏章是怎么批的？我相信你已经处理了。”

“启禀陛下，臣已经处理了。他接到的命令，是要他继续提供更详细的资料；在尚未接到进一步圣命前，他旗下的舰队不准轻举妄动。”

“嗯，够安全了。这个里欧思到底是怎样的人？他有没有在宫中当过差？”

布洛缀克点点头，嘴唇还稍微撇了一下。“他最初在禁卫军担任见习官，那是十年前的事。在列摩星团事件中，他有不错的表现。”

“列摩星团？你也知道，我的记性不太……喔，是不是一名年轻军官，阻止了两艘主力舰对撞的那件事……嗯……或类似的事情？”他不耐烦地挥挥手，“我不记得细节了，反正是一桩英勇的行为。”

“那名军官就是里欧思。他因为这件功劳而晋升，”布洛缀克淡淡地说，“于是被外调，担任一艘星舰的舰长。”

“现在，他则是某个边境星系的军政府总督，仍然还很年轻。布洛缀克，他是个人才！”

“启禀陛下，他很危险。他一直活在过去；他天天梦想着古代，或者应该说，对传说中的古代朝思暮想。这种人本身倒也没有什么危险，可是他们这么不愿接受现实，却会成为其他人的坏榜样。”他又补充道：“据臣了解，他的部下百分之百受他掌握。他是最孚众望的将军之一。”

“是吗？”大帝沉思了一下，“嗯，很好，布洛缀克，我不希望身边个个都是废物。无能之辈根本不会对我忠心耿耿。”

“无能的叛徒其实并不危险，有才干的人却必须加以防范。”

“布洛缀克，你也是其中之一吗？”克里昂二世哈哈笑了几声，随即流露出痛苦的表情。“好了，你暂且别再说教了吧。这个年轻的勇将，最近又有什么新的事迹？我希望你不是专门来提陈年旧事的。”

“启禀陛下，里欧思将军又送来一份奏章。”

“哦？关于什么？”

“他已经打探出那些蛮子的根据地，主张用武力去征服他们。他的报告写得又臭又长。大帝陛下如今御体欠安，不值得为他的奏章烦心。何况在‘诸侯大会’中，诸侯们会对这件事进行详细讨论。”他朝大帝瞟了一眼。

克里昂二世皱起眉头。“诸侯？布洛缀克，这种问题也跟他们有关吗？这样一来，他们会再度要求扩大解释‘宪章’。每次总是这样子。”

“启禀陛下，这是无可避免的。当年英明神武的先帝，在荡平最后一场叛乱之际，若是没有接受那个宪章就好了。可是既然有这个东西，我们必须暂且忍耐一阵子。”

“我想，你说得没错。那么这件事必须跟诸侯讨论。嘿，不过为什么要这样郑重其事？毕竟，这只是小事一桩。在遥远的边境以有限兵力进行的征战，根本算不上国家大事。”

布洛缀克露出一丝微笑，沉着地回答：“这件事的主角，是一个不切实际的呆子；可是即使是不务实的呆子，倘若被很务实的叛徒利用，也会成为致命武器。启禀陛下，此人过去在京畿就深得人心，如今在边境仍极受拥戴。他又很年轻。假如他吞并了一两颗蛮荒行星，就会成为一名征服者。这么年轻的征服者，而且显然又有能力煽动军人、工人、商人，以及其他各阶层群众的情绪，他随时随地可能带来危险。即使他自己没有野心，并不想如先帝对付伪君莱可那般对付陛下，可是我们那些忠心的诸侯之中，难免有人会想到拿他当武器。”

克里昂二世突然动了动手臂，立刻痛得全身僵硬。过了好一会儿，他才稍显轻松，但是他的笑意锐减，声音听来有如耳语。“布洛缀克，你是个很难得的忠臣，你的疑心总是超过实际需要，而你的警告我只要采纳一半，就绝对能高枕无忧。我们就把这件事向诸侯提出来，看看他们怎么说，再决定我们该采取什么策略。那个年轻人，我想，应该还没有轻举妄动吧。”

“他在奏章中是这么说的。可是他已经要求增援。”

“增援！”大帝眯起眼睛，露出不解的神情。“他目前的兵力如何？”

“启禀陛下，他麾下有十艘主力舰，每艘的附属舰艇完全满额。其中两艘的发动机，是从旧时‘大舰队’的星舰上拆下来的，还有一艘的火炮系统也是接收自‘大舰队’。其他星舰则是过去五十年间建造的，虽然如此，都还管用。”

“十艘星舰应该足以执行任何正当任务了。哼，先帝当年麾下的星舰还没有那么多，就在推翻伪君的战役中旗开得胜。他要去攻打的，究竟是什么蛮子？”

枢密大臣扬了扬那对高傲的眉毛。“他称之为‘基地’。”

“基地？那是什么东西？”

“启禀陛下，臣仔细翻查过档案，却没有发现任何记录。里欧思提到的那个地方，位于旧时的安纳克里昂星省，在两个世纪前，该区就陷入了罪恶、蛮荒、无政府的状态。然而，在那个星省中，并没有一颗叫做‘基地’的行星。有一则很含糊的记录，提到在该星省脱离帝国保护之前不久，曾经有一群科学家被派到那里去。他们是要去编纂一套百科全书。”布洛缀克淡淡一笑，“臣相信，他们称那颗行星为‘百科全书基地’。”

“嗯，”克里昂二世蹙眉沉思了一下，“这么勉强的关联，不值得提出来。”

“启禀陛下，臣并没有提出什么。自从该区陷入无政府状态之后，就再也没有那一支科学远征队的消息。假如他们的后代仍然居住在那颗行星上，并且仍然沿用原来的名称，他们无疑也退化到蛮荒时代。”

“而他还要求增援？”大帝将严厉的目光投到宠臣身上，“这真是太奇怪了；他计划以十艘星舰攻打野蛮人，却未发一枪一弹就要求增援。我现在终于想起这个里欧思了，他是个美男子，出身于忠诚的家族。布洛缀克，这件事另有蹊跷，但我一时还看不透。这里头或许有更重要的问题，只是表面上看不出来。”

他抚弄着盖在僵硬的双腿上那床发亮的被单。“我得派一个人到那里去，一个有眼睛、有头脑又有忠心的人。布洛缀克——”

宠臣恭谨地垂下头。“启禀陛下，他要求的星舰呢？”

“还不到时候！”大帝一面小心翼翼地一点点挪动身子，一面发出低声的呻吟。他举起一根摇摇欲坠的手指，又说：“我们还需要了解更多内情。下星期的今天就召开诸侯大会，这也是提出新预算案的好时机。我一定要让它通过，否则活不下去了。”

大帝将头痛欲裂的脑袋沉进力场枕的舒缓刺激中。“布洛缀克，你退下吧。把御医叫来，虽然他是最不中用的庸医。”

05

战端

从设在西维纳的集结点，帝国舰队小心翼翼地向未知的、险恶的银河外缘进发。巨大的星舰横越银河边缘群星间的广袤太空，谨慎地接近基地势力范围的最外环。

那些在新兴的蛮荒中孤立了两个世纪的世界，再度感受到帝国威权的降临。在重型火炮兵临城下之际，他们一致宣誓对大帝矢志效忠。

每个世界都留下若干军队驻守；那些驻军个个身穿帝国军服，肩上佩戴着“星舰与太阳”的徽章。老年人注意到这个标志，想起了那些早已遗忘的故事——在他们曾祖父的时代，整个宇宙都统一在这个“星舰与太阳”旗帜之下；当时的天下浩瀚无边，人民的生活富裕而和平。

然后巨大的星舰不断穿梭，在基地周围继续建立更多的前进据点。每当又一个世界被编入这个天罗地网时，就会有报告送回贝尔·

里欧思的总司令部。这个总部设在一个不属于任何恒星的行星上，整颗星都是岩石构成的不毛之地。

此时里欧思心情轻松，对着杜森·巴尔冷笑。“老贵族，你认为如何？”

“我？我的想法有什么价值？我又不是军人。”他颇不以为然地四下看了看，这是一个由岩石凿成的房间，显得拥挤而凌乱，石壁上还挖出一个孔洞，引进人工空气、光线与暖气。在这个荒凉偏僻的世界上，这里要算是唯一具有生机的小空间。

“我所能给你的帮助，”他又喃喃道，“或说我愿意提供的帮助，值得你把我送回西维纳去。”

“还不行，还不行。”将军把椅子转向房间的一角，那里有个巨大而闪烁的透明球体，上面映出旧时的安纳克里昂星郡以及邻近星空。“再过一段时间，等战事告一段落，你就可以回到书堆中，还能得回更多的东西。我保证会把你的家族领地归还给你，你的子孙可以永远继承。”

“感谢你，”巴尔以稍带讽刺的口吻说，“但是我不像你那么有信心，无法对结局抱着如此乐观的态度。”

里欧思厉声大笑。“别再讲什么不祥的预言，这个星图比你所有的悲观理论更具说服力。”他轻抚着球体表面雕出的透明轮廓，“你懂得怎么看径向投影的星图吗？你懂？很好，那么自己看吧。金色的星球代表帝国的领土，红色的星球隶属于基地，至于粉红色的那些星球，则可能位于基地的经济势力圈之内。现在注意看——”

里欧思将手放在一个圆钮上，星图中一块由许多白点构成的区域，开始慢慢变得愈来愈蓝。它酷似一个倒立的杯子，笼罩着红色与粉红色的区域。

“那些蓝色的星球，就是我们的军队已经占领的世界。”里欧思面有得色地说，“我们的军队仍在推进，在任何地方都没有遭到反抗。那些蛮子都还算乖顺。尤其重要的是，我们从来没有遭遇基地的军队。他们还在安详地蒙头大睡呢。”

“你将兵力布置得很分散，对不对？”巴尔问道。

“其实，”里欧思说，“只是表面上如此，事实则不然。我留军驻守并建筑了防御工事的重要据点并不多，但是都经过精挑细选。这样的安排，能使兵力的负担减到最少，却能达到重大的战略目的。这样做有很多优点，没有仔细钻研过太空战术的人，根本看不出其中的奥妙；但是有些特点，仍然是人人都看得出来的。比如说，我能从包围网的任何一点发动攻击，而当我军完成包围网之后，基地就不可能攻击我军的侧翼或背面。对敌人而言，我军根本没有侧翼或背面。

“这种‘先制包围’的战略，过去也有指挥官尝试过。最著名的一次，是大约两千年前，应用在洛瑞斯六号那场战役中。但一向不完美，总是被敌方洞悉并试图阻挠。这次却不同。”

“这次是教科书中的理想状况？”巴尔显得疲惫不堪又漠不关心。

里欧思不耐烦了。“你还是认为我的部队会失败？”

“他们注定失败。”

“你应该了解，在古往今来的战史中，从来没有包围网完成后，进攻一方最后却战败的例子。除非在包围网之外，另有强大的舰队能击溃这个包围网。”

“你大可这么想。”

“你仍旧坚持自己的信念？”

“是的。”

里欧思耸耸肩。“那就随便你吧。”

巴尔让将军默默发了一会儿脾气，然后轻声问道：“你从大帝那边，得到什么回音吗？”

里欧思从身后的壁槽中取出一根香烟，再叼着一根滤嘴，然后才开始吞云吐雾。他说：“你是指我要求增援的那件事吗？有回音了，不过也只是回音而已。”

“没有派星舰吗？”

“没有，我也几乎猜到了。坦白说，老贵族，我实在不应该被你的理论唬到，当初根本不该请求什么增援。这样做反而使我遭到误解。”

“会吗？”

“绝对会的。如今星舰极为稀罕珍贵。过去两个世纪的内战，消耗了‘大舰队’一大半的星舰，剩下的那些情况也都很不理想。你也知道，现在建造的星舰差得多了。我不相信如今在银河中还能找到什么人，有能力造得出一流的超核能发动机。”

“这个我知道。”西维纳老贵族说，他的目光透出沉思与内省，“却不知道你也明白这个道理。所以说，大帝陛下没有多余的星舰了。心理史学应该能预测到这一点，事实上，它也许真的预测到了。我甚至可以说，哈里·谢顿的幽灵之手已经赢了第一回合。”

里欧思厉声答道：“我现有的星舰就足够了。你的谢顿什么也没有赢。当情势紧急时，一定会有更多的星舰供我调度。目前，大帝还没有了解全盘状况。”

“是吗？你还有什么没告诉他？”

“显而易见——当然就是你的理论。”里欧思一副挖苦人的表情，“请恕我直言，你说的那些事，根本不可能是真的。除非事情的发展能证实你的理论，除非让我看到具体证明，否则我绝不相信会有致命的危险。”

“除此之外，”里欧思继续轻描淡写地说，“像这种没有事实根据的臆测，简直就有欺君的味道，绝不会讨大帝陛下欢心。”

老贵族微微一笑。“你的意思是，假如你禀告大帝，说银河边缘有一群衣衫褴褛的蛮子，可能会推翻他的皇位，他一定不会相信也不会重视。所以说，你不指望从他那里得到任何帮助。”

“除非你将特使也当成一种帮助。”

“为什么会有特使呢？”

“这是一种古老的惯例。凡是由帝国支持的军事行动，都会有一位钦命代表参与其事。”

“真的吗？为什么？”

“这样一来，每场战役都能保有陛下御驾亲征的意义。此外，另一项作用就是确保将领们的忠诚，不过后者并非每次都成功。”

“将军，你将发现这会带来不便，我是指这个外来的威权。”

“我不怀疑这一点，”里欧思的脸颊稍微转红，“但是我也没有办法……”

此时将军手中的收讯器亮了起来，并且发出轻微的摩擦声，然后传送槽中便跳出一个圆筒状的信囊。里欧思将信囊打开，叫道：“太好了！来了！”

杜森·巴尔轻轻扬起眉毛，表示询问之意。

里欧思说：“你可知道，我们俘虏到一名行商。是个活口——他的太空船也还完好。”

“我听说了。”

“好，他们把他带到这里来了，我们马上就能见到他。老贵族，请你坐好。在我审问他的时候，我要你也在场。这也是我今天请你来这里的本意。万一我疏忽了什么关键，你也许听得出来。”

叫门的讯号随即响起，将军用脚趾踢了一下开关，办公室的门就打开了。站在门口的人个子很高，留着络腮胡，穿着一件人造皮制的短大衣，后面还有一个兜帽垂在颈际。他的双手没有被铐起来；即使他知道押解的人都带着武器，也并未显得丝毫不自在。

他若无其事地走进来，向四周打量了一番。见到将军后，他只是随便挥挥手，稍微点了点头。

“你叫什么名字？”里欧思简洁有力地问。

“拉珊·迪伐斯，”行商将两根拇指勾在俗不可耐的宽皮带上，“你是这里的头儿吗？”

“你是基地的行商吗？”

“没错。听好，如果你是这里的头儿，最好告诉你的手下别碰我的货。”

将军抬起头，用冷峻的目光凝视这名战俘。“回答问题，不要发号施令。”

“好吧，我欣然同意。可是你有一名手下，把手指放进不该放的地方，结果胸口开了一个两英尺的窟窿。”

里欧思的目光随即转移到一名中尉身上。“这个人说的是事实吗？威兰克，你的报告明明说没有任何伤亡。”

“报告将军，当初的确没有。”中尉以僵硬而不安的语调答道，“后来我们决定搜查他的太空船，因为谣传说上面有女人。结果我们没有发现什么人，却找到很多不知名的装置，这名俘虏声称那些都是他的货品。我们正在清点时，有样东西忽然射出一道强光，拿着它的那名弟兄就遇难了。”

将军又转头面向行商。“你的太空船配备有核能武器？”

“银河在上，当然没有。那个傻瓜抓着的是核能打孔机，方向却拿反了，又将孔径调到最大。他根本不该这么做，等于是拿中子枪指着自己的头。要不是有五个人坐在我身上，我就能阻止他。”

里欧思对身旁的警卫做了一个手势。“你去传话，不准任何人进入那艘太空船。迪伐斯，你坐下来。”

行商在里欧思指定的位置坐下，满不在乎地面对帝国将军锐利的目光，以及西维纳老贵族好奇的眼神。

里欧思说：“迪伐斯，你是个识相的人。”

“谢谢你。你是觉得我看起来老实，还是对我另有所求？不过我先告诉你，我可是一个优秀的商人。”

“两者没有什么分别。你识时务地投降了，并没有让我们浪费多少火炮，也没有让你自己被轰成一团电子。如果你保持这样的态度，就能受到很好的待遇。”

“头儿，我最渴望的就是很好的待遇。”

“好极了，而我最渴望的就是你的合作。”里欧思微微一笑，低声向一旁的杜森·巴尔说：“但愿我们所说的‘渴望’指的是同一件事。你知道市井俚语里面它有其他意义吗？”

迪伐斯和和气气地说：“对，我同意你的话。头儿，但你说的是什么样的合作呢？老实跟你说，我连身在何处都不知道。”他四下看了看，“比方说，这是什么地方？带我来这里干什么？”

“啊，我忘了还没有介绍完毕呢，真抱歉。”里欧思的心情很好，“这位老绅士是杜森·巴尔，他是帝国的贵族。我名叫贝尔·里欧思，是帝国的高级贵族，在大帝麾下效忠，官拜三级将军。”

行商目瞪口呆，然后反问：“帝国？你说的是教科书中提到的那个古老帝国吗？哈！有意思！我一直以为它早就不存在了。”

“看看周围的一切，它当然存在。”里欧思绷着脸说。

“我早就应该知道，”拉珊·迪伐斯将络腮胡对着天花板，

"我那艘小太空船，是被一艘外表壮丽无比的星舰逮到的。银河外缘的那些王国，没有一个造得出那种货色。"他皱起眉头，"头儿，这到底是什么游戏？或者我应该称呼你将军？"

"这个游戏叫做战争。"

"帝国对基地，是吗？"

"没错。"

"为什么？"

"我想你应该知道。"

行商瞪大眼睛，坚决地摇了摇头。

里欧思任由对方沉思半晌，然后轻声说："我确定你知道。"

拉珊·迪伐斯喃喃自语："这里好热。"他站起来，脱下连帽短大衣。然后他又坐下，双腿向前伸得老远。

"你知道吗，"他以轻松的口吻说，"我猜你以为我会大吼一声，然后一跃而起，向四面八方拳打脚踢一番。假使我算好时机，就能在你采取行动之前制住你。那个坐在旁边一言不发的老家伙，想必阻止不了我。"

"你却不会这么做。"里欧思充满信心地说。

"我不会这么做。"迪伐斯表示同意，口气还很亲切，"第一，我想即使杀了你，也阻止不了这场战争。你们那里一定还有不少将军。"

"你推算得非常准确。"

"此外，即使制服了你，我也可能两秒钟后就被打倒，然后立刻遭到处死，却也可能被慢慢折磨死。总之我会没命，而我在盘算的时候，从来不喜欢考虑这种可能性。这太不划算了。"

"我说过，你是个识相的人。"

"头儿，但有一件事我想弄明白。你说我知道你们为何攻击我们，希望你能告诉我这是什么意思。我真的不知道，猜谜游戏总是令我头疼。”

“是吗？你可曾听过哈里·谢顿？”

“没有。我说过，我不喜欢玩猜谜游戏。”

里欧思向一旁的杜森·巴尔瞟了一眼，后者温和地微微一笑，随即又恢复那种冥想的神情。

里欧思带着不悦的表情说：“迪伐斯，别跟我装蒜。在你们的基地有一个传统，或者说传说或历史——我不管它到底是什么，反正就是说，你们终将建立所谓的第二帝国。我对哈里·谢顿那套华而不实的心理史学，以及你们对帝国所拟定的侵略计划，都知道得相当详细。”

“是吗？”迪伐斯若有所思地点点头，“这又是什么人告诉你的？”

“这又有什么关系吗？”里欧思以诡异的温柔语调说，“你在这里不准发问，我要知道你所听过的谢顿传说。”

“但既然只是传说……”

“迪伐斯，别跟我玩文字游戏。”

“我没有。事实上，我会坦白对你说。我知道的其实你都知道了。这是个愚蠢的传说，内容也不完整。每个世界都有一些传奇故事，谁也无法使它销声匿迹。是的，我听过这一类的说法，关于谢顿、第二帝国等等。父母晚上讲这种故事哄小孩子入睡；年轻小伙子喜欢在房间里挤成一团，用袖珍投影机播放谢顿式惊险影片。但这些都不吸引成年人，至少，不吸引有头脑的成年人。”行商使劲摇了摇头。

帝国将军的眼神变得阴沉。“真是如此吗？老兄，你撒这些谎是浪费唇舌。我曾经去过那颗行星，端点星。我了解你们的基地，我亲自探访过。”

“那你还问我？我呀，过去十年间，待在那里的日子还不到两个月。你是在浪费自己的时间。不过如果你相信那些传说，就继续打这场仗吧。”

巴尔终于首度开口，以温和的口气道：“这么说，你绝对相信基地会胜利？”

行商转过身来。他的脸颊稍微涨红，一侧太阳穴上的旧疤痕却更加泛白。“嗯——嗯，这位沉默的伙伴。老学究，你是如何从我的话中得出这个结论的？”

里欧思对巴尔浅浅地点了点头，西维纳老贵族继续低声说：“因为我知道，假如你认为自己的世界可能打败仗，因而导致悲惨的遭遇，你一定会坐立不安。我自己的世界就被征服过，如今仍旧如此。”

拉珊·迪伐斯摸摸胡子，轮流瞪视对面的两个人，然后干笑了几声。“头儿，他总是这样说话吗？听好，”他态度转趋严肃，“战败又怎么样？我曾经目睹战争，也看过打败仗。领土真的被占领又如何？谁会操这个心？我吗？像我这种小角色吗？”他满脸嘲讽地摇了摇头。

“听好了，”行商一本正经、义正辞严地说，“一般的行星，总是由五六个脑满肠肥的家伙统治。战败了是他们遭殃，可是我的心情不会受到丝毫影响。懂吧！一般大众呢？普通人呢？当然，有些倒霉鬼会被杀掉，没死的则有一阵子得多付些税金。但是局势终将安定，事情总会渐渐恢复正常。然后一切又回复原状，只是换了另外五六个人而已。”

杜森·巴尔的鼻孔翕张，右手的肌肉在抽搐，他却什么都没有说。

拉珊·迪伐斯的目光停驻在他身上，将一切都看在眼里。他说：“看，我一生在太空飘泊，到处兜售那些不值钱的玩意，我的微薄利润还要被‘企业联营组织’抽头。那里有好几头肥猪——”他用拇指向背后比了比，“成天坐在家中，每分钟都能赚到我一年的收入——靠的就是向许许多多我们这种人抽成。假如换成你来治理基地，你还是需要我们，你会比‘企业联营组织’更加需要我们。因为你根本摸不着头绪，而我们能帮你赚进现金。我们可以和帝国进行更有利的交易。没错，我们会这么做，我是在商言商。只要能有赚头，我一定干。”

他露出一副嘲弄似的挑战神情，瞪着对面两个人。

沉默维持了好几分钟之久，突然又有一个圆筒状信囊从传送槽中跳出来。将军立刻扳开信囊，浏览了一遍其中的字迹，并随手将影像通话器的开关打开。

“立刻拟定计划，指示每艘船舰各就各位。全副武装备战，等待我的命令。”

他伸手将披风取过来，一面系着披风的带子，一面以单调的语气对巴尔耳语：“我把这个人交给你，希望你有些收获。现在是战时，我对失败者绝不留情。记住这一点！”他向两人行了一个军礼，便径自离去。

拉珊·迪伐斯望着他的背影。“嗯，有什么东西戳到他的痛处了。到底是怎么回事？”

“显然是一场战役。”巴尔粗声说：“基地的军队终于出现了，这是他们的第一仗。你最好跟我来。”

房间中还有几名全副武装的士兵。他们的举止谦恭有礼，表情却木然生硬。迪伐斯跟着西维纳的老贵族走出这间办公室。

他们被带到一间比较小、陈设比较简陋的房间。室内只有两张床，一块电视幕，以及淋浴和卫生设备。而将两人带进来之后，士兵们便齐步离开，随即传来一声关门的巨响。

“嗯？”迪伐斯不以为然地四处打量，“看来我们要长住了。”

“没错。”巴尔简短地回答，然后这位老贵族便转过身去。

行商暴躁地问：“老学究，你在玩什么把戏？”

“我没有玩什么把戏。你现在由我监管，如此而已。”

行商站起来向对方走去。他那魁梧的身形峙立在巴尔面前，巴尔却不为所动。“是吗？可是你却跟我一起关在这间牢房。而我们走到这里来的时候，那些枪口不只是对着我，同时也对着你。听着，当我发表战争与和平的高论时，我发现你简直要气炸了。”

他没等到回应，只好说：“好吧，让我问你一件事。你说你的故乡被征服过，是被谁征服的？从外星系来的彗星人吗？”

巴尔抬起头。“是帝国。”

“真的吗？那你在这里干什么？”

巴尔又以沉默代替回答。

迪伐斯努着下唇，缓缓点了点头。他把戴在右手腕上的一个扁平手镯退下来，再递给对方。“你知道这是什么？”他的左手也戴了一个一模一样的。

西维纳老贵族接过了这个手镯。过了好一会儿，他才遵照迪伐斯的手势，将手镯戴上。手腕上立刻传来一阵奇特的刺痛。

迪伐斯的声音突然变了。“对，老学究，你感觉到了。现在随便说话吧。即使这个房间装有监听线路，他们也什么都听不到。你戴上的是一个电磁场扭曲器，货真价实的马洛设计品。它的统一售价是25信用点，从此地到银河外围每个世界都一样。今天我免费送你。你说话的时候嘴唇别动，要放轻松。这个窍门你必须学会。”

杜森·巴尔突然全身乏力。行商锐利的眼神充满怂恿的意味，令他感到无法招架。

巴尔说："你到底要我做什么？"他嘴唇几乎没动，讲得含含糊糊。

"我告诉过你了。你说得慷慨激昂，好像是我们所谓的爱国人士，但你自己的世界却曾经被帝国蹂躏。而你如今又在这里，和帝国的金发将军携手合作。这实在说不通，对不对？"

巴尔说："我已经尽了自己的责任。征服我们的那个帝国总督，就是死在我手里。"

"真的吗？是最近的事吗？"

"四十年前的事。"

"四十……年……前！"行商似乎对这几个字别有所悟，他皱起眉头，"这种陈年旧账，实在不值得提了。那个穿将军制服的初生之犊，他晓得这件事吗？"

巴尔点了点头。

迪伐斯的眼神充满深意。"你希望帝国战胜吗？"

西维纳老贵族突然大发雷霆。"希望帝国和它的一切，在一场大灾难中毁灭殆尽。每个西维纳人天天都在这样祈祷。我的父亲、我的妹妹、我的几位兄长都去世了。可是我还有儿女，还有孙儿。那个将军知道他们在哪里。"

迪伐斯默然不语。

巴尔继续细声道："但是，只要冒险是值得的，我还是会不顾一切，我的家人也已经准备牺牲。"

行商以温和的口吻说："你杀死过一名总督，是吗？你可知道，我想到了一些事。我们以前有位市长，他的名字叫做侯伯·马洛。他曾经造访西维纳，那就是你的世界，对吗？他遇到过一位姓巴尔的老人。”

杜森·巴尔以狐疑的目光紧盯着对方。“这件事你知道多少？”

“和基地上每名行商知道得一样多。你是个精明的老人，你和我关在一起也许是故意安排的。没错，他们也拿枪比着你，而你看来恨透了帝国，愿意和它同归于尽。这样，我就会把你当成自己人，对你推心置腹，如此正中将军下怀。老学究，这种机会实在很难得。

“但是话说回来，我要你先向我证明，你的确是西维纳人欧南·巴尔的儿子——他的第六个儿子，那个逃过大屠杀的老幺。”

杜森·巴尔以颤抖的手，从壁槽中拿出一个扁平的金属盒并打开来。当他将取出的金属物件递给行商的时候，带起一阵“叮当叮当”的轻微响声。

“你自己看。”他说。

迪伐斯瞪大眼睛。他将那个金属链中央的大环凑到眼前，然后低声赌咒：“这是马洛名字的缩写，否则我就是一只没上过太空的嫩鸟。这种设计的式样，也是五十年前的。”

他抬起头来，面露微笑。

“老学究，握握手吧。这副个人核能防护罩就是最好的证明。”他伸出粗大的手掌。

06

宠臣

在深邃空虚的太空中，出现了数艘小型星际战舰，以迅疾的速度冲入敌方的舰队。它们并未立即开火，而是先穿越敌舰最密集的区域，然后才发动攻势。帝国舰队巨大的星舰立即转向，像疯狂的巨兽般开始追击。不久之后，两艘如同蚊蚋的星舰消失在核爆中，两团烈焰无声无息地照亮太空深处，其他几艘则纷纷急速逃逸。

巨型星舰搜索了一阵子，又继续执行原来的任务。一个世界接着一个世界，巨大的包围网建构得愈来愈致密。

布洛缀克的制服威严而体面，那是细心剪裁加上细心穿戴的结果。现在，他正走过偏僻的万达行星上的花园，这里是帝国远征舰队的临时司令部。他的步履悠闲，神情却有些忧郁。

贝尔·里欧思与他走在一起，他穿着野战服，领子敞开，浑身单调的灰黑色令他显得阴沉。

他们来到一株吐着香气的大型羊齿树下，竹片状的巨叶遮住了强烈的阳光。里欧思指了指树下一把黑色的长椅。“大人，您看，这是帝国统治时期的遗迹。这把装饰华丽的长椅，是专为情侣设计的，如今仍然屹立，几乎完好如新。可是工厂和宫殿，都崩塌成一团无法辨识的废墟了。”

里欧思自己坐了下来。克里昂二世的枢密大臣屹立在他面前，精准地挥动着手中的象牙手杖，将头上的叶子利落地斩下一片又一片。

里欧思跷起二郎腿，递给对方一根香烟。他自己一面说话，一面也掏出一根。“大帝陛下英明，派来一位像您这么能干的监军，真是不作第二人想。我本来还有些担心，生怕有更重要、更急迫的国家大事，会把银河外缘这桩小战事挤到一边。”

“大帝的慧眼无所不在。”布洛缀克公式化地说，“我们不会低估这场战事的重要性，话说回来，你却似乎过分强调它的困难。他们那些小星舰绝不可能构成任何阻碍，我们犯不着费那么大的功夫，进行布置包围网的准备。”

里欧思涨红了脸，但是仍然勉力维持镇定。“我不能拿部下的生命冒险，他们的人数本来就不多；我也不能采取太过轻率的攻击行动，那样会损耗珍贵无比的星舰。一旦包围网完成，无论总攻击如何艰难，我军伤亡都能减低到原先的四分之一。昨天，我已经趁机向您解释了军事上的理由。”

“好吧，好吧，反正我不是军人。在这个问题上，你已经让我相信，表面上明显的事实，其实根本是错误的。这点我们可以接受。可是，你的小心谨慎也太过走火入魔。在你传回的第二份奏章中，你竟然要求增援。对付那么一撮贫穷、弱小、野蛮的敌人，在尚未进行任何接触战之前，你竟然就先做这种要求。在这种情况下要求增援，若非你过去的经历充分证明你的英勇和智慧，你一定会被视为无能，甚至引起更糟的联想。”

“我很感谢您，”将军冷静地答道，“但是请让我提醒您，勇敢和盲目是两回事。倘若我们了解敌人的虚实，而且至少能够大致估计风险，那就大可放手一搏。但是在敌暗我明的情况下贸然行动，却是一种冒失的行为。您想想看，为什么一个人，白天能在充满障碍物的道路上奔跑，晚上却会在家里被家具绊倒。”

布洛缀克优雅地挥了挥手，把对方的话挡回去。“说得很生动，但是无法令人满意。你自己曾经去过那个蛮子世界。此外你还留着一个敌方的俘虏，就是那个行商。你从那个俘虏口中，多少也该问出些什么了。”

“是吗？我祈求您别忘了，针对一个孤立发展了两个世纪的世界，不可能仅仅探查了一个月，就能计划出一个精密的军事行动。我是一名军人，而不是次乙太三维惊险影片中，那些满脸刀疤、浑身肌肉的英雄。至于那名俘虏，他只是一个商业团体中的小角色，而且那个团体和敌方世界并没有太密切的关系，我不可能从他口中，问出敌军的重大战略机密。”

“你审问过他吗？”

“审问过了。”

“结果呢？”

“有点用处，但不算太重要。他的那艘太空船很小，没有任何军事价值。他所兜售的那些小玩具，顶多只能算是新奇有趣。我拣了几件最精巧的，准备献给大帝赏玩。当然，那艘船上有许多装置和功能我都不了解，然而我又不是技官。”

“但是你身边总有些技官吧。”布洛缀克明白指出。

“这我也晓得。”将军以稍带挖苦的口吻回答，“但是那些笨蛋太差劲，根本就帮不上我的忙。我所需要的专家，必须懂得那艘船上古怪的核场线路，我也已经派人去找了。目前为止，还没有任何回音。”

“将军，这种人才十分难求。可是，在你所统治的广大星省中，总该有人懂得核子学吧？”

“假如真有这样的人才，我早就叫他帮我修理我们的发动机了；我的小小舰队中，有两艘星舰上的发动机根本不灵光。在我仅有的十艘星舰中，就有两艘由于动力不足，无法投入主要的战役。换句话说，我有五分之一的军力，只能用来担任巩固后方这种无关紧要的工作。”

大臣的手指不耐烦地拍动着。“将军，这方面的问题并非你的专利，就连大帝也有同样的困扰。”

将军把捏得稀烂却从未点燃的香烟丢掉，点着了另一根，然后耸耸肩。“嗯，这并非燃眉之急的问题，我是指缺乏一流技官这件事。不过，假使我的心灵探测器没有失灵，应该就能从那名俘虏口中获得更多情报。”

大臣扬了扬眉。“你有心灵探测器？”

“一个古董。早就过时了，我需要用的时候，它偏偏失灵。当那个俘虏熟睡时，我试着使用那个装置，结果什么也没有探测到。这并非探测器的问题。我拿自己的部下做过实验，反应都相当正常；可是我身边那些技官，却没有谁能够向我解释，为什么偏偏在那个俘虏身上就不管用。杜森·巴尔虽然不是工程师，对于理论却很精通，他说或许那名俘虏的心灵结构对探测器具有免疫性；可能是由于他自孩提时代起，就处于一种异常环境中，并且神经受过刺激。我不知道这种说法对不对。但是他仍然可能有点用处，所以我把他留了下来。”

布洛缀克倚着手杖。“我帮你找一找，看看首都有没有哪位专家有空。不过，你刚才提到的另外一个人，那个西维纳人，他又有什么用处？你身边养着太多敌人了。”

“他很了解我们的敌人。我把他留在身边，也是为了他还能提供许多建议和帮助。”

“但他是西维纳人，他的父亲还是一名遭到放逐的叛徒。”

“他已经年老力衰，家人还都被我当做人质。”

“我明白了。但我认为，我应该亲自和那名行商谈一谈。”

“当然可以。”

“单独谈。”大臣以冷峻的口气特别强调。

“当然可以。”里欧思温顺地重复了一遍，“身为大帝的忠实臣民，钦命代表就是我的顶头上司。然而，因为那个行商被关在固定的军事基地，想要见他，您需要在适当时机离开前线。”

“是吗？什么样的适当时机？”

“包围网今天已经完成了；一周内，‘边境第二十舰队’就要向内推进，直捣反抗力量的核心。这就是我所谓的适当时机。”里欧思微微一笑，转过头去。

布洛缀克有一种模糊的感觉，感到自尊心被刺伤了。

07

贿赂

莫里·路克中士是一位模范军人。他来自昂宿星团的巨大农业世界，在那里的居民若想脱离土地的羁绊，不愿终生从事单调、辛劳而没有成就感的工作，唯一的办法只有投身军旅；路克中士就是这类军人的典型。他思想单纯，作战不畏艰险，而强健矫捷的身手，又足以使他轻易过关斩将。他对命令绝对服从，对部下要求万分严格，对他的将领则崇拜得五体投地。

虽然是标准的职业军人，路克的天性却活泼开朗。即使他在战场上奋勇杀敌时毫不犹豫，心中却也毫无恨意。

进门之前，路克中士竟然先按下叫门的讯号，这更表现出他的礼貌与修养。因为在他的权限内，他绝对可以直接开门进去。

屋内的两个人正在用晚餐，看到路克中士走进来，其中一人把脚一伸，将一台破烂的口袋型阅读机关起来，原来充满室内喋喋不休的粗哑声音立刻消失。

“又送书来了吗？”拉珊·迪伐斯问道。

中士掏出一个紧紧卷成圆柱形的胶卷，搔了搔脖子。“这是欧雷技师的东西，还要还给他。他准备寄给他的孩子，当做所谓的纪念品吧。”

杜森·巴尔将胶卷拿在手中来回翻弄，显得很有兴趣。“那位技师是从哪里弄来这东西的？他也没有阅读机，对不对？”

中士用力摇了摇头，然后指了指床脚那台破烂的机器。“那是这里唯一的一台。那个家伙，欧雷，他的这本书，是从我们征服的那些猪窝般的世界里找到的。当地人把它郑重地单独藏在一栋大型建筑物中，有几个人试图阻止他，他只好把他们都杀了。”

他以赞赏的目光望着那个胶卷。“这的确是个很好的纪念品——送给孩子刚好。”

他顿了顿，然后特别压低声音说：“对了，目前有个大消息正在流传。虽然只是谣言，但我还是忍不住要告诉你们。将军又完成一件大事。”他缓慢地、严肃地点了点头。

“是吗？”迪伐斯追问，“他又做了什么？”

“完成了包围网，就是这件事。”中士咯咯笑着，显得既得意又骄傲，“他真是个绝顶人物，把这件事做得这么精彩，你们说对不对？有个说话非常夸张的哥儿们，说它就像天籁仙乐一般完美和谐，虽然谁也不知道仙乐是什么。”

“那么大规模进攻要开始了？”巴尔轻声问道。

“希望如此。”中士兴高采烈地回答，“既然我的弟兄都会合了，我想赶快回到星舰去。我实在不愿意再把屁股粘在这个地方。”

“我也一样。”迪伐斯突然粗声地喃喃道。他的牙齿轻咬着下唇，显得有点担心。

中士狐疑地瞪着他，然后说：“我该走啦。队长快开始巡逻了，不能让他发现我在这里。”

他走到门口，又停了下来。“先生，还有一件事，”他突然对行商现出腼腆的神情，“内人告诉我，你送给我们的那台小型冷藏器很管用。根本不用花钱添加能源，而她每次都能冷藏几乎整整一个月的食物。真是太感谢了。”

“别客气，没什么。”

大门无声无息地关上，把中士咧嘴的笑容关在门外。

原本坐着的杜森·巴尔站了起来。“好，他送这个来回报冷藏器。让我们看看这本新书吧。啊，书名不见了。”

他将胶卷拉开大约一码，对着光线看了一下，然后喃喃道：“嗯，套用中士的话，我要是猜错了，把我串在棍子上烤来吃。迪伐斯，这本书是《萨马花园》。”

“是吗？”行商显得兴趣缺缺，他将没吃完的晚餐推到一边，“巴尔，你坐下来。听这种老派文学作品对我毫无用处。你听到中士讲的话了？”

“听到了。那又怎样？”

“进攻即将开始，而我们还坐在这里！”

“你想要坐在哪里？”

“你知道我的意思，这样子等下去不是办法。”

“不是办法吗？”巴尔细心地取下阅读机上原来的胶卷，将新的那卷装上去。“过去这一个月，你跟我讲了许多有关基地的历史。好像以前每当危机来临，那些伟大的领导者几乎都是坐在那里——守株待兔。”

“哎呀，巴尔，但是他们知道局势将如何发展。”

“他们知道吗？我想是在事过境迁之后，他们才声称早有先见之明，而据我所知，也许真是这样。但是没有任何证据显示，假使他们并没有先见之明，结局就不会那么完美，甚至更好。因为深层的社会和经济巨流，绝非个人的力量所能主导。”

迪伐斯露出嘲讽的笑容。“却也没有办法证明，结局不会变得更糟。你的推理本末倒置。”他出神地沉思了一下，“你瞧，假设我把他轰掉？”

“谁？里欧思？”

“是的。”

巴尔叹了一口气。他立刻想起尘封的往事，一对老眼透出困惑的神色。“迪伐斯，行刺不是办法。我曾经试过，当时我二十岁，一时冲动——可是没有解决任何问题。我替西维纳除掉一个恶霸，却无法除去帝国的桎梏。问题的症结却在于那个桎梏，而不在恶霸身上。”

“老学究，可是里欧思不只是恶霸。他代表了整个该死的军队。没有了他，那些官兵都会作鸟兽散。他们个个像婴儿一般仰赖他；例如刚才那位中士，每次提到他都会情不自禁地悠然神往。”

“即使如此。帝国还有其他军队，还有其他将领。你得想得更远一点。比如说，布洛缀克来了——再也没有人像他那样受大帝的宠信。里欧思只能靠十艘星舰苦战，布洛缀克却能要到好几百艘。有关他的传闻，我听说得很多。”

“是吗？他这个人怎么样？”行商对这个话题很感兴趣，却不懂对方为何流露出挫折感。

“你想要我简单说说吗？他是个出身卑微的家伙，靠着无穷的谄媚赢得大帝的欢心。宫廷中所有的王公贵族，虽然自己都不是好东西，却通通恨透了他，因为他既没有显赫的家族背景，又不具备谦恭有礼的品行。他是大帝的万能顾问，也是执行最下流任务的工具。他心中毫无忠诚，又必须表现得忠心耿耿。整个帝国中，找不到另一个像他那么邪恶诡诈，又那么残忍成性的人。听说唯有透过他的安排，才能得到大帝的赏识；而唯有通过旁门左道，才能得到他的帮助。”

“唔！”迪伐斯若有所思地扯着修剪整齐的胡子，“而他就是大帝派到这里来，负责监视里欧思的老兄。你可知道我想到了一个主意吗？”

“现在我知道了。”

“假如布洛缀克对我们这位‘官兵的最爱’起了反感？”

“也许他早就起反感了。没听说他喜欢过什么人。”

“假如他们之间的关系变得很糟。那么大帝就可能知道，而里欧思就有麻烦了。”

“嗯——嗯，很有可能。可是你准备怎么挑拨呢？”

“我不知道。但我想他应该会接受贿赂？”

老贵族轻轻笑了几声。“没错，可以这样说，但可不像你贿赂那位中士那样简单——绝非一台袖珍冷藏器就能打发。而且即使你填饱他的胃口，也可能会血本无归。他大概是天地间最容易贿赂的人，却一点也不遵守贪官污吏的基本规范。不论给他多少钱，他随时会翻脸不认人。你得想想别的办法。”

迪伐斯跷起二郎腿来回摇晃，脚趾还不停地打着拍子。“至少，这是个初步灵感……”

他随即住口，因为叫门的讯号再度闪了起来，路克中士随即又在门口出现。他看来十分激动，宽大的脸庞涨得通红，却没有任何笑容。

“先生，”他开始说话，尽力想表现得很尊重对方，“我非常感谢你们送我冷藏器，而你们对我讲话又总是非常礼貌。虽然你们都是伟大的贵族，而我只是一名农家子弟。”

他那昂宿星团特有的口音愈来愈重，几乎令人有点听不太懂。他又因为极为激动，木讷的农人天性全部浮现出来，掩盖了长久艰苦训练而成的军人本色。

巴尔柔声问道：“中士，究竟怎么回事？”

“布洛缀克大人要来看你们，就是明天！我知道，因为队长命令我让手下准备好，明天……明天他要来检阅。我想——我应该来警告你们一声。”

巴尔说：“中士，谢谢你，我们很感激。不过不会有什么事的，你不必……”

可是路克中士的表情明显地布满恐惧。他压低声音，哑着嗓子说：“你们没有听过有关他的传闻。他已经将自己的灵魂卖给‘宇宙邪灵’。不，不要笑。有许多关于他的传说，净是些可怕至极的事。据说他不论到哪里，都会带着武装侍卫，当他心血来潮时，就会命令他们射杀遇到的每个人。而他们便会照做——他就哈哈大笑。据说连大帝都怕他，就是他强迫大帝增税，又不让大帝听到百姓的抱怨。

“而且大家都说，他憎恶我们的将军。据说他想要杀害将军，因为将军既伟大又睿智。可是他办不到，因为我们的将军也不是好欺负的，他早知道布洛缀克大人是个坏胚。”

中士眨了眨眼睛，突然感到自己太过失态，很不好意思地微微一笑，然后就向门口走了过去。他又猛力点了点头，并说：“你们记住我的话，要小心提防他。”

他一低头，走到了门外。

迪伐斯抬起头来，显得出奇冷静。“正中我们的下怀，老学究，对不对？”

巴尔冷淡地答道："那还得看布洛缀克的态度如何，对不对？"

但是迪伐斯已经陷入沉思，没有听到巴尔说些什么。

他在很用心地计划着。

布洛缀克大人低着头，走进太空商船的狭窄舱房。两名武装警卫紧紧跟在后面，手中大剌剌地举着武器，脸上带着职业杀手般的冷峻表情。

从这位枢密大臣的外表看来，实在看不出他已经出卖了灵魂。假使宇宙邪灵真的收买了他，他也掩饰得一点都不露痕迹。反之，布洛缀克像是带来一丝宫廷中的华丽，为这个单调粗陋的军事基地注入了一点生气。

他的服装笔挺合身而一尘不染，并且闪耀着眩目的光辉，给人一种高大挺拔的假象。从他那双冷酷无情的眼睛中，射出两道冷冽的目光，沿着他长长的鼻子，直射到行商身上。当他以优雅的姿态，将象牙手杖拄到面前时，袖口的珍珠色褶饰轻飘飘地晃来晃去。

"不，"他一面说，一面做了一个小手势，"你待在这里别动。不必展示那些玩具，我对那些东西没有兴趣。"

他拉过一张椅子，用附在白色手杖顶端、散发着晕彩的方巾仔细擦拭一番，这才放心地坐下来。迪伐斯向另外一张椅子瞄了一眼，布洛缀克却懒洋洋地说："在帝国的高级贵族面前，你得好好站着。"

说完，他微微一笑。

迪伐斯耸耸肩。"如果你对我的货品没有兴趣，为什么把我带到这里来？"

枢密大臣默然不语，迪伐斯又轻轻叫了一声："大人。"

"为了避人耳目。"大臣道，"想想看，我在太空中奔波了两百秒差距，会是专程来检视那些小饰物的吗？我真正要见的是你这个人。”他从一个雕工精美的盒子中，取出一粒粉红色药片，优雅地将它摆在两排牙齿之间。然后他慢慢舔着，显得很有滋味。

“比方说，”他继续道，“你是什么人？那个引起这场军事风暴的蛮子世界，真是你的祖国吗？”

迪伐斯郑重其事地点了点头。

“此外，你真是在这场争端——也就是他所谓的战争——爆发之后才被他抓到的吗？我是指我们这位年轻有为的将军。”

迪伐斯又点了点头。

“好！非常好，尊贵的异邦朋友。我注意到你实在很不会讲话，就让我帮你开个头吧。我们这位将军，似乎正在进行一场显然没有意义的战争，却消耗了极可观的人力物力——他用这种方式，攻打一个不见经传、偏远蛮荒、芝麻大小的世界，任何有头脑的人，都会认为不值得为此浪费一枪一弹。话又说回来，将军并不是一个没有头脑的人。反之，我还认为他聪明绝顶。你听得懂我在说什么吗？”

“大人，我不敢说懂。”

大臣一面审视着自己的指甲，一面说道：“那么再好好听下去。将军绝不肯为了徒劳无功的行动，牺牲他的部下和星舰。我知道他一向把自己的荣誉和帝国的光荣挂在嘴边，但很明显的是，他这种效法古代传奇英雄的行径只是装模作样罢了。除了追求荣誉之外，他一定还另有所谋——否则怎么会把你留在身边，又对你十分礼遇。假如你落在我手上，却只能对我提供那么一点点情报，我早就把你开膛破肚，用你自己的肠子把你勒死了。”

迪伐斯保持一副木然的表情。他的眼珠却在缓缓转动，先看看大臣身边的一名保镖，再看看另一个。看得出来，那两个保镖已经跃跃欲试。

大臣又微微一笑。“嗯，还有，你是个沉默的小坏蛋。将军告诉我，连心灵探测器对你也起不了作用。我可以告诉你，他犯了大错，因为这样反而更让我深信，我们这位年轻的军事天才在撒谎。”他似乎十分得意。

“老实的生意人啊，”他继续说，“我自己也有一种心灵探测器，应该对你特别有效。你看——”

在他的拇指与食指之间，轻轻捏着一叠粉红与黄色相间、图案复杂而精美的东西。至于那是什么，实在是再明显不过。

迪伐斯果然说：“看起来像是钞票。”

“不只是钞票——是帝国境内最佳的纸钞，因为担保品是我的领地，它们的范围甚至超过大帝的领地。总共是十万信用点，全都在这里！就在我的两指之间！通通可以给你！”

“大人，为什么给我钱呢？我是一名优秀的行商，但所有的买卖都是一手交钱，一手交货。”

“为什么？为了让你讲实话！将军到底在图谋什么？他为什么要发动这场战争？”

拉珊·迪伐斯叹了一口气，若有所思地抚着胡子。

“他在图谋什么？”迪伐斯说。此时大臣正在慢慢地、一张一张地数着那些钱，迪伐斯紧盯着大臣的双手，自问自答：“简单一句话，就是帝国。”

“哈，答得太简单！任何图谋不轨的人，最后的目标都是当皇帝。可是他要怎么做呢？从这个偏远的银河边缘，到那个魅力无比的皇宫之间，这条路他要怎么走？”

“基地藏有许多秘密。”迪伐斯以苦涩的口吻说，“那里收藏着许多书籍，都是古书——那些古书由于年代久远，上面的文字只有几个最顶尖的人看得懂。但是那些秘密隐藏在宗教和仪典中，不准任何人动用。我以身试法，就落得今天这个下场——在那里，我已经被宣判死刑了。”

“我明白了。这些古老的秘密又是什么呢？继续说，我花十万信用点的代价，理应买到一切详情。”

“就是元素嬗变的技术。”迪伐斯回答得很简单。

大臣的眼睛眯起来，开始显露出一些神采。“据我所知，根据核子学的定律，以人工达成元素的嬗变，根本没有实用价值。”

“没错，那是指使用核能的情况。但是古人还真聪明，早就发现了比核能更巨大、更基本的能源。假如基地使用那种能源……”

迪伐斯感到胃部一阵轻微的蠕动。钓饵正在晃动，鱼儿已经闻到了。

大臣突然道：“继续说。那个将军，我确信他也晓得这件事。可是一旦结束这场闹剧之后，他下一步又打算怎么做？”

迪伐斯竭力让自己的声音稳如磐石。“掌握了嬗变技术之后，他就能控制帝国所有的经济体系。当里欧思能用铝制造钨、用铁制造铱的时候，任何矿藏都会变得一文不值。过去整个的产销系统，都是根据各种元素不同的丰盈程度而建立的，这时就会完全被推翻了。帝国将会出现前所未有的大解体，只有里欧思一个人能阻止。我提到的那种新能源，还有另外一项优点，就是不会为里欧思带来宗教上的心理负担。

“如今已经没有什么能阻止他了。他已经扼住基地的咽喉，而一旦征服了基地，两年内他就一定能称帝。”

“原来如此。”布洛缀克轻声笑了笑，“你刚才是怎么说的，用铁来制造铱，对不对？来，我也告诉你一件国家机密。你可知道，基地已经主动跟将军接触了。”

迪伐斯的背脊僵住了。

“你看来很吃惊。这又有何不可？现在看来，一切都很合逻辑。为了求和，基地向他提出年缴一百吨铱的提议。也就是说，他们宁愿违反宗教禁忌，愿意将一百吨的铁变成铱来解危。这个提议很公平，却怪不得我们那位守正不阿的将军断然拒绝——他马上就能自行制造铱，还能把帝国弄到手。可怜的克里昂，还称许他是最忠诚的将领呢。大胡子商人，你已经赚到这笔钱了。”

他用力一掷，迪伐斯立刻追赶四散纷飞的钞票。

布洛缀克大人走到舱门口，又转过身来。“行商，记住一件事。我这些带着枪的游伴，他们不但是聋子、哑巴，而且没有受过教育，也没有什么智慧。他们不能听、不能说、不会写字，甚至不会对心灵探测器有任何反应。可是对于各种新奇的杀人手法，他们却是专家中的专家。老兄，我花了十万信用点的代价收买你，你就应该乖乖地作个好商品。万一你忽然忘了这一点，而试图要……比如说……把我们的谈话转述给里欧思，你就会被处死。不过，是以我指定的方式处死。”

在布洛缀克优雅高贵的脸上，突然浮现出许多狰狞的线条，老奸巨猾的笑容也一下子变成骇人的嗥叫。在这一瞬间，迪伐斯看到他的买主的买主“宇宙邪灵”，正借着这位买主的眼睛向外瞪视。

在布洛缀克的两名“游伴”携械押解之下，迪伐斯沉默地走回自己的房间。

面对杜森·巴尔的问题，他以饶富深意的满意口吻说：“不，说来可真奇怪，反而是他贿赂了我。”

两个月的艰苦征战，在贝尔·里欧思身上刻划出痕迹。他笼罩在凝重严肃的气氛中，而且变得暴躁易怒。

他正在用很不耐烦的口气，向最崇拜他的路克中士说：“中士，到外面等着，等我问完了话，再把这两个人送回他们的房间。没有我的命令，任何人不准进入。任何人都不准，听懂了吧。”

中士行了一个标准的军礼，便走了出去。里欧思心烦气躁地抓起桌上待批的公文，一股脑儿丢进最上层的抽屉，再用力把抽屉关起来。

“坐啊。”他对面前的两个人不耐烦地说，“我没有多少时间。严格说来，我根本不应该来这里，可是我又必须见你们一面。”

他转身面向杜森·巴尔，老贵族站在一个立方水晶饰物之前，正饶有兴味地用细长的手指抚摸玩赏。水晶内部镶嵌着大帝陛下——克里昂二世满脸皱纹、威严无比的拟像。

“老贵族，首先我要告诉你，”将军说，“你的谢顿就要输了。当然，‘他’打得很好，因为基地的战士一波波蜂拥而出，个个都不要命般英勇作战。每颗行星都誓死抵抗，而一旦被攻下来，又毫无例外地兴起反抗活动，给征服者带来无穷的麻烦。但它们终究被攻下来，也终于被占领了。你的谢顿眼看就要输了。”

“可是他还没有输。”巴尔恭敬地轻声回答。

“基地本身没有什么指望了。他们想用重金求和，求我别让这个谢顿接受最后的考验。”

“怪不得有这种谣言。”

“啊，谣言来得比我还快吗？有没有提到最新的发展？”

“什么最新的发展？”

“喔，那个布洛缀克大人，大帝最宠爱的大臣，由于他自己要求，现在已经是远征舰队的副总司令。”

迪伐斯这时第一次开口。“头儿，由于他自己要求？怎么搞的？还是你开始对他产生好感了？”他咯咯大笑起来。

里欧思镇定地说:“不，不能说是我改变了观感。是他用了我认为合理而足够的代价，买到那个职位的。”

“比方说？”

“比方说，他答应向大帝要求增援。”

迪伐斯脸上的轻蔑笑意更浓了。“他已经和大帝联络过了，啊？头儿，我想你现在正在等待增援舰队，但不知道他们哪天会来。对不对？”

“你错了！他们已经来了。五艘主力舰，性能良好，武力强大，带着大帝的亲笔祝福函前来，还有更多的星舰正在途中。行商，有什么不对劲吗？”他以讽刺的口吻问道。

迪伐斯的嘴唇突然僵硬了，他勉强说:“没什么！”

里欧思从办公桌后面走出来，面对着行商，一手放在腰际的核铳上。

“行商，我问你，有什么不对劲吗？这个消息似乎令你很不安。当然，你没有突然关心起基地的安危吧？”

“我没有。”

“有——而且你还有很多古怪的地方。”

“头儿，是吗？”迪伐斯笑得很不自然，双手在口袋里握紧拳头，“你通通提出来，我来逐一为你破解。”

“听好了。你被捕的过程太容易；你的太空船只受到一次攻击，防护罩就被摧毁，而你便投降了。你轻易就背弃自己的世界，没有要求任何代价。这些都令人起疑，对不对？”

“头儿，我渴望投靠胜利的一方。我是个识相的人，这可是你自己说的。”

里欧思声音嘶哑地说:“姑且接受！但从此以后，我们再也没有逮捕到任何行商。基地的每艘太空商船都速度奇快，只要想逃都能轻易逃走。而那些奋力迎战的商船，每艘都有强力的屏蔽，足以抵挡轻型巡弋舰的攻击。只要情况允许，行商都宁愿战死也不投降。在我们占领的行星上和星空中，那些游击战的组织者和领导者，他们原来的身份也都是行商。

“难道你是唯一识相的人吗？你既不抵抗又不逃走，还自动自发地出卖基地。你可真特殊，特殊得奇怪——事实上，特殊得太可疑了。”

迪伐斯却轻声说：“我懂得你的意思了，但是你没有什么具体证据。我在这里已经六个月了，这段期间我一直很乖。”

“你的确很乖，而我也因此待你不薄。我没有碰你的太空船，对待你也处处设想周到。可是你却令我失望。你还可以提供更多的情报给我，比方说，你推销的那些装置，也许就对我们很有用。那些装置所应用的核子学原理，在基地所发展的一些难缠武器中，想必也用上了。对不对？”

“我只是行商，”迪伐斯说，“又不是那些伟大的技师。我只负责兜售货品，并不负责制造。”

“好吧，这点很快就能知道，这正是我到此的目的。比如说，我要仔细搜一搜你的太空船，看看有没有个人力场防护罩。你虽然并未佩戴，可是每名基地战士都有。倘若给我搜到，那就是个重要的证据，证明你有意保留了一些情报。对不对？”

迪伐斯没有回答，里欧思继续说：“我还能取得更直接的证据，我把心灵探测器也带来了。虽然它上次失灵，不过，跟敌人打交道可是一门深奥的学问。”

他的声音充满威胁的意味，迪伐斯还感觉到有东西抵住胸口——那是将军的核铳，刚从皮套掏出来的。

将军以平稳的口气说：“把你的手镯摘掉，把身上其他的金属饰物也都除下来交给我。动作慢一点！电磁场会被干扰，你知道吧，而心灵探测器只能在静电场中工作。对，把它给我。”

此时，将军办公桌上的收讯器突然亮起来，一个信囊随即出现在传送槽中。巴尔仍然站在那附近，仍然抱着大帝的三维半身像。

里欧思走到办公桌后面，手中紧握核铳。他对巴尔说：“老贵族，你也一样。你的手镯令你也有嫌疑。虽然你原先帮了不少忙，我跟你也没有仇恨，但是我要根据心灵探测器的结果，来决定你一家人的命运。”

正当里欧思俯身拾取那个信囊，巴尔突然举起镶着克里昂半身像的水晶，出其不意地往将军头上砸去。

这个突如其来的变化把迪伐斯吓呆了。仿佛老人家忽然间遭到恶魔附身。

“走！”巴尔压低声音说，“赶快！”他捡起掉在地上的核铳，藏进自己的上衣。

当他们推开一个窄到不能再窄的门缝，钻出办公室的时候，路克中士立刻转过头来。

巴尔故作镇定地说：“中士，带路吧！”

迪伐斯则赶紧关起门来。

路克中士一言不发地将他们带回房间，稍微停了一下，直到一把核铳指着中士的肋骨，还有一个严厉的声音在他耳旁说：“带我们到太空商船去。”三人才又继续向前走。

抵达后，迪伐斯走到前面去开气闸，巴尔则对中士说：“路克，你就站在那里别动。你是个老好人，我们不想杀你。”

不料中士认出核铳上镂刻的字母，他脱口怒吼：“你们杀了将军！”

他发出一声疯狂而毫无意义的叫喊，不顾一切扑向前去，却正好撞上核铳冒出的烈焰，顿时化作一团焦炭。

不久之后，太空商船便从这颗死寂的行星起飞。又过了一会儿，强烈的信号灯才射出阴森的光芒，与此同时，在巨型透镜状的乳黄色银河背景中，另有许多黑影腾空而起。

迪伐斯绷着脸说："巴尔，抓紧啦——让我们看看，他们到底有没有追上我们的船舰。"

他知道根本没有！

他们到达外太空后，行商的声音几乎嘶哑了，但他仍然勉强说："我给布洛缀克吃的饵恐怕太香了一点。他似乎跟将军站在一条线上了。"

说着，他们已经冲进银河稠密的群星之间。

08

首途川陀

拉珊·迪伐斯俯身观看一个黯淡的球形小仪器，寻找任何一丝生命反应的迹象。方向控制器射出强力的讯号波束，在太空中缓慢地、彻底地过滤着各个方位。

巴尔坐在角落的便床上，耐心地看着迪伐斯工作。他问道："没有他们的踪迹了吧？"

"帝国的阿兵哥吗？没有。"行商吼道，声音中带着明显的不耐烦，"我们早就把那些王八蛋甩掉了。太空保佑！我们在超空间中盲目跃迁，幸好没有跳进恒星肚子里。即使他们的速度够快，想必也不敢追来，何况他们不可能比我们快。"

他靠向椅背，猛力将衣领扯松。"不知道帝国阿兵哥在这里动了什么手脚。我觉得有些超空间裂隙的排列被搞乱了。"

"我懂了，这么说，你是试图回基地去。"

"我正在呼叫'协会'——至少一直在试。"

"协会？那是什么组织？"

"就是'独立行商协会'，你从未听说过，啊？没关系，没听过的人很多。我们还没有做出惊天动地的大事！"

两人沉默了一阵子，盯着毫无动静的收讯指示器，然后巴尔又问："你在通讯范围内吗？"

"我不知道。对于目前的位置，我只有一点模糊的概念，那是靠盲目推算得来的。这就是我得借助方向控制器的原因。你知道吗，也许要好几年的时间。"

"会不会是那个？"

巴尔指了指显像板；迪伐斯赶紧跳起来调整耳机。在显像板上一团球状昏暗之中，出现一个发光的微小白点。

接下来半小时中，迪伐斯仔细控制着微弱的通讯超波。经由超空间，相隔五百光年的两地能瞬间取得联系；倘若换成"迟缓"的普通光波，必须花上五百年的时间。

然后，他失望地靠在椅背上，抬起头来，把耳机向后一推。

"老学究，我们吃点东西吧。如果你想洗澡，浴室中有针雨淋浴，但热水要省着点用。"

他在舱壁旁一排柜子前蹲下来，伸手往里面掏。"希望你不是吃素的，对吗？"

巴尔答道："我什么都吃。但是协会联络得怎么样，又中断了吗？"

"似乎如此。距离太远了，实在有点太远了。不过，没关系，我早就通通料到了。"

他站起来，把两个金属容器放到桌上。"老学究，只要等五分钟，然后按下这个接点，它就会自动撕开来。可以用它当盘子，里面除了食物还有叉子——的确是很方便的速食，只要你不介意没有餐巾。我想你一定希望知道，我从协会那里得到什么消息。”

“倘若不是什么秘密。”

迪伐斯摇了摇头。“对你不用保密。里欧思说的都是实情。”

“关于纳贡的事？”

“嗯——嗯。他们的确提议过，但是被拒绝了。现在情况很糟，已经打到洛瑞斯的外围恒星。”

“洛瑞斯离基地很近吗？”

“啊？喔，你不可能知道的。它是当初的四王国之一，可算是内缘防御阵线的一环。但这还不是最糟的。他们所对抗的，是前所未见的巨型星舰。这就代表里欧思并没有向我们吹牛，他的确得到了增援。布洛缀克已经倒向他那边，而我已经把事情搞砸了。”

他一面说，一面按下速食容器外面的开关，并冷眼看着容器灵巧地打开。容器里面是炖熟的食物，舱房中立时弥漫着香气。杜森·巴尔已经开始吃了。

“那么，”巴尔说，“我们别再随机应变了。在这里我们什么也不能做；我们不能突破帝国的防线回到基地；我们唯一能做的，也就是最合理的一件事——耐心等待。然而，倘若里欧思已经攻到内缘阵线，我相信也不需要等太久了。”

迪伐斯放下叉子。“等待，是吗？”他瞪大了眼睛，咆哮道：“对你而言当然没关系，反正你没有任何切身的危险。”

“我没有吗？”巴尔淡淡一笑。

“没有。事实上，我告诉你，”迪伐斯的怒气浮上台面，“我对你这种态度厌烦透了，你把整个事件当成有趣的研究对象，放在显微镜底下仔细观察。可是那里有我的朋友，他们正处于生死关头；那里的整个世界，我的故乡，也正处于存亡之秋。你是个局外人，你不会明白的。”

“我曾经亲眼看着朋友死去。”老人的双手无力地垂在膝盖上，双眼紧紧闭起来，“你结婚了没有？”

迪伐斯答道：“行商是不结婚的。”

“好吧，我有两个儿子，还有一个侄儿。他们都接到我的警告，但是——基于某些原因——他们不能有所行动。你我这次逃出来，等于宣判他们死刑。我希望，至少我的女儿和两个孙儿，在此之前已经平安离开那个世界。即使如此，我所冒的风险以及我的损失，已经比你大得多了。”

迪伐斯恼羞成怒。“我知道，但是你有选择的余地。你仍然可以跟里欧思合作，我从来没有要求你……”

巴尔摇了摇头。“迪伐斯，我并没有选择的余地。你不必良心不安，我并非为了你而牺牲两个儿子。当初我跟里欧思合作，已经豁出了一切。可是没想到会有心灵探测器。”

西维纳老贵族睁开眼睛，目光中流露出深切的悲痛。“里欧思之前找过我一次，那是一年多以前的事。他提到一个崇拜魔术师的教派，却不了解真实内情。严格说来那并不是教派。你知道吗，已经四十年了，西维纳仍然受到无可忍受的高压统治，所以你我的世界有一个共同的敌人。前后发生过五次起义事件，都被镇压下去了。后来，我发现了哈里·谢顿的古老记录——那个‘教派’所等待的，就是其中的预言。

“他们等待‘魔术师’到来，也为这一天作好了准备。我的两个儿子就是这批人的首领。我心中的这个秘密，绝对不能被探测器发现。所以我的儿子必须以人质的身份牺牲；否则他们仍然会被当做叛徒处死，但半数的西维纳人却也会陪葬。你瞧，我根本没有选择的余地！而我也绝对不是局外人。”

迪伐斯垂下眼睑，巴尔继续柔声说：“西维纳唯一的指望，就是基地能够胜利。我的两个儿子，可算是为了基地的胜利而牺牲。当哈里·谢顿推算到基地必然胜利的时候，并未将西维纳必然获救计算在内。对于同胞的命运，我没有什么把握——只是希望而已。”

“可是你仍然愿意在此等待，即使帝国舰队已经打到洛瑞斯。”

“我会怀着百分之百的信心，一直等待下去。”巴尔直截了当地答道，“即使他们登陆了那颗端点星。”

行商无可奈何地皱起眉头。“我不知道。不可能照你说的那样发展；不可能像变魔术那样。不管有没有心理史学，反正他们强大得可怕，而我们太弱了。谢顿又能做些什么呢？”

“什么都不必做。该做的已经做过了，一切仍在进行中。虽然你没有听见鸣金擂鼓，并不代表就没有任何发展。”

“也许吧，但我仍然希望你能把里欧思的脑袋打碎。他一个人比整支军队还要可怕。”

“把他的脑袋打碎？你忘了布洛缀克是他的副总司令？”巴尔的面容顿时充满恨意，“所有的西维纳人都等于是人质，而布洛缀克早就证明了他的厉害。有一个世界，五年前十分之一的男子遭到杀害——只因为他们无法付清积欠的税款。负责征税的，正是这个布洛缀克。不，应该让里欧思活下去。比起布洛缀克，他施加的惩罚简直就是恩典。”

“但是六个月了，整整六个月了，我们都待在敌营，却看不出任何迹象。”迪伐斯粗壮的双手相互紧握，压得指节格格作响，“却看不出任何迹象！”

“喔，慢着。你提醒了我——”巴尔在衣袋中摸索了一阵子，“这个也许有点用处。”他将一个小金属球丢到桌上。

迪伐斯一把抓起来。“这是什么？”

“信囊，就是里欧思被我打晕前收到的那个。这东西能不能算有点用处？”

“我不知道。要看里面装的是什么！”迪伐斯坐下来，将金属球抓在手中仔细端详。

当巴尔洗完冷水浴，又在“空气干燥室”舒舒服服地享受了暖流的吹拂之后，发现迪伐斯正全神贯注、默然不语地坐在工作台前。

西维纳老贵族一面有节奏地拍打自己的身体，一面扯着喉咙问道：“你在干什么？”

迪伐斯抬起头来，他的胡子上粘着许多亮晶晶的汗珠。“我想把这个信囊打开。”

“没有里欧思的个人特征资料，你打得开吗？”西维纳老贵族的声音中带着几分惊讶。

“如果我打不开，我就退出协会，这辈子再也不当船长。我刚才拿三用电子分析仪，详细检查了它的内部；我身边还有些帝国听都没听过的小工具，专门用来撬开各种信囊。你知道吗，我曾经干过小偷。身为行商，什么事都得懂一点。”

他低下头继续工作，拿着一个扁平的小仪器，轻巧地探着信囊表面各处，每次轻触都会带起红色的电花。

他说：“无论如何，这个信囊做得很粗陋。我看得出来，帝国工匠对这种小巧的东西都不在行。看过基地出品的信囊吗？只有这个的一半大，而且能屏蔽电子分析仪的探测。”

然后他屏气凝神，衣服下的肌肉明显地鼓胀起来。微小的探针慢慢向下压……

信囊悄无声息地打开，迪伐斯却大大叹了一口气。他将这个闪闪发光的金属球拿在手中，信笺有一半露在外面，好像是金属球吐出的纸舌头。

“这是布洛缀克写的信，”然后，他又以轻蔑的语气说，“信笺用的还是普通纸张。基地的信囊打开后，信笺在一分钟内就会氧化成气体。”

杜森·巴尔却摆手示意他闭嘴，自己很快读了一遍那封信。

发文者：大帝陛下钦命特使，枢密大臣，帝国高级贵族，安枚尔·布洛缀克

受文者：西维纳军政府总督，帝国星际舰队将军，帝国高级贵族，贝尔·里欧思

谨致贺忱。第一一二〇号行星已放弃抵抗，攻击行动依预定计划继续顺利进展。敌已显见疲弱之势，定能达成预期之最终目标。

看完这些蝇头小字，巴尔抬起头来怒吼道：“这个傻瓜！这个该死的狗官！这算哪门子密函？”

“哦？”迪伐斯也显得有些失望。

“什么都没有提到。”巴尔咬牙切齿地说：“这个只会谄媚阿谀的大臣，现在竟然也扮演起将军的角色。里欧思不在的时候，他就是前线指挥官。他为了自我安慰，拿这些和自己无关的军事行动大做文章，做出这种自大自夸的报告。‘某某行星放弃抵抗’、‘攻击继续进展’、‘敌见疲弱之势’。他简直就是空心大草包。”

“嗯，不过，慢着。等一等——”

“把它丢掉。”老人转过身去，一脸羞愧悔恨的表情。“银河在上，我原本也没有希望它会是多了不起的重要机密。可是在战时，即使是最普通的例行命令，倘若没有送出去，也会使得军事行

动受到干扰，而影响以后的若干局势。我当时正是这么想，才会把它抢走的。可是这种东西！还不如把它留在那里呢。让它耽误里欧思一分钟的时间，也比落在我们手中更有建设性。”

迪伐斯却已经站起来。“看在谢顿的份上，能不能请你闭嘴，暂时不要发表高论？”

他将信笺举到巴尔眼前。“你再读一遍。他所谓的‘预期之最终目标’究竟是什么意思？”

“当然就是征服基地。不是吗？”

“是吗？也许他指的是征服帝国呢。你也知道，他深信那才是最终的目标。”

“果真如此又怎样？”

“果真如此！”迪伐斯的笑容消失在胡子里，“哈，注意啦，让我做给你看。”

迪伐斯只用一根手指，就将那个有着龙飞凤舞标志的信笺塞了回去。伴着一声轻响，信笺立刻消失，而金属球又恢复原状，变成光滑而没有缝隙的球体。在它的内部，还传出一阵零件转动的响声，那是控制装置借着随机转动来搅乱密码锁的排列。

“现在，没有里欧思的个人特征资料，就没有办法打开这个信囊了，对不对？”

“对帝国而言，的确没办法。”巴尔说。

“那么，无论它装着什么证据，我们都不知道，所以绝对假不了。”

“对帝国而言，的确如此。”巴尔又说。

“可是皇帝有办法打开它，对不对？政府官员的个人特征资料一定都已建档。在我们基地，政府就保有官员们的详细资料。”

“帝国首都也有这种资料。”巴尔再度附和。

“那么，当你这位西维纳的贵族，向克里昂二世那位皇帝禀报，说他手下那只最乖巧的鹦鹉，和那头最勇猛的猎鹰，竟然勾结起来密谋将他推翻，并且呈上信囊为证，他对布洛缀克的‘最终目标’会作何解释？”

巴尔有气无力地坐下来。“等一等，我没有搞懂你的意思。”他抚摸着瘦削的脸颊，问道：“你不是要玩真的吧？”

“我是要玩真的。”迪伐斯被激怒了，“听好，先前十个皇帝之中，有九个是被野心勃勃的将军杀头或枪毙的。这是你自己跟我讲了许多遍的事。老皇帝一定立刻会相信我们，令里欧思根本措手不及。”

巴尔细声低语：“他的确是要玩真的！看在银河的份上，老兄，你用这种牵强附会、不切实际、三流小说中的计划，是不可能解决谢顿危机的。假设你从来就没有得到这个信囊呢？假设布洛缀克并未使用‘最终目标’这几个字呢？谢顿不会仰赖这种天外飞来的好运。”

“假如天外真的飞来好运，可没有任何定律阻止谢顿善加利用它。”

“当然，可是……可是……”巴尔突然打住，然后以显然经过克制的镇定口吻说：“听好，首先，你要怎样到达川陀？你不知道那颗行星在太空中的位置，我也根本不记得它的坐标，更别提星历表了。甚至连你身在太空何处，你都还搞不清楚呢。”

“你是不会在太空中迷路的，”迪伐斯咧嘴一笑，他已经坐到控制台前，“我们立刻登陆最近的行星，等我们回到太空的时候，就会把我们的位置弄得明明白白，还会带着最好的宇航图，布洛缀克给我的十万信用点会很有用处。”

“此外，我们的肚子还会被射穿一个大洞。帝国这一带的星空，每颗行星一定都知道我们长什么样子。”

“老学究，”迪伐斯耐着性子说，“你别那么天真好不好。里欧思说我的太空船投降得太容易了，哈，他并不是在说笑。这艘船拥有足够的火力，防护罩也有充足的能量，在这个边区星空不管遇到任何敌人，我们都有能力应付。此外，我们还有个人防护罩。帝国的阿兵哥一直没有发现，但你要知道，那是因为我不要让他们找到。”

“好吧，”巴尔说，“好吧。假设你到了川陀，你又如何能见到大帝？你以为他随时恭候大驾吗？”

“这一点，等我们到了川陀再担心吧。”迪伐斯说。

巴尔无奈地喃喃道：“好吧，好吧。我也一直希望死前能去川陀看看，已经想了半个世纪。就照你的意思做吧。”

超核能发动机立刻启动。舱内的灯光变得闪烁不定，两人体内也感觉到轻微抽搐，代表他们已经进入超空间。

09

川陀

群星如同荒野间的杂草一般浓密，而拉珊·迪伐斯直到现在才发现，在计算超空间的航线时，小数点以下的数字有多么重要。由于需要进行许多次一光年内的跃迁，令他们感到强烈的压迫感。如今，四面八方都是闪耀的光点，又带来一种诡异的恐惧感。太空船仿佛迷失在一片光海中。

前方出现一个由万颗恒星组成的疏散星团，光芒扯裂了周围黑暗的太空。帝国的巨大首都世界“川陀”就藏在那个星团的中央。

川陀不只是一颗行星，还是银河帝国二千万个星系的心脏。它唯一的功能就是行政管理，唯一的目的就是统治帝国，唯一的产物就是法律条文。

整个川陀世界的机能呈畸形发展。表面上仅存的生物是人类、人类的宠物与人类的寄生虫。除了皇宫周围一百平方英里之外，找不到一根小草或一块裸露的土壤。在皇宫范围之外的地方，也看不到任何天然水源，因为这个世界所需的一切用水，全储藏在巨大的地下蓄水池中。

整个行星覆盖着不会损坏、不会腐蚀且闪闪发光的金属外壳，作为无数巨大金属建筑的地基。这些星罗棋布的金属建筑物，相互间藉由通道或回廊联系，里面分割成大小不一的机关部门；底层是占地数平方英里的大型零售中心，顶楼则是五光十色的游乐场所，每到晚上就会热闹非凡。

走过一个接一个的金属建筑，即可环游川陀世界各个角落，根本不必离开这些建筑群，却也没有机会俯瞰这座城市。

为了供应川陀四百亿人口所需的粮食，每天都有庞大的太空船队起降，数量超过帝国有史以来任何一支星际舰队。川陀居民消耗这么多的粮食，他们唯一能做出的回报，就是帮助这个人类有史以来最庞杂的政府的行政中心，处理来自银河各处的无数疑难杂症。

川陀有二十个农业世界作为它的谷仓，而整个银河都是它的仆人……

太空商船两侧被巨大的金属臂紧紧夹住，缓缓地经由斜坡滑向船库。在此之前，迪伐斯已经耐着性子办好了许多繁杂琐碎的手续。这个世界唯一的功能便是生产“一式四份”的公文，各种手续的复杂程度可想而知。

他们还在太空的时候，就被拦下来进行初步检查，填好了一张问卷表格。但他们绝对想不到，之后还有上百张表格有待填写。他们接受了上百次的盘问，以及例行的初级心灵探测。海关还为他们的太空船拍照存档，并为两人做个人特征分析，然后详细记录下来并存档。接着是搜查违禁品与私货，缴交关税……最后的一关，是检查两人的身份证件与游客签证。

杜森·巴尔是西维纳人，因此是帝国的百姓，迪伐斯却没有必备的证件，因而变得来历不明。负责询问他们的海关官员，立时露出万分悲伤的表情，表示不能让迪伐斯入境。事实上，他还将遭到扣押，接受正式的调查。

突然间，一张崭新的、由布洛缀克大人领地担保的一百信用点钞票，出现在海关官员眼前，并且悄悄被易手。官员装模作样地轻咳一声，悲伤的表情随即消失。他从某个文件格中掏出一张表格，熟练而迅速地填写完毕，并将迪伐斯的个人特征郑重其事地附在后面。

在表格上，行商与老贵族的居住地都是“西维纳”。

而在太空船库中，他们的太空船被安置在一角，照相存档、记录相关资料、清点内部物品、复印乘客的身份证明，然后缴交手续费，做好缴清费用的记录，这才终于领到收据。

不久之后，迪伐斯来到一个巨大的天台，耀眼的白色太阳高挂在头顶。天台上有许多妇女在谈天，许多儿童在嬉戏，男士们则懒洋洋地一面喝着酒，一面听着巨型电视幕中高声播报的帝国新闻。

巴尔走进一间新闻传播室，付了足够的铱币，从一堆报纸中取走最上面的一份。他买的是川陀的《帝国新闻报》，亦即帝国政府的机关报。新闻传播室后面传出印刷机轻微的噪音，那是正在赶印更多的报纸。帝国新闻报总社离此地很远——地面距离一万英里；空中距离六千英里，但是由于印刷机与总社直接联线，所以能够实时印制最新的新闻。在这颗行星上各个角落，类似的新闻传播室共有上千万，每间皆以这种方式印制实时新闻。

巴尔看了看报纸的标题，然后轻声说：“我们应该先做什么？”

迪伐斯正在尽力摆脱沮丧的情绪。如今他置身于一个距离故乡极为遥远的世界，这个世界令他眼花缭乱、心情沉重，居民的行为与语言也都是他无法理解的。而在他身旁，耸立着无数闪耀金属光泽的高大建筑，一直延伸到地平线的尽头，也令他有很大的压迫感。在这个由整个行星所构成的大都会中，人人过着忙碌而疏离的生活，这又使他感到可怕的孤独，体认到自己的微弱与渺小。

他回答说：“老学究，现在最好一切由你做主。”

巴尔显得很镇定，低声说道：“我曾经试图告诉你这里的情形，可是我知道，倘若没有亲眼见到，很多事情你是不会相信的。你知道每天有多少人想觐见大帝吗？大约一百万。你知道他接见多少吗？大约十个人。我们得先向政府机关提出申请，而这样做非常麻烦。可是我们又请不起贵族帮忙。”

“我们的十万信用点，几乎都还没有动用。”

“一个帝国高级贵族就能吃掉那么多钱，可是想要见到大帝，至少得透过三四个高级贵族牵线。而另一个途径，大约需要找五十个局长、主任之类的行政长官，但是他们大概每人只收100信用点。让我来负责跟他们交涉。原因之一，他们听不懂你的口音；原因之二，你也不懂帝国的贿赂文化。我向你保证，这可是一门艺术。哎呀！”

在《帝国新闻报》第三版，巴尔发现了他想要找的消息，赶紧将报纸递给迪伐斯。

迪伐斯读得很慢。报上的遣词用字很陌生，但他至少还读得懂。然后，他抬起头来，眼神中充满不安，还气呼呼地用手背拍着报纸。“你认为这种消息可靠吗？”

“在某个限度之内。”巴尔冷静地回答，“上面说基地的舰队已被扫平，这是很不可能的事。这个首都世界距离前线那么远，若是当成普通的战地新闻来处理，他们可能已经把这则新闻报了好几遍。它真正的意思，我想是指里欧思又赢了一场战役，这并不值得大惊小怪。上面说他拿下洛瑞斯，是不是指洛瑞斯王国的首都行星？”

“是的，”迪伐斯沉思了一下，“或者应该说，是历史上的洛瑞斯王国。它距离基地还不到二十秒差距。老学究，我们的动作得快一点。”

巴尔耸耸肩。“在川陀可快不得。如果你想快，很可能就会死在核铳之下。”

“需要多久的时间呢？”

“运气好的话，一个月吧。一个月的时间，再赔上我们的十万信用点——如果够用的话。这还需要有个前提，那就是大帝没有突然心血来潮，移驾到避暑行星去，他在那里不会接见任何请愿者。”

“可是基地——”

“——会安然无事的，就像之前一样。来，我们该解决晚餐问题了，我好饿。吃完饭之后，傍晚这段时间可以好好利用一下。你该知道，此后我们再也见不到川陀或是类似的世界了。”

外围星省内政局长摊开两只肥胖的手掌，露出一副爱莫能助的表情，还用猫头鹰似的近视眼瞪着两位申请者。“两位，可是大帝御体欠安。实在不必再去麻烦我的上司了。一周以来，大帝陛下没有接见过任何人。”

“他会接见我们的。”巴尔装着一副胸有成竹的样子，“只要告诉大帝，我们是枢密大臣的手下。”

“不可能。”局长高声强调，“这么做，我会连饭碗都砸掉。这样吧，请你们把来意说得更明白一点。我很乐意帮你们，懂吧，但我自然要知道得很详细，才能向我的上司提出来，请他做进一步的考虑。”

“假如我们的来意可以透露给任何人，而不是只能禀报大帝，”巴尔振振有词地说，“那就没什么重要性，我们也就根本不必觐见大帝陛下。我建议你把握住这个难得的机会。也许我该提醒你，如果大帝陛下认定我们的事情很重要，其实我保证一定会，那么你必定会因此获得嘉奖。”

“没错，可是……”局长耸了耸肩，没有再说下去。

“这是你的大好机会。”巴尔再度强调，“当然，冒险总该得到回报。我们知道要请你帮的是个大忙，而你肯给我们这个机会向你解释我们的问题，我们已经万分感激你的好意。但是如果能让我们有一点实际的表示……”

迪伐斯皱起了眉头。过去的这一个月，类似的话他已经听了有二十遍。而每次的结局，一律是在遮遮掩掩中，有几张钞票迅速易手。但是这次的结局稍有不同。通常钞票会立刻从视线中消失；这回却仍然留在台面上，局长好整以暇地一张张数着，还顺便把每张钞票翻来覆去检查了一遍。

他的口气起了微妙的变化。“由枢密大臣担保，啊？真是好钞票！”

“让我们回到正题……”巴尔催促道。

“不，等一等，”局长打断了巴尔，“让我们一步一步来。我实在很想知道你们真正的来意。这些钱都是新钞，而你们口袋里一定装了不少，因为我突然想到，你们来见我之前，已经见过许多官员。好了，这究竟是怎么回事？”

巴尔答道：“我不明白你这话是什么意思。”

“唉，听好了，这也许就能证明你们是非法入境本星的。因为这位不说一句话的朋友，他的身份证明和入境表格显然不完整，他根本不是大帝的子民。”

“我否认。”

“你否认也不要紧，”局长的态度突然变得粗暴，“那个拿了你们一百信用点、在他的入境表格上签字的海关已经招供了，所以我们对你们两人的了解，要比你们想象中多得多。”

“大人，如果你是在暗示，我们请你收下的钱，还不足以让你冒这个险……”

局长微微一笑。“正好相反，简直太够了。”他将那叠钞票丢在一边，“回到我刚才的话题，其实是大帝自己注意到了你们的案子。两位先生，你们是不是最近当过里欧思将军的座上客？你们是不是刚从他的军队里逃出来，可是，说得婉转点，实在太容易了？你们是不是拥有一小笔财富，全是由布洛缀克大人领地所担保的钞票？简单地说，你们是不是两名间谍和刺客，被派到这里来……好了，你们自己说，是谁雇用你们，任务又是什么！”

“你知道吗，”巴尔带着怒意说，“你只是个小小的局长，没有权力指控我们犯了任何罪。我们要走了。”

“你们不准走。”局长站了起来，眼睛似乎不再近视，“你们现在不必回答任何问题，以后有的是机会——更好的机会。我根本不是什么局长，而是帝国秘密警察的一名副队长。你们已经被捕了。”

他微微一笑，手中突然出现一把亮晶晶的高性能核铳。“比你们更重要的人物，今天也已经被捕了。我们要把你们一网打尽。”

迪伐斯大吼一声，想要拔出自己的核铳，可惜慢了一步。那名秘密警察一面绽开笑容，一面使劲按下扳机。铳口立刻吐出强力射线，正中迪伐斯的胸膛，迸发出一阵毁灭性的烈焰——迪伐斯却完全没有受伤，个人防护罩将所有的能量反弹回去，溅起一片闪烁的光雨。

迪伐斯立刻还击，秘密警察的上半身瞬间消失，头颅随即滚落地面。墙壁也被打穿一个洞，一束阳光射进屋内，正好照在那个依然微笑的头颅上。

两人赶紧从后门溜走。

迪伐斯用粗哑的声音吼道：“赶快回到太空船去，他们随时会发布警报。”他又压低了声音，恶狠狠地咒骂：“又一个计划弄巧成拙。我敢打赌，一定是宇宙邪灵在跟我过不去。”

冲到外面之后，他们发现巨型电视幕前已经围了一群人在交头接耳。他们没有时间停下来弄明白；虽然听到断断续续的吼叫声，也顾不得发生了什么事。但在钻进巨大的太空船库之前，巴尔顺手抓了一份《帝国新闻报》。迪伐斯开炮将顶棚打穿一个大洞，便仓皇地驾着太空船从洞口升空。

“你逃得掉吗？”巴尔问道。

他们的太空船跳脱了由无线电波导航的合法离境航线，速度超过了一切速限。有十艘交通警察的太空船紧追在后，其后更有秘密警察的星舰——他们的目标是一艘外型明确的太空船，由两名已被确认的凶手所驾驶。

“看我的。”迪伐斯说完，便在川陀上空两千英里处硬生生切入超空间。由于此处的重力场太强，这个跃迁令巴尔陷入昏迷状态，迪伐斯也由于剧痛而感到一阵晕眩。好在飞过几光年之后，就没有其他太空船的踪迹了。

对于太空商船的精彩表现，迪伐斯的骄傲溢于言表。他说：“无论在哪里，都没有任何帝国星舰追得上我。”

然后，他改用苦涩的口气说：“可是我们现在已经走投无路，又无法和他们那么强大的势力为敌。谁能有办法？又有什么办法？”

巴尔在便床上无力地挪动着。切入超空间的生理反应还没有消退，他全身各处的肌肉仍然疼痛不堪。他说：“谁也不必做什么，一切都结束了。你看！”

他把紧捏在手中的《帝国新闻报》移到迪伐斯眼前，行商看到标题就明白了。

“里欧思和布洛缀克——召回并下狱。”迪伐斯喃喃念道，然后又茫然地瞪着巴尔。“为什么？”

“报道中并没有提到，但是这又有什么关系？帝国征伐基地的战争已经结束，与此同时，西维纳也爆发了革命。你仔细读一读这段新闻。”巴尔的声音愈来愈小，“我们找些地方停下来，打探一些后续的发展。如果你不介意，现在我想睡觉了。”

他真的呼呼大睡起来。

借着一次比一次幅度更大的连续跃迁，太空商船横越银河，一路向基地的方向进发。

10

终战

拉珊·迪伐斯感到浑身不自在，甚至有点不高兴。刚才市长颁赠一枚挂在红色缎带上的勋章给他时，他以世故的沉默忍受着市长浮夸的言辞。受勋后，他在这个典礼中的演出就结束了，可是为了顾及礼仪，他当然不得不留在原地。这些繁琐的虚礼令人难以忍受，他既不敢大声打哈欠，又不能把脚抬到椅子上晃荡，所以他巴不得赶快回到太空，那里才是他的天地。

接着，由杜森·巴尔所率领的西维纳代表团在公约上签字，西维纳从此加入基地体系。从帝国的政治势力脱离，直接转移到基地的经济联盟，西维纳是首开先例的第一个星省。

五艘帝国的主力舰掠过天空——它们原本属于皇家边境舰队，是西维纳起义中的战利品。在通过市区时，五艘硕大的星舰一齐发出巨响，向地面的贵宾致敬。

大家开始饮酒狂欢，高声交谈……

迪伐斯听到有人叫他，那是弗瑞尔的声音。迪伐斯心知肚明，像自己这种角色，弗瑞尔一上午的利润就能买到二十个。可是弗瑞尔竟然表现得万分亲切，对他弯了弯手指，示意请他过去。

于是迪伐斯走到阳台，沐浴在夜晚的凉风中。他恭敬地鞠躬行礼，将愁眉和苦脸藏在胡子底下。巴尔也在那里，他带着微笑说："迪伐斯，你得救救我。他们硬要说我过分谦虚，这个罪名实在太可怕又太诡异了。"

弗瑞尔把咬在嘴里的粗雪茄拿开，然后说："迪伐斯，巴尔爵爷竟然坚称，里欧思会被皇帝召回，和你们去川陀这件事并没有关系。"

"阁下，完全没有关系。"迪伐斯简单明了地回答，"我们根本没有见到那个皇帝。我们逃回来的时候，沿途打探那场审判的消息，根据那些报道，这纯然是罗织罪名。我们还听到很多传闻，说那个将军和宫廷中有意谋反的党派勾结。"

"那么他是无辜的吗？"

"里欧思？"巴尔插嘴道，"是的！银河在上，他是无辜的。布洛缀克虽然在各方面都算是叛徒，但这次的指控却是冤枉他了。这是一场司法闹剧，却是必然发生的闹剧，不难预测，而且不可避免。"

"我想，是由于心理史学的必然性吧。"弗瑞尔故意把这句话说得很大声，表示他很熟悉这些术语。

"一点都没错。"巴尔的态度转趋严肃，"事先难以看透，可是事情结束之后，我就能……嗯……就像在书本末页看到谜底一样，问题变得很简单了。现在，我们可以了解，由于帝国当前的社会背景，使它无法赢得任何一场征战。当皇帝软弱无能的时候，将军们会蠢蠢欲动，为了那个既无聊又必然招祸的帝位，搞得整个帝国四分五裂。假如皇帝大权在握，帝国便会麻痹僵化，虽然暂时阻止表面上的瓦解趋势，却牺牲了一切可能的成长和发展。”

弗瑞尔一面吞云吐雾，一面直率地吼道：“巴尔爵爷，你说得不清不楚。”

巴尔缓缓露出笑容。“我也这么认为。我没有受过心理史学的训练，所以会有这种困难。和数学方程式比较起来，语言只是相当含糊的替代品。不过，让我们想想——”

巴尔陷入沉思，弗瑞尔趁机靠在栏杆上休息，迪伐斯则望着天鹅绒般的天空，心中遥想着川陀。

然后巴尔开始说：“阁下，你瞧，你——以及迪伐斯——当然还有基地上每一个人，都认为想要击败帝国，首先必须离间皇帝和他的将军。你和迪伐斯，还有其他人其实都没错——在考虑内部不和这个原则上，这种想法始终是正确的。

“然而，你们所犯的错误，在于认为这种内在的分裂，必须源自某种个别的行动，或是某人的一念之间。你们试图利用贿赂和谎言；你们求助于野心和恐惧。但是你们吃尽苦头，最后还是白忙一场。事实上，每一次的尝试，反而使得情势看起来更糟。

“这些尝试，就像是你在水面上拍击出的涟漪，而谢顿的巨浪则继续向前推进，虽悄无声息，却势不可当。”

杜森·巴尔转过头去，目光越过栏杆，望向举市欢腾的灯火。他又说：“有一只幽灵之手在推动我们每个人——英武的将军、伟大的皇帝、我们的世界和你们的世界——那就是哈里·谢顿的手。他早就知道里欧思这种人会失败，因为他的成功正是失败的种籽；而且愈大的成功，便会导致愈大的失败。”

弗瑞尔冷淡地说：“我还是认为你说得不够清楚。”

“耐心听下去。”巴尔一本正经地说，“让我们想想看。任何一个无能的将军，显然都无法对我们构成威胁。而当皇帝软弱昏庸时，能干的将军同样不会威胁到我们，因为有更有利的目标，会吸引他向内发展。历史告诉我们，过去两个世纪，四分之三的皇帝都出身于叛变的将军或总督。

“所以只剩下一种组合，只有强势的皇帝加上骁勇的将军才能威胁到基地的安全。因为想拉下一个强势皇帝并不容易，骁勇的将军只好越过帝国的疆界向外发展。

“可是，强势皇帝又如何维持强势呢？是什么在维持着克里昂的强势领导？这很明显。他不允许文臣武将能力太强，所以能够唯我独尊。假如某个大臣太过富有，或是某个将军太得人心，对他而言都是危险。帝国的近代史足以证明，凡是明白这一点的皇帝都能变成强势皇帝。

“里欧思打了几场胜仗，皇帝便起疑了。当时所有的情境都令他不得不起疑。里欧思拒绝了贿赂？非常可疑，可能另有所图；他最宠信的大臣突然支持里欧思？非常可疑，可能另有所图。

“并非哪些个别行动显得可疑，任何行动都会使他起疑——因此我们的计划全都没有必要，而且徒劳无功。正是里欧思的成功使他显得可疑，所以他被召回，被指控谋反，被定罪并遭到杀害。基地又赢得了一次胜利。

“懂了吧，无论是哪种可能的组合，都能保证基地是最后的赢家。不论里欧思做过些什么，也不论我们做过些什么，这都是必然的结局。”

基地大亨听到这里，若有所悟地点了点头。“很有道理！可是如果皇帝和将军是同一人呢。嘿，这时又会如何？你并没有讨论到这种情况，所以还不能算证明了你的论点。”

巴尔耸耸肩。“我无法‘证明’任何事，我没有必要的数学工具。但是我能请你做一点推理。如今的帝国，所有的贵族、所有的强人，甚至所有的江洋大盗都在觊觎帝位——而历史告诉我们，成功的例子屡见不鲜——即使是一个强势皇帝，假如他太过关心发生在银河尽头的战事，又会带来什么后果呢？在他离开首都多久之后，就会有人另竖旗帜兴起内战，逼得他非得班师回朝不可？就帝国目前的社会环境而言，这种事很快就会发生。

“我曾经告诉里欧思，即使帝国所有的力量加起来，也不足以摇撼哈里·谢顿的幽灵之手。”

“很好！很好！”弗瑞尔显得极为高兴，“你的意思是说，帝国永远不可能再对我们构成威胁。”

“在我看来的确如此。”巴尔表示同意，“坦白说，克里昂很可能活不过今年，然后，几乎必然又会爆发继位的纷争，而这可能意味着帝国的‘最后’一场内战。”

“那么，”弗瑞尔说，“再也不会有任何敌人了。”

巴尔语重心长地说：“还有第二基地。”

“在银河另一端的那个？几个世纪内还碰不到呢。”

此时，迪伐斯突然转过头来，面色凝重地面对着弗瑞尔。“也许，我们的内部还有敌人。”

“有吗？”弗瑞尔以冷淡的口气问道：“什么人？请举个例子。”

“例如，有些人希望将财富分配得公平一点，更希望辛勤工作的成果不要集中到几个人手中。懂我的意思吗？”

弗瑞尔眼中的轻蔑渐渐消失，现出和迪伐斯一样的愤怒眼神。

第二篇

骡

骡：……银河历史中的众多重要人物，要数“骡”的生平最为隐晦。即使他最出名的那段时期，也几乎只能透过其对手的观点来了解他，其中又以一位年轻新娘的观点最具权威……

——《银河百科全书》

11

新娘与新郎

贝泰对赫汶恒星的第一印象是一点也不壮观。她的先生说过——它是位于虚空的银河边缘，一颗毫无特色的恒星。它比银河尽头任何一个稀疏的星团都要遥远；虽然那些星团发出的光芒稀稀落落，赫汶恒星却更为黯淡无光。

杜伦心里很明白，以这颗“红矮星”作为婚姻生活的前奏曲，实在是太过平凡无趣。所以他撅着嘴，显得有些不好意思。“贝，我也知道——这并不是个很适宜的改变，对不对？我的意思是，从基地搬到这里。”

“杜伦，简直是可怕的改变。我真不该嫁给你。”

他脸上立时露出伤心的表情，而在尚未恢复之前，她就以特有的“惬意”语调说：“好啦，小傻瓜。赶紧把你的下唇拉长，装出你独有的垂死天鹅状——你每次把头埋到我的肩膀之前，总会现出那种表情；而我就会抚摸你的头发，摩擦出好多静电。你想引诱我说些傻话，是不是？你希望我说：‘杜伦，不论天涯海角，只要和你在一起，我就永远幸福快乐！’或者说：‘亲爱的，只要和你长相厮守，即使在星际间的深邃太空，我也觉得有家的温暖！’你承认吧。”

她伸出一根手指头指着他，在他作势欲咬时，又赶紧把手缩回去。

他说：“如果我认输，承认你说得都对，你是不是就会准备晚餐？”

她心满意足地点点头。他回报一个微笑，目不转睛地望着她。

在别人眼中，她并不能算绝代美女——他自己也承认——即使人人都会多看她一眼。她的直发有些单调，却乌黑而亮丽；嘴巴纵使稍嫌大些，但是她有一对致密的柳眉，衬托出其上白皙稚嫩、毫无皱纹的额头，以及其下那双笑起来分外热情的琥珀色眼睛。

她的外表看来十分坚强刚毅，似乎对人生充满务实、理性、择善固执的态度，不过在她内心深处，仍然藏有小小的一潭温柔。倘若有谁想要强求，一定会无功而返；只有最了解她的人，才知道应该如何汲取——最要紧的是绝不能泄漏这个意图。

杜伦随手调整一下控制台上的按键，决定先稍事休息。还要再做一次星际跃迁，然后“直飞”数个毫微秒差距之后，才需要进行人工飞行。他靠在椅背上向后望去，看到贝泰在储藏室，正在选取食品罐头。

他对贝泰的态度可说是沾沾自喜——过去三年来，他一直在自卑情结的边缘挣扎，如今的表现，只是一种心甘情愿的敬畏，象征着他的骄傲与胜利。

毕竟他只是个乡巴佬——非但如此，他的父亲还是一名叛变的行商。而她则是道道地地的基地公民——非但如此，她的家世还能直溯马洛市长。

基于这些因素，杜伦心里始终有些忐忑。将她带回赫汶，住在岩石世界的洞穴都市里，本身就是很糟的一件事。更糟的是，还得让她面对行商对基地（以及漂泊者对都市居民）的传统敌意。

无论如何——晚餐过后，进行最后一次跃迁！

赫汶恒星本身是一团火红的猛烈光焰，而它的第二颗行星表面映着斑驳的红色光点，周围是一圈迷蒙的大气，整个世界有一半处于黑暗。贝泰靠在巨大的显像台前，看着上面蛛网般交错的坐标曲线，赫汶二号不偏不倚位于坐标正中心。

她以严肃的口气说："我真希望当初先见见你父亲。假如他不喜欢我……"

"那么，"杜伦一本正经地说，"你会是第一个让他讨厌的美女。在他尚未失去一条手臂，还在银河各处浪迹天涯的时候，他……算啦，如果问他这些事，他会对你滔滔不绝，直到你的耳朵长茧。后来，我觉得他不断在添油加醋，因为同样一个故事，他每次的讲法都不同……"

现在赫汶二号已经迎面扑来。在他们脚下，内海以沉重的步调不停旋转，青灰色海面在稀疏的云层间时隐时现。还有崎岖嶙峋的山脉，沿着海岸线延伸到远方。

随着太空船更接近地表，海面开始呈现波浪的皱褶。当他们在地平线尽头转向时，又瞥见拥抱着海岸的众多冰原。

在激烈的减速过程中，杜伦以含糊的声音问："你的太空衣锁紧了吗？"

这种贴身的太空旅行衣，不但内部具有加温装置，其中的发泡海绵还能抵抗加速度的作用。贝泰丰腴的脸庞已被压挤得又红又圆。

在一阵叽嘎响声之后，太空船降落在一个没有任何隆起的开阔地上。

两人好不容易才从太空船爬出来，四周是伸手不见五指的黑暗，这是“外银河”夜晚的特色。冷风在旷野中打着转，一股寒意陡然袭来，令贝泰倒抽一口凉气。杜伦抓住她的手肘，两人跌跌撞撞地跑过平整的广场，朝远方漏出一线灯光的方向跑去。

半途就有数名警卫迎面而来，经过几句简单的问话，警卫便带着两人继续向前走。岩石闸门一开一关之后，冷风与寒气便消失了。岩洞内部有壁光照明，既暖和又明亮，还充满嘈杂鼎沸的喧闹声。杜伦掏出证件，让坐在办公桌后面的海关人员一一查看。

海关只瞄了几眼，就挥手让他们继续前进。杜伦对妻子耳语道:“爸爸一定先帮我们打点过，通常得花上五个钟头才能出关。”

他们穿出岩洞后，贝泰突然叫道:“喔，我的天……”

整个洞穴都市明亮如白昼，仿佛沐浴在年轻的太阳下。当然，这里并非真有什么太阳。本来应该是天空的地方，充满着弥散的明亮光芒。温暖的空气浓度适中，还飘来阵阵绿叶的清香。

贝泰说:“哇，杜伦，这里好漂亮。”

杜伦带着心虚的欢喜，咧嘴笑了笑。“嗯，贝，这里和基地当然一切都不一样，但它却是赫汶二号最大的城市——你知道吗，有两万居民——你会喜欢上这里的。只怕此地没有游乐宫，但也没有秘密警察。”

“喔，杜，它简直像是个玩具城市。放眼望去不是白色就是粉红——而且好干净。”

“是啊。”杜伦陪着她一起瞭望这座城市。建筑物大多只有两层楼高，都是用本地出产的平滑矿石建成。这里没有基地常见的尖顶建筑，也看不见“旧王国”那种庞大密集的社区房舍——有的只是各具特色的小型住家；在泛银河的集体生活型态中，表现出当年个人主义的遗风。

此时杜伦突然叫道："贝——爸爸在那里！就在那里——小傻瓜，看我指的那个方向。你看不见他吗？"

她的确看到了。在她看来，那只是一个高大的身影，正疯狂地挥着手，五指张开，好像在空气中猛抓些什么。不久之后，一阵巨雷般的吼叫声传了过来。于是贝泰尾随着丈夫，冲过一大片仔细修剪过的草坪。她又看到另一个小个子，那人满头白发，几乎被身旁高大的独臂人完全遮住。而那独臂人仍然挥着手，仍然大声叫着。

杜伦转头喊道："那是我父亲的同父异母兄弟。你知道的，就是到过基地的那位。"

他们四人在草坪上会合，又说又笑乱成一团。最后，杜伦的父亲发出一声兴奋的高呼。然后他拉了拉短上衣，调整了一下镶有金属浮雕的皮带，那是他唯一愿意接受的奢侈品。

他的目光在两个年轻人身上来回游移，然后，他带着轻微的喘息说："孩子，你实在不该挑这个烂日子回来！"

"什么？喔，今天是谢顿的生日吧？"

"没错。所以我只好租一辆车，硬逼着蓝度开到这里来。今天这种日子，即使拿枪也无法挟持公共交通工具。"

现在他的目光凝注在贝泰身上，没有再移开了。他以最温和的口气对她说："我这里有你的水晶像——虽然很不错，但是我敢说，拍摄那个水晶像的人只有业余水准。"

他从上衣口袋掏出一个小小的透明立方体。在光线照耀下，里面出现一个彩色的、栩栩如生的笑脸，活脱是个微型的贝泰。

"那个啊！"贝泰说，"我想不通，杜伦为什么会寄那种可笑的东西给您。爸爸，您还肯认我这个媳妇，真令我惊讶。"

"是吗？叫我弗南就好了，我不喜欢那些虚伪的礼数。因此，我想你可以挽着我的手，我们一起走到车位去。在此之前，我一直认为我的孩子没什么眼光。但我想我会改变这个看法，我想我必须改变这个看法。”

杜伦轻声问他的叔叔说：“这些日子我的老头过得如何？他还有没有继续猎艳？”

蓝度微微一笑，带起满脸的皱纹。“杜伦，只要情况允许，他是照追不误。有些时候，当他想起下一个生日是六十大寿，就不禁会垂头丧气。不过他只要大吼几声，驱散这个可怕的想法，就会恢复往日的雄风。他是一个典型的老式行商。可是你呢，杜伦，你又是在哪里找到这么标致的老婆？”

年轻人两手抱在胸前，咯咯笑了起来。“叔叔，你要我把三年的追求史一口气说完吗？”

回到家后，在小小的起居室中，贝泰吃力地脱下连帽的太空旅行衣，让头发自然垂下。然后她坐下来，双腿交叉，迎接着红脸大汉向她投注的欣赏目光。

她说：“我知道您在试着估量什么，就让我告诉您吧。年龄：二十四岁。身高：五英尺四英寸。体重：一百一十磅。主修科目：历史。”贝泰注意到，他总是喜欢侧身站立，以便掩饰那只失去的手臂。

可是此时弗南却向她靠近，并说：“既然你提到了——体重应该是一百二十磅。”

当她面红耳赤之际，他则纵声哈哈大笑。然后，他转向大家说：“根据女人的上臂，就能精确估计她的体重——当然，这需要足够的经验。贝，你想喝点酒吗？”

“我还想要点别的。”说完，她就跟着弗南离开客厅，杜伦则忙着在书架旁翻找新书。

不久弗南独自回来，说道：“她等一下就会下来。”

他将庞大的身躯重重塞进角落的那张大椅子，再将关节硬化的左腿搁到面前的凳子上。杜伦转头面向着他，刚才的笑容已从他的红脸消失了。

弗南说：“很好，孩子，你回家了，我很高兴你能回来。我喜欢你的女人，她不像爱哭爱闹的绣花枕头。”

“我和她结婚了。”杜伦直截了当地说。

“嗯，孩子，那又完全另当别论。”他的眼神变得阴郁，“将自己的未来绑死，实在是个不智之举。我比你多活好些年，比你更有经验，就从来不干这种傻事。”

蓝度原本站在角落一言不发，此时突然插嘴道：“拜托，弗南萨特，你怎么打这种比方？在你六年前迫降失事之前，你没有在任何地方住得够久，从未达到能够结婚的法定期限。而你出事后，又有谁要嫁给你呢？”

独臂老人从椅子上一跃而起，怒气冲冲地答道：“多得很，你这满头白发的老糊涂……”

杜伦发挥急智，说道：“爸爸，这主要是个法律形式。这样子会有许多方便。”

“主要是方便了女人。”弗南忿忿不平地说。

“即使如此，”蓝度附和道，“仍然应该让孩子来决定。对基地人而言，婚姻是一种古老的风俗。”

“基地人的作风，不值得老实的行商仿效。”弗南一肚子怨气。

杜伦又插嘴道：“我的妻子就是基地人。”他轮流看了看父亲与叔父，然后悄声说：“她回来了。”

晚餐后，话题有了很大的转变。弗南为了替大家助兴，讲了三个亲身的经历，其中血腥、女人、生意和自夸的比重各占四分之一。客厅中的小型电视幕一直开着，播出的是一出古典戏剧，不过音量调得很小，根本没有人看。现在蓝度坐在长椅上，换了一个更舒服的姿势，他透过长烟斗徐徐冒出的烟，看着跪坐在柔软的白色皮毛毯上的贝泰。这条皮毛毯是很久以前一次贸易任务中带回来的，只有在最重要的场合才会铺起来。

“姑娘，你读的是历史？”他以愉快的口气问贝泰。

贝泰点点头。“我是个让师长头疼的学生，不过终究学到一点皮毛。”

“她拿过奖学金，”杜伦得意洋洋地说，“如此而已！”

“你学到些什么呢？”蓝度随口追问。

“五花八门，怎么样？”女孩哈哈大笑。

老人淡淡一笑。“那么，你对银河的现状有什么看法？”

“我认为，”贝泰简单明了地说，“另一个谢顿危机即将来临——倘若这个危机不在谢顿算计之中，谢顿计划就失败了。”

“唔，”弗南在角落喃喃道，“怎么可以这样说谢顿。”不过他并没有大声说出来。

蓝度若有所思地吸着烟斗。“是吗？你为何这么说呢？你知道吗，我年轻的时候去过基地，我自己也曾经有过很富戏剧性的想法。可是，你又是为何这么说呢？”

“这个嘛——”贝泰陷入沉思，眼神显得迷蒙。她将裸露的脚趾勾入柔软的白色皮毛毯中，用丰腴的手掌托着尖尖的下巴。“在我看来，谢顿计划的主要目的，是要建立一个比银河帝国更好的新世界。银河帝国的世界在三个世纪前，也就是谢顿刚刚建立基地的时候，就开始逐渐土崩瓦解——假如历史的记载属实，那么令帝国瓦解的三大弊病，就是惰性、专制，以及天下的财货分配不均。”

蓝度缓缓点着头，杜伦以充满骄傲的眼神凝视着妻子，坐在角落的弗南则发出几声赞叹，小心翼翼地帮自己再斟了一杯酒。

贝泰继续说：“假如关于谢顿的记载都是事实，那么他的确利用心理史学的定律，预见了帝国全面性的崩溃，又预测到必须经过三万年的蛮荒期，才能建立一个新的第二帝国，使人类的文化和文明得以复兴。而他毕生心血的唯一目的，就是要创造一组适当的条件，以确保银河文明加速复兴。”

弗南低沉的声音突然响起：“这就是他建立两个基地的原因，谢顿实在伟大。”

“这就是他建立两个基地的原因。”贝泰完全同意这句话，“我们的基地集合了垂死帝国的许多科学家，目的是要继承人类的科学和知识，并加以发扬光大。这个基地在太空中的位置，以及它的历史条件，都是他的天才头脑精心计算的结果。谢顿已经预见在一千年之后，基地就会发展成一个崭新的、更伟大的帝国。”

室内充满一阵虔敬的沉默。

女孩继续柔声说道：“这是个老掉牙的故事，你们其实都听过。近三个世纪以来，基地的每个人都耳熟能详。不过我想，我最好还是从头说起——简单扼要地说。你瞧，今天正好是谢顿的生日，虽然我是基地公民，而你们是赫汶人，我们都会庆祝这个日子。”

她慢慢点燃一根香烟，出神地盯着发光的烟头。“历史定律和物理定律一样绝对，假如历史定律产生误差的几率较大，那只是因为历史的研究对象，也就是人类，数目并没有物理学中的原子那么多，因此个别对象的差异会产生较大的影响。谢顿预测在基地发展的这一千年之间，会发生一个接一个的危机，每个危机都会迫使我们的历史转向一次，以便遵循预设的历史轨迹前进。过去一直是这些危机在引导我们，因此，现在必定会出现另一个危机。”

“另一个危机！”她强而有力地重复一遍，“上一个危机，几乎是一世纪之前的事，而一个世纪以来，帝国的一切积弊都在基地重演。惰性！我们的统治阶级只懂得一个规律：守成不变。专制！他们只知道一个原则：武力至上。分配不均！他们心中只有一个理想：一毛不拔。”

“而其他人却在挨饿！”弗南突然怒吼，同时使劲一拳打在坐椅扶手上，“姑娘，你的话可真是字字珠玑。那些躺在金山银山上的肥猪腐化了基地，英勇的行商却躲在像赫汶这种鬼地方，过着乞丐般的生活。这是对谢顿的侮辱，就像在他脸上涂粪，向他的胡子吐痰一样。”他将独臂高高举起，然后拉长了脸。“假使我还有另一只手臂！假使——当初——他们听我的话！”

“爸爸，”杜伦说，“冷静一点。”

“冷静一点，冷静一点。”父亲没好气地学着儿子的口气，“我们就要老死在这里了——而你竟然还说，冷静一点。”

“我们的弗南，真是现代的拉珊·迪伐斯。”蓝度一面挥动烟斗一面说，“八十年前，迪伐斯和你丈夫的曾祖父一起死在奴工矿坑中，就是因为他有勇却无谋……”

“没错，我向银河发誓，假使我是他，我也会那么做。”弗南赌着咒，“迪伐斯是历史上最伟大的行商，远超过那个光会耍嘴皮子的马洛——基地人心目中的偶像。那些在基地作威作福的刽子手，若是因为他热爱正义而杀害他，他们身上的血债就要再添一笔。”

“姑娘，继续说。”蓝度道，“继续说，否则我敢保证，今天晚上他会没完没了，明天还要语无伦次一整天。”

“没有什么可说的了。”她突然现出忧郁的神情，“必须要有另一个危机，但我也不知道该如何制造。基地上的改革力量受到强力压制。你们行商心有余而力不足，不是被追捕，就是被分化。若能将基地里里外外，所有的正义之士团结起来……”

弗南发出刺耳的讥讽笑声。“听听她说些什么，蓝度，听听她说些什么。她说‘基地里里外外’。姑娘，姑娘，那些养尊处优的基地人没什么希望了。在他们中间，少数几个人握着鞭子，而其他人只有挨抽的份——至死方休。那个世界整个腐化了，根本没有足够的勇气，胆敢面对一个好行商的挑战。”

贝泰试图插嘴，但在弗南压倒性的气势中，她的声音完全被淹没。

杜伦靠近她，伸出一只手捂住她的嘴。“爸爸，”他以冷冷的口气说，“你从来没有去过基地，你对那里根本一无所知。我告诉你，那里的地下组织天不怕地不怕。我还能告诉你，贝泰也是他们的一分子……”

“好了，孩子，你别生气。说说，到底为什么发火？”他觉得事态严重了。

杜伦继续激动地说：“爸爸，你的问题是眼光太狭隘。你总是认为，十万多名行商逃到银河边缘一颗无人行星上，他们就算伟大得不得了。当然，基地派来的收税员，没有一个能够离开这里，但是那只能算匹夫之勇。假如基地派出舰队，你们又要怎么办？”

“我们把他们轰下来。”弗南厉声答道。

“同时自己也挨轰——而且是以寡敌众。不论是人数、装备或组织，你们都比不上基地。一旦基地认为值得开战，你们马上会晓得厉害。所以你们最好尽快开始寻找盟友——最好就在基地里面找。”

“蓝度。”弗南喊道，还像一头无助的公牛般看着他的兄弟。

蓝度将烟斗从口中抽出来。“弗南，孩子说得对。当你扪心自问的时候，你也知道他说得都对。但是这些想法让人不舒服，所以你才用大声咆哮把它们驱走。可是它们仍然藏在你心中。杜伦，我马上会告诉你，我为什么把话题扯到这里。”

他若有所思地猛吸一阵烟，再将烟斗放进烟灰筒的颈部，闪过一道无声的光芒后，烟斗被吸得干干净净。他又把烟斗拿起来，用小指慢慢地填装烟丝。

他说：“杜伦，你刚才提到基地对我们感兴趣，的确是一语中的。基地最近派人来过两次——都是来收税的。令人不安的是，第二次来的那批人，还有轻型巡逻舰负责护送。他们改在葛莱尔市降落——有意让我们措手不及——当然，他们还是有去无回。可是他们势必还会再来。杜伦，你父亲全都心知肚明，他真的很明白。

“看看这位顽固的浪子。他知道赫汶有了麻烦，他也知道我们束手无策，但是他一直重复自己那套说词。那套说词安慰着他，保护着他。等到他把能说的都说完了，该骂的都骂光了，便觉得尽了一个男子汉、一个英勇行商的责任，那个时候，他就变得和我们一样讲理。”

“和谁一样？”贝泰问道。

蓝度对她微微一笑。“贝泰，我们组织了一个小团体——就在我们这个城市。我们还没有做任何事，甚至尚未试图联系其他城市，但这总是个开始。”

“开始做什么？”

蓝度摇摇头。“我们也不知道——还不知道。我们期待奇迹出现。我们一致同意，如你刚才所说，另一个谢顿危机必须尽快来临。”他夸张地向上比划了一下，“银河中充满了帝国四分五裂后的碎片，挤满了伺机而动的将领。你想想看，假如某一位变得足够勇敢，是否就代表时机来临了？”

贝泰想了一下，然后坚决地摇了摇头，末端微卷的直发随即在她耳边打转。“不，绝无可能。那些帝国的将军，没有一个不晓得对基地发动攻击等于自杀。贝尔·里欧思是帝国最杰出的将军，而他当年进攻基地，还有整个银河的资源作为后盾，却仍旧无法击败谢顿计划。这个前车之鉴，难道还有哪个将军不知道吗？”

“但是如果我们鼓动他们呢？”

“鼓动他们做什么？叫他们飞蛾扑火？你能用什么东西鼓动他们？”

“嗯，其中有一位——一位新出道的。过去一两年间，据说出现了一个称为‘骡’的怪人。”

“骡？”贝泰想了想，“杜，你听过这个人吗？”

杜伦摇了摇头，于是她说：“这个人有什么不一样？”

“我不知道。但是据说，他在敌我比例悬殊的情况下，却仍然能打胜仗。那些谣言或许有些夸张，可是无论如何，倘若能结识他，会是非常有意思的一件事。那些有足够能力又有足够野心的人，并非通通信仰哈里·谢顿以及他的心理史学定律。我们可以让他更不信邪，他就可能会发动攻击。”

“而基地最后仍会胜利。”

“没错——但是不一定容易。这样就可能造成一次危机，我们则能利用这个危机，迫使基地的独裁者妥协。至少，会让他们有很长一段时间无暇兼顾，而我们就能做更充分的筹划。”

“杜，你认为怎么样？”

杜伦无力地笑了笑，并将垂到眼前的一绺褐色蓬松卷发拨开。“照他这种说法，不会有什么害处；可是骡究竟是何方神圣？蓝度，你对他又了解多少？”

“目前为止一无所知。这件事，杜伦，你刚好派得上用场。还有你的老婆，只要她愿意。我们谈过这件事，你父亲和我，我们曾经仔仔细细讨论过。”

“蓝度，我们怎么帮忙呢？你要我们做些什么？”年轻人迅速向妻子投以一个询问的眼神。

“你们度过蜜月没有？”

“这个……有啊……我们这一趟从基地到这里的旅行，如果能算蜜月的话。”

“你们去卡尔根好好度个蜜月如何？那个世界属于亚热带——海滩、水上运动、猎鸟——是个绝佳的度假胜地。距离此地大约七千秒差距——不算太远。”

“卡尔根有什么特别？”

“骡在那里！至少那里有他的手下。他上个月拿下那个世界，而且是不战而胜。虽然卡尔根的统领事先扬言，弃守前要把整颗星炸成一团离子尘。”

“现在那个统领在哪里？”

“他不在了。”蓝度耸了耸肩，“你怎么决定？”

“但是要我们去做些什么呢？”

“我也不知道。弗南和我上了年纪，又是乡巴佬。赫汶的行商其实都是乡巴佬，连你自己也这么说。我们的贸易活动种类非常有限，也不像先人那样跑遍整个银河系。弗南，你给我闭嘴！你们两位对银河系却相当了解。尤其是贝泰，说的是标准的基地口音。我们只是希望你们尽可能观察。倘若能接触到……不过我们并不这么奢望。你们两位好好考虑一下。你们若是愿意，可以和我们整个团体见见面……喔，下个星期吧。你们需要一点时间，好好喘口气。”

接着是短暂的沉默，然后弗南吼道：“谁还要再喝一杯？我是说除了我之外？”

12

上尉与市长

对于周遭的豪华陈设与装潢，汉·普利吉上尉感到无法适应，却一点也不动心。凡是和他的工作没有直接关系的事物，他一贯的态度都是不闻不问，这包括自我分析，以及各种形式的哲学或形而上学。

这种态度很有用。

他干的这一行，军部称之为“情报工作”；内行人称作“特工”；浪漫主义作家则管它叫“间谍活动”。虽然电视幕播放的那些没水准的惊险影集，总是为他这一行做不实宣传，遗憾的是，“情报工作”、“特工”与“间谍活动”顶多只能算是下流的职业，其中背叛与欺骗都是家常便饭。在“国家利益”的大前提下，社会都能谅解这种必要之恶，不过哲学似乎总是让普利吉上尉得到一项结论：即使顶着“国家利益”的神圣招牌，个人良知却不像社会良心那么容易安抚——因此他对哲学敬而远之。

此时置身于市长的豪华会客室中，他却不由自主反省起来。

许多同僚能力不如自己，却早已不停地升官晋级——这点还算可以接受。因为自己经常被长官骂得狗血淋头，并且屡遭正式惩戒，只差没有被开除。然而，他始终固执地坚守自己的行事方式，坚信他的抗命也是为了神圣的“国家利益”，而他的苦心终究会得到认同。

因此之故，他今天来到市长的会客室——一旁还站着五名恭恭敬敬的士兵，或许这里即将召开军事法庭。

厚重的大理石门静悄悄地平缓滑开，里面是几堵光润的石墙、一条红色的高分子地毯，以及另外两扇镶嵌着金属的大理石门。两名军官走出来，身上的制服完全是三世纪前的式样，正面左右各有数条华丽的直线条纹。两人高声朗诵道：

“召见情报局上尉汉·普利吉。”

当上尉开始向前走的时候，两名军官向后退了几步，还向他行了一个鞠躬礼。那五名卫兵站在外门等候，由他独自一人走进内门。

两扇大理石内门的另一侧，是一间宽敞却出奇单调的房间；在一张巨大而奇形怪状的办公桌后面，坐着一个矮小的男子，令人几乎忽略他的存在。

他就是茵德布尔市长——茵德布尔三世。他的祖父茵德布尔一世，是一个既残忍又精明能干的人物。他的残忍，在攫取权力的方式中发挥得淋漓尽致；他的精明能干，则在废止早已名存实亡的自由选举上表露无遗，而他竟能维持相当和平的统治，更是精明能干的最佳表现。

茵德布尔三世的父亲也叫做茵德布尔，他是基地有史以来第一位世袭市长——但是他只遗传到父亲的一半天赋，那就是残忍。

所以如今这位基地市长，是第三代的茵德布尔市长，也是第二代的世袭市长。他是三代茵德布尔中最差劲的一位，因为他既不残忍又不精明能干——只能算是一名优秀的记账员，可惜投错了胎。

茵德布尔三世是许多古怪性格的奇异组合，这点人尽皆知，只有他自己例外。

对他而言，矫揉做作地喜好各种规矩就是“有系统”，孜孜不倦且兴致勃勃地处理鸡毛蒜皮的公事就是“勤勉”；该做的事优柔寡断就是“谨慎”；不该做的事盲目地坚持到底就是“决心”。

此外，他不浪费任何钱财，没有必要绝不滥杀无辜，而且尽可能与人为善。

此时普利吉上尉恭敬地站在巨大的办公桌前，虽然忧郁的思绪一直在这些事情上打转，毫无表情的脸孔却并未出卖内心的想法。他耐心地等待，没有咳嗽一声，没有移动双脚的重心，也没有来回踱步。终于，市长手中的铁笔停止了忙碌的眉批。他缓缓抬起那张瘦脸，并从一叠整整齐齐的公文上，拿起密密麻麻的一张，摆到另一叠整整齐齐的公文上。

然后，茵德布尔市长小心翼翼地双手互握放在胸前，唯恐弄乱了办公桌上有条不紊的陈设。

他公式化地说：“情报局的汉・普利吉上尉。”

于是普利吉上尉依照觐见市长的礼仪规范，一丝不苟地弯曲单膝接近地面，并且垂着头，等候市长叫他起身。

“起来吧，普利吉上尉！”

市长以充满同情的温馨口吻说：“普利吉上尉，我召你来，是因为你的上级准备惩戒你。根据正常的作业程序，拟议这些惩戒的公文已经送到我这里。基地的事没有一件是我不感兴趣的，因此我不辞辛劳，想要多了解一点这件案子。我希望你不会感到惊讶。”

普利吉上尉以平板的口气说：“市长阁下，我不会的。阁下的公正有口皆碑。”

“是吗？是吗？”他的声音中充满喜悦，但是他戴的有色隐形眼镜迎着灯光，使他的眼睛流露出冷酷的目光。他谨慎地展开面前一叠金属制的卷宗夹，里面的羊皮纸在他翻阅时发出“劈啪劈啪”的响声。他一面用细长的手指头指着上面的字，一面说：

“上尉，你的档案都在我这里——全都在这里。你今年四十三岁，在军中担任了十七年的军官。你生于洛瑞斯，双亲是安纳克里昂人，幼年没有患过重大疾病，有近视……嗯，这不重要……民间学历，科学院毕业，主修，超核发动机，成绩……嗯——嗯，非常好，我应该赞赏你……基地纪元293年第102日加入陆军，官拜下级军官。”

他将第一个卷宗移开，目光扬了一下，然后又开始翻看第二个卷宗。

“你看到啦，”他说，“在我的管理下，没有一件事能乱来。秩序！系统！”

他将一个香喷喷的粉红色软糖放进嘴里。这是他唯一的坏习惯，但食用的份量很节制。市长并不抽烟，这点从他的办公桌就能看出来，因为上面完全没有处理烟蒂必然产生的闪光灼痕。

当然，这代表觐见者也一律不准抽烟。

市长的声音听来很单调，虽然有条不紊，却说得含含糊糊、不清不楚——不时还会细声插进一些评语，无论嘉奖或斥责，口气都是同样的温和、同样的无力。

他慢慢地将所有的卷宗都归回原位，摆成整整齐齐的一叠。

“很好，上尉，”他神采奕奕地说，“你的记录的确不凡。看来，你的能力出众，而你的工作无疑是成绩斐然。我注意到，你曾在执行任务时两度负伤，因此获颁一枚勋章，以褒扬你过人的英勇。这些事实，都是不容轻易抹杀的。”

普利吉上尉木然的表情毫无改变。他也仍然保持着标准的立正姿势。根据礼仪规范的要求，荣获市长召见的部属不得在市长面前坐下——为了多此一举地强调这一点，市长办公室只有一张椅子，就是市长屁股下面那张。此外，礼仪规范也要求觐见者除了回答问题之外，不得发表其他高见。

市长突然以严厉的目光逼视上尉，他的声音则变得尖锐而苛刻。“然而，你却有整整十年未曾晋升，你的上级又一而再、再而三告发你性格顽固又刚愎自用。根据那些报告，你习惯性地违抗命令，无法维持对上级应有的态度，并且显然不愿和同事维系良好关系，此外你还是个无药可救的闯祸精。上尉，你要如何解释这些指责？”

“市长阁下，我所做的都是我自认正当的事。我的所作所为都是为了国家着想，而我曾经因此负伤，正好见证我自认为正当的事，也同样有利于国家。”

“上尉，你这是军人的说法，但也是一种危险的信条。关于这件事，我们等一下再谈。特别重要的一点，是你被控三度拒绝接受一项任务，藐视我的法定代表所签署的命令。这件事你又怎么说？”

“市长阁下，那件任务并没有什么急迫性，真正最重要的急务却遭到忽视。”

“啊，是谁告诉你，你说的那些事就是真正最重要的急务？即使果真如此，又是谁告诉你它们遭到忽视？”

“市长阁下，在我看来这些事都相当明显。我的经验和本行的知识——这两点连我的上司都无法否定——让我看得一清二楚。”

“可是，我的好上尉，你自做主张擅自更改情报工作的方针，就等于是侵犯了上级的职权，难道你看不出来吗？”

“市长阁下，我的首要职责是效忠国家，而不是效忠上级。”

“简直大错特错，你的上级还有上级，那个上级就是我，而我就等于国家。好了，你不该对我的公正有任何怨言，你自己也说这是有口皆碑。现在用你自己的话，解释一下你之所以违纪的来龙去脉。”

“市长阁下，我的首要职责是效忠国家，而不是到卡尔根那种世界，过着退休商船船员的生活。我所接受的命令，是要我指导基地在该行星所从事的活动，并且建立一个组织，以便就近监视卡尔根的统领，特别是要注意他的对外政策。”

“这些我都知道。继续说！”

“市长阁下，我的报告一再强调卡尔根和它所控制的星系的战略地位。我也报告了那个统领的野心，以及他拥有的资源、他想扩张势力范围的决心，还提到必须争取他对基地的友善态度——或者，至少是中立的态度。”

“我一字不漏地读过你的报告。继续说！”

“市长阁下，我在两个月前回到基地。当时，卡尔根没有任何迹象显示战争迫在眉睫；唯一的迹象是它拥有充足的兵力，足以击退任何可能的侵略。可是一个月前，一个名不见经传的福将，却不费一枪一弹就拿下卡尔根。卡尔根原来的那个统领，如今显然已经不在人世。人们并没有谈论什么叛变，都只是在谈论这个佣兵首领——他的超人能力和他的军事天才——他叫做‘骡’。”

“叫做什么？”市长身子向前探，露出不悦的表情。

“市长阁下，大家都叫他‘骡’。有关他的真实底细，人们知道得非常少，但是我尽量搜集各种有关他的情报，再从中筛检出最可靠的部分。他显然出身低微，原本也没有任何地位。他的生父不详，母亲在生他时难产而死。从小他就四处流浪；在太空中那些被人遗忘的阴暗角落，他学会了生存之道。除了'骡'，他没有其他的名字。我的情报显示，这个名字是他自己取的，根据最普遍的解释，是象征他过人的体能和倔强固执的个性。"

"上尉，他的军事力量究竟如何？别再管他的体格了。"

"市长阁下，许多人都说他拥有庞大的舰队，可是他们会这么说，也许是受到卡尔根莫名其妙沦陷的影响。他所控制的版图并不大，但我还无法确定他真正的势力范围。无论如何，我们一定要好好调查这号人物。"

"嗯——嗯，有道理！有道理！"市长陷入沉思，还用铁笔在一张空白便笺上缓缓画着。不一会儿他就画出二十四条直线，这些直线构成六个正方形，排列成一个大的六边形。然后他撕下这张便笺，整齐地折成三折，丢进右手边的废纸处理槽中。便笺的原子立刻被分解殆尽，整个过程既清洁又安静。

"好啦，上尉，你该告诉我另一件事了。你刚才说的是你'必须'调查什么，而你'奉命'调查的又是什么事？"

"市长阁下，太空中有个老鼠窝，那里的人似乎不肯向我们缴税。"

"啊，你要说的就是这个？你可能不知道，也没有人告诉你，那些抗税的人都是早期野蛮行商的后裔——无政府主义者、叛徒、社会边缘人，他们自称是基地的嫡系传人，藐视当今的基地文化。你可能不知道，也没有人告诉你，所谓太空中的老鼠窝，其实不只一个，而是很多很多；这些老鼠窝比我们知道的还要多得多；这些老鼠窝又互相串联谋反，并且个个都在勾结基地领域中无所不在的犯罪分子。就连这里，上尉，就连这里都有！"

市长的怒火来得急去得快，立刻就平息了。"上尉，你都还不知道吧？”

“市长阁下，这些我都曾经听说过。但是身为国家的公仆，我必须效忠国家——而最忠诚的效忠，莫过于效忠真理。不论旧派行商的残余势力有什么政治上的意义——那些割据帝国当年领土的军阀，却拥有实际的力量。行商们既没有武器又没有资源，他们甚至不团结。我不是收税员，我才不要执行这种儿戏般的任务。”

“普利吉上尉，你是个军人，以武力为着眼点。我不该允许你发表这种高见，你这样等于是直接违抗我。注意听好，我的公正可不是软弱。上尉，事实已经证明，不论是帝国时代的将军，或是当今的军阀，都同样无力和我们抗衡。谢顿用来预测基地未来发展的科学，并非如你想象的那样，以个别的英雄行径作为考量，而是根据历史的社会和经济趋势。我们已经成功度过四次危机，对不对？”

“市长阁下，完全正确。但谢顿的科学——只有谢顿一人了解，我们后人有的只是信心而已。根据我所接受的教育，在最初的三次危机中，基地都有英明睿智的领导者，他们预见了危机的本质，并且做出适当的预防措施。否则——谁敢说会演变成什么局面？”

“上尉，没错，但是你忽略了第四次的危机。上尉，你想想看，当时我们没有任何值得一提的领导者，面对的又是最足智多谋的对手、最庞大的舰队、最强大的武力。基于历史的必然性，我们最后还是赢了。”

“市长阁下，话是没错。可是您提到的这段历史之所以成为‘必然’，乃是基地拼命奋战整整一年的结果。这个必然的胜利，是我们牺牲了五百艘星舰和五十万战士换来的。市长阁下，唯有自求多福，谢顿定律方能眷顾。”

茵德布尔市长皱起眉头，对于自己的苦口婆心突然厌烦不已。他突然想到实在不该如此故作大方，不但允许部属大放厥词，还放纵他与自己争辩不休，这绝对是一个错误。

他以严厉的口吻说："上尉，无论如何，谢顿会保证我们战胜那些军阀。而在这个紧要关头，我不能纵容你分散力量。你不屑一顾的那些行商，他们和基地同出一源。基地和他们的战争会是一场内战。对于这种战争，谢顿计划不能保证任何事——因为敌我双方都属于基地。所以必须好好教训他们一下，这就是你的命令。"

"市长阁下——"

"上尉，我没有再问你任何问题。你接受了命令，就该乖乖服从。如果你和我或是代表我的任何人，以任何方式讨价还价，都将被视为叛变。你可以下去了。"

汉·普利吉上尉再度下跪行礼，然后缓缓地一步步倒退着出去。

茵德布尔三世，基地有史以来第二位世袭市长，终于再度恢复平静。他又从左边整整齐齐的一叠公文中，拿起最上面的一张。那是一份关于节省警方开支的签呈，拟议的方法是减少警察制服的发泡金属滚边。茵德布尔市长删掉一个多余的逗点，改正了一个错字，又做了三个眉批，再将这份签呈放在右手边另一叠整整齐齐的公文之上。接着，他又从左边整整齐齐的一叠公文中，拿起最上面的一张……

当情报局的汉·普利吉上尉回到营房后，发现已经有个私人信囊在等着他。信囊中的信笺写着给他的命令，上面斜斜地盖着一个"最速件"的红色印章，此外还有一个大大的"特"字浮水印。

这道命令以最强硬的字眼与口气写成，命汉·普利吉上尉立刻前往"称作赫汶的叛乱世界"。

汉·普利吉上尉登上他的单人太空快艇，悄悄地、冷静地设定好飞往卡尔根的航道。由于坚守了择善固执的原则，当天晚上他睡得很安稳。

13

中尉与小丑

骡的军队攻陷卡尔根这件事，若说在七千秒差距外造成一些回响，例如一位老行商的好奇、一名顽固上尉的不安，以及一位神经过敏市长的烦恼——对于身在卡尔根的人们，这个事实却不曾导致任何变化，也没有引起任何反应。时间或空间上的距离，会放大某些事件的重要性，这是人类历史上永恒不变的教训。话说回来，根据历史的记载，人类从来没有真正学到这个教训。

卡尔根仍旧是——卡尔根。在银河系这个象限中，只有卡尔根好像还不知道帝国已经崩溃，斯达涅尔皇朝的统治已经结束，帝国的伟业已经远去，和平的时代也已经不再。

卡尔根是个充满享乐的世界。尽管有史以来最庞大的政治结构已土崩瓦解，它却没有受到波及，仍然继续不断生产欢乐，经营着稳赚不赔的休闲业。

它躲掉了冷酷无情的历史劫数，因为无论多么凶狠的征服者，都不会毁灭或严重破坏这样一棵摇钱树。

但即使是卡尔根，也终究变成一名军阀的大本营；这个柔顺的世界，被锻炼成随时随地能够应战。

不论是人工栽培的丛林、线条柔和的海岸线，或是华丽而充满魅力的城市，都呼应着军队行进的雄壮节奏，其中有来自其他世界的佣兵，也有征召入伍的卡尔根国民。卡尔根辖下的各个世界也一一武装起来，这是有史以来第一次，卡尔根将贿赂的花费省下，挪作购买星际战舰之用。它的统治者以实际行动向全银河证明，他决心保卫既有的疆域，并汲汲于攫取他人的领土。

他是银河中的一位大人物，足以左右战争与和平，也足以成为一个帝国的缔造者，一个皇朝的开国皇帝。

不料杀出一个默默无闻、却有着滑稽绰号的人物，轻而易举就击败了他——以及他的军队，还有他的短命帝国，甚至可说是不战而胜。

于是卡尔根又恢复昔日的秩序。国民兵脱下制服，重新拥抱过去的生活；原有的军队完成改编，收编了许多其他世界的职业军人。

就像过去一样，卡尔根又充满各种观光活动。例如丛林中的打猎游戏，游客付一笔可观的费用，即可追猎那些人工饲养、从不害人的动物。如果厌倦了陆上的游猎，还能坐上高速空中飞车，去猎杀天空中无辜的巨鸟。

各大城市中，充满着来自银河各处逃避现实的人群。他们可以根据各自的经济状况，选择适合自己的娱乐活动。从只需要花费半个信用点、老少咸宜的空中宫殿观光，到绝对隐密、只有大财主才精通门路的声色场所。

卡尔根的人潮多了杜伦与贝泰两人，顶多像在大海中注入两滴雨点。他们将太空船停在“东半岛”的大型公共船库，随即理所当然地被吸引到“内海”——这里是中产阶级的游乐区，各种游乐活动仍然合法，甚至可算是高尚，游客也不至于令人无法忍受。

由于阳光很强，天气又热，贝泰戴着一副黑色太阳眼镜，穿着一件白色的薄纱袍。她用那双被晒得发烫、但几乎没有晒红的手臂紧紧抱住双膝，眼睛则茫然地盯着她的先生，从头到脚仔细端详他摊开的身体——在耀眼的阳光照耀下，他的肌肤仿佛也在微微发光。

“可别晒得太久。”她早就警告过他，可是杜伦家乡的太阳是一颗垂死的红色星球，尽管他在基地待过三年，阳光对他而言仍是奢侈品。他们来到卡尔根已经四天，杜伦总是先做好防紫外线措施，然后只穿一条短裤来享受日光浴。

贝泰挤到他身边，两人依偎在沙滩上轻声低语。

杜伦的表情显得轻松，他的声音却很沮丧。“好吧，我承认我们毫无进展。可是他在哪里？他到底是什么人？这个疯狂的世界完全没有他的踪迹，也许他根本不存在。”

“他绝对存在。”贝泰答道，她的嘴唇却没有动，“只不过他太聪明了。你叔叔说得对，他是我们可以利用的人——只要还有时间。”

短暂的沉默后，杜伦轻声说：“贝，你知道我在做什么吗？我正在做白日梦，梦见被太阳晒得昏昏沉沉。一切似乎都进行得很顺利——很完美。”他的声音愈来愈小，几乎细不可闻，然后又逐渐提高音量。“贝，记不记得大学里的亚曼博士怎么说的？虽然基地不可能战败，但并不代表基地的统治者不会下台。基地的正式历史，难道不是从塞佛·哈定赶走百科全书编者，以第一任市长的身份接管端点星才开始的吗？然后又过了一个世纪，侯伯·马洛掌握大权的方式，难道不也是同样激进吗？既然有两次统治者被击败的先例，就代表这是可行的。我们又为什么做不到呢？”

“杜，那是书本上老掉牙的说法。你想得太美了，根本是在浪费时间。”

“是吗？你听好，赫汶是什么？难道它不是基地的一部分吗？假如由我们当家做主，仍然算是基地的胜利，失败的只是当今的统治者。”

“在‘我们能’和‘我们会’之间，还有很大的一段距离。你说的只是一堆废话。”

杜伦蠕动了一下。“贝，小笨蛋，你这是酸葡萄心理。你这样扫我的兴，对你又有什么好处？如果你不介意，我想要睡一会儿。”

贝泰却伸长脖子，突然——相当没来由地——吃吃笑了起来。她还摘下太阳眼镜，仅用手遮着眼睛，向海滩远处眺望。

杜伦抬起头，然后又爬起来，转过身，顺着她的视线望去。

她显然是望向一个细长的身影，那人正在为来往的群众表演倒立，双脚停驻在半空中，双手在地面摇摇晃晃地走动。他是那些群聚海边的乞丐之一；他们利用柔软的关节做出种种杂耍，以便向围观的群众乞讨。

这时一名海滩警卫向他走去，小丑竟然能用单手保持平衡，伸出一只手，将拇指放在鼻尖，头下脚上地做了一个鬼脸。警卫来势汹汹地冲过去，却被小丑一脚踢中肚子，立刻跌跌撞撞地退了好几步。小丑动作流畅地顺势站起来，一溜烟地消失无踪。气得口吐白沫的警卫拔腿想追，却被冷漠的人群阻住了去路。

小丑顺着海边左冲右撞。他掠过许多人，不时表现得犹豫不决，却从未停下脚步。原先观看杂耍的群众早已散去，那名警卫也已经离开了。

“他真是个奇怪的家伙。”贝泰显得很感兴趣，而杜伦只是随口表示同意。此时小丑愈跑愈近，看得清楚他的容貌了。他的鼻子又大又长，好像一个手把，一张瘦脸都集中在长鼻子周围。华丽的衣裳将他瘦弱的四肢与细长的身躯衬托得更醒目。而他虽然行动灵活优雅，整个人却有点像是随意拼凑起来的。

令人看到就忍不住发笑。

小丑经过了杜伦与贝泰，似乎突然察觉到他们在注意自己，于是停下脚步，一个急转弯，又向他们走了过来。他那双褐色的大眼睛紧紧盯住贝泰。

一时之间，她不知如何是好。

小丑露出微笑，可是他那张挂着长鼻子的脸孔，越笑却越显得愁容满面。当他开口的时候，说的则是核心星区的方言，听起来既和气又做作。

“假若我能借用慈悲的圣灵赐予我的智慧，”他说道，“我会说眼前这位女士绝不属于人间——头脑清楚的人会认为这只是一场美梦。可是我宁愿头脑不清，相信这双被迷惑且着了魔的眼睛见到的都是真实。”

贝泰双眼睁得老大，叫道：“哇！”

杜伦哈哈大笑。“喔，你成了迷人心魄的妖精了。贝，这些话值得五个信用点，拿给他吧。”

不料小丑向前跳了一步。“不，我亲爱的女士，千万别误会我。我如此言语绝非为了金钱，而是为了一双明亮的眸子，和一张甜美的脸蛋。”

“可真谢谢你啦。”然后，她又对杜伦说：“天哪，你想他是不是被太阳晒昏了头？”

“可不只是眸子和脸蛋而已，”小丑继续喋喋不休，口中吐出的话愈来愈疯癫，“还有您的心地，纯洁而善良——并且充满慈爱。”

杜伦站起身来，抓起四天以来一直挟在腋下的白袍，然后套在身上。“好啦，兄弟，”他说，“请你告诉我究竟想要什么，别再烦这位女士了。”

小丑吓得倒退一步，瘦弱的身子缩成一团。“喔，我绝对没有恶意。我是外地人，大家都认为我的脑筋有问题，不过我还懂得相随心转的道理。在这位女士的美丽外表之下，藏着一颗慈爱的心，我知道她会帮我解决问题，才敢说出如此冒昧的言语。”

“五个信用点能不能解决你的问题？”杜伦以挖苦的口气说，同时掏出了一枚硬币。

小丑并没有伸手，于是贝泰说：“杜，让我跟他讲吧。”她又很快地细声补充道：“他说的话虽然听来疯疯癫癫，不过你根本不用介意。他们的方言本来就是这样；对他而言，我们的言语也许一样奇怪呢。”

她说：“你的问题是什么？你不是在担心那个警卫吧？他不会再找你的麻烦了。”

“喔，不是，不是他。他只是一阵微风，只能把一些灰尘吹上我的脚踝。我是在躲避另外一个人，他可是席卷世界的暴风，能将许多世界吹得东倒西歪。一个星期之前，我逃了出来，露宿在城市街头，混迹在城市的人群中。为了寻找能帮助我的好心人，我端详过许多张脸孔。如今我终于找到了。”他把最后这句话又重复了一遍，语气听来更温柔、更急切，大眼睛里还充满了不安。“如今我终于找到了。”

“听好，”贝泰实事求是地说，“我很愿意帮助你，可是说句实话，朋友，对于席卷世界的暴风，我也无法提供任何庇护。老实说，我也许能……”

此时，一阵高亢的怒吼声突然逼近。

“好啊，你这泥巴里长出来的混蛋——”

朝他们跑来的正是那名海滩警卫，他的脸涨得通红，嘴巴骂个不停。站定后，他举起低功率的麻痹枪。

“你们两个，抓住他，别让他跑了。”他粗大的手掌落向小丑细瘦的肩头，小丑立刻发出一阵哭喊。

杜伦问道：“他到底做了什么？”

“他到底做了什么？他到底做了什么？哈哈，问得好！”警卫将手伸进腰带上的随身囊中，掏出一条紫色手帕，擦了擦脖子上的汗珠。然后，他兴冲冲地答道：“让我告诉你他到底做了什么。他是一名逃犯。他逃跑的消息传遍了整个卡尔根，刚才若不是他头下脚上，我早该认出他来了。”他一面狂笑，一面猛力摇晃他的猎物。

贝泰带着微笑说：“警官，请问他又是从哪里逃出来的？”

警卫提高了嗓门。此时附近的人群渐渐靠拢，个个目不转睛、叽叽喳喳地看着这场好戏。随着旁观的人愈来愈多，警卫愈来愈感到自己的重要性。

“他又是从哪里逃出来的？”他以充满嘲讽的口气，慷慨激昂地说，“哈哈，我想你们一定听说过骡吧。”

所有的叽喳声顿时消失，贝泰感到胃部突然冒出一丝寒气。小丑仍被警卫结结实实地抓住，他不停地发抖——眼睛却始终停驻在贝泰身上。

“你可知道，”警卫继续凶巴巴地说，“这个可恶的杂碎是谁？他就是大人的弄臣，是前几天从宫中逃走的。”他又用力摇晃着小丑，“傻子，你承不承认？”

小丑没有回答，只是脸色更加苍白。贝泰靠在杜伦身边，跟他耳语了几句。

杜伦客客气气地走近警卫。“老兄，请你把手拿开一下子就好。你抓着的这个艺人收了我们的钱，正在为我们表演舞蹈，还没有表演完呢。”

“对了！”警卫陡然提高音量，好像突然想到什么，“还有赏金——”

“你可以去领赏，只要你能证明他就是你要找的人。在此之前，请你把手松开。你可知道你正在干扰游客，这会让你吃不了兜着走。”

“你却是在干扰大人的公事，这一定会让你吃不了兜着走。”他再度摇晃那个小丑，“死东西，把钱还给人家。”

杜伦突然以迅雷不及掩耳的动作，一把夺下警卫手中的麻痹枪，差点还把警卫的半根手指一块扯下来。又痛又怒的警卫发出一阵狂哮。杜伦又猛力推了他一把，小丑终于脱身，赶紧躲到杜伦背后。

看热闹的群众现在已经人山人海，却没有什么人注意到这个最新发展。外圈有不少人拉长了脖子，内圈许多人却开始向外挤，像是决心与中心保持更安全的距离。

远方突然又起了一阵骚动，随即传来一声刺耳的号令。群众赶紧让出一条路，两名士兵大摇大摆走了过来，手中的电鞭仿佛蓄势待发。他们的紫色军服上绣着一道尖锐的闪电，下方还有一颗裂成两半的行星。

走在两人后面的，是一位身穿中尉制服的军官；体格魁梧，黑皮肤，黑头发，脸色极为阴沉。

黑人中尉的声音温和得很虚假，代表他根本不必大吼大叫以壮声势。他说：“你就是那个通知我们的人？”

警卫仍然紧握着扭伤的手，脸孔因痛苦而扭曲。他含糊地答道：“阁下，赏金是我的，我还要指控那个人……”

“你会得到赏金的。”中尉答道，却根本没有望着警卫。他对手下随便做个手势。“把他带走。”

杜伦感觉到小丑死命扯着他的袍子。

于是他提高嗓门，并且尽力不让声音发抖，说道：“很抱歉，中尉，这个人是我的。”

两名士兵把杜伦的话当耳边风，其中一个已经顺手举起鞭子。中尉立时大喝一声，鞭子才放了下来。

中尉黝黑而粗壮的身躯向前移动，峙立在杜伦面前。“你是什么人？”

杜伦不假思索便答道：“基地的公民。”

这句话立刻生效——至少在群众间引起了震撼。勉强维持的沉默立时打破，周遭又充满了嘈杂声。骡的名字或许能引起畏惧，但那毕竟是一个新的名号，不像“基地”的老招牌那样深入人心且令人敬畏。基地过去曾经击败帝国，如今则以残酷的专制手段，统治着银河系的四分之一。

中尉却面不改色，他说：“躲在你后面的那个人，你知道他的身份吗？”

“听说他是从贵国领导者的宫廷中逃出来的，但我只能肯定他是我的朋友。你想带他走，必须提出坚实的证据。”

人群中发出了尖声的叹息，可是中尉毫不理会。“你带着基地公民的证件吗？”

“在我的太空船上。”

“你可了解你的行为已经违法？我能当场把你枪毙。”

“这点毫无疑问。但如果你杀死一名基地公民，你们的统领很可能会把你大卸八块，然后才送去基地，当做赔罪的一部分。其他世界的统领就这么做过。”

中尉舔了舔嘴唇。因为杜伦说的都是事实。

他又问："你叫什么名字？"

杜伦却得理不饶人。"回到我的太空船后，我才愿意回答其他的问题。你可以在船库中查到我们的隔间号码，登记的名称是贝泰号。"

"你不肯把这个逃犯交给我吗？"

"或许我会交给骡。叫你的主子来吧！"

他们的对话已经逐渐变成耳语，不久，中尉陡然一转身。

"驱散群众！"他对两名手下说，口气听来居然不算太凶残。

两条电鞭此起彼落。立刻传来一阵尖叫声，众人争先恐后作鸟兽散。

在他们乘坐短程飞船，从海滩回到船库的途中，杜伦一直低头沉思。他总共只开了一次口，却几乎是在自言自语："银河啊，贝，刚才实在太惊险了！我好害怕……"

"是啊，"她的声音带着颤抖，双眼依然流露出近乎崇拜的目光，"看不出来你那么勇敢。"

"可是，我还是不清楚发生了什么事。我突然发现手中多了一柄麻痹枪，甚至不确定自己会不会用，而我却跟他对答如流。我也不晓得自己为何这样做。"

他抬头看了看飞船走道对面的座位，骡的小丑正缩成一团呼呼大睡。他又以苦涩的口气补充道："我这辈子从未遇过这么困难的事。"

中尉恭敬地站在驻军团长面前，团长望着他说："干得很好，你的任务完成了。"

中尉并没有立刻离去。他以沉重的口气说："报告长官，骡在众人面前丢了脸。我们需要进行一些惩戒行动，以挽回世人的尊重。"

"补救措施都已经做过了。"

中尉刚要转身，又以近乎愤慨的口吻说："长官，命令就是命令，我必须服从。可是站在一个手持麻痹枪的人面前，对他的无礼态度忍气吞声，我这辈子从未遇过这么困难的事。"

14

突变异种

卡尔根的“船库”是一种特殊的机构；为了安置无数观光客驾来的太空船，并提供太空船主人住宿的场所，这种船库应运而生。最早想到这个解决之道的聪明人，很快就变成大富翁。而他的子孙以及事业的接班人，则轻易跻身卡尔根的首富之列。

船库通常占地数平方英里之广，而“船库”根本不足以形容它的功能。实际上，它就是太空船的旅馆。船主只要先付清费用，便能得到一个停泊太空船的场所，并能随时直接升空。乘客可以如常地住在太空船中。当然，船库会提供普通旅馆的一切服务，例如各式食物与医疗补给都价廉物美，此外还负责为太空船做简单的维修，并安排卡尔根境内的廉价交通服务。

因此，观光客只要支付船库的费用，就能同时享受旅馆的服务，无形中节省一大笔开销。船库的东家光靠出租空地，便能获得很大的利润；政府也能从中抽取巨额税金。人人皆大欢喜，谁也不吃亏。就这么简单！

在某个船库里、连接许多侧翼的宽大回廊中，一名男子正沿着阴暗的边缘向前走。他以前也曾思考过这套体系的新奇与实用性，不过那些只是无聊时随便想想的念头——这个节骨眼绝对不合时宜。

在划分得整整齐齐的隔间中，停驻着一艘艘又高又大的太空船。那人一排排走过去，都没有再看第二眼。现在进行的工作是他最拿手的——若说根据刚才在登记处所做的调查，他只查到目标位于某个停了好儿百艘太空船的侧翼，此外没有更详细的资料——专业知识足以帮助他，从数百艘太空船中过滤出真正的目标。

他终于停下脚步，消失在其中一排隔间中，而在肃静的船库里，好像传出一声叹息。他仿佛是置身于无数金属巨兽间的一只昆虫，一点也不起眼。

有些太空船从舷窗中透出光亮，代表船主人已经提早归来。他们结束了当天既定的观光活动，开始了更单纯、更私密的娱乐。

那人停了下来，假使他懂得微笑，现在一定会露出笑容。当然，他大脑中“脑回”目前的运作，就等于是正在微笑。

他面前的这艘太空船，船身反映着耀眼的金属光泽，并且显然速度快绝。这种特殊的造型，正是他所要寻找的。它的造型不同于一般的太空船——虽然这些年来，在银河系这个象限中大多数的太空船，若不是仿照基地的型式设计，就是由基地技师所制造的。可是这艘船十分特别，它是货真价实的基地太空船——船身表面许多微小的凸起，是基地太空船特有的防护幕发射器。此外，还有其他一些如假包换的特征。

那人一点也没有犹豫。

船库经营者为顺应客户的要求，在每艘太空船的周围加设了电子栅栏，以保障客户的隐私，不过这种东西绝对难不倒他。他利用随身携带的一种非常特殊的中和力场，便轻而易举将栅栏解除，根本没有触动警铃。

直到入侵者的手掌按到主气闸旁的光电管，太空船起居舱中的蜂鸣器才响起了一阵轻微的讯号，算是这艘太空船发出的第一个警告。

当那人继续搜索行动之际，杜伦与贝泰正在贝泰号的装甲舱房中，体验着最不安全的安全感。骡的那位小丑则趴在餐桌上，狼吞虎咽着面前的食物。这时小丑已经告诉他们，虽然他的身材瘦弱不堪，却拥有一个极气派的名字：高头大马巨擘。

在厨舱兼食物储藏室里，他一直没有让那双忧郁的褐色眼睛离开过食物，只有在贝泰走动的时候，才会抬起头来看看她。

“一个弱者的感激实在微不足道，”他喃喃地说，“但我仍要献给您。说真的，过去一个星期，几乎没有什么东西进到我的肚子——尽管我的个头小，胃口却大得简直不成比例。”

“那么，就好好吃吧！”贝泰带着微笑说，“别浪费时间说谢谢了。据我所知，银河核心是不是有一句关于感激的谚语？”

“我亲爱的女士，的确有这么一句话。我听说，有一位贤者曾经讲过：‘不流于空谈的感激，才是最好而且最实际的。’可是啊，我亲爱的女士，我似乎除了会耍耍嘴皮子，其他什么都不会。当我的空谈取悦了骡，就为我赢得一件宫廷礼服，还有这个威武的名字——因为，您可知道，我本来只是叫做波波，他却不喜欢这个名字。然而，一旦我的空谈无法取悦他，可怜的皮肉就会挨揍和挨鞭子。”

杜伦从驾驶舱走了进来。“贝，现在除了等待，我们什么也不能做。我希望骡能够了解，基地的航具就等于基地的领土。”

本来叫做波波，如今全名“高头大马巨擘”的马巨擘，这时突然张大眼睛，高声喊道：“基地可真是了不起，就连骡的那些凶残手下，面对基地也会颤栗。”

“你也听说过基地吗？”贝泰带着一丝笑意问道。

“谁没听说过呢？”马巨擘压低声音，神秘兮兮地说，“有人说，那是个充满魔术的伟大世界，有着足以吞噬行星的火焰，以及神秘的强大力量。大家都说，某人只要声称‘我是基地公民’，那么不论他是太空中的穷矿工也好，是像我这般微不足道的小人物也罢，都会让人立刻肃然起敬。即使银河中最尊贵的贵族，也无法赢得这般的光荣和尊敬。”

贝泰说：“好啦，马巨擘，如果你继续演讲，就永远吃不完这一餐。来，我帮你拿一点调味奶，很好喝的。”

她拿了一壶牛奶放到餐桌上，并示意杜伦到另一间舱房。

“杜，我们现在要拿他怎么办？”她指了指厨舱。

“你是什么意思？”

“万一骡来了，我们要不要把他交出去？”

“这个嘛，贝，还有别的办法吗？”他的口气听来很烦恼。他将一束垂在前额的潮湿卷发拨开，这个动作更能证明他的确心烦气躁。

他不耐烦地继续说：“在我来到此地之前，我只有一个很模糊的概念：我们唯一要做的就是打听骡的消息，然后就可以好好度假——如此而已，你知道吗，根本没有明确的计划。”

“杜，我知道你的意思。我自己也没有奢望能看到骡，可是我的确认为，我们可以搜集到某些第一手资料，再转给比较了解当今星际局势的人。我可不是故事书中的间谍。”

“贝，这点你可不输我。”他将双臂交握胸前，皱起了眉头，“真是一团糟！若不是最后那个诡异的机会，还不能确定有没有骡这号人物呢。你认为他会来要回这个小丑吗？”

贝泰抬起头来望着他。“我不知道我是不是希望他会来，也不知道该说些什么或做些什么。你呢？”

舱内的蜂鸣器突然发出断断续续的隆隆声。贝泰做了一个无声的嘴形：“骡！”

马巨擘正在门口，眼睛张得老大，呜咽着说：“骡？”

杜伦喃喃道：“我必须让他们进来。”

他按下开关开启气闸，让对方走进来，并且立刻关上外门。这时，扫描仪上只显示出一个灰暗的身影。

“只有一个人。”杜伦显得放心了一点。然后他俯身对着传声管，用几乎发颤的声音说：“你是谁？”

“你最好让我进去，自己看个明白如何？”收讯器中传来那人的回答，声音十分微弱。

“我要告诉你，这是基地的太空船，根据国际公约，它是基地领土的一部分。”

“这点我知道。”

“放下你的武器再进来，否则我就开枪。我可是全副武装。”

“好！”

杜伦打开内门，同时开启了手铳的保险，拇指轻轻摆在掣钮上。随即传来一阵脚步声，接着舱门就被推开。马巨擘突然叫道：“不是骡，是一个人。”

那个“人”向小丑一欠身，以阴沉的口气说：“非常正确，我不是骡。”他摊开双手，“我没有带武器，我是来执行一项和平任务。你可以放轻松点，把你的手铳摆到一旁。我心平气和，你却连武器都抓不稳。”

“你究竟是谁？”杜伦直截了当地问。

“这个问题应该我来问你。”那人泰然自若地说，“因为假冒身份的人是你，不是我。”

“怎么说？”

“你自称是基地公民，可是如今在这颗行星上，根本没有一个合法的行商。”

“这不是事实。你又是怎么知道的？”

“因为我才是基地公民，而且我有证明文件。你呢？”

“我想，你最好赶紧滚出去。”

“我可不这么想。假如你知道基地的行事方式——虽然你是个冒牌货，但我想你可能也知道——倘若我在约定时间内，没有活着回到我的太空船，离这里最近的基地司令部就会收到讯号。所以说句老实话，我怀疑你的武器有多大用处。”

杜伦不知如何是好，一阵沉默之后，贝泰以镇定的口吻说：“杜伦，把手铳拿开，相信他一次。他的话听来都是事实。”

“谢谢你。”陌生人说。

杜伦把手铳放到身旁的椅子上。“请你好好解释一下这一切。”

陌生人仍然站在原处。他的身材高大，手长脚长。他的脸孔由许多紧绷的平面构成，而且看起来，他显然从未露出过笑容。不过他的眼神并不凌厉。

他说：“消息总是传得很快，尤其是那些看来难以置信的消息。我想现在卡尔根没有一个人不知道，骡的手下今天被两名基地观光客羞辱了一番。而我在傍晚前，就获悉了重要的详情。正如我所说，这颗行星上除了我，再也没有其他的基地观光客。我们对这些事都非常清楚。”

“‘我们’又是哪些人？”

“‘我们’就是——‘我们’！我自己是其中之一！我知道你们会回到船库——有人偷听到你们的谈话。我自有办法查看登记处的资料，也自有办法找到你们的太空船。”

他突然转身面向贝泰。“你是基地人——土生土长，对不对？”

“是吗？”

“你早已加入民主反动派——就是所谓的‘地下组织’。我不记得你的名字，但我记得你的容貌。你是最近才离开基地的——倘若地位更重要些，你根本就走不了。”

贝泰耸耸肩。“你知道的还真不少。”

“没错。你是跟一名男子一块逃走的，就是那位？”

“难道我还需要回答吗？”

“不需要。我只是希望彼此好好了解一番。你匆匆离境的那个星期，我确信你们约定的暗语是‘谢顿，哈定，自由’。波菲莱特·哈特是你的小组长。”

“你是怎么知道的？”贝泰突然凶起来，“警察逮捕他了吗？”杜伦拉住她，她却挣脱了，反倒向那人逼进。

那基地人沉稳地说：“没有人抓他，只是因为地下组织分布甚广又无孔不入。我是情报局的汉·普利吉上尉，是一个小组长——具体头衔并不重要。”

他等了一会儿，又继续说：“不，你大可不必相信我。干我们这行的，凡事最好能在不疑处有疑，不能在有疑处不疑。不过，开场白最好到此为止。”

“没错，”杜伦说，“请你言归正传。”

“我可以坐下吗？谢谢。”普利吉上尉大喇喇地翘起二郎腿，还把一只手臂闲闲地垂到椅背后面，“首先我要做一项声明，我实在不晓得这一切到底是怎么回事——我是指从你们的角度而言。你们两位不是直接从基地来的，可是不难猜到，你们来自某个独立行商世界。这点，其实我并不怎么关心。但出于好奇，请问你们准备拿这个家伙——你们救出来的这个小丑怎么办？你们留着他，等于在拿生命开玩笑。”

“这点无可奉告。”

“嗯——嗯。好吧，我并没有指望你们会说。但你们若是在等着骡亲自前来，还以为会有号角、锣鼓、电子琴组成的大乐队为他开道——放心吧！骡不会那么做的。”

“什么？”杜伦与贝泰异口同声喊道，而马巨擘躲在舱房一角，耳朵几乎竖了起来。这一瞬间，他们三人又惊又喜。

“没错。我自己也在试图跟他接触，而我所用的方法，要比你们两位玩票的完善得多。可是我也没有成功。这个人根本不露面，也不允许任何人为他摄影或拟像；只有最亲近的亲信，才能见到他本人。”

“上尉，这就能解释你为何对我们有兴趣吗？”杜伦问道。

“不，那个小丑才是关键。见过骡的人少之又少，小丑却是其中之一。所以我想要他。他也许就是我所需要的佐证——银河在上，我必须找点东西来唤醒基地。”

“基地需要唤醒吗？”贝泰突然以严厉的口吻，插嘴问道，“为了什么？你这个警钟到底是为谁敲响的——反叛的民主分子？或是秘密警察和煽动者？”

上尉紧紧皱起眉头。“女革命家，等到整个基地受到威胁的时候，民主分子和暴君都会被消灭。让我们先联合基地的暴君，打败那个更大的暴君，然后再把他们推翻。”

“你所说的更大的暴君是什么人？”贝泰气冲冲地问。

“就是骡！我对他的底细知道一些，因此若非我机警过人，早就不知道死了多少次。叫小丑到别的房间去，我需要单独跟你们谈谈。”

“马巨擘。”贝泰一面喊，一面做个手势，小丑便不声不响离开了。

于是上尉开始他的陈述，口气既严肃又激动。他将声音尽量压低，杜伦与贝泰必须靠得很近。

他说：“骡是一个精明至极的人物——他不可能不知道，个人领导能够产生多大的魅力和魔力。既然他放弃这样做，那想必是有原因。而那个原因一定是，和人群直接接触会泄露绝对不能泄露的重大秘密。”

他做了一个不要发问的手势，用更快的速度继续说：“为了追查这个秘密，我走访了他的出生地，在那里询问过一些人。对这件事略有所知的人，只有少数几个还活着，不过也活不了多久了。他们记得那个婴儿是在三十年前出生的——他的母亲难产而死，还有他幼年的种种奇事。骡根本不是人类！”

听到这句话的两个人，被其中模糊的含意吓得倒退一步。这句话到底是什么意思，他们两人并不了解，却都能肯定其中的威胁性。

上尉继续说：“他是一个突变种，而根据他后来的成就，显然是极成功的突变种。我不知道他有多大能耐，也不确定他和惊险影集中所谓的‘超人’究竟相差多少。但是他从无名小卒变成如今的卡尔根统领，前后只花了两年的时间，这就足以说明一切。你们看不出其中的危险性吗？这种无法预料的生物基因突变，也会包括在谢顿计划之中吗？”

贝泰缓缓答道：“我不相信有这种事，这只是一种高明的骗术。假如骡真是超人，他的手下为什么不当场杀掉我们？”

“我已经告诉过你们，我不知道他的突变究竟到了什么程度。他也许尚未准备好对付基地，目前他能忍受这种挑衅，足以代表他老谋深算。现在，让我跟小丑谈一谈。”

面对着上尉，马巨擘拼命发抖，他显然十分畏惧面前这个高大强壮的男子。

上尉开始慢慢问道：“你曾经亲眼见过骡吗？”

“尊贵的先生，我简直看过了头。而且，我还用我自己的身子，体会过他臂膀的重量呢。”

“这点我不怀疑，你能不能形容他一下？”

“尊贵的先生，我一想到他就会害怕。他是一个强壮威武的人。跟他比起来，就连您也只能算是细瘦苗条。他的头发是一团火红，而他的臂膀一旦伸直了，我使尽吃奶的力气，再加上全身的重量，也没法子往下拉动一根汗毛的距离。”马巨擘瘦小的躯体缩起来，似乎只剩下了蜷曲的四肢，“常常，为了要娱乐他的将领，或者只是他自己寻开心，他会用一根手指头勾住我的裤腰带，把我提到吓人的高度，然后叫我开始吟诗。直到我吟完第二十节，才肯把我放下来。这些诗必须都是即兴之作，而且全部要押韵，否则就得重新来过。尊贵的先生，他的气力天下无双，而且总是凶残地使用他的力量——而他的眼睛，尊贵的先生，从来没有人见过。”

“什么？你最后说的什么？”

“尊贵的先生，他总是戴着一副式样古怪的眼镜。据说镜片是不透明的，他看东西不像常人那样需要眼睛，而是使用一种威力无比的魔力。我还听说，”他的声音突然压低，变得神秘兮兮，“看到他的眼睛等于看到死神；尊贵的先生，他能用眼睛杀人。”

马巨擘的眼珠飞快转动，轮流环顾瞪着他的三个人。他又颤声说道：“这是真的。我敢发誓，这是真的。”

贝泰深深吸了一口气。“上尉，看来你说对了。你要不要帮我们做个决定？”

“嗯，让我们来研究一下目前的情况。你们没有积欠任何费用吧？船库上方的栅栏是开着的？”

“我随时可以离开。”

“那么赶快走。或许骡还不想和基地作对，但是让马巨擘逃了，对他而言却是很大的危险。这也许就能解释，当初他们为何大费周章地追捕这个可怜虫。所以说，上面可能会有星舰在等着你们。假如你们消失在太空中，谁又能找到元凶呢？”

“你说得很对。”杜伦垂头丧气地表示同意。

“然而，你的太空船具有防护幕，速度也可能超越此地任何的船舰。一旦你冲出大气层，立刻关闭发动机，绕到对面的半球去，再用最大的加速度冲入航道。”

“有道理。”贝泰冷静地说，“但是回到基地之后，上尉，我们又该怎么办？”

“哈，就说你们是心向基地的卡尔根公民如何？我对这点毫不怀疑，不是吗？”

没人再说什么。杜伦转身走向控制台，太空船开始向一侧稍稍倾斜。

杜伦驾着太空船绕到卡尔根的另一边，又航行了足够远的距离之后，他才试图进行首度的星际跃迁。直到此时，普利吉上尉的眉头才终于舒展一点——因为一路上，没有任何骡的船舰试图拦截他们。

“看来他是默许我们带走马巨擘。”杜伦说，“你的推论好像出了问题。”

“除非，”上尉纠正他的话，“他是故意要让我们带他走的。果真如此，基地就不妙了。”

完成最后一次跃迁之后，太空船已经很接近基地，只剩下最后一段无推力飞行。此时，他们首次接收到来自基地的超波新闻。

其中有一条并不起眼的小新闻。似乎是某个统领——兴趣缺缺的播报员并没有指明——向基地提出抗议，指责基地派人绑架他的一名廷臣。紧接着，播报员便开始报道体育新闻。

普利吉上尉用冷淡的口气说：“他毕竟抢先了我们一步。”然后，他又若有所思地补充道：“他已经作好对付基地的准备，正好利用这件事当做借口。这会使我们的处境更加困难。虽然尚未真正准备好，我们将被迫提早行动。”

15

心理学家

基地中最自由的生活方式，莫过于从事所谓“纯科学”研究，这个事实其来有自。过去一个半世纪中，基地虽然获取了大量的有形资源，不过想要在银河系称霸，甚至即使仅仅为了生存，基地仰赖的仍是高人一等的优越科技。因此，“科学家”拥有不少特权。基地需要他们，他们也明白这一点。

而在基地所有的“纯科学”工作者中，艾布林·米斯——只有不认识他的人，才会在称呼他的时候加上头衔——他的生活方式又比其他人更自由，这个事实同样其来有自。在这个分外尊重科学的世界，他就是“科学家”——这是个堂皇而严肃的职业。基地需要他，他自己也明白这一点。

因此之故，当其他人对市长下跪行礼时，他不但拒绝从命，并且还大声疾呼：祖先们当年从来不对任何混蛋市长屈膝。而且在那个时代，市长无论如何也是民选的，随时可以叫他们滚蛋。他还常常强调，生来就能继承的东西其实只有一样，那就是先天性白痴。

同样的道理，当艾布林·米斯决定要让茵德布尔召见他的时候，他并未依循正式的觐见申请手续，将申请书一级级向上呈递，再静候市长的恩准一级级发下来。他只是从仅有的两件披风中，挑出比较不邋遢的那件披在肩上，再将一顶式样古怪至极的帽子歪戴在脑袋一侧。他还衔着一根市长绝对禁止的雪茄，毫不理会两名警卫的呵斥，就大摇大摆地闯进市长的官邸。

市长当时正在花园里，突然听到愈来愈近的喧扰，除了警告制止的吼叫声，还有含糊不清的粗声咒骂，他才知道有人闯了进来。

茵德布尔缓缓放下手中的小铲子，缓缓站起身来，又缓缓皱起眉头。在日理万机之余，茵德布尔每天仍会拨出一点休闲的时间；通常是午后的两小时，只要天气许可，他都会待在花园里。这座由他精心规划的花园，花圃都垦栽成三角形或长方形，红花与黄花规律地交错着；每块花圃的顶点还点缀着几朵紫色的花，花园四周则是一条条整齐的绿线。在他的花园里，他不准任何人打搅——绝无例外！

茵德布尔一面走向小花园门口，一面摘下沾满泥巴的手套。

他自然而然地问道："怎么回事？"

自有人类以来，在无数个类似的场合，这一句问话——一字不差——曾经从各式各样人物嘴里吐出来。可是没有任何记载显示，这句问话除了显现威风之外，还能有什么其他目的。

可是这一回，他得到一个具体的答案。因为米斯的身体正好挟着咆哮向前冲来，两名警卫则一边一个，紧紧抓住他身上被撕烂的披风。米斯则不断挥着拳头，对那两名警卫左右开弓。

茵德布尔一本正经、满脸不悦地皱着眉头，示意两名警卫退下。米斯这才弯下腰，捡起烂成一团的帽子，抖掉将近一袋的泥土，再将帽子塞在腋下，然后说："茵德布尔，你看看，你那些XXX的奴才要赔我一件好披风。这件本来还可以好好穿很久呢。"他喘着气，用稍微夸张的动作抹了抹额头上的汗水。

市长满肚子不高兴地僵立在那里，挺直五英尺二英寸的身子傲慢地说："米斯，我可不晓得你请求觐见，当然还没有批准你的申请。"

艾布林·米斯低头望着市长，显然是不敢相信自己的耳朵。"银——河呀，茵德布尔，难道你昨天没有收到我的便条吗？我前天交给一个穿紫色制服的仆佣。我应该直接拿给你的，可是我知道你多么喜欢形式。"

"形式！"茵德布尔扬起充满怒意的眼睛。然后，他慷慨激昂地说："你听说过什么是优良的组织管理吗？今后你若想要觐见我，都得先准备好一式三份的申请书，交给专门承办这项事务的政府机关。然后你乖乖等着，一旦公文循正常程序批下来，就会通知你觐见的时间。到时候你才能出现，还得穿着合宜的服装——合宜的服装，你懂吗——并且表现出应有的尊重。现在你可以走了。"

"我的衣服又有什么不对劲？"米斯怒气冲冲地追问，"在那两个XXX的恶鬼把他们的爪子搭上来之前，这是我最好的一件披风。让我把要告诉你的话说完，我会立刻自动离开。银——河呀，倘若不是和谢顿危机有关，我真想马上就走。"

"谢顿危机！"茵德布尔总算现出一点兴趣。米斯是一位伟大的心理学家——此外还是民主分子、乡巴佬，而且无疑是叛徒，但他终究是心理学权威。这时米斯随手摘下一朵花，满怀期待地放在鼻端，却马上皱着眉头把它丢开，但市长由于有些迟疑，竟然没有将锥心的悲痛化为言语。

茵德布尔以冷漠的口气说："跟我来好吗？在这个花园里不适合

谈正事。”

回到办公室，市长立刻坐到大办公桌后面那张特制的椅子上，顿时感到心情改善不少。现在他可以俯视米斯头上所剩无几的头发，以及根本盖不住的粉红色头皮。米斯自然而然环顾四周，寻找另一张根本不存在的椅子，最后只好浑身不自在地站在原处。市长看到这种反应，他的心情就更好了。然后，市长慎重选择了一个按钮按下，随即有一名穿着制服的小吏应声出现，弯着腰走到办公桌前，呈上一个鼓鼓的金属卷宗。这个时候，市长的心情简直好到了极点。

“好，”茵德布尔又重新掌握住情势，“为了尽早结束这个未经批准的觐见，你的陈述尽量长话短说。”

艾布林·米斯却不慌不忙地说：“你知道我最近在做些什么？”

“你的报告就在我手边，”市长得意洋洋地答道，“并附有专人为我做的正式摘要。据我所知，你正在研究心理史学的数学结构，希望能够重新导出哈里·谢顿的发现；最终的目标，是要为基地描绘出未来历史的既定轨迹。”

“正是如此。”米斯淡淡地说，“谢顿当初建立基地的时候，他想得很周到，没有让心理学家跟着其他科学家一块来——所以基地一直盲目地循着历史的必然轨迹发展。在我的研究过程中，我大量采用了时光穹窿中发现的线索。”

“米斯，这点我也知道。你重复这些只是在浪费时间。”

“我不是在重复什么，”米斯尖声吼道，“因为我要告诉你的，全都不在那些报告里面。”

“不在报告里面，你这话是什么意思？”茵德布尔傻愣愣地说，“怎么可能……”

“银——河呀！可否让我用自己的方式说完，你这讨人厌的小东西。别再拼命打岔，也别再质疑我说的每一句话，否则我马上离开这里，让你身边的一切自生自灭。记住，你这个XXX的傻瓜，基地必定能度过难关，可是如果我掉头就走——你就过不了关。”

米斯把帽子摔在地板上，粘在上面的土块立刻四散纷飞。然后他猛然跳上大办公桌所在的石台，把桌上的文件胡乱扫开，一屁股坐上桌面的一角。

茵德布尔六神无主，不知道是该召警卫进来，还是要拔出藏在桌内的手铳。但是米斯正由上而下狠狠瞪着他，他唯一能做的只有勉强陪着笑脸。

“米斯博士，”他用比较正式的口气说，“您得……”

“给我闭嘴，”米斯凶巴巴地说，“好好听着。如果这些东西，”他的手掌重重打在金属卷宗上，“就是我的那些报告——马上给我丢掉。我写的任何报告，都要经过二十几个官吏一级级向上呈递，才能送到你这里；然后你的任何批示，又要经过二十几手才能发下来。如果你根本不想保密，这样做倒没有什么关系。不过，我这里的东西却是机密。它是绝对机密，即使我的那些助手，也不清楚葫芦里究竟是什么药。当然，研究工作大多是他们做的，但是每个人只负责互不相干的一小部分——最后才由我把结果拼凑起来。你知道时光穹窿是什么吗？”

茵德布尔点点头，但是米斯愈来愈得意，高声吼道：“没关系，反正我要告诉你，因为我想象这个XXX的机会，已经想了跟银河呀一样久了。我能看透你的心思，你这个小骗子。你的手正放在一个按钮旁，随时能叫来五百多名武装警卫把我干掉，但你又在担心我所知道的事——你在担心谢顿危机。我还要告诉你，如果你碰碰桌上任何东西，在任何人进来之前，我会先把你XXX的脑袋摘下来。你的爸爸是个土匪，你的爷爷是个强盗，基地被你们一家人吸血吸得太久了。”

“你这是叛变。”茵德布尔含糊地吐出一句话。

“显然没错，”米斯志得意满地答道，“可是你要拿我怎么办？让我来告诉你有关时光穹窿的一切。时光穹窿是哈里·谢顿当年建造的，目的是为了帮助我们渡过难关。对于每一个危机，谢顿都准备了一段录像来现身说法——并解释危机的意义。目前为止，基地总共经历过四次危机——谢顿也出现过四次。第一次，他出现在危机的最高峰。第二次他出现的时候，是危机刚刚圆满解决之际。这两次，我们的祖先都在那里观看他的演说。然而第三和第四次危机来临时，他却被忽略了，也许是因为根本不需要他，可是我最近的研究显示——你手中的报告完全没有提到这些——谢顿还是曾经现身，而且时机都正确。懂了吗？”

米斯并非等待市长作任何回答。他手中的雪茄早就烂成一团，现在他终于把它丢掉，又摸出了一根点上，开始大口大口地吞云吐雾。

他继续说：“官方说法，我的工作是试图重建心理史学这门科学。不过，任何人都无法单独完成这项工作，而一个世纪内无论如何也不可能成功。但我在比较简单的环节上有些突破，利用这些成绩，我有了接触时光穹窿的借口。我真正研究出来的结果，包括相当准确地推测哈里·谢顿下次出现的正确日期。我可以告诉你那个日子，换句话说，就是下一个谢顿危机——第五个危机升到顶点的时间。”

“距离现在还有多久？”茵德布尔紧张兮兮地追问。

米斯以轻松愉快又轻描淡写的口气，引爆了他带来的这颗炸弹。“四个月，”他说，“XXX的四个月，还要减两天。”

“四个月，”茵德布尔不再装腔作势，激动万分地说，“不可能。”

“不可能？我可以发XXX的誓。”

“四个月？你可了解这代表什么吗？假如四个月后危机即将爆发，就代表它已经酝酿有好几年了。”

“有何不可？难道有哪条自然法则，规定危机必须在光天化日下酝酿吗？”

“可是没有任何征兆，没有任何迫在眉睫的事件。”茵德布尔急得几乎把手都拧断了。突然间，他无端恢复了凶狠的气势，尖声叫道：“请你爬下桌子去，让我把桌面收拾整齐好不好？这样子叫我怎么能思考？”

这句话把米斯吓了一跳，他将庞大的身躯移开，站到一旁去。

茵德布尔十万火急地将所有的东西归回原位，然后连珠炮似的说：“你没有权利这样随随便便就进来。假使你先提出你的理论……”

“这绝不是理论。”

“我说是理论就是理论。假使你先提出你的理论，并且附上证据和论述，按照规定的格式整理好，它就会被送到历史科学局去。那里自有专人负责处理，再将分析的结果呈递给我，然后，当然，我们就会采取适当的措施。如今你这么乱来，唯一的结果只是令我烦心。啊，在这里。”

他抓起一张透明的银纸，在肥胖的心理学家面前来回摇晃。

“这是每周的外交事务摘要，是我为自己准备的。听着——我们已经和莫尔斯完成贸易条约的磋商；将要继续和里欧尼斯进行相同的磋商；派遣代表团去庞第参加一个什么庆典；从卡尔根收到一个什么抗议，我们已经答应加以研究；向阿斯波达抗议他们的贸易政策过于严苛，他们也答应会加以研究——等等，等等。”市长的目光聚焦在目录上，然后他小心翼翼地举起那张银纸，放回正确的文件格内正确的卷宗里的正确位置。

“米斯，我告诉你，放眼银河，没有一处不是充满秩序与和平……”

此时，简直就是无巧不成书，远处的一扇门突然打开，一名衣着朴素的官员随即走进来。

茵德布尔起身的动作在半途僵住。最近发生了太多意料不到的事，令他感到晕头转向，仿佛做梦一般。先有米斯硬闯进来，跟他大吵大闹好一阵子，现在他的秘书竟然又一声不响就走过来，这个举动实在太不合宜，秘书至少应该懂得规矩。

秘书单膝跪下。

茵德布尔用尖锐的声音说：“怎么样！”

秘书低着头，面对着地板报告。“市长阁下，情报局的汉·普利吉上尉从卡尔根回来了。由于他违抗了您的命令，根据您早先的指示——市长手令第二〇·五一三号——已经将他收押，等待发监执行。跟他一起来的人也已被扣留和查问，完整的报告已经呈递。”

茵德布尔吼道：“完整的报告已经收到。怎么样！”

“市长阁下，在普利吉上尉的口供中，约略提到卡尔根新统领的危险阴谋。根据您早先的指示——市长手令第二〇·六五一号——不得为他举行正式的听证会。不过他的口供都做成了笔录，完整的报告已经呈递。”

茵德布尔声嘶力竭地吼道：“完整的报告已经收到。怎么样！”

“市长阁下，在一刻钟之前，我们收到来自沙林边境的报告。数艘确定国籍的卡尔根船舰，已强行闯入基地领域。那些船舰都有武装，已经打起来了。”

秘书的头愈垂愈低。茵德布尔继续站在那里。艾布林·米斯甩了甩头，然后一步步走近秘书，并猛拍他的肩膀。

“喂，你最好叫他们赶快释放那位普利吉上尉，然后把他送到这里。赶快去。”

秘书随即离去，米斯又转向市长。“茵德布尔，你的政府是不是该动起来了？四个月，你知道了吧。”

茵德布尔仍然目光呆滞地站在那里。他似乎只剩下一根手指还能活动——在他面前光滑的桌面上，那根手指神经质地画着一个又一个三角形。

16

大会

二十七个独立行商世界，基于对基地母星不信任的唯一共识，决定团结起来组成一个联盟。这些行商世界，个个具有夜郎自大的心态，以及井底之蛙的顽固，并且由于常年涉险而充满暴戾之气。他们在举行首次大会之前，曾经做过许多先期磋商与交涉，目的是解决一个连最有耐心的人都会被烦死的小问题。

这个小问题并非大会的技术细节，例如投票的方式、代表的产生——究竟是以世界计或以人口计，那些问题牵涉到重要的政治因素。它也不是关于代表的座次，无论是会议桌或餐桌，那些问题牵涉到重要的社会因素。

这个小问题其实是开会的地点，因为那才是最具地方色彩的问题。经过了迂回曲折的外交谈判，终于选定拉多尔这个世界。在磋商开始的时候，有些新闻评论员已经猜到这个结果，因为拉多尔位置适中，是最合乎逻辑的选择。

拉多尔是个很小的世界——就军事潜力而言，可能也是二十七个世界中最弱的。不过，这也是它合乎逻辑的另一个原因。

它是一个带状世界——这种行星在银河系十分普遍，但适合住人的却少之又少，因为难得有恰到好处的自然条件。所谓带状世界的行星，是指它的两个半球处于两种极端温度，生命只可能存在于环状的过渡地带。

从未接触过这个世界的人，照例会认为它没有什么吸引力。其实它上面有好些极具价值的地点——拉多尔市就是其中之一。

这个城市沿着山麓的缓坡展开。附近几座嵯峨崎岖的高山，阻挡了山后低温半球的酷寒冰雪，并为城市提供所需的用水。常年被太阳炙晒的另一半球，则为它送来温暖干燥的空气。处于这两个半球之间，拉多尔市成为一座常绿的花园，全年沐浴在六月天的清晨。

每幢房舍四周都有露天花园。园中长满珍贵的奇花异草，全部以人工加速栽培，以便为当地人换取大量的外汇。如今，拉多尔几乎变成一个农业世界，而不再是典型的行商世界。

因此，在这个穷山恶水的行星上，拉多尔市是个小小的世外桃源。这一点，也是它被选为开会地点的原因。

来自其他二十六个行商世界的会议代表、眷属、秘书、新闻记者、船舰与船员，令拉多尔的人口几乎暴涨一倍，各种资源也几乎被消耗殆尽。大家尽情吃喝，尽情玩乐，根本没有人想睡觉。

但在这些吃喝玩乐的人群中，只有极少数人不太了解战火已经悄悄蔓延整个银河系。而在那些了解局势的大多数人当中，又可再细分为三大类。其中第一类占大多数，他们知道得很少，可是信心十足。

例如那位帽扣上镶着“赫汶”字样的太空船驾驶员。他正把玻璃杯举到眼前，透过杯子望着对面浅浅微笑的拉多尔女郎，同时说道：“我们直接穿越战区来到这里——故意的。经过侯里哥的时候，我们关闭发动机，飞行了大约一‘光分’的距离……”

“侯里哥？”一名长腿的本地人插嘴问道，这次聚会就是由他做东。“就是上星期，骡被打得屁滚尿流的地方，对不对？”

“你从哪里听说骡被打得屁滚尿流？”驾驶员高傲地反问。

“基地的广播。”

“是吗？乱讲，是骡打下了侯里哥。我们几乎撞到他的一艘护航舰，他们就是从侯里哥来的。假使骡被打得屁滚尿流，怎么可能还留在原处；打得他屁滚尿流的基地舰队，却反而溜之大吉？”

另一个人用高亢而含糊的声音说：“别这么讲，基地总是先挨两下子。你等着瞧，把眼睛睁大点。老牌的基地迟早会打回来，到了那个时候——砰！”这人声音含混地说完之后，还醉醺醺地咧嘴一笑。

赫汶来的驾驶员沉默了一会儿，接着又说：“无论如何，正如我所说，我们亲眼看到骡的星舰，而且它们看来十分精良——十分精良。我告诉你，它们看来像新的。”

“新的？”做东的本地人若有所思地说，“他们自己造的吗？”他随手摘下头顶的一片叶子，优雅地放在鼻端闻了闻，然后丢进嘴里嚼起来。嚼烂的树叶流出绿色的汁液，并弥漫着薄荷的香味。他又说：“你是想告诉我，他们用自己拼凑的星舰，击败了基地的舰队？得了吧。”

“老学究，我们亲眼见到的。你该知道，我至少还能分辨船舰和彗星。”

本地人向驾驶员凑过去。“你可知道我在想什么。听好，别跟自己开玩笑了。战争不会无缘无故打起来，我们有一大堆精明能干的领导者，他们知道自己在做什么。”

那个喝醉的人突然又大声叫道：“你注意看老牌的基地。他们会忍耐到最后一分钟，然后就‘砰’！”他愣愣地张开嘴巴，对身边的女郎笑了笑，女郎赶紧走了开。

拉多尔人又说："老兄，比如说吧，你认为也许是那个什么骡在控制一切，不——对。"他伸出一根手指摇了摇，"我所听到的——顺便提醒你，我是从很高层听来的，骡根本就是我们的人。我们买通了他，那些星舰或许也是我们建造的。让我们面对现实——我们也许真的那么做了。当然，他最后不可能打败基地，却能搞得他们人心惶惶。当他做到这一点的时候，我们就趁虚而入。"

那女郎问道："克雷夫，你只会说这些事吗？只会谈战争？我都听厌了。"

赫汶来的那名驾驶员，马上用过度殷勤的口气说："换个话题吧，我们不能让女孩们厌烦。"

接着，喝醉的那人不断重复这句话，还拿啤酒杯在桌上敲着拍子。此时有几双看对了眼的男女，笑嘻嘻地大摇大摆离开餐桌；又有一些成双成对的露水鸳鸯，从后院的"阳房"走了出来。

话题变得愈来愈广泛，愈来愈杂乱，愈来愈没有意义……

第二类的人，则是知道得多一点，信心却少一些。

魁梧的独臂人弗南就是其中之一。他是赫汶出席这次大会的官方代表，因此获得很高的礼遇。他在这里忙着结交新朋友——女性朋友优先考虑，男性朋友则纯属公事。

现在，他正待在一间山顶房舍的阳台上，这间房舍的主人正是弗南新交的朋友。自从来到拉多尔，这是他第一次松懈下来——后来才知道，在拉多尔这段日子，他前前后后只有两次这种机会。那位新朋友名叫埃欧·里昂，他不是道地的拉多尔人，只是有血缘关系而已。埃欧的房舍并非坐落在大众住宅区，而是独立于一片花海中，四周充满花香与虫鸣。那个阳台其实是一块倾斜四十五度的草坪，弗南摊开四肢躺在上面，尽情地享受温暖的阳光。

他说："这些享受在赫汶通通没有。"

埃欧懒洋洋地应道："你看过低温半球吗？离这里二十英里就有一处景点，那里的液态氧像水一般流动。"

"得了吧。"

"这是事实。"

"来，埃欧，我告诉你——想当年，我的手臂还连在肩膀上的时候，知道吗，我到处闯荡——你不会相信的，不过……"他讲了一个好长的故事，埃欧果然不相信。

埃欧一面打呵欠，一面说："物换星移，这是真理。"

"我也这么想。唉，算了，"弗南突然发起火来，"别再说了。我跟你提过我的儿子没有？你可以说他是旧派人物。他妈的，他将来一定会成为伟大的行商。他从头到脚和他老子一模一样。从头到脚，唯一不同的是他结了婚。"

"你的意思是签了一张合同？跟一个女人？"

"就是这样，我自己看不出这有什么意义。他们夫妻到卡尔根度蜜月去了。"

"卡尔根？卡——尔——根？银河啊，那是什么时候的事？"

弗南露出灿烂的笑容，若有深意地慢慢答道："就在骡对基地宣战之前。"

"只是去度蜜月？"

弗南点点头，并示意埃欧靠过来。他以沙哑的声音说："事实上，我可以告诉你一件事，只要你别再转述出去。我的孩子去卡尔根其实另有目的。当然，你该知道，现在我还不想泄露这个目的究竟为何。但你只要看看目前的局势，我想你就能猜得八九不离十。总之，我的孩子是那件任务的不二人选。我们行商亟需一点骚动。"他露出狡猾的微笑，"现在果然来了。我不能说我们是如何做到的，但是——我的孩子一到卡尔根，骡就派出他的舰队。好儿子！”

埃欧感到十分佩服，他也开始对弗南推心置腹。“那太好了。你知道吗，据说我们有五百艘星舰，随时待命出发。”

弗南以权威的口吻说：“也许还不只这个数目。这才是真正的战略，我喜欢这样。”他使劲抓了抓肚皮，“可是你别忘了，骡也是一个精明的人物。在侯里哥发生的状况令我担心。”

“我听说他损失了十艘星舰。”

“没错，可是他总共动用了一百多艘，基地最后只好撤退。那些独裁者吃败仗固然大快人心，可是这样兵败如山倒却不妙。”他摇了摇头。

“我的问题是，骡的星舰到底是哪里弄来的？现在谣言满天飞，说是我们帮他建造的。”

“我们？行商？赫汶拥有独立世界中最大的造舰厂，可是我们从来没有帮外人造过一艘星舰。你以为有哪个世界，会不担心其他世界的联合抵制，擅自为骡提供一支舰队？这……简直是神话。”

“那么，他到底是从哪里弄来的？”

弗南耸耸肩。“我想，是他自己建造的。这点也令我担心。”

弗南眯起眼睛望着太阳，并屈起脚趾，将双脚放在光滑的木制脚台上。不久他就渐渐进入梦乡，轻微的鼾声与虫鸣交织在一起。

最后一类的人只占极少数，他们知道得最多，因而毫无信心。

例如蓝度就属于这一类。如今“行商大会”进行到第五天，蓝度走进会场，看到他约好的两个人已经在那里等他。会场中的五百个座位都还是空的——而且会持续一阵子。

蓝度几乎还没有坐下来，就迫不及待地说：“我们三个人，代表了独立行商世界将近一半的军事潜力。”

“是的，”伊斯的代表曼金答道，“我们两人已经讨论过这一点。”

蓝度说：“我准备很快、很诚恳地把话说完，我对交涉谈判或尔虞我诈毫无兴趣。我们如今的情势糟透了。”

“是因为——”涅蒙的代表欧瓦·葛利问道。

“是因为上一个小时的发展。拜托！让我从头说起。首先，如今的情况，并不是我们所作所为导致的结果，也无疑不在我们的掌控中。我们原先的交涉对象不是骡，而是其他几位统领。其中最重要的就是卡尔根的前任统领，可是在最紧要的关头，他竟然被骡打垮了。”

“没错，但这个骡是个不错的替代人选。”曼金说，“我一向不吹毛求疵。”

“知道所有的详情之后，你就会改变心意了。”蓝度身子向前倾，双手放在桌面，手掌朝上，做了一个明显的手势。

他又说：“一个月前，我派我的侄子和侄媳到卡尔根去。”

“你的侄子！”欧瓦·葛利惊讶地吼道，“我不知道他就是你的侄子。”

“这样做有什么目的？”曼金以冷淡的口气问：“这个吗？”他用拇指在空中画了一个圆圈。

“不对。假如你是指骡向基地宣战那件事，不，我怎么可能期望那么高？那个年轻人什么也不知道——无论是我们的组织或是我们的目的。我只告诉他，我是赫汶一个爱国团体的普通成员，而他到卡尔根去，只是顺便帮我们观察一下状况。我必须承认，我真正的动机也相当暧昧。我最主要是对骡感到好奇，他是个不可思议的人物——关于这一点，我们已经讨论得够多了，我不想再重复。其次，我的侄子曾经到过基地，也跟那边的地下组织有过接触，他将来很可能成为我们的同志。让他去一趟卡尔根，会是一次很有意义的训练。明白了吗——”

欧瓦的长脸拉得更长，露出大颗大颗的牙齿。“这么说，你一定对结果大吃一惊。我相信，现在行商世界人尽皆知，都晓得是你的侄子假冒基地的名义，拐走骡的一名手下，给了骡一个宣战的借口。银河啊，蓝度，你可真会编故事。我难以相信你会跟这件事没有牵连。承认了吧，这是个精心策划的行动。”

蓝度甩了甩一头的白发。“不是出于我的策划，也不是我的侄子有意造成的。他如今成了基地的阶下囚，可能无法活着看到这个精心策划的行动大功告成。我刚刚收到他的讯息。不知道他用什么方法，把私人信囊偷偷传了出来，信囊通过战区辗转送达赫汶，然后又从那里转到这里。足足一个月，才到我手上。”

“信上写的是……”

蓝度用单掌撑着身子，以悲切的口吻说：“恐怕我们要步上卡尔根前任统领的后尘。骡是一个突变种！”

这句话随即引起一阵不安。蓝度不难想象，对面两个人一定立刻心跳加速。

当曼金再度开口时，平稳的口气却一点也没有变。“你是怎么知道的？”

“只是我侄子这么说的，不过他曾经到过卡尔根。”

“是什么样的突变种？你知道，突变种有好多种类。”

蓝度勉力压下不耐烦的情绪。“没错，曼金，突变种有好多种类。好多种类！可是骡却只有一个。什么样的突变种能这样白手起家，先是聚集一股军队，据说，最初只是在一颗直径五英里的小行星上建立据点，然后攻占一颗行星，接下来是一个星系、一个星区——然后开始进攻基地，并在侯里哥击败基地的舰队。这一切，前后只有两三年的时间！”

欧瓦·葛利耸耸肩。“所以你认为，他终究会击败基地？”

“我不知道。假如他真的做到了呢？”

“抱歉，我可不想扯那么远。基地是不可能被打败的。听好，除了这个……嗯，这个少不更事的孩子传来的消息，我们没有获悉任何新的进展。我建议把这件事暂且摆在一边。骡已经打了那么多场胜仗，在此之前我们一点也不操心，除非他打下大半个银河，我看不出何必改变我们目前这种态度。对不对？”

蓝度皱起眉头，对方说的一堆歪理令他灰心。他对两人说：“目前为止，我们有没有跟骡作过任何接触？”

“没有。”两人齐声答道。

“其实，我们曾经尝试过，对不对？其实，除非我们跟他取得联系，召开这场大会并没有什么意义，对不对？其实，目前为止，大家都是喝得多想得少，说得多做得少——我是引自今天《拉多尔论坛报》上的一篇评论——这都是因为我们无法联络到骡。两位先生，我们总共拥有近千艘的星舰，只要时机一到，就能全体出动，一举攻下基地。我认为，我们应该改变计划。我认为，应该立刻把那一千艘星舰派出去——对抗骡！”

“你的意思是，去帮助茵德布尔那个暴君，还有基地那帮吸血鬼吗？”曼金带着恨意轻声追问。

蓝度不耐烦地举起手。“请省略不必要的形容词。我只是说‘对抗骡’，我不在乎是帮助谁。”

欧瓦·葛利站了起来。“蓝度，我不要跟这件事有任何牵扯。如果你迫不及待想进行政治自杀，今晚就可以向大会提出这个动议。”

他头也不回地走了出去，曼金沉默地跟在他后面。会场只剩下蓝度一个人，他花了一个小时，不断思索着根本没有答案的问题。

当天晚上的大会，他没有作任何发言。

第二天一大早，欧瓦·葛利却冲进蓝度的房间。当时，这位欧瓦·葛利只随便披了一件衣服，胡子没有刮，头也没有梳。

蓝度刚刚吃完早餐，隔着餐桌的杯盘瞪着他，被他的狼狈模样吓了一跳，连手中的烟斗都抓不稳。

欧瓦劈头就粗声喊道："涅蒙遭到来自太空的奇袭。"

蓝度眯起眼睛。"是基地吗？"

"是骡！是骡！"欧瓦拼命吼道，然后一口气地说："这是无故的、蓄意的攻击。我们的舰队中大多数的星舰，都已经加入国际联合舰队。留守的后备分遣队根本兵力不足，全被打得无影无踪。他们目前还没有登陆，也许根本不会登陆，因为根据我接到的报告，对方也损失了半数的星舰——但这毕竟是战争——我来找你，是想问你赫汶将采取什么立场。"

"我肯定，赫汶一定会固守'联盟宪章'的精神。但是，你知道吗？他一样会攻击我们的。"

"这个骡是个疯子，他能打败整个宇宙吗？"他蹒跚地走到餐桌旁坐下，抓住蓝度的手腕，"我们极少数的生还者报告说，骡……敌人拥有一种新式武器，一种核场抑制器。"

"一种什么？"

欧瓦说："我们大多数的星舰，都是因为核武器失灵才被打下来的。这种事不会是意外，也不会是遭到破坏，一定是骡的新武器造成的。这种新武器并不完美，时灵时不灵，也不难设法中和——我收到的紧急通知不够详细。但你看得出来，这种武器会改变战争的面貌，还可能使我们整个舰队变成一堆废铁。"

蓝度感到自己突然老了许多。他的脸垮下来，显得垂头丧气。"只怕这头怪兽长大了，即将把我们全部吞噬。但我们必须跟他拼一拼。"

17

声光琴

艾布林·米斯的住宅坐落在端点市一个还算纯朴的社区，基地所有的知识分子、学者，以及任何一个爱读书报的人，对这间房子都不会陌生。不过大家的主观印象不尽相同，端视各人读到的报道出自何处。对于某位心思细腻的传记作家，它是“从非学术的现实隐遁的象征”。某位社会专栏作家，曾经以一针见血的文字，提到室内“杂乱无章的、可怕的雄性气氛”。某位博士曾直率地描述它“有书卷气，但很不整齐”。某位与大学无缘的朋友则说：“随时可以来喝一杯，你还能把脚放在沙发上”。某位生性活泼、喜欢卖弄文采的每周新闻播报员，有一回提到：“离经叛道、激进、粗野的艾布林·米斯，他家的房间显得硬邦邦、实用而正经八百。”

此时，贝泰自己也在心中评价着这座住宅。根据第一手资料，她觉得“邋遢”是唯一的形容词。

除了刚到基地那几天，她在拘留期间的待遇都还不错。相较之下，在心理学家的家中等待半小时，似乎比那些日子难熬得多——或许有人正在暗中监视呢？至少，她过去一直和杜伦在一起……

若不是马巨擘垂下长鼻子，露出一副紧张得不得了的表情，这种迫人的气氛可能会令她更难过。

马巨擘并起细长的双腿，膝盖顶着尖尖的、松弛的下巴，仿佛试着要让自己缩成一团然后消失。贝泰自然而然伸出手来，做了一个温柔的手势为他打气。马巨擘怔了一怔，然后才露出微笑。

“毫无疑问，我亲爱的女士，似乎直到现在，我的身子还不肯相信我的脑子，总是以为别人还会伸手打我一顿。”

“马巨擘，你不用担心。有我跟你在一起，我不会让任何人伤害你。”

小丑的目光悄悄转向贝泰，又迅速缩回去。“可是他们原先不让我跟您——还有您那位好心的丈夫在一块。此外，我想告诉您，您也许会笑我，可是失去了友情，我感到十分寂寞。”

“我不会笑你的，我也有这种感觉。”

小丑显得开朗多了，将膝盖抱得更紧。“这个要来看我们的人，您还没有见过他吧？”他以谨慎的口气问道。

“没错。不过他是名人，我曾经在新闻幕中看过他，也听到过好些他的事情。马巨擘，我想他是好人，他不会想伤害我们。”

“是吗？”小丑仍然坐立不安，“亲爱的女士，也许您说得对，可是他以前曾经盘问过我，他的态度粗鲁，嗓门又大，令我忍不住发抖。他满口古怪的言语，所以对于他的问题，我使尽吃奶的力气也吐不出半个字。从前有个吟游诗人看我愣头愣脑，就唬我说在这种紧张时刻，心脏会塞到气管里，让人说不出话来，如今我几乎要相信他的话。”

“不过现在情况不同了。我们两个应付他一个，他没办法把我们两人都吓倒，对不对？”

“没错，我亲爱的女士。”

不知从哪里传来“砰”的一下关门声，接着是一阵咆哮逐渐逼近。当咆哮声到达门外时，凝聚成凶暴的一句“银——河呀，给我滚开这里！”门口立时闪过两名穿着制服的警卫，一溜烟就不见了。

艾布林·米斯皱着眉头走进房间，将一个仔细包装的东西放到地上，然后走过来跟贝泰随便握了握手。贝泰则回敬以粗犷的、男士的握手方式。米斯转向小丑后，又不禁回头望了望贝泰，这次目光在她身上停驻许久。

他问道：“结婚了？”

“是的，我们办过合法的手续。”

米斯顿了顿，又问：“幸福吗？”

“目前为止还好。”

米斯耸了耸肩，又转身面向马巨擘。他打开那包东西，问道：“孩子，知道这是什么吗？”

马巨擘立刻从座位中弹跳出去，一把抓住那个多键的乐器。他抚摸着上面无数的圆凸按键，突然兴奋得向后翻了一个筋斗，差点把旁边的家具都撞坏了。

他哇哇大叫道：“一把声光琴——而且制作得那么精致，能让死人都心花怒放。”他细长的手指慢慢地、温柔地抚摸着那个乐器，然后又轻快地滑过键盘，手指轮流按下一个个按键。空气中便出现了柔和的蔷薇色光辉，刚好充满每个人的视野。

艾布林·米斯说：“好啦，孩子，你说你会玩这种乐器，现在有机会了。不过，你最好先调调音，这是我从一家博物馆借出来的。”然后，米斯转身向贝泰说：“据我所知，基地没有任何人会侍候这玩意。”

他靠近了些，急促地说：“没有你在场，小丑就不肯开口。你愿意帮我吗？”

贝泰点了点头。

“太好了！”他说，“他的恐惧状态几乎已经定型，我怀疑他的精神耐力承受不了心灵探测器。如果我想从他那里得到任何讯息，必须先让他感到绝对自在。你了解吗？”

贝泰又点了点头。

“这把声光琴是我计划中的第一步。他说他会演奏这种乐器，根据他现在的反应，我们几乎可以确定，这玩意曾经带给他极大的快乐。所以不论他演奏得是好是坏，你都要显得很有兴趣、很欣赏。然后，你要对我表现出友善和信任。最重要的是，每件事都要看我的眼色行事。”米斯很快瞥了马巨擘一眼，看到他蜷缩在沙发的一角，迅速调整着声光琴的内部机件，一副全神贯注的样子。

米斯又像闲话家常般对贝泰说：“你听过声光琴的演奏吗？”

“听过一次，”贝泰也用很自然的口气说，“是在一场珍奇乐器演奏会中，没什么特别的印象。”

“嗯，我猜是因为表演的人不尽理想。如今几乎没有真正一流的演奏者。比起其他的乐器，比如说多键盘钢琴，声光琴并不需要全身上下如何协调，反而需要某种灵巧的心智。”接着他压低声音说，“这就是为什么对面那个皮包骨，有可能演奏得比咱们想象中要好。过半数的出色演奏家，在其他方面简直都是白痴。心理学之所以这么有意思，正是因为这种古怪现象还真不少。”

他显然是想要制造轻松的气氛，又补充道：“你知道这个怪里怪气的东西是什么原理？我特地研究了一下，目前我得到的结论是，它产生的电磁辐射能直接刺激脑部的视觉中枢，根本不必触及视神经。事实上，就是制造出一种原本不存在的感觉。你仔细想想，还真是挺神奇的。你平常听到的声音，并没有什么特别之处，不外是经过耳鼓、耳蜗的作用。但是——嘘！他准备好了。请你踢一下那个开关，在黑暗中效果更好。”

在一片昏暗中，马巨擘看起来只是一小团黑影，艾布林·米斯则是带着浓重呼吸声的一大团。贝泰满心期待地瞪大眼睛，起初却什么也看不到。空气中只存在着细微纤弱的颤动，音阶毫无规律地愈爬愈高。它在极高处徘徊，音量陡然升高，然后猛扑下来撞碎在地上，犹如纱窗外响起一声巨雷。

随着四散迸溅的旋律，一个色彩变幻不定的小球渐渐胀大，在半空中爆裂成众多不规则的团块，一起盘旋而上，然后迅速下落，如同相互交错的弧形彩带。那些团块又凝聚成无数颗小珠子，每颗的色彩都不尽相同——这时候，贝泰开始看出一点名堂了。

她发现如果闭起眼睛，彩色的图案反而更加清晰；每颗彩珠的每个小动作都带着特有的节奏；她还发现自己竟然无法确认这些色彩；此外彩珠其实并非珠状，而是许多小小的人形。

小小的人形，又像是小小的火苗，无数的人形在舞蹈，无数的火苗在闪耀，忽而从视线中消失，一会儿又无端地重现。相互间不断挪换着位置，然后再聚集成新的色彩。

贝泰不禁想到，晚上如果使劲闭起双眼，直到眼睛生疼，再睁开来耐心凝视，就会看到类似的小彩珠。她又联想到一些熟悉的景象：不停变幻颜色的碎花布在面前掠过，许多同心圆同时收缩，还有颤动不已的变形虫等等。不过如今眼前的景象规模更大，变化更多端——每颗小彩珠都是一个小小的人形。

他们成双成对向她扑来，她倒抽一口气，赶紧抬起双手。他们却一个个翻滚开来，不一会儿，贝泰便处身于耀眼的暴风雪中心。冷光跃过她的肩头，如滑雪般来到她的手臂，再从她僵凝的十指激射出去，在半空中缓缓聚集成闪亮的焦点。除此之外，还有上百种乐器的旋律，如泉水般淙淙流过，直到她无法从光影中分辨出那些音乐。

她很想知道艾布林·米斯是否也看到相同的景象，否则，他又看到些什么呢？这个疑问一闪而过，然后——

她继续凝视。那些小小的人形——他们真是小小的人形吗？其中有许多红发少女，她们旋转和屈身的动作太快了，令她的心灵无法专注。她们一个抓一个，组成星形的队形，然后一起开始旋转。音乐变成了模糊的笑声——是女孩们的笑声在贝泰耳中响起。

星形一个一个靠拢，彼此互相照耀，再慢慢聚合起来——由下而上，一座宫殿迅速形成。每一块砖都是一种特殊色彩，每一种色彩都闪闪发光，每一道闪光都不断变幻花样。她的目光被引导向上，仰望那二十座镶着宝石的尖塔。

一条闪闪发光的飞毯激射而出，在半空中回旋飘扬，织成一张无形的巨网，将所有的空间网罗在内。从网中又长出明灿的嫩条，在瞬间开枝散叶，每棵树木都唱出自己的歌。

贝泰坐在它的正中央。音乐在她周围迅疾喷溅，以抒情的步调四散纷飞。她伸出手，想触摸面前一棵小树，树上的小穗立即向下飘散，消失得无影无踪，带起一阵清脆悦耳的铃声。

音乐中突然加入二十个铙钹，同时一大团火焰在贝泰面前喷涌而出，再沿着无形的阶梯一级级倾泻下来，尽数流向她的裙缘，在那里飞溅并迅速流散。她的腰肢随即被火红的光芒围绕，裙边升起一道彩虹桥，桥上有好些小小的人形……

一座宫殿，一座花园，一望无际的彩虹桥，桥上有无数小小的男男女女，全都随着弦乐庄严的节奏起舞，最后一起涌向贝泰……

接着——似乎是令人惊讶的停顿，然后又出现裹足不前的动作，继而是一阵迅速的崩溃。所有的色彩立时远遁，集中成一个旋转的球体，愈缩愈小，渐渐上升，最后终于消失。

现在，又只剩下一片黑暗。

米斯伸出大脚探着踏板，然后一脚踩下，室内立刻大放光明，但那只是平淡无趣的太阳光。贝泰不停眨着眼睛，直到淌出眼泪，仿佛在追忆什么心爱的东西。艾布林·米斯矮胖的身躯一动不动，仍然维持着双眼圆瞪、瞠目结舌的表情。

只有马巨擘一个人活蹦乱跳，他兴奋无比地哼着歌，抱着声光琴爱不释手。

“我亲爱的女士，”他喘着气说，“这把琴的效果真可说是出神入化，在平衡和响应方面，它的灵敏和稳定几乎超出我的想象。有了这把琴，我简直可以创造奇迹。我亲爱的女士，您喜欢我的作品吗？”

“你的作品？”贝泰小声地说，“你自己的作品？”

看到她吃惊的模样，马巨擘的瘦脸一直涨红到长鼻子的尖端。“我亲爱的女士，的的确确是我自己的作品。骡并不喜欢它，可是我常常、常常从这首曲子中自得其乐。那是我小的时候，有一次，我看到一座宫殿——一座巨大的宫殿，外面镶满金银珠宝；我是在巡回演出的时候，从远远的地方看见的。里头的人穿着我做梦也想不到的华丽衣裳，而且每个人都高贵显赫，后来即使在骡身边，我也没有再见到过那么高贵的人。我这首曲子其实模仿得十分拙劣，可是我的脑子不灵光，不能表现得更好了。我称这首曲子为《天堂的记忆》。”

当马巨擘滔滔不绝的时候，米斯终于回过神。“来，”他说，“来，马巨擘，你愿不愿意为其他人这样表演？”

一时之间，小丑不知如何是好。“为其他人？”他用发颤的声音说。

“在基地各大音乐厅，为数千人表演。”米斯大声说道，“你愿不愿意做自己的主人，受众人的尊敬，并且赚很多钱，还有……还有……”他的想象力到此为止，“还有一切的一切。啊？你怎么说？”

“但是我怎么可能做到呢？伟大的先生，我只是个可怜的小丑，世上的好事永远没有我的份。”

心理学家深深吐了一口气，还用手背擦了擦额头上的汗水。他又说：“老弟，可是你很会表演声光琴。只要你愿意为市长还有他的‘联合企业’表演几场，这个世界就是你的了。你喜不喜欢这个主意？”

小丑很快瞥了贝泰一眼。“她会陪着我吗？”

贝泰哈哈大笑。“小傻瓜，当然会。你马上就要名利双收，现在我有可能离开你吗？”

“我要全部献给您。”马巨擘认真地答道，“其实，即使把银河系的财富都献给您，还是不足以报答您的恩情。”

“不过，”米斯故意随口说，“希望你能先帮我一个忙……”

“做什么？”

心理学家顿了一顿，然后微微一笑。“小小的表层探测器不会对你造成任何伤害，只会轻轻接触你的大脑表层而已。”

马巨擘眼中立刻显露无比的恐惧。“千万别用探测器，我见过它的厉害。它会把脑浆吸干，只留下一个空脑壳。骡就是用那东西对付叛徒，让那些人都变成行尸走肉，在大街小巷四处游荡，直到骡大发慈悲，把他们杀死为止。”他举起右手推开米斯。

“你说的是心灵探测器，”米斯耐着性子解释，“即使那种探测器，也只有误用时才会造成伤害。我用的这台是表层探测器，连婴儿也不会受伤。”

“马巨擘，他说得没错。”贝泰劝道，“这样做只是为了对付骡，好让他休想接近我们。把骡解决之后，你我下半辈子都能过着荣华富贵的日子。”

马巨擘伸出抖个不停的右手。“那么，您可不可以抓着我的手？”

贝泰双手握住他，小丑于是瞪大眼睛，看着那对闪闪发光的电极板向自己渐渐接近。

在茵德布尔市长的私人起居室中，艾布林·米斯坐在一张过分奢华的椅子上，仍旧表现得随随便便，对市长的礼遇一点也不领情。虽然矮小的市长今天显得坐立不安，米斯却只是毫不同情地冷眼旁观。这时，他将抽完的雪茄丢到地上，并且吐出一口烟丝。

“茵德布尔，顺便告诉你，如果你正在安排马洛大厅下回的音乐会，”他说，“你可以把那些演奏电子乐器的，全都踢回臭水沟里；只要把那个小畸形人找来，叫他为你表演声光琴就行了。茵德布尔——那简直不是人间的音乐。”

茵德布尔不高兴地说：“我把你找来，不是请你为我上音乐课的。骡的底细究竟如何？我要听这个，骡的底细究竟如何？”

“骡啊？嗯，我会告诉你的——我使用表层探测器，得到的资料有限。我不能用心灵探测器，那个畸形人对它有盲目的恐惧感，倘若硬要用，一旦电极接触到他，产生的排斥也许就会令他XXX的精神崩溃。无论如何，我带来一点情报，请你别再敲指甲好不好——

“首先，不用过分强调骡的体能。他也许很强壮，不过畸形人所说的关于这方面的神话，也许被他自己的恐怖记忆放大了许多倍。骡戴着一副古怪的眼镜，而他的眼睛能杀人，这明显表示他拥有精神力量。”

“这些我们当初就知道了。”市长不耐烦地说。

“那么探测器证实了这点，然后从这里出发，我开始用数学来推导。”

“所以呢？你要花多久时间才能完成？你这样子喋喋不休，我的耳朵快被你吵聋了。”

“据我的估计，大约再过一个月，我就能告诉你一些结果。当然，也可能没有结果。但是又有什么关系呢？假如这一切都在谢顿计划之外，我们的机会就太小了，XXX的太小了。”

茵德布尔恶狠狠地转身面向心理学家。“叛徒，我逮到你啦。你骗人！你还敢说和那些制造谣言的坏蛋不是一伙的？你们散播失败主义，搞得基地人心惶惶，让我的工作加倍困难。”

“我？我？”米斯也渐渐发火了。

茵德布尔对着他赌咒。“星际尘云在上，基地将会胜利——基地一定会胜利。”

“纵使我们在侯里哥吃了败仗？”

“那不是败仗。你也相信那些满天飞的谎言吗？是由于我们兵力悬殊，而且有人叛变……”

“什么人煽动叛变？”米斯以轻蔑的口气追问。

“贫民窟里那些满身虱子的民主分子。”茵德布尔回敬他一阵大吼，“舰队里面到处都是民主分子的细胞，这点我很早就知道了。虽然大部分都被铲除，但是难免有漏网之鱼，这就足以解释为什么会有二十艘星舰，竟然在会战最吃紧的时候投降。正因为这样，我们才被打败的。

“所以说，你这个出言不逊、举止粗野、头脑简单的所谓爱国者，你和那些民主分子到底有什么牵连？”

艾布林·米斯却只是耸耸肩。“你在胡说八道，你知道吗？后来的撤退又怎么说，西维纳又怎么会沦陷了一半？也是民主分子的杰作吗？”

“不，不是民主分子。”小个子市长露出诡异的笑容，“是我们主动撤退——基地每逢遭到攻击，一律都会以退为进，直到不可抗拒的历史发展，变得对我们有利为止。事实上，我已经看到了结果。事实上，由民主分子组成的所谓‘地下组织’已经发表一项声明，宣誓效忠并协助政府。这可能是个阴谋，以便掩护另一个更高明的诡计，但是我可以将计就计，不论那些混账叛徒打的什么主意，这项合作都可以大肆宣传一番。更好的是……”

“茵德布尔，更好的是什么？”

“你自己判断吧。两天前，所谓的‘独立行商协会’已经向骡宣战，因此基地舰队一口气增加了千艘星舰。你瞧，这个骡做得太过分了。他趁着我们内部分裂不和之际开战，可是面对他的来犯，我们马上团结起来，变得强大无比。他非输不可，这是必然的——始终如此。”

米斯仍然透着怀疑。“那么你的意思是说，谢顿连无法预料的突变种也计划在内。”

“突变种！我看不出他和人类有什么不同，你同样看不出来。我们听到的，只是一个叛变的上尉、两个异邦年轻人，还有一个笨头笨脑的小丑，这四个人的胡说八道。你忘记了最有力的证据——你自己的证据。”

“我自己的证据？”米斯顿时吃了一惊。

“你自己的证据。”市长冷冷一笑，“再过九个星期，时光穹窿又要开启了。这代表什么？代表将有一个危机。假如骡发动的攻击其实不算危机，‘真正的’危机又在哪里，穹窿又为什么要开启？回答我，你这个大肉球。”

心理学家又耸耸肩。“好吧，如果这样想能让你心安的话。不过，请你帮个忙，只是预防万一……万一老谢顿发表了演说，结果却出乎我们意料之外，请你让我也出席这个集会。”

“好吧，现在你可以滚了。这九个星期中，别让我再看到你。”

“我XXX的求之不得，你这又干又瘪的讨厌鬼。”米斯一面走，一面喃喃自语。

18

基地陷落

时光穹窿中有一种奇怪的气氛，从各个角度却都很难精确形容。一来不能说它年久失修，因为穹窿照明充足，状况良好，彩色的壁画栩栩如生，而一排排固定的座位宽敞舒适，显然是为了永久使用所设计的。二来也不能说它陈旧，因为三世纪的光阴并未留下显著的痕迹。此外，它绝对没有刻意令人产生敬畏或虔诚的情绪，因为一切陈设都简单朴素——事实上，几乎是没有任何陈设。

但在交代完所有难以描述的情状之后，还有一件事必须提一提——这件事和占了穹窿一半面积、显然空无一物的玻璃室有关。三个世纪以来，哈里·谢顿活生生的拟像出现过四次，就是坐在那里侃侃而谈。不过有两次，他并没有任何听众。

三个世纪、九个世代的岁月中，这位曾经目睹帝国昔日光荣的老人，一次又一次在穹窿中现身。直到现在，他对今日银河局势的了解与认识，仍在他的后代子孙之上。

这间空无一物的玻璃室，永远耐心等待着。

市长茵德布尔三世坐在私人礼车中，穿过静寂而透着不安的街道，第一个抵达了穹窿。跟他一起来的还有他的专用座椅，它比穹窿原有的座位都更高、更宽大。茵德布尔命令属下将他的座椅放在最前面，这样一来，除了面前空空如也的玻璃室，他可以掌握全场的局势。

左方一名表情严肃的官员，对他恭敬地低头行礼。“市长阁下，您今晚要做的正式宣布，我们已经安排好范围最广的次乙太广播。”

“很好。与此同时，介绍时光穹窿的星际特别节目要继续播出。当然，其中不得有任何形式的臆测或预测。大众的反应仍令人满意吗？”

“市长阁下，反应非常好。盛行一时的邪恶谣言又消退不少，大众的信心普遍恢复了。”

“很好！”他挥手示意那名官员退下，随手调整了一下考究的领带。

距离正午还有二十分钟！

从市长支持者中精挑细选出来的代表团——各大行商组织的重要负责人——此时三三两两走进来。他们根据财富的多寡，以及在市长心目中的地位，而有不同程度的豪华排场。人人都先趋前向市长问安，领受市长一两句亲切的招呼，再坐到指定的座位去。

穹窿某处突然出了一点状况，破坏了现场矫揉造作的气氛——来自赫汶的蓝度从人群中慢慢挤出来，不请自来地走到市长座椅前。

“市长阁下！”他喃喃道，同时鞠躬行礼。

茵德布尔皱起了眉头。“没有人批准你来觐见我。”

“市长阁下，我在一周前就已经申请了。”

“我很遗憾，但是和谢顿现身有关的国家大事，使得……”

“市长阁下，我也很遗憾，但是我必须请你收回成命，不要将独立行商的星舰混编在基地舰队中。”

由于自己的话被打断，茵德布尔气得满脸通红。“现在不是讨论问题的时候。”

“市长阁下，这是唯一的机会。”蓝度急切地悄声说，“身为独立行商世界的代表，我要告诉你，这项要求我们恕难从命。你必须赶在谢顿出手解决我们之间的问题之前，尽快撤销这个命令。一旦紧张的局势不再，到时想再安抚就太迟了，我们的联盟关系会立刻瓦解。”

茵德布尔以冷漠的目光瞪着蓝度。“你可知道我是基地的最高军事统帅？我到底有没有军事行动的决策权？”

“市长阁下，你当然有，但是你的决定有不当之处。”

“我没有察觉到任何不当。在这种紧要关头，允许你的舰队单独行动是很危险的事，这样正中敌人下怀。大使，不论是军事或政治方面，我们都必须团结。”

蓝度觉得喉咙几乎鲠住。他省略了对市长的敬称，脱口而出道：“因为谢顿即将现身，所以你感到安全无虞，就准备要对付我们了。一个月前，当我们的星舰在泰瑞尔击败骡的时候，你还表现得既软弱又听话。市长先生，我该提醒你，在会战中连吃五次败仗的是基地的舰队，而为你打了几场胜仗的，则是独立行商世界的星舰。”

茵德布尔阴狠地皱起眉头。“大使，你已经是端点星上不受欢迎的人物。今天傍晚就要请你限期离境。此外，你和端点星上颠覆政府的民主分子必有牵连，这一点，我们会——我们其实已经调查过了。”

蓝度回嘴道：“我走的时候，我们的星舰会跟我一起离去。我对你们的民主分子一无所知。我只知道，你们基地的星舰之所以向骡投降，并不是舰员的主意，而是由于高级军官的叛变，姑且不论他们是不是民主分子。我告诉你，在侯里哥那场战役中，基地的二十艘星舰尚未遭到任何攻击，少将指挥官便下令投降。那名少将还是你自己的亲信——当我的侄子从卡尔根来到基地时，就是那名少将主持他的审判。类似的案例我们知道不少，基地的舰队充满潜在的叛变，我们的星舰和战士可不要冒这种险。”

茵德布尔说：“在你离境之前，会有警卫全程监视你。”

在端点星高傲的统治阶层默默注视下，蓝度颓然离去。

距离正午还有十分钟！

贝泰与杜伦也已经到了，两人坐在最后几排。看到蓝度经过，他们赶紧起身和他打招呼。

蓝度淡淡一笑。“你们毕竟来了。是怎么争取到的？”

“马巨擘是我们的外交官。”杜伦咧嘴一笑，“茵德布尔一定要他以时光穹窿为主题，作一首声光琴的乐曲，当然要用茵德布尔自己当主角。马巨擘说除非有我们作伴，否则他就不出席，无论怎么说、怎么劝他都不妥协。艾布林·米斯和我们一道来，现在不知道跑到哪里去了。”然后，杜伦突然焦急而严肃地问道：“咦，叔叔，有什么不对劲？你看来不太舒服。”

蓝度点点头。“我同意。杜伦，我们加入得不是时候。当骡被解决后，只怕就要轮到我们了。”

一个身穿白色制服、外表刚直严肃的男子走过来，向他们行了一个利落的鞠躬礼。

贝泰伸出手来，黑眼珠洋溢着笑意。“普利吉上尉！你又恢复了太空勤务？”

上尉握住她的手，并且弯下腰来。“没有这回事。我知道是由于米斯博士的帮助，我今天才有出席的机会。不过我只能暂时离开，明天就要回地方义勇军报到。现在几点了？”

距离正午还有三分钟！

马巨擘脸上掺杂着悲惨、苦恼与沮丧的表情。他的身子缩成一团，仿佛又想让自己凭空消失。他的长鼻子鼻孔处皱缩起来，凝视地面的大眼睛则不安地左右游移。

他突然抓住贝泰的手，等到她弯下腰来，他悄声说：“我亲爱的女士，当我……当我表演声光琴的时候，您想，这么多伟大的人物，都会是我的听众吗？”

“我确定，谁都不会错过。”贝泰向他保证，还轻轻摇着他的手，“我还可以确定，他们会公认你是全银河最杰出的演奏家，你的演奏将是有史以来最精彩的。所以你要抬头挺胸，坐端正了。我们要有名家的架式。”

贝泰故意对他皱皱眉头，马巨擘回以微微一笑，缓缓将细长的四肢舒展开来。

正午到了——

玻璃室也不再空无一物。

很难确定有谁目睹了录像是如何出现的。这是个迅疾无比的变化，前一刻什么都没有，下一刻就已经在那里了。

在玻璃室中，是一个坐在轮椅上的人，他年迈且全身萎缩，脸孔布满皱纹，透出的目光却炯炯有神。他膝头上覆着一本书，当他开始说话的时候，整个人才显得有了生气。

他的声音轻柔地传来。“我是哈里·谢顿！”

一片鸦雀无声中，他以洪亮的声音说：“我是哈里·谢顿！光凭感觉，我不知道有没有人在这里，但是这不重要。最近几年，我还不太担心计划会出问题。在最初三个世纪，计划毫无偏差的几率是94.2%。”

他顿了顿，微笑了一下，然后以亲切和蔼的口气说：“对了，如果有人站着，可以坐下了。如果有谁想抽烟，也请便吧。我的肉身并不在这里，大家不必拘泥形式。

“现在，让我们讨论一下目前的问题。这是基地第一次面对——或是即将面对一场内战。目前为止，外来的威胁几乎已经消灭殆尽；根据心理史学严格的定律，这是必然的结果。基地如今面临的危机，是过分不守纪律的外围团体，对抗过分极权的中央政府。这是必要的过程，结果则至为明显。”

在座那些达官贵人的威严神气开始松动，茵德布尔则几乎站了起来。

贝泰身子向前倾，露出困惑的眼神。伟大的谢顿究竟在说些什么？这一分神，她就漏听了一两句。

“……达成妥协，满足了两方面的需要。独立行商的叛乱，为这个或许变得太过自信的政府，引进一个新的不确定因素。于是，基地重新拾回奋斗的精神。独立行商虽然战败，却增进了民主的健全发展……”

交头接耳的人愈来愈多，耳语的音量也不断升高，大家不禁开始感到恐惧。

贝泰咬着杜伦的耳朵说：“他为什么没提到骡？行商根本没有叛乱。”

杜伦的反应只是耸耸肩。

在逐渐升高的混乱中，轮椅上的人形继续兴高采烈地说：“……基地被迫进行这场必然的内战之后，一个崭新的、更坚强的联合政府是必需的且正面的结果。这时，只剩下旧帝国的残余势力，会阻挡基地继续扩张。但是在未来几年内，那些势力无论如何都不是问题。当然，我不能透露下一个危机的……”

谢顿的嘴唇继续动着，声音却被全场的喧嚣完全掩盖。

艾布林·米斯此时正在蓝度身边，一张脸涨得通红。他拼命吼道：“谢顿疯啦，他把危机搞错了。你们行商曾经计划过内战吗？”

蓝度低声答道：“没错，我们计划过。都是因为骡，我们才取消的。”

“那么这个骡是个新添的因素，谢顿的心理史学未曾考虑到。咦，怎么回事？”

在突如其来的一片死寂中，贝泰发现玻璃室恢复了空无一物的状态。墙壁上的核能照明全部失灵，空调设备也都不再运转。

刺耳的警报声不知在何处响起，音调忽高忽低不停交错。蓝度用口形说了一句：“太空空袭！”

艾布林·米斯将腕表贴近眼睛，突然大叫一声：“停了，我的银——河呀！这里有谁的表还会走？”他的叫声有如雷鸣。

立时有二十只手腕贴近二十对眼睛。几秒钟之后，便确定答案都是否定的。

“那么，”米斯下了一个骇人听闻的结论，“有股力量让时光穹窿中的核能通通消失了——是骡打来啦。”

茵德布尔哽咽的声音盖过全场的嘈杂。“大家坐好！骡还在五十秒差距之外。”

“那是一周前。”米斯吼了回去，“如今，端点星正遭到空袭。”

贝泰突然感到心中涌现一阵深沉的沮丧。她觉得这个情绪将自己紧紧缠住，直缠得她的喉咙发疼，几乎喘不过气来。

外面群众的喧闹声已经清晰可闻。穹窿的门突然被推开，一个愁眉苦脸的人闯进来，茵德布尔一口气冲到那人面前。

“市长阁下，”那人急促地小声对市长说：“全市的交通工具都动弹不得，对外通讯线路全部中断。第十舰队据报已被击溃，骡的舰队已经来到大气层外。参谋们……”

茵德布尔两眼一翻，如烂泥般倒在地板上。现在，穹窿内又是一片鸦雀无声。外面惊惶的群众愈聚愈多，却也个个闭紧嘴巴，凝重的恐惧气氛顿时弥漫各处。

茵德布尔被扶起来，并有葡萄酒送到他嘴边。他的眼睛还没来得及张开，嘴巴已经吐出两个字：“投降！”

贝泰感到自己几乎要哭出来——并非由于悲伤或屈辱，只是单纯出于可怕至极的绝望。艾布林·米斯上前拉拉她的袖子。“小姐，快走——”

她整个人从座位中被拉起来。

“我们要赶紧走，”米斯说，“你带着那个音乐家。”胖嘟嘟的科学家嘴唇泛白，还不停地打颤。

“马巨擘！”贝泰有气无力地叫道。小丑吓得缩成一团，双眼目光呆滞。

“骡，”他尖叫道，“骡来抓我了。”

贝泰伸手拉他，马巨擘却用力挣脱。杜伦赶紧上前，猛然一拳挥出去。马巨擘应声倒地，不省人事，杜伦将他扛在肩头，像是扛着一袋马铃薯。

第二天，骡的星舰尽数降落在端点星各个着陆场；每艘星舰都漆成深黑的保护色，看来丑陋无比。端点市的核能交通工具仍旧全部停摆，指挥进攻的将军坐在自己的地面车中，奔驰在市内空无一人的大街上。

二十四小时前，谢顿出现在基地原先的统治者面前；二十四小时后，骡发布了攻占基地的宣告，一分钟也不差。

基地体系内所有的行星，只剩下独立行商世界仍在顽强抵抗。骡在成为基地的征服者之后，随即将箭头转向他们。

19

寻找开始

孤独的赫汶行星是赫汶恒星唯一的伴随者，两者构成这个星区唯一的恒星系。此地接近银河系最前缘，往外便是星系间的虚无太空。这颗行星，如今被包围了。

就严格的军事观点而言，它的确被包围了。因为在银河系这一侧，距离赫汶二十秒差距外的任何区域，无处不在骡的前进据点控制之下。基地溃败后这四个月，赫汶的对外通讯早已像是被剃刀割裂的蜘蛛网。赫汶所属的星舰都向母星集结，赫汶成了唯一的战斗据点。

就其他角度而言，包围的压迫感似乎更为强烈。无助感和绝望早已渗透进来……

贝泰拖着沉重的脚步，走在画着粉红色波状条纹的通道上。她边走边数，经过一排排乳白色、高分子面板的餐桌，终于数到自己的座位。坐上高脚凳之后，她感到轻松了些，一面机械化地回应着仿佛听到的招呼，一面用酸疼的手背揉着酸疼的眼睛，并随手取来菜单。

她看到几道人工培养的蕈类做成的菜肴，感到一阵恶心反胃。这些食物在赫汶被视为珍馐，她的基地胃口却觉得难以下咽。然后她听到一阵啜泣，马上抬起头来。

在此之前，贝泰从未注意过裘娣。裘娣面貌平庸，还有个狮子鼻，虽是金发却毫不起眼。她用餐的座位在贝泰的斜对面，两人只是点头之交。现在裘娣哭得一把鼻涕一把眼泪，伤心地咬着一块湿透了的手帕；她不停地抽噎，直到脸庞都涨得通红。她的抗放射衣搭在肩上，已经皱得不成样子；透明面罩扎到了点心，她也根本视若无睹。

裘娣身边早已站着三个女孩，她们不停地轮流拍着她的肩膀，抚着她的头发，还胡乱说些安慰的话，可是显然毫无成果。贝泰走过去，加入她们的阵容。

“怎么回事？”她轻声问。

一个女孩回过头来，耸了耸肩，暗示着“我不知道”。然后，她感到这个动作不足以达意，于是将贝泰拉到一边去。

“我猜，她今天很不好过。她在担心她先生。”

“他在执行太空巡逻任务吗？”

“是的。”

贝泰友善地向裘娣伸出手。

“裘娣，你何不回家休息呢？”相较于先前那些软弱无力的空洞安慰，她这句话显得实际多了。

裘娣抬起头来，又气又恨地说：“这星期我已经请过一次假了……”

“那么你就再请一次。你若硬要待在这里，你可知道，下星期还会请三次假呢——所以你现在回家，等于是一种爱国行为。你们几位，有没有和她同一个部门的？好，那么请你帮她打卡。裘娣，你最好先到洗手间去一趟，把脸洗洗干净，顺便化化妆。去啊！走！”

贝泰走回自己的座位，再度拿起菜单，虽然松了一口气，心情却仍旧沮丧。这些情绪是会传染的。在这种令人神经紧绷的日子里，只要一个女孩开始哭泣，就会使得整个部门人心惶惶。

她终于硬着头皮作出决定，按下手肘边的一个按钮，并将菜单放回原处。

坐在她对面的那位高个子黑发少女说：“除了哭泣，我们也没什么好做的了，对不对？”

那少女说话的时候，过分丰满的嘴唇几乎没有动。贝泰注意到，少女的嘴唇是最新潮化妆术的杰作，呈现出一种似笑非笑的人工表情。

贝泰垂下眼睑，咀嚼着对方话中拐弯抹角的讥讽，同时无聊地看着午餐自动运送的过程：桌面上的瓷砖部分先向下沉，随即带着食物升上来。她仔细地撕开餐具的包装纸，轻轻搅拌着食物，直到菜肴全都凉了。

她说：“贺拉，你想不到别的事可做吗？”

“喔，对，”贺拉答道，“我可以！”她熟练地随手一弹，将手中的香烟弹进壁槽。它还没有掉下去，就被一阵小小的闪光吞噬。

“比如说，”贺拉合起保养得很好的一双纤纤玉手，放在下巴底下，“我认为我们能和骡达成一个非常好的协议，赶紧结束这一切的荒谬。话说回来，等到骡来接管此地，我可没有……唔……没有管道能及时逃走。”

贝泰光润的额头并没有皱起来，她的声音轻柔而冷淡。“你的兄弟或你的先生，没有一个在星舰上服役吧？”

“没有。正因为这样，我更不觉得该让别人的兄弟或丈夫牺牲生命。”

“假如我们投降，牺牲一定会更大。”

“基地投降了，结果安然无事。而我们的男人都参战去了，敌人却是整个银河系。”

贝泰耸耸肩，用甜美的声音说：“恐怕只有前者令你烦恼吧。”说完，她继续吃着大盘的蔬菜。但四周突然鸦雀无声，让她感到很不舒服。坐在附近的女孩，谁也不想对贺拉的讥评作任何反应。

贝泰终于吃完了，随手按下另一个按钮，餐桌便自动收拾干净，她则赶紧离开了餐厅。

与贝泰隔三个座位的另一个女孩，用欲盖弥彰的耳语问贺拉道：“她是谁啊？”

贺拉灵动的嘴唇翘起来，做出冷漠的表情。“她是我们协调官的侄媳妇，你不知道吗？”

“是吗？”好奇的女孩赶紧转过头去，刚好瞥见贝泰背影的最后一眼。“她在这里做什么？”

“只是当装配员。你不明白这年头流行爱国吗？这样做多么民主啊，真令我作呕。”

“贺拉，算了。”坐在贺拉旁边的胖女孩说，“她从来没有拿她叔叔来压我们，你就别再说了好吗？”

贺拉白了胖女孩一眼，根本不理会她，径自点燃了另一根香烟。

刚才那位好奇的女孩，现在正全神贯注，听着对面一位大眼睛的会计小姐滔滔不绝。会计小姐一口气说：“……当谢顿演讲时，她应该也在穹窿——你知道吗，是真的在穹窿里面。还有你知道吗，听说市长气得当场口吐白沫，还发生了不少骚动，以及诸如此类的事。骡登陆之前，她及时逃走，听说她的逃亡过程惊险万分——必须强行穿越封锁线等等。我真搞不懂，她为什么不把这些经历写成一本书，你知道吗，如今这些战争书籍可畅销呢。还有，她应该到过骡的大本营——你知道吗，就是卡尔根，而且……”

报时铃声响了起来，餐厅中的人渐渐离去。会计小姐的高论兀自不停，好奇的女孩只能在适当的时候，瞪着大眼睛点缀性地说：“真——的吗？”

贝泰回到家的时候，洞穴中巨大的照明已依次遮蔽起来，使得这座洞穴都市逐渐进入“黑夜”，意味着现在是“好人和勤奋工作者进入梦乡的时候”。

杜伦举着一片涂满奶油的面包，站在门口迎接她。

“你到哪里去了？”他嘴里满是食物，说话含混不清。然后，才用比较清楚的声音说：“我胡乱弄出来一顿晚餐。如果不好吃，你可别怪我。”

贝泰却张大眼睛，绕着他走了一圈。“杜！你的制服哪里去了？你穿便服做什么？”

“贝，这是命令。蓝度正在和艾布林·米斯密商大计，我不清楚他们讨论些什么。现在你知道得和我一样多了。”

“我也会一起去吗？”她冲动地向他走过去。

他先吻了她一下，才回答说：“我想是的。这个任务可能有危险。”

“什么事没有危险？”

“一点都没错。喔，对了，我已经派人去找马巨擘，他可能要跟我们一起去。”

“你的意思是，他在发动机总厂的演奏会要取消了？”

“显然。”

贝泰走进隔壁房间，坐到餐桌前，餐桌上的食物名符其实是“胡乱弄出来”的。她迅速而熟练地将三明治切成两半，并说：“取消演奏会真是太可惜了。工厂的女孩都万分期待，马巨擘自己也一样。”她摇了摇头，“他真是个古怪的家伙。”

“贝，他所做的，是激起了你的母性本能。将来我们会生个宝宝，那时你就会忘掉马巨擘了。”

贝泰一面啃着三明治，一面答道：“听你这么说，像是只有你才能激起我的母性本能。”

然后她放下三明治，表情顿时变得极其严肃认真。

“杜。”

“嗯——嗯？”

“杜，我到市政厅去了一趟——去生产局。所以今天才会这么晚回来。”

“你去那里做什么？”

“这……”她犹豫了一下，“情况愈来愈糟。我觉得自己再也无法忍受工厂的气氛。士气——荡然无存。女孩们毫无来由就哭成一团，不哭的也变得阴阳怪气。即使是小乖乖，现在也会闹别扭了。我的那个组，生产量还不到我加入那时的四分之一，而且每天一定有人请假。”

“好啦，”杜伦道，“回过来说生产局吧。你去那里做什么？”

“去打听一些事。杜，结果我发现，这种现象整个赫汶都一样。产量逐日递减，骚乱和不满与日俱增。那个局长只是耸耸肩——我在会客室坐了一个钟头才见到他，而我能进去，还是因为我是协调官的侄媳妇。局长表示，这个问题超出他的能力范围。坦白说，我认为他根本不关心。”

“好啦，贝，别又扯远了。”

“我不相信他关心这个问题。”贝泰极为激动，“我告诉你，一定有什么不对劲。这种可怕的挫折感，当初在时光穹窿中，谢顿让我们大失所望的时候，我有过相同的经验。你自己也感觉到了。”

“没错，我也感觉到了。”

“好，这种感觉又回来了。”她凶巴巴说，“我们再也无法对抗骡了。即使我们有足够的物力，却缺乏勇气、精神和意志力——杜，再抵抗也没有用了……”

在杜伦的记忆中，贝泰从未哭过，如今她也没有哭，至少不是真的在哭。杜伦将手轻轻搭在她肩上，细声说：“宝贝，把这些忘了吧。我知道你的意思，可是我们什么也……”

“对，我们什么也不能做！每个人都这么说——我们就这样坐在这里，等着任人宰割。”

她开始解决剩下的三明治与半杯茶，杜伦则一声不响地去铺床。外面已经完全暗了下来。

蓝度刚刚被任命为赫汶各城邦的协调官——这是一个战时职务。他就任后，立刻申请到一间顶楼的宿舍。从这间宿舍的窗户，他可以对着城中的绿地与屋顶沉思默想。现在，随着洞穴照明一个个遮蔽起来，整座城市不再有任何的明暗光影。蓝度却无暇冥想这个变化的象征性意义。

他对艾布林·米斯说：“赫汶有一句谚语：洞穴照明遮蔽时，便是好人和勤奋工作者进入梦乡的时候。”

米斯明亮的小眼睛紧盯着手中注满红色液体的高脚杯，对周遭的事物似乎都不感兴趣。“你最近睡得多吗？”

“不多！米斯，抱歉这么晚还把你找来。这些日子，我好像特别喜欢夜晚，这是不是很奇怪？赫汶人的作息相当规律，照明遮蔽时就上床睡觉，我自己也一样。可是现在不同了……”

“你是在逃避。”米斯断然地说，“清醒时刻，你身边总是围绕着一群人。你感觉到他们的目光、他们的希望都投注在你身上，令你承受不了。到了睡眠时刻，你才能够解脱。”

“那么，你也感觉到了？那种悲惨的挫败感？”

艾布林·米斯缓缓点了点头。“我感觉到了。这是一种集体精神状态，一种XXX的群众恐惧心理。银——河呀，蓝度，你在指望什么？你们整个的文化，导致了一种盲目的、可怜兮兮的信仰，认为过去有一位民族英雄，将每件事都计划好了；你们XXX的生活中每一个细节，也会被他照顾得好好的。这种思考模式具有宗教的特色，你该知道这意味着什么。”

“完全不知道。”

米斯并不热衷于解释自己的理论，一向如此。他只是若有所思地用手指来回拨弄着一根长雪茄，一面瞪着雪茄，一面咆哮道：“就是强烈信心反应的特色。除非受到很大的震撼，这种信念不会轻易动摇。然而一旦动摇，就会造成全面性的精神崩溃。轻者——歇斯底里，或是病态的不安全感；重者——发疯甚至自杀。”

蓝度咬着拇指的指甲。“换句话说，谢顿令我们大失所望之后，我们的精神支柱便消失了。我们倚靠它那么久，肌肉都萎缩了；失去这根支柱，我们便无法站立。”

“就是这样子。虽然是拙劣的比喻，不过就是这样子。”

“你呢，艾布林，你自己的肌肉又如何？”

心理学家深深抽了一口雪茄，再让那口烟慢慢喷出来。“生锈了，但还没有萎缩。我的职业，让我练就一点独立思考的能力。”

“你看到了一条路？”

“没看到，不过一定有。或许谢顿并未将骡计算在内，或许他不能保证我们的胜利。但是，他并没有说我们一定会被打败。他只是退出了这场游戏，我们从此要靠自己了。骡是可以击败的。”

“怎么做？”

“利用足以击败任何敌人的唯一法门——以己之长攻彼之短。蓝度，你想想看，骡并不是超人。如果他最后被打败了，每个人都能了解他失败的原因。问题是他仍然是个未知数，而相关的传说如滚雪球般不断膨胀。他应该是个突变种，可是，这又怎么样？对于无知大众而言，突变种意味着‘超人’。其实根本没有这种事。

“根据估计，银河系每天有几百万个突变种出生。在这几百万个突变种里面，除了百分之一二，其他都需要用显微镜和化学方法才能确定。而那些百分之一二的巨突变种，也就是肉眼看得出，或是直接能察觉的那些，除了其中的百分之一二，其余都是畸形人，不是被送到游乐中心或实验室，就是很快便夭折。剩下的那些极少数的巨突变种，他们的突变是正面的；这些异人大多对他人无害，他们通常有一项特殊能力，其他方面却都很普通——通常甚至更差。蓝度，你懂了吗？”

“我懂了。但是骡又如何呢？”

“假如骡真的是突变种，我们就能进一步假设他有一项特殊异能，而且无疑是精神方面的，可以用来征服各个世界。另一方面，骡必定也有他的短处，我们一定要找出来。假如那些短处不是很明显、很要命，他不会那么故作神秘，那样怕被人看到。前提是，他的确是突变种。”

“有没有其他的可能性？”

“也许有。关于骡是突变种的证据，都是基地情报局的汉·普利吉上尉提供的。他曾经访问过一些人，他们声称在骡的襁褓期或幼年期见过他——或者某个可能是骡的人。普利吉根据那些人不太可靠的记忆，得到这个惊人的结论。不过他的采样相当贫乏，搜集到的证据也很有可能是骡故意捏造的。因为，骡是变种超人的这个名声，对他当然是很大的助力。”

“真有意思。你是多久前想到这点的？”

“老实说，我从来没有把这个想法当真。这只是我们必须考虑的另一种可能性。蓝度，比如说，假使骡发现了一种能够压抑精神能量的辐射，类似他拥有的那种可以抑制核反应的装置，那又会如何，啊？这能不能解释我们如今的遭遇——以及基地当初的遭遇？”

蓝度仿佛沉浸在近乎无言的忧郁中。

他问道:“骡的那个小丑，你对他的研究有什么结果？”

艾布林·米斯却犹豫了一下。“目前为止没什么用。基地沦陷之前，我大胆地向市长夸下海口，主要是为了激励他的勇气——部分原因也是为我自己打气。可是，蓝度，假使我的数学工具够好，那么单单从小丑身上，我就能对骡进行完整的分析。这样我们就能解开他的谜，也就能解答那些困扰着我的古怪异象。”

“比如说？”

“老兄，想想看。骡随随便便就能打败基地的舰队，而独立行商的舰队虽然远比不上基地，但在硬碰硬的战役中，骡却从来无法迫使他们撤退。基地不堪一击就沦陷了；独立行商面对骡的所有兵力，却仍然能负隅顽抗。骡首先使用抑制场对付涅蒙的独立行商，破坏了他们的核能武器。由于措手不及，他们那次吃了败仗，却也学到如何对付抑制场。从此，他再用那种新武器对付独立行商，就再也没有讨过便宜。

“可是每当他用抑制场对付基地舰队，却一而再、再而三屡试不爽。它甚至还在端点星上发威。这究竟是为什么？据我们目前掌握的情报，这简直不合逻辑。所以说，必定还有我们不明白的因素。”

“出了叛徒吗？”

“蓝度，这是最不用大脑的胡说八道。简直是XXX的废话。基地上人人认为胜利站在自己这边，谁会背叛一个必胜的赢家？”

蓝度走到弧形窗前，瞪着窗外什么也看不见的一片漆黑。他说：“但是我们现在输定了，纵使骡有一千个弱点，纵使他百孔千疮……”

他并没有转身。但是他佝偻着背，而且背后的双手不安地互握着，在在都是肢体语言。他继续说：“艾布林，时光穹窿那场变故发生后，我们轻易逃了出来。其他人也应该能逃脱，却只有少数人做到，大多数人都没有逃。而只要有一流的人才和足够的时间，应该就能发明出对付抑制场的装置。基地舰队的所有星舰，应该都能像我们这样，飞到赫汶或附近的行星继续作战。但这样做的百分之一也没有，事实上，他们都投奔敌营了。

“这里大多数人似乎都对基地的地下组织期望甚高，但目前为止，他们根本没有什么行动。骡是足够精明的政治人物，他已经保证会保护大行商们的财产和利益，所以他们都向他投诚了。”

艾布林·米斯以顽强的口气说：“财阀一向都是我们的死对头。”

“他们也一向都掌握着权力。艾布林，听好。我们有理由相信，骡或者他的爪牙，已经和独立行商中的重要人物接触。在二十七个行商世界中，已知至少有十个已经向骡靠拢，另外可能还有十个正在动摇。而在赫汶这里，也有一些重要人物会欢迎骡的统治。只要放弃岌岌可危的政治权力，就能保有原先的经济实力，这显然是一种不可抗拒的诱惑。

“你认为赫汶无法抵抗骡的侵略吗？”

“我认为赫汶不会抵抗。”蓝度将布满愁容的脸转过来，面对着心理学家，“我认为赫汶在等着投降。我今晚找你来，就是要告诉你这件事。我要你离开赫汶。”

艾布林·米斯大吃一惊，圆嘟嘟的脸庞涨得更圆。“现在就走？”

蓝度感到极度的疲倦。“艾布林，你是基地最伟大的心理学家。真正的心理学大师都随着谢顿一起逝去，如今你就是这门学问的权威。想要击败骡，你是我们唯一的机会。你在这里不会有任何进展，你必须到帝国仅存的领域去。”

“去川陀？”

“是的。昔日的帝国如今仅剩最后的残骸，但是一定还有些什么藏在它的核心。艾布林，那里保存着重要的记录。你可以学到更多的数理心理学，也许就足以能诠释那个小丑的心灵。当然，他会跟你一起去。”

米斯冷淡地答道：“虽然他那么害怕骡，我仍怀疑他会愿意跟我去，除非你的侄媳妇也能同行。”

“这点我知道。正是因为这样，杜伦和贝泰也会跟你一块去。此外，艾布林，你还有一项更伟大的使命。三个世纪前，哈里·谢顿建立了两个基地，分别置于银河系的两端。你一定要找到那个‘第二基地’。”

20

谋反者

市长官邸——或者应该说，一度曾是市长官邸的雄伟建筑——隐隐约约耸立在黑暗中。端点市沦陷后便实施宵禁，整座城市现在一片死寂。而基地的夜空中，横跨着壮观而朦胧的乳白色“银河透镜”，此外便是几颗孤零零的恒星。

三个世纪以来，基地从一小群科学家私下的计划，发展到如今的贸易帝国，触角深入银河系各角落。而在短短半年间，它就从至高无上的地位，沦落为另一个沦陷区。

汉·普利吉上尉拒绝接受这个事实。

端点市寂静的夜晚一片肃杀之气，遭侵略者占据的官邸则没有一丝光明，在在是明显的象征。可是汉·普利吉上尉仍旧拒绝承认这一切，此时他已穿过官邸的外门，舌头底下还含着一颗微型核弹。

一个身影飘然向他靠近——上尉立即低下头去。

他们交头接耳的声音压得非常低。“上尉，警报系统一切如常。前进！它不会响的。”

上尉蹑手蹑脚地低头穿过低矮的拱道，经过两旁布满喷泉的小径，来到原本属于茵德布尔的花园。

四个月前在时光穹窿中发生的变故，如今仍然历历在目。那些记忆徘徊不去，纵使他万般不愿，点点滴滴仍然自动浮现，而且大多是在夜晚。

老谢顿苦口婆心的言语，没想到竟然错得那么离谱……穹窿中一片混乱……茵德布尔憔悴而人事不省的脸孔，和过分华丽的市长礼服多么不相衬……惊惶的民众迅速聚集，默默等待不可避免的投降声明……杜伦那个年轻人，将骡的小丑背在肩上，从侧门一溜烟地消失……

至于他自己，后来也总算逃离现场，却发现他的车子无法发动。

他挤在城外的乌合之众当中，左冲右撞一路向前走——目的地不明。

他盲目地摸索着各种“老鼠窝”——民主地下组织的大本营。这个地下组织发展了八十年，如今却逐渐销声匿迹。

所有的老鼠窝都唱着空城计。

第二天，时时可见黑色的异邦星舰出现在天空，并缓缓降落在城内建筑群中。无助与绝望的感觉郁积在汉·普利吉上尉心头，令他愈来愈沉重。

他急切地开始了他的旅程。

三十天内，他几乎徒步走了二百英里。他在路边发现一个刚死的尸体，那是一名水耕厂工人，便将工人制服剥下来换上。此外，他还留了浓密的红褐色络腮胡……

而且找到了地下组织的余党。

地点是牛顿市一个原本相当高雅的住宅区，如今却愈来愈肮脏污秽。那栋房子与左邻右舍没有任何不同，狭窄的房门口，有个精瘦的男子站在那里一动不动。那人有一对小眼睛，骨架很大，肌肉盘虬，两手握拳插在口袋里。

上尉喃喃道：“我来自米兰。”

那人绷着脸，答了另一句暗语：“米兰今年还早。”

上尉又说：“不比去年更早。”

那人却依然挡在门口，问道：“你到底是什么人？”

“难道你不是‘狐狸’吗？”

“你总是用问句来回答别人的问话吗？”

上尉浅浅地吸了一口气，然后镇定地说：“我是汉·普利吉，基地舰队的上尉军官，也是民主地下党党员。你到底要不要让我进去？”

“狐狸”这才向一旁让开，并说：“我的本名叫欧如姆·波利。”

他伸出手来，上尉赶紧握住他的手。

屋内十分整洁，但装潢并不奢华。角落处摆着一个装饰用的书报投影机，上尉训练有素的眼睛立刻看出是一种伪装，它很可能是一挺口径很大的机铳。投影机的“镜头”刚好对着门口，而且显然可以遥控。

“狐狸”寻着大胡子客人的目光看去，露出僵硬的笑容。他说：“没错！不过当初装设这玩意，是为了伺候茵德布尔和他豢养的那些吸血鬼。它根本无法对付骡，不是吗？没有任何武器能够对付骡。你饿不饿？”

上尉的下巴在大胡子底下暗暗抽动，然后他点了点头。

“请稍等，只要一分钟就好。”“狐狸”从橱柜中拿出几个罐头，将其中两个摆到普利吉上尉面前，“把你的手指放在上面，感觉到够热的时候，就可以打开来吃。我的加热控制器坏掉了。这种事能提醒你如今正在打仗——或者说刚打过仗，不是吗？”

“狐狸”急促地说着平易近人的话语，可是口气一点也不平易近人——他的眼神也很冷淡，透露着重重心事。他在上尉对面坐下，又说：“假如我对你感到丝毫疑虑，你的座位上就只剩下一团焦痕了。知道吗？”

上尉并没有回答。他轻轻一压，罐头就自动打开了。

“狐狸”赶紧说：“是浓汤！抱歉，但目前粮食短缺。”

“我知道。”上尉说。他吃得很快，一直没有抬起头来。

“狐狸”说：“我见过你一次。我正在搜索记忆，可是胡子绝对不在我的记忆中。”

“我有三十天没刮胡子了。”然后，他怒吼道：“你到底要什么？我的暗语全部正确，我也有身份证明文件。”

对方却摆摆手。“喔，我相信你是普利吉没错。可是最近有许多人，他们不但知道正确的暗语、具有身份证明文件，而且明明就是那个人——但是他们都投效了骡。你听说过雷福吗？”

“听说过。”

“他投效了骡。”

“什么？他……”

“没错。大家都称他‘宁死不屈’。”“狐狸”做了一个大笑的口形，既没有声音也没有笑意。“还有威利克，投效了骡！盖雷和诺斯，投效了骡！普利吉又有何不可？我怎么能肯定呢？”

上尉却只是摇摇头。

“不过这点并不重要。”“狐狸”柔声地说，“如果诺斯叛变了，他们就一定知道我的名字——所以你若仍是同志，我们如今见了面，你今后的处境会比我更危险。”

上尉终于吃完了，他靠着椅背说道："如果你这里没有组织，我要到哪里才能找到组织？基地或许已经投降，但是我还没有。"

"有道理！上尉，你不能永远流浪。如今，基地公民若想出远门，必须具备旅行许可证，你知道吗？而且还需要身份证，你有吗？此外，凡是基地舰队的军官，都要到最近的占领军司令部报到。包括你在内，对吗？"

"没错。"上尉的声音听来很坚决，"你以为我逃跑是因为害怕吗？当初卡尔根被骡攻陷之后，不久我就到了那里。一个月之内，前任统领手下的军官通通遭到监禁，因为若有任何叛乱，他们便是现成的军事指挥官。地下组织一向明白一个道理：倘若不能至少控制一部分舰队，革命就不可能成功。骡本人显然也了解这一点。"

"狐狸"若有所悟地点点头。"分析得合情合理，骡做得很彻底。"

"我在第一时间就把制服丢弃，并且留起胡子。其他人后来可能也有机会采取同样的行动。"

"你结婚了吗？"

"我的妻子去世了，我们没有子女。"

"这么说，你没有亲人能充当人质。"

"没错。"

"你想听听我的忠告吗？"

"只要你有。"

"我不知道骡的策略，也不知道他的意图，不过目前为止，技工都没有受到任何伤害。而且工资还提高了，各种核武器的生产量也突然暴涨。"

"是吗？听来好像准备继续侵略。"

"我不知道。骡是婊子养的老狐狸，他这么做，也许只是要安抚工人，希望他们归顺。假如连谢顿也无法用心理史学预测骡的行径，我可不要自不量力。但你刚好穿着工人制服，这倒提醒了我们，对不对？”

“我并不是技工。”

“你在军中修过核子学这门课吧？”

“当然修过。”

“那就够了。核场轴承公司就在这座城里，你去应征，告诉他们说你有经验。那些当年帮茵德布尔管理工厂的混蛋，目前仍旧是工厂的负责人——为骡在效命。他们不会盘问你的，因为他们亟需更多的工人，帮他们牟取更大的暴利。他们会发给你一张身份证，你还能在员工住宅区申请到一间宿舍。你现在就赶紧去吧。”

就是这样，原属国家舰队的汉·普利吉上尉摇身一变，成了“核场轴承公司四十五厂”的防护罩技工罗·莫洛。他的身份从情报员，降级成一名“谋反者”——由于这个转变，导致他在几个月后，进入茵德布尔的私人花园。

在花园中，普利吉上尉看了看手中的辐射计。官邸内的“警报场”仍在运作，他只好耐心等待。他嘴里的那颗核弹只剩下半小时的寿命，他不时用舌头小心翼翼拨弄着。

辐射计终于变成一片不祥的黑暗，上尉赶紧向前走。

直到目前为止，一切进行得很顺利。

他冷静而客观地寻思，核弹剩下的寿命与自己的刚好一样，它的死亡等于自己的死亡——同时也是骡的死亡。

而那一瞬间，为期四个月的个人战争将达到最高潮。他刚开始逃亡，这场战争便已展开，等到进了牛顿工厂……

整整两个月，普利吉上尉穿着铅质的围裙，戴着厚重的面罩。不知不觉间，他外表的军人本色被磨光了。如今他只是一名劳工，靠双手挣钱，晚上在城里消磨时间，而且绝口不谈政治。

整整两个月，他没有再见到“狐狸”。

然后，有一天，某人在他的工作台前绊倒，他的口袋就多了一张小纸片，上面写的是“狐狸”两字。他顺手将纸片扔进核能焚化槽，然后继续工作。纸片立时消失无踪，产生了相当于一毫微伏特的能量。

那天晚上，他来到“狐狸”家，见到另外两位久仰大名的人物。不久，四个人便玩起扑克牌。

他们一面打牌，让筹码在大家手中转来转去，一面开始闲聊起来。

上尉说：“这是一个根本的错误。你们仍旧活在早已消失的过去。八十年来，我们的组织一直在等待正确的历史时刻。我们盲目信仰谢顿的心理史学——它最重要的前提之一，就是个人行为绝对不算数，绝不足以创造历史。因为复杂的社会和经济巨流会将他淹没，使他成为历史的傀儡。”他细心地整理手中的牌，估计了一下这副牌的点数，然后扔出一个筹码，并说：“何不干脆杀掉骡？”

“好吧，这样做有什么好处？”坐在他左边那人凶巴巴地问。

“你看，”上尉丢出两张牌，然后说，“就是这种态度在作祟。一个人只是银河人口的千兆分之一，不可能因为一个人死了，银河系就会停止转动。但骡却不是人，他是个突变种。他已经颠覆了谢顿的计划，如果你愿意分析其中的涵义，会发现这意味着他——一个突变种——推翻了谢顿整个的心理史学。他若从未出世，基地不可能沦陷。他若从世上消失，基地就不会继续沦陷。

“想想看，民主分子和市长以及行商斗了八十年，总是采取温和间接的方式。让我们试试暗杀吧。”

“怎么做？”“狐狸”不置可否地插嘴问道。

上尉缓缓地答道：“我花了三个月的时间思考这个问题，一直没有想到答案。来到这里之后，五分钟内就有了灵感。”他瞥了瞥坐在他右方那个人，那人面带微笑，脸庞宽阔而红润。“你曾经是茵德布尔市长的侍从官，我不晓得你也是地下组织的一员。”

“而我，也不知道你竟然也是。”

“好，那么，身为市长的侍从官，由于职责所在，你必须定期检查官邸的警报系统。”

“是的。”

“如今，骡就住在那个官邸。”

“是这么公布的——不过身为征服者，骡算是十分谦逊，他从来不作演讲或发表声明，也未曾在任何场合公开露面。”

“这件事人尽皆知，不会影响我们的计划。你，前任侍从官，我们有你就够了。”

摊牌之后，“狐狸”将筹码通通收去。他又慢慢地发牌，开始新的一局。

曾经担任侍从官的那个人，将牌一张一张拿起来。“上尉，真抱歉。我虽然负责检查警报系统，但那只是例行公事。我对它的构造一窍不通。”

“这点我也想到了，不过控制器的线路已经印在你的脑海。假如探测得足够深——我是说用心灵探测器。”

侍从官红润的脸庞顿时变得煞白，并且垮了下来，手中的牌也被他猛然一把捏皱。“心灵探测器？”

“你不必担心，”上尉用精明的口吻说，“我知道如何使用。你绝不会受到伤害，顶多虚弱几天罢了。如果真发生这种事，就算是你的冒险和你付出的代价吧。在我们中间，一定有人能从警报控制器推算出波长的组合，也一定有人会制造定时的小型核弹。最后，由我自己把核弹带到骡的身边。”

四个人把牌丢开，聚在一块研究起来。

上尉宣布：“起事那天傍晚，在端点市的官邸附近安排一场骚动。不必真正打斗，制造一阵混乱，然后一轰而散就行了。只要能把官邸警卫吸引过去……或者，至少分散他们的注意力……”

从那天起，他们足足准备了一个月。从国家舰队上尉军官变成谋反者的汉·普利吉，身份再度降级，变成了一名“刺客”。

现在，刺客普利吉上尉进入了官邸，对于自己善用心理学，他感到一阵冷漠的骄傲。由于外面配置完善的警报系统，官邸里面不会有什么警卫。实际的情况，是根本没有警卫。

官邸平面图深深印在他的脑海。现在他就像一个小黑点，在铺着地毯的坡道上迅疾无声地移动。来到坡道尽头之后，他紧贴着墙壁，开始等待时机。

他面前是一间私人起居室，一道小门紧紧锁着。在这道门后面，一定就是那个屡建奇功的突变种。他来早了一点——核弹还有十分钟的寿命。

五分钟过去了，周遭仍是一片死寂。骡只剩下五分钟好活了，普利吉上尉也一样……

他突然起了一阵冲动，起身向前走去。这个行刺计划不可能失败了。当核弹爆炸时，官邸会随之消失，炸得片瓦不存。仅仅隔着一扇门，仅仅十码的距离，不会有什么差别。可是在同归于尽之前，他想亲眼看看骡的真面目。

他终于豁出去，抬头挺胸向前走，猛力敲着门……

门应声而开，随即射出眩目的光线。

普利吉上尉错愕片刻，随即恢复镇定。一名外表严肃、身穿暗黑色制服的男子，站在小房间正中央，气定神闲地抬起头来。

那人身前吊着一个鱼缸，他随手轻轻敲了一下，鱼缸就迅速摇晃起来，把那些色彩艳丽的名贵金鱼吓得上下乱窜。

他说：“上尉，进来！”

上尉的舌头打着颤，舌头下面的小金属球仿佛开始膨胀——他也知道这是不可能的事。但是无论如何，核弹的生命已经进入最后一分钟。

穿制服的人又说：“你最好把那颗无聊的药丸吐出来，否则你没办法说话。它不会爆炸的。”

最后一分钟过去了，上尉怔怔地慢慢低下头，将银色小球吐到手掌上，然后使尽力气掷向墙壁。一下细微尖锐的叮当声之后，小球从半空中反弹回来，在光线照耀下闪闪生辉。

穿制服的人耸耸肩。“好啦，别理会那玩意了。上尉，它无论如何对你没有好处。抱歉我并不是骡，在你面前的只是他的总督。”

“你是怎么知道的？”上尉以沙哑的声音喃喃问道。

“只能怪我们的高效率反谍报系统。你们那个小小的叛乱团体，我念得出每一个成员的名字，还数得出你们每一步的计划……”

“而你一直不采取行动？”

“有何不可？我在此地最重要的任务之一，就是要把你们这些人揪出来。尤其是你。几个月前，你还是‘牛顿轴承厂’的工人，那时我就可以逮捕你，但是现在这样更好。即使你自己没有想出这个计划，我的手下也会有人提出极为类似的建议。这个结局十分戏剧化，算得上是一种黑色幽默。”

上尉以凌厉的目光瞪着对方。“我有同感，现在是否一切都结束了？”

“好戏刚刚开始。来，上尉，坐下来。让我们把成仁取义那一套留给那些傻瓜。上尉，你非常有才干。根据我的情报，你是基地上第一个了解到骡有超凡能力的人。从那时候开始，你就对骡的早年发生了兴趣，不顾一切搜集他的资料。拐走骡的小丑那件事你也有份，对了，小丑至今还没有找到，为了这件事，我们还要好好算个总账。当然，骡也了解你的才干；有些人会害怕敌人太厉害，但骡可不是那种人，因为他有化敌为友的本领。”

“你拐弯抹角半天，就是为了说这句话？喔，不可能！”

“喔，绝对可能！这就是今晚这出喜剧的真正目的。你是个聪明人，可是你对付骡的小小阴谋却失败得很滑稽。就算称之为阴谋，也不能抬高它的身价。在毫无胜算的情况下白白送死，这就是你所接受的军事教育吗？”

“首先必须确定是否真的毫无胜算。”

“当然确定。”总督以温和的口气强调，“骡已经征服了基地。为了达成更伟大的目标，他立刻将基地变成一座兵工厂。”

“什么更伟大的目标？”

“征服整个银河系，将四分五裂的众多世界统一成新的帝国。你这个冥顽不灵的爱国者，骡正是要实现你们那个谢顿的梦想，只不过比他的预期提早七百年。而在实现的过程中，你可以帮助我们。”

“我一定可以，但是我也一定不肯。”

“据我了解，”总督劝道，“只剩三个独立行商世界还在作困兽斗，但不会支撑太久的。他们是基地体系的最后一点武力。你还不肯认输吗？”

“没错。”

“你终究会的。心悦诚服的归顺是最有效的，但其他方式也有异曲同工之妙。可惜骡不在这里，他正照例率领大军征讨顽抗的行商。不过他和我们一直保持联络，你不需要等太久。”

“等什么？”

“等他来使你‘回转’。”

“那个骡，”上尉以冰冷的口气说，“会发现他根本做不到。”

“不会的，我自己就无法抗拒。你认不出我了吗？想一想，你到过卡尔根，所以一定见过我。我那时戴单片眼镜，穿着一件毛皮衬里的深红色长袍，头上戴着一顶高筒帽……”

上尉感到一阵寒意，全身僵硬起来。“你就是卡尔根的统领？”

“是的，但我现在是骡的麾下一名忠心耿耿的总督。你看，他的感化力量多强大。”

21

星空插曲

他们成功地突破了封锁。从来不曾有任何舰队，能滴水不漏地监视广袤的太空中每一个角落、每一寸空隙。只要有一艘船舰，一名优异的驾驶，再加上中等的运气，应该就能找到漏洞突围而出。

杜伦镇定地驾着状况欠佳的太空船，从一颗恒星附近跃迁到另一颗恒星周围。若说恒星的质量会使星际跃迁困难重重且后果难料，它也会令敌人的侦测装置失灵，或者几乎无法使用。

一旦冲出敌方星舰形成的包围网，就等于穿越遭到封锁的死寂太空——在次乙太也被严密封锁的情况下，没有任何讯息得以往返。三个多月来，杜伦第一次不再感到孤独。

一个星期过去了，敌方的新闻节目总是播报无聊且自我吹嘘的战争捷报，详述敌方对基地体系控制的进展。在这一星期中，杜伦的武装太空商船历经数次匆促的跃迁，从银河外缘一路向核心进发。

艾布林·米斯在驾驶舱外大声叫嚷，正在看星图的杜伦眨眨眼睛，站了起来。

“怎么回事？”杜伦走进中央那间小舱房。由于乘客过多，贝泰已将这间舱房改装成起居舱。

米斯摇了摇头。“我若知道才有鬼呢。骡的播报员正要报道一则特殊战报，我想你也许希望听听。”

“也好。贝泰呢？”

“她在厨舱里忙着布置餐桌、研究菜单——或者诸如此类的无聊事。”

杜伦在马巨擘睡的便床上坐下来等着。骡的“特殊战报”几乎使用千篇一律的宣传手法。首先播放一段军乐，再来是播报员谄媚的花言巧语。然后出现一些无关紧要的小新闻，一则接着一则掠过荧幕。接着是短暂的间歇，接着再响起号角，还有逐渐提高的欢呼，最后则达到高潮。

杜伦忍受着这些精神轰炸，米斯则在喃喃自语。

新闻播报员喋喋不休，他用战地记者的做作口吻，叙述着太空中一场激战过后，到处可见熔融的金属，以及四散纷飞的血肉。

“由沙敏中将率领的快速巡弋舰中队，今天对伊斯的特遣队施以痛击……”播报员刻意不带表情的面容逐渐淡去，荧幕背景变成漆黑的太空，一排排星舰在激战中迅速划过长空。然后在无声的爆炸中，继续传来播报员的声音：“这场战役中最惊人的行动，是重型巡弋舰星团号对抗三艘‘新星级’的敌舰，这乃是一场殊死战……”

荧幕的画面转换了角度，并且拉近镜头。一艘巨大的星舰喷出耀眼的光焰，将对方一艘星舰照得通红，后者一个急转跳出焦距，随即掉过头来，向巨舰猛撞过去。星团号陡然一倾，与敌舰仅仅擦身而过，却将敌舰猛力反弹回去。

播报员用平稳而不带任何感情的声音，一直报道到敌方尽数遭到歼灭为止。

短暂的停顿后，又开始报道涅蒙的战事，几乎是大同小异的画面与叙述。不过这次加入一个新题材，那是有关攻击性登陆的冗长报道——被夷为焦土的城市、挤成一团的战俘、星舰再度升空的画面……

涅蒙撑不了多久了。

报道再度暂停，照例又响起刺耳的金属管乐。荧幕的画面逐渐化作一个长长的回廊，两旁站满气势非凡的士兵；穿着顾问官制服的政府发言人，从回廊尽头趾高气昂地快步走过来。

一片凝重的静寂。

发言人终于开始讲话，声音听来严肃、缓慢而冷酷：

“奉元首命令，在此作如下宣布：长久以来，一直以武力反抗元首意志的赫汶星，如今已向我方正式投降。此时此刻，元首的军队业已占领该行星。反抗力量四处窜逃，变成一群乌合之众，已迅速被消灭殆尽。”

画面再度转换成原先那名播报员，他一本正经地宣布，将随时插播其他重要的发展。

然后节目就换成舞蹈音乐，艾布林·米斯随手一拨，切断了电视幕的电源。

杜伦站起来，步履蹒跚地走了开，一句话也没有说。心理学家并未试图阻止他。

当贝泰走出厨舱时，米斯做个手势，示意她别开口。

他说：“他们攻下了赫汶。”

贝泰叫道：“这么快？”她的眼睛睁得老大，透出深深的疑惑。

“根本没有抵抗，根本没有任何XX……”他及时把后面的话吞回去，“你最好让杜伦静一静，这对他可不是什么好消息。这顿饭，我们就别等他了。”

贝泰又望了望驾驶舱，然后无可奈何地转过头来。“好吧！”

马巨擘默默坐在餐桌旁。他既不说话也不吃东西，只是以充满恐惧的眼睛瞪着前方，仿佛恐惧感消耗了体内所有的元气。

艾布林·米斯心不在焉地拨弄着果冻，并粗声说道：“其他两个行商世界还在抵抗。他们奋战到底，前仆后继，宁死不降。只有赫汶，就像基地一样……”

“但究竟为什么？为什么呢？”

心理学家摇摇头。“这是那个大问号中的一个小环节。每一项不可思议的疑点，都是解开骡真面目的一个线索。第一点，当独立行商世界仍在顽抗时，他如何能一举征服基地，而且几乎兵不血刃。那种抑制核反应的武器，其实根本微不足道——这件事我们曾经一再地讨论，我都快要烦死了——而且，那种武器只有对付基地时才有效。”

“我曾经向蓝度提出一个假设，”艾布林灰白的眉毛皱在一起，“骡可能有一种辐射式‘意志抑制器’。赫汶可能就是受到这种东西的作用。可是，为什么不用它来对付涅蒙和伊斯呢？那两个世界如今还在疯狂地拼命抵抗，除了骡原有的兵力，还需要动用基地舰队的半数才能打败他们。是的，我注意到基地的星舰也在攻击阵容中。”

贝泰小声说：“先是基地，然后是赫汶。灾难似乎一直跟着我们，我们却总是在千钧一发之际逃脱。这种事会一直持续下去吗？”

艾布林·米斯并没有注意听，他好像正在跟自己进行讨论。“可是还有另一个问题——另一个问题。贝泰，你还记得一则新闻吗？他们在端点星没有找到骡的小丑，怀疑他逃到了赫汶，或是被原来绑架他的人带去那里。贝泰，他似乎始终很重要，但我们还没有找到原因。马巨擘一定知道什么事，会对骡造成致命伤。我可以肯定这一点。”

马巨擘已经脸色煞白，全身打颤。他为自己辩护道：“伟大的先生……尊贵的大爷……真的，我发誓，我这个不灵光的脑袋，没法子满足您的要求。我已经知无不言，言无不尽。而且，您还用了探测器，从我的笨脑袋抽出我所知道的一切，还包括我自己以为不知道的事。”

“我知道……我知道。我指的是一件小事，一个很小的线索，以致你我都未能察觉它的本质。但我必须把它找出来——因为涅蒙和伊斯很快就会沦陷，到那个时候，整个基地体系就只剩下我们几个了。”

进入银河核心区域之后，恒星开始变得密集而拥挤。各星体的重力场累加起来，达到了相当的强度，对星际跃迁产生了不可忽略的微扰。

直到某次跃迁后，太空船出现在一颗红巨星的烈焰中，杜伦方才察觉这个危机。他们不眠不休奋战了十二个小时，才终于挣脱强大的重力场，逃离了这颗红巨星的势力范围。

由于星图的范围有限，而且不论是操作太空船，或是进行航道的数学演算，杜伦都缺乏足够的经验，他只好在每次跃迁之前，花上几天的工夫仔细计算。

后来，这个工作变成一项团队行动。艾布林·米斯负责检查杜伦的数学计算；贝泰负责利用各种方法测试可能的航道；就连马巨擘都有事可做，他负责利用计算机做例行运算——学会如何操作后，这份工作为马巨擘带来极大的乐趣，而且他做得又快又好。

大约一个月之后，贝泰已经能从“银河透镜”的三维模型中，研读蜿蜒曲折的红色航道。根据这个航道，他们距离银河中心已经不远。她以讽刺的口吻开玩笑说：“你知道它像什么吗？像是一条十英尺长的蚯蚓，还患了严重的消化不良症。我看，你迟早会带我们回赫汶去。”

“我一定会的，”杜伦没好气地说，同时把星图扯得嘎嘎作响，“除非你给我闭嘴。”

“提到这点，”贝泰继续说，“也许有一条直线的航道，就像子午线那么直。”

“是吗？嗯，首先，你这个小傻瓜，如果光凭运气，至少需要五百艘船舰，花五百年的时间才找得到这种航道。我用的这些廉价的三流星图，上面根本没有显示。此外，这种直线航道最好尽量避开，途中也许挤满了敌舰。还有……”

“喔，看在银河的份上，请你停止这些义正辞严、没完没了的唠叨。”她用双手拉扯他的头发。

杜伦吼道：“哎哟！放开我！”随即抓住她的手腕，往下猛拉。于是杜伦与贝泰一起滚到地板上，两个人和一张椅子扭成一团。不久，扭打变成了气喘吁吁的角力，夹杂着阵阵气结的笑声，以及各种犯规的动作。

直到马巨擘屏着气息走进来，杜伦才赶紧挣脱。

“什么事？”

小丑脸上挤满了忧虑的线条，又大又长的鼻子显得毫无血色。“尊贵的先生，仪器的读数突然变得好古怪。不过我有自知之明，不敢乱碰任何东西……”

两秒钟后，杜伦已经来到驾驶舱。他对马巨擘轻声说：“把艾布林·米斯叫醒，请他到这里来。”

贝泰正在用手指整理着弄乱的头发，突然听到杜伦对她说：“贝，我们被侦测到了。”

“被侦测到了？”贝泰立刻垂下手臂，“被什么人？”

“天晓得，”杜伦喃喃道，“但是我想对方一定有武器，而且已经进入射程，正在瞄准我们。”

他坐下来，低声报出太空船的识别码，经由次乙太传送出去。

当穿着浴袍的艾布林·米斯睡眼惺忪地走进来时，杜伦以反常的冷静口吻说：“我们似乎闯进了一个内围小王国的领域，它叫做‘菲利亚自治领’。”

“从来没听过。”米斯粗声道。

“嗯，我也没听过。”杜伦回答，“无论如何，我们被一艘菲利亚星舰拦了下来，我不知道会发生什么事。”

菲利亚缉私舰的舰长带着六名武装人员，强行登上他们的太空船。他个子矮小，头发稀疏，嘴唇很薄，皮肤粗糙。坐下后，他先猛力咳嗽一声，然后打开原本挟在腋下的卷宗，翻到空白的一页。

“你们的护照，还有太空船的航行许可证，请拿出来。”

“我们没有这些东西。”杜伦答道。

“没有，啊？”他抓起挂在腰带上的麦克风，流利地说：“三男一女，证件不齐。”他在卷宗上也做了记录。

他又问：“你们从哪里来？”

“西维纳。”杜伦谨慎地回答。

“那地方在哪里？”

“距离此地二万秒差距，川陀以西八十度……”

“够了，够了！”杜伦可以看出对方写下的是：“出发地点——银河外缘”。

菲利亚舰长又问：“你们要去哪里？”

杜伦回答："去川陀星区。"

"目的是什么？"

"观光旅行。"

"载有任何货物吗？"

"没有。"

"嗯——嗯，我们会好好检查。"他点了点头，立刻有两个人开始行动。杜伦并没有试图阻止。

"你们为什么会进入菲利亚的领域？"菲利亚舰长的眼神变得不太友善。

"我们根本不知道。我没有适用的星图。"

"未携带详细星图，依法得缴100信用点的罚金。此外，当然，你们还得缴交关税，以及其他的费用。"

他又对着麦克风说了几句——但这次听的比说的更多。然后，他对杜伦道："你懂得核工吗？"

"一点点。"杜伦谨慎地回答。

"是吗？"菲利亚舰长阖起卷宗，补充道："银河外缘的人，据说都有这方面的丰富知识。穿上外衣，跟我们来。"

贝泰向前走一步。"你们准备对他怎么样？"

杜伦轻轻将她推开，再以冷静的口气问："你要我到哪里去？"

"我们的发动机需要做一点调整。他也要跟你一块来。"他伸出的手指不偏不倚指着马巨擘，小丑顿时哭丧着脸，褐色的眼睛睁得老大。

"他和修发动机有什么关系？"杜伦厉声问道。

舰长冷冷地抬起头来。"据报，这附近的星空有强盗出没。其中一名凶徒的形容跟他有点相像。我得确定一下他的身份，这纯粹是例行公事。"

杜伦仍在犹豫，但六个人加六把手铳却极具说服力。他只好到壁柜去拿衣服。

一个小时后，他从菲利亚缉私舰的地板上站起来，怒吼道："我看不出发动机有任何问题。汇流条的位置正确，L型管输送正常，核反应分析也都合格。谁是这里的负责人？"

首席工程师轻声回答："我。"

"好，那你送我出去——"

他被带到军官甲板，来到一间小小的会客室，里面只有一个低阶的少尉军官。

"跟我一起来的人在哪里？"

"请等一等。"少尉说。

十五分钟后，马巨擘也被带到会客室。

"他们对你做了什么？"杜伦急促地问。

"没有，什么都没有。"马巨擘缓缓摇了摇头。

依照菲利亚的法律，他们总共付了250信用点——其中有50点是"立即释放金"。破财消灾后，他们重新回到自由的星空。

贝泰勉强笑了几声，并说："我们不值得他们护送一下吗？难道不该将我们送到边境，再一脚把我们踢走吗？"

杜伦绷着脸答道："那根本不是什么菲利亚缉私舰——我们暂时还不准备离开。你们过来这里。"

大家都聚到他身边。

他余悸犹存地说："那是一艘基地星舰，那些人都是骡的手下。"

艾布林手中的雪茄立刻掉到地板上，他俯身捡起来，然后说："这里有基地星舰？我们距离基地足足有一万五千秒差距。"

"我们既然能在这里，他们又为什么不能来？银河啊，艾布林，你以为我不会辨识船舰吗？我看到他们的发动机，就足以肯定了。我告诉你，那是基地的发动机，而那艘星舰是基地的星舰。”

“他们是如何来到这里的？”贝泰实事求是地问，“在太空中，两艘船舰不期而遇的机会是多少？”

“这又有什么关系？”杜伦愤愤地反问，“这只能说明我们被跟踪了。”

“被跟踪？”贝泰大声抗议，“在超空间里被跟踪？”

艾布林·米斯不耐烦地插嘴道：“这是做得到的——只要有够好的船舰和最好的驾驶。不过我认为可能性不大。”

“我并没有湮没航迹，”杜伦坚持自己的说法，“我也始终维持着正常速度。瞎子也算得出我们的航道。”

“见鬼了。”贝泰吼道，“你的每一个跃迁都歪歪扭扭，观测到我们的初始方向也毫无用处。而且不只一次，我们在跃迁后，刚好从反方向跳出来。”

“我们是在浪费时间，”杜伦也火了，咬牙切齿地说，“那是骡控制下的一艘基地星舰。它把我们拦下来，搜查我们的太空船，又将马巨擘带走，还将他隔离——而我是一名人质，可以防止你们两人起疑时轻举妄动。我们现在就把它从太空中轰掉。”

“等一等。”艾布林·米斯一把抓住他，“因为你怀疑那是敌舰，就要把我们通通害死吗？老弟，想想看，那些王八蛋若是经过超空间，一路追踪我们大半个臭银河，又怎么可能在检查我们的太空船之后，就轻易放了我们？”

“他们还想知道我们要去哪里。”

“那么，他们又为何拦下我们，让我们提高警觉？你知道吗，你这种说法是自相矛盾。”

“我就是要照自己的意思去做。艾布林，放开手，否则我要揍人了。”

此时马巨擘正以特技的身手，站在他最喜欢的那个椅背上。他突然激动地向前一探身，长鼻子的鼻孔张得老大。“我想插一句嘴，请您们多多包涵。我这个不中用的脑袋，忽然间冒出一个古怪的想法。”

贝泰预料到杜伦马上就要发火，赶紧和艾布林一起按住他。“马巨擘，你尽管说，我们都会用心听。”

于是马巨擘说：“我被带到那艘星舰去的时候，简直吓得魂不附体，所以本来就空空如也的脑袋，变得更迷糊更痴呆了。说实话，大多数的事我完全不记得。好像有很多人瞪着我，说着我根本听不懂的话。但是到了最后——仿佛是一道阳光穿透云缝——我看到一张熟悉的脸孔。我只瞥了他一眼，只是隐隐约约的一瞥——却在我的记忆中，留下强烈和鲜明的印象。”

杜伦说：“那是谁？”

“很久很久以前，您第一次解救我的时候，那个跟我们在一起的上尉。”

马巨擘显然是想制造一个惊人的高潮，而从他长鼻子底下咧开的笑容，看得出他明白自己的意图成功了。

“汉……普利吉……上尉？”米斯严厉地问道，“你确定吗？真的确定吗？”

“伟大的先生，我可以发誓。”马巨擘将瘦骨嶙峋的手掌放在瘦弱的胸口，“即使把我带到骡面前，即使他用所有的威力否定这件事，我也敢向他发誓，坚持这是事实。”

贝泰不解地问道：“那么这究竟是怎么回事？”

小丑热切地面对着她。“我亲爱的女士，我有一个理论。它是突如其来的灵感，仿佛是银河圣灵想好了，再轻轻带进我心中。”

他刻意提高声音，以便压下杜伦半途插入的抗议。

“我亲爱的女士，”他完全是对着贝泰一个人说话，“假如这位上尉和我们一样，也是驾着太空船逃跑；假如他和我们一样，也是为了某个目的而在太空奔波；假如他是突然撞见我们的——他就会怀疑是我们在跟踪他，而且想要偷袭他，就像我们怀疑他一样。那么他自导自演了这出戏，又有什么难以解释的呢？”

“可是，他要我们去他的星舰干什么？”杜伦追问：“这说不通。”

“啊，说得通，说得通。”小丑大叫大嚷，辩才无碍，“他派出一名手下，那人并不认识我们，但他却利用麦克风，向上尉描述我们几个的长相。上尉一听到他对我的描述，一定立刻大吃一惊——因为说句老实话，尽管银河这么大，长得像我这个皮包骨的却没几个。既然认出我来，您们其他人的身份也就确定了。”

“所以他就放我们走了？”

“对于他正在进行的任务，还有他的秘密，我们又知道多少？他既然查出我们并非敌人，又何必让自己的身份曝光，让自己的计划横生变数呢？”

贝泰缓缓说道：“杜，别再固执了。他说的都有道理。”

“很有可能。”米斯附和道。

面对大家一致的反对，杜伦似乎无可奈何。在小丑滔滔不绝的解释中，仍有一点什么困扰着他；一定有什么不对劲的地方。但是他也说不出所以然来，而且无论如何，他的怒气已经消了。

“有那么几分钟，”他轻声道，“我还以为至少能打下一艘骡的星舰。”

他随即想到赫汶的沦陷，目光不禁黯淡下来。

其他三人都能了解他的心情。

新川陀：……原名迪里卡丝的一颗小型行星，于“大浩劫”后改名。在将近一世纪的岁月中，它是“第一帝国”最后一个皇朝的所在地。新川陀是个徒具虚名的世界，领导着一个名存实亡的帝国，其存在仅具政治上的象征意义。新川陀皇朝的第一位皇帝……

——《银河百科全书》

22

魂断新川陀

这个世界叫新川陀！也就是新的川陀！一旦你叫出这个名称，就把它与原先那个伟大的川陀类似之处都说完了。在两秒差距外，旧川陀的太阳仍在发热发光，而上个世纪的银河帝国首都，还在太空中永恒的轨道上默默运行。

旧川陀上甚至还有居民。人数并不多——或许一亿人吧；五十年前，那里还挤满四百亿人口。那个巨大的金属世界，如今到处都是残破的碎片。从围绕整个世界的金属基础向上延伸的高塔建筑，一座座都成了断垣残壁，上面的弹孔与焦痕仍旧清晰可见——这就是四十年前“大浩劫”所留下的遗迹。

说来也真奇怪，一个作为银河中心达两千年之久的世界——曾经统治着无尽的太空，上面住着无数位高权重的官员，以及权倾一时的立法者——竟然在一个月之内毁灭殆尽。说来也真奇怪，在前一个仟年之间，这个世界曾多次被征服，帝国也曾因此多次迁都，它却从未遭到破坏；而在后一个仟年，又不断爆发内战与宫廷革命，它也依旧安然无恙——如今它却终于成为一团废墟。说来也真奇怪，这个“银河的光荣”就这样变成了一具腐尸。

真是情何以堪!

人类历经五十个世代所造就的心血结晶，应该在许多世纪后才会化为腐朽。只有人类自己的堕落，才有办法提早为它送终。

数百亿居民罹难后，幸存的数百万人拆掉行星表面闪闪发光的金属基础，让禁锢上千年的土壤再度暴露阳光下。

他们周遭仍保存着完善的机械设备，以及人类为对抗大自然而制造的精良工业产品。于是，他们重新回到土地的怀抱。在空旷的交通要道上，种植起小麦与玉米；在高塔的阴影下，放牧着成群的绵羊。

反观新川陀——当初在川陀巨大的阴影下，这颗行星只能算偏远的乡村。后来那个走投无路的皇室，从“大浩劫”的烽火中仓皇逃离，来到这个最后的避难所——在这里勉强支撑下去，直到叛乱的风潮终于平息。如今，皇室仍在此地做着虚幻的帝王梦，统治着帝国最后一点可怜兮兮的残躯。

二十个农业世界，组成当今的银河帝国!

达勾柏特九世乃是银河的皇帝、宇宙的共主。他统治着这二十个农业世界，以及那些桀骜难驯的地主与民风强悍的农民。

在那个腥风血雨的日子，达勾柏特九世跟随父皇来到新川陀，当时他才二十五岁。如今，他的双眼与心灵仍充满着昔日帝国的光荣和强盛。但是他的儿子——未来的达勾柏特十世，则出生在新川陀。

二十个世界，就是他所认识的一切。

裘德·柯玛生所拥有的敞篷飞车，是新川陀同类交通工具中最高级的一部；它的外表染着珍珠色涂料，还镶着稀有合金的装饰，根本无需挂上任何代表主人身份的徽章——这当然其来有自。并非由于柯玛生是新川陀最大的地主，那样想是倒因为果。早年，他是年轻皇储的玩伴与“守护神”，当时皇储对正值中年的皇帝就充满叛逆的情绪。如今，他则是中年皇储的玩伴与“守护神”，而皇储早已骑在年迈的皇帝头上，并且恨透了他。

裘德·柯玛生正坐在自己的飞车上，巡视着他名下的大片土地，以及绵延数英里、随风摇曳的麦子，以及许多巨型打谷机与收割机，以及众多佃农与农机操作工——通通都是他的财产。他一面巡视，一面认真思考自己的问题。

在柯玛生身边，坐着他的专用司机。那名司机弯腰驼背，身形憔悴，他驾着飞车轻缓地乘风而上，脸上则一直带着笑容。

裘德·柯玛生迎着风，对着空气与天空说：“殷奇尼，你还记得我跟你讲的事吗？”

殷奇尼所剩无几的灰发被风吹了起来。他咧开薄薄的嘴唇，露出稀疏的牙齿，两颊上的垂直皱纹加深许多。好像他从来不知道，自己的笑容比哭更难看。当他轻声说话的时候，齿缝间传出阵阵的咻咻声。

“老爷，我记得，我也仔细想过了。”

“殷奇尼，你想到什么呢？”这句问话明显带着不耐烦的意思。

殷奇尼没忘记自己曾经年轻英俊过，并且是旧川陀的一名贵族。殷奇尼也记得，他到达新川陀的时候就已经破了相，而且未老先衰。由于大地主裘德·柯玛生的恩典，他才得以苟活下来。为了报答这份大恩大德，他随时提供各式各样的鬼点子。想到这里，他轻轻叹了一口气。

他又小声地说：“老爷，基地来的那些访客，我们轻而易举就能拿下。尤其是，老爷，他们只有一艘太空船，又只有一个能动武的人。我们可得好好欢迎他们。”

“欢迎？”柯玛生以沮丧的口吻说，“也许吧。不过那些人都是魔术师，可能威力无比。”

“呸，”殷奇尼喃喃道，“所谓距离产生幻象。基地只是个普通的世界，它的公民也只是普通人。如果拿武器轰他们，他们照样一命呜呼。”

殷奇尼维持着正确的航线，飞过一条蜿蜒而闪烁的河流。他又继续轻声说：“不是听说有一个人，把银河外缘各个世界搅得天翻地覆吗？”

柯玛生突然起疑。“这件事你知道多少？”

他的专用司机这回没有露出笑容。“老爷，我毫不知情，只不过随口问问。”

大地主只犹豫了一下子。他毫不客气，单刀直入地说：“你的任何问题都不是随口问问，你这种探听情报的方法，早晚会让你的细脖子被老虎钳夹扁。不过——我可以告诉你！那个人叫做骡，几个月前，他的一名属下曾经来过这里，那是为了……一件公事。我正在等另一个人……嗯……把这件事做个了结。”

“这些新来的访客呢？他们难道不是你要等的人吗？”

“他们没有任何身份证明文件。”

“据说基地被攻陷了……”

“我可没有告诉你这种事。”

“大家都这么讲。”殷奇尼继续泰然自若地说，“如果这个消息正确，这些人可能就是逃出来的难民，可以把他们抓起来交给骡的手下，以表现我们真诚的友谊。”

“是吗？”柯玛生不太确定。

“此外，老爷，既然大家都明白诛杀功臣的历史规律，我们这么做，只是正当的自卫手段罢了。我们原本就有心灵探测器，现在又有了四个基地人的脑袋。基地有许多秘密值得我们挖掘，而骡的秘密更需要挖掘。这样一来，我们和骡的友谊就能稍微平等一点。”

在平稳的高空中，柯玛生因为自己突如其来的想法而打了一个冷战。“可是万一基地没有沦陷，万一那些消息都是假的呢。据说，有预言保证基地不可能沦陷。”

“老爷，这年头已经不流行卜卦算命了。”

“殷奇尼，但它若是根本没有沦陷呢。想想看！若是基地没有沦陷。骡对我做了许多保证，可是……”他发觉自己扯得太远，赶紧拉回原来的话题。“那就是说，他在吹牛。然而牛皮容易吹，做起来却困难。”

殷奇尼轻声笑了笑。“做起来却困难，的确没错，但有开始就有希望。放眼银河系，恐怕银河尽头的那个基地，要算是最可怕的。”

“别忘了还有太子呢。”柯玛生喃喃道，几乎是自言自语。

“老爷，这么说，他也在跟骡打交道？”

柯玛生几乎无法压抑突然浮现的自满。“并不尽然，他可不像我。但是他现在愈来愈狂妄，愈来愈难以控制。他已经被恶魔附身了。如果我把这些人抓起来，他会为了自己的目的而将他们带走——因为他这个人还真有几分狡猾——我还没准备要跟他翻脸。”他厌恶地皱着眉头，肥厚的双颊也垂了下来。

“昨天我瞥见了那些异邦人。”灰发的司机扯到另一个话题，“那个黑头发的女人很不寻常。她走起路来像男人一样毫无顾忌，还有她的皮肤苍白得惊人，和她乌溜溜的黑发形成强烈对比。”在他有气无力的嘶哑声音中，似乎透出几丝兴奋，令柯玛生突然讶异地转头瞪着他。

殷奇尼继续说："我想，那个太子不论多么狡猾，也不会拒绝接受合理的妥协方案。你可以把其他人留下来，只要把那个女孩让给他……"

柯玛生立即茅塞顿开。"好主意！真是个好主意！殷奇尼，掉头回去！还有，殷奇尼，如果一切顺利，我们就继续讨论还你自由的细节问题。"

似乎是冥冥之中自有定数，柯玛生刚回到家，就在他的书房发现了一个私人信囊。它是以极少数人知道的波长传送来的。柯玛生的肥脸露出微笑。骡的手下快要到了，这代表基地真的沦陷了。

贝泰朦胧的视觉，依然残留着那座"宫殿"的影像，盖过了她现在看到的真实景象。在她内心深处，仿佛感到有点失望。那个房间很小，几乎可说既朴素又平凡。那座"宫殿"甚至比不上基地的市长官邸。而达勾柏特九世……

皇帝究竟应该像什么样子，贝泰心中有个定见。他不应该好像一位慈祥的祖父，不应该显得瘦削、苍白而衰老——也不该亲自为客人倒茶，或是对客人表现得过分殷切。

事实却刚好相反。

贝泰抓稳茶杯，达勾柏特九世一面为她倒茶，一面咯咯笑着。

"亲爱的女士，我感到万分高兴。我有一阵子没参加庆典，也没有接见廷臣了。如今，来自外围世界的访客，我已经没有机会亲自欢迎。因为我年事已高，这些琐事已交给太子处理。你们还没有见过太子吗？他是个好孩子。或许有点任性，不过他还年轻。要不要加一个香料袋？不要吗？"

杜伦试图插嘴。"启禀陛下……"

“什么事？”

“启禀陛下，我们并不是要来打扰您……”

“没有这回事，绝不会打扰我的。今晚将为你们举行迎宾国宴，不过在此之前，我们可以随意。我想想，你们刚才说是从哪里来的？我们好像很久没有举行迎宾国宴了。你们说来自安纳克里昂星省吗？”

“启禀陛下，我们是从基地来的！”

“是的，基地，我现在想起来了。我知道它在哪里，它位于安纳克里昂星省。我从来没有去过那里，御医不允许我做长途旅行。我不记得安纳克里昂总督最近曾有任何奏章。那里的情况怎么样？”他以关切的口吻问道。

“启禀陛下，”杜伦含糊地说，“我没有带来任何申诉状。”

“那实在太好了，我要嘉奖那位总督。”

杜伦以无奈的眼光望着艾布林·米斯，后者粗率的声音立刻响起。“启禀陛下，我们听说必须得到您的御准，才能参观位于川陀的帝国图书馆。”

“川陀？”老皇帝柔声问道：“川陀？”

然后，他瘦削的脸庞显现一阵茫然的痛苦。“川陀？”他细声说，“我现在想起来了。我正在进行一个军事反攻计划，准备率领庞大的舰队打回川陀。你们跟我一起去，让我们并肩作战，打垮吉尔模那个叛徒，重建伟大的帝国！”

他佝偻的脊背挺直了，他的声音变得洪亮，一时之间，他的目光也转趋凌厉。然后，他眨了眨眼睛，又轻声说：“可是吉尔模已经死了。我好像想起来——没错，没错！吉尔模已经死了！川陀也死了——目前似乎就是如此——你们刚才说是从哪里来的？”

马巨擘忽然对贝泰耳语道：“这个人真的就是皇帝吗？我以为皇

帝应该比普通人更伟大、更英明。”

贝泰挥手示意他闭嘴，然后说：“倘若陛下能为我们签一张许可状，准许我们到川陀去，对双方的合作会很有帮助。”

“到川陀去？”老皇帝表情呆滞，显得一片茫然。

“启禀陛下，我们是代表安纳克里昂总督前来觐见陛下的。他要我们代为启奏陛下，吉尔模还活着……”

“还活着！还活着！”达勾柏特惊吼道，“他在哪里？又要打仗了！”

“启禀陛下，现在还不能公开这件事。他的行踪至今不明。总督派我们来启奏陛下这个事实，但我们必须到川陀去，才有办法找到他的藏身之处。一旦发现……”

“没错，没错……非得把他找到不可……”老皇帝蹒跚地走到墙边，用发颤的手指碰了碰小型光电管。他空等了一会儿，又喃喃道：“我的侍臣还没有来，我不能再等他们了。”

他在一张白纸上胡乱写了几个字，最后附上一个龙飞凤舞的签名式。然后他说：“吉尔模早晚会领教皇帝的厉害，你们刚才说是从哪里来的？安纳克里昂？那里的情况怎么样？皇帝的威名依然至高无上吗？”

贝泰从他松软的手指间取过那张纸。“陛下深受百姓爱戴，陛下对百姓的慈爱妇孺皆知。”

“我应该起驾到安纳克里昂，去巡视我的好百姓，可是御医说……我不记得他说过什么，不过……”他抬起头，苍老灰暗的眼珠又有了生气，“你们刚才提到吉尔模吗？”

“启禀陛下，没有。”

“他不会再猖狂了。回去就这样告诉你们的同胞。川陀会屹立不摇！父皇正率领舰队御驾亲征；吉尔模那个叛徒，还有他手下那些大逆不道的乌合之众，都会被困死在太空中。”

他摇摇晃晃地走回座位，目光再度失去神采。他问道：“我刚才说了些什么？”

杜伦站起来，深深一鞠躬。“陛下对我们亲切无比，可惜我们觐见的时间已经结束了。”

达勾柏特九世站起身来，挺直了脊背，看着他的访客一个个倒退着退到门外。一时之间，他看来真像是一位皇帝。

而四名访客退出门外，立刻有二十名武装人员一拥而上，将他们团团围住。

一柄轻武器发出一道闪光……

贝泰感到自己的意识逐渐恢复，却没有“我在哪里？”那种感觉。她清清楚楚记得那位自称皇帝的古怪老者，还有埋伏在外的那些人。她的手指关节仍在隐隐作痛，代表她曾遭到麻痹枪的攻击。

她继续闭着眼睛，用心倾听身边每一个声音。

共有两个人在说话。其中一人说得很慢，口气也很小心，表面的奉承下却隐藏着狡猾。另一个声音嘶哑含混，几乎带着醉意，而且说话时口沫四溅。这两个声音都令贝泰感到嫌恶。

嘶哑的声音显然是主子。

贝泰最先听到的几句话是：“那个老疯子，他永远死不了。这实在令我厌烦、令我恼怒。柯玛生，我要赶快行动，我的年纪也不小了。”

“启禀殿下，让我们先研究一下这些人有什么用处。我们可能会发现奇异的力量，是你父亲所无法提供的。”

在一阵兴致勃勃的耳语中，嘶哑的声音愈来愈小。贝泰只听到几个字：“……这女孩……”另外那个谄媚的声音则变作淫秽的低笑声，然后再用哥俩好的口气说：“达勾柏特，你一点也没有老。没有人不知道，你还像个二十岁的少年郎。”

两人一起哈哈大笑。贝泰的血液都快凝结了，达勾柏特——殿下——老皇帝曾经提到他有一个任性的太子。这时，贝泰已能体会刚才那段对话的含意。可是在现实生活中，不应该发生这种事……

她听到一阵缓慢而激动的咒骂，那是杜伦的声音。

她张开眼睛，发现杜伦正在瞪着她。杜伦显得放心了一点，又用凶狠的口气说：“你们这种强盗行径，我们会请陛下主持公道。放开我们。”

直到现在，贝泰才发觉自己的手腕被强力吸附场固定在墙上，脚踝也被地板紧紧吸住。

声音嘶哑的男子向杜伦走近。他挺着一个大肚子，头发稀疏，眼袋浮肿，还有两个黑眼圈。他穿着由银色发泡金属镶边的紧身上衣，戴着一顶有遮檐的帽子，上面还插着一根俗丽的羽毛。

他冷笑一声，仿佛听到了最有趣的笑话。“陛下？那个可怜的疯老头？”

“我有他签署的通行证。任何臣民都不得妨碍我们的自由。”

“你这太空飞来的垃圾，我可不是什么臣民。我是摄政兼皇储，你得这样称呼我。至于我那个既可怜又痴呆的老子，他喜欢偶尔见见访客，我们也就随他去玩。这能让他重温一下虚幻的帝王梦。但是，当然没有其他意义。”

然后他来到贝泰身前，贝泰抬起头，以不屑的眼光瞪着他。皇储俯下身，他的呼吸中有浓重的薄荷味。

他说：“柯玛生，她的眼睛真标致——她睁开眼睛更漂亮了。我想她会令我满意。这是一道能令我胃口大开的异国佳肴，对吗？”

杜伦徒劳无功地挣扎了一阵子，皇储根本不理会他，贝泰则感到体内涌出一股寒意。艾布林·米斯仍然昏迷，他的头无力地垂到胸前，可是马巨擘的眼睛却张开了，令贝泰感到有些讶异。她注意到马巨擘的眼睛张得很大，仿佛已经醒来好一阵子。他那对褐色的大眼珠转向贝泰，透过呆滞的表情凝望着她。

他将头撇向皇储，一面点头，一面呜咽道：“那家伙拿走了我的声光琴。”

皇储猛然一转身。“丑八怪，这是你的吗？”他将背在肩上的乐器甩到手中，贝泰这才注意到，他肩上的绿色带子就是声光琴的吊带。

他笨手笨脚地拨弄着声光琴，想要按出一个和弦，却没有弄出半点声响。“丑八怪，你会演奏吗？”

马巨擘点了一下头。

杜伦突然说：“你劫持了一艘基地的太空船。即使陛下不替我们讨回公道，基地也会的。”

另外那个人——柯玛生，此时慢条斯理地答道：“什么基地？还是骡已经不叫骡了？”

没有人回答这个问题。皇储咧嘴一笑，露出又大又参差不齐的牙齿。他关掉小丑身上的吸附场，使劲推他站起来，又将声光琴塞到他手中。

“丑八怪，为我们演奏一曲。”皇储说，“为我们这位异邦美人，演奏一首爱和美的小夜曲。让她知道我父亲的乡下茅舍并不是宫殿，但我能带她到真正的宫殿去，在那里，她可以在玫瑰露中游泳——她将知道太子的爱是如何炽烈。丑八怪，为太子的爱高歌一曲。”

他将一只粗壮的大腿放在大理石桌上，小腿来回摇晃着，并带着轻浮的笑意瞪着贝泰，令贝泰心中升起一股怒火。杜伦使尽力气设法挣脱吸附场，累得汗流浃背，一脸痛苦的表情。艾布林·米斯忽然动了动，发出一声呻吟。

马巨擘喘着气说：“我的手指麻木，没法子演奏……”

“丑八怪，给我弹！”皇储吼道。他对柯玛生做了一个手势，灯光便暗了下来。在一片昏暗中，他双臂交握胸前，等着欣赏表演。

马巨擘的手指在众多按键上来回跳跃，动作迅疾并充满节奏感。一道色彩鲜明的彩虹，突然不知从何处滑跃出来。然后响起一个低柔的调子，曲调悠扬婉转，如泣如诉。在一阵悲壮的笑声中，乐曲陡然拔高，背后还透出阴沉的钟声。

黑暗似乎变得愈来愈浓，愈来愈稠。贝泰面前好像有着一层层无形的毛毯，音乐就从其中钻出来。从黑暗深处射出了微弱的光线，仿佛坑洞中透出的一线烛光。

她自然而然一眨不眨地张大眼睛。光线逐渐增强，但仍然十分朦胧，带着暧昧不明的色彩摇曳不定。此时，音乐忽然变得刺耳而邪恶，而且愈来愈嚣张。光线的变化也开始加剧，随着邪恶的节奏快速摆动。好像有什么怪物在光影中翻腾，它长着剧毒的金属鳞片，还张着血盆大口。而音乐也随着那只怪物翻腾和咧嘴。

贝泰在诡异莫名的情绪中挣扎，总算从内心的喘息中定下神来。这使她不禁想到时光穹窿中的经历，以及在赫汶的最后那段日子。当时她感受到的，正是同样的恐惧、烦厌，以及如蛛网般粘缠的消沉与绝望。这种无形的压迫感，令她全身蜷缩起来。

音乐在她耳边喧闹不休，如同一阵可怖的狂笑。就像是拿倒了望远镜，她看到尽头处小圈圈中仍是那个翻腾扭动的怪物，直到她奋力转过头去，恐怖的怪物才终于消失。这时，她的额头早已淌着冷汗。

音乐也在此时停止。它至少持续了一刻钟，贝泰顿时觉得大大松了一口气。室内重新大放光明，马巨擘的脸庞距离贝泰很近，他满头大汗，目光涣散，神情哀伤。

“我亲爱的女士，”他气喘吁吁地说，“您还好吧？”

“还好，”她悄声回答，“但是你为什么演奏这种音乐？”

她看了看室内其他人。杜伦与米斯仍被粘在墙上，显得有气无力，但她的目光很快越过他们。她看到皇储以怪异的姿势仰卧在桌脚，柯玛生则张大嘴在狂乱呻吟，还不停淌着口水。

当马巨擘向他走近时，柯玛生吓得缩成一团，发疯般哀叫起来。

马巨擘转过身来，迅速松开其他三人。

杜伦一跃而起，双手握紧拳头，使劲抓住大地主的脖子，猛力将他拉起来。“你跟我们走。我们需要你——确保我们安然回到太空船。”

两小时后，在太空船的厨舱中，贝泰亲手做了一个特大号的派。马巨擘庆祝安返太空的方法，就是抛开一切餐桌礼仪，拼命将派塞进嘴里。

“好吃吗，马巨擘？”

“嗯、嗯、嗯！”

“马巨擘？”

“啊，我亲爱的女士？”

“你刚才演奏的究竟是什么？”

小丑不知如何是好。“我……我还是别说为妙。那是我以前学的，而声光琴对神经系统的影响最巨大。当然啦，我亲爱的女士，那是一种邪门的音乐，不适合您这种天真无邪的心灵。”

“喔，得了吧，马巨擘。我可没有那么天真无邪，你别拍我的马屁了。我所看到的，是不是和那两个人看到的一样？”

“但愿不一样。我只想让他们两人看见。如果您看到了什么，那只是瞥见边缘的一点点——而且还是远远瞥见。”

“那就够呛了。你可知道，你把太子弄得昏迷不醒？”

马巨擘嘴里含着一大块派，以模糊却冷酷的声音说：“我亲爱的女士，我把他给杀了。”

“什么？”贝泰痛苦地吞下这个消息。

“当我停止演奏的时候，他就已经死了，否则我还会继续。我并没有理会那个柯玛生，他对我们最大的威胁，顶多是死亡或酷刑。可是，我亲爱的女士，那个太子却用淫邪的眼光望着您，而且……”他又气又窘，顿时语塞了。

贝泰心中兴起好些奇怪的念头，她断然把它们压下去。“马巨擘，你真有一副侠义心肠。”

“喔，我亲爱的女士。”他将红鼻头埋到派里面，不知道为什么，却没有继续吃。

艾布林·米斯从舷窗向外看，川陀已经在望——它的金属外壳闪耀着明亮的光芒。杜伦也站在舷窗旁。

他以苦涩的语调说：“艾布林，我们白跑一趟了。骡的手下已经捷足先登。”

艾布林·米斯抬起手来擦擦额头，那只手似乎不再像以前那般丰满。他的声音听来像是漫不经心的喃喃自语。

杜伦又气又恼。“我是说，那些人知道基地已经沦陷。我是说……”

“啊？”米斯茫然地抬起头。然后，他将右手轻轻放在杜伦的手腕上，显然完全忘了刚才的谈话。“杜伦，我……我一直凝望着川陀。你可知道……在我们抵达新川陀的时候……我就有一种怪异至极的感觉。那是一种冲动，是在我内心不停激荡的一种冲动。杜伦，我做得到；我知道我做得到。在我心中，所有的事情一清二楚——从来也没有那么清楚过。”

杜伦瞪着他——然后耸耸肩。这段对话并未为他带来什么信心。

他试探性地问：“米斯？”

“什么事？”

“当我们离开新川陀的时候，你没有看见另一艘太空船降落吧？”

米斯只想了一下。“没有。”

“我看见了。我想，可能只是我的想象，但也可能是那艘菲利亚缉私舰。”

“汉·普利吉上尉率领的那一艘？”

“天晓得是由谁率领的。根据马巨擘的说法——米斯，它跟踪我们到这里了。”

艾布林·米斯没有回应。

杜伦焦急地问：“你是不是哪里不对劲？你还好吗？”

米斯露出深谋远虑、澄澈而奇特的眼神，却没有回答这个问题。

23

川陀废墟

想要在巨大的川陀世界上标出某个地点，竟然是银河中独一无二的难题。因为方圆千英里范围之内，没有任何陆地或海洋能当参考坐标。若从云缝间向下俯瞰，也看不到任何河流、湖泊或岛屿。

这个金属覆盖的世界，长久以来一直是个单一的大都会。只有其上的皇宫旧址，是异乡人从外太空唯一能辨识的目标。因此，贝泰号在川陀上空维持着普通飞车的高度，一面环绕着这个世界，一面辛苦地寻找目标。

他们先来到极地，那里的金属尖塔全遭冰雪掩覆，显示气候调节机制已经损坏或遭弃置。从极地向南飞，偶尔能看到地面上有些目标，与他们在新川陀取得的简陋地图对应得上——或说有某种程度的对应关系。

但是当目标出现时，它却肯定错不了。覆盖着整个行星的金属壳层，在此出现五十英里长的裂隙。不寻常的绿地占地几百平方英里，拥抱着庄严典雅的皇宫旧址。

贝泰号先在空中盘旋一阵子，然后缓缓调整方向。只有巨大的超级跑道可供参考，它们在地图上是长直的箭头，实物则像平滑而闪耀的丝带。

他们摸索到地图所示的川陀大学所在地，再飞到附近一处宽阔的平地——这里显然曾是极忙碌的着陆场——让太空船降落下来。

直到没入金属丛林后，他们才发现从空中看来光洁美丽的金属表面，其实是一片破败、歪扭、近似废墟的建筑群，处处透着“大浩劫”后的凄凉。一座座尖塔拦腰折断，平滑的墙壁变得歪七扭八、斑痕累累。突然间，他们瞥见一块露天的黑色土壤——或许有几百亩大小——上面还有农作物。

当那艘太空船小心翼翼降落时，李·森特正等在那里。那艘船外型陌生，显然不是新川陀来的，他不禁暗叹了一声。外太空来的陌生船舰，以及来意不明的外星人士，都可能意味着短暂的太平岁月即将结束，又要回到战祸连年、尸横遍野的“大时代”。森特是农民团体的领导人，并负责管理此地的古籍。从书本中他了解到旧时的历史，而他不希望这些历史重演。

陌生太空船降落地面的过程或许只有十分钟，但在这段时间中，无数往事迅速掠过他的脑海。他首先想到幼年时代的大农庄——在他的记忆中，只有一群人忙碌工作的画面。然后，许多年轻家族一起迁徙到其他星球。当时他只有十岁，是父母的独子，只感到茫然与恐惧。

不久出现一些新的建筑；巨大的金属板被挖起来丢到一旁；农民开始翻挖曝光的土壤，稀释其盐分，恢复其生机；附近原有的建筑物，有些被推倒并铲平，其余的则改建成住宅区。

农民忙着耕作与收割，同时不忘和邻近的农场建立友好关系……

那是一段发展与扩张的岁月，自治的生活愈来愈上轨道。下一代在土地中成长茁壮，这些勤奋的年轻人逐渐当家做主。森特获选为农民团体领导人的大日子来临了，当天，是他十八岁以后头一次没刮胡子。等到长满络腮胡，他就是货真价实的领导人了。

如今却有外人闯进这个世界，这段与世隔绝、如牧歌般的短暂岁月可能要结束了。

太空船着陆了。当舷门打开时，森特一言不发地注视着。有四个人走出来，都表现得小心翼翼、机警万分。其中三人是男性，他们外表各异，一个是老者，一个是青年，另一个瘦得可怜，鼻子却长得过分。此外还有一名女子，跟他们大摇大摆地走在一起。森特向前走去，右手离开了他光洁的黑胡子。

他做了一个全人类共通的和平手势。双手放在面前，粗壮长茧的手掌朝上。

那名年轻男子向前走了两步，并做出相同的动作。“我带着和平而来。”

对方的口音非常陌生，不过那句话他还听得懂，而且听来很受用。他以庄重的语气答道：“和平至上。农民团体欢迎你们，并将竭诚招待。你们饿了吗？我们有吃的。你们渴了吗？我们有喝的。”

对方慢慢地回答：“我们感谢你们的好意，等我们回到自己的世界，会为你们的团体广为宣扬。”

这是个奇怪的回答，不过相当中听。站在森特后面的农民都露出微笑，而从附近建筑物中，还有不少农妇走了出来。

来到森特的住处后，他从隐密的角落取出一个盒子，打开上面的锁，再推开镶着镜子的盒盖，里面是专为重要场合准备的、又长又粗的雪茄。他将雪茄盒逐一递向每位客人，轮到那名女子时，他犹豫了一下。她和男士们坐在一起；对于这种恬不知耻的行为，这些异邦男士显然同意，甚至视为理所当然。于是，他硬邦邦地将雪茄盒递过去。

她拿了一根雪茄，回报一个微笑，便开始享受吞云吐雾的乐趣。李·森特必须尽力压抑不断冒起的嫌恶情绪。

用餐之前有过一段生硬的对话，客套地谈到在川陀从事农业的情形。

那名老者首先问道："水耕农业发展得如何？像川陀这样的世界，水耕当然是不二的选择。"

森特缓缓摇了摇头，他感到有些茫然。他的知识都是从书本上读到的，他并不熟悉那些事物。"我想，你是指利用化学肥料的人工栽培法？不，在川陀行不通。水耕需要许多工业配合——比如说庞大的化学工业。遇到战乱或天灾，工业一旦停摆，大家就得挨饿了。此外，不是每样食物都能用人工栽培，有些会因此流失养分。土壤又便宜又好——而且永远可靠。"

"你们生产的粮食够吃吗？"

"绝对够吃，虽然种类不多。我们还饲养家禽来生蛋，饲养乳牛羊来供应乳制品——不过肉类倒是需要跟其他世界交易。"

"交易？"年轻男子似乎突然有了兴趣，"所以你们也有贸易。可是你们出口什么呢？"

"金属。"这个答案简单明了，"你们自己看一看，我们的金属存量无穷无尽，而且都是现成的。新川陀的人驾着太空船前来，拆掉我们指定地区的金属板，用肉类、罐头水果、浓缩食品、农业机具等作交换。他们获得金属，我们的耕地面积也增加了，双方都受惠。"

他们享用了面包、乳酪，还有极美味的蔬菜盅。等到冷冻水果——餐桌上唯一的进口食物——端上来的时候，这些异邦人表达了真正的来意。年轻男子拿出川陀的地图。

李·森特冷静地研究着那张地图。等到对方说完了，他才表情严肃地说："大学校园是保留区，我们农夫不在那里种植作物。没有必要的话，我们甚至不走进去。它是硕果仅存的几处古迹之一，我们希望都能保持完整。"

"我们是来寻求知识的，不会破坏任何东西。我们可以把太空船押在这里。"老者提出这个建议——口气急切而激动。

"这样的话，我就可以带你们去。"森特说。

当晚，四个异邦人入睡后，李·森特向新川陀送出一道讯息。

24

回转者

他们进入大学校园，置身建筑物之间的空旷地带后，发现此地果然毫无人迹。放眼望去，只有庄严与孤寂的气氛。

这几位来自基地的异邦人，对于“大浩劫”那段腥风血雨、天翻地覆的日子一无所知。他们完全不知道皇帝被打垮后，川陀所发生的一连串变故——大学生们虽然毫无作战经验，个个吓得脸色苍白，却英勇地抓起借来的武器，组成一支志愿军，誓死保卫这个银河学术圣地。他们也从未听说过“七日战争”，以及当吉尔模的铁蹄蹂躏川陀世界的时候，虽然连皇宫都无法幸免，川陀大学却因休战而逃过一劫。

这几位来自基地、首度进入校园的访客，目前唯一能体会的是，在这个从废墟中重生的世界里，此处是一个宁谧、优雅的圣地，仍然保留着往昔的荣光。

就这点而言，他们可算是入侵者。笼罩四面八方的空虚显然并不欢迎他们。这里似乎仍然弥漫着学术气息，因而对侵扰表现出不悦与不安。

外表看来，图书馆是一幢小型建筑物。事实上，它绝大部分的结构都深埋地底，以提供一个宁静的冥想空间。艾布林·米斯来到接待室，驻足在精美的壁画前。

他小声地说——在此地自然而然会压低声音："我想我们走过了头，目录室应该在后面。我现在就去那里。"

他的额头泛红，右手微微打颤。"杜伦，我绝不能受到打扰。你能不能帮我送饭？"

"任凭吩咐，我们会尽一切力量帮助你。你需不需要我们当你的助手……"

"不要，我必须单独工作……"

"你认为能找到你想要找的吗？"

艾布林·米斯以充满自信的口气答道："我知道我做得到！"

结婚以来，杜伦与贝泰现在这段时期的生活，才算是最接近普通的"小俩口过日子"。不过，这是一种特殊的"过日子"方式。他们住在一座宏伟的建筑物里面，过着很不相称的简朴生活。他们的食物大多来自李·森特的农场，而他们用来交换食物的，则是任何一艘太空商船都不缺的小型核能装置。

马巨擘在图书馆的阅览室中，自己学会了如何使用投影机，便一头栽进冒险与传奇小说的世界，几乎变得跟艾布林·米斯一样废寝忘食。

艾布林不眠不休地投入研究工作，并坚持要在"心理学参考图书室"搭一个吊床。他的脸庞变得愈来愈瘦削，愈来愈苍白。他说话不像以前那样中气十足，口头禅般的咒骂也不知不觉消失无踪。有时他还得花好大的力气，才能分辨出谁是杜伦、谁是贝泰。

跟马巨擘在一起的时候，米斯才比较正常。马巨擘负责为他送餐点，常常顺便留下来，一坐就是几小时，竟然全神贯注地看着这位老心理学家工作——抄写数不清的数学方程式；不断比较各个书报胶卷的内容；挤出全身的精力，朝着只有他看得见的目标拼命努力。

杜伦走进昏暗的房间，来到贝泰身边，突然大叫一声："贝泰！"

贝泰吃了一惊，显得有些心虚。"啊？杜，你找我吗？"

"我当然是找你。你坐在那里到底在干什么？自从我们来到川陀，你就处处不对劲。你是怎么了？"

"喔，杜，别说了。"她厌倦地答道。

"喔，杜，别说了！"他不耐烦地模仿她。接着，他忽然又温柔地说："贝，你不想告诉我是怎么回事吗？我看得出你有心事。"

"没有！杜，我没有心事。如果你继续这样唠唠叨叨，我会给你烦死。我只不过……在想。"

"在想什么？"

"没什么。好吧，是关于骡、赫汶、基地，还有一切的一切。我还在想艾布林·米斯，以及他会不会找到有关第二基地的线索，以及果真找到的话，第二基地会不会肯帮我们——以及上百万件其他的事。你满意了吗？"她的声音愈来愈激动。

"如果你只是在胡思乱想，请你现在就停止好吗？这样是在自寻烦恼，对目前的情况于事无补。"

贝泰站起来，勉强笑了笑。"好吧，我现在开心了。你看，我不是高兴得笑了吗？"

外面突然传来马巨擘焦急的叫声。"我亲爱的女士——"

"什么事？进来——"

贝泰说到一半猛然住口，因为门推开后，出现的竟是一张宽大冷峻的脸孔……

“普利吉。”杜伦惊叫。

贝泰喘了几口气。“上尉！你是怎么找到我们的？”

汉·普利吉走了进来。他的声音清晰而平板，完全不带任何感情。“我现在的官阶是上校——在骡的麾下。”

“在……骡的麾下！”杜伦的声音愈来愈小。室内三个人面面相觑，形成一幅静止画面。

目睹这种场面，马巨擘吓得躲到杜伦身后。不过没有人注意到他。

贝泰双手互相紧握，却仍然在发抖。“你要来逮捕我们吗？你真的投靠他们了？”

上校立刻回答说：“我不是来逮捕你们的，我的指令中并没有提到你们。如何对待你们，我有选择的自由，而我选择和你们重叙旧谊，只要你们不反对。”

杜伦压抑着愤怒的表情，以致脸孔都扭曲了。“你是怎么找到我们的？所以说，你真的在那艘菲利亚缉私舰上？你是跟踪我们来的？”

普利吉毫无表情的木然脸孔，似乎闪过一丝窘态。“我的确在那艘菲利亚舰上！我当初遇到你们……嗯……只不过是巧合。”

“这种巧合，数学上的几率等于零。”

“不。只能说极不可能，所以我的说法仍然成立。无论如何，你们曾向那些菲利亚人承认，说你们要前往川陀星区——当然，其实并没有一个叫做菲利亚的国家。由于骡早就和新川陀有了接触，要把你们扣在那里是轻而易举。可惜的是，在我抵达之前，你们已经跑掉了。我总算来得及命令川陀的农场，一旦你们到达川陀，立刻要向我报告。接到报告后，我马上赶了来。我可以坐下吗？我带来的是友谊，请相信我。”

他径自坐下。杜伦垂着头，脑子一片空白。贝泰动手准备茶点，却没有半点热诚或亲切。

杜伦猛然抬起头来。“好吧，‘上校’，你到底在等什么？你的友谊又是什么？如果不是逮捕我们，那又是什么呢？保护管束吗？叫你的人进来，命令他们动手吧。”

普利吉很有耐心地摇摇头。“不，杜伦。我这次来见你们，是出于我个人的意愿，我是想来劝劝你们，别再做任何徒劳无功的努力。倘若劝不动，我马上就走，如此而已。”

“如此而已？好，那就打开传声筒，开始你的宣传演说，说完就请便。贝泰，别帮我倒茶。”

普利吉接过茶杯，郑重地向贝泰道谢。他一面轻啜着茶，一面用有力的目光凝视着杜伦。然后他说：“骡的确是个突变种。他的突变简直无懈可击……”

“为什么？究竟是怎样的突变？”杜伦没好气地问。“我想你现在会告诉我们了，是吗？”

“是的，我会的。即使你们知道这个秘密，对他也毫无损失。你可知道——他有办法调整人类的情感平衡。这听来像是小把戏，却具有天下无敌的威力。”

贝泰插嘴道：“情感平衡？”她皱起眉头，“请你解释一下好吗？我不太了解。”

“我的意思是，他能在一名威猛的将领心中，轻而易举注入任何形式的情感，例如对骡的绝对忠诚，以及百分之百相信骡会胜利。他的将领都受到如此的情感控制。他们绝不会背叛他，信心也绝不会动摇——而这种控制是永久性的。最顽强的敌人，也会变作最忠心的下属。像卡尔根那个统领，就是心甘情愿地投降，如今成为骡派驻基地的总督。”

“而你——”贝泰刻毒地补充道，“背叛了你的信仰，成为骡派到川陀的特使。我明白了！”

“我还没有说完。骡的这种天赋异禀，反过来用效果甚至更好。绝望也是一种情感！在关键时刻，基地上的重要人物、赫汶星上的重要人物——都绝望了。他们的世界都没有怎么抵抗，就轻易投降了。”

“你的意思是说，”贝泰紧张地追问，“我在时光穹窿中会产生那种感觉，是由于骡在拨弄我的情感？”

“他也拨弄我的情感，拨弄大家的情感。赫汶快沦陷的时候，情形又如何？”

贝泰转过头去。

普利吉上校继续一本正经地说：“既然能够对付整个世界，它自然可以对付个人。它能让你心甘情愿投降，让你成为死心塌地的忠仆，这种力量有谁能够抗衡？”

杜伦缓缓地说：“我又怎么知道你说的是事实？”

“否则，你要如何解释基地和赫汶的沦陷？否则，你又如何解释我的‘回转’？老兄，想想看！目前为止，你——或是我——或是整个银河系，对抗骡的成绩究竟如何？是不是毫无成效？”

杜伦感到对方在向自己挑战。“银河在上，我能解释！”他突然感到信心十足，高声叫道：“那个万能的骡和新川陀早就有联络，你自己说过，扣押我们就是他的意思，啊？那些联络人如今非死即伤。皇储被我们杀了，另一个变成哭哭啼啼的白痴。骡没有成功地阻止我们，至少这次他失败了。”

“喔，不，完全不是那么回事。那两个不是我们的人，那个皇储是个沉迷酒色的庸才。另外那个人，柯玛生，简直就是超级大笨蛋。他虽然在自己的世界中有权有势，其实却是个既刻毒又邪恶的无能之辈。我们和这两个人其实没有什么瓜葛。就某方面而言，他们只能算傀儡……”

“扣押我们，或说试图这么做的，正是他们两个人。”

“还是不对。柯玛生有个贴身奴隶，名叫殷奇尼，扣押你们是他的主意。那个家伙年纪很大了，不过对我们暂时还有利用价值。所以不能让你们杀掉他，你懂了吧。”

贝泰猛然转过来面对着他。她根本没有碰自己倒的茶。“可是，根据你的说法，你自己的情感已经被动了手脚。你对骡产生了信心——一种不自然的、病态的信心。你的见解又有什么价值？你已经完全失去客观思考的能力。”

“你错了。”上校又缓缓摇了摇头，“我只有情感被定型，我的理性仍和过去一模一样。制约后的情感也许会对理性造成某方面的影响，但并非强迫性的。反之，我摆脱了过去的情感羁绊，有些事反而能看得更清楚。

“我现在看得出来，骡的计划是睿智而崇高的。在我的心意‘回转’之后，我领悟到他从七年前发迹到现在的所有经历。他利用与生俱来的精神力量，首先收服一队佣兵。利用这些佣兵，加上他自己的力量，他攻占了一颗行星。利用该行星的兵力，加上他自己的力量，他不断扩张势力范围，终于能够对付卡尔根的统领。每一步都环环相扣，合理可行。卡尔根成为他的囊中物之后，他便拥有第一流的舰队，利用这支舰队，加上他自己的力量，他就能够攻打基地了。

“基地具有关键性的地位，它是银河系最重要的工业重镇。如今基地的核能科技落在他手里，他其实已经是银河之主。利用这些科技，加上他自己的力量，他就能迫使帝国的残余势力俯首称臣，而最后——一旦那个又老又疯、不久于人世的皇帝死去，他就能为自己加冕，成为有名有实的皇帝。有了这个名位，加上他自己的力量，银河中还有哪个世界敢反抗他?

“过去七年间，他已经建立了一个新的帝国。换句话说，谢顿的心理史学需要再花七百年才能完成的功业，他利用七年时间就能达成目标。银河即将重享和平与秩序。

“而你们不可能阻止他——就如同人力无法阻止行星运转一样。”

普利吉说完后，室内维持好一阵子的沉默。他剩下的半杯茶已经凉了，于是他将凉茶倒掉，重新添了一杯，一口一口慢慢喝着。杜伦愤怒地咬着指甲，贝泰则是脸色苍白，表情僵凝。

然后贝泰以细弱的声音说:“我们还是不信。如果骡希望我们信服，让他自己到这里来，亲自制约我们。我想，你在‘回转’之前，一定奋力抵抗到最后一刻，是不是?”

“的确如此。”普利吉上校严肃地说。

“那就让我们保有相同的权利。”

普利吉上校站起来。他以断然的态度，干脆地说:“那么我走了。正如我刚才所说，我目前的任务和你们毫无瓜葛。因此，我想没有必要报告你们的行踪。这算不上什么恩惠，如果骡希望阻止你们，他无疑会另行派人执行这个任务，而你们就一定会被阻止。不过，我自己犯不着多管闲事。”

“谢谢你。”贝泰含糊地说。

“至于马巨擘，他在哪里?马巨擘，出来。我不会伤害你……”

“找他做什么?”贝泰问道，声音突然变得激昂。

“没什么，我的指令中也没有提到他。我听说他是骡指名寻找的对象，但既然如此，在合适的时候骡一定能找到他。我什么也不会说。我们握握手好吗？”

贝泰摇摇头，杜伦则用凶狠的目光勉强表现他的轻视。

上校钢铁般强健的臂膀似乎微微下垂。他大步走到门口，又转过身来说：“还有最后一件事。别以为我不晓得你们为何那么固执，我知道你们正在寻找第二基地。当时机来临时，骡便会采取行动。没有任何外力能够帮助你们——但由于我早就认识你们，也许是良心驱使我这么做。无论如何，我已尽力设法帮助你们，好让你们及时回头，避开最后的危险。告辞。”

他行了一个利落的军礼——便掉头走了。

贝泰转身面对哑口无言的杜伦，悄声道：“他们连第二基地都知道了。”

而在图书馆一个幽深的角落，艾布林·米斯浑然不知这一切变故。在昏暗的空间中，他蜷缩在一丝光线下，得意洋洋地喃喃自语。

25

心理学家之死

普利吉来访那天，艾布林·米斯的生命只剩下最后两个星期。

在这两周中，贝泰总共和他碰过三次面。第一次是他们见到普利吉上校的那天晚上；第二次是一周后；第三次则是再过一周——也就是米斯生命的最后一天。

普利吉上校那天傍晚匆匆来去后，这对年轻夫妻由于惊恐过度，陷入一片愁云惨雾。当天晚上，他俩心情沉重地你一言我一语，先讨论了一个钟头。

贝泰说："杜，我们去告诉艾布林。"

杜伦有气无力地说："你想他又能帮什么忙？"

"我们只有两个人，必须找人分担一点这个重担。也许他真有办法。"

"他整个人都变了。身体愈来愈瘦，有点头重脚轻，还有点失魂落魄。"他的手指在半空中象征性地比画着，"有些时候，我觉得他再也不能帮我们什么。有些时候，我甚至觉得没有任何人能帮我们。”

“别这样！”贝泰的声音哽塞，她及时打住，顿了一下，“杜，别这样！你这么说，令我感到骡已经控制住我们。我们去告诉艾布林，杜——现在就去！”

艾布林·米斯从长书桌上抬起头来，稀疏的白发掉得差不多了。他看着两个朦胧的人影慢慢接近，嘴里发出一阵困倦而含糊的声音。

“啊？”他说，“有人来找我吗？”

贝泰半蹲下来说：“我们吵醒你了吗？是不是要我们走开？”

“走开？是谁？贝泰？不，不，留下来！不是还有椅子吗？我看见过……”他的手指胡乱指了指。

杜伦推过来两张椅子。贝泰坐下来，抓住心理学家软弱无力的右手。“博士，我们可以和你谈谈吗？”她难得用博士这个称谓。

“有什么不对劲吗？”他失神的眼睛稍微恢复一点光彩，松垮垮的两颊也重现一丝血色。“有什么不对劲吗？”

贝泰说：“普利吉上尉刚刚来过这里。杜，让我来说。博士，你还记得普利吉上尉吧？”

“记得——记得——”他捏了捏自己的嘴唇，又随即松开，“高个子，民主分子。”

“没错，就是他。他发现了骡的突变异能。博士，他刚刚来过，把一切都告诉了我们。”

“但这不是什么新发现。骡的突变早就让我弄明白了。”他感到万分惊讶，问道：“我没有告诉你们吗？难道我忘了告诉你们？”

“忘了告诉我们什么？”杜伦立刻反问。

“当然是关于骡的突变能力。他能影响别人的情感，这叫情感控制！我没有告诉你们吗？是什么害得我忘记的？”他慢慢咬着下唇，开始思索答案。

然后，他的声音逐渐有了活力，他的眼睛也张大了。仿佛原本迟钝的头脑，终于滑进一个涂满润滑油的轨道。他瞪着对面两人之间的空隙，用梦呓般的口气说：“这其实很简单，根本不需要专业知识。在心理史学的数学架构中，仅仅牵涉到三阶方程式而已，当然能够立刻得出结果。不过别管数学了，它也能用普通的语言说明——大略说明——而且相当合理。在心理史学中，这种现象并不常见。

“问问你们自己——有什么能够推翻哈里·谢顿精密规划的历史，啊？”他带着期望听到答案的表情，来回望着对面的两个人，“谢顿做过哪些原始假设？第一，在未来一千年间，人类社会并不会有基本的变化。

“比如说，假设银河系的科技产生重大突破，例如发现了能源的新原理，或是电子神经生物学的研究大功告成。这些结果所导致的社会变迁，将令谢顿的方程式变得落伍。不过这种事并没有发生，对不对？

“此外，假设基地以外的世界发明了一种新武器，足以和基地所有的武力相抗衡。这就可能导致无法挽救的偏差，虽说可能性不大。但是就连这种情况也没有出现。骡的核场抑制器只是一种简陋的武器，其实不难对付。虽然那么粗劣，那却是他唯一的一种新奇武器。

“然而，谢顿还有第二个假设，一个更微妙的假设！谢顿假设人类对各种刺激的反应是恒常不变的。倘若第一个假设至今仍旧成立，那么第二个假设一定已经垮台！一定出现了什么因素，使人类的情感反应扭曲和变质，否则谢顿的预测不可能失败，基地也不可能沦陷。而除了骡，还可能有别的因素吗？

“我说得对不对？我的推理有任何破绽吗？”

贝泰用丰腴的手掌轻拍他的手。“艾布林，没有破绽。”

米斯像小孩子一样高兴。“这个结论，以及其他许多结果，我都得来不费功夫。我告诉你们，有时我会怀疑自己起了什么变化。我似乎还记得过去常常面对无数的疑团，如今却通通一清二楚。难题全部消失了；无论碰到任何疑问，不知怎地，我在内心深处很快就能恍然大悟。而我的各种猜测、各种理论，好像总是能够找到佐证。我心中有一股冲动……始终驱策我向前……所以我停不下来……我不想吃也不想睡……只想不断继续研究……不断……继续……”

他的声音愈来愈小。他抬起颤抖的右手覆在额头，那只手臂枯瘦憔悴，布满一条条殷蓝色的血管。他刚才露出的狂热眼神，已在不知不觉间消逝无踪。

他又以较平静的口吻说：“所以，我从未告诉你们有关骡的突变能力，是吗？可是……你们是不是说已经知道了？”

“艾布林，是普利吉上尉告诉我们的。”贝泰答道，“你还记得吗？”

“他告诉你们的？”他的语气中透出愤怒，“但他又是如何发现的？”

“他已经被骡制约了。他成了骡的部下，如今是一名上校。他来找我们，是想劝我们向骡投降，并且告诉我们——你刚才说的那些。”

“所以骡知道我们在这里？我得加紧行动——马巨擘在哪里？他没有跟你们在一起吗？”

“马巨擘正在睡觉。”杜伦有些不耐烦地说，“你可知道，现在已经过了午夜。”

“是吗？那么——你们进来的时候，我是不是睡着了？”

“你的确睡着了。”贝泰坚决地说，“你现在也不准再继续工作，你应该上床休息。来，杜，帮我一下。艾布林，你别再推我，我没有把你抓去淋浴，已经算是你的运气。杜，把他的鞋子脱掉；明天你还要来，趁他还没有完全垮掉，把他拖到外面呼吸呼吸新鲜空气。艾布林，你看看你，身上都要长蜘蛛网了。你饿不饿？”

艾布林·米斯摇摇头，又从吊床中抬起头来，显得又气恼又茫然。“我要你们明天叫马巨擘来这里。”他喃喃道。

贝泰把被单拉到他的脖子周围。“不，是我明天会来这里，我会带着换洗衣物来。你需要好好洗个澡，然后到附近农场散散步，晒一点太阳。”

“我不要。”米斯以虚弱的口气说，“你听到了吗？我太忙了。”

他稀疏的银发铺散在枕头上，好像他脑后有一圈银色的光环。他以充满自信的语气，小声地说：“你们希望找到第二基地，对不对？”

杜伦迅速转身，在吊床旁边蹲下来。“艾布林，第二基地怎么样？”

心理学家从被单里伸出一只手，用孱弱的手指抓住杜伦的袖子。“建立两个基地的提案，首度出现于哈里·谢顿所主持的一个心理学大会上。杜伦，我已经找到那个大会的正式记录，总共二十五卷粗大的胶卷。我也已经浏览过各个摘要。”

“结果呢？”

“结果呢，你知道吗，只要你对心理史学稍有涉猎，就非常容易从中发现第一基地的正确位置。如果你看得懂那些方程式，便会发现它常常出现。可是，杜伦，没有人提到过第二基地，任何记录中都没有只字片语。”

杜伦皱起了眉头。“所以它不存在？”

“它当然存在，”米斯怒吼道，“谁说它不存在？只不过他们尽量不提。它的使命——以及它的一切——都比第一基地更隐晦，也隐藏得更好。你们难道看不出来吗？第二基地比第一基地更为重要。它是谢顿计划真正的关键、真正的主角！我已经找到谢顿大会的记录。骡还没有赢……”

贝泰轻轻把灯关掉。“睡觉吧！”

杜伦与贝泰走回自己的房间，没有再说一句话。

第二天，艾布林·米斯洗了一个澡，换了一身衣服。这是他最后一次见到川陀的太阳，最后一次感受到川陀的微风。当天晚上，他再度钻进图书馆中那个巨大幽深的角落，从此再也没有出来。

接下来一个星期，生活又恢复了常轨。在川陀的夜空中，新川陀的太阳是一颗静寂而明亮的恒星。农场正在忙着春耕，大学校园依旧保持遗世独立的静谧。银河仿佛一片空虚，骡好像从来未曾存在。

贝泰望着杜伦，心中这么想着。杜伦则一面仔细点燃雪茄，一面抬起头，透过地平线上无数金属尖塔间的隙缝，盯着支离破碎的蓝天。

“天气真好。”他说。

“没错。杜，我要买的东西，你都写下来了吗？”

“当然。半磅奶油、一打鸡蛋、四季豆……都记下来了。贝，我会买齐的。”

“很好。要确定蔬菜都是刚采下来的，可别买到陈年旧货。对了，你有没有看到马巨擘？”

“早餐后就没有再看到他了。我猜他又去找艾布林，陪他一块看书报胶卷。”

“好吧。别浪费任何时间，我等着那些鸡蛋做晚餐。”

杜伦一面走，一面回过头来笑了笑，同时挥了挥手。

杜伦的身影消失在金属迷宫后，贝泰立刻转身向后走。她在厨房门口犹豫了一下，又缓缓向后转，穿过柱廊，走入电梯，来到位于地底深处那个幽深的角落。

艾布林·米斯仍然在那里，他低着头，双眼对着投影机的接目镜，全身僵凝一动不动，全神贯注地进行研究。在他身旁，马巨擘蜷缩在一张椅子上，瞪着一双目光炯炯的大眼睛——看来像是一团胡乱堆起的木板，上面插着一根长长的大鼻子。

贝泰轻轻唤道：“马巨擘——”

马巨擘爬起来，压低声音热情地说：“我亲爱的女士！”

“马巨擘，”贝泰说，“杜伦到农场去了，好一阵子才会回来。你能不能做个好孩子，帮我带个信给他？我马上就可以写。”

“乐于效劳，我亲爱的女士。只要我派得上一点点小用场，随时乐意为您效绵薄之力。”

然后，就只剩下贝泰与一动不动的艾布林·米斯。她伸出手来，用力按在他的肩头。“艾布林——”

心理学家吃了一惊，气急败坏地吼道：“怎么回事？”他眯起眼睛看了看，“贝泰，是你吗？马巨擘到哪里去了？”

“我把他支开了，我想和你独处一会儿。”她故意一字一顿地强调，“艾布林，我要和你谈谈。”

心理学家作势要继续看投影机，肩膀却被贝泰紧紧抓住。她清清楚楚摸到他衣服下面的骨头。自从他们来到川陀，米斯身上的筋肉似乎一寸寸剥离。如今他面容消瘦，脸色枯黄，好几天没有刮胡子。甚至坐着的时候，他的肩头也明显地垮下。

贝泰说："艾布林，马巨擘没有打扰你吧？他好像一天到晚都待在这里。"

"不，不，不！一点都没有。哎呀，我不介意他在这里。他很安静，从来不打扰我。有时候他还会帮我搬胶卷；好像我还没开口，他就知道我要找什么。你就别管他了。"

"很好——可是，艾布林，他难道不会让你纳闷吗？艾布林，你在听我说话吗？他难道不会让你纳闷吗？"

她把一张椅子拉到他旁边，然后坐下来瞪着他，仿佛想从他眼中看出答案。

艾布林·米斯摇摇头。"不会。你这话是什么意思？"

"我的意思是，普利吉上校和你都说骡能够制约人类的情感。可是你能肯定这一点吗？马巨擘本身不就是这个理论的反例？"

接下来是一阵沉默。

贝泰真想使劲摇晃这位心理学家，不过总算是忍住了。"艾布林，你到底是哪里不对劲？马巨擘是骡的小丑，他为什么没有被制约成充满敬爱和信心？那么多人和骡接触过，为什么只有他会憎恨骡？"

"可是……可是他的确被制约了。贝，我肯定！"一旦开口，他似乎就恢复了自信，"你以为骡对待他的小丑，需要像对待将领一样吗？他需要将领们对他产生信心和忠心，但是小丑却只需要充满畏惧。马巨擘经常性的惊恐是一种病态，你难道没有注意到吗？你认为一个心理正常的人，会时时刻刻表现得那么害怕吗？恐惧到了这种程度就变成滑稽。或许骡就觉得这样很滑稽——而且这也对他有利，因为我们早先从马巨擘那里得知的事，并不能肯定哪些真正有帮助。"

贝泰说："你的意思是，马巨擘提供的情报根本就是假的？"

"它是一种误导，它被病态的恐惧渲染了。骡并不像马巨擘所想象的，是个魁梧壮硕的巨人。除了精神力量之外，他很可能与常人无异。但是，他大概喜欢让可怜的马巨擘以为他是超人……"心理学家耸耸肩，"总之，马巨擘的情报不再重要。"

"那么，什么才重要呢？"

米斯只是甩开贝泰的手，回到投影机的怀抱。

"那么，什么才重要呢？"她又重复一遍，"第二基地吗？"

心理学家突然扬起目光。"我对你这么说过吗？我不记得对你说过任何事，我还没有准备好。我究竟对你说过什么？"

"什么都没说过。"贝泰激动地说，"喔，银河啊，你什么都没有告诉过我，但是我希望你赶紧说，因为我快要烦死了。这一切什么时候才会结束？"

艾布林·米斯带着几丝悔意凝视着她。"好吧，我……我亲爱的孩子，我不是有意要让你伤心。有些时候，我会忘记……谁才是我的朋友。有些时候，我觉得自己一句话都不能透露。我必须守口如瓶——但这是为了防范骡，而不是防你，亲爱的孩子。"他轻拍她的肩膀，勉强表现得和蔼可亲。

她追问道："到底有没有第二基地的线索？"

米斯自然而然压低声音，仿佛是在耳语。"你知道谢顿掩盖线索的工作，做得多么彻底吗？我花了一个月的时间研究谢顿大会的记录，在那个奇异的灵感出现前，却连一点进展也没有。即使现在，它似乎……仍旧隐晦。大会上发表的那些论文，大多数都显然毫不相干，而且一律晦涩难解。我曾经不止一次怀疑，那些出席大会的学者，他们是否真正了解谢顿的想法。有时我认为，他只是利用这个大会做幌子，实际上却独力建立……"

"两个基地？"贝泰追问。

“第二基地！我们的基地相当单纯。第二基地则始终只是一个名字。它偶尔被提到，但若真有什么智慧的结晶，却一定深藏在数学结构里面。有很多细节我还完全不懂，但是过去这七天，我已将零星的线索拼凑起来，拼出一个大概的图像。

“第一号基地是自然科学家的世界。它将银河系濒临失传的科学集中起来，而且能够确保这些科学的复兴。然而，唯独心理学家没有包括在内。这是个特殊的例外，一定有某种目的。一般的解释是，谢顿的心理史学的前提必须是它的研究对象——人类群体——对于未来的发展都毫不知情，因此对于各种情况的反应都是自然而然的，它的威力才能发挥到极致。我亲爱的孩子，你听得懂吗……”

“博士，我听得懂。”

“那么你仔细听好。第二号基地则是心灵科学家的世界，它是我们那个世界的镜像。那里的主流科学不是物理学，而是心理学。”然后，他得意洋洋地说：“懂了吗？”

“不懂。”

“贝泰，想想看，动动你的脑子。哈里·谢顿了解他的心理史学只能预测几率，无法确定任何事。凡事都会有失误的几率，而随着时光的流逝，这个几率会以几何数列的方式增加。谢顿自然会尽可能弥补这个缺失。我们的基地借着科学而蓬勃发展；它能打败敌人的武器，征服敌人的军队。换句话说，以有形的力量对抗有形的力量。可是遇到像骡这样的突变种，用精神的力量发动攻击，我们又有什么办法？”

“那就得由第二基地的心理学家出马！”贝泰感到精神鼓舞起来。

“没错，没错，没错！正是这样！”

“可是目前为止，他们什么都还没有做。”

“你怎么知道他们什么都没有做？”

贝泰想了一下。“我不知道。你有他们采取行动的证据吗？”

“没有。我不知道的因素还多得很。第二基地现在还不可能羽翼丰满，正如我们一样。我们一直慢慢发展，实力一天天茁壮，他们一定也是这样。天晓得他们如今的实力究竟如何。他们强大到足以对付骡了吗？最重要的是，他们了解其中的危险吗？他们有没有精明能干的领导者？”

“但是只要他们遵循谢顿计划，骡就必定会被第二基地打败。”

“啊，”艾布林·米斯瘦削的脸庞皱起来，显得若有所思，“又来啦？可是第二基地的任务比第一基地更为艰难。它的复杂度比我们大得太多，失误的几率也因而成正比。假如第二基地都无法击败骡，那可就糟了——糟透了。也许，这就是人类文明的终结。”

“不可能。”

“可能的。只要骡的后代遗传到他的精神力量——你明白了吗？‘智人’将无法和他们抗衡。银河中会出现一种新的强势族群、一种新的贵族，而‘智人’将被贬成次等生物和奴隶。有没有道理？”

“没错，有道理。”

“即使由于某种因素，使得骡未能建立一个皇朝，他仍然能靠自己的力量，支撑一个畸形的新帝国。这个帝国将随着他的死亡而灰飞烟灭，银河系则会恢复到他出现之前的局势。唯一不同的是，两个基地将不复存在，而使那个真正的、良善的‘第二帝国’胎死腹中。这代表着上万年的蛮荒状态，代表着人类看不见任何希望。”

“我们能做些什么呢？我们能警告第二基地吗？”

“我们必须这么做，否则他们可能一直不知情，终致被骡消灭，我们不能冒这种险——问题是我们没有办法警告他们。”

“没有办法吗？”

“我不知道他们在哪里。据说他们在‘银河的另一端’，但这却是仅有的线索，所以有几百万个世界都可能是第二基地。”

“可是，艾布林，它们难道都没有提到吗？”她随手指了指摆满桌面的一大堆胶卷。

“没有，没有提到。至少，我还一直没有找到。他们藏得那么隐密，一定有重大意义。一定有什么原因……”他再度露出迷惑的眼神，“我希望你马上离开。我已经浪费太多时间，所剩无几了——所剩无几了。”

他掉过头去，皱着眉头，一脸不悦。

马巨擘轻巧的脚步声逐渐接近。“我亲爱的女士，您的丈夫回来了。”

艾布林·米斯没有跟小丑打招呼，他已经开始在用投影机了。

当天傍晚，听完贝泰的转述，杜伦说道：“贝，你认为他说的都是对的？你并不认为他……”他犹豫地住了口。

“杜，他说的都对。他生病了，这点我知道。他的那些变化，人瘦了好多，说话古里古怪，都代表他生病了。但是当他提到骡、第二基地，或者和他现在的工作有关的话题时，请你还是相信他。他的思想仍和外太空一样澄澈透明。他知道自己在说些什么，我相信他。”

“那么我们还有希望。”这句话算是半个疑问句。

“我……我还没有想清楚。可能有！可能没有！从现在起，我要随身带一把手铳。”她一面说话，一面举起手中那柄闪闪发光的武器，“只是以防万一，杜，只是以防万一。”

“以防什么万一？”

贝泰近乎歇斯底里地哈哈大笑。“你别管了。也许我也有点疯了——就像艾布林·米斯一样。”

那时，艾布林·米斯还有七天好活，而这七天无声无息地一天接着一天溜走。

对杜伦而言，这些日子过得恍恍惚惚。暖和的天气与无聊的静寂令他昏昏欲睡。仿佛周遭的一切都失去生机，进入永恒的冬眠状态。

米斯仍然躲在地底深处，他的工作似乎没有任何成绩，也没有透露任何风声。他将自己完全封闭，连杜伦与贝泰都见不到他了。只有居中跑腿的马巨擘，是米斯依然存在的间接证据。马巨擘现在变得沉默寡言、心事重重，他每天仍蹑手蹑脚将食物送进去，然后在幽暗中瞪大眼睛，一动不动地看着米斯工作。

贝泰则愈来愈孤僻，原本的活泼开朗消失了，天生的自信心也开始动摇。她也常常一个人躲起来，怔怔地想着自己的心事。杜伦有一次还看到她默默轻抚着手中的武器，而她则赶紧藏起手铳，勉强挤出一个笑容。

“贝，你拿着那玩意做什么？”

“拿着就是拿着。难道犯罪吗？”

“你会把你的笨脑袋轰掉。”

“那就轰掉好了。反正没什么损失！”

婚姻生活教了杜伦一件事，那就是跟心情欠佳的女性争辩是白费力气。他耸耸肩，默默走了开。

最后那一天，马巨擘突然气喘吁吁跑到他俩面前。他紧紧抓住杜伦与贝泰，脸上露出惊恐的神色。“老博士请您们去一趟，他的情况不妙。”

他的情况果然不妙。他躺在床上，眼睛异常地睁得老大，异常地炯炯有神。他脏得不像样，几乎让人认不出他是谁。

“艾布林！”贝泰大叫。

“听我说几句话。”心理学家以阴惨的声音说，同时用枯瘦的手肘吃力地撑起身子。“听我说几句话。我已经不行了，我要把工作传给你们。我没有做任何笔记，零星的计算我也全销毁了。绝不能让别人知道，一切都要装在你们脑子里。”

“马巨擘，”贝泰毫不客气地直接对他说，“到楼上去！”

小丑心不甘、情不愿地站起来，退后了一步。他悲凄的目光始终停留在米斯身上。

米斯无力地挥挥手。“他没有关系，让他留下来。马巨擘，别走。”

小丑立刻坐下来。贝泰凝视着地板，慢慢地，慢慢地，她的牙齿咬住了下唇。

米斯用嘶哑而细微的声音说：“我确信第二基地能够胜利，除非骡先下手为强。它藏得很秘密，它必须如此，这有重大的意义。你们必须到那里去，你们的消息极为重要……能够改变一切。你们听懂了吗？”

杜伦痛苦地大声吼道：“懂，懂！艾布林，告诉我们怎么去那里。它到底在哪里？”

“我现在就告诉你们。”他用奄奄一息的声音说。

他却没有说出来。

脸色煞白的贝泰举起手铳并立即发射，激起一阵轰然巨响。米斯的上半身完全消失，后面的墙壁还出现一个破碎的窟窿。那柄手铳随即从贝泰麻木的手指间滑落到地板上。

26

寻找结束

没有任何人说任何一句话。轰击的回声一波波传到外面各个房间，渐渐变成愈来愈小而模糊不清的隆隆声。而回声在完全消逝前，还来得及掩盖贝泰的手铳掉落地板的声响，压制马巨擘高亢的惨叫，并且淹没杜伦含糊的怒吼。

接着，是好一阵子凝重的死寂。

贝泰的头低垂下来。灯光照不到她的脸，却将半空中一滴泪珠映得闪闪生辉。自从长大后，贝泰从来没有哭过。

杜伦的肌肉拼命抽搐，几乎就要爆裂，他却没有放松的意思——他觉得咬紧的牙齿似乎再也不会张开。马巨擘的脸庞则一片死灰，像是一副毫无生气的假面具。

杜伦终于从紧咬着的牙关中，硬挤出一阵含混的声音。“原来你已经是骡的女人，他征服了你！”

贝泰抬起头，撅着嘴，发出一阵痛苦的狂笑。“我，是骡的女人？这太讽刺了。”

她勉强露出一丝微笑，并将头发向后甩。渐渐地，她的声音恢复正常，或说接近正常。“杜伦，一切都结束了；现在我可以说了。我还能活多久，自己也不知道。但至少我可以开始说……”

杜伦紧绷的肌肉松弛下来，变得软弱无力又毫无生气。“贝，你要说什么？还有什么好说的？”

“我要说说那些尾随我们的灾难。杜，我们以前曾经讨论过，你不记得了吗？为什么敌人总是跟在我们的脚后跟，却从来没有真正抓到我们。我们到过基地，不久基地就沦陷了，当时独立行商仍在奋战——但我们及时逃到赫汶。当其他的行商世界仍在顽抗时，赫汶却率先瓦解——而我们又一次及时逃脱。我们去了新川陀，如今新川陀无疑也投靠了骡。”

杜伦仔细听完，摇了摇头。“我不明白你的意思。”

“杜，这种境遇不可能出现在真实生活中。你我只是微不足道的小人物，不可能在短短一年间，太空啊，不停地卷入一个又一个的政治漩涡——除非我们带着那个漩涡打转。除非我们随身带着那个祸源！现在你明白了吗？”

杜伦紧抿嘴唇，目光凝注在一团血肉模糊的尸块上。几分钟前，那还是个活生生的人，他感到无比的恐怖与恶心。

“让我们出去，贝，让我们到外面去。”

外面是阴天。阵阵微风轻轻拂过，吹乱了贝泰的头发。马巨擘蹑手蹑脚地跟在他们后面，在勉强听得到他们谈话的距离，他心神不宁地来回走动。

杜伦以紧绷的声音说：“你杀了艾布林·米斯，是因为你相信他就是那个祸源？”他以为从她眼中得到了答案，又悄声说：“他就是骡？”他虽然这么说，却不相信——不能相信自己这句话的含意。

贝泰突然尖声大笑。“可怜的艾布林是骡？银河啊，不对！假使他是骡，我不可能杀得了他。他会及时察觉伴随着动作的情感变化，将它转化成敬爱、忠诚、崇拜、恐惧，随他高兴。不，我会杀死艾布林，正因为他并不是骡。我杀死他，是因为他已经知道第二基地的位置，再迟两秒钟，他就会把这个秘密告诉骡。”

“就会把这个秘密告诉骡……”杜伦傻愣愣地重复着这句话，“告诉骡……”

他忽然发出一声尖叫，露出恐惧的表情，转身向小丑望去。假如马巨擘听到他们说些什么，一定会吓得缩成一团，人事不省。

“不会是马巨擘吧？”杜伦悄声问道。

“听好！”贝泰说，“你还记不记得在新川陀发生的事？喔，杜，你自己想想看——”

他仍旧摇了摇头，喃喃地反驳她。

贝泰不耐烦地继续说：“在新川陀，有个人在我们面前暴毙。根本没有任何人碰到他，我说得对不对？马巨擘只是演奏声光琴，而他停止的时候，那个皇储就死了。这还不奇怪吗？一个什么都怕、动不动就吓得发抖的人，竟然有本事随心所欲置人于死地，这难道不诡异吗？”

“那种音乐和光影的效果……”杜伦说，“能对情感产生深厚的影响……”

“是的，对情感产生影响，而且效果极大。而影响他人的情感，正好是骡的专长。我想，这点还能视为巧合。马巨擘能借着暗示取人性命，本身却充满了恐惧。嗯，多半是骡影响了他的心智，这还可以解释得通。可是，杜伦，杀死皇储的那段声光琴演奏，我自己也接触了一点。只是一点点——却足以使我又感到那种绝望，它和当初我在时光穹窿中、在赫汶星上感受到的一模一样。杜伦，那种特殊的感受，我是不可能弄错的。”

杜伦的脸色变得愈来愈凝重。“我……当初也感觉到了。不过我忘了，我从未想到……”

“那时，我第一次想到这个可能。起初只是一个模糊的感觉——或者可以称为直觉。除此之外，我没有进一步的线索。后来，普利吉告诉我们有关骡的历史，以及他的突变异能，我才顿时恍然大悟。在时光穹窿中制造绝望感的是骡，在新川陀制造绝望感的是马巨擘。两种情感完全一样，因此，骡和马巨擘应该是同一个人。杜，这是不是很合理呢？就像几何学的公理——甲等于乙，甲等于丙，则乙就等于丙。”

她已经接近歇斯底里，但仍然勉力维持着冷静。她继续说：“这个发现令我害怕得要死。假如马巨擘就是骡，他就能知道我的情感——然后矫正这些情感，以符合他自己的需要。我不敢让他察觉，所以尽量避开他。还好，他也避着我；他把注意力全部放在艾布林·米斯身上。我早就计划好了，准备在米斯泄露口风之前杀掉他。我秘密计划着——尽可能不露任何痕迹——自己都不敢跟自己讨论。假如我有办法杀死骡——但是我不能冒这个险。他一定会发觉，而我就会一败涂地。”

她的情感似乎要榨干了。

杜伦仍然坚决不同意，他粗声说道：“这绝对不可能。看看那个可怜兮兮的家伙，他怎么会是骡？他甚至没有听到我们在说什么。”

可是当他的视线循着手指的方向延伸，马巨擘却已经机敏地站起来，眼中透出阴沉而锐利的目光。他不再有一丝古怪的口音：“朋友，我听到她说的话了。只不过我正坐在这里，正在沉思一件事实：聪明睿智又深谋远虑的我，为何犯下这种错误，令我失败得那么惨。”

杜伦跌跌撞撞地连退好几步，似乎害怕“小丑”会碰到自己，或者沾染上他所呼出的气息。

马巨擘点点头，回答了对方那个无言的问题。“我就是骡。”

他似乎不再是一个丑怪的畸形人，细长的四肢、又尖又长的鼻子看来一点也不可笑了。他的恐惧已荡然无存，现在他的行为举止既坚决又镇定。

他一下子就掌握住状况，显示他对应付这种场面极有经验。

他以宽大的口吻说：“你们坐下来吧。坐下，爱怎么坐就怎么坐，尽量放轻松。游戏已经结束，我想讲一个故事给你们听。这是我的弱点——我希望别人了解我。”

他凝望着贝泰，褐色眼珠透出的仍是那个小丑“马巨擘”充满温柔与伤感的眼神。

“我的童年实在不堪回首。”他开始了叙述，迫不及待地说得很快：“这点或许你们能够了解。我的瘦弱是先天的，我的鼻子也是生来如此。所以我不可能有一个正常的童年。我的母亲来不及看我一眼就去世了，而我从来不知道父亲是谁。我的成长过程是自生自灭，心灵遭受数不尽的创伤和折磨，以致充塞着自怜和仇恨。我被视为一个古怪的小孩。大家对我敬而远之，大多是出于嫌恶，少数则是由于害怕。在我身边，常会发生意想不到的怪事——不过，不提这些了！正是由于这些怪事太多，才使得普利吉上尉在调查我的童年时，了解到我是个突变种。这个事实，我直到二十几岁才真正发觉。”

杜伦与贝泰茫然地听着。每一句话都像一个浪头，两人坐在原地一动不动，几乎没有听进多少。小丑——骡，在两人面前踱着碎步，他面对着自己环抱胸前的双手，继续滔滔不绝地说：

“对于自己这种不寻常的能力，我似乎是慢慢体会出来的，简直慢得不可思议。即使在我完全了解之后，我还是不敢相信。对我而言，人的心灵就像刻度盘，其上的指针所指示的，就是那个人最主要的情感。这个比喻并不高明，但除此之外，我又要如何解释呢？慢慢地，我发现自己有办法接触到那些心灵，将指针拨到我所希望的位置，并让它永远固定在那里。又过了很久之后，我才了解别人都没有这种本事。

“我体认到自己具有超人的能力，随之而来的念头，便是要用它来补偿我悲惨的早年。也许你们能了解这一点，也许你们能试着去了解。身为畸形人，绝不是一件容易的事——尤其是对于这个事实，我自己完全心知肚明。那些刻毒的嘲笑和言语！与众不同！非我族类！

“你们从未尝过那种滋味！”

他抬头望着天空，又摇摇晃晃地踮起脚尖，面无表情地沉浸在回忆中。“但是我终于学会如何自处，并且决定要将银河踩在脚下。好，银河目前是他们的，我就耐着性子等待——足足二十二年之久。现在该轮到我了！该让你们这些人尝尝那种滋味！不过银河占了绝大的优势——我只有一个！对方却有千兆人！”

他顿了一顿，向贝泰迅速瞄了一眼。“可是我也有弱点，我自己做不了任何事。如果我想攫取权力，就得假借他人之手。必须透过中间人，我才能有所成就。一向如此！正如普利吉所说的，我先利用一个江洋大盗，得到了第一个小行星据点。再通过一个实业家，首度占领一颗行星作为根据地。然后又透过许许多多的人，包括那位卡尔根统领，我攻下了卡尔根，拥有了一支舰队。然后，下一个目标便是基地——这时你们两位出场了。

“基地，”他柔声道，“我从未面对过那么艰巨的目标。想要攻下基地，我必须先收服、打垮或中和基地绝大多数的统治阶级。我可以从头做起——但也有捷径可循，于是我决定抄捷径。毕竟，一名大力士若能举起五百磅的重物，并不代表他喜欢永远举着不放。我控制情感的过程并不简单，除非绝对必要，我会尽量避免使用。所以在我对付基地的首波行动中，我希望能找到盟友。

“我化装成小丑，开始寻找基地的间谍。我确定基地派出一至数名的间谍，到卡尔根来调查我的底细。现在我知道，当初我要找的是汉·普利吉。由于意想不到的好运，我却先碰到你们两位。我拥有精神感应力，却没有高段的读心术，而你，我亲爱的女士，你是从基地来的。我误以为你就是我的目标。这并不是严重的错误，因为普利吉后来还是加入我们，却是导致致命错误的第一步。”

杜伦直到此时才挪动了一下，并用愤怒的语调说：“等一等。你的意思是，当我手中只有一柄麻痹枪，却勇敢地面对那名中尉，奋不顾身拯救你的时候——其实是你控制了我的情感。”他又气急败坏地问道：“你的意思是，从头到尾我都受到你的控制？”

骡脸上露出极淡的笑意。“有何不可？你认为不太可能吗？那么问问你自己——假如你的心智正常，有可能为了一个从没见过的丑怪陌生人，而甘冒生命危险吗？我想，当你冷静下来之后，一定曾对自己的行动惊讶不已。”

“没错，”贝泰恍惚地答道，“他的确惊讶。这是很自然的。”

“其实，”骡继续说，“杜伦当初并没有危险。那名中尉早就接到明确的指令，他一定会放我们走的。于是我们三个人，再加上后来的普利吉，便一起到了基地——看看，我的计划进行得多么顺利。普利吉在接受军事审判时，我们三人也在场，当时我忙得很。那个军事法庭的审判官，后来战时担任一支分遣舰队的指挥官。结果他们轻易就投降了，我的舰队因此赢得侯里哥之役，以及其他几场小型战役。

“透过普利吉，我接触到米斯博士。米斯送给我一把声光琴，这完全出于他的自愿，却大大简化了我的工作。只不过，这并非完全出于他的自愿。”

贝泰突然打岔道：“那些演奏会！我曾经想过其中的关联，现在我明白了。”

“没错，”骡说，“声光琴是一种精神聚焦装置，就某方面而言，它就是一种简单的情感控制器。利用声光琴，我能同时影响许多人的情感；如果只对付一个人，效果则会更好。在端点星陷落之前，还有赫汶陷落之前，我在那两个地方所举行的演奏会，都制造了普遍的失败意识。假使没有声光琴，我应该也能让那个皇储受到重创，却不可能要他的命。懂了吗？

“但是我最重要的发现，仍然要算艾布林·米斯。他也许能够……”他口气中透着懊恼，赶紧跳到下一句话，“关于情感控制，有一点是你们都不知道的。直觉、预感、洞察力，随便你怎么称呼，反正也能视为一种情感。至少，我能把它当成情感处理。你们并不了解，对不对？”

他停了一下，并未听到任何否认。“人类心灵的工作效率很低，通常只达到百分之二十。偶尔，会突然迸发较强的精神力量，我们就通称为直觉、预感或洞察力。我很早就发现，我能诱使大脑持续进行高效率的运作。受我影响的人有致命的危险，却能产生建设性的成果——在进攻基地的战争中，我方所使用的核场抑制器，就是一名卡尔根技师在精神高压下研发出来的。照例，我假他人之手为我工作。

“艾布林·米斯是我最重要的目标。他的潜力极高，而我正需要他这种人。甚至在我对基地开战之前，我已经派出代表跟帝国谈判。从那时候起，我便开始寻找第二基地。当然，我并没有找到。当然，我知道必须把它找出来——而艾布林·米斯正是这个难题的答案。当他的大脑处于高效率状态时，他有可能重新导出哈里·谢顿当年的结果。

“他做到了一部分。我驱使他发挥到极限，这个过程极为残酷，却必须坚持到底。最后他已奄奄一息，却还有一口气……”懊恼的情绪又打断了他的叙述，“他应该能活到把秘密吐出来。然后，我们三人就能一起进军第二基地。那将是最后一场战役——若非我犯了那个错误。”

杜伦以冷酷的声音说：“你为什么要说这么一大堆？你究竟犯了什么错误，和……和你讲的这些又有什么关联？”

“唉，尊夫人正是我的错误。尊夫人与众不同，在我一生中，从来没有遇到像她这样的人。我……我……”骡的声音陡然间变了调，他费了很大力气才恢复过来。当他继续说下去的时候，整个人都显得阴森可怖。“我尚未调拨她的情感，她就开始喜欢我。她既不嫌弃我，也不觉得我滑稽。她就是喜欢我！

“你难道不明白吗？你看不出这对我有多大意义吗？过去从来没有人……唉，我……非常珍惜。虽然我能操控每个人的情感，却被自己的情感愚弄了。我并未碰触她的心灵，你懂了吧；我完全没有影响她。我太过珍惜那份自然的情感。这就是我的错误——首要的错误。

“你，杜伦，一直在我控制之下。你从未怀疑我，从未质疑我，也从未发现我有任何特别或奇怪之处。比如说，当那艘‘菲利亚’星舰拦下我们的时候。对了，他们会知道我们的位置，是因为我一直和他们保持联系，正如我一直和将领们保持联系一样。当他们拦下我们的时候，我被带到他们的星舰上，其实是去制约囚禁在那里的汉·普利吉。当我离开的时候，他已经是骡的一名上校，而且成为那艘星舰的指挥官。杜伦，整个过程实在太明显，连你都应该看得出来。你却接受了我所提出的解释，虽然它漏洞百出。明白我的意思吗？”

杜伦露出痛苦的表情，反问道：“你如何和你的将领们保持联络？”

“这不是什么难事。超波发射器操作简便又容易携带。实际上，我也不会被人发现！万一有人撞见我在收发讯号，他的记忆就会被我切掉一小片。这种情况偶尔会发生。

“在新川陀的时候，我自己的愚蠢情感再度背叛了我。贝泰虽然不在我的控制下，但我若能保持头脑冷静，不去对付那个皇储，她也绝不会开始怀疑我。可是皇储对贝泰不怀好意，这点惹恼了我，所以我杀了他。这是个愚蠢的举动，其实我们只要悄悄逃走即可。

“你虽然起疑，但还是不太肯定。而我却一错再错，我不该放任普利吉对你们苦口婆心地喋喋不休，也不该把全副精神放在米斯身上，因而忽略了你……”他耸了耸肩。

“你都说完了吗？”贝泰问道。

“都说完了。”

“现在，你准备怎么办？”

“我会继续我的计划。我也知道，在如今这个退化的时代，不太可能再找到像艾布林·米斯那样既聪明又受过完整训练的专家。我必须另行设法寻找第二基地。就某个角度而言，你们的确击败了我。”

现在贝泰也站起来，露出胜利的表情。“就某个角度而言？只是某个角度？我们将你彻底击败了！除了基地，你其他的胜利都微不足道，因为银河系如今是一片蛮荒的虚空。

“而攻占基地也只能算小小的胜利，因为对于像你这种意料之外的危机，基地本来就没有胜算。你真正的敌人是第二基地——第、二、基、地——而第二基地一定会击败你。你唯一的机会，是在它准备好之前找到它并消灭它。

“现在你已经做不到了。从现在开始，他们会加紧准备，每分钟都不会浪费。此时此刻，此、时、此、刻，整个机制也许已经启动。当它攻击你的时候，你就会知道了。你短暂的权力即将消失，而你会像其他那些曾经不可一世的征服者一样，在一页血腥的历史上迅速而卑贱地一闪而过。”

她大口大口地呼吸，几乎由于太过激动而喘不过气来。“杜伦和我，我们已经击败了你。我如今死也瞑目。”

骡的一双伤感的褐色眼睛，仍是马巨擘那一双伤感又充满爱意的褐色眼睛。“我不会杀你或你的丈夫。毕竟，你们两人不可能再对我造成进一步的伤害；而且杀了你们也不能让艾布林·米斯起死回生。我的错误是咎由自取，我自己承担全部责任。你的丈夫和你自己都可以离开！平安地走吧，就冲着我所谓的——友谊。”

然后，他突然又露出高傲的神情。“无论如何，我仍旧是骡，是银河系最有权势的人。我依然会击败第二基地。”

贝泰不放过对他的最后一击，她以坚定、冷静而信心十足的口吻说：“你休想！我对谢顿的智慧仍充满信心。你是你这个皇朝的开国者，却也是最后一任皇帝。”

骡像是被击中了要害。“我的皇朝？是的，我也想过，常常在想。我应该建立一个皇朝，还应该找一位理想的皇后。”

贝泰顿时体会出他眼神中的含意，吓得全身僵凝。

骡却摇摇头。“我感应到你心中的厌恶，但那是个傻念头。倘若不是如今这种情况，我轻而易举便能让你感到快乐。那种至高无上的喜悦虽然是人力的结果，却和真实的情感无分轩轾。可惜事实就是如此，我自称为骡——并不是因为我有过人的力量——显然不是——”

他转身就走，没有回头再看一眼。

阿西莫夫
银河帝国系列

基地系列

银河帝国：基地（Foundation）

银河帝国2：基地与帝国（Foundation and Empire）

银河帝国3：第二基地（Second Foundation）

银河帝国4：基地前奏（Prelude to Foundation）

银河帝国5：迈向基地（Forward the Foundation）

银河帝国6：基地边缘（Foundation's Edge）

银河帝国7：基地与地球（Foundation and Earth）

机器人系列

银河帝国8：我，机器人（I, Robot）

银河帝国9：钢穴（The Caves of Steel）

银河帝国10：裸阳（The Naked Sun）

银河帝国11：曙光中的机器人（The Robots of Dawn）

银河帝国12：机器人与帝国（Robots and Empire）

帝国系列

银河帝国13：繁星若尘（The Stars, Like Dust）

银河帝国14：星空暗流（The Currents of Space）

银河帝国15：苍穹一粟（Pebble in the Sky）

图书在版编目（CIP）数据

基地与帝国 /（美）阿西莫夫 (Asimov,I.) 著；叶李华译．-- 南京：江苏凤凰文艺出版社，2015（2025.9 重印）
（银河帝国．基地七部曲）
书名原文：Foundation and Empire
ISBN 978-7-5399-8335-6

Ⅰ．①基… Ⅱ．①阿… ②叶… Ⅲ．①长篇小说 – 美国 – 现代 Ⅳ．① I712.45

中国版本图书馆 CIP 数据核字 (2015) 第 097191 号

基地与帝国

［美］艾萨克·阿西莫夫 著　　叶李华 译

责任编辑	丁小卉
特约编辑	朱亦红　　许姗姗
封面设计	李子琪
责任印制	刘　巍
出版发行	江苏凤凰文艺出版社
	南京市中央路 165 号，邮编：210009
网　　址	http://www.jswenyi.com
印　　刷	三河市龙大印装有限公司
开　　本	890 毫米 ×1270 毫米 1/32
印　　张	9
字　　数	208 千字
版　　次	2015 年 9 月第 1 版
印　　次	2025 年 9 月第 16 次印刷
标准书号	ISBN 978 – 7 – 5399 – 8335 – 6
定　　价	378.00 元（全 7 册）

江苏凤凰文艺版图书凡印刷、装订错误，可向出版社调换，联系电话：010–87681002。